国家出版基金项目
NATIONAL PUBLICATION FOUNDATION

# 蒲松龄白话作品语言研究（上）

◎张树铮 著

山东大学出版社

**图书在版编目(CIP)数据**

蒲松龄白话作品语言研究/张树铮著. —济南：山东大学出版社，2018.11

ISBN 978-7-5607-6195-4

Ⅰ. ①蒲… Ⅱ. ①张… Ⅲ. ①蒲松龄(1640-1715)—小说研究 Ⅳ. ①I207.419

中国版本图书馆 CIP 数据核字(2018)第 295287 号

策划编辑：马银川
责任编辑：马银川　张　瑞
封面设计：张　荔

---

出版发行：山东大学出版社
　　社　址　山东省济南市山大南路 20 号
　　邮　编　250100
　　电　话　市场部(0531)88363008
经　　销：新华书店
印　　刷：山东新华印务有限责任公司
规　　格：720 毫米×1000 毫米　1/16
　　　　　89.25 印张　1509 千字
版　　次：2018 年 11 月第 1 版
印　　次：2018 年 11 月第 1 次印刷
定　　价：218.00 元

---

# 前言

清代文学家蒲松龄(1640～1715 年)以文言小说《聊斋志异》蜚声国内外，然而较少为人所知的是，他还是一位成就卓越的白话作家。他在中晚年(尤其是晚年)创作了俚曲十五种，用民间流行的说唱形式或戏剧形式来展示社会、刻画人生，总字数将近 50 万字，其中有些曲目流传至今。他还用歌谣的形式编写了《日用俗字》，共七言 1588 句(不同版本略有参差，此据路大荒《蒲松龄集》本)，把日常生活中用到的方方面面的词语根据字书找出“正字”，其主旨虽在于文字的使用，但展现了旧时农村生活的全景式画面，堪称封建时代农村百科全书的词表。俚曲的通俗文学价值和《日用俗字》的历史文化价值，都是应该被充分肯定的。

蒲氏白话作品的一个突出特点是语言的口语化程度非常高。一说到白话作品，给人的印象似乎就是“我手写我口”，好像都是口语的写实，其实大大不然。因为所有的真实口语都必然是带有方言性的，我们拿方言性这一把尺子去衡量就会发现，近代的所有白话作品的语言都不是纯粹的口语意义上的白话，而只是与文言相对的一种书面语言体式，不同作品的区别只在于口语程度(换言之即方言性程度)的高低而已。像清代山东诸城人丁耀亢写的《续金瓶梅》算是白话作品，但其中竟很难找到山东方言的词汇和语法特征，这属于口语化程度非常低的例子。而蒲氏的白话作品，在我们看来，要属于近代白话作品之一口语化程度最高者之一。虽然其中也有白话书面语的一些特点，甚至还有些带有文言色彩的成分，但论方言词语的使用频度、广度和深度，方言语法特点的保留程度，都是一般白话作品所达不到的。大量的地道的方言词语和说法，即使今天读来我们也仍然会觉得非常亲切，因为它们在现代的鲁中一带依然鲜活地存在。

然而，方言性是文学作品的一把双刃剑。一方面，它是一座桥梁，实现了作品与当地现实、当地读者（观众）的最大限度的衔接，入耳入目入心；另一方面，它是一道藩篱，为外地读者（观众）的理解添加了障碍，从而影响了作品的传布。对于现代的读者来说，蒲氏作品的阅读又有时代隔阂的问题，蒲氏的作品已经过去了三百年有余，社会和语言都发生了或大或小的变化，语言的障碍更是有增无减。

对于语言研究来说，蒲氏作品具有口语性和方言性却是值得欢迎的好事。口语性越强，也就越能反映蒲松龄那个时代山东方言尤其是鲁中一带方言的语言现实，正是在这个意义上，蒲氏的白话作品就成了反映明末清初山东方言的最好的两种语料之一——另一部是白话长篇小说《醒世姻缘传》，但其作者至今未能确认，因而其与现代方言的关联就不像蒲氏作品这样直接。蒲氏白话作品作者明确、时代明确、地域明确，是可以与现代淄川一带的方言进行直接比对的。

蒲氏的白话作品对清初山东方言的反映是非常全面的，其中，最突出的当然是方言词汇方面。这一是因为蒲氏作品篇幅长，字数多，所以使用的方言词语就多；二是因为有蒲氏的《日用俗字》这一特殊作品。一般的文学作品中，受题材、情节和文学叙事方式的限制，一些日常使用的词语并不一定能够在作品中使用到，如日常生活中的一些动作，一些生活用品的名称，身体一些细部的名称，农作物、植物的一些名称，等等；特别是反映生产的一些名词和动词，更是在文学作品中很难得到比较细致的呈现（例如一般的文学作品很少或几乎不描写与农桑业生产有关的详细内容）。而《日用俗字》的词语涉及农村生活的各个方面，因而能够给予单纯文学性作品的词语内容以极大的补充。目前我们所见的全国范围内的古代白话资料中，只有蒲松龄的作品具有这个特点。因此，就内容的广泛性来说，蒲氏作品的白话词汇资料在近代汉语中是首屈一指的。另外，由于蒲氏白话作品中有大量的韵文，加之谐声、异文等材料，对于研究清初鲁中地区方音也是极好的材料；至于语法方面，由于蒲氏白话作品的口语性强、语料多，自然也是研究清初山东乃至北方地区方言语法的优先对象。《汉语大词典》和《汉语大字典》对蒲松龄白话作品词语及其用法的大量撷录，就是蒲松龄白话作品语言学价值的很好的体现（尽管它们也有不少误解之处）。总的来说，蒲松龄的白话作品对于汉语历史的研究来说是一座宝矿，值得深入挖掘。语言学界目前也已经对蒲松龄白话作品的语言进行了比较深入的研究，可以说，蒲松龄的《聊斋俚曲集》是近些年来得到语言学界最多关注的清代白话作品之一。

本书是作者近二十年来对蒲松龄白话作品语言研究的阶段性总结。其包括上、下两编：上编是对蒲松龄白话作品的全面研究，内容包括蒲松龄白话作品的语言性质、语音特点、词汇释读、语法特点和文字等方面。下编是蒲松龄白话词典，收录了蒲氏白话作品中的全部方言词和一部分有时代特色的白话词约10000条。

希望本书的出版能够为蒲松龄白话作品语言的研究以及山东方言和北方方言的历史研究提供参考，也希望能够为蒲松龄白话作品的阅读理解提供参考以使其文学价值及历史文化价值得到更好的彰显。

由于作者学力及见闻有限，书中疏漏或不当之处肯定不在少数。恳请读者不吝赐教。如果能为蒲松龄白话作品语言研究起到一些促进作用，那么本书的主要目的也就达到了。

# 目录

## 蒲松龄白话作品语言本体研究


**第一章　蒲松龄的白话作品及其语言**……………………………………（3）

第一节　蒲松龄的白话作品 ……………………………………（3）
第二节　蒲松龄白话作品语言的异质性和方言性 ………………（13）
第三节　蒲松龄白话作品语言研究的回顾 ………………………（46）

**第二章　蒲松龄白话作品语音研究** ……………………………………（56）

第一节　蒲松龄白话作品语音研究的资料 ………………………（56）
第二节　声母研究 ……………………………………………（60）
第三节　韵母研究 ……………………………………………（82）
第四节　声调研究 ……………………………………………（105）

**第三章　蒲松龄白话作品词汇研究**……………………………………（119）

第一节　《聊斋俚曲集》邹注商补 ……………………………（120）
第二节　路大荒《聊斋俚曲集·土语注解》析 ………………（150）
第三节　《汉语大词典》对蒲松龄作品的引用及其疏误 …………（240）
附　录　本章所讨论方言词音序索引 ……………………………（252）

第四章　蒲松龄白话作品语法研究 …………………………………… (260)

第一节　聊斋俚曲中的代词 ……………………………………………… (260)
第二节　聊斋俚曲中的助词 ……………………………………………… (290)
第三节　《聊斋俚曲集》中的几种句式与《醒世姻缘传》的比较 …… (305)

第五章　蒲松龄白话作品用字及校勘研究 …………………………… (316)

第一节　蒲松龄白话作品用字问题概说 ……………………………… (316)
第二节　《日用俗字》形讹字汇考 ……………………………………… (321)
第三节　由路本、盛本、影印本形讹字的比较论三本之关系 ……… (336)
第四节　《日用俗字》中的俗字 ………………………………………… (341)
第五节　《日用俗字》选用方言正字的方法及其启示 ……………… (351)
第六节　《聊斋俚曲集》和《日用俗字》的语音校勘示例 ………… (363)

## 蒲松龄白话词典

编纂说明 ……………………………………………………………………… (373)

凡　例 …………………………………………………………………………… (375)

音序目录 ……………………………………………………………………… (386)

生僻字字音笔画索引 ………………………………………………………… (392)

用正字作词目的形讹字 ……………………………………………………… (411)

词典正文 ……………………………………………………………………… (414)

主要参考文献 ………………………………………………………………… (1408)

后　记 …………………………………………………………………………… (1416)

# 蒲松龄白话作品语言本体研究

# 第一章　蒲松龄的白话作品及其语言

## 第一节　蒲松龄的白话作品

蒲松龄，字留仙，一字剑臣，别号柳泉居士，山东省淄川县蒲家庄（今属山东省淄博市淄川区洪山镇）人。生于明崇祯十三年四月十六日（1640 年 6 月 5 日），故于清康熙五十四年正月二十二日（1715 年 2 月 25 日），享年 76 岁。蒲氏以文言小说《聊斋志异》蜚声于世，其身世亦广为人知，无须缕述。较少为人知的是，蒲松龄不仅是文言创作的圣手，而且是白话作品的大家，创作了数量相当可观的白话作品。尤其是他的聊斋俚曲，在清代的俗文学史上具有崇高的地位。如果说《聊斋志异》是古代文言小说的巅峰，那么“蒲松龄用通俗文学体裁写成的十五种聊斋俚曲，则代表了明清以来俗文学发展的又一座高峰”①。从语言学研究的角度来说，他的白话作品则是研究清代前期北方汉语的难得的宝贵资料。

蒲氏的白话作品主要有以下数种：

1. 聊斋俚曲十五种

所谓“聊斋俚曲”，是后人对蒲松龄所作俚曲的称名②，其子孙为蒲松龄立的墓碑中记为“通俗俚曲十四种”。这十四种是：“《墙头记》《姑妇曲》《慈悲曲》《翻魇殃》《寒森曲》《琴瑟乐》《蓬莱宴》《俊夜叉》《穷汉词》《丑俊巴》《快曲》各一册，《禳妒咒》《富贵神仙》（后变《磨难曲》）《增补幸云曲》各二册。”其中，《磨难曲》在

① 邹宗良：《聊斋俚曲集·前言》，国际文化出版公司 1999 年版，第 2 页。

② “聊斋俚曲”本是后人对蒲松龄所作“俚曲”的专指，而《聊斋俚曲集》是后人对聊斋俚曲结集后的命名。所以在蒲松龄研究界，“聊斋俚曲”一般即统指蒲松龄的通俗俚曲作品，而非专指书名《聊斋俚曲集》。有时有加书名号的形式“《聊斋俚曲》”，其实就等于“《聊斋俚曲集》”。不过聊斋俚曲在淄川，尤其是蒲氏家乡蒲家庄一带也有传承，现在成为一种地方曲种，并于 2006 年被国务院批准列入“第一批国家级非物质文化遗产名录”。本书的“聊斋俚曲”专指蒲松龄的通俗俚曲。

《富贵神仙》基础上做了重大的改编，篇幅由原来的十四回增至三十六回，字数翻倍(据我们对电子本的统计，不计标点符号的总字数由41000多字增至87000多字)，艺术形式上由说唱改为分角色扮演的戏剧，所以应视为另一种作品。据粗略统计，聊斋俚曲十五种总字数约39.5万字(含标点符号)。

这十五种俚曲中，《墙头记》《禳妒咒》《磨难曲》为分角色扮演的戏剧剧本，有说白，有唱词；其余均为说唱词(其中，《琴瑟乐》和篇幅较短的《穷汉词》《丑俊巴》全部为唱词，篇幅也不算太长的《俊夜叉》除开场之外均为唱词)。其唱词均据当时流行的俗曲曲调(曲牌)写成。其中，《墙头记》和《增补幸云曲》全篇用“耍孩儿”，其余各篇则杂用多种曲牌。如《姑妇曲》用“劈破玉”“倒扳桨”“跌落金钱”“银纽丝”“叠断桥”“罗江怨”“房四娘”“耍孩儿”“对玉环”“呀呀油”“罗江怨带清江引”等；《俊夜叉》自称“是用时兴的‘耍孩儿’调编成”，不过开头用了“西江月”，结尾用了“劈破玉”和“西江月”，中间与“耍孩儿”交替的唱段未标曲名，但全部为同调相押(个别段中间有换调)，应该也是当时流行的一种曲调。其中，有些俚曲在蒲松龄故乡一带一直传唱、演出。2006年，聊斋俚曲被国务院批准列入“第一批国家级非物质文化遗产名录”。

聊斋俚曲的内容广泛，塑造人物形象深刻、细腻。《墙头记》描写不孝子虐待老父终受惩罚；《姑妇曲》(据《聊斋志异》的《珊瑚》篇改编)描写婆媳关系；《慈悲曲》(据《聊斋志异》的《张诚》篇改编)描写儿子与继母关系及兄弟之情；《翻魇殃》(据《聊斋志异》的《仇大娘》篇改编)描写坏人害人最终害己；《寒森曲》(据《聊斋志异》的《商三官》篇改编)描写烈女为父复仇，其兄赴阴曹救妹；《琴瑟乐》以青年女性的眼光描写新婚之乐；《蓬莱宴》描写仙女、仙童入人间结成夫妻后又返回天界；《俊夜叉》描写妻子管教染上赌瘾的丈夫使之改邪归正；《穷汉词》以穷汉的口吻倾诉穷迫至极的境况和心情；《丑俊巴》(未完篇)描写猪八戒与潘金莲的艳情；《快曲》描写曹操在赤壁大败后逃走中被杀，士兵们以饮酒骂曹取乐；《禳妒咒》(据《聊斋志异》的《江城》篇改编)描写悍妇回头；《富贵神仙》和《磨难曲》(据《聊斋志异》的《张鸿渐》篇改编)描写一个书生历经磨难终于完成理想；《增补幸云曲》则描写明朝正德皇帝微服去山西大同嫖院的经历。

聊斋俚曲的说白口语性很强，即使唱词也是用口语写成的。下面比较一下《珊瑚》中的一段文言原文和《姑妇曲》中的相应描写，可见聊斋俚曲的口语性及其文学性之一斑。《珊瑚》：

生(安大成)娶陈氏，小字珊瑚，性娴淑。而生母沈，悍谬不仁，遇之虐。

珊瑚无怨色，每早旦靓妆往朝。值生疾，母谓其诲淫，诟责之。珊瑚退，毁妆以进；母益怒，投颡自挝。生素孝，鞭妇，母始少解。（以上不计标点符号共68字）

《姑妇曲》：

大成娶了个媳妇，姓陈，名叫珊瑚，是个秀才的女儿，又知礼，又孝顺，模样又好。

【劈破玉】好一个俊媳妇风流不过，穿上件粗布衣就似蝉娥；又孝顺又知礼，一点儿不错。不说他为人好，方且是活路多：爬灰扫地，洗碗刷锅，大裁小铰，扫磙打罗；喂鸡喂狗，喂鸭喂鹅，冬里餵猪五口，夏里养蚕十箔，黑夜纺棉织布，白日刺绣绫罗；五更梳头净面，早早伺候婆婆。亲戚朋友听着，邻舍百家看着，都说道这么个媳妇，就是那扬州的琼花，真正是找遍天下无二朵！

珊瑚自从过门，无所不做；且是性情又好，呼气来，呵气去的，就吆喝他两句，他也不使个性子。人人都说于氏有造化，就摊了恁么一个贤惠媳妇。

【倒板桨】媳妇终日不从容，婆婆闲的皮也疼，不知心里还待嚾，终朝吵骂不停声，不停声，好难听，人人说是糊突虫。

一日，安大成有病，不曾起来，珊瑚还照寻常的规矩，早早起来，梳的光头面净，去伺候婆婆。到了门外，于氏不曾起来，等睐子，二成才开了门。于氏才起来，一眼看见珊瑚，那脸上就有些怒色。

【倒扳桨】早儿新妆下镜台，停停久候寝门开，进门先看婆婆面，恶气冲冲怒满腮；怒满腮，自疑猜，不知又是为何来。

珊瑚看出他怒来，却不知其故。到了房里，给他端了尿盆子来，又上床待去给他梳头。于氏推了一把，没好气说："我不希罕你！"珊瑚在旁里站着，看他那脸。于氏说："你扎挂的合妖精似的，你去给那病人看的，只顾在这里站嘎哩？"珊瑚才知道是嗔他扎挂，就出去了。

【倒扳桨】珊瑚随即进房来，脱了衣裳换了鞋，落了鬅头洗了粉，去了裙子掩掩怀，掩掩怀，插金钗，未照菱花鬏髻儿歪。

珊瑚换了衣妆，又来到婆婆房里。于氏方才洗脸，流水找着手巾，拿在手里伺候着。于氏洗完，从珊瑚手里一把夺过来，甚是不自在。

【倒扳桨】手巾一把夺过来，容颜老大不自在，珊瑚在旁不敢去，低头无语暗徘徊，暗徘徊，好难猜，单等着婆婆说出来。

珊瑚不敢去了，只顾站着。于氏拭了脸，劈珊瑚瓜的声一耳根子，说："我看不上你乜脏样！"珊瑚又不敢问是为甚么？于氏待了一会说："你说罢，就要赌气了么？"

【跌落金钱】珊瑚𤅢眼泪撒撒，说娘方才怒气加，亲娘呀，我还不知是为嗄。娘这不是该这么，我就回房换了他，亲娘呀，谁敢在你身上诈？这身衣服不堪夸，穿着做饭纺棉花，亲娘呀，不是因着那句话，刚才算计一时差。我的不是说甚么，亲娘呀，望你宽洪担待罢。

于氏不待看也不待听，黄天黑地的磞起头来了。安大成平日极孝，正卧着，听见他娘吵骂，扎挣起来，流水来问："娘是为嗄来？"于氏也告诉不出口来，只是鬅松着那头哭骂。珊瑚还要来表白，大成说："你还不跪下？你说甚么话！"珊瑚就流水跪下了。

【跌落金钱】大成说他一二十，一点人性全不知，亲娘呀，终朝惹娘长生气。为人全不识高低，你可看了是合谁？贱人呀，怎么要说你自家？只是该拿他当粪堆，休要为他气着你，亲娘呀，你可暂且消消气。看这一样揣东西，不宜量好说只宜量捶。贱人呀，气着娘你该甚么罪？

大成巴数了一阵，墙上挂着一支鞭子，拿下来把珊瑚打了几下子，于氏那气才略消了。又怕使着他娘，才吩咐散了。

(以上不计标点符号和曲牌名，共1009字)

姜复宁、朱彦羽(2015年)曾用数理语言学的方法比较了聊斋俚曲和《醒世姻缘传》的语言，其中对两种语料中文言虚词进行抽样统计得出下表：

**两部作品中文言虚字出现频次表**

| | 之 | 其 | 亦 | 于 | 皆 | 乃 |
|---|---|---|---|---|---|---|
| 《醒世姻缘传》 | 492 | 195 | 31 | 196 | 17 | 3 |
| 《聊斋俚曲集》 | 55 | 10 | 1 | 21 | 18 | 0 |

他们计算各文言虚字出现次数的总和与样本总字数的比值，得出"文言色彩度"，《醒世姻缘传》是0.0024496，而《聊斋俚曲集》是0.0011431。显然，《醒世姻缘传》的"文言色彩度"是《聊斋俚曲集》的2倍多。① 尽管他们的结论只是

① 参见姜复宁、朱彦羽：《从数理语言学角度论证〈醒世姻缘传〉并非蒲松龄作品》，《武汉工程职业技术学院学报》2015年第4期。

根据文言虚字一个方面得出来的，实际上影响“文言色彩度”的还有句式和词汇，但这个结论还是具有一定参考价值的，至少说明《聊斋俚曲集》语言的口语化程度要高于差不多同时期的反映山东方言的著名长篇小说《醒世姻缘传》。

此外，由于聊斋俚曲在蒲松龄去世之后的200多年里主要是通过手抄的方式流传，因此其中的俗体字、异体字、异形词对于俗字的研究来说也是十分丰富的资料。

总的来看，聊斋俚曲是清初山东方言（尤其是鲁中地区方言）的宝贵语料，对于山东方言以及北方方言词汇史、语音史和语法史以及俗字的研究都有很重要的价值。

另外需要说明的是，《琴瑟乐》的真伪目前还存疑。据黄霖（2004年）考证，盛伟编《蒲松龄全集》和蒲先明整理、邹宗良校注《聊斋俚曲集》中所收的《琴瑟乐》其实是大约创作于乾隆末年或嘉庆年间的《闺艳秦声》，先是1923年刊于天津《大公报》，后收入由姚灵犀校印并于1936年出版的《未刻珍品丛传》。流传开来之后，被好事之徒归之于蒲松龄名下。① 不过，从语言来看，《琴瑟乐》倒是与聊斋俚曲的其他十四种没有明显差别，加之其篇幅并不算太长，不太影响蒲松龄白话作品的语言特色，所以我们并没有将其排除在聊斋俚曲之外。

《聊斋俚曲集》目前常见的版本有以下四种：

(1)路大荒编《蒲松龄集》所收，（上海）中华书局1962年版，上海古籍出版社1986年（新版）。

(2)盛伟编《蒲松龄全集》所收，学林出版社1998年版。

(3)蒲先明整理、邹宗良校注《聊斋俚曲集》，国际文化出版公司1999年版。

(4)蒲松龄著《聊斋俚曲集》，齐鲁书社2018年版。

2.《日用俗字》

《日用俗字》是蒲松龄晚年的作品（自序于康熙四十三年，即1704年，蒲氏时年65岁）。这是一部用七言歌谣形式编排的农村生活用字汇编。全书共1588句（此据路大荒《蒲松龄集》，盛伟《蒲松龄全集》本少2句）11116字。该书主要有以下特点：

第一，从编写宗旨来说，蒲氏是为了解决日用生活中的用字而编写的。他在《自序》中说：“每需一物，苦不能书其名。旧有《庄农杂字》，村童多诵之。无

---

① 参见黄霖：《〈闺艳秦声〉与“易性文学”——兼辨〈琴瑟乐〉非蒲松龄所作》，《文学遗产》2004年第1期。

论其脱漏甚多,而即其所有者,考其点画,率皆杜撰。故立意详查《字汇》,编为此书。”也就是说,该书首先是一部关于文字的实用类著作,是帮助人们日常书写所用的文字教本。从其篇幅来说,确实是目前所见到的同类著作中最长的一部,[1]可见蒲氏在解决旧有同类著作“脱漏甚多”问题方面所做出的努力,用《自序》的话说,就是“虽俗字不能尽志,而家常应用,亦可以不穷矣”。

第二,该书采用的是歌谣体的形式。蒲氏把日常生活用语用字分类串编为歌谣,因此,其内容并非汉字的字典式机械排列,而是反映了封建时代农村生活从生产到生活的方方面面。该书共分三十一章,每章一韵。其章目依次是:《身体章》《庄农章》《养蚕章》《饮食章》《菜蔬章》《器皿章》《杂货章》《果实章》《兵器章》《丹青章》《木匠章》《泥瓦章》《铁匠章》《石匠章》《裁缝章》《皮匠章》《银匠章》《毡匠章》《疾病章》《堪舆章》《纸扎章》《僧道章》《争讼章》《赌博章》《衏衕(行院)章》《花草章》《树木章》《走兽章》《禽鸟章》《鳞介章》《昆虫章》。以上大致可分为五类:《庄农章》《养蚕章》主要是农桑生产类;《泥瓦章》是建筑类(包括房舍及其建造);《木匠章》《铁匠章》《石匠章》《裁缝章》《皮匠章》《银匠章》《毡匠章》《丹青章》是技艺类;《身体章》《饮食章》《菜蔬章》《器皿章》《杂货章》《果实章》《兵器章》《疾病章》《花草章》《树木章》《走兽章》《禽鸟章》《鳞介章》《昆虫章》主要是生活常识类,也涉及制作、种植、养育、治疗等部分内容;《堪舆章》《纸扎章》《僧道章》《争讼章》《赌博章》《衏衕(行院)章》均为非主流生活内容。以上内容几乎可以说包罗了农村生活的万象,但唯独缺少与文化教育有关的内容,这应该是由于文化教育包括传统的儒家思想等属于“雅”的部分,而且其用语、用字也是通用的,所以未予收录。该书所用的词语可以视为封建时代农村生活的百科词条,对于研究明清时代农村历史文化具有很高的参考价值。

第三,该书是为了日常使用而作的,因此所用的词语都是口语词。该书《自序》说:“或俗语有南北之不同者,偶一借用。”这正说明其中的词语绝大部分是当地方言的口语词。

第四,从用字来看,蒲氏是鉴于以往的通俗文字教本“点画率皆杜撰”而编写该书的,而使用的方法是“详查《字汇》”,“要皆《字汇》所有”,所以该书所使用的字形“杜撰”自造,一般也不用民间的俗字,而是蒲氏所找出来的“正字”。[2] 从

① 李国庆编《杂字类函》(学苑出版社 2009 年版)共收历代杂字类著作 80 种,以明清时期作品居多,其中以《日用俗字》字数为最多。

② 参见张树铮:《〈日用俗字〉中的俗字》,《蒲松龄研究》2012 年第 3 期。

文字学角度来看，本书是正字之书而非俗字之书。当然，蒲氏为方言词语寻找“正字”的方法也有值得今日借鉴之处。

第五，对生僻字，书中还在字旁以小字加了“音注”（实即同音字，即直音字）。

结合第三、第四点来看，该书书名中的“日用俗字”应该理解为“日用俗词正字”，这才是该书的性质。因此，从语言学研究的角度来看，《日用俗字》的最大价值是保存了一大批当时的方言词语。由于所涉内容的广泛性，其中有不少字词是一般的文学作品（包括聊斋俚曲）很少用到的，所以它对方言词语的记录更为全面。此外，该书的押韵反映了当时的韵部系统，而其“音注”也是研究当时方言读音的重要资料。因为该书的目的是寻求“正字”，实际上进行的是相当于现代方言学中所说的考本字的工作，所以对于现代方言的考本字也很有参考价值；至于它在俗字研究方面的价值反而是最小的。

下面列出第一章《身体章》的部分文字，并解释词语于后，以见《日用俗字》之特点：

爷娘生来叫做人，发辫㚫夺髅与囟信门。

髂怪骨下有额隘髅盖，肩膀以上是脖根。

鼻梁在脸为中岳，耳䏶与腮作近邻。

眼眨毛长㲚塔㲢撒丑，颧权骨高大衬粗唇。

下颏才动发须战，牙齿不牢口舌存。

前面喉咙连上腭，后边枕骨带颡頣根。

胳膊有窝名胛膣执，胸膛上骨号䪼穷心。

其中的方言词语释义如下：

爷：父亲。

㚫髅：头颅。

囟门：头顶的中部。

髂骨：头顶接近额头处。

额髅盖：额头。

脖根：脖颈，脖子的后部。

眼眨毛：睫毛。

㲚㲢：披散地垂下。

下颏：下巴。

顩頣:枕骨下、脖颈上的部位。

胛膣:胳肢窝,腋窝。

𩓋心:胸口中部、两肋交叉处的小骨,学名剑突。

《日用俗字》目前常见的版本有:

(1)路大荒编《蒲松龄集》所收,(上海)中华书局1962年版,上海古籍出版社1986年版(新版)。

(2)盛伟编《蒲松龄全集》所收,学林出版社1998年版。

(3)韩寓群主编《山东文献集成》(第四辑)所收,山东大学出版社2011年版。

亦可参考拙著《蒲松龄〈日用俗字〉注》,山东大学出版社2015年版。

3.《戏三出》

《戏三出》包括今传的《闹馆》《钟妹庆寿》《闹窘(附南吕调九转货郎儿)》。蒲松龄子孙为其所立墓碑中记为《考词九转货郎儿》《钟妹庆寿》《闹馆》。据路大荒先生考证,"《考词九转货郎儿》并不是戏。广州中山大学图书馆所藏《聊斋诗文集》旧抄本中,除碑阴著作表所列全部存在外,另有《闹窘》一种,大概《考词九转货郎儿》应分为《考词》《九转货郎儿》(抄本作《南吕调九转货郎儿》),《考词》即《闹窘》,《九转货郎儿》则是《闹窘》的附录,合《钟妹庆寿》《闹馆》二种,正成戏三出"①。

《戏三出》的各篇篇幅都不太长。据我们根据电子本统计,总字数(含标点符号和缺字)为7200字。《闹馆》描写的是一个以塾师为业的穷困书生为生活所迫而低三下四寻求雇主的窘状,极尽讽刺而令人读之酸楚不已;《钟妹庆寿》根据钟馗喜欢吃鬼的传说描写钟馗之妹为兄庆寿而派一小鬼去送贺礼,实际上以小鬼为贺仪,钟馗得以尽享口福;《闹窘》描写一名不学无术的学生在科举考场中的种种窘态;《南吕调九转货郎儿》是九段唱词,内容与《闹窘》相似。

从语言角度来看,《戏三出》的口语性也是比较强的。虽然其书面语词要比聊斋俚曲和《日用俗字》多一些,但从方言词汇、语音和语法特点来看其与聊斋俚曲和《日用俗字》是一致的。

对于蒲松龄白话词语的研究来说,除了上述三种,还有虽然属于文言作品但也含有不少方言词语的《农桑经》和《家政外编》。因为其对农业生产和种桑

---

① 路大荒:《蒲松龄集·编订后记》,上海古籍出版社1986年版。

养蚕有详尽的描写，自然也用到了不少方言中使用的词语，主要是大量名词和一部分动词。其他文言作品中也偶尔用到方言词语。如《聊斋志异·鸟语》：

> 齐俗呼蝉曰“稍迁”，其绿色者曰“都了”。邑有父子，俱青、社生，将赴岁试，忽有蝉集襟上。父喜曰：“稍迁，吉兆也。”一僮视之，曰：“何物稍迁，都了而已。”父子不悦。已而果皆被黜。

其中，“稍迁”和“都了”都是至今仍在使用的方言词。只不过此类甚少，不过凡有发现，即予采用。

此外需要说明的是，曾长期在淄川行医的日本人平井雅尾还编有《聊斋小曲》。其自序收集经过云：“今所编集小曲数十篇，皆得之于柳泉居士足迹所到之地，或与其友谊交情者及后裔者。例如淄川城内栖云阁旧高珩（号念东）家，或贾村庄旧张笃庆家，或王村毕怡庵家（其后辈有柳村画伯），或又同王村西铺振衣阁旧毕自岩（号白阳，其后辈东河亦清末咸丰年为户、兵部侍郎）家等处所秘藏之原稿及抄本，均行集录之，诚属秘稿中之珍稿也。”然而这些小曲是否确为蒲作，却令人怀疑。关德栋先生发现其中有不少篇什见于清人所编《白雪遗音》，怀疑“部分聊斋小曲或为后人以流行的时调小曲托名伪作”①。马振方《聊斋遗文七种》②之第六种即《聊斋小曲》，他考定其中8首为蒲氏所作归为正编，其余53首“真伪尚难遽定”列于附编。刘瑞明《所谓〈聊斋小曲〉中的非蒲松龄作品》则认为这53首中有44首“必非蒲松龄所为，而是蒲松龄去世之后的民间小曲”③。因为其性质尚难断定，所以本研究不涉及这些《聊斋小曲》。

《蒲松龄集》和《蒲松龄全集》都收入了《草木传》《逃学传》《学究自嘲》《除日祭穷神文》《穷神答文》等通俗作品，但它们都只作为附录，并未被确定为蒲氏作品，所以本研究也不以为据。

需要指出的是，蒲松龄的白话作品及其语言的口语性与他的人生经历有直接的关系。

众所周知，蒲松龄是科举之途的失败者，虽然初出道应童子试时一鸣惊人，连取县、府、道第一，此后却屡试屡败，直到72岁才得了个“荣誉学位”——岁贡生。除去31～32岁时去江苏做过一年的幕宾，终其一生，蒲氏都是作为一名乡间的知识分子在家乡活动，主要工作是做塾师。40岁时设馆于淄川县西境的西

---

① 关德栋：《聊斋俚曲偶记》，见关德栋《曲艺论集》，上海古籍出版社1958年版，第80页。

② 参见马振芳：《聊斋遗文七种》，北京大学出版社1998年版。

③ 刘瑞明：《所谓〈聊斋小曲〉中的非蒲松龄作品》，《蒲松龄研究》2002年第3期。

铺村(今属山东省淄博市周村区王村镇)毕际有家,至70岁时方才撤帐,时间长达30年之久。尽管文名在外,蒲氏与当时的文人墨客及省、府、县的官员也有不少交往,虽不是普通的民间文人,但他毕竟是一介布衣,生活在民间,与平民百姓朝夕相处。从他后来撰写的《日用俗字》《农桑经》等著作来看,他对于农业、桑蚕业以及各行技艺、动植物知识乃至于赌博、僧道等知识都非常熟稔,可见他并非埋头于典籍的"冬烘先生",而是一位关心社会和生产、生活的农村"专家";当然,这也反映出他与农村生活的紧密联系。

生活在社会基层的经历,对于蒲松龄的创作有很大的影响。他的名山之作《聊斋志异》在40岁时已经基本完成(该年他为《聊斋志异》写了《自志》)。换言之,那些充满浪漫幻象和典雅文采的篇什主要是在他的中壮年时期完成的。这个时期的蒲松龄,一面矻矻于舌耕,一面醉心于笔耘,当然,还有一面是屡败屡战的科考,似乎无暇关心通俗作品的写作。据研究,这个时期的通俗作品只有俚曲《琴瑟乐》一种,描写的还是闺情。中年之后,随着科举道路的前途日渐无光,生活的磨痕不断加重,蒲氏的视角由骛远转向切实,由瑰丽的梦境回归现实的人间;愈到晚年,笔触愈接近社会的下层,其语境亦愈通俗化。在前述的白话作品中,白话作品《日用俗字》和文言作品《农桑经》都是直接为农村实用而作的,只不过前者服务于文化,后者服务于农桑。除此之外,蒲氏还撰有《家政内编》《家政外编》《药祟书》等实用类著作。

下面列出蒲松龄通俗性、实用性作品的写作年代(以时间为序,年龄以虚岁计),其中俚曲主要根据邹宗良《聊斋俚曲集·序》所列,其他著作据《蒲松龄年谱》:

| 篇目 | 写作时间 | 年龄 |
|---|---|---|
| 《琴瑟乐》 | 青壮年时期(《蒲松龄年谱》定为康熙十三年[1674年]) | 35岁 |
| 《穷汉词》 | 康熙十五年(1676年) | 37岁 |
| 《快曲》 | | |
| 《丑俊巴》 | | |
| 《俊夜叉》 | 康熙三十八年(1699年)或稍后 | 60岁或稍后 |
| 《慈悲曲》 | | |
| 《姑妇曲》 | 康熙四十一年(1702年) | 63岁 |

续表

| 篇目 | 写作时间 | 年龄 |
|---|---|---|
| 《蓬莱宴》 | | |
| 《富贵神仙》 | | |
| 《增补幸云曲》 | | |
| 《寒森曲》 | | |
| 《翻魇殃》 | | |
| 《禳妒咒》 | 康熙四十一年(1702年)前后 | 63岁前后 |
| 《日用俗字》 | 康熙四十三年(1704) | 65岁 |
| 《农桑经》 | 康熙四十四年(1705年) | 66岁 |
| 《药祟书》 | 康熙四十五年(1706年) | 67岁 |
| 《磨难曲》 | 康熙四十七年(1708年)之后 | 69岁之后 |
| 《墙头记》 | 康熙五十年(1711年)或稍后 | 72岁或稍后 |

由上可见,蒲氏聊斋俚曲的创作及实用性著作的撰写,主要始于60岁之后。可以说在迈入花甲之后,作为文学家的蒲松龄,进入了一个新的创作高峰期。这个时期,他更自觉地与底层人民同呼吸、共命运,利用老百姓喜闻乐见的戏曲形式和语言来进行写作。从语言角度来说,多蹇的命运牢牢地把蒲松龄压制在社会底层,他始终是在处在方言的、民间的、充溢着乡土气息的氛围之中的,自幼习得与终生使用的都是乡音土语。较之那些"少小离家老大回"的官员或云游四海的墨客,蒲松龄既没有受到多少外地方言的干扰,也没有经过多少官场语言的浸染,这使得他的口语保持了比较纯粹的性质。他成了那个时代鲁中一带方言的最忠实的记录者和最有影响的传承者。

## 第二节　蒲松龄白话作品语言的异质性和方言性

### 一、以蒲松龄作品为例论近代白话作品中语言成分的异质性

白话作品因其与实际口语的接近而成为近代汉语语音、词汇、语法诸方面

研究的首选语料。研究者在利用白话语料时对其时代性比较注意，以明清长篇小说为例，《水浒传》（约元末明初）、《金瓶梅》（明中后期）、《醒世姻缘传》（明末清初）、《儒林外史》（清中期稍早）、《红楼梦》（清中期稍后）等，大致形成了明初至清代中叶400多年的白话序列，论者多以它们作为不同时代汉语的典型语料，由此构建近代汉语词汇语法（以及语音）的演进历程。不过，近代汉语白话语料的语言性质并不单纯，同时期或相近时期的不同作品往往有不同的语言特点，就说明了时间并非不同白话语料差别的唯一原因。同一共时平面下的不同语料，甚至同一作者的同一部语料中，都存在着语言性质的差异。明了语料所反映现象的语言性质，应该是据语料以立论的基础，因此，治近代汉语史者不得不慎。蒋绍愚指出："……语料中反映的语言特点有的是时代特色，有的是地域特色，有的是语料特色，有的是语体特色（如有的很口语化，有的文白夹杂），需要加以区分……"[①]我们以清代早期作家蒲松龄白话作品为例，说明其中所反映的语言现象的异质性，卑之无甚高论，但希望为近代汉语白话语料的利用提供一定参考。

**（一）共时平面下的不同语言性质**

蒲松龄不愧为语言大师，他不仅创作了举世闻名的文言小说《聊斋志异》，而且还创作了大量的白话作品。他的白话作品口语性非常之强，方言性异常突出，充分表现了他白话写作的娴熟能力。对于近代汉语的研究来说，蒲氏这些白话作品无疑具有很高的参考价值。《汉语大词典》和《汉语大字典》引用蒲氏用例甚夥，便是蒲氏白话作品语言史价值的突出体现。可以说，蒲氏白话作品是反映清代前期鲁中地区语言状况的最主要语料。即使就整个清代山东地区的白话语料来看，也只有写于明清之际的《醒世姻缘传》[②]能够与蒲松龄的白话作品在字数上相颉颃。

不过，即使是聊斋俚曲和《日用俗字》这样应该算是比较纯粹的方言口语作品中，其语言性质也并不单一。大略而言，有口语与书面语、方言与共同语两大类。其中，口语又分方言口语和共同语口语两类，书面语又分书面文言与书面白话两类，所以细分实为四类。

---

① 蒋绍愚：《近十年间近代汉语研究的回顾与前瞻》，《古汉语研究》1998年第4期。

② 胡适提出《醒世姻缘传》为蒲氏所写，并无充分依据。（参见张树铮、孙韵珩：《〈聊斋俚曲集〉与〈醒世姻缘传〉语法特点比较》，《古汉语研究》2005年第4期）

1. 口语与书面语

口语与书面语，是两种最主要的语言形式。在后世的书面文言语料中，两者似油水，虽偶有相处却难相融，容易辨析；而在白话语料中，两者却如水乳，往往浑然一体。其中原因，大抵在于口语进入书面无不经过加工，这便与实际使用的“原生态”口语产生距离，只不过距离有远有近而已。

书面语中距离现实口语最远的，无疑是带有先秦色彩的比较纯粹的文言文；距离现实口语最近的，则是书面中的方言口语。白话作品虽然号称“我手写我口”，但实际上“我口”说的是方言，而“我手”所写的白话文，尽为方言者却极为罕见，只有方言成分多寡的差异。所以，方言成分多的白话，与口语更为接近；而方言成分少的白话，与口语就比较疏远了。如清代山东诸城人丁耀亢所写的《续金瓶梅》，虽然也属白话作品，但笔者竟很难从中找到诸城方言（甚至是山东方言）的痕迹。这样的白话，与丁氏的诸城口语相距恐怕难以道里计。

介于“古文”与方言口语之间的，则应是浅近的文言与近代形成的书面白话。

浅近的文言以文言句式为主，掺入部分后代词语及部分新生语法成分。《三国演义》是公认的浅近文言文，下面看其第一回的几句：

> 建宁二年四月望日，帝御温德殿。方升座，殿角狂风骤起。只见一条大青蛇，从梁上飞将下来，蟠于椅上。帝惊倒，左右急救入宫，百官俱奔避。须臾，蛇不见了。忽然大雷大雨，加以冰雹，落到半夜方止，坏却房屋无数。

其中“一条”“飞将下来”“不见了”“落到半夜”等，都是典型的近代语法和词汇样式。

书面白话中虽然也有文言成分，但以白话为主。如《儒林外史》第一回：

> 人生富贵功名，是身外之物；但世人一见了功名，便舍着性命去求他。及至到手之后，味同嚼蜡。自古及今，那一个是看得破的？

在这里要特别指出的是，近代白话文中也形成了一些既非文言也非口语的一些通用说法（对于形成地来说是口语，而对其他地方来说属非口语），这些说法影响了不同地区作者的白话作品写作，如上文提到的《续金瓶梅》就是用比较纯粹的通用白话文写作的。我们认为，近代的通用白话文对于现代白话文也有重要的影响，此容另述。

蒲松龄聊斋俚曲中，上述几种类型的情况都可以看到。如下面几例：

（1）“故去了～死去了～死了”。如《墙头记》第一回，张老出场后的念白：

> 老汉今年八十二岁，老婆子又故去了，一切饥寒谁问？好痛人也！……清净了二年，谁想婆子死了，撇下个老光棍。哪里疼，哪里痒，谁问一

声？苦哉呀苦哉！

(唱【耍孩儿】)老婆子死去了，冷和热自己熬，肚里饥饱谁知道？身上衣服没人洗，虱子虮子都成条，一双鞋穿的底儿吊。只转了饭饱无事，抗墙根也还逍遥。

同样表示“死去”的意思，出现了三种说法：“故去了”“死了”“死去了”。它们恰好代表了三种不同性质的说法。

其中，“故”是带有文言色彩的说法。“故去”是文白糅杂而成的词，产生时代应该较晚。《儒林外史》和《红楼梦》中均未出现，《汉语大词典》“故去”条引例为鲁迅和老舍的作品。由聊斋俚曲来看，《汉语大词典》显然出例太晚，不过反映了该词出现较晚的事实。聊斋俚曲中“故去”共 2 见(另一例见于《增补幸云曲》第五回)。《现代汉语词典》释“故去”为：“死去(多指长辈)。”

“死了”是口语说法。聊斋俚曲中常用，共 128 见。今口语仍常用，无须多说。

“死去”是书面白话说法。聊斋俚曲中共 6 见[①](均为唱词)。我们说“死去”是书面白话说法，是因为现代口语一般不说而近代书面语中常用。如《儒林外史》第二十回：“我这床头箱内，有六两银子，我若死去，即烦老师父替我买具棺木，还有几件粗布衣服，拿去变卖了，请几众师父替我念一卷经，超度我升天。”又如《红楼梦》第六十四回：“却说张华之祖，原当皇粮庄头，后来死去。至张华父亲时，仍充此役，因与尤老娘前夫相好，所以将张华与尤二姐指腹为婚。”上文提到的几乎不见山东方言色彩的《续金瓶梅》中“死去”共 14 见。《现代汉语词典》未收“死去”一词，但“故去”的释文却为“死去”(见上引)，也可以说明其白话书面语的性质。

(2)“形容词＋的紧”(表程度)。这种类型在聊斋俚曲中共 28 见。如《墙头记》第三回：

张二转身说：老头子筋节[②]的紧，我看他扁了哪里去？哈哈！出门去了。张老说：平生不会撒谎，今日反唠自己的儿孙，讨愧的紧，可笑的紧哪！

“形容词＋的紧”相当于今普通话的“形容词＋得很”。不过今山东全省都不说“……的紧”，除鲁西南地区外，甚至也不说“……的很”。我们认为这是从书面白话中吸收的成分。在近代白话作品中，“形容词＋的紧”很常见。如《醒世姻缘传》第五回：“只是纵欲的人，又兼去了许多血脉，只身上虚弱的紧。”《儒

① 此外，还有一例“死去”，但并非“死了”之意。《禳妒咒》第十八回：“江城说：你往那里死去来！带了这么个样子来！”其中“你往那里死去来”相当于今语“你往哪里去死来着”。

② “筋节”为方言词，指对自己的钱物看得很重，不轻易放手或送给他人。

林外史》第八回:“这三样声息,却也有趣的紧。”《红楼梦》第三十七回:“一语未了,李纨也来了,进门笑道:‘雅的紧! 要起诗社,我自荐我掌坛。……’”《续金瓶梅》:“上的桥来,过河一带酒馆歌楼,都是些翠袖红裙,在柳陌花街,或是倚门卖笑,和郎君携手,或是在楼头弹唱,与荡子偎肩,好热闹的紧。”

(3)“俺达～家达”。聊斋俚曲中常称父亲为“达”或“达达”,此为方言词,今山东还有些地区如此称呼。称自己为“俺”、自己的父亲为“俺达”更是方言的说法。聊斋俚曲中“俺达”“俺达达”共19见。如《墙头记》第一回:“张大出来说:他有达妈人两个,我有俺达一个人;虽然叫达一样叫,俺达不如他达亲。”有趣的是,俚曲中还有“家达”的说法,仅有一例见于《墙头记》第二回:“家达有五十亩好地,留着养老。我合家兄哄法了哄法,便就分了,情着吃穿。”这是不孝子张二上场后的念白,故作酸文,倒也与“家兄”相配。不过,这显然是仿照“家父”的书面语说法而形成的方言与书面语杂糅的说法。

2.方言与共同语

对于不识字而只在田间劳作、不与外地人接触的普通人来说,共同语只是一个“传说”;但写作白话文的作者则不然,他们有足够的条件接触到官话甚至可能会说官话:一是他们能够阅读用官话所写的白话文;二是他们一般阅历较广,能够接触到不同地方的人和他们所说的话,当然包括官话,如蒲松龄曾在江苏做过一年的幕宾,与省内许多高官文人也是文友;三是他们多有仕宦的经历,接触官话,也能够说官话,即使像蒲松龄这样终身未仕的下层知识分子,也是多次参加科举考试,对官话比较熟悉是肯定无疑的。因此,文人所写的白话作品中带有或多或少的官话成分是很自然的。蒲松龄的《日用俗字》中写的是方言,但在《自序》中也说:“或俗语有南北之不同者,偶一借用。”可见其中也有非当地方言者(主要是官话,否则使用其他方言就没有什么意义了)。聊斋俚曲中的通语说法就更多了。下面仅举“腚～屁股”一例。

臀部称“腚”是山东地区为中心的方言词。据《普通话基础方言基本词汇集》,说“腚”的地点除了山东全省外,只有大连和商丘。其中,大连属胶辽官话,说“腚”是受胶东话的影响;豫东的商丘则紧邻鲁西南。而“屁股”的说法则较为普遍,属于通语。

聊斋俚曲中“腚”和“屁股”都用,但“屁股”仅7见,而“腚”则70见。于此可见“腚”是方言中普通的说法,而“屁股”是通语的说法。

值得注意的是,俚曲中有两个歇后语“屁股”与“腚”并用:“屁股长在脖子上——我腆着腚去见人么?”(《姑妇曲》第二段)“屁股里长出波瘰子[①]来——瞎了你那腚门子!”(《姑妇曲》第三段)可见方言口语中偶尔也会用到“屁股”,但这只是在有意为之的情况下。这两个歇后语前后交错使用“屁股”和“腚”,是为了在同一个歇后语中避免重复。并且请注意“腚”都是用在歇后语的后半部分,这一部分才是意义的重心,可见实际口语中还是以用“腚”为常。

白话作品中的方言说法当然以当地方言为主,但也有可能用到其他方言(主要是附近地区的方言)。俚曲《俊夜叉》:“咳,俺一日吃了一碗菜汁子,拾了一把烂棘子,着咱家里小妮子,借把盐来炒虱子,章丘的话头——好日(日读‘二’音)子。”章丘县为淄川县西邻,蒲氏设帐的王村西铺[②]更与章丘接壤,蒲氏把取笑章丘话读音的内容用到歇后语中,说明蒲松龄对于相邻地区的方言也是有所了解的。又如表示假设的情况时,今淄川方言一般在末尾用“着”,如“你去着给我捎本书来”;而济南一带用“可”,如“你去可给我捎本书来”。俚曲中一般用“着”,但也有用“可(或呵)”的例子。如《姑妇曲》第二段(相当于第二回)中:“但得娘知道我没有二意不怪我呵,就死了也甘心!”《禳妒咒》第六回:“你待等着做驸马呵,你等着罢了!”这是采用了济南一带方言的用法。

**(二)异质成分的不同语域分布**

不同性质的语言特点能够在同一部作品中比较和谐地相处,究其原因,主要在于各自有不同的分布语域。同一部作品中有不同的语域,而不同的语域对语言风格有不同的要求。因此,口语和书面语、方言和通语能够各安其所,而不是相互抵牾。从白话语料的情况看,影响不同语言性质语言成分的语域因素主要有以下几个方面:

1. 叙述语言与人物对白

文学作品的语言可以分为叙述语言和人物对白语言。叙述语言是作者叙述情节的话语,书面性更多;而人物对白是人物形象塑造的重要方面,为了更真实、更个性化地表现人物特点,作者笔下的人物对白更接近口语,口语性和方言性更强。比较典型的是清末小说《海上花列传》。该书被称为“中国第一部方言小说”(吴语小说),其实其叙述语言还是通用语(通用的白话文),只是人物对白采用方言。如第一回:

不多时,洪善卿匆匆出来。赵朴斋虽也久别,见他削骨脸,爆眼睛,却

① “波瘰子”为方言词,指眼球溃疡后在角膜上留下的白色斑痕,有的地方称作“萝卜花”。
② 王村镇今属淄博市周村区,1970年以前属于淄川县。西邻章丘县(今济南市章丘区)。

还认得。趋步上前，口称"娘舅"，行下礼去。洪善卿还礼不迭，请起上坐。随问："令堂阿好？阿曾一淘来？寓来哚陆里？"朴斋道："小寓宝善街悦来客栈。无娒勿曾来，说搭娘舅请安。"说着，小伙计送上烟茶二事。

当然在白话作品中，叙述语言也会包含大量口语性和方言性的成分，但我们常常会发现这样的现象：有些书面语的成分只出现在叙述语言中而一般不出现在人物对白中；或者是，有些书面语成分更多地出现在叙述语言中而较少出现在人物对白中，有些方言性、口语性的成分更多地出现在人物对白中而较少出现在叙述语言中，呈现出一种倾向性或频率上的差异。叙述语言和人物对白的这种差异在小说类作品中更为明显。如《醒世姻缘传》中表示"踩踏"义的词有两个："践"和"踩"。其中"践"只1见（第一回），为叙述语言；而"踩"共6见，4见于人物对白，2见于叙述性语言。又如该书表示"睡觉"义的词有"眠"和"睡、睡觉"。其中"眠"字共18见，17处为叙述语言，只有1处是人物对白（身份是官员）[①]；而"睡"或"睡觉"（不包括"睡梦""瞌睡"等词中的"睡"词素，"睡睡""睡不睡"均算一例）出现了402次，既出现于叙述语言（251次）中，也大量出现于人物对白（151次）中。

聊斋俚曲为戏曲剧本，其中有些是长篇说唱，有些是由人物扮演的戏剧。后者基本上都要算作人物对白（宾白），而说唱中的叙述语言其实也是说唱人说唱出来的，与小说中纯阅读性的叙述语言相比也比较通俗，因此不像小说中叙述语言和人物对白的界限那么清楚。不过，叙述语言（基本上是说唱者的话）和人物对白还是能够显示出一定的差异。请看"A＋之极"的例子。

"之极"用作程度补语，表示"非常"，大体相当于"……得很"（其前的中心语为双音节形容词或表心理活动的动词）。这是书面语的用法。俚曲中10见。[②]其中，7例见于叙述语言，如："整日家两不见面，倒落的清净之极。"（《墙头记》第一回）"那妮子他达无赖之极，上门子骂了，又告状。"（《姑妇曲》第三回）"恶虎变了牛，才叫知县、城隍。两个上来，恐惧之极。"（《寒森曲》第七回）3例见于人物对白，均出现于《禳妒咒》。如第八回："子正说：'寒家一无所有，蒙尊公亲家劳心费事，感激之极！酒到了请酒。'"第十三回："子正上：'女儿江城叫人忧心之

---

① 第九十八回："太守道：'如此毒物，你守在跟前，这真是伴虎眠一般。天下没有这等恶妇尚可姑容之理！'"

② 不做程度补语的"之极"不计入内。如《磨难曲》第四回："俺北直军门臧品是也。俺今日官至二品，位至八抬，出门去前呼后拥，轿前磕头者无其大数，也算的是个尊之极矣！"

极!'"第三十二回:"太公上云:'石庵来看看罢,何必又厚费?'石庵云:'好说,不堪之极!'"见于人物对白的3例都是文人的话,其中"子正"为一教书先生,"石庵"亦是文人。这与人物身份有关,参见下文。

2.不同人物

同样是人物对白,文人雅士、官员说话比较文绉绉的,书面语和文言成分较多;而劳动阶层说话比较粗直,口语性和方言性更强。这里只举聊斋俚曲中使用的口语性很强的歇后语的例子。

据不完全统计,俚曲中共使用了108个歇后语。其中,用于叙述语言的只有18个,用于人物对话的有86个,用于人物唱词的有4个。这也可以大略看出叙述语言与人物对白的差异(参上文)。用于人物对话的86例,共出自28人之口。下面列出使用两次以上的人物:

| 人物 | 出现次数 |
|---|---|
| 媒婆王婆 | 11 |
| 虔婆李婆 | 7 |
| 奸厨吴恒 | 6 |
| 正直而泼辣的何大娘 | 6 |
| 正直而泼辣的赵大姑 | 5 |
| 卖唱的老"先生" | 10① |
| 卖唱的瞽人王丙 | 4 |
| 卖唱的少"先生" | 6② |
| 妒妇樊满城 | 3 |
| 活泼伶俐的酒保六哥 | 3 |
| 泼妇李氏 | 3 |
| 丫头 | 3 |
| 卖唱的瞽人李先生 | 2 |
| 荒唐的明武宗 | 2 |

① 《富贵神仙》和《磨难曲》两剧中重出,实为5次。

② 《富贵神仙》和《磨难曲》两剧中重出,实为3次。

可见，除了史上有名的荒唐皇帝明武宗（正德皇帝）之外，使用歇后语较多的都是社会底层人士。其中，反面人物使用歇后语，表现的是他们的奸猾；正面人物使用歇后语，表现的则是他们的机灵泼辣。

对聊斋俚曲这样的戏曲作品来说，人物独白与对白也有差异。对白更生活化，口语性和方言性更强；而独白通常是表示人物自己内心活动的，但在传统的戏曲中，独白也常常用来进行自我介绍或介绍故事情节，因此可能会出现类似于说唱中的叙述语言的特点。如上举《墙头记》第一回主人公张老上场后的独白，总体来看口语性是很强的，但也夹杂着“便是”“无穷”“故去”“饥寒”“苦哉”等书面语词。而从剧情来看，张老只不过是个比较富裕的老农，并非文人。

3. 韵文与散文

聊斋俚曲中韵文比较多，其中大部分是唱词（说唱者的唱词或剧中人物的唱词），此外还有定场诗（出场诗）、下场诗等。一般来说，韵文在受到字数、平仄、韵脚等格律因素的限制而使用口语不便时就会采用书面语成分，而不押韵的散文不受格律限制，可以比较自由地使用口语成分。例如表示难以忍受义的“难当”在俚曲中共 19 见，其中 16 例见于唱词，并且都是韵脚；只有 3 例见于散文（都在《增补幸云曲》），且都是叙述语言。其中唱词如：

寻常是少柴没米，真教人焦怨难当。（《墙头记》第一回）

我那侄儿苦难当，四五岁上没了娘，苦儿呀，受罪受的看不上。（《慈悲曲》第三段）

背起行李甚凄也么慌，肚里饥饿又难当。（《富贵神仙》第三回）

散文有：

万岁听说，牵马出院，羞愧难当。（《增补幸云曲》第七回）

二姐斟酒未送过去，就满脸通红，羞愧难当。（《增补幸云曲》第十三回）

王龙着二姐笑的羞愧难当，把眼瞪了几瞪，几番待要发作……（《增补幸云曲》第十九回）

“难当”一词不仅不见于今淄川方言，也不见于今山东其他地区方言，可以判定为书面语词。至于叙述语言中书面语成分较多，见上文论述。

近代白话语料中的小说等体裁，当然是以散文为主，但也会杂有韵文。其语言使用情况与上述类似，此不赘述。

4. 不同场合

同义的不同表达方式有不同的语用效果，因此在交际中说话人会根据不同的交际场合使用不同的表达方式。同样,书面白话作品中也会根据不同语言环境而使用不同性质的语言成分。

俚曲《墙头记》中对父亲的称呼主要有“达”和“爹”两种,其中,“达”(达达)是方言的说法,而“爹”则带有通语的性质。剧中人物张老的不孝子张大嫌弃亲父张老,言必称“达”;而对其家境富裕的岳父则尊崇有加,称其为“爹”。可见,用方言词带有随意、不尊敬的意味,而用通语词则带有尊敬之意。其妻亦然。如其妻的唱词:

> 三觔肉一只鸡,就是您家那好东西,好厨子做煞也不济。咱爹有点薄体面,赴了多少大酒席,您家何曾见天日?不说那鸱头抉腚,看您达那也势势。

此处还要注意“咱”和“您”的用法。“咱爹”指张大的岳父,“您达”指张大的生父。按照方言的称谓,丈夫对岳父的面称应该随妻称,妻子对公公应该随夫称,所以,妻子对丈夫说到其父亲或公公时都应该称“咱”。但此处张妻因为嫌弃其公公,所以只把自己的父亲称作“咱”(这说明张妻并不嫌弃其夫,仍把张大看成自家人),而把自己的公公称作“您达”,即不愿意承认其公公是自己的“达”。

更有讽刺意味的是,当张老的朋友王银匠为了帮助张老安度晚年,对张老的两个儿子谎称张老有钱后,张大夫妇和张二夫妇便立刻改口称“爹”了。请看张大夫妻的表现(第三回):

> 张大扶着张老到了家,(张大妻)李氏迎出来说:“咱爹来了么?那屋里生上火了,着咱爹烤烤。这天这样冷,你这身绵袍子着咱爹穿着。”张大接过来,给他套上,说:“快拿饭来。”
>
> (唱)这天是甚么天,把炕上铺下毡,火少还得加上炭。看咱爹爹肚里饥,快打鸡子用油煎,吃点儿且把心窝垫。倒上酒顿的滚热,咱给爹汤汤风寒。

请注意,这里不仅称“爹”,并且是称“咱爹”了。

**(三)异质性的表现形式**

同一语料中不同语言性质的成分在语音、词汇和语法各个方面都有其表现。

1. 语音方面

在语音方面,不同语言性质主要表现为白读与文读、方言读音与外地读音的差异。白读和文读都是一个方言系统内部的读音，外地读音包括通语的读音和其他地方方言的读音，体现在押韵、谐音等多方面。

从蒲松龄白话作品来看，俚曲中的韵文一般是按照方言读音来押韵的，但其中也有少部分字分别押入不同韵部。这些字中，除去音异义别的多音字外，有些是属于白读与文读、方言读音与外地读音的问题。如“杯”字在俚曲中共 14 次入韵，其中 7 次押入微灰韵（当读 ei 韵母），7 次押入皆来韵（当读 ai 韵母）。从现代方言来看，押入微灰韵者为方言普通读音，而押入皆来韵者当为文读音。又如“白”字，共 4 次入韵，其中 2 次押入微灰韵，2 次押入皆来韵。现代淄川方言及其周边地区（以东如潍坊、以西如济南、以南如莱芜、以北如桓台）的方言都读 ei 韵母，而北京话以及津冀和鲁西北方言读 ai 韵母，读“白”为皆来韵应该是外地读音。

谐音是近代白话作品中除韵文之外表现语音特点的一种常见材料。这里说的谐音指的是谐音双关，即利用同音（或音近）关系构成言在此而义在彼的表达效果。常见的谐音现象包括谐音双关的歇后语，谐音的人名、地名、物名，一般使用的谐音双关辞格等。谐音是借助于读音而得其效的，所以必得有实际语音的依托，因而能够在很高的程度上反映语音实际。换言之，这些谐音现象应该是更多地反映方音。张鸿魁《〈金瓶梅〉语音研究》曾经分析了《金瓶梅》一书中的许多谐音现象。如谐音的人名：游守（游手）、郝贤（好闲）、韩道国（捣鬼）、卜志道（不知道）、管世宽（管事宽）、华何禄（画葫芦）等。如谐音歇后语：“鬼西儿上车——推（谐音忒）丑”。其他谐音如：“甲”谐音“假”，“艾”谐音“爱”，“叨”谐音“刀”，“窟”谐音“哭”等。聊斋俚曲中也存在不少此类现象。如谐音的歇后语：“旧板櫈做了脚打罗——到这里才成了踢（谐音体）面”（《富贵神仙》第十一回）；“禅和子念经没撞钟——只怕吊着不打就是击磬（谐音轻）”（《磨难曲》第二十八回）。再如人名的谐音：以“有路”谐音“牛禄”（《磨难曲》第二十八回），今鲁中方言中，“牛”旧读如“有”阳平调，“路”“禄”同音，说明此例谐音正是方音的反映。

白话作品中还有一些与语音有关的现象，如异形字、通假字、新造形声字以及文本中偶尔提及的字音等，这些都应该是实际读音的反映。蒲松龄白话作品中都有一些相应的例子。如上举俚曲《俊夜叉》中的“章丘的话头好日（日读二音）子”，“日读二音”是原文的注，指出章丘地方的读音“日”读“二”，这种现象正与今章丘方言相同。

2.词汇方面

不同性质的词汇成分表现为方言词语、书面文言语词和书面白话语词。

狭义的方言词语是指只流通于某一个地区的词语;广义的方言词语则指一个方言内所有的词语,既包括方言区独有的词语,也包括与共同语相同或与其他某些方言相同的词语,但不应该包括书面语词和文言语词(后者可以包含在书面语词之中),因为这些词语并无地域性可言,并且通常不用于口语。比较而言,狭义的方言词更具有地域特色,更具有口语性的特点,更容易判定其语言性质。可以说,狭义方言词语的多少是语料口语性强弱乃至于真实性强弱的重要标志。像《续金瓶梅》那样通篇难以找出狭义方言词语的白话作品,很难说是能够反映口语的现实状况的,顶多反映的是当时书面白话中的一些特点。而蒲松龄白话作品中此类狭义方言词语非常之多,十分突出地体现了蒲松龄白话作品的口语性和实际语言面貌的真实性。如俚曲《禳妒咒》第一回:"天地之间,蚕们可以老了,掩树可以倒了,饥困可以饱了,昂赃可以扫了,惟独这着骨的疔疮,几时是个了手呢?"其中,"蚕们"(蚕,非指复数)、"掩树"(刨树)、"饥困"(饥饿)、"昂赃"(脏)都是鲁中地区至今仍然使用的方言词。至于蒲松龄的《日用俗字》里面的方言词语就更为集中了。如《身体章》中的两句:"曲盘里弯跛髂盖,两臁腿肚打磨筋。"其中的"曲盘"(腿后面与膝盖相对的凹处)、"跛髂盖"(膝盖)、"两臁"(小腿的两侧)、"打磨筋"(跟腱),也是当今方言习用的称呼。

书面的文言语词源自古代,即使在近代白话语料中也有不少使用。此不必多说,仅举俚曲一例:《墙头记》第一回回目为"老鳏冻馁",第一句为"张老持杖破服上"。其中的"鳏""馁""持""服"等均为文言语词。

这里特别需要注意的是白话通用语词。有些词语在现代鲁中方言(甚至整个山东方言)中不说,在聊斋俚曲中的使用也受限,却常见于近代白话作品。这些词,我们认为应该是蒲松龄所使用的白话通用语词,而不是实际口语中使用的语词。如"开交",《汉语大词典》中列 4 个义项:❶分开,分离;❷了解,罢休;❸发付,打发;❹走开,跑开。引例均为元明清白话作品(如元杂剧、冯梦龙作品及《金瓶梅》《儒林外史》《红楼梦》等),其中义项❹引自蒲松龄聊斋俚曲。然而今山东方言并不说"开交",《现代汉语方言大词典》亦未收此词,不知是否还有方言仍在使用。聊斋俚曲中"开交"共 40 见(包括"开了交"),其中除 1 例(《磨难曲》第二十八回)外,均为唱词;唱词的 39 例中,37 例用于韵脚,只有 2 例(《快曲》第四联、《翻魇殃》第九回)用在句中。综合上述情况看,"开交"应为白话通用词而非方言词。

3.语法方面

不同性质的语法成分也可分为方言语法、文言语法、书面白话通用语法三种。

方言语法成分中的“方言”应作广义的理解，包括方言独有的成分和口语中使用的与共同语相同的成分，但不包括方言口语中不使用的文言句法和书面语成分。作为方言性很强的语料，蒲松龄白话作品中自然也有许多独有的方言语法成分，下面仅举差比句一例。现代汉语共同语及北方方言大部分地区的差比句句式是“甲＋比＋乙＋A”，如“他比我高”，但在聊斋俚曲中差比句则有两种格式：一是“甲＋比＋乙＋A”；二是“甲＋A＋起（其/及/的）＋乙”。前者与共同语相同，后者则与共同语不同。后者的例子如：

怎么说王龙家小厮强起我？（《增补幸云曲》第十四回）

虽不如中一双，还强其没一个。（《磨难曲》第二十六回）

他的达强及俺达，他那达俊及俺达，他达就比俺达大。（《墙头记》第一回）

仇禄说：“就怪些也罢，如今怪强的后日怪。”（《翻魇殃》第六回）

今鲁中方言中差比句仍然采用以上两种句式（例③中“他达就比俺达大”是“甲＋比＋乙＋A”式），可见这是方言语法的反映。

文言语法成分在书面上比较常见，如文言虚词“之乎者也矣焉哉”之类，无须举例。

所谓书面白话通用语法成分，是指在近代白话语料中常见而在方言口语中不用的语法成分。如前已述，白话作品并非只是“写我口”，而是常常采用白话文中常用的一些成分，其中就包括了语法成分。这些成分属于书面白话作品中的外来因素，并不反映当地的口语实际。下面举聊斋俚曲中的“V＋O＋C”一例。

近代汉语中，一个动词既带宾语又带有否定词的补语时，宾语和补语的前后位置有两种：一种是V＋O（宾语）＋C（补语），一种是V＋C＋O。后者与现代汉语相同而前者与现代汉语共同语不同：现代汉语中都是宾语在后（如“抓不住他”“做不完事情”）。在《醒世姻缘传》中两种句式的比例相差不大，而在聊斋俚曲中主要是采用“V＋C＋O”式，只有极少数例子用了“V＋O＋C”式。例如，在常用的“不住”“不着”“不过”做补语同时又有宾语出现的70个句子中，只有2例是“V＋O＋C”式，其余68例都是“V＋C＋O”式。“V＋O＋C”的两例是：

①只怕那曹操性命长,捉他不住溜了缰。(《快曲》第三联)

②国母听说,怀恨在心,已知留他不住,叫宫官看膳来。(《增补幸云曲》第二回)

其他"V+C+O"式的例子如:

③捣丁子也是吵,只等我吃完你才骂完,亏了能捱才积不住饭。(《俊夜叉》)

④不言官府拿人,且说那徐氏找不着仇福,气的一宿没睡着。(《翻魇殃》第四回)

⑤娘娘违不过众仙好意,又坐下了。(《蓬莱宴》第七回)

从上述情况及现代鲁中甚至整个山东方言了无"V+O+C"遗迹来看,聊斋俚曲中的"V+C+O"式才是鲁中方言口语的实际,而"V+O+C"式只有两种可能:一是该式在鲁中方言中处于消亡的前夕;二是该式只是蒲松龄借用书面白话句式的结果。由《增补幸云曲》原有文本基础及《快曲》通篇多半文半白来看,我们倾向于认为这两例"V+O+C"或是承用自前人文本(《增补幸云曲》),或是仿用(《快曲》),总之都是书面白话的句式。

**(四)白话语料语言性质的析解**

由于同一部白话作品中兼有标准文言、浅近文言、通用白话、其他方言和本地方言,这就使得语料中兼有时代性与地域性的内部差异。如果把这些来源复杂的成分不作区分而一概视为同质因素,显然与口语实际相去甚远。事实上,不仅是近代白话语料,即使是现代白话作品中也同样存在着种种复杂的因子。(可参见殷焕先、何平,1988年)倘若要根据现代某部作品来分析现代汉语的口语实际,其结果可想而知。所以,应该尽可能地对同一部作品中不同性质的语言成分进行辨析,以更准确地还原此时或彼时的语言真相。

如上文所述,白话作品中不同质的成分其实是水乳交融在一起的,要想析解并非易事。上文提到的可以作为参考的因素主要是不同语域的语言在口语化程度上有所不同。当然,叙述语言与人物对白、韵文与散文、不同人物以及不同场合的一些差异也并非绝对,比如叙述语言、韵文中也不乏口语性成分,只不过相较于对白、散文而言它们总体上口语性较弱而书面语成分较多。所以,对于某种成分属于何种语言性质,更需要进行一些具体分析。限于篇幅,此不详述。

在上文的分析中,我们也注意了与现代方言的比较。如果某种成分直到现在还在使用，那就可以肯定其在近代存在的真实性（当然也不能绝对地排除该成分是后来引进的可能性）；如果该成分在作者当地的方言中已经消失，但在周围的方言中仍然使用，那也可以肯定其在近代存在的真实性。例如聊斋俚曲中大量使用否定词“休”，似乎有存古之嫌疑，因为在共同语中该词只用于书面；但实际上在现代鲁中方言中否定词“休”仍然使用（通常读音同“齁”①），这可以说明蒲松龄作品中的“休”并非古语词或书面语词而是当时的口语词。与此相反，如果该成分在作者当地及周围的现代方言中毫无踪迹，并且材料的时间与现代相距不是很远的话，那该成分在不久的过去是否真实地在口语中存在过就要加一个大大的问号了。例如聊斋俚曲中的“不曾”（相当于今语否定过去动作行为的“没有”）使用频率比较高，据统计有 199 例，有些甚至还用在疑问句的结尾（如《蓬莱宴》第六回：“吕祖便问娘娘：‘园内蟠桃开了花不曾？’”《禳妒咒》第八回：“谯楼初鼓，良时已到，长命儿可去迎亲了。轿马可曾齐备不曾？”），可是现代山东方言中根本就没有“不曾”的说法。所以，我们怀疑俚曲中的“不曾”只是书面白话的用法，而蒲氏方言中真实使用的其实是“无”（或写作“没”）。如：

A. 呀！怎么二弟家还<u>不曾开门</u>？（《墙头记》第二回）

A’. 坐了坐，那天才明了，看了看有个庄村，便走进，这家还<u>无开门</u>。（《富贵神仙》第七回）

B. 好不怪哉，好不怪哉！大伯拿着当奴才，就是不曾拿绣鞋，就是<u>不曾给他拴裤带</u>。（《姑妇曲》第二回）

B’. 像你大姐姐，我养活他恁么大小，还<u>没给我磕个头</u>，不想你这孩子倒有礼数。（《增补幸云曲》第十一回）

当然，如果近代白话语料的时间与现代距离过长的话，也有可能某些成分会随着时间而消失，这也是需要慎重对待的。

总之，我们在利用白话语料时必须要对其语言性质的复杂性加以足够的注意，以免被其表面现象迷惑。

## 二、蒲松龄白话作品的方言性

蒲氏白话作品中语言性质并非单一，其中既有比较纯粹的口语成分（包括与共同语相同的口语成分和与共同语不同的方言成分），也有并不纯粹的书面

① “休”为中古晓母尤韵三等，今读[x]声母说明其保留古读，也说明其源自古代。

语成分(包括书面白话文的成分和部分的文言成分),而从语言研究的角度来看,其中最有研究价值的还是其中的方言成分。上文已经约略谈到蒲氏白话作品中的方言成分,后文还会进行专门的讨论,这里我们先从整体上分析一下蒲氏白话作品中的方言性问题。

首先需要说明的是,本书关于现代淄川方言的资料主要来自两方面:一是罗福腾、孟庆泰著《淄川方言志》(语文出版社 1994 年版);二是我们自己到蒲松龄故乡淄川区洪山镇蒲家庄的多次调查。

**(一)对作品方言性的理解和判断方言性的标准**

方言是语言的地域变体。不同的方言之所以属于同一个语言,是因为它们具有从母语当中继承下来的一些共同特点;一个方言之所以不同于其他方言,就是因为其具有不同于其他方言的一些特点而不在于它具有与其他方言有共同的特点。所以,我们看一部作品的方言性,主要应该观察它是否具有不同于其他方言的一些特点以及总体特点上的纯粹性程度。所谓"纯粹性程度",主要是指其中是否也夹杂了本方言并不具备而其他方言才具有的特点。至于其中也存在的一些共同语的特点需要分别两种情况:一种情况是这种特点本方言与共同语共同具备。从狭义的方言成分(即方言中不同于共同语的成分)来说,这种特点似乎可以视为非方言成分,但从广义的方言成分(即把方言作为一个系统来说)来看,这种特点又是方言本身的实际组成部分,因此不能算作非方言成分。另一种情况是,即使是白话文,也毕竟是书面语,也难免会采用一些书面语中常用的共同语的成分,而这种成分是本方言并不具备的。当然,这要算作非方言成分。

如果近代汉语白话作品的作者及其母方言是明确的,那么确定是否属于方言成分的主要标准就应该是作者家乡的现代方言。因为作者去今未远,方言不会发生太大的变化,完全可以用现代方言作为参照的主要标准。作品距今越近,则现代方言资料的参考价值就越大。对于蒲松龄的作品来说,主要参照的就是现代淄川一带的方言。如果某种成分在现代淄川一带方言中仍在使用,那它的方言性可以说是肯定无疑的了。但要注意的是作者毕竟不是今人,如蒲松龄逝世距今已经有 300 年了,这 300 年间方言自然会有一定的变化,当时使用而现在消失也不是没有可能的事。所以,考察其作品的方言性时也必须把时间因素考虑在内。

如果是今淄川一带方言中已经不存的成分,自然也不能毫无根据地径直断定为当时存在而今消失。因为还有一种可能:当时的淄川一带方言中也不使用,而只是蒲松龄在作品中使用的书面语成分。所以,还应该进一步参照其他资料来确定其语言性质。这些材料主要是:

1.周边方言

某种成分在现代淄川方言中已经消失,但周边方言中如果还有保存的话,那么清初淄川方言中也存在的可能性就非常之大。至于相距蒲松龄家乡甚远的方言中即使保留其中的某种成分,那我们也很难断定当时淄川话中也有这种成分,恐怕把它视为书面上对更早期的共同母语的成分的保留更为合适,蒲氏的使用只不过是对当时的共同语或白话文成分的采用。比如,有人因为有些甘肃一带的方言词可以从蒲松龄作品中找到书证,便说蒲松龄作品中的词语保留在西北方言中,这是很难讲得通的:蒲松龄家乡的方言为何能跨越千山万水播迁到甘肃而在周边地区却一无保存?

2.同时期或时代相近时期、地域相距不远的作者的作品(包括文学作品和非文学作品)

这也可以说是近代周边方言的证据。明清时期,反映山东地区方言特点的作品约略可分为以下几类:(1)从整体上来说属于以山东方言为基础写成的文学作品。其中主要的是,"西周生"所写的自称"惟用东方土音从事"的白话小说《醒世姻缘传》,"兰陵笑笑生"("兰陵"在今山东兰陵县、枣庄市峄城区一带)所写的《金瓶梅》。尽管两书的作者尚不能确定,尽管《金瓶梅》被认为在流传的过程中羼入了吴方言,但两书的基础方言为山东方言(尤其是《醒世姻缘传》)大概是可以断定的。只不过根据现在的研究成果,其方言基础并非鲁中一带而在鲁南。此外,还有道光年间出现的山东历城人华广生编选的民间小曲集《白雪遗音》(其小曲来源不限于山东,但应该也在济南一带流行)。(2)反映山东方言的语言学著作。例如,与淄川最近的新城(今属桓台县)人张象津所编的《等韵简明指掌图》(附刻于其文集《白云山房集》。张氏卒于道光四年)反映了今桓台一带的清代中期方音;在新城以北的高苑(今属高青县)人刘振统所编的《万韵书》(有乾隆六年的自序)主要反映当地的方音,也涉及一些方言词语;曲阜人、著名文字学家桂馥(1736~1805年)所作《乡里旧闻》中记录了不少山东方言词汇(尤其是作为附录的《乡言正字》,与蒲松龄的《日用俗字》性质颇为近似)。(3)其他反映山东方言的作品。如,明代著名曲作家、临朐人冯惟敏(1511~1578年)在其著作中也偶用方言词语;略晚于蒲松龄的临朐人马益著(乾隆年间人)所编的

《庄农日用杂字》，体例与《日用俗字》类似，也是用歌谣体的形式串编日常用词，临朐又是淄川的邻县，所以可以与《日用俗字》形成参照；清代著名训诂学家栖霞人郝懿行(1755～1823年)在其著作如《尔雅义疏》中也涉及不少方言词汇，只不过其家乡距离淄川较远。

在语音、词汇和语法三个方面，语料的方言性又有不同的表现特点。

语音的方言性是最为显明的。俗语说“三里不同音”，正是强调了语音地域性的突出。因此，语料中语音的方言性是应该首先予以重视的。不过，在对近代汉语语料的方音性进行观察的时候也会遇到一些问题。其中最重要的是音类和音值的问题。由于汉字不表音值而只能代表音类，所以我们在语料中观察的主要是音类的特点，音值的特点往往难以直接观察得到，而音值的特点是更有地域性的。比如“三”字，北京话中读 san，济南话读 sã，苏州话读 sɛ，广州话读 sam，耳听差别很大，但在书面上写成同样的汉字形式，这就失去了可供分辨地域性的特征。再如，如果语料中“深”和“生”可以押韵，我们可以观察到：①“深”的韵母没有-m 韵尾(该字古音收-m)；②普通话中的 en 和 eŋ 两类韵母在此读成了一类，但究竟读 en 类还是读 eŋ 类是无从考证的。并且，许多语音现象如押韵、谐音等反映的只是大致的同类与否，音值是否相同仍不能直接反映。如，“东”和“灯”押韵，但我们不知道两字韵母同异如何：在济南话中两字韵母不同，“东”是 uŋ，“灯”是 əŋ，但在高密话中却都读 oŋ，因此单凭书面上的两字押韵无法断定是济南话还是高密话。由于不同地区音类的共性要远远大于音值上的共性，所以反映在书面上，许多方音的个性就被汉字掩盖了。不过，毕竟各方言之间的音类存在一定差异，这仍然可以作为我们判断其方音性的依据。

词汇的方言性也是比较突出的，有不少的词只通行于某个区域或某片区域。不过，在讨论词语的方言性时需要注意两点：一是流行地域的广度。因为事物或概念的某种说法往往流通于某个较大的区域，要想找到仅在一地(譬如一县)才会有的说法难度是很大的，所以观察作品的方言性时，只要是在某一片区域内通行的词语都可以视为方言词语而不能仅限于一地。二是时代性。相对于语音和语法而言，词汇的演变速度是语言成分中最快的，有些随着社会变化而现在不再使用的词语，当时未必不是常用的。

语法是语言中最为稳固的要素，加之汉语语法中的形式变化本来就比较贫乏，所以各地方言在语法方面大同小异，古今的变化也不算剧烈。特别是就北方地区来说，与共同语的差异往往表现在一些细微之处。因此，这些古今有别、方言间有异的地方就应该格外注意。比如,某些虚词的特点、某些句式的差异、某些重叠形式的不同等。

此外,如上文所说,即使是白话语料中也会存在着共同语的或是书面语的成分。因此,我们说一种白话语料中的方言性,不可能要求语料中全部都是方言的成分(即使是广义的方言成分),而只能是看语料中方言成分的多少。换言之,所谓方言性的强弱是相对的。如果一种语料中的方言成分接近于零(如上文提到的丁耀亢《续金瓶梅》),那么这种语料几乎就无方言性可言;相反,如果一种语料中的方言成分越多,则可以说这种语料的方言性就越强。正是在这个意义上,我们说蒲松龄白话作品的方言性是非常强的,下面分别从语音、词汇和语法三个方面说明其突出的方言性。

**(二)蒲松龄白话作品语音的方言性**

蒲松龄白话作品的方言性在语音方面表现得最为明显,所反映的语音特点与今淄川一带方言吻合度非常高。

从现代山东方言来看,各地方言的特点或各地方言之间的差异主要表现在以下三方面:一是声母方面。主要有古知庄章组分合及其与其他声类分混、尖团音分合、古日母字读音。二是韵母方面。主要是中古宕江曾梗通五摄的一部分字的韵母今读,另外还有开合口分混的问题(如从北起平度、南到日照、西至安丘这一带的"东""登"不分,又如烟台、威海一带的"算=散""团=坛"等)。三是声调方面。主要表现在古清入字的今调以及阳平与上声或去声或阴平的分混。另外还有少数字的方言读音问题。下面主要观察蒲氏作品反映得更充分的韵母特点,声母和声调等语音特点请参看后文的讨论。

在韵母方面,最能反映淄川一带方言特点的是古宕江曾梗通五摄入声字的今韵母读音。下表列出的是在蒲氏作品中能反映韵母特点的部分例字及其在淄川话、济南话、利津话和北京话以及蒲氏作品中的表现。其中,济南话代表淄川以西的方言,利津话代表淄川以北的方言(其实淄川北边紧邻的淄博市张店区以及桓台县等地都与利津话语音类型相似,这里用利津话为例只是因为目前利津话有《利津方言志》,资料最全);淄川以东和以南的方言韵母特点与淄川相似,所以不再选点比较。

宕江曾梗通五摄入声字韵母读音的比较

| 例字 | 古音地位 | 北京音 | 济南 | 淄川 | 利津 | 蒲氏作品的反映 |
|---|---|---|---|---|---|---|
| 薄 | 宕开铎並 | ɑu 白 o 文 | ə | ə | ɔ | ə:与"锅薄过窝错活"通押 |
| 药 | 宕开药以 | iɑu | yə | yə | iɔ | iɑu/yə:与"啕曹遥叫敲道"等通押,又与"婆唆祸锅何学多活"等通押 |
| 学 | 江开觉匣 | iɑu 白 yɛ 文 | yə | yə | iɔ 白 yə 文 | iɑu/yə:与"高道告招摇"等通押,又与"窝坐摩课科"等通押 |
| 德 | 曾开德端 | ɣ | ei | ei | ei | ei:与"欺德意亏替"等通押 |
| 百 | 梗开陌帮 | ai | ei | ei | ei | ei:与"北随"通押 |
| 白 | 梗开陌並 | ai | ei | ei | ei | ai/ei:与"来牌在歪赖"等通押,又与"捶罪非回贼"等通押 |
| 脉 | 梗开麦明 | ai 白 o 文 | ei | ei | ei | ei:与"嘴回脉亏贵捶"通押 |
| 熟 | 通合屋禅 | ou 白 u 文 | u | u | u | u:与"无裤狐物局"等通押 |

注:"白"指白读,"文"指文读。

由上可见:一是今济南话、淄川话、利津话与北京话相比都有差异。相比较而言,利津话与北京话共同点更多一些;淄川话和济南话一致,跟北京话差别较大,不过下文会举出例子说明两地也有个别差异。二是蒲氏作品中所反映的字音与今淄川话有一定的差异,主要是"药学白"有异读,其中,"药血"的一读与北京话及利津话相同,"白"的一读与北京话相同而与利津话不同。今山东鲁西北一带方言(如德州)中,宕江摄入声字有同北京话类似的表现,有的读 ɔ、iɔ(相当于北京话的 ɑu、iɑu),有的读 ə、uə、yə(相当于北京话的 o、uo、yɛ);但曾梗摄洪音入声字一律同 ei、uei,同于济南话而异于北京话。因此,蒲氏作品中"药学"两字的 iɑu 音,有可能是同其北邻地区的方言一样,在当时的淄川话中也有这种异读;也有可能是按照曲韵的标准《中原音韵》押的韵,因为《中原音韵》中这些字就是有萧豪韵和歌戈韵两读的。不过,"白"字在鲁西北方言中也没有 ai 的读音,因此采用的只能是曲韵标准音了。

下面再分三种类型举例说明蒲氏作品的在韵母方面体现的方言性,其中大部分是入声字,只有小部分是非入声字。

1. 与今淄川方言一致的例子：喝(欱)

“喝水”的“喝”本字是“欱”，《广韵》合韵；“吆喝”的“喝”《广韵》曷韵。今淄川方言中前者音“哈”[xa]，后者音“豁”[xuə]。《聊斋俚曲集》中，前者一律写作“哈”。例如：

清晨饭日头高，糊突(指稀粥)哈了勾一瓢，虽然多只撒了两泡溺。(《墙头记》第一回)

二相公把茶泼下，光拿着一个空盅。那个鬼哈了那碗水，便问：“相公干了么?”(《寒森曲》第六回)

坐不多时，就送出酒和菜来，那酒扑鼻子香。解子哈了一口，说：“好香，好香！咱当衙役也走了些道路，何曾见这样酒!”(《磨难曲》第十八回)

他若来时，唱给我听了，答应的我欢喜，赏他一桌酒合你二姐姐吃哈，临走再赏他二百钱，可不是陡然富贵么?(《增补幸云曲》第十八回)

“哈”字表“喝”义时无入韵例，但不表“喝”义时有不少入韵的例子，均与 a、ia 韵母的字通押[①]，可见读[xa]无疑。而“(吆)喝”则 4 次入韵，均与今读[uə]的字通押。如：

大娘子进了门合家欢乐，任拘嗄做停当不用吆喝，于夫人在房中稳稳高坐。还是旧媳妇，换上了个新婆婆，只恐怕使着我那孩儿，也去替他烧上一把火。(《姑妇曲》第三段)

新媳妇好处多，又洗碗又刷锅，赶着驴儿去推磨。病人歇在床头上，不用指点并吠喝，打发婆婆十分乐。幸喜疾病渐渐好，拄着棍脚也能挪。(《翻魇殃》第二回)

2. 与今淄川方言及周边方言一致的例子：做、乐

“做”是“作”的后起分化字。作，《广韵》有三读：一读则落切(精母铎韵一等)，“为也，起也，行也，役也，始也，生也，又姓”；一读臧洛切(精母箇韵一等)，“造也”；一读“臧祚切”(精母暮韵一等)，“造也”。“则落切”今北京话有两读：一读 tsuo 去声，是文读音(如“工作”“作文”)，一读 tsuo 阴平，是白读音(如“作死”

---

① 有两例与“过何哥错多祸”等押韵。翻 2：“三更多，三更多，数个人儿闹哈哈。不说是咱是顽，敢说指着赌博过。呀呀儿油。我说如何，我说如何？里头又有仇大哥。敢说帮他来赌钱，这倒成了我的错。”禳 26：“我也爱打哈哈，这骨牌争竞多，不敢再做从前错。放着自在不自在，又寻蛐蜒磋耳朵，只怕又弄出什么祸。恼了脸大家不好，那其间如何如何!”这两例中的“哈”应该读[xuə]，同“呵”。“闹哈哈”另写作“闹呵呵”，两见。墙 1：“一家人闹呵呵，端菜碗找家伙，席完已是日头错。”磨 35：“两下闹呵呵，这其间干系多，俺不似前番错。”

"作坊");表示"造"义的两读今北京话均读 tsuo 去声,一般写作"做"。其实,按照古今对应规律,"臧洛切"读 tsuo 是没有问题的,但"臧祚切"应读 tsu(去声)。今淄川方言中,"做"正是读为 tsu(去声),应来自"臧祚切";但淄川周边有的方言(如济南话)中读作 tsəu(去声,同"揍"),如"做饭"听起来是"揍饭"。在《聊斋俚曲集》中,"做"字共 37 次入韵,有两种表现:一种是同 u 韵母的字通押,共 30 次;一种是同 ou 韵母的字通押,共 7 次。例如:

> 骂范栝无赖徒,在家全不用功夫,场中文可央别人做?既是令尊招管他,原是你的亲妹夫,怎么脸面全不顾?这才是膏粱子弟,就一点心眼全无!(《翻魇殃》第七回)
>
> 到了瑞州,到了瑞州,便与太太说因由。实话告张诚,要他把干儿做。无家可投,无家可投,重拜爹娘另磕头。张诚无奈何,只得全俯就。(《慈悲曲》第六段)

由多数情况下押入鱼模韵,可见其反映淄川方言,但少数情况下押入尤侯韵,可见其也借用了邻近地区的方音。

再如"乐"(欢乐)字,《广韵》卢各切(来母铎韵,"喜乐"),今北京音读 lɤ(去声),今淄川一带读 luə(去声)。《聊斋俚曲集》中 24 次入韵,其中 20 次押入歌戈韵,即音 luə(或 luo);4 次押入萧豪韵,即音 lɔ(相当于北京话的 lau)。如:

> 那老婆,那老婆,奉承的浑身没奈何。每日听着人说嫖,不想其中这样乐!呀呀儿油。泪婆娑,泪婆娑,一心只待嫁哥哥。一个说是倾了家,定要娶你来一堆过。呀呀儿油。(《翻魇殃》第二回)
>
> 胡百万惯帮嫖,帮衬语极会叨,奉承的万岁心欢乐。回头便把二姐叫,没有别人你休嚣,把那新学的琵琶领领教。佛动心一回弹罢,百万说我也会了。(《增补幸云曲》第二十四回)

今淄川方言"乐"并不读 lɔ,但淄川以北的滨州一带有此读,如乐陵县的"乐"正读 lɔ。蒲氏以"乐"押入萧豪韵,应该是借用了邻近的方言读音。因为同样音韵地位的字押入萧豪韵的仅此一例,所以应该不会是当时淄川也有此种读法。

3. 古今有变化的例子:觉

"觉"(觉醒,觉得)《广韵》古岳切(见母觉韵二等)。今北京音有二读:文读 tɕyɛ(阳平),白读 tɕiau(上声)。这两种读法也广泛存在于北京官话、东北官话、冀鲁官话的河北省部分和山东省的鲁西北地区(冀鲁官话区一般读阴平调)。

今济南、淄川以及其东的潍坊、青岛一带及以南的中原官话区中，都只读 tɕyə（相当于北京话的 tɕyɛ，冀鲁官话区读阴平，胶辽官话区读上声）。《聊斋俚曲集》中，“觉”字（不计表睡觉义的“觉”）两次入韵，均押入家麻韵，与 a、ia、ua 韵母的字通押：

《禳妒咒》第十五回：嫂子休怪，这是实话，你看那风儿细细，雨儿刷刷，四壁寒蛩，吱吱呀呀，何处砧声，敲敲搭搭，好不把人闷杀！若有个人儿，忽搭忽搭，他又爱俺，俺又爱他，夜去明来，谁知谁觉？我那少年，也曾做过，不是这口说瞎话。他半晌无言，我往那头乱爬乱爬。呀！我说公子风流俊雅，脸儿雪白，把人爱杀，着他一搂，浑身肉麻，况他门户，又是大家，几两银子，值他甚么？若是合他相处，你就不纺棉花。着我说的滚热，他就心痒难抓。我就问他几时去，他就答应今黑呀（即夜晚）。玉笋山上的花鞋来到手，可待怎么谢我老人家？难道说吗啼啼的干休罢？

《禳妒咒》第十六回：拧着耳朵只拉在牙床一下，就着他打个铺近着奴家。想起他可恨处醒了就骂。近来一发不成个腔儿，把人活气杀！气也不喘，像个呆瓜。我才脱鞋，他已倒下；合他说句话儿，他就打呵；给他点笑脸，他也不觉。在人跟前，嘻笑哈哈；到俺跟前，恹头搭喇。跪在床下，战战呵呵，似上杀场，就着刀剐。看这态儿，还能怎么？就是相好，也只一霎，全然一点不中用，真正是个忘八！到而今想起他那身上，没有一件不该打！

在今山东方言中，尚未发现有读“觉”为 ia 韵母的现象；也未发现明清时期其他语音资料以及《中原音韵》中有同样的读音。不过“觉”音 ia 韵母应该反映的是清代早期淄川一带的方音特点，因为在淄川及其以东一直到胶东半岛的方言中，中古觉韵的喉牙音声母字在一些口语用字中读成了 ia 韵母。以淄川为例：

角，古岳切（同觉，见母觉韵），音 tɕia

搉，苦角切（溪母觉韵，“击也”，用于“搉蒜”），音 $tɕ^{h}ia$

另如：岳，五角切（疑母觉韵），用于地名（岳桥、岳家庄）时，今滨州有读“岳”为 ia 者。清道光二十五年（1845 年）《胶州志》“方音”一节有“岳庙曰迓庙”，可见清代中后期的胶州一地也有读“岳”为 ia 者。

因此，“觉”读 ia 韵母应该是当时读音的反映，今淄川方言已经消失了这个读法。

总的来说，蒲氏作品所反映的韵母特点，基本上与今淄川方言一致，但也有少量字与今不同,其中有的是古今有变化,有的是借用了邻近的方音或曲韵的读音。

**(三)蒲松龄白话作品词汇的方言性**

蒲松龄白话作品词汇方面的方言性其实是阅读者更容易观察得到的,因为触目所及,方言词语比比皆是。只不过由于前文提到的原因,其词汇中除了狭义的方言词语(方言中不同于共同语的词语)之外,还有方言中与共同语相同的词语、当时通行的白话文词语以及部分文言词语,所以不如语音方面的内部一致性更强。下面讨论的都是狭义的方言词语。蒲氏白话作品的方言性有如下几个突出的特点:

1.方言词汇的数量巨大

在40余万字的蒲氏白话作品中,具体有多少个词语属于狭义的方言词语是很难统计的,但是我们可以通过几个例子来看其中方言词语使用的频密程度。

《墙头记》第一回写不孝子张大盛情款待其岳父,却根本不管自己父亲的午饭;半下午送走岳父,张大想把剩菜剩饭给父亲吃,其妻悍虐更甚,剩菜剩饭宁肯喂狗也不给老人,只将早晨剩下的粥送去,令老人悲愤难抑:

张大送了(岳父)回来。李氏说:"你看偺爹吃了多大点子,若是您达,从来没见东西,不知待饍多少哩!"张大说:"你看天已日夕,还没打发他吃饭哩。"

(唱:)一家人闹呵呵,端菜碗找家伙,席完已是日头错。他急自极好害饥困,何况等了半日多,此时不知怎么饿。你把那残汤剩饭,拾上些给他如何?

"拾上些,着小瓦瓯给他送去罢。"李氏说:"那腥汤如今坏了么?且是那狗这二日不吃食,留着拌点糠餵他餵。今早晨剩的那糊突,给他不的么?"

(唱:)您达达无正经,捞着饼饭尽着撑,给他碗腥汤就尽了命。前年做的布衫子,如今锅巴有千层,赃呵呵宜量甚么敌?你看那蓟秫糊突,他还饍五碗有零。

张大说:"那糊突又怕忒也凉,给他煨煨。"李氏说:"狗脂!冷不冷饍下去了。我舀给他去。"并下。张老啀哼出来说:"饿死我也!"

(唱:)清晨饭日头高,糊突哈了勺一瓢,虽然多只撒了两泡溺。肚里吐噜如雷响，一堆饿火把心烧，堪堪饿死谁知道？老婆子真有造化，这样罪何曾摸着！

小瓦瓯端出饭来。张老说："好了，好了！必然有点东道，可把这肚子包补包补。"小瓦瓯放下去了。近前一看："呀，原来还是我那糊突冤家！"

（唱：）你大号红粘粥，你名突你姓胡，原来你是高粱做。热了烫人嘴巴子，薄了照出行乐图，老来相处你这桩物。摸了摸，呀，老盟兄你几时死了，一点儿温气全无？

跺跺脚叫声天，这样苦对谁言？冷冻冻搀上这泪珠咽。那如做个老绝户，卖地也还吃几年，落了草怎不把头摊烂？有心待告诉官府，争奈这腿软腰酸。

其中的方言词语有：

偺：咱，咱们。

达：父亲。

館：用力填塞，对大口吃饭的贬义说法。

日夕：半下午的时候。

拾：拾掇，收拾。

瓦瓯：碎瓦片（此处是其儿子的小名）。

着：让，使。

腥汤：带油的菜汤。

糊突（胡突）：粥。

达达：同"达"。

捞着：得到。

撑：（方言音阳平），把物体填充到很满、鼓胀的程度，此处与"館"义相同。

锅巴：蒸饭时挨着锅放被烙焦了的饭的硬层，比喻衣服上泥垢、油垢等结成的硬层。

赃呵呵：脏乎乎。

宜量：适合，适于。

蓟秫：高粱。

忒：太。

煨：在火上或尚有余烬的草木灰里加温。

狗脂:詈词。相当于“狗屁”,表示强烈的不屑。

哐哼:因痛楚而呻吟。

清晨饭:早饭。

日头:太阳。

哈:喝。

吐噜:疑为“咕噜”之讹。象声词,形容因为饥饿肚子里发出的连续的响声。

大号:学名,正式的名字。

粘粥:粥。

嘴巴子:嘴。

桩:量词。此处用在“物”的前面。

冻冻:冰。(“冻”音阴平。《广韵》德红切,“冻凌”。)

老绝户:没有子嗣的年老男性。

落草:本指牲畜出生,亦用来指婴儿出生。

以上除了“狗脂”之外,其余仍在今方言中使用,是地道的方言词。

蒲氏白话作品的方言词与同样反映山东方言的《醒世姻缘传》相比,两者既有相同的一面,也有不少词语是互不相见的。《醒世姻缘传》一般认为创作于明末清初,两者的创作时代既然接近,差异只能是反映地域性的不同。《醒世姻缘传》的作者有“西周生”、蒲松龄、丁耀亢(山东诸城人)、贾凫西(山东兖州人)、章丘人等不同的说法。我们支持非蒲松龄说。从语言特点来看,其词汇和语法都与蒲氏作品有不小差别,所以也不支持章丘人说(因为章丘与淄川为邻县,方言特点相似度很高),而倾向于认为是鲁南人。总之,从词汇的角度说,蒲氏作品和《醒世姻缘传》可谓明末清初山东方言语料的“双子星”,两者有同有异,既相互印证,又相互补充,能够比较完整地反映当时山东方言的词汇面貌。

2.方言词汇的丰富性

如果说蒲松龄的《聊斋俚曲集》的性质与近代汉语时期其他的白话作品比较接近,那么他的《日用俗字》却是近代汉语时期作家中的特殊作品。一般的文学作品都是通过故事情节来展开的,所以所用词语与题材、具体的情节有密切的关联,作者不会抛开情节和文学性的需要而去展示方言词语。《日用俗字》则不然,尽管采用了歌谣体的形式,但它本身并不是文学作品,而是为了实用目的(日常用字)而编写的。他的编写目标,如《自序》中所说“虽俗字不能尽志,而家常应用,亦可以不穷矣”,是以尽可能地把日用俗字搜罗在内为初衷的。所以,《日用俗字》中呈现出了不少在一般的文学作品很少有机会出现的词语。下面以《庄农章》的几句为例,说明这一点:

犁辕木上犁牙札,鞋底环旁蛴螬环。

犁里钩折须另打,鏵头钗缺亦重添。

犁箭耮耔安排好,又买撇绳换秃鑱。

索头穿绠才上犋,多加吆喝少加鞭。

《庄农章》叙述的是春耕前准备耕具的情形。其中主要涉及一些农具的部件以及牲畜所用的装具等。如:

犁辕:犁的支架中向前伸出的粗长木杆,前头由牲口牵拉。有直辕和曲辕两种。

犁牙:疑指犁辕前端插入的短木条,用来拴系牲口拉的绳索。

鞋底环:状如鞋底外缘的较大的铁环。

蛴螬环:状如蛴螬的较小的铁环。

鏵:犁铧。

钗:疑为犁上的叉形铁制构件。

犁箭:即犁柱,支撑犁的木架底部和辕的木柱。

耮耔:农具“耮”中间的木橕。

撇绳:驱役领墒的牛所用的长绳,前头拴在牲口头部两侧,后头人手牵曳或系在人手边的农具上。

鑱:犁铧下部的部件,前头尖出,底下有刃,用来划开地面。

索头:牛轭,呈∧形,牛拉犁或拉车时套在脖子上,有绳穿过连接犁或车。

绠:穿过索头牵引犁或车的绳。

上犋:给牛、马等佩戴上索头等用具、系好连着农具的绳索,做好拉犁或耙等农具的准备。

可以想见,这里面的多数词语是很难用在文学作品之中的,因为一般的文学作品中除非有特别的需要,否则不会不厌其详地提及一些农具的部件名称的。而诸如此类表现日常生活的词语在《日用俗字》中是俯拾即是。虽然不能绝对地说文学作品中没有出现的可能,但是如此细密地陈示此类词语,无疑是其他的文学作品难以比拟的。即使是在蒲氏自己的作品中,也有近千条的《日用俗字》词语在《聊斋俚曲集》中没有用例。尽管《日用俗字》字数只有1万多，而《聊斋俚曲集》近40万字。

上文曾提到，即使是同类作品（如临朐人马益著的《庄农日用杂字》、桂馥《乡言正字》以及其他省的类似著作）在篇幅上也不能与《日用俗字》相比拟。因此，正因为有了《日用俗字》，蒲松龄的白话作品在反映日常用语、方言词汇的内容方面所达到的丰富、细密程度在近代汉语时期的语料中就可以说是首屈一指的。这丝毫没有夸张或偏爱的因素在内。

3.方言词汇的形式多样

蒲氏白话作品中，其方言词语既有普通的词，也有惯用语、歇后语、民间俗语和谚语；既有普通形式，也有重叠、合音等变化形式，因此可以全面地反映当时方言中的词汇系统和构词特点。

(1)歇后语

①板凳子做了脚打罗儿——到了这里才成了踢面(体面)："踢面(麪)"谐音"体面"。板凳平时供人坐，所以不"体面"。"脚打罗"是磨坊中用脚发力罗面的工具，旧时常见，人坐着凳子用双脚交替踩踏脚下的踏板，通过连杆使罗晃动以筛面。

> 坐着丈人的席上，那旧板凳做了脚打罗——到这里才成了踢面。（《富贵神仙》第十一回）

> 坐着丈人家的席上，那板凳子做了脚打罗儿——到了这里才成了体面。（《磨难曲》第二十三回）

②拿着筷子敲菜碗——饭饱了弄筷："弄筷"谐音"弄款"，指无端生事。需要注意的是，此处谐音为方言中的同音关系。方言中"筷"与"款"韵母并不相同，声调也不同，儿化后两字韵母相同。不过两者声调仍不同："筷"是去声，读31调；"款"是上声，读55调。很可能是"筷"的后面有一个语气词"啊(或音'呃')"，按照方言中轻声前变调规律，去声在轻声前读55，就跟"款"同音了。这是一个在当地方音系统中形成的谐音双关歇后语。

> 嗤，我当是待说甚么呢！拿着筷子敲菜碗——我知道你是饭饱了弄筷。（《墙头记》第一回）

(2)惯用语

①踏狗尾(蹀狗尾儿)：意指发现别人的奸情后借此要挟以达到行苟且之事的目的。方言中称狗交配为"接尾(音'蚁')"，俗语有"狗屄有锁，猫屄有火"的

说法，指狗在交配中即使有人来驱赶公狗也拔不出生殖器来，甚至有恶作剧者用棍子从中间抬起两狗也分不开的情况。“踏狗尾”字面意思盖指用脚踩在正在交配的狗的生殖器上以取乐。

也合该有事，这一夜，李鸭子从东庄吃了酒来家，远远的望见一个人跳过墙去，心里寻思：“这一定是方娘子的厚人。妙哉！我也跳过墙去踏个狗尾，有何不可？”（《富贵神仙》第六回）

适才远望见一个人，爬墙往方娘子家去了，想是他的个情人，俺也蹀个狗尾儿。（《磨难曲》第十三回）

②耍马前刀：比喻表面讨好。按，近代白话作品中有“马前健”一语，意思与“马前刀”相同。如《金瓶梅词话》第五十四回：“两个小厮见西门庆坐地，加倍小心，比前越觉有些马前健。”《醒世恒言·张廷秀逃生救父》：“赵昂见了丈人，马前健假殷勤，随风倒舵，掇臀捧屁，取他的欢心。”元曲岳伯川《铁拐李》第二折则作“马前剑”：“我见新官到呵，马前剑有三千个利便。”“马前刀”当即“马前剑”的衍变。

马前刀他还会耍，俺哥哥并不是人。（《墙头记》第三回）

③抗墙根：靠在墙边晒太阳，与他人聊天。今方言仍说。

老婆子死去了，冷和热自己熬，肚里饥饱谁知道？……只转了饭饱无事，抗墙根也还逍遥。（《墙头记》第一回）

(3)方言中的四字格

①褄缡搭撒（写作“砌里答撒”“缕缡搭撒”“褴褛搭撒”“褛褵搭撇”等字形）：今方言仍说。形容一个人的衣服破烂得不成样子。“褄缡”即碎布条、碎布块。“搭撒”即随意披散垂下。以上四种词形都是“褄缡搭撒”之讹。“褄”或写作方言同音字“砌”，或形讹为“褛”“缕”，或误写为“褴”；“缡”或写作方言同音字“里”，或形讹为“褛”；“搭”写作“答”为同音字；“撒”写作“撇”为形讹。

万岁爷笑一声，王冲霄面通红，长官扫了俺的兴！砌里答撒的精光棍，油嘴滑舌会嫖风，不想这花子能行令。（《增补幸云曲》第十九回）

吊了帽子看见鬏，缕缡搭撒什么款？（《俊夜叉》）

歪子出了庙门，往家正走，也是娘娘指引，正遇着太老爷偶然出庄闲走。看见歪子褴褛搭撒的不成个态状，便叫人送了一身袍，一顶帽，杂粮两石。（《寒森曲》第八回）

张讷无冬无夏，只是穿着个破袄，褛褵搭撇的，真似一个花子。（《慈悲

曲》第六段)

②直山直卯:说话直来直去,没有隐瞒。今方言仍说。

仇福来家,就直山直卯的,合他娘说要分。他娘听的说,几乎气死!(《翻魇殃》第三回)

③有红似白:形容白里透红。今方言仍说。《汉语大词典》"有红似白"词条所引两例均出自《儿女英雄传》,出例晚。

两道蛾眉弯又细,我的娇娇呀潘金莲;有红似白芙蓉面,我的妹妹呀潘金莲;两行牙齿白如玉,我的肉肉潘金莲……形容走路用力、脚步声很重的样子。(《丑俊巴》)

④退前擦后:形容畏缩不前。今方言仍说。

把他恶款开详细,告了军门告总督,大家一齐往前做。若有退前擦后,定教他地灭天诛!(《磨难曲》第三回)

谁忍烦,弄机关,退前擦后?(《磨难曲》第二十九回)

(4)俗语

①养汉老婆攀四邻:责怪别人攀比的话。字面意思是,风流放荡的女人会爬墙到周围邻居家通奸。"攀"语义双关:攀爬,攀比。表达的意思是,正经人不应该随意攀比。今方言仍说。

怕婆子休得取笑,十个人九个操淬。谁家盆碗不厮敲?反了常倒是个不祥兆。蛾眉一竖,胆战魂消,阁老尚书也要上他的道。内云:养汉老婆攀四邻,谁家那正经人物子怕老婆来?(《禳妒咒》第一回)

②槽头上买马看母子:买小马时须看老马的好坏,以此作为判断小马长大后状况的参考。比喻看其父母的长相、行为可以得知子女的大概。今方言仍说。《汉语大词典》有"槽头买马看母子",引例为《醒世姻缘传》,可见此俗语在山东地区流行甚广。

丢丢羞羞往外走,婆婆迎门拉住手。……槽头上买马看母子,婆婆的模样倒不丑。(《琴瑟乐》)

③儿大不由爷:指儿子长大后有了主见,父母不能代其作主。今方言仍说。也有并列的说法"女大不由娘"。

儿大不由爷,他自己不待,小弟也就无如之何了。(《禳妒咒》第十二回)

④有了后娘就有后达:指因为后娘对前妻所生的孩子不好,受其影响父亲也对前妻所生子女也不好,好像后爹一样。"后娘"即继母,"后达"即继父。今

方言仍说。

两句俗话说的好,有了后娘就有后达。您达怎么就看的下,把一个没娘孩子,就弄的饥饥哇哇?(《慈悲曲》第二回)

(5)合音词

"两个"为"俩","三个"为"仨",此类合音词在北方话中很常见。但在方言中还有一些特殊的仅在当地才有的合音词,其方言性非常突出。

①查(zhā):"这样"的合音。今方言仍说。

没有盖子闭着口,暴上灰尘怎么顿茶?早知道查脏嫖你雌?(《增补幸云曲》第十五回)

②也:"一个"的合音。今方言中说快了仍可如此合音。

到了晚上,张诚来家问他娘:"俺哥哥呢?"他娘说:"甚么也好哥哩!谁知道他哪里死的了!"(《慈悲曲》第四段)

既是回心,既是回心,就该寻思做也人。(《翻魇殃》第九回)

每日来到那么晚,说你做个什么茧?家里等你去卖地,既至回家没也板。(《俊夜叉》)

③象呀:表示不同意对方的意见,不要这样啊。今方言仍说。疑"象"为"休这样"(或"休乜[那]样")的合音。否定副词"休"在今鲁中方言仍说。

不说于氏受气而去,且说珊瑚听的吵闹,索性藏了,只等于氏家去了才出来,便说:"不可为我又着大娘生气。看生出事来了,我去罢。"何大娘说:"象呀,老母猪衔着象牙筷子——他就装煞,也是杀才,怕他怎的?"(《姑妇曲》第二段)

待了几日,一个儿五六岁了,正旺相相的,忽然得了病,二三日就死了。二成害怕说:"那地咱还送给他大爷家罢。"臧姑说:"象呀,休说咱还年小,纵没有儿,我也留着个闺女。"(《姑妇曲》第三段)

(6)当地使用的习惯性说法

方言中有些短语有其独特的所指,地域性也很强,别的地方往往不知所云。

①说起来:表示怎么这样说呢,不是对方所说的那样。今方言仍说。

沈大姨说:"这福只在人享。那媳妇子怎能件件都合着心呢?只是有一半点不是,我也不计较。倘若是我这媳妇给你,只怕你又嫌哩。"于氏说:"俺姐姐,你说起来,我就不是乜人!"(《姑妇曲》第二段)

于氏的意思是说自己不是那种计较媳妇"一半点不是"的人。

沈大姨说:“想是还没嫁,也还可以来的。万一找他来再不好,可是屁股长在脖子上——我腆着腚去见人么?”于氏说:“你说起来呀。”(《姑妇曲》第二段)

于氏的意思是说不会出现“找他(指被赶出家门的媳妇)来(婆媳闹得)再不好”的情况。

②好快长:夸赞儿童长得很快。今方言仍说。

小瓦瓿提了酒来。李老说:“外甥好快长!”(《墙头记》第一回)

③这是咱说:用作插入语,表示私下说或说真心话的意思。今方言仍说。

这是咱说,天下有一等不良的人家,有那贤惠媳妇,事奉的痒也挠不的,只是嫌不好;又遇着搅家不良的歪货,处治的只干不尽的,才道我那是个贤惠媳妇。你看这不是个愚人么?(《姑妇曲》第一段)

**(四)蒲松龄白话作品语法的方言性**

前文已经提到了蒲氏白话作品中一些语法特点的方言性(如差比句的“甲+形容词+起+乙”的句式)。下面再举一个今淄川话与济南话不同的例子。

今济南话中有一个助词“可”,表示两种意思:一种是相当于表时间的“……的时候”,一种是相当于表假定的“……的话”。不过在普通话和方言中“时候”有时候重点不在表示时间,而在表示某种情况(特别是用在将然的情况下),如:你要是不想去的时候,就不要勉强自己;心情好的时候吃什么都觉得香;他要批评你的时候你怎么办?① 在这种情况下,“的时候”就跟“的话”一样,都带有表假设的意思。以时间为轴,则可以这样来分析“可”的不同用法:

A. 用于将然或未然情况中,表示将来的某个时间或假定。如:

明天你去书店可,叫我一声=明天你去书店的时候,叫我一声(表时间)

明天你要是去书店的话,叫我一声(假定)

昨天我去书店可就能买到书了=昨天我要是去书店的话就能买到书了(假定)

B. 用于已然情况中,表示过去的某个时间。如:

昨天我去书店可买了两本书=昨天我去书店的时候买了两本书

淄川话中不用“可”,在A情况下用“着”,在B情况下用“霎”。如:

着:早晨你去书店着,叫我一声=明天你去书店的时候,叫我一声(表时间)

明天你要是去书店的话,叫我一声(假定)

---

① 《现代汉语词典》(第7版)释“时候”为:❶时间②(按:有起点和终点的一段时间)……❷时间③(按:时间里的某一点)。没有说明“时候”表某种情况的意思。

夜来我去书店着就能买到书了＝昨天我要是去书店的话就能买到书了(假定)

霎:夜来我去书店霎买了两本书＝昨天我去书店的时候买了两本书

"着"与"霎"的使用条件可以互补,但不能混用。如:

×早晨你去书店霎,叫我一声

×夜来我去书店着买了两本书

淄川的这一特点与其东的潍坊一带相同。《聊斋俚曲集》中"着"和"霎"的使用与上面讨论的问题有关的是:

着:只用于表示虚拟的时间或假设的条件,相当于"的时候"或"的话"。

我儿,你待家去着,我也不肯留你。(《姑妇曲》第二段)

今日跟到山里,万一撞见犸虎着呢!(相当于说万一撞见犸虎的时候你怎么办?)(《慈悲曲》第四段)

大相公,你不弃嫌着,你闷了就来找我。(《翻魇殃》第二回)

姐姐,你说,我这二年若是嫁了着,你待上那里找我的?(《翻魇殃》第九回)

霎:用于表示已然的情况中,相当于"的时候"。

俺爷爷长疮霎,叫你给他看看,你就嫌脏,正眼不理么,怎么这个就待打人?(《墙头记》第四回)

你那不在家霎,我闷了就合春香抹牌,觉着和他不如你呢。(《禳妒咒》第二十六回)

好孽畜!谁想拿住他霎,他是推洋死哩!这不是溺了一泡尿颠了?(《磨难曲》第二十三回)

妙呀!你那起初霎你说,金豆子就合杂粮囤那是的,被我一句话诈出家当来了。(《增补幸云曲》第十七回)

以上情况与今淄川方言一致。不过聊斋,俚曲中也有助词"呵",表示虚拟、假设,相当于"……的话""……的时候"。

但得娘知道我没有二意、不怪我呵,就死了也甘心!(《姑妇曲》第二段)

侥幸成了对儿,也亏天爷在行,不是呵,把这件东西那里放?(《禳妒咒》第八回)

不肖的畜生!你还待受罪呵,也没人禁止,你怎么背着我去走丈人家?(《禳妒咒》第十二回)

呀,早知道这等样难做呵,如今懊悔不当初!(《磨难曲》第三十一回)

这种情况又与济南一带一致而与淄川不同。不过今济南话不说“着”,由以上情况来看起码可以说,聊斋俚曲反映了淄川一带方言的特点,但又夹杂有济南一带方言的特点。

## 第三节　蒲松龄白话作品语言研究的回顾

蒲松龄的白话作品虽然数量很大,但多以手抄本的形式在民间流传。其中最早刊行的《日用俗字》,由其孙蒲立德于乾隆十二年(1747 年)付梓,此时柳泉先生已经离世 30 余年。不过该书流布范围也很有限。[①] 真正使蒲松龄白话作品广为人知的是 1936 年上海世界书局出版的《聊斋全集》,其中收有俚曲集。在新文化运动之后俗文学受到重视的大背景下,蒲氏的白话作品首先受到了文学界的关注,但语言学界并无人置喙。1962 年,中华书局出版了路大荒整理的《蒲松龄集》,收有《日用俗字》和《聊斋俚曲集》,在更大范围内传布了蒲氏的白话作品。《聊斋俚曲集》后附有路大荒所作的“土语注解”,虽然数量较少,但也算是开了释读蒲松龄白话词语的先河。

改革开放之后,汉语言文字学研究结束了十数年的冰冻期重新繁荣,蒲松龄白话作品作为近代汉语时期的重要语料逐渐得到了语言学者的重视。编写于 20 世纪 70～80 年代的《汉语大词典》就大量采用了《聊斋俚曲集》和《日用俗字》作为语料例证,甚至有些词条或义项单独根据蒲氏作品来立条或立项。据笔者目力所及,曹正义《聊斋俚曲词语证释》[②]是最早研究蒲松龄白话作品语言的专门之作。不过后续的作品直到 20 世纪 90 年代的时候才不断涌现,进入 21 世纪以来则形成了高潮,对蒲松龄白话作品语言的研究不断深入。

**(一)聊斋俚曲语言研究**

对《聊斋俚曲集》语言的研究是蒲松龄白话作品语言研究的重点,词汇、语

---

① 约生活于乾隆年间的临朐人马益著比蒲松龄稍晚,编有《庄农日用杂字》,其性质与蒲松龄《日用俗字》相同(只是没有去考求“正字”)。临朐与淄川相邻,方言词汇相差不大,但却另起炉灶新编,颇疑马益著并没有看到《日用俗字》。又稍晚的曲阜人、著名小学家桂馥(1736～1805 年)在嘉庆元年(1760 年)去云南赴任期间写有《札朴》一书,其中《乡里旧闻·乡言正字》讨论方言用字时亦未提《日用俗字》。由此可推测,桂馥应该也未见到该书。

② 山东大学蒲松龄研究室编:《蒲松龄研究集刊》第一辑,齐鲁书社 1980 年版。

法和语音都有比较深入的研究。研究主要分为以下几个方面。

1.聊斋俚曲词汇研究

(1)对词语的释读。蒲松龄白话作品中的许多词语(其中又主要是方言词语)不见于一般的词典,因此对其的释读就成了研究蒲氏作品首要解决的问题。对词语的释读分为有以下几种类型:

第一种是聊斋俚曲整理出版时附带的注释。如上文已述,路大荒整理的《蒲松龄集》中在《聊斋俚曲集》后附有"土语注解"(1998年学林出版社出版的盛伟编《蒲松龄全集》、2018年齐鲁书社出版的《聊斋俚曲集》后也都照录了这些"注解")。1980年,齐鲁书社出版了关德栋选注的《聊斋俚曲选》,只收入《穷汉词》《学究自嘲》《千古快》(即《快曲》)、《墙头记》四种,每种后面都有若干注释。《聊斋俚曲选·前言》指出:"注释偏重于方言土语的解释,但仍有些不能尽解的地方,只是供参考。"由于该选集只选了四种(《学究自嘲》在《蒲松龄集》中只是作为附录),所以注释的词语数量不多。其中,对少数方言词的解释也有失误。如《穷汉词》中的"志志"释为"如同说'记下'",其实这是根据字典上"志"有"记"义解释的,方言中是测量、测试的意思。

真正有详注的蒲氏作品是1999年蒲先明整理、邹宗良校注的《聊斋俚曲集》。该书收录了15种蒲松龄聊斋俚曲,注释达4700多条,其中80%以上是对方言词语的解释。校注者的家乡即与淄川毗邻,熟悉当地方言,所以揭示了很多方言词的含义,虽然偶有疏失,但于《聊斋俚曲集》的阅读和蒲松龄白话词汇的研究功莫大焉。

第二种是聊斋俚曲词汇的专篇论文。这类专篇论文可约略分为两类:一类是对具体词语的释读。如上文提到的曹正义《聊斋俚曲词语证释》,又如张金霞《〈聊斋俚曲集〉方言词语补释》(《蒲松龄研究》2000年第3期),吴庆峰、张金霞《〈聊斋俚曲集〉歇后语汇释》(《蒲松龄研究》2002年第4期、2003年第1期),张泰、王文晖、隋长虹《〈聊斋俚曲集〉方言俗语选释》(《蒲松龄研究》2004年第1期),雷汉卿《〈聊斋俚曲〉方言词零札》(《蒲松龄研究》2005年第1期),雷汉卿《〈聊斋俚曲集〉方俗词札记》(《古籍研究》2008年第1期),蒲先和《蒲邹本〈蒲松龄集·聊斋俚曲〉注释辨误》(《蒲松龄研究》2011第1期),都兴宙《〈聊斋俚曲集〉词语杂释》(《宁波大学学报》2011年第4期),董淑慧《〈聊斋俚曲集〉词语再考释》(《蒲松龄研究》2015年第2期),蒲先和《〈增补幸云曲〉校释辨误》(《蒲松龄研究》2017年第4期)。另一类是对某类词语的综合研究。如张惠英《〈聊斋俚曲集〉中粗俗语举例》(《语言研究》1992 年第 2 期)王德凤《〈聊斋俚曲集〉亲属称谓研究》(山东大学硕士学位论文,2008 年),李晓恬《〈聊斋俚曲集〉方言词汇研究》(山东师范大学硕士学位论文,2008 年),马爱玲《〈聊斋俚曲〉方言词汇文化意蕴研究》(华中师范大学硕士学位论文,2009 年),张泰《聊斋俚曲詈词研究》(《蒲松龄研究》2009 年第 1 期),王聿发《聊斋俚曲佛道熟语例释》(《蒲松龄研究》2009 第 4 期),李登桥《〈聊斋俚曲集〉方言词汇的特点》(《铜仁学院学报》2010 年第 2 期),李登桥《聊斋俚曲中的骨牌博戏探析》(《蒲松龄研究》2012 年第 1 期)。这些论文或释读,或考证,为准确和全面地理解聊斋俚曲词汇提供了参考。

此外,殷晓杰的专著《明清山东方言词汇研究——以〈金瓶梅词话〉〈醒世姻缘传〉〈聊斋俚曲〉为中心》(中国社会科学出版社 2011 年版)中对聊斋俚曲的一些词语也有深入的分析。又上文提到,《汉语大词典》中引用了蒲松龄白话作品的不少用例或根据蒲氏作品单独设立词条或义项,其中有可参考者,也有疏失者。张树铮《〈汉语大词典〉对蒲松龄作品的引用及其疏误》(《蒲松龄研究》2016 年第 3 期)对此进行了全面析辨。

第三种是专书词典。截至目前出版的有关《聊斋俚曲集》词语的词典有三部,分别是:张玉来、刘太杰的《蒲松龄作品白话词语释义》(香港文化教育出版社 2002 年版)、张泰的《〈聊斋俚曲集〉方言俗语汇释》(九州出版社 2015 年版)、徐复岭的《〈金瓶梅词话〉〈醒世姻缘传〉〈聊斋俚曲集〉语言词典》(上海辞书出版社 2018 年版)。前二书对《聊斋俚曲集》词语的释读均达 1000 余条。后书将时代相近、反映山东方言的三书中的词语汇编在一起,共收词条 13000 多条。其中,有的词条是三书都有的,有的词条是只有一本书或两本书的;三书或两书共有的词条中,有的义项是共有的,有的则是只有个别书才有的。该词典未说明共收《聊斋俚曲集》词语的数量。据我们对该词典前 2500 条词语检查,有《聊斋俚曲集》用例的约 663 条,比例为 26.5%。按此比例推算,全词典共收《聊斋俚曲集》词语约 3500 条。① 显然,该词典所收的《聊斋俚曲集》的词语比《蒲松龄作品白话词语释义》和《〈聊斋俚曲集〉方言俗语汇释》更多。此外,该词典把《金瓶梅词话》《醒世姻缘传》和《聊斋俚曲集》的词语汇编在一起,也很有利于三书词汇的相互参照和比较。

---

① 据统计,在前 2500 条中,有《金瓶梅词话》用例的达 1313 条,比例是 52.52%;有《醒世姻缘传》用例的达 1212 条,比例是 48.48%。可见,该词典收录《金瓶梅词话》和《醒世姻缘传》的词语更多。

(2)将聊斋俚曲词汇与现代方言或近代汉语词汇结合起来的研究。正是因为聊斋俚曲词汇的丰富性，所以有一些论文将其作为研究本地方言词汇的重要参考，这同时也说明聊斋俚曲词汇在现代方言中的保留。如王希文《元明清白话著作中的枣庄方言词汇》(《方言》1991 年第 4 期)，谷玉霞《〈聊斋俚曲集〉中的莱芜方言词汇释例》(辽宁师范大学硕士学位论文，2012 年)，黄善娟《临沂方言词汇研究》(南京林业大学硕士学位论文，2013 年)，任福禄《咸阳方言俗语稽古举隅》(《咸阳师范专科学校学报》1998 年第 4、5 期)。另有一些论文对近代汉语时期其他白话著作的词汇进行了比较研究。如吴佩林《〈红楼梦〉中的明清山东方言举证——基于蒲松龄聊斋俚曲作品的对比》(《蒲松龄研究》2013 年第 4 期)，白雪《〈聊斋俚曲集〉与〈歧路灯〉词汇比较研究》(浙江师范大学硕士学位论文，2016 年)。还有些论文则根据《聊斋俚曲集》补正辞书。如张丽霞《从〈聊斋俚曲集〉看〈汉语大字典〉的例证》(《蒲松龄研究》2006 年第 2 期)，董绍克《聊斋俚曲补正〈辞源〉八则》(《蒲松龄研究》2004 年第 3 期)。

2. 聊斋俚曲语法研究

聊斋俚曲语言在语法上具有很强的地域性和时代性，所以也是近代北方话语法研究的重要语料，得到了学界的重视。

在词法方面，有对某些虚词或某个词类语法特点的研究。如冯春田《聊斋俚曲中的“煞(杀)”字结构及相关问题》(《语言科学》2003 年第 3 期)，冯春田《聊斋俚曲里的假设助词“着”及相关问题》(《中国语文》2004 年第 3 期)，甄珍《〈聊斋俚曲〉与淄博方言中的“着”“过”考察》(《蒲松龄研究》2011 年第 5 期)，崔山佳《〈聊斋俚曲集〉并列连词“合”“和”连接非名词性词语考察》(《蒲松龄研究》2017 年第 1 期)，王洪秀《〈醒世姻缘传〉与〈聊斋俚曲集〉限定性范围副词比较研究》(《黔南民族师范学院学报》2018 年第 5 期)，张俊阁《〈聊斋俚曲集〉疑问代词“嗄(煞)”》(《聊城大学学报》2007 年第 1 期)；学位论文如王晓红《由〈聊斋俚曲〉看淄川方言人称代词的发展》(华中师范大学硕士学位论文，2006 年)，马秀兰《〈聊斋俚曲〉量词研究》(山东大学硕士学位论文，2009 年)，刘长业《〈聊斋俚曲集〉序数范畴研究》(青岛大学硕士学位论文，2015 年)，陈美芳《〈聊斋俚曲〉语气副词研究》(华中师范大学硕士学位论文，2015 年)，程子益《〈聊斋俚曲集〉时间副词研究》(福建师范大学硕士学位论文，2016 年)，季淑玲《〈聊斋俚曲集〉疑问代词研究》(山东大学硕士学位论文，2018 年)，蘧娜《〈聊斋俚曲集〉助词研究》(山东大学硕士学位论文，2018 年)。还有对词缀和重叠形式的研究。如崔山佳《〈聊斋俚曲集〉重叠形式四题》(《蒲松龄研究》2015 年第 2 期),柴建坤《〈聊斋俚曲集〉重叠研究》(青岛大学硕士学位论文,2013 年),潘越《〈聊斋俚曲集〉词缀研究》(青岛大学硕士学位论文,2013 年),许英飞《〈聊斋俚曲集〉形容词生动形式研究》(山东大学硕士学位论文,2017 年)。宋开玉的专著《明清山东方言词缀研究》(齐鲁书社 2008 年版)以及他的几篇相关论文中也对聊斋俚曲词汇的词缀有深入的分析。

在句法方面,如罗福腾《〈聊斋俚曲〉与淄博方言的比较句》(《蒲松龄研究》1993 年第 3 期),许培新《〈聊斋俚曲集〉反复问句探源》(《山东省农业管理干部学院学报》2003 年第 4 期),宋开玉、李素英《〈聊斋俚曲〉正反疑问句研究》(《山东社会科学》2005 年第 9 期),戚晓杰《从〈聊斋俚曲集〉看汉语动词拷贝句式的产生年代》(《蒲松龄研究》2006 年第 1 期),王赟《〈聊斋俚曲〉比较句研究》(山东师范大学硕士学位论文,2009 年),李素英《聊斋俚曲中的特殊疑问句式》(《临沂大学学报》2012 年第 2 期),许培新《〈聊斋俚曲〉中的正反疑问句考察》(《求索》2013 年第 1 期),许培新《〈聊斋俚曲〉"V+(一)个+VP"结构研究》(《东岳论丛》2013 年第 4 期),许培新《蒲松龄〈聊斋俚曲集〉五种句式研究》(山东大学博士论文,2013 年),张兰《〈聊斋俚曲集〉处置式研究》(辽宁大学硕士学位论文,2014 年),谢梦雅《〈聊斋俚曲〉中"给"字句考察》(《现代语文》2018 年第 1 期)。戚晓杰的专著《明清山东方言背景白话文献特殊句式研究》(中国社会科学出版社 2007 年版)及几篇相关论文中有对聊斋俚曲句式的详细讨论。由钱曾怡主编,张树铮、罗福腾副主编的《山东方言研究》(齐鲁书社 2001 年版)中也有对聊斋俚曲语法特点的介绍。

关于聊斋俚曲语法的专著,有冯春田的《聊斋俚曲语法研究》(河南人民出版社 2003 年版),对虚词和句式的研究尤为精详。有些遗憾的是,该书只利用了《姑妇曲》《翻魇殃》和《禳妒咒》三种俚曲作为研究中的具体统计材料,因此在反映聊斋俚曲语法特点的全面性上就难免有所欠缺。

3. 聊斋俚曲语音研究

聊斋俚曲中保留了大量的唱段以及一些谐音和异写的材料,因此也反映了一些语音特点。对聊斋俚曲语音特点的研究主要有以下一些成果:罗福腾〈聊斋俚曲〉不同韵辙之字押韵一例》(《语文研究》1992 年第 4 期,讨论的是与儿化韵有关的问题),张树铮《蒲松龄〈聊斋俚曲集〉用韵研究》(《古汉语研究》2001 年第 3 期),李焱《蒲松龄〈聊斋俚曲集〉中的儿化现象》(《中国语文》2002 年第 3

期)，张树铮《蒲松龄〈聊斋俚曲集〉所反映的轻声及其他声调现象》(《中国语文》2003 年第 3 期)，董绍克《谈〈聊斋俚曲集〉“日”母的音值及演变》(《中国语文》2005 年第 4 期)，张鸿魁《聊斋俚曲的方音特点》(《蒲松龄研究》2005 年第 4 期)，董绍克《谈聊斋俚曲“知”“庄”“章”的音值及演变》(《蒲松龄研究》2010 年第 3 期)，郑淑招《〈聊斋俚曲集〉韵部研究》(宁波大学硕士学位论文，2012 年)，以上是单纯讨论聊斋俚曲所反映的语音问题的；冯春田《聊斋俚曲的一些方言词音问题》(《中国语文》2001 年第 3 期)和张鸿魁《聊斋俚曲方言词语音证》(《蒲松龄研究》2007 年第 4 期)两文则对其中一些词的读音及意义进行了分析；贾英敏的《浅谈聊斋俚曲中的合音字》(《蒲松龄研究》2002 年第 3 期、第 4 期)讨论了聊斋俚曲中的几个合音字，也与语音有关。张树铮的专著《清代山东方言语音研究》(山东大学出版社 2005 年版)中也有对蒲松龄聊斋俚曲集语音的研究。

4.聊斋俚曲用字及校勘的研究

聊斋俚曲一直以手抄本的形式在淄川一带流传，因此存世的抄本存在俗写和异写及字句的参差是很正常的。好在总体来看问题并不太大。例如，现在流行较广的路大荒《蒲松龄集》、盛伟《蒲松龄全集》和邹宗良校注本《聊斋俚曲集》的文本就差别不大。2018 年，蒲松龄纪念馆参考馆藏抄本新整理的《聊斋俚曲集》(齐鲁书社)主要是《翻魇殃》抄本与路本、盛本出入稍大。不过，聊斋俚曲文字的使用问题一方面涉及俗字和本字(正字)的文字学问题，另一方面也与对词语及句子(甚至包括某些语音现象)的正确理解有关。例如，《墙头记》第一回中女婿张大见岳父李老到来，“慌忙按帽迎进，作揖磕头，让了坐。‘阿爹好么?’李老都答应‘好’”。路本、盛本、邹本均同。这样的话，当时的淄川话中就应该有“阿爹”一词。但是，亲属称谓词中的“阿”词头仅见于南方方言，在包括山东方言在内的北方方言中并不存在，因此这个词就显得非常奇怪了。蒲松龄纪念馆藏《聊斋新编墙头记》抄本“阿”作“问”①，即“……让了坐，问:‘爹好么?’”那么，上述的疑问就迎刃而解了。因此，关于聊斋俚曲的用字及校勘(包括标点)问题也受到学界重视。在这个方面，董绍克用力尤多。他自己或与他人合作先后发表了《〈聊斋俚曲集〉误字举例》(《语言科学》2006 年第 4 期)、《聊斋俚曲俗字释例》(《蒲松龄研究》2007 年第 1 期)、《谈聊斋俚曲的俗字》(《蒲松龄研究》2007 年第 4 期)、《聊斋俚曲勘误举例》(《蒲松龄研究》2008 年第 4 期)等多篇论文。

---

① 蒲松龄纪念馆新编校的《聊斋俚曲集》(齐鲁书社 2018 年版)已排印为“问”字。

此外,张鸿魁从俚曲格律角度谈校勘问题的有两篇论文《聊斋俚曲格律和校勘注释》(《蒲松龄研究》2003 年第 2 期)、《聊斋俚曲格律和校勘注释(又续)》(《蒲松龄研究》2004 年第 3 期)。另有张泰《路大荒本〈聊斋俚曲集〉失校散记》(《蒲松龄研究》2007 年第 4 期)、李登桥《对〈聊斋俚曲集〉整理校注的补充和考证》(《宜宾学院学报》2010 年第 10 期)、蒲先和《〈增补幸云曲校释〉辨误》(《蒲松龄研究》2017 年第 4 期)等论文。

5. 其他有关语言问题的研究

(1)聊斋俚曲的方言性质问题。对于聊斋俚曲的语音性质,学界一般都肯定其方言性。不过,张鸿魁《聊斋俚曲的方言属性》(《语言科学》2005 年第 4 期)指出,聊斋俚曲使用的并非作者的乡音淄川方言,而是"山东官话"。"山东官话"是张鸿魁提出的一个概念。他认为,近代以来在山东省内已经形成了一个以济南话为基础的通用语。李汉举《关于聊斋俚曲的方言属性问题——与张鸿魁先生商榷》(《蒲松龄研究》2012 年第 4 期)予以反驳,认为张文的论据和推论都不足以支持其观点,而聊斋俚曲的文体性质和特点也证明其淄川方言的属性不容否定。我们认为,"山东官话"起码在 20 世纪中国进入现代社会以前是难以成立的,所以本书支持李文的观点。

(2)根据聊斋俚曲与《醒世姻缘传》和《金瓶梅》的比较讨论后两书作者问题。尽管一般认为《醒世姻缘传》和《金瓶梅》的作者都是山东人,但具体作者却仍难确定。当然,其方言基础是山东哪个地区的方言也无从确定。更有甚者,由于《金瓶梅》中有不少吴语的成分,所以也有学者认为《金瓶梅》的作者并非山东人。在讨论作者问题时,学者们都比较重视作品方言性的证据,自胡适在 20 世纪 30 年代主张《醒世姻缘传》作者是蒲松龄时即已如此。

据聊斋俚曲讨论《醒世姻缘传》作者的论文有以下数种:刘钧杰《从言语特征看蒲松龄跟〈醒世姻缘传〉的关系》(《语文研究》1988 年第 4 期)根据六组词语的用词差异说明《聊斋俚曲集》和《醒世姻缘传》有明显差异;罗福腾《山东方言"V 他 V"结构的历史与现状》(《语言研究》1998 年第 1 期)比较了《金瓶梅词话》《醒世姻缘传》和《聊斋俚曲集》中"V 他 V"结构的差异情况;李焱、池静莲《从差比句的比较看〈醒世姻缘传〉的作者》(《龙岩师专学报》2003 年第 4 期)比较了《醒世姻缘传》《聊斋俚曲集》和《续金瓶梅》的差比句;张树铮、孙韵珩《〈聊斋俚曲集〉和〈醒世姻缘传〉语法特点的差异》(《古汉语研究》2005 年第 4 期)比较了《聊斋俚曲集》和《醒世姻缘传》的几个语法特点;程志兵《〈聊斋俚曲集〉与〈醒世姻缘传〉人称代词的差异——兼谈两书的作者问题》(《山东理工大学学报》2009年第3期)比较了两书的人称代词;刘玥《从处置式比较看〈醒世姻缘传〉非蒲松龄所作》(《蒲松龄研究》2010年第1期)比较了两书的处置式。以上论文都从语言特征的角度一致否定了《醒世姻缘传》作者问题的蒲松龄说。

关于《金瓶梅词话》的作者,鲁迅在《中国小说史略》日译本的《序》中说道:"《金瓶梅词话》被发见于北平,为通行至今的同书的祖本,文章虽比现行本粗率,对话却全用山东的方言所写,确切的证明了这绝非江苏人王世贞所作的书。"[①]郑振铎、吴晗等人也有此观点。不过后来也有学者从语言角度考察,认为其并非山东方言。代表性的论文是张惠英《〈金瓶梅〉用的是山东话吗?》(《中国语文》1985年第4期),认为《金瓶梅》的语言是在北方话的基础上,吸收了其他方言,而其中吴方言尤其是浙江吴语显得比较集中。31年之后,她又发表了《〈金瓶梅〉非山东方言补证》(《中国语文》2016年第6期)进一步论证她的观点。其中一部分内容就是用《聊斋俚曲集》中的指示代词"乜"在《金瓶梅》(包括《醒世姻缘传》)中全无踪影来证明《金瓶梅》的语言非山东方言。其实,"乜"在山东话中并非遍及全省,所以《金瓶梅》中无"乜"也不一定说明其语言非山东方言,就如《醒世姻缘传》中也没有"乜"并不能证明其语言非山东方言、其作者非山东人一样。

此外,董绍克《谈〈聊斋俚曲集〉的语言学价值》(《蒲松龄研究》1997年第4期)论述了《聊斋俚曲集》在语音、词汇、语法和文字学研究方面的价值,也值得参考。

**(二)《日用俗字》语言研究**

相比于《聊斋俚曲集》语言研究热,《日用俗字》的研究则要冷清许多。通过知网以"日用俗字"为主题词或关键词检索,只能得到15篇论文。究其原因:一是其篇幅毕竟比《聊斋俚曲集》小得多;二是其自身的特点所致——方言词+旧时农村生产生活用词+生僻字,令人阅读起来非常吃力。与《聊斋俚曲集》语言研究有不少学位论文形成对照的是,关于《日用俗字》语言研究的学位论文一篇也没有,这也是与其研究难度有密切关系的。

《日用俗字》语言的研究主要是两个方面的内容:一个是文字方面的,一个是词汇方面的。语音方面只有一篇:张树铮《蒲松龄〈日用俗字〉语音研究》(日

① 鲁迅:《且介亭杂文二集》,人民文学出版社1981年版。

本《中国语学研究·开篇》第22卷,2003年),利用《日用俗字》中的"音注"字讨论了其反映的声母和韵母特点。

文字方面的研究主要是对形讹字的考证以及其中的俗字。其中,有李焱《蒲松龄〈日用俗字〉考讹》(《蒲松龄研究》1999年第3期),张树铮《今本蒲松龄〈日用俗字〉形讹字考正》(《蒲松龄研究》2009年第3期),张树铮《蒲松龄〈日用俗字〉中的俗字》(《蒲松龄研究》2012年第3期),张树铮《〈日用俗字〉形讹字补考——兼论路本、盛本、影印本之关系》(《蒲松龄研究》2014年第1期),张树铮《蒲松龄〈聊斋俚曲集〉和〈日用俗字〉的语音校勘》(《陈新雄教授八秩诞辰纪念论文集》,[台湾]万卷楼图书股份有限公司2015年版)。

对词语作全面释读的是张树铮的专著《蒲松龄〈日用俗字〉注》(山东大学出版社2015年版)。该书释读《日用俗字》全书词语意义,兼析《日用俗字》选用字形的依据,并考辨其中的形讹字。应该说,该书的出版也带动了《日用俗字》词汇的研究。董淑慧《〈蒲松龄日用俗字注〉词语校释商榷》(《蒲松龄研究》2017年第2期)、张文冠《〈日用俗字〉器物名词考释六则》(《蒲松龄研究》2018年第1期)、张文冠《〈日用俗字〉疑难农业词语考释六则》(《中国农史》2018年第1期)、张文冠《〈日用俗字〉词语考释九则》(《汉字汉语研究》2018年第2期)都对张书的一些词语释义提出了修正意见。此外对《日用俗字》词语释读的论文还有:雷汉卿《〈日用俗字〉方言词考释》(《汉语史研究集刊》第7辑,2004年),王珏《蒲松龄〈日用俗字〉方言词例释》(《蒲松龄研究》2012年第2期),李彬《〈日用俗字〉语词札记》(《红河学院学报》2012年第5期),何茂活《〈日用俗字〉庄农章解疏——兼以〈农桑经〉及现代淄川方言为证》(《蒲松龄研究》2013第3期、第4期),蒲先和《〈日用俗字庄农章解疏〉补正》(《蒲松龄研究》2017年第1期)。如上所述,《日用俗字》的词语不仅涉及方言,还涉及大量旧时农村生产生活用语,再加上字形的干扰,所以释读难度很大。因此,对其中的一些词语,尤其是专业性较强的词语还需要进一步研究。

总的来看,蒲松龄白话作品语言的研究已经取得了十分令人可喜的成绩,可以说与近代汉语时期任何一位白话作家的语言研究相比都毫不逊色。这虽然首先得益于《聊斋俚曲集》本身的重要价值,但也与蒲松龄研究具有本领域的专业园地——《蒲松龄研究》有关。如上文所显示的,尽管有关成果散见于各种学术刊物,包括《中国语文》这样的学科顶级刊物,但还是以发表在《蒲松龄研究》上的居多,可见某个学术领域有一种(或数种)学术期刊的重要性。从研究者来看，以山东籍学者居多，这与蒲松龄白话作品的地域性是密切相关。因为山东籍的学者自然在阅读和理解蒲氏白话作品时具有先天的方言优势。这跟反映吴语的白话作品多由吴语方言区的人来研究是同样的。

展望未来，蒲氏白话作品的语言研究仍有很广阔的空间，蒲氏白话作品自身的研究还需要深入，蒲氏白话作品与同时期其他白话作品的比较研究需要加强。蒲松龄为后代留下的这些宝贵资料，正在闪耀着越来越明亮的光芒。

# 第二章　蒲松龄白话作品语音研究

## 第一节　蒲松龄白话作品语音研究的资料

蒲松龄白话作品中语音研究的资料主要有以下几种：

1. 韵文

蒲氏白话作品主要是《聊斋俚曲集》和《日用俗字》，两书中都有大量的韵文。可以说，押韵是最丰富的韵母研究资料。通过韵脚的联系可以归纳韵部，此无须赘言。

需要注意的是，聊斋俚曲是采用当时流行的民间时调创作的，而时调是有格律要求的，包括句数、句长、句式、平仄等。总的来说，蒲氏是比较严格地遵循了这些格律要求的。因此，这也给我们的研究提供了更多的帮助，如根据格律的要求观察韵脚及其声调状况、分析抄本的错讹等。后文我们会有专门的讨论，这里暂不细说。

2. 直音

直音即用同音字来注音。蒲氏的直音主要见于《日用俗字》一书，他叫作"音切"。《日用俗字・自序》中说："其难识者，并用音切于大字之侧；若偏旁原系谐声，例应读从半字，概无音切。"所谓"音切"，其实就是直音字。如上文《身体章》的例子，"頚"旁注"夺"，"囟"旁注"信"，"髂"旁注"怪"，"额"旁注"隘"之类。注音的目的是为了便于时人读出字音，所以他用的直音字是方言中的同音字。如《身体章》"髈竿矬矮长短异"一句，"矮"注音"隘"，说明"隘"并不读去声（《广韵》乌懈切，去声卦韵）。《淄川方言志》同音字表未列"隘"字，不过其附近的寿光方言中"隘"正读同"矮"（均读 iɛ，上声），可以证明"隘"读"矮"应是当时实有的方音。

不过，直音的方法在传统上还有"纽四声"的做法，即遇到一个字如果没有声韵调完全相同的合适字来注音时就会用一个声韵母相同但调不同的字来注音，说明其读作“×某声”。如“矬”字，《字汇》注音“坐平声”，按照普通话的语音规律，读为 cuó。而蒲氏一般并不注出该读哪个声调，如“矬”字只照抄《字汇》注“坐”字，这样一来，看起来就与实际读音不同了。再如《身体章》“頦”注“夺”字。“頦”《广韵》丁果切，是阴声的哿韵（上声），而注音字“夺”《广韵》徒活切，是入声的末韵。由此可以得出两个结论：一是入声韵已经消失，读同阴声韵；二是“夺”属于中古全浊声母，今北方话中一般读同阳平调，而“頦”属上声，两者看起来调类有些问题。这其中就有两种可能：其一，该词方言中本来就读作阳平，所以用读阳平的“夺”来注音，只不过蒲氏从《字汇》中选用了一个读上声的“頦”的字形来记这个方言词。《聊斋俚曲集》中有“髑髅”，与此处的“頦髅”义同（指头颅骨），“髑”为中古全浊入声字，正读阳平。其二，该词方言中本来就读作上声（如聊斋俚曲《快曲》中写作“頱”，声符“朵”亦为上声），蒲氏用“夺”来注音，说明在当时的方言中阳平和上声已经混同了（今淄川方言中普通话读阳平的字一般读同上声）。由于今淄川方言中不说“頦髅”，周边方言也未发现有此说法，所以难以断定“頦髅”一词中的“頦”到底读什么调类。不过总的来说，此例还是为淄川方言中阳平与上声的合并提供了一个参考。

3.谐音

蒲氏白话作品中的谐音材料主要见于两种情况：一是歇后语中的谐音双关。如《禳妒咒》第十四回：

> 李婆说：“……俺大嫂到利害，不是顽，不是顽！”公子说：“你悄悄的。”李婆说：“不好不好。……只怕一朝发觉了，打你那俊脸，挦了我的毛！老虎窝里种南瓜——守着个吃人的东西，还作大叶。”

此处描写有妒妻的公子请虔婆李婆替自己偷偷召妓，李婆害怕。“守着个吃人的东西”字面意思指“老虎”，实指公子之奇虐无比的妻子。“作大叶”字面意思是种出大大的南瓜叶，方言中实指做坏事惹出较大的祸端。“叶”谐音“业”。《广韵》“叶”与涉切，以母入声叶韵，“业”鱼怯切，疑母入声业韵。此谐音说明中古的以母和疑母在方言中同音。

二是人名中的谐音。如《磨难曲》第二十八回写多年逃亡在外的恶衙役张龙、李龙返乡后不久相见，路遇算卦的胡生请其算卦：

> （胡生）看书介：“……‘最喜龙与虎’，你看头一句把二位大名就报出来了，奇的紧！这‘喜’字吉利的很。下句说‘朱门有路通’，这一句我可不甚懂的。”又重念道：“‘朱门有路通……’”李虎说：“张嫂子姓朱。”胡生点头，

说:"嗯嗯,是了。"李虎问:"下边是什么?"胡生说:"有路通。"李虎说:"这牛禄是张哥的邻家,这行子极可恶,我也听的点风声儿。……"

此处暗指张龙之妻朱氏与邻居牛禄通奸,以"有"谐音"牛",以"路"谐音"禄"。有,《广韵》云久切,云母上声有韵;牛,《广韵》语求切,疑母平声尤韵。"牛"字按古今对应规律在普通话及北方话中应读零声母,读 n 声母其实是例外,不过在山东的一些地方,"牛"仍有零声母的读法音同"由"。如淄川文读即是 iəu,寿光的老派读音也是 iəu。此处以"有"谐"牛"正是反映了"牛"读零声母的特点。路,《广韵》洛故切,来母去声暮韵;禄,《广韵》卢谷切,来母入声屋韵。两字相谐说明入声读为阴声韵,并且符合今冀鲁官话次浊声母入声字读为去声的规律。

当然,谐音关系有时候并不是特别严格的同音关系,所以还需要结合其他材料加以判断。例如《增补幸云曲》第二十回:

万岁自思:"这厮问我贵姓,我又不好说我姓朱。也罢,我混他一混。"这万岁拿起一双箸来,向桌子上一指。

此例以"箸"谐"朱",两字并不同调。所以,"有""牛"相谐并不能简单地说明当时的淄川话中阳平已经读同上声(请见后文的有关分析)。

4.异形

蒲氏的白话作品中存在着不少一词异形的现象。如方言中表示尘土飞扬的 pɔ(去声)在《增补幸云曲》第十五回写作"暴":

万岁爷笑哈哈,佛动心你好邋遢,茶壶放在床底下。没有盖子闭着口,暴上灰尘怎么顿茶?

在《蓬莱宴》第三回写作"报":

把火吹,把火吹,一霎报了一头灰,软窈窕的玉人儿,怎么能受这样罪?

"暴""报"两字都为去声号韵,不过前者为中古帮母,后者为中古並母,此例说明仄声的全浊声母读同全清声母。

再如,膝盖一词有"跛骼盖""波罗盖""波落盖"的不同写法:

二相公听的吩咐,疾忙上去一跛骼盖跪下,禀道:……(《寒森曲》第七回)

曲盘里弯跛骼盖。(《日用俗字·身体章》。"骼"注音"洛")

三更里苦哀哉,疼又麻难顾追,十万蛆蜇这波罗盖。(《磨难曲》第二十八回)

戚老爷丢了刀,一波落盖跪下,捏起那嗓根头子来……(《禳妒咒》第一回)

尽管"波""跛"两字古调不同("波"平声,"跛"上声),"罗""落""骼"古音不同,但在该词中实际读音是相同的。

这些异形词有些是蒲松龄自己使用得不一致。如"耳朵"在《日用俗字》中写作"耳躲",但聊斋俚曲中一律写作"耳朵"。很多方言词本来就本字未明或没有标准词形,写作什么并没有对错之分,写成不同的词形也很正常。但是有些异形词(异文)可能是后代传抄者的讹误,鲁鱼豕亥也难以避免,甚至也有隶定者的误认。例如《禳妒咒》第二十六回中的一段唱词:

见同年称年兄,拜知县称治生,庄村谁不把我敬?从此没有下三等,顺口谈文尽着俺烹,见人说嘴又鏊腔。若来到这绣房以内,这一把青伞难撑。

"腔"字实为"腚"字之误。首先从押韵来看,"腔"与韵脚字"兄生敬等撑"不合,"腚"则正好入韵;其次,"鏊腔"的意义也很难索解。从字形来看,"定"草书或行书作"[illegible]",被误认为"空",由此致误。其实"鏊腚"是"鏊嘴"一词的詈语。《醒世姻缘传》第八十三回有"鏊嘴",指说嘴,耍嘴皮子,夸夸其谈:

狄希陈道:"哥儿,你漫墩嘴呀。凤冠霞帔,通袖袍带,你还没试试哩。你别要也倒穿了可。"

詈语将"嘴"说成"腚"(屁股)则极为常见。

但无论是聊斋俚曲还是《日用俗字》,目前都没有蒲松龄的手写原件,所以多数情况下很难断定是蒲氏自己书写的字形还是后人的讹误(《日用俗字》中的情况请参见本书后文所论)。

5.其他

除上述资料较多的内容之外,还有零星的现象也能够反映语音特点。如用于句末或句中的语气词"那"(或"哪")都出现在古咸山深臻四摄韵母字(即今普通话读-n尾的韵母)后,而这些韵母的字在今淄川方言中一律读作鼻化元音,如"山三"的韵母是 ã,"跟森"的韵母是 ə̃。因为只有在-n韵尾后语气词才会变读na,所以我们可以推定:当时的淄川方言中这些字的韵母还是收-n尾的,而鼻化元音的读法则是后来的演变。

针对不同的材料需要使用不同的研究方法。作为非语音学著作,蒲松龄的白话作品不可能完整地提供系统的语音信息。所以,对这些材料的研究,首先要分析其明显反映的语音特点,其次要结合其他语音资料和现代方言加以补充,以得出比较系统的语音面貌。

## 第二节 声母研究

蒲松龄白话作品所反映的声母现象主要体现在《日用俗字》的直音之中，其他材料也有零星的反映。本节首先观察《日用俗字》的直音，再看其他零星现象，最后参考现代淄川方言及其他材料分析300年前淄川方言的声母系统。

首先要说明的是，北方话的语音由《切韵》时代发展到元代(《中原音韵》)，声母、韵母、声调的有些特点与现代北方方言已经一致，那么明代及清代的北方方言也应该是与此一致的。以声母而言，全浊清化在元代已经完成，在现代亦如此，则清代自然也是如此。如《日用俗字》中便有许多全浊清化的例子，如“箅(帮)＝避(並)”(饮食章)、“趁(彻)＝陈(澄)”(庄农章)、“铫(定)＝吊(端)”(器皿章)，兹不具举。由上举数例即可看出，全浊塞音塞擦音平声混同于次清(读送气，如“趁＝陈”)，仄声混同于全清(读不送气，如“箅＝避”)。这些就不在这里仔细讨论了。而现代的有些变化在《中原音韵》时期并未完成或不能确定其是否完成，这些方面的问题是需要结合明清时期的语音材料来证明的。本节主要讨论以下几个问题。

### 一、古知庄章组声母的读音

中古的知庄章三组声母在《中原音韵》中有分有合，各家解说不一：有主张全合为一类者，也有主张分为两类者，这里不再赘述。现代淄川方言中三组已经合并为一类读 tʂʰ、tʂʰ、ʂ，但其东邻的临朐县和青州市(原益都县)就属于胶辽官话区，知庄章三组字分为两类，大致是知组二等及部分三等与庄组合、知组三等与章组合。因此，清代早期的淄川方言中知庄章合一或分成两组的可能都是存在的。

**(一)《日用俗字》中的知庄章组字**

《日用俗字》中涉及知庄章三组相混的共有21例(列在前面的是被注音字，后面的是直音字；古声母后面的数字为古韵母的等次)：

(1)稙＝质(《庄农章》)：知3＝章3

(2)黹＝指(《裁缝章》)：知3＝章3

(3)癥＝止(《疾病章》)：知3＝章3

(4)揁＝争(《器皿章》)：知2＝庄2

(5)挓＝查(《器皿章》):知2＝庄2

(6)偡＝挣(《争讼章》):知2＝庄2

(7)蝈＝扎(《昆虫章》):知2＝庄2

(8)髽＝挝(《身体章》):庄2＝知2

(9)䃎＝砟(《庄农章》):知2＝崇2

(10)㲀＝臻(《争讼章》):章3＝庄2

(11)忡＝冲(《疾病章》):彻3＝昌3

(12)爜＝察(《饮食章》):彻3＝初2

(13)扠＝揣(《饮食章》):彻2＝初3

(14)铛＝撑(《菜蔬章》):初2＝彻2

(15)脛＝执(《身体章》):澄3＝章3

(16)庝＝茶(《泥瓦章》):崇2＝澄2

(17)薝＝茶(《皮匠章》):崇2＝澄2

(18)卮＝室(《泥瓦章》):崇3＝书3

(19)桑＝身(《庄农章》):生2＝书3

(20)惴＝闯(《身体章》):章3＝初3

(21)艢＝赊(《器皿章》):知2＝书3

据以上统计,知组—章组例6例,知组—庄组例11例,章组—庄组例4例。可见中古知、庄、章三组的畛域已经不清,存在相互混同的现象。值得我们注意的是(10)(12)(13)(19)四例,它们都是二等与三等相混的例子。我们知道,《中原音韵》中知庄章已经有混同,但是除了支思韵等少数地方之外,基本上是知组二等与庄组合、知组三等与章组合,因此有人认为应当分为两组。而上述四例都不是支思韵,它们的相混说明在三等韵中知庄章也已经合一不分了。并且,由二等字与三等字互注可以证明知庄章三组声母后的三等字韵母已经失去了i介音。这与今淄川方言相同。

**(二)聊斋俚曲中的知庄章组字**

董绍克在《谈聊斋俚曲"知""庄""章"的音值及演变》(《蒲松龄研究》2010年第3期)中指出,当时聊斋俚曲反映出来的古知庄章三组声母分为两类:一类读ʈʂ、$ʈʂ^h$、ʂ;一类读tʃ、$tʃ^h$、ʃ。下面我们逐项审查他的主要论据,同时也可以看一下聊斋俚曲在知庄章问题上的表现。

首先,董文是以古日母字的读音为参考得出这个结论的,使用的方法并不严密。他认为，在山东方言中古日母字（止摄开口除外，下同）与古知庄章三组的分合有关联：在日母字读零声母的地区，古知庄章组字分读两类；而在日母字不读零声母（有 ʐ、z、l 三种）的地区“绝大多数其知、庄、章的读音为舌尖音”（有 tʂ、ts 两种读法）。根据他的另一个观点，聊斋俚曲中日母字是读零声母的，所以其知庄章声母也应该是分读两类的。关于聊斋俚曲中日母字的读音我们在下文中再讨论，这里先说一下董文的这种论证方法。董文所说的日母字读音与知庄章三组声母的关联在山东方言中是存在的，笔者在《山东方言日母字研究》（《语言研究》1994 年增刊）中就指出了这个问题。但要注意的是，这只是就大面的情况来说的，在知庄章二分地区（董文称“胶东方言型”）与知庄章合一地区（董文称“非胶东方言型”）的交界地带，情况并非如此。例如淄川东邻的临朐县，知庄章组字二分（如“燊”读 sə̃，“身”读 ʃə̃），但日母字不读零声母而读 ʐ 或 l（如“热”读 ʐ 声母，“如”读 l 声母）；寿光北部知庄章组字二分（如“燊”读 ʂə̃，“身”读 ɕiə̃），日母字统读 ʐ 声母（如“人”和“如”都读 ʐ 声母）。现代淄川方言正处在“胶东方言型”和“非胶东方言型”的交界地区，是“非胶东方言型”的最东边。因此，即使清初淄川读日母字为零声母，也不能证明当时的知庄章组二分，如同临朐读日母字为 l 或 ʐ 不能证明临朐方言知庄章合一一样。

其次，董文用韵脚或通假来证明知庄章二分，但所用的例子都是有问题的。如以下用例。

1. 蛇（章母三等）～嗄（即啥，生母三等）

董文举例为《墙头记》第四回：

> 一口气不来瓜打了，竹篮打水落长空，可才大家没蛇弄。

按：其实还有一个用例[①]。如：

> 你虽望着那个亲，俺可知道妙不妙。你仔想想你当初，蛇钻的窟笼蛇知道。（《琴瑟乐》）

这个例子的问题是：嗄，《广韵》所嫁切，生母是二等，而非三等。这恰恰说明三等的章母已经与二等的生母相混了。其实，“嗄”用来作疑问代词时只是通假字（后来写作“啥”），而疑问代词的“嗄（啥）”是“什么”（甚么）的合音，“什”或“甚”都是三等字，因此在这一点上说“嗄”是三等字也没有问题（今寿光北部读“啥”为 ɕia，亦可为该字读三等之佐证），而一个三等字用二等的“嗄”来记音，同样也

---

① 此外，“蛇”还谐音“傻”。《墙头记》第二回：“起初时，耷着蛇头实落去做衣买帽，傻着脖子当真的称肉杀鸡，恐怕不如家兄，我先讨愧。”

说明在知庄章声母后韵母的二、三等已经不分，声母只能读为一类。

2.(爆)仗(澄母三等)～(爆)燇(章，章母三等)

按：两字(“燇”按“章”字计算)都属于三等韵，所以不能说明问题。

3.愁(崇母三等)～仇(禅母三等)

按：此例亦恰恰说明知庄章不分。因为在知庄章二分型的方言中，庄组字不管韵母是二等还是三等，都是与知组二等同类而不会与章组(三等)同类的。章组的“仇”字与庄组的“愁”字能够通假，正说明属于知庄章已经合为一类的方言现象。

4.㑿(澄母三等)～诌(庄母三等)

按：所举例句中两字其实并不能通假。这两个例句是：

我劝歪人不用歪，阎王不怕你性子㑿。(《姑妇曲》第三回)

两畜生这样诌，前生和我有冤仇。(《墙头记》第二回。“两”字原作“𫘔”，即“俩”)

两字意义不同，“㑿”其实是方言字，音同“宙”，意思是“执拗，固执，不灵活”。《现代汉语词典》作“㤘”：“〈方〉形固执：性情～｜～脾气。”该字读去声亦可由其押韵证明。上引例子的整个唱段是：

这个恶人好不谬，惹着尽自勾人受：汉子惹着他也掘，婆婆惹着他也咒。我劝歪人不要歪，阎王不怕你性子㑿。眼前虽着人难受，只怕折了你的儿孙，促了你的寿！

可见，此唱段均押去声韵：谬受咒～受寿。

“诌”音阴平，在聊斋俚曲中有两个义项，其中一个义项与普通话义项相同，即“编造(言辞)”(《现代汉语词典》)。如：

娘子笑了笑说：“胡诌哩！你知道如今兴那一部书？咱抄书卖也好。”(《蓬莱宴》第四回)

从来口念说风流，那过板活儿不会诌。(《禳妒咒》第十四回)

而更多的句子中表示另一义，即“荒唐，不合理”。如：

老天爷忒也诌，我不曾把佛眼抠，怎么叫我诸般受？(《墙头记》第一回)

终日谁敢把气也么抽，瞧着没人暗泪流。忒也诌，见了丈夫似有仇。(《禳妒咒》第十回)

两下奶头，两下奶头，倒换过来好不诌。(《禳妒咒》第二十七回)

该字读阴平亦可从曲调的格律得到证明。上举《墙头记》第二回“诌”字入韵的唱段为“要孩儿”调，首句入韵，均押平声(偶有非平声者均读轻声，请参见下文有关轻声的讨论)。如同剧同回：

> 我明说我实言，要那地分那田……
>
> 休害怕莫心焦，只用你拘巴牢……

首句末字“言”和“焦”均为平声。所以，这对例子不能说明知庄章二分。

5. 趁(彻母三等)～衬(初母三等)

按：两字是否是通假关系，尚难断定。“趁”的例子是：

> 蝴蝶儿被狂风飘，花枝儿趁月影摇。(《蓬莱宴》第二回)

此处是描写下凡的仙女彩鸾的。其前后文是：

> 那里的神仙下九也么霄，俊脸儿好像芙芙子苗。美娇娇，一派风流在眉梢。身子软窈窕，一捏杨柳腰，走将来看着他影也俏。蝴蝶儿被狂风飘，花枝儿趁月影摇。我的天，引吊魂，教人把魂引吊。

“趁”在聊斋俚曲中有“称”(相称，合适)的意思。如：

> 外头袍子虽囫囵，边上漏着破铺衬，旧衣裳穿上还不趁。(《墙头记》第三回)
>
> 前边看是美人，后边看是美人，美人，做的也相趁！(《磨难曲》第二十七回)
>
> 开手接个大操军，就有银钱也不趁。(《增补幸云曲》第十四回)

“花枝儿趁月影摇”中的“趁”理解为“相称”似乎更为妥当，因为这里的“花枝儿”显然是指仙女彩鸾的。如果是“衬”，那么应该是“月影”衬花枝儿，而不是让彩鸾去“衬月影”。当然，如果一定要说是“衬”，那只能认为该句是为了押韵而颠倒了语序。

其实，董文所举上述例子是为了显示其特点只有两字同是三等字时才有通假关系，而不同等的知庄章组字并不通假，并以此说明知庄章声母后的二等和三等韵母不同，进而证明知庄章组声母并没有完全合成一类。为了说明这种同等才同音的关系，董文还列举了《日用俗字》中的例子，此不赘列，请参上文。其实，上文已经分析，其第一个例子“蛇～嗄”并不是同等次的韵母，并不符合董文所说的规律。那么，同等次的韵母才构成同音关系是否就能够证明聊斋俚曲中的知庄章声母分两类呢？我们的回答是否定的。

首先，从现代方言看，在知庄章二分的方言中，庄组字不管二等还是三等，都是只与知组字相混而不与章组字相混。我们很难设想在这些方言中庄组字是先按照古韵母的等次分为两类，然后庄组三等字再按照古声母的条件（属于庄组）再与庄组二等字相混的。我们也很难设想清初的淄川话是这样一种特殊的类型。换言之，这种知庄章先按古韵等次分成两组然后再合并的模式找不到现代方言的证据支持。其次，从近代汉语的资料看，也没有这种庄组字先分成两类再合并的模式。以《中原音韵》为例，尽管其中的知庄章组字到底是合一还是二分目前还有不同的观点，但其分组情况还是十分清楚的，即庄组字只与知组的一部分字（主要是二等韵）合并，章组字只与知组的一部分字（全部是三等韵）合并，只有在支思韵和东钟韵中才有三者混合的情形。为便于说明，下面列出杨耐思先生《中原音韵音系》（中国社会科学出版社 1981 年版）中的一些例子（删除了个别生僻字）：

江阳韵：章漳獐樟璋彰麞（章母）张（知母）

章（章母）长（知母）/敞鷩（昌母）昶（彻母）

帐胀涨（知母）丈仗杖（澄母）障嶂瘴（章母）/唱倡（昌母）畅怅鬯（彻母）

先天韵：船（船母）传椽（澄母）

车遮韵：哲（知母）褶摺折浙（章母）/辙撤澈（澄母）掣（昌母）

以上均为知组与章组相混的例子。以下是知组与庄组相混的例子：

江阳韵：庄粧装（庄母）樁（知母）

床（崇母）幢撞（澄母）

萧豪韵：罩（知母）笊（庄母）棹（澄母）

捉（庄母）卓琢（知母）

杨耐思先生认为："'章'组字跟'庄'组字合并，限于止摄开口。"例如：

支思韵：眵（昌母）差（初母）/施诗（书母）师狮蛳（生母）尸屍鸤蓍（书母）

是氏市柿侍（禅母）士仕（崇母）使（生母）市谥（船母）莳恃（禅母）事（崇母）施（书母）嗜豉（禅母）试弑（禅母）筮视噬（禅母）

杨耐思先生说明："今山东、河南的一些方言多如此。"

"'知'组字、'章'组字、'庄'组字合并，限于通摄。"例如：

东钟韵：重虫（澄母）慵鳙（禅母）崇（云母）

杨耐思先生说明："今天津方言、山东胶东一带方言亦然。"

进而言之，我们还没有发现有哪一部韵书是庄组字二分的。实际上，庄组三等字与二等字声母合一，正说明庄组声母后的三等韵母在读卷舌音的庄组声母后已经消失了 i 介音。因此，庄组三等字与章组三等字的同音关系，只能说明章组三等字后的i介音也已经消失了。基于此,章组无疑也只能是与庄组、知组合并读卷舌音声母了。

董文还提到《日用俗字》中一个知庄章组二等与三等同音的例子,即《器皿章》中的"觰～赊"。"觰"字同"觰",《广韵》陟加切,知母麻韵二等;"赊",《广韵》式车切,书母麻韵三等。董文以其不符合知庄章组字同等才同音的规律,解释说现代淄川话中读塞擦音而不读擦音(赊),因此怀疑"赊"(原误写作"赊",按,此形非字)是"踩"字形讹,说该字"是澄母二等字,且与觰字韵母相同"。不过"踩"并不见于古代字书,亦应属笔误之形。但是,现代淄川话中"觰(匽碗)"读塞擦音的读法不知从何而来,《淄川方言志》中未载,而在寿光方言中该词即读同"赊",可证蒲松龄用"赊"注音并无错误。此外,董文也未说明所谓的"现代淄川方言"中该字的韵母是什么。如果韵母是ə的话,那可以说明其读音根本不是从麻韵二等字来的。因为麻韵二等字读a,三等字才读ə。实际上,蒲松龄选用的"觰"字从古代字书及韵书来说都不应该读"赊"。《广韵》的"陟加切",不应读"赊";蒲氏编辑《日用俗字》时最主要的参考字书《字汇》中,"觰""竹加切,音查";《正字通》"超加切,音诧平声。……又通作'奓'",而"奓""庄加切,音查。张也"。因此,蒲氏选用的这个字形是很可疑的,但注音"赊"从今音来说却准确无误,没有必要非要找一个二等字来找齐规律。

董文提到的聊斋俚曲中的押韵现象才是真正应该加以重视的。董文注意到,"住(澄母)诸主(章母)出处(昌母)入(日母)"这些知章组和日母的三等字有与"支齐"韵通用的现象。他举的例证有:

(1)住:与"知妻衣戚去"通押。按:此例见于《蓬莱宴》第五回,"衣"应作"依":

仙长听知,仙长听知:家有幼子与娇妻;忽然想起来,蒲团也坐不住。孤苦无依,孤苦无依,并无兄弟与亲戚;舍了他不回头,心里也过不去。

(2)诸:与"妃姬弟计迷"通押。按:此例见于《增补幸云曲》第二回:

尊万岁听小妃:公子光原姓姬,王僚也是亲兄弟。只因要争王子做,千金聘了老专诸,刀藏鱼腹真奇计。天地间人情难料,好万岁休要执迷。

(3)主:与"欺德意亏替"通押。按:此例见于《增补幸云曲》第二十回:

赛观音把心欺,弄巧语害正德,王龙耳软无主意。随邪听了贱人话,王龙吃了大姐亏,后来剥皮无人替。王冲霄被他调转,一心里查考真主。

(4)出:与"衣矩趣吁许"通押。按:此例见于《琴瑟乐》:

解脱罗衣，解脱罗衣，从新又温旧规矩。比着那几天，更觉着有味趣。气喘吁吁，气喘吁吁，心里自在全说不出。待要不声唤，仔是忍不住。

此段韵脚字中有“住”，其实也是“住”押入支齐韵的例子。

(5)处：与“嗤知旗惧揖”通押。按：此例见于《增补幸云曲》第二十三回：

万岁爷鼻子里嗤，叫王龙你听知：我的庄子十三处，管庄的小厮都威武，个个门口竖大旗，炮响三声谁不惧？吹鼓手掌罢大号，小小厮给大小厮作揖。

(6)入：与“机西跐去”通押。按：此例董文失出页码。见于《翻魇殃》第十二回：

仇大爷定军机，四尊炮列东西，单等贼从那里入。等他街上挤满了，点火照着一齐跐，我可看他那里去！等着他丢盔撩甲，可放那枪箭鸟机。

上述例子确实是知章组和日母三等字押入支齐韵的证据。这种现象在张树铮《蒲松龄〈聊斋俚曲集〉用韵研究》(《古汉语研究》2001 年第 3 期)已经注意到了。该文在讨论支齐韵与鱼模韵通押时说：

鱼模韵与支齐韵通押的共有 14 例，如《磨难曲》第十三回：“去知事师死。”《增补幸云曲》第十六回：“嘻欺趣的弟愚。”鱼模韵与支齐韵通押的字有：“去诸趣除惧于愚躇局出主住车(～马炮)。”鱼模的主要元音应当是 u、y，与支齐韵通押的都是细音合口字即读 y 韵母的字，y 与支齐韵的 i、i_ 均为前高元音，因而可以押韵。……需要注意的是，与支齐韵通押的鱼模韵字中也有来自古知章组声母即读 tʂ、tʂ、ʂ 的字(诸除躇出主住)，因而这些字的韵母当仍读细音。

现在我们仍维持原来的结论，即在当时知章组声母的这些三等字的韵母是读细音的。不过我们并不同意由此推定其声母一定读舌叶音，因为这种推定的理由并不充分。

其实这个问题与《中原音韵》中知庄章是否合一的问题是相似的。《中原音韵》中古知庄章三组声母从音类的角度看呈现出的面貌是很清楚的：一是小韵中知庄章三组已经发生了合并。其中，多数情况下是庄组与知组二等字为一组、章组与知组三等为一组，少数情况下是知庄章三组都发生了合并(请参看上文杨耐思《中原音韵音系》的举例)。二是知三章一组的韵母读细音。依前者，肯定要认为知庄章合一；依后者，则有两种看法：一种是合一，一种是二分。而二分的主要理由在于，如果合一的话只能认为读舌尖后音 tʂ、tʂ、ʂ，但卷舌音声母拼细音韵母是困难的。对于卷舌音能否拼细音韵母的疑问，李新魁《中原音韵音系研究》(中州书画出版社 1983 年版)已经有充分的说明。其要点在于，正是由于卷舌音声母曾经与细音韵母相拼，所以才导致其后的三等韵母的 i 介音消失；如果两者根本没有结合过，知庄章声母后的 i 介音不会自动或预先消失。张树铮《从寿光方言看〈中原音韵〉的知庄章》(《中原音韵新探》，北京大学出版社 1991 年版)也讨论过这个问题。从研究《中原音韵》的三位著名专家杨耐思、李新魁、宁继福来看，他们之前对于知庄章合一与否曾有不同看法，但他们后来都主张《中原音韵》中的知庄章是合一的(请参见杨耐思《中原音韵音系》、李新魁《中原音韵音系研究》、宁继福《〈中原音韵〉表稿》)。对于聊斋俚曲所反映的知三章组声母部分字读细音韵母的现象，我们认为这并不影响知庄章三组声母的合一，因为这已经有更多的事实支持。

由于韵文押韵时同韵部但介音不同的韵母可以通押，所以我们现在不能通过聊斋俚曲的押韵来判断除了“诸除躇出主住”这几个今读 u 的字之外其他古三等字在知章声母后是否读细音。不过我们可以参看老京剧中的情况。在老京剧中，卷舌声母 tʂ、tʂ$^h$、ʂ、ʐ 是可以拼细音韵母的，但通常只限于 i、y 两个韵母。如“知”读 tʂi，“吃”读 tʂ$^h$i，“湿”读 ʂi，“日”读 ʐi，“主”读 tʂy，“出”读 tʂ$^h$y，“书”读 ʂy，“入”读 ʐy。也就是说，在知庄章组声母后其他的细音韵母已经变成了洪音。蒲松龄时代是否也处于这样一个时期呢？即在卷舌音声母后面，多数的细音韵母已经由细变洪(i 介音消失，y 介音变 u)，少数韵母或少数字还有细音的读法(抑或只是一种标准音或读书音的念法)。我们认为这种可能性是很大的。如《日用俗字・庄农章》以“身”注“桊”，前者为书母三等，后者为生母二等①。《争讼章》以“臻”注“殿”，前者为庄母二等，后者为章母三等②。

高苑(今高青)人刘振统作于乾隆六年(1741 年)的《万韵书》中，知庄章组字已经合并，但在不少地方表现出来其后的韵母有别。如“宫”韵中，“争筝睁(庄)”等在开口呼，“征(知)蒸烝(章)徵侦(知)贞(彻)正(章)”等在齐齿呼；“金”韵中，“蓁榛臻(庄)”在开口呼，“真(章)珍(知)斟针(章)镇(知)振震(章)”等在齐齿呼。距离淄川更近(直线距离只有 30 多公里)的新城(今属桓台)人张象津作于嘉庆乙亥年(1815 年)的《简明等韵指掌图》中，分声母为九声十九位，即九

① “桊”中古臻韵，韵图排在二等，而有人认为臻韵实际上是三等。不管怎样，其属于庄组字是没有问题的。

② “臻”中古臻韵。参见上一个脚注。

种类别（发音部位）和十九个声母。其中，古知庄章组字合一为三个声母，即 tʂ、tʂʰ、ʂ，来自知三章组的声母可以拼细音韵母。

综合上述情况来看，我们认为蒲松龄时代的知庄章组字已经合一，尽管与其相拼的少数字还保留细音的读法。

## 二、尖团音是否合并

来自古精组细音的尖音字和来自古见组细音的团音字在北京话中已经合并，在今山东方言中有合有分，今淄川方言中尖团音合并，与北京相同，均读 tɕ、tɕʰ、ɕ。《日用俗字》中有尖音与团音字相混的例子，如：

(1)猘＝却（杂货章）：清＝溪

(2)锲＝屑（石匠章）：溪＝心

(3)袕＝雪（裁缝章）：匣＝心

(4)挦＝闲（赌博章）：邪＝匣

另有一例可疑："皲＝逡"（疾病章）。"皲"字查字书未见，为当地俗字，其意即"皸"或"皴"（皸裂）。皸，《广韵》举云切（见母文韵），皴，《广韵》七伦切（清母谆韵），而"逡"音同"皴"。以"皸"计则尖团有混，同时声母送气与否亦不同；以"皴"计则都是尖音。从今淄川方言来看，表示皮肤受冻而裂开或皮肤上的积垢之义的词音 tɕʰy，是"皴"而不是"皸"，因此我们把"皲"视为"皴"而不算作"皸"，因此不是尖团相混的例子。

上述四例看起来确实是尖团相混的例子，但又都存在一些问题：

例(1)"猘"字的原义是战国时宋国的一种良犬，后泛指一切犬（《广韵》七雀切），而《日用俗字》的原文是："商人猘却下般般有，财赶有钱不用愁。""猘"义似为"脚"，当不是"猘"的本义。但为何用此音和义都有疑问的字，原因不详。

例(2)的原文为："钁錾开山加铁锲屑，大石牮贱起用人帮。""锲"为一种錾刻用具，今方言音同"楔"（《广韵》心母），与一般字书中的意义不同，当是蒲氏根据其为铁器且与"楔"同音而选用的字形，未必考虑到"锲"字古音溪母。因此，似可以"楔"字视之，与"屑"同为尖音。

例(3)"袕"字确为古匣母字，但在淄川附近区分尖团的方言中（如寿光北部），该字也读为尖音；此外，上面提到的刘振统《万韵书》中，尖团音不混，而"袕"字与"雪"同音（异调），可见该书中"袕"字也属尖音。因此，即使该字确属尖团音相混的例子，由该字读尖音也不能证明整个方言中尖团合并。

例(4)原文是:“瞘就傻瓜放利债,要钱打腿又挦闲毛。”“挦毛”当为当时的流行用语,指揪下。《聊斋俚曲集》中4见:一见于《禳妒咒》,三见于《增补幸云曲》。“挦”字相当于“闲”的读音应来自《广韵》的徐林切,邪母侵韵。侵韵今普通话应读in韵母,读ian韵母实属例外。《广韵》“挦”字还有两个读音:一是昨含切,从母覃韵,今音应读$ts^han$;一是视占切,禅母盐韵,今音应读tʂan。二者都不读ɕian。不过韵母的不规律演变并不影响声母的尖团音问题,所以这个要算作尖团音相混的例子。

但是,由上述一两个确切的例子说明蒲松龄时代尖团音已经合并显然是不够的。

李焱(2000年)还引用了《聊斋俚曲集》的异文来证明尖团音合并。如“情(吃)=擎(吃)”,“(些)许=(些)须”,“即=既”,“郊(天大赦)”即“醮(天大赦)”,“近(来)”即“进(来)”等。这些当然都是可资参考的例证,但由于聊斋俚曲是以手抄的形式流传下来的,因此到底是蒲氏自己的异写还是后人传抄致异,未免使人有疑。真正值得我们重视的还是《日用俗字》中的两个例子:一例是上文提到的“猉”,直音“却”;一例是俚曲《禳妒咒》“翻交”(5见)《日用俗字》作“翻縶”(蒲氏未注音)。我们知道,俚曲是为演出使用的剧本,从俗的可能性自然更大一些;而《日用俗字》是有正字性质的,是蒲氏“详查”字书后确定的字形,一般比较生僻,并不是顺手写下的结果,因此传抄致误的可能性较小,它们的价值当更大。从这两例的情况来看,两字都是口头读作团音,而蒲氏所认的正字读作尖音。需要说明的是,其实蒲氏所选用的字也未必是“正字”。如“猉”字按上述本义是狗,却用来表示“脚”的意思;“縶”的本义是“布属”(《集韵》),与表示“绳,条”之意的“交”(翻交即翻绳)并不很贴切。这使我们推测,蒲氏可能更看重的是同音以及字形的部首或偏旁(如“猉”表“脚”义,有“足”;“縶”表“绳索”义,有“糸”)。当然,蒲松龄不是文字学家,我们并没有苛求他的意思,只是由此可以看出,在他的心目中,这些“正字”是合宜的,起码在语音和字形上比较合适。这就说明,这些字与直音字或异文确实有着同音的关系。那么,“猉”与“却”、“縶”与“交”的尖团混同就是可靠的资料。

我们再补充一个尖团音混淆的例子。《墙头记》第四回:“若还是有点锹眼,俺两个好去跟寻。”此“锹眼”邹宗良注为“线索,门路”,并引例证有明代顾起元《客座赘语·诠俗》:“知事与物可求之所而捷得之曰锹。”今按,《聊斋俚曲集》中又有“窍眼门”“窍”。《富贵神仙》第四回:“方二爷待下手老马,正找不出个窍眼门来……”邹注:“窍眼门:机会、空子的意思。”可见“窍眼门”和“锹眼”实为同义。《墙头记》第四回上引原文之前,是说张大、张二在父亲去世后,商议找知晓父亲积蓄的王银匠问讯:“王银匠老獾叨,合咱爹久相交,头发根儿尽知道。老头合他常捣酒,又往铺里去倾销,必然他还通些窍。咱就去找他敬问,未必不有点根苗。”“通些窍”的“窍”与这里的“锹眼”意义正相呼应,也是指“线索,门路”。今寿光方言中仍说“窍眼”,意义相同。因寿光方言中“锹”“窍”声母尖团不同,所以,其本字当为“窍”。这里的“锹”盖方言中的尖团不分“窍”的借字,当音去声。

不过我们要看到:第一,聊斋俚曲和《日用俗字》中尖团音相混的例子毕竟还是太少。如《日用俗字》中涉及见组声母的有82例,涉及精组声母的字也有数十例,除了上面举到的例子之外绝大多数还是尖团音不混的。如果认为当时的尖团音已经合并,就无法解释绝大多数字尖团不混的状况。第二,我们现在可以看到《日用俗字》最早的版本即蒲松龄之孙蒲立德校正的影印本和刻本,时在清乾隆十二年(1747年),但聊斋俚曲却是在20世纪30年代之前一直以手抄形式传世,现在我们看到的抄本往往是经过了几次的传抄。因此,有些错讹字或异文很难确定是哪个时代哪个人所为。比如清末的抄本,其中的尖团音不分等现象只能反映清末的淄川方言特点,而不能反映清初的淄川方言特点。所以,这也是一个重要而还没有好办法解决的问题。所以,《日用俗字》无疑更为可靠一些。下面我们要特别分析《日用俗字》中的一个例子。

《身体章》“女妳儿峻犹可说”,“峻”指男阴,尤指男孩儿的生殖器。蒲氏注音“即”。按:峻,《广韵》臧回切,“同朘”。“朘”,《说文》:“赤子阴也。”普通话读zuī。蒲氏注音“即”,说明此即今口语中指男阴的“鸡巴”或“鸡子”的“鸡”。俚曲中也用到这个词。《墙头记》第一回:“落了草,叫欢欢,摸摸有峻甚喜欢,细想来也是精扯淡。”“有峻”即指是个男孩儿。按:“鸡巴”之“鸡”在今区分尖团的方言(如寿光北部)中读为尖音字,而“鸡”是团音字,可证蒲松龄以属尖音的“峻”为“赤子阴”的本字是无误的,而写成“鸡”(或“机”)实为尖团音合并之后的现象。从淄川方言来看,今音jī的字不算少(含清声母入声来源的阴平字,如“鸡机几基级击吉积即”),但只有“积即”是尖音字,蒲松龄挑了尖音字“即”来注音,说明他并没有混淆尖团。又,严格来说,用“即”来为“峻”注音并不是最理想的,因为“即”是古代的清声母入声字,而“峻”是清声母平声字,它们在淄川方言中单字调相同,但在轻声前的连调是不一样的。如下图所示(“机”字代表团音的清平字):

| | 尖音 | 单字调相同 | 轻声前相同① |
|---|---|---|---|
| 峻 | + | + | + |
| 即 | + | + | — |
| 机 | — | + | + |

由此我们可以认为，在找不到最好的同音字（既读尖音又为清平声）的情况下，蒲松龄宁愿挑一个尖音的清入声字也没有挑一个团音的清平字来为“峻”注音，说明在当时的淄川方言中，尖团音的区别要大于只有在轻声前才会有差异的清入字与清平字的区别。

再看一个说明尖团音没有混淆的例子。《禳妒咒》第二十四回描写一个不良厨子吴恒对厨子品性的总结：

（吴恒说：）“俺在高宅吃着他两个觅汗的工粮，其实俺可不肯给他做半个觅汗的活路。适才胡挠胡抓的做了两碗菜，已是完了一天的大事，且找个人去巴巴瞎话。呀！那是秦夥计来了。秦大哥，这旁里没有别人，你说咱这做厨子的有五个字儿。”秦厨说：“那五个字？”吴恒说：“谄、懒、尖、奸、贪。”（后文分别说这五个字的表现）

其中的“尖”为尖音“奸”为团音，如果两者同音，自然很难让人听懂。

上面提到的晚于蒲松龄时代的《万韵书》和《等韵简明指掌图》中尖团音均不相混（高青和桓台的现代方言尖团音合并），也有利于说明当时的尖团音合并并非这一带方言的主流现象。

我们的结论是：蒲松龄的时代淄川方言尖团可能已经开始混同，起码在部分字中已经发生了这种变化，但绝大部分尖团音字还没有合并。蒲松龄的时代距今约 300 年，而今淄川方言、青州、临朐及以西的许多方言尖团是混而不分的。因此，300 年前尖团已经开始混淆当是可以接受的结论。

## 三、古日母的读音

古日母在今普通话中一般读卷舌声母 ʐ（如“人肉如软”），止摄开口字读零

---

① 《淄川方言志》未列“峻巴”或“峻子”，我们以同样在轻声前区分清入和清平、但能够区分尖团的寿光北部方言为例说明“峻”轻声前连调与“积”不同（“即”不出现在轻声前位置上，所以以同属清入字的“积”来代替）。寿光北部方言中，单字音“峻”与清入字“积”同音 $tsi^{213}$，声调相同，但在轻声前，“峻（子）”音 $tsi^{213-21}$，而“积（了）”音 $tsi^{213}$（不变调），两者有别。

声母(如“儿耳二”)。为了称说的方便,下面称非止摄开口字前的日母字为“人类”,称止摄开口字为“儿类”。在今淄川话中,人类字都读边音 l 声母。如:人 lə̃,肉 ləu,如 lu,软 luã;儿类字也读边音,《淄川方言志》记为 ɭə,本书记为 ɭə(下文只依本书的记法为准)。不仅如此,人类字中的“日”字(普通话读 ʐʅ)在淄川话中也读同了儿类 ɭə。淄川周围方言日母字读音的类型主要有以下几种:

1.沂水型

淄川以东属于胶辽官话区,一般读人类字为零声母,如沂水:人 iẽ,如 y;儿类字烟台、威海等地读零声母 ər,但青岛以西的地区儿类字一般读 ɭə,如沂水、青州。

2.章丘型

章丘、青州、临朐、广饶、寿光(县城及西部)、博山等地日母字读音与淄川化类型一致,人类字均读 l,儿类字读 ɭə。

3.济南型

济南、泰安、莱芜、桓台等地人类字读 ʐ,儿类字读零声母 ər。如济南:人 ʐə̃,儿 ər。

4.利津型

邹平、利津、寿光北部等地人类字读 ʐ,儿类字读同淄川 ɭə。

很可惜,聊斋俚曲和《日用俗字》中都没有直接反映日母字读音的材料。《日用俗字》涉及日母的“音切”只有一处:《菜蔬章》“莦瓜去瓤切细膜”一句中“瓤”注音“穰”,但两字都属日母,所以无法证明其读音究竟如何。值得注意的是聊斋俚曲里的一个歇后语,“章丘的话头——好日子”,“日”后自注“日读二音”,出于《俊夜叉》:

> 咳,俺一日吃了一碗菜汁子,拾了一把烂棘子,着咱家里小妮子,借把盐来炒虱子,章丘的话头好日(日读二音)子。

“话头”是方言词,指习惯性的、有特点的说法,相当于普通话说“用……的话来说”。如“老贾的话头‘……’”,是指老贾习惯用这样的词语或说法①。此处是指章丘方言中“日读二音”这样的说法。

这个歇后语的语言学意义,首先是它的地域性。“日读二音”是章丘话的特点,因为别的地方不说,所以才被称为“章丘的话头”。问题是现代淄川话中

① 普通话中的“话头”只指“谈话的头绪”(《现代汉语词典》第 7 版)。

“日”“二”也是同音的,如“星期日”和“星期二”同音,因此这同样也是“淄川的话头”。这个歇后语说明,在当时的淄川话中“日”“二”还是不同音的,否则蒲松龄不会把它说成是“章丘的话头”。现代山东方言中,“日”“二”同音的现象分布在西起章丘、东到青州、寿光县城一线(包括淄川)。如果当时的淄川话中“日”“二”还不同音,那么说明这两个字同音的现象是后来发生了扩散。

其次是它的音值问题,“日读二音”是“日”读成了“二”呢,还是“二”读成了“日”呢?从现代章丘话和淄川话来看,两字都读 ɭə,因而无从判断。现代有些人受普通话影响,把“二”由读 ɭə 念成了读 ər,但把“日”也错误类推念成了 ər,仍然是“日”“二”不分。不过值得注意的是,这种“日”“二”不分的现象只存在于日母人类字读 l 的方言地区,人类字不读 l 则不会把“日读二音”。只是儿类字读 ɭə 但人类字不读 l 的地区也不会有这种现象。如高密,“二”读 ɭə 但“日”读 i;再如利津话中“二”读 ɭə,但“日”读 ʐʅ。总结一下规律就是:凡人类字读 l 声母者,“日”“二”一定同音;儿类字读 ɭə 者,人类字不一定读 l 声母(既有读 l 的也有不读 l 的)。反过来说就是:“日”“二”不同音的方言中,人类字一定不读 l。

这种人类字读 l,则“日”“二”同音的现象是可以从日母的语音演变史中得到解释的。

古日母在《中原音韵》系统中读 ʐ 声母(如果认为知庄章二分,则日母随知三章组字念 ʒ,下面只以 ʐ 母来讨论,与 ʒ 母的演变道理相同),其中的儿类字读 ʐʅ,在支思韵。此后儿类字由于声母和韵母都是卷舌的,所以合并成一个音素,据李思敬说是经过读 ʅ 的阶段①,但也有人认为是经过 ɭ 进一步变为 ər 的②。至于儿类字读 ɭə,我们认为是 ɭ 受系统性影响下的进一步演变:因为独成音节的辅音只此一家,不符合汉语中一个音节有声韵两部分的系统特点,所以其后舌尖稍微离开上颚而发出一个较为短暂而含混的元音 ə,即 ɭ→ɭə③。“日”字在《中原音韵》时期尚在齐微韵,读 ʐi,所以并没有与儿类字混同;其韵母读 ʅ 是后来的变化(齐微韵中知三章组及日母后的开口呼韵母后来都变成了 ʅ,如“知”“质”)。“日”韵母变为 ʅ 后,如果日母字读 ʐ 声母,则自然读为 ʐʅ,如北京、济南、利津;如果日母字读 l,而“日”的韵母是 ʅ,则很容易与方言中已经存在的 ɭə(即儿类

① 李思敬:《汉语[ɚ]音史研究》,商务印书馆 1986 年版。

② 参见李巧兰:《河北方言中的“X—儿”形式研究》,山东大学博士学位论文,2007 年。

③ 今鲁西的阳谷和鲁西南的定陶、巨野等地都有儿类字读成独音节的 ɭ 的现象,可以为山东方言中儿类字曾普遍读 ɭ 提供证据支持。

字)发生混合,ɭʅ→ɭə。

既然当时的淄川话中"日""二"不同音,我们就可以推断,清初的淄川话中人类字并不读l,读l是后来的演变。"章丘的话头"也成了"淄川的话头"的时候,已经是在蒲松龄之后了。换言之,章丘一带人类字读l声母要早于淄川一带。那么,清初的淄川话中人类字读什么呢?

张鸿魁《聊斋俚曲的方音特点》(《蒲松龄研究》2005年第4期)中引用了《墙头记》第四回的一个谐音"胡打叉语"(修辞格中称为"曲解"):"二位待要银子?甚么银子?桃仁子?杏仁子?"这说明"银""仁"同音。"银""仁"同音是淄川以东胶辽官话区的一般特点(其紧邻的青州人类字读l声母,临朐读ʐ或l属于例外)。因此,与胶辽官话区紧邻的淄川在清初尚读人类字为零声母也是有可能的,由此可知,淄川人类字后来读l就是清初以来的演变。不过,在我们看来,果实仁的"仁"字也有可能是个例外字。如寿光北部方言中,人类字一般读ʐ声母,"仁"一般也是读ʐ声母(如"仁义""仁丹",人名中的"仁"),但果实仁的"仁"读ier①(折合成单字音是iə̃,与"银"同音)。"人"读ɭə̃,"人儿"读ʐer②,但有个歇后语是:"磕瓜子儿磕出臭虫来——什么仁儿(读如'银儿')都有",是以"仁儿"谐音"人儿",与上引俚曲中的例句相似。类似的日母例外字还有"闰",几乎山东全省各地都读零声母的yn(或yẽ),如寿光、济南、菏泽、枣庄,但不管这些地方的人类字是读ʐ还是读ɭ、读z(胶辽官话区读零声母则是属于符合规律的读音)。尽管这些例外字之所以例外必定有其原因(这牵涉到整个山东方言日母字读音的问题,这里不扩大范围来讨论),但上述事实说明由个别字来推断人类字的整体面貌是有危险的。所以,在没有新的线索之前,在上文论定人类字不读l声母的情况下,读ʐ或读零声母的可能性都是存在的。

不过我们更倾向于当时的日母人类字读ʐ。上文提到,笔者(1994年)最早指出了日母(人类字)读音与知庄章组读音的关联。我们注意到,在知庄章合一的地区,如果知庄章读tʂ、tʂʰ、ʂ,则人类字读ʐ或l;如果知庄章读ts、tsʰ、s,则人类字读z;如果知庄章读pf、pfʰ、f(这种情况都是发生在合口呼前),则人类字读v(同样在合口呼前)。在知庄章二分的地区,知三章组有不同读法,有读tɕ组者(如烟台、寿光北部),有读tʃ者。不过读tʃ的不同地区实际音值并不相同,有的接近于tɕ组(如荣成),可以与细音韵母相拼;有的接近于tʂ组(如潍坊老城

① 实际发音是ieɭ或iɭ。

② 实际发音是ʐeɭ或ʐɭ。

区),有的接近于 ts 组(如临朐),这两种都不与细音韵母相拼。几乎所有知庄章二分地区的日母人类字都是读零声母(韵母读细音)的,例外是上文提到的青州、临朐、寿光北部,以及位于山东最西南角的东明(东明的日母人类字开口呼读 z,合口呼读零声母)。这些例外都是受周围方言影响所致,所以不符合规律。用知庄章组声母的读音来作参照,上面已经证明了清初的淄川方言知庄章组声母都合一读 tʂ、tʂʰ、ʂ,那么,如果当时的日母人类字读零声母的话就会违反整个山东方言所体现出来的规律性。

清末民初高密人张祥晋《七音谱》中谈道:"日母所属字'人如儒若然髯而柔热惹'等……自潍县以西,寿光、乐安(按:今广饶)、青州、临淄,以至武定(按:今惠民)、济南、东昌(按:今聊城)、临清、泰安、兖州、济宁各府州所属,及沂水以西沂州、蒙(按:今蒙阴)、费(按:今费县)皆读为此谱重社评三位隆模之音。"所谓"隆模",即 l 声母。董绍克《谈〈聊斋俚曲集〉"日"母的音值及演变》(《中国语文》2005 年第 4 期)引此来说明济南方言在清末的时候也读 l 声母,其实是有疑问的。因为济南"府州所属"的地片上日母人类字读音并不相同。况且,张祥晋甚至说"兖州、济宁个府州所属"也读"人如儒若"等字为 l 声母,恐怕就更不可信了,因为这些地方都读 z 声母。张树铮《清代山东方言语音研究》(山东大学出版社 2005 年版)中评价说:"从现代山东方言来看,他的这个描写正误参半:潍县以东即胶辽官话区,日母字一般读零声母,正确,但并非其余地方都读 l 声母;'儿'系字自青岛以西至淄博、章丘的全部,其余区域的不少地方都较普遍地读成 lï(按:即本书记的 ɭə),但并非全部。"所以,这份材料不能证明济南(而不是济南府)方言清末日母人类字读 l,也无从证明清初的淄川话日母人类字读 l。

清初的淄川话中人类字不读 l,所以"日""二"不同音;但"二"究竟读什么还是个问题。淄川附近"日""二"不同音的方言中,儿类字利津 ɭə,济南读 ər,阳谷读 ɭ,沂水读零声母("日"读 i),当时的淄川话读成上述四种读音的任何一种都不会与"日"同音。不过从聊斋俚曲的用韵来看,"儿"字共 8 次入韵,都是押入支齐韵或与微灰韵通押。下面是其全部用例:

锥谜堆机儿势(《慈悲曲》第二回)

十儿皮(《禳妒咒》第二十七回)

的离知实儿机棋衣誓儿(《禳妒咒》第二十九回)

妻离聚儿肥睡(《富贵神仙》第九回)

妻儿继垂悲碎(《富贵神仙》第九回)

皮儿势依气欺(《磨难曲》第十七回)

妻儿继垂悲碎(《磨难曲》第十九回)

雷贼睡知势儿(《增补幸云曲》第二十三回)

很明显,如果“儿”音 ər 的话,是不大可能与支齐韵或微灰韵的字押韵的(除非说这是沿用了《中原音韵》等的韵部)。从现代方言来看,这个 ɭə 音,其元音是一个含混而舌位较高的元音,因为在卷舌的边音 ɭ 后面,所以还略带卷舌色彩,与 ɿ、ʅ 听起来更为接近。所以,把当时“儿”类字的读音看成是 ɭə 更容易解释上述押韵现象。

清代中期淄川以北的新城县(今属桓台)人张象津所撰《等韵简明指掌图》中,日母字归“半舌音”读 ʐ,来母字在“半齿音”读 l,两者不混。但是,日母的儿类字却列在“半齿音”,说明读 l 声母;韵在裓韵开口正韵,为 ï;因此,儿类字的读音是 ɭï(准确的音值应该就是 ɭə)。同时,还需注意的是,同韵的“半舌音”声母下并没有字,但儿类字却径直放在来母之列,这说明作者是按照方言而不是按照古音来源安排列字的,而今桓台方言儿类字即读 ɭə。《等韵简明指掌图》说明,至迟在清代中叶,儿类字的 ɭə 读音已经形成。

再从现代方言来看,现代山东方言中“二”读 ɭə 的范围要比“人”读 l 声母的范围要大得多(事实上儿类字读 ɭə 或 ɭ 的现象还见于河北、河南一些地区)。再从图 2 可知,“人”读 l 声母的只有章丘、博山、广饶、青州、寿光 5 个点(暂不计“人”读 ʐ 而“如”读 l 的点),而“儿耳二”读 ɭə 的点则有 42 个点。由此来看,“二”读 ɭə 的现象应该比“人”读 l 声母的现象要早得多。而从淄川所处的地理位置来看,它也是处在“二”读 ɭə 的地区中间。因此,淄川的日母儿类字读 ɭə 的历史也应该长。

总起来说,参考聊斋俚曲押韵、清代中期新城人张象津的《简明等韵指掌图》以及今淄川方言、鲁中地区方言,我们认为 300 年前淄川方言中“儿”字的韵母已经与现在相同。

## 四、其他声母问题

### (一)细音前见组字的读音

今北京话中,古见组字(除疑母外)在细音前读舌面音 tɕ、tɕ$^{h}$、ɕ。今淄川话亦然。清代早期的情况如何呢?因为直音只能说明两字同音类,并不能说明实际音值,所以不能直接反映出 tɕ、tɕ$^{h}$、ɕ 是否已产生。不过,比较明显的是,见系声母后的开口二等字已经滋生了i介音而变为细音。《日用俗字》直音字中有关见系字(疑母除外)的例子共有103个,除去直音字或被直音字有一方不能肯定其音韵地位的21个为82个。其中,有11例是见系二等字与其他等字相混的情形,如:

(1)橿＝杠(《庄农章》):见阳3＝见江2

(2)推＝却(《庄农章》):溪觉2＝溪药3

(3)酵＝叫(《饮食章》):见效2＝见啸4

(4)床＝欠(《木匠章》):溪豏2＝溪酽3

(5)甌＝扛(《泥瓦章》):见唐1＝见江2

(6)蘘＝简(《泥瓦章》):见铣4＝见产2

(7)捸＝欠(《裁缝章》):溪豏2＝溪酽3

(8)毹＝哈(《毡匠章》):匣曷1＝晓麻2

(9)鍰＝援(《银匠章》):匣删2＝云元3

(10)礜＝降(《堪舆章》):群养3＝见绛2

(11)挦＝闲(《赌博章》):邪侵3＝匣山2

除了(5)(8)是二等字与一等字相混外,其余9例是二等字与三、四等字相混(其中"橿＝杠"一例据今音是两字同读洪音)。可见,见系声母后开口二等字的大部分已经有了i介音。

不过,这是否说明三、四等及开口二等韵前的见系字已经腭化为舌面音了呢?当然,上面的直音材料只能说明韵母的变化,并不能直接说明声母的变化;不过,如果结合上面讨论到的尖团音合并问题,认为当时的见系细音字(含二等的大部分)已经读舌面音仍然是合理的。因为如果尖音字要与团音字相混,只能是与舌面音混而不会与舌根音混的。

从现代山东方言看,见系声母在细音前有两种读音:一种是山东半岛自威海、烟台到平度一带,读舌面中音c、$c^h$、ç;另一种则是山东的其余大部分地区读tɕ、$tɕ^h$、ɕ。淄川距离读c、$c^h$、ç地区的直线距离为150公里以上,所以300年前的淄川话中见系声母在细音前已经读tɕ、$tɕ^h$、ɕ是更合理的推定。

**(二)古影疑以云微声母的合并问题**

中古的影、疑、以、云、微五母在现代北京话中基本上读零声母(除了疑母的少数字和其他声母的个别字外),《中原音韵》中已基本如此,但微母字在少数韵部中有独立的现象,这说明其他几母已经合并而微母处在消失的过程之中。

《日用俗字》中以上五母相混的例子有18例：

(1)䍶＝五(《饮食章》)：微＝疑

(2)𦢊＝页(《菜蔬章》)：疑＝以

(3)额＝隘(《身体章》)：疑＝影

(4)犤＝拗(《走兽章》)：疑＝影

(5)舀＝咬(《器皿章》)：以＝疑

(6)脠＝宜(《走兽章》)：以＝疑

(7)涳＝妄(《饮食章》)：影＝微

(8)黫＝物(《疾病章》)：影＝微

(9)踠＝瓦(《身体章》)：影＝疑

(10)蒦＝药(《庄农章》)：影＝疑

(11)哕＝月(《饮食章》)：影＝疑

(12)腌＝眼(《泥瓦章》)：影＝疑

(13)垁＝印(《争讼章》)：影＝疑

(14)穮＝耶(《庄农章》)：影＝以

(15)䴷＝掖(《饮食章》)：影＝以

(16)壓＝掖(《饮食章》)：影＝以

(17)壓＝掖(《泥瓦章》)：影＝以

(18)篗＝约(《养蚕章》)：云＝影

其中，微—疑相混1例，微—影相混2例，疑—以相混3例，疑—影相混7例，以—影相混4例，云—影相混1例。可见，疑母读同影母，与泥娘母不混；微母读同影疑母，也是读零声母。这与今淄川方言相同。

本章第一节已经提到聊斋俚曲中“牛”与“有”谐音的现象，这属于疑母(牛)和云母(有)同音的例子。今淄川话中在白读中仍读零声母 iəu，文读中读 n 声母 ȵiəu 是后代受强势方言影响的结果。再看一个异文的例子：“圆成”(表劝说，撮合)或写作“謜誠”。其中，圆为云母，謜为疑母，云、疑相混。

《磨难曲》第三十三回：张老爷，你也该为这一方的百姓，怎么圆成着他去呢？

《增补幸云曲》第二十回：大姐，咱把他那银子帮他个罄净，着他有家难奔，有国难投。你可圆成着，你就说：“俺王姐夫虽是乡宦家公子，他可极良善。长官你又没了银子了，怎么回家？你给他做个管家不好么？”哄的他上了套着,那时在我。

《翻魇殃》第十一回:王相公不肯。王四謜謕着,到了八百银子,王相公才依了。

《日用俗字·堪舆章》:枝梧颠倒费謜謕。

从音值角度来看,今山东方言中,普通话读零声母开口呼的字(如"爱熬安")有三种读音:一种同普通话一样读零声母,如烟台、威海;一种读舌根鼻音声母 ŋ,如淄川:爱 ŋɛ,熬 ŋɔ,安 ŋã;还有一种读舌根浊擦音声母 ɣ,如济宁:爱 ɣɛ,熬 ɣɔ,安 ɣã。方言中的 ŋ 和 ɣ 如何演变而来、何时产生,都是悬而未决的问题。很可惜,我们也没有在《日用俗字》或聊斋俚曲中找到有关线索。因此,清初淄川话中开口呼前有无 ŋ 声母也不能确定。

**(三)声母特殊的字**

在一种方言中往往有些字有特殊的读音。所谓特殊,是指它不符合方言与古音的对应规律,与别的方言变化也不同。这样的字音自然表现了方言的特点。如上文提到,《万韵书》中的"袄"读为尖音声母并且可以得到现代方言的支持,尽管与该字的中古音韵地位(中古匣母)不相符,但可以使我们知道这个字在鲁北地区至迟在清代已经读成了尖音。下文主要讨论"谬"字的读音。

《日用俗字·疾病章》"衄"字下直音"谬"。"衄",《广韵》女六切,泥母屋韵,普通话音 $ny^{51}$①;"谬",《广韵》靡幼切,明母幼韵,普通话音 $miu^{51}$。今北京话及山东话中部分屋韵字读同流摄(如:六、肉)。因此,"衄""谬"韵母相同不足为奇,需要注意的是声母。两字同音,是同读泥母还是同读明母呢?从现代方言来看,今淄川"谬"读 $niəu^{4}$(《淄川方言志》),因此两字通读泥母。换言之,是"谬"字声母发生了异变。《万韵书》中,"谬缪"与"扭纽钮牛"同音(异调),也可以说明在当时的高青一带"谬"读 n 声母。

"谬"字声母的异变,当是由唇音声母与 u 韵尾发生异化所致。流摄韵尾为圆唇元音 u,发音时唇部需要圆拢,与同样是发音时唇部起重要作用的唇音声母在同一个音节时,会发生异化。这在淄川方言和其他山东方言以及北京话中都是如此。从北京话来看,唇音声母的流摄字大多数都发生了声母或韵母的变化。下列所举是较常见的一些唇音声母流摄字的北京话读音(据《古今字音对

① 上标的数字表示调类或用五度标调法记录的调值。只用一个数字时表示调类,1 表示阴平,2 表示阳平,3 表示上声,4 表示去声(如有必要,用 0 表示轻声)。用两个或三个数字时表示调值,如 51 表示由最高降至最低。

照手册》。音标右上角数字为调类）：

矛（尤明）mau$^{2}$/蝥（尤明）mau$^{2}$/牟（尤明）mou$^{2}$/侔（尤明）mou$^{2}$/眸（尤明）mou$^{2}$/谋（尤明）mou$^{2}$/罘（尤奉）fu$^{2}$/浮（尤奉）fou$^{2}$，又 fu$^{2}$/桴（尤奉）fu$^{2}$/涪（尤奉）fu$^{2}$/蜉（尤奉）fu$^{2}$/缶（有非）fou$^{3}$/否（有非）fou$^{3}$/妇（有奉）fu$^{4}$/负（有奉）fu$^{4}$/阜（有奉）fu$^{4}$/副（宥敷）fu$^{4}$/富（宥非）fu$^{4}$/裒（侯並）$p^{h}$ou$^{2}$/某（厚明）mou$^{3}$/母（厚明）mu$^{3}$/亩（厚明）mu$^{3}$/牡（厚明）mu$^{3}$/姆（厚明）mu$^{3}$/拇（厚明）mu$^{3}$/剖（厚滂）$p^{h}$ou$^{1}$/茂（候明）mau$^{4}$/贸（候明）mau$^{4}$/袤（候明）mau$^{4}$/瞀（候明）mau$^{4}$/懋（候明）mau$^{4}$/戊（候明）u$^{4}$/彪（幽帮）piau$^{1}$/缪（幼明）miau$^{4}$/谬（幼明）miou$^{4}$，又 niou$^{4}$（另有“复覆”二字有屋韵和宥韵又音，此处今音依入声计，未计入内）

以上共 35 个字。从古今演变的一般规律来看：

(1)完全符合演变规律的只有“裒某剖（声调不符）谬（另有 niou$^{4}$ 的易读）”4 个字（也可以说是 3 个半），其余 31 个字或声母或韵母不合。

(2)“罘”等 12 个字声母读为齿唇音。众所周知，中古重唇音变为读轻唇音的一般条件是韵母为三等合口，而流摄是公认的开口韵母。因此，流摄字唇音声母读轻唇一般认为是例外。此外，“戊”读零声母 u 韵而不读 mou，也类似于轻唇音（微母）的变化，这里也看成是读成了轻唇音声母。

(3)“矛彪缪”等 8 个字韵母读 au、iau，不读 ou、iou。

(4)除变为轻唇音声母的字之外，“母”等 5 个字韵母读 u，不读 ou 或 iou。

(5)“牟”等 5 个三等字不读 iou 而读成了洪音 ou。

而从山东方言来看，这种流摄唇音字不读 ou、iou 的现象表现得更为突出。如淄川话中除了“裒”字不常用外，“某”读 mu$^{3}$，“剖”读 $p^{h}$ɔ$^{1}$（相当于北京话的 $p^{h}$au$^{1}$），“谬”只读 niəu$^{4}$（相当于北京话的 niou$^{4}$）。换句话说，流摄唇音字几乎没有一个字是按一般规律演变的。此外，山东方言“牟侔眸谋”读 mu$^{4}$，“缶”读 fɔ$^{3}$（相当于北京音的 fau$^{3}$），韵母的变化比北京话更大。总之，“谬”字声母的例外表现是由于声韵拼合中发生的异化导致的，反映了方言的特点。

有些字的读音与音韵地位不合，可能是蒲氏在选用字形时主要着眼于字形而未考虑其古音地位的结果。如上面提到的“锲”字。再如下面两字：

《日用俗字·身体章》“骼”直音“洛”。骼，《广韵》古伯切（见陌），《集韵》各额切（见陌），又刚鹤切（见铎），均为见母；而“洛”《广韵》卢各切（来铎），《集韵》历各切，均为来母，未有见母一读。此“骼”字用在“跛骼盖”（膝盖）一词中，蒲氏盖因“膝盖”之意而选用了带“骨”字旁的“骼”字，又以“洛骆络烙”等从“各”读luo音而定“骼”音“洛”。《聊斋俚曲集》中“跛骼盖”一词4见：2处写作“跛骼盖”（《禳妒咒》第十九回，《寒森曲》第七回），1处写作“波落盖”（《禳妒咒》第一回），1处写作“波罗盖”（《磨难曲》第二十八回）。可见“骼”音“洛”并非音变问题，而是蒲氏选用字形的问题。

《器皿章》“擔”字直音“坦”。按，擔，《广韵》有“都甘切”和“都滥切”平去两读，均为端母；而“坦”《广韵》他但切，透母上声，与“擔”声母及声调均不同。《日用俗字》原文为：“坐褥围裙粘果罩，尘土擔净亮如霜。”其“擔”实即“撣”字，“鸡毛撣子”的“撣”。撣，《广韵》有市连（撣援，牵引）、徒干（触也）、徒案（触也）三切，按规律今北京音当分别读 $tʂ^{h}an$（阳平）、$t^{h}an$（阳平）、tan（去声），与今音 tan（上声）不合，《汉语大字典》于 tan（上声）一读后未引古代韵书音切，说明于古无徵。而今淄川方言音 $t^{h}an$（上声），与北京音不同，但正与“坦”同音，可见此种读法在清代早期就有了。不过，把“撣（子）”写作“擔”当不是蒲松龄的创造，《现代汉语词典》中“撣”的异体字就有“担”。

总之，这些声母方面不合古今对应规律的“特字”，与今方言是一致的。这既可以为现代方言的读音提供历史上的依据和来源，也可以证明蒲氏注音的方言性。

## 第三节　韵母研究

### 一、聊斋俚曲用韵研究

通过韵文的韵脚字系联得出其韵部系统，是音韵学研究中的基本研究方法之一。不过，通俗作品的押韵往往采用比较宽的语音标准，即韵母读音相近即可通押。如近代北方曲艺界使用的十三辙中，“一七辙”包含从韵母角度看差别很大的i、y、ɿ、ʅ、ər五个韵母，而实际上该辙中的y韵母的字又可以与“姑苏辙”（u韵母）的字相押。当然，这些通押也都含有一定音色上或者说是语音原理上的依据。比如i和y本来一个是不圆唇元音、一个是圆唇元音，通押是因为它们都是舌面的前高元音；y和u本来一个是前元音、一个是后元音，通押是因为它们都是舌面的高圆唇元音；i与ɿ、ʅ本来前者是舌面元音、后两者是舌尖元音，通押是因为它们的发音部位都是高的，所以在音色上有相近之处。至于ər与i等通押，可能首先是因为现代读 ər 的字（即声母部分讨论到的日母儿类字）在《中原音韵》时代还属于支思韵读 ʅ。也就是说，儿类字与 ɿ、ʅ 等通押是出于习惯；其次是发 ər 音时舌尖上翘，因而会有一定舌位高的色彩；再次也有可能是因为有些方言中儿类字读 ɭ，舌尖抵着上颚不放，也会有舌位高的色彩。所以，韵部不等于韵母；设立韵部时不能单纯地根据系联，还要参照方言和其他材料。

**(一)用韵所反映的韵部**

据我们统计，《聊斋俚曲集》共有 3191 个韵段、1969 个（不计异读）入韵字。根据韵字的系联可以归纳成 13 个韵部。不过，有些韵部之间存在通押现象，这些通押有些属于音近而通，有些则由于字有异读而通。对于音近而通者，我们可以根据该字押韵的一般情况及参考现代方言将其归入某一韵部。关于异读造成的通押，又有两种情况：第一种是由多音多义字造成的。如“觉”字意为“晓也”时为《广韵》古岳切，意为“睡觉”时为《广韵》古孝切，自然会押入不同韵部。这种通押应当分别字的不同意义而分归不同韵部。第二种是由于一字同义的异读造成的。如“学”字，意义无别，或押入歌戈，或押入萧豪，正如今北京音中此字读 ɕye，又读 ɕiau。这种通押反映的是字的异读，不能因为这些异读字而将两部相合。其中，又可分两小类：一类是两个韵部间字数较多的异读，反映出一种规律性的现象，下文再讨论；一类是个别字的异读，如“做”字在俚曲中共 31 见，7 次与尤侯韵字押，24 次与鱼模韵押。考今淄川方言“做”字读 u 韵，但不少山东方言（如济南）读 ou 韵，可证俚曲中此字有异读。“大”字凡 62 见，4 次与皆来韵字押，其余 58 次与家麻韵押，可见“大”字当时一般读 a 韵母，但还有 ai 韵母的异读。这些异读字都应当分别归入不同韵部。此外，还有由于儿化韵引起的通押。如《墙头记》第四回以“人”与“亏费白罪非”押韵，此处的“人”应读儿化，当然不能因此而将“人”归入微灰韵。具体的通押情况及其分析见下文，此处先对各韵部情况作一大致说明。其中，非入声字在今北方话中的韵母类别大致相同，所以不列韵字（有少数韵母有分合不同者亦列出）；古入声字的今读则多有差异，所以主要列出古入声韵字。

1. 东钟韵

本韵来自中古的通、梗、曾摄阳声各韵，相当于《中原音韵》的东钟韵和庚青韵。今淄川方言读 əŋ、iŋ、uŋ、yŋ。此不列韵字。

2. 江阳韵

本韵来自中古的江、宕二摄阳声各韵，相当于《中原音韵》的江阳韵。今淄川方言读 aŋ、iaŋ、uaŋ。此不列韵字。

3. 支齐韵

本韵来自中古止摄、蟹摄开口细音,以及一些入声韵(入声韵情况详见下文,下同)。相当于《中原音韵》的支思韵和齐微韵的开口字。今淄川方言读 i、ï[①]。下面列出入韵的古入声字(括号内为《广韵》韵部):

逸日蜜密疾实侄(质)虱(栉)石癖益亦席(昔)逆(陌)吃戚的籴敌(锡)媳极棘食直值(职)十拾汁揖习入及立急级集(缉)

本韵与微灰韵多有通押,与鱼模韵也有通押的现象。

4. 微灰韵

本韵来自中古止、蟹摄合口,以及一些入声韵。相当于《中原音韵》齐微韵的合口字。今淄川方言读 ei、uei。下面列出入韵的古入声字:

白宅嚇(陌)脉(麦)北德得勒贼(德)

本韵除与支齐韵有通押现象外,与皆来韵也有通押。

5. 鱼模韵

本韵来自中古遇摄及部分入声韵,另有少数来自中古流摄。相当于《中原音韵》的鱼模韵。今淄川方言读 u、y。下面列出入韵的中古流摄和入声字:

浮谋(尤)负妇(有)富(宥)读伏服碌木肉熟屋粥逐(屋)督酷(沃)局褥赎蜀俗足(烛)出(术)物(物)卒没突(没)

6. 皆来韵

本韵来自中古蟹摄,确定是入声字的只有"白"(陌),不过该字另押入微灰韵。相当于《中原音韵》皆来韵中的非入声字。今淄川读 ɛ、iɛ、uɛ。此不列韵字。

此处要注意的是,"鞋谐秸阶戒界"等字均来古蟹摄的见系声母,不与车遮韵或歌戈韵通押。这与今淄川方言及绝大部分山东方言一致而与普通话不同。如普通话中"鞋"和"斜"(假摄麻韵)"协"(咸摄帖韵)同音,淄川话中"鞋"读 ɕiɛ(韵母相当于 iai),而"斜""协"读 ɕiə。

7. 真文韵

本韵来自中古臻摄和深摄。相当于《中原音韵》的真文和侵寻两韵,即已经没有单独的闭口韵母。今淄川方言读 ə̃、iə̃、uə̃、yə̃。此不列韵字。

---

① 本节以 ï 代替 ɿ、ʅ。

8. 寒谈韵

本韵来自中古山摄和咸摄。相当于《中原音韵》的寒山、桓欢、先天、监咸、廉纤五韵。今淄川方言读 ā、iā、uā、yā。此不列韵字。

9. 萧豪韵

本韵来自中古效摄，部分字来自入声韵。相当于《中原音韵》萧豪韵，入声字往往另押入歌戈韵。今淄川方言来自效摄的读 ɔ、iɔ，来自古入声的字读 uə、yə 而不读 ɔ、iɔ。下面列出来自入声的入韵字：

嚼虐药着（药）乐［音～］学觉（觉）

本韵部分入声字与歌戈韵有通押现象。

10. 歌戈韵

本韵来自中古果摄及部分入声韵。相当于《中原音韵》的歌戈韵。今淄川方言读 uə、yə，唇音后读 ə。下面列出是入声的入韵字：

剥学桌（觉）佛（物）喝［吆喝］（曷）夺活抹泼脱（末）刮（鎋）缚弱药灼着（药）箔薄错乐［快～］落摸索作（铎）喝［喝水］合盒（合）

本韵只有“活”字与车遮韵通押。

11. 车遮韵

本韵来自中古假摄及部分入声韵，少数几个来自中古果摄。相当于《中原音韵》的车遮韵。今淄川方言读 iə、yə，舌尖音声母后读 ə。入韵字是：

靴（歌）些爹邪爷赊遮车（麻）祸（果）姐扯也（马）夜卸赦谢借（祃）月歇（月）活（末）铁洁诀切撇捏（屑）别折说拙鳖灭孽蹩绝（薛）却（药）妾（叶）牒贴（帖）这[①]

12. 家麻韵

本韵来自中古假摄及入声韵。相当于《中原音韵》的家麻韵。今淄川方言读 a、ia、ua。入韵的古入声字有：

剥觉（觉）发髮伐袜（月）擦达撒萨砸捺（曷）压（狎）八扒滑抹杀煞扎（黠）刮刷瞎辖（鎋）搭答蛤拉纳踏杂咂（合）蜡塌塔遢榻褡（盍）插夹掐狭霎（洽）乏法（乏）

13. 尤侯韵

本韵来自中古流摄，没有来自古入声韵的。相当于《中原音韵》尤侯韵中的

---

① 指示代词“这”为后起，无中古音韵地位。

非入声韵字。今淄川方言读 əu、iəu。此不列入韵字。

**(二)不同韵部间通押问题**

1. 支齐与微灰的通押

支齐韵与微灰韵通押共有18例。如《姑妇曲》第一回:“十知气低谁堆你气西捶罪。”《慈悲曲》第四回:“弟机碎思饥气。”《禳妒咒》第十九回:“姨槌治之气师。”与支齐韵通押的微灰韵字有“贼德亏费堆睡谁背灰捶罪槌非垂威悲碎雷味眉锥”。这些字今淄川方言读 ei、uei,更经常地与其他微灰韵字相押,它们与支齐韵通押只能认为是韵母相近而致。按,支齐韵读 i、ï,与 ei、uei 都是较高较前的元音,音色比较接近,故而在民歌或词曲中常常通押。时代相近的同是反映山东方言的《金瓶梅》中也有不少支齐韵与微灰韵通押的例子,如第八回:“红曙卷窗纱,睡起半拖罗袂。何似等闲睡起,到日高还未。催花阵阵玉楼风,楼上人难睡。有了人儿一个,在眼前心里。”

2. 支齐与鱼模的通押

鱼模韵与支齐韵通押的共有14例,如《磨难曲》第十三回:“去知事师死。”《增补幸云曲》第十六回:“嘻欺趣的弟愚。”鱼模韵与支齐韵通押的字有“去诸趣除惧于愚躇局出主住车(～马炮)”。鱼模的主要元音应当是 u、y,与支齐韵通押的都是细音合口字即读 y 韵母的字,y 与支齐韵的 i、ï 均为前高元音,因而可以押韵。《金瓶梅》中也有不少此类例子,如第二回:“芙蓉面,冰雪肌,生来娉婷年已笄,袅袅倚门余。梅花半含蕊,似开还闭。初见帘边,羞涩还留住;再过楼头,款接多欢喜。行也宜,立也宜,坐也宜,偎傍更相宜。”

需要注意的是,与支齐韵通押的鱼模韵字中也有来自古知庄章组声母即读 tʂ、tʂʰ、ʂ 的字(诸除躇出主住),因而这些字的韵母当仍读细音。

3. 微灰与皆来的通押

微灰韵与皆来韵通押的字有“杯堆雷(灰)退(队)”。如“杯”字共12次入韵,7次押入皆来,5次押入微灰。如《磨难曲》第十九回“在开外杯鞋载捱债”为韵,第二十七回“醉堆对杯微催随坠”押韵。中古蟹摄一等字在今北方话中一般变为 ai、ei 两类韵母。上述字在微灰和皆来两韵间的自由押韵表明,它们的韵母当时有 ai、ei 的异读。今淄川方言均读同微灰韵。

4. 歌戈和车遮的分立与通押

俚曲中歌戈与车遮分用十分明显,这与《中原音韵》基本一致,与今淄川方言不同:今淄川方言中,歌戈韵和车遮韵的主要元音都是 ə,因而可以合为一个韵部。通过比较上述支齐韵与微灰韵、支齐韵与鱼模韵因元音相近而发生的大量通押，我们可以说在蒲松龄的时代，歌戈与车遮两韵的韵母差别比较大，可以将它们的主要元音分别拟为 o 和 ə。这两部通押还涉及入声字的演变问题，下文再详细讨论。至于“活”字兼押歌戈、车遮两部，可能是因为处于韵末的 o 的圆唇动作有些减弱，因而与 ə 相近而通押。今淄川等鲁中地区方言该字韵母一般读 uə。

此外，歌戈韵与萧豪韵的入声字也存在一些通押现象，这与入声字的演变有关，下文一并讨论。由于儿化导致的通押亦见后文。

**(三)入声字的押韵问题**

1. 俚曲中古入声字韵母的性质

在聊斋俚曲中，古入声字同阴声韵字通押，二者没什么区别。如《寒森曲》第八回“着多过佛错活”为韵，其中“着佛活”为古入声字；《禳妒咒》第十六回“骂法嗄巴抓掐砸打么搭俩”为韵，其中“法掐砸搭”为古入声字；《慈悲曲》第四回“气知立拾低饥皮日”，其中“立拾日”为古入声字；此类不胜枚举。因此，上文把古入声字与阴声韵字归为一部，不作区别。

不过，如同对《中原音韵》中的入声字是否已经完全消失有不同看法一样，入声字同阴声韵通押并不一定说明入声字已经完全混同于阴声韵，因为二者的通押可能是由于押韵的宽松（有喉塞尾与无喉塞尾通押）或不同声调通押（入声字虽无塞音尾但独立为一调）等原因造成的，而押韵比较宽松和不同声调通押在聊斋俚曲中都是很普遍的现象。所以，还有必要结合现代方言作进一步的观察。

现代淄川方言中，古入声已经消失，分别归入阴平（古清入）、阳平（古全浊入。淄川方言阳平与上声单字同调，但在与轻声的连读变调中能够区分出部分古上声字）、去声（古次浊入）。但是，有两种现象使我们不敢轻易地断定 300 年前淄川方言已经完全消失了入声：一种是淄川以北相邻的淄博市张店区、桓台县等地还保存着古入声。这些地方的古全浊入和次浊入已经消失，但大部分古清入声字仍独立为一个调类，韵母没有喉塞尾，也不短促，一般读中平调 33 或半高平 44，调型与上声 55 相近。另一种是淄川方言古清入字尽管已经与来自古清声母平声的字在单字调中相同(214)，但在轻声前的连读变调中，古清入字与清平字变化不同，清入字一般不变，而清平字一般变读 31，因此在轻声前可以分辨出古清入声字来。这说明，淄川方言古入声全部消失（特别是清入声消失）

的时间距今不会太久远，而全浊入和次浊入声字有可能消失得较早。

在聊斋俚曲中，有迹象表明入声已经分化，而且分化的规律与今淄川方言完全一致。这在《禳妒咒》的某些韵例中表现得比较明显。《禳妒咒》中一些唱段韵字的声调完全相同，特别是用“儿”标记出儿化的韵母都是同声调相押，其中有三段用到了入声字，恰好分别有清入、次浊入和全浊入三种类型。请看它们的表现(都在第二十四回)：

(1)素儿、布儿、裤儿、褥儿、物儿、户儿、傅儿、妇儿、数儿

(2)抓儿、洼儿、掐儿、仨儿、花儿、渣儿、法儿、法儿

(3)胡儿、脯儿、雏儿、伏儿、壶儿、驴儿

第一个韵段都押去声调，其中的古入声字有“褥(中古日母)”“物(微母)”，都是次浊入声字；第二个韵段都押阴平调，其中的古入声字有“掐(溪母)”“法(非母)”，都是清入声字；第三个韵段都押阳平调，其中的古入声字有“伏(奉母)”，是全浊入声字。这种全清入归阴平、全浊入归阳平、次浊入归去声的现象正与今淄川方言一致，与其他冀鲁官话也一致(如以西的济南和以东的寿光、潍坊)，由此可见这并非偶然现象。据此，我们可以推断300年前淄川方言中古入声已经分化，其分化规律与今淄川方言一致。而这与上面提到的今张店、桓台等地今仍保留的入声情况是不一致的，因为张店等地的清入声字调型与上声相近，而不是与阴平相近。再者，由于上述韵段的各个韵字都是同调的，因此我们没有理由不承认其中的入声字与其他字调值不同。由上述情况来看，我们倾向于认为，聊斋俚曲中的入声已经完全消失，其变化规律与今淄川方言及冀鲁官话大部分地区一致，而与其北邻的张店、桓台等地不同。

2.入声字韵母的演变规律

淄川方言与北京话一样同属北方方言，古入声字的演变规律大致相同而略有差异。为简便说明聊斋俚曲中古入声字的演变规律，下面以北京音作为一个参照系。从上文所列入韵的入声字归类情况可以看出，聊斋俚曲中的入声字韵母与今北京音有同有异，而与今淄川方言基本一致。其主要规律及与今北京音的差异是：

(1)来自古臻摄、梗摄、曾摄、深摄入声的细音开口字读支齐韵i、ï，洪音读微灰韵ei、uei，同今淄川方言。今北京音细音字同俚曲及淄川音，但洪音字有的读ei，有的读ɤ、ai，如“白(陌)脉(麦)北德得勒(德)”与淄川不同。注意“入”字(缉韵)只一见ɣ，押入支齐韵，不入鱼模，可见当时还读同“日”音(或有“日”音的异

读)。今淄川方言读同“褥”字。另外,“白”字共4见,2处与微灰韵押,2处与皆来韵押,可见此字当时有ei、ai的异读。

(2)来自古通摄、臻摄入声合口字读鱼模韵u、y,同今北京音及淄川方言。注意“肉”字俚曲中凡24见,只有2处与鱼模韵押,其余均与尤侯押。可见,当时“肉”的韵母一般已读ou,但还有u的异读。

(3)来自宕摄药韵和江摄觉韵的部分字读萧豪韵,它们是“嚼乐虐药着(药)学(觉)”。这些字今淄川方言读yə或uə,同歌戈韵、车遮韵的入声字韵母相同。在聊斋俚曲中,“乐药着学”又与歌戈韵字通押。因为萧豪韵的韵母是ɔ,歌戈韵的韵母是ə,一般不能通押,所以这些字与歌戈韵的通押只能说明它们具有歌戈韵的异读。今北京音中,这些字读au、iau或有au、iau的异读。聊斋俚曲与北京音相同,而与今淄川方言不同。

(4)来自古江摄、山摄、宕摄、咸摄入声的洪音及臻摄物韵唇音字读歌戈韵,同今淄川方言。今北京音上述字读ɤ、uo、ye,有些字读ao或有ao的异读,如“药落学”。

(5)来自古山摄月末屑薛韵、咸摄入声细音和宕摄药韵的入声读车遮韵。今北京音上述字读ɤ、uo、ye。

今淄川方言上述三类的韵母混同,均为ə、iə、uə、yə,如“佛”fə,灭miə,说ʂuə,学ɕyə。

(6)来自古山摄月韵曷韵黠韵鎋韵及咸摄合韵盍韵洽韵狎韵乏韵的入声,以及江摄觉韵的部分字读家麻韵。这些字的表现与今北京音及淄川方言基本一致,只有来自中古觉韵的“剥觉”二字值得注意。关于中古觉韵字后代读入家麻韵,此前未见讨论。从今淄川方言来看,“剥”字今淄川白读pa(如:~皮),与俚曲同;文读pə(如:~削),俚曲也有歌戈韵的异读;“觉”字今淄川方言不分文白读,音tɕyə,与俚曲不同。我们还注意到,虽然今淄川方言中来自古觉韵的字一般是与北京音一样读uo(uə)、ye(yə)的,但是除“剥”字外还有两个字今也读a、ia:“雹”字音pa,如“雹子”;“角”字白读音tɕia,如“牛角”。可惜的是,聊斋俚曲中未见“雹”“角”二字入韵。但由“剥雹角”今淄川仍读a、ia韵母来看,300年前古觉韵的一些字确实是音a、ia韵母的。其中,“剥”字白读至今仍保留原来的读法,而“觉”字后来则发生变化失去了a韵母的读法。至于淄川方言中古觉韵字的演变机理及过程可另外讨论。

## 二、《日用俗字》押韵及直音反映的韵母现象

### (一)《日用俗字》的押韵

《日用俗字》的押韵相对比较简单,因为每章一韵,共31章31个韵段。相对来说,虽然入韵字数不是很少(入韵字826个),但韵段数是太少了些。好在有《聊斋俚曲集》的众多用韵可以参照,我们还是可以看出,《日用俗字》的用韵与《聊斋俚曲集》是一致的。聊斋俚曲用韵分为13部:(1)东钟;(2)江阳;(3)支齐;(4)微灰;(5)鱼模;(6)皆来;(7)真文;(8)寒谈;(9)萧豪;(10)歌戈;(11)是车遮;(12)是家麻;(13)是尤侯。《日用俗字》用到了除车遮韵之外的12部。没有押车遮韵的字,可能是因为该部的字比较少。

下面按韵部列出韵谱。因为音注也能反映韵母,所以也一并列出。注音字以“*”标出。

1. 真文韵

《身体章》:人门根邻唇存頣根* 心伸根筋斤* 跟门村音分文因贫亲姻孙伦身

《银匠章》:贫银錾轮纭云盆人麟真分民纹神亲

《纸扎章》:人身魂伦[①]银云纭盆尘云群文门神村针昏焚金文春坟

《僧道章》:恩人孙因巾辰神文魂云林群云盆筋门闻分熏亲尊村春焚

2. 寒谈韵

《庄农章》:天先闲坍贪* 杴轩* 坚搬杆环添镵鞭怜壂[②]暄* 翻边栏籧千* 尖闲鞭剜碗*[③]弯圆镰山天謹安搧拦丹圈般劉千* 全延搀泉缠担乾完兰苫穳官黏乾盐懽眠难犍团[④]腌年

《养蚕章》:蚕间圆天烟盐悬煎簾蚕眠关看然翻煎簷痊田添寒端绵苫膻摊钻钱衫闲裲牵宽穿弦莲砚传

《饮食章》:全糍煎肝丸爆窜* 咸膻黏官襕乾堪蚶甘* 盐拳粘壂[⑤]馋餐贪赸貪* 烟寒弯添撺罈甜钱泉严滩填嫌鲜盘环圆般甘酸粘皾[⑥]轩* 完间

---

① 字原讹作“论”。

② 字原讹作“壂”。

③ “碗”与“剜”声调不同,疑为“豌”字形讹或应“纽四声”作“碗平声”。

④ 路本讹作“门”,盛本作“团”,影印本作“圆”。

⑤ 字原讹作“壂”。

⑥ 字原讹作“皾”。

《木匠章》:班船传钱圆椽全簪扁拴*刓安般簷干夯廉*乾穿坚盘龛弯缠传扁拴*

《皮匠章》:膻乾鲜弹穿鏁千*圆簷煎编蝉寒观官天钱缘鞭钻坚鞍

《毡匠章》:毡弹般簾圆仙毡蓝间寒兼

《疾病章》:般渊颜观宣炎难天寒乾丸安痰丹间眠山钻边疳酸番痊还缠传干

《花草章》:丹兰酸残观年鸾莲南欢仙簾边钱边缠鹃丹莲簪看兰观冠矾干传全然年间拈天山坚簾餐兰殗栏

3.东钟韵

《菜蔬章》:腾清棚莹腾生英成蒸睛名藤丁菁青轻烹羹精兴称腥菱铛撑*

《铁匠章》:熥冬风红拧亨*同重棚功充工容穷

《昆虫章》:蜂蠓同蜂蟅疼烹鸣蝇生萤灯蜓蟆英*虫宗同宫蜂筝

《堪舆章》:兴听明情经骰撞*[1]名行精生轻卿灵丁茔謳成*评成崩青名能城迎增明祯庭凭行平刑停

4.江阳韵

《器皿章》:常藏庄行量糠浆汤妨香房装忙磄张尝黄光堂双霜床镶旁筐腔伤牔[2]光*床长祥房噹锽行爣汤*妆鸯纲强囊忙穰昂详裳搪缸当妨

《石匠章》:强光帮房量镶方旁梁坊唐梁羊良双庄

《走兽章》:行当强黄王长装镶囊张长缰强方汤场墒黄羊香娘糠疮床双岗狼良麞螃祥穰详

《禽鸟章》:凰王祥筐旁赃殃荒昌伤阳桑张良强长阳光黄郎唐荒鸯蝗常张庄场冈常详

《争讼章》:梁方桑娘枪光浆偿裳堂肨将*黄狂殃乡场当仓床行伤详降张梆狼房强央秧裆壤荒庄凉商王光

5.尤侯韵

《杂货章》:收丢求油留瓯谄州头流钩毬抽楼鎗裘筹投抽忧柔耩勾*绸收秋修瓯侯愁

---

[1] 此字可疑。疑为义释而非注音字。

[2] 字原讹作"牗"。

6. 支齐韵

《果实章》:知枝奇鼻宜时梨皮齐池衣泥师颐西梨粘希* 豀垂①犁犁医饥

7. 微灰韵与支齐韵通押

《泥瓦章》:围飞垂堆坯灰机齐骑离西奇扉低菠泥锥搥回池之撕亏

8. 鱼模韵

《兵器章》:疏壶徒拘葫呼乌馀吾珠乎颅初诛无

9. 家麻韵

《丹青章》:夸叉麻佳华砂花嘉枒涯加他差家

10. 萧豪韵

《裁缝章》:高袍劳挑朝絛滔* 緢挠遭条腰牢烧标袍豪翘搋誚* 毛摇包刀乔樵

《鳞介章》:鳌潮魛鲦啗肴朝糟鮹漂遥消高蛟敲挑

《赌博章》:秭朝* 嫖嚣遭教挠跷宵朝幺刁騲悄* 豪高娇肴浇腰焦梢捞敲毛苗瓢歊劳鬏挠* 条销逃遥

11. 皆来韵

《衕衕章》:哀财材怀陪②腮钗台歪鞋街乖柴来开胎材埋呆捱街猜

12. 歌戈韵

《树木章》:多椤罗何陀棵磨和河罗挲坡挪他娑窝和搓骡锅

由于各韵所反映的韵母特点与聊斋俚曲基本一致,所以这里不再讨论,请参看上文关于聊斋俚曲押韵的讨论。

**(二)《日用俗字》直音反映的韵母现象**

《日用俗字》的直音,应该说所反映的特征与押韵基本上也是一致的。换句话说,淄川话中韵母的特点在直音中都有表现,甚至在某些方面可能比押韵反映得更为细致一些。有些语音变化发生得较早,线索比较清楚,下列只简单列出一些例子。

1. 闭口韵的消失

中古深咸二摄收鼻音韵尾,是闭口韵。在《中原音韵》时期,闭口韵尚基本保持,但后来在北方话中消失了。《日用俗字》中明显地表现出-m 韵与-n 韵的

① “垂”一般押入微灰韵,此为支齐韵与微灰韵通押之例。

② 此为皆来韵与微灰韵通押之例。

合并(闭口的入声韵下文再讨论)：

(1)毯＝坦(《器皿章》)：敢＝旱

(2)錎＝煖(《银匠章》)：敢＝缓

(3)赶＝贪(《饮食章》)：旱＝覃

(4)劖＝蚕(《石匠章》)：桓＝覃

(5)醦＝看(《饮食章》)：勘＝翰

(6)杺＝信(《兵器章》)：侵＝震

(7)窨＝印(《菜蔬章》)：沁＝震

(8)战＝颠(《堪舆章》)：添＝先

(9)虪＝殿(《庄农章》)：桥＝霰

(10)瘳＝敛(《疾病章》)：仙＝琰

(11)劖＝千(《庄农章》)：盐＝先

(12)腌＝眼(《泥瓦章》)：琰＝产

2.宕江摄的合并

江摄江韵与宕摄阳唐韵后代发生合流,《中原音韵》已然。《日用俗字》的表现如：

(1)瓨＝扛(《泥瓦章》)：唐＝江

(2)帮＝邦(《石匠章》)：唐＝江

(3)橿＝杠(《庄农章》)：阳＝江

3.通梗曾摄的合并

中古的通、梗、曾三摄,在《中原音韵》中表现为“东钟”“庚青”两韵。在《聊斋俚曲集》中合为一部,《日用俗字》中亦然,如：

(1)顜＝崩(《僧道章》)：董＝登

(2)搒＝崩(《裁缝章》)：庚＝登

(3)匔＝朋(《衎衎章》)：耕＝登

(4)综＝缯(《养蚕章》)：宋＝登

(5)搒＝朋(《争讼章》)：映＝登

(6)譝＝成(《堪舆章》)：蒸＝清

4.入声韵的消失

中古入声韵在北方方言中何时消失、怎样消失,可谓近代汉语语音史研究中最大的疑团。现代方言各地情况不一,其消失的过程也不会完全一致。从

《聊斋俚曲集》的押韵情况看，清代早期淄川方言中入声已经全部消失，派入平上去三声，一般的规律与今冀鲁官话一致：清入归阴平、全浊入归阳平、次浊入归去声。这些特点在《日用俗字》的直音中也有反映，从中可以看到两类现象：一是入声字与非入声(阴声)字的混同，二是不同韵尾入声字的混同。

(1)入声与非入声的混同：

①粭＝呵(《庄农章》)：合＝歌

②搕＝可(《裁缝章》)：合＝哿

③嗑＝课(《衕衕章》)：合＝过

④塌＝他(《堪舆章》)：盍＝歌

⑤妑＝杋(《杂货章》)：麻＝黠

⑥盫＝可(《器皿章》)：盍＝哿

⑦攥＝左(《泥瓦章》)：末＝哿

⑧剟＝朵(《皮匠章》)：末＝果

⑨袹＝骂(《僧道章》)：陌＝祃

⑩戺＝室(《泥瓦章》)：止＝质

⑪焅＝枯(《饮食章》)：沃＝模

⑫衄＝谬(《疾病章》)：屋＝幼

⑬鐁＝查(《庄农章》)：鎋＝麻

⑭嘁＝七(《堪舆章》)：之＝质

⑮饙＝即(《饮食章》)：脂＝职

(2)不同韵尾入声字的混同：

①狛＝泼(《争讼章》)：铎＝末

②靸＝撒(《兵器章》)：合＝曷

③扃＝掖(《泥瓦章》)：曷＝昔

④盫＝渴(《饮食章》)：盍＝曷

⑤饽＝卜(《饮食章》)：没＝德

⑥眨＝扎(《身体章》)：洽＝黠

⑦黦＝物(《疾病章》)：屋＝物

⑧鸑＝药(《菜蔬章》)：屋＝药

⑨棲＝煞(《器皿章》)：狎＝黠

⑩鐍＝菊(《器皿章》)：屑＝屋

⑪稙＝质(《庄农章》):职＝质

⑫襵＝折(《裁缝章》):叶＝薛

⑬鄴＝掖(《饮食章》):业＝昔

⑭搉＝却(《庄农章》):觉＝药

⑮抐＝纳(《裁缝章》):没＝合

以上两类事实都可以说明，当时方言中入声字已经与阴声韵字完全合并。至于在具体归韵方面的特点，与《聊斋俚曲集》用韵完全一致，这里就不再细述了。

5. 见系声母开口二等与三四等的合并

见系声母后的开口二等字多与三、四等字相混，这说明其韵母与三四等一样具有 i 介音，已见上述。下面是几个影、疑母的例子：

(1)匽＝晏(《器皿章》):影阮 3＝影谏 2

(2)舀＝咬(《器皿章》):以小 3＝疑巧 2

(3)犪＝拗(《走兽章》):疑小 3＝影巧 2

(4)腌＝眼(《泥瓦章》):影琰 3＝疑产 2

6. 值得注意的几个字的韵母

(1)打

打，《广韵》都冷切，端母梗韵，属阳声韵，但今北方话中一般丢掉韵尾读 a 韵母。《日用俗字·毡匠章》"毹"直音"打"，是当时"打"的韵母已经是 a。《聊斋俚曲集》中"打"字 12 次入韵，均与家麻韵字相押，可见当时只有 a 韵一读。《万韵书》中"打"字在"家"韵，与"大答达"等同音(异调)，也说明读 a 韵母。

(2)肯

肯，《广韵》苦等切，溪母等韵，收舌根鼻音 ŋ 尾，但今北方话中一般读 n 尾。《日用俗字·果实章》"䝄(即'啃')"直音"肯"，《堪舆章》"䩂"直音"肯"，都可证明"肯"字当时已读 n 韵尾。《聊斋俚曲集》中"肯"字 3 次入韵，均押入真文韵，也可为佐证。《万韵书》中"肯"字与"恳垦"等同在"金"韵，也是 n 尾韵。

(3)额、隘

《身体章》"额"字直音"隘"，是两字同音。额，《广韵》五陌切，疑母陌韵；隘，《广韵》乌懈切，影母卦韵。两字均为喉牙音开口二等字，今北京音读零声母符合规律，但没有 i 介音不符合一般规律。今淄川及附近地区方言中，"隘"读 iɛ(相当于北京 iai)，符合古今韵母演变规律。"额"字北京音为 ɤ 韵母，符合北京话中一些陌韵字读 o(如“陌”)、ɤ(如“客”)的规律;但淄川话中“额”读 iə(前额)或 ŋə(额外),与陌韵字一般读 ei(如“陌百客窄”)不同,属于例外。其中,ŋə 一读用于书面语词,没有 i 介音,与北京话一致(淄川话开口呼零声母前均有 ŋ),当是外来的读音;“额髅盖”(额头)、“额花子”(前额)中的“额”读 iə 而非 iɛ,当是方言中后来的变化。《聊斋俚曲集》中这两字均未入韵。《万韵书》中“额隘”同音,与“挨捱”同音异调,与“哀爱”不同,当同读 iɛ(iai),与《日用俗字》一致。

(4)劗、揣

这两个字都是在中古读合口呼而《日用俗字》中读开口呼的例子。

《石匠章》“劗”直音“蚕”。劗,《广韵》在丸切(从母桓韵),合口一等;蚕,《广韵》昨含切(从母覃韵),开口一等。今淄川读两字同音 tsʻā,可见“劗”字在清代早期即已读开口呼。[①]

“揣”在《日用俗字》中 3 次作为直音字出现:《庄农章》为“齺”直音,《饮食章》为“扠”直音,《养蚕章》为“衩”直音。揣,《广韵》初委切,初母纸韵,合口三等;齺,《集韵》楚快切,初母夬韵,合口二等;“扠”亦作“搋”,《广韵》丑佳切,彻母佳韵,开口二等;衩,《广韵》楚懈切,初母卦韵,开口二等。在上述 3 个被直音字中,“扠衩”中古属开口字,今淄川方言亦读开口(北京“搋”读合口),“齺”字中古虽属合口,但今淄川方言读开口(北京“齺”读合口),这可以证明“揣”字在蒲松龄的时代当读开口呼。不过今淄川读“揣”为合口,与清代早期不同。《万韵书》中“揣”与“齺”同音,与“搋”(与“柴”同音异调)不同,是“揣齺”读合口,而“搋”读开口,与《日用俗字》不同,与今淄川方言也不同。从北京这几个字的读音中,可见它们在各方言中都表现得与中古有些参差。

(5)轩

轩,《广韵》虚言切,元韵开口三等。但北京话中读为撮口呼的 yan 韵母,不符合古今韵母演变规律。《日用俗字》中“轩”有 3 次用作直音字,分别是:《身体章》“肋胁骭(轩)支尾骲根”,《庄农章》“挑壕出粪用筐枚(轩)”,《饮食章》“咬来饕淡黄皺(轩)皺”。其中,“骭”字依《字汇》下晏切,音苋;“枚”即锨;“皺”《字汇》许兼切,音轩。这三处都表明“轩”读 ian 韵母,与今淄川方言一致。

(6)祯

祯,《广韵》陟盈切,清韵开口三等。今淄川方言按规律读 əŋ 韵母,但北京

---

① 笔者认为其本字当为“鏨”,《广韵》昨甘切,“小凿”。参见上文第三章第七节。

话中读 ən 韵母，不符合古今韵母演变规律。《日用俗字》中押入东钟韵，与今淄川方言一致。同类的“侦贞”字今淄川方言亦读 əŋ 韵母，与北京话不同，但聊斋俚曲中未入韵。

## 三、由语气词看清初淄川方言两类韵母的音值

由于古代的语音资料(无论是韵书韵图还是韵文、谐音、异文)都是一些不直接标音的汉字材料，因此直观呈现的仅是音类的分混，至于具体音值则需要参照现代方言、古代对音等材料来进行拟测。上面讨论的蒲松龄白话作品也是如此，音值方面的特点很难在语料中找到明确的证据，这样就只能根据一些蛛丝马迹来观察音值。下面通过分析语气词“哪(那)”和“哇(呃)”的使用情况观察两类韵母的音值。

### (一)前鼻音尾韵母的音值

现代山东方言中，除了烟台以东的少数县市以及鲁西南的东明外，古咸山深臻四摄字(普通话前鼻音尾韵母)都读作鼻化元音，咸山摄读作 ã、iã、uã、yã(其中东营、滨州一带有些地方主要元音是 ɑ，鼻化色彩已经很微弱)，深臻摄读作 ẽ、iẽ、uẽ、yẽ。这是现代山东方言的一大特色。今淄川方言即如此。这种现象在清代是否如此呢？如上所说，这种特点仅仅是音值上的表现，读 an、读 ã 类的字都写成一个汉字，都是一个音类，很难得到古代书面资料的证明。不过，《聊斋俚曲集》中语气词“哪”的用法，可以为此提供一个参考。

《聊斋俚曲集》中，作为语气词的“哪”(或写作“那”)字出现在句尾或句中停顿处。我们注意到，语气词“哪”全部是出现在前鼻音尾韵母后。下面举几个例子：

(1)咳咳，天哪，天哪！不敢吃不敢穿，挣下了顷多田，老来捞不着吃饱饭。(《墙头记》第一回)

(2)平生不会撒谎，今日反唠自己的儿孙，讨愧的紧，可笑的紧哪！(《墙头记》第三回)

(3)他那娘子好发威，终朝好似躲强贼。今日忽然来找我，不能替他捱棒槌，人哪哎哟，捱棒槌！(《禳妒咒》第十四回)

(4)好大的个举人哪！也就是在炕头上称罢。(《禳妒咒》第二十六回)

(5)怎么这般快？小心哪！(《富贵神仙》第十二回)

(6)我今日犯的甚么罪？我跪你是敬你的贪那，可是敬你的赃呢？

(《磨难曲》第六回)

(7)又不知底下还有多深浅,响叫:"救人哪!救人!"(《磨难曲》第二十三回)

(8)我料杨蕃不敢分辩,果然不差。今日竟成了贵府的属官,看他[1]来参见哪不参见。(《磨难曲》第三十五回)

(9)大婶子说,问问周二叔合大姑夫,还敢那不敢?(《禳妒咒》第十九回)

(10)妙呀!我要做嫖客,合你犯个嫁娶,不知你肯那不肯?(《禳妒咒》第二十九回)

我们知道,语气词"哪"是语气词"啊"在-n韵尾后的连读变化。今北京话中,前鼻音尾韵字连"啊"字时读作na写作"哪";而今山东方言中,北京读前鼻音尾韵的字读作鼻化元音,其后的"啊"便不读作na而只是读a(或ə),如"这个人啊""很乱啊"。因此,由《聊斋俚曲集》中"啊"字在咸山深臻摄字后读作"哪",我们可以认为咸山深臻摄字在清代早期的淄川方言中是读作n尾而不是鼻化韵的。

此外,俚曲中"哪"还用在喻词之后,构成"×哪似(是)的"或"×哪+形容词"(俚曲中均写作"那"[2])。这里的"哪"可视为语气助词。如:

(11)妙呀!你那起初霎你说,金豆子就合杂粮囤那是的……(《增补幸云曲》第十七回)

(12)叫军爷你听着:刘志远也是穷军家,景儿作的勾天那大。(《增补幸云曲》第十七回)

(13)你这妮子,就合一个鬼灵精那是的!(《增补幸云曲》第二十二回)

(14)好甚么?不过是胡乱拨几点子,合狗跑门那是的。(《增补幸云曲》第十六回)

(15)你那达,你那达,曾在俺家当客家。才买了两间屋,就估着天那大。(《富贵神仙》第九回)

(16)快生火,烧冻冻;快扫雪,填枯井。只说窟窿天那大,还有大起天的大窟窿。(《俊夜叉》)

---

① "他"字原作"那",此据文意改。

② 参见本书第四章第一节关于指示代词"那"的讨论。

(17)您老达,您老达,曾在俺家当客家①。你买了两间屋,就估着天那大!(《磨难曲》第十九回)

在以上7例中,有6例是用在前鼻音尾韵的后面,只有第(13)例是用在ŋ(精)后面,应当说与语气词"哪"基本是一致的。

今寿光方言中有一个类似的例子。同其他多数山东方言一样,寿光方言中古咸山深臻四摄字读鼻化元音,没有语气词"哪"。但是,数词"半"加量词"个"连读时却出现了一个"哪"(音轻声的 na 或 nə),即读成"半哪"。请看数词加量词"个"的读法(有连读变调时只标连调,轻声标0):

| | | | |
|---|---|---|---|
| 一个 | i$^{213}$kuə$^{21}$ | 两个 | lia$^{55}$(俩) |
| 三个 | sa$^{213}$(仨) | 四个 | sɿ$^{55}$ə$^{0}$ |
| 五个 | u$^{213}$uə$^{0}$ | 六个 | liəu$^{55}$ə$^{0}$ |
| 七个 | tɕ$^{h}$i$^{213}$ə$^{0}$ | 八个 | pa$^{213}$ iə$^{0}$ |
| 九个 | tɕiəu$^{213}$ uə$^{0}$ | 十个 | ʂʅ$^{34}$ə$^{0}$ |
| 半个 | pã$^{55}$ nə$^{0}$ | | |

可见,数词加"个"连读时除了"两个""三个"读成合音的"俩""仨"以及"一个"的"个"不变化(注意不读轻声)外,其他都是读轻声的"个"弱化成了ə或uə(在u后)或iə(在a后),但"半"后面的"个"却成了nə。这无疑是弱化后的"个"(ə)与"半"的n韵尾连读的结果。因此,尽管现代寿光方言"半"的韵母读鼻化元音ã,但历史上肯定是读鼻音韵尾n的。单由寿光来看,我们无从确定今读鼻化韵的ã、ə̃韵母是在何时读-n尾韵的。但由聊斋俚曲中语气词的表现,我们可以明确地肯定在清初时期还是读-n尾韵。

**(二)复合元音韵母的音值**

今山东方言韵母的另一大特色是,北京话的au、ai在山东大部分地区读成单元音ɔ和ɛ(有些地方略有动程),今淄川话即如此。这种情况是很难在书面材料中得到肯定或否定的答案的。在这方面,《聊斋俚曲集》中另一个语气词"哇"的用法可以给我们一些提示。

---

① "客家"原作"家客",当误。按今方言"客家"指借住别人家的人家,房客。参见根据同一故事改编的《富贵神仙》用例(即第15例)。

《聊斋俚曲集》中,语气词和语气助词“哇”共出现12次,分布在10个句子中。下面是全部用例:

(1)有狼哇?有虎哇?(《慈悲曲》第三段)

(2)每日乍的头儿筐哇大,到了这里,几乎气杀!(《慈悲曲》第三段)

(3)好哇!还是令尊是条汉子!(《禳妒咒》第一回)

(4)内云:“哇!我怕是上人上物哇。”丑云:“你就不是上人,怎还算不的上物呢?”(《禳妒咒》第一回)

(5)妙哇,妙哇!你可翻错了,这可说不的了。……(《禳妒咒》第二回)

(6)公子见云:“娘子好哇?”江城云:“官人好么?”(《禳妒咒》第二十五回)

(7)好哇!我来嫖婊子,不想撞着孤老窝里来了!(《增补幸云曲》第七回)

(8)刘伶爱饮不回家,好酒哇,醉倒西江月下。(《增补幸云曲》第七回)

(9)只是如今人合那脆草哇似的……(《增补幸云曲》第八回)

(10)俺妈娘往常时拿著我合掌上明珠哇是的,何等爱我;……(《增补幸云曲》第十回)

上述12例中,“狼筐”是ŋ尾韵母,“虎物珠”是u韵母,“好妙草”是效摄字,“酒”是流摄字。除去ŋ尾的两字外,都是今北京话以u收尾的字,其后的语气词“啊”今北京也读ua,写作“哇”。我们同样可以认为,在当时的淄川方言中这些字也是以u收尾,即今读单元音ɔ的字当时也是与北京一样读au的。

语气词“哇”也写作“呱”,表现与“哇”相同。下面是用“呱”的5例:

(1)若是有钱不借给你大相公呱,那可就是一个狗!(《翻魇殃》第四回)

(2)沙窝里淘井越发深,这可是嘲呱可是怪。(《俊夜叉》)

(3)众将,你们都看看,我有头呱没有?(《快曲》第二回)

(4)咳!好苦呱!(《戏三出·闹馆》)

(5)不要那满城烟毛头大锭,不要那红丝烟采堂玉兰,不要那关东片香烟杂半,大益和兰花烟我俱不贪,一切的奇品烟我都不要,苦菜花、芝麻叶我也不嫌。丑白:好呱。(《戏三出·闹馆》)

在这5例中,1例出现在u韵母后,2例出现在au的后面,1例出现在ou的后面,1例出现在uŋ后。

需要补充说明的是,《聊斋俚曲集》中的语气词除了“哪”“哇”外,还有“呀”“罢”(吧)“呢”“哩”等,但没有“啊”。有一个疑似的“啊”字出现在《磨难曲》第二十一回末尾的诗中:“诗曰:监中替我抱婴孩,谁想婴孩折桂来;今日相爱总是爱,教人泪啊下盈腮。"用得有些蹊跷,疑字形有误,此不论。"啊"作为语气词在书面上出现得较晚(如《汉语大字典》中的用例是《红楼梦》的,《水浒传》中有"啊"作为叹词的例子,但没有作为语气词的用例),不过口语中 a(啊)作为最常用的语气词应当是由来已久的。语气词"哪""哇""呀"当是 a 的音变盖无可疑。需要注意的是,《聊斋俚曲集》中语气词"呀"使用更为频繁,据我们统计,共有 484 例。"呀"字之前的字各种韵母都有,下面是我们统计的情况(韵母按清代淄川方言计):

| | |
|---|---|
| i 韵母 | 50 |
| -i 韵尾后 | 66 |
| y 韵母后 | 7 |
| "儿"后 | 37 |
| u 韵母后 | 12 |
| -u 韵尾后 | 33 |
| a、ia 后 | 50 |
| ə、iə 后 | 57 |
| uo 韵母后 | 25 |
| -n 韵尾后 | 71 |
| -ŋ 韵尾后 | 76 |

可见,"呀"不仅像北京话那样出现在 i、y 或 a、o、ɤ 的后面,还可以出现在其他韵母后面(包括"哪""哇"出现的环境)。因此,我们可以认为,因为没有"啊",《聊斋俚曲集》中最常用和最基本的语气词写作"呀"[①],它可以自由地出现在任何环境之中。这也进一步反衬出,"哪"和"哇"与"呀"不同,它们的使用是有条件的,条件就是前一音节韵母的结尾部分。这正如同现代的书面中,-n 的后面可以写作"哪"也可以写作"啊",-u 的后面可以写作"哇"也可以写作"啊",但其他韵母的后面却从来不出现"哪"和"哇"。

## 四、聊斋俚曲中的儿化现象

今淄川方言中相当于普通话儿化的语音变化不是韵母元音卷舌,而是发生变韵。主要规律是:韵腹 ā,变读为 ε;韵腹 ə̃、i、ɿ、ʅ,变读为 ei(或 iei);其余韵母

① 但语气词"呀"的读音到底是 ia 还是 a 待考。

则没有变化。下面分别举例：

(老)汉儿 ã→ε　玩儿 uã→uε　圈儿 yã→yε

门儿 ə̃→ei　劲儿 iə̃→iei　棍儿 uə̃→uei

(小)鸡儿 i→iei　棋儿 i→iei

字儿 ɿ→ei　事儿 ʅ→ei

以下是不变韵的例子：

(小)孩儿 ε→ε　(小)吴儿 u→u　(小)张儿 aŋ→aŋ

这种儿化变韵现象分布在淄川以北到桓台、以西到章丘、以南到博山以及临邑、泗水、枣庄一带，在微山湖西的定陶也有此类现象出现。那么，蒲松龄时代的儿化状况如何呢？

观察聊斋俚曲中的押韵情况，我们可以讨论以下两方面问题：

1. 聊斋俚曲中有无儿化韵[①]？

最显明的一个事实是，《禳妒咒》中多次使用标有“儿”字的儿化韵脚。这些韵脚都出现在第二十四回，共12例。如：

(1)灯儿、风儿、更儿、钉儿、升儿、星儿、钉儿、声儿、宗儿

(2)官儿、间儿、天儿、烟儿、湾儿、班儿

(3)钱儿、钱儿、钱儿、钱儿、年儿、坛儿

(4)瓣儿、片儿、线儿、面儿、段儿、面儿、馅儿、沿儿、瓣儿、看儿

(5)块儿、块儿、带儿、卖儿、菜儿、盖儿、怪儿、袋儿

这些韵段肯定属于儿化韵。

其次，其他未标“儿”的韵脚中也有一些肯定是押儿化韵的。如《俊夜叉》：“小三小三你睁开眼，忒也说的不成款。虽然长了二三十，从今还要做个茧。如再跌牛又拉满，变个小狗没大点。以后齐心往前过，生个儿来叫老小改。”“改”与“眼款茧满点”为韵。《禳妒咒》第一回：“我就从来没有捆，有了钱来要弄鬼。学着赌博指着赢，输了待捞没有本，心里痒痒没处抓，跑前跑后撅着嘴。不知是谁撒了汤，恼的娘子滴下水，近来房门采住毛，扨了一百小鞋底。虽然打我我不

① 所谓的“儿化变韵”其实是与“儿”尾有关系的：一是因为它与其他方言中的卷舌型儿化韵功能和分布上对应；二是我们注意到，这种儿化变韵的规律与周围方言中的幼儿型儿化一致。张树铮《淄博等地方言的儿化变韵与幼儿型儿化》(首届官话方言国际学术讨论会论文，后收入张树铮《方言历史探索》，内蒙古人民出版社1999年版)提出了儿化变韵源自幼儿型儿化的观点。儿化韵实际上有不同类型：北京及大部分北方方言的卷舌型是儿化韵的形式之一，淄博等地的儿化变韵也是儿化韵的形式之一。所以，称之为“儿化韵”是没有问题的。

怨，原是俺自家没有理。""捆鬼本嘴水底理"为韵。这些韵字只有儿化后才能变得相同而通押。其他的例子如：《增补幸云曲》第十七回"衣妻势子味意根"，第十八回"环传看边面快"，《磨难曲》第二十六回"嘻味眉根对"，《翻魇殃》第十回"味魂泪门音人堆谜"，《穷汉词》"力子子分"，"沿块面件幕（原注：幕读漫音）串伴瓣线汗筷蒜面鞯快看蛋"，《墙头记》第四回"人亏费白罪非"，《禳妒咒》第一回"堆根得呔"，《俊夜叉》"嘴腿鬼水底盹拐本"，《富贵神仙》第十三回"嚇[1]儿味眉根对"，都是非儿化不能通押的。

本书第一章曾经提到，《墙头记》第一回有一个歇后语是"拿着筷子敲菜碗——饭饱了弄筷"，"弄筷"谐音"弄款"（无端生事）。实际上该回中这个歇后语出现了两次：一次写作"弄筷"，一次写作"弄款"。如：

嗤，我当是待说甚么呢！拿着筷子敲菜碗，我知道你是饭饱了弄筷。

一个裤赃呵呵，纵然成了虱子窝，补丁补了勾一千个。……你还要饭饱了弄款，你想想做的甚么生活？

这更确认了"弄筷"就是"弄款"。"筷"今读 kʰuɛ（去声），"款"今读 kʰuã（上声），只有在儿化时才能同音。

2. 聊斋俚曲中儿化韵的语音性质是卷舌韵还是平舌韵？

虽然可以肯定上述没有加"儿"的字也是押儿化韵，但还不能断定这些所谓的"儿化"是否卷舌。因为在今淄川方言的儿化变韵中，变韵后的韵类与其他方言中卷舌的儿化韵类是一样的，如"快"与"蛋"变韵后的韵都是 ɛ（北京话都是 ɐr）、"水"和"理"变韵后的韵（不计介音）都是 ei（北京话是 ər），因此不能单纯依凭"快、蛋""水、理"的通押就说它们都是卷舌的儿化；同理，也不能单纯根据不同韵部的通押就说它们一定是儿化的变韵。不过，有了那些作者明确地在韵字后加上了"儿"字的韵段，情况就不同了：由于淄川方言中的"儿"已经读成了 ɭə，而变韵已经与"儿"音 ɭə 没有任何关系。因此，加"儿"字的儿化韵，肯定不是平舌的变韵而只能是卷舌的儿化韵。

然而，问题的复杂性在于，聊斋俚曲中大部分儿化韵并不加"儿"字，这些不加"儿"字的儿化韵能否肯定就是卷舌的儿化韵呢？如果在今读儿化韵为卷舌型的方言中，我们大概可以毫不犹豫地说就是卷舌型儿化韵，但在今读儿化韵为变韵型的方言中，对此的回答就没有那么干脆坚定了。

---

① 此处的"嚇"所出现的原句是"太太笑嚇嚇"，应读方言音 xei。现代的通行写法是"笑嘿嘿"。"嚇"不是"吓"的繁体。

新城(今桓台)人张象津的《白云山房集》卷六《杂著》中有一篇《方言土字辨》的短文,其中提到了"乡俗"中的"轻言"现象:"亦有因言之轻重而互讹者。如馆拐、廪里实两音,乡俗轻言之则一字。因其轻言既久而复交还其本音,或名物互舛,有以馆为拐、以里为廪者矣。"这里说的"轻言"相当于一般方言的儿化,即儿化时"馆拐、廪里"同音。单就这几个字来说,将此现象解释为卷舌型儿化和变韵型儿化都可以。如今桓台方言中儿化取变韵形式,"馆"kuā 和"拐"kuɛ 儿化后都是 kuɛ,"廪"liə̃和"里"li 儿化后都是 liei;在今卷舌型儿化的地区如济南,"馆"kuā 和"拐"kuɛ 儿化后都是 kuər,"廪"liə̃和"里"li 儿化后都是 lier。但是,请注意张象津说的这句话:"因其轻言既久而复交还其本音,或名物互舛,有以馆为拐、以里为廪者矣。"也就是说,有人只把"馆"念成"拐"而不知道其应该念"馆",甚至把"里"误认为就应该念"廪"。特别是"以里为廪",反映的是由变韵推本韵时错误类推的现象,即"轻言"时"里""廪"同音 liei,而 liei 对应的本韵本有两个:一个是 lin,一个是 li。在非"轻言"时"廪"应该念 lin,但有人在非"轻言"时仿照"廪"的念法把"里"的本韵也当成 lin 了。可见,这种变韵型儿化在民间已经十分通行了,乃至于连本韵究竟为何都会产生错认。张象津生于 1738 年,死于 1824 年,比蒲松龄晚了 100 多年。我们知道,桓台是儿化变韵地区的最北边,相对桓台来说,淄川是处于儿化变韵地区的腹地,照理说桓台的儿化变韵的起始年代应该比淄川晚,那么在淄川地区,蒲松龄时代已经有了儿化变韵也是一种合理的推测。只不过,儿化变韵地区在淄博一带是呈条状向南伸的,淄川东边的青州、临朐,儿化为卷舌型而非变韵型①;淄川的西边是章丘,是变韵型儿化,但章丘的西边就是卷舌型儿化的历城了。所以,我们也不敢十分地肯定清初的淄川话中儿化一定是变韵型。特别是有前述的加"儿"的卷舌型儿化存在,我们至多可以得出如下结论:清初淄川话中有卷舌型儿化,但也有可能有变韵型儿化。如果这样的话,那现代淄川话中的变韵型儿化就是在发展中覆盖了卷舌型儿化的结果。

附带要说的是,这种方言中既有卷舌型儿化又有变韵型儿化的现象是存在的。据《定陶方言志》②,定陶方言就是这种类型。不过据我们对定陶话的实际调查,定陶城区的人一般采用卷舌型儿化形式,而乡下的人一般采用变韵型儿化形式。实际上,这种县城与乡下的语音差异在县内来说也是一种共存的格

① 据我们所知,临朐西部靠近淄川的地方也有儿化变韵。

② 王淑霞、张艳华:《定陶方言志》,时代文艺出版社 2005 年版。

局，只是带有地域差别的性质罢了。

此外还需要说明的是，由于曲律对字数的要求，所以有些词尾的“儿”在句子中要单独占一个音节，这样的“儿”并不与前一个音节发生融合式的儿化。如《增补幸云曲》第五回：

二更里月儿高，合煞眼睡不着，蛇蚤咬的心焦躁。……

三更里月正圆，在外人好孤单，虫声叫的人心乱。……

这里的曲牌是“耍孩儿”，第一、二句都是六字句，语法结构都是“3＋3”，“月儿高”和“月正圆”都是同样的位置，“儿”需要单念而不能将“月”念成儿化。其实这种现象在现代的诗歌或歌词中也存在，但并不能否定一般情况下儿化韵的存在。

## 第四节　声调研究

### 一、聊斋俚曲的格律及其反映的调类

#### (一)聊斋俚曲的格律

1986 年，周贻白指出，聊斋俚曲中的韵文除了表白中的诗句与韵句外，均“用杂牌曲调写成”。据我们的统计，其中共出现了以下 57 种曲牌(带过曲牌单列)：梆子腔、北黄莺、边关调、采茶儿、楚江秋、楚江引、倒扳桨、跌落金钱、叠断桥、对玉环、房四娘、干荷叶、沽美酒、太平令、刮地风、桂枝香、憨头郎、怀乡韵、还乡韵、黄泥调、黄莺儿、侥侥令、金纽丝、哭皇天、哭笑山坡羊、浪淘沙、莲花落、罗江怨、满调、棹歌、闹五更、劈破玉、平西调、平西歌、前腔、清江引、山坡羊、收江南、耍孩儿、四朝元、太平年、西调、西江月、虾蟆歌、蝦曲、香柳娘、幸幸令、呀呀(儿)油、雁儿落、一剪梅、银纽丝、玉娥郎、鸳鸯锦、园林好、皂罗袍、皂罗衫、鹧鸪天。其中如“怀乡韵”与“还乡韵”、“皂罗袍”与“皂罗衫”、“侥侥令”与“幸幸令”等可能是同调异名。可以参看张鸿魁《〈聊斋俚曲〉曲牌的格律》(《语文研究》2002 年第 3 期)一文。本节重点不在讨论曲牌渊源和格律，这里只做简要介绍。

一种俚曲中有的是全用一种曲牌，如《墙头记》《寒森曲》《增补幸云曲》三种全用“耍孩儿”。多数是杂用多种曲牌，最杂的是《磨难曲》，用了“耍孩儿”“莲花

落”“倒扳桨”“桂枝香”“西调”“憨头郎”“皂罗衫”“银纽丝”“叠断桥”“跌落金钱”“黄莺儿”“玉娥郎”“金纽丝”“太平年”“劈破玉”“皂罗袍”“楚江秋”“呀呀油”“还乡韵”“罗江怨”“西江月”“边关调”“平西调”“对玉环”“房四娘”“清江引”“楚江引”“干荷叶”“雁儿落”“侥侥令”“收江南”“香柳娘”“园林好”“沽美酒带太平令”等 30 多种。

曲牌中用得最多的是“耍孩儿”,除了上述三种俚曲全用之外,其余各种也多用“耍孩儿”。《俊夜叉》中说:“这个曲儿,是用时兴的‘耍孩儿’调儿编成……”可见当时这种调最为流行。据我们统计,在可以肯定曲牌的 2881 个韵段中,属“耍孩儿”的就有 1331 个,约占 46.2%。为简便起见,下文主要以“耍孩儿”调来分析。

周贻白指出:“‘耍孩儿’本来是旧有的牌名,南北曲俱有此调,但彼此不同,蒲氏所用,则为北曲,兼入般涉、正宫、中吕、双调,为一有普遍性的牌子。”①不过,俚曲的“耍孩儿”调,与旧有的曲牌句子组织与格律并不相同。据李新魁《实用诗词曲格律辞典》(花城出版社 1991 年版),“耍孩儿”:“北曲定格为九句,句式为七六七六七七三四四,押七平仄韵。第一、二句可押仄声,也可押平声。末两句须用对仗。”曲谱为:平平平仄平平[仄](韵),[平]仄平平仄[仄](韵)。平平仄仄仄平平(韵),仄平平仄平平(韵)。仄平[平][仄]平平[平],[平][平]平[仄]仄仄平(韵),平平去(韵)。仄平[平]仄,平仄平平(韵)。俚曲“耍孩儿”则一般为八句,如《墙头记》第一回第一个唱段:

> 一个母一个公,不怕雨不怕风,为儿为女死活的挣。给他治下宅子地,还愁后日过的穷,挣钱来自己何曾用?到老来无人奉养,就合那牛马相同。

再如第二个唱段:

> 从两个娶了妻,一个东一个西,老头子日日生闲气。我说罢么分开他,各支锅子把饭吃,每人给他几亩地。整日家两不见面,倒落的清净之极。

其基本句式为(｜表示句法结构的分界):○○○｜○○○(韵),○○○｜○○○(韵),○○○○○○○(韵)。○○○○○○○,○○○○○○○(韵),○○○○○○○(韵)。○○○｜○○○○,○○○｜○○○○(韵)。每段有 6 个韵脚,其押韵格式为:平平去○平去○平。

在现代山东南部流传的地方戏曲柳子戏、拉魂腔中,也有“耍孩儿”(或称

① 沈燮元编:《周贻白小说戏曲论集》,齐鲁书社 1986 年版,第 650 页。

"娃娃")的曲调,如拉魂腔《小雀山》的一段"娃娃":

闯进来一山前,见猛虎把路拦,吓得宗保打战战。上前搭上朱红扣,两膀一晃拉丝弦,照着孽畜射一箭。那只虎带箭去了,杨宗保催马追赶。①

可见,这种曲调与俚曲的"耍孩儿"句子的组织形式与押韵格式都很一致,两者当有一定的渊源关系,根据的是同一种曲调。换句话说,俚曲"耍孩儿"曲牌的格律并非蒲氏自创,当是前有所承、后有所继的,是一种比较固定的格律。

在我们统计的1331个"耍孩儿"曲牌的韵段中,只有17个韵段韵脚的数量或位置有问题。其中,有7处为句子少一句,即每段只有7句,韵脚也少一个。如《翻魇殃》第七回:"你原是大人家,急仔没人敢哈喇,去了就是眼目大。这里原是该你作主,安心使那摘头卦。虽然是没嗄你吃,咱可也不是叫花。"有2处为句子少两句,即每段只有6句,韵脚少1个,例不赘举。有5处各有一句未入韵,如《寒森曲》第二回的韵段"呼途怒〇(回)部都";《翻魇殃》第五回韵段"肠殃将〇(摆)当光"。还有2处是押韵格式有问题,《磨难曲》第三十三回韵段"王殃狼状方缰",押韵格式为"YY〇YYY〇Y",与一般的"YYY〇YY〇Y"不同(以上用"Y"代表韵脚)。《磨难曲》第三十三回韵段"差么家麻萨",押韵格式为"YY〇Y〇Y〇Y",并且少一韵字。另有1处则多一句,《增补幸云曲》第二十八回韵段"风空迸鸣烘宫红",总共9句。上述17例可能是传抄有误,也可能是其他原因所致,下文不再计入。

其余1314个韵段中,都符合"YYY〇YY〇Y"的格式,并且绝大多数韵字的声调都是"平平去平去平"。1314个韵段中,韵字的总数是7884(1314×6)个(指次数,下同),平声位置的字应当是5256(1314×4)个,去声位置的字应当是2628(1314×2)个。据我们统计,平声位置上的非平声字只有145个,其中有4个字的调类有问题:一是《翻魇殃》第十二回"机西入跐去机"中的"跐",原文为:"等他街上来将近,点火照着一齐跐,我可看他哪里去!"此处的"跐"意为喷射,当是"泚"字之误,当音平声。二是《墙头记》第三回"袍了要诮笑了"中的"诮",原文为:"给你遮寒原是好,怎么着人把俺诮?"也作"诮撇",今方言读阴平。三是《增补幸云曲》第十二回"夫壶裤徒婺虏"中的"虏",原文为:"捶杀人这般模样,还想着要把人虏!""虏"意为骗(非俘虏之虏),今方言读阴平。上述三字都是方言词用字,所以我们根据方言读音认定它们当时读平声。四是《增补幸云

① 蒋星煜:《中国戏曲史探微》,齐鲁书社1985年版。

曲》第十八回“痛龙挣宗盛龙”中的“痛”,原文为:“小大姐害牙痛……”疑“痛”当是“疼”字之误,这里也一并排除。还有些较生僻的字方言中往往读“半边”,即将形声字按声符来读,如“娟”“耄”两字均出现在平声位置,但到底是蒲松龄也读“半边”呢还是这几个字出律呢?这里不能肯定,暂且将它们认为是出律。除去上述排除的 4 个字,平声位置上的非平声字就只有 141 个,比例为 2.68%(141÷5256=0.0268)。

去声位置上的非去声字只有 25 个,其中有些字其实是有疑问可以排除的。如:

(1)《增补幸云曲》第五回“升中疼凶挣零”中,“疼”为平声,不合。当为“痛”字之误。

(2)《增补幸云曲》第十五回“狠村困人村人”中,后一“村”字为平声,不合。原句为:“怎么这样不帮村!”“帮村”别处作“帮寸”,即“帮助”之意,今方言读去声,此处“村”字当是形误。

(3)《增补幸云曲》第二十一回“焦着撩毛到少”中,“撩”字按古音为平声,不合。原句为:“银钱只当粪堆撩。”“撩”即扔、抛的意思,《现代汉语词典》写作“撂(撩)”(去声),俚曲中一般写作“撂”,均押入去声,所以这里的“撩”也当音去声。

(4)《磨难曲》第一回“甜官见言俭沾”中,“俭”字上声,不合。原文为:“下头知县不肯报,上头大官不肯言,万岁爷怎知道卢龙俭。”此字即方言词“俭年”(饥馑之年,荒年)之“俭”,方言中读去声,符合《广韵》巨险切的今读规律(全浊声母的上声今读去声)。

(5)《寒森曲》第二回“听争命哼情轻”中,“情”字上声,不合。原文为:“打起来看他什么病情。”邹宗良认为“情”为“请”字之误,但调仍不合。按,此处当是字形及断句均有误。此处的下文为:“如今当堂亲验,就知道或重或轻。”按“要孩儿”调最后两句应当都是“○○○|○○○○”的句式,而“如今当堂亲验”只有六字,显然是少了一字。可能因为“情”字属下句也难通,所以路大荒本认为“情”字属上句。邹氏已认为“情”为“请”字之误,这是正确的。因为此处说的是剧中二相公请知府当堂验伤(下文为:“二相公禀他验伤,知府果然下了座……”),但断句仍属上句,可能是疏忽所致。正确的字形及断句应为:“打起来看他什么病。请如今当堂亲验,就知道或重或轻。”这样以“病”字入韵,便符合去声的曲律了。

(6)《磨难曲》第三十三回“戎忠迎功重盅”中,“迎”字平声,不合。原文为:

"胜如美酒来奉迎。"疑"奉迎"为"迎奉"之倒。

(7)《禳妒咒》第二十六回"兄生敬烹腔撑"中,"腔"字平声,不合。但注意韵母也不合。原句为:"见同年称年兄,拜知县称治生,庄村谁不把我敬?从此没有下三等,顺口谈文尽着俺烹,见人说嘴又整腔。若来到这绣房以内,这一把青伞难撑。"上文已提及,"腔"为"腚"之误,"腚"音去声。

(8)《磨难曲》第二十二回"庄乡荡壮郎亡"中。"壮郎"去平位置刚好颠倒。原句为:"北岗就是徐员外,虽然年老身康壮,舍妹丈就是他令郎。"疑句次颠倒致误。根据同一故事改编的《富贵神仙》中同一情节处的唱词是:"员外姓徐号北岗,舍妹夫就是他令郎,年兄呀,他到壮实全无恙。"先说"舍妹夫就是他令郎",后说身体康壮,可以为证。

(9)"钞"字两次均在去声位置:一是《翻魇殃》第三回"胞高耀教钞潮",一是第十一回"着高钞霄到操",均表钱钞之意。按此字在俚曲中还入韵两次,均押入去声:《禳妒咒》第十一回"高了钞了交教"(呀呀油,按格律第三、六韵字为去声),第十三回"笑道吊钞要"(此韵段均押去声)。另外,《万韵书》中,"钞"字也是归在去声而非平声。看来在当时方言中此字当读去声。

除去上述10个(次),则去声位置上的非去声字只有15个,比例为0.57%(15÷2628=0.0057)。

需要注意的是,两相比较,似乎平声位置上出律的比例更高些。

综合以上两项,不符合"耍孩儿"格律声调要求的比例是:(141+15)÷7884=0.0198=1.98%。换言之,俚曲中超过98%的韵字的声调都是符合格律要求的。可见,蒲松龄非常严格地遵循了曲调的格律来处理韵字的声调。明王骥德《曲律》对曲中用字的平仄安排指出:"宜平不得用仄,宜仄不得用平(此仄兼上去),宜上不得用去,宜去不得用上,宜上去不得用去上,宜去上不得用上去。"曲中用字的这种规范性,在聊斋俚曲中也得到了很好的体现。

此外,俚曲中还有些韵段是同调相押的,这就为我们观察蒲松龄时代的调类提供了更为直接的证据。

**(二)聊斋俚曲反映的调类数量及入声字归调**

从现代方言来看,今淄川方言有三个单字调类,其与古四声的对应关系及与济南话、北京话的差异是(参见下表):

| 古调类 | 声母类别 | 今淄川话 | 济南话 | 北京话 |
| --- | --- | --- | --- | --- |
| 平 | 清声母 | 阴平 | 阴平 | 阴平 |
|  | 浊声母 | 阳平上 | 阳平 | 阳平 |
| 上 | 清声母、次浊声母 |  | 上声 | 上声 |
|  | 全浊声母 | 去声 | 去声 | 去声 |
| 去 | 全部 |  |  |  |
| 入 | 清声母 | 阴平 | 阴平 | 阴阳上去 |
|  | 全浊声母 | 阳平上 | 阳平 | 阳平 |
|  | 次浊声母 | 去声 | 去声 | 去声 |

由上可见，淄川话与济南话和北京话的调类分歧主要表现在两方面：一是济南话和北京话区分阳平和上声而淄川话不分，济南话和北京话中的阳平调(包括从全浊入声字转过来的阳平，不包括北京话中清入声读阳平的少数字)在淄川话中与上声调合并；二是古清声母入声字在北京话中散归四声，而在今淄川话和济南话中读阴平。关于清入声字的归调，在山东方言也不一致，淄川以东的胶辽官话区归上声；其他地区(分属记录官话区和中原官话区)则读为阴平。聊斋俚曲中声调的表现则与今淄川方言有一定差异。

1.同调相押的韵段反映出了阴平、阳平、上声、去声四个调类

聊斋俚曲中有一部分同调类相押的韵段，以《俊夜叉》和《禳妒咒》第二十四回中最为集中。不过，《俊夜叉》中主要是上声和去声调的独立相押，而《禳妒咒》中四调独立相押的例子更为丰富。如：

(1)阴平独立押韵。《禳妒咒》第二十四回：

官儿、间儿、天儿、烟儿、湾儿、班儿

灯儿、风儿、更儿、钉儿、升儿、星儿、钉儿、声儿、宗儿

抓儿、洼儿、掐儿、仨儿、花儿、渣儿、法儿、法儿

官儿、间儿、天儿、烟儿、湾儿、班儿

(2)阳平独立押韵。《禳妒咒》第二十四回：

钱儿、钱儿、钱儿、钱儿、年儿、坛儿

田儿、园儿、钱儿、全儿、蛮儿、盐儿

胡儿、脯儿、雏儿、伏儿、壶儿、驴儿

(3)上声独立押韵。《俊夜叉》:

好搗草炒了宝

脸眼点胆闪俺茧

晚茧板眼款点

《禳妒咒》:

捆鬼本嘴水底理(第一回)

耍马假把俩寡打(第一回)

水腿每鬼毁嘴(第十六回)

纂儿、眼儿、板儿、盏儿、点儿(第二十四回)

(4)去声独立押韵。《俊夜叉》:

看盼咽干算欠怨象劝

混甚俊阵印璺

意气屁势地治

妇物捕裤布做

《禳妒咒》:

性命腚病空病硬(第一回)

靽儿、担儿、罐儿、篼儿、垫儿、饭儿(第二十四回)

块儿、块儿、带儿、卖儿、菜儿、盖儿、怪儿、袋儿(第二十四回)

素儿、布儿、裤儿、褥儿、物儿、户儿、傅儿、妇儿、数儿(第二十四回)

如此整齐的韵脚,足以说明聊斋俚曲的押韵反映出的是四个调类,阳平和上声区别分明。

2.按曲律要求的平声位置上有阴平、阳平,但无上声字,说明上声与阳平有别

上文说到,对于俚曲的格律,蒲松龄还是比较严格地遵循的。其中,在格律要求的平声位置上可以出现阴平、阳平两类,尽管现代方言中阴平和阳平是两个调类、两种调值,但这样做并不违反格律要求,而是符合古人在论平仄时不分阴阳平的惯例。例如,上文说到,"耍孩儿"的押韵及平仄格式是"平平去〇平去〇平"。如:

十一月数九天,冷膀块放面前,一行哈着浑身战。又怕老头脾胃弱,吃了干粮消化难,老孝顺儿革了他达的面。半年来丝丝两气,又饿的老肚生烟!(《墙头记》第一回)

但是,平声位置上并不出现上声字(极少数例外情况参见关于轻声的讨论),这至少说明蒲松龄对于阳平和上声还是区分得很清楚的。

《日用俗字》中都押平声韵,包括阴平、阳平,与聊斋俚曲一样。如《身体章》的韵字:人门根邻唇存顚心伸根筋跟门村音分文因贫亲姻孙伦身。在 24 个韵字中,有 14 个阴平字和 10 个阳平字。

在现代的淄川话中,虽然阳平和上声的单字调发生了合并,但是在轻声前的连读变调可以区分出阳平和上声。阳平字(即古浊声母平声字和全浊入字)在轻声前由 55 调改读 24,而上声字(即古清声母和次浊声母上声字)在轻声前由 55 调改读 214,区分十分明显。如:

石头 $ʂʅ^{55→24}$ $t^{h}əu^{0}$　本事 $p\tilde{ə}^{55→214}$ $ʂʅ^{0}$

根据轻声前可以区分开阳平和上声的现象,我们可以推断阳平和上声的相混时间不会太久。聊斋俚曲的押韵可以说明 300 年前淄川方言中阳平与上声是不混的。

本章第一节提到,张鸿魁根据聊斋俚曲中“有路”谐音“牛禄”的例子,说明“有”“牛”同调,参照现代方言来看,其实就是阳平与上声相混。不过,因为谐音关系不一定必得同调,所以这个例子能否证明蒲松龄时代阳平已经读同上声还有待于更多的例子来证明。

3.古入声字的归调与今淄川方言基本一致

聊斋俚曲和《日用俗字》中古入声字已经完全与阴声韵字混押,且没有发现古入声字单独押韵的韵例。因此,可以认为,古入声调已经完全消失。如下面几例(下划线者为古入声字,下同):

(1)粥(屋)胡(模)做(暮)图(模)物(物)无(虞)(《墙头记》第一回)

(2)磨(歌)多(歌)跺(?)佛(物)婆(戈)错(铎)锅(歌)罗(歌)过(过)着(药)何(歌)摸(铎)(《姑妇曲》第三段)

(3)气(未)国(德)知(支)立(缉)拾(缉)低(齐)饥(微)皮(支)日(质)(《慈悲曲》第四段)

不过,古入声字是全部归入一类还是分化到几类当中去了呢?一般的唱词韵脚都是不同声调混押的,不能直接看出古入声字的分化情况。《禳妒咒》中恰好有数段同调类相押的例子,其中 3 段有古入声字(都在第二十四回):

(1)素儿、布儿、裤儿、褥儿、物儿、户儿、傅儿、妇儿、数儿

(2)抓儿、洼儿、掐儿、仨儿、花儿、渣儿、法儿、法儿

(3)胡儿、脯儿、雏儿、伏儿、壶儿、驴儿

第一段都押去声调，其中的古入声字有褥(中古日母)、物(微母)，都是次浊入声字；第二段都押阴平调，其中的古入声字有掐(溪母)、法(非母)，都是清入声字；第三段都押阳平调，其中的古入声字有伏(奉母)，是全浊入声字。这种全清入归阴平、全浊入归阳平、次浊入归去声的现象正与今淄川方言一致，与其他冀鲁官话也一致。

从聊斋俚曲格律来看，一般的情况是：平声位置上，可以出现阴平和阳平(上文已述)，但也可以出现清入字和全浊入声字；去声位置上，可以出现去声(包括全浊上声字)，也可以出现次浊入声字。这都可以说明全清入读阴平、全浊入读阳平、次浊入读去声的规律。下面再列举几个"耍孩儿"调的例子(平仄格式为"平平去平去平")：《墙头记》第四回"贼亏费白罪非"中，"贼白"均为全浊入，作平声。《墙头记》第四回"迷直地知气痴"中，"直"全浊入，作平声。《俊夜叉》"婆我过作过活"中，"作"清入，作平声；"活"全浊入，作平声。《增补幸云曲》第十八回"说爷捏爷扯撇"中，"说撇"清入，作平声；"捏"次浊入，作去声(今方言仍读去声)。此类举不胜举。由于平声位置上既可以有阴平，也可以有阳平，因此不能区分清入和全浊入，但总体特点与同调类押韵的情况是一致的。

不过需要注意的是，在俚曲《琴瑟乐》中，情况稍有不同：清入字多与上声字押韵。如下列韵段均为同调相押者(下划线者为古清入字)："一七指积"，"恼脚小咬了老"，"我脚朵磕觉"，"小老脚咬了"，"了脚好找跑"，"极(即'急')理吃喜乞"，"手宿口扭搂"。不过也有押同阴平的，如"西息""息虚"等。由上可知，《琴瑟乐》中清入字有上声与阴平两种读法。但《琴瑟乐》有两个特点与其他俚曲不同：一是该曲是否蒲氏所作还有一定争议；二是该曲若确是蒲氏作品的话也是他青壮年时期的作品。如果非蒲氏作品，则不反映蒲氏语音特点；如果确系蒲氏作品，则反映的是蒲氏早期特点。如果反映的是蒲氏早期特点的话，也有是蒲氏按方言特点(清入或归上声、或归阴平)押韵还是也按北曲特点(清入归上)押韵的问题。

从现代淄川方言来看，清入读同阴平符合冀鲁官话区的一般规律，也与济南话相同。但它与济南话不同之处有三：一是淄川单字音中清入归阴平，但在轻声前仍然能够区分来自古平声的阴平和来自清入的阴平，并且清入来源的字在轻声前与上声字调值相同。例如：

| 古来源 | 清平 | | 清入 | | 清上 |
| --- | --- | --- | --- | --- | --- |
| 单字调 | 姑 $ku^{214}$ | = | 谷 $ku^{214}$ | ≠ | 鼓 $ku^{55}$ |
| 轻声前 | 姑(子)$ku^{31}$ | ≠ | 谷(子)$ku^{214}$ | = | 鼓(子)$ku^{214}$ |

而济南无论单字调和轻声前变调都不能区分阴平和清入。如:姑=谷≠鼓,姑子=谷子≠鼓子。二是淄川东与清入归上的胶辽官话区为邻,东邻的青州和临朐在清入归上这一点上规律都很整齐;而济南不与清入归上的地区相邻。三是淄川北与清入单独成调的冀鲁官话章利片相邻。淄川北邻的张店、周村、章丘、邹平、桓台、高青、利津一带,古清入字单独一个调类,读为较高的平调(44 或 33),与低降升调的阴平不同而与读高调(55)的上声比较接近。

从《琴瑟乐》之外的俚曲作品来看,清入没有明显的读为上声或者说与上声相混的现象,因此与胶辽官话不同,也与冀鲁官话章利片不同。但考虑到今淄川方言的上述三个特点,我们认为淄川方言中清入曾经与胶辽官话或章利片类似也是合理的推测。这样既可以解释《琴瑟乐》的押韵,也可以解释部分异形词所反映的声调对应。如"彻脖带脸"(《翻魇殃》第二回)又写作"扯脖子代脸"(《蓬莱宴》第七回),"彻"清入,"扯"上声。

因此我们可以认为,300 年前淄川方言中古入声已经分化,其中全浊入归阳平,次浊入归去声,与今淄川方言一致;清入原归上声或接近于上声,后来在单字调中就全归阴平,与今淄川方言完全一致了。

## 二、聊斋俚曲反映的轻声现象

### (一)不合平仄格律的字所反映的轻声现象

如上所述,俚曲中只有不到 2%的韵字在声调上不符合格律的要求,这个比例已经相当小了,将这些字看作是出律的"拗字"也未尝不可,因为在元明时代曲的创作中,出律现象并非少见,特别是考虑到俚曲的通俗性质。但需要引起我们注意的是,"要孩儿"曲调平声位置上的 141 个非平声字中,助词"了"就出现了 41 次,占 1/4 强。"了"还有 1 次用在去声位置上。"了"的这种表现显然不能用偶然的出律来解释。

众所周知,助词"了"在现代汉语中读轻声。但在历史上,"了"是由实词虚化而来,大约在南唐时期出现了真正意义的助词"了",宋代逐渐多了起来,元代就普遍使用了。[①] 而助词“了”“大概从开始不久就是念轻音的”。[②] 因此，清代的山东方言中助词“了”读轻声也应当是没有疑问的。

我们通过观察其他100个平声位置上的非平声字，发现大多数字在现代鲁中方言中也是读轻声的。下面举20例(平仄格式应为“平平去平去平”)：

(1)《禳妒咒》第九回“煞家罢麻下把”中，“把”上声，不合。原文为：“你打我我也还你，我主意不受你掐把。”“把”为动词词缀，今读轻声。

(2)《增补幸云曲》第十七回“衣妻势子味根”中，“子”上声，不合。原文为：“二姐无奈把罗裙解，说从来没曾出门子……”“门子”今方言后字读轻声。

(3)《增补幸云曲》第七回“生容奉饼用盅”中，“饼”上声，不合。原文为：“又有合汁又有面，新出炉的热烧饼。”“烧饼”今方言后字读轻声。

(4)《寒森曲》第三回“吵敲叫了拗消”中，“吵”上声，不合。原文为：“一伙人闹吵吵……”今方言后一“吵”字读轻声。

(5)《寒森曲》第二回“才财卖在在来”中，前一“在”字去声，不合。原文为：“王子犯法皆同罪，怎么依着他自在?”“自在”今方言后字读轻声。

(6)《翻魇殃》第十一回“衬门进身困亲”中，“衬”去声，不合。原文为：“旧绣鞋破铺衬……”今方言“铺衬”(即碎布)的“衬”读轻声。

(7)《禳妒咒》第三十回“财来大太爱该”中，“太”去声，不合。原文为：“诸般家事托给我，又着我叫太太……”“太太”后字今方言读去声。

(8)《墙头记》第二回“打砸话家挂达”中，“打”上声，不合。原文为：“了吊儿乱瓜打。”“瓜打”意为拍打，“打”今方言读轻声。

(9)《寒森曲》第三回“言官见鞭怨见”中，后一“见”字去声，不合。原文为：“老父师亲眼看见，这不用再叫证见。”“证见”今方言后字读轻声。

(10)《翻魇殃》第十一回“房荡上床样房”中，“荡”去声，不合。原文为：“乍住着蛴螬房，进大屋也恍荡……”今方言“恍荡”后字读轻声。

(11)《翻魇殃》第二回“遭学告道妙消”中，“道”去声，不合。原文为：“姜秀才听说把头点，他的日子我知道。”“知道”今方言后字读轻声。

(12)《增补幸云曲》第十二回“弟的替欺气思”中，“弟”去声，不合。原文为：“叫爹娘和兄弟……”今方言“兄弟”后字读轻声。

(13)《禳妒咒》第二十六回“哈多错朵祸何”中，“朵”上声，不合。原文为：

---

① 王力：《汉语史稿》，中华书局1980年版，第304～307页。

② 王力：《汉语史稿》，第198页

“又寻蛐蜒磋耳朵。”“耳朵”今方言后字读轻声。

(14)《翻魇殃》第十一回“传钱乱汉见端”中,“汉”去声,不合。原文为:“喜坏了妇人和小厮,慌了管家和觅汉。”今方言“觅汉”(即长工)后字读轻声。

(15)《增补幸云曲》第二十回“话么罢夹价耍”中,“话”去声,不合。原文为:“叫王龙休笑话,无银子使什么?”“笑话”今方言后字读轻声。

(16)《寒森曲》第八回“天船乱唤见船”中,“唤”去声,不合。原文为:“官府不觉失了色,衙役家人齐叫唤。”今方言“叫唤”后字读轻声。

(17)《翻魇殃》第四回“里极计知地低”中,“里”上声,不合。原文为:“那一年三月里……”方位结构中的“里”今方言读轻声。

(18)《翻魇殃》第十回:“生成净丁姓诵”,“诵”去声,不合。原文为:“俺可去何处告诵?”“告诵”今方言后字读轻声。

(19)《增补幸云曲》第十二回“下夸大抓大叉”中,“下”去声,不合。原文为:“佛动心你站下……”作趋向补语的“下”今方言读轻声。

(20)《翻魇殃》第十二回“齐依治离济日”中,“日”去声,不合。原文为:“若不然两个孩子,怎么能还有今日?”今方言“今日”后字读轻声。

据分析,上述100个平声位置上的非平声字按今方言读作轻声的就有72个,加上“了”字的有41次,那么读轻声的字占平声位置上非平声字总数的比例是:(72+41)÷141=0.8014=80.14%。

去声位置上的15个非去声字中,只有“了”1次、“着”(助词)2次当读轻声,其余12个还不能将它们读为轻声。

出律的韵字中有如此高的比例是今读轻声的,这种现象当不是偶然的。至少我们可以说,在俚曲的曲调中,现代方言读轻声的音节可以比较自由地出现在平声或去声位置上,特别是平声位置上。

我们知道,汉语中轻声音节的一个重要特点是失去原有的调值而没有固定的音高。换句话说,本来形成对立的调类在轻声这里发生了中和;或者说调类的界限在这里被模糊了。尽管曲律要求某个韵脚位置上出现某种声调,但由于轻声音节已经失去了原来的“本调”,因此人们不会认为它违反了或者是过分地违反了曲律;相比之下,如果一个平时不读轻声音节的字出律则会明显得多。这应该是出律的字中轻声音节占大多数的原因。

一般认为，汉语的轻声大约在12世纪已经出现了[①]，不过可能首先是“了”“着”等助词读轻声，其后才慢慢扩散到其他词。聊斋俚曲的时代已经是17世纪末叶至18世纪初，那么认为，鲁中方言中轻声的读法已经比较普遍应该是没有问题的。

如果把平声位置上读轻声的非平声字排除，那么平声位置上的非平声字占的比例是：(141－113)÷5256＝0.0053＝0.53％。而如果把去声位置上的读轻声的非去声字排除，那么去声位置上的非去声字占的比例则为：(15－3)÷2628＝0.0045＝0.45％。这样两者的比例就基本达成了一致，这显然是更合为理的结果。这也可以更进一步地说明蒲松龄是非常严格地遵循曲律对声调的要求的——真正出律的韵字只有0.5％(40÷7884)！

**(二)俚曲异文所反映的轻声现象**

尽管由现代北方方言中轻声现象比较普遍来看，轻声的出现与普遍化的历史应该是比较长久的，但是由于汉字的非表音性质，轻声字在文字形式上无从表示，因此要根据古代文献来考察轻声的具体表现非常困难。李思敬《现代北京话的轻音和儿化音溯源——传统音韵学和现代汉语语音研究结合举隅》(《语文研究》2000年第3期)根据《红楼梦》不同版本的异文来考察轻声，并进行了有益的探索。我们认为，李思敬先生考察文献中轻声的思路是正确的。轻声音节由于失去原有字调，不同调类的字在读轻声时变得相同；同时，由于读得轻短，所以语音会发生变化，特别是韵母变得含混，复元音单化、单元音央化是普遍的现象，这样本来不同的两个音会出现混同的现象。由于语音上相混，因而在书写上也会出现同一音节而用不同字的现象。我们可以借鉴李思敬先生的做法，从同一个词的不同写法来证明蒲松龄时代方言中的轻声现象。俚曲中有些双音节词的后一音节(或三音节词的中间音节)的用字在语音上有参差，这些音节在今方言中一般读轻声。如下列10例用字有异文者，今方言均读轻声：

(1)割舍—刮拾：割舍，舍得。“舍”“拾”韵母不同，声调亦不同。《姑妇曲》第三回作“割舍”：“那生意人割舍不的多给，只给了五两……”《增补幸云曲》第二十一回作“刮拾”：“只怕你刮拾不的那衣服。”

(2)估堆—孤对：蹲。“堆”“对”声调不同。如：《寒森曲》第八回作“估堆”：“大相公没奈何，常在旁估堆着……”《翻魇殃》第十一回作“孤对”：“自从烧了屋

① 王力：《汉语史稿》，第198页。

子顶,娘们里头孤对着。”

(3)瓜打—呱哒:拍打。“打”上声,“哒”轻声。《墙头记》第二回作“瓜打”:“了吊儿乱瓜打,拾石头把门牌砸。”《穷汉词》作“呱哒”:“拾一锭,喜个怔,老婆孩子呱哒腚。”

(4)黑夜—黑呀:黑夜,晚上。“夜”去声,“呀”轻声。《禳妒咒》第十五回作“黑呀”:“我就问他几时去,他就答应今黑呀。”(路大荒本误以“呀”字为语气词,字后加感叹号。)第十一回作“黑夜”:“自日还好过,黑夜真难捱!”

(5)急自—急仔:本来就(表语气)。“自”“仔”调不同。《墙头记》第一回作“急自”:“他急自极好害饥困,何况等了半日多……”《翻魇殃》第四回作“急仔”:“俺媳妇急仔就瞍不上我,不如就给他罢。”

(6)叫讙—叫唤:叫唤,喊叫。“讙”“唤”调不同。《磨难曲》第十一回作“叫讙”:“批溜扑搨一片响,煞狠地动怪叫讙。”《墙头记》第一回作“叫唤”:“身上疼对谁说,没人处自己叫唤。”

(7)算计—算给:计划,谋算;暗中谋划损害他人。“计”“给”今方言韵母相同但调不同。《增补幸云曲》第十六回作“算给”:“不过知道我这腰里还有几两银子,您娘们待算给我的。”《翻魇殃》第十二回作“算计”:“您们都不必悲伤,我已是算计就了。”

(8)扎裹—扎挂—扎括:打扮,装束。“裹”“刮”今方言韵母不同,与“挂”声调不同。《禳妒咒》第一回作“扎裹”:“扎裹起来爱杀人……”《墙头记》第三回作“扎挂”:“我看我扎挂的你一崭新。”《慈悲曲》第三段作“扎括”:“李氏看了看张讷,扎括的上下一崭新。”

(9)真果—真个:果真(近于北京话的“真格儿”)。“果”“个”今方言同韵,但声调不同。《慈悲曲》第三段作“真果”:“你真果待要他走么?”《富贵神仙》第九回作“真个”:“真个大弟来了家了么?”

(10)波落盖—波罗盖:膝盖。“落”“罗”声调不同。《禳妇咒》第一回作“波落盖”:“戚老爷丢了刀,一波落盖跪下……”《磨难曲》第二十八回作“波罗盖”:“十万蛆蚩这波罗盖。”

这些例子与前面所说的情况一致,都可以说明在当时的方言中轻声现象已经非常普遍。

# 第三章　蒲松龄白话作品词汇研究

《聊斋俚曲集》中使用方言土语甚多，加之时代变迁，不仅不了解当地方言者难以索解，而且就是对当地人来说也有许多需要考证之处。

前辈学者路大荒先生在《蒲松龄集》（中华书局 1962 年版，以下简称“路本”）的《聊斋俚曲集》后附有“土语注解”，但惜乎数量不多且有其他缺憾。直到蒲氏后人蒲先明整理文本、邹宗良作注的《聊斋俚曲集》（国际文化出版公司 1999 年版，以下简称“邹本”）问世，这种情况才有了改观。邹氏娴于明清文学，且家乡邻近淄川，熟悉当地方言土语，用心又十分细密，因而能够特别准确地把握蒲松龄白话作品的语言意蕴。据我们统计，《聊斋俚曲集》共有文本约39.6 万字（据电子文本统计），而邹氏为其作注达 4700 多条，其中方言词语的诠释约占 80％以上。如此大密度的注解，使得《聊斋俚曲集》的语言障碍冰释大半。因此，称邹氏为蒲松龄《聊斋俚曲集》的功臣毫不为过。

不过，百密难免一疏，笔者在阅读《聊斋俚曲集》及邹注的过程中，发现还有少量词语的邹注尚有可议之处，也有少量应注而邹注未及之处。在查阅有关方言和文献资料并赴蒲松龄故乡淄川蒲家庄调查核实[①]的基础上，得商补词条若干。又，路大荒所注之“土语注解”虽然条数不算太多，但因盛伟编《蒲松龄全集》（学林出版社 1998 年版，以下简称“盛本”）和蒲松龄纪念馆编校的《聊斋俚曲集》（齐鲁书社 2018 年版）也都附录了该“注解”，所以也有一定影响，我们也对此作一考察，并由此讨论到相关的一些词语。至于本章未涉及的词语，则请参看本书下编《蒲松龄白话词典》。

此外，《汉语大词典》引用了蒲松龄作品作为词条的用例，且有一部分是根据蒲松龄作品来设立词条或设立义项的。这充分说明蒲松龄作品在汉语史研究中的重要性。不过其中也有一些讹误。我们对此进行了析辨，指出了其中的

① 调查时期在 2007～2012 年。主要调查合作人为蒲家庄村民吕承法先生（1945 年生），此外还有蒲氏后人、蒲家庄村民蒲先伦先生（1940 年生），聊斋俚曲的传唱人、蒲家庄村民吕丕琦先生（1926 年生）。

一些讹误。

澄清词语的意义是深入研究词汇的基础性工作,同时又是涉及因素多、难度较大的工作。希望我们的研究能够对蒲松龄白话作品的词汇研究提供一些参考。

## 第一节 《聊斋俚曲集》邹注商补

兹按邹注《聊斋俚曲集》中出现顺序胪陈商补的词语于后。其中,主要是词语的释义问题,有少量是注音和字形问题。邹注原使用汉语拼音,本节亦采用汉语拼音,以免淆乱。

1. **冷胗块**(《墙头记》第一回,P4[37][①])

【原文】十一月数九天,~放面前,一行喝着浑身战。

【邹注】(胗音 chǐ)这里指因变凉而凝结成块的稀粥。

【按】"胗"字字形、字音可疑。路本同。盛本作"鸗",显系印刷错误。邹本中另有一处"冷胗块",在《慈悲曲》第一段("才着他刮那~吃"),盛本字作"眵"。邹本中又有一处"冷眵块",在《俊夜叉》("掋了几碗~")。这两处邹均未加注。《康熙字典》"胗"字引《集韵》,一音女加切("膠胗不密也"),今音 ná;一音敞尔切("肉物肥美也"),今音 chǐ,邹注的 chǐ 当即根据此切。而如果字形是"眵",则当音 chī(《广韵》章移切,即眼眵)。

今蒲家庄方言中不说"冷胗块",但距蒲家庄不足 100 公里的寿光方言中有此说法,指寒冷季节在冷却后失去黏性、裂成块状的粥块(并非凝结成硬块)。"胗"读 chi 轻声,所以究竟音上声还是阴平并不能确定。从意义来看,这里的"胗"与"肉物肥美"并无关系,并且别无用例,倒是"眵"字常见且冷粥块的形状与眼眵也有些近似。所以,"冷胗块"中"胗"写作"眵"字更为合理。

2. **那也势势**(《墙头记》第一回,P5[68])

【原文】(不孝的儿媳对其夫张大斥责公公)看您达(即爹)~!

【邹注】那个架式,那个样子。也,衬词,无义。

【按】盛本"也"作"些"。"也"在口语中作衬词似无旁证。疑"也"为"一个"的合读。"一个"的"个"方言中一般读轻声,声母脱落即为 e,与"一"连读为 ie

① "P4[37]"表示邹宗良校注本第 4 页,本回注释第 37 条。下同。

（也）。类似用法的“也”还见于以下几处：

《俊夜叉》：“亓人听说不耐烦，仔说我没有那也纂。起来徉常一溜烟，胡朋成了个李大板。”（此处邹未注，盛本亦作“也”。）“那也”即“那一个”。

《俊夜叉》：“每日来到那么晚，说你做个什么茧？家里等你去卖地，既至回家没也板。”“没也板”即“没一个板”，指一个铜钱也没有。

《慈悲曲》第四段：“到了晚上，张诚来家问他娘：‘俺哥哥呢？’他娘说：‘甚么也好哥哩！谁知道他那里死的了！’”“甚么也好哥哩”即“甚么一个好哥哥哩”。

《翻魇殃》第九回：“既是回心，既是回心，就该寻思做也人。”“做也人”即“做一个人”。

**3. 落了草**（《墙头记》第一回，P8[104]）

【原文】跺跺脚叫声天，这样苦对谁言？……哪如做个老绝户，卖地也还吃几年，～怎不把头擵烂？有心待告诉官府，争奈这腿软腰酸。

【邹注】这里是落到地上、失去了地土家产等依靠的意思。

【按】此处俚曲原文为张老受尽不孝儿子百般虐待而气愤泄怨的话，如果按照邹注理解，则义不通：失去了地土家产等依靠（落了草）后把谁的头砸（擵）烂？把自己的头砸烂没有道理，把不孝子的头砸烂也不现实。从词的本义来说，“落了草”即使是“落到地上”的意思，与“失去了地土家产等依靠”也难以建立联系。

实际上，这里的“落草”是婴儿出生的意思，是北方方言中比较常见的说法。《汉语大词典》举例《红楼梦》第八回：“另外有那一块落草时衔下来的宝玉。”《三侠五义》第二回：“曾记六年前产生一子，正在昏迷之时，不知怎么落草就死了。”《收获》1981年第5期：“村西周二楞家的婴儿刚一落草，门前的大皂角树上就飞来一只喜鹊，喳喳喳的叫了好一阵儿。”今淄川方言仍说“落草”。《聊斋俚曲集》另有两例“落草”，均为婴儿出生之意：《墙头记》第二回“落了草，叫欢欢”，邹注：“落了草：这里是出生、降生的意思”；《磨难曲》第二十四回“老头子得了个儿初落草”（此处“落草”邹未注[①]）。

俚曲原文的意思是，儿子们这么不孝，还不如没有儿子“做个老绝户，卖地也还吃几年”，早知如此，当初儿子们刚出生时怎么没把他们的头砸烂呢？（即“做个老绝户”）？这种字面上看起来是悔恨、实际上是绝情的话语，充分地表现出张老此时悲愤难抑而又无可奈何的心情。

---

① 此处原文为：“叫花子拾了一个大元宝，死罪逢恩诏；儿子久别家，忽然敲门到；老头子得了个儿初落草。”列举四种意外大喜的事情，“老头子得了个儿初落草”即所谓“老来得子”。

4. 峻(《墙头记》第二回,P20[106])

【原文】落了草,叫欢欢,摸摸有～甚喜欢,细想来也是精扯淡。

【邹注】(音 zuī):男孩的生殖器。

【按】"峻"字《广韵》臧回切,"同朘"。"朘",《说文》:"赤子阴也。"语义与俚曲此处相符。但该字今音 jī,蒲松龄《日用俗字·身体章》"女妳儿峻犹可说","峻"注音作"即",今方言音 jī。该字也就是普通话俗词语"鸡巴"中的"鸡"。但需注意的是,今淄川附近区分尖团音的方言中,"鸡巴"之"鸡"实际上读尖音字,所以蒲氏注音为"即",也是尖音字,尖团音不混。此处应注音为"方言读 jī"。

5. 锹眼(《墙头记》第四回,P40[49])

【原文】若还是有点～,俺两个好去跟寻。

【邹注】等于说线索,门路。明顾起元《客座赘语·诠俗》:"知事与物可求之所而捷得之曰锹。"

【按】邹注乃据《汉语大词典》对"锹"的解释。今按,《墙头记》第四回上引原文之前,是说张大、张二在父亲去世后,商议找知晓父亲积蓄的王银匠问讯:"王银匠老獾叨,合咱爹久相交,头发根儿尽知道。老头合他常捣酒,又往铺里去倾销,必然他还通些窍。咱就去找他敬问,未必不有点根苗。"与王银匠见面后有上引的一段话语。前文的"(通些)窍"正与这里的"锹眼"意义呼应。聊斋俚曲中又有"窍眼门"。《富贵神仙》第四回:"方二爷待下手老马,正找不出个窍眼门来……"邹注:"窍眼门:机会、空子的意思。"其实与这里的"锹眼"意义相同。今寿光方言中仍说"窍眼"一词,意义相同。因寿光方言中"锹""窍"声母尖团不同,所以其本字当为"窍"。这里的"锹"盖尖团不分的方言中"窍"的借字,当音去声。

6. 好做(《姑妇曲》第一段,P54[5])

【原文】家中诸人～,惟有婆婆极难:管家三日狗也嫌,惹的人人埋怨。

【邹注】山东方言,容易与人相处。

【按】这里的"做"是"当"的意思,即充当角色。当儿子、当女儿、当媳妇、当丈夫、当父亲等都容易当,惟有婆婆不容易当。因为她要当家(管家),难免会惹得人人埋怨。所以,下文紧接着说:"人家众口难调,这做婆婆的极难。儿孙是自己生的,还要七拗八挣的;何况媳妇是四山五岳之人相逢一处?"今方言仍有"管家三日狗也嫌"的俗语。

7. 情着(《姑妇曲》第一段,P58[111])

【原文】(珊瑚被逐后由老王婆子拿着休书送她,路上珊瑚对老王说:)我也不愁没主，我就不家去了。【叠断桥】叫声老王，叫声老王，我主意不还乡；既然出了门，我～往前撞。……

【邹注】支撑着，支持着。情，"擎"的借字。

【按】今方言中"情着"确实有动词"支撑着"的意思。如：墙歪了，你使块棒打这边情着，别找它倒了。但是，"情着"还有更常用的一个意思即"由着性情（做事）"，如：我不让他说话，他～说话。从句法看，表"支撑着"义的"情着"不会用在另一个动词前表示情态，而表"由着性情"义的"情着"只能用在另一个动词前（也就是说相当于一个情态副词），如"情着走"中的"情着"只能是"由着性情"的意思。所以，"情着往前撞"中的"情着"并非"支撑着"，而是表示：不管别人怎么劝、怎么看（包括安慰她的老王婆子），自己决意被逐后不回娘家，要按照自己的想法做下去（我主意不还乡）。这充分表现了表面上看来对婆婆和丈夫逆来顺受、柔弱无比的珊瑚内心的坚韧。在分尖团的寿光方言中，"情"读尖音声母，"擎"读团音声母，读音不同，"情"不是"擎"的借字。表"支撑着"的"情"其本字是"赠"，"支撑"义从"赠"的"赠受"义引申而来（承受→支撑）；而表"由着性情"的"情"是由"性情"义引申而来（性情→由着性情），两者并不同源。

8. 降人（《姑妇曲》第一段，P62[157]）

【原文】每日是～，日头又倒照，才知道抄不的家里的稿。

【邹注】恃了身份压制、训斥别人，使人俯首听命于己叫做"降人"。

【按】"降人"只是表示"降服，使驯服"（《汉语大词典》），与身份不一定相关，也不一定用"训斥"，也可以利用其他手段。《聊斋俚曲集》中"降人"5见，其中有仗势欺人的，也有与身份无关的。如《禳妒咒》第十回："他有甚么降人药？""他"指的是妒妇江城，"降"的对象是其丈夫。《聊斋俚曲集》中单用表驯服义的"降"更多，共38例，其中有各种情况的"降"，与身份没有关系。

9. 象呀（《姑妇曲》第二段，P69[3]）

【原文】且说珊瑚听的吵闹，索性藏了，只等于氏家去了才出来，便说："不可为我又着大娘生气。看生出事来了，我去罢。"何大娘说："～，老母猪衔着象牙筷子——他就装煞，也是杀才，怕他怎的？"

【邹注】山东方言，等于说不必、没这个必要。

【按】路本也作"象呀"，盛本作"莫怕"。检《聊斋俚曲集》中无一例"莫怕"，因此，盛本此处可疑。《姑妇曲》第三段中也有一例"象呀"："（不孝的二成媳妇臧姑）一个儿五六岁了，正旺相相的，忽然得了病，二三日就死了。二成害怕说：

'那地咱还送给他大爷家罢。'臧姑说:'象呀。休说咱还年小,纵没有儿,我也留着个闺女。'"与本例意思相同。今方言不说"象呀"。疑"象"为"休乜样"的合音,即:别那样、别这样。

10. 差池(《姑妇曲》第二段,P69[8])

【原文】(珊瑚被逐后自杀未死,住到其丈夫安大成异姓的大娘何氏家中,婆婆于氏前来索人被何大娘骂出;珊瑚主动提出要离开何大娘家。)珊瑚说在这里隔着太近,明知道何大娘一片好心,着您俩犯争差于理不顺。那里生气你又恼,都是为我一个人。纵然是没甚么~,何大娘,我这心里也不忍。

【邹注】山东方言,成见,隔阂。

【按】今淄川方言中"差池"确有"隔阂,嫌隙"的意思,但按此义理解似有不妥。按照邹注,"纵然是没甚么差池,何大娘,我这心里也不忍"一句的意思是:即使你与于氏没什么成见,隔阂,我在这里住也于心不忍。这样的理解并不符合文意,因为何氏与于氏已经闹翻了,已经结下了疙瘩,这里再说"即使你们没有成见、隔阂"的话就没有什么意义了。其实,"差池"就是差错(《汉语大词典》),今方言中"成见、隔阂"义只是引申的结果。这里是珊瑚表白自己并没有做错事情。全句的意思是:(您与于氏"犯争差""生气",都是因为我,)纵然我没有什么差错,我在这里住下去(再让你们继续生气)也于心不忍。如果真如邹说,于氏和何氏没有成见、隔阂(即两人不"犯争差")的话,那珊瑚又为何于心不忍呢?《磨难曲》第十八回有一句"你平日纵然有些差池,断不肯像你以前嗄待的我",与本句非常接近,只不过是说"有些差池",而本句是说"没甚么差池","差池"的意思也是相同的。除本处外,《聊斋俚曲集》中另有9处"差池",均为"差错"义。

《聊斋俚曲集》中"差池"又写作"差迟",共8处,均为"差错"义。如《姑妇曲》第三段"连夹了三锭,全无差迟,就把文书退了"。邹注:"差迟:山东方言,差错。"

11. 狗颠呀似的(《姑妇曲》第二段,P73[70])

【原文】(泼妇)臧姑……骂(其夫)二成:"贼杀的!你不来呀?"二成~跟了去……

【邹注】像狗讨好主人的样子。含贬义。

【按】"颠",俚曲中或写作"趪""蹎",义为"跑"。二成性格懦弱,对臧姑唯唯诺诺,臧姑一喊,遂赶紧跑过去。这里是说像听话的狗听到主人呼喊便跑过去一样。邹注欠详。今山东方言中"跑"称"颠"较为普遍，但淄川方言中一般说"跑"，较少说"颠"，邹注或因此而略。

12. **嗄吃**(《姑妇曲》第二段，P73[80])

【原文】一个新媳妇子出去换～，咱就见不的人了！

【邹注】即啥吃。山东方言，吃的东西，食物。参见本篇第一段注(124)、《墙头记》第三回注(28)。

【按】"嗄"即"啥"。邹注提到的另外两处注为：

《姑妇曲》第一段，珊瑚自杀未遂后，"疮虽渐渐平，还没多吃点嗄"。邹注(124)："嗄，山东方言，东西。特指食物中的常食、主食，等于说饭。嗄又有'什么东西'义，指食物，为不定指[参见《墙头记》第三回注(28)]，与此有意义上的区别。"

《墙头记》第三回，张二夫妇听说父亲有钱后对父亲热情相待，"张二说：'快拿饭来！'老婆提着酒，端着东西。张老说：'我能吃多少，就费这么些事？'老婆说：'有嗄吃哩。'……"(按：这里是张二老婆自谦的说法，公公责怪儿媳做的食物太多，儿媳说不多，"有嗄吃哩"就是"没有什么东西可吃"的意思。)邹注(28)："嗄：山东方言，'啥'的借字，什么东西。泛指吃的东西，食物。"

在上引三处，"嗄"所代指的确是食物，但实际上"嗄"可代指任何东西，属于疑问代词的虚指或任指，不应仅释为"吃的东西，食物"，也不是"泛指吃的东西"，而是可以泛指任何东西。俚曲中另有多处用"嗄"代指"东西"的例子。如："没嗄做"(《慈悲曲》第一段，"嗄"指事情)、"着实知道嗄"(《翻魇殃》第七回，"嗄"指事理)，"家里没嗄你踢弄"(《翻魇殃》第九回，"嗄"指东西)。"嗄吃"非词，"换嗄吃"就是"换东西吃"的意思。《聊斋俚曲集》中另有"买嗄吃"(《增补幸云曲》第七回)，是同样的结构。

13. **着铁瓦合**(《姑妇曲》第三段，P88[19])

【原文】替他娑，好呆哥，腚不曾～。

【邹注】用铁瓦盖住、保护起来的意思。

【按】"合"当为"盍"的借字。"盍"为"盖"的意思("盖"原作"蓋"，是"盍"的后起字)，《广韵》胡腊切，"《说文》作'盍'，覆也"。今音与"合"相同(合，《广韵》侯阁切)。今方言中仍用此词，如"把井～起来"。

14. **来**(《姑妇曲》第三段，P89[46])

【原文】安大成泪恓恓的合他娘说，臧姑～窗外头听。听见那银子的话，等不的说完就跑……

【邹注】山东方言,在。

【按】今淄川方言中"在"确实可以说成 lɛ[55],与"来"同音。但原文此处之前并未提到臧姑的到来,所以理解为"来"的本义即可通,不必释为"在"。况且下文说到臧姑的离开("等不的说完就跑"),一来一离开,正相呼应。

15. 呋嗤(《姑妇曲》第三段,P90[51])

【原文】两口子～了半日,光见瓦石,并不见银,气把头兴全没了,撅着嘴去了。

【邹注】山东方言,向外挖土。"呋","掘"的借字。"嗤",语气词,无义。

【按】此处描写黑心的两口子偷听到哥哥说刺蘼树下有银子,便急忙拿镢、锨来刨。忙活了一阵子,却没有找到银子。根据上下文,似乎释"呋"为"掘"亦可。但是,聊斋俚曲中"呋嗤"另有用例。如:

他娘只是打着他穿,打了几清晨,袄也找着袖了,裤也伸上腿了,指头似的个人,五更里起来,呋嗤呋嗤的穿把上。(《慈悲曲》第一段)

此处显然不是"掘"的意思。邹注于此注为:"呋嗤呋嗤的,形容用力的样子。呋嗤,山东方言中的象声词,用力气时从口鼻中发出的声音。"

俚曲中又写作"缺嗤",重叠形式为"缺嗤嗤"。如:

细细绞脸开了眉,霎时缺哧的一身汗。(《琴瑟乐》)

缺嗤嗤的穿把上,黑暗暗的待开交,干误娘亲一大觉。(《翻魇殃》第二回)

这两处也都不是"掘"的意思。《翻魇殃》句后邹注为:"缺嗤嗤的,山东方言中的象声词,形容用力气时从口鼻中发出的声音。"与《慈悲曲》后注释相同。

其实,《姑妇曲》句中的"呋嗤"与另外的几例意义是相同的,都是形容忙乱而费力的样子。所以应该把"呋嗤""缺嗤"统一解释成"形容忙乱而费力的样子"。

邹注于《慈悲曲》句例后注"呋"音 xuè,释为"用力气时从口鼻发出的声音",如此则相当于比较通用的象声词"呼哧"。不过今寿光方言中此义说"缺嗤",可证"缺嗤"的读音不错,"呋"应读"缺"音。

16. 攘(《姑妇曲》第三段,P91[84])

【原文】有些潮腔,有些潮腔,哥好心里有点～。怎肯将自家的银,生生的将你让?

【邹注】这里是歪的意思。

【按】今淄川方言不说“攮”。但鲁西南方言中有“攮(音 ráng)”“不攮”的说法(如山东快书中常说“真不攮”),“攮”指不好。释“歪”欠准确。

17. 括(《慈悲曲》第一段,P110[96])

【原文】娶了个后婆子不当耍,两条肠子常牵挂,撇下个亲生儿,树坎叉里~他不下。

【邹注】山东方言,放的意思。

【按】此为“搁”的借字。“搁”与“括”今淄川同音 $kuə^{213}$。括,《广韵》古活切,见母末韵,声母读不送气,符合古今对应规律。

18. 笼里犯出羔团子——好势的也拸打,就少耗了也罢(《慈悲曲》第二段,P115[26、27、28])

【原文】(后妻李氏虐待前妻之子张讷,张炳之暗地让张讷到其姑母家而假装不知,还要故意做出出去寻找的样子。李氏不让其找。)李氏说:“好好的跑了,就到底不长进。笼里犯出羔团子(邹注26)——好势的也拸打(邹注27),就少耗了(邹注28)也罢。”

【邹注 26】犯,“泛”的借字。羔,“糕”的同音借字。

【邹注 27】等于说自以为很好,其实是多出来的。好势的,山东方言,自以为很好的意思。势,“似”的借字。拸打,即多打着,多着。拸,“多”的借字。打为山东方言中的语助词,无义。

【邹注 28】即“折耗了①”,损失了。少,“折”的音讹。

【按】该句为一歇后语,按邹注理解其义是:(张讷)就像蒸笼里泛出来的糕团子一样,自以为很好,其实是多出来的。其说似不合原意。其一,尽管李氏虐待张讷,但如果对自己的丈夫直接说前妻生的儿子是多出来的,也太过嚣张,不合常理。前文李氏说张讷“好好的跑了,就到底不长进”,是说他不成器,是不值得珍惜的意思,并非说他根本就是多出来的。其二,“多”借为笔画更多的“拸”也不合借字的通例。

今按,邹注“犯”“羔”“少耗”的解释都是对的,“好势的”的解释在没有更好的解释之前也可从,但“拸打”的解释则有误。方言“拸打”指落在附着物上的一小点儿液体或泥状物(如“一拸打墨水”“一拸打泥”),《慈悲曲》第二段“把一个小厮瘦成一朵”,邹注“一朵”为:“‘一拸打’的略语。山东方言,一小点儿,一小

① 原文误作“了”。

堆儿。朵,同'挅'。"说的正是这里的"挅打"。此处指笼里泛出的一小点儿糕团子(蒸笼泛出的糕团子不可能很多很大),比喻不值得珍惜的东西,所以下面说"折耗了也罢"。"也"字邹未释,当为"乜"(相当于"那"或"那一")的形讹。即好势的乜(一)挅打。原文的意思是:张讷就像蒸笼里泛出来的糕团子,自以为好,其实也不过一挅打,不是什么值得珍惜的东西,跑丢了就丢了吧。

"好势的"在《俚曲集》中另有一例,《磨难曲》第十九回:"张春怒发,(把仇人之母鸭子他妈)撕了个罄净好势的砸。""好势的"是指"重重地""狠狠地",表示情状。不过用此义来解释"好势的也挅打"也不妥,今淄川方言中一般也不说"好势的"。寿光方言中有"好势"一词,意指"用心,小心,认真"(淄川方言说"好生"),与上引《磨难曲》的用例比较接近。又,邹注理解的意思(自以为好),在方言中当说成"好呃似的",是指自己拿某件事当作好事(是指事好,不是指人好),如:"他上课光说话,还好呃似的。"此暂依邹注,姑且认为书面上省略了其中的语气词"呃"。

19. 没人样(《慈悲曲》第二段,P117[50])

【原文】娇儿呀,你可休要~。

【邹注】山东方言,受到娇惯后懒懒散散,诸事依靠别人的情状叫做"没人样"。

【按】方言中"没人样"是指言行及装扮等不符合正常人的标准,也说"没有好人样"。词义释为懒懒散散、依靠别人,欠狭。

20. 㗃(《慈悲曲》第三段,P122[7])

【原文】李氏说:"我待叫他家去。"赵大姑~了一声,说:"罢嗺哩。"

【邹注】字书无此字。当即"嗯"(音 ng,又读 n,方言或读 en),是一种不满的表示。

【按】从声符看,应当读 men 一类的音。从说话人的关系看,赵大姑对李氏冷淡、瞧不起,所以不会认真、谦敬地应答,实际发音应该是独成音节的 m 或 hm。

21. 吧嗓子瞎话(《慈悲曲》第三段,P123[16])

【原文】你给我再坐坐,就不吃嗄,咱~也好么。

【邹注】……嗓子,即一嗓子,一肚子,这里是说一阵子的意思。

【按】"嗓"当为"噪"之形讹。"噪子"俚曲中多见,义即为"阵子,会子"。《姑妇曲》中邹氏已经两次为"噪子"作注。

22. **是这着**(《慈悲曲》第三段,P125[49])

【原文】(在赵大姑指桑骂槐、冷嘲热讽之下,李氏恼羞不已但又不便发作,只好在那里低头吃菜瓜,浑身热汗:)哎,细思量,早知～来做嗄?

【邹注】山东方言,等于说是这样一种情景。

【按】"着"为方言助词,表示"……的时候",所以释为"是这样的时候"更为准确。

23. **好不好**(《慈悲曲》第三段,P126[78])

【原文】做后娘,没仁心,～剥皮抽了筋。打了还要骂一阵,这样苦楚好难禁!

【邹注】山东方言,等于说想做的话,只要想干就可以。

【按】原文为赵大姑斥责李氏的话,说李氏动辄酷虐对待张讷,"好不好"就是"动不动,一不高兴就……"(《姑妇曲》第二段邹注)的意思,与其他各处的"好不好"意义上并无差别。

24. **蹴着**(《慈悲曲》第三段,P128[101])

【原文】李氏一路寻思,又是气,又是恼,低着头,少魂无识的,～了一块石头,跌了个倒栽葱,再爬不起来了。

【邹注】山东方言,抬脚推拨物体的动作叫"驱拉",也叫"驱"。"蹴"与"驱"音近义同。这里是抬脚时绊着的意思。

【按】邹注所说的"驱"实际上就应该写作"蹴"。蹴,《广韵》蹋也,七宿切,清母屋韵三等入声,按古今音对应规律,今淄川与"驱"同音。但在分尖团的方言中,"蹴"是尖音字,"驱"是团音字,从语音上看"蹴"也不是"驱"。"蹴鞠"中的"蹴"就是踢的意思。

25. **瘤呀瘤呀的**(《慈悲曲》第三段,P128[107])

【原文】那腿上去了一块皮,走着还～,呀的进了房门,也没管孩子哭,一头攮在床上,回脸朝了里。

【邹注】一拐一拐的。

【按】路本亦作"瘤呀瘤呀",但不通,今亦未见方言有此说法。"瘤"当为"瘸"的形讹,即"瘸呀瘸呀的"。盛本作"瘸呀瘸呀的"。又,"呀的进了房门"中的"呀的"盖承上而衍,应删。

26. **攮**(《慈悲曲》第三段,P128[108])

【原文】那腿上去了一块皮,走着还瘤呀瘤呀的,呀的进了房门,也没管孩子哭，一头～在床上，回脸朝了里。

【邹注】山东方言，倒。

【按】“攮”的本义是指用有尖的东西扎，刺。这里是指李氏一头扎到床上，形容其狼狈相。释“倒”一方面没有说明其形象意义，另一方面是与其前的“一头”无法相配（不能说“一头倒在床上”）。

27. **褛褵搭撇**（《慈悲曲》第六段，P152[7]）

【原文】张讷无冬无夏，只是穿着个破袄，～的，真似一个花子。

【邹注】形容衣服褴褛成块状的样子。

【按】此词盖形讹（路本、盛本均如此）。寿光方言有“褄褵搭撒”一词，形容衣服破烂，有许多地方破成碎布片和布条的样子。其中，“褄褵”，今山东方言广泛使用，即碎布片、布条，稍大一点儿的可以用来缝补衣服，稍小的用来做袼褙。“搭撒”，毛发、丝线等下垂的样子。褄褵搭撒连用，说明其衣服破碎成了布片、布条下垂着。“褄”“褛”形近，“撒”“撇”形近。

俚曲中还有一个词“砌里答撒”，也是衣服破烂成条的样子。见于《增补幸云曲》第十九回：“万岁爷笑一声，王冲霄面通红，长官扫了俺的兴！砌里答撒的精光棍，油嘴滑舌会嫖风，不想这花子能行令。”“砌”为古清声母入声字，今方言读同“妻”。此可证该词首字应该读“褄”。

据我们观察，凡是淄川方言中仍使用的词语，邹注都会有“山东方言”的说明；而此处未加注“山东方言”，说明淄川方言中没有“褛褵搭撇”的说法，邹注只是根据文意揣摩而已。路大荒《蒲松龄集·土语注解》释此条为“形容人穿的破烂”，也是揣摩之词。路氏亦淄川人。经查，今淄川方言确实没有“褄褵搭撒”的说法，这可能是该词词形讹误的原因。

又，《俊夜叉》(P403)中有“缕缡搭撒”，邹注：“形容衣服褴褛成条的样子。”其实也是“褄缡搭撒”的形讹，只不过“撒”字不误。

又，《寒森曲》第八回有“褴褛搭撒”：“歪子出了庙门，往家正走，也是娘娘指引，正遇着太老爷偶然出庄闲走。看见歪子褴褛搭撒的不成个态状，便叫人送了一身袍，一顶帽，杂粮两石。”疑亦为“褄褵搭撒”之形变。

28. **尊客**（《慈悲曲》第六段，P153[11]）

【原文】有人就道事难凭，猛虎衔人定不生，～呀，死活只怕也未可定。

【邹注】客人，出门在外的人。

【按】此释“尊”字无着落。应释为对客人的尊称。

29. **使坏**(《慈悲曲》第六段,P154[13])

【原文】……兄弟呀,我离家已是三年外。三省走了万条街,瑞州今日我初来,兄弟呀,几乎把我那心使坏!

【邹注】这里是思虑、愁闷得难以承受的意思。

【按】方言中"使"有"疲累"的意思,如"使得够呛"就是"累得够呛","使着了"就是"累着了"。"使坏"即"累坏","把心使坏"是指三年来各地奔走寻找被虎衔去的异母弟弟未果而用心过度。"使坏"本身并没有"思虑""愁闷"的意思。

30. **理之焉**(《翻魇殃》第一回,P165[23])

【原文】仇大姐怒开言:是绸袄是纱衫,何曾给俺做一件?找了个汉子一千里,整年没人～。

【邹注】这里指理睬、关心。

【按】"理之"为方言词,今淄川不说,但寿光方言中"理睬、搭理"称"理之",如"他很坏,人家都不理之他"。"理之"没有"关心"的意思。"焉"为文言虚词,这里可能因为唱词的缘故而用之。

31. **可才**(《翻魇殃》第二回,P174[53])

【原文】(姜娘子发现丈夫仇福行动有异,诈了诈,仇福就露了马脚。下为唱词:)仇大郎未露真,诈了诈满面生春,彻脖带脸红一阵。娘子虽然没亲见,也就猜了八九分,故意～把他问。

【邹注】山东方言,却来。

【按】"可才"前面已有"故意"一词,"故意却来把他问"似不通;语源上说"可才"与"却来"意义也不通贯。查《聊斋俚曲集》中"可才"共12见,除本处外,其余11例如下:

(1)那一个嗲的可才窘。(《姑妇曲》第二段)

(2)可才足了心头愿。(《翻魇殃》第七回)

(3)这可才费的心思,眼也不敢去睎。(《禳妒咒》第二十四回)

(4)那可才摆划的俺,出了滚汤,又到火床。(《禳妒咒》第二十九回)

(5)这可才无法可治,你可就准备着坐监。(《富贵神仙》第二回)

(6)这可才真真的无法可救。(《磨难曲》第十三回)

(7)这可才无法可治,你可就准备坐监。(《磨难曲》第六回)

(8)只等到郊天大赦,俺可才同返故乡。(《磨难曲》第三十回)

(9)一口气不来瓜打了,竹篮打水落长空,可才大家没蛇弄。(《墙头

记》第四回)

(10)旧绣鞋破铺衬,娘子夹进旧房门,可才又把言来进……(《翻魇殃》第十一回。邹注:可才,山东方言,然后才。)

(11)张官人只一刀就砍下一块,爬了爬还待走,复又一刀砍下来,他可才四爪子朝上,两腿儿蹬开。(《富贵神仙》第六回)

以上各例中的"可才",有两种意思:一是因着或随着前面的原因而发生(即《翻魇殃》第十一回邹注的"然后才"),(8)～(11)属此类;二是表示强调(如普通话"才是,才算是"等说法中的"才"),(1)～(7)属此类。"故意可才把他问",当属前一种用法,即"因为有意才来问他"(并非无心随意地问)。

32. 一囷谷(《翻魇殃》第三回,P181[31])

【原文】赌了会子,～都净了。

【邹注】"囷"音 gùn。

【按】此盖印刷错误,当音 dùn,即囤。

33. 罨上(《翻魇殃》第三回,P181[34])

【原文】他娘说:"再靠前。"他又往前凑了凑。那床上一个碗盆子,拾起来分头就打,打了一个跟头,鲜血直流。姜娘子抓了一把灰来,给他～。

【邹注】"罨"音 yǎn:敷上。

【按】罨,《广韵》衣俭切,"鸟网",与"敷上"义不合。表示"敷上"义的字今一般写作"揞"(《广韵》乌感切,"手覆"),普通话音 ǎn。此应释为"揞"的借字,音 ǎn。

34. 㧾(《翻魇殃》第三回,P183[54])

【原文】姜娘子做了饭,打发他婆婆吃了,才～了升麦子碾上……

【邹注】音瓢舀。

【按】邹注中"音"当作"用",此盖为印刷错误。方言中"㧾"的动作一般用瓢,也可以用勺或用一只手作瓢状来做,所以不限于"瓢"。又,"㧾"的对象是粮食、面粉或是很稠而成块的粥等,但"舀"只能用于舀取液体。

35. 合伙(《翻魇殃》第四回,P186[1])

【原文】却说仇福那头渐渐的好了。魏名听的他分了家,甚喜,～了两个相识的来请仇福散闷。

【邹注】伙同,纠合。

【按】"合"方言音 gā。

36. 罨上(《翻魇殃》第四回,P187[4])

【原文】仇福～帽子遮了头,上了赌博场,到了魏名家……

【邹注】这里指扣上、戴上。

【按】"罨",《广韵》衣俭切,"鸟网;又於劫、乌合二切"。普通话音 yǎn,来自衣俭切。今寿光方言音 ngā(相当于普通话的 ā),来自乌合切,义为动词,用网扣鸟。此处的"罨"正是扣的意思。

37. 偘(《翻魇殃》第四回,P187[7])

【原文】仇大郎你好～,没钱使难住人,难住了不是真光棍。

【邹注】(音 kǎn)同"侃",憨直,不知道动动心思的意思。

【按】此字与"人、棍、银、运、耘"为韵,韵母当为 en 或 in,不是作为"侃"异体的"偘"字。况且按"耍孩儿"曲律,当音平声而不是上声。今鲁中、鲁南地区不少方言中有"拼"一词,主要用于说人或物品形状呆板、不灵活、迂笨,盖即此"偘"字。当注音 pīn,为从人品声的方言字。

俚曲中"偘"字另有一例,见于《禳妒咒》第十六回,写公子被妒妇江成管得战战兢兢,毫无生趣,江成更是不满,骂他"气也不喘,像个呆瓜。我才脱鞋,他已倒下;合他说句话儿,他就打呵;给他点笑脸,他也不觉。在人跟前,嘻笑哈哈;到俺跟前,恹头搭喇。跪在床下,战战呵呵,似上杀场,就着刀剐。看这态儿,还能怎么?就是相好,也只一霎,全然一点不中用,真正是个偘忘八!"邹注:(音 kǎn)同"侃",用为"砍"的借字,砍头的。解释颇为迂回牵强,"砍王八"似不辞。其实这里的"偘"也是"迂拙"的意思,也当音 pīn。"偘王八"相当于今语的笨蛋。

38. 拉了(《翻魇殃》第四回,P191[40])

【原文】阎罗见他不怕打,说:"给我～屋里去!"

【邹注】拉倒。

【按】注文当作"拉到"。鲁中方言中,相当于普通话"V+到+处所词语"的结构,不用"到"而用"了",如"放了桌子上"(放到桌子上),"搬了家里"(搬到家里)。

39. 你乜个(《翻魇殃》第七回,P216[63])

【原文】范栝说:"～给我写上罢。"

【邹注】山东方言,略似于说你这篇文章。

【按】方言中"乜"的意思为远指代词,略同于普通话的"那"。你乜个,即你那个。在这里的语境中具体代指你(仇禄)的文章,并非"乜个"有这篇文章的意思。

40. 謜謌（《翻魔殃》第十一回，P253[56]）

【原文】王相公不肯。王四～着，到了八百银子，王相公才依了。

【邹注】（音 yuán shéng）即“圆成”。说合，撮合。

【按】①方言中“謌”读如“成”，应注音 chéng。“謌”，《广韵》食陵切，船母平声，今读 ch 声母符合古今语音对应规律（古船母平声字今多读送气的塞擦音）。②今方言中“圆成”词义主要为劝说，有时有“说合、撮合”的意思。“謜謌”又写作“圆成”，《聊斋俚曲集》有 2 例，都是“劝说”的意思。《磨难曲》第三十三回：“张老爷，你也该为这一方的百姓，怎么圆成着他去呢?”《增补幸云曲》第二十回：“大姐，咱把他那银子帮他个罄净，着他有家难奔，有国难投。你可圆成着，你就说……”

41. 及到至家（《翻魔殃》第十二回，P260[1]）

【原文】又待了好几日，爷俩才起了身。～，已是残冬将尽。到了庄外……

【邹注】等于说到了家里。

【按】当是“及至到家”的错讹。“及至”为时间上的“到”，“及至到家”即“到了回到家的时候”。“至家”的说法《俚曲集》中仅此一见，而“到家”（不包括“来到家”“送到家”之类）则有 71 例。

42. 把（《寒森曲》第一回，P275[23]）

【原文】一群虎就地来，脱了衣裳～下鞋来，帽儿丢在三尺外。

【邹注】“剥”的借字。剥脱。剥，山东方言音 bō。

【按】今方言“剥”音 bā。音 bā 才能与“把”同音（不同调）。此盖印刷错误或笔误。

43. 情（《寒森曲》，第二回，P284[50]）

【原文】大宗师在上听：论生员也稜争，见仇人顾不的残生命。就无了耳捶也死不了，抬上来喤哼哼，打起来看他什么病情。如今当堂亲验，就知道或重或轻。

【邹注】当为“请”字的讹写。

【按】原文为唱词，按曲律，倒数第二句应为七字，倒数第三句当押去声韵。原文于曲律不合。又，“病情”一词出现时代较晚（《汉语大词典》举例均为现代），清初当无该词。原文应作“……打起来看他什么病。请如今当堂亲验，就知道或重或轻”。邹注以“情”为“请”的讹写，是；但文中未改标点，则误。

44. 别喜来多气(《琴瑟乐》,P347[23])

【原文】好不欢喜,好不欢喜,得意的味儿全说不的。骂声小贱人,别喜来多气。

【邹注】山东方言,不要、休要的意思。喜,"屑"的借字。屑,山东方言(音xì),屑于,引申为要。

【按】原文描写姑娘得知媒人来说媒后心中暗喜,但丫鬟("小贱人")来告诉时姑娘却故意装出恼怒的样子。邹注释"别喜"为今方言中的"别 xì",其实与今方言"别 xì"用法有些不同。今方言中"不 xì+动词"或"别 xì+动词"是表示因为瞧不起对方而不愿意做某种与对方有关的事,即因不屑而不愿意;其中瞧不起的对象是动词的受事或与事,而不是动词的施事。如"你别 xì 叫他",是指"他不值得你叫他,你别叫他";"我不 xì 和他说话",是指"我瞧不起他,不愿意和他说话";"我不 xì 去"是指"我认为去没有意义"。而这里的"别喜来多气"是警告丫鬟的话,是"你别喜来多气",不存在瞧不起的对象,因为不可能丫鬟瞧不起姑娘而"不屑于来多气"。因为《聊斋俚曲集》中也没有"别喜"的其他用例,所以这里的"喜"是否就是方言的"xì",还有可疑。

另外,今方言中"xì"的本字是否为"屑"也属可疑,因为两者语音并不吻合。屑,《广韵》先结切,按规律今中原官话区和冀鲁官话区分尖团的方言都应读 siē,而不分尖团的地区应读 xiē,不会读 xiè,更不会读 xì。而在鲁中地区分尖团音的方言中,表示"屑"义的 xì 读团音声母,与"屑"的读音声母、韵母、声调都不相合。虽然两者在意义上确实很接近,但语音上没有相同的可能。所以,我们毋宁认为,山东方言中的 xì 就是"喜"(喜欢)在方言中的引申用法,并且破读为去声。

45. 蹡(《蓬莱宴》第一回,P364[27])

【原文】有仙童怒恨恨,骂一声贼遭瘟,哪里数着你来亲近?回头不知哪里去,跑来~倒大些人,畜生少不了这一顿!

【邹注】"搡"的讹写。山东方言,这里是用力挤的意思。

【按】"搡"音 sǎng,是推挤的意思,即"推搡"的"搡"。不过这里的"蹡"解释为今淄川方言的 càng 可能更为合适,càng 的意思是在移动中擦碰,与普通话的"蹭"意义相近。本段引文的前文是:"众仙们见了娘娘,各人献宝。忽然一个梅花鹿,衔着一朵灵芝跑将过来,撞倒张果老,挨倒铁拐李,一直跪在面前。"作为一个小仙鹿,不可能"用力推挤"张果老和铁拐李,只能是急于跑路而擦碰到了张和李。“撞倒”和“挨倒”都是无意而及的结果,而“挤”则是有意排开,所以“搡倒”更准确。今寿光方言于此义音 sàng,与“搡”声韵同而调异,与“搡”字形以“桑”为声符更为接近。

46. 找着(《蓬莱宴》第三回,P376[10])

【原文】无奈何,无奈何,既在人间要做活;原是我待~忙,岂不知那天上乐?

【邹注】山东方言,故意或因自身的原因而处于某种境地的意思。

【按】方言中“找着”即“自寻”的意思,也说“自找”,即由于自己主观的原因而导致(某种情况)。邹注大致正确,只是“处于”一词欠准确。

47. 一罗(《蓬莱宴》第四回,P379[11])

【原文】相公一行赞美,娘子一霎抄了~。

【邹注】山东方言,一叠。

【按】一罗,即一摞。山东方言中“摞”音阳平,“罗”为“摞”的借字。按邹注体例,当注作“摞”的借字。

48. 爬(《蓬莱宴》第五回,P383[2])

【原文】年少英豪,年少英豪,埋着的功名只用~。

【邹注】这里是刨的意思。

【按】此段唱词韵脚为“交霄报豪~到”,显然“爬”字不合韵。此盖为“爮(刨)”的讹字。

49. 除上(《蓬莱宴》第五回,P384[5])

【原文】这几年大叔也算是自在,就是没人叫声爷爷。~我向后叫爷爷奶奶,就中了状元是待怎么?

【邹注】山东方言,指让人专做某事,等于说派上。

【按】原文为文相公落第后书童劝慰文相公的话。下面还有唱词:“近来咱家,近来咱家,虽不富贵也荣华;又不接上司,省了耽惊怕。把门关煞,把门关煞,就叫爷爷也不差,就中状元来,也是这们大。”中心意思是说:中不中状元没有什么区别,除了我叫爷爷奶奶(名誉上的升格),中了状元又能怎样?这里的“除上”是“除了”的意思。而所谓“让人专做某事”的意思,俚曲中写作“出上”(多见)。俚曲中另有一处“除上”(《慈悲曲》第四段)中“除”的意思是用锨铲起,与这里的“除上”不是一个词。

50. 没也板(《俊夜叉》,P403[33])

【原文】每日来到那么晚,说你做个什么茧?家里等你去卖地,既至回家~。

虽是人家也赌钱，谁像你乜没腚眼？

【邹注】也，当为“乜”的讹写。等于说没有那种正正经经的样子。

【按】“板”释为“正正经经的样子”似乎牵强，与上下文也不合。疑“板”指铜板，即钱；“也”当为“一个”的合音（参看“那也势势”）。原文是“俊夜叉”媳妇斥责丈夫嗜赌的话，上文说“家里等你去卖地”，回了家却没带回来一个铜钱，即全输光了。后文说“虽是人家也赌钱，谁像你乜没腚眼”，也是斥责其丈夫不像其他赌钱的那样小赌，而是连卖地的钱都输掉了（“没腚眼”指没心眼，傻）。

51. **缕缡搭撒**（《俊夜叉》，P403[35]）

【原文】吊了帽子看见纂，～什么款？

【邹注】形容衣服褴褛成条的样子。

【按】当作“缕缡搭撒”。参看“褛缡搭撇”条。

52. **赔着**（《俊夜叉》，P403[44]）

【原文】酒肉～满欢喜，哪有这样混账货！

【邹注】山东方言，堆垒着任意取用的意思。

【按】“赔”为“培”的借字。“培”本指培土，引申指堆垒。培着，指成堆地放着。

53. **良心查**（《俊夜叉》，P407[107]）

【原文】背地里偷明地拿，那里有点良心查？

【邹注】等于说良心的痕迹。查，“茬”的借字，指茬口，植物割断、折断处留下的痕迹，因引申指痕迹。

【按】“茬口”在《现代汉语词典》中释作：“❶指轮作作物的种类和轮作的次序。❷指某种作物收割以后的土壤。❸（～儿）〈方〉时机；机会。”并非“植物割断、折断处留下的痕迹”。表示这一意义的是“碴口”，《现代汉语词典》释作：“东西断或破的地方：电线断了，看～像是刀割的。”如果是“植物割断、折断处留下的痕迹”的话，应该是“碴”的借字。

从曲律看，《俊夜叉》通篇押韵，一段为“耍孩儿”，另一段为押同声调韵字的韵段，两段交替，而本句正属于同调押韵的唱段。本段唱词韵脚字为“话下剥～查大嫁”，通押去声（“剥”字声调待考），“查”不当读平声的“茬”（chá）或“碴”，而应读去声 zhà，指植物割断或折断后留下的根部（不是“痕迹”），蒲松龄《日用俗字》和《农桑经》中写作“萖”（两处都注音为“乍”，不过字形都讹作“萖”）。《日用俗字·庄农章》：“早打秫萖莫迟延。”《农桑经·农经》有“蜀秫萖”条。今方言仍用该词,除庄稼的根部残余外,还可以指头发理短后留在头皮里的根部“头发茬”,引申为“残余”的意思。“良心茬”指良心的少量残留,“哪里有点良心茬”指连一点儿良心都没留下。《翻魇殃》第二回有“良心芽”一词(人说婊子没良心,他还有点良心芽),意义类似。

因此,这里的“查”应该读去声的“乍”,指残余。

54. 彖彖帕(《穷汉词》,P418[44])

【原文】元宝哥,黄边沿,~,颠颠块,看看底,认认面,是几两,是几件,或是字,或是幕,进进包,上上串,合俺做上两日伴。

【邹注】彖音 tuàn,帕音 mò。这里指把铜钱捏在手里转圈。彖,山东方言,转的意思。帕,“磨”的借字,等于说圆圈。

【按】方言中表示拿在手里转圈义的字应该是“抟”(音 tuán)。邹注似解“彖帕”为“抟磨”,即“抟弄”(或写作“团弄”,方言也说“抟悠”),但于文意不合。从与“彖彖帕”并列的下文来看,“颠颠块,看看底,认认面……进进包,上上串”都是“动词重叠+名词”的结构,“帕”应是名词作为“彖”的宾语;而下文的“块、底、面、字、幕(原注:音漫)”说的都是“元宝”的整体或部分:底、面是上下,字、幕是有字的一面和无字的一面,块是整体(“颠颠块”指用手掂掂分量)。那么,“帕”也应该指元宝的整体或部分,或是元宝的相关物品。今按:帕,《广韵》只有莫镗切一读,今音 mò,指“裹额之巾”(《汉语大词典》);pà 音见于《集韵》(普驾切)。表示“巾”“手帕”等义的 pà 与表示“裹额之巾”的 mò 其实同出一源,后来分读两音。俚曲此处的“帕”盖指包裹元宝的手巾之类,“彖彖帕”也就是把包裹元宝的手帕抟起放在一边(然后拿在手里掂掂,再仔细看看底、面等)。这里的“帕”当读 pà。俚曲中“帕”字除本处外,另外只有一例:《禳妒咒》第八回“鼓儿帕帕”,是象声词,与“罢哗哈答呀乓喇噶把家家法”等为韵,音 pà 当无问题。

55. 𩔇(《丑俊巴》,P425[29])

【原文】八戒病了十日整,浑身消瘦鬣毛鬓;腮子掉了二斤半,后坐瘦的竖脑尖,耳朵搐的相薄脆,前槽搭喇~了肩。

【邹注】“邻”的借字,这里是紧靠的意思。

【按】蒲松龄《日用俗字》有“𩔇肩”一词,《身体章》:“𩔇(吝)肩趁(欠)身无妨事,唇䋸(怪)牙呲太不文。”(括号内为蒲氏原注的同音字)淄川方言中“𩔇肩”指削肩,肩部下垂。“前槽(肩部)搭喇”正是削肩的具体表现。“𩔇”非借字,亦非紧靠义。

56. **狗嗺黄**(《快曲》第四联,P449[25])

【原文】两个翻身都落马,欹在地下～。

【邹注】山东方言,像狗受伤一样发出哀鸣。含贬义。

【按】《墙头记》第一回有“狗嗺荒”一词:“第二年全然不打拢,跟着腚上狗嗺荒,他还说我絮聒样。”邹注“狗嗺荒”为“像狗那样嘤咛作声”(未注明是山东方言)。与这里的“狗嗺黄”应即一词。“嗺黄”当即俚曲中多次出现、至今方言中仍继续使用的“嗺哼”,义为“(因病或疼痛)呻吟”。如“轮起那棍子来,打了他一下子。张讷嗺哼了一声。”(《慈悲曲》第四段)“眼朦眬,手脚发热似蒸笼,浑身不自在,终日嗺哼哼,到天明病的越发重。”(《磨难曲》第七回)“狗嗺黄”即“狗低声呻吟”。

57. **咱着**(《禳妒咒》第一回,P454[11])

【原文】内云:“咳! 令尊是这么死的来么?”丑云:“你道是～来呀?”

【邹注】咱,疑为“咋”的讹字。咋着,山东方言,怎么着,怎样。

【按】咱,本来就有 zá 的读音,《汉语大词典》引《字汇》庄加切,引《俗字背篇》子葛切。今威海一带方言中“咱”仍读 zá。俚曲中“咱”字 10 次入韵,9 次与 a 韵字相押,1 次与 an 韵字相押。是当时“咱”字有两读,即一读 zá,一读 zán,且以读 zá 为常。因此,“咱”与“咋”应该是同音的关系而不是讹字(邹注所谓讹字都是指形体的错讹)。实际上,《聊斋俚曲集》中并没有“咋”字而是写作“囃”,表“怎么”义的“咋”字是很晚才出现的方言字,《汉语大词典》中表“怎么”义的“咋”的用例都是现代的。而在近代汉语中,这个字就是写作“咱”,《汉语大词典》中表“怎么”义的“咱”的用例有元曲和清代的《儿女英雄传》。所以,这里的“咱”既不是讹字,也不是借字,而是当时的普通写法,只不过蒲氏一般写作“囃”,现代一般写作“咋”。

58. **将将着**(《禳妒咒》第四回,P467[22])

【原文】子正说:“过来,我背着你走吧。”江城笑说:“～罢。”

【邹注】山东方言,携着手。

【按】此释义显然与文意不合。这里的上下文是:江城家迁居,其父樊子正先行,江城与母亲徐氏在后慢行,江城喊累,啼哭不走。樊子正到目的地后打发脚夫走了,又往回迎接江城母子。徐氏告知江城“弄鬼”不走。“子正说:‘过来,我背着你走吧。’江城笑说:‘将将着罢。’子正说:‘就依着你。’江城又说:‘俺在这肩膀上站着罢。’上在肩膀上介。”然后就站在其父肩膀上一直到了新家,“来到家门,才把孩儿放”。试想,江城本来就是嫌累不走,所以当父亲要背着她时,她不可能不愿意背而让父亲领着走。今按:在淄川附近的今方言(如青州、寿光)中,“将将着”是指大人让小孩儿骑在脖子上扛着走。以此来理解这里的“将将着”,极为通顺。首先,符合上文:江城不愿意自己走,要让父亲驮着她走,这正符合她走累了时的心情;而且她还要求骑在父亲脖子走,这正符合她娇纵的个性。其次,符合下文。大人要“将将”小孩儿的时候,一般是蹲下身让孩子骑到脖子上或者是将更小一些的孩子直接用手举起使其骑在脖子上。此时的江城已经10岁左右,所以大人要轻松举起放在脖子上已比较费力,应该是大人蹲下、让孩子骑到大人脖子上。当父亲“依着”她要“将将着”的时候,也就是父亲已经蹲下、江城已经骑在父亲脖子上的时候,她又得寸进尺地要在父亲肩膀上站起来。请看,江城说的是“俺在这肩膀上站着罢”,分明是已经到了肩膀上,而要改坐姿为站姿。如果“将将着”是携着手的话,后面江城突然又要站在肩膀上以及所说的话就不好理解了。在肩膀上站着,因为重心太高,所以行走起来非常危险,一般是非常调皮大胆的男孩儿才敢这么做(胆小的孩子平常连“将将着”也不太敢)。而江城一个小姑娘,却要站在父亲肩膀上走,并且后文的唱词说,她“站的牢壮,大立碑好似秦王。不怕翻了往下张(意谓摔倒),走来好似天仙降”,不但丝毫不畏惧,反而颇有些得意扬扬,这正反映了江城的泼辣性格。实际上,要大人“将将着”走,一般是比较娇惯的一种方式;一个父亲,竟允许自己10岁左右的女孩站在自己肩膀上行走,这更是过分纵容子女的行为。江城的妒妇性格,正是在父母的娇惯之下形成的。

《禳妒咒》第二回写高母找到正在与江城嬉玩的儿子高蕃后“将着”回家,邹注“将着”释为“山东方言,携着手”,大致可从。因为通常是男子将小孩儿“将将”在肩上,很少见有女性“将将”小孩儿的。概而言之,“将将着”“将着”意义不同。

59. **高公、高母**(《禳妒咒》第五回,P472[5])

**【原文】**(媒婆)下。~上。(下为唱词)

**【邹注】**此下疑脱“上”或“上云”。

**【按】**邹本原文此处已有“上”字,致使此注莫名其妙。查路本和盛本均无“上”字。盖俚曲抄本本无“上”字,邹注故作此注,然正文中又误补出“上”字。

60. **乡瓜子**(《禳妒咒》第五回,P473[15])

**【原文】**我是个~,不敢攀那大头脑。

**【邹注】**乡瓜子:山东方言,乡巴佬。

【按】邹注“乡”误为“多”，系笔误或印刷错误。

61. **抾**(《禳妒咒》第二十八回，P574[1])

【原文】俺这心里不好说，怎么把人～根子抽，一霎汗湿衣襟透。

【邹注】当为“撮”的讹字。山东方言，抓，揪。

【按】邹注释义正确，但此非“讹字”，当为俗字。《聊斋俚曲集》中有“撮”字，共 29 见，用法如下：

(1)撮合(词义同普通话)，8 例。如：“俺也不肯伤天害理，只是撮合人家好事。”(《禳妒咒》第十四回)

(2)拥撮(词义同今方言：①推拥；②怂恿，鼓动)，5 例。如：“不觉就是时辰到，大家拥撮上喜轿。”(《琴瑟乐》)

(3)撮攒(义为“撮合”)，1 例：“不是神鬼共撮攒，哪得父子相见?”(《慈悲曲》第六段)

(4)撮弄(词义：①捉弄，同普通话；②往上推，同方言“撮”)，3 例。如：“神鬼会把人撮弄。”(《富贵神仙》第十三回)

(5)单用①(义为耍杂技)，2 例：“撮傀儡”(《慈悲曲》第一段)、“撮猴子”(《禳妒咒》第四回)。

(6)单用②(义为往上推，同今方言)，9 例。如：“使力气撮上墙”(《墙头记》第二回)

(7)单用③(义指拿了药来)，1 例，如“撮了药来”(《磨难曲》第七回)。

除最后一例读音不详外，其余 28 例今方言均读 cuō。而此处的“抾”在方言中读 zuǒ，与“撮”读音不同。所以，虽然该字现在可以写作“撮”(音 zuǒ)，但与蒲松龄时代及现代的淄川方言中一般的“撮”(cuō)字并非一字。该字既不是“撮”的讹字，也不是“撮”的同音借字，而是另外一个词，蒲松龄写作“抾”，清代中期高苑人刘振统编写的《万韵书》中写作“拃”。

62. **紧篻**(《禳妒咒》第三十一回，P586[3])

【原文】千里来到，千里来到，夫妻欢喜，恨不能两个身子并起来，还加～。

【邹注】摽，“篻”的借字。紧贴着。

【按】①此处原文即作“篻”(路本、盛本同此)，所以说“摽”是“篻”的借字有误。从释义看，似乎原文为“摽”，而印刷(或整理者)误正之为“篻”；而从下文的解释看，又似乎是想说：篻，“摽”的借字。②从结构看，“加紧篻”应为“加＋紧篻”，而不是“加紧＋篻”。“加紧”是现代词语，近代汉语及《俚曲集》中均无用例。现代方言也不说“加紧＋篻”。换言之,“紧篻”是“加”的宾语,是名词,而不是动词,不是“摽”。如果按照邹注,“紧篻”是“紧贴着”,则“加紧篻”则不成辞(加＋紧贴着)。③在方言中紧篻(方言音 biào)是一个词,也叫“紧篻子”,是捆束在物体上并通过绞动使之达到非常紧的程度的绳索、铁丝等。在物体上加上“紧篻”叫“加紧篻”。这里的意思是,夫妻长期分离之后,恨不得两人合为一体,还要再加上捆束的东西,使之结合得更紧、更加不可分。

63. **着极**(《富贵神仙》第三回,P621[21])

【原文】张官人说道你听也么知,再找媒人费事极。不必提,谁是咱～的好亲戚?既无有哥哥,又无有弟弟,那别人与咱何干系?

【邹注】极,“己”的借字。山东方言,体己,为自己的事情着急、奔走。

【按】“极”不是“己”的借字,而是“急”的借字。《富贵神仙》第十回作“着急”:“我家是非一大些,一个孩子没有爹。得个着急人看望,多多拜上你爹爹……”以“极”代“急”在俚曲中多见,如《姑妇曲》第二段:“大成见他娘气的着极,不敢劝他……”《慈悲曲》第三段:“李氏见他不吐口号,就拿极红了脸说……”《翻魇殃》第三回:“姜娘子听说,冤屈的着极……”《翻魇殃》第三回:“徐氏见姜娘子极的抓耳挠腮的。”《增补幸云曲》第二十三回:“我昨日实着你赢极了,我就心焦了几句。”“着急”的意义是指宗族或亲戚关系近,今淄川方言不说“着急”,但仍说“急”(音 jī),如“服气①急”(与“服气远”相对),“急亲戚”“急人”。“着急”与“体己”的意义有别,《聊斋俚曲集》中也从未见“体己”的使用。第十回的“着急人”指的是“你爹爹”,即张成之父张春(张鸿渐的“堂叔伯哥”),正是关系近的亲属。而第三回上引情境中,张官人野遇狐仙,说的是找媒人说亲的事。在封建礼教中,此事只与家长、亲戚有关,而与朋友无关。这也可说明“着急”的意义不是“体己”,而是就宗族、亲戚关系而言的。今寿光方言仍说“着急”,如“着急的亲戚”“着急的人儿”,可证俚曲的用法。

64. **冷打漫吹**(《富贵神仙》第六回,P642[8])

【原文】方娘子见他～的,说的都是云里雾里的话,就拭了拭那泪,把脸放将下来,恼了。

【邹注】山东方言,态度不明确,说话不着边际。

---

① 服气:方言词,指宗族中的血缘关系。同父者为一服,同祖父者为二服,同曾祖父者为三服,同高祖者为四服,以此类推。一般以五服为界,五服以内为“有服气”,五服之外一般就算是“没有服气”了。五服之内男女不能通婚。

【按】方言中"冷打漫吹"指态度冷淡,不热情。原文此处为张鸿渐受狐仙舜华戏弄之后,真的回家时以为又是舜华作弄,所以对妻子方娘子很是淡漠,且把床头的儿子当作舜华变的竹夫人,完全缺乏分离多年之后的热情。邹注似欠准确,所谓"说话不着边际"其实是"说的都是云里雾里的话"一句的意思。

路本《聊斋俚曲集》后附的"土语注解"中释"冷打漫吹"为"没有热情的意思"。是。

又,《磨难曲》第十三回:"我合你四五年不见面,我为你受了多少的苦楚!见了面一眼泪也不落,冷打慢吹,说的话云里雾里,想是你良心全丧了!""冷打慢吹"前有"见了面一眼泪也不落"一句,更显然是不热情的意思。

《磨难曲》"漫"字作"慢"。从词源来看,"打"和"吹"的本义应是演奏乐器的"吹"和"打",借用器乐节奏的缓慢表示不热情的意思,当以"慢"字为正。

65.眼们(《富贵神仙》第六回,P647[34])

【原文】两个衙役每日攮的是那臭烧酒,哪里有这样酒?正无吃够,听了这话,又还不知是待给他多少银子,喜的那腚里都是笑～,哪里肯走!

【邹注】山东方言,眼儿。

【按】今山东方言中,"笑眼们"为一个词,而不是"笑+眼们"。"笑眼们"即笑靥,笑窝。笑靥应该是在脸上,这里说"腚里都是笑眼们",是嘲讽这两个可恶的衙役欣喜至极的小人之相:不仅脸上堆满了笑,连屁股上都是笑靥。

"笑眼们"中的"眼们"疑即"靥"的音变。靥,《广韵》於業切,"面上靥子"。山东方言中有些古咸摄字入声读成阳声(如"眨眼"说"斬眼",《聊斋俚曲集》中有用例。《广韵》眨,侧洽切;斩,侧减切),所以,"靥"有可能读为"眼"(靥字声符即为"厌")。此外,山东方言中古咸摄阳声韵有些字儿化后加"们儿",如"心们儿、参们儿、蚕们儿"(《聊斋俚曲集》中有"蚕们儿"),因此,如果"靥"读阳声收一m 韵尾,儿化后加"们儿"就成为"眼们(儿)","笑靥"就成了"笑眼们"。

66.噦(《富贵神仙》第七回,P647[37])

【原文】两个解子放倒头就似泥块一样,臭杀人那一个～了一床。

【邹注】山东方言,呕吐。

【按】即"哕"字的俗体。"噦"字不见于其他字书,《汉语大字典》收有该字,引例即为《富贵神仙》的本例。俚曲《磨难曲》中两处写作"哕"。《磨难曲》第十八回:"俺昨晚只吃的稀糊烂醉,睡醒了冻的来像两个乌龟,睁开眼却在这山坡里睡。待说是个梦,怎么还哕了一大堆?"第二十八回:"干哕道:'臭死了,臭死了!'"

67. **嘴孤答**(《富贵神仙》第七回,P653[13])

【原文】你妈有儿子往上进,弄的俺没儿～!

【邹注】山东方言,张嘴骂人的意思。

【按】方言中"孤答"是象声词,指风箱两边的小气门(俗称"舌头")在拉风箱时交替张合的声音,或类似的声音;也用作动词,指张合。俚曲此处是以嘴巴张合代指出声说话,具体到说的内容才是骂人。《磨难曲》第十五回作"嘴咕答"。《蓬莱宴》第四回又写作"瓜答":"拿到街上可休说是奴家,那秀才们嘴臭,看他再瓜答,说你写的到还不差。"也是说话、议论的意思。

68. **高脚子**(《富贵神仙》第七回,P654[18])

【原文】浑身上下撕你个净,拾起腿来拧一个花。拧一个花,还不的家,还要打的你～爬。

【邹注】高高地抬起腿不敢着地。

【按】"高脚子爬"是一个词,今方言中指婴儿初学爬行时膝部不着地而只用手脚爬动的状态。成人的爬行姿势是膝部着地,婴儿的"高脚子爬"实际上是一种非正常的爬行。这里是指把腿打坏,让她连爬也不能正常地爬。如果是"高高地抬起腿不敢着地",那如何能"爬"?《磨难曲》第十一回:"我把您狗腿折了,都着你就地高爬!"其中的"高爬"即"高脚子爬"。

69. **瘤呀点呀**(《富贵神仙》第七回,P655[22])

【原文】那老婆漏着腚,光着脚,～的家去了。

【邹注】山东方言,等于说一瘸一拐。

【按】今方言中"点"指点地,即用脚轻轻地着地随即拿开,形容脚怕疼不敢着地或是瘸子走路的样子;"瘤呀"则方言中没有这种说法,义亦不可解。"瘤"当为"瘸"字的形讹,即"瘸呀点呀"。今方言中也说"一瘸一点"。

70. **教的**(《磨难曲》第一回,P706[40])

【原文】一个说道:"……这饭是该怎么讨法?"一个说道:"我可～给你……"

【邹注】山东方言,教。

【按】鲁中方言中,表示给予义的双宾句结构形式为"动词+的+给+人+物",如"送的给他一本书"。"的"可视为结构助词,并非与"教"构成一个词。

71. **一大稃**(《磨难曲》第二回,P713[10])

【原文】上限拿了去比较,二十五板打了个昏,板疮还有～!

【邹注】山东方言,一大片,一大溜。

【按】《汉语大词典》“稃”：“捆成的禾秆。”今鲁中方言中仍有“稃子”一词，指用高粱秸或玉米秸捆成的一束，常用在盖房时铺在梁上（上面再用泥泥平，最上面是苫草），也可作他用。此处原文为贪官比较，百姓挨打，结果是“二十五板打了个昏，板疮还有一大稃！”当指如禾束一般隆起的一条。邹释中“一大溜”是对的，“一大片”则不然。《寒森曲》第一回也用过“稃”字：“身上衣服稀糊烂，头上网帽俱无存，浑身打的俱成稃。”也是指成条的疮疤隆起如稃。

72. **一路人**（《磨难曲》第四回，P722[29]）

【原文】证见都是你一路人，问他怎的！

【邹注】一伙的人。

【按】“一路人”本指走一条路的人，方言中引申指同一种品性的人，同一种类的人。没有必要释为“一伙”。

73. **哏**（《磨难曲》第四回，P722[30]）

【原文】军门恼了，“～”了一声，说：……

【邹注】（音 gén，方言音 gén）山东方言，因心中不满而发出的声音。

【按】邹注中方言注音与普通话读音相同，当有误（笔误或印刷错误）。依方言读音，当音 hén，意义相当于普通话中表示轻蔑的“哼”。

74. **结声的**（《磨难曲》第六回，P734[20]）

【原文】这妮子这样无知！还不快～，胡说的甚么？

【邹注】结，“噤”的借字。山东方言，闭上嘴，别再出声说话。

【按】“结声”是词，“的”是语气词。“噤”今读 jìn，《广韵》巨禁切，又渠饮切，与“结”方言中今读 jie（声调见下）读音不同，谓之借字似不妥。“结”字今淄川音阴平，不过今寿光话中说“竭声儿”，前字读阳平，声母不送气，相当于全浊入声字。其本字待考。

75. **哪乡**（《磨难曲》第十二回，P761[5]）

【原文】不由人暗惊惶，忽看见舜华庄，门前大树还无恙。那屋在～？那人在何方？蜃楼海市一般样。

【邹注】乡，“厢”的讹字。哪里，哪边。

【按】“哪乡”即哪方，照“乡”字字面意义理解亦可通，不必算作讹字。又，“乡”与“厢”今方言音相同，但古音声母不同，“乡”属尖音，“厢”属团音。如果这个用字并非蒲松龄自书而是后人抄写时笔误的话，那么还是有可能的（因为今音已经“乡”“厢”同音了）；如果是蒲氏自书，那么可能性就很小。因为蒲氏作品中极少有尖团音相混的例子。

76. 合(《磨难曲》第十三回,P765[4])

【原文】跳过破墙去,直到内宅来,却也是窗儿里灯明,就～那夜半点儿不曾改。

【邹注】山东方言,像,如同。

【按】原文为张鸿渐先被狐仙舜华戏弄,“假”回家了一次,第二次真的回家时,所见与被狐仙舜华骗的那次一样。方言中表示两者相似是说“和(合)……一样/似的”。如《墙头记》第一回:“到老来无人奉养,就合那牛马相同。”第二回:“每日穷的合那破八万哪似的,他哪里的钱?”《姑妇曲》第一段:“这样福合佛一样……”“和(合)”是介词(相当于“与”),不是动词(喻词),本身没有“像”“如同”的意思。此句当是因为后面出现了“半点儿不曾改”而挤掉了“一般”之类的词。不过这样一来,句子结构稍别扭。因为这是唱词,所以不必与一般句子一样要求,更不能仅仅根据这一个特殊用例认为“合”有“像、如同”的意思。

77. 芦蛰(《磨难曲》第二十八回,P857[17])

【原文】拿绳子来,把他手脚背绑在一堆,从梁上抽将起去,着他肚皮朝地。休高了,看那臭虫勾不着,休光偏宜那～。

【邹注】“炉渣”的借字。这里指煤在炉膛烧熔后凝结而成的泡状物,较有硬度,垫在身体下面或迫人跪在上面能硌破皮肤。

【按】以比较生僻的“芦蛰”来代替常用的“炉渣”二字令人怀疑,况且与文意不符。原文为张鸿渐父子科举高中之后,张春将前来贺喜的原解子张龙、李虎吊打,从上下文看不出来与炉渣有关的事情。况且,文中说的是“休高了,看那臭虫勾不着,休光偏宜那～”,意思是吊高了只能便宜“芦蛰”,可见更不可能是“炉渣”:只有吊低了、人身体着地的时候炉渣才会硌人,“高了”怎么能“便宜”炉渣呢?因此芦蛰肯定不是“炉渣”的借字。《日用俗字·昆虫章》中有“蠦蛰”:“蠦蛰蝼蛔瞎牛蠓。”“蠦蛰”即“芦蛰”。请看,“蠦蛰”是与“蝼蛔”(即蝼蛄)、“瞎牛蠓”(即牛虻)并列的,可见是一种昆虫,应该是一种会叮人的飞虫。

78. 麻籸(《增补幸云曲》第六回,P926[14])

【原文】披着蓑衣吃～,不看吃的看穿的。浑身衣服不值一个低操,赢他命么?

【邹注】用麻子、大豆、花生等榨油后剩下的渣滓,一般做成圆饼状。

【按】①“籸”字正文及注释均作此字形,路本、盛本同,当属形讹,当作“糁”。“糁”,《广韵》所臻切,粉滓。今音 shēn。②此句为歇后语,当按本书体例标点作

“披着蓑衣吃麻糁——不看吃的看穿的”。“披着蓑衣”说明穿得破烂，“吃麻糁”说明吃得很差，因为“麻糁”通常是用来喂牲口的，所谓“不看吃的看穿的”，表面上是说重在看衣着，其实是说无论从哪个方面看都很差。

79. 涩道（《增补幸云曲》第十四回，P965[13]）

【原文】这万岁穿的鞦鞋是江彬做的，虽无穿着走路，但年岁久了就烂了，那鞋掌子印着那～上边，嗤的一声抓下来了半边，走一步刮打一声。

【邹注】山东方言，雨后泥泞的土路。

【按】此释有误。从文意来看，上下文中并未提到下雨及泥泞，况且如果真是“泥泞的土路”也不会把鞋掌子挂住，从而使棉鞋“嗤的一声抓下来了半边”。其实“涩道”指院子中用砖砌的道路，即甬路。今山东不少地方还说。砖砌的甬路时间久了，会凸凹不平，有些缝隙，“烂了”的鞋掌子会陷入而导致“抓下来”。下文说道：“那万岁见人笑他，一发装起嘲来了，站在墉路上，可就讲起他那鞋来了。”人走路当不会一会儿走在泥泞的土路上，一会儿又“站在墉（甬）路上”。盖涩道就是甬路，只是上下文用了不同的说法而已。《日用俗字·泥瓦章》作“戺道”：“戺道甋石为甬路。”似乎指“戺（涩）道”砌（甋）上石头就算“甬路”，其实从方言的使用情况看，一般家庭院子里的无论用砖还是用石砌的都称作“涩道”，大的宅院或公共场所中的“涩道”叫作“甬路”，有时两者也可混用。

“涩”为清入声字，在淄川一带方言中读同“湿”，在胶辽官话中读同“史”，与《中原音韵》支思韵“涩音史”正相吻合。济南一带读“涩”同“色”音 shei（阴平）。戺，普通话读 shì（试），《字汇》：“止纸切，时上声。……又砌也。”蒲氏应该是根据《字汇》释义为“砌”而音“时上声”（“涩”在轻声前读同“史”）而选用此字形的。其实，蒲氏此处误认了《字汇》的注音。因为“时”是全浊声母字，逢上声应该读去声，所以普通话读“戺”为 shì 是正确的，淄川话中也不应该读“史”。不过，蒲氏在“戺”字旁注音为“室”，淄川方言中，“室”“涩”同音。所以，尽管《日用俗字》跟《增补幸云曲》字形不同，但读音其实是一致的。相较而言，用“涩道”的写法记音更为准确。

从词源来说，“涩道”据《汉语大词典》原指：“刻有花纹的倾斜石砌。无级次，亦可登。涩，急。以其促，故称。”引例为《太平广记》卷一二九引唐人唐临《冥报记·张公瑾妾》：“遣使者送嘉运至一小涩道，指令由此路归。”元人孙仲章《勘头巾》第二折：“出司房忙进步，登涩道下阶址。”明人汤显祖《牡丹亭·冥誓》：“则没揣的涩道边儿，闪人一跌。”“涩道”的原义后来发生了变化，像《牡丹亭》中的“涩道”，其实已经不是“刻有花纹的倾斜石砌”了。《牡丹亭·冥誓》中，描写的情节发生在“柳郎书舍”，其中的“涩道”应该就是一般的甬路。许宝华、宫田一郎主编《汉语方言大词典》(中华书局 1999 年版)释《增补幸云曲》的“涩道”为“庭院里用砖或石铺的较窄且高于地面的路”(第 5132 页)是准确的。

80. 鴳子(《增补幸云曲》第十五回，P968[8])

【原文】小二姐气狠狠，叫姐夫你好村，你在哪～窝里困?

【邹注】鴳，“埝”的借字。山东方言，地方。

【按】鴳，邹注音 ān，而埝，方言音 niǎn，两者不同音，形亦不近，所以，不当是借字。再者，如果“鴳”是“埝”，则“埝子窝”(地方窝)亦不辞。今按：“鴳”当为“鹌”的借字，“鴳子”即鹌鹑，“鴳子窝”即“鹌鹑窝”。鹌鹑是鲁中田野常见的鸟类，形类小鸡，鹌鹑窝自然是非常狭小的。这里是妓女小二姐嘲讽包了自己的武宗(姐夫)土气无知(村)，说他是在鹌鹑窝里睡(困)，与“井底之蛙”意义相类。

鴳，《广韵》乌涧切，影母谏韵去声，今音应读 yàn。《汉语大字典》：“小鸟名。鴳雀，鹑的一种。……”鹌，《汉语大字典》引《龙龛手鉴》“乌含切”，释义为“鹌鹑”。是“鹌”为后起字。不过《日用俗字·禽鸟章》即作“鹌鹑”：“鹌鹑善斗出般阳。”因此，《增补幸云曲》中写作“鴳”或为俗写，或为误写。

81. 狗跑门(《增补幸云曲》第十六回，P976[33])

【原文】好甚么? 不过是胡乱拨几点子，合～哪是的。

【邹注】跑，“刨”的借字。狗用爪子抓门。

【按】“跑”有 páo 一读，《广韵》薄交切，“足跑地也”。《汉语大词典》释为：“走兽用脚刨地。”“跑门”是旧的写法(参《现代汉语词典》)，非借字。

82. 割根齐查(《增补幸云曲》第十九回，P992[4])

【原文】那长官不知带了几两银子来嫖院，给他一个～，赢他个罄净，叫他院也嫖不的，人也为不的。

【邹注】把作物从露出地面的地方齐齐地割掉。比喻不留什么余地。查，通“荐”。

【按】释义当作“不留任何剩余”。“余地”一词欠准确。又，“查，通‘荐’”中的“荐”当作“茬”。此或排印错误。

83. 方且(《墙头记》第一回，P9[①])

【原文】老头子日日闲，情着吃情着穿，着您媳妇常忙乱。～早晚合冷热，怎

---

① 以下若干条是邹宗良未加注的词语，所以只列出词语出现的页码。

么好向媳妇言？

邹无注。

【按】俚曲中"方且"11 见，8 例表"况且"之意，即在已有情况之外，加之……。又如："不说他为人好，方且是活路多。"(《姑妇曲》第一段)"休了他，休了他，谁想娶了个母夜叉！不惟说见面羞，方且是可说嗄。"(《姑妇曲》第二段)"休说小弟没有长才，方且不是牧民之官，可有甚么恩惠给那百姓们?"(《磨难曲》第十回)《汉语大词典》"方且"有四义：①尚且，还要；②将会，将要；③正当，正值；④方才。无况且义。今淄川方言亦不说"方且"。

84. **赃扬**(《翻魇殃》第一回，P167)

【原文】却说那庄有一个人是魏名……仇牧之在家的时节，因他不正气，不大理他，他就造了一篇瞎话，赃诬那徐氏(仇牧之之妻)。(唱:)钻出来～他，说他耍着他邻家，邪僻行子真奸诈。

邹无注。

【按】指传播编造的瞎话或对对方不利的消息来败坏对方的名誉，即前文中的"赃诬"。今鲁中方言中此种意思仍说"赃"(一般写作"脏")，如淄川、济南、垦利等地都说"脏"，寿光则说"赃闷"。

85. **置**(《俊夜叉》，P408)

【原文】摊着你这个赌博鬼，拿着俺不～个烂甜瓜。

邹无注。

【按】"置"为"值"的借字。《淄川方言志》中"值"未列去声一读，但今寿光、利津等方言中表示物品与价钱相当义的"值"音去声(如：值钱)。清代中期的《万韵书》中"值"也在去声韵。清初的淄川方言中"值"可能也有去声的读音，所以才可写作"置"。

"不置个烂甜瓜"意为"抵不上个烂甜瓜"。全句指在"赌博鬼"丈夫心中，"俺"的价值微不足道。《慈悲曲》第二段有"汉子哄你不值个破瓢"，《禳妒咒》第十八回有"不值个破枣"，《墙头记》第一回有"谁想这老不值个狗屁蛋"，《姑妇曲》第二段有"这命不值个臭屁"，这些与"不置个烂甜瓜"的结构及意义均类似。

86. **整腔**(《禳妒咒》第二十六回，P565)

【原文】见同年称年兄，拜知县称治生，庄村谁不把我敬？从此没有下三等，顺口谈文尽着俺烹，见人说嘴又整～。若来到这绣房以内，这一把青伞难撑。

邹无注。

【按】原文为高蕃中举后对妻子江城的唱词，自夸中举后身份、地位提高的情况，韵脚字为“兄生敬烹～撑”，“腔”字不合韵。此当为“腚”(方言：屁股)的形讹，“腚”与“腔”草书形体相似。“见人说嘴又鏊～”一句中，“鏊腚”与“说嘴”并列，“腚”正与“嘴”对文。《醒世姻缘传》中有“鏊嘴”，意为说嘴，夸夸其谈。“鏊腚”正是“鏊嘴”的詈语。

87. 茄着(《增补幸云曲》第二十二回，P1007)

【原文】那件蟒衣，是那戏子们穿的着装皇帝的，百姓们穿了犯法。我怕他～我，我才着你藏了，怎么你也信了么？

邹无注。

【按】今淄川方言不说“茄着”，但说“茄告”，寿光方言说“茄着”，也说“茄和”，均指以某事为理由来挟制对方或做出不合作的举动，带贬义。如：他～着我没偏向着他，就不和我搭腔了/他～着别人都不去，他也不去了。俚曲此处正是怕别人(指有敌意的大姐和王龙)以龙袍为证据来告发的意思。

88. 心焦(《增补幸云曲》第二十三回，P1011)

【原文】我昨日实着你赢极了，我就～了几句，休要放在心里。

邹无注。

【按】今淄川方言中的“心焦”只有一种意义，指“心中焦急烦躁”，同普通话；而这里的“心焦”是动词，带有宾语“几句”。今寿光方言“心焦”有动词的用法，指因为心情急躁、烦乱而对别人发火斥责别人，与俚曲此处意义相合。

## 第二节　路大荒《聊斋俚曲集·土语注解》析

路大荒先生在《蒲松龄集·杂著·聊斋俚曲集》后附有“土语注解”，共释词语289条。据作者附识，“此系校时随手录下，略加注解，按笔画排列。罣漏和错解处恐很多，希读者指正”。路先生是蒲松龄的同乡，其家乡(今淄城镇菜园村)距蒲家庄有5公里左右，因此两人母方言相同或者说基本相同，其“土语”注解自然具有外地学者所欠缺的语感。不过路先生毕竟不是语言学者，所以其注解也难免有未尽如人意之处。此外，“注解”也未列出处，阅读起来有所不便。因为该“土语注解”比较受人关注，所以我们不揣谫陋，对注解一一分析，有对用例的展示，有对注解的补充，也有对注解的纠正。希望由此加深对路先生注解的认识，同时也借此讨论一些词语的意义，并有助于对蒲松龄聊斋俚曲作品的准确理解。

下面依“土语注解”的原列次序（以笔画数为序）来讨论。版本为路大荒编《蒲松龄集》（上海古籍出版社 1986 年版）。每条先列“注解”原文，然后是笔者的讨论。原文中的繁体字一般改为相应的简体字，涉及字形问题时照录原字形。序号为笔者所加。

为便于检索，也因为路注的条目有些其实并非词语而是短语，本节最后附有“本节所释词语音序检索表”，将本节讨论的词语（包括与路注条目有关的词语）以音序排列并标出序号。有些未见用例的不列入，非词的也不列入。

**1. 一哰——惊讶的意思**

“哰”原作“啰”。用例见于《磨难曲》第二十五回，字作“哰”而非“啰”。其音据今方言即读同“罕”，而“啰”则非字，故应以“哰”为正。此义的“哰”更多地写作“罕”，下面一并列出有关的例句：

父子俱连登，一齐朝玉殿，才叫那天下人打一哰。（《磨难曲》第二十五回）

进了学亲又成，门前车马乱烘烘。合庄打罕人称诵，都说道怎么范公子，认定仇家二相公？姻缘也是前生定。（《翻魇殃》第六回）

人见他又富又贵，公然成了大家，都极打罕。（《翻魇殃》第十一回）

万岁将汗巾一展，照的楼上赤旭旭的，祥光出现。二姐抬头看见，打了一罕：“这长官说话风张风势的，他的东西到有些古怪，花花厘厘的这是什么？”（《增补幸云曲》第十六回）

王冲霄暗暗喝彩，打一罕好他贼哥！（《增补幸云曲》第二十一回）

万岁脱下衣服，王龙合大姐也暗暗的打罕，只估不出是个什么人来。（《增补幸云曲》第二十一回）

似阎君在歇魂台畔，他频频将生死簿翻，一会写了两三言，黑溜溜传与合场看，见了的打罕，乍寻思并没个缝儿钻。心惊战，回头漫把良朋唤，就是那最关切的父兄，也只在密匝匝人缝里看一眼。（《戏三出·闹窘》后附的《南吕调九转货郎儿》）

由此可见，其基本词形是“打罕”，义为“吃惊”。方言口语中可以说“打了一罕”，相当于说“吃了一惊”或“猛地一惊”。“打一罕”只是韵文中限于字数而做的调整。“一哰（罕）”并不单用，也不会说“两哰”“三哰”，应以“打哰（罕）”或“打一哰（罕）”为词目。

“咿”字是方言字，古代字典未见。《汉语大字典》收“咿”字，但释为“同‘喊’”，同“打一咿”意义无关，因为“打一咿”并不出声，只是心内猛地一惊。

2. 乜——那

“乜”在方言中音 nie，一般读去声，是表远指的指示代词。不过在淄博、潍坊、东营一带的方言中，表远指的指示代词既有“乜”，也有“那”。如果两者相较，“那”比“乜”指示的事物要更远，所以也有人把“乜”称为“中指”，把“那”称为“远指”。其实在没有比较的情况下，用“乜”和用“那”没有明显区别。关于“乜”的用例及特点，请参见本书第四章语法部分的讨论。这里不加详述。

3. 丁点力气——小点力气

用例见于《快曲》第四联：

瓮中捉了老瘸鳖，临行不用刀合枪。丁点力气全没费，马上提来头一双。

“小点力气”似欠明确，可释为“很小的力气”或“很少的力气”。

又，此条要解释的其实只在“丁点”。“丁点”在今山东方言中很常用。《现代汉语词典》亦有收录：“丁点儿，〈方〉量表示极少或极小(程度比‘点儿’深)：一～毛病也没有｜这～事何必放在心上。”不过《现代汉语词典》标“丁点儿”为“〈方〉”，说明仍属方言词。

4. 人心无足蛇吞象——贪多不量力。

用例见于《翻魇殃》第十一回：

虽然是桂花香，还望你上玉堂，人心无足蛇吞象。

此为现代较常用的短语，其含义主要在于说明人的贪心很难得到满足。

5. 大发——怒貌

此条可疑。

查检《聊斋俚曲集》，共得“大发”16 例。其中，2 例为词，义为“大方”“大气”：

《翻魇殃》第六回：嗤头扶腚看不上眼，待要大发那里来？

《翻魇殃》第七回：却说那范宅里人家也大，你看他行的事这样大发。

其余 14 例“大发”均非词。“大”为副词，表示程度深。如“大发挥”(《慈悲曲》第四段)、“大发誓”(《寒森曲》第二回)、“大发歪”(《寒森曲》第四回)、“大发慈悲”(《蓬莱宴》第七回)、“大发威”(《俊夜叉》等)、“大发狂言”(《富贵神仙》第四回)。

6. 小晌——将到正午的时候

见于《磨难曲》第十八回：

> 那一个说："丢打几个钱给他罢。天已小晌了，只顾咯噪甚么？"才支了饭钱走了。

"小"有"接近于，将近"的意思。《现代汉语词典》"小"的第四个义项是："副略微少于；将近：这里离北京有～二百里｜编了～三十年词典。""小晌"就是接近晌午(中午)。

7. 已发——一霎

此条可疑。因为我们检索《聊斋俚曲集》，根本没有"已发"的组合。

俚曲中音近的词有"一发"，共 11 例。不过都是"越发"的意思，"表示与过去相比，程度加深"(《现代汉语词典》)。如：

> 近来一发不成个腔儿，把人活气杀！(《禳妒咒》第十六回)

> 自从治了病，极其相好。送俺的金银绸缎都不曾收，得他一发敬重，搬俺的行李来，就寓在相府。(《磨难曲》第十回)

《增补幸云曲》第十一回有一个用例相当于《现代汉语词典》的"越发❷"，"跟上文的'越'或'越是'呼应，作用跟'越……越……'相同(用于两个或更多的分句前后呼应的场合)"：

> 话说二姐哭上南楼，望着扬州叫了声爹娘："你闪的我好苦也！"一发寻思一发恨，可就伤感起来了。

唯一跟"一霎"意思有点儿接近的是《磨难曲》第十三回的一个用例：

> 鸿渐随后赶到，砍了一刀，爬了爬待走，鸿渐又是一刀。方娘子赶出来，吆喝说："放他去罢！"李鸭子已是杀死了。鸿渐一发大开了膛，割下头来，才说："虽犯了杀人重罪，我心里且快活快活！"

这里的"一发"似乎可解释成"一霎""很短的时间"，但实际上还是应该解释成"越发"：李鸭子上门调戏自己的妻子，且恶语威胁，张鸿渐感觉受到极大侮辱，抽刀要杀李鸭子，其妻已经有过劝阻；待砍了李鸭子两刀之后，其妻又加劝阻时，李鸭子已被杀死，至此程度已经很重了；但张鸿渐余恨未消，杀死仇敌尚不解气，进而开膛割头，"且快活快活！"可见，张的行为是逐渐升级的，对仇敌的伤害也是越来越重的，理解为"越发"或"更是"更为准确。

8. 大窟笼——大洞

此条亦有可疑。"窟笼"一般写作"窟窿"，其义为孔洞本无疑问，但我们查路本《聊斋俚曲集》中并没有"大窟笼"的用例。邹本和盛本《琴瑟乐》中有"窟笼"，但一来路本未收该曲，二来也不是"大窟笼"。《琴瑟乐》原文是：

你虽望着那个亲,俺可知道妙不妙。你仔想想你当初,蛇钻的窟笼蛇知道。

路本《聊斋俚曲集》中可能的用例有两处。一是《俊夜叉》:

呀,偨强人,嘲畜生!割了肉来胡触送,终朝每日瞎作蹬,弄的天那大窟窿。

一是《穷汉词》:

快生火,烧冻冻;快扫雪,填枯井。只说窟窿天那大,还有大起天的大窟窿。

《穷汉词》字作"窿",不是"笼";《俊夜叉》字作"窿",也非"笼(籠)"。看来问题还是跟《俊夜叉》有关:要么《俊夜叉》中的"窿"是"籠"字之讹,要么"土语注解"中的"籠"是"窿"字之讹;还有第三种可能是,两处均为"窿"字之讹。

9. 不依——不许

解释无误。俚曲中用例甚多。如《慈悲曲》第二段:

且说张炳之到了家,李氏说:"你叫的他呢?"张炳之说:"他姑不依他来。"

《禳妒咒》第九回:

江城说:"我不依你下这个子。"公子又只是安上说:"在我,你怎么不依的?"江城红了脸说:"我只是不依!"

10. 不採——不思想

此条可疑。因为在俚曲中没有"不採"的用例。意义与"不思想"有关的可能是《磨难曲》第十三回的句子,但字形作"不睬":

张鸿渐这几年你良心全坏,我为你人间的罪尽数全挨,现如今那枕上头泪痕还在。五年的夫妻一相会,一眼泪也不流下来。像奴家这一等无心的痴人,该着他死在监牢里永不睬!

此处描写逃亡在外的丈夫张鸿渐五年之后回到家,曾因丈夫犯事而坐牢两年多的妻子见丈夫没有激动之情,因而发出恨语。不过最后两句意义上却有些不太显豁:"像奴家这一等无心的痴人"是指丈夫(因为这里是在抱怨丈夫无情),但丈夫张鸿渐逃亡在外并没有坐监牢,真正坐过监的是妻子自己,那么后一句"该着(让,使)他死在监牢永不睬"就没有着落。所以,这一句只能迂曲地这样理解:本来是你犯事,你逃走了,我坐牢等于是替你坐牢;所以,既然你这样无情,我当初就不应该替你坐牢,而应该让你自己坐牢,"死在监牢里"我也"永不睬"

你！因为有牢内外之别，所以在外的人与身陷囹圄之人似乎只有“思想”（想念）可以联系，永不想念自然也就成谈不上关心了。不过，在这里将“睬”径直理解为“理睬”“搭理”即可，不必迂曲地释为“思想”。

总的来看，“注解”的“不採”很可能就是《磨难曲》的“不睬”。至于“採”和“睬”的字形差异，“注解”有误或《磨难曲》有误都有可能，当然跟“大窟笼”一条一样，还有一种可能是：《磨难曲》抄本原作“採”，印刷时改成了“睬”。

11. 不光滑——不光鲜、羞惭

俚曲中“不光滑”有两个用例：

时常我来到家，咱两个笑哈哈，前年没人说句话。极仔想你不得见，又说你去的不光滑，痛恓恓把我心摘下。你来了眉头开放，有你我穷些何差？（《翻魇殃》第九回）

骑上马上方家，自觉着不光滑，待不去心里放不下。（《磨难曲》第十一回）

《翻魇殃》的例子有“不光鲜，不光彩”的意思；《磨难曲》的例子隐含“羞惭”的意思，其实也就是自己觉得“不光鲜，不光彩”的意思。

12. 中——好

“中”是河南话中常用的形容词，表示“可以，好”。山东的鲁西南直到鲁中地区都有这个说法，不过不如河南话用得那么频繁。如：

“快拿来加上些花椒、茴香，去去那贼的恶气。”加上又烧，说：“好了，不大臭了，可也中了。这是个异味，大家都尝尝，休要偏了。……”（《快曲》第四联）

方二爷一行煎药，一行暗暗祷告。煎中了，送进去吃了。（《富贵神仙》第四回）

丢丢羞羞往外走，婆婆迎门拉住手。想是心里看中了，怎么仔管咧着口？（《琴瑟曲》）

13. 互然——忽然

用例均见于《慈悲曲》第六段：

后边有一个美少年，来到近前，把马勒住，细细的端相。张讷还不敢看他，他互然跳下马来，问了一声：“这是俺哥哥呀！”

张老爷又点了点头道：“哦哦！”互然跳起来，上后宅里去了。

张老爷正自的问不着，互然得了老子真信，又添了两个好兄弟……

在这三个例子中“互然”都是“忽然”的意思，路释无误。不过值得注意的是，俚曲中其实就有“忽然”的词形，高达157例。在《慈悲曲》中也有“忽然”12例，在第六段中就有“忽然”3例。如：

张炳之正打着盹，忽然抬头，见轿马人夫，来了一大些。

考虑到“互然”出现次数很少且出现在《慈悲曲》中，我们怀疑将“忽然”写作“互然”只是后代传抄者的误写，而不是蒲松龄笔下的现象。

互，《广韵》胡误切，匣母暮韵去声；忽，《广韵》呼骨切，晓母没韵入声。在今山东方言中，全浊声母消失，读为同部位音，匣母读同晓母；入声消失，没韵在喉牙音声母后读为u韵母与遇摄暮韵相同，这些都是合乎规律的演变。但是，在冀鲁官话和中原官话中，清声母入声字应该读阴平调，而“互”作为古代的去声字应该读去声。也就是说，“互”和“忽”应该是声调不同的，而这里却发生了代用。那么，到底是本该读去声的“互”读成了阴平的“忽”呢，还是本该读阴平的“忽”读成了去声的“互”呢？答案是前者。淄川方言中“互”读为阴平，属于不合规律的演变。后人在传抄时笔误将“忽”写成了方言中与此同音的“互”字。

14. **公母——夫妻**

今方言仍有此种说法。俚曲中有两处用例：

那高家公母，也不是仯巴，听说江城，一貌如花，雪白脸儿，昏黑头发……若不然，除了这个图他嗄？(《禳妒咒》第八回)

他原来是施家大姑名叫舜华，十七八岁还没出嫁。太太公母俱不在，惟只撇下姊妹仨，小妹妹两个还不大。(《磨难曲》第八回)

15. **化拳——豁拳**

“化拳”，《现代汉语词典》作“划拳”(“划”读huá)，又注了异形词“豁拳”“搳拳”。俚曲中“化拳”两见：一见于《磨难曲》第十四回：

欹着的，赌博的，饿了便要酒饭吃，在灵棹上化拳吃酒。

一见于《磨难曲》第十八回：

两个啕啕叫叫，猜枚化拳，一霎大醉。

不过俚曲中也有“豁拳”，均见于《禳妒咒》第十一回：

又合陈美卿豁拳，丽华输了，子雅说：“妙妙！都斟酒。”

子雅说：“咱不必豁拳了，咱击鼓传花。”

可见当时“化拳”“豁拳”通用。

16. **仍崩——快走**

“仍崩”在俚曲中共5见：

樊亲家你好乖，仍崩一去不回来，再找那得个影儿在！（《禳妒咒》第三十回）

说了一声，说了一声，大家不敢说身上疼。拿起那将折的腿，顾不的稀烂的腚。拿腿仍崩，拿腿仍崩，路上坐下才哐哼。（《富贵神仙》第四回）

咱要还家，必定是吃横亏，夹棍夹，板子捶。咱不如也就仍了，咱不如也就崩了，也就仍崩拿了腿。（《富贵神仙》第六回）

说了一声，说了一声，大家不说身上疼，拿起那将折的腿，顾不的稀烂的腚。扯腿仍崩，扯腿仍崩，路上坐下才哐哼。（《磨难曲》第十一回）

可恨张鸿渐，把俺女婿杀。他到扯腿颠，仍崩二百八。（《磨难曲》第十九回）

以上各例似乎都有“快走”的意思。不过由现代方言来看，“仍崩”是记音字，形容疾走的样子，本身并不是动词，只不过有时当动词来用。最后一例“仍崩二百八”也可以看出“仍崩”是形容快走的样子。

**17. 天已大饭食了——上午十点钟左右**

“天已大饭食了”见于《磨难曲》第七回：

滴了两眼泪，交与店主人。那天已大饭时了，店主出去，换了八两银子来，交于鸿渐……

俚曲中又写作“大饭时”。如：

媒人又来了，媒人又来了，说是婆婆要瞧瞧。明天大饭时，候着他来到。（《琴瑟乐》）

想念了一回，睡着了。也是一夜没眠乏极了，直睡到大饭时以后。（《富贵神仙》第七回）

“大饭时”今方言仍说。《淄川方言志》：“饭时，吃早饭的时候”；“大饭时，早饭后较长一段时间（九点左右）”。今按：“大饭时”是一个模糊的概念，很难具体到几点。可能释为“半上午”更好。

**18. 巴巴——查查**

此条可疑。

检路本《聊斋俚曲集》中“巴巴”出现过 3 次。一例是“巴（瞎话）”的重叠形式，见于《禳妒咒》第二十四回：

适才胡挠胡抓的做了两碗菜，已是完了一天的大事，且找个人去巴巴瞎话。

“巴瞎话”俚曲中也写作“吧瞎话”。如《慈悲曲》第三段:“哎哟,你给我再坐坐,就不吃嗄,咱吧嗓子瞎话也好么。”俚曲中“胡吧”用例更多,也说“闲吧”。“巴”(吧)是方言词,指随意地说或胡乱编造地说。这个意义上与“查查”毫无相干。

另外两例分别用在“眼巴巴”和“睄睄巴巴”之中,“巴巴”并不单用:

远望昏花,远望昏花,那手拿斧子眼巴巴,极像是张诚,人儿又不大。分明是他,分明是他,越发细看越不差。(《慈悲曲》第四段)

二姐被万岁泚了几句,就羞的低下了头,说:“姐夫好乔性儿!每哩既犯相与,就不问问么?”万岁说:“从头里睄睄巴巴的,又问什么?”(《增补幸云曲》第十三回)

据今方言来看,“睄睄巴巴”是“睄巴”的重叠形式,重叠后带有形容词性(参见第183条“睄睄巴巴”的讨论)。“眼巴巴”是元代以来即有的词,形容急切盼望,“巴巴”也不是单独的词。

总之,“巴巴”的“查查”义在俚曲中无从验证。

**19.巴焦——一作芭蕉,应作巴瞧,用目着力的望**

俚曲中“巴焦”仅一见于《磨难曲》第一回:

孩子饿的吱嘤吱嘤,老婆待中巴焦,还为钱粮大板敲——宁死他乡不受大板敲!

而与“巴焦”同义的“芭蕉”则未见。路氏认为“巴焦”乃“巴瞧”之误,不过“焦”“瞧”两字声母有送气音和不送气的不同,似亦未必。尤其是写作“蕉”,更不像是“瞧”字之误。今淄川话中确有“巴瞧”一词,不过《淄川方言志》释为“偷偷地看”。上引文中并非“偷偷地看”之意,所以我们认为“巴焦”应为“焦急,焦躁”之意。

**20.心待不待——愿意不愿意**

“心待不待”见于《磨难曲》第十四回:

县里几个倭奴才,奉承官府买他的乖,老爷呀,这几年全把风俗坏。你们不从不的么?为头的烦了体面来,不从又怕他胡揣歪,老爷呀,况且又怕官府怪,只得低头去死挨。不论事体该不该,三百五百尽铺排,老爷呀,不敢说我心待不待。

按:原句的语法结构应为“我心/待不待”,意思是“我的心里愿意不愿意”。“愿意不愿意”是“待不待”的意义,与“心”的意义无关。

**21.日生——生活,过日子的事情**

“日生”在俚曲中4见。从意义上可分为两种:一是指生活,共3例。

从今后不怕你不通人性，别开门另支锅各度日生，或是好或是歹你听天由命。(《禳妒咒》第十二回)

况您俩日生也便，又不曾女嫁男婚。(《墙头记》第三回)

那眼里光阴，忍中日月，不觉的十年，臧姑生了一男一女。日生又便宜了，就买了个丫头。(《姑妇曲》第三回)

二是指生计，生活所赖的财产或收入来源。

张大哥无日生，纵着老婆养满村，石庵吃醋心不忿。(《禳妒咒》第十九回)

22. 火燎毛——快的意思

“火燎毛”在俚曲中共2见：

俺把药煎熬，俺药煎熬，亲自扇火不惮劳。祝赞家神灵，着俺方儿妙。给他吃了，给他吃了，病去好似火燎毛。(《磨难曲》第十回)

魏名说：“既不行令，嗜赶抢罢。”仇福也不会。魏名说：“我教给你。”(唱)魏名把仇福教，仇福跟着魏名学，一说爽然就知道。不过大点赢小点，俗名叫做“火燎毛”，惟有这个极公道。(《翻魘殃》第二回)

“火燎毛”是比喻，形容速度很快。《翻魘殃》中把一种骰子的玩法“赶抢”叫作“火燎毛”，则是因其玩法简单、容易上手、输赢快捷。

23. 无饭捣——没有饭给吃的意思

“无饭捣”见于《俊夜叉》：

宗家儿郎真不好，输的净光无饭捣。换米抽了屋上椽，烧火折了房上草。

此条关键在于“捣”字，以“捣”来指“吃”。还可以说“捣酒”，如《墙头记》第四回：“王银匠老獾叨，合咱爹久相交，头发根儿尽知道。老头合他常捣酒，又往铺里去倾销，必然他还通些窍。”

“注解”中的“没有饭给吃的意思”似乎不明确。“无饭捣”就是“没有饭吃”，或者说“没的吃”，“给”字多余且容易引起误解：“给”是表被动的助词还是动词？

24. 不做声——不说话

“做声”指说话，此类例子在俚曲和今北方话中很常见。如《姑妇曲》第一段：

那珊瑚也不接休书，也不做声，也不动弹。

珊瑚待走，安大成叫住房子的老王婆子，拿着那休书去送他。一路上不做声一声。

25. 不打拢——置之不理的意思

用例一见于《墙头记》第一回：

头一年还算强，零碎使了七石粮，虽不丰富还无账。第二年全然不打拢，跟着腚上狗哐荒，他还说我絮聒样。寻常是少柴没米，真教人焦怨难当。

邹注“不打拢”：“山东方言，不理会，不睬。”按：“不打拢”就是“不搭理”。

26. 不敢拗争——不敢辩论的意思

用例一见于《磨难曲》第十二回：

他把我送监中，二年多不放松。亏他二舅连科中，老马方才吃惊，也不敢拗争，从新轿马把我送。

“拗争”亦仅此一见。此处描写的是，方娘子因丈夫犯事被马知县（“老马”）投入狱中，方之二哥（“他二舅”）是个秀才，向老马求情反遭鄙视，遂发奋上进，连续考得举人、进士，“老马”见势不妙，只好主动送方娘子回家。“老马”与“他二舅”后来并未见面或有交往，因此不存在“辩论”的情况。“拗争”应释为“执拗，争强”。

27. 不服实——不能脚踏实地

“不服实”用例一见于《禳妒咒》第五回：

你不知这李知府是李二蹭，少年不干好事，曾在赵亲家家里当管家，因他不服实，攒了他，又偷了人家牛，着人家告着他，就颠到北京，报了吏部尚书钱宅里。从此丢起诈威，二三年间大富了，买了个官儿。

“服实”亦仅此一见。按：路注即“踏实”之义；而邹注：“不服实，这里是做事不诚实、不老实的意思。”今方言中“服实”意指踏实、做事实在，也含有诚实、老实意。

28. 太揸煞——很张狂

“揸煞”一见于《禳妒咒》第九回：

贼强人太揸煞，俺今日到您家，难说济你揉搓罢？从头只是逞灵怪，这个那个瞎拈麻，怎么把俺打一下？

“揸煞”即张狂，今方言仍常用，路释无误。

俚曲中“揸煞”又写作“诈煞”，见于《翻魇殃》第七回：

二相公气嘛嘛，骂范栝太诈煞，不知让你是为嗄！

29. 少挡没偧——不完整而又破碎的意思

用例一见于《姑妇曲》第三段：

安大成……自从遭了官司，弄的少挡没傢，又搭上人来索债，叫花子躲乱——穷的讨饭还带着不安稳。

此词又写作“少裆无繫”，见于《穷汉词》：

可怜俺浑家大小，祖祖辈辈，子子孙孙，就没有个有财命的，有担福的？怎么的弄的少油没盐，少柴无米，少裆无系，少吃无烧？

两词都是形容衣服残破的样子。根据今方言，词形应为“少裆无繫”：第二个字应该读阴平，第四个字应读 jì，“挡”为“裆”字之讹，“傢”应为“繫”字之讹。“无”方言音 mú，“没”是“无”今音的另一种写法，两者无别。

**30. 心里暗掂挑——在心里暗暗的考虑**

用例一见于《增补幸云曲》第四回：

万岁爷抬头看，心里暗掂挑：虽是庄家女，却也似天仙。

“掂挑”就是掂量的意思。本义指“用手托着东西上下颠动来估量轻重”（《现代汉语词典》释“掂”），引申指斟酌、思量。

**31. 扎括——梳妆打扮的意思，修理整齐的意思**

“扎括”2 见于《慈悲曲》。一在第三段：

李氏看了看张讷，扎括的上下一崭新，脸儿白胖就像是个学生了。

一在第六段：

张老爷正自的问不着，互然得了老子真信，又添了两个好兄弟，扎括起来，却是一表人才，又孝母，又敬哥。

“扎括”在俚曲中又写作“扎挂”“扎裹”。如：

给俺老婆做的通红的袄，娇绿的棉裤，扎挂的合那花鹁鸽一样，人人看着齐整。（《禳妒咒》第二十四回）

你看我到如今，袄没袖，鞋没底，饱饭可曾吃一顿？拾了根绳子扎着腿，上下一堆破铺衬，你扎裹的老婆好不俊！（《俊夜叉》）

“括”字今鲁中方言中读同“裹”，与“挂”音 gua 不同，但该字读轻声，则 gua 的 a 弱化为 o，也与“裹”“括”音近。

上面几例都是“梳妆打扮”的意思。“扎括”（扎挂）还有“修理，修缮（房屋）”的意思。如：

我没来赏匠人，扎挂的一崭新，怎么就不说个信？（《翻魇殃》第七回）

想当初咱俩说笑，扎挂屋望你勤劳，你还说是我胡叨，此时才知我虑的到。（《翻魇殃》第八回）

以上用法与今方言相同。此外，今方言中“扎括”还有“治疗(疾病)”的意思。《淄川方言志》有“扎裹病”一个词目，释为“治病”。

32. 乍——狂

“狂”指张狂。“乍”表张狂义。如：

炕头上济着乍，对着汉子把嘴夸，哎，到近前低着头儿，捱人家骂，指东说西又没处回答。(《慈悲曲》第三段)

你说作揖就担不的，你跪上试试看怎么？秀才说话就恁么乍！(《增补幸云曲》第二十五回)

“乍”在俚曲中还有二义。(1)突然，刚开始。如：

张老穿上(棉裤)，笑说：“乍穿绵裤，休火晕了。”(《墙头记》第三回)

乍受着媳妇孝顺，这两天心痒难挠。(《禳妒咒》第十七回)

(2)(毛发、乳房等较软的物体)变得竖直或膨大。如：

进了娘娘庙，娘娘貌如花，教人拜倒寒毛乍。(《禳妒咒》第十七回)

对月搬回家，对月搬回家，尖嘴嫂子喊哩咱。他说您姑娘，又早奶膀儿乍。(《琴瑟乐》)

以上各义今方言仍说。

33. 乍了毛——得意的形容

“乍了毛”指毛发竖立起来，形容张狂放肆的样子。用例如：

俺娘说来，您婆婆宜量甚么好，不照着他，他就乍了毛。(《姑妇曲》第二段)

骂了半日无人理，你就撑撑的乍了毛！乍了毛，我就掏，定要打的你起了毛！(《磨难曲》第十五回)

路释“得意的形容”，表意不明，似指“对得意的形容”，即“形容得意(的样子)”。

34. 出作——不响的意思

“出作”仅一见于《禳妒咒》第十五回：

虽然大相公我也使他两吊钱，可也担的利害不小。昨日从书房出来，顶头撞着江城，出豆腐的点不成脑——几乎就坏了作。还亏他不曾细问；若是细问起来，可是卖豆腐的破了布袋子，怎么说——你就过不的了！大相公还嘱咐密着些，可是黑着耳朵放爆仗——使了钱卖了些出作。待俺去报他的喜。来此已是他家门首。且瞧瞧，这二日眼跳，造化低不要再撞着他。

“黑着耳朵放爆仗——使了钱卖了些出作”是句歇后语，比喻花了钱却还要担惊受怕。“爆仗”即爆竹，需要花钱买（即“使了钱”），“卖”应是“买”字之讹。爆竹点燃后既会发出闪光，也会发出剧烈的响声。但很多人因其响声过于剧烈震耳而害怕，所以会捂（黑）着耳朵，提心吊胆地等待爆竹响。一般花钱买东西回来都是为了享受，而放爆竹却是花了钱自己还要担惊受怕，因此是“使了钱买了些出作”。“出作”是指惊惧的样子。如果将“出作”理解为“不响”的话，一是“出作”本身不会有“不响”的意思，二是放到句子中也不通：明明是要“捂着耳朵放爆仗”，怎么会是爆仗“不响”呢？“花了钱卖（或买）了些不响”，这无论如何都讲不通。

从上下文来看，“出作”也是担惊受怕的意思。《禳妒咒》此处描写大相公因与妒虐无比的妻子江城分居，偷偷让虔婆李婆子去找暗娼；而李婆子从大相公书房出来时曾经碰到了江城，吓得李够呛，因为万一被江城发现就“过不的了”。实际上，如果被江城发现，不仅李婆子“过不的了”，大相公肯定也会遭到严厉惩罚，也“过不的了”。这句歇后语主要是嘲讽大相公花钱买春却要担惊受怕的可怜相。

“出作”为什么有“惊惧”的意思呢？我们认为，“出”和“作”都是记音字，在方言中都是“缩”的意思。其中，“出”的本字应该是“搐”，《集韵》勑六切，彻母屋韵入声，今冀鲁官话读同“出”。该字本指“肌肉及筋抽缩”（《汉语大字典》），今山东方言多数地方用“搐”表示“缩”义而不说“缩”①。“作”通方言中的“撮”，表示缩聚的意思。人惊惧时往往会出现心脏和身体的抽缩现象，所以有“畏缩”一词。“出作”应该是同义复合的词，指害怕、惊惧，非指“不响”。

**35. 出产——教育的意思**

俚曲中“出产”共 3 例，均见于《禳妒咒》：

夫人拉过江城的手来，撮了撮下颏，捏了捏耳环，便说：“你看看江城出产的这样的风流，这样的标致！有了婆婆家没有？”（第七回）

冒火又冲烟，这生意实是难，有个出产心情愿。（第二十四回）

此处是描写厨子的心境，感觉没有什么出息，所以“奸”“懒”“尖”，不好好干活。

你看春香出产的越发有福气了！（第三十三回）

邹注于第二十四回例解释“出产”为：“山东方言，出息，出头的机会。”按：

---

① 普通话中表示抽缩的“抽”我们认为其本字即“搐”。（参见张树铮《北京话通摄入声读 iou 韵的来源探析——兼与朝鲜汉字音比较》；［韩］严翼相、［日］远藤光晓主编：《韩汉汉语探索》，韩国学古房 2010 年版）

"出产"一词在今鲁中方言中仍常用,可指"天然生长或人工生产"(《现代汉语词典》),但具有普通话没有的另一个含义,与普通话的"出息"相近而又有所不同。《现代汉语词典》(第7版)的"出息"一词释为:

❶名指发展前途或志气:不管做什么工作,只要对社会有贡献,就有~|懦夫懒汉是没有~的。❷〈方〉动长进;出落:这孩子比去年~多了|那姑娘~得更漂亮了。❸〈方〉培养使有出息:这个学校就是~人。❹〈方〉名收益:咱这儿种稻子比种高粱~大。

以上只有第一个义项是普通话的,其余三个义项都属方言。今鲁中方言中,一般没有义项❹,少数地方有义项❸,一般都有义项❶❷。

含有"出产"的三个俚曲用例中,第七回和第三十三回的意思是上述义项❷,第二十四回的意思是义项❶。可见,俚曲的"出产"并无"教育"(或按《现代汉语词典》的说法是"培养使有出息")之意。因此,或许淄川方言中原有"教育,培养"义,但俚曲中没有。

36.仔——祇,只

俚曲中"仔"有"只"义。如:

仔盼到黑天,仔盼到黑天,就上床儿沿。(《琴瑟乐》)

这仔怕是个梦。你伸过胳膊来,我咬咬看疼不疼。(《磨难曲》第十八回)

此外,"仔"还可表假设的条件,只要。如:

恶虎恋着吴孝,总不说走,说:"你仔唱,我就吃。"(《寒森曲》第三回)

这合县里怕老婆的,仔说一个人帮我一个钱,只怕比那那十分钱粮还多,我不就富了么?(《禳妒咒》第十七回)

还可表示转折,只是,却。如:

故意心焦,故意心焦,人生面不熟,是待怎么着?嫂子来劝我,我仔偷眼笑。(《琴瑟乐》)

要这贱婆儿来管闲事!任我输几帖,我仔不合你赌着呢!(《增补幸云曲》第二十一回)

另外还表语气,相当于"就"。如:

你仔说,您二姨这杀才是乜人么!真么一个媳妇,是模样不好呀,是脚手不好呢?是不孝顺?这杀才是待死呀?(《姑妇曲》第二段)

**37.平铺塌——没有什么事**

"平铺塌"在俚曲中只一见:

老婆恶喳喳，日登门骂邻家，毋大虫到处人人怕。他虽然叫达，俺只是狠砸，料想从今不敢乍。到官衙任凭击鼓，一个平铺塌。(《磨难曲》第十五回)

“没有什么事”是对状况的描述，不是对“平铺塌”词义的解释。邹注：“山东方言，平平的，物体等的表面无凸起的样子。引申为不占上风、不分胜负的意思。”

俚曲中又有“平皮差”：

半夜三更做一梦，梦见人家来下定。两担喜酒两牵羊，吹笛打鼓好有兴。看见尺头合钗环，俩眼喜的没了缝。醒来依旧平皮差，呆不登的干发挣。(《琴瑟曲》)

邹注：“山东方言，这里是没有痕迹、无迹可寻的意思。皮差，也说‘皮松’，山东方言中的象声词，形容泄了气的声音，指事情经过努力而没有结果，最终消于无形。”今按：《琴瑟乐》此处描写正值青春期的少女期盼媒人说媒消息的心理，梦中欢喜非常，梦醒之后自然觉得怅然、发怔。“平皮差”应指平淡无味、无趣的感觉。

又有“平光扑”，见于《富贵神仙》第七回：

这一天老母鸭子来在家，便跑到县里告了状。方娘子听的说，便着方二爷用了用力，审了个平光扑。

此处描写的是“老母鸭子”之子寻衅被方娘子之夫打死，方夫逃亡；“老母鸭子”登门骂街，方氏族人将其狠揍；官府看在官员方兄方二爷的情面上并没有责罚方氏族人。邹注释“平光扑”为：“等于说平局、不分胜负。”

又有“砯磅蒲”，见于《寒森曲》第二回：

两个正商议告状，商三官跑过来，说：“哥们好胡突！告了遭子不过是如此，也就知这世道了。老天爷待为咱敬生出一个包文正来哩么？”(唱：)叫哥哥好胡突，告一遭砯磅蒲，天下官走的是一条路。……

邹注：“砯磅，同‘乒乓’，象声词。蒲，疑为‘扑’的借字，‘扑通’、‘扑腾’的意思，其后一字在韵语中省略。这里似指只听得官府发落一通，并无为民伸冤之事的意思。”按：“砯磅蒲”指商父被打死但官府受贿并没有重罚凶犯这样的结果，其实与《富贵神仙》“审了个平光扑”基本一致。两者意义相同，读音也颇为近似，只是不知为何写作“砯磅蒲”这些有些怪异的字形。

总的来看，“平铺塌”“平皮差”“平光扑”“砯磅蒲”这几个词意义的重点都是在“平”上，或平淡、平常，或平分秋色、不分胜负，都是“平”义的引申。

**38. 打上鳔来——起劲**

此条可疑，因为未在俚曲中找到“打上鳔来”。不知例从何来。

39. 生察察——未曾经过

"生察察"俚曲中有2例。一见于《富贵神仙》第二回：

要别离泪纷纷，生察察两下分，愁你在家没投奔。

一见于《磨难曲》第六回：

要作别泪纷纷，生察察的两下分，愁你家里无投奔。

其实两处描写的是同一情节，只不过字句略有差异。邹注释为"生生地，硬硬地"更为准确。也可以说相当于"硬生生地"，指被强制地、被逼无奈地。

40. 白刺猬——俗称"财神"

"白刺猬"在俚曲中仅一见于《磨难曲》第四回：

上马管军，下马管民，腾腾杀气报乾坤。有人来告贪州县，白刺猬来拱大门。……前日那卢龙秀才，告着那知县老马，这不是送了个财神来了么？

邹注："比喻大宗的银子。"路注"俗称财神"为"白刺猬"，不知所据。过去确实有些地方视刺猬为能招财进宝的吉祥之物，或许20世纪初期淄川尚有此俗。不过，"财神"一般指人，如关羽、赵公明等，所以径直称为"财神"似有可商之处。

41. 失张答怪——张皇失措的意思

"失张答怪"一见于《增补幸云曲》第十八回：

王龙拉过椅子来才待坐下，那鬼使锥子往上一扎，王龙说："不好了！有了毒虫了！"大姐说："你失张答怪，什么毒虫？你起来我坐。"

邹注："山东方言，等于说大惊小怪。"此说准确。王龙被锥子一扎而喊叫出来，大姐不以为然，认为王龙大惊小怪，所以要自己去坐坐。

俚曲中又有"失惊打怪""失声大怪"，意义相同。根据现代方言，第三音节应读"打"音。如：

这件喜事委实陡，故意还把丫头瞅，失惊打怪影煞人，甚么腔调还不走！(《琴瑟乐》)

张炳之故意失声大怪，没地去呀问了一遭子，自家回来了。(《慈悲曲》第二段)

42. 打笃磨——盘旋的意思

俚曲中作"打笃磨子"。如：

娘子气极了，把小相公打了够四五十条子，打的打笃磨子跪着，说："娘呀，消消气罢！委实是儿的不是，我向后再不敢了！"(《富贵神仙》第八回)

忘八羔，忘八羔，就使石头把腿敲。掐着脖子往下拉，打笃磨子苦哀

告。(《富贵神仙》第九回)

第八回后邹注:“打笃磨子:山东方言,形容身体转过来转过去躲闪的样子。”按:邹注似未尽妥。第八回是“打笃磨子跪着”,“打笃磨子”是“跪着”的方式,而“跪着”与“身体转过来转过去躲闪”的动作很不协调,况且已经“打了够四五十条子”,儿子并没有“躲闪”而是诚恳认错。第九回是李大在地上“磕响头”,也是跪着的;然后“掐着脖子往下拉”是要把李大按倒在地上用石头砸腿,在这种情况下,李大的“打笃磨子”应该也没有“身体转过来转过去躲闪”的余地。

路注“盘旋”则不明确。《现代汉语词典》(第7版)释“盘旋”为:

> 动❶环绕着飞或走:飞机在天空～|山路曲折,游人～而上◇这件事在我脑子里～了好久。❷徘徊;逗留:他在花房里～了半天才离开。

这两种解释都不能用在上述两例中。

从今方言中听使用来看,“打笃磨子”都是为了央求别人(有时是求饶,有时是恳求别人允准确某项请求),具体的动作有三种情况:最简单的是身体扭来扭去地晃动表示请求;其次是绕着被央求人走不让对方转身回避;最甚的是抱着被央求人的腿不放来苦苦陈情。第八回“打笃磨子跪着”就应该理解成跪抱着母亲的腿来哀求,因为跪姿很难“盘旋”;况且用“条子”(荆条或柳条)来打一般也是打背部,孩子正面对着母亲,很自然地就会抱着母亲的腿。第九回的“打笃磨子”也是在跪着的情况下发生的,则有可能是抱住别人的腿哀告,也有可能是身体扭来扭去躲闪。

俚曲中又有“笃笃又磨磨”,见于《姑妇曲》第二段:

> 二成笃笃又磨磨,低着头儿无奈何,汉仗呀,今夜晚不敢去房里卧。

这里的“笃笃磨磨”是“徘徊”的意思。上文说“二成”之母斥骂他过分“怕老婆”,懦弱的“二成”又不能违逆母命,又不敢违逆妻命,所以无可奈何地“低着头儿”在母亲身边徘徊,实际上反映出他想央求而未敢的心情。

俚曲中又有“杜磨”,应即“笃磨”的异文,见于《蓬莱宴》第六回:

> 见了我泪如梭,在旁边尽杜磨,哀哀怜怜叫人真难过。

此处的“杜磨”也是围在身边不忍有哀求意。

《汉语大词典》释“笃磨”为“徘徊”,引例有《宣和遗事》(成书于元代),不过是“打笃磨”;元代马致远《赏花时·掬水月在手》曲:“紧相催,闲笃磨,快道与茶茶嬷嬷。”这是只用“笃磨”的例子。

《汉语大词典》也收有“打笃磨”,同“打独磨”。“打独磨”释为“盘旋;徘徊”,

举例有《宣和遗事》和元曲两种。从其举例来看,确为“盘旋”义。看来今鲁中方言中的“打笃磨子”一词来源相当早。

43.打掇俺——折磨人的意思

俚曲中无“打掇俺”,也没有“打掇”。“打掇”应为“折掇”这讹。“折掇”表折磨这意,今方言仍说。俚曲中9见,其中“折掇俺”见于《快曲》第二联:

赵子龙用火攻,何不早早往下倾?这雨单留着折掇俺,大骂龙王太不通。

“折掇”的其他用例,如:

俺这庄里有个私科子,光折掇他那后窝里那儿。(《慈悲曲》第三段)

呀!他中了么?您太爷也该不怨我折掇他那儿子了。济他放风筝,怎么中了呢?(《禳妒咒》第二十三回)

“折掇俺”非词,“俺”是普通的第一人称代词,并不用来泛指“人”。

44.犯——打、打算

俚曲中“犯”的用法比较多,所谓“打、打算”义应该是指“犯”在“犯个打算”“犯个安排”中的情况。如:

如今院中签票已到,要拿那做呈子的人。想是天明就有差人到了,你也该犯个打算。(《磨难曲》第六回)

看老哥什么高见,也该犯个安排。(《磨难曲》第二十八回)

45.犯腾挪——打主意

俚曲中未查检到“腾挪”的用例。不详何故。

46.全捱——完全挨受

“全捱”例仅一见于《富贵神仙》第六回:

张鸿渐这几年良心全坏,我为你人间罪尽数全捱,到如今那枕头上泪痕还在。

似不用多解释。

47.㕷的——骂人的话

“㕷”音日。“㕷的”相当于说“狗日的”。共5见,出于三处:

看了看好东西,满满的一大池,上边都是石头砌。大夥抬出五六个,可又盖的严实实,还愁没法把他治。仇福说亏了不圆,使大凿凿这㕷的。(《翻魇殃》第十一回)

张春还拉着哭,解子说:“哈!㕷的还不走开,装甚么亲生的哩?”张春

擦了擦泪，瞅了一眼说："谁是合的?"(《磨难曲》第十八回)

你还记得解您老爷那时，我去送盘费，你因不给您钱，见我淌下泪来，便骂"合的不早开交，装什么亲生的?"我每日想着你这合的，不能忘了。(《磨难曲》第二十八回)

邹注于《翻魇殃》第十一回后指出"这里指银锭"，有误。其实此处的"合的"代指的是盖在银锭上的石头，不可能用大凿来凿碎银锭的；再者说，"合的"作为詈词只能用来咒骂覆盖银锭的石头，不会用来骂银锭的。

48. 任拘——随他怎样

俚曲中的"任拘"例很多，但都作为连词，表示无论、不管。路注的"随他怎样"是个口语化的说法。如：

那庙里有个道士，你且去合他扳话。任拘见谁，可休说撞着我来。(《墙头记》第二回)

你看贼强人，才没人管着，任拘甚么茧儿都作估出来了。(《禳妒咒》第十六回)

我还有几两私房银子，那妈妈娘任拘要多少银子，我管助成。(《增补幸云曲》第二十五回)

49. 仯孩——傻孩子

"仯孩"在俚曲中 3 见(包括"仯孩子")，均见于《禳妒咒》：

我就说我会猜，贪玩耍真仯孩，着我找到二门外。(第二回)

公子把两手比量着说："那脚够真么大!"夫人大笑说："好仯孩子！模样好罢呀，要那脚做甚么?"(第五回)

仯孩子！有的是好主好闺女，何必他呢？天已晌午转了，你吃饭去罢。(第六回)

除了"仯孩(子)"，俚曲中还有 10 例用到"仯"，都是表"傻"的意思。与上 3 例相同，也都是出自《禳妒咒》。如"好呆好仯""仯行子""仯畜生""仯心肝""小仯达"(以上均见于第六回)、"仯冤家"(第七回)、"仯巴"(第八回)。根据今方言，这些"仯"都应该读同"潮"。俚曲中也写作"潮""嘲"。

表"傻"义的"仯"疑有问题。据《汉语大字典》一读 chào，来自《广韵》初教切。意义是：❶小；小子。❷用同"怊"，固执。按：《汉语大词典》中表固执义"仯"注音 chǎo，来源于《集韵》楚绞切。《汉语大字典》的第二个音 miǎo 来自《集韵》弭沼切。意义是：❶用在"僬仯"(义为惊悚)一词中。❷用同"眇"，瞎了一只眼睛。所引两例均来自蒲松龄的作品。一是俚曲《穷汉[①]词》:“俺如今又不仯,又不傻,又不聋,又不哑。”另一例是《日用俗[②]字・身体章》:“瞎聋仯痖有前因。”《汉语大词典》于“仯”的 miǎo 后释义为“眼瞎”,引例同样是《穷汉[③]词》。

“仯[1]”音、义均与表“傻”义的“仯”无关。此不必讨论,但音 miǎo 的“仯[2]”字义项❷却是根据蒲松龄作品来立项的,有必要分析一下。

为了叙述方便,我们先看《日用俗字》“瞎聋仯痖有前因”一句。本句已经明确地说到了“瞎”,还要把同样表瞎义的“仯”并列进来,并且还不与“瞎”相连,这是不可能的。可以肯定的是“仯”义不是瞎,也不是“瞎了一只眼睛”,自然也不应音 miǎo。解释为“傻”才更合理,因为“傻”通常是先天的毛病(“有前因”)。

再看《穷汉词》中的“仯”到底是“眼瞎(或瞎了一只眼)”还是“傻”。表面上看起来,后面紧跟着就有“又不傻”,似乎前面不应该再是表“傻”义的词了,但与《日用俗字》那样不宜冗余的“正字”读本不同,俚曲中是可以这样做的。如《禳妒咒》第六回:

> 好呆好仯,好呆好仯,多少好主都辞了。若临了就了他,才笑的牙儿吊!

用同义的“呆”和“仯”交替,既可通过意义重叠而增强语气,又有词形上的变化。更明显的是《姑妇曲》第一段:

> 又不傻,又不潮,好媳妇你休去了,指出件不是还可笑。

“潮”即“仯”,与《穷汉词》相比,此处仅为服从于韵脚,就把“傻”和“仯”的次序颠倒了过来。事实上,现代鲁中地区方言中也有“又不潮,又不傻”的说法。例如:“你又不潮,又不傻,怎么干活儿这么笨呢?”因此,我们认为,《穷汉词》里的“仯”也应读 cháo,义为“傻”。

俚曲中,表“傻”义的 cháo 更多地写作“嘲”或“潮”。写作“嘲”的有 17 例。例如:

> 家里财神不供养,把他简慢又蹬开,这是嘲呀可是怪?(《墙头记》第二回)
>
> 呀,偺强人,嘲畜生!割了肉来胡触送,终朝每日瞎作蹬,弄的天那大窟笼。(《俊夜叉》)

---

① “汉”字《汉语大字典》误为“叹”。

② “俗”字《汉语大字典》误为“杂”。

③ 有趣的是“汉”字《汉语大词典》同样误为“叹”,令人怀疑两书的资料是一家抄了另一家的。但是两书的释义却不相同。

他若是净了坛，吃上了三杯哩来哟，那酒迷真性，就发起嘲呆，又是那做和尚饿鬼的情怀。（《丑俊巴》）

既要他这里来，又熰着火几堆，反教知道兵马在，就是个嘲巴也不来。（《快曲》第一联）

那万岁见人笑他，一发装起嘲来了，站在墉路上，可就讲起他那鞋来了。（《增补幸云曲》第十四回）

我看这人相貌出奇，必然不在人下，可怎么这么嘲呆？想是我看错了人么？（《增补幸云曲》第十五回）

佛动心笑颜开，我每日也疑猜，谁想你把俺当嘲巴待。（《增补幸云曲》第二十二回）

写作“潮”的有19例。例如：

张大说：“俺也不潮，这有个话说。”（《墙头记》第四回）

好您潮达，好您潮达，一堆砖头拿到家。若不是倒了包，怎么就变了卦？（《姑妇曲》第三段）

一年一年的，张诚越发大了，他娘望着他懂窍了，谁想一年潮似一年。（《慈悲曲》第四段）

闹到半夜，仇福说：“我去罢。”秋桂说：“好潮孩子，慌甚么哩？”（《翻魇殃》第二回）

屡屡显圣还不信，那有这样潮东西，还要把他尸灵治？（《寒森曲》第四回）

放着死蛇不会打，你说这事是乖可是潮！（《快曲》第四联）

骂了声潮儿照脸也么啐，明知道后日要吃亏，死乌龟，待开院门引入贼。（《禳妒咒》第十三回）

这翰林极是美官，人人求之不得的，难道说方二爷他潮么？殊不知这正是方二爷的他那乖处。（《富贵神仙》第四回）

叫一声俺潮哥，讲廉耻做甚么？头巾歪塌蓝衫破。（《磨难曲》第十四回）

从上述举例可见，除《禳妒咒》之外，其他各剧都用“嘲”或“潮”。那么，为什么单单《禳妒咒》用“仯”呢？我们推测应该与《禳妒咒》的写作时间有关。据本书第一章所列的蒲松龄白话作品创作时间表，《禳妒咒》是和《日用俗字》差不多同时进行写作的。其他俚曲中的cháo，作者使用了更为常见的“嘲”或“潮”来记音，但《日用俗字》这部讲究“正字”的书中使用了“仯”（见上文关于《日用俗字》“仯”的讨论），这样的话，与编撰《日用俗字》同时的《禳妒咒》顺便也使用了

“㤮”的字形就很顺理成章了。这一时间节点上的吻合,可以说明《禳妒咒》的创作时间确实与《日用俗字》的写作相近或重合,也可以进一步证明《日用俗字》中的“㤮”当表“傻”义念 cháo。

“㤮”是蒲松龄在《日用俗字》中根据字书找出来的字形,用来记录方言中表“傻”义的 cháo。其实表“傻”义的 cháo 本来就是方言词,本就没有“正字”可言。另外,用“嘲”和“潮”确实不像是“正字”,因为看到“嘲”就会想到“嘲讽”,看到“潮”就会想到“浪潮”。蒲松龄找的这个“㤮”字,尽管也不是 cháo 的本字,但因为生僻,不会被误认。

50. 好似斑鸠跌了蛋——没有盼望

例见《磨难曲》第一回:

> 不下雨正一年,旱下去二尺干,一粒麦子何曾见?六月才把谷来种,蚂蚱吃了地平川,好似斑鸠跌了蛋。老婆孩一齐捱饿,瞪着眼乱叫皇天。

邹本未注。“斑鸠跌蛋”的确切含义还有可议之处。按照“没有盼望”的意思来反推,似乎是说蛋可孵出下一代斑鸠,现在蛋跌碎了,自然就孵不出下一代了。不过,《汉语大词典》有“跌弹斑鸠”,“谓中弹落地的斑鸠,喻指失意落寞或受挫神伤的人”。例有元人关汉卿《救风尘》、明人汤显祖《邯郸记》。盖“斑鸠跌弹”为元明时习语。按此解释,“跌弹”的意思是“因(中)弹而跌落”。“斑鸠跌蛋”和“跌弹斑鸠”词形如此相近,两者之间应该是有渊源关系的。下面我们来分析一下“跌弹斑鸠”的用例。

先看第一例,关汉卿《救风尘》第二折:

> 一个个眼张狂似漏了网的游鱼,一个个嘴卢都似跌了弹的斑鸠。

需注意的是“嘴卢都似跌了弹的斑鸠”。换句话说,就是“跌了蛋的斑鸠,嘴是卢都着的”。“卢都”,“嘴唇鼓翘貌”(《汉语大词典》),今方言仍说。“卢都”嘴,略等于说“噘嘴”。据网上检索结果,今语有歇后语“斑鸠跌(或作‘打’)蛋——噘嘴”。据对该歇后语的解释,传说斑鸠不会筑巢,把蛋生在其他鸟筑的巢中,因而常被其他鸟推出。“跌蛋”,即所产的卵跌落摔碎。斑鸠因不会筑巢,对被推出摔破的自己的蛋而无可奈何,只能噘起嘴巴发出“咕咕”的哀鸣。比喻人因生气或不满而噘起嘴巴。且不论这种解释是否完全正确,在“噘嘴”(“卢都嘴”)这一点上,古今的“斑鸠跌蛋(弹)”是一脉相承的。当然,噘嘴是表象,反映的都是“受挫神伤”。

再看第二例，汤显祖《邯郸记·大捷》：

走上天山一看，杀气无边无岸，做了跌弹斑鸠，说与寄书胡雁。

此处描写的是番将领兵在胡汉交界处被汉军大败，“裂帛为书，系于雁足之上，央他放我一条归路”。这里的“跌弹斑鸠”与“嘶嘴”没有直接关系，用的是比喻义“失意落寞或受挫神伤的人”。

由此来看，《汉语大词典》对“跌弹斑鸠”字面含义的解释是有问题的。首先，把“中弹跌落”称为“跌弹”这种结构方式就不合乎常规。其次，“弹”是否指弹丸也有可疑。因为“弹”在宋元明时期都有指“(禽鸟)蛋”的用法，而“蛋”指“(禽鸟)蛋”的用法则应出现较晚。所以，“弹”指“蛋”的可能性更大。特别是从关汉卿的用例来看，若是“中弹”，恐怕生命都垂危，就不是简单的“嘴卢都”的问题了。综合上述情况，我们认为，“跌弹(蛋)”原意就是指“跌落了斑鸠蛋”，将引申义说成是“失意落寞或受挫神伤的人”也大体近之；但这种比喻义往往并非定于一尊，而是有可能有不同方向、不同程度的引申。所以，路大荒释为“没有了盼望、希望”从道理来讲是没有问题的。从《磨难曲》原文来看，大旱持续一年，麦子颗粒未收，直到六月才种下谷子，却又被蝗虫吃光了，确实是令人感到绝望。

**51. 老獾叨——老贼，有骂人的意思**

“老獾叨”在俚曲中2见。一见于《墙头记》第四回：

王银匠老獾叨，合咱爹久相交，头发根儿尽知道。

一见于《慈悲曲》第二段：

骂了声张讷忘八也么羔，怎么去找那老獾叨？死囚牢徒白着两根老贼毛，挤眉扬拔眼，要把孩子唠，他又会弄那小老婆调。

这两处的“老獾叨”都是詈词，指年长者。不过注解中说“老贼”，应该是指相当于骂人为“老贼”，而不是说“獾叨”是“贼”的意思。

《醒世姻缘传》中“老獾叨”(或作“老獾儿叨”)四见，与俚曲中用法相同。如：

禹大哥，你要不说俺那亲家倒还罢了，你要说起那刻薄老獾儿叨的来，天下也少有！(第九回)

白姑子道：“你昨日对着我骂了你公公一声‘老獾叨的’……这一句，不得一千卷经，怎么忏悔得过来？”素姐说：“爷哟！这是我的口头语儿，没的也是罪过么？”(第六十四回)

需注意的是,《醒世姻缘传》中其实说的不是“老獾叨”而是“老獾叨的”,这样的话,“老獾叨”的字面意义就容易理解了,是骂对方是该被“老獾叨的”人,形容其可恨。俚曲中两例均见于韵文,应是受字数限制只说“老獾叨”。

邹本在《墙头记》第四回后有注:“詈辞,等于说喂獾的老东西。獾,哺乳动物,即狗獾。”不过未释“叨”。今方言中“叼”可说成“叨”(音刀),疑此处的“叨”即音“刀”义为“叼”。老獾叼去自然是要吃掉的。

**52. 老彀搬的——是很谄谀的**

此条可疑,因为《聊斋俚曲集》中未见。注解“是很谄谀的”也令人费解。

**53. 而不冷腾——办事马马虎虎不经心的意思,人的面貌不冠冕**

此条注解实际上指出了两个义项:①办事马马虎虎不经心;②人的面貌不冠冕。俚曲中2见:

> 他汉子而不冷腾,他老婆跐溜扑笼,天生一对呆瓜命。(《姑妇曲》第三段)
>
> 道上行人笑老张,把也孩子来交给了个鬼王,瘦的着人看不上。他心里一般的愁肠,又不能做个主义,而不冷腾的,是个甚么像!(《慈悲曲》第一段)

这两个例子中的“而不冷腾”其实是一个意思,都指不够精明,傻乎乎的。路注“人的面貌不冠冕”应是从现代方言口语中总结出来的。

又,“而”今淄川一带方言中读为去声,与“二”同音。现代有的方言中用“二”表示不精明、傻乎乎的意思。今山东方言中也有“二杆子”“二葫芦头”等表示欠精明的意思。这里的“而”可以说与表傻乎乎的“二”是同音同义的,两者是否有关联,有待于作进一步考察。

**54. 那口里着实嗤撇他——嗤笑的意思**

本条解释的是“嗤撇”的意思,即“嗤笑”。“嗤撇”俚曲中2见。“那口里着实嗤撇他”见于《姑妇曲》第三段:

> 臧姑听的珊瑚来了,那口里着实嗤撇他,到了第二日才来了。

“嗤撇”另见于《增补幸云曲》第十八回:

> 像是你这个模样,到那里看他嗤撇。

**55. 利亮——干脆**

“利亮”在俚曲中共3见:

> 见一个鸡来,就说:“鸡科子!到几时杀了你,这眼里才利亮了!”(《姑妇曲》第一段)

我是个真呆瓜，年纪小知甚么？说不出句利亮话。（《磨难曲》第三回）

手脚乱蹬摇，把脖项镟一遭，贼头也不是利亮掉。（《磨难曲》第十七回）

该词可释为“干脆，利索”，不过意义最接近的普通话词应是“利落”。

56. 刨燥——暴躁

“刨燥”在俚曲中共2见。

忽一日说：“二郎爷爷叫我审理去哩。”刨燥子噪子，就呜呼尚飨了。（《寒森曲》第七回）

吃下药去，刨燥了一宿。亏了心里明白……（《富贵神仙》第三回）

“刨”字应读 páo，今方言中不是“暴躁”的意思。邹本《寒森曲》第七回后有注：“山东方言，烦躁。这里指临死前难受的样子。”按：邹注近是，但应更准确地释为“烦躁难忍”，因为它指的不是一般的烦躁，而是由心悸不定等造成的难以忍受的烦躁。“刨燥子噪子”乃“刨燥了噪子”之讹，即刨燥子一阵子。

57. 吱嘤——呼号

“吱嘤”一见于《磨难曲》第一回：

孩子饿的吱嘤吱嘤，老婆待中巴焦，还为钱粮大板敲；——宁死他乡不受大板敲！

邹注为：“象声词，形容儿童的哭叫声。”按：邹注更为准确。今方言仍用该词，也可用来形容鸭、狗等的较为尖锐的声音。

58. 吠喝——喊叫

“吠喝”即“吆喝”。俚曲中有两种含义：①大声喊叫。如：

金三一声吠喝：“有了贼了！”（《富贵神仙》第九回）

依着我是两手扳肩，到了门上，先吠喝一声，才叫：“爷爷呀，舍个钱，生个儿来中状元。……”（《磨难曲》第一回）

②大声吩咐，喝令，呵斥。如：

新媳妇好处多，又洗碗又刷锅，赶着驴儿去推磨。病人歇在床头上，不用指点并吠喝，打发婆婆十分乐。（《翻魇殃》第二回）

四季曲儿才唱了这一个，舜华就瞅了一眼，吠喝一声说：“好贱人！你怎么就知道不久长来呢？偏唱这一个曲子！”（《富贵神仙》第三回）

方相公又吠喝道：“这妮子这样无知！还不快结声的，胡说的甚么？”（《磨难曲》第六回）

“吠喝”的重叠形式是“吠吠喝喝”。如：

张龙跌在椅子底下，李虎去拉他，也跌倒了，口里还吠吠喝喝：“三个”“五个”。(《磨难曲》第十八回)

俚曲中又写作“吠呵”。如：

李才识字，你进去罢。看见名字，就吠呵出来。(《富贵神仙》第十三回)

59. 吧——说话

“吧”在俚曲中并非指普通的说话，而是带贬义的说话，含有随便说或吹牛的意味。如：

他只是信口吧，说是收着几千万。(《翻魇殃》第八回)

上例表示吹牛。

昨日冒雨到了他家，旁里没人，俺俩闲吧；吧了半日，不敢勾他，勾搭不上，怕他发渣。(《禳妒咒》第十五回)

上例表示闲聊。再如：

哎哟，你给我再坐坐，就不吃嗄，咱吧噪子瞎话也好么。(《慈悲曲》第三段)

60. 夹纳——夹着

“夹纳”一词虽然现代方言仍使用，但在俚曲中未找到用例。此不详何故。

61. 妨帐——相关

俚曲中“妨帐”或作“妨账”，表示妨碍，均用于否定形式，表示无妨、无碍。如：

叫一声方娘子你不必弄像，我李鸭子合你就是同床，你合我犯相与全无妨帐。(《富贵神仙》第六回)

天师笑这无妨，只小心要提防，祸福只在头直上。就是珍馐合百味，拿来但要你先尝，纵有失错不妨帐。(《增补幸云曲》第二十六回)

还有四十亩薄喇地，也还打他几石粮，料想也还没妨账。(《翻魇殃》第一回)

路注释为“相关”，似欠准确。

62. 弄款——摆架势

“弄款”俚曲中仅一见于《墙头记》第一回：

你还要饭饱了弄款，你想想做的甚么生活?

《墙头记》第一回中还有一处是用“弄筷”谐音“弄款”：

嗤，我当是待说甚么呢！拿着筷子敲菜碗，我知道你是饭饱了弄筷。

《戏三出·闹馆》中也有一处“弄款”：

待自己请先生，这本处功名人多装腔弄款，如何照应的起！

63. 弄样——与“弄款”同

未在俚曲中找到“弄样”用例。今方言中说“弄样”。

64. 弄发了——弄坏了

“弄发了”在俚曲中2见。一见于《富贵神仙》第六回：

但只是这个主子利害，不可轻易近身；把县官骂了个闭气，把衙役打了个断筋，又搭上方仲起忒也尊重，弄发了岂能饶人？重则吊了脑袋，轻则打个发昏……

另见于《磨难曲》第十三回。不过所描写内容与《富贵神仙》相同，所以文字也大同小异：

但只是这主子利害，不可轻易近身。县官骂了个闭气，衙役打了个断筋！又打上方仲起忒也尊。弄发了不饶人，重则掉了脑袋，轻则打的发昏……

以“弄坏了”解释“弄发了”稍显含混。这里的“发”有“发作”义，“弄发”指弄得不好，致其发怒。

65. 忪——傻贱

俚曲中未见“忪”的用例。表示“傻”的是“倯”（同义同音的还有“耸”，但字形相差太大）。“倯”在俚曲中共3见，均在《俊夜叉》：

这西江月是说的不成人的憨蛋，不长俊的倯种。

呀，倯强人，嘲畜生！割了肉来胡触送，终朝每日瞎作蹬，弄的天那大窟宠。

开场设赌无二话，终日就把那套来下；若是倯虫来嗲张，打杀还把皮来剥！

66. 抗——打

这里所说的表示“打”义的“抗”见于《磨难曲》第十四回：

读书人尽把良心丧！官司全不论青黄，不给你钱使大板抗，现如今告打死到有百张状！

按：此处的“抗”疑为“搉”字之讹。“搉”义为“捶打”。如：

他虽然大不通，到底是你的兄，怎使的按倒使捶搉？（《墙头记》第三回）

赵举人这就发了怒，掀下驴来只顾搉，背到家送了残生命。（《寒森曲》第二回）

67. 抓鳖钩子——非常稳当

俚曲中"抓鳖钩子"未见用例。未详何故。

68. 投性——爽性、索性

俚曲中"投性"未见用例。未详何故。

69. 投信——与投性同

"投信"在俚曲中2见：

割了头，碗那大小一个疤啦！投信我掘他妈的！要死就死，要活就活！(《禳妒咒》第十回)

老马发查，老马发查，方兴辖着我甚么？投信是破上做，他待能把我雠！(《富贵神仙》第四回)

70. 把影凑——见面

俚曲中未见"把影凑"，但有"把影傍"。如：

怕女儿累爹娘，远走高飞把头藏。六七年没敢把影傍。听见女婿中了举，才敢重来到故乡，谁知好事从天降！(《禳妒咒》第三十回)

"把影傍"的原型是"傍影"。不过今方言说"傍边"，《现代汉语词典》："〈方〉动靠近；接近。""影"比"边"又远了一层，"没敢把影傍"应该是"没敢傍边"的程度更重的表达方式。

71. 把撑拉——说大话

今方言中有"拉(大)撑"的说法，表示说大话，但俚曲中未见"把撑拉"。此未详何故。

72. 没捞着——得不到

"没捞着"在俚曲中共3见。《慈悲曲》第三段：

他那媳妇子，又搭上他那邻舍家跑了一天井，都夺着那杴柄，才没捞着他打。

上例是"没够着"的意思。《寒森曲》第八回：

一日，歪子小傍晌还没吃早饭，出来又没捞着什么。

上例是"没得到"的意思。《磨难曲》第六回：

那衙役还坐着，二相公催着走，没奈何起来走了。都说："天那天，这才是一口水也没捞着哈。"

上例后跟着动词"哈"(喝)，相当于说"没有喝得到(水)"，即"没有条件(或机会)喝)"。

在某种意义上，"没够着"也可以理解为"没有得到(机会)"，所以也可以笼统地说“捞不着”的意思是“没得到”。因为“得不到”更多地表示可能，而“没得到”是对事情的叙述。所以，我们觉得“没得到”可能比“得不到”更准确一些。

73. 没胎物件——没用的东西

俚曲中未见“没胎物件”。不详何故。

74. 每哩——难道

“每哩”在俚曲中一般表示反问语气，相当于“难道”“莫非”。如：

年年化银子，该下了几吊火钱，因着相好，不曾开口，怎么连面不见？每哩见了我待啃你一口不成么？好笑人！（《墙头记》第二回）

姐夫好乔性儿！每哩既犯相与，就不问问么？（《增补幸云曲》第十三回）

不过有一例表示假设语气，相当于“要是”。如：

我要地，只怕不肯，也是有的。每哩不要罢，性命要紧，斗斗胆就要一要。（《墙头记》第一回）

75. 足然——居然

俚曲中未见“足然”。不详何故。

76. 估量估量——揣度估计的意思

“估量估量”是“估量”的重叠形式。一见于《增补幸云曲》第二十三回：

气煞我也！你不过马前小卒，合我在一堆坐着，就是抬举你了，还说我玷辱了你的婊子！你自家估量估量，我那点不如你？

非重叠形式的“估量”一见于《禳妒咒》第七回：

你家楼舍垛成堆，俺家扎地也无锥。自家估量着配不上，地下那敢望天飞？

另外，《汉语大词典》“估量”词条引例最早为《官场现形记》，出例较晚。

77. 伸头搐脑——鬼鬼祟祟的样子

“搐”义为“缩”。“伸头搐脑”就是“伸头缩脑”，指一会儿探出头来，一会儿又缩回头去。一见于《禳妒咒》第八回：

多少妇女门口看，伸头搐脑，乱说胡吧。

此处是描写许多妇女在看热闹，只是说她们在不停地探头张望，非指“鬼鬼祟祟”。

俚曲中另有一处作“伸伸头，搐搐脑”：

（李婆）伸伸头，搐搐脑，往里一溜。公子说：“你来了么？那事如何？”

李婆说:“恭喜恭喜!”(《禳妒咒》第十五回)

此处李婆因为怕被厉害的江城发现,所以一直不敢将身子暴露在外,伸伸头观察一下,马上又缩回去。此处才是路注“鬼鬼祟祟的样子”的用例。

78. 作估出来——说出来

“作估出来”用例见于《禳妒咒》第十六回:

你看贼强人,才没人管着,任拘甚么茧儿都作估出来了。

“作估”是一个词,其中词根是“作”,“估”为语缀,带有贬义。词义应该指胡乱地弄,非指“说”。

79. 村里装俏——很俗恶而又表示俊俏的意思

“村里装俏”见于《增补幸云曲》第十六回:

我把琵琶弹一套好的,他听过来,就是俏里装村;若是听不过来,就是村里装俏了。

《增补幸云曲》第十六回还有一处说成“村里俏”,应该是受曲律要求所限而成的缩语。如:

小二姐把弦调,这长官像不嘲,只怕还是村里俏。

“村里装俏”指本属粗俗、无教养的人却要装作文雅。路注的“俗恶”一词用得有些重。此外,这里的“俏”也已经不是本义的“俊俏”,而是借指文雅。

80. 冷打漫吹——没有热情的意思

路释正确。请参看本章第一节第64条的讨论。

81. 作琐煞了——蹂躏糟蹋的意思

“作琐煞了”见于《磨难曲》第二十六回:

娟娟,我着他爷俩个可作琐煞了!光赏报子使的我精穷。

此处是婆婆对儿媳(娟娟)说的话。父子俩同时中了进士,并不富裕的家里需要支付报喜的赏钱等,钱自然有些紧张。但是相比父子俩高中之后的锦绣前程,这些花费其实根本算不了什么。所以,这是婆婆故意压抑自己的兴奋之情,说的是反话。今方言中“作琐”是“作弄,折腾”的意思,路注释为“蹂躏糟蹋”似欠恰当。

“作琐”又见于《翻魇殃》第七回:

且说范栝一字不通,见他师傅不称赞他,那范栝心里生气。他师傅不在家,就百样的方法作琐二相公,不依他念书。

“作琐”俚曲中又作“作梭”“作索”。

那鬼神把人作梭，闪开包唬了一个笃坐。(《姑妇曲》第三段)

好奴才！果然嫌我嘲。我找法作索他作索。(《增补幸云曲》第十五回)

“煞”为程度补语，强调程度至极，相当于“死”。“作琐煞了”相当于说“折腾死了”。俚曲中也写作“杀”。如《禳妒咒》第十八回：“这个模样，若是爹娘看见，必要唬杀。”

82.没精打采——不精神，不带劲的意思

路注所说的“没精打采”见于《蓬莱宴》第五回：

相公没精打采，离了长安，书童忽然笑了。

还见于路本未收的《琴瑟乐》：

姑娘这两日净想家，没精打采强閒阑。再往两日不回家，两口子准要想成病。

另有一处作“无精打采”：

打光棍实势难，炉少火灶少烟，衣脏袜破鞋儿绽。外边待上三五日，进门好似枯坟坛，塌灰遮满了床儿面。站一回无精打采，坐一回少心无肝。(《慈悲曲》第一段)

“没精打采”今语常见，所以不加讨论。

83.把衣服拧拧——去水的意思

“把衣服拧拧”见于《快曲》第二联：

冷的紧！且下马把衣服拧拧。

“把衣服拧拧”的目的是“去水”，而不是本身有“去水的意思”。

84.助毛攒毡——集腋成裘

“助毛攒毡”确实与成语“集腋成裘”意义相近。见于《慈悲曲》开场：

若是看了说好，大家助毛攒毡，拿着当是感应篇，刻来广把人劝。

85.但仔是——仅的意思

“但仔是”在俚曲中实际上有两种意思。先请看所有的4个例句。

譬如有一个前窝儿，若是打骂起来，人就说是折蹬；若是任欲他做贼当忘八，置之不管，人又说是他亲娘着，他那有不关情的：谓之左右两难。但只是做着后娘，只出上一片好，就见了玉皇爷爷，也敢抓出心来给他看看；但仔是那做后娘的可又不能哩。(《慈悲曲》第一段)

这段话的意思，做后娘的确实会左右为难，无论怎样做都会有非议；但是，如果做后娘的对前妻之子确实真心好好对待的话，就不怕任何人的评论，只不过做后娘的做不到这一点。这里的“但仔是”表示转折,相当于表转折语气的“只是”“只不过”“可是”。

刚才东头老孙婆子来说,您小达达往您养汉头姐姐家里去了。你看但仔是个人,怎么就不来说声?(《慈悲曲》第二段)

此处为后妻对丈夫说的话。前文写丈夫因后妻虐待前妻之子,让儿子去了姑姑(即丈夫的“养汉头姐姐”)家。后妻这段话是抱怨其大姑子不来通报一下。字面意思是:她只要是个人(就该来通报的),怎么会不来通报一声呢?这里的“但仔是”表示最低必要条件,相当于“只要是”。

飘飘飖飖,路上的行人沸似潮,但仔是跟着走,不知是那里的道。(《慈悲曲》第五段)

此处描写张诚的魂灵来到路上,不知方向,只是跟着别人前行。“但仔是”相当于带有转折义的“只是”。

论起来我就该低头竟过,但仔是亲戚们好处还多。小荒庄不远,你就去坐一坐。我替你把公差酬一酬,还凑上几两银子给哥哥。(《富贵神仙》第六回)

此处是仙女舜华对张鸿渐的话,张是舜华的情人,但顾念家中妻子而离去,重逢后舜华表示还有余恨:依你的所为来说我就该装作没看见不再管你,只不过你这边的亲戚们很好,所以(照顾到亲戚的情面)还是要请你到我家里去坐坐。这里的“但仔是”也是表示转折语气的,相当于“只不过”“可是”。

可见,“但仔是”有两种意义:①表示转折语气;②表示最低必要条件。在义项②上与“仅”有点儿接近,但语气并不相同。今方言仍用“但仔是”一词。

86.折腾尽——把东西卖光了

俚曲中没有“折腾”的用例,但有“折蹬”,共 9 例。有两种意义:①变卖。如:

又折蹬头面、衣服,共凑一百之数,送进去,两口子才来了家。(《姑妇曲》第三段)

家中器物折蹬尽,还要去按限比较,三十板打的发惛!(《磨难曲》第一回)

路注所谓“折腾尽”,应该指的是后一个例子。②同“折掇”,折磨。如:

譬如有一个前窝儿,若是打骂起来,人就说是折蹬。(《慈悲曲》第一段)

今方言中亦说“折蹬”而不是“折腾”。普通话中有好几个后缀是“腾”的在今鲁中方言中说成“蹬”，如“倒腾”→“倒蹬”，“翻腾”→“翻蹬”。路注的“折腾”盖“折蹬”之误。

87. 没投向——没有工作

“没投向”一见于《磨难曲》第一回：

朝廷就赦了粮，俺已是一担筐，在家也是没投向。逃在他乡就饿死俺，善人埋在俺乱三岗，胜如打死公堂上！俺如今主意已定，流水走不用商量。

邹注：“山东方言，没有投奔的地方。这里指没有安身的处所。”此例中说的是因为旱灾家中无粮纳赋，官府严刑追逼，已无生路，所以“在家也是没投向”，准备外出逃荒，宁愿饿死他乡也不想在家被打死。其实一般农民也无所谓有无工作的问题。邹注准确。

“投向”俚曲中也写作“头向”。如：

第一怨怨爹娘，只顾你早先亡，撇的孩儿没头向。七岁落在姑娘手，卖在烟花去为娼，朝打暮骂无指望。（《增补幸云曲》第十一回）

“头向”也是指可以投靠之处。

88. 估拣——时常翻弄的意思

“估拣”一见于《慈悲曲》开场：

有一等粗俗光棍，拿着随处掀翻，褂子不洗十来年，秽头土脸也看，床上炕上揉搓，尿里屎里估拣，争来夺去济着搀，弄的翻边卷沿。

邹注：“即顾蘸。山东方言，沾染。”参考今胶辽官话区方言的读音，第二字不是“蘸”而是“沾”（“沾”是知母三等，“蘸”是庄母二等，知庄章合一地区两字声韵母相同，胶辽官话区两字声母甚或韵母都有别）。在有的胶辽官话区，“沾”读为“拣”（不计声调）。邹注所谓“沾染”，其实不是普通的沾染，而是在泥或土、面粉等里滚动而沾上泥土、面粉、灰尘等。上例中的“估拣”不是指“时常翻弄”，也不是普通的“顾沾”，而是看书时一点儿都不爱惜，随便乱放（“尿里屎里”可理解为夸张的说法，指特别脏的地方；也可以理解为沾上小孩儿拉的屎尿，小孩儿有可能在“床上炕上”拉屎撒尿），从而把书弄得很脏。“估拣”的本义可释为“通过接触而沾上（面粉、灰尘等）”。

89. 扯淡——说些不相干的事情

俚曲中“扯淡”共 7 见，包括“闲扯淡”。其本义指闲扯（说些无关紧要的内容）或胡扯（说些虚假的东西），引申指无用或虚假。路注“说些不相干的事情”应该指的是闲扯。不过俚曲中的用例基本上都属于“胡扯”或“无用”的意思。如：

落了草叫讙讙，摸摸有峻甚喜欢，细想来也是精扯淡。(《墙头记》第二回)

回头真是一场梦，可笑离合与悲欢，劳劳攘攘真扯淡。(《蓬莱宴》第七回)

俚曲中有“老扯淡”一词，如：

老光棍最可怜，谁知饥谁知寒，一口屋剩下个老扯淡。(《墙头记》第一回)

邹注：“等于说只知道闲扯的老家伙。带有自伤的色彩，指没有用处的老人。”

《禳妒咒》第十二回还有两例“老扯淡”：

可笑可笑！着咱那儿郎，背着咱去合他丈人家相处，咱不成了老扯淡了么！

那一日三月三，他在王家饮酒酣，还不归家来，去把丈人看。夫妇相看齐下泪，去在房间一夜眠。你我真是老扯淡！

以上两段一为道白，一为唱词，说的是同一件事情：儿媳因为虐妒而被休回娘家，公婆为儿子感到宽慰；没想到儿子去偷偷去了丈人家与媳妇相聚，公婆气恼而无奈，也是指自己成了老而说话不管用的人。

90. 没也板——无钱的意思

“没也板”一见于《俊夜叉》：

每日来到那么晚，说你做个什么茧？家里等你去卖地，既至回家没也板。虽是人家也赌钱，谁像你乜没腚眼？

此处是泼辣的三姐斥责嗜赌的丈夫的话，从“家里等你去卖地”来看，本来盼望的是卖完地后拿回来钱，但结果却是“既至回家没也板”，也就是没有拿回卖地的钱。上文也明确说道：“娘子吃了菜一碗，一等等到日头转，恹头搭脑回家来，柴米银钱无半点。问声那地卖了没？低着头儿气不喘。”因此，路注“无钱的意思”大体上是对的，只不过这个“无钱”不是泛泛而指的缺钱，而是具体的手里没钱——没有带回钱来。

邹注为：“也，当为‘乜’的讹写。等于说没有那种正正经经的样子。”与文意不符。的确，如果说“没也板”是“无钱”的话，“板”指铜板代指钱好理解，“也”字不好理解。邹氏认为是“乜”的讹写，即由此而生。我们认为，“也”是“一个”的合音，这样更符合原意。请看，家里等着你卖地(旧时农家卖地那是何等大事！)买米下锅，你却把钱都输光了，一个钱也没拿回来，谁人不气！

91. 含着骨露着肉——把话说到半含半露的程度

"含着骨露着肉"一见于《磨难曲》第二十九回：

许仁庵蕴蕴吐吐，说者也道之乎，含着骨头漏着肉。说话说的不痛快，那鸿老怎肯上一疏？

今方言仍说"含着骨头露着肉"，形容说话吞吞吐吐，表达的意思含糊不清。本例中与"蕴蕴吐吐"含义相同。

92. 依般——这般

"依般"一见于《富贵神仙》第四回：

小姐低头，小姐低头，喜的极了泪交流。我当是住到老，依般也有够。笑口难收，笑口难收，想这去处不久留。

"依"为"一"字之讹。一般，表示出乎意外的语气，居然，没想到。

93. 剁——落下

此条可疑。俚曲中"剁"有 20 例，但都是普通的"剁"的意思(《现代汉语词典》："用刀往下砍")，没有发现有表"落下"者。疑"剁"字有形讹。

94. 到——倒、道

俚曲中有"到"表示"倒"者，表示出乎意料的语气，倒是。如：

李氏说："爹，再坐坐，就不吃酒，再吃杯茶。"李老笑说："茶里可休加蜜呀。"张大说："那苦苦的怎么吃？"李老说："苦到不妨，再加蜜看人笑话。"(《墙头记》第一回)

阎罗王开笑颜，叫商礼听我言：你到是个真好汉。(《寒森曲》第六回)

那一日，大成生了睬子气，直挣了一身汗，他病到好了。(《姑妇曲》第一段)

表示"道"者，如：

张大哎哟："受打捱捶为甚么？"张二哎哟："皮开肉绽血成窪。"李氏哎哟说："太爷说到还轻处，"赵氏哎哟说："又积作下堂前忤逆达。"(《墙头记》第四回)

"说到"即"说道"。

95. 卸——谢

此处的"谢"指凋谢。如：

杏花卸柳如烟，困人春气奈何天，连日相思不相见。(《禳妒咒》第十一回)

百花儿只在枝头上，开开儿卸卸，开开儿卸卸，叫奴两难。(《富贵神

仙》第十回）

96. 昂赃——肮脏

俚曲中“脏”（肮脏）一般写作“赃”。“昂赃”即“肮脏”。如：

酒肉赔着心欢喜，一时没了就是发作。昂赃气死受不过，我给你休书一张，嫁汉子另去快活。（《俊夜叉》）

衙役们好似贼，有了钱放他回，俺无钱该受这昂赃罪！（《磨难曲》第二回）

以上两例中，“昂赃”（肮脏）都是用的引申义，与普通话不同。《现代汉语词典》对“肮脏”的释义是：

形❶脏；不干净：～的衣服｜屋里又凌乱又～。❷（思想、行为等）卑鄙、丑恶：～交易｜灵魂～。

上两例中的“昂赃”相当于今语说的“窝囊”，因为感到受辱、受屈而窝心、恼怒。下一例中的“昂赃”是一般的“肮脏”义。如：

天地之间，蚕们可以老了，搉树可以倒了，饥困可以饱了，昂赃可以扫了，惟独这着骨的疔疮，几时是个了手呢？（《禳妒咒》第一回）

“可以扫了”的肯定是肮脏之物。

97. 抿耳撺蹄——匆匆忙忙的一直跑

未在俚曲中查检到“抿耳撺蹄”。未详何故。

98. 拐窝——心眼

未在俚曲中查检到“拐窝”。未详何故。

99. 宜量——宜乎

俚曲中“宜量”16 见，均表示“合适于、宜于、适合”的意思。如：

他说我年太高，不宜量把心操，八石粮不用开口要，又不封粮不纳草，吃穿使费都匀了。（《墙头记》第一回）

他给小儿长算卦，那瞎厮一溜胡吧，说小些到还不差，媳妇不宜量比他大。（《禳妒咒》第五回）

那举人只宜量唬小厮，只宜量唬觅汉。（《禳妒咒》第二十六回）

100. 长嗓黄——噤了喉咙

“长嗓黄”一见于《墙头记》第四回：

你好似长嗓黄，把个尸丢在床，不知你上那里撞。

邹注：“长（音 zhǎng）嗓黄：长，山东方言，生。嗓黄，即嗓癀，为侵入到咽喉部的炭疽病，咽部形成脓疱或痈疡，不能发声。”邹注甚详。

101. **呱咑腚——高兴的行动**

"呱咑腚"一见于《穷汉词》：

昨夜晚，做一梦，拾一锭，喜个怔，老婆孩子呱咑腚，醒来还是净打净。

"呱咑"本义为象声词，形容拍打物体之后发出的声音，引申指拍打。"呱咑腚"是拍打屁股，是十分高兴、激动时的动作。

"呱咑"在俚曲中又写作"瓜打"：

了吊儿乱瓜打，拾石头把门砸，全不听的人说话。（《墙头记》第二回）

102. **长咕哝——常常在暗中讲说的意思**

"长咕哝"一见于《俊夜叉》：

娘子吃了菜一碗，一等等到日头转，恹头搭脑回家来，柴米银钱无半点。问声那地卖了没？低着头儿气不喘。……卖地卖地你长咕哝，怎么问着不做声？

"长"表示经常，"咕哝"表示小声说话，与"暗中"没有关系。因为卖地是不光彩的事，所以丈夫也不敢堂而皇之地大声说，只是怯生生地小声说。

"咕哝"在俚曲中多有用例。如：

众人有说俊的，有说好的，乱咕哝着去了。（第七回）

烧上香拜主公，口儿里自咕哝，烧香念佛的成何用？（《增补幸云曲》第十回）

103. **拘把着——抓的紧紧的意思，舒展不开的样子**

"拘把着"俚曲中未见，应该是指"拘巴着"，另外还有单用"拘巴"的，均见于《墙头记》第二回：

张大说："你过来，我把这墙上撮过你去罢。"张老说："这墙老高的，怎么上的去？"张大说："多大高哩，过来你试试。"果然把那张老挟起，往上一搁。张老说："不好，不好！放下我来罢。"张大又招下来，心焦说："好恨人！你总是个死狗，你好歹的拘巴着些。"张老又起来，着他挟上去。（张大）说："上呀，上呀。拘巴着，拘巴着，上去了没？"张老说："上来了。"张大撒了手。张老说："了不得！那边极深，过不去。你还扶我去。"张大说："我还不扶你哩。"

（唱：）休害怕莫心焦，只用你拘巴牢，可在上头死声叫。……

此处描写大冷天里不孝子张大送老父到轮值的张二家，张二装作不在家而不开门，张大便把老父推到墙头之上。在将老父推上墙头后，张大让老父紧紧附在墙上，然后竟扬长而去。“拘巴”就是指紧紧地附在某物上。今方言中仍说“拘”，也可加语缀“巴”，与俚曲一致。路注所谓“舒展不开”并非“拘巴”一词本身带有的意思，而是“拘巴”这一动作附带的情况：张老在墙头上趴着，不敢乱动，自然“舒展不开”。

104. 剁打起来——堆叠起来

“剁打起来”一见于《磨难曲》第十五回：

今日去登门骂他一个痛快，也叫他合家不安稳。我就他门前乜块石头上，剁打起来。方氏呀！你可听着！

不过这里并非“堆叠起来”的意思。“剁打”就是“剁”(用刀往下砍)，“打”是语缀。旧时妇女上门骂人泄愤，有拿刀边骂边剁示狠的恶俗。路注的“堆叠”不知何据或所谓何在。

105. 空着手弥量着——用手表演

“空着手弥量着”一见于《快曲》第四联：

那人起来，伸了伸腰，长吁了一口气说：“也是跟着二老爷，也曾得意来；惟有今遭，甚不出气。我正待对着列位诉诉哩。”空着手，弥量着说起来了。

“弥量”义为比画、比量。

106. 念诵——劝说的意思，时常提念的意思

“念诵”表示“劝说”的例子，如：

他有爱汉子的呀，或是想老婆的呀，俺老李一到，就是天仙织女，俺也念诵的思凡。(《禳妒咒》第十四回)

起初答应的不慷慨，禁不的众人齐念诵，少年不觉的豪心动。(《富贵神仙》第二回)

另外还有“心念口诵(佛名或经咒)”的意思。如：

爹娘每日念佛，越发念大差了。受了大害，怕爹娘伤心，没敢言语。今日好了，不免去劝劝爹娘，不必昼夜念诵，枉受辛苦了。(《禳妒咒》第二十七回)

以及“数落、念叨”的意思。如：

九日里回来，实指望他达妈念诵必然差些了。谁想越发利害了，一点儿不应心，就掘……(《姑妇曲》第二回)

姜娘子念诵了一回，才不敢做声了。(《翻魇殃》第三回)

不知道路注的“时常提念的意思”是否指最后一种意义？

107. **忽打忽打——搧扇子**

“忽打忽打”一见于《增补幸云曲》第十六回：

你只扇那八根柴、小油红，暑伏天使俩钱买的粗蒲扇忽打忽打罢！

“忽打忽打”是“忽打”的重叠形式。今方言仍说。“忽打”表示扇动，不仅指扇扇子，也可以用在其他的可以扇动的东西上，如用簸箕扇动粮食以去皮壳也可以说“忽打”。

108. **拖罗——不整齐的长条物**

俚曲中未查检到“拖罗”，不详何故。今方言中仍说“拖罗”。

109. **前前搐搐——退退缩缩，不敢率尔前进的样子**

“前前搐搐”在俚曲中共3见：

有本领夹马就上，闯过去算你命长，我有刀来你有枪，前前搐搐不成像！（《快曲》第二联）

出林大叫：“老爷到”，一堆人打战似筛糠。前前搐搐不敢动，如同小鬼见阎王。（《快曲》第四联）

差人又商议说：“这方二相公也不是个善查，只怕进了门，他就给个作道。”方相公见他前前搐搐，便把邓天军一把拉住，说：“请进请进，我就奉陪。”（《磨难曲》第六回）

这3例中的“前前搐搐”均表示“畏惧不前”。今方言仍说。

110. **信口胡吧——随便讲话**

“信口胡吧”一见于《蓬莱宴》第五回：

信口胡吧，信口胡吧，那神仙也是镜中花；拿画来充饿，热馒头反丢下。

关于“吧”，请参见第58条“吧——说话”。

111. **却——缺**

“却”字常用，相当于“缺”的不知是指那个句子。下面一句的“却”是否可以看作“缺”？

您俩下棋，我点着替找却，我点着替找却。（《禳妒咒》第三十一回）

“点着替找却”语意不明。从文意看，似乎是指在两人下围棋时一人在旁帮着清点输赢的子数，以确定输方应付的钱数和找零。“却”是理解为返却（返还），还是应理解为“缺”（短缺）？今方言中“替缺”一词，指别人因故离开岗位后前来顶替的人。可是，即使把“替找却”看成是“找替却（缺）”，似乎放在这里也不太妥当。因为上下文都没有说到找人代替的事情。所以,也不能确定此处的“却”就是“缺”。

112. 耍揣歪——不正当

俚曲中并没有查检到“耍揣歪”,不过有一例“要揣歪”:

结了党告到了上台,挟制官府安心要揣歪。(《磨难曲》第四回)

“揣歪”在俚曲中包括上例共5见,两次是“胡揣歪”(《姑妇曲》第三段、《磨难曲》第十四回),一次是“瞎揣歪”(《富贵神仙》第三回),还有一次是“生平全不会揣歪”,意思是做不正的事。如果把上例中的“要”视为“耍”的形讹,“耍揣歪”比“要揣歪”似乎更顺妥。路注的“耍揣歪”很可能就是指此处。

俚曲中又有“歪揣”,邹本分别为“歪揣性”“歪揣货”“揣东西”作了注。如:

歪揣货(《俊夜叉》):山东方言,不正经的东西。含贬义。

歪揣货儿(《姑妇曲》第一段):山东方言,没有教养、行事蛮横无理的东西。

歪揣性(《翻魇殃》第十回):这里指小性儿、小心眼儿。

揣东西(《姑妇曲》第一段):义同“歪揣货儿”。

虽然前后不太一致,但也可以看出“歪揣”与“揣歪”的意思非常接近,应该就是一个词的不同变形。

113. 徉徜——扬长

“徉徜”和“扬长”其实是一对同义异形词。俚曲中“徉徜”4见,“扬长”2见。又有4处写作“佯常”。此不多讨论。

114. 徉徜——与徉徜同

俚曲中没有“徉徜”,只有一例“徉常”:

起来徉常一溜烟,胡朋成了个李大板。(《俊夜叉》)

路注所指应即此例。

115. 待中——快要

俚曲中“待中”11见。表示的意义有两种:①快要,就要,该要,表示很快发生或预料会发生某种情况。如:

这庄里有个小书房,我着他上学,够半月哩。你不必找他,他待中来家吃晌饭哩。(《慈悲曲》第三段)

邹注:“山东方言,大概、可能就要的意思。”再如:

我来找你,你睡着了,我就没敢惊动。我若是通你通呵,你待中恼了

哩。(《禳妒咒》第九回)

②几乎要,表示接近于某种结果。如:

李旺击了鼓,说他老婆叫张春待中打杀。(《磨难曲》第十五回)

116. 扁——藏

“扁”原指将旧式裤的宽松裤腰折起束紧,引申指藏、掖在腰部。如:

(某人拣到一块冰)“五六月里那的冰?我扁在腰里,到家问问人。”掖起来走了。到了家……解开裤腰,已是化了。(《磨难曲》第二十三回)

张鸿渐见他说的有理,只有二两银子,扁在腰里,就与娘子作别。好叹人也!(《富贵神仙》第二回)

117. 扁上——藏在腰间

“扁”的意义见上条。“扁上”的用例一见于《磨难曲》第十八回:

造化,造化!想是要给十来两银子。吃他的好酒好东西,再给扁上十两银子,这不是个美差么?

118. 胡打混——胡闹

俚曲中未查检到“胡打混”。“打混”一见于《增补幸云曲》第二十三回:

万岁的性儿也是好动不好静的,极好合人打混,又被鸨儿百般相劝,也就没了气了。

疑原抄本中有“胡”字,印刷中脱落。

119. 胡触送——无目的地放置东西

“胡触送”一见于《俊夜叉》:

呀,偺强人,嘲畜生!割了肉来胡触送,终朝每日瞎作蹬,弄的天那大窟笼。

“触”方言中读同“竹”,此为记音字,义为塞、堵。《日用俗字》中写作“箤”:“剩下瓶口要箤严”(《饮食章》),“奔豘直上箤心间”(《疾病章》)。“触送”在方言中确有随意放置之意,但是方言中还有另外一个意思,就是随意地把东西送人。上例中的“触送”就应该理解为把东西送人。这段唱词是妻子三姐数说丈夫过错的话,“割了肉来”随便乱放不可能算是大的过错,不会与“终朝每日瞎作蹬”相提并论。实际上是比喻不会勤俭过日子,把自己的好东西随便送给别人。邹注“山东方言,塞给别人”解释“触送”的此处含义更为准确。

120. 苗架——根底

“苗架”一见于《磨难曲》第十三回:

他说你忘了我合他留恋,我谈他情义儿虽然好,到底是个狐狸仙,这一句话犯着他那苗架，他就现了原身翻了脸。

121. 迭不的——来不及

俚曲中“迭不的”共11见，表示来不及、顾不上。如：

到了家，撞见大姐。大姐也迭不的问，跑到屋里说：“娘呀！俺二弟来了！”(《翻魇殃》第十回)

忙忙走如流星，急如火不暂停，没如今番走的胜。心忙迭不的下食店，二日走了一千零，逢人就问灌口径。(《寒森曲》第六回)

122. 抬举——恭维

“抬举”为普通词语，此不加讨论。

123. 洋洋不睬——不理会的意思

“洋洋不睬”一见于《增补幸云曲》第十八回：

万岁爷要下楼，佛动心不敢留，只得随在身子后。手里捏着两把汗，口虽不言心里愁，这回丑儿可丢个够！那万岁洋洋不睬，一步步花落水流。

124. 们哩——语尾

此条有误。“们哩”俚曲中共4见，都相当于“每哩”，即表示反问语气，莫非、难道。一般用在句首，偶在句中，非在语尾。如：

我这里合您家里一样，们哩我就没有那碗饭给他吃么？(《慈悲曲》第三段)

俺爹你放心。就难些也罢，们哩还待另嫁哩么？(《翻魇殃》第一回)

仇福说：“我没有钱。”魏名说：“我借上。们哩你还不我吊钱么？”(《翻魇殃》第二回)

你没吃着，我剩下的，你吃些罢。你再来，做的多着些，分开们哩是为你来么？(《翻魇殃》第三回)

125. 原成——解释、劝说

俚曲中未查检到“原成”。不过有“圆成”“謜諷”“愿承”。其中，“圆成”2见，似不应都有讹误，所以怀疑本条的“原成”为“圆成”之误。

(1)圆成：

张老爷，你也该为这一方的百姓，怎么圆成着他去呢？(《磨难曲》第三十三回)

大姐，咱把他那银子帮他个罄净，着他有家难奔，有国难投。你可圆成着，你就说：“俺王姐夫虽是乡官家公子，他可极良善。长官你又没了银子

了,怎么回家?你给他做个管家不好么?”哄的他上了套着,那时在我。(《增补幸云曲》第二十回)

(2)謜謶:

王相公不肯。王四謜謶着,到了八百银子,王相公才依了。(《翻魇殃》第十一回)

枝梧颠倒费謜謶。(《日用俗字·堪舆章》)

(3)愿承:

众人又说:“保正,你既说他是拿人,俺当不的他。如今又翻不出人来,是该怎么着呢?”那保正闭口无言。众人愿承着,立了一张火状。(《富贵神仙》第九回)

从用例看,“圆成”有劝说、撮合之意,没有“解释”之意。

126.哆杀——厌恶的意思。

“哆杀”是一个述补结构。“杀”是补语,又写作“煞”,相当于作补语的“死”。请参见第81条“作琐煞子”。“哆”在俚曲中的主要意思有两个:一是指女性性格狠戾、不通情达理。如:

当年不遇后娘哆,后世那知兄弟贤。(《慈悲曲》第一段)

终朝每日数他哆,又遇着哆的比他狠;这一个哆的哆的紧,那一个哆的可才窘;上一个不哆你到允,只怕因着你哆他不肯。(《姑妇曲》第二段)

二是指寒碜,寒酸、丑陋或肮脏得令人难受。如:

(老婆问:)“咱爹这袍子是谁的?”张二说:“是咱哥的。”老婆说:“哆杀我,吊脸打胯的,就给老的们穿穿。”(《墙头记》第三回)

哆杀人这般模样,还想着要把人虏!(《增补幸云曲》第十二回)

可哆煞我了!我也不消把我那家当合你比,我说说我那小厮们的家当你听听罢。(《增补幸云曲》第二十三回)

俚曲中“哆杀(煞)”共7见,其中的“哆”都是第二种意思,合起来相当于说“恶心死”,表示强烈的不屑。

127.害歆——羞惭、恐人耻笑

俚曲中我们没有找到“害歆”,不过《日用俗字·赌博章》“妻儿破裤不遮歆”,倒是用到了“歆”字。参见下一条。

128.害罴——与“害歆”同

相当于普通话“羞”的意思,在俚曲以及今鲁中方言中有两个读音:一读

"嚣",一读"羞"。今淄川方言尖团音不分,两词声母、声调相同,韵母有异:前者读 ɕiɔ,后者读 ɕiəu。在分尖团的寿光北部方言中,前者读 ɕiɔ,后者读 siəu(以上均读阴平)。实际上,一般用的是"嚣",如"害嚣""遮嚣""嚣得不敢见人";用"羞"的地方较少,如"羞惭"。不过,"嚣"毕竟是方言记音字,所以,在俚曲中尽管大量使用"嚣",但还是有一些地方写为"羞"。如在俚曲中,"害羞"出现 27 次,"害嚣"出现 19 次。除单用之外,还有"害嚣""遮嚣""担嚣""怕嚣""讨嚣""嚣人"等词。下面各举一个例子。

(1)嚣(单用):

我别的弄不过他,或者我这身上穿的这衣服他拿不出来。待我小小的形容形容他,也着他嚣。(《增补幸云曲》第二十一回)

(2)害嚣(害羞):

借重你头里去到他房里,你说小娇三来了。他害嚣,着我吹杀灯哩,先把灯吹灭。你可去办。(《禳妒咒》第十五回)

(3)遮嚣(遮羞):

我着你赢怕了,我烧上香祷告祷告,赢你一遭,我也遮遮嚣。(《增补幸云曲》第二十二回)

(4)担嚣(蒙受亲朋所带来的羞耻):

叫人家休退打骂,岂不着父母担嚣?(《翻魇殃》第一回)

(5)怕嚣(怕羞):

每日出头露面,教人羞死!今日受了这大辱,想是也怕嚣了。(《禳妒咒》第二十七回)

(6)讨嚣(讨羞,讨愧,自觉羞愧):

把人拿,把人拿,外头跑了十二三。抓住了五六个,打了够二百下。好大开发,好大开发,还要拴去送官衙。那保正也讨嚣,说不的一点嗄。(《富贵神仙》第九回)

(7)嚣人(羞人,感觉害羞、难为情):

"您都哑了么?全不做声一声?"众人说:"怪嚣人的。"朱二说:"这个待要饭吃,还怕害嚣么?咱从此散了,各人顾各人罢。"(《磨难曲》第一回)

129. 晌午——正午

"晌午"在俚曲中多见。下面仅举两例:

天已晌午了,也该放了学了,怎么到如今不来?(《禳妒咒》第二回)

我今晌午不大饥困，就添上俺哥哥也够了。（《慈悲曲》第四段）

130. 流水——马上、一口气

“流水”（不包括水流义的“流水”）在俚曲中共 37 见，都是表示“马上、赶快、迅疾”的意思。如：

待了二日，打听珊瑚去了，流水跑来对他娘说，消他娘那气。（《姑妇曲》第二段）

行说着，见一个丫头从房里拿出一把琥珀如意来。万岁看见，流水摆手说：“小奴才好不成人！好不邋遢！”（《增补幸云曲》第十五回）

至于路注中的“一口气”一般是指不歇气、不间断，于此似欠准确。

131. 流丢——狼狈貌

“流丢”在俚曲中共 6 见，都是与“烂”结合使用。其中，“烂流丢”3 见（《墙头记》第四回、《寒森曲》第四回、《快曲》第三联），“破烂（又）流丢”2 见（《禳妒咒》第三回、《增补幸云曲》第二十四回），“流丢烂”1 见（《墙头记》第二回）。下面分别各举一例：

杀人的是悬梁死，被杀的是烂流丢，伤痕不用还穷究。（《寒森曲》第四回）

虚度人间五十秋，短袍破烂又流丢；街头个个称师傅，实与人家去放牛。（《禳妒咒》第三回）

相别了这几年，因穷忙没问安，乍见了模样不能辨。常时兄弟何等厚，那时衣帽甚光鲜，怎么这样流丢烂？（《墙头记》第二回）

可见，“流丢”并不单用，而是与“烂”结合使用的一个虚语素，用来增强“烂”的程度，其组合可释为破烂不堪。邹注“烂流丢”和“流丢烂”都是“破破烂烂”，只不过没有单独说明“流丢”。路注“狼狈”是在具体语境中的引申。

132. 特低——太坏

“特低”应指《磨难曲》第七回中的用例：

俺头一日走了勾二百，第二日走了勾一百五十里，到了第三日，这驴就赶不的了。我又没本事走，向来一日只走四五十里，才到了河南境界。运气特低，这两日又病起来了，只得住下。

俚曲中与“运气”配合的形容词有“好/不好”“强/不强”“高/低”“旺”“不济”。所以，“特低”值得关注之点在于程度副词“特”。

俚曲中“特”字除上例之外，还有 7 例。其中，4 例表示“特地、特意”，如“特来救护”（《寒森曲》第八回）、“特遣”（《蓬莱宴》第二回）、“特来献捷”（《磨难曲》

第三十五回)、“特来有请”(《增补幸云曲》第十六回),2 例表示“仅只”,1 例表示“特别”用作状语。下面只看后 3 例:

二兄弟你听着,大舅子把你敲,到底还是你年少。你去不为舅子去,特为丈人情意高,怎么断的这条道?(《翻魇殃》第八回)

回头一看,那书生在那里题诗。彩鸾说:“我隐了身形,看他写的是何言语。”到了跟前,那书生已去,特留下一个曲儿。(《蓬莱宴》第二回)

知音天子上边坐,好好连夸四五声,想那教笛时特把心来用。(《增补幸云曲》第二十五回)

最后一例应理解为“特别”,表示特殊、不同于一般,与“特低”的“特”相近。今山东方言中一般不用“特”作程度副词,这可能是路氏加注的原因。

133. 真么——恁么

俚曲中“真么”27 例,此外还有 1 例“真嚒”,这 28 例都是表示“这么、这”的意思。如《墙头记》第四回:

哎!我也曾挣过银子,早知道真么中用,怎么不藏下几两?

此例“真么”用在形容词之前。再如《姑妇曲》第二段:

你仔说,您二姨这杀才是乜人么!真么一个媳妇,是模样不好呀,是脚手不好呢?是不孝顺?这杀才是待死呀?

此例“真么”用在名词性成分之前。又如《寒森曲》第六回:

骂一声鬼奴才,不是我请你来,找我也是真奇怪。您俩嫌我走的慢,我可只是真么捱,你虽是嫌我可爱。

此例“真么”用在动词之前。

从语音上说,“真么”就是“这么”的音变:“么”的声母 m 与“这”结合,使其变成了鼻尾韵,写成了“真”。而“恁么”从语音上来说是“那么”的音变;从语义上说,虽然在表示程度重的时候既可以说“真么”,也可以说“恁么”,但在表指示的意味更浓时,“真么”是近指,“恁么”是远指,两者是不能互换的。如上举《寒森曲》例,“真么”就不能替换为“恁么”。

邹注三次涉及“真么”,解释都是“这么”或“这样”。当是。

134. 拿糖——装模作样,也就是拿架子的意思

“拿糖”在俚曲中 2 见:

红了脸气昂昂,叫村女休装腔,谁着你来这井边撞?分明也不是个干净货,看上你眼就拿糖,谁没见你那乔模样!(《增补幸云曲》第四回)

单表起佛动心……寻常不肯合人混。这妮子拿糖捏醋，看不上公子王孙。(《增补幸云曲》第八回)

135. **流流的——满满的样子**

“流流的”俚曲中2见，表示“足足的，满满的”：

箱子里满满当当，破家伙流流的一筐，匙箸碗碟掖打上。(《禳妒咒》第三回)

想起当初泪撒撒，流流的跑一夜，我困他也乏，不吃草倒在槽儿下。(《富贵神仙》第三回)

136. **草包货——无能力的意思**

“草包货”俚曲中2见，都在《磨难曲》：

相公不要怪俺，俺两个都是草包货。(第十八回)

大叔，你休怪我，我是个草包货。(第二十三回)

今方言中仍说“草包”和“草包货”，前者是形容词，指能力很差(“无能力”)；后者是名词，指能力很差的人。

137. **缺缺嗤嗤——很吃力而喘粗气的样子**

俚曲中未见“缺缺嗤嗤”，只有“缺嗤嗤”一例，见于《翻魇殃》第二回：

缺嗤嗤的穿把上，黑暗暗的待开交，干误娘亲一大觉。

今方言中一般说“缺嗤缺嗤”，此例中因为韵律而省作“缺嗤嗤”(与“黑暗暗”相对)。

“缺缺嗤嗤”是“缺嗤”的重叠形式，又写作“呋嗤”。请参见本章第一节关于“呋嗤”的讨论(第15条)。

138. **起根就里——从头开始**

“起根就里”一见于《富贵神仙》第六回：

官人见娘子恼了，才知道不是假的，便扑簌簌落下泪来。把舜华的缘故说了一遍，娘子才知道起根就里，也就全然不恼了。

邹注为：“起因和内情。”此处“起根就里”应指事情的原委。今方言中“起根”有“从头开始”的意思。

139. **讨饭吃还有条根——作什么事也得有起码的条件**

俚曲中原作“讨饭吃还没条棍”，一见于《翻魇殃》第三回：

你糊迷着心眼，说说还嗔，必然到片瓦根椽，才是个断根。只怕你讨饭吃还没条棍！

“讨饭吃”的人一般要手持打狗棍，所以路注的“根”应为“棍”之讹。

从文意来看，此处采用否定形式“没条棍”。“讨饭吃还没条棍”是说连讨饭都干不成，那就只能饿死了。路释是提取出的肯定形式“有条棍”。

140. 唵——咽

俚曲中未见与“咽”有关的“唵”，倒是《日用俗字》中用到了。《日用俗字·庄农章》：“儿童大把唵青麦。”俚曲中“唵”字一见于《丑俊巴》：

看的金莲知觉了，斜转秋波开笑颜，不知是那里来的黑大汉，心里着实犯故唵，模样虽丑汉子大，心里想到所以然，回头看着笑一笑，传情只在眼角边。

“犯故唵”邹注释为：“等于说打自己的主意。故唵，即咕念，嘀咕，山东方言中的象声词，形容小声说话的声音，这里是暗暗打主意的意思。”如此，“唵”非“咽”义。

《日用俗字》中的“唵”相当于“揞”，将粉末或粒状物用手托着放入嘴中。“揞”的词义主要在于放入口中，并不在咽下。

141. 偘——吃亏

俚曲中“偘”2 见：

仇大郎你好偘，没钱使难住人，难住了不是真光棍。(《翻魇殃》第四回)

就是相好，也只一霎，全然一点不中用，真正是个偘忘八！(《禳妒咒》第十六回)

“偘”不是“侃”的异体，也不是“吃亏”的意思，而应读 pīn，义为拙笨。这是个从人品声的方言字。请参看本章第一节讨论的第 37 条。

路大荒和邹宗良两位都将“偘”解释错了，说明今淄川方言中已不说此词。今寿光方言中一般也不用“偘”来表示“拙笨”的意思，只有在说家具式样或人的长相显得拙笨、不灵活的时候才会说“偘”；而鲁南一些地方“偘”用得还比较多。

142. 偏——夸耀

俚曲中的“偏”未发现有明显带“夸耀”义的例子。只有 1 例可疑，《快曲·第四联·烧耳》中描写张飞斩了曹操，一帮军士喝酒时猜拳行令，“赢了的吃酒，输了的着他指头骂曹操”。多人数说曹操罪状后，又把曹操的耳朵放到火上烧烤，一个人说：

“快拿来加上些花椒、茴香，去去那贼的恶气。”加上又烧，说：“好了，不大臭了，可也中了。这是个异味，大家都尝尝，休要偏了。都吃一大盅。”

这里的“偏”是紧连着“大家都”来的，应该是指“偏废，偏缺”。是否路先生认为这里的“偏”是指“谝”，指上文大家的说嘴呢？不详。参见本节256条“谝”。

143. 哐哼——呻吟

“哐哼”在俚曲中共50见（包括其重叠形式“哐哐哼哼”“哐哼哼”）。此举两例：

员外不敢叫骂，可也不曾告饶，只是哐哼而已。（《寒森曲》第一回）

三人正哭，那个解子狼眉竖眼的说：“急自一个哐哐哼哼的，一个扭扭捏捏的，又添你哭哭啼啼的。哭会子，不走罢！”（《寒森曲》第五回）

关于“哐哼”的意义及其异体，请参看本章第一节关于“狗哐黄”（第56条）的讨论。

144. 崩——快走

俚曲中跟“快走”有关的用例应该是指：

报报报，俺先到，打了一个肩，崩了一宿道。买报使了四两银，指望还赚七八吊，还赚七八吊。（《禳妒咒》第四回）

这里的“崩了一宿道”也有可能是“崩道”的“离合式”说法。其他跟“快走”有关系的是“仍崩”或“仍崩”的分开使用。如：

樊亲家你好乖，仍崩一去不回来，再找那得个影儿在！（《禳妒咒》第三十回）

咱要还家，必定是吃横亏，夹棍夹，板子捶。咱不如也就仍了，咱不如也就崩了，也就仍崩拿了腿。（《富贵神仙》第六回）

“仍崩”今方言仍说，形容快速行走的样子。但不单说“崩”。

145. 探业——安分、有出息

俚曲中“探业”2见：

天不教我死了，这肚子又不探业。这不是还不曾晌午，早晨吃了两碗糊突，两泡尿已是溺去了，好饿的紧！（《墙头记》第一回）

孩子绝不探业，老婆更不通情。（《穷汉词》）

《墙头记》第一回后邹注：“山东方言，安分，听话。”路注的“有出息”更接近于《穷汉词》中的例子。从现代方言看，“有出息”应该是“安分，听话”的引申义，因为在传统的观念中，“安分，听话”的孩子更让大人满意。

146. 挣了一挣——定神思索貌

“挣了一挣”在俚曲中11见，都是表示遇到突如其来的、未预料到的情况后的惊愕之状，相当于说“愣了一下”。如：

张讷看见他娘,也挣了一挣,又笑了笑,来到跟前,问他娘好。(《慈悲曲》第三回)

张讷是因为后娘虐待才跑到姑母家的,突然看到后娘来到姑母家,所以先愣了一下。

却说赵恶虎也不料商员外就死了,忽然听的说死了,也挣了一挣。(《寒森曲》第一回)

赵恶虎虽然凶残,但也没想到把商员外打死了。

(张龙说:)"四五年不在家,总言不的了。一个孩子还在肚里没生,这是拿不了去的。哎!咳咳!"李虎说:"你没在家,这孩子是那里的?"张龙挣了一挣,说:"我就犯算计,你说的极是!我去杀了这淫妇罢!"(《磨难曲》第二十八回)

此处表现恶差张龙的傻样儿。张龙自己离家四五年了,老婆怀孕,还想不到孩子是谁的;直到同伴提醒才猛然想到妻子与人通奸的事情。

所以,路注的"定身思索貌"欠准确。邹注于《慈悲曲》第三回为"挣"作注为:"'怔'的借字。愣,诧异。"为该回"挣了一挣"作注为:"山东方言,愣一愣,吃一惊。""怔"俚曲中一见:

昨夜晚,做一梦,拾一锭,喜个怔,老婆孩子呱打腚,醒来还是净打净。(《穷汉词》)

147. **掖打上——置放在身边**

"掖打上"在俚曲中2见:

箱子里满满当当,破家伙流流的一筐,匙箸碗碟掖打上。(《禳妒咒》第三回)

急慌忙,急慌忙,银子给你添在囊。该用的嗄东西,都给你掖打上。(《磨难曲》第十九回)

《富贵神仙》第九回同样描写上述场景时,用的是"掖搭上":

娘子也慌,娘子也慌,银子给他填在囊。所用的嗄东西,都给他掖搭上。

《禳妒咒》第三回后邹注:"山东方言,塞上。这里是塞在其他家俱空隙中的意思。""掖"是"塞进(衣袋或夹缝里)"(《现代汉语词典》),"打"或"搭"是语缀,表示随意貌。掖进的地方,本义是指衣服里,也可用在袋子、箱子、墙角等一切有空隙的地方。

148. 淡账——冷淡

“淡账”一见于《磨难曲》第十二回：

官人太无良，守新房想旧房，教人心里好淡账！

“冷淡”的意思：一指不热闹、不兴盛；二指不热情、不亲热、不关心；三指使受到冷淡的待遇（《现代汉语词典》）。本例的“淡账”是指因为受到冷遇而心意冷淡。

149. 猜不方——猜不透

“猜不方”在俚曲中3见：

张炳之婆子的性儿尖似锥，我虽不敢朝你的头，你还猜不方我的谜。（《慈悲曲》第二段）

没问是谁家，没问是谁家，怎么就不要他？我就猜不方，心里是待囃？（《禳妒咒》第六回）

劳苦了您俩了，咱吃酒罢。我行一个令儿，要破一个谜，猜不方的罚。（《增补幸云曲》第二十四回）

将“猜不方”释为“猜不出来”可能意思更明确。

150. 毕了账——无钱的意思

“毕了账”在俚曲中2见：

半年不曾还故乡，你就憔悴不成腔，我儿呀，再待半年就毕了账。（《慈悲曲》第二段）

雇了驴上王庄，被贼人剪被囊，盘费钱今日毕了账！（《磨难曲》第八回）

“毕了账”就是完了账，清了账。《磨难曲》例中比喻完了，光了。《慈悲曲》例中比喻人完了，即死了。

151. 觅汉——农家雇的工人

俚曲中“觅汉”共21见。今方言仍说。准确的解释应为“长工”，不是临时雇佣的“短工”。如《磨难曲》第二十三回中以“短工子觅汉”并列：

咱也该知足才是。你看那短工子觅汉，血汗暴流，吃了三顿粗饭，不过挣四五十文钱。每哩咱不瞎，待不吃饭哩么？

可见“觅汉”与“短工（子）”有别。

152. 逗逗——运动

俚曲中未查检到“逗逗”。疑指“逗楼”，见于《增补幸云曲》第十六回：

我吃的饱饱的，脱下这鞑鞋合这袜子，逗楼下这裹脚来擦一擦便是。

邹注云:“同‘抖搂’。山东方言,把缠绕着的东西解脱下来的动作,绕着圈儿往下解扯。”邹氏所说的“抖搂”在俚曲中没有用例,是指普通话的“抖搂”:“振动衣、被、包袱等,使附着的东西落下来。”(《现代汉语词典》)从现代鲁中方言看,既有“抖搂”也有“逗搂”,两者意义有别:“抖搂”含义同普通话,是抖动(振动);“逗搂”是通过抖动使缠绕着的绳、线、布条等散开、脱落。

153. **麻瞪——看不清**

“麻瞪”2 见于《磨难曲》第一回:

虽然说不成灾,却又自家看不上,坐在那轿里麻瞪着两眼,见一个庄里没有术秸,便说这庄子成的是灾。

他轿里低头麻瞪着眼,合县报了几个庄。

“麻瞪”的后面带着宾语“眼”,所以不宜释为“看不清”。其实是指眼睛未全睁开,不认真看的样子。邹注为:“形容眼睛半睁半闭的样子。”

154. **脚打罗——制面粉的用具**

“脚打罗”是旧时磨坊中用脚踩动带有杠杆装置来罗面的工具。请参见本书第一章第二节中关于“脚打罗”的讨论。俚曲中共 2 见,出自同一个歇后语:

坐着丈人的席上,那旧板凳做了脚打罗——到这里才成了踢面。(《富贵神仙》第十一回)

坐着丈人家的席上,那板凳子做了脚打罗儿——到了这里才成了体面。(《磨难曲》第二十三回)

155. **脚后跟——真情**

“脚后跟”2 见于俚曲,1 见于《日用俗字》。

原来那李氏没放在心上,艾焙子炙那连连骨——疼着他那脚后跟了么?(《慈悲曲》第二段)

才相戏休认真,咱从几时羞动人,我可不是口头话,打死疼着我那脚后跟。(《禳妒咒》第十八回)

髋支骨连脚后跟。(《日用俗字·身体章》)

“脚后跟”即脚跟,脚的后部。《日用俗字》的用法就是其本义。俚曲中的 2 例其实都是同一句歇后语,只不过《禳妒咒》的例句中省略前部。“连连骨”是小腿骨,用艾条炙小腿骨,脚后跟自然不疼,比喻别人受苦与自己无关,不心疼。路注所谓的“真情”是其理解的比喻义。

156. 喇——谈说

俚曲中表示“谈说”的“喇”只有一例，见于《慈悲曲》第四回：

兄弟二人，只管喇起来了。

邹注：“‘啦’的借字，闲扯，聊天儿。”按：今山东方言中的“啦”本身就是方言词，无所谓本字，所以也无所谓“借字”。只是现代一般写作“啦”而已。

157. 喇啁——闲谈

俚曲中未查检到“喇啁”。今方言中一般写作“拉呱”或“啦呱”。

158. 勒揹——不放松的意思

“勒揹”一见于《禳妒咒》第十六回：

狗儿甜蒜碟，到屋里还勒揹他不轻饶。

从今方言来看，“勒揹”应该义同“揹勒”“鞎勒”，指勒索、逼迫。如：

要银钱就把人揹勒，咽到那阎王殿上，可合你辨个是非！（《寒森曲》第五回）

送上数金还鞎勒。（《日用俗字·堪舆章》）

159. 麻瞪着两眼——两只眼睛都是似睁似闭的

本条同153条“麻瞪”。路注释义不同，彼非而此是。

160. 贬——藏，与扁同

关于“扁”，参看上文116条的“扁”。“贬”同“扁”的例子在俚曲中一见于《翻魇殃》第三回：

果然着他粜一石，他就粜三石，大腰贬着钱去赌博。

俚曲中“贬”还有一处“与‘扁’同”。义为踩踢（“扁”亦有此义）。《增补幸云曲》第七回：

品品不好往当街倒，从今后不开酒店，说声薄把壶贬了！

161. 莽莽憷憷——慌乱状

“莽莽憷憷”一见于《磨难曲》第七回，写作“莽莽恠恠”：

店主上，看小二睡的这样浓，叫了两声“小二”，小二莽莽恠恠爬起来，还揉眼。

邹注：“恠恠，当为‘桩桩’的讹写。桩桩，同‘撞撞’。山东方言，睡觉后未完全清醒，懵懵懂懂的样子。”按：邹注释义大致正确。依据现代方言，应该是指睡觉中突然醒来后神智尚未清醒而急于作出反应的样子，即懵懵懂懂。

“恠”是“怪”的异体，所以字形肯定有讹误。邹注认为本字是“桩”，看来也不能成立：首先，"桩桩"有"撞撞"义其实也是记音而已，"桩"本身不会有莽撞义。其次，由路注可见，其抄本原为各字书所无的俗字"憷"。表示心理状态的词选用从心的形声字更符合造字的一般理据。

162. 几丢乱打——形容一种声音乱七八槽的样子

俚曲中没有"几丢乱打"，只有"几丢刮打"；现代方言也说"几丢刮打"而不是"几丢乱打"，所以这里的"乱"应是"刮"字之讹，印刷时又误改为繁体字"亂"。该词一见于《增补幸云曲》第十四回：

> 这万岁穿的靴鞋是江彬做的，虽无穿着走路，但年岁久了就烂了，那鞋掌子印着那涩道上边，嗤的一声抓下来了半边，走一步刮打一声。……二姐羞的极了，低低的叫声："姐夫，咱进院罢。到里头叫丫头们给你锥锥，几丢刮打的叫人笑话。"

邹注："象声词，形容掉底的鞋子走路时发出的声响。"邹注仅就例句而言是正确的。今方言中用来形容连续的无规律的拍打声，并不限于"掉底的鞋子走路时发出的声响"，如果是穿着好鞋走在平地上的杂沓的声音也可以说成"几丢刮打"。

163. 善查——好对付的人

"善查"在俚曲中共 4 见。如：

> 原来这方二相公也不是个善查，那差人不敢进去。(《富贵神仙》第二回)
>
> 嗯，那主子不是个善查，只怕这腿就折了！(《磨难曲》第二十八回)

164. 善茬——与善查同

"茬"应为"茬"字之讹。今方言中一般写作"善茬"。不过未在俚曲中查检到"善茬"或"善茬"。

165. 恶喳喳——凶狠貌

"恶喳喳"一见于《磨难曲》第十五回：

> 老婆恶喳喳，日登门骂邻家，母大虫到处人人怕。

从今方言来看，"恶喳喳"应该是"恶喳"的重叠形式。"恶喳"也是形容很凶狠的样子。邹注为"恶声恶气"，可能是从"喳"字从口来理解的。

166. 揣歪——不怀好意

请参见第 112 条"耍揣歪"。

167. 朝——招架、挡住

"朝"表招架、抵挡义的用例如：

我家虽未了事，也还可朝住李大了。（《富贵神仙》第九回）

摆下了一盘棋，王冲霄仔细思，万岁只当闲游戏。宝客王龙朝不住，常往手里去夺车，一盘回了勾二十递。（《增补幸云曲》第二十一回）

168. **款款——缓缓**

俚曲中除《琴瑟乐》之外没有查检到"款款"。《琴瑟乐》中的用例是：

款款摆腰肢，不住的微微笑。

不过路本《聊斋俚曲集》并未收入《琴瑟乐》。又，"款款"并非方言词，而是古已有之的书面语词。所以这里的"款款"不详何故。

《日用俗字·泥瓦章》中写作"徽徽[①]"："巴砖铺就徽徽做"。

169. **扬誉——颂扬**

"扬誉"一见于《穷汉词》：

爷爷，爷爷！你是个甚么意思？我亟待扬誉扬誉你，怎么再不肯和我见面？

170. **丝丝两气——不紧张，不热烈**

"丝丝两气"一见于《墙头记》第一回：

半年来丝丝两气，又饿的老肚生烟！

邹注："山东方言，呼吸细弱、奄奄一息的样子。"按：邹注是。《墙头记》此处描写老父将土地都分给两个儿子之后，遭受虐待，饭食很差，大冷天也只给冷粥喝而不给干粮吃。在忍饥挨饿的情况下，80多岁的老人自然是气息奄奄。路注"不紧张、不热烈"不知因何而来。

171. **棋子——用面做的食物**

表示食物的"棋子"在俚曲中共3见。如：

娘子出的房来，听了听天交三鼓，便回房来炖了一壶茶，盛了一碗棋子送来，说道："我儿略歇歇再念。"（《富贵神仙》第八回）

方娘子把针线暂抛，怕娇儿肚里饥乏，一碗棋子一壶茶，亲身送到灯儿下。

路注只说"用面做的食物"，词义含混。邹注"一种面食，把面和好擀薄后切成或撕成小片，下在开水锅中煮食"比较明确。不过，今方言中"棋子"也指用硬面切成菱形、炒干的一种熟食，可以长时期储存，当零食吃。俚曲中的"棋子"不

---

① 字形原作"徽"。

能确定是煮食的还是干食的。

172. 腚——屁股

臀部称“腚”是山东地区为主的方言特点，在俚曲中近70见。下面仅举两例：

二相公看着马吃草，进来了一个叫花子，头发遮了眼，狗皮盖着腚。(《翻魇殃》第九回)

起初打着还骂，到后来就告起饶来了。众人见他打的不像样，才扯开他了。那老婆漏着腚，光着脚，瘸呀点呀的家去了。(《富贵神仙》第七回)

173. 腚锤——与腚同

俚曲中无“腚锤”，有“腚腄”。“锤”字从金与屁股相距太远，应为“腄”字之讹。“腚腄”在俚曲中一见于《禳妒咒》第二十四回：

厨子最赃贪，肉块儿掖腰间，腚腄腚眼都油遍。

“腚腄”又见于《日用俗字·身体章》：

腚腄屁骨即肛门。

俚曲中又作“腚垂子”，一见于《姑妇曲》第一段：

哎哟！裤裆里钻出个丑鬼来——你唬着我这腚垂子哩。

又作“腚垂儿”，一见于《增补幸云曲》第十六回：

遂即两手扭过那后襟来，把两个御腚垂儿兜的紧紧的，直着两根腿，一步一步挨上楼去。

邹注“腚垂子”为：“山东方言，臀，屁股。”按：“腚垂子”在今方言中可以代指整个臀部，但其本义应特指臀部外显的肌肉部分。如“腚沟”“腚眼”都属于“腚”，但这些不属于“腚垂子”。

“腚沟”即屁股沟，两腿之间自生殖器至后尾骨之间被臀部肌肉夹着的沟。例见《增补幸云曲》第二十回：

军家钱财看的见，赌场里合他显显能，务要赢的他掉了腚。腚沟里夹上称杆——管叫他一溜崩星！

“腚眼”即肛门，例见《俊夜叉》：

虽是人家也赌钱，谁像你乜没腚眼？

“腚眼”也叫作“腚门”，例见《富贵神仙》第七回：

我若不看邻里面，还该镟了你乜双腚门。

又作“腚门子”，例见《慈悲曲》第三段：

好科子！屁股里长出波瘰子来——瞎了你那腚门子！

174.给个作道——给点罪名

“给个作道”一见于《磨难曲》第六回：

这方二相公也不是个善查，只怕进了门，他就给个作道。

《磨难曲》第十九回作“给他点小作道”：

若有人爬后墙，敲铜盆为信号。盆一敲，盆一敲，大家过院动枪刀。一个个绑起来，给他点小作道！

“作道”又写作“左道”，例见《寒森曲》第一回：

那远近人家，都是要一奉十，谁敢梗令？独商员外，要了几回公然不理，心中怀恨，就安排着给他点左道，给众人看看。

邹注于《磨难曲》第六回后释“给个作道”为：“山东方言，出个难题让人难堪的意思。”按：路注和邹注都欠准确。“作道”（左道）是惩罚、教训的意思，至于具体的惩罚、教训的方式则有不同。“给点罪名”“出个难题让人难堪”都属于“给个作道”。像《磨难曲》第六回、第十九回的“作道”恐怕都不是“给点罪名”“让人难堪”那么简单，而是要动手的。尤其是第十九回，都要“动枪刀”，还要“绑起来”，这个“小作道”可不小！

175.进大屋也恍荡————没有福气

“进大屋也恍荡”一见于《翻魇殃》第十一回：

乍住着蛴螬房，进大屋也恍荡，可惜没嘎安插上。

邹注“恍荡”为：“觉得空空落落的。”按：邹说是。恍荡即晃荡，此处是形容一个人住惯了小房子，乍住进大房子会觉得空空荡荡，无所依靠、立足不稳似的。路注“没有福气”未知何据。

176.越发作——由小而大的意思

“越发作”一见于《磨难曲》第六回：

我妹妹泪涟涟，把前情诉一番，不由叫人一身汗。老马得胜越发作，比从前加倍更酷贪，秀才越发没体面。

邹注“作”为：“山东方言，作恶，折腾。”按：邹说是。路注“由小而大”可能指“作的恶由小到大”，即作恶越来越厉害。不过此处结构应理解为“越发＋作”，所谓“由小到大”主要是“越发”的意思，与“作”无关。

177.黄边——铜钱

“黄边”在俚曲中共6见，如：

丈人过的着实焦,等着女婿去尽孝,送了粮食送衣服,黄边还得好几吊。(《禳妒咒》第一回)

正喜欢正喜欢,平白里挣他银五钱。他既痒痒图快乐,俺且喜他个大黄边。(《禳妒咒》第十四回)

178. 创创——拿出力量来和对方较量一下

"创创"俚曲中一见于《俊夜叉》:

他忽然正走有人叫,倒把宗官唬一跳。回头认的是胡朋,满面欢喜带着笑。宗大叔你听道:有个下情来相报,东庄有个好大局,咱去创创妙不妙?

此处描写的是胡朋(谐音"狐朋")鼓动宗官去参加赌博,而赌博无所谓"力量"的问题。其实,"创创"是方言记音字,就是"撞撞",指撞运气。方言中"撞"读为"创"。

179. 揉搓——屡屡折磨的意思

"揉搓"在俚曲中共 7 见,有两种意思:一种是其本义,"搓揉"。如:

一行给他揉搓,一行叹着他……(《慈悲曲》第一段)

有一等粗俗光棍,拿着随处掀翻,褂子不洗十来年,秽头土脸也看,床上炕上揉搓,尿里屎里估拣,争来夺去济着捧,弄的翻边卷沿。(《慈悲曲》开场)

另一种意思是"折磨"。如:

还是你忒也囊包,怎么依他这样揉搓?(《墙头记》第二回)

那珊瑚罢,他是乜东人么?我有饭给他吃,我只顾留着他,你待囃着我罢?谁是恁那媳妇子,济你怎么揉搓哩?(《姑妇曲》第一回)

180. 絮聒——言语重复的意思

"絮聒"即絮叨,唠叨。俚曲中一见于《墙头记》第一回:

头一年还算强,零碎使了七石粮,虽不丰富还无账。第二年全然不打拢,跟着腚上狗喤荒,他还说我絮聒样。

181. 絮絮答答——与絮聒同

"絮絮答答"即絮絮叨叨,一见于《禳妒咒》第五回:

可笑是婆婆妈妈,凡事儿絮絮答答。他给小儿长算卦,那瞎厮一溜胡吧,说小些到还不差,媳妇不宜量比他大。

182. 揪作揪作——详细看看的意思

"揪作揪作"一见于《增补幸云曲》第五回:

没影的下了一位客，宿了一宿，吃了一顿饭，见没问他要钱，他就没的揪作揪作，就写了个帖子给那曹老爷，着他给俺两石粮食吃。

从原文来看，“揪作揪作”似乎与“详细看看”毫无关系。邹注“没的揪作揪作”为：“山东方言，没有什么东西抓过来送给人的意思。”邹说是。

**183. 温温吐吐——说话不清楚，不爽快**

俚曲中没有“温温吐吐”，但有“蕴蕴吐吐”，一见于《磨难曲》第二十九回：

许仁庵蕴蕴吐吐，说者也道之乎，含着骨头漏着肉。说话说的不痛快，那鸿老怎肯上一疏？

邹注：“山东方言，形容说话半隐半露，不够直截了当。”是路注误写为“温温吐吐”。

**184. 跛蹻跛蹻——行动不正规的样子**

“跛蹻跛蹻”一见于《慈悲曲》第一段：

一日，张讷出去玩的，邻舍家有个周妈妈，见他跛蹻跛蹻的……

邹注：“一瘸一踮的，脚板不敢着地的样子。”按：邹说是。从下文得知，张讷因为穿着露脚底的鞋，脚上扎了“半截棘针”，走起路来疼，所以不敢用力着地，走路像是腿脚有残疾似的。

**185. 睄睄巴巴——不敢正眼看人的意思**

“睄睄巴巴”一见于《增补幸云曲》第十三回，为了便于理解词义，此处多引一些：

（妓女二姐）猛抬粉面，斜转秋波，细细的打量（微服嫖妓的）万岁。……二姐看罢，暗暗的笑了笑道：“长官，贱人不敢动问贵姓大名？”万岁道：“这丫头上下打量了我一回，就开口盘问，真是个怪孩子。待我混他一混。”便道：“你问我怎的？你又不嫁我。我是个响马，你盘问盘问拿起我来罢！”二姐被万岁沘了几句，就羞的低下了头，说：“姐夫好乔性儿！每哩既犯相与，就不问问么？”万岁说：“从头里睄睄巴巴的，又问什么？”二姐便不言语了。

邹注：“山东章丘一带方言，呆呆傻傻。”按：从上下文义来看，邹注和路注都不准确。

先说邹注。“二姐”又是“细细打量”，又是“开口盘问”，似乎没有任何“呆傻”的迹象，并且被“万岁”认准了“真是个怪孩子”（“怪”此处指灵怪、机灵），这样的话，“从头里呆呆傻傻”就没有根据了。邹注之所以借用章丘方言释为“呆呆傻傻”，可能是因为“二姐”在初见“万岁”的时候，并没有瞧得上“万岁”。那么,“从头里呆呆傻傻”的就不是“二姐”而是指“万岁”了。也就是说,既然刚开始见面的时候就觉得我呆呆傻傻的,你还问我干什么?不过这样解释还是有些牵强。况且,“睄”字从目,既然使用这个字,其意义当与“目”有关才是。

再看路注。路注之所以释为“不敢正眼看人”,唯一的可能是在上引文句之前,写“二姐”有羞涩的表现。不过,上文已经明确写了“二姐”“细细的打量”,“上下打量”,所以就不会是“不敢正眼看人”了。

我们认为,该字从目,应该从看的角度去理解才合理。《汉语大词典》“睄”有 3 个读音,我们只看与“看”有关的两个读音:❶shào,《集韵》所教切,“小视”。释义为“略看一眼”。引例为现代作品。❷qiáo,即“瞧”。引例如下:明代无名氏的《鸣凤记·陆姑救易》:“好古怪,那里去了?莫非在床底下,待我开窗睄睄看。”《红楼梦》第九十二回:“詹光笑道:‘晚生的棋是不堪睄的。’”《白雪遗音·八角鼓·清晨起》:“手提兔毫,锦片片的文字写的高,写罢搁笔自己睄。”现代作家萧军《八月的乡村》(十):“真不要小睄你——你的朋友是谁?”综合看来,把“睄”视为“瞧”是最合适的。俚曲中的“瞧”用例有几十个,蒲氏语料中有“瞧”这个词是没有疑问的,问题是为什么单单这个地方写“睄”不写“瞧”?这其中当然有多种可能,或是《增补幸云曲》本身就有据以“增补”的底本,是别人用的这个“睄”字;或是从明代的《鸣凤记》和清代的《红楼梦》来看,用“睄”来记“瞧”,也是较为流行的写法。

总之,我们认为“睄睄巴巴”就是“瞧瞧巴巴”。双音节动词按 AABB 的方式重叠,带有形容词的性质。“瞧瞧巴巴”相当于说“瞧来瞧去”。那么,“万岁”说的话的意思就是:从刚才就瞧来瞧去、一个劲儿地打量,你都看了这么多了,还用问什么?言外之意就是:既然看了还要问,那你刚才反复地看什么?总之都是故意刁难“二姐”的话。

186.跌歇着口子——不高兴的表示

“跌歇着口子”一见于《增补幸云曲》第八回:

> 也罢,这楼上无人见,就叫他三声爷,哄他几串金钱。谁待爷长爷短的跌歇着口子常叫他哩。

邹注:“山东方言,张着嘴。形容讨好献媚的样子。含贬义。”路注和邹注所示的含义正好相反:不高兴/讨好献媚。从现代方言来看,邹注准确。引例中“跌歇着口子”并没有“不高兴”的意思。路氏认为“跌歇着口子”是“不高兴的表示”,可能是因为方言中“跌歇着口子”带有贬义(如邹注所示)。不过,不能由此说“跌歇着口子”是“不高兴的表示”。

187. **给他提鞋跐了牙——提鞋也不够资格**

“给他提鞋跐了牙”一见于“翻魇殃”第八回：

妹夫比你强十倍，给他提鞋跐了牙！看你说的甚么话！

这是一个比喻性的说法。路注“提鞋也不够资格”仍是一种比喻性的说法，比喻两人之间等级差别太大。

188. **揭巴——艰窘的意思**

“揭巴”一见于《禳妒咒》第八回：

呀！邻近知道说是樊家，一个听的撇嘴呲牙，一口屋没有，到处为家，教书为业，过的揭巴，这些人去，怎么打发？不用说那赏钱，镳镳也是难拿。

邹注：“山东方言，紧巴，困窘。”今按：释为“艰窘”比“困难”更准确。

189. **渣也无——什么也没有了的意思**

“渣也无”一见于《俊夜叉》：

张三姐气儿粗，骂强人贼囚徒，一星活路全不做。用急才卖堂前地，回家一个渣也无，你说你是个什么物？

邹注：“一个渣也无：这里是一个铜钱也没见到的意思。渣，指钱屑。”俚曲《慈悲曲》第二段有“没有点渣”，表示的意思相同，指“毫无残剩”：

也孩子不够一揸，不为他娘也为他达，那棍子怎忍落的下？是奴才也该怜他，是牛马也该餵他，怎么那良心就没有点渣？

可见，“渣”喻指很小或很少的残剩之物，非具体的钱屑。

190. **趁量——试探的意思**

“趁量”一见于《禳妒咒》第十五回：

听了听窗外雨儿越发大，我就从此去趁量他。问他男子，恋酒贪花，年年海角，日日天涯，孤单独守，家又贫乏，纺织棉布，自己挣扎。说到这里，泪下如麻。我说休恼，这也有法，独守空床，也是呆瓜，他也找块肥肉，何苦喜这清茶？他就恼了脸儿，把我詘喇，说道李婆子放屁，说的是甚么！呀！我就大笑，嘻嘻哈哈，一当是玩，二当是耍。

邹注：“山东方言，这里是“试探”的意思。”按：路注和邹注都将“趁量”释为“试探”，单纯就本例来说也是可以的。不过这种“试探”是有目的、有方向性的试探，所以可以将“趁量”释为“诱引”。俚曲中“趁”也有此类用法，而“趁”的用例中“诱引”的意味就更浓了。例如，《快曲》第三联是将对方“趁到网里”：

百计千方把他趁,趁到网里落场空,恨来恨的牙根痛!

《富贵神仙》第四回是方相公“趁”按院,想借他的手来除掉仇人卢龙县的知县:

那按院不参详,远远的将他趁。将古比今,将古比今,“夸奖”那卢龙的县正尊。

因此,我们认为“趁量”和“趁”的这个意义都应该释为“诱引”。

191. 犁眼钻圈——迷迷瞪瞪,不知怎样是好的意思

“犁眼钻圈”一见于《穷汉词》:

成年论月,犁眼钻圈,真正是气也气不死!

邹注:“山东方言,急得想尽一切办法去搜寻的意思。”

俚曲中又有“黎眼钻圈”,一见于《寒森曲》第八回:

展开包甚喜欢,又包煞颠了颠,约摸也有二两半。烧干锅子没有米,饿的黎眼又钻圈,从天吊下清晨饭。想娘娘冥中暗说,这行子穷的可怜。

邹注“黎眼又钻圈”为:“一般说:‘黎眼钻圈’。山东方言,形容在输光了或饿急了的情况下两眼发直,四处搜寻银钱或食物的样子。”按:此词路注和邹注不同。路注是形容词性的,邹注则是动词性的。邹注有现代方言的证据,可信性更高一些。若以邹注为准,则“黎”字应为“犁”字之讹。

192. 枣红——枣核

“枣红”一见于《磨难曲》第二十八回:

谁想运气衰败,差我合张龙去解张鸿渐,一个枣红也没见,倒被他弄了个障眼法儿颠了枪。

邹注未明确说明“枣红”的含义,只是说“等于说一个钱的好处”。按:“红”和“核(hú)”虽然声母、声调和韵母中的介音相同,但毕竟读音不同。今方言中也没有“枣红”的说法。疑“红”为“核”字因音近而讹。

193. 乱杆——捣乱

俚曲中未查检到“乱杆”,不详何故。

194. 新坐马——新衣裳

“新坐马”一见于《穷汉词》:

东头邋遢虽是穷,还有一身新坐马;没似俺家他穷达,穷的忒也没有把。

邹注:“骑马时穿的长外衣。这里指同式样的外衣。”

俚曲中又有“坐马”的另外一例，见《增补幸云曲》第二十七回：

张永、江彬转过头看见龙驹。江彬说：“有了我的命了，那不是万岁的坐马?”

此处指供骑坐的马匹，显然与“一身新坐马”的“坐马”不同。路注中“坐马”指“衣裳”，是笼统的说法。邹注指出是“长外衣”。不过据《汉语大词典》，“坐马”即坐马衣，是“套在外面的无袖戎衣。因便于骑射，故名”。从原文文意来看，无袖的衣服可能更符合“穷”的“邋遢”的家境。所以，我们认为这里的“坐马”应指短袖或无袖上衣。

195. **搊了——很急促的把盖着的东西拿起来**

“搊了”一见于《俊夜叉》：

宗官听说把火起，骂声泼妇太无礼，结发夫妻无了情，听说休你心欢喜。铁拐李把眼挤，若是休了便宜你，狠狠一下搊了你的生，到还割了这块癖!

“搊了”是与“生”搭配的，“搊了生”是“结束生命”的意思。此处是“宗官”威胁要休妻，没有想到一说休妻，妻子反而高兴。所以，他又说“若是休了便宜你”，要直接结束对方的生命。

今方言中“搊”音“诌”，路注“很急促的把盖着的东西拿起来”大致正确。但“搊生”为什么是取对方性命的意思？邹注说“搊”是“周”的借字，表示“满”的意思。“周了生，即满了生，结束了生命。”此说迂曲，似不可从。其一，从意义上说，“周”或“满”是自己达到的结果，是自动词，而“搊(了你的)生”是他动词，要去“搊”别人的生。其二，根据我们对蒲氏白话作品语音的研究，当时的“周”与“搊”是否同音还是个问题。如清代中期的《万韵书》中“周”与“搊”即不同音。其三，即使两字同音，用一个笔画多且很不常用的“搊(搊)”去代替一个笔画少、很常用的“周”也不合常理。

在没有发现新的佐证之前，我们建议先从“搊”方言中的本义来理解，把“搊”看成是“揭取”的意思，“搊生”就是取其生命。

“搊”字在俚曲中另有一个用例，即《富贵神仙》第六回：

真神仙不费事把人来打救，伸过来一只妙手儿把官人抱搊，就像是那二三岁的孩子，轻轻的一把儿抵溜。

此例中“抱搊”是一个词，义为“抱持”。

196.势势——样子

表示“样子”的“势势”一见于《墙头记》第一回：

咱爹有点薄体面，赴了多少大酒席，您家何曾见天日？不说那鸱头抶腚，看您达那也势势。

邹注“那也势势”为：“那个架式，那个样子。也，衬词，无义。”按：我们认为“也”是“一个”的合音。请参看本章第一节对“那也势势”的讨论(第2条)。

另外，“势势”还出现在“风风势势”中。一见于《增补幸云曲》第十六回：

二姐听罢心忙乱，看长官风风势势，谁想有这样丝弦！

邹注：“山东方言，疯疯傻傻。风，同‘疯’。”按：把“疯疯傻傻”改为“疯疯癫癫”更恰当。“风风势势”无“傻”义。

197.嗯嗯——是是

“嗯嗯”是叹词，在俚曲中共5见，有两种用法：①表示答应或理解对方的话语。俚曲中有3例。如：

公子说：“……你还是找那半掩门子。”李婆说：“嗯嗯！你几时要呢？”(《禳妒咒》第十四回)

又重念道：“朱门有路通……”李虎说：“张嫂子姓朱。”胡生点头，说：“嗯嗯，是了。”(《磨难曲》第二十八回)

②表示迟疑、思索。如：

谁想方兴真果中了举，这可怎么处？嗯嗯，他若是拿个帖来，就做个人情，把方氏送去，后日也好相见。(《磨难曲》第九回)

那于秀才寻思了许久，说：“这个虚字最难对的。嗯嗯，有了。——‘懦懦恳恩，叩乞恩之’。”(《磨难曲》第十四回)

路注指的是“嗯嗯”的第一个用法。

198.饨——顿

俚曲中“饨”字仅一见于《俊夜叉》：

三日不吃干不的，早晨不吃算不的，一日两饨欠不的……

即用于计量吃饭次数的“顿”。此为俗体。

199.𫡥——两

“𫡥”为“两个”的合音，不等于“两”。今写作“俩”。不过“俩”原读同“两”(如“伎俩”)，读 liǎ 表示“两个”的合音应该较晚。《汉语大字典》和《汉语大词典》引的最早的例子都是《老残游记》(时间已进入20世纪初)。《汉语大字典》

中“⿰扌兩”字只引《聊斋俚曲集》的例子。《聊斋俚曲集》是明确记录“两个”合音为 liǎ 的最早资料。

200. ⿰扌兩⿰參兩——两三

“⿰扌兩⿰參兩”即“俩仨”，指两到三个。路注“两三”欠准确。俚曲中一见于《禳妒咒》第十七回：

峡山有个呆瓜，呆瓜家中有个夜叉，夜叉若是开了赌打，我还打他⿰扌兩⿰參兩。

“⿰參兩”是“三个”的合音，不等于“三”，今写作“仨”。《汉语大字典》和《汉语大词典》引的最早的例子都是 20 世纪 50 年代的《红旗谱》，而《汉语大字典》中“⿰參兩”字只引《聊斋俚曲集》的例子。可见，《聊斋俚曲集》也是明确记录“三个”合音为 sā 的最早资料。

俚曲中“⿰扌兩⿰參兩”又写作“⿰扌兩⿱厶⿸大三”，一见于《禳妒咒》第二十四回：

成拄的菜蒸一抓儿，豆腐带水一洼儿，连皮的萝蔔一掐儿，挺硬的鸡蛋⿰參兩⿱厶⿸大三儿，煎或用个葱花儿，并不见个油花儿。

俚曲中还有“⿰扌兩⿰扌兩⿱厶⿸大三⿱厶⿸大三”（俩俩仨仨），相当于普通话的“三三两两”，三个两个地聚在一起。《慈悲曲》第三段：

有心待发乍，看了看赵家姑姑，也不是个善查；况且是他那媳妇，⿰扌兩⿰扌兩⿱厶⿸大三⿱厶⿸大三，若踢弄起来，自然都是向他，自然都是向他。哎，细思量，不如把他哄哄罢。

《蓬莱宴》第一回中有“东⿰扌兩⿰扌兩西⿱厶⿸大三⿱厶⿸大三”，东边和西边各三三两两地安排：

宾客密如麻，东东⿰扌兩⿱厶⿸大三西⿰扌兩⿱厶⿸大三，八百席一霎安排下。

201. 顿——烹

今写作“炖”的“顿”俚曲中多见，兹举 2 例：

到了年间，仇福正在街上闲玩，魏名拉着，让到家里，顿上酒，端上东西，又叫他兄弟陪着。（《翻魇殃》第二回）

店主即时去请了个医生来，坐下看了脉，就撮了药来。那医生看着顿了，看着吃了，才起来去了。（《磨难曲》第七回）

俚曲中也有“炖（燉）”，不过用得较少，只有 3 例，且都在《富贵神仙》中。其中，2 次写作“燉”，1 次写作“炖”：

少时茶到，又去燉酒。（第五回）

叫丫环，燉酒来，我与官人遣闷怀。今朝不着三杯酒，三杯酒，愁闷如何解的开，解的开！（第五回）

娘子出的房来，听了听天交三鼓，便回房来炖了一壶茶，盛了一碗棋子

送来,说道:"我儿略歇歇再念。"(第八回)

202. 嗄——什么

"嗄"今写作"啥",是"甚么"的合音。俚曲中多见,兹不举例。

203. 圆成——与原成同

参见上文125条。

204. 撂——抛弃

"撂"本义是扔,《淄川方言志》写作"撩",音阴平。今或写作"撂",《现代汉语词典》音 liào,第三个义项是"抛;扔"。

"撂"在俚曲中主要有3个义项:

①扔,这是其本义。如:

带到堂上四十板,撂签就打不许迟!打死想是由尊意。(《磨难曲》第十四回)

②抛弃。如:

那个话不好学,到而今还害罴,为父亲竟把廉耻撂。(《寒森曲》第六回)

③比喻胡乱花费出去。如:

赵歪子甚杂毛,又好赌又好嫖,器皿田园折蹬着撂。(《寒森曲》第八回)

俚曲中也写作"撩"。如:

李氏翻砖揭瓦的,找出他自己穿的个红袄来,撩过去,着他穿。(《慈悲曲》第四段)

这个不过是拿着六个钱撩下去,以慢多的为赢,有什么难处?(《增补幸云曲》第二十二回)

又写作"料",见《增补幸云曲》第三回:

万岁爷面带罴,伸龙爪解开包,取出金银桌上料。

又写作"撂",见《穷汉词》:

赌场里玩,嫖场里耍,丢了髻,撂了𢬵,穷杀狗还该打。

又,从"撂"或其他字形押韵的情况以及现代方言来看,该字虽然声符"料"是去声,但应读平声。由今方言看,"撂"就是读阴平。

205. 歇着案——有案在身未了

"歇着案"在俚曲中共4见:

就是张鸿渐,他每日歇着案,也该拿去送县!(《磨难曲》第十三回)

杀了人一溜烟,四五年不回还,直到而今歇着案。堵住门子拿着他,绳

缚二背到当官，看他还有什么办！（《磨难曲》第十九回）

206.溜子阵——偷跑

“溜子阵”俚曲中2见，指逃跑的阵势。“溜子”盖“溜之（‘乎也’或‘大吉’）”之谐音。“摆溜子阵”的意思才是“偷跑”。

吩咐手下人，吩咐手下人，各人要带绳一根，万万休叫他，摆了溜子阵。（《富贵神仙》第四回）

二爷早已吩咐了，各人手拿棍一根，休叫他摆了溜子阵。（《磨难曲》第十一回）

207.照——招架、挡住，与朝同

“照”的所谓“招架、挡住”义实际上是对抗中胜过、气势上压过的意思，与“朝”仅仅表示“招架、抵挡”，可以抗衡的意义有区别。请看下面的例子：

俺娘说来，您婆婆宜量甚么好，不照着他，他就乍了毛。（《姑妇曲》第二段）

有心待要照着他，又不知待闹几场，终朝须是常打仗。只得是存心忍耐，低着头上了书房。（《禳妒咒》第九回）

我家虽未了势，还照住李大了。（《磨难曲》第十九回）

208.试单——探寻

“试单”一见于《磨难曲》第十三回，应该释为“试探”：

昨夜晚他就把娘子来变，在怀中谈话儿百样的试单。

209.跢——打

俚曲中未查检到“跢”字。表“打”义应该是“拸”，意思是用手掌或板状物抽打。俚曲中多见。如：

就拿过珊瑚那手来，使力气照着自家那脸乱拸。（《姑妇曲》第二段）

从今数着数儿打，撕了衣裳剥了鞋，拿鞋底拸那天灵盖。（《磨难曲》第十一回）

按：“拸”字乃方言字，音多。音义均非《广韵》《集韵》等古书中的“拸”。《汉语大字典》《汉语大词典》均据《集韵》丑豸切注音 chǐ，误。

210.道——到、倒

“道”与“倒”（反倒、却）同音，有时表示“后者”的意思。如：

我去了道不妨，你在家好进场，进大场才有个举人望。（《翻魇殃》第十一回）

我安心瞧个空，把他一刀子杀死，便自家磨了头。倒不想还得割头刖心，杀的道也自在。（《寒森曲》第六回）

路注中说到“到”，应该是因为“到”在俚曲中有时也表示“（反）倒”的意思。

211. 遂——随

“遂”释为“随”可能是指“遂即”即“随即”，“遂心”相当于“随心”的缘故。下面举两个例子：

徐氏主意已定，遂即央人去合他丈人说。（《翻魇殃》第一回）

霸就霸吞就吞，降服了远近村，惟有商家他不顺。四五十亩好地土，说了几回不遂心，口虽不言心里恨。（《寒森曲》第一回）

“遂”也有“顺、合乎（心意）”的用法，所以“遂心”和“随心”应该算是比较通用的异形词。“随即”和“遂即”也是古已有之的异形词。此类都不算是“土语”。

212. 达达——父亲

父亲称“达达”或“达”俚曲中多见，今山东方言中也有不少地方有这种称呼。下面仅举“达达”和“达”各一例，均出于《墙头记》第一回：

一个达是公夥的情受的东西，我何苦都费了？省了点子给那老婆孩子吃了穿了，他还叫声达达；没有说叫人达达，还贴上吃穿的，草蛤蜊缝至行头里——这不成了个憨蛋么？

他有达妈人两个，我有俺达一个人；虽然叫达一样叫，俺达不如他达亲。

213. 雌嘴——骗嘴

俚曲中未查检到“雌嘴”，“骗嘴”亦不知何意。不详其故。

214. 当面鼓对面锣——当面揭破的意思

“当面鼓对面锣”一见于《翻魇殃》第三回：

当面鼓对面锣，把自己要快活，这可怎么合他过？

按：该熟语今亦常用，比喻面对面的争论或商谈。路注“揭破”的表述似没有着落。

215. 稜稜挣挣——不管不顾的凶猛的意思

“稜稜挣挣”俚曲中 2 见：一见于《富贵神仙》第九回：

官人进身，官人进身，背着行李往后奔。那觅汉不自然，还跟着只管问。金三说：“你是谁呀，棱棱挣挣的往里跑？”

邹注：“冒冒失失的样子。”一见于《磨难曲》第十九回：

有觅汉出来把门开了，鸿渐往里就走。那觅汉跟着吆喝："是谁呀？稜稜挣挣的只顾跑！"

按：邹注更准确。张鸿渐离家多年后回家，并没有写到觅汉极力阻拦，所以也就不存在"凶猛"的问题。

俚曲中又有"稜争"（或写作"稜挣"）一词，其一种意思是"愣头愣脑、勇猛"，这或许是路注"不管不顾的凶猛"的根据。如：

大宗师在上听：论生员也稜争，见仇人顾不的残生命。（《寒森曲》第二回）

金总兵甚稜挣极难招架，若合他讲兵法知道什么？（《磨难曲》第二十九回）

"稜挣"又有"愣怔、发怔"之意。如：

眼朦胧梦初成，梦见冤家见了我，喜了个稜挣。哟也么咳，咳也么哟，才到床上梦又醒，恼了一个稜挣。（《禳妒咒》第十四回）

**216. 跟搭着——随从着的意思**

"跟搭"即跟、跟从。"搭"为语缀，略表贬义。如《富贵神仙》第十三回：

此时闹动了合庄，都来磕头，连那李大的老婆在家里也坐不住了，跟搭着也跑了来，搗了顿头去了。

都来叩头，都来叩头，仇家也不敢记前仇，跟搭着别人来，好像那鸡嗲豆。

**217. 摇旲怒喝脸郎当——大声喊呼，哭丧着面孔**

该句见于《磨难曲》第一回：

大家告灾到了县，知县不肯报灾伤；众人又望上司告，差下盐正道老黄。知县怕他实落报，送上厚礼哀哀央。他轿里低头麻瞪着眼，合县报了几个庄。百姓跟着号啕痛，摇旲怒喝脸郎当，一溜飞颠扬长去，骂声空在耳边厢。

按：路注的"大声喊呼，哭丧着面孔"应该是认为其主语为"百姓"，是向下来勘查灾情的"老黄""喊呼"，因为受灾受苦，所以"哭丧着面孔"。但这并不恰当：第一，上句已经说到"百姓"在"号啕"，再说"喊呼"就重复了；第二，这里说的是"怒喝"，是愤怒地喝斥，不是一般的"喊呼"；第三，"脸郎当"在今方言中是指"板起面孔"（邹注），或者是垂头丧气的脸色（而不是"哭丧着"的表情），这种表情与百姓的状况也不太搭配。

其实，这一段唱词中"摇旲怒喝脸郎当，一溜飞颠扬长去"两句的主语都是昏官"老黄"。百姓围着"老黄"号啕痛哭陈情,而"老黄"因为受了贿,所以不肯多报灾情,勘灾时即"低头麻瞪着眼"敷衍了事,最后只是"合县报了几个庄"应付上级。这样的一个"老黄"当然不愿意也不敢多听百姓呼声,所以板着面孔、怒声呵斥百姓,并匆匆逃走,空留百姓在那里怒骂。

因此,"摇吠怒喝"应释为高声呵斥;"脸郎当"今方言也常说"郎当着脸",指板着面孔,脸上呈现出不高兴或垂头丧气的样子。

**218. 溜了缰——走了**

"溜了缰"一见于《快曲》第三联:

只怕那曹操性命长,捉他不住溜了缰。我的天,赶上难,可是难赶上!

"溜缰"的本义是牲口挣脱缰绳,如《日用俗字·走兽章》"耳尖眼岔快溜缰",比喻逃脱。邹注:"山东方言,牲口因缰绳拴得不牢而逃走叫做'溜缰'。这里是逃走的意思。"

**219. 像——看**

此条不详。

**220. 驳杂运——倒霉**

"驳杂运"是名词,指坎坷困顿的运数。"倒霉"是动词或形容词。《磨难曲》第十八回:

我虽然杀了人,却未曾坏良心,不过遇着驳杂运。

俚曲中又写作"拨杂运","驳""拨"声韵母相同。《寒森曲》第七回:

注你一生官二品,分外还有十万银,四十年全无拨杂运。

又写作"泼杂运"。"泼"应系"拨"字之讹。《增补幸云曲》第二十六回:

见一个算卦人,他算我近至尊,至尊现交着泼杂运。

**221. 熬没儿马騸了蛋——极难得到的事情**

"熬没儿马騸了蛋"一见于《穷汉词》:

邻舍百家看一看,也是俺阳世三间为场人,熬磨儿马騸了蛋。

"騸蛋"即"嬎蛋",孵蛋。"儿马"即公马,公马孵蛋本身是不可能的事,而不是"极难得到的事情"。应是比喻不可能的事或异常怪异的事。

**222. 惯搭的——不管教,任其发展的意思**

"惯打的"一见于《墙头记》第二回:

五十多抱娃娃,冬里枣夏里瓜,费了钱还怕他吃不下。惹的恼了掘坟顶,还抱当街对人夸,说他巧嘴极会骂。惯搭的不通人性,到如今待说甚么！

邹注“惯搭的”为：“山东方言，娇惯得，纵容得。‘搭’为语气助词，无义。”按：“惯搭”今方言仍说，“惯”即娇惯、骄纵，“搭”为语缀。“的”是补语前的助词，相当于“得”，非构词成分。

**223. 误误挣挣——昏头涨脑**

“误误挣挣”2 见于《增补幸云曲》：

那六哥接着金钱，跑下楼来，误误挣挣叫：“掌柜的，拿戥子来使使，长官叫我去搬佛动心，给了我十个钱，我称称。”（第八回）

邹注：“山东方言，懵懵懂懂，头脑不清醒的样子。这里是冒冒失失、莽莽撞撞的意思。”

王龙误误挣挣的，扒了个甚时才扒起来，张着那口没哽说。（第十八回）

**224. 嘴咕答——甚败兴**

参见本章第一节第 67 条关于“嘴咕答”“嘴孤答”及“瓜答”的讨论。

**225. 嘴孤达——与嘴咕答同**

在俚曲中未查检到“嘴孤达”，只有“嘴孤答”，参见上条及本章第一节第 67 条。

**226. 唠——有数说、诓骗的意思**

“唠”表示诓骗、糊弄义，在俚曲中常见。如：

平生不会撒谎，今日反唠自己的儿孙，讨愧的紧，可笑的紧哪！（《墙头记》第三回）

李氏待恼了，看看赵大姑不是个良善君子，他又有两三个媳妇子，必然没有我转的便宜，不如唠他唠罢。（《慈悲曲》第三段）

少数地方写作“捞”。如：

从头仔细观，从头仔细观，这也捞的瞎试官，运气低怕撞着那明眼看。（《富贵神仙》第十二回）

从头细观，这也捞的瞎试官；运气低，怕撞着明眼看。（《磨难曲》第二十五回）

按：这两处实际上描写的是同一情节。这里的“捞”都是糊弄的意思。

**227. 唠俺——诓我**

参见“唠”条。“俺”作为第一人称代词，亦常见。

228. 嗞——吐

“嗞”音义同“哕”,表呕吐,是个方言字,《汉语大字典》该字只有《聊斋俚曲集》的用例。2 见于《富贵神仙》第六回:

两个解子放倒头就似泥块一样,臭杀人那一个嗞了一床。

待说是个梦,又嗞了一大堆……

229. 撒脚——走

“撒脚”在俚曲中共 3 见:两例表示急急起步离开,相当于今语的“撒开脚丫子”;一例指将鞋帮的后部踩倒,“撒”同“靸”。如:

票子没来还好治,不如从此撒脚,只说是游学山西。(《磨难曲》第六回)

撒脚不敢回头看,口中只说不好了,要军钱的汉子又到了!扯腿走像个乌鸦闪蛋,回头看似鲤鱼打漂。(《增补幸云曲》第五回)

包起你为人的那蓝绢袄,我还有撒脚的鞋一双,尿鳖儿还没处放。(《禳妒咒》第三回)

230. 撇——留

这里说的“留”是指人死后或外出后留下亲人或财物。人死后或外出后家中的亲人缺人照管,因此也含有抛舍义。如《慈悲曲》第四段:

我的姑,我来跟你一身孤;我今才略成人,怎么就撇了我去?

此处是姑母去世,“撇了我”指不能照顾我了。如《翻魇殃》第一回:

娶妻陈氏,早死了。撇下一个女儿,叫大姐。

下一例是“撇下”财物的例子。如《翻魇殃》第五回:

您大舅你听言;您叔撇下几亩田,着人哄去七八段。

有的“撇”是为了留下而故意抛、丢。如《禳妒咒》第六回的两例:

公子见他眉眼留情,便撇下汗巾而去。

撇下了汗巾儿,我看他要不要。

231. 撤——透

未在俚曲中查检到表“透”的“撤”。“撤”字仅一见于《磨难曲》第三十一回,是“撤兵”的意思。此处应是“彻”字之讹。见于《翻魇殃》第二回:

仇大郎未露真,诈了诈满面生春,彻脖带脸红一阵。娘子虽然没亲见,也就猜了八九分,故意可才把他问。

这里的“彻脖带脸”是“连脖子带脸”或“从脖子到脸”的意思。因为全都“红”,所以路注的“透”可能是指“红透了脖子和脸”。

在俚曲中“彻脖带脸”又写作“扯脖子代脸”。《蓬莱宴》第七回：

彩鸾听说，扯脖子代脸的通红。

**232. 暴怨——抱怨**

“抱怨”写成“暴怨”应属误写。不过，我们在俚曲中既未查检到“暴怨”，也未查检到“抱怨”，不详何故。

**233. 澎——随口嚼说**

未在俚曲中查检到“澎”字。音近于“澎”且义与“随口嚼说”（这个“嚼”似乎是“嚼舌头”之“嚼”）相近的是下面一例：

见同年称年兄，拜知县称治生，庄村谁不把我敬？从此没有下三等，顺口谈文尽着俺烹，见人说嘴又鏊腔。（《禳妒咒》第二十六回）

其中的“烹”义为随口乱说，说大话。邹注：“山东方言，随口乱说的意思。”看来路注的“澎”应为“烹”字之误。

**234. 潮——傻不好**

请参看上文第 49 条关于“仯”“潮”“嘲”（均表“傻”义）的讨论。

**235. 瞎胡跺——做事无一定主张**

“瞎胡跺”一见于《磨难曲》第十九回：

俺又不敢有妄想，又不指望唬同乡，何必费钱瞎胡跺？

“瞎胡跺”即“瞎胡撞”，如：

槐花黄，槐花黄，他上京中进大场。去年时进了学，看他去瞎胡撞。（《富贵神仙》第九回）

懊悔上京瞎胡撞，倒着爹爹扑个空，想来叫人心酸痛！（《磨难曲》第二十回）

“跺”字单用见于《磨难曲》第十六回：

上山爬岭济着你跺，之乎丢去，者也全忘。

上面例子中的“跺”都可以理解为“闯荡”的“闯”。“跺”为“闯”之方言字。“闯荡”之“闯”方言中读同“创”，“撞”与此同音。

**236. 紧趁——赶紧、快的意思**

“紧趁”一见于《禳妒咒》第二回：

正争瓜子闹垓垓，一行叫着还不待来，两个还要胡厮赖。若不是我找的紧趁，他也就忘了书斋。

今方言中“紧趁”有快、未放松的意思。

237. **罢么——语尾词**

"语尾词"的说法比较含混。"罢么"在俚曲中一般用在说话的开始或句子的结尾，用在说话的开始时相当于"好吧""算了"(表示犹豫之后下定了决心)；用在句子的结尾处时表示请求，相当于表示请求的"吧"或"不好吗"。如《翻魇殃》第九回：

姜娘子连忙拉起来，长吁了一口气，说："罢么！我腆着这不害羼的脸，合姐姐去。"

此处描写的是姜娘子本来不愿意跟其大姑子(姐姐)回婆家去，后来在大姑子的劝说下决定还是"合姐姐去(婆家)"。又如《禳妒咒》第十六回：

满城笑说："俺不说，妙术不传六耳"。江城说："姐姐对俺说了罢么！"

《禳妒咒》第三十一回：

五和解，春里风筝抱在怀。哎哟！你放放罢么呀，我的乖乖！

238. **踢弄——任意破坏**

"踢弄"在俚曲中有两种意义：①任性胡为，折腾。如：

想当初那是甚么模样，一味胡踢弄，像吃了迷魂汤。我如今清夜的想来，嫂嫂呀，那汗珠子往下淌。(《姑妇曲》第三段)

罢罢！可分开你罢。一顷二十亩地，留下四十亩养老，别的平分开，任你去踢弄罢。(《翻魇殃》第三回)

②指与对方争斗。如：

有心待发作，看了看赵家姑姑，也不是个善查；况且是他那媳妇㛹㛹叄叄，若踢弄起来，自然都是向他，自然都是向他。(《慈悲曲》第三段)

我在卢龙做知县，方兴辖管着我甚么！破着行看他把我囃？从今后咱就踢弄，一天事有我不差。(《磨难曲》第十一回)

239. **踢蹬——与踢弄同**

"踢蹬"在俚曲中共6见，有与"踢弄"同样表示"任性胡为、折腾"的意思，不过还有"挥霍""糟蹋财物"的两种意思。

①表任性胡为、折腾。如：

二娘子大不贤，踢蹬的合家不团圆，还要割下别人的肉，拿来自己身上安。(《姑妇曲》第二回)

谢臧姑最可怜，他爷娘甚不贤，一句好话没人劝，踢蹬的儿亡女又死，才知道头上有青天。(《姑妇曲》第三回)

②表示挥霍。如：

娟娟说："娘不怕赏钱么？"太太说："已是赏了，索性儿踢蹬踢蹬罢。"（《磨难曲》第二十六回）

**240. 铺囊货——没用的东西、下作的胚子**

"铺囊货"一见于《禳妒咒》第十九回：

石庵说："好铺囊货！"

"铺囊货"是"铺囊"加"货"构成的，要理解"铺囊货"的含义，需要观察一下"铺囊"的含义。其实从现代方言和俚曲用例来看，"铺囊"就是"无能，没有本领"（邹注），并没有"下作"的含义；至于"货"，相当于"物"（或"物件"），用在一些贬义的形容词后表示具有某种属性的人，并没有"胚子"的含义。请看俚曲中的例子：

这一回添一个铺囊的更甚，闭了门气不喘总像是无人，静静的听着那豪杰骂阵。（《姑妇曲》第三段）

一边是"铺囊的"，一边是"豪杰"。

我是山上一个铺囊的，你赢了我，再着强些的合你比并。（《磨难曲》第二十九回）

"铺囊的"与"强些的"相对。

俚曲中与"铺囊货"最接近的一个说法是"铺囊物件"，一见于《磨难曲》第一回：

瓢一扇棍一条，拿起来先害臊，这饭可是怎么要？祖宗留下几亩地，只望儿孙守的牢，如今避不的亲朋笑，遇着这铺囊物件，一旦把坟墓全抛。

**241. 闹垓垓——非常之闹**

"闹垓垓"在俚曲中共7见，都是指人多喧闹。如：

听说是一秀才，大些人闹垓垓，打伙跟去把他拜。（《翻魇殃》第九回）

我就说我会猜，贪玩耍真傻孩，着我找到二门外。正争瓜子闹垓垓，一行叫着还不待来，两个还要胡厮赖。（《禳妒咒》第二回）

俚曲中又写作"闹该该"，如：

拉阎罗到当街，满城人闹该该，人人都说他心胸乖。（《翻魇殃》第四回）

死活娶了个泼奴也么才，闺房终日闹该该，我方才冤仇割断两分开。（《禳妒咒》第十三回）

又有“闹闹垓垓”的重叠形式。如：

茶儿好酒儿乱筛，满坐人闹闹垓垓，博士奔走忙成块。(《禳妒咒》第二十回)

“该”“垓”形近，且同一剧中即有两种写法，其中必有一讹。从字形来看，“垓”不常用，“该”常用。因此，由“垓”误为“该”的可能性更大。从词的来源看，“闹垓垓”一词其实在元曲中就多次出现。如元人马致远《黄粱梦》第二折：“闹垓垓，幺喝十字街。”《水浒传》第二回：“社稷从今云扰扰，兵戈到处闹垓垓。”另外，“垓垓”还可以与“攘攘”构成“攘攘垓垓”或“垓垓攘攘”(纷杂貌)。所以，可以肯定“闹垓垓”是正，“闹该该”是讹。

**242. 扑撒扑撒——舒展舒展的意思**

“扑撒扑撒”一见于《快曲》第二联：

打寒森好难禁，忍寒挨冻到如今，给我把衣服拧一拧，扑撒扑撒前后襟。

“扑撒扑撒”是“扑撒”的重叠形式。今方言仍说“扑撒”“扑撒扑撒”，意思是用“手拂拭衣服、布料等使其平整”。路注欠明确。

邹注：“山东方言，这里是展开抖一抖皱折的意思。”邹注指出“扑撒扑撒”是山东方言是对的，但没有直接释义，而是说“这里是”什么意思。不过，所谓“展开抖一抖皱折”并不符合原意，因为在此段唱词之前描写了曹操被追落水，他穿着浸水的衣服“忍寒挨冻”，所以让别人“把衣服拧一拧”，去去水分，然后再把衣服拂拭得平整一点儿。正在逃亡的路上，他并没有脱下来让别人打理，所以用手拂拭是最正常的动作，而把别人穿着的衣服“抖一抖皱折”反倒是不好操作的；再者说，手下人扯着丞相的“前后襟”抖动，好像也让丞相有失尊严了。因此，邹说不可从。

**243. 瞎作蹬——胡乱行动的意思**

“瞎作蹬”一见于《俊夜叉》：

呀，㳂强人，嘲畜生！割了肉来胡触送，终朝每日瞎作蹬，弄的天哪大窟窿。

“瞎作蹬”是“瞎”和“作蹬”两个词组成的。俚曲中有单用的“作蹬”，不过写作“作登”。如《磨难曲》第十八回：

解子说：“张相公，你一回一回作登，弄把的都是俺！”

邹注“作登”为：“山东方言，惹祸。”按：“作蹬”中词根是“作”，相当于“自作自受”（北京话中此“作”读阴平）的“作”，指胡乱做些惹是生非的事；“蹬”（登）是词缀。做的结果是“惹祸”，但其本义还是“作”。

**244. 瞎胡撞——盲目的乱干**

“瞎胡撞”在俚曲中共2见：

槐花黄，槐花黄，他上京中进大场。去年时进了学，看他去瞎胡撞。（《富贵神仙》第九回）

咱家里祸重重，中个举偏不中，如今要我成何用！懊悔上京瞎胡撞，倒着爹爹扑个空，想来叫人心酸痛！（《磨难曲》第二十回）

这里的“撞”是指“莽撞地行动；闯”（《现代汉语词典》），方言中读作“创”，与“闯”同音。参见本节第235条“瞎胡跦”

**245. 瞎拈麻——胡纠缠**

“瞎拈麻”一见于《禳妒咒》第九回：

贼强人太揸煞，俺今日到您家，难说济你揉搓罢？从头只是逞灵怪，这个那个瞎拈麻，怎么把俺打一下？

邹注：“这里是胡乱纠缠、数说的意思。”按：邹注“数说”的意思大体是对的，但是否有“纠缠”义以及“拈麻”的具体词义还是需要进一步考察的。

我们认为，“瞎拈麻”的意义应该同“胡念们”有关。“胡念们”见于《寒森曲》第三回：

那吴孝没的唱，遂又唱了一个胡念们。

邹注认为“胡念们”是颠倒歌，即有意把内容违逆常理的话串连成句以达到诙谐搞笑的效果。不过此类歌谣带有调皮、戏谑色彩，剧中“吴孝”作为一个16岁的富家少女，似不一定会掌握。又，《寒森曲》此处之前提到了“儿童胡念”，曲中先说“吴孝”并不会唱歌，“不会唱口难开，桃花瓣上玉腮，待唱不会真无奈”。然后戏班的班主“王成在旁瞅一眼，我说你休来只是来，如今惹的大爷怪！你就是儿童胡念，也唱与大爷开怀”。后来吴孝实在“没的唱”，才唱了一个“胡念们”。由此可见，“儿童胡念”的范围应该比较宽泛，而这种颠倒歌数量是比较少的。再者，下文还说到吴孝“唱了一个《狗咬狗》”，显然也不是“人咬狗”之类“颠倒”的内容。因此，可以认为“颠倒歌”属于“胡念们”之一种，而“胡念们”不一定限于颠倒歌。我们认为，“胡念们”就是指童谣、顺口溜之类随意编的说唱形式，其中的“胡”是胡乱、随意的意思，而“念们”是指念诵、念叨。

这里的“拈麻”与“念们”读音相近，意义相通，我们认为就是一个词的语音微异的不同形式，意思就是“念叨”(“念叨”的“念”方言读阴平，与“拈”同音)。《禳妒咒》第九回此处描写的是公子与妻子下棋，妻子输了之后赖账，于是丈夫数说其原来的欠账，妻子伸出手来说丈夫不敢打(打瓜子)，丈夫轻轻打了一下，妻子就恼了。“从头只是逞灵怪”指丈夫逞聪明，显本事；“这个那个瞎拈麻”指丈夫念叨、数说自己过往赖账的事情，并没有“纠缠”的意思。我们认为，路注和邹注都说到的“纠缠”义均应排除。

**246. 撒手开交——从此尔我不相来往了**

“撒手开交”一见于《蓬莱宴》第五回：

撒手开交，撒手开交，志气昂昂贯九霄：挣个功名来，把娘子恩情报。

此条路注有误。这里的“开交”与交往没有关系。“开交”在俚曲中多见，都是表示走开、离开的意思。而“撒手”指放开手，这里是指与妻子离别(走之前曾与妻子“对饮相别”)。“开交”的相公是要进京参加科考，“挣个功名来，把娘子恩情报”，所以根本不是“不相来往了”。

**247. 缉头夜猫——不敢站在光明处**

“缉头夜猫”一见于《翻魇殃》第三回：

也不知他做的甚么事，看见我只是一溜。谁想他缉头夜猫，已是成了下流，把正经事一笔全勾。

邹氏未注。按：“夜猫”即猫头鹰；“缉”疑读“七”，该字《广韵》七入切，按古今对应规律即应读同“七”，普通话“缉”读 jī 是不合规律的例外读音，另一读 qī(一种缝纫方法)才是合乎规律的读音。今方言中有一个音“七”的词，表示身体直直地歪倒或扎入(某处)，俚曲中写作“栖”。如：

方娘子歪倒身子，一头栖在怀中，说：“想是那仙人是极俊的，你就忘了这结发夫妻了！”(《磨难曲》第十二回)

那金墩上去楼台……贪往前看，没提防当路一个脚床子绊了一脚，跌了三四尺近远。万岁唬了一惊：“是什么人？怎么不说话栖着乜黑影里，是怎么说呢？”(《增补幸云曲》第十二回)

“栖”“缉”方言中同音。疑“缉头”指头部下垂欲倾。猫头鹰本来就是夜行性动物，被视为不敢光明正大的形象，又加上垂着头，就更加鬼祟了。

**248. 数瓜又数枣——说东又说西的意思**

一见于《姑妇曲》第一段：

这一回出来，安心把人找，昂藏气儿吃了个饱，连骂又带诮，数瓜又数枣，扎的那横亏，一霎说不了。

**249. 弹打雀飞——什么都没有了的意思**

“弹打雀飞”一见于《增补幸云曲》第二十回：

几盘棋把他赢了，管叫他弹打雀飞。

按：此处是描写下棋赌博，“弹打雀飞”比喻将钱财输光。

**250. 褛褵搭撒——形容人穿的破烂**

“褛褵搭撒”一见于《俊夜叉》：

吊了帽子看见纂，缕缡搭撒什么款？

应为“褄褵搭撒”之讹。请参看本章第一节关于“褛褵搭撇”“褛褵搭撇”的讨论（第 27 条、51 条）。

**251. 学——述说他人的话**

“学”指转述别人的话，今方言中仍常用。俚曲中的用例如：

安大成请了邻墙他叔伯陪着他，吩咐学学给他听听。（《姑妇曲》第二段）

那丫头把王龙的话从头学了一遍。（《增补幸云曲》第十八回）

**252. 㯝——不要掷了去**

俚曲中无此字，应为俚曲中多见的“撗”字之讹。“撗”为方言字，音 hèng，俚曲中有 3 个义项。

①扔放。如《墙头记》第三回：

我昨日那身袍，你别要穿坏了，我今日来问你要。……他给你做了好的，我定然剥来撗了。

②掷击。如《寒森曲》第五回：

哎哟了一大声，陡然间害头疼，像石头照着脑门撗。扑通一声跌在地，纱帽滚了四尺零，手爬脚蹬如挣命。一伙人疾忙扶起，只见他鼻肿眼青。

③横（hèng），骄横，蛮横。如《俊夜叉》：

每日惯着当达叫，着你撗的碁无种。

路注“不要掷了去”不知何意。

**253. 择——摘、捉**

与“摘、捉”有关的“择”应该是指下面例子中的情况：

却说范公子使了许多钱，央了体面，才把慧娘择下了。（《翻魇殃》第八回）

此处指把慧娘从涉案人员名单中挑出来，以使其免受处罚。此义普通话亦用“择”，音 zhái。

若不是众人拉着，打他一顿好枕柄，把他那贼毛择了，从今日去去他那老婆顶！(《慈悲曲》第三段)

此处"择"指把毛从动物身上揪下，今方言仍叫"择"。

**254. 积泊——积下**

"积泊"未在俚曲中查检到，疑为"积作"之讹。"积作"今方言中仍用，俚曲中表示积累善行与恶行尔后有报应。如《慈悲曲》第六段：

怕婆子天下也不少，张炳之谁能到？三儿都做了官，且是人人孝，还是他祖宗积作的好。

此例为积作善行。再如《俊夜叉》：

都说他是祖宗不好，积作的寸草皆无。

此例为积作的恶行。

**255. 蚂蠟驴——小东西**

俚曲中无"蚂蠟驴"，亦无"蚂蠟"，有"蚂蜡"。"蜡"今作为"蠟"的简体，实际上"蜡"与"蠟"本为二字：蜡，《广韵》锄驾切，今读 zhà，义为年终大祭；蠟，《广韵》卢盍切，今音 là，"蜜蠟"。"蚂蜡"即蚂蚱，俚曲中出现了 5 次，无一次写作"蠟"，均见于《磨难曲》第一回。如：

六月才把谷来种，蚂蜡吃了地平川，好似斑鸠跌了蛋。

遮天影日蚂蜡过，朝朝每日唬飞蝗。把谷吃了个罄溜净，庄稼何曾上上场！

后一例"蚂蜡"与"飞蝗"互文。

与"驴"有关联的"蚂蜡"见于《禳妒咒》第二十四回：

他若是衣不堪，跨驴似蚂蜡，俺就不把齿来挂。

此处是描写来客的身份低微，衣服"不堪"，骑的驴"似蚂蜡"，夸张地形容驴之小。路注以"蚂蜡驴"为词条，释义为"小东西"，是比喻义。或因淄川方言中原有"蚂蚱驴"的说法，用以形容"小东西"；否则蒲松龄新造一个"驴似蚂蚱"式的比喻看起来也太夸张了。《淄川方言志》中无此词条，可能此种说法已经消失。

邹注"蚂蜡"为："蚂蜡(音 mà zhà)：蝗虫的俗称。这里形容驴子矮小。"看来邹氏的母方言中也不说"蚂蚱驴"。

**256. 谝——夸耀，与偏同**

"谝"在俚曲中共 9 见，均见于《增补幸云曲》。兹举 2 例：

这长官嘲头嘲脑的，听什么琵琶？我有王姐夫送我一条汗巾，我拿出来谝谝，他贪看汗巾，就忘了弹琵琶了。

这奴才不弹琵琶，光谝他的汗巾子，望我夸他。我打总的折折他的架子。

“与偏同”是指“偏”有时表示“谝”的意思。参见本节第142条。

**257.蹀个狗尾——随人行止**

“蹀个狗尾”一见于《磨难曲》第十三回：

适才远望见一个人，爬墙往方娘子家去了，想是他的个情人，俺也蹀个狗尾儿。

又作“踏个狗尾”，一见于《富贵神仙》第六回：

也合该有事，这一夜，李鸭子从东庄吃了酒来家，远远的望见一个人跳过墙去，心里寻思：“这一定是方娘子的厚人。妙哉！我也跳过墙去踏个狗尾，有何不可？”

“蹀”是个方言字，音 chǎi，相当于“踩、踏”。

请参看本书第一章第二节中关于蒲松龄白话作品词汇的方言性问题的讨论中对“踏(蹀)狗尾”的分析。

**258.暹逻——以卜算唱词为生的瞎子、日者**

“暹逻”俚曲中8见。下面仅举2例：

方太太日日啼哭，儿合媳妇常守着解劝，再不能欢喜。公子叫了暹逻来，唱的给他娘听。那暹逻唱了个少哭老笑的《山坡羊》，是个年小的秃妮子，嫁了个一只眼子老汉子。(《富贵神仙》第十一回)

请了暹逻来算了一卦，说他有娘娘之分，他就一心要接皇帝，总不见客。(《增补幸云曲》第十回)

路注中“日者”指以占候卜筮为业的人。

**259.头性——索性、爽性，与投信、投性同**

俚曲中未查检到“头性”，只有“头信”，一见于《增补幸云曲》第十四回：

这奴才们笑我，我头信妆一妆村给他们看看。

请参见本节第68条“投信”。

**260.恹头搭脑——很颓唐的意思**

“恹头搭脑”就是垂头丧气、情绪萎靡的样子。在俚曲中5见，也见于《戏三出·闹窘》后附《南吕调九转货郎儿》。下面仅举两例：

二相公无奈何，跟他出去，恹头搭脑的，一步一步的慢走。(《寒森曲》

第六回)

王龙着二姐笑的羞愧难当,把眼瞪了几瞪,几番待要发作,又寻思是自己说的,又怕人说他,恹头搭脑的,不言不语的。(《增补幸云曲》第十九回)

又写作"恹头打脑"。如《寒森曲》第二回:

俩相公恹头打脑,回家去问母平安。

《禳妒咒》第十六回中有"恹头搭喇",应是因为押韵作出的调整:

在人跟前,嘻笑哈哈;到俺跟前,恹头搭喇。

尽管因为表示情绪而写作从心的"恹",但我们怀疑本字应为"蔫"。该字《广韵》谒言切又於乾切,今方言中按规律读作 yān(普通话读 niān 是不合规律的读法),与"恹"同音。植物缺水之后其头部(梢部)会向一边侧歪,"恹头"就是指头部如蔫的植物一样立不挺直、向前低垂或向一边侧歪;"搭"指"耷拉"(搭喇),也是"下垂"的意思。"打"是"搭"的同音异写。

**261. 恹头搭剌——与"恹头搭脑"同**

参见上条。

**262. 哕——读作约**

此条是注音。表示呕吐义的"哕",《广韵》於月切又乙劣切,今读同"约"。

"哕"2 见于《磨难曲》:

俺昨晚只吃的稀糊烂醉,睡醒了冻的来像两个乌龟,睁开眼却在这山坡里睡。待说是个梦,怎么还哕了一大堆?(第十八回)

张春说:"怎么这保正不来了?叫人去看看。"干哕道:"臭死了,臭死了!半箭地,歇了三歇!"(第二十八回)

"哕"又写作"噦",参见第 228 条"噦"。

**263. 脓包样——形容一个人无能为的意思**

"脓包样"一见于《磨难曲》第十七回:

丈夫自有冲天志,那生死离别何足伤?一伤悲便是脓包样。

"脓包样"实际上是"像脓包似的样子",用"脓包"来比喻软弱无能。俚曲中没有单用"脓包"的例子,不过有 2 例"脓包货",指的是"脓包样的人";1 例"脓包哥",指"脓包样的"男子。如:

他娘听说一把夺,你就宁么怕老婆!看透呀,真真是个脓包货!(《姑妇曲》第二段)

你就是个脓包哥,尽他怎么去揉搓。(《禳妒咒》第十回)

**264. 嚓耳——附耳低声说话**

未在俚曲中查检到"嚓耳"。有"嚓嚓",如:

房嚓嚓了两三句,他才欢喜把头回,便说王岗你暂且退,我随后就差应捕,出票子给你拿贼。(《磨难曲》第十四回)

有"嚓语",如《磨难曲》第十回:

按院不认的,合他手下人嚓语嚓语,才进来行了礼……

不知路注原注的是哪个。

**265. 幧子——一会子**

"幧子"俚曲中常见,表示时间的"(一)阵子"。下面仅举两例:

那一日,大成生了幧子气,直挣了一身汗,他病到好了。(《姑妇曲》第一段)

人家死一个俺死俩,还有什么大罪愆?拿捏幧子也没的干。(《寒森曲》第四回)

俚曲中"幧"又常讹作"嗓子"。请参见本章第一节第21条关于"吧嗓子瞎话"的讨论。

**266. 济——有以此为限度的意思**

"济"的"以此为限度"的意思应该是指《富贵神仙》第十二回的例子:

展卷挥毫,展卷挥毫,完了一篇日未高,忙拿着即时出了号。叫爹瞧,叫爹瞧,能济着会了就罢了,会不得还得另改造。

按:这里应以"能济"为词。《磨难曲》第二十五回描写同一场景之处写作"浓济":

展卷挥毫,写了一篇日未高,忙拿着离了自己号。叫爹瞧瞧,浓济着中的就罢了,中不了还得改改造。

此处是父子同时参加科考且邻号,儿子写完一篇后拿给父亲看,表示只要达到考中的程度就可以了,也不要求过高。"能济"(浓济)的意思是"应付,勉强应对"。

或许还有一个例子,见于《增补幸云曲》第七回:

卖饭不怕大肚汉,好物济数都拿来,除了要钱有何碍?

"济数"的意思是全数、全部,也可以理解为把"好物"可着某人所有的数"都拿来"。不过这个例子有些勉强。

**267. 济着——拼着**

“拼着”的具体所指不太清楚,不知道哪些情况的“济着”属于“拼着”的意思。此存疑。

**268. 诌——胡说、胡闹**

“诌”在俚曲中18见,可分为两种意思:①没有根据或没有道理地乱说。如:

从来口念说风流,那过板活儿不会诌。(《禳妒咒》第十四回)

王丙说:“我也诌一个太太听……”(《磨难曲》第二十三回)

②荒唐。如:

老天爷忒也诌,我不曾把佛眼抠,怎么叫我诸般受?(《墙头记》第一回)

两下奶头,两下奶头,倒换过来好不诌。(《禳妒咒》第二十七回)

词义①相当于路注的“胡说”,②相当于路注的“胡闹”。

**269. 豁顿——播弄**

未在俚曲中查检到“豁顿”,未详何故。

**270. 挤眉扬拨眼——轻狂的表情**

“挤眉扬拨眼”一见于《慈悲曲》第二段:

死囚牢徒白着两根老贼毛,挤眉扬拨眼,要把孩子唠,他又会弄那小老婆调。

邹注:“用眼色和面部表情示意,等于说挤眉弄眼。”“扬拨”即“哆嗦”,此处指有意地挤眼或眨眼。

“扬拨”表颤抖义,如《富贵神仙》第四回:

众医生瞧了瞧,只吓的扬拨战!

“扬拨”还可以表示胡乱地行事。如《姑妇曲》第二段:

老蠢才,真是呆,自家扬拨着没自在。

**271. 压的楂——降服的意思**

“压的楂”一见于《磨难曲》第二十回:

我想来没的巴,惟有中举压的楂,不由人才把房官骂。咱家紧急用举人,今遭不中太大差,这气怎么咽的下?

邹注:“楂,同‘茬’。山东方言,能压得住另一方的势头。”按:今方言仍说“压的茬”或“压得住茬”,指能够压过对方的势头或镇住场面。

**272.蹋撒物——不整齐、不精神的意思**

“蹋撒物”一见于《俊夜叉》：

宗亓人一博徒，掷三骰又游湖，眼看成了个蹋撒物。起初输的钱合钞，后来无钱当衣服，得空输了他老婆的裤。

邹本“蹋”作“蹋”，注“蹋撒物”为：“山东方言，不务正业、没有正经的人。”按：邹注更准确。

**273.摆划——筹划**

“摆划”在俚曲中有两种意义：①不是想办法、定计划的“筹划”，而是具体去处置、安排。如：

汉子家知道那饭怎么做？做的甚不相应。于氏只得撅着老腚去摆划。（《姑妇曲》第二段）

忽见媒婆来提亲，喜的心中难摆划。（《琴瑟乐》）

②摆弄，玩弄。如：

贪慌摆划这颡髅骨，别的跑了他贼娘！（《快曲》第四联）

教奴昏醉眼难开，自家的身子作不下主来。冤家呀，舍上奴，尽你嗺摆划。（《磨难曲》第八回）

**274.餶——食**

“餶”有吃义，不过其本义可能是表示硬塞的“揎”，所以带有贬义，不是普通的“食”（吃）。如：

若是您达，从来没见东西，不知待餶多少哩。（《墙头记》第一回）

此为不孝的儿媳嘲笑其公公的话。

哭声地叫声天，骂老贼仇尚廉，挖出心来狗不餶。（《翻魇殃》第一回）

此处说的是狗吃东西。

我的儿你听言：分不分是一般，散了也不是为你散。你就趁闲赶下饼，休要管他餶不餶。（《翻魇殃》第三回）

此处是婆婆对贤媳说的话。因为儿子不肖，受人教唆染上赌瘾且去嫖妓，执意分家单过。但婆婆仍对儿媳很好，“餶”是指其不孝子吃。

“揎”有时也用“餶”。如：

说了道了都不算，也有酒，也有饭，尽他捣，尽他揎，还要给截官儿见，休要误了这一限。（《穷汉词》）

俺可镟了一块肉胡儿，转了一个鸡脯儿，偷了两对鸽雏儿，香油称了一

伏儿,清酒落了几壶儿,炭块还够一炉儿,笑:拿到家里,老婆孩子大家好揎。(《禳妒咒》第二十四回)

**275. 杂毛——不是好人**

"杂毛"为詈词,相当于说"杂种、坏种"。如:

我想那曹操,必定逃奔来走夷陵道,老杂毛由此经过,休想把你饶!(《快曲》第一联)

远合近全不知,生与死不能料。知县杂毛,知县杂毛,把咱娘俩送在牢。(《富贵神仙》第四回)

**276. 蓝衫节柳——衣服不规矩的意思**

"蓝衫节柳"一见于《磨难曲》第十四回:

狠骂一声狗秀才,蓝衫节柳头巾歪!

"蓝衫"应指秀才所穿的长衫,"节柳"邹注为:"山东方言,歪斜的样子。"按:"节柳"应指衣衫皱褶不平、不整洁的样子。"节"指结节,有疙瘩状凸起;"柳"通"绺",有起皱形成的条状。

**277. 颠——跑**

"颠"指跑在今山东方言中仍很常用,俚曲中多见。如:

大成窘了,从他媳妇那夹肢窝里钻出去颠了。(《姑妇曲》第二段)

若是不连颠带跑,险些儿挨顿好捶!(《增补幸云曲》第十三回)

俚曲中又写作"趚""趲""蹎"。如:

赵大姑说这不消,俺那叫驴大又高,您妗子呀,飞趚飞跑岂不妙?(《慈悲曲》第三段)

往外飞趲,往外飞趲,舍了孩子去挣钱。(《慈悲曲》第一段)

这里大家正吃着血酒,看见女兵到了慌极,都爬墙蹎了……(《禳妒咒》第一回)

**278. 颠枪——跑**

"颠枪"指"跑"。如:

那解子到晚来大弄歪像,便说道张相公你惯好颠枪,今夜晚断然是不敢松放。(《富贵神仙》第六回)

一刀一个绝命亡,急慌忙,被那老贼颠了枪。(《磨难曲》第三十三回)

**279. 蹭——胡游**

"蹭"有"胡游"义。如:

每日待合他算一算，他又多时不进城，今日闲过来蹭一蹭。（《墙头记》第二回）

因为得“闲”，所以有闲游义。如《磨难曲》第二十三回：

这几日听的说张宅物色玩的，我安心去蹭蹭。

不过可能释为“闲游”（或“随意地去某处”）比“胡游”更准确。如《富贵神仙》第十一回：

山西谷价黄金同，白日断人路不通，母亲呀，谁敢兴心往里蹭？

此处是儿子听说其父外逃到了山西，所以原本打算去山西寻父，这里的“蹭”解释成“胡游”在感情色彩上有所不妥。

“蹭”在俚曲中也泛指行动，没有“游”义。如：

新中了进士称了老，撇下个爷字与监生，他说那咱就往前蹭。（《墙头记》第四回）

或是跳在踢天笼，那是你可自在蹭，典儿卖女尽你撕。（《俊夜叉》）

“蹭”也有普通的“摩擦”义。如《增补幸云曲》第二十七回：

定国公怒冲冲，把铜锤举在空，顶梁穴上蹭一蹭。

**280. 蹭蹭——略略地玩一下子**

“蹭蹭”在俚曲中共2见：一例是上一条举到的《磨难曲》第二十三回的例子，“安心去蹭蹭”；一例见于《禳妒咒》第十三回。如：

连日不曾问安，趁闲去那边蹭蹭。

在上述两例中“蹭蹭”都是随意地“走一走”的意思。邹注：“山东方言，这里是走一走的意思。”

**281. 边墙决脸——很不痛快的表现**

“边墙决脸”一见于《增补幸云曲》第九回：

我不去看看，惹的他边墙决脸的怎么过？

邹注：“山东方言，板起面孔，努起嘴唇。形容极不高兴的样子。”

**282. 𠆲——三，也作仨**

即“仨”，释义应为“三个”。参见本节第200条。

**283. 嗻——做甚么，有任意的意思**

“嗻”今一般写作“咋”。俚曲中有3种用法：

①疑问代词。做什么。是“做啥（甚么）”的合音。如《翻魇殃》第九回：

他合我已是没了情，我还回去嗻？

②疑问代词。怎么。是"怎么"的合音。如：

我囃情着住屋来？姐姐只管大事，家里的事，不用姐姐管。(《翻魇殃》第八回)

心里立个老主意，任他囃说再不听，逞威风俱是贪心病。(《寒森曲》第二回)

③语气助词。用在句末，相当于"着"。疑为"着啊"的合音。如《翻魇殃》第十一回：

大相公你听囃：若实落招架他，咱就合他去说话。

此外，"囃"还构成其他固定的结构。其中有"囃样"，即怎么样。如《禳妒咒》第二十四回：

咱可不要傻着头就做，先伸头儿去瞧瞧那客，看囃样的个客。

"囃着"，即怎么着。如《姑妇曲》第一回：

我有饭给他吃，我只顾留着他，你待囃着我罢？

"囃不着"，怎么不着，指奈何不到或奈何不了。如：

人若是恼你囃不着，天若恼了时囃奈何？(《姑妇曲》第三段)

我说道你不敢，给你把钢刀也囃不着俺。(《俊夜叉》)

**284. 缠魔头绪魔尾——用尽方法的意思**

未在俚曲中查检到"缠魔头绪魔尾"，未详何故。

**285. 顾拥——微动**

未在俚曲中查检到"顾拥"。

俚曲中与"微动"有关的是"顾揣"或"顾追"，均表示"蠕动"的意思。如：

这梦儿我再好生做做，休要待霎顾揣醒。(《蓬莱宴》第三回)

三更里苦哀哉，疼又麻难顾追，十万蛆蚃这波罗盖。……俺也曾把人捆绑，谁知道这么难挨！(《磨难曲》第二十八回)

路注的"顾拥"疑是"顾揣"之笔误。今方言中说"顾拥"，路先生有可能把"顾揣"顺手写成了"顾拥"。

**286. 魔驼——迟延，也有作磨陀或魔陀的**

未在俚曲中查检到"魔驼"和"魔陀"，但有"磨陀"一词，共 6 见。表达两种意义：①磨蹭，做事拖拉。即路注的"迟延"。如《磨难曲》第二十九回：

张鸿老义气多，就上本不磨陀，得了不止人一个。

②有意消磨时间。如《墙头记》第二回：

你在路上慢慢走，避风的去处好磨陀，到家就是晌午错。

**287. 攒了他——骗了他的意思**

“攒了他”一见于《禳妒咒》第五回：

你不知这李知府是李二蹭，少年不干好事，曾在赵亲家家里当管家，因他不服实，攒了他；又偷了人家牛，着人家告着他，就颠到北京，报了吏部尚书钱宅里。

又有一例是“攒他”见《禳妒咒》第八回：

众笑喝说：“这个物件醉了，攒他去罢！”

邹氏于第五回后未注，于第八回后注：“疑为‘撵’的讹字。”按：邹注所疑甚是。“攒”无论读 zǎn 还是读 cuán，在俚曲中都没有表示“骗”的意思，在今方言中也没有此义。“攒”在俚曲中常写作“攅”，与“撵”（驱逐，赶）形近；“因他不服实，撵了他”，文从字顺，“攒他去罢”更是只能理解为“驱逐”。

**288. 攒攒簇簇——舒展不开的意思**

“攒攒簇簇”在俚曲中共 2 见，一见于《增补幸云曲》第十四回：

街前人攒攒簇簇，小二姐难把头抬。

此例中“攒攒簇簇”是形容人多，成群成伙。邹注：“成群成队的意思。”描写的是“小二姐”在大庭广众、众目睽睽之下娇羞得低头而行。

另一见于《快曲》第四联：

十数个人来往北逃，只剩游游一口气，好像死了好几遭。老爷大叫“云长在”，看他魂灵散九霄，攒攒簇簇不敢动，好似老鼠见了猫。

此例中表示的是“缩手缩脚、不敢行动”的意思，今方言仍说，“攒”音 cán 或 cuán。邹氏于此未注。

**289. 攫了顿——打了一次**

“攫了顿”一见于《禳妒咒》第十三回：

待了两个月，两个说说笑笑，好不欢喜！谁想渐渐的旧病发了，这两日萝蔔窖子被了盗——掘开了。昨日又攫了一顿把，亏了还抓在那背脚处；若是差一点儿，胡桃栗子摆在鼻窝里——可不就脸上开起山果铺子来了么？

邹注释“攫了一顿把”为：“用手、指甲抓了一阵子。攫，山东方言，用指甲抓挠。”照这种解释，“攫了一顿把”即“用手（把）攫了一顿”。

从上下文看，这里的“攫”确实不是打。上面一例说的就是“掘”，与“攫”同音;后面说“亏了还抓在那背脚处”,明确了就是“抓”。邹注又引“山东方言”为证,可以确认这里的“攫”就是抓挠、搔。

## 第三节　《汉语大词典》对蒲松龄作品的引用及其疏误

凡文学大师,必定是驾驭语言的巨匠。蒲松龄就是其中的翘楚。尤为人称道的是,蒲松龄雅言俗语兼精,既以文言小说《聊斋志异》名世,又创作了大量通俗作品,表现出了超凡的语言运用能力。因此,蒲松龄的作品向为治语言史者所重视。《汉语大词典》作为目前为止最为权威的大型汉语词典,就大量引用了蒲松龄作品的词语用例,其中还有一些词条或义项单独根据蒲松龄作品来立条或立项。这一方面充分反映了词典学界对蒲松龄作品的重视,另一方面也充分体现了蒲松龄作品的语言学价值。本节通过对《汉语大词典》的全面检索,展示蒲松龄作品在《汉语大词典》中被引用的基本情况;同时也指出《汉语大词典》在引用蒲松龄作品时的一些疏误,以便正确理解蒲松龄作品的词义和为《汉语大词典》的修订提供参考。

### 一、《汉语大词典》引用蒲松龄作品词语的基本情况

本节据以检索和统计的对象是电子版《汉语大词典》(商务印书馆、汉语大词典出版社,V2.0)(以下简称《大词典》)。该电子版删掉了纸本的少量生僻字,此类罕用的生僻字大多只有字义而没有组成的多字词语,且极少有用例,所以不会影响对蒲松龄作品词语被引用的统计。从我们多年使用的经验来看,电子版与纸本《大词典》相比,因转成电子文本而导致的错误也极少(本节在检索中凡有疑问处都比对了纸本)。倒是《大词典》在编辑过程中因为疏失而导致体例不一的少数情况有可能影响统计结果。例如,《大词典》中凡引用古人用例,都要注明朝代、作者、书名,然而我们发现在这个方面《大词典》偶有罅漏,如“多大霎”条引《禳妒咒》和《磨难曲》,都未注明作者,这就不利于用“蒲松龄”作为关键词来进行检索。不过我们已经注意到了这个问题,所以本节的检索不仅利用“蒲松龄”作为关键词来进行,也用了一些篇名来检索,力求统计结果的准确。虽然不敢说已经无所遗漏,但本节的统计应该已经反映了绝大部分的情况,数据还是可供参考的。

据我们统计,《大词典》共引用蒲松龄作品词语 5234 例。其中《聊斋志异》占了绝大多数,共 4974 例(包括《自志》和 3 篇篇目),占 95.03%。蒲松龄其他作品被引共 260 例,占 4.97%。

《聊斋志异》被引的 4974 例,分别来自《聊斋志异》中的 450 篇(含《自志》)。其中引用次数最多的是《促织》(77 次),其他引用次数在 40 次以上的篇目是:《婴宁》(67)、《辛十四娘》(61)、《小翠》(58)、《局诈》(53,另有一次提及篇名)、《马介甫》(52)、《罗刹海市》(50)、《仙人岛》(50)、《莲香》(49)、《江城》(47)、《聂小倩》(44)、《娇娜》(43)、《红玉》(42)、《霍女》(42)、《胭脂》(42)、《青娥》(41)、《司文郎》(41)、《邵女》(40)。

蒲松龄其他被引作品包括《聊斋俚曲集》(63 次,涉及 12 种)、《日用俗字》(29 次,涉及 16 章)、《农桑经》(4 次)、《戏三出》(3 次)和《草木传》《逃学传》《学究自嘲》(共 6 次),其他诗文共 154 次(涉及 136 篇)。

由上可知,蒲松龄被引的词语主要还是文言词语。这是可以理解的:首先,蒲松龄的作品中以文言笔记小说《聊斋志异》影响最大,而白话作品如《聊斋俚曲》《日用俗字》尽管成就同样不俗,但毕竟受方言的影响而传播受限;其次,《大词典》是以古词语和近现代共同语词语为主要收录对象的,方言词语虽然也有收录(如《聊斋俚曲》和《日用俗字》中的部分被引例词),但毕竟所收有限,倘若《大词典》广收方言词语的话,可以说,仅《聊斋俚曲》和《日用俗字》就可以提供数千条的词条。

关于蒲松龄作品被《大词典》引用的数量,我们还可以与明清时期的其他作品做一比较。据我们的初步观察,除《聊斋志异》之外,明清时期文言作品在《大词典》中被引数量最多的是《明史》,共 4687 次。我们知道,《明史》的总字数约 280 万,而《聊斋志异》的总字数约 20 万,只有《明史》的 7%强,但被引次数还要略胜《明史》。其次是明代李时珍的《本草纲目》,共 3340 次,而这与该书记载数量繁多的药材药物、医疗等名称有关。清代另一著名的笔记小说是纪昀的《阅微草堂笔记》,据我们统计,《大词典》引用共 1707 次。我们再看一下白话小说中几部代表作的被引情况:《西游记》3224 次、《水浒传》6409 次、《红楼梦》7848 次、《儒林外史》3511 次、《醒世姻缘传》1830 次。由以上数据可见,《大词典》的引用次数,可以说与作品的影响度基本是成正相关的。因此,《大词典》对蒲松龄作品的大量引用,确实是反映了《聊斋志异》在近代汉语史中的崇高地位。简而言之,《大词典》实际上是把《聊斋志异》作为近代汉语时期文言文的最典型作品来对待的。

## 二、《大词典》引用蒲松龄作品中的体例等问题

由于引用语料众多，且成书于众人之手，又或有排印错误，加之受20世纪七八十年代的条件限制，《大词典》在引用蒲松龄作品的用例及其释义中，还存在着少量的疏误。本节我们先看一下《大词典》引用蒲松龄作品时的体例不一和文字错误问题(以下原文均已核对纸质本)。

### (一)引用篇名体例不统一

按照多数引例所反映的编写体例，《大词典》列举古代用例时应按照“朝代+人名+书名+篇名”的格式列出出处。如：

【一言千金】一句话价值千金。常用以形容所言之富有价值。汉袁康《越绝书·外传纪策考》:“故无往不复，何德不报，渔者一言千金归焉。”清蒲松龄《聊斋志异·嫦娥》:“翁笑，促子离席，使拜妪曰：‘一言千金矣!’”

但有少数篇名未标书名或作者名。

1. 未标书名“《聊斋志异》”(共3例)

【巨金】大批钱财；大锭银子。清蒲松龄《聊斋志异·细柳》:“自以巨金在囊，初不意空匮在虑。”清蒲松龄《锦瑟》:“乃于床头取巨金二铤置生怀。”

【不归】❶不返家。《诗·豳风·东山》:“我徂东山，慆慆不归。”清蒲松龄《司文郎》:“又闻次年再行乡试，遂不归，止而受教。”……

【炫妆】亦作“炫装”。盛装。清蒲松龄《聊斋志异·萧七》:“女郎亦炫妆出，姿色绝俗。”清蒲松龄《新郎》:“新郎出，见新妇炫装，趋转舍后。”……

“锦瑟”“新郎”两例，虽说是紧承《聊斋志异》的另一例，但通常在这种情况下也是要列全的，如同“清蒲松龄”不能省略一样(为省篇幅，此不例举)。

2. “《聊斋俚曲集》”标否不一致

《大词典》引用蒲松龄的聊斋俚曲剧目时，有9例标出《聊斋俚曲集》，其余各例不标。如：

【乔】……❻任性易怒。《醒世姻缘传》第十九回：“你只休抢着他的性子，一会家乔起来，也下老实难服事的。”清蒲松龄《聊斋俚曲集·翻魇殃》第一回：“仇大姐性子乔，事儿不值个破瓢，开口就合爹娘闹。”

【少吃俭用】省吃俭用。清蒲松龄《翻魇殃》第九回：“你路上少吃俭用，可以到了家，你就快忙走。”

3.回目标注格式不一致

《聊斋俚曲集》中有些剧目分回（或称“段”），其中有的只标回数，如“第×回（或‘段’）”，有的则另有回目。如《墙头记》分四回，回目分别是：“第一回 老鳏冻馁”“第二回 计赚双枭”“第三回 安饱惊梦”“第四回 痴儿失望”。《大词典》引用《墙头记》共6处，5处只列回数，1处只列回目。如：

【磨陀】……❸磨蹭。清蒲松龄《墙头记》第二回：“你在路上慢慢走，避风的去处好磨陀，到家就是晌午错。”

【开交】……❹走开，跑开。清蒲松龄《墙头记·计赚双枭》：“你在此从容叫罢，我可待扯腿开交。”

《快曲》引用共4次，均标回目，不标回数。如：

【搐】❷退缩貌。清蒲松龄《聊斋俚曲集·快曲·快境》：“我有刀来你有枪，前前搐搐不成像。”

《禳妒咒》共引用8次，4次标回目，4次标回数。如：

【学道】……❸即学政。《儒林外史》第三回：“荏苒三年，升了御史，钦点广东学道。”蒲松龄《禳妒咒·入泮》：“酒色养的那脾胃妖，那厌气时文也不待瞧。我的天，学道瞎，真是瞎学道。”……

【外户子】指外姓人。清蒲松龄《禳妒咒》第十回：“一家大小拧成绳，惟独这外户子没人疼。”

4.标点符号不一致

【椅】以箸取物。清蒲松龄《聊斋俚曲集·〈禳妒咒·挞厨〉》：“昨日霎嫌那猪肉没点好块儿，鸡肉椅了不够几块儿，又说煮烂了海带儿。”

本例中既用了间隔号，又用了书名号，显然不合标点符号用法。

《聊斋志异·聊斋自志》引例共6处：3处作“《聊斋志异·聊斋自志》”，1处作“《聊斋志异·自志》”，1处作“《〈聊斋志异〉自志》”，1处作“《聊斋自志》”。其中，既有篇名繁简不一的问题，也有标点符号不一致的问题。“《〈聊斋志异〉自志》”的标点方法也不合一般使用标准。

**（二）引用篇目文字有形讹**

俚曲《穷汉词》共引用3次，其中2次误作“穷叹词”。

《聊斋志异·姊妹易嫁》共引用12次，其中“喋聒”条误作“姐妹易嫁”。

《聊斋志异·云萝公主》共引用36次，其中7处误作“云梦公主”。

《聊斋志异·新郑讼》共引用3次，其中“皂白”条误作“新郑狱”。

《聊斋志异·青娥》共引用41次,其中“沈冥”条误作“青蛾”。

《聊斋志异·龙戏蛛》共引用4次,其中“惨毒”条误作“龙戏珠”。

《聊斋志异·龙飞相公》共引用18次,其中“驳审”条误作“龙飞桐公”。

《聊斋志异·连琐》共引用23次,其中“煞”条误作“连锁”。

《聊斋志异·狐嫁女》共引用18次,其中“摩挲”条误作“孤嫁女”。

《聊斋志异·公孙夏》共引用13次,其中“奢愿”条误作“公孙复”。

《聊斋志异·公孙九娘》共引用32次,其中“朦胧”条误作“公孙五娘”。

《聊斋志异·丑狐》共引用8次,其中“谐好”条误作“丑孤”。

**(三)引用篇目名称不统一**

由于版本或疏漏,有的同一篇名在不同处标注不同。

1.《聊斋志异》中的篇名不一

《胡四相公》共引用14次,其中“偶”条引作《胡相公》。此或与版本有关。任笃行辑校本《聊斋志异》:“手稿本原题‘胡相公’,后于‘胡’右下旁[①]加‘四’字,题同青本、黄本。铸本、异史本、二十四卷本作‘胡相公’。”

《聊斋志异·狼三则》共引用7次,其中5处引作“狼”。

《聊斋志异·林四娘》共引用15次,其中“魇蛊”条引作“林四娘记”。

《聊斋志异·陆判》共引用28次,其中“缍”条引作“《聊斋志异续集·陆判》”。

《聊斋志异·乱离二则》共引用3次,其中“牛录”条引作“乱离”。

《聊斋志异·妾击贼》共引用5次,其中“凌折”条引作“妾杖击贼”。此或与版本有关。任笃行辑校本《聊斋志异》:“手稿本原题‘妾杖击贼’,涂改作‘枪棒女’,又涂去,改为‘妾击贼’。铸本、二十四卷本、异史本作‘妾杖击贼’。”

《聊斋志异·青蛙神》共引用20次,其中“开光”条引作“青蛙神二”。

《聊斋志异·五通》共引用10次,其中“诛却”条引作“五通(二)”。

2.《聊斋俚曲集》中的篇名不一

《快曲》共引用4次,其中“揸”条引作“千古快”。

《增补幸云曲》共引用14次,其中“砌里搭撒”条引作“幸云曲”。

3.《日用俗字》中的篇名不一

《日用俗字》共引用29次,篇名11例加“章”字,18例不加“章”字。如“鵏鹙”条引为“《日用俗字·禽鸟》”,“鹭鸶”条引为“《日用俗字·禽鸟章》”。

---

① “旁”字原误作“帝”。

**(四)引用篇目文字繁简不统一**

根据《大词典》体例,除引古代文献用繁体外,释义及引用书名均应用简体字。少数例字误用繁体或不规范简体。

《聊斋志异·橘树》共引用5次,"娇啼"条引作"桔树"。按,将"橘"写成"桔"是不规范的简化字。

《聊斋志异·胭脂》共引用42次,其中3处作"臙脂"。按,应作"胭脂"。

《聊斋志异·冤狱》共引用30次,其中"承"条下引作"冤獄"。按,应作"冤狱"。

《聊斋志异·锺生》共引用35次,4处作"钟生"。按,姓氏的"锺"今简作"钟",为强调与"钟(鐘)"不同,也有写作"锺"的,但应统一。

## 三、《大词典》引用《聊斋俚曲集》中的疏误

《聊斋俚曲集》和《日用俗字》中使用了大量的方言词语,要准确地理解这些词语对于其他方言区的人来说难度是很大的。此外,两书在流传过程中都存有少量的字形讹误,根据形讹字去理解更容易出错。本节先指出《大词典》对《聊斋俚曲集》引用中的疏误。

1. 磨陀

【磨陀】……❸磨蹭。清蒲松龄《墙头记》第二回:"你在路上慢慢走,避风的去处好磨陀,到家就是晌午错。"

按:《大词典》释为"磨蹭"欠确切。此处的"磨陀"其实是消磨时间的意思,但"磨蹭"在普通话中并没有"消磨时间"的意思,两者并不相当。《现代汉语词典》:"磨蹭:动❶(轻微)摩擦:右脚轻轻地在地上～着。❷缓慢地向前行进,形容做事动作迟缓:他的腿病已有好转,拄着棍儿可以往前～了|你们磨磨蹭蹭的,事情什么时候能做完?❸纠缠:我跟爸爸～了半天,他才答应明天带咱们到动物园玩去。"《大词典》:"磨蹭:❶轻微地摩擦。……❷行动迟缓;做事拖拉。……"两书对"磨蹭"的解释均无消磨时间之意。俚曲中"磨陀"共6见,其中4例表示消磨时间。如《墙头记》第二回:"老头儿听我言:今日轮着二弟的班,我这里没做你的饭。磨陀会子饥困了,安心又把饭来端,这半月怎么合他算?"邹宗良注:"磨陀:磨蹭。指消磨时间而言。"[①]邹氏指出意为"消磨时间"是对的,但

① 蒲先明整理,邹宗良校注:《聊斋俚曲集》,第23页。

用“磨蹭”表示消磨时间并非普通话用法。再如《禳妒咒》第三回:“俺无可奈何,俺无可奈何,孩儿细弱,啼啼哭哭真难过。只得且磨陀,只得且磨陀,共向街头坐。”

2. 开交

> 【开交】……④走开,跑开。清蒲松龄《墙头记·计赚双枭》:“你在此从容叫罢,我可待扯腿开交。”

按:“开交”在俚曲中共24见,均为“走开,离开”的意思。如《慈悲曲》第四段:“哥合嫂,人人合我像同胞,纵然再住几年,也不至惹人笑。几时是了?到底终须要开交。”《增补幸云曲》第十六回:“不忧不喜不诚敬,把这长官哄醉了,丫头陪他去睡觉。好歹的留他一晚,到明日打发他开交。”《大词典》释义中的“跑开”之义,只是就例句的语境而言,并非该词的固定含义。邹宗良释“扯腿开交”为“撒腿走开”[①],无误。

3. 黑日

> 【黑日】犹言黑道日。清蒲松龄《翻魇殃》第十二回:“又吩咐这礮黑日抬出,一尊朝西,一尊朝东,看着贼来将近,二礮齐点。”

邹宗良此处亦注为:“即黑道日,凶日。”[②]按:误。此为山东方言,与“白日”(白天)相对,即黑夜,夜里。《山东方言词典》记录高密、莱芜将夜里称为“黑日”,实际上鲁中一带还有不少地方用“黑日”一词。《翻魇殃》此处描写仇(姓)家本村人魏名勾结桃花山上土匪要来抢劫仇家,消息泄露后仇家准备迎敌,“叫仇禄发帖去县里借大炮四尊,都要密藏拿来。……行墙周遭,扎起架子,一面十个窝铺。都要静守,不许做声,又不许一人出入;如有走透消息者,必要重责不恕”。因为土匪抢劫一般是趁夜色进行,所以,仇家白天不露声色,而将炮“黑日抬出”备战。

4. 嗄

> 【嗄】……❷代词。犹什么。表示否定。《儒林外史》第三六回:“今年没有生意,家里也要吃用,没奈何卖了,又老远的路来告诉我做嗄?”清蒲松龄《聊斋俚曲集·俊夜叉》:“我要丢个干干净,看你嗄法把我治!”

按:“嗄”今通用“啥”,代词,相当于“什么”,但《大词典》“表示否定”的解释实为蛇足。“嗄”字在俚曲中共155见(另有2例“嗄子”),主要意义为“什么”。

---

① 蒲先明整理,邹宗良校注:《聊斋俚曲集》,第25页。

② 蒲先明整理,邹宗良校注:《聊斋俚曲集》,第269页。

如《姑妇曲》第一段:“你扎挂的合妖精似的,你去给那病人看的,只顾在这里站嗄哩?”《慈悲曲》第三段:“那孩子是俺的孩子呀,该别人嗄事?”此外,“嗄”还可代指“东西”或“事情”(此种情况下普通话一般不用“什么”)。如《姑妇曲》第二段:“一个新媳妇子出去换嗄吃,咱就见不的人了!”《禳妒咒》第十六回:“没有那好嗄打,就使半头砖,爬爬就待跑,接着又一砖,揣了一百下,睡了半年。”俚曲中“嗄”的另一种用法通“霎”,表示“……的时候”。如《磨难曲》第十八回:“你平日纵然有些差池,断不肯像你以前嗄待的我。”《磨难曲》第二十二回:“天将明嗄我去溺尿,看见大少爷屋里还点着灯,我偷去听了听,大少爷咽咽的哭。”

5.仯

【仯$_3$】[miǎo]通“眇$_1$”。眼瞎。清蒲松龄《穷叹[①]词》:“俺如今又不仯,又不傻,又不聋,又不哑。”

按:邹宗良注音 cháo:“山东方言,傻的同义词。”[②]是。俚曲中“仯”字14见,都是“傻”的意思。如《禳妒咒》第二回:“我就说我会猜,贪玩要真仯孩,着我找到二门外。”第六回:“好呆好仯,好呆好仯,多少好主都辞了。”同回:“仯孩子!有的是好主好闺女,何必他呢?”

6.少挡无系

【少挡无系】缺少衣物的意思。清蒲松龄《穷汉词》:“怎么的弄的少油没盐,少柴无米,少挡无系,少吃无烧?”亦作“少裆无系”。清蒲松龄《姑妇曲》:“自从遭了官司,弄的少裆无系,又搭上人来索债,叫花子躲乱——穷的讨饭还带着不安稳。”

按:“路本”盛本”“邹本”中的《穷汉词》均作“少裆无系”,而《姑妇曲》的例子中,三本均作“少挡没系”,可见《大词典》一是将“挡”“裆”误置,二是“少裆无系”的同义说法不是“少裆无系”而是“少挡(裆)没系”。“挡”实为“裆”字形讹。邹宗良于《姑妇曲》中注“少挡没系”为:“等于说缺吃少穿。挡,‘裆’的借字;系,衣服上的带子,这里俱指衣服。”[③]是。邹宗良于《穷汉词》中注“少裆无系”为:“形容没有衣服穿的样子”。[④] 意义其实与《姑妇曲》处相同。

---

① 应为“汉”。见上文。

② 蒲先明整理,邹宗良校注:《聊斋俚曲集》,第419页。

③ 蒲先明整理,邹宗良校注:《聊斋俚曲集》,第96页。

④ 蒲先明整理,邹宗良校注:《聊斋俚曲集》,第421页。

7. 掐

【掐】[tāo]……❷叩,轻击。清蒲松龄《聊斋俚曲集·快曲·快境》:“张辽见他踌躇,掐了掐曹操,说:‘还不逃命,更待何时?’”

按:掐,实为“掐”字形讹。路本作“掐”,盛本、邹本均作“掐”。此处写赤壁大战时曹操逃跑,遇到关羽拦截,曹操动之以情,关羽“踌躇”,张辽提醒曹操趁机快逃。在此种情景中,“掐”的动作显然更为隐蔽,更合情理。《快曲》第二回(即《快境》)紧接着上引文字后就说到“那孔明才能出众,掐指儿算定关公。”显然是“掐指”。俚曲中“掐”字还见于《翻魇殃》第三回:“姜娘子做了饭,打发他婆婆吃了,才掠了升麦子碾上,掐了掐,烙了两个黑饼……”此为山东方言,也应该读为“掐”(盛本、邹本均作“掐”),意为“碾”,“用碾子将粮食粒儿破碎开叫‘掐’”[①]。

8. 揄

【揄】……❷退缩貌。清蒲松龄《聊斋俚曲集·快曲·快境》:“我有刀来你有枪,前前揄揄不成像。”

按:“揄”为山东方言,意为缩。表示缩义的“揄”在俚曲中多有用例,如《丑俊巴》:“八戒病了十日整,浑身消瘦鬣毛鬈;腮子掉了二斤半,后坐瘦的竖脑尖,耳朵揄的相薄脆,前槽搭喇類了肩。”《富贵神仙》第六回:“张官人看了看是个小伙子,揄回头来不敢做声。”而“前前揄揄”为山东方言词,意为畏葸不前,俚曲中有3例。如《磨难曲》第六回:“方相公见他前前揄揄,便把邓天军一把拉住,说:‘请进请进,我就奉陪。’”“前前揄揄”应该单独列词,而“揄”的“缩”义应该举蒲松龄另外的用例。

9. 多大霎

【多大霎】谓时间不长。《禳妒咒》第二十回:“你看多大霎,天已黑了。”《磨难曲》第二五回:“恨那打更人,恨那打更人,打的更点未必真,交四鼓多大霎,又咱五更尽?”

按:“多大霎”相当于普通话的“多大(一)会儿”。“多大”在俚曲中共9见,通常为疑问词,问程度或数量。如《增补幸云曲》第五回:“那曹小姑不知多大年纪?出了阁不曾?”不表疑问时,表示数量少,带有感叹意味。《墙头记》第一回:“你看偺爹吃了多大点子,若是您达,从来没见东西,不知待館多少哩。”“不多大”表示不多、不长。《禳妒咒》第三十二回:“况且江城我那个俏心肝,变成了一

① 蒲先明整理,邹宗良校注:《聊斋俚曲集》,第186页。

个贤人了，给他买妓收婢，不多大时节，就生了个白胖小厮。”而“霎”表示短的时间，会儿，在俚曲中很常见。所以，“多大”和“霎”应该单独列词。

10. 四牙子朝上

【四牙子朝上】谓仰面朝天，四肢向上。清蒲松龄《富贵神仙》第六回：“他可才四牙子朝上，两腿儿蹬开；死了那股气，傻了脖子捱。”

按：路本、盛本同上引。邹本作“四爪子朝上”。“四爪子朝上”今方言仍说，而未闻称“四牙子”者。“牙”当为“爪”字形讹。

11. 少嫩

【少嫩】年轻，幼稚，不成熟。清蒲松龄《磨难曲》第二五回：“你这第六篇，只要软和便密圈，少嫩些也不甚为患。”

按：“少嫩”非词。“少”此处相当于“稍”，意为稍稍、稍微。如《蓬莱宴》第四回：“我的郎，我的郎，家中没有十担粮；若还留着几亩地，还可少把胆来放，还可少把胆来放。”

12. 拸

【拸】[chǐ]……❷拍打。清蒲松龄《增补幸云曲》第二三回：“叫二姐休怪我，昨日实是我的错。就该脱下那小鞋底，照着嘴儿只管拸，打煞忽的那一个？”

按：此为方言字，音多，《大词典》注音有误。“拸”意为用手掌或平面物击打，今方言仍常用，俚曲中也常见。如《姑妇曲》第二段：“于氏拉着，就吊下泪来，说：‘咳，我那好心的娇儿，我今甚么脸见你！’就拿过珊瑚那手来，使力气照着自家那脸乱拸。珊瑚夺出手来，他自家瓜泠瓜泠的打了顿耳根子。”《禳妒咒》第一回：“不知是谁撒了汤，恼的娘子滴下水，进来房门采住毛，拸了一百小鞋底。”俚曲中押韵时与 uo、e 等通押。如《大词典》引例原文为：“有王龙笑呵呵，叫二姐休怪我，昨日实是我的错。就该脱下那小鞋底，照着嘴儿只管拸，打煞忽的那一个？”“拸”与“呵我错个”为韵。俚曲中“拸”又用于“拸拨”（即“哆嗦”）、“拾拸”（即“拾掇”），均可证此字为多音字。邹宗良注《姑妇曲》第二段用例时释为：“（方言音 duō）：山东方言，用手掌打。”[①]注《禳妒咒》第一回用例时释为：“（方言音 duō）：山东方言，打，特指用手或扁平的物件打。”[②]后一注释显然更为准确一些。《汉语大字典》“拸”字注音 chǐ，引《字汇》释义“拍也”，用例为上引

① 蒲先明整理，邹宗良校注：《聊斋俚曲集》，第 86 页。

② 蒲先明整理，邹宗良校注：《聊斋俚曲集》，第 459 页。

《增补幸云曲》例,然而却未考虑押韵所反映的读音问题。

13.情

【情】……⑯尽情;尽管。清蒲松龄《增补幸云曲》第十六回:“你只是情吃情穿,比当军受用的自然。”

按:此处释义有误。“情”本字是“赠”,本义是继承财产,山东方言中引申指坐享,不努力而享受。如《墙头记》第一回:“你不如情吃罢,俺吃甚么,你也吃甚么。”同回:“我思量着,每日情饭吃,也劳苦您,不如还给我那地罢。”俚曲中又写作“擎”。如《俊夜叉》:“你从此往前去看,管叫你擎吃擎穿。”《磨难曲》第二十三回:“咳,苍天那苍天,亏你叫俺瞎了眼,擎吃自在饭,不去扭筋拔力,血汗暴流,这就是你老人家看顾俺。”邹宗良注《墙头记》“情”为:“‘赠’的借字。不经过劳动而坐得的意思。”[①]是。

14.鳔

【鳔】……❺方言。赌赛。清蒲松龄《增补幸云曲》第二三回:“或是使碗又使瓢,咱把酒量鳔一鳔。”

按:“鳔”的❺义为山东方言说法,不过只有比竞的意思,不一定有“赌”。邹宗良释为“‘摽’的借字。山东方言,比试”,是。

## 四、《大词典》引用《日用俗字》中的疏误

1.连姻

【连姻】……❷指姻亲。清蒲松龄《日用俗字·身体章》:“女有公婆和妯娌,男有哥嫂与连姻。”

按:此处释义有误。“连姻”指连襟,“姐姐的丈夫和妹妹的丈夫之间的亲戚关系”(《现代汉语词典》)。而“姻亲”指“由婚姻而结成的亲戚,如姑夫、姐夫、妻子的兄弟姐妹以及比这些更间接的亲戚”(《现代汉语词典》),范围比“连襟”要大得多。此处蒲松龄已经明确说出只有男的才有“连姻”,显然不包括其他的姻亲。俚曲《增补幸云曲》第十八回中有“连姻”的用例:“你敢说你嫖的是妹妹,我嫖的是姐姐,咱是连姻,就该笑玩。”虽然嫖夫之间不是真正的亲戚,但也假惺惺地称姐夫、妹夫的,所以也算是“连姻”。

---

① 蒲先明整理,邹宗良校注:《聊斋俚曲集》,第11页。

2. 鞝

【鞝】把皮缝补在鞋头或鞋底。《字汇·革部》:"鞝,缝皮。"清蒲松龄《日用俗字·皮匠章》:"剩下碎皮还打鞝,錣鞋也要细刓鑚。"

按:"鞝"今写作"掌",即"掌鞋"和"鞋掌、马掌"的"掌"。有动词和名词二义:动词是"把皮缝补在鞋头或鞋底",即"打(掌子)";名词是"钉或缝在鞋底前部、后部的皮子或橡胶"(《现代汉语词典》),即"掌(子)"。《日用俗字》用例为"打鞝",其中的"鞝"显然是名词的用法而非动词"缝皮"。《字汇》中对"鞝"的释义其实有两项:"扇鞝皮。又缝皮。"《大词典》只引了其中"缝皮"一义,而引用的蒲松龄《日用俗字》例字却并非此义。聊斋俚曲中写作"掌"。如《增补幸云曲》第十四回:"这万岁穿的靴鞋是江彬做的,虽无穿着走路,但年岁久了就烂了,那鞋掌子印着那涩道上边,嗤的一声,抓下来了半边,走一步刮打一声。"

3. 跊

【跊】[mèi]踩,行。《集韵·去队》:"跊,践也。"清蒲松龄《日用俗字·兵器》:"刓墙拳窟跊适过,难凭空手殺贼徒。"

按:此字实际上是蒲松龄为"迈"找的本字。"迈(邁)",《字汇》:"莫懈切,音卖。远行也。"《正字通》:"莫怪切,音卖。行也。""迈"的今义为"提脚向前走;跨"(《现代汉语词典》),而"跊"的字义《字汇》释为"莫佩切,音妹。践也"。"迈"今山东方言音 mèi,所以蒲松龄在《日用俗字》中不取"音卖"的"迈"而选用了"音妹"的"跊"。俚曲中则写作"驀"。如《墙头记》第二回:"又因何爬墙驀寨,在这里叫苦连天?"《慈悲曲》第三段:"扎扎腰去一回,驀金莲去如飞,一心去问那收留的罪。"《禳妒咒》第二十回:"这门限儿甚高,从容驀去,看绊倒了。""驀",《字汇》"莫白切,音麦。上马也。又越也"。今方言中"麦""妹"同音,所以俚曲中写作"驀"。

4. 鲒

【鲒】[jié]蚌。《汉书·地理志上》:"〔會稽郡〕鄞,有镇亭,有鲒埼亭。"颜师古注:"鲒音结,蚌也,长一寸,广二分,有一小蟹在其腹中。埼,曲岸也,其中多鲒,故以名亭。"宋梅尧臣《送鄞宰王殿丞》诗:"君行问埼鲒,殊物可讲解;一寸明月腹,中有小碧蟹。"清蒲松龄《日用俗字·鳞介》:"佳鲒来时卖河鮥,青鱼去后见鳞魛。"

按:"佳鲒"非"佳蚌",而是一种鱼的名字,今写作"加吉",即真鲷,一种鲷科鱼。读音也应该是"吉"而不是"jié"。

## 附录　本章所讨论方言词音序索引

1.本章对具体词语的讨论顺序不一，且有的词语分别在几个地方被讨论到，为了便于读者查看具体词语的讨论内容，特编制本索引。

2.所收词语以本章讨论到的为限。有些大于词的组合尽管在本章被讨论到了，除个别歇后语或不好分开处理的之外，不纳入本索引。

3.读音以普通话读音为准。有些字与普通话的字形意义无关、读音有别，但为便于检索，也按普通话读音来排列。有少数方言俗字，为普通话无，只能依方言读音排在相应位置。又，因为每个首字母条下总条数不多，所以除首字母之外不再标出其他拼音形式。

4.词条后括号内注出被讨论的位置。第一节讨论到的序号前加"a"，如"a23"表示第一节的第23条；第二节讨论的词条多，所以不加特别标志，只列序号，如"23"表示第二节的第23条；第三节讨论到的词条前加"c"，后面是第三节中的不同层级序号，如"c2.1.3"表示第三节"二"之"(一)"之"3"，而"c3.8"则表示第三节"三"之中的第8条。

A
啀哼(143)
啀黄(a56、143)
鴳子(a80)
唵(140)
昂赃(96)
呋呵(58)
呋喝(58)
B
巴巴(18)
巴焦(19)
把(a42)
吧(a21、59、110)
罢么(237)
白刺猬(40)
摆划(273)
摆溜子阵(206)
斑鸠跌蛋(50)
傍影(70)
抱挡(195)
崩(144)
毕了账(150)
边墙决脸(281)
贬(160)
扁(116)
扁上(117)
鳔(c3.14)
拨杂运(220)
别喜来多气(a44)
驳杂运(220)

跛蹻跛蹻(184)
不睬(10)
不打拢(25)
不光滑(11)

C

猜不方(149)
蹀狗尾(257)
草包货(136)
蹭(279)
蹭蹭(280)
差池(a10)
差迟(a10)
嚓嚓(264)
嚓语(264)
查(a53)
朝(167)
嘲(49)
潮(49、234)
仯(49、c3.5)
扯脖子代脸(231)
扯淡(89)
彻脖带脸(231)
趁量(190)
嗤撇(54)
出产(35)
出作(34)
除上(a49)
触送(119)
搐(c2.1.3、c3.8)
揣歪(112、166)
创(178)
蹴(a24)
攒攒簇簇(288)
撮(a61)
村里装俏(79)

D

达(212)
达达(212)
打笃磨子(42)
打啐(1)
打混(118)
大饭时(17)
大饭食(17)
待(20)
待中(115)
担器(128)
但仔是(85)
淡账(148)
弹打雀飞(249)
当面鼓对面锣(214)
捣(23)
到(94)
道(210)
的(a70)
颠(a11、277)
颠枪(278)
趰(277)
蹎(277)
趣(277)
掂挑(30)
跌歇着口子(186)
迭不的(121)

丁点(3)
腚(172)
腚垂子(173)
腚腄(173)
腚沟(173)
腚门(173)
腚门子(173)
腚眼(173)
逗楼(152)
笃笃磨磨(42)
杜磨(42)
鳖腔(a86)
炖(201)
顿(201)
多大霎(c3.9)
掇(209、c3.12)
掇打(a18)
掇拨(270)
剁(93)
剁打(104)
E
恶喳喳(165)
嗯嗯(197)
儿马(221)
而不冷腾(53)
F
发(64)
騳蛋(221)
犯(a18、44)
方且(a83)
妨账(61)
风风势势(196)
服实(27)
G
高脚子爬(a67)
羔(a18)
割根齐查(a82)
跟搭(216)
哏(a73)
狗跑门(a81)
公母(14)
估拣(88)
估量(76)
咕哝(102)
顾揣(285)
顾追(285)
瓜打(101)
呱哳(101)
惯搭(222)
H
害歃(127)
害嚣(128)
含着骨露着肉(91)
好不好(a23)
好势的(a18)
好做(a6)
合(a13、a76)
合伙(a35)
黑日(c3.3)
擲(252)
忽打(107)
胡念们(245)

互然(13)
化拳(15)
黄边(177)
恍荡(175)
豁拳(15)
火燎毛(22)

J

积作(254)
椅(c2.1.4)
缉头夜猫(247)
几丢刮打(162)
及到至家(a41)
挤眉挎挨眼(270)
济(266)
佳鲒(c4.4)
将将(a58)
脚打罗(154)
脚后跟(155)
揭巴(188)
结声(a74)
节柳(276)
紧簟(a62)
紧趁(235)
揪作(182)
拘巴(103)
呋嗤(a15、137)
攫(289)

K

开交(246、c2.1.3、c3.2)
侃(a37、141)
抗(66)
可才(a31)
韑勒(158)
掯勒(158)
窟笼(8)
款款(168)
括(a17)

L

喇(156)
来(a14)
褴褛搭撒(a27)
郎当(217)
捞(226)
捞着(72)
老扯淡(89)
老獾叨(51)
唠(226、227)
了(a38)
勒掯(158)
稜稜挣挣(215)
稜争(215)
稜挣(215)
冷眵块(a1)
冷打漫吹(a64、80)
冷打慢吹(a64)
冷胗块(a1)
犁眼钻圈(191)
黎眼钻圈(191)
理之(a30)
利亮(55)
掚(199)
掚掚叄叄(200)

⿰扌两⿱镸云(200)
⿰扌两⿰参两(200)
连姻(c4.1)
撩(204)
撩(204)
撂(204)
獺肩(a55)
溜缰(218)
流丢(131)
流流的(135)
流水(130)
瘤呀点呀(a69)
瘤呀瘤呀(a25)
笼里犯出羔团子——好势的也
拸打,就少耗了也罢(a18)
芦蛰(a77)
蠦蛰(a77)
罗(a47)
落草(a3)
缕缡搭撒(a27、a51)
褛褵搭撒(a27)
褛褵搭撒(250)
M
麻瞪(153、159)
麻籸(a78)
蚂蜡(255)
蚂蜡驴(255)
莽莽惝惝(161)
没腚眼(a50)
没精打采(82)
没人样(a19)
每哩(74)
們(a20)
们哩(124)
弥量(105)
觅汉(151)
苗架(120)
磨陀(286、c2.1.3、c3.1)
趃(c4.3)
蓦(c4.3)
N
拿糖(134)
攮(a26)
闹该该(241)
闹垓垓(241)
闹闹垓垓(241)
能济(266)
念诵(106)
乜(a39、2)
拗争(26)
脓包货(263)
浓济(266)
弄款(62)
P
爬(a48)
怕嚣(128)
刨燥(56)
赔着(a52)
搒(66)
烹(233)
偏(142)
谝(256)

撇(230)
砅磅蒲(38)
平光扑(37)
平皮差(37)
平铺塌(37)
泼杂运(220)
扑撒(242)
铺囊货(240)

Q

棋子(171)
起根就里(138)
砌里答撒(a27)
前前搐搐(109)
锹眼(a5)
乔(c2.1.2)
窍眼门(a5)
茄着(a87)
情(a43、c3.13)
情着(a7)
缺嗤(a15)
缺嗤嗤(a15、137)
困(a32)

R

攘(a16)
人心无足蛇吞象(4)
任拘(48)
仍崩(16)
日生(21)
合的(47)
揉搓(179)

S

䊲(200、282)
撒脚(229)
嗓黄(100)
嗓子(a21、265)
蹡(a45)
涩道(a79)
嗄(a12、202、c3.4)
善查(163)
晌午(129)
少裆无系(29、c3.6)
少挡没系(29、c3.6)
少吃俭用(c2.1.2)
少耗(a18)
少嫩(c3.11)
睄睄巴巴(185)
伸头搐脑(77)
生察察(39)
失惊打怪(41)
失声大怪(41)
失张答怪(41)
使坏(a29)
势势(a2、196)
试单(208)
是这着(a22)
数瓜又数枣(248)
丝丝两气(170)
四牙子朝上(c3.10)
㞞(65)
遂(211)

T
蹋撒物(272)
踏狗尾(257)
探业(145)
搯(c3.7)
讨嚣(128)
特(132)
踢蹬(239)
踢弄(238)
提鞋跐了牙(187)
头向(87)
投向(87)
头信(259)
投信(69)
彖彖帕(a54)
饨(198)
W
掩(a34)
歪揣(112)
外户子(c2.1.3)
误误挣挣(223)
X
瞎胡踈(235)
瞎胡撞(244)
瞎拈麻(245)
暹退(258)
乡(a75)
乡瓜子(a60)
降人(a8)
象呀(a9)
嚣(128)
嚣人(128)
小晌(6)
笑眼们(a65)
歇着案(205)
卸(95)
心焦(a88)
絮聒(180)
絮絮答答(181)
揎(274)
餰(274)
学(251)
Y
压楂(271)
恹头搭刺(261)
恹头搭喇(260)
恹头搭脑(260)
恹头打脑(260)
罨上(a33、a36)
扬誉(169)
扬长(113)
徉常(113)
徉徜(113)
洋洋不睬(123)
摇吠怒喝(217)
掖搭(147)
掖打(147)
也(a2、a18、a50、90、196)
一发(7)
一路(a72)
依(9)
依般(92)

宜量(99)
圆成(a40、125、203)
謜謉(a40、125)
愿承(125)
唠(262)
嘁(a66、228)
蕴蕴吐吐(183)

Z

杂毛(275)
噼(283)
噼不着(283)
噼着(283)
咱(a57)
攒(287)
赃扬(a84)
枣红(192)
噪子(265)
择(253)
扎挂(31)
扎裹(31)
扎括(31)
揸煞(28)
渣(189)
乍(32)
乍毛(33)
诈煞(28)
鞝(c4.2)
着极(a63)
找着(a46)
照(207)
遮器(128)
折蹬(86)
真么(133)
怔(146)
挣(146)
吱嘤(57)
置(a85)
中(12)
诌(268)
挡了生(195)
助毛攒毡(84)
稕(a71)
仔(36)
峻(a4)
嘴咕答(224)
嘴孤答(a67、224)
尊客(a28)
左道(174)
作(176)
作道(174)
作登(243)
作蹬(243)
作估(78)
作梭(81)
作索(81)
作琐(81)
坐马(194)
做声(24)

# 第四章　蒲松龄白话作品语法研究

关于蒲松龄白话作品的语法研究，已经有了比较多的成果，本书第一章已有介绍。本章先对其中的代词和助词作较为细致的描述，然后介绍《聊斋俚曲集》中的几种句式并与另一种反映清初山东方言特点的《醒世姻缘传》进行比较，以显示其共性和地域差异。

## 第一节　聊斋俚曲中的代词

### 一、人称代词

#### （一）第一人称代词

聊斋俚曲中，第一人称代词主要是“我、俺、咱”。此外，“俺们”出现 4 次，“咱们”出现 1 次，没有“我们”。

“我、俺、咱”的分工为：“我”用于单数，“俺”用于复数或单数，“咱”用于复数。用于复数时，“俺”表示排除式，即不包括听话人一方（可包括“我”和“他”“他们”）；“咱”表示包括式，即包括说话人和听话人双方。下面分别观察。讨论“俺”的时候顺便介绍“俺们”，讨论“咱”的时候顺便介绍“咱们”。

1. 我

总的来说，俚曲中的“我”只表第一人称单数，与通语的“我”相比没有大的差异，只是由于俚曲中还有“俺”，所以在“我”与“俺”的关系上有一些特点。

(1)作主语和宾语（包括介词的宾语）。如：

①江城给太太斟酒云：“娘再吃一盅。”太母云：“我吃够了。”公子云：“爹娘都再用些儿。”太母云：“我合您爹能吃多少，就这么些东西？可忒也费事。”（《禳妒咒》第三十三回）

②张炳之一眼看见，吃了一惊，说：“哎哟！你有病来么？”张讷说：“我

没有病。”(《慈悲曲》第一段)

③他姑看见说:“这是谁家的孩子?”张讷说:“你看俺姑,你就不认的我了么?”(《慈悲曲》第二段)

④仇福说:“分开你清闲不好么?”姜娘子说:“我不爱你这样疼我。”(《翻魇殃》第三回)

⑤那一时还支使着个小厮,白日给我做饭,黑夜给我看火,也还罢了。(《墙头记》第一回)

(2)作同位语。如:

我这个行子真正呆,多亏了娘子你还乖,指望不的我张二怪。(《墙头记》第二回)

(3)作定语。“我”作定语时有两个特点:一是可以用“的”来标记定中关系,但也经常用“那”。用“的”的例子如:

①妈妈叫他坐下,扳起他那脚来看了看,见那鞋没有底,有半截棘针扎在那脚心里。叹了一声:“咳,我的儿!这是几时签上的来?又咱会脓了?”(《慈悲曲》第一段)

②这是我的个老朋友,如今受这样苦楚!哎,人待生儿做甚么!(《墙头记》第二回)

用“那”的例子,如:

③他说的极好,我就分了。殊不知他是欣羡我那地,谁给谁粮食!(《墙头记》第一回)

④兄弟是手足,没有不疼的,况且我那兄弟,又比不的人家那兄弟。(《慈悲曲》第五段)

⑤没见你那打手何如,先说你那不出门子的奸汉吓人。我要说出我那家乡居住,你只是搬了罢。(《增补幸云曲》第六回)

以上3例在普通话中都要说“的”。二是一般不用在亲属称谓前,亲属称谓前一般用“俺”。聊斋俚曲中“我”的使用近3000例,用在亲属称谓前的只有寥寥几例。下面是我和“俺”在亲属称谓前的比较。

| | —达 | —娘 | —爷 | —爷爷 | —姑 | —哥 | —姐 | —妈 |
|---|---|---|---|---|---|---|---|---|
| 我 | 0 | 0 | 0 | 0 | 0 | 2 | 0 | 0 |
| 俺 | 19 | 10 | 4 | 3 | 2 | 14 | 1 | 4 |

用在“哥”前的两例“我”是：

①长命进了场玩耍了几日，或者教我哥嫂耽心。(《禳妒咒》第四回)

②我哥哥上司告状，拿回来剪草除根。(《磨难曲》第十四回)

例句①是道白，②是韵句。加“那”后接亲属称谓的也极少，如上文引到的“我那兄弟”，不过该句中的“我那兄弟”是与“人家那兄弟”对比着说的，这时用“我”更强调第一人称的角色。

2.俺

“俺”即可表单数，也可表复数。表单数的例子如：

①俺积攒了一百两银子，苦苦哀告，许着有了主还给他五十两，他才慨然许俺从良。(《禳妒咒》第二十九回)

②俺不拾拾那车襻儿，也不挑挑那筐担儿，也不担那饭罐儿，也不挎那菜篼儿，也不曾楔楔那锄垫儿。笑：俺可也轻轻巧巧的每日吃饭儿。(《禳妒咒》第二十四回)

③慧娘说道也不错，俺是兄弟您是哥，若不然怎么叫做一堆过？(《翻魇殃》第十回)

④张大说：“诮甚么！俺达好不好，谁着他合你令堂并骨哩么？”李氏说：“呸！放屁！俺庄里多少好汉子，那里找着您达并骨。”(《墙头记》第一回)

表复数的例子如：

①银匠说：“原来为此么？俺俩虽厚，他埋下东西怎么对我说？”(《墙头记》第四回)

②两个人合我说：“你不如情吃罢，俺吃甚么，你也吃甚么。”(《墙头记》第一回)

③自从合气之后，公婆把他儿郎唤着，俺夫妻分院而居，这也罢了。(《禳妒咒》第十五回)

④叫爹爹莫愁肠，好歹的出了丧，济俺娘们往前撞。(《翻魇殃》第一回)

以上都是排除式，不包括听话人在内。

人称代词“俺”是现代山东、河北、河南等地一个很普通的方言词。据吕叔湘先生考证，“俺”是由“我”与“每”或“们”合音而成的，本表示复数，但在金元时期表现为既可用于复数，又可用于单数；而用于单数时常充任领格，元曲中有的剧本“俺”只作领格。“且不独金元白话为然，今日方言中，无‘你们’，‘我们’而只有‘您’，‘俺’者，方其用如单数，亦多施于领格，盖即此一端固已历数百年而未尝或变。乃至明清方言小说，如《金瓶梅词话》，如《醒世姻缘》，如《警世通言》第二十四卷《玉堂春》，凡以‘俺’字入文者，亦莫不以领格居其大半也。”①

从聊斋俚曲和现今山东方言来看，“俺”表示单数时并非“时常充任领格”。我们对《墙头记》《姑妇曲》《慈悲曲》《翻魇殃》《俊夜叉》《禳妒咒》6种（以下简称“六种俚曲”）中的“俺”进行了统计，情况如下：

| | 作主语 | 作宾语 | 作定语 | 作同位语 | 总计 |
|---|---|---|---|---|---|
| 表单数 | 194 | 60 | 131 | 3 | 388 |
| 表复数 | 1 | | | 16 | 17 |

由上可见，“俺”一般用于单数，用于复数的主要是用在构成同位语的时候，如“俺俩”“俺两个”“俺兄弟”“俺夫妻”“俺兄弟二人”“俺娘们”“俺众人”“俺一家”（构成同位语的也有表单数的，如“俺周仲美”“俺老李”“俺自己”）。这种情况也可能跟语用因素有关：一个人讲话时通常以自己（即单数第一人称）为主语，述说自己如何，要代表几个人（复数）讲话的时候很少使用“俺”。因为“俺”一般表示单数，所以表示复数的时候就需要把“俺”所代表的人明确地表示出来以免误解，这样就成了作同位语的形式了。从现代山东方言中“俺”的使用来看，情况也是类似的，作主语时主要表示单数。

上面统计中唯一一次“俺”表复数且作主语的句子是上举《墙头记》第一回的例子：“两个人合我说：‘你不如情吃罢，俺吃甚么，你也吃甚么。’”其实这是老父亲转述的话语，“两个人”指其两个儿子，因为已经有了“合我说”的主语“两个人”，所以这里的“俺”应该看成是代指两个儿子。不过仔细分析起来，这里的“俺”有任指的意义：因为两个儿子已经分家，并不在一起吃饭，所以，只能是老父亲跟着哪个儿子的时候，“这个儿子”吃什么，老父亲“也吃甚么”。这样说起来，这里的“俺”表复数也有些疑问。

当然，上述统计仅仅是就六种俚曲得出来的数据，扩大到全部俚曲，可能具体数字会略有变动，但大的走势是不会改变的。如《磨难曲》第六回：“正说着，那邓天军领着两三个人在大门上嚷闹，大呼小叫的说：‘快出来，发人给俺！’”这里的“俺”作宾语，应视为复数。

① 吕叔湘：《释您，俺，咱，喒，附论们字》，《汉语语法论文集》（增订本），商务印书馆1984年版，第17页。

关于“俺”作定语,有一种情况需要说明:今普通话中有些被限定成分前一般用复数的“我们”来限定,如“我们村”“我们家”,但有时也用单数的“我”,如“我村”“我家”,俚曲中这种情况下的“俺”既可视为单数也可视为复数。

如吕叔湘先生所论,“俺”本身就是由“我”加表复数的形式(“每”或“们”)演变而来的,因此合乎逻辑的一个结果就是,“俺”后边不能再加表复数的形式“们”了,因为“俺”中已经包含了“们”。今山东方言中,更多的地方是只说“俺”而不用“俺们”,正是出于这个缘故;不过也有些地方说“俺们”,这应该与“俺”在主语位置时一般表单数的现象有关:既然“俺”通常表示单数(换言之就是“俺”中的“们”的语义特征已经消失或消失殆尽了),那么为了强调是复数,就要再加上一个明显的复数标记“们”。聊斋俚曲中有 4 个“俺们”的用例存在,就是与主语位置上“俺”表单数的分布状况相适应的。请看这 4 个“俺们”的具体情况,都出现在《磨难曲》中:

①(众秀才说:)呈头的问了斩罪,俺们是关外充军。(第五回)

②方相公冷笑道:“列位少坐坐,我管去烹茶。”邓天军说:“不用。还是速走!”方相公说:“你不必如此。俺们该灭了门了么?”(第六回)

③众人进来作了揖,说:“俺们备了猪羊酒来,与大王犒赏三军。”(第十七回)

④二秀才说:“依着他,昨日就无有这次争战。他前日有书来,因俺们称颂大王的好处,他便以此相托,叫俺道达来意,所以星夜前来。”(第三十二回)

这 4 个“俺们”都是作主语的,可见在主语位置上需要加“们”才能明确其复数性质。

据《淄川方言志》,现代淄川方言中并不说“俺们”,只说“俺”。这与聊斋俚曲有所差异。是“俺们”的说法后来消失了,还是聊斋俚曲反映的并非当时淄川方言的现实?我们认为后者的可能性更大一些。第一,由于“俺”在主语位置上复数意义的弱化,如果有了明确表示复数的“俺们”的话,再退化消失似乎不太合理;第二,由于聊斋俚曲带有一定的书面语性质,所以无论是书面上为了清楚地表达复数意义而在“俺”后添加“们”,还是借用了有“俺们”一词的别的方言的说法,都是有可能的;第三,在俚曲中也只是《磨难曲》一剧中才有“俺们”,也说明了“俺们”在当时并不是很普遍的说法。

聊斋俚曲中当面称呼人时,一般用面称,但有时在称谓前面加“俺”,用法与通常不同，此稍作说明。如：

①张诚又说："俺哥哥，你还不吃饭么？"张讷说："我不饥困。"（《慈悲曲》第四段）

②（张大喊：）"俺达达！"张老说："你待怎么？"（《墙头记》第二回）

③（张大将其父推到墙头上后说：）"达呀，你在这里罢，我待去哩。"张老说："俺达达，你休去了！"（《墙头记》第二回）

④沈大姨说："……倘若是我这媳妇给你，只怕你又嫌哩。"于氏说："俺姐姐，你说起来我就不是乜人！"（《姑妇曲》第二段）

⑤珊瑚待走，安大成叫住房子的老王婆子，拿着那休书去送他。一路子不做声一声。老王说："俺大嫂，你也不必恼甚么，一家好人家哩！……"（《姑妇曲》第一段）

例①是同父异母弟弟张诚当面招呼其兄张讷吃饭时的话，表示亲切。例②是张大要赶父亲走的时候的称呼，带有无奈、不屑的色彩。例③是张老爬在墙头上着急、哀求的话语，以至于称自己的亲生儿子为"达达"（爹）。例④是悍婆于氏受到教训之后，心生懊悔，被亲姐姐一激，带有着急意味的称呼。例⑤中老王婆子的年龄应该比少妇"珊瑚"要大，称"俺大嫂"有尊敬的意思，又表示不是一般意义上的"大嫂"。可见，称呼前面加"俺"时有较特殊的意味，一般带有"亲切"或更强调是"自己的"的意思。今鲁中方言中仍有这种说法。

3. 咱（偺）

"咱"表复数，是包括式，所指包括听话人在内。严格地说，"咱"已经不是纯粹的"第一人称"了，而是第一人称和第二人称的合称，是"我和你"。

①李氏说："小讷子，咱家去罢。"（《慈悲曲》第三回）

"家去"为一个动词，义为回家去。这里是李氏招呼"小讷子"一起回家。

②定了主意来到家，对姜娘子说："咱爹家里大病，说的极重。"（《翻魇殃》第四回）

此为丈夫对妻子说的话，"咱爹"指其岳父——本是妻子之爹，但丈夫从妻称也叫爹。

③叫一声俺爹爹，咱今朝这一别，不知几年几个月？（《翻魇殃》第九回）

"咱"指父子两个。

④咱的人家原不大，从新盖了几间房，安上吻兽才展样。（《翻魇殃》第十一回）

此为哥哥对弟弟说的话，说的是他们共同的家。

《墙头记》第三回中有一个看起来有点儿可疑的例子：

⑤(张二和老婆伺候老父亲吃饭，老婆对张二说：)“你劝咱爹再吃杯酒。”张老说：“我酒饭都勾了，您收拾家伙，天色已晚，歇息去罢。”张二说：“我等爹睡了着去。”……张老说：“不必呀。把灯安在床头上，夜壶放在这床前，坐坐睡了极方便。”张二说：“就是这等。咱两个把门掩上，到天明再来问安。”

“张二”最后的话是接续其父亲张老的，张老有所吩咐之后，张二说的“就是这等”肯定是回应张老的；但“咱两个把门掩上，到天明再来问安”两句，是对父亲说的呢还是对其妻子说的呢？如果是对父亲说的，那么“咱两个”就相当于“俺两个”，指其夫妻两个，那么“咱”也就具有排除式的用法；如果是对妻子说的，那就是“咱两个”，“咱”仍然是包括式。在没有更多的佐证之前，我们还是保守一点儿，认为后面两句是对妻子说的，“咱”仍然是包括式。

以上是“咱”的基本用法。跟现代一样，有时候为了表示与听话人的亲近，说话人把自己家的东西说成是“咱家”的东西。如：

⑥(张大)斟上酒，陪着(对岳父)说：“咱家的酒，爹尝尝。”(《墙头记》第一回)

岳父并不与自己在一起生活，所以并非一家。如果真是一家的话，则用不着“尝尝”了。又如《增补幸云曲》第三回：“那万岁自从四更天起身，无曾吃饭。肚中饥饿。欲待下马吃饭，那路南里有一个人就叫：‘老客，要吃饭来咱家。’”

此外，“咱”有时候还代称自己，相当于“我”。如《翻魇殃》第四回：“仇福真个做了一张文书，递于魏名。魏名说：‘咱兄弟们岂同别人，没有钱我借上，那里用着指地作保呢！’(唱：)大相公你好憨，你待赌咱有钱，那里用着地一段？”此处自称为“咱”是为了表示亲近。又如《琴瑟乐》：“可意俏冤家，可意俏冤家，半步不离的守着咱。”此处流露出得意。

需要注意的是，俚曲中一般不用“咱们”。“咱”出现了将近 700 次，而“咱们”只出现了 5 次。这 5 次中有 3 次是与“咱”同时出现。如：

⑦有一伙军人提壶瓶酒盏商议说：“老爷们散了，赏咱们的酒肉，可以痛饮。那贼头挂在那边，咱也就着那里作一个会，有何不可？都坐下，都坐下，咱就猜拳，赢了的吃酒，输了的着他指头骂曹操，骂的都要成溜。”(《快曲》第四联)

⑧咱们自从递了呈子，军门差了两个承差去拿人，这也是好几日了，也待好来。咱不免去院前听候，以便销到。（《磨难曲》第四回）

这至少说明，“咱们”并不常用。

聊斋俚曲中的“咱”有时还写作“偺”（两者意思完全相同），共 4 见，分别出现在《墙头记》和《禳妒咒》中。下面各举一个例子：

①你看偺爹吃了多大点子，若是您达，从来没见东西，不知待饍多少哩。（《墙头记》第一回）

②偺虽是没个乡宦，这样富贵，我还不曾放在眼里。（《禳妒咒》第五回）

“偺”字《汉语大词典》引例为《白雪遗音》和《儿女英雄传》，《汉语大字典》引例为《儿女英雄传》和《二十年目睹之怪现状》，出例都比较晚。太田辰夫《中国语历史文法》认为“偺”的写法大约出现明代。[①]

“偺”的写法虽然今不通用，但它的出现与“咱”的读音有关。“咱”本是“自家”的合音，读 a 韵母是其早期的读音。“咱”后来与“们”或“每”组合，进一步合音为 zán，鼻韵尾-n（来自-m）是“们”或“每”的声母 m 的遗留。“偺”的写法是从人昝声（另一种写法“喒”声符相同），昝，《广韵》子感切，《中原音韵》在监咸韵，韵母是 am，用“偺”来记“咱”，说明“咱”已经不读 za 而是读 zam 了（后来-m→-n）。

从聊斋俚曲的押韵来看，“咱”9 次入韵，3 次押入家麻韵，6 次押入寒谈韵，说明其既读 a 韵母，也读 an 韵母。而现代山东方言中，除了山东半岛的烟台、威海一带仍读为 zá，保留“咱”的古老读法之外，其余地方都读同-n 尾韵。今淄川方言只读“咱”为 zán，说明 zá 的读音已经消失。

4. 自家、自己

聊斋俚曲中既有“咱”也有“自家”，另外还有“自己”。“咱”只表复数，所以与“自家”已经没有多少关联了。

总的来说，俚曲中的“自家”就相当于今普通话的“自己”。请看下面的例子：

①臧姑也不管，哭叫搥下来了镢镢头，待自家拿去换烧饼。（《姑妇曲》第二段）

②我去外边雇一个挑脚的，拾掇上给他挑着，下剩的咱自家拿着罢。（《禳妒咒》第三回）

---

① 参见太田辰夫：《中国语历史文法》，蒋绍愚、徐昌华译，北京大学出版社 2003 年版。

③娘儿两个把员外抬在床上。大相公才待说他二兄弟，二相公已是自家来了。(《寒森曲》第八回)

④商量已定，着仇福借了一匹马，合自家那驴，一直到了姜宅。(《翻魇殃》第九回)

⑤好没良心的忘八！自家的老婆着人家打了，还在无人处庆幸，怎么是人！(《禳妒咒》第十八回)

⑥呀，春香俊了也！这不是衣服，你拿了去穿上。去那穿衣镜前照照你自家，看看俊也不俊？(《禳妒咒》第二十八回)

跟现代用法唯一有点儿不同的是，剧中人物出场时念了定场诗后的自我介绍以“自家”开头，相当于“我”。如：

⑦张二上说：“做儿也罢了，琐碎在养老。亏了老兄乖，跟好就学好。自家张二怪便是。”(《墙头记》第二回)

⑧(王银匠上)生着一炉火炭，手拿一把铁钳，热糟长放在炉边；……自家不是别人，县前王银匠便是。急急上城，看有花户倾销。(《墙头记》第二回)

俚曲中的“自己”与“自家”使用次数相当。“自家”出现150多次，“自己”出现了将近150次。两者的用法也相同。如：

①一个母一个公，不怕雨不避风，为儿为女死活的挣。给他治下宅子地，还愁后日过的穷，挣钱来自己何曾用？(《墙头记》第一回)

②你自己看不见你自己，待我夸你夸。(《增补幸云曲》第十二回)

③只走的隔着自己的庄还有十数里路，便寻思个叔伯哥哥是张子明，在这邻庄居住，暂且往他家里住下，夜间深了着再走不迟。(《富贵神仙》第九回)

④樊婆徐氏上云：“嫁得穷酸丁，飘零五十春；搬来又搬去，南北似流民。自己徐氏便是。”(《禳妒咒》第三回)

不过，我们注意到，“自己”作定语的时候后面没有加“那”的例子，即可以说“自家那……”，但不说“自己那……”。定语后面加“那”是带有方言色彩的用法，后面没有加“那”可能反映的是“自己”是带有通语性质的成分。现代鲁中方言中也不说“自己”，这也可以证明“自己”是个通语成分，而非当时的口语用词。

**(二)第二人称代词**

俚曲中第二人称代词主要是“你”和“您”(少数地方写作“恁”)；也有“你们”，不过只有11次；3例用到了“您们”。

1.“您”和“你”的差异

据我们统计，俚曲中“您”共出现355次，除去“您们”的3例，还有352次。这352次在句子中的使用情况如下：

| | 作主语 | 作宾语 | 作定语 | 作同位语 |
|---|---|---|---|---|
| 单数 | 15 | 12 | 171 | 0 |
| 复数 | 56 | 23 | 6 | 69 |

以上判断是单数还是复数的主要参考是上下文，看对话的对象和所指的对象。少数情况下会有疑惑难定之处，不过影响不是很大。

从上表可以看出，“您”表复数时的情况比较正常，作各种成分的比例大体符合人称代词出现在各位置上的通常情况；而“您”表单数时作定语的比例奇高，而作主语和宾语的次数比较少。不过，“您”表单数作定语的171次中，“您＋称谓”就占了绝大多数，达161次，如“您娘”“您达”“您妯娌”“您大叔”“您师傅”等。另外需要注意的是，“您”表单数作主语或宾语时，没有显露出比较明显的与“你”的不同。如果跟“你”相比，最主要的区别在于作定语和同位语时的表现。下面看“你”“您”在一些称谓词前的表现：

| | —娘 | —达 | —爹 | —姑 | —大叔 | —婆婆 |
|---|---|---|---|---|---|---|
| 你 | 8 | 0 | 20 | 0 | 5 | 0 |
| 您 | 9 | 11 | 14 | 5 | 9 | 6 |

此外，由“您”作同位语的表现也可以看出，“您”表复数是更正常的情况。这与上文提到的吕叔湘先生所论“您”由复数的“你们”（你每）演变而来是一致的。下面举几个“您”字使用的例子：

①张讷说：“俺爹说，你到您姑家里休回来。”（《慈悲曲》第二段）

②大姐出来，到了下处，说他那儿子：“您二舅来考，你去找他找。”（《翻魇殃》第五回）

上两例都是“你”用于单数主语，“您”用于领格。

③大姐吃干了盅，往外就跑，说：“您两个吃盅合劝合劝罢。”（《翻魇殃》第九回）

“您两个”为同位词组，复数。

④两贤侄您是听:我虽老的无正经,哄杀人从来不偿命。(《墙头记》第四回)

“您”指“两贤侄”,复数。

⑤银匠(对张大、张二)说:“只是如今要不的账。您好生去发丧,那该钱的都是体面人,见您兄弟还成个局面,自然不好赖您的。”(《墙头记》第四回)

三处“您”都指复数,“您兄弟”指“你们兄弟两人”。

需要注意的是,“您+亲属称谓”有时是从子称,其中的“您”并非称对方。如:

①(大姐)请了仇祜来商量告状。(唱:)您大舅你听言;您叔撇下几亩田,着人哄去七八段。种的都是咱的地,并无见他一文钱,咱吃甚么安稳饭!你给我写状一纸,到明日我去见官。(《翻魇殃》第五回)

“您大舅”指仇祜,即“你”,是大姐伯父家的兄弟,大姐的孩子称其为“大舅”。(“您叔”是“你叔”,指大姐之父,是仇祜之叔。)

②两个走到西院,大姐吆喝说:“您大妗子,有客来拜你哩。”姜娘子出来……(《翻魇殃》第十回)

大姐吆喝的就是姜娘子,是其弟妇,大姐的孩子称其为大妗子。

③且说珊瑚到家,合庄里都喜,无论同姓异姓,都拿着礼物来看珊瑚,就是娶个新媳妇来,也不能那么热闹。惟有何大娘不好来。于夫人也算是个好人,敬着人去请他来,自家认罪。(唱:)您大娘你休要放在心上,那时节打一顿也是应当。……(《慈悲曲》第三段)

“您大娘你休要……”是于夫人对何大娘说的话。两人为同辈,称呼对方为“您大娘”,是从子称。

“您”的这些特点,与今鲁中方言一致。

2. 你们、您们

俚曲中共出现了11次“你们”,均表复数,在句子中充当主语或宾语,没有作定语的例子。如:

①既是个女人,必是你们主使。不然,怎么做出这样事来?(《寒森曲》第三回)

②众将,你们都看看,我有头呱没有?(《快曲》第二联)

③那地方、邻右都替他不平,大家给他报了官。官府着了状,摔下呈子来,大怒说:“他自己不告,与你们何干!”(《磨难曲》第一回)

④我原不找你，因着太太不快活，找你们来要散闷，唱的取笑才好。(《磨难曲》第二十三回)

⑤你们都是有功的，每人加三级，回衙理事。(《增补幸云曲》第二十八回)

在这11例中，《磨难曲》第二十三回的说话人是举人，其他说话人都是官员(包括地方官、丞相、皇帝等)。可能在当时的口语中，一般说“您”，官话中说“你们”。今淄川一带方言中，一般也不说“你们”，表复数就用“您”或“您＋同位语”的形式，与俚曲基本是一致的。用“您们”的3例如下：

①姜娘子、慧娘合老太太都哭起来了，老太爷与大爷、探花老爷都下泪。太公止住泪说：“您们都不必悲伤，我已是算计就了。”(《翻魘殃》第十二回)

②兵卒问道：“见代箭的一只鹿儿不曾?”解子说：“不曾见。”兵卒说：“必定是您们藏了。”(《磨难曲》第五回)

③众秀才又哀告：“求老爷苟全功名！”按院说：“您们不安分读书，不行好事，断断难饶！……”(《磨难曲》第十四回)

这3例中的“您们”都充当主语。

如同“俺”来自“我们”所以其后以不加“们”为正常一样，“您”来自“你们”也不应加“们”。今山东方言中尽管“俺”后有加“们”的，但未见有“您”(恁)后加“们”的。况且俚曲中仅此3例。从这3例的说话人来看，“太公”原为官员，“按院”是官员，“兵卒”则是山寇之小卒，“您们”这种说法有可能是方言口语“您”和官话“你们”的杂糅形式。

3.恁

“恁”字在俚曲中共出现了22次(如果不计《琴瑟乐》是21次)。其中10次是指示代词，12次是第二人称代词。表第二人称的12例中，只有1例作主语，其他都是作定语。作主语的例子是：

①万岁起的身来说道：“恁又不说长，又不道短，是待弄什么鬼儿算计我么？丫头们快去罢，我待关门哩。”(《增补幸云曲》第十七回)

在作定语的11例中，只有1例是普通的定语(下例②)，其余10例都用在称谓词前。如：

②公子拜毕，江城上，徐氏说：“我儿，从今以往恁家里去了，等我嘱咐你几句。”(《禳妒咒》第八回)

③那珊瑚罢，他是乜东人么？我有饭给他吃，我只顾留着他，你待雠着

我罢？谁是恁那媳妇子，济你怎么揉搓哩？(《姑妇曲》第一段)

④我三十四岁被贼掳，十七八年离了家，恁哥刚才吐噜话。你那时还在怀里，忒也小记的甚么。(《翻魇殃》第九回)

⑤对月搬回家，对月搬回家，尖嘴嫂子喊哩咱。他说您姑娘，又早奶膀儿乍。那日到你家，那日到你家，恁两口子光景是怎么？(《琴瑟乐》)

此外还有“恁弟妇”(《翻魇殃》第十二回)、“恁师傅”(《禳妒咒》第二回)、“恁丈母”(《禳妒咒》第八回)、“恁大嫂子”(《禳妒咒》第八回)、“恁大嫂”(《禳妒咒》第十回)、“恁高大叔”(《禳妒咒》第十一回)、“恁大叔”(《禳妒咒》第十四回)。

总的来说，“恁”的用法是与“您”一致的。只有《琴瑟乐》一例中“您”“恁”并现，两者用法也略有差异：“您姑娘”是嫂子对小姑子的称呼，从子称，即孩子的姑；“恁两口子”相当于说“您(你们)两口子”，是普通的第二人称的用法。

从现代山东方言来看，相当于“您”的词有两种读音：一种是大部分地区读 nen(具体音值多数读[nə̃]上声)，这与河南等地的读法一致；另一种是读 ngen ([ŋə̃]上声)，这种读法主要分布在淄博到潍坊西部这一片不大的区域，今淄川方言即属此类，不过读成了 ngei([ŋei]上声)。“您”读 ngen 我们认为应该是从 nen 变过来的：因为方言中读 nen 的仅此一例(“嫩”山东方言中一般读 luen)，独木难支，在语音系统性的影响下读成了相近的 ngen(不计声调，同音的有“恩”“摁”两个常用字)。仍旧读 nen 的则是没有发生这种变化。在读 ngen 的地方只能写作“您”，而在读 nen 的地方一般写为“恁”(关于“恁”的指示代词用法下文再讨论)。

上面用“恁”的 11 例，并没有表现出特别的语音条件。我们推测，这应该是蒲松龄无意为之，即一般用“您”字，偶尔借用读 nen 的形式写作“恁”。

第三人称代词主要是表单数的“他”和表复数的“他们”。其中“他们”在俚曲中共出现 13 次。此外，就是带书面语色彩的“其”和“之”。指人的旁称代词有“别人”“旁人”“人家”。这些词的表现与现代一致，所以这里不再讨论。

## 二、指示代词

聊斋俚曲中基本的指示代词有表近指的“这”，表远指的“那”和“乜”，另外还有几个合音的形式。“这”的特点与现代方言一致，这里不再讨论。

### (一)那

“那”在现代是北方话中很普通的指示代词，与“这”相对，表示远指。俚曲中的“那”字用法比较丰富，特点鲜明。在俚曲中，其用法可以分为六种。其中，有的是语气词(现代一般写作“哪”)，有的是疑问代词，我们在后文相应位置讨论。这里只观察语气词和疑问代词之外的“那”的四种用法。

以今鲁中方言视之，其余的“那”可分为两大类：一类不读轻声，是表示远指的指示代词，即同于普通话的“那”；一种读轻声，不表远指或没有明显的远指的含义，而是另有作用。下面分别讨论。

1. 今不读轻声、表指示的“那”

不读轻声、表指示的“那”与普通话基本相同。如：

①张炳之的老子曾在陕西做生意，住了二十多年，生了一女，就在那里合人家做了亲。(《慈悲曲》第一段)

②张老说：“你不知那两个畜生劝化不的，你有甚么妙法?”(《墙头记》第二回)

③令尊那二年，三十两、二十两，一年十数回，去敝铺倾销。(《墙头记》第二回)

④张大二人正跑：“呀，那不是王银匠来了?”(《墙头记》第四回)

⑤正走中间，见一道大河，河上一座桥，桥那边一路花草。(《翻魇殃》第六回)

如果说聊斋俚曲中表指示的“那”与普通话的“那”有差异的话，主要是因为俚曲中还有一个表远指的“乜”，两者有些交叉和细微的差异。这一点请参看下文关于“乜”的讨论。

此外，“那”还有两种用法：

(1)表示“那里”，指处所、位置。相当于“那里”或“那儿”。如：

⑥帐里许多门下客，爹爹在那管文书，见了就把家谱叙。(《翻魇殃》第十回)

⑦老头儿在这里说，俺在那听，又待将奴宰烹，又待将奴怎生，揭开眼罩咱就踢蹬。(《禳妒咒》第十回)

(2)起连接作用，相当于“那样”“那样的话”。如：

⑧李氏说：“爹，再坐坐，就不吃酒，再吃杯茶。”李老笑说：“茶里可休加蜜呀。”张大说：“那苦苦的怎么吃?”(《墙头记》第一回)

⑨若是有钱不借给你大相公呱，那可就是一个狗！(《翻魇殃》第四回)

现代普通话中的“那”也有起连接作用的用法(也可以说成“那么”)，但一般没有表示“那里”的意思。

2. 今读轻声、没有明显指示意义或不表指示的“那”

这种今读轻声的“那”又有四种用法：

(1)用在作主语或宾语的名词性成分之前，没有明显的指示意义。在这种情况下，“那”字可以去掉而意义不变，今普通话中一般不用“那”。如：

①我今说一件兄弟贤孝的故事，给那世间的兄弟做个样子。但只是里边挂碍着那做后娘的。(《慈悲曲》第一段)

②本朝就有一个人，可以比那王祥，他兄弟就可以比那王览。(《慈悲曲》第一段)

③人人都说张炳之既没有汉子给那孩子作主，就不该寻后老婆。(《慈悲曲》第一回)

④李氏……进去门往里正走，那赵大姑一眼看见，流水迎来说……(《慈悲曲》第三段)

⑤魏名见他没动静，又对着仇福着实条陈那不分的利害。(《翻魇殃》第三回)

⑥譬如巴豆、信石，用在那好人身上，就是毒药。(《俊夜叉》)

⑦两个折辨了一回，仇福撅着那嘴去了。发恨说：“既不分家，我还给别人攒家当!”(《翻魇殃》第三回)

⑧于氏也告诉不出口来，只是鬅松着那头哭骂。(《姑妇曲》第一段)

⑨臧姑怒极……就骂：“忘八科子，可自在了! 唠着给俺那假银子，亏了没转出夹棍来!”(《姑妇曲》第三段)

⑩给俺老婆做的通红的袄，娇绿的棉裤，扎挂的合那花鹁鸽一样，人人看着齐整。(《禳妒咒》第二十四回)

这种“那”其实是可有可无的，不是语法上所必需的成分。比如例⑦的“撅着那嘴”，在其他地方也可以直接说“撅着嘴”，如《慈悲曲》第四段：“张讷一来又弱，二来又饥，撅着嘴，在炕上仰着。”《姑妇曲》第三段：“两口子映嗤了半日，光见瓦石，并不见银，气把头兴全没了，撅着嘴去了。”《俊夜叉》：“放着籴米不籴米，痴心只望去赢人，如今剩了一条棍。空着身无的可弄，撅着嘴回上家门。”特别是《姑妇曲》一例，同样是在“去了”之前，却没有用“那”字。

从今鲁中方言的情况来看，主语前的“那”一般已很少出现，但宾语前的“那”仍常用。如说“拿着那书走了”(＝拿着书走了)，“手里抱着那孩子”(＝抱着孩子)。一般用于陈述过去或现在正在发生的事情,不用于将来时。宾语前用“那”与否在语气上略有差异:用“那”时语气略舒缓,有时略带贬义。

(2)用在名词性定语和中心语之间,表示领属关系,大略相当于表领属关系的“的”。如:

①妈妈叹了一回,取了他那孩子的一双旧鞋来,给他换上,才叫他去了。(《慈悲曲》第一段)

②赵大姑说这不消,俺那叫驴大又高,您妗子呀,飞颠飞跑岂不妙?(《慈悲曲》第三段)

③张讷说了一遍,张老爷点一点头,说道:“哦哦! 你那嫡母姓嗄呢?”(《慈悲曲》第六段)

④张大说:“我那袍子,就许你常穿么?”(《墙头记》第三回)

⑤太公上云:“咱那媳妇子才说嗄来?”夫人云:“说起来可也喜人。”(《禳妒咒》第二十八回)

⑥咱每日念佛,毫没效验,听说他媳妇子把他那肉都铰下来了!(《禳妒咒》第二十七回)

⑦仇禄回来,对他娘合他姐姐,述了述公子那话。(《翻魇殃》第六回)

⑧姜娘子掀开一看,说:“我那两件衣裳没了。”(《翻魇殃》第九回)

⑨真正蹊跷,真正蹊跷,又不是行者那猴毛,可怎么到咱手,就变的没人要?(《姑妇曲》第三段)

⑩亏了我那面皮混,没似你骂的忒也甚。进的门来就是吵,口口声声不长进。(《俊夜叉》)

有些名词作定语的时候,也用“的”。如《慈悲曲》第一段:“他的结发妻是姓王,娶了二年多,遇着达子放抢,掳了去了。”《慈悲曲》第一段:“这张炳之娶了这个老婆,实指望给他看着孩子,谁想那李氏的性子极残。”后例中“李氏”前面已经用了一个“那”字,这种情况下后面就不再用“那”而用“的”了。

(3)用在作定语的“动词+的”之后。如:

①俺爹,你化的那锞儿呢?(《墙头记》第三段)

②仇禄大喜,即时写了手本,拿着道里考的那文章来,合他姐姐说。(《翻魇殃》第五回)

③连骂又带诮,数瓜又数枣,扎的那横亏,一霎说不了。(《姑妇曲》第一段)

④这不是你每日夸奖的那媳妇？这不是每日孝敬你的那媳妇？(《姑妇曲》第二段)

⑤包起你为人的那蓝绢袄，我还有撒脚的鞋一双，尿鳖儿还没处放。(《禳妒咒》第三回)

⑥就像腌坏了的那螃蟹，久不吃了，脐子都沙了。(《禳妒咒》第十三回)

⑦骂江城好畜生，说的那话缠不清，著你气杀我樊子正！(《禳妒咒》第十三回)

⑧你看他作的那精儿，弄的那鬼儿，做的那事儿，人人眼里看不下。(《禳妒咒》第十五回)

⑨高立拿的那字烧了罢。(《禳妒咒》第二十二回)

⑩打发书房的那鸡蛋，从清晨舂在锅里……得去看看。(《禳妒咒》第二十四回)

动词作定语时也可以只加“的”不再加“那”。如《禳妒咒》第三十回：“从那日你去了，做的事儿口难学，说来也被傍人笑。”《禳妒咒》第二十七回：“那里拿不了的东西，叫个人去，你看着搬搬的罢。”

(4)用在比喻句中的喻体后面。如：

①谁说！每日穷的合那破八万那似的，他那里的钱？(《墙头记》第二回)

②割了肉来胡触送，终朝每日瞎作蹬，弄的天那大窟窿。(《俊夜叉》)

③若起的咒誓天那大，娘子不要生气罢。(《俊夜叉》)

④到了清晨，姜娘子才说：“你没了魂了么？从夜来迷迷殃殃的！”仇福说：“吃了一宿酒，合失了困那是的。”(《翻魇殃》第二回)

⑤待怎么处治哩？处治了罢！割了头，碗那大小一个疤啦！(《禳妒咒》第十回)

这里的“那”似乎可以看作普通话中最为接近的“那样”。如例②可以理解为“弄的天那样大(的)窟窿”，例③可以理解为“起的咒誓天那样大”，例⑤可以理解为“碗那样大小一个疤啦”。但是，请注意例①和例⑤在后面有“似(是)的”的情况下，“那”再解释为“那样”就不通了，特别是例①喻词前面已经出现了“那”字。并且，上述例中“那”字之前的字都收 n 尾(天、困、碗)，“那”字可以解释为“啊”在韵尾 n 后的音变。所以，我们可以认为，喻词后面的“那”只是一个语气助词，大体相当于书面语“……也似的”结构中的“也”。

上述四种情况下的“那”，除了用在喻体后表语气之外，其余都可以认为是从指示代词的用法发展而来的。比如，在与上述表示领属关系的“那”同样的情况下，有时候会出现用“那个”而不用“那”的例子，有时还会出现“那”与上文或下文“这”对照的情况。如：

①他汉子以先合了一个混帐老婆，原说是做妾，待了一年，又娶了一个大婆子，生了一个儿，也有小讷子那大小，他娘就死了，那个混帐科子就占了大。那科子是以前来的，这孩子不是后窝里么？（《慈悲曲》第一段）

②张大官倒回来泪流腮上，我那个好兄弟比不的寻常，不知是那一个神圣来下降。（《慈悲曲》第四段）

③况且江城我那个俏心肝，变成了一个贤人了，给他买妓收婢，不多大时节，就生了个白胖小厮。（《禳妒咒》第三十二回）

④拿鞭子打俺那膝盖儿，棒槌敲俺这骨头儿，拳头打这脑袋儿。（《禳妒咒》第二十四回）

**(二)乜**

聊斋俚曲中，还有一个指示代词“乜”，作用与“那”类似，主要有以下三种用法：

1. 指示代词

与“那”一样，“乜”也是表示远指。从今鲁中方言来看，“乜”“那”并用时，“乜”用于指代稍近些的事物，“那”用于指代稍远一点儿的事物，因此可以称为“中指”；但是如果不是与“那”并用，则“乜”只是表示远指而已，与“这”相对。在俚曲中我们还没有发现“乜”与“那”并用分别表示距离说话人远近的例子，还不能确定起指示作用的“乜”与“那”的区别。下面是几个例子：

①乜孩子不够一揸，不为他娘也为他达，那棍子怎忍落的下？（《慈悲曲》第二段）

②我每日待找他没点闲空，他倒反上门来瞎胡寻逞，该把乜科子撕一个罄净！（《慈悲曲》第三段）

③张大说：“是乜冷么？你忒也虚喝！”（《墙头记》第二回）

④我说道你不敢，给你把钢刀也咋不着俺。不是说句啦咀的话，你有那心没乜胆。（《俊夜叉》）（注意“那”“乜”并用，所指为同一远近）

⑤乜丫头（按：指春香）居然是代把夫人做，他给了俺儿圆下房，如今又产麟儿……（《禳妒咒》第三十一回）

⑥范栝说：“你乜个给我写上罢。”二相公说：“雷同了怎么了？”（《翻魇

殃》第七回)(“乜个”指二相公的卷子)

⑦仇祜说:“你乜女人家,出头露面的怎么告状?”大姐说:“何妨?”(《翻魇殃》第五回)

注意:例句中⑦中“你”与“女人家”是同位语,都是指大姐,如果用普通话来说,应当说成“你这女人家”。

2.加在主语或宾语前,意义虚泛,指示意味不明显的“乜”

例如:

①虽有巴掌不能扬,从今汉子不受降,俺就许下杀乜羊。待要攮俺折了锥,待要扎俺折了针,俺就许下杀乜鸡。(《禳妒咒》第一回)

②于氏说:“俺姐姐,你说起来我就不是乜人!”(《姑妇曲》第二段)

③李氏知道,又来吵骂说:“你推佯死,又捣那臭鬼!难道乜孩子着虎衔了去,还有活的么?”(《慈悲曲》第五回)

④丫鬟去把角门叫,你叠起乜衣裳卷起那毯条,看不真就把灯儿照一照。(《禳妒咒》第二十七回)

注意:本例“乜”“那”并用,所指没有区别。

3.用在表领属关系的定语和中心语之间的“乜”

例如:

①老杂毛,老杂毛,我把你乜小筋抽一条!(《慈悲曲》第一段)

②乌龟头你比那囊包的还赛,自家乜小厮还叫不了来,每日家里装汉子,你还要出外!(《慈悲曲》第二段)

③叫哥哥你休胡吧,怎么咱爹来了家?说的乜是那里话!哥哥乜话我不信,只怕是那眼睛花,银子没曾从天下。(《翻魇殃》第十一回)

④要你乜身子往上长,听我把你故事讲。(《俊夜叉》)

今鲁中方言中,“乜”表指示时不轻读,不表指示时读轻声。

今山东半岛的烟台、威海一带,远指的指示代词一般用“乜”不用“那”,而淄川以西的济南等地只用“那”不用“乜”。淄博一带、东营、潍坊等地处东西之间的方言既用“那”也用“乜”。我们认为,至少是从鲁中到鲁东,山东方言中的远指的指示代词本来是“乜”,后来西部受到强势方言“那”的影响,全部改用“那”;鲁中地区“乜”“那”叠置;而烟台、威海一带尚未受到“那”的扩散的波及,保留了原有的指示代词“乜”。

聊斋俚曲中的“乜”和“那”的并存,说明在清代早期,远指的指示代词已经呈现两者叠置的状况。

今淄川方言中，还有两个合音形式的远指代词，一个读“囔”[naŋ]（阴平），一个读[ȵiaŋ]（阴平）[①]。前者是“那样”的合音，后者是“乜样”的合音。连合音都有两种，说明“乜”“那”并用方式的生命力还是非常顽强。

《醒世姻缘传》中也有“乜”字，但只出现过7次，其中2次“乜乜屑屑”（四十三回、六十一回），1次“乜乜斜斜”（六十六回），1次“乜乜泄泄”（七十二回），1次“乜乜踅踅”（四十三回）。上述4种中“乜”均为构词成分，且“乜乜屑屑”“乜乜斜斜”“乜乜泄泄”“乜乜踅踅”当是同一个词的不同写法。另外2次是：

①狠的把手在狄希陈脸上指了两指，说道：“这要是你爹这们‘乜谢地宁头’，我也要打！”（第五十二回）

②人嫌他汗气，我闻的是香；人说他乜蔑，我说是温柔。（第八十回）

这些用法与《聊斋俚曲》中“乜”字的用法均不相干。

**(三)恁么**

聊斋俚曲中有“那么”，共9例，相当于“那样”，表程度、状态或方式。如：

①且说珊瑚到家，合庄里都喜，无论同姓异姓，都拿着礼物来看珊瑚，就是娶个新媳妇来，也不能那么热闹。（《姑妇曲》第三段）

②虽然也养活他那么大小哩，还得察访他察访。（《慈悲曲》第二段）

③依你说，就是你好。你既那么好，我去了，你给您兄弟做个老婆不的么？（《慈悲曲》第三段）

④每日来到那么晚，说你做个什么茧？家里等你去卖地，既至回家没也板。（《俊夜叉》）

⑤那不过是恨极了，只是那么说就是了。（《翻魇殃》第九回）

⑥您那个行货子，你那么打他，可怎么我听的说他还合你极好呢？（《禳妒咒》第十六回）

“那么”没有普通话中连词的用法，“表示顺着上文的语意，申说应有的结果或做出判断（上文可以是对方的话，也可以是自己提出的问题或假设）”（《现代汉语词典》）。表示这一意思的词是“那”，参见上文关于“那”的讨论。

俚曲中还有一个与“那么”用法一致的“恁么”，共10见，也是表示程度、状态或方式。如：

---

① 没有声韵调全相同的直音字，如果勉强用汉字来记的话，应该用“纽四声”的方式：“娘阴平”。

①人人都说于氏有造化,就摊了恁么一个贤惠媳妇。(《姑妇曲》第一段)

②端相看着吴孝标致,又着他唱。吴孝红了红脸,说:"我不会唱。"恶虎说:"恁么一个俊人,那有不会唱的?"(《寒森曲》第三回)

③这厮恁么利害!我且问你,他家有多少人口?(《增补幸云曲》第五回)

④都是小二妮子起的心高了,每日等接皇帝,不想接了恁么个人!(《增补幸云曲》第十四回)

⑤你看人家,恁么大一堆银子,就尽做了胭粉钱!(《增补幸云曲》第二十一回)

另有一例作"恁":

⑥自蒙青盼,全无他念,况且是母亲的总管,又说是夫人的篦片。是恁大官衔,是恁大官衔,怎肯来床头相见?(《禳妒咒》第三十一回)

"恁么"的用例中有一例比较特殊:

⑦俺只是恁么,凭您去怎么,奏明了没有我的错。(《磨难曲》第三十五回)

本例中"恁么"单独作谓语,与"怎么"相对,是表示"那样(或这样)做"的意思。

上文提到,"恁"有第二人称代词的用法,相当于"您"。但这里的"恁么"与人称代词无关,应该就是"那么"的音变。今鲁西南方言中一般用"恁",不说"恁么"。《醒世姻缘传》中用"恁"表示"那么"的意思,也不用"恁么"。

今淄川方言中,有"那么","囔(阴平)""娘(阴平)",没有"恁么"的形式。那么,俚曲中的"恁么"是当时方言实际的反映还是外来成分的掺入呢?由于这个问题涉及音变问题,所以可能没有一般的词语那么简单。考虑到"恁么"是宋代就有的书面语词,所以我们暂时把俚曲中的"恁么"看作书面语成分。

**(四)其他**

1.真么

俚曲中有"这么",不过有许多处写作"真么"(有一处写作"真嚒"),共28次。其用法跟"这么"相同,只是反映了语音上的变化。如:

①今早晨来一遭,几乎冻的直了腰,绵衣和暖真么妙。(《墙头记》第三回)

②真么一个媳妇,是模样不好呀,是脚手不好呢?是不孝顺?(《姑妇曲》第二回)

③张炳之笑了笑说:"多少打他几下子罢,你就打他真么一些?"(《慈悲曲》第一段)

④您俩嫌我走的慢，我可只是真么捱，你虽是嫌我可爱。（《寒森曲》第六回）

⑤张爷南北长逃窜，谁知他还成了大东西，瞎眼丁就该真么治！（《磨难曲》第二十八回）

⑥哎哟！以后成了亲家了，还真嘹见外？（《禳妒咒》第七回）

今淄川方言中没有“真么”的说法。不过从寿光方言来看，“么”前的代词成分往往要发生音变。如：

这么 tʂə$^{21-55}$ mə$^{0}$→丈么 tʂaŋ$^{55}$ mə$^{0}$

那么 na$^{21-55}$ mə$^{0}$→齉么 naŋ$^{55}$ mə$^{0}$

乜么 ȵiə$^{21-55}$ mə$^{0}$→娘（去声）么 ȵiaŋ$^{55}$ mə$^{0}$

甚么 ʂə̃$^{21-55}$ mə$^{0}$→剩么 ʂəŋ$^{55}$ mə$^{0}$

多么 tuə$^{213-55}$ mə$^{0}$→当么 taŋ$^{55}$ mə$^{0}$

这些词都是受“么”声母的影响而滋生了鼻音尾，不过滋生的是后鼻音尾-ŋ。因此，“这”在“么”前发生音变滋生鼻音尾是可能的，即：tʂə＋mə→tʂəm→tʂən。而寿光则是 tʂə＋mə→tʂəm→tʂaŋ。

2.查

俚曲中还有一个“查”（邹本作“渣”）字，据邹宗良注是“这样”的合音。《增补幸云曲》第十五回：“没有盖子闭着口，暴上灰尘怎么顿茶？早知道查脏嫖你嗹？”邹注：“山东方言，这样。”

用“这样”来解释这里的“查”的确很顺。不过，今淄川一带方言中“这样”一般合音读“章”[tʂaŋ$^{214}$]（阴平），尚不知哪处方言读“查”。淄川一带方言中主要元音 *a* 往往读得舌位较低、较后，唇略圆，其后的-ŋ 如果弱化而脱落也是比较容易的。

其他的指示代词特点不明显，这里不作讨论。

## 三、疑问代词

聊斋俚曲中，普通的疑问代词如问人的“谁”、问物的“甚么”（有的曲目中写作“什么”，可能与抄写者习惯有关）、表指示的“那”（哪）、问地点的“那里”（哪里）、问数量的“多少”、问方式和目的等的“怎样”“怎么”等，特点不明显。下面主要看一下有特点的几个疑问代词。

**(一)以“多”开头的疑问代词**

1. 多咱(多喒)

“多咱”在俚曲中共出现了3次。下面是其全部例句:

①到了第二清晨,张诚早起来上书房开开那角门子,见哥哥已咱把各闹打扫了一大堆,还在那里扫。张诚说:“你看俺哥哥,你从多咱就起来了?”(《慈悲曲》第四段)

②江城云:“春香,天多咱了?”春香云:“五更了。”(《禳妒咒》第二十七回)

③故意声高,故意声高,骂声奴才好蹊跷。既差你送盘缠,怎么不早些到?好杂毛,好杂毛,今日晚了有来朝。你看是多咱晚,才把门来叫?(《富贵神仙》第九回)

例①和例②是单纯的表疑问,相当于“什么时候”。尤其是例②,是明确地问什么时间。例③的“多咱晚”,表达方式比较特殊,即使用现代方言也不能这样说,而应说成“你看都晚到多咱(什么时候)了,你才来叫门?”也可能是限于曲律的字数,才有了这样的表述。

“多咱”在俚曲中还有一次写作“多喒”:

④到家见了那个人,吆喝一声挣了腚。浑身打战似筛糠,不知这是那里的病?老婆说有森人毛,这话是真不是空。到多喒拔了他那毛,治了我的病,仔怕我就胆子硬。(《禳妒咒》第一回)

“到多喒”就是“到什么时候”,这里也不表疑问,而是表示将来的某个时候。

与“多喒”询问时间有关联的是“多大霎”。有3处用例:

⑤你看多大霎,天已黑了。(《禳妒咒》第二十回)

⑥分明更交四鼓,多大霎,又早是五更尽!(《富贵神仙》第十二回)

⑦交四更多大霎,又咱五更尽?(《磨难曲》第二十五回)

这几处的“多大霎”,都相当于“多大一会儿”,用反问的方式表示时间不长。在今方言中,可以用“多大霎”表示疑问。跟“多咱”不一样的是,“多咱”问的是时间点,而“多大霎”问的是时间段。

俚曲中询问时间点更多的是用“何时”,不过这显然是书面语的特点了。今淄川一带方言使用“多咱”。

《醒世姻缘传》中也用“多咱”。

2. 多拘远

“多拘远”用来询问距离。俚曲中只有2例,不过都是用在反问句中:

①张老说："我才暖和过来，在这里罢。"张二说："咱去罢，多拘远哩。"（《墙头记》第三回）

②休去了，咱家去吃的罢，多拘远哩。（《慈悲曲》第三段）

在今方言中，可以用"多拘远"直接问距离。今山东中东部地区直到渤海、黄海边上都有这种说法，如距离淄川将近千里的烟台一带也说"多拘远"。寿光方言把"拘远"说成"'今'远"，问距离说"多么今远"[①]，说距离较远是"大今远"或"老今远"（相当于"大老远"），说距离不算远是"不今远"，说两条线路距离差不多是"相仿的今远"。"今""拘"声音相近，而汉语中"近远"表程度的用法很早的出现了[②]，所以"拘远"存在着由"近远"音变而来的可能性；不过，寿光话中的这个"今"读阴平，声调与"拘远"的"拘"相同，所以也存在着"'今'远"是由"拘远"变来的可能性。

聊斋俚曲中也有一例"老拘远"。《慈悲曲》第六段："张老儿每日家不生不灭，忽然间人合马来了一大些，那里的贵公子将谁拜谢？又见两匹马尖指就来这，老拘远里下马，缨帽儿皮靴，少年英耀步乱趫，来到跟前叫了一声爹爹。"

《醒世姻缘传》中不用"拘远"。

3. 多大（小）

"多大"或"多大小"询问数量大小。直接表示询问的有 3 例：

①仲鸿说："童生有多大年纪的？"高季说："咱这临县中有一个刘太和，今年六十五了。"（《禳妒咒》第四回）

②皇爷说："那曹小姑不知多大年纪？出了阁不曾？"（《增补幸云曲》第五回）

③万岁爷气昂昂，叫王龙休逞强，你有多大小家当？（《增补幸云曲》第二十三回）

另有 2 例用在表反问语气的句子中，表示"不大""不多"：

④你看偺爹吃了多大点子，若是您达，从来没见东西，不知待餂多少哩。（《墙头记》第一回）

⑤张老说："这墙老高的，怎么上的去？"张大说："多大高哩，过来你试试。"果然把那张老挟起，往上一搁。（《墙头记》第二回）

还有 1 例是作宾语，不表疑问而是代指具体的大小：

---

① 寿光方言中"多么"音变为"当么"。

② 《汉语大词典》"近远"表远近的程度引例有晋代、唐代、宋代等语料。

⑥丈人劝你是为你(此处当遗"好"字),你的性儿便发了;断了往还这几年,不知外孙多大小。(《俊夜叉》)

下例是用在"不"的后面:

⑦况且江城我那个俏心肝,变成了一个贤人了,给他买妓收婢,不多大时节,就生了个白胖小厮。(《禳妒咒》第三十二回)

"不多大时节"指不长时间。

另外,"多大霎"的用法在讨论"多咱"时已经提到了。

今方言中仍用"多大(小)"来疑问数量大小。寿光方言说成"多么大(小)"。

**(二)囃**

"囃"现代一般写作"咋"。不过据我们所知,山东各地方言中有无"咋"、"咋"的意义如何是不一致的。为了便于比较,我们先看《现代汉语词典》中的"咋":"zǎ〈方〉代疑问代词。怎;怎么:~样|~办|你~不去?"其中,一是指出了其方言性质,二是表示"怎么"的意思,三是读上声调。我们可以把《现代汉语词典》所释的"咋"视为"怎么"的合音。并且,根据《现代汉语词典》收录和解释方言词的一般规律,这应该反映的是方言词"咋"的一般表现。

今淄川方言中也有"咋",《淄川方言志》释为"怎么"。不过和《现代汉语词典》所释的"咋"有区别的是在语音上,"咋"在淄川不读上声而读去声。换言之,《现代汉语词典》的"咋"与"怎(么)"同调,而淄川方言的"咋"与"怎(么)"并不同调。

我们来看一下俚曲中的"囃"特点如何。

俚曲中的"囃"有三种用法,其中第三种是语气词。我们先看一下前两种用法,在俚曲中共65例。

(1)疑问代词,做什么。下文称"囃[1]"。俚曲中共26例。如:

①张炳之说:"罢,你去就去,若是弄的不好,可不也找我。"李氏嗤了一声:"找你囃?指望你那汉子么?给人出气哩。"(《慈悲曲》第二回)

②仇祜慌了,扶着头捶了阵子,(母亲)才醒过来了,说:"我才自在了,您又待捶过我来囃?"(《翻魇殃》第四回)

③凑到近前看了看,施转着待往桌上扒,二姐忙问你待囃?一声休不曾说出,乒的声成了些木渣。(《增补幸云曲》第十五回)

以上①②两例都有询问目的的意思,相当于普通话中的"干什么"。例③是单纯地询问要做什么事情。

(2)疑问代词,怎么,怎样。下文称"嚾[2]"。俚曲中共39例。如:

④慧娘说:"我嚾情着住屋来?姐姐只管大事,家里的事,不用姐姐管。"(《翻魇殃》第八回)

⑤我说道你不敢,给你把钢刀也嚾不着俺。(《俊夜叉》)

⑥我又不曾得罪他,凭我那娘子嚾处分。(《禳妒咒》第十八回)

⑦客房里有了客,给了东西着咱去做,咱可不要傻着头就做,先伸头儿去瞧瞧那客,看嚾样的个客。(《禳妒咒》第二十四)

⑧那么个人儿一霎变成了圣贤,嚾不叫人喜欢,嚾不叫人喜欢!(《禳妒咒》第二十七回)

⑨投信是破上做,他待能把我嚾!(《富贵神仙》第四回)

⑩既然有本领要告官,觉着不好一溜烟,今日杀了人嚾不颠?(《富贵神仙》第六回)

以上例子中,例④⑤⑩都可以直接说成"怎么",其中例④和例⑩是询问原因,例⑤的"嚾不着"相当于说"奈何不了"或"奈何不到","嚾"(怎么)表示的是无论怎样做。

其他例子都可以直接说成"怎样"(如何)、"怎么样"(例⑦已经带有"样"字)。例⑨中的"嚾"在意思上与例⑤相同,但由于处在句末,所以只能是对应"怎样"而不是"怎么"。

对比今淄川方言中的"咋",按照《淄川方言志》的描写,只有相当于俚曲"嚾[2]"的用法,而没有"嚾[1]"的用法。不过在今寿光方言中,疑问代词"咋"与淄川方言正好相反:基本上只有俚曲"嚾[1]",而没有俚曲"嚾[2]"的用法。如:

你待咋?(要干什么)

你上北京咋?(做什么、为什么)

你夜来咋去来(干什么去了)

上述例子中的"咋"如果是用在疑问句的句末,一般读阳平(寿光方言阳平读53调),在句中则读去声。寿光的"咋"是"做啥"的合音,上述例子中的"咋"都可以说成"做啥"。

但是相当于例⑤和例⑨的情况下,寿光也用"咋"(后面都要有"着")。如:

你再厉害也咋不着我

你能把我咋着?

这也说明例⑤和例⑨虽然可以对译成"怎么",但这里的"怎么"并非普通的表示目的、方式等的“怎么”,而是可以带宾语、表示采用某种方式来行动的意思。这种情况下的“咋”,寿光也读去声。

不过例⑤和例⑨寿光也可以用“怎么”①,如:

你再厉害也怎么不着我

你能把我怎么着?

俚曲中此类情况也可以说“怎么(着)”。如:

公子说:“你骂嗄哩!”江城说:“我骂了还骂,怎么着我!”(《禳妒咒》第九回)

老马说:“你就中了,怎么着本县不成!”(《富贵神仙》第二回)

例④和⑥⑦⑧⑩寿光都不能用“咋”。如:

*我咋情着住屋来

*任凭你咋处分我

*来了个咋样的客

*咋不喜欢他呢?

因此,从总体上来说,聊斋俚曲的“嗺”分别被保存在淄川方言和寿光方言中;反过来说就是,淄川方言的“咋”和寿光方言的“咋”相加,就是聊斋俚曲的“嗺”。

从“嗺¹”和“嗺²”表示的意义来看,如果说“嗺²”是“怎么”的合音,那么“嗺¹”就是“做嗄”或“作甚么”的合音(俚曲中有“嗄”,见下文)。

那么,蒲松龄时代淄川方言口语中的“嗺”是如同俚曲那样有“嗺¹”和“嗺²”呢,还是如同现代的淄川方言只有“嗺²”没有“嗺¹”呢?又,当时的“嗺¹”和“嗺²”读音上有没有差别呢?

俚曲中“嗺”共7次入韵,但有4次不属于疑问代词的用法,其中2次是“气嗺嗺”,2次是“听嗺”;只有3次是疑问代词“嗺”,其中2次分别见于《富贵神仙》第四回和《磨难曲》第十回,不过描写的却是同一情节,两段唱词也基本一致,韵字更是完全相同。下面是《富贵神仙》中的唱段:

共酒同茶,共酒同茶,拿着恶赖当闲吧。虽然是报仇心,却说的真实话。

公子咬牙,公子咬牙,这样贪官留他嗺?正是该割了头,拿在当街挂。

---

① 寿光方言中“怎么”音变为“zǎng么”。

这里的“嚹”是“嚹[1]”，表示“做什么”。

该唱段的曲牌是“叠断桥”，在俚曲中的基本格律是：

×××平，×××平，××××｜××平。××｜××平，××｜××去。

如《富贵神仙》第四回的另一唱段：

佳人在监，佳人在监，不觉光阴又一年。花炮闹喧喧，才知年头换。

锣鼓喧天，锣鼓喧天，元宵佳节万人欢；那知受罪人，哐哼到二更半！

因此，这里的“嚹[1]”应该是读平声的。因为是用在句末的位置，参照寿光的读音，应该读阳平。

另有一例见于《琴瑟乐》，与“下骂嗄大”为韵：

对对蝴蝶飞帘下，惹的大姐心里骂：急仔这回不耐烦，现世的东西你来嚹？伤心埋怨老爹娘，仔管留着俺做嗄？如今年成没小人，时兴的闺女等不大。

该韵段押的是同调的韵，所以“嚹”应该读去声。不过这里的“嚹”也是“嚹[1]”，所以尽管与今淄川方言“咋”的声调相同，但意义及用法并不同。

总之，俚曲中“嚹[1]”或读平声，或读去声，都不读上声。

从俚曲中的使用来看，尽管“嚹[1]”比“嚹[2]”数量略少，是2∶3(26∶39)的比例，不过差距并不是太大。我们倾向于认为这是方言口语的反映。首先，从“咋”表示的意义来看，“咋”表“怎么”是更多方言的特点，而表“做甚么”是少数方言的特点(如济南话即不用“咋”来表示“做什么”)，蒲松龄自己不说而采用这种说法的可能性要很小。其次，从“嚹”的今淄川读去声来看，不像是从“怎么”合音而来，更像是从“做啥”合音而来(“做”读去声)。如果没有经历过“嚹”表“做什么”这一过程的话，那“咋”读去声就是不好解释的。

因此，我们认为，聊斋俚曲中的“嚹”反映了清代早期淄川方言中合音疑问词“嚹(咋)”的两个使用特点：一个是“做什么”的合音，一个是“怎么”的合音。后来在演变中，淄川方言保留了与其他多数方言类似的“咋”的表示“怎么”的用法，而把表“做什么”的用法丢掉了。不过，在两者并存期间，其读音发生了合并，都读成了去声调。

聊斋俚曲中的“嚹”还有非疑问代词的用法：一是用于“气嚹嚹”一词中，同“气咂咂”，表示非常气愤的样子；二是用在句末表示语气，相当于“着啊”，疑是合音。下面各举一个例子：

二相公气囃囃,骂范栝太诈煞,不知让你是为嗄!(《翻魇殃》第七回)

仇牧之泪如麻,叫我儿你听囃,我可说说前后话。(《翻魇殃》第九回)

《醒世姻缘传》中没有“囃”(咋)。

**(三)嗄**

“嗄”是疑问代词,今写作“啥”,一般认为是“什么”的合音。《现代汉语词典》释“啥”为:“shá〈方〉代疑问代词。什么:到~地方去?|有~说~。”不过与“咋”一样,在山东方言中,有无“啥”、“啥”的意义和用法也不一致。如淄川东面的邻县临朐就没有“啥”。同样反映山东方言特点的《醒世姻缘传》中,也不用“啥”(嗄)。

今淄川方言有“啥”。《淄川方言志》:“ʂa$^{31}$什么:看的~书|干~的?|吃~也不便宜。”31是淄川话的去声调,与《现代汉语词典》的标音不同。“啥书”是作定语,“干啥”和“吃啥”都是作宾语。

“嗄”在俚曲中都如字,只有在《戏三出·闹馆》中有一次写作“啥”。下面只观察俚曲中的“嗄”。

从“嗄”在俚曲中的使用来看,基本特点与“甚么”相同。下面仅举几个例子:

①李氏见他不吐口号,就拿极红了脸说:“那孩子是俺的孩子呀,该别人嗄事?”(《慈悲曲》第三段)

②兄弟爷娘,兄弟爷娘,我若成人他面有光;做不下媳妇来,嗄脸把家门上?(《姑妇曲》第一段)

③家里一个老头子,饥饱与他嗄相干?(《墙头记》第四回)

④你家里娶了极好的美人,又贤惠,招管的他极受用,他可待来这里做嗄呢?(《慈悲曲》第二段)

⑤家当是大家夥里的家当,为嗄都着他自己费了?(《翻魇殃》第三回)

以上都是“嗄”表疑问的例子。与现代汉语中的“什么”一样,“嗄”也有不表疑问而表任指或虚指的用法。如:

⑥张炳之一眼看见,吃了一惊,说:“哎哟!你有病来么?”张讷说:“我没有病。”张炳之点了点头,也没说嗄。(《慈悲曲》第一段)

⑦张讷见他姑骂他爹,便说:“我这来,就是俺爹叫我来的。”他姑说:“叫你来做嗄来?”张讷说:“没嗄做。”他姑说:“这就奇呀,没嗄做,怎么叫你来来?”(《慈悲曲》第二段)

需要注意的是，俚曲中的“嗄”在作宾语的时候，一般都可以用普通话的“什么”来替换，但是其虚化的程度更高，有些句子中可以用“东西”之类名词来替换。如：

⑧臧姑也不管，哭叫摣下来了镢镢头，待自家拿去换烧饼。大成慌了，叫二成来说：“你对您媳妇子说，我这里做着饭哩，着他等等罢。一个新媳妇子出去换嗄吃，咱就见不的人了！”（《姑妇曲》第二段）

上例中的“换嗄吃”就是“换东西吃”。

⑨（大姐回来，合他娘说着新弟妇的好处：）一貌如花，一貌如花，远近何人跟上他！不但人物精，又极会说话。虽是大家，虽是大家，温柔软款不矜夸。比着小人家，着实知道嗄！（母亲）徐氏说：“可说呢，算是极知道嗄。”（《翻魇殃》第七回）

上例中的“着实（或‘极’）知道嗄”是指非常懂做人的道理。

⑩（保正领人去张鸿渐家捉拿逃犯，结果被张家）把人拿，把人拿，外头跑了十二三。抓住了五六个，打了够二百下。好大开发，好大开发，还要拴去送官衙。（因为并没有在张家搜出逃犯）那保正也讨罴，说不的一点嗄。（《富贵神仙》第九回）

“说不的一点嗄”是指“说不出任何的反对的理由”。

在淄川附近有卷舌型儿化的地区，这种相当于“东西”的“啥”，往往读成儿化的形式“啥儿”，而一般的“什么”是不能儿化的，这可以说明这种“啥”虚化的程度比普通话的“什么”要更高。

关于“嗄”的读音，我们也可以先看一下俚曲中押韵的情况。

“嗄”在俚曲中共有 25 次入韵，韵母读 a 毫无问题，因为它总是与“家麻韵”的字通押，如“罢花架纱茶他下家骂抓打”等；我们主要看它的声调，是如《现代汉语词典》所标的那样读阳平，还是如今淄川方言那样读去声。

“嗄”字的押韵中，有 2 例是整个韵段全押去声韵的：《琴瑟乐》“下骂嚾～大”，《俊夜叉》“大罢～骂大下”。这说明“嗄”读去声，与今淄川相同。我们再根据曲律来看以下几个例子：

《姑妇曲》第二段“他叉～佳差话”为韵，“嗄”出现在去声位置上。

休了他，休了他，谁想娶了个母夜叉！不惟说见面羞，方且是可说嗄。跑了为佳，跑了为佳，分明母亲做事差，好合歹难出口，出上个不说话。

该唱段曲牌为“呀呀油”。该曲牌的格律是：

××平,××平,×××××××平。×××××平,×××××去。×××平,×××平,×××××××平。×××××平,×××××去。

如《姑妇曲》第二段的另一韵段:

我的娘,我的娘,说您婆婆好装腔。你若是好奉承他,越发弄他那像。不识臭香,不识臭香,索性照着掘他娘!他不过也是人,我看他有甚么账!

再如《增补幸云曲》第十回以"抹差乍煞～家"为韵:

一秤金把脸抹(原注:叶"麻"上平声),叫贱人你忒也差,歪头鳖脑的济着乍!吃穿二字你不管,逐日把我巴结煞,世间要你中做嗄?今后晌若不接客,准备着打发你归家!

该唱段曲牌为"耍孩儿"。按格律要求,应有6个韵脚,其平仄为:平平去○平去○平(请参看本书第二章关于声调的讨论)。"嗄"出现在去声位置。

再看一个曲牌"叠断桥"的例子,其格律是:"×××平,×××平,××××|××平。××|××平,××|××去"。

《蓬莱宴》第五回"嗄"出现在去声位置:

说的不差,说的不差,那时坚持不听他;谁想到今日,由了他那话。恨死回家,恨死回家,回家依然抱娃娃;但只是进门去,见了他可说嗄?

我们可以肯定地说,俚曲中的"嗄"应读去声,与今淄川方言相同。

## 第二节　聊斋俚曲中的助词

本节讨论《聊斋俚曲集》中几个有特点的助词。

### 一、的

#### (一)"的"作为结构助词的一般用法

"的"在俚曲中的基本用法是与现代北方方言一致的,最常用的是作结构助词。主要是:(1)用在定语和中心语之间;(2)在动词、形容词或名词后构成"的"字词组,相当于一个名词;(3)"的"字还用在状语之后,即相当于"地";(4)用在补语之前,即相当于"得"。下面仅举几个例子(均出自《墙头记》第一回,不再赘述):

(1)用在定语和中心语之间。如：

①也是俺跟他吃饭，一年来见的腥汤。

②我的达他叫达，他的达我也叫达。

(2)用在其他词语后面，构成“的”字结构。如：

③天那天，但仔有一个好的，也还好过。

④我再说说我那穿的。

(3)用在状语和中心语之间。相当于“地”。如：

⑤一个母一个公，不怕雨不避风，为儿为女死活的挣。

⑥不时的你来看俺看，俺还有八十亩好地，也还能养活你几年。

(4)用在中心语和补语之间。相当于“得”。如：

⑦给他治下宅子地，还愁后日过的穷，挣钱来自己何曾用？

⑧身上衣服没人洗，虱子虮子都成条，一双鞋穿的底儿吊。

**(二)表示趋向的“的”**

聊斋俚曲中的“的”有一个特殊的用法：用在动词性词语后面，表示动作的趋向，相当于一个作趋向补语的趋向动词“去”。如：

①他老说：“我看你待会子再死了，你上那里逃生的罢。”(《慈悲曲》第一回)

②(李氏)对张炳之说：“孩子睡着些，我待去找小讷子来的哩。”(《慈悲曲》第三段)

③张讷说：“我明日去取那蓝袄来穿的。”(《慈悲曲》第四段)

④他娘说：“甚么也好哥哩！谁知道他那里死的了！”(《慈悲曲》第四回)

⑤仇福到了家，姜娘子说：“一宿没来家，你做甚么的来？”(《翻魇殃》)

⑥话说那仇家自从那失火之后，处处俱是灰尘，进的看看，一片荒凉。(《翻魇殃》)

⑦(樊子正)忽的声倒了，不省人事。江城转身说：“你死就死的。”(《禳妒咒》)

⑧夫人云：你听听那里铙钹响，你媳妇必然去看和尚的。你且上屋里藏着的吧，俺待念佛去哩。(《禳妒咒》)

⑨(江城说：)……老王，你合老孙打上轿抬了他去，给太爷和太太叩头的罢。(《禳妒咒》)

⑩兰芳云：“我去取琵琶来的。”下，江城云：“你上那屋里听的罢，我待

睡哩。"(《禳妒咒》)

上举各例中,有些句子"的"前的动词前还有表趋向的"去"或"上"(①②③⑧⑨⑩),这里的"的"如果换成"去",那就变成"去+动词+去",似乎有些重复(尽管在现代汉语普通话中说"去买菜去"也未尝不可),在这种情况下把"的"看成一个助词也是可以的;但是,当前面没有表趋向的动词时(如④⑤⑦,例⑥"的"前有"进",但没有其他动词),整个句子的趋向义就是由"的"来表现的,是可以换成"去"的,如例⑧上一分句说"上屋里藏着的",下一分句说"待念佛去","的"与"去"恰好构成同义的两种表达形式。因此,我们认为,表趋向的"的"应是补语。

"的"的这种用法与今淄川方言一致。据我们所知,用"的"表示倾向的地点很少,主要分布在从淄博到东营、潍坊西部的一些地方。而俚曲中这种用法出现得非常多,具有非常鲜明的地方特色。

我们认为,"的"表趋向的用法应该是"去"字音变的结果。在北方方言的很多地方,作趋向补语的"去"读轻声,往往念成[tɕʰi]音(如北京、济南、淄川),因而与读作轻声的"的"[ti]音近。塞擦音声母的[tɕʰi]进一步弱化,就有可能读为塞音声母的[ti]。寿光方言中,将助词"的"读作[tɕi],这可以从反面证明了[tɕi]和[ti]是可以互转的。下面谈到用在差比句中的"的",在更多的山东方言中读作"起",也说明[tɕi]和[ti]的互转。

**(三)用在差比句中的"的"**

从山东的中部到东部的胶东半岛,广泛分布着差比句的一种不同于普通话的形式:甲+形容词+起+乙。如:我高起他/他矮起我。今淄川方言即属于此片区域。下面列举的是《淄川方言志》中的例子:

这件子衣裳肥起那件子

在屋里不暖和起在外头

吃饭先喝汤,强起开药方

聊斋俚曲中有大量的此类结构,不过在形容词之后使用更多的是"的",也有"起"或"及""其"。下面把这里的"的/起/其/及"统称为"关系词"。

用"的"的如:

①他爹听说泪两行,你跟着您姑强的您娘,娇儿呀,我近里还来走一趟。(《慈悲曲》第二段)

"跟着您姑强的您娘"的完整表达是"跟着您姑强的跟着您娘"。

②指头粗的咱这腿，咱可那里把他跟？（《翻魇殃》第六回）（这句形容对方家富裕，人家的指头比自己家的腿还粗）。

③我只说天下就没有大的卢龙知县的，谁想到了这等！（《磨难曲》第十四回）

④张大爷赏一百，强的人家赏一吊。（《磨难曲》第二十三回）

用“起”的如：

①那官司大起天，大爷到一霎完，这势力压倒了新泰县。（《寒森曲》第三回）

②埋怨老天不凑趣，一日长起十来日，捱过今朝又明朝，怎么叫人不生气？（《琴瑟乐》）

③这贱人们诮你佛动心接的不像皇帝，难道就不像个人？怎么说王龙家小厮强起我？（《增补幸云曲》第十四回）

用“及”的如：

①他的达强及俺达，他那达俊及俺达，他达就比俺达大。（《墙头记》第一回）

②珊瑚虽然强及如今的，只是可不如您那媳妇。（《姑妇曲》第二段）

③福、禄、寿三星献了一盘枣，都大及瓜；一盘梨，大及胡芦。（《蓬莱宴》第一回）

注意：例①中既有“甲＋形容词＋及＋乙”的句式，也有“甲＋比＋乙＋形容词”的句式。这也是现代山东中部和东部方言中普遍存在的现象：两种差比句式共存，并非只有“甲＋形容词＋起（及、的）＋乙”一种。例③中的“大及瓜”“大及葫芦”，不是指“达到瓜那么大（的程度）”“达到葫芦那么大（的程度）”，而是指“比瓜还大”“比葫芦还大”。

用“其”的如：

①休愁那亲事难成，情管找一个极俊的媳妇，还强其江城，还强其江城。（《禳妒咒》第七回）

②儿登科，儿登科，就是他爹待怎么？虽不如中一双，还强其没一个。（《磨难曲》第二十六回）

“甲＋形容词＋关系词＋乙”的差比句结构与古代汉语中的“甲＋形容词＋于＋乙”（如“苛政猛于虎”）相同。区别在于关系词。

“起/其/及/的”这几个关系词语音相近，应是同源词。它们都读轻声，所以

“起”“其”的声调差别不是问题(今淄川方言中两字的单字调亦相同);“及”与“起/其”的差别只在于送气不送气;上文分析过表趋向的“的”与“去”的语音关系,说明“的”是“去[tɕʰi]”的音变,同样,“的”也可以是“起[tɕʰi]”的音变。同时,从现代方言看,差比句关系词用“的”的地方与趋向补语用“的”的地方分布基本一致,也可以说明差比句中的“的”和作趋向补语的“的”一样,都是从“[tɕʰi]”音变而来,只不过一个是源于“起”,一个是源于“去”。

关系词“起”只是个记音字,与其字义无关(与“其”“及”“的”的字义就更没有关系了)。这与粤方言中的“过”(如:他高过我)不同,因为“过”还可以认为是有实义的。那么,“起”与古汉语的“于”是否有渊源关系呢?从语法作用上来说两者一致,关键在于语音上能否解释由“于”到“起”的变化。我们认为,这种变化的可能性是存在的。

“于”,《广韵》羽俱切,云母虞韵。上古应属匣母,如果按照李方桂先生的观点,应与群母一样,读 * g 声母。如果因为高频使用而其声母未发生“群→匣→云”的变化的话,那“于”在中古仍有读 * g 的可能,虞韵中古音是 * io,“于”的读音就是 * gio;在类似读音的情况下,如果因为弱化丢掉了主要元音,那就是 * gi,由 * gi 到[ki]或[kʰi](起)进而到[çʰi](如烟台)、[tɕʰi](如诸城)或[ti](如淄川)就没有大问题了。

当然,这里我们只是分析了差比句关系词“起”来源的一种可能性而已。“起”(的)的来源究竟如何,还需要更多资料的证明。

**(四)其他一些值得注意的“的”**

1.用在动词之后、介词“给”之前的“的”

普通话中带给予义的动词后面可以加“给”引进受益的对象,如“送给他一笔钱”“奖给他一支笔”。聊斋俚曲中,此类情况下要在“给”之前加“的”。如:

①公子叫了遅逻来,唱的给他娘听。(《磨难曲》第十一回)

②一个说道:“……咱还商议,这饭是该怎么讨法?”一个说道:“我可教的给你:……”(《磨难曲》第一回)

尽管俚曲中仅见此 2 例,不过这种说法在今鲁中方言中还在使用。如“送的给他一本书”“写的给他一封信”“说的给他听”等。

2.用在句中或句尾肯定事情已经发生的“的”

这种“的”,可替换为“了”。如:

①赶了个西关集,称的肉买的鸡,泼下菜倒上了一盅蜜。(《墙头记》第

一回）

②大姐做的饭给他吃着，又念诵他。（《翻魇殃》第九回）

③大姐去拾掇的饭米，大家吃了。（《翻魇殃》第九回）

④张巡说："长官到我衙门里吃杯茶何如？"……把门封了，让的万岁官厅坐下，细瞧了瞧，双膝跪下。（《富贵神仙》第十一回）

例④中的"让"是劝请的意思。"让的万岁官厅坐下"的意思是"把万岁请到了官厅坐下"。

今鲁中方言仍有此种用法。

3.用在指人的名词性成分与某种职务之间的"的"

表示某人取得或充当该职务。如：

①王龙……拿起骰子来，掷了万岁的一个令官。（《增补幸云曲》第十九回）

此处描写的是掷骰子决定行酒令时谁做令官，掷的结果是由"万岁"做令官。

这种用法仅此一例，不过今鲁中方言中仍使用。如"选了他的队长"（选了他当队长）、"他的队长，我的会计"。

4.用在陈述句末尾表示肯定的语气的"的"

这时"的"相当于语气助词。如：

①咱县里休说没有猴头、燕窝呀，爹，连那鱼鳖虾蟹，也是没有的呀，爹。（《墙头记》第一回）

②张老说："这墙老高的，怎么上的去？"（《墙头记》第二回）

③银匠说："敬访尊翁。才令兄说来了这边，在家么？"张二说："不曾来的。"（《墙头记》第二回）

这种"的"在今鲁中方言中一般已经不用，但在鲁南方言中还有使用。

5.用于动词之后，强调动词前的成分的"的"

如：

①妈妈叫他坐下，扳起他那脚来看了看，见那鞋没有底，有半截棘针扎在那脚心里。叹了一声："咳，我的儿！这是几时签上的来？又咱会脓了？"（《慈悲曲》第一段）

②我见了那固山，打东人一百鞭，招出魏名拉的纤。（《翻魇殃》第九回）

例①强调的是"几时"，例②强调的是"魏名"。例①在被强调的成分前有"是"，例②也可以在被强调的成分"魏名"前加上"是"："招出是魏名拉的纤"。

这种说法在今鲁中方言和普通话的口语中都存在。如:老王昨天来的淄川/他坐火车来的淄川/他和小李一块儿来的淄川。

6.用在作谓语或补语的描述性状的词语后的“的”

如:

①李老笑说:“茶里可休加蜜呀。”张大说:“那苦苦的怎么吃?”(《墙头记》第一回)

②怎么来到如今?鸡也烂了,饼也冷了,酒顿了两三回了,炉子旺旺的。(《墙头记》第三回)

③既真么大,俺也做监生,那秀才鸱头抉腚的,不做他。(《墙头记》第四回)

④珊瑚自从过门,无所不做;且是性情又好,呼气来呵气去的,就吆喝他两句,他也不使个性子。(《姑妇曲》第一段)

⑤婆婆难辞,婆婆难辞,大家趋小伏地的,只说是尽了心,他倒还不大自。(《姑妇曲》第二段)

⑥臧姑听的跑了来,也不怕大伯,骂二成:“贼杀的!你不来呀!”二成狗颠呀似的跟了去,只听的那屋里,“娘呀娘呀”的,动了腥荤了。(《姑妇曲》第二回)

⑦却说那些衙役正在那门前吵闹,只见来了一大伙子人,走的汹汹的。(《富贵神仙》第四回)

这种“的”前面的词不加“的”通常无法独立成句或不表性状、情状,可视为表示性状或情状的标记。今方言仍说。

7.用在作主语的正反并列的谓词性词语后的“的”

如:

①李婆子说:“我骂不骂的,该你甚事?撑甚么棍呢!”(《磨难曲》第十五回)

②是皇帝不是皇帝的,出上就依着他说。(《增补幸云曲》第二十六回)

这种“的”有话题标记的作用。今方言仍说。

## 二、着

### (一)“着”的普通用法

聊斋俚曲中的助词“着”有与普通话一致的用法,也有特殊的用法。这里先简单举例说明与普通话一致的用法。

(1)表持续体。如:

①那一时还支使着个小厮,白日给我做饭,黑夜给我看火,也还罢了。(《墙头记》第一回)

②老婆提着酒,端着东西。(《墙头记》第三回)

③大成巴数了一阵,墙上挂着一支鞭子,拿下来把珊瑚打了几下子,于氏那气才略消了。(《姑妇曲》第一段)

(2)用在连谓结构中的前一动词后,表示与后一个动作同时进行。前一动作多表示后一动作的方式或状态。如果前一谓词为形容词,则只表示后一动作的方式或状态。如:

①起初时,牟着蛇头实落去做衣买帽,傻着脖子当真的称肉杀鸡,恐怕不如家兄,我先讨愧。(《墙头记》第一回)

②这身衣服不堪夸,穿着做饭纺棉花。(《姑妇曲》第一段)

③做贼的抢着吃,夺着穿,怎么肯逃?(《磨难曲》第一回)

④万岁……遂即两手扭过那后襟来,把两个御腚垂儿兜的紧紧的,直着两根腿一步一步挨上楼去。(《增补幸云曲》第十六回)

⑤兄合弟齐下手,公同着出了窖。(《姑妇曲》第三段)

⑥咱且宿下,到明日还得快着走。(《磨难曲》第十八回)

⑦咱把这个《哭江秋》伙着唱给太太听听取笑罢。(《磨难曲》第二十三回)

**(二)表将来的时候或假设的条件的“着”**

将来的时候和假设的条件都是未曾发生的,所以两者有密切联系。

(1)表示“等……的时候(再进行下一步活动)”。

前面的动词或形容词性词语表示的是未发生的或虚拟的动作或状态,后面的动词表示在这种情况下要采取的行动。如:

①张老说:“我酒饭都勾了,您收拾家伙,天色已晚,歇息去罢。”张二说:“我等爹睡了着去。”(《墙头记》第三回)

有时候可以用在句末,这时后面尽管没有其他动词性词语,但下面将要采取的动作上文已经交代过了,意思还是很清楚的。如:

②(公子说:)“江城你赖了块,还输二十着,你支过钱来罢。”江城说:“再一盘着。”(《禳妒咒》第九回)

这种用法的例子在聊斋俚曲中比较少,不过在今方言中使用较多。如:

你吃完饭着我再和你说。

你下楼着把垃圾带下去。

你去买棵白菜去。——稍等等着。

(2)表示假设,相当于"……的话"。后面出现在假定的情况下会出现的结果。这种用法的"着"在俚曲中例子很多。如:

①前日他姐夫张石庵说,何家庄那何科道家,他有十三四的个女儿,极待合咱做亲。不就打听打听,若是人物好着,合他就做了也罢了。(《禳妒咒》第五回)

②珊瑚坚执不肯住下。何大娘说:"我儿,你待家去着,我也不肯留你。"(《姑妇曲》第二段)

③于氏说:"珊瑚虽然强及如今的,只是可不如您那媳妇。不知他嫁了没?"沈大姨说:"不知道。你若还待要着,咱打听打听。"(《姑妇曲》第二段)

④吃到三更天,仇福醉了,才送出来,说:"大相公,你不弃嫌着,你闷了就来找我。……"(《翻魇殃》第二回)

⑤他娘说:"你吃了饭了么?"姜娘子说:"吃了。"徐氏说:"你没吃着,我剩下的,你吃些罢。……"(《翻魇殃》第三回)

⑥却说那仇大姐买下东西,叫了个厨子伺候。他娘说:"他不来着,才着人笑哩。"(《翻魇殃》第七回)

⑦大姐说:"怎么费你的钱?若是娶你着,待不扎挂哩么?"(《翻魇殃》第七回)

⑧姐姐,你说,我这二年若是嫁了着,你待上那里找我的?(《翻魇殃》第九回)

⑨譬如有一个前窝儿,若是打骂起来,人就说是折蹬;若是任欲他做贼当忘八,置之不管,人又说是他亲娘着,他那有不关情的:谓之左右两难。(《慈悲曲》第一段)

⑩今日跟到山里,万一撞见犸虎着呢!(《慈悲曲》第四段)

这种"着"还可以与"不"构成"不着",表示"要不的话""要不是"。如:

①寻老婆,原是我当初错。把一个小厮瘦成一朵,不着来此怕见了阎罗。(《慈悲曲》第二回)

②不着他前言为证,定治他个不亦乐乎。(《慈悲曲》第四段)

③"在我看来,你不如分开罢,费也费的是他的。不着咱厚,我也不劝

你。”仇福说:“是呢。不着你说,我还想不到这里哩。”(《翻魇殃》第三回)

④手拉手哭嚎啕,咱家产业已全消,不着你来把气生,不愁不把饭来要。(《翻魇殃》第六回)

⑤待要赎身,不着千两银子,也难开口,如何能的?(《翻魇殃》第九回)

⑥不着那两位令郎,也到不了这步田地。一言难尽!(《墙头记》第二回)

太田辰夫《中国语历史文法》释“着”的此类用法为“表命令的场合用的助词。多用在以持续动词作述语的句子中”,并说“到明代,用于持续动词后面的趋势加强了。在清代的标准语中用得不太多”。① 明清时代引例如下:

①等我放下这月琴着。(《金瓶梅》第二十七回)

②待我扎上这头发着。(《金瓶梅》第三十一回)

③我也告诉雪雁合柳嫂儿说了,要弄干净着。(《红楼梦》第八十七回)

④使不得,先把你们家这点礼儿完了着。(《儿女英雄传》第四十回)

今按:唐五代的白话作品中,用于句末的“着”确有表示命令的作用(另参吕叔湘《释〈景德传灯录〉中‘在’、‘著’二助词》②),但是上引《金瓶梅》和《儿女英雄传》的例子,与聊斋俚曲中的“着”字一样,都是表示“先……,然后再……”的意思。如例①和例②都是“等我”或“待我”如何,并不是命令别人去做什么。只有《红楼梦》一例确有命令的意味,其上下文是:

紫鹃道:“我也怕厨房里弄的不干净,我们各自熬呢。就是那汤,我也告诉雪雁和柳嫂儿说了,要弄干净着。柳嫂儿说了,他打点妥当,拿到他屋里叫他们五儿瞅着炖呢。”

这里的“着”实际上与今普通话的“弄干净着点儿”(或“弄干净点儿”)中的“着”相似。

由此也可以知道,在《金瓶梅》《儿女英雄传》中,“着”有着与聊斋俚曲同样的作用。在今淄川等鲁中方言中,“着”的这种用法仍然保留着。

**(三)其他“着”**

1.用在祈使句末的“着”

用于祈使句的句末,带有“提醒、叮嘱”的意思,并非单纯地表示命令的语气。如上引太田辰夫所说,一般用在“以持续动词做述语的句子中”,实际上是

① [日]太田辰夫:《中国语历史文法》,蒋绍愚、徐昌华译,北京大学出版社2003年版,第337～338页。

② 吕叔湘:《汉语语法论文集》(修订本),商务印书馆1984年版。

要提醒、叮嘱听话人要持续保持某种状态,所以与表持续体的“着”有意义相通之处。俚曲的例子如:

①休要动着,我去请官来相验。(《寒森曲》第三回)

此处是叮嘱对方保持“不动”的状态。

②玉座说:“你好出丑!……你看我去。”二姐说:“你可好生着。”(《增补幸云曲》第十二回)

此处是提醒对方保持“好生”(小心)的状态。

③玉座平日舌尖嘴巧,快语花言,便说:“不是我夸句海口,调嘴头也招住他了。”二姐说:“千万仔细着!……”(《增补幸云曲》第十二回)

此处是提醒对方保持“仔细”的状态。

例②例③都可以翻译成普通话的“着点儿”,不过在今淄川一带方言中,既可以不加“点儿”,也可以加“点儿”,加“点儿”之后叮嘱的语气有所减弱。

2.用在动词之后,表示动作达及对象或达到目的的“着”

这种“的”,大体相当于“到”。如:

①恨煞人不生不死,摊着你真正遭殃!(《墙头记》第二回)

②看了看,幸得刚搭着那气嗓头边儿。(《姑妇曲》第一段)

③阎王爷想你还告,着俺等你。既等着了,说不的咱还去见见。(《寒森曲》第六回)

④你虽然中了举,也管不着我马知县。(《富贵神仙》第四回)

⑤把药味推敲,把药味推敲,怕有一点对不着。(《富贵神仙》第四回)

这种“着”,其实普通话也用。只不过一般说“着”的语法特点时很少提到,所以这里单独说一下。

另外,例④和例⑤中的“着”,普通话中一般不读[tʂə]轻声而读[tʂɑu]阳平,今鲁中方言中一般也是不读轻声[tʂuə]而读阳平的[tʂuə]。这是因为它们都是否定句,“着”是被“不”否定的中心成分,所以需要重读。

3.用在动词之后、表位置的词之前,相当于“在”或“到”的“着”

先看俚曲中的例子:

①张诚就爬着他哥哥那身上,叫唤着说:“娘打我罢。”(《慈悲曲》第四段)

②阎罗见他不怕打,说:“给我拉了屋里去!”一群老婆把姜娘子扶着屋里。(《翻魇殃》第四回)

③二姐你好脏!俺那里茶壶放在桌子上,使布蒙着还怕溵了;你这里

放着床底下，那客来到家，怎敢刷净了茶壶，那客待中去了。(《增补幸云曲》第十五回)

我们说这种“着”相当于“在”或“到”，是从普通话的角度说的：上面例子中的“着”既可以替换为“在”也可以替换为“到”，与上述第二种用法不同的是，普通话中这种情况下不用“着”。而从方言的角度说，其实这种“着”相当于今山东方言的“了”(读[lɔ]或[lao]轻声)。用现代鲁中方言的话说，上面的例子应该说成：“爬了他哥哥那身上”“把姜娘子扶了屋里”“茶壶放了桌子上”。例②前半句“阎罗”发布的命令是“拉了屋里”，而后半句是“扶着屋里”，两种说法不同：“拉了屋里”是现代方言仍在使用的说法，而“扶着屋里”的说法现代方言一般不用。例③前面说“放在桌子上”，后面说“放着床底下”，两者也不相同，用“在”是通语的说法，而“着”是俚曲中才有的说法，现代方言一般也不说了。

4.用在表示有差异的形容词或动词后的“着”

先看俚曲中的例子：

①咱相好敢对天发咒，分不的你合我，只多着一个头。(《翻魇殃》第二回)

②差着一步，几乎就颠了！(《禳妒咒》第十四回)

③这天还有天，这天还有天，少着一篇就不难，在傍里且略站一站。(《富贵神仙》第十四回)

例①和例③中“着”的前面是形容词(多、少)，例②中的“着”是表示有差异的动词“差”；这3例“谓词+着”之后都有差异的数量(一个头、一步、一篇)。其实，这几个例子都是含有差比的成分的：

例①的意思是你合我两个人像一个人一样，比一个人“只多着一个头”；

例②的意思是比让他跑掉的距离只“差着一步”；

例③的意思是比规定的篇数还“少着一篇”。

再由转换来看，例①②③中的“着”都可以替换为“了”：多了一个头、差了一步、少了一篇。

总之，这种类型的“着”都可以替换为“了”，这里的“着”与“持续”没有关系，应该是“着”的特殊用法之一。

有一种类似的形容词后加“着”的情况，不过加的是“着哩”，如：

④王龙说：“不合你赌了。我又输了勾三四帖了。”万岁说：“多着哩。”(《增补幸云曲》第二十一回)

⑤街上有几百人去迎接的，热闹多着哩！(《磨难曲》第二十七回)

这种“着哩”应该像《现代汉语词典》那样看成是一个词：

【着呢】〈口〉助表示程度深，有时带有说服对方的意味：他聪明～(可别以为他笨)｜街上热闹～｜这种瓜好吃～｜他画得可像～。

【着哩】〈方〉助着呢。

因此，例④⑤不属于我们这里说的后加“着”的情况。

附带说一下，聊斋俚曲中只有语气助词“着哩”，没有“着呢”。这一点与《醒世姻缘传》相同，后者也是只有“着哩”没有“着呢”。

5.用在某些动词后，表示对事情的肯定的“着”

如：

①我思量着，每日情饭吃，也劳苦您，不如还给我那地罢。(《墙头记》第一回)

②俺积攒了一百两银子，苦苦哀告，许着有了主还给他五十两，他才慨然许俺从良。(《禳妒咒》第二十九回)

这种“着”都是表示过去发生的事情，可以替换为“了”。

6.用在某些介词或动词后，无具体意义的“着”

①不因着情受他那地土，俺只说俺是他达。(《墙头记》第一回)

②难相交，难相交，就是心里的痒难挠，照着痒处钻，老婆子真真的妙。(《姑妇曲》第二段)

③原来这张炳之，他姐姐家是赵家庄，隔着这庄有二里路。(《慈悲曲》第一段)

④看了看小保儿还在那床头睡，比着那夜并不差毫厘……(《富贵神仙》第六回)

这种用法在普通话中也有。

## 三、呵

聊斋俚曲中还有与“着”字用法相似的一个助词“呵”。

下面先讨论聊斋俚曲中“呵”字的其他用法。

(1)象声词“呵叱”。依今淄川方言，“呵”音[$k^h$a]。如：

①张讷只一跳，我看是有天没？仰起头来大叫了一声皇天，呵叱的只一斧！(《慈悲曲》第四回)

(2)“呵呵”(或“呵”)，词缀。依今淄川方言，“呵”音[xuə]。如：

①回了程，回了程，到家一望好伤情。忍着不哭笑呵呵，只怕他娘犯了病。(《翻魇殃》第八回)

②一家人闹呵呵，端菜碗找家伙，席完已是日头错。(《墙头记》第一回)

③一个裤赃呵呵，纵然成了虱子窝，补丁补了勾一千个。(《墙头记》第一回)

④方且是停丧在地，怎使的合人闹呵？(《墙头记》第四回)

⑤可怜天生命苦也么哥，娶了个夜叉做老婆，没奈何终朝每日吵呵呵。(《禳妒咒》第十回)

⑥终日起来吵呵也么呵，骂的话儿口难学。十样多，叫人愁死不望活。(《禳妒咒》第十回)

⑦在人跟前，嘻笑哈哈；到俺跟前，恹头搭喇。跪在床下，战战呵呵，似上杀场，就著刀剐。(《禳妒咒》第十六回)

按：例⑦中的“呵”依押韵当读[xa]音，与其他处的“呵”不同。

(3)动词：喝；哈气。依今淄川方言，“呵”音[xa]。如：

①珊瑚自从过门，无所不做；且是性情又好，呼气来，呵气去的，就吆喝他两句，他也不使个性子。(《姑妇曲》第一段)

②二成去说了，臧姑说：“狗脂，饿极了呢！呵口的糨着哩。”(《姑妇曲》第二段)

③盛上呵了一口，裂着嘴说：“冰的牙根这样疼痛，怎处怎处？”(《墙头记》第一回)

④合他说句话儿，他就打呵；给他点笑脸，他也不觉。(《禳妒咒》第十六回)

(4)语气词。依今淄川方言，“呵”音[a]或[ə]。如：

①只见他抽出那剪子来，嗤的声照脖子一攮，就倒在地下。老王唬极了，说：“俺娘呵！这是怎么说！”(《姑妇曲》第一段)

②这三个月里好虽好，只为着点小事儿，把娇容一变，就着人魄散魂消。(摇头咬指云：)看起来也不是个善良君子也呵！(《禳妒咒》第九回)

接着讨论与“着”相似的“呵”的用法。如：

①珊瑚说：“但得娘知道我没有二意，不怪我呵，就死了他甘心！”说着，就吊下泪来了。(《姑妇曲》第二段)

按：此例释“呵”为语气词也可以，但前面有“但得……”表示假设的条件，所以也可以释为助词。

②夫人恼了说:"还没问问是谁,就说不要,从此可也不给你找老婆了!你待等着做驸马呵?你等着罢了!"(《禳妒咒》第六回)

按:路本中此例"呵"后标逗号,显然是把"呵"作语气词对待。但从"待等着做驸马"的意思看明显是假设,而后面"你等着罢了"是与"等着做驸马"相应的一种行为,所以也可以将"呵"解释为助词,问号应改为逗号。

③我拿着汗巾儿想,他拿着我的毕竟也思量……那一时里爱他就糊迷了心肠,把一件擦嘴的东西就换与了情郎。到家才懊悔,没人处心慌。侥幸成了对儿,也亏天爷在行,不是呵,把这件东西那里放?(《禳妒咒》第八回)

按:"呵"前的"不是"是虚拟状况,此处"呵"当释为助词。

④我来找你,你睡着了,我就没敢惊动。我若是通你通呵,你待中恼了哩。(《禳妒咒》第九回)

按:因为"呵"前有"若是",明显是表示虚拟状态,所以也可以把这里的"呵"释为助词。

⑤进门来,高公说:"不肖的畜生!你还待受罪呵?也没人禁止,你怎么背着我去走丈人家?"(《禳妒咒》第十二回)

按:这段话主要在批评儿子背着父母私自去了因虐妒而被休回家的妻子家。"也没人禁止"应当是与前面"你还待受罪"是假设与结果的关系,即:如果你想受罪(不接受以前的教训),我并不禁止(此为气话),你何必背着我呢?表面上只在怪罪儿子行为不公开,实际上通篇是气话,批评儿子是成心找罪受。将"呵"视为语气词,把"也没人禁止"与下文连在一起,意思便不顺当了。

从上面5例来看,其中③⑤只能释为助词,而①②④释为语气词也可,但以释为助词更妥。因为都是用在动词性词语后面,表示前面的动作或状态是一种假设的、虚拟的情况,后面是在这种假设的、虚拟的状态下产生的结果。

从现代方言来看,"可"是济南、泰安、德州、临清、新泰、临沂、沂南等地的常用助词,既能表示时间,又能表示假设。济南的"可"还可以用来表示过去的时间,如:"昨天我来可,看见你弟弟来。"而今淄川方言中用"着"而不用"可(呵)"。因此,可以认为在蒲松龄的时代,淄川方言中以用"着"为常,而较少用"呵",或者"呵"根本就是模仿济南等地方言的产物。

有意思的是,路大荒先生是淄川人,他所标点的《聊斋俚曲集》中之所以把一些应当看成助词的"呵"视为语气词(如《姑妇曲》第二段和《禳妒咒》第六回、第十二回),正是因今淄川方言不用"呵"而误。邹宗良先生家乡也邻近淄川,但在济南工作，熟悉济南等地“呵”的用法，所以对此类的“呵”解释成“山东济南一带方言，表示假设关系”(《姑妇曲》第二段后注)。

《醒世姻缘传》中主要用“可”(即“呵”)，未见用“着”来表示“……的时候”或“……的话”的意思，显然与淄川一带方言不同。

## 第三节 《聊斋俚曲集》中的几种句式与《醒世姻缘传》的比较

上文已经在介绍《聊斋俚曲集》的代词和助词时简要提到了《醒世姻缘传》中的表现，本节简要讨论一下《聊斋俚曲集》(以下简称“《俚》”)中的几种句式，并与《醒世姻缘传》(以下简称“《醒》”)进行比较，一方面展现两书在句式方面的一些特点，另一方面观察一下两书的差异，说明尽管两书都是以山东方言为基础方言的语料，但其中的一些差异也反映了地域差异，并进而说明两书的作者不可能是同一个人。

### 一、补语和宾语的位置

如果一个动词同时带有宾语和补语，可能有两种语序：(1)宾语在补语前(V+O+C，如“打他不过”)；(2)补语在宾语前(V+C+O，如“打不过他”)。现代普通话一般是采用后者。

《醒》中较多地采用VOC格式，一部分采用VCO格式；而《俚》中绝大多数采用VCO格式，个别采用VOC格式。下面以“不过”“不住”“不着”作补语的情况为例来说明。

1. 补语“不过”的位置

《醒》中动词用“不过”作补语同时又带宾语的结构我们查得46例。其中，“V+O+不过”的有26例，“V+不过+O”的有20例。值得注意的是，“V+O+不过”结构中的O有23例是单音节的(其中20例是“他”，另外3例分别是“人”“屈”“打”)，双音节或多音节的只有3例(“众人”“他们”“小光头”)。而“V+不过+O”结构中的O，双音节词或多音节词组的有10例，如“只是瞒不过那两个女番子的眼睛”。由两种格式的宾语都可以是单音节得出：当宾语是单音节时，VOC和VOC两种格式可以自由交替；但如果宾语是多音节时，则一般用VCO的格式。换句话说，VCO的格式更为自由一些。如：

(1)“V+O+不过”

①莫说他财大势大,我敌他不过,就是敌得他过,他终没有偿命的理!(第九回)

②别的都罢了,只替老高婆子这五两银子,气他不过!(第十回)

③那阴阳官扭他不过,写了,贴将出去。(第十八回)

④照他这众人不过,便是我们证他的罪名,除不得根,把仇越发深了。(第二十回)

⑤那元朝毕竟傲他不过,只得依了他的心志,绑到市上杀了。(第三十回)

(2)“V+不过+O”

①有这事没这事,瞒不过列位街坊的眼目。(第八回)

②你自己忖量着,若罩的过他,就告上状。若忖量罩不过他……(第九回)

③俺气不过这话,俺才自己来了!(第二十回)

④这事瞒不过嫂子……(第二十一回)

⑤只是强不过命,傲不过天!(第五十四回)

聊斋俚曲中的情况是:一律采用“VOC”的格式。聊斋俚曲中用“不过”作补语的结构共检得26例。其中,14例不带宾语;带宾语的有12例,全部采用“V+不过+O”的格式。如:

①就死你贼徒千个,当不过我那金豆一包。(《慈悲曲》第五回)

②到了次日,他娘说:“只怕你告不过他。”(《翻魇殃》第五回)

③脱不过不吃甚么,我劝你暂且从容。(《墙头记》第四回)

④阎王大怒,说:“难道就傲不过你!快与我锯解分身!”(《寒森曲》第五回)

⑤娘娘违不过众仙好意,又坐下了。(《蓬莱宴》第七回)

⑥王龙见踢不过万岁,说:……(《增补幸云曲》第二十一回)

2.补语“不住”的位置

《醒》中动词用“不住”作补语同时又带宾语的结构共检得43例。其中,“V+O+不住”的有22例,“V+不住+O”的有21例,两者旗鼓相当。与“不过”作补语时一样,当用VOC格式时,宾语一般是单音节的;但宾语是多音节时,一般用VCO的格式。下面是例句:

(1)“V+O+不住”

①……还恐那后生嫌憎他老,怕拿他不住,狠命要把一个儿妇牵上与

他。（第九回）

②女儿再三留他不住，拿了一根闷棍，放开脚一直回来。（第十九回）

③吴学周慌了手脚，狠命拉他不住。（第三十一回）

④儿子媳妇不孝，家里存身不住，没奈何只得嫁人逃命求生！（第三十六回）

⑤要坐看晁近仁娘子守寡不住，望他嫁人，希图全得他的家产。（第五十三回）

(2)“V＋不住＋O”

①你就待把我送了人，我也拦不住你！（第三回）

②若是利害，禁了人的身子，禁不住人的心……（第二十三回）

③你就拦住了他的身子，也断乎拦不住他的心肠，倒也只听他本人自便为妙。（第三十六回）

④这尤聪倒也不是不肯诈骗的人，只是初入其内，拿不住卯窍，却往那里去赚钱？（第五十四回）

⑤没的一个老婆，你就招架不住他么？（第六十六回）

聊斋俚曲中用“不住”作补语的结构共检得38例，其中23例不带宾语。带宾语的15例中有13例用“V＋不住＋O”的格式、2例用“V＋O＋不住”的格式。下面列出5个“V＋不住＋O”格式的例子，2个“V＋O＋不住”格式的例子：

①一字不言，一字不言，止不住行人道路传，吊了土地老，还没传个遍。（《慈悲曲》第三段）

②何大娘见留不住他，就借匹马来，送了他去。（《姑妇曲》第二段）

③只等我吃完你才骂完，亏了能捱才积不住饭。（《俊夜叉》）

④我儿还该愤发，这举座压不住仇家，仅能不着上门骂。（《富贵神仙》第十回）

⑤若是我三宵两夜，管着他拿不住瓦刀。（《增补幸云曲》第十一回）

⑥只怕那曹操性命长，捉他不住溜了缰。（《快曲》第三联）

⑦国母听说，怀恨在心，已知留他不住，叫宫官看膳来。（《增补幸云曲》第二回）

例⑥⑦不仅是“不住”作补语时仅有的两个“V＋O＋补语”的例子，也是我们在俚曲中发现的仅有的“V＋O＋补语”的例子。

3.补语“不着”的位置

《醒》中动词用“不着”作补语同时又带宾语的结构共检得44例。其中,“V+O+不着”的有20例,“V+不着+O”的有24例。两者比例大致相当。下面各举几个例子:

(1)“V+O+不着”

①计老头又进去寻那珍哥不着,极得暴跳。(第九回)

②打那丫头不着,极得只是自己打脸。(第十七回)

③谁知凡事的成败,都有个一定的日子,恰好屡次都撞他不着……(第十九回)

④这株玫瑰花是我种的,我难道没刨这地?却怎么掘他不着?(第三十四回)

⑤不惟素姐捞他不着,也省了寄姐多少的折磨。(第九十五回)

⑥却说薛素姐那日从淮安赶船不着,被吕祥拐了骡子,流落尼姑庵内……(第九十四回)

(2)“V+不着+O”

①只是里边也有不好处:接不着客,老鸨子又要打。(第八回)

②一帖药吃将下去,不特驴唇对不着马嘴,且是无益而反害之。(第十八回)

③幸得有了这个干儿子,靠他养老过活,也用不着那家事。(第二十七回)

④即是神仙他说有灾难,且在眼下,却猜不着是甚么的劫数。(第二十九回)

⑤你明日待往他家去呀,用不着这好心了,还换给你这心去。(第四十四回)

⑥及至拉过袄来,又提不着袄领。(第九十五回)

聊斋俚曲中用“不着”作补语的结构共检得70例,其中30例不带宾语。带宾语的有40例,全部用“V+不着+O”的格式。如:

①人只要脚踏实地,用不着心内刀枪……(《翻魇殃》第一回)

②每遭来家,一点合不着他的意思,就使出来……(《翻魇殃》第一回)

③不言官府拿人,且说那徐氏找不着仇福,气的一宿没睡着。(《翻魇殃》第四回)

④我合赵大爷是怎么的相与,每哩我疼钱么?急切里找不着好材。

(《寒森曲》第四回)

⑤三姐说道也不错,这等汉子恋不过,虽然嫁不着好丈夫,不少这样破喇货。(《俊夜叉》)

⑥有心待往油锅里跳,焦了身子吊了他的头,到底烧不着爷娘肉。(《禳妒咒》第十二回)

⑦那店主找不着驴,自家着急,满口里招承着赔驴,张官人如何肯依?(《富贵神仙》第三回)

⑧拿着人,万事皆休;拿不着人,可休想出去!(《磨难曲》第十九回)

⑨皇爷说:"我有那个念头,只是搜寻不着好的。"(《增补幸云曲》第十七回)

⑩今早晨找不着你,佛动心说有一个百花羞合他甚厚,必然是在那里。因此知道这个名字。(《增补幸云曲》第二十五回)

## 二、差比句

聊斋俚曲中差比句有两种格式:一种是与普通话相同的"甲比乙 A"的格式,一种是带有山东方言特点的"甲 A 起(或'的''及')乙"的格式。这种情况与《醒》中基本相同。

1."甲比乙 A"式

这是现代汉语中最普通的差比句格式。《俚》和《醒》中都有这种格式。下面各举 5 例。

《俚》:

①乌龟头你比那囊包的还赛,自家乜小厮还叫不了来,每日家里装汉子,你还要出外!(《慈悲曲》第二段)

②肿的头好似筐,过夜却比头夜强。(《翻魇殃》第三回)

③你还比我大两岁,我也不过来观场,你混的连我做不上。(《翻魇殃》第七回)

④姐夫恼也应该,但是他比驴马呆,怎么当一个人儿待?(《翻魇殃》第八回)

⑤他达达比臧姑无赖的更甚。(《姑妇曲》第三段)

《醒》:

①晁大舍次早起身,便日日料理打围的事务,要比那一起富家子弟分外齐整,不肯与他们一样。(第一回)

②狄学生比素姐大一个月。(第二十五回)

③说那世人,你比仇人还狠哩!(第四十四回)

④那三个里头,有一个的模样比这个好,白净,脚也小;要论手段,都不如这一个。(第五回)

⑤那院里陈嫂子比你矮,陈哥比你弱吗?(第八十九回)

2.“甲A起乙”式

这是带有山东方言中东部特色的一种句式,前面在讨论俚曲中的助词“的”的时候已经涉及。这里只看一下这种句式在《醒世姻缘传》中的表现。

《醒》中也有这种句式,如:

①我年纪大起你……(第九十二回)

②这是你女婿寻下一位娘子,姓薛,大起我好几岁,我赶着他叫姐姐哩。(第一百回)

③这是姐姐的喜事,还有甚么大起这个的哩!(第五十九回)

④姓龙的怎么?强起你妈十万八倍子!(第四十八回)

⑤人见来还好哩,还强起你连见也没见!(第八十三回)

## 三、反复问句

《聊斋俚曲集》和《醒世姻缘传》中的反复问句略有不同。

1.“VP不VP”

《醒》中这种句式用得很多。如:

①晁大舍回到宅内,珍哥迎着坐下,问道:“星士替你算的命准不准?”(第四回)

②你拿指头蘸着唾沫,然后试试,看落色不落色?(第六回)

③这门亲咱合他做不做?(第十八回)

④买得回来,还不知中意不中意。(第三十三回)

⑤这生帐子货,咱可不知他的手段快性不快性。(第五十五回)

《聊》中也用这种句式,但主要是在唱词中,对白中的格式是“VP啊不VP”。

据我们对《墙头记》《姑妇曲》《慈悲曲》《翻魇殃》《俊夜叉》《禳妒咒》六种俚曲的查检,共发现“VP不VP”的结构15例,其中14例是唱词。如:

①害头痛也不问他甚不甚,脸儿朝墙泪珠儿纷纷,我是那辈子瞎了眼,就嫁你这个强人!(《翻魇殃》第三回)

②于氏便说有一着，咱就大家不动锅，我儿呀，咱可看他饿不饿？（《姑妇曲》第二段）

③恶似臧姑天下少，天还不计较；若是他早回头，还有荣华报。你可看陈珊瑚，他好不好？（《姑妇曲》第三段）

④宗大叔你听道：有个下情来相报，东庄有个好大局，咱去创创妙不妙？（《俊夜叉》）

⑤拄拐杖往家行，不知方法灵不灵？单指望妙法真灵应。（《墙头记》第二回）

⑥捱了打两三朝，我是夜来才知道。他姐姐一夜没睡着。不知他能起不能起，又不知头儿消不消？（《禳妒咒》第十九回）

见于人物对白的一例是：

⑦何大娘说："……我说还不为凭，您这众人们都不要昧心，您说他好不好？"（《姑妇曲》第一段）

这是善良泼辣的何大娘与虐待继子的李氏争吵时，向围观者说的话，意思是让大家说个公道。因此，这里把"好"与"不好"并列，可能是特意摆出公平的姿态。因为在其他处的对白中，疑问的格式都是"VP 啊不 V"，其中的"啊"代表一个语气词，写作"那""也""呀"等不同形式，即在反复的动词中间添加一个语气词。如：

①大婶子说，问问周二叔合大姑夫，还敢那不敢？（《禳妒咒》第十九回）

②呀，春香俊了也！这不是衣服，你拿了去穿上。去那穿衣镜前照照你自家，看看俊也不俊？（《禳妒咒》第二十八回）

③江城云："你坐下，我问问你，会下棋呀不会？"兰芳云："才学着做。"江城云："你会打双陆呀不会？"兰芳云："才知道成梁。"江城云："妙呀！我要做嫖客，合你犯个嫁娶，不知你肯那不肯？"（《禳妒咒》第二十九回）

可以认为，对白所使用的"VP 啊不 V"反映的是当时的口语形式，而"VP 不 VP"是通语的形式。

2."VP 不"

《醒》中大量使用这种格式。如：

①礼房说："你认得我不？……"（第四十六回）

②稻子我收着哩，我去问声狄大叔，看该与你不。（第四十八回）

③你叫他凡事都遂了心，你看他喜你不。（第五十七回）

④算计请他程师娘,他不知去呀不。(第五十九回)

⑤素姐……说道:“我看这床响呀不,我好来听帮声。”(第五十九回)

⑥薛三省娘子朝着薛如下的窗户问说:“大哥,怎么样着? 去呀不?”(第七十三回)

注意:例④⑤⑥的“不”前有语气词“呀”。

俚曲中只有一例“VP 不”的句子,见于《蓬莱宴》第四回:“娘子下笔好似雨打败叶,风卷残云,一霎时写了一篇,递于相公说:‘你看看支的不?’”

3.“VP 不曾”

《醒》中询问过去发生的事情的反复问句形式有“VP 没 VP”及其省略形式“VP 没 V”“VP 没(有)”,而更多的“VP 不曾”的格式。据我们查检,此种句式的例子共 69 个,占了全书反复问句的 1/3 强。在这 69 例中,有 63 例出现在直接引用的对白中,其他 6 例出现在作者的叙述或间接引语中。因此,这种格式应该是《醒》书基础方言中句式特点的反映。如:

①计氏呆了半晌,说:“天下竟有这等事! 如今去了不曾?”(第二回)

②晁大舍道:“如今钱老先生到过任不曾?”(第四回)

③萧北川口里呷着酒,说道:“管家,到后边问声,吃过了药不曾? ……”(第四回)

④晁奶奶道:“你见那新姨来不曾?”(第七回)

⑤大尹笑了笑,道:“胡说! 你同合他进去了不曾?”(第十回)

⑥方前山道:“上过了不曾?”(第十一回)

⑦四府问道:“前日巡道老爷曾打你的脚来不曾?”(第十二回)

⑧小鸦儿道:“他将东西送你,大官人知道不曾? ……”(第十九回)

上面 8 例都是人物的对白,其口语性应该是很强的。

俚曲中也有“VP 不曾”的用例,不过数量远远少于“VP 啊没”,我们共查检到 9 例。下面先看全部用例:

①吕祖便问娘娘:“园内蟠桃开了花不曾?”(《蓬莱宴》第六回)

②高公、高母上:“谯楼初鼓,良时已到,长命儿可去迎亲了。轿马可曾齐备不曾?”(《禳妒咒》第八回)

③江城上,公子云:“上寿酒席完备不曾?”(《禳妒咒》第三十三回)

④兵卒问道:“见代箭的一只鹿儿不曾?”解子说:“不曾见。”(《磨难曲》第五回)

⑤娟娟上，娘子说："您爹爹如今可不知到了山西不曾?"(《磨难曲》第二十回)

⑥大王说："二位王爷到了不曾?"(《磨难曲》第二十九回)

⑦皇爷说："那曹小姑不知多大年纪? 出了阁不曾?"周元说："还没哩。"(《增补幸云曲》第五回)

⑧话说这老鸨子问道："丫头，你姐夫进了院了不曾?"(《增补幸云曲》第十六回)

⑨话说万岁吃酒吃了半夜，到了天明，起的身来便问："胡百万两口子来了不曾?"丫头说："还没哩。"(《增补幸云曲》第二十六回)

以上用"VP 不曾"说法的说话人有神仙、皇帝、"公子""高公""老鸨子""大王"和"兵卒"，像"大王"和"兵卒"，可能是用的戏剧语言；"公子"和"高公"都是文化人，至于"神仙"和"皇帝"就更不用说了。总之，这种说法可能是用的书面通语。请看例⑦和例⑨的答话人都是没有文化的人，他们面对"……不曾"的问话，回答的都是"没"而不是"不曾"。做出否定的回答的另一例是例④，答话人"解子"是解押犯人到外地，说的也应该是"官话"吧。

俚曲中用的更多的是与今方言相似的"VP 没(有)"，我们共查检到 21 例，说话人大多数是没有文化的人。如：

①张老又起来，着他挟上去，(张大)说："上呀，上呀！拘巴着，拘巴着！上去了没?"(《墙头记》第二回)

"张大"为粗鄙、不孝的人。

②珊瑚虽然强及如今的，只是可不如您那媳妇。不知他嫁了没?(《姑妇曲》第二段)

说话人是普通农家的婆婆。

③天色还乌，天色还乌，又问那活路做了没?(《慈悲曲》第四段)

说话人是年幼的弟弟。

④问声那地卖了没? 低着头儿气不喘。(《俊夜叉》)

说话人是说话泼辣的农家媳妇。

⑤兰芳上，江城云："酒席停当了没?"(《禳妒咒》第三十三回)

说话人是先是虐妒后来转变了的媳妇江城。

⑥姐夫，你家有铜床没有?(《增补幸云曲》第十七回)

说话人是妓女二姐。

当然,也有说话人贵为皇帝的用例。如:

⑦你下楼去看看我那马,不知今夜餧他来没?(《增补幸云曲》第二十回)

总之,由于说话人身份的特点和与今方言说法一致,我们认为"VP 没(有)"是蒲松龄时代淄川方言的口语化的说法,与《醒》的特点有差异。

4."VP 不的么"

询问可否,相当于普通话"VP 不行吗"(或"可以 VP 吗",如"让他走不行吗/可以让他走吗")的情况,聊斋俚曲是用"VP 不的么"的形式:

①张炳之说:"不必呀,我雇一个小厮给你支使不的么?"(《慈悲曲》第二段)

②你既那么好,我去了,你给您兄弟做个老婆不的么?(《慈悲曲》第三段)

③今早晨剩的那糊突,给他不的么?(《墙头记》第一回)

④"他调唆着不吃家常饭。"(县官问:)"你不给他吃不的么?"(《墙头记》第四回)

⑤何大娘说:"你来家当面说说不的么?"(《姑妇曲》第一段)

《醒》书中也有"VP 不的么"的例子,如:

①娘来看看不的么?我怎么跑呀?(第五十二回)

②你只别要在家,往那头寻我去不的么?(第五十八回)

③难道我的胳膊就整辈子抬不起了!你拉了他来不的么?(第六十回)

④我这胳膊疼得发昏致命的,怎么去的?你叫薛大哥递不的么?(第七十四回)

⑤你把小船拴在船梢上,你上来自己听不的么?(第八十七回)

## 四、结语

以上介绍和比较了《聊斋俚曲集》和《醒世姻缘传》几种句式,可以看出它们之间有同有异;本章其他几节在论述《聊斋俚曲集》代词和助词特点的时候,也顺带简单说明了《醒世姻缘传》的一些表现,也是有同有异。总的来说,它们的同,共同反映了清初时期山东方言的一些共性的特点;它们的异,则说明当时的山东方言内部也存在着一定的地域差异。

关于《醒世姻缘传》的作者"西周生"的庐山真面目,争议颇多。有些学者从语言的角度，尤其是从词汇的角度来提出证据加以论证。但方言词本身分布地域就比较广，词汇的差异比较明显，容易借用。因此，单凭少量词语来判断作者的籍贯是有风险的。语法则有异于词汇。由于北方方言中的语法特点是大同小异的（更不要说同是山东方言的情况下），因此一个人对于自己都不能明确感觉得到的一些细微语法差异，在写作方言性比较强的白话文的时候是很难掩饰的（除非像《续金瓶梅》那样完全采用书面白话文的语言），其实也是没有必要掩饰自己的方言或改用另一地域的方言的；并且，即使改用也不大可能把另一地域方言的语法特点掌握好。由此看来，《聊斋俚曲集》和《醒世姻缘传》在语法上的差异应该是更重要的证据，说明两书的作者绝不可能是一个人。也就是说，《醒世姻缘传》的作者绝不可能是蒲松龄。

# 第五章　蒲松龄白话作品用字和校勘研究

## 第一节　蒲松龄白话作品用字问题概说

蒲松龄白话作品的文字问题，包含以下几个方面：

### 一、错讹字及标点问题

蒲氏的聊斋俚曲在20世纪20年代之前，一直是以手抄的形式流传的，鲁鱼豕亥之类较多。据我们研究，即使是在蒲翁去世30多年后由其孙蒲立德校正刻印的《聊斋日用俗字》（乾隆十二年，1747年），其中的错讹字也为数不少。错讹的字形对于阅读和语言研究都影响很大。如《墙头记》第一回中的一段，路大荒本、邹宗良注本、盛伟本均作：

> （女婿张大见岳父李老到来）慌忙按帽迎进，作揖磕头，让了坐。“阿爹好么？”李老都答应“好”。

如是，则“阿爹”是亲属称谓词。但是，由于“阿”作为亲属称谓词主要是一些南方方言的特点，在北方方言中并不使用，在整个《聊斋俚曲集》中也仅此一例，所以，承认有这个“阿爹”，就会影响到《聊斋俚曲集》或者说蒲松龄时代的亲属称谓系统的特点问题；同时，如果根据现代方言和其他材料证明“阿爹”并非蒲松龄时代口语实际的话，那就涉及蒲松龄白话作品的语言性质的问题：是单纯的还是复合的？复合的话程度如何？

而蒲松龄纪念馆藏《聊斋新编墙头记》抄本“阿”字作“问”（齐鲁书社2018年出版的蒲松龄纪念馆编校的《聊斋俚曲集》已排印为“问”字），情况就大不相同了：

> （女婿张大见岳父李老到来）慌忙按帽迎进，作揖磕头，让了坐。问：“爹好么？”李老都答应“好”。

上面所说的问题就不复存在。“阿”“问”形近，手写体更近，拨乱反正之后，文从字顺，从语言研究的角度来说也更可接受。

今人的排印本，还有标点问题。如果标点不当，也会造成理解的差误和对词语或语法结构在性质认定上的误解，甚至个别地方也会影响字音的确认。如《寒森曲》第二回各本均作：

大宗师在上听：论生员也稜争，见仇人顾不的残生命。就无了耳捶也死不了，抬上来哐哼哼，打起来看他什么病情。如今当堂亲验，就知道或重或轻。

这种标点明显不符合曲牌格律。从曲牌格律看，该唱段属于“耍孩儿”，该曲牌的格律是：

○○○｜○○平，○○○｜○○平，○○○○○○○去。○○○○○○○○，○○○○○○○平，○○○○○○○去。○○○｜○○○○，○○○｜○○○平。

“打起来看他什么病情”是第六句，应为七字，此为九字，即使有一个衬字“他”，仍然多一字；而“如今当堂亲验”是第七句，应为七字，却少了一字。如果“情”字归下句，则两句字数都合曲律。

从曲律来看，还有一个问题是该句应押去声韵，“情”字平声，亦不能出现在此；“情”归下句，“病”正是去声。

从词汇的角度看，“病情”若词，则可为《汉语大词典》补充“病情”一词的较早用例(《汉语大词典》“病情”的用例都是现代的)。不过“病情”在俚曲中仅此一见，并且该词的意思“疾病变化的情况”(《汉语大词典》)与该处语境并不吻合，因为这个地方说的是生员对仇人气愤难抑，用砖头将仇人的耳朵打掉了一只，所以要说“情”的话也是“伤情”而不是“病情”。因此，从意义的角度来说，“情”还是应该看成“请”字之讹，归下句更为浃洽。这样一来，如果《汉语大词典》举了此处的例子作为“病情”一词的最早用例，反而是错误的。

其实也有抄本原不误，只是手写体，印刷本的楷化反而造成新的错误的。如本书第二章曾提到的“腚”中的“定”按手写体写作“[illegible]”本不误，印刷本楷化为“腔”而致误。再如《日用俗字·禽鸟章》“恨雇飞鸣凶太甚”中的“雇”，其实该字原本为“虐”(“恨虐”即恨虎鸟)，手写将上部的“虍”旁写作“[illegible]”，蒲立德刻本“照猫画虎”楷化为“雇”，反而成了“非字”。

以上均属校勘问题。不过与抄本、刻本较多的《聊斋志异》不同，蒲松龄白话作品的不同版本或抄本本来就不多，所以对其进行校勘的时候，一方面要尽量参考不同版本或抄本，另一方面也要根据文本的语境和意义并参考其他资料作出合理的解释。

## 二、俗字和方言字问题

蒲松龄白话作品方言性强,本来就有许多方言词无本字而假借同音字来记音或是新造方言字来记录,也有许多是有所谓本字而民间手头用了流行的俗字或俗体。对于汉字历史的研究来说,这些都是很宝贵的资料,需要进行整理。下面举几个例子。

1. 潮～嘲～仯

这三个字的本义无须讨论,这里要说的是它们在俚曲及《日用俗字》中表示的“傻”的意义。用“潮(潮仯)”的音表示“傻”的意义,在济南以东到潍坊一带的方言中使用很普遍。并且还有一些滋生的词语,如:

潮巴——傻瓜

半潮——半傻,有点儿傻或比较傻;有的地方指半傻的人

潮儿古即——傻儿吧唧

潮潮乎乎——傻傻乎乎

嘲嘲失失——傻傻乎乎

不潮不耸——不算傻(“耸”也是“傻”的意思,俚曲中或写作“耸”或写作“忪”)

潮里不潮外——形容一个人表面傻乎乎,实际上内心精明、不傻

潮话——傻话,疯话

潮老婆——疯婆子

装潮——装傻

这个方言词目前没有找到其来源及本字,无论写作“潮”还是“嘲”“仯”,都是记音字而已。

2. 急～极

现代一般写作“急”的字在聊斋俚曲中有两个写法:一个是写作“急”;一个是写作“极(極)”。从今鲁中方言的角度看,这两种写法其实代表了两种读音、两种意义。我们先看《现代汉语词典》(第7版)里的“急”的意义:

❶形想要马上达到某种目的而激动不安;着急:～着要走｜眼都～红了。❷动使着急:火车快开了,他还不来,实在～人。❸形容易发怒;急躁:～性子｜没说上三句话他就～了。❹形很快而且猛烈;急促:～雨｜～转弯｜水流很～｜炮声甚～｜话说得很～。❺形急迫;紧急:～事｜～件｜

～中生智～时间紧，任务～。❻紧急严重的事情：告～｜救～｜当务之～。❼对大家的事或别人的困难，赶快帮助：～公好义｜～人之难(nàn)。

以上未标词性的义项❼，今方言口语不用，其中各个义项在今寿光方言中的表现是：❶"急着要走"读阴平，"眼都急红了"读阳平；❷读阳平；❸"急性子"读阴平，"没说上三句话他就急了"读阳平；❹读阴平；❺读阴平；❻口语中说"救急"，读阴平。此外，"急"还有"近"的意思，如："他俩是～亲戚"。读阴平。

总的来看，寿光方言中读阴平还是读阳平，与《现代汉语词典》所划分的义项既有关系又不一致。如《现代汉语词典》的第一个义项，"急着要走"其实是"想要马上达到某种目的"；"眼都急红了"其实是"着急"；第三个义项的"急性子"的"急"是"容易发怒"，"没说上三句话他就急了"的"急"是"急躁"或已经"发怒"。我们可以概括地把读阴平和读阳平的不同表述为：只有表"着急"(已经表现出焦躁不安或发怒)或"使人着急"的时候才读阳平，其他时候都读阴平。

从"急"的古音来看，《广韵》居立切，清声母入声字，今冀鲁官话区读阴平是符合规律的读音，读阳平反倒是不合规律的读音。所以，读阳平的"急"有可能是外来的词汇成分带来的读音，方言中并不与"急"同音，所以写成了"极"。

我们再来看聊斋俚曲中的"急"和"极"。

极，除了表示程度副词("很""非常")之外，还表示"着急"。据我们统计，聊斋俚曲中"极"字共出现439次，其中，"极"仍是以程度副词的用法为绝大多数，明确表示"着急"的有13次。如：

①大成见他娘气的着极，不敢劝他，满口应承。(《姑妇曲》第二段)

②仇福气也不喘。徐氏见姜娘子极的抓耳挠腮的，就知道不该他事。(《翻魇殃》第三回)

③出下题没奈何，极的两眼清瞪着，在家原自不成货。(《翻魇殃》第七回)

④亲家拿甚么极呢！近来令爱竟变了贤人了。(《禳妒咒》第三十回)

⑤长官，我才试了试，你那马说走一千是谎，着了极，七八日也走不上一千。(《增补幸云曲》第二十回)

还有的场合不能确定是程度副词"极"还是"着急"，这样的例子也有10多个。如：

⑥臧姑也不管，哭叫捶下来了馍馍头，待自家拿去换烧饼。大成慌了，叫二成来说："你对您媳妇子说，我这里做着饭哩，着他等等罢。一个新媳妇子出去换嘎吃，咱就见不的人了！"二成去说了，臧姑说："狗脂，饿极了

呢！呵口的糨着哩。”(《姑妇曲》第二回)

⑦王龙出来迎着，先给万岁谢罪，说：“我昨日实着你赢极了，我就心焦了几句，休要放在心里。”(《增补幸云曲》第二十三回)

这两例中的“极”都可以理解为“着急”，相当于说“V 急了眼”；不过俚曲中的“极”也经常用来作补语，表示程度之甚，所以不能确定这里的“极”到底是什么性质。

而从“急”的使用来看，一般不是上述“极”的意思，而是“赶紧”“急于”“紧急”或关系近的意思，此不例举。值得注意的是，也有少数例子与“极”的“着急”义一致。如例⑦说到的“赢极了”，事情是在《增补幸云曲》的第二十二回，当时的描写是：“王龙输急了，一行称着银子，一行骂那头钱。”“王龙输急了”，就是“着你(指‘万岁’)赢极了”。又如《寒森曲》第一回：“却说两个公子听的报了几声，急的三尸神暴跳，怒气冲天。”“急的三尸神暴跳”和上举例②“极的抓耳挠腮的”性质是一样的。

所以，在聊斋俚曲中，“急”和“极”大体上是能区分清楚的：相当于今方言读阴平的写作“急”，相当于今方言读阳平(淄川话单字调与上声同调，在轻声前不与上声同调)的写作“极”。不过也有混用的现象，即通常读阴平的，有时也写成了“急”。换言之，“急”从今方言来看，应该有两读：读阴平是常规，相当于“极”的时候应读阳平。

那么，这个表着急的“极”应该算什么性质呢？从共同语一般用“急”来说，它应该算是俗字(非正字)；从它实际上记录了一个有别于共同语读音和意义的方言词来说，它应该算作方言字；但由于它的字形是借用了一个通用字形而只取其音的，所以又应算作一个假借字。

(3)皸

《日用俗字》中有个“皸”字，见于《疾病章》：“擘皸磨眼不相干。”该字不见于字书，但流行于鲁中一带。其字的意义既相当于“皲”，也相当于“皴”，都是皲裂的意思。从方言的角度看，应该读“皴”。但字形颇为特殊，因为无论是“军”还是“夋”都只能是声符，而没有意符，似乎是“皲”和“皴”两字的糅合。这个就只能算作方言字了。

## 三、正字和本字的问题

按我们的分析，其实蒲松龄的《日用俗字》属于“日用俗语正字”，即从字书上为方言中的日常用词找到有根据的正字。所以，蒲氏下了大量的功夫到字书（主要是当时通行的《字汇》）中找方言词的正字的写法。其中有些是正确无误的，也有的并非本字，而是在蒲氏看来合理的写法。因此，其中的经验和不足，都可以为后人寻求方言词的本字提供一些参考。即使在聊斋俚曲中，蒲松龄也比较重视正字的写法，虽然不像《日用俗字》那样处处讲究，但许多写法也为我们今天书写山东方言词提供了参考。所以，这一问题也是值得我们重视的。下面有专门的讨论，这里不再赘述了。

总的来说，蒲松龄的白话作品也是研究俗文字和方言用字的宝贵资料，值得进一步研究。

## 第二节 《日用俗字》形讹字汇考

今公开出版的《日用俗字》有三种版本：一是路大荒编《蒲松龄集》（中华书局 1962 版）所收（以下简称“路本”）；二是盛伟编《蒲松龄全集》（学林出版社 1998 年版）所收（以下简称“盛本”）；三是《山东文献集成》第四辑（山东大学出版社 2011 年版）所收录的乾隆十二年（1747 年，与盛本所据刻本同年）蒲立德抄本的影印本（以下称“影印本”）。三种版本文字基本相同。盛本除了参考路本《日用俗字》外，还参考了聊斋遗著整理委员会整理的“聊斋资料”本《日用俗字》，少数不同处，盛本有校注说明。而影印本的最大好处是保留了一些校改的痕迹，其中一些改动也为路本和盛本的讹误提供了致误的线索。

总的来看，《日用俗字》的三种版本都存在着一些因形近而讹误的字。即使是在影印本中，也有一些讹误；甚至可以说，正是由于它的讹误，而导致了后来各种刻印本、排印本或保持了讹误或增加了新的讹误。通过比较影印本中原来抄写的字形和校改后的字形可以看出，既有初抄有误、校改后正确的情况，也有初抄正确、校改反而错误的情况。由此可以判断，蒲松龄之孙蒲立德根据的蒲松龄原件，应该是一个未以楷书誊清的手稿。有些字形模糊之处，初抄者根据自己的理解进行了移录，而校改者又根据自己的理解进行了改动。

本节综合比较上述三种版本（包括影印本中的初抄写形式和校改后的形式），并参考字书和现代方言中词语的意义和读音，对《日用俗字》中的字形讹误进行系统的考查，以恢复蒲松龄文本的本来面貌，以利于读者正确理解《日用俗字》，并避免以讹传讹，造成不必要的纷扰。其中的形讹字既有三本形体有别的，也有三本形体一致的。

因为路本以繁体字印刷，更接近于原貌，所以我们以路本为文本的基础，并参考盛本校勘。由于蒲氏主要根据当时通用的字书《字汇》和《正字通》编写，所以下面的考证也主要参考这两本字书；有必要时也参考《汉语大字典》和《汉语大词典》等现代字书、辞书。形讹字按其在《日用俗字》中出现的先后顺序排列。先列《日用俗字》原句（括号内说明章目），然后分析其中的形讹字。蒲氏原注的注音字置于括号之内。为便于阅读，除引用《日用俗字》原字句使用繁体字之外，其余均用简体字。

**1. 傝僫（撤）閒遊負此身（《身体章》）**

撤：当为“撒”字之讹。僫，《字汇》：“悉合切，音靸。傝僫，不谨貌。”《正字通》同。注音字“撤”当为“撒”字之形讹。“撒”“靸”同音，而“撤”则相去甚远。

影印本中“撒”字形较为模糊，路、盛两本遂误为“撤”。

**2. 犁上摘耒耧上使（《庄农章》）；钐刀劖耒網包接（《庄农章》）**

耒：当为“来”，行书形近而讹。劖义为刈、割，《字汇》同“鏺”（鏺，《字汇》：“普活切，音泼。……又刈也。”《正字通》略同）。“来”与“接”正好相对。倘为“耒”字，则“劖耒”不辞。

影印本中“來”字多处简写作“耒”（如同章“拘繩捆來大担担”之“來”）。不过他处之“耒”路、盛二本均作“来”无误，此二处当因事涉耕种而误认为“耒”。

**3. 垈垈壓去要深墍（《庄农章》）**

墍：各字书均无，当为“壂”字形讹。《字汇》：“许缘切，音暄。隙也。”《正字通》以为“讹字”。今写作“暄”，即“松软”（《汉语大词典》和《现代汉语词典》都指“暄”为方言词）。物体内部有“隙”才会松软，所以蒲氏选用此字。又，依方音来看，表示松软义的字读团音，而“暄”为尖音字，语音并不相同。写作“暄”应该是尖团音混合的地区所用的字。蒲松龄不用“暄”字，而用了同属团音字的“壂”，也许有语音方面的考虑。影印本作“壂”，不误。

**4. 軙（囷）子打了風不透（《庄农章》）**

①軙：各字书均无，当为“軗”之形讹。軗，《字汇》：“都困切，音顿。撼軗，与顿同。”《正字通》同。軗，今写作“砘”。砘子是一种用来压实播下种子的土以保持水分的石磙子，今有独轮与双轮两种，独轮者用支杆推动，双轮者用绳拉动。

影印本作“軗”。无误。

②困:今写作“囤”,与“砘”同音。盛本作“屯”,音不合,误。

5. 穀苗淌壟用心剜(碗)(《庄农章》)

剜:今方言中为谷子间苗称“剜谷”。蒲氏《农桑经》“剜穀”条:“苗不剜不长,种晚者更宜速剜,但勿令其压苗耳。”《字汇》:“乌欢切,音豌。刻削。”《正字通》略同。此处蒲氏注音用“碗”,声调与“剜”不同。疑“碗”为“豌”的形讹。或者此字不误,但应“纽四声”读,即“碗平声”。

6. 幸少烏穛(每)穊(耶)秕穀(《庄农章》)

烏:乌穛是庄稼穗霉变形成的菌类物,色黑。蒲氏《农桑经》“割穀”条:“……庶免乌穛秕谷之病。”今方言仍说。“乌”字盛本作“鸟”,盖印刷错误。

7. 早打秫茷(乍)莫遲延(《庄农章》)

茷:各字书均无此字,当为“茷”之形讹。茷,《字汇》:“侧驾切,音诈。茷蒩,黄芩别名。”《正字通》则以《本草纲目》为据,认为黄芩有“豘尾”“鼠尾”诸名,而没有所谓“茷蒩”者。“一曰,‘茷蒩’乃‘豘尾’之讹。”两书所释“茷”字与此处意义无关,蒲氏只是用此形与音而已。今方言称农作物收割时砍去秸秆剩下的根部为“茷”,如玉米茷、高粱茷、谷茷。引申指残余的根部,如头发剪或剃后,根部叫“头发茷”,或写作“茬”(《汉语大词典》作“槎”)。“秫茷”今称“秫秫茷”,即高粱茷。蒲氏《农桑经》中写作“蜀秫茷”。此为限于韵语七言的关系而简称“秫茷”。

影印本初抄作“茷”,校改者改为“茷”。“歹”“女”形近,尤其是行书“歹”字的撇和点往往连笔,若“女”字撇笔稍稍探出横画之上,容易误以“女”字为“歹”字。

8. 棉花不穮穇子好(《庄农章》)

穇:各字书均无此字,当为“穇”字之讹。穇,《字汇》:“师衔切,音衫。穮穇,穗不实,见《齐民要术》。又楚簪切,音参。禾长貌。”《正字通》:“穇子,生水田下湿地。山东、河南五月种,苗如茭黍。八九月抽茎,有三棱。穗如粟分数歧,细子如黍粒,赤色,稃最薄。捣米为面,味涩。一名龙爪粟。俗呼吽鸭爪稗。……”《正字通》释义甚详,即今方言称“龙爪谷”,旧时常种。

影印本该字之“彡”写作“小”,是俗体。后误加一点为“小”,则成非字。

9. 兒家初生頭顊子(《庄农章》)

顊:各字书均无此字,此乃形讹。影印本初抄作“頧”,后校改为“顊”。今按:当以“頧”为是。今方言称牲畜第一次生的幼畜为“头以子”(“以”为记音字,或本字为“尾”)。而頧,《字汇》:“始九切,音首。人初产子也。”《汉语大字典》引《玉篇·页部》:“頧,人初产子。”宋赵令畤《侯鲭录》卷三:“人初生产子,俗言首子，亦使此頥字。”“頥”字意义正是“初生产子”，但读音不合(《字汇》音首、方言音以)。这大概是蒲氏《自序》中“土音之讹……悉从《正字(通)[①]》”的做法，即按照与字典意义相合的字来写而不管方言的实际读音。影印本中初抄作“頥”不误，疑校订者根据方言读“以”的音，擅改作“䫆”，因为从“咠”声者如“揖”正读为“以”。

10. **犢(漂)牛忽產小花犍(《庄农章》)**

犢:《字汇》:“昌来切，音钗。牛羊无子曰犢。”《正字通》:“他刀切，音滔。《说文》:‘牛羊无子也。’”音义与此处均不合。“犢”声符为“寿”却音“漂”也很可疑。今方言不说“漂牛”，故未知其确切读音。疑“漂”为“涛”(与“滔”同音且与“犢”同声符)字之讹。

11. **點心上焚帶糕冂(《庄农章》)**

冂:《字汇》“涓荧切”又“户顷切”，与上下韵脚均不谐，当为讹字。盛本作“团”，合韵，是。“糕团”即指年糕，一般为圆形。俚曲《慈悲曲》第二段作“羔团”:“笼里犯出羔团子——好势的也拶打，就少耗了也罢了。”

影印本作“圆”(圓)，当为“团”(團)字之讹，因为方言中不说“糕圆”。

12. **蠶對惟教到戌未(《养蚕章》)**

戌未:“戌”“未”同属地支，时段并不相连，所以一般不会连用，字形有误。“蠶对”指蚕蛾交配。蚕蛾出茧一般在早晨，雌雄交配时在白天。蒲氏《农桑经》“择种”条:“蛾取同时者配之，自辰至亥乃拆之。”“未”当为“末”之形讹，“到戌(时之)末”，即“至亥”。影印本字形中二横笔等长，遂致误认为“未”。

13. **蠶餓脱老少絲綿(《养蚕章》)**

脱:“晚”字之形讹。盛本作“晚”，是。“晚老”指蚕老得慢。蒲氏《农桑经》“喂叶”条:“头眠后食略喂青，饥则丝少。三眠前旺食，尤当频饲。异日茧好丝多，皆因旺食不缺也。”“勤饲”条:“蚕必日夜勤饲，顿数多者早老，少者迟老。早者丝多，迟者丝少。二十五日老者，每箔得丝二十五两;二十八日老者，得丝二十两;若至月余老者，得丝十余两而已。”“饲养”条:“昼夜勤饲，则疾老而丝多。”

影印本作“晩”，为“晚”字误写，遂致路本误认为“脱”。晩，《字汇》:“母版切，蛮上声。晩瞀，目视貌。”《正字通》同。该字音义均不合，蒲氏不会选用此字。

---

① 影印本无“通”字。我们认为无“通”字更为得当，参见下文。

14. 凘殢豆腐不上棹(《饮食章》)

殢:各字书均无此字,当为"㛴"字之形讹。㛴,《字汇》:"奴皓切,音恼。热也。"《正字通》以为"俗字"。"凘㛴"义为馊,食物因为环境温度高而变质变味。今方言仍说,音"丝恼"。

15. 包子冷上箅(避)子鎦(《饮食章》)

鎦:当为"餾"字之讹。馏,指把熟的食品蒸热。《字汇》有"餾"字:"力救切,音溜。饭气蒸也。孙炎曰:'蒸之曰馈,均之曰馏。'郭璞曰:'馈熟曰馏。'"《正字通》略同。而"鎦"字,《字汇》:"同'刘'。"刘,"力求切,音留。杀也"。《正字通》略同。按,蒸馏饭菜,与"金"旁无关,蒲氏不会选用"鎦"字。此乃"飠""釒"形近而讹。

16. 分明肕(亭)飽嘴猶貪(《饮食章》)

肕:《字汇》"陟猛切,争上声。皮肤急貌。"《正字通》同。此字读音及意义都与此处不合,疑字为"饤"之形讹。饤,《字汇》:"丁定切,音钉。置食也。又贮食也。"不过声调及声母不合。待考。

17. 惡賓纔不誚刮嵳(拴)(《饮食章》)

嵳:各字书均无,其构成部件与"拴"音也毫无关系。字形当有误。

影印本先写作"峕",后校改为"嵳"。峕,《字汇》:"时钏切,拴去声。小谨也。"《正字通》则以之为"专"的古文。《汉语大字典》引《说文解字》:"峕,古文叀。"《玉篇·叀部》:"叀,今作专。峕,古文。"今按:此处当以"峕"为是。不过具体语义不明。

18. 白糟爡粆(册)按燒酒(《饮食章》)

粆(册):粆,《字汇》:"耻格切,音策。"今方言"册"与"策"同音。盛本注音字作"察",误。"察"乃"爡"字注音。爡,《字汇》:"丑伐切,音察。"

影印本同路本,"粆"注音为"册","爡"字无注音。

此非形讹,附记于此。

19. 畒來饏(敢)淡黄蘝(軒)蘝(《饮食章》)

①饏(敢):《字汇》:"徒览切,音噉。食无味。"此处注音字"敢",乃"噉"字形讹。

②蘝:此字各字书均无,当为"蘝"字之讹。蘝,《字汇》:"许兼切,音轩。赤黄色。"《正字通》略同。影印本形近"蘝",遂讹为"蘝"。

20. 蕱瓜去瓤(穰)切細牃(頁)(《菜蔬章》)

牃:《字汇》:"博木切,音卜。墙版之大者。"《正字通》同。非音"页",其声符"菐"也不当有"页"音。当为"牃"的形讹。牃,《字汇》:"鱼怯切,音業。筑墙版。"《正字通》以为:"经史作'業',俗加'片',非。"瓜类切成片状称"牒"。今方言仍说。还可作为量词,如"两牒西瓜"。今俗写多作"页"。

影印本作"牒",不误。

21. 糙子籂簸不留糠(《器皿章》)

籂:各字书均无。影印本字形即如此。按:该字当写作"簶"或"籐",《字汇》:"徒协切,音牒。簸也。"《正字通》略同。将"枼"写成"某"是抄写者的习惯,算是俗体。印刷品中应写作正字"簶"或"籐"。

22. 米□掃去炪(烙)麪餅(《器皿章》)

①□:路本此字缺,盛本作"籸",注音"参"。"籸"各字书均无。从字形及读音("参"当音"深")来看,当为"籸"字之讹。籸,《字汇》:"疏臻切,音莘。粉滓也。一曰粥凝。"《正字通》考释此略。此处当指米碾出的糠、碎粒等。

影印本字形近"籸",也有可能是"卂"旁之点较小与"米"旁之横笔连在一起且未穿过竖笔,后被误认为"籸"。

②炪(烙):此字《字汇》:"许骨切,音忽"。《饮食章》"更把肥膔炪(忽)作块"即注音"忽",从其声符"勿"来看,也不当音"烙"。疑"烙"非注音字而为释义字,抑或字形有误。

23. 爐鏞囫圇風柙快(《器皿章》)

鏞:各字书均无此字,当为俗字或讹字。"炉鏞"当指炉箅,即炉中隔开火与灰烬的铁箅子。此为形声字,声符"葡"《字汇》《正字通》均无,从字形构造看不可能谐声"箅"。声符当为形近的"葡","葡"声有"备(備)惫(憊)"等,有可能音"箅"。因此,此字首先是个讹字,当作"鏞";其次,是一个未见于字书的俗字。

24. 鏂梅糍沏總無妨(《器皿章》)

鏂:各字书均无此字,疑字形有误。从文意来看,作为"糍沏"的对象,此字从"金"亦有疑问。疑本作"餱",同"糗"。《汉语大词典》释"糗"为:❶炒熟的米麦。❷冷粥。今方言中常用义为动词,指长时间地熬,如说"糗干饭"(做米饭)。《字汇》:"去九切,丘上声。熬米麦也。"《正字通》略同。

25. 上手扠來麴麪(麵)香(《器皿章》)

麪:各字书均无,且其声符"页"也不当音"面",当有形讹。疑为"麫"字(今写作"面")之讹。《字汇》以"麫"为正字:"莫见切,音面。麦米。"而"麵","俗'麫'字"。《正字通》同。可能蒲氏写的是正字"麫",而以"俗字""麵"加注。影印本即作"麪"。

26. 苕帚攜来掃磨磚(《器皿章》)

苕:当写作“笤”。苕,《字汇》:“田聊切,音迢。《尔雅》:‘翼苕,陵苕,黄华蔈,白华茇。华色既异,名亦不同。今凌霄花是也。’”《正字通》略同。此字可能因为笤帚一般用植物茎、苗扎成,所以蒲氏选用了从“艹”的“苕”字。其实,正字即应写为“笤”,《字汇》:“笤,笛聊切,音迢。笤帚。”《正字通》同。或为抄写中因“⺮”“艹”形近而讹,不过影印本即作“苕”。

27. 鏊子爗餅匆胡黄(《器皿章》)

爗:该字实为“爆”字之形讹。爆,《字汇》:“伯各切,音博。火干也。”《正字通》同。今方言仍说,义为烙。《汉语大字典》“爗”同“‘爆’。《类篇·火部》:‘爗,火干也,一曰热也。或作爆。’”引例为《农桑辑要》卷三:“桑椹平时以枣椹拌馅爗饼食之,甜而有益。”其实从声符看,“専”不当谐“爆”音,所以《类篇》所收其实也是讹字。只不过这说明,即使此字不是《日用俗字》自身的讹误,也是蒲氏承继前人的讹误。影印本原抄作“爗”,后校改为“爆”。

28. 銅爐鏍鍋鐍破盞(《器皿章》)

路、盛二本均作“铜”,影印本作“锢”。今方言称补锅碗的人为“锢炉子”,当以“锢”为是。

29. 匠人鈀斗换牀牑(光)(《器皿章》)

牑:《字汇》及《正字通》均无。当为“桄”之讹。桄,《字汇》:“古黄切,音光。床横木。”也写作“桄”。《正字通》略同。床桄,木床上的横木。影印本原抄作“桄”,后改为“牑”,当为校正者误改。

30. 樑鞍槎線縫糠屜(《器皿章》)

槎:《字汇》“锄加切,乍平声。邪斫木也。……俗亦作‘查’。”《正字通》略同。与此处意义不合。由下句“緶鞋穿繩勒被囊”相对的“穿繩”来看,“槎”当为动词。当为“搓”之形讹。“搓线”今方言一般指“搓麻线”,鞍垫之类东西缝合时正是用麻线之类的粗线。

31. 轆轤皮繩絞筩籰(及)(《器皿章》)

籰(及):各字书均无此字。字形当有讹误。从字形及此处文意来看,该字形与“罐”相近(“雚”的上部讹作“⺮”),即应为“罐”字,今方言中辘轳用的大水桶正是叫作“桶罐”。但是,注音为“及”却与“罐”音相去甚远。“及”字亦应有误。疑为俗体“关”字之讹,即音“关去声”。

32.柳篡(苑)也堪跨糧米(《器皿章》)

篡:今一般写作“筦”(音愿),筦子,或称“筦斗”。筦子是一种条编的长圆形篮子,有木提梁。俚曲《禳妒咒》第十六回作“杬子”。柳篡,指柳条编的筦子。其字《字汇》《正字通》均无。《康熙字典》列在“增”字中:“《集韵》祖丛切,音葼。折竹棰。又《字汇补》子红切,音宗。木枝细也。”从其声符来看,不当音“愿”。影印本原写作“篗”,后改为“篡”。按:应以“篗”字为是。篗,《字汇》:“于眷切,音院。断竹也。”《正字通》同。

33.匙瓶金著排香几(《杂货章》)

匙瓶是放置匙、筷子的瓶子。“著”当为“箸”之形讹,即筷子。

34.玉石碾作玲瓏器(《杂货章》)

碾:《字汇》《正字通》均无此字,当为“碾”字形讹。《字汇》:“女箭切,音碾。所以轹物也。《六书正讹》别作‘碾’,非。”《正字通》以为“讹字”。一般写作“碾”,打磨雕琢玉器称为“碾玉”。

35.遙想松棒結子後(《果实章》)

棒:盛本作“榛”。松榛指松树和榛树。“棒”当为“榛”字形讹。榛树是一种桦木科落叶灌木或小乔木。果实叫“榛子”,果皮坚硬,果仁可食。影印本作“榛”。

36.甘蔗糖味過餳(夕)粭(希)(《果实章》)

①餳:《字汇》:“徐盈切,音情。饧餹。又徒郎切,音唐。《释名》:‘饧,洋也。煮米消烂洋洋然也。’……”此字与蒲氏注音不合。从注音看,蒲氏用的应该是“餳”字。影印本正作“餳”字。餳,《字汇》:“徐盈切,夕平声。饴也。”“夕”为入声字,其平声即音“情”。蒲氏注音“夕”只是照引《字汇》“夕”而未“纽四声”而已。实际上,未“纽四声”的情况在《日用俗字》中已经多次出现,只不过“夕”与“情”的今读相差太远而使人难以理解。盛本注音字作“刑”,声母与“情”或“夕”不单有团音与尖音之别,送气与否也不相同,当是后人误改。《正字通》以为“餳”乃“饧”字之讹。

②粭:《字汇》“同‘饴’。”饴,《字汇》:“延知切,音夷。餳餹。……《六书正讹》别作‘粭’,非。”《正字通》:“粭”“同‘饴’”,“饴”字引《释名》:“餹之清者曰饴,形怡怡然也。”按此字有两处可疑:一是形,《字汇》以“粭”为非,而蒲氏却采用此字形。二是音,《字汇》“音夷”,况且从声符“台”来看也不可能音“希”,而蒲氏注音“希”则毫无根据。如上引,《饮食章》作“醯”,音“希”更合理。究竟何故致误,待考。

**37. 撓鈎偏能戕(撾)褌襖(《兵器章》)**

戕:《字汇》《正字通》均无。《康熙字典·备考》:“同‘我’。”字形当有误。从文意来看,此处意义当为“抓”,抓住,勾住。疑本作“㦰”字,《字汇》:“竹角切,音卓。击也。推也。”《正字通》释为:“击也,椎也。”古觉韵字今方言有部分读 a、ua 韵母(如《庄农章》“大镢㶿来斸地边”句“斸”字今读如“抓”),因此,此字方言读“挝”是完全可能的。

**38. 須把墨繩扯周正(《木匠章》)**

扯:盛本作“䋲”,注音“扯”。盛本“校勘记”称:“路编《日用俗字》将注音‘扯’误代‘䋲’字。”影印本同盛本。

䋲,《字汇》:“充夜切,车去声。以绳维持。”《正字通》同。蒲氏当以此为正字而以日常用字“扯”为注。

**39. 巴磚鋪就徽徽做(《泥瓦章》)**

徽:各字书均未见此字。当为“徽”字之形讹。一般写作“款款”,徐缓,慢慢地。徽,《字汇》:“苦管切,音款。徽缓,徐行貌。”《正字通》以为“俗书”。影印本右旁作“欵”,“欵”为“款”之异体,字不算错,但为俗体。

**40. 四週群牆一超(妄)片(灑)(《泥瓦章》)**

片:各字书均无,当为“庁”字之形讹。庁,《字汇》:“所嫁切,音嗄。傍屋。”《正字通》以为即“厦”字之“俗写”。影印本即作“庁”,不过上面的点写得不太斜,所以被误认成了竖笔。

**41. 一間只有箔三蘖(簡)(《泥瓦章》)**

蘖:当作“蕠”,《字汇》:“吉典切,音蹇。小束也。”《正字通》略同。此处为箔的量词。

**42. 生錸不知退幾重(《铁匠章》)**

錸:“生錸”即铁锈。今方言仍说,音“生束”。“錸”字《字汇》《正字通》均无,其声符也不当音“朿”。当为“鋉”的形讹。鋉,《字汇》:“苏谷切,音速。金也。”《正字通》认为:“同‘鏉’,讹省。旧注……误。”此字《字汇》所释音与义都与此处不合,当是方言俗写。《广韵》作“鏉”,所佑切,“铁生鏉”。影印本作“錸”。

**43. 礏(朴)石甃井蓋樓房(《石匠章》)**

礏:《字汇》:“五合切,岸入声。䃡礏,山高貌。”《正字通》以为“旧注”“非”。此字字书非音“朴”,且声符为“業”,不可能音“朴”,字形有误。“業”当为声符“菐”的形讹。然而,《字汇》和《正字通》都没有从“石”从“菐”的字,疑为“墣”字之讹。墣,《字汇》:“普卜切,音扑。块也。……又匹各切,音朴。义同。”《正字通》略同。今写作“铺”,指用众多建筑材料(砖、石、土坯等)排列成平面。

影印本注音字“朴”仅露左边一点儿痕迹,应是扫描未全。

44. 打就碾砣安接未(《石匠章》)

未:盛本作“米”。影印本字虽不甚清晰,但细审应为“未”字,只不过“未”的第一笔“一”起笔下按较重(书法中所谓“柴担”)而似点,所以有可能误认为“米”。不过,“安接木”“安接米”均不通。“安”为动词,即安装,而“接×”当为石碾上的部件。石碾主要有四个组成部分:碾石(即碾砣)、碾盘(下有碾台)、碾桲(驱动碾石的木框)以及相连的碾“管杺”(碾盘中间的木轴)。若是“接米”,似指碾盘,因为上面放粮食的碾盘亦可为石制。不过更过有可能“未”为“木”字之讹,而“接”为“桲”字之讹,如此则“接木”为“桲木”,即“木桲”(碾桲)。

45. 又上衽肩接𧝎袖(《裁缝章》)

𧝎:“𧝎”当为“襦”之形讹。襦袖为女式短袄的袖子。襦,《字汇》:“人余切,音如。短衣也。”《正字通》略同。𧝎,《字汇》:“而宣切,音堧。褐也。《广韵》:‘促衣缝也。’又而兖切,音软。衣缝也。”《正字通》同。

46. 衸(雪)裙裹科(斗)皆與窄(乍)(《裁缝章》)

窄:各字书均无。当为“窄”之形讹。窄,《字汇》:“锄驾切,音乍。宽也。”《正字通》以为“讹字”。今写作“乍”,义为逐渐变宽。今方言仍说。影印本作“窄”。

47. 背褡做成嫌𡣕(阿)綹(揝)(《裁缝章》)

①𡣕:《字汇》《正字通》均无,当为“㛪”字形讹。㛪,《字汇》:“于果切,倭上声。《玉篇》:‘多也。’”《正字通》同。

②綹:《字汇》:“力九切,音柳。纬十缕为綹。”《正字通》略同。此字音义均与此处不合,字形当有讹误。从其注音字“揝”来看,疑字形“咎”旁本作“昝”,后“日”脱去一横而成为“口”。不过各字书均无从“糸”从“昝”的字,疑此为方言俗字。影印本即作“緒”。

48. 補靪𠡦来休成綧(稕)(《裁缝章》)

①𠡦:《字汇》《正字通》均无此字。当为“㘴”字之形讹。㘴,《字汇》:“祖贺切,音佐。助也。副也。”《正字通》以为“俗‘佐’字”。若按“佐”音来看,此当为今方言中用针线简单地把破口缝连起来的意思,如“袜子上有个窟窿,我给你~起来”。

②⿰糸亭:《字汇》《正字通》均无此字。当为“綧”字形讹。綧,《字汇》:“朱闰切,谆去声。乱丝也。”《正字通》略同。从文意来看,此处当与“稕”(意为“束”)意义相通,指补衣服时手工不好,补成的衣服接口处布有重叠,成为凸起的条状而不平。蒲氏因其与缝纫有关而选用“糸”旁的“綧”字。影印本作“綧”。

49. 皮老大針⿰⿱叕木刂(朶)不透(《皮匠章》)

⿰⿱叕木刂:此字各字书均无,当作“剟”,“木”旁衍出。影印本作“剟”。剟,《字汇》:“都活切,音掇。削也。击也。割也。”《正字通》略同。此处义为用针用力扎、刺,今方言仍说。

50. 打作鎞又二錢重(《银匠章》)

又:“鎞又”不辞,疑“又”字有误。或为“钗”字之讹。

51. 紅⿸厂香(茶)印作豆稭紋(《银匠章》)

⿸厂香:各字书均无此字,当为“⿸广查”字之讹。⿸广查,《字汇》:“仕加切,音茶。《玉篇》:‘屋欲坏也。’”《正字通》同。

52. 狀元臺閣盡胡⿰朋攴(撞)(《堪舆章》)

⿰朋攴(撞):《字汇》:“普庚切,音烹。击也。”《正字通》以为“俗字”。此处注音为“撞”,当有讹误:一是不合字书读音,二是其声符“朋”不可能音“撞”,三是该字入韵,音“撞”则不谐(本章谐“兴听明情经名行”等)。盛本注音字为“烹”,同《字汇》,是。疑“撞”为“⿰朋攴”的义释,即“⿰朋攴”是“撞”的意思(“撞”与《字汇》的“击”相通)。那么,“胡⿰朋攴”就相当于“胡碰”,即胡乱碰运气。

53. 嗻噆(七)嗻噆(察)嗻説好歹(《堪舆章》)

从读音来看,“嗻嗻噆噆”即小声说话,今写作“嘁嘁嚓嚓”。

①嗻:各字书均无此字,当为“⿰口庇”之形讹。⿰口庇,《字汇》:“抽离切,音痴。《玉篇》:‘⿰口庇嫌。’”《正字通》以为“俗‘呰’字”。呰,《字汇》:“祖此切,音子。口毁。”此处注音与《字汇》不同。

从本字的致讹原因来看,应该是因为两个“⿰口庇”字连用,所以第二个“⿰口庇”写作重复符号“〻”于下,后被抄写者误以为“二”而与“⿰口庇”字相连而成了“嗻”,以后又再加重复符号“〻”。影印本即已写成“⿰口庇〻”,印刷本遂印作“嗻嗻”。

②噆:各字书均无此字,当为“嚓”字之讹。嚓,《字汇》:“千结切,音切。小语。”《正字通》:“俗字。旧注‘音切,小语。又音察,义同’,并非。”此处所说旧注“又音察”未见于我们所用《字汇》的版本,而正与蒲氏注音相合。《康熙字典》注音也相同:“又《集韵》《类篇》并初戛切,音察。小声。”“察”异体为“詧”,或蒲氏

本写作从口从督而后讹为"嗒"。

**54. 十丈塔旛豎(樹)墓門(《纸扎章》)**

豎:《字汇》《正字通》均无此字。当为"豎"字之讹。《字汇》:"忍与切,如上声。立也。直也。又童仆。"《字汇》音切有误。《正字通》:"商遇切,音恕。"此字今简化作"竖",此处蒲氏以同音字"树"注之。

**55. 鐺鐺鉿(合)了宣佛號(《僧道章》)**

了:盛本作"子",是。"了"为"子"之形讹。铪子又称"铙钹""铜钹",是一种铜制击打乐器,在佛教赞诵或仪节中使用。影印本原抄作"子",校改者改为"了"。

**56. 木魚鈴樹誦經文(《僧道章》)**

樹:似为"杵"字之讹。"铃树"当为"铃杵",指和尚用的法器铜铃和金刚杵。两者都是镇魔用具,常并用,合称"铃杵"。"铃树"则不辞。"树"(樹)字草书作"㭉",与"杵"形近。

**57. 鈸鐃飛撇半天雲(《僧道章》)**

撇:此处义欠通。疑为"撒"字之形讹。指钹铙响声喧天,直彻云霄,如同云彩为钹铙飞动而撒成一般。蒲松龄《聊斋俚曲集》中有"撒"误为"撇"的例子。《慈悲曲》第六段:"张讷无冬无夏,只是穿着个破袄,褛褵搭撇的,真似一个花子。""褛褵搭撇"为"褄褵搭撒"的形讹("褸"为"褄"的形讹)。《俊夜叉》中有"缕缡搭撒","缕"为"褄"字之讹,而"撒"不误。

**58. 只為一錢恥了臉(《争讼章》)**

恥:盛本作"聣",注音"变"。聣,《字汇》:"美笔切,音密。《方言》:'赵魏之间自愧谓之聣。'又兵妹切,音秘。义同。"《正字通》略同。今按:"恥""聣"形近,由此讹误为彼均有可能,然而"变"与"密"或"秘"读音相去甚远,不当为"聣"字之音,因此,我们不能由盛本的注音字确定"恥""聣"孰是。而从意义来说,两字都有费解处。不过,"变"字倒更像是义释。"变了脸"今语常说,也说"翻了脸",指态度突然变得不好,不再顾及脸面。俚曲中"变了脸"共 5 见,如《慈悲曲》第三段:"赵大姑因着一句话,就讦挑出来了,他怎能忍的? 就变了脸……"

影印本作"眤"。今按:当以"眤"为是。《字汇》:"莫辖切,蛮入声。恶视也。"按今普通话音应读"mà","眤了脸"即今语"抹(mā)下脸(来)",即突然变脸。只不过影印本"眤"字"目"旁之"冂"笔较长,遂被错认。由字形来看,应是先讹为"聣"("必"旁相同),后讹为"恥"("必"讹为"心"又进一步)。而盛本注音字"变"(變)疑为《字汇》注音字"蛮"(蠻)字之讹,此处应作"纽四声"读,"蛮入声"即应读 ma 音。

59. 搭起石頭敕(疵)腦漿(《争讼章》)

敕:《字汇》《正字通》无此字,当为"敊"字之讹。《字汇》:"此兹切,音雌。箭射也。"《正字通》以为"敉"字之讹。今写作"泚",指液体喷出。影印本作"敊"。

60. 弱者嘴歪鼻又搨(《争讼章》)

搨:《字汇》:"都合切,担入声。手打。"《正字通》略同。今一般说"塌鼻",不说"搨鼻",疑此字为"塌"之形讹。

61. 䠀(堂)在地下捂了褲(《争讼章》)

䠀:《字汇》《正字通》均无此字,字形当有误。疑本作"逿",《字汇》:"徒浪切,音宕。失据而倒。……又平声,徒郎切。"《正字通》略同。蒲氏注音字"堂"即相当于"徒郎切"。

62. 頦(烏)温一霎依然净(《赌博章》)

頦:《字汇》:"丁可切,音朵。丑貌。"而此处注音"乌",不单与《字汇》音相去甚远,而且从此字的声符看也不当音"乌"。此外,从义符"页"看也与此处意义无关:"乌温",今方言仍说,指温,放在怀里或手里使之温。比喻掌握。字形当有讹误。疑本作"頞",《字汇》:"乌骨切,温入声。纳头水中也。"《正字通》略同。虽然意义仍然无关,但音、形均似("温入声"今音"乌")。

影印本即作"頞",不过左上之"⺈"稍有模糊似为"夂"。路、盛二本盖由此致误。

63. 紉褲站門(課)嗑瓜子(《蹄衍章》)

嗑:今写作"嗑",用牙齿咬有壳的或硬的东西。《字汇》《正字通》均无此字,应为"嗑"字。嗑,《字汇》:"克盍切,音渴。啮也。"《正字通》以为"俗字"。

影印本中多处将偏旁"缶"写作"缶",此字当属俗体,非形讹。

64. 聞説天南燭亦然(《花草章》)

天南烛:当指南烛,也叫"南天烛",是一种杜鹃花科常绿灌木,生于路旁、山坡或灌木丛中。"天南烛"应为"南天烛"之讹。影印本中原写作"南天烛",后被校改者改为"南天烛"。

65. 成輪成堆只墊欄(《花草章》)

墊:各字书均无此字,当为"墊"之讹。墊,《字汇》:"徒念切,音殿。支物不平。"《正字通》以为"俗字"。今写作"垫",将牲畜圈中的粪便泥土铲掉,撒上干土或草，称为“垫”。《庄农章》有“打扫苫淖蓲猪栏”。蒲氏《农桑经》“牛粪”条：“宜秋日多镑草根，堆积栏外，每以尺许蓲牛卧处，受其作蹋，承其溲溺，既透则掘坫栏中，又铺新者。”此字影印本已讹。

66. 入藥無如楮棟好(《树木章》)

棟：当为“楝”字之形讹。楝树，是一种落叶乔木，其根皮、树皮、果实均可入药。木材坚实，可制器具。影印本字形“楝”“棟”不清，路、盛二本盖由此致误。

67. 插栽榫榴(炭)揭皮使(《树木章》)

榴：各字书均无此字，“木”旁形近者亦未见有音“炭”者，字形当有讹误。待考。

68. 韄(攀)胸鞦棍拴前後(《走兽章》)

韄胸：今写作“袢胸”，一种马具。韄，《字汇》：“同‘鞵’。”《正字通》以为“俗字”，“旧注同‘鞵’，非”。鞵，《字汇》：“师衔切，音衫。旌旗旒。《广韵》：‘鞍鞵，垂貌。’”此字蒲氏注音“攀”，与《字汇》相去甚远，其声符“芟”也不当有“攀”音。字形当有讹误。

影印本原写作“鞎”，校正者改为“韄”。原抄者所写的“鞎”，实即“鞶”字，因为在影印本中，多次将“殳”旁之“几”写作“マ”。鞶，《字汇》：“又蒲官切，音盘。皮绳。又旒也。”无论音、义，均与此处吻合。因此，原抄写者写成俗体的“鞶”，并无大错；校改者改为加了“艹”头的“韄”，音、义反而均不同了。路、盛二本均沿袭了校改者的错误。

69. 犪(怕)牯歪鼤(揣)懒上埸(《走兽章》)

①犪：各字书均无此字，且声符“業”也不当有“怕”音，当为“犦”之形讹。犦，《字汇》：“匹各切，音朴。牛未大曰犦牛。”《正字通》以为“俗字”。

②鼤：各字书均无此字，当为“䶆”字之讹。䶆，《字汇》：“竹垂切，音追。攱䶆，不齐也。”《正字通》以为“俗字”。

70. 羰羺烹之肉不香(《走兽章》)

羺：各字书均无此字，当为“羖”字之讹。羖，《字汇》：“胡沃切，音斛。小羊。”《正字通》以为“俗‘羔’字”。

71. 皮鞭(片)齣蠃正吃糠(《走兽章》)

蠃：齣蠃指壳郎猪，或叫“架子猪”，即已经长大但还没有养肥的猪。今方言仍说，音“科罗”。而“蠃”字音“赢”，读音不合，当为“蠃”字之讹。蠃，《字汇》：“郎何切，音罗。蚌属。……又上声鲁果切，蜾蠃，细腰蜂。”《正字通》略同。影印本原抄作“羸”，校改者改为“嬴”。

72. 野雞嘴嘴在南荒(《禽鸟章》)

嘴：各字书均无此字，其字当为“嘴”。嘴，《字汇》：“古候切，音遘。雉鸣。”《正字通》以为同“雊”。雊，《字汇》：“干候切，音姤。《说文》：‘雉鸣也。’”今方言亦称鸡叫声为“勾勾”，相当于普通话的“咕咕”。影印本即作此字形，或为俗写，或为误写。

73. 恨雁(虎)飛鳴兇太甚(禽鸟章)

雁：当为“雐”字之讹。恨雐也写作“恨虎”，即秃鹫。“虍”旁草书作“𠂈”，楷化时误定为“雁”。雐，《字汇》：“荒乌切，音呼。鸟也。”《正字通》略同。

74. 鱃花無刺放心啗(《鳞介章》)

鱃：《字汇》《正字通》均无此字，当为“鯚”字之讹。鯚鱼，即鳜鱼，也叫“鯚花”。鳜鱼大口，细鳞，肉中无细刺。体表呈紫黄间杂之色，如织罽之纹，故又称“罽鱼”，俗写作“鯚鱼”。影印本“季”旁下部似有涂改，以致面目不清，被误认为“秀”。

75. 鮮鯽香淳嫌刺硬(《鳞介章》)

鮮：各字书均无此字，疑字形有误。或为“鳠”字之讹。鳠，《字汇》：“胡麦切，音获。鱼名。”《正字通》以为“‘鳠’字之讹”。鳠，《字汇》：“呼霸切，音话。鱼，似鲇而大……”

76. 更有旋網和兙(諄)子(《鳞介章》)

兙：各字书均无此字，字形当有误。从注音“谆”来看，“享”旁似不误，然而右半字形非字。

影印本作“就”，是。“就”，《字汇》：“力仗切，音谅。事有不善为就薄。又悲就，酸楚也。又卢姜切，音凉。义同。”《正字通》称音义“未详”。所谓“事有不善”与此处意义无关，此字只是记音而已。今方言中“亮子”指一种旧时常用的戽水工具(即戽斗)，呈条编半椭圆形，系以长绳，使用时两人站在高处甩动绳子，把池塘或大坑中的水舀起后甩向高处或远处。捕鱼时，先将河中两端用泥作堰截断来水，然后用“亮子”把其中的水戽干，竭泽而渔。若是小池塘则可直接用“亮子”戽干[①]。注音字“谆”各本相同，盖“谅”字形讹。“就”“谅”两字中的

---

① 张文冠《〈日用俗字〉器物名词考释六则》(《蒲松龄研究》2018年第1期)一文指出，“亮子”在东北方言中指截水捕鱼的柳条栅或木桩。其实，无论指“柳条栅”“木桩”或戽斗，均与“就”字的本义无关。只是现在还无法确认蒲氏为何选用了这么一个意义毫无关系且字形也无提示作用的字来记这个词。

“小”手书连笔为“ؠ”,遂讹为“子”;“无”则中间断开讹为“旡”。

**77. 蜹蜅好(子)蚄使脚(撚)(《昆虫章》)**

跟:即“蹍”,用脚搓蹍。今方言仍说。此字影印本作“跟”,《字汇》和《正字通》也都作“跟”。路本、盛本有讹。跟,《字汇》:“尼展切,音碾。践也。”《正字通》:“‘蹍’本字。”

**78. 夏月臭樗生蚈蝺(苟)(《昆虫章》)**

①蚈:各字书均无此字。影印本作“蚈”,是。“蚈”为“蚈”字之讹。蚈,《字汇》:“居寒切,音干。虫侵物也。”《正字通》:“蛏类。又虫侵物也。”蚈,又音“寒”,《广韵》“胡安切”,“蚈蟹,一名蜎虫”。《汉语大词典》引陆德明《释文》:“井中赤虫也,一曰蜎。”一说即孑孓,蚊子的幼虫。

②蝺:各字书均无此字。影印本作“蚼”,是。因为该字字旁注了“苟”音,后误将“蚼”旁写成了“苟”旁,遂误为“蝺”。蚼,《字汇》:“又古侯切,音钩。兽名。北方有蚼犬,似犬,食人。”《正字通》:“许偶切,音吼。”

## 第三节　由路本、盛本、影印本形讹字的比较论三本之关系

### 一、从路本、盛本看影印本的错讹字

上一节所论都是路本、盛本有误而影印本不误,或虽误但存在路、盛二本致误原因之处,实际上影印本也存在着路、盛二本无误的一些讹误。下面讨论的字形都不涉及俗体或草体的问题①。

1. 录(《庄农章》“录豆白豆無災病”)

路、盛二本均作“菉”,是。“菉豆”即绿豆。《农桑经》中“菉豆”三见,“绿豆”一见。

2. 藺(《庄农章》“倒股盤蔹似馬藺”)

路本作繁体“蘭”,盛本作简体“兰”。马兰、马蔺为同一种植物的异名,又称“马莲”,本无所谓正误,但此处为偶数句尾,当押平声韵,“藺”为去声,似不合。影印本原抄作“蔺”,后校改为“藺”。当以“蘭(兰)”为妥。

① 如《庄农章》“買下蕘子好開鐮”中“蕘”的注音字写作“药”,此为“藥”字的民间简体,不算讹误。

3. 圆(《庄农章》"點心上荚帶糕圓")

路本作"门",盛本作"团"(團),是。参见上一节的讨论。

4. 晚(《养蚕章》"蠶饑晚老少絲綿")

盛本作"晚",是。路本作"脱",当为"晚"字的进一步讹误。参见上一节的讨论。

5. 金(《养蚕章》"倭緞織金二尺寬")

路、盛二本均作"錦(锦)"。织锦是织有彩色花纹的丝织品,"织金"不辞。

6. 堅(《饮食章》"饅頭皫白又鬆堅")

三本并误。当作"𡋯"。参看上文关于"𡋯"的讨论。

7. 擦(《器皿章》"蘿白成堆用擦牀")

"擦床",《现代汉语词典》写作"礤床",今方言多写作"擦床",即将萝卜、土豆等刮擦成丝的一种工具。其实"擦"音义均与方言不合。擦,《字汇》:"七计切,音砌。挑取也。"《正字通》同。不详蒲氏为何选用此字。三本的差异是,影印本该字无注音,而路本、盛本"擦"旁均注音"擦",当以路本、盛本为是。

8. 佛作(《木匠章》"桐梓良材佛作龕")

两字倒置。路、盛二本均作"桐梓良材作佛龛"。"佛作龛"不辞。

9. 員(《皮匠章》"鞔來曲折就方員")

路、盛二本均作"圓"。"就方员"不辞。

10. 毯馱(《毡匠章》"毯馱牙色染諸般")

路、盛二本均作"馱(驮)毯",即驼绒,是。"毯驮"不辞。

11. 腦(《僧道章》"勝負既分兩家腦")

路、盛二本均作"惱"(恼)。"两家脑"不辞。

12. 杵(《争讼章》"輕重全憑杵作行")

路、盛二本均作"仵"。仵作是旧时官府中检验死伤的差役。"杵作"不辞。

13. 衎衎(《衎衎章》)

路、盛二本均作"衏衏"。衏衏即妓院,也写作"行院"。影印本写作"衎々":后字为重复符号,前字似"衎"似"衏"。"衎衎"或"衏衏"均不辞。此误认两字字形为一。

14. 廋(《走兽章》"廋驢吹肥楝錐揀")

路、盛二本均作"瘦"。此与"肥"相对而言,当以"瘦"为是。

15. 碟(《昆虫章》"蛹化蝴碟蛆化蝇")

路、盛二本均作"蝶"。"蝴碟"不辞。

## 二、从形讹字看三本之源流关系

由上文可以看出,路本、盛本和影印本的字形均有错讹,区别在于:第一,数量多少;第二,错讹之原因和类型有异。通过分析这些差异,我们可以观察三本在源流上的关系。

影印本如上文已提及,为山东博物馆收藏的乾隆十二年(1747年)蒲松龄之孙蒲立德抄本。盛本据其"校勘记"为乾隆十二年(1747年)蒲立德校正刻本《聊斋日用俗字》,并参校了聊斋遗著整理委员会之"聊斋资料"本《日用俗字》,也参校了路大荒《蒲松龄集》中《日用俗字》文。其"校勘记"中校勘的地方只有35处。其中,只是注明路本之异的有33处,注明《聊斋日用俗字》有异的2处。可见,编者并未根据路本和"聊斋资料"本改动刻本的原文,只是采用了简体字来排印而已。路本未说明所据底本,但根据盛本的"校勘记",显然与蒲立德刻本有些差异,底本当非此刻本。不过,依路先生掌握蒲松龄资料的丰富程度来推测,路本根据的也可能是较早的版本。下面我们就根据形讹字及其他差异来分析三本的源流关系。

首先,从形讹字的数量来看,影印本的错讹之处最少,路、盛二本较多。单以本节第一部分的比较来看,影印本的错讹有15处,如果加上第二节中讨论到的原抄写不误、校改有误的8处(9 顋,17 

嵦,29 臁,32 篸,39 徽,55 了,65 髋,68 鞢),共23处。而路本的形讹有38处,盛本的形讹有35处,后两本可谓不相上下。无论抄刻,总是后出者错讹增多,而非相反,所以,仅凭此点,我们也可以肯定三本之中影印本最早。[①]

其次,从形讹字的形成原因来看,影印本也与路、盛二本不同。上述路、盛二本的形讹均为承继影印本而来。其中又可细分为以下几类:

第一类是影印本原抄写不误,校改有误的,路、盛二本均据校改后的字形,共8处(见上段所示,其中第55条"了"盛本不误)。

第二类是影印本原抄写有误,校改正确,路、盛二本根据的是有误的原抄写字形,共1处(第27条"熥")。

① 以上数量统计均未包括第二节中有疑而三本相同的若干处,因为这与我们讨论的问题无关。

第三类是影印本字迹模糊或不规范或俗体，路、盛二本误认字形，共 10 处：1 撒、2 耒、12 未、19 皽、22 粎、40 片、58 耻、62 須、63 嗺、66 栋。

第四类是影印本无误，路、盛二本因形近而误，共 16 处：3 堑、4 敊、6 鸟、20 牍、28 铜、34 破、35 棒、36 鍚、42 錬、46 窄、47 绺、48 綧、59 蚑、76 豣、77 牃、78 蚈蟵(其中 6 路本不误，35 盛本不误)。

第五类是其他，共 4 处：13 脱(影印本误写，路本由此而误)、18 察(盛本注音字误植)、38 扯(路本误将注音字代被注字)、49 剹(偏旁衍出)。

以上 39 条中，有 9 处(第一类 8 处，加第五类中的第 13 条)是影印本有误而路、盛二本承继了影印本的错误；其余 30 处均为影印本无误而路、盛二本因形近或影印本书写的原因而致误。而影印本的 15 条错讹(不计原抄写不误、校改者误改的 8 处)，情况比较简单：基本上都是很明显的牵涉字义词义错误，只有第二条"蔺"有违押韵算是小错。这些错误，当因抄写致误，一般人完全可以察觉并加以改正的。因此，由上述情况我们也可以得出结论：路、盛二本均据影印本而来，增加了错讹，但也改正了其中的明显错误之处。

再次，我们还可以观察三本的其他异同。如：路、盛二本蒲氏《自序》中说："土音之讹，如'豭'读为'脚'，'种耜'读'种使'之类，悉从《正字通》。"影印本无"通"字。如果无"通"字，则"悉从正字"只是说明字形从正字，而未明确说明正字的根据。《自序》中上文有"详查《字汇》，编为此书"的话，那么正字的依据就是《字汇》。如果有"通"，则正字的依据就是《正字通》——蒲氏编写此书的时候(康熙四十三年，1704 年)，距离《正字通》已经问世已有 30 多年了(有"康熙九年序")，况且《日用俗字》末尾也有"诸门俗字多遗漏，难在全掀《正字通》"的说法，说明蒲氏肯定是看过并且十分推崇，自序中提到也是很正常的。不过据我们的考察，蒲氏确实是以《字汇》作为选字基础的，这样一来，这里又说"悉从《正字通》"，未免有所牴牾或者说不实。因此，我们更倾向于认为蒲氏本无"通"字，"通"字盖后人所添。也就是说，影印本正确，而后来的版本有误添。

盛本在《养蚕章》章目下有"绵细见酸瓮不上色，山茧胡丝细不等，不用酸瓮染深蓝"三句。这三句说的是染色的事情，且非韵文，与正文又不连属，与其他各章体例亦不合。或为蒲氏备忘的话，后来并未编入正文。影印本和路本均无，这似乎说明盛本另有所本。

路、盛二本《丹青章》"雌黄(籐黄用亦佳)"影印本作"石黄"。不过，后文又有"雄黄价贵于赭石"一句，石黄即雄黄，两名似不应重出，所以，路、盛二本内部顺妥无碍,而影印本则有疑。实际上,影印本“雄黄价贵”一句原抄作“雌黄”,校正者改为“雄黄”。今按:“石”“雌”二字字形相去甚远,不至于抄写致讹,因此,我们怀疑蒲氏原作此处即作“石黄”,指雄黄,而下文提到的就是“雌黄”,两者分列,并无错误;经影印本校正者把“雌黄”改为“雄黄”之后,与“石黄”就重出了;应该是嗣后的校正者注意到雄黄重出的问题后,再把前面的“石黄”改为“雌黄”,这样虽然不合蒲氏原作次序,倒也“雌雄”二黄各得其所了。本例说明,在发现原版本有明显错误的时候,后出的版本会有所调整。

路本、影印本在《日用俗字》最后都有“古言蛙鸣如擂鼓,今闻蝉叫似弹筝”两句,盛本无。今按:这两句前面的话是“诸门俗字多遗漏,难在全掀《正字通》”,已经对全书做了总结,再加上这两句显得非常突兀,无异于蛇足。我们怀疑这只是蒲氏原来顺手写下,后来未安置于合适之处而漏删者。

总结上述,我们可以得出两点结论:

第一,影印本是路本的祖本,也是盛本的祖本。这由路、盛二本的形讹如此相似且都与影印本有关可以证明。考虑到盛本比影印本和路本在文本上有增(《养蚕章》章目下三句)有删(最后二句)而路本与影印本句子相同,所以路本与影印本的关系似乎更为直接。不过,由于路本中有缺字(《器皿章》“米□扫去烛麪饼”)、有残字(《庄农章》“点心上奘带糕门”),因此路本的底本并非影印本,而应为影印本的再抄件。盛本所据的《日用俗字》刻本与影印本的校正者为同一人且两本在同一年,为何刻本有增有删?如果说与影印本没有关系,为何字形讹误又与影印本字形相关?这只有一种推测可以解释:蒲立德先有影印本,后来又在授诸剞劂时再次做了增删的“校正”。蒲立德的几处增删肯定是在蒲松龄稿本基础上进行的,但雕工所依傍的书稿基本内容应该是以影印本为底本(包括跋语)的再抄件,这样才导致错讹与影印本相当一致。换言之,影印本本来就是为了付印而准备的底本,所以其上还保留了一些改动,而后蒲立德等人又在影印本的基础上做了最后的增删,形成誊清件付梓。刻本(盛本)与影印本的文字出入,就形成于这最后的修订之中。

第二,我们现在所看到的版本明确的影印本和《聊斋日用俗字》刻本,都经过了蒲立德等人的“校正”[①],并非蒲松龄稿本的原貌。这些校正可分三种情形:(1)确实改正了原稿或原抄件的错讹或不当。如《身体章》“蹠”原抄作“蹢”,非

① 跋语中署名为“孙立德毅菴校正;曾孙一泓瀚池、一涵沅洲、一湜清沚同校”。

字，校改为正字；又如删去最后两句。(2)原抄写不误，校改反误。如上文第二节中所列8处。(3)校改正确与否存疑。如《自序》中有无“通”字。校改的依据，有些应该是根据蒲松龄原稿，如盛本《养蚕章》章目后增的三句；有些应该是校正者以意度之，如盛本删去的最末两句，又如原抄写不误、校改反误的例子。这些原抄写不误校改反误的情况，反映出校正者毕竟没有像蒲松龄那样下过“详查《字汇》”的功夫。由于有了上述“校正”，三本的文本不同也就可以理解了。最末两句的先存(影印本)后删(刻本)、《养蚕章》章目后三句的先删(影印本)后增(刻本)实际上反映出校正者取舍态度的游移。

## 第四节 《日用俗字》中的俗字

### 一、《日用俗字》中“俗字”的性质

《日用俗字》是蒲松龄的重要著作之一。蒲氏在该书《自序》中说明了编写目的：“每需一物，苦不能书其名。旧有《庄农杂字》，村童多诵之。无论其脱漏甚多，而即其所有者，考其点画，率皆杜撰。故立意详查《字汇》，编为此书。……虽俗字不能尽志，而家常应用，亦可以不穷矣。”由此可见，这是一部解决农村日常用字问题的实用性著作。蒲氏明确指出当时存在两个方面的问题：一是能说而不能写的问题。口语用词多为方言，一般人常常不知道该用什么字来书写(“苦不能书其名”)。这种现象其实在现代也仍然是个问题。二是旧有的农村通俗字书错误太多。其错误之一是“脱漏甚多”，这其实仍属于第一方面的问题(其“脱漏”者自然“不能书其名”)；之二是“其点画率皆杜撰”。所谓“率皆杜撰”，可以理解为两种类型：一种是自造土字，另一种是错用现成的字。前者字形不见于字书，为土俗之字，难登大雅之堂；后者虽然字形非自造，但音义差讹，仍是对正字的错误使用。蒲氏解决这些问题的方法是“详查《字汇》”，也就是说，他要根据权威的字书来确定方言词语的正确写法。还有一点蒲氏没有明言，但实际上是做到了——蒲氏这部书共计31章，也就是将农村日常用词分为31个意义类别，包括当时农村生活的方方面面，几乎是一套完备的封建社会农村生活的百科词表，从蒲氏的初衷来说，这样正是为了解决“脱落甚多”的问题，以达“家常应用亦可以不穷”的目的。而蒲氏当时没有预想得到的是，正因为

《日用俗字》所收录词语的完备，该书在全面反映清代早期农村生活、反映当时鲁中地区方言词汇方面就具有了其他文献所不能及的独特而重要的价值。比如，蒲氏的聊斋俚曲篇幅要比《日用俗字》大几十倍，然而具体反映农村生产活动的词语就很少见。

明了《日用俗字》一书的编写目的和编撰方法之后，我们对其书名中的“俗字”就不能用文字学意义上的俗字来理解了。文字学中的“俗字”，也叫“俗体字”，是与正字（即规范字、通用字）相对而言的，指民间通俗流行而不合规范的汉字。如“着”作为“著”的俗体，早在唐代就出现了①，但明末的《字汇》《正字通》，清初的《康熙字典》都不收录②，只有《字汇》在首卷中提到“著”“俗作‘着’”。而蒲氏恰恰是针对当时的日常用字错讹太多而编写此书的，他“详查《字汇》”的目的就是要避免“率皆杜撰”，他所要提供给读者的是正字而非与正字相对的俗字。所以，《日用俗字》的“俗字”，其实是方言“俗”词的正确写法而非俗写，即“日用俗词正字”。或者说，《日用俗字》之“俗字”，应该理解为“俗常用的正字”。下文为了区分这两种“俗字”，将蒲氏书中所说的“俗字”加引号标志，而文字学意义上的俗字一概不加引号。

蒲松龄正字的标准是当时的权威字书——《字汇》和《正字通》。蒲氏在《自序》中除说明“详查《字汇》，编为此书”外，还提到：“土音之讹，如‘豭’读为‘脚’，‘种耜’读‘种使’之类，悉从《正字通》。”《日用俗字》全书的最后两句“诸门俗字多遗漏，难在全掀《正字通》”③，更是明确提出，“俗字”的正确写法应该到《正字通》中去找。《字汇》成书于明万历四十三年（1615 年），是明末至清初最为通行的字书。而《正字通》则初刻于清康熙九年（1670 年，时蒲松龄 30 岁），对《字汇》多所补苴，在《康熙字典》问世（康熙五十五年，1716 年，时蒲松龄已殁）之前也颇有影响。据我们考察，蒲松龄基本上是依据《字汇》进行编写的，这说明蒲氏“详查《字汇》”的说法确为诚实之言，而建议大家去“掀《正字通》”，只是因为《正字通》是最新字书而已。《字汇》按部首排列，要根据日常用词的音义到字典中查找正字，工作量是相当巨大的，由此可以想见，蒲氏当年为编写此书应该是花费

① 《汉语大字典》“着”字引用了多条唐宋元明时期的例子。

② 时至今日，大陆地区用“着”的地方在台湾地区仍用“著”，如“看著他”。

③ 路大荒《蒲松龄集》所收录的《日用俗字》中，此后还有两句：“古言蛙鸣如擂鼓，今闻蝉叫似弹筝。”这两句指出对动物鸣叫声音的描述古今有异，但在前面“诸门俗字所遗漏，难在全掀《正字通》”两句已经对全书作了总括之后，突然提到动物鸣声，显得非常突兀，且难以收尾。疑此二句为蒲氏原来顺手写下，后来未安置于合适之处而漏删者。盛伟《蒲松龄全集》所收《日用俗字》无此二句，是。

了非常多的时间和精力。我们由衷地对蒲氏为农村文化所做的艰苦努力表示钦敬之情!

不过,我们在对《日用俗字》用字与《字汇》《正字通》进行一一比较之后,发现书中还有少数字不见于《字汇》和《正字通》。目前能够确定的有49个字。为行文方便,我们先根据蒲氏的标准,把这些不见于《字汇》和《正字通》的字都算作俗字。这些字情况不一,有些属于真正的俗字,有些则不然,请参看后文的分析。本节分类胪列这些俗字,分析其不同类型和性质,希望能够弄清《日用俗字》选用这部分俗字的原因,以全面认识《日用俗字》一书的特点和蒲氏的编写特点,并为研究清代鲁中地区俗字者提供参考依据。

需要说明的是,本节所谓不见于《字汇》和《正字通》的字,不包括因为抄写致误的形讹字,如《庄农章》"垡垡压去要深壂"的"壂",各字书均无此字,但其实是"壡"的形讹[①];也不包括个别字义不详而无法断定其是否形讹的字。如《裁缝章》"絚线缝来脚似虮"中的"絚",《字汇》《正字通》均无此字,《汉语大字典》亦未收此字,今方言也不说,意义不详,因而无法确定其是否形讹,也就无法确认其为俗字。

还需指出的是,《字汇》和《正字通》对"正""俗"字的标准并不相同,后者要严苛得多,《字汇》中有许多字被《正字通》指为"俗字"。如果按照《正字通》的标准,那么《日用俗字》中的俗字就要多得多。例如第二十五章《衕衏章》的"衕衏"(行院,即妓院)二字,《正字通》认为都是"俗字",蒲氏显然并未采纳《正字通》的观点。蒲氏并非文字学家,他只是根据当时的权威字书来确定正俗,我们也不能对他苛求。既然蒲氏主要是根据《字汇》来确定正字的,所以,我们也遵从蒲氏的标准根据《字汇》来确定正俗,而不把《正字通》认作"俗字"的字包括在内。

本节讨论的《日用俗字》字形以路大荒编《蒲松龄集》为基础,并参考了盛伟编《蒲松龄全集》。

## 二、类型之一:蒲氏承用前代已有之字

《日用俗字》不见于《字汇》和《正字通》的字中,有一些据《汉语大字典》《汉语大词典》的引例来看,出现于比蒲氏更早的年代。蒲氏是承用了前代已经出现的字。

---

① 壡,《字汇》:"许缘切,音暄。隙也。"(《正字通》以为"讹字")今写作"暄",意为"松软"(《汉语大词典》和《现代汉语词典》都指"暄"为方言词),物体有"隙"则松软,所以蒲氏选用此字。

1.䏲。《身体章》:“耳䏲与腮作近邻。”[①]䏲,即“耳朵”的“朵”。《字汇》《正字通》均未收此字。《汉语大字典》:“耳䏲,即耳朵。”引例为元代佚名《谢金吾》第二折:“揪耳䏲。”可见该字为元明以来民间俗字。

2.䪖。《身体章》:“䪖顩脊梁腰髈骨。”䪖顩,指颈椎。今写作“脖”。“䪖”字不见于《字汇》和《正字通》。据《汉语大字典》,“䪖”同“脖”,引例为《水浒传》第十五回“䪖项”,即“脖项”。

3.犋。《庄农章》:“索头穿绠才上犋”。又同章:“地少无牛合大犋”。“犋”今为农村常用字,“上犋”指为牛、马等佩戴上索头等用具,系好连着农具的绳索,做好拉犁、耙等农具的准备。《字汇》《正字通》均无“犋”字。《汉语大词典》和《汉语大字典》所引最早用例为明代徐光启《农政全书》,可见《字汇》等字书失收。

4.鍘。《庄农章》:“镰刡麦秸鍘剄穗”。又见《僧道章》:“攞鍘攞席还拳棹。”今写作“铡”,铡刀。《字汇》无“鍘”字,有“鍘”:“查辖切,绽入声。切草具。”《正字通》以为“鍘”为讹字,并引《篇海》“今作鍘”,称“并非(都不对)”。由《篇海》来看,此字在民间已经流行。

5.晾。《养蚕章》:“风中晾晾桑方冷”。晾,指将物品放在通风或阴凉的地方使其干燥,今为常用字,但《字汇》《正字通》均未收此字。《康熙字典》引《字汇补》:“音亮。晒暴也。”《汉语大字典》则引元代和明代用例。看来“晾”字当时已经通用。

6.撵。同“牵”。《养蚕章》:“细疋绫罗任意撵。”《字汇》《正字通》均无此字。《汉语大词典》例引宋代赵彦卫《云麓漫钞》、元代郑光祖《老君堂》《水浒传》等。当为宋代以来民间俗体字。

7.鰟。《饮食章》:“鰟子煠焦真脆美”。今写作“鲅”,鲅鱼。《字汇》《正字通》均无此字。《汉语大字典》:“鮁鰟,鱼名。”引例为潘岳《沧海赋》。

8.醯。《饮食章》:“煠祭蜜贵糖醯省。”糖醯,麦芽糖浆。《字汇》和《正字通》无此字。《康熙字典》在《备考》中收此字:“《搜真玉镜》音希。”

9.畬。《菜蔬章》:“畬的辣菜能下酒”。一种加工方法,用东西覆盖使其改变味道或性质。《字汇》《正字通》均无此字。《汉语大字典》引例有约作于宋初的《物类相感志·果子》、明代周履靖《群物奇制·衣服》、徐光启《农政全书·农

---

① 《日用俗字》中原应加句号者,本节引用时句号在引号内(如本句);原应加逗号或分号者,本节引用时句号在引号外。

本·诸家杂论下》等。可见该字《字汇》等失收。

10.鉢。《器皿章》:“木榨榨来甌鉢接”。为“钵”的异体字。《字汇》未收此字。《正字通》:“钵,俗作鉢。”

11.饘。《饮食章》:“饘饘上笼忌出犯”。今写作“馍”。《字汇》《正字通》均无此字。《汉语大字典》:“(饘饘)也作‘馍馍’。面制食品,常指馒头。”引例有元代杨显之《酷寒亭》、蒲松龄聊斋俚曲。可见元代起已有此字,《字汇》等失收。

12.蹅。《器皿章》:“蹅棍蹬来轧车忙。”蹅棍,即踏棍,轧车上用脚踩动的一个部件,通过连杆使轧车的碾轴转动。今鲁中方言仍称“踏”“踩”为蹅(音“渣”)。《字汇》《正字通》均无此字。《汉语大字典》引例有元代关汉卿《王闺香夜月四春园》《西游记》等。

13.鬏。《杂货章》:“鬏髻梳妆如冠冕”。鬏髻,指古代妇女用假发做成的髻。《字汇》《正字通》均无“鬏”字。《汉语大字典》:“鬏髻,发髻或假发。”引例为《西厢记》。《汉语大词典》作“鬏髻”:“假发髻。鬏,通‘髢’。”髢,《字汇》:“大计切,音第。发鬓也。发少则以髢益之。……亦作‘鬄’。”《正字通》略同。

14.瓦。《泥瓦章》:“瓦屋全凭缝对齐。”瓦屋,用瓦覆屋顶。今方言仍说,一般写作“瓦”(读去声)。《字汇》《正字通》均无此字。当为俗字。《汉语大字典》引例有明代陈铎词和蒲松龄《日用俗字》,以及清代阮葵生《茶余客话》卷十六:“俗字……泥坐瓦曰瓦。”

15.皻。《疾病章》:“皻鼻皯䵟损容颜。”皻鼻即酒糟鼻,也叫“酒渣鼻”。“皻”字《字汇》《正字通》均无,为“齇”字异体。皻,《汉语大字典》:“同‘齇’。”引《魏书》例。齇,《字汇》:“庄加切,音查。鼻上疱。”《正字通》以为“俗字”。

16.搴。阻塞,堵住。《疾病章》:“奔豘直上搴心间。”《字汇》《正字通》均未收此字。《康熙字典》引《集韵》:“张六切,音竹,以手搴物也。”

17.箺。《僧道章》:“箺筝管哨一齐响”。《字汇》《正字通》均无此字。《康熙字典·备考》:“《搜真玉镜》:‘七姓切,请去声。’”无义释。《汉语大字典》音 qín:“古乐器名。如筝,有七弦。”引例有宋代张元幹诗、《元史》、明代沈榜引文等。

18.瞅。《赌博章》:“瞅就傻瓜放利债”。瞅指盯,用力地瞧。今方言仍说,音“丑”。《字汇》《正字通》均无此字。《汉语大字典》:“同‘瞅’。”引例有元代关汉卿《单刀会》、明代刘侗、于奕正《帝京景物略》、《西游记》等。不过今鲁中方言中另有“瞅”一词,音“秋”,指一般地看,瞧;而“瞅”则是有意地、用力地看。两者读音不同,意义有别。

19.臊。《走兽章》:"臊羉[①]烹之肉不香。"《字汇》《正字通》均无此字,当为"臊"字俗体。《汉语大字典》:"同'臊'。腥臭味。"引例有明代冯惟敏曲、明徐霖剧等。

20.餵。《走兽章》:"豝豘也用泔水餵"。今写作"喂"。《字汇》《正字通》无此字。《汉语大字典》:"同'餧(喂)'。喂养。"引例有《齐民要术》、唐代孟郊诗等。可见该字早即通行。

21.蝻。《昆虫章》:"蚄蝻蚜蚄使脚踉[②]"。蚄蝻为蝗的幼虫。《字汇》《正字通》均无"蝻"字。《汉语大词典》释为蝗的幼虫,引例有宋代《太平广记》、宋代梅尧臣诗等。

## 三、类型之二:只见于或首见于《日用俗字》

《日用俗字》不见于《字汇》《正字通》的字中,有些是各种字书均未收录,这种要算是纯粹的俗字;有些是后代字书有收录,但首见于《日用俗字》,起码在蒲氏的时代要算作俗字。

1.顉。《身体章》:"頚顉脊梁腰髈骨。"意义见上文。各种字书均未收此字,当为俗字。

2.腚。《身体章》:"腚膗屁骨即肛门。"今山东及邻近地区称臀部为"腚"[③],当为方言字。《字汇》《正字通》均未收此字。《汉语大字典》指"腚"为"方言",引例最早为蒲松龄的《聊斋志异》。

3.埡。《庄农章》:"墚道坨堐防作蹋"。堐,指堤岸。《字汇》《正字通》均无。《汉语大字典》:"地名用字。洛河堐(在山东省沂水县)。"此当为"涯"的俗字,指"河涯",即河岸。

4.稃。《庄农章》:"麦子拔稃穗粒圆。"稃,指植物的细长秸秆。《字汇》《正字通》均无。《汉语大字典》引例即为《日用俗字》本句。可见该字为俗字。其本字似应为"莛",《字汇》:"唐丁切,音亭。草茎。"《正字通》略同。

5.糰。《饮食章》:"碗盛糰粖尽复添。"糰粖,一种食品,即面疙瘩。各字书均

---

① "羉"字字形原有误,此径改。参见本章第二节。

② "踉"字字形原有误,此径改。参见本章第二节。

③ 《普通话基础方言基本词汇集》(陈章太、李行健主编,语文出版社1996年版)所收北方方言93点中,称臀为"腚"的地点除了山东全省外,只有大连和商丘。其中,大连属胶辽官话,说"腚"是受胶东话的影响;商丘则紧邻鲁西南。

无此字，当为俗字。

6. 箤。《器皿章》:“箤箩新籮细罗张。”箤箩，即笸箩。今方言“笸”音“勃”，所以蒲氏不用“笸”而用“箤”字。不过各字书均无此字，当为俗字。

7. 烈。《器皿章》:“夹口烈底不成腔。”烈，指向外分开，今方言仍说。《现代汉语词典》写作“裂”(liě)，为方言词，指“东西的两部分向两旁分开”。《字汇》《正字通》均无此字。《汉语大字典》同“烈”，引例为《儒林外史》第十六回:“那火轰轰烈烈……”与此处意义无关。

8. 戥。《器皿章》:“称锤戥子较低昂。”戥子，《聊斋日用俗字》本作“戥杆”。戥子为称量药品或金银珠宝等用的小型杆秤，而戥杆指戥子的杆。戥，《字汇》《正字通》均无，为当时俗字。今通用。《汉语大字典》引例有《红楼梦》《儒林外史》等。

9. 缑。《杂货章》:“惟有弓鞋须自缑。”“缑”字蒲氏注音“勾”，今方言称编织衣物为“勾”。《字汇》《正字通》均无此字，《康熙字典·备考》引《篇韵》“音邕”，无义释。此为俗字，与《康熙字典》音“邕”者不同。

10. 榃。《木匠章》:“榃杺要直不求弯。”榃杺，今方言称竖立在碾盘中间、石碾通过椁绕着转的圆木轴为“碾管心”。榃，各字书均无。当为俗字。

11. 襬。《铁匠章》:“狗皮遮襬扎腰下”。遮襬，指铁匠打铁时用的护裙。该字《字汇》《正字通》均无。《汉语大字典·补遗》称“音义未详”。当为“护”的俗体。

12. 襟。《裁缝章》:“零剪几块襟荷包。”《现代汉语词典》作“缉”(音“七”)，“缝纫方法，用相连的针脚密密地缝”，举例如:“缉边儿”“缉鞋口”。各字书均无“襟”字。当为俗字。

13. 爞。《铁匠章》:“莫笑火爞如灰鬼”。意为“烤”。今方言仍常说，音“歘”。各字书无此字，当为方言俗字。

14. 鞾。《皮匠章》:“鞾起生皮铲净干。”蒲氏自注音“挣”，指用手或工具使布、皮、纸等因受力而张开。今一般写作“挣”。《字汇》《正字通》无“鞾”字，当为俗字。《汉语大字典》释为“同‘镫’，马鞍两边的脚踏”，有唐代例，但与此处音义均不同。

15. 祒。《皮匠章》:“遂将狐嗉为祒领”。祒，蒲氏自注音“招”(“招”为“掏”的异体)，各字书均无。其义不详。今方言称套袖为“掏袖”，疑祒领指套在领子外面的毛领。狐嗉也叫“狐嗉子”，指狐狸脖子底下的毛皮，是狐皮中最贵重的部位,因为狐狸身上的毛以这里的为最长且最轻。以狐嗉作毛领无疑既保暖又显富贵。如此则该字为俗字。

16. 擿。《皮匠章》:"鞴头结罢又擿鞭。"各字书均无"擿"字,当为"擰"字俗写。"寧""甯"民间多通用(今简化字均作"宁"),所以"擰"被写作"擿"。

17. 趦。《疾病章》:"跺邃丫去趏趦还。"从文意看,"趏趦"当为象声词,即"呱嗒",指走路时脚板着地呱嗒作响,形容行走自如的样子(本句描写行路不便的病人经高明医生诊治后回来时便行走自如)。趏,《字汇》:"古滑切,音刮。走貌。"(《正字通》以为"俗字")趦,各字书均无,当为俗字。此字蒲氏未注音,当按声符音"答",因"趏"字从"走"而写作"走"旁。

18. 皴。《疾病章》:"擘皴磨眼不相干。"皴即"皴",为俗字。皴,《字汇》:"七人切,音亲。皮细起也。"《正字通》:"七均切,音逡。《说文》:'皮细起也。'"此处字形蒲氏从方言俗写。

19. 拷。《争讼章》:"搥腿揪毛还拷命"。蒲氏自注音"聘","拷命"当即今"拼命"。拷,《字汇》《正字通》均无此字。当为俗字。

20. 窱。《衕衕章》:"粉糊赤糖庣窱脸"。"庣"字蒲氏自注音"凹","窱"字蒲氏自注音"茶"。庣窱脸,指内凹的脸型。今方言仍说。《字汇》《正字通》均无"窱"字。《汉语大字典》音 tú:"'庣窱',也作'庣窱'。深貌。清蒲松龄《日用俗字·衕衕章》:'粉糊赤糖庣窱脸,花满肥长倒踏鞋。'按:《广韵·麻韵》作'庣窱'。"今按:蒲氏已经明确注明该字音"茶",但《汉语大字典》却音 tú,且未说明根据何在,误。"窱"与"窱"字形不同,此作为仅见于《日用俗字》者处理。

21. 逿。《走兽章》:"蹚马一逿知好歹"。蒲氏自注音"倘"。"逿"字各字书均无,当为"逿"字的俗写。逿,《字汇》:"徒浪切,音宕。失据而倒。……又平声徒郎切。张平子《思玄赋》:'烂熳丽靡,藐以迭逿。'"《正字通》:"杜浪切,音荡。行不循道也。又失据而倒。……又养韵音倘,义同。"

22. 扨。《走兽章》:"铁薏鞴头治铙强。""铙"字蒲氏自注音"扨"[①],"扨"字《汉语大字典》同"拗"(引例为《封神演义》和《镜花缘》),而《字汇》《正字通》均无此字形而有"拗"。可见蒲氏写的是俗体。

23. 鴎。《禽鸟章》:"老鴎群巢更吉昌。""老鴎"今写作"老鸹",乌鸦。"鴎"字各字书均无。当为俗字。

---

① "扨"字路大荒本字形模糊近"抝",盛伟本清晰作"扨"。

24. 鱑。《鳞介章》:“海中鲳鱑下甜糟。”“鱑”今写作“镜”,镜鱼即鲳鱼。各字书均无“鱑”字。当为俗字。

25. 蜉。《昆虫章》:“蜉蛐如蚕不作茧”。蜉蛐,一般写作“步蛐”“步曲”,即尺蠖,尺蛾科昆虫幼虫的统称。身体细长,行动时一屈一伸,故名“步曲”。《字汇》《正字通》均无“蜉”字。《汉语大字典》亦未收录。当为俗字。

## 四、类型之三:字虽见于《字汇》但音义无涉

《日用俗字》中有些字的字形虽见于《字汇》《正字通》,但其音义与字书毫无关系,这些字其实只是字形与字书所收的字偶合而已,也应该视为俗字。

1. 牄。《泥瓦章》:“牄瓦不漏始稀奇。”指将瓦逐个压着边缘摆放在屋顶。今方言仍说,牄音“呛”(去声)。各字书均无此字。当为俗字。《字汇》有与之形近的“牄”字,“千羊切,音锵。《说文》:‘鸟兽来食声’”。《正字通》略同。然而与此处意义不合,字音声调不同。

2. 剳。《泥瓦章》:“任他剢剳便吃亏。”剢剳,当音“多答”,今方言指随意地用泥摔打,这里指不用心做泥瓦活儿。剳,《字汇》:“竹洽切,斩入声。剳子。”(今简体字作“札”,普通话音 zhá,即所谓“斩入声”)《正字通》释为:“笺剳,用以奏事,非表非状者谓之剳子。”此字音义与方言均不合,只是蒲氏因为“剢”字有“刂”旁而与其联绵的“剳”也用了“刂”旁,于字书无据,亦当视为俗字。

3. 啗。《鳞介章》:“鲟[1]花无刺放心啗。”该字《字汇》以为“啖”字之讹,“同啖”。啖,“徒览切,谈上声。噍也。食也。……又去声徒滥切,义同”。《正字通》以“啗”为“啖”的本字。今按:声符“舀”谐声的字今韵母均为 ao、iao 一类,不当音 an、ian(啖,dàn);况且,此处为韵脚,“啗”字韵母当为 ao、iao,声调为平声,也不当音去声或上声。所以,这里的“啗”并非“啖”或“啗”,而应当读 yao 或 dao、tao 之类。今山东不少地方称用筷子夹菜为“刀”,疑该字即此音义。

## 五、蒲松龄采用部分俗字的原因

根据《自序》,蒲氏既指斥《庄农杂字》之类“率皆杜撰”,又自称“详查《字汇》,编为此书”,那么就不应该出现字书无载的字形;可是书中却确实出现了《字汇》《正字通》所无的字,尽管数量很少,但也值得我们关注。这些字到底说

---

① “鲟”字字形原有误,此径改。参见本章第二节。

明了什么呢?

第一,蒲氏所谓“详查《字汇》”,并非指书中所用每个字都是查检《字汇》而来。如果蒲氏认为是通用之字,就无须详查字书而径直写下(举个极端的例子:“日用俗字”四字就无须查检字书)。反过来说,书中不见于《字汇》《正字通》的字,应该是蒲氏认为通行用字或其他原因而无须“详查《字汇》”的字,因此,有些《字汇》所不收的字,应该是当时已经通行的字,如“椇、晾、鬏、鰱、餵、蛸”等。

第二,《日用俗字》所用的一些字形,可以明显看出是蒲氏有意选用的并非通用的字,包括专义专用的分化字、追求本字本义的非通用字、非多音多义字等。《日用俗字》中有许多字其实在蒲氏自己的聊斋俚曲里也不采用。下面举几个例子:

《身体章》“耳朵”写作“耳聜”。“耳聜”的写法古书中少见,“聜”字本来就是“朵”上加“耳”旁而形成的专用于“耳朵”的俗字(文字学上称为“分化字”)。蒲氏可能因为“朵”平常表示“花朵”而在有正字之用的《日用俗字》中用了“聜”字。换言之,这是有意为了避开多义的字形而采用分化字。俚曲中“耳朵”凡 12 见,无一写作“耳聜”者。

《身体章》“脖”写作“顡”。“脖”字古代非指颈部,而指“脖胦”(脐或脐下一穴位)(可参看《日用俗字·身体章》“腋折脖脐连小腹”),后来才指“脖子”(《汉语大字典》和《汉语大词典》的最早引例都是元曲)。蒲氏既以“脖”为“脖脐”的正字,于“脖颈”义便采用了“顡”字。换言之,蒲氏是有意避开流行的俗字而为之。俚曲中“脖”字凡 42 见,41 例表颈部,1 例表“脖脐”,无一作“顡”者。

《走兽章》“臊”写作“羶”。“羶”本为“臊”字俗体,蒲氏或许因为“臊”有平去两读而选用了只读平声的“羶”字。俚曲中“臊”凡 7 见,未见用“羶”的例子。

第三,有些是方言字,字书中没有收录。方言字是记录方言独有的词(或语素)、在方言区内流行的字①,如粤方言字“啲”“冇”“塱”“佢”,吴方言字“覅”“哦”,北方话的“咋”“啥”。这些方言字在共同语中没有对应的词(或语素),所以也没有相对应的正字。要记录方言词,必然会用到这些方言字。其中最典型的是“腚”字,此为山东及附近地区的方言词,指臀部(见上文)。蒲氏实际上在书中提到臀部时用的是共同语词“屁骨(屁股)”:“腚腄屁骨即肛门”,但方言词

① 广义的方言字除记录方言独有的词(或语素)的方言字外,还包括在某一方言区内流行的与共同语词(或语素)相同而与规范字不同的写法的字,如某些粤方言区“藕”写作“艽”,“裤”写作“袪”,这些方言俗字与规范字是异体的关系。

“腚腄”(臀部肌肉)没有对应的共同语说法,就只能用方言字“腚”了。再如“戥”,《现代汉语词典》中“戥”和“戥子”都不视为方言词,说明是近代以来出现的北方方言词,现代已经较为普遍使用。其他如“埌、糰、緔、瞜、窾、唡”等。

第四,有些确应认为是俗体字。其中情况比较复杂。有些是由于偏旁写成异体而成为俗体,如“擿、遢”。有些是由于方言读音有异而选用了表音更准的声符形成俗字,如“箏、摴、鷗”。还有些是为了更准确地表意而加上了形旁或更换了形旁,如“趦、橧、蛈、襬、鱙”。最让人疑惑的是“皸”字,共同语中其实有相应的字“皴”,为形声字,从皮夋声,而“皸”字更换意符“皮”为“军”,让人不明所以。笔者记得小时候在家乡(寿光)即跟从父辈将此字写作“皸”,多年后才知道应该写作“皴”。由此可见该字尽管写法怪异,但流传却既广又久。这些俗体字我们尚难以断定系蒲氏自造还是前有所承。

## 第五节 《日用俗字》选用方言正字的方法及其启示

### 一、《日用俗字》的性质与方言正字

蒲松龄《日用俗字·序》开宗明义说明了该书的编写目的、方法和体例,此迻录如下:

> 每需一物,苦不能书其名。旧有《庄农杂字》,村童多诵之。无论其脱漏甚多,而即其所有者,考其点画,率皆杜撰。故立意详查《字汇》,编为此书。土音之讹,如“猳”读为“脚”,“种耜”读“种使”之类,悉从正字[①]。其难识者,并用音切于大字之侧;若偏旁原系谐声,例应读从半字,概无音切。或俗语有南北之不同者,偶一借用,要皆《字汇》所有,使人可以意会。虽俗字不能尽志,而家常应用,亦可以不穷矣。

由此可见,蒲氏编写此书的目的是为了“家常应用”,换言之,这是一部当地的日常用字汇编。值得注意的是,该书名为“俗字”,其实并非一般所说的区别于“正字”的“俗字”(即俗体字或非通行字),蒲氏编写的起因就在于他认为一般的日用杂字书“率皆杜撰”,也就是说,他认为使用俗体字其实是错误的,是应该

① 此从影印本,见《山东文献集成》第四辑(山东大学出版社2011年版)。路大荒《蒲松龄集》、盛伟《蒲松龄全集》“正字”作“正字通”。

避免的。他的做法是“详查《字汇》”“悉从正字”。换言之,蒲氏是排斥使用俗字而根据字书来选用“正字”的。据考查,《日用俗字》中的真正的俗字确实是非常少的[①]。因此,对书名“日用俗字”的准确理解应该是“日用俗词正字”[②]。

怎样的字才算是蒲松龄心目中的“正字”呢?或者说,蒲氏选用“正字”时有什么标准呢?蒲氏《自序》中所说甚简,只有两条:一是说“详查《字汇》”,也就是说查阅字书来确定正字。显然,“正字”首先应该是字书上有载的字,而不是于字书无据的民间自造字。二是说“土音之讹……悉从正字”,这是说,有些词的本字应该是甲,但方言读成乙,与甲字读音不同,蒲氏的做法是“悉从正字”,也就是写作甲字而不是据乙音写作同音的乙。显然,这应该是写本字的问题。由此来看第一条所说的“详查《字汇》”所得出的“正字”,也应该包含虽然“土音”不“讹”但写法有“误”的字,这同样也是考本字的问题。总起来说,蒲氏对“正字”的选用,涉及两个问题:一是对有本字的方言词考求其本字,二是对无本字的方言词用什么样的字来记录。

从蒲松龄本人的学识来说,他并不以学者闻名,也没有学术著作问世,自然不能与清代的那些朴学大家相比。或许,依他的性格、兴趣,他并非皓首穷经之人,这从他能够创作出《聊斋志异》这样的浪漫玄幻之作也能看出一些端倪。只是到了晚年,科场屡战屡败的他大概也心灰意冷了,于是,才有了《聊斋俚曲集》这样的大俗之作(多作于晚年,其中《墙头记》作于72岁),也才有了《日用俗字》(作于64岁)、《农桑经》(65岁)、《药祟书》(66岁)这样的关心农村生产生活实用问题的著作。但是,他毕竟是一位饱读诗书的知识分子。他在诗文特别是《聊斋志异》中所体现出来的对文言词语的超强的驾驭能力,以及他在创作聊斋俚曲中所体现出来的对方言口语的灵活运用能力[③],说明他对于语言有超乎一般人的感觉,加之他下了大功夫“详查《字汇》”,所以,《日用俗字》中对方言词用字的选用还是代表了当时一般的知识分子对于“正字”(本字)的认识,这对我们今日的方言词考本字和方言词用字还是有一定参考价值的。

---

① 参看本章第四节。

② 张树铮:《蒲松龄〈日用俗字〉注·前言》,山东大学出版社2015年版,第3页。

③ 对一个惯于写书面语的人来说,要想转换风格写纯熟的口语风格的作品,看起来简单,实则很难。像聊斋俚曲那样对方言口语驾驭自如的能力,在近代白话文作品中出其右者并不多。或许,这是蒲松龄做一辈子塾师、始终生活在生活底层的坎坷经历给予他的优赐。

## 二、《日用俗字》选用正字的方法

关于选用正字的具体方法，蒲松龄语焉不详，我们只能从蒲氏的一些话和选字的结果来反推他的基本做法。

**(一)从意义出发，在字书中选定合乎方言读音和意义的字**

与我们现代考本字主要依据《广韵》《集韵》等韵书不同，蒲松龄是根据字书《字汇》来寻找"正字"的。为何不用韵书？我们猜测其主要原因是蒲氏平时对《广韵》等韵书并不熟悉。由于音韵学被视为"绝学"，音韵学著作被视为"天书"，入门很难，况且科举考试并不考其中内容，所以，一般知识分子不懂音韵学、不使用《广韵》之类韵书是很正常的。尽管在蒲松龄的俚曲《蓬莱宴》中写到了抄写孙愐韵书的事情，但他除了熟悉诗韵，对于音韵学并没有多少研究则是肯定的。现代考本字的基本流程是以读音为线索，根据词音的音韵地位，到韵书中去找音韵地位相同而又意义吻合的字。由于韵书是按韵(音序)排列的，因此查找起来比较方便。但字书就不同了，因为字书是按部首排列的，读音相同的字，分散在不同的部首之中，就人工查阅来说，根本不可能以音为线索来查找。所以，蒲松龄只能是先从意义入手去找字的。

按意义去找"正字"，也遇到一个几乎不可逾越的障碍：字书与韵书都不是按意义来排列的，同义字分散在不同地方，如何按意义来找字？解决这个问题，只能是参考字书的部首。因为部首一般是字的义符，尽管由于字义(词义)的变化，不少字的意义已经与其部首无关，但多数字的部首的表示意义类属的作用还是保留着的，这就为根据意义来找字提供了一定的线索。例如，用刀的动作或事物找"刀"部，跟马有关的找"马"部，跟树有关的找"木"部，跟草有关的找"草"部。我们来看几个《日用俗字》与他创作的聊斋俚曲写法不同的例子：

1. 腄(《身体章》："腚腄屁骨即肛門")

"腚腄"指臀部的肌肉。聊斋俚曲中此词出现三次：一次作"腚腄"(《禳妒咒》第二十四回)，两次作"腚垂"(《姑妇曲》第一段、《增补幸云曲》第十六回)。

"腄"字的写法当依据《字汇》。《字汇》："腄，直追切，音垂。臀也。"因指肌肉，所以蒲氏在"肉"部找到此字并因释义为"臀"而选用。

2. 䡗(《庄农章》："上鞾䡗来地里搬")

"䡗"指躬身用力推车，今方言仍用此词，一般写作"拱"。《淄川方言志》举例如："拱车子"，"爬坡子车子骑不动，干脆拱着"。聊斋俚曲中该词出现一次，用“拱”:“诸般屎尖我先尝,吃的肚儿大大的,拱着个弹儿做干粮。”(《增补幸云曲》第十九回)这里是说蜣螂(屎壳郎)推着粪弹(亦写作“蛋”),正是“用力推”的意思。

《日用俗字》中为何不用“拱”而用“輂”呢?查《字汇》:“拱,弓上声。叉手也。又两手合持曰拱。”拱,并非“用力推”的意思。而“輂”,其实也不是用力推的意思。《字汇》:“居竦切,音拱。辋也。又巨勇切,穷去声。曲辕。”只是因为与车有关,蒲氏就从“车”部选用了这个音“拱”而意义相关的字。从意义来看,“辋”指车轮周围的框子,与“用力推”无关;但“曲辕”也含弯曲义,人的“拱车”也是躬身,蒲氏应是据此选用。

3.擪(《饮食章》:“劏下肉块擪腰间”)

擪,今写作“掖”,在聊斋俚曲中共7见,均指“塞进(衣袋或夹缝里)”(《现代汉语词典》“掖”字该义项释义)。本句是讽刺贪心的厨子偷拿东家的东西,与此异曲同工的是聊斋俚曲《禳妒咒》第二十四回《挞厨》中对贪心厨子的描写:“厨子最赃贪,肉块儿掖腰间,腚膗腚眼都油遍。羊落了半边,鱼落了中间,书房鸡也把胸脯儿揎。……俺可旋了一块肉胡儿,转了一个鸡脯儿,偷了两对鸽雏儿,香油称了一伏儿,清酒落了几壶儿,炭块还够一炉儿,笑:拿到家里,老婆孩子大家好揎。”

“擪”“掖”均在手部但蒲氏不用“掖”而选用“擪”的原因在于《字汇》。“掖”,《字汇》:“夷益切,音亦。挟持也。《说文》:‘手持人臂投地也。’又缝掖,大衣也。又门旁小门也。……又姓。”独独没有“塞”意。而“擪”,《字汇》:“弋涉切,音叶。持也,按也。”又写作“擫”。按说“挟持”和“持也,按也”的意义也算相通,蒲氏应该是看到“掖”的注音与方言读音不同,而“擪”字读音更为接近,所以弃“掖”从“擪”。

本例也可以说明,蒲氏选字时对《字汇》的依赖性是非常强的。

**(二)“正字”的意义与方言词吻合而读音有一定差别,则视方言读音为“土音之讹”而取正字**

《序》中所说的“土音之讹……悉从正字”,指的就是意义吻合而读音有些差别的情况。《序》中举了两个例子:“‘豭’读为‘脚’,‘种耜’读‘种使’。”“种耜”一词,今方言已不使用,此暂不讨论。豭,《字汇》:“居牙切,音加。牡豕也。……”《日用俗字》正文中“豭”字出现在《走兽章》“豭猪髎牙不上圈”,今方言中仍称公猪为“脚猪”。“脚”与“豭”除声母相同外,韵母并不相同,“豭”字,中古属假摄麻韵二等，根据古今韵母对应规律，淄川方言“豭”没有读成“脚”的理由；此外，今淄川方言中“脚猪”的后字读轻声，而前字符合淄川方言中清声母入声字在轻声前的变调规律，“脚(猪)”更像是一个入声字。因此，“脚(猪)”的本字究竟是否“豭”，还是很可疑的。不过，显然蒲氏更看重意义的吻合，以“豭”为“读为‘脚’”的字的“正字”，而拿“土音之讹”作理由来解释方言词与“正字”的语音差异。

《日用俗字》中有一部分字的“正字”与方言词读音不同，应该是属于“土音之讹……悉从正字”的体例的。下面举几个意义吻合而读音有别的例子：

1. 頔(《庄农章》:“兒家初生頭頔[①]子”)

在今鲁中地区方言中，称牲畜第一次生产所生的幼畜，音“头以子”。頔，《字汇》:“始九切，音首。人初产子也。”《汉语大字典》引《玉篇·页部》:“頔，人初产子。”宋赵令畤《侯鲭录》卷三：“人初生产子，俗言首子，亦使此頔字。”不过，“頔”字“音首”与方言读音“以”相差太大，所以可以认定，这类字蒲氏是按照字书中意义相合的字来写而不管方言的实际读音的。

2. 牸(《走兽章》:“牸牛大圐多将犊”)

今淄川方言称母牛为“士牛”，“士”与“牸”的声母并不相同。牸，《字汇》:“疾二切，音字。牝牛。”按：此字《字汇》反切与《广韵》反切“疾置切”音韵地位相同，均为古从母止摄去声，今当读同“字”。《康熙字典》引《广韵》《集韵》《韵会》《玉篇》《正韵》均为此音。然而，今山东方言中多称母牛为“士牛”而无音“字牛”者。“士”与“牸”的音韵联系令人觉得可疑，除非假定此字古代有“崇”母的读音(古崇母今仄声有读擦音者如“士仕事柿”)而韵书失收。

3. 极(《器皿章》:“使驴须用�极子”)

“梀极(注意：‘极’字非‘極’的简化字)子”指牲口驮物时用的木架子。今方言仍说，“极”读作“架”。蒲氏在该字后注音“架”，与今方言读音相同。极，《字汇》:“其辄切，音桀。驴背上木窗，以负载物。”按：“极”字意义相符，但音与方言词音并不相同。

**(三)“正字”的音与方言词吻合而意义或有一定差别或毫无联系，只要其义符符合方言词的意义类属，就可视为正字**

此类情况最为常见。这类“正字”蒲氏只是为方言词找了一个义符相合、读音相合而意义并无关联的字书中的字而已，并非本字。下面看几个例子。

① 该字各本均作“顊”，但手抄本原先写作“頔”，后误改为“顊”。该字各字书均无，当为“頔”字之讹。

1.㛊(《身体章》:"发辫㛊髅与顱门")

㛊髅指头颅。㛊,《字汇》:"丁可切,音朵。丑貌。"《正字通》则以为"颏字之讹也"。无论是《字汇》的"丑貌"还是《正字通》的"颏",与㛊髅的意义都不相合。不过,从"页"的字一般与头部有关,所以蒲氏选用了此字。聊斋俚曲《快曲》(约创作于蒲氏壮年时期)中写作"頦":"脚踏脖子枭首级,那鼻眼略动口还张。贪慌摆划这頦髅骨,别的跑了他贼娘!"不过《字汇》中未收"頦"字,所以《日用俗字》中也未采用。

2.頄(《身体章》:"胸膛上骨号頄心")

今鲁中方言頄心指胸口中部、两肋交叉处的小骨,学名剑突。頄,《字汇》:"渠公切,音穷。面上也。"意义与"胸膛上骨"似无关涉,蒲氏只是借用其音、形而已。而《正字通》则以"頄"为"鸠字之讹"。

3.䰎(《身体章》:"䰎支骨连脚后跟")

䰎支骨指踝骨。聊斋俚曲《磨难曲》作"快肢骨",第二十八回:"张春说:'照乜快肢骨每人敲他几下,着他试试是甚么木头。'"

䰎,《字汇》:"苦溃切,音块。愚貌。"蒲氏看中的是《字汇》中的字形与音,但意义并不相符。从意义来说,其本字应当是"踝"。不过,《字汇》:"踝,户瓦切,华上声。胫两旁内外曰踝。《广韵》:'足骨也。'"可能蒲氏因为《字汇》所列"踝"字读音与方言相差太远,所以未取。聊斋俚曲中也未见"踝"字。

4.苲(《庄农章》:"早打秫苲[①]莫遲延")

秫苲,今方言中称"秫秫(高粱)苲"(《日用俗字》此处是限于韵语的字数而省称"秫苲"),指高粱收割时砍去秸秆后剩下的根部。各种农作物割去秸秆剩下的根部都称为"苲",如棒子苲(玉米苲)、秫秫苲(高粱苲)、谷苲。引申指残余的根部,如头发剪或剔后,根部叫"头发苲"。《汉语大词典》释为"树或农作物砍、割后留下的短桩",而"短而硬的头发或胡须"义的字作"楂",音 chá,与今山东方言读音不合。

《字汇》:"苲,侧驾切,音诈。苲蒩,黄芩别名。"此字与方言词义无关,蒲氏只是选用了这个从艹音诈的字形。

5.焅㸑(《饮食章》:"肉脯还须焅㸑爛")

焅㸑,书中原注音为"枯察",义为用火长时间地煮。今方言仍说,有二义:

---

① 此字原讹作"莌"。

一是在锅内沸水煮食物时热水滚动、食物也随之上下动弹的样子；二是使保持热水滚动、食物上下翻动的状态，即用火长时间煮。此词本义当为象声词，与“咕嘟”类似，因而并无本字可言。而蒲氏选用此二字只是因为它们从火旁。《字汇》：“焅，苦沃切，音酷。旱气也。”“爜，丑伐切，音察。《玉篇》：‘爜烷，烧起也。’”虽然不是方言中“枯察”的意思，但毕竟从火，跟火、烧有一定联系。

6. 跛髂盖（《身体章》：“曲盘里弯跛髂盖”）

跛髂盖指膝盖。今方言仍说，音“波罗盖”。此词见于北方不少地区，其中的“波罗”语源不详。聊斋俚曲中此词共 4 见：两处写作“跛髂盖”（《寒森曲》第七回、《禳妒咒》第十九回），一处写作“波落盖”（《禳妒咒》第一回），一处写作“波罗盖”（《磨难曲》第二十八回）。写作“波”或“跛”“髂”（书中注音为“洛”）或“落”“罗”，都只是记音而已。蒲氏此处写作“跛”或许以其与足部位相连；而写作“髂”则因其为骨属。不过，“髂”字《字汇》和《正字通》都“音格”，并没有“洛”的又音。蒲氏大概是因为“各”声符的字有些读“洛”（如“洛络骆落”等）而用之。

以上三种情况涉及文字的形、音、义三个方面和方言词的意义和读音两个方面，其间的关系如下图所示（双向箭头的连线表示双方相合，加双斜线的连线表示双方不相合）：

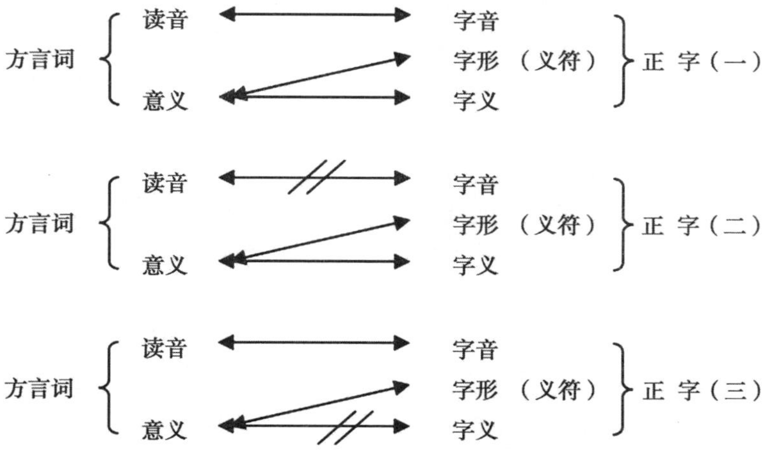


由上述图示可以看出方言词的意义与字形（义符）的联系，字音不同可以用“土音之讹”来解释，字义不合时也用义符相关来联系。

**（四）根据字书为已通行的字找正字**

根据寻求“正字”的需要，有些字即使在当时已经通行，蒲松龄也写作字书上认为是正体的字。如：

1. 鞵(《毡匠章》："毧袜毛鞵煖下体")

"鞋"字早已通用，如在《广韵》中即收该字形，"履也"。更早的用例《汉语大字典》引《颜氏家训》。聊斋俚曲中出现了100多次，无一作"鞵"者。蒲氏采用"鞵"的字形，应该是根据《字汇》："鞵，雄佳切，音骸。革履。《六书正讹》：'……俗作鞋，非。'"倒是《正字通》释"鞵"时说："亦作'鞋'。旧注以'鞋'为俗字，泥。"蒲老先生这个做法也未免是"泥"(拘泥，不变通)了。

2. 膞(《饮食章》："胛膞爛燒加醋醤")

膞，今方言指食用的畜类的腿，音上声，写作"肘"。有"前肘"(前腿)、"后肘"(后腿)，一般多指后肘。"肘"字《说文》已收，"臂节也"。方言中畜类的腿称"肘"其实是可以理解的：畜类腿部虽然不如人的胳膊肘那么弯曲自如，但毕竟也是可以弯曲之处。因此，写作"肘"是没有问题的。《日用俗字》此处"膞"后注音为"肘"，其实注音字就是通常的用字。蒲氏弃用"肘"字大概一是因为在字书中"肘"只有肘部的意思而不指腿部，二是《字汇》对"膞"字的解释："丈九切，音纣。小腹痛也。又腿后曰膞。"尤其是"腿后曰膞"更像是符合"后肘"的意思。这个字的选用也未免有"泥"之嫌。

3. 骲(《走兽章》："骚马身高尾骲长"。又《身体章》："肋胁骭支尾骲根")

"尾骲"即"尾巴"，"尾骲根"指尾骨。尾巴的"巴"写成"骲"并不合《字汇》释义。《字汇》："骲，必驾切，音霸。刀骲。"蒲氏只是因为这里的"尾骲根"指骨(尾骨)而选用从"骨"的字。同样的例子如《身体章》将"耳朵"写作"耳䯬"，岂不知《字汇》《正字通》等均不收"䯬"字，因为它是俗字。

除了上面几种情形之外，《日用俗字》中有极少数词的文字形式字义和义符都与方言词无关，只是纯粹的记音字。这种情况极为少见，不过也有出现。如《鳞介章》"更有旋网和就[①]子"中的"就子"，今方言音"亮子"，指戽斗，是一种旧时常用的戽水工具，呈条编半椭圆形，系以长绳，使用时两人站在高处甩动绳子，把池塘或大坑中的水舀起后甩向高处或远处[②]。而"就"，《字汇》："力仗切，音谅。事有不善为就薄。又悲就，酸楚也。又卢姜切，音凉。义同。"该字从旡京声，与方言词"亮(子)"只有同音关系，意义无关并且形符也与此无关，这只能视为记音字。我们怀疑，蒲氏选用这么一个既无关意义又很生僻的字目的在于

① 《蒲松龄集》和《蒲松龄全集》中讹作"兢"，此从影印本。参见本章第二节中的讨论。

② 或说为捕鱼的柳条栅或木桩。参见本章第二节中的讨论。

避免使用常见字记音而导致意义的混淆。比如写成“亮子、谅子、晾子、辆子、量子”，都容易使人想“歪”了，而写成“靓子”就成了专词专用的形式了。又如《泥瓦章》“不是扇了便瓿之”中的“瓿”，原注音“偷”，今方言音“偷上声”，表示束着的东西散开，但该字《字汇》“苦浩切，音考。瓶也。又天口切，偷上声。义同”，与词义并无关联，应该是“tǒu”音节实在是很难找到同音字而无奈选用。

## 三、《日用俗字》对方言考本字和方言用字的启示

方言词的考本字和无本字可考时的用字是现代方言调查研究中经常遇到的问题。从现代的角度来看，蒲松龄《日用俗字》选用方言正字的做法还是可以给我们一些参考的。

### (一)关于方言本字的考求

如上所述，蒲松龄主要是从意义出发到字书中寻找本字的。由于字的意义并非都能够在字的义符中体现出来，再加之字义的变化，所以，这种做法局限性很大。从实际操作来看，由于同一部中字数繁多，因此查找也不便捷。不过，我们也应该看到，毕竟汉字中 90％以上的字是形声字和会意字，其义符对于字义的义类还是有一定的指示作用的，也不能说蒲氏的做法全无依据。

事实上，有些词的本字蒲氏的认定也是应该肯定的。例如《身体章》“腋折脖脐邻小腹”中的“脖脐”，今鲁中方言实际上读作“bú 脐”，指肚脐。而“脖”字现代一般用来指“脖子”，音 bó，如《日用俗字》中《身体章》有“脖根”(脖颈)、《皮匠章》有“围脖”、《争讼章》两处有“脖子”。聊斋俚曲中“脖”字共 42 见，除了一处是“脖脐”之外，其余都是脖子的意思，亦与“多坐剁何”等押韵，是读 bo 无误。蒲氏把读 bú 的字写作“脖”其实是既符合语义也符合方音的古今对应规律的。《字汇》:“脖，蒲没切，音勃。脖胦，脐也。《黄帝灵枢经》:‘盲之原出于脖胦。’”《汉语大字典》:“脖胦，肚脐。《玉篇·肉部》:‘脖胦，肤脐也。’《集韵·没韵》:‘脖胦，齐也。’”从读音来看，尽管《字汇》《正字通》及《康熙字典》等都将“脖”直音为“勃”，今用作“脖子”义的“脖”字确实也读“勃”，今普通话及山东方言亦可证明此音无误，但是，“脖”读“勃”表示“脖子”是后起的音义，表“脐”才是其本义。从语音看，“脖”字所在的《广韵》没韵，除唇音声母外今普通话和淄川方言都读 u 韵母(如:骨突忽兀窟窣猝卒鹘)；即使是唇音声母没韵字，今淄川方言一般也读 u 韵母。如“饽埻没哱”方言均读 u 韵母:饽，读 bú(《广韵》释“面饽”，今方言“面饽”指做各种面食时用来防止粘面板或两层之间相互粘连的干面粉)；

垺，读 bú(《广韵》释“尘起”，今方言“垺土”指很细的可随风扬起的尘土)；没，读 mú；哱，读 pū(《广韵》释“吹气声”，也就是现在说的“噗的一声吹灭了灯”中的象声词“噗”)。因此，“bú(脐)”的本字就是“脖”。

此外，有些本字似非循部首所寻得。如《庄农章》“庄稼忙乱无头启”中的“启”，《字汇》：“启，都谷切，音笃。《玉篇》：‘俗豚字，尾下窍也。’”方言中义为尾部，“无头启”今方言口语中说“没头没启”，一指没有头尾，形容事情的来龙去脉不清楚；一指没完没了、持续不断。也说“没头到启”，指没完没了。此类字或者蒲氏平素翻检字书所得，或者前有所承，当非刻意索求而得。此字又写作“豖”。《字汇》：“豖，同启。”再如《汉语大字典》释为：

> ❶同“豚”。《集韵·屋韵》：“豚。《博雅》：‘臀也。’或作‘豖’。”❷蜂或蝎子等尾部的毒刺。(义❷今鲁中方言亦用)

蒲氏考求本字的最主要问题在于语音的对应上。他在自序中说“土音之讹……悉从正字”，显然是以“正字”为本、“土音”为讹。可是，如果没有语音的对应，我们凭什么认定是“土音”讹误而不是另有本字或本无其字呢？例如上文列举到的“豭”“顩”“牸”等字，意义上没有问题，但语音上无法解释其音读“讹”错之由，视为训读则可，视为本字则难以为人接受。事实上，方言中很多词的来源是复杂的，固然每个词都有自己的历史，但并不一定都承自古代汉语、一定要有古代汉籍文献的记录形式，想为方言中每个词都找到所谓“本字”是不现实的。

总的来说，《日用俗字》在方言本字的考求方法上可供参考之处不多，其主要贡献是它所认定的“正字”为今鲁中方言乃至北方方言一些方言词的本字考求提供了参考。

**(二)关于方言用字的选择**

《日用俗字》中的大量用字，其实属于上文所说的第三种情况，即字音相合、虽然字义并不相合但形旁相合的字。这种字，我们毋宁视为蒲松龄为方言词所选取的字形。这为我们当今的方言用字也提供了一定的参考。

许多方言词是没有所谓“本字”或很难查考“本字”的，但要记录方言词，就面临用什么字来记录的问题。如方言词汇调查中，除了记音之外，还需要有文字记录的词形。再如书面作品中，要使用方言词时也需要选择恰当的字形。在这个方面，《日用俗字》主要提供了三个值得注意的做法：A. 有本字者用本字(“土音之讹……悉从正字”)；B. 即使不能确定本字，也要用于字书有据且义符对语义有提示作用的字，不用“俗字”；C.尽量避免用常用字来记音。下面讨论一下这三个做法。

为了叙述的方便，我们先看B。不用俗字其实是蒲氏最基本的原则，因为他编写此书的目的就是针对“率皆杜撰”来的，A所用的本字自然不是“俗字”，C所用的也不是“俗字”。只不过B所用的于字书有据的字既非本字，也非单纯的记音字，而是至少在义符上能够体现义类的字。汉字的义符尽管不能代表字义，但对阅读者来说其字义提示作用还是不能忽视的。因此，选用有合适义符的字来记录方言词，是有利于理解词义和避免误解词义的，并且这也合乎使用汉字的人们的心理习惯。实际上，即使是方言区人们自造的“俗字”，也大多是形声结构，其义符也是经过选择的。如山东一些地方称用筷子夹为dāo（阴平），有些人写作“扨”，《红楼梦》第九十九回有“扨蹬”（今写作“叨蹬”），都是因其为动词而用了从“扌”的形声字。从现代计算机处理的角度看，如果新造一个字形，会增加一些不必要的麻烦，所以，尽量不用新造字或方言自造字，而采用已有字形且注意选择那些义符对方言词义有提示作用的字形，无疑是一个合理也合时的做法。像普通话中的语气词常常用“口”字旁的字，如“呢哪呗喽咯”等，山东方言中“了$_2$”写作“唠嗹”之类也都是合宜的，尽管这些字其本义并非如此。

方言词如果有本字，尽量用本字，这并不仅是出于考古的雅好，而且也是实用的需要。因为不用本字，必用别字（同音字），而别字或表意不清或表义与他义有混淆，的确不是最好的选择。例如，今山东淄川方言中称“捣蒜”（将蒜在臼中捣成泥状）为“掐蒜”（《淄川方言志》写作“敁”）来自《集韵·黠韵》：“丘八切，击也。”《广韵》作“敁”，“击也”。《说文》：“敲击也。”），而济南、济宁等地称“却蒜”（钱曾怡《济南方言词典》写作“搉”），德州等地称“敲蒜”（曹延杰《德州方言志》即写作“敲”）。蒲松龄《日用俗字·庄农章》写作“搉”：“掴攞芥茉或搉蒜”。“搉”字下注音“却”，是与济南音相同。其实这三种读音只是各地入声韵母演变的规律不同而已，其本字都是一个：“搉”。搉，《广韵》苦角切（入声觉韵），“击也”。古觉韵字在淄川以东有少数字读a、ia韵母（如“雹”音“拔”、“角”音“夹”），而济南、济宁觉韵字都读o、üe（如“雹”音“勃”、“角”音“撅”），德州一带觉韵字部分读ao、iao（如“角”音“交”、“雹”音“包阳平”），所以，“掐”“却”“敲”的读法都是符合不同地区方言的古今语音对应规律的（中古黠韵字今三处方言无如上对应，所以《淄川方言志》的“敁”是错误的），写成一个“搉”字即可解释三处方言的不同读音;如果根据三处读音分别写成三个字的话,既不能反映方言语音的变化,也不能使人将三处方言词联系起来观察。对当地人来说,写成“推”也更容易看出此词的方言性质。再如山东菏泽一带把词缀的“子”读成“的”,如果写成“的”,则“桌子”是“桌的”、“车子”是“车的”,也是徒增烦扰的做法。

不过要写本字,需要解决两个问题:一是本字考证正确(如将“推”写成“故”或“敲”的话都算不上最合宜的写法);二是如果非本字已经通行的话是否还有必要写本字。如普通话中的“搞”,有无必要写成本字“搅”?如上文所说,蒲松龄把“鞋”写成“鞵”、“(后)肘”写成“膆”、“(尾)巴”写成“粑”实在没有必要(况且“膆粑”也并非本字)。再如《疾病章》中把雀斑的“雀”写成“䵲”(“䶍鼻黚䵲损容颜”),《走兽章》中把“备(马)”写成“鞁”(“齐整还须鞁鞍装”),情况与此类似。字形既已通行,人们已经熟悉,在交际中就没有什么问题,所以没有必要一定要改写成本字。

关于尽量避免用常用字来记音,蒲松龄的做法也有一定的合理性。如上文已经提到,如果用常用字来起表音作用,则使常用字负担太重,容易造成意义的混淆。只不过,如果用生僻字来记音,固然可以避开意义混淆,但也会因为生僻字一般人不容易识读而造成使用上的困难。如上引《日用俗字》中的“兓”字,就为一般人所难识,其最早的抄本中就被人误改成了“兟”。字不被识读,也就难以起到记音作用了。事实上,《日用俗字》尽管是为“家常应用”而作,但却十分难懂。因为当地人因为不识其中的生僻字而无法与方言词联系起来,而外地人尽管可以依靠查阅字书识得文字但却无法理解所记录的方言词,难免有里外不讨好之嫌。因此,即使要用非常用字来记录方言词,也要注意选择最好是声符表音比较明显的形声字。如山东潍坊一带有语气词音 lan(有些地方音 lian),如果选用带口旁的字的话,选用“囒”或“嚂”就比“啉嚂”更合宜一些(同样,用“嗹”就比用“嶙”更好)。

总而言之,笔者以为,方言词语的记录应该优先考虑使用本字,这是无可争议的,但是如果俗字已经通行的话,则无必要非得返古;如果本字不可考,则可以选用同音字来记录,选用时优先选择义符有一定指示作用的字。此外,还要注意尽量避免容易产生歧义的字形。

## 第六节 《聊斋俚曲集》和《日用俗字》的语音校勘示例

蒲松龄的白话作品《聊斋俚曲集》和《日用俗字》以其高度的口语性、方言性而成为研究清代早期山东方言的最重要资料，也是同时代中口语性和方言性最强的语料之一，《汉语大词典》《汉语大字典》对蒲氏两书的大量引证便可以说明这一点。不过，两书最初是以手抄的形式流传下来的，后来虽有整理者的校订，但错讹毕竟难免。以往的校勘往往多从字形、字义方面进行，本节根据两书语音方面的一些规律，校正其中的若干处；所用方法及所得结论亦可为从语音角度校勘古籍提供一些例样。所据版本主要以路大荒整理本《蒲松龄集》为底本（以下简称“路本”），并参考蒲先明整理、邹宗良注释本《聊斋俚曲集》（以下简称“邹本”）以及《山东文献集成》中影印的乾隆十二年蒲松龄之孙蒲立德抄本《日用俗字》（以下简称“影印本”）。

### 一、由押韵校勘

《聊斋俚曲集》中有大量押韵的唱词，处于韵脚位置上的字如果不入韵，则可能有误。

1.《磨难曲》第十九回：

> 您老达，您老达，曾在俺家当家客。你买了两间屋，就估着天哪大！做贼做发，做贼做发，还进房中把人拿！快去找铁锤，把他那腿生砸下！

按：“家客”当作“客家”。该段曲调为“呀呀油”，第三句当押平声韵，但“客”字不能入韵。“客”，《广韵》陌韵，今淄川方言中与其他古陌韵字一样（如“白百格翟拆拍择泽窄宅”）读 ei[①] 韵母，与“达大发拿下”等字韵 a 不同。今方言有“客家”一词，指租赁居住在别人家的人。“家”韵母为 ia，与“达大发”等同韵，于音、于义，均合。邹注：“当为‘客家’之倒文。”是。根据同一故事改编的俚曲《富贵神仙》中，描写同一情节的唱词为：“你那达，你那达，曾在俺家当客家。才买了两间屋，就估着天哪大。做贼做发，做贼做发，还进房来把人拿。去找那铁锤来，把乜腿搉下！”（第九回）也可证明“家客”当为“客家”。

---

① 本节采用国际音标标音。

2.《寒森曲》第三回：

这样事是何如，不是仇人是什么？这机关叫人参不破。赵家家人忙跪下，说他仇人也是多，不知这是哪一个。别的是陈人旧事，惟有商家新犯干戈。

按："何如"当作"如何"。该段曲调为"耍孩儿"，第一句当入韵，但"如"字不能入韵。"如"，《广韵》鱼韵，今淄川方言韵母为 u，与"么破多个戈"等韵 uə 不同。《俚曲集》中"如"字 11 次入韵，均押入鱼模韵；而"么破多个戈"则在歌戈韵。"何"字《广韵》歌韵，今淄川方言韵 uə，与"么破多"等同韵。"何如"与"如何"同义，当为"如何"之倒文。

3.《磨难曲》第四回：

告人命告贪酷，告知县告衙蠹，认上头只得往前做。无的不敢说上有，有的不敢说上无，赃证分明有过付。咱且去伺候销到，也听听气色如何。

按：此例与上例相反，"如何"当作"何如"。

4.《禳妬咒》第二十六回：

见同年称年兄，拜知县称治生，庄村谁不把我敬？从此没有下三等，顺口谈文尽着俺烹，见人说嘴又嫳腔。若来到这绣房以内，这一把青伞难撑。

按："腔"字当为"腚"字之形讹。该段曲调为"耍孩儿"，"腔"字处当押韵并且为去声调，但"腔"字不能入韵，声调也不合。"腔"字《广韵》在江韵，今淄川方言韵母为 iaŋ，《俚曲集》中另有 15 次入韵，均押入江阳韵，与"兄生敬烹撑"等字韵 əŋ、iŋ、uŋ 不同。而"腚"字指臀部，为山东地区为中心的方言，音"定"。《俚曲集》中另有 12 次入韵，均押入东钟韵。从意义来看，鲁中方言中骂人时常常把嘴说成腚，此处"说嘴"与"嫳腚"相对，后者有詈骂意。"嫳腚"相当于《醒世姻缘传》中的"嫳嘴"，即说嘴、夸夸其谈的样子。从字形看，偏旁"空"与"定"的草书近似，此为形近致讹。

5.邹本《磨难曲》第二十六回：

喜重重，喜重重，公子写成书一对：说爹爹合孩儿，都把进士中。父子相逢，父子相逢，又得一日甲科中。现如今门下人，都做个吉祥梦。

按："对"字当为"封"字之形讹。此段曲调为"呀呀油"，第三句当押平声韵，但"对"字无论声调还是韵母都不合。"对"，《广韵》队韵，今淄川方言韵母为 uei，与"重中逢中梦"韵 əŋ、uŋ 相去甚远。《俚曲集》中"对"字另有 14 次入韵，均在微灰韵。而"封"，《广韵》钟韵，今淄川方言韵母为 əŋ，与"重中"等同为东钟韵。从意义来看,“书信”论“封”亦是常识。从字形来看,“封”与“对”相似,此为形近致讹。路本作“封”。

6.《磨难曲》第十三回:

跪下说这几年游学去远,大案里牵连着全然不知。昨夜晚来到家弄了一件奇事,写了张投首的状,告禀老父师。我既然杀了人命,不敢瞒,情愿甘心来受死。

按:“去远”当为“远去”。此处曲调为“劈破玉”,首句当押去声韵,但“远”字声调、韵母均相去甚远。“远”,《广韵》阮韵,今淄川方言韵母为 yā,《俚曲集》中另有 8 次入韵,均押寒谈韵,与“知事师死”在支齐韵不同。去,《广韵》御韵,今淄川方言韵母为 y,《俚曲集》中另有 25 次入韵,既与鱼模韵相押,也与支齐韵相通。“去远”当为“远去”之倒文。《富贵神仙》第六回中描写此处的唱词为:“这几年张鸿渐游学远去,大案里牵连我一字不知。昨夜晚才还家弄了件奇事,从头说一遍,告诉老父师。我既然杀了人,不敢瞒情愿来受死。”亦可为证。

7.《磨难曲》第二十一回:

不由人下泪恓恓,这个事儿也蹊跷,父子不知道名合字。儿的名爹又不晓,爹的讳儿又不知,中状元也不知谁及第。……

按:“蹊跷”当为“跷蹊”。此处曲调为“罗江怨”,第二句当押韵,但“跷”字不能入韵。“跷”,《广韵》宵韵,今淄川方言韵母为 iɔ,与“恓字知第”等字不同。“蹊”,《广韵》齐韵,今淄川方言韵母为 i,正可与“恓字”等通押。今淄川方言中既可说“蹊跷”,也可说“跷蹊”,意义无别;《俚曲集》中与今方言相似,“蹊跷”此外 38 见,“跷蹊”另外 7 见。从意义看作“蹊跷”可通,但从押韵看当作“跷蹊”。《富贵神仙》第十回中描写此处的唱词为:“小举人泪恓恓,这个事儿甚跷蹊,父子不知道名合字。儿的名爹不知,爹的名儿不晓的,中状元也不知谁及第。……”亦可为证。

## 二、由格律校勘

《聊斋俚曲集》所收俚曲的唱段虽为民间流行的通俗曲调,但格律甚严(请参见本书第二章的讨论)。依格律观察位于韵脚位置上的字,可以发现少数字形及断句的错误。未入韵的字见上文,不合声调要求的如下列数例。

8.《翻魇殃》第十二回:

仇大爷定军机,四尊炮列东西,单等贼从那里入。等他街上挤满了,点

> 火照着一齐跐，我可看他那里去！等着他丢盔撩甲，可放那枪箭鸟机。

按："跐"当为"泚"。此处为"耍孩儿"调，第五句当押平声调；而跐，《广韵》纸韵，今淄川方言亦音上声，声调不合。"跐"今方言意为践踏、踩，此处意义亦不合。此处文意为"冲击"，今淄川方言音 tsʰɳ(阴平)，写作"泚"。方言中"泚"另有"倾倒(水)""斥责"等意，与《广韵》上声荠韵的"泚"意义不同，当是方言用字。《俚曲集》中"泚"5 见，与今淄川方言同(如《寒森曲》第八回："若还是命里该得，溺泡尿泚将出来。"《增补幸云曲》第十三回："二姐被万岁泚了几句，就羞的低下了头……")。"⻊""氵"草书形体相近，此当为形近致误。

9.《增补幸云曲》第十八回：

> 小大姐害牙痛，心里焦骂王龙，我到扯你你到挣！或是您亲达来是您祖，仔怕是您亲祖宗，见了磕头这么盛！小大姐满心好恼，这一回胡突了王龙。

按："痛"当为"疼"。此处曲调为"耍孩儿"，首句当押平声韵，"痛"去声，不合。"痛""疼"意义相同，字形相近，只是声调有异，此处当用"疼"字。

10.《增补幸云曲》第五回：

> 瓮里米没一升，打一顿来家中，吃着什么去养疼？心下踌蹰还未定，来了两人跑的凶，倒把婆儿唬了一个挣。多管是打了儿子，拿我去还要找零。

按："疼"当为"痛"。此处曲调也是"耍孩儿"，第三句当押去声韵。"疼"平声，不合。当用"痛"字。

11.《增补幸云曲》第十五回：

> 小二姐气狠狠，叫姐夫你好村，你在哪鸡子窝里困？头圆耳大方方脸，看你皮毛也像个人，怎么这样不帮村！你说了这些诮语，幸亏了旁里无人。

按：此处曲调为"耍孩儿"，第六句当押去声韵。"村"字平声，不合。"帮村"当即"帮衬"，"帮助"之意，"衬"字去声，正合格律。"不帮衬"即无用之意。"村"字当是"襯"字俗体"衬"形近致误。邹注以为"帮村"即"帮寸"，"说话做事夯拙可笑，不得体"，似未确。原文骂"姐夫""不帮村(衬)"，所以，"帮村(衬)"应该是褒义或中性词，"不帮村(衬)"才是贬义。

12.《寒森曲》第二回：

> 大宗师在上听：论生员也棱争，见仇人顾不的残生命。就无了耳捶也死不了，抬上来哐哼哼，打起来看他什么病情。如今当堂亲验，就知道或重或轻。

按："情"当作"请"，属下句。此处曲调为"耍孩儿"，第六句当押去声韵，"情"字平声，不合，而应以去声的"病"作韵脚；此外，"耍孩儿"调最后两句应当都是前三后四的七字句，而"如今当堂亲验"只有六字，显然是少了一字。此处可能因为"情"字属下句意义难通，所以路本以"情"字属上句。邹注释"情"为"请"字之误，但仍将其归前句，调仍不合。以"情"为"请"字之误，是正确的，因为此处的意思就是剧中二相公请知府当堂验伤的意思（下文为："二相公禀他验伤，知府果然下了座……"）；但邹氏断句仍属上句，可能是疏忽所致。"请"字归下句之后，第六句以"病"字入韵，便符合曲律了。

13.《磨难曲》第二十二回：

太原北有荒庄，今落第返故乡，只得在外闲游荡。（小举人又问："贵县有个徐北岗，认识么？"）北岗就是徐员外，虽然年老身康壮，舍妹丈就是他令郎。……

按：此处曲调为"耍孩儿"，第五句当押平声韵，第六句当押去声韵；此处"壮"去声，"郎"平声，恰恰相反。两句次序当有颠倒。《富贵神仙》第十一回中同一情节处的唱词是："员外姓徐号北岗，舍妹夫就是他令郎，年兄呀，他到壮实全无恙。"先说"舍妹夫就是他令郎"，后说身体康壮，可以为证。

## 三、由连读校勘

现代北京话中语气词"啊"跟在不同的音节后面，有不同的连读音变，分别写作"啊、呀、哇、哪"。《聊斋俚曲集》也有类似的现象，其中比较突出的是：在古咸山摄（今北京收 n 韵尾）的字后写作"那"（邹本作"哪"），在古流摄、效摄（今北京收 u 韵尾）及部分古宕江摄（今北京收 ŋ 韵尾）的字后面写作"哇"。"那"字如："天那"（《墙头记》第一回）、"可笑的紧哪"（《墙头记》第三回）、"好大的举人那"（《禳妒咒》第二十六回）、"我跪你是敬你的贪那"（《磨难曲》第六回）、"合狗跑门那是的"（《增补幸云曲》第十六回）。"哇"字例此处从略。反过来，由后面所跟的语气词，也可以帮助我们确定前面的字的读音。不过这种例子较少。

14.《墙头记》第二回：

李氏说："谁说！每日穷的合那破八菓那似的，他那里的钱？"

按："破八菓"邹本作"破八万"（"那"作"哪"），是。万，《广韵》愿韵，古收 n 韵尾，今淄川方言音 uã，依《俚曲集》通例，其后跟着的语气词正应该是"那"（哪）；而果，《广韵》果韵，今淄川方言韵母为 uə，其后的语气词不可能是"那"。

盖繁体的“萬”与“菓”上部形体相同,下部草写时亦容易相混,由此致误。

此外,此字致误的原因还有词义方面的。旧时纸牌中有一张叫“八万”,牌面人形丑陋,济南、阳谷等地仍用此语来形容其貌不扬的人,《俚曲集》此处喻指穷困潦倒的人,但今淄川方言无此说法。因此,抄写的人无法从意义上判断是“万”是“菓”,所以才会出现两种写法。当然,也有可能是排印时误植。

## 四、由词的今方言读音校勘

有些词中的某个字字形有讹误而使整个词不可解,但今方言中仍存在着意义对应、其他字也对应的词语,由此可以判断其中讹误字的正确写法。

15.《慈悲曲》第六段:

张讷无冬无夏,只是穿着个破袄,褛褵搭撇的,真似一个花子。起初还找店房,后来只在古庙里存身。

按:“褛”当作“褄”,“撇”当作“撒”。邹注据文意释“褛褵搭撇”为“形容衣服褴褛成块状的样子”,释义基本正确,但今方言无此说法。今鲁中方言中有“褄褵”,指碎布条、布片;有“褄褵搭撒”,指衣服破烂不堪,碎成布条、布片,与原文正相吻合。因此,“褛褵搭撇”只是“褄褵搭撒”的讹写:“褄”“褛”形近,“撒”“撇”形近。

## 五、由注音校勘

在《日用俗字》中,蒲松龄对生僻字加注了直音字。由直音字,我们可以知道被注字的读音。如果被注字与直音字语音不合,则可能有多种原因,其中之一就是被注字或直音字的字形有讹误。我们可以参考其他线索,确定其正确的字形。

16.《菜蔬章》:“葪瓜去瓤切细膜,丝瓜萝蔓有长藤。”“膜”注音“页”。

按:“膜”当作“牃”。《集韵》有“膜”字,但音博木切,当音“卜”,与音“页”不合,声符“菐”与“页”音也相去甚远。今方言中切西瓜一片称“一页”,可证“页”音不错,而是“膜”字形有错误。查《广韵》有“牃”字,为“业”字之“俗作”,疑母叶韵;而“页”中古以母叶韵,两字后代音同,因此“膜”字当为“牃”之讹。查影印本,字正作“牃”。

17.《走兽章》:“牸牛大囿多将犊,犪牯歪甎懒上场。”“犪”注音“怕”。

按:“犪”当作“犤”。“犪”字各字书未见,其声符“业”与“怕”也无关联。今淄川方言称公牛为“趴牯”，即此处的“犦牯”。查《广韵》觉韵有“犦”字，匹角切，“牛未劇”，即未阉割的公牛。《广韵》觉韵的一些字今淄川方言音 a、ia 韵母，如“剥雹”韵母为 a，“角”韵母为 ia，这种现象在蒲松龄的时代也是如此（参见本书第二章）。因此，“犦”与“怕”同声母同韵母是符合淄川方言特点的。只是按规律中古清声母入声字今淄川方言音阴平调，“犦”当音平声，而“怕”字去声，有些不合。不过，《日用俗字》中确有一些字是用同声同韵而不同调的字来注音的（即纽四声），如《庄农章》“攊”直音“快”（“攊”《集韵》枯怀切，皆韵平声，今音上声；快，《广韵》苦夬切，夬韵去声。无论按古音还是今音，“快”与“攊”的声调都不相同）。所以，我们也就不必过分追究其声调的不合。这样，“犦”就可以说与此处音义均相合。

18.《铁匠章》：“刨刀斨明无大鍚，再加磨荡始精工。”“斨”注音“戕”。

按：“斨”当作“斨”。“斨”字，《汉语大字典》“同‘析’”。《广韵》阳部有“斨”字，七羊切，与“戕”同部，但声母清浊不同（戕字在良切），不过今北京及山东均读“戕”为阴平，是与“斨”同音。因此，两者同音没有问题。从意义看，“斨”字意为方孔的斧子，与此处意义只是稍有联系（“斧”与“刨”相近），但并不相同，此处“斨”为动词，即“磨剪子戕菜刀”的“戕”。看来蒲松龄认为“斨”为本字。

以上两字影印本即误，或是蒲松龄手误，或系后人抄写致误，均当改正。

上文所进行的语音校勘，只是示例性的，其余需校勘处尚多。李焱《从曲韵曲律看〈聊斋俚曲集〉的校勘》（《古籍整理研究学刊》2000 年第 3 期）从押韵角度对《聊斋俚曲集》进行过一些校勘工作，与本节第一部分的方法相同，但校勘的具体字句与本节不同，可以参看。

# 蒲松龄白话词典

# 编纂说明

对蒲松龄的白话作品，无论是从文学角度的阅读和研究还是从语言学角度的研究，都需要首先破解蒲氏白话作品词语方面的障碍，而目前尚未有全面释读蒲氏白话词语的著作问世。本词典就是为此而编写的。

本词典筛选蒲氏白话作品，把其中带有白话性、方言性和时代性的词语全部遴选出来，并加以解释。与某些近代汉语白话词典只收入可以释读的词语不同，本词典追求的目标首先是全面，即把所有有特点的词语都收罗进来；即使有少数词语还不能够给予确切的解释，本词典也予以收录。这样做，一是可以提供词语线索，读者即使不能由本词典得到想要的释义，但起码可以知道它在语料中的存在；二是可以提供用例，为进一步研究提供参考。根据上述原则，本词典共收录词条(包括歇后语)一万零一百多个。基本上可以说，本词典未予收录的词语，要么是在意义和用法上与通语相同的，要么是在蒲松龄语料中未曾用到者。在释义方面，本词典只收入且全部收入词语在蒲氏语料中的意义，既包括一个多义词语中与普通话不同的义项，也包括看起来与普通话相同的义项，这样可以使读者对这个词语在蒲氏语料中的全部使用情况有全面的了解。在词典的编写过程中，既有对蒲氏语料的分析和对淄川一带方言的第一手的调查以及对其他参考资料的阅读，也有对一些时贤研究蒲氏白话词语的成果的参考。应该说，受惠于时贤成果之处多多，但也发现了一些由于不明当地方言而产生的误读。希望本词典能够为读者提供一个更全面、更准确的蒲氏白话词语资料库，为蒲松龄白话作品的阅读和研究打下良好的基础。

蒲松龄白话词语的释义是具有很高难度的工作。其中的拦路虎主要有以下几个方面：1.字形的讹误。蒲氏的白话作品最早是以手抄的形式传世的，以讹传讹在所难免。要想正确释义，必须在版本比勘的基础上(实际上是版本有限且没有所谓善本)尽可能地识别讹误，寻求本字，还原真相。2.方言性强。看起来不难理解的汉字，但其在方言中的意义却不能靠现成的辞书字典来解释，在这个方面很容易产生望文生义的问题。为此需要参考现代方言来寻求的解。此外，有些方言字(包括不见于字书的字和形体与字书用字偶合的字)也需要根据方言来给出正确的读音和释义。编者对鲁中一带方言比较熟悉，也曾多次赴淄川蒲松龄老家进行实地调查访问，在这个方面做了不少努力。3.时代的隔阂。蒲氏的不少词语与社会文化有密切关系，其中有一些带有时代特色的词语随着社会的变化而被淘汰(典型的例子如双陆在清初尚十分流行，但到清末就失传了)，因此需要参考多种资料寻求解释。受资料所限，这是一项费时费心而不能保证都能圆满解决的任务。4.生僻字的干扰。这主要体现在《日用俗字》中，蒲氏为了避免"杜撰"(《日用俗字·自序》语)，从《字汇》中找了不少生僻字作为方言词的"正字"，其中不少字与方言词的意义联系比较间接甚至牵强，因此对这些字既要参考它们在字书中的意义，又要参考现代方言，找出蒲氏选用的原因，最后给出它们所记录的词语的准确意义。5.语料数量的巨大。现在有计算机的辅助，我们可以做到无遗漏地查检某个词语在语料中的所有用例，然后逐个进行观察，分析总结义项和用法。有些词语用例少，检索比较容易；有些词语则用例甚多，如有的用例达数千处，用例达数百条的就更不计其数，有时候对一个词语全部用例的分析就需要大半天甚至不止一天的时间。有些词语用例不多，但意义颇难索解，也需要耗费大量时间来查找资料。因此，本词典的编纂实在是一项耗时耗力的工程。尽管在编写过程中深深体验了"为求一字稳，捻断数根须"的苦涩，但毕竟学识与眼界有限，词典中疏漏与错讹不妥之处肯定在在多有。因此，在热切地希望本词典能够为读者提供最大的帮助的同时，也同样热切地希望读者特别是同行专家能够提出批评，以便在将来加以修订，使蒲松龄白话作品的价值得到更好的发挥。

# 凡例

## 一、收词

### (一)收词的基本标准:白话性、方言性和时代性

1. 白话性

白话性是收词的基础性标准。这里说的白话性是相对于文言词语而言的,一般只收入白话词语而不收入文言词语。

所谓白话词语,其实有两种情况:一种是真正地见诸某一方言口语的词语,另一种只是白话作品中流通的词语。后者在有的方言区可能是有口语基础的,但在别的方言区口语中并不通行。前者可以称作"口头白话词语",后者可以称作"书面白话词语"。蒲松龄白话作品中就有一些书面白话词语,其中既有见于明清时期其他白话作品的词语,也有糅合文白的词语[1]。不过,严格分辨口头白话词语和书面白话词语并不简单,本词典暂不作区分。

2. 方言性

方言性是收词的主要标准。这里说的方言性是相对于通语而言的,包括两种情况:首先是与一般词典上所收不同的词语或义项,包括一般词典未收的词语和未收的义项。这些也可以说是蒲松龄语言中最有特点的部分。凡属此类,

---

① 请参见本书第一章第二节的讨论。

本词典一律收入。其中包括有些在现代汉语中作为古语词或书面语词而在鲁中方言中仍在口语中频繁使用的词(如否定副词“休”),这些词实际上已经是当地的方言词。其次,有些词语虽然在《现代汉语词典》中被收入,但实际上带有方言性(如“腌臜”),这些词语本词典也都收入。

通语也有古今之别。本词典主要参照的还是现代的通语(以《现代汉语词典》作为标本)。这主要考虑到以下两点:一是古代的通语并无明确的标准,二是为了观察词汇的古今变化(包括蒲松龄所使用的鲁中地区方言的词汇变化)。据此,白话词语(即带有口语性的词语)中,如果是与现代通语相同的词语,一般不予收入。有些白话词语虽然在其他的白话作品中也有使用,也见于收录近代汉语词典的辞书,但只要现代通语不用,也酌情予以收入。

3.时代性

时代性也是收词的重要标准。蒲松龄作品中的白话词汇是当时当地的产物,既带有地域性,也带有时代性。因此,是否具有白话性和方言性,就不能简单地以现代鲁中一带方言来判断。有些当时通行常用的带有口语性的词语随着社会的变化和语言的变化可能会在后代的鲁中方言中消失;有些则可能只是当时白话作品中才使用的白话词语,这些当然在现代的方言中也不会保存。所以,收词时应该尽量结合当时的社会文化特点来考虑白话性和方言性的问题,适当放宽一些标准。例如,有些反映当时社会文化方面的词语,有些现在看起来带有一定书面语性质的词语,也予以收录。

时代性方面另一个考虑的因素是词条出现的时代。有些词语尽管后代仍然使用,但是一般的辞书中出例较晚,为了说明该词在蒲松龄时代已经使用,亦列入该词条。

以上的处理,一方面可以更好地反映当时鲁中地区方言词汇与现代的差异,另一方面也有助于对蒲松龄白话作品的阅读和理解。

此外,考虑到一般读者阅读蒲氏著作的需要,有些文化词语(如有关科举制度的词语)也酌予收录。

以上所说的词语是否符合收录标准是以义项为准的,一个多义的词语,如果其中有一个义项符合前述收录标准,本词典即予收录。

还需要说明的是,本词典收入的词条主要还是语文性的,主要收入一般民众普遍使用的词语,而有些专业术语并非普通民众所知晓和使用(如《家政内编》中有大量关于珍玩、纸张及笔墨字画制作等的用语),尽管这些词语对于专业的研究来说具有很高的史料价值，但很难说是白话性和方言性的，所以不予收录。具体来说，蒲氏白话作品中有关日常生活和生产的词语收入从宽从全，而文言作品中则只选择口语性和方言性十分突出的少量词语。

**(二)收词的优先目标:全面**

在具体词语特性的判断上可能会有主观的误差或尺度的宽严问题，本词典收词时以“全”作为优先考虑的目标，争取没有遗珠之憾。具体来说，就是把所有疑似具有以上三个方面特点的词语全部收录进来，在收词中宁可失之于宽，也优先保证没有遗漏。即使有少数词语目前还没有准确的解释，也收录词条及其用例以备进一步研究时参考。

**(三)收录单位:词语而非词素**

所谓词语，既包括词，也包括一些比较固定的词组(短语)。本词典收入的词条都是在蒲氏作品中可以独立使用的词语而不是词素(语素)。某个词根词素即使有一些特殊的含义，如果它不在句子中独立使用的话，也不作为词目。

比较固定的词组包括民间成语(通语中所使用的成语一般不收，除非有新的意义和用法)、惯用语、歇后语、少量以词组或短句形式出现的俗语。其中，歇后语的形式比较长，数量也比较多，所以单独放在词典的最后。

另外，汉语中词与词组之间的界限并不十分清晰，所以本词典对词的认定也采用比较宽泛的标准。

**(四)词目的确定:以字形为标准**

(1)有些词语的用字可以视为通假，相关词语可以视为异形(字形)词语(特别是《日用俗字》中为一些常见的写法找了一些所谓的“正字”，从而使得同词异形的现象更为突出)，本词典无论同一词语不同写法的读音是完全相同还是有一定差异，均分别列为不同词目。同时，也不区分同形词语和多义词语，均列为同一词目。单音节词为多音字或多音节词语首字为多音字者，则按其读音分列在不同的位置，同时用上标的数字 1、2、3 等标示有不同读音(其后接排的同一字形不再标示)。如果本词典所收词条中并没有另一种读音(即另一读音的词不符合收录标准)，则不加标示。

(2)蒲氏白话语料中存在着一些字形的错讹现象，可以分为三种类型:a. 错讹后不成字(字书中没有此字形)；b. 错讹后仍然成字(字书中有此字形)，但为非常生僻的字形，并且音义与本字并不相同；c. 错讹为较为常见的字形。其中，a、b 两类情况尤以《日用俗字》为多(a 类不成字的讹错形式更多)。如果以 a 类不成字的字形来作词目，则于文字形式来看属于字形明显有误的词目，这显然是不合理的。b类错讹字尽管成字，但由于音义与词的音义无关，且为非常生僻的字形，又非本词典所收的词目，所以与a类情况近似。据此，本词典对于a、b两类的形讹字均以其本字为字形来出词目，而在词目后的括号内说明其错讹之字形。c类由于错讹字也是常用字，考虑到蒲松龄白话作品的读者会直接按音序到词典中查找，所以就单列条目或附在该字形（非讹误字）的条目之下单列义项（实际上是与同形词类似，只不过一般说的同形词是语音形式相同，而这里说的情况只是字形相同，实际读音往往是不同的）。形讹字如果表面上可以成词，也列为词条，但释义中加以辨析（如“阿爹”，实际上是“问：爹”，非词，词典也列“阿爹”为词目）。这主要是为了方便读者由语料原文来查检本词典。

(3)蒲氏白话语料中又有少量的方言字，即根据方言词的音义自造的字。其中又分两种情形：一种是字书中没有的字形，一种是与字书中已有的字形重合（实际上是偶合的同形字）。前一种情况只能是照写字形来立词目，后一种则作为普通字来对待，只是在释义中有所说明。

**(五)其他**

(1)重叠形式的词语中，语法性的重叠形式不单列（可在用例中体现其重叠形式），词汇性的重叠形式单列词目。语料中只有重叠形式的列重叠形式为词目。

(2)少数离合词在语料中只有其“离”的形式，取其“合”的形式为词目。个别简称为一个字的词，则根据上下文补出其省略的成分为一个词条（如根据《日用俗字》“金酒刀蚕皆豆种”，分列词条“金豆”“酒豆”“刀豆”“蚕豆”）。

## 二、音序与注音

### (一)词条按普通话音序排列

为便检索，所有词条按普通话音序排列。在同一声韵母组合中按阴平、阳平、上声、去声的次序排列。

字的普通话读音有三种情况需要说明：①生僻字（一般是《现代汉语词典》未收的字）的读音主要参照《汉语大字典》的注音，个别也参照了《字汇》的注音（蒲氏《日用俗字》主要参考《字汇》来确定字形）。如果是多音字，则根据语义选取合适的一个读音。②有些字是字典未收的方言区自造的字形，其读音根据其方言读音与普通话的对应规律折合成普通话读音来安排其排列位置，如“㑇”，方言音折合成普通话是 zhòu，置于 zhòu 音的位置。③有些字其实也是方言区自造的字，但字形与字书中已有的字同形（偶合），其音义并不相同。为了便于读者查检，本词典按照字的普通话读音排列，但在释义中说明其方言读音。如蒲氏语料中的"偘"是方言字，音"拼"，义为"拙笨"，与字典中作为"侃"字异体的"偘"毫无关系，本词典中仍将"偘"置于 kan 音节之中；又如"拸"字，《汉语大字典》和《汉语大词典》均根据《集韵》反切注音 chǐ，且引蒲松龄用例释义为"拍打"，其实蒲氏语料中的"拸"是方言字，从手多声，音"多"，义为"用手掌或板状物抽打"（比"拍打"更用力），不过本词典还是将其放在了 chi 音节中。

**（二）注音：为省篇幅，一般不再注音，特殊情况注音**

注音有三种情况：(1)有些词目中的字为多音字，为便于区别，标注拼音。(2)极少数生僻字，为便阅读而加注拼音。(3)少量方言用字，其音与字典标注并不相同（其义也往往有别），本词典按其字典音排列，但在词目后注出方言读音以示有别，并为进一步研究提供更多线索。有些字的通假或谐音与方言读音有关，此类情况也会说明其方言读音。

方言读音与普通话既有对应又有音值或音类上的差异，如果标注国际音标，则不宜看出与普通话读音的关系，所以，方言读音的说明没有采用国际音标而使用了两种方法：一般采用直音法（如：拸，方言音"多"。包括纽四声法，如：**輂**，方言音"仓"去声）；少数方言字音没有合适的同音字（没有同音字或方言中的同音字在音类上与普通话的音类不对应），则把方言音类折合成普通话的音类写成拼音。如表示第二人称的"恁"，方言读音注为"ngěn 或 něn"，ngěn 没有同音字可注，而 něn 不注为"嫩上声"，是因为方言中"嫩"读同"论"。

在说明方言读音（包括上面说的注音，也包括少数情况下对方言读音的必要说明）时，直音字的选取注意古今读音的不同。如今淄川方言中尖团音不分，又如今淄川一带方言中把普通话读 r 声母的字读成 l 声母，本词典选用的同音字都会避开这种混淆，这既是为了防止读者产生误解，也是因为蒲氏语料中并没有明显地反映出这类混淆。

此外，蒲松龄《日用俗字》为部分生僻字加了"音注"，即用同音字来注音（直音）。这些"音注"中有些是对于识读字音（包括方音）以及字义、词义有一定帮助的，本词典也在括号内加以引用。

## 三、释义

**(一)词义的解释,以蒲氏语料为范围,仅且全部收列有用例的义项**

本词典只列出并解释在蒲氏语料中有用例的义项。有些词语可能还有其他义项,但蒲氏未用到,则不收该义项。在一个义项的释义中,有时会根据现代方言对该义项的内容(如适用范围)作适当补充以使释义更准确,但不会补充蒲氏语料中没有用到的另外的义项。

同时,本词典对一个词条有用例的义项全部列出,而不管某个义项是否具有方言性等特点。由此可以反映所收词条在蒲氏白话作品中使用的全部情况。

**(二)词条的格式**

(1)基本格式为:【词目】释义。用例。

(2)用例格式为:出处:例句。

出处列至章回或节(《聊斋志异》中列至篇),简称见后附。无简称者用全称。俚曲和《戏三出》中有数字序号的章回(俚曲中或称“段”)目用阿拉伯数字代表。为醒目起见,用例用楷体,以与宋体的释义相区别。出处下加波浪线(即旧式书名号)。

(3)例句中被释词不加特别的标记。但如果被释词在一个例句中出现了多次且有的并非当前义项,则在符合本义项的被释词下加下划线,非当前义项的被释词不加下划线。摘引的原句缺少主语或单据原句较难理解意义者,必要时在括号内添加主语或必要的情节说明(括号内文字均非原文)。为使用例便于理解和节省篇幅,在表义清楚的前提下使用删节号删略原文部分词句。

**(三)释义力求简明**

一般用通语的或现代的同义词语对释;如果用来释义的词语是多义的,则在其后再加其他同义词语或再加说明以进一步明确其含义。不适合用同义词语对释的,则用其他方法(如定义、描写等)释义。

释义只解释词语的意义,一般不作考证。特殊情况在括号内加以说明。

**(四)同义词条的处理**

同义的不同词条,注“同‘××’”。如果相同的词条位置相邻或相近,注“同”后即不再重复释义(义项数量不等或义项数量较多者例外);如果相距较远,则在说明“同”后再加释义,以免翻检不便。如果只是与另一词目的某个义项同义,则在“××”后列出其义项序号,如“同‘××❷’”。“同”的对象,一般是在本词典中出现的词目，起码也是蒲氏语料中用过的词形。如“疙疸：同‘疙瘩’”（“疙瘩”亦为本词典词目）。蒲氏语料中未使用过的词形，如果是与现代通行写法不同的，直接在释义中用现代通行的写法来解释。如“扢噔：象声词。咯噔……”（蒲氏语料中无“咯噔”词形）。

同义的词条中，有些读音相同或相近、意义相同而只是写法不同，可以视为异形词，其不同用字可视为通假。不过，由于许多方言词的写法本无定形，很难说是甲通乙还是乙通甲，所以，本词典对此类情况也一律注为“同”。读者根据其意义相同、读音相同或相近的特点自可判断其为同形词。注“通”的只限于说明某个字与另外的某个字读音相同或相近、意义相同或相通。

**(五)多义词语各义项的排列**

本词典分别用“❶❷❸”等标出不同义项的序号。各义项排列时适当注意初始义在先、引申义在后，但由于只收蒲氏语料中出现的义项，各义项之间的联系往往缺乏中间环节，并且本词典重在展示词语在蒲氏语料中的使用情况，所以有些多义词语义项的先后顺序未作特意调整。

**(六)用例的数量**

每个词条后均有用例。如果只列一个用例，说明该义项在蒲氏作品中只出现一次。如果该义项在蒲氏作品中出现多次，则一般只列两个用例；有些义项为了说明其不同的语法环境或意义的细微差异，则使用多于两个的用例。使用多个用例时，尽量使用不同篇目的例子。如果使用了同一篇目的例子，说明该词语只出现于该篇。

**(七)词性的标注**

实词性词语一般不标词性。虚词（介词、连词、助词、语气词、叹词）以及象声词、副词在必要时指出其词性。词类后加句号与后面的释义隔开。

**(八)其他**

(1)有少数词条目前还不能确定其准确含义，注明为“不详”，但尽可能提供其意义类别或大体意思的信息。

(2)释义中有时涉及的现代方言，均指以淄川方言为中心的鲁中一带方言，不限于淄川一地。

(3)必要时在脚注内对有关情况（包括字形）进行说明。

## 四、用字

(1)为便阅读，本词典一律采用简体字，但不新造简体字。个别对应多个繁体的简体字若有可能发生意义混淆，则在括号内加注对应的繁体。有些生僻字无通行的简体，本词典径用计算机字库中的繁体，不新造简体字。

(2)古今通行写法不同的字，语料中的通假字，尊重原语料，不做改写。古今写法不同的字，如“掚”今一般写作“俩”，本词典仍写作“掚”。又如连词“和”，语料中多写作“合”，本词典不做改写，以便于保存当时文字使用原貌。

语料中的通假字数量较多，本词典不做改写(参见上文)。

(3)形讹字的处理。蒲氏白话语料中的形讹字为数不少。这些形讹字在词目中的处理，见上文；在引例中一律照写原文的写法，以存其真，但在脚注中说明其正确字形(释文中已作说明者不再加脚注)。

(4)少数方言字无正字可替代，只能照写。其偏旁也不进行类推简化。

## 五、语料

### (一)词条出处

词条基本上筛选自蒲松龄的白话作品《聊斋俚曲集》《戏三出》《日用俗字》，少量出自反映农业、养蚕业的《农桑经》及《家政外编》，另外还从《聊斋志异》中选取了带有方言特点的少数几条。《农桑经》《家政外编》和《聊斋志异》都是文言语体的，选取的词条都是以现代方言为参照的，即这些词条在现代方言中仍是方言词。

### (二)语料版本

《聊斋俚曲集》《戏三出》《日用俗字》《农桑经》四种以路大荒编《蒲松龄集》(上海古籍出版社 1986 年版，简称“路本”)为底本，并参考盛伟编《蒲松龄全集》(学林出版社 1998 年版，简称“盛本”)、邹宗良注本《聊斋俚曲集》(国际文化出版公司 1999 年版，简称“邹本”)、《山东文献集成》(第四辑)(山东大学出版社 2010 年版，简称“影印本”)和蒲松龄纪念馆整理的《聊斋俚曲集》(齐鲁书社 2018 年版)有关内容。《聊斋志异》以任笃行辑校《全校会注集评聊斋志异》(齐鲁书社 2000 年版)为底本，并参考盛伟编《蒲松龄全集》。其中俚曲《琴瑟乐》路本未收，乃以邹本为底本，并参考盛本。其余杂著均据盛伟编《蒲松龄全集》。

### (三)引例次序

引例时优先使用俚曲用例，其次是《日用俗字》和《戏三出》，最后是《农桑经》《家政外编》《聊斋志异》等文言作品。

释义后出现两个或两个以上用例且都出自俚曲时，一般照《聊斋俚曲集》中的剧目顺序排列，少数情况下为了照应释义中的逻辑顺序而有所调整。其他语料若出现此类情况时也仿此处理。

**(四)用例的标点符号**

用例的标点符号一般照引有标注的底本。少数不妥处径改。其中，歇后语的标点，原文多数作“×××，——××”，本词典一律改为“×××——××”。《日用俗字》用例通常只引该词语出现的那一句，后面一律加句号；个别上下句意义有关联、对词语理解有帮助的，则上下句均引。

**(五)各种语料的简称方式**

(1)聊斋俚曲和《戏三出》(及附录“南吕调九转货郎儿”)取曲目的首字，回目用阿拉伯数字(《慈悲曲》开头的“西江月”、《增补幸云曲》开头的“开场”用0)。如“墙1”“增0”“闹”“南”。

(2)《日用俗字》用“日·章目首字”表示。如“日·身”表示《日用俗字·身体章》。

(3)《农桑经》的《农经》《蚕经》《补蚕经》《附录》分别用“农·农”“农·蚕”“农·补”“农·附”表示。其条目用全称，如“农·农·种谷”表示《农桑经·农经·种谷》。

(4)《聊斋志异》等文言语体的著作出例很少，所以不用简称。

具体的简称情况见后附的《简称一览表》。

## 六、检索

(1)音序目录。词典正文以字音的普通话读音为序排列，为省篇幅，不再单列词条索引。

(2)生僻字字音笔画索引。常用字拼音容易确定，没有必要重复列出索引。但生僻字(包括方言字)读音不易确定，所以单列生僻字读音的笔画索引。详见索引说明。

(3)用正字作词目的形讹字。针对词目中有少数字形是将形讹字改成了正字的情况，为了便于读者根据蒲松龄语料用字的原形来检索本词典，将词目中改换了字形的形讹字汇总列出。

## 简称一览表

| | |
|---|---|
| **《聊斋俚曲集》** | |
| 丑——丑俊巴 | 慈——慈悲曲 |
| 翻——翻魇殃 | 富——富贵神仙 |
| 姑——姑妇曲 | 寒——寒森曲 |
| 俊——俊夜叉 | 快——快曲 |
| 磨——磨难曲 | 蓬——蓬莱宴 |
| 墙——墙头记 | 琴——琴瑟乐 |
| 穷——穷汉词 | 禳——禳妒咒 |
| 增——增补幸云曲 | |
| **《日用俗字》** | |
| 日·兵——兵器章 | 日·裁——裁缝章 |
| 日·菜——菜蔬章 | 日·丹——丹青章 |
| 日·赌——赌博章 | 日·果——果实章 |
| 日·衏——衏衏章 | 日·花——花草章 |
| 日·疾——疾病章 | 日·堪——堪舆章 |
| 日·昆——昆虫章 | 日·鳞——鳞介章 |
| 日·木——木匠章 | 日·泥——泥瓦章 |
| 日·皮——皮匠章 | 日·器——器皿章 |
| 日·禽——禽鸟章 | 日·僧——僧道章 |
| 日·身——身体章 | 日·石——石匠章 |
| 日·树——树木章 | 日·铁——铁匠章 |
| 日·养——养蚕章 | 日·银——银匠章 |

续表

| | |
|---|---|
| 日·饮——饮食章 | 日·杂——杂货章 |
| 日·毡——毡匠章 | 日·争——争讼章 |
| 日·纸——纸扎章 | 日·庄——庄农章 |
| 日·走——走兽章 | |
| **《戏三出》** | |
| 南——南吕调九转货郎儿 | 闹——闹馆 |
| 闹——闹窘 | 钟——钟妹庆寿 |
| **《农桑经》** | |
| 农·农——农经 | 农·蚕——蚕经 |
| 农·补——补蚕经 | 农·附——附录 |

# 音序目录


A

a/414
ai/414
an/417
ang/422
ao/422

B

ba/425
bai/432
ban/439
bang/445
bao/447
bei/454
ben/459
beng/461
bi/462
bian/467
biao/469
bie/471
bin/472
bing/472
bo/475
bu/479

C

ca/497
cai/497
can/501
cang/504
cao/504
ce/506
ceng/506
cha/507
chai/512
chan/513
chang/515
chao/520
che/524
chen/526
cheng/528
chi/535
chong/539
chou/540
chu/542
chua/548
chuai/548
chuan/549
chuang/551
chui/553

chun/554
chuo/555
ci/555
cong/556
cou/557
cu/558
cuan/559
cui/561
cun/561
cuo/563

D

da/565
dai/585
dan/588
dang/593
dao/595
de/601
deng/603
di/604
dian/608
diao/613
die/616
ding/617
diu/621
dong/622
dou/625
du/626
duan/628
dui/630
dun/632
duo/634

E

e/638
en/639
er/640

F

fa/644
fan/647
fang/653
fei/659
fen/661
feng/664
fo/668
fu/668

G

gai/675
gan/676
gang/681
gao/682
ge/684
gen/688
geng/690
gong/691
gou/694
gu/698
gua/706
guai/710
guan/712
guang/716
gui/719
gun/720
guo/721

H

ha/727
hai/728
han/730
hang/732
hao/734
he/739
hei/744
hen/745
heng/746
hm/746
hong/746
hou/749
hu/751
hua/757
huai/760
huan/760
huang/761
hui/765
hun/770
huo/772

J

ji/777
jia/785
jian/790
jiang/795
jiao/799
jie/808
jin/814
jing/819
jiong/824
jiu/825
ju/828
juan/831
jue/832
jun/834

K

kai/836
kan/837
kang/841
kao/842
ke/842
ken/848
keng/848
kong/849
kou/850
ku/852
kua/855
kuai/855
kuan/857
kuang/857
kui/858
kun/858
kuo/859

L

la/860
lai/861
lan/863
lang/865
lao/866
le/875
lei/875
leng/877
li/878
lia/882
lian/883
liang/885
liao/888
lie/890
lin/891
ling/892
liu/894
long/896
lou/898
lu/899
lü/901
luan/902
lüe/902
lun/903
luo/904

M

ma/907
mai/912
man/913
mang/916
mao/916
me/918
mei/918
men/924
meng/927
mi/927
mian/929
miao/931
mie/932
min/932
ming/932
miu/934
mo/934
mu/938

N

na/940
nai/944
nan/945
nang/947

nao/947
nei/950
nen/950
neng/950
ni/951
nian/952
niang/955
niao/955
nie/956
nin/957
ning/958
niu/959
nong/960
nou/963
nu/963
nü/963
nuan/964
nüe/964
nuo/964

O

o/966
ou/966

P

pa/967
pai/969
pan/970
pang/972
pao/973
pei/975
pen/977
peng/977
pi/979
pian/983
piao/985
pie/985
pin/986
ping/987
po/989
pou/993
pu/993

Q

qi/997
qia/1006
qian/1007
qiang/1011
qiao/1014
qie/1017
qin/1017
qing/1018
qiong/1026
qiu/1026
qu/1027
quan/1028
que/1030
qun/1031

R

rang/1032
re/1032
ren/1033
reng/1037
ri/1037
rong/1038
rou/1039
ru/1040
ruan/1040
rui/1041
ruo/1041

S

sa/1043
sai/1045
san/1046
sang/1049
sao/1049
se/1051
sen/1051
sha/1051
shai/1055
shan/1056
shang/1059
shao/1065
she/1068
shen/1069

sheng/1072
shi/1076
shou/1087
shu/1090
shua/1095
shuai/1096
shuan/1097
shuang/1097
shui/1098
shun/1099
shuo/1100
si/1101
song/1105
sou/1107
su/1107
suan/1109
sui/1110
sun/1110
suo/1111

T

ta/1113
tai/1115
tan/1116
tang/1118
tao/1120
te/1122
teng/1123
ti/1123
tian/1125
tiao/1130
tie/1132
ting/1134
tong/1137
tou/1140
tu/1145
tuan/1147
tui/1147
tun/1149
tuo/1150

W

wa/1153
wai/1154
wan/1157
wang/1160
wei/1164
wen/1167
weng/1168
wo/1169
wu/1170

X

xi/1180
xia/1186
xian/1192
xiang/1198
xiao/1205
xie/1215
xin/1218
xing/1221
xiong/1228
xiu/1228
xu/1231
xuan/1233
xue/1235
xun/1237

Y

ya/1239
yan/1246
yang/1254
yao/1258
ye/1260
yi/1268
yin/1280
ying/1283
yo/1287
yong/1287
you/1288
yu/1293
yuan/1296
yue/1298
yun/1299

Z

za/1301
zai/1303

zan/1304
zang/1306
zao/1308
ze/1311
zei/1312
zen/1312
zeng/1314
zha/1314
zhai/1318
zhan/1319
zhang/1322
zhao/1326
zhe/1330
zhen/1334
zheng/1337
zhi/1342
zhong/1350
zhou/1354
zhu/1355
zhua/1362
zhuai/1363
zhuan/1363
zhuang/1365
zhui/1368
zhun/1368
zhuo/1369
zi/1371
zong/1376
zou/1378
zu/1379
zuan/1380
zui/1381
zun/1382
zuo/1384
附:音形不明者

# 生僻字字音笔画索引

1. 本索引列出所有生僻字的普通话读音的拼音及其词目。如果生僻字是单字词或词目的首字，可以由此在词典中按音序查检；不是词目首字的生僻字也可以由此识得其读音并观察其在蒲松龄语料中的使用情况。

2. 所收生僻字包括一般的生僻字和方言字，还有少量形讹字。一般的生僻字主要是《现代汉语词典》未收的字，也包括虽然为《现代汉语词典》所收但较少使用、认读较困难的字。

3. 所谓普通话读音，包括两种情况：一种是字典、词典上标出来的读音（主要依据《汉语大字典》，个别根据《字汇》），一种是字典、词典未收的字，根据方言和普通话语音对应规律折合成的普通话读音。有些字形的普通话音义与蒲氏词语不同，在括号内说明方言读音情况。

4. 为了全面观察生僻字在蒲松龄语料中的使用情况，本索引还在括号内列出了含有生僻字的所有词目。括号内的“～”号代表该生僻字。该生僻字只作为单字词出现时其后不再加括号说明。

5. 笔画数按通用字形计算。有简体的按简体计，无对应简体的不对部件进行简化。

6. 笔画数相同者按“横竖撇点折”的顺序排列。

## 二　画

乜 niè(～、～么样、～样)

## 三　画

冃 mǎo(～榫)

## 五　画

忉 dāo(害～)

## 六　画

【一】

刓 wán(方言音“剜”)(～、～钻、～墙)

扢 gē(～搭、～噔)

扟 shēn

扠 chā

朾 chéng

【丨】

叉 chā(可～)

匇 shà

【丿】

刁 diāo

仯 chào(方言音“嘲”)(～、～巴)

合 rì(～的)

犸 mǎ(～虎)

饦 tuō(～炉)

【丶】

劥 kēng(蒲氏注音“扛”)

【フ】

启 tún(方言音“笃”)(无头～、瘪～)

凹 bā

纩 kuàng(方言音“逛”)(～子)

## 七　画

【一】

坉 tún(～墙)

抏 wǎ(～挠、打～挠)

抐 nà

抇 mào(～毛)

抅 jū(方言音“够”)

扨 yǐn

苿 huá(～子)

杌 wù(～、～子)

杈 chā(～) chà(～枒)

矴 dìng

忒 tuī(～、～也)

【丨】

呖 lì(～～)

呃 wa

㖍 rēng

呅 āo(方言音“吆”)(～呵、～喝、～～喝喝、咳～、摇～怒喝)

呋 jué(方言音“缺”)(～嗤)

【丿】

毢 sā(毸～子)

匉 pēng(方言音“朋”)(～头)

犻 tún(豗～、奔～)

狉 pí

【丶】

炸 zhà

怑 bàng(方言音“崩”上声)(～脸)

扈 hù(怢～)

阤 shì(方言音“室”)(～道)
㕤 qìn

【フ】

弝 bà
妑 pā(～角)
㓡 zhěng(蒲氏注音“亭”)(～饱)
纰 pī

八　画

【一】

耓 tīng(耪～)
刲 kuī
抷 zuǒ
抷 pī(当为“搓”字之讹,音“崴”)
抪 bù(～、～瓢)
坺 bá(蒲氏注音“报”)
坫 diàn
坱 yǎng(～壤)
坵 qīu(～、～子)
坨 tuó(横骨～心)
拕 tuō
抋 bié(交～)
苠 mín(～麦)
杬 yuàn(柳～子)
枒 yà(～) yā(花～、杈～、槎～)
枨 chéng
杴 xiān(～、～头、～柄)
枓 dōu
杺 xīn(橧～、枪～)
杻 chǒu(～、手～)
矼 gāng(～礤)
攱 dùn(～子)
弎 sā

【丨】

呷 xiā
帓 mò(～扁)
帔 pī(～幢)
囷 qūn(～、上～、谷～、荆～、断～、粮食～)

【ノ】

穴 pá(～篮)
斨 qiāng(《字汇》音“锵”,蒲氏注音“戕”)
刴 tiāo(～蒳)
肷 qiǎn(钓～)
狛 pò

【、】

庝 zhà(脱～)
炠 hū(～皮)
炢 hù(蒲氏注音“忽”)(～、烲～)
炓 liào
体 bèn(～工)
床 qiǎn(蒲氏注音“欠”)(门～)
衲 nà(红～袄)
衩 chǎi(《字汇》楚懈切,音“瘥”。蒲氏注音“揣”)

【フ】

屏 jiāng
屄 bī
䟦 bā(～灰、～跕堆)

九　画

【一】

挜 yà

挝 zhuā
挒 liè(～木)
挦 xiān(掂～)
挌 gé(～线)
拸 chǐ(方言音“多”)(～、～打、～拸、～塑匠、拾～、战～拸、战～梭、挤眉～拸眼)
垞 chá(～堐)
挓 zhā
挦 xián(～、打腿～毛)
挆 duǒ
拶 zǎn(～、～子)
茈 zǐ(～姜)
苦 guā(蒲氏注音“括”,方言音“郭”)(～淖)
茳 jiāng(～豆)
瓳 hú(蒲氏注音“古”)(瓦～、水瓦～菜)
荍 qiáo(～、～荞)
䓊 zhà(《字汇》音“诈”,蒲氏注音“乍”)(～、秫～)
荮 zhòu
栌 lú(黄～)
柤 zhā(木～)
柙 xiá(～床)
柛 shēn(榑～)
柲 bì(方言音“鼻”)
柩 mín(～谷)
柽 chēng(～花)
柪 ào(～榆)
匽 yàn(碗～、艚～碗)
砗 bàng(方言音“蹦”)(～牙、～剩、杂～)

【丨】

战 diān(～敠)
咭 jī(～叮当)
咥 xì(～～嗦嗦)
呲 cī
虷 gān(～蚼)
虸 zǐ(～蚄)
哕 yuě(干～)
咶 guō(～、～啰、犯～啰)
咷 táo(嚎～)
咯 gē(～气搭生、～气撩生、～吱吱、～～嚷嚷、～嘣嘣、～噪、～嗽)
哏 gén(方言音“痕”)

【丿】

钣 bǎn(高～低鎈)
牯 gǔ(㸬～)
秕 bǐ
侙 tè(～倕)
垡 fá(～、～块)
牮 jiàn
徉 yáng(～常、～徜)
剉 cuò
跮 zuǒ(～脚)
𣮇 bào(～蛋)

【丶】

闸 zhèng(～、～闼、閛～)
籸 shēn(米～、麻～)
炤 zhào(日～)
沓 tà(方言音“答”)(滴～)

泚 cī
恓 xī(泪～～、痛～～)
恹 yān(～头打脑、～头搭脑、～头搭喇、～～、～～缠缠、～憔瘦、～缠缠)
恍 huǎng(方言音“逛”)(～荡)
窊 wà(～刀、～屋)
袺 hù(褡～)
枓 dǒu(裹～)

【㇇】

陏 xuàn(发～)
峑 zhuān(蒲氏注音“拴”，应读“拴去声”)(诮刮～)
紁 chà(～裤)

## 十　画

【一】

挵 nòng(丸～)
捪 tùn
捗 pú(～攎)
捸 tū
㪗 tǒu
抲 hè(～攞)
捄 hāo(～毛)
搒 pēng(方言音“亨”)
蚻 zhá(芦～、蠦～)
捘 zùn(方言音“梭”)(～布、～争、多～、拸～、摸～、战拸～、挤眉拸～眼、低袖多～)
剄 yā
莳 shí(～萝)
莥 nǐu
栙 xiáng(～杵)
桗 duò(～极子、～鞍、～篓)
鬲 gé(春～、噎～)
莿 cī
砯 pīng(～磅蒲)
碾 niǎn
豤 kěn(《字汇》音“恳”，蒲氏注音“肯”)

【丨】

哣 dōu
哱 tè(方言音 tei)(扑～)
哶 miē(～～)
蚍 pí(蚂～)
蚼 gōu(蝼～)
蚄 fāng(虾～)
唥 yín(方言音“衬”上声)(～丁头、～妇、牙～)
唎 lì(～嗗子喇、～嗗喇噶、～溜子喇、～溜子喇、喇嗗子～、喇溜子～)
嗨 hm
哻 hǎn(方言音“罕”)(打～)
罞 méng(《字汇》音“蒙”)(～头)
峭 qiāo(夹～)

【丿】

钴 gǔ(～钉)
钿 diàn(头～)
铊 tuó(～矛、横～)
铍 pī(～镞)
牸 zì(～牛)
敌 huá
秫 shú(～茺、～秸葶、～秸攒、蜀～、蔔～)

芫 yuán(方言音“愿”)(菜～)
倯 sōng(方言音“耸”)(～、～虫、～种)
偖 jiù(蒲氏注音“邱”)
眪 fá
瓟 páo
釟 bā(～、镴～)
胣 chǐ(冷～块)
魛 dāo(鳞～)
猘 què

【丶】

疸 dǎn(酒～) da(瘩～、疙～)
阃 kǔn(门～)
阘 chuài(阐～)
粃 bǐ
悮 wù(迟～)
悰 zhuàng(莽莽～～)
窄 zhà
窊 wā(方言音“瓦”)(～窭脸)
袗 zhěn(～衫)
袕 xué(～裙)

【㇇】

剟 duō
绦 táo(丝～)

## 十一画

【一】

耠 huō(～子)
耜 sì(种～)
琑 suǒ(～碎)
堐 yá(坨～)
挮 qiāo

掯 kèn(～、～勒、勒～)
掙 zhēng
掴 guó(嘴～)
捵 tiǎn(方言音“掂”)
堈 gāng(乱散～)
捽 zuó
掽 pèng(～头打搽)
掟 dìng(蒲氏注音“丁”)
捥 wān
掮 qiǎn(～身)
掾 lù
埽 sào(～帚)
菝 pǐ(～、～屋)
菹 zhā(木～片)
葶 dīng(补～)
莿 cì(草～、荆～)
菉 lù(～豆)
梜 jiā(～榆)
梙 huàn(～子)
軖 kuáng
敊 pū(～酪)
豉 chǐ(豆～)
殸 zhēn(～揰)

【丨】

庛 zì(～皮勒)
晗 tǔn(方言音“盹”)(打～)
啷 yé(哎～～)
唻 lài(～口)
啀 ái(～、～哼、狗～荒、狗～黄)
唵 ǎn(～、犯故～)
唭 hūn(～～)

趹 jué(趫～)
蜅 bù(～蝻)
蝍 zhá(白～)
蛈 tiě(～蟷)
蚼 gǒu(虾～)
蛏 chēng(～、～干)
瓹 juàn
哘 mēn
罣 guà(～碍)
帢 tà(～头)
帺 guān(～子)
囮 nǎi(～、吹～)

【丿】

铪 gē(蒲氏注音“合”)(～子)
铫 diào(砂～)
稆 lǔ(～生)
秖 cháo(～、～谷、穲～谷)
稏 duò(～、上～)
篎 shàn(～苇)
覑 piǎn(摔～)
偘 kǎn(方言音 pīn)
倕 chuí(佡～)
偢 zōu(没～打彩)
偺 zán
僽 zhòu
徜 cháng(徉～)
餼 xì(方言音“吃”)(～客)
胒 yí(～子)
觟 guài

【丶】

訴 bù

詖 pī(“詖”字之讹,方言音“词”阴平)(～喇)
劁 qiāo(～独)
疨 yǎ
瘩 gē(～疸)
豢 quàn(鼻～)
粖 mò(～糊)
粩 zhā(糰～)
粰 hú(麧～)
粣 sè
粚 tuó(糖～)
粭 yí(餳～)
焅 kù(蒲氏注音“枯”)(～爊)
熌 biē(～、～炒)
淕 lù(滴～)
毟 shā(～毡)
惛 hūn(发～)
窐 wā(～柱)
袳 duǒ(～襬)
裈 kūn(～裤)
諞 piǎn

【乛】

奘 zhuàng(上～)
毵 sā(～、毵～、毵毵～～)
瓨 tóng(～瓦)
敨 tǒng
骓 zhuī(乌～的子孙)
绺 liǔ(～、剪～、十根两～) zuàn(蒲氏注音“揝”)(簪～)
绾 wǎn(合～带)
紬 chóu(绵～)

鞅 yǎng(～子)

## 十二画

**【一一】**

秴 huō(～子)

琖 zhǎn(金～)

璁 cōng(笼～)

**【一丨】**

揸 zhā(～、～煞)

揦 là(拨～)

揌 wǎi(～呀～呀、～辣骨)

蕇(同"蒧")

蒧 diàn

趔 liè(～趄)

趈 tǎn(动～)

拼 pīn(～命)

揈 hōng(渲～)

揝 zuàn

揼 dèng

揎 xuān(～、～泛)

揢 qiā

揙 biǎn(～摔)

聒 guō(～、～噪、絮～)

聜 duǒ(耳～)

蒷 chá(麦～、凉～)

靸 sǎ(～、～袋)

靫 chá(～宬)

榩 shà(木～)

棹 zhuō(～子、～歌、上～、灵～、擎～、摇起～子)

棠 táng(～枣)

楸 xiān(木～)

椋 liáng(赤～)

椁 guǒ(～、～木)

棓 bèi(五～)

酮 tóng(敲～)

**【一丿、一フ】**

榼 kè(～、木～)

攲 qī

殗 yān(殜～)

辊 hùn(《字汇》一音"混",蒲氏注音"混")

辋 wǎng(～轘)

**【丨】**

睄 shào(～～巴巴)

逿 dàng

睃 suō(～不上)

嗏 chā

喓 yāo(～、吱～)

跊 mèi

跕 diǎn(跂～堆)

跅 tuò(～价)

跛 bié(～脚)

蹍 niǎn

蛱 jiá(灰～蝶)

蛘 yáng(蚁～)

喒 zán(又～)

嗁 qí(～～噌噌)

嗑 kè

蠭 fèng(蛂～)

甿 gāng(方言音"抗")(～山)

**【丿】**

筬 chéng(～筐)

腌 yǎn(雀～)
傥 tǎng(～来)
傝 tà(～僿)
馋 chán(蒲氏注音“参”)(～、～鸛)
衕 tòng(胡～)
鈉 nà(索～)
腂 guò(胁～)
膨 pēng(～～、胡～)
膖 pàng(～胀)

【丶】

詀 zhān
就 liàng(～子)
敦 duì(题～)
腐 yè
粢 zì
惉 zhuàng(莽莽～～)
粣 cè(爊～)
焵 gàng
焙 bèi(艾～子)
睃 suō(～不上)
溛 wǎng(～殲)
袹 mò(黄绢～)
褙 shāo(～褨)
裿 jì

【𠃍】

䰋 qióng(～心)
骘 zhì(阴～)
敪 duō(战～)
絚 gēng(牛～)
缨 yíng
闒 tǎn(蒲氏注音“答”)(门～板)

## 十三画

【一一、一丨】

蕳 jiǎn
搕 kē(～头虫、～络)
塛 zhài(～道)
趏 guā(～趦)
靿 yào(趿皮～)
搧 shǎn(～枪)
搨 tà(～、～胯)
搝 qiǔ(～稿)
摋 shā
搯 tāo
鞏 gǒng
搊 chōu(方言音“谄”)(～生、抱～)
搫 pó(～攞)
搼 quán
撂 liāo
搲 wǎ(～、～窟)
搒 páo
搉 què(～蒜)
碁 qí(～无种)
鞃 wēng(～鞋)
萼 è(雷～)
蒦 huò(蒲氏注音“药”)(～子)
毾 tà(～毲、毾～毡)
蓓 bèi(黄～草)
榠 ruǎn(～枣)
榧(音不详。蒲氏注音“炭”)
橐 pào
榦 gǎn

楂 chá(～、～枒)
椵 jiǎ(绒～)
【一丿、一フ】
碛 qì(铜～)
碊 jiān(蒲氏注音“浅”)(～碟)
硍 kē(～砬)
硼 pēng(方言音“碰”)(～、～头、～头打滚、～头散发、～～鼓)
碌 liù(～碡)
碜 chěn(沙～、～场)
殶 duàn(溕～)
𠫭 liǎ(～、爷～、爷～个、～㐅、～～㐅㐅、～鏀)
【丨】
欪 zī
觜 zī(～火猴)
題 tí(《字汇》音“提”)(～甄)
嗂 gōu(～～)
嗹 lian
閘 zhá(～阐)
戥 děng(～子、～星、～盘、大～)
嗄 shà(～、～子、没～说)
髭 hé(绒～)
遈 shēng(遅～)
晻 ǎn
跐 cǐ(～、～溜扑笼)
跣 guàng
踋 nuó(～、～步)
蛂 bù(～蚰)
啗 dàn(方言音“叨”)
嚠 liū(几～哈嗾、唎～子喇、唎～喇喝)
嚋 zhōu(～、～搜)
嗙 pǎng
嗋 xiù(方言音“初”)(～嗤)
嗐 hài(蒲氏注音“遐”)(～～)
嗢 wà(晚～)
罨 yǎn(～、眼～)
罷 bà(尾～根)
【丿】
锞 kè(～、～儿、纸～、银～、细丝～)
锫 (～～钉)
𨱏 zhuī(歪～)
毼 hé(毯～)
稜 léng(～争、～挣、～～挣挣、支～)
稙 zhī(～谷)
稕 zhùn(～、～子、墙～)
甃 zhòu(～井)
穇 cǎn
筀 bó
筟 fū(芦～)
筩 tǒng(～筲、～罐、吹～)
僌 hóu(～㰿)
峻 zuī
衕 yǒng(～路)
鉏 chú(～、～杠)
鉊 zhāo(～面)
龠 hè
腄 chuí(腚～)
膗 chāi(方言音“叉”)(肋～)
鲊 zhǎ(皮～、好剁～的)
鲌 bó(～鳊)
猺 yáo(青～)

頞 mò(蒲氏注音"乌")(～温)

【丶】

詪 hěn(蒲氏注音"言")(～諮)

裛 yì

裩 gùn

辣 lǎ(揺～骨)

粰 bó

糒 méi(～、～盒)

煠 zhá(～、～烀、～挣、～祭)

煰 chā

熌 nǎo(燍～)

溷 hùn

滗 bì

溨[①] zhǎn(～、～布)

【フ】

敪 xiá(歛～)

翯 què

缡 lí(缕～、缕～搭撒)

## 十四画

【一】

鳿(字音不详。蒲氏注音"疵")(老～)

砬 lā(碟～)

蒯 kuǎi(～毛)

輪 lǔn

撗 guàng

塽 shuǎng(黄～土)

墁 màn(～、～墙)

墂 léi(方言音"摞")

搪 tàng

踅 xué(～、打～)

墉 yōng(～路)

攎 lù(撺拳～手)

搴 qiān(～、扯～)

毂 gòu

鞅 yāng(～掌、背～)

靽 bàn(蒲氏注音"判")(上～、车～)

鞁 bèi

蘔 qǐng(～杆子)

蔔 bo(方言音"北"轻声)(萝～)

蓼 liǎo(京～)

榡 sè

槅 gé(～扇)

榐 zhǎn(鏟～)

醯 xī(糖～)

碡 zhou(碌～)

碪 zhēn(门～)

碷 dùn(～骨碌)

碾 yàn(～、瓮～)

碴 zhǎ(～炭)

厪 diàn(鞍～)

【丨】

龇 zī(方言音"词"阴平)

虐 hū(恨～)

踩 dù(～逡丫)

踳 chuáng

蝧 yīng(黄～)

蜱 pí(蜜～)

---

① 《汉语大字典》注音 zāng。有误。

嗄 chuǎ(方言音“插”)
嘇 shān(方言音“参”)(～、～张)
骭 gàn(蒲氏注音“轩”，方言音“掀”)(～支)
鹘 hú(兔～)
骲 bào(倒～头)

【丿】

锸 chā(～子)
锼 sōu(～锯)
秅 ná(同“拿”)
稖 bāng(大～)
稃 tíng(拔～)
鹙 qiū(鵵～)
矮 wǒ(～绺)
逿 tàng
腔 qiàng
箄 bǐ(～箝)
劄 zhā
箝 qián(箄～)
箦 dài(蒲氏注音“债”)
僿 sī(胡～念)
僊 xiān(～～)
劁 qiāo(～眼)
槃 pán(～、～炕)
鋉 sù(方言音“漱”)(生～)
銧 guāng(～～)
餂 tiǎn
腢 mǎ(～～)
膣 zhé(蒲氏注音“执”)(胛～)
滕 shèng
膁 qiǎn(狐～)
鲗 zéi(乌～)

【丶】

歊 xiāo(遮～)
瘥 cuó
靛 diàn
斛 pāng(～子)
羝 hé(～毾毡)
鲞 xiǎng
粸 qí(～子)
粡 gū
糁 sǎn(～米)
嫳 biē(茶～)
漤 lǎn(～水)
澎 pēng(打～～)
察[1] chá(窊～脸)
褉 xiè(～怀)
褡 dā(～、～子、～包、～裢、油～、背～、闹龙～包)
褔 zhǎ(方言音“插”)(～子)
褑 yuàn
褨 chá(褙～)
褛 lǚ(～褵搭撒)

【乛】

頣 gěn(额～)
剶 chí
弫 kōu
鞸 zàng(方言音“仓”去声)(～痒)

① 《汉语大字典》注音 chú。有误。

翣 shà(～柳)
䥽 pō
堥 máo
遪 cà(蒲氏注音"拭")(踩～丫)
缧 léi(方言音"罗")(波～)
緢 miáo
缉 qī(～缡)
綧 zhùn
緳(音义不详)(～线)

## 十五画

**【一】**

髲 bì(头～)
墣 pú(蒲氏注音"卜")(～土)
撌 guì(方言音"愧")
撺 cuān(～、～拳攏手、～掇、改～、殿～)
鞒 qiáo(鞍～)
蕱 shāo(～瓜)
蕵 dūn(盘～)
榑 tuán(～柛)
橇 zhuān
麫 hū(～饼)
掎 jī
醂 lǎn(～柿)
醄 táo(睡～～)
豵 zòng(～猪)

**【丨】**

覻 qū
皻 zhǎ
噦 yuè
暹 xiān(～退)
踛 lù(～花风)
噇 chuáng(应为"疃"字之讹)
嚓 chá(嘁嘁～～)
幞 fú(～头)
黚 gǎn

**【丿】**

箢 yuàn(柳～)
篃 mèi(～箫)
櫎 guāng(床～)
傸 sà(傝～)
顖 xìn(～门)
徾 kuǎn(～～)
鎫 jiǎn(～、银～)
錎 nǎn(～铁)
鲦 tiáo(白～)
魮 pí
鬌 duǒ(～髅)
鹠 liú(麻～)

**【丶】**

諮 jiù(蒲氏注音"赞")(詛～)
螿 jiāng(方言音"奖")
壿 dūn(～腔)
廲 lì
皺 bang(方言音"绑")(皮～)
蹩 pán(蒲氏注音"半")(铁～)
糘 tū(红糊～)
糰 tuán(粉～)
熸 jiān(蒲氏注音"渐")
爆 bó
熰 ǒu(～、～浸)

熇 zhāng(爆～)
裪 tāo
褯 jiè(～子)
褵 lí(褛～搭撇)

【フ】

㢇 diàn(～板)
䩕 kēn(～勒)
嬎 fàn(～蛋)
蝥 máo(盘～)
鴰 guā(老～)

## 十六画

【一】

耨 nòu
靛 diàn(打～、～花)
擆 zá(～、～腿)
髺 kuò(方言音"剐")(～头)
擒 qín(方言音"今")
擓 kuǎi(～痒)
撻 da(趚～)
擉 chuò(蒲氏注音"述")(～人)
挲 shā(方言音"沙"去声)
擤 hèng
鞬 shān(蒲氏注音"攀",今方言音"袢")(～胸)
鞓 tīng(～带)
鞔 mán
鞔 duì
蕈 xùn(香～)
薤 xiè
蕍 shǔ(～术秸、～秸)

橑 liáo(～檐)
頳 bó(～颌)
墼 jī(炭～)
瞘 kóu
醢 hǎi(～、酒～)
磞 pèng
豧 pián(蒲氏注音"片")(皮～)
豭 jiā(～猪)
殜 yè(《字汇》音"叶")(～殗)
鏨 zàn(方言音"残")

【丨】

閧 hòng(～山)
黏 zhǎn(《字汇》音"斩")
毴 pú(蒲氏注音"扑")(～毴)
暫 zhǎn
踏 tà(倒～)
蹅 chǎ(方言音"渣")(～、～～、～棍)
踶 tí(《字汇》音"题")(～胸)
踽 jǔ(～～凉凉)
踳 chuàn
暘 shāng(《字汇》音"商")(领～)
頳 cén(槙～)

【ノ】

鏍 luó(～锅)
氌 lǔ(氆～绒)
氆 pǔ(～氌绒)
餚 yǎo
檏 pǔ(～牯)
麴 hù(～籽)
穄 jì(～子)
篸 qín(～筝)

箬 zhù(蒲氏注音“竹”)
篗 yuè(～子)
箒 chōu
儃 zhěng(蒲氏注音“挣”)(青～)
皫 piào(《字汇》音“瓢去声”,蒲氏注音“漂”)(～白)
躯 hā(～下腰)
盘 bān(～蝥)
鋦 jū(～子匠)
鎈 chā(高钣低～)
鍚 sào
錣 zhuì
鏾 sà(～石)
餳 xíng(～粘)
餧 wèi
餋 juǎn(～子)

【丶】

劗 zhǎn
瘰 luǒ(波～子)
瘹 diào(～线)
瘵 zhài(劳～)
旐 huǎng(～子)
頫 bié(～额)
燍 sī(～熖)
燊 shēn(～、～锄)
懆 zào(爆～)
瀊 tāng
褉 qī

【乛】

顙 sǎng(～頣)
缫 sāo
緱 gōu
縩 suǒ(～帮)
繸 suì(～车)

## 十七画

【一】

髽 zhuā(～髻)
鬄 dí(～髻、～髻儿)
髻 jī
擫 yè
趲 diān(～、～道、～跑、～枪计、飞～飞跑)
擈 bó
赯 táng(赤～)
謍 hú(蒲氏注音“娃”)(烧～)
聜 dǐ(耳～)
鞝 zhǎng(打～)
藁 gǎo(～葬)
橉 lín(～類)
橿 jiāng(锄～)
璿 xuān
甂 léi(～钵)

【丨】

瞰 sā(方言音“撒”阳平)
嚇 hè(方言音“嘿”)(笑～～)
噪 zào(～、～子)
蹝 cāi(方言音“柴”上声)(～、～狗尾儿)
踠 wǎ(～挠)
蹡 sàng
蟒 běng(～～)

蠠 mì
嚜 me（真～）
無 wǔ
罾 zēng

【丿】

镩 cuān（～、锡镴～嗦）
簚 biāo（蒲氏注音“鳔”）（～、紧～）
篡 chuàn
簋 guǐ（五～）
儹 zǎn
膢 yè
鶂 yì（～气）
簇 cóng（～虫）
鍖 zhēn（～、～子）
鍽 biān（～子）
餵 wèi
臁 lián（～、～疮）
鳊 biān（鲌～）
鮚 jié（方言音“吉”）（佳～）
鱖 guài（蒲氏注音“拐”）（～子）
鮥 luò（河～）

【丶】

謜 yuán（～謜）
盩 dūn（～碗）
甗 shàn（～碗）
鳖 biē（土～）
爕 xiē
鴳 yàn（～子）
鞍 cūn
襢 shuān（～、腰～）
襶 tuí（马～）
襴 lán（鳖裙～）

【㇇】

擘 bāi（～、～蓝）
鹜 wù（～对）
鍁 sā

## 十八画

【一】

鬄 tì（～头）
鬅 péng（～头、～松）
鬈 quán
擅 zhàn（《字汇》音“战”）（～、～果）
鞯 jiān（鞍～）
鞒 zhòu（～棍）
皾 xiān（黄～～）
藟 lěi（烟～）
轋 hùn（《字汇》一音“混”）（～、～场）
檶 guǎn（～杺）
靨 yè（蒲氏注音“掖”）
礏（字典音 yè，蒲氏注音“朴”，音与字形不合。音形存疑）

【丨】

瞅 chǒu（～、～眉裂眼、鳖～蛋）
嚽 lài（不～）
噏 qī
蹍 chǎn（～马）
喋 yo（方言又读“啰”）（～、窝～）
黖 hēi
黪 chà（～青、～黑）
髋 kuài（《字汇》音“块”，蒲氏注音“快”）（～支骨）

【丿】

犒 tāo(～牛)
穇 cǎn(～谷)
鵚 tū(～鹙)
釺 qiān
簟 diàn(枕～)
簫 xū
臺 tǎi(蒲氏注音“台”)(打～)
鏊 ào(～子、火～、支～虫)
鏍 guān
鎞 bī(～、～又)
鏃 jí(～鏫)
餿 qiǔ(～梅)
膭 zhǒu
鮮 shēn(海～)

【丶】

劘 mǒ
穛 zhuō(蒲氏注音“熮”,应为“穇”字之讹)(～谷)
顮 shǒu(方言音“以”)(头～子)
鱉 bié(溺～)
爨 cuàn
熇 kǎo(《字汇》音“考”)
懪 bó(方言音“暴”)(～懆)
襬 hù(遮～)

【乛】

繳 jiāo(翻～)

## 十九画

【一】

鬏 jiū(～髻)

攋 lǎi(《字汇》音“来”上声)
趪 liáo(～趹)
攎 lú(挱～)
鶻 gǔ(雀～、鹊～)
鞴 bèi
鞳 tà(汗～)
鞵 xié(毛～)
鞥 wēng(～鞋)
蘋 pín(～婆)
轐 bú(方言音“蒲”)(～轆)
醽 gǒng(～酒)
礤 cā(砑～)
霶 jiàng

【丨】

闝 piáo
嚹 lài(不～)
蹻 qiāo(～踦、跛～、虚～)
蠓 měng(瞎牛～)
蟷 dāng(蛈～)
羇 jǐ(～胣)

【丿】

簩 lào(～竿)
鏫 lí(鏃～)
鏂 kōu
顩 qiāng(頪～)
穧 jì(～花)

【丶】

譝 chéng(《字汇》音“成”)(謜～)
癥 jiá(～蹄)
臊 sāo(～琢木、～鼜)
鐅 piě(铙～)

爊 āo
鶼 jiān(～～子)
襦 rú(～袖)
襣 bì(方言音"鼻")
𧞤 zī(方言音"祭")

【乛】

醬 jiàng(～、～汉)
韛 bài(～扇、炉～)
孏 lǎi(～、～筋)
䌸 sā(～、𥿭～)

## 二十画

䠼 qǐn(～身)
蠽 jié(～蟟)
醲 nóng(～艳)
齣 qiǎ(～) kè(～嬴)
䶫 kàn
蟟 liáo(蠽～)
蠕 níng(地～)
幀 zhèng(《字汇》音"诤")(～绢)
髎 liáo(～牙)
鑞 là(～釟、锡～镩嗦)
穲 mèi(乌～)
鐏 zūn(铁～)
鏥 xiù(铁～)
鏲 qiān(《字汇》音"千")
鐍 jué(方言音"锅")
鏳 chēng
鰫 gǔ(《字汇》一音"骨")(黄～)
鯾 biān(～子)
籌 chóu

爖 lóng(火～)
䆱 dàn(蒲氏注音"敢")(～淡)

## 二十一画

鞾 huá(～喇)
擶 zá
鐙 dèng(～、～脚)
櫣 liàn(黄～棵)
囃 zǎ(～、～不着、～样、～着、罢～哩、气～～、罢呀～)
黳 wū(蒲氏注音"物")
劗 jiǎn(《字汇》以为"古'剪'字")(～) zuān(蒲氏注音"蚕")(～磨)
穯 lóng(～、～灌)
籤 qiān
鑳 xuàn(《字汇》一音"去声,须绢切")
儸 luó(偻～)
鑤 báo(～头)
艧 huò(《字汇》音"获")
㲞 nǎng(㲜～)
𩕾 lìn(～肩)

## 二十二画

驓 fán(～蛋)
鬞 nào(蒲氏注音"挠")
攧 diān
攞 luó(搽～)
韂 chàn(鞍～)
虀 jī(瓜～)
礶 guàn(～、后娘～子、颜神盅～)
髑 dú(～髅)

髓 kuài(蒲氏注音“怪”)(～骨)
镵 chán
簶 dié(～簸)
鐕 zī(蒲氏注音“即”)(饽～)
饝 mó(～～)
爡 chè(蒲氏注音“察”)(～粿、焙～)
襤 lán(～衫)

## 二十三画

趲 zǎn(积～)
轆 lóng(轐～)
蠳 yīng(乌～)
齇 zhā(～鼻)
襵 zhě(摆～)
斸 zhú(蒲氏注音“琢”)
劙 lí

## 二十四画

纂 zuǎn
欑 cuán
籭 mí(竹～)
鑊 huò(～鑼)
讙 huān(叫～～)
爣 tǎng(明～～)
灠 lǎn

襻 pàn(～带)
攞 luò(移～)
纝 niè(蒲氏注音“帖”)

## 二十五画以上

趲 diān
韂 lóng(～头)
欛 bà
驝 qiào(淖～)
戇 gàng(直～)
靡 mí(～针)
纙 luò(～、缕～)
鸖 jié(戗～)
蹎 diān
驩 huān(～乍)
钁 jué(锕～)
齸 chuài
鑼 luó(鑊～)
鱺 lì(海～)
鬢 zuǎn(水～)
钃 zhú
鬻 yuè(蒲氏注“音药，读掠音”。盛本和影印本字作“炓”，音“料”)
鑃 bà(～子)

# 用正字作词目的形讹字

1. 仅列出语料中与词目字形不一致的形讹字，阅读蒲松龄语料者可以由字的原形来检索本词典的词目（生僻字的字音可参考《生僻字字音笔画索引》）。讹错字在词目中未改动的，无妨于检索，所以不再列入，其讹错情况可参见释文。

2. 有简体者笔画数按简体计算。

3. 笔画数相同者按“横竖撇点折”次序排列。

| 笔画数 | 形讹字 | 正 字 | 词 目 | 出 处 |
|---|---|---|---|---|
| 2 | 冂 | 团 | 糕团 | 日·庄 |
| 6 | 𠂆 | 庁 | 庁 | 日·泥 |
|  | 帍 | 帍 | 帓帍 | 日·皮 |
| 9 | 捬 | 捬 | 捬瓢 | 慈3 |
|  | 碬 | 碬 | 碬 | 日·杂 |
|  | 跼 | 跼 | 跼 | 日·昆 |
|  | 虷 | 虷 | 虷蚼 | 日·昆 |

续表

| 笔画数 | 形讹字 | 正 字 | 词 目 | 出 处 |
|---|---|---|---|---|
| 9 | 粇 | 粇 | 麻粇、米粇 | 增6、日·器 |
| | 恠 | 懽 | 莽莽懽懽 | 磨7 |
| | 统 | 铳 | 喷铳 | 日·兵 |
| 10 | 莚 | 莛 | 莛、秫莛 | 农·农、日·庄 |
| 11 | 菓 | 萬 | 八万(萬) | 墙2 |
| | 扂 | 宻 | 消刮宻 | 日·饮 |
| | 鍬 | 锹 | 锹眼 | 墙4 |
| 12 | 蕖 | 蕖 | 蕖 | 日·泥 |
| | 蘢 | 蘢 | 蘢 | 农·农 |
| | 殗 | 熌 | 燍熌 | 日·饮 |
| | 筰 | 筰 | 筰 | 日·裁 |
| 13 | 衜 | 衜 | 衜路 | 寒6 |
| | 窊 | 啀 | 晚啀 | 日·禽 |
| | 綍 | 綍 | 綍 | 日·裁 |
| 14 | 蛹 | 蚼 | 蚶蚼 | 日·昆 |
| | 嚦 | 嘁 | 嘁嘁嚓嚓 | 日·堪 |
| | 嚓 | 嚓 | 嘁嘁嚓嚓 | 日·堪 |
| | 鼓 | 鼓 | 歪鼓 | 日·走 |
| | 毃 | 就 | 就子 | 日·鳞 |
| | 蘢 | 蘢 | 蘢、蘢腰 | 日·花、寒2 |
| | 熥 | 熥 | 熥 | 日·器 |
| | 襖 | 襦 | 襦袖 | 日·裁 |
| | 剟 | 剟 | 剟 | 日·皮 |

续表

| 笔画数 | 形讹字 | 正 字 | 词 目 | 出 处 |
|---|---|---|---|---|
| 15 | 墼 | 墼 | 墼 | 日·庄、日·饮 |
| | 镏 | 馏 | 馏 | 日·饮 |
| | 簍 | 篓 | 柳篓 | 日·器 |
| | 徽 | 徽 | 徽徽 | 日·泥 |
| | 鋖 | 鋄 | 鋄、银鋄 | 日·铁、日·走 |
| | 頦 | 頦 | 頦温 | 日·赌 |
| 16 | 雇 | 虘 | 恨虘 | 日·禽 |
| | 𦢊 | 𦢊 | 𦢊 | 日·菜 |
| | 羸 | 羸 | 齁羸 | 日·走 |
| 17 | 㙰 | 曝 | 曝 | 日·庄 |
| | 𤛓 | 𤛓 | 𤛓牯 | 日·走 |
| | 穇 | 穇 | 穇子 | 日·庄 |
| | 餳 | 餳 | 餳粘 | 日·果 |
| 18 | 媷 | 媷 | 媷 | 禳5 |
| | 聵 | 顖 | 头顖子 | 日·庄 |
| | 鑮 | 鞴 | 炉鞴 | 日·器 |
| | 鎳 | 𩞄 | 𩞄 | 日·器 |
| | 鯍 | 鯚 | 鯚花 | 日·鳞 |
| 19 | 𪎊 | 𪎊 | 黄𪎊𪎊 | 日·饮 |
| 20 | 麵 | 麪 | 曲面(麪) | 日·器 |
| | 籗 | 鑵 | 筩鑵 | 日·器 |
| 21 | 鯡 | 鮻 | 鮻 | 日·鳞 |
| 22 | 鬻 | 鬻 | 鬻 | 日·菜 |
| 25 | 黶 | 黶 | 操黶 | 日·走 |

# 词典正文

## A

### a

**【阿爹】**此为讹形（路本、盛本、邹本均如字），非词。“阿”当为“问”字之讹。蒲松龄纪念馆新编校的《聊斋俚曲集》（齐鲁书社 2018 年版）已据馆藏抄本排印为“问”。原文应作：“……让了坐，问：‘爹好么？’”墙 1：（女婿张大见岳父李老到来）慌忙按帽迎进，作揖磕头，让了坐。“阿爹好么？”李老都答应“好”。

**【腌臜】**肮脏。增 26：王冲霄闷腾腾，听南楼弹唱声，气的整宿睡不定。难道尚书大公子，不如一个腌臜兵？我定然合他弄一弄！

### ai

**【哎】**叹词。❶表示不满意，哀叹（今方言读降调）。墙 2：银匠长吁了一口气，说：“这是我的个老朋友，如今受这样苦楚！哎，人待生儿做甚么！”磨 17：长叹了一声：“哎！……早知有今日之祸，悔不当初！”❷表示惊讶（今方言读升调）。慈 3：您大妗子你知道，这姑合娘能差多少？哎，你如今何须言把孩子叫？慈 5：抬起头来看一看，慈悲菩萨在云端。哎，又只见五色祥云空中现，手拿着杨柳枝儿，一闪一闪，好一似笼笼的细雨洒在衣衫。❸表示赞同、得意（今方言读降升调）。慈 2：炳之不言心里笑，孩子去了正待去瞧，哎，今日奉了明文越发妙。

【哎呀】叹词。❶表示惊讶。墙2:张大大惊说:"哎呀!他化了多少银子?"快2:翼德惊道:"哎呀!牵马来!"❷表示痛苦。墙4:李氏说:"哎呀,疼死我也!"姑1:何大娘哎呀心肝的叫着,合老王扶到他家,着他卧了。❸表示不满意。墙1:(张老)盛上呵了一口,裂着嘴说:"冰的牙根这样疼痛,怎处怎处?哎呀!可怜,可怜!"磨4:哎呀!不争一时快乐,几乎吃了大亏!

【哎唧唧】叹词。表示惊讶。禳32:公子云:"快抱出小娃子,求仙长添岁。"妈妈抱出来,三疯子见子云:"哎唧唧!你又来了这里么?"

【哎哟】❶叹词。表示痛苦。禳17:老婆给公子勒上头,摇呀摇呀的出门说:"哎哟!打折腰也!打折腿也!"禳19:石庵、仲美捧着肚子哇哼回来说:"哎哟!就死也去给俺要盆菉豆汤来,给俺解解。"❷叹词。表示惊讶。慈1:张炳之一眼看见,吃了一惊,说:"哎哟!你有病来么?"禳8:哎哟皇天!这都是甚么东西,古怪刁钻。❸叹词。表示不满或不屑。磨6:哎哟!气死我也!姑1:哎哟!裤裆里钻出个丑鬼来,你唬着我这腚垂子哩!❹发出"哎哟"的声音。磨19:枪攮去,鬼子"哎哟"一声,就跌在树下,两个绑起来。增9:那虔婆"哎哟"了一声,扑咚跪在地下,磕头无数。

【哀哀】悲伤不已的样子。姑1:双膝跪尘埃,哀哀的把娘叫:有粥同熬,有粥同熬,真个将奴休断了?寒5:今清晨送出街,三妹妹哭哀哀,二叔唬的魂不在。

【哀哀怜怜】伤悲的样子。蓬6:见了我泪如梭,在旁边尽杜磨,哀哀怜怜叫人真难过。

【哀哀切切】伤悲的样子。富7:那孤雁儿哀哀切切,像是没奈何才远去,不得已才高飞。

【哀告】哀求。富3:张官人哀求多时,欲借一宿。那老婆子不肯留他,张官人又苦苦哀告。富9:掐着脖子往下拉,打笃磨子苦哀告。

【哀哭】悲伤地哭。慈6:不说二人哀哭,且说李氏死了,倒省了许多调停,那旁人都说他死的恰好。

【哀怜】❶感到悲伤,同情。慈1:母亲睡醒才知道,心中恼恨又哀怜。寒2:一个好人死的苦,满城听说都哀怜,官司打罢人人叹。❷请求怜悯,哀求。增17:万岁始终是爱他,见娇滴滴的一声哀怜,早把怒气消入爪哇国去了。富4:苦苦哀怜,苦苦哀怜,狠杀地动叫皇天。

【哀哉】令人悲哀。翻10:这场祸甚哀哉,门窗烧的不成材,亏了还有粮食在。

【唉哼】呻吟。磨28:张春回来,看着两个还欹着唉哼。

【挨[1]】(āi)挤,排挤。蓬1:忽然一个梅花鹿,衔着一朵灵芝跑将过来,撞倒张果老,挨倒铁拐李,一直跪在面前。墙4:新中了进士称了老,撇下个爷字与监生,他说那咱就往前蹭。待几年州同越大,把阁老挨做了孤穷。

【挨次】依次,按照次序。蓬1:众人才谢过了娘娘,挨次坐下了。

【挨挤】相互靠得很近,拥挤。重叠形式为“挨挨挤挤”。农·农·种蒂:(苗)有挨挤者并薅。闹:俺蹲在挨挨挤挤稠稠密密里。

【挨[2]】(ái)❶承受,忍受,遭受。磨13:张鸿渐这几年你良心全坏,我为你人间的罪尽数全挨,现如今那枕上头泪痕还在。磨14:你依了我,我教两句话给你,明日省的挨拶子。❷艰难地熬过时间。磨7:家中带着小婴孩,不知你家中怎么挨?磨20:这日子好难挨,空有家不能来,来家又遭着仇人害。❸勉强地做事(吃、行走等)。磨7:一日只挨饭一盅,没人问声是那里疼。增16:遂即两手扭过那后襟来,把两个御腚垂儿兜的紧紧的,直着两根腿,一步一步挨上楼去。

【挨饿】遭受饥饿。磨8:寻思起没奈何,还有钱一百多,暂且投宿不挨饿。

【捱】同“挨[2]”。❶承受,忍受,遭受。墙4:张大哎哟说:“受打捱捶为甚么?”闹:忽然自笑,怕也难逃,恹头搭脑,只得向法场捱一刀。❷艰难地熬过时间。琴:埋怨老天不凑趣,一日长起十来日,捱过今朝又明朝,怎么叫人不生气?翻3:我那儿你死活捱着,有我在不叫你抱瓢!❸勉强地做事(吃、行走等)。墙1:才捱了一碗,战战起来,说:“禁了心了,不吃罢。”寒4:走一步哼一哼,死活的捱到城,二堂里才出来覆了命。

【捱饿】同“挨饿”。墙1:肚儿肚儿你捱饿,有个盼头休要慌,待霎子撑你个膨膨胀。磨1:老婆孩一齐捱饿,瞪着眼乱叫皇天。

【啀】同“啀哼”。墙3:每日愁到晚来,似母猪把糠筛,虽战战并不敢高声啀。

【啀哼】同“唉哼”,呻吟。重叠形式是“啀啀哼哼”“啀哼哼”(仅见于唱词)。❶呻吟。墙4:张老啀哼两声,合煞眼了。禳19:春香待走,石庵啀哼着说:“哎哟!你回来,我问问,那药是别人加的,是你大婶子自己加的?”❷比喻低声说或叫。禳14:快活时节念念我,啀哼一声李大娘。寒5:急自一个啀啀哼哼的,一个扭扭捏捏的,又添你哭哭啼啼的。磨25:处处啀哼哼,好像是谁有病。

【矮】❶(身材)短。琴:哥哥今年二十一,娶了个嫂子才十七,年纪还比俺小一岁,身量比俺矮二指。禳1:任凭你王侯公子,动不动怒气冲天;他若到了绣房前,咦,汉子就矮了一半!❷(高度)小,低。姑3:如今的天忒矮,恶人自有恶人磨。磨13:院墙又矮,一直到门。❸(声音)低。寒3:一屋人闹嚷嚷,你一盏我一觞，矮矮的就把小曲唱。禳1:(戚老爷)走进了宅门，又喊了一声“杀呀”，那声就矮上来了；进了家门子，再喊了一声“杀”，那“杀呀”之声又矮了些；进了房门，只落了游游一口气儿，那喉咙眼里插语着说“杀呀”。

【艾焙子】灸疗用的艾条。慈2:原来那李氏没放在心上，艾焙子炙那连连骨——疼着他那脚后跟了么？

【艾虎】采艾制成的虎形饰物，端午日挂在门上，用以辟邪祛秽。富5:五月五日是端阳，角黍香，菖蒲酒满觞，艾虎挂门旁。磨22:五月里，端阳来，榴花如火向人开。空将艾虎门前挂，谁共菖蒲酒一杯？

【爱】❶喜欢。姑1:(大成)知道他娘厌恶珊瑚，也就躲出去别处宿卧，他娘知道他也不爱珊瑚。寒3:爱他的请压惊，怕他的也奉承，人人都把恶虎敬。翻3:姜娘子说:“我不爱你这样疼我。”琴:怪不的人爱做媳妇，这个光景委实妙。❷喜爱之情。磨13:你自有结发的恩合爱，这露水夫妻煞相干？禳20:见了字着实徘徊，俺已是有心不来，若不来辜负了老兄爱。

【爱宠】指宠爱的人。禳30:你是个影里爱宠，还没有一夜相交。

【爱好】指钟爱的人。富14:今生新爱好，前世旧姻缘，今朝一别何时见？磨36:今生新爱好，前世旧姻缘，今朝一别何时见？

【爱护】爱惜，保护。磨34:殊不知我爱护他，正是爱你处。农·蚕·抬替:且小而分抬，犹知爱护；大则堆挤抛散，损伤不免。

【爱怜】指疼爱怜惜之心。磨1:前遇着大俭年，万岁爷动爱怜，发了漕米百万石。

【爱人】惹人爱，可爱。禳20:公子起背云:“他在我手上写了个‘宿’字。好多情人也！好爱人也！”禳29:不拘说他模样好，说话典雅也爱人，白日不愁夜间闷。

【爱惜】疼爱，怜爱。增10:那老虔婆又着实爱惜他，遂给他十个丫头，伏侍他住在一座南楼上。增28:虽然红颜薄命，铁裙原是传讹；聊斋爱惜女娇娥，留在房中取乐。

## an

【安】❶安置，安放。墙3:把灯安在床头上，夜壶放在这床前，坐坐睡了极方便。增23:这王龙输了一盘，方才安下棋子，大姐便回来了。❷安静，平安。墙4:这其间必有缘故，倒叫人惊怪难安。蓬7:大家俱在船中坐，身子摇动不能安,没人撑自家离了岸。

**【安本分】**安守本分,安分。禳17:咳,那里去诉冤苦!这是俺不安本分惹的,这也罢了。磨28:安本分我还相助,买老婆另生儿孙。

**【安插】**安置,安排。翻11:乍住着蟒蟺房,进大屋也恍荡,可惜没嗄安插上。蓬6:我正然踌躇不定,可那里安插这钗裙?

**【安放】**放置,安置。富1:就是那鹤壮如驴,他能驮我到仙府,也怕那里的神仙太多,这后来的无处安放。磨26:喜的那手战战,身子也没处安放。

**【安分】**守本分。增6:先人故后,撇下无限产业,不安分读书,光好结交光棍,狐群狗党,专好吃酒赌博。蓬6:那妮子不安分,教他受受,也好度脱世人。

**【安好】**平安。禳28:里边念佛,待俺先问问老王:"你太爷和太太今夜安好?"磨19:回来坐下,鸿渐问了安好,便说:……

**【安军帽】**科举考试时考生进入考场后戴的一种帽子。富12:日头不高,日头不高,果饼丁锤都挎着,披毡衣又戴上安军帽。磨25:日头不大高,果饼丁锤都挎着,披毡衣又代上安军帽。

**【安康】**❶平安健康。禳33:那牙笏摆满床,且喜白发双亲,那时节全然无恙,到百岁还安康,如神仙下降。磨17:送列位返故乡,管一路保安康,各人愤志青云上。❷平安。姑2:媳妇既然大两岁,必然学会做羹汤;做羹汤,替替娘,大家心里也安康。磨22:暂且迟迟不用忙,等他宁静得安康(指匪乱平息),母亲呀,还得敬去走一趟。

**【安牢】**牢固。寒8:人莫要逞粗豪,霸占的不安牢,身死难免人家告。

**【安乐】**平安快乐。姑2:大成说这犯咕嚕,怕他越发逞缕繩,母亲呀,弄的大家不安乐。增1:风调雨顺人安乐,五谷丰登太平年,像尧王重坐金銮殿。

**【安乐窝】**安静舒适的住处。禳3:半世曾无安乐窝,书斋迁处住房挪。富4:娘子泪如梭,娘子泪如梭,这地却不是安乐窝。

**【安排】**❶安置,布置。翻6:仇大姐在里边,安排的甚周全,赶饼做饭登时办。增17:万岁便叫丫头绰出残席,安排寝帐,收拾睡觉。❷打算,准备。翻5:童生安排待回家,家姊忽然来了,说已有状告在老爷案前。富10:安排一夜酣酣睡,及到睡时又不眠,人那哎哟,又不眠。❸整治。快2:叫曹操留下脑袋,做夜壶不费安排,抠眼弹刮了毛腮,镶上铜几年不能坏。

**【安寝】**安宁地睡觉。磨19:官司未必妥当,无奈心里思家,昼夜不能安寝,为此回家一探。磨24:公子吩咐二旦说:"您两个伏侍太太安寝。"

【安全】❶平安，无危险。磨27：屡受颠险，心中甚淡，只借功名为安全之路罢了。❷平安，无人死亡。富14：如今富贵三十载，一门老幼都安全，怎么能再见他一面？磨36：于今富贵三十载，一门老少都安全，怎么得他见一面？

【安然】平安。慈1：从此少把心肠改，王祥以后得安然。增1：普天下太平无事，十三省处处安然。

【安身】❶住宿。禳9：到晚上把门关了，我看他那里安身！翻7：旁里又添两口屋，丫头有处去安身，姐姐好处言难尽。❷存身，容身。增28：这院子烧的这么罄净，妈娘何处安身？翻11：当初剩下两口屋，一家挤着去安身，忽然拆了我心困。❸容身之所。磨18：但只是你既疼我，就该给我一个安身，可怎么半路丢下，全没有一丝的情、半点的恩？慈2：孩子已是得安身，还说出门去找寻。

【安生】安宁，安静。磨3：男儿不遂冲天志，要得安生难上难。磨19：他若来家，我必然不依他安生！

【安稳】❶安定，平静。磨6：小奴才，你倒睡的安稳！姑2：安大成做了些白饭，赶了饼，着二成拿了去，才安稳了（指二成妻子不闹腾了）。❷平安。重叠形式为"安安稳稳"。磨1：一路无灾又无难，安安稳稳到汴梁。

【安闲】安娴，安静文雅。翻7：还是他大家知礼，一步步典雅安闲。

【安相相】平平静静。增23：长官，咱今日可玩的安相相的，也休要赌钱了，咱下棋赢酒罢。

【安详】稳重，从容。磨27：见儿媳喜重重，看行动甚从容，安详窈窕身沉重。

【安歇】❶住下歇息。磨30：二位兄台上书房安歇，待我修本，明晨就上。❷睡觉。磨8：快收拾起行李来，请去客房里安歇。

【安心】❶故意。墙2：那边找说在这里，这里又说在那边，胡推脱安心把我骗。翻1：仇尚廉又羞又怒，起了一个狠心，暗地里找个主子，言定价银十两，安心不对他说，着人家强拉了去。❷打算，计划。磨33：老贼安心逃命，被俺杀死了。寒6：我安心瞧个空，把他一刀子杀死，便自家磨了头。翻7：我安心打下麦子来，就给他修理。❸安定心情。姑2：在沈家，在沈家，日日纺线又绣花，和他沈大姨，安心就过了罢。

【安宿】过夜，睡觉。寒4：向来大相公在员外柩前宿卧，二相公在三官灵前安宿，各人散去。

【安雅】安静娴雅。磨19：儿媳孟娟娟到极安雅，日日与我下棋，颇能解闷怀。

【安逸】安稳，平安无事。磨35：在关西，数城无恙，百姓也安逸。

【安营】军队设立营寨驻扎。快2:笑孔明,笑孔明,这里兵马好安营;若是安下一支兵,咱可真正难逃命。磨31:毛尚书领兵前行,传令道:"前离贼不远,就此安营。"

【安营下寨】安营扎寨。磨31:平原无碍,安营下寨。

【安葬】下葬。墙4:哥哥,咱收拾起灵,一天大事都停当了。果然旗旛招展,起了灵就休停下,安了葬罢。

【鞍韂】(韂 chàn)垫在马鞍下垂于马背两旁用来挡泥土的马具。日·走:横鉈鞍韂用皮镶。

【鞍屜】鞍垫。日·走:鞦绳鞍屜带行囊。

【鞍鞯】马鞍和托鞍的垫子。穷:黑叫驴,红鞍鞯,打一鞭,风霜快。

【鞍蹔】鞍桥,马鞍的拱起处。寒6:马上人一声吆喝,锁起来拴在鞍蹔。寒6:把二相公带在马鞍蹔上,亏了走的从容,没吃大亏。

【鞍马劳顿】形容经过征战或长途旅行后劳累。快3:孔明说:"鞍马劳顿了!请坐。说说那战斗俺听。"二糜说:"有耳级在此。"

【鞍马劳困】同"鞍马劳顿"。增7:路远山遥,鞍马劳困,多有辛苦了。

【鞍装】指马鞍及其装饰物,鞍具。禳28:人物好也照打扮,常言说马在鞍装。富8:四劝你休学浮荡,马儿好不在鞍装。日·走:齐整还须鞁鞍装。

【鞍子】马鞍。富6:那娘子撩起裙子,翘起那小脚儿来跐着蹬儿,扳着鞍子先上去,才叫了一声受罪的官人,没良心的官人,你也上来就在我这后头。

【鞍座】鞍子。日·毡:氍毹毯堪为鞍座。

【鹌鹑】一种小鸟,状若小鸡,肉、卵均可食。雄性好斗。日·禽:鹌鹑善斗出般阳。

【俺】❶我。墙4:张大说:"小瓦瓿子,给我擦擦腿上这血。"瓦瓿子说:"俺不,怪脏的。"禳27:夫人云:"……你且上屋里藏着的吧,俺待念佛去哩。"❷我们。墙1:两个人合我说:"你不如情吃罢,俺吃甚么,你也吃甚么。"磨18:(两个解子)便说:"……给张相公凑盘费罢了,俺两个没正经。"❸用在称谓词或表示所属的家、村庄等词前面,相当于"我"或"我们"。墙4:瓦瓿子说:"俺爷爷长疮霎,叫你给他看看,你就嫌脏,正眼不理么……"慈3:我有一件故事,说给你听听。俺这庄里有个私科子,光折掇他那后窝里那儿。❹当面称呼对方时加在称谓词前面表示亲近、尊敬。墙3:(张二对父亲张老说:)"俺爹爹,咱就去罢,不必还留恋因循。俺爹,咱还是去。"慈2:(张讷跑到姑母家)他姑看见说:"这是谁家的孩子?”张讷说:“你看俺姑,你就不认的我了么?”姑1:珊瑚待走,安大成叫住房子的老王婆子,拿着那休书去送他。一路上不做声一声。老王说:“俺大嫂,你也不必恼甚么,一家好人家哩!有你这样人物,还愁没主么?”

**【俺们】**我们。磨6:你不必如此。俺们该灭了门了么?磨17:众人进来作了揖,说:“俺们备了猪羊酒来,与大王犒赏三军。”

**【唵】**将粉末或粒状物用手托着放入嘴中。日·庄:儿童大把唵青麦。

**【晻】**用手点种。日·庄:晻上豆角地不闲。

**【按】**❶用手往下压。寒7:一群鬼把城隍按倒,用刀把腿肚割开,抽了贵筋二条,都勾麻线粗,四五尺长。磨19:就是您达他那老乌龟,心头火也按不下!❷按照,依据。墙4:若还到了百年后,拿将出来按分分,大家光降情理顺。增28:毛阁老传令,快换朝服,手执牙笏,各按品从,各人俱要十分小心。❸同“安”,安置。翻11:反转星星人四个,按上一张镢头床,破矮桌安上也不展样。磨23:一个磨轴没处按,一把锥子没处攮。❹下酒,佐酒。日·饮:白糟爈粿按烧酒。

**【按把】**按。“把”为语缀。寒7:拿过猪皮按把上,还着四乡变一周,合县都来吃他的肉。

**【按捺】**抑制。蓬2:从来心似玉无也么瑕,今日不知是怎么,难按捺,一霎心绪乱如麻。

**【按下】**❶压制下去。慈3:每日乍的头儿筐哇大,到了这里,几乎气杀!哎,那心里一把业火难按下。❷放下某个话题(后面有“不提”“不题”“不表”“不在话下”,也可以单独使用)。增22:按下二人议论不提,且说二姐合万岁回到南楼满心欢喜。增9:按下六哥进院,且说那老鸨子见连日没客,闷闷不足……

**【案】**❶几案。翻5:童生安排待回家,家姊忽然来了,说已有状告在老爷案前。寒7:判官拿过一本册子来铺在案上,二郎爷掀开看了一遍,便大怒了。❷案件。富6:这几年张鸿渐游学远去,大案里牵连我一字不知。磨14:我乃北直按院是也。今日该审马知县那一案。

**【案首】**科举考试中县、府试及院试的第一名。富14:大曾孙进的案首,到了十八上,连中三元。

**【案头】**指书桌旁。富8:一日,娘子到了书房,听了听也没念书,遂悄悄的到了他那案头。

**【暗暗】**❶在心里,不露形色地。慈2:不见了孩子你全不挂,暗暗的骂了声

"狠心人"。增21:万岁脱下衣服,王龙合大姐也暗暗的打罕,只估不出是个什么人来。❷悄悄地,不为人所知地。快4:一蓬火箭一张弓,暗暗埋伏在峪中。富4:这是按院到任就暗暗的委了刑厅,谁那里知道的?❸昏暗。慈5:死后不忘手足恩,阴司暗暗路黄昏。

**【暗地】**私下,悄悄。寒3:怕他婆婆家知道,并无敢说,暗地寻找。慈4:张炳之去吊丧,暗地里给了张讷几两银子,着他给他姑尽孝。

**【暗旁】**暗暗从旁(相助)。日·赌:暗旁哥儿効小劳。

**【暗笑】**暗中讥笑。磨18:(两个解子)闻闻尝尝,好似猢狲一般。鸿渐暗笑。磨32:起身时诸人暗笑,俺奉命何敢辞难?

**【暗宿】**晚上不吃饭就睡觉。翻3:仇福也不做声,听着姜娘子数量着哭,一日没吃饭,就暗宿了。

**【黯黯惨惨】**昏暗惨淡。闹:一个家低秀笃速,拍拍打打,得得塞塞,那黯黯惨惨,影影绰绰,灯光深处坐着个巍巍峨峨的阎魔大帝,俺蹲在挨挨挤挤稠稠密密里。

## ang

**【肮脏】**因为感觉受辱受屈而窝心、恼怒。快2:割了奸肉,剥了贼皮,也给朝廷家出出肮脏气!

**【昂昂】**❶(志气)高扬。富13:多亏了你昂昂的志气,报复了冤仇,若不然受到何时毂!闹:我如今豪气冲天,发一发奋,摔了笔砚,裂了卷子,吐气扬眉,这样昂昂出场而去……❷(气愤)难抑。寒5:二相公气昂昂,骂一声老阎王,如今可也把良心丧!增23:万岁爷气昂昂,叫王龙休逞强,你有多大小家当?

**【昂邦】**满语,又译作"按班"。大臣,泛指达官贵人。引申指高贵。增0:宣政院的婊子,从了个昂邦的良家。

**【昂藏】**同"肮脏"。姑1:这一回出来,安心把人找,昂藏气儿吃了个饱。

**【昂赃】**同"肮脏"。俊:酒肉赔着心欢喜,一时没了就是发作。昂赃气死受不过,我给你休书一张,嫁汉子另去快活。磨2:衙役们好似贼,有了钱放他回,俺无钱该受这昂赃罪!

## ao

**【呋喝】**("呋",方言音"吆")同"吆喝",大声喊叫。富3:四季曲儿才唱了这一个，舜华就瞟了一眼，吆喝一声说："好贱人！你怎么就知道不久长来呢？偏唱这一个曲子！"闹：不免用仿圈敲动手板，吆喝几声"教书"，可有主呢，也未可知。

**【吠吠喝喝】**（"吠"，方言音"吆"）同"吆吆喝喝"，形容不停喊叫的样子。磨18：张龙跌在椅子底下，李虎去拉他，也跌倒了，口里还吠吠喝喝，"三个""五个"。

**【吠呵】**（"吠"，方言音"吆"）同"吠喝"。富13：李才识字，你进去罢。看见名字，就吠呵出来。

**【爊】**（烹调时）长时间煮（菜或肉）。日·饮：鹅鸭退毛凭爊炒。

**【熬[1]】**（āo）同"爊"。日·庄：腊油新熬萝白干。禳31：七和解，脂油熬菜油吃斋。

**【敖江】**博戏术语。不详。蓬4：三杯以后，说笑满堂，下棋赌胜，马吊争强，看牌掷骰，抢快敖江，巴孤堆赶凤凰，耍笑诸般都在行。

**【熬[2]】**（áo）❶文火久煮，熬煮。姑1：双膝跪尘埃，哀哀的把娘叫：有粥同熬，有粥同熬，真个将奴休断了？禳19：石庵、仲美捧着肚子哐哼回来说："哎哟！就死也去给俺要盆菉豆汤来，给俺解解。"家人答应了一声，回来说："宅里熬着哩。"❷勉力忍受辛苦度过时间。墙1：老婆子死去了，冷和热自己熬，肚里饥饱谁知道？磨28：一更里好难熬，断了腿折了腰！❸消磨时光，以长时间的维持来达到最后的结果。蓬7：但愿儿孙皆荣耀，白头夫妇共团圆，熬的那海水干一遍。禳4：从那来了个春风鼓，童考考到六十五。没钱奉上大宗师，熬成天下童生祖！

**【熬煎】**煎熬，比喻折磨。琴：十分受熬煎，仔是强閛阐。增4：受不尽热熬煎，口又涩舌又干，浑身遍体流香汗。

**【熬江】**同"敖江"。日·赌：熬江抢满更蹊跷。

**【熬磨】**同"熬❸"。穷：邻舍百家看一看，也是俺阳世三间为场人，熬磨儿马騸了蛋。

**【熬油】**将含有油脂的肉类等在锅内加高热煎煮以分解出来油脂。农·农·豆虫：虫大捉之可净，又可熬油。

**【袄】**棉上衣。墙2：谁想家嫂他就极乖，好的留看自己穿，热了只给他破袄，好的留着自己吃，饿了只叫他刮饭盆。俊：你看我到如今，袄没袖，鞋没底，饱饭可曾吃一顿？

**【袄子】**袄。增18：若是他答应的欢喜，岂止丝绸，人皮袄子我也做的起。增21：可是呀，你许下给我件人皮袄子，只怕这件衣服你做着难。

【傲】❶高傲,自视高。富4:方二爷生性极傲,只因待借人声势,不得不加意奉承,把一个公子奉承的极其欢喜,因此异常的相待。❷执拗,坚持己见而不改变。寒4:不然移了妹子去,翻身检骨咱害罴,总然没法把他傲。寒5:难道就傲不过你!快与我锯解分身!

【傲强】高傲倔强。快3:我想二弟云也么长,一世为人性气刚,最傲强,喜他一片好心肠。

【傲上】对上级倨傲。增20:若是傲上的人,驾前一本,就说尚书的公子短了差官的马去了,可不连老爷的官伤着了么?

【鏊子】鳌子,烙饼或摊煎饼用的铁制平面圆形器具,下有三个支脚。日·器:鏊子熡饼匆胡黄。农·蚕·凉暖:或正热猛着寒,尚未大病,但禁口不食,即用鏊子盛无灰熟火,用杈托于箔下,往来逼去寒气,自愈。

【奥沙】蚕屎。日·养:奥沙喂猪也有用。农·蚕·分抬:奥沙干松者,蚕无病;湿润成片,有病,宜速治。农·蚕·擘黑:第三日宜午时,揭微蚁带奥沙,款手擘如小碁子大,另置一箔,加叶饲之。

【懊悔】后悔。姑2:沈大娘说到这里,于氏不觉的哭了,说:"他实实也罢了!我是怎么迷糊着那心眼来!"沈大姨说:"你懊悔就是了。"禳28:夫人笑云:"嗯,你是懊悔那一剪子了。"

【懊愧】懊悔。增23:不过是那公子脾气,疼他那银子,就弄出那丑态了。这二日懊愧的合什么呀似的。

【懊恼】因为懊悔而烦恼。禳12:幸喜本人知懊恼,今日才敢亲到门,不妨叫他来亲口问。

【栁榆】一种榆木,不详。日·树:蔓子只用栁榆搓。

# B

## ba

**【八拜】**对长辈行的多次叩拜的礼节。翻7:吩咐到那行了礼,上了坟茔散了鞋,婆婆是该行八拜。禳7:大拜八拜婚姻定,江城低头笑嫣然,江城低头笑嫣然。

**【八般宝】**八宝花。五加科常绿小乔木,小叶八枚左右,故名。花白色,有芳香。日·花:刺梅月季八般宝。

**【八宝罗汉】**比喻高贵脱俗之人。增16:你是八宝罗汉之体,你就合俺这贱人一般见识:有酒装给你吃,当面就回席。

**【八步床】**同"拔步床",一种旧式大床。增15:那万岁看见一张八步床,便说:"这是什么?"二姐道:"这是八步床。"增17:朝廷家有龙床,大人家有八步床、顶子床,小人家有脚床,监里有框床,食店铺有活落床,棉花铺有亚车床,没见人家有铜床。

**【八洞】**"八洞神仙"的简称。富14:八洞烦劳我先来,登堂相告。磨36:八洞烦劳我先来,登堂相告。

**【八洞神仙】**指张果老、吕洞宾等道教八仙。富1:八洞神仙来上寿,福禄二星增的全。富14:我约下八洞神仙,今日都来与君上寿。

**【八方】**泛指各地。增1:圣主曰:"既是文武班齐,天下宁静不宁静?八方太平不太平?"增2:天下宁静无兵马,八方太平那里的灾?

**【八分】**八成,表示大概,一多半。寒3:兄弟俩听这话相,也是猜了八分。增4:我把那漏八分的话说与他听听。

**【八哥】**鸟名,鹦鹆。日·禽:八哥嗐嗐大口张。

**【八根柴】**指普通的折扇。八根柴指扇子的八根扇骨。增16:你就扇起这扇子了么?你只扇那八根柴、小油红,暑伏天使俩钱买的粗蒲扇忽打忽打罢!增16:什么好扇哩,不过是八根柴、小油红,暑伏天使两三钱买的蒲扇,怎么好给你扇?

**【八丝缎】**一种质地优良的缎子。翻4:堂上喝了一声裂,嗤嗤一阵响连天,条条都是八丝缎,合衙门偷着抢去,都缝个荷包装烟。

**【八抬】**❶八抬大轿,需要八个人来抬的大型轿子。清制,三品以上文官,在京可用四人轿,出京则用八人大轿。寒7:做大官有威灵……坐着八抬打黄伞,通然不想保朝廷,着他长寿中何用?磨17:俺也曾坐八抬,俺也曾上金阶,俺也曾王法随心卖。❷代指高官。禳32:三疯大笑云:原来是个八抬。磨4:俺今日官至二品,位至八抬,出门去前呼后拥,轿前磕头者无其大数,也算的是个尊之极矣!

**【八抬八撮】**指坐八抬大轿。磨17:我北直军门卜为人是也。曾八抬八撮,前护后拥。

**【八万】**❶骨牌中的一种牌。日·赌:牌中殿叶尊八万。❷比喻穷困潦倒的样子。墙2:每日穷的合那破八万("萬",路本讹作"菓")那似的,他那里的钱?富11:俺光棍打了十年,一般的抢牌摸页,可捞了个八万(此为一独眼"穷极"老男自嘲的话,指只是摸到过"八万"的牌而已,并没有赚到钱)。

**【八珠环】**骨牌的一种牌名。由两扇牌组合而成,各黑色四点。禳26:你看五岳去朝天,一心打个八珠环。

**【八字门墙】**即八字墙,在大门两侧向外斜伸出(然后再转平)的墙,俯视如"八"字。翻12:不一时,到了门前,见了那八字门墙高大,挂着经魁金字牌。

**【八字】**人出生的年、月、日、时,各配以天干地支,每项两个字,合称"八字",星命家据以推算人的命运。磨23:"着你找邏逷,怎么不到?"众人说:"近处没有好的。那胡突着刻刻八字,巴几句瞎话,唱个《打枣杆儿》,怎么伏侍下太太来!"磨24:"他知道您太爷的八字么?"丫头说:"他不用八字,另有个法儿……"

**【巴】**❶盼望,希望。琴:不吃茶饭也不饥,仔是巴的日头落。磨20:我想来没的巴,惟有中举压的楂,不由人才把房官骂。❷同"吧",说,吹牛,带贬义。磨24:远方人死合生,口里巴无足凭,这卦儿单看前应。磨21:人人都讲论,尽是瞎胡巴。❸扒,用手抓着可依附的东西。增5:这日天色将晚,周元不见归家,刘夫人放心不下,巴着板门凝睛悬望。增18:说的大姐心里恍惚,巴着南楼听了听,果然美耳,遂根问丫环。❹用线粗粗地缝连。增12:拆破袄做背褡,大补丁白线巴,栗子布裙彭彭乍。

**【巴巴】**形容有所期盼地张望的样子。慈4:远望昏花,远望昏花,那手拿斧子眼巴巴,极像是张诚,人儿又不大。琴:眼望巴巴,眼望巴巴,巴的行礼到俺家。

【巴不能】恨不得，急切地希望。寒4：见满屋里血淋淋，巴不能快移了去，却又不肯替他买棺材。磨4：我想人生在世，冷桌热凳，钻东蓦西，巴不能做个大大官儿。

【巴狗】哈巴狗。增14：衣架抬在街上晒，两个巴狗上头扒，军家见了心害怕。

【巴孤堆】博戏术语。蓬4：三杯以后，说笑满堂，下棋赌胜，马吊争强，看牌掷骰，抢快敖江，巴孤堆赶凤凰，耍笑诸般都在行；……

【巴棍】短棍。翻4：我就狠一狠，交给那杀人贼，也省的我路上着他抓住，使那巴棍打我这腿。禳16：或者是脸上抓，身上掐，腿上扭，腚上砸，棒槌槌，巴棍打。

【巴焦】焦急，焦躁。磨1：孩子饿的吱嘤吱嘤，老婆待中巴焦，还为钱粮大板敲。

【巴结】为维持生计而艰难努力。增10：吃穿二字你不管，逐日把我巴结煞，世间要你中做嘎？

【巴数】数落，列举过失而加以指责。姑1：大成巴数了一阵，墙上挂着一支鞭子，拿下来把珊瑚打了几下子，于氏那气才略消了。翻4：他每日巴数我还要落泪，何况是到如今水净鹅飞，我不知到后日怎么受罪。

【巴瞎话】同"吧瞎话"，闲聊。禳24：适才胡挠胡抓的做了两碗菜，已是完了一天的大事，且找个人去巴巴瞎话。

【巴掌】手掌。姑3：一个巴掌拍不响，姑娘自家退了神。禳13：又自家打了两巴掌说：哎哟！气死我也！

【巴砖】一种方砖。日·泥：巴砖铺就徽徽[①]做。

【巴掌子】同"巴掌"。禳1：昨日煞进门就是顿巴掌子，劈头就是顿踏棍子，打的露着血真脉子，几乎见了腥荤子。

【吧[1]】(bā)❶说(带贬义)。翻8：他只是信口吧，说是收着几千万。禳15：昨日冒雨到了他家，旁里没人，俺俩闲吧；吧了半日，不敢勾他，勾搭不上，怕他发渣。❷同"扒"，用手拨开。慈1：都知不到是甚么缘故，吧开那小燕子嘴，看了看，个个都衔着蒺藜，才知道是后娘使的狡猾。

【吧瞎话】闲聊。慈3：哎哟，你给我再坐坐，就不吃嘎，咱吧噪子瞎话也好么。

---

① 为"徽"字之讹。参见"徽徽"。

【扒[1]】(bā)把封闭或掩盖着的东西弄开。禳13:扒开口灌了两口(水),子正才吁出两口气来……增7:若无钱,他吃了有扒肚子的御史么?

【疤啦】疤。禳10:割了头,碗那大小一个疤啦!

【刖】❶剥取。慈3:你掩着耳朵偷铃裆,你那心刖出来,那狗也不吃。寒3:一些人好慌张,割了头刖了肠,血淋淋并无个人模样。❷刨,扒。俊:东庄有个李捣鬼,老婆输给了张三水。死后净光没口材,刖出窝子没人垒,狗一嘴,狼一嘴,不知此时悔不悔?寒8:那树有一抱圆,极嫌他扫屋檐,安心要把根刖断。

【跁跕堆】同"巴孤堆",博戏名。"跕"为"跍"字之讹。日·赌:跁跕堆并游湖者。

【跁灰】扒灰,把灰烬从灶中拨出。日·器:跁灰破碗亦相当。

【笆条】荆条或柳条。日·争:三批三捡笆条锱。

【釟】用锔子将铁器、木器或瓷器的裂璺固定住。慈4:休要心焦,休要心焦,我去釟上就是了;我若釟不了来,就是儿不孝。慈4:张讷去釟了枚,李氏还怒气不息,找了棍子来,正待打他。

【拔】用布兜运和好的泥或石灰。日·泥:布兜拔泥又拔灰。

【拔步床】同"八步床",一种旧式大床。琴:大家扶上拔步床,他就在旁里仔管瞅。

【拔救】解救,拯救。磨3:望老爷即时拔救,不得不激切上呈。

【拔稃】(庄稼)拔节。日·庄:麦子拔稃穗粒圆。

【拔丝】把原料拉制成丝状。日·银:枝叶拔丝入钢版。

【坺】(蒲氏注音"报")同"暴❷""报❻",尘土飞扬。日·僧:墣土坺成十里雾。

【把】❶指手。墙1:一个口唱两个曲,放屁又要着把拿,是别人我就失口骂。慈2:又不曾弄坏了甚么,动不动,口咬把抓,他去了又找他嚁?❷物量词。表示手能握的一束或单手能捧的数量。姑2:清晨就去上锅台,添下一瓢水来,填上一把柴,绝顶的婆婆不待做,只得去做老蠢才。俊:我仔说了够一把,你就抉了一大捬(抱)。❸物量词。用于某些用手持的工具。姑1:珊瑚没奈何,才拭了拭那泪,到了房里,取了一把剪子出来……俊:你就好似一把伞,撑的剩了一根杆,赌博的咒誓不置钱。❹动量词。表示手的一次动作。姑1:于氏洗完,从珊瑚手里一把夺过来,甚是不自在。慈4:张讷那里穿衣服,张诚从书房里来,端相了端相,一把搂住说:"你是俺哥哥呀!"❺动量词。表示放火的次数。翻10:可恨那土条蛇，发上火烧仇家，一连点了两三把。❻柄。增15：万岁爷会撒颠，小二姐家不严，这把杓子是中看。滑滴溜的弯弯把，到给丫头拿着玩，溵了怎么去盛饭？富7：有张鸿渐的个堂叔伯哥是张春，打旋的把子吊了柄——是没把的个石头。❼持，抱。富5：把大杯，满满斟，微微带笑叫官人：……禳20：便蹲下低头，两手把膝作睡声……❽掌管，看守。禳17：我正寻你，思把这行头替给你把，你还有赔垫的。磨9：把牢门的禁子报与方娘子知道：……❾同"剥"，脱除。寒1：一群虎就地来，脱了衣裳把下鞋来，帽儿丢在三尺外。❿介词。用在"把"字结构中。墙1：你如今老了，封粮纳草都操心，吃饭穿衣也费事。不如把地分开，你情八石粮食罢。寒1：两三个走狗把老头子一脚踢翻倒地，一顿好打。(一些唱词中的"把"字结构与对白不同，如动词可以单独使用而无需其他词语或成分的配合，还有的"把"字结构有特殊的用法。如：增28：张公公把令传，刀出鞘弓上弦，霎时围了宣武院。富9：到家中二三年，还望你把山西上。翻3：当面鼓对面锣，把自己要快活，这可怎么合他过？磨6：我把你奸佞官，拿人容易放人难！)⓫介词。从。墙2：你过来，我把这墙上撮过你去罢。磨15：人都说张鸿渐来了家，我每日把他门前走，虽是待要骂他几句，干的甚事？

【把叉】指辛苦劳作。穷：把叉了一年来，弄的是净打光的。

【把持】专揽，控制。墙3：谁想着你就把持着，咱爹不敢动动身，这个心肠不堪问。翻4：骂奴才老贼奸，又害民又欺官，被你把持着扶风县。

【把关】把守关门。增3：万岁来到居庸关口，磕马径过。那把关的拦住，道："长官那里去？"

【把灰】把灰烬从灶膛中掏出来。把，同"扒"。慈4：我不是个闲人，扫了田地并把灰，兄弟呀，我从今再不受那书本子罪。

【把酒】指喝酒。磨27：亲戚隔断十余载，今日相逢笑口开，老兄呀，把酒同欢真一快。磨31：喽啰犒赏，把酒成欢。

【把门】看门，看守门户。翻12：却说那仇宅有两个把门的：一个是陈荣，一个是高强，是魏名的妻侄。快3：却说翼德挑着头，直到中军，便问那把门的："里边吆喝甚么？"

【把守】守护，看守。磨31：老爷只坐定团营，营中的勇壮不少，把守山口，不放他下山救护便了。增3：俺不是私意，俺有朝廷的明文把守关口，留下税银，才叫你过去。

【把问】询问。墙4：朝朝饮酒谈心腹，细话从来不昧音，想到这才来把问。

**【把戏】**❶花招，手法。禳24：咱这把戏，说起来又待哭又是待笑。❷指乱子，受折磨的事。慈1：达子虏了媳妇去，又在汉中娶了妻，三回弄出好把戏。

**【把盏】**拿着酒杯。磨36：斟上酒，舜华一一亲自递过，仙姑把盏说："共斟一杯，与天官上寿。"

**【把子】**捶击靛草(然后发酵制作靛蓝染料)的工具，石制，有柄。富7：有张鸿渐的个堂叔伯哥是张春，打靛的把子吊了柄，是没把的个石头。

**【弝】**弓背中央手执处。日·兵：铜弰铁弝弓弯面。

**【坝堰】**❶垒筑或修补水堰。日·庄：坝堰还恐水冲坍。农·农·坝堰：山地得力在堰，缺处宜早修，水口宜急塞，或加填叠。❷比喻阻拦。富2：骂一声狗生员，欠钱粮不待完，一人就要坝住堰！

**【霸王鞭】**芝麻的一种优良品种，因荚多、枝棵粗壮而得名。日·庄：芝麻又种霸王鞭。

**【欛】**柄。日·铁：嫲刀安欛又加功。

**【鲃子】**鲃鱼子。日·饮：鲃子煤焦真脆美。

**【罢[1]】**(bà)❶完毕，结束。慈2：张炳之说罢就待走。慈5：你杀了我那儿，难道剧一刀子就罢！寒2：一个好人死的苦，满城听说都哀怜，官司打罢人人叹。快2：人都说他用兵如神，看来也是虚名。若是会的着，这里安下一队人马，不罢了咱么？❷罢了，算了，表示无可奈何地同意。慈2：张炳之说："罢，你去就去，若是弄的不好，可不也找我。"寒4：我合赵大爷是怎么的相与，每哩我疼钱么？急切里找不着好材。罢，罢，不若家母那寿棺，就此着赵大爷用了罢。寒4：二相公听说(为避免给妹妹尸检暴露形骸而送钱给县官)，暴叫如雷，说："罢哟！那个也是咱爷挣的，就凑些给他。"

**【罢了】**❶算了，表示可以容忍，勉强接受，不过分追究或有下一步行动。墙1：那一时还支使着个小厮，白日给我做饭，黑夜给我看火，也还罢了。慈1：以理论起来，既有了儿，就不娶也可以罢了，可只是打光棍也是难呢。禳31：兰芳云："姐姐就怪些也罢，这门是不开的了。"江城云："罢了！今晚就叫官人上我那房内去，到明夜再来。"❷表感叹，完了，糟了。磨2：一个相公还打死了，俺是甚么？罢了，罢了，死也死也！磨8：(张鸿渐骑驴时被人偷去钱，)下来一摸，不见了一整吊。"怎么了？罢了，罢了！"❸用在末尾，表示不屑，相当于用在谓词之前的"不过是"。禳16：人说江城降汉子，江城也自家说……："我能降汉子。"嗤！哆杀我罢了！增21：二姐搿起万岁那网子来说："大姐姐，你看这网子上是二龙戏珠。”大姐说：“也是二鳖瞧蛋罢了！”

**【罢么】**❶单用，表示被动地应允，相当于“算了”“好吧”。翻 6：大姐说：“罢么，我就再待会子。”翻 9：姜娘子连忙拉起来，长吁了一口气，说：“罢么！我腆着这不害羞的脸，合姐姐去。”❷用在句末，表示请求，相当于“不好吗”。禳 16：满城笑说：“俺不说，妙术不传六耳。”江城说：“姐姐对俺说了罢么！”禳 31：五和解，春里风筝抱在怀。哎哟！你放放罢么呀，我的乖乖！

**【罢休】**停止，结束，不再进行。寒 4：债有主冤有头，杀人的已罢休，检验一回何必又？磨 33：那北兵去了，便自罢休；如不曾去，当砍几个头来，逐他出境。

**【罢呀】**❶单用，相当于“算了吧”，表示否定，或同意对方的否定性提议。姑 1：何大娘出来见是他，笑了笑说：“屋里没人，你来家呀。”大成说：“罢呀。我对你说……”慈 3：赵大姑哼了一声，说：“罢呀，你既等不的，我也不敢留你了。”富 6：张鸿渐……一伸手把刀抽出来，说：“罢呀！我再犯了杀人的罪！”（“罢呀”表示不再过多考虑后果）❷用在分句后，相当于“就是了”，表示认可。禳 5：夫人说：“怎么不好呢，丑么？”公子说：“不丑。”夫人说：“这又奇哩！不丑罢呀，怎么不好？”

**【罢呀㗅】**不这样还能怎样，表示勉强同意。禳 14：公子说：“这里隔内宅远，夜里来，夜里去，甚么相干！这是五钱银子，先给酬劳。”李婆说：“没哩我就拿着，——罢呀㗅，我就破上这老性命。”

**【罢㗅哩】**同“罢呀㗅”。慈 3：李氏说：“我待叫他家去。”赵大姑哼了一声，说：“罢㗅哩。”

**【耙】**(bà)❶一种农具，耕地后用来划破土块并推平土地，一般用牲畜拉动。寒 7：犁上摘来耙上使，脊受棍子腚受鞭，肉被烹煮皮缝罐。增 19：两头一样是盘耙，一去不来是句话。❷动词。用耙把耕后的土块划破并推平土地。农·农·早稻：若夏天不问秋夏，候水尽地白即速耕耙令熟。

**【吧[2]】**(ba)语气词。表示提议或同意、祈使（一般用“罢”，5 例用“吧”）。禳 28：不敢劳动奶奶，着老王吧（表提议）。禳 3：过来，我背着你走吧（表提议）。禳 7：仲鸿说：妙极妙极！就是这么吧（表同意）。富 8：我儿，坐下读吧（表祈使）。

**【罢[2]】**(ba)语气词。同“吧”。❶用在句末，表示商量、提议、请求或命令。墙 1：我思量着，每日情饭吃，也劳苦您，不如还给我那地罢。墙 2：不好，不好！放下我来罢。墙 1：他老爷待好来了，你去伺候罢。❷用在句末表示疑问，带有揣测的意味。磨20:公子抹眼上,娘子说:"人家中了罢?怎么来?"❸用在句中停顿处,带假设的语气(常常表示与另一种选择的比较)。墙1:每哩不要罢,性命要紧,斗斗胆就要一要。增12:褒贬是买主。待说我好罢,又恐怕要的宿钱太多了;说不好,糊突着玩玩罢了。❹用在句中停顿处,略含不重要的语气。姑1:那珊瑚罢,他是乜东人么?增3:万岁道:"你倒不怕皇帝,倒怕江老爷?"那人道:"怎么不怕皇帝?那皇帝罢,他在京里;江老爷差官往来常走,得罪着他着,叫俺有死无活!"❺用在句中停顿处,表示不隐瞒。慈2:哎,实说了罢,姐姐呀,我这汉子支不过。增16:我对你说罢:你看我在外边没体面,我在京里也像个人。

## bai

【捭】掰。日·饮:面烙饽饝捭作块。

【白】❶白色。蓬4:两司抚院,送礼百筐,白的白,黄的黄,珠成串,缎成箱,无数东西往家抬,还得俩人来上账。慈3:赵大姑只管骂起来,李氏那脸上,红一阵,白一阵。❷指露出眼白,表示鄙薄或厌恶。禳32:你说俺个物件(指其丈夫)把眼一白说:"你可伴不的他,他能着人叫他三姨奶奶哩!"❸不付出代价地,无偿地。增20:到了山西,遇着王龙倚强欺弱,白问我要了去了。闹:把一个冷冷落落的贡生,白做了热秃秃的进士。❹说(戏曲用语)。磨2:众百姓拴绳上白:"咳!俺好苦也!"磨7:张鸿渐上白:"俺半夜逃出,早起晚眠,已是将近一月,料想他也没处追赶了。"

【白袄】天寒季节的丧服。慈4:张讷听说,流水把白袍子脱了。那里头还是个白袄……(张讷为其姑母去世而穿孝服)

【白白】"白"的重叠形式。❶呈现出白色。增14:俺那鹦哥白白的,你这鹦哥怎么绿绿的?❷不付出代价地,无偿地。闹:小弟不敢白白请教,明日全□□□□□□□□□梨园,独席□□□□□□□叙。

【白醭】醋、酱油等因败坏而表面所生的白霉。日·饮:白醭不生香又甜。

【白肠】食用的畜类大肠。日·饮:横切白肠竖切肝。

【白刺猬】比喻白银。磨4:有人来告贪州县,白刺猬来拱大门。……前日那卢龙秀才,告着那知县老马,这不是送了个财神来了么?

【白瞪眼】翻白眼,表示昏厥。翻4:徐氏在那里猜疑,他那个叔伯侄来,一五一十的说了一遍,把徐氏气的白瞪了眼。

【白豆】小豆的一种。日·庄:菉豆白豆无灾病。

**【白肚僵】**白僵病，一种蚕病。农·蚕·温养：勿太热，热则有焦娘；勿太寒，寒则有白肚僵。

**【白饭】**白米饭。姑2：安大成做了些白饭，赶了饼，着二成拿了去，才安稳了。闹：到春来苜蓿芽尖饼白饭。

**【白干酒】**白酒。增7：寻常就是白干酒，每一瓶只要一钱银。

**【白骨】**尸骨。寒7：他说一口灌下去，十年白骨肉重生，更比仙丹有灵应。增28：一霎时油头粉面，只剩了白骨一堆。

**【白果】**银杏果。日·果：白果犹如坠挂耳。

**【白果树】**银杏树。增14：那万岁猛然抬头，见那楼前有一白果树，树上挂着一个鹦哥。

**【白黑】**白天黑夜，白天和晚上都。姑2：大成白黑的守着，溺尿出恭，都要他伏着，把眼都宿了。俊：骂一声贼强人杀[①]，白黑的不来家，你在外边做什么？

**【白花花】**眩目地白。姑3：到了坑边，见那土里白花花的都是小银锞。慈4：李氏又看了一眼，见他持着服，便说："白花花的他家里死了人，俺家里也死了人来么？"（指白色的孝服刺眼）

**【白殭】**白僵病，一种蚕病，即"白肚僵"。农·蚕·分抬：蚕有白殭，是小时被阴气蒸熏。农·附：白殭，犯后土夫人，宅中祭之。

**【白芥】**一种植物，又叫"辣菜""白辣菜""胡芥"。日·菜：白芥茈姜辣味清。

**【白净】**肤色较白。日·身：白净黑黢丑俊分。

**【白蜡】**木名，木樨科落叶乔木。因树上常放养白蜡虫以取白蜡而得名。木质坚韧，耐水湿，适于制作家具、农具等。枝条柔韧，可编筐。日·树：白蜡发条真软颤。

**【白露】**秋天的露水。富5：八月中秋白露寒，蛩声喧。农·农·种麦旱：种麦时天旱，则以酸浆并蚕沙薄渍麦种，夜半渍向辰，速投之令与白露俱下。浆令耐旱，矢令耐寒。

**【白茫茫】**形容一片白色。富14：白茫茫，祥云数段。钟：颈伸缩，影翩跹，冷习习回风舞霰，白茫茫天移地转，意沉沉身摇体颤，首涔涔神疲力倦。

**【白眉扯眼】**白眉赤眼，无来由。墙4：一千才依填打上，白眉扯眼不害羁，生

① 此处路本点作"骂一声贼强人，杀白黑的不来家，你在外边做什么？"邹本"杀"字归上句。盛本作"骂一声强人杀，白黑的不来家，你在外边做什么？"今按：此处首句应入韵，故以"杀"字属后句显然不合曲律；又"杀白黑"亦不辞。不过，"强人杀"或"贼强人杀"都难以理解。此处文本存疑。

纂出名色问你要。(指考官平白无故地要钱)

**【白迷拉眼】**挤眉弄眼,指做出虚假的表情。慈1:张炳之是一个甚么物,为孩儿想了个颠倒烂熟,有了法还不敢明明的去做。低头又把苦心用,白迷拉眼就弄局。

**【白米】**大米。农·蚕·大眠:腊月将白米蒸熟作粉……

**【白胖】**又白又胖。慈3:李氏看了看张讷,扎括的上下一崭新,脸儿白胖就像是个学生了。禳32:给他买妓收婢,不多大时节,就生了个白胖小厮。好造化!好造化!

**【白袍】**一种孝服,穿在外面的白色长袍。俊:借身白袍把丧吊,你就送在那千字号,本主待穿捞不着,上门打户逐日要。

**【白袍子】**同"白袍"。

**【白日】**白天。墙1:那一时还支使着个小厮,白日给我做饭,黑夜给我看火,也还罢了。增15:您娘们酒量大,白日里客来客去的吃不足兴,到晚上无有宿客了,吃了好睡觉,故叫做夜壶。

**【白生】**白皙。禳14:我见他来,唱的倒罢了,不大白生,又是半揽子脚。

**【白生生】**白白的(颜色)。墙4:细丝锞白生生,趸到心没点铜,想你那模样心酸痛。

**【白手】**空手。寒6:叫一声商相公,不是家俺不从,没有钱去也不中用。白手来来白手去,你也是个胡突虫。

**【白死的】**终究,结果是(表示不愿意出现的结果)。慈4:张讷又拉过来,看了看手上那泡,吊下泪来,说:"你总不听,白死的转下了。"

**【白鲦】**一种淡水鱼。腹白,鳞细,好群游于水面。今方言叫"白鳞"。日·鳞:蛤蚜身瘦类白鲦。

**【白秃】**一种皮肤癣菌感染性疾病,头皮生白屑,头发脱落成秃疮。日·疾:发背瘿瘤及白秃。

**【白头翁】**白发老人。禳4:童生考成了白头也么翁,盘缠也得数万铜。

**【白眼】**露出眼白,表示鄙薄或厌恶。参见"白❷"。闹:去年众人建阁,我也曾施大梁一根、板瓦数片,难道我这样虔诚,你白白眼干过去了不成?墙4:如今银钱都是谎,问着只把眼儿白,哄人该问甚么罪?

**【白眼神】**明清时娼家所供奉的神祇。增14:万岁爷进院来,睁龙眼把头抬,白眼神庙中间盖。

【白银】指作为通货的银子。禳23:虽然误了讲书,费了白银三十两,我也不怨那媳妇子了。增2:白银金钱不算账,赤金豆子带一升,路上随便零星用。

【白玉带】玉带,贵官使用的饰玉的腰带。增8:这小子造化不小,把一条白玉带讨在腰里了。

【白玉带子】同"白玉带"。增8:戴着那半边帽,穿着那红布衫,扎着那白玉带子,就支极好的架子。

【白糟】白色的酒糟。有独特香气,常用作调味品。日·饮:白糟爊粿按烧酒。

【白蚵】(蚵 zhá)苍蝇卵。日·昆:肉臭白蚵常泛泛。

【白昼】白天。磨22:乱在太原与平阳,两处年景甚饥荒,母亲呀,土贼白昼皆成棒。

【白浊】指淋病。患者尿道发炎,化脓,尿呈乳白色。日·疾:淋沥白浊小便闭。

【百般】形容各种各样。增23:万岁的性儿也是好动不好静的,极好合人打混,又被鸨儿百般相劝,也就没了气了。慈1:且休讲这光棍子百般的琐碎,万般的凄凉,只有一个孩子叫呱呱的,没了他娘,就只是找他达呀,他叫你东游西转不的。

【百计千方】千方百计。快3:百计千方把他趁,趁到网里落场空,恨来恨的牙根痛!磨14:要钱百计又千方,全不寻思到法场,好叫那天下的官儿看你的样!

【百里不同风】俗语。不同的地方有不同的风俗。增14:二姐,真果是百里不同风。俺那里鸡架都靠着屋檐底下,你这里鸡架挂在树上。

【百伶百俐】形容非常机灵乖巧。闹:实不瞒你,我学生百伶百俐,多艺多才,那一事不晓,那一件不能,使乖夺翠,事事在行,人人叹服的。

【百年】❶去世的婉辞。墙4:原该埋下几两银,老来衰惫靠别人,他就养活也有点进。若还到了百年后,拿将出来按分分,大家光降情理顺。增19:王姐夫,你从几时这么赖来?王老爷百年之后,改朝换代,才称的是古人。❷指长寿。富14:诚心一片,叩祝天仙,佑祖父百年,四体康壮,牙齿牢坚。❸指终生。禳7:这是他百年姻眷,这可与你我何干?禳8:佳儿美妇双年少,百年似漆如胶,今宵合卺,好去同欢笑。

【百事】事事,各种事务。禳17:心里不知是怎么,到他跟前百事差。姑2:

见你寻常百事佳,心里想念口中夸。

**【百样】**各式各样。翻7:他师傅不在家,就百样的方法作琐二相公,不依他念书。增21:丫头得了金豆,百样的奉承……

**【百折彩裙】**百褶裙。日·杂:百折彩裙价尽诌。

**【柏油】**柏树之脂。农·农·蜚虫:或用柏油、用砒者。

**【摆】**❶排列,摆列。禳20:咱起去看看梅花,着他摆下围碟,咱可痛饮。禳33:那楼前厅房内摆的好齐整!富4:各人要带绳一根,万万休叫他,摆了溜子阵。增21:摆下了一盘棋,王冲霄仔细思,万岁只当闲游戏。❷摇动,摇摆。富3:慢慢长裙摆,一对小金莲,脚儿一挪头上银花颤。蓬6:吕纯阳下九霄,风摆长须脑后飘,娘娘一见微微笑。❸摆布,处置。磨28:看起那个光景,您这做衙役的不知摆杀了多少好人!

**【摆动】**摇动。禳6:是谁家女儿娇,衣裳摆动暗香飘,远看着已是浑身俏。增11:行来杨柳弄春风,好似花枝摆动。

**【摆划】**❶处置,安排。姑2:汉子家知道那饭怎么做?做的甚不相应。于氏只得搬着老腚去摆划。琴:忽见媒婆来提亲,喜的心中难摆划。❷摆弄,玩弄。快4:贪慌摆划这颗髅骨,别的跑了他贼娘!磨8:教奴昏醉眼难开,自家的身子作不下主来。冤家呀,舍上奴,尽你嗺摆划。

**【摆画】**同"摆划",处置,安排。翻7:你等我摆画停当,我给你做篇文章。

**【摆酒】**设酒筵。增7:若要候朋友,摆酒不费难,南菜咱都有,海味件件鲜,烧酒壶又大,黄酒苦又甜,双陆和棋子,闷了有丝弦。增23:王龙说:"快摆酒来。"略不停时,将酒席摆的齐齐整整。

**【摆列】**排列。禳8:人从众多,一片声喧,叫他一行行摆列在两边,夹着大轿呼呼搧搧。增21:双陆盘端过来,将马儿摆列开,有句贱言休见怪。翻11:你看那床帐桌椅,各屋里摆列光鲜。

**【摆弄】**❶处置。翻10:他是哽法摆弄的这样疾,依然是癞狗还家,这事好奇!寒7:想是不止赵恶虎,不知屈了多少人,人间善恶全不论!摆弄的不成世界,都是你这些毛神!❷摆布。寒4:你不想那三官是一个女子,既能报父仇,这是个寻常人么?况屡屡显圣,怎么敢去摆弄他?

**【摆设】**陈设,安排。禳33:炉香一片,古董几件,为的是孩儿做官,摆设下请爹娘去看。禳33:孩子们这样摆设,这座寿山是玛瑙石;这福海是水晶雕的,这一轴八仙庆寿,眉目这样精巧;……

【摆手】摇手，表示阻止或否定。磨7：鸿渐抬起头来吃了半杯，便摆手不吃了。磨14：(按院问：)“你媳妇合户房有奸么？”哑巴摆手。

【摆腰】扭动腰肢。闹：作欠身抹眼摆腰介。

【摆腰肢】同“摆腰”。琴：款款摆腰肢，不住的微微笑。

【摆头】摇头。磨11：老马……慌的跑下堂来，才待行礼，刑厅摆了摆头，一个人拿出锁来，丢在那脖子上了。琴：他问我自在不自在，摆着头儿搂上一搂。

【摆裓】长袍、上衣最下边的部分，下摆。日·裁：襕衫摆裓系丝绦。

【败】❶失败，输。磨29：万岁不知，那边兵马已是败过几次。磨20：每日我只赢你五七着，怎么今遭大败呢？❷使对方败，赢。磨30：这两日朝中正议论，这一伙强寇昨日败了官兵，不日要发大兵二十万，要去剿灭他。❸衰败。琴：花儿虽好要当时，颜色败了谁人爱？磨25：况且咱败的凶，必然发的也暴。

【败残】残破。日·衔：败残苫箔犹堪卷。

【败家】使家庭破落。翻3：从上来败家的道，说他嫖还没大嫖，只光赌，一宿就是七八吊！

【败子回头】败家之子幡然悔悟痛改前非。俊：还有四句歪诗，包藏着一桩败子回头的故事。俊：管的败子回头日，感谢家中孩子娘。

【败子回头饿煞狗】俗语。本意指败子回头后不再浪费，狗也没有被人抛弃的好东西吃了，形容败子回头后勤俭持家，面貌大变。俊：宗大官果然洗了手，败子回头饿煞狗。

【拜】❶行叩拜礼。禳33：公子送了酒，朝上便拜，太母云：“何必又行礼？”公子叩头云：“祝爹娘百岁！”慈5：菩萨菩萨，你把眼睁开，保佑我那兄弟无难无灾，无难无灾。哎，放倒头多把观音拜几拜。❷拜访，拜见。禳7：庙外疾忙又起身，为儿百计访婚姻。借问此行何处去？要拜樊家徐夫人。翻10：两个走到西院，大姐吆喝说：“您大妗子，有客来拜你哩。”❸结拜。增8：不弃嫌，合你拜个兄弟何如？禳5：那阁老合尚书，都合他有一拜。❹封授。富1：愿得那小蔑蔑山儿似的一座元宝，又离不了一两个子孙封侯拜相。❺拜托。富10：得个着急人看望，多多拜上你爹爹，人那哎哟，你爹爹。磨18：到家中多拜上您二爷，我家中寡妇孤儿，早晚借重他看顾。❻拜贺。富10：一霎时乱叫奶奶，一霎时乱叫太太，亲友塞门来相拜。

【拜别】叩拜告别。翻11：二相公出来，去给他娘磕了头；又到了范宅，拜别了丈人丈母,才起身去了。慈4:张讷拜别了哥嫂,不免落泪,他哥嫂们也都感伤,拉着大家痛哭了一场,才放他去了。

**【拜祷】**跪拜祈祷。富14:敬拜祷筵前,敬拜祷筵前,仙人下顾,百喜重添,愿保佑椿萱,桑榆无恙,福寿绵绵。

**【拜访】**敬辞。访问。墙4:张大说:“正待拜访。”银匠说:“甚么事?”

**【拜柬】**请人赴会的柬帖。增18:写拜柬是王龙,举霜笔胡弄穷,这遭送了残生命! 增18:王龙把拜柬写的停当,叫丫头:“把这帖子下在南楼上,给你二姐夫。”

**【拜见】**行叩拜礼谒见尊长。富14:才坐下,太老爷吩咐一家老小都来拜见。磨36:就了坐,舜华参见了,太公一家人拜见。

**【拜将】**封授为将军。富7:张官人像是登坛拜了将。

**【拜交】**结拜为兄弟或姐妹关系。磨14:这皂头是我拜交的,那礼房又是秦老兄拜交的,怎么辞的? 增12:若是看朋友,你是个丫头家,俺又没合你拜交,只怕你来看相厚的来。

**【拜节】**拜年。穷:衣服待穿没处捞,到年来,拜不的节,上不的庙。

**【拜求】**叩拜请求。富14:进一杯坐前,进一杯坐前,扬尘舞蹈,望上朝参,敢拜求众仙,增福增寿,家中平安。磨36:奉一杯坐前,奉一杯坐前,朝上朝参,只应叩头千千万。敢拜求群仙,敢拜求群仙:照临寿数添,保佑福泽远。

**【拜寿】**拜贺寿辰。磨36:你看冠带齐楚,都来拜寿。磨36:我该给官人拜寿。

**【拜受】**非常感激并以礼貌形式来接受。富14:共斟一杯,与老爷上寿,太老爷拜受了。磨36:舜华从袖里取出一个锦囊来:“每人奉送你一粒丸药,可以增寿数,可以长聪明。”众人又拜受了。

**【拜堂】**旧时婚礼的一种仪式,包括新郎新娘参拜天地及其后的拜父母和夫妇交拜。翻7:随路却是毡铺地,媳妇出来同拜堂,拜了堂才把女婿让。

**【拜天地】**新郎新娘叩拜天地,旧时结婚仪式中最重要的程序之一,所以一般代指举行结婚仪式。增5:二人拜完天地回房,曹重差了两个家人去给刘氏道喜。

**【拜谢】**行跪拜礼表示感谢。禳7:叫人拿毡来我就拜谢了亲家罢。两人交相拜了……磨36:太公一家人都散了席,向舜华望空拜谢。

**【拜揖】**打躬作揖。禳4:高季进门说:“小弟与哥嫂拜揖。”禳11:公子朝上拜揖，徐氏说："我还该谢罪。"

【鞴扇】鼓风的皮囊。日·铁：风柙更比鞴扇快。

## ban

【扳】❶用手把着某个东西向自己身体方向或一侧用力。富6：那娘子撩起裙子，翘起那小脚儿来跐着蹬儿，扳着鞍子先上去，才叫了一声受罪的官人。慈4：他也不答应，竟下手扳那干柴。❷看望。富7：来到贵省扳了扳汾州的正堂，倒不想路上被盗弄了一个精光，精光。

【扳话】闲聊。墙2：那庙里有个道士，你且去合他扳话。

【班】❶朝班，古代群臣朝见帝王时按官品分班排列的位次。增28：文武听说，各分班列队，排开御驾。❷行列。蓬1：众仙拜罢，分班站立。❸指某个行当的人。禳29：强把笑脸儿，下四低三，光棍行，皂隶班，但肯给钱，不管奴家爱不爱，陪他去眠。❹量词。群，多个同类的人。寒3：今日请大爷来散散闷，有一班清唱在此。蓬2：且说众仙饮酒，那一班嫦娥玉女，唱的唱，舞的舞，斟酒的斟酒，下菜的下菜；……磨30：一班武臣都说："毛义说的是。"❺同"般"，种。禳5：人物不好不成对，没有根茎也赃囊，两班儿都要配的上。禳8：还没断了相思苦，忽然又想到合卺欢，千班万样心头乱。

【班配】同"般配"。❶结婚的双方各方面条件相当、相称。禳7：他老兄弟又极相好，孩子又极班配，有何不可呢？禳9：既嫌俺班配不上，退了婚我就起身。❷比喻相似、相当。增15：姐夫，你两个可班配：你也是木头，他也是木头。（此处为嘲笑"姐夫"不认识筝，头脑如同作筝的木头一般）

【班缺】行会的经济亏空。禳17：公子说："不必，这班缺好出来，我重重的帮你帮你便是。"天民说："真果么？若是出来班缺，我这头儿还有使顶手。"（"天民"是所谓的"怕老婆会"的会头）

【班头】领班，差役的头领。慈5：不知他在那一批，好可疑，料想班头无不知。

【斑鸠跌蛋】"跌蛋"指蛋跌破，比喻没有了指望[①]。磨1：六月才把谷来种，蚂蜡吃了地平川，好似斑鸠跌了蛋。老婆孩一齐捱饿，瞪着眼乱叫皇天。

【瘢】为预防天花而进行人痘接种后形成的斑痕。禳2：已是生了瘢和疹，又

① 请参看本书第三章第二节关于"斑鸠跌蛋"的讨论。

不瞎眼不秃头,心满意足今生够。(指已经进行了人痘接种、生了麻疹,因此不会患常见烈性传染病)

**【般配】**结婚的双方各方面条件相当。翻6:他家绸缎垛成堆,咱是穿着粗布衣,可也合他不般配。琴:天生就的人一对,郎才女貌正般配。

**【盤蝥】**斑蝥,一种昆虫。日·昆:蛤蚧盤蝥入药好。

**【颁白】**斑白,(头发)花白,黑白混杂。磨36:张太公颁白发上白:……

**【搬】**❶搬动。慈1:张炳之把行李搬进来,饭也没吃,早放倒头儿睡了。寒8:商大爷见是一瓮钱,遂叫搬出来。❷搬家,迁移住处。禳3:教书教了三十年,卷着席头沿地里搬,几乎住遍了峡江县。富3:独自一个人,占着店一间,三日头就要往外断,死气白赖不肯搬。❸请人到自家来,多带有运载工具,也泛指请人来。翻10:果然到了第二日,范公子知道,着人来搬慧娘(范公子之女)。姑2:我今夜寻思了一个法儿,你在家守着咱娘,我往沈家庄搬咱姨来看看。翻8:二相公来家,(其岳父家)来搬了两次不去。增7:万岁见那酒食美味,任意取乐,但少个佳人陪伴,遂把六哥唤来,叫他往宣武院搬婊子。❹同"扳"。丑:恨不的搬过头来做个嘴,恨不的一手拓扶在香肩,恨不的就把细腰双手抱,恨不的即时脱裤上床眠。增23:若还送了我心意,一遭就许你十两银,搬过头来把嘴儿印。

**【搬取】**同"搬❸"。琴:正好欢娱,正好欢娱,娘家差人来搬取。待要不回家,理上过不去。

**【搬是非】**搬弄是非。禳15:卖婆子真似贼,瓜搭着嘴儿搬是非,原该问个凌迟罪。好人说的上了他道,节妇也说的解了裙,不走草叫他蹩了对。

**【板】**❶板子,板状笞刑刑具。翻4:他还要送到堂上,三十二十的使板抹。磨29:(贪官自白:)这般生意真真好,板上皆生银子钱。❷量词。打一板子为一板。寒2:丢下五支签,一个人打了二十五板,即时又去拿人。磨2:打到十五板上,就不做声了。❸锯成的木板。寒5:一众鬼把二相公拉下去,用两页板夹起来,绑在桩上。寒7:炸了三个滚挑出来,两板夹的扁瓜搭,按上锯两个鬼当头拉。❹菜板。磨15:李鸭子妈扎腰拿刀板上云:……禳24:这才害怕,刀板慌忙,恨不能把老婆孩子剁了用葱姜!❺乐器中的拍板。富13:不觉的明月西转参星坠,痛饮何妨击板催?增24:胡百万真会玩,将笛儿吹一番,悲切好似离群雁。二姐没嗄可当板,头上拔下凤头簪。❻指戏曲唱腔中的节拍、节奏。寒3:如今也会三四板,为人又好弄娇腔,睡觉不合人一盘炕。增16:二姐道:你好村!

这琵琶是弹一曲，弹一套，或是弹四板，那里有弹一个的？❼版，计算银锭或银元的量词。代指银元。俊：每日来到那么晚，说你做个什么茧？家里等你去卖地，既至回家没也板。

**【板查】**小板凳。增24：这手里抓来那手里撩，家无片瓦合根椽，没个板查称百万。

**【板疮】**受刑挨板子打后形成的创伤。磨2：上限拿了去比较，二十五板打了个昏，板疮还有一大稃！

**【板凳】**板面较狭长、有四条腿的坐具。禳3：江城，你拿着小篮儿，我抗着板凳。磨28：呀！原来是李哥。待让你家里坐坐，一条板凳也没有。

**【板凳儿】**较短、较矮的小凳。磨26：闹闹稠稠，闹闹稠稠，给他板凳儿坐在门后头。

**【板凳子】**同"板凳儿"。磨23：坐着丈人家的席上，那板凳子做了脚打罗儿——到了这里才成了体面。

**【板镢】**板状的镢头。农·农·蜀秫莛[①]：锄法不必尽掘其根，只用板镢或利镢附土削去，芽不能生，而根汁流出，亦能肥地。

**【板腔】**腔板，乐曲的调子和节拍。寒3：吴孝筝孙晏箫，王成就把檀板敲，唱了一曲昆山调。板腔不错声音妙，真像黄莺啭柳梢，人人夸奖真个妙。

**【板瓦】**一种平直的瓦。日·泥：雀腌还须板瓦做。

**【板子】**指板状笞刑刑具。富6：咱要还家，必定是吃横亏，夹棍夹，板子捶。磨4：百姓们没有一句怨言，就是那板子打腚，也叫他青天。

**【版】**衣服上的一种用件，不详。日·裁：帔幪版钮合时常。

**【办年】**为过年而做准备。富11：十二月里办年忙，处处行人返故乡。磨22：十二月，办年忙，处处行人返故乡。

**【办置】**置办。农·农·收农器：甚有急需此物，则多方办置；一朝不用，则任其日晒雨淋。

**【半边】**物体的半部分。慈4：众人吃了一大惊，看了看，那嗓根头子，割断了半边，那血直淌。富11：八月里月正圆，过了十五少半边。

**【半步不离】**形容紧紧依随。琴：可意俏冤家，可意俏冤家，半步不离的守着咱。琴：半步不离出绣房，我也觉着离不的他。

---

① 原讹作"莸"。

【半嗔半笑】半生气半开玩笑。富6:却说舜华把鸿渐半推半就，半嗔半笑，作弄了一夜，以后也就没说甚么。

【半点】形容很少。寒4:俺爹活时合你好，你依势力诈钱财，就没有半点情儿在！增16:那万岁搽着那汗巾迎风一抖搜，只闻的香风一阵，那上头半点酒珠也无，异样的新鲜。

【半干】不十分干燥。农·农·锄麦:每日只与佃人谷一升，使鉏麦。宜趁雨后半干时，勿太干，勿太湿，不惟有益于麦，而且使地不荒。

【半箭地】一箭的距离约一百三十步，半箭地约六七十步。磨28:臭死了，臭死了！半箭地，歇了三歇！寒8:戴着一个破帽，忽被一阵风刮去，骨碌就滚。歪子赶了有半箭之地才赶上，却见帽旁有个纸包。

【半截】半段，半部分。慈1:妈妈叫他坐下，扳起他那脚来看了看，见那鞋没有底，有半截棘针扎在那脚心里。富12:你仔细钻研，又略略改改这头半篇，后半截可倒也极好看。磨12:我这几年在外，这垣墙也塌了半截，待俺跳过墙去。

【半空】空中。富8:四恨你不通人性。将书本丢在半空，说着只当耳旁风。寒8:一船人正在危急之际，忽见半空中下来一位神将，青脸红发，将龙一刀斩为两断。

【半栏脚】同"半揽子脚"。增12:赤淌脸儿半栏脚，若在山沟顶席棚，你的生意比他兴。

【半揽子脚】女性缠脚缠得不好、较大的脚。禳14:我见他来，唱的倒罢了，不大白生，又是半揽子脚。

【半礼】尊长受人全礼时答礼仅及一半。磨27:仲起拉着太公，行了半礼，才让了坐。

【半路】❶路途中间。寒1:儒学生本姓商，父饮酒在邻庄，半路里就把恶虎撞。磨31:俺乱杀贼徒，谁想他有人救护，又半路埋伏，把个贼头生劫去！❷比喻预料之外(发生某事)。增8:好个龙虎山张天师！他算朕当乏嗣，半路里拾了一个千殿下，果如其言。

【半面】❶瞥见一面。富3:小生从无半面缘，今日反蒙贵眼看。磨8:俺并无半面相识，怎蒙他厚意垂怜？❷故作含羞的样子。日·衍:能作笑啼为半面。

【半签】指半礼，不充分的礼节形式。增18:那就跌了你那尚书公子的架子。等他上的楼来，合你作揖着，你只还过半签，就勾了他的了。

【半日】❶半天。墙2:若是公道的，多待半日送来才是，只是怎肯？寒6:却说二相公走了半日，到了山东边界，远见一簇人在那路旁里歇着。❷指(一天之内的)较长的一段时间。姑3：两口子呋嗤了半日，光见瓦石，并不见银，气把头兴全没了，撅着嘴去了。增20：长官，咱吃了这半日酒了，我就没问你贵姓？

【半晌】指(一天之内的)较长的一段时间，一般所指比"半日❷"要短。翻12：到了家咬牙切齿，那股气半晌难收！增18：王冲霄昏迷了半晌，楼板上扒不起来。

【半熟】(果实)未熟透。增7：皇爷又题道："色比葡萄才半熟，插上杨梅同做。"六哥道："这又是怎么讲？"万岁说："这两句是说你那酒的颜色好，红通通的，就像那半熟的葡萄，加上那杨梅一样的娇嫩。"

【半死半活】半死，形容受到的折磨极深重。磨11：可差十来个人，拿住他那衙役，着实打，打他个半死半活。怕他怎的！

【半天】❶半空，空中。蓬1：一双鹤落半天，忽飞去又飞还，舞的教人心花乱。蓬2：运气低就合那冤家相见，魂灵飞上半天。❷指(一天之内的)较长的一段时间。慈2：却说李氏生了个孩子，昏魂了半天，将待黑了，不见张讷。增23：万岁说狗屎棋子，一着儿下了半天。

【半头】中间，一半的时候。磨1：六月半头下大雨，晚谷种的甚相当。

【半头砖】砖的半块。墙1：炕上铺着席头子，头枕着块半头砖，就死了可有何人见？寒2：想了想，没法可治，便去找了块半头砖掖在腰里。

【半途】半路。磨32：待臣去后，不妨发兵数万，到半途扬威，却不必前进，以振军威就是了。磨33：弟来时，嘱咐他不必前进，只在半途听信。

【半推半就】假意推辞而心里接受。琴：勉强脱衣裳，半推还半就。富6：却说舜华把鸿渐半推半就，半嗔半笑，作弄了一夜，以后也就没说甚么。

【半宿】夜里的较长的一段时间。寒6：二相公脱生了正死不的，那家子叫了个姑娘来，掐了半宿，就呜呼哀哉了。富12：爷俩说话说了半宿。

【半虚空】半空，比喻不实际、不踏实的状态。墙4：每日在闪电影里存身，半虚空中度日，好可笑人也！

【半悬空】❶同"半虚空"，半空。蓬1：西王母离月宫，驾祥云半悬空，飘飘一阵香风送。❷比喻很高的地位。磨20：小保儿一孩童，进进场好用功，做举人梦也不敢梦！才秀才三两日，那里想到半悬空？

【半掩门子】暗娼。禳14：你还是找那半掩门子。

【半腰】中间。富9：上墙头，上墙头，揽着株桑树往下溜。才溜到半腰里，一枪儿攮着肉。

**【半夜】**❶午夜。磨12:三更里,吹灯上床也么眠,一床锦被半床闲。好可怜,细听谯楼半夜天。磨6:呀!来到庄里,天有半夜,待俺叫门。❷深夜。墙3:半夜转了腿肚子,脚头冰凉舒不开,土炕上铺着席一块。富3:且说张鸿渐半夜里出了门,又不知待上那去好,只管忙忙的奔走。❸夜里的较长的一段时间。快2:却说曹操一气跑了半夜,人困马乏。磨12:怪哉,怪哉!走了半夜,竟不曾出这房门!

**【半夜三更】**深夜。琴:半夜三更做一梦,梦见人家来下定。磨13:半夜三更,你是何人叫门?

**【半指】**指头厚度的一半。慈1:从头上拔下个针来,给他拨出来,那棘针就有半指多长。寒4:果然抬了够半指,一齐都说折了腰,险些儿就把头压吊。

**【伴不的】**比不得,不能与……相比。禳32:你可伴不的他,他能着人叫他三姨奶奶哩!

**【伴当】**随从的差役或仆人。磨32:臣只一身往那去,带着十数个做伴当,不讲杀那用兵合将?磨32:把实情告大王,他来只有几伴当,一行并无兵合将。

**【伴读】**陪读,陪伴官宦人家或富家子女就塾读书。翻7:却说范公子的大郎,名是范栝,十八上纳了监,还请着师傅念书。二相公回去就在书房伴读。

**【伴儿】**同伴。禳29:不嫌奴家天生贫,做个伴儿,做个伴儿,又不推磨,又不织机,下下棋,叠叠衣。

**【伴宿】**陪伴同宿。富13:且说张太太在家,日日愁闷,亏了两个丫头,每夜歌舞伴宿,解解闷怀。

**【拌】**将不同东西放在一起搅拌。墙1:且是那狗这二日不吃食,留着拌点糠餵他餵。禳24:那鸡蛋是铁丸,那豆腐是没盐,菜儿竟不着香油拌,一天大事霎时就完。

**【拌嘴】**争吵,吵嘴。磨5:不必拌嘴。相公们,俺只当央及您,这不是好去处,咱走动些。

**【绊】**❶行路时脚受阻。增12:贪往前看,没提防当路一个脚床子绊了一脚,跌了三四尺近远。快2:你看这水好利害,正走着,把马绊倒,倒闯下来……❷用夹棍夹。翻4:把阎罗打了四十大板,夹了一夹棍,背了四绊,把一个通天的光棍,就呜呼哀哉了!寒8:退堂美女齐歌舞,那有心绪理民冤?上堂来只把夹棍绊。

【瓣】❶花瓣。寒3:不会唱口难开,桃花瓣上玉腮,待唱不会真无奈。❷量词。计数物体分成或切成的片状物。禳17:两道眉三指宽,一双眼似灯盏,一口牙总似蒜八瓣。禳24:海参切成四瓣儿,鲍鱼切成薄片儿,皮鲊切成细线儿……

## bang

【帮衬】❶从旁帮助。增28:你是妙人儿,又亏你帮衬,今日又来献功。增24:胡百万惯帮嫖,帮衬语极会叨,奉承的万岁心欢乐。❷识相,识趣。增9:(老鸨准备让未曾接过客的妓女来接待嫖客,叮嘱嫖客"多担待"。嫖客说:)你放心,我虽帽破衣残,却是个帮衬子弟。

【帮凑】凑钱帮忙。翻4:再没有咱厚,每日家在一堆磕打着头,你用钱原就该把你帮凑。……若是有钱不借给你大相公呱,那可就是一个狗!

【帮村】同"帮衬"。"村"字当即"衬"俗体"衬"字之讹(按曲律,此处当押去声韵)。识相,识趣。增15:头圆耳大方方脸,看你皮毛也像个人,怎么这样不帮村!

【帮寸】同"帮衬"。❶从旁帮助。穷:蠢的蠢,夯的夯,空有臭钱不帮寸。❷识相。增4:云魔女恶狠狠,骂一声贼强人,这等无礼不帮寸!青天白日山沟里,调戏人家良妇人,少死的村夫该打一顿!

【帮客】帮闲的人。增28:子弟帮客齐上税,天下忘八纳进奉,十三省婊子把钱挣。

【帮嫖】嫖妓时在旁帮闲。增24:朋友们因他在行,常请他去吃酒帮嫖,承欢取乐。增24:胡百万惯帮嫖,帮衬语极会叨,奉承的万岁心欢乐。

【帮手】帮忙的人。磨34:把架子两列开,用帮手的不成才,咱就单战个胜合败。

【帮闲】为官僚、豪富们消遣玩乐而凑趣效劳。禳31:等到明日,敬写红笺,今日夫妻会,何劳清客来帮闲。增24:胡秀才会帮闲,又会吹又会弹,况且又相极好的面。

【帮子鬼】博戏术语。不详。日·赌:混江老教帮子鬼。

【梆铃】打更用的梆子和响铃。增5:皇爷说:"今夜怎么梆铃几乎聒杀人?"周元说:"你不知道,那是后庄里曹老爷家打更。"增5:不觉的夜静更深,恰才合眼,忽听的那梆铃一派响亮。

【绑缚】捆绑。磨29:正赶之间,落坠陷坑,一骨碌张下马来,一群偻罗将他绑缚起来。磨31:安心要绑缚,他便自刎了。

**【绑腿】**裹腿的布带。增2:这万岁是个马上皇帝,最好私行游玩,有江彬做就的行衣:青布衫,黄罩甲,绑腿,翰鞋,檐边毡帽,皮鞓带,椰瓢,闹龙褡包。增2:腰间束上皮鞓带,闹龙褡包挂胸前,绑腿翰鞋穿得惯。

**【榜】**公布录取名单的告示。富13:到那里只见那看榜的渐渐星散,公子夹夹马,往里只一钻。富13:李才挤进到榜棚,爷俩在外用心听。等的榜儿将放尽,不见李才报一声。

**【榜棚】**张榜公示乡试成绩的棚子。富13:李才挤进到榜棚,爷俩在外用心听。等的榜儿将放尽,不见李才报一声。磨26:到了榜棚,抬头一观,先看了会元,次看了亚元,往下又看第三,呀!第四宫升就是太原。

**【榜样】**楷模,好的典型。富12:吟哦铿锵,吟哦铿锵,顺口读来字字强,好文章必定有榜样。

**【棒】**❶木棒,木棍。富3:官人从此好了。待了几天,拄着棒就起来了。❷同"帮",伙,群。翻12:去时觅汉没一个,来家管家摆成行,丫头小厮一大棒。富1:一棒儿孙皆富贵,美妾成群妻又贤。

**【棒槌】**捶打用的圆木棒,手持处略细。多用于洗衣。禳1:谁想那众娘子们,已是都知道了,都各人拿了棒槌,来合和了家母一齐跑去。禳19:为丈夫打他二姨,浑身打了勾百棒槌,治人的法还去打他治。

**【傍】**❶靠近。增10:佛动心自思量,每日家待君王,那君王再不见影儿傍。禳11:独自傍妆台,懒把菱花照。❷同"旁"。俊:宗大官脸儿忙,低着头竖在傍,两扁担夹不出一个屁来放,吃些菜瓜也应当。磨26:见太爷还在路傍勒马等候,方才说说笑笑,来到下处。

**【傍边】**❶靠近身边。禳16:因你不中惹才不傍边,找一个替身解解馋。富2:张鸿渐不承当,凭众人怎么央,全然不把边儿傍。❷同"旁边"。磨8:傍边无人,说也无妨。磨18:鸿渐跟着出了大门,见一个走骡在傍边……

**【傍影】**在别人面前出现,露面。禳30:怕女儿累爹娘,远走高飞把头藏,六七年没敢把影傍。

**【磅】**象声词。相当于"梆"的声音。寒5:一声说罢,两三个人就把被子掀了,还没解衣,老王伸头去看,只见有人丢过了一块石头,磅的一声,老王就倒了。

**【怦脸】**("怦",蒲氏注音"崩",方言音"崩"上声)绷脸,面部表情严肃。日·

衕:忭脸相丢气怎捱。

【砗剢】("砗",方言音"蹦")刀刃或陶瓷器物边沿被硌或磕破形成小缺口。日·铁:试试砗剢或锩刃。

【砗牙】("砗",蒲氏注音"蚌",方言音"蹦")把牙齿硌掉一小块。日·庄:豆粒皷破砗牙干。

## bao

【包】❶裹。姑3:娘们正盘算着,二成包着些砖头来倾在地下。翻3:姜娘子给他包了头。❷包裹起来的东西。姑3:那鬼神把人作梭,闪开包唬了一个笃坐。翻11:当时立了文约,仇福腰里掏出包来,现交了五百两;折完了,再交那三百。❸量词。用于成包的东西。慈5:就死你贼徒千个,当不过我那金豆一包。增26:慌的那佛动心,拿出了一包银,差人去把秀才问。❹约定专用。增18:话说这兵部王尚书,有个儿子名叫王龙,包着佛动心的姐姐赛观音,住在北楼,隔着南楼不甚远。禳31:女子弟,女帮闲,还讲包年月,奇事堪传。❺把指定的东西都买下来。日·鳞:街上蛏干包大篓。

【包罢】包。"罢"为词缀,无实义。蓬4:夫妇方才定了价,找了个包袱包罢煞。

【包被】包袱。慈1:因此张炳之又寻了一个老婆,姓李,撮傀儡子解包被,——这一回才弄出故事来了。

【包补】贴补,补助不足。墙1:好了,好了!必然有点东道,可把这肚子包补包补。增13:等我那小厮们来时,自有包补你处。

【包搭】随意地包。"搭"为词缀。翻7:无奈才把心来收,不论好歹一挥就。包搭起来找他师傅,细诉那根本来由。

【包打】同"包搭"。禳4:求人情,好歹将来未可凭。不如包打上二百好冰凌,上公堂照他皮脸撕……

【包儿】包子。禳24:即如就是一碗豆腐,若是切成叶着油煎了,蘸上个蒜碟儿,或是切成细馅包包儿,敢子他就吃了。

【包袱】❶用布包起来的包儿。翻7:慧娘吩咐丫头,解开包袱,每人红绢三尺、钱二百,俱是伺候就的。增20:万岁将龙衣脱下,用青布衫浮皮一裹,裹的合一个包袱相似,紧放在身子里头,方才睡下。❷包东西用的布。蓬4:夫妇方才定了价,找了个包袱包罢煞。

【包裹】包扎成件的包儿。寒5:快给我掀开包裹,待本县自己搜求。富12:往里飞奔,往里飞奔,放下包裹扫扫尘,挂卷帘出去混一混。

【包工】按照议定的条件承包全部工作。日·泥:包工脱厍又露闩。

【包腊弹】形容钱多。俊:有了钱银包腊弹,就恭然大弄通堂。

【包面】类似于水饺的一种食品。磨8:到了店里,店家端上包面来。日·争:还将包面请该房。

【包头】❶包裹头部。日·争:手帕包头狗哐黄。❷裹头的布。富11:一行扎着包头,那泪儿像断了线的珍珠,一个一个的乱滚。磨23:行扎着包头,像断线的珍珠,一个个乱滚。

【包子】用面皮包馅后蒸熟的食品。禳24:……葱丝切成碎段儿,花椒研成细面儿,包子剁了细馅儿,蒸合压了饼沿儿,稀烂的猪头还带蒜瓣儿。翻9:买了麸子喂上马,店主慌忙走面前,上下都是包子面。二相公一霎吃饱,闲上来站在槽边。

【胞弟】同胞弟弟,亲弟。磨4:俺乃马知县胞弟马如飞。是日老兄给我一万两银子,托我上院里打点。

【褒贬】贬损,批评缺点。增12:褒贬是买主。待说我好罢,又恐怕要的宿钱太多了;说不好,糊突着玩玩罢了。

【褒贬是买主】俗语。指表面上贬损货物的人才是真正想买的人。增12:褒贬是买主。待说我好罢,又恐怕要的宿钱太多了;说不好,糊突着玩玩罢了。

【薄】❶扁平物上下两面之间的距离小。禳5:一家衣服穿戴,只消两片薄唇。禳24:海参切成四瓣儿,鲍鱼切成薄片儿,皮鲊切成细线儿……❷浓度低,酒中酒精度低,粥中面粉少。增7:品品不好往当街倒,从今后不开酒店,说声薄把壶贬了!翻1:叫仇福去烧锅,不是极稠是极薄,这样日子怎么过?❸小,弱。墙1:咱爹有点薄体面,赴了多少大酒席,您家何曾见天日?富10:若是自己觉力薄,我还相助老先生,人那哎哟,老先生。❹(情意)淡薄。富3:进高庄,眼看一步就登堂。不知厚与薄,宿下慢慢商,饭合酒想必不上帐。

【薄脆】❶又薄又干。丑:腮子掉了二斤半,后坐瘦的竖脑尖,耳朵搐的相薄脆,前槽搭喇颡了肩。❷薄脆饼,一种传统点心,和面时加油、糖,粘芝麻入炉烤制。宋代即盛行,明清时仍很受欢迎。日·饮:上盘薄脆连甘露。

【薄厚】厚与薄,指差异。增9:这花子尽是寡嘴,薄厚在那里?

【薄酒】谦辞。品质较差的酒。翻2:今日节间没嗄事,吃盅薄酒避避风,般勤便把酒盅奉。翻4:大家攒了个小分子,一瓶薄酒,做几碗粗菜,也不成个席的呀,请你来吃盅散散闷。

【薄喇】薄,"喇"为词缀。翻1:还有四十亩薄喇地,也还打他几石粮,料想也还没妨账。

【薄礼】谦辞。较少的礼物。增10:我合他叙了些家常,他说给我份薄礼,只当是给我几个钱,可给了我一锭银子,我掂量着有十来两。

【薄面】谦辞。微薄的情面。磨6:方相公上前跪了,说道:"望老父师少看薄面罢。"老马"哏"了一声,说道:"本县合你没有杯水之交,看甚么薄面?"磨33:到京时全在老夫,自当一力保奏。还望三位万里封侯,才于薄面有光。

【薄命】命运不好。磨21:做与不做全在你,我可是个薄命人,今生没有峥嵘运。增11:照照菱花看看影,叫声薄命的小冤家,几时挨彀打合骂?

【薄皮子】面皮薄,爱面子。姑2:我儿,你真么薄皮子,我就没有那顿饭你吃么?

【薄情】❶不重情意。富5:你合他,无重轻,我最恼的是薄情。❷薄情的人,对情人的怨恨语。禳11:晚来对银灯,只将薄情骂。

【薄情郎】薄情的男性情人,女子对情人的怨恨语。磨24:恨杀薄情郎,发恨来时骂一场。聊·武孝廉:妇指骂曰:"薄情郎!安乐耶?试思富若贵何所自来?我与汝情分不薄,即欲置婢妾,相谋何害?"

【薄田】不肥沃的田地。墙1:家有薄田一百五十亩,每人给他五十亩,留下五十亩养老,倒合老婆子清净自在。农·农·上粪:粪必翻两三遍,发透细润,然后用之。必要先上薄田,勿图近便。

【薄仪】谦辞。较少的礼物或钱。富9:泪眼双双,泪眼双双,薄仪相送返故乡。增9:久闻令爱多标致,你着他陪我一晚,穷军家有份薄仪。

【薄粥】稀粥。磨7:病后只宜吃薄粥,快做快做!

【鑺头】一种枪头。日·兵:鑺头搁鎗拦道呼。

【饱】❶食量满足。墙1:吃的饱饱的,叫唤甚么?琴:做了一遭不歇手,就如那喂不饱的馋老狗。❷比喻量很足。禳13:着俺爷爷知道了,就气了个饱,赌气把江城收回。

【饱叨】饱餐。蓬1:华山顶上玉井莲,花开十丈藕如船,凡人那得吃一片?……若捞着饱叨一顿,就成了大罗神仙。禳3:请饱叨,省的老嫂,重复费烹调。

【饱饭】足量的能让人吃饱的饭。慈3:五更支使到日昏,饱饭何曾经一顿?

俊:你看我到如今,袄没袖,鞋没底,饱饭可曾吃一顿?

**【饱学】**学问广博。禳 11:王子雅好风标,又诚实又饱学,做诗写字皆精妙。磨 6:自家方兴,字仲起。做个秀才,不敢说饱学,学校中也有点声名;不敢言豪杰,衙门里也还给点体面。

**【饱学秀才】**学问广博的读书人。富 2:且说这方二爷名兴,字仲起,是个饱学秀才,一请就到了。增 24:话说这大同城有一个饱学秀才,姓胡,极会相面。

**【宝贝】**珍奇的东西。增 16:取扇儿在手中,满楼上耀眼明,宝贝原是西番贡。闹:我家祖代传来,有个临场密诀,不肯轻授于人,若是但能熟记,再无难题窘手,乃是帝王也、圣贤也、心也、理也、知也、行也,虽有这六件宝贝,却如何衬贴他出来。

**【宝藏】**储藏的珍宝财物。增 8:接过来耀眼明,掌柜的唬一惊,这个人不是小百姓。不然是个真强盗,宝藏库里剜窟窿,或是短了天朝的贡。

**【宝雕鞍】**珍贵华美的马鞍。快 4:痛快难言,一矛刺下宝雕鞍,一刀割下来,像个毛蚁蛋!

**【宝髻】**有华美装饰的发髻。丑:袍衿略动香肌露,石枕斜欹宝髻偏,土块高低常转侧,衣裳牵扯错钻研。

**【宝偈】**偈颂的敬称。日·僧:擂鼓撞钟说宝偈。

**【宝色】**瑰丽珍奇的颜色。日·丹:金屑千年留宝色。

**【宝石坠】**宝石做的耳坠。日·杂:通草细花宝石坠。

**【宝镜】**名贵的镜子。琴:宝镜金花,宝镜金花,梅香故意笑着看咱。本等心里喜,反把梅香骂。

**【宝客】**贵客。增 14:还不如宝客王龙,使数的小厮和家人。增 26:不说他君臣取乐,恼犯了宝客王龙。

**【宝瓶】**珍贵的瓶子。蓬 1:……一棵月明珠大如柳斗,做了宝瓶,照的那大海通明。

**【宝色】**珍宝的颜色。增 3:街市人把眼睁,起黄色不像铜,霞光万道宝色重。

**【宝物】**珍贵的物品。蓬 1:寿星到福禄同,进殿来俱打恭,殷勤宝物来相奉。蓬 1:这都是仙家的宝物,吃一口就长生不老。

**【宝帐】**有珍贵饰物的帐子。富 5:冬来到,长夜如年,宝帐孤灯照影寒。磨 12:冬来到,长夜如年,宝帐孤灯照影寒。

**【保】**❶保证,担保。墙 4:你守灵,咱指地作保,取王十万家钱,过了丧事要来还他。磨14:原是自己不小心。一个按院访的人,怎么还敢来保他!❷保护,卫护。快2:许褚,你保着丞相快走,俺二人去敌一阵。增27:张永,我保的是皇帝,你保的不是皇帝么?❸保佑。慈6:撞着了青春一少年,谁保的俺兄弟得团圆,哥哥呀,破衣施给俺一件。翻8:保安宁,保安宁,十月就到奉天城。❹保奏。磨33:老爷替俺保一本,都念救苦活菩萨!磨30:二位兄长每日见他,知他情性,可以保的稳么?

**【保不就】**保不定,说不定。磨2:好似死囚上杀场,人人保不就存和亡。

**【保护】**护卫。增6:本府城隍恐怕万岁有失,叫大小鬼使,快去十字街前保护圣驾。

**【保驾】**保卫皇帝。增26:今日玉皇圣诞,大小诸神都去庆贺,无人保驾,如何是好?

**【保举】**保荐。磨31:赵勇真是将才!俺保举的不差。

**【保取】**保证得到。禳32:只管跨马摇鞭去,合家保取都安康。

**【保全】**保护使不受损害。磨17:赖大王保全性命,不知何日还见金面?

**【保守】**保护,守住。禳15:但弄机关须要妙,才能保守鬓边毛。磨31:他知道大兵来到,必然调集东西二山的精兵保守山寨,那两处的人马必定不多。

**【保佑】**用神力保护、帮助。翻10:若要是老天保佑,就叫咱门户生光。寒2:这鬼神怎么只保佑那恶人?那官都着他买透了,这日子怎么过呢?皇天,皇天!

**【保正】**保长。磨19:休动手!俺是来拿张鸿渐的。本庄的保正都来看着他拿人,你怎当的他?翻8:那行子不依,约地、保正都知道了,只得把二相公合四邻一齐送到官。

**【保状】**由保证人填写的有一定格式的保证书。磨14:众秀才、百姓上,执着保状跪倒。接着的拿去,递与按院,说:"下边有卢龙的秀才、百姓,保那马知县。"

**【保奏】**向朝廷推荐人并予以担保。磨33:到京时全在老夫,自当一力保奏。还望三位万里封侯,才于薄面有光。

**【堡垛】**("堡",蒲氏注音"补")围墙上的垛子。日·纸:楼房堡垛似庄村。

**【鸨儿】**老鸨,开设妓院的女人。增9:鸨儿说:"你怎么知道他大待?"增28:万岁爷为了情,忘八们得了生,鸨儿婊子齐逃命。

**【鸨子】**老鸨。增23:到了次日,老鸨子备了一席酒菜给他两个合劝,自己来请,万岁坚执不去。鸨子道:"二姐夫,你性子这么乔。年小的人们,每日价可答头在一堆子,什么正经?"增28:叫江彬:"你晓谕那大同知县知道,等朕回京,这虔婆给他一处宅子,按月关粮,叫他受用罢。"二姐、鸨子一齐谢恩。

**【报】**❶口头报告(消息)。禳3:你看您樊大爷来,即刻报我知道。翻12:到了二月尽,忽然来了京报,说二相公中了会魁;不多时,又来报了探花。❷向上级汇报,呈报。磨1:大家告灾到了县,知县不肯报灾伤;众人又望上司告,差下盐正道老黄。知县怕他实落报,送上厚礼哀哀央。❸报条。禳4:报子上云:……买报使了四两银,指望还赚七八吊,还赚七八吊。❹报答。慈4:拜哥嫂,十年不曾错待了,说不尽哥嫂恩,忘不了犬马报。禳1:况且是丈人丈母用心用意,其情难报。❺报复。翻12:前仇不报,更待何时!❻报应。翻11:都说是大嫂有福,报他那孝节贞操。寒7:罚了他妇女养汉,报他的淫恶。❼灰尘飞扬。蓬3:把火吹,把火吹,一霎报了一头灰,软窃窕的玉人儿,怎么能受这样罪?

**【报仇】**报复仇敌,打击仇敌而在物质或精神上挽回自己的损失。寒6:这去又不知受什么非刑,我怕死了没人给爷妹报仇。磨19:气死我也!他后日来到家,我必然报仇!增19:我给你报一报仇罢。

**【报答】**❶回报恩惠。快2:你那好处,我已是报答过了!磨33:俺被那北兵弄的九死一生,亏了大王爷救了这一方的性命。别无什么报答,大家杀了几个猪,宰了几个羊,来给大王犒赏三军,也给大王爷磕个头。❷谑语,报复。磨28:想那翻人时他偏向那李大,略略报答报答他。

**【报单】**向上呈送的文书。寒3:天未明写报单,往城里报县官,从头至尾说一遍:……寒3:王知县见了报单,唬了一惊,即刻上马前来相尸。

**【报复】**对使自己受损的人进行反击。富13:多亏了你昂昂的志气,报复了冤仇,若不然受到何时彀!磨27:多亏你昂昂志气,报复了冤仇;若不然,受罪受到何时勾?

**【报告】**对上级陈述情况或请求。磨14:按院说:"你怎么不报告呢?"秀才说:"怎么无报?……"

**【报功】**陈述功绩。磨31:那毛尚书来,被俺略施小计,只杀的四散奔逃。有功的快来报功。

**【报官】**报告给官府。磨1:一个说道:"他不该报官么?"一个说:"虽报官待怎么!俺那邻庄,燎死了杨善人,奸了他的令爱,他那儿子还小。那地方、邻右都替他不平,大家给他报了官。……"

【报马】骑马报告消息的人。富13:少爷会了进士了,报马现在前门首哩。磨27:又上轿呼呼扇扇,那报马跑跑颠颠,三十里一派人声乱。

【报条】告知升迁、及第等喜讯的单子。富10:方娘子在房中,忽见着报条红,当是一个糊突中梦。磨24:一日天门榜放开,门前忽送报条来,仍的声,头儿直觉如筐大,磕头送喜满庭阶。

【报喜】报告喜讯。禳23:你这些妇人都去给你少奶奶磕头报喜。富4:却说方二爷回家,奋志读书,果然到了八月里,中了第五名经魁,报子来监里报喜。

【报晓】报告天明。禳8:撒帐西,天生一对好夫妻,巫襄夜夜阳台会,临睡常闻妙小屁。急改口道:报晓鸡。增5:五更里鸡报晓,星儿稀天明了,周元起来把爷叫:……

【报应】做善事和恶事的回报,善有善报,恶有恶报。姑3:人人听说齐打罕,贤惠的荣华差的减。世间报应甚分明,休说老天没灵验。寒8:员外怜他不成才,冤若不解何日开?报应还比流星快。

【报冤】报复冤仇。寒2:大相公不识颠倒,还只要报仇报冤。寒3:妹妹不知何处去,想是他来报父冤,但他软弱何能干?

【报灾】上报灾情。磨1:县公老马,嗔人报灾。大家去上司告了,即时委了一个官来查勘。老马便送上二百银子,着他休报成了灾。

【报子】给得官、升官、考试得中的人家报喜的人。禳4:哥哥进了第四名,报子讨赏哩。磨26:太爷中了,太爷中了,五魁以里把名标。怕报子不知名,差小的来家报。……若是点了新翰林,不久还有报子到。

【抱】❶用手臂围持。富2:方娘子没奈何,方才抱着孩子,骑着他二哥家那驴,他二哥跟着,到了当堂,也无跪下。磨18:不一时,又端上围碟来,抱出一大瓶酒来,说:……❷量词。两臂合围的度量。寒8:那树有一抱圆,极嫌他扫屋檐,安心要把根刨断。❸孵,菢。慈1:那小燕子方才抱出,那母燕子被猫咬去。增5:是我喂的一个母鸡,下了蛋来抱一窝小鸡,出息着捞个私囊,寻个媳妇。

【抱挡】抱持。富6:真神仙不费事把人来打救,伸过来一只妙手儿把官人抱挡,就像是那二三岁的孩子,轻轻的一把儿抵溜。

【抱瓢】指乞讨。乞丐多持瓢求人给饭。翻3:我那儿你死活捱着,有我在不叫你抱瓢!

【抱屈】抱怨,为自己或他人遭受委屈而鸣不平。禳19:众云:"抱屈呀!"公子说:"少笑。"闱:这些呆子,再陪四昼夜辛苦,只骗得十数日夸张,挂榜之日,合我嘴脸一般,还陪了许多妄想,听了无穷的抱屈,耳边聒噪,我却怕他做甚么?

**【抱娃娃】**❶代指生子。墙2:五十多抱娃娃,冬里枣夏里瓜,费了钱还怕他吃不下。❷代指日常家务,过普通家庭生活。蓬5:恨死回家,恨死回家,回家依然抱娃娃;但只是进门去,见了他可说嗄?富13:纵然我就落了第,也就可以还的家。还的家,抱娃娃,功名从此不做他。

**【抱孩子】**同"抱娃娃"。蓬5:若是富贵人家,用不着抱孩子("不"字疑衍),可也用不着抄书。

**【菢蛋】**孵蛋。日·禽:母鸡菢蛋满篮筐。

**【刨[1]】**用刨子弄平木料。日·木:照壁刨平双柱夹。

**【刨刀】**刨子上的刀。日·木:刨刀镂锯都直钱。日·铁:刨刀斨明无大錛。

**【暴】**❶急骤,猛烈。磨25:咱父子纵然不中进士也喜。况且咱败的凶,必然发的也暴。❷同"报❼",灰尘飞扬。增15:万岁爷笑哈哈,佛动心你好邋遢,茶壶放在床底下。没有盖子闭着口,暴上灰尘怎么顿茶?

**【暴叫如雷】**形容大声地喊叫。寒4:二相公听说,暴叫如雷,说:……

**【暴露】**无所遮掩,露在外面。寒2:把父亲尸骸暴露,我问你于心安乎?

**【暴乱】**行凶作乱。磨33:请看英雄除暴乱,挥戈唾手取侯封。

**【暴虐】**凶狠残酷。慈1:孝子王祥自古传,后娘待他甚难堪:夏天跑在毒日里,隆冬差着下深湾。虽然支使的极暴虐,王祥就做不辞难。磨3:今遇荒年,又遭着知县贪酷,听说打死了范子廉。这等暴虐,好不怕人的紧!

**【暴跳】**猛烈地跳脚,形容极度愤怒的样子。富6:张鸿渐屋中气的暴跳。寒1:却说两个公子听的报了几声,急的三尸神暴跳,怒气冲天。

**【爆】**突然迸裂。寒5:一霎忽然沉下去,一霎忽然往上漂,滚处都是油星爆。磨25:号板要坚牢,常将卷子盖的娇,剪烛头也怕灯花爆。

**【爆仗】**爆竹。禳1:我就从来爆仗性,受不的气儿顾不的命。禳15:大相公还嘱咐密着些,可是罨着耳朵放爆仗,使了钱卖了些出作。

**【爆熗】**同"爆仗"。俊:宗大官气儿消,骂的俺口难学,叫我心里怎不躁?我一时爆熗性,你也骂的尽够了,从今受了娘子教。

## bei

**【杯】**❶酒杯。快3:都要一口一盅,把杯放下,击鼓为令。翻2:秋桂起把酒斟,传着杯又相巡,一壶不会吃的尽。❷量词。一杯的容量。禳12:烫酒来,我与亲家痛饮三杯。富5:少时酒到,娘子斟上了一大杯,送与官人。

**【杯水之交】**形容很浅的交情。磨6:本县合你没有杯水之交,看甚么薄面?

**【悲凄】**悲伤凄凉。磨16:只知街上闲游戏,逍遥自在,全不悲凄!

**【悲戚】**同“悲凄”。富8:你只当街闲游嬉,逍遥自在,全不悲戚!(此处与《磨难曲》第十六回叙述同样的事情,意义相同,只是用字不同)

**【悲切】**哀痛。增24:胡百万真会玩,将笛儿吹一番,悲切好似离群雁。磨22:我劝你不必悲切,再细细打听,方才稳贴。

**【悲酸】**悲痛辛酸。慈4:十年风景依然在,两眼悲酸认归门;两眼悲酸认归门,笑吟吟,欢喜登堂拜母亲。慈6:谁似他一门贤孝,说起来个个悲酸。

**【悲叹】**悲伤叹息。增10:这一日佛动心正然悲叹,忽见那喜鹊儿来那檐前踏踏的叫唤了几声。磨1:众人都哭了,掩面说道:“咳,咳!好不悲叹人也!”

**【悲相】**悲伤的样子。富11:小举人虽然在他娘跟前强为欢笑,到底那模样带出悲相来。

**【背(揹)】**背负。寒1:二相公背着父亲,大相公牵着驴,来到家,把员外放在卧榻上,都来摩挲问候。富3:官人从来不曾走路,又背着行李,又是饿了,一步挪不的四指。

**【北兵】**指来侵的北方少数民族的军队。磨33:你看这边人家各安生理,并无逃避,想是不知北兵将至。磨33:俺被那北兵弄的九死一生,亏了大王爷救了这一方的性命。

**【北瓜】**瓜名。日·菜:东西南北有瓜名。

**【北黄莺】**曲牌名。禳30:[北黄莺]爹爹在那方,见了爹问问娘,不觉就把声来放。恨孩儿不良,教父母不光,回头不成个人模样。愧难当,看见爹爹,只待自悬梁!

**【北寇】**同“北兵”。磨35:你当日若是杀退北寇,我心里先服了你,见了焉敢不拜?

**【北塞】**北方的边塞地区。俊:现今有件故事,却不在唐朝,也不在宋代,也不在南蛮,也不在北塞,就出在这山东济南府历城县。

**【北收江南】**曲牌名。钟:[北收江南]呀!死老魅祸害有几千年,煮到今硬打老爷颧,狠牙嚼勾千千万,仍呷酒连连,才能格格下喉咽。

**【北雁儿落带得胜令】**曲牌名。钟:[北雁儿落带得胜令]本待要略教他赵璧完,怕辜负了贤主人心一片。固然是同胞意难作谦,却早知五脏神心情愿。小鬼生堪咽，大鬼切为脔，不必十分烂，但须五味全。烹煎，惟有吾家的庖人善。腥膻，若是个黑心鬼，把与那狗子餐。

**【北直】**“北直隶”的简称。明代以直属于京师的地区为直隶，迁都北京之后，为区别于直隶于原首都南京的直隶而称直隶于北京的地区为“北直隶”。清代改为“直隶省”，大体相当于今京津冀地区。富2：话说北直永平府卢龙府县，有一秀才，姓张名逵字鸿渐。富12：“贵省是那一省人？”“小弟北直人，小弟北直人，家父投在北岗门，到而今三载无音信。”

**【备】**❶置备，备办。蓬7：大家备了几样仙果，望娘娘少坐片时，好给娘娘跟随的酬劳。增23：到了次日，老鸨子备了一席酒菜给他两个合劝，自己来请，万岁坚执不去。❷同“鞴”，准备骑乘的鞍辔等。慈3：我着俺小三子，备上那大叫驴，送了你去罢。翻8：还得备上一个骡，我好骑着去颠道。

**【备办】**置办，准备。翻8：那屋里少人备办，就不必动火生烟。

**【备马】**备好鞍辔，以便乘骑。禳22：着人快去备马，着人快去备马，待我跐着梯子爬过墙去，把门开了。

**【背】**❶脊背。磨8：只得卷起被套上了背，可就往东走下去了。钟：带背连肩抓住，不须鼎镬油汤，只消大饼卷如梁，肉穴登时蕖葬。❷物体的脊部。禳17：槌被石擦磨光净，你看那边背皆光。❸避开，对人隐瞒。磨19：李家如今常常察访你，你也该背着些。增22：我只为一时赌气，就着你参透机关。我今日也不必背你了。❹背诵。慈4：明日咱俩在一堆，哥哥呀，咱一处念来一处背。闹：你看我背嫖经熟不熟？你看我行酒令俏不俏？❺戏曲用语，指背向原先对着的人(说话)。禳6：走的近了，你看我，我看你介，背介：“这分明是江城。怎么五年不见，就变化的这样齐整了！”禳20：江城背云：“又不知弄甚么鬼儿。”❻承受刑罚。翻4：把阎罗打了四十大板，夹了一夹棍，背了四绊，把一个通天的光棍，就呜呼哀哉了！寒4：王成说虽是真，但没有钱合银，官府一声要夹棍。……背了背连声叫苦，只夹的致命发昏。

**【背不的】**❶不能背负。磨28：李虎痷下了，背不的；我背张龙罢。❷避不得。禳20：哑谜儿暗会心间，眉眼把情传，做手势背不的旁人看。❸备不住，说不定，有可能。禳16：既做个汉子，也背不的打，那打时节也给他点缝儿，既不可太宽，也不可太严。禳13：小哥哥还嘱咐说：“王妈妈你休合人说。”作笑介：“嗤！我没人处不说。线匠不见了线包子——我看着也背不的。”

**【背财生】**背对着财物出生，指不喜欢财物。增8：万岁说：“你爱那钱么？”六哥道："谁是背财生的？……"

**【背抄着手】**背着手，双手放在背后交叉握着。磨12：鸿渐……背抄着手，走至近前一看，说：……

**【背褡】**背心，马甲。增12：拆破袄做背褡，大补丁白线巴，栗子布裙彭彭乍。日·裁：背褡做成嫌瘆绺。

**【背地里】**暗地里，无人处。慈3：天生的贤，天生的贤，苦甜只在他心间，就是背地里他也不曾怨。俊：背地里偷明地拿，那里有点良心查？

**【背地里皇帝也得骂】**俗语。暗地里也可以骂皇帝，指什么人都难免被人背后指责。增6：我待加罪与他，他乃是乡民无知。自古道："背地里皇帝也得骂。"

**【背后】**❶后面。寒7：二郎爷吩咐打入阴山背后。富4：权且把良心，丢在脑背后。❷暗地，不当面。磨14：在背后指指画画，回过脸谁敢雌着？禳10：江城上，背后听介。

**【背脚处】**指被衣服遮盖住的身体部位。禳13：昨日又攫了一顿把，亏了还抓在那背脚处；若是差一点儿，胡桃栗子摆在鼻窝里——可不就脸上开起山果铺子来了么？

**【背里话】**暗地里的话，不在公开场合说的话。增14：虽是背里话，也不该亵渎至尊。

**【背人】**避开他人，暗地。寒5：原说我要告状，这话不是背人言，君子并不羞当面。

**【背鞅】**牛拉犁或车时，先在牛脖子上放上索头，然后用皮条绕到牛脖子下面将索头固定，这根皮条叫作"鞅"。牛拉犁或拉车前行时，如果索头受拉绳的牵曳偶尔偏离了牛脖子而到了牛背上，叫作"背了鞅"[①]。此时牛再用力往前走的话，鞅就会被拉断，牛失去控制就会跑掉。比喻逃脱约束。在用例中指不遵守原来约定，赖账。墙4：人见您弄的不精致，就说不是好儿郎，该您钱他也背了鞅。

**【被】**❶被子。墙3：我等着爹爹眠，盖盖被把灯端，溺鳖儿拿来我可散。慈4：兄弟进门笑嘻嘻，你铺上个草儿打打席，哥哥呀，咱俩盖着一床被。❷遭受。禳19：听说四于被了打，深恨汉子不成才，胸中闷气结成块。磨5：可怜俺众秀才，都被这无妄灾，眼看就到口儿外。❸介词。用在主语之后、施事之前，

---

① 清代临朐人马益著《庄农日用杂字》中有"肚带省背鞅"句，指役牛时加上肚带的话就可以避免"背鞅"的事情发生。肚带是绕过大牲畜的肚子连接其背上鞍具等或连接两侧套绳的皮带。

整个结构表示被动。慈1:那小燕子方才抱出,那母燕子被猫咬去。富5:一日,张官人出去游玩,被一个初相识的朋友拉了去酒馆里吃酒。寒8:谁想他依旧作恶,就被一个秀才告着打死人命。富6:他又不去见那严阁老,又不奉承那严东楼,被他恼了,弄了个冠带闲住回家。

**【被盗】**遭到盗窃。磨18:到贵府攀了攀汾滨的正堂,不想路上被盗,弄了个精光。禳13:谁想渐渐的旧病发了,这两日萝蔔窖子被了盗——掘开了。

**【被底春】**指妓女的温存。日·僧:抄化钱买被底春。

**【被囊】**装入被褥等行李的被套。富3:伸手向被囊里取出那金钗来,不觉的满眼落泪。磨8:雇了驴上王庄,被贼人剪被囊,盘费钱今日毕了账!

**【被套】**旅行时装被褥的长方形布袋,一面的中间开口。磨8:鸿渐回头一看,被套割破了:"哎呀!不好了!俺待下驴。"磨8:遂即又出了庄,解开被套,打发了脚钱……脚夫去了。只得卷起被套上了背,可就往东走下去了。

**【被头】**被子靠近人头部的部分。琴:热燎火烧怪生疼,口咬被头眉尖皱。

**【被窝】**睡觉时被子底下的空间。禳16:南山顶上一池水,一个被窝里四条腿,再添两条他不依,从来只许每人每。增17:万岁沉沉睡去,那金龙出现,把二姐唬的气也不敢喘,搐在被窝里暗想:……

**【被子】**由表里两层夹絮缝制而成的睡觉时盖在身上的方形用品。一般指棉被。寒4:他二人随即跑去,把三官抬出来,着被子裹了,停在一个床面子上。闹:小村庄无有许多铺盖,况我是贫寒家甚是作难,有一床破被子又窄又短,土炕上无有席半截破毡……

**【被罪】**因为罪而受到刑罚。翻9:便将怎么陷害,怎么成亲,怎么为东人被罪,从头至尾,说了一遍。

**【辈】**❶代。富2:只为他为人仗义,都望他辈辈高官。增1:自从洪武立世,传流九辈君王……增2:国母说:"你晓得那辈古人么?"❷某一类的人。富2:也无法也没天,不请学师大板揎,从此我辈遭涂炭!增28:有王龙颤巍巍,骂大姐吃你的亏,千刀万剐贼贱的辈!

**【辈子】**代,世代。翻3:我是那辈子瞎了眼,就嫁你这个强人!禳20:可怜俺生在人群,逐日家弃旧迎新,今辈子已是无好运。磨17:今世里无可报答,来辈子结草衔环。

**【惫赖】**粗鄙。增25:虽然不似二姐美,风流却也不寻常,行持没有那惫赖样。

【鞁】同"鞴"。日·走：齐整还须鞁鞍装。

【鞴】将鞍辔等骑乘用具放在马上。磨10：不一时鞴了马来，众人又请："行了罢？"方娘子才出了监门，上了轿，老王合小相公上了马。

## ben

【奔窜】奔波。墙4：就有这样要紧事，也该一个守灵前，怎么两个齐奔窜？

【奔忙】奔走忙乱。快2：曹操说："速速埋锅造饭，给我烤烤衣服。"众人听说，都去奔忙。

【奔逃】急忙逃跑。快4：曹操好个老奸党，不知几时已奔逃。磨31：那毛尚书来，被俺略施小计，只杀的四散奔逃。

【奔犺】奔突。日·疾：奔犺直上箏心间。

【奔走】❶疾行。禳3：一心似箭，奔走慌忙，来到家门才把孩儿放。禳20：茶儿好酒儿乱筛，满坐人闹闹垓垓，博士奔走忙成块。❷急忙逃走。富3：自从我奔走离了也么家，只有俺俩并无仨。磨31：赵总兵带领人马杀入山寨，绑了赵胜，大小喽啰四散奔走。❸四处闯荡忙碌。增23：看我读书不中用，才着我江湖奔走，习会了买卖经营。

【锛棍】锛脑，锛的木制头部，一端安装锛的铁刃，中间有榫孔安装锛柄。日·木：斧柄锛棍自家做。

【本】❶根本。禳19：自天子以至於庶人，壹是皆以两个字称呼为本，你还不知，必然没称呼你。❷原本。磨12：实对官人说：我本是个狐仙，与官人有缘分。富3：俺家无有男人，本不敢留客。看你是个书生，料想不差，我私自留下你，在这门里头宿一宿罢。❸本钱。禳5：全凭口舌作本，不用买卖耕耘，舌上打下谷豆，牙中长出金银。俊：胡朋又把宗官念，俗说只怕事不办，从来本大利就长，破上大本干一干。❹奏章。增1：江彬说："臣有本奏给皇爷看罢。"圣上曰："本在那里？"这江彬即忙回府，把本做的停当，遂即转身入朝，叩首丹墀。磨30：若是圣上准了本，俺两个就去说他。❺书本。慈0：今日正在直隶，明日弄到云南，既溜蛤喇找着难，仔等的连本不见。❻量词。用于书籍簿册。寒7：判官拿过一本册子来铺在案上，二郎爷掀开看了一遍，便大怒了。禳9：你有两本大明律么？❼指自己一方的。姑3：二成把三十亩好地卖给本庄任华，因这地土是大成让的，定要大成做中人。慈1：本朝就有一个人，可以比那王祥，他兄弟就可以比那王览。寒3：各人领尸，本县给你申报司院。翻4：（回目）仇大郎赚卖本妻，郑知县怒杀赵烈。

【本待】原打算，原本要。墙1：本待把两个畜生送了不孝，这游游一口气儿，怎能到城，倒不如还要我那地罢。钟：本待要略教他赵璧完，怕辜负了贤主人心一片。

【本等】❶本来，原本。琴：本等知道他心极，故作张致全不理。禳1：本等是真说不的假，南瓜皮子一大筐，炊帚苕帚三五把。❷本分。慈1：虽然那蒺藜是后娘的罪孽，孝顺是为儿的本等。

【本儿】❶本钱。增24：我若得了王侯位，给你本儿去转钱，盐商茶客从你的便。增24：小生命薄，本儿大了担不的，给我一个别的头向罢。❷书本。蓬4：娘子接来看了一看，揭开本儿撇了两撇。

【本分】❶自己的身份和地位。禳17：这是俺不安本分惹的，这也罢了。磨28：安本分我还相助，买老婆另生儿孙。❷根据自己的身份和地位行事。富1：奉劝世人，不必慌张，依我这意思清廉本分，那天爷也不说我贪赃。富1：祷告罢老天爷开口就问，那福神一路表直奏天门，说这人极清廉又极本分。

【本贯】原籍。禳2：咱家姓高名猷，字是仲鸿，本贯临江府峡江县。

【本怀】本意。姑1：逐珊瑚是本怀，见他血泪满心哀。

【本经】经文的原文。闹：我向年辛苦读书时，四书文字，我也记得数篇，本经文字，我也记得数篇……须将那四书文字，还写在四书题目里，本经文字，还写在本经题目里。

【本利平】❶本钱和利钱相当，够本儿。墙4：咱如今费钱几吊，这里头本利兼全。禳4：好营生，至少也弄个本利平。❷比喻补回损失。禳9：六年的瓜子没还账，至少也该个本利平，你可说说谁理正？磨28：既到门休要空过，奉还你本利皆平。(指对方曾捆绑虐待过自己的家人，自己要以同样方式对待对方)

【本来】原本，原先。寒2：本来那冯知府，银子钱不贪图，心中也把恶人怒。

【本领】技能，本事。慈1：他姐夫死了三年，他姐姐在家守寡，为人极有本领。寒4：我明日去亲验，邪不侵正，看他有什么本领。磨15：我生平有点本领，专一会吵巷骂街。

【本钱】为营利、赌博或办事投入的钱财。蓬4：待做行商，谁走江湖？待开当铺，谁等他回赎？……况且本钱，一个全无。闹：我此后鱼鳖虾蟹，大放十斤，我这样功德，就给我个阎老尚书，还欠着我的本钱，应找零给才是哩！

【本情】本意。增17：万岁本情不待吃，又怕心上人儿羞，伸开御手忙忙受。

【本人】当事人或前面提到的人自己。翻4:把原差合替身,每人打了三十板,只得说本人在下边。禳5:这个事虽然在我,也合他本人商量。

【本身】自身。闹:大笑自指本身介:此兄才真七步,学又三冬,七作惊人,榜上一名,更无疑矣,恭喜恭喜!

【本实】同“本事”。翻5:我的儿,我可累煞你了!怎么就有这样的本实!

【本事】❶本领,能力。磨5:列位既有本领告官告吏,就有本事充军,每日家酸酸邦邦的!❷指力气。翻11:姐姐,你没本事,去歇歇的罢,我闲着做嗄哩。富3:张官人又没本事,一日只捱得三四十里路,遇着下雨就不走,一个月才到河南。(“张官人”大病初愈,所以走路“没本事”)

【本是】同“本事”。增25:二姐没本是走,不去罢?

【本位】原来的职位。蓬7:我带你去离恨天修炼三年,以后好复他的本位便了。

【本心】本意,原来的意愿。磨33:解甲投诚是本心,大兵逼迫甚羞人。

【本姓】姓。禳29:“你本姓甚么?”兰芳云:“我本姓高。”寒1:儒学生本姓商,父饮酒在邻庄,半路里就把恶虎撞。

【本章】奏章。磨27:我要上几个本章,除除那民害,破几个贼头。增20:不如问他要张文约,那怕他告御状上本章,咱放着证见。

【本主】原主。翻10:不几日,军门里下了文来,一切地土都追还本主。俊:借身白袍把丧吊,你就送在那千字号,本主待穿捞不着,上门打户逐日要。

【夯】笨。穷:蠢的蠢,夯的夯,空有臭钱不帮寸。撅着肚皮装富汉,偏他交的是好运。增17:我是个夯人,不说是娶了老婆了没,我知道什么是小婚大婚?

【体工】建筑中的小工。日·泥:先着体工搂下土。

【笨狗】拙笨的狗。日·走:笨狗拿獾为第一。

## beng

【扐】绷,稀疏地缝住或别上。日·裁:搕络先扐线几条。

【崩】❶同“蹦”,跳。增16:那丫头一个家碰头磕脑的抢拾,崩了一个,滚在二姐面前,二姐虾腰拾起。❷指弹奏。增16:你拿乜琵琶来崩一个我听听。

【崩烘】象声词。比“扑通”的声音更大。闹:不觉的一炮扑咚,二炮崩烘,一剎时三炮似雷轰,这比那午时三刻还堪痛。

【崩道】快速地走路。禳4:报子上云:报报报,俺先到,打了一个肩,崩了一宿道。

**【蟚蟚】**昆虫乱飞貌。日·昆:螌飞蝵次亦蟚蟚。(此处入韵,应为平声。疑读"朋"或"烹"音)

**【迸】**❶向外溅出。寒8:说道油烹又锯解,二回拿去又脱生,母亲不住泪珠迸。增28:风搅火火搅风,起愁云锁碧空,刮刮砸砸火星迸。❷裂开。禳14:想是俺今生没造化,迸了交情,不是不爱,冤也难明。

## bi

**【屄养的】**詈语。指人。磨18:这个老屄养的,这样可恶!罢罢,叫他起来。

**【屃】**同"屄"。禳8:撒帐西,天生一对好夫妻,巫襄夜夜阳台会,临睡常闻妙小屃。

**【逼】**逼迫,威胁。穷:孩子绝不探业,老婆更不通情。攮他娘的养汉精,狗腿常来逼命。增12:逼什么?你挣了钱来我待使哩?怨人喇喇的,你还回去不的么?

**【逼迫】**用压力促使。磨33:解甲投诚是本心,大兵逼迫甚羞人。磨33:原非心爱据山头,官刑逼迫不自由。

**【鎞】**(原讹作"鎞")划破或刺破。日·争:鑁针鎞了虾蟆肚。

**【鎞又】**"又"为"叉"字形讹。鎞钗,妇女用的一种首饰。日·银:打作鎞又二钱重。

**【鼻孔】**鼻腔跟外部相通的孔道。禳9:我且捻个纸捻儿通通他的鼻孔。

**【鼻梁】**鼻子隆起的部分。蓬4:道府州县,看俺的鼻梁,两司抚院,送礼百筐,白的白,黄的黄,珠成串,缎成箱,无数东西往家抬,还得俩人来上账。

**【鼻拳】**鼻圈,鼻环,穿于牲口鼻子的圆环,用来系绳链以控制牲口。日·走:枥木鼻拳与灌角。

**【鼻渊】**一种鼻病。鼻孔中常流黄色腥臭浊涕。久则鼻塞不通,嗅觉减退,重者头目眩晕。日·疾:雀瞽青睁与鼻渊。

**【鼻窝】**鼻凹,鼻翼两旁凹下去的地方。禳13:若是差一点儿,胡桃栗子摆在鼻窝里,可不就脸上开起山果铺子来了么?

**【鼻眼】**鼻子和眼睛。寒8:揭开材面如生,豆花雨细濛濛,入唇便见鼻眼动。快4:脚踏脖子枭首级,那鼻眼略动口还张。

**【鼻肿眼青】**形容面部被击打后的样子。寒5:哎哟了一大声,陡然间害头疼，像石头照着脑门撕。……一伙人疾忙扶起，只见他鼻肿眼青。

**【鼻子】**鼻。富9：旁里那俩小伙子，劈脸带腮又一顿拳，鼻子都打破了。磨18：坐不多时，就送出酒和菜来，那酒扑鼻子香。

**【鼻子孔】**鼻孔。增12：鼻子孔好似灶突样，两根黄毛一大抓，樱桃小口瓢来大，莫不是东洋大海，潮出来的巡海夜叉？

**【鼻嘴】**鼻子和嘴，代指面部。蓬4：待攻炭井，鼻嘴黑乌；待开食店，越发村粗；况且本钱，一个全无。

**【鼻咀】**同"鼻嘴"。俊：尿里赌，屎里卧，忘八也是一处坐，鼻咀黑乌不成人，说甚羞煞鬼一个。

**【匕】**同"匙"，汤匙。磨7：店主……吩咐店小儿把那蜜拿来，加上两匕调和了调和……

**【比】**❶与之相似、相类。慈1：本朝就有一个人，可以比那王祥，他兄弟就可以比那王览。翻6：话说从容，话说从容，令徒将来比石崇。磨32：他为人耿直义气，不比那邪僻奸贪。❷比较，将两种或两种以上同类事物放在一起辨析异同或高下。增21：这厮可恶！又待合我比衣服。增23：你自家估量估量，我那点不如你？我就合你比比根基。增23：我也不消把我那家当合你比，我说说我那小厮们的家当你听听罢。❸介词。表示比较的对象。墙3：虽不是蟒龙缎子，也比那粗布光鲜。姑2：二成十四五了，他媳妇比他大两岁，合她丈人家说，咱娶了罢。❹同"比较"，官府限定期限完成征收钱粮、缉拿人犯等工作。磨2：朝廷大赦将到，若不速比钱粮，数日之间，设或赦到，只压三两天，那银子能有多少？❺在审理钱粮征收或案件时进行审问。磨2：呀！不知死了多少人，今日这个人，怎么把心跳起来了？我待不比了，怕人看出来了。不免坐下再比。增22：必然是个响马，在那里短了皇杠。不如拿起他来，送到当官比这狗头！❻比画，用手势模仿。磨14：又指着自己的眼，比着淌泪的光景。

**【比并】**两人比试。磨29：我是山上一个铺囊的，你赢了我，再着强些的合你比并。

**【比不的】**同"比不得"。慈4：张大官倒回来泪流腮上，我那个好兄弟比不的寻常，不知是那一个神圣来下降。寒2：这上司比不的县里，说话要婉款些。增28：胡百万保朕有功，更比不的别人。

**【比不得】**不能与之相比，与之不同。富10：乡党中人人来亲，逐日里贺客盈门，比不得坐监时无人问。闹：我相公比不得那乘兴观场、苟图完场的，真坎实砸,催促不得的,万一规矩错误,被他贴出,岂不负了今日这番得意、这番苦心?

**【比较】**❶旧时官府征收钱粮、缉拿人犯等,立有期限,至期不能完成,须受责罚,然后再限日完成,称作"比较"。翻4:徐氏听了,徐氏听了,心里疑影好蹊跷,咱又不欠粮,用不着去比较。磨2:今朝逢限该比较,俺庄去了十个多,不知打死了那一个?❷泛指拷问。翻2:这孩子你好潮,睡到天明也罢了,误不了你家去比较。(指回家被父母或妻子盘问)❸定期考核。闹:却如何进场门跳了槽!还亏了三年头一比较。

**【比较牌】**公示比较内容的牌子。磨2:今日且不审官司,快把那比较牌抬出!

**【比粮】**比较应征收的粮食。参见"比较"。磨1:路上行人多凄凉,暂时不知死合亡;乡里人民都散尽,城里大板大比粮。磨20:知县赃贪,知县赃贪,比粮打死一生员。

**【比量】**用双手示意量度或形状。禳5:公子把两手比量着说:那脚够真么大!磨14:哑巴……哇哇了两三声,把手比量着,舒了八个指头。问:"是做甚么?"把一只手拉着自己胳膊。问:"是拉你老婆么?"又比量三尺高,作一个往上掀的形状。

**【比目鱼】**比喻形影不离的情侣。蓬4:朝朝寒食,夜夜重阳,比目鱼儿成对,并头莲儿成双。

**【比桑树骂槐树】**指桑骂槐。姑1:待了半年,那于氏全感化不过来,比桑树,骂槐树,只是给珊瑚那不自在。慈3:赵大姑说是杀鸡,可是比着桑树骂槐树。

**【比试】**彼此较量高低。磨33:我让他领兵百万,敢合他比试三合!

**【比着】**❶比照。富12:也亏了你,比着葫芦画上瓢来了。磨25:亏你,比着葫芦就画上瓢来了。❷介词。用在比较的对象前。翻7:虽是大家,虽是大家,温柔软款不矜夸。比着小人家,着实知道嗄!富7:做了十年夫妻,同床了四载,可不知道你愁我的心肠,比着我愁你的心肠一样难捱,难捱。

**【比着葫芦画瓢】**比喻模仿。富12:也亏了你,比着葫芦画上瓢来了。磨25:亏你,比着葫芦就画上瓢来了。

**【秕】**(籽实)不饱满。增6:你待打谁?只怕石头钻的鼓子——不中打,籴的二升秕芝麻——打了没油水。

**【粃】**同"秕"。农·农·三遍谷:谷多鉏,则粒成而粃少。……雨过则冷淡成粃,谓之脱涝。农·农·麦种:种先漂去粃者,粃则多变胡麦。

**【笔法】**作文的技巧。磨3:他不但笔法高,是他名重,不可不借重他。

**【笔管】**❶笔杆。富12:四更鼓儿真,四更鼓儿真,此时笔管重千斤。磨25:四更鼓儿真,四更鼓儿真,此时笔管重千斤。❷笔管菜,黄精苗。日·菜:山上拳头与笔管。

**【鄙琐】**粗俗小气。增20:话说二姐见万岁口头伶俐,全无一点鄙琐处,心中大喜。

**【箪箈】**用高粱莛穿起来的圆形或多角形平面盛具。日·器:箪箈笊篮晒湿枣。

**【必不就】**未必一定成。翻9:都是必不就的。我这一年有一百两银子的根盘,咱两下里积攒积攒就毂了。

**【必得】**必须。墙3:一个说休去,一个说必得去,把老头子几乎挣倒。闹:字四音要念出平上去入,开口呼合口呼也得学全;平仄里必得是分外清楚,久以后作诗句免得犯难。

**【必定】**一定,表示确凿的判断。快2:这是孔明诡计。那清静处必有埋伏,有烟火处必定无人。富4:却说方二爷寻思,老马必定把他妹子送来。

**【必然】**事理上确定不移,肯定是。墙4:因先父有银子全没吩咐,王大叔必然晓得。慈3:李氏待恼了,看看赵大姑不是个良善君子,他又有两三个媳妇子,必然没有我转的便宜,不如唠他唠罢。

**【毕】**完,结束。慈3:吃毕了才把碗敦,叫他来刮那饭盆,你把天理全伤尽!增5:万岁用饭已毕,就说:"我乏了,收拾我睡觉罢。"

**【毕竟】**❶终究,最终还是。富3:张官人再三的给他,店主人仅收下了一两,到了家,又添上三两,拿着来给官人送行。官人毕竟没收。磨18:毕竟端了饭来,鸿渐吃了。❷必定。禳8:我拿着汗巾儿想,他拿着我的毕竟也思量,就着我就知道他合我是一样。

**【毕账】**完了账,清了账。比喻完了,指死了或光了。慈2:半年不曾还故乡,你就憔悴不成腔,我儿呀,再待半年就毕了账。磨8:雇了驴上王庄,被贼人剪被囊,盘费钱今日毕了账!

**【毕述】**尽述,全面地讲述。富14:向后越发越盛,后事难以毕述。

**【闭口无言】**因理屈而无话可说。俊:咱就到历城堂上,也就说个闭口无言。富9:众人又说:"保正,你既说他是拿人,俺当不的他。如今又翻不出人来,是该怎么着呢?"那保正闭口无言。

【闭门】关门。磨6：闭门读书登甲第，人前说话便中听。磨15：他从来泼赖，闭了门不要理他。

【闭气】因受重挫而闭口不言。富6：但只是这个主子利害，不可轻易近身：把县官骂了个闭气，把衙役打了个断筋，又搭上方仲起忒也尊重，弄发了岂能饶人？磨13：但只是这主子利害，不可轻易近身：县官骂了个闭气，衙役打了个断筋！又打上方仲起忒也尊，弄发了不饶人。

【闭眼】❶合眼。富6：张官人才坐下就晕了一阵，叫声起忽的声好似腾云，只唬的闭着眼不敢再问。禳8：有了法了，我闭煞眼不看便了。❷指小睡。富12：我儿，这天已交四鼓了，你去闭闭眼，明日好做文章。琴：一夜没曾闭闭眼，不觉东方日头转。

【箅子】蒸饭时放在锅内箅梁上放饭或其他食物的用具。日·饮：包子冷上箅子镏[①]。

【滗】用物挡着固体滤出液体。日·饮：米要淘清滗去水。

【篦】篦子。日·器：梳笼竹篦髻头用。

【篦儿】篦子。日·杂：篦儿刮净更梳油。

【柲】（方言音"鼻"）器物上的拉手。日·木：柲杧要壮不求美。

【婢子】婢女。富14：随我来一双婢子，茶酒能筛。磨36：婢子来报："仙姑来也。"

【碧藕】传说中仙人所食的藕。蓬2：且不说娘娘在蓬莱和众仙饮酒，却说吴彩鸾奉娘娘令旨去取碧藕，一驾云头，到了华山，看不尽的景致。蓬2：娘娘说我到人间，要把碧藕赐众仙，夫人呀，怎敢劳动来相见。

【壁墙鬼】传说中躲在门后的鬼。增6：不一时，那五花琉璃鬼，青头赤发鬼，没要紧的瞎仗鬼，门后头的壁墙鬼，不干好事的促狭鬼……众小鬼们直到街前。

【避不的】也作"避不得"，避免不了，难免，表示不必计较。翻5：俩孩子被人唠，老婆不是纸窝里包，这也避不的旁人笑。磨1：祖宗留下几亩地，只望儿孙守的牢，如今避不的亲朋笑。增6：赌钱避不得输赢。光赢人谁合咱赌？

【避风】躲避风吹。墙2：你既饱了，且找个避风去处，且慢慢归家。禳20：走了一回，两脚少热，只是身上冰冷，不得已出门边孤堆下略略的避风。

【避人】避开不该见的人。禳27：铙鼓喧喧方到门，满街男子乱纷纷，怎么一

① 为"馏"字形讹。

个良家女，出头露面不避人？

【避雨】从文意看，应为鸟名。不详。日·禽：夏鸟开门呼避雨。

【褾】（方言音“鼻”）纽结。日·裁：掟褾还怕线纰緇。

## bian

【边墙决脸】形容生气发怒的样子。增9：我不去看看，惹的他边墙决脸的怎么过？

【边厢】边。翻6：有一座石桥当路，那边厢一路花开。俊：这四句诗，原有个讲说，是说的那做妇人的，但犯了这个泼字，外边厢吵邻骂街，家中撕翁骂婆，欺妯娌，降丈夫，这是人人可恨的。富3：耳边厢，忽听的环珮响叮当，像是帘钩动，有人走进房，只听的高底鞋儿轻轻放。

【边沿】边缘。穷：元宝哥，黄边沿，家家帕，颠颠块，看看底，认认面……增23：搂了搂腰儿做了个嘴，不曾汤着那故事尖，纵不然也少不了边沿。

【编竹匠】竹编匠人。日·木：又有一班编竹匠。

【鳊子】鳊鱼。日·鳞：鳊子作汤连骨美。

【鍽子】刻石用的刀具。日·石：鍽子风快刻花草。

【贬】❶贬谪。磨35：贬你做万全守备，防守那北兵去罢。丑：但结得我那金莲见一面，总就是再贬红尘心也甘。❷同“扁”，将旧式裤的宽松裤腰折起束紧，引申指藏、掖在腰部。翻3：果然着他粜一石，他就粜三石，大腰贬着钱去赌博（指将钱藏在裤腰里）。❸踩踱。增7：品品不好往当街倒，从今后不开酒店，说声薄把壶贬了！

【贬扯】用言语贬损，贬低。禳17：进门流水款待你，倒被你贬扯到如今，扯上来还该打一顿。增12：那汉子光贬扯人，又是瓢，又是桃哩，夜叉哩，冬瓜哩！

【贬斥】同“贬扯”。增28：朕初进院时，有许多贱人贬斥朕身，羞辱不堪。

【贬损】贬低，贬抑。富1：自家贬损又贬损，这叫开口告人难。

【扁】将旧式裤的宽松裤腰折起束紧，引申为藏、掖在腰部。磨23：（某人拣到一块冰）“五六月里那的冰？我扁在腰里，到家问问人。”掖起来走了。到了家……解开裤腰，已是化了。富2：张鸿渐见他说的有理，只有二两银子，扁在腰里，就与娘子作别。好叹人也！

【扁草】牛筋草。日·花：熟莎香扁无其数。

【扁担】用来挑物的扁而长的工具，木制或竹制，无钩。俊：宗大官脸儿忙，低着头竖在傍，两扁担夹不出一个屁来放，吃些菜瓜也应当。磨23：卖了柴回来，路上一棵大树，他便放下扁担，去树下乘凉。

【扁豆】一种常见豆科蔬菜。日·菜：夏初扁豆上高棚。

【扁瓜搭】扁扁的样子。寒7：炸了三个滚挑出来，两板夹的扁瓜搭，按上锯两个鬼当头拉。

【扁食】水饺。墙2：是卖扁食的王二。你待上城么？墙2：合那老道士闲谈烤火，直到如今，那扁食渐渐没了。

【匾】匾额。富4：来了家，到了明日，老马就登门道喜。送的极厚的贺礼，还自己说定日子竖旗送匾。增6：顺大街往北走，转过隅头向东一座木牌坊，路北里新盖的大门楼，那门上有匾，匾上有字，字字写的明白，那就是宣武院。

【匾匣】一种长方形盒子，有抽屉。日·杂：镜台高架匾匣抽。

【揙摔】用脚绊摔。日·争：插上跐脚揙摔倒。

【变产】变卖家产。翻8：军门把东人解了，二相公问了口外充军，只得解下变产凑盘费。

【变蛋】松花蛋。日·饮：高邮变蛋不齁咸。

【变改】改变。磨36：须要常守着祖训不要变改，自然世世显荣。

【变更】变换，改变。翻3：昨日虽然分开了，奴心不曾有变更，怎能忘了亲娘病？

【变卦】改变已定的事情。增28：王龙大骂狠心妇，每日把我当亲达，一朝失势变了卦！墙4：灰毛乌嘴不成事，人就把咱下眼看，待还钱也把卦儿变。

【变脸】翻脸，对人的态度突然变坏。慈3：你说这李氏是省事的么？……赵大姑因着一句话，就许挑出来了，他怎能忍的？就变了脸……磨15：骂只骂你太欺心，俺那儿也曾合你亲。今日虽然变了脸，生个儿来是我的孙。

【变眼】眨眼。琴：欢欢喜喜，欢欢喜喜，三朝五日都休提。怎么变变眼，就是三十日？

【变窑】本指制造瓷器时，窑里高温的火焰使釉发生化学变化，开窑后出现意外的新奇颜色和花样，泛指变样，事情发生了变化。姑3：谁想并不见银钱，满坑里都是一些瓦合砖。我的天，变了窑，才把窑来变。

【便道】非特意而顺便前去的路。磨8：我出门原无定向，取便道访访故人。

【便了】语气助词。用在句末，表示决定，相当于今语“就是了”“就可以了”。禳12：他来了两次，我不曾见他。你只说我有病便了。磨6：我已是出头人面，我怕他怎的！只待他到监里闭了我，你伺候告上状便了。增 2：我若领着人马扎住行营，那黎民惊慌，都躲着皇帝走，怎么得见好景？我只单人独马，自己私行便了。

**【便是】**❶就是(表判断)。蓬 7：那船上合何仙姑同席的便是贱荆，你道假的么？磨 33：将军杀贼，便是极敬下官了。❷是，用在戏曲人物出场时自报的姓名后面。禳 14：丑扮李婆上云：自家李婆便是。磨 10：俺乃严阁老的公子，严世蕃便是。❸同“便了”。快 1：皇叔只稳坐樊城，只等众将献功便是。禳 17：不必，这班缺好出来，我重重的帮你帮你便是。磨 5：这话还有情理，咱疾走便是。

**【便宜[1]】**❶斟酌事宜，不拘陈规，自行决断处理。磨 14：你行事任便宜，拿犯人不用批，知县忙你就把他替。❷方便，合适。磨 26：隔着这么远，那里的便宜人？❸(生活)宽裕遂心。姑 3：那眼里光阴，忍中日月，不觉的十年，臧姑生了一男一女。日生又便宜了，就买了个丫头。

**【遍】**❶普遍，全部。姑 1：都说道这么个媳妇，就是那扬州的琼花，真正是找遍天下无二朵！慈 5：浑身上下摸拨遍，颈血长流不住停，气儿还比游丝縕。翻 7：你看他典雅风流，遍天下难找出这么俩。❷遍及，普遍地达到。蓬 6：游三江遍五湖，度脱人间痴丈夫，就能教他回头悟。富 4：仲起笑盈腮，仲起笑盈腮，不喜医名遍九垓。❸量词。指一个动作从头至尾的全过程或动作涉及的某个范围的全部。翻 4：他那个叔伯侄来，一五一十的说了一遍，把徐氏气的白瞪了眼。慈 6：张讷在省寻了一遍，才到了山西地方。磨 14：按院接过状去，看了一遍。

**【辫】**编结成辫子的形状。禳 32：线条两股辫银钱，寿祝娇娃富贵全。

## biao

**【标】**❶题写。增 3：取行票与张敖，一张纸红笔标，上边写着都督票。磨 26：太爷中了，太爷中了，五魁以里把名标。❷军队编制名称。增 9：万岁说：“我当的是十三营里的军。”老鸨说：“只有九标十二营，那有十三营呢？”❸量词。队，支。快 1：精兵领一标，葫芦峪等曹操，须要伺候他天明到。磨 5：登时兵马一标，去了多时，而今还不到。

**【标白】**写出来公开宣示。钟：今日是区区初度之辰，生平清介，不爱烦嚣，俺已标白在门，不受诸神庆贺，只有妹子嫡亲骨肉，倘有馈遗，理不容却。

**【标脚】**当为颜料名。日・丹：银朱标脚皆堪用。

【标名】题名,写上名字。指署名或名册上有名。磨 31:剑戟丛中人杀战,麒麟阁上俺标名。增 28:都篾片是胡生,有御笔亲标名,钦差嫖院人人敬。

【标枪】❶兵器名。日·兵:标枪铁杺上官初。❷指持标枪的镖师。磨 22:乱处是太原和平阳。小弟来时雇了二十名标枪,送过平原百里外就好了,我自己就来了。磨 22:一半个来进会试场,都使银钱雇标枪,母亲呀,谁敢把山西上?

【标致】漂亮。禳 7:女大十八变,那江城也未必不变的标致了。增 2:到了宣武院,果然妓女出色,人物标致,亚赛仙姬,俊如嫦娥。蓬 2:彩鸾按落云头,正看那山中景致,转过山头,顶头子撞着一个书生,模样标致,调度风流,约有十七八岁。

【镖枪】同"标枪",指镖师。富 11:山西没多举人公,太原平阳两府空,他说道出门必得镖枪送。富 11:最乱山西与平阳,小弟来时雇镖枪,年兄呀,方才敢把京城上。

【表】❶衣服的外层。墙 3:外头袍子虽囫囵,边上漏着破铺衬,旧衣裳穿上还不趁。看我不去五日内,着你表里一崭新,看比这个俊不俊?增 28:万岁笑道:"王官,我不怪你。你许的我那红里白表的那人皮褂子,可给了我罢。"❷表亲。翻 7:二相公对他师傅说了,出了场,也没上下处去,上他表兄徐博那下处睡觉。禳 19:俺周仲美,是高四于的表兄。听说表弟着他大姨子打的甚苦,不免到那里看看。呀!那是表妹夫张石庵来。❸叙说,表白。蓬 3:且不说文箫日日思想,单表彩鸾领了娘娘令旨,一路寻思:……富 3:虽然相公不受财,雇上程脚驴表表我的心怀。❹奏表。富 1:祷告罢老天爷开口就问,那福神一路表直奏天门,说这人极清廉又极本分。

【表表】卓异,特出。磨 33:威仪表表尽英流,真是当今第一筹!

【表白】表示,说明。姑 1:珊瑚还要来表白,大成说:"你还不跪下?你说甚么话!"

【表里】❶衣服的表和里子。墙 3:看我不去五日内,着你表里一崭新,看比这个俊不俊?墙 3:我费钱二大千,敬做来给爹穿,表里都是紬合绢。❷指人的言语和实际所为。禳 3:喜的至诚又忠厚,表里真实无妄言,以后难得常相见。❸指里外。蓬 7:吴彩鸾打坐功,不吃饭表里空,觉着儿女全无用。

【表扬】公开赞美,使大家知道。寒 4:令妹是个女中丈夫,我要递呈子表扬他。

【表章】奏章。寒 8:世间若有不平事,表章不必到天门,许他立刻全拿问。

【表字】人名的字。闹：在下训蒙先生，姓和名为贵，表字由之，郃阳县同地村人氏。闹：在下姓和名为贵，表字由之，郃阳县同地村人氏。

【婊子】妓女。翻 2：人说婊子没良心，他还有点良心芽。增 7：我对你说，我来找个婊子玩玩。

【裱】装裱。蓬 4：只该写下几部，留着传家，裱将起来，就当一部法帖，也是没有价。

【鳔】❶比竞。俊：纵然留着也不够本，总里上下鳔一鳔。增 23：长官既来我心喜，或是使碗又使瓢，咱把酒量鳔一鳔。❷紧紧抓住作为依傍。禳 8："报晓鸡。小髭……，鳔小髭……"自打嘴说："这心往那里去了？……"（参见"髭"条脚注）

【鳔胶】用鱼鳔或猪皮等熬制的胶。禳 20：看看东方已放亮，太阳好似鳔胶黏，人那哎哟，鳔胶黏。

【篻】紧束。日·庄：轐軉加楔篻牢坚。

bie

【烳】憋，闷。日·饮：饭须烳熟不着烟。

【烳炒】加盖长时间煮。日·菜：茄子用油烳炒好。

【鳖】❶甲鱼。墙 1：爹，咱县里休说没有猴头、燕窝呀，爹，连那鱼鳖虾蟹，也是没有的呀，爹。俊：不必讲，不用说，再要劝你是个鳖。❷詈语，指人。快 2：那孔明才能出众，掐指儿算定关公。方才老鳖在瓮中，一刀就把残生送。快 4：瓮中捉了老瘸鳖，临行不用刀合枪。

【鳖裙襕】甲鱼裙。禳 33：熊掌满金盘，鲜鱼肚鳖裙襕，燕窝当不的家常饭。日·饮：汁汤浓煮鳖裙襕。

【别】❶另外，其他。禳 7：我想那樊子正，不好处就是一个穷，他别没有甚么病。姑 3：银子收下，银子收下，点了点块又包煞，见他让恳，不寻思有别话。禳 12：从今后不怕你不通人性，别开门另支锅各度日生，或是好或是歹你听天由命。❷别离，分开。翻 3：却说那仇福别了秋桂来家，那嫖的一道，冷淡的许多。俊：辞了混江合老教，别了四梆与三穷，从今再想球花凤。禳 3：我去别别街房，辞辞仲鸿。❸休，不要。墙 3：我昨日那身袍，你别要穿坏了，我今日来问你要。琴：好不欢喜，好不欢喜，得意的味儿全说不的。骂声小贱人，别喜来多气。

【别的】❶另外的，其他的。翻 3：一顷二十亩地，留下四十亩养老，别的平分开,任你去踢弄罢。磨4:别的或者是谎,那范子廉被他活活的打死了,这可假不的。❷可不要,表示不希望看到的结果。快4:贪慌摆划这颡髅骨,别的跑了他贼娘!

【别离】离别。翻10:嫂嫂不必挂虑,只怕咱有三月的别离,相会的日子正长。禳29:公子云:“娘子,别离了!”江城云:“得了高官早告假。”

【别念】另外的念头。翻11:待这等生难割舍,听这话别念全勾。

【别人】另外的人,其他的人。慈3:那孩子是俺的孩子呀,该别人嗄事?翻2:不觉的又黑了,又只顾不点灯来,别人都去了,落了他俩在黑影里坐着。

【别味】异味。快4:都嚼了嚼,说:“有个别味。”

【别样】❶异样,特别。禳11:六月薰风,六月薰风,映日荷花别样红。❷样子不正常。富5:小娘子,又嘲诮,你在他乡万里遥,为到如今还别样,还别样,是该撵着就开交,就开交。

【趿脚】绊人的脚。日·争:插上趿脚搧摔倒。

【頔额】不详。或为额部首饰名,或指短额头。日·银:耳坠响铃衬頔额。

【瘪启】长不大的果实。日·果:瘪启胡芦犹治病。

## bin

【宾天】婉称尊者之死。寒1:赵恶虎听的传,商员外宾了天,心里着实费打算。

【宾朋】宾客朋友。富4:仲起甚聪明,极会相趋承,满面春风,满面春风,态状实难见宾朋。

【殡】泛指丧葬事务。墙4:只顾去经营丧事,到殡后咱再商量。

【鬓毛】鬓发。禳15:若是他往来引诱,我着他鬓毛乱飞!

## bing

【冰】❶水在0℃及以下凝结成的固体。磨2:南方一个乡人,从没见冰。富5:家家闹元宵,走冰又过桥,他乡人也跟着走一遭。❷因为接触凉的东西而感觉不舒服。慈4:哥哥叫了声好兄弟,这屋里冰凉冰着你,兄弟呀,咱娘嗔你出来睡。墙1:冰的牙根这样疼痛,怎处怎处?

【冰冻】冰冷。禳11:床上暖吁吁,只是觉身冰冻。

【冰房】冰窖。禳10:今日你合我都已白了头,六十多只生这一块肉,钻在冰房没处投，只剩丝丝游气留。

**【冰光细】**同“冰花细”。寒3：若是今夜奉承的好，不说大爷赏东西，我先送一两冰光细。

**【冰花细】**指表面皱纹细密的纹银。姑3：银色差迟，银色差迟，还是前番大上皮，谁想到了好人手，就成了冰花细。增20：院内跑了两三趟，喜煞王龙作死贼，称上三百冰花细。

**【冰窖】**储存冰块的地窖。磨23：有朝一日，布政司里开了冰窖，乡宦人家拿着走亲戚，路上掉了一块，这人不当不正撞着了，拾起来看了看……

**【冰冷】**很冷。禳20：四肢冰冷人将死，死在中庭谁见怜，人那哎哟，谁见怜？禳20：走了一回，两脚少热，只是身上冰冷，不得已出门边孤堆下略略的避风……

**【冰凉】**冰冷。慈4：哥哥叫了声好兄弟，这屋里冰凉冰着你，兄弟呀，咱娘嗔你出来睡。磨18：这不像是山坡里么？为甚么浑身冰凉？翻12：一遭弄人人不理，他那心里只冰凉，就该回头才没账。

**【冰凌】**❶冰。墙2：好冷呀！你看路上裂的这璺，街上都是冰凌。❷喻指碎银。寒4：李蝎子首先慌了，送进去二百冰凌。富2：央求了知府老李，送上了一万冰凌。

**【冰清玉洁】**比喻品德高洁。禳31：天若黑了，一拱而别，我冰清，他玉洁，若有甚么事儿，敢当面证折。

**【冰蛆】**冬虫夏草。日·菜：又觅冰蛆上火铛。

**【冰水】**冰冷的水。闹：参可差吊牌忽到，这一场惊慌不小，一盆冰水向顶门浇，似阎罗王勾牒至，把狂魂儿惊吊了。

**【冰糖】**透明或半透明的白色块状食糖。磨23：吃着甜思思，咬着咯嘣嘣，人说是冰糖，嚼着嗺不冷？（此处说话人误以为“冰糖”是冰，所以说“嗺不冷”）

**【兵丁】**士兵。磨33：都督杨爷不救难，倒纵着兵丁害人家，官兵合贼无两样，强劫奸淫乱如麻！

**【兵火】**指战乱。磨33：现如今处处兵火，百里外全无人烟。

**【兵机】**用兵的机谋。快2：那孔明兵机神妙，他已是算定曹操，一处不死一处逃，午时三刻必然到。

**【兵将】**士兵和将帅。磨29：朝廷家发了兵将到山下，要把咱一干人尽数擒拿，咱如今可也该犯个招架。磨30：昨日金总兵败了，此时正求添兵。添上兵将胜了，也不免损伤大队；若再不胜，一发损了威重。

**【兵器】**带金属的武器，如枪刀之类。快2：却说张飞一路截杀曹兵，夺了许多兵器。磨29：两个又战了几合，被李杰一棍打倒。任大王慌忙扶起，说道："亏了不是兵器。"

**【兵天嗑地】**形容走路用力、脚步声很重的样子。增12：玉座……改不了那梅香的样子，把两根腿轮打开，欢欢的好似那马耍蹄，驴打槽，兵天嗑地的走上楼来……

**【秉手】**拱手。增6：遂秉手当胸叫道：……增27：此时王尚书也在行营，众人秉手说道："王老先生恭喜！……"

**【柄】**器物的把儿。富7：有张鸿渐的个堂叔伯哥是张春，打腚的把子吊了柄——是没把的个石头。慈3：他那媳妇子，又搭上他那邻舍家跑了一天井，都夺着那枚柄，才没捞着他打。

**【饼】**一种烙熟的薄而圆的食物。有的加油或葱花，稍厚。墙3：怎么来到如今？鸡也烂了，饼也冷了，酒顿了两三回了，炉子旺旺的。姑2：依着大成说，不必理他，他娘不听，娘们吃了两个剩饼，就合他熬。穷：狮子碗，象牙筷，脂油饼，蘸辣蒜，大米干饭鸡黄面……

**【禀说】**禀报。寒2：管家禀说："主人偶然有病，等老爷相了尸，自然来听审。"寒3：大相公怕拗的牙儿吊，便禀说势难拗出，总不如靠肉一刀。

**【禀知】**禀报。慈6：马上跟随的，都跳下马来站着，等张诚哭罢，才到马前，禀知那官府。禳32：门上报："禀知老爷：外边有个疯人，自称张邋遢，要见老爷。"

**【并】**❶语气副词。用在否定词前加强否定，多表示违于常规、出乎预期或反驳的语气。墙2：因着相好，二三年并不曾给我火钱，打算起来，有好几吊钱。翻10：自从失火之后，家中真合那枯坟坛一样，四个人在那里头，自生自活，并没人开开笑口。磨18：这个庄叫牛梦里，一庄并无别姓。磨19：李大只是磕头，说："我并不知是因什么。"❷连词。连接名词性词语，和，以及。翻12：太公吩咐人去范宅借弓箭鸟枪，并家丁二十名。磨7：店主出去，换了八两银子来，交于鸿渐，把药钱并一切杂费，称去了一两二钱。磨14：看收了外边状词，监里提出马知县并一干衙役听审。❸连词。连接谓词性词语，和，还。琴：魂灵不知那去了，怎么着梳头并裹脚？慈4：我不是个闲人，扫了田地并把灰，兄弟呀，我从今再不受那书本子罪。翻1：若有婆若有公，或者有嫂并有兄，还怕他不大通人性。

❹合并。禳16:两好并一好,相处才到老;世间惟男儿,最不宜量好。琴:夜夜成双好快活,恨不的并做人一个。增3:两程并作一程走,顿断丝缰又加鞭,恨不能插翅飞进宣武院。❺副词。同时,一起。磨5:一干人并见,跪介。富14:福星高照,禄星同到,忽然鹿鹤齐鸣,满庭中瑞烟笼罩,并落九霄。

**【并蒂莲】**并排地长在同一个茎上的两朵莲花。琴:两眼泪如梭,两眼泪如梭,描鸾刺凤待怎么?绣到并蒂莲,心坎上好难过。

**【并骨】**夫妻合葬,代指结为夫妻。墙1:张大说:"诮甚么!俺达好不好,谁着他合你令堂并骨哩么?"李氏说:"呸!放屁!俺庄里多少好汉子,那里找着您达并骨?"张大笑说:"出上您拣的那好的并去。……"

**【并皆】**都。闹:夫盖字不错分毫,大小结并皆完好。

**【并头莲】**并蒂莲。蓬5:不觉的到夏天,愁人又见并头莲。富5:我当是并头莲,谁想把奴另眼看。

**【病疴】**病。磨7:离家已是受折磨,又着俺在外染病疴。

**【病恹恹】**病弱精神不振的样子。姑2:老妈妈心里痛伤,病恹恹倒在绳床。富3:病恹恹只把眼儿也么合,身子好像在油锅。

**【病殃殃】**病恹恹。富3:这一回好了病殃也么殃,慢慢行来不敢忙。

**【病由】**病因。姑2:这一日,见了他姨,先说他娘病,待请他去看看,次告诉那病由。

**【病源】**病因。富4:讲说病源,讲说病源,酒肉肠脾结住的痰。

## bo

**【波斯菊】**一种菊科草本植物,叶细,花红色或白色。日·花:紫灯更照波斯菊。家政外编·诸花谱:波斯菊,二月下子。宜粪,畏酷日。

**【拨】**❶拨动,手脚或棍棒等横着用力使东西移动。慈1:从头上拔下个针来,给他拨出来,那棘针就有半指多长。翻9:大姐又死活的拨过他那脸来说:"大兄弟,你磕一百头。"禳11:三杯能拨愁云散,一醉可将闷愁消,人世难逢开口笑。❷分派,调配。翻4:赵家听说阎罗死了,疾忙拨了四个人,把姜娘子抬了姜家去了。磨14:小的们都是些乡民,保正拨俺来,俺就来了。❸弹拨。禳20:有杨柳垂下池塘,拨琵琶何处高声唱?增16:好甚么?不过是胡乱拨几点子,合狗跑门那是的。

**【拨官害民】**挑拨长官为害民众。磨4:您这些衙役,如何拨官害民?

【拨揦】拨拉,拨动。日·器:算盘拨揦更精详。

【拨乱】挑拨,拨弄。增18:也是那神鬼拨乱,那王龙起了一起,乓的一声,一头碰在大姐的嘴上,只碰的牙齿凌落,满口流血。增27:那万岁该当回京,诸神拨乱着王龙叫丫头:"我买的那马,今日饮了么?"

【拨马】掉转马头。寒1:恶虎见他来的凶勇,拨马领着人走了。磨26:又从新拨马亲身去看,叫马夫头里走一溜小颠。

【拨弄】乱搞。寒7:恶虎行状我知道,改的全然没罪愆,拨弄的天地皆昏暗!磨29:被几个混帐官府,拨弄的日月无光!

【拨杂运】同"驳杂运",坎坷困顿的命运。寒7:注你一生官二品,分外还有十万银,四十年全无拨杂运。

【拨转】掉转。富13:好公子拨转马要亲自去看,一马夫头里跑一溜飞颠。

【波缧】同"波瘰子"。磨20:用房官做什么?眼里都有只波缧,瞎着丁子不识货!

【波罗盖】膝盖。磨28:三更里苦哀哉,疼又麻难顾追,十万蛆蜇这波罗盖。

【波落盖】同"波罗盖"。禳1:戚老爷丢了刀,一波落盖跪下,捏起那嗓根头子来……

【波瘰子】眼球角膜发生溃疡,好转后在角膜上遗留下的白色瘢痕。慈3:好科子!屁股里长出波瘰子来,瞎了你那腚门子!你着您妈妈替你做不的老婆么?

【玻璃】一种质地硬而脆的透明物体。今为常物,但古时需进口,所以视为珍物。蓬7:众神仙即时回席,仙果仙肴甚整齐,酒杯碗琖皆精致。……猛抬头大山一座,变成了万顷玻璃。禳33:太公云:"这插孔雀的是玻璃瓶么?"公子云:"正是。"太母云:"好好!你若不做官,那里有的这个东西!"

【钵头】钵,僧人食具。禳27:和尚领童子挟钵头上云:……

【剥】除去外表的衣服、鞋袜、表皮等。寒5:掀了被子,剥了衣服,待我去亲看。寒3:老王起来又去看验。叫人剥下鞋来,带出来许多棉花套子,才露出了一双金莲。增7:小六哥整攒盒,松子榛仁把皮剥,柑橘酥梨摆几个。姑2:待了一年多,每日娘们烧火剥葱,弄的娘们灰头土脸的。

【剥皮】古代酷刑,剥下人皮。禳17:若不是别人解劝,定把你剥皮抽筋!磨5:大王说:"快快剥皮报来!"……果然把李一文登时剥了,拿皮来报。

【剥皮草揎】即"剥皮囊草"或"剥皮实草",古代酷刑,剥下人皮,用草填充起来(据寒7“权印官狠似狼，该剥皮揎麦穰，叫狱神尽把冤魂放”句，填充的是麦穰)。增28：叫锦衣武士、代刀指挥上来，将王龙拿去剥皮草揎，消朕之大恨。增28：把王龙剥皮草揎，抬到楼前，立站不倒，面不改色。

【播】❶传播。禳20：自从王子雅中毒之后，半年以来，并没有一个登门，想是恶名远播了。❷同“拨”，拨动。俊：半夜三更才来家，家里不敢把门挡；播开门闩钻进来，抹抹索索找饭嗓……

【伯母】伯父之妻。禳5：老伯母既然不爱也罢了，小侄行了罢。磨3：官人休失了主意。如今伯母就待出丧，借此推托，岂不是好？

【伯兄】伯父家的哥哥。寒5：不一时进了城，到了东街上一座酒铺里，一个人迎出来，却是伯兄，名叫商正，死久了，在此做生意。

【伯仲】兄弟。富2：况你孤单无伯仲，倘或是万一不好，那时节受苦谁疼？磨3：况你孤单无伯仲，若还是万一不好，那时节受苦谁疼？

【驳】❶批驳，对下属呈文或请求作出否定的批示。寒2：司里点了点，又解了院；院里驳下，着司里审理。寒2：那知县姓王，也是个贪赃物，二百银子嫌少，驳了不收。❷同“簸”，用簸箕簸扬。翻4：魏二赢了，又写了一张给他，又是十两。天家驳麸子——不消半夜又净了。

【驳杂运】坎坷困顿的命运。磨18：我虽然杀了人，却未曾坏良心，不过遇着驳杂运。

【驳嘴】斗嘴，吵嘴。增18：多嘴多舌的小杀才！……我不合你驳嘴，看椅子来我坐下。

【勃勃】兴盛的样子。禳20：半年来愁闷杀，有人说请痒难抓，勃勃兴致安不下。

【勃然大怒】突然非常愤怒。寒6：一行说着，就到了阴城，想着那阎王必勃然大怒，心里就算计着受刑；谁想那阎王比前不同。增27：张永从头至尾说了一遍，定国公勃然大怒。

【脖儿齐】指被砍头。快3：若是没走华容道，把我就给个脖儿齐，我也怨不的军法治。磨4：纵然衙门无公道，出上一个脖儿齐。

【脖儿项】脖子。富4：仔细思量，仔细思量，我就一朝到玉堂，能叫他倾了家，难割他那脖儿项。

【脖根】项部，脖子的后部。日·身：肩膀以上是脖根。

【饽饝】(“饽”，方言音“步”阳平)一种干饼。日·饮：面烙饽饝掫作块。

**【脖脐】**(“脖”,方言音“步”阳平)肚脐。寒5:亏了错的锯条快,一霎到脖脐以下,不多时一锯两开。日·身:腋折脖脐邻小腹。

**【脖项】**脖子。磨17:手脚乱蹬摇,把脖项镟一遭,贼头也不是利亮掉。

**【脖项成灾】**指砍头。磨14:每日叫耳根舒梭,到不想脖项成灾!

**【脖项齐平】**同“脖儿齐”。磨33:老贼带伤还扎挣,早被俺一刀砍去,削了个脖项齐平!

**【脖子】**颈部。姑1:还没问出来,只见他抽出那剪子来,嗤的声照脖子一攮,就倒在地下。磨13:若听出这个主,吆喝一声堵住门,一把儿掐住他那脖子,那时节不怕他不肯!

**【粰】**(方言音“步”阳平)面饽,制作面食时防止粘连的面粉。日·饮:丸挤加粰手不粘。

**【箺箩】**笸箩。日·器:箺箩新簸细罗张。

**【鹁鸽】**家鸽。穷:只有鹁鸽屎呀似的一块银子,雀子屎呀似的一块金子,俺也算有了身份。禳24:给俺老婆做的通红的袄,娇绿的棉裤,扎挂的合那花鹁鸽一样,人人看着齐整。日·禽:鹁鸽粪多中上地。

**【顊頟】**颈椎。日·身:顊頟脊梁腰骻骨。

**【博士】**❶对有某种技艺的人的尊称。日·泥:博士造手有高低。❷指茶博士,卖茶人或茶坊的伙计。禳20:茶儿好酒儿乱筛,满坐人闹闹垓垓,博士奔走忙成块。

**【博徒】**赌徒。翻5:仇禄看了看,是仰扶风县即将局骗地土,照数追还本主,仍将博徒重责。俊:宗亓人一博徒,掷三骰又游湖,眼看成了个蹋[①]撒物。

**【膊胳】**“胳膊”之误。翻8:身软弱,瘦可怜,穿上线衣只似单,膊胳好似蕻杆子样,怎么口外去受风寒?

**【懪懆】**(“懪”,方言音“暴”)暴躁。日·赌:虽然懪懆愁无本。

**【箔】**苇编或高粱秸编结起来的大的帘状物,可卷放,用于遮盖或晒东西。姑1:冬里餙猪五口,夏里养蚕十箔,黑夜纺棉织布,白日刺绣绫罗……日·器:多者需索用箔搪。日·泥:一间只有箔三棨[②]。

**【铂】**箔,金属薄片。日·纸:铂粘连七作金银。

---

① 路本、盛本作“蹋”。《汉语大字典》该字头只有蒲松龄《俊夜叉》一例,释为“同‘遢’”。此从邹本、蒲松龄纪念馆整理本。

② 为“檠”字形讹。

【熁】"熁"字之讹。烙(饼)。日·器:鏊子熁饼匆胡黄。

【鲌鳊】疑指白鱼,鲌。或指鲌(白鱼)和鳊鱼。日·鳞:鲌鳊登盘供上客。

【襥】(《字汇》音"泊",蒲氏注音"驳")把线头或布边压住。日·裁:袳磋襥好不支翘。

【跛骼盖】同"波罗盖""波落盖",膝盖。"骼"此处应读作 luo。寒 7:二相公听的吩咐,疾忙上去一跛骼盖跪下,禀道:……禳 19:他出来,我光着跛骼盖跪着他。

【跛蹻】如瘸子一般走路的样子。慈 1:一日,张讷出去玩的,邻舍家有个周妈妈,见他跛蹻跛蹻的……

【擘】❶"掰"的本字,用手把东西折断或分开。农·蚕·擘黑:第三日宜午时,揭微蚁带奥沙,款手擘如小碁子大,另置一箔,加叶饲之。❷(方言音"批"上声)皮肤受寒风后裂开。日·疾:擘皲磨眼不相干。

【擘蓝】("擘",方言音"批"上声)苤蓝。日·菜:芽白菜像擘蓝英。

## bu

【轐轆】("轐",方言音"蒲")车架上罩着车轮的木格架。日·庄:轐轆加楔簨牢坚。

【卜香】酒名。日·饮:延寿卜香胜惠泉。

【卜六爻】卜课。《易》卦之画曰爻。六十四卦中,每卦六画,故称"六爻"。闹:相公,你若狐疑,也是小事,这院门前好揣骨相,布政司街西好将鸾,按察司街上好的金口诀、太乙六壬周易神课,我明日讨酒饭钱陪相公走走去好么?少不得问相扶鸾卜六爻。

【补补丁】在衣服破损处缝上补丁。增 7:万岁下马进去,他没见那好姐儿,都是些苍颜白发:有纺棉花的,有纳鞋底的,有补补丁的,拿虱子的,洗铺衬的。

【补丁】补在衣服破损处的布片。墙 1:一个裤赃呵呵,纵然成了虱子窝,补丁补了勾一千个。增 12:拆破袄做背褡,大补丁白线巴,栗子布裙彭彭乍。

【补靪】同"补丁"。日·裁:补靪刼来休成緈。

【补绽】补衣。日·裁:缝连补绽有功劳。

【补子】官服上标志品级的徽饰,以金线及彩丝绣成。文官绣鸟,武官绣兽,缀于前胸及后背。墙 4:你没见,且是还有前后补子的哩。

【捕】捕捉。俊:老婆不要仔顾诈,好像捕下一窝雀,摔着贼毛够一抓,嗓咂叫人听不下。

**【捕头】**负责捕捉犯人的武官。磨14:一个捕头急如火,一个捕头快如风,人人都把银钱送。若有人得罪应捕,合得罪知县相同。

**【不啧】**不错,好。禳5:手段不啧,手段不啧,宫里人情能求来。富7:你只说你骂手好,我这骂手也不啧。也不啧,我就揣,定要打的你不敢出头来!

**【不嬾】**同"不啧"。翻11:他说的价虽不小,那木料委实不嬾。

**【不安】**❶不安定,不平静。富5:翻来覆去睡不安,捱了一更似一年。富12:爷俩倒头眠,爷俩倒头眠,心中欢喜睡不安,略合眼已是鸡鸣乱。❷对受到的待遇感觉过分好而心情不宁,对话时表示感激之情。增24:我合你一个朋友家,初见面怎么这样谦恭?这到着我心里不安。翻8:大姐说:"情着吃饭也不安。"

**【不必】**❶无须,不用,用于祈使或建议。墙1:上了几碗菜,李老说:"不必这样费事。"姑1:俺大嫂,你也不必恼甚么,一家好人家哩!有你这样人物,还愁没主么?禳31:官人不必推辞!我不怪你便了。❷不需要,表示客观情势。富13:难得他乡姓名全,不必宫花插帽檐。富14:我带来佳肴美菜,甘脆香酥;一坛仙酒尽堪用,不必尘世酒店沽。

**【不便】**❶不方便,不便利。翻8:家里事没人招管,日日奔波路途间,朝夕往来极不便。禳20:兰芳上来,陪高大爷一坐,省的远了看着不便。❷不合适。禳5:既不肯,我也不便强留。❸婉指短缺。翻6:若还是房屋不便,合小女就在我家。

**【不便处】**婉指臀部。禳14:拉着飞跑,李婆叫说:"到了门首了,看绊倒了!"一言未尽,"朴"的声倒了,哎着说:"跌杀我!贼囚根子!墩破这不便处了!"

**【不才】**不成材,无能。禳20:纵然是小弟不才,绝了交也是应该。姑2:怨只怨自己不才,就打杀应当该!就是难得娘不怪。

**【不睬】**不理睬。磨13:像奴家这一等无心的痴人,该着他死在监牢里永不睬!增18:万岁爷上楼来,王龙见佯不睬,长官失迎休见怪。

**【不测】**❶难以预测。增26:虽相法你也通,但未必如我精,不测的祸福你不能定。❷料想不到的事情,危险。增2:再者路途怕有刺客,真假难辨,恐有不测,这是三件。

**【不曾】**❶没有(表示过去的动作行为没有发生过),未曾。墙2:"才令兄说来了这边,在家么?"张二说:"不曾来的。"慈6:原来那一日虎衔张诚去,并不曾伤他，丢在路旁而去。❷没有(用在“还”后面，表示动作行为尚未发生)，未。墙1：这不是还不曾晌午，早晨吃了两碗糊突，两泡尿已是溺去了，好饿的紧！墙2：呀！怎么二弟家还不曾开门？磨10：怎么今日还不曾出来？❸没有(用在句末表疑问)。磨5：兵卒问道：“见代箭的一只鹿儿不曾？”磨20：您爹爹如今可不知到了山西不曾？

**【不差[1]】**(差 chā)❶不次，还可以，好。磨25：翰林固是佳，中一个进士也不差，声势微尽可朝李大。增20：休说有这马，就是没有这马，给你三百两银子，结个朋友也不差。❷没有差别，相似。增17：奴便就打水挨磨，似三娘受苦不差。

**【不差[2]】**(差 chà)不错，正确。禳5：有小姐不曾许人，他意思要作婚姻，行辈不差情理顺。富3：俺家无有男人，本不敢留客。看你是个书生，料想不差，我私自留下你，在这门里头宿一宿罢。磨35：我料杨蕃不敢分辨，果然不差。

**【不成】**❶未达成，未达到目的。琴：亲事或成或不成，也该早来回声话。磨30：事已不成，俺二人就此告别了回去，家中听候便了。❷不像，达不到标准。翻4：大家攒了个小分子，一瓶薄酒，做几碗粗菜，也不成个席的呀，请你来吃盅散散闷。翻5：进的房门望里看，一个病娘卧在床，浑身肿不成个人模样。禳16：大姐姐你听我上诉，俺那个光弄鬼的不成个丈夫。❸作补语，表示无法继续或达到。翻2：暗里生那旁旁气，着他安稳过不成，待钻他就是没点缝。翻10：老天爷把祸生，一口屋住不成，一火烧的干净净。富7：今日虽然骂几句，我那娇儿也活不成。❹用在句末，加强反诘语气。墙2：年年化银子，该下了几吊火钱，因着相好，不曾开口，怎么连面不见？每哩见了我待啃你一口不成么？磨12：分明是方氏娘子，怎么又变化了呢？难道这孩子也是假的不成？

**【不成才】**❶不成器，没出息。翻11：王乡绅家道衰，有个儿不成才，一座大宅折着卖。磨34：把架子两列开，用帮手的不成才，咱就单战个胜合败。❷行为恶劣。禳11：养的女儿不成才，不知是一个甚么物！

**【不成材】**同“不成才”。❶不成器，没出息。慈2：好不成材，给一个孩子作不下主来。增28：贱奴幼在妈娘手，挠头赤足不成材，多亏妈妈好心待。❷行为恶劣。禳27：如此禽兽不成材，碎尸万段也应该！

**【不成货】**❶(人)不成材，没有用处。翻5：养的儿太不成货，倒叫我女儿遭殃！磨19：我如今不成个货，每日逃藏并无有着落，咳，多亏了家中有你还不错。❷詈语。不是东西，不是好人。磨5：做官的不成货，得了钱把生死移挪，世道如今怎奈何！磨33：既统着天兵二十万，还不杀贼待怎么？杨都督看就不成货！

【不成腔】同“不成款”。慈2:半年不曾还故乡,你就憔悴不成腔,我儿呀,再待半年就毕了账。禳16:近来一发不成个腔儿,把人活气杀!

【不成款】不像样子,不像话。俊:小三小三你睁开眼,忒也说的不成款。

【不成命】命运很不好。富3:上边无父母,下边无弟兄,这样人真正不成命!磨8:奴家上边无父母,下边无弟又无兄,这样人真正不成命!

【不成人】不像个人样子,指行为恶劣或过分。墙4:您两个不成人,全不知养父亲,倒了头还怕您不出殡。翻2:不成人有两条,除了赌钱就是嫖,今日引他上了道。增16:姐夫好不成人!这样东西,就拿着涨了桌子!

【不成像】不像样子,样子难看。快2:有本领夹马就上,闯过去算你命长,我有刀来你有枪,前前搐搐不成像!

【不出】❶趋向动词“出”的否定形式。增12:无事不出宣武院,你来小店做什么?琴:心里得意说不出,忍不住的自家笑。❷不超出,不超过。翻6:却说那范公子,不出三日,就来行贺……寒6:一群鬼闹吵吵,商相公又来了,果然不出爷爷料。

【不错】❶对,正确。闹:作吟哦介:七夫七盖,不错。圣人贤者,不错。寒3:板腔不错声音妙,真像黄莺啭柳梢,人人夸奖真个妙。❷好,不坏。墙2:一个老是大家的老,兄弟二人分养活?明日送来也不错。富3:家有百顷田,杂粮万石多,就住上几年也不错。磨19:我如今不成个货,每日逃藏并无有着落,咳,多亏了家中有你还不错。

【不打拢】不搭理,不理睬。墙1:头一年还算强,零碎使了七石粮,虽不丰富还无账。第二年全然不打拢,跟着腚上狗哐荒,他还说我絮聒样。

【不大】不太,表示程度不深的否定。墙2:零零碎碎,也不大记的,有账可查。慈4:我今晌午不大饥困,就添上俺哥哥也够了。慈6:老太太不大信,又商量那张老爷。翻1:仇牧之在家的时节,因他不正气,不大理他。富12:这第七个题,我不大眈(懂)的呢。

【不大敢】不太敢,有些害怕。富4:且说老马听的方二爷会了二甲进士,也就不大敢硬撑了,吩咐请出方娘子来,慢慢使轿送他回家。

【不大好】不太好。墙4:说一声浑身不大好,都来要钱挤成堆,有与没可把何辞对?慈2:我也不是向他,只是他那性子不大好,你的性子又不好,到那里弄把起来了。闹:道有烟两样,就是不大好:一宗苦菜花,一宗芝麻叶。

【不大好看相】让别人看起来不太好。富6:这待上你亲戚家哩,带着扭锁也不大好看相。

**【不大之紧】**不大要紧。增0：你说这《正德嫖院》不大之紧，弄出了几件故事，甚是出奇。

**【不大不小】**大小适度。日·饮：不大不小攥成剂。

**【不待】**不情愿，不想要。翻9：是我不待见他，姐姐就怪些也罢。姑1：于氏不待看也不待听，黄天黑地的硼起头来了。增19：那王龙气的气充两肋，无法可施，酒也不待吃，话也不待说。

**【不待嫁】**同“不待”。“嫁”谐音“价”，语助词，无实义。禳24：“本等也该费点事，就是十八的大姐铰了头。”秦厨说：“怎么呢？”吴恒说：“是不待嫁呢。”

**【不当不正】**恰巧在某个位置上（略带贬义），不偏不斜。慈3：这石头可也就不当不正，想是有神灵过，嫌处的他忒也轻。磨23：有朝一日，布政司里开了冰窖，乡宦人家拿着走亲戚，路上掉了一块，这人不当不正撞着了，拾起来看了看……

**【不当要】**不是闹着玩。慈1：娶一个后婆子不当耍，两条肠子常牵挂……

**【不得闲】**没有闲暇时间，没有空。磨28：胡生说：“怎么不曾下顾？”张龙说：“不得闲。”

**【不得已】**无可奈何，不得不。禳12：在那一日大醉了爷娘在念，适遇着樊子正苦死歪缠。不得已到他家已经半醉，忘了在那里睡，五更酒醒悔难言。禳20：走了一回，两脚少热，只是身上冰冷，不得已出门边孤堆下略略的避风……富7：那孤雁儿哀哀切切，像是没奈何才远去，不得已才高飞。

**【不的么】**不好吗，不行吗，用在疑问句的句末。❶表示建议。姑1：你来家当面说说不的么？慈3：你既那么好，我去了，你给您兄弟做个老婆不的么？寒6：你嫌我走的慢，你住下不的么？❷询问原因。磨14：你们不从不的么？墙4：你不给他吃不的么？

**【不迭】**顾不上，来不及。琴：盼的黑了天，盼的黑了天，吃不迭夜饭就来把俺缠。

**【不定】**❶不安定。禳9：叫一声小江城，真像个鬼灵精，把人作祟的睡不定。增28：忙忙好似丧家犬，雨打蜣螂乱烘烘，漏网鱼鳖心不定。❷不确定。禳20：这心里踌躇不定，我可待托个甚么？增18：丫头见万岁犹豫不定，恐怕不去，遂说道……

**【不多时】**不长时间。翻5：待了不多时，就合仇禄进来。大姐见他，不免下泪。磨18:写了不多时,众人下了坐,互相问候……

【不多一时】不多时,不长时间。富4:不多一时取了药来,方二爷亲手自煎。磨7:小二出去,不多一时跑回来说:"不好了!驴不见了!"

【不凡】不平凡,不同凡常。禳31:看孩儿不凡,看孩儿不凡,定然是麒麟来送。

【不妨】❶不要紧。翻4:他娘盛了一碗粥来递给他,他吃了,料想不妨。磨2:您那儿壮实还不妨,我那儿每日忍饥……一打就死!磨18:解子又大叫道:"不速拿饭来,天将明了!"店主说:"不妨,才打二更哩。"❷可以。磨8:便就墙根铺下草,还得找块半头砖,怕硌头不妨着衣裳垫。磨10:朝夕同居,又是贵县官长,那有不知的?不妨明告。

【不忿】❶不服气,感觉不平。禳9:骂了声小囚根,说出话来气杀人,骂了几句还不忿。富7:方娘子见他无赖,把门关上,那旁人都替他不忿。❷气愤。富6:那一日得罪他他着实不忿,想是他知道我大祸临身,故意的送我来解他那仇恨。增18:万岁一见,心中大有不忿:"好一个割头的奴才!我连一个全帖也担不起了,给我这一个单帖子!"

【不愤】同"不忿"。墙3:因着合他常相处,该钱也无个账目存,这一来叫人心不愤。磨18:那一日得罪他他着实不愤,想是他知道我今日大祸临身,故意送我来解他的怨恨。

【不公道】❶不公平,不公正。禳15:俺在这里活守寡,你在那里度元宵,这个公道不公道?寒2:不一日,二位相公来了家,到了父亲灵前哭了一场,问了母亲的安,大家骂不公道的官府。❷指欺负。富9:若有人爬后墙,打铜盆为信号。……一个个绑起来,给他点不公道!

【不顾】不顾及,不考虑,不管。翻7:既是令尊招管他,原是你的亲妹夫,怎么脸面全不顾?寒6:待杀人不顾活,打官司受折磨,邪神真叫人难过。闹:既醉以酒,既饱以德,不顾人之高粱之味也。

【不过】❶不过活,不能正常过日子。翻1:娘也不必常哭,焉知后日不回了家?像我待不过了么?❷不超过。墙3:不过半里路,一霎到了。寒3:年纪不过十五六,喉咙尖细好声音,唱出来必定有风韵。禳33:兰芳云:咱家杂粮不过五百馀石,自官人来家,就费了够二百七八十石。❸用在动词后作补语,表示不能胜过。姑3:又比常时大揭锅,要凭粗气熬阎罗,娘子呀,怕你合他熬不过。慈5:死一百个张讷,敌不过我那儿。翻5:只怕你告不过他。❹用在动词后作补语，表示无法继续下去或无法达到结果。……不下去，……不成。翻9：二三年不见哥，却在这里受折磨，形容叫人看不过。俊：三姐说道也不错，这等汉子恋不过，虽然嫁不着好丈夫，不少这样破喇货。增12：六哥看了看道："只怕替不过呀。"❺用在形容词或表心理活动的动词之后，表示程度最高。姑1：好一个俊媳妇风流不过，穿上件粗布衣就似蝉娥。慈3：这李氏气愤不过。❻仅，只是。墙1：有甚么咧，爹，不过称了二觔肉呀，杀了只鸡呀。翻9：那不过是恨极了，只是那么说就是了。寒4：却说李蝎子合恶虎不过是势力朋友，活着像是祖宗，死了什么相干！❼连词。表示转折，只不过，只是。翻8：其实那徐氏心里自在，那病一一的好，不过是推托的意思。寒3：恶虎也不是知音客，不过爱他模样娇，口口声声只说妙。

【不好】❶对好的否定，坏或达不到好的程度。墙1：诮甚么！俺达好不好，谁着他合你令堂并骨哩么？翻1：倒是他后娘过意不去，着人搬了他来，待了半年，又不好了。姑1：这是咱说：天下有一等不良的人家，有那贤惠媳妇，事奉的痒也挠不的，只是嫌不好。❷婉称生病。墙4：(张老昏倒又苏醒过来，张二)进来看见说："咱爹不好么？"张大说："不着我合你嫂嫂，如今已完了事了。"❸用在疑问句末，表示建议。慈4：明日着俺哥哥合我一堆念书不好么？磨12：娘子既是个仙人，你设个法儿，送我家里看看不好么？❹不便，不宜。慈3：他骂的是别人，却又不好自已承当。寒6：那个话不好学，到而今还害羼，为父亲竟把廉耻拚。

【不好看相】让别人看起来不好。增21：长官，这气球不是抬举人的东西，跳跳答答的不好看相。

【不好看像】同"不好看相"。增20：你来到院里就卖了马，也不好看像。

【不计其数】无法计算数量，形容很多。翻12：贼去远了，本庄里人起来喧嚷，打着火把出来看，见那死马亡人，不计其数；……

【不济】❶不好，差。墙1：咱那东西虽不济，他也知道咱家穷，全要你把心来用。禳16：他二姨夫都这么作法，还是你那管法不济。增23：万岁说："你就是这么大财主么？"王龙说："不济么？天下数一数二的！"❷不济事，不管用，无能。墙2：不说你铺囊不济，怎怨的黄口成精？慈3：李氏从来嘴儿也么高，到了这里不济了。禳1：尽他作精尽他治，放不出个狗臭屁。休笑汉子全不济，这里使不的钱合势。

【不尽】不完，不净。慈6：说不尽、学不出来的喜欢，不觉的泪珠儿，赶点子往下淌。俊:田产不尽不肯休,净腚光才是个了手。磨14:犯官如今懊悔不尽,都是听错了衙役的话,望大老爷留一线生路!

**【不禁汤水】**形容经受不起碰撞。快4:一人回头向我照,我颤长枪只一通!不禁汤水落了马,我就割头来献功。

**【不久】**❶不长时间。姑2:去了不久,从门外头吆喝了来……寒3:他跟我不久,才学了些小曲,还没韵。❷指活不长时间。墙4:连日饭也不待吃,四肢无力,想是也不久了。

**【不就】**要不,表示商量语气。禳5:前日他姐夫张石庵说,何家庄那何科道家,他有十三四的个女儿,极待合咱做亲。不就打听打听,若是人物好着,合他就做了也罢了。寒4:他称奖妹子贤,女子去报父冤,真正胜似男子汉!咱如今不就去求他,动动公愤把人传?

**【不拘】**❶不拘泥,不局限于。禳12:那王子雅是个风流名士,不拘小节,宿在他家,只怕也没有好处。磨5:不拘队伍,不按营盘,野鹿獐麅,到手方才算。❷不论,不管。富11:俺虽然穷极了,叫化子呴瞎话——不拘那里就捞一个黄边。

**【不觉】**❶没有感觉,没有知觉。富4:那里头甚腥臊,住惯了也不觉臭。磨7:又叫了一声,只是迷迷忽忽,并不觉了。❷无意识地,不由自主地。姑2:进门来,于氏看见不觉泪下。寒4:朝南坐是老王,诸犯人过了堂,不觉露出赃官样。❸没觉察到,指时间过得很快。墙4:我的两个儿争着孝顺,不觉三年,老来可谓享福。琴:不觉就是时辰到,大家拥撮上喜轿。

**【不觉的】**同"不觉❷❸"。❶无意识地,不由自主地。慈5:张讷听说,不觉的扑簌簌落下泪来。磨28:李虎拉着,张龙还去打,不觉的把腰中钱吊出来。❷没觉察到,指时间过得很快。姑3:那眼里光阴,忽中日月,不觉的十年,臧姑生了一男一女。慈1:不觉的光阴似箭,日月如梭,就是一年有零,张讷程程瘦了。

**【不堪】**❶因为低劣不好、哀切等而不忍心、不能。禳18:头难抬腰难伸,模样不堪见双亲。磨20:说的话不堪学,气的那肝肠断。富10:忽闻游子唱歌声,哀切不堪愁里听。❷不好,糟糕。墙1:这东西太不堪,又少油又少盐,不过是顿家常饭。翻9:当日愚顽,当日愚顽,做的事儿太不堪!❸表示程度甚。寒8:却说起歪子流荡不堪,年年卖地,临了连住的宅子都卖于商宅了。增18:不是他不来,俺二姐夫穿的衣服褴褛不堪。磨15:不好呀,他忒也打的不堪,再弄出人命来了，咱劝他劝的。

**【不肯】**不愿意，不接受。墙1：我要地，只怕不肯，也是有的。姑2：却说珊瑚他两个哥哥，听的他在沈家庄，自家来搬他，他不肯去；待给他找主，他又不肯，只在沈家庄跟着他沈大姨，倒合婆媳一样。

**【不劳】**谦辞。不用，无须劳动对方。寒5：回头说两个鬼使，不劳你送我还乡。磨5：众作揖叩谢。大王说："不劳，不劳。"

**【不了】**❶不完，没完。姑2：大姨情意高，待奴那样好，已往从前，一言说不了。禳27：那里拿不了的东西，叫个人去，你看着搬搬的罢。寒5：老夫人跑来，儿天儿地哭过不了。（"过"同"个"）磨14：这个事情还不了，又找法儿治生员，贼情要作奸情断。❷用在动词或形容词后，表示不能（可以转换说法为"不能……"）。慈5：万苦千辛受不了，又上羊肠道。翻2：就输了也穷不了人，赢了就使肩膀抗。翻3：我积下几石粮食，也带不了去脱生。❸用在动词后，表示未能达到目的（有些句子可以转换说法为"……不成"）。翻8：纵然就是死不了，却也要把皮来退。增13：不愁哄不了他。增8：若搬不了来，跌咱爷们的架子了。

**【不离】**❶不离开。琴：可意俏冤家，可意俏冤家，半步不离的守着咱。蓬3：每日家不离娘娘左右，忽叫俺向凡间露面出头，这意思好叫人参想不透。磨18：不多一时端上课饭来，不离坐位，每人用了一碗。❷差不多，不错。日·泥：滴水猫头更不离。

**【不良】**❶心地或性格不善良，恶。姑1：天下有一等不良的人家，有那贤惠媳妇，事奉的痒也挠不的，只是嫌不好；又遇着搅家不良的歪货，处治的只干不尽的，才道我那是个贤惠媳妇。翻1：人只要脚踏实地，用不着心内刀枪，欺孤灭寡行不良，没娘的孩子自有天将傍。❷不好，不出色。禳30：恨孩儿不良，教父母不光，回头不成个人模样。

**【不料】**没想到，没预想到。寒1：却说赵恶虎也不料商员外就死了，忽然听的说死了，也挣了一挣。富6：那鸭子可也是出于不料，你看马尾套蜻蜓，就把腚挣了。

**【不论】**❶不考察，不评论。墙3：老头子瞎发威，不论个是合非，他不过比我大几岁。磨14：官司全不论青黄，不给你钱使大板抗，现如今告打死到有百张状！❷不管，不计较，不作为下一步行为的根据。磨5：那院里收了银，变了脸翻了唇，良心天理全不论。磨28：你若前仇全不记，我也不把你晦气寻，从前以往总不论。❸连词。不管，无论。慈1：不论张炳之无有汉仗，就是个好汉子，一个生意人,少在里,多在外,娶了后老婆待了半年,就出去了,家里好歹,他那里知道的?磨4:且不论事情真假,单看那马知县的意思若何。❹“论”为“伦”字形讹。不伦,不俗,不凡。日·纸:蒲纸刚连更不论。

【不免】❶免不了,难免。禳16:这才犯了凌迟罪儿,秋后处决定不免。磨8:买饭只买一两顿,明日不免当衣裳,终日可是怎么样?翻10:慧娘给他婆婆磕了头,大家作别,不免伤感。❷因此,于是。快2:“这个大林,就好歇马。”不免下马进去,到了里边坐下。磨18:好了,俺也完了两篇了,不免誊真便了。墙3:夜有三更,不免卧倒,打了两声鼾睡。❸不妨,表示可以这样做,这样做没什么不利。墙1:女婿张大郎,久不相见,不免望他一望。禳11:知心朋友惟有王子雅,闷时只去访他,叙几句闲话。今日饭后无事,不免再去走走。增26:现如今胡秀才是招财童子临凡,他日近君王,不免托了他罢。

【不睦】不和睦。增1:那张太监和我不睦,只落的求荣反辱了。

【不前不后】指位置不合适。增14:你待在前头就在前头,你待在后头就在后头,不前不后的,你到有些严紧。

【不晴不雨】指阴天。姑1:没人处寻思双泪也么涟,不晴不雨的奈何天。

【不圈不点】指不批评,不责备。禳15:只说你合我两下不成双,谁知你这里夜夜有亲娘。……不圈不点,过来跟了我去,不许你没人处胡做。

【不然】❶不是这样。禳16:说你不爱他,此说不然;说他不爱你,这也是谎言。富13:不然,这榜是从后放的,你那文章,还在三十名以里。❷连词。要不是这样的话,否则。富:娘子真是神仙!不然怎么知道我的心事,叫他唱这个曲儿?磨20:这二日幸亏你合我下棋,不然便闷死了。

【不忍】不忍心。姑3:哥哥屡次的让我,我也不忍,留下几两,见哥哥的厚意。禳12:向来见孩子忧闷无聊,处处去放荡,也还不忍的说他。

【不日】不几天,过不了几天。磨17:咱不日归家,趁今日叫人抬着两坛好酒,宰两只猪羊,大家到山上辞别辞别也好。磨30:这两日朝中正议论,这一伙强寇昨日败了官兵,不日要发大兵二十万,要去剿灭他。

【不容】不容许。俊:就是那相识会赌博,不弄鬼难说长赢,哄来富贵天不容,死也难得好病。禳5:他合咱,他合咱,门当户对不容嫌。

【不如】❶不及,比不上(用在比较对象前)。墙1:他有达妈人两个,我有俺达一个人;虽然叫达一样叫,俺达不如他达亲。增26:难道尚书大公子,不如一个腌臜兵?❷表示相对于现状或某种选择来说更好的方法(用在动词性词语前，对话时带有商量的语气，自言自语或叙述心理活动时表示选择后的决定）。墙1：你如今老了，不如把地分开，你情八石粮食罢。增28：平日我得罪的皇帝也不少，不如拴住王龙，送于万岁，将功折罪。

**【不上眼】**不起眼，看起来不好。增9：浑身上下不上眼，谁知手里有钱财。增25：万岁肚中饥了，却又困乏，见那一般名妓都不上眼，兴致也就没上来了。

**【不生不灭】**没人照顾，自己勉强度日。慈6：张老儿每日家不生不灭，忽然间人合马来了一大些，那里的贵公子将谁拜谢？

**【不胜】**❶失败，未取得胜利。磨30：添上兵将胜了，也不免损伤大队；若再不胜，一发损了威重。增21：走来走去没头向，便说道下棋不胜，打双陆闹上一场。❷非常。寒7：菩萨听说是救善人，不胜鼓舞欢喜，满满的倒了一瓶来了。增1：万岁看罢，喜之不胜……

**【不时】**❶经常。墙1：虽无甚么给爹吃，尽尽这穷情也心安。不时的你来看俺看。禳11：不时去棋酒快乐，我合他文字相交。❷不多时，很短的时间。磨32：昨他因着京师信息将至，差人去约我今日同到大哥这里，不时即到。

**【不识颠倒】**看不清事情的真相。寒2：休说清官没半个，就有一个不大贪，被银钱也耀的眼光乱。大相公不识颠倒，还只要报仇报冤。

**【不识进退】**不知道何时该积极主动、何时该退让，不识相。增17：皇爷冷笑了一声，说道："别的生意还好做，这般买卖难做。"二姐不识进退，又嘤嘤的笑道："好多道哩，做一遭就惯了么！"

**【不识轻重】**分不清事物重要不重要，言行失当。增17：二姐见皇爷恼了，只唬得骨软筋麻，走到近前双膝跪下，只称："姐夫，贱人不识轻重，无心说出，追悔莫及！"

**【不识时务】**不能认清情势顺势而为。增7：你这不识时务的货，耍婊子可没有，不弃嫌有孤老哩。给你几个耍耍罢！

**【不识事务】**不懂事体。增18：万岁上的楼来，王龙大辣辣的说："久仰大名，作揖了。"万岁装了个不识事务的，把檐毡帽一按，上席坐下。

**【不识抬举】**不理解或不珍视别人对他的优待或礼遇。增6：二人听说，那鼻子里就嗤了："这花子这么不识抬举，咱混他一混。"

**【不是】**❶对"是"的否定。墙1：世间有一等没良心的，看着自己的达漫是达，人的达就不是达，我可就不是这样人。墙4：他原是敬财神，不是为孝父亲，受了孝养心还恨。❷不对之处，错误，过失。姑2：那媳妇子怎能件件都合着心呢？只是有一半点不是，我也不计较。翻3：我甚么不是，打我这么一下子？富8：娘呀，消消气罢！委实是儿的不是，我向后再不敢了！

**【不是犯】**情势不好。姑2：大成见不是犯，跑到屋里，把他娘拉出来，他那里还骂哩。

**【不死不活】**毫无生气的样子。增21：你抖抖精神，咱再合他玩耍玩耍。不死不活的是做嗄呀？闱：只为这些缘故，把一个无辜无罪之人，白送在不死不活之地，好凶也！好苦也！

**【不算账】**不计入内。翻3：除了盘费不算账，考去还要买文章，偏他自己费家当。增2：白银金钱不算账，赤金豆子带一升，路上随便零星用。

**【不听的】**听不到。快2：却说喊杀连天，曹操魂不附体，跑了半宿，才不听的呐喊……磨19：方娘子叫："娟娟，你起来。"不听的答应。

**【不通】**❶行为不合常理。墙3：他虽然大不通，到底是你的兄，怎使的按倒使捶挦？禳11：太不通，太不通，做着媳妇骂公公。❷不通畅，不通顺。富11：山西谷价黄金同，白日断人路不通，母亲呀，谁敢兴心往里蹭？磨20：你何必骂那主考？还是他文章不通。❸不通晓。磨13：吃酒嫖赌，俺没有一样不通的。磨14：生员的诗文好，就是不通杂作。

**【不通人性】**言行违逆做人的常规。墙3：哥打兄弟从来有，兄弟打哥罪不轻，村种真不通人性！磨6：这是生员的妹子。他甚不通人性，老父师息怒。

**【不吐口号】**不松口答应。慈3：李氏见他不吐口号，就拿极红了脸说：……

**【不文】**不文雅，不好看。日·身：唇轻牙呲太不文。

**【不枉】**不委屈，值得，不愧。蓬2：但得像这个丈夫，跟他几年，不枉生在人间。禳33：夫人你看，兰芳不枉的做总管，安排的好不鲜明也！

**【不息】**不停止。慈4：张讷去扒了秋，李氏还怒气不息，找了棍子来，正待打他。

**【不暇】**无暇，没有空闲时间。禳3：跑的来汗流，跑的来汗流，不暇再别两邻朋旧。磨27：今日一家团圆，且诉说这十年愁苦，发发这一腔心事，不暇看他舞艺，叫他斟酒罢。

**【不贤】**不贤良(多指女性)。墙4：两个不贤的妇人，每人一拶子，一百擀。禳32：俊的不贤还好受，丑的就该变成贤，怎么偏着那俊的变？姑3：谢臧姑最可怜，他爷娘甚不贤，一句好话没人劝。

**【不相干】**❶没有关联，没有牵涉。磨6：丈夫就犯了杀人的罪，也与老婆不相干，难道说你不是秀才变？磨8：原是小生的不是，与老妈妈无相干。禳33：这与外厨不相干。❷不要紧，无大碍。寒1：见他爷那衣服碎破，在那里哐哼，流水问道："爷呀，伤的怎么样了？"员外说："料想也不相干。"日·疾：擘皺[①]磨眼不相干。❸不太好。寒3：虽唱的不相干，我心里甚喜欢，点水滴动心灵变。

【不相应】❶不合适。姑2：安大成怕劳着他娘，清晨起来，着二成扫地，自己去做饭。汉子家知道那饭怎么做？做的甚不相应。增15：万岁爷笑一声，嘴儿短不相应，人儿怎么照的正？❷两者不符合。俊：张三姐叫一声，老天爷在上听：怕他心口不相应。

【不消】不需要，没有必要。翻2：正遇良宵，没人陪客，正好相劳。就合仇相公同上座，虚圈套儿不消。禳5：仲鸿说："却不知道他的女儿何如？"夫人说："这不消问别人，前年小长命……就见他那孩子来。"

【不消说】不需要说，无须细说或明说。寒8：员外不管事，大爷辞了，也就不消说了。姑2：你出来还送东西，又愁你在这忍饿，在家不消说是极如意。磨24：中伏酷热火炎炎，草叶焦枯未种田，老天呀，不消说是连年俭。

【不须】❶不需要。翻12：叫众人您听知：若贼少不须提，只使鸟枪放倒地；他就来的人马众，街窄可也难对敌，箭射枪打怎回避？钟：带背连肩抓住，不须鼎镬油汤，只消大饼卷如梁，肉穴登时藁葬。❷同"不许❷"，兴许。磨23：这几日听的说张宅物色玩的，我安心去蹭蹭。若是缘法凑巧，不须挣他二百么？

【不许】❶不允许。姑3：若是咱娘有些差迟，就是天不许我改过。翻12：都要静守，不许做声，又不许一人出入。❷用在反问句中，表示兴许、也许。墙4：你休焦，不许还活了么？还魂过来，我自然抬去。翻4：分了家未必不交好运，不许你赢钱百吊，还把那地来耕耘？

【不言不语】不说话，一声不吭。墙4：到如今不言不语，瞑着眼一似呆痴。增19：王龙着二姐笑的羞愧难当，把眼瞪了几瞪，几番待要发作，又寻思是自己说的，又怕人说他，恹头搭脑的，不言不语的。

【不扬】❶不昂扬，不振作。磨31：大兵十万半残伤，马上恹恹气不扬。❷面貌不英俊。钟：可惜俺肝肠似锦，已能魁多士之中；只为着面目不扬，复丢落九霄之外。

【不要命】指寻死。姑1：脚儿懒行，脚儿懒行，袖里抽出那剪子明，这回出门

① "皺"为方言字，即"皴"。

来，安心就不要命。寒5:阎王爷怒睁睛，骂商礼小畜牲，料想你是不要命！

**【不一】**同“不已”，不止。富10:张鸿渐说了一回，大家嗟叹不一。

**【不一日】**过了几天。慈6:江西十二府，过了七府，不一日到了瑞州。富11:小举人受了母亲嘱咐，不一日到了京都。

**【不一时】**❶不一会儿，一会儿，很短的时间。慈4:张诚听说，没做声去了。不一时，跑回来说:“哥哥，给你这个。”增28:十余个人一齐下手，不一时，将王龙绑起来了。❷不时，经常。翻2:仇福大喜，谢了扰去了。从此成了朋友，不一时携了酒来合他吃。

**【不宜量好】**指让人厌烦。慈1:这孩巴子也不宜量好，当时有他娘在时，越哄越发啕气……禳26:你不宜量好，到晚上还来我这床前打铺。

**【不以为然】**不认为正确。寒5:商正得了这个信(指二相公到阴曹告状，但被告送钱贿赂阎罗王)，星夜来报与二相公，二相公也不以为然。阎罗王是正神，就收下万两银，这话可信不可信？蓬5:道士笑说:“你好愚呀！那都是水上的泡，镜中的影，恋他怎的？”相公也不做声，那心里却大不以为然。

**【不以为事】**不拿着当回事，以常事对待。富4:小姐初到监里，觉着甚是难受；待的久了，也就不以为事了。

**【不由】**❶不容，不听凭。翻1:万事不由人计较，一生都是命安排，害别人反把自己害。增3:进府去不由分诉，把江彬即时绑了。❷不禁，不由自主。寒6:商相公莫心焦，俺看着路途遥，不由心中先发灶。增10:等了两年，见皇帝不来，自己又长成了，每日家思量这风尘下贱，将来如何结果，不由的心酸落泪。

**【不在】**❶对“在”的否定。墙3:我说道爹不在此，他说是改日还来。翻2:我虽穷，我虽穷，吊钱放不在我眼中。❷婉称死。墙4:没甚么大病，今早就不在了。磨8:他原来是施家大姑名叫舜华，十七八岁还没出嫁。太太公母俱不在，惟只撇下姊妹仨，小妹妹两个还不大。

**【不长进】**没出息。寒3:这妮子这样不长进！怎么十七八的个人，就想着寻死？富8:书本搁起，说我命贫，这样心肠，天生不长进！

**【不长俊】**同“不长进”。翻4:嫁的女婿不长俊，亏了我儿志气高。俊:这西江月是说的不成人的憨蛋，不长俊的傱种。

**【不着[1]】**(着 zháo)作补语，表示不到，不能达到目标。翻1:每遭来家，一点合不着他的意思，就使出来，因此整年的没人搬他。蓬4:买到手的好像得了个金砖；买不着的还要借观，嘱咐那铺内，物色下几部，我拿钱来换。俊:虽然嫁不着好丈夫，不少这样破喇货。

【不着[2]】（着 zhe）连词。表假设，要不是，没有……的话。墙 4：不着我合你嫂嫂，如今已完了事了。翻 3：不着你说，我还想不到这里哩。翻 9：待要赎身，不着千两银子，也难开口，如何能的？禳 33：若不着我这谨查点，一千石也费不到年终。

【不争】❶不争抢，不争取。磨 6：我想当今之世，甚么公道？放着科甲不争，争甚么闲气？闹：外白："君子无所争。"丑白："先明后不争，听我道来。"❷不料，想不到。磨 4：哎呀！不争一时快乐，几乎吃了大亏！富 7：不争这回有分教：两家大恨从此结，万里孤踪依旧逃。

【不知好歹】不辨好坏。增 6：张大哥，这花子不知好歹，叫咱合他赌。咱回去合他赌赌，赢他几两银子添梢。

【不值钱】❶没有价值。翻 9：懊悔杀不值钱，他若是不回还，今日难见亲朋面。❷被人瞧不起。禳 24：媳妇才二十三，到了这样不值钱，光腚滚来怎么看？增 11：谁像你那不值钱的货！

【不致】不至于，达不到（某种境地）。磨 6：纵然丈夫犯了罪，料想不致灭满门，那怕就是当官问！磨 13：种着几亩薄田，料想不致饿寒。

【不中】❶不可以，不能。禳 16：他若不怕你，你那点不如娇三？因你不中惹才不傍边，找一个替身解解馋。增 16：你那豆中吃，我这豆不中吃，只中看。❷作补语，不合意。墙 1：我这话实不通，俺达我也相不中，等一个好达还相送。

【不中用】❶没有用，没有效果。翻 9：他既有了主，央他也是不中用。禳 24：分明罗汉来惊我，还当顶礼拜虚空，念佛休说不中用。❷没有能力。禳 16：就是相好，也只一霎，全然一点不中用，真正是个倔忘八！增 23：看我读书不中用，才着我江湖奔走，习会了买卖经营。

【不周】不周到。磨 28：虽然么，可是含着一丸药儿，当初在他身上有点不周处，只怕吃他敲。增 18：这万岁下的楼来，早慌了那些大小鬼使，恐怕王龙礼貌不周，一阵神风，先到了北楼把王龙围住。

【不住】❶不停，不断。琴：从不惯交情，从不惯交情，心窝里不住的乱扑通。富 3：不住的走了半宿，那天也明了上来了。磨 18：闷煞人，叫俺泪点儿流不住。❷作补语，表示动作的目的没有达到，相当于说"不下"。姑 2：何大娘见留不住他，就借匹马来，送了他去。姑 2：本庄里住不住，又沿地里将人投。翻 11：二相公坐不住，来到前边。

【不住口】不停地说。翻2:秋桂越发作弄着笑,娇儿心肝不住口,把乜孩子吃了大敲。

【不住声】声音不停。琴:一路吹打不住声,对对纱灯头里照。那人骑马在轿前,回头不住微微笑。富10:忽听鸿渐诉衷情,员外夸好不住声。

【不住手】不停止手部的动作。快4:砍瓜切菜不住手,使的我,大汗淋淋透甲袍。

【不转眼】一直盯着看,不旁视。增13:爷看二姐不转眼,二姐害羞把头低,人儿越看越标致。

【不撞采】倒霉,没有碰到好运。慈3:进门来一句也没捽,腚朝着床儿外,气一场跌了皮一块,大娘子这一回不撞采。

【不足】❶不够,不充裕。禳33:自官人到家中,这使费便无穷,二两银不足一日用。磨19:若或是盘费不足,我还有几两白银。❷不到(某个数量)。翻10:咱爹说是两下里,攒一年不足百石粮。磨31:大兵十万,如今不足六万了。❸不满足。增1:话说那万岁自从临清回京,常想天下景致,心中不足。增9:且说那老鸨子见连日没客,闷闷不足……❹不值得,不足以。寒3:一死不足惜,剜心又斩首。磨6:我的话也不足信,我是方才到此间,也未必不有个张鸿渐。

【布(㧐)】❶布置。快1:俺布下天罗地网,要教他插翅难飞!❷锄(谷地)。日·庄:刚刚布过二徧谷。

【布摆】摆布,安排。闹:忙促促写成两块,丢将去凭他怎布摆,出得场门乌喜画笼开,丢笔砚才赴阳台……

【布袋】用粗布缝制的长条形袋子,1.5米左右长。一般用来装粮食,多竖放,便于用肩膀扛起。增16:你待看时,等小厮们来时抗两布袋来给你看。寒2:他杀了人他该死,我杀了他我抵偿,直口布袋不用譬。日·庄:斛子刮斗布袋劢。

【布袋子】用布缝制的袋子(比“布袋”小)。增21:那丫头拿出来了一布袋子,统了一大堆。禳15:还亏他不曾细问;若是细问起来,可是卖豆腐的破了布袋子——怎么说?你就过不的了!

【布兜】布做的运泥用的兜子。日·泥:布兜拔泥又拔灰。

【布绩】把弹好的棉花用细杆为轴卷起搓成的细长的空心絮条。纺线时将一头的棉纤维牵出,通过纺车轴的转动纺制成线。日·裁:布绩纺成线一绺。

【布裙】布做的裙子。墙2:破衣衫破布裙,无秋夏无冬春,两个畜生全不问。增12:拆破袄做背褡,大补丁白线巴,栗子布裙彭彭乍。

【布衫】布做的长衫。磨27:财主亲戚,衣帽光鲜跨雕鞍;穷人家借马难,找身粗布衫,借个毛驴儿骑着颠。增8:你耐心等待,我给你做领红布衫。

【布衫子】布衫。墙1:前年做的布衫子,如今锅巴有千层,赃呵呵宜量甚么敨?慈4:大家裂了一块布衫子来,缠了缠,又着一个人取了一扇门来,才把张讷抬了来家。

【布食银】布施得来的钱。日·僧:布食银下场中注。

【布衣】❶布做的衣服。禳3:又过巷穿街,又过巷穿街,布衣上盖,罗裙尘埃。❷指平民。增28:正德一回嫖院,布衣穿起绫罗。

【布衣秀才】没有官职的秀才。富7:却说这人姓徐,号北岗,是个布衣秀才,又是这庄里的首家,人俱称徐员外。

【布子】布料。姑1:那庄东头有安大成异姓的大娘,姓何,老王跑到他家里,拿了块布子来,给他扎了。

【步行】徒步行走。增12:辛苦你了。该着轿子接你去方是,就着你步行了来。

【捗】同"抱"。姑2:就是待溺泡尿,也叫他儿来捗。俊:我仔说了够一把,你就抉了一大捗。

【捗瓢】("捗",原讹作"捹")同"抱瓢",乞讨。慈3:我虽穷,也没到了捗瓢。

【蛃蛹】蝗的幼虫。日·昆:蛃蛹蚸蚄使脚跟[①]。

【蛂蚰】虫名,一般写作"步蚰""步曲",即尺蠖,尺蛾科昆虫幼虫的统称。日·昆:蛂蚰如蚕不作茧。

【部下】部属,属下。磨31:尚书领兵坐团营,部下貔貅兵百万;剑戟丛中人杀战,麒麟阁上俺标名。

【部院】❶清代各省巡抚多兼兵部侍郎和都察院右副都御史衔,故称巡抚为部院。富6:张官人起了身解了部院,要打点那解子腰中无钱,方二爷差人来,使了个虚体面。❷"清代中央六部"和"都察院"的合称。磨31:尚书部院,领兵十万。

【簿子】簿册,特指迷信传说中的生死簿。寒6:阎王便叫判官:"拿下簿子来

---

① 为"跟"字形讹。

给他看看。”寒8:谁知那簿子注就的再不能逃,有邻近乡邻平日受他的好处,都情愿借几百银子给他。

**【訴】**劝酒、敬酒。字形未见于各种字典,当为方言字。从字形来看,义符“言”与用言语劝说有关,声符“不”当音 bu。查《汉语大词典》,“布”有“向人敬食”之意。举例有《红楼梦》第四十一回:“薛姨妈又命凤姐儿布个菜儿。凤姐笑道:‘老老要吃什么,说出名儿来,我夹了喂你。’”《老残游记》第十回:“玙姑取茶布与二人,大家静坐吃茶。”又,“佈”义项之三为“将菜肴分敬席上的人”。举例为:《三侠五义》第三十三回:“〔金生〕让颜生道:‘鱼是要吃热的,冷了就发腥了。’佈了颜生一块。”《三侠五义》第三十三回:“雨墨道:‘先佈我们相公一块。’金生道:‘那是自然的。’果然佈过一块。”疑“訴”即与此“布”“佈”相通。今方言不说。增13:哄他到院里,摆上酒来,姐姐你就先訴酒,只说是洗尘三杯,迎风三杯;俺这十个丫头,每人也訴他三杯,他是铁人,也就管醉了他。增17:万岁饮干,那佛动心还待訴他,万岁便叫丫头绰出残席,安排寝帐,收拾睡觉。

# C

## ca

**【擦背磨肩】**形容人多拥挤，摩肩接踵。禳8：这一个瞧瞧，那一个掀掀，拿出一物，个个哄传，老婆孩子，擦背磨肩，你猜是在水，我猜是在山。

**【擦床】**礤床，萝卜等擦丝的工具。日·器：萝白成堆用擦床。

**【擦磨】**摩擦。禳17：槌被石擦磨光净，你看那边背皆光。

**【擦穰】**生面食内层涂抹上油、葱花等（然后再加工熟）。“穰”今一般写作“瓤”。日·饮：馐子擦穰留客饱。

**【擦掌磨拳】**同“磨拳擦掌”。俊：一霎时到了赌场，闯下柱擦掌磨拳。

## cai

**【猜】**❶猜测。增16：我只当你怎样知音来呢，谁想你是胡猜。翻10：好蹊跷，这才是个难猜的谜。快4：“该合李大哥猜哩。”又猜，说：“我输了。你吃酒，我骂他。”❷预测，预先判断。姑3：于夫人看他影了一影，猜他去刨，瞧了瞧果然。翻4：不说徐氏生气，且说魏名猜姜屺瞻治不的赵阎罗，必然来踢弄仇家，当时跑了去，报给姜相公。磨19：一句话告娘亲：天下事认不真，他进学何曾猜他进？不猜进他就做秀才，不猜中焉知不做举人？

**【猜方】**猜中。增24：我行一个令儿，要破一个谜，猜不方的罚。……二姐猜方了，胡百万罚一盅。禳6：没问是谁家，怎么就不要他？我就猜不方，心里是待嘛？

**【猜料】**猜测，预料。琴：成不成，难猜料，待去听听怕人笑。

**【猜枚】**一种游戏，多用为酒令。其法是把瓜子、莲子或黑白棋子等握在手心里，让别人猜单双、数目或颜色，猜中者为胜，不中者罚饮。磨18：两个啕啕叫叫，猜枚化拳，一霎大醉。增6：他两个轻狂卖弄，行酒令又把枚猜。

**【猜拳】**酒席间助兴的游戏。两人各出拳伸指，同时各喊一数字，符合双方指数之和者胜，负者饮酒。快4：都坐下，都坐下，咱就猜拳，赢了的吃酒，输了的着他指头骂曹操,骂的都要成溜。禳20:合坐人吃酒猜拳,他两个意惹情牵,看情势也顾不的把王法犯。

**【猜疑】**怀疑,有疑心。翻4:徐氏在那里猜疑,他那个叔伯侄来,一五一十的说了一遍,把徐氏气的白瞪了眼。寒6:二相公看罢,甚是猜疑。

**【踩】**(方言音"柴"上声)踩。禳3:脚儿踩在肩膀上,叫声妮子,要立住壮。快2:今日真是活倒运,踩着蝎子接着蜂!

**【踩狗尾儿】**比喻发现别人奸情后借机要挟行苟且之事。磨13:适才远望见一个人,爬墙往方娘子家去了,想是他的个情人,俺也踩个狗尾儿。

**【才待】**刚刚要(做某事)。姑1:正说着,出了庄,老王方才待问他要往那里去。还没问出来,只见他抽出那剪子来,嗤的声照脖子一攮,就倒在地下。增18:王龙拉过椅子来才待坐下,那鬼使锥子往上一扎,王龙说:"不好了!有了毒虫了!"

**【才郎】**有才智的男子。蓬4:一个是仙女,一个是才郎,丫头研墨,急急忙忙,两个齐抄,快如风霜……蓬5:春月里好可怜,才郎不中入了山,那纱帽不值榆钱重,我还没有正眼看。

**【才力】**才能。磨10:可惜他才力不及,家去了。

**【才貌双全】**才能、外貌俱佳。翻6:原来公子有个女儿,年方二八,才貌双全,到了十六岁,还没有婆婆家。

**【才名】**关于某人有优异才能的名声。磨18:绝世才名遍九垓,相逢一见笑颜开。

**【才能】**才智和能力。翻10:他人虽不大,异样的聪明,找遍天下,怎有他那才能?禳33:叫一声我的兰芳,你不只人物在行,才能人就跟不上。

**【才气】**才智,才能。翻11:大相公才气高,一旦回头做富豪,事儿周全虑的到。

**【才情】**才华,才思。闹:小弟四篇经不甚慊意,还要改揸改揸,就是四书文字,也还嫌才情横溢,不像墨体,也要改改方好。

**【才然】**刚刚。增16:仙人画就锤金面,巧工雕成象牙棂,才然一举香风动。

**【才人】**才子。禳20:低下头暗自沉吟,高公子是个才人,好处不止模样俊。富10:他从小是个才人,他还要发愤青云,不知将来的时合运。

**【才学】**才能和学问。禳23:常时文章还平等,今日才学分外高,也亏娘子那无情教。磨20:先生有才学,何愁不登第!

【材】❶可以制作器物的材料。日·树:楸梓有材成琴瑟。❷棺材。慈5:张讷死了一日一夜,材也买了,忽然又还魂过来。寒4:我合赵大爷是怎么的相与,每哩我疼钱么?急切里找不着好材。

【材盖】棺材盖。寒8:娘俩揭开材盖看,忽一阵濛濛细雨,洒面目流下唇腮。

【材料】❶原料或佐料。快4:原来错了,烧猪也要用姜椒;即忙拿来,加上点材料。禳24:人头客到,材料多加。❷比喻适于做某种事情的人才。磨16:长街打瓦,踢毽罚毛,骂声狗子,怎么成材料!❸用于詈语,相当于"东西",指人。墙4:每日叫你叔,那狗叔,驴叔!杂毛材料,混账物囊!禳19:混账材料!你问问他不合我睡,你待送你嫂子来合我睡哩么?

【财帛】金钱布帛,泛指钱财。墙2:兄弟们厚是极厚,财帛上也要分明。增18:他贵压当朝,财帛甚重,志大胸高,吃酒中间磕你顿拳头!

【财礼】彩礼,娶妇的聘金。禳7:一毫财礼我不图,诸般但凭你吩咐。

【财命】发财的命运。穷:可怜俺浑家大小,祖祖辈辈,子子孙孙,就没有个有财命的,有担福的?

【财神】❶掌管钱财的神。穷:大年初一,烧炷名香,三盏清茶,磕了一万个响头,就把财神爷爷来祝赞祝赞。增28:王官,你死了也称财神。❷比喻能使自己发财的人。富2:一群衙役如猛虎,但只是过的就吃了敲,打官司就是财神到。增9:鸨儿听说财神到,心里痒痒没处去抓,科上摘下那齐整话:说我去相他一相,我看是怎么样一个军家。

【财主】拥有大量财产的富人。禳5:李知府,李知府,楼房俱是磨砖铺。寻常的财主家,治不起他一件物。增8:只怕不给我哩!若给我几千,我化成金子,换成银子,可不财主了么?

【财赃】同"财主"。日·杂:财赃有钱不用愁。

【财贮】财富。增23:王冲霄发大言,你听我说银钱,我那财贮你没见:堆金积玉敌国富,江湖河海有常船,银钱不知有几百万。

【裁】❶裁制衣服。墙3:张大说:"您嫂子怕咱爹起床怕冷,做了个绵裤。"张二说:"这里已是裁了,你又送来。"姑1:爬灰扫地,洗碗刷锅,大裁小铰,扫碾打罗;……❷裁纸。蓬4:压裁订辑,又费钻研;十余日才得完,抄一部,手也酸。❸裁除。闹:那文宗呵俺则道圣明裁了他,又只道提学不下山东马,况山东偌大,或今遭漏了咱。

【裁缝】缝制衣服的人。增26:快给他送三十两银子去,着他拣着那上好的绸缎,多叫几个裁缝,流水快做出来,扎挂的一搀新,可来见我。增26:裁缝叫了好几个,一宿做的一搀新,走来更比常时俊。

**【采(採)】**❶采摘。琴:园里去采花儿戴,惹的心中愁一块:花儿虽好要当时,颜色败了谁人爱? ❷揪。增10:怒冲冲把二姐采住,可就打起来了。翻1:待了二日,徐氏知道这些事情,只气的采发打脸,大哭大骂。

**【采画】**彩画。日·纸:五谷仓边多采画。

**【采蓝】**未详。疑指菜团之类。慈6:浑身蓝缕鞋儿也么穿,袄少袖,又没肩,难遮寒,合那花子是一般。一日饭一顿,两个黑采蓝。

**【采猎】**打猎。磨5:那山坡里像有兵卒打猎,不知何人采猎?

**【采堂玉兰】**一种香烟。闹:不要那满城烟毛头大锭,不要那红丝烟采堂玉兰,不要那关东片香烟杂半,大益和兰花烟我俱不贪,一切的奇品烟我都不要,苦菜花、芝麻叶我也不嫌。

**【采(採)毛】**揪头发。禳1:不知是谁撒了汤,恼的娘子滴下水,进来房门采住毛,扬了一百小鞋底。禳16:我这里采住毛,我就剜他那眼弹。

**【彩缎】**颜色绚丽的绸缎。禳8:宝石蜜蜡,价值百千,丝紬十疋,彩缎百端……富4:严公子好了病,送了彩缎十疋、银子二百两,方二爷分文不收。又送了许多古董,只收了几样古董。

**【彩凤】**颜色艳丽的凤凰。磨36:照夕阳,人影乱,跨鹤凌云上九天,似风去雨还,飞彩凤,舞祥鸾。

**【彩女】**身份较低的宫女。增1:万岁离了销金帐,前后走宫娥彩女,混江龙驾出朝纲。增2:坤宁宫摆御筵,接皇爷共成欢,宫娥彩女两边站。

**【彩旗】**彩色的旗子。寒6:闹哄哄彩旗飘,乱纷纷宫扇摇,必然是个大官到。磨27:门内喜重重,彩旗一片红,人人欣喜来承奉。

**【彩霞】**绚丽的云霞。慈5:适遇观音菩萨驾彩霞,领下刀疮一把抓,官人呀,你真是天生好造化。

**【彩云】**传说中神仙驾乘的绚丽的云彩。富14:忽然一朵彩云坠落,是洞宾老祖到了。磨36:群仙赴会,彩云飘坠。

**【睬】**理睬(一般用于否定形式)。富6:像奴家这一样没良心的痴人,该着他死在监里不要睬! 增18:万岁爷上楼来,王龙见佯不睬,长官失迎休见怪。

**【踩】**踩踏。磨8:那凤翔府人烟闹市,张鸿渐骑上那驴,扬着鞭子说道:"踩着,踩着!"

**【菜碟】**盛菜用的小碟。禳20:那尽西边那插屏遮着的那一席,才见王家那管家在那里摆菜碟儿,必然就是了。禳24:俺一碗青菜一钱儿,一碗豆腐一钱儿,一碗汤是一钱儿,四个菜碟也合着一钱儿。

**【菜羹】**用蔬菜煮的羹(比菜汤黏稠)。闹:虽蔬食菜羹四时行,我未尝不饱,何况于我乎?

**【菜瓜】**❶一种可以拌或腌制成菜肴的瓜。慈3:这无名的菜瓜,只得是捏着鼻子歹。❷指训斥。慈3:气也不喘,尽歹那菜瓜,掘打了一阵,又要杀他,一身的热汗湿透了重纱。俊:宗大官脸儿忙,低着头竖在傍,两扁担夹不出一个屁来放,吃些菜瓜也应当。

**【菜篮】**盛菜的篮子。寒8:歪子只在赌场里,打俩头来买菜篮,就到家也推看不见。增3:干烧饼拾一盘,咸果子黑菜篮,盛上一碗温水面。

**【菜蔬】**❶菜肴。增18:咱把酒来顿的热热的,另整菜蔬,请那长官来唱着吃酒如何?❷菜肴和蔬菜。日·菜:菜蔬章(章目)。

**【菜汤】**加蔬菜、盐等烹制成的汤汁。姑2:兄弟媳妇坐在也么房,大伯亲手做菜汤,急忙忙,流水做来给他尝。姑2:借重他看看菜汤,借重他摸摸身上,十样愁去了七八样。

**【菜团】**将菜攥成的团状物。闹:清晨时不吃面小米干饭,到晌午高粮面包些菜团;到晚来不动火客从主便,每一日两顿饭就算一天。

**【菜笼】**盛菜的笼(今也写作"篼")子。笼子是一种盛具,条编,非常密实,有提梁,多用来盛粮食或菜。参见"柳柆子""柳簍"。禳24:俺不拾拾那车靽儿,也不挑挑那筐担儿,也不担那饭罐儿,也不挎那菜笼儿,也不曾楔楔那锄垫儿。

**【菜碗】**盛菜肴的碗。墙1:一家人闹呵呵,端菜碗找家伙,席完已是日头错。墙1:嗤,我当是待说甚么呢!拿着筷子敲菜碗,我知道你是饭饱了弄筷。

## can

**【参】**❶参拜。禳4:进门来先参哥嫂,叔侄俩竟到高堂。增28:南楼权当金銮殿,文武百官把主参,礼拜已毕两边站。❷领悟,琢磨。姑2:心中参透姨娘意,知道珊瑚必要还,好夫妻再团圆,只在三朝两日间。增22:你这妮子,就合一个鬼灵精那是的!我只为一时赌气,就着你参透机关。❸弹劾。磨17:忽被按院王成为卢龙一案,参了我三十二款,部拟了斩罪。翻5:仇禄叩头在案也么前,官说何必又重参!❹禽鸟啄食。磨26:都来磕头,都来磕头,仇家不敢记前仇,也跟着众人来，好像是鸡参豆。

**【参张】**开业时前来交易。磨23：打了一日芦庄板，并没个人来参俺的张，干嘴虾蟆不成腔。

**【参拜】**以一定礼节晋见上级或辈分高的人。富14：老爷要领着一家人朝上参拜。磨36：太太领着一家人要参拜，何仙姑说："出家人不行俗礼。"

**【参罚】**弹劾处罚。磨4：生死参罚在我手，尽他乖变也难逃。

**【参见】**以一定礼节晋见上级或辈分高的人。慈6：三个儿来磕头，又是官娘子来磕头，以后是家人媳妇来磕头，又以后是管家小厮参见，乱烘了半日。磨36：就了坐，舜华参见了，太公一家人拜见。舜华先奉了酒，太公夫妇又奉酒。

**【参可差】**形容突然。闹：参可差吊牌忽到，这一场惊慌不小，一盆冰水向顶门浇，似阎罗王勾牒至，把狂魂儿惊吊了。

**【参相】**同"参详"。墙2：好教人参相不透，多管是厌恶这老达。

**【参详】**思考，琢磨。寒3：参详遍不知就里，看架势是个仇家。富4：那按院不参详，远远的将他趁。

**【参想】**同"参详"。蓬3：每日家不离娘娘左右，忽叫俺向凡间露面出头，这意思好叫人参想不透。

**【参酌】**商讨。寒1：兄弟二人商议告状，参酌着做了一张状。

**【餐】**❶吃饭。禳24：就是我罢，每日领着主人家工食月粮，也尽够餐的。禳27：洞中养个长生鼠，寺内斋粮任他餐。❷吃的一顿饭。禳33：这佳肴肥美，酒味香甜，这一餐，家有八口，可活十数天。农·农·蚜蚄：夜凉即不苦热，工人亦省三餐，而虫亦易尽。

**【残】**❶暴虐。慈1：这张炳之娶了这个老婆，实指望给他看着孩子，谁想那李氏的性子极残。❷残破，损坏。增16：是外国进了来给万岁的，万岁使残了，就赐了我一条。增6：这长官帽破衣残，到是极好的口才。❸残剩。增17：万岁便叫丫头绰出残席，安排寝帐，收拾睡觉。增21：不多时，那王龙被万岁杀的如风卷残雪，霜打败叶，又输了一盘。❹将尽。禳8：虽然喜眠食不稳，好容易捱到年残。富9：五更里夜儿残，枕上梦初还。

**【残兵】**战败后残余的兵士。磨31：如今残兵还有几万，还可以迎敌，咱向南寻找才是。

**【残兵败将】**战败后剩余的兵将。快1：你领一枝人马，顺路北下去，但见曹操残兵败将，斩他的首级，夺他的器械。

【残生】残余的性命，余生。慈6：我那兄弟叫张诚，小小的年纪他知道爱兄，列位呀，他为我才把残生送。快2：方才老鳖在瓮中，一刀就把残生送。

【残生命】同“残生”。寒2：大宗师在上听：论生员也稜争，见仇人顾不的残生命。富12：说那张先生，说那张先生，去年掳去到贼营，可怜他送了残生命。

【残书】破旧不全的书。富3：官人看了看……遂即书架上拿了一本残书，上床去塌伏在枕头上观看。

【残汤剩饭】别人吃剩的饭菜。墙1：你把那残汤剩饭，拾上些给他如何？

【残妆】残褪的妆容。富5：一更里昏惨灯儿也么张，没情没绪卸残妆。磨12：一更里昏沉灯儿也么张，无情无绪卸残妆。

【蚕丛】亵语中喻指女阴。禳8：撒帐东，天丁力士劈蚕丛，春风一度桃花落，从此鸿沟有路通。

【蚕蛾】❶蚕作茧成蛹后所化的蛾。日·昆：蚕蛾有翅大如蜂。❷代指姑娘。增12：那腥臊烂臭的邋遢兔，鸡毛店里那无赖徒，青天白日把蚕蛾娶。

【蚕姑】蚕神。农·蚕·忌宜：庚戌为蚕姑死日，忌之。

【蚕帘】用竹篾编的养蚕用具，像筛子或席子。日·养：才将衣被暖蚕帘。

【蚕们】蚕（“蚕儿”的方言儿化形式，非复数）。禳1：天地之间，蚕们可以老了，搉树可以倒了，饥困可以饱了，昂赃可以扫了，惟独这着骨的疔疮，几时是个了手呢？

【蚕娘】养蚕的女性。日·养：机匠蚕娘俱可传。农·蚕·温养：蚕娘着单衣，以为体测，以己寒暖为火增减也。

【蚕沙】蚕粪。农·农·种粪：薄田不能粪者，以蚕沙杂禾种种之，则禾不虫。农·农·种麦旱：种麦时天旱，则以酸浆并蚕沙薄渍麦种，夜半渍向辰，速投之令与白露俱下。浆令耐旱，矢令耐寒。

【蚕蚁】刚孵化的幼蚕。农·农·蚜蚄：蚄出小如蚕蚁，一见便打之。

【蚕种】作种用的蚕卵。农·蚕·择种：蚕种就簇上择之，近上则丝薄，近下则子不出蛾。

【蚕子】蚕卵。农·蚕·变色：蚕子变色，惟在迟速由己。视叶之生，以定子之变。

【惭愧】因有缺点、错误或未能尽责等而感到不安或羞耻。禳20：前日江城用巴豆得罪了亲友，那周、张二人还不屈他，但连累了王子雅，着实惭愧，又不曾敢出门谢罪。闹：小弟笔砚荒疏，苟且塞责，见笑大方，惭愧惭愧！

【惨】同“黪”,昏暗。富5:二更里昏沉灯儿也么惨,谯鼓声催玉漏残。

【惨凄】悲惨凄凉。富11:新年齐,正月里正惨凄,千里存亡未可知。

【惨伤】悲惨、悲伤。富13:婆婆惨伤,婆婆惨伤,但得中个进士郎,你爹爹往家来,可方才胆儿壮。磨26:太太惨伤,太太惨伤,但得两人中一双;您爹爹往家来,可方才来的壮。

【穇子】(“穇”原写作“穇”)一种晚谷。日·庄:棉花不穲穇子好。

【穇谷】(“穇”当为“穇(穇)”之形讹)同“穇子”。农·农·种谷:秕谷宜早,穇谷宜晚。

## cang

【仓猝】匆忙急迫。禳22:来得仓猝,盘费甚少。富12:俺在太原,俺在太原,叫了老爷够一年,仓猝间改了口,太爷还叫不惯。

【仓卒】同“仓猝”。磨30:这人仓卒难以剿灭。他智勇双全,远近百姓都委服他,有冤枉事不去告官,到去告他,他就能兴利除害。

【苍头】奴仆。钟:只因妹子无长物,借重苍头作贺仪。

## cao

【操】❶操练。参见“完操”。增8:大同的教场也不为景致,只是大就是了,有九顷六十四亩,天下人马聚集,一年两操。禳20:一见面着人消魂,心上痒何处抓闷,没操就入了迷魂阵。❷指打。富4:衙役欺心,衙役欺心,该把乜狗脚打断筋!拴起来着棍操,多答[①]少不要论!❸孬,劣,差。禳16:汉子没服就把泼名来挂,这一样降法真是操。❹指钱钞[②]。参见“低操”。增12:叫姐夫休胡嘲,我看你无个操,故意才把皮来燥。

【操笔】执笔。磨6:适才冯学友来对我说,军门里要拿操笔之人,老马差了人了。

【操烘】小钱。磨28:谁想运气衰败,差我合张龙去解张鸿渐,一个操烘(原注:操烘,别本作枣红[③])也没见,倒被他弄了个障眼法儿颠了枪。

【操哄】同“操烘”。增12:看起你千般扭捏,这可就不值个操哄。

---

① 为“合”字之讹。

② 或说“操”为“钞”借字。“操”指钱仅见于《增补幸云曲》2例,或为其原本中的用法。

③ 路本、盛本同,邹本、蒲松龄纪念馆整理本作“枣红”。

**【操军】**贬称军卒。增14:不接尚书合阁老,开手接个大操军,就有银钱也不趁。增21:万岁爷怒上心,骂奴才贼贱人,怎么当面骂了朕?说我操军我不恼,二鳖瞇蛋好难禁!

**【操心】**费心,劳神。墙1:他说我年太高,不宜量把心操,八石粮不用开口要。富13:年年我在天涯外,寡妇孤儿过十春,几乎把你心操尽!

**【操淖】**不体面,不光彩。禳1:怕婆子休得取笑,十个人九个操淖。禳4:使银钱也把好缺也么挑,当日的文章未必高。甚操淖,敲门砖把进士唠。

**【糙子】**糙米。日·器:糙子籭簸不留糠。

**【漕米】**从东南地区漕运来的大米。磨1:前遇着大俭年,万岁爷动爱怜,发了漕米百万石。

**【嘈杂】**心嘈,一种病症。日·疾:醋心嘈杂推磨易。

**【槽头】**给牲畜喂饲料的地方。琴:丢丢羞羞往外走,婆婆迎门拉住手。……槽头上买马看母子,婆婆的模样倒不丑。

**【槽头肉】**颈部和肩膀相连处的肉。寒5:伸脖子把筋抽,撼不动一点头,众人空压那槽头肉。

**【槽头上买马看母子】**俗语。相马时须看其老马的好坏,以此作为判断小马长大后状况的参考。比喻看其父母的长相、行为可以得知子女的大概。参见"母子"。琴:丢丢羞羞往外走,婆婆迎门拉住手。……槽头上买马看母子,婆婆的模样倒不丑。

**【螬食】**虫子啃噬。闹:陈仲子三咽李螬食过半,孔圣人在陈国绝粮七天;君子穷不必那小人穷斯滥,莫不是,天丧予,天丧予,就在洛川?

**【草庵】**茅草房屋。禳8:小女造化,成了姻缘,就做太太,不出三年,草庵茅舍,亲家不嫌。

**【草包货】**软弱无能的人。磨18:相公不要怪俺,俺两个都是草包货。磨23:大叔,你休怪我,我是个草包货。

**【草草】**仓促草率。禳11:草草具一杯薄酒,为贤弟稍破愁颜。

**【草草了事】**草率地把事情办完。农·农·雇工:有种奸类,饱餐饼饭,偃卧乘凉,半日方起,草草了事……

**【草场】**牧场。农·农·牧牛:贩牛者早投以盐,盐入腹渴甚,驱入草场,草沾冷露,便急饮以救渴,故亦易饱,半月即肥。

**【草薊】**草屑。日·器:草薊全无扫地光。

【草蛤蜊】一种圆形的小蛤蜊。墙2:一个达是公夥的情受的东西,我何苦都费了? ……草蛤蜊缝至行头里——这不成了个憨蛋么?

【草驴】母驴。禳13:可笑可笑真可笑,买了个草驴不识道;一朝骑着看闺女,朴搭跌的这腰儿吊。

【草率】轻率,不认真。磨18:小弟也草率完篇。

【草舍】茅草屋。寒8:家里若银钱估不透,不看吃来也看穿,茅庵草舍何能换? 寒8:点了瓦屋验草舍,又把家伙看一回,犁耙绳索皆齐备。

【草寿】蔑称人的寿命。增14:这贱人们还有几天草寿,且看他快活几日!

【草亭】覆以茅草的亭子。富7:家里那草亭上,树影儿还稠,想必你拿着梳儿在那里梳头。磨19:家里草亭上,树影儿还稠,想必你拿着镜儿在那里梳头。

【草屋】覆以茅草的房屋。翻8:他也不到穷似贼,穷似贼,插插草屋扫扫灰,爹爹呀,孟光也会把梁鸿配。翻11:一间草屋盖不起,忽然身到九云霄,任拘给谁想不到。

【草野】民间。磨29:草野的小书生,打伙儿讲朝廷,没人处侈口谈朝廷。

## ce

【册子】簿册。翻8:二相公骑上骡,合公差走了。就来查他的产业,保正勒了册子,给了公差。寒7:判官拿过一本册子来铺在案上,二郎爷掀开看了一遍,便大怒了。

【侧耳】侧转头部使一耳直对声源,形容认真地听。快4:这人果然拿过枪来,做手着说起来。众人都吃着酒,侧耳笑着听。富3:张官人一直到门也么庭,敲着门儿问一声。不答应,只在门前侧耳听。

【策】计策。翻4:秦惃惃子见他在那里出阳神,便说:“我有一策,可以捞梢。”仇福说:“甚么策?”快2:咱人困马乏,怎是个敌手? 如今只有一策:……咱合他说好的,未必不见面生情。

## ceng

【曾】曾经。墙4:我也曾挣过银子,早知道真么中用,怎么不藏下几两? 翻4:我曾见这个人来,值二十两。

【层】❶量词。a)用于层叠、积累的事物。墙1:前年做的布衫子,如今锅巴有千层,赃呵呵宜量甚么敌? 富1:万顷田园无薄土,千层楼阁接青天。b)用于大宅院中用墙围起来的院落。翻11:走一层又一层,也有楼也有厅,宅子共有三四蹬。禳20:又是一层院落,好不幽雅!❷事理的层次或方面。禳29:你原与官人同姓。也罢,咱昧这一层罢。

**【蹭】**❶随意地去某处。墙2:每日待合他算一算,他又多时不进城,今日闲过来蹭一蹭。富11:山西谷价黄金同,白日断人路不通,母亲呀,谁敢兴心往里蹭?磨23:这几日听的说张宅物色玩的,我安心去蹭蹭。❷指行动。墙4:新中了进士称了老,撇下个爷字与监生,他说那咱就往前蹭。俊:或是跳在踢天笼,那是你可自在蹭,典儿卖女尽你擠。❸摩擦。增27:定国公怒冲冲,把铜锤举在空,顶梁穴上蹭一蹭。

**【蹭蹬】**困顿,倒霉。俊:去年的皇历看不的,别人蹭蹬盼不的,蒺藜块子咽不的,三日不吃干不的……日·身:蹭蹬猾懒一生贫。

## cha

**【叉¹】**(chā)❶头部有分杈,用来刺物取物的工具。寒5:一个鬼使用叉挑出来,旁里一池水,丢在那池里,才觉着浑身清凉。寒7:把阎王一把抓,抓住头用钢叉,挑来就把油锅下。❷用叉刺物或取物。增19:俺达达拿着三股叉,三叉两叉叉死那匹马。❸(方言音chá)同"查❸",堵、拦。姑2:大成羞极了,就待扯腿。珊瑚两手叉住门。大成窘了,从他媳妇那夹肢窝里钻出去颠了。

**【叉手】**与房梁构成三角形的两根木棒。日·木:天秤架成安叉手。

**【叉腰】**双手的拇指和其余四指分开紧按在腰间。磨6:一个个叉着腰,嚇嚇的喘粗气……

**【杈】**❶同"叉❶"。头部有分杈,用来刺物取物的工具。日·庄:杈扒翻晒趁晴天。农·蚕·凉暖:或正热猛着寒,尚未大病,但禁口不食,即用鏾子盛无灰熟火,用杈托于箔下,往来逼去寒气,自愈。❷同"差²",错误。富4:定把方氏拿,定把方氏拿,搒他顿搒子也没杈!

**【杈枒】**枝杈。日·丹:细皴老树有杈枒。

**【插】**❶刺入,穿入。翻4:使力一穿,使力一穿,插在喉咙气嗓间,一群媳妇子,齐来把他按。增22:那万岁拿过箭来照东墙上一摔,舞了几个花,一投插在壶里。❷头饰、佩刀等的佩戴方式,插入头发或腰带等能够别住的地方。禳7:便去头上拔下来了一对金凤钗,插在江城头上。磨34:张鸿渐同三大王插刀忿忿而行。❸刺绣。磨16:保儿,你念了几遍了?我绣线插了三条,天色已晚。

磨16:他念书时我刺绣,绣线重添十五条,梅树已插的枝头闹。❹插秧,将秧苗用手塞入地中。富5:四月里,小麦黄,稻插秧,困人天气日初长。磨12:四月里,小麦黄,稻插秧,困人天气日初长。❺修补草屋顶上的茅草。翻8:他也不到穷似贼,穷似贼,插插草屋扫扫灰,爹爹呀,孟光也会把梁鸿配。❻掺入,加入。磨1:一窝孩子吱吱叫,老婆子挖菜插粗糠。增7:色比葡萄才半熟,插上杨梅同做。……这两句是说,你那酒的颜色好,红通通的,就像那半熟的葡萄,加上那杨梅一样的娇嫩。

**【插戴】**本指簪钗环钏之类女性首饰,代指订婚时男方送给女方的定礼。琴:梅香笑着走进来,叫声俺姑娘,他来送插戴。

**【插儿机】**竹板的一种,也叫"节子板"。一般由五片长约三寸、宽约一寸的小竹板组成,上端用绳串联。旧时唱莲花落时,右手持大板(两片),左手持插儿机,合称"七件子"。磨1:"我收拾着几件乐器,分散给您,没有的拍手亦可。"果然取出砌砌鼓、插儿机,交于别人。

**【插和】**❶掺和,混放在一起。姑3:虽不知轻重如何,雪花银倒有些插和,每人只分了百十个。日·树:漆被桐油更插和。❷指擀毡时夹在毛中间的填充物。日·毡:更将插和夹中间。

**【插屏】**屏风。禳20:那尽西边那插屏遮着的那一席,才见王家那管家在那里摆菜碟儿,必然就是了。

**【插语】**同"嚓语",低语。禳1:进了房门,只落了游游一口气儿,那喉咙眼里插语着说"杀呀"。

**【插栽】**栽种。日·树:插栽桦梱揭皮使。

**【差[1]】**(chā)❶次,弱,劣。姑3:人人听说齐打罕,贤患的荣华差的减;世间报应甚分明,休说老天没灵验。禳14:虽是他性儿差,想起他那模样,哎哟浑身肉麻,想起他那手脚,浑身肉麻。增11:他就嫌模样差些,也只说是有名无实,出上他不嫖就是了,咱妈娘知道哩么?❷(比某一数值或对象)数量少。慈3:您大妗子你知道,这姑合娘能差多少?增12:武宗爷笑颜生,你强他一丁丁,炕合席差一迷迷缝。❸有区别。寒2:眼见的商员外屈死,就与那蒿草无差。

**【差不多】**❶相差不大,基本相当。增8:金玉银玉天生俊,爱爱怜怜都差不多,素娥月仙也看的过。❷大概,几乎。富12:你这第二篇,你这第二篇,略改几句便可观,差不多不甚足为患。

**【差池】**❶差错。姑2:纵然是没甚么差池,何大娘,我这心里也不忍。

磨28:张老爷真正君子,想当初是俺差池。❷意外,指发生不好的事情。增26:文武不曾带一个,惟你朝夕常在旁,若有差池上谁的帐?增26:把这药丸交与你那得托的拿着,你若有甚么差池,这药丸就能救你。

**【差迟】**同"差池"。❶差错。姑3:债家看那银子,合前番丝毫无二,心里疑忌,连夹了三锭,全无差迟,就把文书退了。姑3:银色差迟,银色差迟,还是前番大上皮,谁想到了好人手,就成了冰花细。❷意外,指发生不好的事情。姑3:若是咱娘有些差迟,就是天不许我改过。磨18:俺解的人有甚么差迟,你可就认帐!

**【差错】**错误。墙4:你做中人有证佐,差错无有半分毫,说是谁咱好问他要。

**【差讹】**差错,错误。闹:这一篇似差讹未曾改,那一篇真真可坏?

**【差一脚摸】**离着赶上某件事时间上只差一点,差一步。禳14:丽华上,李婆来到近前说:"哎哟!原来是丽华姐姐。你待那里去?"丽华说:"前天王少爷约我今晚去陪客。"李婆说:"好呀,培了的芋头不踏——差一脚就摸了。我正是来找你,有个主儿想你哩。"("差一脚就摸了"为"差一脚摸"的拆解式说法。李婆的话的意思是:差一点儿就错过了)

**【嗏】**叹词。表示惊讶、感叹等。禳33:嗏!那神仙也非逍遥?只是旺相百年,又早见五花官诰,封赠数十遭。禳33:嗏!那牙笏摆满床,且喜白发双亲,那时节全然无恙,到百岁还安康,如神仙下降。

**【嚓】**狗猪等吃食。俊:若是狗改了嚓屎,你说话就是那公鸡拂群。

**【嚓嚓】**低语。琴:送女客,进绣房,见我模样仔乱嚓嚓。磨14:刑房嚓嚓了两三句,他才欢喜把头回,便说王岗你暂且退,我随后就差应捕,出票子给你拿贼。

**【嚓语】**低语。磨10:按院不认的,合他手下人嚓语嚓语,才进来行了礼……

**【茶鳖】**小茶壶。日·器:茶鳖只在卤壶旁。

**【茶博士】**茶馆的伙计。禳20:茶博士说:"王二叔在后边哩。"禳20:茶博士说:"爷是吃酒是吃茶?"

**【茶匙】**取茶叶的匙子。日·器:茶匙斗爵将银打。

**【茶饭】**指饮食。琴:日已平西,日已平西,家中茶饭懒待吃。富11:娟娟茶饭奉高堂,锣鼓终日闹嚷嚷,日头西,一直闹到东方亮。

**【茶馆】**供顾客喝茶的店铺。禳20:那县前有个茶馆,红梅甚盛,反蒙他请我去赏,心中越法讨愧的紧!禳20:来此已是王家茶馆,待俺进去。

【茶客】贩卖茶叶的人。增24:我若得了王侯位,给你本儿去转钱,盐商茶客从你的便。

【茶梅】一种山茶科常绿灌木或小乔木。花白色或红色,略有芳香。日·花:腊梅茶梅皆冬放。家政外编·诸花谱:茶梅,十一月花。

【茶盘】盛茶具的盘子。日·木:铺筋粘鳔作茶盘。

【茶棚】供行人休憩、饮水的棚子。日·纸:茶棚遮蔽太阳昏。

【茶瓶】盛放茶叶的瓶子。蓬7:不但说床帐桌椅,并不见酒残茶瓶。

【茶盅】小茶碗。寒6:那个鬼跑到铺里,端出来了一个碗,一个茶盅,把他递与二相公……

【垞堐】修补堤岸。今方言用砖石堵起墙洞或缺口、修补编架的篱笆缺口等叫作"垞",河的堤岸或沟两侧很陡的高处叫作"堐"。日·庄:墚道垞堐防作踽。

【查[1]】(chá)❶查检。墙2:我刚才到了家,略把那家务查,心里到底放不下。翻8:二相公骑上骡,合公差走了。就来查他的产业,保正勒了册子,给了公差。❷查阅,查看。墙2:零零碎碎,也不大记的,有账可查。寒7:二郎爷吩咐查他的簿子,那知县的赃银倒有十七八万,那城隍只有两万,也都化成汁子灌了他。❸用条状物将孔洞等补缀起来,引申指堵、拦。禳18:来,查着门,我去取的。❹碴,粮食粒碾压后形成的碎粒,引申指性格刚硬或强横的人。富4:好一群恶查,好一群恶查,极喜去把妇人拿。

【查边】视察边境。增3:你不知,我是江都督差来的,要上宁西查边。增7:自小油滑无能干,江都督手下做差官。今日路过大同府,专到宁夏去查边。

【查点】检查清点。寒8:不由大爷作主,吃了酒,就领着商宅家人去查点。禳33:若不着我这谨查点,一千石也费不到年终。

【查儿】同"查[1]❹"。翻4:端过银灯,端过银灯,拿过笔砚就写呈,先告赵阎罗,不怕他查儿硬。

【查访】调查打听。寒5:如今玉皇爷爷差了二郎爷爷查访那忠臣孝子、烈女节妇,因此咱妹妹连名也不曾点着,只是二叔吉凶难保。磨6:只是望老父师耽待,从容查访张逵便了。

【查勘】实地调查,查看。磨1:县公老马,嗔人报灾。大家去上司告了,即时委了一个官来查勘。

【查考】追查考实。增20:王冲霄被他调转,一心里查考真主。

【查子】同"查[1]❹",指刚硬的性格。墙4:要合你舍死对命,我就说骂你没查。

【楂[1]】枝条等砍断后的断口。农·附·栽条：腊月拣长鲁桑条二三枝，通连为一窠，快斧砍下，将楂头微烧，每四五条与秆草相间作一束，卧于向阳坑内，以土厚覆。

【鞁宬】随身携带的盛箭器。日·兵：鞁宬鞁袋当腰勒。

【搽】❶敷，涂抹。慈5：那庄里有个医官叫开门，取了刀疮药来，给他搽上，又灌了几日，临明才略懂人事。禳28：又拿过胭脂宫粉，才给他匀搽香腮。❷特指往脸上搽粉。禳28：搽了脸抹了唇，穿上套衣服耀眼新，俗眼都要看着俊。增12：满脸上搽些土粉，好一似发了粉的冬瓜。❸擦。姑2：珊瑚搽着泪，和他两姨嫂子拜了两拜，才一五一十的细说。禳13：叫唤起来，江城才去了，公子搽眼……❹尖锐硬物刺或顶。姑1：看了看，幸得刚搽着那气嗓头边儿。

【槎枒】错杂不齐貌。蓬2：华山的景致尽堪也么夸，左是玉女右莲花，高槎枒，头隔着星辰勾一搓，摸着南天门。邻着玉皇家。

【察访】调查打探。慈2：虽然也养活他那么大小哩，还得察访他察访。富9：李家现如今常察访你，你也该背着些。

【镲子】小钹。日·器：点子镲子响叮当。

【蹅】(方言音“渣”)同“揸”“挓”，拃。增13：上穿一身红衲袄，绿罗裙上石榴花，红绣鞋窄半蹅大。

【蹅棍】(“蹅”，方言音“渣”)织布机上的一个部件，用脚踩着活动。日·器：蹅棍蹬来轧车忙。

【蹅蹅】(方言音“渣”)同“喳喳”，象声词。增10：这一日佛动心正然悲叹，忽见那喜鹊儿来那檐前蹅蹅的叫唤了几声。

【岔】❶有岔路时离开正确的或原定的路线。富9：到邻村，到邻村，岔下路儿去投亲。磨19：上前村，上前村，岔下路儿去投亲。❷同“差[1]”，质次。禳29：有天知，有地知，真真实实，不嫌奴家天生岔，做个伴儿，做个伴儿，又不推磨，又不织机，下下棋，叠叠衣。

【岔了道】离开正确的或原定的路线，比喻改变原定的行动。禳27：咱只管去念佛，休要岔了道。

【紁裤】一种裤子，只有长的裤腿而没有前后裆。日·衍：紁裤站门嗻[①]瓜子。

---

① “嗑”字俗体。

【差²】(chà)错,不对。墙1:老头子忒也差,当日分地为甚么?今日又说糊突话。琴:嫂子说话硼心坎,句句何曾差一点?磨25:年兄差矣!那是河南人,与令尊何干?

【差儿】同"叉²",在纸上画的"×"字,表示错误或作废。禳33:公子云:"怎么上头一个差儿?"兰芳云:"他多写上了一百五十二个钱,算不着,还不曾发出去问他。"

【叉²】(chà)在纸上画"×"字,表示错误或作废。禳17:强似那宗师下道,把四等大抹大叉。

【叉道】岔路,错误的道路。增12:小撕厮你三十里,五十里不知道路径,走上叉道去了。

【黪黑】("黪",蒲氏注音"插")很深的黑色。日·皮:黪黑须加百药煎。

【黪青】("黪",蒲氏注音"插")深青色。日·树:黪青栾棒长山坡。

## chai

【差³】(chāi)❶派遣。翻8:我去他也不见我,不如着娘差个妇人去。寒4:老王大怒,另差了十名壮健的衙役,着他去抬。❷差事。富9:且说李鸭子的丈人赵鬼子,是人家的马夫,奉着他主人的差,从河间府回来,合张官人宿在一座店里。俊:宗亓人实是贫,一个差净了身,算来真是活倒运。

【差官】奉差的官员。增3:何不早说?早知道是江老爷的差官,只该远接。增7:我是江老爷的差官,来这孤老院里查查,年老的许他吃粮,若是年少的赶出院去。

【差遣】派遣。寒8:今日奉娘娘差遣,知老爷患难临身。

【差人】❶差遣人(去做事)。翻10:大姐差人报于慧娘,范公子听说,即刻合他儿来见了,异样的欢喜。磨9:奇呀!怎么方家并不差人来说情?❷官衙的隶役。寒2:那一伙差人到了赵家,拿出腚来,着他家人验过。富2:原来这方二相公也不是个善查,那差人不敢进去。

【差使】差事。禳17:俺那小姨子嫁了高家那小长命子,他还比我赛头哩。往后再有差使,我就顶上他。

【拆白道字】一种文字游戏,把一个字的字形拆成几个字然后编成一句话。增19:有王龙叫长官,开怀饮玩一玩,从来哑酒吃不惯。输家吃酒赢家唱,拆白道字耍一般,打乖夺翠各人占。违令者罚酒三杯,饮酒处决不虚言。

【查²】(chà)同“差²”,错。翻5:你既不怕,我使他的没查。翻5:他就给我百十两,使了他的甚么查,兄弟休要把心挂。

【钗】❶形似叉的女性首饰。禳7:(夫人)便去头上拔下来了一对金凤钗,插在江城头上。富2:张官人接钗在手,越发酸痛。❷犁上的一个零件。日·庄:鏵头钗缺亦重添。

【钗环】钗和耳环,代指首饰。琴:看见尺头合钗环,俩眼喜的没了缝。禳29:原打算典当钗环,这就不用了。

【钗裙】同“裙钗”,代指女性。寒4:恶虎杀咱父亲,报仇死女钗裙,到如今还是梦里恨。蓬6:我正然踌躇不定,可那里安插这钗裙?

【钗梳】钗簪和梳状的压发妆饰品。琴:少戴钗梳,少戴钗梳,今夜是我亲手除。

【柴儿】柴。慈4:大雨如麻,大雨如麻,割的柴儿够一把,及至住了雨,日头已西下。慈4:那点小嫩手,为我中了伤,捆着他那柴儿,好似万把刀往这心攮!

【柴火】柴草。俊:忽然一朝运气转,银上包,钱上串,柴火买他百十捆,粮米买他百十石。富4:方二爷说的话,俱是关着屋门烧湿柴火——有意存烟,时时谈论那卢龙县知县的“好处”。

【柴伙】同“柴火”。闹:扫天井抱柴伙捎带拾粪,来了客摸桌子我把菜端。

【柴门】用柴木做成的门,指简陋的门。禳11:立多时徘徊瞻望,呀的声柴门忽然开了。

【柴米油盐】代指饮食必需品。俊:家里有了活便钱,柴米油盐般般有。

【柴薪】柴火。翻8:锅头灶脑,米面柴薪,小小事儿,不必留心问。磨16:办粮米治柴薪,终日里忙煞人,读书的全然不曾问。

【柴烟】柴草不充分燃烧冒出来的烟。日·养:悬于凉处怕柴烟。

【豺狗】似豺的狗。富4:来到家中,来到家中,墙歪屋塌满蒿蓬。惟有个瘦豺狗,见人把尾摇动。

【豺狼】比喻恶人。姑1:自此若有豺狼出,方识从前大妇贤。富5:青天有眼豺狼死,平地无尘波浪生。

## chan

【掺】❶把一种东西混入到另一种东西去。农·蚕·上簇:次日少有禾杆掺之,以属其所作辍之未成者。❷撒(蒲氏注音“撒”)。日·皮:熟皮掺粉加条打。

【搀】❶搀扶。琴:乍下轿来好难走,将那送客搀住手。增13:万岁一见,心中大喜,走向前去,把二姐搀起说……❷同"掺"。墙1:跺跺脚叫声天,这样苦对谁言?冷冻冻搀上这泪珠咽。磨1:他居家五六口人,指望着搀糠搀菜的多吃会子,昨晚被一伙人进去,将谷抢去,把老头子打死。

【馋】❶贪吃,看见好的食物很想吃。琴:做了一遭不歇手,就如那喂不饱的馋老狗。钟:那个馋爷可怕,庞儿不大善良,小鬼生得胖光光,怕他涎流嘴上。❷贪羡。琴:嫂子和俺玩,嫂子和俺玩,见了他姑夫你馋不馋?增6:那张舍拿起骰子来要一个六,却掷了一个幺。那万岁看馋了,不觉的说出来了个"六"。

【馋虫】比喻强烈的食欲。增26:胡百万把酒尝,吃一口喷鼻香,引的喉咙里馋虫上。

【馋涎】因馋而生的口水,比喻强烈的食欲。磨13:虽然是馋涎长流,皆因寻思到这里,才死活强忍。禳14:俺是黄金买个笑,打打这馋涎,解解这愁烦。

【餂】(蒲氏注音"参")鸟啄食。日·庄:鸡餂狗舔染黄泉。

【餂鹔】到处啄食。日·禽:休说餂鹔要食吃。

【禅和子】指和尚。磨28:阿弥陀佛!还要见贵人,禅和子念经没撞钟——只怕吊着不打就是击磬。

【缠】❶回旋地束缚,缠绕。慈4:大家裂了一块布衫子来,缠了缠(张讷颈部伤口),又着一个人取了一扇门来,才把张讷抬了来家。蓬2:变一条腰带,缠你的腰间。❷纠缠,搅扰。丑:八戒越发动了兴,想他多情容易缠,凑到近前只顾看,颠到总不害心烦。琴:盼的黑了天,盼的黑了天,吃不迭夜饭就来把俺缠。他越缠的紧,我越睡得慢。

【缠脚】缠足。墙1:起初甚好,两个儿早晚问候,两个媳妇热汤热水常来服事,好不的那好。谁想是苏州娘子不缠脚——光兴了一个头儿。

【缠磨】纠缠,搅扰。翻7:范栝做不上来,不敢缠磨他师傅,光来缠磨二相公。

【缠绕】回旋地束缚。寒7:看见那众人丢在河里,被那些恶蛇缠绕,连天叫苦。父子下桥作别,不免悲伤。

【蝉】知了。富5:夏来到,荷叶如钱,一榻清风万树蝉。日·昆:今闻蝉叫似弹筝。

【蝉娥】嫦娥,代指美女。姑1:好一个俊媳妇风流不过,穿上件粗布衣就似蝉娥;又孝顺又知礼,一点儿不错。

【镵】犁镵。日·庄:又买撇绳换秃镵。

【蟾宫折桂】比喻科举及第。富12:谁知在外边,谁知在外边,已向蟾宫折桂还。磨21:我那儿小小玩童,怎么能折桂蟾宫?

【产业】财产,家业。翻6:手拉手哭嚎啕,咱家产业已全消,不着你来把气生,不愁不把饭来要。禳2:俺本宦官后人也,家中有万金产业。

【谄】奉承,献媚。禳24:我遇着那富贵人,一碗菜做好了,就赏钱几百,粮食几斗。你说这个,就是要咱那老婆,要咱那女儿,咱也要扎挂了去奉献,何况是几碗东西,还不用心哩么?这就是谄呢。磨14:谄奴才!必然你就是头一个了。不然,阖县里有几十万人,那找你做个头儿?

【谄媚】奉承讨好。增28:得罪朝廷都是你,临危了还要献谄媚,临死咬的牙根碎。

【谄佞】花言巧语阿谀逢迎的人。磨14:问通套何人为首?自有那谄佞的赃腔。

【蹍马】骑无鞍马。日·走:蹍马一遛知好歹。

【颤】颤抖,抖动。寒2:二相公口不言,藏下块半头砖,站在旁气的浑身颤。富3:慢慢长裙摆,一对小金莲,脚儿一挪头上银花颤。快4:一人回头向我照,我颤长枪只一通!

【颤颤】颤动,战战。蓬7:桃仙女笑容开,磕个头把身抬,花枝招展颤颤拜。

【颤声】声音发抖。丑:颠势动摇身两就,颤声齐作口双甜。

【颤巍巍】形容抖动的样子。增28:有王龙颤巍巍,骂大姐吃你的亏,千刀万剐贼贱的辈!

## chang

【菖蒲】多年生水生草本植物,有香气。叶狭长,似剑形。肉穗花序圆柱形,着生在茎端,初夏开花,淡黄色。日·花:菖蒲只可夏时剪。家政外编·诸花谱:菖蒲,亦有数种。

【菖蒲酒】用菖蒲叶浸制的药酒。旧俗端午节饮之,据称可去疾疫。富5:五月五日是端阳,角黍香,菖蒲酒满觞,艾虎挂门旁。磨22:五月里,端阳来,榴花如火向人开。空将艾虎门前挂,谁共菖蒲酒一杯?

【娼家】妓女。增12:要帐俺又不该你嘎,探亲呢,俺合您娼家有什么亲?

【长[1]】❶距离大。俊:娘子虽然家教严,他也没有这么长的眼。快3:弓儿弯弯箭又长,从来百步会穿杨。慈1:从头上拔下个针来,给他拨出来,那棘针就有半指多长。❷时间久。翻10:嫂嫂不必挂虑,只怕咱有三月的别离,相会的日子正长。富6:久瞧着方娘子风流聪俊,二十四岁长守寡,难道说全然不动春心?❸常,总是。姑1:大成说他一二十,一点人性全不知,亲娘呀,终朝惹娘长生气。禳12:若是长像那一夜,情愿合他再团圆。❹长远。翻12:孩儿们莫悲伤,我心里虑的长,你不必再把宝鸡上。寒7:官既高福也长,只该求姓名香,如今全把良心丧!❺高。翻4:姜秀才并不曾放在他的眼眶,说我曾见来,身量不大长。❻多。富9:话儿长,话儿长,好似织女会牛郎。

【长才】优异的才能。磨10:休说小弟没有长才.方且不是牧民之官,可有甚么恩惠给那百姓们?磨30:贼也有长才可用,我才说不如招安。

【长长】❶长久。磨10:只当老奸贼,要叫我长长坐。❷常常,经常。慈4:情意太高,情意太高,长长事儿要分劳,以后做生活,只叫他先跑。俊:长长骂着还踢蹬,给你句好气就上了天,我还嫌我骂的善。

【长短】❶长和短。增18:人生十指尚有长短,富贵还有高低,也齐不的。❷长度。禳17:就有模样丑似鬼,一揸长短大花鞋,汉子怕的比我赛。禳33:媳妇伶俐,针指细密,看了看长短遂心,试了试宽窄如意。❸意外,不好的事情。禳7:他日若还不大好,难将长短怨爹娘。❹好与不好。禳12:长合短,小弟也不敢与闻。❺分别用在同一词语后构成"×长×短",代指各种事情,这样那样。慈1:张讷从小聪明孝顺,知道嗔他不叫娘,就来娘长娘短的。琴:不管长来不管短,进门就是搂抱俺。禳13:又是长,又是短,想是娇嫩嫩的那手,打着脸上也不大疼么!

【长法】长久之计。姑2:只等了二三日,于氏看着不是长法,便到他那屋里,臧姑坐着也没欠身。富9:你每日躲着,可也不是长法。

【长街】大街。禳18:吊了头巾吊了鞋,吁吁喘喘过长街。增5:我今要上长街去,不得送你休计较,老客请起登古道。

【长久】时间长,持久。磨8:好贱人!你怎么知道我合官人不能长久?就唱一个离别曲儿!磨33:任老爷是朝廷待重用他,他如何能在此长久?

【长空】天空。墙4:一口气不来瓜打了,竹篮打水落长空,可才大家没蛇弄。

【长骡】指雇用来长途旅行的骡子及骡夫。富9:徐员外给张鸿渐雇了一个长骡,东西洒泪而别。富10:雇下长骡要起行,门前洒泪别张成。

【长驴】指雇用来长途旅行的驴子及赶驴的人。磨19:大哥,你给我雇个长驴。

【长脐】雄性螃蟹的狭长的脐，也叫“尖脐”。雌性螃蟹的脐圆钝，称“团脐”。增19：万岁爷笑哈哈，叫鸨子斟大杯，二姐喜的如酒醉。粉头也有公合母，耕地的牛儿都会飞，堪合王龙是一对。万岁说这长脐粉头，王冲霄扎他大亏。（此处用“长脐”代指雄性，讽刺王龙说有“公粉头”）

【长生果】花生。禳16：他若牙缝儿崩不字，小孩子卖长生果——吃不了还叫他兜着走哩！

【长声】说话时拖得很长的声音。禳16：都像那汉子有个不是，作恨声介，拿着那长声：“哎哟，气杀我！”

【长叹】深长地叹息。禳10：公子上，长叹介：“咳！我好苦也！”磨17：长叹了一声：“哎！罢了，罢了！……”

【长叹短吁】同“长吁短叹”。翻5：一夥人连声答应，提上裤长叹短吁。

【长条骨】指肋骨。钟：血染红裙冷黛修，自烧磷火煮骷髅，留将肋下长条骨，刻作花钗更插头。

【长途】远的路程。富3：奔长途，高低乱窜眼模糊。磨18：都像你这苦芦子，俺饿死长途值甚么？你真肉佞还奸诈！

【长尾郎】灰喜鹊。日·禽：傻大官是长尾郎。

【长物】好的东西。钟：只因妹子无长物，借重苍头作贺仪。

【长吁】长叹。禳11：樊子正上，长吁云：“从来说养女的不气长，今日才知这话有理。”磨12：鸿渐长吁了一声，说：“怎么这心里忽然感伤起来？酒也吃不下去了。”

【长吁短叹】不停地叹息。慈1：张炳之放倒身长吁短叹，最不该寻老婆懊悔从前，再一会怕爹儿不得相见。禳21：自从锁门之后，将近一月，起初还听见他长吁短叹，这两日吟哦起来了。

【长吁了一口气】❶长长地呼一次气。寒8：这一日，大相公吃了些饭来，才待伸手摸，只听的二相公长吁了一口气（二相公已死亡多日，此处言其复苏）。❷长叹一声。快4：那人起来，伸了伸腰，长吁了一口气说：……磨29：许仁庵长吁了一口气，说：“了不的，了不的！”

【长夜】漫长的夜。富11：又想又愁又是恨，又逢长夜难苦捱。磨19：听的更鼓连敲，长夜还愁睡不着。

【长揖】拱手高举，自上而下行礼。翻5：请到后宅把手也么拉，作了长揖让坐下，待了茶。禳32：入见众人，作一长揖，便在上边坐下。

【长斋】长期吃素。增15:到几时把火坑跳出,南无佛吃了长斋。

【长支】向雇主借支款项到年终结算。闹:教一日算一日长支不许,束修钱年对年工满价完。

【尝】❶试吃,吃一点儿辨别滋味。寒6:二相公才待尝,看了看浑光浆,觉着不是个模样。增21:叫丫头拿刀切开,我尝尝是酸是甜。❷体验。翻11:离别的滋味我尝过了。富13:既然是为个人,却也该尝尝那奶奶味。

【尝试】试验,试用。闹:苟有用我者,请尝试之。

【常常】❶经常,不时。禳17:自家葛天民,是那樊满城的汉子,绰号棰被石。我问人怎么是棰被石?哦,说是老婆棒棰常常挂打的。磨19:李家如今常常察访你,你也该背着些。❷长久。富4:大骂贼砍脖,大骂贼砍脖,送我监中三年多。只当砍脖贼,叫我常常坐。增18:若中支使,留着他当个门下,做一个家丁,扎挂他给他丝绸穿着,强似他们当军,可不是常常富贵么?

【常长】同"常常",经常。磨16:还是一个玩孩子,只怕读的未必专,我又不能常长看。

【常船】自有的货船。增23:堆金积玉敌国富,江湖河海有常船,银钱不知有几百万。增23:把你银钱尽数拿来,河内常船,南京铺子,地土宅子,老婆孩子,尽情算了,敌不上我一个庄子上的杂粮。

【常法】同"长法"。翻9:你既不肯另嫁,又不合他见面,他又不死,你在娘家里也不是常法。磨19:每日逃躲,可也不是常法。

【常时】平时,往时。墙2:常时兄弟何等厚,那时衣帽甚光鲜,怎么这样流丢烂?磨1:常时打的还善和些,这一向打的甚狠,想是他有了信了。

【场[1]】(cháng)❶翻晒作物和脱粒的平坦空地,场院。磨1:遮天影日蚂蚱过,朝朝每日唬飞蝗。把谷吃了个罄溜净,庄稼何曾上上场!农·农·晒麦:辰前场中无麦,可使坡中助割,或担粪入栏。待麦运场上,而后酌用人之多寡,分别渐次调去,不可坐待麦晒。❷室内的地面或天井的地面。翻11:又往前搂了老远,极像是石头铺场。

【场园】翻晒作物和脱粒的平坦空地,场院。磨23:怕的是秋耕了的地土,合那当道的场园。

【场子】室内的地面或天井的地面。翻11:大约是石头铺了场子来,我起出他来,盖屋好使。

【敞】张开,打开。快2:帽也倒了,衣也敞着,带百十个兵卒好跑。

【厂】❶同"场²",有专门用途的场所。磨1:奉旨各处都开饭场,那米未曾发县,上司就落起了八千石;发在厂(粥厂,即"饭场")里,那衙役又偷去了六千石。磨31:着几个能的爬过墙去,先到粮草厂里放起火来,开了他的寨门,我领兵齐进,可以捉住贼头。❷同"敞",张开。磨7:不是开了,那大门也是厂着的。

【场²】(chǎng)❶科举考试的考场。翻7:二相公对他师傅说了,出了场,也没上下处去,上他表兄徐博那下处睡觉。翻7:骂范栝无赖徒,在家全不用功夫,场中文可央别人做?❷量词。考试的一次或一个阶段。磨21:三遍一等好名士,完了三场得意开,临了还落孙山外。❸量词。用于表示一个完整的过程。慈3:好没要紧,除没找了孩子来,赚了一场好骂,还几乎捱一顿好打。蓬7:回头真是一场梦,可笑离合与悲欢,劳劳攘攘真扯淡。禳8:我高蕃为樊江城想了一场大病,因着定了亲事,才觉精神健旺。

【唱班】剧团,戏班。丑:见了些昏昏惨惨地狱路,见了些乌乌黑黑没黄天,见了些膻膻腥腥食店铺,见了些吱吱呀呀小唱班,见了些哭哭啼啼思乡鬼,见了些恶恶扎扎老判官。

【唱词】唱曲子。寒4:到了次日审理,老王叫着李蝎子,把他那请客唱词的首尾说了一遍。增16:皇爷……道:"那吱吱哑哑的是做什么?"二姐说:"是丫头唱词。"万岁说:"俺家那唱词的都在脸前里唱,你这里另一样规矩么?"

【唱道情】民间说唱艺术的一种形式。用渔鼓和简板为伴奏乐器,一般以唱为主,以说为辅,各地种类繁多。增7:你会刀呀是耍枪、耍把戏、弄傀儡、说快书、唱道情?你去上那十字街前耍给人看,挣几百钱好买嗄吃;你来这里耍,可给你什么?

【唱鸣】(鸡)打鸣。磨28:五更里鸡唱鸣,吊久了不觉疼,只是觉着舌头硬。

【唱喏】古代男子所行一种礼节,叉手行礼,同时出声致敬。增5:新学着作揖唱喏,好一似猢狲钻圈。增18:常时见人不唱喏,今日磕头这么些,喜的二姐没休歇。

【唱曲】唱小曲。磨33:又说:"女子们,您唱个曲儿听听。"妇女哭说:"俺是正经人家,不会唱曲。"

【唱曲子】❶唱小曲。富9:夜间忽听的邻房唱曲子,居然是故乡的腔调,心里着实感叹。听了听,唱的是个"五更"。❷唱的小曲。富10:第二日晌午才到了王店,就想起那一夜听的唱曲子,一夜没曾睡着。

## chao

【抄】❶抄写。蓬4:休说那大部不能抄,就是孙愐的两本诗韵,如今甚兴,一部卖到四五百钱,大小四五万字,谁能抄他?蓬5:却说文相公欲求功名,被娘子说了几句,把那兴致消了,依旧抄书。❷查抄,抄没。富4:贪物该抄,贪物该抄,合县如将水火遭。寒8:奉旨抄了军门以后,又待了三四年,那山东臬司升了山西布政,着一个科道参了三十款,奉旨拿问。❸超,超过限度。磨8:自从店主人送我上路,一日走了一百二十里。不想灾星未退,又使的抄了,病了一日。

【抄稿】指照搬别人的样子。禳16:一样汉子有一样降法,怎么抄的稿呢!翻11:合二相公到了那院里,一眼看见那暖云窝,笑了笑说:"这小厮又嗜抄了人家的稿来了?"

【抄化】募化。日·僧:抄化钱买被底春。

【抄没】查抄没收。寒8:审了一堂,件件都真,遂具疏参了,奉旨砍头抄没。寒8:抄没了金银十万两,又有绸缎几万端,还有珍珠几万串。

【抄杀】抄家处死。增14:等文武们来时,火烧南北两院,抄杀贱人,方雪我心头之恨!增14:南北两院抄杀了,科子王八抽了筋!

【钞】纸币。另参"钱钞"。闹:束修钱四千正七折八扣,要白银有八分就算一钱,要换银加二成银有市价,九二钞底二十你要包涵。

【超生】指死。富7:骂只骂你太无情,把我那娇儿超了生。今日虽然骂几句,我那娇儿也活不成。磨15:骂只骂你太无情,把我娇儿超了生。今日虽然骂几句,我那儿子活不成!

【超群】超过平常,超凡。蓬6:我看他有仙根,一朵朵娇艳超群,仙花自是有风韵。增8:单表起佛动心,满院里他超群,金莲小小刚三寸。

【朝[1]】❶朝廷。磨30:这两日朝中正议论,这一伙强寇昨日败了官兵,不日要发大兵二十万,要去剿灭他。增2:龙离大海遭虾戏,虎离深山被犬轻,天子离朝人不重。❷朝代。慈1:本朝就有一个人,可以比那王祥,他兄弟就可以比那王览。翻8:本朝王法甚森严,这是一件极大的罪!❸向,对着。姑1:珊瑚……又朝着大成拜了拜……慈3:进了房门,也没管孩子哭,一头攮在床上,回脸朝了里。❹朝拜。寒5:二相公扎挂停当,上堂来又把王朝。禳1:鞭子手软不能捧,烂了棒槌折了拐,我就许下朝南海。❺招架,抵挡。富9:我家虽未了事,也还可朝住李大了。增21:摆下了一盘棋,王冲霄仔细思,万岁只当闲游戏。宝客王龙朝不住，常往手里去夺车，一盘回了勾二十递。

【朝拜】拜见君王。增 26：万岁我曾去朝拜过几次，他认的我，我也不好见他。

【朝参】参拜君王。增 1：江彬忙跪金阙下，双膝跪在品级山，朝参已毕旁边站。蓬 1：忽然降彩云一朵，众神仙望上朝参。

【朝代】指某一世系帝王或某一帝王的统治时期。禳 33：武陵花日日开，好似晋家桃园，并不知甚么朝代。

【朝房】供百官等候入朝的地方。磨 30：就是在朝房里，说到招安，便与人议论不合。磨 32：朝房里，文武百官都来问候。

【朝服】君臣朝会时穿的礼服。增 28：毛阁老传令：快换朝服，手执牙笏，各按品从，各人俱要十分小心。

【朝纲】❶朝廷所在之所。增 1：无心料理朝纲事，只想天下去游玩，生来坐不住金銮殿。增 27：张太监着了忙，领密旨离朝纲，战战兢兢魂飘荡。❷朝廷。富 4：惟有严中堂，惟有严中堂，现今权势掌朝纲。磨 10：家君为宰相，权势压朝纲。

【朝贺】朝觐庆贺。磨 32：朝贺已毕，圣上便问……磨 35：正说着，皇帝登殿。文武进去朝贺了，张鸿渐奏……

【朝阶】朝官的等级，代指官职。磨 27：做几桩好事传九垓，便归林壑去朝阶，老兄呀，我也不能等封拜。

【朝门】天子宫殿中的应门。因由此门入正朝，故称。磨 30：毛义领旨下殿。出了朝门，赵总兵合刘副将便来参见。磨 35：已到朝门，待俺进朝。

【朝脑】樟脑。日·皮：又加朝脑重重洗。

【朝散】朝见结束，散朝。磨 32：朝散以后，张鸿渐回到官所，修书一封……

【朝山】到名山大寺进香参拜。禳 14：思一番，想一番，你回了心罢么，我就许下朝山。

【朝堂】朝会之所。磨 30：戴朝帽整衣裳，骑大马上朝堂，出门已是东方亮。磨 36：一品官尚书郎，赐蟒玉上朝堂，做官有点小名望。

【朝天板】笏板。钟：醉来倒执朝天板，扶入黄昏院，纵蒙降节临，诏下灵霄殿，但道俺入醉乡尚未转。

【朝廷】❶皇帝。快 4：骂声曹操，狡肚蛆心忘八羔！一心要做朝廷，那里不思想到！增 16：这朝廷的爱臣是江彬，我合他垂发相交，俺俩个极厚。❷以皇帝为首的中央政府。磨33:三位堂堂仪表,可为朝廷的栋梁。增3:俺不是私意,俺有朝廷的明文把守关口,留下税银,才叫你过去。

**【朝廷家】**以皇帝为首的中央政府。磨1:我这二日听的说,咱这俭年去处,朝廷家知道了,已是把钱粮全赦。磨29:我意料山上兴旺,朝廷家治不的,必然要招安他。

**【朝廷老子】**同"朝廷爷"。增3:这桩事儿非轻易,若还是朝廷老子,叫小官溺在罄里!

**【朝廷爷】**对皇帝的尊称。磨1:听的说朝廷爷极仁慈,若是有官好的替咱诉诉这些苦楚,休说赦钱粮,还赈济也是有的。磨35:待如何?朝廷爷不给您主平和。

**【朝头】**露面,见面。寒8:自从恶虎死了,他霸占的庄田有五六十处,家家告状,歪子不敢朝头,都着人家认了去了。慈2:张炳之婆子的性儿尖似锥,我虽不敢朝你的头,你还猜不方我的谜。

**【朝谢】**拜谢。禳27:可喜可喜!媳妇儿竟变化了!佛法有灵,你我往西朝谢。

**【朝衣】**朝服。磨17:戴纱帽穿朝衣,都是些贪东西,认上头便受他昂赃气。

**【朝仪】**朝廷的礼仪。磨30:宫中催晓箭,殿上整朝仪;净鞭三下响,文武拜丹墀。

**【嘲】**傻。墙2:家里财神不供养,把他简慢又蹬开,这是嘲呀可是怪?增11:姐姐你好嘲!这点小事就上吊,若大似这个着呢,就该怎么着呢?增16:小二姐把弦调,这长官像不嘲,只怕还是村里俏。

**【嘲巴】**傻瓜。快1:既要他这里来,又烜着火几堆,反教知道兵马在,就是个嘲巴也不来。增22:佛动心笑颜开,我每日也疑猜,谁想你把俺当嘲巴待。

**【嘲呆】**呆傻。增15:他既嫌我,我总里装一个嘲呆,辱没他辱没。增15:我看这人相貌出奇,必然不在人下,可怎么这么嘲呆?

**【嘲骂】**嘲讽骂詈。慈3:心里嘲骂俱无穷,都在微微一笑中。

**【嘲诮】**嘲笑,讥笑。富5:小娘子,又嘲诮:你在他乡万里遥,为到如今还别样,还别样,是该撵着就开交,就开交。

**【嘲头嘲脑】**傻头傻脑,傻里傻气。增16:这长官嘲头嘲脑的,听什么琵琶?

**【潮】**❶潮水。慈5:飘飘飖飖,路上的行人沸似潮,但仔是跟着走,不知是那里的道。快2:志气腾腾贯九霄,雄兵百万压江潮。❷涨潮。快2:那里逃?尸满长江水不潮。增12：鼻子孔好似灶突样，两根黄毛一大抓，樱桃小口瓢来大，莫不是东洋大海，潮出来的巡海夜叉？❸同"嘲"。傻。姑1：又不傻，又不潮，好媳妇你休去了，指出件不是还可笑。翻3：不知你听谁调唆，极精细却是极潮。翻11：你这潮孩子！看着人家知道，成了故事。

**【潮沸】**剧烈地沸腾、翻腾。蓬7：只见那海水潮沸，四下里一望无边。

**【潮行】**傻瓜，傻家伙。翻4：这个潮行，这个潮行，低头返复自思量。

**【潮腔】**傻气，傻傻的味道。姑3：有些潮腔，有些潮腔，哥好心里有点攘，怎肯将自家的银，生生的将你让？

**【秕】**同"嘲""潮❸"，傻。日·赌：赌博真是傸呆秕。

**【秕谷】**当指籽粒不实的谷。农·农·割谷：所收佳种，次年用清水淘种之，庶免乌穲秕谷之病。

**【吵】**大声驳斥或斥责，争吵。姑3：老天容易饶，只要回心早，不用念佛，休骂也休吵，孝顺公婆敬哥又做嫂。俊：进的门来就是吵，口口声声不长俊，紧一阵，慢一阵，只等我颠了才封印。穷：又少裤，又少袄，孩子哭，老婆吵，都说不如死了好！

**【吵呵呵】**吵闹的样子。禳10：可怜天生命苦也么哥，娶了个夜叉做老婆，没奈何终朝每日吵呵呵。禳10：终日起来吵呵也么呵，骂的话儿口难学。

**【吵邻骂街】**与邻居争吵谩骂。俊：……那做妇人的，但犯了这个泼字，外边厢吵邻骂街，家中撕翁骂婆，欺妯娌，降丈夫，这是人人可恨的。

**【吵骂】**叫骂。姑1：安大成平日极孝，正卧着，听见他娘吵骂，扎挣起来，流水来问……慈5：李氏知道，又来吵骂说："你推佯死，又捣那臭鬼！难道乜孩子着虎衔了去，还有活的么？"

**【吵闹】**争吵。姑2：不说于氏受气而去，且说珊瑚听的吵闹，索性藏了，只等于氏家去了才出来……富4：却说那些衙役正在那门前吵闹，只见来了一大伙子人，走的汹汹的。

**【吵巷骂街】**骂街，在人多之处谩骂。磨15：我生平有点本领，专一会吵巷骂街。

**【吵笑】**大声说笑。禳19：江城听的吵笑，便说一夥人喧嚷，我听他一听。

**【炒】**把食物放在锅里加热并随时翻动使熟。姑1：你去罢。秕芝麻上不的锅炒——歇了还无了油水。农·农·种麦：或炒黑豆，或炒芝麻，勿捣太细，细则喳褛。

【炒豆】炒豆子,用来比喻噼噼啪啪不断作响的样子。翻12:那贼们哅叫了一阵,只见那箭如飞蝗,枪似炒豆,箭箭着人,枪无空响。

【仯】同"嘲""潮❸",傻。穷:俺如今又不仯,又不傻,又不聋,又不哑,穷的像个笋打瓦。禳6:好呆好仯,好呆好仯,多少好主都辞了,若临了就了他,才笑的牙儿吊!禳6:你问问这仯行子,他每日嫌这家子,嫌那家子,他是待雔?

【仯巴】同"嘲巴",傻瓜。禳8:那高家公母,也不是仯巴,听说江城,一貌如花……

## che

【车靽】车襻,在车把上系着的宽带子,人推车或拉车时挎在肩上,帮助手臂用力。禳24:俺不拾拾那车靽儿(指不推车),也不挑挑那筐担儿,也不担那饭罐儿,也不挎那菜笎儿,也不曾楔楔那锄垫儿。

【车辆】车的总称。磨31:就是前三面出路,须用车辆、树头紧紧塞断,却安下大炮、弓箭、鸟枪,轮流看守。

【车头】车的前部。日·树:车头还得楝榆做。

【车轴脖子】形容粗而短的脖子。增12:车轴脖子油光脸,门楼头来鼻子糟,心里倒比那齐整的俏。

【车子】❶人力推动的车。翻11:大相公交了银子,请了他表兄徐立来,看着去折,雇了二十辆车子去推。富9:车子不动铃先响,那里还有走不了的信?❷带有转具的机器。禳3:一桌破柜扫扫土,棉花车子落落弦。

【车子不动铃先响】俗语。比喻消息有各种原因会被泄露。富9:车子不动铃先响,那里还有走不了的信?

【扯】❶拉。禳11:出房来,出房来,手扯手儿过庭阶。磨8:一把按住,他却扯过椅子来坐在床前头……增9:那些护驾的大小鬼见他无礼,一个扯腿,一个按头,那虔婆"哎哟"了一声,扑咚跪在地下,磕头无数。❷撕扯。磨15:浑身上下扯个净,拾起腿来拧一个花。❸闲扯,闲聊。禳5:王婆说:"大爷,你真个不合他做亲么?"仲鸿说:"你看我这里扯着来么?"

【扯把】扯,拉扯。"把"为语缀。琴:大家知趣都抽身,他就忙把房门掩。轻轻给我摘了头,伸手就来扯把俺。

【扯带腮】当为"扯脸带腮"之误。从面部的前面到两侧。快4:忒也奸刁,扯带腮,一堆毛,毛里响一声,叫人魂也吊。

**【扯脖子代脸】**连脖子带脸，从脖子到脸。蓬7：彩鸾听说，扯脖子代脸的通红。

**【扯长声】**用长而高的声音（喊叫）。翻6：范公子怒声高，那里贼来往里瞧？扯长声就把家人叫。

**【扯淡】**闲扯，胡说。墙2：落了草叫謹謹，摸摸有峻甚喜欢，细想来也是精扯淡。蓬7：回头真是一场梦，可笑离合与悲欢，劳劳攘攘真扯淡。

**【扯蛋】**同"扯淡"。姑1：于氏气极了，见他汹汹的，却又不敢骂他，只说："扯甚么蛋哩！"何大娘说："我只说你扯蛋！……"

**【扯架子】**摆架子，装腔作势。增18：那王龙行子眼目大，行动不动就称他爷，逢人惯把架子扯。

**【扯开步】**放开脚步。蓬5：道士说罢，拱了拱手，说："请了。"扯开步，竟往前走了。

**【扯拉扯】**意为扯平，得失达到相当。字形应有讹误，后一"扯"字应押韵而不合韵。琴：送女客，进绣房，见我模样仔乱嚓嚓。谁知郁屈这几年，今日才便扯拉扯。

**【扯溜子】**说黑话，说谎话。增16：俺不过是个女孩家，俺会放响马，扯溜子，倒飑头算计你？不过是爱你那好丝弦。

**【扯捧】**当为拉放钓窗的部件，不详。日·木：钓窗扯捧端详做。

**【扯腿】**❶撒腿，放开脚步。富4：内中有一个认的是方宅的家人，觉着不好，扯腿就跑。墙4：一行叫你等等我，你只扯腿一溜风，你那心不知待怎么用。❷拉住腿不放。增9：那些护驾的大小鬼见他无礼，一个扯腿，一个按头，那虔婆"哎哟"了一声，扑咚跪在地下，磕头无数。

**【彻脖带脸】**同"扯脖子代脸"。翻2：仇大郎未露真，诈了诈满面生春，彻脖带脸红一阵。

**【爜粸】**（"爜"盛本注音"察"[①]，"粸"蒲氏注音"册"）当指一种煮制的食物，不详。日·饮：白糟爜粸按烧酒。

---

① 盛本"粸"后注音"察"，而"爜"后无音注，误。路本"粸"注音"册"，乃是根据《字汇》直音字"策"而来（方言中"策""册"同音），不可能音"察"；而"爜"音"察"，已有"焙爜"的"爜"注音"察"为证。所以，盛本实际上把"爜"的注音字"察"误植于"粸"之后。

## chen

**【嗔】**生气，责怪。慈 1：张讷从小聪明孝顺，知道嗔他不叫娘，就来娘长娘短的。翻 3：你糊迷着心眼，说说还嗔，必然到片瓦根椽，才是个断根。

**【嗔怪】**责怪。磨 8：哥哥不知我心怀，我心怀，你说我狠来我说你呆。哥哥呀，这一霎才不把奴嗔怪。

**【尘埃】**❶尘土。翻 9：又有那箱子没锁，去掀开扫扫尘埃。禳 3：将房门放开，将房门放开，满地尘埃，该把房屋深深拜。❷指地上。姑 1：双膝跪尘埃，哀哀的把娘叫：有粥同熬，有粥同熬，真个将奴休断了？禳 9：屎棋屎棋不成才，一着跑倒在尘埃。❸尘俗。蓬 7：还不如蟠桃遗种，他还要跳出尘埃。

**【尘凡】**人间，俗世。蓬 7：不亏这老祖度脱，怎能够跳出尘凡？增 15：就是拣妆镜架，也典雅不像尘凡。

**【尘寰】**人世间。蓬 1：空中现玲珑宝塔，有青牛降落尘寰。富 14：俺今日已证金丹，断不能久恋尘寰。

**【尘土】**灰土。翻 11：烟枪气乱飞腾，门里门外少人行，尘土烂灰扫不净。

**【沉】**❶(分量)重。墙 4：这两日懒动身，头也重脚也沉，坐床头忽然晕一阵。富 5：天明了头沉身子也么酸，明窗红日上三竿。❷(在水里)往下落。寒 5：一霎忽然沉下去，一霎忽然往上漂，滚处都是油星爆。富 4：却说方二爷寻思，老马必定把他妹子送来。谁想如石沉大海，杳无音信。❸脸色变沉重。富 5：官人听说是个狐狸，就沉了一沉。

**【沉沉】**❶(分量)重，重重(的)。穷：掂量着你沉沉的，端相着你俊俊的，捞着你着亲亲的，捞不着你窘窘的……禳 20：靴里塞上半斤棉，脚儿沉沉腿儿酸，春香呀，街不平又怕脚儿绊。❷昏沉。富 5：看孩子，睡沉沉，还在床头无动身。增 17：万岁沉沉睡去，那金龙出现，把二姐唬的气也不敢喘……

**【沉疴】**重病。富 3：离家已是受折磨，又着俺在外染沉疴。

**【沉脸】**脸色变得阴沉。墙 4：两个沉了沉脸，说："怎么，唠俺？"

**【沉烟】**沉香点燃后散发的烟气。日·杂：炉鼎沉烟绕画楼。

**【沉吟】**深思。慈 2：婆子放倒头睡沉沉，汉子且敧下暗沉吟。禳 20：起来坐下又沉吟，左右想来难杀人。

**【沉重】**❶沉静庄重。禳 30：我看着兰芳沉重典雅，不是下贱之人。磨 27：见儿媳喜重重，看行动甚从容，安详窈窕身沉重。❷分量重。增 16：那万岁穿的那绑腿鞑鞋沉重，那楼板声音又响亮，故意扑咚扑咚的使那脚踏。❸(病情)加深。蓬3：终日家饭里思梦里想，堪堪沉重，没处央求；忽然从天降，谁肯便干休！

**【陈】**陈旧。寒3：别的是陈人旧事，惟有商家新犯干戈。磨18：张相公，你再吃一壶，这是揭开二年的陈酒。农·农·莜麦：种陈出则见日而死，慎勿误用。

**【陈设】**陈列，摆设。禳33：才到楼陈设才罢，只见是耀眼争光，也不知摆的嘎。

**【碜场】**(方言音"渗")弄平弄实地面。日·泥：碜场只用抓打搥。

**【衬】**❶衬托。增16：中间织的鸾交凤，两头童子拜观音，鸡素排草偏相衬。❷比，与之相比。寒4：老王说："这是他弄的妖术。我明日去亲验，邪不侵正，看他有什么本领。"可笑！自家邪极了，还要去衬那正人，反说出来这样话来。

**【衬丁】**配在主菜旁起衬托作用的方块形配料。日·饮：衬丁衬丝闽姜辣。

**【衬丝】**配在主菜旁起衬托作用的丝状配料。日·饮：衬丁衬丝闽姜辣。

**【衬贴】**衬托。闹：我家祖代传来，有个临场密诀……乃是帝王也、圣贤也、心也、理也、知也、行也，虽有这六件宝贝，却如何衬贴他出来？

**【衬衣】**穿在里面的单衣。增21：里边衬衣有两套，不是绸来不是缎，件件都是极蹊跷。

**【趁】**❶利用(时间、机会)。墙4：趁他赶不上，我先问了，唠这狗头。磨5：趁今日天气晴和，各人披挂整齐，下山打围一遭，有何不可？❷诱引。快3：百计千方把他趁，趁到网里落场空，恨来恨的牙根痛！富4：那按院不参详，远远的将他趁。将古比今，将古比今，"夸奖"那卢龙的县正尊。❸同"称"，相当，适合。墙3：外头袍子虽囫囵，边上漏着破铺衬，旧衣裳穿上还不趁。磨27：前边看是美人，后边看是美人，美人，做的也相趁！增14：开手接个大操军，就有银钱也不趁。

**【趁量】**同"趁❷"，诱引。禳15：听了听窗外雨儿越发大，我就从此去趁量他。问他男子，恋酒贪花，年年海角，日日天涯，孤单独守，家又贫乏，纺织棉布，自己挣扎。说到这里，泪下如麻。我说休恼，这也有法，独守空床，也是呆瓜，他也找块肥肉，何苦喜这清茶？他就恼了脸儿，把我訑喇，说道李婆子放屁，说的是甚么！呀！我就大笑，嘻嘻哈哈，一当是玩，二当是耍。

**【趁年】**指未来的不长时间。富3：全家祝赞你，少病又无灾，趁年乌纱黄金带。

【趁着】同"趁❶"。翻2:到了过午,趁着姜娘子没在屋里,自己有几两私房银子,拿着二三两去了。禳20:趁着酒还未醒,俺且睡睡。

【称[1]】(chèn)适合,相当。增28:臣已受过封了。但臣命薄,一个州县也称不的;又玩耍惯了,不愿做官。

## cheng

【称[2]】(chēng)❶称量。墙2:俺达是个老精灵,腰里银子上秤称,已往从前真失敨。富3:不一时,换了八两银子来。药钱合那杂项钱,称去了一两八钱。❷按重量买。墙1:有甚么咧,爹,不过称了二觔肉呀,杀了只鸡呀。墙4:听着他事事弄整齐,又称漆来漆了棺,光粮食粜了有五十石。❸叫,称呼。寒1:这县有个诸葛村,这村有个商员外,为人忠厚老实,人都称他"老实员外"。禳26:好大的个举人哪!也就是在炕头上称罢。(此处"称"语义双关,实指称呼,字面意义也可理解为称量)

【称道】❶称赞。姑2:沈大姨坐了坐,就去二成屋里,看那臧姑。一见,可就满口称道:"好个俊人儿!你看就上的画儿。"姑3:二成拿了银子去,着实称道他哥哥。❷称说。快1:玄德拱手称道:"谢军师妙算,谁人能知!军遣定了么?"富14:仙姑微笑,稽首称道:"蒙妹妹嘱咐叮咛,已约下群仙俱到。……"

【称呼】叫。禳19:"我有一件疑惑处,弟妇那么降你,可不知道到了好处,也称呼你甚么呢?"公子说:"好混帐!周二嫂称呼你甚么?"

【称讲】称说,称赞。增14:可惜海底珊瑚树,挪来人间贱处栽,口里称讲心里爱。

【称奖】称赞。寒4:他称奖妹子贤,女子去报父冤,真正胜似男子汉!增7:这六哥也是福至心灵,神差鬼使,使的着他奉承了几句,那万岁大喜,暗暗称奖道:……

【称诵】同"称颂"。翻6:合庄打军人称诵,都说道怎么范公子,认定仇家二相公?姻缘也是前生定。

【称颂】称赞、颂扬。磨32:他前日有书来,因俺们称颂大王的好处,他便以此相托,叫俺道达来意,所以星夜前来。

【称谢】道谢,表示感谢。富14:洞宾老祖也吩咐不行俗礼。就坐了,舜华才称谢:"劳驾动了。"富14:太老称谢舜华,舜华也要告别。

【称扬】称许、赞扬。快3:箭中王,都称扬,奉劝合席一大觞。

【称赞】称誉、赞扬。翻7:且说范栝一字不通,见他师傅不称赞他,那范栝心里生气。富5:唱的甚是悲切,就合着官人的心了,遂满口称赞他唱的好。

【秤¹】(chēng)同"称²❶",用秤称量。翻4:当面就秤银子。

【撑】❶支撑。翻5:不想你出头露面,倒把咱门户撑高。日・争:一手常撑血裤裆。❷勉力支持。富4:且说老马听的方二爷会了二甲进士,也就不大敢硬撑了,吩咐请出方娘子来,慢慢使轿送他回家。❸打开(伞)。俊:你就好似一把伞,撑的剩了一根杆,赌博的咒誓不置钱。禳26:若来到这绣房以内,这一把青伞难撑。❹充满到容不下的程度。墙1:您达达无正经,捞着饼饭尽着撑,给他碗腥汤就尽了命。寒7:把一个哮天细犬,只撑的肚大如瓜。❺比喻心理膨胀。磨15:骂了半日无人理,你就撑撑的乍了毛!❻用篙抵住河底使船开动。蓬7:若娘娘心嫌闷坐,撑支船去海上飘摇。寒8:歪子合家都欢喜,说他肚大撑开船,初一十五烧香念。❼充,冒充。磨36:浮华游荡撑公子,穿上件衣裳算不的人,一辈子乡宦全然尽。

【撑擦】撑门面,维持名声。俊:摊着你这个赌博鬼,拿着俺不置个烂甜瓜,你休怨我胡轮打,不过是忘了不撑擦。

【撑持】支撑。富8:一女子撑持门户,请师傅着实艰难。

【撑棍】摆架子,维持体面。翻6:到后日结婚姻,隔日就去倒踏门,家里穷不必还撑棍。寒2:若是方法不大效,咱就回去另拿人,再捱打可就难撑棍。禳9:小杂种太欺心,开开口就销撇人,有两钱就撑他娘那棍!

【撑门户】支撑家族。翻8:他又专心把书念,指望金榜早题名。……还望三年撑门户,就遭大祸把军充!翻6:不但咱把门户撑,人也肯把丈人做。

【撑山】同"撑棍",摆架子,做出有身份有地位的样子。富7:张春,你出来撑什么山哩?

【撑体面】维持表面的排场、名声。增8:咱门户不在人以上,体面也还撑的来,说声做亲还有人爱。

【饆】因为吃得太饱而感觉肚子发胀不舒服。穷:孩子热了穿上袄,腚冷了戴上帽,饥困了喝凉水,饆的吱吱的叫。(此处四句均为反语)

【柽花】树名,又叫"三春柳""西河柳"等。花小,粉红色,一年开三次。"三川柳"当即"三春柳"的音变。日・树:柽花亦叫三川柳。

【蛏】蛏子。日・饮:寻常海鳗与蛏蚶。

【蛏干】晾晒制成的干蛏子。日・鳞:街上蛏干包大篓。

【成的人家】指家境不错。寒4:却说老王是个贪官,看着李蝎子也还满钱,商臣也还成的人家,前日因着他是苦主,才没难为他;今日赵恶虎被杀,他就动了奸心。

【成瓷】明代成化年间的瓷器。日·器:宣碗成瓷皆第一。

【成堆】❶堆积在一起,形容多、挤。蓬4:那开元通宝,成堆成筐。翻6:咱是谁他是谁?他家绸缎垛成堆,咱是穿着粗布衣,可也合他不般配。墙4:说一声浑身不大好,都来要钱挤成堆,有与没可把何辞对?❷形容厮打在一起。禳13:向来不听的闹成堆,我儿都吃了昧心亏。我的天,碎人心,倒把人心碎!❸形容响声连续、杂多。蓬5:铁马儿响成堆,帘钩儿响成块。寒4:都说道吃横亏,一个个哐哼成堆,快头先行又被屁骨坠。

【成功】获胜立功。磨31:俺统着十万大兵,又打上赵勇善于用兵,刘奇一员猛将,那见得不能成功?磨31:俺向上京都,怕天颜震怒。有五万兵卒,杀贼成功还可做。

【成欢】❶尽欢。磨31:喽啰犒赏,把酒成欢。增13:有花无酒不成乐,有酒无花不成欢。❷男女欢会。禳17:常时愁怕尚成欢,犹想芳闺近玉颜。磨8:不嫌奴家貌丑陋,就在此杯酒成欢。

【成婚嫁】结姻亲。禳5:陈昌侯为你作伐,王翰林官宦人家,论起来尽可成婚嫁。

【成家】❶结婚。翻9:不必提他,不必提他,各人找主另成家。❷兴家。翻10:前年才好犯了罪,略略成家又揭锅,一番不了一番祸。俊:我的年纪还不老,从今成家也不晚,发憨风才出了一身汗。

【成就】完成,造就。禳5:光撒谎也无恶意,不过为成就婚姻。增24:我管给你成就了这个名字。

【成块】❶结成块状。蓬4:各处蜡烛流成块,一宿炭灰一大筐,这时节把那富贵神仙一切忘。禳19:听说四于被了打,深恨汉子不成才,胸中闷气结成块。❷指身体长大成型。慈4:他哥们见他说的有理,他老子看看他成了块了,也禁的揉搓了。❸作补语。a)形容密集。磨4:一霎时舞人歌儿,一霎时楼阁成块,还坐轿人抬。翻12:那墙上枪箭齐发,挤成块如何能禁?寒2:这一日恶心成块,只怕要命染黄泉。b)形容响声多、杂。蓬5:铁马儿响成堆,帘钩儿响成块。墙4:一家人叫苦连天,哐哼成块。c)形容异常忙乱,(忙)成一团。禳20:茶儿好酒儿乱筛,满坐人闹闹垓垓,博士奔走忙成块。富10:赏报马又要钱财,送盘缠还得安排，倒叫娘俩忙成块。d)形容身体不能自主。快2：一干人战战成块。禳20：挣了跑出来赶上，战战成块。

**【成局】**事情办成，达成预定的结果。闹：成了局迎之致敬有礼，失了馆趋避不得与言。

**【成梁】**双陆用语。双陆棋盘上有十二个“路”，又称为“梁”，开始打双陆时要先布阵，将棋子全部放到棋盘上规定的位置上，此为成梁。布阵之后，才开始双方轮流掷骰行马，所以，成梁只是打双陆的最基本的技术。禳29：江城云：“你会打双陆呀不会？”兰芳云：“才知道成梁。”

**【成溜】**❶押韵。快4：都坐下，都坐下，咱就猜拳，赢了的吃酒，输了的着他指头骂曹操，骂的都要成溜。禳8：先生……擒回头来又撒帐：“撒帐西，天丁力士辟蚕丛。”众吆喝说：“这混帐先生念不成溜了！”❷流利。禳13：夫人说：“您哥哥和嫂嫂和睦么？”老王低头说：“和……和睦呀。”夫人说：“和睦就是和睦，怎么揭揭不成溜了？想是不好么？”

**【成年论月】**成年累月，全年。穷：成年论月，犁眼钻圈，真正是气也气不死！

**【成片】**形容相连。蓬4：寄下就有人看，人人看见都喜欢，一霎时夺夺扯扯的嚷成片。

**【成亲】**❶结婚。翻7：却说仇禄复试回来，范公子看了成亲的日子是十二月十六日，着人来说了。翻8：从今叫他另成亲，倒还省我心烦闷。❷订婚。翻9：我已是成了亲，近里就出嫁。

**【成群】**(人或鸟兽)聚集在一起。日·纸：吹弹美女亦成群。禳5：他心若爱富贵，就夸骡马成群。日·禽：山鸦成群鸣旷野。

**【成人】**❶成年。慈4：我的姑，我来跟你一身孤；我今才略成人，怎么就撇了我去？富2：不敢望他还上进，只是成人长大，好看守祖宗茔坟。❷成器，成材。姑1：兄弟爷娘，兄弟爷娘，我若成人他面有光。禳1：俺过着他的日子，他管教俺成人，还说俺是怕婆子，没得还该不怕么？

**【成人家】**❶男子结婚成家。姑1：娶老婆元是成人家，着他娘母子不自在，要老婆怎的？富9：官人听说娶了媳妇，落下泪来，说道：“儿已成了人家，不知你怎么费心来！……”❷家境正常或比较富裕。寒4：却说老王是个贪官，看着李蝎子也还满钱，商臣也还成的人家，前日因着他是苦主，才没难为他；今日赵恶虎被杀，他就动了奸心。磨28：待让你家里坐坐，一条板凳也没有。休说别的，您张大嫂一对鞋也穿不住，都被人家拿去了。成什么人家！

【成色】金属货币或器物中所含的金属纯度。蓬5:试官糊涂,试官糊涂,银子成色认的熟;纵有好文章,也未必念开句。

【成事】办成事情。墙4:灰毛乌嘴不成事,人就把咱下眼看,待还钱也把卦儿变。

【成双】配成一对。琴:夜夜成双好快活,恨不的并做人一个。禳15:只说你合我两下不成双,谁知你这里夜夜有亲娘。

【成算】已定的能够成功的打算。磨30:毛义既有成算,亲去指挥指挥也好。翻5:大姐喜地又欢天,又欢天,说我初来到此间,兄弟呀,往前撞心里也没成算不成算。

【成算宗儿】成算。禳24:该用心不该用心,俺自有个成算宗儿。

【成宿】整宿,整夜。翻2:咱不赌罢。人不说是咱闹玩,敢说是成宿的赌博哩。

【成用】有用处。俊:张三姐怒冲冲,骂强人少逞凶,活到百岁成何用?磨20:咱家里祸重重,中个举偏不中,如今要我成何用!

【成灾】认定为自然灾害。磨1:还说有八分年景,都休要望想成灾。磨1:虽然说不成灾,却又自家看不上,坐在那轿里麻瞪着两眼,见一个庄里没有术秸,便说这庄子成的是灾。合县里四万顷多地,成了二百顷灾。

【呈】❶呈子。富2:众秀才递了呈,告衙役二十名,院里批准要赃证。磨20:阖学递了呈,告到司合院。……我做了一张呈,拿了我三年半。❷将呈子送交上级。寒7:发放阎王去了,才叫商员外上去,也叫查他的善恶。判官簿子呈上。磨5:一张呈状呈到堂上,及至官府替他打人,他又讲起情来。

【呈词】呈文。磨3:虽然如此,这张呈词,须得个好手做做才好。磨3:若是要我做呈词,这个不敢辞劳。

【呈辞】同“呈词”。富2:要我做呈辞状稿,这自然不用商量。富2:见呈辞做的神,便追究这个人,拿来把他罪儿问。

【呈头】同“逞头”,为首,挑头。磨5:呈头的问了斩罪,俺们是关外充军。

【呈治】投诉。富3:设或呈治到官衙,不愁打板又倾家。

【呈状】诉状。磨5:这是秀才们的故套:一张呈状呈到堂上,及至官府替他打人,他又讲起情来。岂不可笑也!磨13:县公看了呈状,说……

【呈子】下级写给上级的公文。姑2:且说于氏受了气,哭到家,着安大成写呈子告他。寒4:令妹是个女中丈夫,我要递呈子表扬他。富2:众人无奈,等他做了呈子，拿去院里、司里递了。

**【诚敬】**诚恳恭敬。增16：不忧不喜不诚敬，把这长官哄醉了，丫头陪他去睡觉。增21：二姐，他既有诚敬之心，咱就饶他拿刀来切开我尝尝。

**【诚然】**固然。磨18：我今日诚然是一个凶犯，推断起也不是必死的根源。

**【诚实】**真诚实在。禳11：王子雅好风标，又诚实又饱学，做诗写字皆精妙。磨8：你是个诚实君子，对你说料想无差。

**【诚心】**诚挚的心意。禳33：俺这里深深下身，尽了这诚心一点。蓬1：罢罢，也见他一点诚心。

**【诚心至意】**至诚的心意。蓬6：我为他诚心至意，因收他做个道童。

**【承差】**差役的尊称。磨4：咱们自从递了呈子，军门差了两个承差去拿人，这也是好几日了，也待好来。

**【承当】**承担，担当。慈3：虽是后娘，荣华富贵你承当，就挣下金幞头，也来不到他姑头上。翻9：你只管放心回去，若不好我管承当。富2：张鸿渐是个做汉子的人，少年气盛，勉强还要出来承当。

**【承奉】**奉承。磨27：门内喜重重，彩旗一片红，人人欣喜来承奉。

**【承欢取乐】**迎合人意帮闲取乐。增24：朋友们因他在行，常请他去吃酒帮嫖，承欢取乐。

**【承招】**招承，承认罪行或错误。磨28：好像做贼承了招，像是有个不祥的兆。

**【承破】**八股文中的第二股，即承题，申述题意。闹：思久全无承破，只得趁闲，墨儿频磨。

**【承认】**认可责任。寒3：生员若能杀恶虎，也要割头剜了心，但不知情难承认。寒4：这不是无人承认，不过是报父冤仇。

**【承受】**接受，承担。磨34：若非承受尊君命，斩却贼颅恨始休！

**【承望】**承想，料想。慈6：起初时两不相干，谁承望兄弟得团圆，猛虎必定是神佛变。蓬3：谁承望神灵指引，劳你那冤家相投。

**【承迎】**欢迎，接待。富14：众仙承迎欢笑，寿山不险，福海无涛。磨36：并落九霄，众神仙承迎欢笑，寿山不远，福海无涛。

**【盛[1]】**(chéng)❶把东西放在器具里。墙2：银匠说："那像是个卖饭的来了。……是卖扁食的王二。你待上城么？"王二说："是。"银匠说："我先给你发市，盛一碗给张大爷。"王二盛上，又待盛。银匠说："休盛了，我上城里照顾你的罢。”慈4:张诚待吃饭,拿过碗来,先盛了一碗给他老,又盛了一碗给他哥。❷指居住,容身。翻7:大姐说:“你看不久要来了。”徐氏说:“咱那里盛他?”

**【程程】**❶一程又一程。磨19:家越发在眼前,程程的走的慢。富9:家越发在眼前,程程儿走的慢。❷形容动作很快的样子。慈1:不觉的光阴似箭,日月如梭,就是一年有零,张讷程程瘦了。

**【程文】**科场应试者进呈的文章。磨18:先生先用过饭,请到书房,就着题目做一篇程文,领领尊教。

**【程仪】**赠送给旅行者的财礼。磨8:前年从京里下来,断了盘费,在我家里住了几日,送了他程仪二两。

**【澄澄】**清澄的样子。禳19:眼澄澄眉弯弯,朱唇一笑更娇然,俏步真如花影颤。

**【筬筐】**一种织具。日·养:筬筐打就千般锦。

**【乘凶葬】**乘凶,父或母刚死,子女不成服而婚娶。日·堪:古人三月乘凶葬。

**【枨】**起支撑、连接作用的条状构件。日·木:方棹琴床枨坚固。

**【朾】**同“枨”。日·木:柲朾要壮不求美。

**【逞】**显示,炫耀,卖弄。慈3:老婆顶,老婆顶,逢人要把老婆逞,老婆老婆好没影,拿着人人当老炳。寒1:赵恶虎逞英豪,见人来动枪刀,势头凶恶眼看到。磨28:要知道为人在世,休逞那势力刚强。

**【逞强】**显示自己能力强。磨29:追了数里,任大王回马说:“好好不识世务!我看初来,让你一阵,如何只顾逞强?看我枭你的首级!”两个又战。增23:万岁爷气昂昂,叫王龙休逞强,你有多大小家当?

**【逞偻儸】**逞强争胜。“偻儸”指聪明伶俐。姑2:大成说这犯咶啰,怕他越发逞偻儸,母亲呀,弄的大家不安乐。

**【逞头】**挑头,为首。磨4:告世人仔细听:休管闲事递公呈。杀人该我甚么事?好好的逞头把气生。

**【称[3]】**(chèng)同“秤”。增20:腚沟里夹上称杆——管叫他一溜崩星!

**【称锤】**同“秤锤”,秤砣。日·器:称锤戥子较低昂。

**【秤[2]】**(chèng)称重的器具。墙2:俺达是个老精灵,腰里银子上秤称,已往从前真失敬。禳24:谯楼上还有个更儿,帘子上还有个钉儿,粮食有个升儿,秤上有个星儿,何况是眼里放着钉儿,怎么不听听声儿?

**【秤锤】**秤砣。俊:弯腰来抹起石头一块,那妇人抹起个秤锤。

## chi

**【吃安稳饭】**比喻安定、平静地生活。磨3:明日大赦已将到，竟把钱粮封纳完，闭了门且吃安稳饭。翻5:种的都是咱的地，并无见他一文钱，咱吃甚么安稳饭！蓬4:就中状元，就中状元，上下都是些好奸贪；若是做了官，才吃不的安稳饭。

**【吃不尽没有的亏】**指因为贫穷少钱而多方吃亏。增17:皇爷说:“你妈娘不知要多少银子?”二姐说:“只要三千两银子。”皇爷说:“吃不尽没有的亏。”

**【吃不了兜着走】**形容承受不起，担待不起。禳16:他若牙缝儿崩不字，小孩子卖长生果——吃不了还叫他兜着走哩！

**【吃长斋】**长期素食，指信佛。增15:甘心宁做庄家女，贱人原不恋章台，谁肯救出我天罗外?到几时把火坑跳出，南无佛吃了长斋。

**【吃醋】**在男女关系方面妒忌。禳16:说起来也不是妹妹吃醋，他搬了院里吴丽华，又说待看陶家那媳妇。若是那有气性的人儿，姐姐呀，就着他气的长气鼓！禳19:张大哥无日生，纵着老婆养满村，石庵吃醋心不忿。

**【吃饭的家伙】**指头。磨29:我这里一枪去，你那里一枪来，弄掉了你乜吃饭的家伙，难把架儿摔。

**【吃哈】**吃喝。哈，同“喝”。增18:他若来时，唱给我听了，答应的我欢喜，赏他一桌酒合你二姐姐吃哈，临走再赏他二百钱，可不是陡然富贵么?

**【吃横亏】**平白无故且无法得到补偿地吃亏。寒4:都说道吃横亏，一个个哩哼成堆，快头先行又被屁骨坠。磨1:到是贼人全无事，还是失主吃横亏，不拿人有理合谁对?

**【吃紧】**❶重要，要紧。快1:不是不用你，到有个极吃紧的去处，极得一员大将；只是踌躇了几回，不敢奉托。❷表示假定，有可能。禳7:想是江城他在那里见他来，吃紧了两个见了话，也未可知。增9:你空这么大年纪，吃紧的就没见这钱，也是有的。

**【吃粮的】**指吃军粮的，当兵的。增20:立文约胡君思，北京城一小旗，我是一个吃粮的。

**【吃奶】**吸吮乳汁。俊:为个汉子要自由，不是孩子还吃奶当饭?

**【吃敲】**❶挨打。禳23:弄鬼就吃敲，阎老也难逃，常言道水儿长船儿高。富2:一群衙役如猛虎，但只是过的就吃了敲，打官司就是财神到。❷受欺骗。

翻2:秋桂越发作弄着笑,娇儿心肝不住口,把乜孩子吃了大敲。

【吃食】动物进食,指人时为詈语。墙1:且是那狗这二日不吃食,留着拌点糠餵他餵。墙4:清晨肉晌午鸡,每日像贼吃食,丝毫何曾得他济?

【螭头】房上的螭龙头像。日·泥:砖石螭头安排就。

【鸱头抉腚】面目难看,身体挺不直,形容相貌、风度卑琐。"鸱头",猫头鹰的头。"抉腚"即撅腚,撅起屁股。墙1:不说那鸱头抉腚,看您达那乜势势。墙4:既真么大,俺也做监生,那秀才鸱头抉腚的不做他。

【眵】眼屎。富12:拭拭这眼角眵,只是觉灯花暗。增7:进院来细端详,见了些女娥皇,个个都有五十上。口里没牙眵糊着眼,东倒西歪晒太阳,通然不像个人模样。

【眵儿】眵。慈1:每日清晨起来天儿乜么乌,俩眼还是眵儿糊。

【眵眉呆眼】眼角含着眵,眼神呆滞,形容其貌不扬、愚笨的样子。快2:恸伤心,恸伤心,眵眉呆眼欺负人。不是他的武艺高,原是自己交死运。

【嗤】❶象声词。表示迅速擦过或布匹等撕裂的声音。姑1:还没问出来,只见他抽出那剪子来,嗤的声照脖子一攮,就倒在地下。增14:那鞋掌子印着那涩道上边,嗤的一声抓下来了半边,走一步刮打一声。❷叹词。表示鄙夷。墙1:张大瞅了一眼:"嗤,我当是待说甚么呢!"禳1:嗤!我道你就不怕么?那一日俺王大娘就没打你呀?❸发出"嗤"的声音,表示鄙夷。慈2:李氏嗤了一声:"找你嘛?指望你那汉子么?给人出气哩。"增12:万岁嗤了一声说:"我着你可晕着我了。"增6:二人听说,那鼻子里就嗤了:"这花子这么不识抬举,咱混他一混。……"❹捉弄。增6:我嗤他往孤老院里走走何如?

【嗤嗤】❶象声词。形容小声嘲笑的声音。蓬7:吴彩鸾甚害怮,娘娘叫他接文箫,一群仙女嗤嗤的笑。增24:丫头们嗤嗤的怪笑,胡百万喜地欢天。❷象声词。形容布匹等撕裂的声音。翻4:堂上喝了一声裂,嗤嗤一阵响连天,条条都是八丝缎,合衙门偷着抢去,都缝个荷包装烟。

【嗤冷冷】象声词。形容嗤嗤地响。寒5:二鬼分头按上锯,骨头拉的嗤冷冷,夹锯条还要只顾挣。

【嗤眉瞪眼】相当于吹胡子瞪眼,形容怒目相向。磨19:老匹夫,老匹夫,嗤眉瞪眼来欺负!

【嗤撇】耻笑,讥笑。姑3:臧姑听的珊瑚来了,那口里着实嗤撇他,到了第二日才来了。增18:像是你这个模样,到那里看他嗤撇。

【嗤声】嗤笑的声音。俊:三姐听说嗤声道:叫我没有那好笑,好眉好眼什么调!禳16:人说江城降汉子,江城也自家说,作嗤声介:"我能降汉子。"嗤!哆杀我罢了!

【嗤头抉腚】同"鸱头抉腚"。翻6:嗤头抉腚看不上眼,待要大发那里来?我就没个主意在。

【嗤笑】耻笑,嘲笑。禳13:传出去人人嗤笑,真叫我难见亲朋!增15:二来见我帽破衣残,怕风月行中姊妹们嗤笑他,他怎么不恼?

【痴颠】痴笨疯癫。增14:这丫头怪歹歹的,休着他看破行藏。我只得装作痴颠,瞒他一瞒。

【痴驴木马】比喻蠢笨愚钝的人。翻7:你就合痴驴木马,看起来一样相同!

【迟挨】拖延。禳3:今别你去来,今别你去来,脚夫等候,不得迟挨。

【迟捱】同"迟挨"。寒5:嘱咐我催你早去,务必的休要迟捱。

【迟误】迟延耽误。快1:到了午转时候,要到双陵头大路上歇马,休得迟误。

【迟悮】同"迟误"。钟:书已在此,疾忙收拾担儿前去,休得迟悮。

【持服】穿丧服,服丧。慈4:见他持服心里气,着他换上穿大红。寒3:虽然持服不出嫁,说是明年该禁婚,附就着娶了理也顺。

【持体】维持礼制所要求的言行规范。磨33:老先生还要持体。请了。

【剶】在烹鱼前处理生鱼,剖出鱼的内脏等。日・饮:清水洗剶鱼脏肚。

【匙瓶】放置匙、筷的瓶子。日・杂:匙瓶金著[①]排香几。

【匙子】用来画曲线、圆圈的匙状木工用具。日・木:全凭匙子画方圆。

【尺头】❶绸缎衣料。翻7:丫头端过礼来:婆婆是绣鞋、枕顶、尺头四端;大姐是绣鞋、枕顶、尺头二端。大姐说:"尺头收不的。"翻9:大姐说:"你休恼,我管赔你。"遂即拿去了两疋尺头,说:"这不是两件衣裳。"磨21:我到还有两匹红尺头,可忒也便宜他。❷衣服的尺寸。增5:乍穿着尺头不大紧,身下闷痒似虫钻,霎时拿把的通身汗。

【齿白唇红】形容年轻美貌。富13:张老爷少年英妙,十九岁绝好丰标,齿白唇红模样娇,玉堂金马忽然到。

【齿录】也叫"同年录",科举时汇刻同榜者姓名、年龄、籍贯、三代等的册籍。闱:赴筵宴,会同年,刻齿录,见主考房师,一切旧例,我都烂熟的,稳稳坐着等出榜了。

---

① 为"箸"之形讹。

**【耻脸】**(“耻”字盛本作“聇”,均为“䏔”字之讹。“䏔”音 mà)变脸,由和悦变为严肃或恼怒,相当于今语“抹下脸来”。日·争:只为一钱耻了脸。

**【侈口】**随意地开口(谈论)。磨29:草野的小书生,打伙儿讲朝廷,没人处侈口谈朝廷。

**【拸】**(此字乃方言字,音“多”。音义均非《广韵》《集韵》等古书中的“拸”。《汉语大字典》《汉语大词典》均据《集韵》丑豸切注音 chǐ,误)用手掌或板状物抽打。姑2:就拿过珊瑚那手来,使力气照着自家那脸乱拸。磨4:上堂哪论理合表,开开门只用嘴掴拸。磨11:从今数着数儿打,撕了衣裳剥了鞋,拿鞋底拸那天灵盖。

**【拸打】**(“拸”音“多”)量词。泥类物滴落下的一滴。慈2:好好的跑了,就到底不长进。笼里犯出羔团子——好势的也拸打,就少耗了也罢了。

**【拸塑匠】**(“拸”音“多”)泥塑匠人。禳5:罢呀,拸塑匠两口子扎春牛——忙着那忙哩。

**【拸挨】**(“拸”音“多”)❶哆嗦,颤抖。慈2:见了人休要作揖,原只该拸挨着拜。富4:众医生瞧了瞧,只吓的拸挨战!❷胡乱行事。姑2:老蠢才,真是呆,自家拸挨着没自在。

**【吵吵闹闹】**吵吵闹闹。闹:只听得悠悠扬扬弯弯曲曲门子声低,见一群纷纷藉藉吵吵闹闹归房皂隶,嘻嘻哈哈号声一片吹。

**【赤李】**李子的一种。日·果:凉樱赤李徧山溪。

**【赤椋】**木名,即椋子木,又叫“灯台树”,山茱萸科落叶乔木。日·树:平地不睹赤椋影。

**【赤身露体】**裸露着身体。增7:破衣服赤身露体,嗲杀我好他那脏娘。

**【赤糖】**红中带紫。日·衍:粉糊赤糖窊寥脸。

**【赤淌脸儿】**红中带紫的脸色。赤淌,同“赤糖”。增12:赤淌脸儿半栏脚,若在山沟顶席棚,你的生意比他兴。

**【赤条条】**❶光着身子,一丝不挂。墙3:忽梦见您兄弟俩,把我剥的赤条条,床上不觉死声子叫。增10:拿衣服来给你二姐姐穿上,赤条条的什么道理!❷形容空无所有。禳8:赤条条个人儿,并无一点妆奁,一回想想一个通身汗!

**【赤通红】**通红。增2:天子龙眉竖,御面赤通红,拔出龙泉剑,亮开雪练锋,拿过黄金箸,一剁两分平,谁人敢挡我,依律定不轻!

**【赤旭旭】**红彤彤。增16:万岁将汗巾一展,照的楼上赤旭旭的,祥光出现。

【翅膀硬】比喻独立生存的能力强了。幼鸟翅膀较软，不能飞翔出去觅食，需母鸟喂食。等翅膀硬后便可独立生存了。墙1：因他翅膀硬了，终日淘气，早早分他出去。

## chong

【冲冲怒】怒气冲冲。磨29：谁想万岁冲冲怒，毛贼不消去招安，精兵发了十数万。

【舂】(邹本作“蠢”)蒸煮。禳24：你看我呀，贪叨瞎话，打发书房的那鸡蛋，从清晨舂在锅里，虽然化了不要紧，看熬红了那锅子，得去看看。

【虫蚁】小鸟[①]。蓬3：这却如何，这却如何？天上的虫蚁喂不活，任是甚么你都嫌，往后咱可待怎么过，往后咱可待怎么过？

【重】(chóng)❶重新。墙2：救了残生还取扰，恩情难报重如山！这一别未必重相见。翻5：大姐来家，重整家门。❷重复。寒3：王成说：“不害羞！唱过的又唱。”恶虎说：“何妨？词只在人唱，那在重不重？”❸重复地说。翻9：仇福低头，仇福低头，一点气儿不敢抽。大姐只顾重，他就尽着受。禳9：“枉惹奴家气满怀，强人休进绣房来；晚间早把门关上，不叫亲娘门不开。”重二句作发恨下介。磨10：只怕他事烦忘了，一两日重重才好。❹量词。层。慈6：那猛虎将人衔，遥遥经过万重山，鞋袜全脱衣裳烂。禳24：就从此勤宣宝号，消却那孽障千重。❺重重，多层的。慈3：气也不喘，尽歹那菜瓜，掘打了一阵，又要杀他，一身的热汗湿透了重纱。禳6：心痒难挠，心痒难挠，魂儿飞上重霄。

【重梁】为增强梁的支撑作用而在大梁之上加上的第二根横梁。日·木：重梁室柱皆妥当。

【重楼】道教用语。指喉咙。参见“十二重楼”。寒4：拿来一刀分两断，兄弟嚼来血水流，只因原是仇人肉。咯吱吱一齐嚼响，骨碌碌咽下重楼。

【重舌】舌病名。舌下肿突似舌形，故名。日·疾：重舌木舌或耳瞎。

【重杨】垂柳。增6：行走着来到了，城墙下好深壕，红莲绿水重杨罩。

【重阳柳】花名。日·花：重阳柳发紫藤缠。家政外编·诸花谱：重阳柳，春种。忌粪，喜燥。

【宠】宠惯，放纵。磨34：都是张老爷宠的他，我有什么错呢？

---

① 现代山东方言中，有些地方“虫蚁”指虫类，有些地方“虫蚁”指小鸟。从用例说到“虫蚁喂不活”来看，应指鸟类。

## chou

【抽】❶抽拔。姑1:正说着,出了庄,老王方才待问他要往那里去。还没问出来,只见他抽出那剪子来,嗤的声照脖子一攮,就倒在地下。翻4:知县抽了两支签,一支拿赵阎罗,一支拿仇福。俊:换米抽了屋上椽,烧火拆了房上草。❷从整体中抽取部分。禳17:卖了秀才还嫌少,要把行头课税抽,你可堤防着割你的肉!农·补·饲养:惟抽减眠蚕之叶,不致覆压;专饲未眠之蚕,使之速眠。❸吸。翻9:仇福低头,仇福低头,一点气儿不敢抽。禳18:锅着腰,勒着头,只有丝丝气儿抽。❹抽打。寒2:原是犯官的家人抽了他一鞭子,他就自己碰头,这是实情。禳28:俺这心里不好说,怎么把人拡根子抽,一霎汗湿衣襟透。

【抽车】缫丝车。日·养:抽车大軠缫丝去。

【抽身】脱身离开。琴:那人和我脸对脸,吃了交心酒一盏。大家知趣都抽身,他就忙把房门掩。禳3:蒙仲鸿死活留,蒙仲鸿死活留,难把身抽,三杯已是饭时候。

【抽屉】桌子、柜子等家具中可以抽拉的盛放东西用的部分。日·木:抽屉橱柜木焦干。

【挡生】("挡",方言音"谄")结束性命。俊:铁拐李把眼挤,若是休了便宜你,狠狠一下挡了你的生,到还割了这块癖!

【篘】❶滤酒。日·庄:涮涮壶瓶篘醨酒。❷滤过的酒。琴:好月初圆,新篘倾几盏;好花初开,奇书读一卷。

【仇家】仇敌,仇人。寒3:仇人虽多,都久了,就商家是个新仇家。望老爷详情。磨21:我的儿还当愤发,这举人压不住仇家,仅能不着人家骂。

【仇口】仇人之口。增27:好奸党!仇口咬着我么?增27:老天不遂奸臣意,仇口咬我为甚么?

【稠】❶浓,黏稠。翻1:叫仇福去烧锅,不是极稠是极薄,这样日子怎么过?磨25:把墨研稠,行行写去不抬头,第五篇已是一挥就。❷密。富7:家里那草亭上,树影儿还稠,想必你拿着梳儿在那里梳头。农·蚕·下蚁:蚕下勿令稠挤。

【犨】同"稠",浓,黏稠。日·庄:旺炉燥饼粥犨黏。

【愁苗】愁绪。禳14:一更新月才照上窗棂,又下窗棂,孤单的人那愁苗渐生。

【愁事】令人发愁的事。日·禽：燕儿入户无愁事。

【愁死不望活】被逼迫得怕死又不想活。禳10：终日起来吵呵也么呵，骂的话儿口难学。十样多，叫人愁死不望活。禳11：一年多，一年多，终日愁死不望活。俺只待寻了死，不待把日子过！

【愁死愁活】欲死不得、欲生不能。磨5：那赃官都该把头来砍，小民遭难，愁死愁活。

【筹】❶算筹。蓬1：每一次我便记一支筹。今日那筹不知多少，已经满屋，底下的俱朽烂的数不的了。蓬1：老天日日周，海一干下一筹，一筹就得八千寿。❷量词。个。磨33：威仪表表尽英流，真是当今第一筹！❸量词。着，招数。磨30：成了便就是你的计，差一筹就归罪赵总兵，这机关到底不干净。

【杻】(蒲氏注音"考"，即铐)手铐。磨18：咱老爷胡突极了。作什休给他代杻，不绑起来如何行的？磨20：这自然手杻脚镣，解司解院。又怎么来到这里？日·争：手杻脚镣铁索锁。

【瞅】❶看，瞧。琴：头上脚下细端详，我也偷眼瞅一瞅。磨18：解子瞅了一眼，说："酒不要筛了！"❷用力看。琴：这件喜事委实陡，故意还把丫头瞅，失惊打怪影煞人，甚么腔调还不走！磨18：张春擦了擦泪，瞅了一眼说："谁是合的？"

【矁】同"瞅"。❶用力看。姑2：于氏说："你还出来做点活路呀，光坐睬子是嗤着？"臧姑矁了一眼，粗声大气的说："我不会做活路！"富5：娘子听说，把眼一矁，就像是恼了。❷观察。翻8：勾了一个东人来，矁着二相公在家里，溜到书房里去。日·赌：矁就傻瓜放利债。

【矁眉裂眼】相当于横眉竖眼，形容怒目相视、态度凶狠。寒6：俩鬼嫌他走的慢，矁眉裂眼乱咕哝：恹缠缠你害的什么病？

【臭樗】樗树。日·昆：夏月臭樗生蚮蝺[①]。

【臭大姐】能放出恶臭的椿象虫。日·昆：齐马婆如臭大姐。

【臭骂】大骂，恶骂。富13：公子上马容颜变，低头无语在雕鞍；要回还，臭骂瞎眼考试官。

【臭囊皮】詈语，指身体。增28：百样装的假面目，千人靠的臭囊皮，登时剐了个粉粉碎。

---

① "蚮蝺"为"蚮蚼"之形讹。

## chu

【出[1]】❶自内而外移动。姑1:大娘子不抬头,哭的天昏地也愁,一肚子血也没处出,变成清泪眼中流。姑3:劳他先刨,劳他先刨,不肯自家上了腰,兄合弟齐下手,公同着出了窖。蓬5:袖里拿出四指高的一把小壶,两个盅儿,斟上一盅,递于相公。❷离开。姑1:正说着,出了庄,老王方才待问他要往那里去。慈3:他来看姑,不好撵他出茅屋;你既待叫他还家,我也就不肯留他住。慈6:出汉中到凤翔,由西安到平凉,延安临洮济着闯。❸产生,发生。墙1:怎么就一个模里,脱出了两个冤仇。慈4:世间尽有蹊跷事,破茧偏能出好蛾。寒1:话说元朝至正年间,有一件奇事,出在山东济南府新泰县。❹出现,显现。墙1:你大号红粘粥,你名实你姓胡,原来你是高粱做。热了烫人嘴巴子,薄了照出行乐图,老来相处你这桩物。姑1:媳妇从来孝顺难,婆婆休当等闲看;自此若有豺狼出,方识从前大妇贤。姑1:又不傻,又不潮,好媳妇你休去了,指出件不是还可笑。❺发出,发布。姑3:县官又赃,要拿鹅头,出了个票子,单叫臧姑。寒2:老王出了票子就相尸,赵家把仵作、刑房都打点停当。❻发泄。姑2:姐姐总像从天降,对着他诉诉衷肠,对着他出这凄惶,一宵暂把愁眉放。翻5:胜不胜告他一状,出出这肚里生烟。翻11:那气出净了,瞧了瞧,都是银子。❼分出,分开。翻8:日头歪,日头歪,分不出青红合皂白。翻9:称出三两银子,说:"你路上少吃俭用,可以到了家,你就快忙走罢。"❽出价。蓬4:共总一部,又极希罕,一个出八百,一个出一千,买到手的好像得了个金砖;买不着的还要借观。❾支付。增19:(王龙说:)"长官,俺输了的罚银二十两,吃酒三盅。"万岁说:"赛观音输了呢?也是二十两?谁出?"王龙说:"我出。"万岁说:"佛动心输了我出。"闹:书房中你使的笔墨砚纸,一件件自己买自己出钱。❿用在动词后表示完成或达到目的。寒2:告了遭子不过是如此,也就知这世道了。老天爷待为咱敌生出一个包文正来哩么?富6:李鸭子跳过墙一直竟进,门外头足听了一个时辰,空说话也听不出姓谁名甚。安心听出个主,吆喝一声堵住门……磨16:休把玩耍放心间,一心专把文章念。一篇做出,层层密圈。⓫挖去泥土等物使根基露出。日·泥:地脚出完棒杵下。日·庄:挑壕出粪用筐杴。

【出边】到边境之外。磨35:杀贼人万千,逐贼人出边,人人喜来送酒合饭。

【出产】❶(人)成长。禳7:你看看江城出产的这样的风流,这样的标致!禳33:你看春香出产的越发有福气了!❷出息。禳24:冒火又冲烟,这生意实是难，有个出产心情愿。

【出丑】丢人，丢脸。寒4：商三官笑嘻嘻，叫二哥你听知：我今出了胸中气。休要愁我还出丑，移尸只管叫他移，这都是些些小事。增12：你好出丑！你就是猪八戒家生的那孩子——弄出那些丑样子来了。

【出的门】能够外出而不丢人，形容容貌好。禳1：白绫裙绿紬袡，传的影上的画，出的门支的架，扎裹起来爱煞人，好像一尊活菩萨。

【出的门来】出了门。富5：就把官人拉着手，出的门来。增9：丫头听说，出的门来。看见六哥，即回后房道："妈娘，俺六叔来了。"

【出粪】将粪便从厕所或牲畜栏圈中铲出。农·农·出秋粪：凡出粪忌千斤煞，妨六畜，春巽，夏坤，秋乾，冬艮是也。

【出服】在五服之外，血亲关系已超过五代。慈4：妈妈只当是叔伯妈，达达又当是出了服，话儿不敢多一句。

【出恭】大便。翻6：魏名拱了拱手说："你先进去，我出一恭。"磨16：书本儿掀在桌上，念书的那里去了？想是出恭去了，或者不久便来，我且坐下等他便了。

【出官】见官，因讼事而上公堂。寒2：再送上白银八百两，转托老二送老王，不出官着他把尸相。磨13：我原就安排着自己投县，为个人怎么光教老婆出官？我听的那一回浑身是汗。富6：官人说我实心要自己出见，我撞祸怎叫你吊出出官？我听说那一回还浑身出汗。

【出见】❶出来相见。禳32：（公子）连忙出见云："家人不识仙颜，得罪得罪！"富6：官人说我实心要自己出见，我撞祸怎叫你吊出出官？我听说那一回还浑身出汗。❷出现。墙2：银子不曾使出去，必然埋在那墙间，他喜了宝贝才出见。

【出阁】出嫁。增5：那曹小姑不知多大年纪？出了阁不曾？

【出离】离开。磨22：出离京城，走了一程人马皆饥，且下马打尖则个。磨22：遂梳洗完备，出离房门，说："天已大明。"

【出炉】从炉子里取出。增7：又有合汁又有面，新出炉的热烧饼，肉包火烧随心用。

【出马一条枪】❶比喻直来直去，快言快语。增12：况且生来嘴头巧，话是出马一条枪，姐姐休愁把心放。❷比喻勇往直前。磨5：怕朝廷不肯体谅，不信俺但杀贪赃。指不的出马一条枪，百万兵才敢往前闯。

【出门】❶离开家门或院门。墙2:你又不出门,要那绵衣裳做甚么?墙2:这几年因你不出门了,我又忙,久不见了。慈2:老孙婆子听着他骂了会子,出门去了。❷外出远行。富11:山西没多举人公,太原平阳两府空,他说道出门必得镖枪送。磨27:我十年出门在外,到寻着做了个太公。❸女子出嫁。寒3:不如就良辰吉日,权且着小姐出门。琴:仔求庚帖出门去,就是我的快运来。

【出门子】❶出门到外地。增6:没见你那打手何如,先说你那不出门子的奸汉吓人。增13:我一起没出门子,来到这里人生面不熟的,不认的一个人。❷女子出嫁。用例中指妓女开始接客。增17:二姐无奈把罗裙解,说从来没曾出门子,酸甜还不知是什么味。

【出名】❶有名。增6:庄上主管无其数,出名的总管一大群,我是天下头一条好光棍。❷具名,以某人的名义。寒1:二相公说:"我出名告他。"大相公说:"你性子不好,说话忒也直戆,还是我去罢。"

【出票】发出传票。翻4:即刻吩咐,即刻吩咐,不用该房出票拘,抽了两支签,分了两条路。寒1:却说那大相公告上状,那知县官即时出票拿人。

【出票子】同"出票"。寒4:出票子另齐人犯,说不尽那赃物奸贪。磨14:刑房嚓嚓了两三句,他才欢喜把头回,便说王岗你暂且退,我随后就差应捕,出票子给你拿贼。

【出妻】休妻。禳30:昨天见了乡试录,才知道女婿中了;中了便没有出妻之理。禳30:小弟虽然来家,可也没有富贵出妻之理。

【出气】❶发泄气愤,解气。翻9:你掐他一块肉,撕他一块皮,也还出出你那心头气。增21:王龙又灌了几盅酒,千思万想,没处出气。❷争气。慈4:没娘孩子不出气,像是乍到外国,没有一个相知。禳18:也使我得知闻,我不出气你再理论,嘛就不问谁是主,拿着当自家那抗腿的人?

【出丧】出殡。墙4:现如今占着口屋,该商议怎么出丧。磨3:如今伯母就待出丧,借此推托,岂不是好?

【出上】❶拼上,豁出去(去做),表示勇于面对极端不利的结果。富2:央他迟迟还不肯,回家叫声我妹妹,这也没有砍头的罪。咱出上合他就去,到当官再辨是非。磨4:纵然衙门无公道,出上一个脖儿齐。磨6:已是如此,还有甚么法儿?出上杀就杀,充就充!❷无非就是,只能是,任由,表示在无可奈何的情况被动地采取消极态度。姑2:分明母亲做事差,好合歹难出口,出上个不说话。磨23:俺已是瞎的惯,世间的丑相有千般,出上一个看不见。增26:是皇帝不是皇帝的，出上就依着他说。❸除了。磨34:出上见了全无礼，还要合我动刀枪，目中全没有今皇上！富7:出上捱了一顿打，浑身转了个精打精。❹出，付出。增15:若就要，我出上银子买。慈1:但只是做着后娘，只出上一片好，就见了玉皇爷爷，也敢抓出心来给他看看；但仔是那做后娘的可又不能哩。

**【出身】**❶个人家庭的地位。蓬7:这是小仙的使者，出身微贱，不敢前来叩头。❷科举考试中选者的身份、资格。富10:你得个进士出身，那时再给他个平安信。❸有出路。磨20:我还有几两银子，安心纳一个监生，妄想科京举，图一个出身的方法。

**【出神】**同“出阳神”。翻2:秋桂见他只顾寻思，便说:“张天师闭了眼——你出甚么神哩?”

**【出世】**问世，在人面前出现。琴:摸摸下边那一桩，咦，这件宝贝该出世。

**【出头露面】**在公众场所出现。翻5:你乜女人家，出头露面的怎么告状?禳27:铙鼓喧喧方到门，满街男子乱纷纷，怎么一个良家女，出头露面不避人?

**【出头人面】**出头露面。磨6:我已是出头人面，我怕他怎的！只待他到监里闭了我，你伺候告上状便了。

**【出脱】**长，青少年体态、容貌、智能等的成长。增10:长到十二三岁，出脱的如花似玉，才有了佛动心之名。

**【出外】**外出。墙2:今日就把门紧闭，尽他啕叫再不开，合家推是出了外。富12:因小的还老成，跟少爷好出外。

**【出亡】**出逃，逃亡。富13:我十年出亡在外，倒情着做了太公。

**【出息】**❶发展的志气或前途。琴:骂声臭东西，骂声臭东西，我道你也是没出息。❷长大，成长。增5:是我喂的一个母鸡，下了蛋来抱一窝小鸡，出息着掺个私囊，寻个媳妇。

**【出阳神】**比喻出神地呆坐或呆立。阳神，指灵魂。传说道教创始人张天师曾死而复生，道教徒称其昏死时的状态为“阳神出游”。翻4:秦幌幌子见他在那里出阳神，便说:“我有一策，可以捞梢。”蓬2:彩鸾正在那里出阳神，竟无听见。

**【出印】**指掌印。闹:三年功必进学六年中举，七年上会进士连中三元，一霎时就成了那富户乡宦，翰林院效力满出印做官。

**【出远门】**离家到很远的地方去。富3:来探亲，多年不曾出远门，走的错了路，晚来到贵门，告婆婆才得把门进。

**【出作】**畏缩，害怕。两字都是记音字。“出”(即“搐”)和“作”在方言中都是缩的意思。禳15:大相公还嘱咐密着些,可是羃着耳朵放爆仗——使了钱卖①了些出作。

【出²(齣)】戏曲的一个独立剧目。寒3:李蝎子又添上盅,又着孙晏唱了一出。

【初来】初次到来。姑2:于氏心里总不耐烦,也还说是初来,做了饭,二成端给他吃了。磨23:你是初来,那知道忌讳,任你唱罢。

【初来乍到】初次刚到。姑2:媳妇三日不动弹,惹的婆婆不耐烦,还是初来合乍到,只得再等他两三天。

【初眠】蚕的第一次蜕皮休眠。日·养:初眠得病犹可忍。农·蚕·喂蚕:一日一夜为初眠,又七日再眠如初。

【除】❶解除,去除。琴:少戴钗梳,少戴钗梳,今夜是我亲手除。禳10:泼妇离门凶气除,耳根清静眼丁无。富13:那我定要上几个本章,除除民害,砍几个贼头,就是那徒流秀才还可救。❷用平板状工具(如铁锨)平着铲起土、粪等。慈4:张诚说:"你看俺哥哥,你从多咱就起来了?"慌忙拿枚就除。……张诚又除上了一提篮,他哥夺过来,他还不依。翻11:仇大郎把灰除,鼻也黑嘴也乌,自己去把活路做。❸除了,除……外。慈3:好没要紧,除没找了孩子来,赚了一场好骂,还几乎捱一顿好打。磨4:做官他凭着那歪揣性,狠要钱不顾人的死生,除贪酷别没有甚么毛病。

【除到】除了。磨18:张相公,你不要泼!你除到分文不给,还要找算人么?

【除上】除了。蓬5:除上我向后叫爷爷奶奶,就中了状元是待怎么?

【除罪】免罪。磨14:官府若是不肯准,除罪只把项来摇,把状只望当堂摔。

【厨子】厨师。墙1:三觔肉一只鸡,就是您家那好东西,好厨子做煞也不济。翻7:却说那仇大姐买下东西,叫了个厨子伺候。

【锄橿】锄柄。日·庄:桑桑锄刃安锄橿。

【锄刃】锄的铁片部分的刃部。日·庄:桑桑锄刃安锄橿。

【锄垫】锄头与锄的铁制弯柄连接处起加固作用的楔子。禳24:俺不拾拾那车鞋儿,也不挑挑那筐担儿,也不担那饭罐儿,也不挎那菜筅儿,也不曾楔楔那锄垫儿。

【锄头】锄的铁片部分。禳3:使破锄头砍坏了斧,不肯教我去赔偿,借的粮

---

① 疑为"买"字之讹。爆仗(爆竹)一般都是买来的,但放时人们又担惊受怕,所以说是花了钱买来了害怕。

食不上账。闹：你看那皮匠家补鞋补袜，只是那锢炉子锯盆锯碗，还有那木匠家打箱打柜，铁匠家打锄头还打刀镰……

**【鉏】**同“锄”，锄田去草或碎土平地，锄去。农·农·二月：又或才过大雨，搗成泥条，雨不能粉，鉏不能破，致连三年五谷不生，吃亏甚矣。农·农·红花：未出九种之。鉏宜晒麦时，侵晨闲工，及长工暇时为之。鉏必七遍。三遍后鉏不宜深。

**【鉏杠】**同“锄橿”，锄柄。农·农·刨二遍：鉏杠勿长，只宜半尺许；长则不能深。

**【雏】**❶幼禽。禳24：俺可镟了一块肉胡儿，转了一个鸡脯儿，偷了两对鸽雏儿，香油称了一伏儿，清酒落了几壶儿……❷幼小，稚嫩。慈1：孩子雏，一身营生做不熟，新学着纪带子，才学着穿衣服，两顿打的会穿裤。富4：说话要粗浮，说话要粗浮，不装老巴只装雏。

**【杵头】**杵，舂捣用的棒槌。增19：地下走兽是个粉头，路旁古人是刘武周。刘武周拿着个大杵头，三杵头两杵头，杵死那个粉头。

**【楚汉大争锋】**即“楚汉争锋”，骨牌的一种牌名。由两扇牌组合而成，各有黑点十一。禳26：你看打个锦屏风，打个楚汉大争锋。眍眼乌龙，眍眼乌龙，纷纷落花满地红。昼夜停，又是劈破老莲蓬。

**【处治】**处罚，惩治。姑2：为儿今夜细思量，妯娌相处是寻常，官府不肯处治他，惹的那泼势更猖狂。翻9：他既知道懊悔，我领他来，济着你处治。

**【处置】**同“处治”。翻4：不料老郑处置的这样痛快！

**【畜类】**詈词。畜生，指人。翻9：我生这样畜类货，听说你自己扎一簪，我那泪珠何曾断！

**【畜生】**❶牲畜，畜类。蓬1：众神仙还待教诲他教诲，未及说完，一个仙童跑来把(梅花鹿)角抓住，拉下来踢了顿脚，骂道：“你这畜生！主人家还未到，你抢甚么哩！”蓬1：到家时和你算账，把畜生剥皮抽筋！❷詈词。指可恨的人。翻3：咳！这么个贤慧媳妇，怎么摊了一个畜生！磨16：小相公来到，说：“娘叫儿有何吩咐？”娘子拿着条子说道：“畜生还不跪下！你不念书，那里去来？”

**【畜牲】**同“畜生”。寒5：阎王爷怒睁睛，骂商礼小畜牲，料想你是不要命！

**【搐】**缩，蜷缩。丑：八戒病了十日整，浑身消瘦鬣毛鬈；腮子掉了二斤半，后坐瘦的竖脑尖，耳朵搐的相薄脆……增17：万岁沉沉睡去，那金龙出现，把二姐唬的气也不敢喘，搐在被窝里暗想：……禳15：李婆说：“我知道。”伸出头来又搐回去。

【搐答】抽搭,抽泣。姑 3:拿着文书来到也么家,见了娘亲泪如麻,又搐答,说他方才是任华,怎么倒在地,怎么又爬查,从头细说他父亲的话。

【搐头】缩头。禳 20:四更天冷不堪言,搐头蹲在画帘前。富 6:张官人看了看是个小伙子,搐回头来不敢做声。

【触送】(“触”,方言音“竹”)胡乱塞放或胡乱送给他人。俊:割了肉来胡触送,终朝每日瞎作蹬,弄的天那大窟窿。

【触注】(“触”,方言音“竹”)塞堵。增 23:三来见佛动心得意的受不的,要触注这个口。

## chua

【嗖】(方言音“插”)狗咬食东西。日·走:细犬嗖兔更无双。

## chuai

【揣】❶捣,砸。寒 4:老王叫到二堂里,验了验,那腰都揣出骨头来。禳 16:没有那好嗄打,就使半头砖,爬爬就待跑,接着又一砖,揣了一百下,睡了半年。❷搋,用拳头挤压。磨 5:到前头休着大王见,细豆腐揣的好肉——再酸些他也不嫌。

【揣东西】詈词。该挨打的东西,指人。姑 1:看这一样揣东西,不宜量好说只宜量捶。

【揣骨相】相命术的一种,捻骨相,通过捏摸被相者的骨骼以断其生死、命运。闹:相公,你若狐疑,也是小事,这院门前好揣骨相,布政司街西好将鸾,按察司街上好的金口诀、太乙六壬周易神课,我明日讨酒饭钱陪相公走走去好么?

【揣摩】玩味,揣度别人的用意。翻 7:早起就上书房里坐,待了回子不回宅,就在书房自揣摩,五日一次两篇课。

【揣歪】胡作,做坏事。姑 3:他说婆婆不宜量好,我就听着胡揣歪,谁想惹的神灵怪。磨 14:为头的烦了体面来,不从又怕他胡揣歪,老爷呀,况且又怕官府怪,只得低头去死挨。

【扠】同“揣❷”,搋,用拳推挤。日·器:上手扠来曲麴香。日·饮:下手先扠二百拳。

【衩】(《字汇》楚懈切,音“瘥”。蒲氏注音“揣”)揣,藏在衣服里。日·养:怀里衩衩叶不寒。

【踹】用脚踩。增21：王龙踢在半空里，皇爷使母鸡倒踹窝，脚脚踢的似天花落。

【鱎】喂足喂好牲畜（多指猪）以使其尽快增肥。姑1：喂鸡喂狗，喂鸭喂鹅，冬里鱎猪五口，夏里养蚕十箔……

【鱹】同"鱎"。日·庄：粽糊大料把猪鱹。

## chuan

【川字】指三等。闹：忽传昨宵已把卷箱抬，相顾也失色，陡听的老宗师丢将个川字来，又渐把雄心丢放在九霄外。

【穿把】穿（衣服）。"把"为语缀，无实义。慈1：你说四五岁的乜孩子，谁知道穿衣裳来？他娘只是打着他穿，打了几清晨……指头似的个人，五更里起来，呋嗤呋嗤的穿把上。翻2：缺嗤嗤的穿把上，黑暗暗的待开交，干误娘亲一大觉。

【穿杯】指交杯（饮酒）。增17：酒儿最爱穿杯饮，琵琶喜从怀里教，楼中一片弦声闹。

【穿搭】穿（衣服）。"搭"为语缀，略带随意意。增25：骂了一声天杀的，着俺像找白侍郎，你可弄那自在像！穿搭上流水去罢，这早晚还只顾磨仓。

【穿戴】穿着，衣着。禳5：全凭口舌作本，不用买卖耕耘，舌上打下谷豆，牙中长出金银；一家衣服穿戴，只消两片薄唇。

【穿红着绿】形容衣服鲜艳华丽。增14：南北两院分左右，穿红着绿女裙钗，铁石人见了也心爱。

【穿街过巷】穿过街巷。禳8：齐臻臻乘着两乘轿，穿街过巷，下下高高，渐入佳境，只待自家笑。

【穿井】挖井，凿井。慈1：自古以来的孝子，如穿井的帝舜，穿芦花的闵子骞，都是遭着后娘；就是那卧冰的王祥，也是卧了鱼来事奉他后娘。

【穿渠】挖水渠。禳8：撒帐南，抱颈双双入画帘，凿井穿渠皆大吉，明年此日产双男。

【穿心】一种玉饰。增16：趁上带香茶龙盒，羊脂玉碾就的穿心。

【穿心杠子】穿过绳索的中间抬扛重物的粗棍。墙4：单单指望他一句话，他低头子挺了尸，全不放个狗臭屁。只用根穿心杠子，他还算转了便宜。

【穿衣镜】可以照见全身的大镜子。禳28：呀，春香俊了也！这不是衣服，你拿了去穿上。去那穿衣镜前照照你自家，看看俊也不俊？

【传杯换盏】酒宴中相互斟酒。翻2:今日节间没嗄事,吃盅薄酒避避风,殷勤便把酒盅奉。打夥子传杯换盏,只吃的意快情浓。

【传单】印成单张的向外散发的宣传品。磨4:极好的个马知县,到任三日,那屏子发了传单,德政歌儿贴在墙上人人见;万民衣费过百千,那万民幛子是没有一年不攒。

【传弄】传,传话。“弄”为语缀。富11:待了有半年,不知那个多嘴,传弄到太太知道了,一行哭着,叫了小举人来。

【传染】因病疫传播而致病。农·蚕·辨种:此是胎里病,一人眠,必然生病传染,不可留也。

【传影】画像。禳1:白绫裙绿紬袝,传的影上的画,出的门支的架,扎裹起来爱煞人,好像一尊活苦萨。磨17:刻一个牌位传一个影,又用檀香雕个龛,跪下磕头千千万。

【传影像】同“传影”。增10:我从算卦以后,我就传下皇帝的影像,烧香念佛,供养了你三年,不见万岁在那里,枉费了辛勤。

【船多不碍江】俗语。比喻互不妨碍。磨8:他合你结发缘,我合你恩爱间,两头庄来往从君便。……从来船多不碍江,何况是地北天南?

【椽】椽子,竖放在檩上架屋面板和瓦的条木,比檩细。俊:宗家儿郎真不好,输的净光无饭擣。换米抽了屋上椽,烧火折了房上草。钟:他僚友辈俗情尽免,只姊妹佳意难捐。便就是酒海如船,鬼肘如椽,只得是一般全收不劳写颂谢红笺。

【喘成一块】连续不断地大口喘气。墙4:张大喘成一块。这十来里路跑乍了肺。

【喘粗气】❶大口喘气。磨6:一个个叉着腰,嚇嚇的喘粗气,都说:……慈2:使的慌不必喘粗气,不是你那亲汉子,你还要降的起。❷正常呼吸。姑3:好不跷蹊,好不跷蹊,着人恐惧汗淋漓,臧姑也是人,他那敢子喘粗气。❸形容故作威势,说话口大气粗。磨31:尚书毛义,全凭声势。听说他依仗威灵,见了人好喘粗气。

【喘呼呼】呼呼地费力呼吸。磨7:你行好不肯逐他也么出,倒在床上喘呼呼。

【喘丝丝】微喘。琴:不觉低声笑吟吟,喘丝丝的身子扭。

【喘吁吁】气喘吁吁。墙2:好恨人!使的我喘吁吁的,他倒嘻嗤起来。喒杀我了！磨6：一伙差人连跑了两回，还没歇过来，喘吁吁的把衣服都揭了。

【串】❶游逛，走访。磨23：逐日好像在地狱里串，雨下了脸上才知道阴天。增21：万岁爷会装憨，叫王龙你听言：南北二京我曾串。增27：那江彬常串边塞，走的极熟……❷连在一起。增4：万岁爷进了山，睁龙眼四下观：百鸟乘凉枝头串……❸量词。用于连贯在一起的事物。寒8：抄没了金银十万两，又有绸缎几万端，还有珍珠几万串。蓬4：两司抚院，送礼百筐，白的白，黄的黄，珠成串，缎成箱，无数东西往家抬，还得俩人来上账。❹量词。制钱一千文。蓬5：娘子无情无绪，不抄书了。亏了攒下了几串钱，到还过的。禳22：讲书定要人人到，一处抽到几支签，误了讲定价三十串。

【串道】走错了路，指未回避官员的车驾。寒6：才往下路去躲避，他那开道的说："串了道了！"登时锁了。寒6：后边一支小辇，辇里一个人一霎到了，便叫带串道的人去问话。

【串宫太监】可以在不同宫内走动的太监，一般指直接侍奉皇帝的太监。增1：我若说出地方，昏君离朝，万一日子久了，掌印的张皇后甚是伶俐，广有计谋，若犯疑忌，便问他串宫太监，遂说："万岁出朝，那里去了？"知道的就说江彬。

【串号】到别的号房走动。闱：串号的闹闹吵吵，想是那监试归房，举子逍遥。

【串街过巷】同"穿街过巷"。增27：串街过巷找一遍，不见万岁影合踪，怎不叫人心酸痛！

【踲】同"串"，到别处走动。日・石：叫唤虀磨踲村庄。日・僧：衲头拖索踲乡村。

【簆】用石碾粗粗碾压以脱皮或压成较大的碎粒。《正字通》以为字形当作"簆"。日・器：碾上簆子又篩细。

## chuang

【疮腚】生疮的屁股。日・争：没钱大脚踷疮腚。

【床儿面】同"床面子"。慈1：外边待上三五日，进门好似枯坟坛，塌灰遮满了床儿面。

【床儿沿】床的外边沿。琴：轻轻扶住奴，同坐床儿沿。琴：我仔笑一声，他就扒上床儿沿。

【床牘】（"牘"字原文误作"牘"）木床上的横木。日・器：匠人钯斗换床牘。

【床面子】床上部供人睡觉的平面部分。寒 4:他二人随即跑去,把三官抬出来,着被子裹了,停在一个床面子上。

【床铺】床及床上的被褥等。寒 3:我不吃酒了,醉极了。就收拾床铺,我合吴孝一铺罢。增 22:二人用过酒饭,二姐收拾床铺,与万岁寐寝。

【床头】❶在床上睡觉时头枕的一端,或床的两(端)竖起的木架或木板。墙 3:不必呀。把灯安在床头上,夜壶放在这床前,坐坐睡了极方便。富 3:那医官来时问了一也么声,就着床头把脉评。❷床,床上。翻 7:哥哥逃了嫂子去,床头又有病婆婆,满家只有你人一个。磨 33:罢罢!每人带一个去,床头玩耍也好。❸床下靠近床的地方。磨 19:头一夜实难受,他把我手脚绑了,丢在那床头。

【噇】“瞳”字之讹。参见“瞳”。磨 23:公子说:“叫他进来。”问道:“是那里来的先生?”两个听的问,便说:“给大爷叩头。”吩咐:“起来。”李二说:“小的是李众噇①,名叫李周;这是何王庄王丙。”

【闯】❶突然直入,猛冲。增 5:这也是君臣该会的日子,道犹未了,这周元担着担子就闯进门来。磨 2:今朝来闯鬼门关,关门一过保平安。磨 31:我在山头了望,他兵出营后,我领三千铁甲直闯他的中营。❷闯荡,为一定目的而到处奔走。慈 6:出汉中到凤翔,由西安到平凉,延安临洮济着闯,半年才到庆阳府,又待了三月至巩昌,才到了甘肃把霜降。❸竖立。快 2:你看这水好利害,正走着,把马绊倒,倒闯下来,说:“死了,死了!”

【闯祸精】总是闯祸的人。增 27:人家养儿防备老,不想他是个闯祸精,可把他达达送了命!

【闯下柱】将钱串竖立起来。俊:一霎时到了赌场,闯下柱擦掌磨拳。

【踤】俗字。同“闯”,出外闯荡。(另参“瞎胡踤”)磨 16:上山爬岭济着你踤,之乎丢去,者也全忘。

【慡】(方言音“窗”上声)挺直。日·身:慡起身子做桩事。

【创创】撞撞,撞运气(“撞”,方言音“创”)。俊:有个下情来相报,东庄有个好大局,咱去创创妙不妙?

---

① “众(衆)噇”应为“家瞳”之讹。下文说“名叫李周”,已经说明“李众噇”不是名字,且“噇”字未见有用为名字者。回答“李家瞳”(村名)是承接前文“是那(哪)里来的先生”之问而言的。

## chui

【吹弹】吹奏和弹奏。增24:他是个秀才,极会吹弹,我也曾跟着他学筝来。增25:万岁说:"胡百万可人,没有不会吹弹的。"那百花羞见爷问他,便去房里拿出一只玉笛,一攒牙笙,雕刻的异样精美。笑了笑,将那笙递于胡百万。

【吹弹歌舞】吹奏管乐、弹拨弦乐、唱歌、跳舞。增16:一个个吹弹歌舞,门外头唱将起来。增24:又看着自家命里该当没有官星,因此上丢了那书本子,光弄那杂八戏,吹弹歌舞,件件都会。

【吹肥】当指向待售的瘦家畜肚子里充气使其肚子鼓胀、显得肥胖一些的方法。日·走:瘦驴吹肥栋锥拣。

【吹鼓手】婚丧等礼仪中吹奏乐器的人。翻6:却说那范公子,不出三日,就来行贺……吹鼓手领着来到门前,把徐氏几乎难杀!日·器:巨锣大筛吹鼓手。

【吹口之力】相当于"吹灰之力",形容不费气力。翻12:到了这个时节,不过是吹口之力,楼舍厅房,门墙院落,盖了极大的一位宅子。

【吹㚻】女性病名。即吹乳,乳痈。日·疾:女人吹㚻或崩带。

【吹筩】吹筒,用来吹火的筒状工具。墙2:又把那粉土打礶,加上吹筩吹罢,往里常撒销铅,铀子也抹二三钱,因着这手儿抹惯。

【炊帚】用于刷锅碗的工具,一般用脱粒后的高粱穗捆缚而成。禳1:本等是真说不的假,南瓜皮子一大筐,炊帚苕帚三五把。

【垂带】垂带墙,正房门前台阶两侧的矮墙。日·石:垂带高低尺寸量。

【垂发相交】从小时候便有交情。垂发,指儿童。增16:这朝廷的爱臣是江彬,我合他垂发相交,俺俩个极厚。

【垂丝】垂丝海棠,海棠名品之一。日·花:贴角垂丝亦可观。

【垂珠】大门上方雕刻的珠状装饰。日·木:垂珠雕就大门安。

【捶】❶用拳头敲打。墙4:两个架在床上捶了捶才又醒了。寒3:一伙人闹吵吵,捶窗户把门敲,管家又把主人叫。富5:好难熬,捣枕捶床睡不着。❷打。翻4:阎罗发威,阎罗发威,拿着鞭子就待捶,安心唬唬他,望他伏了罪。富6:咱要还家,必定是吃横亏,夹棍夹,板子捶。❸拳头。寒1:打了顿捶来卷顿脚,又使拳头擣那腮,鞭子多又把头打坏。俊:宗亓人大发威,瞪着眼攒着捶:你到肯合人家汉子睡,我偏不肯休了你!

【捶胸跺足】捶胸顿足,形容着急、焦躁的样子。增27:张永牵着马往外走,那丫头只急的抓耳挠腮,捶胸跺足。

**【捶腰】**轻轻敲击腰部以解除疼痛或酸痛感。磨29:金总兵被打的重了,直不起腰来。李杰忙给他捶腰,说:"得罪得罪!"

**【搥】**用棍棒敲击。姑2:臧姑也不管,哭叫搥下来了馒馒头,待自家拿去换烧饼。日·泥:碜场只用抓打搥。

**【搥背】**用拳头或木棍敲击背部以解除疼痛或酸痛感。日·庄:闺女搥背儿扢痒。

**【槌】**同"搥",用棍棒敲击。禳16:或者是脸上抓,身上掐,腿上扭,腚上砸,棒槌槌,巴棍打。增28:剥去了大姐衣,碎锣响破鼓槌,人人要看狼心肺。

**【槌棒】**棒槌。禳18:他二姨喝的声,手拿槌棒似流星,打了个无其数,腰折头破骨零仃!

**【槌被石】**洗衣时将衣物放在上面加以捶打的平滑石板。禳17:自家葛天民,是那樊满城的汉子,绰号槌被石。我问人怎么是槌被石?哦,说是老婆棒槌常常挂打的。

**【锤】**❶锤子。增27:定国公怒冲冲,把铜锤举在空,顶梁穴上蹭一蹭。不说万岁在那里,一锤把你丧残生,浑家大小杀个净!❷用锤子打。翻11:钳子夹大锤锤,好似石匠去打碑,可也不能十分碎。

**【锤金】**将金子锻打为薄箔。增16:仙人画就锤金面,巧工雕成象牙棂,才然一举香风动。

## chun

**【春坊】**本为太子宫所属官署名,明清时实际成为翰林院的编修、检讨初任官职升转之所。禳5:在春坊大号洪君,合尊宅上辈有亲,四十里隔着也相近。

**【春鬲】**也叫"春盛",春季出游时盛放食品的一种食盒,可分格或分层盛放食物。也转指佐酒的果品之类。日·器:攒盒每随春鬲后。

**【春牛】**打春用的土牛,泥塑而成。旧俗,立春前一日,用土牛打春,以示迎春和劝农。禳5:罢呀,拸塑匠两口子扎春牛——忙着那忙哩。

**【春药】**淫药,催情的药。一般为男用。禳14:是怎么这年年来,好像到了女人国里,卖春药的全不发市。

**【纯熟】**很熟练,精通。磨14:看他面貌,早已知道,想是您衙门纯熟,想是上司常告。

**【唇红齿白】**同"齿白唇红",形容面目姣好。蓬4:那孩子生的唇红齿白,夫妻爱如至宝。

**【唇舌】**代指说话、议论。禳14:自家李婆便是。没有南北陇,也无东西行,只凭着唇舌度日。禳14:不上机不拿针,只将唇舌骗黄金。

## chuo

**【戳差】**("戳",蒲氏注音"掇",疑有误)不详。日·赌:戳差赖快是奸刁。

**【戳戳打打】**戳戳点点,指瞎子用拄杖敲打着地面行走。磨23:莫笑瞎厮不济,常近富贵高贤。戳戳打打到堂前,必有喜辰寿宴。

**【绰打】**抽打。磨6:方相公也不答言,只是绰打着那驴飞跑。

**【绰号】**❶外号。翻1:却说那庄有一个人是魏名,绰号是土条蛇。磨23:他弹的是《昭君出塞》,远近有名,因此得了个绰号。❷外号叫作,外号是。禳17:自家葛天民,是那樊满城的汉子,绰号槌被石。磨14:你绰号狗獭皮,不这样说的是个忘八!

**【绰号口气】**借着别人话语的意思(来说话或做事)。今方言说"绰口气",或说"绰和……口气",由此看来"号"应为语缀。增8:赛观音是老鸨子寻的,长到十二三,扎挂起来,甚是风流。子弟们看了,都说合观音相似的,老鸨子绰号那点口气,就叫做赛观音。

## ci

**【泚】**❶倾倒(液体)。姑2:二成专司,二成专司,洗脚水往门外泚。禳24:俺无论几顿,只是锅子里泚上瓢水,抓上把盐,把豆腐切把切把,扑棱翻上,俺就合人家去闲话,这不省便么?❷喷射。寒2:实说那日赵恶虎,我恨没泚出他脑儿浆,罢了也是他运气旺。寒8:若还是命里该得,溺泡尿泚将出来。❸斥责。增13:二姐被万岁泚了几句,就羞的低下了头……

**【呲】**(方言音"词"阴平)龇,露出牙。日·身:唇铿牙呲太不文。琴:丫头一旁呲着牙,不由我一阵红了脸。增7:古丢丢死还不觉,呲着牙喜的是什么?

**【莿】**应为"莿"字之讹。同"泚",液体喷出。日·争:搭起石头莿脑浆。

**【词状】**诉状。寒4:商臣就把心刬去,因此才把词状兴,求断一人偿父命。

**【跐】**❶蹬,踩。寒3:看了看,吴孝那脖子上半截带子,梁上还有半截,才知道是跐着椅子上吊,坠断带子吊下来,撞倒那椅子,那样响亮。禳22:着人快去备马,待我跐着梯子爬过墙去,把门开了。❷同"泚❷",喷射。翻12:等他街上挤满了,点火照着一齐跐,我可看他那里去!

【跐溜扑笼】脚底打滑、手臂乱挣,形容乱动的样子。姑3:他汉子而不冷腾,他老婆跐溜扑笼,天生一对呆瓜命。

【刺疼】如针刺般疼痛。增18:这大姐轻举粉臂,尖伸妙腚,略坐了一坐,果然刺疼难忍。

【伺候】❶在身边服侍。姑1:五更梳头净面,早早伺候婆婆。禳33:你三个坐一席,我在一席上好伺候爹娘。❷备办待用,准备。慈4:只伺候下条手巾,黑夜里好拭那泪珠,黑夜里好拭那泪珠。翻7:慧娘吩咐丫头,解开包袱,每人红绢三尺、钱二百,俱是伺候就的。寒8:太老爷到了九十三岁上,已是诰赠了尚书,便把衣裳、棺椁伺候停当,请亲友来作了别。❸等待,等候。快1:精兵领一标,葫芦峪等曹操,须要伺候他天明到。富4:老马正伺候着迎接,刑厅已是进城来了。日·争:朝朝伺候发三梆。

【赐怪】对对方怪罪的敬称。寒1:你有什么大体面?你仗着俩儿是秀才,我可就不怕你赐怪。(此处为指斥对方的话,所以这里的"赐怪"实际上是一种讽刺性的说法)

## cong

【葱花】切碎的葱。一般用来作调味品。禳24:煎或用个葱花儿,并不见个油花儿。富3:无处抓,供养只得用葱花,杀鸡又赶饼,烧水又烹茶。

【葱丝】切成长条的葱。禳24:葱丝切成碎段儿,花椒研成细面儿,包子剁了细馅儿,蒸合压了饼沿儿,稀烂的猪头还带蒜瓣儿。

【聪俊】聪明漂亮。富6:久瞧着方娘子风流聪俊,二十四岁长守寡,难道说全然不动春心?磨13:我爱那方娘子风流聪俊,二十四岁长守寡,难说全然不动心?

【聪明不过帝王】俗语。帝王的聪明不是一般人所及。增22:真正聪明不过帝王,拿起钱来极样仔。

【从便】听任对方便宜行事。快1:伏一伏雕鞍,加一加马鞭,尽夺尽杀从君便。增24:我若得了王侯位,给你本儿去转钱,盐商茶客从你的便。

【从来】历来,向来。墙3:哥打兄弟从来有,兄弟打哥罪不轻,村种真不通人性!禳11:从来说养女的不气长,今日才知这话有理。磨14:大老爷不必动怒,这是这里的土俗,从来的通套。

**【从容】**❶慢慢地，不急不躁地。墙2：你在此从容叫罢，我可待扯腿开交。翻10：你先从容待二年，咱有了地土，寻上个老婆子，叫他搭手去忙就是了。禳20：这门限儿甚高，从容蓦去，看绊倒了。❷宽缓，安静。姑1：媳妇终日不从容，婆婆闲的皮也疼，不知心里还待嘛，终朝吵骂不停声。翻5：我要去伸冤告状，也叫他不得从容。翻12：仇太爷从军半世，到底他心里从容。富3：夕阳红，恨不能插翅又腾空。心里虽然急，不得不从容。

**【从头里】**❶从头，从事情的开始。禳2：打不的，是你从头里灶的我。禳26：谁没见过㑇钱呢？你从头里这个那个的，我只赌瓜子，我输了该着，你输了我可打你。增18：一日的孤老甚么帐？汤他一汤你就疼，从头里只管逞灵圣。❷表示刚过去的事情，刚才。禳26：他从头里合你挤眉弄鼻的，难道我看不见么？磨6：兄妹两个出来，便说："咱可走罢。"邓天军说："您头哩先行。那地方去打水去了，俺哈些就走。"方相公说："不可呀！您从头里急如火星，吃水不耽误工夫么？看俺逃走了，不如同走。"

**【从头子】**从头，从开始。姑2：合家低头，合家低头，全然不敢把气抽。前曾治别人，倒回头来从头子受。

**【从下】**依允。增5：你若不依允，就是造化低；你若从下了，赏你一领大大的面皮。

**【从先】**❶刚才。慈3：你还是上起火来了么？你从先骂的不少了，我说你省着些罢。❷以前。蓬5：从先听着，从先听着，大叔只顾紧叨叨；俺待自家去，怕师傅不肯要。（此处的意思是：以前要去，大叔叨叨着不让去；想自己去又怕不行）

**【从新】**❶重新，表示从头另行开始。翻11：咱抬出些来，从新培了，用着再拿。俊：他的娘子叫张三姐，为人极有本领，管的他那汉子回了头，从新成了人。❷再一次。慈4：张讷从新给他哥们磕头。翻12：到了这一日，止走了二十里，就见人家躲避，急急跑回来，从新又吩咐了家人小心谨慎。❸新，新近。禳13：你说改了何曾改？从新又添上打公公，泼法更比前番胜。富6：歇着案要拿你不能得勾，你如今又从新割下人头，这死罪真真是无法可救！

**【㞞虫】**（"㞞"，方言音"耸"）同"㞞虫"，贬称软弱无用的人。姑3：他看着是个英雄，人看着是个㞞虫，听说告状才挣一挣。

## cou

**【凑】**❶多方筹集（资金）。姑3：问他丈人告助，那生意人割舍不的多给，只给了五两，又折蹬头面、衣服，共凑一百之数，送进去，两口子才来了家。翻8：军门把东人解了,二相公问了口外充军,只得解下变产凑盘费。❷靠近,靠拢。翻3:他娘说:“你过来。”往前凑了凑。他娘说:“再靠前。”他又往前凑了凑。增15:凑到近前看了看,施转着待往桌上扒,二姐忙问你待嘛?❸相合。增8:小六哥斟上酒,跪下去磕个头,也是前生缘法凑。万岁一见心欢喜,叫了一声我儿流,爷们说不的寻常厚。

**【凑兑】**筹集、兑换(资金)。富6:里头又差人出来说:“使人去凑兑银子的了。姑奶奶说,天晚了,你宿了去罢。”

**【凑集】**汇聚,聚集。增6:万岁进的城来,见男清女秀,人烟凑集,果然好景。增6:若是小厮们凑集,挑挑嘴就把他毛来挦一个净!

**【凑巧】**碰巧,偶合。琴:也是我的时来了,一百样的都凑巧:查的日子极近便,陪送治的全不少。禳5:这事情怎么真么不凑巧!磨23:若是缘法凑巧,不须挣他二百么?

**【凑趣】**投合别人的兴趣,使人高兴。琴:埋怨老天不凑趣,一日长起十来日,捱过今朝又明朝,怎么叫人不生气?

**【凑梢】**赌博时与他人一起下注。翻3:饭也不吃,只是去凑梢,上了赌,好像有个星儿照。

## cu

**【粗布】**土布。墙3:我费钱二大千,敬做来给爹穿,表里都是紬合绢。……虽不是蟒龙缎子,也比那粗布光鲜。禳7:胭脂不擦,粗布衣裳,千金小姐那里跟的上!禳24:头上戴着朗素儿,身上穿着粗布儿,腚上穿着破裤儿,骑着毛驴没点马褥儿……

**【粗唇大口】**嘴唇厚、嘴巴大,形容长相粗陋。禳1:东庄有个李小楼,寻了个老婆门楼头,粗唇大口窝挖眼,做鞋就得二尺紬。

**【粗大】**又粗又大。禳17:约有一月不相见,丰范肥泽更异常,腰带粗大容颜胖。

**【粗饭】**❶质量低劣的饭。俊:他二姨命真好,绫罗缎疋穿不了,到家好似接天神,粗饭怕他吃不饱。磨8:我生平又不能吃那粗饭,况且是非肉不饱,盘缠已是不多了。❷对招待客人的饭的谦称。禳3:高仲鸿那里肯依,说:“不过一顿粗饭。”禳32:请仙长坐下,用过粗饭。

**【粗浮】**粗鲁、肤浅。富4:我从来最粗浮,那翰林我也做不惯。富4:说话要粗浮，说话要粗浮，不装老巴只装雏。

**【粗豪】**粗鲁豪悍。寒8：人莫要逞粗豪，霸占的不安牢，身死难免人家告。寒3：那恶虎满心欢喜，发出那一片粗豪。

**【粗粮】**一般指大米和小麦之外的粮食。慈6：咱另起一位楼宅，盖上几座厅堂，买上一些桌椅，买上几张藤床，雇上几个小厮，寻上几个梅香，支上几个锅炉，下上几斗粗粮。翻3：不如咱合他分开，也省下几石粗粮。

**【粗人】**粗鲁之人，粗疏之人。快1：粗人就合他行粗法，争奈曹操奸似贼，他既奸就合他把奸对。快1：他若是个粗人，我便上南夷陵謊他，他必然往北夷陵来矣。

**【粗心浮气】**粗心、浮躁。闹：还有一说，这《学》、《庸》、《语》、《孟》，想是四个人的口气，也不要粗心浮气过去了，便须一一精详，还他个哑口无言，这样卷子，稳稳合式，谁敢再道个不字？

**【粗衣裳】**粗布衣服或制作不精良的衣服。慈3：给他做了件粗衣裳，叫他穿着上书房，苦儿呀，近来方才渐渐的胖。

**【醋心】**胃里泛酸的感觉。日·疾：醋心嘈杂推磨易。

**【簇】**❶丛集，围拢。禳29：乌云高簇麝兰香，好个兰芳，好个兰芳。❷量词。堆，丛。寒6：却说二相公走了半日，到了山东边界，远见一簇人在那路旁里歇着。闹：乍文思涌若惊潮，报祯祥灯花爆了，簇簇珠玑落笔饶，平白的将王唐压倒。❸蚕簇（蚕蔟），供蚕吐丝作茧的用具，一般用庄稼秆扎成。农·蚕·上簇：见有老者，量数减食，候十蚕九老，方可上簇。簇簇以禾萁为之，疏之必洁。农·蚕·择种：蚕种就簇上择之，近上则丝薄，近下则子不出蛾。

**【簇儿】**簇盘，拼盘，几种菜放在一个盘子里摆放。日·饮：簇儿摆列如攒五。

**【蹴】**用脚尖平着踢碰。慈3：李氏一路寻思，又是气，又是恼，低着头，少魂无识的，蹴着了一块石头，跌了个倒栽葱，再爬不起来了。禳20：这一个暗蹴金莲，那一个笑上眉尖，两家都把心绪乱。

## cuan

**【窜】**❶逃窜。翻9：二相公自忖量，我虽是窜远方，两桩喜事从天降。快2：到了曹营，齐声叫“杀——”都用火把烧将起来。……烧的那曹兵乱窜。❷疾走。禳8：下轿来家人乱窜，黄道鞋步步生莲，忙随倒步倒红毡，盖头红趁着那娇影颤。富13:接了大半天,探马来往窜,这头行已合那执事连。

【撺】❶猛冲。快4:夹马拧矛撺出去,一声霹雳震山岗。日·饮:罴杀壶嘴酒不撺。❷逃窜。磨14:奴婢都说没有的事,打的打来撺的撺,死了人合家遭涂炭。❸一种刑罚,用拶子夹住手指后用木板子敲击拶子。墙4:给我把两个不孝的奴才,每人打三十大板;两个不贤的妇人,每人一拶子,一百撺。

【撺掇】怂恿。闹:无奈他封君公子兴偏豪,撺掇人上轿,只落得软监稳坐祸难逃。

【撺拳攏手】摩拳擦掌。日·争:撺拳攏手毁爷娘。

【攒[1]】(cuán)❶攒聚。墙4:嫂子,你呢?手丫里全没皮肉,不由人裂嘴攒眉。❷众人共同出钱或物以完成某事。慈0:若是看了说好,大家助毛攒毡,拿着当是感应篇,刻来广把人劝。磨4:万民衣费过百千,那万民幛子是没有一年不攒。磨14:攒锦屏子每道都是他,我只攒了三次。❸同"穳",植物秸秆捆成捆后竖着堆放而成的堆。丑:但只是急切少个阳台所,路旁里找了一个秫秸攒。农·农·芝麻:束宜小,大则难干。以五六束为一攒,打五次乃净。五日一打。❹比喻人挤成堆。富1:遇着年节并上寿,紫袍玉带挤成攒。❺量词。用于笙。增25:那百花羞见爷问他,便去房里拿出一只玉笛,一攒牙笙,雕刻的异样精美。

【攒攒簇簇】❶成群成伙,形容人多。增14:街前人攒攒簇簇,小二姐难把头抬。❷畏畏缩缩,不敢行动。快4:十数个人来往北逃,只剩游游一口气,好像死了好几遭。老爷大叫"云长在",看他魂灵散九霄,攒攒簇簇不敢动,好似老鼠见了猫。

【攒分子】凑份子,各拿若干钱共同做一件事情。翻4:大家攒了个小分子,一瓶薄酒,做几碗粗菜,也不成个席的呀,请你来吃盅散散闷。

【攒盒】一种盛放点心和肴馔的食盒,分上下数层,使用时可随食物的多少增减层数,每一层内又有格子将不同的食物隔开。增7:小六哥整攒盒,松子榛仁把皮剥,柑橘酥梨摆几个。日·器:攒盒每随春鬲后。

【攒五】也叫"五气朝元",道教术语。"五气"指的是心、肝、肾、肺、脾这五脏之气。凡俗之人,五气散居于五行所属之位。修炼之人要使分散的气汇通聚合,所谓"攒五簇四会三合二而归一"。日·饮:簇儿摆列如攒五。(这里是比喻摆放的五样食品在盘子中向中间聚拢,如"朝元"一般)

【镩】凿石的大凿。日·石:镩锹开山加铁锲。

【穳】植物秸秆捆成捆后竖着堆放而成的堆。日·庄:坉墙才折秫秸穳。

**【爆】**今写作“氽”，一种烹饪方法，把食物放入沸水中稍煮一下。日·饮：兔鸡洗血任炒爆。

**【篡朝】**篡夺君位。增2：万岁离京，朝内空虚，怕有奸臣篡朝……增3：我想江彬这厮，定有篡朝的心肠，你领我这道密旨，把江彬拿来，打在刑部监里。

**【篡作】**造谣。篡，同“纂”，应音 zuǎn。参见“纂”。慈3：你这些屁，是听的谁放的？必然是小讷子那小忘八羔篡作的！

## cui

**【催妆】**结婚前一日，夫家派人携带礼物到女家通告婚礼时辰等安排。琴：他家来催妆，倒惹的心撩乱。琴：忽的他家来催妆，不觉心里怪爽利。

**【脆草】**脆弱易折的草。增8：只是如今人合那脆草哇似的，打起你死了着，那左邻右舍说……

**【翠花】**用翡翠镶嵌成的花朵形的首饰。日·杂：翠花只向店中求。

**【翠云草】**一种卷柏科蕨类植物。茎伏地蔓生，羽叶细密，并会发出蓝宝石般的光泽。日·花：翠云草发绿苔间。家政外编·诸花谱：翠云草，春雨，分其勾萌，俗呼翠草。子细如针芒，随处撒之，其出如云。

**【啐】**吐唾沫。禳13：骂了声潮儿照脸也么啐，明知道后日要吃亏，死乌龟，待开院门引入贼。

## cun

**【村】**❶村庄。蓬3：彩鸾在云端一望，见那村中出来一个人，于是按落云头……富5：张官人，认自村，树木楼台件件真。磨24：村村贺雨闹喧喧，家家喜地又欢天，老天呀，爷儿又得重相见。❷粗鲁，无教养，无知。增4：云魔女不耐烦，骂一声村长官，欺心你把律条犯！增14：这奴才们笑我，我头信妆一妆村给他们看看。增16：你好村！这琵琶是弹一曲，弹一套，或是弹四板，那里有弹一个的？

**【村帮】**村俗，粗笨。增5：我儿模样也不丑，只是手脚太村帮，咱合小姐配不上。

**【村粗】**粗俗。蓬4：待攻炭井，鼻嘴黑乌；待开食店，越发村粗；况且本钱，一个全无。禳3：我为人村粗直率，有小错单望海涵。

**【村夫】**对农村男子的蔑称。增4：青天白日山沟里，调戏人家良妇人，少死的村夫该打一顿！

【村汉】村夫，对农村男子的蔑称。禳27：我的肉和皮，怎么去陪村汉！

【村里俏】同“村里装俏”。增16：小二姐把弦调，这长官像不嘲，只怕还是村里俏。

【村里装俏】粗俗而装作文雅。增16：我把琵琶弹一套好的，他听过来，就是俏里装村；若是听不过来，就是村里装俏了。

【村女】对农村女子的蔑称。增4：红了脸气昂昂，叫村女休装腔，谁着你来这井边撞？

【村容】土气、粗俗的容貌。磨36：觉功效非凡，觉功效非凡，俗骨能更换，村容也改颜。

【村舍】农家房舍。磨33：我等前番问了罪，在此住过好几年，也曾遭过北兵乱。到处里抢劫虏掠，惟此处村舍平安。

【村头穷脑】土气、穷窘的样子。增5：还是那旧周元，换新衣另一看，村头穷脑登时变。

【村野】乡村的，没有教养的。磨23：小的二人俱是村野瞎人，没见天日，若是犯了忌讳，望太太、大爷耽待。

【村种】詈语。村野、没教养的家伙。墙3：哥打兄弟从来有，兄弟打哥罪不轻，村种真不通人性！

【皴】❶皮肤粗糙或受冻裂开。蓬4：皴了你的嫩手，沾了你的衣；虽是娘子不嫌穷，我可怎样过意得去，我可怎样过意得去！❷皮肤上积的灰垢。聊斋志异·云翠仙：豺鼠子！曩日负肩担，面沾尘如鬼。初近我，熏熏作汗腥，肤垢欲倾塌，足手皴一寸厚，使人终夜恶。❸中国画的一种技法，用来表现山石、峰峦和树身表皮的脉络纹理。画时先勾出轮廓，再用淡干墨侧笔而画。蓬2：在山顶越发觉天大，斧劈皴来石头佳，山根又像大披麻。日·丹：细皴老树有杈枒。

【皴疮】皮肤皴后形成的痂。日·走：粽猪肶子洗皴疮。

【皸】方言字。同“皴❶”。日·疾：擘皸磨眼不相干。

【存心】有意，怀着某种想法。禳9：只得是存心忍耐，低着头上了书房。磨28：我既存心是这等，也要自家细思量，人心里也合咱是一样。

【存站】站立，站住脚。琴：恹恹缠缠，恹恹缠缠，冤家不住端详俺。身子软迭歇，仔觉着难存站。

【忖】损减。增23：近来不是在江湖上把性子忖了，先打你一个扁包，送到官府，绕上两布袋银子，还着你有死无活！

**【忖量】**思量，思忖。翻 9：二相公自忖量，我虽是窜远方，两桩喜事从天降。

**【寸白虫】**绦虫。绦虫包孕虫卵的节片呈白色，长约一寸，故称。日·疾：寸白虫须用雷丸。

## cuo

**【搓】**❶搓捻。墙 4：既这等，我还得缝个塌头，还得搓根麻绳。快 2：却说那峪里只有一条出路，曹操被将护着逃出性命。都说："丞相身上还有火哩！"给他搓杀。❷擦。禳 16：换上对花鞋，搓上脸肥皂，着他看一看就软了腰，给他点笑脸魂也消。日·杂：肥皂去油搓粉面。❸蹉，用脚踩。增 25：若是个京官，我情愿捥下眼来搓了。❹一种木料加工方法，不详。日·树：蔓子只用栩榆搓。

**【槎】**同"搓"，搓捻。日·器：樑鞍槎线缝糠屉。

**【磋】**搓磨。慈 5：泪如梭，兄弟死了我不活，能换了我兄弟来，我情愿把骨头磋。禳 26：放着自在不自在，又寻蛐蜒磋耳朵，只怕又弄出什么祸。

**【撮】**❶往上推。墙 2：你过来，我把这墙上撮过你去罢。富 6：又叫人撮着官人扶将上去，官人满心里欢喜，才悄悄的叫了一声……禳 7：夫人拉过江城的手来，撮了撮下颏，捏了捏耳环……❷聚收。日·器：撮出头罗待客尝。

**【撮攒】**(攒 cuán)从旁助成。慈 6：因贤孝弟，好心肠感动青天。不是神鬼共撮攒，那得父子相见？

**【撮合】**从中介绍促成(婚事、情事)。蓬 6：他功行还不曾满，只可惜辜负了娘娘撮合彩鸾的美意。禳 14：俺也不肯伤天害理，只是撮合人家好事。禳 20：兰芳说："高大爷何等人物，俺梦也不敢高攀！"子雅说："我管撮合。"

**【撮猴挑影】**演皮影戏。日·僧：撮猴挑影唱淫戏。

**【撮猴子】**手持猴子等木偶形象演出，比喻幕后操控。禳 4：学棚里原是傀儡也么场，撮猴子全然在后堂。

**【撮傀儡子】**演木偶戏。慈 1：因此张炳之又寻了一个老婆，姓李，撮傀儡子解包袱——这一回才弄出故事来了。

**【撮药】**抓药，买药。磨 7：店主即时去请了个医生来，坐下看了脉，就撮了药来。

**【撮弄】**❶往上推。磨 19：两三个撮弄上墙去。墙根一棵树，就揽着往下下。❷摆布，捉弄。富 13：十九方才认太公，对面还不识颜容，我儿呀，神鬼会把人撮弄。❸弄,取。增23:二来见万岁戮乖夺翠,没法治他,也要撮弄点先头……

【矬】人过分矮。日·身:鳑竿矬矮长短异。日·衔:无论细长身矬矮。

【瘥】病愈。禳7:婚姻若就,孩儿病瘥,大事妥然,免我心牵挂。

【剉】斩剁。翻4:磕头万千,磕头万千,给我拿住送到官,求他动刀枪,剉他个稀糊烂!农·农·种粪:又取马骨剉一石,以水三石煮之,沸漉去滓。

【挫】蹉,用脚踩。农·农·虸蚄:此时速使剪子剪去,其子挫死地上,趁此拿一日,胜后来拿十日。

【错】❶(太阳)西斜,过了晌午。墙1:一家人闹呵呵,端菜碗找家伙,席完已是日头错。闹:那短命太阳疾似流梭,渐向西方错。墙2:你在路上慢慢走,避风的去处好磨陀,到家就是晌午错。❷锉,用锉刀锉。寒5:亏了错的锯条快,一霎到脖脐以下,不多时一锯两开。❸形容词。差错,不正确。寒8:都说善人有善报,不知好人受折磨,近来天道常常错。增5:错了!早知他是个皇帝,我留他在俺家里,一辈子不怕人。增15:我看这人相貌出奇,必然不在人下,可怎么这么嘲呆?想是我看错了人么?❹动词。弄错。磨25:这第一篇掉了一个,第五篇错了一个。闹:夫盖字不错分毫,大小结并皆完好。❺错误,过失。翻2:敢说帮他来赌钱,这倒成了我的错。寒8:拾着银子归家去,浑家大小都念佛,才知不记小人错。❻副词。错误地,不正确地。翻12:仇太爷说过他,合咱原不是仇家,不过错听了人的话。增10:喜鹊,你错叫了!这烟花巷里有什么喜事?❼误。禳13:江城并不答言,便来仲鸿身后抓着公子痛打一顿,把公公错打了一下……

【错待】待错,对待得不好。慈4:拜哥嫂,十年不曾错待了,说不尽哥嫂恩,忘不了犬马报。

【错过】交错而过,失去时机。翻1:就说日月如梭催人老,错过了光阴后悔迟,不加早嫁还如意。禳28:他那里化妆等候,你休要错过良辰。

【错了主意】打错了算盘,谋划错了。姑2:老科子!安心待叫人服侍你么?你错了主意了!闹:想当初念书时错了主意,到不如耍手艺还挣吃穿。

【错失】错误,失当。琴:麻抖搜的没了魂,几乎错失就答应。

【错眼睛】❶眼睛朝别处看。俊:瞧他的牌抓他的快,错错眼睛受他的害,赌博场里奸似贼,那里下着你的菜。❷比喻时间很短。富8:你看这光阴似箭,转回头日落西山。错错眼睛又一年,光阴不能着千金换。

【锉】❶锉刀。日·铁:铰刀铰成钢锉锉。❷用锉刀摩擦器物表面或边缘。日·铁:铰刀铰成钢锉锉。

# D

## da

**【搭】**❶放置(在可以支撑的物体上)。快3:飞鱼袋内取弯弓,搭上雕翎不放空,今日全凭你支架,一撒直中老贼雄。禳8:家人吆喝落轿,江城搭了盖头,江城同公子都下了轿,两个夫人出来倒毡。蓬4:小盅满饭,细说衷肠,金莲压腿,手搭肩膀……❷叠放,沓。蓬4:不必订辑,搭起来送在书铺,寄卖青钱六百文。❸白白付出。增24:胡百万磕头谢恩。万岁说:"你休要忒认真了,你休要忒认真了,我的王侯万一封不成,可不搭了你那些头么?"

**【搭扶】**放(在),扶。禳31:搭扶肩背,搂着纤腰,房中欢笑全无禁,旁有一人更不消。

**【搭颏】**一种马具,不详。日·走:踶胸搭颏加银鋄。

**【搭救】**救,帮助人脱离险境、困境。闱:相公,你听出场的将尽了,我饿了两昼两夜,彀了彀了,相公放快些,只当行好搭救了我罢。禳26:佛也不来搭救,那举人也不能优免,这冤孽何时了也!

**【搭喇】**耷拉,下垂。磨19:两个吃的大醉,搭喇了他那贼头。磨28:脖子搭喇抬不起,眼皮肿闭也难睁,浑身晕不知是那里病。

**【搭上】**加上,另外添上。慈3:他那媳妇子,又搭上他那邻舍家跑了一天井,都夺着那杴柄,才没捞着他打。磨23:不知是那个奴才多嘴,着母亲昼夜啼哭,叫我疼爷不了,又搭上疼娘。

**【搭手】**❶用手。禳11:公子站住上,樊子正上前搭手拉住。❷帮忙。翻10:你先从容待二年,咱有了地土,寻上个老婆子,叫他搭手去忙就是了。

**【搭头】**次要的、附带添加上的东西。磨28:二人说:"这腿已是折了!"张春说:"也是搭头,绑的皇天爷娘的叫唤!"

**【搭子】**同"褡子"。富9:一行拭着泪,便向搭子里取出那银子来,说:……

**【褡】**褡包。俊:宗官初时主意妙,这钱我只输一吊。输到一吊热了盆,随手褡里又去捞。

【褡包】一种长方形的布袋，中间开口，两端可盛钱物，系在衣外作腰巾，亦可肩负或手提。磨19：一行拭着泪，便去褡包里取出银子来，说：……增16：万岁爷笑嘻嘻，褡包里取东西，一把金豆撒在地。

【褡袥】一种短袖上衣。日·裁：褡袥无襟有领袖。

【褡子】褡包。俊：胡朋接过褡子去，殷勤替他上了肩，一心要去胡究干。

【答对】对答，回答。禳18：锅着腰，勒着头，只有丝丝气儿抽。只怕江城问一句，无言答对更堪羞。禳18：一行走着一行算：设或进门，江城问我一声，我可如何答对？

【达】爸(包括对岳父的面称)。墙1：自家张大怪是也，今日他(指其妻)达待来，买了些东西等他，须是做的好才好。我的达他叫达，他的达我也叫达。姑2：九日里回来，实指望他达妈念诵，必然差些了。墙2：好教人参相不透，多管是厌恶这老达。

【达达】爸爸。墙2：(张大喊：)"俺达达！"张老(张大之父)说："你待怎么？"墙1：您达达无正经，捞着饼饭尽着撑，给他碗腥汤就尽了命。俊：咳，俺妈妈，俺达达，给俺找的好人家！

【达子】同"鞑子"。慈1：这一个张炳之，因他姐在陕西，时常往那里做生意。达子虏了媳妇去，又在汉中娶了妻，三回弄出好把戏。慈1：他的结发妻是姓王，娶了二年多，遇着达子放抢，掳了去了。

【鞑王】北方少数民族的首领。磨33：如见北兵逃走，就截住砍杀他那鞑王。磨33：有人来报："南边兵马来了！"鞑王说："哎哟！南边既无动静，兵马何来？……"

【鞑子】对北方少数民族的统称。慈6：嫡母如何，嫡母如何，鞑子虏去浪漳河。磨32：连日听说那蒙古鞑子来放枪，那大兵也犯个招架，必不能就到这里。

【打】❶击打，敲击，磕打，拍打。寒7：斧打凿凿又入木，遂叫那百姓遭殃！姑2：辞别了何大娘，泪湿衫袖，必然是前世里打下佛头，今世里才教你无般不受。墙3：看咱爹爹肚里饥，快打鸡子用油煎，吃点儿且把心窝站[①]。翻9：看看床上灰土埋，还有一只旧绣鞋，打了打就着那床角盖。❷殴打。墙4：一个老头子，该您老婆汉子甚么打。恰好官去东庄相尸，咱就去见见。姑1：大成巴数了一阵，墙上挂着一支鞭子，拿下来把珊瑚打了几下子，于氏那气才略消了。❸打

① 邹本作"踅"。

猎。慈1:他兄弟王览是后娘子,有仁有义的好心田,就是上山打猛虎,也不肯叫他哥哥独当先。❹打仗,战斗。快4:妙,妙!若不着赵老爷,这头仗难打。快4:谁知胜仗极好打,上前好似一窝蜂。❺(火枪)射击。翻12:他就来的人马众,街窄可也难对敌,箭射枪打怎回避?❻拨打。增21:拿算盘子来打打。❼游戏中的攻击、出招、出牌等。禳9:一递打你全局坏。禳26:你看五岳去朝天,一心打个八珠环。二士入桃园,二士入桃园,苏秦背着七星剑。火炼丹,打个人牌也不难。❽玩(博戏)。禳30:不望他封妻合荫子,只望他殿试早回朝,来家合咱打马吊。禳29:你会打双陆呀不会?❾开,把封闭的东西打开。寒4:打开盖子,抬了来。寒8:娘俩才待打那材,材已自家开了。禳28:开开柜打开箱,取出套好衣裳,检妆盒又找的银簪样。❿打官司。寒5:大哥哥放心宽,有理事不用钱,要合他打上森罗殿。⓫处罚,贬谪。寒7:那城隍的赃少,打你在饿鬼籍中去罢。增3:我想江彬这厮,定有篡朝的心肠,你领我这道密旨,把江彬拿来,打在刑部监里。⓬打制。琴:置办妆奁,置办妆奁,做了衣裳打头面。禳32:没有甚么来奉赠,白银打就一双铃;一双铃,把岁增,寿活到一百有馀零!闹:你看那皮匠家补鞋补袜,只是那锢炉子锯盆锯碗,还有那木匠家打箱打柜,铁匠家打锄头还打刀镰,锡匠家打灯台又打锡盘……⓭举起(伞、火把、旗帜等)。富3:打灯笼引导在前也么边,行来只到客厅前。翻12:贼去远了,本庄里人起来喧嚷,打着火把出来看。快4:一群人马打高照,华容道上等曹操,午时三刻等的到……⓮收割(庄稼)。翻7:我安心打下麦子来,就给他修理。禳5:全凭口舌作本,不用买卖耕耘,舌上打下谷豆,牙中长出金银。磨19:我坐长监无人问,他送牢食他还用心,咳,又看着打了庄稼上了囤。⓯买(油等)。禳8:饭要吃,衣要穿,买柴籴米,打油称盐,人人情情,甚是艰难……富9:打油称盐,打油称盐,纳草封粮都用钱。⓰写(稿、合同)。闹:他与我好一似同胞兄弟,我情愿打合同雇他十年。⓱(虫子)蛀咬。增21:跷蹊!我这银子虫子打了么?怎么有堆堆没分两?日·皮:被虫打破不值钱。⓲按一定节奏击打打击乐器。增24:那宣武院里常请他去教吹教打,院里的婊子没有一个不合他熟的。蓬5:长夜苦难熬,长夜苦难熬,鼓打三更眼未交。⓳抽取(税利等)。禳17:官府昨日说,宅里白黑的事体,或也烦多,着你打那粉头家的课税钱。增24:帮闲嫖客属你管,打那姐儿忘八的课税钱,这个营生你干不干?⓴介词。从。翻7:况且是咱那墓田近,就在那庄西头,顽一霎把坟上了,你必然就打那里走。寒5:二小鬼把锯歪,打旁里锯下来,大疼更比前番赛。磨12:这角门关着,不免打门缝里瞧瞧。㉑当作。

姑1:你心昏么!人家休了的人,你每日窝藏着。还打也是不知哩!

【打罢】打。“罢”为语缀,无实义。禳18:昨日高四于虽然可恨,不过也是顽,被那没脸的东西打罢一顿,我可怎么见他?

【打板】❶打板子,笞刑。富2:一群秀才问了诬告,打板问罪,革顶充军。富3:设或呈治到官衙,不愁打板又倾家。❷击节。增1:圣天子下龙床,一枝花侍君王,玉芙蓉打板高声唱。增25:一个琵琶一个笛,一个打板一个箫,满楼不住喧天闹。

【打槽】驴发情期乱踢乱动。增12:玉座出了房门,卖弄他那轻狂,就忘了装着那名妓的体统,曲雅的行持;改不了那梅香的样子,把两根腿轮打开,欢欢的好似那马耍蹄,驴打槽,乒天嗑地的走上楼来……

【打馋涎】解馋。禳14:俺是黄金买个笑,打打这馋涎,解解这愁烦。

【打衬】衬托,相称。翻11:得着人叫声爷爷,好打衬这裘马厅堂。

【打痴咕嚷】装傻卖痴地耍贫嘴,指瞽人以说唱耍贫嘴供人取乐赚钱。磨23:好什么?胡突过就是了。每日打痴咕嚷,半日挣了七八十个钱,那是看的见的。

【打春】旧时州县于立春日鞭打土牛祝祈丰年的习俗。增1:(这万岁)……三出北京,扬州游玩,十月打春,谁人不知,那个不晓?(“十月打春”指皇上的荒唐举动)

【打动】❶敲动。禳27:来此已是他的门首,不免打动铙鼓,引他出来。❷使人动心,使人感动。墙4:若不将银钱打动他,好言怎能劝回头?张老也活不到八十六。禳12:那一日酒后见了江城,便把旧情打动。

【打点】❶行贿以请他人疏通、照顾。寒1:赵恶虎差人拿着两百银子,往衙门里打点去了,这也不提。磨4:是日老兄给我一万两银子,托我上院里打点。❷收拾,整理。慈6:老太太听说大喜,即便打点行装,拣了个好日子,雇了两乘驼轿,合家往陕西尽发不题。蓬5:相公于是打点琴剑书箱,又摆下酒,夫妇对饮相别。

【打靛】蓝靛染料制作工艺中的一个程序。将蓝靛枝叶在靛池内浸泡沤制数天后,把石灰水倒入,然后用专制的靛耙在池中用力搗拌,这就是打靛。富7:有张鸿渐的个堂叔伯哥是张春,打靛的把子吊了柄——是没把的个石头。

【打笃磨子】抱着别人的腿(央求)或身体扭来扭去(央求或躲闪)。富8:娘子气极了,把小相公打了够四五十条子,打的打笃磨子跪着……富9:掐着脖子往下拉，打笃磨子苦哀告。

【打赌】就某件事情预测结果以赌输赢。慈 2：我合你打下赌，定要去找那杀才；我若是拉不了您小达来，张炳之，我就把这李字来改！

【打赌赛】打赌。快 1：军令状甚是严，打赌赛休当玩，一言既出难更变。

【打对】答对，回答。禳 22：心儿里甚胆恳，一路子逢人问。过一村，又一村，问着宗师未动身。打对的不大同，全没有真实信。

【打盹】❶困倦欲睡。慈 6：剩下张炳之一个老光棍，终日愁闷。这一日正在门外头打盹。❷小睡。增 20：万岁把檐毡帽一拉搭，伏桌子上打盹。

【打发】❶支付报酬、赏赐或以适当的言语使人离去。墙 2：银匠数上钱，打发卖饭的去了……禳 8：一口屋没有，到处为家，教书为业，过的揭巴，这些人去，怎么打发？不用说那赏钱，镳镳也是难拿。❷派遣。翻 10：我回去，打发小女来。禳 29：今日你就住下，我打发人去支你的身价，给你取箱子的。❸伺候。翻 2：病人歇在床头上，不用指点并吠喝，打发婆婆十分乐。寒 3：大爷既爱你，你待霎就打发大爷睡觉，明日重赏你。禳 24：近来我打发的奶奶甚是用心，必然待赏我点甚么。❹应付。俊：俺头不秃眼不瞎，碗会洗锅会涮，官家俺也打发下。禳 14：怎么样着才是好，好难打发。

【打犯】打得很重以致有伤病。翻 3：到底病人也没力气，虽然狠打，也没打犯，疼了一宿，就好了。

【打高照】手搭凉棚向远处瞭望。快 4：一群人马打高照，华容道上等曹操，午时三刻等的到，十数个人来往北逃，只剩游游一口气，好像死了好几遭。

【打稿】起草。富 7：才打了稿就完了一篇的帐，第二题是“悠久无疆”，略费点心思就把笔来放。

【打个迟局】稍稍迟疑了一会儿。丑：若是马面牛头，他打个迟局来哟，只消那九齿钉钯，筑他个烂酱稀泥！翻 4：但若是打一个迟局，他就丢下那阎王脸。

【打跟头】翻跟头。禳 21：猴打跟头，并猴人下，众人下，江城亦下。

【打更】巡夜的人打梆子或敲锣报时。富 5：一夜似一春，一夜似一春，谁与我劝劝打更人，也叫他行点好，流水把更打尽。增 5：你不知道，那是后庄里曹老爷家打更。

【打恭】弯下身子作揖表示恭敬。蓬 1：寿星到福禄同，进殿来俱打恭，殷勤宝物来相奉。

【打躬】同“打恭”。禳 26：江城云：“你这意思是记仇么？”公子打躬云：“不敢！……"磨10:公子说:"也没甚么指教。只是辇毂之下,要做好官便是。"按院打下躬说:"是,是。"

**【打拱】**拱手。禳20:春香开了门,公子进了绣房,江城卧在床上说:"今夜梦见兰芳来么?"公子打拱说:"不曾。"

**【打谷】**将收割的谷子在场院中碾压脱粒。农·农·割谷:豆熟则先刈豆,打谷为缓。

**【打瓜】**说人坏话以破坏别人将成之议。翻1:他也不知尚廉计,到处逢人尽打瓜,老头听说变了卦。

**【打瓜子】**游戏时的一种惩罚方法,赢方用食指或中指弹击输方的手心。参见"瓜子"。禳2:江城说:"你才学会了,就教你乜嘴。这一回你打交,我先翻;翻错了的打十个瓜子。"长命说:"就是这等。你犯着我手里,我使上些唾沫打你。"江城说:"你翻错了,我下这四指面条子打你。"(用手指弹击是打瓜子的标准做法,用唾沫湿润手指可击打得更疼;用四根手指直接打则是更狠的打,严格说已经不属于打瓜子了。参见"四指面条子")

**【打卦】**❶旧时的一种迷信活动。用两块蚌壳或两片竹片投掷,观其俯仰以占卜吉凶。蓬5:心绪乱如麻,心绪乱如麻,想想奴来念念他;绣鞋儿显显灵,打一个团圆卦。❷比喻判断等级高下。禳22:也不差,也不差,论起四于文字佳。但是他降了青,便不给打好卦。如今就是破钱,你不使钱,就好文章也没有上等给你。(此处内容为揭露学道在考核生员时贪贿舞弊)

**【打乖夺翠】**耍聪明在比竞中获胜。"夺翠"义同"夺袍""夺锦",指竞赛中获胜。参见"使乖夺翠""戮乖夺翠"。增19:有王龙叫长官,开怀饮玩一玩,从来哑酒吃不惯。输家吃酒赢家唱,拆白道字耍一般,打乖夺翠各人占。违令者罚酒三杯,饮酒处决不虚言。

**【打光棍】**❶鳏居。慈1:以理论起来,既有了儿,就不娶也可以罢了,可只是打光棍也是难呢。禳10:早知这个胎,干给也不要。我情愿打光棍直到老!❷耍无赖。参见"光棍"。增6:宣化府里数着俺,俺是大老爷家二代孙,吃酒赌博打光棍。

**【打哈】**打哈欠。禳24:哭了回子,打了个哈睡着了。

**【打哈哈】**凑热闹,喜欢嬉闹玩耍。禳26:我也爱打哈哈,这骨牌争竞多,不敢再做从前错。

**【打鼾睡】**打呼噜,熟睡时发出粗重的呼吸声。磨7:店小二放倒身便打鼾睡。

【**打寒噤**】打寒战。禳27:咒毕,含水一口,照着江城喷了一脸水,江城打了寒噤下杌子下。

【**打寒森**】打寒战。快2:西北风来好不冷,冻的我几乎近了心!打寒森好难禁,忍寒挨冻到如今。

【**打罕**】惊愕称奇。翻11:人见他又富又贵,公然成了大家,都极打罕。增21:万岁脱下衣服,王龙合大姐也暗暗的打罕,只估不出是个什么人来。增16:万岁将汗巾一展,照的楼上赤旭旭的,祥光出现。二姐抬头看见,打了一罕……

【**打哻**】同"打罕"。磨25:父子俱连登,一齐朝玉殿,才叫那天下人打一哻。

【**打号**】喊号子。寒4:那衙役瞧了瞧,抬的抬招的招,上了肩打了一声号。

【**打呵**】同"打哈",打哈欠。禳16:我才脱鞋,他已倒下;合他说句话儿,他就打呵;给他点笑脸,他也不觉。

【**打呵欠**】打哈欠,不由自主地张嘴深吸气,然后呼出。禳9:打一个呵欠说:"好疲倦人也!待俺睡睡。"

【**打合同**】写合同,订立合同。闹:他与我好一似同胞兄弟,我情愿打合同雇他十年。

【**打虎**】猜谜。增20:长官惯好弄鬼。问他贵姓不说,光指那桌子,你这个虎我就打不开。……三个虎打破了两个了。

【**打混**】与人交往、玩耍,厮混。增23:万岁的性儿也是好动不好静的,极好合人打混,又被鸨儿百般相劝,也就没了气了。

【**打伙**】❶结伴,合伙。快2:打伙商量,或杀或降,军令森严,谁把人轻放!翻9:听说是一秀才,大些人闹垓垓,打伙跟去把他拜。❷大家,大伙儿。磨4:喇溜子喇,喇溜子喇,打伙合该造化低。

【**打伙成群**】成群结伙。日·赌:打伙成群闹彻宵。

【**打伙儿**】同"打伙"。磨29:草野的小书生,打伙儿讲朝廷,没人处侈口谈朝廷。

【**打伙子**】大伙,大家。翻2:今日节间没嗄事,吃盅薄酒避避风,殷勤便把酒盅奉。打伙子传杯换盏,只吃的意快情浓。

【**打稽首**】行稽首礼,道士举一手向人行礼。富14:凡在坐的都打了稽首。

【打尖】在旅途中休息进食。翻9:却说二相公一月[1]走百十里路,一日,到了卢龙地方,住下打尖。磨22:出离京城,走了一程人马皆饥,且下马打尖则个。

【打肩】搭肩,一个人站在另外一个人的肩头上,一般是为了攀爬或望远。禳4:报子上云:报报报,俺先到,打了一个肩(指踩在另外一个人的肩头远远地看榜以抢先得到中榜的消息),崩了一宿道。

【打交】玩翻绳游戏时一方先将绳圈在双手上套出某种花样(等对方来翻出新花样)。禳2:这一回你打交,我先翻。翻错了的打十个瓜子。

【打轿】备轿。禳8:叫介:"打轿来。"禳28:老王,你合老孙打上轿抬了他去,给太爷和太太叩头的罢。

【打劫】抢劫。增3:进店来吃饭,嫌寒道冷,我造次他几句,他给我五个金钱。这小人家谁敢使?不是短了皇杠,就是打劫了王子,不是响马是什么!

【打襟】不详。似指祝祷或修炼行为。禳25:鬼神拨弄,心眼迷糊,好歹都是前生定,白黑打襟尽成虚。

【打精神】勉力振作精力或体力。墙4:终日不吃也不想,吃是勉强打精神,手脚酸只觉着浑身困。琴:魂灵不知那去了,怎么着梳头并裹脚?强打精神对妆台,左拢右拢梳不好。

【打救】同"搭救"。慈5:观音老母三千年一到阴司,打救苦难,里头必有冤死的人。磨19:头一夜实难受,他把我手脚绑了,丢在那床头。咳!亏了店主来打救。若是第二夜,就一口气也不留!

【打捞】❶把沉在水里的人或物找着并取出。寒3:两个哥哥犯疑影,家前院后打寻来,井里也去打捞遍。❷使脱除困境。禳22:这学道着实贪,打捞生童托学官,高低讲价惟书办。

【打了牙只望肚里咽】比喻强忍着接受不利的结果。磨3:既不幸遇俭年,又遭着虎狼官,打了牙只望肚里咽!

【打帘】编织草帘。日·花:麻蒯为经荻打帘。

【打凉棚】搭凉棚,指远望时用手平放在额前遮挡上方光线。禳11:急走了几步,樊子正手打凉棚说:"呀!那分明是高姐夫,待俺追赶他去。"

【打辘轳】转动辘轳取水,比喻反复思考。禳9:长命呀,你这意思极不善,辘轳却打到明年,你虽没眼到相连。

---

[1] 为"日"字之讹。

【打罗】在罗床上来回摇动罗以筛面粉。姑1:不说他为人好,方且是活路多:爬灰扫地,洗碗刷锅,大裁小铰,扫碾打罗……

【打马】用鞭子鞭打马匹驱其疾驶。禳13:奔了来,奔了来,扬鞭打马过南街。马蹄儿快如飞,霎时来到门儿外。增6:万岁听说,打马进城来了。

【打麦】将割下的麦子在场院里碾压脱粒。农·农·打麦:约打二十石,止用七八人。

【打毛头】打听到一点儿不可靠的消息。磨26:我家等着,我家等着,因着咱家运气高,必然是京棍子,打毛头瞎来报。

【打鸣】鸣叫。日·昆:促织叫咬会打鸣。

【打磨筋】踝后连接小腿和脚跟的筋腱。日·身:两膁腿肚打磨筋。

【打溺战】小便后身体不由自主地颤动,形容发抖。快4:他就吓得打溺战,走投无路乱烘烘。

【打喷】打喷嚏。禳9:"果然,果然!我且捻个纸捻儿通通他的鼻孔。"作捻介,作打喷介。

【打喷嚏】由于鼻黏膜受刺激,急剧吸气然后很快地由鼻孔喷出并发出声音。禳9:不觉的睡沉沉,忽然间鼻痒钻心,待打喷嚏何能禁?

【打瀰瀰】双脚交替击水("瀰瀰"为击水声)。指游泳。日·赌:学打瀰瀰要淹死。

【打漂】鱼跃出水面向前滑行。增5:扯腿走像个乌鸦闪蛋,回头看似鲤鱼打漂。

【打破头】形容不顾一切地争抢。姑2:人分开闹不休,争着乜钱打破头;我那外甥今日好,万顷良田百座楼。增23:赌博的不害羞,为乜钱就打破头,银子输了一千六。

【打铺】搭置临时性的床铺。禳16:昨日着我拧着耳朵拿了来,着他在我床前打铺,慢慢的合他好说,不好骂着也便。磨7:小二你来守着,就在床前打铺,常听着些。

【打趣】打消兴趣。增21:蛮子浑身是绸缎,你只一身粗布衣,休着他打了咱的趣。

【打扇】给别人扇扇子。增5:没有宫娥来打扇,小屋无风热似笼,扇儿摇着似千斤重。

【打上】同"搭上",另外加上,又加上。翻9:姜娘子泪珠往下也么浇。咱娘待我没差了,口难学,又打上姐姐情义高。翻12:咱这庄一条直街,他来的人多,街上挤满了,一炮可以放倒百人,又打上墙头上枪箭齐下,他还如何攻的哩!

**【打食】**鸟兽到外边寻找食物。慈1:待了二日,那公燕子又合了一个来,依旧打食餵他。

**【打手】**打人的本领。磨15:你只说你骂手好,我这打手也不嗆。增4:不知你打手如何,光支架子。

**【打水】**到水源处取水。禳21:天色明了,奔走慌忙,担筲打水,才把磨棍放。磨6:您头哩先行。那地方去打水去了,俺哈些就走。

**【打四不知】**装作什么也不知道的样子。"四不知"指"天、地、你、我"均不知。增12:你害的人进退两难,还打四不知呢!

**【打算】**❶计算,核算。墙2:也没有甚么大事,就是令尊那二年,三十两、二十两,一年十数回,去敝铺倾销。因着相好,二三年并不曾给我火钱,打算起来,有好几吊钱。翻9:叫爹爹休要愁,一个月到西州,盘费我已打算就。❷计划,考虑。墙4:近来白黑常打算,我要盖个合头房,上一个监生好游荡。翻11:又买了几疋缎子,打算着送那将军。磨6:如今院中签票已到,要拿那做呈子的人。想是天明就有差人到了,你也该犯个打算。

**【打胎】**人工流产。日·衍:老鸨求医为打胎。

**【打艟】**游戏名。当指一种击木游戏。日·赌:踢球打艟亦逍遥。

**【打头】**❶抽头,设局邀人聚赌,抽取头钱。翻4:赌了一日一宿,禁子的三个人哄了一个人,二十两又净了,赵烈打头就得了七八两。俊:打头的好营生,引好人跳枯井,输赢的叫他净打净。❷赌博中小赢。翻2:输何妨?输何妨?咱给情人攒私房。若不给他打鬁头,空着他来走一趟。寒8:歪子只在赌场里,打俩头来买菜篮,就到家也推看不见。

**【打腿捋毛】**熟语。击打腿部,揪住头发。日·赌:要钱打腿又捋毛。

**【打晗】**打盹,困倦欲睡。晗,同"盹"。日·衍:打晗也须勉强陪。

**【打瓦】**掷瓦片的游戏。将若干砖瓦放至远处,分别代表不同等次的人物,游戏者投掷瓦片或砖块石块,以击中的人物等级大小分输赢。禳2:他来到家,光合咱那赁房的樊家那小妮子江城去打瓦,必定是玩住了。富13:你做了秀才还打瓦,打你的时节我心疼,不想有个翰林命。

**【打抵挠】**犹言"百爪挠心",指不同想法激烈冲撞,难以确定主意。蓬5:心内打抵挠,心内打抵挠,半路若把主人抛,又愁无人给你背褥子套。

【打围】打猎，围猎。磨5：(回目)大王打围。磨5：趁今日天气晴和，各人披挂整齐，下山打围一遭，有何不可？

【打踅】打量，观察。禳15：李婆说："我去罢，这个去处久留不的。"公子说："你可打踅着些。"日·泥：打踅材料用心机。

【打寻】寻找。寒3：做斋到三更天，等三官去同眠，一等一个四更半。两个哥哥犯疑影，家前院后打寻来，井里也去打捞遍。

【打巡栏】"栏"当为"拦"字之误。"巡拦"指巡视稽查(亦指负责巡视稽查的差役)。"打巡拦"即巡拦。比喻手胡乱比画而不敢落定的样子。增23：棋盘儿在面前，万岁爷信手安，着着下的天花乱。王龙恐怕还输了，手儿手儿好似打巡栏，条条路儿踌蹰遍。

【打牙巴骨】因为寒冷或紧张而上下齿抖动碰撞。墙2：上下一堆破铺衬，西北风好难禁，牙巴骨打的浑身困。

【打油歌儿】打油诗。琴：打油歌儿将无遣，就里情无限。留着待知音，不爱俗人看。须知道识货的，他另是一双眼。

【打枣杆】曲牌名。增1：世事儿若循环，如今人不似前，新曲一年一遭换。《银纽丝儿》才丢下，后来兴起《打枣杆》，《锁南枝》半插《罗江怨》。又兴起《正德嫖院》，《耍孩儿》异样的新鲜。

【打枣杆儿】同"打枣杆"。磨23：那胡突着刻刻八字，巴几句瞎话，唱个《打枣杆儿》，怎么伏侍下太太来！

【打诈】诈取，讹诈。寒7：打诈的银钱拿不了去，止有无穷孽随身，挺着脚去把理来问。磨28：若遇着官府耳软，俺就去打诈良民。若遇着官府利害，便借势杀人。

【打战】身体颤抖。快4：出林大叫"老爷到"，一堆人打战似筛糠。禳1：到家见了那个人，吆喝一声挣了腚。浑身打战似筛糠，不知这是那里的病？

【打战战】身体颤抖。快4：大炮一声齐呐喊，老爷大喝似江潮；说是"常山子龙到"，他就打战战，似筛糠头也摇！

【打鞘】钉掌(鞋掌或马掌)。日·皮：剩下碎皮还打鞘。

【打仗】❶进行战斗。翻12：排弓箭列鸟枪，砖头石头堆在旁，伺候要合贼打仗。翻12：那贼只说一到就开门，并无伺候打仗，这一回五百贼折了四百。❷打架，吵架。禳9：有心待要照着他，又不知待闹几场，终朝须是常打仗。增23：且说万岁正合赛观音下棋，一个丫环跑上楼来说："大姐夫合俺二姐姐打仗哩。"

**【打砖】**指被别人用砖打。磨1:一个说道:“我可教的给你:你把喉咙打扫打扫,大叫道:‘爷爷呀,奶奶呀,舍俺一碗饭哩。’”一个说:“不好,不好!这样打砖了。”

**【打坠骨碌】**别人用手拉拽时自己的身子故意往下坠。姑2:骂人已是骂不服,拉着还打坠骨碌,妈妈呀,不走只怕吊了裤。

**【打总】**归到一起,一总。增16:这奴才不弹琵琶,光谝他的汗巾子,望我夸他。我打总的折折他的架子。闹:长官,你果是大邦大国,有眼色的,实不瞒你,我学生百伶百俐,多艺多才,那一事不晓,那一件不能,使乖夺翠,事事在行,人人叹服的。

**【大把】**用手尽量抓的一把。日·庄:儿童大把唵青麦。

**【大伯】**丈夫的哥哥。姑2:兄弟媳妇坐在也么房,大伯亲手做菜汤,急忙忙,流水做来给他尝。姑3:臧姑怒极,来到这边,见他大伯在门里头,就骂:……

**【大板】**笞刑所用的大竹板。富2:打强盗小板撩,打钱粮大板叨,无钱还把夹棍套。磨14:也罢,每人砍二十大板,打出去。叫他起来,以便好砍。

**【大犊】**当为一种牛类动物,不详。日·走:又见犀牛与大犊。

**【大便】**经济上很宽裕。蓬4:从此丫头研墨,夫妇齐抄,书去钱来,以此大便了。

**【大不然】**❶大不了,至多不过,实在不行的话就。墙2:一个老是大家的老,兄弟二人分养活?明日送来也不错。大不然吃了早饭,往这里走也还暖和。寒4:大不然人已死了,还觉哩么?出上就抬了去。❷很不对。磨30:你这话大不然,虽费不着你家钱,添上兵就得几百万。❸很不以为然。磨14:马知县大不然,贼杀人事关天,我就不担这条担。

**【大不通】**很不懂事理。墙3:他虽然大不通,到底是你的兄,怎使的按倒使捶挎?禳13:使开言叫江城,做的事大不通,带累老子没德行。

**【大裁小铰】**裁剪各种衣服。姑1:不说他为人好,方且是活路多:爬灰扫地,洗碗刷锅,大裁小铰,扫碾打罗……

**【大差】**❶行事过分。翻3:虽然粜了几石粮,也却还不大差。翻8:叫畜生快跪下,做的事太大差!你枉长了这么大!磨4:今日人犯俱全,听的说老马送上了一万两银子给了抚院,未知的与不的?或者也不致过于大差了也。❷大错,很不好。墙1:这个念头大差了,又从泥里到深湾,自己差却将何人怨?富2:我家里有他二舅,可以招管。你又没有口供,料想没甚大差。

**【大场】**乡试的试场。翻7:却说那二相公考了个二等,师徒三个同去进了大场。富9：官人听说儿去进大场的了，便放下饭碗，那泪点儿直流……

**【大虫】**比喻祸害百姓的恶人。寒1：安心把恶虎杀死，除了这一方大虫。

**【大吹大擂】**鼓乐齐作。磨31：快回去，我料他山中得意，必然大吹大擂，不作准备。

**【大大】**❶很大。富6：方坐下端上佳肴美味，喷香的糯米酒，大大的建磁杯。磨32：既朝廷要招安，差了个大大官，看他怎么来相见。增19：吃的肚儿大大的，花枝底下去乘凉。❷自高自大。增18：王龙见皇爷大大的，又叫他王官，心里就大不自在……

**【大待】**行事大方慷慨。增9：那人行事好大待，搬婊子吃酒玩耍，为这个今日才来。增9：鸨儿说："你怎么知道他大待？"六哥说："支使了一遭，就给了我十个钱。"

**【大德】**大恩，大功德。禳3：临起身登门奉拜，谢谢他大德洪恩。

**【大戥】**通常的秤因为手工制作的关系会不太标准，因而有"大"有"小"，所谓"大"是指同样单位的斤两数比标准的秤称出来的物品数量多(反过来说就是同样的实际数量在"大秤"上称出来的斤两数少)，相反的情况就是"小"。不过这种误差一般都比较小。倘若与标准秤差别太大，那就是为作弊而特意制作的了。在称量购入或收入的别人的物品时用大秤可以压低斤两数(同样数量的东西称出来的斤两数少)，而在称量给别人的东西时用小秤则可以提高斤两数(同样数量的东西称出来的斤两数多)。这就如同用斗称量粮食时的"大斗进、小斗出"，是非常恶劣的欺诈行为。磨14：我保他钱粮轻，加二五大戥称；我保他要钱很打腚。(这是控告贪官时的一段话，"二五大戥"指官方收粮时称出来的重量比一般的秤要多二成五。"保"为反语，实为控诉)

**【大弟】**排行第一的弟弟。女性可以有自己同胞的大弟，男性的大弟只能是非同胞的。禳19：妹夫是待看高大弟去？磨19：(堂叔伯哥)张春来到，相见说："大弟几时来的家来？"磨19：张春忙忙从墙上过来，叫一声"大弟！"

**【大点】**骰子的六个面分别刻有一到六的数字，数字大的为大点。翻2：魏名把仇福教，仇福跟着魏名学，一说爽然就知道。不过大点赢小点，俗名叫做"火燎毛"，惟有这个极公道。

**【大东头】**最东端。磨16：待俺门前瞧上一瞧。呀！大东头踢毽子，不是他么？

**【大队】**大批军队。磨30：昨日金总兵败了，此时正求添兵。添上兵将胜了，也不免损伤大队；若再不胜，一发损了威重。

【大吨】即“打吨”。“大”为“打”字之误。俊:手里净光无的弄,行里步里光大盹。

【大发】大方。翻6:嗤头抶腚看不上眼,待要大发那里来?翻7:却说那范宅里人家也大,你看他行的事这样大发。

【大法】同“大发”。禳8:三三两两,说是谁家,规矩体统,这样大法?

【大饭时】吃早饭的时候。富7:也是一夜没眠乏极了,直睡到大饭时以后。

【大饭食】同“大饭时”。磨7:那天已大饭食了,店主出去,换了八两银子来,交于鸿渐,把药钱并一切杂费,称去了一两二钱。

【大粪】人的粪便。农·农·种麦:秋分前后,以种和细粪耩之。……麻油酱为上,大粪次之,坑土又次之。

【大夫】医生。禳7:这可待怎么处?向那里请个大夫来给他看看。禳7:像是那樊江城做的魇殃,魂儿勾去,那大夫也是无方。

【大哥】❶排行最大的哥哥。包括胞兄、堂兄、表兄、义兄等。增23:我父亲在北京,生三子有大名:大哥曾把皇榜中,二哥宁夏做巡按,只我王龙没得成。磨18:大哥也不必哭了。只是我家无人,事事劳大哥看顾。(“大哥”指堂叔伯哥)富6:这不是二姑家里大哥么?你为什么带着刑具?磨29:东山大王李杰、西山大王赵胜进来作揖,说:“大哥有何吩咐?”任大王让坐,说道:“二位贤弟,今有军机大事相商。”(“大哥”指义兄)❷对同辈年长男子的尊称。禳4:门上大哥传一声:高蕃进了第四名,俺来报喜哩。墙2:张大哥,你不如还上大令郎家去罢。❸年纪大的仆人等对排行最大的年轻小主人的尊称。禳14:书童扶起来,(李婆)见了公子说:“大哥叫我有何吩咐?”禳23:家人、妇人上云:“给奶奶磕头,大哥中了!”

【大哥哥】大哥。寒5:大哥哥放心宽,有理事不用钱,要合他打上森罗殿。磨32:大哥哥真乃妙计,杀的他马不停蹄。今日用兵如下棋,他必然还有一着递。

【大恭】大便。增19:万般东西都不吃,单单拣着吃大恭,从来没见这蹊跷性。钟:为因身体壮,留俺走西东,一日主人恼,化为一大恭。

【大官人】对男子的敬称。墙2:来此已是张大家,待俺叫一声:“张大官人!张大官人!”慈5:大官人泪纷纷,提起兄弟刀绞心,海角天涯将他问。

【大害】❶祸害别人的人。禳21:他老子知道他劝不过来,不知藏在那里去了,撇下这大害给咱。❷大的损害,大的祸患。禳27:受了大害,怕爹娘伤心,没敢言语。富13:天下的大害,固是州县不肖,也是那司院贪求。

**【大汉】**身材高大的青壮年男子。翻9:有一个陕西大汉,才坐下便把言开。丑:不知是那里来的黑大汉,心里着实犯故唵,模样虽丑汉子大,心里想到所以然……

**【大汉子】**❶青壮年男子。慈5:到了城门上,见一条大汉子出来。慈5:那大汉子想了想,说道:"张诚?没有呢。"❷父母对自己已成年的长子的比较客气的称呼。墙1:(张老)不免叫他(指其长子张大)一声:"大汉子,大汉子!"张大说:"吃的饱饱的,叫唤甚么?"

**【大号】**❶正式的名字,学名。寒6:二相公说:"屡次蒙你见爱,就没问大号?"那鬼说:"我没有大号,有一个名是憨头郎。"磨23:他是大号王丙。❷对别人字号的敬称。增20:这花子多是楼上起号,只怕是"胡南楼"。——他又往北指,只怕是"胡北楼"。是了,长官大号想是"胡双楼"么?墙1:你大号红粘粥,你名突你姓胡,原来你是高粱做。❸大声吹号。禳8:吹鼓手大号连天,吹鼓手大号连天,乱纷纷惹的多少人来看。增23:吹鼓手掌罢大号,小小厮给大小厮作揖。

**【大呵一声】**同"大喝一声"。磨34:杨蕃大呵一声,说:"你就是任义么?"任大王挺身起来,也大喝一声,说:"你就是那杨蕃么?"

**【大喝】**大喊,高声叫喊。寒5:这大王原是个贪昧之神,到了牌日,二相公递上状,便叫上去,大喝大骂。快4:大炮一声齐呐喊,老爷大喝似江潮;说是"常山子龙到",他就打战战,似筛糠头也摇!

**【大喝一声】**大喊一声。丑:只听他起解出来,大喝一声"留人",那大鬼小鬼,谁敢牙崩个不字?快2:关爷见他跑了,大喝一声,那十六个人一齐跪下,关爷又不动手。

**【大红】**很红的颜色。代指颜色很红的衣服。慈4:见他持服心里气,着他换上穿大红;着他换上穿大红,依他行,只怕难叫他心不疼。翻12:范小姐拜公公,满头花穿大红,浑身都是玄鹤凤。

**【大呼小叫】**大声呼叫。磨6:正说着,那邓天军领着两三个人在大门上嚷闹,大呼小叫的说:"快出来,发人给俺!"

**【大伙】**大家。翻11:大伙抬出五六个,可又盖的严实实,还愁没法把他治。

**【大伙子】**大家。翻11:大伙子抬到屋后,使草盖了。

**【大家】**❶众人,大伙。❷大户人家,大户人家出身的人。翻11:人见他又富又贵,公然成了大家,都极打罕。翻 7:还是他大家知礼,一步步典雅安闲。翻 10:他虽是大家,他却不眼里没人,话儿轻巧,又极温存。

**【大家伙】**大伙,大家。翻 3:如今令堂病了,您两口子无所不做,令弟在书房里自在。家当是大家伙里的家当,为嗄都着他自己费了?

**【大俭年】**特别歉收的年景。寒 1:大俭年没奈何,刮人肉来下锅,不吃难忍肚里饿。磨 1:前遇着大俭年,万岁爷动爱怜,发了漕米百万石。

**【大揭锅】**"揭锅"指把锅从灶中取出,没有锅则无法生活。❶比喻不计后果、毫无顾忌地做事。姑 3:又比常时大揭锅,要凭粗气熬阎罗,娘子呀,怕你合他熬不过。人若是恼你雠不着,天若恼了时雠奈何?禳 10:一句话儿不敢多,恼了还给个大揭锅。❷比喻严重的不好的后果。翻 12:那刘悦死了婆,把他丈人去调唆,那知后日还成祸。到了二十余年后,给了一个大揭锅,吊了头还有甚么回生药?增 28:宣武院起了火,前后房一齐灼,狂风飕飕旋天刮。只为着皇爷心欢喜,谁想临行大揭锅,二姐乱把金莲跺。

**【大姐】**❶对姑娘的尊称。琴:对对蝴蝶飞帘下,惹的大姐心里骂:急仔这回不耐烦,现世的东西你来雠?增 4:仙女只一躲,骂声村长官。万岁陪笑脸:"大姐我是合你玩。"增 11:十八的大姐做媳妇——还等不到黑天哩。❷女子的名字。翻 1:娶妻陈氏,早死了。撇下一个女儿,叫大姐。翻 1:仇大姐性子乔,事儿不值个破瓢,开口就合爹娘闹。

**【大姐姐】**大姐,排行最大的姐姐。翻 5:大姐姐你听着:那钱财是甚么?人情更比王法大。增 22:你着俺大姐姐再给你寻个方法,那银子今遭还输不犯哩。

**【大舅子】**妻子的长兄。墙 4:取了三十两银子,我已是分给了您丈人合您大舅子了。翻 7:大舅子怒冲冲,骂一声二相公,弄像你也不能中。

**【大粯】**多匹牲口拉的大型农具。日·庄:地少无牛合大粯。

**【大喇喇】**大大咧咧,随随便便,满不在意。磨 28:我每日想着你这合的,不能忘了。今日上门来,还大喇喇的!磨 34:我奉命出东方,来招安三山王,大喇喇还是贼头样!

**【大辣辣】**同"大喇喇"。增 18:万岁上的楼来,王龙大辣辣的说:"久仰大名,作揖了。"

**【大郎】**对排行最大的青年男子的尊称。翻 7:却说范公子的大郎,名是范栝,十八上纳了监,还请着师傅念书。富 9:忽看见侄儿归,好像是从天降。叫声大郎,叫声大郎,你大兄弟返故乡。墙 1:女婿张大郎,久不相见,不免望他一望。

**【大立碑】**比喻站立在别人肩头上。禳3:怪丫头站的牢壮,大立碑好似秦王。

**【大利年】**非常吉利的年份,特指男女结婚最吉利的年份。琴:喜地欢天,喜地欢天,可可的今年是大利年。

**【大利月】**非常吉利的月份,特指男女结婚最吉利的月份。翻6:十二月是大利月,等复试回来,另作商议。

**【大料】**比较好的家畜饲料。日·庄:秫糊大料把猪餵。

**【大令】**对县级官员的尊称(本为对县令的尊称)。磨4:还是为家兄那件事,还求李大令相为。(李大令指李洪图,为院里"掌稿的")

**【大罗神仙】**道教中达到三十六天中大罗天的神仙,即最高等级的神仙。蓬1:华山顶上玉井莲,花开十丈藕如船,凡人那得吃一片?彭祖吃了一片藕,整活人间八百年,人人皆说不曾见。若捞着饱叨一顿,就成了大罗神仙。

**【大罗仙】**大罗神仙。禳32:俺本天上大罗仙,游戏人间一百年。欲学颠狂蓝采和,踏歌饮酒道涂边。

**【大门】**整个建筑物通往外面的最主要的门。翻12:大门外道南道北,俱有小门,把炮手伏在门里。磨7:不是开了,那大门也是厂着的。增5:刘氏正走到大门边,手扶着那门叫了声小周元:"这么晚还不来,必定是吃了亏了!"

**【大梦】**❶做的时间比较长的梦。禳27:凉水喷来冷满身,和尚想来是佛神,忽然大梦如初醒,想想从前羞杀人!❷比喻处于浑噩的状态。增18:那王龙未曾见皇爷,先立了一张死文书给万岁拿着,大梦不觉。

**【大米饭】**用大米蒸煮的饭。蓬3:我就待两日不吃,也不饥饿,以后只消两碗大米饭便了。

**【大米干饭】**同"大米饭"。穷:狮子碗,象牙筷,脂油饼,蘸辣蒜,大米干饭鸡黄面。

**【大名】**❶大的名声。富2:张鸿渐实是能,年十八享大名,人人知他名合姓。增23:我父亲在北京,生三子有大名:大哥曾把皇榜中,二哥宁夏做巡按,只我王龙没得成。❷对别人名字的尊称。磨28:你看,头一句把二位大名就报出来了,奇的紧!磨32:鸿老俺也久闻他的大名。增13:长官,贱人不敢动问贵姓大名?

**【大明】**天色已经很明亮。增17:万岁忽然睁眼,天已大明。慈5:正问着,忽然满城里大明起来,不似阴间昏惨的气象。

**【大拇脚指头】**脚拇指。富9:"也罢,就且饶了他乜腿,擁下他个脚指头来罢。"说了一声,呵叱把个大拇脚指头擁下来了。

【大拇指头】拇指。磨19:不由分说,把袜子剥了,一石头把一个大拇指头砸烂了。

【大娘】❶大伯母。姑1:那庄东头有安大成异姓的大娘,姓何,老王跑到他家里,拿了块布子来,给他扎了。富9:竟登堂,竟登堂,顶头撞着他大娘。忽看见侄儿归,好像是从天降。❷对父辈年长妇人的尊称。禳14:李大娘李大娘,奴家丑陋亏了你帮。

【大弄咚嘡】指大张旗鼓地做事。“咚嘡”为象声词,形容锣鼓的声音。墙4:若还得财帛到手,咱从容大弄咚嘡。

【大弄通堂】同“大弄咚嘡”。俊:有了钱银包腊弹,就恭然大弄通堂。

【大披麻】披麻是中国画山石皴法之一种,又称“麻皮皴”。因所绘山石脉理如披麻,故名。康熙朝后期的披麻皴笔法更为细密,叫作“小披麻”,之前的披麻皴称为“大披麻”。蓬2:在山顶越发觉天大,斧劈皴来石头佳,山根又像“大披麻”。我的天,描画难,真正难描画。日·丹:雕工最爱大披麻。

【大婆子】正妻。慈3:他汉子以先合了一个混帐老婆,原说是做妾,待了一年,又娶了一个大婆子,生了一个儿,也有小讷子那大小,他娘就死了,那个混帐科子就占了大。

【大钱】❶大笔的钱。翻6:待二年咱也没有大钱费,您姊妹俩尽着安排。增9:你给我说着使大钱的客,接了他罢。❷面额大的铜钱。增14:这鞋原是报国寺,二百大钱买将来,穿了没有五年外。农·蚕·停眠:停眠抬分如大钱,起齐投食宜薄,一复时四顿,次日渐加。

【大清晨】正处于清晨时候。墙2:大清晨出甚么阳神哩?

【大人不见小人过】习语。指位高或有德者对位低或无德者的过错不见怪。增3:休说我是个差官,就是北京城里御驾降临,你得罪着,大人不见小人过,也都饶了你。增13:二姐陪笑道:“大人不见小人过,你就合俺一般见识? ……”

【大人家】大户人家,有钱有势的人家。禳8:那里是大人家,不愁你吃穿,不用你挟筐只要你贤,不用你挟筐只要你贤。增17:朝廷家有龙床,大人家有八步床、顶子床,小人家有脚床,监里有框床,食店铺有活落床,棉花铺有亚车床,没见人家有铜床。

【大人物】有地位、有名望的人。磨28:我寻思那张老爷是个大人物,想是也未必放在心里,咱不如敬去磕头。

【大筛传】敲大锣传报。磨27:接了有半天,听的大筛传,这头行已合那执事连。

**【大上皮】**表层镀银的假银子。姑3:二成拿了银子去,着实称道他哥哥。遂即送与债主,退了文书来。那债主夹开银子,都是大上皮。姑3:银色差迟,银色差迟,还是前番大上皮,谁想到了好人手,就成了冰花细。

**【大婶子】**对长辈妇女的尊称。禳19:春香笑出来说:"大婶子说,问问周二叔合大姑夫,还敢那不敢?"(春香为婢女,"大婶子"指其女主人)磨19:李大又磕头,说:"大婶子饶了我罢!我实不知道!"(李大是一村民,"大婶子"指其同村的方娘子)

**【大牲口】**体型较大的牲畜,一般指马、牛、骡、驴等。增20:老王,大牲口要个文约才是。增20:胡双楼,你卖这马给我,是个大牲口,要一个文约才是。

**【大势】**大局。磨21:您二舅看他文,也流动也清新,就是大势还占嫩。

**【大匙】**发达,地位变高。"匙"为谐音字,本字疑为"持"。俊:他的娘子叫张三姐,为人极有本领,管的他那汉子回了头,从新成了人,这几年来,成了那木楸舒在那酱盆里——就大匙起来了。

**【大收年】**丰收的年景。俊:买卖发财从来有,庄农也有大收年,赌博起家何曾见?

**【大叔】**❶有血缘关系的排行最大的叔父。富9:张春……便漫墙叫过他大儿张成来:"给你大叔背着行李。"("大叔"指张鸿渐,是张春的堂弟)磨19:正论间,张成也回来了。方娘子说:"你送到您大叔那里来,来的这样快?"❷对无血缘关系的父辈中年龄比自己父亲小的男子的尊称(不一定排行最大)。墙4:张大二人正跑:"呀,那不是王银匠来了?"到了跟前,问:"王大叔那去?"禳14:(李婆)见书童说:"呀!你不伺候恁大叔,来做甚么?"书童说:"大叔着我来请你。"("大叔"指书童的主人)禳18:春香,你去那边问问你大叔,夜来那去了?(春香为婢女,"大叔"指其男主人)

**【大数】**寿数,寿限。慈4:待了会子,赵大姑大数已尽,可惜就一命归天。磨28:上省城那一宵,手合脚难动摇,那时节死活真难料!您就看着张鸿渐,这回大数定难逃?不想恨还能报!

**【大睡】**沉睡。磨18:张龙呼呼的大睡,灯也没吹。

**【大天光】**天大亮。蓬4:两人同盖红绫被,一觉睡到大天光。日·争:鼾睡直到大天光。

**【大头脑】**有权势的人物,大人物。禳5:我是个乡瓜子,不敢攀那大头脑。

**【大腿根】**大腿与腹部相连的部位。多代指生殖器。增12:好奇事!你接客不接客,累着我那大腿根哩,上我的帐!

**【大席】**丰盛的宴席。翻 6:范公子设大席,摆上些好东西,碗盘俱是极精致。

**【大些】**同“一大些”,许多,很多。墙 4:王银匠向我言,人家使着咱大些钱,他说该弄个虚体面。增 28:不好了!有许多兵马将院围了!大些穿红的汉子,都在下边哩。

**【大爷】**❶大伯父。姑 3:二成害怕说:“那地咱还送给他大爷家罢。”(“他大爷”为从子称,指自己孩子的大伯父、自己的大哥)磨 28:合庵在傍,大笑说:“大爷,你报的忒也分明了。”(“大爷”指合庵的堂伯父张春)❷对男性长者的尊称。墙 2:银匠说:“我先给你发市,盛一碗给张大爷。”(此为银匠对卖扁食的王二的话,王二应该称银匠的好友“张大爷”为“大爷”)寒 3:王成在旁瞅一眼,我说你休来只是来,如今惹的大爷怪!你就是儿童胡念,也唱与大爷开怀。(“大爷”指恶霸赵兴)禳 5:仲鸿说:“我是个乡瓜子,不敢攀那大头脑。”王婆说:“大爷,你真个不合他做亲么?”(此为媒婆王婆要给张仲鸿之子提亲时的对话)

**【大姨子】**妻子的姐姐。禳 19:俺周仲美,是高四于的表兄。听说表弟着他大姨子打的甚苦,不免到那里看看。

**【大益烟】**当时比较有名的一种烟草,不详。闹:不要那满城烟毛头大锭,不要那红丝烟采堂玉兰,不要那关东片香烟杂半,大益和兰花烟我俱不贪,一切的奇品烟我都不要……

**【大意】**❶大概的意思,要义。禳 31:够了,不必唱完,已见大意罢。❷随意。增 3:谁不知你过关哩。你家里的门么?你走的这等大意!

**【大雨如麻】**形容雨下得又密又大的样子。慈 4:大雨如麻,大雨如麻,割的柴儿够一把,及至住了雨,日头已西下。

**【大远的】**很远。翻 1:给他找了个婆婆家,姓谢,在宝鸡县住。离家大远的,任他作甚么精,我且听不见。

**【大战】**进行激烈的战斗。磨 29:大家要抖精神出马大战:一个往西闯,一个往东钻,我冲他的中营,杀他个细布卷!磨 29:大战一回,任大王拍马就走。

**【大众】**众人,大伙儿。寒 7:大众跟着到了研磨地狱里,只见几盘大磨都血淋淋的,两个鬼挑了盘净磨,将判官倒插在磨眼里,就推开了。禳 32:遂将小娃子抱出来,大众齐看云:“好福相!好福相!”

**【大宗师】**秀才对学政、本县县官或上级官员的尊称。禳 4:从那来了个春风鼓,童考考到六十五。没钱奉上大宗师,熬成天下童生祖!(“大宗师”指学政)寒2:大宗师在上听:论生员也棱争,见仇人顾不的残生命。(此为秀才称呼知府)寒2:大宗师着恶虎偿命,生员情愿把耳朵都割了。(此为秀才称呼军门)

## dai

**【呆】**傻。墙2:我这个行子真正呆,多亏了娘子你还乖,指望不的我张二怪。翻8:姐夫恼也应该,但是他比驴马呆,怎么当一个人儿待?

**【呆不登】**发呆的样子。琴:醒来依旧平皮差,呆不登的干发挣。

**【呆呆】**❶发愣。慈4:正说着,听着阵阵的风响,好几个打柴的喊了一声说:"虎来了!"都跳滚崖下躲避。张诚还呆呆的。寒3:恶虎醉了,只顾呆呆的看他。❷傻傻的。禳14:夜间想来,呆呆的孤眠,好不苦哉!

**【呆瓜】**傻瓜。磨3:我是个真呆瓜,年纪小知甚么?说不出句利亮话。磨4:若是像那古人,要赤心报国,爱养百姓,这就是从苦上去求苦,岂不是个呆瓜?

**【呆像】**呆傻的样子。增14:那二姐虽然也认出万岁是个贵人,只是众人属目之地,见他光弄那呆像,未免没好气,不待答应他,遂把头一摆。

**【呆子】**傻瓜。闹:这些呆子,再陪四昼夜辛苦,只骗得十数日夸张,挂榜之日,合我嘴脸一般,还陪了许多妄想,听了无穷的抱屈,耳边聒噪,我却怕他做甚么?

**【歹】**❶不好,坏。慈1:后娘冤屈也难明,好也是无情,歹也是无情。禳12:从今后不怕你不通人性,别开门另支锅各度日生,或是好或是歹你听天由命。❷大口地吃。慈3:气也不喘,尽歹那菜瓜,掘打了一阵,又要杀他,一身的热汗湿透了重纱。慈3:这无名的菜瓜,只得是捏着鼻子歹。❸得到,落下。磨14:狗脂!如今不过是银钱世界,甚么是公道良心!且歹他五两银子,盘费不了,给老婆子买点人事。

**【歹人】**坏人。翻10:二相公专工读书,仇福又极勤苦,家中井井有条,好人称奖,歹人嫉妒不题。磨8:俺从来不留人宿。谁知你是好人歹人?请行了罢。

**【代】**❶代替。禳31:乜丫头居然是代把夫人做,他给了俺儿圆下房,如今又产麟儿落了肚。寒8:二老爷代天巡狩,就访他异恶奇贪。❷世代。禳23:老爷爷做刑厅,咱爷爷御史南京,隔一代就是一番盛。磨28:谁给俺唬上一唬,我给他做万代儿孙!❸同"带",连同。寒4:李蝎子无奈何,连典衣代借贷,凑进去了。蓬7：彩鸾听说，扯脖子代脸的通红。❹同“带”，随身承载，携带。磨5：方才一只大鹿，被俺一箭射倒，他忽然跳起来，代箭而去。磨5：兵卒问道：“见代箭的一只鹿儿不曾？”解子说：“不曾见。”增28：叫锦衣武士、代刀指挥上来，将王龙拿去剥皮草揎，消朕之大恨。❺同“带”，强制性地引领。蓬6：我还要代他回去，好教他写字焚香。磨11：他无来家，还叫俺代方氏去回话哩。❻同“戴”，佩戴。磨25：日头不大高，果饼丁锤都挎着，披毡衣又代上安军帽。磨4：解子押衙役代锁上。❼同“待”，待要，想要。磨23：来的极好，宅里太太不大欢喜，代找个会玩的解解烦恼，您两个运气极高。增19：王龙自思：“不好！蜣螂就该吃屎了！”代不说，可又怕输了……

**【代好】**同“待好”，应该就要。磨34：万岁差俺领兵二十万，听那招安的消息。今日代好来也。

**【带累】**拖累。翻1：他在时，我还嫌他带累我哩。五十亩地倒卖了十亩，他中甚么用！翻3：是我前生有冤孽，把这个媳妇带累了，一辈子惹的傍人笑！

**【带破】**先天残疾，从娘胎里带来的毛病。日·身：邋遢鬆鬇非带破。

**【带子】**用皮、布等做成的窄而长的条状物，用来绑扎衣物等。寒3：看了看，吴孝那脖子上半截带子，梁上还有半截，才知道是跐着椅子上吊，坠断带子吊下来，撞倒那椅子，那样响亮。禳24：又给了他一斤姜，半斤胡椒，换了一付扣丝带子。

**【待】**❶等待。增3：你若谨慎，待我回来之时，好好带你进朝，封你个坐京的都巡检。增10：佛动心自思量，每日家待君王，那君王再不见影儿傍。富3：舜华起来要去，说：“待明日请个媒人来。”❷对待。姑2：想当初我用心太偏，待的你委实难堪。增22：佛动心笑颜开，我每日也疑猜，谁想你把俺当喇巴待。❸接待，款待。翻6：煨着那熟东西，就把客来待。翻6：虽然家中无预备，排头个个赏了钱，行人们都待了酒合饭。❹想要，准备、打算，会(表主观意愿或客观可能，用在谓词性词语之前)。墙1：六月还穿破棉袄，腊月还是旧布衫，待烤火没人舍笸炭。翻2：仇福待不去，他那里肯依。姑1：珊瑚……到了房里，给他端了尿盆子来，又上床待去给他梳头。墙2：年年化银子，该下了几吊火钱，因着相好，不曾开口，怎么连面不见？每哩见了我待啃你一口不成么？好笑人！磨22：且是朝廷重开科，明年又该会试，每哩山西待常俭年哩？❺情愿，愿意(可独立充当谓语)。禳12：儿大不由爷，他自己不待，小弟也就无如之何了。翻6：论公子道不歪，到而今口难开，这原不是咱家待。磨14：不论事体该不该，三百五百尽铺排，老爷呀，不敢说我心待不待。❻得，应该。蓬3：这借书是男子做的，怎么叫我去取？我待怎么样借法？蓬3：任是甚么你都嫌，往后咱可待怎么过，往后咱可待怎么过？富3：且说张鸿渐半夜里出了门，又不知待上那去好，只管忙忙的奔走。❼用在戏曲的自白中，表示自己要做某个动作。墙1：女婿张大郎，久不相见，不免望他一望。来此已到门前，待俺竟进。墙2：呀！那墙头上不是个人么？怎么在此叫唤？待俺看来。❽人停留在某一地方生活或度过一段时间。快1：却说玄德在屏后待了多时，听到这里，一步出来。磨19：灯灭了，灯灭了，你婆媳同床待一宵。富4：小姐初到监里，觉着甚是难受；待的久了，也就不以为事了。❾过（了一段时间）。姑1：待了半年，那于氏全感化不过来，比桑树，骂槐树，只是给珊瑚那不自在。翻6：待了数日，把亲事妥当，二相公才复试去了。慈1：叫他在床前站着，待盼子中了饭，都吃停当了，才着他刮那冷盼块吃。❿同"戴"。禳13：正说着，只见公子歪待着方巾，喘吁吁的跑来，藏着在仲鸿身后。⓫同"带"，连带。增19：我也行个令：各人要有翅无毛，后待四句诗，上下不叶音的输。⓬留。禳33：兰芳云：前边那一个是我给他的，怕他待了我的笔迹，叫他写下来，还将原稿变回来。

**【待茶】**用茶水待客。翻5：请到后宅把手也么拉，作了长揖让坐下，待了茶。富4：到客房里待了茶，便请进里边。看了脉，就问说："这是甚么病？"

**【待好】**应该就要。墙1：他老爷待好来了，你去伺候罢。磨4：咱们自从递了呈子，军门差了两个承差去拿人，这也是好几日了，也待好来。

**【待嫁】**谐音"待价"，愿意，情愿。"价"为虚语素，无实义。禳24：吴恒说："……本等也该费点事，就是十八的大姐铰了头。"秦厨说："怎么呢？"吴恒说："——是不待嫁呢。"

**【待客】**接待客人。慈3：有个母鸡甚杂毛，啄的小鸡没处逃。今日杀他来待客，定要剁他一千刀。

**【待霎】**等一会儿，一会儿后。慈4：我这肚子里怪想饱，我且待霎吃。寒3：大爷既爱你，你待霎就打发大爷睡觉，明日重赏你。翻7：待了霎，范栝也出来了，着他师傅好骂。

**【待霎儿】**同"待霎"。禳29：待霎儿他若来到，我看怎么安排。

**【待霎时】**同"待霎"。墙4：只怕是一时昏去，待霎时还醒将过来。

**【待霎子】**同"待霎"。墙1：肚儿肚儿你捱饿，有个盼头休要慌，待霎子撑你个膨膨胀。

【待嗄】字面意思是要干什么，表语气，难道。增 8：六哥道："金不好使，亲戚难认。不弃嫌，合你拜个兄弟何如？"皇爷说："折的你慌了！"六哥说："你待嗄是个皇帝，叫人兄弟就折杀了？"

【待死】❶打算去死。翻 4：才知道女儿待死，姜相公落下泪来。❷詈语。表示只有快要死的人才会有这样荒唐或恶劣的做法或想法。姑 2：这杀才是待死呀?。增 19：小大妮子，你待死么？怎越大越糟囮了？这粉头还有公母么？……

【待要】打算，想要(后接动词性词语)。翻 6：嗤头抉腚看不上眼，待要大发那里来？寒 4：着人对李蝎子说："待要无事，还添上四百。"禳 4：小长命待要耍耍，出了场留了几日，所以来迟。

【待中】❶就要，该要，快要，表示很快发生或预料会发生某种情况。慈 3：这庄里有个小书房，我着他上学，够半月哩。你不必找他，他待中来家吃晌饭哩。禳 9：我来找你，你睡着了，我就没敢惊动。我若是通你通呵，你待中恼了哩。❷几乎要，表示接近于某种结果。磨 15：李旺击了鼓，说他老婆叫张春待中打杀。

【怠慢】❶懈怠疏忽。磨 31：各人安排，不可怠慢。❷对人冷淡、轻慢。增 5：那看门的听说是老爷的朋友，不敢怠慢，即忙禀于曹重。增 27：丫头听说，不敢怠慢，泪恓恓的牵马出院来了。

【袋子】口袋。禳 14：李婆说："不好不好。酒坛里淌出糟来——"公子说："又是怎么说？"李婆说："鼓了袋子就坏了！"

【戴箍】戴戒指，指女子已婚。琴：哥哥今年二十一，娶了个嫂子才十七，年纪还比俺小一岁，身量比俺矮二指。偏他早又戴着箍，不知前世怎么积。

【箦】(蒲氏注音"债")加在卯榫之间起加固作用的木制或铁制楔子。日·木：加上箦楔始牢坚。

## dan

【丹】因病菌引起的植物或粮食上的病变。日·庄：不愁霜雹不愁丹。

【丹矾】胆矾，含有五个分子结晶水的硫酸铜。可用以制绿色颜料、炼铜等。日·杂：槲本加上丹矾煮。

【丹青手】画家。增 15：我请丹青手来传下御影，供养了三年了。

【担[1]】(dān)❶肩挑。翻 11：安心把瓦石拣净，雇几个短工来担。禳 21：天色明了，奔走慌忙，担筲打水，才把磨棍放。增 5：这也是君臣该会的日子，道犹未了，这周元担着担子就闯进门来。❷承受，承当，承担，负责。姑 2：那于氏是给人气受的主，到了受人气，就担不的了，以此得了病，一口水也下不去。翻 4：他知道赵阎罗为人不善，若说当老婆，他必定敢担。禳 15：虽然大相公我也使他两吊钱，可也担的利害不小。禳 16：那江城枉担着降汉子的虚名，还嫌他不会降哩。翻 8：二相公肯把书念，外边事姐姐全担，慧娘招管米合盐。❸同“掸”(dǎn)，用掸子或别的东西轻轻地抽或扫，去掉灰尘等。日·器：尘土担净亮如霜。

**【担不的】**担当不起。磨 10：娘子不出去，小的们担不的。增 24：小生命薄，本儿大了担不的，给我一个别的头向罢。

**【担待】**❶原谅。姑 1：我的不是说甚么，亲娘呀，望你宽洪担待罢。增 9：我去失陪休心困，到家就着二姐来，千万要请你多担待。❷承担，担当。增 13：若折了本，就说是小六哥他干爷吃去了，你怎么担待起？

**【担的】**能够承担某种命运。磨 26：看着小保儿，担的个翰林做。

**【担福】**命中注定有福气。穷：可怜俺浑家大小，祖祖辈辈，子子孙孙，就没有个有财命的，有担福的？怎么的弄的少油没盐，少柴无米，少衵无系，少吃无烧？

**【担干系】**负责任。富 4：众医生看了看方，都走了，不与他担干系。

**【担惊怕】**担惊受怕。禳 15：不担惊怕与勤劳，难得银钱到我腰。

**【担惊受怕】**担心、害怕，处于惊恐之中。禳 24：俺一碗青菜一钱儿，一碗豆腐一钱儿，一碗汤是一钱儿，四个菜碟也合着一钱儿。担惊受怕的一年儿，刚才积攒了一坛儿。

**【担罭】**蒙受亲朋所带来的羞耻。翻 1：叫人家休退打骂，岂不着父母担罭？翻 8：范大叔又没得罪，你不去着人担罭。

**【单】**❶单独，孤单。磨 34：把架子两列开，用帮手的不成才，咱就单战个胜合败。蓬 5：我单你也孤，我单你也孤，奴看你来你看奴。富 5：可怜这远游人，形影单！❷只。姑 1：暗徘徊，好难猜，单等着婆婆说出来。慈 6：张炳之没了儿婆子又丧，每日家单祷告着张讷还乡，以外老头子别无指望。❸偏偏。慈 3：这不是明明的路儿，怎么就单踏着那石头顶？❹单子，名册。慈 5：妈妈子告诉张大也么官，而今不用再疑难，请回还，令弟的尊名不上单。翻 9：跟着将军守口外，名子尚在头一单，也还有点薄体面。❺单衣。翻 8：身软弱，瘦可怜，穿上线衣只似单，膊胳好似蔄杆子样，怎么口外去受风寒？禳 1：纸也整锞也整，腊月里穿单不害冷。❻单薄。富5:十月里,天气寒,觉衣单,鸿雁行行尽向南。富7:守着一炉红火,只是觉着衣单。❼用在两个不同的数位之间,表示较大的数位后有较小的数位。富14:后来张太老爷夫妇寿到一百单五岁,受了十二遍封诰。增19:名为急口令,天下一百单八府,各府一个字……

**【单单】**仅仅。墙4:单单指望他一句话,他低头子挺了尸,全不放个狗臭屁。禳1:不怕天不怕地,单单怕那秋胡戏。

**【单儿】**单子。禳33:呀呀,这还给他个单儿,他知道用甚么?

**【单红帖】**红色的单帖。增18:丫头把柬帖递于万岁,见是一个单红帖,有核桃大字。

**【单立人】**汉字偏旁"亻",是"人"的变形。与形近的"双立人"(彳)相区别。磨28:"尚"字帮着单立人,想必还是个"倘"字。

**【单绵条】**本指单层的床单,喻指翻绳游戏中的一种样式,绳套在手指上呈长条形。禳2:我才翻了个单绵条,你自一翻就乱了交。

**【单人独马】**一个人骑着一匹马。增2:我只单人独马,自己私行便了。

**【单三绳】**单条使用的绳子。"三"记音,无实义。磨28:单三绳往向里杀,堪堪手脚坠下来,就放了也把骨折坏。

**【单帖】**官场中用的单面的不折叠的柬帖。增18:王兴拿过了一个十二折的全柬来,王龙颠了两颠,说:"他担不的使这个全柬。"嗤的声把那十一折扯下,将一个单帖铺在桌上写道:"通家侍教生王龙拜。"

**【单帖子】**单帖。增18:好一个割头的奴才!我连一个全帖也担不起了,给我这一个单帖子!

**【单衣】**单层的衣服。墙3:破单衣合我熟,久下来妄想全无,并不知世间有绵裤。农·蚕·温养:蚕娘着单衣,以为体测,以己寒暖为火增减也。

**【耽】**同"担",承担,承受,担当。慈2:老婆你说你乖觉,汉子哄你不值个破瓢,但只是耽了些惊恐,费了些计较。富13:我看那小保儿,耽得个翰林做。

**【耽待】**同"担待"。磨6:只是望老父师耽待,从容查访张逵便了。磨23:小的二人俱是村野瞎人,没见天日,若是犯了忌讳,望太太、大爷耽待。

**【耽惊怕】**同"担惊怕",担惊受怕。蓬5:近来咱家,近来咱家,虽不富贵也荣华;又不接上司,省了耽惊怕。

**【耽心】**同"担心"。禳4:长命进了场玩耍了几日,或者教我哥嫂耽心。禳11:子雅说:"住一晚,就借重丽华奉陪。"公子说:"怕父母耽心。"

【耽忧】同“担忧”。磨18:院里投,甚耽忧,一千一吊最难求。

【胆气】勇气。蓬2:吕祖轩昂胆气粗,朝游北海暮苍梧,娘娘呀,他心要人人都把神仙做。

【胆悬】恐惧。禳22:急急奔,急急奔,往来多少行路人。心儿里甚胆悬,一路子逢人问。

【胆子虚】胆怯心虚。翻2:贼人胆子虚,仇福红了脸,说:“你问不的。你可休对咱娘说我没来家。”

【旦】❶戏曲中扮演女子的角色类型。禳16:旦扮樊满城上:“南山顶上一池水,一个被窝里四条腿,再添两条他不依,从来只许每人每。”磨24:公子吩咐二旦说:“您两个伏侍太太安寝。”❷量词。用于“弦子”。增15:这琵琶该说一面,弦子该说一旦,谁家说一张一具呢?

【但得】❶只要(能达到某种愿望)。后面常用“也”“就”等呼应。姑2:但得娘知道我没有二意,不怪我呵,就死了也甘心!禳10:娶了这个媳妇,全不孝顺;但得他夫妇合好,也还罢了,又听的他每日吵闹。增23:但得你心中不恼,我就念一声南无弥陀。❷但愿。富13:婆婆惨伤,婆婆惨伤,但得中个进士郎,你爹爹往家来,可方才胆儿壮。磨6:不敢望他还上进,但得他成人长大,好守那祖宗茔坟。

【但说不妨】尽管说而没有妨碍,不会怪罪。增2:宫官叩头道:“奴婢不敢说。”万岁说:“但说不妨。”增2:“臣有句话不敢说。”万岁说:“但说不妨。”

【但仔】只要。墙1:天那天,但仔有一个好的,也还好过。

【但仔是】❶只要是。慈2:你看,但仔是个人,怎么就不来说声。❷但是只是,但是。慈1:但仔是那做后娘的可又不能哩。富6:论起来我就该低头竟过,但仔是亲戚们好处还多。❸只是,仅是。慈5:飘飘飖飖,路上的行人沸似潮,但仔是跟着走,不知是那里的道。

【但只是】同“但仔是”。❶只要是。慈1:但只是做着后娘,只出上一片好,就见了玉皇爷爷,也敢抓出心来给他看看。富2:打强盗小板撩,打钱粮大板叨,无钱还把夹棍套。一群衙役如猛虎,但只是过的就吃了敲,打官司就是财神到。富12:大凡做房官的,不瞎眼的有几个?但只是好看便罢了。你这文章有指望。❷但是只是,但是。墙4:我的两个儿争着孝顺,不觉三年,老来可谓享福。但只是早晨肉面,晌午鸡汤,吃着有些腼腆;冬月丝绵,夏月葛布,穿着只是心惊。每日在闪电影里存身,半虚空中度日,好可笑人也!寒3:若有人能杀他,生员也肯托他;但只是无人可托。

**【淡】**❶颜色浅。增11:擦了眼去梳妆,穿几套好衣裳,蛾眉淡扫嫦娥样。农·蚕·辨种:种将出,取在明亮处细看,中有色淡陷靥者,以针挑器中埋桑下。❷心意冷淡,不热衷,不热情。蓬2:书生呀,天宫虽然好,只是心里淡;嫁个风流美少年,试试人间夫妇欢,那时节,方才足了心头愿。磨27:屡受颠险,心中甚淡,只借功名为安全之路罢了。增9:说着,那老鸨子上的楼来,看见万岁穿的平常,就淡了半截心。

**【淡黄】**暗淡模糊的黄色,昏黄。钟:昏沉冷月淡黄天,猎酇都得肴资一件。

**【淡寞索】**意趣寡淡的样子。琴:从新来到房中坐,淡寞索的怪冷落。

**【淡素装】**清淡素雅的装扮。增25:万岁爷细端详,打扮的淡素装,年纪只在二十上。

**【淡账】**心意冷淡。磨12:官人太无良,守新房想旧房,教人心里好淡账!

**【担²】**(dàn)❶扁担之类的东西。慈2:卖糖的不见了糖箱子——光拉那弯弯担。翻7:仇大姐笑开言:我这心里怕你嫌,你不嫌就卸了这根担。❷量词。一次挑起的东西。慈4:他娘又生出法来,着张讷上山打柴,一日一担。一日到了山上,只打了半担,那雨就大下不止。蓬4:我的郎,我的郎,家中没有十担粮。增10:少不得把那大盆抬来,打上担水泡着鞭子。

**【担担】**牲口驮的担子。禳1:俺那小舅来这里耍,骑着骡子牵着马,驴驼担担一大些。

**【担儿】**担子。禳24:俺不拾拾那车靽儿,也不挑挑那筐担儿,也不担那饭罐儿……钟:书已在此,疾忙收拾担儿前去,休得迟误。

**【担子】**扁担和用扁担挑着的东西。慈4:张讷担柴到家,放下担子,且不吃饭,先到书房里看了看张诚。增5:这也是君臣该会的日子,道犹未了,这周元担着担子就闯进门来。

**【弹打雀飞】**鸡飞蛋打,两头落空。增20:几盘棋把他赢了,管叫他弹打雀飞。

**【弹儿】**弹子,弹丸形的东西。增19:吃的肚儿大大的,拱着个弹儿做干粮。

**【啗】**此字为韵脚字,与"鲂鲦肴朝"等字为韵,因此并非"啖"字异体。当音"刀",同"叨",吃。参见"叨"。日·鳞:鲂[①]花无刺放心啗。

**【饕淡】**吃起来口感不好。日·饮:龄来饕淡黄皴皴[②]。

① 为"鲟"字之讹。
② 为"皴"字之讹。

## dang

**【当槽】**指具体管事的人。富3:来的迟就把当槽骂:设或呈治到官衙,不愁打板又倾家。

**【当差】**在官府中做事。磨6:有一个亲戚在刑房当差,对我说道:“今日院票来到县里了。”

**【当场】**就在那个地方和时间。翻5:请到后宅把手也么拉,作了长揖让坐下,待了茶。当场问他文字佳,袖里掏出来,双手递于他,看了许他三名下。寒6:但能够把他亲近,一刀子杀在当场。

**【当初】**起初,过去。寒6:妹妹,你当初怎么知道学唱来?禳9:你当初曾说要四指面条子打我,怎么加上一个指头呢?姑2:想当初我用心太偏,待的你委实难堪。

**【当道】**❶在路上。快1:像如将军有几个,当道拦住怎能逃?就是一点不大妙。❷挡路。磨23:怕的是秋耕了的地土,合那当道的场园。

**【当驾官】**在皇帝手下值班的官员。增1:圣王传下皇宣诏,问文武班齐不齐,当驾官前来跪倒。增1:当驾官叩头禀道:“文武列班已齐,都在金阙伺候御驾。”

**【当阶】**在台阶上。蓬1:梅花鹿……口衔灵芝忙跑进,迎头双膝跪当阶,点头也把娘娘拜。

**【当街】**在街上。墙2:惹的恼了掘坟顶,还抱当街对人夸,说他巧嘴极会骂。翻12:吩咐把他送出去,着他当街就地爬,若能去了也就罢。磨25:众家人当街就叩头请安。

**【当路】**在路上。翻6:有一座石桥当路,那边厢一路花开。增12:贪往前看,没提防当路一个脚床子绊了一脚,跌了三四尺近远。

**【当门】**在门口。增9:脸上的绉纹无其数,口里当门少俩牙,虽然风骚年纪大。增23:王龙一步蓦进,二姐放下琵琶,起身就走。王龙当门截住,说道:“我来敬陪不是,你怎么就待走呢?”

**【当面鼓对面锣】**比喻面对面地争论或商谈。翻3:当面鼓对面锣,把自己要快活,这可怎么合他过?

**【当年】**❶往年,昔日。日·堪:当年也说旺人丁。慈4:渐渐行来到旧村,当年小树已成林。磨28:若或今日还贫贱,想起当年一夜仇,眼睛红冤气真难受。

❷同一年。农·附·布地桑法:芽出四五指,每根上留一二条。浇锄如法,当年可长五尺余。次年附根割以饲蚕,割后数芽出,可留四五条,年年割之。

**【当聘纂】**不详。大意为耍弄、取笑。或者理解为"当(作)聘(来)纂",或者理解为"当(成)聘纂"。琴:(女子新婚后回到娘家,几日后婆家来人要接女子回婆家)听说来搬喜了个挣,脚趔趄的往外蹭。母亲意思还待留,亏了嫂子来助兴:姑娘这两日净想家,没精打采强閒阑。再往两日不回家,两口子准要想成病。(女子)不好回言,不好回言,着实把他瞅一眼。没人和你玩,偏要来寻贱。……嫂子说话硼心坎,句句何曾差一点?本等心里怪爱笑,人脸前头放下脸。一遭一遭琑碎人,想是拿着俺当聘纂。

**【当日】**往日,昔日。墙1:老头子忒也差,当日分地为甚么?今日又说糊突话。磨28:你当日吃他敲,我受的气不必说,今日相逢怎不报!

**【当身】**自身。禳20:只为佳人一个字,魂儿已不在当身,人那哎哟,在当身!

**【当是】**❶当作,权作。慈5:从今后三年五载,定不得归期了,爹爹呀,你只当是没有我。禳15:我就大笑,嘻嘻哈哈,一当是玩,二当是耍。❷以为,认为是。墙1:张大瞅了一眼:嗤,我当是待说甚么呢!拿着筷子敲菜碗,我知道你是饭饱了弄筷。翻11:仇福当是银子,咬了咬,才知是锡。富3:我当是个恶人,原来是个读书君子。❸应当。禳25:老师若不弃嫌,当是竭力酬报。

**【当头[1]】**❶对着头正面。寒7:炸了三个滚挑出来,两板夹的扁瓜搭,按上锯两个鬼当头拉。❷为首,带头。磨29:攻城破阵我当头,对面厮杀何人敢?

**【当下】**❶当时。寒4:赵豹有名的歪子,当下使了性子,合那家人们说……寒4:李蝎子有钱财,六百银费安排,指着田土揭下债。当下托人送进去,到了过午挂了牌,不愁次日官司坏。❷现时,现在。富4:当下看虽峥嵘,难把那乡亲见。磨32:当下仗大哥威灵,自是无妨。但朝廷家日日来征,也不是常法。

**【当腰】**腰间。快3:一蓬长箭插当腰,曾向空中射雁毛,放出单单射左眼,中着别处算落操。磨5:小鹿儿忽然惊跳,一箭射去中当腰。

**【铛铛】**象声词。当当,形容敲击锣钹之类金属器的声音。日·僧:铛铛铪了①宣佛号。

**【当头[2]】**典当的物品。磨18:摘金钩,作当头,当银二两你且收。

**【荡】**❶扫荡。磨30:请再发兵二十万,自然一扫荡平。磨31:俺两个分兵

---

① 为"子"字之讹。

直捣他两山的窝巢，取他的辎重粮草，烧了他的房帐，荡平两山，先去了他的翼毛。❷同"汤"，碰触。禳14：覆去翻来人一个，摸不着绣鞋，荡不着金钗，枕头滚遍仰不着香腮。增16：俺说荡黄了，你就说荡青了；俺说扇两遭，你就说扇四遭。

【荡荡】飘荡貌，吹拂貌。磨12：正月里，梅花娇，春雪飘，和风荡荡上柳梢。

【逿】(原讹作"𦢊")跌倒。日·争：𦢊在地下搭了裤。

## dao

【刀疮】刀伤。慈5：叫了一声观音自在，造化高，就逢着你来，哎，一霎时刀疮疼上全无害。慈5：露洒垂杨，露洒垂杨，脱枷解锁愈刀疮；就是头断了，可也接得上。

【刀疮药】治疗刀伤的药。慈5：那庄里有个医官叫开门，取了刀疮药来，给他搽上，又灌了几口，临明才略懂人事。

【刀豆】一种豆科植物，因其荚细长如刀而得名。日·菜：全酒刀蚕皆豆种。

【刀斧手】刽子手。快3：孔明说："可该怎么样呢？"关爷说："砍头便是！"孔明叫："刀斧手！"一群人喊了一声。

【叨叨】絮语，不停地说。蓬5：从先听着，从先听着，大叔只顾紧叨叨；俺待自家去，怕师傅不肯要。

【捣】❶捶击，舂。翻5：这钱来的也蹊跷，也蹊跷，自己拳捣自己腰，姐姐呀，这件事儿甚堪笑。寒6：这回到了阴城里，不是碓捣是磨研，这苦蝼蚁残生何足算？增2：龙楼画鼓催三撞，醒来却是南柯梦，捣枕捶床恨夜长。❷冲击，攻打。磨29：选了个勇猛上将，领兵去直捣三山！磨31：他必然留下毛尚书屯兵山下，那二将却分兵捣那两山的巢穴。❸吃(带贬义)。慈4：……李氏才说："张讷子，你来捣些罢。"张讷才吃了些饭。俊：捣丁子也是吵，只等我吃完你才骂完，亏了能捱才积不住饭。

【捣碓】舂米。比喻心里七上八下地不安。磨28：张鸿渐中了魁，他既归俺也归，他无罪俺有什么罪？只是合他在一县住，恐怕将来吃他亏，心里扑咚常捣碓。

【捣鬼】耍花招做不好的事。慈5：李氏知道，又来吵骂说："你推佯死，又捣那臭鬼！难道也孩子着虎衔了去，还有活的么？"禳15：这老奴才不知捣的甚么鬼儿！怎么是没来？实实的招来，免的挦毛！磨23：惯掏鬼，惯撒谎，因此人人叫瞎唠。

**【捣酒】**喝酒。墙 4:老头合他常捣酒,又往铺里去倾销,必然他还通些窍。增 6:万岁爷发玉言,那朋友请回还,捣盅寡酒也没的干。

**【捣蒜】**用蒜槌在蒜臼内把蒜瓣捣成蒜泥。比喻连连磕头的样子。增 5:见了磕头礼拜参,跪在地下如捣蒜。增 8:蜜口糖舌将他请,他若不来将毛挦,见了咱磕头如捣蒜。

**【捣头】**磕头。磨 2:若还今日不该死,人待杀你也不能,何必捣头还挣命?富 13:此时闹动了合庄,都来磕头,连那李大的老婆在家里也坐不住了,跟搭着也跑了来,捣了顿头去了。

**【倒[1]】**(dǎo)❶直立的人或物横躺下来。墙 4:快来!咱爹倒了!咱架他床上去。慈 5:妈妈子慌忙的拉倒张讷,令他跪下。翻 12:四尊大炮连天响,墙倒屋塌贼乱奔,皇天爷娘叫一阵。翻 1:整日的大哭大骂,倒在床上不能动弹。❷倒换位置。日・养:三眠才倒更忧煎。日・庄:速倒谷穲耕种麦。❸使情势反转。富 2:三审审时倒了原告,一伙儿流徒辽东。磨 4:若求两家无事,便就收下;若要倒了原告,还得添添。❹倒牙,吃了较多的酸性食物后,牙神经受过分刺激,咀嚼时感觉不舒服。日・果:未熟李梅牙欲倒。

**【倒班】**轮换,换班。禳 24:遇着那胡突官儿,厨房只一间儿,又是热杀人的天儿,打上呕杀人的烟儿,那汗成了湾儿,又没人倒倒班儿。

**【倒包】**❶用假的替换真的。姑 3:闪开包,都不是银子,依旧是砖头,挣极了。臧姑说:"你着他倒了包。"姑 3:当初才刨,当初才刨,你就叫他倒了包。怎么换假银,哄着你上他的套?❷假冒身份代人应差服役,比喻空出力而自己不落好处。禳 24:譬如两厨子打发主人,省事的着人做,费事的着咱做;不就是挣赏的人去干,倒包的咱去干。

**【倒步】**换步,双脚交替移动。禳 8:下轿来家人乱窜,黄道鞋步步生莲,忙随倒步倒红毡,盖头红趁着那娇影颤。

**【倒倒颠颠】**颠颠倒倒,颠倒。寒 1:善人衰败恶人兴,倒倒颠颠甚不平。忽遇正神清世界,始知天道最分明。

**【倒地】**倒,倒下。翻 12:叫众人您听知:若贼少不须提,只使鸟枪放倒地。寒 1:两三个走狗把老头子一脚踢翻倒地,一顿好打。

**【倒磨】**倒换,换着方法做某事。"磨"为语缀,无实义。琴:一点不遂心,倒磨着从头换。禳 3:难把你拉拖,难把你拉拖?只管倒磨,你是待怎么?

**【倒身】**身子躺倒或跪下。磨 8:小生但求一夜宿,倒身并不用床眠,门里头只用席一片。增5：曹重看罢，将书悬起，倒身下拜。增28：佛动心转过来，哭盈盈泪满腮，倒身便把皇帝拜。

**【倒头】**❶躺下。参见“放倒头”。富12：爷俩倒头眠，爷俩倒头眠，心中欢喜睡不安，略合眼已是鸡鸣乱。❷死。墙4：既倒了头，还不守灵，找我有甚么说。墙4：您两个不成人，全不知养父亲，倒了头还怕您不出殡。

**【倒运】**倒霉，运气变坏。俊：前前后后算计到，也是合该倒运，又撞着破败消耗。快2：今日真是活倒运，蹉着蝎子接着蜂！增3：时来了卖酒的六哥，苦煞了倒运的王龙。

**【倒毡】**接亲时将毡条倒换着铺在新娘前面让新娘走在上面。禳8：家人吆喝落轿，江城搭了盖头，江城同公子都下了轿，两个夫人出来倒毡。公子唱：“下轿来家人乱窜，黄道鞋步步生莲，忙随倒步倒红毡，盖头红趁着那娇影颤。”

**【祷头】**同“捣头”，磕头。增22：就向爷祷头千万，也不要这样蠢才。

**【到底】**❶到终点，到尽头，到结束。磨23：有一伙瞎厮，在路上走路胡迷了，一骨碌张在崖里。亏他攀住一枝荆科，不曾到底。增7：万岁爷一笔到底，六哥看了看，改的是“也漫说那酒高壶大”……禳26：春香云：“我打九到底。”（此处指打牌）❷终究，毕竟。姑3：大成到底不忍瞒他兄弟，自家去叫了二成来。慈4：哥合嫂，人人合我像同胞，纵然再住几年，也不至惹人笑。几时是了？到底终须要开交。富8：小相公虽然进了学，到底是个孩子。他娘有千样事儿，怎常去看他？

**【到是】**副词。倒是。❶表示出乎意料。寒6：阎罗王开笑颜，叫商礼听我言：你到是个真好汉。增6：这长官帽破衣残，到是极好的口才。分明是个幺，说六就过来了。❷与一般情理相反，反倒是。磨1：到是贼人全无事，还是失主吃横亏。不拿人有理合谁对？磨7：鸿渐说：“全不想甚么吃，到是凉水甚好。”❸表示让步。磨19：您那达，您那达，听的您大叔来了家。到是诈钱还不妨，满口里说那欺心的话！央及他，央及他，话儿把人活气煞！增11：二人上前说：“二姐姐，妈娘请你去说什么来，回来只管哭？”二姐道：“说嗄到是小事，一顿鞭子几乎打死！”

**【到手】**得到，获得。翻4：地土到手还没种，三四张文书一齐交，那里去把皇天叫？蓬4：共总一部，又极希罕，一个出八百，一个出一千，买到手的好像得了个金砖，买不着的还要借观。

**【到头】**❶到最后。富12：说好连连，说好连连，便着指头细细圈，念到头已是圈一遍。姑2：大姨说我害羞，怕你将来到不的头。你看珊瑚那样的孝，你可还嫌定要休。❷最终，最后。俊：空说是某人会赌，到头来片瓦无椽。磨14：任拘谁人作下恶，到头都是你承担，心腹人拥撮你头儿断。❸顶多。寒7：角儿粗蹄儿圆，有两湿有三干，到头就值七两半。

【倒[2]】(dào)❶上下颠倒或前后颠倒。寒7：大众跟着到了研磨地狱里，只见几盘大磨都血淋淋的，两个鬼挑了盘净磨，将判官倒插在磨眼里，就推开了。增23：那佛动心被王龙抱住，只急的柳眉倒竖，粉面通红，一声怪叫。❷倾倒，翻转或倾斜容器使里面的东西出来。墙1：赶了个西关集，称的肉买的鸡，泼下菜倒上了一盅蜜。磨23：把这茶倒两碗给他，每人给他俩果子。增21：将银子倒面前，叫二姐你听言：几两银子看得见。❸后退，返回。慈4：张大官倒回来泪流腮上，我那个好兄弟比不的寻常，不知是那一个神圣来下降。禳15：江城开门便叫："李婆子倒回来！你来做嗄来呢?"❹副词。表示与一般情理或预料相反，反倒，反而。墙3：王银匠这样可恶！他使的我的银钱无数，我不问他要，他倒问我要起来了。禳17：进门流水款待你，倒被你贬扯到如今，扯上来还该打一顿。增5：我不信，我不信！他是一个大官，倒给你这长官支使？❺副词。表示与一般的情理或预料不同(并非截然相反)，倒是。姑2：(珊瑚)只在沈家庄跟着他沈大姨，倒合婆媳一样。(珊瑚是外甥媳妇，非亲婆媳，但也是上下辈亲属关系)寒2：葫芦提忙乱了一阵，却倒也没犯差迟。(忙乱容易出错，但不一定出错)富9：那十五年的夫妻，倒离别了十年有余；十五年的父子，并不识面：如何不想！❻副词。表示对出现新的情况或感到宽慰，或感到不满、不安，倒是。姑2：自从珊瑚去了，眼里倒也拔了钉子，可只是诸般的没人做。禳14：自从丈人去后，爹娘叫我独居，今已一月有余，倒觉松缓的紧。墙4：这其间必有缘故，倒叫人惊怪难安。慈6：说的分明，说的分明，指引我兄弟再相逢，如今倒叫我心酸痛。俊：他忽然正走有人叫，倒把宗官唬一跳。翻1：他在时，我还嫌他带累我哩。五十亩地倒卖了十亩，他中甚么用！❼副词。表示没有想到。墙3：倒不曾想日出遭殃，日未落得其所哉。翻5：牵驴才把家门进，他娘那里正恓惶，看见大姐把声放：养的儿太不成货，倒叫我女儿遭殃！琴：园里去采花，园里去采花，忽见媒婆到俺家。这场暗欢喜，倒有天来大。❽副词。表示基本上认可、肯定，还，还算是。琴：槽头上买马看母子，婆婆的模样倒不丑。寒5：叫一声商相公，你这话倒也通，只怕你又把故事弄。磨12：舜华与我倒极其恩爱，每日床上银钱尽我花费，登山玩水，却也逍遥。❾副词。表示较强烈地肯定另外一种情形，还。墙1：本待把两个畜生送了不孝，这游游一口气儿，怎能到城，倒不如还要我那地罢。

磨17:依你说不然,看他把脸翻,倒不如从此掐了线。❿副词。表示并非如此,倒是。姑2:于氏说:“我如今就待要他,他也未必肯来。”沈大姨说:“倒未必,他贤惠着哩。”寒6:二相公说:“这倒不必愁。二郎爷爷明见万里,用不着对词。”磨2:磕些头也积不的私房。若是人人磕头,俺倒饿死了哩!

**【倒髋头】**指箭头翻转安在箭杆上,以坑害射箭的人使其射不中目标。比喻暗地算计人。髋头,指箭头。增16:俺不过是个女孩家,俺会放响马、扯溜子、倒髋头算计你?不过是爱你那好丝弦。

**【倒蹬】**翻,翻腾,用铁锨翻动土、粪等,使其里外混杂或将其转移到其他地方。翻10:剩了他娘四个在那破屋里,支锅做饭吃着,每日倒蹬那粪土。翻10:那屋壁破墙垣,四下透黑浪烟,一行倒蹬一行叹。

**【倒反】**反倒,反而。慈3:我每日待找他没点闲空,他倒反上门来瞎胡寻逞,该把乜科子撕一个罄净!俊:三姐凑凑腆起脸,骂声强人你瞎了眼!这番劝你是好意,你倒反把粗气喘。

**【倒回头来】**从新开始。姑2:前曾治别人,倒回头来从头子受。

**【倒股】**植物根部开始分蘖。日·庄:倒股盘薮似马兰。

**【倒食】**食道癌。日·疾:倒食噎鬲命由天。

**【倒踏】**疑指将鞋后跟踩倒拖着穿。日·衔:花满肥长倒踏鞋。

**【倒正】**正倒,物体正常放置位置的上下。日·泥:瓦有倒正先挑认。

**【倒是】**反而,反倒,表示与一般情理相反。慈4:忽然他姑得了病,他就合他姑舅哥们,白黑的守着。倒是他姑舅哥们还有离了的时节,还有睡着的时节;独有他,半夜里叫一声就答应。翻1:从大姐出了嫁,来家走了两次。每遭来家,一点合不着他的意思,就使出来,因此整年的没人搬他。倒是他后娘过意不去,着人搬了他来,待了半年,又不好了。

**【倒踏门】**倒插门,男子结婚后到妻子家里住。翻6:到后日结婚姻,隔日就去倒踏门,家里穷不必还撑棍。

**【倒栽葱】**比喻头朝下摔倒。慈3:李氏一路寻思,又是气,又是恼,低着头,少魂无识的,蹴着了一块石头,跌了个倒栽葱,再爬不起来了。富7:张春大怒,劈脸带腮只一拳,捣了个倒栽葱,拾起块石头来好打。

**【倒照】**反射。姑1:每日是降人,日头又倒照,才知道抄不的家里的稿。(“日头倒照”比喻别人用自己的方法来对待自己)

**【道】**❶道路。慈1:道上行人笑老张,把乜孩子来交给了个鬼王,瘦的着人看不上。翻12:大门外道南道北,俱有小门,把炮手伏在门里。❷方向,方法,途径。姑2:破上在沈家庄过到老,谁还想着这条道?蓬4:我的心事娘娘知道,陡然叫我下九霄,呀,又明明指我一条谋生道。翻3:从上来败家的道,说他嫖还没大嫖,只光赌,一宿就是七八吊!❸量词。(1)用于条状物。翻6:正走中间,见一道大河,河上一座桥,桥那边一路花草。翻11:加上镢一拗,拗了一道缝,缝里骨突突冒出一股气来。禳13:从夜来见他袄领解开,那脖子上有两道缕楚,我也没敢问他。禳18:已穿小巷两三道,还怕江城赶了来。(2)指方面。翻3:却说那仇福别了秋桂来家,那嫖的一道,冷淡的许多。(3)(一)番,(一)遭。翻10:你看他门前热闹,那样的整齐,那样的整齐,好叫人寻思一道没法治。❹说。墙4:张二喘着道:"你甚么要紧!咱且定定,好叫门。"慈3:一霎又起来,一霎又坐着,没哽说来没哽道。❺行政区域名,位于省以下。翻5:仇禄大喜,即时写了手本,拿着道里考的那文章来,合他姐姐说。禳22:贵叔任忒也悠忽了,宗师已是回了道了。❻副词。同"倒",倒是,反倒。翻11:我去了道不妨,你在家好进场,进大场才有个举人望。寒6:我安心瞧个空,把他一刀子杀死,便自家磨了头。倒不想还得割头刳心,杀的道也自在。翻3:我打水你漉浆,你也忙我也忙,他道清闲却极胖。

【道达】说明,传达。磨32:他前日有书来,因俺们称颂大王的好处,他便以此相托,叫俺道达来意,所以星夜前来。

【道门】院落临街的门。闹:只得提篮攒动,道门外火烛笼璁,万头攒聚不通风……

【道袍】❶道士所穿的袍服。蓬5:手入道袍,手入道袍,拿出把壶有四指高;放在树荫中,又往袖里捞。❷古代家居常服,斜领大袖、四周镶边的袍子。寒3:老王叫他去看。进门一看,果然是三官,穿的是员外少年的一身道袍,二相公的一双旧鞋,那把刀子且是祖辈传留的一把短刀子。富6:那娘子手按着窗棂,端相个尽心:身上道袍,头上方巾,面庞嘴口,眼角耳轮,添上几根胡须,带着一点风尘。上下看了一遍,真真是我那官人!

【道业】经过修炼而养成的善行、美德。蓬6:到底是有仙根的,这几年就成了道业。蓬7:方才把柳树精,遣他去取文生,他的道业还不堪敌。

【稻米饭】大米饭。增7:肉包蘸着蒜,碗那大食团,雪白稻米饭,火烧是水煎,鸡汁水花面,只要八个钱。

## de

【得得塞塞】不停颤抖的样子。闱：一个家低秀笃速，拍拍打打，得得塞塞，那黯黯惨惨，影影绰绰，灯光深处坐着个巍巍峨峨的阎魔大帝，俺蹲在挨挨挤挤稠稠密密里。

【得地】得意，顺心遂意。墙4：老朋友七八十，又受冻又忍饥，方法灵才叫他得了地。姑2：见你寻常百事佳，心里想念口中夸。就是外人不得地，也该把他拉到家；拉到家，用香茶，一日三时供养他。

【得勾】达到目标。富6：歇着案要拿你不能得勾，你如今又从新割下人头，这死罪真真是无法可救！磨36：日思想不能得勾，粉身莫报，刻骨难酬！

【得济】❶得到子女奉养或其他好处。禳32：而且今日又生子，公姑两个甚欢喜，未必不还得了济。翻12：搬你一回一回恼，整年轮月两别离，不想得了你的济。若不然两个孩子，怎么能还有今日？❷见效，获益。富4：苦用心机，苦用心机，全凭医道作阶梯。若是该报仇，一帖药就得了济。

【得空】得到空闲，得到时机。寒3：一伙人齐去救护，二相公得空先行。俊：起初输的钱合钞，后来无钱当衣服，得空输了他老婆的裤。

【得力】❶得到助益，受益。农·附·布地桑法：秋间埋头深栽，得力更疾。❷受益、有效用的关键之处。农·农·坝堰：山地得力在堰，缺处宜早修，水口宜急塞，或加填叠。日·庄：桑桑锄刃安锄橿，得力全在鹤头弯。

【得塞】颤抖。禳16：常时还好来，近因着他战战得塞的，越发厌恶人了，着人说不出口来。

【得手】实现目标。琴：嫂嫂笑着把俺瞅，未曾说话先味口。低低叫声您姑娘，如今你可得了手。（嫂子原先曾对小姑描述夫妻恩爱之妙，待小姑新婚回娘家后嫂子旧话重提，指小姑尝到了夫妻之情）

【得托的】可以托付的人。增26：你近中有一道鬼门关，却也无妨。把这药丸交与你那得托的拿着，你若有甚么差池，这药丸就能救你。

【得闻】听到。禳18：跷蹊事谁得闻，不论疏来不论亲，谁家的汉子劳你打？这不说来笑煞人！磨25："山西"才得闻，不觉慌忙立起身，到跟前又把府来问。

【得中】科举考试中式。禳30：只因女儿不肖，合家潜逃他乡。听得门婿得中，才来登门叩望。磨18：咱爷爷最善良，你家叔叔好文章。好文章虽好无得中，指望你把姓名扬玉堂，也是阴功积一场。

【德行】道德品行。寒6:令尊刑罚不能免,亏他修的德行深,那官司可也还没问。禳13:便开言叫江城,做的事大不通,带累老子没德行。

【德性】品德性情。翻1:言对就了,那老头子还要打听徐氏的德性。日·身:鬒髻上头观德性。

【的[1]】助词。❶用在定语之后。墙1:咱家的酒,爹尝尝。墙1:前年做的布衫子,如今锅巴有千层,赃呵呵宜量甚么敌?❷与前面的词语构成“的”字词组,相当于一个名词。墙2:谁想家嫂他就极乖,好的留着自己穿,热了只给他破袄;好的留着自己吃,饿了只叫他刮饭盆。慈1:我想普天下做后娘的,可也无其大数,其间不好的固多,好的可也不少。我说出这件故事来,那不好的满心里惊,那好的想是也不见怪。❸用在状语之后(今写作“地”)。墙1:一个母一个公,不怕雨不避风,为儿为女死活的挣。墙1:李氏……怒冲冲的指着数量起来了。❹用在补语之前(今写作“得”)。墙1:给他治下宅子地,还愁后日过的穷,挣钱来自己何曾用?墙1:半年来丝丝两气,又饿的老肚生烟!墙1:起初甚好,两个儿早晚问候,两个媳妇热汤热水常来服事,好不的那好。❺用在动词性词语后作补语,表示可能(今写作“得”)。墙1:待要不吃,这样饥如何捱的?墙1:两个人合我说:“你不如情吃罢,俺吃甚么,你也吃甚么。”我说:“你那饭指不的。”❻用在陈述句末尾,表示肯定的语气。墙1:咱县里休说没有猴头、燕窝呀,爹,连那鱼鳖虾蟹,也是没有的呀,爹。墙2:张老说:这墙老高的,怎么上的去?墙2:银匠说:“敬访尊翁。才令兄说来了这边,在家么?”张二说:“不曾来的。”❼用于动词之后,强调动词前的成分(可在被强调的成分前加“是”)。慈1:妈妈叫他坐下,扳起他那脚来看了看,见那鞋没有底,有半截棘针扎在那脚心里。叹了一声:“咳,我的儿!这是几时签上的来?又咱会脓了?”翻9:我见了那固山,打东人一百鞭,招出魏名拉的纤。❽用在句中动词之后,肯定事情已经发生,可替换为“了”。墙1:赶了个西关集,称的肉买的鸡,泼下菜倒上了一盅蜜。翻9:大姐做的饭给他吃着,又念诵他。翻9:大姐去拾掇的饭米,大家吃了。❾用在作谓语(或补语)的描述性状或情状的词语后作为性状或情状的标记,通常不加“的”无法独立成句或不表性状。墙1:李老笑说:“茶里可休加蜜呀。”张大说:“那苦苦的怎么吃?”墙3:怎么来到如今?鸡也烂了,饼也冷了,酒顿了两三回了,炉子旺旺的。墙4:既真么大,俺也做监生,那秀才鸱头抉腚的,不做他。姑2:婆婆难辞,婆婆难辞,大家趋小伏地的,只说是尽了心,他倒还不大自。富4:却说那些衙役正在那门前吵闹,只见来了一大伙子人,走的汹汹的。❿用在动词性词语后表示趋向，相当于作趋向补语的"去"①。墙4："他二叔呢？"张大说："他去取钱的了。"慈1：我看你待会子再死了，你上那里逃生的罢。慈4：到了晚上，张诚来家问他娘："俺哥哥呢？"他娘说："甚么也好哥哩！谁知道他那里死的了！"磨15：不好呀，他忒也打的不堪，再弄出人命来了，咱劝他劝的。⓫用在差比句中的形容词之后、比较的对象之前，构成"甲＋形容词＋的＋乙"的格式。相当于文言比较句中的"于"，也相当于俚曲中同类格式中的"及"或"起"。慈2：他爹听说泪两行，你跟着您姑强的您娘，娇儿呀，我近里还来走一趟。（"跟着您姑强的您娘"的完整表达是"跟着您姑强的跟着您娘"）翻6：指头粗的咱这腿，咱可那里把他跟？（形容对方家富裕，人家的指头比自己家的腿还粗）磨14：我只说天下就没有大的卢龙知县的，谁想到了这等！磨23：张大爷赏一百，强的人家赏一吊。⓬用在少数有"给予"义的动词之后、介词"给"之前。富11：公子叫了遢遢来，唱的给他娘听。磨1：一个说道："……咱还商议，这饭是该怎么讨法？"一个说道："我可教的给你：……"⓭用于指人的名词性成分与某种职务之间，表示某人取得该职务。增19：王龙……拿起骰子来，掷了万岁的一个令官。（掷骰子决定行酒令时谁做令官，掷的结果是由"万岁"做令官）⓮插在某些兼语结构的兼语与其谓语之间。翻9：姜夫人说："这也彀姐的受的了。"⓯用在作主语的正反并列的谓词性词语后面。磨15：李婆子说："我骂不骂的，该你甚事？撑甚么棍呢！"增26：是皇帝不是皇帝的，出上就依着他说。

## deng

**【灯影】**灯光照到的地方。磨19：昨晚灯影里，看见好像是他，只怕错认了。闹：你看那灯影下影影绰绰，手舞足蹈，是甚么东西？

**【登山玩水】**游山玩水。富3：官人，你拿着去登山玩水，只是早去晚来。磨12：舜华与我倒极其恩爱，每日床上银钱尽我花费，登山玩水，却也逍遥。

**【登账】**登记在账本上。翻8：写票子行到庄上，叫那里供给杂粮。着他妈妈去开仓，自己亲笔登了账。

**【蹬[1]】**（dēng）❶腿和脚向脚底的方向用力。寒5：扑通一声跌在地，纱帽滚了四尺零，手爬脚蹬如挣命。寒8：去时拉他拉不住，来时蹬也蹬不开，里边像有神鬼在。❷踩。墙2：若是魔殃不大巧，这里跐来那里蹬？裂璺里耽误杀残生

① 此种用法只有一处用了"地"，其余均用"的"。用"地"的唯一用例是《富贵神仙》第三回："我当是个恶人，原来是个读书君子。可恨不禀我知道，亵渎了尊客。请里边坐地。"

命。❸比喻用力摆脱。翻3:娘俩讲了款,照常的过,只把仇福蹬开。墙2:家里财神不供养,把他简慢又蹬开,这是嘲呀可是怪?

【蹬歪】同"蹬摇"。墙2:过不去回不来,手合脚瞎蹬歪,似上竿又把解来卖。

【蹬摇】乱蹬。寒6:只着我连三刀子,他便就两腿蹬摇。磨17:手脚乱蹬摇,把脖项磕一遭,贼头也不是利亮掉。

【等不的】❶不能等。慈3:休做呀,我等不的,看那孩子醒了哭。磨6:我待打水给您吃,您等不的;怎么这一霎就这样从容呢?❷等不及,不等……(就)。姑3:听见那银子的话,等不的说完就跑,叫着二成,一个拿着杴,一个抗着镢,流水先去刨去。禳33:内外使人数百口,五个仓囤两个空,家中等不的京师俸。

【戥盘】秤盘。姑3:典当珠花,典当珠花,凑足了数儿找债家,一戥盘称上银,那账儿够消罢。

【戥星】秤星。比喻标准。禳4:宗师的主意甚精也么明,只要实压着戥上星。

【戥子】用以称量微量物品的小型杆秤。磨7:鸿渐再三的给他,只是把戥子递给他,才收了一两银子拿去。增8:掌柜的,拿戥子来使使,长官叫我去搬佛动心,给了我十个钱,我称称。

【凳楂】小凳。富13:闹闹稠稠,闹闹稠稠,摸了个凳楂坐在门后头,出去合人说,俺奶奶合我厚。

【蹬[2]】(dèng)❶同"镫"。翻9:二相公要打尖,脚离蹬下雕鞍,蓦步进了房子店。❷量词。阶梯的一级。翻11:走一层又一层,也有楼也有厅,宅子共有三四蹬。日·石:接脚矼磢一蹬蹬。

【蹬儿】马镫。富6:那娘子撩起裙子,翘起那小脚儿来跐着蹬儿,扳着鞍子先上去,才叫了一声受罪的官人:"没良心的官人,你也上来就在我这后头。"

【鞕脚】马镫。日·皮:鞕脚偏缰割鞫眼。

【澄清】清澄,无杂质。蓬2:众仙在座饮酒,那水晶殿内外通明,看着那海水澄清,好像没有墙壁一般。

【搸】扽,用力猛地一拉。日·皮:纫上针时搸一搸。

## di

【低操】同"低钱"。增6:浑身衣服不值一个低操,赢他命么?

【低钱】成色低、体积小的钱。增12:万岁爷嗤的声笑了,这奴才不值个低钱。增24:人都说这秀才薄命,他手里拿不住个低钱。

**【低人】**小人,下等人。闹:这低人,不许瞧,难道这通省开科,只中你一人不成?

**【低三下四】**卑贱恭顺。墙3:只管你低三下四,把恶名丢与别人。

**【低言悄语】**低声说话。增2:万岁爷低言悄语,江爱卿不要高声。

**【低秀笃速】**衣衫不整、不停抖动的样子。闹:一个家低秀笃速,拍拍打打,得得塞塞,那黯黯惨惨,影影绰绰,灯光深处坐着个巍巍峨峨的阎魔大帝……

**【低袖多捘】**同"低秀多捘"。增9:老虔婆心里乖,不重客只重财,低袖多捘拜两拜。

**【堤防】**提防,防备。禳19:不堤防从里跳出,一棒槌带腚连腰!磨31:只是那赵勇,他曾上过大阵,可要堤防他。

**【滴滴答答】**象声词。嘀嘀嗒嗒,形容不断的唢呐声。禳8:呀!听那喇叭嘻嘻哈哈,那唢呐滴滴答答,一片人声吱吱呀呀,门前花炮乒乒乓乓……

**【滴滴儿点点】**点点滴滴。富10:绣房独自捱到三更,秋雨儿又在纱窗外,滴滴儿点点,滴滴儿点点,叫奴怎听!

**【滴滴金】**旋覆花,一种菊科草本植物。日·花:滴滴金外有山矾。家政外编·诸花谱:滴滴金,春种,宜粪。

**【滴滴溜转】**很快地转动。增22:万岁取过箭来,捻的滴滴溜转,往上一撩,落下来又插在那壶里。

**【滴滴水】**大山雀鸟,以鸣声似"滴滴水"而得名。日·禽:鵫琢木与滴滴水。

**【滴渣】**滴沥,滴。日·争:一湾死水滴渣尽。

**【滴水】**用于房檐的一种瓦。日·泥:滴水猫头更不离。

**【滴汏】**滴答,本义为动词,水往下滴。又为量词,指水的一滴。比喻小。慈3:骂了声滴汏的小老也么婆,别人的孩子你看着多。狗私科,心儿不知是雌长着?

**【滴下水】**比喻落泪。禳1:不知是谁撒了汤,恼的娘子滴下水,进来房门采住毛,扬了一百小鞋底。

**【籴】**买入谷物。寒8:歪子喜极了,即时换了些烧饼,籴了米,拿到家中吃了一顿。增5:俺逐日打一担柴来,籴一升米俺母子共享。

**【籴升籴斗】**大量地购买粮食。增17:我是哄你。若有这么些人口,我家里籴升籴斗的,给他什么吃?增17:不要你籴升籴斗,管叫你情吃情穿。

【敌】❶敌人。翻1:说俺爹爹既被掳,又不是对敌中了伤,将来还有个回家望。磨31:如今残兵还有几万,还可以迎敌,咱向南寻找才是。❷抵抗,抵挡。快2:许褚,你保着丞相快走,俺二人去敌一阵。❸匹敌,对等,抵。慈5:死一百个张讷,敌不过我那儿。磨11:现官不敌现管,咱趁着如今不干个时道,更待何时?增23:把你银钱尽数拿来,河内常船,南京铺子,地土宅子,老婆孩子,尽情算了,敌不上我一个庄子上的杂粮。

【敌手】实力相当的对手。快2:咱人困马乏,怎是个敌手?

【的[2]】确实,准定。磨4:今日人犯俱全,听的说老马送上了一万两银子给了抚院,未知的与不的?

【抵】抵换,抵偿。寒4:二弟,你胡突了!咱已是死脱了两个,你再死了,咱不是三命抵一命么?寒5:已是一命抵一命,彼此准折也罢了,怎么还敢把官告?

【抵敌】抵挡,对抗。磨32:朝廷势大,常犯抵敌。寻个常法,不受官兵气。

【抵溜】提,提溜。富6:真神仙不费事把人来打救,伸过来一只妙手儿把官人抱挡,就像是那二三岁的孩子,轻轻的一把儿抵溜。

【底】❶底部。蓬1:这海不止无边,且是无底;不是无底,有底谁见来?磨23:有一伙瞎厮,在路上走路胡迷了,一骨碌张在崖里。亏他攀住一枝荆科,不曾到底。增7:万岁爷一笔到底,六哥看了看,改的是"也漫说那酒高壶大",第二句是"清香赛过屠苏"。❷指鞋底。慈1:妈妈叫他坐下,扳起他那脚来看了看,见那鞋没有底,有半截棘针扎在那脚心里。俊:你看我到如今,袄没袖,鞋没底,饱饭可曾吃一顿?❸指折算时扣除的基数。闹:束修钱四千正七折八扣,要白银有八分就算一钱,要换银加二成银有市价,九二钞底二十你要包涵。

【底板】器物底下平置起稳固作用的平板。脚底板指脚板、脚底。增8:六哥道:"省钱的店前有,极好的招牌,只是底板沉些。"万岁道:"你实说罢,我是个夯人。"六哥道:"模样极好,就是脚大些。"

【底儿】指鞋底。墙1:身上衣服没人洗,虱子虮子都成条,一双鞋穿的底儿吊。磨8:忽听的后门"呀"的一声,像是那高底儿响,走将近来。

【底确】确实,的确。禳15:俺这里访真底确,给他个点子瞧瞧。

【底实】确实,确定。富10:方太太懊悔无及,恨当初没说底实,在如今也是无法治。

【底真】确实,真实。磨13:只等按院到任,一路访的底真,锁了老马一个,拴了衙役一群。

【地板】房屋地面或楼面的表面层。增12:一脚深来一脚浅,心里盘算腿儿慌,上去楼台走了样。一脚儿跌在地板上,好一似倒了堵高墙。

【地边】田地的边缘,地头。农·农·斸地边:地边不斸,则草易荫入,难于行犁,而地力日减。日·庄:大镢炯来斸地边。

【地环】唇形科草石蚕的块茎,多年生草本植物。块茎肉质脆嫩,可制蜜饯、酱渍、腌渍品。日·菜:地环脆比银丝菜。

【地脚】地基。日·泥:地脚出完梓杵下。

【地梨】一种野生于湿地的草本植物,地下茎类似于荸荠。日·果:山葫芦甜胜地梨。

【地理】地的风水。日·堪:地理从来虽有道。

【地脉】地形风水的好坏。日·堪:术士尽夸地脉灵。

【地亩】❶田地。翻5:审完,大姐又禀道:"还望大老爷追还那地亩。"❷田地的面积。磨1:起了本按庄村,照地亩赦三分,有灾无灾全不论。

【地蟟】昆虫名,不详。应为飞虫。日·昆:地蟟蛂螗多罗蜂。

【地平川】平地。富9:李大无言,李大无言,深深跪在地平川。磨1:六月才把谷来种,蚂蜡吃了地平川,好似斑鸠跌了蛋。

【地穰】鼢鼠,一种野鼠。日·走:野鼠俗名唤地穰。

【地土】土地。姑3:二成把三十亩好地卖给本庄任华,因这地土是大成让的,定要大成做中人。翻10:你先从容待二年,咱有了地土,寻上个老婆子,叫他搭手去忙就是了。

【地药】蔬菜名,不详。似指野山药之类。日·菜:山中地药水中藕。

【弟妇】弟之妻。翻11:咱二弟妇人家大,或有化的金银簪,未必不拾点金子片。禳19:我有一件疑惑处,弟妇那么降你,可不知道到了好处,也称呼你甚么呢?

【弟兄】弟弟与哥哥。翻9:弟兄二人洒泪而别。富3:上边无父母,下边无弟兄,这样人真正不成命!

【递】❶传送,递送。翻4:他娘盛了一碗粥来递给他,他吃了,料想不妨。富14:就坐了,舜华参见了,太老爷又领着儿孙们拜见了。舜华先递了酒,老太爷逐位奉酒。❷呈送文书给上级,呈报。寒4:令妹是个女中丈夫,我要递呈子表扬他。磨14:年时那天大旱,递了旱灾,有了赦粮风信。❸下棋时的一步称一递。禳9:拂拂灰尘放下盘,四下里将棋子安。……满盘只是这一递间,他的活了我的难，长命呀，这一个子儿俺不算。增21：摆下了一盘棋……宝客王龙朝不住，常往手里去夺车，一盘回了勾二十递。

**【第一要务】**最重要的事务。农·农·积粪：粪为田家第一要务。

## dian

**【掂挑】**掂量，估量。增4：万岁爷抬头看，心里暗掂挑：虽是庄家女，却也似天仙。

**【掂量】**用手轻轻上下晃动或抛起估测其重量。穷：掂量着你沉沉的，端相着你俊俊的，捞着你着亲亲的，捞不着你窘窘的……增10：我合他叙了些家常，他说给我份薄礼，只当是给我几个钱，可给了我一锭银子，我掂量着有十来两。

**【战敠】**（“战”，蒲氏注音“颠”）掂兑，斟酌。日·堪：往来战敠认罗经。

**【颠】**❶同“趄”“蹎”“蹎”，跑，逃跑。姑2：大成窘了，从他媳妇那夹肢窝里钻出去颠了。翻4：寻思一回，不如颠了罢。把姜娘子两件衣裳卷了卷，夹着走了。增13：若是不连颠带跑，险些儿挨顿好捶！❷同“癫”。参见“撒颠”“风颠”“颠狂”。❸同“掂”，将物放在手中轻轻上下晃动或稍稍抛起。增18：王兴拿过了一个十二折的全柬来，王龙颠了两颠，说：“他担不的使这个全柬。”增22：这王龙自幼在学不好读书，惯好投壶。拿起那箭来颠了一颠，使了个“苏秦背剑”故事，圪噔一声投在壶里，王龙喜的抓耳挠腮。❹同“掂”，指将物放在手中轻轻上下晃动或稍稍抛起以估测其重量。寒8：展开包甚喜欢，又包煞颠了颠，约摸也有二两半。穷：元宝哥，黄边沿，象象帕，颠颠块，看看底，认认面，是几两，是几件，或是字，或是幕……

**【颠倒】**❶上下、前后或次序倒置，错乱。寒5：吉凶颠倒真难比，只要油锅炸不焦。闹：经合书井井分条，《论》合《孟》何曾颠倒。蓬2：回头走走又徘徊，颠倒神思脚步儿歪，我的天，害相思，他定把相思害。❷反复，多方面。慈1：给他找一条逃生的路儿，颠倒寻思了万万千千，溜溜的睡了一整夜，好汉子及到天明宿了眼。丑：颠倒思量，总然是无法可设。❸事情错乱的真实情况。寒2：大相公不识颠倒，还只要报仇报冤。

**【颠倒颠】**同“颠倒”，用例是为了凑足曲律所要求的字数而复用了“颠”字。寒7：二郎爷骂判官，把报应颠倒颠，溷的没有恶合善。善人受窘于世上，恶人享福在人间，全是你把王章乱！

**【颠到】**同“颠倒”，上下反复。丑：八戒越发动了兴，想他多情容易缠，凑到近前只顾看，颠到总不害心烦。

**【颠道】**同“趟道”，跑路。磨21：开榜把名叫，报子先知道。使钱买录条，拿着就颠道。富6：既然他能变，定然会能飞，果然他颠了道无处追。

**【颠颠倒倒】**❶身体翻来覆去。禳7：颠颠倒倒，睡里也是江城，梦里也是江城。❷反反复复，方方面面。富2：寻思个颠颠倒倒，不觉的明透窗纱。

**【颠憨】**疯癫、憨傻。增16：皇爷见丫头们唱的中听，声音嘹亮，故意的颠憨，听了一听，放下酒盅道：“那吱吱哑哑的是做什么？”

**【颠连】**同“颠难”。慈6：仅仔剩了人一个，割舍的出来受颠连，那后娘的心肠，这也就摘下帽子看见纂。

**【颠难】**困顿艰难。磨26：困苦颠难谁似他？十年逃遁在天涯。

**【颠枪】**逃跑。富6：那解子到晚来大弄歪像，便说道张相公你惯好颠枪，今夜晚断然是不敢松放。磨33：一刀一个绝命亡，急慌忙，被那老贼颠了枪。

**【颠势】**上下反复的姿势。丑：槽合一身全身动，衫隔惟余半体沾，颠势动摇身两就，颤声齐作口双甜。

**【颠险】**困顿危难。富6：颠险曾捱过，我可也顾不的羞，我替你寻思了三十六个计策，好法儿到底还是一个走。磨27：屡受颠险，心中甚淡，只借功名为安全之路罢了。

**【攧】**同“掂”，用手托着估量。禳4：如今世道爱钱也么神，无钱难得跳龙门。这头巾，攧攧约值二百银。

**【趟】**跑。慈3：赵大姑说这不消，俺那叫驴大又高，您妗子呀，飞趟飞跑岂不妙？

**【趟道】**跑路，跑。慈3：我的天来咳，趟道忙来，不如忙趟道。

**【趟跑】**跑。日·走：舍咧五花趟跑好。

**【趟枪计】**谑称逃跑的策略。慈2：自家惯用趟枪计，又把家传教令郎。

**【蹎】**同“趟”。慈1：往外飞蹎，往外飞蹎，舍了孩子去挣钱。

**【蹎】**同“趟”。禳1：这里大家正吃着血酒，看见女兵到了慌极，都爬墙蹎了……

**【典主】**经营典当的人。俊：宗亓人算定了，寻典主把死契交，大钱找上好几吊。

**【点】**❶点燃。翻10：可恨那土条蛇，发上火烧仇家，一连点了两三把。翻12：又吩咐这炮黑日抬出，一尊朝西，一尊朝东，看着贼来将近，二炮齐点。

❷查点,点数。姑3:银子收下,银子收下,点了点块又包煞,见他让恳,不寻思有别话。寒8:管家去仁宇陪,地两顷立封堆,进庄又有看宅一位。点了瓦屋验草舍,又把家伙看一回,犁耙绳索皆齐备。快2:点点人数,听俺绑缚。一个、二个、三个……共十六个。❸点名。寒7:森罗殿一丈高,二郎爷面南朝,一干人犯逐名叫。头名先点赵恶虎,知县城隍都跪着,阎王带锁来销到。富12:到了外边,安心要找个山西的举人问个信儿,方才点山西的,那天就黑了。❹指出,宣示。寒7:把银钱化成汁子,使铁杓舀着往口里直灌,那恶虎叫哭连天。……灌完了,点他的淫恶。❺指点,提示。增19:姐夫,他待行令,你会不会?你会就合他行;你若不会,丢一个眼色,我给你点着。❻征调。翻12:李兴点了五百精兵,九月初十日早到,一路上可以无阻。富4:老马大怒,登时点了五十名衙役,再来拿人。❼同"典",典卖。磨4:谁知道做个屈死鬼,弄的家破人又离,死不了充军去,老婆还要点军妻!❽选授,委任。寒8:却说商老爷点了江西的按院。富4:你到明年,你到明年,破上登科中状元。就点个大翰林,也无有上方剑!磨10:俺侥幸中了进士,又点了个二甲。❾上下摆动。寒4:差人惊骇之极,又拨了牌甲十名,穿上三四根杠子,一齐着力,那灵床子头也没点。增18:鬼使走上去,按着头的,拧着腿的,轮了个跟头,如鸡啄碎米,点了个无其代数。❿做豆腐时点卤,即放入卤水使黄豆浆中的蛋白团粒聚集到一起形成豆腐脑。禳15:昨日从书房出来,顶头撞着江城,出豆腐的点不成脑——几乎就坏了作。⓫汉字的一种笔画。闹:学写字手拿手一撇一点,一个字分八法回后回先。⓬用笔标出,点画。富12:仔细端详,仔细端详,错的点了添在傍。禳28:杭州宫粉搽面俊,胭脂如血点唇香,画道眉母猪也看的上。⓭骰子的点数。翻2:不过大点赢小点,俗名叫做"火燎毛",惟有这个极公道。增19:王龙拿过骰子来,掷了个九点,该是在手。⓮时间单位,五更中每更分五点。禳18:呀!五更三点了,身上略略的轻些了。磨12:一更一点数漏声,挨尽了更点梦不成。⓯节奏,节拍。增16:二姐说:"你打的是什么板?"万岁说:"我打的不是板,你弹的也没有点。"⓰指方面或部分。禳16:他若不怕你,你那点不如娇三?禳24:好他贼奸达,自头顶到脚下,没有一点不奸诈。磨8:又叫了一声乖乖俏乖乖,端详了模样看绣鞋,乖乖呀,那一点不叫人心爱?⓱量词。墙1:今日可有个指望,听说他称肉杀鸡,等他丈人,就不教我陪客,或者还舍点腥水儿喝喝呀!姑1:我来了三四年,在娘身上就没点好么?禳8:听说江城,一貌如花,雪白脸儿,昏黑头发,一点朱唇,一口银牙,腰儿一捏,脚儿半揸,穿上一件好衣服,真似一尊活菩萨。禳26:小长命呀,

咱这闷闷的，做点什么？增12：你比那一个的模样还略强点。增16：我看你一点手巾也没有，吃了饭着使什么擦嘴？

**【点茶】**泡茶。钟：鞅掌归来，燥肠生烟，旧鬼晒巴干，点茶小试三千片。

**【点差】**点派差遣。富6：待了三年，就升了巡按使，到了京里伺候着点差。磨10：自家北直巡按王成是也。今日点出差来，须先去严老师那边请教请教。

**【点点】**量词"点"的重叠形式。❶比"点"表示的量更小。常与数词"一"组合。禳17：那江城眉儿弯，点点一对小金莲，笑一笑把人魂引断。增9：院中许多娇娥女，见了骂声小乖乖，点点人儿真作怪。慈4：一点点人儿情意也么多，心里不知是怎么，真情只晓得爱哥哥。❷相当于"一点一点"，表示量小而不断。磨22：一个年头八个月，从天上吊下这么一个祸！咳！猛听的泪珠点点如花卸。富7：夏里来热实难受，一点点汗珠儿直流，一霎时湿透了衣衫袖。

**【点儿】**❶量词。(一)点。墙3：看咱爹爹肚里饥，快打鸡子用油煎，吃点儿且把心窝站。禳28：件件儿温柔孝顺，没有半点儿张狂。富6：爬过那破墙去，直到了宅门外，又见那窗儿里灯光，合那一夜光景点儿也不曾改。❷点子，对付人的方法。禳17：棉被石不用愁，不用挂牌一笔勾，学道要给你一个点儿受。❸液体的小滴。富9：官人听说儿去进大场的了，便放下饭碗，那泪点儿直流……蓬4：铺下张纸，拿过砚砖，伸出玉简，就把墨研，挽了挽长袖，咬了咬笔尖，低头就写，像那雨点儿一般。

**【点钢】**经过淬火处理的钢铁。快3：可恨华容欠一刀，此时紧的点钢矛。

**【点浇汗巾】**一种名贵的汗巾。增16：万岁将汗巾一展，照的楼上赤旭旭的，祥光出现。二姐……便问："姐夫，你拿的是什么？"皇爷说："是我擦嘴的点浇汗巾。"二姐道："是那里来的？这样齐整！"万岁道："远着哩！是日南交趾国进奉来的。"

**【点军妻】**发配跟随流放到边远地区服苦役的人做妻子。磨4：谁知道做个屈死鬼，弄的家破人又离，死不了充军去，老婆还要点军妻！

**【点卯】**原指官员在官衙卯时查点到班人数，一般指当差的到上班时间去报到。增3：浑身走了三魂，号灵山点卯一遭。增8：小六哥，跟我去点点卯，穿着那红罩甲子。

**【点人】**查点人员。富4：老马正在点人去拿方娘子，有一人跑的极慌，高声报道："刑厅老爷到了！"老马听说，就挣了一挣，也迭不的点人了。

**【点手】**用手示意。墙2：银匠说："那像是个卖饭的来了。"点手。"这里来。"

那人果然挑来。

【点头磕脑】多次点头。增27:那马常合张永作伴,见了张永,喤喤的大叫,点头磕脑,只是不会说话。

【点骰】数骰子上的点数。增19:长官,咱行个令,谁可做官呢?也罢,咱点骰为证,掷着谁,谁就是令官。

【点心】正餐之前用以暂且充饥的小食品。禳33:每早晨不曾吃饭,先做两碗热汤与爹娘吃了做点心,天气凉爽,剩下的明日再用。日·庄:点心上樊带糕门[①]。

【点穴】指出龙脉结穴之处。日·堪:点穴乞法要银锞。

【点着灯没处找】比喻难以找到,难得。姑2:打退了这么个贤惠媳妇,只怕你点着灯还没处去找。

【点子】❶点,表示少量。墙1:你看咱爹吃了多大点子,若是您达,从来没见东西,不知待餶多少哩。富1:但只是古人富贵,都要先受点子风霜。❷骰子上的点数,比喻运气。增6:忙端过骰子盆,双陆马两下分,二人点子总不顺。姑3:这也是臧大姐点子不顺,可怎么好好的死了一个人?❸法子,对付人的方法。磨28:罢呀,咱且去做正经事的。他算的到极好,咱也有点子不是。禳15:俺这里访真底确,给他个点子瞧瞧。❹一种小锣,或称"点锣""点子锣"。日·器:点子铴子响叮当。

【坫】同"垫""墊",铺垫,将东西铺在平面上。农·农·牛粪:宜秋日多镑草根,堆积栏外,每以尺许茺牛立处,受其作塌,承其溲溺,既透则掘坫栏中,又铺新者。

【店】❶商店,旅店,酒店。慈3:卖布的净了店——你没嗄裂拉一裂拉。磨30:南京绸缎千家卖,百十个大店卖珍珠,一条街多少食店铺!增8:进店来住了好房子,吃了好酒,又吃好菜……❷地名用字,一般是有店的村子。寒1:却说邻庄麦子店,有个举人,名是赵兴,号是鄂湖,每日倚势行凶,霸人家田产,夺人家妇女……富9:到了王店桥,隔着家有一程路,心里胆虚,带上眼罩儿遮了面。

【店房】旅店。慈6:张讷无冬无夏,只是穿着个破袄,褛褴搭撇的,真似一个花子。起初还找店房,后来只在古庙里存身。增7:我暂且找一店房歇息半日,

---

① 为"团"字之讹。

叫店主送我进院，有何不可？

**【店家】**❶店主或店小二。磨8：到了店里，店家端上包面来。增7：且说这玉火巷店家李小泉，有个走堂的六哥儿，他是东斗星临凡。❷店，饭店、酒店、旅店等。增7：牵着马寻店家，吃酒饭解解乏，走堂的高叫来咱家罢。

**【店小儿】**同“店小二”。磨7：店主连忙答应“有”，便打了水来，吩咐店小儿把那蜜拿来，加上两匕调和了调和……

**【店小二】**客店、饭馆、酒馆等雇用的伙计。磨7：店小二放倒身便打鼾睡。磨18：店小二说：“现成饭，给他喧了罢，只顾着他吵甚么？”店主摇了摇手说：“你不知情由。”

**【垫栏】**把猪栏或牛栏等中和着粪便的泥土除去，撒上干土或碎草。参见“莣”。闹：放了学饭不熟我把栏垫，到晚来我与你去把水担……

**【垫手】**指手里有钱随时花用。增21：些须微礼休嫌少，权且当作胭粉钱，零碎垫手也方便。

**【莣】**（字形多有讹错，有“蕇”“蒄”“站”等形式）以干土或干草放在猪圈、牛棚中，经牲畜粪尿浸泡并践踏后可作肥料，同时也可保持猪圈、牛栏等的干燥。农·农·牛粪：宜秋日多镑草根，堆积栏外，每以尺许莣牛立处，受其作塌，承其溲溺……日·庄：打扫苦淖莣猪栏。农·农·积粪：扫出家粪入栏外，宜镑草根连土辇运，或割杂草莣一层，用土压一层。日·花：成輪成堆只莣栏。

**【莣腰】**（“莣”原讹作“蒄”）垫在腰下。莣，同“垫”。寒2：不曾给令堂去抗腿，也不曾莣腰给令达，怎么见你就该下？

**【殿叶】**骨牌中的一种牌。日·赌：牌中殿叶尊八万。

**【㕇板】**当为垫在下面的一种板。日·纸：槅扇帘栊有㕇板。

**【靛花】**靛花青，一种青黑色颜料。日·丹：共说洋青胜靛花。

**【癜风】**白癜风。日·疾：痣黫癜风不壮观。

**【奠酒】**洒酒于地以祭神。寒4：一家人灵前祷告，奠了酒又把香焚。

**【奠平】**平定。磨5：对众发下洪誓愿，要将海河尽奠平！

**【殿头】**指宫殿里。磨30：既然说贼易平，必是你兵法精，殿头况奉君王命。

## diao

**【刁】**无赖，狡诈。翻5：告状正愁无盘费，他送上门来算不的刁。磨14：一肚子都是呈词，还说不刁！

【刁词】无赖狡诈之词。磨 4:这都是刁词。本院也有耳目,那马知县也是个好官。

【刁告】颠倒黑白无赖陷害的诉讼。磨 4:把持官府,县公不遂他的意思,才刁告大老爷案下。

【刁赖】狡辩抵赖。磨 4:大伙成群放刁赖,分明几个大秀才,把持衙门把官害。

【叼】兽类用嘴衔住物体的一部分。慈 5:打柴不光一个人,虎来偏把我儿叼,我儿屈死谁知道?

【钊】割下禾穗。日·庄:黍子钊时谷未捎。

【吊】❶同"掉"(一般用"吊",少用"掉"),掉落。墙 1:身上衣服没人洗,虱子虮子都成条,一双鞋穿的底儿吊。姑 1:忽然一阵心酸,几乎吊下泪来,回过头去跑了。翻 2:一声儿不言语,好似吊在迷魂阵。❷同"掉",丢失。慈 5:依着他老子,既没了小的,吊了一个儿,也割舍不的教他去,却是怕老婆,又没奈何。富 12:公子说:"不用看,没吊了嗄。"太公说:"你那雨罩呢?"公子说:"呀!搁在号房上,忘了拿来。"❸悬挂。慈 3:依我说,不光杀,还该油锅里煎那科子,刀山上扎那科子,吊在树上剐那科子,一刀一块刮那科子!翻 5:我的儿我的娇,听说你上府去告,时刻就把肝肠吊。❹指上吊。姑 3:谁想那二成他会捱,妮子不会捱,一条绳子吊死了。翻 9:那一年,咱庄里有一个是刘悦,他媳妇子吊杀了……❺钱币单位,一千文。(磨 8 写到张鸿渐还剩一两银子,付给店家饭钱后找回一千二百五十文。后在路上被偷去"一整吊",自称"腰里有钱二百",可见一吊是一千文)墙 2:年年化银子,该下了几吊火钱,因着相好,不曾开口,怎么连面不见?俊:就赢个三千两吊,何曾拿去养家?

【吊出】被迫出门。富 6:官人说我实心要自己出见,我撞祸怎叫你吊出出官?

【吊腚】同"掉腚"。俊:若再上赌博场里撞天命,那屋里总是有神灵,也不加护那吊腚的苍生。翻 4:仇大郎输净了,心里热无了梢,这腚不是寻常吊。

【吊儿】同"了吊儿",钉铞。禳 9:把门敲,把门敲,欠身就把吊儿摇。禳 11:拿拳头把门敲,举手又把吊儿摇,高高声就把书童叫。

【吊魂】掉魂,形容被迷住了心窍,非常倾慕。蓬 2:我的天,引吊魂,教人把魂引吊。磨 8:娘子不嫌,小生已是吊魂久矣了!

【吊了】剩了,除了。翻 10:那火着了一宿……到了天明,只吊了仇福那边大小屋还有两口。寒3:众家人都散了,主人家也去了,吊了恶虎合吴孝,扑喇就把门关了。

**【吊脸打胯】**形容衣服不合身、松松垮垮的样子。墙3:"咱爹这袍子是谁的?"张二说:"是咱哥的。"老婆说:"嗲杀我,吊脸打胯的,就给老的们穿穿。"

**【吊牌】**同"调牌",调集生员参加科举考试的告示牌。闹:参可差吊牌忽到,这一场惊慌不小,一盆冰水向顶门浇,似阎罗王勾牒至,把狂魂儿惊吊了。

**【吊丧】**到丧家祭奠死者。翻1:待了几年,大姐生了一子,才五六岁,女婿忽然长病死了。他爹去吊丧,倒还替他愁。寒4:前日学里姚子明来吊丧,说:"令妹是个女中丈夫,我要递呈子表扬他。"

**【掉】**❶掉落。姑1:珊瑚那眼里,清澌澌的掉下泪来。磨13:弄发了不饶人,重则掉了脑袋,轻则打的发昏。❷丢失。磨23:不知谁掉了一个龙眼,树底下拾起来,端想了一回……增10:你真果不从?我一顿打死了你,只当掉了这几百两银子!磨25:这第一篇掉了一个,第五篇错了一个。❸指掉线,木匠用墨斗在木料上打上直线。磨23:伤惨,任拘你怎么端像,那木匠掉着墨斗——也只瞅了俺一眼。

**【掉笔头】**掉转笔锋,指写字。蓬5:把心再收,把心再收,还去抄书掉笔头;难得他不嫌,死活的和他受。

**【掉腚】**脱肛,通常用来形容钱财输得精光。增20:军家钱财看的见,赌场里合他显显能,务要赢的他掉了腚。

**【掉头】**转过头。翻9:夫妻也是二三年,掉头一去不相关。

**【调¹】**(diào)❶腔调,曲调。慈2:死囚牢徒白着两根老贼毛,挤眉挦拨眼,要把孩子唠,他又会弄那小老婆调。寒3:吴孝筝孙晏箫,王成就把檀板敲,唱了一曲昆山调。❷调动。增20:万岁把二姐调下楼去,方才起来,扎挂停当,梳洗完备。❸格调,样子。俊:三姐听说嗤声道:叫我没有那好笑,好眉好眼什么调!(另有"调弄"义,请参见"调寡嘴""调喉舌""调嘴头")

**【调度】**格调,风度。蓬2:彩鸾按落云头,正看那山中景致,转过山头,顶头子撞着一个书生,模样标致,调度风流,约有十七八岁。蓬2:俊煞人的俏乖乖,窈窕风流调度儿乖,乖乖呀,教人望着你那影也爱。

**【调儿】**曲调。俊:这个曲儿,是用时兴的耍孩儿调儿编成,能开君子的笑口,也能发俗人的志气。

**【调发】**调遣发兵。磨32:但听说鸿老行后,又点兵调发,这是何意?

【调寡嘴】耍贫嘴。增6:俺两个相处朋友,不论生熟,好调寡嘴。

【调喉舌】调弄口舌。增7:那闯江湖的调喉舌、弄寡嘴骗子极多,给他吃了有钱极好。

【调牌】调集生员参加科举考试的告示牌。禳22:昨日三弟来说,学道里调牌已到,该放出高蕃来去赶考。

【调嘴头】口舌争锋。增12:不是我夸句海口,调嘴头也招住他了。

【钓窗】可从外面支起或放下的活动窗。日·木:钓窗扯捧端详做。

【钓肷】似指牲畜掉膘。日·庄:钓肷搧胯亦堪怜。

【瘹线】吊腺风,面部偏瘫。日·疾:痄腮瘹线真为祟。

## die

【爹】父亲(包括儿媳对公公的面称、女婿对岳父的面称)。《墙头记》中势利的儿子(儿媳)对自己穷困的亲生父亲(公公)称"达"或"达达",称富有的岳父(父亲)为"爹"或"爹爹";后来得知"达"有钱后,则两人均只称"爹"或"爹爹",而不再称"达"或"达达"。可见"爹"(爹爹)比"达"(达达)更正式、更表尊敬。墙1:(儿媳)李氏(对丈夫)说:"你看咱爹(指其亲父)吃了多大点子,若是您达(指其公公),从来没见东西,不知待馇多少哩。"墙3:张大扶着张老到了家,李氏迎出来说:"咱爹(指其公公张老)来了么?那屋里生上火了,着咱爹烤烤。这天这样冷,你这身绵袍子着咱爹穿着。"慈2:张讷见他姑骂他爹,便说:"我这来,就是俺爹叫我来的。"

【爹爹】同"爹"。翻9:爹爹说的极是。这原是神灵指引咱父子相会,怪他怎的?禳3:江城,那不是你爹爹在那里等咱?我儿快走些。

【爹妈】父母。琴:奴怨爹妈,奴怨爹妈,同行姊妹都嫁了人家;如今孩儿我,又早老们大。

【爹娘】父母。禳14:自从丈人去后,爹娘叫我独居,今已一月有余,倒觉松缓的紧。禳33:你三个坐一席,我在一席上好伺候爹娘。

【跌】❶摔,摔倒。慈3:李氏一路寻思,又是气,又是恼,低着头,少魂无识的,蹴着了一块石头,跌了个倒栽葱,再爬不起来了。寒1:两个管家,一个马夫,一齐上前,把员外扑通掀下,亏了没大跌着。❷指"跌六气"时将钱抛下。磨4:纵着一群饿虎作害人家,人若是惹着衙役,这一跌就全差;上了堂,没有百姓说的话。增22:万岁爷架钱挟,像有鬼等着翻,一跌就是六个慢。

**【跌跌笑笑】**形容站立不稳发笑的样子。禳33:兰芳站下,春香跌跌笑笑站着。江城云:"你看看春香!如今生了儿子,也算的人,敢还不给爹娘斟酒?"

**【跌个断】**玩"跌六气"博戏时,抛下六个钱后呈现出的一种不好的结果,疑指六个钱全部为有字的一面。增22:王龙输的没阳气,拿起钱来就战战,用上心来只跌个断。扢搭的把头钱摔了,一声里骂地骂天。

**【跌六气】**一种博戏。将六个铜钱抛下,"慢"(无字的一面)多的为胜。增22:大姐道:"还有一件极不出奇的营生,你道弄的好。你合长官耍耍何如?"王龙说:"我这两日输挣了,也想不起是什么来了。你说是嗄?"大姐说:"是跌六气。"……这万岁虽是个光棍皇帝,这一件他却没学,便说:"这个不会。"王龙听说不会,就越发缠起了,说:"这个不过是拿着六个钱撩下去,以慢多的为赢,有什么难处?"

**【跌面】**有面子,体面。增8:若是搬的二姐到,给你做领红布衫,冷天穿着好跌面。

**【跌牛】**一种博戏。俊:虽然长了二三十,从今还要做个茧。如再跌牛又拉满,变个小狗没大点。

**【跌歇】**指下巴下垂、嘴巴张开(带贬义)。增8:也罢,这楼上无人见,就叫他三声爷,哄他几串金钱。谁待爷长爷短的跌歇着口子常叫他哩。

**【跌架子】**有失颜面、身份。增8:六哥说:"……搬了二姐来,任凭干爷给我什么不迟。"皇爷说:"正是。若搬不了来,跌咱爷们的架子了。"增18:大姐正然圆梦,丫头来报:"那长官来了。"王龙说:"大姐,他来怎么处?我下楼接的接他。"大姐说:"那就跌了你那尚书公子的架子。"

**【跌足搥胸】**捶胸顿足,形容极度悲伤或悲愤。磨31:赵勇奔上,跌足搥胸说:"果然中营丧失!兵将四散,毛老爷必被擒获!俺怎么回复圣上?不如自刎罢了!"

**【迭不的】**来不及,顾不上。翻10:到了家,撞见大姐。大姐也迭不的问,跑到屋里说:"娘呀!俺二弟来了!"寒6:忙忙走如流星,急如火不暂停,没如今番走的胜。心忙迭不的下食店,二日走了一千零,逢人就问灌口径。

**【簶簸】**("簶"字原作俗体"簶")颠簸。日·器:糙子簶簸不留糠。

## ding

**【丁】**人口,家口。翻10:您都有主俱散去,剩下男女共四丁,一家大小无别姓。富3:眼前的亲人无一丁,死活交给这瞎医生。

**【丁疮】**同“疔疮”。翻3:但望你头疼不好,省的去手长丁疮。

**【丁锤】**锤头与柄成“丁”字形的小锤。富12:日头不高,日头不高,果饼丁锤都挎着,披毡衣又戴上安军帽。磨25:日头不大高,果饼丁锤都挎着,披毡衣又代上安军帽。

**【丁铛】**同“叮当”。富13:忽然一举人头上,乌纱辉耀,玉佩丁铛,此日方才不负闺中望。

**【丁点】**一点,很少。快4:丁点力气全没费,马上提来头一双。

**【丁丁】**丁点,很少。增12:武宗爷笑颜生:你强他一丁丁,炕合席差一迷迷缝。

**【丁冬】**同“叮咚”。蓬1:一派笙箫声细细,一群环佩响丁冬,仙女都骑着五彩凤。

**【丁香排环】**一种并排串在一起的丁香状的耳环。日·银:丁香排环坠耳轮。

**【丁子】**❶指眼。磨20:用房官做什么?眼里都有只波缧,瞎着丁子不识货!❷指饭。俊:捣丁子也是吵,只等我吃完你才骂完,亏了能捱才积不住饭。

**【丁子眼】**指眼。磨23:打俺骂俺也不怕,不过说瞎了丁子眼。

**【丁字眼】**同“丁子眼”。寒1:赵恶虎骂奴才,怎么见我不下来?丁字眼没长在额髅盖!

**【叮当】**象声词。形容清脆而响亮的撞击声。禳20:铁马儿叮当,铁马儿叮当,风雨萧萧夜打窗。富3:耳边厢,忽听的环佩响叮当,像是帘钩动,有人走进房,只听的高底鞋儿轻轻放。

**【叮当当】**“叮当”的重叠形式,形容连续的清脆而响亮的撞击声。增11:声声环佩叮当当,从容款步摆绣罗裙,未曾过去香一阵。

**【叮叮儿当当】**“叮当”的重叠形式,形容连续的清脆而响亮的撞击声。富10:长夜不眠月儿渐歪,更点儿只在那谯楼上,叮叮儿当当,叮叮儿当当,叫奴怎捱!

**【叮咚】**象声词。形容清脆的撞击声。琴:灯烛交辉,灯烛交辉,叮咚一派乐声催。

**【钉子】**❶铁钉。姑2:自从珊瑚去了,眼里倒也拔了钉子,可只是诸般的没人做。❷同“丁子”,指饭。慈4:今日上山,今日上山,十根柴儿肩上担,你可就出去,休把钉子来揎。

**【疔疮】**一种恶性小疮。俊:大瞪着两眼跳深沟,好似疔疮痒痒难受。禳1:

天地之间，蚕们可以老了……昂赃可以扫了，惟独这着骨的疔疮，几时是个了手呢？

**【掟】**（蒲氏注音“丁”）用针线缝上。日・裁：掟禙还怕线纰缁。

**【顶】**❶人头的最上端或上方。快1：你和他平日相厚，怎么肯顶上一刀？❷物体的最上端或上方。慈3：这不是明明的路儿，怎么就单踏着那石头顶？增16：上边画着湘妃影，顶上写着“道子题”，王右军写的行书字。翻10：烧的没了屋子顶，合家可待依靠谁！翻11：这不过有顶有面的，我去买两把大凿来，有日没工的凿他娘的。❸用头支承，戴。禳1：玉皇爷爷，灶王爷爷，月光爷爷，太阳爷爷，头上顶的房爷爷，屋里铺的床爷爷……增7：朝廷在前还不识，顺着口子光瞎吧，顶着蒲笠似天那大！❹量词。翻12：带着一顶奴才帽，好虽好来名头低。蓬1：老人下来，东海龙王又来叩头，献上丈二高的珊瑚九顶，玉树十株。禳31：我适才合眼做了一个奇梦，梦见一把伞，一顶轿，哈道进宅。❺顶替。禳17：往后再有差使，我就顶上他。❻抵得上，相当。墙2：浑身骨头全冻透，脖子连头坠下圈，捱半里就顶二里半。

**【顶盔贯甲】**头戴头盔，身披铠甲。禳1：请老爷顶盔贯甲，亮出刀来，声声叫杀，往宅里竟跑，大家俱呐喊助威，愁他不服么？

**【顶梁穴】**顶门，囟门。增27：定国公怒冲冲，把铜锤举在空，顶梁穴上蹭一蹭。

**【顶门】**头顶的前部，囟门。禳30：忽然神佛来点化，一口水向顶门浇。闹：参可差吊牌忽到，这一场惊慌不小，一盆冰水向顶门浇，似阎罗王勾牒至，把狂魂儿惊吊了。（磨4：“问他个顶门反坐，只交他斩绞徒流！”该例中“顶门”语义难明，此存疑）

**【顶手】**顶替、接替的人。禳17：真果么？若是出来班缺，我这头儿还有使顶手。不给你，不给你！

**【顶头】**迎头，迎面。禳15：昨日从书房出来，顶头撞着江城，出豆腐的点不成脑——几乎就坏了作。富9：竟登堂，竟登堂，顶头撞着他大娘。

**【顶头子】**同“顶头”。蓬2：彩鸾按落云头，正看那山中景致，转过山头，顶头子撞着一个书生，模样标致，调度风流，约有十七八岁。富8：自离怀不曾见父，好像是从小便孤。不知模样是何如，就是顶头子撞着也佯常去。

**【顶头子风】**迎面相逆的风。富3：蹇驴儿死活的打不动，好似行船断了篷，出门又遇着顶头子风。

【顶指】顶针。日·裁:戴上顶指做夹袍。

【顶子床】带顶子的床。增17:朝廷家有龙床,大人家有八步床、顶子床,小人家有脚床,监里有框床,食店铺有活落床,棉花铺有亚车床,没见人家有铜床。

【顶嘴】口头反驳。磨14:那日当堂齐对理,原告顶嘴官就嗔,满心冤屈无头奔。

【定不就】不一定,不定准。翻9:定不就何时再见,怎忍的一旦割别!富2:终果定不就凶合吉,破上我就去替他,低着头就把主意拿。

【定定】镇定一下。墙4:张大喘成一块:"这十来里路跑乍了肺。"张二喘着道:"你甚么要紧!咱且定定,好叫门。"磨23:吩咐给个坐,定定才吹弹。

【定盘星】戥子或秤杆上的第一颗星儿(标志重量为零)。比喻正确的基准或一定的主意。姑3:天爷爷看着他不做声,他暗里有个定盘星,哥哥呀,只怕是发了从前的病。

【定然】一定,一定要,一定会。增18:这事出奇!就是老王晕风发了罢,怎样朝着他仔管磕头?这长官定然不是个寻常人!寒3:极好,极好!我定然重赏你。增17:我看你虽不是个皇帝,久后定然有大好处。

【定是】❶肯定是。禳32:令孙面方耳大,定是大贵之像。禳32:听说老伯有佳梦,应梦生来大吉祥;大吉祥,不寻常,将来定是尚书郎!❷一定,一定要,一定会。翻6:他若不收,你说是俺大姑买的,定是叫他收下。慈4:你若是再要去,我可就不是这么,定是禀给您师傅,要着他多多的着实打。增17:二姐放心,我定然娶你就是了;万一娶不成,我也定是教会你那琵琶。

【定所】固定的住所。禳3:咳,他到是个好人,怎么就无个定所?

【定向】确定的方向。慈6:且说张讷出门,没有定向,见道便走。磨8:我出门原无定向,取便道访访故人。

【定醒】平定心神使头脑清醒。翻10:忽然走进你那角门,这心里就像听的你那声音,定醒了一霎,才知道没人。富5:呀!是怎么不见那房屋村庄了?想是梦中不成?待我坐下,定醒一回。

【定猪】不详。大意谓居于重要地位。钟:不料朝廷不选文章,铨司只择像貌,若宋朝之美,必然用他定猪;如子羽之贤,谁肯叫你附凤?

【定准】确定的标准、程序。禳19:夫妇从来无定准,打就打来称就称,到了床头使不的性。

【矴】房柱底下的石座。日·石:柱矴花样雕刻就。

【腚】屁股,臀部。日·争:拳捶惹事腚遭殃。

【腚垂儿】同"腚垂子"。增16:遂即两手扭过那后襟来,把两个御腚垂儿兜的紧紧的,直着两根腿,一步一步挨上楼去。

【腚垂子】臀部的肌肉部分。姑1:哎哟!裤裆里钻出个丑鬼来——你唬着我这腚垂子哩。

【腚腄】同"腚垂子"。禳24:厨子最赃贪,肉块儿掖腰间,腚腄腚眼都油遍。(形容肉块儿的油淌到了屁股上)日·身:腚腄屁骨即肛门。

【腚沟】屁股沟,两腿之间自生殖器至后尾骨之间被臀部肌肉夹着的沟。增20:军家钱财看的见,赌场里合他显显能,务要赢的他掉了腚。腚沟里夹上称杆——管叫他一溜崩星!

【腚门】肛门。富7:我若不看邻里面,还该碹了你乜双腚门。

【腚门子】同"腚门"。慈3:好科子!屁股里长出波瘰子来——瞎了你那腚门子!

【腚眼】同"腚门"。俊:虽是人家也赌钱,谁像你乜没腚眼?("没腚眼"指"掉了腚",形容输得精光。参见"掉腚")

## diu

【丢丑】出丑,丢脸。姑1:铁鬼脸满地拼——看丢出那丑来了打杀人。增18:手里捏着两把汗,口虽不言心里愁,这回丑儿可丢个够!

【丢打】随意地丢、扔。"打"为语缀。磨18:丢打几个钱给他罢。天已小晌了,只顾咯嗓甚么?

【丢丢羞羞】羞羞答答。琴:丢丢羞羞往外走,婆婆迎门拉住手。

【丢盔撩甲】丢盔卸甲。撩,同"撂",扔。翻12:等着他丢盔撩甲,可放那枪箭鸟机。

【丢脸】❶丧失体面。俊:赌搏鬼不害羞,为乜钱把脸丢,霎时狗脸还依旧。❷变脸,翻脸。磨28:他无钱把狗脸丢下,那管他爷故娘亲!增23:赌场里根基没凭准,行说着好话把脸丢,转一转儿还依旧。

【丢眼色】使眼色,用眼示意。增15:那二姐低头,半晌无言,遂丢了个眼色,那丫头把好夜壶藏了。增17:万岁看了看,那两个丫头只管丢他那眼色,敦敦的看他姐姐。

【丢诈威】狐假虎威要威风。翻8:他似贼,他似贼,拉着京腔丢诈威。禳5:

你不知这李知府是李二蹭,少年不干好事……(后来)就颠到北京,报了吏部尚书钱宅里。从此丢起诈威,二三年间大富了,买了个官儿。

## dong

**【东倒西歪】**四处随意躺着。增7:进院来细端详,见了些女娥皇,个个都有五十上。口里没牙眵糊着眼,东倒西歪晒太阳,通然不像个人模样。

**【东道】**❶赌博的庄家。"赢东道"指参与赌博赢钱,也代指参与赌博。翻2:土条蛇用心机来的最妙,每日把赌钱法用心去教。渐渐的勾引他小赢东道,赢了也是吃,输了也是叨。俊:那一日在南桥,遇胡朋搂着腰,拉去要和他赢东道。❷指宴请时的酒菜。墙1:好了,好了! 必然有点东道,可把这肚子包补包补。(此为一向被儿子虐待的父亲在儿子招待其岳父之后有所期待的话)

**【东斗星】**即东斗星君,道教敬奉的五位尊神(北斗星君、南斗星君、东斗星君、西斗星君、中斗星君)之一。增3:万岁爷去私行,驾离朝上大同,文武百官如做梦。一心山西去嫖院,酒店收了东斗星。增7:且说这玉火巷店家李小泉,有个走堂的六哥儿,他是东斗星临凡。

**【东家】**❶东邻。墙4:他二婶子东家见我,才听说跑慌张,俺俩叫人停拨上。❷雇主。富10:却说东家、徒弟,都不料他就回来,相见极惊喜。富10:您爹爹出了门,那东家相爱相亲,他也不是没投奔。

**【东间】**北屋中东侧的一间。磨16:我在东间里刺绣,你在西间里读书。

**【东诓西骗】**四处诓骗。日·赌:东诓西骗无行正。

**【东跑西奔】**四处奔跑。富9:老破军,老破军,飞风各处报族人。……东跑西奔,东跑西奔,人还无齐日已昏。

**【东人】**清兵入关后从关外随同入关的奴仆(多数是清人以前多次入关掳掠去的汉人)。东人和满人入关后,主动或被逼投靠满人为奴的汉人(即"投充人")因不堪残酷压榨,大批逃走,被称作"逃人"。清廷制定了严苛的《逃人法》,抓捕逃人,严惩窝主。俚曲《翻魔殃》中说到的"东人"即是"逃人"。被"东人"诬陷的"二相公"涉嫌窝藏东人而被判处"口外充军"。翻8:(魏名)勾了一个东人来,瞧着二相公在家里,溜到书房里去。翻8:军门把东人解了,二相公问了口外充军,只得解下变产凑盘费。姑1:耶耶! 好奇呀,驼垛子的老驴上山——你捱霎着,又济着喘嗄粗气哩。那珊瑚(女子名)罢,他是乜东人么? 我有饭给他吃,我只顾留着他,你待嚾着我罢?(此处指珊瑚并非东人,"留着他"也无罪)

**【东舍西邻】**东邻西舍，四邻，周围的邻居。禳19：这件事逢人说起，笑倒了东舍西邻。

**【东司】**按察司的首长。寒2：恶虎不敢还推病，半个耳捶长在腮，磕头也把东司拜。大相公大叫冤屈，按察司头也不抬。

**【东头】**东部，东边。姑1：那庄东头有安大成异姓的大娘，姓何，老王跑到他家里，拿了块布子来，给他扎了。寒2：二相公在大堂东头，听着断的不公，几乎气死！

**【东歪西倒】**形容站立不稳的样子。丑：一日，八戒离了天宫，驾着云头去净坛，到那吃个醺醺醉，东歪西倒要回还。富13：醉的东歪又西倒，妻子同欢笑。

**【东西】**❶东和西。翻12：仇大爷定军机，四尊炮列东西，单等贼从那里入。磨31：他知道大兵来到，必然调集东西二山的精兵保守山寨，那两处的人马必定不多。❷泛指各处，到处。禳23：若任他东西放荡，怎能够长进分毫！富8：小孩儿小小侥幸，进了学如到天庭。东西尽去放风筝，哄着我由他的性。❸东席和西席，主人和家庭教师。富9：徐员外给张鸿渐雇了一个长骡，东西洒泪而别。闹：愿只愿和先生包涵小弟，咱东西便就千里有缘。❹物件。墙1：你看咱爹吃了多大点子？若是您达，从来没见东西，不知待館多少哩。翻8：范公子见年近了，把暖帐箱笼要紧的东西，使人送去。❺詈语。指人。姑1：又不傻，又不潮，好媳妇你休去了，指出件不是还可笑。作弄的媳妇寻了死，你腆着狗脸不害羉，贱东西也担不的媳妇孝。禳18：昨日高四于虽然可恨，不过也是顽，被那没脸的东西打罢一顿，我可怎么见他？

**【东洋】**东洋酒，即绍兴黄酒。古代绍兴酒海运到日本后，因为一路颠簸，酒常发酸，所以日本人加冰糖来喝。后来中国人也模仿日本人的喝法加糖饮用。日·饮：东洋多吃喉咙齷。

**【冬瓜】**一种常见蔬菜。增12：满脸上搽些土粉，好一似发了粉的冬瓜。增12：那汉子光贬扯人，又是瓢，又是桃哩，夜叉哩，冬瓜哩！

**【冬年寒节】**指春节。寒8：自此以后，每到秋成，定送他杂粮三四石。歪子冬年寒节也来磕头；就极无有钱，也买把纸锞来祠堂里烧烧，因此冤仇尽解。蓬2：夫人说我隔遥天，多时不曾见玉颜，娘娘呀，冬年寒节常常念。

**【咚咚】**象声词。形容鼓声。富9：四更里鼓咚咚，想你绣房中，乏困不觉枕边空。增2：二更里睡不浓，龙楼上鼓咚咚，翻来覆去心不定。

**【咚呀咚呀】**象声词。形容连续的鼓声。富7：听了听谯楼上的鼓声，咚呀咚呀的，又是一声咚咚，已是三更有余。磨18：听了听谯楼上更鼓，咚呀咚呀又一声里咚呀，像是三更有余。

**【懂的】**懂得。慈3：赵大姑说是杀鸡，可是比着桑树骂槐树。李氏也懂的那滋味，红了红脸，也就忍了，只说是“我等不的”。姑3：珊瑚也到了他那屋里，那四六句里诮他，珊瑚推不懂的。

**【懂窍】**明白道理。慈4：一年一年的，张诚越发大了，他娘望着他懂窍了，谁想一年潮似一年……禳2：长命说：我才翻了个单绵条，你自一翻就乱了交。江城说：我说你还不懂窍。

**【动不动】**动辄。慈2：又不曾弄坏了甚么，动不动口咬把抓，他去了又找他嗤？寒5：从来鬼怕恶人。二相公没来时，动不动打骂；着二相公掘了一场，撅着嘴，也没敢做声。

**【动动】**同“动不动”，动辄。姑3：谁想他不害羞，还使他那本领，动动就说：“我拶子都捱了，怕人嗤！”寒4：他使钱买了那恶鬼，咱爷又老实，动动就受打骂。

**【动锅】**指做饭。姑2：于氏便说有一着，咱就大家不动锅，我儿呀，咱可看他饿不饿？姑2：臧姑等到晌午，没人给他饭吃，问了问，还没动锅。

**【动火】**指烧火做饭。翻8：那屋里少人备办，就不必动火生烟。闹：清晨时不吃面小米干饭，到晌午高粮面包些菜团；到晚来不动火客从主便，每一日两顿饭就算一天。

**【动履】**指走路。磨31：我身饥乏，不能动履，只是由命而已。

**【动气】**生气。磨6：你不必动气。你不过是待翻翻，请翻请翻。

**【动弹】**❶活动，发出动作。姑1：那珊瑚也不接休书，也不做声，也不动弹。磨28：那腿还动弹，想是还没死。❷指劳作。翻8：咱娘有病，不能动弹，姐姐陪着，不用心挂牵。禳29：但肯给钱，不管奴家爱不爱，陪他去眠。纵然打盹，只得去动弹。

**【动趄】**同“动弹”。日·饮：坐折板凳不动趄。

**【栋锥】**不详。当指一种锥。日·走：瘦驴吹肥栋锥捺。

**【动腥荤】**指打人。姑2：二成狗颠呀似的跟了去，只听的那屋里，娘呀娘呀的，动了腥荤了。

**【动兴】**产生兴致，特指产生性的冲动。琴：搂一搂来叫一声，不觉连我也动兴。

**【冻冻】**(方言首字读阴平，《广韵》“德红切”，“冻凌”。后字轻声)冰。蓬7：一座殿高有万丈，想那水晶是冻冻，一霎时化的好干净！磨23：拾了块怪东西不知何用，看那模样儿像块冻冻。拿在手里化不了，捏了捏又挺硬。

**【冻冻片】**片状的冰。墙2：这天是腊月天，刮北风阵阵寒，胡子成了冻冻片。

## dou

**【唗】**叹词。表示呵斥。磨2：金总兵喝："唗！我誓要杀你这反贼，以解我恨！"磨35：皇帝大怒，说："唗！设或那贼反进京都，难道你也只是招安？"

**【兜】**❶不大的口袋。琴：许多人都挤擦着，母亲端出一碗饭。那人张兜等俺喷，一口喷了一大半。磨18：您二位忒也谄，怎么着给你兜？你待要钱不能勾。❷用口袋盛。禳16：他若牙缝儿崩不字，小孩子卖长生果——吃不了还叫他兜着走哩！❸用口袋类物包裹着上提。增16：遂即两手扭过那后襟来，把两个御腚垂儿兜的紧紧的，直着两根腿，一步一步挨上楼去。❹量词。一口袋的容量。慈4：你上山来一次，我泪珠淌一大兜。富6：你不过是要钱不能得勾，弄臊子我就给你一兜，我不曾请你来陪我去受？❺用力猛拉，勒。寒1：（员外）遇着赵恶虎从南往北走，已是过去了，忽然兜回马……

**【兜肚】**挂在胸腹间的小衣。富3：自沉吟，如今举眼又无亲，现今兜肚里，剩了四两银，净了包难买饭一顿。日·裁：兜肚襻带要袑牢。

**【兜子】**从五代起就有的一种食品，在三角形粉皮（或面皮）中包上菜肴当馅，包好后上锅蒸熟。因为状如古代士兵的头盔"兜鍪"而得名。日·饮：稍卖兜子真可口。

**【枓】**斗，与栱配合使用的柱上支持大梁的方木。日·木：哄山转角仍雕枓。

**【抖胆】**同"斗胆"，大胆。增18：王冲霄欺心抖胆，南楼上去请朝廷。

**【抖搜】**抖擞，抖动。增12：那金墩爬起来，抖搜了抖搜那衣裳，拿捏着拜了两拜……增16：那万岁攥着那汗巾迎风一抖搜，只闻的香风一阵，那上头半点酒珠也无，异样的新鲜。

**【陡】**❶陡然。增23：万岁听说，龙颜陡变，虎步如梭，转下楼来。增28：赛观音玉容陡变，全不念枕上冤家。❷得意。琴：这件喜事委实陡，故意还把丫头瞅，失惊打怪影煞人，甚么腔调还不走！

**【陡然】**突然，骤然。翻8：娘子来家，陡然把门风变。寒5：哎哟了一大声，陡然间害头疼，像石头照着脑门撕。

**【斗胆】**❶形容胆子大，大胆。翻4：大骂贼行，大骂贼行，斗胆假冒上公堂！增18：你贵姓？什么名字？不是斗胆问你，你早晚惹下事时，叫家父好给你说个情。❷壮胆。墙 1:我要地,只怕不肯,也是有的。每哩不要罢,性命要紧,斗斗胆就要一要。禳 6:思量万千,思量万千,心中虽有口难言。斗斗胆待说去,先自家容颜变。

【斗衣】指道袍。日・僧:道士斗衣有道巾。

【豆豉】一种经发酵制成的豆制食品,用于调味或做咸菜食用。日・菜:豆豉久罨始能成。

【豆虫】豆天蛾的幼虫,色绿,体形较大,食豆叶,身上富有油分,可烧烤或油炸后吃。农・农・豆虫:虫大捉之可净,又可熬油。……每虫一斤可得油四两。皮焦亦可食。

【豆花雨】指细雨。寒 8:才揭起那盖来,只见一阵蒙蒙细雨落在头上,流入唇中。一霎时,员外就哐哼了一声。揭开材面如生,豆花雨细蒙蒙,入唇便见鼻眼动。

【豆秸】一般指收割后的豆子的秸。

【豆汤】指绿豆汤,用绿豆煮或熬的汤。禳 19:我醉了,这一霎儿渴,叫人去宅里要碗凉豆汤来吃。禳 19:你去我来无停止,酒饭全然吐出来,必然受了那豆汤的害。

【逗楼】通过抖动使缠绕的绳、条类东西脱落。增 16:我吃的饱饱的,脱下这鞦鞋合这袜子,逗楼下这裹脚来擦一擦便是。

【斗口】斗嘴,吵嘴。增 23:老鸨子见他两个斗起口来,说道:"二位姐夫消消气罢。……"

【斗口磨牙】同"斗口"。禳 5:奈妇人听那瞎子的话,从头斗口磨牙。

【斗挑】博戏术语。不详。日・赌:积十斗挑乱抓挠。

## du

【都篾片】俚曲《增补幸云曲》中皇帝封的管理天下篾片的官职。参见"篾片"。增 24:万岁爷开玉言,叫秀才且耐烦,将来封你个都篾片。帮闲嫖客属你管,打那姐儿忘八的课税钱,这个营生你干不干?增 24:万岁此时有些醉意,乘着酒兴大写道:"钦差巡视两京各院等处地方,都理嫖务,兼管天下帮闲都篾片。"

【都巡检】都城的巡检。增 3:万岁(对居庸关巡检张敖)道:"……你若谨慎,待我回来之时,好好带你进朝,封你个坐京的都巡检。"

【独】❶单独,独自。姑 1:别珊瑚,别珊瑚,从此分开两下里孤,这家子独一床,那一家另一铺。慈 1:他兄弟王览是后娘子,有仁有义的好心田,就是上山打猛虎,也不肯叫他哥哥独当先。❷只,唯独。翻 12:(李兴)领着些贼兵,到了魏名家里,一阵好杀!……独找不着魏名,都说:"便宜了他!"寒 1:那远近人家,都是要一奉十,谁敢梗令?独商员外,要了几回公然不理……

**【独有】**只有。禳 7:我三个闺女嫁了两个,独有他再不能成亲。磨 23:你看王宅里从来没有进得去的,独有你去,就赏钱赏酒饭。你是什么法儿?

**【髑髅】**头骨。禳 18:你打他打破头,浑身上下血交流,我也拿你这降人的,试试你这狗髑髅!钟:鬼首如拳,又怕上不的髑髅串。

**【笃笃磨磨】**踟蹰徘徊。姑 2:二成笃笃又磨磨,低着头儿无奈何,汉仗呀,今夜晚不敢去房里卧。

**【笃坐】**跌坐。形容非常惊愕。姑 3:那鬼神把人作梭,闪开包唬了一个笃坐。

**【赌博鬼】**对嗜赌的人的贬称。翻 12:那高强是个赌博鬼,听的说大喜,便问:"是甚么计?"俊:摊着你这个赌博鬼,拿着俺不置个烂甜瓜,你休怨我胡轮打,不过是忘了不撑擦。

**【赌不的乖】**不能拿小聪明来赌自己的命运。富 3:张官人便说我从也么来,生平不曾瞎揣歪。命运该,合当如此赌不的乖。磨 7:实对你说我从此也么来,生平全不会揣歪。命里该,合当如此赌不的乖。

**【赌乖不赌赖】**俗语。指赌博应该凭聪明机灵而不是凭耍赖,为指责别人输后耍赖的话。俊:只说赌乖不赌赖,越才把那良心坏,谁的棉袄不中穿?捞着达达也啃一块!增 21:赌钱是丈夫,赌乖不赌赖。

**【赌手】**赌博的技能。俊:东庄有个李捣鬼,老婆输给了张三水。……当日赌手数他能,三日剩了一条腿!日·赌:当日曾称赌手高。

**【肚子】**(肚 dǔ)食用的牲畜胃。日·饮:姜加肚子椒加肺。

**【跦逶丫】**("跦逶",蒲氏注音"杜拭")形容行路不便的样子。日·疾:跦逶丫去趑趄还。

**【杜了】**一种色微绿的蝉,鸣声似"杜——了"。聊斋志异·鸟语:齐俗呼蝉曰"稍迁",其绿色者曰"都了"。邑有父子,俱青、社生,将赴岁试,忽有蝉集襟上。父喜曰:"稍迁,吉兆也。"一僮视之,曰:"何物稍迁,都了而已。"父子不悦。已而果皆被黜。

**【杜磨】**同"笃笃磨磨"。蓬 6:见了我泪如梭,在旁边尽杜磨,哀哀怜怜叫人真难过。

【杜住门子】把门堵住,比喻不留余地地回绝。杜,通“堵”。禳5:他才说的这李家也就罢了,你怎么就杜住门子?

【肚头子】隐语。指男性生殖器。禳16:掐出水来的乜孩子禁甚么降?都是唬破他那肚头子了!

【度日生】度日,过活。禳12:从今后不怕你不通人性,别开门另支锅各度日生,或是好或是歹你听天由命。

【镀金钗】镀金的钗子。禳28:挽上一个扬州纂,插上一枝镀金钗,髻高到有半尺外。

## duan

【端】❶使被持的东西平正地拿着。一般是双手平举,有时也可单手持举,如“端灯”。墙3:张二端出火来,说:天已明了,看老头子害冷,先送些火去。姑1:珊瑚看出他怒来,却不知其故。到了房里,给他端了尿盆子来,又上床待去给他梳头。富9:进了房门,端着灯,箱里,床底下,都叫他看了。❷整理使之正。富2:端端帽整整衫,望公座行堂参,开口就把父师念。❸布帛类的长度单位。相当于“匹”。翻7:婆婆是绣鞋、枕顶、尺头四端;大姐是绣鞋、枕顶、尺头二端。寒8:抄没了金银十万两,又有绸缎几万端,还有珍珠几万串。❹物体的头部。快3:龙角弯弓待俺开,扯时好似月满怀,悠悠撒去雕翎箭,端端穿透老贼腮。❺事情的开头。磨14:一个知县到任来,并不论他才不才,老爷呀,赠屏子到不的一年外。(问:)“可是甚么人开这个端呢?”县里几个佞奴才,奉承官府买他的乖,老爷呀,这几年全把风俗坏。

【端的】底细,确实的信息。磨32:鸿老来时问端的,好歹听听他口中言,那时进退从君便。

【端相】❶细看。慈4:张讷那里穿衣服,张诚从书房里来,端相了端相,一把搂住说:“你是俺哥哥呀!”富11:太太端相着公子不大欢喜,便问说:“您老师待你不好么?”❷目测。墙3:儿妇虽然端相着做,可还不知窄合宽,穿上可教旁人看。

【端详】同“端相”。琴:站立堂前,站立堂前,低头尽着端详俺。富5:张官人,细端详,不觉两眼泪汪汪。

【端像】同“端相”。磨23:伤惨,任拘你怎么端像,那木匠掉着墨斗——也只瞅了俺一眼。[①]

【端整】端庄整齐。富14:舜华合太老爷往客房里去看，掀开帘子，已是铺的极其端整。

【短】❶长的反面，距离小，时间少。闹:有一床破被子又窄又短，土炕上无有席半截破毡，也无有压脚被衣服几件，要枕头自己找一块破砖。磨28:亏了这夏天夜短，已是五更了。❷缺少。禳17:我的才短，宁自我还当着我的，让你这个缺罢。增5:我就短了一句话，没嘱咐他到那里略问他要要，他若不给，就流水回来罢。❸短处，缺点。寒2:人有短便无刚，听着人掘他娘，为银钱就把廉耻丧。❹短路，拦路抢劫。磨29:我听说任大王山上一发兴旺，招集了两三万人马。昨日又短了皇扛，教军门赔了十二万。增20:若是傲上的人，驾前一本，就说尚书的公子短了差官的马去了，可不连老爷的官伤着了么?

【短工】短期受雇的佣工。翻11:大姐带着去做饭。安心把瓦石拣净，雇几个短工来担。

【短工子】短工。磨23:你看那短工子觅汉，血汗暴流，吃了三顿粗饭，不过挣四五十文钱。

【短命鬼儿】对不长寿的人的贬称。磨23:叫瞎啰，连年运气低，两个婆子死的爽……可怎么人家娶妻生子，团圆百岁，偏我王丙寻着的，都是些短命鬼儿?

【断】❶断裂，断开。慈4:众人吃了一大惊，看了看，那嗓根头子，割断了半边，那血直淌。翻5:叫声娘放心宽，我今夜何曾眠?一宿气的这肝肠断!❷中断。翻9:我生这样畜类货，听说你自己扎一簪，我那泪珠何曾断!俊:丈人劝你是为你，你的性儿便发了;断了往还这几年，不知外孙多大小，舍上奴家这块肉，死在这里没有人找。❸断绝。翻4:阎罗死合该我气不断，若是他一日不死，今日里必不生全!蓬5:仙女临凡，仙女临凡，他原和你有前缘;不久限期满，就和你姻缘断。富11:逢人便问，才知道山西大乱，断了路行人。❹驱赶。富3:主人贪，不似前边店人贤。独自一个人，占着店一间，三日头就要往外断，死气白赖不肯搬。❺判决。墙4:恰好您老婆俱在，咱着官断个分明。寒4:大不然告上张状，求官府断口棺材。❻判断。增26:胡百万合天师到了一座密室中，作了个揖，让了上堂，遂求断吉凶。天师起了一课，断曰:……❼副词。绝对，断然。

① 各本误在“端”后加逗号。《富贵神仙》第十一回描写同样情节时写作“端相”，各本均于“相”后点断。

慈 3:赵大姑说他放了学,可着他回家把你瞧,您大妗呀,今日断不能遵你的教。寒 4:妹妹真是有灵应,断不说瞎话把我诓,若诓我就把体面丧。

**【断不了】**❶不中断。富 13:我就在家常教子,也只是断不了读书功,那想你把苦心用? ❷不断地,经常。翻 12:逐日断不了有来看望的、贺喜的,纷纷攘攘,来往不绝。增 17:咱家是小人家么? 跳起来吃葱吃蒜的,杀猪宰羊的也断不了。

**【断根】**❶绝后。墙 3:休说我穷断根,纵然有几两银,我还不使何须问。翻 12:几番害人人兴旺,临了自家弄断根,这魇殃翻的忒也甚。❷最终结束。翻 3:你糊迷着心眼,说说还嗔,必然到片瓦根椽,才是个断根。慈 3:你来叫他也不是相亲,想必要给他个断根,你那黑心还不可问!

**【断囷】**粮囤空出来,代指缺粮。囷,同"囤"。翻 1:过的个日子虽不富,粗布衣裳细绢裙,俭年也不曾断了囷。

**【断了弦】**比喻丧偶。磨 23:叫瞎唠,连年运气低,两个婆子死的爽……我王丙实可怜,轴子在断了弦,这弦不是一回断。

**【断路】**拦路抢劫。日·赌:窝赌放头如断路。

**【断亲】**结束姻缘。禳 10:情愿合他断亲,情愿合他退婚,并无反悔,落笔为真。

**【段】**量词。❶相当于"块"。翻 5:您大舅你听言;您叔撇下几亩田,着人哄去七八段。禳 27:如此禽兽不成材,碎尸万段也应该! 富 14:薰腾腾,异香一片;白茫茫,祥云数段。磨 17:八抬做大官,把人命卖成钱,真真该碎尸千千段! ❷表示有始有终的一个过程。蓬 7:这到不妨,完结了一段姻缘。禳 19:忽听的这段佳话,伸伸腰把这破瓮蹬开。❸相当于"回"。禳 28:也罢,我就领娘子这段美意。

**【段儿】**从长的物体上截取的有一定长度的一部分。禳 24:葱丝切成碎段儿,花椒研成细面儿,包子剁了细馅儿,蒸合压了饼沿儿……

## dui

**【对】**❶介词。向。墙 4:俺俩虽厚,他买下东西怎么对我说? 翻 6:仇禄对他姐姐说了一遍。大姐合他娘,吃了一大惊。❷面对,相对。琴:强打精神对妆台,左拢右拢梳不好。禳 13:叫一声苍天好伤也么悲,夫妻相对泪双垂。❸相当、相配的两个人或物。禳 5:人物不好不成对,没有根茎也赃囊,两班儿都要配的上。蓬4:朝朝寒食,夜夜重阳,比目鱼儿成对,并头莲儿成双。❹量词。用于成双的人或物。姑3:他汉子而不冷腾,他老婆跐溜扑笼,天生一对呆瓜命。禳8:八对纱灯,两对火把,两乘大轿,百匹大马,又搭上四个小厮,四名管家。❺相合。磨32:若还是言语不对,咱宁死守三山。❻核对,比对。富4:把药味推敲,把药味推敲,怕有一点对不着。富12:天无明,太公也写完了,先对了对,叫一声"保儿"。公子疾忙跑来,把卷子摸过来,对了一对。增23:当下王龙下的楼来,到了房里,见二姐独抱琵琶,在那里对那谱儿。❼属对,使词句相对。翻6:对子原是小女做,并无一人对上他,不是天缘可是嗄?磨14:有两句话,你对上饶你,对不上一定除名。❽拼对,把分开的物体再合起来。寒5:上边又吩咐:"合起来。"二鬼把(锯开的)两半身对起来,又站不住,只待跌倒。禳31:十和解,打破的碗儿对上来。❾对答。墙4:说一声浑身不大好,都来要钱挤成堆,有与没可把何辞对?磨22:举人说:"张先生是年兄什么亲?"即对说:"就是家父。"❿采取相对应的措施。快1:粗人就合他行粗法,争奈曹操奸似贼,他既奸就合他把奸对。⓫同"兑",牺牲一物换得对方一物的牺牲。富4:破上这老马的性命,就合他对了罢!增27:老天不遂奸臣意,仇口咬我为甚么?我说合你对了罢!⓬同"兑",掺兑。日·丹:松香捣对熟铜绿。日·丹:早明烟黑随心对。

【对词】对质。寒6:二郎爷爷明见万里,用不着对词。

【对敌】抵抗,对抗。翻12:他就来的人马众,街窄可也难对敌,箭射枪打怎回避?

【对方】正方形。日·纸:对方搓捻为绳索。

【对口】对口疮,生在脑后与口部位相对的疮。日·疾:对口偏生颣頣下。

【对理】对质。寒7:按下员外父子团圆,伺候对理不题。磨14:那日当堂齐对理,原告顶嘴官就嗔,满心冤屈无头奔。

【对脸】面对面。禳16:终日家对脸儿,寻常是骂。

【对门】大门口相对的邻居。寒8:对门有个周仁宇,家里摆下酒席,请了中人合赵歪子来,就请过商大爷来,当下交银。

【对命】拼命,以自己的性命换对方的性命。墙4:要合你舍死对命,我就说骂你没查。

【对年】满一年。闹:教一日算一日长支不许,束修钱年对年工满价完。

【对谱】核对曲谱。增23:当下王龙下的楼来,到了房里,见二姐独抱琵琶,在那里对那谱儿。

【对弹】古代的一种古琴教学方法，师徒相对用两张琴教授和学习弹奏。增24：万岁听毕微微笑，这琵琶还差点死手，从今后休对弹了。

【对月】满一个月。按婚俗，新婚女子在婆家住满一个月后要回娘家。琴：不觉对月搬回家，极的他是双脚跺。琴：对月搬回家，对月搬回家，尖嘴嫂子喊哩咱。

【对着】介词。对，向。翻3：魏名见他没动静，又对着仇福着实条陈那不分的利害。磨15：忽然见你汉子到，对着汉子卖你那乖！

【对子】对偶的词句，对联。翻6：我有一句对子，你对上我就放你行。增7：休问我那好酒，你来耍就没见我那酒望上写的那对子么？

【对罪】得罪。方言中“得”音dei，或因连读中的逆同化而读“得”为dui。抑或为误书。增28：大姐自思：“平日我对罪的皇帝也不少，不如拴住王龙，送于万岁，将功折罪。”

【靗】同“对❽”，拼对。日·皮：靗来曲折就方圆。

【兑】用天平称金银，指付出购物的钱或输掉的钱。增20：王龙遂即收了买马的文契，兑了马价银子，二人铺谋定计，要赢万岁。增21：一帖白银六十两，输了当时兑过来，或输或赢不许赖。

## dun

【敦】将平底或有支脚的器物平放。慈3：吃毕了才把碗敦，叫他来刮那饭盆，你把天理全伤尽！

【敦敦】齐齐地(看)。增17：万岁看了看，那两个丫头只管丢他那眼色，敦敦的看他姐姐。

【墩】❶猛地落地。禳14：跌杀我！贼囚根子！墩破这不便处了！❷通“蹲”。禳19：石庵回来，坐不多时说：“不好，不好！”跑出来说：“不能远行，就在这近处罢。”墩下便泻。❸墩子，树刨出后锯去树干后剩下的根部称树墩子，可用来做坐具或菜板。俚曲《增补幸云曲》中用为人名，取坐具义。增11：他那丫头里有两个聪明雅致的，二姐极喜他，因着自家待接皇帝，便一个叫金墩，一个叫玉座。增12：叫姐姐不要忙，休拿我当寻常，人物还在金墩上。

【鐅腔】“鐅嘴”的詈语。应为“鐅腚”，“腔”为“腚”字之讹，詈语指嘴。《醒世姻缘传》中有“鐅嘴”，指说嘴，耍嘴皮子，夸夸其谈。禳26：从此没有下三等，顺口谈文尽着俺烹，见人说嘴又整腔。（本段唱词的韵字为“兄生敬等烹～撑”，“腔”字于韵不合。此处为剧中人物中举之后对妻子述说举人夸夸其谈的样子）

**【蹾碗】**不详。或指一种碗，或指放置碗（方言中有底的器物平着放下为墩）。日·器：蹾碗甄碗皆匼破。

**【蹲】**两腿尽量弯曲，像坐的样子而臀部不着地。禳20：只怕依着这门，还有些暖气。便蹲下低头，两手把膝作睡声。禳20：四更天冷不堪言，搐头蹲在画帘前。

**【盹的】**懂得。盹，通“懂”（“懂”，方言音“盹”）。富12：这第七个题，我不大盹的呢。

**【盹睡】**小睡。富10：一夜奔波手脚酸，途中盹睡在雕鞍。增3：有那巡检张敖正在那凉床上盹睡，梦中神灵显圣。

**【炖】**给液体加热。富5：少时茶到，又去炖酒。富8：娘子出的房来，听了听天交三鼓，便回房来炖了一壶茶，盛了一碗棋子送来……

**【炖酒】**温酒。日·器：毛打泥炉能炖酒。

**【砘】**用砘子压实播种后的松土。农·农·种谷：晚宜多下种，或用信，干宜复砘二次。农·农·黍稷：种时砘两次，出后再一次。苗宜老剜，而后清晨带露鉏，则铁青不秀稳。

**【砘骨碌】**砘子，压实播种后松土的一种石磙子。扁圆状，中央有方孔，整个形状如铜钱而厚。中间的方孔嵌入木头，两端伸出为圆柱形，用头部分叉的长木杆夹住后推动砘骨碌滚动。富11：下轿来一看，可是那砘骨碌吊在井里——真是一个眼子到底！磨23：下轿一看，那砘骨碌掉在井里——可是一个眼到底。

**【硴骨碌】**同“砘骨碌”，砘子。硴，同“砘”。禳24：（吴恒说）“这不是镑地的镑出来了个硴骨碌么？”秦厨说：“怎么说呢！”吴恒说：“锄着咱这死眼子了。”

**【鼓子】**（“鼓”字原讹作“鼓”）砘子，砘骨碌。日·庄：鼓子打了风不透。

**【囤】**用竹篾、荆条、稻草编成的或用席箔等围成的盛粮食的器具，亦泛指粮仓。翻3：方才去开囤，几乎把奴唬杀！谷囤净了，往后咱可待吃嗄？翻10：亏了那火光烧了屋，囤里粮食没动，还可以盖起屋来了。

**【囤埍】**牢房。日·争：押在囤埍更块壞。

**【顿】**❶量词。用于吃饭、斥责、劝说、打骂、磕头等行为的次数。慈4：一半顿饭不吃，也饿不煞，着咱娘知道了，敢说是我唠着你，偷面赶饼我吃哩。姑2：

珊瑚夺出手来,他自家瓜冷瓜冷的打了顿耳根子。翻9:仇福磕了顿头,姜娘子看着仇福大怒。增13:我说他像咱家支使的那小琴童,他就恼了,一顿鞭子就打下我楼来了。增26:着我顿顿先尝饭,朝夕休要放宽心,大小事儿加谨慎。❷同“炖”,给液体加热。墙3:倒上酒顿的滚热,咱给爹汤汤风寒。磨7:店主即时去请了个医生来,坐下看了脉,就撮了药来。那医生看着顿了,看着吃了,才起来去了。❸扽,用力猛地一拉。富3:昼夜颠,真是骑驴三不闲:骑着腿也夹,顿辔又加鞭,忙忙好似离弦箭。增3:两程并作一程走,顿断丝缰又加鞭,恨不能插翅飞进宣武院。

**【顿把】**量词。同“顿”。“把”为语缀。禳13:昨日又攫了一顿把,亏了还抓在那背脚处;若是差一点儿,胡桃栗子摆在鼻窝里——可不就脸上开起山果铺子来了么?

**【顿混】**思考,辨析疑惑。禳24:那一日俺家里杀了一只鸡待亲家,才煮出来,我没犯寻思,就把那胸脯揎下来,包了包掖在腰里。俺婆子看见,便问待怎么。我才顿混了顿混说:“你看我呀,好当还是主人家的来呢。”

**【遁】**❶逃。磨19:昨夜方才回家来,带几个人儿堵住门,纵然有翅也难遁。❷隐遁。磨27:贤弟谓之将相大任,前程万里,怎么说到遁呢?

## duo

**【多般】**❶多种多样。慈6:人家兄弟有多般,这一个样子请看。❷多。磨25:为儿那下处,就在那药王殿。庙屋多般,庙屋多般,不妨再赁两三间。

**【多大】**❶用于询问,多么大。增5:那曹小姑不知多大年纪?出了阁不曾?❷用于反问语气,表示很少,不多。墙1:你看咱爹吃了多大点子,若是您达,从来没见东西,不知待館多少哩。禳20:你看多大霎,天已黑了。墙2:张老说:“这墙老高的,怎么上的去?”张大说:“多大高哩,过来你试试。”❸用在否定词后表示很大。禳32:况且江城我那个俏心肝,变成了一个贤人了,给他买妓收婢,不多大时节,就生了个白胖小厮。

**【多多】**很多。慈4:你若是再要去,我可就不是这么,定是禀给您师傅,要着他多多的着实打。磨18:生平不曾走远路,只是借重二公差,多赖多赖多多赖。磨26:人山人海闹垓垓,挤不开,多多挤掉袜合鞋。

**【多管是】**表推测,多半是,大概是。墙2:好教人参相不透,多管是厌恶这老达。增18：也是我二妹子跟我学了两套，每日等皇帝，那皇帝也不来了，多管是闷极了，合丫头们弹。

**【多话】**多嘴，不该说而说。磨29：甚懊悔当时多话，到如今可待如何？

**【多娇】**指美人。增2：夸不尽妖娆俊美，俊多娇赛过御妻。增25：武宗爷闷气消，问一声女多娇，初逢不知是什么号？

**【多拘远】**多么远。墙3：张老说："我暖和过来，在这里罢。"张二说："咱去罢，多拘远哩。"慈3：休去了，咱家去吃的罢，多拘远哩。（此处都是反问的用法，表示不多远）

**【多罗呢】**一种较厚的宽幅毛织呢料，出自欧洲。日·毡：多罗呢可冒风寒。

**【多罗蜂】**一种有毒的树蜂，飞行时发出嘟嘟的声响。日·昆：地蟳蛤蟆多罗蜂。

**【多们】**多么。磨10：忽然抬起头，天勾多们大！

**【多气】**不害羞，没羞没臊。琴：好不欢喜，好不欢喜，得意的味儿全说不的。骂声小贱人，别喜来多气。琴：皮脸嫂子好多气，一戏不罢又一戏。说长道短喊哩咱，看不上那种浪张势。

**【多时】**很长或较长时间。翻5：仇禄走了，大姐传了那状。等了多时，不叫了，娘俩才走了。增16：话说这老鸨子问道："丫头，你姐夫进了院了不曾？"丫头说："来了多时了，在房中坐着哩。"

**【多时候】**同"多时"。磨8：坐下没有多时候，美酒佳肴往上端，一霎时像有现成饭。

**【多咱】**什么时候。慈4：你看俺哥哥，你从多咱就起来了？禳27：春香，天多咱了？

**【多咱晚】**应为"多早晚"之误。什么时候。富9：故意声高，故意声高，骂声奴才好蹊跷。既差你送盘缠，怎么不早些到？……你看是多咱晚，才把门来叫？

**【多喒】**同"多咱"。禳1：到多咱拔了他那毛，治了我的病，仔怕我就胆子硬。（此处用为虚指，指未来的某个时候）

**【多嘴】**不该说而说，多话。磨23：休要争休要捶，到人家就有四样罪。一是多嘴管闲事，一是往来说是非……增8：不必多嘴，你快去搬了他来。

**【多嘴多舌】**多嘴。增18：多嘴多舌的小杀才！我怎么给他磕头？

**【多揍】**哆嗦。增9：（老鸨子）走到近前，多揍了两多揍，叫声："姐夫，我这里拜哩。”增 9:老虔婆心里乖,不重客只重财,低袖多拨拜两拜。

【哆哆】形容说话结巴。禳 15:李婆子上,看了看没人,又是一溜,江城开门便叫:“李婆子倒回来!你来做嗄来呢?”李婆哆哆说:“我……我没做嗄。”

【剁劄】随意地摔打(泥)。日·泥:任他剁劄便吃亏。

【剟】(“剟”字原讹作“剟”)扎。日·皮:皮老大针剟不透。

【掇】端,双手平举捧物。磨 8:吃完了饭,丫头、老婆子掇去家伙……增 19:叫丫环斟水与他,漱漱口好掇令盅。

【頞髅】头颅。日·身:发辫頞髅与顱门。

【躲奸】耍奸躲开。磨 30:你主着要征,必是胸中有了成算,你不去成不的。况且上奉君命,你还要躲奸?

【躲空子】利用空子躲开有关人。姑 2:大成躲了个空子,着他叔伯哥对他告诵告诵,望到家劝他,这都是安大成用的苦心不题。

【袳襬】一种女上衣。日·裁:袳襬前后皆留劄。

【垛】安装(门攥)。日·木:垛上门攥上腰扅。

【剁打】随意地剁。磨 15:我就他门前乜块石头上,剁打起来。(旧俗有边骂边用刀剁物以泄恨和威胁者)

【剁剁打打】连续地剁。禳 24:咱还要省下那香油拿了家去,方且是谁奈烦翻翻弄弄的,剁剁打打的?

【堕孽】作孽。禳 21:目莲母良心尽丧,堕下孽去见阎王。

【跺脚】脚用力地踏地,表示着急、恼恨等情绪。琴:寻思起来添烦恼,没人之处干跺脚。禳 10:天给我这么一个人物,怎么就给我这么一个老婆?跺脚介:真好恨人也!禳 22:高季跺脚说:“这待怎么处?这待怎么处?”

【跺腿耍脚】形容着急万分的样子。寒 2:开监唤出原被告,都去跪在街路边,审的也像王知县。大相公跺腿耍脚,二相公叫哭连天。

【垛】❶整齐地堆。寒 7:一宗一宗垛在地,金银铜钱积如山,化成汁子往口里灌。翻 6:咱是谁他是谁?他家绸缎垛成堆,咱是穿着粗布衣,可也合他不般配。❷整齐地堆成的堆。俊:米成堆,柴成垛,那样日子也曾过。

【垛楼】盖楼。翻 11:二相公清闲无事,看着匠人垛楼。一天,那楼上的匠人说:“来了报马了。”

【垛子】驮子,牲口驮(tuó)着的货物。姑 1:耶耶好奇呀,驼垛子的老驴上山——你捱霎着，又济着喘嗄粗气哩。

**【椋鞍】**放在驮架子之下、马背之上的鞍状木制具。日·器：椋鞍槎[①]线缝糠屉。

**【椋极子】**牲口驮物用的木架子。日·器：使驴须用椋极子。

**【椋篓】**负于牲口背上或车上的货篓。日·器：椋篓驮着木藉片。

**【稞】**同"垛"。❶整齐地堆。农·农·割谷：先择佳穗，另放作种，余者稞起。❷整齐地堆成的禾草堆。农·农·稞麦：大约稞可得二三十石，只用七八人。……菝宜压牢，以防风雨。日·庄：菝屋方开秆草稞。

① 应为"搓"之讹。

# E

## e

【屙】排泄大便。日·身:止言屙尿不为村。磨23:有口吃饭,没腚屙尿,石心子有汉——怎么养?

【痾】同“屙”,排泄大便。磨28:李虎痾下了,背不的;我背张龙罢。日·走:痾蛆舌刺有瘟黄。

【絅】同“窝”,把东西随便团成一团。日·裁:缕缟一絅做铺衬。

【娥皇】指女子。增7:进院来细端详,见了些女娥皇,个个都有五十上。

【鹅笼】篾编的盛放鹅的笼子。禳8:呀!还有那酒两醯,羊一牵,鸡笼鹅笼,叫叫唤唤,抬盒大架,呼呼搧搧,我说恁丈母快来看看。日·器:酒醯鹅笼要吉祥。

【鹅毛片】比喻大雪花。磨19:冬来越把家乡盼,门外儿北风刮的我心酸。打窗纱又飞下鹅毛片。

【蛾口】蛾口茧,被蚕蛾咬破了口的茧。日·养:蛾口炼热捻成线。

【蛾眉】眉毛。丑:满口银牙白似玉,盈头丝发黑如烟;一双杏眼秋波动,两道蛾眉新月弯。禳1:蛾眉一竖,胆战魂消,阁老尚书也要上他的道。

【额髅骨】指骰子。俊:只管掷你那额髅骨,不管家里吃什么,这样汉子要你嚾?

【额髅盖】额头。翻9:我如今悔不来,受这罪也应该,想想打这额髅盖!禳17:还该削削那额髅盖,还该斫斫那小金莲,着咱丈人再把他变一变。日·身:髂骨下有额髅盖。

【额颅盖】同“额髅盖”。磨1:大家去告上台,他虽然把官差,那眼睛没长在额颅盖。磨17:又一刀砍去,砍着额颅盖,那军门还哐哼。又横三竖四,把个头砍的稀烂,才踏着肩膀,抹下头来了。

【恶心】❶想要呕吐的感觉。墙4:这一霎恶心疼痛,只觉着口破唇干。

寒2:这一日恶心成块,只怕要命染黄泉。❷形容使人非常讨厌。增12:好歪货不流水快走,近前恶心的我慌!

**【恶查】**恶人。富4:好一群恶查,好一群恶查,极喜去把妇人拿。

**【恶恶扎扎】**长相狞恶。参见"恶喳喳"。丑:见了些哭哭啼啼思乡鬼,见了些恶恶扎扎老判官。

**【恶疾】**难以医治的疾病。慈6:却说这李氏自张讷走了,不见儿子音信,昼夜的啼哭,得了恶疾,疼痛难堪,又一年,呜呼哀哉了。

**【恶口】**指恶毒的语言。寒1:一文便宜他不占,并不合人犯争差,下人也不曾恶口骂。

**【恶款】**条列的恶行。磨3:把他恶款开详细,告了军门告总督,大家一齐往前做。磨3:张大哥既不肯入伙,目下就请动笔。这是他的恶款,你看看好做。

**【恶赖】**恶劣。富4:共酒同茶,共酒同茶,拿着恶赖当闲吧。

**【恶让】**指粗鲁地、强迫地指派。钟:若赐酒食,但说一声儿,小鬼自去,何消如此恶让?

**【恶煞】**十分凶恶。慈0:惟有这本孝贤,唱着解闷闲玩,情真词切韵缠绵,恶煞的人也伤情动念。

**【恶业】**罪孽。寒7:便罚他妇女养汉,填还他恶业车车。俊:只因这个夜叉不曾吃好人,吃的都是那些响马强盗贼,虎豹狼虫,便把一切的恶业,都变成了好处,人都爱起他来了,所以人都说是俊夜叉。

**【恶喳喳】**形容很凶恶的样子。磨15:老婆恶喳喳,日登门骂邻家,母大虫到处人人怕。

## en

**【嗯】**叹词。可连用。❶表示应允、肯定。禳14:(公子说:)"你还是找那半掩门子。"李婆说:"嗯嗯!你几时要呢?"磨28:(胡生说:)"下句说'朱门有路通',这一句我可不甚懂的。"又重念道"朱门有路通……"李虎说:"张嫂子姓朱。"胡生点头,说:"嗯嗯,是了。"❷表示沉思有所得。磨9:谁想方兴真果中了举,这可怎么处?嗯嗯,他若是拿个帖来,就做个人情,把方氏送去,后日也好相见。磨14:这个虚字最难对的。嗯嗯,有了。——"懦懦恳恳,叩乞恩之。"禳17:听说昨天他痒痒了,吃了横亏,我待去瞧他瞧。嗯!那江城利害,看招了祸来了。❸表示较轻的讥讽。禳16:一点事儿不合心,嗯,脱下只半尺花鞋打他那嘴！禳28:(江城曾施虐把丈夫和丫环春香的乳头剪下互换,悔悟后打算将春香收为妾,并告知婆母)江城云:"我待给你儿子收了春香。"夫人笑云:"嗯,你是懊悔那一剪子了。"江城低头背云:"好羞人也!"

## er

**【儿】**❶儿子。墙1:起初甚好,两个儿早晚问候,两个媳妇热汤热水常来服事,好不的那好。姑3:待了几日,一个儿五六岁了,正旺相相的,忽然得了病,二三日就死了。磨16:小相公说:"娘,儿再也不敢了。"❷对儿女辈的亲热的称呼(包括女性)。姑1:何大娘……劝道:"我儿,你哭出血来了！休哭罢!"(被称呼者是珊瑚,何大娘是其夫安大成同村的异性大娘)慈1:(周妈妈)叹了一声:"咳,我的儿！这是几时签上的来？又咱会脓了?"(被称呼者是张讷,周妈妈是其邻居)❸老鸨称呼其手下的妓女。增10:二姐双膝跪下,老鸨子用手挽起,说:"我的儿,你起来罢。我有句话合你说,只怕你不依从。"增11:二姐说:"妈娘,我来给你磕头,好去接客。"鸨儿道:"好儿,磕什么头？……"❹后缀。墙2:了吊儿乱瓜打,拾石头把门砸,全不听的人说话。姑2:好个俊人儿！你看就上的画儿。禳17:近来在床前打铺,气儿不敢粗喘,苦哉苦哉!

**【儿大不由爷】**俗语。形容儿子长大后有了主见,父母不能为其作主。禳12:儿大不由爷,他自己不待,小弟也就无如之何了。

**【儿妇】**儿媳(可用于儿媳对公婆自称)。禳21:高公、高母上云:"咱那儿被儿妇囚禁,虽是酷虐,也是自己作的。……"墙3:我费钱二大千,敬做来给爹穿,表里都是紬合绢。儿妇虽然端相着做,可还不知窄合宽,穿上可教旁人看。(此为儿媳自称)

**【儿流】**儿子辈。墙3:软弱无能一老头,全凭诓赚我儿流。增8:万岁一见心欢喜,叫了一声我儿流,爷们说不的寻常厚。

**【儿马】**未阉过的公马。穷:邻舍百家看一看,也是俺阳世三间为场人,熬磨儿马骟了蛋。日·走:骗马胜如儿马好。

**【儿孙自有儿孙福】**俗语。子孙自有子孙的福分,长辈不必过分操劳、担心。蓬6:儿孙自有儿孙福,离别原是命里该,何必把个人愁坏?

**【儿媳】**儿子的妻子。禳12:自从儿媳休去,亲事总不妥当。磨27:我这儿媳,天生的一位夫人。

**【儿媳妇】**儿媳。磨1:他那儿媳妇,现如今找主待给人家支使。

**【儿媳子】**儿媳。禳22:学道里调牌已到,该放出高蕃来去赶考。那儿媳子不依他早去。(邹本无"子"字)

**【儿子】**儿。墙1:生了两个儿子,一个叫大怪,一个叫二怪。富8:方娘子虽然未守寡,然供给儿子读书,也极费力。

**【而不冷腾】**不精明、傻乎乎的。姑3:他汉子而不冷腾,他老婆趾溜扑笼,天生一对呆瓜命。慈1:他心里一般的愁肠,又不能做个主义,而不冷腾的,是个甚么像!

**【耳巴】**耳光。禳16:我合他可没有一定的方法,恼了脸也顾不的甚么是嗄,若是迭不的攥拳,劈脸就是耳巴……磨15:老爷呀,我一时愤恨,打了他两耳巴。

**【耳把子】**同"耳巴"。禳26:江城把牌一推,打了公子一耳把子……

**【耳边厢】**耳边,耳旁。富3:抽一本残书上了也么床,就灯看了十几行。耳边厢,忽听的环佩响叮当,像是帘钩动,有人走进房,只听的高底鞋儿轻轻放。富10:翻来覆去辗转牙床,蚊子儿又来耳边厢,吱吱儿嘤嘤,吱吱儿嘤嘤,叫奴怎当!

**【耳搥】**耳垂。寒2:也是他合该不死,仅只擦吊了一个耳搥,打倒了一个家人。寒2:二相公禀他验伤,知府果然下了座,掀开一看,那耳搥只去了半截,也就平复上来了。

**【耳瞠】**中耳炎。日·疾:重舌木舌或耳瞠。

**【耳聧】**耳朵。日·身:耳聧与腮作近邻。

**【耳根】**❶指耳朵。磨14:衙役说我官声好,找法给我弄钱财,话儿都是极相爱。每日叫耳根舒梭,到不想脖项成灾!❷佛家语。六根之一,指对声境而生耳识者。禳10:泼妇离门凶气除,耳根清静眼丁无。

**【耳根子】**耳光。姑1:于氏拭了脸,劈珊瑚瓜的声一耳根子,说:"我看不上你乜脏样!"姑2:于氏……就拿过珊瑚那手来,使力气照着自家那脸乱扬。珊瑚夺出手来,他自家瓜冷瓜冷的打了顿耳根子。

**【耳掴】**耳光。日·身:耳掴巴掌拳头伸。

**【耳级】**割下的耳朵。快4:俺把死人割耳级,跟来帐前献功劳。快4:曹操不知那里去,耳级穿上一大绳!

**【耳括】**同"耳掴"(方言中"括""掴"同音)。磨19:旁里有张家两个侄子,一边一个,打了顿耳括。

**【耳轮】**耳郭的外缘。泛指耳朵。富6:身上道袍,头上方巾,面庞嘴口,眼角耳轮,添上几根胡须,带着一点风尘。

**【耳旁风】**比喻听过后不放在心上的话。富8:四恨你不通人性,将书本丢在半空。说着只当耳旁风,每日常把鬼来弄。磨16:四恨你不通人性,将书本丢半空。说着只当耳旁风,每日长把鬼儿弄。

**【耳软】**形容轻信人言。磨28:若遇着官府耳软,俺就去打诈良民。若遇着官府利害,便借势杀人。增5:耳软光听下人的话,真是一个糊涂虫。墙4:二巴喇该您账目,对您说请去登门。

**【耳尖】**听觉灵敏。日·走:耳尖眼岔快溜缰。

**【耳掩】**一种无檐毡帽。日·毡:耳掩一顶如升大。

**【二鳖瞧蛋】**形容两个东西相向而视。据说乌龟生蛋后一直守护着蛋,直到小乌龟孵出。现代方言中也常用"鳖瞅蛋"比喻凝视(带詈骂义)。增21:二姐彝起万岁那网子来说:"大姐姐,你看这网子上是二龙戏珠。"大姐说:"也是二鳖瞧蛋罢了!"增21:万岁爷怒上心,骂奴才贼贱人,怎么当面骂了朕?说我操军我不恼,二鳖瞧蛋好难禁!

**【二话】**别的话,别的说法。俊:开场设赌无二话,终日就把那套来下;若是俗虫来哆张,打杀还把皮来剥!

**【二甲】**殿试第二等。富4:到了二月里,方二爷会了进士,殿了二甲。富4:且说老马听的方二爷会了二甲进士,也就不大敢硬撑了,吩咐请出方娘子来,慢慢使轿送他回家。

**【二门】**大门内的一道总门。禳2:我就说我会猜,贪玩耍真佽孩,着我找到二门外。

**【二念】**二意,别的想法。磨33:他说他以至诚待人,大王既无二念,他后边来矣。

**【二日】**❶两天。寒6:点名差下了四个鬼,知县城隍俱不饶,限他二日全拿到。❷虚指,几天。墙1:且是那狗这二日不吃食,留着拌点糠餵他餵。姑2:你每日夸奖俺那媳妇,你待会他会,你上俺家里待二日,也散散心。翻11:我这二日使的身上乏了,二弟家那屋,等他捎了钱来,雇人整理罢。

**【二十四解】**民间流传的关于各种性爱姿势的画册。"解"读 xiè,套数,招数。琴:天生就的人一对,郎才女貌正般配。二十四解不用学,风流人儿天生会。自巴到夜就成仙,越做越觉有滋味。(此段描写新婚夫妻缠绵情事)

**【二士入桃园】**骨牌的一种牌名。由三扇牌组合而成,其中两扇各红色八点，一扇红色四点、黑色二点。禳26：你看五岳去朝天，一心打个八珠环。二士入桃园，二士入桃园，苏秦背着七星剑。火炼丹，打个人牌也不难。

**【二堂】**官府中大堂之后的办公之处。寒4：一些人捱到城里，天就黑上来了。寒4：走一步哼一哼，死活的捱到城，二堂里才出来覆了命。

**【二意】**二心，异心。姑2：但得娘知道我没有二意，不怪我呵，就死了也甘心！翻3：好媳妇既无二意，我照常一样相看。

# F

## fa

**【发梆】**敲响梆木。官长坐堂前要三次敲击梆木作为提醒众人的信号。磨2:正然说着,听的发梆。差人说:"三梆完了,带上去罢!"

**【发揣】**耍赖。姑1:如今现有个珊瑚在,你既然骑锅压灶,可就才只是发揣。

**【发达】**显达,变得有势力。富10:你爹爹听的你发达,他自然打算还家,我儿不必心牵挂。磨21:您爹您爹的样发达,他自然就来归家,我儿不用你心牵挂。

**【发大】**相当于"发达"。磨28:他两个甚无良,当日把我绑在床,几乎一夜把命丧!依着那时心里恨,杀他个稀烂也应当。发大了都把前仇忘,何必与地狱小鬼计较短长?

**【发牒】**下发公文,指处置。禳31:天若黑了,一拱而别,我冰清,他玉洁,若有甚么事儿,敢当面证折。哎哟!若有甚么话说,听合他发牒。

**【发放】**❶发落,处置(罪人)。寒7:二郎爷……发放阎王去了,才叫商员外上去,也叫查他的善恶。磨19:方娘子问道:"那别的怎么发放来?"一个来报:"李家在墙外边的都跑了,只捉住了五六个,每人打了他一百下。"❷送出。墙3:你做出来先送到,俺家那个(指棉裤)叠在床,将来那里去发放?

**【发风】**冒傻气,干傻事或有傻里傻气的想法。增18:你又发风哩!他贵压当朝,财帛甚重,志大胸高,吃酒中间磕你顿拳头!

**【发憨风】**憨病发作,比喻干傻事。俊:我的年纪还不老,从今成家也不晚,发憨风才出了一身汗。(此处大意为:女主人公自称嫁于赌徒是做了傻事,但为时还不晚,还可以离婚后重新嫁人)

**【发恨】**因为愤怒而说出誓言或报复的话。姑3:谢娘子泪双双,一声声怨爷娘,发恨不把娘门上。翻3:两个折辨了一回,仇福撅着那嘴去了。发恨说:"既不分家,我还给别人攒家当?"增14:宣武院众佳人,都乱诮佛动心,这奴才终朝每日发下恨,不接尚书合阁老……

**【发话】**说。富9:惹的那仇越深,对着人常发话。富9:李大见拴着赵鬼子,便发话道:“怎么拴着俺的人?”

**【发昏】**昏迷。慈5:任他娘怎么骂,张讷发昏,可也不觉。寒2:那恶虎推说伤重发昏,不曾出来,胡乱检把了检把,倏然去了。增13:亏了他性子好,若打你一顿时,死不了也发过昏。

**【发惛】**同“发昏”。磨1:家中器物折蹬尽,还要去按限比较,三十板打的发惛!

**【发浑】**同“发昏”。磨1:昨日比较,打了我二十五板,及乎死了!俺一堆捱打的,一霎死了两个,发浑的还有。

**【发火】**❶放火,点火。增28:先开刀杀尽贱人,然后发火。❷开火,枪炮射击。翻12:那炮手看的明白,四炮一齐发火。

**【发粉】**冬瓜成熟后表面渗出粉末状物。增12:满脸上搽些土粉,好一似发了粉的冬瓜。

**【发落】**处置,处分。快2:也罢!一时自己没分晓,且听军师去发落。

**【发马兴兵】**出动兵马。磨33:原非心爱据山头,官刑逼迫不自由。今日投诚接圣旨,发马兴兵不用愁。

**【发脾寒】**发疟疾。墙2:上下一堆破铺衬,西北风好难禁,牙巴骨打的浑身困。还不瞒墙着实叫,堪堪就死命难存,发脾寒冷的还成阵。

**【发票】**发传票。磨4:一秀才被知县打死,大家动了公愤,递了公呈。军门到也明白,即时发票去齐证见。

**【发市】**开市,完成第一笔生意。墙2:我先给你发市,盛一碗给张大爷。磨28:今日还没发市,赊不的!

**【发脱】**脱手,卖出。翻4:魏名因着没人敢当仇福的妻,才指这个刚查子,好着他去发脱。

**【发歪】**发坏,使坏。寒4:赵歪子大发歪,旺跳人请将来,做就局将俺爹爹害。富6:那行子听说,才越发歪起来了。

**【发隕】**(“隕”,蒲氏注音“绚”)发卷,砌成弧状。日·泥:发隕还用一堁坯。

**【发晕风】**眩晕病发作。富3:昏沉沉好似发晕也么风,一身只像坐船中。磨7:昏沉好似发晕也么风,一身好似坐船中。

**【发灶】**同“发躁”。寒6:商相公莫心焦,俺看着路途遥,不由心中先发灶。

**【发躁】**着急,发急。富4:别人还有替他发躁的,他却极欢喜。

【发查】(查 zhā)发怒,发作。富 4:老马发查,老马发查,方兴辖着我甚么?投信是破上做,他待能把我嚾!

【发渣】同"发查",发怒,发火。禳 15:吧了半日,不敢勾他,勾搭不上,怕他发渣。

【发乍】同"发查"。慈 3:哎,那心里一把业火难按下。有心待发乍,看了看赵家姑姑,也不是个善查;……哎,细思量,不如把他哄哄罢。

【发挣】发愣,发呆。琴:醒来依旧平皮差,呆不登的干发挣。

【发咒】发誓。翻 2:咱相好敢对天发咒,分不的你合我,只多着一个头。

【发作】❶旧病复发或隐藏的疾病突然呈现出较重的症状。禳 13:自从媳妇重来,三月有余,并不见旧病发作,夫妇和睦,可喜可喜!❷原有的恶习更加厉害。磨 6:老马得胜越发作,比从前加倍更酷贪,秀才越发没体面。❸发脾气。姑 2:媳妇听见又发作,跑出房去大吆喝,强人呀,不来把你乜头来剁!俊:酒肉赔着心欢喜,一时没了就是发作。

【乏】疲乏,累。慈 1:张炳之把行李搬进来,饭也没吃,早放倒头儿睡了。他婆子只说他走乏了,也没理他。富 10:张鸿渐乏极了,叔侄两个歇在店里,吃了早饭。

【乏困】困倦,疲劳。磨 24:候之良久,身子微觉乏困,起的身来,去那天井里看了一看,太阳已晌午转了。磨 31:依小将的愚见,趁夜间他料咱远来乏困,不作准备,俺两个分兵直捣他两山的窝巢……

【垡】耕地时每一行翻起的土为一垡。日·庄:垡垡压去要深壂[1]。

【垡块】耕地时犁铧翻起的大土块。农·农·垦荒:先纵火烧草,然后深耕,勿耀勿耢。塌许时,用镢打破垡块,再耕之。

【昁】舂。日·器:碾上簸子又昁细。

【罚毛】游戏比赛时胜方用拇指用力搓捻输方的脑后头发(会有一定的痛感)作为惩罚。富 8:长街打瓦,踢毽罚毛。骂声狗子把我这肝肠吊!磨 16:长街打瓦,踢毽罚毛,骂声狗子,怎么成材料!

【法儿】方法。姑 2:我今夜寻思了一个法儿,你在家守着咱娘,我往沈家庄搬咱姨来看看。富 6:我替你寻思了三十六个计策,好法儿到底还是一个走。

【法码】同"砝码"。日·器:法码天平最公道。

---

① 为"壂"字之讹。

【法气】道士作法时吹出的气。增26:这天师……遂画了一个十字,两脚踏住,念动咒语,吹口法气,一阵黑风从地施起,不多时来到大同。

【法器】僧、道举行宗教仪式所用的钟、鼓、铙、钹、引磬、木鱼等乐器及瓶、钵、杖、麈等器物。日·僧:法器丢来照顱门。

【砝码】天平上用作重量标准的物体。增21:二姐笑着说:"姐夫赢了,该我架天秤。"……那砝码丢的紧了,只一跳,忽的一声,把银子撒在那楼板上,白花花的一大堆。

## fan

【番】量词。回,次。姑3:债家看那银子,合前番丝毫无二,心里疑忌,连夹了三锭,全无差迟,就把文书退了。蓬7:恼一番笑一番,富几年贵几年,天上只吃了一顿饭。闹:万一规矩错误,被他贴出,岂不负了今日这番得意、这番苦心?

【番椒】辣椒。日·花:番椒勿作喜梅观。家政外编·诸花谱:番椒,二月下子。

【翻】❶翻转,反转。姑1:好可怜,翻贴门神左右难:丑了怕你恼,俊了你又嫌,就是这模样难更变。慈4:张讷看见那袄是个白里子,就寻思着,出了门我翻过来穿。磨4:使人钱钞,与人消灾,嘴脸回头变,登时黑白翻过来。❷掀开,张开。慈0:有一等粗俗光棍,拿着随处掀翻,褂子不洗十来年,秽头土脸也看,……寒8:这一日,大相公吃了些饭来,才待伸手摸,只听的二相公长吁了一口气。慌忙叫:"二弟,二弟!"二相公把眼一翻,说:"你快去看看咱爹!"增18:万岁翻过那帖子来记了一笔:"某年某月某日,王龙亲许人皮一张。"❸翻倒,歪倒。寒5:一群牛头马面、青脸红发的恶鬼,把二相公捉翻在地,打了二十,赶逐出境。禳3:怪丫头站的牢壮,大立碑好似秦王。不怕翻了往下张,走来好似天仙降。❹倾倒。禳24:俺无论几顿,只是锅子里泚上瓢水,抓上把盐,把豆腐切把切把,扑棱翻上,俺就合人家去闲话,这不省便么?❺搜查以找出隐藏着的东西或人。翻2:仇福心生一计,说:"我是来访熟人,并无带钱来,你留下我,也是无益。"秋桂说:"我翻翻。"银子都被他翻了去了。磨19:保正,你既说该翻,这翻不出人来该怎么样呢?你是极公道的,你可吩咐吩咐。❻指变化。禳9:美如仙,美如仙,忽然就把脸皮翻。禳11:十一月隆冬,十一月隆冬,一雪翻成柳絮风。❼翻飞,舞动。增3:莺燕啼林外,蜂蝶舞花间,争翠的芍药舞,迎风的海棠翻。❽指翻绳。禳2:咱且坐坐翻个交,看我翻个老牛槽。长命呀,我这一翻翻的妙。禳2:

这一回你打交，我先翻；翻错了的打十个瓜子。❾数量成倍增加。穷：当了二钱水丝银，回时定把十成要，回不出来又翻票，利钱使了七八吊。

**【翻案】**推翻已定的成案。磨35：这天道好还，把一案全翻，什么嘴脸来相见？

**【翻边卷沿】**❶书本的边缘都卷了起来，形容书本受损。慈0：有一等粗俗光棍，拿着随处掀翻，褂子不洗十来年，秽头土脸也看，床上炕上揉搓，尿里屎里估捺，争来夺去济着捧，弄的翻边卷沿。❷形容嘴唇乱撅乱动，说难听的话。穷：狗腿常来给俺没体面，嘴儿翻边又卷沿，眼儿恶钉珠儿转，把他娘的好难看！

**【翻唇】**改嘴，改口说与以前相反的话。磨5：那院里收了银，变了脸翻了唇，良心天理全不论。

**【翻翻弄弄】**不停地翻动(带贬义)。禳24：咱还要省下那香油拿了家去，方且是谁奈烦翻翻弄弄的，剁剁打打的？

**【翻交】**翻绳。禳2：来来，我正等着你翻交哩。禳9：你从小光好赖人，那一年翻交，你该我那瓜子，也该还我了。

**【翻繅】**同“翻交”，翻绳游戏。日·裁：儿女偷去又翻繅。

**【翻脸】**变脸，对人的态度突然变坏。寒2：那恶虎素日合老王极好，待弄个体面，谁想他翻了脸，不由的不着忙。磨13：这一句话犯着他那苗架，他就现了原身翻了脸。

**【翻手】**翻绳游戏中翻的技能。禳2：妮子休夸翻手高，看我翻个细狗腰。

**【翻天】**塌了天，比喻情势急剧由好变得非常坏。翻5：兄弟离家俩月也么间，如今家里翻了天！

**【翻魇殃】**指本来设计害人，最终却落得别人兴旺而自己遭难。参见“魇殃”。俚曲《翻魇殃》剧名。翻12：他原是害别人，不想是害己身，人口家当登时尽。几番害人人兴旺，临了自家弄断根，这魇殃翻的忒也甚。翻12：庆灾乐祸的焉能好？嫉妒真不妙。弄的人家兴，死了才不跳，世上魇殃再没有不翻了！

**【翻砖揭瓦】**比喻费力到处寻找，翻箱倒柜。慈4：李氏翻砖揭瓦的，找出他自己穿的个红袄来，撩过去，着他穿。

**【翻转】**❶翻来覆去。翻2：方才放倒身子睡，却又翻转睡不着，睁眼已是日头照。❷转来转去。翻10：除了他兄弟俩，翻转是咱娘四个。禳7：老婆子往定婚嫁，日将转不见回家。是成是否好难拿，翻转教人放不下。

**【旛旗】**治丧时用的纸旗。墙4：坟合棺材都有了，扎些棚彩与旛旗，台前一个猪羊祭。

【烦】❶繁多，繁杂。磨10：只怕他事烦忘了，一两日重重才好。怎么今日还不曾出来？增21：这二日食少事烦，棋神不附体，合你打双陆罢。❷烦请，请。禳12：门上的管家，烦你传报一声。增23：二妹妹，他两个下棋还早哩，我有个琵琶谱儿，烦你给我改正改正。

【烦体面】请有体面的人说情。磨14：为头的烦了体面来，不从又怕他胡揣歪，老爷呀，况且又怕官府怪，只得低头去死挨。

【驓蛋】同"嬎蛋"，孵蛋。穷：邻舍百家看一看，也是俺阳世三间为场人，熬磨儿马驓了蛋。（按："儿马"即公马，用公马孵蛋比喻不可能的事）

【反】❶情势与以前或通常相反，反转。翻7：（富家女范小姐过门后送给婆婆许多礼物）果然丫头端过去，徐氏见说："反过来了，到着您爹娘费这样事。"（应该是婆婆给新媳妇准备礼物，而这里却是儿媳给婆婆准备了礼物，所以说"反过来了"）寒7：头名先点赵恶虎，知县城隍都跪着，阎王带锁来销到。常时人跪他的所在，到如今反过来了。（指知县等平时在上面坐堂，别人在下面跪着）❷反逆，造反。禳1：老爷领着百万兵马，怎么怕一个妇人？咱不如反了罢！增8：你这小厮反了么？你敢骂皇帝！❸反对。闹：今去鲁明去齐无有主顾，生今世反古道我独不然。❹返回，退回。禳20：娘子差我请主人，就从门外反回身。翻7：怎肯从新拿回去，拿去也着爹娘骂。这不是甚么好物，反回去断然不拿！❺反而，反倒。墙3：平生不会撒谎，今日反嗙自己的儿孙，讨愧的紧，可笑的紧哪！翻1：万事不由人计较，一生都是命安排，害别人反取自己害。

【反常】与常情不同。禳1：谁家盆碗不厮敲？反了常倒是个不祥兆。

【反嗔作喜】由怒转喜。富3：女子听说，反嗔作喜，便道：……

【反过来覆过去】反反复复。慈1：娶一个后婆子不当耍，两条肠子常牵挂，撇下个亲生儿，树坎叉里也括他不下，反过来覆过去，难为煞他爷俩。

【反脸】同"翻脸"，变脸。磨6：老马把惊堂木一拍，反脸大怒，喝了一声："好奴才！怎么这样无礼？见了本县，竟不下跪！"

【反面】转脸。禳21：高公上，仰面见江城说："呀！儿妇在此。"反面疾趋下。

【反转】❶过来过去。翻11：乍住着蟒蟾房，进大屋也恍荡，可惜没嗄安插上。反转星星人四个，按上一张镢头床，破矮桌安上也不展样。❷反反复复。寒3：已吃到星月全，点上灯不说颠，反转只把吴孝恋。禳6：闷闷归家，闷闷归家，想他想的眼儿花。待要丢放开，反转丢不下。

【返复】同“反复”。翻4:这个潮行,这个潮行,低头返复自思量,若俺丈人来,是该怎样?

【返悔】同“反悔”。翻4:叫的应并无返悔,作凭证文书一张。

【犯】❶旧病复发。翻10:他有点歪揣性,怕你尊大望着你眼生,撒了撒犯了他疑心病。❷侵犯,冒犯。翻9:你就没好气,我也不回言,从无一点把你犯。磨33:任大王名远传,好一似雷震天,北兵那个敢相犯!增26:戏犯妃子还容小可,这桩事值得剥皮!❸触犯(法律)。富6:罢呀!我再犯了杀人的罪罢!增4:云魔女不耐烦,骂一声村长官,欺心你把律条犯!姑3:哥哥好也好不到这分天地,这意思要着咱犯了,好捱夹棍。❹因犯法、输等落在别人控制之中。寒5:阎王大怒,说:“凭你那里告。犯到我手里,休想还活!”禳2:你犯着我手里,我使上些唾沫打你。❺遭受。慈5:虽然犯了个猛虎关,必然还有个好因缘。翻4:这赵某他原是土豪一个,他的名是赵烈绰号阎罗。恼着他就犯了塌天大祸,吊在马棚内,打你一百多。❻恼火,急躁。增19:老鸨子这一声,羞犯了王老冲,二姐笑的眼没缝。增22:王龙输急了,一行称着银子,一行骂那头钱。二姐在旁里笑道:“你着俺大姐姐再给你寻个方法,那银子今遭还输不犯哩。”(此处二姐故意说输得还算少,还不着急,以此嘲讽王龙的“急”)❼通“范”,指好的架势、情势。姑2:(婆媳对骂,儿子)大成见不是犯,跑到屋里,把他娘拉出来,他那里还骂哩。❽通“泛”,向上冒出。慈2:好好的跑了,就到底不长进。笼里犯出羔团子——好势的也挎打,就少耗了也罢了。❾做,进行。磨28:看老哥什么高见,也该犯个安排。磨6:如今院中签票已到,要拿那做呈子的人。想是天明就有差人到了,你也该犯个打算。

【犯病】旧病复发。翻8:回了程,回了程,到家一望好伤情。忍着不哭笑呵呵,只怕他娘犯了病。

【犯差迟】发生差误。寒2:一日到了新泰县,新泰知县又通知,旧尸格只改了一二字。葫芦提忙乱了一阵,却倒也没犯差迟。

【犯查】发生争执。翻8:咱商量从容家去,休等着二次犯查。

【犯冲刑】冲犯刑星。日·堪:择日只莫犯冲刑。

【犯抵敌】进行抵抗。磨32:朝廷势大,常犯抵敌。寻个常法,不受官兵气。

【犯干戈】打仗,打架。寒3:赵家家人忙跪下,说他仇人也是多,不知这是那一个。别的是陈人旧事,惟有商家新犯干戈。

【犯招架】准备抵挡。磨29:朝廷家发了兵将到山下,要把咱一干人尽数擒拿；咱如今可也该犯个招架。磨32：连日听说那蒙古鞑子来放枪（当作“抢”），那大兵也犯个招架，必不能就到这里。

**【犯故唵】**犯嘀咕，疑猜。丑：看的金莲知觉了，斜转秋波开笑颜，不知是那里来的黑大汉（指猪八戒），心里着实犯故唵，模样虽丑汉子大，心里想到所以然。

**【犯聒啰】**（聒 guā）大声争吵。姑2：大成说这犯聒啰，怕他越发逞缕纚，母亲呀，弄的大家不安乐。

**【犯嫁娶】**结婚。禳20：佳人才子，极好的一对夫妻，您俩个违法犯了嫁娶罢。禳29：妙呀！我要做嫖客，合你犯个嫁娶，不知你肯那不肯？

**【犯讳】**触犯尊长的名讳。磨1：官不论是和非，听的人说过贼，总像犯了他祖宗的讳。

**【犯难】**为难，发生困难。闹：平仄里必得是分外清楚，久以后作诗句免得犯难。

**【犯商量】**相商，协商。俊：强人强人你再说，我看你有什么诀？讲好的咱就犯商量，不好原是命里拙。墙3：你再来做鞋做袜，也还该犯个商量。

**【犯算计】**算计，琢磨。磨28：李虎说：“你没在家，这孩子是那里的？”张龙挣了一挣，说：“我就犯算计，你说的极是！我去杀了这淫妇罢！”

**【犯往来】**来往，交往。翻8：我把书房两分开，不叫您俩在一块。他后日通了人性，您俩个再犯往来。增23：万岁自从写了回书，两楼上不犯往来。

**【犯相交】**相交，相好。磨13：叫一声方娘子你休弄歪像，我是那李鸭子合你是同庄，你合我犯相交有何妨帐？

**【犯相与】**相交，相好。富6：叫一声方娘子你不必弄像，我李鸭子合你就是同床，你合我犯相与全无妨帐。增13：姐夫好乔性儿！每哩既犯相与，就不问问么？

**【犯相争】**相争，争执。姑3：银是元封，银是元封，人家并不犯相争，他虽然回了来，原没说自家种。

**【犯寻思】**寻思，思考。翻9：姜娘子心里还犯寻思，大姐就跪下在面前，姜娘子连忙拉起来，长吁了一口气……禳24：那一日俺家里杀了一只鸡待亲家，才煮出来，我没犯寻思，就把那胸脯揎下来，包了包掖在腰里。

**【犯疑忌】**产生怀疑、猜忌。增1：我若说出地方，昏君离朝，万一日子久了，掌印的张皇后甚是伶俐，广有计谋，若犯疑忌，便问他串宫太监，遂说：“万岁出朝,那里去了?”知道的就说江彬。

**【犯疑影】**产生怀疑。翻10:下了骡到门前,庄里人来问安,个个都道蒙挂念。庄里老大犯疑影,怎么如今就回还?寒3:做斋到三更天,等三官去同眠,一等一个四更半。两个哥哥犯疑影,家前院后打寻来,井里也去打捞遍。

**【犯着】**❶犯得着,值得。寒3:一家里死了人一个,那里犯着来逞凶?说起王法全无用。增11:有金墩把头摇,叫姐姐你好嘲,那里犯着就上吊?❷犯在,落入。禳2:你犯着我手里,我使上些唾沫打你。禳2:犯着我手里我也着实敲,到那进前休告饶。

**【犯争差】**发生争执。姑2:珊瑚说在这里隔着太近,明知道何大娘一片好心,着您俩犯争差于理不顺。翻8:他二人犯争差,各人低头把饭爬,至到而今不说话。

**【饭场】**饭厂,煮粥以救济贫民的场所。磨1:奉旨各处都开饭场,那米未曾发县,上司就落起了八千石;发在厂里,那衙役又偷去了六千石。

**【饭店】**卖饭的店铺。增7:合该他时来运至,这大同城里不知有多少酒肆饭店,万岁爷正眼不理,一骑马竟进了玉火巷来了。增7:不是小饭店,东西皆尽全。

**【饭罐】**盛放熟食的瓦罐。禳24:俺不拾拾那车靽儿,也不挑挑那筐担儿,也不担那饭罐儿,也不挎那菜筅儿,也不曾楔楔那锄垫儿。

**【饭米】**饭食。翻9:大姐去拾掇的饭米,大家吃了。

**【饭盆】**盛饭的小盆。墙2:谁想家嫂他就极乖,好的留着自己穿,热了只给他破袄,好的留着自己吃,饿了只叫他刮饭盆。慈3:吃毕了才把碗敦,叫他来刮那饭盆,你把天理全伤尽!

**【饭钱】**饭费。富3:服事了有二十多天,张官人较壮实了,将饭钱合草钱共算,该一两五钱银子。磨18:二位公差,怎么不留下饭钱?

**【饭时】**吃饭的时间。禳22:见谯楼,见谯楼,浑身火急汗珠流。如今还未进城,天已是饭时候。磨18:这天将近饭时,遂向人问道:“这是个甚么地方?”

**【饭时候】**同“饭时”。禳3:蒙仲鸿死活留,蒙仲鸿死活留,难把身抽,三杯已是饭时候。

**【饭食】**指饭菜。增7:暖阁楼房高大厦,圈椅方桌仔细茶,酒果饭食都减价。

**【饭汤】**稀粥。慈5:张炳之听的哐哼,慌忙取了点饭汤来,灌了他一口,也咽下去了一半,从那刀缝子里也出来了一半。

【贩鲜的】卖新鲜水产品的小贩。禳16:哈哈！贩鲜的担着柳杬子——鱼活，我就好说。

【嬎蛋】孵卵。蓬1:龙宫海藏漏着脊，老鸱落在兽头边，燕子头上去嬎蛋。

【泛泛】形容很多的样子。日・昆:肉臭白蚓常泛泛。

## fang

【方便】❶便利。墙1:老头子日日闲，情着吃情着穿，着您媳妇常忙乱。方且早晚合冷热，怎么好向媳妇言？这里许多不方便。墙3:把灯安在床头上，夜壶放在这床前，坐坐睡了极方便。❷指钱财宽裕。富2:貌堂堂一少年，不奸诈不受钱，痴心好急朋友难。心慈又好买生放，活了生灵万万千，也亏他家原方便。❸提供便利、帮助。磨8:我走迷了路了，没处投宿，望祈方便，借宿一宵。❹可乘的机会。富4:套套圈圈，套套圈圈，不好说卢龙的知县官，慢慢的引将来，时时的瞧方便。

【方才】❶刚才，刚刚(事情已经发生)。姑1:珊瑚俩眼泪撒撒，说娘方才怒气加，亲娘呀，我还不知是为嗄。慈1:古时有一家人家，屋里有一窝燕子。那小燕子方才抱出，那母燕子被猫咬去。❷才(比单用的“才”表达的语气更重)，表示时间或条件关系。(1)刚要，刚(事情尚未发生或正在发生)。姑1:正说着，出了庄，老王方才待问他要往那里去。还没问出来，只见他抽出那剪子来，嗤的声照脖子一攮，就倒在地下。姑1:珊瑚换了衣妆，又来到婆婆房里。于氏方才洗脸，流水找着手巾，拿在手里伺候着。(2)表示达到某种条件或发生了某件事情后有相应的变化。墙4:一眼看见恨一个死，俺俩方才把心安，浑身衣服全不变。姑3:臧姑一垅也不要。大成见是实意，方才耕种了。(3)表示事情发生得晚。慈3:给他做了件粗衣裳，叫他穿着上书房，苦儿呀，近来方才渐渐的胖。翻1:又给他儿娶了媳妇，却方才有了替身。(4)表示对比起来数量小，仅，只。翻12:眼看着冬将残，父子遥遥万里还，二十年夫妻不相见。去时方才三十四，归家已是五十三，一家带泪来相见。禳2:可喜他聪明俊秀，今年方才十岁，已是成了文章，也是一件好事。

【方儿】❶药方。富4:将药煎熬，将药煎熬，亲手煽火不惮劳。那神天若有灵，就着我这方儿效。磨10:祝赞家神灵，着俺方儿妙。给他吃了，给他吃了，病去好似火燎毛。❷引申指写有解决问题方法的单子。禳26:若是念佛见效，我向如来便磕头，保佑俺再不把罪来受。若是举人的体面，刻方儿传遍千秋。

❸方法。增20:王冲霄在楼中,寻方儿把气争,大姐便说有法令。军家钱财看的见,赌场里合他显显能,务要赢的他掉了腚。

【方方】方形的。增15:头圆耳大方方脸,看你皮毛也像个人,怎么这样不帮村!

【方巾】文人所戴的软帽。禳5:小娃子十二三,戴方巾穿蓝衫,模样扎挂的极中看。禳13:正说着,只见公子歪待着方巾,喘吁吁的跑来,藏着在仲鸿身后。

【方且】❶况且,并且。墙:老头子日日闲,情着吃情着穿,着您媳妇常忙乱。方且早晚合冷热,怎么好向媳妇言?禳7:你找个甚么头儿去相相那江城,若是标致,就做了亲也罢了。方且是他自家主的,后日也怨不的那爷娘。姑1:不说他为人好,方且是活路多:爬灰扫地,洗碗刷锅,大裁小铰,扫碾打罗……❷正当,正值。禳13:老夫妇适刚才,正喜他夫妇得和谐,方且一言未落地,他从空中吊下个故事来,吊下来!富11:那里方且乱烘烘,打听消息且从容,到明年,待我自己上牛梦(地名)。

【方桌】正方形的桌子。增7:暖阁楼房高大厦,圈椅方桌仔细茶,酒果饭食都减价。

【方作】不详[①]。寒1:赵恶虎怒冲冲,怎么他没做声?想是心里还使性。我今把他降法下,方作却是治下生,赶上裂他个精光腚。要给我着实捶他,让他告我敢应承。

【坊】店铺。富3:背起行李甚凄也么慌,肚里饥饿又难当。走慌忙,急急去找店和坊,还有钱二百,当下且无妨。

【坊店】旅店。磨8:遂即又出了庄,解开被套,打发了脚钱,说道:"不知那里有坊店?"脚夫说:"顺此上东,还有二十里。"

【坊子】旅店。磨18:店主上,解子问道:"这边有开坊子的么?"答应:"有。"三人进了店。增5:恰好万岁来到近前,抬头见个老婆婆,便说:"夫人,你家有闲房借宿一晚何如?"那夫人道:"俺不是开坊子的人家。我是幼儿寡妇,自己吃的没有,怎留下你?"

---

① "方作"仅此一见。此处描写恶霸赵恶虎因霸占商员外("他")的土地遭拒而存心凌辱商员外,路遇商员外时故意让手下人把商员外掀下驴来,而商员外却忍气吞声,未作反抗而又爬上驴去。引例写赵恶虎由此更为恼怒,要下人重新教训商员外。"方作却是治下生"一句难以索解。有释"方作"为"因命相等相克而给别人带来的灾祸","这里指惩处、殴辱",但与上下文意不太吻合。又有释作"方才"者,于文意亦不相合。姑存疑。

【防备】预先做好准备以应付攻击或避免受害。增27:王尚书唬一惊,骂王龙小畜生,养活着他成何用!人家养儿防备老,不想他是个闯祸精,可把他达达送了命!增2:醉后休说朝里话,防备刺客有歹人,走漏了消息无投奔。

【妨事】碍事,产生不好的影响或后果。增2:游行游玩何妨事,我凭着齐天洪福,到处里有甚差迟!增25:百万笑道不妨事,他死的头向待中来,他就恼些也没害。

【妨帐】同"妨账"。富6:叫一声方娘子你不必弄像,我李鸭子合你就是同床,你合我犯相与全无妨帐。富9:不要慌,不要慌,半夜三更爬过墙,必定来做贼,杀了也没妨帐。增26:天师笑这无妨,只小心要堤防,祸福只在头直上。就是珍馐合百味,拿来但要你先尝,纵有失错不妨帐。

【妨账】妨碍,产生不好的影响或后果。均用于否定形式。翻1:还有四十亩薄喇地,也还打他几石粮,料想也还没妨账。翻11:离地抶了没半尺,掏出石头把镢伤,拿起看看无妨账。富13:叫声娘,叫声娘,如今咱家胜似常。俺爹爹就来家,料想也无妨账。

【房店】同"坊店",旅店。慈6:一日饭一顿,两个黑采蓝,夜晚不敢找房店。磨8:进门来把身安,把行囊下了肩,身上乏省去找房店。便就墙根铺下草,还得找块半头砖,怕硌头不妨着衣裳垫。

【房稿】进士平日所写的八股文选集。闹:我也不算荒疏,记得数年以前,曾见这个题目的文字。……猛想起某房稿曾相会。

【房官】乡会试时分房阅卷的考官。富12:大凡做房官的,不瞎眼的有几个?磨20:我想来没的巴,惟有中举压的楂,不由人才把房官骂。咱家紧急用举人,今遭不中太大差,这气怎么咽的下?

【房户】门户。富6:楼阁不曾减少,房户不曾增添。

【房师】乡会试中式者对房官的尊称。富6:只是他目下南京看他房师去了,这可怎么处呢?闹:赴筵宴,会同年,刻齿录,见主考房师,一切旧例,我都烂熟的,稳稳坐着等出榜了。

【房帏】寝室。磨23:休要争休要捶,到人家就有四样罪。一是多嘴管闲事,一是往来说是非,到处里人家房帏内;又搭上嫌寒道冷,遭着的不想二回。

【房屋】❶总称房子。翻6:若还是房屋不便,合小女就在我家。富5:呀!是怎么不见那房屋村庄了?想是梦中不成?❷里间,相连的几间房子里不直接通到外面的房间。磨6:果然进去,房屋里,坑里洞里,前头后头,都瞧了一遍。

(此处描写公差到张鸿渐家里仔细搜查,里间、各种坑洞等都是怀疑藏人的地方)

**【房帐】**住房和营帐。磨31:依小将的愚见,趁夜间他料咱远来乏困,不作准备,俺两个分兵直捣他两山的窝巢,取他的辎重粮草,烧了他的房帐,荡平两山,先去了他的翼毛。

**【房子】**房屋。翻10:姐姐到了开春后,把那墙屋拾掇开,雇人就把房子盖。禳3:老头子说在北门里头赁下了一口房子,今日要搬,只得合家收拾收拾。富12:公子说:"爹爹的下处宽阔么?"太公说:"只是两间房子。"

**【房子店】**同"房店",旅店。翻9:二相公要打尖,脚离蹬下雕鞍,蓦步进了房子店。买了麸子喂上马,店主慌忙走面前,上下都是包子面。

**【仿圈】**仿写汉字时镇纸用的长方形铜圈。闹:不免用仿圈敲动手板,吆喝几声"教书",可有主呢,也未可知。

**【访】**❶探望,拜访。翻2:我是来访熟人,并无带钱来,你留下我,也是无益。磨12:东庄里许梅庵,是新相知的个朋友,不免去访他访。❷查访,调查。寒8:二老爷代天巡狩,就访他异恶奇贪。磨14:原是自己不小心。一个按院访的人,怎么还敢来保他!

**【访婚姻】**向提亲对象的街坊邻居等调查打听对方家有关情况。禳7:庙外疾忙又起身,为儿百计访婚姻。

**【放悲声】**悲恸地哭出声来。翻10:(二相公从流放地)到了家,撞见大姐。大姐也迭不的问,跑到屋里说:"娘呀!俺二弟来了!"他娘往外就跑。二相公进来,大放悲声。寒1:大相公唬一惊,二弟端过灯,照了照已是送了命。抬了材来安排就,大家一齐放了悲声,没穿衣还等官司定。只哭的天昏地暗,乱嚷嚷直到天明。

**【放大赦】**发布大赦的命令。富6:济着我去撞,待几年,朝廷放大赦得回还。增28:万岁放了大赦了,叫这南北两院科子忘八快忙逃命,待举火哩!

**【放荡】**不受约束地在外游荡而不务正业。禳12:向来见孩子忧闷无聊,处处去放荡,也还不忍的说他。磨16:他料我不能出大门外,想畜生闲游放荡,必然是玩耍当街。

**【放倒身】**❶躺下。翻2:方才放倒身子睡,却又翻转睡不着,睁眼已是日头照。翻2:仇福先说不吃了,两个解衣放倒身,上床解开心头闷。❷趴下。慈5:大官人放倒身磕头几个,拜爹娘要登程两泪如梭,这也是天教我人离家破。

【放倒头】同“放倒身”。❶躺下。富6:两个解子放倒头就似泥块一样,臭杀人那一个噬了一床。磨24:闷恹恹在绣房,夜无眠日又长,终日倒在牙床上。放倒头来睡不稳,起的身去困难当,浑身不知怎么样。❷趴下。慈5:哎,放倒头多把观音拜几拜。

【放刁】做刁诈的行为。磨3:呈词精微笔如刀,句句真情非放刁。

【放刁赖】同“放刁”。磨4:大伙成群放刁赖,分明几个大秀才,把持衙门把官害。

【放风筝】比喻放任自流、自由自在。禳23:自从离了俺,花边又柳边,想那里放风筝好自然。禳23:呀!他中了么?您太爷也该不怨我折掇他那儿子了。济他放风筝,怎么中了呢?

【放狗臭铳】詈语。相当于说“放狗臭屁”。增17:万岁爷气冲冲,骂奴才养汉精,放你娘的狗臭铳!

【放空】放箭而未击中目标。快3:飞鱼袋内取弯弓,搭上雕翎不放空,今日全凭你支架,一撒直中老贼雄。

【放款】放松一下规矩。富8:方娘子虽然未守寡,然供给儿子读书,也极费力。因他进了学,就不给他请师傅了。一女子撑持门户,请师傅着实艰难。做了秀才略放款,自己听着他把书念。(此处描写方娘子在儿子考中秀才后,因经济拮据而让他在家自学,而不按一般规矩请人教授)

【放亮】黎明时东方天色开始变亮。禳20:五更鸡叫闹喧喧,一刻难捱最可怜。看看东方已放亮,太阳好似鳔胶黏,人那哎哟,鳔胶黏。禳21:哥嫂叫他受苦磨房,一推一个东放亮。

【放马】松开缰绳让马快跑。禳22:不敢放马加跑,怕开了难收救。磨31:刘奇听说,疾忙撤兵回去救援。才待放马,赵胜杀出,大喊一声,把行阵冲乱。

【放屁着把拿】比喻说话之后又反悔。墙1:老头子忒也差,当日分地为甚么?今日又说糊突话。一个口唱两个曲,放屁又要着把拿,是别人我就失口骂。

【放枪】同“放抢”。“枪”为“抢”之讹。磨32:连日听说那蒙古鞑子来放枪,那大兵也犯个招架,必不能就到这里。

【放抢】军队进行的有组织的劫夺。慈1:他的结发妻是姓王,娶了二年多,遇着达子放抢,掳了去了。翻1:忽然那一年陕西大乱,贼头郑六来扶风放抢,掳了许多人去了,就有仇牧之在内。

【放赊账】把买卖的货款记在账上延期收付,比喻别人待自己有亏欠时暂不计较。禳18:兄弟们好的时节多,怎么全不放赊账,就着江城去打俺婆?

【放赦】❶同"放大赦"。磨5:等到那朝廷放赦,那时节再讲回还。❷比喻说出宽恕的话。禳12:若还得金口放赦,那公子定无他言。

【放赦书】同"放赦",比喻说出宽恕的话。禳12:亲家不放赦书,小弟就跪到明年。

【放身】同"放倒身",躺下。丑:放身倒在床儿上,迷迷糊糊不动弹,睡着不醒起来坐,及至起来又不安。增7:老客一路多辛苦,铺下床儿放放身,休息休息眼不困。

【放声】放开声音,指尽情地说话或哭笑。墙4:张二也一跌:"可是呢!已是挺挺了,怎么处?"放声大哭:"我那银爹嘜,你疼煞我了耶!"琴:看看时辰不大远,母亲旁边擦泪眼。使不得对我大放声,怎么不叫我心肠软?

【放头】❶指躺倒(很快地睡觉)。磨25:爷儿放头眠,心中喜欢睡不甜,略合眼已是鸡声乱。磨33:醉醺醺上床,美人进帐,麻煞一场,放头一觉东方亮。❷聚赌作头家。日·赌:窝赌放头如断路。

【放下脸】拉下脸,故意做出严肃不乐的脸色。琴:本等心里怪爱笑,人脸前头放下脸。

【放响马】派出强盗抢劫。增16:俺不过是个女孩家,俺会放响马,扯溜子,倒骲头算计你?不过是爱你那好丝弦。

【放心大胆】无须畏缩。增18:万岁说:"二姐你放心,到那里见了王家那小撕厮,他情管给我磕头。"二姐说:"你又发风哩!他贵压当朝,财帛甚重,志大胸高,吃酒中间磕你顿拳头!"皇爷说:"你放心大胆,咱去罢。"

【放行】允许离开。禳11:虽然不饮,天已昏黑了,没有放姐夫行的了。

【放学】学生课毕离校。禳2:天已晌午了,也该放了学了,怎么到如今不来?禳2:放学来家吃了饭,不要移东又转西,一直径往书房里去。

【放愿枪】指随心愿去行动。富9:立火状,立火状,因着黑夜去爬墙。央保正作中人,再失事上他的帐。放他愿枪,放他愿枪,都怨李大无主张。傻着脖子跟了来,几乎把这残生丧!

【放着】❶放置着,搁放着。蓬3:就是头上放着刀剑,锅内烧着滚油,舍上这个性命,也着那魂灵儿跟着你走。增20:不如问他要张文约,那怕他告御状上本章,咱放着证见。❷暂时搁置着。翻5:我待治人来,倒着人治了这么一下子。这是从那里说起!且放着他的,我定寻法给他点亏吃。俊:宗亓人实是贫,一个差净了身，算来真是活倒运。放着籴米不籴米，痴心只望去赢人，如今剩了一条棍。❸白白地让现有有利条件搁置着而不加利用或顺从。俊：放着天堂不走，照着地狱生钻。禳26：放着自在不自在，又寻蚰蜒磋耳朵，只怕又弄出什么祸。增16：那万岁穿的那绑腿鞔鞋沉重，那楼板声音又响亮，故意扑咚扑咚的使那脚踏。二姐说："放着琵琶不听，你躁嗄哩？"❹放在。翻7：蟒蟮棚彀捧呀大，你那嫁装那里安？放着那里也方便。增15：二姐你好脏！俺那里茶壶放在桌子上，使布蒙着还怕涠了；你这里放着床底下，那客来到家，怎敢刷净了茶壶，那客待中去了。

**【放猪】**负责把猪赶到野外吃草和活动并加以看管。禳28：要把你打扮齐整，嫁于那放猪的老陈。

## fei

**【飞趟飞跑】**飞快地跑。慈3：赵大姑说这不消，俺那叫驴大又高，您妗子呀，飞趟飞跑岂不妙？

**【飞颠】**飞跑。颠，通"趟"。富4：扯腿飞颠，扯腿飞颠，赶上拿住一齐拴。富13：好公子拨转马要亲自去看，一马夫头里跑一溜飞颠。

**【飞风】**飞快。富9：老破军，老破军，飞风各处报族人。

**【飞果】**一种油炸食品，不详。日·饮：透油飞果有掏环。

**【飞红】**绯红。增13：二姐斟酒未送过去，就满脸通红，羞愧难当。（唱：）小二姐面飞红，没奈何斟上杯，无精打彩把酒送。

**【飞空】**不是空言、假话。"飞"为"非"之讹。富10：方娘子在房中，忽见着报条红，当是一个糊突中梦。我那儿小小顽童，怎能折桂到蟾宫？还疑错把报条送。……问了问府县相同，这个信的确飞空，娘子不觉心酸痛。（磨21描写同一情节时的唱词为："看了看府县皆同，这个信却非空，不觉叫人心酸痛！"）

**【飞跑】**飞快地跑。磨6：一行说话，方相公把那驴打的飞跑，说："咱紧着些。"磨13：鸭子闪了一闪，吊了一只鞋，往外飞跑。增25：今夜里任凭怎么留他他不住下，自己打着个灯笼，飞跑的去了。

**【飞鱼袋】**绘有飞鱼的箭囊。快3：飞鱼袋内取弯弓，搭上雕翎不放空，今日全凭你支架，一撒直中老贼雄。

**【非刑】**在法律规定之外的残酷肉刑，泛指酷刑。寒5：我若是说还告，不知又动什么非刑，受了苦可也无益，不如就说不告了罢。寒7：削去他二十年福寿，到阴间再受非刑。

**【啡啡】**象声词。形容大口喘气的声音。磨29:金总兵气的啡啡的,说:"你敢合我斗兵器么?"

**【肥】**❶动物肥胖,脂肪多。钟:今日是钟馗哥哥寿日,本欲猎取百头肥鬼,以作祝寿之资,谁想哥哥口福不济,半日冥搜,止捉得小鬼一头,如此寥寥,成何礼数?闹:手艺人吃的是肉肥卤面,可惜俺念书人饿的可怜。❷衣物肥大。翻9:你可打量肥合瘦,咱俩做成你可穿,我可去找找针合线。❸指人胖时带有贬义。磨4:马知县不大肥,两个眼好似贼,他来磕头曾相会。(马知县为贪官)❹有钱,收益多。翻12:寻思着仇家肥,人马到满载归,一点事儿全不费。禳17:小长命说话差,把个肥缺却让给咱,姐夫方才答应下。禳4:高大爷家相公进了,这就是个肥主子,摊着他也是咱的造化。

**【肥皂】**把皂荚或肥珠子等捣烂制成丸用以洗涤去污的东西。禳16:换上对花鞋,搓上脸肥皂,着他看一看就软了腰,给他点笑脸魂也消。增21:丫头得了金豆,百样的奉承,将一个托盘承着四个肥皂,上头顶着来献给。

**【肥泽】**肌肉丰润。禳17:约有一月不相见,丰范肥泽更异常,腰带粗大容颜胖。

**【废命】**丧命。富4:拿起那将折的腿,顾不的稀烂的腚。拿腿仍崩,拿腿仍崩,路上坐下才哐哼。都说是好他娘,几乎来废了命!

**【费事】**❶费力,事情复杂,不容易办。墙1:你如今老了,封粮纳草都操心,吃饭穿衣也费事[①]。不如把地分开,你情八石粮食罢。禳24:譬如两厨子打发主人,省事的着人做,费事的着咱做。❷用于表达感谢之情,表示对方付出太多。墙1:李氏出来说:"东西不济,你好歹吃饱,休饿着。"李老说:"我能吃多少,你忒也费事。"翻7:到了十五日,大姐着人买了十六盘礼送了去。范公子说:"这样费事!"增22:万岁说:"连日取扰,我今日也备了一盅水酒,携来同乐。"王龙道:"通家何必费事?"

**【费头】**花费的项目。翻6:就再待二年,咱也没有大费头,不如依着他。

**【费用】**动词。花费,开支。姑3:那刺蘼树下埋着几两银子,回那地,您两口好费用。富9:这不是我愁你家里过不的,又愁着读不起书,我连年攒了这几两银子,捎来给你费用。

---

① "封粮……费事"两句路本无,此据邹本。

## fen

**【分灯破狱】**道教斋醮的一种仪式。“分灯”是在道坛的灯一时间全部熄灭以后，道士再重新行法点灯，表示使光明世界再生；“破狱”指打开地狱、拯救亡灵。日·僧：分灯破狱总胡云。

**【分付】**同“吩咐”。磨12：两个携手到了店里，梅庵分付：“筛上酒来，拿过几样果肴来。”增5：那夫人听说，即速上了绣楼，将小姐打扮。曹重分付抬下香案。

**【分两】**分量。增21：跷蹊！我这银子虫子打了么？怎么有堆堆没分两？

**【分明】**❶清楚，确定。墙2：兄弟们厚是极厚，财帛上也要分明。姑3：从容细听，从容细听，听的那韵甚分明，才知道那宗银，不是好来送。姑3：全然不提，全然不提，算是我更得便宜，若要说分明，又呴多少气。❷语气副词。明明（表示显然如此，确定如此。与上下文意思往往有转折）。姑2：跑了为佳，跑了为佳，分明母亲做事差，好合歹难出口，出上个不说话。慈2：没娘孩，没娘孩，一跑跑到他姑家来。这也不是赵家庄，分明就是三界外。翻7：范小姐出画帘，分明是玉天仙，声音好似春天燕。

**【分书】**分家时立的契约。姑2：大成又让他地土、宅子，都着他拣了去，臧姑才依了。又吩咐只留下三十亩薄地给他哥。大成说：“就是这等。”当下同着沈大姨立了分书。翻8：二相公骑上骡，合公差走了。就来查他的产业，保正勒了册子，给了公差。大姐不依，拿着分书去见官。

**【分诉】**辩解。增3：进府去不由分诉，把江彬即时绑了。

**【分头】**❶冲着头（打）。慈3：赵姑怒发，赵姑怒发，一霎气的眼前花，拿起杴柄来，就要分头下。翻3：那床上一个碗盆子，拾起来分头就打，打了一个跟头，鲜血直流。❷分别向不同的方向。磨19：把人拿，把人拿，分头跑了十二三。只捉住了五六名，每人打了一百下。

**【分心】**正对着心脏。快3：我就一马闯出去，分心刺杀老奸曹。快4：单照曹操分心刺，一下就成致命伤！

**【分消】**分掉。墙1：他说的一阵天花落，老头子全没主意，几亩地一并分消。

**【分张】**分离。富3：不知千里久分张，访人那定不空忙？我的天哟，指望难，叫我难指望。

**【纷纷藉藉】**纷乱。闹：只听得悠悠扬扬弯弯曲曲门子声低，见一群纷纷藉藉吆吆闹闹归房皂隶，嘻嘻哈哈号声一片吹。

【纷纷闹闹】纷乱。增17:万岁已将楼门开放,丫头们纷纷闹闹,端洗脸水的,拿手巾的,替二姐梳妆的,不一时梳洗停当。

【纷纷攘攘】纷乱。翻12:仇牧之来了家,范公子、姜相公,都来认了亲家,彼此极甚亲热。逐日断不了有来看望的、贺喜的,纷纷攘攘,来往不绝。

【纷纷嚷嚷】同“纷纷攘攘”,纷乱。增14:且说这院里有许多姐儿,正在那里议论佛动心,说一回,笑一回。丫头们来说:“众位姐姐,你看佛动心接了皇帝来了!”这姐儿们听说,一个家开门的,上楼的,扒墙头的,纷纷嚷嚷,无其代数。

【坟林】坟地。日·堪:坟林难得地宽平。

【坟头】坟墓的尖顶,代指坟。富5:不觉三月清明又来到,杏卸放红桃,坟头把纸烧。可怜俺他乡人,万里遥!磨22:三月里,上坟茔,家家麦饭过清明。谁家寡妇坟头哭?惟有愁人不肯听。

【坟茔】坟地。墙4:你如今徉徜死去,这口屋就是你坟茔。翻7:吩咐到那行了礼,上了坟茔散了鞋,婆婆是该行八拜。

【焚骨扬灰】把尸体焚烧并把骨灰散扬掉。墙4:说一声浑身不大好,都来要钱挤成堆,有与没可把何辞对?若还是说声没有,未必不焚骨扬灰!

【粉儿】装饰用的白色粉末。禳20:嫌粉儿白的挣新,嫌胭脂红的太深,一半点倒合江城近。

【粉粉碎】非常细碎。增28:百样装的假面目,千人靠的臭囊皮,登时剐了个粉粉碎。

【粉面】指女性的脸。翻5:恨的他银牙咬碎,气的那粉面通红。……请了仇祜来商量告状。增13:二姐听说这话,吃了一惊,方才猛抬粉面,斜转秋波,细细的打量万岁。

【粉皮】用粮食淀粉制作的圆形薄片,可用来做菜。日·菜:粉皮染作红搭撒。

【粉身】形容牺牲性命。磨36:日思想不能得勾,粉身莫报,刻骨难酬!

【粉头】妓女。禳17:官府昨日说,宅里白黑的事体,或也烦多,着你打那粉头家的课税钱。增19:小大妮子,你待死么?怎越大越糟囤了?这粉头还有公母么?大姐夫称上银子罢。

【粉土】石灰粉末制成的块或片。墙2:(王银匠上)生着一炉火炭,手拿一把铁钳,热糟长放在炉边;又把那粉土打礶,加上吹筩吹罢,往里常撒销铅,铀子也抹二三钱,因着这手儿抹惯。

【粉团】淀粉结成的团块。慈6:张同知恰早回还,看了看面似粉团,慈悲不觉心怜念。

【粉糕】同"粉团"。日·饮:茴香莳萝并粉糕。

【粉臀】指女性的臀部。增18:这大姐轻举粉臀,尖伸妙腚,略坐了一坐,果然刺疼难忍。

【奋志】同"愤志",发愤立志。富4:却说方二爷回家,奋志读书,果然到了八月里,中了第五名经魁,报子来监里报喜。

【分资】共同送礼时每人分摊的钱,份子。禳32:大贤弟得令郎,做的梦甚吉祥,将来定有个尚书望。亲戚朋友都喜欢,大家今日敬登堂。小小一幅红锦帐,每人分资五百两,就借重子雅的文章。

【忿不上】很愤懑,愤愤不平。快1:论死杀数俺强,诛文丑斩颜良,五关也曾斩六将。怎么诸人都用了,单留下俺关云长?这事教人忿不上!

【忿忿】愤恨不平的样子。磨34:张鸿渐同三大王插刀忿忿而行。寒5:二相公气忿忿,急慌忙往前奔,逢人便把程途问。磨6:我想当今之世,甚么公道?放着科甲不争,争甚么闲气?一些人见我不肯,还忿忿而去。妹丈张鸿渐,与我所见略同。翻1:仇徐氏怒忿忿,骂尚廉不是人,看着我值几两银,白黑铺排心使尽。增23:万岁气忿忿的离了北楼,一行走着,一行骂道:"我不剥他的皮,我不算手段!"

【忿气】怒气。磨34:解甲投戈忿气收,奴才也望俺低头;若非承受尊君命,斩却贼颅恨始休!

【粪门】肛门。日·疾:悬痈只近粪门边。

【粪田】为土地施肥。翻11:或是镢或是掀,扫出来好粪田,姊妹俩常把灰来卷。日·养:成担成筐好粪田。

【粪土】可以做肥料的废土(如炕洞土、旧屋墙土等)。翻10:剩了他娘四个在那破屋里,支锅做饭吃着,每日倒蹬那粪土。农·附·布地桑法:根渐旺,留条渐多,五年后相交,则斸断,掘去添以粪土,浇过即旺,次后压成栽子,又别栽之。

【愤发】发愤努力。富10:我儿还该愤发,这举座压不住仇家,仅能不着上门骂。磨21:我的儿还当愤发,这举人压不住仇家,仅能不着人家骂。

【愤志】发愤立志。磨13:二哥赌气,愤志青云,过年连登进士,才把我送进家门。磨17:送列位返故乡,管一路保安康,各人愤志青云上。

## feng

【丰标】❶(人)漂亮,英俊。禳8:大男俊秀,小妇丰标,拜倒双双,叫我心欢乐。❷风度仪容。富13:张老爷少年英妙,十九岁绝好丰标,齿白唇红模样娇,玉堂金马忽然到。

【丰范】对人风度仪容的美称。禳17:连日来热难当,不敢出门汗似浆,今日清凉把你望。约有一月不相见,丰范肥泽更异常,腰带粗大容颜胖。

【丰肥】肥大。钟:前日猎得一鬼,名曰傻虫,身体伟大,臀腿丰肥,绝好一个食料,赚他往送贺仪,就便充作一品,有何不可?

【丰隆】高大饱满。禳31:看孩儿不凡,看孩儿不凡,定然是麒麟来送。头圆耳大,像貌丰隆,又是一门老少喜重重。

【风标】同"丰标"。❶漂亮。增6:心忙不看城外景,闯进城来四下瞧,三街六市人烟闹。果然是男清女秀,一个个异样风标。❷风度仪容。禳11:王子雅好风标,又诚实又饱学,做诗写字皆精妙。

【风吹日炙】风吹日晒。增7:江彬砍头的,哄了我来!你说三千名妓亚赛嫦娥,这就是样子了么?我晓的还在里头哩,恐怕风吹日炙晒黑了。

【风颠】❶疯癫。禳20:席儿各处高张,吃酒的逐队成行,醉乡人渐有风颠样。增15:那万岁故撒风颠,二姐说好个大呆瓜!❷指四处游荡。禳23:爹娘生下一个男,嘴里衔,任他南北去风颠。

【风风势势】疯疯癫癫。增16:二姐听罢心忙乱,看长官风风势势,谁想有这样丝弦!

【风话】疯话。增16:皇爷说:"二姐,一处不到一处迷。你到咱家里看看,杂粮囤一般。"二姐道:"我不听你乜风话。"

【风快】飞快。快2:低头不语往前行,万橹齐摇不住声;吱吱呀呀一片响,小船风快如流星。

【风里言风里语】疯言疯语,话语听起来不正常。增6:张大哥,这长官说话有些京腔,风里言风里语的。都说万岁爷待来看景呀,咱两个福分浅薄,也会不着那皇帝,只怕是出来私行的官员。

【风炉】一种小型的炉子,用来煮茶烫酒等。闹:叫老军,快搧起火来。你给我吹风炉速煮参汤,免得俺空肚子虚火煎熬。

【风霜快】风快,飞快。穷:黑叫驴,红鞍鞯,打一鞭,风霜快。

**【风头】**风的势头。寒5:一霎走了三十里,后边来了鬼一群,看看来的风头近。二相公回头观看,凶纠纠像是拿人。

**【风信】**传言,风声。磨14:年时那天大旱,递了旱灾,有了赦粮风信。马老爷恐怕赦了粮,一发狠打,七月里要十分数全完。

**【风月场】**情场。丑:虽然是长嘴大耳,不成个行款,他到那风月场中调起情来,比那行者还怪。

**【风月行】**妓院行业。增15:这丫头,问了问他那家乡,就无休无歇的哭起来了。一来是他不愿风尘,二来见我帽破衣残,怕风月行中姊妹们嗤笑他,他怎么不恼?

**【风云】**❶风和云。寒5:一霎时风云缥缈,过了些绿水青山。蓬7:一霎时风云似箭,就听的箫管齐鸣。❷比喻高位。富8:三劝你风云在念,要平步直上青天。读书思想中状元,不中还是功夫欠。前拥后护,坐轿为官,那样峥嵘,不过是个秀才变。磨16:二劝你风云在念,要平步直上青天。读书思量中状元,不好还是功夫欠。前拥后呼,坐轿为官,那样峥嵘,不过是秀才变。

**【风云得志】**得势腾达。增24:百万明知是天子,却又不肯撒了汤。说爷是个王侯相,望后日风云得志,看一眼莫要相忘。

**【风张风势】**疯疯癫癫。增16:这长官说话风张风势的,他的东西到有些古怪,花花厘厘的这是什么?

**【封堆】**❶用土掩盖栽植的树苗根部并往高处堆积。农·附·布地桑法:上半坑摊熟土,轻筑令平满;附身土勿筑,用虚土封堆,周围自成环池,可以浇水。农·附·劈接树法:周围又以新桑皮缠牢固,又封泥于桑皮上,然后以湿土封堆,接头上可厚五寸,以棘遮护。❷堆起土堆作为标记。寒8:管家去仁宇陪,地两顷立封堆,进庄又有看宅一位。

**【封君】**因为子孙显贵而受封爵位名号的人。禳23:到我又隔了一辈子,高蓄生的也聪明,只怕咱没有封君命。闹:只是还有两个人脸蛋子最难看,一个是搬着鼻子要做封君的老官,一个是跷着脚子要做公子的小犬……

**【封粮】**向朝廷缴纳粮食充作赋税。翻5:他为封粮卖了地,赌与不赌不知他,事到而今还说嗄。磨4:极好的个马知县,到任三日,那屏子发了传单,德政歌儿贴在墙上人人见。……不封粮,只给衙役没体面。

**【封粮纳草】**也作"纳草封粮",向朝廷缴纳粮草充作赋税。墙1:他说我年太高,不宜量把心操,八石粮不用开口要,又不封粮不纳草,吃穿使费都勾了。

富9:打油称盐,打油称盐,纳草封粮都用钱。

**【封纳】**封粮纳草。磨3:既不幸遇俭年,又遭着虎狼官,打了牙只望肚里咽!明日大赦已将到,竟把钱粮封纳完,闭了门且吃安稳饭。

**【封锁】**封闭加锁。磨36:可教一切家人尽且散去,把大门封锁了。闹:在下没有一所闲房,庄内有一座观音堂,没招和尚,庙门封锁,可以借居,还得与众人讲议。

**【封筒】**盛放文件等的封套。富4:方二爷把老马的款单又改窜了个结实,封裹停当,拿了公子一个名帖,一封筒装了,使人送给按院。

**【封印】**官署于岁末年初停止办公。比喻暂时停止。俊:进的门来就是吵,口口声声不长俊,紧一阵,慢一阵,只等我颠了才封印。

**【封赠】**❶皇帝对官员父母授予官爵,生者称"封",死者称"赠"。慈3:左右是您的孩子,与我甚么相干!他就挣下那封赠幞头,还有他姑的哩么?富1:自家的官诰四五次,儿孙的封赠十数番。❷指封赠的幞头。禳33:我若今年有造化,挣一顶封赠与爹娘,方才遂了心中望。

**【疯颠】**疯癫。增3:万岁闻言吓一跳,森森的恐怕露机关,登时就把容颜变:平白的呼皇道寡,这巡检好像疯颠!

**【疯魔】**疯癫,不受约束地到处游荡。禳23:爹娘生下一个男,嘴里衔,任他南北去风颠。书本全不掀,老婆任意搬,对旁人还要说我不贤。……八月场三完,侥幸第十三,想是又疯魔了张解元。

**【疯人】**疯子。禳32:禀知老爷:外边有个疯人,自称张邋遢,要见老爷。

**【蜂子】**蜜蜂。增19:我做蜂子实是强,百般花蕊我先尝。吃的肚儿饱饱的,蜂窝里头去乘凉。

**【逢】**碰到,遇到。墙2:好了,养活了半月,且喜逢着小尽。今日初一,冷不冷的把他送去。慈6:张讷走了两省,已是二年多。其初逢冷逢热,还不能不换换衣裳;后来盘费没了,也就换不得了。增9:乍会初逢,敢蒙姐夫照顾。

**【逢五排十】**每月凡是有五(初五、十五、二十五)和十(初十、二十、三十)的日子。寒5:阎王的牌日是逢五排十,还隔着二三日。

**【缝儿】**❶缝隙。闹:似阎君在歇魂台畔,他频频将生死簿翻,一会写了两三言,黑溜溜传与合场看,见了的打罕,乍寻思并没个缝儿钻。❷比喻自由的空间。禳16:既做个汉子,也背不的打,那打时节也给他点缝儿,既不可太宽,也不可太严。

【凤翅】武士所戴的凤翅盔上的装饰。磨29:头戴金盔凤翅展,身披铠甲黄金板;带内常弯百石弓,箭似小枪三十杆;一口宝刀耀眼明,一杆铁枪十斤纂。

【凤楼】同"五凤楼",宫内的楼阁。代指朝廷。参见"五凤楼"。磨27:常恨那科道骨都着嘴儿,该把那眼抠!我若还行取进京,定要撞到凤楼!

【凤头簪】妇女用的一种有凤凰形装饰的簪子。蓬2:恨不能把身子变上一变:爱你的鬓头,好变一对凤头簪;变一块螺黛,画你的春山;变一瓶胭脂,近你舌尖;……增4:虽是庄家女,却也似天仙。乌云蟠龙髻,斜插凤头簪;秋波如绿水,两道柳眉弯;……

【凤尾蕉】即铁树,也叫"避火蕉"。一种凤尾蕉目多年生常绿植物。夏天开花。结实大如桃,赤色。枝叶似凤尾,树干似芭蕉,故名。日·花:凤尾蕉能除火患。家政外编·诸花谱:凤尾蕉,能辟火患。

【凤仙】一年生草本植物。叶子披针形,夏季开花,花二三朵同生叶腋,花色不一。日·花:凤仙山茶皆妙品。家政外编·诸花谱:凤仙,变化多般,春间种之,勿令结桃,则花长茂;重至数层者佳。

【凤友鸾交】情投意合的男女。禳8:我家造化,娶了个好媳妇。真可称郎才女貌,一双儿凤友鸾交。禳30:到而今房中夫妇,竟成了凤友鸾交。

【奉】❶送,奉送。寒1:那远近人家,都是要一奉十,谁敢梗令?蓬6:过年我赴蟠桃会,好桃先奉吕纯阳,你可休把荐师忘。禳4:从那来了个春风鼓,童考考到六十五。没钱奉上大宗师,熬成天下童生祖!❷奉养,侍奉。禳8:几句话我儿在念,奉公婆孝顺为先,做媳妇这是头一件。增22:佛动心喜盈盈,比昨日大不同,千式百样把朝廷奉。❸接受(用于对上级或尊长,表敬意)。慈2:炳之不言心里笑,孩子去了正待去瞧,哎,今日奉了明文越发妙。富2:我奉了军门完宪票,也不是私将人拿!❹奉祀。寒8:一来怕员外嗔,二来奉二郎神,三来天生真贤俊。❺敬辞,用于自己的动作涉及对方时。如"奉拜、奉访、奉供、奉贺、奉饯、奉陪、奉请、奉劝、奉让、奉送、奉托、奉谢、奉赠"等。禳3:临起身登门奉拜,谢谢他大德洪恩。磨12:许梅庵说:"兄台那去?"鸿渐说:"正要奉访。"梅庵说:"甚好。舍亲家酒店里有极好的酒,咱去饮一壶。"磨35:下官要奉饯奉贺,看酒来。快1:将军息怒。不是不用你,到有个极吃紧的去处;极得一员大将;只是踌躇了几回,不敢奉托。磨36:在坐的都起来稽首。果老说:"我还该向诸位奉谢。"

【奉申】送礼单。磨14:狠骂一声狗秀才,蓝衫节柳头巾歪!……你把文章丢放开,只知向衙门日日来,狗秀才,攒锦屏必有奉申拜。增6:白银赢了六钱整,当与长官来接风,权当写了奉申敬。

【奉央】表示央求对方的敬辞。翻9:若是他不回头,我也不敢来奉央。磨3:鸿渐说:“诸兄齐临,有何见教?”众人说:“有事奉央。”

## fo

【佛面】比喻仁慈的态度。禳12:今日里望亲家千千万万,小妮子不成人罪大弥天,多亏好公婆佛面相看。

【佛头青】牡丹花的一种,花呈绣球形。日·花:佛头青上金钟度。家政外编·诸花谱:佛头青,宜阴燥,春日分种。

## fu

【夫】❶丈夫。翻8:(回目)归夫家慧娘立业,中奸计仇禄充军。禳10:为个人谁没有夫也么妻,把爷娘骂破嘴唇皮。富5:他到底,是个狐,不是从小妇合夫。❷马夫。禳29:这银还有六十馀两,待俺称上五十两,老王把这银子交给王宁,叫他备上马一匹,夫二名,前去交了兰芳的身价,好合他来。❸文言虚词。闹:七“夫”七“盖”,不错。圣人贤者,不错。题目字迹,七真七草,并皆合式了。“夫”“盖”字不错分毫,大小结并皆完好。

【夫妇】夫妻。翻9:大姐吃干了盅,往外就跑,说:“您两个吃盅合劝合劝罢。”出来把角门挂了。他二人从此又成了夫妇。蓬2:天上虽好,总没有夫妇之乐。禳10:娶了这个媳妇,全不孝顺;但得他夫妇合好,也还罢了,又听的他每日吵闹。做公婆的也只得推聋装哑。

【夫妻】丈夫和妻子。墙3:张二夫妻去了。张老说:“奇哉怪哉!怎么两个儿,两个媳妇,都孝顺起来了?”蓬4:那孩子生的唇红齿白,夫妻爱如至宝。禳15:自从合气之后,公婆把他儿郎唤着,俺夫妻分院而居,这也罢了。

【夫人】❶对自己妻子或他人妻子的尊称。磨36:回来合舜华说道:“夫人,你看如何铺设?咱家里有的是红毡坐褥,可看着儿孙铺置。”舜华说:“我已是铺设停当了。我还嫌你装官呢。”太公说:“我不曾装官。”舜华说:“你称我夫人,我心不以为乐。”太公笑说:“今日还叫娘子,我觉着亲而不尊。”禳2:俺本宦官后人也,家中有万金产业。我合夫人周氏,都是六十余岁。增5:恰好万岁来到近前,抬头见个老婆婆,便说:“夫人,你家有闲房借宿一晚何如?”❷命妇,明代一品二品官员之妻皆封夫人,清代并封宗室贝勒至辅国将军之妻为夫人。磨27:我这

儿媳，天生的一位夫人。(此为儿子中进士并选了翰林之后的话)

【夫主】丈夫。增13:(妓女二姐:)我命苦对谁言？有烦恼积心间，我好将谁胡瞒怨？却是奴家前生命，烟火相伴乱人眠，不管老少俺陪伴。到晚来无穷的夫主，天明了大不相干！(此处指嫖客)

【麸子】小麦磨成面筛过后剩下的麦皮和碎屑。翻9:二相公要打尖，脚离蹬下雕鞍，蓦步进了房子店。买了麸子喂上马，店主慌忙走面前，上下都是包子面。日·器:麸子留与牲口吃。

【伏波】伏波将军，汉代至南北朝时期的将军名号。一般指东汉的伏波将军马援，他以南平交趾、北出雁门的武功和“男儿要当死于边野，以马革裹尸还葬耳”的豪言壮语闻名后代。富2:(赃官马知县虐待秀才方二相公之妹，方二相公发恨要报仇)这书有分教:三军尽赐秦王酒，留得老皮裹伏波。磨6:秦王赐罢三军酒，留得老皮裹伏波。(此处借用马援“马革裹尸”的典故表示要剥了马知县的皮。知县姓马，“老皮”即指“马革”)

【伏儿】也叫“伏子”，称量油类、酱油、醋之类液体时的木制或竹制小桶，有长的提手。禳24:俺可碹了一块肉胡儿，转了一个鸡脯儿，偷了两对鸽雏儿，香油称了一伏儿，清酒落了几壶儿，炭块还够一炉儿，拿到家里，老婆孩子大家好揎。

【伏侍】侍候，照料。磨18:这是二位公差么？方二爷吩咐，路上好生伏侍，回来给您二位酬劳。磨23:近处没有好的。那胡突着刻刻八字，巴几句瞎话，唱个《打枣杆儿》，怎么伏侍下太太来！磨27:玉兰、瑞香，可伏侍太老爷房中去罢。

【扶】❶搀扶(别人)。慈3:亏了张炳之见他没来，着一个小厮牵着驴去迎他，扶上他那驴去，才来了。翻12:一群管家来马前磕了头起来，来牵马的，坠镫的，把爷俩扶下来。❷用手握着或依着作为依靠。磨13:鸿渐说:“外边有人，我看是谁?”扶着窗棂瞧了瞧，说:“不认的，听不出来。”增5:刘氏正走到大门边，手扶着那门叫了声小周元:“这么晚还不来，必定是吃了亏了!”

【扶傍】扶助。寒4:赵豹有名的歪子，当下使了性子，合那家人们说:“您扶傍着我，咱去物色材去罢！一日买着一日来，十日买着十日来，多烦李大哥看守尸灵。”

【扶持】❶搀扶。寒6:又吩咐把三官送在安乐宫里，选了阎王宫里的两个丫头扶持，就叫员外合二相公同去居住。富13:玉兰、瑞香，扶持您老太爷房中去罢。❷帮助，支持。富4:许我做高官，许我做高官，公子恩义重如山。扶持我做刑厅,我可到心情愿。磨35:杨善把俺欺,也不曾转便宜,俺如今何必争闲气?他若是不依,仗老爷扶持,武人粗说话不能细。他若不提,两家无事,各自散东西。

**【扶骨牌】**即“抹骨牌”。“扶”当为“抹”字之讹。参见“抹骨牌”。增6:张大哥,咱在这酒楼上吃酒,好不闷的慌!依着我说,咱上那十字街前,打扫干净,摆下桌酒,或扶骨牌,或打双陆,引的好耍的子弟上了咱的当,哄他几两银子,咱好花费花费。好不好?

**【扶鸾】**扶乩。闹:相公,你若狐疑,也是小事,这院门前好揣骨相,布政司街西好将鸾,按察司街上好的金口诀、太乙六壬周易神课,我明日讨酒饭钱陪相公走走去好么?少不得问相扶鸾卜六爻。

**【扶手】**比喻可以依靠的力量,帮手。磨19:保任有指望。望他若中了,我就有个扶手。他若不中,除非张龙、李虎不来家便罢;他若来家,我必然不依他安生!

**【扶头酒】**❶新婚次日早晨喝的迎朝酒。翻2:到了清晨起来,魏名伺候的扶头酒,每人吃了两杯。增17:纱窗外日儿高,才刚刚梳洗了,扶头热酒忙拿到。(此二例均为嫖客与妓女第一次过夜后所饮的扶头酒,以示郑重)❷指早晨喝的酒。蓬4:呀,清晨起来,见了太阳,相公洗脸,娘子梳妆,扶头美酒,解渴香汤;三杯以后,说笑满堂……(此处两人并非新婚)

**【芙芙子苗】**旋花,一种野菜。花形状像牵牛花,粉红色,叶藤比较嫩,常用来喂兔子等。蓬2:那里的神仙下九也么霄,俊脸儿好像芙芙子苗。禳1:想当初把我嫁,一朵鲜花才摘下。口里一口糯米牙,头上一头好头发;脸儿好像芙芙子苗,金莲不够半楂大。(比喻白里透红的健美面容)

**【芙蓉面】**比喻女性俊美的面容。丑:两道蛾眉弯又细,我的娇娇呀潘金莲;有红似白芙蓉面,我的妹妹呀潘金莲;……禳11:闷时信步来相访,怪道白日把门关,原来静对芙蓉面。可喜有美人在坐,今日里解闷成欢。

**【拂群】**禽鸟交配。俊:张三姐笑吟吟,我着你伤了心,牙疼咒儿我全不信。前日你道说洗了手,起的咒誓似血盆,随即输了个大荆囤。若是狗改了嗦屎,你说话就是那公鸡拂群。(“公鸡拂群”指放屁。公鸡与母鸡交配时会排出一股气体如同放屁)

**【服低】**甘拜下风,甘居人下。禳15:人生岂好生闲气?只为男儿不服低。

**【服实】**踏实,老实。禳5:你不知这李知府是李二蹭,少年不干好事,曾在赵亲家家里当管家，因他不服实，攒了他，又偷了人家牛，着人家告着他，就颠到北京，报了吏部尚书钱宅里。从此丢起诈威，二三年间大富了，买了个官儿。

**【服事】**同“服侍”。墙1：起初甚好，两个儿早晚问候，两个媳妇热汤热水常来服事，好不的那好。慈5：自此李氏想起张诚，就骂张讷（张诚是李氏亲子，张讷是其夫前妻之子）。亏了他老子服事他，待了半月，方略略的好些了。

**【服侍】**侍候，照料。姑2：老科子！安心待叫人服侍你么？你错了主意了！富2：方二相公把妹子送到监里，到了家，又领了一个老婆子来，送在监中服侍他妹子。

**【浮皮】**表层。增20：万岁将龙衣脱下，用青布衫浮皮一裹，裹的合一个包袱相似，紧放在身子里头，方才睡下。

**【浮土】**地表的土。农·农·种棉花：鉏必七遍。三遍后鉏不宜深：一则去草；二令浮土附根；三令土虚，则苗得随根远行。

**【浮衣】**新娘的外衣。日·器：浮衣只用红满妆。

**【福海】**❶传说中充满福气的海洋。富14：众仙承迎欢笑，寿山不险，福海无涛，华堂幸见两星会，清浅蓬莱又一遭。磨36：众神仙承迎欢笑，寿山不远，福海无涛。堂中幸见两星会，人间蓬莱又一遭。❷福海造型的工艺品。禳33：孩子们这样摆设，这座寿山是玛瑙石，这福海是水晶雕的；这一轴八仙庆寿，眉目这样精巧；这个香炉是渗金，里边焚的是甚么香？

**【福力】**福分的力量。磨27：都是贤弟福力，拖带我中了进士。

**【福态像】**福相，看起来有福气的相貌。蓬4：仔细端详，仔细端详，耳大头圆好声嗓，雪白的个玉人儿，就有个福态像。

**【福相】**❶看起来有福气的相貌。禳32：遂将小娃子抱出来，大众齐看云：“好福相！好福相！”磨21：这人眼也漫俗，他坐监的时节，人都说方娘子俊的忒也嫩，没厚福；到了此时，人都说方太太又齐整，又福相。好不可笑的紧！❷指福分。姑3：妯娌二人齐孝顺，一门和喜慰高堂，也是前生有福相。

**【福只在人享】**俗语。指不可能事事顺心，能否幸福关键在于人对事情的处理和心态。姑2：这福只在人享。那媳妇子怎能件件都合着心呢？只是有一半点不是，我也不计较。

**【幞头】**古代一种头巾，代指封赠的官服。慈3：左右是您的孩子，与我甚么相干！他就挣下那封赠幞头，还有他姑的哩么？慈3：虽是后娘，荣华富贵你承当，就挣下金幞头，也来不到他姑头上。

【斧劈皴】中国话的一种皴染技法，多用于描绘岩石，又分大斧劈皴和小斧劈皴。大斧劈皴以笔肚着力，横卧纸上一扫，笔锋中带有飞白；而小斧劈皴则以扁笔作挑剔状，略似勾勒。蓬2：华山的景致尽堪也么夸……斧劈皴来石头佳，山根又像大披麻。我的天，描画难，真正难描画。

【父老】对老年人的尊称。磨33：众百姓抬酒肉，父老拄杖上："俺被那北兵弄的九死一生，亏了大王爷救了这一方的性命。别无什么报答，大家杀了几个猪，宰了几个羊，来给大王犒赏三军，也给大王爷磕个头。"

【父亲】父(用于背称或叙述性语言)。墙4：张二领了个人来说："今日该我养活父亲。前日说身上不快活，我雇了个人来，好架他去。"进来看见(对其兄张大)说："咱爹不好么？"张大说："不着我合你嫂嫂，如今已完了事了。"寒1：二相公背着父亲，大相公牵着驴，来到家，把员外放在卧榻上，都来摩挲问候。寒4：你父亲被人杀了，你可甘心么？

【父贼】父亲的仇人。寒6：兄弟俩人一般大，没有能诛杀父贼，见你死后还心愧。

【父子】父亲和儿子，父亲和孩子。寒6：又吩咐把三官送在安乐宫里，选了阎王宫里的两个丫头扶持，就叫员外合二相公同去居住。父子三人到了宫里相见，不免伤感。("父子三人"包括员外、其子二相公、其女三官)翻9：二相公说："爹爹说的极是。这原是神灵指引咱父子相会，怪他怎的？"从此父子在一处同榻。富13：却说张太公父子在京，到了发榜之日，爷俩领着家人去看。磨25：忙拜谢天公，叫咱爷俩得相逢，若不然，那里去问名合姓？坐号喜相同，新交好运喜重重，咱父子必然是一齐中。

【付】❶交付。琴：仔细思量，仔细思量，鲜花今夜付新郎。快3：谁怜软弱刘天子，强夺江山付汉朝。❷量词。通"副"。禳24：昨日待去烧香没有鞋，我卖了一斤香油，他截了半尺三绫，又给了他一斤姜，半斤胡椒，换了一付扣丝带子。磨3：若知县要杀就杀，何必这付衣巾？

【妇女】❶妻子和女儿。寒7：罚了他妇女养汉，报他的淫恶。❷成年女仆。富13：你说房里那些妇女们，都说："咱太太欢喜了，也模样越发俊的娇嫩了。年纪三十四五，只像二十四五呀是的。"磨24：正说之间，来报道："大少爷领着两个妇女进来了。"❸成年女子(一般指已婚者)。磨33：又说："女子们，您唱个曲儿听听。"妇女哭说："俺是正经人家，不会唱曲。"

【妇人】❶成年女子(一般指已婚者)。富6：正自愁叹，忽见从那里来了一个妇人，骑着一个骡子，一个老婆子跟着。增5：这日天色将晚，周元不见归家，刘夫人放心不下，巴着板门凝睛悬望。恰好万岁来到近前，抬头见个老婆婆，便说："夫人，你家有闲房借宿一晚何如？"那夫人道："俺不是开坊子的人家。我是幼儿寡妇，自己吃的没有，怎留下你？"一言未了，天降大雨。皇爷说："你不留我，如何避的这雨？"妇人道："不嫌我家里寒苦，就请进来罢。"❷指妻。墙4：给我把两个不孝的奴才，每人打三十大板；两个不贤的妇人，每人一拶子，一百撺。俊：这四句诗，原有个讲说，是说的那做妇人的，但犯了这个泼字，外边厢吵邻骂街，家中撕翁骂婆，欺妯娌，降丈夫，这是人人可恨的。❸成年女仆。翻11：果然把录条传，一声声要大钱，门前一派人声乱。喜坏了妇人合小厮，慌了管家合觅汉，太太喜外人不得见。禳23：家人、妇人上云："给奶奶磕头，大哥中了！"翻8：公子把范栝打了一顿，他师傅说着才饶了。又叫他去谢罪。范栝说："我去他也不见我，不如着娘差个妇人去。"

**【妇人家】**做妻子的。翻5：妇人家不辞劳，皆因汉子没一条，也不是待把状来告。增5：妇人家你晓的什么！违背圣旨，全家该斩！

**【附根】**❶培壅苗根。农·农·种棉花：鉏必七遍。三遍后鉏不宜深：一则去草；二令浮土附根；三令土虚，则苗得随根远行。❷植物主根之外的根。农·附·布地桑法：芽出四五指，每根上留一二条。浇锄如法，当年可长五尺余。次年附根割以饲蚕，割后数芽出，可留四五条，年年割之。

**【附骨】**疮痈深入至骨。禳26：想来今生最不也么堪，这附骨的疔疮在心间。

**【附就】**将就，迁就。寒3：张大爷着老身，合宅上说娶亲，原当看的是正月尽。虽然持服不出嫁，说是明年该禁婚，附就着娶了理也顺。不如就良辰吉日，权且着小姐出门。

**【复时】**地支相重之时，即一昼夜，24小时。农·蚕·头眠：抬时薄带奥沙，分如大碁子大，一复时可六顿，次日渐加叶。农·蚕·停眠：停眠抬分如大钱，起齐投食宜薄，一复时四顿，次日渐加。

**【富汉】**富有的男子。穷：蠢的蠢，夯的夯，空有臭钱不帮寸。搬着肚皮装富汉，偏他交的是好运。

**【赴席】**赴宴。寒1：这一日是十月间天，员外去向邻庄赴了席，骑着驴从北往南走。增18：丫头上的楼来，把请帖给了二姐夫，说："北楼王姐夫有请。"二姐说："多拜上罢，你二姐夫远路困乏，不赴席罢。"

**【缚】**捆绑。磨19：堵住门子拿着他，绳缚二背到当官，看他还有什么办！

磨33:那北兵起干戈,杀的杀缚的缚,这方百姓怎么过!农·农·高粱:秫落后,缚其穟为帚,以涤饭器,可退油,炊妇利之。

**【覆庇】**覆盖荫庇。翻12:性子泼恼父亲,叫他远远离家门,整年没月没人问。不想全把他仗赖,满门受他覆庇恩,从小丑处都成了俊。

# G

## gai

**【该】**❶应该，应当，根据情理或情势应当发生或应该去做（或作出应有的判断）。墙 4：你居长，该守灵，我去罢。姑 3：自是我不成人，怨爷娘甚不该，一言把我终身坏。慈 2：是奴才也该怜他，是牛马也该餵他，怎么那良心就没有点渣？禳 2：天已晌午了，也该放了学了，怎么到如今不来？❷会，会是，表示虚拟的情形。姑 1：贱人呀，气着娘你该甚么罪？磨 14：（按院审理案情，哑巴哭着比划其妻被户旁霸占）按院说："你不该告他么？"哑子指着马知县，使手自己打腚。又褪下裤来，着按院验那疮疤。（指哑巴表示告状了，但反被马知县颠倒黑白打了自己）❸命中注定。慈 6：只说你遭虎是命里该，我也为你到夜台，兄弟呀，到阴间才知你还在。寒 7：生平有善没有恶，注定活到九十三，禄米该有二十万；只因着前生孽障，当遭着横祸一番。❹因为自己错失而应得（报复）。禳 10：谁知禽兽是心怀，受罪也是俺自家该！（此处为公子埋怨妻子江城虐妒的话，因为妻子是自己挑选的，所以说是"自家该"）禳 17：近来在床前打铺，气儿不敢粗喘，苦哉苦哉！爹娘听的还说是该。咳，那里去诉冤苦！这是俺不安本分惹的，这也罢了。（因为自己召妓被妻子罚在床前打铺睡，所以父母说"该"）姑 3：若是他终于不回头，着他公公说该促寿，该没儿，该早死了，还有甚么儿哩？❺该欠。墙 2：年年化银子，该下了几吊火钱，因着相好，不曾开口，怎么连面不见？墙 4：二巴喇该您账目，对您说请去登门。说：江城输了瓜子，不依我打呢。夫人说：我儿来罢，着他该着你的罢。❻相关，有关系（后面一般与"事"搭配）。慈 3：那孩子是俺的孩子呀，该别人嗄事？翻 6：不妨，他既待合咱做，不该咱事。磨 15：我骂不骂的，该你甚事？撑甚么棍呢！

**【该当】**命中注定。翻 4：也是你命该当，怎么嫁了个仇大郎！我瞎眼叫你受魔障。增 24：话说这大同城有一个饱学秀才，姓胡，极会相面。……又看着自家命里该当没有官星，因此上丢了那书本子，光弄那杂八戏，吹弹歌舞，件件都会。

**【该房】**官府中的值班人员。翻 4：即刻吩咐，即刻吩咐，不用该房出票拘，抽了两支签,分了两条路。翻8:禀老爷若还不信,现有案存在该房。

**【改擀】**同"改窜"。闹:小弟四篇经不甚慊意,还要改擀改擀,就是四书文字,也还嫌才情横溢,不像墨体,也要改改方好。

**【改窜】**修改(文章)。富4:方二爷把老马的款单又改窜了个结实,封裹停当,拿了公子一个名帖,一封筒装了,使人送给按院。

**【改口】**❶改变说法。禳8:先生忙说:"我绞别了嘴了。撇帐西,天生一对好夫妻,巫襄夜夜阳台会,临睡常闻妙小屁。"急改口道:"报晓鸡。……"寒5:阎王爷怒气消,叫商礼你听着:一般你也不敢告。你既自己改了口,暂且放你这一遭,差人送上阳关道。你若是再有翻悔,拿回来定不轻饶!❷改变对人的称呼。磨25:喜地欢天,喜地欢天,说有个少爷在那边。不想十五六,就会了小乡宦。俺在太原,俺在太原,叫了老爷勾一年。改了口叫太爷,难把嘴儿换。

**【改样】**改变样子。琴:梅香烧汤,梅香烧汤,今番洗澡要多用些香。恐怕人来瞧,忙把门关上。仔细思量,仔细思量,鲜花今夜付新郎。仔怕到明朝,就要改了样。

**【改头】**女子结婚前改变发型。琴:急忙把头梳,急忙把头梳,改头绞脸用功夫。

**【改头换尾】**改换开头和结尾。闹:我向年辛苦读书时,四书文字,我也记得数篇,本经文字,我也记得数篇,才发愿后,慧性大开,只改头换尾,神而明之,真是取之不尽,用之不竭了。

**【改行】**(行 xíng)改变过去的品行。寒8:那军门听说他来到也害怕。他若是改行,二老爷是个正人,也未必不饶了他;谁想他依旧作恶,就被一个秀才告着打死人命。

**【盖头】**结婚时新娘头顶的遮面的头巾。禳8:家人吆喝落轿,江城搭了盖头,江城同公子都下了轿,两个夫人出来倒毡。

**【盖子】**覆盖在器物顶部的东西。寒4:大相公说:"生员的妹子已是殓了棺了。"老王说:"打开盖子,抬了来。"增15:万岁爷笑哈哈,佛动心你好邋遢,茶壶放在床底下。没有盖子闭着口,暴上灰尘怎么顿茶?

## gan

**【甘结】**自愿作保呈送给官府的画押字据。翻8:知县又叫保正具了甘结,保下了八十亩。翻8:邻保都说实情话,甘结具的甚分明,八十亩地全没动。

【泔水】炊事中的废水。日·走:刷犹也用泔水喂。

【罢休】作罢,停止行动。增22:小科子!你领了你那孤老来,都把我银子赢了去,我也不肯罢休!

【干巴】干或略干。日·果:干巴桃子亦能医。

【干柴】树上已经变干的小枝。慈4:他也不答应,竟下手扳那干柴。

【干瞪眼】形容光着急而无能为力的样子。磨1:遮天影日蚂蚱过,朝朝每日唬飞蝗。把谷吃了个罄溜净,庄稼何曾上上场!大家没法干瞪眼,饿的口干牙又黄。

【干儿】义子。增8:你若爱我金钱,斟上三杯酒,跪在楼上磕二十四个头,叫我三声干爷,我认你做干儿罢。增28:你领旨意,向玉火巷李小泉家店里,把我那干儿宣来,不要惊唬着他。

【干净净】"干净"的重叠形式,指很干净,一点儿不剩。翻10:老天爷把祸生,一口屋住不成,一火烧的干净净[①]。

【干粮】泛指成型的做熟的面食。墙1:又怕老头脾胃弱,吃了干粮消化难,老孝顺儿革了他达的面。(此处描写不孝子不给父亲好饭吃,只给稀粥)翻12:可恨那土条蛇,裹干粮离了家,请他哥儿们把山下。增19:我做蜣螂实是强……诸般屎尖我先尝。吃的肚儿大大的,拱着个弹儿做干粮。

【干炉】当为一种烤制的食品,不详。日·饮:摆尽干炉见气圆。

【干休】❶了结。磨6:不由人怒气发,你把人藏在家,难道说说就干休罢?增27:卖国的奸贼!今日不招,我是不合你干休了!❷同"罢休",甘心罢手。蓬3:终日家饭里思梦里想,堪堪沉重,没处央求;忽然从天降,谁肯便干休!

【干休罢】干休,了结。禳15:玉笋山上的花鞋来到手,可待怎么谢我老人家?难道说吗啼啼的干休罢?磨17:堂堂坐官衙,那刀斧任意加,恨不把你头割下!忽见了仇家,这心痒难抓,眼睁红怎肯干休罢?

【干咽唾沫】形容眼馋而得不到的样子。磨23:这几日全无个主顾,腰间全没有一文钱。方才从那酒店门前过,那酒味喷香,只干咽了两口唾沫而已。

【干爷】义父。增8:你若爱我金钱,斟上三杯酒,跪在楼上磕二十四个头,叫我三声干爷,我认你做干儿罢。增9:有一句话不好说。——我认了长官做了干爷了。增9:干爷,一秤金虽是个贱人,有些体面,见了大人也只是拜拜,今日给

① 今方言说"干干净",此处疑误。

你磕头是十分尊你，你只顾着他磕起头来无数。

**【干哕】**要呕吐而吐不出来。磨28：张春说："怎么这保正不来了？叫人去看看。"干哕道："臭死了，臭死了！"

**【干证】**与诉讼有关的证人。寒4：写了状，告着李蝎子、商臣、王成谋杀人命，干证孙晏。磨14：老马说："还是老大人听错了，犯官并无有贪酷的事。"按院大怒，说："胡说！叫那干证上来。"众乡老上，说："小的们都是人命干证。"

**【虷蚼】**路本讹作"虷蛃"。影印本不误。虫名，不详。日・昆：夏月臭樗生虷蚼。

**【杆¹】**(gān)有一定用途的细长的木棍。快3：孔明叫人埋下百尺高杆，把头挂起，赌一赌弓箭，射着大家贺一大盅。

**【杆²】**(gǎn)❶秆。草木的茎。农・蚕・上簇：次日少有禾杆掺之，以属其所作辍之未成者。❷器物上像长木棍的细长部分。俊：你就好似一把伞，撑的剩了一根杆，赌博的咒誓不置钱。❸比喻身条。蓬4：好个儿郎，好个儿郎，模子又好杆又强，脱个坯来就不合人一样。❹量词。用于有长杆的器物。快4：俺那老爷本姓张，一杆蛇矛丈八长。富9：张春嘱咐已毕，又叫那觅汉金三、王五过来在一处里睡，每人一杆枪。

**【杆草】**同"秆草"。增5：坑上没有芦席，周元拿了个杆草来铺上，那万岁浑衣欹倒。增5：乍离龙床鸳鸯枕，土坑上无席铺杆草，半头砖又垫上檐毡帽。(以上两例中的"坑"字均为"炕"之讹)

**【桿】**同"杆²"，柄。日・兵：长桿铊矛一丈外。

**【秆草】**晒干后的谷子秸秆。农・蚕・分抬：如遇阴雨风冷，则不敢抬，用茅草细如豆，一箔可用一斗，撒蚕上。……无茅代以秆草。日・庄：葺屋方开秆草稞。

**【秆草黄】**像谷秸一样的黄色。日・走：银褐青纱秆草黄。

**【赶】**❶追赶。慈4：那虎衔着个人走的慢，被张讷赶上，劈了一斧子，舍命乱跑，眼看着过了山去了。磨5：大王问道："赶的那鹿儿如何？"兵卒说道："赶了十余里，全无踪迹。只见一伙蛮子，带将来请大王审问。"❷驱赶。姑1：他婆婆眼里没珠，合媳妇恩义全无，生生赶出门儿去。寒2：军门只是摇头，遂将犯人一群赶出。❸驱策，驾驭。翻2：新媳妇好处多，又洗碗又刷锅，赶着驴儿去推磨。磨7：俺头一日走了勾二百，第二日走了勾一百五十里，到了第三日，这驴就赶不的了。❹通过加快行动以不误规定的时间。禳22：到府里路正长，看看西方落太阳，明日怎么赶的上？磨25：母亲每日啼哭，不敢远离，挨的日期将尽，才上京来了。刚刚赶上，已是临场。❺等到(某个时间)。富7：不知你淌泪来没呀，没呀？我赶几时到家，才看看你那罗衫袖？❻去集市买卖物品。墙1：赶了个西关集，称的肉买的鸡，泼下菜倒上了一盅蜜。❼擀。姑2：安大成做了些白饭，赶了饼，着二成拿了去，才安稳了。慈4：我偷了点面，着咱那邻舍家给赶的。❽指擀制(毡)。日·毡：鲨毡只用粗毛赶。

**【赶饼】**擀饼。泛指擀面做饼并烙熟的全过程。慈4：张诚说："我偷了点面，着咱那邻舍家给赶的。"他哥说："你可不也再呀！一半顿饭不吃，也饿不煞，着咱娘知道了，敢说是我唠着你，偷面赶饼我吃哩。"磨18：解子怒冲冲起来，自去要的，店主方才另赶饼。解子说："一行有饭，怎么又赶饼？真是混帐行子！"

**【赶扯】**赶。"扯"为语缀。此处指"赶嘴"，吃得上饭。参见"赶嘴"。蓬4：和你商量，和你商量，小生原无隔宿粮；自从娘子来，嘴儿才赶扯上。

**【赶点子】**形容泪珠接连不断的样子。姑1：珊瑚慌忙出来，一眼看见他丈夫，低下头，一声不言语，那泪赶点子滴。慈6：说不尽、学不出来的喜欢，不觉的泪珠儿，赶点子往下淌。

**【赶凤凰】**一种博戏。蓬4：三杯以后，说笑满堂，下棋赌胜，马吊争强，看牌掷骰，抢快敖江，巴孤堆赶凤凰，耍笑诸般都在行。

**【赶会】**到庙会上买卖物品。慈6：这一日城隍庙开会，爷俩赶会回来，不想撞着他哥哥。

**【赶集】**到集市上买卖物品。增5：俺逐日打一担柴来，籴一升米俺母子共享。夜来打的那担柴误了赶集，还没有后晌饭哩。

**【赶脚】**受雇赶牲口驮载人、货。富9：那赶脚的果然就合他上了永平府。磨18：即时叫了个赶脚的来，说："脚钱我管。"

**【赶抢】**同"赶羊"。翻2：魏名又拿了骰子盆来，合他行令。仇福说："我不会。"魏名说："既不行令，咱赶抢罢。"……魏名把仇福教，仇福跟着魏名学，一说爽然就知道。不过大点赢小点，俗名叫做"火燎毛"，惟有这个极公道。

**【赶杀】**追杀。翻12：那些贼到他家里，孩子芽芽也不留，排头赶杀没人救。快4：俺那老爷本姓张，一杆蛇矛丈八长。领俺去把逃兵杀，一路赶杀如群羊。

**【赶羊】**也叫"赶老羊"，一种利用骰子进行的博戏。以骰子六枚掷之，除去相同者三枚，视余下的骰子点数多少来定胜负。日·赌：赶羊杂砗又新教。

**【赶毡】**擀毡，用毛加工制作成毡。日·毡：弄假挑虚是赶毡。

【赶着】❶驱役着。翻2:新媳妇好处多,又洗碗又刷锅,赶着驴儿去推磨。磨7:尽夜颠,真是骑驴三不闲:骑着腿也夹,赶着又加鞭,忙忙走好似离弦箭。❷追赶着。慈3:众人都推把着李氏往外走,赵大姑还赶着骂。快4:那些行子没处伏,撒马开交一溜风。俺就赶着只顾杀,砍瓜切菜一般同!❸表示称呼的对象,管,把……(叫作)。增0:酒保做了千殿下,胡混;赶着姐姐叫娘娘,奇事。❹接着,随即。俊:宗亓人跳了行,有财主来商量,赶着就把钱来放;合了夥计做生意,他的时运又顺当,年年家道好兴旺。

【赶嘴】吃得到饭,吃得上饭。富11:人都说他大风刮了下颏——连嘴也是难赶。磨23:人都说他大风刮了下颏——嘴也难赶。

【敢】❶有勇气,不害怕。慈4:张炳之见他老婆不依,也就不敢做声了。翻2:甚喜你就合我一般忠厚,天地间惟有这好人难求。咱相好敢对天发咒,分不的你合我,只多着一个头。富8:我再不敢了!再敢,娘打我一千!❷怕是,表示预测会出现不好的情况。慈4:你可不也再呀!一半顿饭不吃,也饿不煞,着咱娘知道了,敢说是我唠着你,偷面赶饼我吃哩。翻2:咱不赌罢。人不说是咱闹玩,敢说是成宿的赌博哩。❸谦辞。表示不敢。富7:我荒疏久了,怕写出来见不的亲朋,亲朋。若不嫌,学生敢不领尊命!❹谦辞。表示冒昧地请求。富14:进一杯坐前,进一杯坐前,扬尘舞蹈,望上朝参,敢拜求众仙增福增寿,家中平安。

【敢仔】语气副词。❶敢情,表示事理明显,当然如此,当然。增18:长官,你戏我哩。叫我王官,又问我贵姓,敢仔我姓王。❷表示十分不肯定地推测,或许。寒2:不归家起了身,一心要告仇人,骑上驴只是往前进。虽说司厅合抚院,都该横骨坨了心,敢仔遭着清官问?不一日来到府里,听牌日才去投文。

【敢子】❶敢。姑3:好不跷蹊,好不跷蹊,着人恐惧汗淋漓,臧姑也是人,他那敢子喘粗气。❷同"敢仔❶"。慈3:赵大姑说:"我有一件故事,说给你听听。俺这庄里有个私科子,光折掇他那后窝里那儿。"李氏说:"且休说,怎么有后窝?"赵大姑笑道:"敢子你只知有前窝。"那李氏就红了脸。("前窝"指前妻生的子女,而一般不说"后窝",故而李氏有疑问。赵大姑说"你只知有前窝"是嘲讽作为后娘的李氏把前妻生的儿子视为眼中钉。李氏会意,因而"红了脸")禳24:即如就是一碗豆腐,若是切成叶着油煎了,蘸上个蒜碟儿,或是切成细馅包包儿,敢子他就吃了。

【皯】脸上的黑斑。日·疾:鼆鼻皯黯损容颜。

【骭支】（“骭”，蒲氏注音“轩”，方言音“掀”）当指肋骨。日·身：肋胁骭支尾骶根。

## gang

【刚查子】硬茬，指有势力、行事强硬的人。翻4：魏名因着没人敢当仇福的妻，才指这个刚查子，好着他去发脱。

【刚刚】❶刚，行为或事情发生在很短的时间之前。禳9：好蹊跷，好蹊跷，新月刚刚上树梢，方才掌上灯，难说就睡了觉？墙2：合贱荆去探亲，刚刚的到家门，还不曾去把家兄问。❷表示与下一动作连续发生。磨25：挨的日期将尽，才上京来了。刚刚赶上，已是临场。增17：纱窗外日儿高，才刚刚梳洗了，扶头热酒忙拿到。

【刚连】刚连纸。日·纸：蒲纸刚连更不论。

【刚连纸】一种比较硬的连四纸。连四纸也称“连史纸”，产于江西、福建等省。原料用竹。纸质细，色白，经久不变。凡贵重书籍、碑帖、书画、扇面等多用之。增8：皇爷说：“不必多嘴，你快去搬了他来。我不肯空支使你，我给你十来个钱，你做身衣服穿。”六哥说：“休说做衣服，就买几张刚连纸来也不勾糊一身衣服的。”

【矼礤】（蒲氏注音“江擦”）石头台阶。日·石：接脚矼礤一蹬蹬。

【㼚山】（“㼚”，蒲氏注音“扛”，“扛”今方言音“抗”）两所房子的山墙相对。日·泥：房舍㼚山分软硬。

【纲】头绳。日·器：头髮挽鬏扎网纲。

【港多不碍船】俗语“船多不碍港”的变体。比喻互不相扰。参见“船多不碍江”。富3：奴是合官人结下也么缘，他在北来我在南。不相干，从来港多不碍船。一个在这边，一个在那边，俺这里不把你恩情断。住了三年或五载，待要回还就回还。我的天哟，便从君，可就从君便。（这是仙女要与张鸿渐结合而张顾忌家中还有妻子时仙女劝解的话）

【杠夫】（路本、盛本作“扛夫”，此从邹本）抬轿子、棺材等重物的工人。增12：要和尚接杠夫，钱十个酒一壶，土炕上褪下半截裤。

【杠子】❶较粗较长的棍棒。寒3：一伙人闹吵吵，捶窗户把门敲，管家又把主人叫。一个说是醉的狠，一个说是睡熟了，拿杠子才把门儿拗。寒4：一伙人雄赳赳的，十里多路一霎就到，不问好歹，一直到灵前，穿上杠子就抬。❷处罚犯人用的木棍。磨14:按院大怒,丢了八支签,打了四十板;又吩咐夹起来,又拶了二百杠子。

【焖】对镢头的刃部加热后锻打并淬火,以提高其硬度和锐利度。日·庄:大镢焖来劚地边。日·铁:焖镢桑锄真有益。

## gao

【高钣低鎈】形容玩骨牌时的动作,不详。日·赌:高钣低鎈尽下腰。

【高低】❶或高或低,高高低低。富3:奔长途,高低乱窜眼模糊。那辨南合北,东西只任驴,昏惨惨摸不着正经路。丑:袍衿略动香肌露,石枕斜欹宝髻偏,土块高低常转侧,衣裳牵扯错钻研。❷程度高下。增18:人生十指尚有长短,富贵还有高低,也齐不的。禳9:咱可就把高低见,还让奴家一着先,不敢占腹只争边。❸数量多少。禳22:这学道着实贪,打捞生童托学官,高低讲价惟书办。❹(态度)好坏。慈4:在人前,有处站来没处立,一个饭碗,也不敢去拾,清瞪俩眼看人的高低。❺尊卑。姑1:大成说他一二十,一点人性全不知,亲娘呀,终朝惹娘长生气。为人全不识高低,你可看了是合谁?(此处指大成之妻对婆母不尊重)❻不管怎样(采用何种方式)。增17:你若是合不着我的意思,今晚上高低还费些事儿;如今还待说什么哩,我这身子已是属了你了。

【高底儿】女式鞋上的厚木底。磨8:忽听的后门"呀"的一声,像是那高底儿响,走将近来。

【高底鞋儿】有厚木底的女式鞋。富3:耳边厢,忽听的环佩响叮当,像是帘钩动,有人走进房,只听的高底鞋儿轻轻放。

【高拱深揖】拱手时举得高,作揖时腰弯得低,指行礼认真、尊敬。富8:一劝你温柔雅致,见了人高拱深揖。轻薄话儿不许习,出门休要争闲气。

【高华】典雅华美。闱:尊作妙绝!认题真切,下笔高华,真是万选青钱矣!

【高话】声音高的话,指态度不够好的话。姑2:想想珊瑚,想想珊瑚,一声高话从来无。

【高脚爬】同"高脚子爬"。磨15:浑身上下扯个净,拾起腿来拧一个花。一个花,归不的家,还要打的你高脚爬!

【高脚子爬】膝盖不着地只用四肢爬。婴儿初学爬行时常有这种姿势。普通人膝盖部位伤痛时也只能如此爬行。富7:浑身上下撕你个净,拾起腿来拧一个花。拧一个花,还不的家,还要打的你高脚子爬!

【高酒】高粱酒。富3:人驴饥饿都难捱,忽见路旁酒店开,我的天哟,卖高酒,谁把高酒卖?增7:老客不必你多心问,我还有黄菊高酒,每一瓶二钱纹银。

【高粮】高粱。闹:清晨时不吃面小米干饭,到晌午高粮面包些菜团;到晚来不动火客从主便,每一日两顿饭就算一天。

【高骂】高声骂,大骂。禳17:床头上不是个女娇也么娃,分明卧着个母夜叉!……我的天,高骂人,他将人高骂。

【高爬】同"高脚子爬"。磨11:我把您狗腿折了,都着你就地高爬!

【高钱】大钱。寒3:到明日戏价以外,另赏你五百高钱。禳17:你给我我就留下,还给你两吊高钱。

【高上帝】天帝。寒7:二郎爷夸又夸,这个话实不差,不必定把丈夫嫁。奏上元穹高上帝,封号重重福禄加,父兄何必心牵挂?

【高手】技艺高的人。日·丹:高手山人不用他。日·石:更凭高手打牌坊。

【高声怪气】声音高、态度恶劣。富2:原差出虎一群,雄赳赳跑到门,高声怪气把张逵问。

【高腾】大幅提高。日·菜:黄瓜鲜茹价高腾。

【高姓贵名】对对方姓名的尊称。磨8:小娘子高姓贵名?今日厚厚扰了,过日也好思念。

【高邮变蛋】江苏高邮生产的松花蛋。日·饮:高邮变蛋不齁咸。

【高张】高高放置。蓬4:日头方落,明灯高张,红炉煮酒,果碟成行,小盅满饭,细说衷肠……禳20:酒席儿各处高张,吃酒的逐队成行,醉乡人渐有风颠样。

【羔团子】糕团。慈2:好好的跑了,就到底不长进。笼里犯出羔团子——好势的也拶打,就少耗了也罢了。

【糕团】(路本"团"作"门",当为"团"之讹。此从盛本)团形的糕。日·庄:点心上焚带糕门。

【稿儿】稿本。磨30:听的许仁庵说,老先生曾上过本,不知那稿本上什么言语?求那稿儿一看。

【藁葬】草草埋葬。钟:带背连肩抓住,不须鼎镬油汤,只消大饼卷如梁,肉穴登时藁葬。

【告便】婉辞。向对方表示暂时有事离开一会儿。禳19:怎么这一霎里肚子不大快活呢?我告一告便。磨3:张鸿渐转身说道:"小弟告便,去去就来。"增23:大姐,你合长官下着,我告一告便。

【告宽】请求宽待。富2:那钱粮是加三火耗,十分数要七月里全完。有个范秀才,只封了七分数,便去告宽。

【告免】请求免除责罚或被要求承担的东西。姑3:二成见了官,打了十五,押着要他媳妇。臧姑越发慌了,自家没脸面,央他大伯。大成老大不忍,自家去见官,替他告免。蓬7:太上老君合那众仙给他告免,娘娘才说:"起来。"寒3:(恶霸赵恶虎要求不会唱曲的吴孝唱曲,班主)王成又替他告免,说:"他跟我不久。才学了些小曲,还没韵。"

【告说】说,告诉。寒1:但只是告说过了的,若是官府不依,可也不干俺事。

【告诵】❶告诉别人某人不好或对别人申辩自己的委屈。姑2:九日的媳妇作了多少也么精,自家不敢去告诵,请邻兄,借他的口儿诉冤情。翻1:况且是路途遥远,捞不着上门告诵。❷劝告。姑2:大成躲了个空子,着他叔伯哥对他告诵告诵,望到家劝他,这都是安大成用的苦心不题。

【告助】求助。姑3:问他丈人告助,那生意人割舍不的多给,只给了五两,又折蹬头面、衣服,共凑一百之数,送进去,两口子才来了家。

## ge

【疙瘩】皮肤上突起的硬块。增9:众鬼使好促狭,打虔婆满面花,扑咚跪在床儿下。翻身磕头如捣蒜,头上碰了些大疙瘩,鬏髻梳妆俱轮下。

【疙疸】同"疙瘩"。墙1:一个口唱两个曲,放屁又要着把拿,是别人我就失口骂。我劝你依牢本等,还便宜你一个疙疸。

【瘩疸】同"疙瘩"。磨23:两个碰在一处,几乎硼倒。……王丙说:"俗语说:'便宜了一个大瘩疸。'你也便宜,我也便宜。这不是吉利么?"

【铪子】("铪",蒲氏注音"合"。"子"原讹作"了")铜钹。日·僧:铛铛铪了宣佛号。

【咯嘣嘣】象声词。形容咬嚼硬而易碎的东西的声音。磨23:拾了块怪东西不知何用,看那模样儿像块冻冻。拿在手里化不了,捏了捏又挺硬。吃着甜思思,咬着咯嘣嘣,人说是冰糖,嚼着雌不冷?

【咯咯嚷嚷】吵吵嚷嚷。禳10:老婆儿你在这里骂,俺在这听。奴家就敢应承,奴家就敢招承,把头揪吊,赶去脱生!老婆子你在屋门里咯咯嚷嚷,破上我江城!

【咯气撩生】生气吵闹。咯气,同"合气"。禳13:在上听,在上听,起初说笑甚有情。这两日不大好，像犯了从前的病。咯气撩生，咯气撩生，俺家终日闹烘烘。禳16：南山顶上一池水，一个被窝里四条腿，再添两条他不依，从来只许每人每。为甚么咯气又撩生？只因着汉子好弄鬼。

**【咯嗽】**（“咯”此处应读为“咳”）咳嗽。日·疾：咯嗽吐红为大病。

**【咯噪】**吵闹，纠缠。咯，通“聒”。磨18：丢打几个钱给他罢。天已小晌了，只顾咯噪甚么？

**【咯吱吱】**象声词。形容咬嚼硬物的声音。寒1：商三官柳眉直竖，咯吱吱咬断牙根。寒4：拿来一刀分两断，兄弟嚼来血水流，只因原是仇人肉。咯吱吱一齐嚼响，骨碌碌咽下重楼。

**【扢搭】**象声词。同“扢噔”，咯嗒。增22：王龙输的没阳气，拿起钱来就战战，用上心来只跌个断。扢搭的把头钱摔了，一声里骂地骂天。

**【扢噔】**象声词。咯噔，形容急促撞击而略有余音的声音。增22：拿起那箭来颠了一颠，使了个“苏秦背剑”故事，扢噔一声投在壶里，王龙喜的抓耳挠腮。

**【哥儿】**同“哥儿们”。日·赌：暗旁哥儿劝小劳。

**【哥儿们】**江湖朋友。翻12：可恨那土条蛇，裹干粮离了家，请他哥儿们把山下。

**【哥哥】**❶兄。姑2：却说珊瑚他两个哥哥，听的他在沈家庄，自家来搬他，他不肯去。慈4：张诚听说，没做声去了。不一时，跑回来说：“哥哥，给你这个。”那天已黑了，他哥摸了摸，是滚热的一个油饼。❷妻子称呼丈夫，或娼妇称呼嫖客。禳2：我说你慢翻错了，我伺候下四指老面条。哥哥呀，有本领不要泪珠吊。（此为妻呼夫）翻2：那老婆，那老婆，奉承的浑身没奈何。每日听着人说嫖，不想其中这样乐！泪婆娑，泪婆娑，一心只待嫁哥哥。（此为娼妇呼嫖客）❸下人称呼小主人。禳10：高公也哭了，跺脚说：“这怎么了！春香，你书房里请您哥哥来的。”（春香为婢女，哥哥指高公之子）禳4：家人慌忙来报：“哥哥进了第四名，报子讨赏哩。”

**【哥们】**❶哥哥们。慈4：张讷果然不肯妄费分文，买材念经，合他哥们一样。出了丧，他哥们因他仁义，还待留他，他断然不肯。寒2：哥们好胡突！告了遭子不过是如此，也就知这世道了。老天爷待为咱敌生出一个包文正来哩么？❷江湖朋友。翻12：魏名有个朋友是周二毛，也在那里入伙。想了想，我就去找他，说说仇家的富贵，可以请下他哥们来了。

**【鸽雏】**小鸽子。禳24：俺可磕了一块肉胡儿，转了一个鸡脯儿，偷了两对鸽雏儿,香油称了一伏儿,清酒落了几壶儿,炭块还够一炉儿,笑:拿到家里,老婆孩子大家好揎。

**【搁】**搁放。富12:太公说:"你那雨罩呢?"公子说:"呀!搁在号房上,忘了拿来。"增14:万岁接过来,把腿搁在石凳上绑那脚。

**【割别】**分别。翻9:叫一声俺爹爹,咱今朝这一别,不知几年几个月?……定不就何时再见,怎忍的一旦割别!

**【割根齐查】**比喻彻底除掉。"查"即茬(chá),麦、谷等作物收割后留在地面之上的根部。增19:休合他赢酒,输了着他到肯吃;合他赢银子。那长官不知带了几两银子来闞院,给他一个割根齐查,赢他个罄净,叫他院也嫖不的,人也为不的。

**【割肉】**买肉。磨7:养病又是半月,每日叫主人翁杀鸡割肉,一日两三顿,甚是不安。俊:傜强人,嘲畜生!割了肉来胡触送,终朝每日瞎作蹬,弄的天那大窟窿。

**【割舍】**舍得,能够舍弃。又作"刮拾",参见该条。蓬4:就像我那娘子,又戴上了一朵鲜花,怎割舍得卖了他?磨17:那时他要二十万才肯收留,我当彼时割舍不的,连那十万省下。早知有今日之祸,悔不当初!

**【歌儿】**指唱歌的男优。富14:太老爷做到吏部尚书,就告老还家。家里歌儿舞女,好不快乐的很!磨4:到底是挣些银子,盖些楼阁亭台,买些舞女歌儿,落得终身快活。

**【歌管】**唱歌奏乐。增14:一边是千秋院落,一边是歌管楼台。

**【格格】**象声词。形容喉部发出的断续声音。钟:死老魅祸害有几千年,煮到今硬打老爷颧,狠牙嚼勾千千万,仍呷酒连连,才能格格下喉咽。

**【格扇】**带空栏格子的门扇或窗扇。翻6:忽然抬头望里看,朱红格扇一亭台,里边有个美人在。

**【格外】**❶额外,在一般规则之外。富2:老父师开恩格外,望迟迟打下秋天。磨2:老父师恩开格外,一两限稍稍从宽。❷另外。增8:进店来住了好房子,吃了好酒,又吃好菜;好酒好菜都吃了,又格外生事,又要个作乐佳人陪伴,只怕你没有钱。

**【隔】**❶阻隔。禳10:老头终日闷央也么央,娶了个媳妇甚不良。日子长,合他只隔着一堵墙,终日掘坟顶,一场又一场……富5:秋夜睡不着,秋夜睡不着,隔帘忽见月轮高。磨34:杨蕃抽出刀来,说:"你怎么不磕头?"三大王都拔刀出鞘，说："你怎么不下跪呢？"鸿老中间隔着，说："这怎么说！军中行什么大礼呢？各人都息怒，尽是下官的罪过。"❷间隔。姑 2：隔了一日，又送了果子来。磨 17：虽一皮隔一皮，做孙子不如儿，到底仗依爷爷的势。❸相距，离。慈 1：原来这张炳之，他姐姐家是赵家庄，隔着这庄有二里路。禳 14：这里隔内宅远，夜里来，夜里去，甚么相干！

**【隔壁】**❶隔着墙壁。增 7：隔壁三家醉，开坛十里香。增 18：你可是隔壁听音。❷邻院。翻 12：墙外还有闲田地，给你盖上几口房，在隔壁也好把你来望。翻 12：院外有的是闲地，给你盖上几座房，在隔壁也好把你望。

**【隔断】**中断联系。富 13：亲戚隔断十余载，今日相逢笑颜开，老兄呀，把杯同饮共一快。磨 27：亲戚隔断十余载，今日相逢笑口开，老兄呀，把酒同欢真一快。

**【隔日】**隔一天，指某事发生后次日之次日。慈 6：只说你遭虎是命里该，我也为你到夜台，兄弟呀，到阴间才知你还在。隔日还魂愈伤怀，不见兄弟誓不回，兄弟呀，我离家已是三年外。翻 6：到后日结婚姻，隔日就去倒踏门，家里穷不必还撑棍。

**【隔宿】**过夜，指到第二天。禳 25：夫妻原无隔宿嫌，如何离别动经年？

**【隔宿粮】**过夜粮，指第二天要吃的粮食。蓬 4：和你商量，和你商量，小生原无隔宿粮；自从娘子来，嘴儿才赶扯上。

**【袼线】**一种纳鞋底的线。日・裁：鞋底方使袼线纳。

**【嗝嗝】**鸡叫声。日・禽：嗝嗝鸡鸣惊睡梦。

**【槅扇】**同"格扇"，一种有雕花格子的门扇或窗扇。日・木：高阁大厅朱槅扇。日・纸：槅扇帘栊有屡板。

**【蛤】**（方言音 gá，与"骂怕"押韵）指钱。翻 7：抬盒的待了酒饭，又赏了二百铜蛤。磨 4：又贪又酷人人骂，全不论理只要蛤，有了钱人命官司也不怕。

**【蛤蚧】**大壁虎。日・昆：蛤蚧蟹蝥入药好。

**【蛤蚜】**一种头较大的淡水鱼。日・鳞：蛤蚜身瘦类白鲦。

**【搿】**"弇"字之讹。同"捧"。增 21：二姐搿起万岁那网子来说："大姐姐，你看这网子上是二龙戏珠。"

**【葛条】**葛藤。日・泥：勒杆又使葛条锥。

**【葛布】**用葛的纤维制成的布。墙 4：冬月丝绵，夏月葛布，穿着只是心惊。

**【合[1]】**度量单位。一升的十分之一。磨 2：咳！俺好苦也！家中升合无粮，看看饿死,可有甚么纳钱粮! 农·农·种多少按斛升:谷黍穄七升半,黄豆三升一二合,黑豆三升,晚则量加二三合蜀秫一升,麦二升六七合,以至三升。

**【各各】**各自。增17:二人说的投机,各各欢喜,交股而眠。增17:二姐说了一会,各各睡去。万岁忽然睁眼,天已大明。

**【各闹】**柴草碎屑。通常是打扫院子或场院时收集起来的,可以放入猪圈、牲口栏中经过牲畜屎尿沤泡和践踏后成为肥料。慈4:到了第二清晨,张诚早起来上书房开开那角门子,见哥哥已咱把各闹打扫了一大堆,还在那里扫。

**【虼蚤】**跳蚤。增5:二更里月儿高,合煞眼睡不着,虼蚤咬的心焦躁。日·昆:虼蚤臭虫为一党。

**【硌】**身体触到硬物而感到难受。富3:自己铺下草,找了一块半头砖,嫌硌头又使衣服垫。磨8:便就墙根铺下草,还得找块半头砖,怕硌头不妨着衣裳垫。

**【硌牙】**牙咬到硬物而感到难受。磨23:大人家有虚名其实不差:糟头子没点肉,异样的硌牙。那金枣酸煞人,不知像嗄。

## gen

**【根基】**❶基础。俊:诓借钱赌起来,没根基不成才,倾家败产还开外。增23:赌场里根基没凭准,行说着好话把脸丢,转一转儿还依旧。❷家世,出身。增23:(王龙)被万岁骂了几句,只气得三尸神暴跳,两眼圆睁,便道:"气煞我也!你不过马前小卒,合我在一堆坐着,就是抬举你了,还说我玷辱了你的婊子! 你自家估量估量,我那点不如你? 我就合你比比根基。"万岁说:"我那根基可不济。"王龙道:"不消说,你那祖宗关了银来使了,挣了你这一名臭军,你甚么根基!"增23:我就不说罢,你自己已是供出你的赃根基来了。

**【根苗】**比喻事情的原本,缘由。墙4:王银匠老獾叨,合咱爹久相交,头发根儿尽知道。老头合他常捣酒,又往铺里去倾销,必然他还通些窍。咱就去找他敬问,未必不有点根苗。

**【根盘】**根基,基础。翻9:我这一年有一百两银子的根盘,咱两下里积攒积攒就彀了。

**【根问】**寻根问底。增18:王龙说:"瞎话! 这丝弦不同。南北二京好丝弦我也见过,我也能弹,这丝弦在我以上,不在我以下。"说的大姐心里恍惚,巴着南楼听了听,果然美耳,遂根问丫环。

**【根由】**缘故,来历。翻10:我在家,昼夜愁,待来看你说根由。你就摔手佯常去，一句情肠话不留。

**【根子】**❶根。寒8：待了二日，商大爷去看那宅子，要去读书。见有一株大榆树扫那屋檐，便叫人斫了；还怕再发，又叫人刨那根子。❷比喻重要的隐藏的事。禳28：俺这心里不好说，怎么把人挓根子抽（比喻对方提起自己不愿意提及的错事来羞辱自己），一霎汗湿衣襟透。

**【跟】**❶紧随在后面行动。慈2：张炳之往外走，张讷跟着，两个小眼里清澌澌的流泪，一个小嘴裂呀裂呀的。增16：二姐头里走，皇爷后头跟，来到南楼。禳4：小长命跟他三叔高季去考，已是二十余日。❷跟随着侍奉或帮忙。姑2：他娘家跟了一个人来，做了三日饭，去了。磨6：这一个小丫头，着他去跟着咱娘；一个觅汉在家里，着他春大爷看着他做庄稼。慈3：张炳之说："也着个人跟了你去呀。"李氏说："有狼哇？有虎哇？"❸投靠在别人家生活。姑2：大姨呀，我不回去，我就这里跟着你罢。姑2：却说珊瑚他两个哥哥，听的他在沈家庄，自家来搬他，他不肯去；待给他找主，他又不肯，只在沈家庄跟着他沈大姨，倒合婆媳一样。❹女子嫁人。翻3：骂声强人不成个货！还嗄脸来把阄来摸索？这样人我待跟着你怎么过？蓬2：但得像这个丈夫，跟他几年，不枉生在人间。❺师从。寒3：他跟我不久。才学了些小曲，还没韵。增24：他是个秀才，极会吹弹，我也曾跟着他学筝来。翻2：魏名把仇福教，仇福跟着魏名学，一说爽然就知道。❻可以相比；抵。翻6：指头粗的咱这腿，咱可那里把他跟？不如一概全不论。禳1：看他那人物丑甚丑，他倒跟个俊的熈，要打就打要骂就骂，汉子总像有了仇。增23：王冲霄发大言，你听我说银钱，我那财贮你没见。堆金积玉敌国富，江湖河海有常船，银钱不知有几百万。不是我夸句海口，我跟你万个长官。❼相当于"该❻"，有关系，相关。慈4：两个正在那里挣，他娘知道了，出来吆喝说："跟你嗄事？不快上学里去！"

**【跟不上】**❶跟随不及被跟随人。禳3：江城哭介："俺跟不上呢！"子正说："您娘俩慢走，我到前边等着。"❷比不上，不如，不及（比较的对象）。蓬4：这快活那王孙公子也跟不上，况那享用不比寻常。禳33：我这眼色，跟不上兰芳一半子。增16：你乜汗巾子还跟不上我这裹脚也是有的。

**【跟搭】**跟随。"搭"为语缀，略表贬义。富13：此时闹动了合庄，都来磕头，连那李大的老婆在家里也坐不住了，跟搭着也跑了来，捣了顿头去了。富13：都来叩头，都来叩头，仇家也不敢记前仇，跟搭着别人来，好像那鸡嗲豆。

**【跟的上】**比得上，能够与比较的对象相当。姑2：于夫人泪洒洒，叫一声你大姨,造化也是因前世。……不敢望跟的上你,就次些我也肯依。禳7:胭脂不擦,粗布衣裳,千金小姐那里跟的上!

**【跟前】**身边,旁边。慈3:张讷看见他娘,也挣了一挣,又笑了笑,来到跟前,问他娘好。寒3:二相公怒冲冲,叫歪子好不通,官府跟前把刀弄!禳16:在人跟前,嘻笑哈哈;到俺跟前,恹头搭喇。

**【跟上】**同"跟的上"。翻7:一貌如花,一貌如花,远近何人跟上他!寒3:爹娘生成人两个,名色叫做是儿男,那里跟上你一半!增18:人生十指尚有长短,富贵还有高低,也齐不的。天下有几个跟上我的?

**【跟随的】**随从者,侍从。蓬7:大家备了几样仙果,望娘娘少坐片时,好给娘娘跟随的酬劳。磨22:小举人拭了泪走了。一路寻思说:"这个信若是母亲知道,就唬死了。"便说:"跟随的,我嘱咐您,到家把这信全然休要提起,看太太担心。"

**【跟头】**筋斗。❶以头触地将身子翻转过去的动作。禳21:猴人说:"来来来,就耍来,一翻筋斗到天台。"猴作筋斗介。"再来连十个始算乖,再来再来再来,再来把个跟头再打开。"❷失去平衡而重重摔倒。富6:也是那行子天理不容,合该命尽,跳过墙去,又是醉,又是慌,就绊了个跟头。增18:那瓜子皮擦了我一个跟头,怎么是磕头?

**【跟寻】**跟踪寻找。墙4:您俩是一个人,又每日去化银,必然你就知到信。……若还有点锹眼,俺两个好去跟寻。磨31:老爷还是跟寻毛老爷的下落。如今残兵还有几万,还可以迎敌,咱向南寻找才是。

**【跟着腚上】**形容紧跟在身后。墙1:第二年全然不打拢,跟着腚上狗哐荒,他还说我絮聒样。

**【哏】**❶语气词。方言音"痕",相当于"哼",表示不满意或不相信。俊:哏,您娘常把您达哄,说你赌博没点影;您达打你两条子,娇儿哭了三天整(指"您娘"喊着"娇儿"为儿子挨打而痛哭)。磨6:方相公上前跪了,说道:"望老父师少看薄面罢。"老马"哏"了一声,说道:"本县合你没有杯水之交,看甚么薄面?"❷象声词。形容鸡叫声。禳1:戚老爷丢了刀,一波落盖跪下,捏起那嗓根头子来,哏哏了一声说:"我杀乜鸡你吃。"

## geng

**【庚帖】**旧俗订婚时男女双方交换的写有姓名、生辰八字、籍贯、祖宗三代等的帖子。以其载有年庚,故名。琴:爹正在家,娘正在家,若是门当户对的好人家，祷告好爹娘，发了庚帖罢。琴：全不来了，全不来了，想必是庚帖合不着。使人对妆台，阵阵心焦躁。

**【更点】**更鼓的声音。富12：恨那打更人，恨那打更人，打的更点未必真。分明更交四鼓，多大霎，又早是五更尽！磨12：四更盼五更，五更盼天明，有六更便送了残生命。一更一点数漏声，挨尽了更点梦不成。

**【更鼓】**报更的鼓，也指其声音。富9：听那更鼓儿敲，长夜还愁睡不着。磨18：看了看那星儿密密，树色儿还乌；听了听谯楼上更鼓，咚呀咚呀又一声里咚呀，像是三更有余。

**【更鸡】**公鸡。公鸡黎明前鸣叫，可以起到报时的作用，故名。禳27：刚才听的更鸡鸣叫，那谯楼上钟鼓乱敲，卷行装里外都着银灯照。

**【更头】**夜间一个更时。磨12：冬来到，长夜如年，宝帐孤灯照影寒。床头数的更头断，想你好心酸。

**【梗令】**抗令不执行。寒1：那远近人家，都是要一奉十，谁敢梗令？富2：骂一声狗生员，欠钱粮不待完，一人就要坝住堰！梗令的狗才真该死！一行骂着就丢下签，皂隶就往地下按。

**【绠】**同“緪”。参见“牛緪”。日·庄：索头穿绠才上犋。

## gong

**【工价】**工钱。禳33：赏你个总管工价，每一年百石上粮。增7：他若无钱，我认着我这一年工价，也该二十两多银子，也还管的起他顿饭了。

**【工粮】**作为报酬付给雇工的粮食。禳24：俺在高宅吃着他两个觅汗的工粮，其实俺可不肯给他做半个觅汗的活路。禳24：主人家若不嫌，把良心放一边，工粮每年七八石。

**【工钱】**作为报酬付给雇工的钱。增9：在店中住上几日，吃了饭算我的工钱。

**【工人】**雇工。农·农·斸地边：田中有蔓棘茅芦，必发掘到根，使不再发。工人至晚，必将所治之草，令各携归，验其勤惰，亦可晒作柴薪。农·农·蚜蚄：虫畏日，半伏地中，夜则俱出，宜雇多人乘夜打之。夜凉即不苦热，工人亦省三餐，而虫亦易尽。

**【工食月粮】**同“工粮”。禳24：秦厨说：“怎么贪呢？”吴恒说：“就是我罢，每日领着主人家工食月粮，也尽够餐的。……”

【弓】❶射箭的器械。翻12:太公吩咐人去范宅借弓箭鸟枪,并家丁二十名。快4:一蓬火箭一张弓,暗暗埋伏在峪中。❷指弹花弓,弹棉花等用的弓状工具。日·皮:宿毛铺下用弓弹。日·毡:羊毛剪去用弓弹。❸弯下(腰)。寒4:一些人丢了杠子,弓着腰哐哼成堆,再没人敢说抬了。

【弓箱】盛放箭支的箱子。磨31:那山后剔陡石崖,不用招架的。就是前三面出路,须用车辆、树头紧紧塞断,却安下大炮、弓箱、鸟枪,轮流看守。

【弓鞋】缠脚女性穿的鞋。鞋底弯曲如弓,故名。禳9:闺阁清闲无个事,想起弓鞋未绣完,纤手便拈针合线。富5:你那里愁病恹恹,弓鞋强绣完,穿与谁人看? 谁把你来怜?

【公呈】公众联名呈递政府的一种公文。磨4:做的太过,委实也错,惹弄的递起公呈,几几乎弄成大祸! 磨4:一秀才被知县打死,大家动了公愤,递了公呈。

【公干】办理公事。慈6:一日往南昌公干,起的身早,见张诚欹在路旁,看了看,是个书生模样,试了试还有气,就下轿来。翻12:不说二人商议行事,却说那仇老爷,着人上西安府公干回来,一路上听的人乱传说,桃花山上的贼要抢扶风县仇宅。

【公公】❶丈夫的父亲。墙4:他说俺公公有大钱,死后全然没一言,他又说账目有千万。禳12:子正领江城进来说:"快来给您公公谢罪!"果然江城朝上磕了头。❷对太监的敬称。增3:张公公心里焦,领密旨出了朝,江彬做梦不知道。增27:张公公恼心怀,把江彬夹起来,拢了一拢无计奈。江彬……在堂下声声叫苦,张太监你其实就不该。

【公伙】集体,大家。墙2:一个达是公伙的情受的东西,我何苦都费了? 翻3:我寻思着,公伙里的钱,他拿着花费,不如分了好。

【公郎】对对方儿子的尊称。蓬5:那公郎已是有痴仙看着他,愁他怎的?

【公令】官方的命令。富2:你这奴才,要梗老爷的公令么!

【公门】衙门,官署。寒7:公门里极好行善,伤天理王法难容。

【公母】❶公和母,雄性和雌性。增19:小大妮子,你待死么? 怎越大越糟囮了? 这粉头还有公母么? 日·养:公母只看顶尖圆。❷夫妻的合称。禳8:那高家公母,也不是仯巴,听说江城,一貌如花……若不然,除了这个图他嗄? 磨8:他原来是施家大姑名叫舜华,十七八岁还没出嫁。太太公母俱不在,惟只撇下姊妹仨,小妹妹两个还不大。

【公婆】公公和婆婆。姑3:不用念佛,休骂也休吵,孝顺公婆敬哥又做嫂。禳10:娶了这个媳妇,全不孝顺;但得他夫妇合好,也还罢了,又听的他每日吵闹。做公婆的也只得推聋装哑。禳23:江城转身说:"你看公婆还是向他儿子。"

【公孙】对贵族官僚孙子的尊称。富14:献酒已毕,福星老祖去袖里取出一个小瓶儿,勾核桃大小,吩咐童儿给公子、公孙各赐福酒一杯。磨36:福星取出一个瓶儿来,如核桃大,吩咐仙童:"公子、公孙,各赐他福酒一杯。"

【公同】共同,一起。姑3:劳他先刨,劳他先刨,不肯自家上了腰,兄合弟齐下手,公同着出了窖。

【公宴】公卿高官的宴会。禳32:三疯……入见众人,作一长揖,便在上边坐下云:"这是甚么公宴?"公子云:"众位亲友给学生贺子。"

【公座】官员办公的座席。富2:端端帽整整衫,望公座行堂参,开口就把父师念。磨2:端端帽整整衫,望公座堂上参,开口就把父师念。

【功过格】源于宋代、盛于明代的一种逐日记录自己功过以自勉自省的善书。闹:曾有一个人,叫做什么袁了凡,曾行甚么功过格,把一个冷冷落落的贡生,白做了热秃秃的进士。

【功名】科举称号或官职名位。蓬5:随你,你既然要求取功名,我也不挡你。禳32:强壮坚牢容易养,聪明伶俐会读书。会读书,灾难无,一路功名到尚书!磨14:众秀才又哀告:"求老爷苟全功名!"按院说:"您们不安分读书,不行好事,断断难饶!有两句话,你对上饶你,对不上一定除名。"

【功名人】有功名的人。闹:待自己请先生,这本处功名人多装腔弄款,如何照应的起!

【恭然】同"公然",毫无掩饰地,毫无顾忌地。俊:有了钱银包腊弹,就恭然大弄通堂。

【躬身】弯腰。快2:曹操无奈,只得欠背躬身,到了马前,说:"将军好么?"增1:二十四拜山呼罢,曲背躬身猫伏着腰。

【拱】❶拱手。墙4:张大试了试,说:"有甚么气哩!"拱了拱说:"请抬请抬。"磨4:解子押衙役代锁上。众秀才拱一拱,说道:"齐了么?"答应:"齐了。"❷用力推、顶。磨4:有人来告贪州县,白刺猬来拱大门。增19:我做蜣螂实是强……诸般屎尖我先尝。吃的肚儿大大的,拱着个弹儿做干粮。

【輂】同"拱❷",弓身用力向前推(车)。日·庄:上鞋輂来地里搬。

【醠酒】一种低档酒。日·饮:醠酒烧醬为下品。

【供桌】陈设供品的桌子。日·石:坟上香炉挨供桌。

【共总】总共。蓬4:共总一部,又极希罕,一个出八百,一个出一千,买到手的好像得了个金砖;买不着的还要借观,嘱咐那铺内,物色下几部,我拿钱来换。磨21:开榜把名叫,报子先知道。使钱买录条,拿着就颠道。共总二百人,张爷最年少。

## gou

【勾[1]】(gōu)❶勾结。翻8:却说魏名……勾了一个东人来,瞧着二相公在家里,溜到书房里去。翻8:勾东人,勾东人,剜出心来狗不吞。❷勾引。丑:八戒更把心情乱,魂灵勾上萬里山。禳21:想一想通身汗,年小小媳妇竖立上人前,不知勾多少眼睛把他看!❸勾销。翻3:谁想他绢头夜猫,已是成了下流,把正经事一笔全勾。磨4:上堂若是分辩理,款单呈词一笔勾,行行都成了牙疼咒。

【勾搭】引诱做不正当的事。禳15:昨日冒雨到了他家,旁里没人,俺俩闲吧;吧了半日,不敢勾他,勾搭不上,怕他发渣。

【勾牒】拘票。闹:参可差吊牌忽到,这一场惊慌不小,一盆冰水向顶门浇,似阎罗王勾牒至,把狂魂儿惊吊了。

【勾连】勾结。磨32:若大兵到此间,逼着俺去招安,俺可破死还交战。勾连了蒙古骚鞑子,大家齐去杀杨蕃,那大兵不怕几千万!便从此接连外国,说不的占据江山。

【勾镰】钩镰枪,一种枪头有钩镰的兵器,用以抵御马队的冲击。富13:竖大旗,挑长幡,人声喧,刀枪钺斧共勾镰;鼓吹一大攒,锣鼓闹喧喧,好一似排大驾,上太山。

【勾却】勾销。蓬6:受欢乐也受悲伤,我从今要静养,一笔勾却从前账。禳8:手拿着汗巾每日想,那画上人儿一班拶着同床,俺可把俊脸细细端相,也揸揸那腰儿多细,脚儿多长;今夜晚一笔勾却那相思账。

【勾消】同"勾销"。姑1:泪珠儿抛,泪珠儿抛,恩情一笔尽勾消!磨13:他二舅自从报了仇,纵不去奉承那严世蕃,正做着刑厅,着他一笔勾消了,如今闲着门星事不管,他是依不得的。

【勾销】取消,抹掉。磨4:若不如意,一笔勾销!生死参罚在我手,尽他乖变也难逃。磨28:我不肯伤天害理,该我账怎么勾销?

【勾引】❶勾结串通。增2:或有奸臣下一封反书,勾引胡人困了北京,那时万岁有家难奔，有国难投，这是二件；……❷引诱。翻2：土条蛇用心机来的最妙，每日把赌钱法用心去教。渐渐的勾引他小赢东道，赢了也是吃，输了也是叨。增14：众佳人貌如仙，帘儿下露脚尖，时时勾引男儿汉。❸招引。增17：这一番君妃欢乐，勾引出作死的冲霄。

**【钩挂玉】**一种猫的名称。日·走：猫儿巧名钩挂玉。

**【钩橛子】**带钩的小木条，用来插入土中压住藤蔓、植物枝条等。农·附·压条：春气初透时，将地桑每一条掘倒，先兜一渠，卧条其中，用钩橛子钉住，条长则用二三个悬空，不令着土。

**【钩绳】**建筑时正曲直的绳。日·泥：墙基打罢钩绳垂。

**【钩折】**当指在犁上起支撑作用的弯形铁件。日·庄：犁里钩折须另打。

**【緱】**编织。日·杂：惟有弓鞋须自緱。

**【嘴嘴】**（"嘴"原写作俗体"嘴"）象声词。形容鸡叫声。日·禽：野鸡嘴嘴在南荒。

**【狗哐荒】**像受伤或挨打的狗那样发出呻吟之声。哐荒，同"唉哼"。墙1：头一年还算强，零碎使了七石粮，虽不丰富还无账。第二年全然不打拢，跟着腚上狗哐荒，他还说我絮聒样。

**【狗哐黄】**同"狗哐荒"。快4：许褚安心要弄鬼，一矛攮去透心亮！两个翻身都落马，欹在地下狗哐黄。日·争：手怕包头狗哐黄。

**【狗屄】**詈语。比喻不值一提的东西。慈2：张炳之说："我也不是向他，只是他那性子不大好，你的性子又不好，到那里弄把起来了。"李氏说："狗屄哩！弄就弄，瞎牛蠓飞在眉毛上——怕他咬着我这眼么？脓包货，自家的孩子找不了来，还嗔人去哩！"

**【狗才】**詈语。像狗一样的人。寒1：这狗才见了我，怎么不下来？闹：狗才，你们那里晓得，我余勇可贾，诗兴又来。

**【狗臭铳】**詈语。相当于"狗臭屁"，指胡说八道的话。增17：万岁爷气冲冲，骂奴才养汉精，放你娘的狗臭铳！

**【狗臭屁】**詈语。❶比喻胡说八道的话。翻1：老贼杀的！敢放这些狗臭屁！琴：撒谎的东西不害羞，没人听你那狗臭屁。❷指话。墙4：单单指望他一句话，他低头子挺了尸，全不放个狗臭屁。禳1：性子发了要杀人，进来屋里没了气。尽他作精尽他治，放不出个狗臭屁。❸比喻毫无价值的东西。姑2：这命不值个狗臭屁！娶了来不像婆媳，见了面就像仇敌，终日受不尽的那杂毛气！

**【狗蛋】**詈语。表示泄恨,无实义。墙 4:张大把头掀起,一跌说:“看看,连头死了,还活那狗蛋哩!”

**【狗儿】**❶詈语。像狗一样的儿子。慈 4:骂了声狗儿,骂了声狗儿,一日两个肚儿圆,打的那柴儿,就也看的见。(此为继母骂前妻所生儿子的话)❷狗。禳 16:换上对花鞋,搓上脸肥皂,着他看一看就软了腰,给他点笑脸魂也消。狗儿甜蒜碟,到屋里还勒揹他不轻饶。

**【狗儿甜蒜碟】**比喻以为是好东西,享用后难受。“甜”盖“舔”字之讹。禳 16:换上对花鞋,搓上脸肥皂,着他看一看就软了腰,给他点笑脸魂也消。狗儿甜蒜碟,到屋里还勒揹他不轻饶。

**【狗哨的】**詈语。指人,相当于“狗日的”。磨 23:你这个瞎狗哨的!养汉老婆不脱裤——人不找你,你又找人;人来找你,你又做势!

**【狗脸】**詈语。指人脸。姑 1:作弄的媳妇寻了死,你腆着狗脸不害嚣,贱东西也担不的媳妇孝。禳 17:骂一声小囚根,浅嘴薄舌诮撇人!天下就是你狗脸俊!

**【狗命】**詈语。指人命。富 4:我且留你的狗命,去罢!磨 28:既然知罪,饶你狗命不死。以后想着存些天理。

**【狗攮的】**詈语。指人,相当于“狗日的”。翻 7:狗攮的!你每日吃俺的饭,这点事就求不动你?磨 28:着这狗攮的说的咥咥嗦嗦的,咱不去罢。磨 28:狗攮的狠似贼,解着人大发威,好像即了皇帝位!

**【狗跑门】**(跑 páo)狗用爪子抓门。“跑”今亦写作“刨”。增 16:二姐说:“俺……不过是爱你那好丝弦。”皇爷说:“好甚么?不过是胡乱拨几点子,合狗跑门那是的。”

**【狗皮缘边】**用狗皮做衣服的边,比喻可笑的事情。增 23:多拜上老长官:俺不过玩了玩,你就拿着当象马蛋。搂了搂腰儿做了个嘴,不曾汤着那故事尖,纵不然也少不了边沿。你忒也认真可笑,我只当狗皮缘边。

**【狗屁蛋】**比喻毫无价值的东西。墙 1:没儿要想着要做老,叫一声爹爹酥半边,谁想这老不值个狗屁蛋。

**【狗屁圈】**詈语。相当于“狗屁”“屁话”。墙 3:你说的狗屁圈,今早晨送去把门关,大喃叫只推听不见。慈 4:炳之有意不曾言,这语正合我心间,我儿呀,说的可也十分便。回头便对老婆言:书修多添两吊钱,您娘呀,着他两个也好作伴。老婆说:狗屁圈,不如留着做觅汉,您达呀,念阵子书来也看的见?

**【狗屁圈子】**同“狗屁圈”。墙3:精狗屁圈子！你早饭做甚么来？今早晨没去么？

**【狗屎棋子】**嘲笑棋艺很差。增23:棋盘儿在面前，万岁爷信手安，着着下的天花乱。王龙恐怕还输了，手儿手儿好似打巡栏，条条路儿踌蹰遍。万岁说狗屎棋子，一着儿下了半天。

**【狗头】**詈语。指人。禳11:那不是俺丈人那老狗头来了？待俺捎下路去罢。磨11:好狗头！那里走！增8:那逻逷果然有天没日头的，说他有一宫皇后的命。那瞎刀子扎的哄了银子去了，那皇帝那狗头也不来了，哄着二姐今日等皇帝，明日等皇帝，到如今还守寡哩。

**【狗腿】**❶詈语。指人的腿。寒2:你若不即时拿到，把狗腿夹将起来！磨11:我把您狗腿折了，都着你就地高爬！❷比喻给主子奔走帮凶的人。穷:孩子绝不探业，老婆更不通情。攮他娘的养汉精，狗腿常来逼命。磨28:问我是什么官衔？衙门里狗腿一根。自家不是别人，县里衙役李虎便是。

**【狗脂】**詈语。驳斥别人时用，略相当于“狗屁”，表示强烈的不以为然。墙1:张大说:“那糊突又怕忒也凉，给他煨煨。”李氏说:“狗脂！冷不冷馇下去了。我舀给他去。”姑2:大成慌了，叫二成来说:“你对您媳妇子说，我这里做着饭哩，着他等等罢。一个新媳妇子出去换嘎吃，咱就见不的人了！”二成去说了，臧姑说:“狗脂！饿极了呢！呵口的糨着哩。”增7:(小六哥问掌柜的:客人想“吃足顶好菜哩，咱给他吃不给他吃？”掌柜的怕客人是骗子吃了不给钱，说:)“吃与不吃，我不管。”六哥说:“狗脂！他若无钱，我认着我这一年工价，也该二十两多银子，也还管的起他顿饭了。”[①]

**【狗子】**❶狗。钟:小鬼生堪咽，大鬼切为脔，不必十分烂，但须五味全。烹煎，惟有吾家的庖人善。腥膻，若是个黑心鬼，把与那狗子餐。❷詈语。指人。富8:你父亲十载别离，生死存亡未可知。你只当街闲游嬉，逍遥自在，全不悲戚。骂声狗子你枉长十三四！磨16:念玩耍懒进书房，离了师傅无蜂王。上山爬岭济着你跦，之乎丢去，者也全忘。骂声狗子，我合你算算账！

**【够】**❶足够，能满足需要。慈1:一日吃了两碗冷糊突，没人问声够了没。我的天来咳，数应该来，应该数！禳26:小娘终日搜求，怎么忽然回了头？孽罐想是填不够。禳27:咳！一个俊脸，俺还没看够，可恨那和尚就把他喷了去了！

---

① 邹注以为相当于“狗”“狗屁”之类。以小六哥的身份，当不敢对主人说骂詈的话。

❷用在“动词+(一)个”的后面,表示程度高。琴:他家行礼委实厚,整整喜了我一个够。增12:奴才大胆忒无礼,走的慢了把筋抽,若还回来打你个够!增18:手里捏着两把汗,口虽不言心里愁,这回丑儿可丢个够!❸足有(某个数量),到(某个数量)。慈6:我找他死到阴城,阴间问了够千万声,列位呀,到阴间才知道他还有命。禳1:脸儿好像芙芙子苗,金莲不够半揸大。禳5:夫人说:“这又奇哩!不丑罢呀,怎么不好?”公子把两手比量着说:“那脚够真么大!”

【够本】赌博时输赢相当,没输掉本钱。俊:宗官初时主意妙,这钱我只输一吊;输到一吊热了盆,随手褡里又去捞。这头捞,那头捞,捞来捞去不成吊;纵然留着也不够本,总里上下鳔一鳔。日·赌:痴望一牌就够本。

【彀】同“够”。❶足够,能满足需要。翻7:你安心上了坟好吃你那酒肉,是看着咱这里不能伺候。就是那红糊粽也管你个彀。翻7:“姐姐这样,还该磕头才是!”大姐说:“你只不嫌就彀了。”闹:相公,你听出场的将尽了,我饿了两昼两夜,彀了彀了,相公放快些,只当行好搭救了我罢。❷足有(某个数量),到(某个数量)。翻7:蛴螬棚彀捧呀大,你那嫁装那瑞安?放着那里也方便。富13:家里彀多少人伺候,四面庄里彀多少人迎接!

【勾[2]】(gòu)❶同“够”,能满足需要。墙3:我酒饭都勾了,您收拾家伙,天色已晚,歇息去罢。磨18:家里有几两银可还不勾,找着主又粜上十石黄豆,等一等好叫他把钱去凑。增21:早知道他这等仗义,就该合他一帖一千两银子,不勾,连他那青布衫剥给我!❷同“够”,足有(某个数量),到(某个数量)。墙1:一个裤赃呵呵,纵然成了虱子窝,补丁补了勾一千个。磨8:从来不曾走路,觉着这铺盖勾百斤还多。增17:叫军爷你听着:刘志远也是穷军家,景儿作的勾天那大。❸手臂等伸向不易达到的地方接触或拿取。磨28:休高了,看那臭虫勾不着,休光偏宜那芦蛰。

【彀】同“拘”(参见ju音节)。日·泥:彀不着处加梯木。

## gu

【估】❶估计数量或价值。寒8:家里若银钱估不透,不看吃来也看穿,茅庵草舍何能换?❷估量,大致地判断,估摸。磨11:听的说他来家,我登门来拜他,他反估着自家大!增22:大姐,不想那军家的衣服件件出奇,再估不出他是个什么人来。增25:丫头们笑哈哈,胡百万你忒也夸,自家估着自家大。

【估堆】蹲。又作“孤堆”“孤对”,参见该条。寒8:大相公没奈何,常在旁估堆着,夜儿也在旁里卧。

**【估拣】**在泥或土、面粉等里滚动而沾上泥土等。慈0:有一等粗俗光棍,拿着随处掀翻,褂子不洗十来年,秽头土脸也看,床上炕上揉搓,尿里屎里估拣,争来夺去济着捧,弄的翻边卷沿。

**【估量】**估计,大致地判断。禳7:你家楼舍垛成堆,俺家扎地也无锥。自家估量着配不上,地下那敢望天飞,地下那敢望天飞?增23:你自家估量估量,我那点不如你?

**【估六十】**博戏用语。不详。日·赌:打过桃园估六十。

**【咕】**咕哝,小声说话。磨24:年年流落在江湖,不解乡谈只自咕,乱秋秋,不知是应向何人诉?

**【咕啝】**象声词。咕噜,形容喝水下咽的声音。增26:即时叫丫头把口拗开,把药丸放在口内,灌上了一口清水。只听的咕啝咕啝响了几声,药已下去了。

**【咕咕哝哝】**"咕哝"的重叠形式,表示长时间地小声说话。禳10:老头儿在这里说,俺在那听,又待将奴宰烹,又待将奴怎生,揭开眼罩咱就踢蹬。老头子你在房里咕咕哝哝,怎么着江城?

**【咕哝】**❶小声说话。翻7:众人有说俊的,有说好的,乱咕哝着去了。增10:烧上香拜主公,口儿里自咕哝,烧香念佛的成何用?❷指小声念书。禳21:锁在他间房一月久,没可思想才咕哝,把书本才有清闲空。闱:闻昨夕考牌已送,狠命的咕哝,恨不能一口咽胸中。

**【孤堆】**同"估堆",蹲。禳19:(仲美)墩下又泻,石庵又跑着说:"不好,不好!"跑了去相对孤堆着哐哼。子雅说:"我也还不调贴。"也去孤堆着一处。禳20:我可也不依你出去这院落,也不依你进这屋门,你就在这门外孤堆着,好思想你那美人。

**【孤对】**同"估堆"。翻11:自从烧了屋子顶,娘们里头孤对着,怎么能买起楼宅一大座?

**【孤拐】**脚踝。禳29:若还做衙官,伺候正堂,揰孤拐,骂淫娼,好似阎王。

**【孤红】**骨牌的一种牌名。禳26:江城打起牌来云:"七在手。"春香云:"俺不用看了,我是孤红。"

**【孤老】**❶孤独无依的老人。增7:"你铺着扁担盖着带子睡来么?你这不识时务的货,耍婊子可没有,不弃嫌有孤老哩。给你几个耍耍罢!"万岁说:"好哇!我来嫖婊子,不想撞着孤老窝里来了!"万岁又道:"你是谁家的孤老?"老儿道:

"谁家给俺饭吃,就是谁家的孤老。俺吃的是皇帝家的俸粮。"❷女子所私之人,嫖客或姘夫。寒2:生员不要钱。使他一两银子的,就是他娘的一个孤老!增14:小二姐这孤老虽不是皇帝,像是个穹子的朋友。增16:孤老婊子玩耍罢,谁着你弹给我听!

**【孤老院】**收容贫苦孤独的老人的机构。增6:这花子除赢了咱的银子,还着咱陪他!我嗤他往孤老院里走走何如?增7:那万岁听说,才知道是孤老院,羞愧满面,无言可答。低头一计,便说道:"我是江老爷的差官,来这孤老院里查查,年老的许他吃粮,若是年少的赶出院去。"

**【孤伶伶】**孤零零。禳20:夏热难当,夏热难当,明珠劈黄小荷香。……孤伶伶一个人,懒进那轻纱帐。

**【孤穷】**❶孤独穷困。快2:我孤穷,我孤穷,人困马乏肚里空。❷孤卿,指少师、少傅、少保,泛指高官。增13:这妮子心高志大,他眼里也没有孤穷!墙4:新中了进士称了老,撇下个爷字与监生,他说那咱就往前蹭。待几年州同越大,把阁老挨做了孤穷。

**【姑】**❶父亲的姐妹。慈2:却说那张讷听了他老子的言语,就一溜烟跑到赵家庄,一直照着那瓦门楼钻将进去。他姑看见说:"这是谁家的孩子!"张讷说:"你看俺姑,你就不认的我了么?"慈3:您大妗子你知道,这姑合娘能差多少?富6:来到近前,忽然揭起眼罩说:"这不是二姑家里大哥么?你为什么带着刑具?"❷婆母。禳27:他翁姑虔诚念佛,不免与他解释。禳32:而且今日又生子,公姑两个甚欢喜,未必不还得了济。❸仆人对主人家女儿的称呼。磨8:老婆子叫大姑,有行客走迷途,央我在门里打个铺。磨11:仲起上,家人来报:"老马大发威而去。"仲起说:"哈哈!他能怎么着咱?回去必然又差人作祟您大姑家。……"

**【姑夫】**仆人对主人家女儿之夫的称呼。琴:那人妆娇,那人妆娇,往我门前走几遭。慌的小厮们,连把姑夫叫。禳19:春香笑出来说:"大婶子说,问问周二叔合大姑夫,还敢那不敢?"

**【姑姑】**❶姑。琴:月影儿高,月影儿高,姑姑姨姨都来瞧。一齐拥着奴,上了他的轿。慈3:有心待发乍,看了看赵家姑姑,也不是个善查。(此为张家媳妇李氏之言,"赵家姑姑"指其嫁于赵家的大姑子,从子称姑)❷姑娘,女儿。翻6:穷姑姑,穷姑姑,下番人家谁贪图?("穷姑姑"指穷家的女儿)禳7:托相熟,体谅俺家这穷姑姑。(此为江城之母对亲家母之言,江家贫寒,"穷姑姑"指自己的女

儿江城）

**【姑舅哥】**姑母或舅父家的表哥。慈4：忽然他姑得了病，他就合他姑舅哥们，白黑的守着。倒是他姑舅哥们还有离了的时节，还有睡着的时节；独有他，半夜里叫一声就答应。（本例中指姑母家的表哥）

**【姑母】**姑。禳32：我无以为敬，他姑母给他做了珠箍一顶，紬衣一件奉送。

**【姑奶奶】**佣人对主人家未婚女子的敬称。富6：在这里住下待一夜，姑奶奶说来，咱家里有的是好黄酒。钟：姑奶奶写在礼单上，送与老爷下酒，谁要与你饮食？

**【姑娘】**❶姑母。增10：且说佛动心本姓刘，原是扬州人，一个武官之女。八岁父母双亡，落在姑娘手里。他姑娘贪财，卖在他院中。增11：第二怨怨姑娘，骂泼贱太不良，心如蛇蝎一般样。爹娘死去托了你，图财就不天理伤，老天只在头直上！❷背称小姑子（丈夫的妹妹）或大姑子（丈夫的姐姐）。面称为“您姑娘”。都属于从子称（“您姑娘”相当于一些地方说的“他姑娘”，即孩子的姑妈）。琴：母亲意思还待留，亏了嫂子来助兴：姑娘这两日净想家，没精打采强閒阑。再往两日不回家，两口子准要想成病。（此为嫂子对婆母称小姑为“姑娘”）琴：嫂嫂笑着把俺瞅，未曾说话先咪口。低低叫声您姑娘，如今你可得了手。（此为面称）❸仆人称呼主人家的女儿。琴：梅香笑着走进来，叫声俺姑娘，他来送插戴。磨11：丫头跑回来说：“了不的了！老马差了一大些人来，说姑爷没在家，还拿姑娘去哩！”❹妓女。增8：羽州的城墙，大同的教场，宣武院的姑娘。增8：……只有宣武院的姑娘，果然艳色出奇。❺女巫。寒6：二相公脱生了正死不的，那家子叫了个姑娘来，掐了半宿，就呜呼哀哉了。姑3：一个巴掌拍不响，姑娘自家退了神。任你怎么刚强，总然是治不的一个忍。

**【姑爷】**妻子娘家仆人（包括带到婆家的丫环）称呼主人家女儿之夫。磨18：方宅家人上：“二爷差俺来看看张姑爷起解，送盘费来，嘱咐那解子小心。那不是来了么？”（此为妻子方氏娘家的仆人对张鸿渐的称呼）磨3：旦转身云：“这事不同小可，只怕丈夫失了主意。”叫丫环：“快去请你姑爷来。”丫环出来禀道：“有请姑爷。”（此丫环当为妻子方氏从娘家带过来的）

**【箍】**束头发的圈状物。琴：哥哥今年二十一，娶了个嫂子才十七，年纪还比俺小一岁，身量比俺矮二指。偏他早又戴着箍，不知前世怎么积。琴：戴上鬏髻和红箍，自己觉着怪好看。

**【馉粣】**面疙瘩汤。日·饮：碗盛馉粣尽复添。

【鸪鸪鸱】鸟名，即戴胜。因其叫声似和尚念经而俗名“山和尚”。日·禽：鸪鸪鸱名山和尚。

【古丢丢】象声词。咕咚咚，形容摔倒在地的声音。增7：好计谋自家夸，自在的笑哈哈，这两行子没造化。朝廷在前还不识，顺着口子光瞎吧，顶着蒲笠似天那大！古丢丢死还不觉，呲着牙喜的是什么？闹：雀顶儿分明癖块，泮池上公然摇摆，真似古丢丢在望乡台。

【谷囷】谷囤，盛放谷子的粮囤。囷，通“囤”。翻3：方才去开囷，几乎把奴唬杀！谷囷净了，往后咱可待吃嗄？

【谷穰】谷穗经打场脱粒后剩下的部分。农·农·收牛草：凡麦穰角皮，皆可喂牛，宜密密苫盖，余皆打扫入栏，谷穰豆秸不可抛撒。

【股】❶量词。表示绞合的东西(辫子、绳子等)或并列的条状物中的一支。禳32：线条两股辫银钱，寿祝娇娃富贵全。增19：……俺达达拿着三股叉，三叉两叉叉死那匹马。那一时我来的慌些，没看是公马是母马。增6：桥西头有两条路，南股正冲着大同府的去路，到东门还有三十五里。❷量词。用于聚在一起成条状的东西。翻11：加上镢一拗，拗了一道缝，缝里骨突突冒出一股气来。增4：玉帝正坐，见一股红气升天，便叫千里眼、顺风耳……❸大腿。增17：二人说的投机，各各欢喜，交股而眠。

【股子】当指钗。钗是由两股簪子交叉汇编成的一种首饰，用来挽住头发，也可用来把帽子别在头上。钗有两股，一股也可单称“股”。如后蜀毛熙震《酒泉子》词：“锦檀偏，翘股重，翠云欹。”古人又有男女离别时妇女将钗一分为二，各持一股，相约他日重逢的习俗。唐代白居易《长恨歌》：“钗留一股盒一扇，钗擘黄金盒分钿。”日·皮：股子做头楚皮缘。

【骨都】凸起，撅(嘴)。磨27：常恨那科道骨都着嘴儿，该把那眼抠！

【骨都都】象声词。咕嘟咕嘟，形容喝水时水流经喉咙断续而下的声音。富6：那衙役长的人那大小，那里捞着这个东西？端起来骨都都好似灌凉水。

【骨朵】一种刑杖，长棒顶端缀一蒜形或蒺藜形的头，以铁或坚木制成。寒4：可怜咱爷老实的很，动动就是骨朵揎，也女人可又难争辩。日·兵：鏃鏻骨朵藏门后。

【骨格】指气质、仪态。磨27：见儿媳喜重重，看行动甚从容，安详窈窕身沉重。骨格里带下有福的像，步步行来便不同，一轴画图随风动。

【骨髅】头骨。磨23：李先生笑说：“哈哈！造化低，我这白胡子硼着狗骨髅。

莫怪,莫怪。新女婿抹着腰——每哩你疼我不疼哩?"王丙说:"李二哥,你这不骂起我来了么?"李先生说:"怎么骂你?"王丙说:"什么是狗骨髅?谁是媳妇谁是女婿?放屁么!"

**【骨碌】**❶形容滚动的样子。寒8:戴着一个破帽,忽被一阵风刮去,骨碌就滚。❷躺下后身体翻转。磨26:亏了那两个丫头,一闹一个三更尽,才敧下骨碌睐子,打了一个盹。禳9:只得去盖毡条,骨碌到五更尽。

**【骨碌碌】**象声词。形容大口吞咽时经过喉部的响声。寒4:割去了老贼头,剜出心狗也羞,闻一闻一片腥臊臭。拿来一刀分两断,兄弟嚼来血水流,只因原是仇人肉。咯吱吱一齐嚼响,骨碌碌咽下重楼。

**【骨轮】**同"骨碌❷"。富13:着两个丫头,一闹一个三更尽,才歇下还骨轮睐子,才打了一个盹。

**【骨牌】**用骨头、象牙、竹子或乌木制成的牌类娱乐用具,每副三十二张,上面刻着以不同方式排列的从两个到十二个点子。多用来赌博。禳26:江城云:咱抹骨牌罢。公子云:抹骨牌不好,放着安稳不安稳,看咱弄的不好了。增20:你或是合他打双陆,或是抹骨牌,或是下象棋,诸般的都合他试试。

**【骨突】**咕嘟。❶凸起的样子。富13:常恨那科道们,骨突着嘴儿,该把他眼挖!❷形容烟气或水急遽冒出的样子。翻11:又似云又似烟,浓骨突只冲天,往里瞧瞧看不见。

**【骨突突】**"骨突❷"的重叠形式。翻11:加上镢一拗,拗了一道缝,缝里骨突突冒出一股气来。

**【骨眼】**病名,当指羊痘病。羊痘可由羊传染给人,人发病时出现丘疹、水疱等症状。疱破后表面覆盖厚的淡褐色焦痂,痂四周有较特殊的灰白色或紫红色晕,其外再绕以红晕,以后变成乳头瘤样结节,最后变平、干燥、结痂而自愈。日·疾:骨眼新起有方传。

**【钴钉】**指自上往下用力击。慈1:李氏又不耐烦,喝的声说:"谁是您娘!"劈头一钴钉,几乎把那孩子头来搉腔子里去了,嚇的声就叫唤了。

**【鼓吹】**❶演奏器乐。快3:既然斩了曹操,大家贺喜!把罪人释放,罚他不得入席。把头挂起,鼓吹饮酒!磨33:既无他意,俺急急回山,叫他鼓吹来迎。❷演奏器乐的人。磨27:竖大旗,挑长幡,人声喧,枪刀剑戟共矛帘;鼓吹一大攒,锣鼓闹喧喧,好一似排大驾,朝泰山。❸鼓乐声。磨33:听的鼓吹,想是山上来也。

**【鼓肚子】**❶形容气闷难忍的样子。慈3:李氏从来嘴儿也么高,到了这里不济了。好心焦，浑身热汗似瓢浇。……又鼓肚子又害羂，油煎火燎好难熬。增26：且说那王龙辱了胡百万一场，方才心下少可；又听的待了一日一宿，就上下一搀新了，依旧南楼作乐。暗暗的鼓那肚子，要害南楼一党。❷形容装腔作势。磨28：狗攮的狠似贼，解着人大发威，好像即了皇帝位！当日空把肚子鼓，济着横眼又竖眉，只因是兄弟犯了罪。

**【鼓了袋子】**皮囊之类的某个部位被里面的液体冲击或挤压而鼓破，液体流出。比喻事情败露。禳14：李婆说："不好不好。酒坛里淌出糟来。"公子说："又是怎么说？"李婆说："——鼓了袋子就坏了！"

**【鼓手】**乐队中打鼓的人。增8：万岁道："六哥儿？你耐心等待，我给你做领红布衫。"六哥自思："可出了丑了。俺干爷不是个轿夫，就是个鼓手。"

**【鼓子】**较小的鼓。增6：万岁道："你待打谁？只怕石头钻的鼓子——不中打，籴的二升秕芝麻——打了没油水。"

**【固山】**固山额真的省称。固山汉译为"旗"，为满族的军政编制单位。每个固山设统领官三人，主官称固山额真。慈6：王太太被黑固山虏去，五个月生了张老爷，起了个名字，叫做白持。后来固山死了，因着老太太思家，他就赎了身，改名张复。翻9：二相公吃完了饭，牧之回来，着他修书二封：一封给正黄旗的固山，一封给都督。

**【故去】**死，死去。墙1：老汉今年八十二岁，老婆子又故去了，一切饥寒谁问？好痛人也！增5：自从员外故去，家业飘零，终日靠儿子打柴度日。

**【故事】**❶用作讲述对象的或真实或虚构的事情。慈1：我今说一件兄弟贤孝的故事，给那世间的兄弟做个样子。俊：现今有件故事，却不在唐朝，也不在宋代，也不在南蛮，也不在北塞，就出在这山东济南府历城县。❷被人议论的事情。翻11：你这潮孩子！看着人家知道，成了故事。慈1：因此张炳之又寻了一个老婆，姓李，撮傀儡子解包袱——这一回才弄出故事来了。❸有来历或有说法的事或物。增14：那二姐没好气的说道："好把那憨达！这是一座牌坊。"万岁说："那上头是什么？"二姐道："那是故事，叫做'狮子滚绣球'。"增22：这王龙自幼在学不好读书，惯好投壶。拿起那箭来颠了一颠，使了个"苏秦背剑"故事，扢噔一声投在壶里，王龙喜的抓耳挠腮。❹指不好的事情，事端。禳13：不要慌，耍把戏的开了箱——只怕还弄出故事来哩。禳13：老夫妇适刚才，正喜他夫妇得和谐，方且一言未落地，他从空中吊下个故事来，吊下来！❺戏弄。增18：王龙见说叫江彬的名字，也就不求全了，叫大姐："快给我摆酒。"万岁说："王龙待摆酒,我故事他故事。”增18:大姐斟上一盅酒,分明待给王龙,他就故事万岁,说道:“二姐夫,酒到了。”❻花招,机关。寒5:叫一声商相公,你这话倒也通,只怕你又把故事弄。

**【故事尖】**❶不好的事情中程度最重的部分。姑2:媳妇三日不动弹,惹的婆婆不耐烦,还是初来合乍到,只得再等他两三天;两三天,往后看,只怕还弄出个故事尖。❷指重要的地方。增23:搂了搂腰儿做了个嘴,不曾汤着那故事尖,纵不然也少不了边沿。

**【故套】**俗套。磨5:这是秀才们的故套:一张呈状呈到堂上,及至官府替他打人,他又讲起情来。岂不可笑也!

**【故意】**有意识地(别有深意或假装)。琴:这件喜事委实陡,故意还把丫头瞅,失惊打怪影煞人,甚么腔调还不走!慈2:张炳之故意失声大怪,没地去呀问了一遭子,自家回来了。增16:那万岁穿的那绑腿鞑鞋沉重,那楼板声音又响亮,故意扑咚扑咚的使那脚踏。

**【顾】**❶照管。蓬5:做个丈夫,做个丈夫,凭着娘子去抄书;孩子叫呱呱,两头不能顾。磨1:咱从此散了,各人顾各人罢。❷在几个方面中优先或只考虑一个方面。富3:还有铜钱二百多,投庄且顾眼前活。增10:要接皇帝没修下,且顾家中时下穷,挣他几两来费用。❸探望,访问。富14:久不相晤,知君思慕。今遇着寿诞良辰,我约下群仙赐顾。磨7:临别虽劳嘱再顾,不知何日始回还?❹看,视。闱:忽传昨宵已把卷箱抬,相顾也失色,陡听的老宗师丢将个川字来,又渐把雄心丢放在九霄外。

**【顾不得】**不能顾及。快2:曹操又战战起来,众人扶他上马。一干人顾不得困乏,一齐乱战。

**【顾不的】**同“顾不得”,客观上不允许或主观上不顾及。俊:赌博输的屁嗤狼烟,着急寻法去抓钱,顾不的廉耻脸面。禳1:我就从来爆仗性,受不的气儿顾不的命。禳16:我合他可没有一定的方法,恼了脸也顾不的甚么是哽,若是迭不的攥拳,劈脸就是耳巴。

**【顾揣】**身体蠕动。蓬3:这梦儿我再好生做做,休要待霎顾揣醒。

**【顾盼】**眷顾。磨36:前世有仙缘,前世有仙缘,得蒙顾盼,尽赐平安。

**【顾追】**同“顾揣”。磨28:三更里苦哀哉,疼又麻难顾追,十万蛆蚉这波罗盖。……俺也曾把人捆绑,谁知道这么难挨!

**【雇脚】**雇脚夫。磨19:想起行装,想起行装,叫人送你过后墙。到大路雇上脚,你可自家往前撞。

**【雇觅】**雇佣。磨14:您不是每日串通衙门,打诈百姓,必定是雇觅了来的!

**【锢炉子】**修补铁锅或盆碗等陶器、瓷器的匠人。闹:你看那皮匠家补鞋补袜,只是那锢炉子锯盆锯碗,还有那木匠家打箱打柜,铁匠家打锄头还打刀镰,锡匠家打灯台又打锡盘,窑匠家烧黄盆又烧黑碗。

## gua

**【瓜】**❶葫芦科植物的果实。墙2:五十多抱娃娃,冬里枣夏里瓜,费了钱还怕他吃不下。翻6:这原是我心里爱,不是强求生摘瓜,对令堂说休害怕。❷指人(贬义)。如“傻儿瓜”“呆瓜”“乡瓜”(用例见各词条)。❸象声词。形容比较清脆的拍击声。姑1:于氏拭了脸,劈珊瑚瓜的声一耳根子,说:“我看不上你乜脏样!”禳13:又是长,又是短,想是娇嫩嫩的那手,打着脸上也不大疼么!我只听的瓜的一声,可也老大响哩!

**【瓜搭】**嘴不停地张合,指说话。禳15:卖婆子真似贼,瓜搭着嘴儿搬是非,原该问个凌迟罪。

**【瓜答】**同“瓜搭”,形容不停说话(含贬义)。蓬4:娘子说我再嘱咐你一句话:拿到街上可休说是奴家,那秀才们嘴臭,看他再瓜答,说你写的到还不差。磨24:起月令刻关煞,也信口瞎胡巴,俺从来不信那先生的卦。明明知道不中用,还要买他胡瓜答,他说好怎么放的下?

**【瓜打】**❶拍打。墙2:了吊儿乱瓜打,拾石头把门砸,全不听的人说话。❷指死。墙4:二兄弟大不通,病人昏愦眼蒙眬,刚还魂怎么敢惊动?一口气不来瓜打了,竹篮打水落长空,可才大家没蛇弄。

**【瓜得】**象声词。形容清脆的拍打声。禳1:家家房中有个人,一堆,戴着髲髢穿着裙,祸根;仰起巴掌照着脸,瓜得。内问云:“是你打他么?”哭云:“那里,是他打我。”

**【瓜葛】**比喻关系、关联。磨29:许仁庵也有此意。他合鸿老有个瓜葛,前日他去都中望他,说他要合鸿老说说,到如今不曾回来。

**【瓜虀】**一种菜瓜腌的咸菜。日·菜:瓜虀略腌便可吃。

**【瓜冷】**象声词。形容拍打的声音。姑2:就拿过珊瑚那手来,使力气照着自家那脸乱挎。珊瑚夺出手来,他自家瓜冷瓜冷的打了顿耳根子。

**【瓜子】**❶瓜类的种子。通常指可作零食吃的。增9:六哥……遂把那瓜子、娇梨拾了一盘，抗将起来出了店门，一声吆喝，可就卖起来了。增18：那瓜子皮擦了我一个跟头，怎么是磕头？❷比喻眼泪。禳13：又搭上江城眼里又吊下瓜子来，娇滴滴的声儿问官人好么，只这一声儿，小哥哥那魂灵儿就像腌坏了的那螃蟹——久不吃了，脐子都沙了。❸游戏中比输赢时，赢方用手指击打输方的胳膊为打瓜子。参见“打瓜子”。禳2：江城输了瓜子，不依我打呢。禳9：公子说：“你有两本大明律么？你从小光好赖人，那一年翻交，你该我那瓜子，也该还我了。”……江城说：“我给你这胳膊，你还不敢打哩。”公子说：“你拿过来咱试试。”江城没好气，露出胳膊来一舒说：“给你！”公子拿过来轻轻的打了一下，江城恼了，劈脸一掌。禳9：俺不过汤一汤，也不曾把你伤，瓜子也是轻轻的放。

**【呱哒】**同“瓜打”，拍打。穷：昨夜晚，做一梦，拾一锭，喜个怔，老婆孩子呱哒腚，醒来还是净打净。

**【呱呱】**象声词。形容乱叫喊的声音。慈1：且休讲这光棍子百般的琐碎，万般的凄凉，只有一个孩子叫呱呱的，没了他娘，就只是找他达呀，他叫你东游西转不的。增28：赛观音叫呱呱，我自家为自家，姐夫你就怪点罢。

**【刮】**❶用刀等贴着物体的表面移动，把物体表面上的某些东西去掉或取下来。墙2：谁想家嫂他就极乖，好的留着自己穿，热了只给他破袄，好的留着自己吃，饿了只叫他刮饭盆。慈3：依我说，不光杀，还该油锅里煎那科子，刀山上扎那科子，吊在树上剐那科子，一刀一块刮那科子！快2：叫曹操留下脑袋，做夜壶不费安排，抠眼弹刮了毛腮，镶上铜几年不能坏。❷指用篦子或梳子用力梳(头)。日·杂：篦儿刮净更梳油。❸(水流)侵削。农·农·坝堰：若水大不可遏防者，则以石叠其水道，使勿刮地成渠。❹指用力地扫(地)。蓬4：呀，早饭已罢，炉内添香，扫田刮地，净几明窗，拔笔铺纸，写书几张。❺(风)吹。墙2：这天是腊月天，刮北风阵阵寒，胡子成了冻冻片。穷：墙又塌，屋又倒，大风刮了屋上草。❻同“割”。磨27：刮慈爱教儿童，陪读书到三更，说来教人心酸痛！

**【刮打】**❶同“瓜搭”。增9：鸨儿本是个爱财货，见了银子花了眼，刮打着嘴儿笑呵呵，我不收下恐见错。❷象声词。形容比较清脆的拍击声。增14：这万岁穿的鞑鞋是江彬做的，虽无穿着走路，但年岁久了就烂了，那鞋掌子印着那涩道上边，嗤的一声抓下来了半边，走一步刮打一声。

**【刮地风】**曲牌名。禳14：[刮地风]不上机不拿针，只将唇舌骗黄金。全凭孙衍张仪口，说的嫦娥动了心，人那哎哟，动了心。富10：[刮地风]黑夜茫茫道路迷，两人直向故城西。生平不解奔波苦，天明走了六七十，人那哎哟，六七十！

**【刮刮砸砸】**象声词。形容火烧器物的声音。增 28:风搅火火搅风,起愁云锁碧空,刮刮砸砸火星迸。

**【刮喇】**象声词。形容连续高声说话的声音,可用为动词,指连续高声说话(带贬义)。磨 23:我王丙命运乖,死了人又买材,将钱丢了十千外。近来心里懒学唱,旧唱忘的不在怀,不如婆子在煞有人问。现如今家家刮喇,可那里挣出钱来!(王丙为盲人,以做"先生"为生,到别人家里卖唱或占卜等赚取报酬)

**【刮拾】**同"割舍",舍得。增 21:只怕你刮拾不的那衣服。

**【苦淖】**("苦",方言音"郭")碎草屑和土的混杂物。日·庄:打扫苦淖甓猪栏。

**【趏趚】**形容走路利索的样子。疑为象声词,相当于"呱嗒",形容脚步有力的声音。日·疾:跻踆丫去趏趚还。

**【剐】**割肉离骨。禳 16:跪在床下,战战呵呵,似上杀场,就着刀剐。增 28:剥去了大姐衣,碎锣响破鼓槌,人人要看狼心肺。百样装的假面目,千人靠的臭囊皮,登时剐了个粉粉碎。一霎时油头粉面,只剩了白骨一堆。

**【寡】**❶少。禳 1:俺可不似那没良心,吃了费了还嫌寡。农·农·刨二遍:麦未开镰,务要二遍刨过,收之多寡,全在此遍,最要用心。❷寡妇。翻 1:人只要脚踏实地,用不着心内刀枪,欺孤灭寡行不良,没娘的孩子自有天将傍。

**【寡薄】**淡薄。磨 23:且是如今世情寡薄,给人家上寿,虽是叨他些酒饭,临起身拿出四十个钱赏先生。

**【寡妇】**❶死了丈夫的妇人。富 11:三月里上坟茔,家家户户麦饭过清明。谁家寡妇坟头哭?惟有愁人不忍听。增 5:俺不是开坊子的人家。我是幼儿寡妇,自己吃的没有,怎留下你?❷独居守候丈夫的妇人。富 9:我那贤妻,我那贤妻,一个寡妇守孤儿。……我年年在他乡,可把你心使碎!富 13:老太爷进宅门,见太太泪纷纷,十余年夫妻又相认。年年我在天涯外,寡妇孤儿过十春,几乎把你心操尽!

**【寡酒】**没有佐酒菜肴而喝的酒。寡,指寡味。增 6:万岁爷发玉言,那朋友请回还,捣盅寡酒也没的干。增 7:寡酒难饮,只怕你店里没有好菜。

**【寡媳妇子】**守寡的儿媳。姑 2:俺婆婆有个姐姐,极好的个老人家,他在沈家庄住,他家里止有一个寡媳妇子,我住他家里去罢。

**【寡嘴】**贫嘴,爱说废话或开玩笑的话。增 9:这花子尽是寡嘴,薄厚在那里?增 22:不合你弄那寡嘴。你过来,咱投壶罢。

【卦板】算卦人所用的竹板。磨23:又一个先生打卦板上唱……增26:张天师上大街,要访那胡秀才。到了胡家大门外,打起卦板装算卦,百万忽然走出来。检书介。

【卦本儿】解释卦象的书。磨28:胡生说:"我就极会决人的心事。"……将卦角丢去,看了看说:"这个靠山之卦好的紧!待我查那卦本儿你看。"

【卦盒】装算卦用具的盒子。磨28:胡生拾起卦盒,说:"天那天!这卦也算不的了,不如去他妈的罢!……"

【卦角】动物角制的算卦用具,以投掷落地后的形状来代表不同的卦象。磨28:胡生说:"我就极会决人的心事。"忙取卦角,望空祷祝:"……"将卦角丢去,看了看说:"这个靠山之卦好的紧!待我查那卦本儿你看。"

【卦资】付给算卦者的酬金。磨28:胡生说:"……大吉大利!求卦资焉罢。"

【挂】❶把物体吊在钩子、钉子等物上。姑1:大成巴数了一阵,墙上挂着一支鞭子,拿下来把珊瑚打了几下子,于氏那气才略消了。禳33:地铺了毡,炉里有了火,墙上挂了画。❷关上门把门挂儿搭扣在门框上。墙2:必是人儿不在家,门外又没把挂儿挂。翻9:大姐吃干了盅,往外就跑,说:"您两个吃盅合劝合劝罢。"出来把角门挂了。❸披挂。禳24:到得悍妇回头日,还向如来挂锦袍。❹蒙受。禳16:汉子没服就把泼名来挂,这一样降法真是操。❺挂念。翻3:仇大郎听着他,才说的是实话,不相厚谁肯将我挂?增2:一心只上大同去,夹马摇鞭兴致佳,朝里军情全不挂。

【挂碍】牵扯。慈1:我今说一件兄弟贤孝的故事,给那世间的兄弟做个样子。但只是里边挂碍着那做后娘的。

【挂榜】张挂考中的名单。磨25:孩儿在场中,合爹爹紧邻号。挂榜非遥,挂榜非遥,父子登科这一遭。闹:这个我倒不怕他,只愁是二场以前挂了榜惹人笑……

【挂齿】指理睬。禳24:他若是衣不堪,跨驴似蚂蜡,俺就不把齿来挂。

【挂打】同"瓜打",拍打,敲打。禳17:自家葛天民,是那樊满城的汉子,绰号槌被石。我问人怎么是槌被石?哦,说是老婆棒槌常常挂打的。

【挂儿】即钌铞,一种从外面闭门后搭扣在门框上的金属扣具。墙2:岂有日高还没醒?必是人儿不在家,门外又没把挂儿挂。

【挂号】编号登记。蓬6:吕祖便叫桃仙:"你也来献献功,求娘娘挂号。"叫道童你听言:今日娘娘在上边,何不把你功劳献?若是能着娘娘喜,挂一个号儿就成仙,有造化才得娘娘见。俊:若是我投了井上了吊,再娶个来现世报,输的着急没了法,愁你不挂忘八号!

【挂虑】挂念。翻10:嫂嫂不必挂虑,只怕咱有三月的别离,相会的日子正长。富11:朝朝挂虑在天涯,听说这话愁越加,那一时唬着娘倒值的大。

【挂念】想念,放心不下。富2:你只管脱身远走,也不必挂念家门。增5:却说刘氏在家,见他儿子去了多时不回来,心中甚是挂念……

【挂牌】悬挂告示牌。禳17:槌被石不用愁,不用挂牌一笔勾,学道要给你一个点儿受。寒2:大家跟到城里,待了二三日才挂了牌,次日听审。

【挂袍焚香】披上袍子点香祝祷。闹:我场前也曾三牲大祭,挂袍焚香,此时还无灵感,更待何时?

【挂牵】牵挂。翻8:咱娘有病,不能动弹,姐姐陪着,不用心挂牵。富6:你领着咱小保儿过,我的事你就不必挂牵。

【挂心】挂念,担心。磨6:你只管去,不必挂心。增2:万岁若要私行,可有三件太挂心的事。

【挂心怀】❶放在心里,表示内心重视。姑3:二娘子忒也乖,骂着刚强骂满街,屡屡鬼神警戒你,依然全不挂心怀。❷挂念。增25:想妹妹挂心怀,怕爷嗔不敢来,谁想倒将奴错爱。

【挂意】挂念,挂心。姑2:我儿你道不曾怨,听说我病长挂意,买上东西去问安,日久才把人心见。

【罣碍】妨碍,阻碍。寒8:立文契是赵歪,只因贫少钱财,就将自己庄田卖。时值价银三千两,四至分明详细开,一面全管无罣碍。

【褂子】单的上衣。姑1:何大娘看了看,眼里流的都是血水,把褂子都沾了。增28:王官,我不怪你。你许的我那红里白表的那人皮褂子,可给了我罢。

## guai

【乖】❶机灵,聪明(多带贬义,也有非贬义者)。墙2:谁想家嫂他就极乖,好的留着自己穿,热了只给他破袄,好的留着自己吃,饿了只叫他刮饭盆。快4:放着死蛇不会打,你说这事是乖可是潮!增8:单表起佛动心,满院里他超群,金莲小小刚三寸。弯的是眉儿乖的是眼,俊的是模样俏的是心,寻常不肯合人混。❷(性情)乖戾。翻4:拉阎罗到当街,满城人闹该该,人人都说他心胸乖。禳24:就看今来这样款,才知你常时忒也乖,你该杀已是三年外。❸不顺利,不如意。蓬5:指望传胪,指望传胪,命乖才好不如无;盼的放了榜,还是一瓶醋。禳10:小子生来命运也么乖,怎么娶了个祸根来?❹触碰。琴:上头扑面影煞人,你看乖了我的纂。禳3:连年来作践非常,孩儿入阁又穿房,跳圈儿乖破了红纱帐。

**【乖乖】**表示亲昵的称呼。富3:又叫一声俏乖乖(称呼女情人),端相了模样看绣鞋,乖乖呀,那一点不叫人心爱!增9:院中许多娇娥女,见了骂声小乖乖(称呼男孩),点点人儿真作怪。

**【乖滑】**乖巧。增7:小六哥乖滑伶俐,万岁件件随心。

**【乖觉】**乖巧伶俐。慈2:老婆你说你乖觉,汉子哄你不值个破瓢,但只是耽了些惊恐,费了些计较。禳29:聪明人儿怪心肠,乖觉的异常,聪明的异常,话温柔,全无有张狂。

**【乖子】**蝈蝈。快2:那孔明兵机神妙,他已是算定曹操,一处不死一处逃,午时三刻必然到。在此歇马,等着正好。这个乖子,看看你那里逃!(此处用为比喻,用捉蝈蝈来比较捉拿敌人)

**【拐】**❶拐杖。禳1:鞭子手软不能捧,烂了棒槌折了拐,我就许下朝南海。富14:丢拐自作商羊舞,愿献麻姑酒一杯。❷用胳膊碰。增16:跳了一跳,贪慌拘那汗巾,把桌子上酒壶拐倒。❸拐骗。增27:这马是我的,被人拐出来了。那长官是个拐马的,我正是来找他哩。❹拐弯,往回走。俊:我说罢呀,不理你,你就诈的没了拐。

**【拐杖】**横柄的手杖。墙2:拄拐杖往家行,不知方法灵不灵?

**【拐子】**一种〈形的用具。农·蚕·压条:至十月或春分前后,将卧根根头截断,取出斫成一拐子样,每拐为一栽。

**【怪】**❶奇怪,怪异。墙3:哎呀!原来是个怪梦。磨23:拾了块怪东西不知何用,看那模样儿像块冻冻。❷妖怪。增3:有巡检是张敖,凉床上才睡着,城隍土地高声叫:休推睡里合梦里,不是怪来不是妖,北京圣驾前来到。❸很。墙4:张大说:"小瓦瓶子,给我擦擦腿上这血。"瓦瓶子说:"俺不,怪脏的。"琴:身段娇,皮肉细,自家看着怪得意。❹责怪。姑2:但得娘知道我没有二意,不怪我呵,就死了也甘心!慈4:你不快疾忙走开,怕晚了去上书房,定然惹的师傅怪,转下打没人替你捱。❺精明伶俐,乖巧。丑:虽然是长嘴大耳,不成个行款,他到那风月场中调起情来,比那行者还怪。增13:这丫头上下打量了我一回,就开口盘问,真是个怪孩子。

【怪不的】怪不得,难怪。琴:怪不的人爱做媳妇,这个光景委实妙。禳7:江城变化的这样齐整了,怪不的我那儿动心。

【怪歹歹】精灵古怪。增14:这丫头怪歹歹的,休着他看破行藏。

【怪道】怪不得,难怪。禳7:人才可喜算无双,怪道孩儿梦不忘。禳11:闷时信步来相访,怪道白日把门关,原来静对芙蓉面。

【怪叫】异于常声的尖叫。磨11:批溜扑搨一片响,煞狠地动怪叫欢,叫达达只推听不见。增23:佛动心莺声怪叫,咭叮当扯断了罗裙。

【怪人】行为异常的人。禳23:咱那儿中了,若是江城欢喜,必然来到这边;若不来,就是怪人了。

【怪笑】感到怪异而笑。增24:丫头们嗤嗤的怪笑,胡百万喜地欢天。

【鮰子】("鮰",蒲氏注音"拐")拐子鱼,学名鲬鱼。肉嫩刺少,味香。日·鳞:鲤鱼鲇大鮰子小。

【豩】似指唇粗厚外翻。日·身:唇豩牙呲太不文。

guan

【关东片】关东台片,即关东烟。闹:不要那满城烟毛头大锭,不要那红丝烟采堂玉兰,不要那关东片香烟杂半,大益和兰花烟我俱不贪,一切的奇品烟我都不要,苦菜花、芝麻叶我也不嫌。

【关口】关的出入口。增3:万岁来到居庸关口,磕马径过。

【关里】指城关,城外靠近城门一带。磨2:妇人说:"好了,那不是俺那邻家卖柴来了?俺问个口信。陈大哥,你从城里来么?没听说比较的如何?"樵夫说:"我在关里卖了柴就回来了,没进城。"

【关粮】发放粮饷。增28:你晓谕那大同知县知道,等朕回京,这虔婆给他一处宅子,按月关粮,叫他受用罢。

【关情】关心,牵动情怀。慈1:譬如有一个前窝儿,若是打骂起来,人就说是折蹬;若是任欲他做贼当忘八,置之不管,人又说是他亲娘着,他那有不关情的:谓之左右两难。禳19:这是那表兄弟关情处。

【关煞】星命家术语,指命中注定的灾难。磨24:起月令刻关煞,也信口瞎胡巴,俺从来不信那先生的卦。

【关天】形容关系特别重大。磨14:马知县大不然,贼杀人事关天,我就不担这条担。磨29:朝廷家发了兵足有十万,这一回不寻常胜败关天。

【关头】城关的边缘。禳22:见谯楼,见谯楼,浑身火急汗珠流。如今还未进城,天已是饭时候。到关头,到关头,来往行人更密稠。

【关外】山海关以外,指东北地区。寒4:这人命无人招承,明日你两家都把尸移去关外,我要细细检验。磨5:呈头的问了斩罪,俺们是关外充军。

【关西】山海关以西的地区。磨35:在关西,数城无恙,百姓也安逸。

【官兵】政府的军队。翻12:百里外到凤翔,都知道李大王,就是官兵也不敢挡。磨31:腥登登只杀的血成渠,乱穰穰只杀的尸满路,那将军心也服,那官兵骨也酥。

【官不打送礼之人】俗语。指到恶人处送礼也不会有不良后果。钟:(小鬼不敢替钟馗之妹到钟馗处送礼,钟妹说:)自古云:官不打送礼之人。管情此去,酒饭之外,还赏银钱。

【官差不自由】俗语。指因为政府做事而不能自由行事。寒5:相公,你可休怨俺。俺也只是官差不自由,你可休连累俺。磨11:(方家人)赶上捉回来(差人),(差人)都说:"俺是官差不自由。"

【官家】公家,官府。俊:年前官家来拿赌,舍死逃命爬墙头,吊下几乎跌坏了前槽子肉。磨2:听说大赦将到那官家越发打的狠了。今日拴来,这性命休矣!

【官娘子】官员的夫人。慈6:旋即老太太合官娘子都下了轿,大家一齐进门,到了家里。禳17:这怕老婆的合县里无其大数,就选着做了行头。那官娘子着出来要棒槌,着我陪钱。

【官票】官府签发的文书牌票。增6:修路的官票是老江。北京城里浪荡皇,听说他要出来撞。

【官亲】官员的亲戚。增18:你敢说你嫖的是妹妹,我嫖的是姐姐,咱是连姻,就该笑玩;这不是官亲,玩不的呀!

【官人】❶对男子的敬称。富3:张官人下了驴,沽了一壶酒来吃了,又喂了喂那驴,才又走了。富3:官人还不壮实,走了一日多路,使着了,所以又病起来了。❷对丈夫的敬称。蓬4:娘子说:"依官人说,该怎么处?"相公说:"依我说,还是求取功名,中了来就好了。"禳11:江城上说:"官人好么?"公子说:"好。"禳33:兰芳云:"停当了。请官人合姐姐去看看。"(兰芳为妾)

【官声】为官的名声。磨14:衙役说我官声好,找法给我弄钱财,话儿都是极相爱。

**【官事】**官司,诉讼之事。富 9:且是到他那里先打听打听,看那官事紧慢如何,才好归家。不多时来到庄里,到了门口。磨 13:我且问你:那官事怎么样来?

**【官所】**官员办公的处所。磨 32:朝散以后,张鸿渐回到官所,修书一封,着家人连夜送到家给周、王二位相公,每人送他白银三十两、良马一匹。

**【官帖】**官方所发的证件。翻 10:(仇禄受魏名陷害被判东北充军,土地也被没收。后免罪回家)不几日,军门里下了文来,一切地土都追还本主。……魏名也认了十亩地,押的那官帖即时退出,倒把他生了一肚子气。

**【官厅】**政府办公场所。增 3:把门封了,让的万岁官厅坐下,细瞧了瞧,双膝跪下。

**【官衔帖】**写着自己官衔的名帖。富 4:就去行医,就去行医,进身不用人推提。投上个官衔帖,就说是我能治。

**【官星】**官运。增 24:又看着自家命里该当没有官星,因此上丢了那书本子,光弄那杂八戏,吹弹歌舞,件件都会。

**【官刑】**官府的刑罚。寒 7:我妹妹一女流,父亲是老实头,官刑屈打无人救。磨 2:但免了官刑打腿,那管他东北西南!

**【官宅】**官舍,衙门。磨 14:老马被按院锁拿了,官宅里发出银子来,托了一个礼房,一个皂头,每个秀才五两银子,每个百姓二两,求大家递状保他一保。

**【帼子】**不详。当指一种束发用具。日·杂:帼子头绳皆可买。

**【鏍】**犁铧。日·庄:鏍头钗缺亦重添。

**【冠冠冕冕】**冠冕堂皇,表面上正大光明。禳 20:俺说的冠冠冕冕,唠的他见信方住。

**【冠冕】**体面。禳 24:家人:"禀奶奶,是连衣打,是解衣打?"江城说:"解衣打!"吴恒说:"奶奶,解衣不冠冕。"

**【管】**❶掌管,负责。翻 8:姐姐只管大事,家里的事,不用姐姐管。慈 5:岂有此理! 这一路是我管的,怎么差的别人呢。蓬 2:却说这文箫原是玉皇面前管书的童子,因到了广寒宫调戏彩鸾,玉皇贬他下界,脱生了文箫。❷管辖。墙 4:如今那管秀才的学官,多半不识字。他大爷若做了秀才,俺还管着您了。寒 7:我奏上凌霄宝殿,着你管十帝阎罗。❸管束,管教。俊:他的娘子叫张三姐,为人极有本领,管的他那汉子回了头,从新成了人,这几年来,成了那木楸舒在那酱盆里——就大匙起来了。禳 16:你看贼强人,才没人管着,任拘甚么茧儿都作估出来了。❹顾及,过问。墙 2:你不要管我,咱别了罢。慈 3:那腿上去了一块皮，走着还瘸呀瘸呀的，呀的进了房门，也没管孩子哭，一头攮在床上，回脸朝了里。❺负责提供。翻7：你安心上了坟好吃你那酒肉，是看着咱这里不能伺候，就是那红糊粽也管你个彀。磨18：即时叫了个赶脚的来，说："脚钱我管。"鸿渐说："你当是我真果的无钱么？就叫你管？……"❻包管，管保，肯定会。慈3：他若是牙崩不字，管叫他弃甲丢盔！增13：俺这十个丫头，每人也訏他三杯，他是铁人，也就管醉了他。

**【管待】**照管接待。闹：我是贫寒之家，管待不到，怕先生见怪，如何是好？

**【管法】**管制的方法。禳16：他二姨夫都这么作法，还是你那管法不济。

**【管饭】**提供饮食。墙4：老头子在这边，你怕他把我偏，死活争着去管饭。翻7：您不止管我饭，还贴了个老婆哩，你知道么！

**【管家】**❶掌管家务。姑1：家中诸人好做，惟有婆婆极难：管家三日狗也嫌，惹的人人埋怨。禳30：我儿既然爱他，我又老了，他写算皆通，就叫他替你管家。❷受雇管理家务的人。翻11：二相公待起身上府，范公子又送了一个老道管家，一匹好马来。翻12：我去时是草房，回家时是高堂，媳妇都是嫦娥样。去时觅汉没一个，来家管家摆成行，丫头小厮一大棒。

**【管家三日狗也嫌】**俗语。形容家务难当，容易落埋怨。姑1：家中诸人好做，惟有婆婆极难：管家三日狗也嫌，惹的人人埋怨。

**【管教】**约束教导。俊：为汉子着老婆管教，就死了难见祖宗。禳1：俺过着他的日子，他管教俺成人，还说俺是怕婆子，没得还该不怕么？

**【管理】**治理，料理。磨19：我坐监时，亏他管理庄农；人家来骂，又亏他行粗。若是不着他，俺娘们家里就过不的了。

**【管情】**同"情管"，管保，肯定会（含有令听话人放心之意）。钟：自古云：官不打送礼之人。管情此去，酒饭之外，还赏银钱。

**【管取】**管保。磨29：奉圣上旨意，领兵十万去征任义，管取手到擒来。磨31：宝刀出鞘，雕弓上弦，破上两个拿一个，管取鞭敲金镫还。

**【管事】**管理事务。翻3：令弟清闲不管事，读书还要使束修，分家你不能偏从厚。禳33：回来禀了姐姐，才着咱爹把管事的打五十。

**【管闲事】**插手与自己无关的事。磨4：告世人仔细听：休管闲事递公呈。磨23：王伙计听明白：休要争休要捶，到人家就有四样罪。一是多嘴管闲事，一是往来说是非，到处里人家房帏内；……

**【管闲帐】**同"管闲事"。禳22：果然招着梯子去竖上，高季爬过墙，放开门，一群人拥入,江城从屋里见了高季说:"三叔不必管俺家闲帐。"

**【榗杺】**碾盘中间竖立的木柱。日·木:榗杺要直不求弯。

**【惯】**❶习惯。姑2:于氏平日自在惯了,觉着不大快活,便合大成商议……翻11:范公子甚喜欢,对慧娘开笑颜,暖云窝你倒住的惯?增7:你拿黄菊高酒来我吃罢,那混帐酒我吃他不惯,情愿多给你价钱。❷惯常,习以为常。磨23:惯掏鬼,惯撒谎,因此人人叫瞎唠。墙2:又把那粉土打礶,加上吹箫吹罢,往里常撒销铅,铀子也抹二三钱,因着这手儿抹惯。增23:王龙那公子性,素常降人是惯了的,谁敢说一个失字?❸娇惯。俊:您娘常把您达哄,说你赌博没点影;您达打你两条子,娇儿哭了三天整。每日惯着当达叫,着你撕的碁无种。禳22:这二日,只是教我放出他来,惯着他悠游放荡,不成个人品。

**【惯搭】**娇惯(带贬义)。"搭"为语缀。墙2:五十多抱娃娃,冬里枣夏里瓜,费了钱还怕他吃不下。惹的恼了掘坟顶,还抱当街对人夸,说他巧嘴极会骂。惯搭的不通人性,到如今待说甚么!

**【惯好】**喜爱,经常(做)。增22:这王龙自幼在学不好读书,惯好投壶。富6:那解子到晚来大弄歪像,便说道张相公你惯好颠枪,今夜晚断然是不敢松放。

**【灌角】**为牲畜灌药用的牛角。尖部有口,塞入牲畜口中将药汁顺牛角灌入,作用类似漏斗。日·走:㭎木鼻犇与灌角。

**【罐】**罐子,盛东西用的大口的器皿,陶制或瓷制,也有皮制的。寒7:犁上摘来耙上使,脊受棍子腚受鞭,肉被烹煮皮缝罐。禳24:俺不拾拾那车靽儿,也不挑挑那筐担儿,也不担那饭罐儿,也不挎那菜筅儿,也不曾楔楔那锄垫儿。

**【礶】**坩埚,熔化金属或其他物质的器皿。墙2:生着一炉火炭,手拿一把铁钳;热糟长放在炉边;又把那粉土打礶,加上吹箫吹罢,往里常撒销铅,铀子也抹二三钱,因着这手儿抹惯。慈1:你看那有刺的就叫做"后娘拄棒",有钩的就叫做"后娘匙子",不壮的就叫做"后娘麻线",尖底的就叫做"后娘礶子":一旦做了后娘,天下之恶皆归焉了。

## guang

**【光】**❶光线。寒7:把一个花花世界,真弄的日月无光!蓬6:忽然见半空中一条白霧直插到座前……原来那霧就是那剑光。❷光彩,荣耀。姑1:兄弟爷娘,兄弟爷娘,我若成人他面有光;做不下媳妇来,嘎脸把家门上?禳30:我女儿虽然不肖,如休断婿也无光。❸有光彩,有神采。禳29:面如花瓣,貌似雪霜,眼儿光，眉儿长。禳32：耳大声高眼又光，秀眉两道更弯长。❹光滑。农·农·鞔场：四月有雨即鞔，防无雨也。有雨则多鞔益光。❺净，尽。翻11：地通红扫不光，不如去了另铺强，担去上地也极壮。快1：东风一阵助周郎，百万雄兵一扫光。❻赤裸。禳19：他出来，我光着跛骼盖跪着他。富6：吊了一支鞋，光着脚舍了命的往外跑。❼只，仅（表示范围）。墙4：听着他事事弄整齐，又称漆来漆了棺，光粮食粜了有五十石。姑3：两口子映嗤了半日，光见瓦石，并不见银，气把头兴全没了，撅着嘴去了。❽只是，总是（表示频率）。姑1：骂贱人，骂贱人，指望你来孝娘亲，你全然不听说，光合咱娘撒懒。慈3：俺这庄里有个私科子，光折掇他那后窝里那儿。增6：赌钱避不得输赢。光赢人谁合咱赌？

**【光采】**光荣。闹：这两个大主考……冒冒失失，糊糊涂涂，硬出这一等枯涩题目，难为这些举子。看将来新科乡墨，选不出一篇上眼的文字，与你有什么光采？

**【光腚】**身体赤裸。穷：绰号名为"大起灵"，一起满床光腚。禳24：媳妇才二十三，到了这样不值钱，光腚滚来怎么看？

**【光光的】**疑为象声词，即"咣咣的"，形容说话声音洪亮而连续不断。慈3：李氏踌躇心里焦，姐姐休要瞎胡叨，姐姐呀，而今光光的把我罩。

**【光光乍】**形容醒目。增9：睁龙眼仔细瞅，进来个老妈妈，鬓边白发光光乍。

**【光棍】**❶单身汉，成年而未婚、丧偶或离异的男子。墙1：清净了二年，谁想婆子死了，撇下个老光棍。禳15：自从合气之后，公婆把他儿郎唤着，俺夫妻分院而居，这也罢了。近来听的他夜夜合老婆（指姘妇）同睡，这样光棍到容易打哩。❷痞子，无赖。富6：这庄里有一个无赖的光棍，小名叫李鸭子绰号破军。翻4：一向待赌无有本，分了家才有了梢，光棍们已是下上套。增22：这万岁虽是个光棍皇帝，这一件他却没学，便说："这个不会。"

**【光棍子】**同"光棍❶"。慈1：且休讲这光棍子百般的琐碎，万般的凄凉，只有一个孩子叫呱呱的，没了他娘，就只是找他达呀，他叫你东游西转不的。禳5：这家子不好，那家子不好，你打了光棍子罢！

**【光华】**有光彩。磨27：年纪比儿差，容颜越光华，从头直到凌波袜。

**【光滑】**光彩，有体面。翻9：极仔想你不得见，又说你去的不光滑，痛恓恓把我心摘下。磨11：骑上马上方家，自觉着不光滑，待不去心里放不下。

**【光降】**❶光临。穷：我那亲亲的爷爷！你到几时合伙你那些众兄弟们，一当踏凶，二来散闷，光降光降，来舍下走走？磨36：既然今日蒙光降，不拜千回岂肯休！❷指受赐。墙4:若还到了百年后,拿将出来按分分,大家光降情理顺。

【光景】❶情景。琴:怪不的人爱做媳妇,这个光景委实妙。翻12:那远近人家说:"这家人家怎么这样兴旺?"却说那魏名见他这样光景,少不了也来磕头,实指望以乡亲之礼待他,谁想仇牧之没理他。❷景况。富6:爬过那破墙去,直到了宅门外,又见那窗儿里灯光,合那一夜光景点儿也不曾改。磨13:独自立在明月下,定定神思仔细观:光景如故,树木依然;……❸指特异的景物。增15:我自来没见光景。你嫌我辱没你时,你教些乖给我,早晚给你支架子何如?增21:万岁爷会装憨,叫王龙你听言:南北二京我曾串。诸般光景见多少,这个棋榴甚稀罕,什么东西下的蛋?❹光阴。富10:一年的光景夏日最天长,惟奴的香汗合泪都成行。

【光净】光亮干净。禳17:槌被石擦磨光净,你看那边背皆光。

【光眉撒眼】指完全露着脸没有遮掩。琴:扶我出去在堂中,和那人站着面对面。……光眉撒眼尽他瞧,不觉看了我一身汗。

【光头面净】头光面净,头发梳得齐整,脸洗得干净。姑1:一日,安大成有病,不曾起来,珊瑚还照寻常的规矩,早早起来,梳的光头面净,去伺候婆婆。

【光屋】空屋,没有放置家具等的房子。翻2:只收拾光屋一口,那繁文再是不消。

【光鲜】鲜明,光亮。禳8:呀！几对银花,几对金簪,两对铜掠,两对排鬟,箍上珍珠,豆大滚圆,宝石蜜蜡,价值百千,丝紬十疋,彩缎百端,花裙红袄,罗褂纱衫,枕头百幅,耀眼光鲜……磨14:何况有白银五两,看了看耀眼光鲜。磨27:财主亲戚,衣帽光鲜跨雕鞍;穷人家借马难,找身粗布衫,借个毛驴儿骑着颠。

【铫铫】象声词。咣咣,形容锣、钹等的敲击音。禳27:你听听那里铫铫响,你媳妇必然去看和尚的。日·僧:铫铫聒人耳顿了。

【粧】同"光❽",总是,经常地。穷:俺长了这么大小,从没枉费分文,是怎么粧花钱的自是有钱?

【广广世界】指空灵脱俗的样貌。磨8:那容貌似天仙,十七八正少年,真如水月观音现。……见了他广广世界,可知那飞燕貂蝉。

【搄】用泥版(抹子)在刚涂上泥的墙面上来回地抹,以使墙面光滑。日·泥:墁墙泥版搄三遍。

【跳荡】晃荡。俊:只有件毛病,是好赌博,年来背着醋瓶耍把戏,跳荡的也就轻快上来了。

## gui

**【龟声噪气】**形容因为焦躁而声音变形。增19：屁屁，夜夜出来看景致，一个景致没看了，惹的王龙龟声噪气。

**【闺女】**❶女儿。姑1：你休了的人，还与你甚么相干？我留的是陈家的闺女，留的不是安家的媳妇。翻12：独找不着魏名，都说："便宜了他！"把他两个儿子，三个孙子，一个闺女，老婆、媳妇子，尽皆杀死。琴：从来闺女当不的儿，没哩待留咱养老？❷年轻的未婚女性。琴：戴上新鬏髻，辞了闺女路。禳6：仯孩子！有的是好主好闺女，何必他呢？

**【鬼道】**指死后去阴间做鬼的道路。寒8：出了鬼道入神道，享受无穷分外尊，一言感激真难尽。

**【鬼混】**搅扰。琴：一头睡着不肯闲，摸了脸来又摸脚。百样的方法鬼混人，轻轻把我腮来咬。

**【鬼见愁】**本指据说可以避鬼魅的植物无患子，用来形容长得丑陋、连鬼魅都害怕的人。增9：六哥儿，我着你去搬那佛动心，你怎么叫了一个"鬼见愁"来了？

**【鬼烂奚】**长得似鬼似异族的人。"烂奚"是对北方少数民族的詈称。闹：吁吁喘喘塞登门内，战战咯咯开怀脱履。俺则见歪歪鳖鳖，三三五五的鬼烂奚，吆吆喝喝搜仔细。（此处是指对进科场的考生进行搜身检查的人员）

**【鬼灵精】**比喻乖巧机灵的人。禳9：叫一声小江城，真像个鬼灵精，把人作祟的睡不定。增22：你这妮子，就合一个鬼灵精那是的！我只为一时赌气，就着你参透机关。

**【柜】**较大的长方形木箱。磨19：张全扭着李大进来房门，端着灯，箱里柜里，瓮里床底下，都照了一遍。闹：你看那皮匠家补鞋补袜，只是那锢炉子锯盆锯碗，还有那木匠家打箱打柜，铁匠家打锄头还打刀镰……

**【贵脚踏贱地】**习语。指对方屈尊到说话人的地方来。参见"贵人不踏贱地"。禳11：杏花鉓柳如烟，困人春气奈何天，连日相思不相见。要屈贵脚踏贱地，写字几行墨未干，刚才封罢离书案。

**【贵人不踏贱地】**习语。指对方难得上门，带调侃或嘲讽意。姑1：何大娘见那于氏到了，说："贵人不踏贱地呀。"

**【桂榜】**"挂榜"之讹。参见"挂榜"。富12：磨墨挥毫，磨墨挥毫，大喜先报娘知道:孩儿在场中,合爹紧邻号。桂榜也非遥,桂榜也非遥,父子登科这一遭。

**【桂枝香】**曲牌名。禳 25:[桂枝香]为儿侥幸,居然得中。半年间满腹文章,就觉着秋闱必然胜。果得成名,果得成名,看起来再休谈命。但在窗下,莫负青灯,若还读得工夫到,万里青云自有程。磨 4:[桂枝香]做的太过,委实也错,惹弄的递起公呈,几几乎弄成大祸！俺怎生奈何,多亏了那元宝千个,财帛耀眼,买透阎罗。上堂那论理合表,开开门只用嘴掴拸。

**【跪趴】**同"跪爬"。磨 28:二人进去,跪下磕头,说:"给老爷叩喜!"太老爷说:"您几时来的家?"二人跪趴了半步,便禀道……

**【跪爬】**跪下后双手着地稍往前移动。磨 5:大王说:"那犯人上来。"一干秀才上前,跪爬了两步。

**【跪人】**向人下跪。富 2:我从来不会跪人。磨 6:我是秀才的女儿,秀才的姊妹,秀才的妻室,平生不会跪人。

**【搅】**(方言音"愧")折,折叠。日·泥:双搅长绳拴苿子。

**【髋支骨】**("髋",蒲氏注音"快")同"快肢骨",踝骨。日·身:髋支骨连脚后跟。

## gun

**【滚】**❶滚动。寒 8:戴着一个破帽,忽被一阵风刮去,骨碌就滚。富 11:一行扎着包头,那泪儿像断了线的珍珠,一个一个的乱滚。磨 7:送了医生去,店主又来看,但见张鸿渐滚来滚去,大叫了两声……❷量词。翻动一次为一滚。寒 7:把阎王一把抓,抓住头用钢叉,挑来就把油锅下。炸了三个滚挑出来,两板夹的扁瓜搭,按上锯两个鬼当头拉。

**【滚滚】**连续不断地滚动。姑 1:头不抬,泪扑簌,腮边滚滚落红珠。

**【滚热】**很热,像滚开的热水那样热。墙 3:倒上酒顿的滚热,咱给爹汤汤风寒。慈 4:那天已黑了,他哥摸了摸,是滚热的一个油饼。

**【滚水】**开水。农·农·造粪:用豆碾瓣堆地上,滚水拌匀令透,以苫覆之,发热后上地最壮。

**【滚汤】**滚开的热水。禳 29:那可才摆划的俺,出了滚汤,又到火床。还有甚么路,只得悬梁!

**【滚崖】**翻滚到山崖下,指自杀。俊:滚崖跳井挤你弄,看着你没什么仗势,不如死了干净!

**【滚油】**沸腾后的油。蓬3:就是头上放着刀剑,锅内烧着滚油,舍上这个性命,也着那魂灵儿跟着你走。

**【滚油锅】**盛有沸腾的油的锅。闹:撩高的恁偻罗也呵!人长呵也呵!恰便似活挑着肝肠在滚油锅。

**【滚圆】**非常圆。禳8:呀!几对银花,几对金簪,两对铜掠,两对排鬟,箍上珍珠,豆大滚圆,宝石蜜蜡,价值百千……

**【滚子】**同"滚❷"。量词。磨23:若有眼,对着娘娘还敢坐着?只这一霎里,送在油锅里燎讫好几滚子了!

**【辊】**石磙子。日·庄:大辊上场脐椁安。

**【棍徒】**光棍之流。翻4:禀了官府,禀了官府,老郑从来恶(wù)棍徒。

**【棍子】**❶木棍。慈4:张讷去釠了杴,李氏还怒气不息,找了棍子来,正待打他。寒7:犁上摘来耙上使,脊受棍子腚受鞭,肉被烹煮皮缝罐。❷无赖,骗子。翻9:细说说心上冤,拜都督合固山,老爷的人怎被棍子骗?磨26:这必是棍子来诈钱!京里人今早才到,如何今晚就又来了殿试报?叫人来,去细问真实。

**【刽】**砍削。日·木:刽檩砍梁又解椽。

## guo

**【啯啯】**象声词。形容哭泣声。磨22:天将明嗄我去溺尿,看见大少爷屋里还点着灯,我偷去听了听,大少爷啯啯的哭。

**【聒】**响声大或声音嘈杂令人烦恼。富5:闹吵吵聒杀人,只得把鸣蝉骂。增5:今夜怎么梆铃几乎聒杀人?

**【聒噪】**说话重复啰嗦,让人烦恼。闹:这些呆子,再陪四昼夜辛苦,只骗得十数日夸张,挂榜之日,合我嘴脸一般,还陪了许多妄想,听了无穷的抱屈,耳边聒噪,我却怕他做甚么?

**【咶】**同"聒",聒噪。磨13:夏月荷花,夏月荷花,一团心绪乱如麻。闹吵吵咶杀人,只待将鸣蝉骂。

**【咶啰】**争吵。姑2:于氏便说有一着,咱就大家不动锅,我儿呀,咱可看他饿不饿?大成说这犯咶啰,怕他越发逞缕纚,母亲呀,弄的大家不安乐。

**【锅巴】**本指焖饭时紧贴着锅的变焦了的一层,比喻粘在衣服上的油垢等结成的片状物。墙1:前年做的布衫子,如今锅巴有千层,赃呵呵宜量甚么敌?

**【锅饼】**用锅烙的较干的厚饼。可保存多日。磨25:将筐篮解开,嚼着锅饼暗徘徊,第五篇已是有个架儿在。

**【锅炉】**锅灶和炉子。慈6:纵然不好也无妨,咱另起一位楼宅,盖上几座厅堂,买上一些桌椅,买上几张藤床,雇上几个小厮,寻上几个梅香,支上几个锅炉,下上几斗粗粮。

**【锅台】**灶台。姑2:清晨就去上锅台,添下一瓢水来,填上一把柴。禳3:看梁柱庭阶,看梁柱庭阶,炕沿锅台,住你三年外。

**【锅头灶脑】**指做饭炒菜之类的事。翻8:锅头灶脑,米面柴薪,小小事儿,不必留心问。

**【锅腰】**弯腰。禳18:锅着腰,勒着头,只有丝丝气儿抽。

**【锅腰子】**驼背的人。寒4:踽踽凉凉都乱动,好似夹了一群贼,又像当的锅腰子会。

**【锅子】**锅(包括较大的饭锅和较小的菜锅)。寒8:烧干锅子没有米,饿的黎眼又钻圈,从天吊下清晨饭。禳24:俺无论几顿,只是锅子里泚上飘水,抓上把盐,把豆腐切把切把,扑棱翻上,俺就合人家去闲话,这不省便么?

**【果】**❶水果。蓬7:大家备了几样仙果,望娘娘少坐片时,好给娘娘跟随的酬劳。磨36:将客舍全铺,十二席围裙坐褥,我携来佳肴美果,甘脆香酥。❷果然。寒6:果不出爷爷所料。增25:是你眼色不差,果是个妙人儿,雅致温柔,不同寻常。❸事情结局。增26:纵有人间危难事,我袖占一课果分明,立时断就生前命。

**【果报】**因果报应。寒8:这是那善人的灵应,还没说那恶人的果报。

**【果饼】**同"锅饼",用锅烙的较干的厚饼。富12:日头不高,日头不高,果饼丁锤都挎着,披毡衣又戴上安军帽。富12:把筐篮解开,把筐篮解开,咬着果饼细徘徊,第五篇又有个架儿在。(磨25同一场景处写作"嚼着锅饼暗徘徊")

**【果碟】**盛着水果的碟子,果盘。蓬4:日头方落,明灯高张,红炉煮酒,果碟成行,小盅满饭,细说衷肠……

**【果肴】**佐酒的水果。磨12:筛上酒来,拿过几样果肴来。

**【果真】**当真,确实。增18:王龙道:"我实在姓王。"万岁说:"果真?"王龙说:"这姓还有假的么?"

**【果子】**水果,包括腌制过的果类。蓬3:少时相公出去,拿进一壶酒来,又安排的酒肴……娘子每日吃那仙酒,这人间的酒怎么吃得下去?只吃了一口。些须吃了几个果子,那东西又嫌腥气。磨23:唱完了,太太正吃茶,笑了笑吩咐丫头："把这茶倒两碗给他，每人给他俩果子。"王丙接过来说："这是什么果子？"李二说："好乡瓜子！这是龙眼。"增3：干烧饼拾一盘，咸果子黑菜篮，盛上一碗温水面。

**【椁】**❶外棺。日·石：冢中造椁下石梁。❷指碌碡椁子，用来拉曳碌碡的半圆形弯木。两端有横木条卡在碌碡两端的凹窝（脐），人或牲畜拉曳拴在椁子上的绳索来转动碌碡。日·庄：大辊上场脐椁安。

**【椁木】**指碾椁，套在碾砣外围的方形粗木框。靠里的一端中间有孔套在碾"管心"（参见"櫃杺"）上，框内端有横木卡住碾砣两端的凹窝，人推之或畜拉之驱动碾砣。日·石：打就碾砣安椁木[①]。

**【裹】**❶缠绕，包扎。寒4：他二人随即跑去，把三官抬出来，着被子裹了，停在一个床面子上。增20：万岁将龙衣脱下，用青布衫浮皮一裹，裹的合一个包袱相似，紧放在身子里头，方才睡下。❷包。禳8：只怕妍皮裹妒骨，这回断送老残生！增14：我只当进来铁裹门都是院里来。

**【裹科】**不详。或指一种斗篷。日·裁：袄裙裹科皆兴窄[②]。

**【裹脚】**❶用布条缠绕着将脚包起。琴：听说婆婆来相我，重新梳头另裹脚，搽胭脂，抹粉带上花，扎挂好像花一朵。琴：魂灵不知那去了，怎么着梳头并裹脚？❷裹脚的布条。禳24："若是那客戴顶破帽子，穿着身破袍子，咱可就小腊梅的裹脚——"秦厨说："怎么说？"吴恒说："有块块就是了。"禳5：城南李知府看见那高家小相公聪明俊秀，要给他做个丈人，托我做媒，许下给我裂半尺布的裹脚。

**【裹脚布】**裹脚的长布条或布片。增5：万岁脱了那鞝鞋，把那裹脚布裂下一幅来。

**【裹脚头】**裹脚布。增16：你看看是裹脚头么？这是王姐夫从杭州来送我的汗巾，吃了饭好擦嘴。

**【裹脚头子】**同"裹脚头"。增16：万岁……说道："二姐放着琵琶不弹给我听，弄那块臭裹脚头子怎的？不怕涹了手？"

**【过】**❶过错。姑3：也该论论从前的过，自家的尽情丢却，世上那有这样哥哥，给臧姑还打的头儿破。寒8：磕了头又跪着，我当年罪孽多，怕你还念从前

---

① 路本作"接木"，盛本作"接米"，均不辞。此依《蒲松龄〈日用俗字〉注》。

② 为"窄"字之讹。

过。❷经过,走过。墙1:褂子过了两冬夏,不过穿了三年多,又自叫人看不过。慈3:想是有神灵过,嫌处的他忒也轻。这不是明明的路儿,怎么就单踏着那石头顶?慈6:江西十二府,过了七府,不一日到了瑞州。寒2:若是照准了他,这一砖揭了锅,怎么刚擦耳边过?❸越过(某物),度过(某个事件),超过(某个数值)。富9:若有人爬后墙,打铜盆为信号。铜盆一敲,铜盆一敲,大家过墙动枪刀。墙4:你守灵,咱指地作保,取王十万家钱,过了丧事要来还他。翻2:昨日约下,今晚去吃酒。过了今日,我就不出门了。磨4:万民衣费过百千,那万民幛子是没有一年不攒。❹过分。墙4:好像是饮酒过醉,整日家闷闷昏昏。翻7:新媳妇敬婆婆,绣鞋枕顶都收着,尺头费的忒也过。磨20:他说他文章也算好,前后不少也不多,便就中了也不为过。❺生活,度日。墙1:给他治下宅子地,还愁后日过的穷,挣钱来自己何曾用?蓬5:娘子无情无绪,不抄书了。亏了攒下了几串钱,到还过的。磨33:听的说大王爷又待去了,俺可怎么过?❻用某种形式度过节日。富11:三月里上坟茔,家家户户麦饭过清明。磨22:九月里,树叶黄,人人沽酒过重阳。❼作补语。过来。慈5:张讷接过银子,洒泪而别。寒5:老王伸头去看,只见有人丢过了一块石头,磅的一声,老王就倒了。寒8:大爷收了他那元宝,两个才还醒过,自家一毫也不知,羞羞的去了。❽作补语。表示事情曾经发生。墙4:哎!我也曾挣过银子,早知道真么中用,怎么不藏下几两?慈6:敝族原是山东人,先族曾做过浙江布政司。翻11:离别的滋味我尝过了。况且这是好离别,还好。❾作补语。表示动作完成。翻5:人家孩子没了老,济着光棍们翻过天,这样如何受的惯?寒2:那一伙差人到了赵家,拿出腚来,着他家人验过。翻5:仇禄熏过师傅回来,合他姐姐起了身。快2:曹操说:"我在将军身上也有好处来。"关爷说:"你那好处,我已是报答过了!"❿作补语。表示胜过,赢。翻1:止有女婿人一个,或者他㧟平打平,谁打过谁来谁得胜。翻5:仇祜写完(状子),给了大姐。到了次日,他娘说:"只怕你告不过他。"磨35:如今朝廷正当用人之际,俺怎争执过他?倒是不提为妙,又怕那张鸿渐还要说。⓫用在差比句中形容词之后、被比较的对象之前,表示超过。富13:舞袖翩翩锦带垂,舞来真似燕轻飞。你看他轻盈赛过霓裳队,两行红烛照深闺。增2:夸不尽妖娆俊美,俊多娇赛过御妻。⓬在"得"后作补语,表示可以接受。姑2:看了脸儿看身端,看了头发看金莲,都说模样看得过,怕的性情未必贤。禳26:连日江城与小生竟有了说笑,虽则是我去奉承着,他么到底也还奉承得过了。⓭作补语。表示可能,相当于"(得)了(liǎo)"。增12:六哥道:"你且说,人家给了你见面钱，搬的是你，你待着谁替你？”二姐指着丫头道：“他俩。”六哥看了看道：“只怕替不过呀。”增24：胡百万说：“我再吹吹那笛给军爷听听，咱交易了罢。”万岁说：“你先吹吹，我看换过了换不过呢。”⓮量词“个”的误写（方言中“个”读同“过”）。磨1：七八十一秀才，爬过窝没有材，摘扇门来把尸盖。增6：久闻贵处姐儿好，寻过婊子玩一玩，不知那是宣武院？

**【过板活儿】**疑为“过板话儿”之讹。“过板”指临时架在沟渠上供人经过的木板。“过板话儿”指帮助双方沟通的话。禳14：从来口念说风流，那过板活儿不会诌。我就不敢支这个架，能说的江城回了头，人那哎哟，回了头。（公子请来能说会道的李婆，李婆以为是要为公子与妻子江城居中调解，说“过板话儿”）

**【过不的】**过不得，难以生活。翻1：徐氏哭了几日，又气又恼，浑身肿了，不能行动，通然过不的了。磨19：我坐监时，亏他管理庄农；人家来骂，又亏他行粗。若是不着他，俺娘们家里就过不的了。

**【过场】**结束考试，从考场出来。翻8：过了场落孙山，家母病尚未痊，这书可也没心念。

**【过度】**过日子。俊：他有个小小家当，尚可过度。农·农·收农器：甚有急需此物，则多方办置；一朝不用，则任其日晒雨淋。又或邻人借去，久假不归，七零八落，不可复寻；及农事再兴，重新治备。如此过度，安得不穷？

**【过犯】**过错。慈6：那张讷为兄弟出来讨饭，这个人我看他是个圣贤，他怎肯无道理说那后娘的过犯？

**【过付】**交付。寒5：那城隍慌了，合赵恶虎送了大刀鬼王五百两银子，求他的情面，过付了黄金一万两。磨4：无的不敢说上有，有的不敢说上无，赃证分明有过付。

**【过了】**指过后，以后。俊：咱们情愿合你在一堆，过了若再去输钱，叫你使锥子扎万下！

**【过路】**路途中经过。增4：不看你是过路的行客，小厮来把你毛揎！增5：周元道：“……是那里的客？”刘氏道：“是过路的长官，被雨截在咱家里。你去会他一会。”

**【过门】**❶媳妇结婚到婆家。姑1：珊瑚自从过门，无所不做。禳5：光撒谎也无恶意，不过为成就婚姻。过了门两家不好，出上俺再不上门。❷门槛下铺的石头。日·石：过门践脚一方方。

**【过门墙】**同“过门❶”。禳7：过门墙两醯薄酒一牵羊，备衣裳，两家不用再商量。

【过木】大门上方托举墙壁的横木。日·木:替木过木有两样。

【过年】明年。寒3:却说商三官还未出嫁,员外在日,看了日子是过年正月。蓬6:过年我赴蟠桃会,好桃先奉吕纯阳,你可休把荐师忘。

【过起】过去(方言中读轻声时"去"和"起"同音)。磨29:谅着他的人马过起大半,放炮为号,一个往东杀,一个往西杀,冲断他的队伍;我自己领兵,冲他的前锋。

【过求】过分追求。墙2:遇着刮风或下雨,锁在屋里不动身,老头子不必过求俊。

【过日】过后,日后。富3:小娘子贵姓高名?扰取了,过日也好思念。增18:王官,你待摆酒么?说你的姓来,我过日好回席。

【过时】过一段时间。寒5:二相公竟不进内宅,在门里停过时,出门向南好跑。

【过往】来往,经过。翻6:范乡绅一名园,天下的第一观,过往官府都来看。增7:北京城官员过往,那一个不来咱家!

【过午】午后。翻2:到了过午,趁着姜娘子没在屋里,自己有几两私房银子,拿着二三两去了。磨4:暂且上刑收监,伺候下夹棍,到过午时夹您这奴才们!

【过巷穿街】同"穿街过巷"。慈6:及至平阳岁已周,更无休,过巷穿街双泪流。禳3:又过巷穿街,又过巷穿街,布衣上盖,罗裙尘埃。

【过眼】过目,略加看视。农·农·雇工:世间有良心者少,雇人耕耘,要自己过眼。

【过夜】经过一夜之后。翻3:肿的头好似筐,过夜却比头夜强。

【过意】良心上过得去,心安理得。翻1:倒是他后娘过意不去,着人搬了他来,待了半年,又不好了。磨7:我说不赔,你心里过意不去;你赔了我,我心里怎么过意的去?

【过阴】迷信说法指睡梦中或昏厥中到阴间去。慈5:正走中间,忽遇着庄里的吴妈妈子,每日过阴,这一日正待还家。

【过贼】遭遇贼祸。磨1:官不论是和非,听的人说过贼,总像犯了他祖宗的讳。

【过攥】(攥 zuǒ)将覆盖房顶的秸草分成合适的一束。用秸草覆盖房顶时,一人专门负责过攥,一人专门负责敷草。日·泥:通家过攥好手菝。

国家出版基金项目
NATIONAL PUBLICATION FOUNDATION

# 蒲松龄白话作品语言研究（下）

◎张树铮 著

山东大学出版社

**图书在版编目(CIP)数据**

蒲松龄白话作品语言研究/张树铮著.—济南:山东大学出版社,2018.11

ISBN 978-7-5607-6195-4

Ⅰ.①蒲… Ⅱ.①张… Ⅲ.①蒲松龄(1640-1715)—小说研究 Ⅳ.①I207.419

中国版本图书馆 CIP 数据核字(2018)第 295287 号

策划编辑:马银川
责任编辑:马银川　张　瑞
封面设计:张　荔

---

出版发行:山东大学出版社
社　　址　山东省济南市山大南路 20 号
邮　　编　250100
电　　话　市场部(0531)88363008
经　　销:新华书店
印　　刷:山东新华印务有限责任公司
规　　格:720 毫米×1000 毫米　1/16
89.25 印张　1509 千字
版　　次:2018 年 11 月第 1 版
印　　次:2018 年 11 月第 1 次印刷
定　　价:218.00 元

---

# 目录

## 蒲松龄白话作品语言本体研究

**第一章　蒲松龄的白话作品及其语言** …… (3)

第一节　蒲松龄的白话作品 …… (3)
第二节　蒲松龄白话作品语言的异质性和方言性 …… (13)
第三节　蒲松龄白话作品语言研究的回顾 …… (46)

**第二章　蒲松龄白话作品语音研究** …… (56)

第一节　蒲松龄白话作品语音研究的资料 …… (56)
第二节　声母研究 …… (60)
第三节　韵母研究 …… (82)
第四节　声调研究 …… (105)

**第三章　蒲松龄白话作品词汇研究** …… (119)

第一节　《聊斋俚曲集》邹注商补 …… (120)
第二节　路大荒《聊斋俚曲集·土语注解》析 …… (150)
第三节　《汉语大词典》对蒲松龄作品的引用及其疏误 …… (240)
附　录　本章所讨论方言词音序索引 …… (252)

第四章　蒲松龄白话作品语法研究 …………………………………… (260)

第一节　聊斋俚曲中的代词 …………………………………… (260)
第二节　聊斋俚曲中的助词 …………………………………… (290)
第三节　《聊斋俚曲集》中的几种句式与《醒世姻缘传》的比较 …… (305)

第五章　蒲松龄白话作品用字及校勘研究 …………………………… (316)

第一节　蒲松龄白话作品用字问题概说 ………………………… (316)
第二节　《日用俗字》形讹字汇考 ……………………………… (321)
第三节　由路本、盛本、影印本形讹字的比较论三本之关系 ……… (336)
第四节　《日用俗字》中的俗字 ………………………………… (341)
第五节　《日用俗字》选用方言正字的方法及其启示 …………… (351)
第六节　《聊斋俚曲集》和《日用俗字》的语音校勘示例 ……… (363)

## 蒲松龄白话词典

编纂说明 ……………………………………………………… (373)

凡　例 ……………………………………………………… (375)

音序目录 ……………………………………………………… (386)

生僻字字音笔画索引 ………………………………………… (392)

用正字作词目的形讹字 ……………………………………… (411)

词典正文 ……………………………………………………… (414)

主要参考文献 ………………………………………………… (1408)

后　记 ……………………………………………………… (1416)

# H

## ha

**【哈】**同“喝”（“喝”，方言音“哈”）。寒6：那个鬼哈了那碗水，便问：“相公干了么？”磨6：您头哩先行。那地方去打水去了，俺哈些就走。

**【哈叭】**安装在房顶、房脊等处的狗形的陶塑或砖塑。日·泥：哈叭若安销南北。

**【哈道】**同“喝道”。旧时官员出行，仪仗前列导引传呼，令行人回避。禳31：我适才合眼做了一个奇梦，梦见一把伞，一顶轿，哈道进宅。

**【哈哈】**象声词。❶笑声。墙3：老头子筋节的紧，我看他扁了那里去？哈哈！翻6：范公子看了看是个学生，哈哈大笑。叫人捞上他来，又往里让。禳6：哈哈哈哈！奇哉怪哉！你真果待要他么？他也不做声。❷喇叭声。磨4：若不着能舍大钱的老爷，咱今日一群吹鼓手吊下驴来——只怕都回头朝下哈哈哩。

**【哈喇】**指主动结交。翻7：你原是大人家，急仔没人敢哈喇，去了就是眼目大。

**【躲下腰】**哈腰，弯下腰。日·纸：躲下腰糊开路鬼。

**【虾蟆】**蛤蟆，青蛙。磨23：打了一日芦庄板，并没个人来参俺的张，干嘴虾蟆不成腔。日·昆：虾蟆初时为蝌蚪。

**【虾蟆肚】**比喻鼓得比较厉害的腹部或腿肚。墙4：我这腿像有个虾蟆肚，得找外科马寿先，长到三十没经惯。日·争：鐾针鎞[①]了虾蟆肚。

**【虾蟆歌】**曲牌名。禳26：[虾蟆歌]骂一声强人忒也值钱！这一个妮子还要合他缠。春香儿他那眼儿挤，你这眉儿弯，一个推说要钱，一个推说换钱，眉来眼去，手脚动弹。小鬼儿只在我这眼前里，指指儿画画，指指儿画画，教人难堪！富10：[虾蟆歌]一年的好景第一是春天，惟有这离人无有一时欢。冤家呀，你在那里孤，奴在这里单，好不叫人心酸！不知几时才得团圆？百花儿只在枝头上，

---

① 为“鎞”字之讹。

开开儿卸卸,开开儿卸卸,叫奴两难。

**【虾蟆眼】**不详。当为比喻,形容银匠做工低劣做出来的样子。日·银:细丝换成虾蟆眼。

## hai

**【哈】**叹词。同“咳”,表示不屑。禳31:丫头唱:“一和解……”兰芳笑云:“哈[①]! 又自唱下了道了。”磨18:张春还拉着哭,解子说:“哈! 合的还不走开,装甚么亲生的哩?”

**【咳】**叹词。表示惊异、憾恨、无奈、欲言又止等。慈6:老太太眼中落下泪来,说:“咳! 你就是张炳之的儿么?”姑2:于氏拉着,就吊下泪来,说:“咳,我那好心的娇儿,我今甚么脸见你!”翻3:徐氏也吊下泪来说:“咳! 这么个贤慧媳妇,怎么摊了一个畜生!”俊:咳,俺妈妈,俺达达,给俺找的好人家! 磨2:老儿跺脚说:“咳! 一个相公还打死了,俺是甚么? 罢了,罢了,死也死也!”磨8:女子便使衫袖拭去泪痕,又微微的笑了一笑,说:“官人那官人,咳!”鸿渐说:“娘子有事但说,因甚么又中止了呢?”

**【咳吠】**(“吠”,方言音“吆”)感叹词。嗨哟,哎哟。寒4:果然抬了够半指,一齐都说折了腰,险些儿就把头压吊。又道浑身骨头碎,丢了杠子都咳吠。

**【咳咳】**感叹词。表示惊异、憾恨等。富14:太老爷喜极了,遂跳下床来一把拉住,说道:“咳咳! 可教你想杀我了!”磨28:一个孩子还在肚里没生,这是拿不了去的。哎! 咳咳! 闹:咳咳! 想了又想,一字一句,无影无形,你往谁家肚里去了?

**【孩巴】**孩子(略带贬义)。翻11:生死离别曾受过,这样离别何足伤? 一伤感就些孩巴样。

**【孩巴子】**孩子(略带贬义)。慈1:这孩巴子也不宜量好,当时有他娘在时,越哄越发啕气,今日打了一顿,又见老子受气,从此以后,就是打煞他,他也不敢哭一声了。

**【孩儿菊】**一种紫萼白心的菊花。日·花:露水孩儿菊并传。家政外编·诸花谱:孩儿菊,春种。发中置之,甚香。

**【孩子】**❶子女。墙2:省了点子给那老婆孩子吃了穿了,他还叫声达达;没

---

① 邹本“哈”作“哈”。语气不符情景,且“哈”在俚曲中无单用表语气之例,误。

有说叫人达达，还贴上吃穿的。慈1：妈妈叹了一回，取了他那孩子的一双旧鞋来，给他换上，才叫他去了。❷儿童。慈1：你说四五岁的乜孩子，谁知道穿衣裳来？磨8：出来一个孩子，说："你待做甚么？俺爹爹没在家。"❸爱称，指年轻的夫妻或情人。翻11：二相公笑着合慧娘说："我去了。等有人上京，你可亲手写一封书去给我。"慧娘说："你这潮孩子！看着人家知道，成了故事。"（慧娘为二相公之妻）翻2：闹到半夜，仇福说："我去罢。"秋桂说："好潮孩子，慌甚么哩？"（秋桂为妓女）增13：这丫头上下打量了我一回，就开口盘问，真是个怪孩子。（丫头为妓女）

**【孩子势】**儿童的做派。禳2：我的儿你听知，高拱手深作揖，往前休弄乜孩子势。

**【孩子芽芽】**指很小的孩子。翻12：那些贼到他家里，孩子芽芽也不留，排头赶杀没人救。

**【海菠】**海菠菜，为一种藻类植物的藻体，生长在中、低潮带岩石上。日·菜：水菜海菠另一种。

**【海参】**名贵海产食品，属棘皮动物的一纲。禳24：海参切成四瓣儿，鲍鱼切成薄片儿……增7：肥豚笋鸡天花菜，鲥鱼鳆鱼共海参，还有蘑菇合香蕈。

**【海鲜】**同"海参"。日·鳞：海鲜蝮鱼作嘉肴。

**【海鳢】**海蛎子。日·饮：寻常海鳢与蛏蚶。

**【海骝】**体毛黑白相间的马。日·走：枣骝更比海骝强。

**【醢】**酒坛。禳7：过门墙，两醢薄酒一牵羊，备衣裳，两家不用再商量。禳8：呀！还有那酒两醢，羊一牵……

**【害病】**生病。蓬3：好一似张君瑞正然害病，从天上吊下来一个莺莺，这时节任拘谁怎么不挣？增11：巫山神女出现，仙姬私下天庭。相思撇在路途中，拾得归家害病。

**【害切】**害羞。蓬7：吴彩鸾甚害切，娘娘叫他接文箫，一群仙女嗤嗤的笑。

**【害饥困】**感觉饿，怕饿。墙1：一家人闹呵呵，端菜碗找家伙，席完已是日头错。他急自极好害饥困，何况等了半日多，此时不知怎么饿。

**【害冷】**感觉冷，怕冷。墙3：天已明了，看老头子害冷，先送些火去。禳1：纸也整锞也整，腊月里穿单不害冷。

**【害头疼】**感觉头疼，生头疼病。寒3：商三官实有灵，赵歪子害头疼，倒在地下去挣命。寒7：却说那新泰县老王，从得病回县，昼夜只害头疼。

【害头痛】同"害头疼"。翻3:姜娘子去把房门进,破头的丈夫在那里呻吟。害头痛也不问他甚不甚,脸儿朝墙泪珠儿纷纷,我是那辈子瞎了眼,就嫁你这个强人!

【害相思】犯相思病。蓬3:自从在华山相见以后,到家中害相思何曾抬头,你看看到如今恹恹憔瘦。丑:猪八戒害相思,只害的恹恹憔瘦。

【害嚣】害羞。翻9:罢么!我腆着这不害嚣的脸,合姐姐去。寒3:旁里有人,我可害嚣。磨1:这个待要饭吃,还怕害嚣么?咱从此散了,各人顾各人罢。

【害心烦】感到心烦。丑:八戒越发动了兴,想他多情容易缠,凑到近前只顾看,颠到总不害心烦。

【害羞】感到羞怯。姑3:谁想他不害羞,还使他那本领,动动就说:"我拶子都捱了,怕人嘛!"增17:二姐,想是你害羞,我吹熬灯罢。

【嗐嗐】(蒲氏注音"遐")象声词。形容八哥叫声。日·禽:八哥嗐嗐大口张。

## han

【酣酣】安然睡觉的样子。富4:大事妥然,大事妥然,才得酣酣一夜眠。富10:安排一夜酣酣睡,及到睡时又不眠,人那哎哟,又不眠。

【憨】傻。墙2:他痴心要情自在,他乖觉俺也不憨。俊:放着天堂不走,照着地狱生钻。清夜想来我好憨,岂不是一身冷汗?增14:二姐嚣极了,走向前去,夺过来打了个死扣子,说道:"丫头,架着你憨达进去罢!"

【憨蛋】傻蛋,傻瓜。俊:这西江月是说的不成人的憨蛋,不长俊的傡种。俊:赌博场似贼奸,那有你赢的钱?岂不是个真憨蛋!

【憨瓜】傻瓜。增16:好贱人!真果拿着我当憨瓜。增21:作死的王龙,真果拿着我当个憨瓜。

【憨钱】傻钱,指不经算计、胡乱花出的钱。增10:我的儿你陪他一晚,哄着他使些憨钱。

【憨头郎】❶曲牌名。翻8:[憨头郎]喇溜子喇,喇溜子喇,合他三年好夫妻。好夫妻,两有情,并没曾失口闹一声。他又专心把书念,指望金榜早题名。家虽小,不甚穷,着他专心去用工。还望三年撑门户,就遭大祸把军充!我的哥哥哟!咳!我的皇天哥哥哟!身软弱,瘦可怜,穿上线衣只似单,膊胳好似䕭杆子样,怎么口外去受风寒?你教我莫往还,不得合他交一言。写了书来叫我嫁,心

里好似刀子剜！我的哥哥哟！咳咳！我的皇天哥哥哟！磨 18:[憨头郎]哩溜子喇，喇哩子溜，今日起身院里投；院里投，甚耽忧，一千一吊最难求。弟妇着急没有法，现从头上摘金钩。摘金钩，作当头，当银二两你且收。家里还有方仲起，放开心肠不要愁。我的哥哥哟，咳咳，我的皇天哥哥！❷俚曲《寒森曲》中一个善鬼的名字。寒 6:二相公说："屡次蒙你见爱，就没问大号？"那鬼说："我没有大号，有一个名是憨头郎。"寒 8:二老爷又在祠堂门里修了一座憨头郎庙。塑着那憨头郎的像，托他给三官守门。

**【鼾睡】**鼾，鼾声。参见"打鼾睡"。墙 3:夜有三更，不免卧倒，打了两声鼾睡。

**【含着骨头漏着肉】**形容说话吞吞吐吐。磨 29:许仁庵蕴蕴吐吐，说者也道之乎，含着骨头漏着肉。说话说的不痛快，那鸿老怎肯上一疏？

**【寒家】**贫寒之家。禳 8:寒家一无所有，蒙尊公亲家劳心费事，感激之极！磨 8:官人风雅又少年，既到寒家定有缘，何必别处求姻眷？

**【寒噤】**寒战。禳 27:咒毕，含水一口，照着江城喷了一脸水。江城打了寒噤下杌子下，和尚亦下。

**【寒毛】**汗毛。寒 8:听人讲说阴阳报，遍体寒毛竖起来。禳 17:进了娘娘庙，娘娘貌如花，教人拜倒寒毛乍。

**【寒渗】**让人身上发冷、害怕，发瘆。日・争:夹棍桚子真寒渗。

**【寒先生】**昆虫名。不详。日・昆:山水牛似寒先生。

**【汉】**指男子。寒 6:若是寻常无用汉，油锅多少炸不焦，还放你在外边跳？寒 4:咱合他在厚间，想是他不作难，他也是个英雄汉。

**【汉仗】**❶汉子，男人。姑 2:二成笃笃又磨磨，低着头儿无奈何，汉仗呀，今夜晚不敢去房里卧。❷男子气概。慈 1:不论张炳之无有汉仗，就是个好汉子，一个生意人，少在里，多在外，娶了后老婆待了半年，就出去了，家里好歹，他那里知道的？禳 12:小畜生他自己没有汉仗，把不是都掀在别人身上，我以后断不能替他认帐。

**【汉子】**❶丈夫。姑 3:他汉子而不冷腾，他老婆跐溜扑笼，天生一对呆瓜命。俊:这个泼字，若用的当了，就是合那疼汉子的孟姜，敬丈夫的孟光，一样相传。禳 17:自家葛天民，是那樊满城的汉子，绰号槌被石。❷指姘夫、嫖客。翻 9:叫声姐姐泪珠也么流。他又不害一点羞，忒也诌，没有星星情意留，哄我去耍汉子，待当忘八头。禳 14:俺也不肯伤天害理，只是撮合人家好事。他有爱汉子的

呀,或是想老婆的呀,俺老李一到,就是天仙织女,俺也念诵的思凡。❸青壮年男子。慈4:杨柳忽青,梧桐又落,不觉的十年有零,张讷长的茂堂堂的一表人才,也就成了汉子。快4:一群汉子齐来战,俺就烧山用火攻。增28:不好了!有许多兵马将院围了!大些穿红的汉子,都在下边哩。

**【汉子顶】**指男子汉的气势。俊:今日试试你那汉子顶,看看你有嗄本领!

**【汉子家】**做男人的,男人。姑2:安大成怕劳着他娘,清晨起来,着二成扫地,自己去做饭。汉子家知道那饭怎么做?做的甚不相应。

**【汉子星】**指一星半点的大丈夫气概。禳10:俺家你儿郎没点汉子星,济着你吵骂自宿到天明。

**【汗臭】**身体出汗后发出的难闻的气味。日·衍:常入村夫汗臭怀。

**【汗巾】**擦汗用的手巾,手帕。禳6:小丫环将汗巾拾去,送去江城说:这是那相公吊的,我拾了他的来了。增16:我有王姐夫送我一条汗巾,我拿出来谝谝,他贪看汗巾,就忘了弹琵琶了。

**【汗巾子】**汗巾。增16:这奴才不弹琵琶,光谝他的汗巾子,望我夸他。增16:这贱人夸他的汗巾子,我也有条汗巾,拿出来谝谝罢。

**【汗浸浸】**汗津津,微微出汗的样子。富3:又待了几日,到了掌灯时节,店主来试了试,汗浸浸的;又待了一霎看了看,大汗直流。

**【汗衫】**吸汗的贴身衬衣。增21:汗衫全用珍珠造,穿着他夏天凉快,还打上冬里热燥。

**【汗鞨】**无领袖的贴身小褂,坎肩。日·裁:马夫汗鞨真鄙俚。

**【汗珠】**成滴的汗水。禳20:他携酒到俺家,巴豆汤来连累他,汗珠叫我通身下。禳24:一身好似油褡,逐日家冒火冲烟。六月暑伏热难堪,汗珠淌到脚面。

**【悍妇】**泼妇,凶悍的妻子。禳25:若是你命里该成,就遭着家中悍妇。禳32:你看天生造化,把悍妇变成了贤妻。

**【撼】**摇动(东西)。慈4:胳膊儿瘦似麻秸,像蜻蜓去撼蓟秸,那里用着你忙成块?寒5:伸脖子把筋抽,撼不动一点头,众人空压那槽头肉。

## hang

**【行[1]】**(háng)❶人或物排成的行列。慈6:已破上做个老绝户,谁想儿子成行,闹闹嚷嚷,妻子满堂,小儿没死,大儿没亡,四十的儿子认父,久别的妻儿进房……禳11:九月雁行斜,九月雁行斜,遣愁强自插黄花。❷量词。用于成列的

事物。翻5:去后边,找出状来把墨研,写了两行字,递於仇二官,上头是仰扶风县。翻3:手指着仇大郎,谁着你这么样?十日以前合我说,着我数喇了一千行,并不曾把嘴来謍。❸排行。磨19:行是第三,行是第三,比小保儿大二年。❹行列,某一种类的人。寒8:二弟到御史行,俸禄比往时的强,省省也就完了账。禳29:强把笑脸儿,下四低三,光棍行,皂隶班,但肯给钱,不管奴家爱不爱,陪他去眠。❺行业,行当。增15:一来是他不愿风尘,二来见我帽破衣残,怕风月行中姊妹们嗤笑他,他怎么不恼?禳24:是当着这一行生意,说不的那命苦!❻同"行子",贬称人,家伙,东西。翻4:这个潮行,这个潮行,低头返复自思量,若俺丈人来,是该怎样?禳4:若遇着那混账行,肉吃着腥气屎吃着香。我的天,丧良心,真把良心丧!

**【行辈】**辈分。寒2:骂一声万刀杀,您叔合俺是亲家,行辈也还比你大。禳5:在春坊大号洪君,合尊宅上辈有亲,四十里隔着也相近。有小姐不曾许人,他意思要作婚姻,行辈不差情理顺。

**【行户】**行院,妓院。禳20:正说着,兰芳到,拱了拱手,让他坐下,公子起背云:"好个标致人!怎么行户中有这样美人!"

**【行货子】**同"行子",家伙,对人的带贬义的称呼。禳16:您那个行货子,你那么打他,可怎么我听的说他还合你极好呢?

**【行头[1]】**行会的首领。禳17:这怕老婆的合县里无其大数,就选着做了行头。那官娘子着出来要棒槌,着我陪钱。如今好了,这行头有了替的意思,俺那小姨子嫁了高家那小长命子,他还比我赛头哩。禳18:槌被石不害羞,着我替他那行头,诮我没点汉子气,打着不敢把气抽。

**【行阵】**军队的行列。磨31:刘奇听说,疾忙撤兵回去救援。才待放马,赵胜杀出,大喊一声,把行阵冲乱。

**【行子】**对人或物的蔑称,家伙,东西。墙4:四口子都说:"这个行子好可恶,几时的事他还记着。"翻8:却说那管家张旺上书房里去,见那行子仰在床上。张旺大惊说:"这一定是个贼!"那行子扒起来,就拉京腔。寒7:角儿粗蹄儿圆,有两湿有三干,到头就值七两半。犁上摘来耙上使,脊受棍子腚受鞭,肉被烹煮皮缝罐。牵过来人人乱看,这行子是个懒犍。增16:万岁把那汗巾窝攒起来,照桌面上一抹。二姐说:"姐夫好不成人!这样东西,就拿着溅了桌子!"皇爷说:"这行子不拂桌子,要他何用?"

## hao

【薅】❶间苗,拔除多余的苗。农·农·种蒂:有挨挤者并薅。农·农·旱稻:二三月种之,宜冒雨薅之。❷揪(毛发)。原文讹作"蕣"。禳5:两亲家翻了脸,才薅的这头毛尽!

【揪毛】薅毛,揪头发。日·争:搀腿揪毛还搒命。

【壕】沟。增6:行走着来到了,城墙下好深壕,红莲绿水重杨罩。蝻出蠢蠢,非若大蝗可以惊逐,必纠合邻村,掘壕数处,并力逐杀,务使尽绝。

【嚎】号哭。慈1:骂了一声忘八羔:汤了一汤,你就死声子嚎,还要惯着做达叫。富9:掐着脖子往下拉,打笃磨子苦哀告。死声子嚎,死声子嚎,娘子说到也罢了,论起来你欺心,就该把腿擗吊!

【嚎啕】大声哭的样子。翻4:姜相公先到了,夫人出来哭嚎啕,连声又把心肝叫。富12:凶信好蹊跷,凶信好蹊跷,老母每日哭嚎啕,出了场先往家中报。

【嚎咷】嚎啕。寒6:二相公把状掏出,跪马前痛哭嚎咷。

【号[1]】(háo)高声喊叫。墙4:咱县里又没乡宜,羊群里跑出驴号。

【好】❶良,善。墙1:起初甚好,两个儿早晚问候,两个媳妇热汤热水常来服事,好不的那好。姑2:常说你模样好,为人又孝敬,婆婆敬的是口也难学。❷好处,益处。姑1:我来了三四年,在娘身上就没点好么?❸妥当,结束。墙1:张大说:"还没停当么?"李氏说:"也就好了。"❹便于,利于。墙1:老头子日日闲,情着吃情着穿,着您媳妇常忙乱。方且早晚合冷热,怎么好向媳妇言?慈3:他骂的是别人,却又不好自己承当。磨25:我儿,已交四鼓了,你去闭闭眼,明日好做文章。❺容易。姑1:家中诸人好做,惟有婆婆极难:管家三日狗也嫌,惹的人人埋怨。❻健康,病愈。墙4:"今日该我养活父亲。前日说身上不快活,我雇了个人来,好架他去。"进来看见说:"咱爹不好么?"姑1:那一日,大成生了噪子气,直挣了一身汗,他病到好了。❼真是,很(带有感叹意)。墙1:老汉今年八十二岁,老婆子又故去了,一切饥寒谁问?好痛人也!磨31:这贼好利害,俺几乎性命不保!增21:这长官手段强,棋子又在我以上。连输两盘没的说,只怨运气好平常。❽好好地,用力地。增12:哄了别人哄不的你,奴家还要好央及,万万休要给俺撒了气。翻7:待了霎,范栝也出来了,着他师傅好骂。

【好不】❶非常,真是。寒3:两人欢欢喜喜,走的好不有兴。富13:爷儿俩心满意足,好不得意的紧!磨20:官人黑夜去了,好不叫人担忧!❷几乎要。

增9：翻身磕头如捣蒜，头上碰了些大疙瘩，鬏髻梳妆俱轮下。楼板儿响成一块，把六哥好不唬煞！增13：我儿，方才你没来嗄，满楼上都是佛动心，把我好不混煞！

【好不待】❶几乎要。寒2：二相公听了许久，好不待气的断肠！❷何等地，非常地。寒8：你看那商家父子，好不待富贵逍遥。

【好不的那好】非常好，没有比这更好的。墙1：起初甚好，两个儿早晚问候，两个媳妇热汤热水常来服事，好不的那好。

【好不好】❶好与不好。墙1：诮甚么！俺达好不好，谁着他合你令堂并骨哩么？姑1：我说还不为凭，您这众人们都不要昧心，您说他好不好？增6：依着我说，咱上那十字街前，打扫干净，摆下桌酒，或扶骨牌，或打双陆，引的好耍的子弟上了咱的当，哄他几两银子，咱好花费花费。好不好？❷动辄，动不动(就)。姑2：他媳妇赛霸王，好不好骂爷娘，终朝只在刀尖上。慈3：做后娘，没仁心，好不好剥皮抽了筋，打了还要骂一阵，这样苦楚好不难禁！

【好处】❶好的地方，优点。墙4：腚虽疼有点好处，也着那后世惊人。翻2：新媳妇好处多，又洗碗又刷锅，赶着驴儿去推磨。❷对人或事物有利的因素或事物。寒8：谁知那簿子注就的再不能逃，有邻近乡邻平日受他的好处，都情愿借几百银子给他。禳12：那王子雅是个风流名士，不拘小节，宿在他家，只怕也没有好处。❸指夫妻欢洽的时节。琴：还待说句勉强话，到了好处张不的口。禳19：我有一件疑惑处，弟妇那么降你，可不知道到了好处，也称呼你甚么呢？

【好歹】❶好和不好。慈1：一个生意人，少在里，多在外，娶了后老婆待了半年，就出去了，家里好歹，他那里知道的？翻7：一坐坐到日头落，无奈才把心来收，不论好歹一挥就。农·农·积粪：庄稼好歹，全在此处用功。❷不管好与不好，将就着，随意地。墙1：东西不济，你好歹吃饱，休饿着。翻1：叫爹爹莫愁肠，好歹的出了丧，济俺娘们往前撞。禳24：好歹抓打上两三盘，那管他揎與不揎。❸指生命危险。磨2：他若是有些好歹，我也就有死无生！

【好端端】好好地。富14：太太进叩，多蒙打救，自然该拜谢恩人；舜华拉住袍袖。叫儿孙磕头，好端端敛容坐受。

【好剁鲊的】詈语。该死的。鲊，参见“皮鲊”。增6：好剁鲊的，戏弄我寡人么？

【好过】容易度过，容易过活。墙1：天那天，但仔有一个好的，也还好过。翻10：虽是眼前没处住，自然好歹的垒个窝，这比充军还好过。禳14：但有一件

不好言处:白日还好过,黑夜真难捱!

【好汉】勇敢坚强的男子。寒6:阎罗王开笑颜,叫商礼听我言:你到是个真好汉。磨29:不用战斗,我拿着这棍在此坐着,你若夺了去,我就服你是条好汉。

【好好的】❶很好的。姑1:于夫人甚不通,好好的媳妇不能容,家里气儿才生了,又要外头找气生。翻2:倒在床,倒在床,春娇给他脱衣裳。好好的老实孩,从此就把嫖来上。❷无来由地,凭空地。姑3:这也是臧大姐点子不顺,可怎么好好的死了一个人?磨4:告世人仔细听:休管闲事递公呈。杀人该我甚么事?好好的逞头把气生。

【好话】❶有益的话。墙4:这样行子真禽兽,好话劝你必不听,才唠着您把父亲敬。姑3:谢臧姑最可怜,他爷娘甚不贤,一句好话没人劝,踢蹬的儿亡女又死,才知道头上有青天。翻1:说了些宽心好话,又带着劝他令堂。❷好听的话,对方乐于接受的话。翻8:那逃人,那逃人,坐在那里不动身。大家拿着好话央,那人拿头摔光棍。增23:那大姐也来,二姐长二姐短,花甜蜜语的说那好话儿,二姐也就笑了。

【好几】表示较多的数(通常表示大于一二而小于七八)。墙2:照应脸面尽着用,一年得多花好几千,有转头也是看的见。慈4:正说着,听着阵阵的风响,好几个打柴的喊了一声说:"虎来了!"增6:你没眼色,他那一匹马不值好几十两银子么?

【好看】看着舒服,美观。禳6:这不是小长命么?长的越发好看了。禳20:你看这梅花照着灯儿,越发好看。富12:大凡做房官的,不瞎眼的有几个?但只是好看便罢了。

【好快长】习语。夸赞儿童长得很快。墙1:小瓦瓿提了酒来。李老说:"外甥好快长!"

【好没声的】悄悄地,无来由地。禳13:谁想小哥哥自在不惯,替板的长了一腚疮——没人打就痒痒,好没声的溜到他丈人家里;着那樊老儿定了个美人计,着那江城扎挂的合那妖精一般出来见他,那有不动心的?

【好没要紧】习语。真是没趣(表感叹的话)。慈3:不说赵大姑还骂,且说李氏一路寻思:好没要紧,除没找了孩子来,赚了一场好骂,还几乎捱一顿好打。增6:万岁自思:"好没要紧!问了他问,就惹的他骂了这么些。"

【好眉好眼】指正常、不丑的样貌。俊:三姐听说嗤声道:叫我没有那好笑,好眉好眼什么调!这一霎里嘣不跳?禳9:骂了姐又骂娘,好眉好眼不贤良,我

也没气合你强。

**【好气】**❶好的态度。姑1:于氏推了一把,没好气说:“我不希罕你!”慈4:今早晨骂了你两句,你就没好气。给我跪着!❷好听的话。姑1:于氏自那日已后,越发厌恶珊瑚,来到近前,一句好气也没有。俊:长长骂着还踢蹬,给你句好气就上了天,我还嫌我骂的善。❸反语,指恶气,气恼。禳10:这两日才哄发的略好了,今清晨又受了一场好气。增13:适刚才生些好气,我这里正自心头焦!

**【好人】**❶良善之人。禳3:咳,他到是个好人,怎么就无个定所?禳15:好人说的上了他道,节妇也说的解了裙,不走草叫他螫了对。磨8:这样可恨!怎么私自留人,可知他是好人是恶人?❷健康之人。俊:譬如巴豆、信石,用在那好人身上,就是毒药;若是用之得当,那人参、黄芪也没有那样效验。磨7:了不的了!鼻子也歪了,眼也昏了,那有好人?该商议买棺材才好。

**【好日子】**吉日。慈6:老太太听说大喜,即便打点行装,拣了个好日子,雇了两乘驼轿,合家往陕西尽发不题。琴:听说好日子,查在四月半。置办妆奁,置办妆奁,做了衣裳打头面。

**【好容易】**很不容易,很难。慈5:大官人听说若告也么难,我好容易来这番,难上难,受子苦楚万万千。禳8:虽然喜眠食不稳,好容易捱到年残。

**【好生】**❶好好儿地,努力地,小心地。墙4:您好生去发丧,那该钱的都是体面人,见您兄弟还成个局面,自然不好赖您的。蓬6:你望后好生看望孩儿,照管家事。我从此打坐,一日连四碗饭也不用了。❷很。增23:万岁这里睡了,他那里锣鼓喧闹起来。万岁好生痛恨!琴:他家来迎亲,好生增门楣。

**【好世】**狠狠地,用力地。磨19:咳!你看他好事的吵来好世的骂!又把你希乎捆煞,几乎勒杀!

**【好似】**好像,很像。墙4:你好似长嗓黄,把个尸丢在床,不知你上那里撞。蓬4:娘子下笔好似雨打败叶,风卷残云,一霎时写了一篇。

**【好势】**❶同“好世”,狠狠地,用力地。磨19:张春怒发,张春怒发,撕了个罄净好势的砸。❷好好的。慈2:好好的跑了,就到底不长进。笼里犯出羔团子——好势的也拶打,就少耗了也罢了。

**【好事】**❶好的事情,有利的事情。慈4:自出娘胞,自出娘胞,好事没有半分毫,不想有个好兄弟,还着我开口笑。禳2:可喜他聪明俊秀,今年方才十岁,已是成了文章,也是一件好事。❷善事。翻12:可见这人生在世,行好事的自有老天加护,怎能怕人嫉妒呢?磨27:做几桩好事传九垓,便归林壑去朝阶,老兄呀,

我也不能等封拜。❸同“好世”。磨19:咳!你看他好事的吵来好世的骂!又把你希乎捆煞,几乎勒杀!

**【好手】**精于某种技艺的人,高手。磨3:虽然如此,这张呈词,须得个好手做做才好。日·泥:通家过攥好手菝。

**【好受】**容易忍受。禳10:骂别的也还好受,这爷娘岂是可以常骂的呢?增5:白日里奔波还好受,黑夜凄凉好难挨,前生少下孤单债。

**【好说】**❶好好地说。姑1:看这一样揣东西,不宜量好说只宜量捶。禳16:昨日着我拧着耳朵拿了来,着他在我床前打铺,慢慢的合他好说,不好骂着也便。❷好意思说,适合说。增9:有一句话不好说——我认了长官做了干爷了。禳6:定了丈人家,定了丈人家,他爱我来我爱他。只愁爹娘前,怎么好说这句话?❸别人道谢时回复用的客气话,相当于“没什么”“不必客气”之类。禳32:太公上云:“石庵来看看罢,何必又厚费?”石庵云:“好说,不堪之极!”禳32:太公、公子上云:“众兄着实厚费,小弟怎么敢当!”众云:“好说。”

**【好他那脏娘】**詈语。同“好他娘”。增7:进院来细端详,见了些女娥皇,个个都有五十上。……破衣服赤身露体,咚杀我好他那脏娘。

**【好他娘】**詈语。相当于“他妈的”之类。磨11:扯腿仍崩,扯腿仍崩,路上坐下才唓哼。都说道好他娘,几乎送了命!磨14:好他娘!他娘这腚还可以装着,这衣服裂碎,怎么见人?

**【好心不得好报】**习语。抱怨别人不理解或误会自己的好意而恶意对待自己。禳31:这是好心不得好报,到反捣挑起来了。

**【号²】**(hào)❶别号。慈1:这人老子姓张,号是张炳之,原是东昌人。富12:却说张得聚自从中了举,才有了个号,叫张合庵。❷学名,正式的名字。禳4:孩子不敢望进学,叫他先学着认认号。增25:武宗爷闷气消,问一声女多娇:初逢不知是什么号?❸号子,集体用力时为统一步调而喊的口令或歌。寒4:那衙役瞧了瞧,抬的抬招的招,上了肩打了一声号。❹发起行动的信号。磨5:如有官兵解粮,以鸣锣为号,上前杀去。增28:话说众文武进了大同,封了四门,扯起黄旗为号。❺号房。富12:张合庵见那邻号有人,便问了一声:“年兄是那一省的?”那人说:“是山西的。”富12:合庵极其聪明,听他父亲讲了一遍,说:“我晓的了。”便归了号。❻商店的字号。俊:借身白袍把丧吊,你就送在那千字号,本主待穿捞不着,上门打户逐日要。穷:天字号,地字号,宇宙洪荒一百号,当了二钱水丝银,回时定把十成要,回不出来又翻票,利钱使了七八吊。

❼编排的次序或等第。增12:皇爷说:“你这宣武院里佛动心有头号、二号么?”玉座说:“怎么头号二号呢?”皇爷说:“方才去了一个,又来了一个。”❽种,类。磨34:我素常杀的,都是这一号东西!

**【号板】**科举考试时,号子中供生员答卷兼睡觉用的木板。富12:号板必要牢,号板必要牢,常把卷子盖的交,剪烛头也防灯花爆。磨25:号板要坚牢,常将卷子盖的娇,剪烛头也怕灯花爆。

**【号儿】**❶名字。磨23:自家王丙是也。这也丙,那也丙,这个号儿叫的响。❷号房。富12:进去大场门,进去大场门,堂前接卷乱纷纷,下堂来才把号儿认。❸号角。富12:只听的号儿吹,一声里快交卷。

**【号房】**科举考试中生员答卷和食宿之所。人各一小间,每间有编号。富12:回了号房,回了号房,顿饭时节便成章,这一篇更在前篇上。磨25:太公说:“你那雨单呢?”合庵说:“哎哟!我搁在号房上,忘了。”

**【号炮】**军队中用来传送信息的火炮。磨29:忽然号炮一声,两大王左右杀出,三军大乱,赶杀下去。

**【好善】**乐于为善。寒1:人家因他好善,又叫他“商老佛”。增5:……山下有个周家庄,庄里曾有个周员外,仗义疏财,极其好善。

**【好胜】**要强,喜欢胜过别人。增22:万岁也极好胜的,看看不会就是一件短处……

**【好耍】**好玩,喜欢玩乐。增1:好耍武宗皇爷,出朝离京散心。路遇周元提成亲,六哥交了好运。增6:依着我说,咱上那十字街前,打扫干净,摆下桌酒,或扶骨牌,或打双陆,引的好耍的子弟上了咱的当,哄他几两银子,咱好花费花费。

## he

**【呵】**❶同“喝(欲)”,饮。墙1:盛上呵了一口,裂着嘴说:“冰的牙根这样疼痛,怎处怎处?”姑2:二成去说了,臧姑说:“狗脂,饿极了呢!呵口的糊着哩。”❷同“喝”,呵斥。磨29:金总兵大呵:“山贼!如何用奸计摇乱我三军?看我取你首级!”磨34:杨蕃大呵一声,说:“你就是任义么?”任大王挺身起来,也大喝一声,说:“你就是那杨蕃么?”❸同“哈”,哈气。富5:北风起,呵冻手,冷难堪。❹表虚拟、假设的助词,相当于“……的话”“……的时候”。姑2:但得娘知道我没有二意,不怪我呵,就死了也甘心!禳8:侥幸成了对儿,也亏天爷在行,不是呵,把这件东西那里放?禳12:不肖的畜生!你还待受罪呵,也没人禁止,你怎

么背着我去走丈人家？磨31：呀，早知道这等样难做呵，如今懊悔不当初！❺语气助词。相当于“啊”。姑1：老王唬极了，说：“俺娘呵！这是怎么说！”钟：俺呵，歌阑舞残，颓然醉焉！

**【呵叱】**象声词。咔嚓，形容刀斧很快地切断物体的声音。慈4：张讷只一跳，我看是有天没？仰起头来大叫了一声皇天，呵叱的只一斧！富9：说了一声，呵叱把个大拇脚指头擶下来了。

**【呵呵】**❶象声词。形容笑声。磨31：毛尚书呵呵大笑，说：“此计大妙！”钟：呵呵！醉舞一快事，待俺与尔等同耍一会，有何不可？❷后缀，表示笑声。翻8：忍着不哭笑呵呵，只怕他娘犯了病。增9：鸨儿本是个爱财货，见了银子花了眼，刮打着嘴儿笑呵呵，我不收下恐见错。❸后缀，带有贬义。墙1：一家人闹呵呵，端菜碗找家伙，席完已是日头错。墙1：前年做的布衫子，如今锅巴有千层，赃呵呵宜量甚么敌？禳10：可怜天生命苦也么哥，娶了个夜叉做老婆，没奈何终朝每日吵呵呵。

**【呵气】**指呵斥。姑1：珊瑚自从过门，无所不做；且是性情又好，呼气来，呵气去的，就吆喝他两句，他也不使个性子。

**【喝礼】**唱礼，高声唱诵行礼的仪节项目。墙4：叫二弟你听知，这丧事待整齐……雇几个礼生喝礼，两小吊五百四十。

**【合[2]】**❶连词。同“和”。墙1：他达合俺达一堆站，俺达矮了勾一楂，叫他达教人不支架。慈3：您大妗子你知道，这姑合娘能差多少？姑2：媳妇三日不动弹，惹的婆婆不耐烦，还是初来合乍到，只得再等他两三天。❷介词。同“和”，与，向。墙3：你看我呀，就忘了合爹说王银匠来要钱。墙1：合爹隔着三四里，爹若来时也不难，想爹恨不常相见。墙2：合那老道士闲谈烤火，直到如今，那扁食渐渐没了。姑1：你扎挂的合妖精似的，你去给那病人看的，只顾在这里站嗄哩？翻7：进来门就铺毡，花枝展拜在堂前，满屋都是丫头站。起来又合大姐拜，才向床前问母安，衣裳耀的眼花乱。❸闭合。寒4：二相公在三官灵前欹下，才合煞眼，忽见三官进来，二相公便拉着哭。琴：喜的俏冤家，嘴儿合不上。❹对合，结合。寒5：上边又吩咐：“合起来。”二鬼把两半身对起来，又站不住，只待跌倒。增25：一吹笛一吹笙，合起来好中听，哀哀吹了两三弄。❺合作，共处[①]。慈6：老太太恐怕到家，合他合不上来，便叫张讷那没人处，问那李氏的性情。

---

① 方言中此意义也可读为gā。

❻约合[①]。俊：宗亓人跳了行，有财主来商量，赶着就把钱来放；合了夥计做生意，他的时运又顺当，年年家道好兴旺。❼雌雄结合(用于人带贬义)。慈1：那小燕子方才抱出，那母燕子被猫咬去。待了二日，那公燕子又合了一个来，依旧打食餵他。慈3：他汉子以先合了一个混帐老婆，原说是做妾，待了一年，又娶了一个大婆子，生了一个儿，也有小讷子那大小，他娘就死了，那个混帐科子就占了大。❽符合。姑2：这福只在人享。那媳妇子怎能件件都合着心呢？翻1：从大姐出了嫁，来家走了两次。每遭来家，一点合不着他的意思，就使出来，因此整年的没人搬他。琴：帖儿去了，帖儿去了，不觉两日共三朝。……全不来了，全不来了，想必是庚帖合不着。增17：常言贵命真天子，往往七窍现龙蛇，你就合着这句话。❾折合。禳24：俺一碗青菜一钱儿，一碗豆腐一钱儿，一碗汤是一钱儿，四个菜碟也合着一钱儿。❿应该。翻3：人家没了父合母，哥哥还把兄弟教，娶媳妇合费钱合钞。⓫全部。翻4：却说姜娘子二日无吃饭，合家人正没奈何，差人要了一声，流水就从床上抬出来。翻6：进了学亲又成，门前车马乱烘烘，合庄打罕人称诵。翻12：吩咐大爷常查点，不得出入泄军情，合宅鸦雀全不动。⓬交战的回合。磨29：二人斗了三合，李杰架住，说："不好。咱不过耍耍，你来的狠狠的，是要着实的下手么？"磨31：刘奇大怒，大骂："山贼！看我取你！"战了三合，黑影里被喽啰一挠钩拉下马来。⓭通"盍"，盖。姑3：走后走前无有法，二成只得替他婆，替他婆，好呆哥，腚不曾着铁瓦合！农·蚕·种变：俟出齐，取叶纳怀中令暖，切极细摊纸上，将连(蚕连)合叶上，蚕自下。

【合抱】有两臂环抱那么粗。日·纸：灵球合抱长拖地。

【合不交】合不上，合不拢。姑3：开笑口合不交，像是老天把我饶，又着我往前得尽孝。

【合打】唱和，合节奏。"打"为语缀。磨1：(朱二教乞丐唱莲花落乞讨，众人学唱)朱二说："极好了！咱可以合打上来了，不愁饿死了！"

【合当】同"合该"。富3：命运该，合当如此赌不的乖。大病不曾死，应当就破财，被贼偷如何将你赖？磨7：命里该，合当如此赌不的乖。大病不曾死，坐当又破财，被贼偷何曾将你赖？

【合房】(夫妻)住到一起，同房。禳28：我扎挂你扎挂，待叫你合老陈合房，好么？禳28：你不在那里合房，又倒回来做甚么？

---

① 方言中此意义读为 gā。

【合该】命运中注定。慈5:空是这说,也没人见,怎么偏你来就可巧的撞着?合该你不死。寒4:这也是命合该,多借重守尸骸,李大哥你可休见怪。富6:也是那行子天理不容,合该命尽,跳过墙去,又是醉,又是慌,就绊了个跟头。

【合贯】合起来。日·毡:护膝从来合贯做。

【合好】❶和睦友好。禳10:娶了这个媳妇,全不孝顺;但得他夫妇合好,也还罢了,又听的他每日吵闹。禳23:听说丈夫折桂还,必然喜地又欢天;若不喜欢,若不喜欢,真是终身不解冤。若不然,还望他合好到百年。❷争斗之后恢复友好。磨30:败一阵便讲合好,也恐怕被人笑话。

【合和】同"合夥"(方言中"和""夥"读轻声时同音),约集同伴。禳1:谁想那众娘子们,已是都知道了,都各人拿了棒槌,来合和了家母一齐跑去。

【合伙】同"合夥",约集同伴。穷:我那亲亲的爷爷!你到几时合伙你那些众兄弟们,一当踏凶,二来散闷,光降光降,来舍下走走?

【合夥】约集同伴。翻4:魏名听的他分了家,甚喜,合夥了两个相识的来请仇福散闷。

【合绾带】指用来扎系的带子。日·养:扣线织为合绾带。

【合口呼】以u开头的韵母。闹:字四音要念出平上去入,开口呼合口呼也得学全;平仄里必得是分外清楚,久以后作诗句免得犯难。

【合睦】和睦。禳13:媳妇来三月有零,夫妇合睦不相争,这番真成家门幸。

【合气】争吵生气。姑2:大成听说走慌忙,来说东头何大娘,他合母亲合气后,珊瑚已是离高庄。禳15:自从合气之后,公婆把他儿郎唤着,俺夫妻分院而居。

【合劝】劝和。翻9:大姐吃干了盅,往外就跑,说:"您两个吃盅合劝合劝罢。"增23:万岁合王龙恼了。到了次日,老鸨子备了一席酒菜给他两个合劝,自己来请,万岁坚执不去。

【合煞眼】❶闭上眼。寒4:二相公在三官灵前敧下,才合煞眼,忽见三官进来,二相公便拉着哭。增5:二更里月儿高,合煞眼睡不着,蛇蚤咬的心焦躁。❷指死亡。墙4:张老哐哼两声,合煞眼了。张大试了试,说:"有甚么气哩!"寒8:自己梳头洗了脸,穿上衣服卧在材,合煞眼即时人不在。

【合头房】除正房(北屋)外,还有东西厢房或另有南屋的房子。只有北东西屋的称为"三合头房",北南东西屋俱有的称为"四合头房"(即四合院)。墙4:近来白黑常打算,我要盖个合头房,上一个监生好游荡。

【合谐】和谐，和好。翻6：贫富丢开，贫富丢开，只求夫妇两合谐。

【合眼】闭眼。磨7：小二你来守着，就在床前打铺，常听着些。我两三宿不曾合眼，且去睡睡。增5：不觉的夜静更深，恰才合眼，忽听的那梆铃一派响亮。

【合汁】一种汤菜，用肉汤加调料、肉片等制成，一般放入煮好的面条中食用。增7：小六哥笑颜生，叫老客你从容，待吃好物我管奉。又有合汁又有面，新出炉的热烧饼，肉包火烧随心用。

【合状】和解文书。磨19：(李大擅入方娘子家搜人，因未搜到人而被打)保正说："该立张合状罢了么。"张春说："就是这等。"拿过纸笔，保正递于李大，说："谁着你来来？少不了立合状于他。"立合状，立合状，因着黑夜去爬墙。惧罪不敢去见官，出了个字据把俺放。

【何苦】用反问的语气表示不值得。墙2：我才恍然大悟：一个达是公夥的情受的东西，我何苦都费了？翻12：可见人自有天报，何苦的冤仇相寻？

【和顺】和睦融洽。禳13：庆儿郎聪明媳妇美，和顺不闻吵骂声，还有甚么忧心病？

【和喜】和睦喜悦。姑3：妯娌二人齐孝顺，一门和喜慰高堂，也是前生有福相。

【河鮥】鯆鮪(shū wěi)，一种较小的鲟类鱼。日·鳞：佳鲒来时卖河鮥。

【荷包】随身佩戴的装零星物品的小囊。翻4：堂上喝了一声裂，嗤嗤一阵响连天，条条都是八丝缎，合衙门偷着抢去，都缝个荷包装烟。日·裁：零剪几块褡荷包。

【盒礼】盒装的礼物。翻6：大姐住下，内外俱是他管。买了两个盒礼，着人去看姜娘子好了不曾。翻8：夫人王氏气极了，把范栝骂了一场。才差了一个妇人，拿着盒礼去问安。

【毹毲毡】("毹"，蒲氏注音"哈")一种毡。不详，似比较密实，雨淋不透。日·毡：下雨才寻毹毲毡。

【贺客】前来祝贺的宾客。富10：乡党中人人来亲，逐日里贺客盈门，比不得坐监时无人问。

【贺雨】祝贺久旱得雨。磨24：村村贺雨闹喧喧，家家喜地又欢天，老天呀，爷儿又得重相见。

【贺子】祝贺得子。禳32：入见众人，作一长揖，便在上边坐下云："这是甚么公宴？"公子云："众位亲友给学生贺子。"

【鹤头弯】连接锄柄和刃的细长弯铁,状如鹤颈。日·庄:得力全在鹤头弯。

【鹤膝风】结核性关节炎。日·疾:鹤膝风先求杜仲。

【搁攞】搅动。日·庄:搁攞芥茉或摊蒜。

【畲】一种通过覆盖来使食品变味的加工方法。日·菜:畲的辣菜能下酒。

## hei

【黑溜溜】黑黑的。慈5:腰间里把票抽,许多小字黑溜溜,张讷接过来细细看,没有张诚在上头。闹:似阎君在歇魂台畔,他频频将生死簿翻,一会写了两三言,黑溜溜传与合场看,见了的打罕,乍寻思并没个缝儿钻。

【黑马杓】黑卷尾鸟,全身乌黑,大小如鸽,性善斗。鸣声噪杂而粗糙,叫声此起彼伏相互呼应,在黎明时尤甚。日·禽:黑马杓叫明星落。

【黑茫茫】黑色苍茫。禳22:没有月明天已暗,道途深夜黑茫茫,教人难把心儿放。

【雀子】雀斑。禳5:夫人说:"怎么不好?"公子说:"那脸上一些黑雀子。"

【雀子屎】雀斑。穷:俺也曾血汗暴流,扭筋拔力。只有鹑鸽屎呀似的一块银子,雀子屎呀似的一块金子,俺也算有了身份。

【黑日】黑夜,夜里。翻12:又吩咐这炮黑日抬出,一尊朝西,一尊朝东,看着贼来将近,二炮齐点;……

【黑天】天色变黑。琴:仔盼到黑天,仔盼到黑天,就上床儿沿。增11:二姐听说,满心欢喜,遂笑道:"你真果肯替我?"丫头道:"十八的大姐做媳妇——还等不到黑天哩。"

【黑头哇唔】涂成大花脸的一种可以发声的陶制玩偶。磨23:你这个瞎狗哨的!养汉老婆不脱裤——人不找你,你又找人;人来找你,你又做势!请走请走,快去快去!天下少你这黑头哇唔哩!

【黑乌】乌黑。蓬4:待开缎店,谁下杭苏?待开药铺,又少药厨;待攻炭井,鼻嘴黑乌;待开食店,越发村粗;况且本钱,一个全无。俊:屎里赌,屎里卧,忘八也是一处坐,鼻咀黑乌不成人,说甚羞煞鬼一个。

【黑心】阴险狠毒的心地。慈3:你来叫他也不是相亲,想必要给他个断根,你那黑心还不可问!翻1:俺家还有顷多地,安心一股要全吞,这样黑心不可问!

【黑呀】黑夜,夜里。姑2:你黑呀合您媳妇做伴,又不能来。禳15:我就问

他几时去，他就答应今黑呀[①]。

**【黑影里】**黑暗处。翻2：不觉的又黑了，又只顾不点灯来，别人都去了，落了他俩在黑影里坐着。增12：是什么人？怎么不说话楼着乜黑影里，是怎么说呢？

## hen

**【狠狠】**❶“狠”的重叠形式。磨2：我就狠狠的只顾打，他没有粮食也卖人，想是我打的还没甚。磨29：咱不过耍耍，你来的狠狠的，是要着实的下手么？❷狠一狠，发狠，因为恼怒而有心做某种决绝的事。琴：惹的人，心牵挂，上不上来下不下，狠狠我要回庚帖来，拼上一辈子不出嫁。俊：铁拐李把眼挤，若是休了便宜你，狠狠一下挡了你的生，到还割了这块瓣！❸后缀，用在“恶、怒、气”等后面，表示带着忿恨，程度高。俊：宗亓人恶狠狠，骂一声泼贱人，我受气受到何时尽？增10：老鸨子怒狠狠的骂下楼去，来到后房……增15：小二姐气狠狠，叫姐夫你好村，你在那鸡子窝里困？

**【狠眉竖眼】**同“狼眉竖眼”，形容凶狠的样子。磨14：老马叫咱去保他……点着名子叫飞跑，一个家狠眉竖眼，谁敢不来？

**【狠杀地动】**形容哭叫声极大。富4：照着腚和腿，打了个稀糊烂。苦苦哀怜，苦苦哀怜，狠杀地动叫皇天。

**【狠手】**厉害的手段。增10：我收了人家银子，小二妮子那奴才，他若不来时，我只得拿出利害来给他个狠手，死活从他！

**【詪譖】**（蒲氏注音“言赞”）不详，似指话语生硬粗俗或寡言少语。日·衍：詪譖僋倕方惹厌。

**【莀荽】**蔬菜名。日·菜：莀荽经霜臭不生。

**【恨雐】**（“雐”字原讹作“雁”）恨虎鸟，一种飞禽，似鹰而略小，食肉。被视为凶鸟。据传，恨虎夜半到人家啼叫，啼后该户人家即会死人。日·禽：恨雁飞鸣凶太甚。

**【恨人】**让人愤恨。墙2：好恨人！使的我喘吁吁的，他倒嘻嗤起来。啕杀我了！快2：怎么又吃一场横亏？好恨人也！

---

① 路本标作“他就答应今黑。呀！……”，误。该段唱词曲调为“西调”，通篇押家麻韵，此处“黑”不入韵。今方言口语中仍称“黑夜”为“黑呀”，“夜”读“呀”或为保留古音，或因轻声而变读。

## heng

【桁】(方言音“杏”)层。翻11:仇福当是银子,咬了咬,才知是锡。放了又除,除了一大堆。寻思着,田地都烧红了,我起出这一桁来上地也好。

【横查】横放着。磨24:三场已毕自徘徊,举人横查在心怀,乱嚷嚷,眼前常有个报马在。(此处为描写母亲期盼儿子参加会试得中时的梦境,“举人”指其子,“横查在心怀”指心中总是记挂着)

【横骨坨心】横骨交叉堆在心里,形容心里充斥着蛮横无理。“坨”盖“坨”字之讹,蒲松龄纪念馆藏《全集寒森曲》作“坨”。参见“坨涯”。寒2:不归家起了身,一心要告仇人,骑上驴只是往前进。虽说司斤合抚院,都该横骨坨了心,敢仔遭着清官问?

【横行无禁】胡作非为而毫无禁忌。磨14:想您串通衙门,在乡中横行无禁,迎官吏欺诈良民。磨14:这一样横行无禁,那别事不问可知。

【横眉竖眼】形容态度凶狠。富6:差人横眉竖眼的,却也无敢打他。磨28:他怕俺横眉竖眼,自然要典地卖人。

【横三竖四】形容纵横无章。磨17:又一刀砍去,砍着额颅盖,那军门还哐哼。又横三竖四,把个头砍的稀烂,才踏着肩膀,抹下头来了。

【横铊】马鞍部件名,不详。日·走:横铊鞍韂用皮镶。

【擤】❶扔,放。墙3:我昨日那身袍,你别要穿坏了,我今日来问你要。……他给你做了好的,我定然剥来擤了。富8:难道没达,就把书本子擤?❷砸。寒3:恶虎为护那耳朵,常带着七八个家丁,怕人再使砖头擤。寒5:哎哟了一大声,陡然间害头疼,像石头照着脑门擤。扑通一声跌在地,纱帽滚了四尺零,手爬脚蹬如挣命。一伙人疾忙扶起,只见他鼻肿眼青。❸骄横,耍横。俊:每日惯着当达叫,着你擤的碁无种。俊:或是跳在踢天笼,那是你可自在蹭,典儿卖女尽你擤。

## hm

【嗨】感叹词。表示不以为然的语气,相当于“哼”。琴:嫂子说道休害羞,嗨!我心里欢喜你不觉。

## hong

【轰朵】博戏术语,不详。日·赌:轰朵鲇鱼六夹么。

【轰轰烈烈】形容气势浩大。禳24:轰轰烈烈的乡官儿,出门打着伞扇儿。禳32:做高官,福寿全,轰轰烈烈六十年!

【轰雷】响声很大的雷。寒7:你是孝我知闻,通天下无二人,贤名好似轰雷震。

【烘】❶烘烤。穷:咳,就是温和温和,好一似火上燎毛,一烘而尽。农·蚕·凉暖:若值阴雨天寒,先用去叶秆草一把,点火绕箔四周烘过,然后饲之。❷柿子去涩变软。引申指变软。禳13:其初在巷里撞见江城,十月里柿子不搅——就烘上来了。富6:自赶吃了,酒足饭饱,那衙役就像那十月里的柿子——不搅也就烘上来了。

【烘烘】❶形容火势很旺的样子。增28:灰片片火烘烘,黑烟直射斗牛宫,砖合瓦乒乒乱响,宣武院一片通红。❷同"哄哄❷"。后缀,用在"乱、闹"后面,表示纷乱的样子。翻12:一群贼乱烘烘,没人敢再来攻,怕他另把机关弄。磨5:乱纷纷人喊马叫,闹烘烘遍满山腰。

【烘笼】罩在火炉或火盆上的条编笼子,用来烘干衣物。禳13:后及至娶了那江城来,倒成了祸根,为不着个破烘笼……又是长,又是短,想是娇嫩嫩的那手,打着脸上也不大疼么!(此处"破烘笼"比喻微不足道的事情)

【哄[1]】(hōng)象声词。形容突然发出的纷乱的声音。寒3:恶虎说:"小厮们都出去罢。"众人哄的声都散了。快2:张辽见他踌躇,掐了掐曹操说:"还不逃命,更待何时?"果然哄的声跑了。

【哄传】众口传扬。禳8:那邻家北舍,挤擦在堂前。呀!这一个瞧瞧,那一个掀掀,拿出一物,个个哄传。磨25:合庵出来瞧,哄传着首题是《大学》,略停停果然那题纸到。

【哄哄】❶象声词。形容突然发出的纷乱的声音。寒2:那一日见县官,审了理公事完,一堂人役哄哄散。❷后缀,用在"乱、闹"等后面表示纷乱的样子。寒3:一些人乱哄哄都去救赵歪子……寒6:闹哄哄彩旗飘,乱纷纷宫扇摇,必然是个大官到。

【虹霓炮】一种火炮。日·兵:虹霓炮可常用乎。

【红】❶红色。墙1:我不如还要地土,再把那炉火生红。慈4:李氏翻砖揭瓦的,找出他自己穿的个红袄来,撩过去,着他穿。❷变红。慈3:赵大姑说是杀鸡,可是比着桑树骂槐树。李氏也懂的那滋味,红了红脸,也就忍了,只说是我等不的。蓬7:彩鸾听说红了脸,只是低头不做声,跟着去复娘娘的命。❸红色

的绸绢,用于订婚、酬谢报喜人、喜庆事披挂等。磨21:家人拉着报子说:“你去屋里坐,我再去说。”报子说:“你先拿出红。”并下。丫环来说:“坐下了,还要红哩。”磨26:太太吩咐人,赏王孝红一疋,银一两,酒一瓶。

**【红虫】**指尚未长出羽毛的幼雀。俊:一窝嚛红虫相似,难道说你就眼瞎?(此处比喻家中的幼小儿女如同嗷嗷待哺的幼鸟)

**【红搭撒】**红红的颜色。日·菜:粉皮染作红搭撒。

**【红定】**订婚时男方送给女家的聘礼。姑2:甥妇贤能,甥妇贤能,模样风流百事精。若早上说嫁人,晚上就来红定。

**【红粉】**指妓女。日·衔:红粉绝气死无材。

**【红鳞】**一种淡水鱼,体色微红。日·鳞:黄鲟红鳞为小品。

**【红娘子】**指叶螨,红蜘蛛。日·昆:椒树多生红娘子。

**【红拂拂】**红红的。禳7:江城一貌美如花,城北城南谁似他?红拂拂的脸儿真可爱,瘦小小的金莲只半揸。

**【红糊粽】**用高粱面做的粥。参见“胡突”“红黏粥”。翻7:你安心上了坟好吃你那酒肉,是看着咱这里不能伺候。就是那红糊粽也管你个彀。

**【红笺】**红色笺纸,用来写信表示尊敬。禳31:是恁大官衔,是恁大官衔,怎肯来床头相见?等到明日,敬写红笺。钟:便就是酒海如船,鬼肘如椽,只得是一般全收不劳写颂谢红笺。

**【红衲袄】**❶红色的衲袄(一种斜襟的夹袄或棉袄)。增13:上穿一身红衲袄,绿罗裙上石榴花,红绣鞋窄半踏大。❷曲牌名。增16:众丫头奉主公,箫管笛共银筝。“一枝花”带着“新水令”,“玉美人”相称“红衲袄”,“江儿水”上“混江龙”,“步步娇”唱出情儿动。“雁儿落”腔正字巧,“沽美酒”引吊了魂灵。

**【红黏粥】**高粱粥。墙1:你大号红粘粥,你名突你姓胡,原来你是高粱做。

**【红票】**指官府的拘票。姑3:平日臧姑嘴麻子多,红票出来无奈何。

**【红丝烟】**一种烟的名称。闹:不要那满城烟毛头大锭,不要那红丝烟采堂玉兰,不要那关东片香烟杂半,大益和兰花烟我俱不贪,一切的奇品烟我都不要,苦菜花、芝麻叶我也不嫌。

**【红喜星】**相当于今言“幸运星”。增10:老虔婆怒冲冲,採住了红喜星,每日疼你成何用?(“红喜星”此处指老鸨手下最有名的妓女二姐。老鸨本指望二姐是摇钱树,所以把二姐视为“红喜星”。但二姐一心只接皇上而不接客,老鸨因为有富豪出大钱而二姐不从,所以极为恼怒,把二姐痛打一顿)

**【红缨帽子】**清代的礼帽，顶有红缨。穷：红缨帽子胭脂瓣，满洲袜子扣丝线，纱罗穿上浑身凉，皮袄穿上一身汗……

**【红毡】**有喜庆事时铺在地上供新人或贵人行走的红色毯子。琴：踏着红毡进喜房，女婿站在房门口。磨27：夫妻哭罢，合庵才下红毡，给太太叩头。

**【哄²】**(hǒng)❶哄骗。墙2：你还不快找他，看到别处着人哄去了。增8：也罢，这楼上无人见，就叫他三声爷，哄他几串金钱。❷好言劝慰幼儿。慈1：这孩巴子也不宜量好，当时有他娘在时，越哄越发哅气……蓬5：娘子一日正抄着书，韵哥跑来，要娘抱着，丫环哄也不去，只管是哭。

**【哄发】**哄劝，用好言或假言劝说。禳10：咳！我好苦也！只爱他模样俊俏，谁知人面兽心。……这两日才哄发的略好了，今清晨又受了一场好气。

**【哄法】**同"哄发"，用好言或假言劝说。墙2：自家张二怪便是。家达有五十亩好地，留着养老。我合家兄哄法了哄法，便就分了，情着吃穿。蓬7：两个人千样哄法，说娘子去去就来。

**【哄诱】**诱骗。墙4：他却又千般哄诱着，着俺去里头把钱转。

**【閧山】**不详。疑指山墙与屋檐相交之处。"山"指山墙。日·木：閧山转角仍雕料。

## hou

**【齁咸】**很咸。日·饮：高邮变蛋不齁咸。

**【喉咙】**❶咽喉。翻4：这喉咙里虽疼，比先稍好了些。翻9：簪子扎喉咙，就死也不怕！❷嗓音。寒3：年纪不过十五六，喉咙尖细好声音，唱出来必定有风韵。

**【喉咙眼】**咽喉的上端。禳1：进了房门，只落了游游一口气儿，那喉咙眼里插语着说"杀呀"。

**【猴人】**耍猴的人。禳21：猴人说："来来来，就耍来，一翻筋斗到天台。"禳21：猴打跟头，并猴人下。

**【后房】**院子中在后面的房子。增10：妈娘，你不在后房自在，来南楼何事？增10：那二姐明知是待打他，无计奈何下了南楼，跟着丫头来到后房。

**【后老婆】**后妻，继室。慈1：人人都说张炳之既没有汉子气给那孩子作主，就不该寻后老婆。不论张炳之无有汉仗，就是个好汉子，一个生意人，少在里，多在外，娶了后老婆待了半年，就出去了，家里好歹，他那里知道的？

【后娘】继母。慈1:我想普天下做后娘的,可也无其大数,其间不好的固多,好的可也不少。寒8:他后娘才三十多,合他媳妇子娘儿两个,夜间都挣起钱来了。

【后娘礶子】一种尖底的罐子。慈1:你看那有刺的就叫做"后娘拄棒"……尖底的就叫做"后娘礶子":一旦做了后娘,天下之恶皆归焉了。

【后娘麻线】不粗壮结实的麻线。慈1:你看那有刺的就叫做"后娘拄棒"……不壮的就叫做"后娘麻线"……一旦做了后娘,天下之恶皆归焉了。

【后娘匙子】一种带钩的匙子。慈1:你看那有刺的就叫做"后娘拄棒",有钩的就叫做"后娘匙子"……一旦做了后娘,天下之恶皆归焉了。

【后娘拄棒】带刺的拄杖。慈1:你看那有刺的就叫做"后娘拄棒"……一旦做了后娘,天下之恶皆归焉了。

【后婆】后老婆,继室。慈1:娶后婆,娶后婆,抱子两窝并一窝,着孩儿叫他娘,指望他合孩子过。

【后婆子】同"后婆"。慈1:娶一个后婆子不当耍,两条肠子常牵挂,撇下个亲生儿,树坎叉里也括他不下。

【后签】抽签决定次序时抽到的次序在后的签。禳22:万一的运气不好,抽着了后签后悔难堪。

【后墙】宅院后面的墙。磨19:你给您大叔背着行李,紧着些快走。您两个便从后墙出去罢。磨19:李旺领众人说道:"咱把宅后墙都要围了。待我叫门。"

【后日】❶日后,将来。翻6:就怪些也罢,如今怪强的后日怪。磨19:气死我也!他后日来到家,我必然报仇!❷后天。翻6:后日是吉辰,我在家专候。禳33:后日老爷待上京,今日要太老爷合老太太上寿,奶奶们都忙哩。

【后晌】晚上。墙4:清晨后晌孝顺你,三般脸上有笑容,怎么心眼全不动?增10:今后晌若不接客,准备着打发你归家!

【后晌饭】晚饭。增5:夜来打的那担柴误了赶集,还没有后晌饭哩。

【后生】晚辈,小伙子。禳32:小后生来小后生,耳大头圆眼又明。快2:这里平,这里平,他还是个小后生;虽然有点小计谋,到底也还上不净。

【后窝】继室所生的子女。慈2:扑簌簌泪珠儿落,俺如今有了前窝并后窝,哎,寻老婆,原是我当初错。慈5:上段是说张讷,他后娘着他山中打柴,他后窝兄弟,偷着去替他,被虎咬去……

【后宅】宅院后面的院落。蓬3:相公大喜,领着彩鸾到了后宅,又见房舍干

净，铺盖齐整。磨8：女子头里先走，鸿渐随后。到了客房，一个丫头掀起帘子。女子说："请坐。"便向后宅去了。

**【后坐】**牲畜的臀部。丑：八戒病了十日整，浑身消瘦鬣毛鬈；腮子掉了二斤半，后坐瘦的竖脑尖，耳朵搐的相薄脆，前槽搭喇颡了肩。

**【厚】**❶扁平物体上下两面之间的距离大，薄的反面。墙3：老人家衣服要会做，绵的极厚要炕皮，掯里宽快些才如意。寒8：谁想那钱只有二三指厚，以下俱是元宝。蓬5：他虽不做声，自家觉着面皮厚。❷厚重。琴：他家行礼委实厚，整整喜了我一个够。富4：来了家，到了明日，老马就登门道喜。送的极厚的贺礼，还自己说定日子竖旗送匾。❸多，程度深。磨8：小娘子高姓贵名？今日厚厚扰了，过日也好思念。禳32：抱小娃子去罢。众亲友着实厚费了。❹(情谊)深厚。墙4：俺俩虽厚，他买下东西怎么对我说？禳19：俺兄弟二人，合高四于孩童相交，合他最厚。❺厚待。磨33：还求好把君王奏，俺合官兵有仇，君王赦宥，谁敢望封侯？杀身难报君王厚！

**【厚人】**相好的人，情人。富6：这一定是方娘子的厚人。

**【候】**等候。琴：媒人又来了，媒人又来了，说是婆婆要瞧瞧。明天大饭时，候着他来到。富4：县官亲自在门外候着哩。

**【齁䶎】**一种咽部疾病，患者呼吸困难。今方言或称因咽喉或器官疾病而呼吸困难费力喘气为齁䶎。日·疾：齁䶎劳瘵又吐痰。

## hu

**【呼呼】**❶象声词。形容气流或水流的粗重的声音。磨18：张龙呼呼的大睡，灯也没吹。快2：顺脸流水湿马鬃，山水呼呼往下冲。❷后缀。用在"气""喘"等后面，表示气流的粗重的声音。寒2：兄弟俩气呼呼，传凶犯死在途，也还略解心头怒。磨7：你行好不肯逐他也么出，倒在床上喘呼呼。

**【呼呼扇扇】**"呼扇"的重叠形式，表示不断地颤动，又作"呼呼搧搧"。禳8：人从众多，一片声喧，叫他一行行摆列在两边，夹着大轿呼呼搧搧。磨27：又上轿呼呼扇扇，那报马跑跑颠颠，三十里一派人声乱。

**【呼笼笼】**象声词。呼隆，形容比较沉闷的声音。寒7：推起来呼笼笼，起初时还害疼，研到腰不见腿儿动。

**【呼气来呵气去】**粗声地呼唤与呵斥。姑1：珊瑚自从过门，无所不做；且是性情又好，呼气来，呵气去的，就吆喝他两句，他也不使个性子。

**【呼扇】**片状物或杆状物颤动。富11:坐在轿里好似软扛子举重——一行哭着呼扇。

**【呼扇扇】**“呼扇”的重叠形式,表示不断地颤动。磨24:藤花大轿呼扇扇,轿里不知丑与妍,满心喜,到底还有一分欠。

**【烀皮】**贴身。墙3:老人家衣服要会做,绵的极厚要烀皮,揹里宽快些才如意。

**【忽】**❶忽然。蓬5:相公吃了三蛊,忽觉心中宽阔,把那功名妻子,一切看着都不要紧了。富9:一日,到了北直境界宿下。夜间忽听的邻房唱曲子,居然是故乡的腔调,心里着实感叹。❷象声词。形容气流迅疾流动的声音。富6:张官人才坐下就晕了一阵,叫声“起”忽的声好似腾云,只唬的闭着眼不敢再问。增21:那砝码丢的紧了,只一跳,忽的一声,把银子撒在那楼板上,白花花的一大堆。❸形容很快地移动或跌倒。姑2:于氏气极,忽的跑了去说:“小科子骂的不少了!”增4:那万岁扑了一把,只听的耳边风响,眼前发花,忽的一跌,倒在尘埃。

**【忽搭】**形容人走路晃动的样子。禳15:若有个人儿,忽搭忽搭,他又爱俺,俺又爱他,夜去明来,谁知谁觉?

**【忽打】**扇动。增16:你只扇那八根柴、小油红,暑伏天使俩钱买的粗蒲扇忽打忽打罢!

**【忽忽】**象声词。形容很快移动的声音。富4:小姐在监中,从此越发有了体面。不觉忽忽又是一年,小相公就是五岁了。

**【烼】**放在锅的斜边烙。蒲氏于《日用俗字·器皿章》注“忽”,《日用俗字·饮食章》注“烙”。前者为音注,后者为释义。日·器:米□[①]扫去烼麴饼。日·饮:更把肥臕烼作块。

**【麴饼】**在锅里半蒸半烙而成的饼。日·器:米□[②]扫去烼麴饼。

**【囫囵】**完整。墙3:外头袍子虽囫囵,边上漏着破铺衬,旧衣裳穿上还不趁。增24:胡百万,你有百万之名,可怎么还没有条囫囵裤子?

**【狐膁】**狐狸腰部的皮毛。日·皮:狐膁天马真温厚。

**【狐嗉】**狐狸脖子底下的毛皮。日·皮:遂将狐嗉为裕领。

**【胡吧】**胡说。翻11:叫哥哥你休胡吧,怎么咱爹来了家?禳8:多少妇女们

---

① 路本原为缺字。盛本作“粆”,注音“参”。当为“粆”字之讹。

② 同“烼”字例。

口看，伸头搐脑，乱说胡吧……

**【胡猜】**胡乱猜测。增2：万岁爷笑开言，叫御妻休胡猜，放心稳坐何妨碍？增16：我只当你怎样知音来呢，谁想你是胡猜。

**【胡缠】**无道理地纠缠。禳22：我定然不放他，把角门关了，免的胡缠。

**【胡叨】**胡说。翻8：想当初咱俩说笑，扎挂屋望你勤劳，你还说是我胡叨，此时才知我虑的到。增23：尽着你乜花花嘴满口胡叨，谁信呀？

**【胡歌野叫】**形容胡乱喧哗、喊叫。翻4：好几天不在一堆了，吃了酒，又吃了饭。光棍们胡歌野叫的闹了一场，就商议要赌博。

**【胡话】**胡乱说的话。琴：编成小令闲玩耍，都精是些胡话。

**【胡黄】**因为火力过猛而有些糊，颜色变得深黄。日·器：鏊子熚饼勿胡黄。

**【胡混】**胡闹。磨14：奴才可恨，把本院胡混！增0：酒保做了干殿下，胡混；赶着姐姐叫娘娘，奇事。

**【胡雷】**两只蚕因为离得太近而做成一个茧，称为"胡雷"。农·蚕·上簇：两蚕并作一茧，是为双公，俗名胡雷。

**【胡麦】**一种麦类作物。农·农·麦种：种先漂去粃者，粃则多变胡麦。

**【胡迷】**迷路。禳7：呀呀，是高大嫂呢，你怎么胡迷来，来就来这里？磨23：有一伙瞎厮，在路上走路胡迷了，一骨碌张在崖里。

**【胡念】**说唱"胡念们"。参见"胡念们"。寒3：不会唱口难开，桃花瓣上玉腮，待唱不会真无奈。王成在旁瞅一眼，我说你休来只是来，如今惹的大爷怪！你就是儿童胡念，也唱与大爷开怀。

**【胡念们】**指童谣、顺口溜之类随意编的说唱形式[①]。"念们"相当于"拈麻"，参见"拈麻"。寒3：那吴孝没的唱，遂又唱了一个胡念们。

**【胡弄】**胡作非为。寒7：由你贪心胡弄，还要请君入瓮。禳21：恨男儿大不通，时时妄想在心中，松松手就去瞎胡弄。

**【胡弄穷】**穷糊弄，胡乱应付。增18：写拜柬是王龙，举霜笔胡弄穷，这遭送了残生命！

**【胡脓】**没有根据地说。日·堪：状元台阁尽胡脓。

---

① 或释为"颠倒歌"，即有意把内容违逆常理的话串连成句以达到诙谐搞笑的效果。不过此类歌谣带有调皮、戏谑色彩，剧中"吴孝"作为一个十六岁的富家少女，似不一定会掌握；又，上文提到"儿童胡念"，似乎"胡念"的内容应该比较宽泛，而这种颠倒歌数量是比较少的；再者，下文说"唱了一个《狗咬狗》"，也不是"颠倒"的内容。因此，可以认为颠倒歌属于"胡念们"，而"胡念们"不一定限于颠倒歌。

【胡思乱想】不切实际、没有根据地瞎想。增4:吃了水胡思乱想,你是个混账朝廷!

【胡厮赖】乱耍赖。禳2:正争瓜子闹垓垓,一行叫着还不待来,两个还要胡厮赖。增27:江彬每日为官宦,知道这样刑法怎么挨?忽然寻法胡厮赖。

【胡儧念】胡乱念诵。禳8:家门一入,火烛连天,那撒帐先生口里胡儧念。

【胡桃】核桃。禳13:昨日又攫了一顿把,亏了还抓在那背脚处;若是差一点儿,胡桃栗子摆在鼻窝里——可不就脸上开起山果铺子来了么?

【胡衕】胡同。日·树:街巷胡衕榆夹户。

【胡突】❶糊涂。寒2:哥们好胡突!告了遭子不过是如此,也就知这世道了。老天爷待为咱敌生出一个包文正来哩么?增10:妈娘,你胡突了么?我身边又没有客,可那里的银子?❷粥。墙1:你大号红粘粥,你名突你姓胡,原来你是高粱做。

【胡突虫】糊涂的人。寒6:叫一声商相公,不是家俺不从,没有钱去也不中用。白手来来白手去,你也是个胡突虫。

【胡行】胡作非为。姑3:人家女儿不教道他孝顺,他若终于胡行,惹的天恼了罚他,岂不是吃了爷娘的亏么?禳21:可恨男儿游荡,只想出去胡行。

【胡言】胡说。寒3:赵歪子休胡言,有衙役有堂官,打不打不是一人见。禳1:听的说:怕老婆的不少饭吃。这话只怕是胡言。

【胡言乱语】随便乱说。增3:万岁说你不要胡言乱语,只要你谨慎小心。

【胡诌】随便乱说,胡说八道。琴:信口胡诌,不俗也不雅;写情描景,不真也不假。俊:不成人赌博第一,望赢钱真是胡诌;大瞪着两眼跳深沟,好似疔疮痒痒难受。

【蝴蝶】❶昆虫名。琴:对对蝴蝶飞帘下,惹的大姐心里骂:急仔这回不耐烦,现世的东西你来雌?蓬2:蝴蝶儿被狂风飘,花枝儿趁月影摇。我的天,引吊魂,教人把魂引吊。❷蝴蝶花,鸢尾科多年生草本植物。花淡蓝紫色,形如蝴蝶。日·花:绣球叶上飞蝴蝶。家政外编·诸花谱:蝴蝶,秋日分种。

【糊】❶用黏性物把纸、布等粘起来或粘在别的器物上。慈4:进门来打了一个铺,地也是才扫,窗还是没糊,墙儿上灰尘蛛网无其数。增7:进院来细端详,见了些女娥皇,个个都有五十上。口里没牙眵糊着眼,东倒西歪晒太阳,通然不像个人模样。❷指猥亵的。翻2:秋桂原不如春娇,二十多甚风骚,精的糊的无不道。急仔嫌他年纪大,抓打起来不害羞。秋桂越发作弄着笑,娇儿心肝不住

口,把乜孩子吃了大敲。

**【糊糊迷迷】**迷迷糊糊,神志不清。富3:张官人病了勾五十天,鼻子也歪了。店主害怕,商议要买棺材。张官人糊糊迷迷的,也就不觉了。

**【糊糊突突】**"糊突"的重叠形式,头脑不清。富9:我向来糊糊突突的,就无想到这里。娘子说的极是。磨19:极是!我自来糊糊突突,没想到这里。

**【糊糊涂涂】**"糊涂"的重叠形式。闹:这两个大主考想是三家村里新发户的……书本上尚有十万八千好题,绝不会出,却冒冒失失,糊糊涂涂,硬出这一等枯涩题目,难为这些举子。

**【糊迷】**❶同"胡迷",迷路。翻2:我看着上路糊迷了,又该去写纸撒招!❷迷糊,神志不清。翻3:你糊迷着心眼,说说还嗔,必然到片瓦根椽,才是个断根。禳8:那一时里爱他就糊迷了心肠,把一件擦嘴的东西就换与了情郎。到家才懊悔,没人处心慌。

**【糊突】**❶粥。参见"红糊糁"。墙1:这不是还不曾晌午,早晨吃了两碗糊突,两泡尿已是溺去了,好饿的紧!俊:俺一日挣了一升糊突面,白日里给人家纳鞋底,夜晚纺到三更天,百般苦楚都尝遍。❷模糊不清。翻3:忽然提醒糊突梦,急忙今晚早到家,见娘就说分了罢。禳27:俺如糊突梦儿解了,今晚一夜何曾睡着?❸糊涂,头脑不清。墙1:老头子忒也差,当日分地为甚么?今日又说糊突话。磨28:自家不是别人,县里衙役李虎便是。趁着那糊突官儿,到弄了个小小的家当。❹胡乱,随便。增12:褒贬是买主。待说我好罢,又恐怕要的宿钱太多了;说不好,糊突着玩玩罢了。

**【糊突虫】**同"糊涂虫"。姑1:媳妇终日不从容,婆婆闲的皮也疼,不知心里还待嘛,终朝吵骂不停声,不停声,好难听,人人说是糊突虫。

**【糊涂】**不明事理,对事物的认识不清楚或混乱。姑2:听说他被逐,听说他被逐,我就说你太糊涂。真么个贤惠人,休了是因何故?磨6:待要头一刀砍去,跪不惯糊涂赃官!

**【糊涂虫】**贬称糊涂的人。增5:耳软光听下人的话,真是一个糊涂虫。

**【核】**(hú)果实中心保护果仁的硬壳。蓬6:不知那位仙兄赴了幡桃会,把个桃核掉在终南山里,就生了一株树。磨23:不知谁掉了一个龙眼,树底下拾起来……尝了尝极甜,连核咽了。

**【壶瓶匠】**指汉末刘表。称其为"壶瓶匠",或与刘表好酒、有特制的三爵(伯雅、仲雅、季雅)有关。快4:你(指曹操)这奸行,杀他(指祢衡)又怕恶名扬,就把

个祢正平,送给了壶瓶匠!

**【壶嘴】**壶的出水口。日·饮:羼杀壶嘴酒不撺。

**【葫芦提】**糊涂,胡乱。寒2:一日到了新泰县,新泰知县又通知,旧尸格只改了一二字。葫芦提忙乱了一阵,却倒也没犯差迟。

**【虎】**❶老虎。慈3:张炳之说:“也着个人跟了你去呀。”李氏说:“有狼哇?有虎哇?”俊:只因这个夜叉不曾吃好人,吃的都是那些响马强盗贼,虎豹狼虫,便把一切的恶业,都变成了好处,人都爱起他来了,所以人都说是俊夜叉。❷哑谜。增20:这万岁拿起一双箸来,向桌子上一指。王龙道:“长官惯好弄鬼。问他贵姓不说,光指那桌子,你这个虎我就打不开。乜桌子上只两把壶,长官你姓胡么?”万岁不答,只点头。王龙说:“妙呀!我就是个老神猜,我就猜着你姓胡了。尊讳呢?”万岁把檐毡帽一拉搭,伏桌子上打盹。王龙说:“你这又是一个虎。寻寻思思的,没里他是‘胡寻思’?这又不像个人名。只怕是‘胡想’,我莽莽他罢。长官,尊讳是‘想’”?万岁又点头。王龙说:“又打破这个虎了。你的字呢?”……

**【虎刺】**也叫“两面针”,一种茜草科常绿灌木。初夏时枝梢开淡黄色或白色小花。花瓣四裂,花后结小圆实,经久不落。家政外编·诸花谱:虎刺……此物最难长,百年三四尺耳。最畏日炙,经粪即死;即枯枝,亦不宜热手摘剔;并忌口气相近。日·花:虎刺还愁热手拈。

**【虎头门】**门环处饰有虎头形物的门,指狱门。丑:金莲上前销了到,上头吩咐且寄监,那时才把娇容变,泪眼愁眉更可怜,看见虎头门一座,推着拉着往里钻。

**【互然】**同“忽然”。慈6:张讷还不敢看他,他互然跳下马来,问了一声……慈6:张老爷正自的问不着,互然得了老子真信,又添了两个好兄弟,扎括起来,却是一表人才,又孝母,又敬哥。

**【互扇】**同“呼扇”,颤动。磨23:坐在轿里似扛子举重,一行哭着互扇。

**【户房】**指户房官员。户房是清代府厅州县掌管户口赋税等事务的机构。磨14:小的父亲被冯小二打死,小的告着他,他着户房送进去了六百银子,便问的全然无事。磨14:那是马老爷的户房孟连城,马老爷说那是他的左辅,刑房许进忠是他的右弼,民间叫他“二大天王”。

**【户子】**某一种类的人。姑2:自此以后,那婆婆就是降下来的户子,待囃支使,就囃支使。

**【护膝】**古代一种无底的半袜或袜。日·毡:护膝从来合贯做。

**【黏籽】**糊糊,黏稠的粥状。日·泥:泥成黏籽瓶成堆。

hua

**【花边柳边】**指游乐场所。俊:逐日里白黑挣命,你还要花边柳边。

**【花窗】**饰有花纹的窗子。富8:剔银灯把花窗明照,看了看月上柳条。

**【花粉面】**小花脸,戏曲中丑角的脸谱。代指丑角。磨28:花粉面扮解子上:“……自家不是别人,县里衙役李虎便是。……”

**【花幅】**印有花草图案的纸。日·杂:花幅金沙徧地投。

**【花户】**❶以种花为业的人家,或泛指佃户。禳24:老辈的亲戚,穷的不成个样物儿,或是主人家治下的花户儿,或是书房里教书师傅儿,又打公婆不喜的媳妇儿,这算甚么客数儿!❷户口册上在册的人家,泛指居民,住户。墙2:自家不是别人,县前王银匠便是。急急上城,看有花户倾销。

**【花花】**象声词。哗哗,形容水流很快的声音。比喻很快。俊:一根菜儿没嗄咬,一个碗儿没处讨;衣服首饰都会飞,地土宅子都会跑;腚上裤,身上袄,转眼花花不见了,腊月里穿着“雁过愁”,这还说是我不好。

**【花花厘厘】**颜色斑驳鲜艳,花里胡哨。增16:这长官说话风张风势的,他的东西到有些古怪,花花厘厘的这是什么?

**【花花哨】**花样,故意做出的表面好看的样子。墙3:俺嫂子漫会唠?我老实不会叨,谁能弄那花花哨。俊:谁还拿你当个人,你还打你那花花哨。

**【花花世界】**泛指人间。寒7:把一个花花世界,真弄的日月无光!

**【花花势】**同“花花哨”。增23:天生就是剥皮货,死在眼前尚不知,只顾弄你那花花势!

**【花花嘴】**贬称能言善辩的嘴。增23:尽着你乜花花嘴满口胡叨,谁信呀?

**【花犍】**毛色斑驳的公牛。日·庄:犏牛忽产小花犍。

**【花了眼】**眼神迷离,形容被看到的物品吸引。增9:鸨儿本是个爱财货,见了银子花了眼,刮打着嘴儿笑呵呵,我不收下恐见错。增16:万岁爷笑嘻嘻,褡包里取东西,一把金豆撒在地。丫头一见花了眼,抢的抢来拾的拾,这种豆儿真有趣。

**【花里胡哨】**颜色错杂、艳丽,引申指杂乱。增16:万岁爷笑嘻嘻,你不该把人欺,人物虽丑心里趣。琴棋六艺谁不晓?花里胡哨也记的,才来进院当子弟。

**【花炮】**泛指烟花、炮仗。禳8:呀!听那喇叭嘻嘻哈哈,那唢呐滴滴答答,一片人声吱吱呀呀,门前花炮乒乒乓乓……磨10:日日在监,日日在监,不觉光阴

又一年。花炮闹烘烘,才知道年头换。

**【花枪】**比喻花哨好看而不实用的动作。富2:秀才们做事松,得了胜都居功,人人会把花枪弄。磨3:秀才们做事松,得了胜都居功,人人会托①花枪弄。

**【花然大笑】**哗然大笑。磨29:金总兵使的汗流气喘,被赵胜送了个仰面朝天,都花然大笑。

**【花手巾】**有花草图案的手巾。增7:净面汤一铜盆,献过来花手巾,细软肥皂多清润。

**【花甜蜜语】**花言巧语,甜言蜜语。增23:那大姐也来,二姐长二姐短,花甜蜜语的说那好话儿,二姐也就笑了。

**【花亭】**绘有或雕刻有花草的亭子。日·木:花亭水榭玉栏干。

**【花线】**绣花的线。磨16:谯楼鼓已三敲,看斜月上树梢,银灯还把花线照。他念书时我刺绣,绣线重添十五条,梅树已插的枝头闹。

**【花销】**开销,花费。磨8:我这床上有钱,任你拿去花销。

**【花须(鬚)】**花蕊。禳9:尖细鞋儿花一朵,青红绣线一针针,细密花须没看尽。

**【花枒】**花朵和枝叶。日·木:牌匾花枒仔细刓。

**【花朝】**花朝节。旧俗以农历二月十五日为百花的生日,称为"花朝节"。禳11:二月花朝,二月花朝,溪梅开过子生条。磨12:二月二,是花朝,冻初消,榆钱绽树梢,春风鸟梦遥。

**【花毡】**有花草图案的地毡。增15:牙床锦被鸳鸯枕,红罗软帐挂床边,砖场不响花毡垫。

**【花子】**❶叫花子,乞丐。慈6:张讷无冬无夏,只是穿着个破袄,褛褴搭撇的,真似一个花子。慈6:浑身蓝缕鞋儿也么穿,袄少袖,又没肩,难遮寒,合那花子是一般。❷对人的贬称。增6:这花子这么不识抬举,咱混他一混。长官,你待上院里投亲去么?增19:砌里答撒的精光棍,油嘴滑舌会嫖风,不想这花子能行令。

**【华宗】**对同族或同姓者的美称。富14:凡在坐的都打了稽首。张果老说:"我还该逐位奉谢。"都问:"怎么说?"果老说:"这寿主是个宗弟。"吕祖说:"这老祖又来冒认华宗来。"

---

① "托"字原作"託",疑为"把"字之讹。

【滑滴溜】滑溜溜。增15：万岁爷会撒颠，小二姐家不严，这把杓子是中看。滑滴溜的弯弯把，到给丫头拿着玩，溉了怎么去盛饭？

【滑户】奸猾的人家。磨1：那一年大赦了钱粮，没封的就便宜了那滑户，封了的就便宜了那县官，那好百姓沾甚么恩来！

【滑了一跌】滑倒摔了一跤。墙2：你看路上裂的这璺，街上都是冰凌。滑了一跌，爬不起来……

【滑溜】滑顺。琴：百样央给他不依，仔说住住就滑溜。

【芣子】（“芣”，蒲氏注音“滑”）建筑时利用滑轮吊起重物的装置。日·泥：双揹长绳拴芣子。

【敌】划（huá），锐物擦过。日·果：路旁酸枣敌人脸。

【猾】偷懒。日·身：蹭蹬猾懒一生贫。

【鸛喇】一种鸟，不详。其嘴细长有力。日·禽：鸛喇嘴如戬子匾。

【化】❶溶化，熔化。蓬7：一座殿高有万丈，想那水晶是冻冻，一霎时化的好干净！寒7：把银钱化成汁子，使铁杓舀着往口里直灌，那恶虎叫哭连天。❷熔铸金属。墙2：年年化银子，该下了几吊火钱，因着相好，不曾开口，怎么连面不见？增8：若给我几千，我化成金子，换成银子，可不财主了么？❸变化。闹：萝卜片更好吃了，能以清气化痰。钟：为因身体壮，留俺走西东，一日主人恼，化为一大恭。❹点化。蓬6：实告娘娘说，他原来是个美人，我嫌跟着我不雅，才化他做个道童。

【化钱】花钱。闹：目下里我的儿倒有两个，想读书请先生又怕化钱。

【化拳】猜拳。磨14：欹着的，赌博的，饿了便要酒饭吃，在灵棹上化拳吃酒。磨18：两个哅哅叫叫，猜枚化拳，一霎大醉。

【画叉】挑挂大幅图画的长柄叉子。日·丹：大幅轴头上画叉。

【画匣】有画饰的小盒子。磨7：临别将你画匣开，愁我盘费，赠我紫金钗，那知我病里将他卖！

【画妆】“画匣”之误。参见“画匣”。富3：泪满腮，临别时节你将画妆开，愁我没盘费，赠我紫金钗，那知道病里将他卖！

【话柄】供人谈话的资料。寒7：女子不守闺中教，拿着口刀去杀人，嫁丈夫也着人难信。到如今成了话柄，怎见那远近乡邻？增0：天下太平无事，朝廷戏耍民间。风流话柄万人传呀，名为《正德嫖院》。

【话头】说法。俊：咳，俺一日吃了一碗菜汁子，拾了一把烂棘子，着咱家里

小妮子,借把盐来炒虱子,章丘的话头好日子。增7:你这话头不好。我给你改了,情管生意大快。

【话相】话音,言语中透出的意思。寒3:王知县动疑心,叫商礼合商臣,着他两个亲来认。公差即时跑了去,从前以往诉原因,老爷要把相公问。兄弟俩听这话相,也是猜了八分。

【桦皮灯】即桦烛,用桦树皮做的灯。日·器:桦皮灯照明爞爞。

## huai

【怀抱】❶怀里抱着。增16:怀抱琵琶别改调,《满江红》捎带着《月儿高》,倾心吐胆弹一套。❷心怀,心意。慈6:不记往前仇,恸哭伤怀抱,为儿的像张讷天下可也少!

【槐滥弹】国槐树的荚果。日·树:治痔火熬槐滥弹。

【踝子】不详。当指一种毛皮料的大衣。日·皮:踝子时兴止壮观。

【坏了作】比喻坏了事,事情的结果不好。参见"作"。禳15:昨日从书房出来,顶头撞着江城,出豆腐的点不成脑——几乎就坏了作。

## huan

【欢欢喜喜】"欢喜"的重叠形式。翻2:他二人欢欢喜喜,直闹到夜定更深。寒3:两人欢欢喜喜,走的好不有兴。

【欢天喜地】形容非常高兴。寒8:一家人欢天喜地,这才是两世重生!增22:二人同丫头下了南楼,竟到北楼。王龙欢天喜地的接出来。

【欢喜】高兴。慈6:张老爷异常的欢喜,就合他同桌吃饭,同床宿卧,就商议同归陕西。禳7:叫春香,对你哥说,可如他的意了,着他欢喜欢喜。富11:太太端相着公子不大欢喜,便问说:"您老师待你不好么?"

【欢喜脸儿】笑脸,高兴的脸色。姑1:安大成每日见他娘全没个欢喜脸儿,便寻思……

【欢喜缘】迷信说法指前世缘法的一种,结下欢喜缘的双方今世相处喜乐和谐。丑:昼夜寻思千般法,怕的是前生没结欢喜缘。禳23:俺家六七年,日日受孤单,想是没结下欢喜缘。

【驩乍】牲畜撒欢。日·僧:牛驴驩乍跑成群。

【还魂】❶迷信说法,指人死而复活。寒7:二郎爷笑一声,半年不曾坏尸灵,

这事也是前生定。既然尸灵没损坏，就可还魂再得生，三十一年人家盛。寒7：二郎爷见三官不愿还魂，便说：……❷昏迷后苏醒。慈5：张讷死了一日一夜，材也买了，忽然又还魂过来。慈6：这官府……一日往南昌公干，起的身早，见张诚欹在路旁，看了看，是个书生模样，试了试还有气，就下轿来。守了一霎，还魂过来，说起家乡是陕西保城县，离家已隔八百余里，就按在轿里去了。

**【还乡韵】**曲牌名。翻3：[还乡韵]骂声强人不成个货！还嗄脸来把阖来摸索？这样人我待跟着你怎么过？不只光没甚么下锅，只怕这几亩薄田，乌温的时节不多。一个不成人的汉子，配着个迂囊老婆，未必不就死，也就不能长活。不如我寻了死，省的捱那冤屈饿！磨22：[还乡韵]娘是今日没吃饭，他自夜来碗没端，咳！娘哭的完他泪珠儿方才断。那信儿不知真假，已是叫人心酸，又打上母亲这等，益发叫人难堪。娘是一条肠牵挂，俺是两条肠子愁烦，咳！还怕这不好信儿，一家人先把气儿断！

**【还香愿】**求神灵保佑的人实践对神许下的烧香心愿。寒8：众善人修祠堂，安斗栱画雕梁，三月三日都来把香降。有冤屈的来告诉，还香愿的宰猪羊，千人万马真兴旺。

**【还醒】**昏迷后苏醒。寒3：二弟，你背着妹子，先合族人走了罢。我且在此听听，看他还醒过来赖咱。寒8：大爷收了他那元宝，两个才还醒过，自家一毫也不知，羞羞的去了。

**【还阳】**迷信说法，指人死而复生。寒7：望爷爷还着妹妹还阳，大家团圆。蓬6：天上人去脱生，劝着他全不听，皆因酒色迷真性。赐了他三杯还阳酒，心内才有一窍明，这两天方把心来定。

**【缓步慢遥】**慢慢地走。寒6：二相公也不分辨，低着头缓步慢遥。

**【换钱】**兑换钱，用物品卖钱或零钱与整钱之间兑换。禳26：春香儿他那眼儿挤，你这眉儿弯，一个推说要钱，一个推说换钱，眉来眼去，手脚动弹。

**【换头】**可以替换的人或物。增12：千万仔细着！这一遭替不下来，剃头匠吆喝——可就没了换头了。

**【换嘴】**改口，改用新的称呼。磨25：俺在太原，俺在太原，叫了老爷勾一年。改了口叫太爷，难把嘴儿换。

**【梡子】**无患木的子，常用来做念珠。日·树：梡子穿来念弥陀。

## huang

**【荒】**❶(土地)无人耕种。姑3：全不去种，二成也不去种，到了三月尽还荒

着。❷未及时锄地而草疯长。农·农·镑麦茬:未雨速镑一遍,一则地不荒,二则经雨镑过者特深,萝白地少留。农·农·锄麦:宜趁雨后半干时,勿太干,勿太湿,不惟有益于麦,而且使地不荒。❸饥荒。磨1:万民造孽年景荒,田地焦干麦枯黄。共总种了十亩麦,连根拔了够一筐!

**【荒草野坡】**荒凉无人的野外。增4:这荒草野坡,多是妖精假装人形来戏弄寡人。我若不是皇帝,就被他吃了。

**【荒窜】**在野外奔窜。磨8:我张逵历府人,上凤翔来探亲,书生迷路无投奔。一个孤人天又晚,荒窜前来到贵府村,告妈妈求他把门儿进。

**【荒村】**僻远的小村子。增2:到晚来早早宿下,休要住野店荒村。增3:荒村无火桃喷火,野店无烟柳带烟,雁飞不到处,人被利名牵。

**【荒地】**无人耕种或利用的田地。农·农·垦荒:第一年先种芝麻,一则荒地易于辨苗,二则此物宜于新垦,两得之矣。农·农·去草:凡荒地鉏草务尽,勿使遗草夹杂禾中……

**【荒店】**野外的旅店。富3:晌午打了一回尖,登程行到日衔山。我的天哟,荒店宿,方才宿荒店。

**【荒年】**庄稼歉收的年头。磨1:半世生长一块土,今为荒年一旦抛,这回生死也难料。磨3:今遇荒年,又遭着知县贪酷,听说打死了范子廉。这等暴虐,好不怕人的紧!

**【荒坡】**❶无人耕种或利用的土地。增28:宣武院起了火,前后房一齐灼,狂风飕飕旋天刮。……只因着万岁玩耍,宣武院成了荒坡!❷辽阔无人的野外。富3:张官人独自在荒也么坡,一行寻思泪滂沱。无奈何,两肩酸困被囊磨,浑身流虚汗,寸步也难挪,放下行李只在荒郊坐。

**【慌】**❶慌张,慌乱。增1:肚儿肚儿你捱饿,有个盼头休要慌,待霎子撑你个膨膨胀。姑1:我定是着他试试,你慌嗄哩!磨11:老马正伺候迎接,刑厅已是进来了。慌的跑下堂来,才待行礼,刑厅摆了摆头,一个人拿出锁来,丢在那脖子上了。❷用作补语,表示难以忍受。增6:张大哥,咱在这酒楼上吃酒,好不闷的慌!增8:六哥道:"金不好使,亲戚难认。不弃嫌,合你拜个兄弟何如?"皇爷说:"折的你慌了!"六哥说:"你待嗄是个皇帝,叫人兄弟就折杀了?"增12:好歪货不流水快走,近前恶心的我慌!

**【慌了心】**心慌。增9:六哥取出金钱,递与虔婆。鸨儿一见就慌了心……增16:那万岁揲着那汗巾迎风一抖搜,只闻的香风一阵,那上头半点酒珠也无,

异样的新鲜。二姐见了，胸膛上长起草来，就慌了心……

**【慌速】**慌张急促。增3：军情紧急，来的慌速，没带牌票。

**【皇杠】**皇纲，送给皇帝的物品。增3：你的牌票银子全无，你莫非是一个响马？这两日关前短了皇杠，一个也还没拿着哩！增3：汉子那里走！这两日关前响马短了皇杠，正拿不着；你使出这金钱来，莫不是响马？

**【皇扛】**同“皇杠”。“扛”为“杠”字之讹。磨29：我听说任大王山上一发兴旺，招集了两三万人马。昨日又短了皇扛，教军门赔了十二万。

**【皇天爷娘】**指哭喊时呼天喊地的内容。翻12：四尊大炮连天响，墙倒屋塌贼乱奔，皇天爷娘叫一阵。禳3：啕煞人前生业障，撅着嘴坐在路旁，不言不语泪汪汪。说走就把声来放，甚么冤屈，皇天爷娘？

**【黄榜】**发布殿试中式名单的公告。因用黄纸书写，故名黄榜。禳30：上世原为黄榜贵，今又平步上青天，从此直到文华殿。

**【黄蓓草】**黄蓓草，可做牲畜饲料。日·花：庄家止知黄蓓草。

**【黄边】**铜钱。禳1：丈人过的着实焦，等着女婿去尽孝，送了粮食送衣服，黄边还得好几吊。磨23：不曾剜垅，不曾锄田，除吃了酒肉，还赏一百大黄边。

**【黄场】**泛黄色的土地。农·农·旱稻：高田种者，不求地良，但须无草，亦秋耕；至春黄场纳种，不宜湿也。

**【黄道鞋】**用黄布做成的婚鞋，上轿下轿时穿。结婚的日子是黄道吉日，故名。禳8：下轿来家人乱窜，黄道鞋步步生莲，忙随倒步倒红毡，盖头红趁着那娇影颤。琴：来到门前，来到门前，黄道鞋儿软如棉。乍下轿子来，全然走不惯。

**【黄登登】**黄澄澄。增10：我自来没见，黄登登的。待说是珍珠，又没有眼。谁家有黄珍珠来？不是金豆是什么？

**【黄粉】**一种食品。不详。日·饮：黄粉端时客饭罢。

**【黄干干】**色黄而无光泽。增14：你看这汉子脸上黄干干的。

**【黄鮹】**（“鮹”，《字汇》一音“骨”）黄鲴鱼，一种淡水鱼。状似白鱼而头尾不昂，扁身细鳞，体微黄。日·鳞：黄鮹红鳞为小品。

**【黄花】**❶黄色的花。多指菊花。禳11：九月雁行斜，九月雁行斜，遣愁强自插黄花。磨12：山头列酒筵，黄花插帽檐，可怜是远方人，形影单！❷指头晕眼花时感到眼前出现的星点。增4：五脏庙里失了火，热焰腾腾烧肺肝，眼前干的黄花乱。万岁爷思水解渴，惊动了玉帝不安。

**【黄花女】**处女。增12：自家装着黄花女，胸前两块乍胖胖，行动又带些奴才样。

【黄郊】“荒郊”之讹。富7:多情人送到我黄郊路,回了回头那俏影儿全无,闪杀人,那泪点儿留不住。(磨18同一情节处唱词为:“多情送我到荒郊路,回了回头那俏影儿全没。闷煞人,叫俺泪点儿流不住。”)

【黄酒】用黄米、大米、糯米等酿的酒。富6:在这里住下待一夜,姑奶奶说来,咱家里有的是好黄酒。增7:若要候朋友,摆酒不费难,南菜咱都有,海味件件鲜,烧酒壶又大,黄酒苦又甜,双陆和棋子,闷了有丝弦。

【黄菊高酒】一种酒。增7:老客不必你多心问,我还有黄菊高酒,每一瓶二钱纹银。增7:你拿黄菊高酒来我吃罢,那混帐酒我吃他不惯,情愿多给你价钱。

【黄绢袹】黄绢做的束发巾。日·僧:亡人戴上黄绢袹。

【黄口】幼儿。墙2:不说你铺囊不济,怎怨的黄口成精?

【黄蜡】蜂蜡。日·昆:人见蜜蜱作黄蜡。

【黄梢】麦穗变黄,已经成熟。禳8:谯楼上鼓已敲,熬的麦子黄了梢,看看已是良时到。

【黄楸棵】楷树。日·树:楷树俗名黄楸棵。

【黄栌】一种落叶灌木。木材黄色,可制器具或染料。日·树:黄栌敲碎染秋色。

【黄坡】麦熟时节的田野。禳11:四月初夏头,四月初夏头,风约黄坡小麦秋。

【黄伞】黄颜色的伞。明清时知府以上的官的前导仪仗。寒7:做大官有威灵,受钱财害众生,全然不管黎民命!坐着八抬打黄伞,通然不想保朝廷,着他长寿中何用?禳33:却把那梦里尚书,真真是八抬黄伞,从头儿摆爹娘看。

【黄鳝】鳝鱼。日·鳞:鲇鱼无鳞如黄鳝。

【黄熟】黄熟香,一种香。日·杂:黄熟炭墼熏被褥。

【黄塽土】色黄而干燥的土。农·农·种豆:即雨不甚足,但接黄塽土即种之。

【黄天黑地】哭天喊地,哭闹时喊叫天、地。“黄天”即皇天,因谐音“黄”而衍生出“黑地”,构成四字结构。姑1:于氏不待看也不待听,黄天黑地的硼起头来了。

【黄皾皾】(“皾”字原文讹作“皾”)黄黄的颜色。日·饮:鼓来餮淡黄皾皾。

【黄蜨】黄萤,一种害虫,又叫“黄守瓜”“瓜守”。体色单纯橙褐色,具亮丽光泽。主要危害葫芦科蔬菜,也可食害十字花科、茄科、豆科等蔬菜。日·昆:秋

时瓜叶有黄蝧。

**【黄莺儿】**❶黄莺。禳20:春色溶溶,春色溶溶,杏花良宵雨声中。黄莺儿枝上啼,惊醒了团圆梦。❷曲牌名。蓬1:[黄莺儿]金殿发异香,起彩云结楼房,看来百里一般样。黄金塔尽长,舍利子放光,人人都把眼睛晃。与娘娘广寒宫里,早晚照梳妆。禳24:[黄莺儿]一年八石粮,上了工细端相,主人家试试怎么样?一碗不香使巴棍就降,打的裤儿提不上。这才害怕,刀板慌忙,恨不能把老婆孩子剁了用葱姜!

**【恍荡】**("恍",方言音"逛")晃荡。翻11:乍住着蟒螬房,进大屋也恍荡,可惜没嗄安插上。(此处形容因为空间空阔而感觉不知如何站立的样子)

**【晃[1]】**(huǎng)眼睛因为强光闪耀而感觉不适。蓬1:黄金塔尽长,舍利子放光,人人都把眼睛晃。蓬5:正在少年,正在少年,有甚么忧愁不自然?总被那镜中花,晃杀男子汉。

**【谎】**谎话。禳20:出门的假儿实难告,反覆思量说甚么?这个谎要托的题目大。俺说的冠冠冕冕,唠的他见信方住。磨4:别的或者是谎,那范子廉被他活活的打死了,这可假不的。

**【晃[2]】**(huàng)晃动,摇动。蓬6:吕祖叫桃仙过来。只见那树晃了两晃,变了个童子,还梳着牡丹头,满座人都大笑。

**【幌动】**晃动,撼动。磨29:若杀的亏丧兵马,可方才幌动了朝廷。

**【旐子】**幌子,酒店的招子。日·饮:望布旐子家家挂。

## hui

**【灰】**❶灰烬。翻3:那床上一个碗盆子,拾起来分头就打,打了一个跟头,鲜血直流。姜娘子抓了一把灰来,给他罨上①。禳20:冬雪霏霏,冬雪霏霏,江头吹落豆秸灰。❷骨灰。墙4:若还是说声没有,未必不焚骨扬灰!❸灰尘。翻8:他也不到穷似贼,穷似贼,插插草屋扫扫灰,爹爹呀,孟光也会把梁鸿配。❹灰土,废土。翻11:或是镢或是掀,扫出来好粪田,姊妹俩常把灰来卷。翻11:仇大郎把灰除,鼻也黑嘴也乌,自己去把活路做。❺石灰。翻7:麦子有余,麦子有余,泥墙再把上灰除,扎上个新虚棚,就教人进的去。农·农·坝堰:若高堰则用石和沙灰垒之,或用三合土如筑墙状,架板打之。❻灰色。禳24:终

① 旧时用柴草灰烬撒于伤口表面,可起消毒防感染作用。

日家顶着一个黑灰鬏儿,瞪着两个泪眼儿,守着一块肉板儿,拿着两个油盏儿,浑身上下没有干净的一点儿。❼比喻被拒绝或被冷遇而导致的不光彩。翻12:那魏名听的人说,待乡亲极有理,所以来亲近他,不想转了一脸灰,好不烦恼!磨4:平稳凶险,只在这回,今日若还赶逐出,大家便是一头灰。❽(心情)沮丧、消沉。慈1:不叫娘,不叫娘,又说灰了人心肠,他不叫娘,还望我把孩子来将傍?富5:守我还把别人想,别人想,灰奴一片好心肠,好心肠。

【灰包】庄稼穗因受真菌感染而生成的菇状物。日·菜:雷莩灰包嫩可烹。

【灰材】指石灰。日·木:灰材又代油漆匠。

【灰蛱蝶】蛱蝶花。状如蝴蝶。日·花:灰蛱蝶上吉祥草。家政外编·诸花谱:灰蛱蝶,宜燥。春间分。

【灰毛乌嘴】比喻不体面。墙4:王银匠向我言,人家使着咱大些钱,他说该弄个虚体面。灰毛乌嘴不成事,人就把咱下眼看,待还钱也把卦儿变。

【灰薹】灰菜的嫩茎。日·菜:春半灰薹生旧圃。

【灰头土脸】形容面容不洁。姑2:待了一年多,每日娘们烧火剥葱,弄的娘们灰头土脸的。

【黣】肤色灰暗。日·身:白净黑黣丑俊分。

【回】❶返回,回还。墙2:过不去回不来,手合脚瞎蹬歪,似上竿又把解来卖。姑3:二成慌了,又写章死契送于债主,任凭他典卖,央及着,才退回那银子来了。寒5:二位请回,我自己去罢。❷掉转。墙3:张二……回过头来说:"俺爹,你化的那锞儿呢?"慈3:那腿上去了一块皮,走着还瘸呀瘸呀的,呀的进了房门,也没管孩子哭,一头攮在床上,回脸朝了里。❸赎回,回购。姑3:大成来家,二成来打听,知道那地回了来了。翻10:还家还得赎身,得二千两银子,咱怎么回得起?❹回复。寒4:差人没法,只得回了老王。禳18:俺先去回了江城的话,洗洗脸再作区处。❺动量词。次。墙3:怎么来到如今?鸡也烂了,饼也冷了,酒顿了两三回了,炉子旺旺的。富6:你一回一回的作弄那精儿,张相公,翻来覆去作弄的是俺!❻量词。表时间,会儿,阵子。慈1:妈妈叹了一回,取了他那孩子的一双旧鞋来,给他换上,才叫他去了。翻3:姜娘子念诵了一回,才不敢做声了。❼聊斋俚曲中除《姑妇曲》和《慈悲曲》称"段"、《快曲》称"联"外,其余长篇曲目中每一章均称"回"。如《墙头记》第一回"老鳏冻馁"、第二回"计赚双

枭”。翻1:未知何如，且听下回分解。❽通“画”，笔画[①]。闹:学写字手拿手一撇一点，一个字分八法回后回先。

**【回付】**同“回复”。磨11:家人来报:“马老爷来拜。”方二爷说:“你对他说，老爷睡着了。”老马来到门前，门上人就照话回付了，老马怒极。

**【回话】**答复。富4:老公祖，等治生问过了公子，着人送字去回话。磨11:张逵业已来家，去给我拿他来！他若不出来，还代方氏来回话。墙4:等那亲戚回了话，扎扎麻绳就发丧，抬出去完了一天的账。

**【回来回去】**来来回回。磨23:又沿树底下回来回去的细找，说:“这么一棵大树，怎么只结这一个果?”

**【回上】**回，回到某处去。寒1:二相公把爷背起，牵着驴回上家门。磨33:将军杀贼，便是极敬下官了。我还回上公馆，等着给三位贺功。

**【回赎】**赎回。蓬4:待做行商，谁走江湖？待开当铺，谁等他回赎？待开缎店，谁下杭苏？

**【回头】**❶向后转头，转过脸来。墙4:张二……回头说:“我已雇了人来，路又不远，连床抬去罢。”蓬7:娘娘离了座，辞别了众仙。回头一望，海水全消，殿也没了，现出一座蓬莱山，直插东海。❷指回身，转身。寒6:二相公说:“你不去，我自己去禀。”回头就走。两个鬼又拉着央他回来。禳12:回头待走，见子正自家进来了，仲鸿只得出房迎接。❸比喻很短的时间。禳20:蒙亲友同到我斋，那一日得罪兄台，回头已是半年外。磨12:受的恩非常，待的情更强，岂能回头把恩忘？❹回首，回顾。蓬6:终日价闹垓垓，忘了我从何处来，回头想想好奇怪。禳30:恨孩儿不良，教父母不光，回头不成个人模样。富13:太太开笑颜，太太开笑颜，回头想想十年前，只待做奶奶，做太太不情愿。❺改正原来的错误行为。墙4:若不将银钱打动他，好言怎能劝回头？翻9:若是他不回头，我也不敢来奉央。他既知道懊悔，我领他来，济着你处治。俊:宗大官果然洗了手，败子回头饿煞狗。

**【回席】**❶回到自己的席位。蓬7:众神仙即时回席，仙果仙肴甚整齐，酒杯碗琖皆精致。增20:王龙听了大姐这话，回席坐下……❷回请，摆酒席答谢别人的宴请。增18:王官，你待摆酒么？说你的姓来，我过日好回席。增18:二姐，他着人来请，咱不去怎么说？恐怕咱回不起席么?

---

① “划”(劃)《广韵》胡麦切，按今鲁中一带方言古今对应规律，应读同“回”。今方言称笔画的一画即音一“回”。

【回心】改回好的心意，改变原来的错误心意。姑3：老天容易饶，只要回心早，不用念佛，休骂也休吵，孝顺公婆敬哥又做嫂。翻9：若是不回心，怎敢望俯就？

【回心转意】改变心意，改变态度。磨18：若不肯回心转意，到晚上咱弄弄别法！

【回言】❶回嘴，顶嘴。翻9：你可说我嗄罪愆？你就没好气，我也不回言，从无一点把你犯。❷答话。琴：不好回言，不好回言，着实把他瞅一眼。

【回子】量词。同“会子”，表时间，阵子。翻7：早起就上书房里坐，待了回子不回宅，就在书房自揣摩，五日一次两篇课。禳24：哭了回子，打了个哈睡着了。

【毁】指打伤。日·争：撺拳攮手毁爷娘。

【惠泉】酒名。用无锡惠山寺石泉(号称“天下第二泉”)水酿造的糯米酒，被称为“惠泉酒”，其味清醇，经久不变。惠泉酒在明代已名闻天下。日·饮：延寿卜香胜惠泉。

【毁骂】骂。禳10：娶了这个媳妇，全不孝顺。……如今越发毁骂祖宗，咱那儿也不是条汉子了！

【会】❶懂得怎样做。蓬4：那小痴异样的聪明，教他歌舞，一说就会，玩的越发兴致。增21：王官，这东西我曾玩过，一名叫行头，一名叫气球，我也略会几脚。墙3：平生不会撒谎，今日反嗙自己的儿孙，讨愧的紧，可笑的紧哪！姑2：媳妇既然大两岁，必然学会做羹汤；做羹汤，替替娘，大家心里也安康。❷善于，擅长。墙2：惹的恼了掘坟顶，还抱当街对人夸，说他巧嘴极会骂。俊：空说是某人会赌，到头来片瓦无椽。琴：那人年少会妆俏，时兴的衣服穿一套。❸能够，有可能。墙4：死尸又不会说话，不知埋在那个坑，好俺达望你来托梦。姑3：臧姑无处使那气，每日不是骂汉子，就是打丫头。谁想那(汉子)二成他会捱，妮子不会捱，一条绳子吊死了。❹领会，会意。禳20：这一个暗蹴金莲，那一个笑上眉尖，两家都把心绪乱。哑谜儿暗会心间，眉眼把情传，做手势背不的旁人看。❺会面，见面。墙2：张二遇着银匠说：“一向少会。那里去？”姑2：你每日夸奖俺那媳妇，你待会他会，你上俺家里待二日，也散散心。❻聚会，或聚会搞的活动。蓬6：过年我赴蟠桃会，好桃先奉吕纯阳，你可休把荐师忘。磨36：群仙赴会，彩云飘坠。才到了三岛蓬莱，适来迟望乞恕罪。快4：有一伙军人提壶瓶酒盏商议说：“老爷们散了，赏咱们的酒肉，可以痛饮。那贼头挂在那边，咱也就着那里作一个会，有何不可？都坐下，都坐下，咱就猜拳，赢了的吃酒，输了的着他指头骂曹操，骂的都要成溜。”❼庙会、山会等带有迷信色彩的群众性聚集。

慈6:这一日城隍庙开会,爷俩赶会回来,不想撞着他哥哥。寒8:每年是三月三大会,无数的妇女烧香。❽组织,团体。禳1:敝庄南里有个八家店,这八家子被老婆降极了,大家约了一道怕老婆会。都不敢做会头。寒4:踽踽凉凉都乱动,好似夹了一群贼,又像当的锅腰子会。❾会试及第。慈6:后来张老爷供给着他两个读书,大的会了进士,小的中了举,张炳之八十还在,岂不是福呢?富13:公子见太爷会了第四,回见太爷还勒马道旁,便说:"爹爹会了第四名进士!"富11:却说小举人上京会试,太太嘱咐道:"若会了便捎个信去,着你爹爹来家;不会,便亲自去看。"❿指很短的时间。姑3:臧姑哭了会子女,忽然来这院里,见了他婆婆,娘长娘短的……琴:我就猜着他心里急,恨不得这会就动手。增17:二姐说了一会,各各睡去。

【会聚】聚会,汇合。翻9:若一家合该会聚,就着我平步登天。

【会脓】溃(huì)脓,化脓。慈1:妈妈叫他坐下,扳起他那脚来看了看,见那鞋没有底,有半截棘针扎在那脚心里。叹了一声:"咳,我的儿!这是几时签上的来?又咱会脓了?"

【会齐】会合,聚齐。禳32:俺合葛天民约在关帝庙里会齐,他还没到,只得在此等候。磨31:把三山会齐,俺这里略施小计。

【会善】头脑灵活、不死板。富13:正说着,又有个人来报:"少爷拉了翰林了!"你说这一喜,若是不会善的,可不就是八十的老翁转磨磨——就晕杀了?

【会同】会聚商议。寒2:两个贪官到了城里,会同会同,要给商家点拿法。磨14:秦相公,每次保官,是咱两个为头;咱也该会同会同,看官府问话,是该怎么答应?

【会头】某些团体的头领。禳1:这八家子被老婆降极了,大家约了一道怕老婆会。都不敢做会头。有一个人就提着先父的名字说:"北庄里王喘气,听说他极大胆,何不去请他做会头?"

【会子】一段时间,阵子。慈1:我看你待会子再死了,你上那里逃生的罢。蓬5:到了京里,读了会子书,进了三场,又极得意……磨1:他居家五六口人,指望着搀糠搀菜的多吃会子,昨晚被一伙人进去,将谷抢去,把老头子打死。

【秽头土脸】同"灰头土脸",形容头脸不干净。慈0:有一等粗俗光棍,拿着随处掀翻,褂子不洗十来年,秽头土脸也看,床上炕上揉搓,尿里屎里估拣,争来夺去济着捧,弄的翻边卷沿。

## hun

**【昏黑】**❶天色黑暗。禳11:虽然不饮,天已昏黑了,没有放姐夫行的了。磨18:鸿渐睁开眼观望,四面一片昏黑,又不知这是个甚么地方。❷很黑。禳8:听说江城,一貌如花,雪白脸儿,昏黑头发,一点朱唇,一口银牙,腰儿一捏,脚儿半揸,穿上一件好衣服,真似一尊活菩萨。

**【昏魂】**发昏,昏乱。慈2:却说李氏生了个孩子,昏魂了半天,将待黑了,不见张讷。

**【荤】**❶辛味的菜或肉食。增17:二姐说:"我问的是你家里动了荤了没?"万岁道:"咱家是小人家么?跳起来吃葱吃蒜的,杀猪宰羊的也断不了。"二姐说:"我问的是大婚。"万岁把眼一瞪说:"杀猪宰羊还不是大荤?仔等的杀个人吃么?"❷指涉及色情的。禳31:丫头唱:"一和解……"兰芳笑云:"哈!又自唱下了道了。"公子云:"怎么说?"兰芳云:"不好荤耳。"公子云:"我这耳朵正待荤荤,快唱罢。"

**【婚启】**议婚的书信。翻6:媒人就借重二位先生罢。我把婚启带去,却也极便。翻6:二位先生到舍下,一杯薄酒共盘桓,婚启带去极方便。

**【唿唿】**象声词。咴咴,形容马叫声。增27:那马常合张永作伴,见了张永,唿唿的大叫,点头磕脑,只是不会说话。

**【馄饨】**面片包馅煮熟后食用的食品。日·饮:馄饨捏似月牙弯。

**【浑光浆】**指液体浑浊、不清澈。寒6:那个鬼跑到铺里,端出来了一个碗,一个茶盅,把他递与二相公,说:"你也解解渴。"二相公才待尝,看了看浑光浆,觉着不是个模样。心里辗转没好说,这未必不是迷魂汤,没肯拿到嘴唇上。

**【浑家】**全家。寒8:拾着银子归家去,浑家大小都念佛,才知不记小人错。穷:可怜俺浑家大小,祖祖辈辈,子子孙孙,就没有个有财命的,有担福的?

**【浑身】**全身。禳20:好冷呀!浑身战,两脚再起来走走罢。禳28:春香,你去叫老王给你浑身洗净,再来见我。

**【浑衣】**合衣,穿着衣服(睡觉)。增5:炕①上没有芦席,周元拿了个杆草来铺上,那万岁浑衣歃倒。

**【混】**❶苟且度日,苟且获取。翻9:那的闲饭儿,叫你吃着混?富1:皓齿清

① 原作"坑",乃形讹。

歌细腰舞，糊涂混过百余年。❷玩闹，随便交往。增25：你若到了安身处，也念念火坑受罪人，休忘了从小一处混。增8：弯的是眉儿乖的是眼，俊的是模样俏的是心，寻常不肯合人混。富12：往里飞奔，往里飞奔，放下包裹扫扫尘，挂卷帘出去混一混。❸闹，扰乱，耽误别人时间。慈4：我怕张诚来瞎胡混，就没早做。增20：我还要睡，休着人来混我。❹装假，蒙混。墙4：我又用个牢笼计，哄着您俩去做人，说银钱是我瞎胡混。增6：这花子这么不识抬举，咱混他一混。❺(脸皮)厚。俊：亏了我那面皮混，没似你骂的忒也甚。

**【混江】**马吊术语，代指马吊。日·赌：混江老教帮子鬼。俊：宗亓人句句听，猛抬头把眼挣，忽然大醒南柯梦。辞了混江合老教，别了四梆与三穷，从今再想逯花凤。

**【混江龙】**❶曲牌名。增16：众丫头奉主公，箫管笛共银筝。《一枝花》带着《新水令》，《玉美人》相称《红衲袄》，《江儿水》上《混江龙》，《步步娇》唱出情儿动。《雁儿落》腔正字巧，《沽美酒》引吊了魂灵。❷对明武宗的谑称。《水浒传》中李俊原为扬子江艄公，因精通水性而人称"混江龙"。称武宗为"混江龙"则因其虽为龙胄，但行事荒诞，私自出行惹出许多事端。增1：万岁离了销金帐，前后走宫娥彩女，混江龙驾出朝纲。

**【混骂】**乱骂。增10：且说那老鸨儿进的院来，径到南楼底下，一片混骂。

**【混名】**诨名，绰号。增24：话说这大同城有一个饱学秀才，姓胡，极会相面。家里穷的垅地没有，他自家说将来有百万之富；人都笑他，就给他起了个混名叫"胡百万"。

**【混闹】**乱闹。快4：咱不要混闹，这不是五营的人都有？咱大家斟上酒，着一个起去做手着，各人说说那杀曹操的光景，快活快活。

**【混条马条】**胡乱调制。条，同"调"。禳24：丑扮厨子上云："一身好似油褡，逐日家冒火冲烟。六月暑伏热难堪，汗珠淌到脚面。俺只是混条马条，一褡儿且去清闲。"

**【混铁枪】**木柄内嵌铁芯的长枪。增19：天上飞禽是凤凰，地下走兽是绵羊，路旁古人是楚霸王。楚霸王拿着混铁枪，三枪两枪刺死那绵羊。

**【混帐】**同"混账"。慈3：他汉子以先合了一个混帐老婆，原说是做妾，待了一年，又娶了一个大婆子……增7：你拿黄菊高酒来我吃罢，那混帐酒我吃他不惯，情愿多给你价钱。增18：混帐！我就没见王官就是姓王。我道是长官，我就姓长么？

**【混账】**詈语。指言行无理无耻。墙4:每日叫你叔,那狗叔,驴叔!杂毛材料,混账物囊!俊:酒肉赔着满欢喜,那有这样混账货!禳19:混账材料!你问问他不合我睡,你待送你嫂子来合我睡哩么?禳24:好混账物!待扎挂你扎挂罢,待拉扯别人嗺?农·农·收农器:又有农工既毕,用绳则解牛絙,用柴则拔犁箭,此更混账,不可以为人矣。

**【混账货】**詈语。混账东西。俊:如今就是嫌我穷,百样款儿都捏过。酒肉赔着满欢喜,那有这样混账货!

**【輥】**(《字汇》该字有"音混"的异读。蒲氏注音"辊",而"辊"注音"混"。今方言音"混")指"輥场"。农·农·輥场:四月有雨即輥,防无雨也。有雨则多輥益光。

**【輥场】**将打场用的场院趁雨后地湿或用水浇湿后锄起表层,然后整平用碌碡轧实。日·庄:碌碡輥场埽帚扫。

**【溷】**同"混"。❶混杂,搞乱。寒7:骂判官真贼根,受人钱丧良心,你把簿子全然溷!寒7:二郎爷骂判官,把报应颠倒颠,溷的没有恶合善。❷苟且度日。寒7:二哥哥不要嗔,告爷爷得知闻,不待再上阳间溷。

## huo

**【豁】**割开。农·蚕·劈接树法:先附地平锯其身,于砧盘旁向下寸半皮肉上,用快刀尖向左右斜批豁两道,至平面,下尖上阔,阔一指,中间割断者剔去,割处如鸭嘴样。

**【豁口子】**豁口,缺口。多指墙的缺口处。增5:周元说:"你疯么!曹老爷知道,拿了你去,豁口子加墙板——"皇爷说:"怎么讲?"周元说:"可就打杀了!"

**【豁拳】**划拳,猜拳。禳11:酒已过三巡,丽华先合恁高大叔豁一拳。作猜拳介。禳11:咱不必豁拳了,咱击鼓传花。

**【耠子】**耠锄,牲畜拉的锄。日·庄:一牛只用耠子翻。

**【活便】**方便,便利。俊:家里有了活便钱,柴米油盐般般有。

**【活倒运】**活倒霉,活该倒霉。俊:宗亓人实是贫,一个差净了身,算来真是活倒运。寒4:赔了棺材一大口,缝头又是五两银,蝎子也是活倒运。

**【活动】**处事灵活。日·衍:温柔活动即为乖。

**【活该】**命中注定(与"合该"义近,但"活该"只用于不好的事情)。禳18:咳,俺吃的这场横亏,那里说起!活该合樊家前世有仇,妹妹打了,姐姐又捶了。

增17:你若肯要我,就穷我也受的,身价你不要愁;若是不肯娶我呢,是我活该命尽,一死无大灾。增18:大限到了活该死,太岁头上去点灯,死在眼前如做梦。

**【活路】**活儿,各种劳动。姑1:不说他为人好,方且是活路多:爬灰扫地,洗碗刷锅,大裁小铰,扫碾打罗……禳24:俺在高宅吃着他两个觅汗的工粮,其实俺可不肯给他做半个觅汗的活路。

**【活落床】**做"活落"(即"饸饹")的模具。有漏孔,将和好的面挤压下去为条状,即生的饸饹,称之为"床",类似于"礤床"之"床"。增17:佛动心,你说的是那里的话!朝廷家有龙床,大人家有八步床、顶子床,小人家有脚床,监里有框床,食店铺有活落床,棉花铺有亚车床,没见人家有铜床。

**【活命】**救命,维持生命。磨5:已是受了大王活命之恩,怎敢受赐!

**【活守寡】**已婚妇女长期不与丈夫在一起。禳15:俺在这里活守寡,你在那里度元宵,这个公道不公道?

**【活受罪】**活着而遭受苦难。禳10:你就辨辨是合非,他也没拿着打牙槌。我的天,受罪真,真是活受罪!富7:秋里来才是活受罪,秋风儿飕飕,那落叶儿成堆。

**【活跳】**活跃地跳动。闹:你看那灯影下影影绰绰,手舞足蹈,是甚么东西?那元魁眼前活跳。

**【活头】**活下来的时间。磨18:今夜既不死,想还有几日的活头。

**【活现】**如真的一般呈现。禳5:他心若图俊俏,就画个活现的美人;就是嫦娥不嫁,也说的他爱落凡尘。禳8:虽是江城见的少,模样烂熟在心间,精神眉眼皆活现。

**【火鏊】**底下烧着火的鏊子。农·附·布地桑法:将畦内所种鲁桑,连根掘出,自根上留身六七寸,其余截去,将断处火鏊上烙过,坐于泥中……

**【火耗】**赋税正项之外加征的税额。富2:那钱粮是加三火耗,十分数要七月里全完。磨14:贪酷知县,真赃实犯,你说他本分清廉,又说他为人良善。这个不然:火耗重人人瞒怨,胡敲乱打,满堂是官。

**【火坑】**比喻难以忍受的生活境地。禳29:但只是不为娼,就做妾,朝打暮骂,还是火坑。增25:军爷这片好心,贱人离了火坑,给爷念佛。

**【火炼丹】**骨牌的一种牌名。三扇牌均为红点,其中两扇各八点,一扇为五点,共二十一点。禳26:你看五岳去朝天,一心打个八珠环。……火炼丹,打个人牌也不难。

【火燎毛】❶火烧毛发，比喻速度快、时间短。磨10：俺把药煎熬，俺药煎熬，亲自扇火不惮劳。祝赞家神灵，着俺方儿妙。给他吃了，给他吃了，病去好似火燎毛。❷骰子的一种玩法。因玩法简单、输赢快捷而得名。翻2：不过大点赢小点，俗名叫做“火燎毛”，惟有这个极公道。

【火熝】火。日·铁：铁匠终朝对火熝。

【火票】官府逮捕犯人的凭证。增20：他那主子若是个性好的人，写一个火票来问你要了去；若是傲上的人，驾前一本，就说尚书的公子短了差官的马去了，可不连老爷的官伤着了么？

【火钱】熔铸金银的工钱。墙2：也没有甚么大事，就是令尊那二年，三十两、二十两，一年十数回，去敝铺倾销。因着相好，二三年并不曾给我火钱，打算起来，有好几吊钱。墙2：年年化银子，该下了几吊火钱，因着相好，不曾开口，怎么连面不见？

【火上浇油】比喻增加因素使事态更加严重。俊：不成人赌博第一，望赢钱真是胡诌。……起初时小小解闷，赌热了火上浇油；田产不尽不肯休，净腚光才是个了手。

【火烧】❶火燃烧。快1：连天火烧，东南风阵阵高。❷用火烧烤。富2：合县里愁生怕死，似遭着贼打火烧。增14：等文武们来时，火烧南北两院，抄杀贱人，方雪我心头之恨！❸一种烤饼。增7：不是小饭店，东西皆尽全：肉包蘸着蒜，碗那大食团，雪白稻米饭，火烧是水煎，鸡汁水花面，只要八个钱。增7：又有合汁又有面，新出炉的热烧饼，肉包火烧随心用。

【火势】❶火燃烧的情势。翻10：可恨那土条蛇，发上火烧仇家，一连点了两三把。一概房屋都是草，火势连天威更加，西北风刮的越发大。增28：怎见的那火势呢？风搅火火搅风，起愁云锁碧空，刮刮砸砸火星迸。❷指势头，情势。翻4：阎罗就待打的火势。仇福慌了，满口应承，才放他去了。

【火炭】炭火，用木炭烧的火。墙2：（王银匠唱）生着一炉火炭，手拿一把铁钳，热糟长放在炉边。

【火烟红】火红的颜色。增14：我才见你使了五钱银子买了两付火烟红扣线带子。

【火银】同“火钱”，熔铸金银的工钱。墙3：他说火银[1]六七吊，至到而今把

① 邹本作“火钱”。

他该，没钱使上门来索债。

**【火晕】**因热而晕。墙3：今早晨来一遭，几乎冻的直了腰，绵衣和暖真么妙。……若还再添上绵裤，只怕要火晕杀了！墙3：乍穿绵裤，休火晕了。

**【火状】**同“合状”，和解文书。富9：众人愿承着，立了一张火状。富9：立火状，立火状，因着黑夜去爬墙。央保正作中人，再失事上他的帐。

**【伙计】**❶同伴，同类。磨23：这龙剜了眼，可不合咱是伙计了么？（说话人是盲人，所以说无眼的龙与自己是同类）❷对同伴的称呼。禳24：呀！那是秦伙计来了。磨23：王伙计听明白：休要睁休要捶，到人家就有四样罪。❸店铺里的员工。增9：我上宣武院去，伙里的买卖，耽误了工夫叫伙计们说咱嗄。增13：不是你自家的买卖，伙计们多，众口难调。

**【伙里】**指集体。增9：我上宣武院去，伙里的买卖，耽误了工夫叫伙计们说咱嗄。

**【伙着】**共同，一起。磨23：咱把这个《哭江秋》伙着唱给太太听听取笑罢。

**【伙子】**量词。用于人，群，帮。富4：却说那些衙役正在那门前吵闹，只见来了一大伙子人，走的汹汹的。富4：一伙子人瘤呀跛呀的到了县里，见了老马，如此这般，苦口诉了一遍。

**【或者】**❶或许，有可能。墙1：今日可有个指望，听说他称肉杀鸡，等他丈人，就不教我陪客，或者还舍点腥水儿喝喝呀！翻8：若是遇赦还归家，或者不至送了命。磨4：别的或者是谎，那范子廉被他活活的打死了，这可假不的。❷包管，肯定。磨18：狗脂！你弄就弄，或者你不敢杀了我！禳13：我作的我受，或者打不着你，你管甚么闲事？

**【货】**❶货物。禳31：八和解，丫头买货到当街。哎哟！叫一声罢么呀，我的乖乖！❷货色，指人。禳18：妹妹打姐姐，也不是别人，甚么好货哩！磨18：相公不要怪俺，俺两个都是草包货。增7：你这不识时务的货，要婊子可没有，不弃嫌有孤老哩。给你几个耍耍罢！

**【获】**擒获。磨19：金三大叫：“有贼！”大家一齐过去，乱问：“什么事？”金三说：“获住贼了！”

**【祸害】**❶祸殃。翻1：天意若还不顺，任凭你加祸兴殃；祸害反弄成吉祥，黑心人岂不混帐？❷为祸，损害。钟：死老魅祸害有几千年，煮到今硬打老爷颧，狠牙嚼勾千千万，仍呷酒连连，才能格格下喉咽。❸詈词。为祸的人。禳10：江城怒将夫人推，又拉着太公衣领说：“你不说说您那老祸害呀！”禳21：骂一声樊

子正那贼囚,偷着躲了,一点信儿不留不留,可怎么撇下这祸害着别人受!

**【饸饠】**一种杂粮面食。一般用荞麦面或高粱面掺入榆皮等轧成长条,煮着吃。今写作“河洛”“饹饹”等。日·饮:饸饠压如麻线细。

**【蕿子】**❶(“蕿”,蒲氏注音“药”)捆庄稼的短草绳(多用于捆刚割下的麦子)。日·庄:买下蕿子好开镰。❷同“篗子”(“蕿”为“篗”字之讹),络线的工具。日·树:蕿子只用栁榆搓。

**【鳠】**(原讹作“鳒”。《字汇》音“获”)鮰鱼(方言音“获”,音同“回”)。日·鳞:鳒鲫香淳嫌刺硬。

# J

## ji

**【几嘧哈嘿】**（"嘿"，方言音"啰"）同"既溜蛤喇"，象声词。形容物体连续杂乱撞击的声音，此处用例中形容说话的声音。俊：我卖的原非你嫁妆地，也没输了你首饰银，几嘧哈嘿瞎撑棍。

**【几丢刮打】**象声词。形容无规律的拍打声。增14：这万岁穿的靴鞋是江彬做的，虽无穿着走路，但年岁久了就烂了，那鞋掌子印着那涩道上边，嗤的一声抓下来了半边，走一步刮打一声。……二姐羞的极了，低低的叫声："姐夫，咱进院罢。到里头叫丫头们给你锥锥，几丢刮打的叫人笑话。"

**【几几乎】**几乎。寒3：赵恶虎还没说嗄，几几乎笑倒王成。磨4：做的太过，委实也错，惹弄的递起公呈，几几乎弄成大祸！

**【饥荒】**粮食歉收或无收。磨10：老公祖休作谦，永平府正俭年，饥荒连岁人逃窜。磨22：乱在太原与平阳，两处年景甚饥荒，母亲呀，土贼白昼皆成棒。

**【饥饥哇哇】**因为挨饿而哭叫的样子。慈2：两句俗话说的好，有了后娘就有后达。您达怎么就看的下，把一个没娘孩子，就弄的饥饥哇哇？

**【饥困】**饿，饥饿。慈4：张诚又说："俺哥哥，你还不吃饭么？"张讷说："我不饥困。"穷：孩子热了穿上袄，腚冷了戴上帽，饥困了喝凉水，饆的吱吱的叫。

**【机关】**❶心机，计谋。姑3：在人手雪片花明，到他手一片光铜，鬼神忒也有灵圣。这时节还不心惊，反说人把机关弄。翻5：亏了你师傅用机关，用机关，把事做的甚周全，兄弟呀，有脸去回扶风县。禳7：这是他百年姻眷，这可与你我何干？择好择歹费机关，算来真是闲扯淡。❷隐藏的奥秘。禳12：适才樊子正来，必然说破机关，爷娘呼唤，必然要受气也！增22：你这妮子，就合一个鬼灵精那是的！我只为一时赌气，就着你参透机关。

**【机匠】**织布匠人。机，指织布机。日·养：机匠蚕娘俱可传。

**【鸡冠】**鸡冠花。花聚生于顶部，扁平厚软如鸡冠，故名。日·花：金丝桃梅胜鸡冠。家政外编·诸花谱：鸡冠，清明下种，用簸箕扇子撒之，则成大片。又

一种花如秋穗状,最佳。

**【鸡黄面】**鸡蛋面,和面时掺入鸡蛋做成的面条。穷:狮子碗,象牙筷,脂油饼,蘸辣蒜,大米干饭鸡黄面。

**【鸡架】**供鸡栖息的木架。增14:二姐,真果是百里不同风。俺那里鸡架都靠着屋檐底下,你这里鸡架挂在树上。天还没黑,就上了架。

**【鸡翎】**鸡翅或尾巴上较长而硬的羽毛。农·蚕·种变:下蚁时,徐以鸡翎扫拂。

**【鸡笼】**篾编或条编的盛鸡的孔洞较大的笼子。禳8:呀!还有那酒两醯,羊一牵,鸡笼鹅笼,叫叫唤唤,抬盒大架,呼呼搧搧,我说恁丈母快来看看。

**【鸡毛店】**条件简陋的小客店。增12:那腥臊烂臭的邋遢兔,鸡毛店里那无赖徒,青天白日把蚕蛾婺。

**【鸡脯儿】**鸡胸肉。禳24:俺可镟了一块肉胡儿,转了一个鸡脯儿,偷了两对鸽雏儿,香油称了一伏儿,清酒落了几壶儿,炭块还够一炉儿,笑:拿到家里,老婆孩子大家好揎。

**【鸡素】**同"鸡嗉",小荷包,此处指荷包状的图案。增16:佛动心取汗巾,拿出来漏灰尘,从来没见这汗巾俊:中间织的鸾交凤,两头童子拜观音,鸡素排草偏相衬。

**【鸡嗉】**本指鸡的嗉囊,代指鸡嗉状的小荷包。日·杂:香囊鸡嗉随身带。

**【鸡头】**也叫"鸡头肉""鸡头米",芡实的别称。芡为一年生大型水生草木,花托形状如鸡头,故名。其种子即芡实,球形,仁白。日·果:鸡头荸荠长莲池。

**【鸡汁水花面】**一种面食。当为一种鸡汤面。增7:不是小饭店,东西皆尽全:肉包蘸着蒜,碗那大食团,雪白稻米饭,火烧是水煎,鸡汁水花面,只要八个钱。

**【鸡子】**鸡蛋。墙3:看咱爹爹肚里饥,快打鸡子用油煎,吃点儿且把心窝贮[①]。琴:把俺将息,把俺将息,汤心鸡子补心虚。

**【咭叮当】**象声词。叮当。增23:王冲霄蓦进门,叫一声佛动心,你三爷实实爱你俊。……搬过头来把嘴儿印。佛动心莺声怪叫,咭叮当扯断了罗裙。

**【唧唧啾啾】**象声词。形容小鸟叫的声音。富5:秋来到,落叶飕飕,萤火高飞直过楼。……你那里唧唧啾啾,万恨在心头,强把眉儿皱,泪儿交流。

---

① 路本作"站",误。此据邹本。

【唧唧哇哇】象声词。形容杂乱地说话和哭泣的声音。禳1:闭煞屋门纺棉花,唧唧哇哇放不下。小的小,大的大,都从他肚里养活下,叫叫唤唤把气呴,他就心焦把我骂。

【积】❶堆垒,堆积。寒7:一宗一宗垛在地,金银铜钱积如山,化成汁子往口里灌。禳11:喜相逢,喜相逢,一年冤气积满胸。对姐夫诉诉冤,出出那心酸痛。❷积攒,积累。翻3:我积下几石粮食,也带不了去脱生。磨2:赃行子!磕些头也积不的私房。若是人人磕头,俺倒饿死了哩!❸同"积作",指积攒善行或恶行而后有报应。姑3:若还是早早悔悟,定积的子贵孙贤。琴:哥哥今年二十一,娶了个嫂子才十七,年纪还比俺小一岁,身量比俺矮二指。偏他早又戴着箍,不知前世怎么积。磨28:你说咱这当衙役的,每日伤天害理,是安心积的老婆盖志门来么?

【积不住饭】不积食。积食是一种食物滞留胃内不消化的病症。俊:宗大官叫老三,歪揣货大不贤……捣丁子也是吵,只等我吃完你才骂完,亏了能捱才积不住饭。

【积年】累年,多年。闹:这两个大主考想是三家村里新发户的,也不查查那历年的旧规,也不请教那积年典试的前辈,书本上尚有十万八千好题,绝不会出,却冒冒失失,糊糊涂涂,硬出这一等枯涩题目,难为这些举子。

【积十】博戏术语,不详。日·赌:积十斗挑乱抓挠。

【积幸】积福,先辈积累下来的福运。增28:小六哥是东斗星,他修的福不轻,是他老爷有积幸。

【积攒】积聚,平日节省累积下来钱财。翻9:我这一年有一百两银子的根盘,咱两下里积攒积攒就彀了。寒8:商二爷行取进京,打家里过来,连年积攒了二三百俸禄银子,就在那庄外修了一座二郎庙。

【积趱】同"积攒",平日节省累积下来钱财。姑3:分家便宜了安二成,积趱了十年一旦空,哥哥呀,骗来的钱财中何用?

【积作】积累善行与恶行而后有报应。慈6:怕婆子天下也不少,张炳之谁能到?三儿都做了官,且是人人孝,还是他祖宗积作的好。俊:都说他是祖宗不好,积作的寸草皆无。

【䶄】同"峻",男性生殖器。禳8:丑破巾服扮先生上,伸了伸腰说:"哎呀!已是过了门了,好景好景!吃了两盅,一觉儿睡着了。待俺撒帐。撒帐东……撒帐南……撒帐西……撒帐北……撒帐西,天生一对好夫妻,巫襄夜夜阳台会,

临睡常闻妙小屁。"急改口道:"报晓鸡。小鹘……鳔小鹘……"自打嘴说:"这心往那里去了?……"①

【椅】用筷子夹。禳24:昨日雯嫌那猪肉没点好块儿,鸡肉椅了不够几块儿,又说煮烂了海带儿,又说蒸生了烧卖儿,少油没盐的凉菜儿。日·饮:腱子椅来冷不羶。

【激激】象声词。形容笑声,嘻嘻。姑1:这媳妇泪双双,那婆婆还激激笑。姑2:性儿虽乔,性儿虽乔,满口里奉承怎么照;任拘他怎么恶,不觉的激激笑。

【及】❶动词。比得上。磨23:王丙不觉吊下泪来,哭着说:"可怜,可怜!我怎么及你呢!"❷介词。于,用在差比句中形容词后面引出比较的对象。墙1:他的达强及俺达,他那达俊及俺达,他达就比俺达大。姑2:珊瑚虽然强及如今的,只是可不如您那媳妇。蓬1:福、禄、寿三星献了一盘枣,都大及瓜;一盘梨,大及胡芦。❸到。磨10:可惜他才力不及,家去了。农·农·红花:未出九种之。鉏宜晒麦时,侵晨闲工,及长工暇时为之。❹同"给",为。丑:一个说金莲最妙,一个说八戒极精;我遂及他撮合成,那管他为唐为宋。

【及到】到,等到。慈1:给他找一条逃生的路儿,颠倒寻思了万万千千,溜溜的睡了一整夜,好汉子及到天明宿了眼。富10:安排一夜酣酣睡,及到睡时又不眠,人那哎哟,又不眠。

【及赶】急赶,急忙赶路。及,通"急"。禳22:快开交,快开交,及赶到城听下学。

【及乎】几乎。及,通"几"。磨1:昨日比较,打了我二十五板,及乎死了!

【吉祥草】又名"紫衣草",百合科多年生常绿草本植物。株形优美,叶色青翠。吉祥草在印度被看成是神圣的草,是宗教仪式中不可缺少之物。日·花:灰蛱蝶上吉祥草。家政外编·诸花谱:吉祥草,雨过分根,栽于阴处,得水为佳。

【极】(極)❶很,非常。墙2:谁想家嫂他就极乖,好的留着自己穿,热了只给他破袄,好的留着自己吃,饿了只叫他刮饭盆。姑3:我合你做妯娌十年多,近来极像合你初会呀是的。寒3:我不吃酒了,醉极了。就收拾床铺,我合吴孝一铺罢。❷同"急",着急。翻3:徐氏见姜娘子极的抓耳挠腮的,就知道不该他事。琴:我全看不上,那种极模样。

---

① 各本均在"鳔"后点断,如此则"鹘鳔"为词,相当于"鸡巴"。今按:此处描写醉酒后的撒帐先生的胡言乱语,"鳔"实际上是重复"报晓鸡"之"报"时的口误("小鹘"是重复"晓鸡");同时"鳔"在方言中又有紧紧抓住作为依赖的意思(参见"鳔"),由此造成低俗而可笑的效果。

【**极过的**】生活得很好。墙2:听的说两位令郎都极过的,你怎么这等?

【**极声**】声音急促地。极,同“急”。姑2:沈大姨看着不是长法,不如把二成分开,极声叫二成来,对他说。

【**极仔**】副词。同“急仔”,本来就。翻9:时常我来到家,咱两个笑哈哈,前年没人说句话。极仔想你不得见,又说你去的不光滑,痛恓恓把我心摘下。

【**即便**】随即,马上就。慈6:老太太听说大喜,即便打点行装,拣了个好日子,雇了两乘驼轿,合家往陕西尽发不题。蓬7:正然说着,只见从外边一双燕子翩翩飞入房中,小痴扑了一把,落在地下,却是一双绣鞋。吴彩鸾说:“这是董双成的。”即便穿上,说:“我去罢。”禳3:握手到了堂中,即便作揖叩谢。

【**即忙**】急忙,赶快。寒4:二人祷告才毕,老夫人着丫头来请。二人即忙便去,见老夫人泪还没干。富13:接了半日,张太爷到了。管家到轿前跪禀:“众乡亲们接太爷咧。”张太爷听说,即忙下轿,都说了几句话。

【**即时**】当即,马上。翻5:仇禄大喜,即时写了手本,拿着道里考的那文章来,合他姐姐说。禳1:杀了人放了火,十万银子包里裹,一直送到抚院堂,情管即时开了锁。磨25:将书写完,王孝即时去了。

【**即速**】立刻,赶快。磨33:咱虽然也不怕那杨蕃,却也不可懈怠。常叫人往南探听着些,如有甚么动静,即速报来。增5:那夫人听说,即速上了绣楼,将小姐打扮。

【**急**】❶着急。姑2:娘不必急,咱从容找法治他,他着珊瑚去了就罢了。寒1:却说两个公子听的报了几声,急的三尸神暴跳,怒气冲天。增22:王龙输急了,一行称着银子,一行骂那头钱。❷赶忙,急忙。蓬6:董双成得了令旨,急驾云头上江西去了。富12:一声里哄传,一声里哄传,题纸下来闹喧喧,老太公急把孩儿唤。❸急于,希望尽快。禳3:急等着要搬,急等着要搬,心火又生烟,诸事还不办。禳31:九和解,急待着烹茶水未开。❹紧急。禳22:高季奔上,高公说:“三弟怎么这样慌张?”高季说:“事急矣!”❺关系近。翻12:叫一声老贤侄,咱可是急亲戚,不是有话不轻易。禳31:颠倒费踌躇,分身法俺又无,自然该往急处做。俺和他心情疏,俺和你不不熟,离情也只两三句。怎能如恩爱夫妻,终夜不嫌俗?

【**急慌忙**】急忙,急急慌慌。寒4:急慌忙拿着纸笔,就待要写状一张。寒5:二相公气忿忿,急慌忙往前奔,逢人便把程途问。

【**急口令**】一种酒令。增19:万岁道:“王官休恼,我行一个令给你散散心

罢。”王龙道:“什么令?”万岁说:“名为急口令。天下一百单八府,各府一个字,说爷是什么,娘是什么,后生下什么,伸什么手,取什么壶,斟什么酒,张什么口,吃什么酒,什么酒干。上字不合下字音算输。”

**【急切】**仓促,短时间。丑:但只是急切少个阳台所,路旁里找了一个秫秸攒。闹:旧的当看,新的宜掀,好工夫急切何能徧?

**【急仔】**副词。本来就。翻 4:俺媳妇子急仔睃不上我,不如就给他罢。禳 17:急仔江城每待打他,我就替他效效劳罢。

**【急自】**同“急仔”。寒 5:急自一个哐哐哼哼的,一个扭扭捏捏的,又添你哭哭啼啼的。增 14:那二姐见众人跟着乱看,急自害羞,又见万岁左右不离,说道……

**【棘针】**植物上的硬刺。慈 1:妈妈叫他坐下,扳起他那脚来看了看,见那鞋没有底,有半截棘针扎在那脚心里。慈 1:没娘孩子好可怜,棘针几时把脚签?我儿呀,成了脓来还没人见。

**【棘子】**棘棵,即酸枣树棵。俊:咳,俺一日吃了一碗菜汁子,拾了一把烂棘子,着咱家里小妮子,借把盐来炒虱子,章丘的话头好日子。

**【集】**❶会集。磨 35:来时万民集,哭啼啼要来告状留任义,臣叫他且迟迟。增 1:万岁早朝升殿,文武齐集……❷集市。墙 1:赶了个西关集,称的肉买的鸡,泼下菜倒上了一盅蜜。富 12:号里少人行,号里少人行,虽是无声却有声。酷像一集人,隔着十里听。

**【鏃鏫】**铁蒺藜,蒺藜状的尖锐铁器。日·兵:鏃鏫骨朵藏门后。

**【几时】**什么时候。富 4:娘呀,咱就几时出去呢?禳 9:呀!鞋儿那去了?他从几时睡在这里?必然是他偷去了,待俺瞧瞧。墙 4:这个行子好可恶,几时的事他还记着。

**【虮】**虱子卵。日·裁:縚线缝来脚似虮。日·昆:虮在破衣仍变虱。

**【虮子】**虱子卵。墙 1:老婆子死去了,冷和热自己熬,肚里饥饱谁知道?身上衣服没人洗,虱子虮子都成条,一双鞋穿的底儿吊。

**【挤】**❶推挤。富 13:李才挤进到榜棚,爷俩在外用心听。磨 26:呀!人这样多,如何挤得进去?叫个家人进去看看罢。❷拥挤。墙 4:说一声浑身不大好,都来要钱挤成堆,有与没可把何辞对?磨 8:那凤翔府人烟闹市,张鸿渐骑上那驴,扬着鞭子说道:“踩着,踩着!”出来南关,说:“好了,出来了。”那驴夫在后边,赶上说:“挤呀!”❸同“济”,任由。俊:你无三头合六臂,看你能作什么梗!

滚崖跳井挤你弄，看着你没什么仗势，不如死了干净！

**【挤擦】**挤，拥挤（略带贬义）。琴：扶我出去在堂中，和那人站着面对面。许多人都挤擦着，母亲端出一碗饭。禳8：那邻家北舍，挤擦在堂前。

**【挤打】**挤（眼），眨（带贬义）。慈2：我说那老科子，会弄他那真像，俩眼挤打挤打的，不知弄了多少鬼哩。

**【挤眉㧑搜眼】**挤眉弄眼。慈2：死囚牢徒白着两根老贼毛，挤眉㧑搜眼，要把孩子唠，他又会弄那小老婆调。

**【挤眉弄鼻】**同"挤眼弄鼻"。禳26：他从头里合你挤眉弄鼻的，难道我看不见么？

**【挤眼】**用力闭眼。通常用来示意。增14：二姐挤了挤眼道："你年纪不大，这么忘事？我才见你使了五钱银子买了两付火烟红扣线带子。你送了我一付，还有一付，你吊不的么？"增21：二姐看见了个龙爪，就待展开；万岁流水挤眼，二姐方才会意，包了掖在怀中。

**【挤眼弄鼻】**挤眉弄眼。快4：好汉子也不喘粗气，只有秦奸肉佞狗张辽，不知他挤眼弄鼻说些哽，一霎老贼来告饶。禳21：猴装昭君，众看江城，作挤眼弄鼻介。

**【𦧝脓】**挤脓。日·疾：𦧝出脓来疖子好。

**【记仇】**把仇恨记在心里（希望以后报仇）。磨28：太老爷说："你不记仇了么？"李旺又磕头，说："小的不敢！"增22：佛动心闭了楼，焚上香把主酬，三年志愿今朝就。翻身便把皇爷拜，有点小失休记仇。

**【纪】**系（jì）。慈1：孩子雏，一身营生做不熟，新学着纪带子，才学着穿衣服，两顿打的会穿裤。

**【穄子】**一种不太黏的谷物。日·庄：黍子穄子一齐种。

**【剂】**❶面剂子，做馒头、饺子等面食时，从和好的大块面上分出来的小块儿。日·饮：不大不小攥成剂。❷量词。中药的一服。富4：方二爷听说，心中大喜。第二日又一剂，那病就全好了。

**【济】**❶任由，任凭。翻1：叫爹爹莫愁肠，好歹的出了丧，济俺娘们往前撞。禳9：贼强人太揸煞，俺今日到您家，难说济你揉搓罢？增6：人的名，树的影，谁不知你我？发一个慈悲，着他拿了去买酒买饭，济他受用。❷指受益，益处。磨14：只是银钱有实济，从来良心下不的锅，不害羞请管不忍饿。在背后指指画画，回过脸谁敢嗤着？

**【济留】**积攒,积存。俊:宗亓人算定了,寻典主把死契交,大钱找上好几吊;安排着买柴还籴米,济留下几吊好做梢。

**【济事】**管用,成事。禳18:春香不能济事,着老王跟了去罢。磨31:罢,罢!十万兵还不济事,何况去了一半?富4:想如今惟有阁老严嵩还济的事,可就是没有门路,怎能结交于他?

**【济数】**全数,全部。增7:卖饭不怕大肚汉,好物济数都拿来,除了要钱有何碍?

**【济着】**❶任由,任凭。墙2:问他身从何处生?地上百亩有馀零,都是当年自家挣。难说济着他摆划?慈3:李氏怕吃了亏,济着他骂,没大敢做声。翻3:每日是济着你用,八十石白谷一旦全空,我还做着南柯梦。❷尽着,一味地,老是。姑1:耶耶好奇呀,驼垛子的老驴上山——你捱霎着,又济着喘嗄粗气哩。翻9:贞烈堪夸,贞烈堪夸,到了阎罗赵烈家,鞭子在眼前,他还济着骂。❸尽着,可着,在某一范围内不增减。富12:展卷挥毫,展卷挥毫,完了一篇日未高,忙拿着即时出了号。叫爹瞧,叫爹瞧,能济着会了就罢了,会不得还得另改造。

**【裓】**系(纽扣、带子等)。日·裁:兜肚襻带要裓牢。

**【鲚花】**("鲚"字原讹作"鲚")鳜鱼,又名"罽鱼",俗写作"鲚"。日·鳞:鲚花无刺放心啗。

**【既】**❶既然。用在主语之后,表示已经发生的事情,作为下面推论的前提或行动的依据。墙2:你既饱了,且找个避风去处,且慢慢归家。情管我着他两个争着事奉你。翻9:他既有了主,央他也是不中用。寒4:你不想那三官是一个女子,既能报父仇,这是个寻常人么?❷与下文的"也、又"等配合,表示两种情况兼而有之。翻9:你既不肯另嫁,又不合他见面,他又不死,你在娘家里也不是常法。寒7:官既高福也长,只该求姓名香,如今全把良心丧!禳4:咱既不曾求情面,咱又不能去下操,文章也未必能做的妙。❸加在一些动词的前面,表示已经完成。禳5:运气低,运气低,返回就到了日头西。一门亲事没既成,到走的俺这腿儿细。富5:不觉三月既尽,夏月初来。

**【既溜蛤喇】**象声词。形容物体杂乱撞击的声音。此处用例中指匆乱的脚步声,形容匆忙快走的样子。姑2:想我当初,离家无处跑,想起大姨,既溜哈喇找。大姨情意高,待奴那样好。慈0:更有一种光棍,借去全不送还,张兄李弟济着传,有无全不挂念,今日正在直隶,明日弄到云南,既溜蛤喇找着难,仔等的连本不见。

**【既至】**及至，等到。俊：每日来到那么晚，说你做个什么茧？家里等你去卖地，既至回家没也板。富6：挺挺的待了一夜，手脚的没曾动弹。虽然是勉强说话，张官人既至到了天明，就窝抠了眼。

**【寄宿】**借宿，住宿。禳12：昨日女婿寄宿我家，天明要合他作个商议，不料天未明早早去了，也罢也罢。禳12：子正说："（令郎）在寒舍住了一宿，合小女极其和好。"高公大惊说："他几时寄宿尊宅来？"

## jia

**【加纳】**增加税费缴纳。禳17：小长命说话差，把个肥缺却让给咱，姐夫方才答应下。一来是你模样好，二来高宅是大家，立下个根基好加纳。（此处为玩笑话。上文说"小长命"的连襟葛天民是县里"怕老婆会"的行头，想让"小长命"接任，说是个"肥缺"，"这合县里怕老婆的，仔说一个人帮我一个钱，只怕比那那十分钱粮还多，我不就富了么？"）

**【加小心】**多留神，注意，谨慎。磨29：二位贤弟，各加小心。请了。

**【加意】**特别用心。富4：方二爷生性极傲，只因待借人声势，不得不加意奉承，把一个公子奉承的极其欢喜，因此异常的相待。

**【佳鲒】**一种鲷科鱼。为上等食用鱼。日·鳞：佳鲒来时卖河胳。

**【痂脚鬼儿】**指腿脚有毛病、跑不快的人。痂，同"瘸"。快2：正说着，翼德一马飞出来，大喊一声："张翼德在此！老贼那里走！"不用分说，一矛刺去，曹操落马。许褚来救，又一矛刺去，攮了个透亮。那别人丧胆亡魂，各逃性命。三军把二人首级枭了，献于翼德。翼德哈哈大笑，说："奸贼，奸贼！一般也有今日么？"提过曹操的头来，端详了一遍。……皮焦毛落，相吃大亏，为什么一矛刺死，半点事儿全不费？赶了个痂脚鬼儿，讨愧的紧！奸贼！奸贼！你记的害人么？

**【家】**❶自己家的住房。墙3：张大扶着张老到了家，李氏迎出来……姑1：那庄东头有安大成异姓的大娘，姓何，老王跑到他家里，拿了块布子来，给他扎了。❷家庭，家族。墙1：家有薄田一百五十亩，每人给他五十亩，留下五十亩养老，倒合老婆子清净自在。姑1：我留的是陈家的闺女，留的不是安家的媳妇。❸用在人名后表示其妻子。姑3：二成把三十亩好地卖给本庄任华，因这地土是大成让的，定要大成做中人。二成说了，大成去了。二成还没到，任华家忽然倒了，爬起来说。"我是安举人。我的地那里有任华买的！"❹称说自己的亲属时用在亲属称谓词前表谦称。墙2：家达有五十亩好地，留着养老。我合家兄哄法

了哄法，便就分了，情着吃穿。……谁想家嫂他就极乖，好的留着自己穿，热了只给他破袄，好的留着自己吃，饿了只叫他刮饭盆。❺用在某些指人的名词后表示属于某一类人。姑2：汉子家知道那饭怎么做？做的甚不相应。翻5：你也女人家，出头露面的怎么告状？翻7：年才二八，年才二八，全不像个孩子家。❻量词。户。慈1：古时有一家人家，屋里有一窝燕子。禳1：本等是家小人家，千头百穗难招架。❼助词。用在某些词语后面，略相当于"地"。墙1：整日家两不见面，倒落的清净之极。慈6：张老儿每日家不生不灭，忽然间人合马来了一大些，那里的贵公子将谁拜谢？禳24：一身好似油褡，逐日家冒火冲烟。增14：丫头们来说："众位姐姐，你看佛动心接了皇帝来了！"这姐儿们听说，一个家开门的，上楼的，扒墙头的，纷纷嚷嚷，无其代数。("一个家"相当于说"一个一个地")

**【家常饭】**家里日常所吃的简便饭食。墙1：这东西太不堪，又少油又少盐，不过是顿家常饭。墙4：家里一个老头子，饥饱与他嗄相干？他调唆着不吃家常饭。

**【家当】**家产。墙1：自家张老便是。合老婆子吴氏，一个走南傍北，一个少吃俭用，受了无穷辛苦，挣了个小小家当。翻3：如今令堂病了，您两口子无所不做，令弟在书房里自在。家当是大家夥里的家当，为嗄都着他自己费了？

**【家道】**家业，家境。俊：合了夥计做生意，他的时运又顺当，年年家道好兴旺。磨1：俺庄里有一个老秀才，家道虽不大富，还有一半石陈粮。

**【家粪】**家畜圈中的粪。农·农·积粪：粪为田家第一要务。扫出家粪入栏外，宜镑草根连土辇运，或割杂草垅一层，用土压一层。

**【家伙】**工具。墙1：一家人闹呵呵，端菜碗找家伙，席完已是日头错。(指饭具)寒8：点了瓦屋验草舍，又把家伙看一回，犁耙绳索皆齐备。查点了一件不少，才回来报与商宅。(指农具)磨29：我这里一枪去，你那里一枪来，弄掉了你也吃饭的家伙，难把架儿捽。("吃饭的家伙"指头)

**【家君】**谦称自己的父亲。磨10：家君为宰相，权势压朝纲。文武将赴任，须谒小中堂。磨25：那就是家君，道路说他命不存，那讹言竟成了真实信！

**【家来】**来家，往家来。翻12：整理妥当了，遂即差人使驼轿牲口，去搬了他那家人家来居住。富5：唱完了，官人感动心怀，那酒也吃不下去了，遂别了朋友，家来了。

**【家里贫不算贫，路上贫贫煞人】**俗语。说明人在旅途比在家里更为艰难。

磨6:家里贫不算贫,路上贫贫煞人,他乡难求饭一顿。

**【家门】**❶自家的门口。翻5:牵驴才把家门进,他娘那里正恓惶,看见大姐把声放。禳3:一心似箭,奔走慌忙,来到家门才把孩儿放。❷自己的家。墙2:合贱荆去探亲,刚刚的到家门,还不曾去把家兄问。慈2:孩子没娘托他姑,跟着他爹泪汪汪,爹爹呀,我几时才把家门上?❸家族。翻5:大姐来家,重整家门。禳13:媳妇来三月有零,夫妇合睦不相争,这番真成家门幸。富13:家门衰孤,家门衰孤,小小功名总不似无,还得个新翰林,才压得仇人住。

**【家门子】**大宅院中的小院门。禳1:走进了宅门,又喊了一声杀呀,那声就矮上来了;进了家门子,再喊了一声杀,那杀呀之声又矮了些;进了房门,只落了游游一口气儿,那喉咙眼里插语着说杀呀。

**【家亲】**亲家。富6:两个砍头的死鬼,死恋着迷魂汤,醉的像王八家那家亲,也不说还该把官人来绑一绑。

**【家去】**回家,回家去。姑2:不说于氏受气而去,且说珊瑚听的吵闹,索性藏了,只等于氏家去了才出来……翻1:因着他儿家年小,到了明日,就家去了。

**【家鹊】**家雀,麻雀。日·禽:谷穗犹防家鹊噪。

**【家人】**❶家中的人,一家的人。禳33:暖溶溶春和,喜孜孜笑多,此地说不尽家人乐。好快活,儿才子媳妇似嫦娥!富13:妻子得相逢,一家团圆喜重重,夫人呀,或者今朝不是梦。孩儿与我斟一盅,家人难得一樽同,我如今要吃干咱那床头瓮!❷仆人。寒2:一面着家人刘宾上城打点,一面又送差人银十两……富12:看家的管家是老家人王孝,一看见是太爷,磕下头去,眼里就落下泪来……

**【家声】**家族的名声。富11:你到场中好作文,不是望你耀乡邻,我儿呀,实指望你把家声振。

**【家室】**家庭。禳33:家室团圆百事佳,从此官到一人下。

**【家属】**家眷,户主本人之外的家庭成员。富2:老马听说大怒,说:"给我拿他的家属来见!"磨6:老马通不是个人了,近来越发横行。妹夫去了,他必要拿家属收监。这可怎么样?

**【家私】**家财,家产。磨28:这二年家私罄尽,有两口破屋还存。日·争:家私已尽土田荒。

**【家堂】**❶家中的堂屋。翻5:仇大姐进家堂,粪合草甚是脏,枯坟坛是他家中样。❷祖先的神位。富13:满斗焚香,满斗焚香,拜了天地拜家堂。磨26:满

斗焚香,满斗焚香,拜了天地拜家堂。

**【家下】**谦称自己的妻子。增24:胡百万说:“我也有了。人不知他知,他不觉我觉。”……万岁说:“是嗄?”胡百万说:“是我这条裤子里的破烂流丢的,惟只家下给我胡做时他才知道。”

**【家有千口,主事一人】**俗语。在一个集体中,做主的只能有一个人。增10:家有千口,主事一人。不依你待依谁?

**【家长】**一家之主。禳12:告亲家你知音,我的女不成人,罪儿万剐不能尽!小儿有罪坐家长,惟有跪在地埃尘,任凭亲家骂一顿。

**【家长理短】**家长里短。翻2:托亲戚去一遭,徐氏话从头学,家长理短皆实告。

**【家子】**家,家里的人。禳1:敝庄南里有个八家店。这八家子被老婆降极了,大家约了一道怕老婆会。禳5:这家子不好,那家子不好,你打了光棍子罢!姑1:别珊瑚,别珊瑚,从此分开两下里孤,这家子独一床,那一家另一铺。

**【傢伙】**同“家伙”,工具。日·器:几样傢伙摆成行。

**【猳猪】**未阉割的公猪。(根据蒲氏《日用俗字·自序》和今方言,实际上应读为“脚猪”)日·走:猳猪膠牙不上圈。

**【楩榆】**一种木质坚硬的榆树。日·树:车头还得楩榆做。

**【夹棒】**同“夹棍”。姑3:有刀枪,有刀枪,你使的发了才遭殃,不止说瞎了钱,还着你捱夹棒。翻4:赌钱卖老婆,未必不捱夹棒!

**【夹棍】**一种刑具,用两根木棍制成,行刑时夹犯人腿部。姑3:哥哥好也好不到这分天地,这意思要着咱犯了,好捱夹棍。翻4:把阎罗打了四十大板,夹了一夹棍,背了四绊,把一个通天的光棍,就呜呼哀哉了!

**【夹口】**器物口部内缩。日·器:夹口炳底不成腔。

**【夹袍】**表里两层而无絮的袍子。日·裁:戴上顶指做夹袍。

**【夹峭】**用夹棍或箝具等刑具折磨。日·兵:轻者夹峭重者诛。

**【夹肢窝】**腋下。姑2:大成羞极了,就待扯腿。珊瑚两手叉住门。大成窘了,从他媳妇那夹肢窝里钻出去颠了。

**【瘕蹄】**(“瘕”,蒲氏注音“夹”)一种兽类足病。日·走:怕长瘕蹄尳脚病。

**【胛膣】**同“夹肢窝”,腋窝。日·身:胳膊有窝名胛膣。

**【假捏虚】**装模作样。增9:老虔婆话儿甜,假捏虚长笑颜。

**【价】**❶价格。翻11:他说的价虽不小,那木料委实不噸。寒4:八十老母有寿木,论价也值百两多,如今用了也不错。❷钱款。禳3:老仲是个盛德人,见了

相爱更相亲，欠下房价更不问。磨7：作踢你三四十日，你把饭价算讫。❸助词。同“家❼”，用在“终日、每日”等词语后，相当于助词“地”。蓬6：终日价闹垓垓，忘了我从何处来，回头想想好奇怪。增23：年小的人们，每日价可答头在一堆子，什么正经？

**【价银】**按价买卖应支付的银两数。翻1：仇尚廉又羞又怒，起了一个狠心，暗地里找个主子，言定价银十两，安心不对他说，着人家强拉了去。寒8：立文契是赵歪，只因贫少钱财，就将自己庄田卖。时值价银三千两，四至分明详细开，一面全管无罣碍。

**【架】**❶用力搀扶。墙4：张大说：“快来！咱爹倒了！咱架他床上去。”两个架在床上捶了捶才又醒了。寒5：众鬼们做刚的，做柔的，也没拴着，推着的，拉着的，抬着的，架着的，一霎就来到阎王面前。❷撑住。磨29：二人斗了三合，李杰架住，说：“不好。咱不过耍耍，你来的狠狠的，是要着实的下手么？”❸安置。翻12：一阵把宅子打破，下手就把仇禄拿，不给钱就使火把架。农·农·坝堰：若高堰则用石和沙灰垒之，或用三合土如筑墙状，架板打之。❸架子，支架。禳8：呀！还有那酒两醯，羊一牵，鸡笼鹅笼，叫叫唤唤，抬盒大架，呼呼搧搧，我说恁丈母快来看看。蓬3：见他满屋香烟，满架诗书，到也不俗，方才实说了。增14：万岁爷笑哈哈，那树上是什么？绿毛鸡白日里上了架。❹(文章的)框架。富12：把筐篮解开，把筐篮解开，咬着果饼细徘徊，第五篇又有个架儿在。磨25：将筐篮解开，嚼着锅饼暗徘徊，第五篇已是有个架儿在。❺量词。禳33：似锦上添花，似锦上添花，两边列屏两架。磨14：有了歌谣儿，说是：“官到了任，锦屏一架；官满了，脱鞋一双。”

**【架势】**举动所表现出来的势头、气势。寒3：活把人异样杀，杀了人吊自家，不知他是因着嗄。只怕是嗔人挑戏，他何至就把头割下？参详遍不知就里，看架势是个仇家。

**【架子】**❶支架。翻12：行墙周遭，扎起架子，一面十个窝铺。❷派头，装出来的架势。增8：若搬不了来，跌咱爷们的架子了。增18：那王龙行子眼目大，行动不动就称他爷，逢人惯把架子扯。

**【嫁妆】**陪嫁的财物。俊：宗亓人恶狠狠，骂一声泼贱人，我受气受到何时尽？我卖的原非你嫁妆地，也没输了你首饰银，几嗰哈嚛瞎撑棍。

**【嫁装】**同“嫁妆”。翻7：蟒蜡棚毂捧呀大，你那嫁装那里安？放着那里也方便。禳5：好姻缘，好姻缘，他那嫁装件件全。

## jian

【尖】❶末端细小。慈1:你看那有刺的就叫做“后娘拄棒”,有钩的就叫做“后娘匙子”,不壮的就叫做“后娘麻线”,尖底的就叫做“后娘礶子”。翻9:我只待撕他一口肉!看见他时气怎休,要使尖刀把眼抠。❷尖锐物体的末端。姑2:他媳妇赛霸王,好不好骂爷娘,终朝只在刀尖上。蓬7:蓬莱山皆在那水泡里,只露出一个山尖来。蓬4:娘子……拿过砚砖,伸出玉筒,就把墨研,挽了挽长袖,咬了咬笔尖,低头就写,像那雨点儿一般。❸尖刻,不厚道。慈2:张炳之婆子的性儿尖似锥,我虽不敢朝你的头,你还猜不方我的谜。禳24:(厨子吴恒说:)“秦大哥,这旁里没有别人,你说咱这做厨子的有五个字儿。……谄、懒、尖、奸、贪。”……秦厨说:“怎么‘尖’呢?”吴恒说:“这‘尖’还罢了。譬如两厨子打发主人,省事的着人做,费事的着咱做;不就是挣赏的人去干,倒包的咱去干。这不是镑地的镑出来了个砒骨碌么?”秦厨说:“怎么说呢!”吴恒说:“锄着咱这死眼子了。咱可就把梨子连皮吃——”秦厨说:“怎么说呢?”吴恒说:“不啃他的。这便是尖处。”❹形容身体部位探出的样子。增18:这大姐轻举粉臂,尖伸妙腚,略坐了一坐,果然刺疼难忍。

【尖饼】煎饼。闹:到春来苜蓿芽尖饼白饭。

【尖细】❶又尖又窄。禳9:尖细鞋儿花一朵,青红绣线一针针,细密花须没看尽。❷(声音)高而细。寒3:年纪不过十五六,喉咙尖细好声音,唱出来必定有风韵。

【尖指】方向直对着。慈6:又见两匹马尖指就来这,老拘远里下马,缨帽儿皮靴,少年英耀步乱趋,来到跟前叫了一声爹爹。

【尖子石】碎石。翻11:姊妹三人使尽力量,掀了那石头看了看,是一个大池,上头使尖子石铺了。

【尖嘴】比喻喜欢多嘴、出言苛刻。琴:对月搬回家,对月搬回家,尖嘴嫂子喊哩咱。

【奸】❶奸诈。翻6:那魏名这样奸,哄着你去看园,安心要把人坑陷。快3:我想那曹操老贼也么奸,雄兵百万下江南。寒4:低低头又使奸,随处里要弄钱,一宿寻思了几十遍。❷奸人,奸刁之人。增27:(回目)定国公衙内吓奸。快2:割了奸肉,剥了贼皮,也给朝廷家出出肮脏气!❸奸污。磨1:俺那邻庄,燎死了杨善人,奸了他的令爱,他那儿子还小。❹奸情。磨14:你媳妇合户房有奸么?

磨13:方娘子便说:"甚么人?"鸭子说:"我是拿奸的!"

**【奸刁】**❶狡诈奸邪。磨14:看您嘴脸奸刁,这人玷辱学校,呈子手本,带袖藏腰。磨14:凭着奸刁诈钱财,小事轻轻告上台,狗秀才,砍顿板赶出大门外!❷狡诈奸邪之人。蓬5:朝里尽奸刁,朝里尽奸刁,人人诡诈苦难交;头上那乌纱,原是顶忧愁帽。

**【奸汉】**奸刁的男子。增6:没见你那打手何如,先说你那不出门子的奸汉吓人。

**【奸行】**奸邪的人。快4:骂声奸行,当初逃难在他乡,到了朋友家,还把祸来降!快4:你这奸行,杀他又怕恶名扬,就把个祢正平,送给了壶瓶匠!

**【奸类】**偷奸耍滑的人。农·农·雇工:有种奸类,饱餐饼饭,偃卧乘凉,半日方起,草草了事;耕则隔尺一犁,耘则隔尺一拉;禾根犹在地内,草根尚长田中。按日以数报主人。如遇此等,即当立刻逐去。

**【奸贪】**❶奸邪贪腐。磨34:叫一声老杨蕃,又歪揣又奸贪,俺素常杀了勾几千万!磨32:他为人耿直义气,不比那邪僻奸贪。❷奸邪贪腐的官员。寒4:大相公怒冲冠,骂一声贼奸贪,何不着他娘养汉?寒8:奉圣旨杀奸贪,也不肯为前冤,老爷也是从公断。

**【坚执】**坚持,执意。翻8:范公子坚执不肯收那文书,二相公又着人送了去。增23:到了次日,老鸨子备了一席酒菜给他两个合劝,自己来请,万岁坚执不去。

**【肩膀】**肩部。禳3:这身材几乎一歪,到被他喣煞爷娘,丫头还把小孩装,脚儿踩在肩膀上。磨17:一刀砍去,砍着肩膀上。

**【肩膀齐】**比喻地位平等。禳5:但只是他人家大,我仰攀不起,我只找穷汉人家肩膀齐的。

**【鶬鶬子】**鸟名,不详。疑指鸧鹚。日·禽:俗名又有鶬鶬子,�鹑鹍与鹅庄。

**【监仓】**监狱。禳15:做的甚么事,弄的甚么腔?你该裂个净光,你该剌个净光,打了不算还送监仓!日·争:禁子牵去下监仓。

**【监牢】**监狱。寒6:即刻把员外父子,发狱锁放出监牢。磨13:像奴家这一等无心的痴人,该着他死在监牢里永不睬!

**【煎】**❶将加工或摊成平面的食物在高热的锅或鏊子面上加热,加油为油

煎,加水为水煎。墙3:看咱爹爹肚里饥,快打鸡子用油煎,吃点儿且把心窝巃[①]。禳24:即如就是一碗豆腐,若是切成叶着油煎了,蘸上个蒜碟儿,或是切成细馅包包儿,敢子他就吃了。❷煎熬,比喻受折磨。俊:穷死煎,饿死炒,老婆气儿受不了。❸煎煮(汤药)。富4:不多一时取了药来,方二爷亲手自煎。富4:方二爷一行煎药,一行暗暗祷告。煎中了,送进去吃了。

【煎饼】在鏊子上摊匀烙熟的薄饼。增8:若见了他时,就像那二月二的煎饼——……就摊了呢!增12:哎哟!我属煎饼的,你夸摊了我了!

【缄妆盒】同"检妆盒",盛放化妆品的盒子。日·器:缄妆盒里盛头钿。

【缄妆细盒】小缄妆盒。日·杂:缄妆细盒描金画。

【礞碟】("礞",蒲氏注音"浅")浅碟。日·器:礞碟合在鱼篮筐。

【燍】(蒲氏注音"渐")淬火。日·铁:燍刀安櫺又加功。

【犍】公牛。寒7:剥停当,拿了牛皮来给他换上,拍打了拍打,变成了一个黄犍。

【拣】挑选。慈6:老太太听说大喜,即便打点行装,拣了个好日子,雇了两乘驼轿,合家往陕西尽发不题。禳6:真是个伆畜生,真是个伆畜生,拣来拣去都不成,谁想心里待要那樊子正。增26:快给他送三十两银子去,着他拣着那上好的绸缎,多叫几个裁缝,流水快做出来,扎挂的一搀新,可来见我。

【拣妆】同"检妆盒",梳妆盒。增15:牙床锦被鸳鸯枕,红罗软帐挂床边,砖场不响花毡垫。就是拣妆镜架,也典雅不像尘凡。

【茧】❶茧子。慈4:世间尽有蹊跷事,破茧偏能出好蛾。农·蚕·择茧:茧宜双手忙择,凉处薄摊,蛾出自迟。❷比喻做成的事情或结果。俊:每日来到那么晚,说你做个什么茧?禳16:你看贼强人,才没人管着,任拘甚么茧儿都作估出来了。增23:你哄着我给你请了客来,你可弄下这个茧!

【俭】❶俭省。墙1:合老婆子吴氏,一个走南傍北,一个少吃俭用,受了无穷辛苦,挣了个小小家当。翻8:你在绣房纵然闲,纵然闲,不少绫罗缎疋穿,我儿呀,到那里要知勤合俭。❷庄稼歉收(今方言读去声[②])。磨1:下头知县不肯报,上头大官不肯言,万岁爷怎知道卢龙俭?磨24:中伏酷热火炎炎,草叶焦枯未种田,老天呀,不消说是连年俭。

【俭年】("俭"今方言读去声)歉收的年景。寒1:且不说他别的事,那一年俭

① 路本原作"站",误。此据邹本。

② "俭"字《广韵》巨险切,今方言读去声,符合语音对应规律。

年，人吃人的年景，商员外有从前先世积下的两仓谷，就拿出来救人命。磨1：前遇着大俭年，万岁爷动爱怜，发了漕米百万石。

**【俭省】**节俭，节省。禳33：咱家杂粮不过五百馀石，自官人来家，就费了够二百七八十石；若不俭省，只怕那俸粮也不能救急。富9：娘子推却，娘子推却，家里庄田虽不多，俭省着吃合穿，可到也够俺过。

**【检】**检验，检查。寒2：老王出了票子就相尸，赵家把仵作、刑房都打点停当。检了一回，并无有致命伤，只有头上一个窟窿是自己碰的。寒4：老王那王八羔，长钱迷害钱痨，如今向咱把钱要。不然移了妹子去，翻身检骨咱害嚣，总然没法把他傲。

**【检把】**检验，检查。"把"为词缀，无实义。寒2：那恶虎推说伤重发昏，不曾出来，胡乱检把了检把，倏然去了。

**【检点】**检查，检验。禳33：夫人便讲趁着下官在家，摆个酒席，给爹娘上寿，甚是有理。待我前去检点检点便了。增26：以后饮食都着胡百万过了目，方许进用；如是胡百万不在这里，我自检点。

**【检妆盒】**梳妆盒，盛放化妆品的盒子。禳28：开开柜打开箱，取出套好衣裳，检妆盒又找的银簪样。

**【减食】**减少食量。寒8：昼夜的减食废寝，只熬的泪眼婆娑。农·蚕·上簇：自大眠后，十五六顿即老。见有老者，量数减食，候十蚕九老，方可上簇。

**【剪草除根】**比喻从根本上铲除祸患或后患。磨14：我哥哥上司告状，拿回来剪草除根！翻1：若撇下两个孩子，他必要剪草除根！

**【剪春罗】**也叫"剪金花""剪夏罗"，多年生草本，花期六到七月，花橙红色。耐阴，耐寒，喜湿润环境。家政外编·诸花谱：剪秋罗，春时芽出寸许，分栽之；子亦可种，喜阴畏粪。剪春罗，略同上。肥土种，清水浇。日·花：罗剪春秋上玉簪。

**【剪绺】**通过割包剪兜的方式盗窃。磨8：驴夫又看了看，说："呀！相公，你被剪绺的剪了！"鸿渐回头一看，被套割破了……闹：这举人断无走滚，也不怕剪绺的了。

**【剪秋罗】**多年生草本，花期六到七月，花深红色。喜光，耐寒。日·花：罗剪春秋上玉簪。家政外编·诸花谱：剪秋罗，春时芽出寸许，分栽之；子亦可种，喜阴畏粪。剪春罗，略同上。肥土种，清水浇。

**【剪绒】**一种绒毛短平的毛料。日·皮：剪绒倭缎时兴起。

【劗[1]子石】(“劗”,《字汇》以为“古‘剪’字”,蒲氏注音“剪”)同“尖子石”。碎石。日·石:劗子石须加斧剁。

【蕖】(原讹作“蕖”)量词。用于苇箔,一张箔为一蕖。日·泥:一间只有箔三蕖。

【錽】(原讹作“鋄”)把银錽镶嵌在铜器或铁器上。日·铁:镀金又用银錽錽。

【蹇驴】跛驴。富3:蹇驴儿死活的打不动,好似行船断了篷,出门又遇着顶头子风。磨7:蹇驴失去病难痊,天幸又逢店主贤。

【见】❶看到,看见。墙1:炕上铺着席头子,头枕着块半头砖,就死了可有何人见?墙1:你看偺爹吃了多大点子,若是您达,从来没见东西,不知待館多少哩。❷见面,晋见。墙4:一个老头子,该您老婆汉子甚么打。恰好官去东庄相尸,咱就去见见。富6:他又不去见那严阁老,又不奉承那严东楼,被他恼了,弄了个冠带闲住回家。❸观察到(情势)。慈4:他哥们见他说的有理,他老子看看他成了块了,也禁的揉搓了。姑2:大家见他不肯,就没了法。❹认识,对事物的判断。磨4:他或好或歹,定有个定评,大宗师耳目极广,见的极明。磨6:娘子见的也是,不着就是这等。❺用在量词之前,表示看到的每一种。增7:我有七十二样酒,见样拿来你瞧瞧。

【见爱】谦辞。表示受到对方的喜爱。寒6:屡次蒙你见爱,就没问大号。

【见错】谦辞。表示受到怪罪。增9:鸨儿本是个爱财货,见了银子花了眼,刮打着嘴儿笑呵呵,我不收下恐见错。

【见怪】谦辞。表示受到怪罪。慈1:我说出这件故事来,那不好的满心里惊,那好的想是也不见怪。闹:我是贫寒之家,管待不到,怕先生见怪,如何是好?

【见官】因讼事而上公堂。翻5:你给我写状一纸,到明日我去见官。磨19:立合状,立合状,因着黑夜去爬墙。惧罪不敢去见官,出了个字据把俺放。

【见过】见怪。增16:二姐道:“俺这贱人家规矩是这等,来房里唱恐怕听了清音去了,姐夫见他的过。”皇爷说:“我不怪他,叫他们进来唱。”

【见好】(病情)好转。富3:那病全无见好。磨7:运气特低,这两日又病起来了,只得住下。这已是三天了,全不见好。

【见话】通话,言语交流。禳7:想是江城他在那里见他来,吃紧了两个见了话,也未可知。

**【见教】**谦辞。表示对方的指教。磨3:鸿渐说:“诸兄齐临,有何见教?”众人说:“有事奉央。”闹:悄身偷出窥邻号,连把邻兄叫。向内问介:“老社兄,写完了么?见教见教。”

**【见礼】**谦辞。表示请对方接受自己的致礼。闹:丑白:“先生见礼。”外白:“还礼了。”

**【见怜】**怜悯自己。翻9:姜娘子霎时变容也么颜,说我这苦水变成酸,苦难言。万死千生谁见怜?禳26:苦难言,叫不应的老苍天,梦也无灵验,神也不见怜。

**【见谅】**谦辞。表示受到对方的原谅。禳20:幸蒙见谅不深怪,今早儿又把人差,约小弟来看梅开,治肴治酒还相待。

**【见面钱】**初次相见时赠送的钱财。增9:这银子是给你的,这豆子是给你那闺女的见面钱。增12:你且说,人家给了你见面钱,搬的是你,你待着谁替你?

**【见识】**识见,认识水平。增10:小二姐见识高,叫妈娘你听着:我今接客休心躁。增23:二姐夫,你真果怪他哩么?他输急了,什么正经?宰相肚里撑开船,你休合他一般见识。

**【见笑大方】**谦辞。被见识广博的人笑话。磨18:晚生荒疏的久了,只怕见笑大方。既蒙吩咐,敢不从命。闹:小弟笔砚荒疏,苟且塞责,见笑大方,惭愧惭愧!

**【荐师】**举荐士子的达官显贵。蓬6:叫桃仙造化强,带你来见娘娘,忽然一步登天上。过年我赴蟠桃会,好桃先奉吕纯阳,你可休把荐师忘。

**【挳】**将石块用棍棒等撬起。日·石:大石挳起用人帮。

**【践脚】**屋墙的基础部分,用砖石垒成,一般比上面的墙体略宽。日·石:过门践脚一方方。

**【腱子】**人或牛羊腿上肌肉发达的地方。日·饮:腱子椅来冷不膻。

## jiang

**【江儿水】**曲牌名。蒲氏《戏三出》的《闹窘》中有“江儿水”曲牌,《钟妹庆寿》中有“南江儿水”曲牌。增16:众丫头奉主公,箫管笛共银筝。《一枝花》带着《新水令》,《玉美人》相称《红衲袄》,《江儿水》上《混江龙》,《步步娇》唱出情儿动。《雁儿落》腔正字巧,《沽美酒》引吊了魂灵。

**【江米】**糯米。日·饮:粽夸江米兴端午。

**【江米人】**用蒸熟的糯米面制作的人物造型。禳13:那江城又会扭作了两眼儿,渔妈妈的皮狐子变了个江米人——就是个引汉子的老妖精,弄的俺小哥哥一相思几乎害杀!

**【茳豆】**豇豆。增16:皇爷说:"你有什么豆子呢?"丫头道:"俺有黄豆、黑豆、绿豆、豌豆,还有茳豆。"

**【将[1]】**(jiāng)❶牲畜产子。日·走:牸牛大圈多将犊。❷象棋术语,攻击对方的"将"或"帅"。比喻攻击。翻5:土条蛇恶心肠,弄的合家都遭殃,不肯休还要往前将。❸介词。用在受事前,相当于"把"。慈4:及至住了雨,天已晚了,就将这半担担了来家。翻9:便将怎么陷害,怎么成亲,怎么为东人被罪,从头至尾,说了一遍。寒8:商大爷大喜,取了两三个骡子来,运了家去。将刨银子的人,每人偿了他钱二千。❹介词。用在工具前,相当于"用"。富4:将古比今,将古比今,"夸奖"那卢龙的县正尊。富5:将手指,弹两扉,惊动娘子问是谁。❺助词。用在单音节动词之后,无实义。墙4:只怕是一时昏去,待霎时还醒将过来。慈2:却说那张讷听了他老子的言语,就一溜烟跑到赵家庄,一直照着那瓦门楼钻将进去。寒8:若还是命里该得,溺泡尿泚将出来。❻将近,快要。翻11:大相公去时,是六月将尽。寒1:哭了一回,天就将明。兄弟二人商议告状,参酌着做了一张状。寒2:老王一见,便说:"你怎么不听公断,把春元打的伤重将死?该得何罪?"二相公说:"已死的还没事,何况将死呢?"❼用在动词前,表示将来。翻8:若不着兴词告状,他娘将何以为生!❽携带,领。禳2:将着正走,高公又到。

**【将待】**将要,快要。慈2:却说李氏生了个孩子,昏魂了半天,将待黑了,不见张讷。慈5:张讷已将待死哩,你还骂他怎的!

**【将傍】**依傍。慈1:不叫娘,不叫娘,又说灰了人心肠,他不叫娘,还望我把孩子来将傍?翻1:人只要脚踏实地,用不着心内刀枪,欺孤灭寡行不良,没娘的孩子自有天将傍。

**【将黑】**黄昏,天色开始变黑。禳20:江城上云:"……春香过来,天已将黑,我合你女扮男装,咱也去看看梅花。"果然两个装点了出了门,江城说:"你看多大霎,天已黑了。"禳22:好营生,好营生,夜来将黑起身行。整跑了一宿多,好像是挣了命。

**【将机就计】**将计就计。增3:那万岁肚中饥饿,将机就计,跟着他进了衙门。

**【将计就计】**利用对方的计策施行自己的计策。慈2:张炳之正待去嘱咐嘱

咐他，也就将计就计，跑到赵家庄。

**【将将】**让儿童骑在脖子上扛着走。禳3：子正说："过来，我背着你走吧。"江城笑说："将将着罢。"

**【将将就就】**"将就"的重叠形式。闹：好一个将将就就和先生，起的名子并不虚传！

**【将就】**迁就。禳11：养的女儿不成才，不知是一个甚么物！得罪翁姑，得罪翁姑，近来自家悔当初。望姐夫将就他，到底是好夫妇。

**【将来】**未来。慈5：兄弟贤名到夜台，阎王听说笑颜开，将来还有无穷福，忽到阴司好怪哉。寒6：若是死不了，就那刀山剑树，我怕他怎的！却不知我爹爹、妹妹将来如何？

**【将鸾】**扶鸾，扶乩。闹：相公，你若狐疑，也是小事，这院门前好揣骨相，布政司街西好将鸾，按察司街上好的金口诀、太乙六壬周易神课，我明日讨酒饭钱陪相公走走去好么？少不得问相扶鸾卜六爻。

**【将息】**调养，养息。琴：把俺将息，把俺将息，汤心鸡子补心虚。

**【将养】**调养，养息。禳13：劝亲家自将养，不必合他论短长，从此各把心来放。磨8：亏了待了数十日，又出了汗，方才另找了店房，将养了几日。

**【螿】**（方言音上声）蛆虫啃咬。磨28：三更里苦哀哉，疼又麻难顾追，十万蛆螿这波罗盖。

**【肐】**搀扶。日·争：见官还要用人肐。

**【僵白】**白僵病，由白僵菌寄生引起。蚕死后营养菌丝传出体壁，形成新的分生孢子，体壁密布白粉。日·养：僵白属冷焦属热。

**【讲和】**提议和解。磨34：任大王说："请问张老爷，前边见了杨都督，如何行礼？"鸿老说："他自然要讲和逊让。你作下揖去，也要作一个叩拜之状，他若不肯受，也就罢了。"

**【讲款】**商议事情。慈3：张讷，你且去吃饭的，我这里再合您娘讲讲款。翻6：二相公复试回来，范公子又着人来问安，又着王相公来讲款。翻8：二人讲了款，吃了饭，两口子搬进行李来。

**【讲论】**议论，评论。富10：有人说方娘子生来福大，说他那模样儿就不是个贫家；有人说他那本领就不在人之下。人人都讲论，尽是些瞎胡吧，都无说着他教子读书这一桩，天下找来没有俩。

**【讲情】**说情，求情。磨5：这是秀才们的故套：一张呈状呈到堂上，及至官府

替他打人，他又讲起情来。岂不可笑也！

**【讲书】**讲解书的内容。禳22：这学道着实贪，打捞生童托学官，高低讲价惟书办。讲书定要人人到，一处抽到几支签，误了讲定价三十串。禳23：家人乱烘烘都来磕头：虽然误了讲书，费了白银三十两，我也不怨那媳妇子了。

**【讲说】**❶讲解，解释。俊：这四句诗，原有个讲说，是说的那做妇人的，但犯了这个泼字……这是人人可恨的。富4：讲说病源，讲说病源，酒肉肠脾结住的痰。增28：列位们听着：你说这裙子有铁打的么？不是这等讲说，只是见娘娘不跪，不磕头，就合穿着铁裙子一般。❷说情。翻9：那一年，咱庄里有一个是刘悦，他媳妇子吊杀了，庄里人讲说着，给他丈人十两银子，已是就结局……❸说，谈论。寒8：听人讲说阴阳报，遍体寒毛竖起来。

**【讲议】**商议。闹：在下没有一所闲房，庄内有一座观音堂，没招和尚，庙门封锁，可以借居，还得与众人讲议。若要是招了和尚，还得先生打扫庙宇，奉供香烟，点灯关门。

**【匠人】**工匠。翻7：我没来赏匠人，扎挂的一崭新，怎么就不说个信？翻11：大相公交了银子，请了他表兄徐立来，看着去拆，雇了二十辆车子去推。又定了匠人二十个，小工一百名，一行拆，一行盖。

**【降青】**生员岁科试的成绩分为六等，前二等的可以参加举人考试，后二等的则由穿蓝衫的附学生员降为穿青衫的青衣。禳22：说甚么，说甚么，降青就是待要蛤。……也不差，也不差，论起四于(人名)文字佳。但是他降了青，便不给打好卦。禳22：高立，你回去说，大叔降了青了，得凑三十两银子来收拾。

**【降香】**烧香朝拜。禳7：我为江城去降香，到那里推说是看他娘。禳7：今朝专为降香来，不曾带的礼合财。

**【酱盆】**制作酱或盛放酱的盆。俊：他的娘子叫张三姐，为人极有本领，管的他那汉子回了头，从新成了人，这几年来，成了那木楸舒在那酱盆里——就大匙起来了。

**【霹】**虹。蓬6：忽然见半空中一条白霹直插到座前，娘娘说："洞宾来了。"不一时，吕祖领着个道童，脚踏宝剑，降落尘埃。——原来那霹就是那剑光。

**【强[1]】**同"犟"，坚持自己原来的说法。俊：宗大官脸儿忙，低着头竖在傍，两扁担夹不出一个屁来放，吃些菜瓜也应当。口里渐渐不敢强，笑着说：我若再去赌博，就着俺老婆为娼！禳9：骂了姐又骂娘，好眉好眼不贤良，我也没气合你强。(上两例按曲律均应读去声)

【强嘴】不承认错误而辩驳。磨22:太太说:"你这不孝儿郎,专一欺哄娘亲,怎么中了举来!"公子说:"不敢欺哄母亲。"太太说:"还敢强嘴！外边有什么凶信,还不叫我知道!"

【糨】黏稠。姑2:狗脂,饿极了呢！呵口的糨着哩。日・器:鏁梅糨沕总无妨。

【謽】固执己见与人辩驳。翻11:听说家里大修理,我猜修理的也平常,人说好我还合他謽。

【謽汉】固执己见的人。快2:关云长虽然勇猛,他生平打的謽汉,不肯打死蛇。

【謽嘴】同"强嘴"。翻3:十日以前合我说,着我数喇了一千行,并不曾把嘴来謽。

## jiao

【交扒】同"绞别",(手指或脚趾)痉挛僵直。日・铁:严冷何曾交扒指。

【交别】同"交扒""绞别"。增19:王龙待说"我占一个苍蝇",还没说出来交别了口,说:"我占一个蜣螂。"

【交节】到某一个节气或节日。禳7:大利原该正九月,年除日交节大吉昌,年除日交节大吉昌。

【交临】交,遇到。磨24:起一卦笑欢欢,他说是今年春,太爷才交临官运。

【交纳】交付。寒8:众人又不肯拿去,替他找了中人,拿文书来,两相交纳。

【交相】互相。禳7:两人交相拜了……

【交心酒】交杯酒。琴:那人和我脸对脸,吃了交心酒一盏。

【交巡】交替敬酒。蓬5:吃了又斟,吃了又斟,二人换杯又交巡;壶够四指高,只顾吃不尽。

【交言】交谈。蓬7:夫妻不好交言,只听书童笑语。

【交杂】错杂,混杂。增4:万岁爷带着那全副的撒袋,山路崎岖,木石交杂,不觉的浑身是汗,呼呼的气喘。

【交支】交付。增20:因为无钱卖了马,宝客王龙买了骑,三百两银子上了契。上写着外无欠少,下随着一并交支。

【交旨】奉旨行事完毕后向帝王或天帝回复。增3:这张永领了密旨,拿了江彬,送在刑部监里,回朝交旨,不在话下。增4:那万岁拜罢,上了龙驹,大路前

行。仙女上天交旨,不在话下。

**【交转】**交替,变换。寒8:若不是天生造就,那怕你交转千遭。

**【浇】**❶让水或其他液体落在物体上。禳27:冷水一浇,冷水一浇,低头不语竟歪倒。磨17:面南朝,把头放下,杯酒望空浇。❷比喻汗水、泪水等大量涌出、落下。墙3:忽被你一声惊醒,到而今冷汗还浇。翻9:姜娘子泪珠往下也么浇。❸浇灌。农·附·种桑法:十月亦将桑摩地割之,晒干,趁风放火如搭栅。畦种便于浇。农·附·种桑法:饲蚕至四五月,晴天巳午时,取干热土拥横条上,至晚浇其根科,当夜卧根生须。

**【娇滴滴】**形容娇媚。禳13:又搭上江城眼里又吊下瓜子来,娇滴滴的声儿问官人好么,只这一声儿,小哥哥那魂灵儿就像腌坏了的那螃蟹——久不吃了,脐子都沙了。增16:二姐娇滴滴的说:"姐夫,俺眼里有了你了,你就眼里没了俺。"

**【娇娥】**美貌的少女,美女。增10:老贱人眉头不展,唬煞了二八娇娥。增28:虽然红颜薄命,铁裙原是传讹;聊斋爱惜女娇娥,留在房中取乐。

**【娇娥女】**娇娥。增6:三宫六院娇娥女,陪着自在何等强?增9:院中许多娇娥女,见了骂声小乖乖,点点人儿真作怪。

**【娇娇】**❶母亲对儿女的爱称。慈1:若着亲娘见一遭,必然叫一声心肝,还带一声娇娇,哎,泪珠儿还要赶点子往下吊。(此处指张讷,男性)翻4:异常事你都经过,苦杀了我的娇娇!(此处指姜娘子,女性)❷对女情人的爱称。丑:两道蛾眉弯又细,我的娇娇呀潘金莲。富3:叫了声娇娇嘴印腮,看见你影儿麻上来。娇娇呀,这一笔才勾了相思债。

**【娇梨】**一种梨。增9:六哥……遂把那瓜子、娇梨拾了一盘,抗将起来出了店门,一声吆喝,可就卖起来了。

**【娇绿】**嫩绿。禳24:给俺老婆做的通红的袄,娇绿的棉裤,扎挂的合那花鹁鸽一样,人人看着齐整。

**【娇嫩】**柔嫩。富13:咱太太欢喜了,也模样越发俊的娇嫩了。年纪三十四五,只像二十四五呀是的。增7:这两句是说你那酒的颜色好,红通通的,就像那半熟的葡萄,加上那杨梅一样的娇嫩。

**【娇嫩嫩】**"娇嫩"的重叠形式。禳13:又是长,又是短,想是娇嫩嫩的那手,打着脸上也不大疼么!

**【娇然】**妩媚可爱的样子。禳19:眼澄澄眉弯弯,朱唇一笑更娇然,俏步真如

花影颤。

【娇声】娇嫩的声音。禳 15:休害羞,你放出娇声说句话。

【娇声怪气】声音娇嫩,但语气不满。增 15:那二姐没好气,全不答应。万岁……抬头看见桌上一把筝,说:“二姐,那是什么东西呢?”那二姐娇声怪气的说:“是筝!”

【娇娃】❶得到娇宠的儿童。禳 32:线条两股辫银钱,寿祝娇娃富贵全。(此处指男孩)❷美少女。增 0:好玩耍的天子,嫖了个绝妙的娇娃。

【娇性】任性。增 23:我说不要你那皮袄罢,谁知你娇性再不听,定要脱下将我送。

【教[1]】(jiāo)传授知识或技艺。翻 2:魏名说:“既不行令,喒赶抢罢。”仇福也不会。魏名说:“我教给你。”蓬 4:那小痴异样的聪明,教他歌舞,一说就会,玩的越发兴致。增 16:二姐道:“又来了。我且问你:你这丝弦教的教不的?”皇爷说:“教不的,我怎么学来呢?”

【椒】花椒。快 4:原来错了,烧猪也要用姜椒。即忙拿来,加上点材料。日·饮:姜加肚子椒加肺。

【椒树】花椒树。日·昆:椒树多生红娘子。

【焦】❶因为高温而变得硬、脆而色黑或黄。寒 5:二相公在那油锅里煮了多时,觉着骨头皆焦,可也只是不死。寒 6:若是寻常无用汉,油锅多少炸不焦,还放你在外边跳? ❷焦躁。墙 3:张大焦了说:“精狗屁圈子! 你早①做甚么来?今早晨没去么?”墙 4:你休焦,不许还活了么? 还魂过来,我自然抬去。富 9:听那更鼓儿敲,长夜还愁睡不着。上床也是焦,就枕也是焦。❸蚕的一种病症。病蚕腹足出现环状病瘢,重者整个腹足变为焦黑。日·养:僵白属冷焦属热。

【焦干】因为水分极度缺失而变得干硬、干燥。磨 1:万民造孽年景荒,田地焦干麦枯黄。日·木:抽屉橱柜木焦干。

【焦旱】形容极度干旱,如烧烤过一般。磨 1:万民造孽年景荒,田地焦旱麦枯黄。

【焦黄】发黄而干燥。姑 1:何大娘连骂带说,数喇了一阵,把于氏气的脸儿焦黄。慈 3:浑身上下净腚光,肚子高大脸焦黄,苦儿呀,人人都说走了样。日·饮:瓦饼焦黄似配盘。

---

① 路本“早”后有“饭”字,此从邹本。

【焦娘】焦脚蚕。参见“焦❸”。农·蚕·温养:勿太热,热则有焦娘;勿太寒,寒则有白肚僵。

【焦怨】焦躁、怨恨。墙1:寻常是少柴没米,真教人焦怨难当。

【焦灶】同“焦躁”。禳3:盼家门叫人焦灶,女孩儿生把气呴,十来多岁还撒娇。

【焦躁】焦急而烦躁。琴:使人对妆台,阵阵心焦躁。增5:二更里月儿高,合煞眼睡不着,蛇蚤咬的心焦躁。

【焦燥】同“焦躁”。禳32:老兄台不必焦燥,读书人立志要高,疯僧一片瞎胡叨,信口吧来真可笑!

【嚼环】马嚼子。日·走:嚼环勒紧马头张。

【嚼舌根子】嚼舌,散布对别人不利的言语。增25:丫头说:“好嚼舌根子的!我没说你休去罢?”翻1:枉口嚼那舌根子,不知有甚仇合冤!

【角带】以角为饰的腰带。钟:角带松松黑帻偏,似鹤飞半天。

【角门】院落的小门。磨12:这角门关着,不免打门缝里瞧瞧。磨19:我去把角门关煞,瞒墙请过大哥来合他会会。

【角门子】同“角门”。慈4:到了第二清晨,张诚早起来上书房开开那角门子,见哥哥已咱把各闹打扫了一大堆,还在那里扫。禳27:着老王拾掇着,春香先去叫开角门子,问大爷和太太醒了没。

【角皮】黄豆、黑豆等打场后剩下的碎豆荚皮。农·农·收牛草:凡麦穰角皮,皆可喂牛,宜密密苫盖,余皆打扫入栏,谷穰豆秸不可抛撒。日·庄:角皮喂牛休抛撒。

【角黍】粽子。富5:五月五日是端阳,角黍香,菖蒲酒满觞,艾虎挂门旁。磨12:五月五日是端阳,角黍香,艾虎挂门傍,葡萄酒满觞。

【狡猾】诡诈的计谋。慈1:都知不到是甚么缘故。吧开那小燕子嘴看了看,个个都衔着蒺藜,才知道是后娘使的狡猾。

【绞】❶绞刑。磨4:您这些人结党害民,把持官衙。为首的该杀,纵党的该绞;别的充军。磨5:只为着递了张呈子,被知县老马使上了一万两银子,着军门绞了两个,其余辽阳充军。❷搅。慈5:大官人泪纷纷,提起兄弟刀绞心,海角天涯将他问。❸将两股以上条状物拧合成一条绳状物。日·养:生丝绞作琵琶弦。❹缠绕。日·器:辘轳皮绳绞箔篱。

【绞别】肌肉痉挛僵直。一般用于手指或脚趾,指嘴巴时带有戏谑的色彩,

指嘴巴不听使唤。禳8:(撒帐先生醉后胡说,)众笑喝说:"这个物件醉了,攒他去罢!"先生忙说:"我绞别了嘴了。……"

**【绞脖子】**用绳索拴住脖子。富6:若不然,既杀人破上充军绞脖子,钻了顶是个砍头,娘子呀,还有什么大凶险?

**【绞脸】**旧俗,新娘在婚前要用两条丝线缠绞的方法脱去脸上的汗毛。琴:急忙把头梳,急忙把头梳,改头绞脸用功夫。琴:细细绞脸开了眉,霎时缺哧的一身汗。

**【铰】**❶剪。禳26:江城放下鞭子,找了把剪子来云:"我铰下一块肉来,安在你那亲汉子身上。"禳27:江城,江城,你好狠也!怎么凶恶至此!他说铰我的奶头,我当个震话,不想就真果铰下来了!❷裁剪(做衣服)。姑1:不说他为人好,方且是活路多:爬灰扫地,洗碗刷锅,大裁小铰,扫碾打罗;喂鸡喂狗,喂鸭喂鹅,……

**【铰刀】**剪铁叶的大剪刀。日·铁:铰刀铰成钢锉锉。

**【铰头】**剪去头发。禳24:吴恒说:"……本等也该费点事,就是十八的大姐铰了头——"秦厨说:"怎么呢?"吴恒说:"是不待嫁呢。……"

**【脚】**❶足。墙2:呀!那墙头上不是个人么?怎么在此叫唤?待俺看来。脚在这边,头在那边,这是何人?禳28:那春香脚虽不小,倒也不丑。❷量词。用于与脚有关的动作的数量。寒1:两三个走狗把老头子一脚踢翻倒地,一顿好打。增21:王官,这东西(指气球)我曾玩过,一名叫行头,一名叫气球,我也略会几脚。增12:贪往前看,没提防当路一个脚床子绊了一脚,跌了三四尺近远。❸(~儿)量词。(一)步。墙4:若留在这边,我一脚不来,只怕他问问,可不便宜了他么?禳22:昼夜不停,昼夜不停,差一脚儿进不的城。❹受雇为人运送物品或人的脚夫及牲口。富9:到大路雇上脚,你往前自家撞。磨7:店主去领了个骡夫来,说:"给相公雇了一脚。"

**【脚不点地】**形容飞快地行走,如同脚不接触地面一样。富5:娘子拉着他一只手,一只手,脚不点地似腾云,似腾云。

**【脚不沾地】**同"脚不点地"。翻9:大姐身量大些,一把拉着,脚不沾地,到了他那屋里……

**【脚床】**供上下床踩踏的小板凳。增17:朝廷家有龙床,大人家有八步床、顶子床,小人家有脚床,监里有框床,食店铺有活落床,棉花铺有亚车床,没见人家有铜床。

【脚床子】同“脚床”。增12:那金墩……贪往前看,没提防当路一个脚床子绊了一脚,跌了三四尺近远。

【脚打罗】旧时磨坊中用脚踩动带有杠杆装置来罗面的工具。富11:坐着丈人的席上,那旧板凳做了脚打罗——到这里才成了踢面。磨23:坐着丈人家的席上,那板凳子做了脚打罗儿——到了这里才成了体面。

【脚夫】受雇为人运送人或物品获得收入的人。禳3:已是收拾停当,快去叫那脚夫来。禳3:脚夫打发去了。娘儿两个如何还不到?

【脚后跟】脚跟,脚的后部。慈2:原来那李氏没放在心上,艾焙子炙那连连骨——疼着他那脚后跟了么?日·身:髀支骨连脚后跟。

【脚迹】脚印。禳8:虽是江城见的少,模样烂熟在心间,精神眉眼皆活现。只他那脚迹笑口,一霎时过去几番。

【脚价】同“脚钱”。磨7:店主去领了个骡夫来,说:“给相公雇了一脚。”鸿渐说:“一程多少价?”店主说:“不必问,我已交了脚价了。”

【脚尖】指鞋尖。增4:万岁心迷了,难把意马拴,下腰推盛水,伸手捏脚尖。增14:众佳人貌如仙,帘儿下露脚尖,时时勾引男儿汉。

【脚驴】供人运货或乘坐的驴。富3:虽然相公不受财,雇上程脚驴表表我的心怀。

【脚驴子】同“脚驴”。磨19:大叔走乏了住下,俺吃了一壶酒。他上了牲口,我才雇了个脚驴子骑着来了。

【脚面】与脚底相对的脚部上面。禳24:一身好似油褡,逐日家冒火冲烟。六月暑伏热难堪,汗珠淌到脚面。

【脚气】一种病症,由缺乏维生素B1引起,有下肢肌肉疼痛麻木、水肿或心跳气喘等症状,所以说“如感冒”。也指脚癣。日·疾:脚气增寒如感冒。

【脚钱】付给脚夫的工钱。磨8:张鸿渐……遂即又出了庄,解开被套,打发了脚钱……磨18:即时叫了个赶脚的来,说:“脚钱我管。”

【脚梢】脚尖。墙3:你看走了半里路,浑身热气到脚梢,就是这腚上还不妙。

【脚手】指做活儿的能力、本领。姑2:你仔说,您二姨这杀才是乜人么!真么一个媳妇,是模样不好呀,是脚手不好呢?

【脚头】土炕上与炕头(紧连锅灶比较热的地方)相距较远的部分。墙3:半夜转了腿肚子,脚头冰凉舒不开,土炕上铺着席一块。

【脚心】脚掌中心凹进的部分。慈1:妈妈叫他坐下,扳起他那脚来看了看,

见那鞋没有底，有半截棘针扎在那脚心里。

**【脚丫】**脚指头。日·身：脚丫上生十指甲。

**【脚指头】**脚趾。富9：娘子说："也罢，就且饶了他乜腿，擸下他个脚指头来罢。"说了一声，呵叱把个大拇脚指头擸下来了。增16：我只是没开兴哩。若是待弹，脚指头也弹的中听。

**【脚子】**脚。闹：只是还有两个人脸蛋子最难看：一个是撅着鼻子要做封君的老官，一个是跷着脚子要做公子的小犬……

**【搅家不良】**搅得家庭不和。姑1：天下有一等不良的人家，有那贤惠媳妇，事奉的痒也挠不的，只是嫌不好；又遇着搅家不良的歪货，处治的只千不尽的，才道我那是个贤惠媳妇。

**【侥侥令】**曲牌名。磨31：[侥侥令]两下分兵去，谁想中奸谋，大兵折了无其数，刘副将命呜呼！磨36：[侥侥令]今生新爱好，前世旧姻缘。今朝一别何时见？要知道千万里在眼前。

**【叫】**❶喊叫。墙3：张老大叫："冻死我也！"寒3：众人方才吃酒，好像主人叫了一声；家人止了喧哗，听不见动静，便又吃起酒来了。❷(动物)鸣叫。磨25：卷子展开包，磨墨声闻百步遥。个个都吟哦，好似蛐蟮叫。增10：这一日佛动心正然悲叹，忽见那喜鹊儿来那檐前踏踏的叫唤了几声。说："喜鹊，你错叫了！这烟花巷里有什么喜事？"❸(名字、称呼)叫作，称作。墙1：生了两个儿子，一个叫大怪，一个叫二怪。翻1：有牧之一个叔，叫仇尚廉，为人极无赖。磨12：鸿渐说："这是个甚么曲名，唱的这样哀切？"清唱的说："这叫作《银纽丝》。"❹呼叫(别人的名字或称谓)。墙1：没儿霎想着要做老，叫一声爹爹酥半边，谁想这老不值个狗屁蛋。墙4：两个大怒说："每日叫你叔，那狗叔，驴叔[①]，杂毛材料，混账物囊！"(唱词中用在称呼语前，仅相当于"说"。墙4："叫二弟你听知，这丧事待整齐，每人破上十亩地。"增7："万岁爷笑颜开，叫六哥你过来，有了好酒要好菜。")❺邀约，约请(使之来)。墙4：忽然间就昏迷，头也折腰也直，一跌仰在平川地。我才叫您大嫂嫂，抬上床来并不知，捶了捶方才有了气。翻8：二相公来家待了四五日，那里又着人来问安，又捎了牲口来。又去待了三四日，家里又着人去叫他。姑3：那妮子他达无赖之极，上门子骂了，又告状，县官又赃，要拿鹅头，出了个票子，单叫臧姑。❻雇请。寒3：(李蝎子)一日请恶虎，

---

① "叔"字据邹本补。

叫了个有名的清唱王成,领着两个徒弟,在家伺候。磨23:这两日没法可治,着人去找个会唱的来,解解母亲的烦恼。吩咐两三日,怎么不见叫来?❼指使,安排,让。墙3:张老说:"你待叫我穿甚么?"张二说:"还穿你那破铺衬。"姑1:珊瑚待走,安大成叫住房子的老王婆子,拿着那休书去送他。翻8:知县又叫保正具了甘结,保下了八十亩。❽使,让(表示客观情况导致)。墙4:临了是分文无有,吃的亏叫人难堪。❾让,允许。寒4:他抬只管叫他抬,不必愁。磨13:你时常躁躁脚,休叫那促织叫。❿被,让(表被动)。姑3:当初才刨,当初才刨,你就叫他倒了包。慈5:他那有叫虎吃了的,还在阳间。

**【叫的应】**喊叫有回应,比喻说话算数。翻4:立文契仇大郎,为没钱去纳粮,情愿就着妻作当。取到白银二十两,三日以里定还上,不还上,将他准了账。叫的应并无返悔,作凭证文书一张。

**【叫呱呱】**高声乱叫。慈1:且休讲这光棍子百般的琐碎,万般的凄凉,只有一个孩子叫呱呱的,没了他娘,就只是找他达呀,他叫你东游西转不的。增28:赛观音叫呱呱:我自家为自家,姐夫你就怪点罢。

**【叫花】**同"叫花子"。翻7:虽然是没嗄你吃,咱可也不是叫花。寒1:员外开仓救邻里,叫花登门日日多,一瓢半碗无空过。

**【叫花子】**乞丐。翻9:二相公看着马吃草,进来了一个叫花子,头发遮了眼,狗皮盖着腚。增18:依着我,这奴才接个叫花子我才自然。

**【叫化】**同"叫花"。增10:今晚若有客来到,就是叫化也留下嫖,无钱难说干欢乐。

**【叫化子】**同"叫花子"。禳6:好不蹊跷,好不蹊跷,家家你都把头摇。只待向叫化子,去把爹爹叫。富11:俺虽然穷极了,叫化子嗍瞎话——不拘那里就捞一个黄边。

**【叫讙讙】**兴奋或着急而乱喊的样子。墙2:落了草叫讙讙,摸摸有峻甚喜欢,细想来也是精扯淡。日·庄:麦芒齣着叫讙讙。

**【叫唤】**❶因为苦痛而喊叫。墙1:身上疼对谁告诉?没人处自己叫唤!慈1:劈头一钴钉,几乎把那孩子头来搐腔子里去了,嘛的声就叫唤了。❷叫喊,吆喝。磨14:又有一个哑巴,在堂下边叫唤。增10:这一日佛动心正然悲叹,忽见那喜鹊儿来那檐前踡踡的叫唤了几声。日·石:叫唤劐磨蹍村庄。

**【叫叫唤唤】**"叫唤"的重叠形式,表示乱喊乱叫。禳1:小的小,大的大,都从他肚里养活下,叫叫唤唤把气嗍,他就心焦把我骂。禳8:呀!还有那酒两醘,羊

一牵，鸡笼鹅笼，叫叫唤唤，抬盒大架，呼呼搧搧，我说恁丈母快来看看。

**【叫哭连天】**不停地哭叫。寒2：大相公跺腿耍脚，二相公叫哭连天。寒7：把银钱化成汁子，使铁杓舀着往口里直灌，那恶虎叫哭连天。

**【叫苦连天】**不停地诉说苦痛。墙4：那皂隶喊了一声，先打了汉子，后拶了老婆，官才去了。一家人叫苦连天，哼哼成块。富2：这一年，卢龙县的知县是老马，异常的贪酷，作弄的财尽民穷，一个个叫苦连天。

**【叫六喝幺】**赌博时喊叫牌名。翻2：一连掷了几轮子，相公赢了好几遭，魏名连夸掷的妙。仇相公磨拳擦掌，一声里叫六喝幺。

**【叫驴】**公驴。墙3：两个齐往两下里挣，好像挣着个老叫驴，叫我可往那里去？慈3：我着俺小三子，备上那大叫驴，送了你去罢。

**【叫骂】**高声詈骂。寒1：员外不敢叫骂，可也不曾告饶，只是哼哼而已。

**【叫门】**通过喊叫或敲门叫里面的人开门。禳11：拿拳头把门敲，举手又把吊儿摇，高高声就把书童叫。……王子雅上，叫："鱼童！"答应："有。""你看看甚么人叫门。"磨19：李旺领众人说道："咱把宅后墙都要围了。待我叫门。"敲门一回，里边推不听的。

**【叫屈】**诉说受到冤屈。姑1：痛煞了泪下眼枯，昏惨惨地黑天乌，替他叫屈的无其数。寒2：审完了原告叫屈，按察司全然不听。

**【叫咬】**雄性蝈蝈。日·昆：促织叫咬会打鸣。

**【酵子】**酵母。日·饮：大瓢掠来酵子发。

**【轿衣】**轿子的外罩。日·毡：又把轿衣染翠蓝。

**【轿子钱】**雇佣轿子所付的报酬。富3：雇了乘轿子上南也么乡，腰间只剩一空囊。……问了问，果然在北京。无奈何，打发轿子钱，只剩下不勾三百文。

**【较】**副词。表示稍微。姑1：待了几日，打听珊瑚较好了，怕待的久了，弄的他娘知道，便上门去逐他。寒8：惟有叫爷爷奶奶，比着那旧时较尊。

**【教[2]】**(jiào)❶命令，指使。翻7：他师傅教他去请二相公。禳13：亲家不必这等。既劝不醒，我教他夫妻各居，也省的你我生气。❷允许。慈2：你到家里，就说他姑不教他来。快2：若吴兵来降时，且休教他进寨，看有诡诈。❸使，让(表示导致)。翻5：二兄弟，你家去罢，好教咱娘知道放心。禳30：恨孩儿不良，教父母不光，回头不成个人模样。❹被(表被动)。翻6：再休言，再休言，耳朵没教蛐蜒钻。快1：既要他这里来，又烟着火几堆，反教知道兵马在，就是个嘲巴也不来。❺教育(用于抽象义)。慈3：我时来走一遭，着他送我二里遥，姐姐呀，回

来再受那师傅的教。富10:张得聚十五登科,这都是方娘子苦心教子的效验。正是:若无孟子三迁教,那得燕山五桂芳?❻同“叫”,称作。蓬4:玩了二年,娘子生了一个儿子,夫妇大喜。因着抄书,起了个名字,教小韵哥。

**【教导】**教育指导。翻7:谁想范公子已是轿马人夫,伺候停当了。又教导慧娘,到那里是该甚么礼体,怎么着行。禳4:他三叔是好秀才,又老成,自然教导那孩子或者不差。

**【教道】**同“教导”。姑3:人家女儿不教道他孝顺,他若终于胡行,惹的天恼了罚他,岂不是吃了爷娘的亏么?

**【窖子】**地窖。禳13:谁想渐渐的旧病发了,这两日萝蔔窖子被了盗——掘开了。

## jie

**【阶】**台阶。寒2:军门里驳下来,一干人跪在阶,比着府里威风赛。

**【接场】**科举考试后佣人或亲属在场外迎接考生。富12:公子出场门,公子出场门,吩咐接场的众家人。大家笑嘻嘻,都把太爷认。磨25:还是爹往儿那里去罢。你这接场的,着两个人跟了爹的人去搬行李来的。

**【接和】**接续,接应。磨1:众说:“妙,妙!你就是个老师,俺就跟着你学罢。”朱二说:“您可好生接和着。……”

**【接脚】**屋门前台阶下的石板。日·石:接脚矼礤一蹬蹬。

**【接客】**(妓女)接待嫖客。增9:我又不值钱,没人要了;他又不接客,着那瞎子哄着他每日接皇帝。若依着我,等甚么皇帝!趁着年小,接客挣钱我使才好。增10:我合你说:拣那使大钱的,先接一个挣他几两银子,咱娘们且救急。日后再不着你接客,你可等那皇帝罢。

**【接口】**❶紧接着别人的话说话。寒4:我如今把状烧,望妹妹不辞劳,阴间还望你尽孝。二相公在旁接口说:你若不能把他治,还得我去替你告。❷旧粮匮缺、在庄稼收获时接续上口粮。磨1:实指望秋禾接接口,谁想天爷不在行!

**【接连】**结连,联合。磨32:若大兵到此间,逼着俺去招安,俺可破死还交战。勾连了蒙古骚鞑子,大家齐去杀杨蕃,那大兵不怕几千万!便从此接连外国,说不的占据江山。

**【接声】**紧接着别人的话跟着说话配合。磨1:你休焦,俺都接声便了。

**【接天神】**比喻隆重接待。俊:他二姨命真好,绫罗缎疋穿不了,到家好似接

天神，粗饭怕他吃不饱。

**【接头】**物体相接之处。农·附·种桑法·劈接树法：接头长五寸许，粗一指许，于根头寸半内量留一半，将外一半左右削两刀，成荍麦棱样，令极尖。口内含养温暖，嵌于渠子内，极要紧密，须使老树肌肉与接头肌肉相对。如此接至数个，以新牛矢和土成泥，封其接头。

**【接坐挨肩】**比肩而坐。禳20：他二人接坐挨肩，彼此都喜喜欢欢，时时笑语垂情盼。

**【揭】**❶将覆盖物移开，掀。寒8：娘俩揭开材盖看，忽一阵濛濛细雨，洒面目流下唇腮。禳24：如今思想起来，那厨子始常忒也拿我不当人，甚是可恶！就该揭了他那皮才好！琴：揭起竹帘，揭起竹帘，冤家站在房门前。轻轻扶住奴，同坐床儿沿。❷翻动，将合着的东西打开或将正面向下的东西翻动过来。蓬4：娘子接来看了一看，揭开本儿掀了两掀。禳26：揭起牌来个桩，马儿不在柱子上。

**【揭巴】**拮据。禳8：呀！邻近知道说是樊家，一个听的撇嘴呲牙，一口屋没有，到处为家，教书为业，过的揭巴，这些人去，怎么打发？不用说那赏钱，镳镳也是难拿。

**【揭锅】**把锅取走不让做饭吃饭。❶比喻搅闹得厉害，难以让家庭有正常生活。姑3：又比常时大揭锅，要凭粗气熬阎罗，娘子呀，怕你合他熬不过。禳10：提心又吊胆，还要得罪着，那里还有那夫妇乐。一句话儿不敢多，恼了还给个大揭锅。❷比喻彻底破坏生计或无法活。翻12：那刘悦死了婆，把他丈人去调唆，那知后日还成祸。到了二十余年后，给了一个大揭锅，吊了头还有甚么回生药？增28：只为着皇爷心欢喜，谁想临行大揭锅，二姐乱把金莲跺。寒2：若是照准了他，这一砖揭了锅，怎么刚擦耳边过？

**【揭揭不成溜】**口吃严重，说话很不流利。禳13：夫人说："您哥哥和嫂嫂和睦么？"老王低头说："和……和睦呀。"夫人说："和睦就是和睦，怎么揭揭不成溜了？想是不好么？"

**【揭开眼罩就踢蹬】**大牲畜拉磨拉碾时通常要戴上眼罩，不戴的话牲畜会偷吃粮食（"踢蹬"方言义指糟蹋）。比喻放开约束干脆大闹。禳10：老头儿在这里说，俺在那听，又待将奴宰烹，又待将奴怎生，揭开眼罩咱就踢蹬。

**【揭盖】**揭除身上的甲壳。比喻弄死或弄残。翻4：睁睁眼认认我休要想赖，休说是仇福子你这奴才，就是您达来我也要揭他的盖！

**【揭挑】**揭发或暴露别人的短处。禳31：（公子说）"娘子不开门，檐下也是下

官的熟径,就此坐下便了。"江城云:"这是好心不得好报,到反揭挑起来了。"(妒妇江城曾多次不让公子进屋睡觉,所以公子说檐下也是自己的"熟径"。此时江城已经改恶从良,所以认为公子的话是在"揭挑"自己的短处)

**【揭晓】**公布结果。磨21:三遍一等好名士,完了三场得意开,临了还落孙山外,我看他揭晓落地,哽脸回来? 闹:曳白难科罪,归家不缉逃。这个我倒不怕他,只愁是二场以前挂了榜惹人笑,他笑俺比别家先揭了晓。

**【揭债】**以不动产作抵押来借款。寒4:李蝎子有钱财,六百银费安排,指着田土揭下债。(以自己的田地为抵押借了六百两银子)

**【街房】**❶街坊,邻居。禳3:你从容收拾妥当,我待去辞别街房。增3:他二人争嚷惊动了街房,都来大叫:"王小,客的钱皮些收着罢,嚷的是什么? 看坏了铺子。"❷指街道,街市。俊:他的娘子叫张三姐,为人极有本领,管的他那汉子回了头,从新成了人,这几年来,成了那木楸舒在那酱盆里——就大匙起来了。街房上编了一套《俊夜叉》曲。

**【街口】**城镇或村内街道的交叉口。增7:那万岁骑马顺大街前行,转过街口,果然有座木牌坊。

**【街头】**大街之上。翻5:每人打三十大板,一面枷枷在街头。富8:短袍窄袖,件件在行,街头摇摆,也不成个人模样。

**【疖子】**一种皮肤病,症状是局部出现充血硬块,化脓,红肿,疼痛。日·疾:瞖出脓来疖子好。

**【羯羊】**阉割过的公羊。日·走:羯羊绵者味尤美。

**【节妇】**丈夫死后守节不再嫁的妇女。寒5:如今玉皇爷爷差了二郎爷爷查访那忠臣孝子、烈女节妇,因此咱妹妹连名也不曾点着,只是二叔吉凶难保。禳15:卖婆子真似贼,瓜搭着嘴儿搬是非……好人说的上了他道,节妇也说的解了裙,不走草叫他螯[①]了对。

**【节间】**节日期间。翻2:叫一声大相公,每日待将你请,逐日穷忙没点空。今日节间没哽事,吃盅薄酒避避风,殷勤便把酒盅奉。

**【节柳】**(衣衫)破烂不堪或不整洁的样子。磨14:狠骂一声狗秀才,蓝衫节柳头巾歪!

**【讦挑】**同"揭挑",揭发或暴露别人的短处。慈3:你说这李氏是省事的么?

---

① "螯"字当为"鳌"字之讹。请参见"鳌对"。

以先虽是骂的恶，还是借着别人，赵大姑因着一句话，就讦挑出来了，他怎能忍的？

**【结】**❶打结。富9：拿绳子拴起来，结了个五丝扣。❷编织(网)。农·蚕·抬替：惟结网视席箔大小，先布于上，然后撒叶。❸聚结。蓬1：金殿发异香，起彩云结楼房，看来百里一般样。禳19：听说四于被了打，深恨汉子不成才，胸中闷气结成块。❹结合(成某种关系)。禳5：要合偺家结门亲，就给相公做媳妇。增20：休说有这马，就是没有这马，给你三百两银子，结个朋友也不差。❺缠结，与某种或有前因或有后果的抽象物相遇并结合。丑：才向腰间惊细柳，又于裙下见金莲；妙舞撒来相思害，风流喜结万人缘。翻12：可见是冤仇莫结，人弄你心下如何？❻(植物)长出(果实或种子)。磨23：这么一棵大树，怎么只结这一个果？增10：不着你，这东西是天上掉下来的？地下跑出来的？科枝上长的，树上结的？❼指八股文中的结语。大结是全文的结语，小结是文内各部分的结语。闱：夫盖字不错分毫，大小结并皆完好。

**【结党】**结成党羽。磨4：您这些人结党害民，把持官衙。为首的该杀，纵党的该绞；别的充军。磨4：小的都是奉公守法的。只因那秀才们结了党，要把持官府，县公不遂他的意思，才刁告大老爷案下。

**【结社】**结成集体性组织。闱：近来见朋友们家家有《感应篇》，人人持准提咒，约会祀文昌帝君，攒钱结放生大社……

**【结声】**停止说话，住声。磨6：这妮子这样无知！还不快结声的，胡说的甚么？

**【结实】**❶牢固。富12：伸手取下来，伸手取下来，才把行囊另解开；捆了个极结实，拴上了一条带。❷比喻文章内容充实有力、无漏洞。富4：方二爷把老马的款单又改窜了个结实，封裹停当，拿了公子一个名帖，一封简装了，使人送给按院。

**【结香】**也叫“黄瑞香”“打结花”，春季开花，花黄色，有芳香。日·花：瑞结二香总一类。家政外编·诸花谱：结香，喜阴畏粪，春取根下小枝分栽。

**【结债】**同“揭债”。俊：输的热了再去捞，投寻结下人命债，沙窝里淘井越发深，这可是嘲吼可是怪？富7：这也是没行好，前世结下的孤单债。

**【截】**❶割断，弄断。农·附·种地桑法：将畦内所种鲁桑，连根掘出，自根上留身六七寸，其余截去……慈3：笑了声把话截断，一当是耍，二当是玩，一句话到弄了身汗。❷阻截。增5：是过路的长官，被雨截在咱家里。你去会他一

会。增23:王龙一步蓦进,二姐放下琵琶,起身就走。王龙当门截住,说道……❸买(布)。禳24:昨日待去烧香没有鞋,我卖了一斤香油,他截了半尺三绫,又给了他一斤姜,半斤胡椒,换了一付扣丝带子。

**【截雨脚】**指大雨尚未完全停止或刚停止时做事。"雨脚"为大雨过后的稀疏雨点。农·农·芝麻:或去种金耩而拖之,宜截雨脚种之。农·农·杂占:若截雨脚种者,麻生瘦,不若地白背种者肥。

**【蠽蟟】**蝉。日·昆:蠽蟟别种有鸟[①]蠊。

**【姐】**❶姊。一般称"姐姐",单称"姐"者除去用于"大、二"等排行的字后之外,只有三例。慈1:这一个张炳之,因他姐在陕西,时常往那里做生意。翻5:昨日告状的,不知就是令姐。翻9:姜夫人说:"这也彀姐的受的了。"(此为姜夫人听了其女儿之大姑子的诉说之后说的话,"姐"系称其女儿之大姑子,系随女称)❷指母。禳9:骂了姐又骂娘,好眉好眼不贤良,我也没气合你强。(此为公子斥责虐妇江城的话,上文写江城因琐事恼怒骂娘,公子故出此言。公子并无姐姐,"骂了姐又骂娘"是指江城反复地骂娘)

**【姐儿】**妓女。增6:久闻贵处姐儿好,寻过婊子玩一玩,不知那是宣武院?增25:转过墙角,又到了一家,见那房舍甚是清雅,有一个姐儿迎将出来。

**【姐夫】**❶姊之夫。慈1:原来这张炳之,他姐姐家是赵家庄,隔着这庄有二里路。他姐夫死了三年,他姐姐在家守寡,为人极有本领。禳18:天民上,公子说:"呀!二姐夫从何而来?"❷岳父母对女婿的敬称。禳11:樊子正手打凉棚说:"呀!那分明是高姐夫,待俺追赶他去。"大叫说:"那是高姐夫么?"(樊为岳父,高为其女婿)禳11:子正说:"姐夫既不饮酒,叫小妮端着灯,送他两口儿去东房里睡罢。"("姐夫"指樊子正之女婿)❸妓女或老鸨对嫖客的敬称。增13:二姐上楼,口称姐夫道:"贱奴来迟,望乞恕罪!"增17:话说二姐见万岁不肯来院里住,故意踌蹰了一回,问道:"姐夫,你家有铜床没有?"增9:那老鸨子……走到近前,多拨了两多拨,叫声:"姐夫,我这里拜哩。"

**【姐姐】**姊之通称。姑2:俺婆婆有个姐姐,极好的个老人家,他在沈家庄住,他家里止有一个寡媳妇子,我住他家里去罢。翻9:姐姐,你说,我这二年若是嫁了着,你待上那里找我的?增10:拿衣服来给你二姐姐穿上,赤条条的什么道理!

---

① "鸟"为"乌"字之讹。盛本、影印本不误。

【解馋】满足食欲，比喻满足私欲。禳16：他若不怕你，你那点不如娇三？因你不中惹才不傍边，找一个替身解解馋。

【解乏】解除疲乏，恢复体力。磨19：这忒也辛苦了你了！我顿酒来给你解乏。增5：长官，你吃一杯茶暂且解乏。等俺那儿来，买些什么来你吃。

【解官】押解税款、犯人的差官。增16：丫头道："你看他，两腿不敢离开。"众人道："怎么说？"丫头道："离开腿，他怕解官元宝打开鞘——漏出整腚来了。"

【解渴】止渴，解除干渴的感觉。寒6：那个鬼跑到铺里，端出来了一个碗，一个茶盅，把他递与二相公，说："你也解解渴。"增4：那万岁正然思水解渴，忽听那打水女子，心中自思："我正要思水解渴，又不好叫他什么。"

【解劝】劝解。禳17：若不是别人解劝，定把你剥皮抽筋！富11：方太太日日啼哭，儿合媳妇常守着解劝，再不能欢喜。

【解下】押解下来，指从官府押解回家来(临时处理事情)。翻8：军门把东人解了，二相公问了口外充军，只得解下变产凑盘费。

【解子】押送犯人的差役。富6：张鸿渐不能走路，又带着扭锁，那解子粘身牙嘴口的，张鸿渐极有性气，那里容的这个？也就恼了。磨18：二爷差俺来看看张姑爷起解，送盘费来，嘱咐那解子小心。

【介】❶戏曲剧本用语，表示角色表演动作。禳2：小生扮长命上，贴旦扮樊江城上，相遇介。禳7：两人拜罢，徐氏说：江城过来，给你婆母磕头。江城羞惭惭的磕头介。禳18：作喘介，做看介，怕来赶，又跑……❷同"价❸"。助词。相当于"地"。磨5：您既是些秀才，因甚么犯罪呢？因知县贪又昏，打秀才霎时命不存！这样介恨！

【戒僧】受戒的僧人。禳20：堂上炼磨如戒僧，一朝松手去如绳；恨他日日眠花柳，敌你从今闷气蒸。

【芥子】芥菜的种子。农・农・蜚虫：又种麦，每亩用芥子末一小盅，拌种种之，则蜚自除。

【借宿】在不是旅店的他人家中住宿。富3：忽见南向有一个小庄，心中大喜，暂且借宿一宵，明日再讲。增5：夫人，你家有闲房借宿一晚何如？

【借重】敬辞。表示请人帮忙。墙1：你是大的，借重你合小二子说说。翻5：家里粮实踢弄了，踢弄了，银子并无半分毫，姐姐呀，纵有粮借重何人粜？磨3：他不但笔法高，是他名重，不可不借重他。

【褯子】尿布。日・裁：褯子撷开大事毕。

jin

【今来】今日。禳24:骂一声贼奴才,贼头贼脑真杀才!做厨子全把良心坏。就看今来这样款,才知你常时忒也乖,你该杀已是三年外。

【今朝】今日。翻8:自从那日,就有今朝。揹的现成,难把恩情报。琴:埋怨老天不凑趣,一日长起十来日,捱过今朝又明朝,怎么叫人不生气?

【金豆】一种豆科草本植物,主要用作饲料。日·菜:金酒刀蚕皆豆种。

【金华火腿】浙江金华生产的火腿,为著名食品。日·饮:金华火腿尤清素。

【金华雀粉】浙江金华生产的一种香粉。日·杂:金华雀粉好方贵。

【金鲫】金鱼。日·花:留将扎线养金鲫。

【金莲】指女子的小脚。姑2:看了脸儿看身端,看了头发看金莲,都说模样看得过,怕的性情未必贤。寒3:叫人剥下鞋来,带出来许多棉花套子,才露出了一双金莲。

【金铃】一种菊花。日·花:万寿金铃皆曰菊。家政外编·诸花谱:金铃菊,宜阴燥,春种。

【金马玉堂】亦作"玉堂金马",金马门和玉堂署,汉代时学士待诏之处,后代指翰林院或翰林院学士。磨18:看年纪不过二十以上,看人物是金马玉堂,文章我可不知怎么样。禳32:不出三载,直上青霄,玉堂金马,原自不难到。富13:张老爷少年英妙,十九岁绝好丰标,齿白唇红模样娇,玉堂金马忽然到。

【金卯玉笋】疑指女和男的性器。增22:佛动心喜盈盈,比昨日大不同,千式百样把朝廷奉。二姐忘了该呼万岁,万岁也迭不的叫梓童,天子庶民无品从。也不是金卯玉笋,耍了耍万古传名。

【金绵】一种香。不详。日·杂:珠华金绵来香铺。

【金纽丝】曲牌名。富5:小人还有个四季曲子《金纽丝》嗹,再唱给老爷们听听。富5:[金纽丝]春来到,花径生尘,风飘万点正愁人。家乡万里没音信,想你泪纷纷。你那里殷殷勤勤,杏花插乌云,却有谁看着亲?谁望着俊?

【金漆】金州产的漆,代指佳漆。快1:谁输了谁头割下来,盛来只用个金漆盘,皱眉不是男子汉。富3:床上放下一张小金漆桌,舜华还不肯上床,就坐在椅子上对面相陪。

【金钱】❶金质的钱币。增3:万岁爷面带罴,伸龙爪解开包,取出金银桌上料:"五个好钱你拿去!"王小拾起睁眼瞧:看见金钱唬一跳!增8:我每日卖酒,

也见银子来,也见铜钱来,可没见这金钱。❷金钱草,也叫“大叶金钱草”“过路黄”,多年生草本植物。茎匍匐地面,叶对生,卵形或心脏形。花黄色。日·花:小青有恨卜金钱。家政外编·诸花谱:金钱,三月种。俟长二寸,扶以小竹。

**【金雀】**一种豆科落叶灌木。花色鲜黄。日·花:紫钗花下见金雀。家政外编·诸花谱:金雀,春间分栽。采花,滚汤入少盐微焯,可作茶品清供。

**【金沙】**金沙纸,表面粘有金箔碎屑装饰的纸。日·杂:花幅金沙偏地投。

**【金丝梅】**金丝桃科半常绿或常绿小灌木,花色金黄,雄蕊多数,金黄色。日·花:金丝桃梅胜鸡冠。家政外编·诸花谱:金丝梅,喜阴,畏湿。春、冬皆可分,宜粪。

**【金丝桃】**又叫“土连翘”,为金丝桃科半常绿小灌木,花色金黄,呈束状的纤细雄蕊花丝灿若金丝,故名。日·花:金丝桃梅胜鸡冠。家政外编·诸花谱:金丝桃,宜燥,恶湿,春分栽。

**【金堂】**富丽堂皇的堂屋。富14:蟒玉纷纷照金堂,绣帘一簇麝兰香。

**【金簪】**金簪菜,也叫“鹿葱”,其花可食。日·菜:金簪芦条贱始兴。

**【金枣】**一种枣属植物的果实,矩圆形或卵形,大如大拇指,金黄色,可生食或蜜饯。磨23:大人家有虚名其实不差:糟头子没点肉,异样的硌牙。那金枣酸煞人,不知像嗄。日·果:金枣酸酵只用皮。

**【金琖】**金盏花,也叫“金盏菊”,一种草本植物。花冠乳黄色或橘红色。日·花:桃开绛碧持金琖。家政外编·诸花谱:金盏,栽、种皆可。其叶酸,熟水浸过,油盐拌食。

**【金钟】**❶金做的钟或镀金的钟。禳24:不击金钟与法铙,念佛千声祸自消。磨30:宫中催晓箭,殿上整朝仪;净鞭三下响,文武拜丹墀。金钟三下,万岁登殿来也。❷倒挂金钟花,又叫“吊钟”“灯笼花”,为杜鹃花科落叶或半常绿灌木,花粉红色或红色。家政外编·诸花谱:金钟,宜粪。腊月、春间俱可插。

**【筋斗】**跟头。禳3:脚儿蹀在肩膀上,叫声妮子,要立住壮。一个筋斗,只怕跌的残生丧!禳21:猴人说:“来来来,就耍来,一翻筋斗到天台。”猴作筋斗介。“再来连十个始算乖,再来再来再来,再来把个跟头再打开。”

**【筋节】**花钱很谨慎、小气。墙3:老头子筋节的紧,我看他扁了那里去?

**【襟】**衣襟,旧式衣服的前幅和后幅。快2:打寒森好难禁,忍寒挨冻到如今,给我把衣服拧一拧,扑撒扑撒前后襟。增16:遂即两手扭过那后襟来,把两个御腚垂儿兜的紧紧的,直着两根腿,一步一步挨上楼去。

【仅仔】仅只,只是。慈6:仅仔剩了人一个,割舍的出来受顾连,那后娘的心肠,这也就摘下帽子看见纂。

【紧】❶非常接近,空隙非常小或没有空隙。墙2:今日就把门紧闭,尽他啕叫再不开,合家推是出了外。富6:就是那行床的时节,亲到那极处,也不曾搂的这样紧。❷物体受外力作用变得很牢固。磨19:我也要把手脚儿绑紧,丢在他那驴槽。❸急促,快速。俊:进的门来就是吵,口口声声不长俊,紧一阵,慢一阵,只等我颠了才封印。富6:上下看了一遍,真真是我那官人!乒的声放下那手里的绣鞋,只听的步步金莲走的紧。磨14:这一来回喘的紧,过日只怕难见人。增4:那万岁正然思水解渴……仙女说:"待我问他一声。行路的君子,你若非待吃水么?"万岁说:"正是。紧用着了。"❹因为衣服瘦而身体活动不便。增5:还是那旧周元,换新衣另一看,村头穷脑登时变。乍穿着尺头不大紧,身下闷痒似虫钻,霎时拿把的通身汗。❺用作补语,表示程度甚,很。翻6:两个到了那里,魏名合他那看园的极熟,放他进去一看,果然整齐的紧!寒3:却说那赵恶虎来了家,请酒压惊,好不热闹的紧。禳14:自从丈人去后,爹娘叫我独居,今已一月有馀,倒觉松缓的紧。

【紧趁】快速,不放松。禳2:正争瓜子闹垓垓,一行叫着还不待来,两个还要胡厮赖。若不是我找的紧趁,他也就忘了书斋。

【紧紧】"紧"的重叠形式。❶非常接近,空隙非常小。琴:那人骑着马,紧紧靠着我的轿。增16:遂即两手扭过那后襟来,把两个御腚垂儿兜的紧紧的,直着两根腿,一步一步挨上楼去。❷物体受外力作用变得很牢固。快2:却说曹操中了连环计,把几万只战船缆的紧紧的,稳坐船楼,单等吴兵来降,自在之甚。❸动词。使之紧,紧一紧。禳8:穿上靴子整整袍,束上大带紧紧腰,开盒儿有拿出崭新的帽。磨28:扎扎带紧紧腰,往前走脚步高,怎么心里只顾跳?❹作状语,表示牢牢地、不放松地。富12:手儿紧紧抓,手儿紧紧抓,低头忽如身在家。磨31:那山后剔陡石崖,不用招架的。就是前三面出路,须用车辆、树头紧紧塞断,却安下大炮、弓箭、鸟枪,轮流看守。❺表示使量变小一些。蓬4:(夫妻商议为所抄的书定价)相公说:"可以值两千。"娘子说:"看再贵了不发市,一千就卖了罢。"……娘子说我再嘱咐你一句话:……识货的太少,不必忒也胡吧,再紧紧六七百钱卖了罢。

【紧邻】❶位置直接相邻。寒1:商、赵二家紧邻屋,员外有一片好地,赵恶虎着人对他说,待要他那地。磨25:磨墨挥毫,磨墨挥毫,大喜先报娘知道。孩儿

在场中，合爹爹紧邻号。❷直接相邻的邻居。翻12：这向后子孙世世，成了贴壁紧邻。

**【紧慢】**急缓，紧切与否。富9：且是到他那里先打听打听，看那官事紧慢如何，才好归家。

**【紧簾】**（“簾”，方言音“表”去声）捆束后绞动绳索使之收紧（然后用木片等别住使之不再放松）叫作“加紧簾”，被绞紧的绳索叫作“紧簾”。禳31：千里来到，夫妻欢喜，恨不能两个身子并起来，还加紧簾。

**【紧着】**抓紧、赶紧。磨6：一行说话，方相公把那驴打的飞跑，说：“咱紧着些。”磨19：你给您大叔背着行李，紧着些快走。

**【紧抓抓】**形容发紧的状态。磨25：手儿紧抓抓，手儿紧抓抓，低头忽如身在家。好像坐绣房中，别屋里人说话。（此段内容在富中作“紧紧抓”，均通。今方言中有“急抓抓”的说法，“抓抓”为词缀，形容紧张的状态）

**【谨查】**（开支方面管得）严谨，精打细算。“查”为语缀。禳33：自官人到家中，这使费便无穷，二两银不足一日用。内外使人数百口，五个仓囤两个空，家中等不的京师俸。若不着我这谨查点，一千石也费不到年终。

**【锦带】**❶锦制的带子。禳32：子雅云：“贱荆自造了一条锦带，祝贤侄聪明富贵。”遂拿出来，众人都看云：“怎么这样精巧！一头系着锦书一套，还用的是牙签儿，一头斧戟弓箭，俱是五色绒线，缠的好精巧，好精巧！”富13：舞袖翩翩锦带垂，舞来真似燕轻飞。❷锦带花，又叫“海仙花”。花开如曳锦带，故名。日·花：笑靥含情拈锦带。家政外编·诸花谱：锦带，腊月分种。

**【锦屏风】**骨牌的一种牌名。由两扇牌组合而成，各有红点四、黑点六。禳26：你看打个锦屏风，打个楚汉大争锋。眨眼乌龙，眨眼乌龙，纷纷落花满地红。昼夜停，又是劈破老莲蓬。

**【锦屏子】**指民众送给官员为其歌功颂德的屏风。磨14：狗秀才，怎么叫你把方巾带，生员只考了三个四等，并不曾考五等。你把文章丢放开，只知向衙门日日来，狗秀才，攒锦屏必有奉申拜。牛秀才说：攒锦屏子每道都是他，我只攒了三次。

**【锦堂春】**当为剧名。富13：能学飞燕舞轻尘，能歌十折《锦堂春》，愁时节，教他略解心头闷。磨27：他能学飞燕舞轻尘，又会唱十折《锦堂春》，咳，愁时节，叫他略解心头闷。

**【尽(侭)着】**❶随着心意尽量(做某事)。墙1：您达达无正经，捞着饼饭尽着

撑,给他碗腥汤就尽了命。墙 2:照应脸面尽着用,一年得多花好几千,有转头也是看的见。❷任由,由着。姑 1:于夫人此时运正也么高,尽着你歪揣济着你叨。禳 26:从此没有下三等,顺口谈文尽着俺烹,见人说嘴又整腔。❸长时间持续地。琴:站立堂前,站立堂前,低头尽着端详俺。磨 15:那里值当的方仲起?我就合你缠一缠。缠一缠,尽着揎,打到明年又明年!

**【尽自】**尽着,老是。姑 3:这个恶人好不谬,惹着尽自勾人受:汉子惹着他也掘,婆婆惹着他也咒。

**【进】**❶进入。墙 1:来此已到门前,待俺竟进。那时说话人才信。翻 7:却说那二相公考了个二等,师徒三个同去进了大场。翻 12:贼死的罗压罗,满街上血成河,没死的还有三十个。抬进宅里细细审,问他们相隔一百多,是从那里起的祸。❷前行。翻 12:到了半更天,果然贼兵到了,见那街道窄狭,分两头进。寒 2:不归家起了身,一心要告仇人,骑上驴只是往前进。❸上进,提高。富 7:你妈有儿子往上进,弄的俺没儿嘴孤答!磨 19:依他二舅说,保儿这半年文章大进,该令他去观观场。❹科举考试考中。翻 6:待了几日,来报了仇禄进了第四名。大姐欢喜。大姐说:“其实合他做了亲也罢了,这不是二弟又进了?”禳 4:不如包打上二百好冰凌,上公堂照他皮脸撕,要进童生是童生,要进几名是几名。❺进奉。增 16:我说:“江彬,你这汗巾是那里来的?”他说:“是外国进了来给万岁的;万岁使残了,就赐了我一条。”姑 3:不敢望得来生报,仍得我进十年孝顺,就死了也好见三曹。磨 33:老爷吩咐,不敢不从命。但只是老爷在此,还不曾进一点敬心,这就无人奉陪了。❻进言。翻 11:旧绣鞋破铺衬,娘子夹进旧房门,可才又把言来进:当初剩下两口屋,一家挤着去安身,忽然拆了我心困。这座屋就极精致,可又好事奉娘亲。❼同“劲”,力量,动力。墙 4:原该埋下几两银,老来衰惫靠别人,他就养活也有点进。

**【进的】**进去。翻 5:进的房门望里看,一个病娘卧在床,浑身肿不成个人模样。翻 11:话说那仇家自从那失火之后,处处俱是灰尘,进的看看,一片荒凉。

**【进前】**❶向前移动。磨 19:休装憨,休装憨,怎么叫着不进前?❷同“近前”,指时候。禳 2:犯着我手里我也着实敲,到那进前休告饶。

**【进学】**童生应岁试,被录取入府、县学肄业。进学的童生称“秀才”。禳 4:我那儿心志高,十三岁望进学,跟他叔叔去进场。禳 4:大县进学十五名,其实三停只一停。闹:三年功必进学,六年中举,七年上会进士连中三元,一霎时就成了那富户乡官,翰林院效力满出印做官。

**【近便】**近。琴:查的日子极近便,陪送治的全不少。农·农·上粪:粪必翻两三遍,发透细润,然后用之。必要先上薄田,勿图近便。

**【近里】**近日里,最近。慈2:他爹听说泪两行,你跟着您姑强的您娘,娇儿呀,我近里还来走一趟。翻9:我已是成了亲,近里就出嫁。

**【近前】**❶靠近,走近。墙1:近前一看:"呀,原来还是我那糊突冤家!"寒3:赵豹近前,才把三官嘴唇一招,扑通跌倒,七窍流血。❷跟前,附近。姑1:于氏自那日已后,越发厌恶珊瑚,来到近前,一句好气也没有。禳1:好么!到了近前看了看,那王喘气已是不喘气了!禳6:罢呀,爹娘近前也害不的羞,我就实说了罢。

**【近心】**同"禁心",寒彻心扉。快2:雨又大水又深,浑身上下水淋淋,西北风来好不冷,冻的我几乎近了心!

**【近远】**距离。增12:贪往前看,没提防当路一个脚床子绊了一脚,跌了三四尺近远。

**【近中】**同"近里"。墙3:我近中捎过帖子去,看他有何话讲。增26:天师便从囊中取出一丸丹药递于胡百万,说道:"你近中有一道鬼门关,却也无妨。……"

**【妗子】**舅母。慈3:大媳妇子,出来去做饭,给您大妗子吃。翻9:大兄弟,那屋里还有两壶酒哩,你去烫烫拿来,我合他大妗子说两句话。

**【禁心】**寒心。墙1:才捱了一碗,战战起来,说:"禁了心了,不吃罢。"

**【禁子】**监狱的看守。磨9:把牢门的禁子报与方娘子知道:方二爷中了第四名举人。磨10:衙役们在监门外边等候。禁子出来说:"方娘子不肯出来。"

**【禁子的】**禁不的,禁不住。"子"为"不"之讹。翻4:赌了一日一宿,禁子的三个人哄了一个人,二十两又净了,赵烈打头就得了七八两。

**【尽夜】**整夜,通宵。磨7:离家奔走两三也么天,怕有追兵在后边;尽夜颠,真是骑驴三不闲:骑着腿也夹,赶着又加鞭,忙忙走好似离弦箭。磨19:就尽夜不睡,还怕有忘了的话说,说不尽的心事。

## jing

**【京报】**邸报,原为地方长官在京师设邸,邸中传抄诏令、奏章等,以报于诸藩,故称。后世亦泛指朝廷官报。清代也称为"京报",由报房商人经营。翻12:到了年下,说不尽的热闹纷华。到了二月尽,忽然来了京报,说二相公中了会

魁；不多时，又来报了探花。

**【京棍子】**京城里的恶徒。磨 26：事儿蹊跷，事儿蹊跷，来报进士在今朝，怎么报探花，也是今朝到？……必然是京棍子，打毛头瞎来报。

**【京花子】**京城里的叫花子。增 8：你这京花子无廉耻，哄我近前有什么话？增 18：依着我，这奴才接个叫花子我才自然；他若接个乡宦人家的公子，我也不笑他。这个京花子有甚么希罕哉！

**【京举】**在京城考中举人。富 9：上北京，上北京，就把银子纳监生。你若能中京举，也可以扬名姓。磨 20：我还有几两银子，安心纳一个监生，妄想科京举，图一个出身的方法。

**【京蓼】**蓼为一种一年生草本植物，有水蓼、红蓼、刺蓼等种。京蓼为蓼的一种。日·花：玉蝶飞入京蓼里。家政外编·诸花谱：京蓼，正、二月下子。宜粪水。

**【京腔】**❶京城的方言腔调。翻 8：却说那管家张旺上书房里去，见那行子仰在床上。张旺大惊说："这一定是个贼！"那行子扒起来，就拉京腔。增 6：张大哥，这长官说话有些京腔，风里言风里语的。❷明末清初弋阳腔流传到北京后，与当地语言相结合而形成的剧种。增 18：院里的丝弦我都听过，高煞的腔调也只寻常，听来那是这般样？不知是那里子弟，一句句唱出了京腔。

**【京游子】**京油子，久住京城而油滑世故的人。翻 9：我被掳在东山，卖旗下十馀年，京游子不敢下眼看。

**【经】**❶经过。慈 5：我就重生在世间，要经万水与千山，娘亲呀，定找着我那兄弟见一面。禳 19：经了美人手，我先吃了死了罢！❷经受，经历。墙 3：当时饿死没人理，酒肉而今大口叨，不懂的这是甚么窍。忽经着儿家供养，只觉着意乱心摇。蓬 7：娘娘罚我下天界，经了些恼来受了些穷，六七年像个南柯梦。❸经营。蓬 4：莫要贪图，莫要贪图，我不是经商买卖徒。❹经典。慈 4：张讷果然不肯妄费分文，买材念经，合他哥们一样。丑：圣僧悟能，他原是天蓬元帅，跟着唐僧姓了猪，取名八戒。取了经来，封了个净坛侍者，散诞逍遥。❹麻经，缕状生麻，捆扎小物件用。日·花：麻蒯为经获打帘。

**【经惯】**因为多次经历而习惯。墙 4：我这腿像有个虾蟆肚，得找外科马寿先，长到三十没经惯。琴：有桩妙事儿，你还没经惯。不是虚言，不是虚言，委实那桩滋味甜。你若尝一尝，准就忘了饭。

**【经年】**一年以上，多年。禳 25：夫妻原无隔宿嫌，如何离别动经年？

【经眼看】过目，亲自观察。日·泥：兴作全凭经眼看。

【荆科】荆。磨 23：有一伙瞎厮，在路上走路胡迷了，一骨碌张在崖里。亏他攀住一枝荆科，不曾到底。

【荆囤】用荆条编制的粮囤。俊：前日你道说洗了手，起的咒誓似血盆，随即输了个大荆囤。

【荆条】荆的枝条。禳 2：可笑痴儿只贪耍，不知书舍有荆条。磨 16：我找下荆条竹杖，等他来自有处分！

【惊怪】感到惊异奇怪。禳 3：俺慢慢行来，俺慢慢行来，啼哭泪满腮，看被人惊怪。富 5：正在那里惊怪，忽见舜华一行笑着，走将进来说……

【惊怕】受惊害怕。蓬 5：近来咱家，近来咱家，虽不富贵也荣华；又不接上司，省了耽惊怕。禳 15：不担惊怕与勤劳，难得银钱到我腰。

【惊人】❶使人吃惊。寒 7：众人都走到奈河一看，好惊人的紧！闹：此兄才真七步，学又三冬，七作惊人，榜上一名，更无疑矣，恭喜恭喜！❷使世人惊省。墙 4：腚虽疼有点好处，也着那后世惊人。

【惊唬】惊吓。磨 29：到了山上，任大王亲自给他解绑，说："惊唬呀！"金总兵大声说道："偶中奸计，我唬什么！"增 28：你领旨意，向玉火巷李小泉家店里，把我那干儿宣来，不要惊唬着他。

【惊疑】惊讶疑惑。翻 10：却说二相公别了他父亲，夜住晓行，一月多到了家。进了庄，庄里人看见，个个惊疑，都来问候。增 24：回家第二日，到了院里，听的说佛动心接了个军家，心里就老大惊疑，便到一称金家去打听。

【兢兢战战】战战兢兢。增 21：众丫头兢兢战战，除皇家谁有这样的东西？

【精】❶精灵。蓬 2：这是纯阳的弟子柳树精自现真身，孝敬娘娘。蓬 6：他是个桃树精，他却道有仙风，并不肯把妖精弄。❷用在贬义词后表示某类人。增 27：人家养儿防备老，不想他是个闯祸精，可把他达达送了命！穷：孩子绝不採业，老婆更不通情。攮他娘的养汉精，狗腿常来逼命。❸精明。翻 7：一貌如花，一貌如花，远近何人跟上他！不但人物精，又极会说话。禳 19：周二嫂人物也精，必定叫的甚中听，周二哥想是也回敬。❹精美，精致。蓬 4：娘子下笔好似雨打败叶，风卷残云，一霎时写了一篇。……相公惊讶，说："怎么这样快？"又看了看，说："怎么这样精？可爱可敬！"增 21：好衣裳件件精，赛观音唬一惊，王龙也把脑儿挣。❺精通。磨 29：那大王武艺又精，兵法又通，那边总兵合军门都征他不下。增 26：虽相法你也通，但未必如我精，不测的祸福你不能定。❻副词。

都是(相当于“净”),只是。墙2:落了草叫讙讙,摸摸有峻甚喜欢,细想来也是精扯淡。翻12:魔殃做人精胡讲,老天爷长在上,越弄越发穷,一咒十年旺,怎么能依的人这心眼里想?琴:编成小令闲玩耍,都精是些胡话。❼副词。很(多用于带贬义的形容词前)。增3:干烧饼拾一盘,咸果子黑菜篮,盛上一碗温水面。万岁尝尝不美口,少油缺醋又精咸,这样东西吃不惯。增6:这个朝廷精混帐,只管他闲游闲耍,那知道百姓遭殃!日·果:橄榄精涩能回味。❽指做的坏事,惹的祸。姑2:九日的媳妇作了多少也么精,自家不敢去告诵,请邻兄,借他的口儿诉冤情。翻1:给他找了个婆婆家,姓谢,在宝鸡县住。离家大远的,任他作甚么精,我且听不见。

**【精打精】**同“净打净”,精光,失去所有。富7:出上捱了一顿打,浑身转了个精打精。精打精,气难争,倒弄的难听难听又难听。

**【精的糊的】**指雅的与不雅的。翻2:秋桂原不如春娇,二十多甚风骚,精的糊的无不道。

**【精儿】**指做的坏事,惹的祸。禳15:你看他作的那精儿,弄的那鬼儿,做的那事儿,人人眼里看不下。禳16:昨日听的二姐夫作下了点精儿,着江城家里生气,我去看看的。

**【精光】**同“净光”,净尽,一无所有。翻5:仇大姐若还知道,愁他不一扫精光!磨18:到贵府攀了攀汾滨的正堂,不想路上被盗,弄了个精光。

**【精光腚】**❶身体赤裸。寒1:我今把他降法下,方作却是治下生,赶上裂他个精光腚。❷形容穷得一无所有。翻6:你回去到家中,老实看着把地耕,可休学你大舅舅,踢弄的一个精光腚。

**【精光棍】**穷无赖。翻5:告状人我一身,说详细你听音:告着一群精光棍,哄着学生去赌博,坑了地土骗金银。增19:砌里答撒的精光棍,油嘴滑舌会嫖风,不想这花子能行令。

**【精细】**精明。翻3:不知你听谁调唆,极精细却是极潮。增16:这长官初进院时有些憨样,这一回我看他像精细了是的。

**【精致】**❶精巧细致。墙1:不知爹在江湖上,吃了多少好东西,穷人家做的也不精致。墙4:你好生去发丧,扎挂起面有光,费瀼钱也还有名望。人见您弄的不精致,就说不是好儿郎,该您钱他也背了鞅。❷美观,好看。翻11:这座屋就极精致,可又好事奉娘亲。禳16:自家非别人,就是江城的姐姐樊满城是也。看着模样不大精致,俺这心里还俏别起人。富9:大家要齐上前,弄他个不精致!

**【景儿】**景象，情况。增17：叫军爷你听着：刘志远也是穷军家，景儿作的勾天那大。增22：王冲霄跪案前，众神灵保佑咱：待合长官投回壶，诸般景儿都弄过，遭遭罚酒又输钱。

**【净】**❶干净，洁净。姑1：珊瑚起来，依旧梳一个不丑不俊的头，披上一件不脏不净的衣裳，换上一双不新不旧的鞋，照常的伺候。禳28：春香，你去叫老王给你浑身洗净，再来见我。❷净尽，无余。慈6：张讷出门时是二月间天，这一年到了瑞州，是十月里，共算起来是三年零九个月，盘费久已净了，一年来只是沿门上乞食了。翻4：赌了一宿，四十亩地都输净了。富7：浑身上下撕你个净，拾起腿来拧一个花。❸副词。只，光，没有别的。琴：姑娘这两日净想家，没精打采强閒阐。❹计算数量时除去附带的一些东西。蓬1：普天下众神仙，一齐到蓬莱山，接娘娘盖下的水晶殿。里面净有七十里，地下铺着白玉砖，四部洲都从影里现。❺戏曲角色的一种。禳32：净扮张三疯破衣赤足上云：……闹：净扮儒衣巾持卷子果饼笔砚上介。

**【净鞭】**又叫“静鞭”，宫廷举行朝会时在皇帝到来前通过鸣鞭提醒肃静的鞭子。磨30：宫中催晓箭，殿上整朝仪；净鞭三下响，文武拜丹墀。

**【净打光】**精光，失去所有。穷：把又了一年来，弄的是净打光的。

**【净打净】**同“净打光”。俊：打头的好营生，引好人跳枯井，输赢的叫他净打净。穷：昨夜晚，做一梦，拾一锭，喜个怔，老婆孩子呱打腚，醒来还是净打净。

**【净腚光】**❶赤身裸体。慈3：浑身上下净腚光，肚子高大脸焦黄，苦儿呀，人人都说走了样。❷比喻精光。俊：不成人赌博第一，望赢钱真是胡诌。……田产不尽不肯休，净腚光才是个了手。

**【净干】**干净。翻4：实说我可不去赌，你待赌时靠一边，看人说我把你骗。若还着令堂知道，皇天河水洗不净干。

**【净光】**精光，净尽。俊：宗家儿郎真不好，输的净光无饭捣。俊：东庄有个李捣鬼，老婆输给了张三水。死后净光没口材，刨出窝子没人垒。

**【净面】**洗脸。姑1：五更梳头净面，早早伺候婆婆。增7：长官路上困乏了，我烧些水来，你净净面好吃茶呀。

**【净面汤】**洗脸的热水。增7：净面汤一铜盆，献过来花手巾，细软肥皂多清润。

**【净身】**身上所有的东西都没有了。俊：宗亓人实是贫，一个差净了身，算来真是活倒运。

【竟】❶竟然，居然。姑2：于氏就没敢做声出来，合大成说："咱不是娶的媳妇，竟是娶了婆婆来哩！"禳4：孩子忒也小，安排到来春，科考才折蹬那粮食囤。谁想全不费分文，竟进了临江第四人。禳27：江城，江城，你好狠也！怎么凶恶至此！他说铰我的奶头，我当个震话，不想就真果铰下来了！当时着带子勒住，待了两宿，竟不疼了。待我解开看看。呀！春香这个奶头竟长住了，奇哉，奇哉！❷竟直，直接。慈4：他也不答应，竟下手扳那干柴。禳1：请老爷顶盔贯甲，亮出刀来，声声叫杀，往宅里竟跑，大家俱呐喊助威，愁他不服么？禳12：向来托亲友去央仲鸿，仲鸿只推他令郎；今日还有甚么推托？待俺竟到他家，看他有何话说。

【竟夜】同"尽夜"，整夜，通宵。富2：二人不敢留连，嘱咐几句，方才送丈夫出门去了，那天就有二更时候。他……送了回来，一直哭到房中，竟夜不曾合眼。

【竟自】❶竟然。禳28：扎挂起来看一看，丫头竟自像个人，就是那金莲不止有三寸。❷竟直，直接。富6：官人摔开手，提着刀竟自进了城，投见那新知县老程去了。磨14：你怎么没有票子，竟自敢拿人呢？

【敬】❶尊敬，尊重。墙1：若是人说敬俺达，无论他极肯，我也就依了，若是人说不必敬他达，无论他不依，我就不肯。墙3：哦哦，这两个行子是敬我有钱。姑3：珊瑚看着也异常，就着实敬他。❷以礼物或行动表示尊敬。翻7：俺家全无杯水敬，到着尊宅费事多，收下咱娘心不乐。磨6：我今日犯的甚么罪？我跪你是敬你的贪那，可是敬你的赃呢？❸敬辞。用在动词性词语之前，表尊敬。墙2：张大出来说："王大叔，你无事不来。"银匠说："敬访令尊。"墙4：您二位歇息去罢，我还要敬去陪情。磨28：我寻思那张老爷是个大人物，想是也未必放在心里，咱不如敬去磕头。

【敬为】特意，故意。寒2：叫哥哥好胡突，告一遭砯磅蒲，天下官走的是一条路。天不敬为的咱家苦，再生一个包龙图，这冤待向何人诉？

【静鞭】同"净鞭"。增1：金殿龙楼早早开，静鞭三下响如雷。增1：万岁爷设早朝，景阳钟三下敲，静鞭响罢文武到。

【镜儿】镜子。磨19：家里草亭上，树影儿还稠，想必你拿着镜儿在那里梳头。增20：万岁又睡了片时，见二姐独坐窗前，照那镜儿。

## jiong

【窘】❶窘困。寒7：善人受窘于世上，恶人享福在人间，全是你把王章乱！

寒8：却说赵歪子又嫖又赌，骂亲娘，打官司，花费的又轻快，因此甚窘。❷难为情。姑2：大成羞极了，就待扯腿，珊瑚两手叉住门。大成窘了，从他媳妇那夹肢窝里钻出去颠了。穷：掂量着你沉沉的，端相着你俊俊的，捞着你着亲亲的，捞不着你窘窘的，望着你影儿殷殷的，想杀我了晕晕的，盼杀我了惛惛的。❸使为难。闹：我家祖代传来，有个临场密诀，不肯轻授于人，若是但能熟记，再无难题窘手……闹：这也罢了，他原是个弄刀舞剑的人，想也被这几个杂毛题窘住，来不的了。

## jiu

**【阄】**（方言音"丘"）拈阄时做好标记的纸团。翻3：着人找了他叔伯哥来，立了文书，写了两个阄，叫仇福来拾。翻3：骂声强人不成个货！还嗄脸来把阄来摸索？这样人我待跟着你怎么过？

**【揪作】**揪，抓。增5：没影的下了一位客，宿了一宿，吃了一顿饭，见没问他要钱，他就没的揪作揪作，就写了个帖子给那曹老爷，着他给俺两石粮食吃。

**【啾啾】**象声词。形容细碎的声音。钟：挥髯一笑百神惊，小鬼啾啾大鬼鸣，扫尽群魔千里雾，放他日月照阴城。

**【啾啾唧唧】**象声词。形容细碎的声音。富5：你那里唧唧啾啾，万恨在心头，强把眉儿皱，泪儿交流。富10：我却不知是甚么名儿哩，这就合那一更里寒蛩吱吱嘤嘤，啾啾唧唧，是一样的腔调。

**【鬏髻】**已婚妇女戴的假发髻。琴：戴上鬏髻和红箍，自己觉着怪好看。增9：那老鸨子爬起来，戴上鬏髻……

**【九边】**明代设在北方的九个边防重镇，代指边境。磨35：他日九边闻奏凯，麒麟阁上好标名。

**【九里山】**代指琵琶名曲《十面埋伏》。九里山为徐州城北的山，楚汉相争时韩信曾在此十面埋伏，大败项羽。增16：万岁爷龙心欢，抱琵琶定了弦，先弹一套昭君怨，鸿门设宴方丢下，然后绪上九里山。

**【九品莲】**九品莲台。佛教净土宗认为，修行完满者死后可往西方极乐世界，身坐莲花台座。莲台有九等之别，九品莲台是最高一等。富1：或是佛来或是仙，摸摸这头皮不能担；忽然要到极乐国，只怕也坐不惯那九品莲。

**【九锡】**古代天子赐给诸侯、大臣的九种器物。代指最高等级的礼物。富12：带泪开笑颜，带泪开笑颜，胜如九锡下云天，这等说有个佳音盼。磨25：

带泪开笑颜,胜如九锡下云天,这等说,还有个佳期盼。

**【九牙】**琵琶面板上横向胶着的九个用象牙做的音品。增24:胡百万抱琵琶,切四象按九牙,弹了一套客窗话。

**【九转货郎儿】**曲牌名。一见于《围窘》。共九节。闱:[南吕调九转货郎儿]雀顶儿分明癖块,泮池上公然摇摆,真似古丢丢在望乡台。若听起谈天口阔论来,人人是头名好秀才。(以下有八节)

**【久长】**长久,维持时间很长。富3:又思典当不久长,将来饿死在他乡。富3:好贱人!你怎么就知道不久长来呢?偏唱这一个曲子!

**【久后】**以后,将来。寒6:我久后还有报答。增17:我看你虽不是个皇帝,久后定然有大好处。

**【久下来】**日子久了,时间长了。墙3:破单衣合我熟,久下来妄想全无,并不知世间有绵裤。姑1:着他开交,着他开交,仔顾在这窝藏着,恐怕久下来,弄的娘知道。

**【久矣】**❶很久了。禳20:这里来,四于,大家等候久矣。磨8:娘子不嫌,小生已是吊魂久矣了!❷久已。慈5:您兄弟俩有极好处,就是阴间里也是久矣知道的,还有大好处没享受,怎么就来了呢?

**【酒保】**酒店的伙计。增0:酒保做了千殿下,胡混;赶着姐姐叫娘娘,奇事。

**【酒店】**提供酒饭和住宿的店铺。磨17:这二年亏了大王给咱的银子,在此开了座酒店,到丰衣足食,都是大王的恩惠。增9:那鸨儿跟着六哥,同到了酒店,说道:"客在那里?"

**【酒疸】**一种因饮酒无度而引起的黄疸病。日·疾:酒疸食黄或下痢。

**【酒豆】**一种豆,不详。日·菜:金酒刀蚕皆豆种。

**【酒芳】**酒香。磨27:高张银烛酒芳浓,家人难得一樽同,夫人呀,要饮杯酒谁能共?

**【酒房】**酿酒的工房。日·器:拿着题瓻入酒房。

**【酒馆】**酒店。富5:一日,张官人出去游玩,被一个初相识的朋友拉了去酒馆里吃酒。

**【酒果】**酒或茶食、水果之类食品的总称。翻7:进去门,只见满桌酒果。增7:暖阁楼房高大厦,圈椅方桌仔细茶,酒果饭食都减价。

**【酒醢】**盛酒的坛子。日·器:酒醢鹅笼要吉祥。

**【酒家】**❶酒店。富3:酒家何处有?囊中自有钱,要存身只求席一片。❷酒

店的主人或酒保。富5:那人说:“咱俩吃这闷酒,不如找一个唱的来,大家乐上一乐。”遂吩咐酒家叫了一个来,随口唱道……

**【酒楼】**有楼座的酒店。增6:张舍拉着王舍上酒楼去了。增14:我夜来使了几个皮钱,称了一两好麻待锥锥鞋来,为着搬你就耽误了,还在那酒楼上哩。

**【酒铺】**酒店。寒5:二相公听说,疾忙跟去。不一时进了城,到了东街上一座酒铺里,一个人迎出来……

**【酒税】**政府对酒征收的税。增28:我赐你金牌一面,掌管天下酒税。增28:万岁一见龙心喜,我儿靠前听我封,天下酒税属你用。

**【酒肆】**酒店。增7:合该他时来运至,这大同城里不知有多少酒肆饭店,万岁爷正眼不理,一骑马竟进了玉火巷来了。

**【酒望】**酒旗,酒店的标帜。增7:六哥说:“休问我那好酒,你来霎就没见我那酒望上写的那对子么?”皇爷说:“你拿来我看看。”六哥把酒望取来,递与万岁。

**【酒肴】**佐酒的菜肴。日·赌:先在家中赌酒肴。

**【酒糟鼻】**指患酒糟鼻症的鼻子。日·果:癞柑好似酒糟鼻。

**【酒盅】**喝酒用的小盅。翻2:今日节间没嗄事,吃盅薄酒避避风,殷勤便把酒盅奉。禳20:公子认了认,急忙爬起来,把手里酒盅吊在地下,往外就跑。

**【酒足饭饱】**喝足了酒、吃饱了饭。富6:自赶吃了,酒足饭饱,那衙役就像那十月里的柿子——不搅也就烘上来了。

**【旧例】**惯例,成例。蓬1:有个旧例:海干了的时节,王母娘娘就下天宫,到蓬莱大会群仙。闹:赴筵宴,会同年,刻齿录,见主考房师,一切旧例,我都烂熟的,稳稳坐着等出榜了。

**【俗】**将棺材用土墼等搭盖起来暂时放置。此字蒲氏注音“邱”,当即俚曲中所用的“坵”。“俗”音(《广韵》其九切)义(毁谤)均不合,疑有形讹。日·堪:俗的墙塌屋又崩。

**【就地】**直接在地上。翻12:吩咐把他送出去,着他当街就地爬,若能去了也就罢。农·蚕·生蚁:待半顿饭时,移入蚕室,就地以箔上单铺。

**【就里】**❶内中,其中。琴:非关闲处用心儿,就里别藏深意。琴:打油歌儿将无遣,就里情无限。增4:慌忙回到灵霄殿,前后说知就里情,玉帝就把慈心动。❷内情。寒3:参详遍不知就里,看架势是个仇家。磨13:娘子,你不知就里。原是我在外头相处了一个狐仙,姓施名舜华。

**【就是了】**❶用在句末表语气。而已，只不过。翻9：他娘说："他既有了主，央他也是不中用。"大姐说："那不过是恨极了，只是那么说就是了。"磨23：王丙说："……我但问你：这近来好么？"李二说："好什么？胡突过就是了。"增8：大同的教场也不为景致，只是大就是了，有九顷六十四亩，天下人马聚集，一年两操。❷用在句末表示语气。就行了，就可以了(无须其他或没有其他)。翻10：你先从容待二年，咱有了地土，寻上个老婆子，叫他搭手去忙就是了。慈4：休要心焦，休要心焦，我去𨨏上就是了；我若𨨏不了来，就是儿不孝。磨32：待臣去后，不妨发兵数万，到半途扬威，却不必前进，以振军威就是了。增11：他就嫌模样差些，也只说是有名无实，出上他不嫖就是了，咱妈娘知道哩么？❸用在"这"的后面，表示肯定，就对了。磨5："俺把他恶迹开成款，就去院里告军门。"(听者说：)"这就是了。"增10：老鸨子满心欢喜：我的儿这就是了。

**【就位】**落座，到规定的位置上去。蓬7：仙女嫦娥各就位，桃仙又是新添的，大家共把彩鸾戏。磨18：遂到了书房。都来作了揖，问了姓名。各人就位。

**【就着】**❶依着(某种现有的条件)。翻11：隔着这里不大远，折了容易运了来，就着现成来的快。磨18：先生先用过饭，请到书房，就着题目做一篇程文，领领尊教。富3：那医官来时问了一也么声，就着床头把脉评。❷顺便。蓬5：我有一盅酒，就着和你说句话。增21：我也就着洗洗罢。磨15：张春大怒，批脸代腮只一捶，打了个倒栽葱。……张春就着蜷了顿脚，抹了一块石头来好打。

**【舅爷】**仆人对女主人兄弟的尊称。磨6：你去开开那角门子，那边叫起牛二来，着他快去请您二舅爷来的。磨6：牛二禀道："大婶婶吩咐快请二舅爷去。"二相公问："甚么事？"牛二说："小的不知。我正睡着叫起我来，催我快来，说请舅爷快去。"

**【舅子】**妻子的兄弟。墙4：取了三十两银子，我已是分给了您丈人合您大舅子了。翻8：你去不为舅子去，特为丈人情意高，怎么断的这条道？

## ju

**【拘】**❶逮捕。翻4：即刻吩咐，即刻吩咐，不用该房出票拘，抽了两支签，分了两条路。❷管束，约束。琴：富贵功名，由命不由俺；雪月风花，无拘又无管。

**【拘巴】**紧紧附着在某物上。墙2：张老又起来，着他挟上去，说："上呀，上呀。拘巴着，拘巴着，上去了没？"(此处"拘巴"即指攀附在墙头上)墙2：休害怕莫心焦，只用你拘巴牢，可在上头死声叫。

**【拘角】**捆物用的绳子一端所系的V形或半圆形木杈。用绳子另一端从此穿过并反向拉紧，因为拘角坚硬光滑，所以便于勒紧所捆之物；同时，拘角也便于扁担钩钩起。日·器：扁担挑柴要拘角。

**【拘么】**表示商议的语气，相当于“要不然这样”“这样吧”。墙2：拘么，请且去，就问去。

**【拘绳】**带拘角的绳子。日·庄：拘绳捆来大担担。

**【抅】**（方言音“够”）同“勾[2]❸”，够，手臂等伸向不易达到的地方接触或拿取。增16：二姐……跳了一跳，贪慌抅那汗巾，把桌子上酒壶拐倒。

**【鋦子匠】**锔锅锔盆的匠人。“鋦”即“锔”。增6：没有我的口号，他若是动动我这银子，鋦子匠不钻眼——生钉这狗头！

**【锯[1]】**（jū）锔，用锔子补接铁器、瓷器等。闹：你看那皮匠家补鞋补袜，只是那锢炉子锯盆锯碗，还有那木匠家打箱打柜……

**【局】**❶赌局。俊：宗大叔你听道：有个下情来相报，东庄有个好大局，咱去刨刨妙不妙？❷骗局。慈1：低头又把苦心用，白迷拉眼就弄局。寒4：赵歪子大发歪，旺跳人请将来，做就局将俺爹爹害。❸棋局。禳9：长命呀，你看我杀你这一块！……一递打你全局坏。❹办法，计谋。翻6：辗转踌躇，辗转踌躇，寻思半日总没局。

**【局面】**场面，规模。墙4：您好生去发丧，那该钱的都是体面人，见您兄弟还成个局面，自然不好赖您的。

**【局骗】**设圈套行骗。翻5：纵然地土官不断，赌博局骗也难饶，明日这状我必告。翻5：仇禄看了看，是仰扶风县即将局骗地土，照数追还本主，仍将博徒重责。

**【橘饼】**橘肉经加工后干燥而成的食品。日·饮：天冬圆片橘饼甘。

**【咀】**“嘴”的俗写。俊：鼻咀黑乌不成人，说甚羞煞鬼一个。俊：咱可休要扎住咀，松缓上半年直了腿。

**【举】**❶手持物或不持物往上伸。增16：取扇儿在手中，满楼上耀眼明……才然一举香风动。增27：定国公怒冲冲，把铜锤举在空，顶梁穴上蹭一蹭。增22：他也不磕头，把手望空一举，说道……❷举荐。寒8：商老爷举小神，如今受娘娘恩，监察使有名分。❸举人。姑3：后来珊瑚两个儿都中了举。慈6：后来张老爷供给着他两个读书，大的会了进士，小的中了举，张炳之八十还在，岂不是福呢？❹中举。富12：自从儿举了，自从儿举了，要往山西走一遭，又听说

那里有贼盗。❺借贷。姑3:大家寻思,大家寻思,年年春里举粮食,不如咱买犋牛,再治几顷地。

**【举拜】**持物举起拜谢。富14:饮美酒香甜,饮美酒香甜,一杯入肚,直透元关,举拜叩连连,天官赐福,恩重如山。

**【举火】**点火。增28:万岁放了大赦了,叫这南北两院科子忘八快忙逃命,待举火哩!增28:万岁说快给我举火,霎时间烈焰腾空。

**【举眼无亲】**举目无亲。富3:自沉吟,如今举眼又无亲,现今兜肚里,剩了四两银,净了包难买饭一顿。富7:俺如今举眼无亲,有谁见怜?

**【举重】**扛抬重物。寒4:收拾停当了,蝎子又雇了十五六个举重的,抬着出了门。富11:坐在轿里好似软扛子举重——一行哭着呼扇。

**【举座】**指举人的地位。富10:我儿还该愤发,这举座压不住仇家,仅能不着上门骂。

**【矩子】**矩尺。日·木:矩子合严门閰板。

**【踽踽凉凉】**形容凄惨的样子。寒4:都说道吃横亏,一个个哐哼成堆,快头先行又被屁骨坠。踽踽凉凉都乱动,好似夹了一群贼,又像当的锅腰子会。

**【具】**❶备办。姑3:叫皇天,臧姑谨具赃一盘;赃一盘,早早完,受了赃刑谁可怜?禳11:草草具一杯薄酒,为贤弟稍破愁颜。❷写。翻8:知县又叫保正具了甘结,保下了八十亩。磨3:具呈人阖学生,只为着贪酷情,加三火耗钱粮重。❸量词。增15:见那琵琶、弦子挂在墙上,就说:"这一张琵琶合这一具弦子,好不齐整!"……二姐说:"这琵琶该说一面,弦子该说一旦,谁家说一张一具呢?"农·补·分抬:天晴急用箕三四具,转蚕庭中,使日煦之。

**【犋】**量词。用于耕牛。姑3:大家寻思,大家寻思,年年春里举粮食,不如咱买犋牛,再治几顷地。增8:只要你用心孝顺,我分给你顷地犋牛。

**【锯²】**(jù)❶剖开木料、石料等的工具,主要部分是有许多尖齿的钢片。寒5:二鬼分头按上锯,骨头拉的嗤冷冷,夹锯条还要只顾挣。寒5:二小鬼把锯歪,打旁里锯下来,大疼更比前番赛。❷用锯断物。寒5:这是个好汉子,锯的斜着一点,休要伤了他的心。寒7:一霎锯的那血水淋漓,二郎爷那哮天犬倒舔了个饱。

**【锯条】**锯的带齿的长条形钢片。寒5:二鬼分头按上锯,骨头拉的嗤冷冷,夹锯条还要只顾挣。寒5:两个鬼看看将到心头窝里,一个鬼说:"这是个好汉子,锯的斜着一点,休要伤了他的心。"果然把锯条歪倒,曲曲折折锯将下来,越发疼极。

## juan

**【娟娟】**明媚。禳11:八月露寒,八月露寒,新月娟娟愁里生。禳20:城头新月已娟娟,黑夜茫茫春气寒,春香呀,满街多少行人乱。

**【卷[1](捲)】**(juǎn)❶把东西弯转裹成圆筒形。翻4:把姜娘子两件衣裳卷了卷,夹着走了。寒6:那小辈卷起帘,在里头一官员,两边遮着两把扇。❷用锨等工具把灰土等弄成堆。翻11:或是镢或是掀,扫出来好粪田,姊妹俩常把灰来卷。❸同"踡",踢。寒1:打了顿捶来卷顿脚,又使拳头擣那腮,鞭子多又把头打坏。

**【踡[1]】**(方言音"卷"上声)踢。翻8:妹夫比你强十倍,给他提鞋踡了牙!日·争:没钱大脚踡疮腚。

**【蜷[1]】**同"踡[1]"。磨15:张春就着蜷了顿脚,抹了一块石头来好打。

**【餋子】**卷子,一种常见面食品,和面擀成厚饼状,一面涂上油盐葱花(即"擦穰"。也可不"擦穰"),卷起后切成段,上锅蒸熟。日·饮:餋子擦穰留客饱。

**【镌花娘子】**蔷薇叶蜂。寄主于蔷薇、月季、玫瑰等,幼虫蚕食花的叶片。家政外编·诸花谱:凡蔷薇、月季、玫瑰,夏生嫩枝时,有黑翅黄腹飞虫名镌花娘子,以臀入枝生子,三五日出小虫,黑嘴青色,伤枝食叶,不可不知而捉之。

**【绢】**用生丝织成的一种丝织品。墙3:我看着你那绢袄,爹穿着肥瘦相宜。翻7:慧娘吩咐丫头,解开包袱,每人红绢三尺、钱二百,俱是伺候就的。

**【瓹】**(蒲氏注音"眷")不详。从字形从瓦来看,或指砖瓦之类。日·泥:泥成麵籽瓹成堆。

**【卷[2]】**(juàn)❶书卷,书本。琴:好月初圆,新篘倾几盏,好花初开,奇书读一卷。❷考卷。富12:进去大场门,进去大场门,堂前接卷乱纷纷,下堂来才把号儿认。富12:只听的号儿吹,一声里快交卷。❸档案。禳22:把他求,把他求,卷上青字一笔勾。

**【卷帘】**考棚的门帘。富12:往里飞奔,往里飞奔,放下包裹扫扫尘,挂卷帘出去混一混。

**【卷箱】**盛卷子的箱子。闹:忽传昨宵已把卷箱抬,相顾也失色,陡听的老宗师丢将个川字来,又渐把雄心丢放在九霄外。

**【卷子】**试卷纸。富12:公子回来,公子回来,展开卷子细安排,没晌午又完了两三块。富12:公子疾忙跑来,把卷子摸过来,对了一对。

## jue

【撅】翘起。姑2:于氏只得撅着老腚去摆划。磨14:嘴一撅大板乱砍,一群人撒腿开交。穷:撅着肚皮装富汉,偏他交的是好运。闹:只是还有两个人脸蛋子最难看,一个是撅着鼻子要做封君的老官,一个是跷着脚子要做公子的小犬……

【决科决甲】泛指参加科举考试。"甲"指甲科,进士科。磨21:别人是决科决甲的好秀才,漫在傍里观榜;你不过是完了场,就该归家,在那里做什么?

【决撒】事情暴露。禳12:呀!那事决撒了也!那一日酒后见了江城,便把旧情打动。……适才樊子正来,必然说破机关,爷娘呼唤,必然要受气也!

【诀】❶诀窍,秘诀。闹:我家祖代传来,有个临场密诀,不肯轻授于人,若是但能熟记,再无难题窘手。❷总结经验的谚语、口诀。农·农·二月:农家诀云:"春耕无晚,秋耕无早。"农·农·谷久旱:冬至来年麦,夏至管豆花;清明芝麻小满谷,元旦蜀秫定不差。其要诀曰:"金灾火旱水收半,木收八分土十全。"❸指说辞,说法。俊:强人强人你再说,我看你有什么诀?

【抉】❶同"掘❶",撅,刨开。翻11:离地抉了没半尺,掏出石头把镢伤,拿起看看无妨账。❷同"掘❷",骂。俊:汉子骂声好泼妇,您娘嚇生这桩物!我仔说了够一把,你就抉了一大掭。

【呋嗤】("呋"方言音"缺")象声词。形容急促行动的窸窣声。又写作"缺哧"(见该条)。姑3:两口子呋嗤了半日,光见瓦石,并不见银,气把头兴全没了,撅着嘴去了。慈1:他娘只是打着他穿,打了几清晨,袄也找着袖了,裤也伸上腿了,指头似的个人,五更里起来,呋嗤呋嗤的穿把上。

【绝不】❶一定不要,决不要。慈4:叫一声张诚你绝不害怕,你看那狼虫多山又难爬,不听说果然就转了几下。闹:初一与十五小弟打扫,绝不肯叫神佛断了香烟。❷总是不。穷:孩子绝不探业,老婆更不通情。增9:玉火巷您尹六叔,往常时三朝两月的就送客来,如何这一向绝不来走走?

【绝顶】最好。姑2:清晨就去上锅台,添下一瓢水来,填上一把柴,绝顶的婆婆不待做,只得去做老蠢才。富8:绝顶文章志不伸,方才怨那时合运。

【绝户】❶断后,无子嗣继承。慈5:好哀伤,小的死了大的亡,撇下这绝户人,成一个甚么样!❷断后的人。墙1:那如做个老绝户,卖地也还吃几年,落了草怎不把头擗烂?慈6:张炳之没了儿婆子又丧,每日家单祷告着张讷还乡,以

外老头子别无指望。已破上做个老绝户，谁想儿子成行，闹闹嚷嚷，妻子满堂……

**【绝户计】**置人于死地的计策。增26：万岁爷早得知，骂王龙作死贼，暗中定下绝户计！

**【掘】**❶挖掘。快2：骂诸葛，老贼头，平地掘成万丈沟！磨29：离山十里掘下陷坑，我引兵赶来，可以生擒活捉。❷骂。姑2：九日里回来，实指望他达妈念诵，必然差些了。谁想越发利害了，一点儿不应心，就掘。姑3：汉子惹着他也掘，婆婆惹着他也咒。禳10：媳妇儿你在那里掘，俺在这里听，骂达也是一升，骂娘也是一升。

**【掘打】**骂。"打"为词缀。慈3：气也不喘，尽歹那菜瓜，掘打了一阵，又要杀他，一身的热汗湿透了重纱。

**【掘坟顶】**骂祖宗。墙2：惹的恼了掘坟顶，还抱当街对人夸，说他巧嘴极会骂。禳10：日子长，合他只隔着一堵墙，终日掘坟顶，一场又一场，隔壁儿教人听不上。

**【觉哩】**觉得。寒4：大不然人已死了，还觉哩么？出上就抬了去。

**【鐍】**(蒲氏注音"菊")锔。日·器：铜炉镙锅鐍破盏。

**【橛】**木橛子，短木桩。慈1：又罚王祥整夜跪，直橛跪在画帘前。富6：我合你做夫妻已四五年，你心里有个橛另把奴拴，为甚么还痴心，还把人来留恋？

**【镢】**铁镢。翻11：加上镢一拗，拗了一道缝，缝里骨突突冒出一股气来。寒8：主人椅子旁里坐，一个使镢一个使锨，半尺深露出大瓮碾。

**【镢头床】**一种小床。"镢头"即"脚头"。翻11：乍住着蟒螬房，进大屋也恍荡，可惜没哽安插上。反转星星人四个，按上一张镢头床，破矮桌安上也不展样。

**【攫】**抓，搔。禳13：待了两个月，两个说说笑笑，好不欢喜！谁想渐渐的旧病发了，这两日萝蔔窖子被了盗——掘开了。昨日又攫了一顿把，亏了还抓在那背脚处；若是差一点儿，胡桃栗子摆在鼻窝里——可不就脸上开起山果铺子来了么？

**【镬】**同"镢"。姑3：听见那银子的话，等不的说完就跑，叫着二成，一个拿着杴，一个抗着镬，流水先去刨去。翻11：或是镬或是掀，扫出来好粪田，姊弟俩常把灰来卷。

**【镬头】**镢的铁片部分。姑2：臧姑也不管，哭叫搥下来了镬镬头，待自家拿

去换烧饼。

**【倔】**倔强。寒2:老王见他倔的狠,把那块木头乱拍打,怎么对着本县骂?

## jun

**【军汉】**军人。增2:带上檐毡大帽,打扮起像一个军汉。增3:那张敖同众人来到街前,看那人打扮的像个军汉行持。

**【军家】**当兵的,军人。增16:穷军家只好住那矮屋,见了高楼我就晕了。增19:他是个军家,只会跑马射箭,他知道甚么?

**【军家汉】**当兵的男人,军人。增10:酒楼有个军家汉,仗义疏财手段大,十两银子见面钱,金豆一盒九个半。增18:二姐昨日接了客,帽子破来衣又残,那人是个军家汉。

**【军门】**巡抚。翻8:军门把东人解了,二相公问了口外充军,只得解下变产凑盘费。磨27:父子锦归还,路上怕留连,世时人也敬新乡宦。那里日日长宴,司道军门州县官,今日是这边,明日是那边。

**【军钱】**军用的钱财。增5:撒脚不敢回头看,口中只说不好了,要军钱的汉子又到了!增5:唬杀我!我只当是要军钱的。

**【君子不见小人过】**俗语。指大人物不与小人物计较。磨28:"拿绳子来,把他手脚背绑在一堆,从梁上抽将起去,着他肚皮朝地。……"张龙苦苦哀告说:"君子不见小人过,大爷饶了小的罢!"

**【君子不羞当面】**俗语。君子不以当面的批评当作羞耻。寒5:叫众鬼你听言:……原说我要告状,这话不是背人言,君子并不羞当面。阎王爷叫我回去,我可也不敢隐瞒。(这里是告诫别人的话,请别人抱着君子不羞当面的态度来听我的直言)

**【俊】**漂亮,好看。墙2:遇着刮风或下雨,锁在屋里不动身,老头子不必过求俊。姑1:珊瑚起来,依旧梳一个不丑不俊的头,披上一件不脏不净的衣裳,换上一双不新不旧的鞋,照常的伺候。蓬2:那里的神仙下九也么霄,俊脸儿好像芙芙子苗。增7:安排的甚均匀,端上来香喷喷,盘碗鲜明颜色俊。增16:佛动心取汗巾,拿出来涙灰尘,从来没见这汗巾俊。

**【俊巴】**俊,俊美的人。"巴"为语缀。俚曲《丑俊巴》写猪八戒和潘金莲的事,"丑"指猪八戒,"俊巴"指潘金莲。

**【俊俏】**漂亮。翻6:因着这个梦,他又是俊俏书生,心里有了主意,所以殷勤

待他。禳5:他心若图俊俏,就画个活现的美人。禳10:咳!我好苦也!只爱他模样俊俏,谁知人面兽心。

**【俊生生】**俊俏。禳14:三更谯楼响连声,想起他那模样,想到天庭。笑盈盈,俊生生,赛过那莺莺。

# K

## kai

**【开发】**打发，处理。富9：把人拿，把人拿，外头跑了十二三。抓住了五六个，打了够二百下。好大开发，好大开发，还要拴去送官衙。

**【开坊】**指明清翰林院的编修、检讨升为詹事府春坊官。后指翰林初任官的升迁。禳5：翰林王，翰林王，自从去年开了坊。禳33：神仙说要还乡，等着孩儿开坊，父母都到九十上。

**【开放】**❶放开，打开。翻9：你来了眉头开放，有你我穷些何差？增22：正说着，丫头叫道："姐姐开门，拿了酒饭来了。"二姐听说，把门开放。❷（花、叶）绽开。蓬6：那道童是小妖，转身变作一树桃，妙处又把石头靠。千枝万叶齐开放，重重叠叠有三丈高，朵朵都朝着娘娘笑。富11：菊花开放人何在？惟见南飞雁一行。

**【开会】**举行庙会。慈6：这一日城隍庙开会，爷俩赶会回来，不想撞着他哥哥。

**【开交】**走开，离开。禳11：天又晚了，天又晚了，说两句话便开交。磨28：你还记得解您老爷那时，我去送盘费，你因不给您钱，见我淌下泪来，便骂："合的，不早开交，装什么亲生的？"增16：好歹的留他一晚，到明日打发他开交。

**【开科】**举行科举考试。磨20：近日听的说，明年还有开科。磨22：且是朝廷重开科，明年又该会试，每哩山西待常俭年哩？

**【开口呼】**古音中指不以u开头的韵母。闹：字四音要念出平上去入，开口呼合口呼也得学全；平仄里必得是分外清楚，久以后作诗句免得犯难。

**【开花】**❶花朵开放。蓬6：像蟠桃园那头一种，八千年才开花一次。蓬6：园内蟠桃开了花不曾？❷比喻衣帽等破烂、棉絮露出。俊：你也输的没了魂，脸上常似桥下水，一顶帽子开了花，一双鞋儿没了底。

**【开镰】**开始收割麦子。日·庄：买下蔓子好开镰。

**【开脸】**女子新婚前用丝线等绞去脸上的汗毛。禳28：还待看个好日子，给

他开脸才上头,咱还得把衣服做。

【开路鬼】开路神,送葬仪式中放在最前面的神像。日·纸:躬下腰糊开路鬼。

【开荒】从文意看,应为鸟名。不详。日·禽:山禽劚地叫开荒。

【开卯】开口,开言。磨23:二人弹了一套,便开卯说道:……

【开眉】修眉。琴:洗了身子重洗面,新衫新裤从头换。细细绞脸开了眉,霎时缺咊的一身汗。

【开手】开始行动,一下手。增14:宣武院众佳人,都乱诮佛动心,这奴才终朝每日发下恨,不接尚书合阁老,开手接个大操军,就有银钱也不趁。

【开外】❶除外。俊:诓借钱赌起来,没根基不成才,倾家败产还开外。他娘家里断了气,还要看下这把牌,也不顾亲朋怪。因赌博人品尽丧,只输的眼里插柴。❷以外。禳33:祝爹娘寿比南山,福如东海;也无病也无灾,到百年开外。

【开兴】引发兴致。增16:我只是没开兴哩。若是待弹,脚指头也弹的中听。增24:万岁自从进院,不曾开兴吃酒,今日不觉大醉。

【揩】擦拭。闹:湿淋浸冷汗常揩,悔从前做的是何来?

## kan

【龛】墙龛,墙壁上的小室。富14:欲画他仙容妙影,挂在这金屋珠龛。磨17:刻一个牌位传一个影,又用檀香雕个龛,跪下磕头千千万。

【堪堪】眼看就要,几乎要。墙1:肚里吐噜如雷响,一堆饿火把心烧,堪堪饿死谁知道?磨18:这不是走了二三里路,堪堪黑了。增4:武宗爷堪堪渴死,看见水喜动龙颜。

【堪用】够用,可用。磨36:一坛仙酒尽堪用,不必尘凡酒店沽。增5:嘱咐那周元休当戏,千金难买书一封,小小体面颇堪用。

【偘】(方言字,非“侃”字异体,音“拼”)拙笨。翻4:仇大郎你好偘,没钱使难住人,难住了不是真光棍。禳16:就是相好,也只一霎,全然一点不中用,真正是个偘忘八!

【砍脖贼】詈词。该杀的贼。富4:大骂贼砍脖,大骂贼砍脖,送我监中三年多。只当砍脖贼,叫我常常坐。

【砍瓜切菜】比喻畅快地杀敌。快4:砍瓜切菜不住手,使的我,大汗淋淋透甲袍。快4:俺就赶着只顾杀,砍瓜切菜一般同!

【扻肩】坎肩。日·栽：家丁扻肩称粗豪。

【看】❶视，观察。墙2：好冷呀！你看路上裂的这璺，街上都是冰凌。姑3：于夫人去看了看，刨了一个大坑，里头堆着瓦查子，也只当他刨了银子去了。❷挑选(娶亲、动工、启程等活动的吉日)。翻7：却说仇禄复试回来，范公子看了成亲的日子是十二月十六日，着人来说了。寒3：张大爷着老身，合宅上说娶亲，原当看的是正月尽。❸照看，看护。慈1：这张炳之娶了这个老婆，实指望给他看着孩子，谁想那李氏的性子极残。墙1：那一时还支使着个小厮，白日给我做饭，黑夜给我看火，也还罢了。❹看望。姑3：且说姗瑚到家，合庄里都喜，无论同姓异姓，都拿着礼物来看珊瑚，就是娶个新媳妇来，也不能那么热闹。翻1：大姐听的说他爹被掳，才来家看了看。❺(医生)观察病情并做处理。禳7：仲鸿说："这可待怎么处？向那里请个大夫来给他看看。"高公、高母出去介，公子叫住丫头说："春香过来。你对您爷爷说，休请大夫，我这病不是吃药能治的；待要好，必是定了江城。"磨7：主人又来，说："相公，你这病，我看着越发重了。"张鸿渐答应了一声。店主说："还得请个医生看看。"❻看待，观察到某种情况而认为(与动词性词语搭配)，觉得。姑1：媳妇从来孝顺难，婆婆休当等闲看；自此若有豺狼出，方识从前大妇贤。姑2：沈大姨看着不是长法，不如把二成分开，极声叫二成来，对他说。❼表示提醒对方注意某种情况。一般用在"你"的后面，有时前面不加"你"。墙2：你看今早晨这样冷，他必然送来。墙4：张大把头掀起，一跌说："看看，连头死了，还活那狗蛋哩！"翻8：妹夫比你强十倍，给他提鞋蹉了牙！看你说的甚么话！❽用在"你"的后面，不表提醒而主要表示感叹，相当于说"哎呀"。慈2：却说那张讷听了他老子的言语，就一溜烟跑到赵家庄，一直照着那瓦门楼钻将进去。他姑看见说："这是谁家的孩子？"张讷说："你看俺姑，你就不认的我了么？"慈4：到了第二清晨，张诚早起来上书房开开那角门子，见哥哥已咱把各闹打扫了一大堆，还在那里扫。张诚说："你看俺哥哥，你从多咱就起来了？"禳7：夫人拉过江城的手来，撮了撮下颏，捏了捏耳环，便说："你看看江城出产的这样的风流，这样的标致！……"❾用在表示动作或变化的词或词组前面，提醒对方注意可能发生或将要发生的某种不好的事情或情况(前面不加"你")。墙1：李老笑说："茶里可休加蜜呀。"张大说："那苦苦的怎么吃？"李老说："苦到不妨，再加蜜看人笑话。"墙3：天已明了，看老头子害冷，先送些火去。慈3：叫了一声："大媳妇子，出来去做饭，给您大妗子吃。"李氏说："休做呀，我等不的，看那孩子醒了哭。……"

【看不上】❶看不中，看了以后不喜欢。姑1：于氏拭了脸，劈珊瑚瓜的声一耳根子，说："我看不上你也脏样！"琴：皮脸嫂子好多气，一戏不罢又一戏。说长道短嘁哩咱，看不上那种浪张势。❷看不下去，看了以后感到难以接受。慈1：道上行人笑老张，把乜孩子来交给了个鬼王，瘦的着人看不上。磨1：虽然说不成灾，却又自家看不上，坐在那轿里麻瞪着两眼，见一个庄里没有术秸，便说这庄子成的是灾。

【看不上眼】同"看不上❶"。翻6：嗤头抉腚看不上眼，待要大发那里来？

【看茶】上茶，为客人端上茶水。禳33：选丫头五六个，换上新鞋去看茶。增14：通红一个弯弯嘴，他叫丫头来看茶，花言巧语会说话。

【看常】同平时一样。翻6：俺大姑到上台，完了官司才回来，半月没人问问安，望你看常休见怪。翻10：多亏了看常不改，赠白银那么一些。寒2：他如今不看常，低着头细思量，这可是该怎么样？

【看承】对待，照看。翻3：虽是他为儿不孝，望娘亲照旧看承。

【看得过】看得过去，还可以。姑2：看了脸儿看身端，看了头发看金莲，都说模样看得过，怕的性情未必贤。

【看的过】同"看得过"。禳28：春香原自不丑，扎挂起来，想是也还看的过。增7：小六哥整攒盒，松子榛仁把皮剥，柑橘酥梨摆几个；羊肚松伞沙鱼翅，猴头熊掌共燕窝，件件齐整看的过。

【看得见】能看见，表示数量不多。增21：将银子倒面前，叫二姐你听言：几两银子看得见。些须微礼休嫌少，权且当作胭粉钱，零碎垫手也方便。

【看的见】同"看得见"，能看见。❶表示很明显。墙3：这件旧袍子穿了几年了，也是看的见的。禳1：莺声一出，跪倒床前，那软弱书生越发看的见。磨23：也罢也罢，我是乡瓜子，你瞎着两眼见的天，巴的也看的见。（"巴"指吹牛）❷表示数量不多。墙2：我明说我实言，要那地分那田，原是有些便宜转。照应脸面尽着用，一年得多花好几千，有转头也是看的见。慈4：骂了声狗儿，骂了声狗儿，一日两个肚儿圆，打的那柴儿，就也看的见。（此处为后娘骂前妻之子一天吃两顿饱饭，打的柴却很少）❸反语，表示并不看重。墙2：到不如明说没有，看的见那两吊三千。增6：我虽人家不大大，生平赌博不疼钱，一半两银子也看的见。

【看的下】看得下去，看了以后能够忍受。慈2：您达怎么就看的下，把一个没娘孩子，就弄的饥饥哇哇？

**【看顾】**照顾。翻9:望老爷天眼看顾,可怜俺无妄之灾。磨18:到家中多拜上您二爷,我家中寡妇孤儿,早晚借重他看顾。磨1:多亏了好官"看顾",教阖县南北迁流!(此处为反语,指祸害)

**【看酒】**上酒,为客人端上酒。富13:看酒来,咱作一个合家之乐。磨35:鸿渐拉着说:"不必行礼。下官要奉饯奉贺,看酒来。"

**【看看】**❶"看"的重叠形式。墙4:俺爷爷长疮霎,叫你给他看看,你就嫌脏,正眼不理么,怎么这个就待打人?快2:众将,你们都看看,我有头吭没有?❷看着,看起来。慈4:他哥们见他说的有理,他老子看看他成了块了,也禁的揉搓了。翻9:叫花子进后房,见相公细端相,看看不成个人模样。❸看了看,发觉。禳8:谯楼上鼓已敲,熬的麦子黄了梢,看看已是良时到。禳20:五更鸡叫闹喧喧,一刻难捱最可怜。看看东方已放亮,太阳好似鳔胶黏。❹眼看(就)。磨2:咳!俺好苦也!家中升合无粮,看看饿死,可有甚么纳钱粮!磨22:哩溜子喇,喇哩子溜,看看来到新年头,看看来到新年头。

**【看骡】**不拉车耕地、只用于乘骑的骡子。增20:老王,你常说那骡子不是你的,是老爷的看骡,你待买匹马。你买了他这马罢。

**【看牌】**玩牌。蓬4:三杯以后,说笑满堂,下棋赌胜,马吊争强,看牌掷骰,敖江,巴孤堆赶凤凰,耍笑诸般都在行。

**【看日子】**选择吉日。富2:我有伯母前年老,至今灵柩还在堂,不久要看日子葬。翻2:徐氏听说亲家体量,极喜。看了日子,娶了媳妇。翻12:老太爷一说,一家人无不欢喜,都说极好。即时看了日子,在那墙东平地里兴了工。

**【看膳】**端上膳食。增2:国母听说,怀恨在心,已知留他不住,叫宫官看膳来。

**【看上眼】**看了以后觉得合意。参见"上眼"。增4:正德爷跑过来,把仙姬搂在怀,慌忙要解罗裙带。三生有幸今朝过,看上眼了你拿什么歪?人到了着急不怕你怪。

**【看望】**❶探望。翻12:逐日断不了有来看望的、贺喜的,纷纷攘攘,来往不绝。❷照看,照顾。蓬6:你望后好生看望孩儿,照管家事。我从此打坐,一日连四碗饭也不用了。富10:叔侄临别,又嘱咐了几句:我家是非一大些,一个孩子没有爹。得个着急人看望,多多拜上你爹爹。

**【看着多】**看了以后觉得多余,嫌弃。慈3:骂了声滴溚的小老也么婆,别人的孩子你看着多。

【看坐】为客人安排坐具。磨24:正说之间,来报道:"大少爷领着两个妇女进来了。"公子说:"给太太叩头。"吩咐看坐来坐了。增13:久仰大名。穷军无缘,今日才得相会。六哥儿,看坐来。

【䶫】(蒲氏注音"看",应读阴平)发咸的感觉。日·饮:东洋多吃喉咙䶫。

## kang

【糠屉】里面包着糠的鞍垫。日·器:椊鞍槎线缝糠屉。

【扛箱】专门用来运送小件红妆用品的箱子。日·纸:纸锞扛箱皆扎对。

【扛子】杠子。"扛"为"杠"字之讹。翻11:大家拿着扛子,掀起那石头来一看。富11:坐在轿里好似软扛子举重——一行哭着呼扇。

【抗】❶扛。禳3:老婆子,你挎着这筐子,江城,你拿着小篮儿,我抗着板凳。增16:你待看时,等小厮们来时抗两布袋来给你看。❷"揨"字之讹,击打。磨14:读书人尽把良心丧!官司全不论青黄,不给你钱使大板抗,现如今告打死到有百张状!

【抗墙根】靠在墙边晒太阳、与他人聊天。墙1:老婆子死去了,冷和热自己熬,肚里饥饱谁知道?……只转了饭饱无事,抗墙根也还逍遥。

【抗墙头根】同"抗墙根"。墙2:你又不常出门,脱不过抗墙头根,绵衣裳穿着可也笨。

【抗腿】指仆人曲腿让主人踩着腿上马。寒2:不曾给令堂去抗腿,也不曾跪[①]腰给令达,怎么见你就该下?禳18:也使我得知闻,我不出气你再理论,雠就不问谁是主,拿着当自家那抗腿的人?

【炕】火炕。墙1:炕上铺着席头子,头枕着块半头砖,就死了可有何人见?慈4:张讷一来又弱,二来又饥,撅着嘴,在炕上仰着。

【炕洞】炕内部通烟气的孔洞。翻11:席后里,炕[②]洞里,瓮里,园里,无处不是银子。

【炕头】炕上靠近热源的部分,代指炕。墙1:若还自家做饭吃,必不肯吃这冷冻冻,热炕头也做了个自在梦。俊:抹了一回没的想,抿了几碗冷眵块,扑着炕头只一攮。禳26:江城说:"好大的个举人哪!也就是在炕头上称罢。"公子说:"我这举人,可就是这炕头上称不得。"

① 原讹作"跪"。

② 字原作"坑"。

**【炕土】**旧炕拆除后的废土。可以肥田。农·农·种麦:秋分前后,以种和细粪耩之。……麻油酱为上,大粪次之,炕土又次之。日·庄:炕土擡筛粪可换。

**【炕沿】**炕的边沿(人从此上下)。禳3:看梁柱庭阶,看梁柱庭阶,炕[①]沿锅台,住你三年外。

## kao

**【燺】**烤(俚曲中均用"烤"字)。日·庄:旺炉燺饼粥糈黏。

**【靠山之卦】**用牛角卦(卦角)来算卦的一种卦形。磨28:胡生说:"我就极会决人的心事。"忙取卦角,望空祷祝:"周公、周母,孔父、孔子,诸葛孔明,王禅老祖,鬼谷先生,袁天罡地煞,有灵有应。今有张龙、李虎来问心事,吉则报吉,凶则报凶。"将卦角丢去,看了看说:"这个靠山之卦好的紧!待我查那卦本儿你看。"

## ke

**【科】**❶参加科举考试。磨20:我还有几两银子,安心纳一个监生,妄想科京举,图一个出身的方法。❷科举考试的届次。禳5:咱家陈昌侯,也是丙子科中个乡榜,合高仲鸿的侄儿同年,因此相处的极好。富8:日日如此,不负时光,今科不中,还有那来科望。❸判(罪)。闹:曳白难科罪,归家不缉逃。❹棵,颗。磨1:满坡一片皆红地,只有几科蓟术秸,便说蚂蜡不为害。增16:这万岁爷扇子上是一科月明珠扇坠,二姐那里晓得?❺詈词。同"科子"。磨10:大骂贼科,大骂贼科,送我监中二年多。❻修剪枝蔓。农·附·种桑法:条宜科去者有四等:向下垂者曰沥水条,向里生者曰刺身条,相并生者曰骈指条,稠密者曰冗杂条。腊月、正月间科之。

**【科道】**科道官。明清六科给事中与都察院各道监察御史统称"科道官"。禳5:前日他姐夫张石庵说,何家庄那何科道家,他有十三四的个女儿,极待合咱做亲。磨27:常恨那科道骨都着嘴儿,该把那眼抠!

**【科派】**摊派力役、赋税或索取钱财。磨14:我保他打贼使小板,我保他捶粮大板棱,我保他科派众百姓。

---

① 字原作"坑"。

【科枝】棵枝，植物的枝杈。增10：不着你，这东西是天上掉下来的？地下跑出来的？科枝上长的，树上结的？

【科子】❶娼妓。慈1：……谁想那李氏的性子极残。因张讷没叫他个娘，就说科子生的，连娘也不叫，还望人养活你么？增28：万岁放了大赦了，叫这南北两院科子忘八快忙逃命，待举火哩！❷詈词。多指女性，也指男性或禽畜。姑1：见一个狗来，就骂："狗科子！你来人前里摇头摆尾的，装甚么俊哩？"见一个鸡来，就说："鸡科子！到几时杀了你，这眼里才利亮了！"姑2：（婆母）于氏气极，忽的跑了去说："小科子骂的不少了！"（儿媳）臧姑也骂："我只说你那老科子！"姑3：臧姑怒极，来到这边，见他大伯在门里头，就骂："忘八科子，可自在了！……"

【嗑牙】闲聊，斗嘴。增9：王孙子弟来找我，买些瓜子闲嗑牙。增15：万岁爷好嗑牙，这物儿甚可夸，我也上去压一压。

【磕】❶磕碰。慈5：待了几日全好了，跪着他娘磕了几个头，就要起身去找他兄弟。增25：这都是妹妹的体面，磕万头也是应该。❷击打。增18：他贵压当朝，财帛甚重，志大胸高，吃酒中间磕你顿拳头！

【磕扁头】头部重重着地地磕头。"扁"指磕头太重以至于把头磕扁了，是一种夸张的说法。增5：那周元见开了屏门，慌忙进去，见了曹重，磕了一个扁头。

【磕打】磕碰。翻4：仇大郎你听着：再没有咱厚，每日家在一堆磕打着头，你用钱原就该把你帮凑。

【磕马】用脚蹬磕碰马（促马前行）。增3：万岁来到居庸关口，磕马径过。

【磕喜头】表示贺喜的磕头。磨26：不一时，合庄里同姓异姓，老老少少，都来磕喜头。

【磕响头】重重地磕头。富9：娘子说："给我擁下他乜腿来！"众人听说，找铁锤去了。李大急的磕响头，只叫饶命。

【搕络】缝纫用语，不详。日·裁：搕络先扐线几条。

【搕头虫】磕头虫。日·昆：屋墙长见搕头虫。

【磦砬】坷垃，土块。日·庄：道上磦砬都搉碎。

【豰[1]羸】（"羸"原讹作"羸"）壳郎猪，身材已长但还没有养肥的猪。日·走：皮𤞤豰羸正吃糠。

【盍】磕，磕碰。日·器：鳌碗甑碗皆盍破。

【可】❶可以。墙2：零零碎碎，也不大记的，有账可查。姑2：不可为我又着

大娘生气。看生出事来了,我去罢。禳22:他已是挂出,就待三日亦可。❷语气副词。表示的语气比较多样。a)表转折,可是,不过,却。墙1:世间有一等没良心的,看着自己的达漫是达,人的达就不是达,我可就不是这样人。姑2:大姨说我害羞,怕你将来到不的头。你看珊瑚那样的孝,你可还嫌定要休。慈1:我想普天下做后娘的,可也无其大数,其间不好的固多,好的可也不少。b)表如愿、满意,终于。墙1:(老翁受不孝子虐待,饭食质劣量少。)今日可有个指望,听说他称肉杀鸡,等他丈人,就不教我陪客,或者还舍点腥水儿喝喝呀!琴:低低叫声您姑娘,如今你可得了手。说是他姑夫见你亲,想是不肯空一宿。磨26:又有人来报,说:"少爷选了翰林了!"太太一听着,说:"可足了心了!"喜的那手战战,身子也没处安放。c)表示确实如此。慈3:李氏看了看张讷,扎括的上下一崭新,脸儿白胖就像是个学生了。赵大姑说:"你看看,可没给你养活瘦了呀。"翻4:赌了一日一宿,禁子的三个人哄了一个人,二十两又净了,赵烈打头就得了七八两。阎罗说:"这可说不的别的,仇相公,我着人跟了你去罢。"翻5:徐氏看见大姐,忍不住的两泪交流说:"我可着小福子气杀我了!"d)表示理应如此。翻2:贼人胆子虚,仇福红了脸,说:"……你可休对咱娘说我没来家。"姜娘子说:"我可不说!"翻4:若是有钱不借给你大相公呒,那可就是一个狗!翻8:慧娘拜了婆婆,到了那屋里,叫人筛茶,说:"姐姐呀,往后你可就是客了。"富9:我这卧房里,可不是轻易进来的。e)祈使句中表示叮嘱。墙1:李氏说:"爹,再坐坐,就不吃酒,再吃杯茶。"李老笑说:"茶里可休加蜜呀。"墙2:那庙里有个道士,你且去合他扳话。任拘见谁,可休说撞着我来。姑1:问了两遍,众人都抿着嘴笑。何大娘说:"不做声就是了。"又向于氏说:"你可寻思寻思。"f)表示意外。墙2:张二回家说:"咱可把财神打退了!"增3:那王小急忙跑到后房,叫声:"老婆子,大祸临门,可了不的了!"g)表示可能,要,会。快2:正说着,一声炮响,转出一枝人马,为首大将高叫:"关云长在此!"曹操諕的魂不附体,说:"可死了,可死了!"寒3:旁里有人,我可害羼。h)后面另有表语气的副词,有增强语气之意。墙2:你又不常出门,脱不过抗墙头根,绵衣裳穿着可也笨。姑2:沈大姨坐了坐,就去二成屋里,看那臧姑。一见,可就满口称道:"好个俊人儿!你看就上的画儿。"慈1:以理论起来,既有了儿,就不娶也可以罢了,可只是打光棍也是难呢。慈5:张炳之不做声,老婆的话可也不听,倒疼儿的心肠盛。富12:你仔细钻研,又略略改改这头半篇,后半截可倒也极好看。i)用在反问句中的"不"之前,增强反问语气,岂。墙4:若留在这边,我一脚不来,只怕他问问,可不便宜了他么?

慈5:没个真实信,随即又回还,可不辜负了死这一遍?富13:你说这一喜,若是不会善的,可不就是八十的老翁转磨磨——就晕杀了?j)用在一般疑问句中,增强疑问语气。翻9:二相公说:"你可想家么?"仇福说:"怎么不想家!"蓬1:你每日在海上,可记的这海水干了几次?磨8:小生可有甚么福德,蒙我那舜华姐姐这样错爱?

**【可才】**❶才是,才,表示强调所说的事。姑2:这一个哆的哆的紧,那一个哆的可才窘。禳24:这可才费的心思,眼也不敢去晰。磨13:歇着案要拿你不能得勾,你今日又从新割了人头,这可才真真的无法可救!❷才,表示在某种条件下然后怎样。翻2:娘子虽然没亲见,也就猜了八九分,故意可才把他问。翻11:旧绣鞋破铺衬,娘子夹进旧房门,可才又把言来进。磨30:只等到郊天大赦,俺可才同返故乡。

**【可曾】**用于疑问句中表示疑问。❶是否曾经。俊:你看我到如今,袄没袖,鞋没底,饱饭可曾吃一顿?❷只是询问状态,不表曾经的意思。禳8:谯楼初鼓,良时已到,长命儿可去迎亲了。轿马可曾齐备不曾?

**【可叹】**象声词。咔嚓。快4:若还此时就下手,不过只用十六刀,可叹一声人头落,千古大恨一时消!

**【可答】**同"磕打",磕碰。增23:二姐夫,你性子这么乔。年小的人们,每日价可答头在一堆子,什么正经?

**【可可的】**恰恰,恰巧。姑2:可可的就是于氏待珊瑚的那嘴,如今轮着自家头上,这才是现世现报天,治己治人处。琴:喜地欢天,喜地欢天,可可的今年是大利年。

**【可怜】**❶值得怜悯,凄惨。墙2:如今这样冷,肚里又饥,我往那里去?可怜那可怜!姑1:可怜煞,陈珊瑚,拜了婆婆拜丈夫,满怀冤枉凭谁诉?慈6:最可怜鞋破袜绽,说不尽冻饿风霜。❷怜悯。翻9:望老爷天眼看顾,可怜俺无妄之灾。姑3:情意高,情意高,叫他兄弟瞧一瞧,可怜他倾了家,也着他笑一笑。

**【可怜见】**可怜,怜悯。"见"为词缀。磨8:在外人难上难,俺没处把身安,老婆婆望你可怜见。小生但求一夜宿,倒身并不用床眠,门里头只用席一片。

**【可巧】**凑巧。慈5:阴间里传说:观音老母三千年一到阴司,打救苦难,里头必有冤死的人。空是这说,也没人见,怎么偏你来就可巧的撞着?

**【可人】**感到称心的人。增25:胡百万可人,没有不会吹弹的。

**【可人意】**称人心意。增24:佛动心唱起来,可人意开人怀,教人魂散九霄外。

**【可伤】**让人感到悲伤。禳 4:最可伤,瞎子也钻研着看文章。

**【可说呢】**习语。表示赞同(对方话语)的语气,可不是呢。慈 2:却说李氏生了个孩子,昏魂了半天,将待黑了,不见张讷。便问:"小讷子那里去了?"张炳之故意失惊道:"可说呢!他那里去了?"翻 7:徐氏说:"可说呢,算是极知道嗄。"

**【可体】**可身,(衣服)合体。禳 33:江城云:"官人从京里捎了两疋缎子来,我合兰芳给爹娘做了两件衣服,请爹娘穿上。"太公、太母接过穿上云:"极好!甚是可体。"

**【可意】**符合心意。琴:可意俏冤家,可意俏冤家,半步不离的守着咱。禳 15:这来见了你那可意人儿,怎么不看了?

**【可有哩】**习语。用于对话中接话时的开头,相当于"也是呢",表示上面说的情况是合乎情理的。寒 6:二相公下殿来,还待看他令尊。一个鬼说:"俺还不合你去哩。"一个鬼说:"你拿着多少钱哩?"二相公说:"一个没有。"那鬼说:"可有哩!你既没有钱,把监门的他也不给你传。"

**【坷坎】**坎坷。禳 25:若是你命里该成,就遭着家中悍妇。坷坎全无,坷坎全无,怎能够高登云路?

**【刻】**❶雕刻。磨 17:刻一个牌位传一个影,又用檀香雕个龛,跪下磕头千千万。钟:血染红裙冷黛修,自烧磷火煮骷髅,留将肋下长条骨,刻作花钗更插头。❷刻版(印刷)。慈 0:一来积了阴德,二来也能转钱,刻了印板天下传,这宗生意诚善。禳 26:若是举人的体面,刻方儿传遍千秋。闹:难寻字眼还无调,可罢了真材实料。暗想从前,枉刻了些名流社稿!❸古代计时单位。梁朝之后,每辰分为八刻,一昼夜共分九十六刻。快 3:奉将令杀奔逃,坐林中验功劳,午时三刻曹操到。磨 24:他敢定下申刻到,错过时刻便不灵,先生胡巴成何用?❹同"课",卜课。磨 23:"着你找暹逷,怎么不到?"众人说:"近处没有好的。那胡突着刻刻八字,巴几句瞎话,唱个《打枣杆儿》,怎么伏侍下太太来!"磨 24:起月令刻关煞,也信口瞎胡巴,俺从来不信那先生的卦。

**【客窗话】**琵琶曲名。增 24:胡百万抱琵琶,切四象按九牙,弹了一套《客窗话》。

**【客房】**家中专门用来接待宾客的房间。禳 24:客房里有了客,给了东西着咱去做,咱可不要傻着头就做,先伸头儿去瞧瞧那客,看嘛样的个客。磨 30:二人进门,鸿渐已是迎出来,拱手说道:"客房里作揖。"

**【客官】**对客人的敬称。寒 3:一屋人闹嚷嚷,你一盏我一觞,矮矮的就把小

曲唱。一吃吃到三更半，灌了好酒一大缸，主人官还把客官让。

**【客户】**同“客家”，在主人家租住的人家。磨28：客户乡亲都相见，就是李旺未相逢，他心里料想不敢动。农·农·客户：岁与一猪，使养之，卖后只取其本。

**【客家】**在主人家租住的人家。富9：你那达，你那达，曾在俺家当客家。磨19：您老达，您老达，曾在俺家当客家①。

**【客家媳妇子】**佣妇。翻3：咱分开了，你去做你的去罢，我外头叫个客家媳妇子来，给我支使。翻6：大姐叫了两个客家媳妇子来，烧火做饭，打发了行人。

**【客家子老婆】**同“客家媳妇子”。翻7：慧娘坐下，只见一群客家子老婆，都来亲近他，给他磕头。

**【客家子屋】**在别人家租住的房屋。寒8：赵歪子住着两三口客家子屋，还要去赌。

**【客来客去】**客人来来去去。增15：您娘们酒量大，白日里客来客去的吃不足兴，到晚上无有宿客了，吃了好睡觉，故叫做夜壶。

**【客数儿】**指在客人之列。禳24：……或是主人家治下的花户儿，或是书房里教书师傅儿，又打公婆不喜的媳妇儿，这算甚么客数儿！

**【客厅】**接待客人的大房间。富3：打灯笼引导在前也么边，行来只到客厅前。磨36：我也不能合你长聚，任你便了。咱且去客厅伺候。

**【客位】**宾客的席位。富6：一行人进了门到了客位，看了看四下里楼阁成堆。方坐下端上佳肴美味，喷香的糯米酒，大大的建磁杯。

**【课饭】**课间所吃的饭。磨18：不多一时端上课饭来，不离坐位，每人用了一碗。

**【课学功】**课学，考求学问。翻7：大舅子怒冲冲，骂一声二相公，弄像你也不能中。每日在家吃俺饭，请着师傅课学功，怎么这点央不动？

**【锞】**❶锞子。金银铸成的小锭。墙4：细丝锞白生生，楚到心没点铜，想你那模样心酸痛。姑3：到了坑边，见那土里白花花的都是小银锞。❷纸扎的元宝。寒8：到了明日，遂买了一把纸锞烧了，给娘娘叩头谢恩。禳1：纸也整锞也整，腊月里穿单不害冷。

**【锞儿】**同“锞”。墙3：俺爹，你化的那锞儿呢？磨23：娘娘甚是欢喜，赏了

① 原文作“家客”，误。此处为唱词，与“大发拿下”叶韵。

一个细丝锞儿……

【嗑】(原写作俗体“嗑”)嗑(瓜子)。日·衍:纵裤站门嗑瓜子。

## ken

【齦勒】同“掯勒”,勒索。日·堪:送上数金还齦勒。

【肯】❶应允,同意。墙1:我要地,只怕不肯,也是有的。姑2:上一个不哆你到允,只怕因着你哆他不肯。寒4:他若肯公呈为首,阖学里都要上前。❷愿意,乐意。墙1:若是人说敬俺达,无论他极肯,我也就依了,若是人说不必敬他达,无论他不依,我就不肯。姑2:不敢望跟的上你,就次些我也肯依。

【肯许】同意,准许。磨33:俺要成群告御状,还留爷爷震东方。若是朝廷不肯许,你若行时俺断马缰。增10:身子落在火坑里,鸨儿怎肯许从良?

【啃】啃咬。墙2:年年化银子,该下了几吊火钱,因着相好,不曾开口,怎么连面不见?每哩见了我待啃你一口不成么?墙4:方且是进了学,那教官才出铁牢,他就把你头啃吊。

【狠】同“啃”。日·果:买来生狠亦充饥。

【掯】裉。上衣靠腋下的接缝部分。墙3:老人家衣服要会做,绵的极厚要炟皮,掯里宽快些才如意。

【掯勒】勒掯,勒索。寒5:要银钱就把人掯勒,咽到那阎王殿上,可合你辨个是非!

## keng

【坑】❶坑洞。姑3:于夫人去看了看,刨了一个大坑,里头堆着瓦查子,也只当他刨了银子去了。磨29:偻卒牵了马来,说道:“这马在坑里抔瘸了。”❷比喻陷阱。增20:这花柳巷里总是填不满的坑,我待着他今日净,就今日净;待着他明日净,就明日净,有什么难处?❸坑害。翻5:告状人我一身,说详细你听音:告着一群精光棍,哄着学生去赌博,坑了地土骗金银。❹同“炕”。增5:牵着马进门来,睁龙睛把头抬,屋墙倒塌门窗坏。坑上少席三寸土,炉内无烟又无柴,万岁一见没计奈。增5:乍离龙床鸳鸯枕,土坑上无席铺杆草,半头砖又垫上檐毡帽。

【劥】(方言音“抗”)扛,用肩膀顶着。日·庄:斜子刮斗布袋劥。

## kong

【空[1]】(kōng)❶空虚,没有东西。寒1:员外开仓救邻里,叫花登门日日多,一瓢半碗无空过。寒6:二相公把茶泼下,光拿着一个空盅。富11:山西没多举人公,太原平阳两府空,他说道出门必得镖枪送。❷变空,变得没有。墙2:从前不曾问一声,只为十年兄弟情,争奈如今手里空。姑3:分家便宜了安二成,积趱了十年一旦空,哥哥呀,骗来的钱财中何用?翻3:每日是济着你用,八十石白谷一旦全空,我还做着南柯梦。❸虚假。禳1:老婆说有森人毛,这话是真不是空。❹空旷,空阔。禳11:独宿着甚清凉,只是觉身边空。禳14:冤魂初下阎罗殿,觉得青天分外空。❺天空,虚空。墙4:我如今想了一个计策,这也是望空打彩,可也未必不中用。蓬1:众仙等候多时,忽听得仙乐缭绕,娘娘从空中落下凤辇,众仙一齐迎娘娘进了殿。❻徒然,徒劳无益地,白白地。寒2:因着人命事重大,三批三检照旧规,不过空把纸笔费。翻2:若不给他打俩头,空着他来走一趟。增9:你空这么大年纪,吃紧的就没见这钱,也是有的。❼只是,仅只。慈5:阴间里传说:观音老母三千年一到阴司,打救苦难,里头必有冤死的人。空是这说,也没人见,怎么偏你来就可巧的撞着?禳3:樊子正实是穷,今日西来明日东,为人空好中何用?富6:李鸭子跳过墙一直竟进,门外头足听了一个时辰,空说话也听不出姓谁名甚。

【空愁】只是愁。禳24:忽见高仲鸿夫妇愁气冲天,待我惊他。高仲鸿,高仲鸿,我劝你不要空愁。……你只每日念佛一千声,自然消除冤孽。

【空床】没有他人相伴的床。禳8:撒帐北,夫妻和好两相随,从此夜夜无空床,偕老双双到一百。禳15:我说休恼,这也有法,独守空床,也是呆瓜,他也找块肥肉,何苦喜这清茶?

【空房】没有他人相伴的房子。禳6:宁可空房常独守,丑妻恶妾不如无!富5:惟奴独自守空房,漫把薰笼去烧香。磨23:我王丙命不强,破了财守空房,这日子像个下番的样。

【空口】拿不出东西只凭口说。翻7:修理要给钱,修理要给钱,不是空口说空言。

【空人】劳动而一无所获的人。增8:常言道天不支使空人,情管我打发你个喜欢。

【空条】不生果实的枝条。农·农·种棉花:七八寸打去冲天心;待歧枝半

尺以上,又遍打之。大约三伏各打一次,不宜两暗,恐穠灌而多空条。

**【空忙】**白白地忙碌而没有收获。富3:不知千里久分张,访人那定不空忙?

**【空亡】**同“空忙”。“亡”为“忙”之讹。磨8:没盘费甚慌张,访朋友又空亡,钱虽少今夜不欠账。

**【空言】**空话,无法落实的话。翻7:修理要给钱,修理要给钱,不是空口说空言。磨22:还指望你上金銮,还指望你衣锦还,谁想铺排的那路都成了空言。

**【空²】**(kòng)❶空闲的时间。翻2:叫一声大相公,每日待将你请,逐日穷忙没点空。禳21:锁在他间房一月久,没可思想才咕哝,把书本才有了清闲空。❷使空闲。琴:说是他姑夫见你亲,想是不肯空一宿。❸空子,可乘的机会。寒6:我安心瞧个空,把他一刀子杀死,便自家磨了头。俊:起初输的钱合钞,后来无钱当衣服,得空输了他老婆的裤。

**【空儿】**❶空闲的时间。蓬6:终日得个空儿,便与小痴下棋;雇了个妇人看那孩子。禳13:夫人说:“老王,你这二日不曾过来。”老王说:“终日做饭,总不得个空儿。”❷空子,可乘的机会。姑2:我这里瞧一个空儿,定然说他个无言答。禳9:你可是防着从今后,得个空儿照样行,可要识玩休使性。

**【空子】**可乘的机会。姑2:你在这里待会子,我再瞧个空子和他说。姑2:大成躲了个空子,着他叔伯哥对他告诵告诵,望到家劝他,这都是安大成用的苦心不题。慈1:亏了这一日,那李氏又娩卧了,虽然生了个小厮,张炳之也不甚喜欢。瞧了个空子,把张讷叫了那无人处……

**【空子话】**空话。翻11:大相公你听嚇:若实落招架他,咱就合他去说话。虽然我去合他说,到底还得你自家,咱可休说空子话。

**【控】**控诉。增27:不是打来就是骂,奴才只当叫奶名,满心冤屈合谁控?

## kou

**【抠】**❶挖取。墙1:老天爷忒也诌,我不曾把佛眼抠,怎么叫我诸般受?禳13:你若不夭亡横死,抠了我一双眼睛!❷(方言音“抠”阳平)性格严厉,容易动怒。带宾语(指人)时指严厉指责、发火。禳15:看他作的那鬼儿,怎么不该打他,怎么不该掘他,怎么不该抠他!

**【弜】**扣动(弓弦)。快3:走兽壶中把箭抽,撚弓搭箭把弦弜,撒手好似流星快,直中曹操老贼头。

**【鏂】**抠,往里面剜挖。日·杂:孝顺挠将犀角鏂。日·石:鏂深臼碓捣黄粱。

【慁】同“抠❷”，性格严厉，容易动怒。禳1：看他那人物丑甚丑，他倒跟个俊的慁，要打就打要骂就骂，汉子总像有了仇。

【口词】口供。增27：国母着忙，叫那太监张永：“你这两日问的江彬口词何如？”张永叩头说道：“那贼全无口词。”国母大怒，说：“领我密旨，同文华殿毛纪，三日追不出他的口词，你各人顶上一刀！”

【口儿外】同“口外”。磨5：可怜俺众秀才，都被这无妄灾，眼看就到口儿外。

【口号】表示应允的话。慈3：李氏见他不吐口号，就拿极红了脸说：“那孩子是俺的孩子呀，该别人嗄事？”翻9：大姐见他吐了口号，流水应承着。增6：没有我的口号，他若是动动我这银子，锔子匠不钻眼——生钉这狗头！

【口舌】口和舌，代指说话、言辞。快4：祢衡虽狂，他把口舌当刀枪。禳5：全凭口舌作本，不用买卖耕耘，舌上打下谷豆，牙中长出金银；一家衣服穿戴，只消两片薄唇。

【口双甜】指接吻。丑：槽合一身全身动，衫隔惟余半体沾，颠势动摇身两就，颤声齐作口双甜。

【口说无凭】只用嘴说不足为凭据。增24：这个头向就强的别的。但只是口说无凭，求爷给一个帖儿做个凭信。

【口头】口齿，口才。增20：话说二姐见万岁口头伶俐，全无一点鄙琐处，心中大喜。

【口头话】说在表面的话。禳18：才相戏休认真，咱从几时羞动人，我可不是口头话，打死疼着我那脚后跟。

【口外】泛指长城以北地区。翻8：军门把东人解了，二相公问了口外充军，只得解下变产凑盘费。翻12：却说那仇福到了口外，仇牧之看见大喜，把缎子送给了将军，才讲赎身。

【口信】口头传达的消息。磨2：樵夫上，妇人说：“好了，那不是俺那邻家卖柴来了？俺问个口信。陈大哥，你从城里来么？没听说比较的如何？”

【口咬把抓】形容打骂。慈2：又不曾弄坏了甚么，动不动，口咬把抓，他去了又找他嚾？

【口子】❶指嘴。增7：朝廷在前还不识，顺着口子光瞎吧，顶着蒲笠似天那大！增8：也罢，这楼上无人见，就叫他三声爷，哄他几串金钱。谁待爷长爷短的跌歇着口子常叫他哩。❷量词。指一个人。墙4：四口子都说：“这个行子好可恶，几时的事他还记着。”姑3：两口子映嗤了半日，光见瓦石，并不见银，气把头

兴全没了,撅着嘴去了。

**【扣】**❶纽扣。琴:轻轻的舒下手,解我的鸳鸯扣。富9:拿绳子拴起来,结了个五丝扣。❷扭结。寒3:地下躺的是吴孝,一把钢刀丢在旁,将人心咬在朱唇上。脖子上绳拴一扣,知是他自己悬梁。❸扣绣,一种绣花方式,线与线之间连环扣锁。增12:汗巾破了没颜色,紫花布鞋扣上花,鬏儿不够枣核大。日·器:交欢枕扣紫鸳鸯。❹扣除。闹:束修钱四千正七折八扣,要白银有八分就算一钱,要换银加二成银有市价,九二钞底二十你要包涵。

**【扣门】**叩门,敲门。磨3:众秀才上白:"来此已是张鸿渐家,不免扣门。张兄在家么?"

**【扣丝带子】**丝线编成的带子。禳24:昨日待去烧香没有鞋,我卖了一斤香油,他截了半尺三绫,又给了他一斤姜,半斤胡椒,换了一付扣丝带子。

**【扣线】**绣花用的线。日·养:扣线织为合绾带。

**【扣线带子】**同"扣丝带子"。增14:二姐挤了挤眼道:"你年纪不大,这么忘事?我才见你使了五钱银子买了两付火烟红扣线带子。你送了我一付,还有一付,你吊不的么?"万岁道:"支什么架子!麻线还没有,那里的扣线带子?你把那头绳子解下来我吊着罢。"

## ku

**【枯坟坛】**坟地。慈1:外边待上三五日,进门好似枯坟坛,塌灰遮满了床儿面。翻10:自从失火之后,家中真合那枯坟坛一样,四个人在那里头,自生自活,并没人开开笑口。

**【哭哀哀】**悲哀地哭。翻8:他若来,他若来,一家人家哭哀哀,见了他更痛伤心,那倒反把我来害。富11:十月里好伤怀,人人祭扫哭哀哀。

**【哭皇天】**曲牌名。快2:[哭皇天]哩溜子喇,喇哩子溜,百万雄兵一旦休,一旦休!那里投?教人伤恸泪交流!才自江东逃出命,又遇赵云耍老头。骂诸葛,老贼头,平地掘成万丈沟!一行杀人又放火,合你前世里甚冤仇?我的哥哥哟,咳,咳,我的皇天!禳27:[哭皇天]喇嗰子喇,喇嗰子喇,合你一对好夫妻,好夫妻。好夫妻,亲又亲,虽是两身是自身。着你看见心胆战,奴家如何是个人?咳咳!我的皇天哥哥哟!

**【哭江秋】**曲牌名,即"哭笑山坡羊"。磨23:也罢也罢……咱把这个《哭江秋》伙着唱给太太听听取笑罢。(下文的唱段标为"哭笑山坡羊")

**【哭哭啼啼】**不停地啼哭。寒5:急自一个哐哐哼哼的,一个扭扭捏捏的,又添你哭哭啼啼的。禳12:那一日酒后见了江城,便把旧情打动。他又哭哭啼啼,教人怎不心软!

**【哭涟涟】**哭得泪水涟涟。慈1:家有园中一树李,原是他娘心所欢,就着王祥去看着,风雨损坏打一千。忽然狂风又大雨,王祥抱树哭涟涟。

**【哭声撒拉】**形容说话带着哭腔的样子。慈4:及至到了近前,果然是张诚。他哥大惊说:"你来囃来?"张诚说:"我来看看。"又问:"您师傅没在家么?"他也不答应,竟下手扳那干柴。他哥哭声撒拉的说:"你待怎的?"

**【哭乌乌】**呜呜地哭。姑1:叹杀人小珊瑚,低着头哭乌乌,满怀冤苦言难诉,惟凭双泪向丈夫。

**【哭笑山坡羊】**曲牌名。禳24:[哭笑山坡羊]终日家顶着一个黑灰鬏儿,瞪着两个泪眼儿,守着一块肉板儿,拿着两个油盏儿,浑身上下没有干净的一点儿。哭:你不信身上这油巴,剐下来还够一担。磨23:[哭笑山坡羊]少哭:乍离爷娘,这心里劈破了青梅——酸酸的一片。老笑:俺光棍打了十年,一般的抢满摸叶子的,捞了个八万。少哭:行扎着包头,像断线的珍珠——一个个乱滚。老笑:坐着丈人家的席上,那板凳子做了脚打罗儿——到了这里才成了体面。……老、少:你就忒也伤惨,肉头老撞着显道神了——你也说不的我长,我也道不的你短。

**【哭盈盈】**嘤嘤地哭。增28:佛动心转过来,哭盈盈泪满腮,倒身便把皇帝拜。

**【窟窿】**❶孔洞。寒2:检了一回,并无有致命伤,只有头上一个窟窿是自己碰的。琴:你仔想想你当初,蛇钻的窟笼蛇知道。❷指眼。磨18:瞪起俩贼窟窿大弄歪腔,他说道张相公惯好颠枪,今夜晚可断然不敢轻放。磨28:狗娘养科子生!解着人像做朝廷,恶狠狠把两窟窿瞪!❸指债务、亏空。俊:呀,傚强人,嘲畜生!割了肉来胡触送,终朝每日瞎作蹬,弄的天那大窟窿。穷:只说窟窿天那大,还有大起天的大窟窿。

**【窟寵】**同"窟窿"。增8:接过来耀眼明,掌柜的唬一惊,这个人不是小百姓。不然是个真强盗,宝藏库里剜窟寵,或是短了天朝的贡。

**【苦菜花】**苦菜的花。闹:道有烟两样,就是不大好:一宗苦菜花,一宗芝麻叶。闹:一切的奇品烟我都不要,苦菜花、芝麻叶我也不嫌。(此处指用苦菜花、芝麻叶代替烟草)

**【苦瓠子】**苦匏。味苦,不可食。比喻让人感觉苦恼、不能给人好处的人。寒6:白手来来白手去,你也是个胡突虫。流水走俺去把你送,苦瓠子难望知感,不如你早到家中。磨4:那老兄也是个苦瓠子,若挣银钱,到家也没有看顾兄弟的。

**【苦苦】**❶苦。墙1:李老笑说:"茶里可休加蜜呀。"张大说:"那苦苦的怎么吃?"❷十分恳切、坚执地。蓬6:昨日送文箫到终南山上回来,撞见我他便认得我,苦苦求我度他。富3:张官人哀求多时,欲借一宿。那老婆子不肯留他,张官人又苦苦哀告。

**【苦芦子】**同"苦瓠子"。疑"芦"为"葫"(瓠)字之误。磨18:张相公休要泼,你为人太大差,除不给钱还发话。都像你这苦芦子,俺饿死长途值甚么?

**【苦人】**让人受苦。磨8:这天已是黑了,不知走到几时?好苦人也!增11:第四怨怨青天,生下奴苦难言,俺又没把天条犯。既在空中为神圣,这样苦人在世间,也该睁眼看一看。

**【苦水】**比喻隐藏在内心的辛酸。姑1:满肚冤屈对谁言?心里的苦水变成酸,我的天,叹见人,好叫人叹见!翻9:姜娘子霎时变容也么颜,说我这苦水变成酸,苦难言。

**【苦死歪缠】**用尽一切方法纠缠。墙3:你叫他他也不去,你何必苦死歪缠?禳12:在那一日大醉了爷娘在念,适遇着樊子正苦死歪缠。

**【苦主】**命案中受害人的家属。寒2:任拘怎么叫冤苦,尸棚里像个木头官,摇摇头不听苦主辨。寒4:却说老王是个贪官,看着李蝎子也还满钱,商臣也还成的人家,前日因着他是苦主,才没难为他;今日赵恶虎被杀,他就动了奸心。

**【焅爦】**(蒲氏注音"枯察")煮东西水沸后冒泡翻滚作声,引申指水沸后继续煮。日·饮:肉脯还须焅爦烂。

**【裤】**裤子。慈1:你说四五岁的乜孩子,谁知道穿衣裳来?他娘只是打着他穿,打了几清晨,袄也找着袖了,裤也伸上腿了,指头似的个人,五更里起来,呋嗤呋嗤的穿把上。穷:又少裤,又少袄,孩子哭,老婆吵,都说不如死了好!

**【裤带】**腰带。姑2:大伯拿着当奴才,就是不曾拿绣鞋,就是不曾给他拴裤带。琴:我的手儿仔一松,裤带早又解开了。

**【裤裆】**两条裤腿相连的地方。姑1:哎哟!裤裆里钻出个丑鬼来,你唬着我这腚垂子哩!日·争:一手常撑血裤裆。

**【裤腰】**裤的最上端,系腰带的地方。磨23:南方一个乡人,从没见冰。有朝

一日，布政司里开了冰窖，乡宦人家拿着走亲戚，路上掉了一块，这人不当不正撞着了，拾起来看了看……“我扁在腰里，到家问问人。”掖起来走了。到了家……解开裤腰，已是化了。

**【裤子】**裤。富11：骑大马走长街，小大姐笑吊了裤子——喜起来顾不的难看。增16：你看这姐夫，穷的一条裤子也没有，还来闞哩！

## kua

**【夸讲】**夸奖，夸说。磨27：(父子二人同时考中进士。太太夸赞儿媳漂亮，儿媳赞婆婆有福)太太说：“这是咱自家互相夸讲了。”

**【夸海口】**说大话。增6：不是我夸句海口，恼了时抄你的满门。增12：不是我夸句海口，调嘴头也招住他了。

**【夸嘴】**说大话。翻9：我那来时夸了嘴，就说我能把你央，亲娘单倚门儿望。

**【挎】**用手臂挂着或钩着。禳3：老婆子，你挎着这筐子，江城，你拿着小篮儿，我抗着板凳。禳24：俺不拾拾那车靽儿，也不挑挑那筐担儿，也不担那饭罐儿，也不挎那菜筦儿，也不曾楔楔那锄垫儿。

**【跨】**❶骑跨。蓬7：说罢，跨上一只仙鹤，跟着娘娘去了。禳24：他若是衣不堪，跨驴似蚂蜡，俺就不把齿来挂。❷同“挎”。慈4：他那里肯听，又去找了个提篮来跨。日·器：柳篓也堪跨粮米。

**【骻骨】**胯骨。日·身：顇顄脊梁腰骻骨。

## kuai

**【擓痒】**挠痒。日·庄：闺女搥背儿扢痒。

**【蒯毛】**擓毛，抓挠头发，形容焦急无奈。富4：老马听了，老马听了，魂灵飞上九重霄！全无有信息来，怎么就刑厅到？好不蹊跷，好不蹊跷，低头无语蒯了毛。磨11：老马听了，老马听了，暂且从容把气消。全没有信息来，如何刑厅到？好不蹊跷，好不蹊跷，摘了帽子蒯了毛！

**【块】**❶成块的东西。姑3：刨了来，刨了来，夫妻要把宝殿开，只当是元宝哥，谁想是砖头块。闹：雀顶儿分明癖块，泮池上公然摇摆，真似古丢丢在望乡台。❷量词。a)用于块状物。墙1：炕上铺着席头子，头枕着块半头砖，就死了可有何人见？慈3：依我说，不光杀，还该油锅里煎那科子，刀山上扎那科子，吊在树上剐那科子，一刀一块刮那科子！b)用于片状物。墙3：半夜转了腿肚子，

脚头冰凉舒不开,土炕上铺着席一块。姑1:那庄东头有安大成异姓的大娘,姓何,老王跑到他家里,拿了块布子来,给他扎了。翻9:你掐他一块肉,撕他一块皮,也还出出你那心头气。c)(文章的)一篇。富7:人做完了一篇,他才思量;人做完了两篇,他也成了两块文章。富12:公子回来,公子回来,展开卷子细安排,没晌午又完了两三块。d)(围棋的)一片。禳9:又下几着,数了数:一五,一十,十五……江城你赖了块,还输二十着,你支过钱来罢。禳9:屎棋屎棋不成才,一着跑倒在尘埃。长命呀,你看我杀你这一块!e)(区域的)一片。增18:长官,你是北京,你可在那一块里住?❸块头,指分量。穷:元宝哥,黄边沿,象豕帕,颠颠块,看看底,认认面……

**【块子】**块,成块的东西。俊:去年的皇历看不的,别人蹭蹬盼不的,蒺藜块子咽不的,三日不吃干不的……

**【快忙】**赶快,赶忙。翻9:你路上少吃俭用,可以到了家,你就快忙走罢。增27:定国公怒道:"快忙说来,万岁在那里?"

**【快如风霜】**形容飞快。蓬4:呀,一个是仙女,一个是才郎,丫头研墨,急急忙忙,两个齐抄,快如风霜。

**【快手】**❶做事速度很快的人。蓬4:专工一日,能写几篇,纵有快手,能写几千?❷衙门里专管缉捕的差役。富2:见呈辞做的神,便追究这个人,拿来把他罪儿问。众人招出张鸿渐,差个快手邓天军。

**【快书】**曲艺的一种。用铜板或竹板伴奏,唱词合辙押韵,节奏较快。增7:你会刀呀是耍枪、耍把戏、弄傀儡、说快书、唱道情?你去上那十字街前耍给人看,挣几百钱好买嗄吃;你来这里耍,可给你什么?

**【快头】**同"快手❷"。寒4:都说道吃横亏,一个个哐哼成堆,快头先行又被屁骨坠。磨14:四班里衙役,马老爷都照着《西游记》里起了名子:那皂头王玉芝是精细鬼,快头李合宇是伶俐虫;应捕头有四个……民间叫他"四大金刚"。

**【快语花言】**说话爽快伶俐。增12:玉座平日舌尖嘴巧,快语花言,便说:"不是我夸句海口,调嘴头也招住他了。"

**【快运】**好运,幸运。琴:忽见媒婆来提亲,喜的心中难摆划。仔求庚帖出门去,就是我的快运来。

**【快肢骨】**踝骨。磨28:照乜快肢骨每人敲他几下,着他试试是什么木头。

**【髗骨】**("髗",蒲氏注音"怪")头顶接近额头处。日·身:髗骨下有额髅盖。

## kuan

【宽快】宽绰，宽缓。墙3：老人家衣服要会做，绵的极厚要炠皮，揹里宽快些才如意。姑2：沈大姨住了一夜，于氏合他说了说话，那心里觉着略宽快了些。

【宽窄】宽度。禳33：媳妇伶俐，针指细密，看了看长短遂心，试了试宽窄如意。

【款】❶样子，状况。俊：吊了帽子看见缡，缕缡搭撒什么款？俊：小三小三你睁开眼，忒也说的不成款。禳24：就看今来这样款，才知你常时忒也乖，你该杀已是三年外。❷犯罪的事项。寒8：奉旨抄了军门以后，又待了三四年，那山东臬司升了山西布政，着一个科道参了三十款，奉旨拿问。磨5：俺把他恶迹开成款，就去院里告军门。❸缓。富8：一女子撑持门户，请师傅着实艰难。做了秀才略放款，自己听着他把书念。农·蚕·分抬：抬之法，惟在频款稀匀，或有不齐，频饲以督其后者，而相及也。

【款单】分条列举犯罪事项的单子。富4：方二爷把老马的款单又改窜了个结实，封裹停当，拿了公子一个名帖，一封筒装了，使人送给按院。磨4：上堂若是分辨理，款单呈词一笔勾，行行都成了牙疼咒。

【款儿】同"款❶"。翻4：病娘在席，病娘在席，百样款儿那得知？俊：如今就是嫌我穷，百样款儿都捏过。

【款款】从容徐缓的样子。琴：款款摆腰肢，不住的微微笑。

【款致】款式。翻11：二相公照着在他丈人家住的那暖云窝，说了款致，盖的一样，一遭子垣墙都合那城墙一样。翻11：范公子来道喜，上宅里看慧娘，见那宅子款致，一场好笑。

【徾徾】(原讹作"徾")同"款款"。日·泥：巴砖铺就徾徾做。

## kuang

【诓】骗。翻6：我诓仇禄往他那园里走走，着他给他点亏吃。寒4：妹妹真是有灵应，断不说瞎话把我诓，若诓我就把体面丧。

【诓借】以欺骗的手段借。俊：诓借钱赌起来，没根基不成才，倾家败产还开外。

【诓骗】骗。富6：官人才待说几时相见，不知道从此时飞到半天，想又是眼障法把俺来诓骗。磨13：俺这里就待问几时相见，不知他从几时飞去半天？想

又是眼障法把我诓骗。

**【诓赚】**诓骗。墙3:软弱无能一老头,全凭诓赚我儿流。磨32:那官不知是谁人?等要他忠诚素日贤,方才不受人诓赚。

**【軖】**缫轮,缫丝车上的大轮。日·养:抽车大軖缫丝去。

**【纩子】**("纩",方言音"逛")木制的工字形绕线工具。将线绕到纩子上到达一定粗细后取下来的圈状的线束称为"一纩子"。慈1:张炳之也没敢大嗔,那李氏就是净了包袱的线匠没零卖——发了纩子了。

**【框床】**同"柙床",即匣床,旧时牢狱中使用的一种刑具,形如木床,命囚犯仰卧其上,将手脚紧紧夹住,全身不能转动。参见"柙床"。增17:朝廷家有龙床,大人家有八步床、顶子床,小人家有脚床,监里有框床,食店铺有活落床,棉花铺有亚车床,没见人家有铜床。

## kui

**【亏承】**对别人表示感谢的话,表示愧欠地接受对方的辛劳。禳15:公子说:"亏承亏承!等他来了,我谢你二两银子罢了么。"

**【亏人】**亏待人。增7:我自不亏人,问他问是什么姓名,久后回京,封他一官半职,也是他问我辛苦一场。

**【亏丧】**损失,折损。磨29:今日发了兵将去,大王韬略最精明,还愁片甲无余剩。若杀的亏丧兵马,可方才惧动了朝廷。

**【盔圆】**很圆。日·毡:拿来刷净又盔圆。

**【刲】**剐,剖。富6:死了那股气,傻了脖子搋,刲开那肚子,割了他脑袋,那一把无名孽火,这一时才略略的解一解。

## kun

**【昆仑】**指昆仑奴。唐裴铏《传奇·昆仑奴》中记昆仑奴磨勒,负崔生逾十重垣,与红绡妓相会,并帮助他们出奔。丑:病重不顾羞合耻,逢人告诉一大篇,要想得个昆仑手,窃取红绡到枕边。

**【昆山】**指昆山调。增24:万岁敲着连声赞,说这笛委实大妙,得二姐唱一个昆山。

**【昆山调】**昆腔。寒3:吴孝筝孙晏箫,王成就把檀板敲,唱了一曲昆山调。

**【裈裤】**裤。日·裁:更将裈裤上新腰。

**【困】**❶困乏。墙4:终日不吃也不想,吃是勉强打精神,手脚酸只觉着浑身困。快2:却说曹操一气跑了半夜,人困马乏。❷围困。增2:或有奸臣下一封反书,勾引胡人困了北京,那时万岁有家难奔,有国难投……增14:都不想这贱人说的这话是个先兆,日后万岁回京,火烧南北院,改为困龙宫,人就玩不的了。❸困倦欲睡。磨24:放倒头来睡不稳,起的身去困难当,浑身不知怎么样。增7:老客一路多辛苦,铺下床儿放放身,休息休息眼不困。❹睡觉。富13:多亏了他朝朝日日在房中混,一混一个夜儿深。娟娟去后掩房门,他两个跟我就在乜床头困。增15:小二姐气狠狠,叫姐夫你好村,你在哪鸹子窝里困?

## kuo

**【括】**同"搁"(方言中"括""搁"同音"郭")。慈1:娶一个后婆子不当耍,两条肠子常牵挂,撇下个亲生儿,树坎叉里也括他不下,反过来覆过去,难为煞他爷俩。

**【髻头】**(影印本有注音字"刮",今方言音"夸")用篦子用力刮梳头发。日·器:梳笼竹篦髻头用。

# L

## la

【拉】❶拉拽，牵曳。姑 2：大成见不是犯，跑到屋里，把他娘拉出来，他那里还骂哩。慈 4：张讷拜别了哥嫂，不免落泪，他哥嫂们也都感伤，拉着大家痛哭了一场，才放他去了。寒 5：众鬼们做刚的，做柔的，也没拴着，推着的，拉着的，抬着的，架着的，一霎就来到阎王面前。❷拉锯。寒 5：二鬼分头按上锯，骨头拉的嗤冷冷，夹锯条还要只顾挣。寒 7：炸了三个滚挑出来，两板夹的扁瓜搭，按上锯两个鬼当头拉。❸牵动弦乐器的一部分以发出声音。增 15：不是这么压，支起马来秫秸葶拉曲。❹用在位数词后表示比这个数词略多的约数。富 3：官人从来不曾走路，又背着行李，又是饿了，一步挪不的四指。走了勾十拉里路，那太阳就落下去了。❺被选入(翰林院)。富 13：正说着，又有个人来报："少爷拉了翰林了！"富 13：太爷殿了探花，少爷殿了二甲，亏了他年少，人物齐整，又拉了个翰林。

【拉扯】牵扯，牵连。禳 24：好混账物！待扎挂你扎挂罢，待拉扯别人哪？

【拉搭】拉。"搭"为语缀，无实义。增 20：万岁把檐毡帽一拉搭，伏桌子上打盹。

【拉京腔】用北京话来说话。翻 8：却说那管家张旺上书房里去，见那行子仰在床上。张旺大惊说："这一定是个贼！"那行子扒起来，就拉京腔。

【拉满】同"抢满"，马吊的一种玩法，先集满三十张叶子者为胜。参见"抢满"。俊：虽然长了二三十，从今还要做个茧。如再跌牛又拉满，变个小狗没大点。

【拉腿】扯腿跑开。富 6：那个说："疼便不是梦了。咱这不快着颠罢，等嗄哩？"两个拉腿，杳无音信。

【拉弯弯担】比喻花言巧语。慈 2：卖糖的不见了糖箱子——光拉那弯弯担。

【拉硬弓】做出强硬的姿态。富 4：谁知老马还拉着硬弓，说道："哦！是了，想是等着我使轿子送去么？你错用了你那心了！"

【啦咀】(方言中表示说、聊的"啦"读阳平)说嘴,夸嘴。"咀"为"嘴"的俗写。俊:我说道你不敢,给你把钢刀也雌不着俺。不是说句啦咀的话,你有那心没乜胆。

【邋遢】脏乱。禳6:女儿江城,女儿江城,衣裳好似邋遢僧。增15:万岁爷笑哈哈,佛动心你好邋遢,茶壶放在床底下。

【邋遢兔】比喻外表脏乱的人。增12:那腥臊烂臭的邋遢兔,鸡毛店里那无赖徒,青天白日把蚕蛾婆。

【剌】拉(lá),用利器划。禳15:你该裂个净光,你该剌个净光,打了不算还送监仓!

【喇】(lá)聊,谈话。慈4:兄弟二人,只管喇起来了。

【喇喇】语气助词。带贬义。增12:逼什么?你挣了钱来我待使哩?怨人喇喇的,你还回去不的么?

【喇嘧子咧】同"喇溜子咧"。禳27:咧嘧子喇,喇嘧子咧,合你一对好夫妻,好夫妻。

【喇溜子咧】为"咧溜子喇"之倒语。唱段中的衬词,无实义。见于"憨头郎"和"哭皇天"两种曲牌。翻8:[憨头郎]咧溜子喇,喇溜子咧,合他三年好夫妻。禳18:[哭皇天]咧溜子喇,喇溜子咧,好好儿的访亲戚。

【腊油】动物脂肪炼成的油(一般是猪油)。日·庄:腊油新熬萝白干。

【蜡花】疑为"腊花"之讹,即蜡梅。日·纸:笺印蜡花为绣缎。

【蜡嘴】蜡嘴雀,一种嘴如黄蜡的鸟。日·禽:蜡嘴更比皂花妙。

【镴釟】喇叭。日·器:镴釟索钠送圆房。

## lai

【来】❶由远及近移动。墙1:起初甚好,两个儿早晚问候,两个媳妇热汤热水常来服事,好不的那好。墙1:小瓦瓿提了酒来。❷(情况等)出现、到来。穷:衣服待穿没处捞,到年来,拜不的节,上不的庙。快2:只当贼头是铁铜,割来也是软沽浓。❸用在动词后表示动作的开始。墙3:呀!里边嗡叫甚么?待俺看来。翻9:我儿,你也不必哭了。把家里的事情细说来,我好去安排。增27:江彬说:"千岁息怒,臣愿招来。"定国公怒道:"快忙说来,万岁在那里?"❹用在表时间的词语后,表示从某个时间至今,以来。墙1:半年来丝丝两气,又饿的老肚生烟!墙1:肚儿肚儿你捱饿,有个盼头休要慌,待霎子撑你个膨膨胀。也是俺

跟他吃饭，一年来见的腥汤。❺助词。用在谓词性词语后，表示过去的动作行为或状态的发生。有时候相当于“曾”或“过”，有时候相当于“了”或“来着”“呢”。墙2：你不要管我，咱别了罢。那庙里有个道士，你且去合他扳话。任拘见谁，可休说撞着我来。墙3：精狗屁圈子！你早饭做甚么来？今早晨没去么？姑2：珊瑚一行磕下头去，那泪直流。沈大姨一行拉着他，说：“我儿，你怎么来？”姑2：谁想越发利害了，一点儿不应心，就掘，口边说：“俺娘说来，您婆婆宜量甚么好，不照着他，他就乍了毛。”禳28：太公云：“咱儿没在家，不知他商量来没？”夫人云：“想必两口商量就了。”❻助词。用在“十”的后面表示约数(从文意看，略超过十)。墙4：张大喘成一块，这十来里路跑乍了肺。墙4：小瓦瓯不过才十来多岁，已下手把样子描了两对，想是那小心眼诸般学会。禳3：盼家门叫人焦灶，女孩儿生把气喣，十来多岁还撒娇。增10：他说给我份薄礼，只当是给我几个钱，可给了我一锭银子，我掂量着有十来两。❼衬词。用在唱词中的并列成分之间。墙1：天那天好可怜，不看吃来看我穿，十根两绺人人见。墙2：若是魔殃不大巧，这里跐来那里蹬，裂璺里耽误杀残生命。慈3：他又无兄弟，他又无哥哥，我的天来咳，一个人来人一个。琴：不管长来不管短，进门就是搂抱俺。蓬7：娘娘罚我下天界，经了些恼来受了些穷，六七年像个南柯梦。❽助词。用在状语和动词之间。墙1：咱那东西虽不济，他也知道咱家穷，全要你把心来用。墙3：张大大怒：“你当面来形容我，咱只裂了！”❾助词。用在“一、二、三”等数词后列举理由。姑1：别珊瑚，别珊瑚，见了说笑都全无，一来是体娘的心，二来是解娘的怒。慈4：张讷一来又弱，二来又饥，撅着嘴，在炕上仰着。快3：一来看皇叔尊，二来看张将军，三来庆贺不暇问。❿助词。用在比喻句的喻体后。琴：园里去采花，园里去采花，忽见媒婆到俺家。这场暗欢喜，倒有天来大。增12：鼻子孔好似灶突样，两根黄毛一大抓，樱桃小口瓢来大，莫不是东洋大海，潮出来的巡海夜叉？⓫用在“一”的后面，表示某一行为。墙3：王银匠不是人，使我钱借我银，十年我并不曾问。因着合他常相处，该钱也无个账目存，这一来叫人心不愤。富9：李大思量，李大思量，媳妇婆婆在一床，就觉着这一来，像有些太孟浪。⓬用在“年、秋、辈子”等词前，表示下一个。磨6：张鸿渐甚有主意，必合他折桂来秋。磨17：恩合义重如山，临作别心痛酸，不知何日重相见？……今世里无可报答，来辈子结草衔环。农·农·种蒂：宜求佳种，秋后斸地撒之，来年自出。

**【来龙】**旧时风水学说以山势为龙，其起伏绵亘的姿势为龙脉，龙脉的来源

称“来龙”。日·堪:先把来龙看去住。

【咪口】(“咪”方言音上声)裂开嘴巴,指撇嘴。琴:嫂嫂笑着把俺瞅,未曾说话先咪口。

【赖】❶依赖,依靠。磨17:赖大王保全性命,不知何日还见金面?磨27:小弟千里逃亡,多赖二兄看顾,还该谢一谢。❷赖账,不认账。墙4:您好生去发丧,那该钱的都是体面人,见您兄弟还成个局面,自然不好赖您的。翻4:阎罗把眼一瞪,说:“你这意思里还待赖么?”禳9:江城呀,咱可赌赢不赌赖。❸诬赖,将事情的责任推给别人。墙4:骂畜生太不该,我说休抬只是抬,抬杀人待向何人赖?寒3:二弟,你背着妹子,先合族人走了罢。我且在此听听,看他还醒过来赖咱。❹耍赖。增19:罢了,我没了古人了。强龙不压地头蛇,我合这狗头赖罢。❺用无中生有的理由占取。慈3:耶耶!谁赖您那孩子来么?……我不过因着他姓张,我还疼他点呢。禳9:又下几着,数了数:“一五,一十,十五……江城你赖了块,还输二十着,你支过钱来罢。”

【癞狗】身上长癞的狗,癞皮狗。翻10:他是嗄法摆弄的这样疾,依然是癞狗还家,这事好奇!

【赖快】当指博戏时耍赖。日·赌:戳差赖快是奸刁。

【攋】撕,裂。日·裁:裤子攋开大事毕。

【癞疯】麻风病。日·疾:癞疯瘰历甚难痊。

【癞柑】柑。因其皮坑凹不平而得名。日·果:癞柑好似酒糟鼻。

【癞象】大象。增22:你着我军家赢了,杀几只癞象祭天。日·走:房中癞象却尊贵。

## lan

【兰缸】燃兰膏的灯。指精致的灯具。禳11:独坐漏声中,独坐漏声中,更放兰缸紫焰红。

【兰花烟】当时比较有名的一种烟草。闹:不要那满城烟毛头大锭,不要那红丝烟采堂玉兰,不要那关东片香烟杂半,大益和兰花烟我俱不贪,一切的奇品烟我都不要……

【拦道】拦路,站在道路中间(做阻拦的行为)。日·兵:鑼头捫鎗拦道呼。

【蓝缕】褴褛。慈6:浑身蓝缕鞋儿也么穿,袄少袖,又没肩,难遮寒,合那花子是一般。

【蓝旗】清代满人八旗中的正蓝、镶蓝两旗。增7:六哥拴下马,向前问事端,扫地只一躬:“长官是那边?”皇爷说:“你是问的我?北京蓝旗官。家乡也不远,居住在顺天。”

【蓝衫】生员所穿的服装。翻6:出茅庐,出茅庐,蓝衫精致皂靴乌。不但咱把门户撑,人也肯把丈人做。禳30:喜官人又中了,脱蓝衫换紫袍,满门贵显真荣耀!

【襤衫】同“蓝衫”。日·裁:襤衫摆褊系丝绦。

【褴褛搭撒】衣衫褴褛的样子。参见“褛褵褡襒”。寒8:歪子出了庙门,往家正走,也是娘娘指引,正遇着太老爷偶然出庄闲走。看见歪子褴褛搭撒的不成个态状,便叫人送了一身袍,一顶帽,杂粮两石。

【揽】❶用胳膊围抱,搂。磨19:墙根一棵树,就揽着往下下。增2:遂把马牵到分宫楼下,那国母携手揽腕,送出万岁前到分宫楼。❷同“漤”,用一定方法使柿子去涩。今写作“漤”。富6:自赶吃了,酒足饭饱,那衙役就像那十月里的柿子——不揽也就烘上来了。

【灠】漤,浸渍柿子去除涩味。禳13:俺家小哥哥,真正是近视老婆拾蒜瓣——自家搗了眼了。其初在巷里撞见江城,十月里柿子不灠——就烘上来了。

【漤水】味道略带苦涩或咸滷的井水,不能饮用。日·器:细米不用漤水浆。

【醂柿】漤过的柿子。醂,同“灠”,漤。日·果:三秋醂柿大如梨。

【懒待】懒得,懒于。琴:日已平西,日已平西,家中茶饭懒待吃。增16:小二姐心里焦,抱琵琶懒待调,少头没尾弹一套。

【懒耽】懒洋洋。琴:不觉明了天,不觉明了天,待要起去仔是怪懒耽。琴:情绪恹恹,情绪恹恹,说着笑着怪懒耽。

【懒犍】懒惰的公牛。常用来骂人,指懒惰的人。寒7:角儿粗蹄儿圆,有两湿有三干,到头就值七两半。……牵过来人人乱看,这行子是个懒犍。

【懒贼杀的】詈语。骂人懒惰。慈4:有一清晨,他娘出来,见张讷才找枕,骂道:“懒贼杀的!早做嘎来?”

【孏】同“懒”。增1:那正德爷非等闲,天生下只好玩,贪花恋酒偏能惯。上殿孏整君王事,诸般技艺都学全,万里江山他不恋。

【孏筋】脚筋,脚腕后部的筋腱。增4:青天白日山沟里,调戏人家良妇人,少死的村夫该打一顿!饶了你流水快走,等来人打断你那孏筋!

【烂臭】腐臭。寒4:李蝎子活遭瘟,满屋里血淋津,腥臊烂臭人难近。磨9:咳!俺初到监里,腥臊烂臭,好不难禁!及至住下来了,也就好了。

【烂多多】烂乎乎。寒4:屠子到把头安,烂多多缝着难,旁里又着家人按。

【烂流丢】破烂不堪。墙4:他把个老子搁墙头,浑身都是烂流丢,一家全是真禽兽!寒4:杀人的是悬梁死,被杀的是烂流丢,伤痕不用还穷究。

【烂熟】❶极其周详。慈1:张炳之是一个甚么物,为孩儿想了个颠倒烂熟,有了法还不敢明明的去做。❷极其熟悉。禳8:虽是江城见的少,模样烂熟在心间,精神眉眼皆活现。闱:赴筵宴,会同年,刻齿录,见主考房师,一切旧例,我都烂熟的,稳稳坐着等出榜了。

## lang

【郎舅们】男子与妻弟的合称。翻8:爷爷打了奶奶骂,还望姑爷把他饶,郎舅们甚么说不到?翻8:二兄弟,你不必这等。郎舅们甚么正经!

【郎君】妇女对丈夫的称呼。禳29:未共郎君一夜眠,先从女主接清谈。磨24:正自心焦,正自心焦,丫头踏破画帘条,喘吁吁报一声,门外头郎君到。

【郎当】形容脸色难看。磨1:百姓跟着号啕痛,摇吠怒喝脸郎当。

【狼眉竖眼】同"狠眉竖眼",形容凶狠的样子。寒5:三人正哭,那个解子狼眉竖眼的说:"急自一个哐哐哼哼的,一个扭扭捏捏的,又添你哭哭啼啼的。哭会子,不走罢!"磨14:老马叫咱去保他……点着名子叫飞跑,一个家狼眉竖眼,谁敢不来?

【狼牙箭】一种镞形似狼牙的利箭。比喻致命一击的武器。富4:二爷暗喜欢,二爷暗喜欢,这里正好用机关。要照着老畜生,加上根狼牙箭。

【朗素儿】一种用鬃编织的稀疏的便帽。禳24:头上戴着朗素儿,身上穿着粗布儿,腚上穿着破裤儿,骑着毛驴没点马褥儿,老辈的亲戚,穷的不成个样物儿……

【浪淘沙】曲牌名。禳27:[浪淘沙]南海有毒龙,作害无穷。全身罗汉下天宫,捉着龙头按龙尾,搭救苍生。

【浪烟】疑为"狼烟"之讹,指很大的烟气。翻10:那屋壁破墙垣,四下透黑浪烟,一行倒蹬一行叹。

【浪张】轻浮。琴:皮脸嫂子好多气,一戏不罢又一戏。说长道短嘁哩咱,看不上那种浪张势。

【浪漳河】漳河。慈6:嫡母如何,嫡母如何,鞑子虏去浪漳河。后娶我生身母,又遭了塌天祸。

## lao

【捞】❶从液体里取东西。翻6:范公子看了看是个学生,哈哈大笑。叫人捞上他来,又往里让。日·器:捞饭笊篱如捧大。❷掏,往深处或远处够。蓬5:手入道袍,手入道袍,拿出把壶有四指高;放在树荫中,又往袖里捞。伸手一掏,伸手一掏,不知袖里有甚么?磨7:一伸手捞出首饰也么来,不觉一阵恸伤怀,泪满腮。❸捞本,赌博时赢回本钱。翻3:说他潮何曾是潮?极精细的光棍就是好捞,赢了又待赌,输了又去捞。禳1:学着赌博指着赢,输了待捞没有本,心里痒痒没处抓,跑前跑后撅着嘴。❹获得。富1:老天爷见我这志向小,蟒袍儿往下拼。暂且捞到手,再从容问他要;还问他求一个长生不老。磨23:烧酒香唾沫空咽,可那里捞钱去装?❺够着,接触得到。俊:不如捞头一棒槌,杀老婆破上个充军罪。❻同"唠",骗,糊弄。富12:从头仔细观,从头仔细观,这也捞的瞎试官,运气低怕撞着那明眼看。磨25:从头细观,这也捞的瞎试官;运气低,怕撞着明眼看。

【捞不着】❶得不到。俊:借身白袍把丧吊,你就送在那千字号,本主待穿捞不着,上门打户逐日要。快4:快哉,快哉!这样快事,俺偏捞不着,便宜你!过日捞着司马懿,俺也这样!❷不能,得不到做的条件。墙1:不敢吃不敢穿,挣下了顷多田,老来捞不着吃饱饭。翻1:况且是路途遥远,捞不着上门告诵。磨18:一霎又是饭到。两个说:"这样饭咱也是捞不着吃的。"

【捞毛】指妓院中的服务性工作,如打水送水、洒扫卫生、迎送客人等,一般由男工负责。增12:金墩说:"六哥哥,你给俺报报。"六哥道:"只会卖酒,不会给你捞毛。"

【捞梢】赌博时赢回本钱。翻4:赌了一宿,四十亩地都输净了。秦惃惃子见他在那里出阳神,便说:"我有一策,可以捞梢。"

【捞着】❶得到。墙1:您达达无正经,捞着饼饭尽着撑,给他碗腥汤就尽了命。禳15:想了你半年才捞着,若是当面不见,岂不辜负了一番情肠?富6:方坐下端上佳肴美味,喷香的糯米酒,大大的建磁杯。那衙役长的人那大小,那里捞着这个东西?端起来骨都都好似灌凉水。❷够着,能够接触到较远的物体。慈3:他那媳妇子,又搭上他那邻舍家跑了一天井,都夺着那杴柄,才没捞着他

打。禳16：哎哟，气杀我！捞着那不中用处，也是一棒槌；捞着那中用处，也是一棒槌。捞着那不见人的去处，也嘶一口；捞着那见人的去处，也嘶一口。❸能够，得到做的机会。墙2：你就纵然过不去，也还捞着往里瞧，就吊休往外头吊。翻6：范公子祖辈官，他家里有个园，寻常无人捞着见。

**【劳】**❶操劳，劳累。墙3：早合晚没甚么孝顺，但只是不敢辞劳。姑2：安大成怕劳着他娘，清晨起来，着二成扫地，自己去做饭。❷敬辞。烦劳，麻烦。寒6：咱回去禀禀，我自家去不的么？我知道道路哩，何必劳二位呢？禳32：家中生个小婴孩，又劳亲友大破财。磨35：任大王笑说："这是不劳嘱咐的。"

**【劳动】**敬辞。烦劳。翻9：悔也徒然，悔也徒然，劳动姐姐去见官。增9：老鸨，你起来罢。大热天劳动你这一遭，没什么给你，又叫你磕头。

**【劳劳攘攘】**扰攘，忙乱，纷攘。蓬7：回头真是一场梦，可笑离合与悲欢，劳劳攘攘真扯淡。

**【劳消】**需要。禳3：老兄情太高……又饮香醪，又享佳肴，临别又领兄台教。不劳消，相隔不远，何必在今朝？

**【劳心费事】**操心费力。禳8：寒家一无所有，蒙尊公亲家劳心费事，感激之极！

**【劳瘵】**痨瘵，肺结核病。日·疾：傲欧劳瘵又吐痰。

**【唠】**骗，糊弄。墙3：平生不会撒谎，今日反唠自己的儿孙，讨愧的紧，可笑的紧哪！慈3：李氏待恼了，看看赵大姑不是个良善君子，他又有两三个媳妇子，必然没有我转的便宜，不如唠他唠罢。翻5：㑳孩子被人唠，老婆不是纸窝里包，这也避不的旁人笑。

**【牢笼】**引人上当的圈套。翻12：都说道魏名可杀，吃了他这样牢笼！快2：用火攻，用火攻，偶然中了他计牢笼。有朝一日到京都，咱可再把机关弄。

**【牢笼计】**设圈套引人上当的计谋。墙4：死了又落在儿子的手，两个体面全不知，只得又用牢笼计。墙4：您两个不成人，全不知养父亲，倒了头还怕您不出殡。我又用个牢笼计，哄着您俩去做人，说银钱是我瞎胡混。

**【牢实】**牢固。禳32：常时我这行头，还望高四于替我，而今可做牢实了。

**【牢食】**监狱里犯人所吃的饭。磨18：他就是罪人，你待断了他的牢食么？磨19：我坐长监无人问，他送牢食他还用心，咳，又看着打了庄稼上了囤。

**【牢壮】**牢稳。禳3：怪丫头站的牢壮，大立碑好似秦王。不怕翻了往下张，走来好似天仙降。

【老】❶年岁大，衰老。墙1：你如今老了……不如把地分开，你情八石粮食罢。墙3：两个齐往两下里挣，好像挣着个老叫驴，叫我可往那里去？富12：几年没见你，你也老了。❷年龄大的人，老年人。寒8：员外活了，年六十二岁，比前越壮健，越发爱老怜贫。富11：那逞逞唱了个少哭老笑的《山坡羊》，是个年小的秃妮子，嫁了个一只眼子老汉子。❸对年龄大或地位尊贵的人的尊称。墙4：叫老爷是尊称，添上个大字更中听，何年曾奉朝廷命。新中了进士称了老，撇下个爷字与监生，他说那咱就往前蹭。蓬1：我路上遇着福、禄二老，下来说了几句话，他就偷走了。磨29：他做翰林才四载，如今吏部做天官，不久要到文华殿。若能得此老一动，宋公明必下梁山。❹父亲。墙1：没儿雯想着要做老，叫一声爹爹酥半边，谁想这老不值个狗屁蛋。慈4：张诚待吃饭，拿过碗来，先盛了一碗给他老，又盛了一碗给他哥。❺用在排行、姓氏等之前，做前缀。姑1：正说着，出了庄，老王方才待问他要往那里去。俊：宗大官叫老三，我那人你听言：我抓不出心来给你看。❻时间久。墙2：这是我的个老朋友，如今受这样苦楚！蓬2：只见那长条垂下有千丈，老叶浓阴如线长。❼(脸皮)厚。琴：谁不望着东西亲？那怕人说脸子老。琴：仔说是那人年纪小，偏偏他生的脸子老。❽程度高。墙2：这墙老高的，怎么上的去？

【老巴】老成。富4：说话要粗浮，说话要粗浮，不装老巴只装雏。

【老鸨子】老鸨。增8：赛观音是老鸨子寻的，长到十二三，扎挂起来，甚是风流。增10：看见虔婆，说："儿才冲撞妈娘，只可怜孩子流落在他乡。"二姐双膝跪下，老鸨子用手挽起……

【老辈亲戚】祖父母或以上辈分的亲戚。禳24：……老辈的亲戚，穷的不成个样物儿……

【老本】指老命。寒1：赵恶虎逞英豪，见人来动枪刀，势头凶恶眼看到。觉着势头不大好，叫着家人开了交，怕他单把老本要。

【老病】痨病。墙1：李老说："令尊呢？"张大说："在舍弟家。"李老说："何不请来？"张大说："发老病来不的……"

【老扯淡】老而无用的人。墙1：老光棍最可怜，谁知饥谁知寒，一口屋剩下个老扯淡。禳12：可笑可笑！着咱那儿郎，背着咱去合他丈人家相处，咱不成了老扯淡了么！

【老成】老练，持重。禳4：他三叔是好秀才，又老成，自然教导那孩子或者不差。磨19：新媳妇孟娟娟，又老成又极贤，真能遂我心中愿。

【老鸱】老鹰。增5:小周元起拜着,看小姐赛嫦娥,头晕似在船中坐。他是天上的神仙女,汤他一汤就造化多,头皮薄敢说将他摸。饿老鸱时来运转,一把儿抓住天鹅。

【老鸨】(“鸨”,蒲氏注音“疵”)老鸨,开妓院的女人。“鸨”字未见于字书,且与“鸨”形近,颇疑形讹,然而蒲氏注音“疵”,不详。日·衔:老鸨撵出卧当街。

【老达】老爹,父亲。墙2:好教人参相不透,多管是厌恶这老达。磨19:您老达,您老达,曾在俺家当家客[①]。翻7:我出上连门不上,你嗄法治您老达?

【老大】❶很。姑3:大成见他兄弟那模样,老大不忍……翻10:下了骡到门前,庄里人来问安,个个都道蒙挂念。庄里老大犯疑影,怎么如今就回还?禳13:又是长,又是短,想是娇嫩嫩的那手,打着脸上也不大疼么!我只听的瓜的一声,可也老大响哩!❷年龄大。富8:错错眼睛又一年,光阴不能着千金换。少不努力,老大堪怜,那时懊悔,难把白头变。

【老呆】傻瓜。增22:佛动心笑颜开,我每日也疑猜,谁想你把俺当喇巴待。今日若还再信了,可就真真是老呆,眼里也没珠儿在。

【老道】老练持重,处事能力强。翻11:二相公待起身上府,范公子又送了一个老道管家,一匹好马来。

【老的们】老人们。墙3:赵氏笑出来说:“……咱爹这袍子是谁的?”张二说:“是咱哥的。”老婆说:“哆杀我,吊脸打膀的,就给老的们穿穿。”

【老儿】老汉,老头儿。禳13:着那樊老儿定了个美人计,着那江城扎挂的合那妖精一般出来见他,那有不动心的?增7:那万岁正往里走,从里头出来了一个老汉,说道:“长官,你来院里做什么?”皇爷说:“我来耍耍。”老儿道:“你会刀呀是耍枪、耍把戏、弄傀儡、说快书、唱道情?……”

【老哥】中年以上男性之间的尊称。磨28:看老哥什么高见,也该犯个安排。

【老公】曾祖父。禳32:眉清目秀小神童,将来必定作相公。锁住长生锁富贵,锁来兄弟更无穷;更无穷,闹烘烘,生子还得见老公!

【老公祖】对地位较高的地方官的尊称。富4:按院不敢细问,饭罢,却向无人处请教。方二爷推说不知,按院再三恳求。方二爷说:“老公祖,等治生问过了公子,着人送字去回话。”磨10:仲起说:“老公祖到任,治弟便亲受大福了。”按院说:“岂敢,岂敢。”

---

① 当为“客家”。参见“客家”。

**【老鵰】**老鸹,乌鸦。翻3:寻思起刹了他也贼头!把贼头挂出去,叫那老鵰野鹊吃他那肉!蓬1:龙宫海藏漏着脊,老鵰落在兽头边,燕子头上去嬔蛋。

**【老官】**指妻子。闹:只是还有两个人脸蛋子最难看,一个是撅着鼻子要做封君的老官,一个是跷着脚子要做公子的小犬……

**【老汉】**年老的男性。墙1:老汉今年八十二岁,老婆子又故去了,一切饥寒谁问?好痛人也!增7:那万岁正往里走,从里头出来了一个老汉,说道:"长官,你来院里做什么?"

**【老獾叨】**詈词。字面意思是该让獾吃掉的老家伙。墙4:王银匠老獾叨,合咱爹久相交,头发根儿尽知道。慈2:骂了声张讷忘八也么羔,怎么去找那老獾叨?(此处指张讷之姑)

**【老祸害】**詈词。指年老的人。禳10:江城怒将夫人推,又拉着太公衣领说:"你不说说您那老祸害呀!"

**【老夹钢】**不详。似指年龄大但身体强壮的人。禳14:李大娘李大娘,奴家丑陋亏了你帮。等我相处人多了,让你一个老夹钢。(此为妓女丽华感谢拉纤者李大娘时说的话,指推荐一个嫖客给李氏)

**【老犍】**老公牛。日·走:没皮老犍常輂痒。

**【老教】**博戏术语,代指博戏。俊:宗亓人句句听,猛抬头把眼挣,忽然大醒南柯梦。辞了混江合老教,别了四梆与三穷,从今再踩花凤。

**【老荆】**谦称自己的年龄大的妻子。禳5:这到极好。烦年兄坐坐,待我去合老荆计议。

**【老拘远】**老远,很远。慈6:又见两匹马尖指就来这,老拘远里下马,缨帽儿皮靴,少年英耀步乱踅,来到跟前叫了一声爹爹。

**【老绝户】**没有子嗣的老人。墙1:跺跺脚叫声天,这样苦对谁言?冷冻冻挽上这泪珠咽。那如做个老绝户,卖地也还吃几年,落了草怎不把头摊烂。慈6:张炳之没了儿婆子又丧,每日家单祷告着张讷还乡,以外老头子别无指望。已破上做个老绝户,谁想儿子成行,闹闹嚷嚷,妻子满堂,小儿没死,大儿没亡,四十的儿子认父,久别的妻儿进房……

**【老客】**对客人的尊称。增3:万岁听说,下马进店。店家说:"老客,待吃什么?"万岁说:"你有什么?尽数拿来罢。"增6:王舍……遂秉手当胸叫道:"老客,你不要恼。"

**【老来】**到年纪老的时候。墙1:不敢吃不敢穿,挣下了顷多田,老来捞不着

吃饱饭。墙4:我的两个儿争着孝顺,不觉三年,老来可谓享福。禳14:我这是老来贪,破上性命去挣钱。

**【老连】**老连纸,一种质地粗糙的麻纸。日·纸:老连凿捻更纷纭。

**【老妈】**对老鸦的称呼。增9:六哥儿叫老妈,你休笑那军家,仗义疏财手段大。鸦儿听说财神到,心里痒痒没处去抓……增16:丫头听说,来到房里说:"二姐姐,俺老妈南楼摆酒,特来有请。"

**【老妈妈】**老太太,年老的女性。姑2:老妈妈心里痛伤,病恹恹倒在绳床。磨8:张鸿渐听的问,抖了抖衣衫,走近前作了揖,说:"原是小生的不是,与老妈妈无相干。"增9:睁龙眼仔细瞅,进来个老妈妈,鬓边白发光光乍。

**【老们大】**老大,很大。琴:奴怨爹妈,奴怨爹妈,同行姊妹都嫁了人家;如今孩儿我,又早老们大。

**【老娘】**姥娘,外祖母。翻9:不曾在家,不曾在家,前日去住老娘家。

**【老牛槽】**翻绳游戏中的一种花样,状如石槽。禳2:咱且坐坐翻个交,看我翻个老牛槽。

**【老婆】**❶妻子。墙2:老婆赵氏出来说:"大清晨出甚么阳神哩?"张二说:"你唬杀我!我这里踌躇一件事。"姑1:娶老婆元是成人家,着他娘母子不自在,要老婆怎的?俊:口里渐渐不敢强,笑着说:我若再去赌博,就着俺老婆为娼!❷泛指已婚女子。翻5:仇大姐这个老婆好哆,不给他成不的。富7:却说李鸭子他妈是个极泼的个老婆,每日打门前里过,就骂几声,也没人理他。❸指妓女。翻2:魏名是输家,又搬了一个老婆,藏在里边。禳15:自从合气之后,公婆把他儿郎唤着,俺夫妻分院而居,这也罢了。近来听的他夜夜合老婆同睡,这样光棍到容易打哩。❹成年女佣。翻4:阎罗见他不怕打,说:"给我拉了屋里去!"一群老婆把姜娘子扶着屋里。禳17:老婆给公子勒上头,摇呀摇呀的出门……

**【老婆顶】**指悍妇的气势。参见"汉子顶"。慈3:老婆顶,老婆顶,逢人要把老婆逞,老婆老婆好没影。慈3:若不是众人拉着,打他一顿好杴柄,把他那贼毛择了,从今日去去他那老婆顶!

**【老婆儿】**❶老婆,妻子。穷:孩子热了穿上袄,腚冷了戴上帽,饥困了喝凉水,饡的吱吱的叫。剩下个老婆儿,穿的还没根线条!禳3:老婆儿望穿,老婆儿望穿,定说老汉一去不回还。❷老婆子,年老的妇女。禳10:老婆儿你在这里骂,俺在这听。奴家就敢应承,奴家就敢招承,把头揪吊,赶去脱生!老婆子你在屋门里咯咯嚷嚷,破上我江城!

**【老婆孩】**同"老婆孩子❶"。禳6:领打着老婆孩,搬遍了峡江县。磨1:老婆孩一齐捱饿,瞪着眼乱叫皇天。

**【老婆孩子】**❶妻子和子女的合称。墙2:一个达是公夥的情受的东西,我何苦都费了?省了点子给那老婆孩子吃了穿了,他还叫声达达;没有说叫人达达,还贴上吃穿的。禳3:明年又弄的不方便,领打着老婆孩子,北门里又要重迁。❷已婚的成年女性和孩子。禳8:那邻家北舍,挤擦在堂前。呀!这一个瞧瞧,那一个掀掀,拿出一物,个个哄传,老婆孩子,擦背磨肩,你猜是在水,我猜是在山。

**【老婆婆】**❶老太太,年老的女子。磨8:老妇人上:"天黑了,俺把大门关上。"张鸿渐急走上前,说道:"老婆婆,且休关门。"增5:这日天色将晚,周元不见归家,刘夫人放心不下,巴着板门凝睛悬望。恰好万岁来到近前,抬头见个老婆婆,便说:"夫人,你家有闲房借宿一晚何如?"❷丈夫的祖母。姑2:于氏气的战抄拨,咱今娶了个老婆婆,我儿呀,这日子往后怎么过!

**【老婆子】**❶妻子(一般指年老者,也可指较年轻者)。墙1:自家张老便是。合老婆子吴氏,一个走南傍北,一个少吃俭用,受了无穷辛苦,挣了个小小家当。禳3:老婆子,你挎着这筐子,江城,你拿着小篮儿,我抗着板凳。禳18:这个事真是邪,打人家汉子一大些,纵然受了老婆子气,可又生个儿来不叫俺爹?(此处所指为非年老者)磨14:狗脂!如今不过是银钱世界,甚么是公道良心!且歹他五两银子,盘费不了,给老婆子买点人事。(此处所指年龄亦不老)❷年老的女佣。翻10:你先从容待二年,咱有了地土,寻上个老婆子,叫他搭手去忙就是了。富2:方二相公把妹子送到监里,到了家,又领了一个老婆子来,送在监中服侍他妹子。❸老太太,年老的女子(带贬义)。磨15:老婆子说:"我合你有仇么?"磨15:老婆子说:"好俺张大叔,你饶了我罢!我跪着你!"(以上"老婆子"均指李鸭子妈,为泼妇)

**【老亲戚】**同"老辈亲戚",祖父母或以上辈分的亲戚。禳5:翰林王,翰林王,自从去年开了坊。高宅和他有老亲戚,用不着我说名望。

**【老人言】**老人说的话。禳13:小哥哥,小哥哥,自寻蛐蜒钻耳朵。既不听老人言,还怨的那一个?

**【老嫂】**对年长的嫂子的尊称。禳3:请饱叨,省的老嫂,重复费烹调。

**【老少年】**也叫"雁来红",一种苋科草本植物。初秋时上部叶片变色,普通品种变为红、黄、绿三色相间,优良品种则呈鲜黄或鲜红色,故名"老少年"。

日·花：万岁藤绕老少年。家政外编·诸花谱：老少年，正月，撒子于耨熟肥土，二月即生。壅以鸡粪，扶以竹木，可以过墙。

**【老生子】**排行最后的子女。增7：家父养活了俺兄弟六个，我是个老生子，排行叫六哥。

**【老实】**❶忠厚诚实。翻2：倒在床，倒在床，春娇给他脱衣裳。好好的老实孩，从此就把嫖来上。寒1：这县有个诸葛村，这村有个商员外，为人忠厚老实，人都称他"老实员外"。❷认真，踏实。翻6：你回去到家中，老实看着把地耕，可休学你大舅舅，踢弄的一个精光腚。翻9：老实听着，老实听着，听我从头把你教。❸小心，注意。禳2：咱可赌不的嘴里叨，老实休要翻错了。

**【老实头】**特别老实的人。寒7：我妹妹一女流，父亲是老实头，官刑屈打无人救。

**【老孙】**指猴子。寒5：三官屡屡显灵圣，怎么还敢亵渎他？真是没眼的老孙化。

**【老太太】**对年老女子的尊称。慈6：略不停时，老太太出来了。张讷磕了头。老太太便问："你老子甚么名字？"张讷说："是炳之。"老太太眼中落下泪来，说："咳！你就是张炳之的儿么？"翻12：姜娘子、慧娘合老太太都哭起来了，老太爷与大爷、探花老爷都下泪。

**【老天爷爷】**老天爷。磨18：想还有个报仇的日子，老天爷爷，还望你速速的睁开眼！

**【老童】**老童生。禳4：那管老童苦死捱，到老胡须白满腮。我的天，坏良心，真把良心坏！

**【老头儿】**对年老的父亲的带贬义的称呼。墙2：老头儿听我言：今日轮着二弟的班，我这里没做你的饭。墙4：老头儿太不通，或是银或是铜，你何曾漏出牙之缝？禳10：老头儿在这里说，俺在那听，又待将奴宰烹，又待将奴怎生，揭开眼罩咱就踢蹬。老头子你在房里咕咕哝哝，怎么着江城？

**【老头子】**❶老年男子。可用于自称。墙4：一个老头子，该您老婆汉子甚么打。寒1：两三个走狗把老头子一脚踢翻倒地，一顿好打。墙1：老头子日日闲，情着吃情着穿，着您媳妇常忙乱。❷年老的丈夫。禳3：樊婆徐氏上云："……老头子说在北门里头赁下了一口房子，今日要搬，只得合家收拾收拾。"禳5：老头子你只说他小，他什么不知道！隔着十里多又跑插到，他自家看一看到也好。❸老年的父亲。墙3：张二说："老头子，你说他不该打么？原是为你，你还向

他。……”禳13:我正愁着老头子问我,我没嗄答应哩。连日不曾问安,趁闲去那边蹭蹭。

**【老兄】**对兄长的尊称。禳3:子正说:“已是醉饱了,就此告别。”仲鸿说:“老兄既忙,小弟也不敢久留。”磨4:俺乃马知县胞弟马如飞。是日老兄给我一万两银子,托我上院里打点。那老兄也是个苦瓠子,若挣银钱,到家也没有看顾兄弟的。磨28:二位老兄,几时回来的?

**【老兄弟】**相处较久、有兄弟情谊的二人。禳7:我不是相戏。他老兄弟又极相好,孩子又极班配,有何不可呢?

**【老兄台】**老兄。翻8:老兄台请回宅去,议一议是该怎么。禳32:老兄台不必焦燥,读书人立志要高,疯僧一片瞎胡叨,信口吧来真可笑!

**【老爷】**❶对官绅、男主人的尊称。墙4:叫老爷是尊称,添上个大字更中听,何年曾奉朝廷命。慈6:张老爷因着自己没儿,见张诚是个齐整人才,有心拾了他去做个义子。翻12:姜娘子、慧娘合老太太都哭起来了,老太爷与大爷、探花老爷都下泪。❷姥爷,外祖父。墙1:他老爷待好来了,你去伺候罢。

**【老爷爷】**曾祖父。慈6:你那老爷爷,当初也有名望。禳23:老爷爷做刑厅,咱爷爷御史南京,隔一代就是一番盛。

**【老迂板】**迂腐、呆板的人。俊:胡朋这里又念款:你可成了个老迂板!娘子虽然家教严,他也没有这么长的眼。

**【老远】**很远。翻11:又往前搂了老远,极像是石头铺场。

**【老贼杀的】**詈语。指人。翻1:那来人说了一遍。徐氏气的把脸一变,说:“老贼杀的!敢放这些狗臭屁!”

**【老主意】**定见,自己坚持的意见。寒2:心里立个老主意,任他嚾说再不听,逞威风俱是贪心病。

**【老子】**❶父亲。姑1:因四川重庆府有一个秀才姓安,有一个兄弟是二成。他老子是举人,早死了。富6:老子生儿一个,死了无人上坟。❷老人。增3:这桩事儿非轻易,若还是朝廷老子,叫小官溺在磬里!

**【老子娘】**爹娘。俊:不成人可也是前生造就,就是他老子娘也管不回头。禳5:丑合俊听你胡吧,好合歹全在你自家,老子娘也替你定不的价。磨2:谁想去了人十个,归来还是整五双。整五双,老子娘,又得团圆在一堂。

**【老祖】**对道教祖师的尊称。富14:忽然一朵彩云坠落,是洞宾老祖到了。富14:众位老祖起在半空,一家人望空拜谢。磨28:忙取卦角,望空祷祝:“周公、

周母，孔父、孔子，诸葛孔明，王禅老祖，鬼谷先生，袁天罡地煞，有灵有应。……”

【耢】用耢平整土地。农·农·垦荒：先纵火烧草，然后深耕，勿罷勿耢。日·庄：耢过才着种耜耩。

【耢耖】农具耢中间的木樘。日·庄：犁箭耢耖安排好。

【躼竿】个子细高的人。日·身：躼竿矬矮长短异。

## le

【了[1]】助词。❶与普通话相同，用在动词或形容词后面，表示动作已变化或已经完成；或用在句子的末尾或句中停顿的地方，表示变化，出现新的情况。此不详列。墙1：生了两个儿子，一个叫大怪，一个叫二怪。因他翅膀硬了，终日淘气，早早分他出去。翻8：公子到了宅里说了。夫人王氏气极了，把范栝骂了一场。增25：着了急了，饶了你罢。❷用在动词（趋向动词除外）之后、表处所的词语之前，相当于普通话的介词“到”。墙3：老头子筋节的紧，我看他扁了那里去？慈3：上面是李氏降的前窝里张讷，跑了他姑家里去了。翻4：阎罗见他不怕打，说：“给我拉了屋里去！”一群老婆把姜娘子扶着屋里。翻12：到了天明，看了看，魏名已是打死了。报给了扶风县官，来验了，着人把魏名抬了他家去。❸用在动词之后、表受益对象的词语之前，相当于普通话的介词“给”。翻2：魏名收了骰子盆。仇福还了他那钱，下剩的说：“春娇，我送了你罢。”禳16：自家非别人，就是江城的姐姐樊满城是也。……自从嫁了葛天民那王八头，枉勾家里梦见俩汉子，他也不敢惊着俺。增16：他说是外国进了来给万岁的，万岁使残了，就赐了我一条。

## lei

【勒】❶收紧缰绳以止住牲口。慈6：后边有一个美少年，来到近前，把马勒住，细细的端相。增6：那万岁正走，看见了城池，勒住马问那行路的人：“这是大同府么？”❷捆住之后再拉紧。禳27：他说铰我的奶头，我当个震话，不想就真果铰下来了！当时着带子勒住，待了两宿，竟不疼了。磨19：咳！你看他好事的吵来好世的骂！又把你希乎捆煞，几乎勒杀！❸编制簿籍，造册。翻8：二相公骑上骡，合公差走了。就来查他的产业，保正勒了册子，给了公差。❹“里”的音变。禳22：把他求，把他求，卷上青字一笔勾。今岁勒止一考，怕等儿定不就。

【勒掯】同“掯勒”，勒索，逼迫。禳16：狗儿甜蒜碟，到屋里还勒掯他不轻饶。

【勒杆】用秸草覆屋顶时，需在秸草靠近屋顶处横着加一长条状物固定在下面的屋笆(苇箔或秫子)上，以防大风吹起秸草，这种在屋顶秸草中起固定作用的条状物就是勒杆。通常用葛条系连成勒杆，有的用高粱秸系连起来当勒杆。日·泥：勒杆又使葛条锥。

【勒头】低头。禳18：公子勒头上云："怎么江城不见回来？不免叫人打听打听。"禳18：锅着腰，勒着头，只有丝丝气儿抽。

【埚】(方言音"罗")量词。摞，用于叠放的东西。日·泥：发陌还用一埚坯。

【雷葧】雨后长出的一种野生菌，可食。日·菜：雷葧灰包嫩可烹。

【甑钵】当指较大的盛酒的盆。日·器：木榨榨来甑钵接。

【累[1]】(lěi)❶垒。墙2：累这墙使钱一吊，谁知你今日为灾。❷连累。翻8：那逃人，那逃人，坐在那里不动身。大家拿着好话央，那人拿头摔光棍。呀呀儿油。累四邻，累四邻，一口许他百两银。禳30：怕女儿累爹娘，远走高飞把头藏。六七年没敢把影傍。

【肋胁】肋部。日·身：肋胁骭支尾靶根。

【肋膛】肋部。富9：别人都打了，惟有赵鬼子那肋膛里中了一枪，还血淋淋的，就没打他。

【泪道儿】泪水的通道。翻9：姜娘子气儿平，叫姐姐你是听，泪道儿教我洗不净。(指不停地哭)

【泪道不干】形容流泪不止。姑3：待了半年，于夫人有了病，着实危笃，两个儿、两个媳妇，都是泪道不干的。

【泪洒洒】同"泪恓恓"。"洒"为"恓"字之讹(抄本作"恓")。寒8：祷告已毕，泪洒洒的出了庙门。

【泪恓恓】形容流泪的样子。姑3：安大成泪恓恓的合他娘说，臧姑来窗外头听。禳10：看了看我儿泪恓也么恓，你苦在心里更不提。增11：佛动心把头低，忍不住泪恓恓，哭哭啼啼下楼去。

【泪撒撒】形容流泪的样子。姑1：珊瑚俩眼泪撒撒，说娘方才怒气加，亲娘呀，我还不知是为嗄。富3：叹杀人，想起当初泪撒撒，流流的跑一夜，我困他也乏，不吃草倒在槽儿下。

【累[2]】(lèi)使劳累。翻5：大姐进了门，问了安。徐氏哭着说："我的儿，我可累煞你了！怎么就有这样的本实！"增12：好奇事！你接客不接客，累着我那大腿根哩，上我的帐！

## leng

**【稜】**重击。磨14：我保他钱粮轻，加二五大戥称；我保他要钱很打腚。我保他打贼使小板，我保他捶粮大板稜；我保他科派众百姓。

**【稜稜挣挣】**冒冒失失。富9：官人进身，官人进身，背着行李往后奔。那觅汉不自然，还跟着只管问。金三说："你是谁呀，稜稜挣挣的往里跑？"磨19：有觅汉出来把门开了，鸿渐往里就走。那觅汉跟着吆喝："是谁呀？稜稜挣挣的只顾跑！"

**【稜争】**同"稜挣❶"。寒2：大宗师在上听：论生员也稜争，见仇人顾不的残生命。

**【稜挣】**❶愣头愣脑。磨29：金总兵甚稜挣极难招架，若合他讲兵法知道什么？❷愣怔，发愣。禳14：眼矇矓梦初成，梦见冤家见了我，喜了个稜挣。哟也么咳，咳也么哟，才到床上梦又醒，恼了一个稜挣。

**【冷不冷的】**不管冷与不冷。墙2：好了，养活了半月，且喜逢着小尽。今日初一，冷不冷的把他送去。

**【冷眵块】**冷凝成块的粥状物。慈1：叫他在床前站着，待盼子中了饭，都吃停当了，才着他刮那冷眵块吃。俊：播开门闩钻进来，抹抹索索找饭嗓；抹了一回没的想，抿了几碗冷眵块，扑着炕头只一攮。

**【冷胗块】**同"冷眵块"。墙1：十一月数九天，冷胗块放面前，一行哈着浑身战。

**【冷打漫吹】**对人冷淡，不热情。富6：方娘子见他冷打漫吹的，说的都是云里雾里的话，就拭了拭那泪，把脸放将下来，恼了。

**【冷淡】**❶热情降低，不再热衷。翻3：却说那仇福别了秋桂来家，那嫖的一道，冷淡的许多。蓬5：壶中别有天，壶中别有天，酒到胸中眼界宽；富贵与功名，一切全冷淡。❷指庄稼生长不旺的不正常状态。农·农·三遍谷：谷宜深鉏，惟三遍勿深。盖至三遍，则谷已秀，其根四布，若深而伤之，旱则不能坚圈，谓之仰雨；雨过则冷淡成粃，谓之脱涝。鉏过即雨，多成此病。日·庄：脱涝冷淡病多般。

**【冷炉清锅】**比喻冷清。磨20：他说他文章也算好，前后不少也不多，便就中了也不为过。可怎么人家热闹，教咱家冷炉清锅？

**【冷落】**孤寂。琴：从新来到房中坐，淡寞索的怪冷落。禳11：自从江城去

后，不觉一年有馀，省担多少惊恐，省受多少恶气；但苦於闺中冷落，好闷人也！

**【冷飕飕】**如冷风飕飕吹过一样的凉。磨6：今日清晨冷飕飕，洗了脸梳了头，夜来读的今朝又。

**【冷天】**冬天。增8：万岁爷龙心欢，褡包里取出钱，十个就是二两半。若是搬的二姐到，给你做领红布衫，冷天穿着好跌面。

**【冷桌热凳】**比喻各种条件下的学习或办公。磨4：我想人生在世，冷桌热凳，钻东蓦西，巴不能做个大大官儿。

## li

**【唎嚁喇喝】**象声词。形容杂乱的脚步声。禳8：呀！听那喇叭嘻嘻哈哈，那唢呐滴滴答答，一片人声吱吱呀呀，门前花炮乒乒乓乓，十对家丁批溜扑喇，一行人马唎嚁喇喝，锣儿噹噹，鼓儿帕帕。

**【唎嚁子喇】**同"唎溜子喇"。禳27：唎嚁子喇，喇嚁子唎，合你一对好夫妻，好夫妻。

**【唎溜子喇】**唱段中的衬词，无实义。见于"憨头郎"和"哭皇天"两种曲牌。禳18：[哭皇天]唎溜子喇，喇溜子唎，好好儿的访亲戚。磨4：[憨头郎]唎溜子喇，喇溜子唎，打伙合该造化低。

**【哩溜子喇】**同"唎溜子喇"。快2：哩溜子喇，喇哩子溜，百万雄兵一旦休。磨33：哩溜子喇，喇溜子哩，贼兵十日在那里。

**【哩么呀呀儿油】**衬词。均用于"呀呀儿油"曲牌。蓬3：问奴家，问奴家，现住广寒王母家。因奴动了思凡心，才摘了我的云头驾。哩么呀呀儿油，哩么呀呀儿油。蓬4：到城西，到城西，买了个丫头叫小痴；他今方才十一二，也可些须把你替。哩么呀呀儿油。

**【离词】**内容为伤别离的唱词。磨12：离人本断肠，听离词，越感伤，几乎落泪酒杯上！

**【离恨天】**佛经谓须弥山正中有一天，四方各有八天，共三十三天。民间传说三十三天中最高者是离恨天。蓬1：娘娘早知其中意，老君离了离恨天，众神仙迎出蓬莱殿。蓬7：来的太早，我带你去离恨天修炼三年，以后好复他的本位便了。

**【离怀】**幼儿离开怀抱，能独立走路。富8：自离怀不曾见父，好像是从小便孤。富7：小保儿离了你的怀了，走走站站还得过自由。

【离人】离别的人，离开家园、亲人的人。富10：一年的好景第一是春天，惟有这离人无有一时欢。磨12：离人本断肠，听离词，越感伤，几乎落泪酒杯上！

【离书】脱离夫妻关系的文书。翻10：临别夫妻没见面，还写离书把我休。禳11：要屈贵脚踏贱地，写字几行墨未干，刚才封罢离书案。

【梨】一种常见水果。蓬1：盘中枣大如瓜样，梨似胡芦摘下棚，娘娘喜欢容颜动。蓬1：福、禄、寿三星献了一盘枣，都大及瓜；一盘梨，大及胡芦。

【梨儿】梨。增9：你若是闲着，把那瓜子、梨儿拿些来院中走走。

【梨子】梨。禳24：咱可就把梨子连皮吃……——不啃他的。

【犁箭】犁柱，支撑犁的木架底部和辕的木柱。农·农·收农器：又有农工既毕，用绳则解牛絚，用柴则拔犁箭，此更混账，不可以为人矣。日·庄：犁箭耪耔安排好。

【犁牙】犁上的一个部件。日·庄：犁辕木上犁牙札。

【犁眼钻圈】形容设法到处求食觅钱。穷：成年论月，犁眼钻圈，真正是气也气不死！

【犁辕】犁上的一个部件。日·庄：犁辕木上犁牙札。

【黎眼钻圈】同“犁眼钻圈”。寒8：烧干锅子没有米，饿的黎眼又钻圈，从天吊下清晨饭。

【劙】用尖利的物品划割。寒7：王知县低下头，刀劙下血水流，皮囊生剥真难受。聊斋志异·张诚：汝杀吾儿，欲劙颈以塞责耶？

【礼拜】施礼祝拜。增28：南楼权当金銮殿，文武百官把主参，礼拜已毕两边站。增28：后来张永跟随刘妃进京，到了宫里，先去参见张娘娘，磕头礼拜。

【礼单】送礼时开列礼品名目的单子。钟：姑奶奶写在礼单上，送与老爷下酒，谁要与你饮食？

【礼房】知县衙门办理祭祀、考试等事务的下属机关，亦指礼房的人员。磨14：哈哈！老马被按院锁拿了，官宅里发出银子来，托了一个礼房，一个皂头，每个秀才五两银子，每个百姓二两，求大家递状保他一保。这皂头是我拜交的，那礼房又是秦老兄拜交的，怎么辞的？

【礼生】司礼者。墙4：坟合棺材都有了，扎些棚彩与旛旗，台前一个猪羊祭。雇几个礼生喝礼，两小吊五百四十。

【礼数】礼节。增11：像你大姐姐，我养活他恁么大小，还没给我磕个头，不想你这孩子倒有礼数。钟：今日是钟馗哥哥寿日，本欲猎取百头肥鬼，以作祝寿

之资,谁想哥哥口福不济,半日冥搜,止捉得小鬼一头,如此寥寥,成何礼数?

**【礼体】**礼节,规矩。翻7:谁想范公子已是轿马人夫,伺候停当了。又教导慧娘,到那里是该甚么礼体,怎么着行。

**【李大板】**比喻傻傻呆立的人。俊:胡朋这里又念款:你可成了个老迂板!娘子虽然家教严,他也没有这么长的眼。为个汉子要自由,不是孩子还吃奶当饭?亓人听说不耐烦,仔说我没有那也鬚。起来徉常一溜烟,胡朋成了个李大板。

**【里里外外】**里面和外面各处。琴:鼓乐喧天,鼓乐喧天,里里外外铺红毡。

**【里么】**同"哩么",语气助词,相当于"吗"或"……的吗"。姑2:一清晨二成没在家,洗脸水没人端,一声里骂二成。于氏便说:"他在里么?"臧姑说:"你端了来! 也压不煞你!"

**【里面】**内,里边。(一般说"里边""里头",用"里面"只有2例)蓬1:普天下众神仙,一齐到蓬莱山,接娘娘盖下的水晶殿。里面净有七十里,地下铺着白玉砖,四部洲都从影里现。增17:安下一个鸳鸯枕,熏笼里面又添香,般般事儿皆停当。

**【里头】**里面。姑3:于夫人去看了看,刨了一个大坑,里头堆着瓦查子,也只当他刨了银子去了。慈1:张炳之……瞧了个空子,把张讷叫了那无人处,说:"你知道您姑家么?"张讷说:"我知道他那庄,他是路东里头一个瓦门楼。"寒4:商家给他个坐位坐,再把李家捏个湾,不愁里头无钱转。

**【里外】**❶里面和外面。禳27:刚才听的更鸡鸣叫,那谯楼上钟鼓乱敲,卷行装里外都着银灯照。❷指家内和家外。磨8:奴家上无依,下无靠,里外的支使着一个人,肚子酸苦,没处向人诉诉。

**【里子】**衣服或被褥的内层。慈4:李氏翻砖揭瓦的,找出他自己穿的个红袄来,撩过去,着他穿。张讷看见那袄是个白里子,就寻思着,出了门我翻过来穿。

**【理】**❶道理。慈1:以理论起来,既有了儿,就不娶也可以罢了,可只是打光棍也是难呢。寒5:大哥哥放心宽,有理事不用钱,要合他打上森罗殿。他就凭钱咱凭理,不但告人还告官,告城隍带着王知县。磨7:相公三五两银子的驴还不叫我赔,吃几顿饭,那有要钱的理?❷理睬(用于否定句)。墙4:俺爷爷长疮霎,叫你给他看看,你就嫌脏,正眼不理么,怎么这个就待打人?翻2:姜娘子见他少魂没魄的,也没理他。磨15:他从来泼赖,闭了门不要理他。❸料理。翻9:你既是个书生,自然他是赖你。我也不难为你,你给我照管账目,兼理书

札。寒8:退堂美女齐歌舞,那有心绪理民冤?上堂来只把夹棍绊。

**【理之】**理睬。翻1:仇大姐怒开言:是紬袄是纱衫,何曾给俺做一件?找了个汉子一千里,整年没人理之焉。

**【力尽筋舒】**精疲力竭。寒4:却说商二相公把三官背着,使的力尽筋舒,才到家停起来。快3:曹操到华容已是力尽筋舒,只消刀一割而已。

**【力量】**❶力气。翻11:姊妹三人使尽力量,掀了那石头看了看,是一个大池,上头使尖子石铺了。❷能力。翻10:人皆不知是那里力量,都异样至极。

**【力气】**力。墙2:使力气撮上墙,松了手往下张,真如死狗一般样。翻3:到底病人也没力气,虽然狠打,也没打犯,疼了一宿,就好了。翻12:你为您兄弟们,费了无穷的力气,使了无穷的心机,如今俱已团圆所愿,富贵遂心,那里还有肯着你去了的呢?

**【立时】**马上,立即。翻8:到了县里,官明知冤枉,因着王法太严,不敢担,立时解了府,府里解了院。翻12:太爷大惊,把高强拿来,立时打死。

**【立体面】**建立良好声誉。墙4:你好生去发丧,扎挂起面有光,费俩钱也还有名望。……只在您立体面。

**【利害】**❶利处和害处。翻3:魏名见他没动静,又对着仇福着实条陈那不分的利害。磨30:利害分明漫说陈,是非已听圣明君。❷厉害。a)难以对付,凶猛。慈3:想当初他那话这耳中还在,不知道这老科子这样利害,到家中问一声我何言答哉?快2:你看这水好利害,正走着,把马绊倒,倒闯下来……磨28:这蚊子臭虫利害的紧,咬也咬死了!b)严重。增18:王姐夫,我说你家去罢,你再不听,你这晕风不发的利害了么?c)厉害的手段。增3:他们有眼无珠,怎知我是皇帝,我有心待给他个利害,恐上不的山西了。增10:我收了人家银子,小二妮子那奴才,他若不来时,我只得拿出利害来给他个狠手,死活从他!

**【利亮】**❶亮堂。姑1:鸡科子!到几时杀了你,这眼里才利亮了!磨3:我是个真呆瓜,年纪小知甚么?说不出句利亮话。❷爽快。磨17:手脚乱蹬摇,把脖项镟一遭,贼头也不是利亮掉。

**【利市】**买卖好。禳22:学道人言是美差,好官利市大招财。磨28:靠衙门开个铺面,但卖那天理良心。运气好招财利市,这两样丝毫不存。

**【利债】**高利贷。日·赌:瞧就傻瓜放利债。

**【呖呖】**象声词。形容鸟声或歌声。富3:燕子为谁忙,燕子为谁忙?莺声呖呖哭垂杨。磨24:歌声呖呖舞翩翩,忘却他方人未还。

【栗子布裙】栗色的布裙。增12:拆破袄做背褡,大补丁白线巴,栗子布裙彭彭乍。

【栗蓬】栗子的外刺苞。日·果:栗蓬棠球压树垂。

【瓈】用手攥着或捏着将东西从附着物上顺着弄下来。日·菜:榆钱瓈下蒸方美。

【哩】❶语气助词。相当于"呢"。用于陈述句时表确定语气,用于疑问句时增强疑问语气。墙1:听的爹来,从早晨望了几回哩。寒6:咱回去禀禀,我自家去不的么?我知道道路哩,何必劳二位呢?姑1:你扎挂的合妖精似的,你去给那病人看的,只顾在这里站嗄哩?翻2:秋桂见他只顾寻思,便说:"张天师闭了眼——你出甚么神哩?"磨18:天还早哩,你闲扯甚么淡哩!❷助词。相当于"了",带肯定语气。慈5:任他娘怎么骂,张讷发昏,可也不觉。张炳之哭着说:"张讷已将待死哩,你还骂他怎的!"富2:老马慌哩,央了李知府,送进了一万两银子。复审的时节,就不是前审那嘴脸了。❸助词。表列举。增12:那汉子光贬扯人,又是瓢,又是桃哩,夜叉哩,冬瓜哩!❹同"里"。或为"里"字之误。磨6:您头哩先行。那地方去打水去了,俺哈些就走。❺助词。相当于"地"。翻6:正议论着,只听的那喇叭一声子哩响,范公子又嗒进来了,在那书房里挂帐子。

【哩么】语气助词。相当于"……的(得)吗"或"吗",表疑问语气。墙1:诮甚么!俺达好不好,谁着他合你令堂并骨哩么?慈3:你慌嗄,你可是上门来怪哩么?寒4:大不然人已死了,还觉哩么?出上就抬了去。翻12:人都说魏名每日弄仇家,仇家不理他,自己弄出祸来,每哩是仇家弄他哩么?

## lia

【俩】❶"两个"的合音。俚曲中大部分写作"㑚",少部分写作"俩"。寒8:娘俩才待打那材,材已自家开了。富5:咱俩吃这闷酒,不如找一个唱的来,大家乐上一乐。❷"两"的误写。寒6:二相公说:"咱回去禀禀,我自家去不的么?我知道道路哩,何必劳二位呢?"俩个鬼又不合他回去。

【㑚】❶同"俩"。墙2:㑚畜生这样诌,前生合我有冤仇,眼看就死无人救。墙4:俺㑚虽厚,他买下东西怎么对我说?禳1:丈人给了个银子锞,丈母偷着又给了㑚。❷"两"的误写。翻5:姊妹㑚个哭了一回。

【㑚㑚𠆩𠆩】俩俩仨仨,三三两两,三个两个地聚在一起。慈3:有心待发乍,

看了看赵家姑姑，也不是个善查；况且是他那媳妇，𠀋𠀋𠂤𠂤，若踢弄起来，自然都是向他，自然都是向他。哎，细思量，不如把他哄哄罢。蓬1：宾客密如麻，东𠀋𠀋西𠂤𠂤，八百席一霎安排下。

**【𠀋𠂤】**俩仨，两三个。禳24：成抾的菜蒸一抓儿，豆腐带水一洼儿，连皮的萝蔔一掐儿，挺硬的鸡蛋𠀋𠂤儿，煎或用个葱花儿，并不见个油花儿。

**【𠀋𠀤】**俩仨。禳17：峡山有个呆瓜，呆瓜家中有个夜叉，夜叉若是开了赌打，我还打他𠀋𠀤。

## lian

**【连】**❶连接。墙4：十个指头露着骨，好似心里扎一锥，浑身疼痛连肝肺。寒4：却也甚奇，祷告已毕，又去拿心，轻轻的抽将出来，还是个囫囵心，就是咬的将断，可还连着。❷连带，连同。墙4：我已雇了人来，路又不远，连床抬去罢。增9：万岁说："照顾不大。这银子是给你的，这豆子是给你那闺女的见面钱。"妈儿道："我连这孩子的都捎了去罢。"❸连续。姑3：债家看那银子，合前番丝毫无二，心里疑忌，连夹了三锭，全无差迟，就把文书退了。寒6：恶虎灌的稀烂醉，摸着嗓子只一刀，他还挣命把我招。只着我连三刀子，他便就两腿蹬摇。增21：连输两盘没的说，只怨运气好平常。❹表示比较极端的对象。墙1：爹，咱县里休说没有猴头、燕窝呀，爹，连那鱼鳖虾蟹，也是没有的呀，爹。姑2：遇着二成不在家，连尿盆子都给他(指弟媳)端了，但求他一个不做声。寒8：却说起歪子流荡不堪，年年卖地，临了连住的宅子都卖于商宅了。❺与"带(代)"配合，构成"连A带B"的格式。AB为名词性词语时，表示两者连同；AB为谓词性词语时，表示连续不断地。姑1：何大娘连骂带说，数喇了一阵，把于氏气的脸儿焦黄。寒4：李蝎子无奈何，连典衣代借贷，凑进去了。禳19：不堤防从里跳出，一棒槌带腚连腰！❻蚕种纸。农·蚕·浴连：连必沃之以丝汤，则子不落。……瓮内收蚕连，须使玲珑，安十数日，候日高时一出。农·蚕·种变：俟出齐，取叶纳怀中令暖，切极细摊纸上，将连合叶上，蚕自下。

**【连颠带跑】**一直跑。"颠"也是跑的意思。增13：若是不连颠带跑，险些儿挨顿好捶！

**【连缝】**缝隙连起来。增20：佛动心今夜中，有八分爱武宗，疮口不敢说没连缝。

**【连连】**连续不断。禳14：风片片，雨连连，一夜似一年。富12：说好连连，

说好连连,便着指头细细圈,念到头已是圈一遍。

**【连连骨】**小腿骨。"连"即"臁",小腿。慈2:原来那李氏没放在心上,艾焙子炙那连连骨——疼着他那脚后跟了么?

**【连七】**连七纸,连四纸的一种。参见"刚连纸"。日·纸:铂粘连七作金银。

**【连心肉】**指亲生儿女。蓬5:我的来由,我的来由,你已从尾知道头;不但有心恋那人,还有一块连心肉。孩子岁两周,孩子岁两周,家里无命即休;没了这条根,怕绝了先人后。

**【连衣】**穿着衣服(做某事)。禳10:书房终日冷,睡也是连衣,只吊了游游一口气。禳24:江城说:"拿鞭子来,打吴恒这奴才!"家人:"禀奶奶,是连衣打,是解衣打?"

**【连姻】**连襟,姐夫与妹夫之间互称"连姻"。增18:你敢说你嫖的是妹妹,我嫖的是姐姐,咱是连姻,就该笑玩?这不是官亲,玩不的呀!日·身:男有哥嫂与连姻。

**【连纸】**即刚连纸。参见"刚连纸"。农·蚕·种变:桑叶生时,辰巳间于瓮内取出连纸,舒卷提掇。

**【怜见】**怜悯。富3:俺在他乡实可怜,走错了路途无处眠,我的天哟,怜见人,望你把人怜见。

**【怜念】**怜悯,怜惜。慈1:您娘养你四年正,哄着还怕你叫唤,我儿呀,今日死了谁怜念!禳12:两人问到寒暄罢,惟有相逢泪眼看,到教小弟心怜念。

**【怜惜】**爱惜,同情爱护。禳17:好贼欺心的忘八!我到怜惜他,他可这么诮撇人,说的俺就不[①]像个人了!气杀我!

**【帘钩】**将帘子挂起或卷起的钩子。富3:抽一本残书上了也么床,就灯看了十几行。耳边厢,忽听的环珮响叮当,像是帘钩动,有人走进房,只听的高底鞋儿轻轻放。

**【帘钩儿】**帘钩。蓬5:风儿是难捱,风儿是难捱,打户敲窗又入怀;铁马儿响成堆,帘钩儿响成块。

**【莲步】**美女的轻盈脚步。增11:莲步轻盈出户,芳尘印去无踪。行来杨柳弄春风,好似花枝摆动。

**【莲花落】**一种曲艺形式,为乞丐乞讨时所唱。磨1:有一个说:"俭年里我曾

① "不"字据邹本补。

讨过饭。”众人说：“你是怎么着讨法？”这朱二说：“我是打莲花落。”磨1：[莲花落]……万民造孽年景荒，田地焦干麦枯黄。共总种了十亩麦，连根拔了够一筐！莲花落哩溜莲花。

**【镰】**镰刀。闹：你看那皮匠家补鞋补袜，只是那锢炉子锯盆锯碗，还有那木匠家打箱打柜，铁匠家打锄头还打刀镰，锡匠家打灯台又打锡盘，窑匠家烧黄盆又烧黑碗。农·农·刈麦：无论镰钐，俱以查矮为佳，无遗穗为上。每钐必用镰随之，以拾倒麦，兼拾落穗。

**【臁】**小腿的两侧。日·身：两臁腿肚打磨筋。

**【臁疮】**腿部的一种皮肤病。初痒后痛，红肿成片，日久溃烂，且易复发。日·疾：臁疮痒发似虫钻。

**【脸蛋子】**脸蛋（略带贬义）。指脸色。闹：只是还有两个人脸蛋子最难看，一个是撅着鼻子要做封君的老官，一个是跷着脚子要做公子的小犬。

**【脸面】**面子，情面。墙2：照应脸面尽着用，一年得多花好几千，有转头也是看的见。姑3：臧姑越发慌了，自家没脸面，央他大伯。

**【脸子】**脸皮。琴：谁不望着东西亲？那怕人说脸子老。琴：仔说是那人年纪小，偏偏他生的脸子老。

**【练磨】**磨炼。蓬7：练磨的功夫嫌太少，还得带到兜率宫，修养到底才中用。

**【炼磨】**同“练磨”。禳20：堂上炼磨如戒僧，一朝松手去如绳。

**【炼丝】**用加热的方法使生丝脱胶。日·养：炼丝须索加蓬碱。

**【嗹】**语气助词。约相当于“呢”。禳10：江城奔出说：“我过雠的嗹！”便去上吊，老婆子、小妮子都去劝他。禳32：公子上云：“石庵在后边嗹，哥哥，咱且上后边坐的罢。”富5：小人还有个四季曲子《金纽丝》嗹，再唱给老爷们听听。

## liang

**【良善】**善良。慈3：李氏待恼了，看看赵大姑不是个良善君子，他又有两三个媳妇子，必然没有我转的便宜，不如唠他唠罢。增20：俺王姐夫虽是乡宦家公子，他可极良善。

**【良心下不的锅】**俗语。良心不能当饭吃，比喻只讲良心解决不了实际问题。磨14：叫一声俺潮哥，讲廉耻做甚么？头巾歪塌蓝衫破。只是银钱有实济，从来良心下不的锅，不害羞请管不忍饿。

**【凉菜】**冷菜。禳24：昨日霎嫌那猪肉没点好块儿，鸡肉椅了不够几块儿，又

说煮烂了海带儿,又说蒸生了烧卖儿,少油没盐的凉菜儿。

**【凉蓋】**(“蓋”,蒲氏注音“查”)一种藤编的凉帽。日·皮:凉蓋只用细藤编。

**【凉床】**供纳凉用的床。增3:有那巡检张敖正在那凉床上盹睡,梦中神灵显圣。增3:有巡检是张敖,凉床上才睡着,城隍土地高声叫:休推睡里合梦里,不是怪来不是妖,北京圣驾前来到。

**【粮草厂】**盛放粮草的场所。磨31:着几个能的爬过墙去,先到粮草厂里放起火来,开了他的寨门,我领兵齐进,可以捉住贼头。

**【粮石】**粮食。“石”为“食”字之讹。磨33:内司进来,跪下禀道:“家里牛羊粮石,都被北兵抢去了。”

**【粮实】**粮食。“实”为“食”字之讹。翻5:家里粮实踢弄了,踢弄了,银子并无半分毫,姐姐呀,纵有粮借重何人粜?

**【粮食房】**兼用作粮仓的房子。禳33:官人没来,咱爹看着拨出来了二十石谷,锁了仓门,我去贴封条的;又把仓门开开,将谷堆平,看了看去了不止二十石;又叫老孙领了两个人去粮食房里,我自看着又拨了二十五石。

**【粮食囤】**粮囤,粮仓。禳4:孩子忒也小,安排到来春,科考才折蹬那粮食囤。磨2:闻听说有赦文,钱粮只封六七分,不肯折蹬那粮食囤!

**【两】**❶二,用在量词(包括借用的动量词)前。唱词或少数叙述语言中也直接用在名词前。墙2:到不如明说没有,看的见那两吊三千。墙4:张老哐哼两声,合煞眼了。蓬4:娘子接来看了一看,揭开本儿掀了两掀。蓬6:吕祖叫桃仙过来。只见那树晃了两晃,变了个童子,还梳着牡丹头,满座人都大笑。墙4:不肖的两畜生,饿的他达哐哼哼,墙头上几乎送了命。慈3:他若是两手来送献,不用枪刀就解了围,一点唇舌全不费。寒1:两公子无气可出,抱着他父亲嗥咷。❷指双方。墙1:整日家两不见面,倒落的清净之极。蓬7:主合主共一筵,仆合仆两相欢,一时都遂心中愿。❸重量单位。墙2:也没有甚么大事,就是令尊那二年,三十两、二十两,一年十数回,去敝铺倾销。墙4:取了三十两银子,我已是分给了您丈人合您大舅子了。❹“俩”的误写。禳9:小杂种太欺心,开开口就销撇人,有两钱就撑他娘那棍!禳11:二人礼毕,徐氏说:“您爷两坐着,我去筛茶去。”增17:万岁爷气冲冲……倒把二姐唬了个挣。忙跪倒说咱两戏耍,没人处什么正经?

**【两班儿】**两样儿。班,同“般”。禳5:家里穷还不妨,第一门户要相当,女儿也要个好模样。人物不好不成对,没有根茎也赃囊,两班儿都要配的上。

**【两傍】**两旁，左右两边。富14：舜华便让太老爷夫妇陪坐，少老爷合众少爷侍立两傍。

**【两扁担夹不出一个屁来放】**俗语。形容实在无话可说。俊：宗大官脸儿忙，低着头竖在傍，两扁担夹不出一个屁来放，吃些菜瓜也应当。

**【两点】**指阅卷时表示二等的标记。翻11：去科举完了场，就听着命主张，功名原不由人望。命好撞着试官喜，偏偏都是好文章，两点下不在咱头上。怕遇着试官瞎眼，辜负了我那慧娘。[1]

**【两好并一好】**俗语。指双方都有善意、诚意，才能有好的结果。禳16：两好并一好，相处才到老；世间惟男儿，最不宜量好。

**【两口】**两口子，夫妻。姑3：那刺蘼树下埋着几两银子，回那地，您两口好费用。禳28：太公云："咱儿没在家，不知他商量来没？"夫人云："想必两口商量就了。"

**【两口儿】**两口子。蓬7：前行一见丈夫到，两口儿顶头相逢，都喜的心痒难挠。禳11：姐夫既不饮酒，叫小妮端着灯，送他两口儿去东房里睡罢。

**【两口子】**夫妻。姑3：两口子呋嗤了半日，光见瓦石，并不见银，气把头兴全没了，撅着嘴去了。增26：话说万岁吃酒吃了半夜，到了天明，起的身来便问："胡百万两口子来了不曾？"

**【两三样子急】**倍感着急。慈3：李氏等了霎，那心里两三样子急，便说："姐姐，你着人去找他找的罢。"

**【两手扳肩】**形容双手空空，什么东西也没带。磨1：依着我是两手扳肩，到了门上，先吠喝一声，才叫：……

**【两下】**❶两处，两方。慈6：一下里叫爷，两下里叫娘，不合他一个锅轮勺，像这等还有甚么话讲？禳23：相好只待两三天，就要终日闹闹喧喧，两下都难堪，纵然是在一堆也甜。增6：忙端过骰子盆，双陆马两下分，二人点子总不顺。❷动作的两次。禳9：江城笑着从手中夺过那锈鞋，劈头打了两下说："偷鞋贼！官家来拿你哩！"禳9：倒被他劈头两下，打的我疼到而今！

**【两下里】**同"两下❶"，两处，两方。墙3：两个齐往两下里挣，好像挣着个老叫驴，叫我可往那里去？翻9：我这一年有一百两银子的根盘，咱两下里积攒积攒就彀了。

---

[1] 本段文字据邹本补。

**【两相】**双方相互。寒8:众人又不肯拿去,替他找了中人,拿文书来,两相交纳。禳23:人家夫妻共床眠,两相怜,知心话儿枕边言。

**【两姨】**姨表关系。姑2:珊瑚搽着泪,和他两姨嫂子拜了两拜,才一五一十的细说。日·身:两姨姑舅亦尊亲。

**【甈子】**("甈"字原讹作"瓺")戽斗,两端系长绳、两人操作从高处戽水用的工具。一说为截水捕鱼的柳条栅。日·鳞:更有旋网和瓺子。

## liao

**【撩】**(今方言音"料"阴平)❶撂,扔。寒6:那个话不好学,到而今还害詈,为父亲竟把廉耻撩。磨14:带到堂上四十板,撩签就打不许迟!打死想是由尊意。❷比喻胡乱花费出去。寒8:赵歪子甚杂毛,又好赌又好嫖,器皿田园折蹬着撩。磨19:看娟娟面上,着他去撩几吊钱的罢。

**【撩打】**随意地扔。"打"为语缀。比喻胡乱花费。翻3:况且你心不大好,安心一味胡撩打,看情苗叫人心害怕。

**【蹽趹】**尥蹶子,牲畜抬起蹄子乱蹬踹或乱跑。日·走:三日蹽趹跟他娘。

**【髎牙】**獠牙。日·走:猳猪髎牙不上圈。

**【橑檐】**屋墙上探出的托住屋檐的木板或砖石。日·木:屏风板就刿橑檐。

**【撩】**❶掀起,揭起。禳20:江城撩衣进去说:不知那梅花在那边?富6:那娘子撩起裙子,翘起那小脚儿来跐着蹬儿,扳着鞍子先上去……❷同"撂",扔。慈4:李氏翻砖揭瓦的,找出他自己穿的个红袄来,撩过去,着他穿。增22:这个不过是拿着六个钱撩下去,以慢多的为赢,有什么难处?

**【撩高的】**疑"撩"为"瞭"字之讹,即"瞭高的",指贡院中居高监视的人。南:漫把头颅摸,甚腾那也呵,经半日脱稿才哦,那捷笔邻兄已收拾朱络,瞒肩头说我过我过。那短命太阳疾似流梭,渐向西方错。撩高的恁偻儸也呵!人长呵也呵!恰便似活挑着肝肠在滚油锅。

**【撩乱】**纷乱,杂乱。琴:打扮穿衣,打扮穿衣,心情撩乱难支持。增2:玉兔东升,龙楼起鼓,只听得更鼓齐忙,皇爷心绪撩乱。

**【撩衣太监】**负责照顾生活的太监。增28:我赐你金牌一面,掌管天下酒税。八个花帽锦衣、两个撩衣太监侍奉你。增28:小六哥时道中,带着花披着红,鼓乐齐响往外送。花帽锦衣有八个,撩衣太监跟二名,一时声势掀天动。

**【瞭】**斜视。琴:来往不住往里撒,我也偷眼往外瞭:眉清目秀俊学生,不高

不矮身段妙。

【燎泡】(燎 liáo)皮肤上因烧伤或烫伤而起的水泡。快1:纵然能逃,连头带腰,也起个大燎泡!快2:好奸徒,好奸徒,烧的我鼻脸黑又乌!不惟说是衣服烧,身上燎泡无其数。

【燎】(liǎo)烘烤,烧。穷:咳,就是温和温和,好一似火上燎毛,一烘而尽。磨1:俺那邻庄,燎死了杨善人,奸了他的令爱。他那儿子还小,那地方、邻右都替他不平,大家给他报了官。磨14:因着二十个多人进了宅子,把我父亲燎死。

【了²】(liǎo)动词。❶完毕,结束。慈4:哥合嫂,人人合我像同胞,纵然再住几年,也不至惹人笑。几时是了?到底终须要开交。蓬4:遂即将书送到书铺里。书铺嫌价钱多,相公说:"卖不了还给我。"❷指可以,好。增2:我若领着人马扎住行营,那黎民惊慌,都躲着皇帝走,怎么得见好景?我只单人独马,自己私行便了。

【了不得】❶情势非常严重。墙2:了不得!那边极深,过不去。你还扶下[①]我去。❷用作补语,表程度,很,非常。增23:适才见姐夫不去,他讪的了不得,着小大姐央我来替他谢罪。

【了不的】同"了不得"。❶情势非常严重。磨7:了不的了!鼻子也歪了,眼也昏了,那有好人?该商议买棺材才好。增3:那王小急忙跑到后房,叫声:"老婆子,大祸临门,可了不的了!"增28:不一时丫头回来,跑的只吁吁的喘,都面无人色,说:"了不的了!南楼上那个长官是个皇帝!"❷用作补语,表程度,很,非常。磨21:我陪他坐了二年监,听的俺方二爷中了,喜的了不的。如今自家儿中了,又不知怎么喜哩,告了假去给他磕个头。

【了吊儿】钌铞。墙2:了吊儿乱瓜打,拾石头把门砸,全不听的人说话。

【了事】棘手的事情处理完结。富9:我家虽未[②]了事,也还可朝住李大了。

【了手】结束,结局。俊:起初时小小解闷,赌热了火上浇油;田产不尽不肯休,净腚光才是个了手。禳1:天地之间,蚕们可以老了,搖树可以倒了,饥困可以饱了,昂赃可以扫了,惟独这着骨的疔疮,几时是个了手呢?

【料】❶预料,料想。慈4:人人没说天不好,世间事谁能料?翻5:你虽不得去见官,去见官,对你述述心里冤,兄弟呀,那里料你有体面。❷料理。磨18:我因此挨迟时刻,也教他料的从容。❸喂大牲畜的精饲料。农·农·喂牛:未上

① "下"字据邹本补。

② "未"字据邹本,路本误作"为"。

惧,先于三五日前,每牛料半升,草一束。草料皆要细。农·农·牧牛:下料时,先以料水拌枯草与之,再拌少加料,将饱始加纯料,槽中无剩渣方好。❹同“撂”,扔。增3:万岁爷面带嚣,伸龙爪解开包,取出金银桌上料。

【炓】(蒲氏注音“料”)焯,把蔬菜在热水中稍稍一烫就取出来。日·菜:杨叶掐来鬻亦青。(按:路本原写作“鬻”,乃“鬻”字之讹;旁注云:“音药,读掠音。”影印本和盛本作“炓”,注音“料”。路本的“音药”,是根据《字汇》,“以勺切,音药”;“读掠音”是说这个词的实际读音是“掠”。而“掠”在今淄川北部方言中也读“料”,与影印本和盛本注音“料”同音。所以“炓”“鬻”两字其实同音而只是用字不同。此分列两条。请参见“鬻”条)

【撂】同“撂”,扔,丢。穷:赌场里玩,嫖场里耍,丢了𩬊,撂了䩄,穷杀狗还该打。

lie

【咧】❶裂,张开。琴:丢丢羞羞往外走,婆婆迎门拉住手。想是心里看中了,怎么仔管咧着口?❷语气助词,相当于“呢”或“了”。墙1:张大说:“……爹,上了几碗菜。”李老说:“不必这样费事。”张大说:“有甚么咧,爹,不过称了二觔肉呀,杀了只鸡呀。”富13:管家到轿前跪禀:“众乡亲们接太爷咧。”

【裂】❶裂开,张开。墙2:好冷呀!你看路上裂的这璺,街上都是冰凌。慈2:张炳之往外走,张讷跟着,两个小眼里清澌澌的流泪,一个小嘴裂呀裂呀的。❷撕裂。翻4:老郑越发怒了,叫他内司跑出来了七八个,先把衣服裂了。禳1:若不着俺家他三婶子,坐住领了双份子,孩子裂了书本子,嗔我又没端尿盆子。❸买(布)。禳5:城南李知府看见那高家小相公聪明俊秀,要给他做个丈人,托我做媒,许下给我裂半尺布的裹脚。待俺去走走,设或说成了,挣他这一宗布来,裂了裹脚,只怕还剩下一对鞋里也是有的。❹指打。墙3:张大大怒:“你当面来形容我,咱只裂了!”两个打成一堆。墙4:赵氏说:“咱裂了他罢!”众人又推着,银匠说:“一个老头子,该您老婆汉子甚么打。……”

【裂拉】裂。“拉”为语缀,比喻胡乱说。慈3:李氏说:“你这些屁,是听的谁放的?必然是小讷子那小忘八羔羔作的!叫他来,合我质证质证。”赵大姑说:“卖布的净了店——你没嗄裂拉一裂拉。该小讷子那腿事么?南庄北院的说的少哩么?……”

【裂纹】同“裂璺”。寒8:大相公上堂阶,坵裂纹看见材,大惊说道真奇怪。

【裂璺】裂缝。指缝隙。墙2:若是魇殃不大巧,这里跳来那里蹬,裂璺里耽

误杀残生命。

**【裂嘴】**（“裂”，方言音“裂”上声）齿腭部基本不动而只是嘴唇张开，嘴角向两边伸。墙1：盛上呵了一口，裂着嘴说：“冰的牙根这样疼痛，怎处怎处？哎呀！可怜，可怜！待要不吃，这样饥如何捱的？”禳27：身体胖如绵，耳大头圆。全无烦恼在胸间，常似见人裂嘴笑，一派喜欢。磨18：二人回头，裂嘴说：“嗤！多谢你酬劳！”（此处表示瞧不起）

**【㧜木】**役牛用具，不详。疑指夹住牲口脖子的木棍。日·走：㧜木鼻弮与灌角。

**【烈底】**底部向外变形。日·器：夹口烈底不成腔。

**【趔趄】**身体摇晃，脚步不稳。琴：听说来搬喜了个挣，脚趔趄的往外蹭。

**【趔趢】**（“趢”，蒲氏注音“且”）同“趔趄”。日·争：两脚趔趢返家乡。

## lin

**【邻家】**邻居，住家接近的人或人家。翻10：却说那一日夜间，他那邻家失了火，合庄人去救火。磨2：好了，那不是俺那邻家卖柴来了？俺问个口信。陈大哥，你从城里来么？没听说比较的如何？磨28：这牛禄是张哥的邻家，这行子极可恶，我也听的点风声儿。

**【邻家北舍】**同“邻舍百家”。“北”“百”方言中同音。禳8：那邻家北舍，挤擦在堂前。呀！这一个瞧瞧，那一个掀掀，拿出一物，个个哄传。

**【邻舍百家】**邻居们。姑1：亲戚朋友听着，邻舍百家看着，都说道这么个媳妇，就是那扬州的琼花，真正是找遍天下无二朵！穷：邻舍百家看一看，也是俺阳世三间为场人，熬磨儿马骝了蛋。

**【邻舍家】**邻居。慈1：一日，张讷出去玩的，邻舍家有个周妈妈，见他跛跻跛跻的，便问：“这孩子你那里疼呀？”慈4：那天已黑了，他哥摸了摸，是滚热的一个油饼。慌的说：“这是那里的？”张诚说：“我偷了点面，着咱那邻舍家给赶的。”

**【邻右】**邻居。富6：若是娘子依了我，万事皆休都不言；若不然咱就叫起那邻右，叫起那地方，都来看一看，你两个在房中做的甚么茧？磨1：他那儿子还小，那地方、邻右都替他不平，大家给他报了官。

**【临凡】**下凡，降临凡尘。富3：小生初得见容也么颜，终是一个玉天仙。真有缘，分明织女降临凡。增26：现如今胡秀才是招财童子临凡，他日近君王，不免托了他罢。

**【临老入花丛】**骨牌的一种牌名。由三扇牌组成，其中两扇各红色八点，一扇为红点四、黑点六。禳26：打个临老入花丛，又见霞天一只鸿。柳绿桃红，柳绿桃红，你看我这秃爪龙不同，还是巫山十二峰。

**【临了】**最后，最终。寒8：却说起歪子流荡不堪，年年卖地，临了连住的宅子都卖于商宅了。禳2：四十五上才生了他姐姐，已是没了指望，还亏临了才得了他，不然怎了！

**【临明】**天亮前。慈5：那庄里有个医官叫开门，取了刀疮药来，给他搽上，又灌了几口，临明才略懂人事。磨7：昨晚叫小二看守相公，我便去睡。临明叫小二去喂驴，不想那驴被贼偷去了。

**【淋淋雨】**连阴雨。姑3：像遭百日淋淋雨，一旦忽逢日才新，一家欢喜言难尽。

**【檩類】**低头的样子。日·饮：飥客檩類头不举。

**【麟儿】**麒麟儿，颖异的男孩儿。禳31：我和你已将近七十之数，到如今那孙子一个还无。乜丫头居然是代把夫人做，他给了俺儿圆下房，如今又产麟儿落了肚。

**【鳞魛】**刀鱼(带鱼)。日·鳞：青鱼去后见鳞魛。

**【顮肩】**(“顮”，蒲氏注音“吝”)削肩，肩部下垂。日·身：顮肩趁身无妨事。丑：八戒病了十日整，浑身消瘦鬣毛鬖；腮子掉了二斤半，后坐瘦的竖脑尖，耳朵搐的相薄脆，前槽搭喇顮了肩。

**【赁】**租赁。禳3：咱家姓樊名才，字子正，每年以教书为业。赁了高仲鸿家一口屋，不觉住了四年。增17：驼到北京顺天府，房子赁上五七间，凭着模样把钱赚。

## ling

**【伶俐】**灵活，机敏。富8：这张得聚聪明伶俐，十来岁就成了文章，十四岁上就进了个学。增20：话说二姐见万岁口头伶俐，全无一点鄙琐处，心中大喜。

**【伶俐呆】**表面聪明而实际做傻事。日·衙：公子真成伶俐呆。

**【灵床】**入殓前停放尸体的床。寒4：上了肩喝一声，爷两个面通红，灵床一点何曾动？

**【灵床子】**同“灵床”。寒4：差人惊骇之极，又拨了牌甲十名，穿上三四根杠子，一齐着力，那灵床子头也没点。

**【灵感】**神灵的感应。寒4:你有神显显灵感,也好去回覆老王。闹:我场前也曾三牲大祭,挂袍焚香,此时还无灵感,更待何时?

**【灵球】**祭祀用的纸扎球。日·纸:灵球合抱长拖地。

**【灵圣】**❶灵验,神异的灵应。姑3:在人手雪片花明,到他手一片光铜,鬼神忒也有灵圣。寒5:王知县做事差,想邪人恶人刨,声声还把商家骂。三官屡屡显灵圣,怎么还敢亵渎他?真是没眼的老孙化。❷本领、威风。禳13:怒恨恨骂一声,苦口良言全不听,说你越发逞灵圣。增18:佛动心你瞎星星,接了个营里兵,你就拿着当真果的敬。一日的孤老甚么帐?汤他一汤你就疼,从头里只管逞灵圣。叫二姐休要弄像,我还要使煞你乜咕哝。

**【灵应】**灵验。墙2:拄拐杖往家行,不知方法灵不灵?单指望妙法真灵应。禳4:不如包打上二百好冰凌,上公堂照他皮脸撕,要进童生是童生,要进几名是几名。我的天,灵应真,可有真灵应!

**【灵棹】**摆放灵位的桌子。磨14:差了两个应捕头,领着二十个小应捕,到了生员家去要盘费,每人要三十两银子。我说没有,他又不去。敧着的,赌博的,饿了便要酒饭吃,在灵棹上化拳吃酒。

**【铃铛】**铃。慈3:你掩着耳朵偷铃铛,你那心刨出来,那狗也不吃。你当是没人知道来么?

**【凌落】**零落,掉落。增18:也是那神鬼拨乱,那王龙起了一起,乒的一声,一头碰在大姐的嘴上,只碰的牙齿凌落,满口流血。

**【凌霄】**一种紫薇科落叶藤本植物。有攀援茎,花鲜红色,花冠漏斗形。日·花:不见凌霄上射干。家政外编·诸花谱:凌霄,结荚可种,然鼻闻伤脑,露入目,令盲,孕妇经之坠胎。黄梅时扦。

**【菱花】**菱花镜,泛指镜。禳11:独自傍妆台,懒把菱花照。增11:照照菱花看看影,叫声薄命的小冤家,几时挨彀打合骂?

**【菱枣】**一种较大的枣。磨23:不知谁掉了一个龙眼,树底下拾起来,端想了一回,说:"奇呀!这是什么东西?"捏了捏那皮挺硬,看了看像个菱枣,又寻思:"那枣何曾有皮?"

**【零零碎碎】**指小数量而多次地。墙2:张大大惊说:"哎呀!他化了多少银子?"银匠说:"零零碎碎,也不大记的,有账可查。"

**【零卖】**零售。慈1:张炳之也没敢大嗔,那李氏就是净了包袱的线匠没零卖——发了纩子了。

【零碎】❶零散细碎。增21:你休动姐夫那箱子里的银子,零碎的就勾了。❷小数量而多次地。墙1:头一年还算强,零碎使了七石粮,虽不丰富还无账。俊:你看东庄李打头,生个儿来长不大;只有一女才十七,又先学着零碎嫁。(“零碎嫁”指卖淫)

【零星】小数量而多次地。增2:白银金钱不算账,赤金豆子带一升,路上随便零星用。

【领打】领,带领。“打”为语缀。禳3:明年又弄的不方便,领打着老婆孩子,北门里又要重迁。禳6:我那伆心肝,我那伆心肝,他无片瓦与根椽。领打着老婆孩,搬遍了峡江县。

【领暘】几头牲口同时拉犁时,其中一头走在墒沟带领其他牲口向前直行。“暘”即“墒”。日·走:细角灵牛会领暘。

## liu

【溜[1]】(liū)❶从高处往下滑。富9:上墙头,上墙头,揽着株桑树往下溜。才溜到半腰里,一枪儿攮着肉。❷悄悄地走。翻8:勾了一个东人来,瞧着二相公在家里,溜到书房里去。禳13:谁想小哥哥自在不惯,替板的长了一腚疮——没人打就痒痒,好没声的溜到他丈人家里……❸偷偷地跑开。翻10:他为人蹊跷,见你浑身耀眼,他就溜了。禳15:怎么等了二日,老李婆子并不曾来?哦!是了,我在这里,看见我就溜了。

【溜丢快】很快。增14:实指望出好差,挣俩钱好换鞋,谁想破的溜丢快。

【溜缰】❶(牲口)挣脱缰绳。日·走:耳尖眼岔快溜缰。❷比喻逃脱。快3:只怕那曹操性命长,捉他不住溜了缰。我的天,赶上难,可是难赶上!

【溜溜的】满满的,足足的。慈1:给他找一条逃生的路儿,颠倒寻思了万万千千,溜溜的睡了一整夜,好汉子及到天明宿了眼。磨7:溜溜的跑了一日,我困他也乏,不吃草倒在槽儿下。

【溜子阵】指逃跑的阵势。“溜子”盖“溜之(‘乎也’或‘大吉’)”之谐音。富4:吩咐手下人,吩咐手下人,各人要带绳一根,万万休叫他,摆了溜子阵。磨11:二爷早已吩咐了,各人手拿棍一根,休叫他摆了溜子阵。

【流荡】(生活)动荡不定。寒8:却说起歪子流荡不堪,年年卖地,临了连住的宅子都卖于商宅了。

【流丢】形容破烂不堪的样子。墙2:相别了这几年,因穷忙没问安,乍见了

模样不能辨。常时兄弟何等厚，那时衣帽甚光鲜，怎么这样流丢烂？禳3：虚度人间五十秋，短袍破烂又流丢；街头个个称师傅，实与人家去放牛。

**【流留】**淹留，长期逗留。禳29：流留烟花四五年，今日这边，明日那边。强把笑脸儿，下四低三，光棍行，皂隶班，但肯给钱，不管奴家爱不爱，陪他去眠。

**【流流的】**同"溜溜的"，满满的，足足的。禳3：箱子里满满当当，破家伙流流的一筐，匙箸碗碟掖打上。富3：叹杀人，想起当初泪撒撒，流流的跑一夜，我困他也乏，不吃草倒在槽儿下。

**【流民】**因生活困难而流浪各地的人。禳3：嫁得穷酸丁，飘零五十春；搬来又搬去，南北似流民。磨1：众流民上云："孩子饿的吱嘤吱嘤，老婆待中巴焦，还为钱粮大板敲……"

**【流水】**❶水流动。快2：这雨单留着折掇俺，大骂龙王太不通。顺脸流水湿马鬃，山水呼呼往下冲。增4：马踏河沙如鏊烙，小桥流水似锅温，苦煞朕当谁来问？❷赶紧，迅即。姑1：安大成平日极孝，正卧着，听见他娘吵骂，扎挣起来，流水来问："娘是为嗄来？"增21：二姐看见了个龙爪，就待展开；万岁流水挤眼，二姐方才会意，包了掰在怀中。

**【流徒】**流放。富2：三审审时倒了原告，一伙儿流徒辽东。磨6：若是认上头着，今日不免充军流徒。

**【流徙】**流放。墙3：告到官三十大板，押你去流徙边城！寒4：就问了砍头流徙，俺兄弟断不辞难。

**【瘤呀跛呀】**形容走路一拐一拐的样子。疑"瘤"为"瘸"字之讹。富4：一伙子人瘤呀跛呀的到了县里，见了老马，如此这般，苦口诉了一遍。

**【瘤呀点呀】**同"瘤呀跛呀"。疑"瘤"为"瘸"字之讹。富7：那老婆漏着腚，光着脚，瘤呀点呀的家去了。富9：大家做刚的做柔的，把李家的人放了，一个个瘤呀点呀的才去了。

**【瘤呀瘤呀】**同"瘤呀跛呀"。疑"瘤"为"瘸"字之讹。慈3：那腿上去了一块皮，走着还瘤呀瘤呀的，呀的进了房门，也没管孩子哭，一头攮在床上，回脸朝了里。

**【柳穿鱼】**一种多年生花卉，小花密集，黄色，花期夏季，蒴果卵圆形。日·花：柳穿鱼来葵向日。家政外编·诸花谱：柳穿鱼，喜阴燥，不宜粪，春间分种。

**【柳斗】**笆斗，用柳条编的盛器，底为半球形。蓬1：老君献了个黄金炉，大如柳斗，耀眼睁光，安在娘娘面前。俊：婆子依然纺棉花，汉子就去卖柳斗。生意

虽然不算大,三日挣了二百九。

**【柳栲子】**用柳条编的栲子。栲子是一种条编的盛器,中有提梁,非常密实,一般用来盛粮食等物,也可以盛水而较长时间不漏。禳16:哈哈!贩鲜的担着柳栲子——鱼活,我就好说。

**【柳篓】**(“篓”,原讹作“篓”,蒲氏注音“苑”)同“柳栲子”。日·器:柳篓也堪跨粮米。

**【绺】**线、麻、头发、胡须等细丝状的东西许多根顺着聚在一起叫“一绺”。日·裁:布绩纺成线一绺。

**【溜²】**(liù)❶因为经常而熟练。增25:佛动心想一周,半夜里何处收留?有个去处他去的溜。❷量词。排,列。增14:这一溜三间寝房,那一间是你的?

**【溜和】**遛达。“和”为语缀。增6:你这个花子,放着路不走,来这里溜和溜和的!你只等溜顿皮捶,你才息了心!

**【馏】**(原讹作“镏”)把凉的熟食蒸热。日·饮:包子冷上箅子镏。

**【六夹幺】**(“幺”原作“么”)博戏术语,不详。日·赌:轰朵鲇鱼六夹么。

**【碌碡】**打场用的石磙。日·庄:碌碡辘场埽帚扫。

**【六封色】**不详。疑为博戏用语。闹:你看我六封色高不高?你看我弋阳腔妙不妙?你看我背嫖经熟不熟?你看我行酒令俏不俏?

**【六甲】**六甲天书,道教所编造的一种法术秘籍。磨24:起一卦笑欢欢,他说是今年春,太爷才交临官运。……我这卦十拿九准,强似那六甲灵文。

**【六壬】**用阴阳五行占卜的三式中的一种。闹:相公,你若狐疑,也是小事,这院门前好揣骨相,布政司街西好将鸾,按察司街上好的金口诀、太乙六壬周易神课,我明日讨酒饭钱陪相公走走去好么?少不得问相扶鸾卜六爻。

## long

**【龙角弯弓】**龙角状的弓,指好弓、强弓。快3:龙角弯弓待俺开,扯时好似月满怀,悠悠撒去雕翎箭,端端穿透老贼腮。

**【龙天】**即天龙,有八部,均为守护神。禳7:不寻常,从今一步到天堂。姓名香,大谢龙天宰猪羊。增11:佛动心低着头,未出门泪交流,叫不应的龙天佑。

**【龙涎】**一种名贵的香。禳33:太公、太母同着去云:“……这个香炉是渗金,里边焚的是甚么香?”公子云:“龙涎。”太公云:“怪道香的异常!……”

**【龙须】**龙须菜,海生植物名。日·菜:龙须海带沾咸味。

【龙须凉席】龙须草编的凉席。龙须草又叫“灯心草”，用龙须草所编凉席比普通的蒲席凉爽，而比竹席柔软细腻。日·杂：龙须凉席热无忧。

【龙眼】❶一种水果，桂圆。磨23：王丙接过来说：“这是什么果子？”李二说：“好乡瓜子！这是龙眼。”❷指皇帝的眼。增4：万岁爷进了山，睁龙眼四下观：百鸟乘凉枝头串；隐隐怪石如虎坐，弯弯枯木似龙蟠，左右都是深沟涧。增14：万岁爷进院来，睁龙眼把头抬，白眼神庙中间盖。

【笼[1]】(lóng)❶笼子，篾编的盛器。禳8：呀！还有那酒两醯，羊一牵，鸡笼鹅笼，叫叫唤唤，抬盒大架，呼呼搧搧，我说恁丈母快来看看。闱：忙促促写成两块，丢将去凭他怎布摆，出得场门鸟喜画笼开，丢笔砚才赴阳台，那块癖早上心来。❷蒸笼。翻8：范公子见年近了，把暖帐箱笼要紧的东西，使人送去。增5：没有宫娥来打扇，小屋无风热似笼，扇儿摇着似千斤重。

【𩏶头】笼头，套在牛、马等头上用来系缰绳挂嚼子的用具。日·皮：𩏶头结罢又拧鞭。日·走：铁蹇𩏶头治犊强。

【笼[2]】(lǒng)❶遮掩。增4：一点樱桃口，含笑不开言；袖中笼玉腕，裙底罩金莲，仙姬更无二，女中夺状元。农·农·锄麦查：留麦楂，骑陇耩豆，可笼豆苗。❷同“拢❷”，牵。增7：那六哥正在店房，忽听得銮铃响亮，跑到门前，看见万岁，慌忙笼住龙驹……

【笼璁】形容多而丛集。闱：只得提篮攒动，道门外火烛笼璁，万头攒聚不通风，汗蒸人气，腥臊万种，便合那听热审的囚徒一样同。

【笼笼】濛濛。慈5：哎，又只见五色祥云空中现，手拿着杨柳枝儿，一闪一闪，好一似笼笼的细雨洒在衣衫。

【栊齿】梳子齿。日·杂：栊齿剔来垢不留。

【穠】棉花的一种病症。日·庄：棉花不穠穇子好。

【穠灌】植株之间过于密挤。农·农·种棉花：七八寸打去冲天心……大约三伏各打一次，不宜两暗，恐穠灌而多空条。

【陇】地里分隔开不同畦子的土埂。禳14：没有南北陇，也无东西行，只凭着唇舌度日。农·农·晚谷：先锄一遍极妙。若得雨早，即骑陇种之；断不可耕，耕则难立苗。

【陇眼】陇上的小土窝。农·农·种豆：豆无太早，但得雨不妨且割且种，勿失时也。……且种后但得小雨，则陇眼中便可接湿。

【垅】同“陇”。姑2：安大成无怨言，自家情愿种薄田，但得亲娘不受气，无

有一垅也心安。寒8:做了二三十年官,家中全无增一垅地,也没盖一座楼厅。磨28:也无南北垅,也无东西行。什么法儿不忍饿?哈哈!就是全凭嘴一张。

**【拢】**❶梳理。琴:强打精神对妆台,左拢右拢梳不好。❷牵(马)。增7:一见皇帝面,和颜悦色添,向前拢住马,话儿比蜜甜……❸捆束。增27:张公公恼心怀,把江彬夹起来,拢了一拢无计奈。

**【拢过】**("拢",方言音阳平)有闲暇的时间。增6:不拢过陪你嫖,叫老客休计较,我今对你说院里的道。

## lou

**【搂[1]】**(lōu,方言音阳平)从表面向某个方向划动。翻11:离地抉了没半尺,掏出石头把镢伤,拿起看看无妨账。又往前搂了老远,极像是石头铺场。日·泥:先着体工搂下土。

**【偻兵】**绿林头领的部卒。磨17:正然饮酒,有偻兵来报道:"山下有个充军官儿,像是有些财物,拿到了,听大王处分。"

**【偻罗(㑩)】**❶同"偻兵"。磨29:任大王上,叫:"大小偻罗。"答应:"有。"磨29:正赶之间,落坠陷坑,一骨碌张下马来,一群偻罗将他绑缚起来。❷贬称兵卒。南:那短命太阳疾似流梭,渐向西方错。撩高的恁偻罗也呵!人长呵也呵!恰便似活挑着肝肠在滚油锅。

**【偻卒】**同"偻兵"。磨29:偻卒牵了马来,说道:"这马在坑里抳瘸了。"金总兵骑上瘸马,下山而去。

**【喽啰】**同"偻罗"。磨31:战了三合,黑影里被喽啰一挠钩拉下马来。磨31:赵总兵带领人马杀入山寨,绑了赵胜,大小喽啰四散奔走。

**【蝼蛄】**蝼蛄。日·昆:蠦蜚蝼蛄瞎牛蠓。

**【耧】**一种畜力条播机。农·农·种豆:种勿过稀,亦勿太密。诀云:"黑豆一二三,绿豆单打单。"此耧中约略之数也。农·农·麦种:多少贵匀,扶耧者勤摇无间,匀则减一二合,亦不见少也。

**【耧斗】**耧上盛粮种的斗形部件。日·庄:耧斗石沉种金尖。

**【搂[2]】**(lǒu)搂抱。慈4:张讷那里穿衣服,张诚从书房里来,端相了端相,一把搂住说:"你是俺哥哥呀!"琴:谁知不像从前那一遭,不觉伸手把他搂。

**【搂把】**搂。"把"为语缀。琴:又是一遭,又是一遭,渐渐熟滑搂把着。

**【漏声】**铜壶滴漏的声音。禳11：独坐漏声中，独坐漏声中，更放兰缸紫焰红。富5：一更一更数漏声，数尽漏声梦不成。

## lu

**【芦筝】**纺车上的络线工具。日·养：芦筝纺罢縩车闲。

**【芦席】**芦编的席。增5：炕[1]上没有芦席，周元拿了个杆草来铺上，那万岁浑衣欹倒。

**【芦蛰】**一种能叮咬人的小飞虫。磨28：拿绳子来，把他手脚背绑在一堆，从梁上抽将起去，着他肚皮朝地。休高了，看那臭虫勾不着，休光偏宜那芦蛰。

**【芦庄板】**算卦的盲人为招揽顾客边走边敲打的一种竹板。磨23：我王丙命不强，破了财守空房，这日子像个下番的样。打了一日芦庄板，并没个人来参俺的张，干嘴虾蟆不成腔。

**【泸子】**养蚕中对蚕子进行处理的一道工序，不详。日·养：端阳泸子先投水。

**【炉鞴】**（“鞴”原讹作“鏞”）鼓风用的皮囊。日·器：炉鏞囫囵风柙快。

**【蠦蛰】**同“芦蛰”。日·昆：蠦蛰蝼蚼瞎牛蠓。

**【虏】**❶俘获，抓获。慈6：原来张老爷就是王太太所生。王太太被黑固山虏去，五个月生了张老爷，起了个名字，叫做白持。富9：却说李家在墙外头那些人都唬的跑了，仅虏了五六个人。磨33：虏来的那女子有几个好的，叫他来，每人一个陪着吃酒。❷（方言中“搂”音“虏”）搂，搂抱。增12：哆杀人这般模样，还想着要把人虏！

**【掳】**掳掠。慈1：他的结发妻是姓王，娶了二年多，遇着达子放抢，掳了去了。磨33：在那里，杀人多，贼人到处血成河。杀的杀来掳的掳，更不寻思还得活。

**【卤壶】**瓷茶壶。日·器：茶鏊只在卤壶旁。

**【滷面】**有滷子的面。滷子是用来浇在面条里的羹汁或带汤的菜。闹：手艺人吃的是肉肥滷面，可惜俺念书人饿的可怜。

**【录条】**科举考试考中的通知单。翻11：果然把录条传，一声声要大钱，门前一派人声乱。禳30：道路讹传，说报子失了录条，不知真假。

---

[1] 原作“坑”。

【赂垫】不详。似指有财力支撑。禳17:我正寻你,思把这行头替给你把,你还有赂垫的。

【菉豆】同"绿豆"。禳19:这是宅里送出菉豆汤来,给王二叔吃。增16:皇爷说:"你有什么豆子呢?"丫头道:"俺有黄豆、黑豆、菉豆、豌豆,还有茳豆。"农·蚕·齐蚕法:大眠起齐,次日午后,天气晴暖,磨菉豆或熟黑豆末,将温水与切下桑拌匀……

【捰】捋,用手握枝条状物向一端滑动。快4:即时从箭上捰下来,都争着烧。

【跺花凤】不详。俊:(宗亓人)辞了混江合老教,别了四梆与三穷,从今再想跺花凤。(此处指宗亓人听从妻子的劝说,不再参与赌博,从此归正向好)

【鹿鸣宴】乡举考试后州县长官宴请得中举子,或放榜次日宴请主考、执事人员及新举人,歌《诗·小雅·鹿鸣》,作魁星舞,故名。磨20:料想此一时,赴过鹿鸣宴。

【禄米】用作俸给的粟米。寒7:生平有善没有恶,注定活到九十三,禄米该有二十万。

【路庄板】同"芦庄板"。磨23:前面张宅不远,咱把路庄板着实打,看他听不见。

【戮答】用手点戳着责骂。"戮"为"戳"字之讹。"答"为语缀。增12:面带着无限忧色,莫不是受人的戮答?

【戮乖夺翠】同"打乖夺翠",耍聪明在比竞中获胜。增23:原来是这王龙合赛观音定下的一局。一来王龙每日爱想二姐,不能到手;二来见万岁戮乖夺翠,没法治他,也要撮弄点先头;……

【露地】没有遮掩的平地。禳31:(妻子让丈夫到其妾处睡觉,其妾却闭门不纳)公子云:"这不闪了我露地里了么!"

【露马脚】比喻泄露出来隐秘的真相。增17:万岁恐怕露了马脚,轻轻的起来,扎挂停当。

【露水夫妻】非婚姻关系而同居的男女。磨13:你自有结发的恩合爱,这露水夫妻煞相干?

【露水菊】一种菊花。日·花:露水孩儿菊并传。

【露水头的夫妻】同"露水夫妻"。富6:你自有结发的恩合爱,这露水头的夫妻嗄相干?

## lü

**【驴槽】**喂驴的食槽。磨19:痛心的仇家极该报,有个法儿休动刀。咳！杀了人打板抵偿实不妙！我也要把手脚儿绑紧,丢在他那驴槽。

**【驴夫】**赶驴驮运人或货物的人。寒1:吩咐了一声,两三个人跑来。那驴夫只当还要掀,恐防跌着,流水抱下驴来。磨8:又雇了个驴,直上王庄。……那驴夫在后边,赶上说:“挤呀!”驴夫又看了看,说:“呀！相公,你被剪绺的剪了!”

**【驴驹嘴】**一种野菜,学名为桃叶鸦葱。形状与蒲公英相近。日·菜:驴驹嘴似婆婆丁。

**【驴蹄】**一种袖口样式。当为与马蹄袖形状相近而有别的一种样式。马蹄袖是清代男子礼服袖子的一种样式,在袖口上加一块半圆形袖头,因其状如马蹄而得名。日·裁:又见驴蹄变一遭。

**【捋毛】**指拔毛,拔除毛发。禳14:只怕一朝发觉了,打你那俊脸,捋了我的毛!

**【缕】**❶线状物。蓬1:将玉盖揭起,一缕香烟冒将出来,像云雾又像楼阁;那顶上现出一座黄金宝塔。农·农·蚜蚄:早拿白汁一缕,少晚者渐有子形,再晚者即蠕蠕欲出,一叶内小虮可藏八九十个。❷同“捋(lǚ)”,顺着抹以使平整或干净。寒5:奉赠你带一条,两手缕缕缠在腰,果然更比灵丹妙。

**【缕楚】**条状伤瘢。禳13:向来孩儿甚是欢喜,这两日看着他有个愁容;从夜来见他袄领解开,那脖子上有两道缕楚,我也没敢问他。想是不大好了!

**【缕唇】**同“缕楚”。寒7:商员外磕了头,照着恶虎使鞭抽,一还一报自家受。一鞭一道缕唇起,两鞭就见鲜血流,百鞭打烂皮合肉。

**【缕缡搭撒】**今方言称“褛缡搭撒”。“缕(縷)”当为“褛”字之讹。“褛缡”意为碎布片、布条。“搭撒”意为散乱下垂。两词连用,形容衣服碎烂成条的样子。参见“楼褵搭撇”“砌里答撒”“褴褛搭撒”。俊:吊了帽子看见鬏,缕缡搭撒什么款?

**【楼褵搭撇】**同“缕缡搭撒”。“楼”应为“褛”字之讹,“撇”应为“撒”字之讹。慈6:张讷无冬无夏,只是穿着个破袄,楼褵搭撇的,真似一个花子。

**【稆生】**野生。日·庄:稆生莜荞耕翻讫。

**【率[1]】**(lǜ)指行动的单位。禳11:子雅说:“太短,以两个为率。”丽华又唱。(此处指歌者演唱两段喝一次酒)农·农·上粪:粪必翻两三遍,发透细润,然后

用之。必要先上薄田，勿图近便。大约每亩十车为率。

**【绿豆】**常见豆类。参见“菉豆”。农·农·种豆：诀云：“黑豆一二三，绿豆单打单。”

**【绿豆汤】**用绿豆熬煮的汤。可消暑解毒。磨7：我药着了！快熬些绿豆汤来解解！

## luan

**【銮铃】**人君所乘车的铃。增7：那六哥正在店房，忽听得銮铃响亮，跑到门前，看见万岁，慌忙笼住龙驹……

**【栾棒】**当指栾树树干。日·树：黟青栾棒长山坡。

**【乱烘】**乱腾，不安静，没有秩序。慈6：三个儿来磕头，又是官娘子来磕头，以后是家人媳妇来磕头，又以后是管家小厮参见，乱烘了半日。

**【乱烘烘】**同“乱烘”。翻6：进了学亲又成，门前车马乱烘烘。禳3：常言破家值万贯，你看看这破鞋破袜，乱烘烘堆满床前。增28：万岁爷为了情，忘八们得了生，鸨儿婊子齐逃命。忙忙好似丧家犬，雨打蜣螂乱烘烘，漏网鱼鳖心不定。

**【乱穰穰】**同“乱嚷嚷”。磨31：一刀刀俱砍着硬头颅，一枪枪俱攮着揎泛肉。腥登登只杀的血成渠，乱穰穰只杀的尸满路，那将军心也服，那官兵骨也酥。

**【乱嚷嚷】**乱纷纷。寒1：只哭的天昏地暗，乱嚷嚷直到天明。磨24：三场已毕自徘徊，举人横查在心怀，乱嚷嚷，眼前常有个报马在。

**【乱三岗】**乱葬岗，无人管理任人埋葬尸体的地方。磨1：逃在他乡就饿死俺，善人埋在俺乱三岗，胜如打死公堂上！

**【乱散堌】**同“乱三岗”。日·衍：乱散堌中便可埋。

**【乱信】**关于荒乱的消息。富11：每日打听山西的乱信。一日上庆云看他老师，遇着一个落第的王举人是山西的人，便问山西的乱信。富11：待上太原去问安，听的山西乱信传，爹爹呀，合该咱父子不相见。

## lüe

**【掠】**❶从表面扫过，将表层上的碎秸草、壳皮等扫到一边。日·庄：起掠三回堆聚起。❷掠子，篦子。禳8：呀！几对银花，几对金簪，两对铜掠，两对排鬟，箍上珍珠，豆大滚圆，宝石蜜蜡，价值百千，丝紬十疋，彩缎百端，花裙红袄，罗褂

纱衫……

**【掠夫】**抢掠的人。富3:三更出门月明也么乌,萧条行李一鞭孤。……那辨南合北,东西只任驴,昏惨惨摸不着正经路。驴呀呀呀休迷胡,你迎着增福躲着掠夫。

**【掠望】**瞭望。方言中“掠”音“料”,与“瞭”同音。翻12:又吩咐二爷在楼上掠望,妇人俱要上楼。

**【略】**❶粗略。墙2:我刚才到了家,略把那家务查,心里到底放不下。❷稍微,略微。姑1:大成巴数了一阵,墙上挂着一支鞭子,拿下来把珊瑚打了几下子,于氏那气才略消了。富8:娘子出的房来,听了听天交三鼓,便回房来炖了一壶茶,盛了一碗棋子送来,说道:“我儿略歇歇再念。”增12:万岁听说,看了一看,笑道:“你比那一个的模样还略强点。”

**【略不停时】**很短的时间内。慈2:张炳之出门去了,略不停时,有庄东头老孙婆子,竟来送信……增23:王龙说:“快摆酒来。”略不停时,将酒席摆的齐齐整整。

**【略略】**略微,稍微。墙4:不曾哄着你敬俺老,又不曾哄着你跳枯井,这一哄略略通人性。慈5:自此李氏想起张诚,就骂张讷。亏了他老子服事他,待了半月,方略略的好些了。翻10:前年才好犯了罪,略略成家又揭锅,一番不了一番祸。

**【略且】**暂且。磨25:叫保儿且闲,我这七篇就做完;做完了给你看一看。这天还有天,少着一篇也不难,在傍边略且站一站。

## lun

**【轮】**❶轮流,依次更替。墙2:老头儿听我言:今日轮着二弟的班,我这里没做你的饭。墙3:依我说,今日该小二仔养活我,不如跟了他去,还照常半月一轮罢。姑2:可可的就是于氏待珊瑚的那嘴,如今轮着自家头上,这才是现世现报天,治己治人处。❷抡。慈4:他娘说:“该你嗄事?”轮起那棍子来,打了他一下子。慈6:一下里叫爷,两下里叫娘,不合他一个锅轮勺,像这等还有甚么话讲?增9:翻身磕头如捣蒜,头上碰了些大疙瘩,鬏髻梳妆俱轮下。❸摔。增18:鬼使走上去,按着头的,拧着腿的,轮了个跟头,如鸡啄碎米,点了个无其代数。

**【轮打】**❶随意地挥动,抡。“打”为语缀。增12:玉座出了房门,卖弄他那轻狂,就忘了装着那名妓的体统,曲雅的行持;改不了那梅香的样子,把两根腿轮

打开，欢欢的好似那马耍蹄，驴打槽，兵天嗑地的走上楼来……❷指因为着急、气愤等手臂乱挥动。墙2：张大轮打着说："好恨人！使的我喘吁吁的，他倒嗗嗤起来。呴杀我了！"俊：摊着你这个赌博鬼，拿着俺不置个烂甜瓜，你休怨我胡轮打，不过是忘了不撑擦。

【轮子】量词。轮，用于循环的事物。翻2：不成人有两条，除了赌钱就是嫖，今日引他上了道。一连掷了几轮子，相公赢了好几遭，魏名连夸掷的妙。

【綸】量词。束，捆。日·花：成綸成堆只莞[①]栏。

【论】❶议论。磨19：正论间，张成也回来了。增2：朝中有事君臣论，家中有事父子商。❷评定。姑3：也该论论从前的过，自家的尽情丢却，世上那有这样哥哥，给臧姑还打的头儿破。翻12：寻思一遭着实恼，这样拿我不当人，做了官还该把情理论。❸根据道理说起来，论说。姑2：沈大姨叹了一声，说："您婆婆论也难说话！你在这里待会子，我再瞧个空子和他说。"富6：论起来我就该低头竟过，但仔是亲戚们好处还多。❹说道。寒2：大宗师在上听：论生员也稜争，见仇人顾不的残生命。禳22：也不差，也不差，论起四于文字佳。❺按照某种单位计算。禳31：还有一件：他是个门里人，我合他论日，没合他论夜。禳31：既然是论日不论夜，有甚么话说，有甚么话说？❻讲究，重视。慈6：有钱不怕无衣穿，争奈腰中无有钱，肚里无食偏要死，穷人论不的热合寒。富2：如今只论钱合势，衙门里不合你论青红。磨11：这衙蠹太欺心，拿住他打断筋！打多打少不要论。

【论文】议论文章。富13：父子在一堆，场中论论文，我那儿进士也有分。

## luo

【罗】❶细筛。农·蚕·大眠：……于巳午时，切叶摊箔上，新水洒拌极匀，少时罗粉又拌。❷稀疏而轻软的丝织品。禳8：呀！……丝紬十疋，彩缎百端，花裙红袄，罗褂纱衫，枕头百幅，耀眼光鲜，象牙梳栊，件件周全，穷人家治起那一件，浑家大小都喜欢。琴：共坐罗帏，共坐罗帏，安排热酒饮交杯。增17：才睡下鼓二敲，纱窗外月正高，红罗帐里明明照。❸摞(方言音"罗")。蓬4：相公一行赞美，娘子一霎抄了一罗。禳33：公子云："向来不曾查你账目，快拿账来我看。"兰芳抱了一大罗来云："官人请看。"

---

① 为"莞"字形讹。

【罗江怨】曲牌名。增1:世事儿若循环,如今人不似前,新曲一年一遭换。《银纽丝儿》才丢下,后来兴起《打枣杆》,《锁南枝》半插《罗江怨》。又兴起《正德嫖院》,《耍孩儿》异样的新鲜。

【罗压罗】摞压摞,多层叠压。翻12:贼死的罗压罗,满街上血成河,没死的还有三十个。

【萝白】同"萝蔔"。方言中"(萝)蔔""(萝)白"读轻声时同音"杯"。农·农·锈麦查:未雨速锈一遍,一则地不荒,二则经雨锈过者特深,萝白地少留。日·器:萝白成堆用擦床。

【萝白干】萝卜干,将萝卜切成条或片、块晒制而成。日·庄:腊油新熬萝白干。

【萝蔔】萝卜。禳13:谁想渐渐的旧病发了,这两日萝蔔窖子被了盗——掘开了。禳24:成挓的菜蒸一抓儿,豆腐带水一洼儿,连皮的萝蔔一掐儿,挺硬的鸡蛋㑩儿,煎或用个葱花儿,并不见个油花儿。

【萝蔓】生长出藤蔓。日·菜:丝瓜萝蔓有长藤。

【箩】箩筐。墙4:这浮财也还多,当日文书一大箩,有中人到底还不错。

【镙锅】锔锅匠用的平底小锅。日·器:铜炉镙锅镝破盏。

【骡夫】赶骡驮运人或货物的人。富10:张鸿渐乏极了,叔侄两个歇在店里,吃了早饭。适遇山西的骡夫待回家,就雇了他的。磨7:店主去领了个骡夫来,说:"给相公雇了一脚。"

【落】❶掉落。慈5:张讷听说,不觉的扑簌簌落下泪来。翻10:看着那火乱飞,一霎落的满头灰,都说是咱犯了甚么罪?禳33:爹娘在上,满斟酒一觞。望发还黑,牙落还长,似蓬壶日月长,又年年旺相。❷降落,降下。慈2:乜孩子不够一揸,不为他娘也为他达,那棍子怎忍落的下?蓬1:龙宫海藏漏着脊,老鵰落在兽头边,燕子头上去嬎蛋。富3:走了勾十拉里路,那太阳就落下去了。❸去掉。姑1:珊瑚随即进房来,脱了衣裳换了鞋,落了鬅头洗了粉,去了裙子掩掩怀……❹遗落,剩下。翻2:不觉的又黑了,又只顾不点灯来,别人都去了,落了他㑩在黑影里坐着。禳1:进了家门子,再喊了一声"杀",那"杀呀"之声又矮了些;进了房门,只落了游游一口气儿,那喉咙眼里插语着说"杀呀"。❺落得,得到某种结果。墙1:整日家两不见面,倒落的清净之极。翻12:土条蛇奸了半世,只落了子孙全休!❻从中克扣归为己有。禳24:厨子最赃贪,肉块儿掖腰间,腚腄腚眼都油遍。羊落了半边,鱼落了中间,书房鸡也把胸脯儿揎。磨1:奉旨各处都开饭场,那米未曾发县,上司就落起了八千石。❼归属。墙4:老朋友

七八十，又受冻又忍饥，方法灵才叫他得了地。死了又落在儿子的手，两个体面全不知，只得又用牢笼计。增10：且说佛动心本姓刘，原是扬州人，一个武官之女。八岁父母双亡，落在姑娘手里。❽络，缠绕。禳3：一桌破柜扫扫土，棉花车子落落絃。

**【落操】**操练未达目的。用例中指落空。快3：一蓬长箭插当腰，曾向空中射雁毛，放出单单射左眼，中着别处算落操。算落操，难免叨，立刻罚酒一大瓢。

**【落草】**牲畜出生。比喻人出生。磨24：叫花子拾了一个大元宝，死罪逢恩诏；儿子久别家，忽然敲门到；老头子得了个儿初落草。墙2：落了草叫謹謹，摸摸有峻甚喜欢，细想来也是精扯淡。

**【落地】**❶落到地下。禳13：老夫妇适刚才，正喜他夫妇得和谐，方且一言未落地，他从空中吊下个故事来，吊下来！磨34：若还要人头落地，也就是命里应该！❷落第。磨21：三遍一等好名士，完了三场得意开，临了还落孙山外，我看他揭晓落地，嘎脸回来？

**【落地金钱】**一种茅膏菜科植物，又叫"夜落金钱"，请参"夜落金钱"。叶基生，重重叠叠，呈轮状紧密镶嵌，状如铜钱，故名。日·花：落地金钱红似火。

**【落花满地红】**即"落花红满地"，骨牌的一种牌名。由三扇牌组合而成，其中一扇红点二，一扇红点五，一扇红点八。禳26：你看打个锦屏风，打个楚汉大争锋。眨眼乌龙，眨眼乌龙，纷纷落花满地红。昼夜停，又是劈破老莲蓬。

**【落花生】**花生。日·果：落花生炒亦相宜。

**【落秫】**一种劣质高粱品种，穗粒未熟时容易脱落。农·农·高粱：前年有落种，则来年复出；误留之，则未熟即落，熟时已空。此名落秫。

**【落淤】**洪水带来的淤泥、淤土。农·农·坝堰：山地得力在堰，缺处宜早修，水口宜急塞，或加填叠。一则不致冲决，二则雨水落淤，名为"天下粪"。

**【落坐】**同"落座"。磨36：吕祖吩咐："不必为礼。"上堂落坐。

**【落座】**坐到自己的座位上。寒8：大相公伏侍他爹，二相公拜了他母亲，各人落了座，才细说缘由。

**【络】**络线，将线缠在某种工具上。日·养：旋风撑开篗子络。

**【繦】**穿铜钱的丝线。日·赌：一繦输尽浑身净。

# M

## ma

**【妈】**❶母亲。墙1:他有达妈人两个,我有俺达一个人;虽然叫达一样叫,俺达不如他达亲。慈2:他姑点了点头,说:"哦哦,是了。您妈知道么?"张讷说:"俺妈不知道。"富7:却说李鸭子他妈是个极泼的个老婆,每日打门前里过,就骂几声,也没人理他。❷妓女或妓院丫环对鸨母的称呼。增10:老鸨子怒狠狠的骂下楼去,来到后房,叫:"丫头,把那鞭子给我泡上!"丫头们听说,惊魂千里,说:"咱妈又不知待打谁哩!"少不得把那大盆抬来,打上担水泡着鞭子。鸨儿道:"你去叫小二妮子来的!"丫头听说,跑上南楼叫道:"二姐姐,咱妈请你哩。"增10:那二姐守着虔婆不敢啼哭,离了他妈,就放声大哭,上南楼去了。

**【妈儿】**鸨母。增9:那老鸨子……定了一定,方才问道:"长官,你是那里?"万岁说:"我是北京。"妈儿道:"你当的是那一营的军?"增10:那老鸨子……叫丫头:"拿衣服来给你二姐姐穿上,赤条条的什么道理!"二姐穿上衣服,妈儿又道:"拿坐来!站的这孩子慌了。"

**【妈妈】**❶母亲。慈3:赵大姑见他失了口,气冲两胁的说:"好科子!屁股里长出波瘭子来——瞎了你那腚门子!你着您妈妈替你做不的老婆么?"慈4:四更尽五更初,炳之听他骂赵姑,达合妈掘了个无其数。妈妈只当是叔伯妈,达达又当是出了服,话儿不敢多一句。俊:咳,俺妈妈,俺达达,给俺找的好人家!❷对父母辈非亲属已婚女性的尊称。慈1:一日,张讷出去玩的,邻舍家有个周妈妈,见他踧踖踧踖的,便问:"这孩子你那里疼呀?"也不做声。妈妈叫他坐下,扳起他那脚来看了看,见那鞋没有底,有半截棘针扎在那脚心里。禳29:那于妈妈养了我一场,我去辞他辞。❸同"妈妈子",已婚的女佣人。禳32:公子云:"快抱出小娃子,求仙长添岁。"妈妈抱出来,三疯子见子云:"哎哪哪!你又来了这里么?又是一个八抬。……"慈5:妈妈又合他到了城里,见衙门前抗枷带锁的一大些,妈妈替他逢人便问,并没有知道张诚的。正问着,忽然满城里大明起来,不似阴间昏惨的气象。众人都嚷道:"菩萨来救苦哩!"妈妈子慌忙的拉倒张

讷,令他跪下。❹同"膈膈"(方言音"马"),乳房。禳27:公子上,太公云:"我儿,听说你媳妇子把你那妈妈都铰去了,你怎么受来?"禳28:忽然又爱春香,要把春香收进房。我说是为妈妈的账,他就一霎红了脸,看他羞愧甚难当。

【妈妈娘】同"妈娘",鸨母。增25:姐姐既有从良的心肠,也是易事。我还有几两私房银子,那妈妈娘任拘要多少银子,我管助成。

【妈妈头】("妈",方言音"马")乳头。禳27:甚么相干,甚么相干,把俺身体两摧残。倒换过妈妈头,到叫俺心里念。禳26:从今后抱着妈妈头儿,思思儿想想,思思儿想想,你那小心肝。

【妈妈头子】同"妈妈头"。禳26:把春香那怀中一剪子,把他那妈妈头子铰吊一个,春香大哭。又跑过来把公子那衣领解开,公子大哭,一剪子又把公子奶头铰吊,公子喃叫。

【妈妈子】已婚的女佣人。慈5:正走中间,忽遇着庄里的吴妈妈子,每日过阴,这一日正待还家……慈5:妈妈子领着他出了城,送到他家才去了。

【妈娘】妓女或妓院丫鬟对鸨母的称呼。增9:且说那老鸨子见连日没客,闷闷不足,叫了声丫头,说道:"玉火巷您尹六叔,往常时三朝两月的就送客来,如何这一向绝不来走走?你去找着他……"丫头听说,出的门来。看见六哥,即回后房道:"妈娘,俺六叔来了。"增10:……且说那老鸨儿进的院来,径到南楼底下,一片混骂。……二姐南楼听见,说:"不好了!俺妈娘往常时拿着我合掌上明珠哇是的,何等爱我;今日不知吃了谁家的酒了,又不知吃了谁家的引子,连我也找算起来了。我且下楼接他一接去。"增11:二姐说:"妈娘,我来给你磕头,好去接客。"鸨儿道:"好儿,磕什么头?……"

【抹[1]】(增10注音"叶么上平声",即 mā。叶韵"差乍煞嗄家"。见"抹脸"例)❶擦拭。禳27:江城上,以巾抹脸,不语,上床便睡。磨5:怎么来?纸糊的桌子请客——只怕抹抹就抹一块去了不成么?增16:万岁把那汗巾窝攒起来,照桌面上一抹。❷抹去,取消。禳22:你主意竟要着他抹了秀才么?❸打牌时取牌,引申指打牌。禳26:江城云:"咱抹骨牌罢。"公子云:"抹骨牌不好,放着安稳不安稳,看咱弄的不好了。"增22:有王龙恼心怀,一心里抹骨牌。空中像有神灵在,天地人和偏向主,青黄杂牌推过来,王龙输了没的赖。王蛮子抹了又抹,邪骨牌有些怪哉!❹指打。翻4:恼着他就犯了塌天大祸,吊在马棚内,打你一百多;他还要送到堂上,三十二十的使板抹。❺同"劘",削,划。磨17:又一刀砍去,砍着额颅盖,那军门还哐哼。又横三竖四,把个头砍的稀烂,才踏着肩膀,抹

下头来了。

【抹布】擦拭器物的布。日·饮:厨子抹布全要大。

【抹牌】打牌时取牌,指打牌。禳26:你那不在家霎,我闷了就合春香抹牌,觉着和他不如你呢。

【抹脸】变脸,脸色变为不满、愤怒。增10:二姐说:"妈娘,你不在后房自在,来南楼何事?"老虔婆抹下脸来说:"我没事就不来!……"增10:一秤金把脸抹(原注:叶么上平声),叫贱人你忒也差,歪头鳖脑的济着乍!

【抹眼】擦眼。磨18:把李虎踢了两脚说:"快起来,不见了犯人了!"李虎睡梦里答应说:"拴在胳膊上哩。"张龙又踢了一脚,才坐着抹眼。磨20:公子抹眼上,娘子说:"人家中了罢,怎么来?"公子说:"我不是恼没中,是懊悔没得见爹爹的面。"

【麻粡】("粡"原讹作"粆")大豆、花生等榨油后的渣滓,经榨油机压榨成扁圆形,可用来喂养牲畜或肥田。增6:披着蓑衣吃麻粆——不看吃的看穿的。浑身衣服不值一个低操,赢他命么?

【麻瞪】眼睛微开,不用心地看。磨1:虽然说不成灾,却又自家看不上,坐在那轿里麻瞪着两眼,见一个庄里没有术秸,便说这庄子成的是灾。磨1:他轿里低头麻瞪着眼,合县报了几个庄。

【麻抖搜】麻酥酥,酥麻。琴:搂一搂来叫一声,不觉连我也动兴。麻抖搜的没了魂,几乎错失就答应。

【麻豆】芝麻粒。磨19:家里事千头百绪,比那麻豆还多。

【麻菇】蘑菇。增7:六哥整了一桌酒菜,抬上楼来。……肥豚笋鸡天花菜,鲥鱼鳆鱼共海参,还有麻菇合香蕈。

【麻秸】芝麻秸秆。慈4:胳膊儿瘦似麻秸,像蜻蜓去撼蓟秸,那里用着你忙成块?寒4:前日商礼把尸背,看着轻妙似麻秸,忽然就有千斤赛?

【麻经】捆扎东西用的缕状生麻。日·纸:口衔麻经带铤针。

【麻鹛】又称"麻料鸟",学名为"普通朱雀"。很少鸣叫,但繁殖期间雄鸟常于早晚站在灌木枝头鸣叫,鸣声悦耳。日·禽:麻鹛真似画眉良。

【麻乱】酥麻而失去正常状态。禳25:半年没见,笑容满面,忽蒙他问道一声,喜的人手脚麻乱。

【麻煞】麻撒撒,酥麻。磨33:醉醺醺上床,美人进帐,麻煞一场,放头一觉东方亮。

【麻绳】用几股麻纤维搓捻成的较粗的绳子，出丧时用来束孝衣。墙4：李氏才欢喜了说：这还罢了。既这等，我还得缝个塌头，还得搓根麻绳。墙4：等那亲戚回了话，扎扎麻绳就发丧，抬出去完了一天的账。

【麻线】用几股麻纤维搓捻成的线。寒7：一群鬼把城隍按倒，用刀把腿肚割开，抽了贵筋二条，都勾麻线粗，四五尺长。增14：支什么架子！麻线还没有，那里的扣线带子？日·饮：饘饠压如麻线细。

【麻油酱】芝麻榨油后的渣滓。农·农·种麦：秋分前后，以种和细粪耩之。或炒黑豆，或炒芝麻，勿捣太细，细则嗑耧。麻油酱为上，大粪次之，坑土又次之。

【麻子】❶蓖麻。农·农·种豆：豆地宜夹麻子，麻能避虫，且后日刈豆留麻，主人自芟用之，亦小益也。❷蓖麻油，比喻油腻而味道不佳。姑3：平日臧姑嘴麻子多，红票出来无奈何。

【马】❶一种常见家畜。姑2：何大娘见留不住他，就借匹马来，送了他去。慈6：正说之间，有七八匹马过来，像是一个官府，众人一齐闪开，让他过去。❷指双陆的马形棋子。增6：忙端过骰子盆，双陆马两下分，二人点子总不顺。增21：双陆盘端过来，将马儿摆列开，有句贱言休见怪：一帖白银六十两，输了当时兑过来，或输或赢不许赖。

【马槟榔子】马槟榔的果实。日·果：马槟榔子最稀奇。

【马叉】古代一种叉形武器，叉首有两刃歧出。日·兵：短柄马叉一拓余。

【马吊】始于明代中期的一种博戏。因合四十叶纸牌而成，故又称“叶子戏”。牌分十字、万字、索子、文钱四门，前两门画《水浒》人像，后两门画线索图形。四人同玩，每人八叶，余置中央，出牌以大打小。蓬4：三杯以后，说笑满堂，下棋赌胜，马吊争强，看牌掷骰，抢快敖江，巴孤堆赶凤凰，耍笑诸般都在行。禳30：不望他封妻合荫子，只望他殿试早回朝，来家合咱打马吊。

【马调】同“马吊”。日·赌：后来又兴打马调。日·杂：檀柙马调象牙筹。

【马襰】服装名。疑指马褂。日·裁：马襰相衬满街摇。

【马儿】❶马。禳22：远远的看见城上谯楼了，看这马儿不快走，又住下撒溺。富8：四劝你休学浮荡，马儿好不在鞍装。❷双陆游戏的马形棋子。禳26：揭起牌来个桩，马儿不在柱子上。增21：双陆盘端过来，将马儿摆列开，有句贱言休见怪：一帖白银六十两，输了当时兑过来，或输或赢不许赖。

【马夫】受雇饲养马的人。寒1：吆喝了一声：“给我揪下来！”两个管家，一个

马夫，一齐上前，把员外扑通掀下，亏了没大跌着。富9：且说李鸭子的丈人赵鬼子，是人家的马夫，奉着他主人的差，从河间府回来，合张官人宿在一座店里。

**【马虎】**同“犸虎”。磨23：淌里洋来淌里洋，撞马虎好似狼，看见蹄儿是几个，道是一根尾巴长在屁股上。

**【马兰】**马蔺草。日·庄：倒股盘蔹似马兰。

**【马前刀】**比喻在人前装模作样。墙3：马前刀他还会耍，俺哥哥并不是人。

**【马蹄袖】**清代男子礼服袖子的一种样式，在袖口上加一块半圆形袖头，因其状如马蹄而得名。日·裁：马蹄袖口兴弓敕。

**【马棚】**养马的简易房。翻4：这赵某他原是土豪一个，他的名是赵烈绰号阎罗。恼着他就犯了塌天大祸，吊在马棚内，打你一百多。增7：高房又大厦，马棚数十间。万岁心里喜，牵马到里边，六哥拴下马，向前问事端。

**【马褥】**骑乘大牲畜时垫着的棉垫。禳24：头上戴着朗素儿，身上穿着粗布儿，腚上穿着破裤儿，骑着毛驴没点马褥儿，老辈的亲戚，穷的不成个样物儿……

**【马尾】**（“尾”，方言音“椅”）马尾巴上的长毛。富6：扑冷的声开了门往外就跳，照着那鸭子头就是一刀。那鸭子可也是出于不料，你看马尾套蜻蜓——就把腚挣了。

**【马在鞍装】**俗语“人在衣装，马在鞍装”的省称。指人的衣着打扮能够为人增色。禳28：人物好也照打扮，常言说马在鞍装。

**【马踏菜】**（“踏”，方言音“扎”）马齿苋，一种野菜。闹：到春来苜蓿芽尖饼白饭。……到夏来马踏菜自来就酸。

**【膈膈】**（“膈”，方言音“马”）乳房。俊：不看我千补百衲，俩膈膈出来见人。

**【犸虎】**狼或传说中类似狼的一种猛兽。参见“马虎”。慈2：到了五更里，张炳之故意爬起来说：“那孩子只怕那犸虎吃了，我还得去找他找。”慈4：张诚你拦着他些。今日跟到山里，万一撞见犸虎着呢！

**【蚂蚍】**水蛭。日·昆：蚂蚍官名为水蛭。

**【蚂蜡】**（“蜡”非“蠟”字简体，音 zhà）蚂蚱。禳24：他若是衣不堪，跨驴似蚂蜡，俺就不把齿来挂。磨1：遮天影日蚂蜡过，朝朝每日唬飞蝗。把谷吃了个罄溜净，庄稼何曾上上场！

**【骂手】**骂人的本领。富7：打也打你不成才，一片贼毛半片鞋。你只说你骂手好，我这骂手也不啧。（磨15句同）

【吗啼啼】随随便便,马马虎虎。禳15:玉笋山上的花鞋来到手,可待怎么谢我老人家?难道说吗啼啼的干休罢?

【嘛】象声词。形容响亮的叫声。慈1:劈头一钴钉,几乎把那孩子头来搔腔子里去了,嘛的声就叫唤了。

【嘛嘛】象声词。形容口中念念有词的声音。闹:枭新谷行囊趋办,先找出少年时熟文半卷,又搜得难题目百千篇,装成担,似江西书贩,携来寓店。头不抬,身不起,嘛嘛的从新念。

## mai

【买乖】讨好赚便宜。磨14:县里几个倿奴才,奉承官府买他的乖,老爷呀,这几年全把风俗坏。

【买卖商人】商人。磨5:俺今日虽然打猎,看山下有甚么行人,拿来见我。……若有买卖商人,十分之中取他三分,放他过去。

【买命】指花钱算命。增10:烧上香拜主公,口儿里自咕哝,烧香念佛的成何用?买命算卦接皇帝,竹杆种火落场空,也是奴家前生命。增16:贱人买命算卦,该接皇帝。也是我福分浅薄,接不着大驾。

【买生放生】买动物后释放,被视为善举。富2:且是他为人仁慈义气,救难恤患,又好买生放生。(唱:)貌堂堂一少年,不奸诈不受钱,痴心好急朋友难。心慈又好买生放,活了生灵万万千,也亏他家原方便。

【麦查】麦茬,收割后的麦地。农·农·黍稷:三四五月皆可种。然勿太早,谷雨后种之。……麦查中种者,收少俭,不如植者。农·农·镑麦查(条目)。

【麦蓍】同"麦查"。日·庄:麦蓍又耩糕谷种。

【麦秸】麦子割去穗子之后的秸秆。日·庄:镰刯麦秸鐦㓤穗。

【麦芒】麦穗上的芒。日·庄:麦芒齣着叫讙讙。

【麦秋】当指一种麦收前出现的鸟,不详。日·禽:麦秋才过麦登场。

【麦饭】麦仁饭,用去皮的麦粒煮的一种饭。富11:三月里上坟茔,家家户户麦饭过清明。农·农·种粪:薄田不能粪者,以蚕沙杂禾种种之,则禾不虫。……以汁浸附子五枚,三四日去附子,以汁和蚕沙、羊矢各半,搅如稠粥;先二十日用以溲种,如麦饭状。

【麦穰】经打场碾压后的碎麦秸。寒7:权印官狠似狼,该剥皮揎麦穰,叫狱神尽把冤魂放。农·农·收牛草:凡麦穰角皮,皆可喂牛,宜密密苫盖,余皆打

扫入栏。

**【卖卜】**替人占卜赚取报酬。磨28:自家姓胡,卖卜为生。

**【卖法】**受贿枉法。寒4:利令智昏是老王,事事卖法又贪赃。寒7:二相公把父亲怎么被打死,上下官员怎么卖法,三官妹怎么报仇,知县、城隍怎么受贿,阎王怎么动非刑,从头至尾,说了一遍。

**【卖放】**受贿私放犯人。磨15:我那儿着张鸿渐杀了,官家把他解去。谁想那解子两个王八羔子,把他卖放了。

**【卖风俏】**卖俏,卖弄风情。增12:叫姐姐不要忙,休拿我当寻常,人物还在金墩上。……凭着我去卖风俏,管着他叫我亲娘。

**【卖乖】**显示乖巧,卖弄聪明。翻1:劝人生莫弄歪,休嫉妒休卖乖,头上自有青天在。禳9:长命长命你过来,侥幸一盘就卖乖。富7:骂只骂你不成才,俺儿收着你那红绣鞋。忽见你那汉子到,便对着你那汉子卖你那乖!

**【卖弄】**❶显示,炫耀。增6:二人拍手哈哈笑,咱今吃个大开怀,巡盅换盏流星快。他两个轻狂卖弄,行酒令又把枚猜。增12:玉座出了房门,卖弄他那轻狂,就忘了装着那名妓的体统,曲雅的行持……❷摆弄,安排。姑2:沈大姨看分了家,又把大成卖弄了睬子。

**【卖解】**表演马技等杂技。墙2:过不去回不来,手合脚瞎蹬歪,似上竿又把解来卖。(此处喻指老汉在墙头上手脚乱蹬的样子)

## man

**【蛮子】**❶南方人。磨5:赶了十余里,全无踪迹。只见一伙蛮子,带将来请大王审问。(此处为东北人称河北去的一帮秀才为"蛮子")❷指言行粗鲁的人。增21:万岁爷要脱衣,佛动心着了急,你的衣服不出奇。蛮子浑身是绸缎,你只一身粗布衣,休着他打了咱的趣。(此处"蛮子"即下例的"王蛮子"王龙)增22:有王龙恼心怀,一心里抹骨牌。……王蛮子抹了又抹,邪骨牌有些怪哉!

**【馒头】**馍馍。蓬5:信口胡吧,信口胡吧,那神仙也是镜中花;拿画来充饿,热馒头反丢下。日·饮:馒头皞白又松壑[①]。

**【蔓菁】**(蔓 mán)芜菁。闹:丑唱:到秋来蔓菁菜煮的稀烂。外白:这也是好的,吃了补脾胃调肺。日·菜:畦中萝卜带蔓菁。

---

① "壑"字之讹。今写作"暄"。

【瞒】❶对人隐瞒事情而不告知。姑3:大成到底不忍瞒他兄弟,自家去叫了二成来。翻3:及至开囤一看,大惊失色,也就不敢瞒他娘了。❷越过(某物做事)。磨19:我去把角门关煞,瞒墙请过大哥来合他会会。闹:漫把头颅摸,甚腾那也呵,经半日脱稿才哦,那捷笔邻兄已收拾朱络,瞒肩头说我过我过。

【瞒怨】同"埋怨"。禳11:自家女儿不长进,瞒怨的亲家合姐夫么?增9:六哥儿满面欢:你休要不耐烦,莫要将我胡瞒怨。

【埋怨】抱怨,怪罪。姑1:家中诸人好做,惟有婆婆极难:管家三日狗也嫌,惹的人人埋怨。磨7:这原是咱的运气不济,何必埋怨?

【鞔】将皮蒙盖固定在器物上。日·皮:又把人皮鞔马鞍。日·鳞:鲨鱼皮鞔刀剑鞘。

【满城烟】当时的一种有名的烟叶。闹:不要那满城烟毛头大锭,不要那红丝烟采堂玉兰,不要那关东片香烟杂半,大益和兰花烟我俱不贪,一切的奇品烟我都不要……

【满词】曲牌名。禳23:[满词]听说丈夫折桂还,必然喜地又欢天;若不喜欢,若不喜欢,真是终身不解冤。若不然,还望他合好到百年。

【满江红】琵琶曲名。增16:小二姐把弦调,这长官像不嘲,只怕还是村里俏。怀抱琵琶别改调,《满江红》捎带着《月儿高》,倾心吐胆弹一套。

【满满当当】满满的,容器很满。禳3:箱子里满满当当,破家伙流流的一筐,匙箸碗碟掖打上。

【满钱】有钱,钱多。寒4:却说老王是个贪官,看着李蝎子也还满钱,商臣也还成的人家,前日因着他是苦主,才没难为他;今日赵恶虎被杀,他就动了奸心。

【满调】曲牌名。禳26:[满调]揭起牌来个桩,马儿不在柱子上。却是春香,却是春香,你运气强不强?若是强,赢几钱来买梳妆。

【满限】到达期限。墙1:那里常在刀山上,这里又来上磨研,受罪几时满了限!

【满心】全心,心里充满着。慈1:我说出这件故事来,那不好的满心里惊,那好的想是也不见怪。这件故事名为《慈悲曲》。富6:官人抬头一看,却原来是满心想的那舜华,那泪就止不住的流下来了。增21:那王龙输了这些银子,心里疼着,又被大姐诮了几句,怎么不恼!满心里火起。

【满洲袜子】满族式样的袜子。袜子分为上、下两截,底较厚,上有较高的勒,勒部多绣有图案,袜口用缎镶。穷:红缨帽子胭脂瓣,满洲袜子扣丝线,纱罗

穿上浑身凉，皮袄穿上一身汗。

**【满总】**总共。寒1：满总几亩好地，给了他何以为生？

**【墁】**用泥或灰把墙壁表面抹平。翻7：院后宅前，院后宅前，个个屋里仔细观。问了问他那屋，嫌那屋没墁。日·泥：墁墙泥版擸三遍。

**【蔓芭】**一种草，其根茎比茅草更粗壮，不易腐烂。日·庄：茅根蔓芭都拾净。

**【蔓芦】**蔓芭和苇荻类植物。日·花：蔓芦镑去愁不净。

**【漫】**❶副词。全然。墙1：世间有一等没良心的，看着自己的达漫是达，人的达就不是达，我可就不是这样人。禳15：强人呀，俺漫去受罪，你可去快活。禳21：好眉好眼全不知羞，他漫不觉可叫人怎么抬头！磨30：利害分明漫说陈，是非已听圣明君。❷很。墙3：俺嫂子漫会唠，我老实不会叨，谁能弄那花花哨。❸慢。磨36：一道香烟，飘长鬓漫舞蕉扇，轻敲玉板，歌绕华筵。增7：待要的漫了，人折了本；待紧了，坏了咱店里门市。❹散漫随意地，非专心或有意地。富5：惟奴独自守空房，漫把熏笼去烧香。磨21：娟娟，你看保儿科举，至如今不归家。别人是决科决甲的好秀才，漫在傍里观榜；你不过是完了场，就该归家，在那里做什么？❺莫，不要。富9：拿不着人，漫怕他；明明的张鸿渐来了家，怕他怎的！增7：万岁爷一笔到底，六哥看了看，改的是“也漫说那酒高壶大”，第二句是“清香赛过屠苏”。❻同“瞒❷”，越过。富6：轻敲绣房门里边就问：半夜里漫过墙，你是何人？富9：张春说：“不必叫别人。”便漫墙叫过他大儿张成来：“给你大叔背着行李。”

**【漫荒拉草】**穿过荒地草丛。富1：但只是古人富贵，都要先受点子风霜；我却要漫荒拉草，受用那下半世的风光。富3：见了个小庄在眼也么前，漫荒拉草到那边。

**【漫洼】**荒野。增6：设或路上撞着，可成了冤家路窄了，漫洼中夹夹马赶下咱去，飕的一箭，嗤的一声，一刀可就杀了咱了。

**【慢】**❶缓慢。慈4：那虎衔着个人走的慢，被张讷赶上，劈了一斧子，舍命乱跑，眼看着过了山去了。寒6：二相公无奈何，跟他出去，恹头搭脑的，一步一步的慢走。寒7：快把衣服剥去，上了磨慢慢细研。❷同“漫❺”，莫，不要。禳2：长命说：“咱可赌不的嘴里叨，老实休要翻错了。姐姐呀，翻错了只怕还唬一跳。”江城说：“我说你慢翻错了，我伺候下四指老面条。哥哥呀，有本领不要泪珠吊。”❸轻慢。增28：臣不知万岁驾临，有慢君之罪，俱该万死！❹钱币无字的

一面。增22:这万岁虽是个光棍皇帝,这一件(指博戏跌六气)他却没学,便说:“这个不会。”王龙听说不会,就越发缠起了,说:“这个不过是拿着六个钱撩下去,以慢多的为赢,有什么难处?”增22:万岁爷架钱掞,像有鬼等着翻,一跌就是六个慢。

**【慢待】**怠慢,招待不周。增9:干爷着我给他上宣武院搬婊子去。他吃用的嗄都算我的,休要慢待了他。增13:二姐到了院里,好生服侍俺干爷,没有银子来我店里取。你若慢待俺干爷,就是给我没体面了。

## mang

**【忙促促】**忙匆匆。南:忙促促写成两块,丢将去凭他怎布摆,出得场门鸟喜画笼开,丢笔砚才赴阳台……

**【忙揭】**忙活,忙碌。慈4:一年一年的,张诚越发大了,他娘望着他懂穷了,谁想一年潮似一年,知道他哥是等他出门才做嗄,每日晚上来,就自家找着那活路忙揭了半宿,他娘叫着他也不听。

**【莽】**蒙,用胡乱猜测的结果测试对方的反应。增20:寻寻思思的,没里他是“胡寻思”?这又不像个人名。只怕是“胡想”,我莽莽他罢。

**【莽莽惝惝】**(“惝”原文讹作“怔”)睡觉中突然被弄醒后神智尚未清醒而急于做出反应的样子,懵懵懂懂。磨7:店主上,看小二睡的这样浓,叫了两声“小二”,小二莽莽怔怔爬起来,还揉眼。

**【莽壮】**同“莽撞”。磨11:这一来甚莽壮,像有些不大妙!(富4中同样意思写为:“这一来甚莽撞,像有些不大妙!”)

## mao

**【猫伏】**形容弓腰的样子。增1:万岁爷设早朝,景阳钟三下敲,静鞭响罢文武到。二十四拜山呼罢,曲背躬身猫伏着腰。

**【猫头】**一种有猫头浮雕的瓦。日·泥:滴水猫头更不离。

**【猫眼】**也叫“猫睛”,是一种具幻旋光性的金绿宝石亚种,表面具有猫眼睛中所见的垂直闪光亮带。日·杂:猫眼珍珠琥珀瓯。

**【毛厕】**茅厕。禳1:俺只得虔诚祷告:玉皇爷爷,灶王爷爷,月光爷爷,太阳爷爷,头上顶的房爷爷,屋里铺的床爷爷,三根腿的炉神香爷爷,毛厕的毛神脏爷爷,凡是天地间的神灵,无论甚么爷爷,你若保佑俺打骂不捱,我就发下洪誓大愿。

【毛驴】驴。禳24:头上戴着朗素儿,身上穿着粗布儿,腚上穿着破裤儿,骑着毛驴没点马褥儿,老辈的亲戚,穷的不成个样物儿……磨27:穷人家借马难,找身粗布衫,借个毛驴儿骑着颠。

【毛片】牲口毛色。日·走:口齿毛片要相当。

【毛梢梢】紧张、惊惧的样子。禳15:昨日到了门外,撞见老李婆子那模样儿,毛梢梢的,像有些虚惊的光景,必然他引诱为非。

【毛神】厕所之神。参见"毛厕"。禳1:俺只得虔诚祷告:玉皇爷爷,灶王爷爷,月光爷爷,太阳爷爷,头上顶的房爷爷,屋里铺的床爷爷,三根腿的炉神香爷爷,毛厕的毛神脏爷爷,凡是天地间的神灵,无论甚么爷爷,你若保佑俺打骂不捱,我就发下洪誓大愿。

【毛头大锭】用毛头纸包装着的一大包。毛头纸也叫"东昌纸",是一种纤维较粗、质地松软的白纸,多用来糊窗户或包装。闹:不要那满城烟毛头大锭,不要那红丝烟采堂玉兰,不要那关东片香烟杂半,大益和兰花烟我俱不贪,一切的奇品烟我都不要,苦菜花、芝麻叶我也不嫌。

【毛韈】毛鞋,毛织品做的鞋。日·毡:绒袜毛韈暖下体。

【毛蚁蛋】毛发攒簇而成的球状物。"蚁"即"尾"。毛尾指零星的毛发。快4:骂声曹瞒,看你浑身都是奸!……痛快难言,一矛刺下宝雕鞍,一刀割下来,像个毛蚁蛋!

【茅根】茅草的根。日·庄:茅根蔓芭都拾净。

【蝥】("蝥"字之讹)斑蝥。日·昆:螌飞蝥次亦蝶蝶。

【冃榫】卯榫。日·木:榑柛俱已合冃榫。

【卯小者】不详。禳32:王翰林休得埋怨,你是卯小者的同年。

【茂堂堂】同"貌堂堂"。慈4:却说张讷在他姑家里,他老子偷寒送暖的,杨柳忽青,梧桐又落,不觉的十年有零,张讷长的茂堂堂的一表人才,也就成了汉子。

【冒认】冒充身份承认。富14:果老说:"这寿主是个宗弟。"吕祖说:"这老祖又来冒认华宗来。"

【帽套】加于帽外的衣饰。日·皮:官府前朝有帽套。

【托毛】("托",蒲氏注音"帽")加工处理皮毛。日·皮:托毛一匠苦臊膻。

【貌堂堂】相貌端正大方。翻2:又待了二年,那仇禄也是十六,长的貌堂堂的,满腹文章。增13:耳垂肩貌堂堂,龙眉细凤眼长,好似那泥掐的韦陀像。

【貌相】相貌。磨31:看你貌相,不像一个尚书。

## me

**【么】**语气助词。❶表疑问,相当于"吗"。墙1:李氏说:"张大呀,咱爹来了!"(张大)慌忙按帽迎进,作揖磕头,让了坐。"阿爹好么?"李老都答应"好"。"娘好么?"又答"好"。李氏也问:"爹好,娘好,哥哥、嫂嫂都好么?"李老都答应"好"。姑1:我来了三四年,在娘身上就没点好么?禳12:可笑可笑!着咱那儿郎,背着咱去合他丈人家相处,咱不成了老扯淡了么!❷相当于"嘛",用在反问句或感叹句中。翻11:(仇福想到被烧毁的二弟妇的屋里去细找,看是否有烧化的金银簪的融片)大姐说:"你忒也妄想。二弟妇没说么,烧了,甚么找不着。你找着,我也不要。"禳1:这里大家正吃着血酒,看见女兵到了慌极,都爬墙蹰了;独有先父(王喘气)坐在上席,稳然不动。内云:"好哇!还是令尊是条汉子!"丑哭云:"好么!到了近前看了看,那王喘气已是不喘气了!"(此处的"好么"为反语)

## mei

**【没】**❶无,没有。墙4:这几年我听的说,令尊也没钱,只怕要去使了。姑1:安大成每日见他娘全没个欢喜脸儿,便寻思:……❷未,没有。墙1:你看天已日夕,还没打发他吃饭哩。慈2:张炳之说:"小讷子在这里么?"他姐姐说:"没呀。你家里娶了极好的美人,又贤惠,招管的他极受用,他可待来这里做嗄呢?"墙2:张老又起来,着他挟上去,(张大)说:"上呀,上呀!拘巴着,拘巴着!上去了没?"张老说:"上来了。"姑2:珊瑚虽然强及如今的,只是可不如您那媳妇。不知他嫁了没?❸婉称死。墙4:银匠问:"……令尊好么?"张大说:"没了。"银匠说:"几时没的?"慈1:且休讲这光棍子百般的琐碎,万般的凄凉,只有一个孩子叫呱呱的,没了他娘,就只是找他达呀,他叫你东游西转不的。❹丢失,不见。翻2:你没了魂了么?从夜来迷迷殃殃的!翻9:姜娘子掀开一看,说:"我那两件衣裳没了。"❺同"莫"(邹本作"莫")。寒8:人没要逞粗豪,霸占的不安牢,身死难免人家告。

**【没把的石头】**比喻刚强、行事有些鲁莽的人。富7:有张鸿渐的个堂叔伯哥是张春,打靛的把子吊了柄——是没把的个石头。

**【没操】**没有操练,比喻没有准备、匆促地,突然。禳20:好一个标致人,一件件典雅无伦,难得处就是一个韵。……一见面着人消魂,心上痒何处抓闷,没操

就入了迷魂阵。

【没曾】未曾，不曾。翻8：好夫妻，两有情，并没曾失口闹一声。富10：第二日晌午才到了王店，就想起那一夜听的唱曲子，一夜没曾睡着。增18：俺又没曾来赶你的酒吃，你原是请俺来的，你不该眼底无人！

【没查】没差，没错。墙4：要合你舍死对命，我就说骂你没查。翻5：你既不怕，我使他的没查。

【没吃肉倒腥了嘴】俗语。比喻没有得到实在好处却得了赚好处的名声。增21：老王，你眼瞎么？看不见着你听听罢。我陪了你这一二年了，你给了我几道胭粉钱？头一遭给了我二钱，第二遭给了我三钱。我说姐夫没吃肉么，倒腥了嘴哩。你就记在心里，到了第三遭给了我五钱。

【没偢打彩】无精打采。姑3：刨了来，刨了来，夫妻要把宝殿开，只当是元宝哥，谁想是砖头块。没偢打彩，无心还把旧窝埋。禳14：二更沉沉月又歪，倦眼难开上床来。没偢打彩，手伸去却拳来，没处安排。

【没打撒】没有脸面，无精打采。增6：万岁自思："好没要紧！问了他问，就惹的他骂了这么些。"……万岁爷没打撒，待问他做什么？好好惹了一场骂！

【没大】没有太……，表示程度低或数量少。慈3：李氏怕吃了亏，济着他骂，没大敢做声。翻3：从上来败家的道，说他嫖还没大嫖，只光赌，一宿就是七八吊！寒1：两个管家，一个马夫，一齐上前，把员外扑通掀下，亏了没大跌着。

【没大点】没有多大点，不大。俊：虽然长了二三十，从今还要做个茧。如再跌牛又拉满，变个小狗没大点。

【没大头没小头】形容神思错乱，发蒙。富2：方娘子骂县官：为什么寄在监？……等着你砍头问罪，也把你老婆牵连！老马坐在堂上，气的是没大头没小头的。

【没的】❶用在动词之前，表示没有东西(可以做)。寒2：两位官也没的说了，差人去抬那赵恶虎起解。到了次日，二位相公同一干人犯起了身。禳12：他今日没的推托，俺不如竟到高堂。增22：空中像有神灵在，天地人和偏向主，青黄杂牌推过来，王龙输了没的赖。❷同"每哩"，莫非，难道。增6：长官，你待玩玩，俺可玩的大，方才没见一帖是十两？没的长官就玩不起百十两银子么？只怕你输了没甚盘费。每帖三钱何如？

【没得】❶没能。慈3：赵姑怒发，赵姑怒发，一霎气的眼前花，拿起杴柄来，就要分头下。媳妇子邻家，媳妇子邻家，推着你来护着他，没得打下来，还指着

脸儿骂。增23:我父亲在北京,生三子有大名:大哥曾把皇榜中,二哥宁夏做巡按,只我王龙没得成。❷同“没的❷”“每哩”,莫非,难道。禳1:俺过着他的日子,他管教俺成人,还说俺是怕婆子,没得还该不怕么?

**【没颠没倒】**形容因过度高兴而神思颠倒的样子。富13:婆媳欢喜的没颠没倒的,外人才知道山西那姓宫的,就是张鸿渐。

**【没腚眼】**指没有主见,心中无数。俊:虽是人家也赌钱,谁像你也没腚眼?

**【没法治】**❶没有办法惩治。翻10:你看他门前热闹,那样的整齐,那样的整齐,好叫人,寻思一道没法治。增23:一来王龙每日爱想二姐,不能到手;二来见万岁戮乖夺翠,没法治他,也要撮弄点先头……❷没有办法处理。磨21:我如今懊悔无及,恨当初不说的实,这可也是没法治。

**【没犯寻思】**下意识地,未经考虑地。禳24:那一日俺家里杀了一只鸡待亲家,才煮出来,我没犯寻思,就把那胸脯揎下来,包了包掖在腰里。

**【没根子】**没有根据。禳1:这没根子瞎话,我就不听。

**【没好辣气】**同“没好气”。“辣”为语缀。琴:从新来到房中坐,淡寞索的怪冷落。没好辣气上了床,闭眼就做了梦一个。

**【没好气】**言语、行动或神情流露出不满意。姑1:于氏推了一把,没好气说:“我不希罕你!”慈4:今早晨骂了你两句,你就没好气。给我跪着!增14:那二姐虽然也认出万岁是个贵人,只是众人属目之地,见他光弄那呆像,未免没好气,不待答应他,遂把头一摆。

**【没好说】**不便说,没有好意思说。寒6:二相公才待尝,看了看浑光浆,觉着不是个模样。心里辗转没好说,这未必不是迷魂汤,没肯拿到嘴唇上。

**【没计奈】**同“没计奈何”,用于韵文中。增5:坑上少席三寸土,炉内无烟又无柴,万岁一见没计奈。增27:今日井边失了马?到家拷打怎么挨!寻思一回没计奈。

**【没计奈何】**无计奈何,没有办法。增19:王龙说:“我另占何如?”万岁说:“酒令大如军令,使不的另占。”王龙前思后想,没计奈何……

**【没局】**没有结论,没有计策。翻6:床上迟疑,床上迟疑,他又不曾教咱知,忽然抬了来,这却怎么治?辗转踌躇,辗转踌躇,寻思半日总没局。

**【没哩】**❶同“每哩”,莫非,莫不是。琴:从来闺女当不的儿,没哩待留咱养老?琴:说的我心里胡猜疑,没哩那就是口蜜?❷表示假定的语气,要是。禳14:公子说:“这里隔内宅远,夜里来,夜里去,甚么相干!这是五钱银子,先给

酬劳。”李婆说：“没哩我就拿着，——罢呀嚾，我就破上这老性命。”

【没脸】❶没有颜面，没有面子，羞于(见人)。翻9：当日愚顽，当日愚顽，做的事儿太不堪！如今想起来，没脸把人见。❷不要脸，不顾脸面。禳9：不说你自己没脸，打了人还说短长。禳18：昨日高四于虽然可恨，不过也是顽，被那没脸的东西打罢一顿，我可怎么见他？

【没奈何】❶无可奈何，没有任何的办法。墙1：急自要不出来，可也没奈何，也就依了。慈5：依着他老子，既没了小的，吊了一个儿，也割舍不的教他去，却是怕老婆，又没奈何，只得没人处给他几两银子，叫他做[①]盘缠。❷指欲望得到了十分的满足，因而什么都不想。翻2：那老婆，那老婆，奉承的浑身没奈何。每日听着人说嫖，不想其中这样乐！❸特大银锭。“没奈何”言其没法动用。翻6：吃了饭待走，范公子拉着说：“我有一句对子，你对上我就放你行。是：‘牌名浑不似。’”二相公说：“银成没奈何。”翻11：白花花一大窝，都倾成“没奈何”，对联对的真不错。

【没情没绪】没有心情，情绪压抑。富5：一更里昏惨灯儿也么张，没情没绪卸残妆。

【没人样】行为不守规矩，过分出格。慈2：他爹说你且窝藏，待上几年再商量。娇儿呀，你可休要没人样。禳9：两个指头打了你，你劈脸一巴掌，嫌你忒也没人样！

【没蛇弄】“蛇”谐音“啥(嗄)”(“蛇”，方言音“沙”阳平)。指什么也得不到。墙4：二兄弟大不通，病人昏愦眼矇眬，刚还魂怎么敢惊动？一口气不来瓜打了，竹篮打水落长空，可才大家没蛇弄。

【没嗄说】无话可说。慈3：李氏从来嘴儿也么高，到了这里不济了。好心焦，浑身热汗似瓢浇。一霎又起来，一霎又坐着，没嗄说来没嗄道。增18：王龙误误挣挣的，扒了个甚时才扒起来，张着那口没嗄说。

【没是处】没有合适的地方。墙3：老头子喘吁吁，拉的我没是处，起来站也站不住。两个齐往两下里挣，好像挣着个老叫驴，叫我可往那里去？

【没似】没有人像(这样)，表示程度非常高。墙2：(张老)滑了一跌，爬不起来，哐哼说：“死了，死了！”张大拉起来说：“没似你弄的这脏像儿！”翻12：楼房瓦舍一齐起，大锭元宝土里埋，没似他家银钱大。俊：亏了我那面皮混，没似你骂

---

① “做”字据邹本加。

的忒也甚。进的门来就是吵,口口声声不长俊,紧一阵,慢一阵,只等我颠了才封印。

**【没天理】**做事不顾天理人情。寒2:叫二弟听我言:打官司要耐烦,生死原不由人算。老王虽是没天理,府里上司还有官,难道说都是骡马变?寒3:赵歪子休胡言,有衙役有堂官,打不打不是一人见。想是因你没天理,被那神灵打一鞭,如何却把商臣怨?

**【没要紧】**❶不要紧,没关系。姑3:大成见他兄弟那模样,老大不忍,算了算他取的那银子,本利共该捌拾两,便把自家这银子包上,说:"没要紧,你拿了去回地的罢。"增12:你又不接俺,俺又不嫖你,没要紧。❷没意思,无趣。慈3:不说赵大姑还骂,且说李氏一路寻思:好没要紧,除没找了孩子来,赚了一场好骂,还几乎捱一顿好打。增6:万岁自思:"好没要紧!问了他问,就惹的他骂了这么些。我待加罪与他,他乃是乡民无知。自古道:'背地里皇帝也得骂。'这也是我自惹其祸,好没要紧!"增6:不一时,那五花琉璃鬼,青头赤发鬼,没要紧的瞎仗鬼,门后头的壁墙鬼,不干好事的促狭鬼……众小鬼们直到街前。

**【没影】**❶连影子也没有,比喻毫无根据、毫无来由。俊:哏,您娘常把您达哄,说你赌博没点影;您达打你两条子,娇儿哭了三天整。增5:想是俺那冤家不会说话,得罪着那曹老爷家。没影的下了一位客,宿了一宿,吃了一顿饭,见没问他要钱,他就没的揪作揪作,就写了个帖子给那曹老爷,着他给俺两石粮食吃。❷指做事没道理。慈3:老婆顶,老婆顶,逢人要把老婆逞,老婆老婆好没影,拿着人人当老炳。

**【没有把】**没有约束。指太过分。穷:东头邋遢虽是穷,还有一身新坐马;没似俺家他穷达,穷的忒也没有把。

**【没有捆】**没有规矩,没有分寸。禳1:我就从来没有捆,有了钱来耍弄鬼。学着赌博指着赢,输了待捞没有本,心里痒痒没处抓,跑前跑后撅着嘴。

**【没正经】**指没有正当的理由。磨18:两个解子正没吃勾,听说甚喜,便说:"奶奶吩咐,怎敢不依!可只是扰的太多了。给张相公凑盘费罢了,俺两个没正经。"("没正经"指没有理由接受对方的款待)

**【眉来眼去】**眉目传情。禳26:骂一声强人忒也值钱!这一个妮子还要合他缠。春香儿他那眼儿挤,你这眉儿弯,一个推说要钱,一个推说换钱,眉来眼去,手脚动弹。

**【眉头不展】**紧锁眉头,形容不高兴的样子。增10:老贱人眉头不展,唬煞了

二八娇娥。

**【眉眼】**❶眉目，眼神。禳6：公子见他眉眼留情，便撇下汗巾而去。禳20：哑谜儿暗会心间，眉眼把情传，做手势背不的旁人看。❷代指相貌。禳6：待小生从容走去，细看他眉眼风标。禳8：虽是江城见的少，模样烂熟在心间，精神眉眼皆活现。❸眉目，头绪，端绪。磨10：这报仇有点眉眼，单看那按院何如。磨12：近来不知问你何如，想是有了眉眼。

**【眉眼儿不睁】**不睁眼。禳7：这孩儿着实病，你看他眉眼儿不睁。

**【梅香】**丫鬟。慈6：咱另起一位楼宅，盖上几座厅堂，买上一些桌椅，买上几张藤床，雇上几个小厮，寻上几个梅香，支上几个锅炉，下上几斗粗粮。蓬4：不知道纳草，不知道封粮，惟看烹鱼做饭，要指点梅香。

**【梅】**由蒸熟的米加酒曲制成的糊状酒母。日·器：鏌梅糍沕总无妨。

**【梅盒】**盛放酒母的盒子。日·器：箣筲搲去梅盒冷。

**【每哩】**❶莫非，难道。墙2：年年化银子，该下了几吊火钱，因着相好，不曾开口，怎么连面不见？每哩见了我待啃你一口不成么？好笑人！磨22：且是朝廷重开科，明年又该会试，每哩山西待常俭年哩？那里太平了，你可去看看的。增13：姐夫好乔性儿！每哩既犯相与，就不问问么？❷表示假设语气，要是。墙1：我要地，只怕不肯，也是有的。每哩不要罢，性命要紧，斗斗胆就要一要。

**【每量】**估量。今方言估量、掂量称“母量”，“每”或为“母”字之讹。寒4：相公不必瞎灶。官府的意思是指望你几两银子，说验尸是个拿法。你每量了去。

**【每人每】**指各人自己拥有。禳16：南山顶上一池水，一个被窝里四条腿，再添两条他不依，从来只许每人每。

**【每日】**❶每天。墙1：我思量着，每日情饭吃，也劳苦您，不如还给我那地罢。姑2：待了一年多，每日娘们烧火剥葱，弄的娘们灰头土脸的。❷往日。墙2：每日待合他算一算，他又多时不进城，今日闲过来蹭一蹭。翻11：到了明日，姜娘子也来了。每日相见都是下泪，这一回大非昔日。磨20：每日我只赢你五七着，怎么今遭大败呢？

**【美口】**对口味，口感好。增3：干烧饼拾一盘，咸果子黑菜篮，盛上一碗温水面。万岁尝尝不美口，少油缺醋又精咸，这样东西吃不惯。日·饮：沽来美口始值钱。

**【美人蕉】**多年生球根草木花卉。因花色艳丽、植株亭亭玉立而得名。日·花：美人蕉旁相榅树。家政外编·诸花谱：美人蕉，自粤来者，花开若莲，福建、广西

皆有之。北土一种蕉,如他蕉之叶,中出一箭,开赤花,色深红,花后结子,收待早春种之。

**【妹夫】**妹妹的丈夫。翻7:既是令尊招管他,原是你的亲妹夫,怎么脸面全不顾? 禳19:(周仲美说:)"呀! 那是表妹夫张石庵来。"石庵上,仲美拱了拱手说:"妹夫是待看高大弟去?"石庵说:"正是。"

**【妹妹】**妹。寒2:二位相公见三官言之有理,便问:"妹妹,依你怎么样?"禳18:活该合樊家前世有仇,妹妹打了,姐姐又捶了。一夜不能翻身,临明稍觉轻些。

**【妹丈】**妹夫。磨6:妹丈张鸿渐,与我所见略同。磨22:北岗就是徐员外,虽然年老身康壮,舍妹丈就是他令郎。

**【妹子】**妹妹。寒3:每哩是咱妹子么? 但只是他可怎么能呢? 富2:方二相公一行领着妹子往下走,一行骂。

**【昧】**❶隐匿,不使人知。寒8:为善的莫辞劳,天虽远不大高,到底昧不了忠合孝。禳29:(江城问:)"你本姓甚么?"兰芳云:"我本姓高。"江城云:"你原与官人同姓。也罢,咱昧这一层罢。……"富11:这个信儿老大差,是真是假不知他,说一声陡然倒便着娘亲怕。……叫声跟随众管家,太太知道能唬杀,对您说,到家昧起这宗话。❷违背。禳24:看起这个来,也就自家昧不的良心,养汉老婆不生儿——奸捣的没了种了! 增20:他昧了良心说:"到了山西,遇着王龙倚强欺弱,白问我要了去了。"

**【昧音】**指说话时不掩饰真实想法。墙4:您俩是一个人,又每日去化银,必然你就知到信。朝朝饮酒谈心腹,细话从来不昧音,想到这才来把问。

**【篃箫】**用篃做成的箫。日·僧:篃箫笙管请天神。

**【跦】**迈。日·泥:脚跳跦动走如飞。

## men

**【㥃】**象声词。形容勉强出声应答的声音,相当于"嗯"(音 m)。慈3:李氏说:"我待叫他家去。"赵大姑㥃了一声,说:"罢嚛哩。"慈3:李氏没等着骂完,又起来说:"我去罢。"赵大姑㥃了一声,说:"罢呀! 你既等不的,我也不敢留你了。"

**【门宾】**门客。磨22:有个张先生,是徐员外门宾,自去年被贼掳去,性命无存!

**【门閰板】**("閰",蒲氏注音"答")可以拆、安的活动门板。日·木:矩子合严门閰板。

【门风】家风。翻8:二相公肯把书念,外边事姐姐全担,慧娘招管米合盐。书房揹吃自在饭,管家伺候,马背雕鞍。娘子来家,陡然把门风变。

【门阃】门橛,竖在大门中间的短木。日·木:安了门阃插门簪。

【门床】("床",蒲氏注音"欠")门槛。日·木:窗棂门床要周全。

【门楼】有牌楼式顶的大门。慈2:却说那张讷听了他老子的言语,就一溜烟跑到赵家庄,一直照着那瓦门楼钻将进去。增6:顺大街往北走,转过隅头向东一座木牌坊,路北里新盖的大门楼,那门上有匾,匾上有字,字字写的明白,那就是宣武院。

【门楼头】前额向外突出的头部。禳1:东庄有个李小楼,寻了个老婆门楼头,粗唇大口窝抠眼,做鞋就得二尺紬。增12:车轴脖子油光脸,门楼头来鼻子糟,心里倒比那齐整的俏。

【门市】指店铺的生意。增7:那闯江湖的调喉舌、弄寡嘴骗子极多,给他吃了有钱极好;若无钱,他吃了有扒肚子的御史么?待要的漫了,人折了本;待紧了,坏了咱店里门市。

【门首】门口。禳12:来此已是高家门首。门上的管家,烦你传报一声。富13:婆媳正然盼望,有个人来报:"少爷会了进士了,报马现在前门首哩。"

【门闩】门关上后,插在门内使门推不开的木棍。俊:半夜三更才来家,家里不敢把门挡;播开门闩钻进来,抹抹索索找饭嗓。

【门限】门槛。寒6:到了一个庄里,有一家人家,大门朝东,门前两块石头,二相公就坐在门限上。禳20:这门限儿甚高,从容蓦去,看绊倒了。

【门婿】女婿。禳30:樊子正上云:"只因女儿不肖,合家潜逃他乡。听得门婿得中,才来登门叩望。"

【门簪】大门上方的装饰物,数量为两颗或四颗,有方形、菱形、六角形、八角形等形状,上面饰有图案或文字。因与簪子形似而得名。日·木:安了门阃插门簪。

【门碪】门框两侧底部安装的方形石块,中间有凹坑。作用是托起门轴,承托门的重量。日·石:门碪打成还起线。

【门子】门。姑1:寻思一遭,寻思一遭,见珊瑚又害羞?不好到他家,只骑着门子叫。磨19:堵住门子,看他往那里走!

【门攥】安在门框上固定门轴的半圆形部件,木制或铁制。日·木:搡上门攥上腰扅。

【闷昏昏】形容昏沉、头脑不十分清醒的样子。禳9:闺阁清闲无个事,想起弓鞋未绣完,纤手便拈针合线。鞋底儿刚刚上罢,闷昏昏眼涩眉酸。磨7:没奈何,白黑昏迷在被窝。水米不沾唇,足勾一月多,闷昏昏只在床头卧。

【闷活活】烦闷。禳11:没奈何,没奈何,终日起来闷活活。

【闷酒】气氛不热烈、心情懑闷时喝的酒。禳20:这闷酒难吃,新来个名妓,名字兰芳,模样绝好,我已约下他了。叫人请他来。富5:咱俩吃这闷酒,不如找一个唱的来,大家乐上一乐。

【闷闷昏昏】昏昏沉沉。墙4:这两日懒动身,头也重脚也沉,坐床头忽然晕一阵。终日不吃也不想,吃是勉强打精神,手脚酸只觉着浑身困。好像是饮酒过醉,整日家闷闷昏昏。

【闷闷恹恹】闷闷不乐。磨12:终日只把家乡盼,想你泪涟涟。你那里闷闷恹恹,弓鞋强绣完,穿与谁人看?

【闷气】郁结于心的烦恨之气。快4:关二老爷平生爽快,这件事着人不服。得三爷的人说那砍头的妙景,解解这闷气。禳19:听说四于被了打,深恨汉子不成才,胸中闷气结成块。磨5:可惜路途太远,不能去杀那狗官儿!且把这解子剥了皮,消消闷气。

【闷人】使人烦闷。禳7:怎么老婆子只顾不来?是好是歹,好闷人也!磨9:这过了中秋十二三天了,大场里将近发榜,不知他二舅何如?好闷人也!

【闷腾腾】形容懑闷的样子。增15:放着外头不大好,放着里头闷腾腾,不知你是怎么用?增20:咱两个闷腾腾的,不如还合王龙混去。

【闷恹恹】同"闷闷恹恹"。蓬2:无情无绪闷恹恹,手托香腮倚玉栏,书生呀,就是那满殿喧哗也听不见。磨19:近故园,近故园,马上踌躇左右难。怕撞着认识的人,眼罩儿遮了面。闷恹恹,闷恹恹,每朝夹马更加鞭。

【闷央央】同"闷怏怏"。禳10:老头终日闷央也么央,娶了个媳妇甚不良。

【闷痒】闷热发痒。禳19:若是前生没有福,难得他手来身上安,闷痒待求他打一遍。增5:还是那旧周元,换新衣另一看,村头穷脑登时变。乍穿着尺头不大紧,身下闷痒似虫钻,霎时拿把的通身汗。

【闷怏怏】懑闷不乐的样子。禳12:从媳妇离了房,着孩儿闷怏怏,行去带出愁模样。禳13:向来欢喜不寻常;细端相,今日这容颜改了腔,饭也不多吃,行动闷怏怏,看他像有个愁模样。

【们哩】同"每哩",莫非,难道。慈3:我这里合您家里一样,们哩我就没有那

碗饭给他吃么？翻2:仇福说:“我没有钱。”魏名说:“我借上。们哩你还不起我吊钱么?”

## meng

**【蒙上心】**蒙蔽心智,犯糊涂。富6:那舜华他合我异常的恩爱,我怎么蒙上心定要归来?

**【蒙腾】**意识朦胧不清。磨27:烂醉如泥月转廊,归来才似贾平章;蒙腾不知身何在,盼俏佳人扶上床。

**【蒙婢】**失明的女婢。姑1:二十馀年老友人,买来蒙婢乐萱亲。惟编姑妇一般曲,借尔弦歌劝内宾。

**【罞头】**蒙头,结婚时新娘所蒙的盖头。日·器:罞头犹束黄金带。

**【猛】**❶勇猛,凶猛。慈1:他兄弟王览是后娘子,有仁有义的好心田,就是上山打猛虎,也不肯叫他哥哥独当先。快3:老曹瞒猛将还有数十员,张郃也骁勇,许褚敢当先,张辽、徐晃皆能战。❷猛然,突然。蓬7:猛抬头大山一座,变成了万顷玻璃。磨22:一个年头八个月,从天上吊下这么一个祸!咳!猛听的泪珠点点如花卸。❸较之某个标准的数量略多。禳24:怎么见了主人家的东西,拿一点儿,又待拿一点。临了看看我拿的那个,比着主人家那个还略猛点,心里才自在。

**【猛上心】**同“蒙上心”。“猛”当为“蒙”的误写。磨18:施舜华他合我异常的恩爱,我怎么猛上心定要回来?

**【梦境随邪】**俗语。指因为日有所思而做相应的梦。增2:那万岁翻来覆去,睡卧不安。强挨到三更,果然梦境随邪,合眼就到了山西。

**【梦怕】**梦中都会感觉到害怕。形容很后怕的样子。磨25:原不怕他,石头生将指头砸,到如今料想还梦怕。

## mi

**【弥量】**比画,比量。快4:那人起来,伸了伸腰,长吁了一口气说:“也是跟着二老爷,也曾得意来;惟有今遭,甚不出气。我正待对着列位诉诉哩。”空着手,弥量着说起来了。

**【迷糊】**糊涂。姑2:沈大姨说到这里,于氏不觉的哭了,说:“他实实也罢了!我是怎么迷糊着那心眼来!”沈大姨说:“你懊悔就是了。”禳25:鬼神拨弄,心眼

迷糊,好歹都是前生定,白黑打襟尽成虚。

**【迷了心】**因为过分专注于某一想法而丧失理性。寒4:老王也是想钱迷了心。你不想那三官是一个女子,既能报父仇,这是个寻常人么?况屡屡显圣,怎么敢去摆弄他?磨21:你想奶奶做,想迷了心了。

**【迷迷忽忽】**同“迷迷糊糊”。磨7:又叫:“张相公?”也不答应。又叫了一声,只是迷迷忽忽,并不觉了。

**【迷迷糊糊】**神志不清。丑:放身倒在床儿上,迷迷糊糊不动弹,睡着不醒起来坐,及至起来又不安,反来覆去思又想,魂里梦里怪声欢。

**【迷迷殃殃】**迷迷糊糊。翻2:到了清晨,姜娘子才说:“你没了魂了么?从夜来迷迷殃殃的!”仇福说:“吃了一宿酒,合失了困那是的。”

**【鑿针】**当为一种有针刺的刑具。日·争:鑿针鎞[①]了虾蟆肚。

**【米粃】**(“粃”字路本原缺,盛本作“粇”,为“粃”字之讹)当指米糠、秕谷粒等。日·器:米粇扫去炒麴饼。

**【米粥】**用米熬成的粥。磨7:这几日行动的了,我去街上自己买饭吃,到晚间还吃他一顿米粥。

**【觅汉】**长工。翻11:大相公买了四个骡,雇了两个觅汉,又买的小妮子,一概完备。磨23:咱也该知足才是。你看那短工子觅汉,血汗暴流,吃了三顿粗饭,不过挣四五十文钱。

**【觅汉气】**形容土气、低贱的样子。墙3:休说是件破衣,七长八短不整齐,穿上就是有些觅汉气。

**【觅汗】**同“觅汉”。“汗”为“汉”字之误。禳24:俺在高宅吃着他两个觅汗的工粮,其实俺可不肯给他做半个觅汗的活路。

**【螟】**螟虫,蚜虫。螟虫为害亦称“螟”。日·庄:高粱不螟始周全。

**【密松林】**茂密的松树林。增3:张敖牵马送下关来,前到了密松林边,君臣作别。增27:倘或黎民得罪主公,他若知信,万岁有失,那时怎了!前边有个密松林,不如暂且住下,你我进城访主一遭。

**【密匝匝】**密密的。磨31:平原无疑,安营下寨。密匝匝燕雀不飞,齐臻臻天神还赛,把旌旗摇摆,教贼人魂飞天外。闹:心惊战,回头漫把良朋唤,就是那最关切的父兄,也只在密匝匝人缝里看一眼。

---

① 为“鎞”字之讹。

【蜜口糖舌】甜言蜜语。增8:小六哥卖巧言,叫干爷你放心宽,我今就上宣武院。蜜口糖舌将他请,他若不来将毛挦,见了咱磕头如捣蒜。

【蜜蜡】一种矿物,与琥珀同类而色淡。禳8:呀!几对银花,几对金簪,两对铜掠,两对排鬟,箍上珍珠,豆大滚圆,宝石蜜蜡,价值百千……

【蜜林檎】一种酒的名称。增7:时黄酒会春分,状元红蜜林檎,镇江三白颜色俊。寻常就是白干酒,每一瓶只要一钱银。

【蜜溜转】形容快速转动的样子。比喻围在某人身边为其殷勤服务。寒2:赵恶虎凭着钱,东一千西二千,都买的蜜溜转。

【蜜楼】当为一种加蜜制作的食品。日·饮:蜜楼一座要新鲜。

【蜜蜱】蜜脾,蜜蜂营造的酿蜜的蜡质室,状如脾。日·昆:人见蜜蜱作黄蜡。

## mian

【绵】同“棉”。❶棉花。墙2:你穿的是绵裤绵袄,我穿着甚么哩?墙3:这天这样冷,你这身绵袍子着咱爹穿着。❷絮,用棉絮铺在棉衣、被褥等里面。墙3:老人家衣服要会做,绵的极厚要炕皮,捎里宽快些才如意。

【绵袄】棉袄。墙2:你穿的是绵裤绵袄,我穿着甚么哩?

【绵花】棉花。日·庄:开手先撒绵花种。

【绵紬】绵绸,用残次茧经加工纺成绸丝织成的平纹绸。日·养:织作绵紬做小衫。

【绵槌】弹棉花用的锤状工具。日·器:绵槌响处挑弓动。

【绵裤】棉裤。墙2:你穿的是绵裤绵袄,我穿着甚么哩?墙3:您嫂子怕咱爹起床怕冷,做了个绵裤。

【绵绵】绵长。富14:敬拜祷筵前,敬拜祷筵前,仙人下顾,百喜重添,愿保佑椿萱,桑榆无恙,福寿绵绵。磨36:又福禄绵绵,又福禄绵绵,眼中亲见,满屋貂蝉。

【绵袍子】棉袍。墙3:咱爹来了么?那屋里生上火了,着咱爹烤烤。这天这样冷,你这身绵袍子着咱爹穿着。

【绵衣裳】棉衣。墙2:你又不出门,要那绵衣裳做甚么?墙2:你又不常出门,脱不过抗墙头根,绵衣裳穿着可也笨。

【棉花车子】纺车。禳3:一桌破柜扫扫土,棉花车子落落弦。

**【棉花套】**棉衣、棉鞋、被褥等中间填的棉花。寒3:身穿着青道袍,两腿用毡袜包,鞋里都是棉花套。

**【棉花套子】**同“棉花套”。寒3:老王起来又去看验。叫人剥下鞋来,带出来许多棉花套子,才露出了一双金莲。

**【娩卧】**生孩子,分娩。慈1:亏了这一日,那李氏又娩卧了,虽然生了个小厮,张炳之也不甚喜欢。

**【面】**❶脸。琴:洗了身子重洗面,新衫新裤从头换。富9:到了王店桥,隔着家有一程路,心里胆虚,带上眼罩儿遮了面。❷代指人。墙2:年年化银子,该下了几吊火钱,因着相好,不曾开口,怎么连面不见?翻9:懊悔杀不值钱,他若是不回还,今日难见亲朋面。❸脸面,情面。墙4:你好生去发丧,扎挂起面有光,费俩钱也还有名望。磨19:看娟娟面上,着他去拼几吊钱的罢。❹面相。增24:胡秀才会帮闲,又会吹又会弹,况且又相极好的面。增25:二百银子这是小事,我可不是为你相的那胡突面。❺物体的平面。翻11:这不过有顶有面的,我去买两把大凿来,有日没工的凿他娘的。增16:取扇儿在手中,满楼上耀眼明,宝贝原是西番贡。仙人画就锤金面,巧工雕成象牙棂,才然一举香风动。❻物体的上面、表面。穷:元宝哥,黄边沿,象象帕,颠颠块,看看底,认认面,是几两,是几件……禳24:六月暑伏热难堪,汗珠淌到脚面。❼房屋、人等的正面。富3:见了个小庄在眼也么前,漫荒拉草到那边。仔细观,有个瓦门面向南。磨2:为甚人人望做官?三梆响罢面朝南。这般生意真真好,板上皆生银子钱。❽面向,朝向。禳7:四壁独成一院落,面南也是屋三间,面南也是屋三间。❾方面,方向。翻12:行墙周遭,扎起架子,一面十个窝铺。富13:家里彀多少人伺候,四面庄里彀多少人迎接!磨31:那山后剔陡石崖,不用招架的。就是前三面出路,须用车辆、树头紧紧塞断,却安下大炮、弓箭、鸟枪,轮流看守。❿量词。用于扁平的东西。翻5:每人打三十大板,一面枷枷在街头。增15:这琵琶该说一面,弦子该说一旦,谁家说一张一具呢?增28:我赐你金牌一面,掌管天下酒税。八个花帽锦衣、两个撩衣太监侍奉你。⓫量词。用于见面的次数。富3:若要把你找,除非画图间,没有福难得见一面。磨22:不知那世里把孤单欠,十四年夫妻刚聚了四年,咳!到如今四五年来见一面。⓬“回”字之讹。寒3:大相公叹罢,面来禀官说:“原是生员的妹子。”

**【面(麵)】**❶面粉。慈4:我偷了点面,着咱那邻舍家给赶的。闹:牲口忙无了面我把磨研,扫天井抱柴伙捎带拾粪,来了客摸桌子我把菜端。❷面条。

翻9:买了麸子喂上马,店主慌忙走面前,上下都是包子面。增7:小六哥笑颜生,叫老客你从容,待吃好物我管奉。又有合汁又有面,新出炉的热烧饼,肉包火烧随心用。❸细末。农·蚕·大眠:此时勿抬蚕,宜隔一指一个,取腊月所藏菉豆,水浸微生芽,晒干磨细面,第四顿拌叶饲之。农·附·收干叶:秋深桑叶未黄,于将落时多收晒干,于无烟火处收存,至腊月治细成面,待蚕大眠后用之。

**【面儿】**❶物体的表面。禳24:海参切成四瓣儿,鲍鱼切成薄片儿,皮鲊切成细线儿,鲤鱼成个正面儿……❷量词。指见一次面的时间。磨19:苦情惟有离别身,这不好的离别越发难禁,咳!相思里又打上愁合问!……就尽夜不睡,还怕有忘了的话说,说不尽的心事。多待一个更儿,也多一个面儿时辰。咳!我合你不知到何日,才出了离别运!

**【面话】**当面说的话。增5:门上的替我传传,有老爷的个朋友留得一封书在此,还有许多面话要说的。

**【面盆】**和面用的盆。慈3:耶耶!谁赖您那孩子来么?面盆里加引子——你这不发起来了么?

**【面皮】**脸皮。指羞耻的心理。蓬5:男子不羞,男子不羞,全把那吃穿靠女流;他虽不做声,自家觉着面皮厚。俊:亏了我那面皮混,没似你骂的忒也甚。

## miao

**【苗】**❶禾苗。禳33:见那海水干,成了万顷田苗,也不必海上三山,说甚么蓬莱十岛,去把天门叫。农·农·苜蓿:野外有硗田,可种以饲畜。初生嫩苗亦可食。❷比喻苗头,根苗。翻9:兄弟回了头,心里早知道。暗对娘学,暗对娘学,兄弟成人看出苗。俊:亓人说是断不可,窃盗就是强盗苗,你拥撮死人来上吊。

**【苗架】**指出身,根底。磨13:他说你忘了我合他留恋,我谈他情义儿虽然好,到底是个狐狸仙,这一句话犯着他那苗架,他就现了原身翻了脸。

**【描样】**照着做衣服或鞋子的纸样子把边缘画到布上以便剪裁,比喻跟着模仿。寒7:四季搜求州县礼,自己又受枉法赃,小官尽描你的样!

**【緢】**细。日·裁:掟褉还怕线纰緢。

**【妙腚】**指女性的臀部。增18:这大姐轻举粉臀,尖伸妙腚,略坐了一坐,果然刺疼难忍。

**【妙年】**人一生中年轻美好的时期。琴:女儿泪涟涟,女儿泪涟涟,奴今十八

正妙年,空对好光阴,谁与奴作伴?

**【妙手儿】**指女性的手。富6:真神仙不费事把人来打救,伸过来一只妙手儿把官人抱挡,就像是那二三岁的孩子,轻轻的一把儿抵溜。

**【妙术不传六耳】**俗语。指高妙的技巧不传给第三个人。禳16:江城说:"您那个行货子,你那么打他,可怎么我听的说他还合你极好呢?"满城笑说:"俺不说,妙术不传六耳。"(指只有满城自己和其丈夫知道)

## mie

**【咩咩】**象声词。小羊叫声。日·走:小羊生下咩咩叫。

**【篾片】**清客,旧时在豪富人家专门帮闲凑趣,图取余润的门客。禳31:自蒙青盼,全无他念,况且是母亲的总管,又说是夫人的篾片……增24:万岁说:"给你一个都篾片头,你可愿做么?"

## min

**【民户】**民家。禳8:嚷嚷闹闹,喊喊插插,走走站站,指指画画,虽是城里,也是乡瓜,小小民户,知道甚么?

**【苠麦】**晚熟的麦子。日·庄:苠麦打完才上囤。

**【柍谷】**早种晚熟的谷子。柍,同"苠",指植物成熟时期长。农·农·种谷:柍谷宜早,稞谷宜晚。

**【抿】**朝一边抹。俊:播开门闩钻进来,抹抹索索找饭嗓;抹了一回没的想,抿了几碗冷盱块,扑着炕头只一攮。农·农·去草:甚有务广出者,而后拖泥带水,将草叶抿倒,谓之一遍,三日后盘如故,不惟禾稼不实,即地亦难耕。

**【抿嘴】**微闭嘴唇。姑1:问了两遍,众人都抿着嘴笑。禳28:"呀,春香俊了也!这不是衣服,你拿了去穿上。去那穿衣镜前照照你自家,看看俊也不俊?"春香穿上一照,抿嘴一笑。

**【闽姜】**糖姜,用糖加工过的姜片。日·饮:衬丁衬丝闽姜辣。

## ming

**【名公】**有名望或有能耐的人。闹:我曾听得说,某名公进场,周仓保估,及第登科。

**【名号】**姓名,名字与别号。富12:那人说道:"令尊老太公甚么名号?"

磨22:但只是姓张的一大些,你又不曾问问名号,怎么必然就是咱爹爹?

**【名色】**名称,名目。墙4:一千才依填打上,白眉扯眼不害嚣,生纂出名色问你要。寒3:爹娘生成人两个,名色叫做是儿男,那里跟上你一半!

**【名帖】**名片。富4:方二爷把老马的款单又改窜了个结实,封裹停当,拿了公子一个名帖,一封筒装了,使人送给按院。增20:我叫他给我牵马坠镫,奉客唱词;又写了一笔好字,早晚给我上帐,写写名帖不好么?

**【名头】**❶名分,地位。翻12:带着一顶奴才帽,好虽好来名头低。❷名声。姑2:九日里回来,实指望他达妈念诵,必然差些了。谁想越发利害了,一点儿不应心,就掘……这都是坏了名头惹出来的。

**【名子】**名字。翻9:我被掳在东山,卖旗下十余年,京游子不敢下眼看。跟着将军守口外,名子尚在头一单,也还有点薄体面。磨14:老马叫咱去保他,每人给银二两;那衙役、保正落去五钱。点着名子叫飞跑,一个家狼眉竖眼,谁敢不来?闹:好一个将将就就和先生,起的名子并不虚传!

**【明地】**公开地。俊:开场设赌无二话,终日就把那套来下;……背地里偷明地拿,那里有点良心查?

**【明二暗三】**指明的和暗的不同的数量。磨3:我是个真呆瓜,年纪小知甚么?说不出句利亮话。不敢逾限等大赦,明二暗三任他加,受不的衙役登门骂。

**【明晃晃】**光亮闪烁。翻11:说话虽然是想钱,其实心里也贪图,未必不有点金银物。明晃晃一掀掏出,看了看是化的锡壶。

**【明精精】**明亮闪烁。磨23:有朝一日,布政司里开了冰窖,乡官人家拿着走亲戚,路上掉了一块,这人不当不正撞着了,拾起来看了看:"明精精这是什么?像块水晶。"

**【明旌楼】**竖在灵柩前或覆在棺上标志死者官衔和姓名的长幡。日·纸:明旌楼上有仪文。

**【明堂】**风水术语,指地气聚合的地方。日·堪:明堂宽阔非无力。

**【明爣爣】**亮堂堂。日·器:桦皮灯炤明爣爣。

**【明盔亮甲】**闪光的盔甲。禳1:戚老爷听罢大喜,即时披挂整齐,明盔亮甲,拿着一口刀耀眼争光,就在厅前大喊了一声杀呀。磨29:如今发了兵十万,明盔亮甲出燕京,将来未见胜不胜。

**【明明】**❶明亮。增17:才睡下鼓二敲,纱窗外月正高,红罗帐里明明照。❷公然,公开地。慈1:张炳之是一个甚么物,为孩儿想了个颠倒烂熟,有了法还

不敢明明的去做。磨3:老马恶满盈,且是一个秀才,明明打死,料想也无甚么凶险。❸明显的,确定的。姑3:明明的两堆,我拣了一堆来了。慈3:这不是明明的路儿,怎么就单踏着那石头顶?❹表转折语气。虽然。磨24:明明知道不中用,还要买他胡瓜答,他说好怎么放的下?

【明年】今年的下一年。富10:待你明年下了会试场,中与不中,那时可再打算不迟。磨6:不过到明年八月,老父师何争这一年?

【明人不做暗事】俗语。光明磊落的人不会做阴暗之事。寒5:阎王爷你休焦,我不能告声饶,世间不过没公道。明人必不做暗事,大板只顾凭你敲,大状不能不凭我告。

【明日】明天。墙1:不必理他。这月里是个小尽,到明日送给他二叔家,尽他合他怎么哃去。富12:我儿,这天已交四鼓了,你去闭闭眼,明日好做文章。

【明香】点燃的香。姑3:谢娘子泪涟涟,一炷明香祷告天:不孝惹的那神灵怨,我今才醒了糊突梦,痛改从前以往愆。

【明证】公正的证人。禳12:借重你做一个明证,从今后各支锅子把饭嗓。磨34:俺还从新上山,你可领兵前去,咱见一个胜负,就着张老爷做个明证。

【瞑眼】闭眼。墙4:忽然间就昏迷,头也折腰也直,一跌仰在平川地。我才叫您大嫂嫂,抬上床来并不知,捶了捶方才有了气。到如今不言不语,瞑着眼一似呆痴。

【命年】指年龄。禳27:父母命年六七十,一个媳妇一个儿,哃的爹娘分两院,枉在人间披人皮。

## miu

【谬】(方言音"纽"阳平)不讲道理。姑2:您婆婆委实的极难说话,他说声谬起来,信口子瞎胡吧。姑3:这个恶人好不谬,惹着尽自勾人受:汉子惹着他也掘,婆婆惹着他也咒。

## mo

【摸】❶用手心和手指触碰。姑3:人若是恼你囃不着,天若恼了时囃奈何?娘子呀,就该早把心头摸。慈4:那天已黑了,他哥摸了摸,是滚热的一个油饼。琴:一头睡着不肯闲,摸了脸来又摸脚。❷用手探取。寒1:却说两个公子听的报了几声,急的三尸神暴跳,怒气冲天,一个拿刀,一个摸枪跑出来。寒2:堂上

犯人才待散，他便一手摸腰间，安心打他个稀糊烂。❸比喻遇到、碰到。墙1：老婆子真有造化，这样罪何曾摸着！❹抹，擦拭。增4：苏醒半晌爬将起来，把眼摸了摸，也不见那女子了，也没有庄村了，左右都是坍塌了的无主孤坟，马寻野草，那椰瓢摔在路旁。闹：……扫天井抱柴伙捎带拾粪，来了客摸桌子我把菜端。

**【摸弄】**❶摩抚。慈6：张诚听说，叫了声亲娘，倒在地下，绝气而亡。大家失色，摸弄了许多时，才还魂过来，恸哭不止。❷比喻抚养。禳2：我合你年残日暮，摸弄着也略散心怀。

**【摸索】**❶摸，用手试探着取物。翻3：骂声强人不成个货！还嗄脸来把阄来摸索？这样人我待跟着你怎么过？❷摩挲，抚摸。琴：喜的俏冤家，嘴儿合不上。左右端详，左右端详，手儿里摸索口儿里忙。禳15：我那娇三，你想杀我也！你且坐坐，等我摸索摸索。

**【摸挨】**同"摸索"，抚摸。慈5：浑身上下摸挨遍，颈血长流不住停，气儿还比游丝缊。

**【馍馍】**馍馍。日·饮：馍馍包馅解人馋。姑2：问一声待怎么，二成实说待换馍馍，母亲呀，他说他那肚里饿。增5：周元说："还有一担柴钱哩，我去买几个馍馍来你吃罢。"皇爷说："正好。"周元听说，回家拿钱，到了街上买了几个馍馍，见了万岁说道："长官，有了馍馍还没有菜，我有一个媳妇，杀给你吃了罢。"

**【摩弄】**抚摸。蓬6：那道童是小妖，转身变作一树桃，妙处又把石头靠。……西王母欢喜下坐，伸玉手摩弄一遭。

**【摩挲】**❶搓揉。寒1：二相公背着父亲，大相公牵着驴，来到家，把员外放在卧榻上，都来摩挲问候。闹：伸手摩挲眼，抬头摇摆腰。❷抚摸。日·树：沉檀到手欲摩挲。

**【磨】**(mó)❶研磨。禳15：我为你心牵挂，我为你磨碎了牙。农·蚕·大眠：此时勿抬蚕，宜隔一指一个，取腊月所藏菉豆，水浸微生芽，晒干磨细面，第四顿拌叶饲之。❷折磨。姑3：如今的天忒矮，恶人自有恶人磨；恶人磨，没奈何，猜他来家变成了佛。❸同"劘"，刎。寒6：我安心瞧个空，把他一刀子杀死，便自家磨了头。

**【磨舌头】**指说话。禳17：到如今空磨舌头，咱还吃杯酒。

**【磨陀】**❶消磨时间。墙2：你在路上慢慢走，避风的去处好磨陀，到家就是晌午错。禳3：俺无可奈何，俺无可奈何，孩儿细弱，啼啼哭哭真难过。只得且磨陀，只得且磨陀，共向街头坐，行人渐渐多。❷磨蹭，做事拖拉。翻9：你从此疾

忙去罢,休只顾在外头磨陀。磨29:张鸿老义气多,就上本不磨陀,得了不止人一个。

**【磨牙斗嘴】**无意义地说话、争辩。增9:瓜子盘端起来,宣武院说裙钗,吆喝一声把瓜子卖。……沿门子磨牙斗嘴,谁知他别有安排。

**【磨①眼[1]】**(磨 mó)鸡眼,由于局部表皮久受压迫或摩擦,脚掌或脚趾上生的小圆形硬结,有压痛,状如鸡的眼睛。墙4:这脚上一个磨眼,你等我等。日·疾:擘鞍磨眼不相干。

**【磨障】**魔障。❶磨难。增26:这个卦实是强,现如今侍君王,眼前就要遭磨障。❷受磨难。禳21:刀山剑树受灾殃,地狱才把人磨障。

**【磨砖】**经过打磨的砖。禳5:李知府,李知府,楼房俱是磨砖铺。

**【麽仓】**磨蹭,行动迟缓、拖沓。"麽"当为"磨"字之讹。增25:骂了一声天杀的,着俺像找白侍郎,你可弄那自在像! 穿搭上流水去罢,这早晚还只顾麽仓。

**【抹[2]】**❶涂抹。禳17:强似那宗师下道,把四等大抹大叉。禳28:搽了脸抹了唇,穿上套衣服耀眼新,俗眼都要看着俊。❷摸。俊:弯腰来抹起石头一块,那妇人抹起个秤锤。磨15:张春就着蜷了顿脚,抹了一块石头来好打。

**【抹抹索索】**摸摸索索,暗中用手试探着取物。俊:半夜三更才来家,家里不敢把门挡。播开门闩钻进来,抹抹索索找饭嗓。

**【抹胡】**模糊。磨24:一人走过好似熟,细看欢喜动须胡,非别人,家中自小同床铺。定睛还是眼抹胡,一行欢喜泪扑簌,还是疑,床头又把梦来做。

**【抹头】**❶摸脑袋。磨23:王丙抹头说:"鞋里加楔子——好揸!"那个抹头说:"王大哥,你碰死我了! 好疼好疼!"❷自刎。抹,同"劘"。增10:我将好言哄他哄,他若信了,我上南楼上吊寻死,抹头服毒,都在于我。

**【劘】**刎,用刀割脖子。即"抹脖子"(刎颈)的"抹"。慈5:他后窝兄弟,偷着去替他,被虎咬去,张讷几乎把头劘下来,抬在家中,卧在床上。慈5:你杀了我那儿,难道劘一刀子就罢!

**【秣糊】**喂猪用的粗粮熬制的粥。日·庄:秣糊大料把猪齇。

**【蓦】**迈。方言中"蓦""迈"同音"妹"。慈3:扎扎腰去一回,蓦金莲去如飞,一心去问那收留的罪。蓬3:随即蓦动金莲,迎着来人。禳20:这门限儿甚高,从容蓦去,看绊倒了。

---

① 路本作"麽",误。此从邹本。

**【磨房】**置放石磨磨面的房子。禳21：刘智远一生放荡，去投军撇下三娘。哥嫂叫他受苦磨房，一推一个东放亮。

**【磨棍】**一端别在磨石上、另一端人把持着用力向前以推动磨石转动的木棍。禳21：天色明了，奔走慌忙，担筲打水，才把磨棍放。

**【磨糊子】**磨加水的豆子之类后从磨里流下的稠糊状物。寒7：血肉推成磨糊子，染的磨盘一片红，因他曾把鬼来弄。

**【磨盘】**托着石磨的圆形底盘，石制或木制，用于接磨出来的面。寒7：血肉推成磨糊子，染的磨盘一片红，因他曾把鬼来弄。

**【磨磄】**石磨下面一片中间略微凹下的空间。从磨眼中流下来的粮食先流到这里，然后随着磨片的转动进入磨片靠外侧的棱缝中，研磨后流出磨外。日·器：苕帚携来扫磨磄。（磨完粮食后磨磄处会有少量残余的粮食，所以需要扫出来）

**【磨眼[2]】**（磨 mò）石磨上面一片中往下漏粮食的孔。寒7：大众跟着到了研磨地狱里，只见几盘大磨都血淋淋的，两个鬼挑了盘净磨，将判官倒插在磨眼里，就推开了。

**【磨轴】**石磨下面一片中间凸起的圆柱体，上面的一片石磨（有凹槽）绕此转动。磨23：有口吃饭，没腚屙尿，石心子有汉——怎么养？一个磨轴没处按，一把锥子没处攮。（此处为顺着“石心子有汉怎么养”说的，“磨轴”和“锥子”均喻指阴茎）

**【墨斗】**木工用来画直线的工具。日·木：曲尺墨斗有师传。富11：伤惨，任拘你怎么端相，那木匠提溜着墨斗——也只是看一眼。

**【墨绳】**墨斗上的线绳。日·木：须把墨绳扯周正。

**【墨体】**符合规矩的文体。闹：小弟四篇经不甚慊意，还要改撺改撺，就是四书文字，也还嫌才情横溢，不像墨体，也要改改方好。

**【帓帍】**（“帍”原讹作“帇”）当指抹额，束于额际的用布帛折迭或裁制成的带状物。明清时女子多用。日·皮：帓帇卧兔遮冷气。

**【頞温】**（“頞”原讹作“頞”，蒲氏注音“乌”①）同“乌温”，放在手里或怀里使之温，比喻掌握在手里。日·赌：頞温一霎依然净。

① 《广韵》莫勃切，又乌没切，据后者今音为 wū。

## mu

**【模】**模子。比喻生育子女的父母。墙1:怎么就一个模里,脱出了两个冤仇。

**【模儿】**模样。或为"模样儿"之误,邹本作"模样儿"。磨21:有人说方娘子生来福大,说他那模儿就不是贫家。

**【模子】**❶制土墼或土坯用的木制模型。日·器:模子脱坯用麦穰。❷比喻生育子女的父母。蓬4:好个儿郎,好个儿郎,模子又好杆又强,脱个坯来就不合人一样。

**【母大虫】**母老虎,比喻凶悍的妇女。磨15:老婆恶喳喳,日登门骂邻家,母大虫到处人人怕。

**【母舅】**舅父。墙1:我平生客不多,只有爹合二位哥,家中只有客三个。母舅表兄时或到,坐不坏的板凳,喝不干的河。

**【母夜叉】**比喻凶悍的妇女。姑2:休了他,休了他,谁想娶了个母夜叉!禳17:床头上不是个女娇也么娃,分明卧着个母夜叉!

**【母子】**❶母亲和儿子的合称。增5:俺逐日打一担柴来,籴一升米俺母子共享。增5:刘氏拜谢天地已毕,曹老爷差着小厮丫头,把刘夫人抬进府来,母子们享受荣华,不在话下。❷指牲畜之母。琴:丢丢羞羞往外走,婆婆迎门拉住手。……头上脚下细端详,我也偷眼瞅一瞅。槽头上买马看母子,婆婆的模样倒不丑。

**【牡丹头】**一种女式发型。蓬6:吕祖叫桃仙过来。只见那树晃了两晃,变了个童子,还梳着牡丹头,满座人都大笑。

**【木鳖】**一种葫芦科植物。有膨大的块状根。种子扁圆形,灰棕色,似龟板状,故名。日·昆:土鳖真和木鳖同。

**【木锉】**锉木头用的铁锉。日·木:木锉鲨皮磨镜架。

**【木匲】**("匲",蒲氏注音"渴")不详。似为木炭之类。日·饮:加蜜饦炉用木匲。

**【木驴】**一种刑具。为装有轮轴的木架,形状似驴,载犯人示众并处死。增28:好贼泼贱人!你得罪着万岁了,给你木驴骑着哩!增28:话说王龙剥了皮,封了财神,木驴剐了赛观音,万岁方息了心头之火。

**【木麻】**麻木,机体的感觉及运动功能丧失。磨28:你觉着身上怎么样呢?

我只觉着这一霎浑身木麻,可受不的了!

**【木樾】**(“樾”,蒲氏注音“煞”)不详。当为搓澡用具。日·器:澡洗无如木樾强。

**【木舌】**一种舌部病症,舌头肿胀木硬。日·疾:重舌木舌或耳聤。

**【木枚】**木制的锨。俊:他的娘子叫张三姐,为人极有本领,管的他那汉子回了头,从新成了人,这几年来,成了那木枚舒在那酱盆里——就大匙起来了。

**【木鸚鹉】**鸚鹉的一种。日·禽:聒人偶听木鸚鹉。

**【木渣[1]】**木工刮削下来的碎木屑。增15:万岁爷好嗑牙,这物儿甚可夸,我也上去压一压。凑到近前看了看,施转着待往桌上扒,二姐忙问你待嚾?一声休不曾说出,乒的声成了些木渣。

**【木柤】**作为木头的树根或长得纹理扭曲的枝干。日·树:木柤砍碎好烧锅。

**【木蒩片】**木柤砍成或锯成的木片。日·器:椺篓驮着木蒩片。

**【木榨】**木制的榨酒器。日·器:木榨榨来甀钵接。

**【目瞪痴呆】**目瞪口呆。寒3:不看还好,拗开门一看,却唬的目瞪痴呆!

**【目瞪痴迷】**同“目瞪痴呆”。增18:二姐在旁,喜的目瞪痴迷,自思:“这事出奇!……”

**【目下】**❶眼下,当前。翻9:牧之还待寻一个,目下此事正商量,见了儿这事全丢放。闹:目下里我的儿倒有两个,想读书请先生又怕化钱。❷立刻,马上。磨3:张大哥既不肯入伙,目下就请动笔。这是他的恶款,你看看好做。

**【墓田】**墓地。墙4:你原待抬了去,就死了,你还该抬去才是,怎么丢在这里?安心把这屋当了墓田?翻7:况且是咱那墓田近,就在那庄西头,顽一霎把坟上了,你必然就打那里走。

**【幕】**同“慢❺”,金钱无字的一面。(原注“幕读漫音”。蒲松龄纪念馆藏《穷汉词》抄本作“漫”)穷:元宝哥,黄边沿,象象帕,颠颠块,看看底,认认面,是几两,是几件,或是字,或是幕,进进包,上上串,合俺做上两日伴。

---

① “渣”路本作“查”,此从邹本。

# N

## na

**【拿】**❶手持。姑1：珊瑚待走，安大成叫住房子的老王婆子，拿着那休书去送他。禳3：老婆子，你挎着这筐子，江城，你拿着小篮儿，我抗着板凳。❷拿取。姑1：大成巴数了一阵，墙上挂着一支鞭子，拿下来把珊瑚打了几下子，于氏那气才略消了。翻6：公子叫人拿了衣裳来，给他换了，让到亭子里。寒1：那一年俭年，人吃人的年景，商员外有从前先世积下的两仓谷，就拿出来救人命。❸露(出)。寒2：那一伙差人到了赵家，拿出腚来，着他家人验过。❹捉拿。翻4：知县抽了两支签，一支拿赵阎罗，一支拿仇福。寒5：一群鬼赶上二相公说："你且休走，阎王爷着俺来拿你。"二相公说："一行逐我出境，如何又拿?"农·农·二遍豆：豆鉏二遍，须令鉏草尽净，勿使复活。兔丝亦要勤拿，勿使蔓延盈亩。日·走：笨狗拿獾为第一。❺掌握，确定。翻4：我的主意已拿定，今日必要到黄泉。禳5：妇人这性儿难拿，汗珠儿教人通身下！禳7：老婆子往定婚嫁，日将转不见回家。是成是否好难拿，翻转教人放不下。❻对待。翻1：是紬袄是纱衫，何曾给俺做一件？……一般都是你的儿女，拿着俺大不相干！禳18：雠就不问谁是主，拿着当自家那抗腿的人？增10：俺妈娘往常时拿着我合掌上明珠哇是的，何等爱我？❼介词。用。翻8：那逃人，那逃人，坐在那里不动身。大家拿着好话央，那人拿头摔光棍。禳11：拿拳头把门敲，举手又把吊儿摇，高高声就把书童叫。

**【拿把】**使受束缚。"把"为语缀。增5：还是那旧周元，换新衣另一看，村头穷脑登时变。乍穿着尺头不大紧，身下闷痒似虫钻，霎时拿把的通身汗。(此处为被动用法)

**【拿鹅头】**讹诈、勒索官司或纠纷事件中理屈一方的钱财。"鹅"谐音"讹"。姑3：那妮子他达无赖之极，上门子骂了，又告状，县官又赃，要拿鹅头，出了个票子，单叫臧姑。

**【拿发】**使受束缚。琴：洗了身子重洗面，新衫新裤从头换。……戴上鬏髻

和红箍，自己觉着怪好看。这桩东西拿发人，怎么仔觉着屋里没处去站？

**【拿法】**刁难、勒索人的手段。寒2：两个贪官到了城里，会同会同，要给商家点拿法。寒4：官府的意思是指望你几两银子，说验尸是个拿法。

**【拿极】**着急。慈3：李氏见他不吐口号，就拿极红了脸说："那孩子是俺的孩子呀，该别人嗄事？"禳30：亲家拿甚么极呢！近来令爱竟变了贤人了。

**【拿奸】**捉奸。磨13：方娘子便说："甚么人？"鸭子说："我是拿奸的！"

**【拿捏】**❶刁难。寒4：人家死一个俺死俩，还有什么大罪愆？拿捏嗓子也没的干。就问了砍头流徙，俺兄弟断不辞难。❷故作姿态。增12：那金墩爬起来，抖搜了抖搜那衣裳，拿捏着拜了两拜，说道："是我。"

**【拿腔弄欵】**装腔作势。闹：念书人法圣贤自尊自重，□□□都说俺拿腔弄欵。

**【拿人】**抓人，捉人。寒2：丢下五支签，一个人打了二十五板，即时又去拿人。磨14：那皂头又无批票，怎么就敢拿人？

**【拿虱子】**捉虱子。增7：万岁下马进去，他没见那好姐儿，都是些苍颜白发：有纺棉花的，有纳鞋底的，有补补丁的，拿虱子的，洗铺衬的。

**【拿税】**缴税。增28：胡百万自此以后，拿着万岁御笔诰命，着天下的州县给他拿税，一年就有十余万两……

**【拿糖】**摆架子，故作难色以自抬身价。增4：分明也不是个干净货，看上你眼就拿糖，谁没见你那乔模样！

**【拿糖捏醋】**同"拿糖"。增8：这妮子拿糖捏醋，看不上公子王孙。

**【拿腿】**抬腿走，离开。禳15：江城说："你既说了实话，其情可恕。"李婆就待拿腿，江城说："你休去了，我还用你哩。"磨1：不早些拿腿，只等的走不的就晚了！磨11：忽抬头见一行人来，说："不好了！那是方家人来了！快拿腿罢！"四下里乱窜。

**【拿头】**同"拿鹅头"，讹诈。翻8：那逃人，那逃人，坐在那里不动身。大家拿着好话央，那人拿头摔光棍。

**【拿歪】**发急发怒。禳9：公平休得要拿歪，我赢的你吊了红绣鞋。增4：三生有幸今朝过，看上眼了你拿什么歪？人到了着急不怕你怪。

**【拿问】**捉拿来审问。寒8：世间若有不平事，表章不必到天门，许他立刻全拿问。磨29：有这样事？我一边拿问一干奴才，一边遣精兵十万前去征讨。

**【拿着长声】**拉长了声音(说)。禳16：(樊满城说：)"都像那汉子有个不是"，

作恨声介，拿着那长声："哎哟，气杀我！……"

**【那[1]】**(nǎ)疑问代词。❶哪。墙1：清净了二年，谁想婆子死了，撇下个老光棍。那里疼，那里痒，谁问一声？慈3：您大妗子，那阵风刮了你来了？蓬2：这树是那位仙卿的法力？从何处移来？齐整得紧！❷哪里。磨9：您爹爹远逃，您爹爹远逃，不知他望那去了。

**【那的】**❶哪里的，哪里有。翻9：咱家虽贫，咱家虽贫，事事须要自辛勤。那的闲饭儿，叫你吃着混？磨14：生员的父亲因着无钱给贼，才丧了性命，那的六百银子给他？磨23：明精精这是什么？像块水晶。人说是冰。五六月里那的冰？❷哪里。禳29：好凄惶！好悲伤！寻思了一遭子，那的是个乐乡？

**【那[2]】**(nà)指示代词。❶远指。姑2：昨日那件事，想了想，不必理他。寒6：那个鬼哈了那碗水，便问："相公干了么？"富12：会不会，全在头一篇。像这文章，可以会在三十名上。那六篇等着完全了着看罢。❷那里。翻10：帐里许多门下客，爹爹在那管文书，见了就把家谱叙。寒5：二相公立志坚，出了门面朝南，一心只把程途盼。逢人便问灌江口，都说到那有两千，思量就得二日半。禳10：老头儿在这里说，俺在那听，又待将奴宰烹，又待将奴怎生，揭开眼罩咱就踢蹬。❸那样。墙1：李氏说："爹，再坐坐，就不吃酒，再吃杯茶。"李老笑说："茶里可休加蜜呀。"张大说："那苦苦的怎么吃？"翻4：若是有钱不借给你大相公呱，那可就是一个狗！

**【那二年】**前些年，那些年。墙2：也没有甚么大事，就是令尊那二年，三十两、二十两，一年十数回，去敝铺倾销。

**【纳】**❶缴纳。磨2：咳！俺好苦也！家中升合无粮，看看饿死，可有甚么纳钱粮！增28：子弟帮客齐上税，天下忘八纳进奉，十三省婊子把钱挣。❷指纳资以获得监生身份。富9：上北京，上北京，就把银子纳监生。磨20：我还有几两银子，安心纳一个监生，妄想科京举，图一个出身的方法。❸收纳。农·蚕·种变：俟出齐，取叶纳怀中令暖，切极细摊纸上，将连合叶上，蚕自下。农·附·腌茧法：腌茧之法，将茧纳大瓮中，每茧一斤，盐四两撒其上，黄泥涂之，勿令少隙。

**【纳草】**向官府缴纳粮草充作赋税。参见"封粮""封粮纳草"。墙1：他说我年太高，不宜量把心操，八石粮不用开口要，又不封粮不纳草，吃穿使费都勾了。翻8：叫姐姐不用心困，你只管纳草耕耘。

**【纳喊】**呐喊。闹：内打四鼓，纳喊催快交卷三次介。

**【纳监】**纳资为监生。富9：娘子着他北京纳监，官人大喜……磨27：若不着

夫人指了纳监的这一条门路，今日怎能归家！

**【纳闷】**因为疑惑而发闷。禳 6：小生年长一十五岁，事事都算如意；怎么婚姻这样难成，不由人心中纳闷。禳 20：久不出门，着实纳闷。当时那朋友还来访我，自从王子雅中毒之后，半年以来，并没有一个登门，想是恶名远播了。

**【纳鞋底】**用粗线缝制鞋底。俊：俺一日挣了一升糊突面，白日里给人家纳鞋底，夜晚纺到三更天，百般苦楚都尝遍。增 7：万岁下马进去，他没见那好姐儿，都是些苍颜白发：有纺棉花的，有纳鞋底的，有补补丁的，拿虱子的，洗铺衬的。

**【抐】**纳（鞋底）。日・裁：鞋底方使掐线抐。

**【那[3]】**（na）助词。❶语气助词。哪。仅限于其前的音节为鼻尾韵母后。a）用在称呼语后。墙 1：天那天，但仔有一个好的，也还好过。快 2：却说曹操正走，天又下雨，便说："苦哉，苦哉！又下起雨来了！天那，天那！"b）用在比喻结构中的喻体之后、"似的"（或"是的"）之前。墙 2：谁说！每日穷的合那破八万那似的，他那里的钱？增 17：妙呀！你那起初要你说，金豆子就合杂粮囤那是的，被我一句话诈出家当来了。增 22：你这妮子，就合一个鬼灵精那是的！c）用在比喻结构中的喻体之后、形容词之前。穷：只说窟窿天那大，还有大起天的大窟窿。禳 10：我听的了，教您儿处治我！待怎么处治哩？处治了罢！割了头，碗那大小一个疤啦！富 4：不多时到了门，一个家勾瓮那大。d）用在正反问句的肯定形式和否定形式之间。禳 29：我要做嫖客，合你犯个嫁娶，不知你肯那不肯？磨 6：我今日犯的甚么罪？我跪你是敬你的贪那，可是敬你的赃呢？❷虽然可以理解为指示代词，也可以替换为"那些""那个"之类指示性词语，但并无明显的指示意味，也可以去掉"那"而意义无损。a）用在"介词＋喻体＋喻词"比喻结构中的喻体之前。墙 1：老来无人奉养，就合那牛马相同。慈 6：浑身蓝缕鞋儿也么穿，袄少袖，又没肩，难遮寒，合那花子是一般。禳 24：给俺老婆做的通红的袄，娇绿的棉裤，扎挂的合那花鹁鸽一样，人人看着齐整。b）加在名词性词语前，可以替换为"的"。墙 1：他的达强及俺达，他那达俊及俺达，他达就比俺达大。墙 3：我那袍子，就许你常穿么？姑 2：这是俺那媳妇子着人送来的呀，一则是问好，二则是因着这里没人做饭，怕饿着我。翻 10：忽然走进你那角门，这心里就像听的你那声音，定醒了一霎，才知道没人。c）用在作主语的姓名（包括专称、"×氏"等）之前。姑 1：那珊瑚也不接休书，也不做声，也不动弹。姑 1：待了几日，不知是谁多嘴，那于氏知道了，也竟不合安大成说，气冲冲的跑到何大娘

家里。增27:那万岁该当回京,诸神拨乱着王龙叫丫头:"我买的那马,今日饮了么?"d)用在一般的名词性词语之前。墙1:今早晨剩的那糊突,给他不的么?慈4:早起来吃饭,上了山,在山里正斫着柴,忽然抬起头来,见那岭上来了个小不大的一个人,那行动就像张诚,便站起来拿着斧子正正的看。寒2:若是照的正着,那白的红的都出来了;也是他合该不死,仅只擦吊了一个耳捶,打倒了一个家人。e)用在作宾语的谓词性词语之前。蓬4:你是天仙,你是天仙,莫拿那抄书当等闲。蓬5:男子不羞,男子不羞,全把那吃穿靠女流。俊:说道三姐委是好,当初亏了那一吵。寒4:二位相公就说那做梦,老夫人也诉了一遍。❸勉强可以理解为指示代词,但普通话中通常不用"那些""那个"之类指示性词语。姑2:珊瑚一行磕下头去,那泪直流。姑2:汉子家知道那饭怎么做?做的甚不相应。姑2:沈大姨住了一夜,于氏合他说了说话,那心里觉着略宽快了些。慈4:他也不做声,脚排手扳,使的那汗顺着脸往下淌。慈4:到了第二清晨,张诚早起来上书房开开那角门子,见哥哥已咱把各闹打扫了一大堆,还在那里扫。富6:你平日总有些儿差池,断不肯像了你待的那我。❹不能理解为指示代词,不能替换为"那些""那个"之类指示性词语。墙2:省了点子给那老婆孩子吃了穿了,他还叫声达达;没有说叫人达达,还贴上吃穿的。墙4:看看,连头死了,还活那狗蛋哩!姑3:那眼里光阴,忍中日月,不觉的十年,臧姑生了一男一女。慈1:瞧了个空子,把张讷叫了那无人处,说:"你知道您姑家么?"增23:那大姐也来,二姐长二姐短,花甜蜜语的说那好话儿,二姐也就笑了。

## nai

【奶儿头】同"奶头"。禳27:两下奶头,两下奶头,倒换过来好不诌。……摸着这奶儿头,倒教我心难受!

【奶名】乳名。增27:不是打来就是骂,奴才只当叫奶名,满心冤屈合谁控?

【奶母】奶妈。禳32:子雅云:"贱荆自造了一条锦带,祝贤侄聪明富贵。"遂拿出来,众人都看云:"怎么这样精巧!……奶母且拿着罢。"

【奶膀儿】乳房除乳头外的部分。琴:对月搬回家,对月搬回家,尖嘴嫂子喊哩咱。他说您姑娘,又早奶膀儿乍。

【奶头】乳头。禳26:……又跑过来把公子那衣领解开,公子大哭,一剪子又把公子奶头铰吊,公子嗬叫。禳28:连日想来,昨日把公子合春香的奶头铰下,怎么是个人!

**【奶】**乳房。日·身:女奶儿峻犹可说。

**【嬭】**同"奶"。日·衍:褉怀露嬭立当街。日·走:牸牛大嬭多将犊。

**【奈烦】**同"耐烦"。禳24:咱还要省下那香油拿了家去,方且是谁奈烦翻翻弄弄的,剁剁打打的?

**【奈何天】**让人无可奈何的天气或时光。姑1:没人处寻思双泪也么涟,不晴不雨的奈何天。禳11:杏花卸柳如烟,困人春气奈何天,连日相思不相见。

**【奈河】**佛教所传地狱中的河名。寒7:把判官上磨研了,二郎爷吩咐:"把那血肉合那新泰县的衙役,都填了奈河罢。"

**【耐烦】**❶耐心,不怕麻烦。寒2:叫二弟听我言:打官司要耐烦,生死原不由人算。❷忍受烦闷。琴:对对蝴蝶飞帘下,惹的大姐心里骂:急仔这回不耐烦,现世的东西你来嚾?琴:亏了亲嫂子,他会行方便。带笑带玩,带笑带玩:姑娘这两日不耐烦。不如早送回,省的他两下里怨。❸忍受不愿意接受的情状。慈1:张讷从小聪明孝顺,知道嗔他不叫娘,就来娘长娘短的。李氏又不耐烦,喝的声说:"谁是您娘!"增24:万岁爷开玉言,叫秀才且耐烦,将来封你个都篾片。

**【耐心烦】**耐得住心里的烦躁,耐心。富2:耐着心烦坐着等,定叫他使轿送你到门前。

## nan

**【男子】**男人。蓬3:且不说文箫日日思想,单表彩鸾领了娘娘令旨,一路寻思:"这借书是男子做的,怎么叫我去取?我待怎么样借法?"磨8:俺家没有男子,本不敢留客,因你是个书生,料想不妨,我私自留你在这门里头睡了。

**【男子汉】**成年的男子。寒3:我妹妹实是贤,不言语报仇冤,全胜人间男子汉。蓬5:正在少年,正在少年,有甚么忧愁不自然?总被那镜中花,晃杀男子汉。

**【南菜】**南方小菜。增7:若要候朋友,摆酒不费难,南菜咱都有,海味件件鲜,烧酒壶又大,黄酒苦又甜,双陆和棋子,闷了有丝弦。

**【南瓜】**一种常见的蔬菜。禳1:俺那小舅来这里耍,骑着骡子牵着马,驴驮担担一大些,本等是真说不的假,南瓜皮子一大筐,炊帚苕帚三五把。禳14:老虎窝里种南瓜——守着个吃人的东西,还作大叶。

**【南江儿水】**曲牌名。钟:[南江儿水]妹子真能算,持家计万全,送贺仪省一个佣工汉。那曾见开封烹了传书犬,一刀断却回头雁?生受他竭蹶自投,不费拘牵。

**【南吕调】**曲牌名。南:[南吕调九转货郎儿]雀顶儿分明癖块,泮池上公然摇摆,真似古丢丢在望乡台。若听起谈天口阔论来,人人是头名好秀才。

**【南蛮】**南方少数民族居住的地区。俊:现今有件故事,却不在唐朝,也不在宋代,也不在南蛮,也不在北塞,就出在这山东济南府历城县。

**【南天烛】**也叫"南烛",一种杜鹃花科常绿灌木,生于路旁、山坡或灌木丛中。家政外编·诸花谱:南天烛,春时分根旁小株种之。……秋后,髡其干,留孤根,俟春遂长,条肄而结子,子如珊瑚,亦红鲜可爱,且耐霜雪,久而不脱。

**【南向】**南方。富3:官人……忽见南向有一个小庄,心中大喜,暂且借宿一宵,明日再讲。

**【南侥侥令】**曲牌名,指南曲中的《侥侥令》曲牌。钟:[南侥侥令]醍醐浇顶骨,玉露洒心田,入脑钻鼻余香穿,又只见卷晴丝画檐前。

**【南园林好】**曲牌名,指南曲中的《园林好》曲牌。钟:[南园林好]酒成碗大肉连肩,夜叉舞巨影僊僊,醉蒙腾风云乍变,说甚么西王母宴桃园。

**【南庄北院】**邻居和邻近村子的人。慈3:该小讷子那腿事么?南庄北院的说的少哩么?就是犸虎咬着老羊——就吃下他下半截,他也是不做声的。俊:看南庄北院,那有你这样丈夫?

**【难处】**作难之处。增20:这花柳巷里总是填不满的坑,我待着他今日净,就今日净;待着他明日净,就明日净,有什么难处?增22:这个不过是拿着六个钱撩下去,以慢多的为赢,有什么难处?

**【难当】**难以承受。多数用在形容词或心理动词之后作补语,表示程度异常高。也有用在名词后作谓语的用法。墙1:寻常是少柴没米,真教人焦怨难当。磨8:这一霎坐着,倒强似走路,只是饥饿难当。就不能有饭,得一壶酒也好。增13:二姐斟酒未送过去,就满脸通红,羞愧难当。翻12:须知道人治人道还好受,天恼了狗命难当。

**【难上难】**难上加难,表示非常困难。慈6:南家里讨,北家里缠,在外的人儿难上难,爹爹呀,发慈悲施给我饼一片。磨3:不幸卢龙遇俭年,城中又复坐贪官。男儿不遂冲天志,要得安生难上难。磨32:眼下兴隆也甚好,将来的结果难上难,兄台必定有高见。

**【难说】**❶难以言说,不便说。磨8:鸿渐又问:"有甚么难说处呢?"女子说:"傍边无人,说也无妨。"磨13:大贤大圣身遭此,难说宽柔气不平。❷难道说,难道。翻4:闺女被人诓,闺女被人诓,难说忍了不声张?禳9:好蹊跷,好蹊跷,新

月刚刚上树梢，方才掌上灯，难说就睡了觉？❸不一定，难以肯定。俊：就是那相识会赌博，不弄鬼难说长赢。磨30：如今选兵添将去，平踩了三山值什么！毛贼难说征不下。

**【难为】**❶难办，不好办。墙3：但只是天冷，爹又饿了，忒也难为。墙4：跺跺脚皱皱眉，这时节好难为，临终还把神思费。❷为难，困窘。富9：此时孤孤凄凄，吹灭灯儿更难为。磨32：那时节酩酊大醉，绑起来也不知是谁；浑身疼痛甚难为，放倒头还要昏昏睡。❸为难，使人困窘。翻9：你既是个书生，自然他是赖你。我也不难为你，你给我照管账目，兼理书札。富6：老程因他自己投首，到底为他是方仲起的妹夫，也不曾难为他，遂即吩咐钉扭入监。

**【鍩铁】**（“鍩”，蒲氏注音“暖”）打制银器的工具。日·银：手持鍩铁打金银。

## nang

**【囊包】**脓包，无用。墙2：还是你忒也囊包，怎么使他这样揉搓？慈2：乌龟头你比那囊包的还赛，自家乜小厮还叫不了来，每日家里装汉子，你还要出外！

**【攮】**❶扎，捅。姑1：还没问出来，只见他抽出那剪子来，嗤的声照脖子一攮，就倒在地下。慈3：一刀把他心攮破，孩子几乎见阎罗！❷比喻身体挺直地躺倒。慈3：那腿上去了一块皮，走着还瘸呀瘸呀的，呀的进了房门，也没管孩子哭，一头攮在床上，回脸朝了里。俊：抹了一回没的想，抿了几碗冷䬪块，扑着炕头只一攮。❸贬称吃或喝。富6：两个衙役每日攮的是那臭烧酒，那里有这样酒？❹相当于“日”（性交）。翻7：狗攮的！你每日吃俺的饭，这点事就求不动你？穷：攮他娘的养汉精，狗腿常来逼命。

## nao

**【挠】**❶抓取。禳24：适才胡挠胡抓的做了两碗菜，已是完了一天的大事，且找个人去巴巴瞎话。❷搔，摲。姑1：天下有一等不良的人家，有那贤惠媳妇，事奉的痒也挠不的，只是嫌不好；……姑2：难相交，难相交，就是心里的痒难挠，照着痒处钻，老婆子真真的妙。

**【挠钩】**一种带倒钩的兵器。磨31：战了三合，黑影里被喽啰一挠钩拉下马来。日·兵：挠钩偏能犾裤袄。

**【挠头】**头发不梳。增28：贱奴幼在妈娘手，挠头赤足不成材，多亏妈妈好心待。

【铙鐅】不详。疑指鐅盘,一种浅口大盘。日·器:铙鐅犹存碗匽伤。

【淖爨】不详。当为失意、失落之意。日·赌:谁知惟我独淖爨。

【恼了脸】因为恼怒而翻脸。禳15:他就恼了脸儿,把我訛喇,说道李婆子放屁,说的是甚么!禳16:我合他可没有一定的方法,恼了脸也顾不的甚么是嗄,若是迭不的攮拳,劈脸就是耳巴;……

【恼事】令人烦恼的事。磨7:主人见他好了,才说:“有一件恼事对你说。”

【脑袋】头。寒1:就该拿住赵恶虎,割了脑袋剜了心,方才解解心头恨!禳24:拿鞭子打俺那膝盖儿,棒槌敲俺这骨头儿,拳头打这脑袋儿。

【脑门】❶额头。寒5:哎哟了一大声,陡然间害头疼,像石头照着脑门撕。❷代指脑袋。磨10:想着报仇,想着报仇,时时刻刻在心头。权且把良心,丢在脑门后。

【闹吵吵】喧闹吵嚷。翻4:徐氏听了,徐氏听了,心里疑影好蹊跷,咱又不欠粮,用不着去比较。寻思一遭,寻思一遭,为着嗄事闹吵吵?寒3:一伙人闹吵吵,捶窗户把门敲,管家又把主人叫。磨25:自从儿中了,阖庄贺喜闹吵吵,惟李家没把喜来道。

【闹动】❶喧闹。寒2:我老爷自有公断,怎么该闹动官衔。❷轰动。富13:此时闹动了合庄,都来磕头,连那李大的老婆在家里也坐不住了,跟搭着也跑了来,捣了顿头去了。

【闹该该】喧闹,不平静。翻4:拉阎罗到当街,满城人闹该该,人人都说他心胸乖。禳13:死活娶了个泼奴也么才,闺房终日闹该该,我方才冤仇割断两分开。

【闹垓垓】同“闹该该”。翻9:听说是一秀才,大些人闹垓垓,打伙跟去把他拜。禳2:我就说我会猜,贪玩耍真佋孩,着我找到二门外。正争瓜子闹垓垓,一行叫着还不待来,两个还要胡厮赖。

【闹哈哈】同“闹呵呵”。翻2:三更多,三更多,数个人儿闹哈哈。不说是咱是顽,敢说指着赌博过。

【闹呵】闹腾。墙4:方且是停丧在地,怎使的合人闹呵?

【闹呵呵】同“闹哄哄”,喧闹。墙1:一家人闹呵呵,端菜碗找家伙,席完已是日头错。磨35:两下闹呵呵,这其间干系多,俺不似前番错。

【闹轰轰】同“闹烘烘”。翻12:范小姐拜公公,满头花穿大红,浑身都是玄鹤凤。磕头贺喜无其数,门前轿马闹轰轰,牧之像做黄粱梦。

【闹烘】闹腾，喧闹。富 11：两个丫头，每日闹烘半宿。

【闹烘烘】喧闹。禳 13：咯气撩生，咯气撩生，俺家终日闹烘烘。磨 5：乱纷纷人喊马叫，闹烘烘遍满山腰。磨 10：花炮闹烘烘，才知道年头换。

【闹哄哄】同"闹烘烘"。寒 6：闹哄哄彩旗飘，乱纷纷宫扇摇，必然是个大官到。磨 19：路途中，路途中，遇着骡夫闹哄哄。合他讲就二两银，教他把俺大叔送。

【闹龙褡包】带有舞动的龙形图案的褡包。增 2：这万岁是个马上皇帝，最好私行游玩，有江彬做就的行衣：青布衫，黄罩甲，绑腿，鞝鞋，檐边毡帽，皮鞓带，椰瓢，闹龙褡包。增 2：腰间束上皮鞓带，闹龙褡包挂胸前，绑腿鞝鞋穿得惯。

【闹闹吵吵】同"闹吵吵"。琴：闹闹吵吵，闹闹吵吵，都说时辰不远了。闱：串号的闹闹吵吵，想是那监试归房，举子逍遥。

【闹闹稠稠】人多而喧闹。富 13：都来叩头，都来叩头，仇家也不敢记前仇，跟搭着别人来，好像那鸡嗲豆。闹闹稠稠，闹闹稠稠，摸了个凳楂坐在门后头。磨 26：都来磕头，都来磕头，仇家不敢记前仇，也跟着众人来，好像是鸡参豆。闹闹稠稠，闹闹稠稠，给他板凳儿坐在门后头。

【闹闹垓垓】同"闹垓垓"。禳 20：茶儿好酒儿乱筛，满坐人闹闹垓垓，博士奔走忙成块。

【闹闹嚷嚷】同"闹吵吵"。慈 6：已破上做个老绝户，谁想儿子成行，闹闹嚷嚷，妻子满堂，小儿没死，大儿没亡，四十的儿子认父，久别的妻儿进房，一伙小厮参见，一群丫头铺床，忽然成了太爷，不是昨日老张。

【闹闹喧喧】同"闹喧喧"。禳 23：相好只待两三天，就要终日闹闹喧喧，两下都难堪，纵然是在一堆也甜。

【闹嚷嚷】同"闹吵吵"。寒 3：一屋人闹嚷嚷，你一盏我一觞，矮矮的就把小曲唱。富 9：好张春，好张春，领着族人一大群。却推个似不知，闹嚷嚷一声子问：甚么人，甚么人，半夜三更来叫门？磨 19：李大先进去，李家、张家，闹嚷嚷站了一天井。

【闹如麻】人非常多，非常喧闹。磨 10：满街闹如麻，满街闹如麻，出了城门见杏花。

【闹玩】玩闹。翻 2：咱不赌罢。人不说是咱闹玩，敢说是成宿的赌博哩。增 24：这胡秀才，着几位朋友请去吃酒闹玩，数日不曾归家。

【闹喧喧】喧嚷吵闹。慈 6：瑞州城里闹喧喧，走过了东关问北关，奶奶呀，离

乡人来求你一碗饭。翻2:他二人闹喧喧,拉胳膊死活缠,霎时挣了一身汗。磨10:街上闹喧喧,街上闹喧喧,每逢佳节万人欢。

**【鬞】**(蒲氏注音“挠”)同“挠(头)”,头发蓬乱。日·赌:少系无裆头也鬞。

## nei

**【内边】**里边。寒8:大相公上堂阶,坵裂纹看见材,大惊说道真奇怪。忙叫丫环流水去,内边请出母亲来。

**【内门】**宅子内庭院的门。富9:李大不言,李大不言,开了内门往里钻。李家合张家,一霎时满了院。磨19:鸿渐背着行李到了家……不免敲门。有觅汉出来把门开了,鸿渐往里就走。……鸿渐又敲内门。

## nen

**【恁[1]】**同“恁么”。禳31:是恁大官衔,是恁大官衔,怎肯来床头相见?

**【恁么】**❶那么,那样(表程度,相当于普通话说“这样”)。姑1:人人都说于氏有造化,就摊了恁么一个贤惠媳妇。寒3:恁么一个俊人,那有不会唱的?增5:这厮恁么利害!我且问你,他家有多少人口?❷那么做。磨35:俺只是恁么,凭您去怎么,奏明了没有我的错。

**【嫩】**❶柔嫩。禳13:又是长,又是短,想是娇嫩嫩的那手,打着脸上也不大疼么!增10:一手捋住青丝发,鞭子一举不留情,嫩嫩的皮儿难扎挣。❷稚嫩。翻8:您二叔没出门,几千里去充军,也学生生的忒也嫩。磨21:您二舅看他文,也流动也清新,就是大势还占嫩。磨25:你这第六篇,只要软和便密圈,少嫩些也不甚足为患。

## neng

**【能】**❶能愿动词,用在谓词性词语之前。能够。墙3:我能吃多少,就费这么些事?寒8:那歪子没什么折蹬,不能惊天,只得动地。禳32:你可伴不的他,他能着人叫他三姨奶奶哩!❷作谓语。能够(做到)。慈4:一片至情,一片至情,王览当日也必能,旁人听的说,个个心酸痛。寒3:每哩是咱妹子么?但只是他可怎么能呢?❸有能力,本领强。墙2:二弟若还知道了,他那哄法比我能,他就有点贪心病。俊:当日赌手数他能,三日剩了一条腿!富2:张鸿渐实是能,年十八享大名,人人知他名合姓。❹能耐,能力。寒4:到明天我去亲验,看他有什

么奇能。增20：军家钱财看的见，赌场里合他显显能，务要赢的他掉了腚。

【能干】能耐，才干。寒3：妹妹不知何处去，想是他来报父冤，但他软弱何能干？增7：自小油滑无能干，江都督手下做差官。

【能勾】能够。寒8：攒他原来为谁攒？留他又是为谁留？自家待使不能勾。磨14：官职定就，代天巡狩，拿问那赃官贪吏，要说逃怎么能勾？

【能够】具备某种能力或条件。寒6：但能够把他亲近，一刀子杀在当场。蓬4：做了官早起晚眠，要想今日饮酒赋诗，万不能够了。禳25：前生造就，神佛保佑，既遭了前世冤家，要脱逃如何能够？

【能济】勉强对付，应付。富12：展卷挥毫，展卷挥毫，完了一篇日未高，忙拿着即时出了号。叫爹瞧，叫爹瞧，能济着会了就罢了，会不得还得另改造。

【能仔】同"宁自""宁子"，宁可。磨8：这怎么处？一见面就蒙他厚待，必定是待成亲。若说不，老羞成怒，必然就逐出门外；若是哄着他成了亲，倒也快活，可又不当如此。罢罢罢！生有地，死有处，能仔叫他撵了。

## ni

【妮子】❶女婢。姑3：日生又便宜了，就买了个丫头。臧姑无处使那气，每日不是骂汉子，就是打丫头。谁想那二成他会捱，妮子不会捱，一条绳子吊死了。那妮子他达无赖之极，上门子骂了，又告状，县官又赃，要拿鹅头，出了个票子，单叫臧姑。翻11：大相公买了四个骡，雇了两个觅汉，又买的小妮子，一概完备。❷女孩。寒2：大发誓怒冲冠，若还使昧心钱，着他娘合他妮子去养汉！寒3：三官说："娘呀！这妮子一毫也无用，我待死了去罢！"禳2：他来到家，光合咱那赁房的樊家那小妮子江城去打瓦，必定是玩住了。增14：都是小二妮子起的心高了，每日等接皇帝，不想接了恁么个人！

【泥版】铁制墁墙工具。日·泥：墁墙泥版揣三遍。

【泥头酒】用泥封口的坛子里的酒。日·饮：开封闭瓮泥头酒。

【泥瓦】指房屋建筑工作。日·泥(章目)。

【泥瓦匠】房屋建筑工人。翻11：各处房屋一齐起，外边大厅里边厢，乱纷纷都是泥瓦匠。

【拟程】科举制度中拟作的示范文章。富7：员外说客肯赐教，求做一篇拟程。

【你娘的】詈语。相当于"你妈的"。寒2：王子犯法，庶民同罪。你不下来跪

着,装你娘的那什么样儿!俊:宗官已是不得意,进门又受老婆气,跳将起来喝的声:“放你娘的狗臭屁!……”

## nian

**【拈】**❶拿。禳9:闺阁清闲无个事,想起弓鞋未绣完,纤手便拈针合线。富8:我那儿书声嘹亮,听着他字字铿锵。纤手拈来绣线长,此时才把眉头放。❷当为“占”字之讹。磨12:身子只一抓,倒下小如拳,在牙床仅把脚儿拈。(富5中描写同一情节的句子是:“身子勾一捏,倒下小如拳,在牙床仅把个角儿占。”“脚”“角”方言中同音,“脚”当为“角”字之讹)

**【拈麻】**念叨,数说。同“念们”(“念”方言读阴平)。参见“胡念们”。禳9:贼强人太揸煞,俺今日到您家,难说济你揉搓罢?从头只是逞灵怪,这个那个瞎拈麻,怎么把俺打一下?

**【拈香】**撮香焚烧以敬神佛。禳7:夫人下轿,到了庙里说:“待拈香则个。”禳7:拈香已罢拜尘埃,求神降福又降消灾。

**【年成】**❶一年的收成,年景。磨1:天爷睁眼不杀死,他日还能返故乡;贪官拿去年成好,正纸大锞又烧香。❷世道。琴:伤心埋怨老爹娘,仔管留着俺做嗄?如今年成没小人,时兴的闺女等不大。

**【年除日】**除夕。禳7:大利原该正九月,年除日交节大吉昌,年除日交节大吉昌。

**【年对年】**对年,满一年。闹:教一日算一日长支不许,束修钱年对年工满价完。

**【年高】**年纪老。禳32:因着父母年高,意思要告假养亲。禳33:夫人,大事,咱爹年高,以后就托三叔便了。

**【年间】**❶过年的时候。翻2:到了年间,仇福正在街上闲玩,魏名拉着,让到家里,顿上酒,端上东西,又叫他兄弟陪着。❷指某个时期。寒1:话说元朝至正年间,有一件奇事,出在山东济南府新泰县。

**【年节】**过年和其他节日。富1:每日黎明不曾起,门前成群来问安;遇着年节并上寿,紫袍玉带挤成攒。

**【年景】**年成,一年的收成。寒1:且不说他别的事,那一年俭年,人吃人的年景,商员外有从前先世积下的两仓谷,就拿出来救人命。磨22:乱在太原与平阳,两处年景甚饥荒,母亲呀,土贼白昼皆成棒。

【年时】去年。磨14:别人还好,就是小的更苦。年时那天大旱,递了旱灾,有了赦粮风信。磨19:槐花黄,槐花黄,他去京中进大场。他年时进了学,就着他去瞎胡跦。

【年数】年岁的数目。寒8:这二位贪官,都应了二郎爷判断的年数,就是那死后受罪没人见了。

【年岁】❶年纪。禳2:年岁周花甲,鬓边白发生;有子万事足,无妾一身轻。❷泛指时间。增14:这万岁穿的靰鞋是江彬做的,虽无穿着走路,但年岁久了就烂了……

【年头】年份。富4:却说方娘子在监里,已过了一个年头。富4:花炮闹喧喧,才知年头换。磨12:我离家来此,已是五个年头了,家中全无音信。

【年下】过年的时候。翻12:到了年下,说不尽的热闹纷华。

【年小】年轻。姑3:休说咱还年小,纵没有儿,我也留着个闺女。翻1:有牧之一个叔,叫仇尚廉,为人极无赖,看着徐氏年小,还值几两银子,又有宅园地土,着人来劝他改嫁,并图谋他的物业。增23:年小的人们,每日价可答头在一堆子,什么正经?

【年小小】年轻轻。禳21:想一想通身汗,年小小媳妇竖立上人前,不知勾多少眼睛把他看!增8:年小小的,扎着根黄带子丑丑的,给我那条白的罢。

【黏】❶黏稠。翻11:或是镢或是掀,扫出来好粪田,姊妹俩常把灰来卷。眉毛常带灰合土,口里也吐黑黏痰。❷(zhān)同"粘[2]"。禳20:五更鸡叫闹喧喧,一刻难捱最可怜。看看东方已放亮,太阳好似鳔胶黏,人哪哎哟,鳔胶黏。

【鲇鱼】❶鱼名。日·鳞:鲇鱼无鳞如黄鳝。❷博戏术语。不详。日·赌:轰朵鲇鱼六夹么。

【粘[1]】(nián)黏,形容不停地唠叨。富6:差人见他不能走,后头路待使巴棍揎,不住的口里粘:你作弄一番又一番。既然有本领要告官,觉着不好一溜烟,今日杀了人嗤不颠?

【粘身牙嘴口】形容嘴里不干不净地絮叨。富6:张鸿渐不能走路,又带着扭锁,那解子粘身牙嘴口的,张鸿渐极有性气,哪里容的这个?也就恼了。

【粘粥】粥。粘,同"黏"。墙1:你大号红粘粥,你名究你姓胡,原来你是高粱做。

【捻】❶捏。琴:来到他家,来到他家,那人见了险些喜欢煞。走到人背后,把我捻一下。快2:捻胡须气昂昂,等吴兵来投降,差人不住往东望。❷量词。

表示用手可以捏住的粗细。翻2:眼含秋水,口绽樱桃;三寸金莲,一捻柳腰;声儿细,话儿娇。禳11:最苦是孤单,最苦是孤单,庭院寂寂人倚栏。瘦的一捻腰,怎禁的虫声乱!❸搓捻。禳9:"我且捻个纸捻儿通通他的鼻孔。"作捻介……增22:万岁取过箭来,捻的滴滴溜转,往上一撩,落下来又插在那壶里。

**【捻索】**搓捻,形容纠缠。"索"为语缀。琴:那人笑着往外迎,好像拾了个大元宝。瞅着空就来捻索人,故意含羞装着恼。

**【辇毂】**皇帝的车舆,代指皇帝。磨10:按院说:"晚生要去到任,望严老师指教。"公子说:"也没甚么指教。只是辇毂之下,要做好官便是。"

**【撵】**驱逐,赶走。姑1:那珊瑚也不接休书,也不做声,也不动弹。大成说:"你待等着撵才走么?"慈3:他来看姑,不好撵他出茅屋。增12:玉座激恼了万岁,撵下了楼来。

**【踉】**(原讹作"踉")用脚碾压。日·昆:蛴螬蚜蚄使脚踉。

**【碾】**(原讹作"碾")同"碾",加工玉器。日·杂:玉石碾作玲珑器。

**【碾】**❶石碾。姑1:不说他为人好,方且是活路多:爬灰扫地,洗碗刷锅,大裁小铰,扫碾打罗;……❷用碾子压碎。翻3:姜娘子做了饭,打发他婆婆吃了,才掠了升麦子碾上,掐了掐,烙了两个黑饼……农·农·牧牛:牛十头,用盐一斤碾细,清晨撒粗石上使舐。❸用鞋或其他平面的东西搓捻。磨10:我想那严公子待杀个州县官,只像碾杀个蚁蛘,有何难哉!❹打磨、雕琢玉器。增16:趁上带香茶龙盒,羊脂玉碾就的穿心。❺"搌"字之讹。拭抹。磨24:公子自己起来碾了桌子。

**【碾砣】**碾石,碾盘上的石磙子。日·石:打就碾砣安接未。

**【念开句】**分开句子读,指读通。蓬5:试官糊涂,试官糊涂,银子成色认的熟;纵有好文章,也未必念开句。

**【念款】**念叨事情。俊:胡朋这里又念款:你可成了个老迂板!娘子虽然家教严,他也没有这么长的眼。为个汉子要自由,不是孩子还吃奶当饭?

**【念念】**思念,怜念。富9:吹灭灯光,吹灭灯光,十二年来又成双。夜夜的念念着,今日方消消帐。增25:你若到了安身处,也念念火坑受罪人,休忘了从小一处混。

**【念诵】**❶心念口诵佛名及经咒。禳27:爹娘每日念佛,越发念大差了。受了大害,怕爹娘伤心,没敢言语。今日好了,不免去劝劝爹娘,不必昼夜念诵,枉受辛苦了。❷劝说。禳14:他有爱汉子的呀,或是想老婆的呀,俺老李一到,就

是天仙织女，俺也念诵的思凡。富2：起初答应的不慷慨，禁不的众人齐念诵，少年不觉的豪心动。❸念叨，数落。姑2：九日里回来，实指望他达妈念诵必然差些了。谁想越发利害了，一点儿不应心，就掘……翻3：姜娘子念诵了一回，才不敢做声了。

**【念头】**主意，想法。墙1：我痴心不可言，听的他话儿甜，安心要吃自在饭。这个念头大差了，又从泥里到深湾，自己差却将何人怨？增17：二姐说："……你何不娶一个有生色的？"皇爷说："我有那个念头，只是搜寻不着好的。"

## niang

**【娘】**❶母亲。墙1：李氏也问爹好，娘好，哥哥、嫂嫂都好么？李老（李氏之父）都答应好。姑1：安大成平日极孝，正卧着，听见他娘吵骂，扎挣起来，流水来问："娘是为嗄来？"❷对婆母的面称。姑1：珊瑚（媳）……去给于氏（婆母）磕了头，磕了起来说："娘真个待休了我么？"姑1：安大成……对珊瑚（安妻）说："你不孝着咱娘生气，我也没有那些气合你呴，不如休你去罢。"

**【娘儿两个】**母子或母女的合称。寒8：娘儿两个把员外抬在床上。（此处为母子）寒8：他后娘才三十多，合他媳妇子娘儿两个，夜间都挣起钱来了。（此处为婆媳）

**【娘儿们】**娘和子女的合称。慈6：张老爷常思念那故乡的情义，平空的拾了俩亲亲的好兄弟，欢喜的娘儿们拜天又谢地。

**【娘俩】**同"娘儿两个"。寒8：娘俩才待打那材，材已自家开了。（此处为母子）寒8：也没吃也没穿，一口屋漏着天，穷难忍娘俩齐养汉。（此处为母女）

**【娘们】**同"娘儿们"。姑2：依着大成说，不必理他，他娘不听，娘们吃了两个剩饼，就合他熬。翻10：既是还有两口屋，我合哥哥在那小屋里，您娘们在大屋里，他各人娘家自然来搬了去。增5：我写个帖子给你，拿去给他，量他几石粮食来给你娘们吃，好呀不好？

**【娘亲】**母亲。姑1：骂贱人，骂贱人，指望你来孝娘亲，你全然不听说，光合咱娘撒懒。磨22：你这不孝儿郎，专一欺哄娘亲，怎么中了举来！

## niao

**【鸟机】**鸟枪。翻12：等着他丢盔撩甲，可放那枪箭鸟机。

**【鸟枪】**旧式火枪。翻12：太公吩咐人去范宅借弓箭鸟枪，并家丁二十名；又

叫仇禄发帖去县里借大炮四尊，都要密藏拿来。磨31：那山后剔陡石崖，不用招架的。就是前三面出路，须用车辆、树头紧紧塞断，却安下大炮、弓箭、鸟枪，轮流看守。

**【尿鳖儿】**夜壶。禳3：箱子里满满当当，破家伙流流的一筐，匙箸碗碟掖打上。包起你为人的那蓝绢袄，我还有撒脚的鞋一双，尿鳖儿还没处放。

**【尿缸】**盛尿的小水缸。日·器：溺鳖可以代尿缸。

**【尿盆子】**晚上放在屋内接尿的盆子。姑1：珊瑚看出他怒来，却不知其故。到了房里，给他端了尿盆子来，又上床待去给他梳头。禳1：若不着俺家他三婶子，坐住领了双份子，孩子裂了书本子，嗔我又没端尿盆子。

**【溺】**❶动词。排泄尿液。墙1：这不是还不曾晌午，早晨吃了两碗糊突，两泡尿已是溺去了，好饿的紧！富3：病难熬，托仗主人情意高，白日把饭做，夜晚把茶烧，一泡尿也是架着溺。❷名词。尿液。墙1：清晨饭日头高，糊突哈了勾一瓢，虽然多只撒了两泡溺。

**【溺鳖儿】**同"尿鳖儿"，尿壶。墙3：我等着爹爹眠，盖盖被把灯端，溺鳖儿拿来我可散。

**【溺鳖】**同"尿鳖儿"。日·器：溺鳖可以代尿缸。

**【溺壶】**夜壶。磨7：白日烧汤水，黑夜提溺壶，辛苦受了无其数。增15：皇爷说："这是夜壶么？……"二姐说："这是溺壶呀。"

**【溺尿】**排泄尿液。姑2：大成白黑的守着，溺尿出恭，都要他伏着，把眼都宿了。磨22：天将明嗄我去溺尿，看见大少爷屋里还点着灯，我偷去听了听，大少爷咽咽的哭。

## nie

**【捏】**❶用拇指和别的手指夹。慈3：这无名的菜瓜，只得是捏着鼻子歹。禳7：夫人拉过江城的手来，撮了撮下颏，捏了捏耳环……磨23：捏了捏那皮挺硬，看了看像个菱枣……❷量词。指用手捏起来的粗细。蓬2：身子软窈窕，一捏杨柳腰，走将来看着他影也俏。禳14：想他那腰儿一捏，脚儿半揸。❸捏造。俊：如今就是嫌我穷，百样款儿都捏过。❹"掐"字之讹。禳8：正念着一脚跌倒，大声说："浪浪！"家人都笑了。仲鸿说："捏他出去！"众捏脖子下。

**【捏算】**掐算，以拇指点着其他指节占卜吉凶或推算干支。"捏"当为"掐"字之讹。磨24：他又捏算了捏算，说："今日申时就到。"

【捏虚】指故作虚文表示谦敬。增 9:老虔婆话儿甜,假捏虚长笑颜。

【乜】❶指示代词。那,那个。慈 2:乜孩子不够一揸,不为他娘也为他达,那棍子怎忍落的下?翻 1:留下乜两个孩子,我看着并无差迟。禳 27:丫鬟去把角门叫,你叠起乜衣裳卷起那毡条,看不真就把灯儿照一照。增 21:乜个东西,丫头你拿了去罢,我才吃了饭。❷那样。墙 2:张大说:"是乜冷么?你忒也虚喝。"俊:虽是人家也赌钱,谁像你乜没腚眼?❸用在没有定语的名词之前,但非指别,而是起定指作用。慈 1:道上行人笑老张,把乜孩子来交给了个鬼王,瘦的着人看不上。禳 2:长命呀,方学会你就弄乜花花哨。富 13:娟娟去后掩房门,他两个跟我就在乜床头困。增 10:给我泡着乜鞭子,歇歇再打!❹用在没有定语的名词之前,但非指别,而是起不定指作用(相当于表不定指的"一个")。姑 2:你仔说,您二姨这杀才是乜人么!翻 5:你乜女人家,出头露面的怎么告状?寒 4:可怜咱爷老实的很,动动就是骨朵揎,乜女人可又难争辩。禳 1:虽有巴掌不能扬,从今汉子不受降,俺就许下杀乜羊。待要攮俺折了锥,待要扎俺折了针,俺就许下杀乜鸡。❺用在定语之后,虽然也可以替换为"那",但更可替换为"的"(如果定语后有"的",当然不能替换),作用上更接近于定指。慈 1:你真是个老杂毛,老杂毛,我把你乜小筋抽一条!翻 3:寻思起剁了他乜贼头!把贼头挂出去,叫那老鵰野鹊吃他那肉!禳 16:掐出水来的乜孩子禁甚么降?都是唬破他那肚头子了!

【乜么样】同"乜样"。翻 5:世上惟有禽合兽,生来只知自有娘,为人不该乜么样。增 12:金墩说:"俺就乜么样哩?"

【乜样】那样,这样。增 16:这奴才见了我这汗巾就慌的乜样,我再拿出那扇子来諞諞。

【緟】(蒲氏注音为"帖")丝线的单位,五丝为緟。日·养:十四五緟上了滕。

## nin

【恁[2]】(nín,方言音 ngěn 或 něn)同"您"。❶你的,你们的。姑 1:谁是恁那媳妇子,济你怎么揉搓哩?禳 2:若还是去的晚了,你看恁师傅不依。禳 8:我儿,从今以往恁家里去了,等我嘱咐你几句。❷你,你们。增 17:万岁看了看,那两个丫头只管丢他那眼色,敦敦的看他姐姐。万岁起的身来说道:"恁又不说长,又不道短,是待弄什么鬼儿算计我么?丫头们快去罢,我待关门哩。"❸用在亲属称谓前表示从子称(面称)。禳 8:呀!还有那酒两醯,羊一牵,鸡笼鹅笼,叫

叫唤唤,抬盒大架,呼呼搧搧,我说恁丈母快来看看。

**【您】**(方言音 ngěn 或 něn)❶你们。姑 1:我说还不为凭,您这众人们都不要昧心,您说他好不好?翻 3:如今令堂病了,您两口子无所不做,令弟在书房里自在。寒 4:赵豹有名的歪子,当下使了性子,合那家人们说:"您扶傍着我,咱去物色材去罢!……"磨 1:"您都哑了么?全不做声一声?"众人说:"怪罵人的。"❷你。慈 3:左右是您的孩子,与我甚么相干!他就挣下那封赠幞头,还有他姑的哩么?翻 10:慧娘说道也不错,俺是兄弟您是哥,若不然怎么叫做一堆过?❸你的。墙 4:取了三十两银子,我已是分给了您丈人合您大舅子了。姑 2:你对您媳妇子说,我这里做着饭哩,着他等等罢。慈 2:刚才东头老孙婆子来说,您小达达往您养汉头姐姐家里去了。翻 9:大兄弟来了家,他也没开开您那房门。咱去看看,开开您那门,少了甚么不曾。❹用在亲属称谓前表示从子称(面称,相当于"孩子他……")。慈 3:……那赵大姑一眼看见(弟妇李氏),流水迎来说:"您大妗子,那阵风刮了你来了?"笑着拜了拜,让到屋里坐下,便说:"您大妗子你无事不来。"慈 4:炳之有意不曾言,这语正合我心间,我儿呀,说的可也十分便。回头便对老婆言:书修多添两吊钱,您娘呀,着他两个也好作伴。翻 10:两个走到西院,大姐(对弟妇)吠喝说:"您大妗子,有客来拜你哩。"

**【您们】**你们。翻 12:姜娘子、慧娘合老太太都哭起来了,老太爷与大爷、探花老爷都下泪。太公止住泪说:"您们都不必悲伤,我已是算计就了。"磨 14:您们不安分读书,不行好事,断断难饶!

## ning

**【拧鞭】**("拧"原写作"擰")用裁成的皮线编成鞭子。日·皮:鞴头结罢又擰鞭。

**【宁么】**同"恁么",那么,那样。姑 2:他娘听说一把夺,你就宁么怕老婆!看透呀,真真是个脓包货!

**【宁只】**同"宁自"。磨 28:早知他轿马人抬,宁只舍了老婆孩,怎肯惹的张爷怪?增 25:我宁只给佛动心磕头,这揖可难作。

**【宁子】**同"宁自"。磨 18:你当是我真果的无钱么?就叫你管?罢罢,咱就走。宁子死到别处,休要连累这贤主人。

**【宁自】**宁可。禳 17:我的才短,宁自我还当着我的,让你这个缺罢。

## niu

【牛絚】穿过牛索头牵引犁或车的长绳。农·农·收农器:又有农工既毕,用绳则解牛絚,用柴则拔犁箭,此更混账,不可以为人矣。

【牛栏】牛棚,喂牛的简易房。农·农·牛粪:猪栏积粪在秋夏,牛栏积粪在春冬;至夏则上山牧放,不在栏中矣。

【扭】❶拧,用手旋转东西。禳16:或者是脸上抓,身上掐,腿上扭,腚上砸,棒槌槌,巴棍打。打开了那管是甚么,浑身上下批丢朴搭。禳22:嫂嫂领着几个健壮妇人,堵住江城;我合哥哥扭了锁,夺他出来便了。❷掉转。翻9:仇福真果跪下。姜娘子扭过头去不理。磨32:朝房里,文武百官都来问候。看见张鸿渐,便扭过头去。❸身体摆动。琴:谁知不像从前那一遭,不觉伸手把他搂。口里说着影煞人,腰儿轻轻扭一扭。增12:金墩扭了扭道:"不给俺报,罢!小撕厮你三十里,五十里不知道路径,走上叉道去了。身量大叫你背着我哩!"❹揪,抓。磨19:张全扭着李大进来房门,端着灯,箱里柜里,瓮里床底下,都照了一遍。❺"杻"字之讹。手铐。富6:老程因他自己投首,到底为他是方仲起的妹夫,也不曾难为他,遂即吩咐钉扭入监。磨14:且都钉扭送监,等秋后处决。

【扭筋拔力】形容竭尽全力。穷:俺也曾血汗暴流,扭筋拔力。磨23:咳,苍天那苍天,亏你叫俺瞎了眼,擎吃自在饭,不去扭筋拔力,血汗暴流,这就是你老人家看顾俺。

【扭力拔筋】同"扭筋拔力"。日·僧:跳圈扭力又拔筋。

【扭捏】言谈举止造作不自然,装腔作势。增12:看起你千般扭捏,这可就不值个操哄。

【扭扭捏捏】"扭捏"的重叠形式。寒5:急自一个哐哐哼哼的,一个扭扭捏捏的,又添你哭哭啼啼的。哭会子,不走罢!

【扭锁】手铐与项锁。"扭"为"杻"字之讹。富6:张鸿渐不能走路,又带着扭锁,那解子粘身牙嘴口的,张鸿渐极有性气,那里容的这个?也就恼了。富6:两个解子大喜,便说:"这待上你亲戚家哩,带着扭锁也不大好看相。"便把扭锁开了。

【扭作】故作姿态。禳13:那江城又会扭作了两眼儿,渔妈妈的皮狐子——变了个江米人,就是个引汉子的老妖精,弄的俺小哥哥一相思几乎害杀!

【狃】瓜果的幼果。日·菜:黄瓜鲜狃价高腾。

**【拗】**(方言音"耀")撬。翻11:加上镢一拗,拗了一道缝,缝里骨突突冒出一股气来。寒3:二相公使手掏,大相公把头招,一行又使筷子拗。拗来拗去不开口,上下咬的甚坚牢。大相公怕拗的牙儿吊,便禀说势难拗出,总不如靠肉一刀。

**【拗强】**固执倔强。姑3:臧姑拗强不肯使钱,到了官,捱了一拶子。没奈何,指地作保,取银五十两。慈2:偏要拗强,偏要拗强,谁家的孩子你承当?终久少不了我去走一趟。

**【拗争】**执拗争强。磨12:亏他二舅连科中,老马方才吃惊,也不敢拗争,从新轿马把我送。

## nong

**【浓】**❶厚,密,多。蓬2:只见那长条垂下有千丈,老叶浓阴如线长。快2:看样儿奸雄无对,毛满腮两道浓眉,端详真是老奸贼。❷液体或气体中某种成分多。磨27:高张银烛酒芳浓,家人难得一樽同,夫人呀,要饮杯酒谁能共?❸指程度深。丑:梆铃正响狂初发,云雨方浓事未完,架上金鸡忽已叫,床头好梦已惊残。磨7:店主上,看小二睡的这样浓,叫了两声"小二",小二莽莽怔怔爬起来,还揉眼。增2:二更里睡不浓,龙楼上鼓咚咚,翻来覆去心不定。❹(方言中读去声)泥泞。富9:往大名,往大名,我却不上大名上永平。说大名雨水多,看路上忒也浓。磨19:往大名,往大名,我却不上大名上永平。听说那里雨水多,只怕路上忒也浓。(按此处曲律亦当音去声)

**【浓骨突】**很浓厚。翻11:又似云又似烟,浓骨突只冲天,往里瞧瞧看不见。

**【浓济】**同"能济",勉强对付,应付。参见"能济"。磨25:展卷挥毫,写了一篇日未高,忙拿着离了自己号。叫爹瞧瞧,浓济着中的就罢了,中不了还得改改造。

**【浓汤】**动词。使汤汁黏稠。日·器:黉山好炭易浓汤。

**【脓包】**比喻无用的人。禳10:他若再掘你,一样就照着,他有甚么降人药?你就是个脓包哥,尽他怎么去揉搓。磨17:丈夫自有冲天志,那生死离别何足伤?一伤悲便是脓包样。

**【脓包货】**比喻无用的人。姑2:他娘听说一把夺,你就宁么怕老婆!看透呀,真真是个脓包货!慈2:脓包货,自家的孩子找不了来,还嗔人去哩!

**【醲艳】**(酒味)浓重。磨33:王子说:"连日得美酒佳人,可以共乐。看酒

来。”(唱:)这个味香甜,到口醲艳。俺一口便干,浑身舒泰微微汗。

**【弄】**❶做。墙1:每哩俺该不吃饭么?分外还弄点好的你吃?翻4:交了银子,弄的酒饭给中人们吃了,在他那厅房里就赌。❷处理,处置,整治。墙4:人见您弄的不精致,就说不是好儿郎,该您钱他也背了鞅。慈2:您达怎么就看的下,把一个没娘孩子,就弄的饥饥哇哇?翻12:人都说魏名每日弄仇家,仇家不理他,自己弄出祸来,每哩是仇家弄他哩么?❸指争斗,争竞。寒1:咱就只是不依顺,我看他也递不的呈,待弄咱就合他弄。增21:我别的弄不过他,或者我这身上穿的这衣服他拿不出来。❹通过做事得到。寒2:那恶虎素日合老王极好,待弄个体面,谁想他翻了脸,不由的不着忙。寒4:低低头又使奸,随处里要弄钱,一宿寻思了几十遍。磨28:自家不是别人,县里衙役李虎便是。趁着那糊突官儿,到弄了个小小的家当。❺通过做事致使。姑1:待了几日,打听珊瑚较好了,怕待的久了,弄的他娘知道,便上门去逐他。姑2:待了一年多,每日娘们烧火剥葱,弄的娘们灰头土脸的。翻8:仇福子净打净,都说他太无成,如今倒弄的有凭证。❻施行(某种手段、方式)。姑3:这时节还不心惊,反说人把机关弄。翻12:论这小人,就该虚情假意的待他,这仇老太爷还是少年的心性,那里会弄那虚假。寒4:这是他弄的妖术。我明日去亲验,邪不侵正,看他有什么本领。❼舞弄,把弄。寒3:二相公怒冲冲,叫歪子好不通,官府跟前把刀弄!禳20:独坐闷恹恹,只将裙带儿弄。❽弹奏(乐器)。增24:胡百万接银筝,一回重一回轻,两手不住忙忙弄。❾乐曲的一阕或演奏一遍。增25:一吹笛一吹笙,合起来好中听,哀哀吹了两三弄。

**【弄把】**“把”为语缀。❶作弄,戏弄。慈3:李氏知道弄把他,也不出门去,也不再坐下,说我站着等等罢,一来晚了好还家,二怕孩子叫呱呱。翻9:姜娘子说:“姐姐,你待济着弄把人雌?”磨18:张相公,你一回一回作登,弄把的都是俺!❷指打架。慈2:我也不是向他,只是他那性子不大好,你的性子又不好,到那里弄把起来了。❸弄,处理。寒6:他娘说孩子有风,叫姑娘白黑弄把。

**【弄藏掖】**变魔术。日·僧:使拳耍筒弄藏掖。

**【弄寡嘴】**耍贫嘴。增7:那闯江湖的调喉舌、弄寡嘴骗子极多,给他吃了有钱极好;若无钱,他吃了有扒肚子的御史么?增22:不合你弄那寡嘴。你过来,咱投壶罢。

**【弄乖】**卖乖,显示乖巧,卖弄聪明。寒4:骂一声贼奴才,说瞎话又弄乖,轻轻就把王法卖!禳2:我儿生的模样好,伶俐聪明会弄乖,出去门人人看着爱。

【弄乖子】雄性蝈蝈。磨29:凭着俺一杆枪,生铁攮透;一骑马跑将去,直取人头。……会跳的弄乖子,看你那里走!(此处比喻人)

【弄光滑】把事情办得堂皇漂亮。墙4:想一想咬碎牙,你望俺倾了家,老贼可恨忒也诈!唠着年年费家当,发丧又要弄光滑,百石粮食费不下。

【弄鬼】耍诡计,捣鬼。墙4:看他弄鬼,疼不疼的我就舍命赶去。俊:就是那相识会赌博,不弄鬼难说长赢。

【弄机】弄机关,用计谋。磨32:俺这里哈哈大笑,略粗心吃他大敲,五百喽啰尽被枭。亏了后阵还能报,杀杀砍砍,他也难招。同弄机,只在妙不妙。

【弄局】设局,设计谋。慈1:张炳之是一个甚么物,为孩儿想了个颠倒烂熟,有了法还不敢明明的去做。低头又把苦心用,白迷拉眼就弄局。

【弄款】装腔作势,无端生事。墙1:你还要饭饱了弄款,你想想做的甚么生活?闹:待自己请先生,这本处功名人多装腔弄款,如何照应的起!

【弄傀儡】演傀儡戏。增7:你会刀呀是耍枪、耍把戏、弄傀儡、说快书、唱道情?你去上那十字街前耍给人看,挣几百钱好买嗄吃;你来这里耍,可给你什么?

【弄气】生气,斗气。慈6:愁只愁两个娘同居,只他嫉妒人要弄气。

【弄腔】说话装模作样、不自然。翻11:叫姐姐你弄腔,银子不收又盖房,我就看着极异样。

【弄势】故作姿态。翻2:仇福此时魂飞天外,魄散九霄。才待说走着,那妮子撒娇弄势的拉着。增17:万岁爷解了衣,叫一声我的妻,过来罢弄什么势?

【弄神】卖弄神情。禳26:骂一声奴才你就太欺心,模样不俊你就会弄神。

【弄时道】干应时讨好的事。富4:回了县,一声吩咐:"张逵来了家了,快去给我拿来!他若不出来,还带方氏来回话。"那衙役都不敢做声。还有九[1]个衙役要弄时道,领着一些少年跑脚去了。

【弄歪】不走正路。翻1:劝人生莫弄歪,休嫉妒休卖乖,头上自有青天在。

【弄像】装模作样。富6:叫一声方娘子你不必弄像,我李鸭子合你就是同床,你合我犯相与全无妨帐。增18:叫二姐休要弄像,我还要使煞你乜咕哝。

【弄脏腔】说话令人厌恶。寒2:大相公一声大骂:赵恶虎休弄脏腔!

【弄张致】装模作样,弄花样。富6:张官人又当是舜华作戏,便说道小娘子

① 为"几"字之讹。

会弄张致，平白里哄杀人，光使你那诡计。磨13：这想是施舜华又来作戏，便说道小娘子会弄张致，平白里哄杀人，光行那鬼怪计。

## nou

【耨】用小锄锄地。农·农·芝麻：其种小，耨易深；覆土厚，则难出。

## nu

【怒发】发怒。寒1：员外气也没喘，即时着跟的人扶上驴去。恶虎一见，又怒发了。磨19：李大见拴着人，怒发说："您怎么拴着俺的人？"

【怒忿忿】又怒又恨。翻1：仇徐氏怒忿忿，骂尚廉不是人，看着我值几两银，白黑铺排心使尽。

【怒狠狠】非常愤怒。富2：上门来大发威，怒狠狠恶似贼，仲起气的把牙咬碎。增10：老鸨子怒狠狠的骂下楼去，来到后房，叫："丫头，把那鞭子给我泡上！"

【怒恨恨】同"怒忿忿"。蓬1：有仙童怒恨恨，骂一声贼遭瘟，那里数着你来亲近？禳13：怒恨恨骂一声，苦口良言全不听，说你越发逞灵圣。

## nü

【女儿】❶女孩子（对父母而言）。姑1：二成还小，大成娶了个媳妇，姓陈，名叫珊瑚，是个秀才的女儿，又知礼，又孝顺，模样又好。翻6：原来公子有个女儿，年方二八，才貌双全，到了十六岁，还没有婆婆家。❷年轻未婚女性。琴：女儿泪涟涟，女儿泪涟涟，奴今十八正妙年，空对好光阴，谁与奴作伴？禳6：是谁家女儿娇，衣裳摆动暗香飘，远看着已是浑身俏。

【女孩家】指女孩的身份。姑1：女孩家，女孩家，孝顺贤良谁似他？分明是小孩童，只装着不懂话。增16：俺不过是个女孩家，俺会放响马，扯溜子，倒舭头算计你？不过是爱你那好丝弦。

【女人】成年女性。翻8：今日若是自己去，未必出来就见他，不如差个女人罢。寒4：咱爷为人太忠厚，妹子又是一女人，怎么合他相争论？

【女人家】指女性的身份。翻5：你乜女人家，出头露面的怎么告状？

【女外甥】外孙女。磨19：李旺迎着，说："赵亲家，希性呀！自从令爱改嫁了，你全不上门，猜你断了这条路了。……"（赵）鬼子说："俺那娃子虽然嫁了，

现放着一个女外甥六七岁了,就该不是亲家了?……”

【女戏】女性扮演的戏。富4:公子起来,公子起来,自家女戏盛筵开;又是个新举人,异常的相看待。

【女婿】女儿的丈夫。墙1:女婿张大郎,久不相见,不免望他一望。翻1:待了几年,大姐生了一子,才五六岁,女婿忽然长病死了。

## nuan

【暖阁】可以生炉取暖的小房间。增7:牵着马寻店家,吃酒饭解解乏,走堂的高叫来咱家罢。暖阁楼房高大厦,圈椅方桌仔细茶,酒果饭食都减价。

【暖和】在比较寒冷的环境中感觉到温暖。墙2:大不然吃了早饭,往这里走也还暖和。墙3:我才暖和过来,在这里罢。

【暖气】温暖的气息。禳20:趁着酒还未醒,俺且睡睡。只怕依着这门,还有些暖气。

【暖溶溶】暖融融。禳33:满屋笑哈哈,一个儿这一窝,两席已是满了坐。暖溶溶春和,喜孜孜笑多,此地说不尽家人乐。

【暖水】比较热的水。富5:又早是六月热难当,荷花开绿塘,暖水戏鸳鸯。磨12:又早是六月热难当,荷花满池塘,暖水戏鸳鸯。

【暖吁吁】暖暖和和。禳11:床上暖吁吁,只是觉身冰冻。

【暖雨】让人感觉不到寒冷的雨。禳20:暖雨和风,暖雨和风,此宵难得一伴同。

【暖帐】比较厚可以较好保暖的帐子。翻8:范公子见年近了,把暖帐箱笼要紧的东西,使人送去。禳11:腊月冬残,腊月冬残,开轩惟见雪满山。暖帐麝兰熏,只少个人儿伴。

## nüe

【虐】凶狠暴烈。慈4:兄弟皆贤人,处治忒也虐,谁知道鬼合神用意巧。禳22:锁了门没处逃,听的书声日日高,我也不怨媳妇虐。

## nuo

【挪】❶移动位置。禳3:半世曾无安乐窝,书斋迁处住房挪。禳17:不敢挪一步,他就胡歪揣,长坐监跳不出圈儿外。富3:官人从来不曾走路,又背着行

李，又是饿了，一步挪不的四指。❷移栽。增14：可惜海底珊瑚树，挪来人间贱处栽，口里称讲心里爱。日·树：桄榔铁力苦难挪。日·花：好草挪来怕殜殗。

**【跏】**同"挪"，挪动。翻2：幸喜疾病渐渐好，拄着棍脚也能跏。

**【跏步】**挪步，移动脚步。日·身：孩童跏步识天伦。

**【掿】**握。日·争：掿起石头敕脑浆。

**【糯米酒】**用糯米酿制的酒。富6：一行人进了门到了客位，看了看四下里楼阁成堆。方坐下端上佳肴美味，喷香的糯米酒，大大的建磁杯。

**【糯米牙】**比喻小而白的牙齿。禳1：想当初把我嫁，一朵鲜花才摘下。口里一口糯米牙，头上一头好头发；脸儿好像芙芙子苗，金莲不够半揸大。

# O

## o

【哦】❶叹词。表示突然醒悟。禳5:既然这等,我可怎么回复他?哦!有了。姑2:臧姑等到晌午,没人给他饭吃,问了问,还没动锅。便道:"哦,这意思里待合我熬么罢?嚁呀?"❷吟哦。闹:漫把头颅摸,甚腾那也呵,经半日脱稿才哦,那捷笔邻兄已收拾朱络,瞒肩头说我过我过。

【哦哦】叹词。❶同"哦❶",语气略重。慈6:张讷说了一遍,张老爷点一点头,说道:"哦哦!你那嫡母姓嗄呢?"张讷说:"姓王。"张老爷又点了点头道:"哦哦!"互然跳起来,上后宅里去了。磨32:哦哦,这来的就是张鸿渐么?❷表示呻吟。磨27:哦哦!好醉呀!

## ou

【沤】长时间浸泡。农·农·沤麻:麻秸捆如碗粗,裹以瓜壶等蔓,置清水中淹之。农·蚕经·择叶:凡积叶苫席覆之,迨蒸热启摊之,湿遂气化,叶无不寒,可用也。沤臭风干慎勿用。

【熰】燃烧而不太炽烈。快1:你几个去北夷陵道旁,熰着数堆烟火,休要断绝。快1:既要他这里来,又熰着火几堆,反教知道兵马在,就是个喇巴也不来。

【熰浸】细火慢煮。日·饮:猪头妙在熰浸干。

【呕】同"熰"。禳24:遇着那胡突官儿,厨房只一间儿,又是热杀人的天儿,打上呕杀人的烟儿,那汗成了湾儿,又没人倒倒班儿。

【呕心】形容构思诗文时劳心苦虑。闹:天上蟾宫定快传,文场险似铁围山,只言登第千般好,那识呕心七块难。

# P

## pa

【扒[2]】(pā)趴,趴伏。增14:衣架抬在街上晒,两个巴狗上头扒,军家见了心害怕。增16:他那是做嗄?扒下起来的?

【妑角】("妑",蒲氏注音"机",应读"巴"音)少女扎在头顶两边的髻。日·杂:初扎妑角未上头。

【扒[3]】(pá)❶同"爬"。翻8:那行子扒起来,就拉京腔。增18:王龙误误挣挣的,扒了个甚时才扒起来,张着那口没嗄说。❷今写作"筢",筢子,一种竹齿木柄的农具,主要用来搂柴草。打、晒粮食时用来搂去混在粮食内的碎秸秆。日·庄:杈扒翻晒趁晴天。

【笂篮】("笂"为方言字,音"爬")一种圆底阔口的篮子。日·器:箪箔笂篮晒湿枣。

【趴】同"爬"。磨28:二人进去,跪下磕头,说:"给老爷叩喜!"太老爷说:"您几时来的家?"二人跪趴了半步,便禀道……

【爬】❶四肢着地向前移动。慈3:李氏一路寻思……蹴着了一块石头,跌了个倒栽葱,再爬不起来了。禳18:江城一骨碌爬起来,穿上衣裳,扎了扎腰说:"真果么?"❷攀登。禳22:着人快去备马,着人快去备马,待我跐着梯子爬过墙去,把门开了。富8:离了师傅蜂无王,上山爬岭尽你撞!❸扒,拨动。翻8:他二人犯争差,各人低头把饭爬,至到而今不说话。❹"爮"字之讹[①]。刨,扒出。蓬5:年少英豪,年少英豪,埋着的功名只用爬;今科状元郎,数着日子到。❺"跁"字之讹(蒲松龄纪念馆藏石印本作"跁")。"跁"即"趴",趴伏。慈4:他娘说:"该你嗄事?"轮起那棍子来,打了他(张讷)一下子。张讷哐哼了一声。张诚就爬着他哥哥那身上,叫唤着说:"娘打我罢。"他娘没法,才住下了。

【爬查】爬。"查"为语缀。姑3:拿着文书来到也么家,见了娘亲泪如麻,又

① 蒲松龄纪念馆藏《蓬莱宴》抄本作"爮"。与"豪到"为韵,可见读音应为páo。

搐答,说他方才是任华,怎么倒在地,怎么又爬查,从头细说他父亲的话。磨18:张龙跌在椅子底下,李虎去拉他,也跌倒了,口里还呋呋喝喝“三个”“五个”。爬查起来,说:“咱不吃罢。张相公,咱睡罢。”

【爬灰】将灰烬从灶膛内掏出。姑1:不说他为人好,方且是活路多:爬灰扫地,洗碗刷锅,大裁小铰,扫碾打罗……

【爬墙蓦寨】翻越墙头、栅栏。墙2:常时兄弟何等厚,那时衣帽甚光鲜,怎么这样流丢烂?又因何爬墙蓦寨,在这里叫苦连天?(此处指爬到墙上)

【爬山】登山。富13:今日却不然,今日却不然,不指望老虎又爬山。磨26:今日不然,今日不然,不指望老虎更爬山。

【爬窝】同“刨窝”,刨坑,指挖坑(埋葬死人)。“爬”为“爮”字之讹。参见“爬❹”。富3中与磨7同样的情节写作:“苦哀哉,早晚的刨窝往外抬。”磨7:终日昏昏眼不也么开,魂灵已上望乡台。苦哀哉,早晚爬窝往外抬。磨1:俺庄里有一个老秀才……昨晚被一伙人进去,将谷抢去,把老头子打死。他那儿媳妇,现如今找主待给人家支使。(唱:)七八十一秀才,爬过[①]窝没有材,摘扇门来把尸盖。夜来还有支使的,今日出来当奴才,说起这事真奇怪。

【帕】帕子,手巾。穷:元宝哥,黄边沿,象象帕,颠颠块,看看底,认认面,是几两,是几件……(此处指包东西用的帕子)

【帕帕】象声词。啪啪。禳8:一片人声吱吱呀呀,门前花炮乒乒乓乓……锣儿噹噹,鼓儿帕帕。

【怕的】怕的是,表示担心。姑2:看了脸儿看身端,看了头发看金莲,都说模样看得过,怕的性情未必贤。增5:周元说:“不好不好!你不送了我了么?”皇爷说:“有我哩。”周元说:“怕的有你没有我了!”

【怕见】不想,不愿意。富7:问着人离城不远,那满心里火灼,又怕见动弹,动弹。

【怕老婆的不少饭吃】俗语。表示悍妇其实对持家有利。禳1:听的说:怕老婆的不少饭吃。这话只怕是胡言。

【怕情儿】害怕的心情。禳16:要着他怕情儿从心坎里流出来,这才是会降。

【怕嚣】怕羞,害羞。禳27:每日出头露面,教人羞死!今日受了这大辱,想是也怕嚣了。

---

① “过”为“个”字之讹。方言中“过”“个”同音。

## pai

**【拍打】**拍击,敲击。寒2:老王见他倔的狠,把那块木头乱拍打,怎么对着本县骂? 寒7:剥停当,拿了牛皮来给他换上,拍打了拍打,变成了一个黄犍。

**【拍拍打打】**随意地或不停地拍击。闹:一个家低秀笃速,拍拍打打,得得塞塞,那黯黯惨惨,影影绰绰……

**【排¹】**(pái)❶排列。翻12:排弓箭列鸟枪,砖头石头堆在旁,伺候要合贼打仗。快4:各人抢的各人献,衣甲器物排成行。❷安排。增6:二子弟下楼来,前来到十字街,排下一桌酒合菜。❸按照某种规则确定次序。寒5:阎王的牌日是逢五排十,还隔着二三日。❹排除。磨22:强将妄语排愁闷,争奈柔魂梦里惊!

**【排草】**一种香草。增16:佛动心取汗巾,拿出来涙灰尘,从来没见这汗巾俊:中间织的鸾交凤,两头童子拜观音,鸡素排草偏相衬。

**【排场】**登场演出。磨24:二人唱,便向席前排场歌舞。

**【排行】**兄弟姐妹依长幼排列的次序。富9:娘子开言,娘子开言:保儿媳妇孟娟娟。……排行第三,排行第三,比小保儿大一年。增7:我没有名字。家父养活了俺兄弟六个,我是个老生子,排行叫六哥。

**【排鬟】**一种发饰。禳8:呀! 几对银花,几对金簪,两对铜掠,两对排鬟,箍上珍珠,豆大滚圆,宝石蜜蜡,价值百千……

**【排七】**死后第七天下葬。第几天下葬称为"排几"。墙4:咱大家昼夜忙,就排七出了丧,事完咱好去要账。

**【排头】**挨个,逐人。翻12:那些贼到他家里,孩子芽芽也不留,排头赶杀没人救。磨36:只见一杯一杯,排头都饮过,不曾得干。

**【牌】**❶牌匾。翻12:不一时,到了门前,见了那八字门墙高大,挂着经魁金字牌。增7:那万岁骑马顺大街前行,转过街口,果然有座木牌坊。路北里瓦门楼上挂着牌匾,那牌上是"养济院"三字。❷告示牌。寒2:大家跟到城里,待了二三日才挂了牌,次日听审。禳22:宗师回了道,已是挂出牌来,不到的即降。磨2:今日且不审官司,快把那比较牌抬出! ❸用作凭证的小木板或金属片。富12:直上堂阶,直上堂阶,交了卷子领出牌。爷儿俩喜孜孜,跳出了场门外。❹以牙、骨、纸等制成的娱乐或赌博用具。禳26:揭起牌来个桩,马儿不在柱子上。禳26:江城打起牌来云:"七在手。"❺清代实行保甲制度,每十户为一牌,十牌为一甲,十甲为一保。翻8:提出来,提出来,东人连累十家牌。❻词曲的调

名。翻6:吃了饭待走,范公子拉着说:“我有一句对子,你对上我就放你行。是:‘牌名浑不似。’”二相公说:“银成没奈何。”

【牌官】地方基层组织“牌”的首领。禳21:耍猴人领老婆、老猴上……(说):谁与俺做个牌官?多是众爷的情,少是小人的运气。(按:此处比喻为收钱的人)

【牌甲】地方基层组织“牌”里的乡兵。寒4:差人惊骇之极,又拨了牌甲十名,穿上三四根杠子,一齐着力,那灵床子头也没点。

【牌票】官方为某种目的而填发的固定格式的书面命令,差役执行时持为凭证。增3:你没有银子,你是奉差的,该有牌票。增3:你的牌票银子全无,你莫非是一个响马?

【牌日】定期坐衙受理民众投状的日子。寒5:阎王的牌日是逢五排十,还隔着二三日。寒5:却说旧阎王升了,此时是修罗大王权印。这大王原是个贪昧之神,到了牌日,二相公递上状,便叫上去,大喝大骂。

【牌位】灵位。磨17:刻一个牌位传一个影,又用檀香雕个龛,跪下磕头千千万。

【排[2]】(pǎi)用脚踩跺。慈4:他也不做声,脚排手扳,使的那汗顺着脸往下淌,一面还说:“明日我也捎那斧子来。”慈4:口中不言,口中不言,两脚排柴手又扳,一霎时手起泡,鞋也稀糊烂。

【派】量词。相当于片、阵,用于声音、景象等。翻7:到了范宅门首,一派乐器响起来了。蓬2:那里的神仙下九也么霄,俊脸儿好像芙芙子苗。美娇娇,一派风流在眉梢。禳3:转弯抹角,又过小桥,铺面两行,一派人烟闹。

## pan

【攀】❶抓住。俊:若是执迷不悟,到如今两手攀肩。磨23:有一伙瞎厮,在路上走路胡迷了,一骨碌张在崖里。亏他攀住一枝荆科,不曾到底。❷攀附。禳5:我是个乡瓜子,不敢攀那大头脑。禳8:尊宅甚么人家,梦也不敢高攀,梦也不敢高攀!❸诬供牵扯。翻5:休要惹的再告状,众人必定把我攀,那才算是没体面。

【盘】❶盘子。蓬1:盘中枣大如瓜样,梨似胡芦摘下棚,娘娘喜欢容颜动。增9:瓜子盘端起来,宣武院说裙钗,吆喝一声把瓜子卖。❷量词。a)一个盘子盛着的东西。姑3:臧姑虽赃赃不过,那赃官只要㧐赃钱。叫皇天,臧姑谨具赃

一盘；赃一盘，早早完，受了赃刑谁可怜？翻7：到了十五日，大姐着人买了十六盘礼送了去。蓬1：福、禄、寿三星献了一盘枣，都大及瓜；一盘梨，大及胡芦。b)下棋的一局。磨19：闷来合他下棋子，一日下到二十盘，胸中愁闷也消散。增21：丫头抬下桌子，端上棋盘。万岁说："一盘多少？"王龙说："一盘一百两罢。"c)用于炕。寒3：如今也会三四板，为人又好弄娇腔，睡觉不合人一盘炕。d)用于磨。寒7：大众跟着到了研磨地狱里，只见几盘大磨都血淋淋的，两个鬼挑了盘净磨，将判官倒插在磨眼里，就推开了。e)用于耙。增19：两头一样是盘耙，一去不来是句话。❸弯成圆形。农·附·地桑：腊月埋桑条，候春分前后取出，拣有萌芽处，各盘七八寸或一尺，抠下水卧条栽之。农·附·栽条：春分以后取出，却将厚区把开，下水三四升，布粟二三十粒，将条盘曲，以草绳索系定栽区中，覆土三四指。❹盘绕。农·补·变色：清明后，种初变肥满，再变尖圆，其中如春柳色；再变蚁，周盘其中，如远山色，此必收之种也。❺盘根，草根蘖生。农·农·去草：有务广出者，而后拖泥带水，将草叶抿倒，谓之一遍，三日后盘如故，不惟禾稼不实，即地亦难耕。

**【盘缠】**❶旅途费用。禳4：童生考成了白头也么翁，盘缠也得数万铜。富6：我这腰里到有二两盘缠银子，你可就夺不了去。❷日常费用。慈5：只得没人处给他几两银子，叫他做[①]盘缠。

**【盘蔹】**麦苗分蘖后根部长成一丛。日·庄：倒股盘蔹似马兰。

**【盘费】**❶旅途费用。慈6：张讷走了两省，已是二年多。其初逢冷逢热，还不能不换换衣裳；后来盘费没了，也就换不得了。富3：忽然想起凤翔府有个王秀才，三年前从京里来，断了盘费，在家住了三日，送他三两银子，嘱咐有事南行，便去访他。❷动词。花费，开销。翻6：大姐叫了两个客家媳妇子来，烧火做饭，打发了行人。有盘费不尽的那银子，卖了二两，赏了行人。磨6：包里还有二两银子，也还可以盘费几天。

**【盘算】**筹划谋算。姑3：娘们正盘算着，二成包着些砖头来倾在地下。增12：好金墩急忙忙，辞二姐出了房，抖抖精神把楼上。一脚深来一脚浅，心里盘算腿儿慌，上去楼台走了样。

**【盘腿】**坐时两腿盘曲交叠。富3：依壁坐来把腿盘，烧心的饥困火生烟。

**【槃】**同"盘"。❶棋盘。禳9：拂拂灰尘放下槃，四下里将棋子安。❷量词。

① "做"字据邹本加。

下棋的一局。禳 9:(公子说:)“江城你赖了块,还输二十着,你支过钱来罢。”江城说:“再一槩着。”禳 9:长命长命你过来,侥幸一槩就卖乖。长命呀,我合你两槩分胜败。

**【擎炕】**垒炕。日·泥:擎炕宽刀压几回。

**【擎棹】**不详。疑指在桌子上表演杂技。日·僧:撺鐁撺席还擎棹。

**【襻带】**指兜肚系在脖子上和腰上的带子。日·裁:兜肚襻带要裉牢。

**【鞶胸】**(“鞶”,蒲氏注音“攀”,当为“鞶”之形讹)袢胸,一种马具。为扁平条带,挂在马肩部,连着绳索,牵动所拉的车或农具。日·走:鞶胸鞦棍拴前后。

**【盼头】**希望,经过盼望可以得到的东西。墙 1:肚儿肚儿你捱饿,有个盼头休要慌,待霎子撑你个膨膨胀。

**【盼子】**(“盼”,方言音“攀”上声)表时间,阵子,一段时间。慈 1:叫他在床前站着,待盼子中了饭,都吃停当了,才着他刮那冷胗块吃。

## pang

**【乓】**(方言音“爬”阴平。俚曲中与 a 类韵字通押)象声词。啪。增 18:也是那神鬼拨乱,那王龙起了一起,乓的一声,一头碰在大姐的嘴上,只碰的牙齿凌落,满口流血。

**【镑】**(方言音“旁”上声)锄地(《现代汉语词典》作“耪”)。禳 24:(吴恒说:)“这不是镑地的镑出来了个砒骨碌么?”秦厨说:“怎么说呢!”吴恒说:“锄着咱这死眼子了。”农·农·镑麦查:未雨速镑一遍,一则地不荒,二则经雨镑过者特深。日·花:蔓芦镑去愁不净。

**【斛子】**(“斛”,蒲氏注音“倘”)平斛器,用升斗量粮食时刮平量器中满溢的粮食以使度量准确的一种用具。方言中“斛”应如蒲氏所注,音“倘”。日·庄:斛子刮斗布袋劥。

**【庞儿】**脸庞。钟:那个馋爷可怕,庞儿不大善良,小鬼生得胖光光,怕他涎流嘴上。

**【旁里】**旁边。墙 4:两个就待动手,旁里一大些人拉着。慈 2:张炳之合他姐姐说话,张讷听的流水跑来,在旁里站着。寒 8:那远近人家,又在旁里盖了一座三官祠堂,春秋香火极盛。

**【旁门】**院子的边门。寒 8:又没病又没灾,忽然间眼不开,说三官已在旁门外。

【旁旁气】闷气，令人非常气恼而无法发泄的气。[①] 翻2：仇牧之，永无踪，猜他就把家来倾，怎么过的只顾盛？暗里生那旁旁气，着他安稳过不成，待钻他就是没点缝。

【旁人】❶别人，外人。墙3：儿妇虽然端相着做，可还不知窄合宽，穿上可教旁人看。慈3：他才上了学就去了，也着旁人笑话。慈6：不说二人哀哭，且说李氏死了，倒省了许多调停，那旁人都说他死的恰好。❷旁边的人。姑1：逐珊瑚是本怀，见他血泪满心哀。此时若不回头走，怕被旁人看出来。禳20：哑谜儿暗会心间，眉眼把情传，做手势背不的旁人看。磨18：这天将近饭时，遂向人问道："这是个甚么地方？"那人说："是太原府地。"又问："那里有卖饭的？"旁人说："这乡下无有；城里、镇店上到俱有，离此四十里。"

【傍里】旁边。富12：这天还有天，这天还有天，少着一篇就不难，在傍里且略站一站。磨21：别人是决科决甲的好秀才，漫在傍里观榜；你不过是完了场，就该归家，在那里做什么？

【傍人】同"旁人"，别的人。禳5：咱虽穷了，咱虽穷了，门户虽衰品极高。也该略把崖岸存，休要惹的傍人笑。磨19：俺家里又没有傍人，有点小事，他就给俺东走，他就给俺西奔。

【嗙】(pǎng)吹牛说谎。磨23：丑扮瞽人背弦子上："……瞎的瞎，俺会嗙，骗了三官爷爷一顶巾，挣了镇武爷爷两顶网。许着翰林家去上寿，那一遭不挣二百赏？惯掏鬼，惯撒谎，因此人人叫瞎嗙。叫瞎嗙，连年运气低，两个婆子死的爽，叫俺昼夜不眠心里想，半夜以后心里痒。……"

【胖光光】肥胖而皮肤油亮。钟：那个馋爷可怕，庞儿不大善良，小鬼生得胖光光，怕他涎流嘴上。

【膀胀】膨胀。日·裁：肥了膀胀不好看。

## pao

【泡[1]】(pāo)量词。用于撒尿。墙1：这不是还不曾晌午，早晨吃了两碗糊突，两泡尿已是溺去了，好饿的紧！姑2：就是待溺泡尿，也叫他儿来捧。

【刨[2]】(páo)❶挖。姑3：听见那银子的话，等不的说完就跑，叫着二成，一个拿着杴，一个抗着镢，流水先去刨去。姑3：于夫人去看了看，刨了一个大坑，里

① "旁"本字应为"胮"(pāng)，义为胀。

头堆着瓦查子，也只当他刨了银子去了。❷刨土，指锄地。日·庄：忘却春秋锄刨难。农·农·刨二遍：麦未开镰，务要二遍刨过，收之多寡，全在此遍，最要用心。

**【刨窝】**刨坑，挖坑。富3：终日昏昏眼不也么开，魂灵已上望乡台。苦哀哉，早晚的刨窝往外抬。

**【刨燥】**因为心悸不宁而烦躁难忍。寒7：却说那新泰县老王，从得病回县，昼夜只害头疼。忽一日说："二郎爷爷叫我审理去哩。"刨燥了嗓[①]子，就呜呼尚飨了。富3：吃下药去，刨燥了一宿。

**【搯树】**刨树，将树连根刨出[②]。禳1：天地之间，蚕们可以老了，搯树可以倒了，饥困可以饱了，昂赃可以扫了，惟独这着骨的疔疮，几时是个了手呢？

**【爮】**鸡用嘴刨开杂物找食。日·庄：怕被鸡爮窗密苫。

**【跑插】**跑(略带贬义)。"插"为语缀。禳5：老头子你只说他小，他甚么不知道！隔着十里多又跑插到，他自家看一看到也好。

**【跑羔】**三个月大的小羊。此处指跑羔皮。日·皮：鹰爪跑羔可御寒。

**【跑脚】**跑腿。富4：回了县，一声吩咐："张逵来了家了，快去给我拿来！他若不出来，还带方氏来回话。"……还有九[③]个衙役要弄时道，领着一些少年跑脚去了。

**【跑跑颠颠】**不停地跑的样子。富13：又上轿呼呼扇扇，那探马跑跑颠颠，五十里一派人声乱。磨27：又上轿呼呼扇扇，那报马跑跑颠颠，三十里一派人声乱。

**【跑前跑后】**一会儿跑到前边，一会儿跑到后边。禳1：学着赌博指着赢，输了待捞没有本，心里痒痒没处抓，跑前跑后撅着嘴。

**【泡$^2$】**(pào)❶浸泡。增10：老鸨子怒狠狠的骂下楼去，来到后房，叫："丫头，把那鞭子给我泡上！"增10：那虔婆打了二十多鞭子就不打了，叫丫头："给我泡着乜鞭子，歇歇再打！"❷泡沫，水泡。蓬5：你好愚呀！那都是水上的泡，镜中的影，恋他怎的？❸因为摩擦手脚上浮起的像水泡一样的东西。(因为火烧而起的泡称为"燎泡"。参见"燎泡")慈4：他哥看了看，那手上使的两个泡，脚上鞋

---

① 为"噪"字之讹。

② 或释"搯"为"枹"(bāo)字之讹。枹树即枹栎，也叫"橡树"，树龄很长。意义可通，唯"搯"字与"枹"之形体相差较大。

③ 为"几"字之讹。

也破了，倒弄的无心打柴……慈4：张讷回来吃了饭，张诚也来了。张讷又拉过来，看了看手上那泡，吊下泪来，说："你总不听，白死的转下了。"

**【炮手】**负责开炮的人。翻12：大门外道南道北，俱有小门，把炮手伏在门里。到了半更天，果然贼兵到了，见那街道窄狭，分两头进。那炮手看的明白，四炮一齐发火。磨33：三人整了衣冠，备了鼓吹炮手，迎下山来了。

**【檤】**（蒲氏注音"炮"）重量单位。各地数量不定，有20斤、30斤、40斤不等。日·果：山果市头只论檤。

## pei

**【呸】**叹词。表示斥责或唾弃。墙1：张大说："诮甚么！俺达好不好，谁着他合你令堂并骨哩么？"李氏说："呸！放屁！俺庄里多少好汉子，那里找着您达并骨！"琴：喜的我仔没了法，呸着笑着把他吐一口。

**【陪】**❶陪伴。墙1：张大说："听的爹来，从早晨望了几回哩。"斟上酒，陪着说："咱家的酒，爹尝尝。"姑2：安大成请了邻墙他叔伯陪着他，吩咐学学给他听听。禳11：公子说："绝妙清音！先说过，输了的也要喝。"子维说："可要都陪一杯酒。"❷同"赔"，赔付。禳17：那官娘子着出来要棒槌，着我陪钱。❸同"培"，原义指培土，引申指盛米饭的时候盛满碗之后再添加上一些使饭高出碗沿。磨22：太太吃了一碗，两个都各人吃了一碗。太太说："我还吃一碗。"娟娟慌忙盛上，陪了一碗。

**【陪伴】**随同做伴。磨33：看容貌如仙，真堪陪伴。你何必泪涟？今宵枕边，叫你喜欢。增8：好酒好菜都吃了，又格外生事，又要个作乐佳人陪伴，只怕你没有钱。

**【陪不是】**认错道歉。富5：张官人挣了一回，济着受了一肚子气。见舜华也不是十分恼怒，才自己笑了笑，解衣上床，陪不是去了。增10：我才把小二妮子骂了一场，唬着那孩子了。快请他来，我给他陪个不是。

**【陪客】**陪伴客人。墙1：今日可有个指望，听说他称肉杀鸡，等他丈人，就不教我陪客，或者还舍点腥水儿喝喝呀！翻2：正遇良宵，没人陪客，正好相劳。

**【陪情】**认错道歉。墙4：您二位歇息去罢，我还要敌去陪情。增6：这个兄弟不知道什么，得罪着你，万望长官容恕，我管陪情。

**【陪送】**娘家给新娘陪嫁的东西。琴：也是我的时来了，一百样的都凑巧：查的日子极近便，陪送治的全不少。增25：我向亲戚借一借，定然拔他出火坑，临

时还有小陪送。

【陪笑】以笑脸对人,使人息怒或愉快。翻4:阎罗出来,满脸陪笑说:"仇福把你卖给我了。"增6:那张合满脸陪笑,说道:"这个兄弟不知道什么,得罪着你,万望长官容恕,我管陪情。"

【陪笑脸】同"陪笑"。增4:仙女只一躲,骂声村长官。万岁陪笑脸:大姐我是合你玩。

【陪坐】相伴而坐。翻2:天黑了,天黑了,手拉手儿陪坐着。富14:舜华便让太老爷夫妇陪坐,少老爷合众少爷侍立两傍。

【培】用土埋。翻11:大郎说:"咱抬出几个来,可再埋杀,何如!"大姐说:"也使的。咱抬出些来,从新培了,用着再拿。"农·附·科斫:条宜科去者有四等:……或待春间,取其皮之易脱。不如腊月斫者,于向阳坑内培之,至二月取出,皮自易剥。

【培坟】培土堆成坟头。墙4:一些人下葬。张二说:"着人培坟,咱且做咱的。"忙忙走了。

【赔】❶赔偿,偿还。翻9:姜娘子掀开一看,说:"我那两件衣裳没了。"大姐说:"你休恼,我管赔你。"富3:张官人叹吁多时,也没吃下饭去。那店主找不着驴,自家着急,满口里招承着赔驴,张官人如何肯依?❷亏蚀,耗损。寒4:赔了棺材一大口,缝头又是五两银,蝎子也是活倒运。磨29:我听说任大王山上一发兴旺,招集了两三万人马。昨日又短了皇扛,教军门赔了十二万。❸同"培",堆。俊:如今就是嫌我穷,百样款儿都捏过。酒肉赔着满欢喜,那有这样混账货!俊:酒肉赔着心欢喜,一时没了就是发作。

【赔情】同"陪情"。磨12:实情一句恨难消,枕上赔情不惮劳。琴瑟合好应不久,鞠躬尽瘁在今宵。

【赔送】同"陪送"。增28:也罢,即赐你黄金三万两,一则酬你的功劳,一则给百花羞作赔送。

【配】❶相称,般配。禳5:人物不好不成对,没有根茎也赃囊,两班儿都要配的上。增5:我儿模样也不丑,只是手脚太村帮,咱合小姐配不上。❷成婚,婚配。增5:你家曹金定,配与我为妻。你若不依允,就是造化低。增5:你家里宿的是皇帝,封了你那儿一个官,合俺家小姑娘配为夫妇了,叫俺来报喜,还嘱咐不要走漏了消息。❸交配。农·蚕·择种:蚕种就簇上择之,近上则丝薄,近下则子不出蛾。取同时者配之,自辰至亥乃拆之。

【配对】❶配合成一对。增14:瞎话！俺又不是朝廷家,俺家里也有白鹦哥。二姐,你把这鹦哥送给我罢,好合俺那一个配对。❷指成婚。禳5:东家找我配对,西家找我求婚。

【配盘】盛放配菜的盘子。日·饮:瓦饼焦黄似配盘。

【辔头】马笼头。日·走:扯将辔头连蘸水。

## pen

【喷】❶把液体、气体等用力射出。禳27:咒毕,含水一口,照着江城喷了一脸水,江城打了寒噤。禳27:我想那和尚是个菩萨化身,着他那一口水喷来,如梦初醒。❷受蚊虫叮咬而起疙瘩。磨28:二更里好难禁,这蚊子吃了人,一窝臭虫浑身喷。

【喷鼻】扑鼻,形容气味浓郁。蓬4:或是花前向暖,或是月下乘凉,细雨长下,云片飞扬,烹茶来好用,水酌来喷鼻香,你呷呷,我尝尝。富6:进门来又着人把小菜端上,又是那开坛酒喷鼻清香,嘱咐那张官人把公差去让。

【喷铳】("铳"原讹作"统")用火药发射弹丸的管形火器。日·兵:乌机喷统用铅珠。

【喷饭】结婚时的一种仪式。婆婆家送饭请新过门的媳妇吃,媳妇含饭喷到丈夫手持的口袋里。琴:鼓乐喧天,鼓乐喧天,里里外外铺红毡。那人走进来,等着俺喷饭。……许多人都挤擦着,母亲端出一碗饭。那人张兜等俺喷,一口喷了一大半。

【喷香】香气浓郁。富6:方坐下端上佳肴美味,喷香的糯米酒,大大的建磁杯。磨23:方才从那酒店门前过,那酒味喷香,只干咽了两口唾沫而已。

## peng

【烹】❶煮。寒5:若还直要去告状,我将油锅把你烹,看你嘴头硬不硬！快给我拿将下去,剥衣服去上油铛。蓬4:不知道纳草,不知道封粮,惟看烹鱼做饭,要指点梅香。❷象声词。砰。增17:万岁……把丫头们赶下楼去,烹的一声关上楼门,便说:"二姐,咱睡了罢。"❸同"搒",打。姑2:新给他兄弟娶了一个娘,遇着太岁又遭殃。我的天,大仗烹,逐日烹大杖。❹随口乱说,说大话。禳26:见同年称年兄,拜知县称治生,庄村谁不把我敬？从此没有下三等,顺口谈文尽着俺烹,见人说嘴又整腔。

【烹茶】煮茶。蓬4:或是花前向暖,或是月下乘凉,细雨长下,云片飞扬,烹茶来好用,水酌来喷鼻香,你呷呷,我尝尝。磨6:方相公冷笑道:"列位少坐坐,我管去烹茶。"

【匉头】("匉",方言音"朋")同"髩头",一种发式。日·衔:巧把匉头挽水鬢。

【捹】捶打。墙3:他虽然大不通,到底是你的兄,怎使的按倒使捶捹。寒2:赵举人这就发了怒,揪下驴来只顾捹,背到家送了残生命。

【䏘䏘】象声词。砰砰。日·争:搭着脖子䏘䏘打。

【硼】(方言音"碰")碰,撞。琴:嫂子说话硼心坎,句句何曾差一点?磨23:两个硼在一处,几乎硼倒。王丙抹头说:"鞋里加楔子——好揎!"那个抹头说:"王大哥,你硼死我了!好疼好疼!"

【硼硼鼓】小鼓。磨1:果然取出硼硼鼓、插儿机,交于别人。嗽一声说:"好好着,咱就来。"

【硼头】碰头,以头碰撞地面、墙面或其他硬物,发泄气恼、悔恨或寻死。姑1:于氏不待看也不待听,黄天黑地的硼起头来了。姑2:于氏听说泪交流,自待自家硼顿头。翻4:要我怎生,要我怎生?不如死了眼不睁!照着那南墙,只顾使头硼!

【硼头打滚】碰头打滚,在地上用头碰地、身体滚动,形容撒泼的样子。翻12:我在家鬟才齐,一点恼着就不依,硼头打滚真难治。

【硼头散发】头碰地、弄散头发。为女性在公众前发泄愤怒情绪时的常见动作(同时伴有哭叫)。翻4:姜娘子听说,慌张下马来,硼头散发,大哭大骂。

【磞】同"硼",碰。墙4:银匠说:"这禽兽,你待打我不成!"磞了一头去。两个就待动手,旁里一大些人拉着。

【朋众】朋友们。禳19:公子勒头上云:"呀!朋众云集了。"众云:"抱屈呀!"公子说:"少笑。"大家作揖,让了坐。

【彭彭乍】同"膨膨乍""膨膨胀",鼓鼓地往外胀。增12:拆破袄做背褡,大补丁白线巴,栗子布裙彭彭乍。

【棚】❶用竹、木等材料搭起的篷架或简陋小屋。翻7:蟒蝤棚毂捧呀大,你那嫁装那里安?蓬1:盘中枣大如瓜样,梨似胡芦摘下棚,娘娘喜欢容颜动。❷量词。箭袋中的十支箭。磨17:一棚长箭百斤刀,片片血星染战袍。贼子奸臣杀不尽,胸中愤气上九霄!

【棚彩】丧棚中的纸扎花之类。墙4:坟合棺材都有了,扎些棚彩与旛旗,台前一个猪羊祭。

【蓬】同"棚❷"。快3:一蓬长箭插当腰,曾向空中射雁毛,放出单单射左眼,中着别处算落操。快4:一蓬火箭一张弓,暗暗埋伏在峪中。

【膨膨乍】鼓鼓地往外胀。钟:为奴只喜担磨肩,重担子去时轻担子还。酒食啖得个膨膨乍,还赏子二十个大黄边。

【膨膨胀】同"膨膨乍"。墙1:肚儿肚儿你捱饿,有个盼头休要慌,待霎子撑你个膨膨胀。

【鬅松】蓬松,(头发等)松散杂乱。姑1:于氏也告诉不出口来,只是鬅松着那头哭骂。

【鬅头】一种发髻高而松的发式。姑1:珊瑚随即进房来,脱了衣裳换了鞋,落了鬅头洗了粉,去了裙子掩掩怀,掩掩怀,插金钗,未照菱花鬏髻儿歪。蓬2:恨不能把身子变上一变:爱你的鬅头,好变一对凤头簪;变一块螺黛,画你的春山;……

【捧】❶两手承托。禳19:石庵、仲美捧着肚子哐哼回来说:"哎哟!就死也去给俺要盆菉豆汤来,给俺解解。"禳33:江城、兰芳、春香、丫头捧衣服上,太母云:"这是甚么东西?"磨33:山头放了大炮三声,一行人都进了营寨,鸿渐才捧出圣旨……❷双手虚拢对起来的空间。翻7:蛴螬棚彀捧呀大,你那嫁装那里安?

【碰头】同"磞头"。寒2:原是犯官的家人抽了他一鞭子,他就自己碰头,这是实情。

【碰头磕脑】形容众人弯腰低头争抢地上东西时的样子。增16:那丫头一个家碰头磕脑的抢拾,崩了一个,滚在二姐面前,二姐虾腰拾起。

【搒头打撩】同"磞头打滚"。日·争:搒头打撩动刀枪。(此处指倒地厮打)

## pi

【批】❶量词。批次。慈5:哥哥找他找的苦,不知他在那一批?不知他在那一批,好可疑,料想班头无不知。❷批示,批复。翻5:昨日告状的,不知就是令姐。这也不用提人,把状批下去罢。寒2:那状告上,又是院里批司,司里批府。❸写有批示的纸条。慈5:腰间里把票抽,许多小字黑溜溜,张讷接过来细细看,没有张诚在上头;没有张诚在上头,且把批叠起,又叫大汉子收。❹从中间割开。农·附·劈接树法:先附地平锯其身,于砧盘旁向下寸半皮肉上,用快刀尖向左右

斜批豁两道,至平面,下尖上阔,阔一指,中间割断者剔去,割处如鸭嘴样。

**【批丢朴搭】**象声词。形容乱撞击的声音。禳16:打开了那管是甚么,浑身上下批丢朴搭。

**【批脸代腮】**同"劈脸带腮",打人时直冲着脸和腮。磨15:张春大怒,批脸代腮只一捶,打了个倒栽葱。

**【批溜扑搨】**同"批丢朴搭"。磨11:批溜扑搨一片响,煞狠地动怪叫欢,叫达达只推听不见。要把他屁股打破,带与那堂上赃官。

**【批流扑喇】**象声词。形容很快的动作中所发出的杂乱声音。禳8:呀!听那喇叭嘻嘻哈哈,那唢呐滴滴答答,一片人声吱吱呀呀,门前花炮乒乒乓乓,十对家丁批溜扑喇,一行人马咧嗗喇嗗,锣儿噔噔,鼓儿帕帕。

**【批票】**写有批示的纸条。磨14:那皂头又无批票,怎么就敢拿人?

**【批首】**院试列名第一。磨18:从十四岁进学,考了两遭批首,下了两回大场,实指望一举就名扬,谁想时运不济,看不起那文章。

**【坯】**土坯。寒8:大相公迭不的细说,一行拾那坯块,一行说:"俺爷活了!"日·泥:发陷还用一堁坯。

**【抷】**崴,崴脚。当为"搋"字之讹或异写,音"崴"。参见"搋辣骨""搋呀搋呀"。磨29:倭卒牵了马来,说道:"这马在坑里抷瘸了。"金总兵骑上瘸马,下山而去。

**【披狗皮】**披狗皮示众,是一种侮辱性的惩罚。日·赌:况披狗皮乌红眼。

**【披红】**披着红色的绸布,表示喜庆或光荣。琴:新郎到了,新郎到了,簪花披红扎裹着。

**【帔幢】**("帔",蒲氏注音"披")披风。日·裁:帔幢版钮合时常。

**【铍镞】**两边有刃的箭镞。日·兵:铍镞鹏翎箭满葫。

**【纰】**绞合的线散开。日·裁:揽襻还怕线纰缁。

**【菝】**将秸草等敷在屋顶。日·泥:通家过攥好手菝。

**【菝屋】**同"菝"。日·庄:菝屋方开秆草稞。日·花:菝屋还比秆草坚。

**【劈[1]】**(pī)❶砍。姑1:你家里降了外头找,我就是个难劈的柴。慈4:那虎衔着个人走的慢,被张讷赶上,劈了一斧子,舍命乱跑,眼看着过了山去了。磨28:张龙往外挣,胡生往里拉。张龙怒说:"你要什么?"胡生说:"我只要五个钱,便放你去。"张龙劈一下,大骂:"淫娘养的!忒也欺心!"李虎拉着,张龙还去打,不觉的把腰中钱吊出来。❷ 直冲着。姑1:于氏拭了脸,劈珊瑚瓜的声一耳

根子，说："我看不上你乜脏样！"

**【劈柴】**劈开的木柴。禳16：那一日拿起一根劈柴，把我这手指头是伤了俩。

**【劈黄】**当为"檗黄"之讹。禳20：夏热难当，夏热难当，明珠劈黄小荷香。

**【劈脸】**打人时直对着脸。禳9：公子拿过来轻轻的打了一下，江城恼了，劈脸一掌。禳9：两个指头打了你，你劈脸一巴掌，嫌你忒也没人样！

**【劈脸带腮】**打人时直对着脸和腮。富7：张春大怒，劈脸带腮只一拳，捣了个倒栽葱，拾起块石头来好打。富9：旁里那俩小伙子，劈脸带腮又一顿拳，鼻子都打破了。

**【劈破老莲蓬】**即"劈破莲蓬"，骨牌的一种牌名。由三扇牌组合而成，其中两扇黑点十，一扇黑点五。禳26：你看打个锦屏风，打个楚汉大争锋。眨眼乌龙，眨眼乌龙，纷纷落花满地红。昼夜停，又是劈破老莲蓬。

**【劈破玉】**曲牌名。慈1：[劈破玉]张炳之放倒身长吁短叹，最不该寻老婆懊悔从前，再一会怕爹儿不得相见。给他找一条逃生的路儿，颠倒寻思了万万千千，溜溜的睡了一整夜，好汉子及到天明宿了眼。磨21：[劈破玉]有人说方娘子生来福大，说他模样儿就不是贫家。一个说，那本领就不在人以下。人人都讲论，尽是瞎胡巴。都没说着他教子读书，天下找来没有俩。

**【皮】**❶动物的皮、革。寒3：浑身都是绳子绑，一根皮条束了腰，上边拴着皮刀鞘。寒7：犁上摘来耙上使，脊受棍子腚受鞭，肉被烹煮皮缝罐。❷人的皮肤。慈3：那腿上去了一块皮，走着还瘤呀瘤呀的……翻9：你掐他一块肉，撕他一块皮，也还出出你那心头气。❸指肚皮。禳23：皮里出来皮里亲，道来媳妇是他人。磨17：虽一皮隔一皮，做孙子不如儿，到底仗依爷爷的势。❹植物或果实的表层组织。禳24：(吴恒说：)"咱可就把梨子连皮吃——"秦厨说："怎么说呢？"吴恒说："不啃他的。"磨23：不知谁掉了一个龙眼，树底下拾起来，端相了一回，说："奇呀！这是什么东西？"捏了捏那皮挺硬，看了看像个菱枣……❺脸皮。增12：叫姐夫休胡嘲，我看你无个操，故意才把皮来燥。❻(铜钱)质次。参见"皮钱"。增3：王小，客的钱皮些收着罢，嚷的是什么？看坏了铺子。

**【皮皺】**进行水中作业时穿的连脚及腰皮质长裤。日·庄：皮皺不愁水窊浓。

**【皮貏】**("貏"，蒲氏注音"片")瘦猪。日·走：皮貏豭羸[①]正吃糠。

**【皮捶】**拳头。增6：你这个花子，放着路不走，来这里溜和溜和的！你只等

① "羸"为"羸"字之讹。

溜顿皮捶,你才息了心!

**【皮猴子】**猴子。富11:俺摸了摸,可是皮猴子吊在火里——一根毛也不见。磨23:俺瞧了瞧,可是那皮猴子吊在火里——一根毛也不见。

**【皮狐子】**狐狸。禳13:那江城又会扭作了两眼儿,渔妈妈的皮狐子变了个江米人——就是个引汉子的老妖精,弄的俺小哥哥一相思几乎害杀!

**【皮匠】**补鞋或制鞋的工匠。闹:你看那皮匠家补鞋补袜,只是那锢炉子锯盆锯碗,还有那木匠家打箱打柜,铁匠家打锄头还打刀镰……

**【皮脸】**厚脸皮。琴:皮脸嫂子好多气,一戏不罢又一戏。禳4:求人情,好歹将来未可凭。不如包打上二百好冰凌,上公堂照他皮脸撕,要进童生是童生,要进几名是几名。

**【皮钱】**明代所铸的薄而小的铜钱。泛指铜钱。禳17:你若是许了交易,我许上两吊皮钱。增14:我夜来使了几个皮钱,称了一两好麻待锥锥鞋来,为着搬你就耽误了,还在那酒楼上哩。

**【皮条】**皮革割成的条带。寒3:浑身都是绳子绑,一根皮条束了腰,上边拴着皮刀鞘。

**【皮鲊】**用腌、糟等方法加工的鱼类食品,加工后冷凝成块,切开食用。禳24:海参切成四瓣儿,鲍鱼切成薄片儿,皮鲊切成细线儿,鲤鱼成个正面儿,葱丝切成碎段儿,花椒研成细面儿……日・饮:皮鲊切细凉堪用。

**【皮子】**粉皮。禳1:南瓜皮子一大筐,炊帚苕帚三五把。

**【疲】**疲倦。禳24:哭了回子,打了个哈睡着了。高母说:"我也疲,也睡睡儿。"磨16:我念书念疲了,偶然去走了走。

**【狌】**狐狸。日・走:狌名狐狸走山岗。

**【脾胃】**脾和胃的合称,代指消化能力。墙1:又怕老头脾胃弱,吃了干粮消化难,老孝顺儿革了他达的面。禳4:酒色养的那脾胃娇,那厌气时文也不待瞧。

**【魮】**瓣鳃纲中能产珍珠的珠母贝。日・鳞:出在市场惟鲞魮。

**【痞】**胸腹内郁结成块的病。比喻令人生气烦恼的祸根。禳13:后及至娶了那江城来,倒成了祸根……老头子才替他一刀两断,割了那块大痞,待了一年多,好不清静静的。

**【劈[2]】**(pǐ)分开。富7:打也打你无良心,劈着腿生出你乜杂毛根。磨15:打也打你没良心,劈着腿生出杂毛根。

**【癖】**两胁间的积块。与"痞"意义相通,都比喻令人生气烦恼的祸根。翻1:

添上块忧心大癖，倒教我昼夜愁肠！俊：铁拐李把眼挤，若是休了便宜你，狠狠一下挡了你的生，到还割了这块癖！

**【癖块】**比喻顽固的毛病。闹：雀顶儿分明癖块，泮池上公然摇摆，真似古丢丢在望乡台。

**【詆喇】**（“詆”为“詆”字之讹。山东大学图书馆藏《禳妒咒》字作“詆”。“詆”，方言音“词”阴平）斥责。禳15：他就恼了脸儿，把我詆喇，说道李婆子放屁，说的是甚么！

**【屁嗤狼烟】**形容狼狈不堪的样子。俊：最可笑煞人也：赌博输的屁嗤狼烟，着急寻法去抓钱，顾不的廉耻脸面。

**【屁股】**臀部。禳24：遇着那利害主人家，一碗菜儿做不好，就打屁股。磨23：淌里洋来淌里洋，撞马虎好似狼，看见蹄儿是几个，道是一根尾巴长在屁股上。

**【屁骨】**同“屁股”。寒4：都说道吃横亏，一个个哐哼成堆，快头先行又被屁骨坠。日·身：腚腫屁骨即肛门。

**【屁滚尿流】**形容狼狈不堪的样子。富2：院里差下人来，把那些衙役拿的屁滚尿流，审了一堂；虽无夹打，却着实的怒骂。磨15：打也打你不害羞，庄东头骂到庄西头。杂毛科子休弄鬼，还要把你也筋来抽！筋来抽，我报仇，打的你屁滚又尿流！

## pian

**【偏】**❶侧斜，不正。丑：袍衿略动香肌露，石枕斜攲宝髻偏，土块高低常转侧，衣裳牵扯错钻研。❷偏心，偏向，不公。墙4：那官府忒也偏，一打几乎到九泉，好胡突并不听人辨。姑2：想当初我用心太偏，待的你委实难堪。磨28：休想要偏了，可照样把李虎也奉承他一下。❸副词。偏偏，表示故意跟客观要求或客观情况相反。俊：宗亓人大发威，瞪着眼攒着捶：你到肯合人家汉子睡，我偏不肯休了你！快2：他意料我不敢行，我偏走这条道。磨28：保正……才扶起来要背，便说：“李虎病下了，背不的；我背张龙罢。待我去叫他那地方来的，合我抬这李虎。”张春说：“我偏要你背李虎。”❹副词。偏偏，表示事实跟所希望或期待的恰恰相反。快4：快哉，快哉！这样快事，俺偏捞不着，便宜你！磨20：咱家里祸重重，中个举偏不中，如今要我成何用！增1：那正德爷非等闲，天生下只好玩，贪花恋酒偏能惯。❺副词。偏巧，表示事情超出一般情况。慈4：世间尽

有蹻踦事,破茧偏能出好蛾。琴:哥哥今年二十一,娶了个嫂子才十七,年纪还比俺小一岁,身量比俺矮二指。偏他早又戴着箍,不知前世怎么积。磨23:可怎么人家娶妻生子,团圆百岁,偏我王丙寻着的,都是些短命鬼儿?❻副词。单单,只有,表示范围。墙3:张二也焦了说:老是大家的老,偏你就孝顺?慈5:空是这说,也没人见,怎么偏你来就可巧的撞着?翻3:除了盘费不算账,考去还要买文章,偏他自己费家当。增7:我自离了北京,一路见了多少人,没人问我个辛苦;这小厮不上十五六岁,偏知道我的辛苦。

**【偏房】**妾。慈1:世间两种最难当:一是偏房,二是填房。

**【偏缰】**缰绳。日·皮:镫脚偏缰割𦡀眼。

**【偏偏】**❶同"偏❹"。琴:仔说是那人年纪小,偏偏他生的脸子老。❷同"偏❺"。磨12:娘子怎么偏偏的与我解闷?

**【偏心病】**比喻偏心。禳9:小江城小江城,你输了瓜子还要争,从小就有点偏心病。磨12:我原有个偏心病,在我身上望你不负心,在人身上偏望你负心。

**【偏袖】**指只穿一只袖子。增14:万岁说:"这奴才们笑我,我头信妆一妆村给他们看看。"把那被布袗衫扯了一个偏袖,一步三摇摇将起来。

**【便宜²】**❶不应得的好处。姑3:全然不提,全然不提,算是我更得便宜,若要说分明,又呴多少气。寒1:一文便宜他不占,并不合人犯争差,下人也不曾恶口骂。❷使得到不应得的好处。墙4:若留在这边,我一脚不来,只怕他问问,可不便宜了他么?磨1:那一年大赦了钱粮,没封的就便宜了那滑户,封了的就便宜了那县官,那好百姓沾甚么恩来!

**【便宜了一个大疙瘩】**否定别人说自己赚了便宜时自谑的话,意思是并未赚到便宜,甚至还受了损(身上的疙瘩是通过挨打等方式不花代价而得的,无利而有害)。磨23:两个碰在一处,几乎硼倒。……王丙说:"俗语说:'便宜了一个大瘩疸。'你也便宜,我也便宜。这不是吉利么?"(此处为两个盲人发生碰撞并争吵后,盲人之一的王丙解嘲说俩人都赚了"便宜",应该算是吉利。这是故意利用俗语的字面意义来把碰撞出疙瘩解释为吉利的)

**【谝】**自夸。增16:我有王姐夫送我一条汗巾,我拿出来谝谝,他贪看汗巾,就忘了弹琵琶了。增25:万岁爷笑一声,佛动心你瞎支稜,开口就谝你那银钱重。

**【片瓦根椽】**只剩一片瓦、一根椽子,形容穷得几乎一无所有。翻3:你糊迷着心眼,说说还嗔,必然到片瓦根椽,才是个断根。只怕你讨饭吃还没条棍!禳6:我那佽心肝,我那佽心肝,他无片瓦与根椽。

## piao

**【皫白】**（“皫”，蒲氏注音“漂”）很白。日·饮：馒头皫白又松暄[1]。

**【闝】**同“嫖”，嫖妓。增16：你看这姐夫，穷的一条裤子也没有，还来闝哩！增19：那长官不知带了几两银子来闝院，给他一个割根齐查，赢他个罄净，叫他院也嫖不的，人也为不的。

**【瓢帽】**瓢形的帽子，指和尚帽。日·僧：和尚袈裟缝瓢帽。

**【瞟脸】**抬起脸，看着斜上方。富6：依起你来，就应该瞟瞟脸竟过去，但只是我可不肯。磨2：差人瞟着脸说："赃行子！磕些头也积不的私房。若是人人磕头，俺倒饿死了哩！"日·纸：瞟起脸看显道神。

**【嫖风】**嫖妓。增2：多拿些金银财宝，宣武院好去嫖风。增19：砌里答撇的精光棍，油嘴滑舌会嫖风，不想这花子能行令。

**【票脸】**同"瞟脸"。磨18：依起你来，就该票票脸过去，但只是我可不肯。

**【票子】**❶官府传人、拘人的凭证。姑3：那妮子他达无赖之极，上门子骂了，又告状，县官又赃，要拿鹅头，出了个票子，单叫臧姑。寒4：老王出了票子，叫那李蝎子、商臣、赵歪子一干人犯一齐到县堂。❷票庄所发，兑取银钱的票据。磨14：马知县，你做的好官！且不合你论短长，你有十万枉法赃，况且是库里又欠三万账，加二加三收大粮，拿短少的票子几千张。怎么说？❸让田庄支付钱粮的凭条。翻8：慧娘有自家的一处小庄，三顷地，隔着有七八里路，写了票子去，着他供给。翻8：写票子行到庄上，叫那里供给杂粮。

## pie

**【撇】**❶丢弃，甩掉。增11：巫山神女出现，仙姬私下天庭。相思撇在路途中，拾得归家害病。❷人死或外出后留下亲人或物产。慈4：我的姑，我来跟你一身孤；我今才略成人，怎么就撇了我去？富5：我逃走，在天涯，嫩子娇妻撇在家。增11：第一怨怨爹娘，只顾你早先亡，撇的孩儿没头向。❸向左下斜的笔画。闹：学写字手拿手一撇一点，一个字分八法回后回先。

**【撇绳】**驱役牲口用的长绳。日·庄：又买撇绳换秃镶。

**【撇下】**❶丢下，甩下。禳6：公子见他眉眼留情，便撇下汗巾而去。禳6：撇

---

[1] "暄"字之讹。

下了汗巾儿,我看他要不要。❷人死或外出后留下亲人或物产。墙1:清净了二年,谁想婆子死了,撇下个老光棍。那里疼,那里痒,谁问一声?翻1:娶妻陈氏,早死了。撇下一个女儿,叫大姐。禳21:刘智远一生放荡,去投军撇下三娘。

**【撇嘴】**下唇向前伸,嘴角朝下,表示轻蔑、不相信或不高兴的一种动作。增18:羞煞了小大姐,佛动心把嘴撇,姐夫前生造下的孽。

**【撇嘴呲牙】**形容瞧不起的表情。禳8:呀!邻近知道说是樊家,一个听的撇嘴呲牙,一口屋没有,到处为家,教书为业,过的揭巴,这些人去,怎么打发?

## pin

**【拚命】**("拚",蒲氏注音"聘")拼命。日·争:搔腿揪毛还拚命。

**【拼上】**豁上,表示狠心付出很高的代价。琴:惹的人心牵挂,上不上来下不下,狠狠我要回庚帖来,拼上一辈子不出嫁。富7:任拘你势力多么大,我拼上一死不怕天。

**【品】**❶官吏的等级。寒6:商礼名下注定官三品、银百万。磨4:俺今日官至二品,位至八抬,出门去前呼后拥,轿前磕头者无其大数,也算的是个尊之极矣!❷品性,品位。禳5:咱虽穷了,咱虽穷了,门户虽衰品极高。也该略把崖岸存,休要惹的傍人笑。❸品尝。增7:我有七十二样酒,见样拿来你瞧瞧。品品不好往当街倒,从今后不开酒店,说声薄把壶贬了!❹事物的种类。闹:不要那满城烟毛头大锭,不要那红丝烟采堂玉兰,不要那关东片香烟杂半,大益和兰花烟我俱不贪,一切的奇品烟我都不要,苦菜花、芝麻叶我也不嫌。钟:有了,前日猎得一鬼,名曰傻虫,身体伟大,臀腿丰肥,绝好一个食料,赚他往送贺仪,就便充作一品,有何不可?

**【品从】**官吏的品级。增22:二姐忘了该呼万岁,万岁也迭不的叫梓童。天子庶民无品从,也不是金卯玉笋,耍了耍万古传名。增28:毛阁老传令,快换朝服,手执牙笏,各按品从,各人俱要十分小心,众文武齐声答应。

**【品级山】**清代文武官员朝班位次的标识,状如山形。增1:散去了众官员,万岁爷把旨传,独把江彬传上殿。江彬忙跪金阙下,双膝跪在品级山,朝参已毕旁边站。

**【聘】**❶聘请。增2:尊万岁,听小妃:公子光原姓姬,王僚也是亲兄弟。只因要争王子做,千金聘了老专诸,刀藏鱼腹真奇计。❷聘娶。禳5:小年兄已到黉门,十三四年正青春,现如今还又不曾聘,依我看绝妙无伦。

## ping

**【乒】**象声词。嘭。富6:上下看了一遍,真真是我那官人!乒的声放下那手里的绣鞋,只听的步步金莲走的紧。增15:一声休不曾说出,乒的声成了些木渣。

**【乒乓】**象声词。增17:万岁爷气冲冲,骂奴才养汉精,放你娘的狗臭铳!捶的桌面乒乓响,身子跳起眼圆睁,倒把二姐唬了个挣。增28:灰片片火烘烘,黑烟直射斗牛宫,砖合瓦乒乓乱响,宣武院一片通红。磨19:又听的那雨儿打的那芭蕉叶,乒呀乓呀,点点的伤悲。

**【乒乒乓乓】**象声词。慈4:他哥慌了,一行推着他,腰里拿出斧子来,乒乒乓乓的斫起来了。禳8:呀!听那喇叭嘻嘻哈哈,那唢呐滴滴答答,一片人声吱吱呀呀,门前花炮乒乒乓乓……禳26:强人哪,你看这鞭子,乒乒儿乓乓儿,乒乒儿乓乓儿,打你那亲人!

**【砅磅蒲】**同"平光扑"①,双方打平、不分输赢。寒2:两个正商议告状,商三官跑过来,说:"哥们好胡突!告了遭子不过是如此,也就知这世道了。老天爷待为咱敌生出一个包文正来哩么?"(唱:)叫哥哥好胡突,告一遭砅磅蒲,天下官走的是一条路。(指商父被打死,但官府受贿并没有重罚凶犯)

**【平白】**凭空,无缘无故(地)。蓬3:人生面不熟,见了人先害羞,平白地找着人家汉子,怎么好开口?富7:打也打你主意差,平白的骂人做甚么?磨13:这想是施舜华又来作戏,便说道小娘子会弄张致,平白里哄杀人,光行那鬼怪计。

**【平打平】**打成平手,不分高下。翻1:止有女婿人一个,或者他俩平打平,谁打过谁来谁得胜。

**【平等】**(水平)一般,平常。禳23:常时文章还平等,今日才学分外高,也亏娘子那无情教。

**【平地】**❶平坦的地面。翻12:要把他踏为平地,实不料弃甲丢盔。翻12:即时看了日子,在那墙东平地里兴了工。❷比喻没有根基。禳23:你看一家遭际,怎么望平地飞腾!增28:往常时提壶卖酒,平地里春雷一声。

**【平光扑】**指双方打平、不分输赢。富7:这一天老母鸭子来在家,便跑到县里告了状。方娘子听的说,便着方二爷用了用力,审了个平光扑。("老母鸭子"

① "砅磅蒲"意义上与"平光扑"相同,读音相同,但不详为何写成这几个字。

之子寻衅被方娘子之夫打死，方夫逃亡；“老母鸭子”登门骂街，方氏族人将其狠揍；告状后官府看在官员方兄方二爷的情面上并没有对方氏族人责罚）

**【平和】**调和，调解。磨11:他若还是早如此，我便相安不记仇，今要平和不能够！磨35:俺只是恁么，凭您去怎么，奏明了没有我的错。待如何？朝廷爷不给您主平和。

**【平空】**凭空，平白无故（地）。慈6:张老爷常思念那故乡的情义，平空的拾了辆亲亲的好兄弟，欢喜的娘儿们拜天又谢地。翻9:忽来东人从天降，说在我家寄钱财，没点影平空把我害！望老爷天眼看顾，可怜俺无妄之灾。

**【平皮差】**平淡无味。琴:半夜三更做一梦。梦见人家来下定。两担喜酒两牵羊，吹笛打鼓好有兴。看见尺头合钗环，俩眼喜的没了缝。醒来依旧平皮差，呆不登的干发挣。

**【平铺塌】**物体表面比较平，没有凸凹（略带贬义）。转指打成平手。磨15:老婆恶喳喳，日登门骂邻家，母大虫到处人人怕。他虽然叫达，俺只是狠砸，料想从今不敢乍。到官衙任凭击鼓，一个平铺塌。

**【平人】**平常人，一般人。增14:我有愿在前，不接平人，等着接皇帝。

**【平日】**平时。翻9:平日咱娘待我极好，姐姐的情意又高，那里我该忘了么？寒8:谁知那簿子注就的再不能逃，有邻近乡邻平日受他的好处，都情愿借几百银子给他。

**【平西】**天西边人平视可见的角度。琴:日已平西，日已平西，家中茶饭懒待吃。

**【平西歌】**曲牌名。富7:[平西歌]多情人送到我黄郊路，回了回头那俏影儿全无，闪杀人那泪点儿留不住。看了看星儿密密，那树色儿还乌；听了听谯楼上的鼓声，咚呀咚呀的，又是一声咚咚，已是三更有余。走了些高高下下，一片模糊。端相了树木庄村，从来未见，自小儿不熟。半夜里凄凄慌慌投何处？富12:[平西歌]日头不高，日头不高，果饼丁锤都挎着，披毡衣又戴上安军帽。一去十里遥，一去十里遥，下马前行闹吵吵，不多时就把名字叫。

**【平西调】**曲牌名。富13:[平西调]自离别十年后，不肖人南北漂流，到如今侥幸才把功名就。我家孤儿寡妇，谁敢出来伸头？百般的仗赖，刻骨也是难酬。他娘们去坐监，好不可羞！多亏了你昂昂的志气，报复了冤仇，若不然受到何时彀！磨25:[平西调]日头不大高，果饼丁锤都挎着，披毡衣又代上安军帽。一来十里遥，下马前行闹吵吵，不多时就把名字叫。

【评脉】诊脉。富3:那医官来时问了一也么声,就着床头把脉评。

【凭据】凭证,证据。富2:况且那呈子做与不做,这也没凭据的,我有何罪?磨6:况且那呈子做与不做是没有凭据的,于我有何罪?

【凭信】❶据以相信。磨24:往前还有大富贵,如何说他命不存?道途传说难凭信。❷可以作为凭据的信物。增24:这个头向就强的别的。但只是口说无凭,求爷给一个帖儿做个凭信。

【凭证】凭据,证据。翻4:叫的应并无返悔,作凭证文书一张。翻8:仇福子净打净,都说他太无成,如今倒弄的有凭证。

【凭准】可以依凭、确定的东西。增23:赌场里根基没凭准,行说着好话把脸丢,转一转儿还依旧。就有些面红面赤,又不是宿世冤仇。

【屏】屏风。快1:却说玄德在屏后待了多时,听到这里,一步出来。禳33:似锦上添花,似锦上添花,两边列屏两架。

【屏门】遮隔内外院的门。增5:曹重说:"跷蹊!今夜梦见圣旨到来,这事有些古怪。快把屏门开了!"那周元见开了屏门,慌忙进去,见了曹重,磕了一个扁头。

【屏子】❶屏风。日·器:屏子插围遮客座。❷指为当地官员歌功颂德的屏风。磨4:极好的个马知县,到任三日,那屏子发了传单,德政歌儿贴在墙上人人见。磨14:一个知县到任来,并不论他才不才,老爷呀,赠屏子到不的一年外。

【蘋婆】苹果。增16:况且不是蘋婆不是李子的,住在院里甚是不雅。日·果:蘋婆春尽贵京师。

## po

【坡】❶山丘的斜面。翻12:就是那后面临坡,多加些器械整齐。❷田地。磨1:满坡一片皆红地,只有几科蓟术秸,便说蚂蜡不为害。农·农·晒麦:麦五亩只用一人。辰前场中无麦,可使坡中助割,或担粪入栏。❸掭,毛笔蘸墨汁后在砚台的斜面上一边旋转一边略压,以使笔锋形成并挤出过多的墨汁。闹:这枝笔可也作起怪来了,连坡数次,一点墨水也无。

【錣】割。日·庄:钐刀錣来[1]网包接。

【狛】泼,凶悍,蛮横。日·争:一时青傴狛无赖。

---

① 为"来"字之讹。

【泼】❶将液体向外倾洒使其散开。寒6:瞧着那俩鬼没看见,把那水泼在门旁。禳25:泼水难收,泼水难收,到不如今生全受,免的再生再来报仇。❷倾倒。墙1:赶了个西关集,称的肉买的鸡,泼下菜倒上了一盅蜜。禳29:泼泼茶,烧烧汤,唱唱昆腔,双陆棋儿解解闷,要你在行。磨7:不多一时,泼了一杯,两手奉献说:"茶到了。"❸指用水浇火。丑:虽然是长嘴大耳,不成个行款,他到那风月场中调起情来,比那行者还怪。……虽娶了两个毛氏,泼不下那心里火灰。❹蛮横。翻1:惟有大姐十二岁,性子极不好,他老子因他泼,所以不大喜他。富7:却说李鸭子他妈是个极泼的个老婆,每日打门前里过,就骂几声,也没人理他。磨18:张相公,你不要泼!你除到分文不给,还要找算人么?

【泼妇】蛮横不讲理的妇女。俊:泼妇名头甚不香,有时用他管儿郎。俊:宗官听说把火起,骂声泼妇太无礼,结发夫妻无了情,听说休你心欢喜。

【泼官】残暴无理的官员。寒7:又有一位神将押过那判官来,上边吩咐:"这样泼官,害民的贼!上磨研了罢。"

【泼贱】凶悍下贱。增1:知道那水性泼贱,素不喜我,听了"江彬"二字,越发生气,雪上加霜。增11:第二怨怨姑娘,骂泼贱太不良,心如蛇蝎一般样。

【泼辣物】指凶悍的人。姑2:朝朝日日嫌珊瑚,这比珊瑚是何如?妈妈呀,一般遇着这泼辣物。

【泼赖】撒泼,耍无赖。磨15:他从来泼赖,闭了门不要理他。

【泼名】泼妇的名声。禳16:汉子没服就把泼名来挂,这一样降法真是操。

【泼势】凶悍的气势。姑2:为儿今夜细思量,妯娌相处是寻常,官府不肯处治他,惹的那泼势更猖狂。

【泼杂运】即驳杂运,预示遭受坎坷。疑"泼(潑)"为"拨(撥)"字之讹。增26:见一个算卦人,他算我近至尊,至尊现交着泼杂运。

【婆】❶老婆,妻子。姑3:平日臧姑嘴麻子多,红票出来无奈何。走后走前无有法,二成只得替他婆,替他婆,好呆哥,腚不曾着铁瓦合!磨33:多少爷娘没了子,多少汉子没了婆!若是再待两三日,尽被搜杀在山坡。增17:二姐说我的哥,你既说没娶婆,我给你当家也当的过。❷婆母。姑2:媳婆美团圆,夫妻重欢乐,多亏了亲娘姨用意巧。富13:婆媳欢喜的没颠没倒的,外人才知道山西那姓宫的,就是张鸿渐。❸中老年妇女。禳5:王婆笑说:哎哟!大爷,你人家小来么?禳14:自家李婆便是。没有南北陇,也无东西行,只凭着唇舌度日。

【婆母】丈夫的母亲。禳7:两人拜罢,徐氏说:"江城过来,给你婆母磕头。"

**【婆婆】**❶婆母，丈夫的母亲。姑1：家中诸人好做，惟有婆婆极难：管家三日狗也嫌，惹的人人埋怨。十个媳妇相遇，九个说婆婆罪愆；惟有一个他不言，却是死了没见。姑2：在你身上疼饭，就合您婆婆一样的人了。❷老妇。富3：见了个小庄在眼也么前，漫荒拉草到那边。仔细观，有个瓦门面向南。出来个老婆子，就待把门关。走近前就把婆婆念：俺在他乡实可怜，走错了路途无处眠，我的天哟，怜见人，望你把人怜见。富3：来探亲，多年不曾出远门，走的错了路，晚来到贵门，告婆婆才得把门进。

**【婆婆丁】**蒲公英。日·菜：驴驹嘴似婆婆丁。

**【婆婆家】**丈夫的家。翻1：给他找了个婆婆家，姓谢，在宝鸡县住。翻6：原来公子有个女儿，年方二八，才貌双全，到了十六岁，还没有婆婆家。

**【婆婆妈妈】**做事瞻前顾后、犹犹豫豫，不干脆利落。禳5：可笑是婆婆妈妈，凡事儿絮絮答答。

**【婆子】**❶老婆，妻子。墙1：清净了二年，谁想婆子死了，撇下个老光棍。姑1：我身上一个针也没带着，留着等你娶了好婆子来，你可给他。慈1：张炳之把行李搬进来，饭也没吃，早放倒头儿睡了。他婆子只说他走乏了，也没理他。❷中老年妇女。姑1：珊瑚待走，安大成叫住房子的老王婆子，拿着那休书去送他。慈2：张炳之出门去了，略不停时，有庄东头老孙婆子，竟来送信……增10：话说那鸨儿下楼来，见了六哥，六哥说："你老人家这一遭可好么。"婆子道："先苦后甜。……"

**【搽攞】**拂拭，紧贴着表面拂去尘土或抚平皱褶。日·赌：搽攞衣服典当尽。

**【破】**❶破烂，破裂。慈4：他哥看了看，那手上使的两个泡，脚上鞋也破了，倒弄的无心打柴……翻10：剩了他娘四个在那破屋里，支锅做饭吃着，每日倒蹬那粪土。富9：旁里那俩小伙子，劈脸带腮又一顿拳，鼻子都打破了。❷使破裂。富9：壑谷神龙能破壁，阶庭小桂更生香。磨27：我要上几个本章，除除那民害，破几个贼头。❸使内情露出，透。姑3：咱也不要说破，把这夹了的留下，别的还送给他。寒3：这样事是何如？不是仇人是什么？这机关叫人参不破。增3：指望兴心做皇帝，不想国母识破了，这场大祸从天掉。❹破费。禳22：如今就是破钱，你不使钱，就好文章也没有上等给你。❺贬词，指不好。墙3：该把你削个罄净，还叫你像似破贼！禳3：箱子里满满当当，破家伙流流的一筐，匙箸碗碟掖打上。禳19：槌被石待合我换老婆，我说他不值个破枣，干给跪着也不要。

**【破财】**破费钱财，损失钱财。禳32：家中生个小婴孩，又劳亲友大破财。

富3:大病不曾死,应当就破财,被贼偷如何将你赖?

**【破坏】**残破。磨19:这垣墙也修起来了。好,好。到不似前番那破坏了。

**【破家值万贯】**俗语。即使是破落的家庭也有不少的东西。禳3:常言破家值万贯,你看看这破鞋破袜,乱烘烘堆满床前。

**【破喇货】**破烂货,指不成器的人。俊:三姐说道也不错,这等汉子恋不过,虽然嫁不着好丈夫,不少这样破喇货。尿里赌,屎里卧,忘八也是一处坐,鼻咀黑乌不成人,说甚羞煞鬼一个。

**【破烂流丢】**破破烂烂。禳3:虚度人间五十秋,短袍破烂又流丢;街头个个称师傅,实与人家去放牛。增24:是我这条裤子里的破烂流丢的,惟只家下给我胡做时他才知道。

**【破闷】**消解愁闷。富5:张官人到外边,水边破闷,山上消愁。

**【破谜】**猜谜。增24:劳苦了您俩了,咱吃酒罢。我行一个令儿,要破一个谜,猜不方的罚。

**【破亲】**拆散别人的婚姻。翻1:却说那魏名每日待找钻眼治仇家,还没有法,他若是知道仇尚廉的计策,他岂肯破他的亲?总是神灵指引。

**【破上】**❶花费去,损失掉。墙4:叫二弟你听知,这丧事待整齐,每人破上十亩地。俊:胡朋又把宗官念,俗说只怕事不办,从来本大利就长,破上大本干一千。❷拼上,豁出去,表示宁肯……也……。俊:不如捞头一棒槌,杀老婆破上个充军罪。禳14:我这是老来贪,破上性命去挣钱。磨31:宝刀出鞘,雕弓上弦,破上两个拿一个,管取鞭敲金镫还。❸后面没有宾语,表示不顾一切(去做某事)。翻4:只是得破上去做,难道说运气常低?富4:老马发查,老马发查,方兴辖着我甚么?投信是破上做,他待能把我嚻!❹表示绝望,已经下定决心承担某种结果。姑2:破上在沈家庄过到老,谁还想着这条道?慈6:见你的念头已是丢开,破上路死便路埋。慈6:张炳之没了儿婆子又丧,每日家单祷告着张讷还乡,以外老头子别无指望。已破上做个老绝户,谁想儿子成行,闹闹嚷嚷,妻子满堂,小儿没死,大儿没亡,四十的儿子认父,久别的妻儿进房……❺顶多是,表示不以为然。富4:你到明年,你到明年,破上登科中状元。就点个大翰林,也无有上方剑!磨9:待他明年,待他明年,破上登第中状元。就做了大翰林,也没有敕封的剑。

**【破题儿】**八股文的头两句,须说破题目要义。禳4:甚操淖,敲门砖把进士唠。再做十年官,满眼尽蓬蒿,破题儿也忘了怎么造。

**【破土】**开始掘地(开挖墓穴)建造坟墓。日·堪:破土斩草插方城。

**【破着】**同"破上❸"。富4:众医生看了看方,都走了,不与他担干系。方仲起知道他们的意思,也就要破着做,遂送进方子。磨11:我在卢龙做知县,方兴辖管着我甚么!破着行看他把我雕?

## pou

**【锫锫钉】**("锫",蒲氏注音"婆")门钉。日·泥:锫锫钉密裹双扉。

## pu

**【扑】**❶向前猛冲。姑2:吵骂开,吵骂开,一窝野雀扑下来。农·农·蚜蚄:盖每逢蚄出之前,必先阴雨连绵,或雾气熏蒸,此时必有小白蛾,飞扑谷内,谷稍嫩叶,必有子卷裹嫩尖。❷动作很快地伸手抓。蓬7:正然说着,只见从外边一双燕子翩翩飞入房中,小痴扑了一把,落在地下,却是一双绣鞋。增4:那万岁扑了一把,只听的耳边风响,眼前发花,忽的一跌,倒在尘埃。❸向前倾倒。禳33:俺这里杀烹鲜鲤,酒暖葡萄,扑翻身又拜倒,奉爹娘欢笑。❹象声词。噗,吹气声。增17:这万岁急自待脱衣服,怕漏了行藏,笑道:"二姐,想是你害羞,我吹煞灯罢。"扑的一声把灯吹煞,然后解衣上床。

**【扑鼻】**直冲鼻子,形容气味浓。富14:忽听的掀帘挪俏步,扑鼻一阵兰麝香,进门乃是天仙降。富14:太老爷方才歇下,忽然一阵异香扑鼻,却是舜华到了。

**【扑鼻子】**同"扑鼻"。磨18:坐不多时,就送出酒和菜来,那酒扑鼻子香。

**【扑地】**伏地。增25:二人听说,一齐下来,两手扑地,给爷叩了顿头。

**【扑咚】**象声词。"扑通",形容响亮而沉重的声音。磨28:只是合他在一县住,恐怕将来吃他亏,心里扑咚常捣碓。增16:那万岁穿的那绑腿鞑鞋沉重,那楼板声音又响亮,故意扑咚扑咚的使那脚踏。

**【扑咚咚】**象声词。形容连续的"扑咚"声。磨31:按大炮扑咚咚,又打上箭长弓硬,两山无救,扫荡贼营。

**【扑空】**没有在目的地找到所要找的对象或办成所要办的事。磨20:懊悔上京瞎胡撞,倒着爹爹扑个空,想来叫人心酸痛!

**【扑喇】**象声词。形容动作很快的声音。寒3:众家人都散了,主人家也去了,吊了恶虎合吴孝,扑喇就把门关了。

【扑棱】象声词。形容很快地翻动或转动的声音。禳24:俺无论几顿,只是锅子里泚上瓢水,抓上把盐,把豆腐切把切把,扑棱翻上,俺就合人家去闲话,这不省便么?

【扑冷】同“扑棱”。富6:扑冷的声开了门往外就跳,照着那鸭子头就是一刀。

【扑撒】用手拂拭使平整。快2:打寒森好难禁,忍寒挨冻到如今,给我把衣服拧一拧,扑撒扑撒前后襟。

【扑簌】形容眼泪涌出的样子。姑1:头不抬,泪扑簌,腮边滚滚落红珠;千言万语说不了,冤到极时半句无。富11:小举人听说,扑簌两眼落泪,大哭起来。

【扑簌簌】形容眼泪不断涌出的样子。慈1:那孩子点了点头,扑簌簌吊下泪来,离了老子,徉徜去了。富6:官人见娘子恼了,才知道不是假的,便扑簌簌落下泪来。

【扑塌】象声词。形容软物落地或硬物落在软物上的声音。墙2:浑身像是没骨头,抗将起来软丢当,只待扑塌把你放。恨煞人不生不死,摊着你真正遭殃!

【扑哧】象声词。声音介于“扑通”和“噗嗤”之间,不如“扑通”声音沉重而比“噗嗤”沉钝。禳1:我只雄赳赳的闯进门,扑哧。……扑哧一声,我就跪下了。

【扑通】象声词。形容比较响亮而沉重的声音。寒1:两个管家,一个马夫,一齐上前,把员外扑通掀下,亏了没大跌着。寒3:忽然听的扑通一声,好像是倒了堵高墙。快4:乱鸡叫罢曹操到,俺那大炮只扑通!

【扑着】冲着,目标对着。俊:半夜三更才来家,家里不敢把门挡;播开门闩钻进来,抹抹索索找饭嗓;抹了一回没的想,抿了几碗冷䅟块,扑着炕头只一攮。

【铺[1]】(pū)❶展开、摊平。寒7:判官拿过一本册子来铺在案上,二郎爷掀开看了一遍,便大怒了。增18:嗤的声把那十一折扯下,将一个单帖铺在桌上写道:“通家侍教生王龙拜。”❷用展平的东西垫在下面。墙1:炕上铺着席头子,头枕着块半头砖,就死了可有何人见?蓬1:里面净有七十里,地下铺着白玉砖,四部洲都从影里现。富3:少席又无枕,给他个草儿铺,天明了他就登程去。

【铺衬】碎布片、破布条。墙2:上下一堆破铺衬,西北风好难禁,牙巴骨打的浑身困。增7:万岁下马进去,他没见那好姐儿,都是些苍颜白发:有纺棉花的,有纳鞋底的,有补补丁的,拿虱子的,洗铺衬的。日·裁:缕缡一緉做铺衬。

【铺床】把被褥铺在床上。慈6:已破上做个老绝户,谁想儿子成行,闹闹嚷嚷,妻子满堂……一夥小厮参见,一群丫头铺床,忽然成了太爷,不是昨日老张。增7:老客一路多辛苦,铺下床儿放放身,休息休息眼不困。

【铺盖】被褥。禳9:书房里并没烟火,又不曾伺候铺盖,这冬天岂不冻死人也! 磨8:从来不曾走路,觉着这铺盖匀百斤还多。

【铺谋】设计谋。增20:王龙遂即收了买马的文契,兑了马价银子,二人铺谋定计,要赢万岁。

【铺囊】软弱无能。姑3:这一回添一个铺囊的更甚,闭了门气不喘总像是无人,静静的听着那豪杰骂阵。磨29:我是山上一个铺囊的,你赢了我,再着强些的合你比并。

【铺囊货】软弱无能的家伙。禳19:石庵说:"好铺囊货!"

【铺排】安排。墙4:您二叔志气高,铺排着进个学,秀才娘子也英耀。翻11:还有几张旧箱子,明日抬来看用着,一行铺排一行乐。增25:要赏他白银百两,口不言心里铺排。

【铺设】设置安排。磨36:夫人,你看如何铺设? 咱家里有的是红毡坐褥,可看着儿孙铺置。

【铺张】铺排。翻11:仇相公大铺张,百多人日日忙,一日费到百金上。

【铺置】布置。磨36:夫人,你看如何铺设? 咱家里有的是红毡坐褥,可看着儿孙铺置。

【酺酫】(蒲氏注音"铺仝")酒坏。日·饮:酒若酺酫鼻也嫌。

【墣土】("墣",蒲氏注音"卜",方言音"补"阳平)能够飞扬的细土。日·僧:墣土坺成十里雾。

【蒲笠】蒲草编的斗笠。增7:朝廷在前还不识,顺着口子光瞎吧,顶着蒲笠似天那大! 日·庄:蒲笠蓑衣防备雨。

【蒲扇】蒲葵叶或香蒲叶编的扇子。增16:你就扇起这扇子了么? 你只扇那八根柴、小油红,暑伏天使俩钱买的粗蒲扇忽打忽打罢! 增16:什么好扇哩,不过是八根柴、小油红,暑伏天使两三钱买的蒲扇,怎么好给你扇?

【蒲团】蒲编的圆形坐垫。蓬5:仙长听知,仙长听知:家有幼子与娇妻;忽然想起来,蒲团也坐不住。蓬7:蒲团上端然正坐,这身子忽到天宫。

【蒲纸】蒲圻纸,湖北蒲圻生产的纸。日·纸:蒲纸刚连更不论。

【捗攎】(蒲氏注音"捕路")拂拭掉,摆脱掉。日·争讼章:三月半年捗攎下。

【氆氇】(蒲氏注音"扑囊")不整洁。日·身:邋遢氆氇非带破。

【氆氇绒】一种藏族地区生产的毛织品。日·毡:氆氇绒堪为鞍座。

【朴】象声词。扑哧。禳14:拉着飞跑,李婆叫说:"到了门首了,看绊倒了!"

一言未尽,朴的声倒了,哎着说:"跌杀我!贼囚根子!墩破这不便处了!"

**【朴搭】**象声词。形容较钝的撞击声。禳13:可笑可笑真可笑,买了个草驴不识道;一朝骑着看闺女,朴搭跌的这腰儿吊。

**【普白】**同"铺排",安排。增13:我欲不上楼,受不了老鸨子气,少不了我自己去普白。

**【普天地下】**普天下,全天下。禳1:我唱唱与大爷们听听,普天地下甚么人是条汉子?

**【谱儿】**曲谱。增23:二妹妹,他两个下棋还早哩,我有个琵琶谱儿,烦你给我改正改正。增23:合他到了香房里,琵琶谱儿丢在怀,殷勤就把二姐拜。

**【犊牯】**("犊"原讹作"犊",蒲氏注音"怕")小公牛。日·走:犊牯歪鼓[1]懒上场。

**【铺[2]】**(pù)❶商铺。墙2:也没有甚么大事,就是令尊那二年,三十两、二十两,一年十数回,去敝铺倾销。寒6:那个鬼跑到铺里,端出来了一个碗,一个茶盅,把他递与二相公,说:"你也解解渴。"❷床铺。姑1:别珊瑚,别珊瑚,从此分开两下里孤,这家子独一床,那一家另一铺。寒3:我不吃酒了,醉极了。就收拾床铺,我合吴孝一铺罢。富3:那女子……又问道:"这铺是谁打的?"

**【铺面】**店铺。禳3:转弯抹角,又过小桥,铺面两行,一派人烟闹。磨28:俺有点小小生意,并不用买卖耕耘。靠衙门开个铺面,但卖那天理良心。

**【铺子】**商铺。禳13:昨日又攫了一顿把,亏了还抓在那背脚处;若是差一点儿,胡桃栗子摆在鼻窝里——可不就脸上开起山果铺子来了么?增23:把你银钱尽数拿来,河内常船,南京铺子,地土宅子,老婆孩子,尽情算了,敌不上我一个庄子上的杂粮。

---

① 为"鼓"字之讹。

# Q

## qi

**【七长八短】**形容长短不齐。墙3:休说是件破衣,七长八短不整齐,穿上就是有些觅汉气。

**【七夫七盖】**指文章中“夫”“盖”等虚词的用法。闹:七夫七盖,不错。圣人贤者,不错。题目字迹,七真七草,并皆合式了。夫盖字不错分毫,大小结并皆完好。

**【七零八落】**散乱不齐全。农·农·收农器:又或邻人借去,久假不归,七零八落,不可复寻;及农事再兴,重新治备:如此过度,安得不穷?

**【七拗八挣】**形容众人心不齐,各自为自己着想、使劲。姑1:人家众口难调,这做婆婆的极难。儿孙是自己生的,还要七拗八挣的;何况媳妇是四山五岳之人,相逢一处?

**【七死八活】**指让一部分人死。磨4:一不做,二不休,索性一万两银子都给了他,把他秀才们问他个七死八活,也好在卢龙做官。

**【七损五伤】**形容多处受伤。富10:李家人个个少皮无毛,七损五伤,各逃性命而去,不在话下。

**【七折八扣】**形容经过多次折扣。闹:束修钱四千正七折八扣,要白银有八分就算一钱,要换银加二成银有市价,九二钞底二十你要包涵。

**【七真七草】**指书写时的字体要求。闹:七夫七盖,不错。圣人贤者,不错。题目字迹,七真七草,并皆合式了。夫盖字不错分毫,大小结并皆完好。

**【妻侄】**妻子的娘家侄子,内侄。用于背称。翻12:却说那仇宅有两个把门的:一个是陈荣,一个是高强,是魏名的妻侄。

**【栖(棲)】**(身体)直直地歪倒或扎入(某处)。增12:那金墩上去楼台……贪往前看,没提防当路一个脚床子绊了一脚,跌了三四尺近远。万岁唬了一惊:“是什么人?怎么不说话栖着乜黑影里,是怎么说呢?”磨12:方娘子歪倒身子,一头栖在怀中,说:“想是那仙人是极俊的,你就忘了这结发夫妻了!”

【凄凄慌慌】心情凄凉而慌乱。富7:走了些高高下下,一片模糊。端相了树木庄村,从来未见,自小儿不熟。半夜里凄凄慌慌投何处?

【欺哄】欺骗。慈5:我若是欺哄亲娘,头顶上自有灵神,娘呀,何必你酸困?磨22:太太说:"你这不孝儿郎,专一欺哄娘亲,怎么中了举来!"公子说:"不敢欺哄母亲。"

【欺心】昧着良心。翻3:骂畜生太欺心,自估着成了人,要舍病娘全不问。禳10:樊家的女儿嫁在高氏门,只为他大骂公婆太欺心。富9:死声子嚎,死声子嚎,娘子说到也罢了,论起来你欺心,就该把腿摊吊!

【攲】(方言音"茄"阴平)随意地躺。慈6:一日往南昌公干,起的身早,见张诚攲在路旁,看了看,是个书生模样,试了试还有气,就下轿来。翻2:仇福到了家,姜娘子说:"一宿没来家,你做甚么的来?"他也不答应,攲下睡了。磨7:你看这一霎,觉着站也站不住,还得去屋里攲倒。

【沏】粥状物,不太黏稠,水分过多。日·器:鏁梅糨沏总无妨。

【嘁哩】取笑,嘲讽。琴:皮脸嫂子好多气,一戏不罢又一戏。说长道短嘁哩咱,看不上那种浪张势。琴:对月搬回家,对月搬回家,尖嘴嫂子嘁哩咱。

【嘁嘁】叹词。啧啧。禳14:李婆说:"……我正是来找你,有个主儿想你哩。"丽华说:"谁?"李婆说:"高少爷。"丽华说:"嘁嘁,我会他来,极好的个人儿。"

【嘁嘁插插】同"嘁嘁嚓嚓"。禳8:嚷嚷闹闹,嘁嘁插插,走走站站,指指画画,虽是城里,也是乡瓜,小小民户,知道甚么?禳10:合家儿都在一堆儿嘁嘁插插,看看我江城!

【嘁嘁嚓嚓】象声词。众人一起小声议论的声音。禳21:想一想通身汗,年小小媳妇竖立上人前,不知勾多少眼睛把他看!指指画画都是些少年,嘁嘁嚓嚓又带些闲言。

【缕缡】碎布条、破布片。日·裁:缕缡一絠做铺衬。

【缉头】(缉 qī)头部垂下。翻3:也不知他做的甚么事,看见我只是一溜。谁想他缉头夜猫,已是成了下流,把正经事一笔全勾。

【褀】(蒲氏注音"砌")缉,一种缝纫方法,用针线密密地缝制。日·裁:零剪几块褀荷包。

【蹊跷】奇怪。墙3:细想来好蹊跷,怎么术法这样高?忤逆儿一霎变成孝?翻10:他为人蹊跷,见你浑身耀眼,他就溜了。增9:那老鸨子爬起来,戴上鬏

髻，自思想："好蹊跷！又没见他一个钱的东西，怎么磕了这一些头？我平日见上人也不过拜他两拜。"

**【啀啀嗒嗒】**（"啀嗒"原讹作"嚜嗒"）象声词。同"喊喊嚓嚓"。日·堪：嚜嚜嗒嗒说好歹。

**【齐】**❶齐备，齐全。翻12：我在家虆才齐，一点恼着就不依，硼头打滚真难治。富9：老破军，老破军，飞风各处报族人。……东跑西奔，东跑西奔，人还无齐日已昏。磨4：解子押衙役代锁上。众秀才拱一拱，说道："齐了么？"答应："齐了。"❷召集，集合。寒4：出票子另齐人犯，说不尽那赃物奸贪。磨4：一秀才被知县打死，大家动了公愤，递了公呈。军门到也明白，即时发票去齐证见。❸数量或程度相当。禳10：年纪也不小，身量一样齐，怎么全没点汉子气？增18：人生十指尚有长短，富贵还有高低，也齐不的。❹一致。富9：心要齐，心要齐，只在墙边莫要离。❺一齐。墙3：两个齐往两下里挣，好像挣着个老叫驴，叫我可往那里去？墙4：就有这样要紧事，也该一个守灵前，怎么两个齐奔窜？姑3：兄合弟齐下手，公同着出了窖。

**【齐楚】**齐整美观。磨36：今日是我的生辰，大儿告了养亲，二孙在翰林院告了三个月的假，就是刑厅在任，不得归家，这也算一门欢聚。你看冠带齐楚，都来拜寿。

**【齐马婆】**昆虫名，不详。日·昆：齐马婆如臭大姐。

**【齐齐整整】**"齐整"的重叠形式。❶齐全，完备。增23：王龙说："快摆酒来。"略不停时，将酒席摆的齐齐整整。❷漂漂亮亮。禳33：长生更不老，忽然白头黑了，齐齐整整变成年少！增11：二姐打扮的齐齐整整，下楼去辞老鸨。

**【齐人】**召集人，集合人。富9：李家齐人来拿你，你快走罢！磨19：方才过去，听的二弟说李家齐人来拿你。我去探听，他家里果然有好几个人，像是还没齐备。

**【齐臻臻】**形容很整齐的样子。禳8：喜孜孜夫妻来到，将进门锣鼓齐敲，行人摆了够二里遥。齐臻臻乘着两乘轿，穿街过巷，下下高高，渐入佳境，只待自家笑。磨31：平原无疑，安营下寨。密匝匝燕雀不飞，齐臻臻天神还赛，把旌旗摇摆，教贼人魂飞天外。

**【齐整】**❶齐全，完备。蓬1：众仙看了看，八百多席，已是安排齐整，众人才谢过了娘娘，挨次坐下了。❷端正，漂亮。蓬6：道童磕了个头，跑出去，见那殿前一块大石头，他就靠着那大石头变了一株绝大的桃树，满树开花儿，重重叠

叠,好不齐整! 富13:太爷殿了探花。少爷殿了二甲;亏了他年少,人物齐整,又拉了个翰林。增21:王龙赏了五钱银子,遂即脱了衣服,大姐拿了过来,抖搜了抖搜:“您看王姐夫好齐整的衣服!”

**【齐正】**同“齐整❷”,漂亮。磨27:娟娟,你穿上官衣越发齐正,好是欢喜人也!

**【其】**❶人称代词。他(她/它)的,他(她/它)们的。姑1:珊瑚看出他怒来,却不知其故。蓬2:彩鸾正坐,娘娘回头看见,早知其意,便叫一声彩鸾。磨32:捆缚马上,吃其大亏;解了绳儿,醉气方才退。❷指示代词。此,彼。禳1:况且是丈人丈母用心用意,其情难报。禳17:哎哟! 打折腰也! 打折腿也! 其势不能到家,王子平家不远,暂且投宿再处。磨30:张鸿渐到了家,对二位秀才说:“其事不成。……”❸助词。用在动词后面,无实义。富4:不说张鸿渐在施舜华家成其夫妇,却说方娘子在监里,已过了一个年头。❹用在差比句的形容词之后、比较的对象之前,相当于“过”。参见“起”“及”“的”。禳7:休愁那亲事难成,情管找一个极俊的媳妇,还强其江城,还强其江城。磨26:儿登科,儿登科,就是他爹待怎么? 虽不如中一双,还强其没一个。

**【其溜】**同“棋榴”。磨18:我生平不惯受气,休瞪着你乜眼睛其溜。

**【棋榴】**球,球状物。增16:二姐看见,唬了一惊:“这长官的东西件件出奇! 他拿的这把扇也看的过,但那个棋榴我可没见。”——这万岁爷扇子上是一科月明珠扇坠,二姐哪里晓得? 增21:万岁爷会装憨,叫王龙你听言:南北二京我曾串。诸般光景见多少,这个棋榴甚稀罕,什么东西下的蛋? 叫丫头拿刀切开,我尝尝是酸是甜。

**【棋子】**❶下棋时用的小块。禳9:拂拂灰尘放下椠,四下里将棋子安。增23:丫头将棋盘端过,安下棋子,二人便下。❷棋。增20:又弹了一回琵琶,下了一回棋子,吃了早饭。增21:有王龙自思量:这长官手段强,棋子又在我以上。❸一种面食。通常切为菱形,可煮食;也可炒熟后作为零食。富8:娘子出的房来,听了听天交三鼓,便回房来炖了一壶茶,盛了一碗棋子送来,说道:“我儿略歇歇再念。”磨16:看保儿乏了,顿上一壶茶,拿一碗棋子送去给小相公,吃了又念。

**【脐】**石磙两侧中间的圆窝。形状如肚脐,故名。日·庄:大辊上场脐椁安。

**【蛴螬】**金龟子的幼虫。日·昆:蛴螬蝼蝈能钻土。

**【蛴螬房】**比喻很小的房子。翻11:乍住着蛴螬房,进大屋也恍荡,可惜没嗄

安插上。

**【蛴螬环】**当指犁上用的一种较小的铁环。日·庄：鞋底环旁蛴螬环。

**【蛴螬棚】**比喻很小的简陋的房子。翻7：蛴螬棚彀捧呀大，你那嫁装那里安？

**【脐子】**螃蟹的腹部。雄性狭长，称“尖脐”；雌性圆阔，称“团脐”。禳13：着那樊老儿定了个美人计，着那江城扎挂的合那妖精一般出来见他，那有不动心的？又搭上江城眼里又吊下瓜子来，娇滴滴的声儿问官人好么，只这一声儿，小哥哥那魂灵儿就像腌坏了的那螃蟹——久不吃了，脐子都沙了。（“脐子都沙了”形容全身都酥软了）

**【骑锅压灶】**比喻到别人家里欺负他人。姑1：老于婆，你实是歪，找上人家门子来。我可就不怕你怪！你家里降了外头找，我就是个难劈的柴。如今现有个珊瑚在，你既然骑锅压灶，可就才只是发揣。

**【骑陇】**在地里的陇上（播种）。农·农·锛麦查：留麦楂，骑陇耩豆，可笼豆苗。农·农·晚谷：先锛一遍极妙。若得雨早，即骑陇种之；断不可耕，耕则难立苗。

**【骑门】**跨着门槛，指在门前。姑1：不好到他家，只骑着门子叫。富7：忽听的官人来了家，就扎了扎腰，拿着把切菜刀，跑了来骑门大骂。

**【骑着门子】**同“骑门”。姑1：不好到他家，只骑着门子叫。

**【畦】**由田埂围起的一片长方形地。因为四周有田埂，所以便于浇灌。日·菜：畦中萝卜带蔓菁。农·附·种桑法：畦种便于浇。

**【粸子】**同“棋子❸”。日·饮：粸子炒焦就水餐。

**【麒麟】**麒麟菜，一种藻类植物的藻体，又名“鸡脚菜”“珍珠菜”。藻体肥厚，有二叉式或不规则分枝，上多具乳头状或疣状突起，因状如传说中的麒麟角而得名。日·菜：鹿角麒麟带水腥。

**【䁖】**（原讹作“墄”）接触湿物而受潮或湿物接触干的东西而变干。日·庄：只怕墄了生蛴子。

**【碁无种】**太不像个人样。俊：哏，您娘常把您达哄，说你赌博没点影；您达打你两条子，娇儿哭了三天整。每日惯着当达叫，着你撕的碁无种。

**【起】**❶由坐卧趴伏而站立或由躺而坐。禳12：回头待走，见子正自家进来了，仲鸿只得出房迎接，子正进门跪下，痛哭不起，仲鸿也跪下：“这是怎说！”增18：也是那神鬼拨乱，那王龙起了一起，乒的一声，一头碰在大姐的嘴上，

只碰的牙齿凌落，满口流血。❷起床。翻 9：自此以后，仇福早起晚眠，勤谨之极，不是喂驴，就是扫地。禳 19：捱了打两三朝，我是夜来才知道。他姐姐一夜没睡着。不知他能起不能起，又不知头儿消不消？磨 22：呀！天已明了。母亲每日起的最早，俺先去问个安，回来再睡不迟。❸生出，长出。慈 4：口中不言，口中不言，两脚排柴手又扳，一霎时手起泡，鞋也稀糊烂。翻 1：仇尚廉又羞又怒，起了一个狠心，暗地里找个主子，言定价银十两，安心不对他说，着人家强拉了去。翻 12：抬进宅里细细审，问他们相隔一百多，是从那里起的祸。❹升起。蓬 7：以后三星起了祥云，众仙才各归了洞府。富 14：众位老祖起在半空，一家人望空拜谢。❺建造(房屋建筑)。慈 6：若好就在一堆过，纵然不好也无妨，咱另起一位楼宅，盖上几座厅堂……翻 11：仇相公大铺张，百多人日日忙，一日费到百金上。各处房屋一齐起，外边大厅里边厢，乱纷纷都是泥瓦匠。❻发生。禳 1：惟独这娘子人起了火，没处藏没处躲，这个衙门罢了我。磨 12：正是雨连连，又见雪满天，北风起，冻手脚冷难堪！❼开始。禳 11：咱不必豁拳了，咱击鼓传花。……你去打鼓，花先从我起。富 14：少老爷从侍读学士起，做到吏部天官。❽命名。慈 6：王太太被黑固山虏去，五个月生了张老爷，起了个名字，叫做白持。磨 13：俺从来便是个无赖光棍，起了个外号叫做破军。❾把嵌入的东西弄出来。翻 11：寻思着，田地都烧红了，我起出这一桁来上地也好。翻 11：大约是石头铺了场子来，我起出他来，盖屋好使。❿发出。翻 2：他年少又风流，合人家卧床头，必然常起昧心咒。俊：起的咒誓天那大，娘子不要生气罢。⓫物体泛出某种颜色。增 3：街市人把眼睁，起黄色不像铜，霞光万道宝色重。⓬拟定。翻 9：二相公起了稿，给了将军。将军说："极好！"就差他去下书。⓭指起课，占卜。磨 24：起月令刻关煞，也信口瞎胡巴，俺从来不信那先生的卦。磨 24：起一卦笑欢欢，他说是今年春，太爷才交临官运。增 26：胡百万合天师到了一座密室中，作了个揖，让了上堂，遂求断吉凶。天师起了一课，断曰……⓮用在动词后作补语。a)表示向上。墙 2：果然把那张老挟起，往上一搁。寒 1：差人吃的醉饱，拿起银子笑说：……俊：三姐凑凑腆起脸，骂声强人你瞎了眼！b)表示涉及。慈 5：大官人泪纷纷，提起兄弟刀绞心，海角天涯将他问。磨 10：昨日问起那县官，我便把马知县的恶迹，只当笑话说了一遍。c)表示开始。翻 5：我待治人来，倒着人治了这么一下子。这是从那里说起！寒 4：老王出了票子，叫那李蝎子、商臣、赵歪子一干人犯一齐到县堂。上去点点着，便问起歪子："你父亲被人杀了，你可甘心么？"寒 7：只见一个鬼手拿着尖刀，从头剥起，剥一剥把牙一龇。

d)表示力量够得上。(否定形式为“不起”)慈2:使的慌不必喘粗气,不是你那亲汉子,你还要降的起。翻11:自从烧了屋子顶,娘们里头孤对着,怎么能买起楼宅一大座?富9:这不是我愁你家里过不的,又愁着读不起书,我连年攒了这几两银子,捎来给你费用。e)同“的(得)”。增8:只是如今人合那脆草哇似的,打起你死了着,那左邻右舍说:“有小六哥不是他儿么?”⓯量词。批,群。磨5:小的是两个解役,解了这起犯人上辽阳充军。⓰介词。用在差比句的形容词之后、比较对象之前,相当于“过”。参见“起”“及”“的”“其”。寒3:那官司大起天,大爷到一霎完,这势力压倒了新泰县。琴:埋怨老天不凑趣,一日长起十来日,捱过今朝又明朝,怎么叫人不生气?增14:这贱人们诮你佛动心接的不像皇帝,难道就不像个人?怎么说王龙家小厮强起我?

**【起出】**起去,走开[①]。墙4:官说:“你起出,与你无干。”

**【起初】**开始(的时候)。慈6:张讷无冬无夏,只是穿着个破袄,褛褴搭撇的,真似一个花子。起初还找店房,后来只在古庙里存身。俊:宗傻子听巧言,心里痒似虫钻,起初的念头一霎变。增17:你那起初霎你说,金豆子就合杂粮囤那是的,被我一句话诈出家当来了。

**【起倒】**❶起卧。慈6:行路难,起倒一身随处安。❷指情势。富7:那老婆不识起倒,便说:“张春,你出来撑什么山哩?”

**【起根就里】**事情的根源和内情。富6:官人见娘子恼了,才知道不是假的,便扑簌簌落下泪来。把舜华的缘故说了一遍,娘子才知道起根就里,也就全然不恼了。

**【起更】**第一次打更,时间刚交一更。禳14:哎,天已起了更了。远远看见丽华家门里出来了一个人儿,不知是谁。磨28:将门锁煞,说:“您这些人休要撒了汤,到清晨慢慢放下他来。”二人哐哼道:“了不的了!这一夜可就吊死了!这腿疼的狠!”听的谯楼起更。

**【起鼓】**第一次击报更的鼓,相当于“起更”。增2:玉兔东升,龙楼起鼓,只听得更鼓齐忙,皇爷心绪撩乱。

**【起脚】**起步,开始走。磨12:起脚到河南,得大病幸保痊,失了驴又把盘费断。

**【起灵】**把停着的灵柩运走入土。墙4:正说着,张二回来了,叫:“哥哥,咱收

---

① 此义仅一例,今方言亦无此说法。疑“出”字为“来”字之误。

抬起灵,一天大事都停当了。”果然旗旛招展,起了灵。穷:止有一身破衲,夜间盖盖苍生。绰号名为“大起灵”,一起满床光腚。(起灵时丧主家属皆伏地痛哭。此绰号指将破衣穿起,孩子们冷得直哭,如同起灵时一般)日·堪:打碗起灵来念咒。(“打碗”为旧俗,起灵前由孝子摔碎一个碗)

**【起掠】**打场时麦穗经多次碾压后用叉笆扫帚等工具将麦穰掠起。农·农·打麦:约打二十石,止用七八人。除捞牛马者,余令担粪,或锄红花,直待起掠,方令齐来。日·庄:起掠三回堆聚起。

**【起毛】**生气,气恼。富7:脱了牢,窝藏着,定要骂的你起了毛! 磨15:乍了毛,我就掏,定要打的你起了毛!

**【起去】**起来。琴:不觉明了天,不觉明了天,待要起去仔是怪懒耽。禳20:吃了饭了,咱起去看看梅花,着他摆下围碟,咱可痛饮。磨28:拿绳子来,把他手脚背绑在一堆,从梁上抽将起去,着他肚皮朝地。

**【起死】**起死回生,使死人复活。增26:我送你一丸丹药,也是个起死良方。

**【起头】**开头,开始。翻9:丈人送银五十两,剩的还在囊中收,到家一路还能够。爹打算从此攒起,团圆日这就是起头。

**【起五更睡半夜】**五更而起、半夜才睡,形容早起晚睡(忙碌)。增8:你既爱我这金钱,我合你认门亲戚罢。等我那小厮们来时,多给你几串,强似你起五更睡半夜的卖酒。

**【起席】**结束宴席。磨10:公子吩咐:“看酒来。”三人饮酒。……少间起了席,仲起没人处暗喜,说:“好妙,好妙!”

**【起线】**雕刻上直纹。日·石:门礎打成还起线。

**【起造】**建造。磨35:着他便在昌黎镇守,或是延庆州,给他起造王府,有何不可?

**【气】**❶呼吸,气息。墙4:忽然间就昏迷,头也折腰也直,一跌仰在平川地。我才叫您大嫂嫂,抬上床来并不知,捶了捶方才有了气。姑2:合家低头,合家低头,全然不敢把气抽。❷气体。翻11:加上镢一拗,拗了一道缝,缝里骨突突冒出一股气来。翻11:加镢尽力只一拗,塞上一块半头砖,大冒一阵气才散。❸气味,气质。墙3:休说是件破衣,七长八短不整齐,穿上就是有些觅汉气。禳18:槌被石不害羞,着我替他那行头,诮我没点汉子气,打着不敢把气抽。琴:烧就香汤要沐浴,双手忙把房门闭,今晚就要做新人,先要洗净闺女气。❹气势。快4:祢衡虽狂,他把口舌当刀枪。虽不能杀贼,他那气也壮! 钟:自家钟馗便

是。才能吐凤，气可吞牛。❺生气，气恼。姑1：何大娘连骂带说，数喇了一阵，把于氏气的脸儿焦黄。翻4：一个病老婆，禁的甚么气！❻气恼的情绪。姑1：大成巴数了一阵，墙上挂着一支鞭子，拿下来把珊瑚打了几下子，于氏那气才略消了。寒6：咱就出去慢慢走，你也暂把气儿消，不过多走二日道。

**【气昂昂】**❶形容气势高昂。姑2：臧姑终日照红妆，不作生活不出房，常见家家要娶妇，只当是娶来要做娘；要做娘，气昂昂，婆婆亲来不下床。寒2：二相公气昂昂，虽然是跪在堂，那是理直气也壮。❷同"气冲冲"。增4：红了脸气昂昂，叫村女休装腔，谁着你来这井边撞？增27：毛阁老气昂昂，骂奸贼太不良，好似三国曹丞相。

**【气长】**气壮，在别人面前有面子。慈1：孩儿（指丈夫前妻之子）一样叫亲娘，叫煞亲娘不气长。试问后娘因何故？不曾亲吃定心汤。禳11：从来说养女的不气长，今日才知这话有理。

**【气冲冲】**怒气冲冲。姑1：待了几日，不知是谁多嘴，那于氏知道了，也竟不合安大成说，气冲冲的跑到何大娘家里。增18：那大姐心高胆大，全不思量，气冲冲的就说："老王，你发窝子疯哩么？"

**【气忿忿】**又气又恼。寒5：二相公气忿忿，急慌忙往前奔，逢人便把程途问。增23：万岁气忿忿的离了北楼，一行走着，一行骂道："我不剥他的皮，我不算手段！"

**【气鼓】**腹部肿胀的病症。增21：叫丫头拿刀切开，我尝尝是酸是甜。那有气性的人儿，姐姐呀，就着他气的长气鼓！

**【气狠狠】**形容很气愤的样子。增6：二子弟气狠狠，说长官你不认人，你来大同捎捎信：宣化府里数着俺，俺是大老爷家二代孙，吃酒赌博打光棍。增15：小二姐气狠狠，叫姐夫你好村，你在那鸡子窝里困？

**【气呼呼】**因为气愤难抑而呼吸声很重，形容很气愤。寒2：兄弟蛹气呼呼，传凶犯死在途，也还略解心头怒。

**【气化】**变成气。农・蚕・择叶：凡积叶苫席覆之，迨蒸热启摊之，湿遂气化，叶无不寒，可用也。

**【气块】**脉气的结块。日・疾：伏梁气块横腹内。

**【气球】**踘，古代游戏用具，用来蹴踢。增21：王官，这东西我曾玩过，一名叫行头，一名叫气球，我也略会几脚。增21：王龙见踢不过万岁，说："长官，这气球不是抬举人的东西，跳跳答答的不好看相。我合你下棋罢。"

【气人】使人生气。磨15:我叔弟张逵杀了李鸭子,他本人又不在家,鸭子的妈只顾骂起来了,好气人也!

【气嗓】气管。翻4:他从头上拔下来了一支簪子,使力气照脖子底下就穿。(唱:)使力一穿,使力一穿,插在喉咙气嗓间。

【气嗓头】喉头。姑1:那庄东头有安大成异姓的大娘,姓何,老王跑到他家里,拿了块布子来,给他扎了。看了看,幸得刚搽着那气嗓头边儿。

【气色】指口气、态度、苗头。磨4:告人命告贪酷,告知县告衙蠹,认上头只得往前做。无的不敢说上有,有的不敢说上无,赃证分明有过付。咱且去伺候销到,也听听气色如何。

【气象】景象,景色。慈5:正问着,忽然满城里大明起来,不似阴间昏惨的气象。禳7:进去门来四下里观,道路清幽气象闲。

【气性】容易生气或生气后一时不易消除的脾气。禳7:昨日煞吆喝你两句,也不过嫌你那气性,笑你那呆情。禳16:说起来也不是妹妹吃醋,他搬了院里吴丽华,又说待看陶家那媳妇。若是那有气性的人儿,姐姐呀,就着他气的长气鼓!

【气咂咂】很气愤的样子。寒3:商三官气咂咂:他也是诗礼家,怎么就说出这句话?磨35:贼人礼不周,气咂咂不自由,把气争反把气来受。

【气囃囃】同"气咂咂"。翻7:二相公气囃囃,骂范栝太诈煞,不知让你是为嗄!增12:佛动心气囃囃,小六哥你好促狭,合俺娘说的是什么话?

【弃嫌】嫌弃(均用在否定词后)。翻2:大相公,你不弃嫌着,你闷了就来找我。我有甚么好的你吃,咱耍耍也好。增7:你这不识时务的货!耍婊子可没有,不弃嫌有孤老哩。给你几个耍耍罢!增25:那美人笑开言,叫声爷休弃嫌,好容易见的爷金面。

【砌】❶把砖石铺开或层层垒起,用泥灰等粘合。翻11:看了看好东西,满满的一大池,上边都是石头砌。蓬5:雪花乱飘飘,雪花乱飘飘,粉压垂杨玉砌桥。❷"漆"字之讹。增16:小二姐逞精奇,取出扇甚整齐,扇面都是真金砌。

【砌里答撒】同"缕(褛)褵搭撒",衣裳破烂成条的样子。增19:万岁爷笑一声,王冲霄面通红,长官扫了俺的兴!砌里答撒的精光棍,油嘴滑舌会嫖风,不想这花子能行令。

## qia

【掐】❶用拇指和另外的一个指头使劲捏或截断。翻9:你掐他一块肉,撕他

一块皮，也还出出你那心头气。禳16：掐出水来的乜孩子禁甚么降？都是唬破他那肚头子了！农·农·种蒂：意中所欲去者，先掐苗作菜；掐两三次，始拔其根。❷用拇指按。寒6：二相公脱生了正死不的，那家子叫了个姑娘来，掐了半宿，就呜呼哀哉了。❸捏塑（疑为"捏"字之讹）。增13：耳垂肩貌堂堂，龙眉细凤眼长，好似那泥掐的韦陀像。❹用拇指、食指和虎口用力围住。磨13：若听出这个主，吆喝一声堵住门，一把儿掐住他那脖子，那时节不怕他不肯！禳15：呀！你这腰儿还是勿一揸，掐这脚儿比前越发小些小些。❺量词。拇指和另一手指相对握着的数量。丑：腰儿一掐风情软，我的亲人潘金莲。禳24：成抾的菜蒸一抓儿，豆腐带水一洼儿，连皮的萝蔔一掐儿，挺硬的鸡蛋𧎛叁儿，煎或用个葱花儿，并不见个油花儿。

**【掐把】**强力地控制，折磨。禳9：贼强人太揸煞，俺今日到您家，难说济你揉搓罢？……你打我我也还你，我主意不受你掐把！

**【掐出水来】**比喻非常嫩。禳16：掐出水来的乜孩子禁甚么降？都是唬破他那肚头子了！

**【搭】**掐，用手用力卡住。日·争：搭着脖子瞰瞰打。

**【齣²】**卡，有尖刺的东西刺在喉咙里不能咽下。日·庄：麦芒齣着叫讙讙。

## qian

**【千补百衲】**形容衣服破烂，补了又补。俊：拾了根绳子扎着腿，上下一堆破铺衬，你扎裹的老婆好不俊！不看[①]我千补百衲，𧎛腡腡出来见人。

**【千式百样】**形容多种多样，各种各样。增22：佛动心喜盈盈，比昨日大不同，千式百样把朝廷奉。

**【千头百穗】**千头万绪，形容事务复杂纷乱，头绪繁多。禳1：本等是家小人家，千头百穗难招架。

**【千头百绪】**千头万绪。磨19：家里事千头百绪，比那麻豆还多。

**【千万】**❶一百万的十倍。墙4：他说俺公公有大钱，死后全然没一言，他又说账目有千万。翻8：院里官，院里官，问他实有多少钱？他只是信口吧，说是收着几千万。呀呀儿油。❷形容数量极多。慈6：我找他死到阴城，阴间问了够千万声，列位呀，到阴间才知道他还有命。翻9：跪下磕头千千万，他也不害一个

① 为"着"字之讹。

罴，今日着实领你教。❸非常。禳23：门上人急忙跑进磕头说：“爷爷，奶奶，千万之喜！少爷中了十三名，报子在门首哩。”磨17：昨日听的说老马杀了，饶咱无罪，千万之喜！❹务必，一定要。富5：我将来不知怎结果，怎结果，千万休叫他断书香，断书香。增9：我去失陪休心困，到家就着二姐来，千万要请你多担待。❺确确实实。磨16：本不该离了师傅，千万的只是无钱。

**【千乡百里】**形容距离遥远。磨32：奇哉！他两个千乡百里，到此何为？快请快请！

**【铅骰】**用于作弊的灌了铅的骰子。日·赌：铅骰星牌尤诡诈。

**【铅珠】**铅弹。日·兵：乌机喷铳用铅珠。

**【牵】**❶牵引。慈3：亏了张炳之见他没来，着一个小厮牵着驴去迎他，扶上他那驴去，才来了。翻4：姜娘子听说，辞拜了婆婆，拾掇了拾掇出来。见一个小夥子牵着一匹马，仇福扶上他去了。富9：拴起那别人来，哥们去处治的。李大既进我房，留着我合他讲。给我牵过他来！❷量词。用于宰杀后的整羊。翻6：却说那范公子，不出三日，就来行贺，靴帽二事、蓝衫一领、锦帐一幅、羊一牵、酒一坛、四十盘礼、十六碗熟东西，吹鼓手领着来到门前，把徐氏几乎难杀！琴：半夜三更做一梦。梦见人家来下定。两担喜酒两牵羊，吹笛打鼓好有兴。❸牵挂，挂念。禳31：一年没见容颜，想是那心内无愁，便叫人春风满面。俺梦魂常牵，俺梦魂常牵，长安花无心去看。

**【牵扯】**拉动、扯动。丑：土块高低常转侧，衣裳牵扯错钻研。

**【牵牛】**牵牛星。禳8：织女含情久，牵牛欲渡河；人生得意事，莫如小登科。禳11：卧看牵牛，卧看牵牛，未必天仙不解愁。

**【㩧】**❶用织布机织布。日·养：紬疋绫罗任意㩧。❷“摔”字之讹(山东大学图书馆藏《禳妒咒》抄本作“摔”)。即今字“甩”，甩动。禳1：鞭子手软不能㩧，烂了棒槌折了拐，我就许下朝南海。(“摔”与“拐海”同韵同调)

**【�】**割下庄稼的穗。日·庄：秫秸不捆穗先劖。

**【籖】**(《字汇》音“千”)扎，刺。日·庄：胜如赤脚棘针籖。

**【鏲】**(《字汇》音“千”)同“籖”。日·皮：便非莜刷不能鏲。

**【签】**❶签牌，官衙中用作拘捕犯人或用刑的凭证。翻4：知县抽了两支签，一支拿赵阎罗，一支拿仇福。磨14：按院大怒，丢了八支签，打了四十板；又吩咐夹起来，又拶了二百杠子。❷扎，刺(人)。慈1：妈妈叫他坐下，扳起他那脚来看了看，见那鞋没有底，有半截棘针扎在那脚心里。叹了一声：“咳，我的儿！这是

几时签上的来？又咱会脓了？”慈1：没娘孩子好可怜，棘针几时把脚签？

**【签(籤)】**用来拈阄的竹签。禳22：这学道着实贪，打捞生童托学官，高低讲价惟书办。讲书定要人人到，一处抽到几支签，误了讲定价三十串。闹：作四生交卷上，各领签下。

**【签票】**官府交给差役的拘捕犯人的凭证。磨6：如今院中签票已到，要拿那做呈子的人。想是天明就有差人到了，你也该犯个打算。

**【前槽】**牲畜的肩部。丑：八戒病了十日整，浑身消瘦鬣毛鬖；腮子掉了二斤半，后坐瘦的竖脑尖，耳朵搐的相薄脆，前槽搭喇颟了肩。

**【前槽子】**同“前槽”。俊：年前官家来拿赌，舍死逃命爬墙头，吊下几乎跌坏了前槽子肉。(此处指人的肩部，詈语)

**【前后话】**关于事情前后经过的话语。翻5：二兄弟你先去问母安，病在床不知怎么盼，到家说说前后话，也着咱娘放心宽，不必在这同作伴。

**【前后无眼】**今方言一般说“无前后眼”，指缺乏对事情发展的预判能力。磨28：可恨俺前后无眼，到如今懊悔难追。

**【前呼后拥】**形容达官贵人出行时随从很多。磨4：俺北直军门臧品是也。俺今日官至二品，位至八抬，出门去前呼后拥，轿前磕头者无其大数，也算的是个尊之极矣！

**【前护后拥】**同“前呼后拥”。磨17：我北直军门卜为人是也。曾八抬八撮，前护后拥。

**【前跑踢后跑踢】**形容走路时蹦蹦跳跳。增8：六哥提着酒上的楼来，满斟一杯，递与万岁，就深深的唱了一个大喏，谢了又谢。一霎叫大叔，一霎叫爷爷，喜的前跑踢后跑踢的。

**【前前搐搐】**畏葸不前，想向前而又不敢动。快4：出林大叫“老爷到”，一堆人打战似筛糠。前前搐搐不敢动，如同小鬼见阎王。磨6：方相公见他前前搐搐，便把邓天军一把拉住，说：“请进请进，我就奉陪。”

**【前情】**以前的事情、情况。禳28：只望再休提起，把前情一笔全勾。磨28：既在矮檐下，怎肯不低头？张鸿渐如今父子登第，那前情已是讲不起了。既在这一庄居住，不免也去给他磕个头。

**【前日】**❶前天。墙4：今日该我养活父亲。前日说身上不快活，我雇了个人来，好架他去。增18：老鸨子说：“王姐夫……你这晕风不发的利害了么？”王龙道：“正是。前日发的还好，今日发的我晕头晕脑的，眼都花了。……”❷前些

天,日前。寒2:前日发的怎么样?今日满面长天花,消息灵登时变了卦。俊:前日你道说洗了手,起的咒誓似血盆,随即输了个大荆围。

**【前哨】**向前方派出的哨兵。磨31:前哨来报:"毛老爷在前边。"赵总兵走近前,下马相见。

**【前天】**同"前日"。禳14:丽华上,李婆来到近前说:"哎哟!原来是丽华姐姐。你待那里去?"丽华说:"前天王少爷约我今晚去陪客。"增26:不妨,不妨,前天那算命的早知有今日之难,给了一粒丹药,想必灵验。

**【前窝】**前妻所生的孩子。慈2:扑簌簌泪珠儿落,俺如今有了前窝并后窝。慈3:上面是李氏降的前窝里张讷,跑了他姑家里去了。慈3:后娘只知有前窝,分出后窝就不公;就不通,更不通,一般也知道那脸儿红。

**【前窝儿】**前妻所生的儿子。慈1:譬如有一个前窝儿,若是打骂起来,人就说是折蹬。

**【钱】**❶钱财。墙2:谁说!每日穷的合那破八万那似的,他那里的钱?寒5:二位请回,我自己去罢。跟我回去,我也没钱你使。❷钱币。翻7:慧娘吩咐丫头,解开包袱,每人红绢三尺、钱二百,俱是伺候就的。寒8:商大爷见是一瓮钱,遂叫搬出来。❸重量单位。两的十分之一。禳14:这里隔内宅远,夜里来,夜里去,甚么相干!这是五钱银子,先给酬劳。禳24:依你说,一碗一钱,十碗才是一两,怎么能攒成块呢?

**【钱钞】**泛指钱。在韵文中也说成"钱和钞"。磨4:使人钱钞,与人消灾,嘴脸回头变,登时黑白翻过来。磨33:大家欢饮一杯酒,但少钱钞赏三军,以此叫我心头恨。翻11:叫姐姐你听着:这口屋又极高,不知那的钱合钞?

**【钱痨】**钱迷,形容只看到钱而不顾其他的毛病。寒4:老王那王八羔,长钱迷害钱痨,如今向咱把钱要。

**【钱迷】**一心只恋钱财的毛病。寒4:老王那王八羔,长钱迷害钱痨,如今向咱把钱要。

**【乾坤】**❶天下。磨17:跳起身枪刀直入,一骑定乾坤!增16:龙袍里取汗巾,拿出来爱煞人,乾坤少有汗巾俊。❷主意。翻7:他有个小乾坤,不单指娘家饭。富10:都说他受了艰辛,心儿里又有乾坤,将来定有个夫人分。

**【浅嘴薄舌】**形容说话多或不厚道。禳17:骂一声小囚根,浅嘴薄舌诮撇人,天下就是你狗脸俊!

**【摭身】**("摭",蒲氏注音"欠")欠身,身体稍微向上或向前移动。日·裁:摭

身须把熨斗烧。

**【遣】**❶派遣。蓬2:他志愿高大,要度脱世人,不知云游何方,特遣他的门人来接驾。禳22:遣了个人去说信,不敢托别人把信捎,教星夜忙投到。❷排解,抒发。禳11:九月雁行斜,九月雁行斜,遣愁强自插黄花。富5:叫丫环,炖酒来,我与官人遣闷怀。今朝不着三杯酒,三杯酒,愁闷如何解的开,解的开!

**【欠】**❶亏欠,该还未还或该交付而未交付。墙2:这人也没处猜,谁想咱爹有钱财,化锞儿欠多少倾销债。翻4:徐氏听了,徐氏听了,心里疑影好蹊跷,咱又不欠粮,用不着去比较。寒8:怎么肯欠人账目,变做那驴马牛羊?❷欠缺,不足。富8:读书思想中状元,不中还是功夫欠。磨24:藤花大轿呼扇扇,轿里不知丑与妍,满心喜,到底还有一分欠。❸身体向上抬起。墙3:咱爹刚吃一盅酒,烤着火才不战战,怎么又叫他把身欠?增18:有王龙要坐下,大小鬼锥子扎,屁股害疼坐不下。起来欠去心不定,一把椅子左右拉。

**【欠背躬身】**弯着腰。快2:曹操无奈,只得欠背躬身,到了马前,说:"将军好么?"

**【欠身】**❶坐着的身体向上抬起,站起来。姑2:只等了二三日,于氏看着不是长法,便到他那屋里,臧姑坐着也没欠身。寒8:老爷感他来救护,不觉欠身站起来,那神跪下将老爷拜。❷坐着的身体稍向前倾。蓬2:娘娘便问:"这树是那位仙卿的法力?从何处移来?齐整得紧!"钟离仙欠身说:"这是纯阳的弟子柳树精自现真身,孝敬娘娘。"闹:"……叫老军,快搧起火来。你给我吹风炉速煮参汤,免得俺空肚子虚火煎熬。"作欠身抹眼摆腰介。

**【箝】**镶嵌。日·银:簪顶牢箝石榴子。

**【茜红】**绛红色。禳7:家人铺下茜红毡,两人交拜在堂前。日·器:茜红毡毯更铺床。

## qiang

**【枪】**❶长杆一端有尖头的刺击武器。富9:张春嘱咐已毕,又叫那觅汉金三、王五过来在一处里睡,每人一杆枪。磨19:金三吆喝一声:"有贼!"枪攮去,鬼子"哎哟"一声,就跌在树下,两个绑起来。❷火枪。翻12:太公吩咐人去范宅借弓箭鸟枪,并家丁二十名;又叫仇禄发帖去县里借大炮四尊,都要密藏拿来。……前面上各铺,听的炮响贼败,枪箭齐发,不可有违。翻12:那贼们啕叫了一阵,只见那箭如飞蝗,枪似炒豆,箭箭着人,枪无空响。

【腔】❶胸腔。磨10:一腔冤情重重结,斩落贼头恨始消!磨27:今日一家团圆,且诉说这十年愁苦,发发这一腔心事,不暇看他舞艺,叫他斟酒罢。❷样子。姑1:何大娘说话粗,您心有口全无,何必把那腔来做?姑3:有些潮腔,有些潮腔,哥好心里有点攮,怎肯将自家的银,生生的将你让?禳13:向来欢喜不寻常;细端相,今日这容颜改了腔,饭也不多吃,行动闷怏怏,看他像有个愁模样。

【腔调】❶乐曲的调子、风格。富9:夜间忽听的邻房唱曲子,居然是故乡的腔调,心里着实感叹。增18:院里的丝弦我都听过,高煞的腔调也只寻常,听来那是这般样?❷样子。琴:这件喜事委实陡,故意还把丫头瞅,失惊打怪影煞人,甚么腔调还不走!

【腔正字巧】字正腔圆。增16:"雁儿落"腔正字巧,"沽美酒"引吊了魂灵。

【腔子】胸腔。慈1:李氏又不耐烦,喝的声说:"谁是您娘!"劈头一钴钉,几乎把那孩子头来搉腔子里去了,嘛的声就叫唤了。

【强[2]】❶好,优越。墙1:头一年还算强,零碎使了七石粮,虽不丰富还无账。姑2:珊瑚虽然强及如今的,只是可不如您那媳妇。磨29:我是山上一个铺囊的,你赢了我,再着强些的合你比并。❷勉强。姑1:安大成,怒不休,看见血水把心柔;不是强将酸水咽,几乎泪下不能收。琴:魂灵不知那去了,怎么着梳头并裹脚?强打精神对妆台,左拢右拢梳不好。❸强迫,使用强力。翻1:仇尚廉又羞又怒,起了一个狠心,暗地里找个主子,言定价银十两,安心不对他说,着人家强拉了去。寒5:若是要我不去告,除非解了父亲冤,还要磕头千千万。若待强要我不告,这心比石头还坚。

【强插白赖】指不顾对方抵触而硬做。增25:万岁说:"你干的好事!我着你休去,你怎么就逃了?"胡百万说:"他们又不留我,怎么可强插白赖的死塞呢?"

【强梁】强横凶暴。日·争:劝君软弱莫强梁。

【强人】❶坏人。富7:骂只骂你主意差,把个强人藏在家。磨15:骂只骂你主意差,把个强人藏在家。(此两处指杀人犯)❷詈词。姑2:媳妇听见又发作,跑出房去大吆喝,强人呀,不来把你乜头来剁!翻3:我是那辈子瞎了眼,就嫁你这个强人!俊:呀,傶强人,嘲畜生!割了肉来胡触送,终朝每日瞎作蹬,弄的天那大窟窿。

【强徒】强盗,强暴之徒。富3:女子开口骂老奴,怎敢私自留强徒?我的天哟,可恶极,真是极可恶!磨8:有行客走迷途,央我在门里打个铺。……受不的

千般哀告，又看他不像个强徒。

**【强贼】**强盗。翻12：却还没有真实信，倚着五百好强贼，开门只用人一对。禳14：他那娘子好发威，终朝好似躲强贼。

**【墙板】**墙版，用泥土筑墙时夹在两边、中间填泥土的木板。增5：你疯么！曹老爷知道，拿了你去，豁口子加墙板……——可就打杀了！

**【墙根】**❶近墙处的地面。磨8：便就墙根铺下草，还得找块半头砖，怕铬头不妨着衣裳垫。磨19：两三个撮弄上墙去。墙根一棵树，就揽着往下下。❷墙的下部。参见“抗墙根”。

**【墙角】**墙的拐角处。翻11：梁栋门窗皆齐整，砖瓦还不甚凋零，墙角石头皆方正。增25：转过墙角，又到了一家，见那房舍甚是清雅，有一个姐儿迎将出来。

**【墙角子】**墙角。磨23：逐日好像在地狱里串，雨下了脸上才知道阴天，走的紧照着墙角子使头搕。

**【墙头】**墙的顶上。墙2：呀！那墙头上不是个人么？怎么在此叫唤？待俺看来。脚在这边，头在那边，这是何人？俊：年前官家来拿赌，舍死逃命爬墙头，吊下几乎跌坏了前槽子肉。

**【墙稃】**墙。稃，指植物秸秆捆成的束。旧时有用密排的稃为墙者。墙2：今日该来这忍饿，送了我来不开门，大儿叫我爬墙稃。

**【抢】**❶争抢。翻4：堂上喝了一声裂，嗤嗤一阵响连天，条条都是八丝缎，合衙门偷着抢去，都缝个荷包装烟。琴：早知这样难为人，谁待抢着把那媳妇子做。❷抢救。翻10：那火着了一宿，亏了慧娘人手子多，要紧的抢出来了。❸抢夺。快4：各人抢的各人献，衣甲器物排成行。磨14：那哑巴指指画画，哭哭啼啼，从袖里抽出一个帖来。按院接来看了，说：“你媳妇被户房抢去了。”❹武力劫夺。翻12：……一路上听的人乱传说，桃花山上的贼要抢扶风县仇宅。磨1：他居家五六口人，指望着搀糠搀菜的多吃会子，昨晚被一伙人进去，将谷抢去，把老头子打死。

**【抢快】**博戏名。用六枚骰子，规定好各种点色组合的点数，投的点数最多者为胜。蓬4：三杯以后，说笑满堂，下棋赌胜，马吊争强，看牌掷骰，抢快敖江，巴孤堆赶凤凰，耍笑诸般都在行。

**【抢满】**博戏名。马吊的一种玩法，先集满三十张叶子者为胜。日·赌：熬江抢满更蹊跷。

**【抢满摸叶子】**指玩马吊。叶子也写作“页子”，明清时指马吊牌。磨23：俺

光棍打了十年,一般的抢满摸叶子的,捞了个八万。

**【抢牌摸页】**同“抢满摸叶子”。富11:俺光棍打了十年,一般的抢牌摸页,可捞了个八万。

**【斨】**(《字汇》音“锵”,蒲氏注音“戕”)用刨刀刮削。日·铁:刨刀斨明无大歸。

**【呛食】**(“呛”,蒲氏注音“抢”)病症名,中医叫“呛食喉风”,咽喉干燥疼痛,无痰涎,饮食吞咽有碍。日·疾:呛食凑食饭难下。

**【牄瓦】**(“牄”为俗字)覆瓦,将瓦逐个压着边缘覆盖在屋上。日·泥:牄瓦不漏始稀奇。

## qiao

**【跷蹊】**蹊跷,奇怪。富10:小举人泪恓恓,这个事儿甚跷蹊,父子不知道名合字。增21:跷蹊!我这银子虫子打了么?怎么有堆堆没分两?

**【跷着脚子】**翘着脚,脚尖着地,脚跟高高抬起。闹:且住!只是还有两个人脸蛋子最难看,一个是撅着鼻子要做封君的老官,一个是跷着脚子要做公子的小犬,我这一出去,他见我劈头就问:今次可得意么?我那“没完场”的三个字如何出口?

**【跷踦】**同“跷蹊”。慈4:世间尽有跷踦事,破茧偏能出好蛾。

**【敲】**❶敲击。墙1:嗤,我当是待说甚么呢!拿着筷子敲菜碗,我知道你是饭饱了弄筷。禳8:谯楼上鼓已敲,熬的麦子黄了梢,看看已是良时到。❷打。姑1:媳妇肯将鞭子敲?夫妻恩爱为娘抛,我的天,孝天生,可是天生孝。翻2:秋桂越发作弄着笑,娇儿心肝不住口,把乜孩子吃了大敲。寒5:明人必不做暗事,大板只顾凭你敲,大状不能不凭我告。似这等胡敲乱打,怎么不屈打成招!富9:忘八羔,忘八羔,就使石头把腿敲。❸指哄骗。增7:六哥儿心里焦,叫老客你把我敲,几般好酒你不知道。

**【敲敲搭搭】**不停地、随意地敲。禳15:嫂子休怪,这是实话,你看那风儿细细,雨儿刷刷,四壁寒蛩,吱吱呀呀,何处砧声,敲敲搭搭,好不把人闷杀!

**【搉】**缲,一种缝纫方法,做衣服边儿或带子时把布边儿往里头卷进去,然后藏着针脚缝。日·裁:带儿只用细针搉。

**【豞狆】**不详。疑指生育后又阉割的母猪。日·走:豞狆也用泔水喂。

**【劁眼】**兽皮上的疤。日·皮:鞳脚偏缠劁眼。

【锹】掘土的工具，类于锨而刃部略圆、稍有尖。日·石：镩锹开山加铁锲。

【锹眼】（路本作"鍬眼"，此从邹本）解决问题的门路、切入点。墙4：您辆是一个人，又每日去化银，必然你就知到信。……若还有点鍬眼，俺两个好去跟寻。

【乔】❶任性易怒。翻1：仇大姐性子乔，事儿不值个破瓢，开口就合爹娘闹。增4：红了脸气昂昂，叫村女休装腔，谁着你来这井边撞？分明也不是个干净货，看上你眼就拿糖，谁没见你那乔模样！增23：二姐夫，你性子这么乔！年小的人们，每日价可答头在一堆子，什么正经？❷不顺，拗。日·裁：紊紊匀停又不乔。

【乔声怪气】形容说话带着怒怨。姑2：才叫二成来替替，臧姑来乔声怪气的叫了去了。

【乔性儿】性格任性易怒。增13：姐夫好乔性儿！每哩既犯相与，就不问问么？

【荍】荞麦。日·皮：便非荍刷不能鏁。

【荍荞】荞麦。日·庄：稆生荍荞耕翻讫。

【憔】焦躁。磨19：听的更鼓连敲，长夜还愁睡不着。上床也是憔，就枕也是憔。也是憔，还留着银灯照。磨19：上马又加鞭，巴不能一时到。心又憔，心又憔，百里如同万里遥！

【瞧】❶看。翻6：算计一定，瞧着二相公出来，凑到跟前，说了几句闲话。翻11：那气出净了，瞧了瞧，都是银子。磨13：鸿渐说："外边有人，我看是谁？"扶着窗棂瞧了瞧，说："不认的，听不出来。"❷看望。慈2：炳之不言心里笑，孩子去了正待去瞧，哎，今日奉了明文越发妙。慈3：赵大姑说他放了学，可着他回家把你瞧，您大妗呀，今日断不能遵你的教。❸观察。禳24：客房里有了客，给了东西着咱去做，咱可不要傻着头就做，先伸头儿去瞧瞧那客，看嘛样的个客。富3：咱俩无媒自撮合，怕的是旁人耳目多。我的天哟，瞧破人，休被人瞧破。磨25：保儿，你去瞧瞧，题纸下来了。

【瞧个空子】瞅空子，观察可以利用的机会。姑2：你在这里待会子，我再瞧个空子和他说。慈1：亏了这一日，那李氏又娩卧了，虽然生了个小厮，张炳之也不甚喜欢。瞧了个空子，把张讷叫了那无人处，说："你知道您姑家么？"

【睄睄巴巴】反复观察的样子。增13：二姐被万岁泚了几句，就羞的低下了头，说："姐夫好乔性儿！每哩既犯相与，就不问问么？"万岁说："从头里睄睄巴巴的，又问什么？"

【巧嘴】嘴巴乖巧，能言善辩。墙2：惹的恼了掘坟顶，还抱当街对人夸，说他巧嘴极会骂。

【俏】俊俏，可爱。琴：那人年少会妆俏，时兴的衣服穿一套。琴：可意俏冤家，可意俏冤家，半步不离的守着咱。禳29：每日家闻名，只当寻常，美无双，俏无双，典雅无双。

【俏别起】瞧不起。禳16：自家非别人，就是江城的姐姐樊满城是也。看着模样不大精致，俺这心里还俏别起人。

【俏里装村】内在时尚颖秀而装作土俗无知。增16：这长官初进院时有些憨样，这一回我看他像精细了是的。我把琵琶弹一套好的，他听过来，就是俏里装村；若是听不过来，就是村里装俏了。

【诮】讥诮，挖苦。姑1：这一回出来，安心把人找，昂藏气儿吃了个饱，连骂又带诮，数瓜又数枣，扎的那横亏，一霎说不了。姑3：珊瑚也到了他那屋里，那四六句里诮他，珊瑚推不懂的。禳18：槌被石不害羞，着我替他那行头，诮我没点汉子气，打着不敢把气抽。

【诮刮岧】(“岧”原讹作“岿”，蒲氏注音“拴”，据《字汇》，应音“拴去声”)不详。日·饮：恶宾才不诮刮岿，坐折板凳不动起。

【诮撇】同“诮”。禳17：好贼欺心的忘八！我到怜惜他，他可这么诮撇人，说的俺就不[1]像个人了！禳17：骂一声小囚根，浅嘴薄舌诮撇人！天下就是你狗脸俊！

【诮语】傻话，无知的话。增15：小二姐气狠狠，叫姐夫你好村，你在那鸡子窝里困？……你说了这些诮语，幸亏了旁里无人。

【窍】❶口耳鼻眼等器官的孔。寒3：赵豹近前，才把三官嘴唇一招，扑通跌倒，七窍流血。增5：万岁爷把话教，小周元唬挣了，三魂七魄出了窍。❷门道，道理。墙3：当时饿死没人理，酒肉而今大口叨，不懂的这是甚么窍。富12：一霎时散了，一霎时散了，太公拿来仔细瞧，向孩儿细说题中窍。

【窍马】通天窍马，术数家术语，为年月吉星之一。日·堪：后来窍马皆通用。

【窍眼门】窍门，指可以入手的地方。富4：方二爷待下手老马，正找不出个窍眼门来，一日北直的按院来见公子，公子留他吃饭，就叫方二爷去陪。

---

① “不”字据邹本补。

## qie

【切】❶用刀把物品分成若干部分。禳24:海参切成四瓣儿,鲍鱼切成薄片儿,皮鲊切成细线儿,鲤鱼成个正面儿,葱丝切成碎段儿……增21:诸般光景见多少,这个棋榴甚稀罕,什么东西下的蛋?叫丫头拿刀切开,我尝尝是酸是甜。❷抚按,弹奏(乐器)。增24:胡百万抱琵琶,切四象按九牙,弹了一套客窗话。

【切把】随意地切。"把"为语缀。禳24:俺无论几顿,只是锅子里泚上瓢水,抓上把盐,把豆腐切把切把,扑棱翻上,俺就合人家去闲话,这不省便么?

【切菜刀】菜刀。富7:忽听的官人来了家,就扎了扎腰,拿着把切菜刀,跑了来骑门大骂。磨19:鸭子他妈,鸭子他妈,听的说你逃回家。掖着一把切菜刀,上来门子着实骂。

【茄着】以某事为把柄来要挟。增22:二姐,你嘲杀了!我在京里串戏班,临来时无甚可穿,我就开开戏箱,暗拿出来了几件。才不过是哄那王龙。那件蟒衣,是那戏子们穿的着装皇帝的,百姓们穿了犯法。我怕他茄着我,我才着你藏了,怎么你也信了么?

【且自】暂且,只管。琴:借嘻笑为怒骂,化腐朽作神奇。男儿心事几人知?且自逢场作戏。禳23:你看江城还是不改的话,罢罢,且自由他。

## qin

【侵晨】清晨。农·农·红花:未出九种之。锄宜晒麦时,侵晨闲工,及长工暇时为之。

【亲丁】亲信的家丁。磨31:况有五百亲丁走马善射,护着我一人,什么相干,什么相干!

【亲娘】❶亲生母亲。姑2:娘俩就像亲娘亲女儿,待了几年没见,亲的就学不的。慈1:譬如有一个前窝儿,若是打骂起来,人就说是折蹬;若是任欲他做贼当忘八,置之不管,人又说是他亲娘着,他那有不关情的:谓之左右两难。❷娘。姑1:珊瑚俩眼泪撒撒,说娘方才怒气加,亲娘呀,我还不知是为嗄。(此处指婆母)慈5:我若是欺哄亲娘,头顶上自有灵神,娘呀,何必你酸困?慈6:乱烘了半日,张诚才问:"俺娘呢?"张炳之说:"死了一年多了。"张诚听说,叫了声亲娘,倒在地下,绝气而亡。(此处指继母)增10:小二姐冤声不住,叫亲娘饶我的残生。(此处指鸨母)

【亲娘姨】姨母。姑2:大姨情意高,待奴那样好,已往从前,一言说不了。今日离别,心绪如刀搅。……媳婆美团圆,夫妻重欢乐,多亏了亲娘姨用意巧。

【亲戚门】亲戚家,指有亲戚关系。磨18:依你的情原就该低头竟过,但只是亲戚门好处还多。

【秦】奸恶。原指秦始皇或秦桧。翻9:那行子忒也秦,不拿他当个人,因此他那心里恨。

【秦吉了】鸟名,也叫“了哥”“吉了”。因产于秦中,故名。日·禽:鹦鸰鹦哥秦吉了。

【秦椒】辣椒。日·庄:秦椒烂煮南瓜菜。

【秦奸】奸恶。参见“秦”。翻4:可笑那仇大郎真是个憨蛋,土条蛇暗咬人,异样的秦奸。快4:好汉子也不喘粗气,只有秦奸肉佞狗张辽,不知他挤眼弄鼻说些嗄,一霎老贼来告饶。

【籨筝】秦筝,乐器名。日·僧:籨筝管哨一齐响。

【琴床】琴几,放置琴的小桌。日·木:方棹琴床帐坚固。

【勤谨】勤快,勤劳。翻9:自此以后,仇福早起晚眠,勤谨之极,不是喂驴,就是扫地。禳8:几句话我儿在念,奉公婆孝顺为先,做媳妇这是头一件。清晨早早去问安,凡事勤谨,休要贪眠。

【撳】(方言音“今”)拉拽(布、衣服、被褥等的一端)。增16:那万岁撳着那汗巾迎风一抖搜,只闻的香风一阵,那上头半点酒珠也无,异样的新鲜。

【趋身】(“趋”,蒲氏注音“欠”)身略前倾。日·身:颓肩趋身无妨事。

【寝衣】睡觉时穿的衣服,睡衣。闹:依贤弟说来是铺盖不好,不妨不妨。我必有寝衣,我岂无衣乎?况有被哉?

【寝帐】床上的帐幔。增17:万岁饮干,那佛动心还待訮他,万岁便叫丫头绰出残席,安排寝帐,收拾睡觉。

【吣】吣,猫狗呕吐。日·饮:吐酒犹如猫狗吣。

## qing

【青蜂】花名。当指香蜂花,又叫“蜜蜂草”,一种唇形科多年生草本植物。茎叶有香气,六至八月开花。日·花:青蜂发花数伏天。

【青红】❶青色和红色。禳9:尖细鞋儿花一朵,青红绣线一针针,细密花须没看尽。❷比喻是非、好坏。翻8:日头歪,日头歪,分不出青红合皂白。富2:

如今只论钱合势，衙门里不合你论青红。

**【青黄】**❶指不连续，配不上套。当取意于俗语“青黄不接”。增 22：有王龙恼心怀，一心里抹骨牌。空中像有神灵在，天地人和偏向主，青黄杂牌推过来，王龙输了没的赖。❷比喻是非、好坏。磨 14：读书人尽把良心丧！官司全不论青黄，不给你钱使大板抗，现如今告打死到有百张状！

**【青帘】**❶青色的帘子。富 12：一更鼓里敲，一更鼓里敲，场里行人静悄悄。处处挂青帘，都使银灯照。磨 25：一更鼓儿敲，一更鼓儿敲，场里行人静悄悄。处处挂青帘，都把银灯照。❷酒店门口挂的幌子。富 7：看了看四面皆山，那里讨卖饭的望布，卖酒的青帘？

**【青鸾】**青鸾花，又称“紫鸾花”，一种茄科草本植物的花，秋季开花，花青紫色，形似牵牛。日·花：素馨枝上宿青鸾。家政外编·诸花谱：青鸾，春日分种。寒，藏向阳处，以冷茶湿其根。

**【青麦】**已饱满但尚未变干、颜色发青的麦粒。日·庄：儿童大把唵青麦。

**【青苗】**还未成熟的禾苗。磨 24：中伏酷热火炎炎，草叶焦枯未种田，老天呀，不消说是连年俭。去秋无麦青苗干，卖了小女卖小男，老天呀，逃窜死亡你何忍看？

**【青盼】**青眼相看，喜爱器重。禳 31：自蒙青盼，全无他念，况且是母亲的总管，又说是夫人的篾片。

**【青钱】**青铜钱。蓬 4：不必订辑，搭起来送在书铺，寄卖青钱六百文。闹：尊作妙绝！认题真切，下笔高华，真是万选青钱矣！恭喜恭喜！

**【青伞】**代指官员的排场。旧时官吏出行时轿前有举直柄伞的差役。疑“青”为“直”字之讹。禳 26：见同年称年兄，拜知县称治生，庄村谁不把我敬？……若来到这绣房以内，这一把青伞难撑。

**【青纱】**指青灰色的马。日·走：银褐青纱秆草黄。

**【青天白日】**大白天，光天化日。增 4：青天白日山沟里，调戏人家良妇人，少死的村夫该打一顿！增 12：那腥臊烂臭的邋遢免，鸡毛店里那无赖徒，青天白日把蚕蛾婺。

**【青霄】**云霄。禳 23：金榜上把名标，我儿平步上青霄，乱烘烘报马门前闹。禳 32：不出三载，直上青霄，玉堂金马，原自不难到。

**【青猫】**也叫“花面狸”“果子狸”，一种灵猫科动物。体型似家猫而较大，尾长。善攀援，常在树冠活动，主要以各种带酸甜味的浆果、核果为食。日·走：

青猺上树疾如鸟。

**【青鱼】**一种淡水鱼。形如草鱼,但较细而圆,青黑色,腹部银白色。日·鳞:青鱼去后见鳞魛。农·农·蜚虫:(蜚)冬蛰土内,生又繁,最难治。惟青鱼头多积干为末,拌种种之;或用柏油、用砒者。

**【青睁】**青光眼。日·疾:雀瞽青睁与鼻渊。

**【青偃】**(“偃”,蒲氏注音“挣”)猛悍无赖之人。日·争:一时青偃狛无赖。

**【清晨】**早晨。墙4:清晨后晌孝顺你,三般脸上有笑容,怎么心眼全不动?禳10:这两日才哄发的略好了,今清晨又受了一场好气。磨6:这说不的那苦楚,一清晨已是跑了五六里了。

**【清晨饭】**早饭。墙1:清晨饭日头高,糊突哈了勾一瓢,虽然多只撒了两泡溺。寒8:烧干锅子没有米,饿的黎眼又钻圈,从天吊下清晨饭。

**【清处】**不详。增25:二姐忙把百花羞请起来,说:“姐姐忽然行此大礼,这是为何?”百花羞说:“是应当的。”(唱:)想妹妹挂心怀,怕爷嗔不敢来,谁想倒将奴错爱。忽然到了俺家里,没点什么清处来,又许提出火坑外。这都是妹妹的体面,磕万头也是应该。

**【清瞪】**白白地瞪(眼睛),只是看着而无能为力。慈4:在人前,有处站来没处立,一个饭碗,也不敢去拾,清瞪蛹眼看人的高低。翻7:出下题没奈何,极的两眼清瞪着,在家原自不成货。

**【清福】**清闲之福。日·争:家中无事真清福。

**【清歌】**清亮的歌声。富1:朝朝饮酒暮烹鲜,耳目聪明牙齿坚;皓齿清歌细腰舞,糊涂混过百余年。

**【清锅冷灶】**形容缺吃的。穷:又清锅,又冷灶,哭的哭,叫的叫,有心只待上一吊!

**【清孤】**冷清孤单。蓬2:谁说天上不清孤?仙女也要想丈夫,吕祖呀,何况凡人谁受神仙度?

**【清欢】**清雅恬适之乐。蓬2:娘娘欢喜动容颜,又劳美酒助清欢,麻姑呀,相逢得遂平生愿。

**【清浑】**❶清浊。磨28:官府把望布挑着,俺卖酒那管清浑。❷是非。墙2:我若是墙边冻死,您两个怎辨清浑?翻8:待了二日又审,始终没有清浑。

**【清江引】**曲牌名。慈2:[清江引]降的那孩子离了你,离了你,还要找着去骂的。使的慌不必喘粗气,不是你那亲汉子,你还要降的起。寒8:[清江引]这

等结果天下少，真正是善人报；富贵三十年，临终彩云到，看起来真是行善好。增28：你看佛动心一个婊子，一朝时来运至，享的何等荣华？有一首[清江引]赞张皇的贤德，感叹那刘妃的造化——张后贤良天下少，看见二姐到，一把忙拉起，称奖人儿妙，赐铁裙伴君王直到老。

**【清静静】**“清静”的重叠形式。禳13：待了一年多，好不清静静的。谁想小哥哥自在不惯……

**【清酒】**清醇的酒。禳24：俺可镟了一块肉胡儿，转了一个鸡脯儿，偷了两对鸽雏儿，香油称了一伏儿，清酒落了几壶儿，炭块还够一炉儿……

**【清客】**在富贵人家帮闲凑趣的文人。禳29：奴终日闷恹恹，丈夫不知甚日还，娶一个清客来作伴。禳31：是我个清客，如今又给母亲当总管，极在行。

**【清泪】**清澈的泪水。姑1：大娘子不抬头，哭的天昏地也愁，一肚子血也没处出，变成清泪眼中流。

**【清凉】**❶凉爽。寒5：一个鬼使用叉挑出来，旁里一池水，丢在那池里，才觉着浑身清凉。禳17：连日来热难当，不敢出门汗似浆，今日清凉把你望。❷比喻清静无烦扰。日·争：却也心下不清凉。

**【清梦】**美梦。禳31：丫头命重，新把璋弄。高尚书坐轿八抬，还惊他爷爷清梦。

**【清气】**❶天空中清明之气。农·补·擘黑：每早晴可卷东窗，使受日暖；开背风窗，使透清气。❷食物中让人感觉清爽的味道。闹：萝卜片更好吃了，能以清气化痰。

**【清守寡】**冷清孤单地守寡，活守寡。蓬6：看着孩子清守寡，不觉又是三年多，也就忘了从前乐。

**【清水】**干净的水。禳33：不必珍馐常到，只碗清水也逍遥。增26：即时叫丫头把口拗开，把药丸放在口内，灌上了一口清水。

**【清澌澌】**清澈。姑1：珊瑚那眼里，清澌澌的掉下泪来。慈2：张炳之往外走，张讷跟着，两个小眼里清澌澌的流泪，一个小嘴裂呀裂呀的。

**【清弹】**指弹琴。增16：闷来咱在一处玩，跟着姐夫学清弹，三千姐妹管你饭。

**【清闲】**清静悠闲。翻3：我打水你漉浆，你也忙我也忙。他道清闲却极胖。除了盘费不算账，考去还要买文章，偏他自己费家当。翻11：二相公清闲无事，看着匠人垛楼。

【清修】洁美。日·杂:龙泉柴汝色清修。

【清帐】清账,算账。指数算对方的错误。富8:三恨你心儿全放,光玩耍懒进书房。离了师傅蜂无王,上山爬岭尽你撞!之乎丢去,者也全忘。骂声狗子我合你清清帐!

【轻快】❶轻,不重。俊:他有个小小家当,尚可过度;只有件毛病,是好赌博,年来背着醋瓶耍把戏——跳荡的也就轻快上来了。(此处指家当变轻,即财富越来越少)❷不费力,轻松。寒8:却说赵歪子又嫖又赌,骂亲娘,打官司,花费的又轻快,因此甚窘。

【轻妙】轻便,轻巧。寒4:前日商礼把尸背,看着轻妙似麻秸,忽然就有千斤赛?

【轻巧】❶语气柔和。翻10:他虽是大家,他却不眼里没人,话儿轻巧,又极温存。❷轻松,不费力气。禳24:俺不拾拾那车軿儿,也不挑挑那筐担儿,也不担那饭罐儿,也不挎那菜笼儿,也不曾楔楔那锄垫儿,俺可也轻轻巧巧的每日吃饭儿。日·赌:起初学会轻巧艺。

【轻饶】轻易饶恕,宽大处理。寒5:你若是再有翻悔,拿回来定不轻饶!快2:今日相遇,决难轻饶,不敢狗私,我实相告。

【轻纱帐】柔曼的纱帐。禳20:夜晚汗如浆,夜晚汗如浆,小阁清风枕簟凉。孤伶伶一个人,懒进那轻纱帐。

【轻易】随便。富9:我这卧房里,可不是轻易进来的。拿着人,万事皆休;翻不出来,可休想出去!磨13:但只是这主子利害,不可轻易近身。县官骂了个闭气,衙役打了个断筋!又打上方仲起忒也尊。弄发了不饶人,重则掉了脑袋,轻则打的发昏,老子生儿一个,死了无人上坟。

【倾】❶倾倒。姑3:娘们正盘算着,二成包着些砖头来倾在地下。寒7:现出黄金桥一座,商家父子到桥头,眼看着倾下判官肉。快2:赵子龙用火攻,何不早早往下倾?这雨单留着折掇俺。❷抒发。磨6:我如今要起身,眼睁睁两下分,千言万语难倾尽!❸倾覆,死亡。墙2:这一险可非轻,几乎把老命倾,遇着你也是前生幸。慈6:又有人说好至诚,此人若要把命倾,可就是老天全然无灵应。❹倾销,熔铸金银。翻11:白花花一大窝,都倾成"没奈何",对联对的真不错。

【倾家】❶家产荡尽。墙4:想一想咬碎牙,你望俺倾了家,老贼可恨忒也诈!富3:设或呈治到官衙,不愁打板又倾家。❷用尽家产。翻2:一个说是倾了家,

定要娶你来一堆过。❸坑害别人使别人家产荡尽。翻6:唬杀我！好皇天！他家楼舍几千间,倾了家可能治他那一件？翻8:大家拿着好话央,那人拿头摔光棍。……说你已倾十来家,咱有甚么仇合恨？磨14:贼奴才忒也差,挑杂差倾人家,怎么把老婆霸？

【倾片】熔铸成片。日·银:掠钩倾片上锤錾。

【倾销】熔铸金银。墙2:自家不是别人,县前王银匠便是。急急上城,看有花户倾销。墙4:老头合他常擣酒,又往铺里去倾销,必然他还通些窍。

【倾销匠】熔铸银器的匠人。日·银:市城又有倾销匠。

【情】❶情感。墙1:养儿养女各经营,乱叫爷娘似有情,老后衰残难挣养,无人复念老苍生。墙2:从前不曾问一声,只为十年兄弟情,争奈如今手里空。❷指男女爱恋之情。禳6:斜眼偷瞧,斜眼偷瞧,风流一滴在眉梢。见俺似有情,低下头微微笑。禳20:哑谜儿暗会心间,眉眼把情传,做手势背不的旁人看。❸情谊,情分。姑1:珊瑚说:"我来了三四年,在娘身上就没点好么?"于氏说:"有甚么情!"禳21:谁与俺做个牌官？多是众爷的情,少是小人的运气。富7:但只是你既疼我,就该给我一个安身,可怎么半路里丢下,全无有丝毫的情,半点的恩？❹人情,情面。富4:却说马知县听的方二爷中了,挣了一挣。但等他个帖来,也就做了情了。磨19:谆谆的把情央,只要去进大场,心里不知待怎么样。❺情形,情况。磨14:这个事情还不了,又找法儿治生员,贼情要作奸情断。增4:千里眼顺风耳,看了看是武宗,恹恹害的难挣扎。慌忙回到灵霄殿,前后说知就里情,玉帝就把慈心动。❻坐享,不努力而享受。本字为"晴"。墙1:你不如情吃罢,俺吃甚么,你也吃甚么。墙1:我思量着,每日情饭吃,也劳苦您,不如还给我那地罢。

【情肠】心肠,感情。禳15:想了你半年才捞着,若是当面不见,岂不辜负了一番情肠？

【情肠话】动感情的话。翻10:我在家,昼夜愁,待来看你说根由。你就摔手佯常去,一句情肠话不留。

【情吃情穿】自己不劳动而享受吃穿。增16:你只是情吃情穿,比当军受用的自然。增17:不要你籴升籴斗,管叫你情吃情穿。

【情管】肯定会(含有令听话人放心之意),管保。墙2:你既饱了,且找个避风去处,且慢慢归家。情管我着他两个争着事奉你。增18:二姐你放心,到那里见了王家那小撕厮,他情管给我磕头。

【情理】人情事理。墙4:若还到了百年后,拿将出来按分分,大家光降情理顺。翻12:寻思一遭着实恼,这样拿我不当人,做了官还该把情理论。禳31:好奇呀!一年不见,往别处拥撮,不成情理。

【情苗】事情发展的苗头。翻3:看咱娘病在家,烧火没人替替他,有饭可也吃不下。况且你心不大好,安心一味胡拼打,看情苗叫人心害怕。

【情受】❶继承(遗产)。墙1:不因着情受他那地土,俺只说俺是他达。墙2:一个达是公夥的情受的东西,我何苦都费了?❷指享受。姑1:我没造化情受你这个好媳妇,你去了也罢了!

【情由】事情的经过及其缘由。翻9:那将军即时叫了去,看了看二相公是个书生,就问他犯罪的情由。磨18:店主摇了摇手说:"你不知情由。"

【情着】❶不劳动而享受。墙1:老头子日日闲,情着吃情着穿,着您媳妇常忙乱。富13:我十年出亡在外,倒情着做了太公。磨20:鸿渐说:"我的银子还不甚足,只有一百八十九两。"员外说:"全在小弟身上。你自顾情着做监生罢,不必问银子多少。"❷不顾一切。姑1:既然出了门,我情着往前撞。❸忍受。姑2:于氏气的战抮拨,咱今娶了个老婆婆,我儿呀,这日子往后怎么过!大成便说没奈何,低着头儿且情着,母亲呀,咱不幸遭着这不贤的货。

【情只】宁愿。姑2:志气可嘉,志气可嘉,情只寻死不归家。

【情自在】享受自在。墙2:他痴心要情自在,他乖觉俺也不憨。

【掅】❶同"情❻",不努力而享受。翻8:二相公肯把书念,外边事姐姐全担,慧娘招管米合盐。书房掅吃自在饭,管家伺候,马背雕鞍。翻12:我给你寻一条终身计,要着你得银千两,掅着去吃饭穿衣。❷得到。翻12:桃花山上的贼,就来找你主人家。你只管把门开了,在我身上掅一千银子。

【擎】同"情❻",坐享,不努力而享受。俊:你从此往前去看,管叫你擎吃擎穿。磨23:咳,苍天那苍天,亏你叫俺瞎了眼,擎吃自在饭,不去扭筋拔力,血汗暴流,这就是你老人家看顾俺。

【擎架】托架,支撑。富5:斜依枕头闷恹恹,手托香腮擎架难。磨12:枕儿斜依闷恹恹,手托香腮擎架难。

【顷】土地面积单位,一百亩。姑3:大家寻思,大家寻思,年年春里举粮食,不如咱买犋牛,再治几顷地。翻3:罢罢!可分开你罢。一顷二十亩地,留下四十亩养老,别的平分开,任你去踢弄罢。

【请茶】请用茶(招待客人喝茶时说)。增12:遂请二姐到了房中,让了坐,遂

即斟上一盅茶，说道："二姐，请茶了。"

**【请管】**同"情管"，管保，肯定会。磨6：列位外边歇歇。家里拾掇拾掇，好跟您去，请管逃不了就是了。磨14：只是银钱有实济，从来良心下不的锅，不害羞请管不忍饿。

**【请节酒】**节日宴请的酒。日·器：年近伺候请节酒。

**【请酒】**❶招待喝酒。寒3：却说那赵恶虎来了家，请酒压惊，好不热闹的紧。禳5：到上台，到上台，轿马一到仪门开。司道军门都请酒，请的迟了怕他怪。❷请喝酒（招待客人喝酒时说）。磨18：即时酒到。鸿渐斟上酒，说："二位请酒。"磨27：太公说："请酒。"仲起说："我从来不能多饮，今日吃的到多，已是醉了。"

**【请了】**告辞时用语。蓬5：道士说罢，拱了拱手，说："请了。"禳32：众人云："天色已晚，俱醉饱了，就此告别。"子雅云："老伯请了。"磨17：众人说："大王，请别罢。"大王说："请了。"

**【请帖】**邀请客人的通知。增18：丫头上的楼来，把请帖给了二姐夫，说："北楼王姐夫有请。"

**【蘏秆子】**苘麻的秸秆。蘏，同"苘"。翻8：身软弱，瘦可怜，穿上线衣只似单，膊胳好似蘏秆子样，怎么口外去受风寒？

**【庆灾乐祸】**幸灾乐祸。翻12：庆灾乐祸的焉能好？嫉妒真不妙。

**【磬】**❶古代的打击乐器。磨28：还要见贵人，禅和子念经没撞钟——只怕吊着不打就是击磬。闹：孔夫子他也曾击磬于卫，此一时到我身何独不然。❷义不详，疑为误字。增3：这桩事儿非轻易，若还是朝廷老子，叫小官溺在磬里！

**【磬尽】**同"罄净"。磨28：这二年家私罄尽，有两口破屋还存。

**【罄净】**干干净净，没有剩余。慈3：我每日待找他没点闲空，他倒反上门来瞎胡寻逞，该把乜科子撕一个罄净！增28：万岁，这院子烧的这么罄净，妈娘何处安身？

**【罄了净】**同"罄净"。翻4：大叫一声，大叫一声：气杀我了贼畜生！乌温了不大霎，又嗒罄了净！翻5：好难言，您哥踢弄的海也干，地土罄了净，老婆换了钱。

**【罄溜净】**同"罄了净"。磨1：遮天影日蚂蜡过，朝朝每日唬飞蝗。把谷吃了个罄溜净，庄稼何曾上上场！

## qiong

**【穷吵】**无谓地争吵。禳 10:媳妇儿你来么穷吵穷吵,你待怎生?

**【穷断根】**穷到极点。墙 3:休说我穷断根,纵然有几两银,我还不使何须问。

**【穷断筋】**同“穷断根”。寒 8:员外还活我父死,又罚的歪子穷断筋,可怜报的忒也甚。

**【穷究】**无谓地追究。寒 4:杀人的是悬梁死,被杀的是烂流丢,伤痕不用还穷究。

**【穷忙】**无谓地忙碌。多用为谦辞。墙 2:相别了这几年,因穷忙没问安,乍见了模样不能辨。翻 2:叫一声大相公,每日待将你请,逐日穷忙没点空。

**【穷死煎,饿死炒】**俗语。因为穷困而夫妻吵闹不休。俊:穷死煎,饿死炒,老婆气儿受不了。

**【穷酸丁】**指穷书生。禳 3:嫁得穷酸丁,飘零五十春;搬来又搬去,南北似流民。

**【䪌心】**胸口中部、两肋交叉处的小骨。日·身:胸膛上骨号䪌心。

## qiu

**【邱】**坏。慈 6:那猛虎将人衔,遥遥经过万重山,鞋袜全脱衣裳烂;又不曾邱个牙尖,跑了程途也够一千,丢在道旁没人见。

**【坵】**❶人死后不下葬,在地上用土坯等把尸棺暂时覆盖起来。寒 2:二位相公见三官言之有理,便问:“妹妹,依你怎么样?”三官说:“依我,把爹爹暂且坵起来,打听着有了好官再讲。”二位都说:“妹妹说的极是。”就依着他的言语,坵起来了。❷坵起来之后形成的地上坟。寒 8:大相公上堂阶,坵裂纹看见材,大惊说道真奇怪。寒 8:请出老夫人来,看见大惊,说:“你怎么开了坵?”

**【坵子】**同“坵❷”。寒 8:大相公慌忙跑去,见那坵子也开了。

**【秋成】**秋收。寒 8:自此以后,每到秋成,定送他杂粮三四石。磨 2:衣服典尽牛马卖,未到秋成小麦完,钱粮目下实难办。

**【秋后】**秋收之后。磨 14:这些奴才们都是该死的!每人四十板一夹棍,收监等秋后处决!农·农·种蒂:宜求佳种,秋后斸地撒之,来年自出。

**【秋胡戏】**指妻。为“秋胡戏妻”的歇后语。禳 1:不怕天不怕地,单单怕那秋胡戏。性子发了要杀人,进来屋里没了气。尽他作精尽他治,放不出个狗臭屁。

【秋葵】一种锦葵科一年生草本植物，花色艳丽。日·花：秋葵蜀葵胜山丹。家政外编·诸花谱：秋葵，春分时，以手高撒则梗高，秋冬收子，治难产。

【秋秋】象声词。啾啾，形容难以听清的说话声。磨24：年年流落在江湖，不解乡谈只自咕，乱秋秋，不知是应向何人诉？

【秋绳】拴在牲口股后的皮带。"秋"一般写作"鞦"或"鞧"。日·走：秋绳鞍屧带行囊。

【囚根】詈词。犹言"贼种"。禳9：骂了声小囚根，说出话来气杀人，骂了几句还不忿。禳17：骂一声小囚根，浅嘴薄舌诮撒人！

【囚根子】同"囚根"。禳14：跌杀我！贼囚根子！墩破这不便处了！

【求告】央求。墙2：说不的老头命苦，再去求告第二个畜生。

【揍稿】起草文稿。日·丹：揍稿尤防下笔差。

【饃】（"饃"原讹作"鏌"）长时间蒸煮以使加入粮食的液体黏稠。日·器：鏌梅糍沏总无妨。

## qu

【区处】处理。禳18：一行走着一行算：设或进门，江城问我一声，我可如何答对？……俺先去回了江城的话，洗洗脸再作区处。

【曲尺】木工用来求直角的尺。日·木：曲尺墨斗有师传。

【曲缕】曲，弯曲。引申指屈服。磨30：那大王智谋多，断不肯束手缚，杀他俩也自己伤一个。况他能战不曲缕，百万兵他也战百合，天兵只怕一脚错。

【曲(麴)面(麪)】（"麪"原讹作"麪"）做酒曲的面。日·器：上手扠来曲麪香。

【曲盘】腿后面与膝盖相对的里凹的部位。日·身：曲盘里弯跛髂盖。

【曲曲菜】苣荬菜。日·菜：莴苣味如曲曲菜。

【曲弯弯】弯弯曲曲。今方言称"曲缕弯弯"，此为省言。增25：转街巷曲弯弯，皇帝后秀才前，领着万岁沿门串。

【屈轴】手部与手腕之间可以弯折的骨节处。日·身：手腕屈轴大拇指。

【趋时】迎合时尚。闹：近来见朋友们家家有《感应篇》，人人持准提咒，约会祀文昌帝君，攒钱结放生大社，我学生未免趋时，定要摹而仿之，步而趋之……

【趋小伏地】尊长者趋附服侍地位低的人。"地"为"低"字之讹。姑2：婆婆难辞，婆婆难辞，大家趋小伏地的，只说是尽了心，他倒还不大自。

【觑】细看。琴：共坐罗帏，共坐罗帏，安排热酒饮交杯。冤家对银灯，细细

把奴来觑。(此字入韵,应读阴平)

**【蛐蟮】**蚯蚓。日·昆:蚓名蛐蟮蝗名蚱。富12:一更鼓里敲,一更鼓里敲,场里行人静悄悄。……个个都吟哦,好似蛐蟮叫。(蚯蚓为夜行性动物,据说天晴则夜鸣。此处描写考场情景,夜间吟哦,正如蚯蚓夜鸣)

**【曲】**❶乐曲。墙1:一个口唱两个曲,放屁又要着把拿,是别人我就失口骂。磨33:俺是正经人家,不会唱曲。增15:不是这么压,支起马来秫秸莩拉曲。❷量词。用于乐曲。寒3:吴孝筝孙晏箫,王成就把檀板敲,唱了一曲昆山调。增16:你好村!这琵琶是弹一曲,弹一套,或是弹四板,那里有弹一个的?❸屈,委屈,冤枉。磨20:论场中全是在命,骂主考也是曲他。

**【曲子】**乐曲。富3:好贱人!你怎么就知道不久长来呢?偏唱这一个曲子!富10:唱的极好!这是甚么曲子呢?

**【取】**❶拿取。姑1:珊瑚没奈何,才拭了拭那泪,到了房里,取了一把剪子出来……慈1:妈妈叹了一回,取了他那孩子的一双旧鞋来,给他换上,才叫他去了。❷借取。墙4:你守灵,咱指地作保,取王十万家钱,过了丧事要来还他。姑3:大成见他兄弟那模样,老大不忍,算了算他取的那银子,本利共该捌拾两……蓬3:这借书是男子做的,怎么叫我去取?我待怎么样借法?❸获取。俊:打头的好营生,引好人跳枯井,输赢的叫他净打净。输了若是取他的梢,一日一个本利平,相识也要吊了腚!磨29:山贼!如何用奸计摇乱我三军?看我取你首级!❹招致。慈0:别书劝人孝弟,俱是义正词严,良药苦口吃着难,说来徒取人厌。翻1:万事不由人计较,一生都是命安排,害别人反取自己害。❺选取。翻5:知府取你做第也么三,把你文章着实圈,甚喜欢。磨8:我出门原无定向,取便道访访故人。❻弄来。寒8:商大爷大喜,取了两三个骡子来,运了家去。蓬6:吴彩鸾今日又回了头了,你去到江西取他来。

**【去处】**地方。墙2:你在路上慢慢走,避风的去处好磨陀,到家就是晌午错。禳16:捞着那不见人的去处,也嘶一口;捞着那见人的去处,也嘶一口。磨1:我这二日听的说,咱这俭年去处,朝廷家知道了,已是把钱粮全赦。

**【去油】**去除油垢油渍。日·杂:肥皂去油搓粉面。

**【趣】**❶兴趣。增21:蛮子浑身是绸缎,你只一身粗布衣,休着他打了咱的趣。❷有兴趣,兴趣高。增16:万岁爷笑嘻嘻,你不该把人欺,人物虽丑心里趣。

## quan

**【圈】**❶圆圈形的东西。禳17:不敢挪一步,他就胡歪揣,长坐监跳不出圈儿

外。增21:王姐夫,你这一顶网子还是金圈哩。❷画圈。翻5:知府取你做第也么三,把你文章着实圈,甚喜欢。富1:说好连连,说好连连,便着指头细细圈,念到头已是圈一遍。

**【圈椅】**靠背和扶手接连成半圆形的椅子。增7:暖阁楼房高大厦,圈椅方桌仔细茶,酒果饭食都减价。

**【权当】**❶暂且当作。增13:我的儿,我带的银子不多,暂且收下权当酒菜资。等我那小厮们来时,自有包补你处。增28:南楼权当金銮殿,文武百官把主参,礼拜已毕两边站。万岁爷楼上正耍,众文武谁敢高言。❷当作,就好像。增6:白银赢了六钱整,当与长官来接风,权当写了奉申敬。

**【权印】**❶掌印。寒5:却说旧阎王升了,此时是修罗大王权印。寒7:权印官狠似狼,该剥皮揎麦穰,叫狱神尽把冤魂放。❷比喻行使权力。禳19:樊满城不是人,棒槌常打蔦天民,怎么又权妹妹印?

**【全】**❶齐全,全备。禳1:戚将军忽然反叛,一声声叫杀连天。进去家门气不全,到房中不觉声音变。富3:掀开帘,书画琴棋件件全。增1:上殿嬾整君王事,诸般技艺都学全,万里江山他不恋。❷成全,保全。翻1:催了催不肯上套,到全了这家人家。磨26:难得他、他把性命全,不必宫花插帽檐。❸副词。全部,全都。墙2:浑身骨头全冻透,脖子连头坠下圈。姑1:问问你有个说好,我就把姓氏全更。磨19:夏来到实难受,一点点汗珠交流,一霎时全湿的衣衫透。❹副词。用在否定词之前,相当于"一点儿也""根本"。墙2:了吊儿乱瓜打,拾石头把门砸,全不听的人说话。姑1:待了半年,那于氏全感化不过来,比桑树,骂槐树,只是给珊瑚那不自在。蓬3:你家怎么静悄悄的全无个人?❺副词。相当于"只""仅"。姑3:二娘子太拨争,全凭吵骂过平生。磨28:也无南北垅,也无东西行。什么法儿不忍饿?哈哈!就是全凭嘴一张。

**【全柬】**同"全帖"。增18:王兴拿过了一个十二折的全柬来,王龙颠了两颠,说:"他担不的使这个全柬。"

**【全然】**同"全❸❹"。主要用于否定句中,少量用于肯定句中。a)用于否定句的。寒7:做大官有威灵,受钱财害众生,全然不管黎民命!琴:来到门前,来到门前,黄道鞋儿软如棉。乍下轿子来,全然走不惯。快4:老爷全然不答话,须似钢针插嘴旁。禳16:就是相好,也只一霎,全然一点不中用,真正是个侷忘八!b)用于肯定句的。寒7:骂判官真贼根,受人钱丧良心,你把簿子全然溷!禳19:你去我来无停止,酒饭全然吐出来,必然受了那豆汤的害。禳33:嗏!那

牙笏摆满床，且喜白发双亲，那时节全然无恙，到百岁还安康，如神仙下降。磨36：浮华游荡撑公子，穿上件衣裳算不的人，一辈子乡宦全然尽。

**【全帖】**旧时礼帖的一种样式。用红纸横叠成十二面或十面。用全帖表示恭敬、郑重。增18：好一个割头的奴才！我连一个全帖也担不起了，给我这一个单帖子！

**【拳】**❶拳头。翻5：这钱来的也蹊跷，也蹊跷，自己拳捣自己腰，姐姐呀，这件事儿甚堪笑。禳16：若是迭不的攥拳，劈脸就是耳巴。❷指划拳。快4：猜了两拳，说："你输了，我吃酒，你骂。"禳11：酒已过三巡，丽华先合恁高大叔豁一拳。❸蜷，蜷曲。富9：他那里手托香腮盼，拳着他那金莲，斜倚着牙床绣枕边。磨8：俺暂且拳拳乏腿，怎禁的这热火生烟！

**【拳头】**❶手指向内弯曲握紧的手。寒1：打了顿捶来卷顿脚，又使拳头搒那腮，鞭子多又把头打坏。禳11：拿拳头把门敲，举手又把吊儿摇，高高声就把书童叫。日·身：耳掴巴掌拳头伸。❷拳头菜，即蕨。属凤尾蕨科植物，多生长于山坡阳坡。叶片未展开时形状如拳，故名。采摘后用热水烫过晒干保存。发开后用来炒肉、炖肉，味道鲜美。日·菜：山上拳头与笔管。

**【颧骨】**眼睛下边、两腮上面突出的颜面骨。日·身：颧骨高大衬粗唇。

**【搼】**（方言音"权"上声）弯转着折。慈0：床上炕上揉搓，尿里屎里估拣，争来夺去济着搼，弄的翻边卷沿。

**【蜷²】**蜷曲。钟：眶深腮骨瘦，顶缩领毛蜷。

**【踡腿】**盘腿。引申指坐下休息。翻9：你且坐下，你且坐下，踡踡腿儿吃杯茶。增25：虽然没嗄给爷吃，略把腿儿少踡踡，遽然去了不好看。

**【鬈】**毛发蜷曲。丑：八戒病了十日整，浑身消瘦鬣毛鬈……

**【劝化】**劝说感化。墙2：你不知那两个畜生劝化不的，你有甚么妙法？

## que

**【缺】**❶缺少。快4：我虽未输了，不骂也缺点。我也骂他几句。增3：万岁尝尝不美口，少油缺醋又精咸，这样东西吃不惯。❷空缺的职位。禳4：使银钱也把好缺也么挑，当日的文章未必高。禳17：小长命说话差，把个肥缺却让给咱，姐夫方才答应下。

**【缺哧】**形容忙乱而费力做事的样子。琴：细细绞脸开了眉，霎时缺哧的一身汗。

【缺嗤嗤】同“缺嗤”。翻2:缺嗤嗤的穿把上,黑暗暗的待开交,干误娘亲一大觉。

【瘸跛】如瘸腿般腿脚行动不便的样子。墙4:(张大等人)哐哼瘸跛并下。磨19:张春收了合状,才叫人一个一个解开绳子,瘸跛的出了门去。

【雀】麻雀。亦泛指小鸟。磨31:密匝匝燕雀不飞,齐臻臻天神还赛。增20:几盘棋把他赢了,管叫他弹打雀飞。

【雀顶儿】清代举人和生员的冠饰。闹:雀顶儿分明瘊块,泮池上公然摇摆,真似古丢丢在望乡台。

【雀瞽】夜盲症。日·疾:雀瞽青睁与鼻渊。

【雀腌】房屋山墙上的通气孔。日·泥:雀腌还须板瓦做。

【雀子】❶麻雀。穷:只有鹁鸽屎呀似的一块银子,雀子屎呀似的一块金子,俺也算有了身份。❷雀斑。禳5:夫人说:“怎么不好?”公子说:“那脸上一些黑雀子。”

【䳔】同“雀子❷”,雀斑。日·疾:䶑鼻黖䳔损容颜。

【推蒜】捣蒜。日·庄:㧌攞芥茉或推蒜。

【鹊瞽】同“雀瞽”,夜盲症。闹:这是好的,吃了苜蓿芽先不鹊瞽。

【却才】刚才,刚刚。翻5:知府取你做第也么三,把你文章着实圈,甚喜欢。你就去把手本传,若得见了他,真情吐一番,官府未必不动了念。提人不过三四天,求他把地尽追还,我的天,案定了,却才定了案。(此段大意谓:因为知府喜欢“你”的文章,所以对“你”的诉求也分外重视,只有三四天就定了案)

【猏】(蒲氏注音“却”)不详。《字汇》:“且药切,音鹊。宋国良犬。”意义与例句毫不相干。日·杂:商人猏下般般有。

## qun

【囤】即“囤”,方言音“顿”(蒲氏用“囤”为“畋”注音,“畋”即“砘”)。翻3:及至开囤一看,大惊失色,也就不敢瞒他娘了。禳4:孩子忒也小,安排到来春,科考才折蹬那粮食囤。

【群墙】裙墙,屋墙靠近地面的一段。日·泥:四周群墙一趄片[①]。

① 为“庍”之形讹。

# R

## rang

【攘】(今方言音阳平)不好。姑 3:有些潮腔,有些潮腔,哥好心里有点攘,怎肯将自家的银,生生的将你让?

【攘咒】胡编,胡说。琴:听不的嫂子瞎攘咒,这样的事儿好难受。

【嚷】大声说叫。慈 5:众人都嚷道:"菩萨来救苦哩!"磨 6:邓天军瞪起眼来嚷道:"是奉大老爷的明文,不是马老爷的私意!"

【嚷闹】喧嚷。寒 2:大相公一声嚷闹,官坐轿一溜飞烟。磨 6:正说着,那邓天军领着两三个人在大门上嚷闹,大呼小叫的说:"快出来,发人给俺!"

【嚷嚷闹闹】形容众人吵嚷。禳 8:嚷嚷闹闹,喊喊插插,走走站站,指指画画,虽是城里,也是乡瓜,小小民户,知道甚么?

【让】❶劝请。墙 2:张老自家一连吃了三碗。银匠又让,张老说:"饱极了。"慈 3:笑着拜了拜,让到屋里坐下,便说:"您大妗子你无事不来。"寒 3:一吃吃到三更半,灌了好酒一大缸,主人官还把客官让。❷谦让。姑 3:二成把三十亩好地卖给本庄任华,因这地土是大成让的,定要大成做中人。翻 7:二相公气嗺嗺,骂范栝太诈煞,不知让你是为嗄!禳 32:太公云:众位请。众让介,公子云:"不必让了,咱今日叙了齿罢。"❸允让。寒 5:阴间官司让我打,阳间官司弟让兄,此时已把主意定。禳 9:让你打时是一礼,怎么爽然就托实?以此叫我心里气。❹即使,任凭。日·赌:让你家中出银矿,下在注头指日销。

【让坐】请客人入座。磨 27:仲起拉着太公,行了半礼,才让了坐。磨 29:东山大王李杰、西山大王赵胜进来作揖,说:"大哥有何吩咐?"任大王让坐,说道:"二位贤弟,今有军机大事相商。"

## re

【惹弄】惹,招惹。磨 4:做的太过,委实也错,惹弄的递起公呈,几几乎弄成大祸!

【**热毒**】也叫“温毒”。中医指火热病邪郁结成毒，表现为疔疮、丹毒、热疖等急性热病。农·蚕·齐蚕法：不惟省叶，亦可解热毒，且得丝多。农·附·种桑法·收干叶：腊治可消热毒，多收饲蚕最妙。

【**热疙瘩**】痱子。日·疾：热疙瘩须掌几番。

【**热炕头**】指温暖的火炕。墙1：若还自家做饭吃，必不肯吃这冷冻冻，热炕头也做了个自在梦。

【**热燎火烧**】形容如火烧灼一样地难受。琴：听不的嫂子瞎攮咒，这样的事儿好难受。热燎火烧怪生疼，口咬被头眉尖皱。

【**热卖**】卖热的食品或饮品。蓬4：惟想当日，文君当垆，你筛酒，我提壶，也热卖，也冷沽，生意必然大赚钱，先问娘子你做不做？

【**热审**】明清时期规定，每年小满后十日起至立秋前一日止（立秋在六月内者以七月一日止），因天气炎热，凡流徙、笞杖，例从减等处理，称为“热审”。闹：只得提篮攒动，道门外火烛笼璁，万头攒聚不通风，汗蒸人气，腥臊万种，便合那听热审的囚徒一样同。

【**热汤热水**】热的稀粥和热水。代指正常饭食和日常用品。墙1：起初甚好，两个儿早晚问候，两个媳妇热汤热水常来服事，好不的那好。

【**热天**】夏天。日·铁：热天永不怕伤风。

【**热秃秃**】同“热突突”。闹：曾有一个人，叫做什么袁了凡，曾行甚么功过格，把一个冷冷落落的贡生，白做了热秃秃的进士。（此处指由受冷落变为受众人重视）

【**热突突**】热乎乎。翻11：热突突的生拆散，叫我千里把官求，半年离别怎么受？（此处指感情的热烈）

【**热糟**】“糟”当为“槽”字之讹。热槽是一种制作首饰的模具，铁制，上面有凹陷的首饰花纹。制作银首饰时，先将银熔化，再将其捶扁，然后放在热槽上捶成带花纹的成品。墙2：（王银匠上）生着一炉火炭，手拿一把铁钳，热糟长放在炉边；又把那粉土打礶，加上吹筩吹罢，往里常撒销铅，铀子也抹二三钱，因着这手儿抹惯。

【**热燥**】热，暖。增21：汗衫全用珍珠造，穿着他夏天凉快，还打上冬里热燥。

## ren

【**人才**】容貌。慈6：张老爷因着自己没儿，见张诚是个齐整人才，有心拾了

他去做个义子。增1:男人清秀真无比,女人风流更出奇,人才出色多标致。

【人从】随从。禳8:人从众多,一片声喧,叫他一行行摆列在两边,夹着大轿呼呼搧搧。

【人夫】受雇佣的民伕。慈6:张炳之正打着盹,忽然抬头,见轿马人夫,来了一大些。翻7:到了三日,二相公怕他不家去。谁想范公子已是轿马人夫,伺候停当了。

【人客】客人。翻12:仇牧之来了家……逐日断不了有来看望的、贺喜的,纷纷攘攘,来往不绝。……到了六月尽,那人客略略少了,忽然探花来了家。父子相见,喜不自胜。

【人口】人。翻12:他原是害别人,不想是害己身,人口家当登时尽。增5:我且问你,他家有多少人口?增16:多蒙盛意。只是俺这家人家人口太多,吃穿你就难管了。

【人离乡贱,物离乡贵】俗语。指人离开家乡,地位会降低,而特产离开生产地则越珍贵,价钱更高。另参"物离乡贵"。增2:果然人离乡贱,物离乡贵。我出了门子,倒还不如江彬这小子的体面。

【人脸前头】别人面前,有人的场合。琴:本等心里怪爱笑,人脸前头放下脸。

【人牌】骨牌中的一种牌名,两扇牌各有红色八点,共十六点。人牌计赏数属于较多一类。禳26:火炼丹,打个人牌也不难。禳26:妙哉,妙哉,我是人牌。

【人气】❶人的气味。闱:只得提篮攒动,道门外火烛笼璁,万头攒聚不通风,汗蒸人气,腥臊万种,便合那听热审的囚徒一样同。❷人性。磨14:你但有一分人气,本院也不肯叫你死了!

【人情】❶情面,交情。快3:关云长太不通,放曹操走华容,把江山只当人情送!禳22:来的这样凶恶,我若挡他,必定不妙,不如做个人情罢。磨5:依您一半人情,免了剥皮,砍头便是。❷出于情面而赠送的礼品。禳19:他令兄出去随人情,半夜去听他嫂嫂的门,二捣鬼还撑什么棍?❸人心,众人的情绪、愿望。增2:天地间人情难料,好万岁休要执迷。

【人人情情】出于情面、礼节而进行的应酬。禳8:我做学匠,也是可怜,学生十个,束修八千,饭要吃,衣要穿,买柴籴米,打油称盐,人人情情,甚是艰难……

【人生面不熟】形容陌生、不认识人。蓬3:人生面不熟,见了人先害羞,平白地找着人家汉子,怎么好开口?增13:我一起没出门子,来到这里人生面不熟

的,不认的一个人。

【人氏】人(用于籍贯之后)。蓬2:踌蹰了一回,又不知他姓甚名谁,何处人氏,也就罢了。增8:他是扬州人氏,姓刘,父母双亡,从七八岁他姑娘卖在他院里,温柔典雅,体态轻盈。

【人事】❶人间的事情。蓬6:只宜蒲团打坐,把人事一切丢开。❷人的意识的对象。慈5:那庄里有个医官叫开门,取了刀疮药来,给他搽上,又灌了几口,临明才略懂人事。禳13:又自家打了两巴掌说:哎哟!气死我也!忽的声倒了,不省人事。❸礼物。磨14:且歹他五两银子,盘费不了,给老婆子买点人事。

【人是苦虫,不打不成】俗语。人是天生要吃苦的,必须要有体罚等手段来教育或管束。一般作为体罚或刑讯逼供的理论依据。增10:我一顿打死了你,只当掉了这几百两银子!人是苦虫,不打不成。我怜到你几时!增27:人是苦虫,不打不成!善便怎么肯招?给我夹起来!

【人是衣裳】俗语"人是衣裳马是鞍"的省称。增14:笑我不如王龙俊,常言道人是衣裳,为君的到不如庶民?

【人手子】人手,做事的人。翻10:那火着了一宿,亏了慧娘人手子多,要紧的抢出来了。

【人头】❶人的头部。寒4:软苗条一仙姬,报父仇用心机,能把人头割在地。磨31:两山寨主献上人头。任大王问道:"这是何人之头?"❷指相貌。寒3:今日请来散散闷,县中又无有好梨园,几个清唱来相劝。都说他唱的极好,看人头倒也可观。❸指人。禳33:见儿登金榜,又见孙上玉堂,俺一家都在人头上。富13:忽然一举人头上,乌纱辉耀,玉佩丁铛。此日方才不负闺中望。

【人头客】指有脸面、体面的客人。禳24:他若是衣不堪,跨驴似蚂蜡,俺就不把齿来挂。人头客到,材料多加。

【人物】❶相貌,模样。翻7:不但人物精,又极会说话。虽是大家,虽是大家,温柔软款不矜夸。禳5:家里穷还不妨,第一门户要相当,女儿也要个好模样。人物不好不成对,没有根茎也赃囊,两班儿都要配的上。富3:有娘子这一表人物,嗄女婿找不出来,不强似自家过么?❷人。禳20:高大爷何等人物,俺梦也不敢高攀!磨28:我自来家,白黑打算。我寻思那张老爷是个大人物,想是也未必放在心里,咱不如敬去磕头。

【人物子】人物,人。禳1:养汉老婆攀四邻,谁家那正经人物子怕老婆来?

【人心无足】俗语。指人的贪心没有止境。富13:人心无足,人心无足,得了

陇来又望蜀。我看那小保儿,耽得个翰林做。磨26:人心无足,人心无足,得了陇来又望蜀。看着小保儿,担的个翰林做。

**【人心无足蛇吞象】**俗语。指人心贪得无厌,即使条件很差也有很大的企图。翻11:虽然是桂花香,还望你上玉堂,人心无足蛇吞象。

**【人烟闹市】**形容人多、市场繁华。磨8:那凤翔府人烟闹市,张鸿渐骑上那驴,扬着鞭子说道:"踩着,踩着!"磨30:看京城大规模,皇城耀的这眼也乌,半天宫阙无其数。……你看那人烟闹市,不枉了帝阙皇都!

**【人眼漫俗】**俗语。指常人的眼光往往庸俗、短视。磨21:这人眼也漫俗,他坐监的时节,人都说方娘子俊的忒也嫩,没厚福;到了此时,人都说方太太又齐整,又福相。好不可笑的紧!

**【人眼慢俗】**同"人眼漫俗"。增17:人眼慢俗,我却有个小斤秤。

**【人役】**❶差役,差人。寒2:那一日见县官,审了理公事完,一堂人役哄哄散。富4:即时锁了,即时锁了,满堂人役静悄悄。都不明嗄来由,一点信也不知道。❷仆役,奴婢。增26:你起来去罢,不干你事。从今以后,两楼上人役不许往来。

**【忍烦】**耐烦。磨29:谁忍烦,弄机关,退前擦后?

**【纫针】**将线穿到针眼里。日·皮:纫上针时拂一拂。

**【认的】**❶认识,认得出。慈2:你看俺姑,你就不认的我了么?快2:许褚、张辽、徐晃、张郃盔歪甲斜,来扶曹操,说:"丞相快换衣帽,看人认的!"磨18:你不认的我,我却认的你。❷认得,后面接补语。慈4:好好的兄弟似参辰,今日才认的模样真。蓬5:试官糊涂,试官糊涂,银子成色认的熟。

**【认不真】**"认真"的否定形式,当不得真,认不准。参见"认真"。富13:道路讹言认不真,骂那山西行路人。磨19:一句话告娘亲:天下事认不真,他进学何曾猜他进?不猜进他就做秀才,不猜中焉知不做举人?只在当下时合运。

**【认过】**承担过错的责任。禳12:我不能替他认过,好合歹着他自受。

**【认公认母】**翻绳游戏中对方翻完之后辨认是否还可以继续翻。可继续翻为公;不能继续翻为母,即告失败。禳2:放着还不流水挑,认公认母只顾瞧。

**【认过来】**认出来。磨28:张春说:"这两个奴才,如何见我竟过!"二人说:"一时不曾认过来。"张春说:"认过来了么?带去前边,我要问他一问的。"

**【认号】**❶认识名字。禳4:三兄弟你听着:孩子不敢望进学,叫他先学着认认号。❷查看自己的号房。磨25:接过卷子,说:"待俺认号,便去找那山西的举

人问个消息。哦哦，域字号在这边，不免放下行装出去。……”

**【认上头】**参与进某事中。磨4：告人命告贪酷，告知县告衙蠹，认上头只得往前做。磨6：若是认上头着，今日不免充军流徒。万幸，万幸！

**【认帐】**认账，承认并承担后果。禳12：小畜生他自己没有汉仗，把不是都揿在别人身上，我以后断不能替他认帐。磨18：解子说：“俺解的人有甚么差迟，你可就认帐！”店主说：“不妨，我就认帐。你杀了他，我可不管。”

**【认真】**❶认准。翻3：却说那仇福别了秋桂来家，那嫖的一道，冷淡的许多。只是认真魏名合他相厚，闷了就去找他，拿着三五百赌博。禳29：江城云：“你可不要过来懊悔，大认认。”兰芳云：“我早已认真了，有甚么悔处！”❷当真。禳18：才相戏休认真，咱从几时羞动人，我可不是口头话，打死疼着我那脚后跟。增24：胡百万磕头谢恩。万岁说：“你休要忒认真了，我的王侯万一封不成，可不搭了你那些头么？”

**【任拘】**无论，不管。墙2：那庙里有个道士，你且去合他扳话。任拘见谁，可休说撞着我来。禳16：你看贼强人，才没人管着，任拘甚么茧儿都作估出来了。增25：我还有几两私房银子，那妈妈娘任拘要多少银子，我管助成。

**【任欲】**放任。慈1：譬如有一个前窝儿，若是打骂起来，人就说是折蹬；若是任欲他做贼当忘八，置之不管，人又说是他亲娘着，他那有不关情的：谓之左右两难。

## reng

**【仍】**❶仍然。姑3：不敢望得来生报，仍得我进十年孝顺，就死了也好见三曹。增11：那二姐出了后房门，仍是一阵心酸。❷象声词。形容类似陀螺旋转的声音。磨24：一日天门榜放开，门前忽送报条来，仍的声，头儿直觉如筐大，磕头送喜满庭阶。

**【仍崩】**形容迅速跑开的样子。禳30：樊亲家你好乖，仍崩一去不回来，再找那得个影儿在！富4：拿起那将折的腿，顾不的稀烂的腚。拿腿仍崩，拿腿仍崩，路上坐下才哑哼。

**【叻嘣】**同“仍崩”。磨18：咱若回家去吃横亏，夹棍夹，板子捶。咱不如也就嘣，也就叻，也就叻嘣拿了腿。

## ri

**【日生】**❶日子，日常过的生活。姑3：那眼里光阴，忍中日月，不觉的十年，

臧姑生了一男一女。日生又便宜了,就买了个丫头。禳12:从今后不怕你不通人性,别开门另支锅各度日生,或是好或是歹你听天由命。❷生计,赖以生活的财产或职业。禳19:张大哥无日生,纵着老婆养满村,石庵吃醋心不忿。

【日头】太阳。墙2:叫一声张大哥,日头高还暖和,你这肚里又不饿。禳5:运气低,运气低,返回就到了日头西。

【日头错】中午之后太阳向西斜,指过午。墙1:一家人闹呵呵,端菜碗找家伙,席完已是日头错。

【日夕】同"日西"。墙1:你看天已日夕,还没打发他吃饭哩。农·农·秫麦:直待日夕上秫,方使全人俱来。

【日西】太阳转到西边,约大半下午的时候。翻2:姜娘子见他少魂没魄的,也没理他。睡到日西,才起来吃了两碗饭。外头蹭了两趟,又睡了。禳22:天已日西了,几时到府?

【日影】❶阳光下的阴影。蓬2:忽然殿后一垂杨,满殿全遮日色光;只见那长条垂下有千丈,老叶浓阴如线长。一时殿阁俱生凉,好似那月殿娑萝无两样;才弄清阴到宝窗,又逐日影下回廊,忽然间飞来好似从天降。❷指太阳。禳11:出房来,出房来,看看西方日影歪。叮咛改日另相邀,殷勤送出门儿外。

【日炤】日照,太阳晒。日·养:穿以桑皮嫌日炤。

【日子】❶时日,时光。翻7:一别日子遥,一别日子遥,好歹二弟来家学。禳10:老头终日闷央也么央,娶了个媳妇甚不良。日子长,合他只隔着一堵墙,终日掘坟顶,一场又一场,隔壁儿教人听不上。❷日期。慈6:老太太听说大喜,即便打点行装,拣了个好日子,雇了两乘驼轿,合家往陕西尽发不题。翻7:却说仇禄复试回来,范公子看了成亲的日子是十二月十六日,着人来说了。❸生活,生计。姑3:安大成种着几亩薄田,日子难窘,惟有二成宽容。寒2:哥哥,这鬼神怎么只保佑那恶人?那官都着他买透了,这日子怎么过呢?俊:骂一声泼老婆,活活的气煞我!安稳日子你不待过。

【合的】詈语,相当于"狗日的"(指人或物)。翻11:仇福说:亏了不圆,使大凿凿这合的。(指物)磨18:哈!合的还不走开,装甚么亲生的哩?(指人)

## rong

【绒花】用丝绒制作的假花。日·杂:绒花翘凤银丝攎。

【绒椵】不详。当为树名。日·树:他如绒椵棘荆类。

【绒毼】绒毛织的布。日·养:绒毼似锦好方贵。

【绒帽】带绒的棉帽。日·庄:买顶绒帽过新年。

【绒袜】用毛织品做的袜子。日·毡:绒袜毛鞢暖下体。

## rou

【揉搓】❶搓。慈0:有一等粗俗光棍,拿着随处掀翻,褂子不洗十来年,秽头土脸也看,床上炕上揉搓,尿里屎里估拣……慈1:一行给他揉搓,一行叹着他。❷比喻折磨。墙2:还是你忒也囊包,怎么使他这样揉搓?慈4:他哥们见他说的有理,他老子看看他成了块了,也禁的揉搓了。

【肉包】肉馅的包子。增7:不是小饭店,东西皆尽全:肉包蘸着蒜,碗那大食团,雪白稻米饭,火烧是水煎,鸡汁水花面,只要八个钱。增7:又有合汁又有面,新出炉的热烧饼,肉包火烧随心用。

【肉儿】指亲生的骨肉。慈1:替张讷把娘叫:你只管你死去了,撇下肉儿将谁靠?身上的饥寒自家知道,疼里痒里对着谁学?

【肉脯】干肉。日·饮:肉脯还须焙爔烂。

【肉胡】瘦肉。胡,同"核",相对于外层的肥肉来说,瘦肉在里。禳24:俺可镟了一块肉胡儿,转了一个鸡脯儿,偷了两对鸽雏儿,香油称了一伏儿,清酒落了几壶儿,炭块还够一炉儿……

【肉佞】外表柔弱而内心奸邪。快4:好汉子也不喘粗气,只有秦奸肉佞狗张辽,不知他挤眼弄鼻说些嗄,一霎老贼来告饶。磨18:张相公休要泼,你为人太大差,除不给钱还发话。都像你这苦芦子,俺饿死长途值甚么?你真肉佞还奸诈!

【肉肉】对情人的肉麻昵称。丑:头上一朵乌云乱,我的姐姐呀潘金莲;一双俊眼如秋水,我的亲亲呀潘金莲;两道蛾眉弯又细,我的娇娇呀潘金莲;有红似白芙蓉面,我的妹妹呀潘金莲;两行牙齿白如玉,我的肉肉潘金莲;腰儿一掐风情软,我的亲人潘金莲;花鞋瘦小刚三寸,我的心肝潘金莲!

【肉头老】指寿星。民间传说中,寿星的形象为额头高高而多肉。富11:你就忒的伤惨,肉头老撞着显道神——你也说不的我长,我也道不的你短。磨23:你就忒也伤惨,肉头老撞着显道神了——你也说不的我长,我也道不的你短。

## ru

【如今】现在。墙1:你如今老了,封粮纳草都操心,吃饭穿衣也费事①。不如把地分开,你情八石粮食罢。禳2:天已晌午了,也该放了学了,怎么到如今不来?翻5:道里夜来才考了,我就待回家。如今姐姐在此,我也去不的了。

【如意】❶合乎心意。禳6:小生年长一十五岁,事事都算如意。怎么婚姻这样难成,不由人心中纳闷。禳33:媳妇伶俐,针指细密,看了看长短遂心,试了试宽窄如意。增16:你那豆中吃,我这豆不中吃,只中看。给你把,若是如意就拿了去,不如意就在着我的。❷一种表示吉祥的玩赏器物。增15:行说着,见一个丫头从房里拿出一把琥珀如意来。

【襦袖】(“襦”原讹作“褈”)女式短袄袖子。日·裁:又上衽肩接褈袖。

【蠕蠕】虫类蠕动。农·农·蚜蚄:蚄出小如蚕蚁,一见便打之。……勤打之三日可尽,勿以小而忽之也。至大时而徧地蠕蠕,打少懈则禾立尽,打太久则禾以枯,难为力矣。

【辱没】使人蒙羞、丢脸。俊:赌博鬼不害羞,为乜钱把脸丢,霎时狗脸还依旧。……我还嫌辱没祖宗,待要休即时就休!富2:方二相公虽说的极好,那老马原是个恶秀才,拿方氏来要辱没张鸿渐,不想被他骂了一场,如何肯依?增15:他既嫌我,我总里装一个嘲呆,辱没他辱没。

【入帘】科举考试时阅卷官进入试院履职。蓬4:大场入帘,大场入帘,一字不通瞎试官;一半个识文章,也未必捞着看。

【入令】指喝酒时参加行酒令。磨18:两个坐下,斟上酒……两个说:“咱三人猜枚?”鸿渐说:“我不入令。”李虎说:“相公不要怪俺,俺两个都是草包货。我给张相公斟一盅。”鸿渐说:“我自斟罢。”两个喃喃叫叫,猜枚化拳,一霎大醉。

【褥子套】指盛放被褥以便背驮的袋子。蓬5:心内打抳挠,心内打抳挠,半路若把主人抛,又愁无人给你背褥子套。

## ruan

【软迭歇】软弱无力的样子,软软的。琴:不觉明了天,不觉明了天,待要起去仔是怪懒耽。勉强下牙床,阑阓了好几番。……身子软迭歇,仔觉着难存站。

---

① “封粮纳草都操心,吃饭穿衣也费事”据邹本补。

【软丢当】同“软迭歇”。墙2:使力气撮上墙,松了手往下张,真如死狗一般样。浑身像是没骨头,抗将起来软丢当,只待扑塌把你放。

【软沽浓】软软的。快2:只当贼头是铁铜,割来也是软沽浓;凯歌直到中军帐,一手提来献首功。

【软和】柔软。引申指文章内容舒缓有文采生机。磨25:你这第六篇,只要软和便密圈,少嫩些也不甚足为患。

【软监】软禁,比喻不自由的境地。闹:早知道这般样苦事呵,谁待要把名标!无奈他封君公子兴偏豪,撺掇人上轿,只落得软监稳坐祸难逃。

【软款】温柔,殷勤。翻7:虽是大家,虽是大家,温柔软款不矜夸。琴:也是前世有缘法,今生今世撞着他。知疼知热好爱人,软款温存会玩耍。

【软苗条】柔弱细瘦。寒4:软苗条一仙姬,报父仇用心机,能把人头割在地。

【软窈窕】同“软苗条”。蓬2:身子软窈窕,一捏杨柳腰,走将来看着他影也俏。蓬3:把火吹,把火吹,一霎报了一头灰,软窈窕的玉人儿,怎么能受这样罪?

【梗枣】软枣,柿的一种,果实较小,颜色紫黑。日·果:梗枣留名在江北。

## rui

【瑞香】也叫“睡香”,春季开花,花红紫色或白色,有浓香。日·花:瑞结二香总一类。家政外编·诸花谱:瑞香,梅雨时折其枝插肥阴之地,自能生根。

## ruo

【若不然】如果不是这样。磨25:忙拜谢天公,叫咱爷辆得相逢,若不然,那里去问名合姓?磨27:多亏你昂昂志气,报复了冤仇;若不然,受罪受到何时勾?

【若或】如果,若是。磨19:若或是盘费不足,我还有几两白银。磨28:若或今日还贫贱,想起当年一夜仇,眼睛红冤气真难受。咱如今显荣富贵,把旧恨一笔全勾。

【若是】如果是,表示假定的情况。墙1:你看偺爹吃了多大点子,若是您达,从来没见东西,不知待館多少哩。翻9:若是他不回头,我也不敢来奉央。他既知道懊悔,我领他来,济着你处治。禳23:咱那儿中了,若是江城欢喜,必然来到这边;若不来,就是怪人了。

【弱】❶虚弱。墙1:十一月数九天,冷肜块放面前,一行哈着浑身战。又怕

老头脾胃弱，吃了干粮消化难，老孝顺儿革了他达的面。慈4：张讷一来又弱，二来又饥，撅着嘴，在炕上仰着。❷不强，无力。寒6：咱爹若能说句话，他也未必敢噏着，奈俩人都说话儿弱。到明日当堂折辨，争是非全在哥哥。增19：我待占个苍蝇来，未曾开口就错了，倒被长官占了去了。我这蜣螂也不弱的。

# S

## sa

【𠫭】仨，三个。富3：自从我奔走离了也么家，只有俺𢬵并无𠫭。

【弎】同“𠫭”。穷：赌场里玩，嫖场里耍，丢了弎，撂了𢬵，穷杀狗还该打。

【𢎗】同“弎”。增11：好丫头笑嬉嬉，劝姐姐休撒急，我有一条绝妙的计。咱𢎗同到玉火巷，你可藏的严实实，俺𢬵上楼把你替。

【弎𢬵】仨俩，指数量很少。俊：亓人说是断不可，窃盗就是强盗苗，你拥撮死人来上吊。弎𢬵攒穷还不可，骰子牌再也是不消。

【瞰】（方言音“撒”阳平）看（通常指较快的扫视）。快2：曹操坐下一瞰，哈哈大笑。增5：（周元）那眼不住的瞰那路径，若有动静好跑他娘的。

【撒】❶把颗粒状的东西分散着扔出去。增16：万岁爷笑嘻嘻，褡包里取东西，一把金豆撒在地。增21：那砝码丢的紧了，只一跳，忽的一声，把银子撒在那楼板上，白花花的一大堆。❷散发。蓬2：俊煞人的俏乖乖，窈窕风流调度儿乖，乖乖呀，教人望着你那影也爱。那里的娘娘来撒灾，平步丢下相思来？富2：不说把范秀才登时打死。且说那合学秀才，甚是不平，便撒了帖子，动起公呈来了。❸抛洒。增13：那二姐把酒杯干，又斟上递与万岁。万岁接那盅子，撒了半盅，把二姐衣服沾了一块。❹指放箭。快3：龙角弯弓待俺开，扯时好似月满怀，悠悠撒去雕翎箭，端端穿透老贼腮。快3：把箭撒去，都说：“不好，不好！歪了，歪了！”❺指佯装（傻）。参见“撒颠”“撒风颠”。增16：这奴才眼里有了我了，我也撒撒。❻同“瞰”，张望。翻10：他有点歪揣性，怕你尊大望着你眼生，撒了撒犯了他疑心病。禳18：进房门四下里撒，揭开珠帘看见他。

【撒村】撒野，做出粗野无礼的举动。磨28：这卦虽神，说出个“通”字来，这神灵也撒村起来了。

【撒袋】盛弓和箭的袋。增4：万岁爷带着那全副的撒袋，山路崎岖，木石交杂，不觉的浑身是汗，呼呼的气喘。

【撒颠】装傻。增15：万岁爷会撒颠，小二姐家不严，这把杓子是中看。……

万岁装嘲胡混，小二姐心不耐烦。

**【撒风颠】**同“撒颠”。增15：那万岁故撒风颠，二姐说好个大呆瓜！

**【撒[①]急】**发急，着急。增11：好丫头笑嬉嬉，劝姐姐休撒急，我有一条绝妙的计。

**【撒脚】**❶放开脚步，急急起步离开。磨6：票子没来还好治，不如从此撒脚，只说是游学山西。增5：撒脚不敢回头看，口中只说不好了，要军钱的汉子又到了！扯腿走像个乌鸦闪蛋，回头看似鲤鱼打漂。❷指为便于蹬踩而将鞋帮的后部踩倒。撒，同“靸”。禳3：包起你为人的那蓝绢袄，我还有撒脚的鞋一双，尿鳖儿还没处放。

**【撒懒】**其后当有脱字，非词[②]。姑1：骂贱人，骂贱人，指望你来孝娘亲，你全然不听说，光合咱娘撒懒。疾忙起身，疾忙起身，拿着休书另嫁人。若还得娘喜，情愿打光棍。

**【撒面】**满面，满脸。疑“撒”为“彻(徹)”字之讹，即“彻面”。参见“彻脖代脸”“扯脖子代脸”。翻6：二相公听说，撒面通红说：“小人家怎敢妄想！”

**【撒溺】**同“撒尿”。墙1：清晨饭日头高，糊突哈了勺一瓢，虽然多只撒了两泡溺。禳22：远远的看见城上谯楼了，看这马儿不快走，又住下撒溺。

**【撒尿】**小便。墙4：我不如舍死赶上，并不敢撒尿出恭。磨28：这一个还好，只撒了一泡尿儿。

**【撒气】**泄露秘密。禳18：待要唠他，亲戚们没有撒不了气；待说实话，他合满城最好，我得罪他姐姐，未必不恼了脸还要扫查。这可怎么处？增12：佛动心笑嘻嘻，叫六哥你听知：“我安排人儿将我替。哄了别人哄不的你，奴家还要好央及，万万休要给俺撒了气。……”

**【撒手】**❶放开手，松开手。快3：走兽壶中把箭抽，撚弓搭箭把弦𢏺，撒手好似流星快，直中曹操老贼头。磨23：有一伙瞎厮，在路上走路胡迷了，一骨碌张在崖里。亏他攀住一枝荆科，不曾到底。……叫了一声皇天撒了手，其实离着沟底不勾半尺了。❷比喻放开应该处理的事情。蓬5：撒手开交，撒手开交，志气昂昂贯九霄；挣个功名来，把娘子恩情报。

**【撒汤】**泄露秘密。增12：六哥道：“小搓辣骨！你央及我，你可就先骂我。

① “撒”字路本误作“撤”。此从邹本。

② 出处为“叠断桥”曲牌，“光合咱娘撒懒”句应入韵(去声)，且本句的后半部分音节结构应为“1＋2”。此处既不入韵，音节结构亦不合。

我可仔不给你撒汤!"慌的二姐笑了笑说:"罢罢! 咱从几时不玩来? 你休怪我,我还拜你拜。"增24:胡百万坐在旁,丫头们笑他赃,给人磕头是那里的账? 百万明知是天子,却又不肯撒了汤。

【撒腿】同"撒脚"。急急离开。禳19:看着时势不大好,就该撒腿早起身,因甚么等他打一顿? 富2:票子没来还容易治,不如你从此撒腿,只说是游学山西。

【撒帐】旧时婚俗,新婚夫妇交拜毕后并坐床沿,请专人边念念有词边在帐旁撒掷金钱彩果。禳8:家门一入,火烛连天,那撒帐先生口里胡衡念。禳8:"哎呀! 已是过了门了,好景好景! 吃了两盅,一觉儿睡着了。待俺撒帐。撒帐东……撒帐南……"公子二人拜了天地,又拜爹娘,先生瞧见说:"呀! 好个俊人儿!"搐回头来又撒帐:"撒帐西……撒帐北……"禳8:撒帐北,夫妻和好两相随,从此夜夜无空床,偕老双双到一百。撒帐上,百年偕老永无样,小登科后大登科,坐听禹门三级浪。

【撒招】散发招魂的帖子。翻2:这孩子你好潮,睡到天明也罢了,误不了你家去比较。缺嗤嗤的穿把上,黑暗暗的待开交,干误娘亲一大觉。我看着上路糊迷了,又该去写纸撒招!

【靸】❶穿鞋时把鞋帮后部踩在脚跟下。墙3:那一日靸着鞋,跑出去把门开,王银匠已在门儿外。❷义不详。日·裁:靸上綀帮方使楦。

【靸袋】("靸",蒲氏注音"撒")同"撒袋",盛弓箭的袋子。日·兵:鞍戍靸袋当腰勒。

【洒扫】打扫。日·堪:葬后又烦来洒扫。

【甋石】碎石块。日·泥:瓦硇甋石填心搡。

## sai

【腮子】家畜的腮部。丑:八戒病了十日整,浑身消瘦鬣毛鬖;腮子掉了二斤半,后坐瘦的竖脑尖,耳朵搐的相薄脆,前槽搭喇颡了肩。

【塞空】填空,填补空出的位置。禳4:咱家小长命,不到着实通,不肯教他塞人家空。

【塞门】形容来人非常多。富10:一是为月患年灾,二是为苦教婴孩,三来鸿渐在天涯外。一霎时乱叫奶奶,一霎时乱叫太太,亲友塞门来相拜。

【赛】❶比竞。快1:军令状甚是严,打赌赛休当玩,一言既出难更变。❷赛过,胜过好于。姑2:他媳妇赛霸王,好不好骂爷娘,终朝只在刀尖上。增5:小

周元起拜着,看小姐赛嫦娥,头晕似在船中坐。❸程度甚。慈2:乌龟头你比那囊包的还赛,自家乜小厮还叫不了来,每日家里装汉子,你还要出外!寒4:前日商礼把尸背,看着轻妙似麻秸,忽然就有千斤赛?禳17:就有模样丑似鬼,一揸长短大花鞋,汉子怕的比我赛。

**【赛过】**胜过,好于。富13:你看他轻盈赛过霓裳队,两行红烛照深闺。增2:夸不尽妖娆俊美,俊多娇赛过御妻。

**【赛头】**程度更甚。禳17:俺那小姨子嫁了高家那小长命子,他还比我赛头哩。

## san

**【三白】**一种酒。以白米(糯米)、白面、白水酿制,故名"三白"。日·饮:苦蒿三白有南味。

**【三般】**❶三种。增8:万岁笑道:"你知有三般景致么?"六哥道:"那三般?"❷指一天到晚。墙4:清晨后晌孝顺你,三般脸上有笑容,怎么心眼全不动?

**【三梆】**三次击梆木,官长坐堂前的信号。丑:跟着他到衙门口,鬼魂无数闹喧喧,旁边跑过两个鬼,把他各人一齐拴,三梆就说老爷坐,一群一群往里牵。磨2:正然说着,听的发梆。差人说:"三梆完了,带上去罢!"

**【三川柳】**柽柳,又叫"三春柳""西河柳"等。花小,粉红色,一年开三次。"三川"盖"三春"之音变。日·树:柽花亦叫三川柳。

**【三官爷爷】**道教以天官、地官、水官为三官。天官赐福,地官赦罪,水官解厄。磨23:瞎的瞎,俺会唠,骗了三官爷爷一顶巾,挣了镇武爷爷两顶网。

**【三合土】**用土、砂子和石灰混在一起的填充料。农·农·坝堰:若高堰则用石和沙灰垒之,或用三合土如筑墙状,架板打之。

**【三家村】**偏僻的小乡村。闹:这个题目,又不是治道,又不是理学,什么东西?题无门类全无靠!这两个大主考想是三家村里新发户的,也不查查那历年的旧规,也不请教那积年典试的前辈,书本上尚有十万八千好题,绝不会出,却冒冒失失,糊糊涂涂,硬出这一等枯涩题目,难为这些举子。

**【三街六市】**指众多街市。增6:心忙不看城外景,闯进城来四下瞧,三街六市人烟闹。

**【三军】**泛指全军。快3:快叫人宰杀牛马,犒赏那大小三军。磨33:俺被那北兵弄的九死一生,亏了大王爷救了这一方的性命。别无什么报答,大家杀了

几个猪，宰了几个羊，来给大王犒赏三军，也给大王爷磕个头。

**【三拷六问】**指多次拷问审理。富6：这一案也经了三拷六问，县堂上出了票每日来拿人。

**【三绫】**一种绫。禳24：昨日待去烧香没有鞋，我卖了一斤香油，他截了半尺三绫，又给了他一斤姜，半斤胡椒，换了一付扣丝带子。

**【三眠】**蚕的第三次蜕皮休眠。日·养：从此忌讳到三眠。农·农·喂蚕：重病者，一二眠即发；轻者三眠上簇始发，为害更大。

**【三批三检】**指官司经多级审理。寒2：做官的贪似贼，见了钱魂也飞，世间那有抵偿罪？因着人命事重大，三批三检照旧规，不过空把纸笔费。

**【三奇】**术数家术语。乙、丙、丁为天上三奇，甲、戊、庚为地下三奇，辛、壬、癸为人间三奇。日·堪：二德三奇信有凭。

**【三穷】**《荀子·哀公》："鸟穷则啄，兽穷则攫，人穷则诈。""三穷"即指鸟穷、兽穷、人穷，概指贫穷。俊：宗亓人句句听，猛抬头把眼挣，忽然大醒南柯梦。辞了混江合老教，别了四梆与三穷，从今再想躁花凤。

**【三秋】**❶秋季的第三个月(农历九月)。日·果：三秋酥柿大如梨。❷三年，代指时间长。富4：晚了三秋，晚了三秋，早若如此，我也不记仇。既是到如今，望和平不能勾。磨11：谁知冤仇莫结，惜乎他晚了三秋。

**【三三两两】**三个两个地聚在一起。禳8：八对纱灯，两对火把，两乘大轿，百匹大马，又搭上四个小厮，四名管家。三三两两，说是谁家，规矩体统，这样大法？

**【三三五五】**三个五个。闹：俺则见歪歪鳖鳖，三三五五的鬼烂奚，吆吆喝喝搜仔细。

**【三煞】**术数家术语。"岁煞""劫煞""灾煞"的合称。日·堪：岁君三煞人人忌。

**【三山帽】**武士所戴的一种尖顶盔帽。寒6：那位神甚英豪，身穿着赭黄袍，头上带着三山帽。

**【三牲大祭】**用牛、羊、猪作祭品的隆重祭祀。闹：我场前也曾三牲大祭，挂袍焚香，此时还无灵感，更待何时？

**【三尸神】**道家称在人体内作祟的三种神，每于庚申日向天帝呈奏人的过恶。寒1：却说两个公子听的报了几声，急的三尸神暴跳，怒气冲天。增23：王龙那公子性，素常降人是惯了的，谁敢说一个失字？被万岁骂了几句，只气得三

尸神暴跳，两眼圆睁……

**【三骰】**一种博戏。俊：宗亓人一博徒，掷三骰又游湖，眼看成了个蹋撒物。

**【三弦】**三弦琴，一种传统弹拨乐器。日·僧：琵琶三弦更不分。

**【三镶】**满洲袜子上的镶边，具体哪三镶不详。日·裁：满袜三镶真乍眼。

**【三灾】**佛教谓劫末所起的三种灾害。刀兵、疫疠、饥馑为小三灾，起于住劫中减劫之末；火、风、水为大三灾，起于坏劫之末。泛指灾难。慈4：奈何他三灾未退，还有个大数难逃。

**【三朝二日】**两三天。磨19：到家门，到家门，三朝二日快起身。着那行子知道了，是与非难以合他论。

**【三朝两日】**同"三朝二日"。姑2：心中参透姨娘意，知道珊瑚必要还，好夫妻再团圆，只在三朝两日间。增9：玉火巷您尹六叔，往常时三朝两日的就送客来，如何这一向绝不来走走？

**【伞扇】**古代的两种仪仗物。均有长柄，上端分别为伞形和扇形。寒6：转过山嘴，忽然见了一簇人马，旗幡招展，伞扇飘扬。禳24：轰轰烈烈的乡官儿，出门打着伞扇儿，王家有个十万儿，身上穿着紬缎儿……

**【糁米】**一种质量较差的米。农·蚕·代叶法：缺叶者，以甘草水洒叶，次糁米屑，候干饲之，可度一日夜。

**【馓子】**一种油炸的面制食品，细如面条，呈环形栅状。慈3：那李氏一阵红，一阵白，可是卖馓子的折了本——也就炸挣不的了。禳13：……又是长，又是短，想是娇嫩嫩的那手，打着脸上也不大疼么！我只听的瓜的一声，可也老大响哩！俺家小哥哥可是那卖馓子的折了本——也就煠烰不的了。

**【散酒】**散装的酒。磨28：他虽然待酒待饭，那散酒当不的正巡。

**【散举人】**指平凡的举人。闹：我学生接下题纸以来，汤饭饱吃过两道，定要做几篇解元文字，谁想吓的那散举人的文字并不敢来探头了。

**【散闷】**解闷，排遣烦闷。翻4：大家攒了个小分子，一瓶薄酒，做几碗粗菜，也不成个席的呀，请你来吃盅散散闷。磨23：我原不找你，因着太太不快活，找你们来要散闷，唱的取笑才好。

**【散鞋】**一种婚俗，新媳妇结婚时带上预先做好的给婆家老小的鞋作为见面礼，到婆家后分发。翻7：叫小姐往家来，早拨下轿夫抬，轿儿已在大门外。吩咐到那行了礼，上了坟茔散了鞋，婆婆是该行八拜。

## sang

【丧气】晦气，倒霉。磨7：你不听我言语，白黑伏侍，受了多少辛苦？临了没上一头驴，还得赔他五六两银子。这个丧气不丧气！

【嗓】同“搡”，用力地塞。引申指吃（带贬义）。俊：半夜三更才来家，家里不敢把门挡；播开门闩钻进来，抹抹索索找饭嗓。禳12：趁着亲家还没走，分开他两口在那厢。借重你做一个明证，从今后各支锅子把饭嗓。

【嗓根头子】喉管。慈4：张讷叫了一声皇天，把头几乎剭下来！众人吃了一大惊，看了看，那嗓根头子，割断了半边，那血直淌。禳1：戚老爷丢了刀，一波落盖跪下，捏起那嗓根头子来，哏哏了一声说：“我杀乜鸡你吃。”

【嗓黄】患于喉部的炭疽病。墙4：你好似长嗓黄，把个尸丢在床，不知你上那里撞。

【嗓哐】嗓音的特点。俊：老婆不要仔顾诈，好像捕下一窝雀，摔着贼毛够一抓，嗓哐叫人听不下。

【嗓子】❶喉咙。寒6：恶虎灌的稀烂醉，摸着嗓子只一刀，他还挣命把我招。❷嗓音。寒4：人家死一个俺死俩，还有什么大罪愆？拿捏嗓子也没的干。磨23：我这嗓子可粗，哭不上来，请先少哭……❸“噪子”之讹。一会儿。慈3：哎哟，你给我再坐坐，就不吃嗄，咱吧嗓子瞎话也好么。

【颡頣】枕骨下、颈上的头骨。日·身：后边枕骨带颡頣。日·疾：对口偏生颡頣下。

【搡】填塞。日·泥：瓦礳瓴石填心搡。

【躁】（方言字，音“桑”去声）蹭，推挤。蓬1：回头不知那里去，跑来躁倒大些人，畜生少不了这一顿！

## sao

【骚】❶骚臭。富7：打也打你逞英豪，人不打你嫌你骚。磨32：勾连了蒙古骚鞑子，大家齐去杀杨蕃，那大兵不怕几千万！便从此接连外国，说不的占据江山。❷指举止轻佻、下流。增12：那知道追欢卖笑，也跟着糊突闻骚。

【骚马】未阉割过的公马。日·走：骚马身高尾爬长。

【缫】缫。农·蚕·择茧：茧宜双手忙择，凉处薄摊，蛾出自迟。……若忙不暇缲，则略蒸之。

**【𤛮羺】**(“羺”原讹作“𦏼”)未阉割的小公羊。日·走:𤛮羺烹之肉不香。

**【𤛮琢木】**鸟名,不详。疑指啄木鸟。日·禽:𤛮琢木与滴滴水。

**【臊疳】**疳疮,即下疳,一种性病。初起时患处生出豆粒大小硬结,形似小疮,即硬性下疳;以后小疮逐渐破溃,疼痛明显,即软性下疳。阴部有异味,故称“臊疳”。日·疾:疔疮痘疹与臊疳。

**【扫】**❶打扫,扫除。慈 4:到学里看了看张诚,回来上外边屋里扫了扫,拾掇了一个铺。翻 9:又有那箱子没锁,去掀开扫扫尘埃。❷清除,平定。磨 30:请再发兵二十万,自然一扫荡平。钟:挥髯一笑百神惊,小鬼啾啾大鬼鸣,扫尽群魔千里雾,放他日月照阴城。❸女性化妆时描画(眉毛)。增 11:擦了眼去梳妆,穿几套好衣裳,蛾眉淡扫嫦娥样。❹树枝随风晃动而摩擦他物。寒 8:待了二日,商大爷去看那宅子,要去读书。见有一株大榆树扫那屋檐,便叫人斫了;还怕再发,又叫人刨那根子。寒 8:那树有一抱圆,极嫌他扫屋檐,安心要把根刨断。

**【扫查】**指贬责[①]。“查”为语缀。禳 18:待要唠他,亲戚们没有撒不了气;待说实话,他合满城最好,我得罪他姐姐,未必不恼了脸还要扫查。这可怎么处?

**【扫碾】**用石碾碾压粮食时随着碾磙子的转动而不停地用笤帚扫动粮食,以保持厚度均匀并翻起压在底下的粮食。姑 1:不说他为人好,方且是活路多:爬灰扫地,洗碗刷锅,大裁小铰,扫碾打罗;喂鸡喂狗,喂鸭喂鹅……

**【扫田刮地】**指打扫院子。蓬 4:呀,早饭已罢,炉内添香,扫田刮地,净几明窗,拔笔铺纸,写书几张。

**【埽帚】**扫帚。日·庄:碌碡輮场埽帚扫。

**【嫂】**哥哥的妻子。姑 1:俺大嫂,你也不必恼甚么,一家好人家哩!有你这样人物,还愁没主么?姑 3:进门来,看见他哥嫂合娘那里摆划。禳 3:请饱叨,省的老嫂,重复费烹调。

**【嫂嫂】**嫂。墙 1:李氏也问:“爹好,娘好,哥哥、嫂嫂都好么?”墙 4:忽然间就昏迷,头也折腰也直,一跌仰在平川地。我才叫您大嫂嫂,抬上床来并不知,捶了捶方才有了气。禳 22:嫂嫂领着几个健壮妇人,堵住江城;我合哥哥扭了锁,夺他出来便了。

**【嫂子】**嫂。墙 3:您嫂子怕咱爹起床怕冷,做了个绵裤。翻 10:听的说大嫂子来了家,怎么不见他呢?琴:哥哥今年二十一,娶了个嫂子才十七,年纪还比

---

① 邹注疑“扫”为“损”之讹写,即“损揸”。

俺小一岁，身量比俺矮二指。

**【臊子】**“噪子”之讹。一会儿。富6：你不过是要钱不能得勾，弄臊子我就给你一兜，我不曾请你来陪我去受。

**【歸】**划痕。日·铁：刨刀斨明无大歸。

## se

**【色衣】**彩色的衣服。磨27：有人来报：“太爷隔着五十里了。”太太说：“既然近了，咱得换上色衣等候才是。”太太合娟娟都各人换上红袍。

**【涩道】**院子中用砖石等砌成的小路。平时行走可以避免踩得院子不平，雨天可以避免踩泥。增14：这万岁穿的靿鞋是江彬做的，虽无穿着走路，但年岁久了就烂了，那鞋掌子印着那涩道上边，嗤的一声抓下来了半边，走一步刮打一声。

**【涩葛勒秧】**葎草。一种大麻科多年生茎蔓草本植物，长蔓和叶柄上有倒勾，可划人皮肤及衣服。日·花：涩葛勒秧殊可恨。

**【糤】**馓子（糁子）。用糯粉和面扭成环形细条的油炸面食品。日·饮：糤卖隆冬趁小寒。

**【榡】**（蒲氏注音“色”）当即槭，俗称也归为枫类，如鸡爪枫、元宝枫等。入秋后叶子变红。日·树：榡林红后方寒冷。

## sen

**【森人毛】**瘆人毛，使人害怕的毛。比喻人身上的让人害怕的东西。禳1：浑身打战似筛糠，不知这是那里的病？老婆说有森人毛，这话是真不是空。增18：大姐，不好了！这长官有森人毛，未曾请他来，我这心里战兢兢的。

**【森森】**发瘆，有害怕的感觉。增3：张巡检跪案前，叫万岁将臣怜，肉眼不识君王面。万岁闻言吓一跳，森森的恐怕露机关，登时就把容颜变：平白的呼皇道寡，这巡检好像疯颠！

## sha

**【杀】**❶杀戮。墙1：有甚么咧，爹，不过称了二觔肉呀，杀了只鸡呀。慈3：有人说，就该骂那科子；有人说，不止骂，就该打那科子；有人说，不光打，就该杀那科子；依我说，不光杀，还该油锅里煎那科子……❷攻杀，战斗。快2：张郃、徐

晁说："许褚，你保着丞相快走，俺二人去敌一阵。"上前合子龙死杀。磨31：又报："贼兵杀来了，老爷快上马！"❸用作补语。a)表示死亡。墙2：老婆赵氏出来说："大清晨出甚么阳神哩？"张二说："你唬杀我！我这里踌躇一件事。"翻9：那一年，咱庄里有一个是刘悦，他媳妇子吊杀了……禳24：遇着那胡突官儿，厨房只一间儿，又是热杀人的天儿，打上呕杀人的烟儿，那汗成了湾儿，又没人倒倒班儿。b)表示程度达到极致，相当于"死"。翻5：仇禄说是待回家，有件事儿异样杀。富7：想念你那娇模样俊，感念杀我那好心的人。c)表示闭合，相当于"上"或"死"。翻11：咱抬出几个来，可再埋杀，何如！禳15：哦！是了，我在这里，看见我就溜了。我掩杀这门儿，打这门缝里瞧着他罢。d)表示灭。禳15：借重你头里去到他房里，你说小娇三来了，他害噐，着我吹杀灯哩，先把灯吹灭。快2：却说那峪里只有一条出路，曹操被将护着逃出性命。都说："丞相身上还有火哩！"给他搓杀。❹下棋时灭掉对方的一个或一些棋子。禳9：屎棋屎棋不成才，一着跑倒在尘埃。长命呀，你看我杀你这一块！增21：不多时，那王龙被万岁杀的如风卷残雪，霜打败叶，又输了一盘。❺勒紧。磨28：单三绳往向里杀，堪堪手脚坠下来，就放了也把骨折坏。俺也曾把人捆绑，谁知道这么难挨！

【杀才】詈词。该杀的人，该死的。姑2：你仔说，您二姨这杀才是乜人么！真么一个媳妇，是模样不好呀，是脚手不好呢？是不孝顺？这杀才是待死呀？慈2：我合你打下赌，定要去找那杀才；我若是拉不了您小达来，张炳之，我就把这李字来改！

【杀场】法场。寒4：李蝎子好像从杀场里放出来，合家人念佛庆幸。增11：咱就去罢，为什么受他那打？那汉子既单要你，还是爱你，他那里有杀场哩么？

【杀野鸡】不详。俊：起的咒誓天那大，娘子不要生气罢。分明是我不成人，事到如今待说嗄？尽你吵，尽你骂，哏哏哏，杀野鸡我的不是大。

【摋】同"杀❺"，勒紧(绳索)。日・庄：摋绳捆绑积如山。

【沙】❶砂子。俊：输的热了再去捞，投寻结下人命债，沙窝里淘井越发深，这可是嘲呡可是怪。增25：就给你银子二百两，休要拿着当土合沙，做条裤子好支架。❷酥松。禳13：又搭上江城眼里又吊下瓜子来，娇滴滴的声儿问"官人好么"，只这一声儿，小哥哥那魂灵儿就像腌坏了的那螃蟹——久不吃了，脐子都沙了。

【沙窝】地下有大量沙子的地方。俊：输的热了再去捞，投寻结下人命债，沙窝里淘井越发深，这可是嘲呡可是怪。

【沙鱼翅】鱼翅。"沙鱼"即鲨鱼。增7:小六哥整攒盒,松子榛仁把皮剥,柑橘酥梨摆几个;羊肚松伞沙鱼翅,猴头熊掌共燕窝,件件齐整看的过。

【沙碜】因为饭中有砂砾而感觉不舒服,牙碜。日·饮:饭如沙碜牙难对。

【沙水】风水术语。沙,指山或高地;水,指河流、水塘或地势低的地方。日·堪:沙水迴环要有情。

【砂铫】砂土做的锅状烧煮用具。日·器:洗脸无盆使砂铫。

【纱幛】用纱做的幛子。日·杂:纱幛双悬玳瑁钩。

【毵毡】沙毡,用山羊毛制作的一种毡。日·毡:毵毡只用粗毛赶。

【挱】(方言音"沙"去声)把表层的长秸草弄到一边或弄到一起。日·庄:挱晒已毕麦穰拦。

【鲨皮】砂纸。日·木:木锉鲨皮磨镜架。

【煞】❶同"杀❸"。用作补语。a)表示死亡。墙2:你又不出门,要那绵衣裳做甚么?这不来到了,怎么没冻煞呢?俊:我离了你时容易过,你离了我时要饿煞。磨23:那金枣酸煞人,不知像嗄。b)表示程度达到极致,相当于"死"。墙1:三觔肉一只鸡,就是您家那好东西,好厨子做煞也不济。慈0:惟有这本孝贤,唱着解闷闲玩,情真词切韵缠绵,恶煞的人也伤情动念。琴:来到他家,来到他家,那人见了险些喜欢煞。c)表示闭合,相当于"上"或"死"。墙4:张老哐哼两声,合煞眼了。蓬4:夫妇方才定了价,找了个包袱包罢煞。磨19:我去把角门关煞,瞒墙请过大哥来合他会会。增25:你光叨大话,我看你合不煞口来着待说什么。d)表示灭。增17:这万岁急自待脱衣服,怕漏了行藏,笑道:"二姐,想是你害羞,我吹煞灯罢。"扑的一声把灯吹煞,然后解衣上床。增20:二姐把楼门关了,说:"长官你先睡,我待吹灯哩。"二姐一口把灯吹煞。❷同"霎❶",一会儿。寒1:你休惊动咱爷,这一煞才不哐哼了,想是睡着了。❸同"霎❷",表示"……的时候"。禳1:昨日煞进门就是顿巴掌子,劈头就是顿踏棍子,打的露着血真脉子,几乎见了腥荤子。禳28:我的儿忒蹊跷,不好煞人难熬,好了就不寻常孝。磨23:近来心里懒学唱,旧唱忘的不在怀,不如婆子在煞有人问。❹同"嗄",什么。姑2:象呀,老母猪衔着象牙筷子——他就装煞,也是杀才,怕他怎的?磨13:你自有结发的恩合爱,这露水夫妻煞相干?

【煞狠地动】形容边挣扎边高声叫喊的样子。磨11:帽子上破了边,网子上坠了圈,腚合腿都是稀糊烂。批溜扑搨一片响,煞狠地动怪叫欢,叫达达只推听不见。要把他屁股打破,带与那堂上赃官。

**【嗄】**❶啥,什么。a)表疑问。姑1:你扎挂的合妖精似的,你去给那病人看的,只顾在这里站嗄哩? 慈3:那孩子是俺的孩子呀,该别人嗄事? 翻3:家当是大家夥里的家当,为嗄都着他自己费了? b)表任指。俊:造化低又摊着娘子忠厚,顺从着不言不语,嗄家当尽他去丢。磨19:急慌忙,急慌忙,银子给你添在囊。该用的嗄东西,都给你掖打上。c)表虚指。翻7:虽是大家,虽是大家,温柔软款不矜夸。比着小人家,着实知道嗄! 禳24:奶奶待赏小的嗄,着小的出去问他要的罢。❷代指"东西"或"事情"。此种情况下普通话一般不用"什么"。姑2:一个新媳妇子出去换嗄吃,咱就见不的人了! 慈4:(张诚)知道他哥是等他出门才做嗄,每日晚上来,就自家找着那活路忙揭了半宿,他娘叫着他也不听。禳16:没有那好嗄打,就使半头砖,爬爬就待跑,接着又一砖,揣了一百下,睡了半年。❸同"霎",……的时候。磨18:你平日纵然有些差池,断不肯像你以前嗄待的我。磨22:天将明嗄我去溺尿,看见大少爷屋里还点着灯,我偷去听了听,大少爷咽咽的哭。增13:我儿,方才你没来嗄,满楼上都是佛动心,把我好不混煞!

**【嗄子】**啥,什么。禳15:到如今人人说我好吵,人人说我好打,人人说我好骂。……一家人好说是我打嗄子,说是我骂嗄子,也不问问是争着甚么,因着甚么。

**【傻】**头脑蠢笨,不明事理。姑1:又不傻,又不潮,好媳妇你休去了,指出件不是还可笑。慈4:读书极伶俐,聪明谁似他? 到了他哥哥身上,好像是一片心儿都是傻。

**【傻大官】**灰喜鹊。日·禽:傻大官是长尾郎。

**【傻瓜】**智力低下、不明事理的人。日·赌:瞇就傻瓜放利债。

**【傻儿瓜】**傻瓜。姑3:傻儿瓜,傻儿瓜,他怎肯给你那雪炼花!

**【傻着脖子】**形容傻傻地(做事),不动脑子。墙2:起初时,耸着蛇头实落去做衣买帽,傻着脖子当真的称肉杀鸡,恐怕不如家兄,我先讨愧。富9:傻着脖子跟了来,几乎把这残生丧!

**【傻着头】**同"傻着脖子"。禳24:客房里有了客,给了东西着咱去做,咱可不要傻着头就做,先伸头儿去瞧瞧那客,看啷样的个客。

**【傻子】**傻瓜。俊:宗傻子听巧言,心里痒似虫钻,起初的念头一霎变。磨4:他若是待认一分真,就是一分真;他若待要十分真,就是十分真。我也不合他计较,或者他也不是个傻子。

【霎】❶很短的一段时间，一会儿。慈3：李氏等了霎，那心里两三样子急……翻7：待了霎，范栝也出来了，着他师傅好骂。富12：恨那打更人，恨那打更人，打的更点未必真。分明更交四鼓，多大霎，又早是五更尽！❷……时候，用于过去发生的情景中。墙1：没儿霎想着要做老，叫一声爹爹酥半边，谁想这老不值个狗屁蛋。禳26：你那不在家霎，我闷了就合春香抹牌，觉着和他不如你呢。磨23：好孽畜！谁想拿住他霎，他是推佯死哩！

【霎时】一会儿。墙4：只怕是一时昏去，待霎时还醒将过来。翻2：他二人闹喧喧，拉胳膊死活缠，霎时挣了一身汗。

【霎时间】同“霎时”。翻2：恨不能一时就到，霎时间一样酥麻。增28：万岁说快给我举火，霎时间烈焰腾空。

【霎子】一会儿，一阵子。墙1：肚儿肚儿你捱饿，有个盼头休要慌，待霎子撑你个膨膨胀。翻2：仇福大喜，借过钱来就赌。赌了霎子，秦幌幌子先净了。三个又赌，魏名也净了。

【刎】裁制。日·木：屏风板就刎榛檐。

【庍】（字从影印本，路本、盛本均讹作“片”。蒲氏注音“洒”，据今方言看实际上应读“洒”去声，同“沙”去声）厦。今方言称前面留有走廊（顶部与屋顶一体）的屋为“厦屋”，屋檐探出较多称为“出厦”，“厦”即指屋墙外、屋檐底下的走廊。日·泥：四周群墙一趄庍。

【翣柳】出殡时的棺饰。日·纸：翣柳伞扇牌坊下。

## shai

【筛】❶用筛子过滤东西。墙3：每日愁到晚来，似母猪把糠筛，虽战战并不敢高声哐。快4：出林大叫“老爷到”，一堆人打战似筛糠。❷斟酒或茶。翻8：慧娘拜了婆婆，到了那屋里，叫人筛茶，说：“姐姐呀，往后你可就是客了。”禳11：公子说：“天晚了，我行了罢。”丈人、丈母一边一个按着说：“那有此理！筛着酒哩。”富14：随我来一双婢子，茶酒能筛。❸敲击。禳14：鼓儿鸣锣儿筛，睡不着好不难捱。增5：四更里月儿歪，听檐前铁马筛，声声聒的魂不在。

【晒巴】较为随意地晒。“巴”为语缀。钟：皂袍象笏乌巾软，朝罢森罗殿，鞅掌归来，燥肠生烟，旧鬼晒巴干，点茶小试三千片。

【晒太阳】在阳光下曝晒取暖。增7：进院来细端详，见了些女娥皇，个个都有五十上。口里没牙眵糊着眼，东倒西歪晒太阳，通然不像个人模样。

shan

**【山茶】**也叫“耐冬花”“曼陀罗树”，常绿灌木或乔木。冬春开花。花形大，有红、白等色。日·花：凤仙山茶皆妙品。家政外编·诸花谱：山茶，一名曼陀罗树，腊、春俱可栽。

**【山场】**山中的林场或田地。增5：曹老爷利害，昨日上山打了一担柴来，他说是割了他的山场了，把我拿去吊了一夜，亏了俺娘跪前跪后的才饶了我，谁敢惹他！

**【山丹】**百合的一种。花红色或紫红色。日·花：秋葵蜀葵胜山丹。家政外编·诸花谱：山丹，八、九月份种。

**【山矾】**一种山矾科常绿灌木，春开白花，有芳香。日·花：滴滴金外有山矾。家政外编·诸花谱：山矾，出杭州。正月开白花，最香。

**【山歌】**民歌，民间自由哼唱的歌曲。钟：丑担酒鬼上。山歌：为奴只喜担磨肩，重担子去时轻担子还。酒食啖得个膨膨乍，还赏子二十个大黄边。

**【山果】**山里出产的果子。禳13：昨日又攫了一顿把，亏了还抓在那背脚处；若是差一点儿，胡桃栗子摆在鼻窝里——可不就脸上开起山果铺子来了么？日·果：山果市头只论栖。

**【山汉子】**山里的青壮男子。磨23：有一个山汉子，上城里卖柴。卖了柴回来，路上一棵大树，他便放下扁担，去树下乘凉。

**【山和尚】**戴胜鸟。参见“鸪鸪鸥”。日·禽：鸪鸪鸥名山和尚。

**【山葫芦】**葡萄的别称。日·果：山葫芦甜胜地梨。

**【山尖】**山顶的尖部。蓬7：只见海水汹涌，那船自己游动。蓬莱山皆在那水泡里，只露出一个山尖来。

**【山径】**山间的路径。磨31：计谋已定，那有不胜？只要把山径守牢，不依他下山救应。

**【山口】**山与山交会的路口。磨31：老爷只坐定团营，营中的勇壮不少，把守山口，不放他下山救护便了。

**【山坡羊】**曲牌名。禳1：我昨日在街上听见人唱一个《山坡羊》，甚是伤感。我唱唱与大爷们听听，普天地下甚么人是条汉子？

**【山人】**指非同凡俗之人。日·丹：高手山人不用他。

**【山水牛】**一种昆虫，大牙土天牛。增19：大姐说道：“天上飞禽是只牛……”

万岁说："且住了。这牛有翅么？他会飞么？"王龙说："长官不要赖罢。你没见那山水牛么？他也是会飞的。"万岁道："就算山水牛。地下走兽呢？"日·昆：山水牛似寒先生。

【山向】风水师所定的坟墓方位。日·堪：山向周围几蹀地。

【山鸦】一种鸟，形似鸦，嘴红色，下曲。日·禽：山鸦成群鸣旷野。

【山贼】据山立寨或出没于山林的贼寇。磨29：任大王领兵杀到，与金总兵顶头相遇。金总兵大呵："山贼！如何用奸计摇乱我三军？看我取你首级！"磨30：讲招安这计差，那山贼井底蛙，不知天勾多么大！

【山嘴】山口。寒6：走了二日，忽然进了深山。转过山嘴，忽然见了一簇人马，旗幡招展，伞扇飘扬。富6：一行说着转过山嘴，只见一片楼房。进了庄，舜华下了骡子，就那请进家去了。

【嗲】(方言音"参")同"餂"，啄食。富13：都来叩头，都来叩头，仇家也不敢记前仇，跟搭着别人来，好像那鸡嗲豆。

【嗲张】同"参张"，开业时前来交易。俊：开场设赌无二话，终日就把那套来下；若是偺虫来嗲张，打杀还把皮来剥！

【扇(搧)】(shān)扇风。磨7：鸿渐指了指那书箱，店主便开箱取出，又即将扇火。增16：你就扇起这扇子了么？你只扇那八根柴、小油红，暑伏天使𫔂钱买的粗蒲扇忽打忽打罢！

【苫】❶苫子，用植物秸秆编的长覆盖物。不用时卷起，用时旋转着盖在被盖物上面。农·农·造粪：用豆碾瓣堆地上，滚水拌匀令透，以苫覆之，发热后上地最壮。日·衔：败残苫箔犹堪卷。❷动词。用苫子遮盖。日·庄：怕被鸡飑密密苫。

【苫盖】用苫子覆盖。农·农·收牛草：凡麦穰角皮，皆可喂牛，宜密密苫盖，余皆打扫入栏，谷穰豆秸不可抛撒。

【珊瑚枕】珊瑚做的枕头。日·杂：金钗长压珊瑚枕。

【钐】钐刀。农·农·刈麦：无论镰钐，俱以查矮为佳，无遗穗为上。每钐必用镰随之，以拾倒麦，兼拾落穗。

【钐刀】长柄的镰刀。日·庄：钐刀劖耒网包接。

【衫袖】衣袖。富3：舜华听说这话，便拿起衫袖拭了拭那泪眼，掩着那樱桃小口，笑了一笑。磨8：女子便使衫袖拭去泪痕，又微微的笑了一笑……

【闪】❶闪烁。慈5：哎，又只见五色祥云空中现，手拿着杨柳枝儿，一闪一

闪,好一似笼笼的细雨洒在衣衫。增16:拿出来霞光万道,闪一闪瑞气千层。❷闪避。慈6:正说之间,有七八匹马过来,像是一个官府,众人一齐闪开,让他过去。磨13:遂提刀开了门,一刀砍去。鸭子闪了一闪,吊了一只鞋,往外飞跑。❸打开。姑3:把银子都抬出来,约有万数两,分了两堆,先着二成拣了一堆,包了去给臧姑看。闪开包,都不是银子,依旧是砖头,挣极了。磨34:三通吹打辕门闪,大小兵将都叩头。❹抛闪,剩下。琴:头碰头儿亲又亲,声声埋怨俺把他闪。磨25:脱难十年,自幼把儿闪;音信全无,相隔千里远。增28:也罢,叫这两院生灵快忙逃命,闪下一所空房子烧了罢。❺因为突然失去而精神失衡。蓬7:你已先回来了。亏了我没回家,若要回家,岂不被你闪煞人也!富7:多情人送到我黄郊路,回了回头那俏影儿全无,闪杀人那泪点儿留不住。

**【闪电影里】**闪电的光影中。比喻随时面临暴风骤雨般的环境。墙4:但只是早晨肉面,晌午鸡汤,吃着有些腼腆;冬月丝绵,夏月葛布,穿着只是心惊。每日在闪电影里存身,半虚空中度日,好可笑人也!

**【搁枪】**兵器名。日·兵:镢头搁枪拦道呼。

**【簕苇】**苇。日·花:簕苇篱笆茅作室。

**【讪】**难为情,羞惭。增23:适才见姐夫不去,他讪的了不得,着小大姐央我来替他谢罪。

**【疝气】**病名。日·疾:疝气五般疗不愈。

**【甑碗】**一种碗,不详。日·器:鳌碗甑碗皆瓥破。

**【扇】**(shàn)❶扇子。增16:小二姐逞精奇,取出扇甚整齐,扇面都是真金砌。增16:二姐一把好扇。我也有一把好扇,你拿过来我看看,我也给你看看。❷扇翣,古代仪仗中障尘蔽日的用具。寒6:转过山嘴,忽然见了一簇人马,旗幡招展,伞扇飘扬。寒6:那小辇卷起帘,在里头一官员,两边遮着两把扇。❸量词。用于门和瓢。慈4:大家裂了一块布衫子来,缠了缠,又着一个人取了一扇门来,才把张讷抬了来家。寒6:只怕唠我还家去,才把监门两扇开,审官司才把爷爷害。磨1:瓢一扇棍一条,拿起来先害嚣,这饭可是怎么要?磨1:一担筐一扇瓢,上羊肠路一条,未曾举步泪先吊。

**【扇囊】**盛扇子的袋子。增16:万岁说:"这奴才见了我这汗巾就慌的乜样,我再拿出那扇子来谝谝。"万岁从那扇囊里取出扇子来了。

**【扇坠】**垂挂在扇子手把处的饰物。增16:二姐看见,唬了一惊:"这长官的东西件件出奇!他拿的这把扇也看的过,但那个棋榴我可没见。"——这万岁爷

扇子上是一科月明珠扇坠，二姐哪里晓得？

**【骟马】**阉割过的马。日·走：骟马胜如儿马好。

**【善】**❶善良，善事。翻4：可笑那仇大郎真是个憨蛋，土条蛇暗咬人，异样的秦奸，他知道赵阎罗为人不善，若说当老婆，他必定敢担。寒7：商员外跪殿前，二郎爷把簿掀，从头至尾看一遍。生平有善没有恶，注定活到九十三，禄米该有二十万。❷好。富4：用志苦钻研，用志苦钻研，先要结交严世蕃。寻思了千样法，总未得一个善。钟：此策甚善，待俺修书则个。❸和善，好对付。翻5：摇着头说不然，堂上不是软弱官，仇大姐为人却又不善。❹程度轻。俊：长长骂着还踢蹬，给你句好气就上了天，我还嫌我骂的善。❺善于，长于。翻12：那仇大姐又善会掌家，待了三五年之间，也就过成极大的一家人家。

**【善便】**轻易，用和善的手段。增27：人是苦虫，不打不成！善便怎么肯招？给我夹起来！

**【善查】**善茬，好对付的人。慈3：有心待发乍，看了看赵家姑姑，也不是个善查；况且是他那媳妇蛹蛹叁叁，若踢弄起来，自然都是向他，自然都是向他。磨6：这方二相公也不是个善查，只怕进了门，他就给个作道。

**【善和】**程度轻。磨1：常时打的还善和些，这一向打的甚狠，想是他有了信了。

## shang

**【伤惨】**悲惨。禳24：吴恒说："说起伤惨！（哭：）俺不是半截儿，插上了个鹅眼。"富11：少哭："伤惨，任拘你怎么端相，那木匠提溜着墨斗——也只是看一眼。"老笑："你就忒的伤惨，肉头老撞着显道神——你也说不的我长，我也道不的你短。"

**【伤热】**因为天气、气候炎热或过度的保暖措施而导致的上火、感冒或其他不适症状。日·疾：咽疼消渴为伤热。

**【商客】**行商的人。磨5：若是商客，不要杀他，休像贪官惹的人人骂。

**【晌饭】**午饭。慈3：你不必找他，他待中来家吃晌饭哩。

**【晌午】**中午，正午。姑2：这安家庄到沈家庄有二十五里，走到晌午才到了。禳2：天已晌午了，也该放了学了，怎么到如今不来？磨25：公子回来，展开卷子细铺排；没晌午又完了两三块。

**【晌午错】**过午，中午过后。参见"日头错"。墙2：你在路上慢慢走，避风的

去处好磨陀，到家就是晌午错。

**【晌午大转】**中午过后较长的时间。磨18：二人吃完了，看了看那天，说："日头晌午大转了，还可以走三四十里。"

**【晌午转】**过午，中午过后。磨18：天已晌午转了，隔着我个小庄至近，就合公差到我庄上。磨24：候之良久，身子微觉乏困，起的身来，去那天井里看了一看，太阳已晌午转了。

**【赏匠人】**一种民俗，房屋建好后特意去工匠家送礼致谢。翻7：我没来赏匠人，扎挂的一崭新，怎么就不说个信？

**【上靽】**将车襻搭在肩上（利用肩部力量辅助手部来拉车或推车）。"靽"蒲氏注音"判"，今写作"襻"。日·庄：上靽輂来地里搬。

**【上稞】**将秸秆等堆成垛。农·农·稞麦：直待日夕上稞，方使全人俱来。

**【上八仙】**民间传说中的八个仙人。与"中八仙""下八仙"相对。通常指福、禄、寿三星，张仙、东方朔、陈抟、彭祖、骊山老母。蓬1：却说那上八仙、中八仙、下八仙，合那五岳的散仙，都知道王母下降，齐到蓬莱，各显神通，就在山顶上造了七十里地一座大殿……

**【上辈】**上一代。禳5：在春坊大号洪君，合尊宅上辈有亲，四十里隔着也相近。

**【上不净】**指没有胡须，年轻。快2：这里平，这里平，他还是个小后生；虽然有点小计谋，到底也还上不净。

**【上不上下不下】**形容内心忐忑不安。琴：惹的人，心牵挂，上不上来下不下，狠狠我要回庚帖来，拼上一辈子不出嫁。

**【上彩】**上等的色彩。日·纸：双红双青为上彩。

**【上差】**对差人的尊称。磨6：叫上差你听言：待要翻只管翻，我就陪你从头看。

**【上场】**❶进入打场的场院。日·庄：大辊上场脐椁安。日·走：馔[①]牯歪鼓[②]懒上场。❷粮食登场，指庄稼收获。磨1：遮天影日蚂蜡过，朝朝每日唬飞蝗。把谷吃了个罄溜净，庄稼何曾上上场！

**【上城】**进城。墙2：银匠说："那像是个卖饭的来了。……是卖扁食的王二。你待上城么？"王二说："是。"寒1：差人拴起人来，恶虎送上十两银子，说他偶然

① 为"犊"之讹。
② 为"鼓"之讹。

有病，不能上城。

**【上秤】**放到秤上。墙 2：俺达是个老精灵，腰里银子上秤称，已往从前真失敌。

**【上当】**受骗。增 6：依着我说，咱上那十字街前，打扫干净，摆下桌酒，或扶骨牌，或打双陆，引的好耍的子弟上了咱的当，哄他几两银子，咱好花费花费。

**【上道】**❶上路，启程出发。寒 6：二相公只想告状，也不合他分辨，又上了道。❷指被诱或被迫按照对方意愿来行事。禳 1：怕婆子休得取笑，十个人九个操淖。……蛾眉一竖，胆战魂消，阁老尚书也要上他的道。禳 15：卖婆子真似贼，瓜搭着嘴儿搬是非，原该问个凌迟罪。好人说的上了他道，节妇也说的解了裙，不走草叫他鳖了对。

**【上的画】**可以入画，形容长得漂亮，跟画里的人物一样。姑 2：沈大姨坐了坐，就去二成屋里，看那臧姑。一见，可就满口称道："好个俊人儿！你看就上的画儿。"禳 1：想当初把我嫁，一朵鲜花才摘下。……白绫裙绿紬褂，传的影上的画，出的门支的架。

**【上地】**同"上粪"，为田地施肥。翻 11：寻思着，田地都烧红了，我起出这一桁来上地也好。翻 11：地通红扫不光，不如去了铺了[①]强，担去上地也极壮。

**【上坟】**到坟地祭祀。翻 7：走了一遭子回来，又给他婆婆磕了头，待去上坟。富 6：重则吊了脑袋，轻则打个发昏，老子生儿一个，死了无人上坟。

**【上粪】**为田地施肥。农·农·上粪：粪必翻两三遍，发透细润，然后用之。必要先上薄田，勿图近便。大约每亩十车为率。农·农·莜麦：二月上粪，锄二遍。

**【上盖】**上身的外衣。禳 3：又过巷穿街，又过巷穿街，布衣上盖，罗裙尘埃。

**【上工】**开始受雇的工作。禳 24：一年八石粮，上了工细端相，主人家试试怎么样？

**【上官】**❶高官，大官。增 12：少诮罢，俺相与的都是上人上官的。❷官员上任。日·兵：标鎗铁杺上官初。

**【上画】**入画，形容长得漂亮。翻 7：细细眉红红脸真堪上画，说出一句话把人活爱煞。

**【上灰】**指室内顶上的积灰。翻 7：麦子有馀，麦子有馀，泥墙再把上灰除，扎

---

① "铺了"邹本作"另铺"，更通顺。

上个新虚棚,就教人进的去。

**【上火】**发怒。慈3:你说这李氏是省事的么?以先虽是骂的恶,还是借着别人,赵大姑因着一句话,就许挑出来了,他怎能忍的?就变了脸:"你还是上起火来了么?你从先骂的不少了,我说你省着些罢。"

**【上肩】**将扛或挎的东西放到肩上。寒4:那衙役瞧了瞧,抬的抬招的招,上了肩打了一声号。俊:胡朋接过褡子去,殷勤替他上了肩,一心要去胡突干。

**【上将】**指高级将领。磨29:谁想万岁冲冲怒,毛贼不消去招安,精兵发了十数万。选了个勇猛上将,领兵去直捣三山!磨29:有人问我名合姓,北京上将金斗满。

**【上犋】**牛马等佩戴上索头等用具、系好连着农具的绳索,做好拉犁或耙等农具的准备。农·农·喂牛:未上犋,先于三五日前,每牛料半升,草一束。日·庄:索头穿绠才上犋。

**【上圈】**(圈 juàn)(猪)进猪圈。日·走:豭猪髎牙不上圈。

**【上客】**贵客。日·鳞:鲌鳊登盘供上客。

**【上梁】**建房时安置房梁。旧俗,上梁时要放鞭炮等庆祝并要款待匠人。翻11:叫姐姐你弄腔,银子不收又盖房,我就看着极异样。……早知道若能如此,我也来犒劳那匠人上梁。

**【上粮】**上等的粮食。禳33:我去京师千万里,得你料理替爹娘,越发我把心来放。赏你个总管工价,每一年百石上粮。

**【上笼】**将做好的生面食放置到蒸笼内准备蒸熟。日·器:饛饛上笼忌出犯。

**【上门】**登门,到别人家去或到自己家来。姑1:待了几日,打听珊瑚较好了,怕待的久了,弄的他娘知道,便上门去逐他。禳9:贼强人躲了去了,你就再休上门了!磨19:赵亲家,希性呀!自从令爱改嫁了,你全不上门,猜你断了这条路了。(后二例指到自己家来)

**【上门打户】**登门,到别人家去。俊:借身白袍把丧吊,你就送在那千字号,本主待穿捞不着,上门打户逐日要。

**【上门子】**同"上门",指到别人家。姑3:那妮子他达无赖之极,上门子骂了,又告状……富9:鸭子他妈,鸭子他妈,听的说你藏在家。拽着把切菜刀,上门子着实骂。

**【上盘】**将菜肴或果品点心等放到盘子里。日·饮:上盘薄脆连甘露。

【上囷】上囤，粮食进仓。磨19：我坐长监无人问，他送牢食他还用心，咳，又看着打了庄稼上了囷。

【上人】地位高的人，尊贵的人。蓬5：偶携一樽，偶携一樽，薄酒不堪奉上人；些须吃一杯，解解心头闷。增9：好蹊跷！又没见他一个钱的东西，怎么磕了这一些头？我平日见上人也不过拜他两拜。

【上人上物】同“上人”。禳1：丑云：“嗤！我道你就不怕么？那一日俺王大娘就没打你呀？”内云：“哇！我怕是上人上物哇。”丑云：“你就不是上人，怎还算不的上物呢？”

【上色】上等的颜色。日·丹：石青石绿为上色。

【上神】地位高的神，尊贵的神。寒7：那判官都是买透了的，故意把假簿子拿来，试试二郎爷受与不受。见上神恼怒了，才跪下磕头说：“判官该万死！实说了罢，这是阎王爷着我造的一本假的。”

【上世】❶先辈，前辈。禳30：上世原为黄榜贵，今又平步上青天，从此直到文华殿。❷上辈子，指自己的前生。闹：上世里我无曾入过学馆，看文书银钱票甚是作难。❸上代，上一个朝代。日·毡：上世曾兴风摆柳。

【上手】用手开始做事。日·器：上手扠来曲麴[①]香。

【上寿】❶祝寿。禳33：看的日子，后日上京，天冷不能起行。夫人便讲趁着下官在家，摆个酒席，给爹娘上寿，甚是有理。富14：共斟一杯，与老爷上寿，太老爷拜受了。❷上等的寿限。磨36：俺若得八十上寿，何愁不满屋貂蝉？

【上书房】上学。慈4：到了第二清晨，张诚早起来上书房，开开那角门子，见哥哥已咱把各闹打扫了一大堆，还在那里扫。翻8：相公，你上书房只管读书，休要把心放。

【上数】计算数量时计算进来，指归入某一种类别。增12：嘴儿大胭脂涂，脸儿黑宫粉糊，怎么上的那婊子数？

【上台】上级官员，上级官府。翻5：却说老郑看了批词说：“这个妇人利害，又上上台告下状来。”磨1：大家去告上台，他虽然把官差，那眼睛没长在额颅盖。

【上套】上当，中了圈套。翻1：他也不知尚廉计，到处逢人尽打瓜，老头听说变了卦。催了催不肯上套，到全了这家人家。增20：大姐，咱把他那银子帮他个罄净，着他有家难奔，有国难投。你可圆成着……哄的他上了套着，那时在我。

---

① 为“麪”字之讹。

**【上头】**❶上面。翻11:姊妹三人使尽力量,掀了那石头看了看,是一个大池,上头使尖子石铺了。慈5:腰间里把票抽,许多小字黑溜溜,张讷接过来细细看,没有张诚在上头。❷上面的人,指上司。翻4:老郑坐了晚堂,差人禀道:"拿到赵阎罗了。"上头就叫阎罗,他雇了个人,就待过去替。磨1:下头知县不肯报,上头大官不肯言,万岁爷怎知道卢龙俭?❸上部,开头。翻5:去后边,找出状来把墨研,写了两行字,递于仇二官,上头是仰扶风县。富3:那医官来时问了一也么声,就着床头把脉评。问的明,写了个方子甚不通:上头用当归,下边用钩藤,不知他拿着当了甚么病?❹女子初次束发插笄。禳28:还待看个好日子,给他开脸才上头,咱还得把衣服做。日·杂:初扎她角未上头。❺指妓女初次接客。增11:佛动心低着头,未出门泪交流,叫不应的龙天佑。万丈火坑没有底,今日方才初上头,几时孽债填还勾?❻拿到头上。增21:丫头得了金豆,百样的奉承,将一个托盘承着四个肥皂,上头顶着来献给万岁。❼指在头上显现出来。日·衍:白发上头客不至。

**【上头扑腚】**同"上头扑面",带詈骂意。禳26:赃帮的难堪,牙哆的难堪,上头扑腚,不似从前。

**【上头扑面】**手或身体碰到头部、面部,形容亵昵,过分亲近而态度轻佻。琴:不管长来不管短,进门就是搂抱俺。……上头扑面影煞人,你看乖了我的纂。增25:胡百万穿衣裳,骂一声小淫娼,上头扑面的甚么样?

**【上碗】**放到宴席用的碗里。禳24:若是打伞坐轿,或是穿着绫罗缎疋,这必是主人敬的了,咱可就买了肝肺来不上碗……——用心。

**【上无依下无靠】**没有父母、兄弟姊妹和子女可以倚赖。磨8:奴家上无依,下无靠,里外的支使着一个人,肚子酸苦,没处向人诉诉。

**【上席】**宴席中尊贵的席位。禳1:这里大家正吃着血酒,看见女兵到了慌极,都爬墙蹶了;独有先父坐在上席,稳然不动。增18:万岁装了个不识事务的,把檐毡帽一按,上席坐下。

**【上限】**到了限定的日期。磨2:俺家里无分文,俺还欠几分银,匙箸碗碟折蹬尽。上限拿了去比较,二十五板打了个昏,板疮还有一大稃!(此处指缴纳粮赋的期限)

**【上姓高名】**问别人姓名时的敬称。闹:请问先生那里人氏?上姓高名?

**【上眼】**入眼,合意。增9:浑身上下不上眼,谁知手里有钱财。增25:万岁肚中饥了,却又困乏,见那一般名妓都不上眼,兴致也就没上来了。闹:看将来

新科乡墨，选不出一篇上眼的文字，与你有什么光采？

**【上腰】**放到腰里，指收归己有。磨1：他安心把粮打起，见了赦一并上腰。

**【上帐】**同"上账❶❷"。富3：不知厚与薄，宿下慢慢商，饭合酒想必不上帐。增20：我叫他给我牵马坠镫，奉客唱词；又写了一笔好字，早晚给我上帐，写写名帖不好么？磨19：两无妨，两无妨，磕头又把众人央。烦保正作中保，再有失上俺的帐。增12：好奇事！你接客不接客，累着我那大腿根哩，上我的帐！

**【上账】**❶记账。禳3：使破锄头砍坏了斧，不肯教我去赔偿，借的粮食不上账。增7：钱不论好歹，银子九二三，无钱且上账，过日随心还。❷比喻将过错算在某个人的身上。慈3：他是姓张，好合歹是您的令郎。原是他自己来，可休要上我的账。

**【上棹】**拿到桌子上，指可以吃或可以用来待客。日·饮：嘶㶸[1]豆腐不上棹。

**【上奘】**（奘 zhuàng）同"上笼"，将做好的生面食放置到蒸笼内准备蒸熟。日·庄：点心上奘带糕门[2]。

**【上坐】**坐于上位。禳31：完备多时了。请老爷上坐。磨36：呀！这几时铺的这样齐整？请太夫人上坐，受一家大小叩拜便了。

## shao

**【捎】**斜着砍削。（今方言音去声，《日用俗字》用于奇数句的句末，也应不读平声）日·庄：黍子钊时谷未捎。

**【捎带】**顺带，附带。增16：怀抱琵琶别改调，《满江红》捎带着《月儿高》，倾心吐胆弹一套。闹：……家里忙看孩子带着烧火，牲口忙无了面我把磨研，扫天井抱柴伙捎带拾粪，来了客摸桌子我把菜端。

**【捎瓜】**越瓜。体略长，质脆，一般生食。也有的地方叫"脆瓜"或"菜瓜"。慈3：您看这是怎么说！贩捎瓜的爬到屋檐上——上门来寻人便宜。也科子！

**【稍迁】**一种体形较小的蝉。聊斋志异·鸟语：齐俗呼蝉曰"稍迁"，其绿色者曰"都了"。邑有父子，俱青、社生，将赴岁试，忽有蝉集襟上。父喜曰："稍迁，吉兆也。"一僮视之，曰："何物稍迁，都了而已。"父子不悦。已而果皆被黜。

**【捎下路】**抄小路，绕小路。禳11：那不是俺丈人那老狗头来了？待俺捎下

---

① "㶸"字之讹。

② "门"盛本作"团"。

路去罢。

**【捎信】**❶请人带口信。翻10:咱娘那屋几时兴工,就捎信去给我。翻10:到几时兴工修理,捎信去即刻就来。❷打听有关信息。(此义今方言读上声)增6:二子弟气狠狠,说长官你不认人,你来大同捎捎信:宣化府里数着俺,俺是大老爷家二代孙,吃酒赌博打光棍。

**【梢】**❶植物或其他物体的顶端,末端。禳8:谯楼上鼓已敲,熬的麦子黄了梢,看看已是良时到。农·附·科斫:桑自小即当割去梢,不留中心,条枝自向外。蓬2:美娇娇,一派风流在眉梢。❷赌博的本钱。翻3:极精细的光棍就是好捞,赢了又待赌,输了又去捞。饭也不吃,只是去凑梢,上了赌,好像有个星儿照。翻4:那一年三月里,输的我着了极,寻了一条最妙的计,取钱就指妻作保,抗了钱来没人知,还了梢还转下了十亩地。

**【稍卖】**同"烧麦"。日·饮:稍卖兜子真可口。

**【褙褨】**("褙",方言音"鞘"。"褨",蒲氏注音"茶")疑指"缲茬"。缲是缝在衣服边缘的布条,缲茬指缲的边。日·裁缝章:褙褨襆好不支翘。

**【筲】**水桶。禳21:天色明了,奔走慌忙,担筲打水,才把磨棍放。增4:有水,只是无什么奉客。下马来,就这筲里吃些罢。

**【艄子】**艄公。日·木:艄子停篙修舵橹。

**【蕱瓜】**同"捎瓜",蔬菜名。日·菜:蕱瓜去瓤切细牒[①]。

**【烧饼】**烤制的饼状食品,无馅。增3:干烧饼拾一盘,咸果子黑菜篮,盛上一碗温水面。万岁尝尝不美口,少油缺醋又精咸,这样东西吃不惯。增7:小六哥笑颜生,叫老客你从容,待吃好物我管奉。又有合汁又有面,新出炉的热烧饼,肉包火烧随心用。

**【烧锅】**烧火做饭。翻1:叫仇福去烧锅,不是极稠是极薄,这样日子怎么过?翻7:你看这宅里宅外,谁管那穿布烧锅?日·树:木柤砍碎好烧锅。

**【烧醟】**("醟"蒲氏注音"娃")一种低档酒,不详。或为浊酒之类。("醟"字音"斛",义为"浊酒"。蒲氏注音"娃",应是该词实际发音为"烧娃",而意义为"浊酒")日·饮:醙酒烧醟为下品。

**【烧火】**燃烧柴火做饭。姑2:待了一年多,每日娘们烧火剥葱,弄的娘们灰头土脸的。俊:宗家儿郎真不好,输的净光无饭捣。换米抽了屋上椽,烧火拆了

① 为"牒"字之讹。

房上草。

**【烧酒】**白酒。富6:两个衙役每日㩟的是那臭烧酒,那里有这样酒?磨23:烧酒香唾沫空咽,可那里捞钱去装?

**【烧埋】**丧葬费。寒2:我把他家人着实打,原不该肆猖狂,掀下驴来这是他无状。再断过烧埋给你,你到家好去发丧。寒2:我着赵春元给你烧埋银子二十两,罢了么?

**【烧卖】**一种食品,类似于蒸饺。禳24:昨日霎嫌那猪肉没点好块儿,鸡肉椅了不够几块儿,又说煮烂了海带儿,又说蒸生了烧卖儿,少油没盐的凉菜儿。

**【烧心】**形容腹内极度难受。富3:依壁坐来把腿盘,烧心的饥困火生烟。

**【杓】**勺。翻10:慧娘说道也不错,俺是兄弟您是哥,若不然怎么叫做一堆过?这才是一个锅里轮杓,怎么分的这个那个?寒7:把银钱化成汁子,使铁杓舀着往口里直灌,那恶虎叫哭连天。

**【杓子】**勺子。增15:万岁爷会撒颠,小二姐家不严,这把杓子是中看。滑滴溜的弯弯把,到给丫头拿着玩,㵞了怎么去盛饭?

**【少吃俭用】**省吃俭用。墙1:自家张老便是。合老婆子吴氏,一个走南傍北,一个少吃俭用,受了无穷辛苦,挣了个小小家当。翻9:你路上少吃俭用,可以到了家,你就快忙走罢。

**【少裆无系(繫)】**形容衣服残破的样子。穷:可怜俺浑家大小,祖祖辈辈,子子孙孙,就没有个有财命的,有担福的?怎么的弄的少油没盐,少柴无米,少裆无系,少吃无烧?

**【少挡没系(係)】**同"少裆无系(繫)"。"挡"为"裆"字之讹。姑3:安大成……自从遭了官司,弄的少挡没系,又搭上人来索债,叫花子躲乱——穷的讨饭还带着不安稳。

**【少耗】**折耗,损失。慈2:好好的跑了,就到底不长进。笼里犯出羔团子——好势的也掺打,就少耗了也罢了。

**【少魂没魄】**魂不守舍,形容精神恍惚的样子。翻2:姜娘子见他少魂没魄的,也没理他。

**【少魂没浅】**同"少魂没识"。"浅(淺)"盖"识(識)"之讹。丑:闭了监门才没望,少魂没浅上家颠,一驾云头到旧府,恹头搭脑好不堪。

**【少魂无识】**同"少魂没魄",形容精神恍惚的样子。慈3:李氏一路寻思,又是气,又是恼,低着头,少魂无识的,蹴着了一块石头,跌了个倒栽葱,再爬不起来了。

【少年】❶青年男子。慈6:撞着了青春一少年,谁保的俺兄弟得团圆,哥哥呀,破衣施给俺一件。蓬2:书生呀,天宫虽然好,只是心里淡;嫁个风流美少年,试试人间夫妇欢,那时节,方才足了心头愿。日·衍:少年喜买倾家乐。❷人(包括女子)年龄处于青年期。富13:张老爷少年英妙,十九岁绝好丰标,齿白唇红模样娇,玉堂金马忽然到。磨8:正自打算,忽从里边出来一个纱灯,引着一个女子。自家暂叹道:"好齐整的紧!世间那有这样的美人!"一行瞧着,一行夸奖。那容貌似天仙,十七八正少年,真如水月观音现。

【少皮无毛】形容表面严重伤损的样子。富10:李家人个个少皮无毛,七损五伤,各逃性命而去,不在话下。

【少死的】詈词。该死的。增4:青天白日山沟里,调戏人家良妇人,少死的村夫该打一顿!

【少头没尾】缺头少尾,形容不完整。增16:小二姐心里焦,抱琵琶懒待调,少头没尾弹一套。

【少系无裆】同"少裆无系",形容衣衫褴褛。日·赌:少系无裆头也鬔。

【少心无肝】形容情绪低落、无精打采的样子。慈1:打光棍实势难,炉少火灶少烟,衣脏袜破鞋儿绽。外边待上三五日,进门好似枯坟坛,埽灰遮满了床儿面。站一回无精打采,坐一回少心无肝。

【哨】用假话骗人。翻11:王四的外号是叫王哨子,猜他买不起,竟来哨他。仇福说:"他要多少银子?"王四说:"他要一千银子,至少也得八百。"

## she

【舌尖嘴巧】形容说话伶俐,能言善辩。增12:玉座平日舌尖嘴巧,快语花言,便说:"不是我夸句海口,调嘴头也招住他了。"

【蛇】❶一种常见的动物。寒7:一道河血水流,里边蛇乱伸头,腥登登都是死人臭。❷方言中音shá,谐音"傻"。墙2:起初时,弁着蛇头实落去做衣买帽,傻着脖子当真的称肉杀鸡,恐怕不如家兄,我先讨愧。墙4:一口气不来瓜打了,竹篮打水落长空,可才大家没蛇弄。

【蛇钻的窟笼蛇知道】俗语。比喻自己做的事情自己最清楚。"蛇"方言中谐音"嗄(啥)",什么。琴:你虽望着那个亲,俺可知道妙不妙。你仔想想你当初,蛇钻的窟笼蛇知道。

【折耗】损失消耗。农·农·豆种:命佃人妇各携箕来,将豆种破碎兔丝拣

极净，收藏待用。其折耗之数，佃人认之。

**【舍(捨)】**(shě)❶施舍。墙1：六月还穿破棉袄，腊月还是旧布衫，待烤火没人舍筐炭。寒1：员外生平好行善，施棺材，舍棉袄，所以家里也不富。❷舍弃。墙4：你说你害脚疼，如何不慢慢行？甚么要紧舍了命。姑2：安大成舍了那驴，一瘪气跑回来，也没敢做声。禳6：来到堂前，来到堂前，低了低头只一钻。舍上这不害羞的脸，实落诉一遍。

**【舍】**(shè)❶房舍。翻12：楼房瓦舍一齐起，大锭元宝土里埋，没似他家银钱大。寒8：管家去仁宇陪，地两顷立封堆，进庄又有看宅一位。点了瓦屋验草舍，又把家伙看一回，犁耙绳索皆齐备。❷谦辞。用于对别人称自己的辈分低或年纪小的亲属。墙1：李老说："令尊呢？"张大说："在舍弟家。"富11：员外姓徐号北岗，舍妹夫就是他令郎，年兄呀，他到壮实全无恙。磨12：舍亲家酒店里有极好的酒，咱去饮一壶。

**【设或】**假如，如果。禳5：待俺去走走，设或说成了，挣他这一宗布来，裂了裹脚，只怕还剩下一对鞋里也是有的。磨6：办下了极好，设或办不下，也有个着落。

**【社稿】**生员会课之作。闱：暗想从前，枉刻了些名流社稿！

**【社兄】**生员对其他生员的尊称。闱：悄身偷出窥邻号，连把邻兄叫。向内问介："老社兄，写完了么？见教见教。"

**【射干】**射干花，又叫"紫蝴蝶"，一种鸢尾科落叶草本植物，夏季开花，花橘红色，有深红斑点。日·花：不见凌霄上射干。家政外编·诸花谱：射干，一名紫蝴蝶。八月种，二月栽；壅以无灰鸡粪。

## shen

**【申】**❶官府下级向上级行文，申报。寒4：老王说："我就申了你，你担的么？"大相公说："生员担的。"寒4：若是该问什么罪，我也不是不应承，若是该死也难逃命。老父师你就申了，那怕他汤镬油烹！（此两例指县官老王向上级申报大相公的"罪状"）❷地支的第九位。磨24：他又捏算了捏算，说："今日申时就到。"磨24：他敢定下申刻到，错过时刻便不灵，先生胡巴成何用？

**【伸头】**❶探头，将头部探出。寒2：赵恶虎把身藏，听知县坐了堂，才敢出门伸头望。禳24：客房里有了客，给了东西着咱去做，咱可不要傻着头就做，先伸头儿去瞧瞧那客，看嘛样的个客。❷出头，出面。富13：我家孤儿寡妇，谁敢出

来伸头？磨11：一群老奸巨滑不肯伸头，咱不做点事儿，那官那里认的咱呢。

**【伸头搐脑】**探头探脑。禳8：多少妇女门口看，伸头搐脑，乱说胡吧。禳15：(李婆)伸伸头，搐搐脑，往里一溜。公子说："你来了么？那事如何？"李婆说："恭喜恭喜！"

**【身端】**同"身段"。姑2：看了脸儿看身端，看了头发看金莲，都说模样看得过，怕的性情未必贤。禳8：喜两口身端一样，玉人儿造成双。佳人窈窕细腰长，合我儿正配的上。

**【身段】**体态，身材。琴：眉清目秀俊学生，不高不矮身段妙。琴：身段娇，皮肉细，自家看着怪得意。

**【身量】**❶身材或身高。翻9：大姐身量大些，一把拉着，脚不沾地，到了他那屋里说："大兄弟，快来跪着。"琴：哥哥今年二十一，娶了个嫂子才十七，年纪还比俺小一岁，身量比俺矮二指。磨16：我因着你身量不小，又进了学，您媳妇子大你两岁，我看下日子要给你娶亲。❷指成年人的身材。富9：去年时进了学，看他去瞎胡撞。成了身量，成了身量，他二舅说他好文章。且着他学规矩，也不敢实指望。磨19：保儿才十五岁，一来因他成了身量，二来他媳妇大他两岁，三来我又没人做伴，就给他完了婚。

**【身量大叫你背我哩】**俗语。指你自己觉得很了不起跟我也没有关系。增12：金墩说："六哥哥，你给俺报报。"六哥道："只会卖酒，不会给你捞毛。"金墩扭了扭道："不给俺报，罢！小撕厮你三十里、五十里不知道路径——走上叉道去了。身量大叫你背着我哩！"

**【身子】**身体。翻2：方才放倒身子睡，却又翻转睡不着，睁眼已是日头照。增20：万岁将龙衣脱下，用青布衫浮皮一裹，裹的合一个包袱相似，紧放在身子里头，方才睡下。

**【抋】**(蒲氏注音"莘")在水中短暂浸泡粮食以洗去尘土。日·饮：抋去灰尘白似盐。

**【燊】**将锄刃加热后锤打并淬火。日·庄：燊燊锄刃安锄橿。日·铁：焖镢燊锄真有益。

**【深浅】**❶深度，深浅的量。磨23：有一伙瞎厮，在路上走路胡迷了，一骨碌张在崖里。亏他攀住一枝荆科，不曾到底。又不知底下还有多深浅，喃叫救人那救人，并不见做声。❷做事的分寸。磨30：一来是许仁庵说不详细，二来是主征者多不知深浅，妄行启奏。

【参辰】参星和辰星(也叫“商星”)。两星分别在西方和东方,出没各不相见,用以比喻彼此隔绝。慈4:好好的兄弟似参辰,今日才认的模样真。

【参星】星名。冬天的夜晚常以其在天空中的位置作为时间的参考。富13:一杯一杯又一杯,喜气重重酒力微,不觉的明月西转参星坠,痛饮何妨击板催?磨27:渐觉昏沉体不随,咳,你看那明月西转参星坠。

【神猜】有神奇猜测能力的人。增20:王龙道:“长官惯好弄鬼。问他贵姓不说,光指那桌子,你这个虎我就打不开。乜桌子上只两把壶,长官你姓胡么?”万岁不答,只点头。王龙说:“妙呀!我就是个老神猜,我就猜着你姓胡了。”

【神手】形容有特殊技艺的人。日・疾:腿疼脚瘰逢神手。

【神天】天神。富4:将药煎熬,将药煎熬,亲手煽火不惮劳。那神天若有灵,就着我这方儿效。磨17:大王一片忠义,神天必然加护,自然要世世王侯。

【婶】同“婶子”。日・身:姊妹婶姑为父党。

【婶婶】同“婶子”。富10:雇下长骡要起行,门前洒泪别张成。前行料想别无事,到家说与你婶婶听,人那哎哟,婶婶听。磨6:牛二禀道:“大婶婶吩咐快请二舅爷去。”

【婶子】叔母。翻7:一行说着,有人来说:“俺二叔合婶子来了。”禳1:若不着俺家他三婶子,坐住领了双份子,孩子裂了书本子,嗔我又没端尿盆子。磨19:大婶子饶了我罢!我实不知道!

【甚么】疑问代词。什么。墙1:你不如情吃罢,俺吃甚么,你也吃甚么。墙4:银匠哈哈大笑说:二位待要银子?甚么银子?桃仁子?杏仁子?翻7:这不是甚么好物,反回去断然不拿!翻9:大兄弟来了家,他也没开开您那房门。咱去看看,开开您那门,少了甚么不曾。

【甚时】指较长的时间。增18:王龙误误挣挣的,扒了个甚时才扒起来,张着那口没嗄说。

【甚是】❶很正确。磨32:万岁见的甚是。待臣去后,不妨发兵数万,到半途扬威,却不必前进,以振军威就是了。磨32:贤弟说的甚是。等京中来人,再作道理。❷很是,非常。姑1:于氏洗完,从珊瑚手里一把夺过来,甚是不自在。禳24:妙哉!近来我打发的奶奶甚是用心,必然待赏我点甚么。快去快去。增18:大姐,你听听南楼丝弦甚是出奇。

【渗金】以金粉或金箔装饰物体表面。禳33:这座寿山是玛瑙石;这福海是水晶雕的;这一轴八仙庆寿,眉目这样精巧;这个香炉是渗金,里边焚的是甚么香?

## sheng

【升本】递交上奏的文书。磨30:鸿渐急走上去,跪下说:“自臣看来,不如招安为妥。臣有本章,请万岁过目。”升上本去,看了一遍,便问:“众文武以为何如?”

【生】❶生孩子。墙1:生了两个儿子,一个叫大怪,一个叫二怪。姑1:人家众口难调,这做婆婆的极难。儿孙是自己生的,还要七拗八挣的;何况媳妇是四山五岳之人,相逢一处?❷生长。琴:嫂子笑嘻嘻,嫂子笑嘻嘻,叫声您姑娘便宜你,都说他姑夫,生的极标致。禳2:已是生了瘸和疹,又不瞎眼不秃头,心满意足今生够。蓬6:不知那位仙兄赴了幡桃会,把个桃核掉在终南山里,就生了一株树。❸滋生。翻4:实不料女儿软弱,还叫咱门户生光。翻5:却说那徐氏堪堪至死,魏名寻思着,仇大姐若是知道,没有不来家的,又生奸计。寒8:运气低任凭怎么挣,就忽然拾了元宝,也着你灾患齐生。❹生存,活。墙2:恨煞人不生不死,摊着你真正遭殃!慈6:有人就道事难凭,猛虎衔人定不生,尊客呀,死活只怕也未可定。❺生平,一辈子。翻3:是我前生有冤孽,把这个媳妇带累了,一辈子惹的傍人笑!磨36:今生新爱好,前世旧姻缘。❻生命。俊:铁拐李把眼挤,若是休了便宜你,狠狠一下挡了你的生,到还割了这块癖!❼使燃料燃烧。墙1:我不如还要地土,再把那炉火生红。墙3:咱爹来了么?那屋里生上火了,着咱爹烤烤。❽(果实或食物)不熟。翻6:这原是我心里爱,不是强求生摘瓜,对令堂说休害怕。禳24:昨日霎嫌那猪肉没点好块儿,鸡肉椅了不够几块儿,又说煮烂了海带儿,又说蒸生了烧卖儿,少油没盐的凉菜儿。❾生疏,陌生。寒3:把吴孝叫一声:共总辆词唱的生,不害羞又把大爷敬。增6:俺两个相处朋友,不论生熟,好调寡嘴。❿副词。表示对有生命的东西采取损伤的行动。寒7:王知县低下头,刀劙下血水流,皮囊生剥真难受。禳27:念佛也该饶,念佛也该饶,怎么报的更蹊跷?连他那奶头儿,一剪子生铰掉!⓫副词。生硬地,强力地。翻11:二相公点点头,说慧娘你好诌,做了奶奶还不彀。热突突的生折散,叫我千里把官求,半年离别怎么受?俊:放着天堂不走,照着地狱生钻。⓬副词。凭空。墙4:一千才依填打上,白眉扯眼不害嚣,生篡出名色问你要。

【生茬】生分。琴:几天没见就怪生茬,笑着笑着红了脸。

【生察察】硬生生,很勉强无奈。富2:要别离泪纷纷,生察察两下分,愁你在家没投奔。磨6:要作别泪纷纷,生察察的两下分,愁你家里无投奔。

**【生产】**生孩子。禳31:太公云:“我适才合眼做了一个奇梦,梦见一把伞,一顶轿,哈道进宅。我问甚么人,说是尚书老爷。我去跟着看的,抬了春香房里去了。你速去看,若是春香待生产,是个大吉之梦。”老王上云:“太爷、太太大喜!春香添了小哥哥了。”

**【生咯吱】**生生地,活活地,指有生命的东西平白地受到伤害。寒2:我家主人才待走,他只照头就一砖,生咯吱打掉了耳一片。

**【生活】**活计,工作。姑2:臧姑终日照红妆,不作生活不出房。翻1:但得那媳妇贤惠,也看着做些生活。寒8:还指望从今以后,给我点小小生活。

**【生理】**生计。磨33:你看这边人家各安生理,并无逃避,想是不知北兵将至。

**【生皮】**未经鞣制的动物皮。日·皮:鞔起生皮铲净干。

**【生全】**保全生命。翻4:阎罗死合该我气不断,若是他一日不死,今日里必不生全!磨35:他都言,再待两日,一个也不生全!

**【生人】**陌生人。农·蚕·饲养:又初起未投食者为饿起,最忌人;生人一冲,则蚕即坏。

**【生色】**好的外在形象。增17:二姐说:“……你何不娶一个有生色的?”皇爷说:“我有那个念头,只是搜寻不着好的。”

**【生涩】**不平顺。增20:虽然路儿还生涩,也是痒里带着疼,不似昨日难扎挣。

**【生生】**❶平白无故地。姑1:他婆婆眼里没珠,合媳妇恩义全无,生生赶出门儿去,只怕壶中酒无钱沽,锅里饭不能自熟,只得撅着老腚从头做。姑3:有些潮腔,有些潮腔,哥好心里有点攮,怎肯将自家的银,生生的将你让?❷安稳地生活。姑3:踢弄的别人不生生,你待生生也不能,老天呀,怎么就真么有灵应?❸词缀。含可爱义。墙4:细丝锞白生生,楚到心没点铜,想你那模样心酸痛。禳14:笑盈盈,俊生生,赛过那莺莺。

**【生生相报】**一代一代相互报复。禳27:生生相报何时了?一解全消前生冤。

**【生事】**滋事。姑2:不可为我又着大娘生气。看生出事来了,我去罢。增8:进店来住了好房子,吃了好酒,又吃好菜;好酒好菜都吃了,又格外生事,又要个作乐佳人陪伴,只怕你没有钱。

**【生受】**谦辞。烦劳。磨10:方娘子笑说:“众差人,生受您来送俺。”衙役说:

"娘子不怪就罢了。"磨33:给老爷叩头,多多生受,指引俺出头。

【生鋉】铁锈。日·铁:生鋉不知退几重。

【生丝】未经脱胶处理的丝。日·养:生丝绞作琵琶弦。

【生疼】带有刺激性的疼。琴:听不的嫂子瞎攘咒,这样的事儿好难受。热燎火烧怪生疼,口咬被头眉尖皱。

【生铁】铸铁。磨29:凭着俺一杆枪,生铁攮透;一骑马跑将去,直取人头。日·铁:生铁錾子如升大。

【生铁券】铁契,古代皇帝颁赐功臣授以世代享受免死等特权的凭证。铁制的契券上用丹砂书写誓词,从中剖开,朝廷和受赐者各保存一半。富1:天爷赐了生铁券,千年万辈做高官。磨36:进士还生进士子,翰林又产翰林男,天爷赐了生铁券。

【生闲气】因为无关紧要的事生气。墙1:从两个娶了妻,一个东一个西,老头子日日生闲气。禳15:人生岂好生闲气?只为男儿不服低。日·争:或因酒色生闲气。

【生有地,死有处】俗语。指人活着的时候自然会有立足之地,死的时候也会有埋葬的地方。含有无所畏惧的意思。磨8:鸿渐低下头,着实作难。……出来到了没人处,寻思道:"这怎么处?……罢罢罢!生有地,死有处,能仔叫他撵了。"

【生摘瓜】比喻条件不具备时进行的强制性的行为。翻6:范公子拉住他,说做亲也不差,到家学学我这话。这原是我心里爱,不是强求生摘瓜,对令堂说休害怕。

【生作】没有道理地作。禳13:叫一声苍天好伤也么悲,夫妻相对泪双垂。把心捶,我生作了甚么非?不曾杀了人,不曾害了谁,怎教老来苦受罪?

【声唤】出声叫。琴:气喘吁吁,气喘吁吁,心里自在全说不出。待要不声唤,仔是忍不住。

【声名】名声。寒2:冯知府是个世家,极爱声名,争奈那司院俱吩咐他,也就不能持公了。富2:一为他为人公,二为他文字通,三来为他声名重。

【声嗓】嗓音,也代指说话的口气。慈1:叫他娘,他又没有好声嗓,哀哀的叫了来,还着人睃不上。蓬4:仔细端详,仔细端详,耳大头圆好声嗓,雪白的个玉人儿,就有个福态像。

【声色】说话时的声音和脸色。慈6:词宜音调清,白宜声色象;止有一分曲,

借尔十分唱。

**【声砧】**指被敲打出声的砧板。富5:秋夜睡不着,秋夜睡不着,隔帘忽见月轮高。叫丫环关杀门,休着他把我照。铁马儿摘了,铁马儿摘了,央及那声砧莫要敲。你时常里踩踩脚,休叫那促织叫。

**【绳床】**本指一种可以折叠的轻便坐具,以板为之,并用绳穿织而成。代指简陋的床。姑2:他媳妇赛霸王,好不好骂爷娘,终朝只在刀尖上。老妈妈心里痛伤,病恹恹倒在绳床。

**【省】**❶俭省,节省。墙2:一个达是公夥的情受的东西,我何苦都费了?省了点子给那老婆孩子吃了穿了,他还叫声达达;没有说叫人达达,还贴上吃穿的。翻9:仇福吃了饭,腰里掏出四钱银子来说:"这是我路上省的,收着好使。"❷减少或不再进行某种行为。慈3:你说这李氏是省事的么?以先虽是骂的恶,还是借着别人,赵大姑因着一句话,就许挑出来了,他怎能忍的?就变了脸:"你还是上起火来了么?你从先骂的不少了,我说你省着些罢。"赵大姑瞪起眼来说:"我不省!你待怎么着!"磨15:到了跟前,说:"老李婆子,你省着好罢,看使着呀!"❸免去,省得。慈6:不说二人哀哭,且说李氏死了,倒省了许多调停,那旁人都说他死的恰好。禳21:既不误了他读书,又省他出去放荡,岂不妙哉!❹元代以来行政区域名。慈6:张讷在省寻了一遍,才到了山西地方。富12:张合庵见那邻号有人,便问了一声:"年兄是那一省的?"那人说:"是山西的。"❺省城。翻5:我来家才告到扶风县,又来省里票了官,我的天,人犯提,俱着提人犯。禳23:儿子上府中应试,考了个一等。怕他来受气,我就叫他叔侄在省中读书。

**【省便】**省事,方便。禳24:俺无论几顿,只是锅子里泚上瓢水,抓上把盐,把豆腐切把切把,扑棱翻上,俺就合人家去闲话,这不省便么?本等也该费点事,就是十八的大姐铰了头——是不待嫁呢。

**【省的】**同"省得"。墙1:不知爹在江湖上,吃了多少好东西,穷人家做的也不精致,勉强把箸儿动一动,也省的半日忍饥。禳20:兰芳上来,陪高大爷一坐,省的远了看着不便。

**【省得】**免得,以免。快1:云长再思一思,若不能杀那曹操,不如不去,省得那时懊悔。

**【省事¹】**❶减少事务,不费事。禳24:譬如两厨子打发主人,省事的着人做,费事的着咱做;不就是挣赏的人去干,倒包的咱去干。❷避免事端,省心。日·争:忍气真为省事方。慈3:你说这李氏是省事的么?以先虽是骂的恶,还

是借着别人,赵大姑因着一句话,就许挑出来了,他怎能忍的?

**【省油灯】**比喻让人省心的人。姑1:劝妇人,且消停,劝你不必怒冲冲,只怕我的这个主,他也不是省油灯。

**【胜】**❶胜利,赢。翻1:止有女婿人一个,或者他𢭃平打平,谁打过谁来谁得胜。富2:秀才们做事松,得了胜都居功,人人会把花枪弄。磨29:那卫所十数营,几回战几回争,官兵何曾一阵胜?❷成功。禳25:半年间满腹文章,就觉着秋闱必然胜。果得成名,果得成名,看起来再休谈命。❸胜过,强于。寒3:我妹妹实是贤,不言语报仇冤,全胜人间男子汉。禳29:依着我心里不待求官,守着你胜做翰林院。❹强,程度高。寒6:昏阎王更比阳间胜,爷和妹送在牢内,又把我锯解油烹。富2:诗词歌赋般般好,书画琴棋件件精,文章更比欧苏胜。富13:闹嚷嚷了,道喜之人,比前更胜。

**【胜如】**胜似,胜过,强于。禳33:我儿官高,我儿官高,一个媳妇贤孝,过了一日,胜如三朝。磨1:逃在他乡就饿死俺,善人埋在俺乱三岗,胜如打死公堂上!日·庄:皮皴不愁水窊浓,胜如赤脚棘针篷。

**【縢】**织机上用来确定经纱密度、保持经纱位置的机件。日·养:十四五綀上了縢。

**【盛】**(shèng)❶茂盛,旺盛。寒8:那远近人家,又在旁里盖了一座三官祠堂,春秋香火极盛。禳20:那县前有个茶馆,红梅甚盛,反蒙他请我去赏,心中越法讨愧的紧!❷兴盛。寒7:既然尸灵没损坏,就可还魂再得生,三十一年人家盛。翻2:仇牧之,永无踪,猜他就把家来倾,怎么过的只顾盛?❸急切而多。慈5:张炳之不做声,老婆的话可也不听,倒疼儿的心肠盛。增18:或是您亲达来是您祖,仔怕是您亲祖宗,见了磕头这么盛!❹心盛,心切。增2:万岁山西去的盛,那里有心共笑谈,美酒到口也难咽。增2:总有龙床睡不稳,恨不能插翅出北京,一心无二去的盛。

## shi

**【尸格】**验尸单。寒2:莱芜县奉上司,骑着马来相尸,又完了人命官司。一日到了新泰县,新泰知县又通知,旧尸格只改了一二字。日·争:尸格仍开致命伤。

**【尸棚】**停放尸体的棚子。日·争:尸棚又打驾鸯板。

**【尸骸】**尸体。寒2:把父亲尸骸暴露,我问你于心安乎?寒4:这也是命合

该，多借重守尸骸，李大哥你可休见怪。

**【尸骇鬼步】**形容形容枯槁、步履不稳的样子。"骇"疑为"骸"字之讹。慈1：忽然一日从外回来，张讷听说，流水跑来守着。张炳之一眼看见，吃了一惊，说："哎哟！你有病来么？"张讷说："我没有病。"张炳之点了点头，也没说嗄。（唱：）唬了一惊，唬了一惊，尸骇鬼步瘦伶丁；叫了一声我的儿，你怎么像有病？

**【尸壳】**指尸体的表层。寒8：却说大相公守着他兄弟，待了六七日，时时去摸他的心头，虽然没气，却也没冷了尸壳。

**【尸灵】**尸体，遗体。寒4：您扶傍着我，咱去物色材去罢！一日买着一日来，十日买着十日来，多烦李大哥看守尸灵。寒7：便回头问值日功曹："不知他尸灵坏了没坏？"功曹说："因他不该死，现有土地守尸，还不曾损坏。"

**【尸棚】**停尸的棚子。寒2：大相公叫皇天，王知县全不言，银子买的贼心转。任拘怎么叫冤苦，尸棚里像个木头官，摇摇头不听苦主辨。

**【尸首】**尸体。磨31：低下头来细细的想，回京方为上。一样吊了头，还得领去葬，强似把老尸首在山坡被仰。

**【失错】**错失，失误。增26：就是珍馐合百味，拿来但要你先尝，纵有失错不妨帐。

**【失翻】**指翻检。寒4：大不然移了尸去，尽他去怎么失翻。

**【失脚】**失足，脚步不稳不慎跌倒。闹：观音堂到舍下路途颇远，也有山也有岭坟墓转弯，倘若是下了大雨难以行走，小学生失了脚沾了衣衫。

**【失节】**丧失贞节。翻11：把弟妇尊又称，不肯忘了旧恩情，足见他那圣贤性。若是当年失了节，怎得归家还受荣？

**【失惊】**吃惊。慈2：却说李氏生了个孩子，昏魂了半天，将待黑了，不见张讷。便问："小讷子那里去了？"张炳之故意失惊道："可说呢！他那里去了？"

**【失惊打怪】**大惊小怪，形容不稳重。琴：这件喜事委实陡，故意还把丫头瞅，失惊打怪影煞人，甚么腔调还不走！

**【失口】**❶脱口而出。墙1：一个口唱两个曲，放屁又要着把拿，是别人我就失口骂。翻8：好夫妻，两有情，并没曾失口闹一声。❷失言。慈3：赵大姑见他失了口，气冲两胁的说："好科子！屁股里长出波瘰子来——瞎了你那腚门子！你着您妈妈替你做不的老婆么？"

**【失困】**睡眠不足。翻2：到了清晨，姜娘子才说："你没了魂了么？从夜来迷迷殃殃的！"仇福说："吃了一宿酒，合失了困那是的。"

【失落】丢失。磨33:只恐失落朝廷的勅,如何复命见君王?农·农·收农器:东作之先,器宜早备;西成之后,最要紧藏。……事后验收,轻者悬之墙上,重者藏之屋中,勿致损坏,勿使失落,是为紧藏。

【失声大怪】同"失惊打怪",大惊小怪。慈2:张炳之故意失声大怪,没地去呀问了一遭子,自家回来了。

【失事】处事失误。富9:立火状,立火状,因着黑夜去爬墙。央保正作中人,再失事上他的帐。

【失体】有失体统。增2:有国母跪当前,非是我把你拦,恐防失体人轻慢。

【失张答怪】同"失惊打怪""失声大怪",大惊小怪。增18:王龙拉过椅子来才待坐下,那鬼使锥子往上一扎,王龙说:"不好了!有了毒虫了!"大姐说:"你失张答怪,什么毒虫?你起来我坐。"

【失主意】改变了原来确定的正确主意。快3:懊悔煞关云长,失主意没算当,一时就把曹操放。快3:俺一时失了主意,把个曹操放去了,如今怎么见军师?磨3:这事不同小可,只怕丈夫失了主意。

【师范】师父,老师。磨18:众人……乱来争着看他那文章,说:"好的紧,好的紧!"又吟哦,又称赞。方才看完,员外也来了。都说:"先生的佳作,妙不可言!俺都该拜为师范。"

【狮子滚绣球】指狮子脚踩绣球的雕刻。增14:万岁说:"那上头是什么?"二姐道:"那是故事,叫做'狮子滚绣球'。"

【狮子碗】画有狮子图案的瓷碗。穷:狮子碗,象牙筷,脂油饼,蘸辣蒜,大米干饭鸡黄面;黑叫驴,红鞍鞯,打一鞭,风霜快。

【施展】❶指显示本领、威风。禳16:我初到葛家,约有半年,那忘八意思里就待施展。❷指装模作样。增12:那金墩上去楼台,把嘴儿拉了又拉,施展着上前说话。

【施转】同"施展"。"转"盖为误书。增15:万岁爷好嗑牙,这物儿甚可夸,我也上去压一压。凑到近前看了看,施转着待往桌上扒。

【湿淋浸】湿淋淋。闹:湿淋浸冷汗常揩,悔从前做的是何来?

【十二重楼】道教用语。指喉咙。十二重楼,喻指喉管有十二节。增26:胡百万把酒尝,吃一口喷鼻香,引的喉咙里馋虫上。仰仰头儿只一灌,十二重楼一阵凉,霎时大祸从天降!

【十根两绺】形容衣服非常破烂的样子。墙1:天那天好可怜,不看吃来看我

穿，十根两绺人人见。

**【十家牌】**指一牌的人。明清保甲制度以十家为一牌。翻8：提出来，提出来，东人连累十家牌。满堂都是无辜人，个个唬的魂不在。

**【十拉】**指十或略多于十的数量。富3：官人从来不曾走路，又背着行李，又是饿了，一步挪不的四指。走了勾十拉里路，那太阳就落下去了。

**【十来】**同"十拉"。墙4：小瓦瓯不过才十来多岁，已下手把样子描了两对，想是那小心眼诸般学会。禳31：公子云："十来岁的孩子也会唱甚么？"兰芳云："他会唱狗呀狗，你看家，虽不中听，也足发笑。"富8：这张得聚聪明伶俐，十来岁就成了文章，十四岁上就进了个学。

**【十来多】**十多，十好几。禳3：盼家门叫人焦灶，女孩儿生把气呴，十来多岁还撒娇。富10：说不尽途中风霜，客里月露。走了十来多日，才到了牛梦里。

**【十里长亭】**古时于道路每隔十里设长亭，供行旅停息用，近城处则为送别之所。磨29：请别了。各人收拾行李，明日十里长亭相候。

**【十拿九准】**有九成准，把握非常大。磨24：我这卦十拿九准，强似那六甲灵文。

**【十数】**十左右。墙2：也没有甚么大事，就是令尊那二年，三十两、二十两，一年十数回，去敝铺倾销。增9：鸨儿说："你怎么知道他大待？"六哥说："支使了一遭，就给了我十个钱。"鸨儿说："十个钱就看在眼里！似俺这烟花巷里，十数两银子也曾见过。"日·养：昼夜须投十数顿。

**【十数多】**十多。增21：王龙说："跷蹊！我这银子虫子打了么？怎么有堆堆没分两？丫头，再拿那成锭的大元宝来！"又大小搬出来了十数多个。

**【十样锦】**一种曲牌。姑1：这有个故事，也是说婆婆，也是说媳妇，编了一套《十样锦》的曲儿，名为《姑妇曲》。

**【十姊妹】**一种蔷薇科植物，每蓓十花或七花，所以也叫"七姊妹"。日·花：十姊妹来如玉簇。家政外编·诸花谱：十姊妹，正月移，八九月扦，宜粪。

**【石花】**适宜植于假山上的植物，不详。日·花：更喜石花上假山。

**【石榴子】**一种宝石名，颜色红而晶莹，状如石榴子。日·银：簪顶牢箝石榴子。

**【石绿】**用孔雀石制成的绿色颜料，也指用石绿画出的颜色。日·丹：石青石绿为上色。

**【石马大锅】**石马（今山东省淄博市博山区石马镇）生产的大锅。石马历史

上以铸制铁犁铧和大酒锅著名。日·器:石马大锅不怕炶。

**【石青】**一种蓝色的矿物质颜料,也指用石青画出的颜色。日·丹:石青石绿为上色。

**【石心子】**石女,先天性无阴道或阴道发育不全的女性。磨23:有口吃饭,没腚屙尿,石心子有汉——怎么养?

**【石竹】**一种多年生草本植物,花色艳丽,常植于庭院供观赏。日·花:优钵罗开石竹边。家政外编·诸花谱:石竹,变化异色,千叶者佳。

**【时常】**❶经常。慈1:这一个张炳之,因他姐在陕西,时常往那里做生意。蓬7:俺到了终南山,整待了三四年,虎狼神鬼时常见。❷时尚。日·裁:帔幪版钮合时常。

**【时道】**❶应时讨好的事。磨11:现官不敌现管,咱趁着如今不干个时道,更待何时?❷指处于逢运之时。增28:小六哥时道中,带着花披着红,鼓乐齐响往外送。花帽锦衣有八个,撩衣太监跟二名,一时声势掀天动。

**【时光】**❶时间。富8:日日如此,不负时光,今科不中,还有那来科望。❷日子。禳7:儿女都是大身量,不必因循过时光。日·石:全凭锤錾过时光。

**【时候】**❶时间的某个点。快1:到了午转时候,要到双陵头大路上歇马,休得迟误。富2:二人不敢留连,嘱咐几句,方才送丈夫出门去了,那天就有二更时候。富14:忽然想起不得意的时候来,就想起那舜华来了。❷有起点和终点的一段时间。磨8:坐下没有多时候,美酒佳肴往上端,一霎时像有现成饭。磨19:他带我到山西去,不消一杯茶时候。

**【时黄酒】**一种黄酒,不详。增7:时黄酒会春分,状元红蜜林檎,镇江三白颜色俊。

**【时或】**有时。墙1:我平生客不多,只有爹合二位哥,家中只有客三个。母舅表兄时或到,坐不坏的板凳,喝不干的河。闲来并不让他家坐。翻11:仇福每日在那破屋里,打扫灰土。大姐做了饭,也时或去帮他。

**【时节】**时候。慈4:忽然他姑得了病,他就合他姑舅哥们,白黑的守着。倒是他姑舅哥们还有离了的时节,还有睡着的时节;独有他,半夜里叫一声就答应。禳32:况且江城我那个俏心肝,变成了一个贤人了,给他买妓收婢,不多大时节,就生了个白胖小厮。磨18:我如今虽受人作践,清夜自思,于心无愧,未必不有老天睁眼的时节。

**【时腔】**时髦的腔调。禳3:老头子睃不上那少年,说句话雾罩云山,时腔真

有十可厌。

**【时日】**时辰和日子,按迷信方法选定的做事的时间。日·堪:时日休求财横发。

**【时势】**当前的情势。翻11:如今人眼皮宽,时势炎凉好可怜!禳19:看着时势不大好,就该撒腿早起身,因甚么等他打一顿?

**【时下】**眼下,当前。增10:小二姐喜气生,叫妈娘你是听:富贵贫贱前生定。要接皇帝没修下,且顾家中时下穷,挣他几两来费用。

**【时兴】**当前流行。琴:那人年少会妆俏,时兴的衣服穿一套。俊:这个曲儿,是用时兴的耍孩儿调儿编成,能开君子的笑口,也能发俗人的志气。

**【时运】**迷信说法认为人一生的吉凶遭际由命运决定,并通过时间的运转表现出来,称为"时运"。琴:时运不来,谁人不笑他?时运来了,谁人不羡他?富7:实指望一举成名,谁想那时运不济,看不起那文章。

**【莳萝】**也叫"土茴香",一种香料。日·饮:茴香莳萝并粉糕。

**【识道】**认路。禳13:可笑可笑真可笑,买了个草驴不识道;一朝骑着看闺女,朴搭跌的这腰儿吊。

**【识货】**指能辨别好坏。琴:打油歌儿将无遣,就里情无限。留着待知音,不爱俗人看。须知道识货的,他另是一双眼。磨20:用房官做什么?眼里都有只波缧,瞎着丁子不识货!

**【识面】**认识面容。富9:那十五年的夫妻,倒离别了十年有余;十五年的父子,并不识面。磨19:十四年夫妇,到别了十年;十四年的父子,并不识面。(此两例都指同一情节,主人公为张鸿渐。根据剧中交代,张鸿渐因涉案外逃时其子三岁。所以他们并非没有见过面,而是经过十年多之后再相见也不认识)

**【识玩】**被开玩笑而不恼。禳9:你可是防着从今后,得个空儿照样行,可要识玩休使性。禳9:公子摸了摸那疼处说:"你恼了么?"江城说:"谁恼了谁不恼了哩?"公子说:"我说你不识玩,何如?"

**【实落】**认真,确实,不虚假。墙2:起初时,鲞着蛇头实落去做衣买帽,傻着脖子当真的称肉杀鸡,恐怕不如家兄,我先讨愧。磨1:知县怕他实落报,送上厚礼哀哀央。磨29:二人斗了三合,李杰架住,说:"不好。咱不过耍耍,你来的狠狠的,是要着实的下手么?"金总兵大叫说:"实落下手!谁让的谁?"

**【实落落】**认认真真,确确实实。磨20:我从头当你是戏玩,你是实落落的想举人么?这就忒也无知了!增10:老贱人实落落的要打,再打我就挨不的了。

**【实实】**❶表肯定,确实,实在。慈3:那杴柄不捱着实实的侥幸,他自家在道上又找上个小零,这石头可也就不当不正,想是有神灵过,嫌处的他忒也轻。磨6:满口评妹子差,张逵实实不在家,妮子全不会说话。增23:王冲霄蓦进门,叫一声佛动心,你三爷实实爱你俊。❷真实,诚实。禳15:江城说:"这老奴才不知捣的甚么鬼儿! ……实实的招来,免的挦毛!"李婆说:"我实话说就是了。"磨31:一兵卒说:"我拿住的毛尚书在此。"大王说:"带上来。"一人带上前跪倒。大王说:"看你貌相,不像一个尚书。"那人说:"实实不瞒,小的是贾成。"

**【实势】**同"实实❶"。慈1:打光棍实势难,炉少火灶少烟,衣脏袜破鞋儿绽。

**【拾】**❶捡取无主或丢弃的东西。慈1:娶后婆,前边撇下了个小哥哥,你说是咱的儿,他拿着当拾来的货。禳6:小丫环将汗巾拾去,送去江城说:"这是那相公吊的,我拾了他的来了。"❷拿,拿起。墙1:你把那残汤剩饭,拾上些给他如何? 慈4:在人前,有处站来没处立,一个饭碗,也不敢去拾,清瞪㻞眼看人的高低。翻3:着人找了他叔伯哥来,立了文书,写了两个阄,叫仇福来拾。仇福那头虽疼,却喜如了意,竟然就来拾了。❸收拾。禳29:一个丫头看着家,还有旧衣合破鞋,我去合他拾成块。增9:遂把那瓜子、娇梨拾了一盘,抗将起来出了店门,一声吆喝,可就卖起来了。❹"十"的大写。姑3:大成见他兄弟那模样,老大不忍,算了算他取的那银子,本利共该捌拾两,便把自家这银子包上……❺当为"掐"字之讹,本字为"搉",敲击。禳13:俺家小哥哥,真正是近视老婆拾蒜瓣——自家捣了眼了。

**【拾查子】**把别人话中的意思当作自己的意思来说。增21:万岁自思:"作死的王龙,真果拿着我当个憨瓜。"说:"王官,这东西我曾玩过,一名叫行头,一名叫气球,我也略会几脚。"大姐说:"老王,你看这长官分明是拾查子说话,一行不知道,一耍就知道了。"

**【拾掇】**同"拾掇"。慈4:到学里看了看张诚,回来上外边屋里扫了扫,拾掇了一个铺。

**【拾掇】**❶收拾,整理。翻9:大姐去拾掇的饭米,大家吃了。翻10:姐姐到了开春后,把那墙屋拾掇开,雇人就把房子盖。磨6:列位外边歇歇。家里拾掇拾掇,好跟您去,请管逃不了就是了。❷骂骂咧咧,说些要处置某人的话。寒6:二相公无奈何,跟他出去,恹头搭脑的,一步一步的慢走。两个鬼不耐烦,口里拾拾掇掇的。

**【拾粪】**捡粪,捡拾街巷或路上的牲畜粪便或人粪。闹:放了学饭不熟我把

栏垫，到晚来我与你去把水担，家里忙看孩子带着烧火，牲口忙无了面我把磨研，扫天井抱柴伙捎带拾粪，来了客摸桌子我把菜端。

**【食店】**饭店。寒6：忙忙走如流星，急如火不暂停，没如今番走的胜。心忙迭不的下食店，二日走了一千零，逢人就问灌口径。蓬4：待做行商，谁走江湖？待开当铺，谁等他回赎？待开缎店，谁下杭苏？待开药铺，又少药厨；待攻炭井，鼻嘴黑乌；待开食店，越发村粗；况且本钱，一个全无。

**【食店铺】**同"食店"。丑：见了些昏昏惨惨地狱路，见了些乌乌黑黑没黄天，见了些膻膻腥腥食店铺，见了些吱吱呀呀小唱班，见了些哭哭啼啼思乡鬼，见了些恶恶扎扎老判官。增17：朝廷家有龙床，大人家有八步床、顶子床，小人家有脚床，监里有框床，食店铺有活落床，棉花铺有亚车床，没见人家有铜床。

**【食黄】**病名，不详。日·疾：酒疸食黄或下痢。

**【食料】**用作食物的原料。钟：前日猎得一鬼，名曰傻虫，身体伟大，臀腿丰肥，绝好一个食料，赚他往送贺仪，就便充作一品，有何不可？

**【食嗓】**饭量。日·禽：鹅鸭虽好食嗓大。

**【食团】**饭团。增7：老客咱家住，三生结下缘。不是小饭店，东西皆尽全：肉包蘸着蒜，碗那大食团，雪白稻米饭，火烧是水煎，鸡汁水花面，只要八个钱。

**【使】**❶用(工具)。姑2：就拿过珊瑚那手来，使力气照着自家那脸乱掺。慈4：那天，井里有多年的一堆灰土，着他去打扫。张讷合该造化低，一个杴头使成了两半。翻2：就输了也穷不了人，赢了就使肩膀抗。❷花费，耗用。墙2：银子不曾使出去，必然埋在那墙间，他喜了宝贝才出见。翻4：仇大郎你好倔，没钱使难住人，难住了不是真光棍。蓬3：吃不多，吃不多，但得有米来下锅；不过使了水一瓢，我就忙忙也不错。❸施展。姑3：若是回了头，从此做好人，也还不晚；谁想他不害羞，还使他那本领，动动就说："我拶子都捱了，怕人嘛！"翻1：从大姐出了嫁，来家走了两次。每遭来家，一点合不着他的意思，就使出来，因此整年的没人搬他。增22：这王龙自幼在学不好读书，惯好投壶。拿起那箭来颠了一颠，使了个"苏秦背剑"故事，扢噔一声投在壶里，王龙喜的抓耳挠腮。❹劳累。慈4：他也不做声，脚排手扳，使的那汗顺着脸往下淌。翻11：我这二日使的身上乏了，二弟家那屋，等他捎了钱来，雇人整理罢。❺支使。翻8：范公子见年近了，把暖帐箱笼要紧的东西，使人送去。富2：再说张鸿渐的夫人方氏，极齐整，又极聪明。听的此事，便使人把丈夫请进去，苦口劝止。❻让，致使。琴：谁使红颜薄命，偏教才子途穷。禳6：风流教我心情乱，脚步使人魂暗消，画中人也

不过这么妙。

**【使不得】**同“使不的”,不能,不可以。琴:看看时辰不大远,母亲旁边擦泪眼,使不得对我大放声,怎么不叫我心肠软?闹:悄身偷出窥邻号,连把邻兄叫。向内问介:“老社兄,写完了么?见教见教。”内云:“这使不得!这使不得!”

**【使不的】**❶无须。翻7:虽然是屋不大,到底是我的家;他那里总有万间楼房,小妮子使不的要他一片瓦。琴:使不的催着轿夫跑,仔管一走就到了。❷不能,不可以。寒4:祭毕了,大家又哭了一场。老夫人说:“这心给那狗吃了罢。”大相公说:“既是祭了先灵,使不的喂了狗,俺俩分了罢。”禳26:江城放下鞭子,找了把剪子来云:“我铰下一块肉来,安在你那亲汉子身上。”公子云:“使不的!忒也暴虐了,看人说你!”增19:万岁说:“王官怎么不行令?”王龙说:“我另占何如?”万岁说:“酒令大如军令,使不的另占。”❸不能用,用不上。禳1:诸样事有法可治,惟独一样难堪:画帘以里绣床边,使不的威灵势焰。禳1:休笑汉子全不济,这里使不的钱合势。

**【使的】**可以。墙3:他虽然大不通,到底是你的兄,怎使的按倒使捶捋,哥打兄弟从来有,兄弟打哥罪不轻,村种真不通人性!翻11:大郎说:“咱抬出几个来,可再埋杀,何如!”大姐说:“也使的。咱抬出些来,从新培了,用着再拿。”

**【使的慌】**累得慌,很疲累。慈2:降的那孩子离了你,离了你,还要找着去骂的,使的慌不必喘粗气。

**【使船】**驾船。禳24:黑了点上灯儿,使船看看风儿,谯楼上还有个更儿,帘子上还有个钉儿……

**【使费】**花费,开支。墙1:他说我年太高,不宜量把心操,八石粮不用开口要,又不封粮不纳草,吃穿使费都勾了。禳33:自官人到家中,这使费便无穷,二两银不足一日用。

**【使乖夺翠】**同“打乖夺翠”“戮乖夺翠”,要聪明在比竞中获胜。闹:实不瞒你,我学生百伶百俐,多艺多才,那一事不晓,那一件不能,使乖夺翠,事事在行,人人叹服的。

**【使君】**使君子,一种常绿蔓生植物,五月花开如穗状,红色。日·花:使君五味子皆好。家政外编·诸花谱:使君子,春种。花似海棠。

**【使气】**发泄怨气或怒气。姑3:臧姑无处使那气,每日不是骂汉子,就是打丫头。

**【使拳】**耍拳表演。日·僧:使拳耍筒弄藏掖。

【使数】支使。增14:宣武院众佳人,都乱诮佛动心:这奴才终朝每日发下恨,不接尚书合阁老,开手接个大操军,就有银钱也不趁。还不如宝客王龙,使数的小厮和家人。

【使性】同“使性子”。寒1:赵恶虎怒冲冲,怎么他没做声?想是心里还使性。禳9:你可是防着从今后,得个空儿照样行,可要识玩休使性。

【使性子】发脾气。增22:老鸨子吵起来,万岁使性子走下北楼去了。姑1:珊瑚自从过门,无所不做;且是性情又好,呼气来,呵气去的,就吆喝他两句,他也不使个性子。

【使着】❶用着。墙4:王银匠向我言,人家使着咱大些钱,他说该弄个虚体面。禳18:江城闯入说:“……拿那棒槌来!”老王说:“春香拿去了。”江城说:“气杀我也!正使着拿去了。来查着门,我去取的。”❷累着。姑3:还是旧媳妇,换上了个新婆婆,只恐怕使着我那孩儿,也去替他烧上一把火。富3:官人还不壮实,走了一日多路,使着了,所以又病起来了。

【始常】平常。禳24:如今思想起来,那厨子始常忒也拿我不当人,甚是可恶!

【屎尖】粪便的尖儿。增19:王龙前思后想,没计奈何,遂说道:“我做蜣螂实是强……”……代不说,可又怕输了,遂又说道:“……诸般屎尖我先尝。吃的肚儿大大的,拱着个弹儿做干粮。”

【世时人】世人。磨27:父子锦归还,路上怕留连,世时人也敬新乡官。

【市场】买卖商品的场所。日·鳞:出在市场惟鲞鱿。

【市城】城市。日·银:市城又有倾销匠。

【市价】市场的价格。闹:束修钱四千正七折八扣,要白银有八分就算一钱,要换银加二成银有市价,九二钞底二十你要包涵。

【市酒】市场上卖的酒。磨17:告禀大王前,到营中来问安,无甚么携着来相见。这礼物不堪,这市酒薄酸,赏三军也不勾一顿饭。

【市脯】市场上卖的肉食品。闹:丑白:“且住、且住。今日上学,家中无酒,如何是好?”外白:“沽酒市脯不食。”

【市头】集市上。日·果:山果市头只论椹。

【市用】集市上销售的货物所用。日·饮:市用豆油为假果。

【柿饼】用柿子制成的饼状食品。日·果:柿饼揉成甜胜蜜。

【戺道】(“戺”,蒲氏注音“室”)同“涩道”,院子中用砖石铺砌的甬路。日·

泥:把道甎石为甬路。

**【势不能】**势必不能。墙1:腿又痛腰又疼,势不能到城中,瞎张致惹的冤仇重。禳22:我看势不能到。凑上三十两银子,差人早早送去。

**【势力】**❶在社会上的力量。寒2:他是举人有势力,你也不应该另眼看,如何就把烧埋断?磨28:要知道为人在世,休逞那势力刚强。❷势利。寒4:却说李蝎子合恶虎不过是势力朋友,活着像是祖宗,死了什么相干!

**【势势】**架势,样子。墙1:不说那鸱头抉腚,看您达那也势势。

**【势样】**式样,样子。磨12:他丈夫姓张,你娘子姓方,施舜华到底别势样。

**【事】**❶事情。墙1:张老笑着说:"我一件事合你商议。"问:"是甚么事?"翻2:却说那仇福的丈人家,是姜秀才,号屺瞻,为人极好。体量徐氏领着𫇭孩子难过,徐氏着人去说娶亲的事,一说就允了。❷事故。姑2:不可为我又着大娘生气。看生出事来了,我去罢。寒4:大相公没做声,到了他娘那里,才长吁了一口气,说:"咱有了事了。"老夫人说:"什么事?"大相公说:"那老王待问咱要钱,差人押下来了。"❸关系或责任。慈3:那孩子是俺的孩子呀,该别人哽事?寒1:但只是告说过了的,若是官府不依,可也不干俺事。❹量词。件。翻6:却说那范公子,不出三日,就来行贺,靴帽二事、蓝衫一领、锦帐一幅、羊一牵、酒一坛、四十盘礼、十六碗熟东西,吹鼓手领着来到门前,把徐氏几乎难杀!

**【事奉】**侍奉。姑1:天下有一等不良的人家,有那贤惠媳妇,事奉的痒也挠不的,只是嫌不好。慈1:自古以来的孝子,如穿井的帝舜,穿芦花的闵子骞,都是遭着后娘;就是那卧冰的王祥,也是卧了鱼来事奉他后娘。

**【事故】**❶缘故,原因。禳31:看看若别有事故,撵他飞颠,撵他飞颠。❷变故。富2:张鸿渐听了夫人这话,忽然如梦初醒,便出来推托事故,辞了众人。(唱:)张鸿渐不承当,凭众人怎么央,全然不把边儿傍。我有伯母前年老,至今灵柩还在堂,不久要看日子葬。

**【事体】**事情。翻12:却说那仇福到了口外,仇牧之看见大喜,把缎子送给了将军,才讲赎身;讲了好几天,事体方妥。禳17:官府昨日说,宅里白黑的事体,或也烦多,着你打那粉头家的课税钱。

**【拭】**擦拭。姑1:于氏拭了脸,劈珊瑚瓜的声一耳根子,说:"我看不上你也脏样!"姑1:珊瑚没奈何,才拭了拭那泪,到了房里……

**【试单】**试探。磨13:昨夜晚他就把娘子来变,在怀中谈话儿百样的试单。

**【是处】**恰当的地方。墙3:老头子喘吁吁,拉的我没是处,起来站也站不住。

两个齐往两下里挣，好像挣着个老叫驴，叫我可往那里去？磨29：许仁庵蕴蕴吐吐的，就说也说不到是处。

**【是的】**比况助词。同“似的”。姑3：我合你做妯娌十年多，近来极像合你初会呀是的。富13：咱太太欢喜了，也模样越发俊的娇嫩了。年纪三十四五，只像二十四五呀是的。增5：俺那冤家指着个帖子，合圣旨呀是的，仔管问他要，想是要的发作了打他哩！

**【似的】**比况助词。用在喻体之后。墙2：谁说！每日穷的合那破八万那似的，他那里的钱？穷：俺也曾血汗暴流，扭筋拔力。只有鹁鸽屎呀似的一块银子，雀子屎呀似的一块金子，俺也算有了身份。

**【适才】**刚才。禳11：适才表兄陈美卿到，又有街西头吴丽华适才赐拜，并留在此。增23：适才见姐夫不去，他讪的了不得，着小大姐央我来替他谢罪。

**【适刚才】**刚才。禳13：老夫妇适刚才，正喜他夫妇得和谐，方且一言未落地，他从空中吊下个故事来，吊下来！增13：万岁爷听说摆摆手，若是假的快开交，休要再来瞎胡闹。适刚才生些好气，我这里正自心头焦！

**【螫】**蜇。日·昆：蝎子蚁蝆螫人疼。

**【螫对】**“螫”为“蝵”字之讹。同“蝵对”，昆虫类交配。禳15：卖婆子真似贼，瓜搭着嘴儿搬是非，原该问个凌迟罪。好人说的上了他道，节妇也说的解了裙，不走草叫他螫了对。

## shou

**【收江南】**曲牌名。富14：[收江南]有恩义不忘了瑟琴欢，又叫我世世福寿双全。不能常作鸳鸯伴，你也稍稍留连，教我也心头略放宽。磨31：[收江南]呀，早知道这等样难做，呵，如今懊悔不当初！大兵折了无其数，俺再四踌躇，有何颜面上京都？

**【收救】**挽救，收场。禳22：到关头，到关头，来往行人更密稠。不敢放马加跑，怕开了难收救。

**【收拾】**❶整理。墙3：我酒饭都勾了，您收拾家伙，天色已晚，歇息去罢。翻11：大相公叫他把物件衣服收拾出来：且在咱娘那屋里住着，好着人拆了另盖。❷收藏保存。禳8：拿到屋里，少了半盘，不知该生吃，不知该油煎？藏在房中没敢动，收拾到如今待中乾。磨18：两个坐下，斟上酒，一个碟里拿出一个果子来，说：“这是甚么？”又拿出一个来，说：“这又是甚么？”咬咬尝尝，说：“甜。咱

收拾起两个来,到家问问是嗄东西。”磨21:报子要钱哩。我还收拾着十二两银子,就给他十两。❸处理。禳22:高立,你回去说,大叔降了青了,得凑三十两银子来收拾。速去快来!磨6:虽然去了,家里你该收拾收拾,托着谁给你料理家事,老马必然要来拿你。办下了极好,设或办不下,也有个着落。

【收心】收敛不正当的心思。日·衍:子弟收心娼妇嫁。

【手板】戒尺,塾师体罚学生的板子。闹:在下训蒙先生……无奈逃至洛川,游荡几日,盘费已无,堪堪饿死,如何是好!哦!有了!不免用仿圈敲动手板,吆喝几声“教书”,可有主呢,也未可知。

【手本】诉状。翻5:知府取你做第也么三,把你文章着实圈,甚喜欢。你就去把手本传,若得见了他,真情吐一番,官府未必不动了念。磨14:看您嘴脸奸刁,这人玷辱学校,呈子手本,带袖藏腰。

【手笔】指写作的造诣。磨3:马知县大板敲,范子廉命难逃,大家要往上司告。这张呈词极要紧,须要做的手笔高,想来无如兄台妙。

【手到擒来】比喻不费力气而把敌人擒捉。磨29:我乃十三营挂印总兵金无敌是也。奉圣上旨意,领兵十万去征任义,管取手到擒来。

【手底下】手下,管辖之下。禳28:手底下乜丫头,既待来把他收,三人必定商量就。

【手段】❶本领,技巧。增21:有王龙自思量:这长官手段强,棋子又在我以上。连输两盘没的说,只怨运气好平常。增23:我不剥他的皮,我不算手段!❷做事的排场。禳5:到上台,到上台,轿马一到仪门开。司道军门都请酒,请的迟了怕他怪。手段不喷,手段不喷,宫里人情能求来。那阁老合尚书,都合他有一拜。增9:六哥儿叫老妈,你休笑那军家,仗义疏财手段大。

【手巾】擦脸或擦手用的巾。姑1:珊瑚换了衣妆,又来到婆婆房里。于氏方才洗脸,流水找着手巾,拿在手里伺候着。于氏洗完,从珊瑚手里一把夺过来,甚是不自在。增16:这是王姐夫从杭州来送我的汗巾,吃了饭好擦嘴。我看你一点手巾也没有,吃了饭着使什么擦嘴?

【手里捏着两把汗】两手的手心里都是汗,形容高度紧张、担心。增18:万岁爷要下楼,佛动心不敢留,只得随在身子后。手里捏着两把汗,口虽不言心里愁,这回丑儿可丢个够!

【手忙脚乱】形容忙乱。慈4:书斋回还,书斋回还,手忙脚乱更不闲,不怕他娘嗔,只做到二更半。

【手杻】手铐。磨20:这自然手杻脚镣,解司解院。又怎么来到这里?日·争:手杻脚镣铁索锁。

【手爬脚蹬】手乱摇、脚乱蹬,形容慌乱挣扎的样子。寒5:扑通一声跌在地,纱帽滚了四尺零,手爬脚蹬如挣命。

【手帕】手绢。日·争:手帕包头狗哐黄。

【手腕】手和臂相连处。富12:手腕痛又酸,手腕痛又酸,剩了够十行越发难。只听的号儿吹,一声里快交卷。磨12:一把拉过手腕,说:"过来,我就送你去。"

【手丫】手指与手指之间的相连处。墙4:我从来不怕谁,打就打捶就捶,这一遭可把胆来碎!……手丫里全没皮肉,不由人裂嘴攒眉。

【手艺】手工技能。闹:想当初念书时错了主意,到不如耍手艺还挣吃穿。日·石:石匠从来手艺强。

【守死】守着等死。磨1:待要在家中守死,那官家枷打难招!

【首尾】❶头和尾,前头部分和后头部分。磨31:等他兵过,你可赶杀回来,叫他首尾不能相顾,咱且一味乱杀,那时毛义可擒矣。❷从头到尾,事情的始末。寒4:到了次日审理,老王叫着李蝎子,把他那请客唱词的首尾说了一遍。

【寿棺】同"寿木"。寒4:我合赵大爷是怎么的相与,每哩我疼钱么?急切里找不着好材。罢,罢。不若家母那寿棺,就此着赵大爷用了罢。

【寿木】寿材,老人生前预备的棺材。寒4:八十老母有寿木,论价也值百两多,如今用了也不错。

【寿器】棺材。寒1:施寿器舍衣裳,到处里说贤良,家虽不富有名望。

【寿数】寿命。磨36:舜华从袖里取出一个锦囊来:"每人奉送你一粒丸药,可以增寿数,可以长聪明。"磨36:敢拜求群仙,敢拜求群仙:照临寿数添,保佑福泽远。

【寿限】寿数,寿命的期限。磨2:你若是命该终,放了你也活不成,寿限亦是前生定。若还今日不该死,人待杀你也不能,何必捣头还挣命?

【寿珠】祝人长寿的珠子。禳32:妈妈抱出来(孩子),三疯子见子云:"哎哪哪!你又来了这里么?又是一个八抬。我有寿珠一串奉送。"便取出来挂在小娃脖子上。

【受用】❶享用,享受。富1:但只是古人富贵,都要先受点子风霜;我却要漫荒拉草,受用那下半世的风光。增28:你晓谕那大同知县知道,等朕回京,这虔

婆给他一处宅子,按月关粮,叫他受用罢。❷舒适。慈2:你家里娶了极好的美人,又贤惠,招管的他极受用,他可待来这里做嗄呢?增16:你只是情吃情穿,比当军受用的自然。

**【兽头】**兽头状的装饰性陶塑。蓬1:常言道河无头海无边,有朝一日自家干,八千年才见他干一遍。龙宫海藏漏着脊,老鸱落在兽头边,燕子头上去蜷蛋。日·泥:兽头只在屋东西。

**【瘦伶丁】**形容瘦弱的样子。禳20:夏热难当,夏热难当,明珠劈黄小荷香。细腰儿瘦伶仃,只觉着没处放。

## shu

**【书案】**长形的书桌。禳11:要屈贵脚踏贱地,写字几行墨未干,刚才封罢离书案。

**【书办】**管办文书的属吏。禳22:这学道着实贪,打捞生童托学官,高低讲价惟书办。

**【书带】**书带草,一种百合科多年生草本植物。叶狭长坚韧,据说东汉人郑玄(字康成)用以束书,故名"康成书带"。日·花:斋内芸香书带全。家政外编·诸花谱:书带,产淄川黉山,叶中空,甚长,如带,端有结痕。春间可以分种。

**【书房】**❶内书房,家里用来读书写字或请塾师教课的房间。翻7:却说范公子的大郎,名是范栝,十八上纳了监,还请着师傅念书。二相公回去就在书房伴读。翻8:到了第二日,范公子送了一个管家,一个骡子,后边又运到杂粮二十石,油盐酱醋之类,无所不有。慧娘一一收了。那管家就在书房伺候。❷私塾。慈3:这庄里有个小书房,我着他上学,够半月哩。慈4:你不快疾忙走开,怕晚了去上书房,定然惹的师傅怪,转下打没人替你捱。

**【书房鸡】**为书房的教师或子弟准备的烹制的鸡。禳24:厨子最赃贪,肉块儿掖腰间,腚腄腚眼都油遍。羊落了半边,鱼落了中间,书房鸡也把胸脯儿揎。

**【书馆】**教学的场所。闹:君子受艰难,斯文不值钱;有人成书馆,便是救命仙。闹:……正当上学之时,请先生甚是烦难。欲就人家书馆,拿书金太重,我是不欲的。

**【书金】**学费。闹:正当上学之时,请先生甚是烦难。欲就人家书馆,拿书金太重,我是不欲的。

**【书铺】**书店。蓬4:相公一行赞美,娘子一霎抄了一罗。晌午多,已是完了

一部。娘子说:"不必订辑,搭起来送在书铺,寄卖青钱六百文。"蓬4:书铺做了一千二百钱卖了,还有人托他物色。到了第二日送了钱来,求他再写。

**【叔】**叔父。墙1:这月里是个小尽,到明日送给他二叔家,尽他合他怎么咰去。翻5:您大舅你听言;您叔撇下几亩田,着人哄去七八段。

**【叔伯】**用在亲属称谓前,表示同一祖父的关系。姑2:大成躲了个空子,着他叔伯哥对他告诵告诵,望到家劝他,这都是安大成用的苦心不题。翻4:徐氏在那里猜疑,他那个叔伯侄来,一五一十的说了一遍,把徐氏气的白瞪了眼。("叔伯侄"是叔伯兄弟之子)

**【叔叔】**叔。禳4:我那儿心志高,十三岁望进学,跟他叔叔去进场。磨18:咱爷爷最善良,你家叔叔好文章。

**【叔侄】**叔父和侄子的合称。禳23:儿子上府中应试,考了个一等。怕他来受气,我就叫他叔侄在省中读书。磨19:一霎时,张成来了。张春说:"你给您大叔背着行李,紧着些快走。您两个便从后墙出去罢。"叔侄去了。

**【殊】**❶不同。禳6:相如乐事在当垆,室有佳人意象殊。❷同"除"(方言中"殊"音"除"),除了。墙1:殊不得地土享用,倒叫他吵了一天。

**【殊不知】**岂不知,哪里知道。a)竟没想到(说话人不知道、没想到)。墙1:他说的极好,我就分了。殊不知他是欣羡我那地,谁给谁粮食! b)其实,在引述别人的观点后表示加以纠正(表示别人不知道、没想到)。富4:这翰林极是美官,人人求之不得的,难道说方二爷他潮么? 殊不知这正是方二爷的他那乖处。磨6:不消讲迟,呀耶,看去的晚了,又说俺受了贿哩。殊不知俺是一口水也不曾吃的。

**【殊非】**除非。参见"殊"。寒4:那心已变狗恭,再要他没处生,殊非是掏那黄狗腚。

**【梳栊】**梳子。禳8:……丝䌷十疋,彩缎百端,花裙红袄,罗褂纱衫,枕头百幅,耀眼光鲜,象牙梳栊,件件周全,穷人家治起那一件,浑家大小都喜欢。

**【梳笼】**同"梳栊"。日・器:梳笼竹篦髻头用。

**【梳油】**梳头时在梳子或篦子上抹上油,以使头发光亮。日・杂:篦儿刮净更梳油。

**【舒】**伸(出)。墙3:半夜转了腿肚子,脚头冰凉舒不开,土炕上铺着席一块。禳26:公子云:妙哉,妙哉,我是人牌。春香舒出胳膊来罢。春香果然露出,公子打两下。磨14:哇哇了两三声,把手比量着,舒了八个指头。

**【舒梭】**舒坦,舒服。磨14:衙役说我官声好,找法给我弄钱财,话儿都是极相爱。每日叫耳根舒梭,到不想脖项成灾!

**【舒坦】**舒服,舒适。墙2:对你说休要害冷,走热了自然舒坦。翻2:徐氏心里舒坦,那病渐渐好了。

**【疏】**❶疏远,不亲近。禳18:跷蹊事谁得闻,不论疏来不论亲,谁家的汉子劳你打?这不说来笑煞人!禳31:俺和他心情疏,俺和你不不熟,离情也只两三句。❷臣下向皇帝分条陈述事情的文字。寒8:审了一堂,件件都真,遂具疏参了,奉旨砍头抄没。磨36:自从六十上就不愿做官了,上了七八疏,皇上不允。❸指拜忏时焚化的祈祷文。日·僧:挑旛送疏衬亡魂。

**【输不犯】**输不完。增22:王龙输急了,一行称着银子,一行骂那头钱。二姐在旁里笑道:"你着俺大姐姐再给你寻个方法,那银子今遭还输不犯哩。"

**【输眼色】**看错(物或人的品质)。富4:方二爷等了会子,见他总不送来,便说:"他这意思里,还待等着我去央给他么?这可就输了眼色了!"

**【蔬食】**饭菜。闹:虽蔬食菜羹四时行,我未尝不饱,何况于我乎?

**【秫秸】**高粱秸。日·庄:秫秸不捆穗先劖。

**【秫秸葶】**高粱秸秆的最上面一节,最长最细。增15:不是这么压,支起马来秫秸葶拉曲。

**【秫秸攒】**竖着堆积的高粱秸垛。丑:但只是急切少个阳台所,路旁里找了一个秫秸攒。

**【秫秸穳】**同"秫秸攒"。日·庄:坉墙才拆秫秸穳。

**【秫莌】**("莌"原讹作"茺")高粱秸秆砍后留在地里的根部。日·庄:早打秫**莌**莫迟延。

**【熟东西】**熟食,多指熟的肉食。翻6:却说那范公子,不出三日,就来行贺,靴帽二事、蓝衫一领、锦帐一幅、羊一牵、酒一坛、四十盘礼、十六碗熟东西,吹鼓手领着来到门前,把徐氏几乎难杀!翻6:煨着那熟东西,就把客来待。

**【熟滑】**熟悉。琴:又是一遭,又是一遭,渐渐熟滑搂把着。

**【熟话】**老话,套话。增13:奴才不要着那熟话来哄我。我欲不上楼,受不了老鸨子气,少不了我自己去普白。

**【熟皮】**鞣制皮革。日·皮:熟皮掺粉加条打。

**【熟铜绿】**一种颜料,铜绿(铜氧化后表层所生的绿色物质)与熟石膏加水拌和压成扁块的加工品。日·丹:松香捣对熟铜绿。

**【熟土】**熟化了的土，即经过耕、浇溉、施肥等可以种庄稼的土壤。农·附·布地桑法：上半坑摊熟土，轻筑令平满；附身土勿筑，用虚土封堆，周围自成环池，可以浇水。

**【暑伏天】**暑天，夏季炎热的日子。增16：你就扇起这扇子了么？你只扇那八根柴、小油红，暑伏天使俩钱买的粗蒲扇忽打忽打罢！增16：什么好扇哩，不过是八根柴、小油红，暑伏天使两三钱买的蒲扇，怎么好给你扇？

**【黍子】**一种谷类作物，籽粒脱皮后叫"黄米"或"黍米"，煮熟后有黏性。日·庄：黍子稌子一齐种。日·庄：黍子刢时谷未捎。

**【数瓜数枣】**数说这个、数说那个，形容数说了很多。姑1：这一回出来，安心把人找，昂藏气儿吃了个饱，连骂又带诮，数瓜又数枣，扎的那横亏，一霎说不了。

**【数喇】**数落，列举过失加以指责。姑1：何大娘连骂带说，数喇了一阵，把于氏气的脸儿焦黄。翻3：十日以前合我说，着我数喇了一千行，并不曾把嘴来詟。

**【数量】**数落。墙1：李氏跑出来说："怎么着？待要地？黑夜里睡不着，那里寻思不到呢！"怒冲冲的指着数量起来了。翻3：仇福也不做声，听着姜娘子数量着哭，一日没吃饭，就暗宿了。

**【数一数二】**形容拔尖。增23：万岁说："你就是这么大财主么？"王龙说："不济么？天下数一数二的！"

**【数着】**❶计着数。磨11：从今数着数儿打，撕了衣裳剥了鞋，拿鞋底拶那天灵盖。增14：若是嫁了你，到分不了外哩，你会数着我的脚步走。❷轮得上，有资格进入某个序列之中。蓬1：有仙童怒恨恨，骂一声贼遭瘟，那里数着你来亲近？❸某个方面在一定范围内位于顶尖的地位，顶数。增6：宣化府里数着俺，俺是大老爷家二代孙，吃酒赌博打光棍。

**【数着日子】**不久(就会)。翻12：句句说的天花乱，眼前银子一大堆，数着日子大富贵。蓬5：今科状元郎，数着日子到。

**【属官】**属下的官员。磨35：我料杨蕃不敢分辩，果然不差。今日竟成了贵府的属官，看他来参见那不参见。

**【署印】**代理官职。磨13：方娘子拉着，只管恸哭。鸿渐摔开，提着刀进了城。署印的县官是姓程，这日正坐大堂。

**【蜀秫】**高粱。农·农·蜀秫茺：蜀秫割倒，当先镢去根株，勿使芽生满地，不惟费人工，且竭地力。农·农·种多少按斛升：谷黍稌七升半，黄豆三升一二

合，黑豆三升，晚则量加二三合。蜀秫一升，麦二升六七合，以至三升。

**【蜀秫莚】**(“莚”字原讹作“莚”)同“秫莚”。农·农·蜀秫莚(条目)。

**【薥秸】**同“秫秸”，高粱秸。慈4:胳膊儿瘦似麻秸，像蜻蜓去撼薥秸，那里用着你忙成块?

**【薥秫】**同“蜀秫”，高粱。墙1:你看那薥秫糊突，他还館五碗有零。增9:六哥出店把口夸，东西地高南北洼，几亩洼地种薥秫，几亩高地种棉花，剩了几亩没嗄种，种了许多大西瓜。

**【薥术秸】**同“薥秸”。磨1:满坡一片皆红地，只有几科薥术秸，便说蚂蜡不为害。

**【鼠儿】**鼠。禳24:那江城原是那净业和尚养的个长生鼠儿。你儿那前生是秀才，到了那寺里，只当是个寻常鼠儿，一杖打死，所以今生来报冤仇。禳27:修行的时节，养了个长生鼠儿，被裴相公一杖打死。裴相公脱生了高蕃，鼠儿脱生了江城，成了终身的冤报。

**【鼠子】**鼠。禳27:鼠子年久通人性，日日闻经又听禅。禳27:鼠子缩头去，莫待猫儿寻。

**【术法】**法术。墙3:细想来好蹊跷，怎么术法这样高?忤逆儿一霎变成孝?

**【术秸】**同“秫秸”。磨1:虽然说不成灾，却又自家看不上，坐在那轿里麻瞪着两眼，见一个庄里没有术秸，便说这庄子成的是灾。

**【束】**捆，扎。禳8:穿上靴子整整袍，束上大带紧紧腰，开盒儿有拿出崭新的帽。增2:腰间束上皮鞓带，闹龙褡包挂胸前，绑腿翰鞋穿得惯。

**【树坎叉】**树杈。慈1:娶一个后婆子不当耍，两条肠子常牵挂，撇下个亲生儿，树坎叉里也括他不下，反过来覆过去，难为煞他爷𡟯。

**【树梢】**树的顶部。禳9:好蹊跷，好蹊跷，新月刚刚上树梢，方才掌上灯，难说就睡了觉?磨12:二月二，是花朝，冻初消，榆钱绽树梢，春风鸟梦遥。

**【树头】**树干以上的部分。磨31:那山后剔陡石崖，不用招架的。就是前三面出路，须用车辆、树头紧紧塞断，却安下大炮、弓箭、鸟枪，轮流看守。

**【数珠】**念珠。日·杂:数珠金刚自在㯮。

**【竖高鼻】**指仰起脸来，形容傲慢自大。磨35:若胸中无本领到底不济，得一官半职竖起高鼻，自家称我老爷成什么大器?

**【擿人】**(“擿”，蒲氏注音“述”)不详。当指怂恿别人或伤害别人。日·争:唆讼擿人尤不好。

## shua

【刷刮】勉力筹备、措置。翻3:姜娘子念诵了一回,才不敢做声了。刷刮了盘费,打发二郎上了府。磨26:刷刮报子钱,净了粮食囤,到不如坐监的时,清净的很。

【刷刷】象声词。形容密集的雨声。禳15:嫂子休怪,这是实话,你看那风儿细细,雨儿刷刷,四壁寒蛩,吱吱呀呀,何处砧声,敲敲搭搭,好不把人闷杀!

【耍】❶玩耍。翻2:大相公,你不弃嫌着,你闷了就来找我。我有甚么好的你吃,咱耍耍也好。禳4:小长命待耍耍耍,出了场留了几日,所以来迟。增25:万岁听见打三更,说道:"咱不耍罢。您二人明晨早来。"❷捉弄,戏耍。快4:实指望捉住老贼耍一耍,谁想是只杀几个毛小妖!增18:那赛观音心中不悦,说:"好京花子!俺请你来吃酒来,说许你耍俺来么?我给王姐夫报报仇。"❸表演,施展(技艺),舞弄。墙3:马前刀他还会耍,俺哥哥并不是人。禳21:耍猴人领老婆、老猴上:实不能招轻作重,老婆孩饿断腰筋。教给那猴子学作人,耍一耍为众爷们解闷。增7:那万岁正往里走,从里头出来了一个老汉,说道:"长官,你来院里做什么?"皇爷说:"我来耍耍。"老儿道:"你会刀呀是耍枪、耍把戏、弄傀儡、说快书、唱道情?你去上那十字街前耍给人看,挣几百钱好买嗄吃;你来这里耍,可给你什么?"(此例中皇爷说的"耍"指玩耍,而老儿把"耍"理解成了表演,所以问他表演哪一种)闹:想当初念书时错了主意,到不如耍手艺还挣吃穿。❹指赌博,耍钱。穷:赌场里玩,嫖场里耍,丢了鉽,撂了蛃,穷杀狗还该打。增22:还有一件极不出奇的营生,你道弄的好。你合长官耍耍何如?❺指男女偷情。翻1:钻出来赃扬他,说他耍着他邻家,邪僻行子真奸诈。翻9:他又不害一点羞,忒也谄,没有星星情意留,哄我去耍汉子,待当忘八头。

【耍把戏】表演魔术。禳13:不要慌,耍把戏的开了箱——只怕还弄出故事来哩。增7:你会刀呀是耍枪、耍把戏、弄傀儡、说快书、唱道情?

【耍孩儿】曲牌名。俊:这个曲儿,是用时兴的《耍孩儿》调儿编成,能开君子的笑口,也能发俗人的志气。待我唱起来,给列位听听。增1:话说只为这件奇事,编了一部《耍孩儿》,虽则流传已久,各人唱的不同。待在下唱来,尊客休嫌污耳。

【耍哄】耍弄、哄骗。快2:这是孔明诡计。那清静处必有埋伏,有烟火处必定无人。这好计去耍哄别人,如何哄的我,我竟上北夷陵。

【耍猴子】玩猴戏。禳21:适才见他在外边看耍猴子,多少人指画,是甚么道理!

【耍马前刀】比喻表面讨好。墙3:马前刀他还会耍,俺哥哥并不是人。

【耍弄鬼】比喻玩弄不正当的东西。禳1:我就从来没有捆,有了钱来耍弄鬼。学着赌博指着赢,输了待捞没有本,心里痒痒没处抓,跑前跑后撅着嘴。

【耍手艺】卖手艺,以手艺为生。闹:想当初念书时错了主意,到不如耍手艺还挣吃穿。……手艺人吃的是肉肥滷面,可惜俺念书人饿的可怜。

【耍嘴】卖弄口才,耍嘴皮子。快4:人人来家都耍嘴,独俺不敢把嘴叨。

## shuai

【衰孤】衰败、孤寂。富13:家门衰孤,家门衰孤,小小功名总不似无,还得个新翰林,才压得仇人住。

【摔】❶扔。慈3:进门来一句也没摔,腚朝着床儿外,气一场跌了皮一块,大娘子这一回不撞采。(此例指说出口)磨1:官府着了状,摔下呈子来,大怒说:"他自己不告,与你们何干!"增22:那万岁拿过箭来照东墙上一摔,舞了几个花,一投插在壶里。❷甩(开)。磨13:方娘子拉着,只管恸哭。鸿渐摔开,提着刀进了城。❸指显摆,故意显示。禳26:骂一声强人胆就大起天,时时对我摔你那春香。磨29:我这里一枪去,你那里一枪来,弄掉了你乜吃饭的家伙,难把架儿摔。磨35:富贵只等闲,又何必摔高官?高陵矮谷登时变。❹疑为"捽"(zuó)字之讹,指抓住并往外用力抽拔。《日用俗字》写作"攥"。参见"攥"。俊:老婆不要仔顾诈,好像捕下一窝雀,摔着贼毛够一抓,嗓咂叫人听不下。

【摔光棍】耍无赖。翻8:那逃人,那逃人,坐在那里不动身。大家拿着好话央,那人拿头摔光棍。

【摔覞】("覞",蒲氏注音"片")不详。当指施惠于人。日·养:解衣摔覞人钦敬。

【摔手】甩手,比喻抛下别人或事情不管。翻10:我在家,昼夜愁,待来看你说根由。你就摔手佯常去,一句情肠话不留。

【摔头】不详。当指用次等的丝制作的织物。日·养:缺子摔头亦卖钱。

【摔之乎弄焉哉】形容转文。磨5:列位既有本领告官告吏,就有本事充军,每日家酸酸邦邦的!看前边这座大山里有一伙强盗,要杀人吃了哩,你可合他摔之乎、弄焉哉!磨5:摔之乎弄焉哉,又告吏又告官,我道你是甚么通天汉!

【率[2]】(shuài)率领。禳4:高季领长命率家人上云:"长命进了场玩耍了几

日，或者教我哥嫂耽心。忙忙走来，已到家门，待俺即忙进去。”磨31：两大王率兵乱杀，赵总兵前后不能相顾，才拨马逃走而去。

【㯎】（蒲氏注音“拴”）闩，门闩（门栓）。日·木：偷剥槐皮不用㯎。

## shuan

【涮】洗刷，冲刷。俊：俺头不秃眼不瞎，碗会洗锅会涮，官家俺也打发下。我离了你时容易过，你离了我时要饿煞。（此字入韵，与“瞎、下、煞”等为韵，当音“刷”，即“刷”的俗写）日·庄：涮涮壶瓶筥酾酒。

## shuang

【双份子】双份，两倍。禳1：昨日煞进门就是顿巴掌子，劈头就是顿踏棍子，打的露着血真脉子，几乎见了腥荤子。若不着俺家他三婶子，坐住领了双份子，孩子裂了书本子，嗔我又没端尿盆子。

【双红】像枫叶和火那样的红色。日·纸：双红双青为上彩。

【双陆】一种博戏，在一个特制的盘子上，双方各用十六枚（一说十五枚）棒槌形的“馬”立于自己一方，掷骰子的点数各占步数，先走到对方处者为胜。禳31：俺伏事奶奶，原说下棋打双陆，不曾讲着唱。增6：你的双陆掷的高妙，有心待请你到舍下来求教一二，天又晚了，来日相会罢。

【双青】豆青色。日·纸：双红双青为上彩。

【双手攀肩】形容两手空空的样子。俊：住着楼房骑大马，官宦都合他有往还，这几年全把人家变。若是执迷不悟，到如今两手攀肩。

【霜笔】指毛笔。增18：写拜柬是王龙，举霜笔胡弄穷，这遭送了残生命！

【霜熟】指东西用油炸熟后起泡处略泛白色。日·饮：油馓霜熟兼五色。

【爽】❶爽快，利落。俊：提将起来气煞人，不如散了也到爽。❷指快。磨23：连年运气低，两个婆子死的爽，叫俺昼夜不眠心里想，半夜以后心里痒。

【爽快】利落，干脆。快4：关二老爷平生爽快，这件事着人不服。禳19：立时去转时来，兴兵全不费疑猜，贤人做事真爽快。

【爽利】痛快，爽快。琴：忽的他家来催妆，不觉心里怪爽利。

【爽然】马上，很快。翻2：魏名把仇福教，仇福跟着魏名学，一说爽然就知道。禳9：戏玩耍也须要投机，偷鞋有点小情意。让你打时是一礼，怎么爽然就托实？以此叫我心里气。

shui

【水菜】水中生长的可食植物。日·菜:水菜海菠另一种。

【水果】水中生长的果实。日·果:水果风菱属第一。

【水煎】一种烹饪方法。通常是先将包好的生包子或生饺子放入平底锅内(先放油或后淋油)干煎少时,然后加入一定量的面汤水煮,汤水煮干后包子或饺子也就熟了。锅底的一面沾有金黄色的薄面片,又香又脆。增7:不是小饭店,东西皆尽全:肉包蘸着蒜,碗那大食团,雪白稻米饭,火烧是水煎,鸡汁水花面,只要八个钱。("火烧"为烤制,不可能用水煎。疑为"包子"的笔误)

【水净鹅飞】比喻财产没了,人也远走或死亡。翻4:他每日巴数我还要落泪,何况是到如今水净鹅飞,我不知到后日怎么受罪。磨23:可怎么人家娶妻生子,团圆百岁,偏我王丙寻着的,都是些短命鬼儿?这几年弄的人水净鹅飞的,如何是好!

【水酒】谦辞。薄酒,指自己请客时所备的酒。增22:连日取扰,我今日也备了一盅水酒,携来同乐。

【水口】水流的出入地或其附近。农·农·坝堰:山地得力在堰,缺处宜早修,水口宜急塞,或加填叠。

【水米不沾唇】形容一点水也不喝、一点饭也不吃。磨7:病恹恹只把眼儿也么合,身子如在热油锅。没奈何,白黑昏迷在被窝。水米不沾唇,足勾一月多,闷昏昏只在床头卧。

【水米不沾牙】同"水米不沾唇"。富3:病恹恹只把眼儿也么合,身子好像在油锅。怎奈何,白黑昏迷在被窝。水米不沾牙,待了一月多,哐哼哼只在床头卧。

【水丝银】成色低的银子。穷:天字号,地字号,宇宙洪荒一百号,当了二钱水丝银,回时定把十成要,回不出来又翻票,利钱使了七八吊。

【水窊】水洼。日·庄:皮皴不愁水窊浓。

【水瓦瓻菜】一种水生植物,疑指水葫芦。日·花:水瓦瓻菜尚可餐。

【水蝎】蝎蝽科昆虫。水蝎与陆蝎相似,都有用以捕食的镰刀状长足及长而薄的鞭状尾部,主要生活在水沟底角及泥沼中。日·昆:谁知水蝎变蜻蜓。

【水腥】指海水中所生植物或动物带有的腥味。日·菜:鹿角麒麟带水腥。

【水鬢】一种女性发式。日·衔:巧把匍头挽水鬢。

**【水月观音】**佛经说观音菩萨有三十三个不同形象的法身，画作观水中月影状的即水月观音。磨8：那容貌似天仙，十七八正少年，真如水月观音现。

**【水长船高】**水涨船高，比喻对方行为的程度越高则对其的反应程度也会越高。禳1：你就是个王侯，你就是个阁老，常言道水长船高，到这里也用不的。禳23：怎不焦，又不是相交，光把瞎话叨，惹闲气都是他自己招。弄鬼就吃敲，阁老也难逃，常言道水儿长船儿高。

**【水肿】**蚕的一种病，患者全身肿胀。日·养：若见水肿速挑去。农·养·温养：三眠见有水肿病蚕，急拣出，或烘或晒，其病自愈。

**【睡叨叨】**睡觉说梦话。富5：冬夜被难温，冬夜被难温，翻来覆去到更深。见丫环睡叨叨，越叫人心里恨。磨13：冬宵被难温，冬宵被难温，翻来覆去到更深。小丫环睡叨叨，越叫人心里闷。

**【睡工】**指睡觉。把睡觉说成工作是一种诙谐的说法。磨12：人家有夫妇，晚来话衷肠，好恩情还把睡工旷；惟奴独自守空房，漫把金炉焚上香。

**【睡功】**同"睡工"。富5：人家有夫妇，到晚诉衷肠，好恩情怎把睡功旷？

**【睡貉】**貉。外形似狐，毛棕灰色，是一种重要的毛皮兽。据说貉好睡，尤其是冬季，故名。日·走：人家作裘捕睡貉。

**【睡梦】**梦。磨18：且说那张龙醒来，摸了一把说："呀！张相公那里去了？"把李虎踢了两脚说："快起来，不见了犯人了！"李虎睡梦里答应说："拴在胳膊上哩。"

**【睡齁齁】**形容如醉后般熟睡。墙3：甚暖和睡齁齁，最自在是今宵，一宿共做一大觉。

## shun

**【顺】**❶平顺，没有障碍。墙4：但我合他是父子，哄着他朝夕尽殷勤，情上理上俱不顺。姑3：这也是臧大姐点子不顺，可怎么好好的死了一个人？❷顺从。寒1：霸就霸吞就吞，降服了远近村，惟有商家他不顺。❸介词。沿。慈4：他也不做声，脚排手扳，使的那汗顺着脸往下淌。增6：顺大街往北走，转过隅头向东一座木牌坊，路北里新盖的大门楼，那门上有匾，匾上有字，字字写的明白，那就是宣武院。

**【顺差】**温顺，顺从。日·赌：顺差娘子还输债。

**【顺当】**顺利，没有障碍。俊：合了夥计做生意，他的时运又顺当，年年家道

好兴旺。

**【顺道】**顺从别人的意愿。翻4:嘱咐家人劝姜女,临行谆谆把话教,安心还望他顺了道。谁知道一去不返,光着腚去见同僚。(此例中指被强霸的姜女顺从做妾)禳1:看他那人物丑甚丑,他倒跟个俊的慝,要打就打要骂就骂,汉子总像有了仇。他汉子还顺他的道受他的教,可笑可笑真可笑!

## shuo

**【说合】**从中介绍以促使合作或结合。磨8:但无媒说合,机关恐被人瞧破。

**【说谎】**不说真话。闹:我弟子出场去,再不肯说谎,伏祈神明照鉴,照鉴!

**【说起来】**❶开始并继续说。翻8:告丈人,告丈人:待我恩情似海深!若是从头说起来,再一辈子也报不尽。快4:这人果然拿过枪来,做手着说起来。众人都吃着酒,侧耳笑着听。❷提起来,说到(某人或事)。慈1:世间两种最难当:一是偏房,二是填房。天下恶事几千桩,提起来是后娘,说起来是后娘。慈6:谁似他一门贤孝,说起来个个悲酸。禳20:我说他是撒谎,才到了婆婆那里,说起来才知道县前吃酒。❸论起来,按理说。翻7:说起来呀,他读书知礼,那里有不来的?禳16:大姐姐你听我上诉,俺那个光弄鬼的不成个丈夫。说起来也不是妹妹吃醋,他搬了院里吴丽华,又说待看陶家那媳妇。若是那有气性的人儿,姐姐呀,就着他气的长气鼓!❹表示怎么是这样呢,不是对方所说的那样。姑2:沈大姨说:"这福只在人享。那媳妇子怎能件件都合着心呢?只是有一半点不是,我也不计较。倘若是我这媳妇给你,只怕你又嫌哩。"于氏说:"俺姐姐,你说起来,我就不是乜人!"(于氏的意思是说不是那种计较媳妇"一半点不是"的人)姑2:沈大姨说:"想是还没嫁,也还可以来的。万一找他来再不好,可是屁股长在脖子上——我腆着腚去见人么?"于氏说:"你说起来呀。"(于氏的意思是说不会出现"找他来再不好"的情况)

**【说长道短】**❶评论好坏是非。琴:皮脸嫂子好多气,一戏不罢又一戏。说长道短嘁哩咱,看不上那种浪张势。富11:你就忒的伤惨,肉头老撞着显道神——你也说不的我长,我也道不的你短。❷指说话表态。增17:佛动心也不言语,暗暗的思量:……这二姐坐在灯下,踌躇不定。万岁看了看,那两个丫头只管丢他那眼色,敦敦的看他姐姐。万岁起的身来说道:"恁又不说长,又不道短,是待弄什么鬼儿算计我么?丫头们快去罢,我待关门哩。"

**【说者也道之乎】**形容说话中虚饰成分多而缺乏实际内容。磨29:许仁庵蕴

蕴吐吐，说者也道之乎，含着骨头漏着肉。

【说嘴】耍嘴皮子，吹牛。禳26：见同年称年兄，拜知县称治生，庄村谁不把我敬？从此没有下三等，顺口谈文尽着俺烹，见人说嘴又鏊腔。磨29：傻子负疼归去，见人谁敢说嘴；借问此行何似，人马两条瘸腿。

## si

【丝缰】丝做的缰绳。增3：万岁爷离顺天，心里焦不耐烦，闲花野草无心恋。两程并作一程走，顿断丝缰又加鞭，恨不能插翅飞进宣武院。

【丝绵】用下脚茧和茧壳表面的浮丝为原料制成的棉状物。保暖性好，用来做衣絮或被絮。墙4：但只是早晨肉面，晌午鸡汤，吃着有些腼腆；冬月丝绵，夏月葛布，穿着只是心惊。

【丝丝两气】形容气息微弱、奄奄一息的样子。墙1：半年来丝丝两气，又饿的老肚生烟！

【丝绦】丝编的带子。日·裁：襤衫摆襕系丝绦。

【丝竹】弦乐器和竹管乐器。日·僧：丝竹笙箫数里闻。

【私房】个人私下的积蓄。翻2：输何妨？输何妨？咱给情人攒私房。翻2：到了过午，趁着姜娘子没在屋里，自己有几两私房银子，拿着二三两去了。

【私孩子】私生子。增24：金墩说："人不知他知，他不觉我觉。"万岁说："这是什么东西？"胡百万说："这个我可猜方了，这是他那肚子里那私孩子。"

【私科子】私娼。用为詈词。慈3：我有一件故事，说给你听听。俺这庄里有个私科子，光折掇他那后窝里那儿。

【私囊】私人的钱袋，私房。增5：是我喂的一个母鸡，下了蛋来抱一窝小鸡，出息着捞个私囊，寻个媳妇。

【私曲】不公正，偏私阿曲。增28：王爱卿，你是好官，赤心爱国，并无私曲。

【思量】考虑，忖度。墙1：我思量着，每日情饭吃，也劳苦您，不如还给我那地罢。增10：等了两年，见皇帝不来，自己又长成了，每日家思量这风尘下贱，将来如何结果，不由的心酸落泪。

【思思念念】想来想去，反复地想。增10：佛动心自思量，每日家待君王，那君王再不见影儿傍。身子落在火坑里，鸨儿怎肯许从良？将来弄一个什么样！闷来时思思念念，不由人一阵恓惶。

【厮】对男子轻蔑的称呼。增3：我想江彬这厮，定有篡朝的心肠，你领我这

道密旨,把江彬拿来,打在刑部监里。增5:这厮恁么利害!我且问你,他家有多少人口?

**【断敲】**相撞击。禳1:怕婆子休得取笑,十个人九个操淬。谁家盆碗不断敲?反了常倒是个不祥兆。

**【撕毛】**指揪头发。翻6:范公子怒声高,那里贼来往里瞧?扯长声就把家人叫。叫出人来一大夥,吆喝打腿又撕毛。禳16:满城说:"是你不爱他么?"江城说:"也不不呢。"满城笑说:"不呀,不怎么就撕毛砸腿闹满屋?"

**【嘶】**用嘴撕咬。禳16:哎哟,气杀我!捞着那不中用处,也是一棒槌;捞着那中用处,也是一棒槌。捞着那不见人的去处,也嘶一口;捞着那见人的去处,也嘶一口。

**【燍熷】**("熷"原讹作"殨")馊,饭菜因温度高而变质变味。日·饮:燍殨豆腐不上棹。

**【死活】**❶死和生。富3:眼前的亲人无一丁,死活交给这瞎医生。磨2:你这个人好笨,跪嗓子当了甚么!死活的由命,哀告甚么!❷拼命(地),不顾一切(地),极力。墙1:一个母一个公,不怕雨不避风,为儿为女死活的挣。翻1:安心笔落天平响,死活拉着出了门,不管他心里顺不顺。增23:那佛动心被王龙抱住,只急的柳眉倒竖,粉面通红,一声怪叫。王龙死活不放,按下不提。❸无论如何,勉强(地)。翻3:我那儿你死活捱着,有我在不叫你抱瓢!寒4:走一步哼一哼,死活的捱到城,二堂里才出来覆了命。蓬5:把心再收,把心再收,还去抄书掉笔头;难得他不嫌,死活的和他受。

**【死扣子】**死结,无法轻易揭开的结。增14:二姐没可奈何,把那裙带子解下一根来,递与万岁。万岁接过来,把腿搁在石凳上绑那脚。二姐罵极了,走向前去,夺过来打了个死扣子……

**【死丕丕】**完全被动(地),没有任何反应(地)。闹:我也是个顶天立地的大丈夫,为什么死丕丕吃这样横亏?

**【死气白赖】**死乞白赖,丢弃尊严、不停地纠缠。富3:走了勾一日病又也么缠,浑身疼痛苦难言。主人贪,不似前边店人贤。独自一个人,占着店一间,三日头就要往外断,死气白赖不肯搬。

**【死杀】**拼命厮杀。快1:军师!末将从来上阵死杀,不曾退后,今日伺候多时,独不用俺,是何缘故?快2:上前合子龙死杀。快2:关爷喝了一声,说道:"待死杀就死杀,问俺怎的!"

**【死生】**❶死和活。磨4:几千几百讲冰凌,任俺当堂定死生。磨4:做官他凭着那歪揣性,狠要钱不顾人的死生,除贪酷别没有甚么毛病。❷"死声"之讹。参见"死声"。磨28:张春说:"……我每日想着你这合的,不能忘了。今日上门来,还大喇喇的!休想要偏了,可照样把李虎也奉承他一下。"果然一棍。两个死生喎叫。

**【死声】**同"死声子"。墙2:休害怕莫心焦,只用你拘巴牢,可在上头死声叫。

**【死声子】**没命地(喊叫)。墙3:甚暖和睡醄醄,最自在是今宵,一宿共做一大觉。忽梦见您兄弟䟃,把我剥的赤条条,床上不觉死声子叫。慈1:骂了一声忘八羔:汤了一汤,你就死声子嚎,还要惯着做达叫。

**【死手】**绝招,秘诀。增24:万岁听毕微微笑,这琵琶还差点死手,从今后休对弹了。胡百万遂磕了一个头,起来说:"什么死手,军爷说了罢。"

**【死脱】**死去。寒4:二弟,你胡突了!咱已是死脱了两个,你再死了,咱不是三命抵一命么?

**【死文书】**赴死的文书。增18:那王龙未曾见皇爷,先立了一张死文书给万岁拿着,大梦不觉。

**【死眼子】**不能通透的凹窝,比喻死心眼的人。禳24:这不是镑地的镑出来了个硫骨碌么?……锄着咱这死眼子了。

**【死厌不舍】**形容半死半活的样子。寒6:俩鬼嫌他走的慢,瞪眉裂眼乱咕哝:恹缠缠你害的什么病?似这等死厌不舍,还宜量锯解油烹!

**【四梆】**不详。从文意看,当指某种不好的境地或不好的习惯。俊:宗亓人句句听,猛抬头把眼挣,忽然大醒南柯梦。辞了混江合老教,别了四梆与三穷,从今再想躲花凤。

**【四趁】**各方面都相称。趁,同"称"。增8:皇爷……又说:"我还给你一顶帽,你要不要呢?"六哥道:"甚么帽?"皇爷说:"是半边帽。"六哥说:"给我就给我顶囫囵的,那半边帽子可怎么戴?"皇爷说:"要一个四趁。戴着那半边帽,穿着那红布衫,扎着那白玉带子,就支极好的架子。"

**【四堵】**指屋内的四面墙壁。禳23:自从舍给他屋三间,把门关,只在四堵间,没处去跳圈,没奈何方把书本翻。

**【四季】**❶春夏秋冬四时的总称。寒7:四季搜求州县礼,自己又受枉法赃,小官尽描你的样!❷花名。疑指四季兰,一种四季都可开花的兰花。日·花:迎春探春催四季。家政外编·诸花谱:四季,九月剖根分种。

【四季菜】不同季节的时令菜。闹:还有一件事:吃饭无好菜,总有点四季菜甚不堪让:到春来苜蓿芽尖饼白饭;到夏来马踏菜自来就酸;到秋来蔓菁菜煮的稀烂;到冬来萝卜片亦可入盘。

【四季曲儿】一种以四季不同景色引发人不同感怀为内容的曲子。可以用不同的曲牌唱。富5:小人还有个四季曲子《金纽丝》嗹,再唱给老爷们听听。富5:小鬼头,唱与官人下酒。那日嗔你唱的那四季曲子《叠断桥》,今日可用着你了。

【四邻】周围的邻居。翻8:二相公同着四邻去央他,安心给他一百银子,打发他去。翻8:那行子不依,约地、保正都知道了,只得把二相公合四邻一齐送到官。

【四邻八舍】同"四邻"。寒8:那四邻八舍,都见天上一朵彩云照耀,商三官合太爷站在上边,有一盏茶时才不见了。

【四六句】指说的话。姑3:臧姑听的珊瑚来了,那口里着实嗤撇他,到了第二日才来了。珊瑚也到了他那屋里,那四六句里诮他,珊瑚推不懂的。寒6:二相公见他四六句里带着骂,就恼了说:"你嫌我走的慢,你住下不的么?"

【四门】一般指南、北、东、西四个方向的城门。增28:话说众文武进了大同,封了四门,扯起黄旗为号。

【四面庄里】指周围村子里。富13:此一时,断不了京里有人来往,已是打听着他爷俩告了假,就待来家。家里彀多少人伺候,四面庄里彀多少人迎接!

【四山五岳】泛指四面八方,不同的地方。姑1:人家众口难调,这做婆婆的极难。儿孙是自己生的,还要七拗八挣的;何况媳妇是四山五岳之人,相逢一处?

【四梢】四肢。富3:浑身的汗流似瓢也么浇,到了三更热更消。好蹊跷,一阵清凉到四梢。

【四体】指整个身体。富14:共稽诚坐前,共稽诚坐前,诚心一片,叩祝天仙,佑祖父百年,四体康壮,牙齿牢坚。

【四围】四周,周围。农·农·雇工:又有耘田者,只用心于四围,以防主人陇头之望;数尺以里,则地皮未曾经锄角。此等岂不可诛!日·泥:百尺舡棚扎四围。

【四下】各处,到处。翻10:那屋壁破墙垣,四下透黑浪烟,一行倒蹬一行叹。增6:心忙不看城外景,闯进城来四下瞧,三街六市人烟闹。

**【四下里】**同“四下”。蓬7：只见那海水潮沸，四下里一望无边。快2：了也了不的了！四下里是火，往那里逃走？磨11：差人……忽抬头见一行人来，说：“不好了！那是方家人来了！快拿腿罢！”四下里乱窜。

**【四乡】**指周围各乡。寒7：拿过猪皮按把上，还着四乡变一周，合县都来吃他的肉。富13：不一时来到门前，三声响大礅连天，四乡里多少人来看！

**【四牙子朝上】**（邹本“牙”作“爪”）“牙”当为“爪”字之讹。手脚朝上，指仰面朝天。“爪子”用于人是詈语。富6：又是醉又是慌魂也不在，跳过墙一骨碌跌在当街。张官人只一刀就砍下一块，爬了爬还待走，复又一刀砍下来，他可才四牙子朝上，两腿儿蹬开。

**【四指面条子】**比喻伸开的四根手指。禳2：你翻错了，我下这四指面条子打你。禳9：你当初曾说要四指面条子打我，怎么加上一个指头呢？还打着脸上呢？

**【四至】**田地或住宅等四周的边界。寒8：立文契是赵歪，只因贫少钱财，就将自己庄田卖。时值价银三千两，四至分明详细开，一面全管无罣碍。

**【似不知】**好像不知道的样子。参见“打四不知”。富9：好张春，好张春，领着族人一大群。却推个似不知，闹嚷嚷一声子问：“甚么人，甚么人，半夜三更来叫门？”

## song

**【松】**松树。翻6：范乡绅一名园，天下的第一观，过往官府都来看。里头奇花并异草，松竹梅李玉栏杆，太湖石夹在两河岸。翻6：二相公过河来，看松竹走花阶，点头称赞好心快。

**【松（鬆）】**❶松散，疏松。增23：万岁爷下楼来，只听的闹垓垓，见王龙正在那里行无赖。看见万岁才撒了手，二姐头松怀也开，丫头扶出门儿外。钟：角带松松黑帻偏，似鹤飞半天。❷放松，松开。墙2：使力气撮上墙，松了手往下张，真如死狗一般样。琴：百样的方法鬼混人，轻轻把我胭来咬。我的手儿仔一松，裤带早又解开了。❸松动，松弛。富9：这五六年了，那官司或者也松了。我悄悄的到家走走，有何不可？❹弱，差。快4：谁知胜仗极好打，上前好似一窝蜂。共总一个曹操没拿住，到如今懊悔杀的松！富2：秀才们做事松，得了胜都居功，人人会把花枪弄。

**【松放】**放松。富6：那解子到晚来大弄歪像，便说道张相公你惯好颠枪，今

夜晚断然是不敢松放。

**【松缓】**宽松。俊:每日里像那疔疮着骨,你去了我也松缓。禳14:自从丈人去后,爹娘叫我独居,今已一月有馀,倒觉松缓的紧。

**【松黄】**如松果般的黄色。禳15:你那金连不勾半揸大。那一日你穿的松黄绉纱,桃红鞋儿围着一朵金花。

**【松撒】**松弛,放松。磨19:张鸿渐解起身,半路逃无处寻,至到如今心里恨。昨夜方才回家来,带几个人儿堵住门,纵然有翅也难遁。咱如今不要松撒,亲家你快去齐人!

**【松伞】**松菇。状如伞形,也叫"松伞菇"。增7:小六哥整攒盒,松子榛仁把皮剥,柑橘酥梨摆几个;羊肚松伞沙鱼翅,猴头熊掌共燕窝,件件齐整看的过。日·菜:松伞猴头价不轻。

**【傱】**傻。俊:呀,傱强人,嘲畜生!割了肉来胡触送,终朝每日瞎作蹬,弄的天那大窟窿。日·赌:赌博真是傱呆秕。

**【傱虫】**傻瓜。俊:开场设赌无二话,终日就把那套来下;若是傱虫来嗲张,打杀还把皮来剥!

**【傱种】**同"傱虫"。俊:这西江月是说的不成人的憨蛋,不长俊的傱种。

**【耸】**❶耸立。翻6:一处处楼阁高耸,可也是天下奇观。❷向上动。钟:展阔袖,耸双肩,灵壁图,真活现。❸同"傱",傻。墙2:起初时,耸着蛇头实落去做衣买帽,傻着脖子当真的称肉杀鸡,恐怕不如家兄,我先讨愧。磨2:你这个人好耸,跪噪子当了甚么!死活的由命,哀告甚么!

**【耸打瓦】**代表穷的典型,具体所指不详。穷:俺如今又不俊,又不傻,又不聋,又不哑,穷的像个耸打瓦。

**【送客】**❶送来或送走客人。增9:玉火巷您尹六叔,往常时三朝两日的就送客来,如何这一向绝不来走走?❷同"送女客"。琴:乍下轿来好难走,将那送客搀住手。踏着红毡进喜房,女婿站在房门口。

**【送命】**丧命。墙4:不肖的两畜生,饿的他达哐哼哼,墙头上几乎送了命。翻8:若是遇赦还归家,或者不至送了命。

**【送女客】**姑娘出嫁时娘家派出伴送的人。琴:送女客,进绣房,见我模样仔乱嚓嚓。

**【送疏】**将拜忏时焚化的祈祷文送往墓地。日·僧:挑旛送疏衬亡魂。

## SOU

**【搜求】**❶搜查寻找。寒 5：快给我掀开包裹，待本县自己搜求。增 25：情管是他在那里，不消去别处搜求。❷指找毛病，找缺点。磨 25：把墨研稠，行行写去不抬头，第五篇已是一挥就。脱稿再搜求，六篇才完把笔投，直直腰再将七篇做。❸挑刺，待人严苛。禳 26：小娘终日搜求，怎么忽然回了头？

**【搜算】**用各种方式算计、利用。寒 8：赵歪子甚杂毛，又好赌又好嫖，器皿田园折蹬着粜。以前还有虚体面，后来冬里没身袍，也是他有耗星照。搜算着楼宅地土，这家业指日全消。

**【锼锯】**一种锯条较窄、可以锯出曲线的小锯。日·木：刨刀锼锯都直钱。

**【飕】**象声词。形容连续的飞快而过的声音。增 6：若得罪着他，咱就休出门了。设或路上撞着，可成了冤家路窄了，漫洼中夹夹马赶下咱去，飕的一箭，嗤的一声，一刀可就杀了咱了。

**【飕飕】**象声词。形容飞快而过的声音。富 5：秋来到，落叶飕飕，萤火高飞直过楼。富 7：秋里来才是活受罪，秋风儿飕飕，那落叶儿成堆。增 28：宣武院起了火，前后房一齐灼，狂风飕飕旋天刮。

**【嗽】**咳嗽。磨 1：果然取出硼硼鼓、插儿机，交于别人。嗽一声说："好好着，咱就来。"

**【苏秦背着七星剑】**指"苏秦背剑"，骨牌的一种牌名。由三扇牌组合而成，其中两扇各黑色十二点，一扇黑色九点。禳 26：你看五岳去朝天，一心打个八珠环。二士入桃园，二士入桃园，苏秦背着七星剑。火炼丹，打个人牌也不难。

## SU

**【酥】**❶酥脆，酥软。富 14：我带来佳肴美菜，甘脆香酥；一坛仙酒尽堪用，不必尘世酒店沽。❷比喻身体发软。墙 1：没儿霎想着要做老，叫一声爹爹酥半边，谁想这老不值个狗屁蛋。磨 31：腥登登只杀的血成渠，乱穰穰只杀的尸满路，那将军心也服，那官兵骨也酥。

**【酥饼】**泛指各种酥脆的烧饼。日·饮：糖食酥饼亦多般。

**【酥梨】**脆梨。增 7：小六哥整攒盒，松子榛仁把皮剥，柑橘酥梨摆几个。

**【酥麻】**比喻因为激动而身体发软。磨 13：那方娘子，且休说合他有实事，但能汤他一汤，也就浑身酥麻。磨 19：多亏了有仁义的店家，有恩情的仙家，到如

今说起浑身酥麻。

**【俗】**❶庸俗，普通，不高雅。琴：信口胡诌，不俗也不雅；写情描景，不真也不假。蓬3：见他满屋香烟，满架诗书，到也不俗，方才实说了。❷世俗，与仙界相对。富1：笑世人求仙求佛，这念头忒也谬妄。一个俗俗人儿，怎么把青天去上？磨36：觉功效非凡，觉功效非凡，俗骨能更换，村容也改颜。❸民间流行的。增19：长官，我待行个正经令么，怕你说不上来；行个俗俗的令罢，要两头一样。钟：他僚友辈俗情尽免，只姊妹佳意难捐。❹因为重复而令人感到不新鲜、不再有意思。禳31：怎能如恩爱夫妻，终夜不嫌俗？磨13：娘子又待戏弄小生哩！才隔了两日，再相戏便俗了。我只是谢罪便了。磨24：那遢遢唱了四五天，也俗了。每人赏他一吊钱，叫他去罢。

**【俗恶】**低俗恶劣。日・赌：况是骰牌更俗恶。

**【俗礼】**世俗的礼节。富14：洞宾老祖也吩咐不行俗礼。磨36：太太领着一家人要参拜，何仙姑说："出家人不行俗礼。"

**【俗名】**俗称，通俗的名称。翻2：魏名把仇福教，仇福跟着魏名学，一说爽然就知道。不过大点赢小点，俗名叫做"火燎毛"，惟有这个极公道。农・蚕・上簇：两蚕并作一茧，是为双公，俗名胡雷。日・树：楷树俗名黄檞楝。日・走：野鼠俗名唤地穰。

**【俗说】**俗话说。俊：胡朋又把宗官念，俗说只怕事不办，从来本大利就长，破上大本干一干。

**【俗眼】**平凡的、不算好看的眼睛，指很普通的相貌。禳28：搽了脸抹了唇，穿上套衣服耀眼新，俗眼都要看着俊。（此处描写丫鬟被打扮得焕然一新）

**【俗语】**通俗而定型的语句。磨23：俗语说："便宜了一个大瘩疸。"你也便宜，我也便宜。这不是吉利么？增2：国母说："万岁，你记的那几句俗语么？"皇帝说："那几句俗语？"国母说："凤不离巢，龙不离海，虎不离山，天子不离金阙。……"

**【俗字】**日常所用的字。日・昆：诸门俗字多遗漏。

**【诉】**诉说。姑1：可怜煞，陈珊瑚，拜了婆婆拜丈夫，满怀冤枉凭谁诉？翻9：那将军即时叫了去，看了看二相公是个书生，就问他犯罪的情由。二相公对着他诉了一遍。磨8：奴家上无依，下无靠，里外的支使着一个人，肚子酸苦，没处向人诉诉。

**【素常】**平日，往常。磨34：我素常杀的，都是这一号东西！增23：王龙那公

子性，素常降人是惯了的，谁敢说一个失字？

**【素日】**平日，素常。寒2：那恶虎素日合老王极好，待弄个体面，谁想他翻了脸，不由的不着忙。磨32：那官不知是谁人？等要他忠诚素日贤，方才不受人诓赚。

**【素馨】**素馨花，一种木樨科植物。花白色，香气清洌。日·花：素馨枝上宿青鸾。家政外编·诸花谱：素馨，采花压油，可以泽发。黄梅时扦或春种。宜阴、宜清，喜残茶。

**【宿】**❶住宿，睡觉。禳12：那王子雅是个风流名士，不拘小节，宿在他家，只怕也没有好处。磨22：太太说："你昨日宿在何处，就来到如今？"答应："昨夜宿了苏镇，离家一百六十里，因此晚了。"❷（方言音与❶相同）量词。夜。慈4：每日晚上来，就自家找着那活路忙揭了半宿，他娘叫着他也不听。翻3：到底病人也没力气，虽然狠打，也没打犯，疼了一宿，就好了。禳31：他是个门里人，我合他论日，没合他论夜。今日官人来了，他不过连宿都算，叫他黑夜里也不要闲着。

**【宿娼】**与娼妓奸宿。增0：朝廷赌博又宿娼，打柴汉子做新郎，酒保做了千殿下，赶着姐姐叫娘娘。

**【宿酒】**宿醉，经一夜而尚未全醒的余醉。禳20：二更里心绪更难堪，心头冤苦对谁言？趁着宿酒还未醒，带醉容易眠，人那哎哟，容易眠。

**【宿客】**住宿的客人。增15：您娘们酒量大，白日里客来客去的吃不足兴，到晚上无有宿客了，吃了好睡觉，故叫做夜壶。

**【宿眼】**困倦得睁不开眼。慈1：张炳之放倒身长吁短叹……颠倒寻思了万万千千，溜溜的睡了一整夜，好汉子及到天明宿了眼。姑2：大成白黑的守着，溺尿出恭，都要他伏着，把眼都宿了。

**【宿钱】**宿娼的费用。禳31：你不必疼那宿钱，我管给你支，叫他来罢。增12：褒贬是买主。待说我好罢，又恐怕要的宿钱太多了；说不好，糊突着玩玩罢了。

**【宿世】**前世。增23：赌场里根基没凭准，行说着好话把脸丢，转一转儿还依旧。就有些面红面赤，又不是宿世冤仇。

## suan

**【酸酸邦邦】**形容迂腐酸文的样子。磨5：列位既有本领告官告吏，就有本事

充军,每日家酸酸邦邦的!看前边这座大山里有一伙强盗,要杀人吃了哩,你可合他摔之乎,弄焉哉!

**【蒜碟】**盛放蒜泥的碟子。禳16:狗儿甜蒜碟,到屋里还勒揹他不轻饶。禳24:即如就是一碗豆腐,若是切成叶着油煎了,蘸上个蒜碟儿,或是切成细馅包包儿,敢子他就吃了。

**【算给】**算计,暗中谋划损害别人。方言中"给"声韵母同"计",系误写。增16:皇爷说:"眼里有俺,不过知道我这腰里还有几两银子,您娘们待算给我的。"二姐说:"俺不过是个女孩家,俺会放响马,扯溜子,倒鲍头算计你?……"

## sui

**【随大】**随着排第一的,即排序为二。禳32:太公云:"众位请。"众让介。公子云:"不必让了,咱今日叙了齿罢。子平兄头,葛姐夫随大,王二哥第三。请。"

**【随路】**一路上,整个路上。翻7:随路却是毡铺地,媳妇出来同拜堂,拜了堂才把女婿让。

**【随人情】**根据礼俗应酬亲朋间的交际活动。禳19:他令兄出去随人情,半夜去听他嫂嫂的门,二捣鬼还撑什么棍?

**【随邪】**依从邪念。禳31:我老实,心似铁,并不随邪。您𫏋下棋,我点着替找却,我点着替找却。增20:赛观音把心欺,弄巧语害正德,王龙耳软无主意。随邪听了贱人话,王龙吃了大姐亏,后来剥皮无人替。

**【随自】**随即。寒2:到了城找了半日,才知道是赵管刘宾。随自见了刘宾,拜了拜,便问道:"事情何如?"

**【岁勒】**指岁考,每年对生员、廪生进行的考核。禳22:今岁勒止一考,怕等儿定不就。

**【繀车】**一种纺车。日·养:芦箪纺罢繀车闲。

## sun

**【损揸】**贬损。"揸"为语缀。禳18:进房门四下里撒,揭开珠帘看见他。他若见俺这个样,未必不重新再损揸。

**【笋鸡】**童子鸡。增7:六哥整了一桌酒菜,抬上楼来。……安排的甚均匀,端上来香喷喷,盘碗鲜明颜色俊。肥豚笋鸡天花菜,鲥鱼鳆鱼共海参,还有蘑菇合香蕈。

SUO

**【唆拨】**挑唆。翻9:那一年,咱庄里有一个是刘悦,他媳妇子吊杀了,庄里人讲说着,给他丈人十两银子,已是就结局;着魏名唆拨着告上状,把刘悦打了二十板,地上宅子都净了。

**【唆讼】**调唆别人打官司。日·争:唆讼撺人尤不好。

**【娑萝】**娑罗,又称"柳安"。一种原产于印度、东南亚等地的常绿大乔木。蓬2:忽然殿后一垂杨,满殿全遮日色光;只见那长条垂下有千丈,老叶浓阴如线长。一时殿阁俱生凉,好似那月殿娑萝无两样。

**【梭布】**粗布,土布。禳33:给我母亲当总管,用心去做,赏你件梭布衣裳。日·养:梭布非丝贱可穿。

**【睃不上】**("睃",今方言音"梭"阳平)看不上,不喜欢。慈1:叫他娘,他又没有好声嗓,哀哀的叫了来,还着人睃不上。翻4:俺媳妇子急仔睃不上我,不如就给他罢。

**【㲚不上】**同"睃不上"。日·衔:银袱才空㲚不上。

**【所以然】**代指不便直说的事情。丑:看的金莲知觉了,斜转秋波开笑颜,不知是那里来的黑大汉,心里着实犯故嗆,模样虽丑汉子大,心里想到所以然,回头看着笑一笑,传情只在眼角边。

**【索】**索要。墙3:他说火银六七吊,至到而今把他该,没钱使上门来索债。磨2:俭了年已难禁,又给个官索杀人,老天罚的忒也甚!

**【索钠】**唢呐。日·器:钃釟索钠送圆房。

**【索头】**牛索头,呈∧形,牛拉犁或拉车时套在脖子上,有绳穿过连接犁或车。日·庄:索头穿绠才上犋。

**【索性】**干脆,不再考虑别的。姑2:不说于氏受气而去,且说珊瑚听的吵闹,索性藏了,只等于氏家去了才出来。禳24:咱这把戏,说起来又待哭又是待笑。我索性再从头数量数量。磨4:我想银子是事细,兄弟要紧。若再加两千,不过坏两个功名尽之矣。一不做,二不休,索性一万两银子都给了他,把他秀才们问他个七死八活,也好在卢龙做官。

**【繂帮】**将鞋帮与鞋底缝连起来。日·裁:靸上繂帮方使楦。

**【琑碎】**同"琐碎"。琴:嫂子说话硼心坎,句句何曾差一点?本等心里怪爱笑,人脸前头放下脸。一遭一遭琑碎人,想是拿着俺当聘纂。蓬6:就是那韵哥

淘气,不教他琑碎亲娘。

**【琐摩】**烦扰。翻7:二相公才待做做,跑了来只顾琐摩。

**【琐碎】**麻烦,烦扰。墙2:做儿也罢了,琐碎在养老。亏了老兄乖,跟好就学好。慈1:且休讲这光棍子百般的琐碎,万般的凄凉,只有一个孩子叫呱呱的,没了他娘,就只是找他达呀,他叫你东游西转不的。

**【琐琐葡萄】**一种新疆产的葡萄。果粒小,皮厚肉薄,汁少,无核。日·果:琐琐葡萄真贵重。

**【锁膽】**锁状的纸扎物。日·纸:筒膽锁膽闹似云。

**【锁南枝】**曲牌名。增1:世事儿若循环,如今人不似前,新曲一年一遭换。《银纽丝儿》才丢下,后来兴起《打枣杆》,《锁南枝》半插《罗江怨》。又兴起《正德嫖院》,《耍孩儿》异样的新鲜。

# T

## ta

**【他】**❶第三人称代词。墙1:他有达妈人两个,我有俺达一个人;虽然叫达一样叫,俺达不如他达亲。姑1:老王细说了一遍。大成唬了一惊,嘱咐他(指老王)休对他(指大成)娘说。❷用在亲属称谓前,表示从子称(相当于说"孩子他……")。墙1:这月里是个小尽,到明日送给他二叔家,尽他合他怎么啕去。琴:嫂子笑嘻嘻,嫂子笑嘻嘻,叫声您姑娘便宜你,都说他姑夫,生的极标致。

**【他妈的】**詈词。禳10:割了头,碗那大小一个疤啦!投信我掘他妈的!要死就死,要活就活!磨28:天那天!这卦也算不的了,不如去他妈的罢!

**【他每】**同"他们"。墙1:急自要不出来,可也没奈何,也就依了。休说吃好的,合他每一样也就罢了。

**【他们】**第三人称复数代词。寒4:李蝎子送进去二百银子,老王嫌少不要,吩咐他们把这一干人犯暂且寄监。富4:众医生看了看方,都走了,不与他担干系。方仲起知道他们的意思,也就要破着做,遂送进方子。增14:这奴才们笑我,我头信妆一妆村给他们看看。

**【他娘的】**❶他母亲的。翻7:二相公三五日来家看看。到了五月里,是他娘的生日,慧娘自己来上寿。寒2:生员不要钱。使他一两银子的,就是他娘的一个孤老!❷同"他妈的",詈词。翻11:这不过有顶有面的,我去买两把大凿来,有日没工的凿他娘的。穷:狗腿常来给俺没体面,嘴儿翻边又卷沿,眼儿恶钉珠儿转,把他娘的好难看!

**【塌】**❶倒塌。穷:墙又塌,屋又倒,大风刮了屋上草。磨12:咳!我这几年在外,这垣墙也塌了半截,待俺跳过墙去。❷塌陷,塌落。富3:上看眼睛塌,下看鼻子歪,似这等还望人还在?磨14:叫一声俺潮哥,讲廉耻做甚么?头巾歪塌蓝衫破。❸耕地后翻起的土块经过一段时间后自然坚实。农·农·垦荒:先纵火烧草,然后深耕,勿耙勿耢。塌许时,用镢打破坌块,再耕之。农·农·蜀秫蔸:不然,亦当于未芽时早耕,叫人拾去根蔸;塌二三日,再耕一遍方佳。

【塌伏】用胳膊肘支撑着伏身向下。富3:官人看了看,床上有铺下的锦被锦褥,又软又香,遂即书架上拿了一本残书,上床去塌伏在枕头上观看。磨8:看了看那床上,已是给铺下了锦被锦褥,又香又暖。"小生可有甚么福德,蒙我那舜华姐姐这样错爱?夜长难睡,俺且看书。"遂去书架上抽了一本书,塌伏着枕上观看。

【塌灰】屋内从天棚或房顶落下的灰土。慈1:打光棍实势难,炉少火灶少烟,衣脏袜破鞋儿绽。外边待上三五日,进门好似枯坟坛,塌灰遮满了床儿面。

【塌胯】同"搨挎",引申指不愿意动身离开。日·赌:官宦塌胯满堂朝。(此处描写的是官员在朝堂打马吊的场景。盖形容因为迷恋打马吊,个个似乎腿有毛病似地不想走开)

【塌拉】趿拉,把鞋的后帮踩倒拖拉着穿。慈4:兄弟去,再休来露了衣裳塌拉了鞋,你虽殷勤我不爱。(此处是踩倒鞋后帮的意思)

【塌头】同"幍头",白布缝制的孝帽。墙4:既这等,我还得缝个塌头,还得搓根麻绳。

【塔牖】塔状的纸扎物。日·纸:十丈塔旛暨墓门。

【傝偅】("偅"蒲氏注音"撤",为"撒"字之讹)游手好闲。参见"蹋撒物"。日·身:傝偅闲游负此身。

【搨】❶塌陷。日·争:弱者嘴歪鼻又搨。❷溻,汗水或雨水湿透衣服、被褥等。磨6:一伙差人连跑了两回,还没歇过来,喘吁吁的把衣服都搨了。

【搨胯】腿有毛病行走不便。日·庄:钓肷搨胯亦堪怜。

【毾毵】(蒲氏注音"塔撒")长而散乱的样子。日·身:眼眨毛长毾毵丑。

【幍头】白布缝制的孝帽。日·僧:幍头哀杖齐瞧看。

【踏板儿】置于床前踩着上床的矮凳。琴:俏声低言,俏声低言,轻轻的跪在踏板儿前。我仔笑一声,他就扒上床儿沿。

【踏狗尾】同"蹀狗尾儿",发现别人的奸情后借此要挟以达到行奸的目的。富6:也合该有事,这一夜,李鸭子从东庄吃了酒来家,远远的望见一个人跳过墙去,心里寻思:"这一定是方娘子的厚人。妙哉!我也跳过墙去踏个狗尾,有何不可?"

【踏棍子】同"蹅棍"("踏",方言音"扎"),轧车上用脚踩动的一个棍形部件,通过连杆使轧车的碾轴转动。禳1:昨日煞进门就是顿巴掌子,劈头就是顿踏棍子,打的露着血真脉子,几乎见了腥荤子。

【踏凶】踏勘凶案现场。穷:我那亲亲的爷爷!你到几时合伙你那些众兄弟们,一当踏凶,二来散闷,光降光降,来舍下走走?

【蹋撒物】游手好闲的人。俊:宗亓人一博徒,掷三骰又游湖,眼看成了个蹋撒物。起初输的钱合钞,后来无钱当衣服,得空输了他老婆的裤。

## tai

【胎】❶怀孕或生育的次数。姑3:臧姑生十胎都不存,到了五十上,才生了一子,进了学。禳2:十来胎不存留,看今生已罢休,不想还生下这块肉。❷同"胎状""态状""态儿",样子。禳10:这个媳妇天下少,来把公婆闹。除打了人还去上吊,祸临头还亏了休的早。这个老婆怎么了?吵的那头也吊!早知这个胎,干给也不要。我情愿打光棍直到老!

【胎里病】先天性的疾病。农·蚕·辨种:种将出,取在明亮处细看,中有色淡陷匾者,以针挑器中埋桑下。此是胎里病,一人眠,必然生病传染,不可留也。

【胎状】同"态状"("态",方言音"胎"),样子。禳18:一夜不能翻身,临明稍觉轻些。趁王子平不能起来,待俺开门而去,看天明了街上人看见,不成个胎状。

【抬盒】需要两人抬着的多层食盒。日·器:编竹抬盒送大礼。

【太公】同"太爷""太老爷"。翻12:姜娘子、慧娘合老太太都哭起来了,老太爷与大爷、探花老爷都下泪。太公止住泪说:"您们都不必悲伤,我已是算计就了。"禳30:家人报:"太爷、太太大喜!老爷中了五魁。"太公云:"可喜可喜!快忙报与您奶奶知道。"富13:却说张太公父子在京,到了放榜之日,爷俩领着家人去看。

【太老爷】对尊称为"老爷"的人的父亲的尊称。禳30:这是高老爷家门首。门上的快忙快忙传与太老爷得知,老爷中了第五名,俺来报喜的。磨27:管家在轿前禀道:"众乡亲迎太老爷。"鸿渐慌忙下轿,说:"怎敢劳动众位远迎!我十年不在家了,看你老的少的,都不认的了。"(鸿渐此时不到四十岁,但其子已中进士,是"老爷")

【太母】同"太太",对尊称为"老爷"的人的母亲的尊称。禳33:江城、兰芳、春香、丫头捧衣服上,太母云:"这是甚么东西?"禳33:公子云:"给太爷斟酒,给太太换酒。"太母云:"我够了,给您太爷斟罢。"

【太奶奶】对尊称为"老爷"的人的母亲的尊称。富12:太奶奶每日愁,听谣

言心惊怪。

**【太平车】**一种载重的大车。车两侧有拦板，前有多头牲畜牵引。日·杂：太平车用花梨旋。

**【太平年】**❶天下太平的年份。增1：风调雨顺人安乐，五谷丰登太平年，像尧王重坐金銮殿。❷曲牌名。磨12：[太平年]张官人吃一惊，举头满眼尽蒿蓬，分明归来不是梦，太平年，一望庭院都成空，年太平。张官人正徘徊，回首一看华堂开，身子已在房中坐，太平年，忽见舜华笑进来，年太平。施舜华开笑言，实说我原是个狐仙。官人不必心惊惧，太平年，我与官人实有缘，年太平。

**【太山】**泰山。富13：竖大旗，挑长幡，人声喧，刀枪钺斧共勾镰；鼓吹一大攒，锣鼓闹喧喧，好一似排大驾，上太山。

**【太太】**对尊称为"老爷"的人的母亲的尊称。慈6：原来张老爷就是王太太所生。王太太被黑固山虏去，五个月生了张老爷，起了个名字，叫做白持。富10：新举人去上坟，骑红马彩色新，比着从前越发俊。方太太是个佳人，三十多还正青春，做着太太忒也俊。

**【太爷】**❶同"太老爷"，对尊称为"老爷"的人的父亲的尊称。翻12：仇太爷从军半世，到底他心里从容。富12：俺在太原，俺在太原，叫了老爷够一年，仓猝间改了口，太爷还叫不惯。富13：太爷殿了探花。少爷殿了二甲；亏了他年少，人物齐整，又拉了个翰林。❷对本地县官的尊称。墙4：张大哎哟："受打捱捶为甚么？"张二哎哟："皮开肉绽血成窪。"李氏哎哟说："太爷说到还轻处。"赵氏哎哟说："又积作下堂前忤逆达。"

**【太乙】**用阴阳五行占卜的三式中的一种。闹：相公，你若狐疑，也是小事，这院门前好揣骨相，布政司街西好将鸾，按察司街上好的金口诀、太乙六壬周易神课，我明日讨酒饭钱陪相公走走去好么？少不得问相扶鸾卜六爻。

**【态儿】**同"态状"。禳16：近来一发不成个腔儿，把人活气杀！……看这态儿，还能怎么？

**【态状】**样子，状态。寒8：歪子出了庙门，往家正走，也是娘娘指引，正遇着太老爷偶然出庄闲走。看见歪子褴褛搭撒的不成个态状，便叫人送了一身袍，一顶帽，杂粮两石。富4：仲起甚聪明，极会相趋承，满面春风，满面春风，态状实难见宾朋。

## tan

**【贪慌】**性急而慌忙。快4：脚踏脖子枭首级，那鼻眼略动口还张。贪慌摆划

这颗髅骨，别的跑了他贼娘！增16：二姐听说，深深的拜了两拜，说："……仗赖姐夫的洪福，给我那圣上的汗巾看看，死也甘心！"万岁说："你看不的。"二姐说："我就夺！"跳了一跳，贪慌拘那汗巾，把桌子上酒壶拐倒。

**【贪耍】**贪玩。翻2：土条蛇这样奸贼，也不要百般的用心机引人去嫖。呆相公只贪耍那里知道。增1：这万岁是按上方觜火猴临凡，光好贪耍。

**【贪图】**追求，希望得到。翻6：穷姑姑，穷姑姑，下番人家谁贪图？寒2：本来那冯知府，银子钱不贪图，心中也把恶人怒。

**【贪物】**指贪赃的人。富4：贪物该抄，贪物该抄，合县如将水火遭。若还是药有灵，那贼头合该吊！

**【贪心】**贪得的欲望。墙2：二弟若还知道了，他那哄法比我能，他就有点贪心病。

**【摊】**❶平展开。农·蚕·种变：俟出齐，取叶纳怀中令暖，切极细摊纸上，将连合叶上，蚕自下。农·蚕·择茧：茧宜双手忙择，凉处薄摊，蛾出自迟。❷把糊状食物倒在锅上摊成薄片煎熟。增8：若见了他时，就像那二月二的煎饼……就摊了呢！❸命中注定地碰到。墙2：恨煞人不生不死，摊着你真正遭殃！姑1：人人都说于氏有造化，就摊了恁么一个贤惠媳妇。

**【弹唱】**边弹琴边唱。增26：王冲霄闷腾腾，听南楼弹唱声，气的整宿睡不定。

**【毯毼】**毛织的布。日·毡：毯毼别有匠人织。

**【叹见】**可怜。姑1：好可怜，翻贴门神左右难：丑了怕你恼，俊了你又嫌，就是这模样难更变。满肚冤屈对谁言？心里的苦水变成酸，我的天，叹见人，好叫人叹见！

**【叹人】**令人伤叹。富2：张鸿渐见他说的有理，只有二两银子，扁在腰里，就与娘子作别。好叹人也！姑1：叹杀人小珊瑚，低着头哭乌乌，满怀冤苦言难诉，惟凭双泪向丈夫。

**【炭】**煤。墙1：六月还穿破棉袄，腊月还是旧布衫，待烤火没人舍筐炭。禳24：俺可镟了一块肉胡儿，转了一个鸡脯儿，偷了两对鸽雏儿，香油称了一伏儿，清酒落了几壶儿，炭块还够一炉儿，笑："拿到家里，老婆孩子大家好揎。"

**【炭墼】**用碎煤加水与土和后晒成的煤饼。日·杂：黄熟炭墼熏被褥。

**【炭灰】**煤的灰烬。蓬4：朝朝寒食，夜夜重阳，比目鱼儿成对，并头莲儿成双。各处蜡烛流成块，一宿炭灰一大筐，这时节把那富贵神仙一切忘。

【炭井】煤井。蓬 4:待开缎店,谁下杭苏?待开药铺,又少药厨;待攻炭井,鼻嘴黑乌;待开食店,越发村粗;况且本钱,一个全无。

【炭苗】指煤块。禳 19:樊满城黑如炭苗,半尺金莲嘴似瓢,估着不知怎么妙。

【探春】一种木樨科半常绿灌木。初夏开黄色花。日·花:迎春探春催四季。

【探马】派出去打探消息的人。富 13:又上轿呼呼扇扇,那探马跑跑颠颠,五十里一派人声乱。磨 27:他爷儿两个告假还家,不知今日宿在何处?着人传出去,着探马探着老爷来到那里,即忙来报。

【探业】安分,知足。墙 1:天不教我死了,这肚子又不探业。这不是还不曾晌午,早晨吃了两碗糊突,两泡尿已是溺去了,好饿的紧!穷:孩子绝不探业,老婆更不通情。

## tang

【汤¹】(tāng)稀粥,或加了粮食煮的水。慈 5:张炳之听的哐哼,慌忙取了点饭汤来,灌了他一口,也咽下去了一半,从那刀缝子里也出来了一半。磨 7:我药着了!快熬些绿豆汤来解解!

【汤饭】饮食。闹:我学生接下题纸以来,汤饭饱吃过两道,定要做几篇解元文字,谁想吓的那散举人的文字并不敢来探头了。

【汤水】指饭和热水。磨 7:白日烧汤水,黑夜提溺壶,辛苦受了无其数。

【汤心鸡子】溏心鸡蛋,煮得不十分熟、蛋黄呈粥状的鸡蛋。琴:把俺将息,把俺将息,汤心鸡子补心虚。觉得手儿酸,仔是拿不住。

【瀇】同"汤² ❷",触,摸。日·疾:热疙瘩须瀇几番。日·纸:不敢瀇瀇已破碎。

【嘡嘡】象声词。形容锣声。禳 8:呀!听那喇叭嘻嘻哈哈,那唢呐滴滴答答,一片人声吱吱呀呀,门前花炮乒乒乓乓,十对家丁批溜扑喇,一行人马唰嘞唰嘞,锣儿嘡嘡,鼓儿帕帕。

【堂参】指在公堂参谒上司的礼节形式。富 2:端端帽整整衫,望公座行堂参,开口就把父师念。

【堂房】房舍。日·养:堂房遇冷火初架。

【堂官】指知县、知府等长官。寒 3:赵歪子休胡言,有衙役有堂官,打不打不

是一人见。

**【堂叔伯哥】**同一曾祖的哥哥。富7:方娘子见他无赖,把门关上,那旁人都替他不忿。有张鸿渐的个堂叔伯哥是张春,打靛的把子吊了柄——是没把的个石头。见他骂的忒也不堪,便说:"我劝你省着些罢!"

**【堂堂】**❶容貌庄重大方。磨33:三位堂堂仪表,可为朝廷的栋梁。增13:耳垂肩貌堂堂,龙眉细凤眼长,好似那泥掐的韦陀像。❷有气势或有气魄。磨3:做堂堂一丈夫,那义气不可无,搐着头算不的人之数。磨17:堂堂坐官衙,那刀斧任意加,恨不把你头割下!

**【樀枣】**一种体长的大枣。日·果:樀枣圆铃满枝结。

**【棠球】**一种小山楂。日·果:栗蓬棠球压树垂。

**【搪】**把条状或片状物悬空放在支撑物上。日·器:多者需索用箔搪。

**【糖食】**糖制食品的总称。日·饮:糖食酥饼亦多般。

**【糖粔】**不详。当为一种糖制食物。日·庄:糖枣糖粔辞腊去。

**【糖酴】**麦芽糖。日·饮:煠祭蜜贵糖酴省。

**【糖枣】**用糖炮制过的枣。日·庄:糖枣糖粔辞腊去。

**【淌里洋】**说唱时用的无意义的词语,只是用在开头、起到引起后面内容的作用。磨23:淌里洋来淌里洋,撞马虎好似狼,看见蹄儿是几个,道是一根尾巴长在屁股上。

**【淌垄】**禾苗长至垄脊高。日·庄:谷苗淌垄用心剜。

**【傥来】**非正常得来,意外或通过非法手段得到。蓬5:正在少年,正在少年,有甚么忧愁不自然?总被那镜中花,晃杀男子汉。人生天地间,人生天地间,自有长生快活仙;傥来的臭东西,那个何足念?

**【趟】**量词。遍,次。慈2:他爹听说泪两行,你跟着您姑强的您娘,娇儿呀,我近里还来走一趟。翻2:姜娘子见他少魂没魄的,也没理他。睡到日西,才起来吃了两碗饭。外头蹭了两趟,又睡了。

**【汤²】**(tàng)❶烫,引申指用热度高的物品去除。墙3:倒上酒顿的滚热,咱给爹汤汤风寒。❷触,摸。慈1:骂了一声忘八羔:汤了一汤,你就死声子嚎,还要惯着做达叫。禳9:俺不过汤一汤,也不曾把你伤,瓜子也是轻轻的放。增5:他是天上的神仙女,汤他一汤就造化多,头皮薄敢说将他摸。

**【烫】**加热。日·庄:一凿豆腐还未吃,烫来蘸酱不加盐。

**【摥】**趟,行。日·栽:被耨未成捌一摥。

【遢】(不见于字书,疑"逿"字之讹)应即"趟",量词。日·走:蹉马一遢知好歹。

## tao

【叨】❶同"啕",说(带贬义)。增24:胡百万惯帮嫖,帮衬语极会叨,奉承的万岁心欢乐。增25:你光叨大话,我看你合不煞口来着待说什么。❷吃。墙3:当时饿死没人理,酒肉而今大口叨,不懂的这是甚么穷。磨23:且是如今世情寡薄,给人家上寿,虽是叨他些酒饭,临起身拿出四十个钱赏先生。翻2:渐渐的勾引他小赢东道,赢了也是吃,输了也是叨。❸指打。富2:打强盗小板撩,打钱粮大板叨,无钱还把夹棍套。

【叨贫话】耍贫嘴,说废话或乱开玩笑。磨1:不好,不好!这也像叨贫话的,不大雅致。

【叨讪讪】不自然地、难为情地说话的样子。寒2:两个贼叨讪讪的,便说:"上司要人,他怎么解的呢?"

【叨瞎话】说瞎话,闲扯吹牛。禳24:你看我呀,贪叨瞎话,打发书房的那鸡蛋,从清晨舂在锅里,虽然化了不要紧,看熬红了那锅子,得去看看。增26:这先生光叨瞎话。你每日就是合我在一堆儿,我又不是皇帝,你怕怎的?

【掏环】两个环状物相互套在一起。日·饮:透油飞果有掏环。

【犏牛】("犏"蒲氏注音"漂")未曾生育过的牛。日·庄:犏牛忽产小花犍。

【韬领】套在外面的毛领。日·皮:遂将狐嗉为韬领。

【搯】"掐"字之讹。❶用指甲按或使劲捏。快2:那孔明才能出众,搯指儿算定关公。快2:张辽见他踌躇,搯了搯曹操说:"还不逃命,更待何时?"果然哄的声跑了。[①] ❷用石碾碾碎。翻3:姜娘子做了饭,打发他婆婆吃了,才掠了升麦子碾上,搯了搯,烙了两个黑饼……

【逃军】充军中逃跑的人。翻10:范公子猜他逃军,问了问详细,越发欢喜,起来告辞:"我回去,打发小女来。"作别去了。

【逃人】❶逃犯,犯案后逃跑的人。磨12:方氏说:"半夜三更,何人叫门?"鸿渐说:"是逃人还家。"磨13:方氏上白:"半夜三更,你是何人叫门?"鸿渐说:"是

---

① 此处描写曹操兵败赤壁逃跑,关羽按照诸葛亮的安排在华容道截住曹操,但顾念旧情而踌躇未动手,曹方将领张辽提醒曹操趁机逃走。或释"搯"为"捶,捣",然而在双方距离很近的情况下,偷偷地搯(用力捏)比动作有幅度的击打更隐蔽,更合理。

逃人还家。”❷同“东人”，清兵入关后，满族贵要门下的奴仆中因不堪残酷剥削压迫而逃走求活的人。翻8：那逃人，那逃人，一溜溜进书房门。倒在床上挺着尸，单等人来把他问。翻8：那逃人，那逃人，坐在那里不动身。大家拿着好话央，那人拿头摔光棍。

**【桃园】**同“二士入桃园”，骨牌的一种牌名。日·赌：打过桃园估六十。

**【啕】**❶淘气，做事让人生气。墙1：不必理他。这月里是个小尽，到明日送给他二叔家，尽他合他怎么啕去。慈2：他养活二日，他自然就啕够了。❷因为别人做事不讲道理而生气，气恼。墙2：好恨人！使的我喘吁吁的，他倒嘀嗤起来。啕杀我了！禳15：终日把人家活活的恼杀，活活的啕杀，活活的气杀！禳27：父母命年六七十，一个媳妇一个儿，啕的爹娘分两院，枉在人间披人皮。❸说话。翻9：啕的姐姐舌尖破，才把大丑遮的严，今日该打个稀糊烂！富11：俺虽然穷极了，叫化子啕瞎话——不拘那里就捞一个黄边。

**【啕叫】**喊叫，叫喊。墙3：张老大叫：“冻死我也！”张二端出火来，说：“……呀！里边啕叫甚么？待俺看来。”张老又叫：“冻死了！”磨23：有一伙瞎厮，在路上走路胡迷了，一骨碌张在崖里。亏他攀住一枝荆科，不曾到底。又不知底下还有多深浅，啕叫“救人那救人”，并不见做声。啕叫了半日了，自言自语说：“合该命尽了！”叫了一声“皇天”撒了手，其实离着沟底不勾半尺了。才说：“咳咳！早知道这等，啕叫什么？”

**【啕气】**❶同“淘气”。做事让人生气。慈1：这孩巴子也不宜量好，当时有他娘在时，越哄越发啕气；今日打了一顿，又见老子受气，从此以后，就是打煞他，他也不敢哭一声了。禳30：（太公云：）“媳妇正啕气哩，你来了可好了。”子正云：“还啕甚么气？小弟虽然来家，可也没有富贵出妻之理。”❷生气。禳5：再休题，再休题，撞着高家这谬东西。费了脚步没赚钱，又瞎啕了多少气。磨30：在圣上面前，合毛义啕了多少气，叫他自己领兵去了。❸指操心。慈4：后娘折掇的堪堪死，亏了他姑把气啕，好心还得好心报。

**【啕啕叫叫】**乱喊叫。翻10：那火着了一宿，亏了慧娘人手子多，要紧的抢出来了。一家人家，啕啕叫叫，都来那后园里坐着。磨18：两个啕啕叫叫，猜枚化拳，一霎大醉。

**【淘】**❶用水冲洗，汰除杂质。蓬3：上无公婆，下无子女，直睡到日上三竿，娘子才起来梳头，也就学着淘米做饭。农·农·割谷：先择佳穗，另放作种，余者稞起。……所收佳种，次年用清水淘种之，庶免乌穙秕谷之病。雪水淘之尤

佳。❷疏浚。俊:输的热了再去捞,投寻结下人命债,沙窝里淘井越发深,这可是嘲呒可是怪。❸同"叨",吃。墙3:咱家虽没好的吃,或是热面或冷酒淘,爹爹待吃就开口要。

**【淘气】**❶生气。寒5:阎罗爷把气淘,骂商礼这样刁,难说人人皆不肖。❷做事惹人生气。墙1:因他翅膀硬了,终日淘气,早早分他出去。蓬6:就是那韵哥淘气,不教他琑碎亲娘。

**【讨】**❶讨要,索取。慈6:瑞州城里闹喧喧,走过了东关问北关,奶奶呀,离乡人来求你一碗饭。南家里讨,北家里缠,在外的人儿难上难,爹爹呀,发慈悲施给我饼一片。琴:恼恨媒人,恼恨媒人,讨了帖去没有回音。❷请求。磨17:大王说:"快给我砍了头来,大家庆贺。"有一个周秀才起来说:"讨给生员替兵卒用刑。"❸讨伐。磨29:(回目)初讨三山。

**【讨愧】**惭愧。墙3:平生不会撒谎,今日反嘮自己的儿孙,讨愧的紧,可笑的紧那!禳20:前日江城用巴豆得罪了亲友,那周、张二人还不屈他,但连累了王子雅,着实惭愧,又不曾敢出门谢罪。那县前有个茶馆,红梅甚盛,反蒙他请我去赏,心中越法讨愧的紧!

**【讨米才货】**靠乞讨为生的人。翻8:俺哥哥乜呆瓜,又不肯俯就他,我不说心里常牵挂。又不是讨米才货,怎肯常住丈人家?做了亲戚我就安排下。

**【讨气】**同"淘气❶",生气。琴:冤家对银灯,细细把奴来觑。就扯奴衣,就扯奴衣,看他那样儿,全然等不的。想起这事来,有些真讨气。

**【讨嚣】**讨羞,讨愧,自觉羞愧。富9:把人拿,把人拿,外头跑了十二三。抓住了五六个,打了够二百下。好大开发,好大开发,还要拴去送官衙。那保正也讨嚣,说不的一点嗄。

**【套弄】**设法引出真话。墙3:老头子这般欢喜,等我套弄他套弄。

**【套套圈圈】**指慢慢地设圈套。富4:二爷暗喜欢,二爷暗喜欢,这里正好用机关。要照着老畜生,加上根狼牙箭。套套圈圈,套套圈圈,不好说卢龙的知县官,慢慢的引将来,时时的瞧方便。

**【套言】**客套话。禳3:子正说:"这是套言了。小弟还有几件家伙不曾收拾,就此告别。"禳20:子雅说:"这都是些套言,不必再题。"

## te

**【忒倕】**不详。日·衍:謥謟忒倕方惹厌。

## teng

**【腾那】**腾挪，掉换（词语、说法）。闱：漫把头颅摸，甚腾那也呵，经半日脱稿才哦，那捷笔邻兄已收拾朱络，瞒肩头说我过我过。

**【腾腾】**❶升腾。快2：志气腾腾贯九霄，雄兵百万压江潮；直将一指遮吴境，铜雀春深锁二乔。磨28：贼剥皮贼抽筋，我合你什么亲？找着给你打扫粪！热气腾腾真难受，臭煞了谁是偿命人？增4：五脏庙里失了火，热焰腾腾烧肺肝，眼前干的黄花乱。❷象声词。扑通。琴：站立堂前，站立堂前，低头尽着端详俺。心里不住乱腾腾，身不由己流香汗。

**【誊真】**用正楷誊写。磨18：好了，俺也完了两篇了，不免誊真便了。

**【誊正】**同“誊真”。磨25：父子各自入号誊正。

**【藤花大轿】**藤编的花轿。磨24：藤花大轿呼扇扇，轿里不知丑与妍，满心喜，到底还有一分欠。忙随俏步到红毡，顶头红罩貌如仙，喜重重，此时觉着天地转。

## ti

**【剔陡】**很陡。磨31：那山后剔陡石崖，不用招架的。

**【踢蹬】**❶折腾，搅乱。姑2：二娘子大不贤，踢蹬的合家不团圆，还要割下别人的肉，拿来自己身上安。俊：三姐说不相干，你那不是该打一千，收上来还该打一万。长长骂着还踢蹬，给你句好气就上了天，我还嫌我骂的善。❷挥霍，大手大脚花钱。磨26：娟娟说：“娘不怕赏钱么？”太太说：“已是赏了，索性儿踢蹬踢蹬罢。”

**【踢弄】**❶任性胡为，折腾。姑3：想当初那是甚么模样，一味胡踢弄，像吃了迷魂汤。我如今清夜的想来，嫂嫂呀，那汗珠子往下淌。翻3：罢罢！可分开你罢。一顷二十亩地，留下四十亩养老，别的平分开，任你去踢弄罢。❷指与对方争斗。慈3：有心待发乍，看了看赵家姑姑，也不是个善查；况且是他那媳妇辆辆叁叁，若踢弄起来，自然都是向他，自然都是向他。磨11：我在卢龙做知县，方兴辖管着我甚么！破着行看他把我嚇？从今后咱就踢弄，一天事有我不差。

**【踢天笼】**指井，为俗语“踢天弄井”的歇后语。俊：不必讲，不用说，再要劝你是个鳖。或是跳在踢天笼，那是你可自在蹭，典儿卖女尽你撕。

**【提壶的】**指店小二。磨12：两人吃酒太闷，提壶的，你去叫一个清唱的来

唱唱。

**【提壶庐】**提壶鸟,因其鸣声似“提壶庐”而得名。古人称其会劝酒。日·禽:提壶庐唤高人饮。

**【提篮】**条编的有提梁的篮子。慈4:到了第二清晨,张诚早起来上书房开开那角门子,见哥哥已咱把各闹打扫了一大堆……慌忙拿杴就除。张讷说:“不用呀,放下我整治罢。”他那里肯听,又去找了个提篮来跨。慈4:张诚又除上了一提篮,他哥夺过来,他还不依。

**【提溜】**提,悬持。富11:伤惨,任拘你怎么端相,那木匠提溜着墨斗——也只是看一眼。

**【提亲】**受男家或女家委托向对方提议结亲。琴:忽见媒婆来提亲,喜的心中难摆划。禳5:咱小长命十二三了,也该给他定个丈人家。近来提亲的到不少,只是合不着我的意思。

**【提撕】**提醒,教导。日·泥:在旁指点要提撕。

**【提鞋】**脚穿进鞋后将鞋的后帮提起以使脚完全落入鞋内。成人可以自己提鞋,儿童则往往需要大人帮着提鞋。主人穿靴时仆人也会帮忙提鞋。“给人提鞋”比喻从旁协助。翻8:妹夫比你强十倍,给他提鞋跐了牙!看你说的甚么话!

**【提学】**掌管学政的官员。增18:二姐说:“俺大爷是进士。”王龙说:“是进士,江西提学。”闹:那文宗呵俺则道圣明裁了他,又只道提学不下山东马,况山东偌大,或今遗漏了咱。

**【题纸】**写有考题的试纸。富12:一声里哄传,一声里哄传,题纸下来闹喧喧,老太公急把孩儿唤。磨25:我儿听着:题目细写休错了,下一笔要把题纸照。

**【题瓻】**不详。当指一种瓦盆或陶盆。日·器:拿着题瓻入酒房。

**【踶胸】**(《字汇》音“题”)不详。马胸前的缨状装饰物。日·走:踶胸搭颏加银鋄。

**【体量】**体谅。翻2:却说那仇福的丈人家,是姜秀才,号屺瞻,为人极好。体量徐氏领着㑇孩子难过,徐氏着人去说娶亲的事,一说就允了。翻2:徐氏听说亲家体量,极喜。看了日子,娶了媳妇。

**【体情】**体谅别人的心情、情势。禳7:自从见了江城,觉着这三魂出窍,好一似身在半空。那不体情的爹娘,又嫌他贫贱。这两日酒饭不能下咽,难道就死了罢!禳33:叫一声我的兰芳,你又能孝顺爹娘,叫我敬你那一样?体情又念穷

乡官，不肯多做燕窝汤，打算给我省家当。

【体统】❶规矩。禳8：三三两两，说是谁家，规矩体统，这样大法？❷身份。增12：玉座出了房门，卖弄他那轻狂，就忘了装着那名妓的体统，曲雅的行持……

【剃头匠】理发师傅。增12：千万仔细着！这一遭替不下来，剃头匠吆喝——可就没了换头了。

【鬀头】剃头。日·僧：鬀头留发有根因。

【替板的】替有钱人承受笞刑以换取报酬的人。禳13：谁想小哥哥自在不惯，替板的长了一腚疮——没人打就痒痒，好没声的溜到他丈人家里，着那樊老儿定了个美人计，着那江城扎挂的合那妖精一般出来见他，那有不动心的？

【替木】门窗上方托举墙壁的横木。日·木：替木过木有两样。

【替身】❶代替别人的人。翻4：把原差合替身，每人打了三十板，只得说本人在下边。禳16：他若不怕你，你那点不如娇三？因你不中惹才不傍边，找一个替身解解馋。❷指可以跟自己轮替做事的人。姑2：不脱衣服，不脱衣服，白黑一个替身无。就是待溺泡尿，也叫他儿来捬。翻1：过的个日子虽不富，粗布衣裳细绢裙，俭年也不曾断了囤。又给他儿娶了媳妇，却方才有了替身。

【替找却】似指输方向赢方支付赌资时确定数额和找零。禳31：您俩下棋，我点着替找却，我点着替找却。

【嚏喷】喷嚏。禳9：你看着你再睡去，也教你嚏喷连声。

【鬄髻】古代妇女用假发做成的髻，外面用网套着。禳1：家家房中有个人，一堆，戴着鬄髻穿着裙，祸根……日·杂：鬄髻梳妆如冠冕。

【鬄髻儿】鬄髻。姑1：珊瑚随即进房来……掩掩怀，插金钗，未照菱花鬄髻儿歪。

## tian

【天差】指钦差，由皇帝亲自派遣、代表皇帝办理事务的人。磨14：官职定就，代天巡狩，拿问那赃官贪吏，要说逃怎么能勾？时到了难留，奉圣旨先斩后奏，三声炮响，献上人头。自家作来自家受，我是天差不自由。

【天秤】❶同“天平”，称重的衡器。增21：万岁架着算盘，王龙喝着，共该一千五百五十两。万岁说：“兑了罢。”王龙说：“就兑。”二姐笑着说：“姐夫赢了，该我架天秤。”……那丫头拿出来了一布袋子，统了一大堆。二姐将天秤架起，瞧

了一瞧说:“早哩,早哩。”❷建房时用来向房顶吊放重物的架子。日·木:天秤架成安叉手。

【天道好还】指天道循环,报应不爽。磨35:富贵只等闲,又何必捧高官?高陵矮谷登时变。这天道好还,把一案全翻,什么嘴脸来相见?

【天丁力士】天兵中的大力士。蓬2:夫人即遣了天丁力士,抬着藕同向蓬莱山来了。禳8:撤帐东,天丁力士劈蚕丛,春风一度桃花落,从此鸿沟有路通。

【天公】上天,天帝。翻5:求天公断执法问,恳把那祖宗产业,望老爷追给本人。禳25:愁也不必,怨也何消,只该念佛千千遍,祷告天公把俺饶。

【天官】❶指吏部尚书。富14:却说太老爷在朝三十年,做到兵部、吏部二部尚书。少老爷从侍读学士起,做到吏部天官。磨29:必得个好贤官,他才肯受招安,这事还得张鸿渐。他做翰林才四载,如今吏部做天官,不久要到文华殿。❷道教所奉的三官(天官、地官、水官)之一,掌赐福。富1:八洞神仙来上寿,福禄二星增的全;天官也赐千般福,人世永成百岁欢。富14:饮美酒香甜,饮美酒香甜,一杯入肚,直透元关,举拜叩连连,天官赐福,恩重如山。

【天河】银河。蓬1:天门外霞光万道,天河上瑞气千层。

【天花】天界的仙花。❶比喻特别漂亮的场景。墙1:他说的一阵天花落,老头子全没主意,几亩地一并分消。翻12:赌博人二分贼,可又吃那人亏,花言巧语把他说。句句说的天花乱,眼前银子一大堆,数着日子大富贵。增21:王龙踢在半空里,皇爷使母鸡倒踹窝,脚脚踢的似天花落。增23:棋盘儿在面前,万岁爷信手安,着着下的天花乱。❷比喻灿烂的笑容。慈3:赵大姑心口瞎胡也么吧,忽然满面长天花,再坐霎。寒2:无有钱似仇家,有了钱像亲达,戏台上嘴脸难描画。前日发的怎么样?今日满面长天花,消息灵登时变了卦。

【天花菜】山里雨后长出的一种菌类。形状与花菜有些相似,但茎较长,色白,做汤或炖肉味道很好。增7:六哥整了一桌酒菜,抬上楼来。……肥豚笋鸡天花菜,鲥鱼鳆鱼共海参,还有蘑菇合香蕈。日·菜:竹笋木耳天花菜。

【天华板】天花板。增19:我做苍蝇实是强,朝廷御筵我先尝。珍羞百味吃个饱,天华板上去乘凉。

【天家】指天界,仙界。翻4:魏名给了他十两银子,就上秦惃惃子家里去赌,只有一更天,十两银已净了。魏二赢了,又写了一张给他,又是十两。天家驳麸子——不消半夜又净了。

【天街】❶天上的街道。寒8:抬头看见娘娘在上,把父亲拉上天街。❷京城

中的街道。富13:父子骑马上天街,都看天门放榜来。父子到时榜即挂,人山人海闹垓垓。富13:张鸿渐紫袍金带,骑大马直过天街,人人都说探花来,模样不像三十外。

**【天井】**院子中的露天空地。慈3:他那媳妇子,又搭上他那邻舍家跑了一天井,都夺着那枚柄,才没捞着他打。慈4:那天井里,有多年的一堆灰土,着他去打扫。

**【天灵】**同"天灵盖"。禳13:你着那天雷就打,只怕我打碎天灵!

**【天灵盖】**头顶的骨头。快2:早早下马,休要挣揣;枪刀没眼,怕坏了天灵盖。磨11:从今数着数儿打,撕了衣裳剥了鞋,拿鞋底扮那天灵盖。

**【天马】**当指一种名贵的毛皮,不详。日·皮:狐肷天马真温厚。

**【天门】**❶天宫之门。寒8:三姑娘封夫人,兼管着水路神,天曹地府皆归顺。世间若有不平事,表章不必到天门,许他立刻全拿问。蓬1:西王母离月宫,驾祥云半悬空,飘飘一阵香风送。……天门外霞光万道,天河上瑞气千层。❷皇宫之门。富13:父子骑马上天街,都看天门放榜来。磨24:三场已毕自徘徊,举人横查在心怀,乱嚷嚷,眼前常有个报马在。一日天门榜放开,门前忽送报条来,仍的声,头儿直觉如筐大,磕头送喜满庭阶。❸比喻官府。磨4:一不做二不休,万两银子要全丢,有钱买的天门透。

**【天南烛】**"南天烛"之讹。参见"南天烛"。日·花:闲说天南烛亦然。

**【天年】**皇帝的年号。增1:自从洪武立世,传流九辈君王,改天年,立帝号:改天年,是正德元年;立帝号,是武宗即位。

**【天疱】**也叫"天疱疮",一种严重的慢性皮肤病。可发于口腔、皮肤、外生殖器、肛门等处,有创面或糜烂面。日·衔:天疱发时满屋臭。

**【天平】**称重的衡器。翻1:仇尚廉用狠心,言定身价十两银,那人是个老光棍。安心笔落天平响,死活拉着出了门,不管他心里顺不顺。翻11:输了地卖老婆,去了三年他还活,猜他腰中没一个。自从烧了屋子顶,娘们里头孤对着,怎么能买起楼宅一大座?笔落了天平就响,一大包好他那贼哥!日·器:法码天平最公道。

**【天日】**❶比喻大的场面。墙1:咱爹有点薄体面,赴了多少大酒席,您家何曾见天日?磨23:小的二人俱是村野瞎人,没见天日,若是犯了忌讳,望太太、大爷耽待。❷指光明的境况。富4:我的心肝,我的心肝,咱在监中已三年,全不想还把天日见。磨9:我的心肝,我的心肝,咱在牢中已二年。已是全不想,还得天

日见。祷告苍天，祷告苍天，保佑您二舅做高官。要知吉合凶，明年二月里看。

**【天杀的】**詈词。相当于“该死的”。增9：妈儿听说，走出门来接着六哥，拜了又拜：“您六叔贼天杀的！谁恼着你来，许久不来玩玩？”增11：丫头道：“好异样！你待不去接，着别人去不的么？”二姐道：“那天杀的冤家，指名字单要我。”

**【天贤】**天生贤良。姑1：儿孙是自己生的，还要七拗八挣的；何况媳妇是四山五岳之人，相逢一处？若着那爷娘从小教诲，那里有天贤的呢？[①]

**【天行】**流行病。日·疾：天行必用五瘟丹。

**【天幸】**上天赐幸，侥幸。磨7：蹇驴失去病难痊，天幸又逢店主贤。磨15：打人惹祸到官衙，天幸好官见不差。磨32：俺前日偶然懈怠，被杀的尸满庭阶。一个醉汉绑起来，亏了天幸还无碍。

**【天颜】**指皇帝。磨31：俺向上京都，怕天颜震怒。有五万兵卒，杀贼成功还可做。增26：张天师上大街，要访那胡秀才。到了胡家大门外，打起卦板装算卦，百万忽然走出来。天师一见说声怪，这一位天颜日近，怕目下有些奇灾。

**【天眼】**❶天神之眼。姑2：实不望今生今世，还得那天眼重开。寒4：只吊了商家公子，但望那天眼重开。❷指智慧、公正之眼。翻9：望老爷天眼看顾，可怜俺无妄之灾。

**【天爷】**同“老天爷”。姑3：乖极了却是呆，恼着天爷不怕你歪，纵有南海观音好，难从油锅里拉出来。富1：奉劝世人，不必慌张，依我这意思清廉本分，那天爷也不说我贪赃。磨36：进士还生进士子，翰林又产翰林男，天爷赐了生铁券。

**【天爷爷】**同“老天爷”。姑3：天爷爷看着他不做声，他暗里有个定盘星，哥哥呀，只怕是发了从前的病。

**【天尊】**佛教中称佛为“天尊”，道教中称天神中最尊贵者为“天尊”。翻10：看他这模样，好似一尊观音；说他那心肠，好似那慈悲天尊。日·僧：难同僧道见天尊。

**【添寿】**❶添加寿数。富14：每人奉赠一丸药，能开智慧更添寿。富14：八洞烦劳，我先来登堂相告。添福添寿，世世金貂。❷指送给婴儿礼物并祝福健康长寿。禳32：老伯着人抱出令孙来，大家添寿。(后面描写亲朋各自送上银铃、银钱、锦带、银锁、珠箍、绸衣等)

---

① “若”后疑佚“不”字。

**【添岁】**同"添寿❷"。禳32:(张)三疯云:"那小娃子怎不赐俺一看?"公子云:"快抱出小娃子,求仙长添岁。"妈妈抱出来,三疯子见子云:"……我有寿珠一串奉送。"便取出来挂在小娃脖子上。

**【田苗】**土地里的禾苗。禳33:寿星下照,寿星万丈高。……见那海水乾,成了万顷田苗,也不必海上三山,说甚么蓬莱十岛,去把天门叫。嗏!那神仙也非逍遥?日·赌:拆房不足卖田苗。

**【田土】**田地,土地。寒4:李蝎子有钱财,六百银费安排,指着田土揭下债。

**【田宅】**土地和宅舍。慈6:吩咐又卖田宅,一心要上陕西。蓬4:我凭着满腹文章,若得一举成名,甚么田宅没有?

**【甜瓜】**一种味甘的瓜。俊:咳,俺妈妈,俺达达,给俺找的好人家!摊着你这个赌博鬼,拿着俺不置个烂甜瓜,你休怨我胡轮打,不过是忘了不撑擦。

**【甜思思】**甜丝丝,微甜的味道。磨23:拾了块怪东西不知何用,看那模样儿像块冻冻。拿在手里化不了,捏了捏又挺硬。吃着甜思思,咬着咯嘣嘣。

**【填】**❶把凹陷的地方垫平或塞满。寒7:把那血肉合那新泰县的衙役,都填了奈河罢。穷:快生火,烧冻冻;快扫雪,填枯井。增20:这花柳巷里总是填不满的坑,我待着他今日净,就今日净;待着他明日净,就明日净,有什么难处?❷塞。姑2:清晨就去上锅台,添下一瓢水来,填上一把柴,绝顶的婆婆不待做,只得去做老蠢才。富9:娘子也慌,娘子也慌,银子给他填在囊。快2:一马平吞东吴境,万船填满扬子江,孙权那在心坎上!

**【填打】**填(带贬义)。"打"为语缀。墙4:方且是进了学,那教官才出铁牢,他就把你头啃吊。一千才依填打上,白眉扯眼不害羁,生篡出名色问你要。

**【填房】**续娶的妻子。慈1:世间两种最难当:一是偏房,二是填房。

**【填还】**❶偿还,偿报。墙1:想是前生欠他债,又把他害命割了头,不知何日填还彀?寒7:花前月下没人见,端过业镜恶难遮,谁叫你生前造下孽?便罚他妇女养汉,填还他恶业车车。❷填补。禳1:依起那没尽足的心肠,就得二百个达达来把你填还。

**【填心】**旧时用砖石垒墙,墙体两侧用整的砖或石块砌,中间用碎砖石填充,这些用碎砖石来填充的空间叫"填心"。日·泥:瓦砾瓴石填心搡。

**【填写】**将文中空着的地方补写上。磨3:这款单上的衙役、证见,劳众位兄台拿去填写去。

【抰】(方言音“掂”[①])同“攧”,即掂,在手中轻轻晃动。增22:万岁爷架钱抰,像有鬼等着翻,一跌就是六个慢。

【腆】挺起,仰起。姑1:作弄的媳妇寻了死,你腆着狗脸不害罴,贱东西也担不的媳妇孝。姑2:万一找他来再不好,可是屁股长在脖子上——我腆着腚去见人么?俊:三姐凑凑腆起脸,骂声强人你瞎了眼!这番劝你是好意,你倒反把粗气喘。

【舔】用舌拭物取食。寒7:一霎锯的那血水淋漓,二郎爷那哮天犬倒舔了个饱。

【餂】同“舔”。农·农·牧牛:牛近水草放之。半月唊盐一次。牛十头,用盐一斤碾细,清晨撒粗石上使餂。

## tiao

【挑壕】将大牲口棚里的粪土铲起运走。日·庄:挑壕出粪用筐杴。

【剕莿】挑刺,比喻找差错,挑剔。日·赌:爷娘爱肉不剕莿。

【挑脚】替人挑运货物。禳3:我去外边雇一个挑脚的,拾掇上给他挑着,下剩的咱自家拿着罢。

【条处】到处,各处。富1:这人原是一个才子,他下半世的荣华尽可观。每日奔波条处里撞,一举成名四海传。

【条子】树条(细树枝),多指荆条。富8:娘子见他久不回还,便跑到大门,探头一看,见他正在庄东头那里踢毽子哩。回来找了一根条子,差人叫了他来……富8:娘子气极了,把小相公打了够四五十条子,打的打笃磨子跪着,说:“娘呀,消消气罢!委实是儿的不是,我向后再不敢了!”娘子放下条子,可又念诵起来了。

【调】(tiáo)❶调弦,演奏弦乐前调整弦的松紧以定准音高。增16:小二姐心里焦,抱琵琶懒待调,少头没尾弹一套。增16:小二姐把弦调,这长官像不嘲,只怕还是村里俏。❷调养。闹:到秋来蔓菁菜煮的稀烂。……这也是好的,吃了补脾胃调肺。

【调唆】教唆,怂恿去做不好的事。慈2:你不去叫他来的么?那里不知道怎么娇儿肝心的调唆他哩。翻3:你这样胡说,是谁调唆的?

---

① 例中“抰”字入韵,按曲律应为平声。

【调贴】舒适。禳19:子雅说:“我也还不调贴。”

【苕帚】笤帚。禳1:俺那小舅来这里耍,骑着骡子牵着马,驴驼担担一大些。本等是真说不的假,南瓜皮子一大筐,炊帚苕帚三五把。日·器:苕帚携来扫磨碡。

【挑旛】送葬时用竿挑着各种纸扎物。日·僧:挑旛送疏衬亡魂。

【挑弓】弹棉花和弹毡时用的弓状工具。日·器:绵槌响处挑弓动。

【挑弄】挑拨。翻12:却说那仇宅有两个把门的:一个是陈荣,一个是高强,是魏名的妻侄。魏名就请他吃酒,使话挑弄他。

【挑盆】挑着盆子表演杂耍。日·僧:顶撵顶鏉又挑盆。

【挑唆】挑拨,教唆。禳10:我说你满家心儿就不平,挑唆儿家夫妇去相争。

【挑戏】调戏。寒3:活把人异样杀,杀了人吊自家,不知他是因着嗄。只怕是嗔人挑戏,他何至就把头割下?

【挑虚】当指故意把毛毡做得不实。日·毡:弄假挑虚是赶毡。

【挑嘴】嘴唇翘起。形容很轻易地。增6:张大哥,只是便宜了那花子!若是小厮们凑集,挑挑嘴就把他毛来挦一个净!

【跳槽】牲畜吃食时跑到别的食槽内吃,比喻不在原处。闹:我也不算荒疏,记得数年以前,曾见这个题目的文字。唱:猛想起某房稿曾相会。咳咳!想了又想,一字一句,无影无形,你往谁家肚里去了?却如何进场门跳了槽!

【跳打】蹦跳。“打”为语缀。姑3:他达达比臧姑无赖的更甚,声声的要告状,跳打着骂上门。寒1:虽有人打到门上,关了门尽他跳打。

【跳滚】连跳带滚。慈4:正说着,听着阵阵的风响,好几个打柴的喊了一声说:“虎来了!”都跳滚崖下躲避。

【跳行】改行,从事新的职业。俊:宗亓人跳了行,有财主来商量,赶着就把钱来放;合了夥计做生意,他的时运又顺当,年年家道好兴旺。

【跳枯】同“跳枯井”。俊:你要想赌场里发迹,这心眼可就跳枯的不成?

【跳枯井】比喻走上绝路。墙4:两贤侄您是听:我虽老的无正经,哄杀人从来不偿命。不曾哄着你敬俺老,又不曾哄着你跳枯井,这一哄略略通人性。俊:打头的好营生,引好人跳枯井,输赢的叫他净打净。

【跳龙门】指科考登第。禳4:如今世道爱钱也么神,无钱难得跳龙门。磨36:得聚,你倘非母亲教诲,怎能得直跳龙门?

【跳圈】❶一种儿童游戏。地上画上圈或放上圈状物,单腿或双腿跳入各个

圈。禳3:连年来作践非常,孩儿入阁又穿房,跳圈儿乖破了红纱帐。禳23:自从舍给他屋三间,把门关,只在四堵间,没处去跳圈,没奈何方把书本翻。❷杂技演员以圆环做道具表演。日·僧:跳圈扭力又拔筋。

**【跳跳答答】**蹦蹦跳跳。“跳打”的重叠形式。“答”为语缀。增21:长官,这气球不是抬举人的东西,跳跳答答的不好看相。我合你下棋罢。

**【跳钻钻】**形容急得跳脚的样子。琴:本等知道他心极,故作张致全不理。不脱衣裳不摘头,叫声丫头拿茶吃。极的他仔跳钻钻,扭着头儿我偷欢喜。

**【粜】**卖(粮食)。穷:粮也欠,米也欠,粮食粜的没一石,衣裳当的没一件。富6:家里有几两银子可还不够,找个主又粜了十石黄豆,算一算好着他把银子折凑。

## tie

**【贴】**❶粘贴。禳33:官人没来,咱爹看着拨出来了二十石谷,锁了仓门,我去贴封条的。磨4:极好的个马知县,到任三日,那屏子发了传单,德政歌儿贴在墙上人人见。❷形容紧紧地挨着。琴:魂散魄消,魂散魄消,杏脸桃腮紧贴着。款款摆腰肢,不住的微微笑。❸贴出。科举考试时,凡有夹带、冒名顶替及试卷违式者,被逐出考场并列举相关事实张贴在场门之外。磨19:谆谆的把情央,只要去进大场,心里不知待怎么样。你到下处把书念,只要用心做文章,莫在那里瞎胡踈。若是你三场不贴,十六七速还家乡。闹:胡说!胡说!我相公比不得那乘兴观场、苟图完场的,真坎实砸,催促不得的,万一规矩错误,被他贴出,岂不负了今日这番得意、这番苦心?❹倒贴,该收的一方反而向该付的一方提供财物或费用等。墙2:一个达是公夥的情受的东西,我何苦都费了?省了点子给那老婆孩子吃了穿了,他还叫声达达;没有说叫人达达,还贴上吃穿的。翻7:二相公也恼了,说:“您不止管我饭,还贴了个老婆哩,你知道么!”

**【贴壁】**墙壁挨着,指直接相邻。翻12:性子泼恼父亲,叫他远远离家门,整年没月没人问。不想全把他仗赖,满门受他覆庇恩,从小丑处都成了俊。这向后子孙世世,成了贴壁紧邻。

**【贴旦】**戏剧角色名,指同一剧中扮演次要角色的旦角。禳2:小生扮长命上,贴旦扮樊江城上,相遇介。

**【贴户儿】**本指贴军户。元代时正军户出人服兵役,贴军户出钱补贴正军户。明代贴军户为候补军户,正军户死,贴军户递补。后指受人雇佣去服兵役

的人，引申指替身。禳17：自家葛天民，是那樊满城的汉子，绰号槌被石。我问人怎么是槌被石？哦，说是老婆棒槌常常挂打的。……这怕老婆的合县里无其大数，就选着做了行头。那官娘子着出来要棒槌，着我陪钱。如今好了，这行头有了替的意思，俺那小姨子嫁了高家那小长命子，他还比我赛头哩。往后再有差使，我就顶上他。……（公子上。）呀！我那贴户儿来了。请坐，有什么贵干？

**【贴角】**贴角海棠，海棠名品之一。日·花：贴角垂丝亦可观。

**【帖】**❶有字的纸片。磨14：那哑巴指指画画，哭哭啼啼，从袖里抽出一个帖来。按院接来看了，说："你媳妇被户房抢去了。"点了点头。增20：叫他穷的没处去，收他门下做家丁，早晚带着好听用。若着他写帖上帐，那小厮也倒聪明。❷名帖，拜帖。富4：就去行医，就去行医，进身不用人推提。投上个官衔帖，就说是我能治。磨9：谁想方兴真果中了举，这可怎么处？嗯嗯，他若是拿个帖来，就做个人情，把方氏送去，后日也好相见。❸庚帖。琴：恼恨媒人，恼恨媒人，讨了帖去没有回音。❹量词。双陆的一局为"一帖"。增6：忙端过骰子盆，双陆马两下分，二人点子总不顺。万岁呼嗄就是嗄，两帖赢了六钱银，张王二舍心不忿。增21：王龙道："这二日食少事烦，棋神不附体，合你打双陆罢。你再赢了我，我总里称给你；我若赢了你，咱就准了。"万岁说："一帖多少？"王龙道："一帖六十两罢。"❺同"贴"。禳7：那江城虽然不丑，却也是平常。只怕五六年不见，变成个王嫱，变成个王嫱。若不然，怎么痴心帖在他身上？

**【帖儿】**同"帖❷"。增23：万岁爷看罢，说："好欺心的狗贼！待我回他个帖儿。"增24：胡百万说："这个头向就强的别的。但只是口说无凭，求爷给一个帖儿做个凭信。"便拿了一幅柬帖来，递在万岁面前。

**【帖子】**❶通知。墙3：我近中捎过帖子去，看他有何话讲。穷：苍天！俺若是亵读了你，辱没了你，你就该下个绝交的帖子，再休理俺。富2：不说把范秀才登时打死，且说那合学秀才，甚是不平，便撒了帖子，动起公呈来了。❷名帖，拜帖。增18：王龙……遂叫家丁王兴拿个帖子来。王兴拿过了一个十二折的全柬来，王龙颠了两颠，说："他担不的使这个全柬。"嗤的声把那十一折扯下，将一个单帖铺在桌上写道："通家侍教生王龙拜。"增18：王龙把拜柬写的停当，叫丫头："把这帖子下在南楼上，给你二姐夫。你说：'北楼王姐夫有请。'"

**【铁䟃】**（"䟃"，蒲氏注音"半"）铁绊，用来羁绊马的一种马具。日·走：铁䟃鞴头治铙强。

**【铁打的】**❶用铁打制的。增28：列位们听着：你说这裙子有铁打的么？不

是这等讲说，只是见娘娘不跪，不磕头，就合穿着铁裙子一般。❷比喻非常坚硬。俊:汉子就是铁打的，也着你骂的有了璺。富7:秋里来才是活受罪，秋风儿飕飕，那落叶儿成堆。到晚来铁打的心肠，也叫人心碎。

**【铁裹门】**铁皮门。增14:二姐道:“谨言！看人家打腿！这不是院里。”万岁道:“不是么？我只当进来铁裹门都是院里来。”

**【铁力】**铁力木，又写作“铁梨木”“铁栗木”，藤黄科热带乔木，是木质最坚硬的一种树。种子含油量高，可用于制作肥皂。日·树:桄榔铁力苦难挪。

**【铁枪】**❶铁柄的旧式枪。磨29:一口宝刀耀眼明，一杆铁枪十斤纂。❷火枪。日·兵:快信铁枪安铁镈。

**【铁锲】**铁制楔子，加在金属件与木柄连接处起加固作用。日·石:镩锹开山加铁锲。

**【铁马】**檐铃。禳20:秋夜凄凉，秋夜凄凉，知时蟋蟀解亲床。……铁马儿叮噹，铁马儿叮当，风雨萧萧夜打窗。增5:四更里月儿歪，听檐前铁马筛，声声聒的魂不在。

**【铁石人】**秉性刚强、不轻易动感情的人。禳29:夫妻恩爱好难也么言，又要离别各一天。两孤单，铁石人儿也心酸。增14:万岁爷进院来，睁龙眼把头抬，白眼神庙中间盖。南北两院分左右，穿红着绿女裙钗，铁石人见了也心爱。

**【铁线莲】**也叫“转子莲”，一种毛茛科野生花卉。花青紫色或白色。日·花:莺粟何如铁线莲。家政外编·诸花谱:铁线莲，春压土移栽。喜毛水，宜燥。

**【铁杺】**铁枪木柄内的铁心。木柄内钻眼加入铁心是为了增加重量和硬度。日·兵:标枪铁杺上官初。

**【铁鏥】**铁锈(“鏥”，蒲氏注音“秀”)。日·铁:铁鏥纷纷落满棚。

**【铁镈】**(“镈”，蒲氏注音“缵”)枪杆尾部的铁套。“镈”俚曲中写作“纂”，参见“纂”。日·兵:快信铁枪安铁镈。

**【蛈蟷】**今方言叫“土蜘蛛”，形如蜘蛛，穴居土中，抽丝作圆筒状巢，上面有椭圆形的盖，可以启闭；常仰开其盖，俟其他小虫误入而捕食之。日·昆:蜘蛛蛈蟷是同宗。

## ting

**【听得】**听到。快4:等了半宿没有信，听得城头四更鼓敲。禳30:只因女儿不肖，合家潜逃他乡。听得门婿得中，才来登门叩望。

**【听得说】**同“听的说”。闹:我曾听得说,某名公进场,周仓保佑,及第登科。

**【听的】**同“听得”,听到。姑3:臧姑听的珊瑚来了,那口里着实嗤撇他,到了第二日才来了。慈2:张炳之合他姐姐说话,张讷听的流水跑来,在旁里站着。翻9:我听的二兄弟说,全亏了姐姐,就打杀我也不怨。

**【听的说】**听说,听别人说。墙4:这几年我听的说,令尊也没钱,只怕要去使了。禳16:您那个行货子,你那么打他,可怎么我听的说他还合你极好呢?磨32:起初听的说朝廷要招安,差一个侍郎;后来又听的说待发兵。

**【听过声来】**分辨出是谁的声音。富9:官人也不理他。又把宅门一敲,方娘子来问。官人说:“是我。”娘子听过声来了,才开了门。富9:张鸿渐正在吃晚饭,听的问了一声,吃了一惊。听过声来,遂即出来。

**【听牌日】**同“牌日”,定期坐衙受理民众诉讼的日子。寒2:不归家起了身,一心要告仇人,骑上驴只是往前进。……不一日来到府里,听牌日才去投文。

**【听声】**听察声音,辨析声音中的信息。禳24:黑了点上灯儿,使船看看风儿,谯楼上还有个更儿,帘子上还有个钉儿,粮食有个升儿,秤上有个星儿,何况是眼里放着钉儿,怎么不听听声儿?笑:该用心不该用心,俺自有个成算宗儿。

**【听说】**❶听别人说。墙1:今日可有个指望,听说他称肉杀鸡,等他丈人,就不教我陪客,或者还舍点腥水儿喝喝呀!寒3:大相公说:“挖不出来,不如割下来罢。”赵歪子听说这话,抽出刀子来说:“不如割开这嘴拿出来罢。”磨2:陈大哥,你从城里来么?没听说比较的如何?❷听话。姑1:骂贱人,骂贱人,指望你来孝娘亲,你全然不听说,光合咱娘撒懒。慈2:你在这里得安康,您姑就是您亲娘,我儿呀,你听说,学成一个人模样。

**【听斩】**等候被斩。增3:你既认的我,不可走漏消息。若泄漏一字,全家听斩!

**【鞓带】**皮质腰带。增2:万岁爷巧扎点,穿上件青布衫,龙袍紧盖防人见。腰间束上皮鞓带,闹龙褡包挂胸前,绑腿鞘鞋穿得惯。增25:头上戴着檐毡帽,腰束皮鞓带一条根,自然长官何消问?日·裁:褋衣鞓带好随朝。

**【庭参】**下级官员趋步至官厅,按礼谒见长官。钟:俺不受庭参,不收嘉馔,不设华筵。

**【庭槐】**院子里的槐树。磨21:昨夜又见灯花爆,今早喜雀噪庭槐,都可以望吉祥赖。

**【庭训】**家教。磨36:请严师教儿孙,学读书学作文,不依娇惯违庭训。

【停】❶停止。姑1:媳妇终日不从容,婆婆闲的皮也疼,不知心里还待噏,终朝吵骂不停声。寒6:二相公不做声,走一步停一停,往前走的没心幸。❷停放。寒4:却说商二相公把三官背着,使的力尽筋舒,才到家停起来。大家哭了一场。寒4:他二人随即跑去,把三官抬出来,着被子裹了,停在一个床面子上。❸成数,几份中的一份为一停。禳4:大县进学十五名,其实三停只一停。增24:皇爷听罢龙颜动,说二姐你学嗄来? 十停只得了三停。

【停拨】入棺之前将尸体停放在特别的床上。墙4:你好似长嗓黄,把个尸丢在床,不知你上那里撞。他二婶子东家见我,才听说跑慌张,俺㸃叫人停拨上。现如今占着口屋,该商议怎么出丧。

【停当】料理好,处理好。姑3:大娘子进了门合家欢乐,任拘嗄做停当不用吆喝,于夫人在房中稳稳高坐。禳33:兰芳上,江城云:"酒席停当了没?"兰芳云:"停当了。请官人合姐姐去看看。"增25:有丫头到东厢,胡百万才下床,脸儿洗得没停当。

【停过时】停了一会儿。寒5:二相公竟不进内宅,在门里停过时,出门向南好跑。

【停了一停】等了一会儿,前一动作结束后又待了一会儿。增13:万岁说:"从头里睄睄巴巴的,又问什么?"二姐便不言语了。略停了一停,便说:"咱院里去玩的罢。"磨7:鸿渐接过来一气饮干。停了一停,才说:"好了,略受的了。蒙店东人家费心,我可再不吃药了。还有两件首饰,托你换来打发。"

【停灵阁】停灵的房间。日·纸:停灵阁雇扎采匠。

【停丧】尸体停放在家里尚未安葬。墙4:方且是停丧在地,怎使的合人闹呵?

【停停】❶等一等,等一会儿。磨18:解子说:"店主,快拿饭来!"店主答应道:"停停就到。"磨25:合庵出来瞧,哄传着首题是《大学》,略停停果然那题纸到。❷形容耸立的样子。姑1:早儿新妆下镜台,停停久候寝门开,进门先看婆婆面,恶气冲冲怒满腮。

【挺梆硬】很硬,直而硬。寒5:一群鬼乱烘烘,夹起来上了绳,浑身夹的挺梆硬。

【挺尸】❶尸体变得僵硬。墙4:清晨肉晌午鸡,每日像贼吃食,丝毫何曾得他济? 单单指望他一句话,他低头子挺了尸,全不放个狗臭屁。寒3:老王叫他去看。进门一看,果然是三官……尸也没挺,还像活人。❷形容像死尸一样直

挺挺地躺着。翻8:那逃人,那逃人,一溜溜进书房门。倒在床上挺着尸,单等人来把他问。快4:白日挺着尸装睡觉,猛起来杀了人,还推不知道!

**【挺挺】**❶直挺挺。富6:挺挺的待了一夜,手脚的没曾动弹。磨18:挺挺的绑一夜,店主人是证见。❷挺直,僵硬。墙4:张大把头掀起,一跌说:"看看,连头死了,还活那狗蛋哩!"张二也一跌:"可是呢! 已是挺挺了,怎么处?"

**【挺硬】**很硬。禳24:……连皮的萝蔔一掐儿,挺硬的鸡蛋㸃叁儿,煎或用个葱花儿,并不见个油花儿。磨23:不知谁掉了一个龙眼,树底下拾起来,端想了一回,说:"奇呀! 这是什么东西?"捏了捏那皮挺硬,看了看像个菱枣,又寻思:"那枣何曾有皮?"

**【挺着脚】**脚僵直,指死了。相当于说"挺了尸"。寒7:打诈的银钱拿不了去,止有无穷孽随身,挺着脚去把理来问。

## tong

**【通[1]】**(tōng)❶没有堵塞,可以通过。禳8:撒帐东,天丁力士劈蚕丛,春风一度桃花落,从此鸿沟有路通。闹:只得提篮攒动,道门外火烛笼璁,万头攒聚不通风,汗蒸人气,腥臊万种,便合那听热审的囚徒一样同。❷懂得,通晓。翻8:他后日通了人性,您㸃个再犯往来。富4:方二爷原通医学,听说大喜,说:"有法了!"磨29:那大王武艺又精,兵法又通,那边总兵合军门都征他不下。❸合乎人情事理。墙4:张二说:"我抬了他去罢。"张大说:"好不通! 这样病怎么敢抬!"姑1:于夫人甚不通,好好的媳妇不能容,家里气儿才生了,又要外头找气生。翻12:说贼待上扶风,这谣言传的凶,人人都说抢仇仲。虽然讹言也难信,全不伺候也不通,方法该是怎么弄?❹(文字)通顺,合理。富2:一为他为人公,二为他文字通,三来为他声名重。富11:为儿二月在场中,觉着文章也算通,母亲呀,不知怎么就没中?❺串通,通连。磨14:你若不是通官府,必定使了他几吊钱。❻通报,传达。翻6:前日到我家,应了吉祥梦。媒人来通,媒人来通,这里坚执不肯从。富3:等了许多时,出来个小学生,对他一一通姓名。❼通过,经过。闹:相公往这里来,小人候久了,不见出来,只道相公省事,通完三场才出来哩!❽全,遍。寒7:你是孝我知闻,通天下无二人,贤名好似轰雷震。寒8:地土未增新产业,厅堂通是旧家门,清高更比常时甚。❾程度副词。太,简直。磨1:如今可也通不成个世界了! 磨6:老马通不是个人了,近来越发横行。❿捅。慈4:想着到了他家中,几乎惹的使柄通。禳9:果然,果然! 我且捻个纸

捻儿通通他的鼻孔。

**【通红】**很红。翻5:恨的他银牙咬碎,气的那粉面通红。翻11:地通红扫不光,不如去了铺了强,担去上地也极壮。禳24:给俺老婆做的通红的袄,娇绿的棉裤,扎挂的合那花鹁鸽一样,人人看着齐整。

**【通家】**❶某个行业的专家。磨29:金总兵甚稜挣极难招架,若合他讲兵法知道什么?全不顾生合死人皆怕,到处得了胜,就说是通家。日·泥:通家过攥好手菠。❷姻亲。增18:嗤的声把那十一折扯下,将一个单帖铺在桌上写道:"通家侍教生王龙拜。"增22:二人同丫头下了南楼,竟到北楼。王龙欢天喜地的接出来。万岁说:"连日取扰,我今日也备了一盅水酒,携来同乐。"王龙道:"通家何必费事?"

**【通明】**很明亮。蓬1:……就在山顶上造了七十里地一座大殿,琉璃顶,水晶墙,一棵月明珠大如柳斗,做了宝瓶,照的那大海通明。蓬2:众仙在座饮酒,那水晶殿内外通明,看着那海水澄清,好像没有墙壁一般。

**【通窍】**知道内情。墙4:王银匠老獾叨,合咱爹久相交,头发根儿尽知道。老头合他常搗酒,又往铺里去倾销,必然他还通些窍。

**【通然】**副词。完全,全然。翻1:徐氏哭了几日,又气又恼,浑身肿了,不能行动,通然过不的了。寒7:做大官有威灵,受钱财害众生,全然不管黎民命!坐着八抬打黄伞,通然不想保朝廷,着他长寿中何用?增7:进院来细端详,见了些女娥皇,个个都有五十上。口里没牙眵糊着眼,东倒西歪晒太阳,通然不像个人模样。

**【通身】**全身,遍身。姑3:他说婆婆不宜量好,我就听着胡揣歪,谁想惹的神灵怪。到如今通身的下汗,悔也是悔不将来。增5:还是那旧周元,换新衣另一看,村头穷脑登时变。乍穿着尺头不大紧,身下闷痒似虫钻,霎时拿把的通身汗。

**【通书】**历书。日·堪:检遍通书查葬日。

**【通套】**相沿成习的套路,惯例。磨14:李大说:"大老爷不必动怒,这是这里的土俗,从来的通套。"按院问道:"怎么是通套呢?"李大说:"有了歌谣儿,说是:'官到了任,锦屏一架;官满了,脱鞋一双。问通套何人为首?自有那谄佞的赃腔。'"

**【同行】**(行 háng)同辈,年龄相当的人。琴:奴怨爹妈,奴怨爹妈,同行姊妹都嫁了人家;如今孩儿我,又早老们大。

**【同着】**❶同，跟别人一起(后带宾语)。姑2：当下同着沈大姨立了分书。翻8：二相公同着四邻去央他，安心给他一百银子，打发他去。❷共同，一起。禳33：太公、太母同着去云："孩子们这样摆设，这座寿山是玛瑙石，这福海是水晶雕的，这一轴八仙庆寿，眉目这样精巧……"

**【铜蛤】**铜钱。翻7：抬盒的待了酒饭，又赏了二百铜蛤。

**【铜炉】**锯锅匠所用的铜制小火炉。日·器：铜炉锞锅镉破盏。

**【铜碛】**一种表层呈铜绿色的煤。日·庄：碜炭又无铜碛臭。

**【茼蒿】**蔬菜名。日·菜：茼蒿立夏花开好。

**【童生】**习举业而未考取秀才的读书人。禳4：我那儿心志高，十三岁望进学，跟他叔叔去进场。场里考了好几日，人家童生都来了，全不见我儿郎到。禳4：从那来了个春风鼓，童考考到六十五。没钱奉上大宗师，熬成天下童生祖！

**【瓯瓦】**弧形的小瓦。日·泥：瓯瓦密合犹有罍。

**【敮】**捅，用长刀或长条状物刺入。日·庄：敮杀挠净吃还腌。

**【筲罐】**("罐"原讹作"鑵")桶罐，辘轳用的水桶。日·器：辘轳皮绳绞筲鑵。

**【筲筲】**小水桶。日·器：筲筲搽去梅盒冷。

**【统】**❶统领，统率。磨31：俺乃尚书毛义。吃张逵的横亏，叫俺领兵去征战。也罢了，俺统着十万大兵，又打上赵勇善于用兵，刘奇一员猛将，那见得不能成功？磨33：那北兵起干戈，杀的杀缚的缚，这方百姓怎么过！既统着天兵二十万，还不杀贼待怎么？❷将袋子等物内散着的东西一下子倾倒出来。增21：那丫头拿出来了一布袋子，统了一大堆。

**【痛恓恓】**形容非常悲痛、伤心的样子。翻2：到了清晨起来，魏名伺候的扶头酒，每人吃了两杯。春娇痛恓恓的去了。翻9：极仔想你不得见，又说你去的不光滑，痛恓恓把我心摘下。

**【痛人】**让人悲痛。墙1：老汉今年八十二岁，老婆子又故去了，一切饥寒谁问？好痛人也！

**【痛撒撒】**同"痛恓恓"。磨7：自从我出门离了也么家，只有俺㛮没有叁。叹煞咱，想起当初痛撒撒。

**【通$^2$】**(tòng)量词。击鼓的一个段落。磨14：呀，这不是察院？吹打了三通了，各人伺候罢。磨34：都府尊荣俸禄优，何须争战拜王侯？三通吹打辕门闪，大小兵将都叩头。

**【咚$^2$】**(tòng)同"通$^2$"。磨4：听的掌号，都说："三咚了，大家伺候过堂。"

## tou

**【偷寒送暖】**指暗中给予关心。慈4:却说张讷在他姑家里,他老子偷寒送暖的,杨柳忽青,梧桐又落,不觉的十年有零,张讷长的茂堂堂的一表人才,也就成了汉子。

**【偷鸡摸狗】**指小偷小摸。俊:就赢个三千两吊,何曾拿去养家?留着做本不肯花,只等净了才罢。下场来偷鸡摸狗,乌了眼板打枷加;典儿卖女还不差,又打上为王作霸。

**【偷生子儿】**指私生子。禳14:从那一日听了一回曲儿,到如今还想你。只是这偷生子儿可领不的你的教了。

**【偷眼】**偷偷地窥看。琴:站立中堂,站立中堂,低着头儿偷眼望。看见老人家,倒也喜欢像。琴:那人迎接到了门,哥哥陪着往里转,才待偷眼把他瞧,谁知他先看见俺。

**【头髲】**假发,假髻。日·器:头髲挽虆扎网纲。

**【头钿】**花朵状的首饰。日·器:绒妆盒里盛头钿。

**【头儿】**❶头。姑2:大成便说没奈何,低着头儿且情着,母亲呀,咱不幸遭着这不贤的货。姑3:也该论论从前的过,自家的尽情丢却,世上那有这样哥哥,给臧姑还打的头儿破。❷开头,开始。墙1:起初甚好,两个儿早晚问候,两个媳妇热汤热水常来服事,好不的那好。谁想是苏州娘子不缠脚——光兴了一个头儿。禳33:却把那梦里尚书,真真是八抬黄伞,从头儿摆爹娘看。❸首领。磨14:你是个头儿,他给你银三两,看按院老爷问话,全在你答应。磨14:诌奴才!必然你就是头一个了。不然,阖县里有几十万人,那找你做个头儿?❹由头,借口。禳7:依我说,那樊子正虽穷,也比不的市井无赖。你找个甚么头儿去相相那江城,若是标致,就做了亲也罢了。

**【头里】**❶前边。禳15:借重你头里去到他房里,你说小娇三来了。磨10:到明日,须是辞了公子回家而去,必然在按院头里方好。❷在前边。琴:不觉就是时辰到,大家拥撮上喜轿。一路吹打不住声,对对纱灯头里照。磨8:女子头里先走,鸿渐随后。

**【头哩】**头里,在前头。磨6:兄妹两个出来,便说:"咱可走罢。"邓天军说:"您头哩先行。那地方去打水去了,俺哈些就走。"方相公说:"不可呀!您从头里急如火星,吃水不耽误工夫么?看俺逃走了,不如同走。"

**【头路】**头绪。磨5:问流徒上边关,才离家够一年,回家定是真逃犯。大家寻思无头路,归与不归左右难,不如别处且逃窜。

**【头罗】**用石磨磨面时磨第一遍后罗筛出的细面。头罗面最为香、细、白。日·器:撮出头罗待客尝。

**【头面】**首饰。姑3:问他丈人告助,那生意人割舍不的多给,只给了五两,又折蹬头面、衣服,共凑一百之数,送进去,两口子才来了家。琴:置办妆奁,置办妆奁,做了衣裳打头面。琴:打头面,做裙袄,治的娘亲到处找。

**【头钱】**进行博戏跌六气时所使用的作为博具的六枚钱。参见"跌六气"。增22:王龙输的没阳气,拿起钱来就战战,用上心来只跌个断。扢搭的把头钱摔了,一声里骂地骂天。增22:王龙输急了,一行称着银子,一行骂那头钱。

**【头晌午】**上午。慈4:他师傅说:"头晌午来的晚些,责了他几下。"

**【头绳】**束发用的小绳。日·杂:帽子头绳皆可买。

**【头绳子】**同"头绳"。增14:支什么架子!麻线还没有,那里的扣线带子?你把那头绳子解下来我吊着罢。

**【头势】**情势,形势。增23:况且昨日是二姐不看头势,惹的他骂了一句,他又没伤着姐夫。

**【头頟子】**("頟"路本、盛本及影印本的校改字形均作"䫖",然非正字。此处参考《字汇》依从影印本中初抄之字形。今方言音"以")牲畜头胎所生的幼畜。日·庄:儿家初生头䫖子。

**【头疼脑闷】**头部不舒服,泛指小病。闹:就为合那孔老先生孟老先生平日意气不甚投合,才沾着子曰诗云,便有头疼脑闷,因此上合他疏淡,不甚理他,今日他不来帮衬我,也索性不怪他。

**【头蹄】**食用的动物头和四蹄。日·饮:头蹄镊刷始烹煎。

**【头蹄杂碎】**宰杀的牲畜的头、蹄和肠、肺、心、肝等。寒4:屠子到把头安,烂多多缝着难,旁里又着家人按。把那肚皮又夹起,两个又把肠子填,当中又使一条线。收拾上头蹄杂碎,到家中好去殓棺。(此处指人,为詈语)

**【头向】**❶头项,职位。增24:胡百万说:"小生命薄,本儿大了担不的,给我一个别的头向罢。"万岁说:"有一个头向你极会做的。"胡百万说:"什么头向?"万岁说:"给你一个都篾片头,你可愿做么?"❷行动的方向。增21:走来走去没头向,便说道下棋不胜,打双陆闹上一场。增25:万岁说胡秀才,那王龙有钱财,你若不去看他怪。百万笑道不妨事,他死的头向待中来,他就恼些也没害。

❸同"投向",指依靠。增11:第一怨怨爹娘,只顾你早先亡,撇的孩儿没头向。七岁落在姑娘手,卖在烟花去为娼,朝打暮骂无指望。

**【头信】**同"投信",索性,干脆。增14:这奴才们笑我,我头信妆一妆村给他们看看。

**【头兴】**兴头,兴致。姑3:两口子映嗤了半日,光见瓦石,并不见银,气的[①]把头兴全没了,撅着嘴去了。

**【头行】**行走的队列中走在前列的人。寒6:闹哄哄彩旗飘,乱纷纷宫扇摇,必然是个大官到。住下不敢往前走,要奔别路躲避了。头行说他串了道。马上人一声吆喝,锁起来拴在鞍鞒。禳8:家人禀道:"头行到了门前了。"

**【头夜】**第二天早晨的时候称昨晚睡觉之前为"头夜"。翻3:肿的头好似筐,过夜却比头夜强。姜娘子知道无妨帐,说你又嗜不疼了?我看你死也应当!打杀却也告不的状。

**【头直上】**头顶上,头的正上方。寒2:老父师忒也不公道,头直上怕有青天!增26:天师笑这无妨,只小心要提防,祸福只在头直上。

**【头子】**同"头"。❶脑袋。墙4:单单指望他一句话,他低头子挺了尸,全不放个狗臭屁。❷开头。姑2:前曾治别人,倒回头来从头子受。❸物体的尖端或末梢或残余部分。参见"席头子"。禳26:把香香那怀中一剪子,把他那妈妈头子铰吊一个,春香大哭。增16:二姐放着琵琶不弹给我听,弄那块臭裹脚头子怎的?不怕涠了手?

**【投】**❶投掷。增22:"乜个投箭法稀松平常。拿起只箭来撩到里头,人人都会,有甚么奇处?你看我投个故事。"那万岁拿过箭来照东墙上一摔,舞了几个花,一投插在壶里。❷放下,扔下。磨25:把墨研稠,行行写去不抬头,第五篇已是一挥就。脱稿再搜求,六篇才完把笔投,直直腰再将七篇做。磨34:解甲投戈忿气收,奴才也望俺低头。❸投递,递交。翻5:二兄弟,你家去罢,好教咱娘知道放心。我投上这状,合您外甥小尚子随后家去。富4:到了门上投进帖子去,即有人出来迎接。磨10:你把这书,密密投与按院老爷。❹(到官府)投案。磨13:我原就安排着自己投县,为个人怎么光教老婆出官?磨20:后来偷还,后来偷还,一个无赖到庭前。说的话不堪学,气的那肝肠断。怒发冲冠,怒发冲冠,砍下贼头投当官。❺投靠,投奔。姑2:本庄里住不住,又沿地里将人投。好

① "的"字据蒲松龄纪念馆整理本《聊斋俚曲集》补。

一个有志气的人儿，定不肯往他家里走。慈6：无家可投，无家可投，重拜爹娘另磕头。翻12：新投门下的管家，都进后宅听用。

**【投合】**相合，融洽。闹：就为合那孔老先生孟老先生平日意气不甚投合，才沾着子曰诗云，便有头疼脑闷，因此上合他疏淡，不甚理他，今日他不来帮衬我，也索性不怪他。

**【投壶】**一种娱乐活动。依次用箭投向盛酒的壶口，以投中多少决胜负，负者饮酒。增22：万岁说："子弟风流都使尽了，可玩什么？"大姐道："您俩投投壶罢。"王龙说："正是，我就忘了。我就合你投壶。"增22：这王龙自幼在学不好读书，惯好投壶。拿起那箭来颠了一颠，使了个"苏秦背剑"故事，扢噔一声投在壶里，王龙喜的抓耳挠腮。

**【投见】**谒见，进见。磨28：小的知罪！因老爷宽洪大度，俺才敢来投见。增28：话说那王尚书身代绳锁，自来投见，眼泪汪汪，伏在地下请罪。

**【投犁】**制作木犁。日・果：身材粗大好投犁。

**【投亲】**指到亲戚家探望。富9：到邻村，到邻村，岔下路儿去投亲。十年多不来家，那大娘也该问一问。增6：这花子这么不识抬举，咱混他一混。长官，你待上院里投亲去么？

**【投食】**给饲养的动物投放食物。农・蚕・饲养：昼夜勤饲，则疾老而丝多。……投食太晚，当住食时已有起色者；太早，则投食时尚多眠者。农・补・停眠：停眠抬分如大钱，起齐投食宜薄，一复时四顿，次日渐加。

**【投首】**投案自首。富6：老程因他自己投首，到底为他是方仲起的妹夫，也不曾难为他，遂即吩咐钉扭入监。磨13：昨夜晚来到家弄了一件奇事，写了张投首的状，告禀老父师。我既然杀了人命，不敢瞒，情愿甘心来受死。

**【投受】**同"投首"。磨14：想您串通衙门，在乡中横行无禁，迎官吏欺诈良民。既然自己来投受，把您奴才打断筋！

**【投水】**放入水中。日・养：端阳泸子先投水。农・农・豆虫：虫大捉之可净，又可熬油。法以虫掐头，捏尽绿水，入釜少投水，烧火煤之，久则清油浮出。

**【投文】**❶投递诉状。寒2：虽说司厅合抚院，都该横骨坨了心，敢仔遭着清官问？不一日来到府里，听牌日才去投文。寒2：到早堂，投上文去销到，抬上赵恶虎去。❷投递公文。翻9：却说口外有一个满洲将军把守，不几日，把二相公解到，投了文。寒5：飘飘渺渺，不一时到了阴城。解子投了文，把员外合三官都寄了监。

【投向】依靠。磨1:朝廷就赦了粮,俺已是一担筐,在家也是没投向。

【投心】符合心意。富5:把大杯,满满斟,微微带笑叫官人:吃着叫他唱一个,唱一个,情管投着你的心,你的心。

【投信】索性,干脆。禳10:割了头,碗那大小一个疤啦!投信我掘他妈的!要死就死,要活就活!富4:老马发查,老马发查,方兴辖着我甚么?投信是破上做,他待能把我嗤!

【投宿】临时住宿。禳17:老婆给公子勒上头,摇呀摇呀的出门说:"哎哟!打折腰也!打折腿也!其势不能到家,王子平家不远,暂且投宿再处。"磨8:我走迷了路了,没处投宿,望祈方便,借宿一宵。

【投寻】同"投信"("寻",方言音"心"阳平,读轻声时与"信"同音)。俊:只说赌乖不赌赖,越才把那良心坏……输的热了再去捞,投寻结下人命债,沙窝里淘井越发深,这可是嘲呒可是怪。

【骰子】一种赌具,也用以占卜、行酒令或作游戏。为正方块形,六面分刻一、二、三、四、五、六点,一、四涂以红色,余涂黑色。掷之视所见点数或颜色为胜负。增6:那张舍拿起骰子来要一个六,却掷了一个幺。增19:行说着,王龙就拿过骰子盆来,说:"长官,咱行个令,谁可做官呢?也罢,咱点骰为证,掷着谁,谁就是令官。"

【骰子牌】骰子和骨牌,代指博戏。俊:彭蜅攒穷还不可,骰子牌再也是不消。俊:丢去骰子牌,上了正经道,宗大官到后来还有碗饭捣。

【骰子盆】投放骰子的盆子。翻2:仇福着他奉承的极快乐。魏名又拿了骰子盆来,合他行令。增6:忙端过骰子盆,双陆马两下分,二人点子总不顺。

【毱】(蒲氏注音"偷",据今方言应读"偷"上声)原来紧束的东西散乱开来。日·泥:不是腐了便毱之。

【透】❶穿透,渗透,透过。慈3:气也不喘,尽歹那菜瓜,掘打了一阵,又要杀他,一身的热汗湿透了重纱。快3:龙角弯弓待俺开,扯时好似月满怀,悠悠撒去雕翎箭,端端穿透老贼腮。富5:看看窗儿外,明月上柳梢,透纱窗将奴牙床照。❷透彻。姑2:他娘听说一把夺,你就宁么怕老婆!看透呀,真真是个脓包货!寒8:如咱家虽做官,却实是没有钱,岂肯不买满心愿。家里若银钱估不透,不看吃来也看穿,茅庵草舍何能换?❸达到内部,达到饱满、充分的程度。墙2:这天是腊月天,刮北风阵阵寒,胡子成了冻冻片;浑身骨头全冻透,脖子连头坠下圈。寒2:哥哥,这鬼神怎么只保佑那恶人?那官都着他买透了,这日子怎么过呢?

农·农·上粪：粪必翻两三遍，发透细润，然后用之。

**【透亮】**形容穿透后形成孔洞的样子。快2：正说着，翼德一马飞出来，大喊一声："张翼德在此！老贼那里走！"不用分说，一矛刺去，曹操落马。许褚来救，又一矛刺去，攮了个透亮。

## tu

**【秃】**没有头发。禳13：看你不秃又不瞎，好像一个鬼灵精，怎么全不通人性？富11：那邋遢唱了个少哭老笑的《山坡羊》，是个年小的秃妮子，嫁了个一只眼子老汉子。

**【秃把】**鸡、鸭、鹅屠宰后褪毛。"把"为语缀。比喻彻底地去掉身上的污垢。禳28：平日不嫌春香脏，怎么忽然今日嫌他脏？是甚么意思？过来，我给你秃把秃把。

**【秃爪龙】**一种牌形。禳26：柳绿桃红，柳绿桃红，你看我这秃爪龙不同，还是巫山十二峰。

**【挠】**去除动物的毛羽。日·庄：敲杀挠净吃还腌。

**【鶖鹫】**秃鹫。日·禽：鶖鹫堪爱在吞蝗。

**【图像】**描绘的形象。禳33：太公云："……挂的这一幅大画，是甚么图像？"公子云："是瑶池宴。"

**【徒流】**徒刑或流刑。蓬3：不问你何乡何里，那管你公子王侯，顾不的斩绞，怕甚么徒流，就是头上放着刀剑，锅内烧着滚油，舍上这个性命，也着那魂灵儿跟着你走。闹：我如今豪气冲天，发一发奋，摔了笔砚，裂了卷子，吐气扬眉，这样昂昂出场而去，就把萧何律文从头看上一看，那笞杖徒流条例，那里有秀才逃场的罪名？

**【屠没】**毁害。磨14：你是个知县官，翻过地揭过天，被你屠没卢龙县！

**【屠苏】**酒名。增7：万岁爷一笔到底，六哥看了看，改的是"也漫说那酒高壶大"，第二句是"清香赛过屠苏"。六哥说："是怎么讲？"万岁道："这屠苏是古时美酒，你那酒比他还强。"

**【屠子】**屠夫。寒4：蝎子满口应承，当时使了五两银子，雇了屠子来缝头。寒4：屠子到把头安，烂多多缝着难，旁里又着家人按。

**【土鳖】**土鳖，也叫"地鳖"，一种常在住宅墙根土内活动的昆虫。体扁，棕黑色，雄的有翅，雌的无翅。日·昆：土鳖真与木鳖同。

【土地老】土地爷,土地神,掌管、守护某个地方的神。慈3:天生的贤,天生的贤,苦甜只在他心间,就是背地里他也不曾怨。一字不言,一字不言,止不住行人道路传,吊了土地老,还没传个遍。

【土豆】马铃薯。日·果:土豆蔓生结赤杷。

【土粉】指粗制的敷面的粉。增12:满脸上搽些土粉,好一似发了粉的冬瓜。

【土豪】乡村中有钱有势的恶霸。翻4:却说赵某是一个土豪,放三十分利债,还不到就打。翻4:这赵某他原是土豪一个,他的名是赵烈绰号阎罗,恼着他就犯了塌天大祸。

【土炕】炕。一般为土制,故名。墙3:半夜转了腿肚子,脚头冰凉舒不开,土炕上铺着席一块。增12:要和尚接杠夫,钱十个酒一壶,土炕上褪下半截裤。(此处描写的对象是低级的娼妓)

【土坑】同"土炕"。增5:万岁看罢,无计奈何。夫人把马拴下,万岁只得在那土坑上就坐。增5:乍离龙床鸳鸯枕,土坑上无席铺杆草,半头砖又垫上檐毡帽。

【土俗】当地的习俗。磨14:大老爷不必动怒,这是这里的土俗,从来的通套。

【土条蛇】俚曲中一个人物的绰号。意为沾着泥土的蛇,形容其在乡里狡猾而毒辣。翻1:却说那庄有一个人是魏名,绰号是土条蛇。仇牧之在家的时节,因他不正气,不大理他。他就造了一篇瞎话,赃诬那徐氏。

【土贼】聚众为盗的人。磨22:爹爹远游在太原,他在太原三四年,爹爹呀,怎么就遭着土贼乱?磨22:乱在太原与平阳,两处年景甚饥荒,母亲呀,土贼白昼皆成棒。

【吐凤】形容出口成章、文才出众。钟:自家钟馗便是。才能吐凤,气可吞牛。诏试金銮,群惊海内无双士;名通玉笋,曾折蟾宫第一枝。

【吐红】吐血。日·疾:咯嗽吐红为大病。

【吐口号】松口不再坚持原来的意见,应允。翻9:姜娘子心里还犯寻思。大姐就跪下在面前。姜娘子连忙拉起来,长吁了一口气,说:"罢么!我腆着这不害羞的脸,合姐姐去。我到那里,可在娘那屋里睡,可不合他同房。"……大姐见他吐了口号,流水应承着。

【吐噜】象声词。❶咕噜(疑"吐"为"咕"字之讹)。墙1:清晨饭日头高,糊突哈了勾一瓢,虽然多只撒了两泡溺。肚里吐噜如雷响,一堆饿火把心烧,堪堪饿

死谁知道？❷形容小孩儿刚开始说话时话语不清的声音，引申指小孩儿刚开始学语。翻9：我三十四岁被贼掳，十七八年离了家，恁哥刚才吐噜话。你那时还在怀里，忒也小记的甚么。

【吐指头】指将手指放入口中哈上热气或用唾液浸湿后拿出来。游戏时赢方打瓜子时，如果手指比较热润，可以击打得更疼。禳2：长命大笑说："妙哇，妙哇！你可翻错了，这可说不的了，来来！"吐指头就拉胳膊，江城说："打不的，是你从头里灶的我。"（上文说到如果赢了，准备"使上些唾沫打"）

【兔鹘】一种白鹰，局部带褐色。日·禽：兔鹘鵵鹰嘴爪强。

【兔丝】菟丝子，草名。日·庄：豆儿又少兔丝缠。农·农·二遍豆：豆锄二遍，须令锄草尽净，勿使复活。兔丝亦要勤拿，勿使蔓延盈亩。

## tuan

【团营】明成祖时，京军分为五军、三千、神机三大营。自土木之役后，三大营损失殆尽。景泰中，于谦从三营中选精兵十万，分十营集中操练，称为"团营"。嘉靖时罢团营，恢复旧制，以此代指军营。磨31：尚书领兵坐团营，部下貔貅兵百万；剑戟丛中人杀战，麒麟阁上俺标名。磨31：老爷只坐定团营，营中的勇壮不少，把守山口，不放他下山救护便了。

【槫柛】门轴，门扇靠门框一侧上下伸出的两个短圆柱。插在门攥中，门扇可自由朝两边转动。日·木：槫柛俱已合冂榫。

【疃】村庄。多用为村名。参见"疃"。磨1：近日相传有大赦，越发狠打苦难当！一限抬出好几个，庄庄疃疃出新丧。

【彖】卜算，引申指判断、审视。另参见"彖❹"。俊：去年的皇历看不的，别人蹭蹬盼不的，蒺藜块子咽不的，三日不吃干不的，早晨不吃算不的，一日两饨欠不的，今日你也怨不的，从今成人彖不的，再不成人劝不的。穷：元宝哥，黄边沿，彖彖帕，颠颠块，看看底，认认面，是几两，是几件，或是字，或是幕，进进包，上上串，合俺做上两日伴。

## tui

【忒】太，过于。增11：第三怨怨贱人，骂虔婆忒狠心，我死在黄泉把你恨！增24：你休要忒认真了，我的王侯万一封不成，可不搭了你那些头么？

【忒也】同"忒"。比"忒"用得更常见。墙1：那糊突又怕忒也凉，给他煨煨。

寒1:你性子不好,说话忒也直戆,还是我去罢。禳28:我儿,你再来晚着些,忒也早了,我这心里不安。

**【推】**❶向外或向上用力使物体移动。寒5:老王来时,叫也叫不动,只得把房门闭了,老王去了,推开门看,已没了气。增9:那万岁在楼望的眼穿,听的楼下吆喝,把那檐毡帽一推,抬头观看。❷指推车,推运。翻11:大相公交了银子,请了他表兄徐立来,看着去折,雇了二十辆车子去推。❸指推磨。寒7:大众跟着到了研磨地狱里,只见几盘大磨都血淋淋的,两个鬼挑了盘净磨,将判官倒插在磨眼里,就推开了。禳21:哥嫂叫他受苦磨房,一推一个东放亮。天色明了,奔走慌忙,担筲打水,才把磨棍放。❹假装。墙2:咱就不要开门,推不在家;他叫不开门,愁他不领回去。姑3:珊瑚也到了他那屋里,那四六句里诮他,珊瑚推不懂的。寒2:大相公从来和平,今日恨极,便大骂起来。老王推听不见的,起来退了堂。❺推脱,将责任移至他人。禳12:向来托亲友去央仲鸿,仲鸿只推他令郎;今日还有甚么推托?待俺竟到他家,看他有何话说。禳12:日日托人去哀告,亲家只推他令郎,这事不知怎么样?他今日没的推托,俺不如竟到高堂。

**【推把】**推。"把"为语缀。慈3:众人都推把着李氏往外走,赵大姑还赶着骂。

**【推病】**装病,装作有病。寒2:生员也是一时昏惑,看见仇就忘了王法。但只是他这病也是推病的。寒2:军门里驳下来,一干人跪在阶,比着府里威风赛。恶虎不敢还推病,半个耳捶长在腮,磕头也把东司拜。

**【推聋装哑】**装聋作哑,装作听不到、不会说话,形容故意不作反应。禳10:娶了这个媳妇,全不孝顺;但得他夫妇合好,也还罢了,又听的他每日吵闹。做公婆的也只得推聋装哑。

**【推面】**同"推磨"。日·饮:麦不鼬气推面好。

**【推磨】**推动石磨磨面。翻2:新媳妇好处多,又洗碗又刷锅,赶着驴儿去推磨。禳29:不嫌奴家天生岔,做个伴儿,做个伴儿,又不推磨,又不织机,下下棋,叠叠衣。

**【推说】**❶推脱说。寒2:那恶虎推说伤重发昏,不曾出来,胡乱检把了检把,倏然去了。富4:按院不敢细问,饭罢,却向无人处请教。方二爷推说不知,按院再三恳求。❷以某种说法为名义(实际上另有目的)。禳7:我为江城去降香,到那里推说是看他娘。禳26:春香儿他那眼儿挤,你这眉儿弯,一个推说要钱,一个推说换钱,眉来眼去,手脚动弹。

【推提】推举、提引。富4:就去行医,就去行医,进身不用人推提。投上个官衔帖,就说是我能治。

【推佯死】假装死去或昏迷。慈5:张讷死了一日一夜,材也买了,忽然又还魂过来。……李氏知道,又来吵骂说:"你推佯死,又捣那臭鬼!难道乜孩子着虎衔了去,还有活的么?"禳24:家人扶起吴恒哐哼说:"亏了我推佯死,少捱了一百。这一场亏从那里说来!"

【推洋死】同"推佯死"。"洋"为"佯"字之误。磨23:好孽畜!谁想拿住他霎,他是推洋死哩!这不是溺了一泡尿颠了?

【腿肚】同"腿肚子"。寒7:一群鬼把城隍按倒,用刀把腿肚割开,抽了贵筋二条,都勾麻线粗,四五尺长。日·身:两膁腿肚打磨筋。

【腿肚子】小腿后面隆起的肌肉部分。墙3:半夜转了腿肚子,脚头冰凉舒不开,土炕上铺着席一块。

【退】❶向后移动,后退。墙2:张二回家说:"咱可把财神打退了!"老婆说:"怎么?"❷败退。磨32:俺自从杀退官兵,差人上京探听消息,至今还无消息。磨33:这怎么处?北兵未知何日方退,我可何日回京?❸退下。磨27:家人报到:"方二爷来了。"娟娟退了。磨36:虔诚坐待,焚香斋戒。净洒扫紧闭厅门,都着那俗人远退,我自有安排,一个客不用还在。❹消退。慈4:无奈他灾星未退,像有个鬼使神差。磨32:捆缚马上,吃其大亏;解了绳儿,醉气方才退。农·农·高粱:秫落后,缚其穟为帚,以涤饭器,可退油,炊妇利之。❺退还。姑3:二成拿了银子去,着实称道他哥哥。遂即送与债主,退了文书来。翻5:魏名,你没合他赌,是实买的,可以不退。❻同"褪",脱。富7:你那折花枝,翘起金莲,退去了绣鞋。磨2:拴着脖子受了气,上堂还不知怎么捶,不死也把皮来退!

【退毛】除去禽畜的毛羽。日·饮:鹅鸭退毛凭爊炒。

【退前擦后】形容畏缩不前。磨29:谁忍烦,弄机关,退前擦后?磨3:把他恶款开详细,告了军门告总督,大家一齐往前做。若有退前擦后,定教他地灭天诛!

【褪】脱(裤或鞋)。磨14:哑子指着马知县,使手自己打腚。又褪下裤来,着按院验那疮疤。磨19:你攀折花枝,翘起脚儿,褪了绣鞋。

## tun

【饨】(方言音"顿")量词。同"顿",用于计量吃饭的次数。俊:三日不吃干

不的,早晨不吃算不的,一日两饨欠不的……

【屯绢】古代一种先染丝后织的丝织品。日·养:绉纱屯绢随心织。

【苞】用秸草苫盖屋顶的一种方法,将截得较短的秸草斜着厚厚地覆盖在屋顶上。日·泥:仓廒厚苞不怕雨。

【坉墙】将高粱秸截短后敷在墙头以防雨水直接冲激墙头。日·庄:坉墙才折秫秸穳。

【搭】褪(裤),脱(裤)。日·争:爬在地下搭了裤。

## tuo

【托】❶托举。蓬2:独有彩鸾,倚着那白玉栏杆,手托香腮,全无情绪。禳19:家人托汤上云:"这是宅里送出菉豆汤来,给王二叔吃。"❷委托,托付。翻6:话说范公子见四五日没有信,敌托王相公来问。翻8:您二叔没出门,几千里去充军,也学生生的忒也嫩。托你合他去做伴,早晚全凭你费心,你回家才有真实信。磨10:牧是养,譬如人家喂羊,同是爱惜他,也望他孳生,也望他肥大,却也要杀他吃。托给那牧羊的,他也要偷着杀他。❸假托,以之为借口。禳20:今日之约,必得去才好。若说吃酒,他必不放我,我可托个甚么原故?禳20:出门的假儿实难告,反覆思量说甚么?这个谎要托的题目大。俺说的冠冠冕冕,唠的他见信方住。

【托白】揭短。禳28:江城低头背云:"好羞人也!"……(唱:)转过脸低了头,话儿不管人害羞,当面托白真难受。俺这心里不好说,怎么把人扸根子抽,一霎汗湿衣襟透。

【托白莲】绶带鸟,或写作"寿带鸟""拖白练"。雄性绶带鸟中央两根尾羽长达身体的四到五倍,如同绶带。到老年时雄鸟全身羽毛变为白色,拖着白色的长尾飞翔于林间,故又称"拖白练"。日·禽:托白莲飞飘带长。

【托大】倨傲自尊。磨5:俺不是自己托大,那官兵值些甚么!长枪一刺仰不踏,齐逃生还要梦里怕。

【托带】因为自己有福气而连带给别人好处。磨21:做与不做全在你,我可是个薄命人,今生没有峥嵘运。全仗托我儿好命,托带我做个太君。

【托盘】供托举的盛放东西的盘子。增21:丫头得了金豆,百样的奉承,将一个托盘承着四个肥皂,上头顶着来献给。

【托实】认了真,当作真的。禳9:让你打时是一礼,怎么爽然就托实?以此

叫我心里气。

**【托仗】**依托，仗赖。富3：张官人便说好相也么交，住了不是两三朝。病难熬，托仗主人情意高，白日把饭做，夜晚把茶烧，一泡尿也是架着溺。磨21：我儿，在你，为娘的要托仗你了。

**【拖】**❶拉曳。墙3：你听我讲个道理，何必似拉羊拖猪。禳12：若是下回还不改，任凭打死在这边。那时节狼拖狗拉，俺两口泪也不来滴一眼。❷同"托"，托举。富14：张老爷三十年，拖玉带上金銮，子孙都赴过琼林宴。磨36：在朝中三十年，拖玉带上金銮，子孙又赴琼林宴。

**【拖带】**同"托带"。磨27：适才娘说的差了。不是儿有福，原是娘有福，拖带的儿好。磨27：都是贤弟福力，拖带我中了进士。

**【拖刀计】**比喻假装低调、实则暗藏杀机的计谋。磨17：抚院招安好几次，并不敢着朝廷知，焉知不是拖刀计？

**【拖泥】**和泥。日·泥：或扎稃子更拖泥。

**【拖索】**条状物散乱拖拉、耷拉的样子。日·僧：衲头拖索蹤乡村。

**【袥肩】**托肩，垫在衣服肩部的衬垫物。日·裁：又上袥肩接褉袖。

**【饦炉】**（"饦"，蒲氏注音"气"，应为"飥"字之讹）不详。或指一种炉子，或指一种食品。日·饮：加蜜饦炉用木匳。

**【抟】**使之成坨，用手攥成团状。磨1：把谷吃了个罄溜净，庄稼何曾上上场！大家没法干瞪眼，饿的口干牙又黄。一窝孩子吱吱叫，老婆子抟[①]菜插粗糠。

**【脱不过】**大不了，顶多是。墙2：你又不常出门，脱不过抗墙头根，绵衣裳穿着可也笨。墙4：二兄弟大不通，病人昏愦眼矇眬，刚还魂怎么敢惊动？……脱不过不吃甚么，我劝你暂且从容。

**【脱稿】**完稿。磨25：把墨研稠，行行写去不抬头，第五篇已是一挥就。脱稿再搜求，六篇才完把笔投，直直腰再将七篇做。闹：漫把头颅摸，甚腾那也呵，经半日脱稿才哦，那捷笔邻兄已收拾朱络，瞒肩头说我过我过。

**【脱老】**"脱"为"晚"字之讹。（蚕）成熟得慢。日·养：蚕饥脱老少丝绵。

**【脱涝】**谷子生长后期因为锄后即雨而导致的籽粒不实的毛病。农·农·三遍谷：谷宜深锄，惟三遍勿深。盖至三遍，则谷已秀，其根四布，若深而伤之，

---

① "抟"字盛本作"拖"，明显讹误。上海鸿宝斋代印本作"挖"，"挖"与"菜"的搭配没有问题，"菜"要能吃也必得先"挖"回家；不过考虑到其后的词语，如果前面是"抟菜"则是在做饭，与"插（掺加）粗糠"的结合更紧密。

旱则不能坚圈,谓之仰雨;雨过则冷淡成粃,谓之脱涝。锄过即雨,多成此病。日·庄:脱涝冷淡病多般。

**【脱略】**省略。翻6:到明日隔一天,会亲友甚周全,昨宵曾把黄历看。二位先生到舍下,一杯薄酒共盘桓。婚启带去极方便。既结亲诸事脱略,把虚文一切全删。

**【脱坯】**把黏土放入模子内捣实做土坯。日·器:模子脱坯用麦穰。蓬4:好个儿郎,好个儿郎,模子又好杆又强,脱个坯来就不合人一样。(此处"脱坯"喻指父母生育孩子)

**【脱套】**免去俗套的礼仪。富14:拱手一笑,大家脱套。磨36:拱手一笑,大家脱套。

**【脱牮】**结合部做得不严密,裂开。日·泥:包工脱牮又露闩。

**【驮】**动物负物。慈6:叫了声大哥,我那兄弟被虎驮,上穿着袄儿长,下穿着鞋儿破。富1:一个俗俗人儿,怎么把青天去上?就是那鹤壮如驴,他能驮我到仙府,也怕那里的神仙太多,这后来的无处安放。

**【驮绒】**驼绒。日·毡:驮绒牙色染诸般。

**【铊矛】**蛇矛,古代的一种长矛。日·兵:长梓铊矛一丈外。

**【驼】**同"驮"。翻4:却说姜娘子驼到赵家庄里,姜娘子说:"这是那里?"阎罗出来,满脸陪笑说:"仇福把你卖给我了。"磨14:又比量三尺高,作一个往上掀的形状。问:"是马驼去了么?"又点点头。

**【驼轿】**驮轿,用骡马等驮着的轿子。慈6:老太太听说大喜,即便打点行装,拣了个好日子,雇了两乘驼轿,合家往陕西尽发不题。翻12:整理妥当了,遂即差人使驼轿牲口,去搬了他那家人家来居住。

**【妥然】**妥当。禳7:婚姻若就,孩儿病痊,大事妥然,免我心牵挂。富4:大事妥然,大事妥然,才得酣酣一夜眠。心中事办妥了,才把家乡盼。

**【拓】**庹,长度单位。双臂尽量张开时两手中指间的距离。日·兵:短柄马叉一拓余。

**【拓扶】**扶。"拓"同"托"。丑:八戒越发动了兴,想他多情容易缠,凑到近前只顾看,颠到总不害心烦。恨不的搬过头来做个嘴,恨不的一手拓扶在香肩,恨不的就把细腰双手抱,恨不的即时脱裤上床眠。

**【跅价】**("跅",蒲氏注音"扯")要价,抬价。日·堪:跅价犹嫌聘礼轻。

# W

wa

**【挖】**❶掏取。翻1:哭声地叫声天,骂老贼仇尚廉,挖出心来狗不餶。寒3:此时赵恶虎的儿子已来到了,名是赵豹,绰号叫歪子,便禀老王说:"把口里那心留下。"老王吩咐:"挖出来。"兄弟二人听说,一齐下手。❷抠。当为"抠"字之误。参见"窝挖"。富13:常恨那科道们,骨突着嘴儿,该把他眼挖[①]!

**【哇哇】**象声词。形容哑巴发出的啊啊声。磨14:"你媳妇合户房有奸么?"哑巴摆手。问:"无有么?"点点头。哇哇了两三声,把手比量着,舒了八个指头。

**【洼】**❶低洼的地方形成的小片积水。姑1:脓血成洼,脓血成洼,终朝每日买药搽。富5:热汗成洼,热汗成洼,忽然细雨打窗纱。❷量词。指一小片(液体)。禳24:成抟的菜蒸一抓儿,豆腐带水一洼儿,连皮的萝蔔一掐儿,挺硬的鸡蛋蛹叁儿,煎或用个葱花儿,并不见个油花儿。❸低,凹。增9:六哥出店把口夸,东西地高南北洼。几亩洼地种蜀秫,几亩高地种棉花;剩了几亩没哽种,种了许多大西瓜。

**【窐柱】**("窐",蒲氏注音"瓜")在大梁上支撑重(chóng)梁的柱子。参见"重梁"。日·木:重梁窐柱皆妥当。

**【窊窼脸】**("窊窼",蒲氏注音"凹茶")内凹的脸型。日·衔:粉糊赤搪窊窼脸。

**【娃气】**稚气。寒3:已吃到星月全,点上灯不说颠,反转只把吴孝恋。唱了一个《狗咬狗》,惹的笑声满屋喧,他殷勤只把酒来劝。赵恶虎不嫌娃气,看着他越发喜欢。

**【娃娃】**孩子。墙2:五十多抱娃娃,冬里枣夏里瓜,费了钱还怕他吃不下。寒6:吊在地叫呱呱,成了个小娃娃,手脚没有半觳大。

---

① 此字入韵,与"就羞受~楼求头救"为韵。此外,"窝抠"(富6)一词,禳1作"窝挖",而今方言读为"窝抠"不读,"窝挖"。以上均说明"挖"字实应为"抠"。

【娃子】孩子。禳 32:子平云:“我有一双银铃相送。”遂给娃子拴在右手上。磨 19:俺那娃子虽然嫁了,现放着一个女外甥六七岁了,就该不是亲家了?

【掠】舀取(一般用于粮食、面粉或很稠的粥饭等需用些力才能舀取的对象)。翻 3:姜娘子做了饭,打发他婆婆吃了,才掠了升麦子碾上,掐了掐,烙了两个黑饼……日·饮:大瓢掠来酵子发。日·器:篇筲掠去梅盒冷。

【掠窟】物体往里凹的形状。日·银:鼎磠掠窟诡益神。

【踠挠】抓挠。日·身:手脚踠挠能致富。(此处指婴儿手脚乱摇乱动的样子)

【瓦饼】一种饼,具体特点不详。日·饮:瓦饼焦黄似配盘。

【瓦磖】碎瓦片。日·泥:瓦磖瓴石填心搡。

【瓦查子】同“瓦磖”。姑 3:于夫人去看了看,创了一个大坑,里头堆着瓦查子,也只当他刨了银子去了。

【瓦瓳】(“瓳”,蒲氏注音“古”)瓦片。日·器:一块瓦瓳也收藏。(又,《墙头记》中有男孩儿名叫“瓦瓳”,系以身边俗物为名)

【瓦屋】以瓦覆顶的房屋。寒 8:管家去仁宇陪,地两顷立封堆,进庄又有看宅一位。点了瓦屋验草舍,又把家伙看一回,犁耙绳索皆齐备。

【瓦刀】(瓦 wà)泥瓦匠用的一种较厚的铁制刀状工具,用来砍断砖瓦、涂抹泥灰。增 11:有金墩把头摇,叫姐姐你好嘲,那里犯着就上吊?转了快活不算帐,还得银子一大包,世间嗄似这个妙?若是我三宵两夜,管着他拿不住瓦刀。

【宽刀】同“瓦刀”。日·泥:撆炕宽刀压几回。

【宽屋】将瓦依次覆盖在屋顶。日·泥:宽屋全凭缝对齐。

【呱】语气词。同“哇”。翻 4:若是有钱不借给你大相公呱,那可就是一个狗!俊:输的热了再去捞,投寻结下人命债,沙窝里淘井越发深,这可是嘲呱可是怪。快 2:众将,你们都看看,我有头呱没有?

【哇】❶叹词。禳 1:哇!我怕是上人上物哇。❷语气词。慈 3:每日乍的头儿筐哇大,到了这里,几乎气杀!慈 3:有狼哇?有虎哇?禳 2:妙哇,妙哇!你可翻错了,这可说不的了,来来!增 7:洞宾留下宝剑,昭君当下琵琶;刘伶爱饮不回家,好酒哇,醉倒西江月下。增 10:俺妈娘往常时拿着我合掌上明珠哇是的,何等爱我。

## wai

【歪】❶歪斜,不正。姑 1:掩掩怀,插金钗,未照菱花鬏髻儿歪。姑 2:谁想九

日里，日头容易歪，一霎就到九日外。快3：把箭撇去，都说："不好，不好！歪了，歪了！"❷邪僻，（心术或行为）不正，坏。姑1：老于婆，你实是歪，找上人家门子来。姑3：我劝歪人不要歪，阎王不怕你性子傲。磨10：这怎么了？方二相公那做秀才时就歪，何况中了进士，咱不给他送去，他治不的官，可就治咱。咱进去跪请。❸糙劣，不佳。姑1：若着那爷娘从小教诲，那里有天贤的呢？还有四句歪诗：……禳4：只求成色正，不嫌文字歪，把天理丢靠九霄外。❹朝一边倾。禳3：这身材几乎一歪，到被他喕煞爷娘，丫头还把小孩装。禳27：冷水一浇，冷水一浇，低头不语竟歪倒。晚饭没曾吃，已是睡了觉。富5：方娘子把身一歪，倒在官人怀里。❺斜靠着躺或不自然地躺。富7：身上乏了，就在一个屋檐下歪了歪。磨11：都歪着地下，说："打折了腿了，走不的了。"

**【歪鳖】**歪歪扭扭，歪斜不正。闹：脱离了鼎镬适刚才，那歪鳖的头巾依旧摔。

**【歪揣】**心术或行为不正，性格乖戾。姑1：于夫人此时运正也么高，尽着你歪揣济着你叨；若遇着妇不贤良儿又浑，要再不孝顺，一溜子把气喕，有理还着你没处告。磨34：叫一声老杨蕃，又歪揣又奸贪，俺素常杀了勾几千万！翻10：他有点歪揣性，怕你尊大望着你眼生，撒了撒犯了他疑心病。

**【歪揣货】**詈词。歪揣的人。姑1：这样福合佛一样，不知好合歹，拿着当寻常，只等的歪揣货儿话出，这才把君子想。俊：宗大官叫老三，歪揣货大不贤，常惹的邻舍家在墙头上看。

**【歪皷】**（"皷"原讹作"鼓"，蒲氏注音"揣"）同"歪揣"。日・走：牒牯歪皷懒上场。（此处指不听使唤）

**【歪倒】**❶斜着倒下。寒5：果然把锯条歪倒，曲曲折折锯将下来，越发疼极。快3：此时玄德已醉，便说："二弟坐着，俺也射他一箭。"踉踉跄跄，起来才待开弓，便就歪倒了。❷指躺下（睡觉）。禳27：冷水一浇，冷水一浇，低头不语竟歪倒。晚饭没曾吃，已是睡了觉。磨18：眼望见有个庄儿，待俺走将进去，找个门楼底下且歪倒睡睡，也解解连夜的困乏。

**【歪货】**同"歪揣货"。姑1：又遇着搅家不良的歪货，处治的只千不尽的，才道我那是个贤惠媳妇。你看这不是个愚人么？增12：自家装着黄花女，胸前两块乍胖胖，行动又带些奴才样。好歪货不流水快走，近前恶心的我慌！

**【歪拉骨】**同"搋辣骨"。禳3：江城又不行介。徐氏说："哎哟！小歪拉骨！你可喕煞我了！"

**【歪头鳖脑】**歪着头,形容姿态难看。增10:一秤金把脸抹,叫贱人你忒也差,歪头鳖脑的济着乍!

**【歪头别脑】**同“歪头鳖脑”。富2:那衙役歪头别脑,待要去家里翻人。

**【歪歪鳖鳖】**“歪鳖”的重叠形式。歪歪扭扭。南:俺则见歪歪鳖鳖、三三五五的鬼烂奚,吆吆喝喝搜仔细。

**【搉辣骨】**本指小脚缠得不好、走路歪斜如同崴了脚一般的人,也用来贬称一般的女性。“搉”即崴,崴脚。“搉辣”形容走路时如同崴了脚的人一样走路不正的样子。增12:小搉辣骨!你央及我,你可就先骂我。我可仔不给你撇汤!

**【搉呀搉呀】**形容走路不正如同崴了脚的样子。“搉”即崴,崴脚。禳17:老婆给公子勒上头,搉呀搉呀的出门说:“哎哟!打折腰也!打折腿也!”

**【外边厢】**外边。俊:这四句诗,原有个讲说,是说的那做妇人的,但犯了这个泼字,外边厢吵邻骂街,家中撕翁骂婆,欺妯娌,降丈夫,这是人人可恨的。

**【外官儿】**京城外的地方官员。增28:话说众文武进了大同,封了四门,扯起黄旗为号。各官知道,齐来参见。这外官儿见了几遭皇帝?来到黄旗下跪着张永,口称万岁。张永大笑道:“您是什么人?”各官叩头道:“俺是大同道、府、州、县、总兵等官。”

**【外户子】**外地移居本地的人,外来户。禳10:一家大小拧成绳,惟独这外户子没人疼。(此处为儿媳自称,指好像外地迁来的人一样受歧视)

**【外科】**主要用手术治疗体内外疾病的医学分科。也指外科医生。墙4:那官府忒也偏,一打几乎到九泉,好胡突并不听人辨。……我这腿像有个虾蟆肚,得找外科马寿先,长到三十没经惯。

**【外人】**没有亲友关系的人。姑2:见你寻常百事佳,心里想念口中夸。就是外人不得地,也该把他拉到家;拉到家,用香茶,一日三时供养他。富13:婆媳欢喜的没颠没倒的,外人才知道山西那姓宫的,就是张鸿渐。闹嚷嚷了,道喜之人,比前更胜。

**【外甥】**❶女儿的子女,外孙子、孙女。墙1:“小瓦瓯提了酒来。”李老说:“外甥好快长。”(李老为小瓦瓯的外祖父)翻1:看见女儿泪两行,不料他姐夫早命亡,我儿可将谁依傍?外甥方才五六岁,你又年小怎承当?如今是该怎么样?❷姐妹的子女。姑2:叫一声俺大姨你可没见,又不晴又不雨的皇天,又不知为甚么没处思念,千样的去伏侍,只是一个不喜欢。忽然间打了顿鞭子,您外甥立刻就把奴来撵。翻5:大姐说:“二兄弟,你家去罢,好教咱娘知道放心。我投上

这状，合您外甥小尚子随后家去。”

**【外甥媳妇】**外甥的妻子。姑2：珊瑚说：“我也不肯吃大姨的饭。”沈大姨说：“我儿，你真么薄皮子，我就没有那顿饭你吃么？在你身上疼饭，就合您婆婆一样的人了。我可不是为外甥媳妇，我敬的是贤惠人儿。”姑2：且说二人到了家，于夫人才坐下，便请外甥媳妇来。（此二例中都是指姐妹的儿媳）

**【外孙】**女儿之子。俊：丈人劝你是为你，你的性儿便发了；断了往还这几年，不知外孙多大小，舍上奴家这块肉，死在这里没有人找。

## wan

**【弯弯】**❶弯，弯曲。墙3：忽然穿上浑身热，好似今日入了伏，腰也伸不直像弯弯木。快3：弓儿弯弯箭又长，从来百步会穿杨，这会射中老贼党，明朝封你箭中王。增14：万岁爷笑哈哈，那树上是什么？绿毛鸡白日里上了架。通红一个弯弯嘴，他叫丫头来看茶，花言巧语会说话。❷比喻有城府，心机多。翻5：仇祜说：“该请过您三叔来商议。”大姐说：“他老人家心里弯弯，不用请他。我念着，你写罢。”❸“弯”的重叠形式，弯下。增23：斟上酒弯弯腰，谢了罪又告饶，弄了多少虚旋套。

**【弯弯曲曲】**“弯曲”的重叠形式。❶表示连续的弯曲。寒5：二小鬼把锯歪，打旁里锯下来，大疼更比前番赛。弯弯曲曲连肝肺，满身疼痛苦哀哉。❷表示音乐的婉转。闹：只听得悠悠扬扬弯弯曲曲门子声低，见一群纷纷藉藉吆吆闹闹归房皂隶，嘻嘻哈哈号声一片吹。

**【弯子】**算命者所用的铁板。增14：（明武宗在妓院走路时鞋坏了，鞋底呱嗒作响）姐儿们就笑：“小二姐这孤老虽不是皇帝，像是个弯子的朋友。”众人道：“怎么见的？”姐儿道：“你不见他走着，脚底下还打着板么？”（“弯子的朋友”，指算命的）

**【湾】**❶较大的池塘。墙1：我痴心不可言，听的他话儿甜，安心要吃自在饭。这个念头大差了，又从泥里到深湾，自己差却将何人怨？禳24：遇着那胡突官儿，厨房只一间儿，又是热杀人的天儿，打上呕杀人的烟儿，那汗成了湾儿，又没人倒倒班儿。磨13：庄东里那个滩，庄西里那个湾，庄北里那座山，庄南里那段田。❷“弯”字之讹。寒4：低低头又使奸，随处里要弄钱，一宿寻思了几十遍。商家给他个坐位坐，再把李家捏个湾，不愁里头无钱转。（“捏个弯”此处指用力挤压李家的钱财）

【剜】❶用刀等挖取。翻8:你教我莫往还,不得合他交一言。写了书来叫我嫁,心里好似刀子剜!磨6:不教他官吏全死,我把这两眼全剜!❷挖物成坑洞。增8:接过来耀眼明,掌柜的唬一惊,这个人不是小百姓。不然是个真强盗,宝藏库里剜窟窿,或是短了天朝的贡。❸指间苗(一般用刀具)。农·农·黍稷:苗宜老剜,而后清晨带露锄,则铁青不秀稳。农·农·菉豆:种勿太早,早则不生荚。薄田可种。小豆略同。又勿太密,密则易坏。剜一遍方好。

【剜谷】给谷子间苗。农·农·剜谷:留苗视地之肥硗,要疏朗,不可太密,不可点葖。

【剜垅】指间苗。磨23:不曾剜垅,不曾锄田,除吃了酒肉,还赏一百大黄边。

【捥】同"剜"。磨16:俺这里手拿针线,寻思起两泪潸潸。娇儿一个最孤单,未曾打他手先战。打他一下,心似刀捥,要他成人,须索把脸来变。增25:若是个京官,我情愿捥下眼来搓了。

【豌豆】一年生或二年生草本植物,结荚果。嫩荚和种子可食用。增16:皇爷说:"你有什么豆子呢?"丫头道:"俺有黄豆、黑豆、菉豆、豌豆,还有茳豆。"日·庄:豌豆红花不出九。

【丸挷】团弄,挼弄。日·饮:丸挷加粰手不粘。

【丸药】制成丸剂的药。磨36:舜华从袖里取出一个锦囊来:"每人奉送你一粒丸药,可以增寿数,可以长聪明。"

【刓】(方言音"剜")剜,从里面转着削。日·木:牌匾花栦仔细刓。

【刓墙】钻墙。日·兵:刓墙拳窟跦适过。

【刓钻】来回转着钻入。日·皮:缀鞋也要细刓钻。

【完操】指死亡。翻4:把阎罗打了四十大板,夹了一夹棍,背了四绊,把一个通天的光棍,就呜呼哀哉了!(唱:)赵阎罗完了操,浑身上下赤条条,不衣冠就去赴他那同寅召。

【完事】❶事情结束。富6:骂狠贼我合你何愁何怨?任拘毕我能受就是无钱,完了事我定然杀你个稀糊烂!磨18:骂狠贼我合你何仇何怨?任你雌我可也只是无钱,完了事我定然剁你个稀烂!❷指死亡。墙4:不着我合你嫂嫂,如今已完了事了。

【完账】❶还清欠账。寒8:二弟到御史行,俸禄比往时的强,省省也就完了账。翻5:父亲未知存与也么亡,老母恹恹病在床,从书房叫出哥哥守病娘。被些光棍们,唠去赌博场,半顷地一宿完了账。❷完结,指失败。富12:忒也莽撞,

忒也莽撞，我说从容不要慌；若不是看出来，就完了今科的账。

【完帐】同“完账”，完结，指失败。磨25：忒也莽撞，忒也莽撞！我说从容不要慌；不是看出来，就完了今科帐。

【玩】❶玩耍。慈1：一日，张讷出去玩的，邻舍家有个周妈妈，见他跛蹻跛蹻的……禳2：他来到家，光合咱那赁房的樊家那小妮子江城去打瓦，必定是玩住了。❷嬉闹，开玩笑。琴：嫂子和俺玩，嫂子和俺玩，见了他姑夫你馋不馋？禳15：我就大笑，嘻嘻哈哈，一当是玩，二当是耍。增4：万岁心迷了，难把意马拴，下腰推盛水，伸手捏脚尖。仙女只一躲，骂声村长官。万岁陪笑脸：大姐我是合你玩。❸指参与博戏。禳23：爹若不害嚣，早玩晚又嫖，这时娘也要把气呴。增6：皇爷说：“二位，我合你玩玩。”张舍说：“你那里的银子；敢说合俺玩玩？”王舍道：“张大哥，这花子不知好歹，叫咱合他赌。咱回去合他赌赌，赢他几两银子添梢。”❹指嫖妓。增6：久闻贵处姐儿好，寻过婊子玩一玩，不知那是宣武院？增7：我对你说，我来找个婊子玩玩。❺指演奏乐器。增24：胡百万真会玩，将笛儿吹一番，悲切好似离群雁。

【玩孩子】贪玩的孩子。磨16：止种着百亩田，凑束脩难上难，进了学就叫他自家念。还是一个玩孩子，只怕读的未必专，我又不能常长看。

【玩话】开玩笑的话。磨14：按院说：“那皂头上来。”说：“你就是精细鬼么？”皂头说：“是马老爷的玩话。”

【顽】玩耍。姑3：又待了十来天，闺女也是一点病没有，正顽着，绝气而亡。翻2：既不吃酒，咱每人一吊钱小顽顽给春娇打二百头，也不负他的来意。

【挽】❶向上卷（衣袖、裤筒、头发等）。蓬4：呀，铺下张纸，拿过砚砖，伸出玉筒，就把墨研，挽了挽长袖，咬了咬笔尖，低头就写，像那雨点儿一般。蓬4：早起穷忙挽绣襦，丈夫惭愧意何如？禳28：将头发细分开，头上乌云垂下来，细细梳不留一点灰尘在。挽上一个扬州纂，插上一枝镀金钗，髻高到有半尺外。❷拉。禳5：妍媸皆是命里该，推不能去挽不来。增10：二姐双膝跪下，老鸨子用手挽起，说：“我的儿，你起来罢。我有句话合你说，只怕你不依从。”

【晚谷】一种播种时间比一般谷子晚的谷子品种。磨1：六月半头下大雨，晚谷种的甚相当；长来长去极茂盛，眼看就有尺多高。农·农·晚谷：先镑一遍极妙。若得雨早，即骑陇种之；断不可耕，耕则难立苗。

【晚啘】（“啘”，原讹作“窊”）夜鹭。夜鹭白天常隐蔽在沼泽、灌丛或林间，晨昏和夜间活动，受惊扰时会发出粗哑的哇哇声，“晚窊”即“晚哇”。日·禽：晚窊

叫时无雨势。

【晚堂】官府早晨升堂理事为早堂,午后申时升堂理事为晚堂。翻4:老郑坐了晚堂,差人禀道:"拿到赵阎罗了。"上头就叫阎罗,他雇了个人,就待过去替。

【碗盆子】一种比碗大的小盆。翻3:那床上一个碗盆子,拾起来分头就打,打了一个跟头,鲜血直流。

【碗匽】碗的边沿。日·器:铙鳌犹存碗匽伤。

【婉款】委婉和缓。寒2:不一日,到了府里。大相公说:"二弟,这上司比不的县里,说话要婉款些。"

【万不】绝对不,无论如何不。蓬4:做了官早起晚眠,要想今日饮酒赋诗,万不能够了。磨6:我上边跪朝廷,下边跪父母,犯了罪跪问官。我今日犯的甚么罪?……若是有敕封的剑,就拿出来早早把头割去。我是万不能哀告你,待跪你怎的!

【万民幛子】绅民为颂扬地方官的德政而赠送的整幅布帛。磨4:极好的个马知县,到任三日,那屏子发了传单,德政歌儿贴在墙上人人见;万民衣费过百千,那万民幛子是没有一年不攒。

【万寿】❶祝福词,长寿。蓬1:西王母面向南,东西摆列众神仙,齐臻臻好似两行雁。……众神仙齐祝万寿,西王母喜动容颜。❷万寿菊,一种菊花。日·花:万寿金铃皆曰菊。家政外编·诸花谱:万寿菊,宜粪,喜日。

【万岁藤】即天门冬,百合科植物。日·花:万岁藤绕老少年。家政外编·诸花谱:万岁藤,春间分种。

【万万】❶数词。极言多。慈1:古往今来万万春,世间能有几贤人?禳33:堂前共献一杯酒,寿祝爹娘万万年!❷绝对,无论如何,千万。富4:吩咐手下人,吩咐手下人,各人要带绳一根,万万休叫他,摆了溜子阵。磨18:狗脂!你弄就弄,或者你不敢杀了我!你要指望奉承你,给你钱使,万万不能的!

【万选青钱】比喻文采出众。《新唐书·张荐传》:"员外郎员半千数为公卿称'鹜文辞犹青铜钱,万选万中',时号鹜'青钱学士'。"闹:尊作妙绝!认题真切,下笔高华,真是万选青钱矣!恭喜恭喜!

## wang

【王八】指妓院中的男仆或歌童。增7:老儿道:"可有朋友么?"万岁大怒道:"合你这王八做什么朋友!我对你说,我来找个婊子玩玩。"增14:万岁爷牢记

心，等北京众群臣，来时发发这心头恨。南北两院抄杀了，科子王八抽了筋！

【王八羔】同“王八羔子”。寒4：老王那王八羔，长钱迷害钱痨，如今向咱把钱要。

【王八羔子】詈词。指人。磨15：我那儿着张鸿渐杀了，官家把他解去。谁想那解子两个王八羔子，把他卖放了。

【王八头】❶詈词。指人。禳16：自从嫁了葛天民那王八头，枉勾家里梦见俩汉子，他也不敢惊着俺。❷嫖客的首领。增19：二姐接令到，行道：“两头一样是张弓，一去不来是阵风。风来了，雨来了，王龙背了鼓来了。”皇爷秉手道：“王官恭喜了！”王龙道：“什么喜？”万岁道：“封了你一个王八头，还不喜么？”

【王八杂】詈词。指人。寒2：骂一声王八杂，你过来咱跪下，杀了人怎么还装大？

【王邦贵】人名，不详。用来比喻被打得很惨的人。增13：大丫头撅着嘴，半晌无言头不回，唬的两手无了脉。进门叫声二姐姐，吃不尽你无限亏，几乎成了王邦贵！

【王十万】❶人名，元曲及《金瓶梅》等书中都将其当作富翁的典型。寒1：寻思一回没了法，得学前朝一辈贤，就是杀人的王十万。任凭他千般万样，只用那受苦的使钱。禳32：(道士张三疯)指石庵云：你是当今的王十万。❷剧中富翁的绰号。墙4：你守灵，咱指地作保，取王十万家钱，过了丧事要来还他。

【王章】王法。寒7：二郎爷骂判官，把报应颠倒颠，溷的没有恶合善。善人受窘于世上，恶人享福在人间，全是你把王章乱！

【网包】草编的网状包。用来装柴草、禾穗等。日·庄：钐刀劖耒网包接。

【网帽】同“网子”。寒1：身上衣服稀糊烂，头上网帽俱无存，浑身打的俱成稃。

【网子】网巾，明代流行的以丝结成的网状头巾，用以束发。磨11：帽子上破了边，网子上坠了圈，腚合腿都是稀糊烂。增21：二姐搿起万岁那网子来说：“大姐姐，你看这网子上是二龙戏珠。”增21：二姐说：“王姐夫，你这一顶网子还是金圈哩。”大姐说：“妹妹，你那孤老有王姐夫这一顶网子么？”那二姐心中不悦，说道：“什么网子！是混帐网子！杂毛网子！”

【辋輮】车轮的外框。日·庄：打开辋輮换车辐。

【枉】❶平白无故地。穷：俺长了这么大小，从没枉费分文，是怎么粔花钱的自是有钱？禳9：枉惹奴家气满怀，强人休进绣房来；晚间早把门关上，不叫亲娘

门不开。❷徒然,白白的,指做的事情不应该。翻8:叫畜生快跪下,做的事太大差!你枉长了这么大!富8:骂声狗子你枉长十三四!增8:你枉做买卖一辈子,老的牙都白了,曾见这样钱来么?

【枉法赃】徇私枉法得来的赃款赃物。寒5:如今成了钱世界,上下都受枉法赃,杀了好人全没有账。磨14:马知县,你做的好官!且不合你论短长,你有十万枉法赃,况且是库里又欠三万账,加二加三收大粮,拿短少的票子几千张。怎么说?

【枉勾】即使,任是。疑“枉”为“任”字之讹。“任勾”即“任拘”。参见“任拘”。禳16:自从嫁了葛天民那王八头,枉勾家里梦见俩汉子,他也不敢惊着俺。他若牙缝儿崩不字,小孩子卖长生果——吃不了还叫他兜着走哩!

【枉口】空口无凭。翻1:哭声地叫声天,骂老贼仇尚廉,挖出心来狗不饋。枉口嚼那舌根子,不知有甚仇合冤!头上自有老天见。

【枉转】徒然具有某种身份或名声,指不配,愧对。“转”即赚。慈2:您爹枉转了是条汉子。

【往还】来往,交往。俊:丈人劝你是为你,你的性儿便发了;断了往还这几年,不知外孙多大小,舍上奴家这块肉,死在这里没有人找。俊:康熙爷己卯年,宗亓人四十三,婆子大他一年半。住着楼房骑大马,官宦都合他有往还,这几年全把人家变。

【往来】❶来往,来去。慈5:自家飘飘飖飖,走了一回,见大路上往来的,也就跟了去了。翻8:家里事没人招管,日日奔波路途间,朝夕往来极不便。❷来往,交往。禳3:芥蒂无分毫,我两人道义交,往来尽脱虚圈套。增26:你起来去罢,不干你事。从今以后,两楼上人役不许往来。

【往前】❶向前。姑1:叫声老王,叫声老王,我主意不还乡。既然出了门,我情着往前撞。翻3:他娘说:“你过来。”往前凑了凑。他娘说:“再靠前。”他又往前凑了凑。❷以前,过去。慈6:来到家,指望你说声好,生死离别谁知道?不记往前仇,恸哭伤怀抱,为儿的像张讷天下可也少!❸往后,今后。姑3:开笑口合不交,像是老天把我饶,又着我往前得尽孝。从今改前路把媳妇做,也将罪孽折分毫。禳2:我的儿你听知,高拱手深作揖,往前休弄乜孩子势。增26:我相着我往前交了好运,你怎么就说我有灾难呢?

【淫殽】(蒲氏注音“妄断”)腐坏。日·饮:淫殽鸡子臭难堪。

【忘八】同“王八”,使用次数更多。❶詈词。指人。墙4:老忘八!老婆那有

你叫的？咱就见见官。禳16:就是相好,也只一霎,全然一点不中用,真正是个偏忘八！禳16:我初到葛家,约有半年,那忘八意思里就待施展。❷混蛋,不讲道理、不明事理的人。慈1:譬如有一个前窝儿,若是打骂起来,人就说是折蹬;若是任欲他做贼当忘八,置之不管,人又说是他亲娘着,他那有不关情的:谓之左右两难。俊:屎里赌,屎里卧,忘八也是一处坐,鼻咀黑乌不成人,说甚羞煞鬼一个。❸嫖客。增24:帮闲嫖客属你管,打那姐儿忘八的课税钱,这个营生你干不干？增28:万岁放了大赦了,叫这南北两院科子忘八快忙逃命,待举火哩！❹让妻子卖淫的丈夫。俊:若是我投了井上了吊,再娶个来现世报,输的着急没了法,愁你不挂忘八号！(指赌徒输光后被逼让妻子卖淫)

【忘八羔】詈词。同"王八羔"。慈3:你这些屁,是听的谁放的？必然是小讷子那小忘八羔篡作的！叫他来,合我质证质证。翻3:可恨那老杂毛,生下这忘八羔,不是寻常那不肖。快4:骂声曹操,狡肚蛆心忘八羔！

【忘八头】让妻子卖淫的丈夫。翻9:叫声姐姐泪珠也么流。他又不害一点羞,忒也诌,没有星星情意留,哄我去耍汉子,待当忘八头。磨1:不肯当忘八头,做了贼又害羞,堪堪饿死何人救？

【忘八流头】詈词。同"忘八"。禳17:槌被石不用愁,不用挂牌一笔勾,学道要给你一个点儿受。卖了秀才还嫌少,要把行头课税抽,你可堤防着割你的肉！自然贪赃学道,搜寻这忘八流头。

【忘事】记性不好,容易忘记事情。增14:万岁说:"我夜来使了几个皮钱,称了一两好麻待锥锥鞋来,为着搬你就耽误了,还在那酒楼上哩。去给我取来,我吊着进去罢。"二姐挤了挤眼道:"你年纪不大,这么忘事？我才见你使了五钱银子买了两付火烟红扣线带子。你送了我一付,还有一付,你吊不的么？"

【旺】❶兴旺。翻12:土条蛇心不良,把仇家死里降,一番降时一番旺。翻12:魇殃做人精胡讲,老天爷长在上,越弄越发穷,一咒十年旺,怎么能依的人这心眼里想？❷旺盛。墙3:鸡也烂了,饼也冷了,酒顿了两三回了,炉子旺旺的。农·附·安蚕:用青石七片,生铁四条,杜仲、车辐各四两,红筋一双,灯七笺,白马牙一块,房门埋之,蚕则大旺。农·附·种桑法·布地桑法:根渐旺,留条渐多,五年后相交,则剧断,掘去添以粪土,浇过即旺,次后压成栽子,又别栽之。

【旺活】生命力旺盛。蓬4:锅有剩饭,家有余粮;旺活的鲜鱼来下酒,崭新的绸缎做衣裳。

**【旺跳】**健康,有活力。姑 3:二娘子太掇争,全凭吵骂过平生。旺跳的胜儿一日死,指望女儿来送终。寒 4:赵歪子大发歪,旺跳人请将来,做就局将俺爹爹害。

**【旺相】**健旺,健康、生命力旺盛。禳 33:嗏!那神仙也非逍遥?只是旺相百年,又早见五花官诰,封赠数十遭。禳 33:爹娘在上,满斟酒一觞。望发还黑,牙落还长,似蓬壶日月长,又年年旺相。

**【旺相相】**"旺相"的重叠形式。姑 3:待了几日,一个儿五六岁了,正旺相相的,忽然得了病,二三日就死了。

**【望布】**酒店前悬挂的招帘,望子。富 7:看了看四面皆山,那里讨卖饭的望布,卖酒的青帘?增 7:万岁说:"好酒!你拿那望布来,给你另改了你好卖。"六哥说:"吃酒罢,不要改了。"皇爷说:"不妨。"六哥把望布拿了来,万岁提笔在手,上面题《西江月》一首……

**【望后】**往后,今后。蓬 6:娘子忽然大悟,叫小痴过来:"你望后好生看望孩儿,照管家事。我从此打坐,一日连四碗饭也不用了。"增 24:百万明知是天子,却又不肯撒了汤。说爷是个王侯相,望后日风云得志,看一眼莫要相忘。

**【望空打彩】**戏曲演到精彩的地方时观众向台上的女演员投掷钱币称为"打彩",往空中打彩不一定达到目标,比喻没有把握的付出。墙 4:咱也不必瞎哭。我如今想了一个计策,这也是望空打彩,可也未必不中用。

**【望想】**希望,盼望。磨 22:十月里,更伤怀,人人祭扫苦哀哀。游魂远隔天涯外,望想南柯梦里来!磨 31:赵总兵说:"末将望想要将功折罪,出其不意,夜间杀上山去。"

**【望着】**❶看着。翻 2:进来门,进来门,望着媳妇也不亲。蓬 2:俊煞人的俏乖乖,窈窕风流调度儿乖,乖乖呀,教人望着你那影也爱。富 5:你那里殷殷勤勤,杏花插乌云,却有谁看着亲?谁望着俊?❷介词。向着,对着。增 6:二人回来,望着皇帝唱了一个大喏……增 11:话说二姐哭上南楼,望着扬州叫了声爹娘:"你闪的我好苦也!"❸对待,对。琴:谁不望着东西亲?那怕人说脸子老。穷:你也试试俺的心肠,志志俺的性情,看俺望着你珍重不珍重,希罕不希罕?❹希望。慈 4:一年一年的,张诚越发大了,他娘望着他懂窍了,谁想一年潮似一年……磨 17:羞难言,物薄情厚,万望着莫弃嫌。

## wei

**【煨】**❶用微火慢慢地煮。翻 6:煨着那熟东西,就把客来待。❷稍稍加热。

墙1:那糊突又怕忒也凉,给他煨煨。

【微名】小的名声。磨3:自家卢龙秀才,姓张名逵,字鸿渐,年方一十八岁,颇有个微名。

【为仇】(为 wéi)作对头,为敌。墙4:全凭着老婆出马,拦住路合我为仇。禳12:他相爱,做爷娘的与媳妇为仇呢?磨26:如今是多么大的声势,谁还敢合他为仇!合庄都去道喜,我若不去,只怕他还怪哩。无奈何,只得去磕头。

【为儿】(为 wéi)❶做儿子。慈1:虽然那蒺藜是后娘的罪孽,孝顺是为儿的本等。翻3:姜娘子泪盈盈,他着娘把气生,原是他不通人性。……虽是他为儿不孝,望娘亲照旧看承。❷子女对父母的自称。姑2:为儿今夜细思量,妯娌相处是寻常,官府不肯处治他,惹的那泼势更猖狂。富10:待了会子,小举人来了家。给他娘磕了头,便哭了,说:"为儿侥幸了,还不见我爹爹,怎不叫儿感伤!"

【为儿的】子女对父母的自称。增11:佛动心把头低,忍不住泪恓恓,哭哭啼啼下楼去。未曾进房擦了泪,见了虔婆笑嘻嘻,得罪妈娘休生气。为儿的待不接客,咱娘们要吃饭穿衣。

【为娘的】❶做母亲的人。慈6:自我看来,一个儿着虎吃了,剩了一个儿,还着他来到这里,为娘的也就可知了。❷母亲对子女的自称。磨21:娟娟说:"娘,只待如今就做呢。"太太又笑,说:"我儿,在你。为娘的要托仗你了。"

【为人】❶做人处世接物。墙2:为人一念最公平,养老从来不肯争。慈1:他姐夫死了三年,他姐姐在家守寡,为人极有本领。❷指在外面维持身份、体面。禳3:包起你为人的那蓝绢袄,我还有撒脚的鞋一双,尿鳖儿还没处放。增19:那长官不知带了几两银子来嫖院,给他一个割根齐查,赢他个罄净,叫他院也嫖不的,人也为不的。

【为神】做了神仙。寒8:说到那杖临身,唬坏了老夫人,带泪又把将来问。又说怎么把阎罗见,到了三宫为了神,方才略解心头闷。丑:他已跳出三界,只为他为了神,那色心未改,那邪里巴心肠好好的就兴起来。

【为事】出事,犯事,做了触犯法纪的事。富9:我家虽为了事[1],也还可朝住李大了。

【围脖】围脖子的长围巾。日·皮:帏帟卧兔遮冷气,围脖风领贵冬天。

【围带】腰带。禳7:腰为相思瘦,围带长一指;若不得江城,所期惟一死!

---

① "为了事"邹本作"未了事",盖误。

【围碟】盛小菜的成套的几个碟子。禳20:吃了饭了。咱起去看看梅花,着他摆下围碟,咱可痛饮。磨18:不一时,又端上围碟来,抱出一大瓶酒来,说:"放在这里,随便好吃。"两个坐下,斟上酒,一个碟里拿出一个果子来,说:"这是甚么?"又拿出一个来,说:"这又是甚么?"

【围裙】就餐时使用的围在身前用以遮蔽衣服或身体的裙状物。富14:久不相晤,知君思慕。今遇着寿诞良辰,我约下群仙赐顾。将客舍全铺,十二席围裙坐褥。磨36:久不相顾,蒙君思慕。今遇着寿诞良辰,我约下群仙赐顾。将客舍全铺,十二席围裙坐褥。

【尾靶】尾巴。日·走:骚马身高尾靶长。

【尾靶根】尾骨。日·身:肋胁骭支尾靶根。

【委】委托。富4:刑厅锁了老马,即刻带着走了。后边又留下人拿了十五名衙役。这是按院到任就暗暗的委了刑厅,谁那里知道的?磨1:县公老马,嗔人报灾。大家去上司告了,即时委了一个官来查勘。

【委服】信服,服膺。磨30:他智勇双全,远近百姓都委服他,有冤枉事不去告官,到去告他,他就能兴利除害。

【委实】确实。姑2:您婆婆委实的极难说话,他说声谬起来,信口子瞎胡吧。寒2:差人才说来回话,老王便问:"拿了人来了么?"差人说:"俺亲自验过,他委实有病。"老王说:"既是实有病,就罢了。"

【委是】同"委实"。俊:钱不少,人不老,如今才说三姐好;说道三姐委是好,当初亏了那一吵。

【未必】不一定。墙2:救了残生还取扰,恩情难报重如山!这一别未必重相见。姑2:于氏说:"我如今就待要他,他也未必肯来。"沈大姨说:"倒未必,他贤惠着哩。"禳7:女大十八变,那江城也未必不变的标致了。

【未必然】不一定如此。富2:做呈子未必然,被仇人把他攀,风闻料想也定不了案。磨26:不一时,有人来报:"太爷中了探花了!"太太惊说:"这必是棍子来诈钱!京里人今早才到,如何今晚就又来了殿试报?叫人来,去细问真实。"……家人说:"这到未必然……"

【为不着】为了(一些微不足道的小事)。禳13:后及至娶了那江城来,倒成了祸根,为不着个破烘笼……又是长,又是短,想是娇嫩嫩的那手,打着脸上也不大疼么!

【餧】喂,同"餵"。增20:你下楼去看看我那马,不知今夜餧他来没?

【餵】喂，给动物吃东西。墙1：那腥汤如今坏了么？且是那狗这二日不吃食，留着拌点糠餵他餵。慈1：那小燕子方才抱出，那母燕子被猫咬去。待了二日，那公燕子又合了一个来，依旧打食餵他。

## wen

【温和】温暖，使温暖。穷：昨夜晚，做一梦，拾一锭，喜个怔，老婆孩子呱打腚，醒来还是净打净。咳，就是温和温和，好一似火上燎毛，一烘而尽。

【温温】有一定温度，未冷。墙4：(张老死了，张大还抱有希望，说：)"心头温还有魂灵在，只怕是一时昏去，待霎时还醒将过来。"张二说："还温温！"便指着数量起来。("还温温"相当于"还温温什么？"指尸体已经凉了)

【瘟黄】一种兽病，临床表现有身体、眼睛呈红黄色，高热神昏，腹胀等。日·走：痾蛆舌刺有瘟黄。

【瘟着】得了瘟疫。磨1：一窝孩子吱吱叫，老婆子挖菜插粗糠。老头子不济瘟着了，出不下恭来绝气亡。

【文场】科举的考场。闹：天上蟾宫定快传，文场险似铁围山，只言登第千般好，那识呕心七块难。

【文衡】判定文章高下以取士的权力。闹：那魁星老先生司天下之文衡，作士子之师保，去年众人建阁，我也曾施大梁一根、板瓦数片，难道我这样虔诚，你白白眼干过去了不成？天上有这样星官！

【文华殿】明清两代的宫殿名，为皇帝讲授经史之所。禳30：上世原为黄榜贵，今又平步上青天，从此直到文华殿。磨29：他做翰林才四载，如今吏部做天官，不久要到文华殿。

【文社】志趣相投的文人所结成的团体。禳20：有了，俺就托文社里请我去看课罢。

【文杏】银杏。日·花：文杏枝头听杜鹃。

【文约】文书契约。翻11：王相公不肯。王四謜諰着，到了八百银子，王相公才依了。当时立了文约，仇福腰里掏出包来，现交了五百两；拆完了，再交那三百。增20：胡双楼，你卖这马给我，是个大牲口，要一个文约才是。

【纹银】清代通行的一种标准银两。以大条银或碎银铸成，形似马蹄，表面有皱纹，故称"纹银"。姑3：称着欢喜，称着欢喜，五十两纹银足足的。磨12：你若不嫌，咱就还待会子，你若嫌，就请行。我也不敢教官人流落，我赠你纹银三

十两,任凭官人上何方而去。

【闻骚】指追逐风骚淫荡。增12:叫姐夫休胡嘲,我看你无个操,故意才把皮来燥。车轴脖子油光脸,门楼头来鼻子糟,心里倒比那齐整的俏。那知道追欢卖笑,也跟着糊突闻骚。

【吻兽】安在屋脊上的一种兽头形装饰物。翻11:咱的人家原不大,从新盖了几间房,安上吻兽才展样。

【稳贴】稳当,妥帖。磨22:我劝你不必悲切,再细细打听,方才稳贴。农·农·芝麻:耕过耙一遍,拌土撒之;撒完又耙一遍;若不稳贴,再一遍。

【问道】❶问。寒1:二位相公跑来,那天也就黑了。见他爷那衣服碎破,在那里哐哼,流水问道:"爷呀,伤的怎么样了?"磨19:娘子落泪,问道:"那一夜你怎么受来!后来呢?"❷问候。禳25:半年没见,笑容满面,忽蒙他问道一声,喜的人手脚麻乱。

【问官】审问犯人、处理讼案的官吏。磨6:我上边跪朝廷,下边跪父母,犯了罪跪问官。我今日犯的甚么罪?我跪你是敬你的贪那,可是敬你的赃呢?

【问相】看相。闹:老军曰:"相公,你若狐疑,也是小事,这院门前好揣骨相,布政司街西好将鸾,按察司街上好的金口诀、太乙六壬周易神课,我明日讨酒饭钱陪相公走走去好么?"(净唱:)"少不得问相扶鸾卜六爻。"

【问信】问消息,打听消息。富3:到了凤翔府,那盘费就不多了。住了店里问信,并无有知道这个王秀才的。问了勾十余天,才有人说他在王庄屋住,离城三十里。磨22:干戈两处闹嚷嚷,几个举人来进场?母亲呀,问信问的也不妥当。

【璺】裂缝,裂纹。墙2:好冷呀!你看路上裂的这璺,街上都是冰凌。俊:汉子就是铁打的,也着你骂的有了璺。日·泥:瓻瓦密合犹有璺。

## weng

【翁翁】公公,丈夫之父。禳30:江城云:"……爹爹到家,着母亲明日就来。"子正云:"我去罢,到家也教你娘喜欢喜欢。我也不去别你翁翁了。"

【鞥鞋】("鞥",方言音去声)同"鞥鞋"。增14:这万岁穿的鞥鞋是江彬做的,虽无穿着走路,但年岁久了就烂了……增16:那万岁穿的那绑腿鞥鞋沉重,那楼板声音又响亮,故意扑咚扑咚的使那脚踏。

【鞥鞋】("鞥",方言音去声)棉鞋。增2:这万岁是个马上皇帝,最好私行游

玩，有江彬做就的行衣：青布衫，黄罩甲，绑腿，翰鞋，檐边毡帽，皮鞓带，椰瓢，闹龙褡包。增5：万岁脱了那翰鞋，把那裹脚布裂下一幅来。日·裁：翰鞋暖脚胜毡毛。

【瓮】❶大口的缸，一般用来盛水或粮。翻11：席后里，坑洞里，瓮里，园里，无处不是银子。增5：瓮里米没一升，打一顿来家中，吃着什么去养疼？❷指酒坛。富13：孩儿与我斟一盅，家人难得一樽同，我如今要吃干咱那床头瓮！❸比喻无处可逃的处境。快2：方才老鳖在瓮中，一刀就把残生送；一时昏惑，放过华容，事到而今，懊悔中何用？快4：瓮中捉了老瘸鳖，临行不用刀合枪。丁点力气全没费，马上提来头一双。

【瓮碮】缸的口部边沿。寒8：主人椅子旁里坐，一个使镢一个使锨，半尺深露出大瓮碮。除去了一个石盖，揭起来满瓮铜钱。

## WO

【窝】❶鸟兽、昆虫的居所。墙1：一个裤赃呵呵，纵然成了虱子窝，补丁补了勾一千个。禳14：老虎窝里种南瓜——守着个吃人的东西，还作大叶。增15：小二姐气狠狠，叫姐夫你好村，你在那鹞子窝里困？❷比喻人住的地方。翻10：虽是眼前没处住，自然好歹的垒个窝，这比充军还好过。禳31：这天还暖和，这檐前是旧窝，不开门只在檐边坐。❸小坑，凹下的地方。姑3：没俶打彩，无心还把旧窝埋，实指望大欢喜，到寻了个不自在。俊：输的热了再去捞，投寻结下人命债，沙窝里淘井越发深，这可是嘲呒可是怪。农·农·刨二遍：诀云："深锄过陇，前后留窝；只要如法，不要贪多。"❹量词。(1)指鸟兽聚在一起的一群。姑2：吵骂开，吵骂开，一窝野雀扑下来。慈1：古时有一家人家，屋里有一窝燕子。那小燕子方才抱出，那母燕子被猫咬去。(2)指人的一家。寒2：他舍了耳捶全不顾，护驾家人一大窝，二相公空把脚来跺。禳33：满屋笑哈哈，一个儿这一窝，两席已是满了坐。磨1：一窝孩子吱吱叫，老婆子挖菜插粗糠。(3)指一个坑的容量。姑3：眼睁睁一大窝，猜堆堆有五千多，双边双沿细丝锞，虽不知轻重如何，雪花银倒有些插和，每人只分了百十个。翻11：白花花一大窝，都倾成"没奈何"，对联对的真不错。

【窝赌】聚众赌博。日·赌：窝赌放头如断路。

【窝嘍】("嘍"，方言音"啰"轻声)量词。窝。俊：一窝嘍红虫相似，难道说你就眼瞎？

【窝抠】(眼部)洼陷。富6:挺挺的待了一夜,手脚的没曾动弹。虽然是勉强说话,张官人既至到了天明,就窝抠了眼。

【窝铺】临时搭建的床铺。翻12:行墙周遭,扎起架子,一面十个窝铺。

【窝挖】同"窝抠"。"挖"疑为"抠"字之误,参见"挖❷"。禳1:东庄有个李小楼,寻了个老婆门楼头,粗唇大口窝挖眼,做鞋就得二尺紬。

【窝窝头】用杂粮做的食物,呈圆锥形,底部有窝。禳1:枣面蒸成窝窝头,嫩鸡鲜鱼剁成炸,丈人给了个银子锞,丈母偷着又给了铏。

【窝子】小坑。引申为墓穴的贬称。俊:东庄有个李捣鬼,老婆输给了张三水。死后净光没口材,刨出窝子没人垒,狗一嘴,狼一嘴,不知此时悔不悔?

【窝子疯】羊痫风,癫痫。增18:王龙又说:"作揖了。"鬼使走上去,按着头的,拧着腿的,轮了个跟头,如鸡啄碎米,点了个无其代数。王龙晕了一阵,自家也不知是什么意思。二姐在旁,喜的目瞪痴迷,自思:"这事出奇!就是老王晕风发了罢,怎样朝着他仔管磕头?这长官定然不是个寻常人!"不表二姐暗暗称奇。那大姐心高胆大,全不思量,气冲冲的就说:"老王,你发窝子疯哩么?"

【窝攒】("攒"音 zuàn,参见"攒")窝攥,用手握紧将纸、布等挤为一团。增16:万岁把那汗巾窝攒起来,照桌面上一抹。

【窝钻】同"窝攒"。增21:万岁待脱下来,恐怕人见了就知道他是皇帝,就连青布衫一齐脱下,窝钻了窝钻递于二姐。

【夥绺】(蒲氏注音"阿揝")同"窝攒"。日·裁:背褡做成嫌夥绺。

【倭缎】日本出产的一种缎子。日·养:倭缎织锦二尺宽。日·皮:剪绒倭缎时兴起。

【卧兔】一种用兽皮做的抹额,围勒在额部,状如兔子蹲伏,故名。日·皮:帏帟卧兔遮冷气。

## wu

【乌】❶黑。慈4:天色还乌,天色还乌,又问那活路做了没?翻11:仇大郎把灰除,鼻也黑嘴也乌,自己去把活路做。❷涂抹。磨25:仔细端相,仔细端相,错的乌了添在傍。

【乌白】乌牛白马,代指祭品。《三国演义》第一回写齐备、关羽、张飞在桃园中"备下乌牛白马祭礼等项",焚香盟誓,结为兄弟。磨11:去见桃园三义士,乌

白等候已多时。[①]

【乌龟】❶龟。寒4:人都说黄河干了,爬出来一群乌龟。富6:两解子只吃的稀糊烂醉,睡醒了冻的像两个乌龟,睁开眼却在那山坡里睡。❷詈词。指人。禳13:骂了声潮儿照脸也么啐,明知道后日要吃亏,死乌龟,待开院门引入贼。磨19:就是您达他那老乌龟,心头火也按不下!

【乌龟头】比喻畏缩怕事的人。慈2:乌龟头你比那囊包的还赛,自家乜小厮还叫不了来,每日家里装汉子,你还要出外!

【乌黑眼】被游街示众时眼睛被画上黑圈以示侮辱。俊:我曾见你那咀合眼,乌红眼,乌黑眼,披着狗皮还打着板。

【乌红眼】被游街示众时眼睛被画上红圈以示侮辱。俊:我曾见你那咀合眼,乌红眼,乌黑眼,披着狗皮还打着板。日·赌:况披狗皮乌红眼,三十大板命难逃。

【乌机】火枪上的金属发射装置。日·兵:乌机喷统用铅珠。

【乌金】墨的别称。日·纸:乌金遂以作乌云。

【乌巾】黑头巾。钟:皂袍象笏乌巾软,朝罢森罗殿。

【乌了眼】眼睛被画上黑圈或红圈以示侮辱。参见"乌黑眼""乌红眼"。俊:就赢个三千两吊,何曾拿去养家?留着做本不肯花,只等净了才罢。下场来偷鸡摸狗,乌了眼板打枷加;典儿卖女还不差,又打上为王作霸。

【乌龙】骨牌的一种牌名。禳26:你看打个锦屏风,打个楚汉大争锋。眨眼乌龙,眨眼乌龙,纷纷落花满地红。

【乌穤】庄稼穗霉变后形成的黑色菌类物。农·农·割谷:先择佳穗,另放作种,余者稞起。……所收佳种,次年用清水淘种之,庶免乌穤秕谷之病。日·庄:幸少乌穤穊秕谷。

【乌纱瘴】当指恶性疟疾。日·疾:今年又有乌纱瘴。

【乌斯】乌斯藏国,小说《西游记》中的一个国度。猪八戒娶乌斯藏国高家庄的高翠兰为妻。丑:又想起临去秋波那一转,怎教人一刻去心间?我想金莲想的重,还不说乌斯高翠兰。

---

① 此处描写的情节是:贪官卢龙县马知县将方娘子投入监狱,方兄方仲起是举人,向马知县求情未果,反被羞辱。方仲起发奋考中进士,并伺机接近权贵,又乘机将马知县的恶行告诉即将下去巡察的巡按王成。王成后将马知县逮捕法办。所谓"乌白等候已多时",字面意思是对方已经做好了祭品的准备,实际指方仲起为了报仇而经过长期隐忍和酝酿,完成了置马治县于死地的准备。

【乌头】附子的别名。多年生草本植物,秋月开花,状若僧鞋。日·花:乌头幸近紫薇边。家政外编·诸花谱:乌头,春种。宜阴燥,宜粪。

【乌温】放在手里或怀里使其变得温暖,引申指掌握在手中。翻3:骂声强人不成个货!还嗄脸来把阄来摸索?这样人我待跟着你怎么过?不只光没甚么下锅,只怕这几亩薄田,乌温的时节不多。翻4:大叫一声,大叫一声:气杀我了贼畜生!乌温了不大霎,又嗜罄了净!要我怎生,要我怎生?不如死了眼不睁!

【乌乌黑黑】黑黑的。丑:猛然动了闲游兴,按落云头四下观。见了些昏昏惨惨地狱路,见了些乌乌黑黑没黄天,见了些膻膻腥腥食店铺,见了些吱吱呀呀小唱班,见了些哭哭啼啼思乡鬼,见了些恶恶扎扎老判官。

【乌鸦闪蛋】比喻很快地走。"闪蛋"或指偷蛋,传说乌鸦有偷其他鸟类的蛋的习惯。增5:撒脚不敢回头看,口中只说不好了,要军钱的汉子又到了!扯腿走像个乌鸦闪蛋,回头看似鲤鱼打漂。

【乌鸦衔窝】乌鸦通常只在繁殖季节才衔树枝做窝,平时在大树上过夜。比喻发生的几率很小。翻10:仇大姐泪滂沱,又待了半年多,天不叫咱一堆过!前年才好犯了罪,略略成家又揭锅,一番不了一番祸。又不知几时聚首,好似那乌鸦衔窝。

【乌蟋】夏末出现的一种小蝉。日·昆:螿蟟别种有乌蟋。

【乌鲗】乌贼。日·鳞:乌鲗骨是海鳔鮹。

【乌箸】黑木筷子。日·器:象牙乌箸尽成双。

【乌锥】神马名。日·走:乌锥赤兔皆神物。

【乌骓的子孙】指姓马的人。乌骓为秦末项羽所骑的战马。富4:处处留心,处处留心,原待说乌骓的正子孙。那按院不参详,远远的将他趁。将古比今,将古比今,"夸奖"那卢龙的县正尊。(卢龙知县姓马)

【巫山十二峰】骨牌的一种牌名。由两扇牌组合而成,各黑色六点。禳26:打个临老入花丛,又见霞天一只鸿。柳绿桃红,柳绿桃红,你看我这秃爪龙不同,还是巫山十二峰。

【屋脊】屋顶中间高起的部分。日·泥:蹀着还把屋脊骑。

【屋子顶】❶屋顶。翻11:自从烧了屋子顶,娘们里头孤对着,怎么能买起楼宅一大座?❷代指房屋。禳6:论那老樊,论那老樊,为人还在德行间。但没个屋子顶,怎么成体面?

【无般不受】遭受各种各样(苦难)。姑2:辞别了何大娘,泪湿衫袖,必然是

前世里打下佛头，今世里才教你无般不受。

**【无边没沿】**没有边际，比喻说话不着边际，过分夸大。禳29：又低头想一番，买老婆要大钱，只怕他叨的无边没沿。

**【无曾】**未曾，不曾。富13：少爷……又问："李才，你看真了么？"李才说："前半截就无曾看见有姓张的呢。"增3：那万岁自从四更天起身，无曾吃饭，肚中饥饿。

**【无柴可插】**指无法着急。系由"眼里插柴"衍生而出的说法。"眼里插柴"形容焦急得眼里冒火，"无柴可插"则指不上火。磨23：唱的唱弹的弹，站的久腿也酸，如我不瞎稳坐雕鞍。况且是极了也无柴可插，瞪着也无缝可钻，骂俺也无缝可滴，打俺也无嘎可剜。

**【无成】**没有成功，没有成就，无用。翻8：仇福子净打净，都说他太无成，如今倒弄的有凭证。磨16：看日月似箭离弦，一霎时昏惨惨，光阴难把千金换。若是少小不努力，老来无成实可怜，虽懊悔难把千金换。

**【无道数样】**无数种类。姑2：常说你模样好，为人又孝敬，婆婆敬的是口也难学。他二姨这杀才，就真么无道数样的替你做，自在的痒难挠，打退了这么个贤惠媳妇，只怕你点着灯还没处去找。

**【无的说】**没的说，无话可说，无言以对。日·堪：二番再来无的说，强词归罪老坟茔。

**【无冬无夏】**不论冬夏。慈6：张讷无冬无夏，只是穿着个破袄，褛褴搭撒的，真似一个花子。

**【无对】**无双，没有可比的，非常。快2：看样儿奸雄无对，毛满腮两道浓眉，端详真是老奸贼。磨4：军门尊贵，威风无对，虽然说贪了就昏，料想也良心难昧。

**【无法可治】**同"无法治"。翻10：一概房屋都是草，火势连天威更加，西北风刮的越发大。看那火无法可治，只光念观音菩萨。富2：老马得胜越发诈，比前加倍更酷贪，秀才分外没体面。这可才无法可治，你可就准备着坐监。

**【无法治】**没有办法应对处理。富10：儿的名爹不知，爹的名儿不晓的，中状元也不知谁及第。方太太懊悔无及，恨当初没说底实，在如今也是无法治。磨14：俭了年都忍饥，粮食贵不能籴，就待完粮也无法治。

**【无及】**来不及。富10：方太太懊悔无及，恨当初没说底实，在如今也是无法治。磨21：我如今懊悔无及，恨当初不说的实，这可也是没法治。

**【无计所奈】**无计奈何。翻2:仇大郎无计所奈,跟着他进了花帘。

**【无精打采】**不兴奋,没有精神。慈1:打光棍实势难,炉少火灶少烟,衣脏袜破鞋儿绽。外边待上三五日,进门好似枯坟坛,塌灰遮满了床儿面。站一回无精打采,坐一回少心无肝。

**【无靠】**没有根据,有些荒唐。闹:这个题目,又不是治道,又不是理学,什么东西?题无门类全无靠!

**【无赖】**❶指撒泼放刁,不讲道理。姑3:那妮子他达无赖之极,上门子骂了,又告状,县官又赃,要拿鹅头,出了个票子,单叫臧姑。翻1:有牧之一个叔,叫仇尚廉,为人极无赖,看着徐氏年小,还值几两银子,又有宅园地土,着人来劝他改嫁,好图谋他的物业。富6:李鸭子说出那极无赖的话来,两口子在屋里几乎气杀!❷无赖的人。禳7:依我说,那樊子正虽穷,也比不的市井无赖。磨20:后来偷还,后来偷还,一个无赖到庭前。说的话不堪学,气的那肝肠断。❸无赖的行为。增23:万岁爷下楼来,只听的闹垓垓,见王龙正在那里行无赖。看见万岁才撒了手,二姐头松怀也开,丫头扶出门儿外。

**【无良】**无良心,不良,坏。富5:张官人,太无良,五年恩爱不寻常。守我还把别人想,别人想,灰奴一片好心肠,好心肠。磨28:他两个甚无良,当日把我绑在床,几乎一夜把命丧!

**【无其大数】**无数,非常之多。慈1:我想普天下做后娘的,可也无其大数,其间不好的固多,好的可也不少。禳17:这怕老婆的合县里无其大数,就选着做了行头。

**【无其代数】**同"无其大数"。增14:这姐儿们听说,一个家开门的,上楼的,扒墙头的,纷纷嚷嚷,无其代数。增18:鬼使走上去,按着头的,拧着腿的,轮了个跟头,如鸡啄碎米,点了个无其代数。

**【无其数】**同"无其大数"。姑1:可怜煞陈珊瑚,拜了婆婆拜丈夫,满怀冤枉凭谁诉?痛煞了泪下眼枯,昏惨惨地黑天乌,替他叫屈的无其数。慈4:四更尽五更初,炳之听他骂赵姑,达合妈掘了个无其数。快2:好奸徒,好奸徒,烧的我鼻脸黑又乌!不惟说是衣服烧,身上燎泡无其数。

**【无窍】**不得法,不得要领。闹:这个题目,又不是治道,又不是理学,什么东西?……不通!不通!出题促狭全无窍!

**【无情无绪】**没有心情,没有兴致。蓬5:娘子无情无绪,不抄书了。亏了攒下了几串钱,到还过的。磨12:一更里,昏沉灯儿也么张,无情无绪卸残妆。

【**无趣**】没有意义，没有作用。富 6：罢呀！我想痴心恋人，也是无趣。我今夜可就真实送你回去了罢。

【**无事不来**】习语。见面时表面怪罪对方来得很少，表示欢迎来，同时也询问对方来的意图。墙 2：张大出来说："王大叔，你无事不来。"银匠说："敬访令尊。"慈 3：那赵大姑……笑着拜了拜，让到屋里坐下，便说："您大妗子你无事不来。"李氏说："小讷子在这里么？"

【**无算**】无法计算，无数。磨 36：蒙仙酒均沾，蒙仙酒均沾，直透元关，余香入脑浑身串。觉功效非凡，觉功效非凡，俗骨能更换，村容也改颜。但答报甚难，但答报甚难，叩头无算，意敬心虔。

【**无所不**】表示全都。姑 1：珊瑚自从过门，无所不做；且是性情又好，呼气来，呵气去的，就吆喝他两句，他也不使个性子。翻 8：到了第二日，范公子送了一个管家，一个骡子，后边又运到杂粮二十石，油盐酱醋之类，无所不有。

【**无头启**】相当于说"没头没尾"，表示没完没了，总无结束。启(dū)，动物的屁股。日·庄：庄稼忙乱无头启。

【**无妄**】意外，平白无故。翻 9：望老爷天眼看顾，可怜俺无妄之灾。磨 5：可怜俺众秀才，都被这无妄灾，眼看就到口儿外。

【**无味**】无趣，没有情绪。翻 10：一散散的好无味，你去了倒着我的魂，逐日里只带着两行泪。

【**无休无歇**】不停。增 15：这丫头，问了问他那家乡，就无休无歇的哭起来了。

【**无影无形**】无影无踪。闹："我场前也曾三牲大祭，挂袍焚香，此时还无灵感，更待何时？待我祝赞一祝赞。"作叫介："周将军、周文宗、周老恩师！呀！如何全无影无形，不济不济！"闹：我也不算荒疏，记得数年以前，曾见这个题目的文字。(唱：)猛想起某房稿曾相会。咳咳！想了又想，一字一句，无影无形，你往谁家肚里去了？

【**无有**】无，没有。墙 3：七八十亩田地还好过，我又别无有子合孙，就有银留着好出殡。富 3：俺家无有男人，本不敢留客。看你是个书生，料想不差，我私自留下你，在这门里头宿一宿罢。增 15：这是夜壶么？我知道了：您娘们酒量大，白日里客来客去的吃不足兴，到晚上无有宿客了，吃了好睡觉，故叫做夜壶。

【**无状**】行为失检，不像话。寒 2：我把他家人着实打，原不该肆猖狂，揪下驴来这是他无状。蓬 1：这野畜从那里来得？这等无状！

【**无账**】指没有亏欠，没有对不起的地方。墙 1：头一年还算强，零碎使了七

石粮,虽不丰富还无账。

**【五棓】**五棓子,常用来制作颜料。日·杂:五棓点膏染布䌷。

**【五凤楼】**明代午门为紫禁城的正门,为九间重檐正楼,两侧各有两座阙阁,共五座楼阁,形如凤翅,俗称"五凤楼"。代指朝廷。富13:常恨那科道们,骨突着嘴儿,该把他眼挖!我若是还行取进京,定要撞倒那五凤楼。

**【五更头上】**刚交五更的时候。增13:打发他睡了,你藏在旁里,俺陪着他睡一宿;到了五更头上,俺早些起来,你可去那床头上坐着。

**【五簋】**成套的盛放五样不同肉菜的碗碟之类。日·器:五簋全兴簷匽碗。

**【五花】**指毛色斑驳。日·走:舍唎五花趫跑好。

**【五花官诰】**古代帝王封赠的诏书,以五色金花绫纸制成。禳33:嗏!那神仙也非逍遥?只是旺相百年,又早见五花官诰,封赠数十遭。

**【五花琉璃】**有多种颜色的琉璃。增6:不一时,那五花琉璃鬼,青头赤发鬼,没要紧的瞎仗鬼,门后头的壁墙鬼,不干好事的促狭鬼……众小鬼们直到街前。

**【五魁】**乡试所取前五名。禳30:报子上云:这是高老爷家门首。门上的快忙快忙传与太老爷得知,老爷中了第五名,俺来报喜的。家人报:太爷、太太大喜!老爷中了五魁。磨26:太爷中了,太爷中了,五魁以里把名标。怕报子不知名,差小的来家报。

**【五明】**一种良马。马的四蹄白如霜雪,肩上有一片白毛,故名"五明"。日·走:五明玉顶栗子色。

**【五七】**约数,五到七。磨20:每日我只赢你五七着,怎么今遭大败呢?增17:佛动心发狂颠,拿着爷作戏玩:把我娶去宣武院,驼到北京顺天府,房子赁上五七间,凭着模样把钱赚。

**【五色】**指多种颜色。慈5:抬起头来看一看,慈悲菩萨在云端。哎,又只见五色祥云空中现,手拿着杨柳枝儿,一闪一闪,好一似笼笼的细雨洒在衣衫。禳32:怎么这样精巧!一头系着锦书一套,还用的是牙签儿,一头斧戟弓箭,俱是五色绒线,缠的好精巧,好精巧!

**【五丝扣】**指五花大绑后系的绳结。富9:上墙头,上墙头,揽着株桑树往下溜。才溜到半腰里,一枪儿攮着肉。手足难收,手足难收,扑通跌在树下头。拿绳子拴起来,结了个五丝扣。

**【五味子】**一种木兰科落叶藤本植物。其果实皮肉甘酸,核中辛苦,都有咸味,因具五味而得名。日·花:使君五味子皆好。家政外编·诸花谱:五味子,

二月种，移根更好。引蔓结实，甚可观。

**【五瘟丹】**一种中药丸剂，主治瘟疫。日·疾：天行必用五瘟丹。

**【五岳朝天】**骨牌的一种牌形。禳26：你看五岳去朝天，一心打个八珠环。二士入桃园，二士入桃园，苏秦背着七星剑。火炼丹，打个人牌也不难。

**【午转】**同“晌午转”。过午，中午过后。快1：还有一句话嘱咐你：到了午转时候，要到双陵头大路上歇马，休得迟误。

**【仵作】**官府中检验死伤的差役。寒2：老王出了票子就相尸，赵家把仵作、刑房都打点停当。日·争：轻重全凭仵作行。

**【武陵】**武陵源，指避世隐居的地方。陶潜《桃花源记》中记武陵渔人发现了与世隔绝的桃花源，后以武陵源代指桃花源。禳33：嗏！武陵花日日开，好似晋家桃园，并不知甚么朝代。

**【武艺】**❶武术方面的技能。寒3：只叫了一班清唱，师徒们武艺精通。磨29：那大王武艺又精，兵法又通，那边总兵合军门都征他不下。❷某个方面的技能。增24：胡百万说：“军爷真正知音。小生这琵琶从一个御乐的亲戚学来，原没有真传，怎么入的爷的尊耳！”万岁说：“你的武艺那一件精呢？”胡百万说：“都不精。”二姐说：“他的筝好。”万岁便说：“拿筝来。”增25：出色名妓八十个，武艺精通件件全，拣着门儿从头看。

**【侮】**挥起棍棒击打或投掷砖石等击打。富9：墙外头听见赵鬼子一声儿哅叫，就知道吃了亏了。又撮了一个上去，被王五一石头侮下来，把头跌破了。

**【羃】**(原写作“羃”)捂，用手或其他东西严密地遮挡。禳15：大相公还嘱咐密着些，可是羃着耳朵放爆仗——使了钱卖了些出作。姑3：两口子来家，一个羃着手，一个羃着腚，也就是天教诲他。

**【舞】**❶跳舞。蓬2：且说众仙饮酒，那一班嫦娥玉女，唱的唱，舞的舞，斟酒的斟酒，下菜的下菜……磨24：舞的中看，唱的好听，到可以解闷消愁。❷飞舞。琴：早向画梁间，对对舞春燕。蓬1：一双鹤落半天，忽飞去又飞还，舞的教人心花乱。❸挥舞。快4：那人也起来舞刀做势，说起来了。富14：长须惹香烟，漫舞蕉扇，轻敲玉板，歌绕华筵。

**【舞女】**跳舞的女子。磨4：到底是挣些银子，盖些楼阁亭台，买些舞女歌儿，落得终身快活。富14：太老爷做到吏部尚书，就告老还家。家里歌儿舞女，好不快乐的很！

**【舞人】**舞女。磨4：银钱所在，仇家不怪。一霎时舞人歌儿，一霎时楼阁成

块,还坐轿人抬。似这等谁人不爱?

**【舞艺】**舞蹈的技能。富13:你看他舞艺虽然不多,果然舞的好。磨27:今日一家团圆,且诉说这十年愁苦,发发这一腔心事,不暇看他舞艺,叫他斟酒罢。

**【兀自】**还是,仍然。增24:万岁自合王龙恼了,就是小六哥三两日来看看,又不能住下,兀自没人散闷,听说胡秀才在行,心中大喜,便说:"叫他进来。"

**【务】**❶从事。磨30:问充军上辽阳,路遇着任大王,杀了官差把俺放。又赠盘费十数两,教俺归去务农桑,不敢归恐怕仇人撞。❷务必。增20:军家钱财看的见,赌场里合他显显能,务要赢的他掉了腚。

**【杌】**杌子。日·木:椅床榻杌细藤穿。

**【杌子】**腿比较高、面比较小的凳子。禳21:江城跑上云:"春香背着杌子,外边锣响,咱去看看。"跑出说:"放下杌子,待我上去。"禳27:童子打动铙鼓,江城上云:"春香,外边铙鼓响,搬着杌子,咱去看和尚的。"春香云:"是。"出门介。江城云:"太多太多。就杌子放在檐下,你可扶住,待我上去看。"

**【物】**❶东西,物品。墙1:你大号红粘粥,你名突你姓胡,原来你是高粱做。热了烫人嘴巴子,薄了照出行乐图,老来相处你这桩物。翻7:俺爹说,两疋紬两疋纱,着娘做件衣裳罢。怎肯从新拿回去,拿去也着爹娘骂。这不是甚么好物,反回去断然不拿!禳5:李知府,李知府,楼房俱是磨砖铺。寻常的财主家,治不起他一件物。增15:万岁爷好嗑牙,这物儿甚可夸,我也上去压一压。❷詈词。指人。姑2:朝朝日日嫌珊瑚,这比珊瑚是何如?妈妈呀,一般遇着这泼辣物。寒2:那知县姓王,也是个贪赃物,二百银子嫌少,驳了不收。俊:汉子骂声好泼妇,您娘嚎生这桩物!

**【物见主必定取】**俗语。指失主见到了失物,一定要取回。增27:丫头牵着马哭出院来。张永、江彬转过头看见龙驹。江彬说:"有了我的命了,那不是万岁的坐马?"张永听说,猛然抬头,急走了几步扯住那马。那马常合张永作伴,见了张永,哏哏的大叫,点头磕脑,只是不会说话。张永道:"丫头,这马是谁的?"丫头道:"是王三爷的。"……张永道:"这马是我的,被人拐出来了。那长官是个拐马的,我正是来找他哩。物见主,必定取。"张永牵着马往外走,那丫头只急的抓耳挠腮,捶胸跺足。

**【物离乡贵】**俗语。指物品离开产地越远越珍贵。增2:果然人离乡贱,物离乡贵。我出了门子,倒还不如江彬这小子的体面。日·果:物离乡贵报君知。

**【物料】**物品,材料。禳24:主人家若不嫌,把良心放一边,工粮每年七八石。

那鸡蛋是铁丸，那豆腐是没盐，菜儿竟不着香油拌，一天大事霎时就完。好自然，落下物料，转了得清闲。

**【物囊】**詈词。指人。墙4：两个大怒说："每日叫你叔，那狗叔，驴叔！杂毛材料，混账物囊！"

**【物色】**寻找，挑选。寒4：赵豹有名的歪子，当下使了性子，合那家人们说："您扶傍着我，咱去物色材去罢！一日买着一日来，十日买着十日来，多烦李大哥看守尸灵。"禳14：今晚且着丽华来，你且解解闷，我从容再给你物色好的。

**【物业】**产业，房产、土地、店铺等。翻1：有牧之一个叔，叫仇尚廉，为人极无赖，看着徐氏年小，还值几两银子，又有宅园地土，着人来劝他改嫁，好图谋他的物业。寒8：员外说："该人钱也是业债。"大爷说："无妨，二郎爷爷既把他的物业给二弟，想是将来还起了。"

**【误误挣挣】**形容头脑不清醒的样子。增8：那六哥接着金钱，跑下楼来，误误挣挣叫："掌柜的，拿戥子来使使，长官叫我去搬佛动心，给了我十个钱，我称称。"增18：王龙误误挣挣的，扒了个甚时才扒起来，张着那口没嗄说。

**【雾露】**雾。农·农·种棉花：谚云："干锄棉花湿锄瓜，雾露天里锄芝麻。"

**【雾罩云山】**云山雾罩，说话虚泛不着边际或吹牛。禳3：老头子睃不上那少年，说句话雾罩云山，时腔真有十可厌。

**【鶩对】**蚕蛾交配。日·养：鶩对惟教到戌未。

**【婺】**同"鶩对"，蚕蛾交配。泛指性交。增12：要和尚接杠夫，钱十个酒一壶，土炕上褪下半截裤。那腥臊烂臭的邋遢兔，鸡毛店里那无赖徒，青天白日把蚕蛾婺。

**【黫】**（蒲氏注音"物"）痦子。日·疾：痣黫癜风不壮观。

# X

## xi

【夕晒】西晒，房屋门窗朝西的一面受到午后阳光的照射。农·蚕·蚕室：窗宜新糊，易辨眠起。西窗宜遮，夕晒尤忌。

【西成】秋天庄稼成熟。农·农·收农器：东作之先，器宜早备；西成之后，最要紧藏。

【西番】西域一带及西部边境地区。增16：取扇儿在手中，满楼上耀眼明，宝贝原是西番贡。

【西房】西厢房。禳20：你去取你那笔砚书箱，放在西房里，从今把门锁了，送饭你吃。

【西府海棠】海棠名品之一。日·花：西府海棠称第一。

【西间】正房中西侧隔开的房间。富8：果然到了西间里，拂了拂桌子，放下书高声诵读。磨16：我在东间里刺绣，你在西间里读书。

【西江月】曲牌名。姑1：[西江月]家中诸人好做，惟有婆婆极难：管家三日狗也嫌，惹的人人埋怨。十个媳妇相遇，九个说婆婆罪愆；惟有一个他不言，却是死了没见。禳1：[西江月]诸样事有法可治，惟独一样难堪：画帘以里绣床边，使不的威灵势焰。任凭你王侯公子，动不动怒气冲天；他若到了绣房前，咦，汉子就矮了一半！

【西调】曲牌名。翻3：[西调]从上来败家的道，说他嫖还没大嫖，只光赌，一宿就是七八吊！说他潮何曾是潮？极精细的光棍就是好捞，赢了又待赌，输了又去捞。饭也不吃，只是去凑梢，上了赌，好像有个星儿照。磨4：[西调]极好的个马知县，到任三日，那屏子发了传单，德政歌儿贴在墙上人人见；万民衣费过百千，那万民幛子是没有一年不攒。百姓们没有一句怨言，就是那板子打腚，也叫他青天。不封粮，只给衙役没体面。

【西夷】西部地区的部族。磨35：领兵十数万，杀贼平西夷，说是一条汉子，这时节方才说的起。

【西院】西边的院子。翻10:两个走到西院,大姐吆喝说:“您大妗子,有客来拜你哩。”磨19:你竖上那梯子,打墙上过去,西院里请你大爷来。

【希罕】❶稀少,罕见。蓬4:寄下就有人看,人人看见都喜欢,一霎时夺夺扯扯的嚷成片。共总一部,又极希罕,一个出八百,一个出一千,买到手的好像得了个金砖;买不着的还要借观,嘱咐那铺内,物色下几部,我拿钱来换。禳31:哎哟!还讲论昼夜,这事希罕。❷喜欢,珍重。姑1:珊瑚看出他怒来,却不知其故。到了房里,给他端了尿盆子来,又上床待去给他梳头。于氏推了一把,没好气说:“我不希罕你!”穷:你也试试俺的心肠,志志俺的性情,看俺望着你珍重不珍重,希罕不希罕?

【希乎】几乎,差一点儿。磨19:那解子好不凶来好不大,他看着咱属他管,为他所辖。咳!你看他好事的吵来好世的骂!又把你希乎捆煞,几乎勒杀!

【希奇】奇特,奇怪。磨21:娟娟说:“娘,你没做个好梦么?”太太说:“我做什么好梦呢?”娟娟笑说:“我做来,俺且不说。——精希奇,不知怎么说。我看他已中了。”

【希性】稀罕,难得。表示对久未来访的客人的到来的诧异。慈2:张炳之正待去嘱咐嘱咐他,也就将计就计,跑到赵家庄。他姐姐说:“你希性呀,怎么来到这里来?”磨19:李旺迎着,说:“赵亲家,希性呀!自从令爱改嫁了,你全不上门,猜你断了这条路了……”

【稀罕】同“希罕”。增21:诸般光景见多少,这个棋榴甚稀罕,什么东西下的蛋?叫丫头拿刀切开,我尝尝是酸是甜。

【稀糊烂】非常烂,稀巴烂。慈4:口中不言,口中不言,两脚排柴手又扳,一霎时手起泡,鞋也稀糊烂。富4:扯腿飞颠,扯腿飞颠,赶上拿住一齐拴。照着腚和腿,打了个稀糊烂。

【稀糊烂醉】酩酊大醉。富6:两解子只吃的稀糊烂醉,睡醒了冻的像两个乌龟,睁开眼却在那山坡里睡。磨18:俺昨晚只吃的稀糊烂醉,睡醒了冻的来像两个乌龟,睁开眼却在这山坡里睡。

【稀烂】同“稀糊烂”。❶非常破烂。磨1:近日相传有大赦,越发狠打苦难当!一限抬出好几个,庄庄疃疃出新丧。与其临死臀稀烂,不如囫囵死道傍。磨17:又横三竖四,把个头砍的稀烂,才踏着肩膀,抹下头来了。❷某些物体经过处理后变得非常松软。禳24:……花椒研成细面儿,包子剁了细馅儿,蒸合压了饼沿儿,稀烂的猪头还带蒜瓣儿。闹:到秋来蔓菁菜煮的稀烂……到冬来萝

卜片亦可入盘。

**【稀烂醉】**同“稀糊烂醉”。寒6:恶虎灌的稀烂醉,摸着嗓子只一刀,他还挣命把我招。只着我连三刀子,他便就两腿蹬摇。

**【稀哩胡涂】**稀里糊涂,懵懵懂懂。琴:从新来到房中坐,淡寞索的怪冷落。没好辣气上了床,闭眼就做了梦一个。醒来不见俏冤家,稀哩胡涂到处摸。

**【稀泥】**水分很多的泥。丑:若是马面牛头,他打个迟局来哟,只消那九齿钉钯,筑他个烂酱稀泥!农·附·种桑法·布地桑法:方五尺,掘一坑,深二尺,下粪和土匀,下水调成稀泥。

**【稀松平常】**很平凡,不出奇。增22:乜个投箭法稀松平常。拿起只箭来撩到里头,人人都会,有甚么奇处?

**【息】**平息,息止。慈4:张讷去釓了杴,李氏还怒气不息,找了棍子来,正待打他。增28:话说王龙剥了皮,封了财神,木驴剐了赛观音,万岁方息了心头之火。

**【息心】**死了心,熄灭恶念。增6:你这个花子,放着路不走,来这里溜和溜和的!你只等溜顿皮捶,你才息了心!

**【瘜肉】**也写作“息肉”,增生组织的团块或肉瘤。常见的是鼻息肉。日·疾:瘜肉头昏火上炎。(此处所指即鼻息肉)

**【锡匠】**制作、修补锡器的工匠。闹:想当初念书时错了主意,到不如耍手艺还挣吃穿。你看那皮匠家补鞋补袜,只是那锢炉子锯盆锯碗,还有那木匠家打箱打柜,铁匠家打锄头还打刀镰,锡匠家打灯台又打锡盘,窑匠家烧黄盆又烧黑碗。

**【锡镴镩嗉】**当指锡制酒壶之类。日·器:锡镴镩嗉设厅堂。

**【嘻嘻】**象声词。嘿嘿,形容开口度不大的笑声。增24:有金墩在旁里斟酒,胡百万说:“你替我寻思寻思。”万岁说:“不许替。”金墩嘻嘻的只顾笑。

**【嘻嘻哈哈】**❶象声词。形容喇叭、号角等发出的较大的连续响声。禳8:堂上翻身才拜罢,坐上轿一片喧哗。呀!听那喇叭嘻嘻哈哈,那唢呐滴滴答答,一片人声吱吱呀呀,门前花炮乒乒乓乓,十对家丁批溜扑喇,一行人马咧嚁喇喁,锣儿噹噹,鼓儿帕帕。闹:只听得悠悠扬扬弯弯曲曲门子声低,见一群纷纷藉藉吆吆闹闹归房皂隶,嘻嘻哈哈号声一片吹。❷形容嬉笑打诨。禳15:他就恼了脸儿,把我訛喇,说道李婆子放屁,说的是甚么!呀!我就大笑,嘻嘻哈哈,一当是玩,二当是耍。

**【习】**经过长期接触而学得。富8:一劝你温柔雅致,见了人高拱深揖。轻薄

话儿不许习，出门休要争闲气。增23：看我读书不中用，才着我江湖奔走，习会了买卖经营。

**【席棚】**在架子上盖上或围上席子的棚子。增12：赤淌脸儿半栏脚，若在山沟顶席棚，你的生意比他兴。（“顶席棚”指支架起席棚，此处指设点卖淫。）

**【席头】**同“席头子”。禳3：教书教了三十年，卷着席头沿地里搬，几乎住遍了峡江县。

**【席头子】**席残破后剩下的部分，破席。墙1：炕上铺着席头子，头枕着块半头砖，就死了可有何人见？

**【媳妇】**❶妻子。墙3：正说着，张二拿进衣服来说：“这是俺媳妇做的，爹你试试。”慈1：他的结发妻是姓王，娶了二年多，遇着达子放抢，掳了去了。他又往陕西去了，他姐姐又给他找了一个媳妇，姓陈，生了一子，名唤张讷。❷儿媳。墙1：起初甚好，两个儿早晚问候，两个媳妇热汤热水常来服事，好不的那好。姑1：家中诸人好做，惟有婆婆极难：管家三日狗也嫌，惹的人人埋怨。十个媳妇相遇，九个说婆婆罪愆；惟有一个他不言，却是死了没见。姑1：于夫人甚不通，好好的媳妇不能容，家里气儿才生了，又要外头找气生。

**【媳妇子】**同“媳妇”。❶妻子。姑2：臧姑也不管，哭叫搥下来了镤镤头，待自家拿去换烧饼。大成慌了，叫二成来说：“你对您媳妇子说，我这里做着饭哩，着他等等罢。一个新媳妇子出去换嗄吃，咱就见不的人了！”翻4：俺媳妇子急仔睃不上我，不如就给他罢。❷儿媳。姑2：这福只在人享。那媳妇子怎能件件都合着心呢？只是有一半点不是，我也不计较。倘若是我这媳妇给你，只怕你又嫌哩。翻12：把他两个儿子，三个孙子，一个闺女，老婆、媳妇子，尽皆杀死。家中所有，席卷而去。

**【洗脸水】**洗脸的水。姑2：一清晨二成没在家，洗脸水没人端，一声里骂二成。增17：万岁已将楼门开放，丫头们纷纷闹闹，端洗脸水的，拿手巾的，替二姐梳妆的，不一时梳洗停当。

**【洗面汤】**洗脸的热水。姑2：吵骂开，吵骂开，一窝野雀扑下来。大伯端着洗面汤，慌忙送到门儿外。

**【喜杯】**祝喜的酒杯。增13：那六哥先给万岁斟了个喜杯，就该二姐斟了。二姐斟酒未送过去，就满脸通红，羞愧难当。

**【喜房】**洞房。琴：乍下轿来好难走，将那送客搀住手。踏着红毡进喜房，女婿站在房门口。

【喜轿】迎亲的轿子。琴:不觉就是时辰到,大家拥撮上喜轿。一路吹打不住声,对对纱灯头里照。那人骑马在轿前,回头不住微微笑。

【喜酒】祝喜的酒。琴:半夜三更做一梦。梦见人家来下定。两担喜酒两牵羊,吹笛打鼓好有兴。看见尺头合钗环,俩眼喜的没了缝。禳32:尚书梦一时传出,众亲友把喜酒来斟。

【喜绢】染有处女红的绢布。琴:强打精神对妆台,左拢右拢梳不好。忽然想起喜绢来,床里床外到处找。谁知他正拿着瞧,才待去夺他笑着跑。

【喜梅】梅花的一种。日·花:番椒匆作喜梅观。家政外编·诸花谱:喜梅,宜阴燥。

【喜雀】喜鹊。磨21:昨夜又见灯花爆,今早喜雀噪庭槐,都可以望吉祥赖。

【喜孜孜】形容高兴的样子。禳8:喜孜孜夫妻来到,将进门锣鼓齐敲,行人摆了够二里遥。齐臻臻乘着两乘轿,穿街过巷,下下高高,渐入佳境,只待自家笑。富12:爷儿俩喜孜孜,跳出了场门外。

【戏把】戏弄。"把"为语缀。禳26:(唱:)揭起牌来个桩,马儿不在柱子上。却是春香,却是春香,你运气强不强?若是强,赢几钱来买梳妆。春香摇头云:"嗄呀!俺老爷先戏把人。"

【戏蝶梅】(《家政外编·诸花谱》作"蝶戏梅")一种梅花。日·花:戏蝶梅宜三月种。家政外编·诸花谱:蝶戏梅,宜燥。二月三月分。

【戏犯】调戏,冒犯。增26:万岁爷早得知,骂王龙作死贼,暗中定下绝户计!……戏犯妃子还容小可,这桩事值得剥皮!

【戏玩】开玩笑。磨20:我从头当你是戏玩,你是实落落的想举人么?这就忒也无知了!增17:佛动心发狂颠,拿着爷作戏玩,把我娶去宣武院。

【戏玩耍】同"戏玩"。禳9:小长命你听知:戏玩耍也须要投机,偷鞋有点小情意。让你打时是一礼,怎么爽然就托实?

【戏箱】剧团的服装箱子。增22:我在京里串戏班,临来时无甚可穿,我就开开戏箱,暗拿出来了几件。

【系恋】牵挂,依恋。磨12:舜华与我倒极其恩爱,每日床上银钱尽我花费,登山玩水,却也逍遥。但这一条肠子系恋家中,何日是了!

【细布卷】相当于"席卷",形容全部带走或除去。磨29:朝廷家发了兵足有十万,这一回不寻常胜败关天。大家要抖精神出马大战:一个往西闯,一个往东钻,我冲他的中营,杀他个细布卷!

【细豆腐】豆腐。磨 5:到前头休着大王见,细豆腐揣的好肉——再酸些他也不嫌。

【细狗腰】翻绳游戏中的一种花样。禳 2:江城说:“咱且坐坐翻个交,看我翻个老牛槽。长命呀,我这一翻翻的妙。”长命说:“妮子休夸翻手高,看我翻个细狗腰。江城呀,找不着头还着你心里噪。”

【细话】细致交谈的话语。墙 4:您쨍是一个人,又每日去化银,必然你就知到信。朝朝饮酒谈心腹,细话从来不昧音,想到这才来把问。

【细米】指做酒用的黄米。日・器:细米不用漤水浆。

【细密】又细又密。禳 9:尖细鞋儿花一朵,青红绣线一针针,细密花鬟没看尽。禳 33:媳妇伶俐,针指细密,看了看长短遂心,试了试宽窄如意。

【细犬】小狗。日・走:细犬嗖兔更无双。

【细认】仔细辨认。慈 6:又见两匹马尖指就来这,老拘远里下马,缨帽儿皮靴,少年英耀步乱趁,来到跟前叫了一声爹爹。抬头细认,喜才惊绝,谁知这人原来非别,却是那亲生的娇儿,忽然间从那里来也!磨 6:张鸿渐上:“半夜三更,何人叫门?”开门问道:“你是那个?”又细认道:“是冯二哥么?有甚么要事?”

【细软】细腻柔软。增 7:净面汤一铜盆,献过来花手巾,细软肥皂多清润。

【细丝锞】同“细丝纹银”。墙 4:细丝锞白生生,趁到心没点铜,想你那模样心酸痛。姑 3:眼睁睁一大窝,猜堆堆有五千多,双边双沿细丝锞,虽不知轻重如何,雪花银倒有些插和,每人只分了百十个。

【细丝纹银】表面皱纹细密的纹银。参见“纹银”。增 6:拿着细丝纹银,合他惹仇家哩!

【细丝银子】同“细丝纹银”。翻 4:仗着您丈人,不过是秀才,凭他那里说,我凭着细丝银子买。

【细详】详细。日・走:不是长言不细详。

【飥客】(“飥”,方言音“吃”)吃客,贪吃的人。日・饮:飥客㮮頪头不举。

【咥咥嗦嗦】心里忐忑不安。磨 28:胡生拾起卦盒,说:“天那天!这卦也算不的了,不如去他妈的罢!阿弥陀佛!还要见贵人,禅和子念经没撞钟——只怕吊着不打就是击磬。”张龙说:“这科子生的,说这样不吉利的话!待我捶这行子!”李虎拉着,胡生跑去。张龙说:“这怎么说?惹了一肚子不自在。”李虎说:“罢呀,咱且去做正经事的。他算的到极好,咱也有点子不是。”张龙说:“着这狗攮的说的咥咥嗦嗦的,咱不去罢。”

xia

**【瞎】**❶眼失明。禳13:看你不秃又不瞎,好像一个鬼灵精,怎么全不通人性?磨23:也罢也罢,我是乡瓜子,你瞎着两眼见的天,巴的也看的见。❷比喻没有辨识能力。富3:眼前的亲人无一丁,死活交给这瞎医生。磨26:真正房官没有一个不瞎的!我那文章还中了,怎么爹那文章倒不中?❸胡乱。墙2:过不去回不来,手合脚瞎蹬歪,似上竿又把解来卖。琴:听不的嫂子瞎攘咒,这样的事儿好难受。热燎火烧怪生疼,口咬被头眉尖皱。❹白白地付出,浪费。姑3:有刀枪,有刀枪,你使的发了才遭殃,不止说瞎了钱,还着你捱夹榜。磨26:眼见的我那儿瞎死了!如今是多么大的声势,谁还敢合他为仇!

**【瞎打挂】**指落空的期盼。磨22:偷来走走还害怕,我如今中了望爹爹还家,咳,谁想都成了瞎打挂!

**【瞎打闪】**乱说。禳1:说怕老婆有饭吃,这话也是瞎打闪。俺也怕了十来年,至到而今他不怕俺。

**【瞎刀子扎的】**詈语。相当于说该死的瞎子。增8:当初有个暹逻给他算卦,丫头先合他说:"俺二姐姐极爱奉承,到那里哄他二两银子,咱𫑡好分。"那暹逻果然有天没日头的,说他有一宫皇后的命。那瞎刀子扎的哄了银子去了,那皇帝那狗头也不来了,哄着二姐今日等皇帝,明日等皇帝,到如今还守寡哩。

**【瞎鬼闹】**乱闹,瞎胡闹。琴:骂声嫂嫂现世报,偏你有些胡祷告,不管人心里怎么着,进门就是瞎鬼闹。

**【瞎胡】**胡乱。慈3:我每日待找他没点闲空,他倒反上门来瞎胡寻逞,该把乜科子撕一个罄净!禳21:恨男儿大不通,时时妄想在心中,松松手就去瞎胡弄。富12:我这第二篇,从头俱是瞎胡编,这才知错把题来看。

**【瞎胡巴】**同"瞎胡吧"。磨21:人人都讲论,尽是瞎胡巴。都没说着他教子读书,天下找来没有𫑡。磨24:起月令刻关煞,也信口瞎胡巴,俺从来不信那先生的卦。

**【瞎胡吧】**乱说。姑2:您婆婆委实的极难说话,他说声谬起来,信口子瞎胡吧。富10:人人都讲论,尽是些瞎胡吧,都无说着他教子读书这一桩,天下找来没有俩。

**【瞎胡混】**❶添乱。慈4:有一清晨,他娘出来,见张讷才找枕,骂道:"懒贼杀的!早做嗄来?"张讷说:"我怕张诚来瞎胡混,就没早做。"❷胡乱蒙混。墙4:我

又用个牢笼计，哄着您𠱁去做人，说银钱是我瞎胡混。❸胡乱混时间。禳28：我寻了一美人，今日等你来成亲，且是模样委实俊。东屋里铺下床合帐，安排下酒馔去合婚，不必来这里瞎胡混。

【瞎胡闹】胡闹。增13：万岁爷听说摆摆手，若是假的快开交，休要再来瞎胡闹。

【瞎胡叨】同"瞎胡吧"。禳2：小厮休要瞎胡唠，当初你曾跟我学。长命呀，方学会你就弄乜花花哨。禳32：老兄台不必焦燥，读书人立志要高，疯僧一片瞎胡叨，信口吧来真可笑！

【瞎胡撞】盲目闯荡，没有目的或没有效果地闯荡。富9：槐花黄，槐花黄，他上京中进大场。去年时进了学，看他去瞎胡撞。磨20：懊悔上京瞎胡撞，倒着爹爹扑个空，想来叫人心酸痛！

【瞎胡跦】同"瞎胡撞"。参见"跦"。磨19：俺又不敢有妄想，又不指望唬同乡，何必费钱瞎胡跦？

【瞎话】❶编造的话，假话。翻1：仇牧之在家的时节，因他不正气，不大理他。他就造了一篇瞎话，赃诬那徐氏。寒4：有差人合地方，要抬你上公堂，妹妹原说无妨账。妹妹真是有灵应，断不说瞎话把我诓，若诓我就把体面丧。增8：六哥说："你来的晚了，接了客了。说起那客来，有他坐的去处，还没有你站的去处。"皇爷说："瞎话！你说是那里的客？"❷闲话，聊天的话。慈3：哎哟，你给我再坐坐，就不吃嗄，咱吧嗓子瞎话也好么。禳24：你看我呀，贪叨瞎话，打发书房的那鸡蛋，从清晨舂在锅里，虽然化了不要紧，看熬红了那锅子，得去看看。

【瞎牛蠓】牛虻。慈2：弄就弄，瞎牛蠓飞在眉毛上——怕他咬着我这眼么？日・昆：蠦蛰蝼蚼瞎牛蠓。

【瞎人】瞎眼的人。磨23：小的二人俱是村野瞎人，没见天日，若是犯了忌讳，望太太、大爷耽待。

【瞎厮】瞎子。禳5：可笑是婆婆妈妈，凡事儿絮絮答答。他给小儿长算卦，那瞎厮一溜胡吧，说小些到还不差，媳妇不宜量比他大。磨23：有一伙瞎厮，在路上走路胡迷了，一骨碌张在崖里。亏他攀住一枝荆科，不曾到底。又不知底下还有多深浅，喝叫救人那救人，并不见做声。

【瞎星星】瞎眼。姑3：二娘子瞎星星，儿女都丧才心惊。如今回头已是晚，念杀弥陀活不成。增18：佛动心你瞎星星，接了个营里兵，你就拿着当真果的敌。

**【瞎眼】**❶目盲。禳 2:十来胎不存留,看今生已罢休,不想还生下这块肉。已是生了瘸和疹,又不瞎眼不秃头,心满意足今生够。磨 23:咳,苍天那苍天,亏你叫俺瞎了眼,擎吃自在饭,不去扭筋拔力,血汗暴流,这就是你老人家看顾俺。❷比喻毫无辨识能力或看错了人、事。翻 4:也是你命该当,怎么嫁了个仇大郎!我瞎眼叫你受魔障。富 12:大凡做房官的,不瞎眼的有几个?但只是好看便罢了。

**【瞎眼丁】**瞎眼的人。磨 28:张爷南北长逃窜,谁知他还成了大东西,瞎眼丁就该真么治!

**【瞎灶】**乱着急。参见“灶”。寒 4:相公不必瞎灶。官府的意思是指望你几两银子,说验尸是个拿法。你每量了去。

**【瞎仗】**疑即“瞎账”。增 6:本府城隍恐怕万岁有失,叫大小鬼使,快去十字街前保护圣驾。不一时,那五花琉璃鬼,青头赤发鬼,没要紧的瞎仗鬼,门后头的壁墙鬼,不干好事的促狭鬼……众小鬼们直到街前。

**【瞎账】**无法讨回的账。比喻没有用的东西。翻 10:大姐说:“咱爹来不的家么?”二相公说:“还家还得赎身,得二千两银子,咱怎么回得起?……”(唱:)二相公泪双双,我若能上玉堂,爹爹就有回家望。咱爹说是两下里,攒一年不足百石粮,说攒都是净瞎账。若要是老天保佑,就叫咱门户生光。

**【瞎子】**盲人。禳 4:学棚里原是傀儡也么场,撮猴子全然在后堂。最可伤,瞎子也钻研着看文章。禳 5:奈妇人听那瞎子的话,从头斗口磨牙。妇人这性儿难拿,汗珠儿教人通身下!

**【瞎子丁】**瞎子。禳 10:满家老少俱是瞎子丁,看不见终日气的我肚子疼。

**【虾腰】**同“下腰”,弯下腰。增 16:那丫头一个家碰头磕脑的抢拾,崩了一个,滚在二姐面前,二姐虾腰拾起。

**【呷】**喝。蓬 4:或是花前向暖,或是月下乘凉,细雨长下,云片飞扬,烹茶来好用,水酌来喷鼻香,你呷呷,我尝尝。

**【柙床】**匣床,旧时牢狱中使用的一种刑具,形如木床,命囚犯仰卧其上,将手脚紧紧夹住,全身不能动。日·争:长钉刺眼上柙床。

**【霞天一只鸿】**骨牌的一种牌名。《宣和牌谱》作“霞天一只雁”。由三扇牌组合而成,其中两扇各红色八点,一扇红色四点、黑色三点。禳 26:打个临老入花丛,又见霞天一只鸿。柳绿桃红,柳绿桃红,你看我这秃爪龙不同,还是巫山十二峰。

【下八仙】民间传说中的八个仙人，与“上八仙”“中八仙”相对。具体所指有不同说法。有的指王乔、陈戚子、徐神翁、刘伶、陈抟、毕卓、任风子、刘海蟾，有的指广成子、鬼谷子、孙膑、刘海、和合二仙、李八百、麻姑，还有的指张仙、刘伯温、诸葛亮、苗光裕、徐茂公、鲁宁秀、牛郎、织女，又有罗圣主、张仙、鲁班、张千、李万、刘海、刘伶、杜康等人为下八仙的说法。蓬1：却说那上八仙、中八仙、下八仙，合那五岳的散仙，都知道王母下降，齐到蓬莱，各显神通，就在山顶上造了七十里地一座大殿……

【下半截】指腿。翻9：悔也徒然，悔也徒然，劳动姐姐去见官。打下下半截，不敢把姐姐怨。富9：老四夫，老四夫，斜眉瞪眼来欺负。就该卸下乜下半截，也解解我心头怒！

【下菜】上菜，端上菜来。翻6：斟酒下菜，俱是极好的丫头，仇禄也不敢抬头。蓬2：且说众仙饮酒，那一班嫦娥玉女，唱的唱，舞的舞，斟酒的斟酒，下菜的下菜。

【下操】指折节求人。翻5：家里粮实踢弄了，踢弄了，银子并无半分毫，姐姐呀，纵有粮借重何人粜？蒙他送来情意高，情意高，省的自己去下操，姐姐呀，拿着就走岂不妙？禳4：咱既不曾求情面，咱又不能去下操，文章也未必能做的妙。

【下场】❶从赌场中退出来。俊：就赢个三千两吊，何曾拿去养家？留着做本不肯花，只等净了才罢。下场来偷鸡摸狗，乌了眼板打枷加。❷戏曲中人物退出戏台。闹：丑白：“先生请了。”外白：“贤东请了。”同下场。

【下处】临时的住所。翻5：大姐出来，到了下处，说他那儿子：“您二舅来考，你去找他找。”翻7：二相公对他师傅说了，出了场，也没上下处去，上他表兄徐博那下处睡觉。富12：公子说：“爹爹的下处宽阔么？”太公说：“只是两间房子。”

【下道】❶来到学道的衙门，指主持或参加生员岁考。禳17：一来是你模样好，二来高宅是大家，立下个根基好加纳。强似那宗师下道，把四等大抹大叉。禳22：您三爷合您大叔必定误了下道，你外边赊上三十两银子，随后送去。禳22：学师来已三朝，学中朋友尽开交，宗师初二下了道。❷说或唱转入下流的内容。禳31：丫头唱：“一和解……”兰芳笑云：“哈！又自唱下了道了。”公子云：“怎么说？”兰芳云：“不好荤耳。”

【下定】下聘，订婚时男方把聘礼送至女方家里。琴：半夜三更做一梦，梦见人家来下定。两担喜酒两牵羊，吹笛打鼓好有兴。看见尺头合钗环，俩眼喜的没了缝。

【下番】家计下等。翻6:穷姑姑,穷姑姑,下番人家谁贪图?急仔人家嫌咱穷,咱还倒嫌人家富。磨23:我王丙命不强,破了财守空房,这日子像个下番的样。

【下锅】放到锅里,指做饭。翻3:骂声强人不成个货!还嗄脸来把阉来摸索?这样人我待跟着你怎么过?不只光没甚么下锅,只怕这几亩薄田,乌温的时节不多。寒1:大俭年没奈何,刮人肉来下锅,不吃难忍肚里饿。磨14:叫一声俺潮哥,讲廉耻做甚么?头巾歪塌蓝衫破。只是银钱有实济,从来良心下不的锅,不害羞请管不忍饿。

【下汗】指流汗,落汗。姑3:他说婆婆不宜量好,我就听着胡揣歪,谁想惹的神灵怪。到如今通身的下汗,悔也是悔不将来。

【下脚】落下脚,立足。日·禽:屎粪成堆下脚赃。

【下酒】佐酒。蓬4:锅有剩饭,家有余粮;旺活的鲜鱼来下酒,崭新的绸缎做衣裳。富3:丫头斟上酒,舜华便吩咐丫头:"你歌一个小曲,给官人下酒。"

【下颏】("颏",方言音"亥")下巴。禳7:夫人拉过江城的手来,撮了撮下颏,捏了捏耳环,便说:"你看看江城出产的这样的风流,这样的标致!有了婆婆家没有?"日·身:下颏才动发须战。

【下礼】下聘礼。姑2:却说二成他丈人家姓谢,是个生意人。他在臧姑县里住了几年,生了一女,名叫臧姑。大成托人合他说,一说就允了。且是不教他下礼,没消两月,就把臧姑娶来。

【下痢】腹泻。日·疾:酒疸食黄或下痢。

【下路】小路。寒6:转过山嘴,忽然见了一簇人马,旗幡招展,伞扇飘扬。才往下路去躲避,他那开道的说:"串了道了!"禳11:那不是俺丈人那老狗头来了?待俺捎下路去罢。

【下落】寻找中的人所在的地方,去向。琴:一阵一阵心里躁,恼恨媒人没下落。磨31:老爷还是跟寻毛老爷的下落。如今残兵还有几万,还可以迎敌,咱向南寻找才是。

【下马银】给报子前来报喜的报酬。磨2:开榜把名叫,报子先知道。使钱买录条,拿着就颠道。共总二百人,张爷最年少。人家笑哈哈,俺也哈哈笑。除了下马银,赏钱二百吊。任拘多少人,俺是头一报!

【下棋】弈棋。蓬6:话说文相公出了家,娘子思念了会子,也无可如何。终日得个空儿,便与小痴下棋;雇了个妇人看那孩子。禳9:娘子既不恼我了,咱一

章撇过去，从新处好，我合你下棋罢。

**【下棋子】**下棋。禳29：奴终日闷恹恹，丈夫不知甚日还，娶一个清客来作伴。白日烹茶下棋子，黑夜饮酒听丝弦，他𫰛又遂了心中愿。磨19：新媳妇孟娟娟，又老成又极贤，真能遂我心中愿。闷来合他下棋子，一日下到二十盘，胸中愁闷也消散。

**【下气】**态度恭顺。慈4：双膝跪倒，双膝跪倒，下气怡色又告饶，泪珠儿流下来，哀哀的把娘叫。

**【下情】**谦辞。指自己的心情或自己了解的情况。俊：他忽然正走有人叫，倒把宗官唬一跳。回头认的是胡朋，满面欢喜带着笑。宗大叔你听道，有个下情来相报：东庄有个好大局，咱去刨刨妙不妙？

**【下人】**佣人。禳30：往后休叫太太，就叫爹娘，着下人叫你于奶奶。增5：曹老爷还体情，那别爷更不通，县官拿着当奴才用。耳软光听下人的话，真是一个糊涂虫。管家还比主人胜，一个鹰头鳖耳，酷像是做了朝廷。

**【下三等】**俗称"人分九等"，又分上、中、下三级。宋代王应麟《小学绀珠·人伦·九等》："九等：上上圣人，上中仁人，上下智人，中上、中中、中下，下上、下中、下下愚人。""下三等"指低贱愚昧之人。禳26：见同年称年兄，拜知县称治生，庄村谁不把我敬？从此没有下三等，顺口谈文尽着俺烹，见人说嘴又整腔。

**【下身】**弯下身子，弯腰。禳33：锦堂佳宴，寿酒献高前。俺这里深深下身，尽了这诚心一点。

**【下剩】**剩下(的)。翻2：魏名收了骰子盆。仇福还了他那钱，下剩的说："春娇，我送了你罢。"禳3：我去外边雇一个挑脚的，拾掇上给他挑着，下剩的咱自家拿着罢。

**【下手】**❶动手，用手(做)。墙4：(张二)下手扶起，张大按倒。张老哐哼两声，合煞眼了。慈4：他也不答应，竟下手扳那干柴。磨18：(张鸿渐)按下笔砚，下手就写。❷着手，开始(做)。墙4：小瓦瓯不过才十来多岁，已下手把样子描了两对，想是那小心眼诸般学会。磨20：读书便是团圆路，父子指日得相逢，从此下手不算空。❸指对人下手，对别人进行攻击性的行为。富4：方二爷待下手老马，正找不出个窍眼门来……

**【下学】**学道主持的对生员的考试结束。禳22：那远远的是王次山来了。"王大哥，宗师下了学了么？"王次山说："学道下的学极早，我来时出了道了。"禳22：快开交，快开交，及赶到城听下学。天就有小傍晌，真有些不大妙。快开

交，快开交，冀幸他学中未散了，俺就着跑上堂，跪下哀哀告。

**【下眼看】**形容瞧不起，小看。墙4：王银匠向我言，人家使着咱大些钱，他说该弄个虚体面。灰毛乌嘴不成事，人就把咱下眼看，待还钱也把卦儿变。翻9：我被掳在东山，卖旗下十余年，京游子不敢下眼看。

**【下腰】**弯腰。姑3：到了坑边，见那土里白花花的都是小银锞。下腰拿了一块来，看了看，都说异常，一齐去验了。增4：万岁心迷了，难把意马拴，下腰推盛水，伸手捏脚尖。

**【下子】**动量词。用于动作的次数。姑1：大成巴数了一阵，墙上挂着一支鞭子，拿下来把珊瑚打了几下子，于氏那气才略消了。翻5：我待治人来，倒着人治了这么一下子。这是从那里说起！

**【唬】**❶受到惊吓。翻3：方才去开囤，几乎把奴唬杀！谷囤净了，往后咱可待吃嗄？翻8：张旺听说，吃了一惊，慌忙报于二相公。合家听说，都唬的手足无措。❷使受到惊吓，吓走。翻4：阎罗发威，阎罗发威，拿着鞭子就待捶，安心唬唬他，望他伏了罪。磨28：二更里好难禁，这蚊子吃了人，一窝臭虫浑身喷。……谁给俺唬上一唬，我给他做万代儿孙！

**【諕】**同“唬”。快1：他若是个粗人，我便上南夷陵諕他，他必然往北夷陵来矣。快2：曹操諕的魂不附体，说：“可死了，可死了！”

## xian

**【仙根】**指成仙的根源、资质。蓬6：不知那位仙兄赴了幡桃会，把个桃核掉在终南山里，就生了一株树。到底是有仙根的，这几年就成了道业。蓬6：我看他有仙根，一朵朵娇艳超群，仙花自是有风韵。

**【先生】**❶老师。翻8：来了家好几朝，俺大叔不敢学，先生说大爷才知道。富10：却说东家、徒弟，都不料他就回来，相见极惊喜。员外便问：“先生没到家么？来的怎么这样速呢？”闹：目下里我的儿倒有两个，想读书请先生又怕化钱。这几年收成好积累有限，到教我为此事左右两难。❷对有文化的人的尊称。磨10：仲起忙迎出来。按院不认的，合他手下人嚓语嚓语，才进来行了礼说：“方老爷，先生殿过试了，因甚么还不归家？”磨18：这天还早，他们又不能奉陪。先生先用过饭，请到书房，就着题目做一篇程文，领领尊教。❸以相面、卜卦、卖唱、行医、看风水等为职业的人。禳8：丑破巾服扮先生上，伸了伸腰说：“哎呀！已是过了门了，好景好景！吃了两盅，一觉儿睡着了。待俺撒帐。……”磨23：

“着你找暹遏，怎么不到？”众人说：“近处没有好的。……”公子说：“给我远处物色。”答应：“是。”……家人出来，问：“是那里来的先生？”王丙说：“我是何王庄姓王，这一位是李昭君。”磨24：起月令刻关煞，也信口瞎胡巴，俺从来不信那先生的卦。

**【先头】**先下手得到的好处。增23：原来是这王龙合赛观音定下的一局。一来王龙每日爱想二姐，不能到手；二来见万岁戮乖夺翠，没法治他，也要撮弄点先头；三来见佛动心得意的受不的，要触注这个口。

**【杴】**锨。姑3：听见那银子的话，等不的说完就跑，叫着二成，一个拿着杴，一个抗着镢，流水先去刨去。慈4：张诚说：“你看俺哥哥，你从多咱就起来了？”慌忙拿杴就除。

**【杴柄】**锨的把。慈3：赵大姑见他失了口，气冲两胁的说：“……你着您妈妈替你做不的老婆么？”旁里有根杴柄，就拿起来了。慈3：他那媳妇子，又搭上他那邻舍家跑了一天井，都夺着那杴柄，才没捞着他打。

**【杴头】**锨的铁片部分。慈4：那天井里，有多年的一堆灰土，着他去打扫。张讷合该造化低，一个杴头使成了两半。慈4：张讷去𢭃了杴，李氏还怒气不息，找了棍子来，正待打他。张诚来见那光景，把脸一变，问他哥哥为嗄来。他哥说：“破了杴头。”

**【掀】**❶撩开，揭开。姑2：正说到那伤心处，珊瑚掀开门帘钻出来。翻9：又有那箱子没锁，去掀开扫扫尘埃。寒7：判官拿过一本册子来铺在案上，二郎爷掀开看了一遍，便大怒了。寒5：一声说罢，两三个人就把被子掀了，还没解衣，老王伸头去看，只见有人丢过了一块石头，磅的一声，老王就倒了。❷从一边抬起。墙4：张大把头掀起，一跌说：“看看，连头死了，还活那狗蛋哩！”翻11：姊妹三人使尽力量，掀了那石头看了看，是一个大池，上头使尖子石铺了。寒1：儒学生本姓商，父饮酒在邻庄，半路里就把恶虎撞。掀下驴来只顾打，浑身俱是致命伤，抬到家即时把命丧。❸倾倒到别处。禳12：小畜生他自己没有汉仗，把不是都掀在别人身上，我以后断不能替他认帐。❹同“杴”，锨。翻9：大姐给他放下，说：“大兄弟，去拿掀来，打扫打扫这屋里。”翻11：说话虽然是想钱，其实心里也贪图，未必不有点金银物。明晃晃一掀掏出，看了看是化的锡壶。

**【掀开帐】**比喻出场，故事开始。姑2：丑媳妇没说完，好媳妇掀开帐。

**【僊僊】**翩跹，形容轻盈的舞姿。钟：酒成碗大肉连肩，夜叉舞巨影僊僊，醉蒙腾风云乍变，说甚么西王母宴桃园。

【暹逻】同"先生❸",以相面、卜卦、卖唱、行医、看风水等为职业的人。(俚曲中所出现的均为瞎子)富11:方太太日日啼哭,儿合媳妇常守着解劝,再不能欢喜。公子叫了暹逻来,唱的给他娘听。那暹逻唱了个少哭老笑的《山坡羊》,是个年小的秃妮子,嫁了个一只眼子老汉子。增8:你不知,佛动心不接凡人。当初有个暹逻给他算卦,丫头先合他说:"俺二姐姐极爱奉承,到那里哄他二两银子,咱𤤴好分。"那暹逻果然有天没日头的,说他有一宫皇后的命。那瞎刀子扎的哄了银子去了,那皇帝那狗头也不来了,哄着二姐今日等皇帝,明日等皇帝,到如今还守寡哩。

【闲吧】闲聊。禳15:昨日冒雨到了他家,旁里没人,俺俩闲吧;吧了半日,不敢勾他,勾搭不上,怕他发渣。富4:共酒同茶,共酒同茶,拿着恶赖当闲吧。

【闲常】平常。增25:武宗爷笑哈哈,你磕头为什么?我不过是句闲常话。

【闲扯淡】说废话。禳7:这是他百年姻眷,这可与你我何干?择好择歹费机关,算来真是闲扯淡。磨18:店主说:"您说有事教我认帐,我担不的。前边的客都起来了,您也起来好走路。离了我这个去处,您就杀了他,与我何干?"解子说:"天还早哩,你闲扯甚么淡哩!"

【闲的皮疼】习语。形容闲得很难受。姑1:媳妇终日不从容,婆婆闲的皮也疼,不知心里还待㗅,终朝吵骂不停声。

【闲地】未耕种的空地。翻12:院外有的是闲地,给你盖上几座房,在隔壁也好把你望。

【闲饭】不劳动而吃的饭。翻9:咱家虽贫,咱家虽贫,事事须要自辛勤。那的闲饭儿,叫你吃着混?

【闲房】空着没用的房子。增5:恰好万岁来到近前,抬头见个老婆婆,便说:"夫人,你家有闲房借宿一晚何如?"闹:在下没有一所闲房,庄内有一座观音堂,没招和尚,庙门封锁,可以借居,还得与众人讲议。

【闲工】没有活儿干的佣工。农·农·红花:未出九种之。锄宜晒麦时,侵晨闲工,及长工暇时为之。

【闲花野草】野生的花草。增3:万岁爷离顺天,心里焦不耐烦,闲花野草无心恋。两程并作一程走,顿断丝缰又加鞭,恨不能插翅飞进宣武院。

【闲话】❶闲聊的话,无关紧要的话。翻6:算计一定,瞧着二相公出来,凑到跟前,说了几句闲话。禳11:知心朋友惟有王子雅,闷时只去访他,叙几句闲话。❷闲聊。禳24:俺无论几顿,只是锅子里泚上飘水,抓上把盐,把豆腐切把切把,

扑棱翻上，俺就合人家去闲话，这不省便么？

【闲嗑牙】闲暇时嗑瓜子。增9：六哥出店把口夸，东西地高南北洼。几亩洼地种蓟秫，几亩高地种棉花；剩了几亩没嗄种，种了许多大西瓜。王孙子弟来找我，买些瓜子闲嗑牙。

【闲空】空闲，闲暇。慈3：我每日待找他没点闲空，他倒反上门来瞎胡寻逞，该把乜科子撕一个罄净！禳3：芥蒂无分毫，我两人道义交，往来尽脱虚圈套。心恋恋难抛，恨重重难消，临行还有言相告。请听着：如有闲空，相访莫辞劳。

【闲气】因无关紧要的事而引起的气恼。墙1：从两个娶了妻，一个东一个西，老头子日日生闲气。富8：一劝你温柔雅致，见了人高拱深揖。轻薄话儿不许习，出门休要争闲气。

【闲说】相传，据说。日·花：闲说天南烛亦然。

【闲谈】闲聊。墙2：合那老道士闲谈烤火，直到如今，那扁食渐渐没了。禳3：老仲是个盛德人，见了相爱更相亲，欠下房价更不问。若遇着冬年寒节，请我闲谈酒满斟，好处一言真难尽。

【闲言】闲话，背后议论别人是非的话。禳21：想一想通身汗，年小小媳妇竖立上人前，不知勾多少眼睛把他看！指指画画都是些少年，嘁嘁嚓嚓又带些闲言。

【闲游撞】闲游。富11：太原城北是荒庄，落第不能返故乡，只得是暂且在外闲游撞。

【闲住】离职闲居。富6：待了三年，就升了巡按使，到了京里伺候着点差。他又不去见那严阁老，又不奉承那严东楼，被他恼了，弄了个冠带闲住回家。他如今闭了门，养老清高，一星闲事不管，到养成了一个大体面的。

【闲走】闲逛，无目的地随便走动。寒8：歪子出了庙门，往家正走，也是娘娘指引，正遇着太老爷偶然出庄闲走。看见歪子褴褛搭撒的不成个态状，便叫人送了一身袍，一顶帽，杂粮两石。

【弦歌】弹唱，一边弹弦子一边唱。姑1：二十余年老友人，买来曚婢乐萱亲，惟编姑妇一般曲，借尔弦歌劝内宾。

【弦子】一种乐器，即三弦。磨12：斟上酒，梅庵说："两人吃酒太闷，提壶的，你去叫一个清唱的来唱唱。"答应道："有。"即刻叫了一个美少年来，抱着弦子，进来唱道……增15：遂又满屋里瞅。见那琵琶、弦子挂在墙上，就说："这一张琵琶合这一具弦子，好不齐整！"

【蛒螗】一种体形比蜣螂小、有毒的黑蜂。日·昆:地蟟蛒螗多罗蜂。

【挦】❶揪(毛发)。增10:老虔婆怒冲冲,揉住了红喜星,每日疼你成何用?一手挦住青丝发,鞭子一举不留情,嫩嫩的皮儿难扎挣。❷拔取(毛发)。禳15:这老奴才不知捣的甚么鬼儿!怎么是没来?实实的招来,免的挦毛!增6:张大哥,只是便宜了那花子!若是小厮们凑集,挑挑嘴就把他毛来挦一个净!

【涎】口水。钟:那个馋爷可怕,庞儿不大善良,小鬼生得胖光光,怕他涎流嘴上。

【涎皮涎脸】形容不顾脸面的样子。增4:云魔女不耐烦,骂一声村长官,欺心你把律条犯!既读孔孟诗书字,不达周公礼半篇,涎皮涎脸把奴看!

【显道神】出殡的仪仗中,在最前的开路神。神像高大凶恶,左手执玉印,右手持方天画戟。富11:你就忒的伤惨,肉头老撞着显道神——你也说不的我长,我也道不的你短。日·纸:瞟起脸看显道神。

【险些】几乎要,差一点儿就。琴:来到他家,来到他家,那人见了险些喜欢煞。寒4:那衙役瞧了瞧,抬的抬招的招,上了肩打了一声号。果然抬了够半指,一齐都说折了腰,险些儿就把头压吊。

【显验】明显的凭信。增5:周元听说,把笔砚墨纸拿来。万岁自思:"我写书给他,什么是显验?"万岁脱了那鞴鞋,把那裹脚布裂下一幅来。

【县】❶行政区划名。墙1:爹,咱县里休说没有猴头、燕窝呀,爹,连那鱼鳖虾蟹,也是没有的呀,爹。慈6:张讷起身,在本省里,逢州府县,到处即问,并无音信。❷县府,县堂。翻5:到了城里,天还早,官还未坐堂,就在县前等着。禳20:过了牌坊过栅栏,门楼高高像县前,春香呀,你问问那是王家店?磨13:我原就安排着自己投县,为个人怎么光教老婆出官?我听的那一回浑身是汗。❸县官。寒3:老王吩咐:"各人领尸,本县给你申报司院。"蓬4:道府州县,看俺的鼻梁,两司抚院,送礼百筐,白的白,黄的黄,珠成串,缎成箱,无数东西往家抬,还得铺人来上账。磨4:上马管军,下马管民,腾腾杀气报乾坤。有人来告贪州县,白刺猬来拱大门。

【现放着】同"放着",比"放着"语气更重。❶事实当前存在。寒7:你还要欺心弄鬼,现放着剑树刀山。磨19:俺那娃子虽然嫁了,现放着一个女外甥六七岁了,就该不是亲家了?❷白白地放置着。禳14:五更敲罢不曾眠,没个空儿钻钻,现放着美人却在半天。磨2:也不怕他歪告状,只怕军门具了提。人已死了如何治?出上我自己不用,现放着打来的东西。

【现官不敌现管】习语。县官不如现管，比喻官职高的人不如职位低、直接管辖自己的人更起作用。磨11：一伙少年衙役都商量说："现官不敌现管，咱趁着如今不干个时道，更待何时？况且咱会方娘子一面也好。"

【现今】同"现如今"。慈6：这官府原是瑞州的同知，他原是满洲人，罢了官，就在瑞州居住，现今赎了身，也是姓张。俊：现今有件故事，却不在唐朝，也不在宋代，也不在南蛮，也不在北塞，就出在这山东济南府历城县。磨6：他惹下祸了！因他做的呈子，现今差人拿他，想是将到。

【现钱】现款，可以当场支付的钱。增7：隔壁三家醉，开坛十里香。酒高壶大，现钱不赊。霸王吃酒要现钱，张飞没钱剥下靴。

【现如今】如今，现在。禳5：小年兄已到黉门，十三四年正青春，现如今还又不曾聘，依我看绝妙无伦。富9：李家现如今常察访你，你也该背着些。增25：我且问你：你会相面，你相着我现如今是什么人？若说着，赏银二百两。

【现世】出丑，丢脸。琴：对对蝴蝶飞帘下，惹的大姐心里骂：急仔这回不耐烦，现世的东西你来囃？

【现世报】❶佛教的说法，指现世所做善恶之业，现世即得报应。指做了坏事之后时间不久就得到惩罚。姑1：一行走着心里只暗恼，人人都说骂的好，也是现世报。每日是降人，日头又倒照，才知道抄不的家里的稿。俊：若是我投了井上了吊，再娶个来现世报，输的着急没了法，愁你不挂忘八号！❷詈词。相当于说"坏人"。琴：骂声嫂嫂现世报，偏你有些胡祷告，不管人心里怎么着，进门就是瞎鬼闹。

【现世现报】同"现世报❶"。姑2：可可的就是于氏待珊瑚的那嘴，如今轮着自家头上，这才是现世现报天，治己治人处。姑3：于夫人现世现报，晚年来受尽的风霜。

【限】❶限制，限定。寒6：点名差下了四个鬼，知县城隍俱不饶，限他二日全拿到。蓬7：奉师命取文箫，这一去万里遥，限的却是午时到，没有命令不敢进，还在船头伺候着，要禀娘娘先知道。❷期限。墙1：那里常在刀山上，这里又来上磨研，受罪几时满了限！翻12：他原说是中了举，才望父子得团圆，猜他说的是远限。❸指官府规定的缴纳赋税的期限。逾期则受刑罚。穷：说了道了都不算，也有酒，也有饭，尽他捣，尽他揎，还要给截官儿见，休要误了这一限。磨2：秀才打的见阎罗，况且小民值甚么？必然定有非常的祸！今朝逢限该比较，俺庄去了十个多，不知打死了那一个？

【线包子】盛放大宗线团的包。禳13:线匠不见了线包子——我看着也背不的。

【线匠】纺线卖的工匠。例见“线包子”。

【线索】门路。禳5:我害嚣,我害嚣,从来只合那贫贱交。他虽然那线索灵,我断不敢领他的教。磨14:精细鬼伶俐虫,他能把线索通,他𬣙说话极中用。一个捕头急如火,一个捕头快如风,人人都把银钱送。

【线条】线束,成束的线。穷:孩子热了穿上袄,腚冷了戴上帽,饥困了喝凉水,饡的吱吱的叫。剩下个老婆儿,穿的还没根线条!禳32:线条两股辫银钱,寿祝娇娃富贵全。从此无灾又无害,少年平步上青天;上青天,做高官,富贵荣华一百年!

【线衣】指布衣,相对于“皮衣”而言。翻8:身软弱,瘦可怜,穿上线衣只似单,膊胳好似蔙杆子样,怎么口外去受风寒?

【宪票】指上司发出的指令。富2:我奉了军门宪票,也不是私将人拿!磨6:我奉着军门宪票,也不是私将人拿!

【陷坑】陷阱。磨29:离山十里掘下陷坑,我引兵赶来,可以生擒活捉。磨29:任大王又败,金总兵又赶。正赶之间,落坠陷坑,一骨碌张下马来,一群偻罗将他绑缚起来。

【陷靥】如酒窝般的小凹陷。农·蚕·辨种:种将出,取在明亮处细看,中有色淡陷靥者,以针挑器中埋桑下。此是胎里病,一人眼,必然生病传染,不可留也。

【羡】❶羡慕。琴:男儿不遇时,就像闺女没出嫁。时运不来,谁人不笑他?时运来了,谁人不羡他?❷瞪(眼),怒目直视。琴:一行说着出中堂,回过头去羡他一眼。

## xiang

【乡党】家乡。富10:乡党中人人来亲,逐日里贺客盈门,比不得坐监时无人问。

【乡瓜】同“乡瓜子”。禳8:嚷嚷闹闹,喊喊插插,走走站站,指指画画,虽是城里,也是乡瓜,小小民户,知道甚么?

【乡瓜子】乡巴佬。禳5:我是个乡瓜子,不敢攀那大头脑。磨23:唱完了,太太正吃茶,笑了笑吩咐丫头:“把这茶倒两碗给他,每人给他𬣙果子。”王丙接

过来说:“这是什么果子?”李二说:“好乡瓜子!这是龙眼。”

【乡官】同“乡宦”。禳24:轰轰烈烈的乡官儿,出门打着伞扇儿,王家有个十万儿,身上穿着䌷缎儿,大儿到了抚院儿,小儿到了知县儿,望他给点体面儿,弄的不成酒饭儿,主人砸这手腕儿。禳33:叫一声我的兰芳,你又能孝顺爹娘,叫我敬你那一样?体情又念穷乡官,不肯多做燕窝汤,打算给我省家当。

【乡宦】指乡里出身的官宦。富12:喜地欢天,喜地欢天,说有个少爷在那边,却不过十四五,已成了小乡宦。磨27:父子锦归还,路上怕留连,世时人也敬新乡宦。增6:按下万岁不表,却说这大同府有两家乡宦,生下两个儿子,唤做张、王二舍。

【乡老】乡里年高德劭的人。磨14:众乡老上,说:“小的们都是人命干证。”磨23:您休当瞎话,还有乡老传给我的哩。

【乡邻】同乡,邻居。寒8:谁知那簿子注就的再不能逃,有邻近乡邻平日受他的好处,都情愿借几百银子给他。磨15:李旺老婆持刀骂,骂一回张家,骂一回方家,合庄乡邻看不下。

【乡民】农村人。磨14:小的们都是些乡民,保正拨俺来,俺就来了。增6:我待加罪与他,他乃是乡民无知。自古道:“背地里皇帝也得骂。”这也是我自惹其祸,好没要紧!

【乡墨】乡试的文章。闹:这个题目,又不是治道,又不是理学,什么东西?题无门类全无靠!这两个大主考想是三家村里新发户的……却冒冒失失,糊糊涂涂,硬出这一等枯涩题目,难为这些举子。看将来新科乡墨,选不出一篇上眼的文字,与你有什么光采?

【乡人】❶乡下人。磨23:南方一个乡人,从没见冰。❷同乡的人。增3:(回目)使金钱乡人拿响马。

【乡绅】乡里的绅士。慈6:那一日来到家,给张讷换上衣服,一处坐着。便问:“贵族先世曾有乡绅么?”张讷说:“敝族原是山东人,先族曾做过浙江布政司。”翻7:乡绅人家眼目大,婆婆丢在九云霄,才着人笑的牙儿吊。

【乡谈】方言。磨24:年年流落在江湖,不解乡谈只自咕,乱秋秋,不知是应向何人诉?

【乡音】方言。日·身:皮毛手足无乡音。

【相[1]】(xiāng)❶相互。墙1:我叫他儿我不安,他称我老亦徒然,愿情彼此相交换,只怕那经纪评评要找钱。姑2:离别情,离别情,先向床头问一声,相隔

着二三十，不知道你有病。寒4：咱爷为人太忠厚，妹子又是一女人，怎么合他相争论？❷表示一方对另一方有所施为。翻7：早起就上书房里坐，待了回子不回宅，就在书房自揣摩，五日一次两篇课。他师傅极相敬爱，就许他定要登科。蓬1：寿星到福禄同，进殿来俱打恭，殷勤宝物来相奉。俊：宗大叔你听道：有个下情来相报，东庄有个好大局，咱去创创妙不妙？❸看，观察。寒3：那王成、孙晏见他相中了吴孝，便都去了，剩下吴孝在旁。琴：听说婆婆来相我，重新梳头另裹脚，搽胭脂，抹粉带上花，扎挂好像花一朵。增9：鸨儿听说财神到，心里痒痒没处去抓，科上摘下那齐整话：说我去相他一相，我看是怎么样一个军家。❹很。丑：八戒病了十日整，浑身消瘦鬣毛鬖；腮子掉了二斤半，后坐瘦的竖脑尖，耳朵搐的相薄脆，前槽搭喇颡了肩。

**【相不中】**看不上，瞧不起。墙1：我这话实不通，俺达我也相不中，等一个好达还相送。

**【相趁】**相称。磨27：我儿性温存，红妆一片新，好处不止容颜俊。我也看透三分，知你将来不受贫。前边看是美人，后边看是美人，美人，做的也相趁！

**【相得】**彼此投合。翻7：夫妇相得，说不尽鱼水之乐。

**【相好】**彼此关系融洽。墙2：也没有甚么大事，就是令尊那二年，三十两、二十两，一年十数回，去敝铺倾销。因着相好，二三年并不曾给我火钱，打算起来，有好几吊钱。禳7：他老兄弟又极相好，孩子又极班配，有何不可呢？禳17：我想江城他合满城姊妹二人最相好，我往别家去他就嗔，每遭往葛家去，他还没嗔。

**【相厚】**交情深厚。翻3：却说那仇福别了秋桂来家，那嫖的一道，冷淡的许多。只是认真魏名合他相厚，闷了就去找他，拿着三五百赌博。寒3：城南他有个最相厚的朋友，姓李，绰号叫李蝎子，是个监生。

**【相厚的】**相好的，情人。禳14：咱流水走罢，我还待家里等我那老相厚的哩。

**【相看】**❶互相看视。蓬3：路上别无一人，我和他四眼相看，才知道娘娘有了意思，故意才把奴来遣。禳12：那一日三月三，他在王家饮酒酣，还不归家来，去把丈人看。夫妇相看齐下泪，去在房间一夜眠。❷探望。翻11：如今人眼皮宽，时势炎凉好可怜！充军时谁肯来相看？❸看待，对待。翻3：我的儿你听言：分不分是一般，散了也不是为你散。……好媳妇既无二意，我照常一样相看。禳12：今日里望亲家千千万万，小妮子不成人罪大弥天，多亏好公婆佛面相看。

❹观察，端详。蓬4：待了几日，使了十两银子买了一个丫环，姓魏叫小痴，便请娘子来相看。闹：参可差吊牌忽到，这一场惊慌不小，一盆冰水向顶门浇，似阎罗王勾牒至，把狂魂儿惊吊了。半晌间心慌跳，相看时犹如木雕。

**【相强】**勉强别人。寒7：二郎爷见三官不愿还魂，便说："商礼，你也不必相强，在这天上享受香火，不强似在人间享富贵么？"

**【相为】**相助。磨4：还是为家兄那件事，还求李大令相为。

**【相巡】**指依次斟饮。翻2：秋桂起把酒斟，传着杯又相巡，一壶不会吃的尽。

**【相逊】**指稍差一点儿。增16：龙袍里取汗巾，拿出来爱煞人，乾坤少有汗巾。俊：当中二龙把珠戏，九曜星宫两下分，二十八宿谨相逊。

**【相与】**交往。寒4：赵大哥，咱从容商议。我合赵大爷是怎么的相与，每哩我疼钱么？富6：他如今闭了门，养老清高，一星闲事不管，到养成了一个大体面的。况且这新官又是他的同年，相与的极好。

**【香茶】**清香的茶。姑2：见你寻常百事佳，心里想念口中夸。就是外人不得地，也该把他拉到家；拉到家，用香茶，一日三时供养他。

**【香房】**指年轻女子的内室。增25：万岁爷细端详，打扮的淡素装，年纪只在二十上。虽然不似二姐美，风流却也不寻常，行持没有那惫赖样。见了爷拜了两拜，将二人请进香房。

**【香几】**放置香炉的小桌。日·杂：匙瓶金着排香几。

**【香柳娘】**曲牌名。禳3：[香柳娘]客何曾谢完，客何曾谢完，抬头看天，一客拜到晌午转。急等着要搬，急等着要搬，心火又生烟，诸事还不办。老婆儿望穿，老婆儿望穿，定说老汉一去不回还。磨33：[香柳娘]这个味香甜，到口醲艳。俺一口便干，浑身舒泰微微汗。

**【香炉】**烧香所用的器具，用陶瓷或金属制成，通常圆形有耳，底有三足。禳33：这个香炉是渗金，里边焚的是甚么香？日·石：坟上香炉挨供桌。

**【香囊】**盛放香料的小包。日·杂：香囊鸡嗉随身带。

**【香喷喷】**形容香气洋溢。磨36：可甚么忽然一阵，香喷喷直透珠帘？增7：六哥整了一桌酒菜，抬上楼来。万岁一见，满心欢喜。安排的甚均匀，端上来香喷喷，盘碗鲜明颜色俊。

**【香铺】**卖香料的店铺。日·杂：珠华金绵来香铺。

**【香腮】**指女性的腮。蓬2：且说众仙饮酒，那一班嫦娥玉女，唱的唱，舞的舞，斟酒的斟酒，下菜的下菜；独有彩鸾，倚着那白玉栏杆，手托香腮，全无情绪。

磨19:一更里苦难言,日落怕孤单,他那里手托香腮儿盼。

**【香蕈】**香菇。增7:肥豚笋鸡天花菜,鲥鱼鳆鱼共海参,还有蘼菇合香蕈。日·菜:蘑菇香蕈从来贵。

**【香烟】**❶焚香所产生的烟。蓬1:老君献了个黄金炉,大如柳斗,耀眼睁光,安在娘娘面前。将玉盖揭起,一缕香烟冒将出来,像云雾又像楼阁;那顶上现出一座黄金宝塔。塔上有舍利子放光,一霎时满殿皆香。富14:钟离赴宴,采和同伴,忽然间瑞气千条,一霎时祥光满院。长须惹香烟,漫舞蕉扇,轻敲玉板,歌绕华筵。❷指对神佛的祭献。闹:若要是招了和尚,还得先生打扫庙宇,奉供香烟,点灯关门。闹:初一与十五小弟打扫,绝不肯叫神佛断了香烟。❸烟丝。闹:不要那满城烟毛头大锭,不要那红丝烟采堂玉兰,不要那关东片香烟杂半,大益和兰花烟我俱不贪,一切的奇品烟我都不要,苦菜花、芝麻叶我也不嫌。

**【厢】**❶厢房。翻11:仇相公大铺张,百多人日日忙,一日费到百金上。各处房屋一齐起,外边大厅里边厢,乱纷纷都是泥瓦匠。增25:有丫头到东厢,胡百万才下床,脸儿洗得没停当。❷边,旁。禳12:小畜生他自己没有汉仗,把不是都掀在别人身上,我以后断不能替他认帐。趁着亲家还没走,分开他两口在那厢。❸指围。富9:都待颠,都待颠,张春说咱各处翻,把李家厢起来,点着火搜一遍。

**【厢房】**正房两边的房屋。寒3:李蝎子把众管家合清唱都让在厢房里,着他吃酒,他才回家去了。

**【降】**(xiáng)❶投降。快2:却说曹操中了连环计,把几万只战船缆的紧紧的,稳坐船楼,单等吴兵来降,自在之甚。快2:今夜吴兵来降,叫人探听一遭。❷降服(别人)。姑2:气着娘,不必忙,咱找法儿把他降;把他降,他休慌,咱定着珊瑚离了庄。姑2:自此以后,那婆婆就是降下来的户子,待囃支使,就囃支使。禳1:岂不知他到了家里,那汉子就合你我是一样,那奶奶说跪着,他还不敢站着哩,真正是降的至极至极的。❸欺压。慈4:上一段说张讷被后娘降的走了他姑家里,李氏自家去找,受了一场厌气……禳15:大相公又是叫我胡突干,看上陶家小娇儿,降着我给他把情传。

**【降法】**降服。寒1:我今把他降法下,方作却是治下生,赶上裂他个精光腚。

**【降人】**使人降服,欺负人。姑1:每日是降人,日头又倒照,才知道抄不的家里的稿。寒1:倚势降人大管家,少时请来上了绳。增23:王龙那公子性,素常降人是惯了的,谁敢说一个失字?

**【降顺】**投降，归顺。磨35：他既降顺，大家俱是一途，何必争竞，见驾时不提也罢。

**【桻杵】**打地基用的木杵。日·泥：地脚出完桻杵下。

**【鲞】**干鱼或咸鱼。日·鳞：出在市场惟鲞鱿。

**【响马】**结伙拦路抢劫的强盗。因其马身系铃或抢劫时先放响箭而得名。俊：只因这个夜叉不曾吃好人，吃的都是那些响马强盗贼，虎豹狼虫，便把一切的恶业，都变成了好处，人都爱起他来了，所以人都说是俊夜叉。增3：汉子那里走！这两日关前响马短了皇杠，正拿不着；你使出这金钱来，莫不是响马？

**【响头】**指磕头时额头触地作声。穷：大年初一，烧炷名香，三盏清茶，磕了一万个响头，就把财神爷爷来祝赞祝赞。富9：娘子说："给我摊下他乜腿来！"众人听说，找铁锤去了。李大急的磕响头，只叫饶命。

**【想饱】**很饱。"想"同"相[1]❹"。慈4：我这肚子里怪想饱，我且待霎吃。慈4：分明那肚里饥，只说是想饱那肚皮。（"想饱那肚皮"即"那肚皮想饱"）

**【想着】**❶想到。墙3：偶然吃酒醉昏昏，并不知你去叫门，开了门全然没音信。谁想着你就把持着，咱爹不敢动动身，这个心肠不堪问。姑2：破上在沈家庄过到老，谁还想着这条道？媳婆美团圆，夫妻重欢乐，多亏了亲娘姨用意巧。❷预想，预料。寒6：一行说着，就到了阴城，想着那阎王必勃然大怒，心里就算计着受刑；谁想那阎王比前不同。❸想，想要。墙1：没儿霎想着要做老，叫一声爹爹酥半边，谁想这老不值个狗屁蛋。寒3：这妮子这样不长进！怎么十七八的个人，就想着寻死？禳1：发恨想着掘他娘，到了近前没了胆。❹记得，记着。翻2：仇福那心中暗思道："他夜夜陪人，那里想着我的！"磨1：长想着，那一年大赦了钱粮，没封的就便宜了那滑户，封了的就便宜了那县官，那好百姓沾甚么恩来！磨28：看起那个光景，您这做衙役的不知摆杀了多少好人！既然知罪，饶你狗命不死。以后想着存些天理。

**【向后】**以后，此后。蓬4：我说是你写的才值钱，我写的值甚么？况且是我也写不出来。向后我也学你的字样，替你代劳可也。富6：官人那官人，这可是你自家待回来。向后有好也不必想我，有歹也不必想我，咱可就从此别了罢。

**【向来】**❶过去，原来。翻9：向来有人给我说，我已是辞了。如今只想家中父子团圆就罢了。禳12：向来托亲友去央仲鸿，仲鸿只推他令郎；今日还有甚么推托？❷一向，从来。禳33：向来不曾查你账目，快拿账来我看。富9：娘子着他北京纳监，官人大喜，说："我向来糊糊突突的，就无想到这里。娘子说的极

是。”❸近来。禳29:向来与官人才有了夫妇之乐,他又待上京会试,好伤感人也!磨30:起来坐下,二人问了安。鸿渐说:“久不相见,向来在何处?”二人说:“一言难尽了。”

【象】❶大象。翻11:虽然是桂花香,还望你上玉堂,人心无足蛇吞象。增22:花子又上来风了!你是嗄人家,杀起象来了?❷相像。慈6:词宜音调清,白宜声色象;止有一分曲,借尔十分唱。❸同“相”,指琵琶颈部所镶的四块山状物。相以象牙、牛角或红木制成,用来确定音位。此处写作“象”,系指用象牙做成的“相”。增24:胡百万抱琵琶,切四象按九牙,弹了一套客窗话。❹“象”字之讹。卜算,判断。参见“彖”。磨32:奉圣旨去招安,急揽辔上雕鞍,前行只将程途盼。人人看着招不下,料想一去即周全,事情原不由人象。

【象马蛋】比喻不寻常的、珍贵的东西。增23:多拜上老长官:俺不过玩了玩,你就拿着当象马蛋。

【象生】本指口技,代指口舌逞强。姑2:九日的媳妇作了多少乜么精,自家不敢去告诵,请邻兄,借他的口儿诉冤情:怎么骂婆婆,怎么弄象生,从头说说他那禽兽性。

【象呀】表示不同意对方的意见,不要这样啊。(疑“象”为“休这样”的合音)姑2:不说于氏受气而去,且说珊瑚听的吵闹,索性藏了,只等于氏家去了才出来,便说:“不可为我又着大娘生气。看生出事来了,我去罢。”何大娘说:“象呀,老母猪衔着象牙筷子——他就装煞,也是杀才,怕他怎的?”姑3:待了几日,一个儿五六岁了,正旺相相的,忽然得了病,二三日就死了。二成害怕说:“那地咱还送给他大爷家罢。”臧姑说:“象呀,休说咱还年小,纵没有儿,我也留着个闺女。”

【相$^2$】(xiàng)❶面相。禳32:遂将小娃子抱出来,大众齐看云:“好福相!好福相!”增24:百万明知是天子,却又不肯撒了汤。说爷是个王侯相,望后日风云得志,看一眼莫要相忘。❷相面。增25:我且问你;你会相面,你相着我现如今是什么人?若说着,赏银二百两。增26:我相着我往前交了好运,你怎么就说我有灾难呢?

【相法】相面的方法。增26:虽相法你也通,但未必如我精,不测的祸福你不能定。纵有人间危难事,我袖占一课果分明,立时断就生前命。

【相尸】勘验尸体。寒2:老王出了票子就相尸,赵家把仵作、刑房都打点停当。寒3:王知县见了报单,唬了一惊,即刻上马前来相尸。

## xiao

【消】❶消散,消失。翻4:仇大郎输净了,心里热无了梢,这腚不是寻常吊。地土到手还没种,三四张文书一齐交,那里去把皇天叫?打的那破头没好,把家当一宿全消。翻8:一般的你也来到。俺每日絮絮叨叨,一日就说你几千遭,或者你乜眼也跳。从今以后,想念全消。蓬7:娘娘离了座,辞别了众仙。回头一望,海水全消,殿也没了,现出一座蓬莱山,直插东海。❷消除,去除。姑3:典当珠花,典当珠花,凑足了数儿找债家,一戥盘称上银,那账儿够消罢。翻9:得受他一场痛骂,也着我消些罪愆。❸需,需要。翻11:二相公照着在他丈人家住的那暖云窝,说了款致,盖的一样,一遭子垣墙都合那城墙一样。没消两月,把宅子修理完了。蓬3:我就待两日不吃,也不饥饿,以后只消两碗大米饭便了。禳5:全凭口舌作本,不用买卖耕耘,舌上打下谷豆,牙中长出金银;一家衣服穿戴,只消两片薄唇。

【消到】同“销到”,报到。寒2:再送上白银八百两,转托老二送老王,不出官着他把尸相。不为说免了消到,还要他作个主张。

【消渴】病名。症状为口渴,善饥,尿多,消瘦。包括糖尿病、尿崩症等。日·疾:咽疼消渴为伤热。

【消停】停止,停歇。姑1:劝妇人,且消停,劝你不必怒冲冲,只怕我的这个主,他也不是省油灯。

【消帐】销账,勾销账目,比喻了结亏欠的东西。富9:吹灭灯光,吹灭灯光,十二年来又成双。夜夜的念念着,今日方消消帐。磨24:恨杀薄情郎,发恨来时骂一场。忽闯进门,把骂的话儿忘。俺还思量,俺还思量,他说昨夜梦交双。听了听这话儿,把旧恨全消帐。

【销】消散,耗尽。日·赌:下在注头指日销。❷(蒲氏注音“哨”)房屋山墙和前后墙顶部的交界处,即屋顶的四角。(蒲氏注音合乎今方言读音,而意义与“金”旁无关,疑“销”字形有讹误)日·泥:哈叭若安销南北。

【销差】向上级汇报已完成的差遣任务。寒2:却说赵恶虎把二百银子送于知县。那知县姓王,也是个贪赃物,二百银子嫌少,驳了不收。差人上去销差,便问道:“正身怎么不到呢?”差人说:“替他告病。”老王大怒。

【销到】报到。寒2:不一日,到了府里。大相公说:“二弟,这上司比不的县里,说话要婉款些。”二相公说:“我知道。”到早堂,投上文去销到,抬上赵恶虎

去。寒7:却说二郎爷爷次日坐殿,一群鬼判都来销到,新泰县的城隍、知县,一班的衙役,后边是赵恶虎、员外父子,都点了名,一个不少,伺候听审。

**【销金帐】**嵌金色线的精美的帷幔、床帐。增1:万岁离了销金帐,前后走宫娥彩女,混江龙驾出朝纲。增17:众丫头急忙忙,铺下了象牙床,红袖乱拂销金帐。

**【销撇】**同"诮撇",讥诮。"销"应为"诮"字之讹。禳9:小杂种太欺心,开开口就销撇人,有两钱就撑他娘那棍!

**【销铅】**熔过的铅块。墙2:生着一炉火炭,手拿一把铁钳,热糟长放在炉边;又把那粉土打礶,加上吹筩吹罢,往里常撒销铅,铀子也抹二三钱,因着这手儿抹惯。自家不是别人,县前王银匠便是。

**【削】**❶用刀斜切。禳17:两道眉三指宽,一双眼似灯盏,一口牙总似蒜八瓣。还该削削那额髅盖,还该斫斫那小金莲,着咱丈人再把他变一变。磨33:老贼带伤还扎挣,早被俺一刀砍去,削了个脖项齐平!❷消减,消除。寒7:做大官有威灵,受钱财害众生,全然不管黎民命!坐着八抬打黄伞,通然不想保朝廷,着他长寿中何用?削去他二十年福寿,到阴间再受非刑。增28:朕初进院时,有许多贱人贬斥朕身,羞辱不堪。朕有愿在前,等文武们来时,火烧南北两院,抄杀贱人,方削朕之大恨!

**【嚣】**羞,害羞。禳27:公子上云:每日出头露面,教人羞死!今日受了这大辱,想是也怕嚣了。增14:二姐嚣极了,走向前去,夺过来打了个死扣子,说道:"丫头,架着你憨达进去罢!"增21:我别的弄不过他,或者我这身上穿的这衣服他拿不出来。待我小小的形容形容他,也着他嚣。

**【嚣人】**羞人,感到害羞、难为情。磨1:"您都哑了么?全不做声一声?"众人说:"怪嚣人的。"朱二说:"这个待要饭吃,还怕害嚣么?咱从此散了,各人顾各人罢。"

**【小傍晌】**接近中午的时候。寒8:一日,歪子小傍晌还没吃早饭,出来又没捞着什么。禳22:快开交,快开交,及赶到城听下学。天就有小傍晌,真有些不大妙。

**【小不大】**有些小,不算大。慈4:张讷吃了饼就睡了。早起来吃饭,上了山,在山里正斫着柴,忽然抬起头来,见那岭上来了个小不大的一个人,那行动就像张诚,便站起来拿着斧子正正的看。

**【小菜】**下酒的素菜、咸菜之类,不包括荤菜。富6:进门来又着人把小菜端

上，又是那开坛酒喷鼻清香，嘱咐那张官人把公差去让。

**【小春】**夏历十月。因为此时天气还比较温暖，故名。禳11：十月是小春，十月是小春，夜寒暖玉倩谁温？

**【小蠢】**不详。应指小的走兽之类。日·走：纷纷小蠢无穷尽，不是长言不细详。

**【小达】**小爹，对对方娇宠的儿子的詈称。慈2：我合你打下赌，定要去找那杀才；我若是拉不了您小达来，张炳之，我就把这李字来改！

**【小达达】**同"小达"。慈2：刚才东头老孙婆子来说，您小达达往您养汉头姐姐家里去了。你看但仔是个人，怎么就不来说声。

**【小大姐】**年龄不大、但排行为大的小姐。增18：小大姐害牙痛，心里焦骂王龙，我到扯你你到挣！或是您亲达来是您祖，仔怕是您亲祖宗，见了磕头这么盛！小大姐满心好恼，这一回胡突了王龙。增23：适才见姐夫不去，他讪的了不得，着小大姐央我来替他谢罪。他既这等，二姐夫，你还是去呀，有仇哩么？

**【小的】**❶形体小的东西。翻11：白花花一大窝，都倾成"没奈何"，对联对的真不错。大的就有一千两，小的也有六百多，都还不知几千个。❷年龄小的人。慈5：上段是说张讷，他后娘着他山中打柴，他后窝兄弟，偷着去替他，被虎咬去，张讷几乎把头劚下来，抬在家中，卧在床上。合家嗡叫起来：他达是哭小的，还疼大的；他娘是哭小的，还骂大的。寒1：员外生平好行善，施棺材，舍棉袄，所以家里也不富。却有两个秀才儿：大的商臣，字廷献；小的商礼，字廷仪。❸平民、差役对官绅或仆人对主人的自称。禳13：家人入，子正问："高爷好么？"答应："好。""你来有甚么事？"俺爷爷叫小的来搬樊大爷。磨4：衙役说："小的都是奉公守法的。只因那秀才们结了党，要把持官府，县公不遂他的意思，才刁告大老爷案下。望大老爷施恩公断！"磨14：按院说："叫众百姓上来。"按院说："您这些奴才们，因甚么保那马知县？"众人战战介。李大说："小的们都是些乡民，保正拨俺来，俺就来了。"❹指仆人。磨27：众乡亲摆列两边，那管家跪禀途间，老爷下轿来相见。小的们都磕头问安，亲友们叙叙寒暄，老爷从头问一遍。

**【小登科】**指士人完婚。禳8：织女含情久，牵牛欲渡河；人生得意事，莫如小登科。磨24：初对佳人酒合欢，小登科如折桂还，浑身喜，三杯胜吃琼林宴。

**【小颠】**小跑，快步行走。磨26：又从新拨马亲身去看，叫马夫头里走一溜小颠。

**【小点】**较小的骰子点数。翻2：魏名把仇福教，仇福跟着魏名学，一说爽然

就知道。不过大点赢小点，俗名叫做“火燎毛”，惟有这个极公道。

**【小吊】**旧时制钱通常以绳贯穿，一千钱为一贯，俗称“一吊”。小吊指不足一千的一贯。墙4：叫二弟你听知，这丧事待整齐，每人破上十亩地。坟合棺材都有了，扎些棚彩与旛旗，台前一个猪羊祭。雇几个礼生喝礼，两小吊五百四十。

**【小豆】**红小豆。农·农·菉豆：种勿太早，早则不生荚。薄田可种。小豆略同。农·农·占种：师旷云：“欲知五谷，先占五木。”其木盛者，来年益种之，万无一失。禾生于枣，黍生于榆，大豆生于槐，小豆生于李，麻生于杨或荆，大麦生于杏，小麦生于桃，稻生于柳。

**【小二】**店小二，店铺的年轻伙计。磨7：店主叫：“小二你来守着，就在床前打铺，常听着些。我两三宿不曾合眼，且去睡睡。”下。店小二放倒身便打鼾睡。忽然醒来，听了听说：“还有气哩。”又睡去了。店主上，看小二睡的这样浓，叫了两声“小二”，小二莽莽怔怔爬起来，还揉眼。

**【小二子】**对二儿子的称呼。墙1：你是大的，借重你合小二子说说。

**【小二仔】**同“小二子”。墙3：依我说，今日该小二仔养活我，不如跟了他去，还照常半月一轮罢。

**【小哥哥】**❶指小男孩。慈1：娶后婆，前边撇下了个小哥哥，你说是咱的儿，他拿着当拾来的货。富4：怀里小哥哥，怀里小哥哥，问声亲娘怎么着？这是个嗄去处，只管在里边过？❷敬称主人家或富贵人家的年龄比自己小的男孩。禳31：(老仆)老王上云：“太爷、太太大喜！春香添了小哥哥了。”磨21：方娘子问道：“老王，你从那里来来？”老王说：“我听的小哥哥中了，喜的极了，故来磕头。”禳13：小哥哥还嘱咐说，王妈妈你休合人说。(此为拉纤者王婆之语，“小哥哥”指托其寻娼妇的公子)❸岳父母对女婿有所求时的尊称。禳11：(岳父对女婿说：)借重姐夫合亲家说说，江城也没有再嫁之理。(唱：)没奈何，没奈何，终日起来闷活活。日日劝江城，只使的舌尖破。小哥哥，小哥哥，收他回去奉公婆。俺也断不肯，再嫁第二个。

**【小工】**协助匠人工作、做杂活的工人。翻11：大相公交了银子，请了他表兄徐立来，看着去拆，雇了二十辆车子去推。又定了匠人二十个，小工一百名，一行拆，一行盖。

**【小鬼头】**对年轻人的爱称。富5：小鬼头，唱与官人下酒。那日嗔你唱的那四季曲子《叠断桥》，今日可用着你了。

**【小伙】**同"小伙子"。增7:那万岁大喜,暗暗称奖道:"……这小厮不上十五六岁,偏知道我的辛苦。我自不亏人,问他问是什么姓名,久后回京,封他一官半职,也是他问我辛苦一场。"皇爷说:"小伙贵姓?"六哥说:"不敢,愚下姓尹。"

**【小伙子】**青年男子。翻4:姜娘子听说,辞拜了婆婆,拾掇了拾掇出来。见一个小伙子牵着一匹马,仇福扶上他去了。富6:张官人看了看是个小伙子,搐回头来不敢做声。方娘子便问:"是甚么人来俺家里?"李鸭子说:"是我。我是来捉奸的!"

**【小鸡子】**小鸡。慈3:有一个母鸡,极杂毛的科子,光啄那小鸡子,我杀来给你吃了罢。

**【小家子】**❶小户人家。禳9:小杂种太欺心,开开口就销撇人,有两钱就撑他娘那棍!岂不知俺是小家子,怎么合俺做了亲?我只待掘他娘一阵!❷气派不大,小气,小家子气。禳9:公子说:"好赖好赖!既不下了,拿钱来。"江城说:"没有钱给你。"公子说:"好小家子!"江城恼了说:"你既嫌我小家子,就不该合俺做亲。"

**【小价】**小的,指仆人。禳11:(童仆)说罢,去报与主人说:"是高大叔来了。"王子雅即时迎出,拱了一拱说:"妙哉,妙哉!方才待差小价去奉请,来的正好。"

**【小将】**地位低的武官的谦称。磨31:赵、刘二将上。毛尚书问道:"二将有何高见?"赵勇说:"……依小将的愚见,趁夜间他料咱远来乏困,不作准备,俺两个分兵直捣他两山的窝巢,取他的辎重粮草,烧了他的房帐,荡平两山,先去了他的翼毛。"

**【小脚儿】**妇女经过缠裹后的脚。禳14:你甚么两只小脚儿哩,啄打打打的闷杀人!过来,咱驾云去罢。富6:下床来出了大门,又有一个人牵着骡子,在门前伺候。那娘子撩起裙子,翘起那小脚儿来跐着蹬儿,扳着鞍子先上去,才叫了一声:"受罪的官人,没良心的官人,你也上来就在我这后头。"

**【小斤秤】**相当于"小算盘",比喻内心的盘算。增17:人眼慢俗,我却有个小斤秤。你若是合不着我的意思,今晚上高低还费些事儿;如今还待说什么哩,我这身子已是属了你了,你若肯要我,就穷我也受的,身价你不要愁;若是不肯娶我呢,是我活该命尽,一死无大灾。

**【小尽】**农历的小月份,只有二十九天。墙1:不必理他。这月里是个小尽,到明日送给他二叔家,尽他合他怎么哃去。墙2:好了,养活了半月,且喜逢着小尽。今日初一,冷不冷的把他送去。

【小舅】小舅子，妻弟。禳1：俺那小舅来这里耍，骑着骡子牵着马，驴驼担担一大些，本等是真说不的假。

【小可】❶细小，寻常。磨3：这事不同小可，只怕丈夫失了主意。❷视作小事。增26：万岁爷早得知，骂王龙作死贼，暗中定下绝户计！若不亏了胡百万，一楼大小死无疑，一回思量一回气。戏犯妃子还容小可，这桩事值得剥皮！

【小老婆调】指做妾的人的装腔作势的腔调。慈2：骂了声张讷忘八也么羔，怎么去找那老獾叨？死囚牢徒白着两根老贼毛，挤眉瞪眼，要把孩子唠，他又会弄那小老婆调。

【小麦秋】麦子接近成熟的季节。禳11：四月初夏头，四月初夏头，风约黄坡小麦秋。乍穿上素罗衣，越觉着腰肢瘦。

【小蛮】唐代白居易的舞妓名。白居易曾有诗称："樱桃樊素口，杨柳小蛮腰。"后作为腰肢纤细的女子的代表。富3：佳人的容貌似天也么仙，十八青春正少年。杏黄衫，懒懒腰肢似小蛮。慢慢长裙摆，一对小金莲，脚儿一挪头上银花颤。

【小米干饭】用小米蒸的米饭。闹：清晨时不吃面小米干饭，到晌午高粮面包些菜团；到晚来不动火客从主便，每一日两顿饭就算一天。

【小蔑蔑山儿】很小的山。富1：奉劝世人，不必慌张，依我这意思清廉本分，那天爷也不说我贪赃。愿得那小蔑蔑山儿似的一座元宝，又离不了一两个子孙封侯拜相。解闷开怀，些须得几个美人歌舞；百岁外，浑身上下，任拘嗄都健壮如常。

【小名】❶乳名。富3：大姑的小名是舜华，方才见的就是他。富6：这庄里有一个无赖的光棍，小名叫李鸭子绰号破军。❷指人的根底。富2：(秀才方二相公为涉案的妹妹求情，见知县不允，便表示明年乡试自己可能会中举人，希望知县留情，以免到自己中举后再放人使知县难堪)马知县冷笑道："等你中了再讲。"方二相公说："那时节又得使轿马送去，不费你的事么？"老马说："你就中了，怎么着本县不成！"方二相公哼了一声，说："妹妹，走走走，我已做下小名了。"("做下小名"此处指记住对方的劣迹)

【小妮】同"小妮子❷"。禳11：江城低头擦泪，公子看见，也低下头擦眼，子正说："姐夫既不饮酒，叫小妮端着灯，送他两口儿去东房里睡罢。"

【小妮子】❶小姑娘，女孩儿。寒3：商三官叫娘亲：阳世间做个人，小妮子原就没长进。俊：咳，俺一日吃了一碗菜汁子，拾了一把烂棘子，着咱家里小妮子，

借把盐来炒虱子，章丘的话头好日子。禳2：他来到家，光合咱那赁房的樊家那小妮子江城去打瓦，必定是玩住了。待我去看看。❷丫鬟，婢女。禳10：江城怒将夫人推，又拉着太公衣领说："你不说说您那老祸害呀！"太公也倒了。公子忙将爹娘扶起说："江城，你反了！"江城奔出说："我过嗤的嗤！"便去上吊，老婆子、小妮子都去劝他。禳11：一个小妮子端出茶来，徐氏上，并坐。

**【小娘】**同"小娘子"。禳26：小娘终日搜求，怎么忽然回了头？孽罐想是填不够。

**【小娘子】**年轻妇人。蓬6：小娘子莫奈何，雇个人看韵哥，几亩薄田还好过。富3：官人见进来的是舜华，慌忙放下书，就待下床。小娘子不依，遂即拉过一把椅子，在床前坐下，告诉他的孤苦处。

**【小劈斧】**小斧劈皴，中国画皴染的一种技法。勾勒山石，笔法像斧劈形，但落笔较细碎。日·丹：画绢犹传小劈斧。

**【小品】**非名贵菜品。日·鳞：黄鲟红鳞为小品。

**【小气】**为小事生的气。禳16：江城说："但只是寡人有疾，寡人好气。"满城笑说："请无好小气。"

**【小器】**气量小，小气。磨6：老马怒气冲天，只是摇头。方相公上前跪了，说道："望老父师少看薄面罢。"老马"哏"了一声，说道："本县合你没有杯水之交，看甚么薄面？"方相公爬起来说道："老师你好小器，那杯水值甚么呢？"

**【小青】**花名。日·花：小青有恨卜金钱。家政外编·诸花谱：小青，喜阴湿。翠色者用棉收之，可染。

**【小曲】**民间流行的歌曲。富3：丫头斟上酒，舜华便吩咐丫头："你歌一个小曲，给官人下酒。"磨1：近来街上新编一套小曲儿，我学了几天才会了，今日用着他了。您都听着……

**【小犬】**指自己的儿子。闹：只是还有两个人脸蛋子最难看，一个是撅着鼻子要做封君的老官，一个是跷着脚子要做公子的小犬，我这一出去，他见我劈头就问："今次可得意么？"我那"没完场"的三个字如何出口？

**【小人】**❶识见浅狭的人。翻1：这人生祸福，俱是老天作主，在不的人作弄。那一等无知的小人，见人家有碗饭吃，就嫉妒他；有点不好，就加点祸给他，殊不知做着天么？寒8：磕了头又跪着，我当年罪孽多，怕你还念从前过。拾着银子归家去，浑家大小都念佛，才知不记小人错。❷指平民百姓。增3：万岁……说道："你都是些小人，我不怪你。"增27：话说那在朝文武见万岁久不登殿，个个疑

惑；又听的小人乱传，皇帝出京私行。❸人格卑鄙的人。翻12：论这小人，就该虚情假意的待他，这仇老太爷还是少年的心性，那里会弄那虚假。磨14：看您嘴脸，就是一伙小人！给我锁了！❹谦辞。男子对地位高者的自称。禳22：叫："老孙，你去看看王宁睡了没，睡了叫他起来。"老孙去了，王宁披衣上云："叫小人有何吩咐？"富5：那人说："小人还有个四季曲子《金纽丝》嗹，再唱给老爷们听听。"❺指仆人。富13：众乡亲摆列两边，那管家跪禀轿前，老爷下轿来相见。小人们磕头问安，亲戚们叙叙温寒，老爷从头问一遍。

【**小人家**】小户人家，无钱无势的人家。禳1：本等是家小人家，千头百穗难招架。增17：朝廷家有龙床，大人家有八步床、顶子床，小人家有脚床，监里有框床，食店铺有活落床，棉花铺有亚车床，没见人家有铜床。

【**小衫**】短褂。日·养：织作绵紬做小衫。

【**小晌**】接近中午的时候。磨18：丢打几个钱给他罢。天已小晌了，只顾咯噪甚么？

【**小失**】小的过失。增17：佛动心弄娇柔，若爱奴饮这瓯，无心小失丢开后。增22：佛动心闭了楼，焚上香把主酬，三年志愿今朝就。翻身便把皇爷拜，有点小失休记仇。

【**小厮**】❶年轻男仆。墙1：那一时还支使着个小厮，白日给我做饭，黑夜给我看火，也还罢了。慈3：亏了张炳之见他没来，着一个小厮牵着驴去迎他，扶上他那驴去，才来了。增5：刘氏拜谢天地已毕，曹老爷差着小厮丫头，把刘夫人抬进府来，母子们享受荣华，不在话下。❷男孩儿。慈1：亏了这一日，那李氏又娩卧了，虽然生了个小厮，张炳之也不甚喜欢。禳32：况且江城我那个俏心肝，变成了一个贤人了，给他买妓收婢，不多大时节，就生了个白胖小厮。好造化！好造化！

【**小撕厮**】同"小厮"，指年轻男仆。增12：金墩扭了扭道："不给俺报，罢！小撕厮你三十里、五十里不知道路径，走上叉道去了。身量大叫你背着我哩！"增18：二姐你放心，到那里见了王家那小撕厮，他情管给我磕头。

【**小娃子**】小孩子。禳5：小娃子十二三，戴方巾穿蓝衫，模样扎挂的极中看。禳32：主客相拜，子平云："老伯着人抱出令孙来，大家添寿。"遂将小娃子抱出来，大众齐看云："好福相！好福相！"

【**小顽顽**】指赌资小的赌博。翻2：既不吃酒，咱每人一吊钱小顽顽给春娇打二百头，也不负他的来意。翻2：咱商量，咱商量，小小顽顽消夜长。就输了也穷

不了人，赢了就使肩膀抗。

**【小小厮】**指年龄小、地位低的用人。增23：万岁爷鼻子里嗤，叫王龙你听知：我的庄子十三处，管庄的小厮都威武，个个门口竖大旗，炮响三声谁不惧？吹鼓手掌罢大号，小小厮给大小厮作揖。

**【小校】**指小卒。快2：不免下马进去，到了里边坐下。有献耳级的，有献器械的。小校来报："曹操逃下来了！"磨17：众秀才上，抬猪羊酒白："来此已是山上。"叫："巡山小校报与大王知道，秀才们来问候。"小卒进去，禀道："众秀才来见大王。"

**【小油红】**指用作扇面的红色油纸。增16：你就扇起这扇子了么？你只扇那八根柴、小油红，暑伏天使𠄡钱买的粗蒲扇忽打忽打罢！增16：什么好扇哩，不过是八根柴、小油红，暑伏天使两三钱买的蒲扇，怎么好给你扇？

**【小杂羔子】**詈词。小杂种。常用于斥骂儿童。墙4：小杂羔子气煞我！我到家可打你！

**【小主】**小户人家，地少、不富裕的人家。日·庄：小主只使连枷打。

**【小庄】**❶小的庄园。翻8：慧娘有自家的一处小庄，三顷地，隔着有七八里路，写了票子去，着他供给。翻12：就搬那外甥来这里住，还给你买处小庄。❷小村子。富3：官人歇了歇，爬起来又走，那天就黑上来了，老大着忙。忽见南向有一个小庄，心中大喜，暂且借宿一宵，明日再讲。富3：见了个小庄在眼也么前，漫荒拉草到那边。仔细观，有个瓦门面向南。

**【晓得】**知道，懂得。墙4：俺𠄡虽厚，他买下东西怎么对我说？但外面我都晓得。蓬3：热闹呵，热闹呵，天上的仙子会嫦娥；朝朝每日受孤单，今宵才晓得夫妇乐，今宵才晓得夫妇乐。

**【晓的】**同"晓得"。富10：小举人泪恓恓，这个事儿甚跷蹊，父子不知道名合字。儿的名爹不知，爹的名儿不晓的，中状元也不知谁及第。富12：合庵极其聪明，听他父亲讲了一遍，说："我晓的了。"

**【晓箭】**拂晓时漏壶中指示时刻的箭。磨30：宫中催晓箭，殿上整朝仪；净鞭三下响，文武拜丹墀。

**【孝顺挠】**痒痒挠，挠痒用的工具。日·杂：孝顺挠将犀角鎞。

**【孝贤】**又称"贤孝"，是以宣传贤孝故事为主的民间说唱形式。慈0：别书劝人孝弟，俱是义正词严，良药苦口吃着难，说来徒取人厌；惟有这本孝贤，唱着解闷闲玩，情真词切韵缠绵，恶煞的人也伤情动念。（这里指孝贤的唱本）

【哮天犬】神话传说中二郎神身边的神犬。寒7:一霎锯的那血水淋漓,二郎爷那哮天犬倒舔了个饱。

【哮天细犬】同"哮天犬"。寒7:把阎王一把抓,抓住头用钢叉,挑来就把油锅下。炸了三个滚挑出来,两板夹的扁瓜搭,按上锯两个鬼当头拉。把一个哮天细犬,只撑的肚大如瓜。

【笑哈哈】大声笑的样子。翻6:范公子笑哈哈,不是石崇是甚么?这可应了梦里话。禳33:满屋笑哈哈,一个儿这一窝,两席已是满了坐。暖溶溶春和,喜孜孜笑多,此地说不尽家人乐。好快活,儿才子媳妇似嫦娥!增25:丫头们笑哈哈,胡百万你忒也夸,自家估着自家大。你说作揖就担不的,你跪上试试看怎么?秀才说话就恁么乍!

【笑呵呵】同"笑哈哈"。增9:鸨儿本是个爱财货,见了银子花了眼,刮打着嘴儿笑呵呵,我不收下恐见错。增24:万岁爷笑呵呵,胡百万你听着:放心有我也不错。

【笑眯睎】笑眯眯,眯着眼睛笑的样子。琴:他家行礼委实厚,整整喜了我一个够。作怪的丫头像个贼,他就把俺心看透。眼不转睛笑眯睎,一会看得我好难受。

【笑人】让人觉得可笑。墙2:年年化银子,该下了几吊火钱,因着相好,不曾开口,怎么连面不见?每哩见了我待啃你一口不成么?好笑人!聊斋志异·巧娘:巧娘故哂曰:"阿姥亦大笑人!是丈夫而巾帼者,何能为?"

【笑玩】玩笑嬉闹。增18:长官你诌了,你合我玩不起呀。你敢说你嫖的是妹妹,我嫖的是姐姐,咱是连姻,就该笑玩;这不是官亲,玩不的呀!

【笑嘻嘻】喜笑的样子。慈4:兄弟进门笑嘻嘻,你铺上个草儿打打席,哥哥呀,咱𫝹盖着一床被。富12:公子出场门,公子出场门,吩咐接场的众家人。大家笑嘻嘻,都把太爷认。增16:万岁爷笑嘻嘻,褡包里取东西,一把金豆撒在地。

【笑嬉嬉】同"笑嘻嘻"。增11:好丫头笑嬉嬉,劝姐姐休撒急,我有一条绝妙的计。

【笑嚇嚇】"嚇嚇"据今方音应同"嘿嘿"。笑嘿嘿,即"嘿嘿笑"。富13:太太笑嚇嚇,太太笑嚇嚇,人生世上能有几?既然是为个人,却也该尝尝那奶奶味。

【笑眼们】笑靥。富6:两个衙役每日攮的是那臭烧酒,那里有这样酒?正无吃够,听了这话,又还不知是待给他多少银子,喜的那腚里都是笑眼们,那里肯走!

【笑靥】笑靥花，一种蔷薇科灌木，花白色。日·花：笑靥含情拈锦带。家政外编·诸花谱：笑靥，春日分栽。宜粪。

【笑盈腮】满脸笑容。富5：五更里合眼到阳也么台，梦见行人半夜来。笑盈腮，进门迭不的诉衷怀。增23：赛观音笑盈腮，请妹子下楼台，那知他把心儿坏。

## xie

【些小】细小，微小。增24：万岁爷笑颜生，叫秀才你是听：只怕你那嘴儿不灵应。若还过日封王侯，凡事都与你尽情，些小富贵也保的定。

【些些】同"些须❷"。寒4：商三官笑嘻嘻，叫二哥你听知：我今出了胸中气。休要愁我还出丑，移尸只管叫他移，这都是些些小事。

【些须】❶副词。少许，稍稍。蓬3：娘子每日吃那仙酒，这人间的酒怎么吃得下去？只吃了一口。些须吃了几个果子，那东西又嫌腥气。禳23：我儿，这不好么？如今中了举了，你往后可些须给他点体面。❷形容词。细小，一点儿。磨13：但望孩儿无病，但求娘子平安，还有方仲起体面全，些须小事不相干。济着我去撞，待几年朝廷大赦转回还。增21：将银子倒面前，叫二姐你听言：几两银子看得见。些须微礼休嫌少，权且当作胭粉钱，零碎垫手也方便。

【些许】同"些须❷"。富6：况且他二舅体面全，些许小事不相干。济着我去撞，待几年，朝廷放大赦得回还。

【楔】❶楔子。日·庄：轐轆加楔箕牢坚。日·木：加上筴楔始牢坚。❷将楔子插入到物体里面。禳24：俺不拾拾那车靽儿，也不挑挑那筐担儿，也不担那饭罐儿，也不挎那菜筅儿，也不曾楔楔那锄垫儿。笑：俺可也轻轻巧巧的每日吃饭儿。

【楔子】❶一端平厚、一端扁锐的竹木片或铁片，用于插入榫缝或空隙中，起固定或堵塞作用。磨23：鞋里加楔子——好拉！❷戏曲开头的片段，用于点明或补充正文。富1：(回目)楔子。

【褉怀】敞开衣襟，露出胸部。日·衔：褉怀露圆立当街。

【歇】休息。翻11：姐姐，你没本事，去歇歇的罢，我闲着做嗄哩。寒6：却说二相公走了半日，到了山东边界，远见一簇人在那路旁里歇着。磨6：一伙差人连跑了两回，还没歇过来，喘吁吁的把衣服都搨了。

【歇案】罪行在案而未被法办。磨13：就是张鸿渐，他每日歇着案，也该拿去送县！磨19：杀了人一溜烟，四五年不回还，直到而今歇着案。堵住门子拿着

他，绳缚二背到当官，看他还有什么办！

**【歇魂台】**吓魂台。迷信传说中，人死后变成鬼魂到阴间的歇魂台受折磨，等待阎罗的判决。姑2：九日里阎罗下降也么灾，众鬼离了歇魂台，好怪哉，吃碗粗饭也自在。闹：似阎君在歇魂台畔，他频频将生死簿翻，一会写了两三言，黑溜溜传与合场看，见了的打罕，乍寻思并没个缝儿钻。

**【歇脚】**行路疲乏时停下来休息。翻9：既是回心，既是回心，就该寻思做也人。今日歇歇脚，明日去攒粪。咱家虽贫，咱家虽贫，事事须要自辛勤。那的闲饭儿，叫你吃着混？

**【歇手】**停手，停止。琴：做了一遭不歇手，就如那喂不饱的馋老狗。富4：打了一阵，才待歇手，小姐出来说："嘛不打了？再给我另打！"

**【歇下】**❶躺下休息。富13：着两个丫头，一闹一个三更尽，才歇下还骨轮躁子，才打了一个盹。富14：太老爷方才歇下，忽然一阵异香扑鼻，却是舜华到了。❷住下休息。磨19：走了五六日，来到王店。天色已晚，不免歇下。

**【歇子】**阵子，一段时间。寒1：只见一身鲜血淋漓，处处皆伤。……一屋人都守着哭。三官说："或是服药，或是打官司，哭歇子当了什么？"

**【熻】**烤。日·铁：莫笑火熻如灰鬼。

**【蝎虎】**壁虎。日·昆：蝎虎或呼作守宫。

**【邪里巴】**邪僻的，不正的。丑：圣僧悟能，他原是天蓬元帅，跟着唐僧姓了猪，取名八戒。……他已跳出三界，只为他为了神，那色心未改，那邪里巴心肠好好的就兴起来。

**【邪僻】**乖谬不正。翻1：钻出来赃扬他，说他耍着他邻家，邪僻行子真奸诈。磨32：他为人耿直义气，不比那邪僻奸贪。

**【邪人】**心地和行为邪僻的人。翻12：今日咱家富且贵，纵有邪人也不敢欺，却也用不着我生气。寒5：王知县做事差，想邪人恶人刬，声声还把商家骂。

**【邪涎】**口水。墙4：这等说惚与不惚，还只得淌淌邪涎。

**【胁脿】**胁间。慈3：骂了声滴汰的小老也么婆，别人的孩子你看着多。狗私科，心儿不知是嘛长着？不知在怀里，不知在胁脿？

**【斜眉瞪眼】**形容态度凶狠的样子。富9：老匹夫，老匹夫，斜眉瞪眼来欺负。就该卸下乜下半截，也解解我心头怒！

**【鞋底】**鞋着地的部分。慈1：又叫一声苦心肝，脚上的鞋底少半边，我儿呀，您爹怎么就看不见？禳1：不知是谁撒了汤，恼的娘子滴下水，进来房门采住毛，

拸了一百小鞋底。

**【鞋底环】**指犁上用的扁长的铁环。日·庄:鞋底环旁蟒螬环。

**【鞋里】**鞋的里子。禳5:城南李知府看见那高家小相公聪明俊秀,要给他做个丈人,托我做媒,许下给我裂半尺布的裹脚。待俺去走走,设或说成了,挣他这一宗布来,裂了裹脚,只怕还剩下一对鞋里也是有的。

**【鞋掌子】**钉在或缝在鞋底前后部的皮革。增14:这万岁穿的鞂鞋是江彬做的,虽无穿着走路,但年岁久了就烂了,那鞋掌子印着那涩道上边,嗤的一声抓下来了半边,走一步刮打一声。

**【叶音】**押韵。增19:我也行个令:各人要有翅无毛,后待四句诗,上下不叶音的输。

**【写算】**写字和算账。禳30:我看着兰芳沉重典雅,不是下贱之人。我儿既然爱他,我又老了,他写算皆通,就叫他替你管家。

**【血魂台】**同"歇魂台",比喻受折磨的地方。禳17:细细的思量苦哀也么哉,终朝长在血魂台!命里该,癖在心头怎么捱?

**【血酒】**盟誓时喝的滴人血的酒。禳1:先父当年还是条汉子,慨然做了会头。这一日吃着那血酒,说下若一个有难,大家一齐上前。禳1:这里大家正吃着血酒,看见女兵到了慌极,都爬墙蹦了;独有先父坐在上席,稳然不动。

**【血淋津】**血淋淋。寒4:李蝎子活遭瘟,满屋里血淋津,腥臊烂臭人难近。

**【血淋淋】**鲜血淋漓的样子。寒4:却说李蝎子合恶虎不过是势力朋友,活着像是祖宗,死了什么相干!见满屋里血淋淋,巴不能快移了去,却又不肯替他买棺材。磨19:别人都打了,还有两个中了伤的,血淋淋的,饶了他没打。

**【血真脉子】**因受撞击或挤压后膨胀而在皮肤表面清晰呈现的毛细血管。禳1:昨日煞进门就是顿巴掌子,劈头就是顿踏棍子,打的露着血真脉子,几乎见了腥荤子。

**【卸】**❶使负载物脱离载体。翻7:仇大姐笑开言:我这心里怕你嫌,你不嫌就卸了这根担。❷除去(化妆用品或衣物首饰)。富5:一更里昏惨灯儿也么张,没情没绪卸残妆。好凄凉,半是思郎半恨郎。富5:五更里合眼到阳也么台,梦见行人半夜来。笑盈腮,进门迭不的诉衷怀。教奴卸红妆,催奴换绣鞋,多情人把我浑身爱。❸取下,割下。富9:老四夫,老四夫,斜眉瞪眼来欺负。就该卸下乜下半截,也解解我心头怒!磨19:老四夫,老四夫,嗤眉瞪眼来欺负!该卸下下半截,也解解这心头怒!❹凋谢。禳11:杏花卸柳如烟,困人春气奈何天,连

日相思不相见。富10:百花儿只在枝头上,开开儿卸卸,开开儿卸卸,叫奴两难。

**【薤】**野韭。日·菜:葱韭薤蒜气熏腾。

**【谢劳】**对别人的辛劳表示感谢。磨33:三人谢恩叩头,又给张老爷叩头谢劳。

**【谢礼】**酬谢的财物。日·堪:谢礼先收始肯行。

**【谢扰】**对叨扰别人表示感谢。翻2:仇福大喜,谢了扰去了。从此成了朋友,不一时携了酒来合他吃。

**【解晃】**因结合部松动而晃动。日·木:器皿解晃或破坏。

## xin

**【心腹】**内心的想法。翻2:咱相好敢对天发咒,分不的你合我,只多着一个头。你闷了就来找我,咱两个说说心腹吃盅酒。富9:你今出门,你今出门,送你不敢叫别人。不知道人心腹,恐怕再走了信。

**【心腹人】**亲信。磨14:你是个知县官,翻过地揭过天,被你屠没卢龙县!任拘谁人作下恶,到头都是你承担,心腹人拥撮你头儿断。

**【心昏】**发昏,糊涂。姑1:你心昏么!人家休了的人,你每日窝藏着。还打也是不知哩!富7:打也打你无良心,劈着腿生出你乜杂毛根。生儿的所在就应该自家裂,腆着个狗脸还骂人!还骂人,莫心昏,定要打的你安不住身!

**【心机】**机巧的心思。翻2:土条蛇这样奸贼,也不要百般的用心机引人去嫖。呆相公只贪耍那里知道。翻12:你为您兄弟们,费了无穷的力气,使了无穷的心机,如今俱已团圆所愿,富贵遂心,那里还有肯着你去了的呢?日·泥:打趸材料用心机。

**【心焦】**❶内心焦躁。慈3:李氏从来嘴儿也么高,到了这里不济了。好心焦,浑身热汗似瓢浇。富11:公子劝娘莫心焦,山西荒乱信难捎,母亲呀,会试时再问个真实耗。❷因为内心焦躁而出言发作。琴:媒人又来了,媒人又来了,说是婆婆要瞧瞧。明天大饭时,候着他来到。故意心焦,故意心焦:人生面不熟,是待怎么着?嫂子来劝我,我仔偷眼笑。增23:我昨日实着你赢极了,我就心焦了几句,休要放在心里。

**【心口窝】**胸骨正下方两肋弓交界处的凹陷。寒5:娘休哭了,我看看二弟不死,心口窝里还热。琴:一阵一阵心里躁,恼恨媒人没下落。忽见双双转回来,心口窝里仔管跳。

【心快】心里愉快。翻6:二相公过河来,看松竹走花阶,点头称赞好心快。

【心困】烦恼。翻8:叫姐姐不用心困,你只管纳草耕耘。……锅头灶脑,米面柴薪,小小事儿,不必留心问。增9:老虔婆心里乖,不重客只重财,低袖多拨拜两拜:我去失陪休心困,到家就着二姐来,千万要请你多担待。

【心里弯弯】指心地不正。翻5:仇祜说:"该请过您三叔来商议。"大姐说:"他老人家心里弯弯,不用请他。我念着,你写罢。"

【心盛】心切,心急。增7:那万岁骑马顺大街前行,转过街口,果然有座木牌坊。路北里瓦门楼上挂着牌匾,那牌上是"养济院"三字。万岁进院的心盛,没往上看,光见了一个院子。

【心头窝】同"心口窝"。寒5:两个鬼看看将到心头窝里,一个鬼说:"这是个好汉子,锯的斜着一点,休要伤了他的心。"果然把锯条歪倒,曲曲折折锯将下来,越发疼极。

【心窝】❶同"心口窝"。琴:从不惯交情,从不惯交情,心窝里不住的乱扑通。❷指内心。闹:想不起甚题文那句儿相合,怎奈何也呵,有一首较可较可,转思量全不在心窝。❸指肚子。墙3:看咱爹爹肚里饥,快打鸡子用油煎,吃点儿且把心窝趤[1]。

【心下】心里,内心。富3:官人见女子恼了,心下着忙。磨6:你若犯了罪,拿你的老婆,你心下如何!磨7:鸿渐说:"这是甚么话!我叹的是这驴跟着我受了罪了,一旦不见了,这心里不自在,岂有叫你赔的呢?"店主说:"相公不叫我赔,我心下怎么过意得去?"

【心心念念】念念不忘,时刻挂念着。富3:这个店家甚可恶,见官人病了,心心念念的只待往外撵。

【心幸】兴致。寒6:二相公不做声,走一步停一停,往前走的没心幸。

【心性】性情,性格。翻12:论这小人,就该虚情假意的待他,这仇老太爷还是少年的心性,那里会弄那虚假。

【心绪】心思,心情。姑2:大姨情意高,待奴那样好,已往从前,一言说不了。今日离别,心绪如刀搅。寒8:人人要做大官,不是待做圣贤,不过要把钱来转。退堂美女齐歌舞,那有心绪理民冤?

【心眼】❶心思,心意。墙4:老头儿太不通,或是银或是铜,你何曾漏出牙之

① 路本"趤"字作"站"。此据邹本。

缝？清晨后晌孝顺你，三般脸上有笑容，怎么心眼全不动？富5：你虽然情意高，我的心眼太蹊跷。对人望你想着我，想着我，对我望你把别人忘了，人忘了。❷心机，心计。墙4：小瓦瓯不过才十来多岁，已下手把样子描了两对，想是那小心眼诸般学会。翻9：他到也有点心眼，姐姐说做他就去学。翻11：弟妇真是贤良，别人可就没有这个心眼。❸见识，观察力。姑2：沈大姨说到这里，于氏不觉的哭了，说："他实实也罢了！我是怎么迷糊着那心眼来！"俊：你要想赌场里发迹，这心眼可就跳枯的不成。❹内心。慈4：见哥哥进门来忍饥受骂，痛的那心眼里没处去抓，明知道必受责也全然不怕。富13：方太太泪涟涟，那几年把我心眼望穿。

**【心眼子】**同"心眼"。增23：二姐，你休怪我，我着你诮极了，就胡突心眼子，这二日好不懊悔煞！

**【心痒】**比喻内心的骚动。蓬7：前行一见丈夫到，两口儿顶头相逢，都喜的心痒难挠。禳28：乍受着媳妇孝顺，这两天心痒难挠。磨17：忽见了仇家，这心痒难抓，眼睁红怎肯干休罢？一把抓，岂肯枭首，还要把心剜！

**【新发户】**暴发户，新近突然发达得势之家。闹：这两个大主考想是三家村里新发户的，也不查查那历年的旧规，也不请教那积年典试的前辈……

**【新人】**新媳妇。琴：烧就香汤要沐浴，双手忙把房门闭，今晚就要做新人，先要洗净闺女气。禳8：佳儿英妙自天成，娶的新人更娉婷。

**【新水令】**曲牌名。增16：众丫头奉主公，箫管笛共银筝。《一枝花》带着《新水令》，《玉美人》相称《红衲袄》，《江儿水》上《混江龙》，《步步娇》唱出情儿动。闹：[新水令]至公堂畔四更交，明远楼齐声喊叫，他那里口催交卷快，俺这里心热似油浇。把笔空摇，把笔空摇……几回首纸还高吊。

**【新媳妇】**新婚的媳妇。姑3：且说姗瑚到家，合庄里都喜，无论同姓异姓，都拿着礼物来看珊瑚，就是娶个新媳妇来，也不能那么热闹。翻7：新媳妇敬婆婆，绣鞋枕顶都收着，尺头费的忒也过。

**【新媳妇子】**同"新媳妇"。姑2：你对您媳妇子说，我这里做着饭哩，着他等等罢。一个新媳妇子出去换嗄吃，咱就见不的人了！

**【信儿】**消息，信息。禳21：骂一声樊子正那贼囚，偷着躲了，一点信儿不留不留，可怎么撇下这祸害着别人受！富12：到了外边，安心要找个山西的举人问个信儿，方才点山西的，那天就黑了。

**【信口】**随口，不假思索或没有根据地(说)。蓬5：信口胡吧，信口胡吧，那神

仙也是镜中花。富 2：满口评妹妹差，张鸿渐未回家，妮子全不会说话。年小无知真可恨，信口说的是什么？真该把这奴才骂！

**【信口子】**同“信口”。姑 2：您婆婆委实的极难说话，他说声谬起来，信口子瞎胡吧。

**【信炮】**用作传递信号的炮。磨 31：有人来报：“草厂里失了火了！”任大王说：“快牵马来！不是失火，必是贼兵！快去点上信炮！”连放了两声大炮。磨 31：那东山头目听的信炮，带了三千人马，任大王说：“不必上山，有西山的人那边攻打。你可留一千人在此呐喊，以助声势；你领三千人从我去前边埋伏。”

**【信石】**砒石，制作砒霜的原料。以产于信州(今属江西)而得名。俊：譬如巴豆、信石，用在那好人身上，就是毒药；若是用之得当，那人参、黄芪也没有那样效验。农·农·蒸信：地多虫，宜将信石捣细碎入谷，煮至裂，加信再煮，水尽晒干，临用时少调油，乃拌麦中。日·庄：煮了信石须谨慎。

**【信息】**消息。富 4：按下方娘子在监里，每日盼他二舅的信息，却说方二爷到了京里，白日黑夜，光想着报仇。磨 32：昨他因着京师信息将至，差人去约我今日同到大哥这里，不时即到。

**【信义】**信用和道义。磨 32：这个说必不然，他待朋友信义坚，从来出口无更变。

**【信音】**音信，信息。慈 2：孩子已是得安身，还说出门去找寻。大门外头走一趟，故说全然没信音；假沉吟，老婆跟前使碎了心。慈 6：每遇着东昌人，就把爹爹问。全无信音，全无信音，炳之少年离家门，一凡故乡人，无复能相认。

**【顖门】**头顶的中间。日·身：发辫顖髅与顖门。日·僧：法器丢来照顖门。

## xing

**【兴[1]】**(xīng)❶时兴，流行。蓬 4：你知道如今兴那一部书？咱抄书卖也好。增 1：世事儿若循环，如今人不似前，新曲一年一遭换。《银纽丝儿》才丢下，后来兴起《打枣杆》，《锁南枝》半插《罗江怨》。又兴起《正德嫖院》，《耍孩儿》异样的新鲜。日·赌：后来又兴打马调。❷兴盛，兴旺。翻 12：庆灾乐祸的焉能好？嫉妒真不妙。弄的人家兴，死了才不跳，世上魇殃再没有不翻了！增 12：武宗爷笑颜生，你强他一丁丁，炕合席差一迷迷缝。赤淌脸儿半栏脚，若在山沟顶席棚，你的生意比他兴。❸使兴盛、兴旺。禳 1：果然从此兴家，俺自家怕了不算，还嘱咐那子子孙孙，休要失了家传。翻 10：(回目)重聚会慧娘兴家，暗生气魏名放

火。❹开始。墙1:起初甚好,两个儿早晚问候,两个媳妇热汤热水常来服事,好不的那好。谁想是苏州娘子不缠脚——光兴了一个头儿。农·农·收农器:或邻人借去,久假不归,七零八落,不可复寻;及农事再兴,重新治备。如此过度,安得不穷?❺产生,兴起。丑:只为他为了神,那色心未改,那邪里巴心肠好好的就兴起来。❻制作并上呈。翻8:若不着兴词告状,他姐将何以为生!寒4:告状人赵监生,王老爷在上听:父亲谋杀有干证。商臣就把心刬去,因此才把词状兴,求断一人偿父命。

【兴兵】起兵,发兵。禳19:立时去转时来,兴兵全不费疑猜,贤人做事真爽快。磨33:今日投诚接圣旨,发马兴兵不用愁。发马兴兵不用愁,做营头,单刀匹马望封侯。

【兴工】动工,开工。翻10:咱娘那屋几时兴工,就捎信去给我。翻12:即时看了日子,在那墙东平地里兴了工。到了这个时节,不过是吹口之力,楼舍厅房,门墙院落,盖了极大的一位宅子。

【兴作】兴造制作,兴建。日·泥:兴作全凭经眼看。

【兴心】生出想法,打算。富11:山西谷价黄金同,白日断人路不通,母亲呀,谁敢兴心往里蹭?磨19:且叫他去学规矩,不敢兴心胡指望。增3:张公公心里焦,领密旨出了朝,江彬做梦不知道。指望兴心做皇帝,不想国母识破了,这场大祸从天掉。

【星儿】❶星星。富7:看了看星儿密密,那树色儿还乌;听了听谯楼上的鼓声,咚呀咚呀的,又是一声咚咚,已是三更有余。增5:五更里鸡报晓,星儿稀天明了,周元起来把爷叫:我今要上长街去,不得送你休计较,老客请起登古道。❷秤星。禳24:黑了点上灯儿,使船看看风儿,谯楼上还有个更儿,帘子上还有个钉儿,粮食有个升儿,秤上有个星儿,何况是眼里放着钉儿,怎么不听听声儿?

【星官】星神。磨36:忽听的鹿鸣鹤唳,群仙说道:"二位星官来了。"便一齐迎接。闹:那魁星老先生司天下之文衡,作士子之师保,去年众人建阁,我也曾施大梁一根、板瓦数片,难道我这样虔诚,你白白眼干过去了不成?天上有这样星官!我看你文曲星官罴也不罴!

【星牌】玩骨牌中的作弊用具。日·赌:铅骰星牌尤诡诈。

【星事】小事。磨13:他二舅自从报了仇,纵不去奉承那严世蕃,正做着刑厅,着他一笔勾消了,如今闭着门星事不管,他是依不得的。

【星星】很少,一点儿。翻9:叫声姐姐泪珠也么流,他又不害一点羞,忒也

谄，没有星星情意留。翻10：二相公只把书来念，全不管星星闲事，但求那父子团圆。

**【腥登登】**形容腥气充盈的样子。寒7：一道河血水流，里边蛇乱伸头，腥登登都是死人臭。磨31：一刀刀俱砍着硬头颅，一枪枪俱攮着揎泛肉。腥登登只杀的血成渠，乱穰穰只杀的尸满路。

**【腥荤子】**指血。禳1：昨日煞进门就是顿巴掌子，劈头就是顿踏棍子，打的露着血真脉子，几乎见了腥荤子。

**【腥气】**腥，有腥味。蓬3：娘子每日吃那仙酒，这人间的酒怎么吃得下去？只吃了一口。些须吃了几个果子，那东西又嫌腥气。禳4：若遇着那混账行，肉吃着腥气屎吃着香。我的天，丧良心，真把良心丧！

**【腥臊烂臭】**泛指强烈的臭味。寒4：李蝎子活遭瘟，满屋里血淋津，腥臊烂臭人难近。磨9：咳！俺初到监里，腥臊烂臭，好不难禁！及至住下来了，也就好了。

**【腥水儿】**带油或肉的汤，菜汤。墙1：今日可有个指望，听说他称肉杀鸡，等他丈人，就不教我陪客，或者还舍点腥水儿喝喝呀！

**【腥汤】**同"腥水儿"。墙1：肚儿肚儿你捱饿，有个盼头休要慌，待霎子撑你个膨膨胀。也是俺跟他吃饭，一年来见的腥汤。墙1：您达达无正经，捞着饼饭尽着撑，给他碗腥汤就尽了命。

**【刑部】**隋代之后主管刑狱的中央机构。寒2：两个商量且不葬，还要西行告一回，一个说不如上刑部。两个人商议已定，由大名直上京都。增3：我想江彬这厮，定有篡朝的心肠，你领我这道密旨，把江彬拿来，打在刑部监里。

**【刑房】**❶县衙中掌理刑事案件的办事机构，为"六房"(吏房、户房、礼房、兵房、刑房、工房)之一。磨6：咳！军门把公呈审坏，又听说追究那做呈子的。有一个亲戚在刑房当差，对我说道："今日院票来到县里了。"想是就要拿人。❷指刑房书吏(刑房首领)。磨14：那是马老爷的户房孟连城，马老爷说那是他的左辅，刑房许进忠是他的右弼，民间叫他"二大天王"。磨14：马知县大发威，把公案捶又捶，像生员犯了弥天罪。刑房嚓嚓了两三句，他才欢喜把头回，便说王岗你暂且退，我随后就差应捕，出票子给你拿贼。

**【刑厅】**州府中掌理刑事案件的官员。寒8：到了明年，二相公又登了进士，选了扬州刑厅，异常的清正。磨11：老马正伺候迎接，刑厅已是进来了。慌的跑下堂来，才待行礼，刑厅摆了摆头，一个人拿出锁来，丢在那脖子上了。

【形容】❶外貌,模样。翻9:二三年不见哥,却在这里受折磨,形容叫人看不过。富5:起又不能起,眠又不能眠,一夜儿只滚的乌云乱。形容憔悴病越添,瘦卧空房有谁怜?❷故意拿自己的长处去比较别人的短处,使别人难堪。墙3:张大大怒:"你当面来形容我,咱只裂了!"两个打成一堆。增21:王龙又灌了几盅酒,千思万想,没处出气;又见佛动心在旁洋洋得意,便道:"我别的弄不过他,或者我这身上穿的这衣服他拿不出来。待我小小的形容形容他,也着他罴。"

【行²】(xíng)❶行走,离开。墙4:你说你害脚疼,如何不慢慢行?甚么要紧舍了命。翻6:我有一句对子,你对上我就放你行。禳5:陈举人说:"老伯母既然不爱也罢了,小侄行了罢。"仲鸿说:"那有此理!不曾吃饭就走么?"❷做,从事某种活动。翻1:人只要脚踏实地,用不着心内刀枪,欺孤灭寡行不良,没娘的孩子自有天将傍。翻7:谁想范公子已是轿马人夫,伺候停当了。又教导慧娘,到那里是该甚么礼体,怎么着行。❸进行。磨26:不曾传胪,就有旨意赴宴,以后就行殿试。❹施行。快1:粗人就合他行粗法,争奈曹操奸似贼,他既奸就合他把奸对。增6:他两个轻狂卖弄,行酒令又把枚猜。❺下发命令。翻8:写票子行到庄上,叫那里供给杂粮。翻9:叫他把东人细细审,审明立刻发西安,到军门行下扶风县。❻同"一行",表示动作与下一动作同时或接续进行,相当于"一边""一面"。翻2:秋桂见他只顾寻思,便说:"张天师闭了眼——你出甚么神哩?"行说着,端了菜碟来,又烫了酒来。增23:赌场里根基没凭准,行说着好话把脸丢,转一转儿还依旧。

【行藏】底细,来历。增14:这丫头怪歹歹的,休着他看破行藏。我只得装作痴颠,瞒他一瞒。增17:这万岁急自待脱衣服,怕漏了行藏,笑道:"二姐,想是你害羞,我吹煞灯罢。"扑的一声把灯吹煞,然后解衣上床。

【行持】举动。增12:玉座出了房门,卖弄他那轻狂,就忘了装着那名妓的体统,曲雅的行持。增25:万岁爷细端详,打扮的淡素装,年纪只在二十上。虽然不似二姐美,风流却也不寻常,行持没有那惫赖样。

【行处】到处,随处。日·皮:羊袄寻常行处有。

【行床】行房,男女交合。富6:此时才觉腰儿细,怀里总像是无人。就是那行床的时节,亲到那极处,也不曾搂的这样紧。

【行粗】动粗,打人。翻7:范栝大怒,就待行粗,二相公也出了号房。亏了朋友们劝开,二人才散了。磨19:我坐监时,亏他管理庄农;人家来骂,又亏他行粗。若是不着他,俺娘们家里就过不的了。

【行德】德行。姑3:因你的行德感动天,放我过了鬼关,我儿呀,我才合你得相见。

【行动】❶行走,走动。翻1:徐氏哭了几日,又气又恼,浑身肿了,不能行动,通然过不的了。磨7:养病又是半月,每日叫主人翁杀鸡割肉,一日两三顿,甚是不安。这几日行动的了,我去街上自己买饭吃,到晚间还吃他一顿米粥。❷举止,举动。慈4:张讷吃了饼就睡了。早起来吃饭,上了山,在山里正斫着柴,忽然抬起头来,见那岭上来了个小不大的一个人,那行动就像张诚,便站起来拿着斧子正正的看。翻4:老郑思量,老郑思量:远近闻名赵阎王,怎么这个人,行动不大像?

【行方便】给人便利,帮助。琴:他家来搬,他家来搬,依着母亲还待留俺。亏了亲嫂子,他会行方便。带笑带玩,带笑带玩:姑娘这两日不耐烦。不如早送回,省的他两下里怨。

【行好】做好事,做善事。富5:一夜似一春,一夜似一春,谁与我劝劝打更人,也叫他行点好,流水把更打尽。磨18:我劝你行好得好,休惹仇怨海深。

【行贺】进行祝贺。翻6:却说那范公子,不出三日,就来行贺,靴帽二事、蓝衫一领、锦帐一幅、羊一牵、酒一坛、四十盘礼、十六碗熟东西,吹鼓手领着来到门前,把徐氏几乎难杀!

【行客】旅客。磨8:老婆子叫大姑:有行客走迷途,央我在门里打个铺。增4:不看你是过路的行客,小厮来把你毛揸!

【行乐图】本指作游玩消遣状的人像图画,后也指肖像画。墙1:你大号红粘粥,你名实你姓胡,原来你是高粱做。热了烫人嘴巴子,薄了照出行乐图,老来相处你这桩物。

【行里步里】指走路的时候。俊:你也输的没了魂,脸上常似滴下水,一顶帽子开了花,一双鞋儿没了底;手里净光无的弄,行里步里光大眊。

【行粮】远行时带的干粮。磨18:虽然是他姓方,虽然是我姓张,亲戚骨肉一般样。他手里无钱我知道,何必又费事办行粮?倒是盘费无妨帐。

【行票】同"牌票",官方为某种目的而填发的固定格式的书面命令,差役执行时持为凭证。增2:万岁上山西,那黎民肉眼凡胎,谁认的是皇帝?但恐路途阻隔。臣有一个行票,给万岁拿着。增3:万岁自思:"江彬曾说路上要紧,我且不信,果然是实。给了我那行票,未知他体面何如。既到危急之处,少不的撒一个谎哩。"说道:"你不知,我是江都督差来的,要上宁西查边。军情紧急,来的慌

速，没带牌票。银子到有，迭不的拆封。你放我过去，银子也有，牌票也有。”增3:取行票与张敖，一张纸红笔标，上边写着都督票。

**【行墙】**当为“圩墙”之讹。圩墙，亦写作“围墙”，村子周围用土石筑的防御用的墙。翻12:太公吩咐人去范宅借弓箭鸟枪，并家丁二十名;又叫仇禄发帖去县里借大炮四尊，都要密藏拿来。新投门下的管家，都进后宅听用。行墙周遭，扎起架子，一面十个窝铺。

**【行取】**地方官经推荐保举后调任京职。寒8:商二爷行取进京，打家里过来，连年积攒了二三百俸禄银子，就在那庄外修了一座二郎庙。磨27:为妹妹把奸臣去就，到如今梦里还羞，到是丢了官儿还好受。……我若还行取进京，定要撞到凤楼!

**【行人】**❶走路的人。慈6:二人痛哭，那路上行人无不感伤。富9:等到黄昏，等到黄昏，更深夜静少行人。那时可回家，慢慢的把门进。❷远行在外的人。富5:受冰霜又到腊月间，岁尽冬已残，行人都回还;可怜是见人家，过新年!磨26:千里行人，已是令人牵挂;况且又得了凶信，好不伤感人也!❸接受主人派遣外出做事的仆人。翻6:说话之间，酒席已完。斟酒下菜，俱是公子的人。大姐叫了两个客家媳妇子来，烧火做饭，打发了行人。有盘费不尽的那银子，卖了二两，赏了行人。翻6:仇大姐在里边，安排的甚周全，赶饼做饭登时办。虽然家中无预备，排头个个赏了钱，行人们都待了酒合饭。不料他还能如此，来的人个个喜欢。

**【行头[2]】**踘，蹴鞠用的球。墙2:一个达是公夥的情受的东西，我何苦都费了?……草蛤蝌缝至行头里——这不成了个憨蛋么?增21:王官，这东西我曾玩过，一名叫行头，一名叫气球，我也略会几脚。

**【行香】**焚香。日·僧:行香召亡犹有说。

**【行衣】**出行时穿的衣服。增2:这万岁是个马上皇帝，最好私行游玩，有江彬做就的行衣:青布衫，黄罩甲，绑腿，翰鞋，檐边毡帽，皮鞓带，椰瓢，闹龙褡包。

**【行营】**出征时的军营。增2:我若领着人马扎住行营，那黎民惊慌，都躲着皇帝走，怎么得见好景?增27:张永、江彬牵着马来到林中，见了众人，诉说了一遍。此时王尚书也在行营，众人秉手说道:“王老先生恭喜!你家三公子与万岁作伴，又买了万岁的龙驹。”

**【行止】**举动，行为。富8:五恨你行止不顾，全不想做个丈夫。古人十二辉皇都，那也是个人儿做。你今十四，志向全无!磨16:五恨你行止不顾，全不想

做个丈夫。古人十二耀皇都，他也不过是人来做。你今十四，志气全无！

**【行状】**履历，事迹。寒7：二郎爷怒冲天，骂一声贼判官，你把簿子全更换！恶虎行状我知道，改的全然没罪愆，拨弄的天地皆昏暗！

**【餳粭】**（“餳”路本讹作“鍚”，影印本不误；蒲氏注音“夕”，实为《字汇》“夕平声”之省，《字汇》反切为“徐盈切”，今音xíng。“粭”蒲氏注音“希”，与《字汇》“音夷”不同）当指麦芽糖。日·果：甘蔗糖味过饧粭。

**【省事²】**（省xǐng）懂事，明白事理。闹：相公往这里来，小人候久了，不见出来，只道相公省事，通完三场才出来哩！

**【兴²】**（xìng）兴致。寒3：两人欢欢喜喜，走的好不有兴。二十多里路，一霎到了。丑：猛然动了闲游兴，按落云头四下观。增13：小二姐面飞红，没奈何斟上杯，无精打彩把酒送。万岁接酒龙心恼，这个奴才不志诚，陪我陪的没有兴。

**【兴头子】**兴致的高潮。慈3：赵大姑骂到兴头子上，便就摇起棹子来了。

**【杏仁子】**杏仁。墙4：银匠哈哈大笑说：“二位待要银子？甚么银子？桃仁子？杏仁子？”（此处以“仁”谐音“银”）

**【幸得】**幸亏。姑1：那庄东头有安大成异姓的大娘，姓何，老王跑到他家里，拿了块布子来，给他扎了。看了看，幸得刚搽着那气嗓头边儿。

**【幸幸令】**曲牌名。富14：[幸幸令]今生新爱好，前世旧姻缘，今朝一别何时见？要知道千里在眼前。

**【性儿】**性子，性格，脾气。姑2：我去寻他，我去寻他，你的性儿可难拿。万一再处不来，我嗄脸合人说话？增23：万岁的性儿也是好动不好静的，极好合人打混，又被鸨儿百般相劝，也就没了气了。

**【性好】**性子好。增20：他那主子若是个性好的人，写一个火票来问你要了去；若是傲上的人，驾前一本，就说尚书的公子短了差官的马去了，可不连老爷的官伤着了么？拿着银子买不自在哩么？

**【性气】**性情脾气。快3：我想二弟云也么长，一世为人性气刚，最傲强，喜他一片好心肠。富6：张鸿渐不能走路，又带着扭锁，那解子粘身牙嘴口的，张鸿渐极有性气，那里容的这个？也就恼了。

**【性子】**性格，脾气。慈1：这张炳之娶了这个老婆，实指望给他看着孩子，谁想那李氏的性子极残。慈2：我也不是向他，只是他那性子不大好，你的性子又不好，到那里弄把起来了。禳1：不怕天不怕地，单单怕那秋胡戏。性子发了要杀人，进来屋里没了气。

## xiong

【凶纠纠】凶狠狠。寒5:一霎走了三十里,后边来了鬼一群,看看来的风头近。二相公回头观看,凶纠纠像是拿人。

【凶死】指被人杀害而死。寒4:赵大爷这等凶死,难道说我就快活?

【凶勇】凶狠勇悍。寒1:却说两个公子听的报了几声,急的三尸神暴跳,怒气冲天。一个拿刀,一个摸枪跑出来。恶虎见他来的凶勇,拨马领着人走了。

【凶终】凶死。寒4:爷不幸得凶终,告县院总无功,生俺两个全无用。

【汹汹】气势凶猛。姑1:于氏气极了,见他汹汹的,却又不敢骂他,只说:"扯甚么蛋哩!"富4:却说那些衙役正在那门前吵闹,只见来了一大伙子人,走的汹汹的。

【兄弟】❶兄和弟。墙4:您好生去发丧,那该钱的都是体面人,见您兄弟还成个局面,自然不好赖您的。翻4:咱兄弟们岂同别人,没有钱我借上,那里用着指地作保呢!增7:家父养活了俺兄弟六个,我是个老生子,排行叫六哥。❷弟弟。墙3:他虽然大不通,到底是你的兄,怎使的按倒使捶搒,哥打兄弟从来有,兄弟打哥罪不轻,村种真不通人性!姑1:因四川重庆府有一个秀才姓安,名大成;有一个兄弟是二成。翻5:二兄弟,你家去罢,好教咱娘知道放心。我投上这状,合您外甥小尚子随后家去。

【兄台】对朋辈的尊称。富3:如今事道难言,众兄台也要三思。磨27:兄台志向太高,小弟也要竭力相助。咱且饮酒,这十年之别,今日须要尽欢。

## xiu

【休】❶休止,结束。姑1:安大成,怒不休,看见血水把心柔;不是强将酸水咽,几乎泪下不能收。俊:起初时小小解闷,赌热了火上浇油;田产不尽不肯休,净腚光才是个了手。翻9:我只待撕他一口肉!看见他时气怎休,要使尖刀把眼抠。❷休退,把妻子赶回娘家断绝夫妻关系。姑1:那珊瑚也不接休书,也不做声,也不动弹。……去给于氏磕了头,磕了起来说:"娘真个待休了我么?"禳21:夫人也哭了说:"若有了主儿,还可以休给他;他老子知道他劝不过来,不知藏在那里去了,撇下这大害给咱。"❸休息。磨33:任大王说:"已是领了您的盛情了,可都散去罢。"众人说:"大王爷是必定休去了。"❹表禁止,不要,别。姑1:何大娘看了看,眼里流的都是血水,把袂子都沾了。劝道:"我儿,你哭出血来了!休

罢罢!"寒5:相公,你可休怨俺。俺也只是官差不自由,你可休连累俺。禳7:徐氏说:"哎哟!以后成了亲家了,还真嚒见外?他爹在邻墙教书,知道大嫂来,他去玄帝庙前买嗄来你吃去了。"夫人说:"休呀,快着人对他说,不要费钱,我不能住下。"

**【休罢】**罢休,停止做某件事。翻5:仇禄说是待回家,有件事儿异样杀,我的天,休罢难,叫人难休罢。

**【休断】**把妻子赶回娘家断绝夫妻关系。姑1:双膝跪尘埃,哀哀的把娘叫:有粥同熬,有粥同熬,真个将奴休断了?禳11:从来说养女的不气长,今日才知这话有理。不幸生下这个不孝的女儿,被人家休断出来!

**【休书】**休退妻子的文书。姑1:安大成每日见他娘全没个欢喜脸儿,便寻思:娶老婆元是成人家,着他娘母子不自在,要老婆怎的?写了休书,对珊瑚说:"你不孝着咱娘生气,我也没有那些气合你呴,不如休你去罢。这不是休书?"禳10:公子写完,叫家人来吩咐说:"你把休书拿着,把恁大嫂送他娘家去。他那里若不收,你丢下便走。"

**【休说】**❶不要说,勿说。墙2:你不要管我,咱别了罢。那庙里有个道士,你且去合他扳话。任拘见谁,可休说撞着我来。慈3:赵大姑说:"我有一件故事,说给你听听。俺这庄里有个私科子,光折掇他那后窝里那儿。"李氏说:"且休说,怎么有后窝?"富9:方娘子怕人听见叫门,故意的扬了扬声,又嘱咐金三道:"这是你大叔,出去休说。"❷起关联作用,表递进。第一种用法是先用"休说"提起程度较低的事情,后面用"就是(况且)……(也)"之类关联词提及程度较高的事情;第二种用法是先用"休说"提起程度较高的事情,后面用"连……(也)"之类关联词提及程度较低的事情并加以否定;第三种用法是用"休说"提及程度较高的事情但放在正句的后面,相当于"何况"。翻4:睁睁眼认认我休要想赖,休说是仇福子你这奴才,就是您达来我也要揭他的盖!蓬4:相公说:"依我说,还是求取功名,中了来就好了。"娘子说:"休说你中不的;就是中了,那富贵也是草头之霜,何必看在眼里?"磨1:哎呀!苍天呀!听的说朝廷爷极仁慈,若是有官好的替咱诉诉这些苦楚,休说赦钱粮,还赈济也是有的。墙1:爹,咱县里休说没有猴头、燕窝呀,爹,连那鱼鳖虾蟹,也是没有的呀,爹。增3:你都是些小人,我不怪你。休说我是个差官,就是北京城里御驾降临,你得罪着,大人不见小人过,也都饶了你。增20:休说有这马,就是没有这马,给你三百两银子,结个朋友也不差。禳29:那兰芳温柔雅致,我还爱他,休说是个男子。(此为妻子江城之

言。江城欲为丈夫纳兰芳为妾，称赞兰芳好，表示我是个女人尚且爱她，何况丈夫是个男子，会更爱她的）

【休退】同“休断”。翻1：仇大姐性子乔，事儿不值个破瓢，开口就合爹娘闹。父亲心里大不喜，说这个妮子把气喣，做媳妇一定极不孝。叫人家休退打骂，岂不着父母担罳？

【休要】不要，别。寒2：差人接过银子，出了门又嘱咐：“休要再着俺吃亏。”禳1：果然从此兴家，俺自家怕了不算，还嘱咐那子子孙孙，休要失了家传。磨18：你当是我真果的无钱么？就叫你管？罢罢，咱就走。宁子死到别处，休要连累这贤主人。

【修理】❶使损坏的东西恢复原来的形状或作用。翻7：慧娘说：“俺的屋呢？”大姐说：“您那有？有也待张的口屋哩。”慧娘说：“咱修理修理不的么？”翻7：问了问他那屋，嫌那屋没墁。修理要给钱，修理要给钱，不是空口说空言。❷修建，建造。翻10：姐姐到了开春后，把那墙屋拾掇开，雇人就把房子盖。到几时兴工修理，捎信去即刻就来。翻11：二相公照着在他丈人家住的那暖云窝，说了款致，盖的一样，一遭子垣墙都合那城墙一样。没消两月，把宅子修理完了。

【羞惭】羞愧。磨29：金总兵被打的重了，直不起腰来。李杰忙给他捶腰，说：“得罪得罪！”金总兵满面羞惭。

【羞惭惭】羞答答。蓬6：吕祖叫桃仙过来。只见那树晃了两晃，变了个童子，还梳着牡丹头，满座人都大笑。这吕祖才说：“娘娘待要你哩，现了原形罢。”于是成了个美人，羞惭惭的来磕头。禳7：两人拜罢，徐氏说：“江城过来，给你婆母磕头。”江城羞惭惭的磕头介。

【羞答答】形容害羞。增17：万岁……把丫头们赶下楼去，烹的一声关上楼门，便说：“二姐，咱睡了罢。”二姐羞答答的说：“请长官先睡，奴便来也。”

【羞人】让人感到害羞。禳28：江城云：“儿有件事禀娘知道。”夫人云：“甚么事，你只看该做就做。”江城云：“我待给你儿子收了春香。”夫人笑云：“嗯，你是懊悔那一剪子了。”江城低头背云：“好羞人也！”夫人笑云：“我儿红了脸了么？”磨33：解甲投诚是本心，大兵逼迫甚羞人。

【羞人答答】羞答答，感到害羞的样子。增8：皇爷说：“你若爱我金钱，斟上三杯酒，跪在楼上磕二十四个头，叫我三声干爷，我认你做干儿罢。”六哥道：“羞人答答的，看人笑话。”

【羞羞的】羞答答的。寒8:大爷收了他那元宝,两个才还醒过,自家一毫也不知,羞羞的去了。

【绣球】❶用五色丝绸扎成的球状物。增14:万岁说:"那上头是什么?"二姐道:"那是故事,叫做'狮子滚绣球'。"❷花名,又叫"粉团花""八仙花",夏季开花,成五瓣,簇聚呈球形,色白或淡红,为著名观赏植物。日·花:绣球叶上飞蝴蝶,文杏枝头听杜鹃。

【宿毛】("宿",蒲氏注音"秀")不详。从文义看似指对动物皮毛的一种处理过程。日·皮:熟皮掺粉加条打,宿毛铺下用弓弹。

【嗃嗤】("嗃",方言音"初")做事慢慢腾腾、磨磨蹭蹭,彳亍。墙2:使的我喘吁吁的,他倒嗃嗤起来。喣杀我了!

## xu

【吁】❶呼(气)。寒8:却说大相公守着他兄弟,待了六七日,时时去摸他的心头,虽然没气,却也没冷了尸壳。……这一日,大相公吃了些饭来,才待伸手摸,只听的二相公长吁了一口气。禳13:公子合老王扶起捶了捶,叫:"春香,快拿水来。"扒开口灌了两口,子正才吁出两口气来,哑哼说:"气死我也!"❷叹气。墙2:银匠长吁了一口气,说:"这是我的个老朋友,如今受这样苦楚!哎,人待生儿做甚么!"禳11:樊子正上,长吁云:"从来说养女的不气长,今日才知这话有理。"

【吁吁】象声词。呼呼,形容急促的喘气声。增28:不一时丫头回来,跑的只吁吁的喘,都面无人色,说:"了不的了!南楼上那个长官是个皇帝!"

【吁吁喘喘】形容因为紧张而喘粗气的样子。闹:吁吁喘喘塞登门内,战战咯咯开怀脱履。

【须索】必须。禳5:咱真么个好孩子,须索要一个好媳妇才好。富8:条子一落,心如刀剜。要他成人,须索把脸变。磨10:俺乃严阁老的公子,严世蕃便是。有北直按院来见,须索去会他。日·养:炼丝须索加蓬碱。

【需索】同"须索"。日·器:多者需索用箔搪。

【箳】捕鱼的竹笼。日·鳞:箳笼罾罩任君挑。

【虚喝】夸大其词。墙2:这天是腊月天,刮北风阵阵寒,胡子成了冻冻片;浑身骨头全冻透,脖子连头坠下圈。捱半里就顶二里半。若还是再有半里,老性命必染黄泉!张大说:"是乜冷么?你忒也虚喝!"

【虚惊】因为心虚而显得惊慌。禳15:如今寻究起来,这个是有的。昨日到了门外,撞见老李婆子那模样儿,毛梢梢的,像有些虚惊的光景,必然他引诱为非。

【虚空】指天空。禳24:我方才入梦中,怎么你梦也相同?这梦不比寻常梦。分明罗汉来惊我,还当顶礼拜虚空,念佛休说不中用。

【虚棚】天棚,在屋内房梁下用木条或竹条扎成骨架,然后糊上纸,起保温、美观等作用。翻7:麦子有余,麦子有余,泥墙再把上灰除,扎上个新虚棚,就教人进的去。

【虚跷】玄虚。闹:串号的闹闹吵吵,想是那监试归房,举子逍遥。……内云:"小弟四篇经不甚慊意,还要改撺改撺,就是四书文字,也还嫌才情横溢,不像墨体,也要改改方好。"卖他虚跷,还要推敲。听他得意之状,添我心焦。

【虚圈套】虚套,表面的礼节形式。翻2:主人抬头,叫声春娇,你从何来?正遇良宵,没人陪客,正好相劳。就合仇相公同上座,虚圈套儿不消。禳3:芥蒂无分毫,我两人道义交,往来尽脱虚圈套。

【虚体面】❶表面的体面、排场。墙4:王银匠向我言,人家使着咱大些钱,他说该弄个虚体面。灰毛乌嘴不成事,人就把咱下眼看,待还钱也把卦儿变。寒8:以前还有虚体面,后来冬里没身袍,也是他有耗星照。搜算着楼宅地土,这家业指日全消。❷指表面的客气话。富6:张官人起了身解了部院,要打点那解子腰中无钱,方二爷差人来,使了个虚体面。

【虚头】虚假的、非真心的事或话。翻6:话说从容,话说从容,令徒将来比石崇。前日到我家,应了吉祥梦。媒人来通,媒人来通,这里坚执不肯从。已是说出来,怎肯虚头弄?

【虚文】表面的礼仪形式。翻6:到明日隔一天,会亲友甚周全,昨宵曾把黄历看。二位先生到舍下,一杯薄酒共盘桓。婚启带去极方便。既结亲诸事脱略,把虚文一切全删。

【虚旋套】同"虚圈套"。增23:斟上酒弯弯腰,谢了罪又告饶,弄了多少虚旋套。

【虚言】假话。翻5:这不是老天在上,有虚言灭了自家!琴:嫂子和俺玩,嫂子和俺玩,见了他姑夫你馋不馋?有桩妙事儿,你还没经惯。不是虚言,不是虚言,委实那桩滋味甜。你若尝一尝,准就忘了饭。增9:失迎就是好几遍,多揆着拜了又拜,假奉承说了些虚言。

【许】❶允许，许可。墙3：忽然做着梦，见张大进来，便问："来做甚么？"张大说："我那袍子，就许你常穿么？"增7：我是江老爷的差官，来这孤老院里查查，年老的许他吃粮，若是年少的赶出院去。❷应允给予，许诺。禳5：城南李知府看见那高家小相公聪明俊秀，要给他做个丈人，托我做媒，许下给我裂半尺布的裹脚。富4：到了二月里，方二爷会了进士，殿了二甲。公子越发敬他，许着送他进去做个翰林。❸许婚。禳5：在春坊大号洪君，合尊宅上辈有亲，四十里隔着也相近。有小姐不曾许人，他意思要作婚姻。❹表示断定、称许。翻5：请到后宅把手也么拉，作了长揖让坐下，待了茶。当场问他文字佳，袖里掏出来，双手递于他，看了许他三名下。翻7：早起就上书房里坐，待了回子不回宅，就在书房自揣摩，五日一次两篇课。他师傅极相敬爱，就许他定要登科。❺许愿，祷告时期望。增22：王龙说："……我着你赢怕了，我烧上香祷告祷告，赢你一遭，我也遮遮羞。"万岁说："你就许点什么，何妨呢？"

【叙齿】指按年龄排序。禳32：众让介，公子云："不必让了，咱今日叙了齿罢。子平兄头，葛姐夫随大，王二哥第三。请。"

【叙话】与别人交谈。墙1：张大说："你去罢，看老王弄不好。"李氏去了，张大才叙话。

【叙家常】谈论日常生活琐事。快2：何劳你问俺近况，杀过我放你颠枪，马上谁合你叙家常？增10：我合他叙了些家常，他说给我份薄礼，只当是给我几个钱，可给了我一锭银子，我掂量着有十来两。

【叙长幼】同"叙齿"。禳19：仲美说："这是那表兄弟关情处。来到他的门首，请。"石庵说："叙长幼罢。"正让着，子雅、子平二人到，仲美说："二位是客，不用再让。"

【絮聒】絮叨，唠叨。墙1：头一年还算强，零碎使了七石粮，虽不丰富还无账。第二年全然不打拢，跟着腚上狗哐荒，他还说我絮聒样。

【絮絮答答】同"絮絮叨叨"。禳5：可笑是婆婆妈妈，凡事儿絮絮答答。他给小儿长算卦，那瞎厮一溜胡吧，说小些到还不差，媳妇不宜量比他大。

【絮絮叨叨】说话重复琐碎。翻8：一般的你也来到。俺每日絮絮叨叨，一日就说你几千遭，或者你乜眼也跳。

## xuan

【宣宝号】念佛。禳24：我方才入梦中，怎么你梦也相同？这梦不比寻常梦。

分明罗汉来惊我,还当顶礼拜虚空,念佛休说不中用。就从此勤宣宝号,消却那孽障千重。

**【宣帽】**古代官吏戴的一种高帽子。日·毡:毡衣宣帽待科仙。

**【宣碗】**明代宣德年间制作的瓷碗。日·器:宣碗成瓷皆第一。

**【揎】**(方言音"宣"去声)❶填塞。寒7:权印官狠似狼,该剥皮揎麦穰,叫狱神尽把冤魂放。增28:万岁传令:"叫锦衣武士、代刀指挥上来,将王龙拿去剥皮草揎,消朕之大恨。"❷同"館",吃(带贬义)。穷:说了道了都不算,也有酒,也有饭,尽他捣,尽他揎,还要给截官儿见,休要误了这一限。禳24:好歹抓打上两三盘,那管他揎与不揎。❸镟,旋转着切削。禳24:那一日俺家里杀了一只鸡待亲家,才煮出来,我没犯寻思,就把那胸脯揎下来,包了包掖在腰里。禳24:厨子最赃贪,肉块儿掖腰间,腚腄腚眼都油遍。羊落了半边,鱼落了中间,书房鸡也把胸脯儿揎。❹打。禳16:像那高大官忒也嫩,不禁揎,若还手里没分寸,忽然一下染黄泉,这才犯了凌迟罪儿,秋后处决定不免。富6:张官人起了身解了部院,要打点那解子腰中无钱。……差人见他不能走,后头路待使巴棍揎。❺撞,碰。磨23:两个碰在一处,几乎硼倒。王丙抹头说:"鞋里加楔子——好揎!"磨23:逐日好像在地狱里串,雨下了脸上才知道阴天,走的紧照着墙角子使头揎。❻同"捋❷",揪拔毛发。增4:不看你是过路的行客,小厮来把你毛揎!

**【揎泛】**暄和,松软。磨31:一刀刀俱砍着硬头颅,一枪枪俱攮着揎泛肉。

**【萱亲】**母亲。姑1:二十余年老友人,买来矇婢乐萱亲。惟编姑妇一般曲,借尔弦歌劝内宾。

**【喧】**❶嘈杂吵闹。寒3:已吃到星月全,点上灯不说颠,反转只把吴孝恋。唱了一个《狗咬狗》,惹的笑声满屋喧,他殷勤只把酒来劝。富5:八月中秋白露寒,蛩声喧。❷同"館",大口地吃(带贬义)。磨18:店小二说:"现成饭,给他喧了罢,只顾着他吵甚么?"店主摇了摇手说:"你不知情由。"

**【渲掏】**"渲"指渲染,国画的一种技法,以水墨或淡彩涂染画面。"掏"此处义不详。日·丹:画山全在渲掏好。

**【萱草】**黄花菜。日·菜:萱草花强笋也精。

**【墍】**(原讹作"墍")暄,松软。日·庄:垡垡压去要深墍(蒲氏注音"暄")。日·饮:馒头皫白又松墍。

**【玄鹤凤】**黑鹤和凤凰。翻12:范小姐拜公公,满头花穿大红,浑身都是玄鹤凤。

【悬痈】一种生于会阴处的肿疡,又名“骑马痈”。日·疾:悬痈只近粪门边。

【旋】同“镟”。日·杂:太平车用花梨旋。

【旋网】渔网。使用时需划弧形抛出以最大限度地张开网口,故称“旋网”。日·鳞:更有旋网和兟[1]子。

【镟】旋转着切削。禳24:俺可镟了一块肉胡儿,转了一个鸡脯儿,偷了两对鸽雏儿……富7:打也打你太欺心,欺负俺家没有人。我若不看邻里面,还该镟了你也双腚门。

【馆】同“揎❷”,吃(带贬义)。墙1:若是您达,从来没见东西,不知待馆多少哩。翻3:你就趁闲赶下饼,休要管他馆不馆。

【楦】鞋楦。日·裁:鞁上繶帮方使楦。

【籑】(《字汇》一音“去声,须绢切”)把硬木条用牛皮条或铁丝捆束在笸箩、簸箕之类条编器具的边缘,目的是增加边缘的耐磨性能。日·器:箄箩新籑细罗张。

## xue

【靴匠】制作靴子的匠人。日·皮:靴匠又为芟皮鞡。

【学】❶学习。姑2:媳妇既然大两岁,必然学会做羹汤;做羹汤,替替娘,大家心里也安康。慈1:孩子雏,一身营生做不熟,新学着纪带子,才学着穿衣服,两顿打的会穿裤。❷学校。慈4:李氏生的那个儿子,名唤张诚,也送在学里读书,十年来合张讷也没见一面。禳22:咱已进了城门了,得个相识的问看宗师还在学里没有。❸转述。姑2:安大成请了邻墙他叔伯陪着他,吩咐学学给他听听。寒5:全没人对我学,三妹妹名声高,满城传说才知道。增18:那丫头把王龙的话从头学了一遍。❹描述。姑2:常说你模样好,为人又孝敬,婆婆敬的是口也难学。姑2:娘㛐就像亲娘亲女儿,待了几年没见,亲的就学不的。慈1:替张讷把娘叫:你只管你死去了,撇下肉儿将谁靠?身上的饥寒自家知道,疼里痒里对着谁学?

【学道】即学政。受派至各省按期到所属各府、厅考试童生及生员。参见“学院”。禳4:点名时宗师见他小,还问他年纪,只怕也有些指望。但只是学道是要钱的。禳22:昨日三弟来说。学道里调牌已到,该放出高蕃来去赶考。

---

① “兟”字之讹。

【学工】学业，功课。富8:从小儿就有个人样，十来岁就会做文章。虽然伶俐也亏他娘，不肯娇惯他学工旷。一点懒惰，打骂非常，门户支持单把孩儿望。

【学功】同“学工”。翻7:大舅子怒冲冲，骂一声二相公，弄像你也不能中。每日在家吃俺饭，请着师傅课学功，怎么这点央不动?

【学宫】学校。禳4:童生考成了白头也么翁，盘缠也得数万铜。到学宫，八十衣巾告不中。

【学官】主管学务的官员和官学教师。墙4:你没见，如今那管秀才的学官，多半不识字。他大爷若做了秀才，俺还管着您了。禳22:这学道着实贪，打捞生童托学官，高低讲价惟书办。

【学匠】教书匠，贬称教师。禳8:咳！我做学匠，也是可怜，学生十个，束修八千，饭要吃，衣要穿，买柴籴米，打油称盐，人人情情，甚是艰难，赤条条个人儿，并无一点妆奁，一回想想一个通身汗！

【学棚】考官阅卷的场所。禳4:学棚里原是傀儡也么场，撮猴子全然在后堂。最可伤，瞎子也钻研着看文章。

【学师】学官。禳22:学师来已三朝，学中朋友尽开交，宗师初二下了道。富2:也无法也没天，不请学师大板揎，从此我辈遭涂炭！

【学业】学问。增24:我果然封了王侯，你的终身都在于我;只怕你那学业无准，可也罢了。增26:百万说:“我相着我往前交了好运，你怎么就说我有灾难呢?”天师说:“你的学业还浅。是你听我讲来。”

【学院】学政衙门。学政由部属等官选任者称“学道”，由翰林、科道官员选任者则称“学院”。磨14:看您嘴脸，就是一伙小人！给我锁了！一边行文去学院里除名，一边动刑问罪。

【穴理】墓穴的风水。日·堪:才将穴理认分明。

【袸裙】一种长裙。日·裁:袸裙里衶皆兴窄[①]。

【踅】❶来回缠绕。日·皮:股子做头踅皮缘。❷形容双脚很快地交替移动的样子。慈6:又见两匹马尖指就来这，老拘远里下马，缨帽儿皮靴，少年英耀步乱踅，来到跟前叫了一声爹爹。❸寻看。墙4:细丝锞白生生，踅到心没点铜，想你那模样心酸痛。

【雪花银】白银。姑3:眼睁睁一大窝，猜堆堆有五千多，双边双沿细丝锞，虽

① “窄”字之讹。

不知轻重如何，雪花银倒有些插和，每人只分了百十个。

**【雪莲花】**一种生长在新疆等地高山上的植物。相传能延年益寿。禳33：嗏！那牙笏摆满床，且喜白发双亲，那时节全然无恙，到百岁还安康，如神仙下降。你看那雪莲花放，枝枝朵朵一开千丈。

**【雪练锋】**指色如白绢的锋刃。增2：天子龙眉竖，御面赤通红，拔出龙泉剑，亮开雪练锋，拿过黄金箸，一剁两分平，谁人敢挡我，依律定不轻！

**【雪炼花】**指雪花银。姑3：傻儿瓜，傻儿瓜，他怎肯给你那雪炼花！

## xun

**【熏腾】**形容不好的气味很浓。日·养：熏腾恶气忌腥膻。日·菜：葱韭薤蒜气熏腾。

**【醺醺】**形容大醉。寒3：逐日家醺醺大醉，每夜里闹到三更。丑：一日，八戒离了天宫，驾着云头去净坛，到那吃个醺醺醉，东歪西倒要回还。

**【寻逞】**寻衅，滋事。慈3：我每日待找他没点闲空，他倒反上门来瞎胡寻逞，该把乜科子撕一个罄净！

**【寻贱】**不自尊地寻衅。琴：不好回言，不好回言，着实把他瞅一眼。没人和你玩，偏要来寻贱。

**【寻思】**思索，想。姑1：安大成每日见他娘全没个欢喜脸儿，便寻思："娶老婆元是成人家，着他娘母子不自在，要老婆怎的？"翻2：秋桂见他只顾寻思，便说："张天师闭了眼——你出甚么神哩？"富6：天明了，放起来又走。自己寻思：夜晚好难受，再这么一夜，一定就死了！

**【寻死】**自尽。寒3：这妮子这样不长进！怎么十七八的个人，就想着寻死？禳11：一年多，一年多，终日愁死不望活。俺只待寻了死，不待把日子过！增10：老贱人实落落的要打，再打我就挨不的了。自古道："猛风入井团团转，为人何不顺时行？"我将好言哄他哄，他若信了，我上南楼上吊寻死，抹头服毒，都在于我。

**【寻无常】**寻死，自杀。增27：不是打来就是骂，奴才只当叫奶名，满心冤屈合谁控？不如咱寻个无常，早死了另去脱生！

**【寻寻思思】**形容思索的样子。增20：王龙说："……尊讳呢？"万岁把檐毡帽一拉搭，伏桌子上打盹。王龙说："你这又是一个虎。寻寻思思的，没里他是'胡寻思'？这又不像个人名。只怕是'胡想'。"

**【寻蛐蜒磋耳朵】**同“寻蛐蜒钻耳朵”。禳26:我也爱打哈哈,这骨牌争竞多,不敢再做从前错。放着自在不自在,又寻蛐蜒磋耳朵,只怕又弄出什么祸。

**【寻蛐蜒钻耳朵】**比喻自寻祸端。禳13:小哥哥,小哥哥,根根毛儿都竖着。只当是美人图,原来是夜叉坐!小哥哥,小哥哥,自寻蛐蜒钻耳朵。

**【巡绰】**巡逻检查。闹:老军上介:“相公速请归号,巡绰的看见,干系不小。”可恨那军牢,又来恐吓说巡逻到。

**【巡检】**官署名“巡检司”,官名“巡检使”,省称“巡检”。明清时,凡镇市、关隘要害处俱设巡检司,掌训练甲兵,巡逻州邑,归县令管辖。增3:众人围绕,万岁在危急之处,不能走脱,城隍、土地着忙。有那巡检张敖正在那凉床上盹睡,梦中神灵显圣。增3:你亏了撞着我,若是那样人,回朝对都督说了,那江都督是朝廷近臣,驾前一本,就说居庸关巡检呼皇道寡,圣上恼了,发一路人马抄了满门,可不是弄假成真?

**【巡盅换盏】**相互敬酒。增6:二子弟下楼来,前来到十字街,排下一桌酒合菜。二人拍手哈哈笑,咱今吃个大开怀,巡盅换盏流星快。

**【训蒙】**学塾对儿童进行启蒙教育。闹:在下训蒙先生,姓和名为贵,表字由之,郃阳县同地村人氏。自幼读书,家道贫寒,别无生意,专以教书为业。闹:礼兄令郎虽系幼童,小弟善于训蒙,有如时雨化之者,尽心力而为之,三年有成。

# Y

## ya

【丫环】婢女。翻12:正说着,两个媳妇来磕头。仇牧之看见,着实欢喜。以后又是家人媳妇子来磕头,丫环在旁点火斟茶。蓬4:却说文箫得了彩鸾,心满意足。只是一日两回做饭,心中甚是过意不去。待了几日,使了十两银子买了一个丫环,姓魏叫小痴,便请娘子来相看。

【丫头】❶丫鬟,婢女。姑3:那眼里光阴,忍中日月,不觉的十年,臧姑生了一男一女。日生又便宜了,就买了个丫头。臧姑无处使那气,每日不是骂汉子,就是打丫头。翻7:完了席,天也就黑了。四个丫头挑着两对灯笼,送二相公暖云窝合范小姐合婚。❷指女孩儿。禳3:这身材几乎一歪,到被他喣煞爷娘,丫头还把小孩装。(此处指女儿江城)增12:你来要帐来呀,可是来探亲来呢,可是看朋友来呢?要帐俺又不该你嗄,探亲呢,俺合您娼家有什么亲?若是看朋友,你是个丫头家,俺又没合你拜交,只怕你来看相厚的来。增13:二姐看罢,暗暗的笑了笑道:"长官,贱人不敢动问贵姓大名?"万岁道:"这丫头上下打量了我一回,就开口盘问,真是个怪孩子。待我混他一混。"(此处指妓女"二姐")

【丫头子】同"丫头❶"。富13:不一时掌上灯来。太太说:"叫那丫头子们来歌舞一回。"

【呀】(作叹词时多读去声,作语气词时读轻声,作象声词时读阴平)❶叹词。(1)表示惊异。墙2:呀!怎么二弟家还不曾开门?待我叫他。墙2:前边是夏庄了。呀!那墙头上不是个人么?怎么在此叫唤?待俺看来。蓬5:相公大惊,说:"呀!我的事他怎么知道?必定是个神仙。"(2)表示感慨,啊。蓬4:不用商量,不用商量,我有满腹好文章。呀,一举成名,直上玉堂,乌纱玉带,去伴君王……蓬4:我的心事娘娘知道,陡然叫我下九霄,呀,又明明指我一条谋生道。磨12:呀!三伏即尽,秋风忽至,七月里,到秋间,听寒蝉,桐叶飘飘下井栏。❷语气词。(1)用在陈述句句末,表示肯定、强调。墙1:今日可有个指望,听说他称肉杀鸡,等他丈人,就不教我陪客,或者还舍点腥水儿喝喝呀!姑1:何大娘

见那于氏到了，说："贵人不踏贱地呀。"慈2：他姑看见说："这是谁家的孩子？"张讷说："你看俺姑，你就不认的我了么？"他姑细想了想，才大惊失色说："你是小讷子么？"张讷说："是呀。"(2)用在疑问句句末，使语气略为舒缓。墙4："王大叔在家么？"银匠问："是那个呀？原是二位贤侄。令尊好么？"慈1：一日，张讷出去玩的，邻舍家有个周妈妈，见他跛蹻跛蹻的，便问："这孩子你那里疼呀？"禳1：养汉老婆攀四邻，谁家那正经人物子怕老婆来？"丑云："嗤！我道你就不怕么？那一日俺王大娘就没打你呀？……"(3)用在祈使句句末，使语气略为舒缓或表示急切。墙1：李氏说："爹，再坐坐，就不吃酒，再吃杯茶。"李老笑说："茶里可休加蜜呀。"墙2：张老又起来，着他挟上去，说："上呀，上呀！拘巴着，拘巴着！上去了没？"(4)用在感叹句句末，增强感叹语气。墙3："夜已深了，睡了罢。"上了床把腰一伸："好自在呀！"增14：万岁说："好呀！人说宣武院齐整，果然是实。"(5)用在呼语后，带有恳切的意味。墙1：李氏说："张大呀，咱爹来了！"姑2：大姨呀，我不回去，我就这里跟着你罢。慈6：瑞州城里闹喧喧，走过了东关问北关，奶奶呀，离乡人来求你一碗饭。南家里讨，北家里缠，在外的人儿难上难，爹爹呀，发慈悲施给我饼一片。撞着了青春一少年，谁保的俺兄弟得团圆，哥哥呀，破衣施给俺一件。二八佳人往外看，听说哀情泪涟涟，姐姐呀，好心人施给俺针合线。(6)用在并列成分(包括正、反问句和选择问句中的并列成分)之后。墙1：有甚么咧，爹，不过称了二觔肉呀，杀了只鸡呀，爹，咱县里休说没有猴头、燕窝呀，爹，连那鱼鳖虾蟹，也是没有的呀，爹。墙2：家里财神不供养，把他简慢又蹬开，这是嘲呀可是怪？禳14：俺也不肯伤天害理，只是撮合人家好事。他有爱汉子的呀，或是想老婆的呀，俺老李一到，就是天仙织女，俺也念诵的思凡。禳29：江城云："你坐下，我问问你，会下棋呀不会？"兰芳云："才学着做。"江城云："你会打双陆呀不会？"兰芳云："才知道成梁。"磨23：空每日说天可是青呀可是蓝？面前的田地是湿呀是干？增12：你来要帐来呀，可是来探亲来呢，可是看朋友来呢？(7)用在重复成分之间。磨12：回头惊讶，说："我真是醉了！真眼花了！你看这楼房俱在，俺已是身在房中，何曾不见庄村？奇怪呀奇怪！"磨17：祭毕，提头来献，便跪下说："谢大王大恩！"大王拉起，哈哈大笑说："妙哉呀妙哉！"(8)用在比况助词"是的""似的"之前。姑3：我合你做妯娌十年多，近来极像合你初会呀是的。富13：咱太太欢喜了，也模样越发俊的娇嫩了。年纪三十四五，只像二十四五呀是的。姑2：臧姑听的跑了来，也不怕大伯，骂二成："贼杀的！你不来呀！"二成狗颠呀似的跟了去，只听的那屋里，娘呀娘呀的，动了腥荤了。

穷:俺也曾血汗暴流,扭筋拔力。只有鹁鸽屎呀似的一块银子,雀子屎呀似的一块金子,俺也算有了身份。(9)用在喻体和形容词之间。翻7:仇大姐笑开言:我这心里怕你嫌,你不嫌就卸了这根担。蛴螬棚㲉捧呀大,你那嫁装那里安?放着那里也方便。(10)用在句中停顿处。墙3:张二说:"老头子这般欢喜,等我套弄他套弄。"回过头来说:"你看我呀,就忘了合爹说王银匠来要钱。"张老说:"甚么钱?"姑2:他娘听说一把夺:你就宁么怕老婆!看透呀,真真是个脓包货!❸象声词。形容门转动的声音。禳11:拿拳头把门敲,举手又把吊儿摇,高高声就把书童叫。……立多时徘徊瞻望,"呀"的声柴门忽然开了。磨8:遂去书架上抽了一本书,塌伏着枕上观看。忽听的后门"呀"的一声,像是那高底儿响,走将近来。

**【呀呀哈】**叹词。表示很惊讶。禳32:"我乃张邋遢是也。从京都一路行来,只见瑞云缭绕,原来却是高翰林家。待俺进去会会。哪哈!门上给我传传,我待见你老爷。"门上云:"里边有客。"三疯云:"呀呀哈!难道里边是客,外边是主么?"

**【呀呀儿油】**曲牌名。与"呀呀油"有异。翻2:[呀呀儿油]天黑了,天黑了,手拉手儿陪坐着。虽然说是点灯来,却又只顾拿不到。呀呀儿油。静悄悄,静悄悄,密密的满天星乱摇,总像屋里没有人,并不听的说合笑。呀呀儿油。蓬3:[呀呀儿油]问奴家,问奴家,现住广寒王母家。因奴动了思凡心,才摘了我的云头驾。哩么呀呀儿油,哩么呀呀儿油。有缘法,有缘法,就做夫妻也不差。已是惹得娘娘嗔,到了如今还说嗄,到了如今还说嗄?

**【呀呀油】**曲牌名。姑2:[呀呀油]我的娘,我的娘,说您婆婆好装腔。你若是好奉承他,越发弄他那像。不识臭香,不识臭香,索性照着掘他娘!他不过也是人,我看他有甚么账!快2:[呀呀油]好奸徒,好奸徒,烧的我鼻脸黑又乌!不惟说是衣服烧,身上燎泡无其数。天叫孤,天叫孤,一统天下坐皇都。尽他怎么弄机关,自然还有天加护。

**【呀耶】**叹词。表示无奈。磨6:一个个叉着腰,嚇嚇的喘粗气,都说:"不消讲迟,呀耶,看去的晚了,又说俺受了贿哩。殊不知俺是一口水也不曾吃的。"

**【压】**❶从上向下对物体施加压力。姑2:一清晨二成没在家,洗脸水没人端,一声里骂二成。于氏便说:"他在里么?"臧姑说:"你端了来!也压不煞你!"增4:云魔女下九天,一条担压香肩,打水三娘重出现。❷压制。寒3:那官司大起天,大爷到一霎完,这势力压倒了新泰县。富10:伤感的真正不差,你爹爹岁

岁天涯,没见长的这么大。我儿还该愤发,这举座压不住仇家,仅能不着上门骂。你若能插了宫花,你若能戴上乌纱,那时才压的仇人家下。❸胜过,居于之上。磨10:家君为宰相,权势压朝纲。文武将赴任,须谒小中堂。磨18:他解的是张相公,好文章压卢龙,为人义气声名重。❹覆盖,遮住。蓬5:雪花乱飘飘,雪花乱飘飘,粉压垂杨玉砌桥。禳4:宗师的主意甚精也么明,只要实压着戥上星。❺搁着不动。磨2:朝廷大赦将到,若不速比钱粮,数日之间,设或赦到,只压三两天,那银子能有多少?❻弹拨(乐器)。增15:万岁……抬头看见桌上一把筝,说:"二姐,那是什么东西呢?"那二姐娇声怪气的说:"是筝!"……皇爷说:"你也笑话我。我还会嫖哩,可不知他中做什么?"二姐说:"你也嫖不出好嫖来;他还强起你,他中压。"万岁说:"压着怎么样?"二姐说:"中听。"增15:不是这么压,支起马来秋秸葶拉曲。

**【压裁订辑】**将书页装订成册的工序。把书页压紧,裁割整齐,装订起来。蓬4:专工一日,能写几篇,纵有快手,能写几千?四五万字,也得十天;压裁订辑,又费钻研;十余日才得完,抄一部,手也酸。

**【压楂】**(chá)压制住对方,控制住局面。磨20:我想来没的巴,惟有中举压的楂,不由人才把房官骂。

**【压伏】**压服,用强力制服。寒5:今清晨送出街,三妹妹哭哀哀,二叔唬的魂不在。嘱咐差人去请你,又着你急忙赶上来。他爷䠍走的也不快,你急去还能赶上,也好去压伏公差。

**【压狐】**今方言称梦魇为"招了压狐",指作祟的狐精。聊斋志异·捉狐:一日,昼卧,有物登床,遂觉身摇摇如驾云雾。窃意无乃压狐耶?

**【压脚被】**天寒睡觉时盖在腿脚处被子上起保暖作用的小被子。闹:夜晚铺盖不好,听我道来。唱:小村庄无有许多铺盖,况我是贫寒家甚是作难,有一床破被子又窄又短,土炕上无有席半截破毡,也无有压脚被衣服几件,要枕头自己找一块破砖。

**【压苗】**抑制苗的生长。农·剜谷:虽云老剜少刨,亦宜略早。苗不剜不长,种晚者更宜速剜,但勿令其压苗耳。

**【压檐】**把檐石安放在屋墙上。日·石:压檐还得大石镶。

**【压住家】**指作为保持家庭安宁的基石,能够抵御别人对自己家庭的干扰。磨25:自觉一个举人,也压不住家,不如等到会试。

**【押】**❶押送。墙3:哥打兄弟从来有,兄弟打哥罪不轻,村种真不通人性!

告到官三十大板，押你去流徙边城！增27：千岁同合朝文武押着微臣找主，我主回来，饶臣不死；找不回来，情愿伏罪。❷拘押。磨14：他拿了生员的两个家人媳妇子去，合两觅汉去，到了城里，押了一宿。❸签字画押。翻10：魏名也认了十亩地，押的那官帖即时退出，倒把他生了一肚子气。❹同“压”，搁着不动。磨1：“我这二日听的说，咱这俭年去处，朝廷家知道了，已是把钱粮全赦。有说是文还没到的，有说老马押起来的。磨1：相传着有赦条，说是他押住了，又说还是不曾到。

**【押役】**衙役。日・争：须用银钱求押役。

**【剄】**割下粮食的穗。日・庄：镰刞麦秸鐗剄穗。

**【鸭脚】**指小枝杈。农・农・科斫：梯不高则枝折，条不还则枝曲，采不净则鸭脚多，旦暮采则润泽，避热则免桑条干枯也。

**【牙巴骨】**牙床骨。墙2：上下一堆破铺衬，西北风好难禁，牙巴骨打的浑身困。

**【牙崩不字】**同“牙缝崩不字”。说“不”，不同意或不接受。慈3：他若是两手来送献，不用枪刀就解了围，一点唇舌全不费，他若是牙崩不字，管叫他弃甲丢盔！

**【牙哆】**牙碜，食物中夹杂着砂子嚼起来牙齿不舒服。比喻让人不舒服，让人鄙视。禳26：赃帮的难堪，牙哆的难堪，上头扑腚，不似从前。

**【牙床】**❶饰以象牙的眠床或坐榻，泛指精美的床。琴：不觉明了天，不觉明了天，待要起去仔是怪懒耽。勉强下牙床，阑闳了好几番。磨24：闷恹恹在绣房，夜无眠日又长，终日倒在牙床上。❷一种猫的名称。日・走：猫儿巧名钩挂玉，又有锦被盖牙床。

**【牙顶】**牙尖。磨3：一为他为人公，二为他文章通，三来为他名声重。他那里听说这件事，未必不咬的牙顶平，俺求他那有心不动？

**【牙缝崩不字】**说“不”，不同意或不接受。禳16：自从嫁了葛天民那王八头，枉勾家里梦见俩汉子，他也不敢惊着俺。他若牙缝儿崩不字，小孩子卖长生果——吃不了还叫他兜着走哩！

**【牙根】**牙龈。墙1：盛上呵了一口，裂着嘴说：“冰的牙根这样疼痛，怎处怎处？……”翻12：土条蛇进来门，低下头咬牙根，口里不言心里恨。

**【牙行】**为买卖双方介绍交易从中收取佣金的商行。日・走：市有经纪与牙行。

【牙笏】象牙做的朝笏。大臣朝见皇帝时执用。富14:夫妇八十犹康健,牙笏脱来已满床。增28:毛阁老传令,快换朝服,手执牙笏,各按品从,各人俱要十分小心,众文武齐声答应。

【牙牌】象牙腰牌,官员系在腰间证明身份的牌子。禳32:中进士选翰林,告假来探双亲,宫门曾带牙牌进。禳33:媳妇个个贤,我的儿又做官,牙牌直到金銮殿。

【牙签儿】用象牙做的细棍。禳32:子雅云:"贱荆自造了一条锦带,祝贤侄聪明富贵。"遂拿出来,众人都看云:"怎么这样精巧!一头系着锦书一套,还用的是牙签儿,一头斧戟弓箭,俱是五色绒线,缠的好精巧,好精巧!奶母且拿着罢。"

【牙色】与象牙类似的淡黄颜色。日·毡:耿绒牙色染诸般。

【牙笙】以象牙代管的笙。泛指名贵的笙。增25:那百花羞见爷问他,便去房里拿出一只玉笛,一攒牙笙,雕刻的异样精美。笑了笑,将那笙递于胡百万。

【牙疼咒】牙疼时为止疼而念的咒。比喻事情紧急时起的咒誓,过后并不作数。俊:张三姐笑吟吟,我着你伤了心,牙疼咒儿我全不信。前日你道说洗了手,起的咒誓似血盆,随即输了个大荆囤。若是狗改了嗦屎,你说话就是那公鸡拂群。磨4:一不做二不休,万两银子要全丢,有钱买的天门透。上堂若是分辩理,款单呈词一笔勾,行行都成了牙疼咒。

【牙痛咒】同"牙疼咒"。磨27:我要上几个本章,除除那民害,破几个贼头。恨世人乖觉,光说那牙痛咒!

【牙宣】一种牙齿病症,龈肉萎缩,牙根暴露,牙齿松动,经常渗血或渗脓。日·疾:齿衄鼻衄与牙宣。

【芽白菜】也叫"黄芽白菜",即"大白菜"。日·菜:芽白菜像擘蓝英。

【芽】❶植物刚长出来的可以长成枝、叶或花的部分。富11:二月里柳树青,百草萌芽向日生。闹:(唱:)到春来苜蓿芽尖饼白饭。(外白:)这是好的,吃了苜蓿芽先不鹊瞽。❷比喻芽状的东西,可以生长的东西。翻2:人说婊子没良心,他还有点良心芽。

【枒】样。姑2:诸葛初次出茅庐,婆婆汉子都降伏,妈妈呀,也不可不走走这枒路。

【崖】山崖。慈4:正说着,听着阵阵的风响,好几个打柴的喊了一声说:"虎来了!"都跳滚崖下躲避。磨23:有一伙瞎厮,在路上走路胡迷了,一骨碌张在崖

里。亏他攀住一枝荆科，不曾到底。

**【崖岸】**指做事的底线、操守、节概。禳5：咱虽穷了，咱虽穷了，门户虽衰品极高。也该略把崖岸存，休要惹的傍人笑。

**【崖头】**崖，山石或高地的陡立的侧面。慈4：他哥看了看，那手上使的两个泡，脚上鞋也破了，倒弄的无心打柴，守着哭起来说："你不家去，我就跳了崖头！"

**【衙丁】**衙役。富2：大老爷怒冲冲，骂贼徒众衙丁，夹打要你从实供。

**【衙蠹】**对衙门中贪赃吏役的蔑称。磨4：告人命告贪酷，告知县告衙蠹，认上头只得往前做。磨11：这衙蠹太欺心，拿住他打断筋！打多打少不要论。

**【衙官】**指下属小官。禳29：若还做衙官，伺候正堂，揸孤拐，骂淫娼，好似阎王，那可才摆划的俺，出了滚汤，又到火床。

**【哑巴】**不能说话的人。磨14：又有一个哑巴，在堂下边叫唤。按院说："叫上来。"那哑巴指指画画，哭哭啼啼，从袖里抽出一个帖来。按院接来看了，说："你媳妇被户房抢去了。"点了点头。"你媳妇合户房有奸么？"哑巴摆手。

**【哑蝉】**以动作示意。"蝉"为"禅"字之讹。佛教禅宗倡静虑、顿悟，常以动作示意，使人领会禅理。增14：那二姐虽然也认出万岁是个贵人，只是众人属目之地，见他光弄那呆像，未免没好气，不待答应他，遂把头一摆。万岁道："你这是个哑蝉么？我说是个衣架。——不是个衣架，就是个秋千架，又无绳子合坐板。"

**【哑酒】**没有行令等佐酒形式的饮酒。增19：话说王龙问大姐的法儿，大姐说："他是个军家，只会跑马射箭，他知道甚么？吃酒中间，你就说哑酒难吃，咱行个令。他若不会行，输了酒，咱可取笑。"增19：有王龙叫长官，开怀饮玩一玩，从来哑酒吃不惯。输家吃酒赢家唱，拆白道字耍一般，打乖夺翠各人占。违令者罚酒三杯，饮酒处决不虚言。

**【哑谜儿】**指用动作或表情表示出来的意思。禳20：他二人接坐挨肩，彼此都喜喜欢欢，时时笑语垂情盼。这一个暗蹴金莲，那一个笑上眉尖，两家都把心绪乱。哑谜儿暗会心间，眉眼把情传，做手势背不的旁人看。

**【哑子】**哑巴。磨14：又有一个哑巴，在堂下边叫唤。按院说："叫上来。"那哑巴指指画画，哭哭啼啼，从袖里抽出一个帖来。按院接来看了，说："你媳妇被户房抢去了。"点了点头。"你媳妇合户房有奸么？"哑巴摆手。……哑子从腰里掏出一包银子来。问："是给你的么？"点点头。问："是多少？"摇了摇头。问：

"不知道么?"点点头。按院看了看,那银子有二两,其余尽是杂铜。按院大怒,丢了八支签,打了四十板;又吩咐夹起来,又挜了二百杠子。吩咐哑子:"你去罢,我着他把老婆还给你。"哑子又闹着眼作死样。问:"你老婆死了么?"点点头。按院说:"容易,就着他老婆给你。下去罢。"哑子叩头下。

**【瘂】**哑。日·身:瞎聋伆瘂有前因。

**【雅致】**文雅不俗。禳29:那兰芳温柔雅致,我还爱他,休说是个男子。磨1:不好,不好!这也像叨贫话的,不大雅致。

**【亚车床】**轧花机,分离棉絮和棉籽的机器。亚,同"轧"。增17:朝廷家有龙床,大人家有八步床、顶子床,小人家有脚床,监里有框床,食店铺有活落床,棉花铺有亚车床,没见人家有铜床。

**【亚赛】**好像,好似。增1:十三省数山西,大同城里好景致。男人清秀真无比,女人风流更出奇,人才出色多标致。宣武院三千粉黛,一个个亚赛仙姬。

**【亚元】**会试的第二名。富13:到了棚前,抬头一观:先看了会元,次看了亚元,往下又看,呀,见了第三以下,第四宫升就是太原。磨26:到了榜棚,抬头一观,先看了会元,次看了亚元,往下又看第三,呀,第四宫升就是太原。

**【挜】**压,碾压。磨14:按院大怒,丢了八支签,打了四十板;又吩咐夹起来,又挜了二百杠子。

**【轧车】**对棉花进行初加工的一种机器,主要是通过碾轴的转动挤压棉花以除去棉籽。日·器:踏棍蹬来轧车忙。

## yan

**【恹缠缠】**形容精神萎靡的样子。寒6:二相公不做声,走一步停一停,往前走的没心幸。俩鬼嫌他走的慢,瞅眉裂眼乱咕哝:恹缠缠你害的什么病?

**【恹头搭喇】**同"恹头搭脑"。禳16:近来一发不成个腔儿,把人活气杀!气也不喘,像个呆瓜。我才脱鞋,他已倒下;合他说句话儿,他就打呵;给他点笑脸,他也不觉。在人跟前,嘻笑哈哈;到俺跟前,恹头搭喇。跪在床下,战战呵呵,似上杀场,就着刀剐。

**【恹头搭脑】**形容垂头丧气、情绪萎靡的样子。寒6:二相公无奈何,跟他出去,恹头搭脑的,一步一步的慢走。增19:王龙着二姐笑的羞愧难当,把眼瞪了几瞪,几番待要发作,又寻思是自己说的,又怕人说他,恹头搭脑的,不言不语的。

【恹头打脑】同“恹头搭脑”。寒2:一个好人死的苦,满城听说都哀怜,官司打罢人人叹。蝻相公恹头打脑,回家去问母平安。

【恹恹】形容精神萎靡的样子。翻5:父亲未知存与也么亡,老母恹恹病在床,从书房叫出哥哥守病娘。富3:第三日恹恹路途也么中,一里难如山万重。

【恹恹憔瘦】精神不振、身体憔悴瘦损。蓬3:自从在华山相见以后,到家中害相思何曾抬头,你看看到如今恹恹憔瘦。丑:猪八戒害相思,只害的恹恹憔瘦。颠倒思量,总然是无法可设。

【恹恹缠缠】同“恹缠缠”。琴:不觉明了天,不觉明了天,待要起去仔是怪懒耽。勉强下牙床,阑囫了好几番。恹恹缠缠,恹恹缠缠,冤家不住端详俺。身子软迭歇,仔觉着难存站。

【胭粉】脂粉,胭脂和香粉。增16:他唱词你听了,问你讨些赏赐买胭粉擦。增21:老王,你眼瞎么?看不见着你听听罢。我陪了你这一二年了,你给了我几道胭粉钱?

【胭脂瓣】❶指艳红色的花瓣。增13:万岁爷仔细观,亚杨妃赛貂蝉,轻盈好似赵飞燕。一双杏眼秋波动,两道娥眉新月弯,朱唇红似胭脂瓣。❷指艳红色花瓣状的连缀而成的织物片。穷:红缨帽子胭脂瓣,满洲袜子扣丝线,纱罗穿上浑身凉,皮袄穿上一身汗。

【胭脂虎】抹了胭脂的老虎,比喻悍妇。宋代陶穀《清异录·胭脂虎》:“朱氏女沉惨狡妬,嫁陆慎言为妻。慎言宰尉氏,政不在己。吏民语曰‘胭脂虎’。”慈1:张炳之是一个甚么物,为孩儿想了个颠倒烂熟,有了法还不敢明明的去做。低头又把苦心用,白迷拉眼就弄局。怕的是那脚步儿响来,忽然间儆觉了那胭脂虎。

【烟】❶物质燃烧时产生的气状物。慈1:打光棍实势难,炉少火灶少烟,衣脏袜破鞋儿绽。翻11:又似云又似烟,浓骨突只冲天,往里瞧瞧看不见。❷烟草。翻4:堂上喝了一声裂,嗤嗤一阵响连天,条条都是八丝缎,合衙门偷着抢去,都缝个荷包装烟。闹:丑白:“且住、且住。今日上学,家中无酒,如何是好?”外白:“沽酒市脯不食。可有烟乎?”丑白:“道有烟两样,就是不大好:一宗苦菜花,一宗芝麻叶。”外白:“有烟就好。”

【烟黑】以木炭燃烧时形成的烟灰为原料制成的黑色颜料。日·丹:早明烟黑随心对。

【烟花】❶指妓女。增17:今日既然接着你,我索性跟你去张罗,省的又接第

二个。你休愁烟花拙懒，情管俺转不下吆喝。❷指妓院。禳 29：流留烟花四五年，今日这边，明日那边。强把笑脸儿，下四低三，光棍行，皂隶班，但肯给钱，不管奴家爱不爱，陪他去眠。纵然打盹，只得去动弹。增 11：第一怨怨爹娘，只顾你早先亡，撇的孩儿没头向。七岁落在姑娘手，卖在烟花去为娼，朝打暮骂无指望。

**【烟花巷】**指妓院。增 9：十个钱就看在眼里！似俺这烟花巷里，十数两银子也曾见过。增 10：这一日佛动心正然悲叹，忽见那喜鹊儿来那檐前蹅蹅的叫唤了几声。说："喜鹊，你错叫了！这烟花巷里有什么喜事？"

**【烟藟】**一种野生植物，有浆果，成熟后皮为紫色，可食，味略甜。日·果：烟藟樱桃生涧谷。

**【烟楼】**耸立于烟云中的高楼。富 8：寒烛烧残开月殿，宫花插处见烟楼。

**【烟枪气】**难闻的烟气。翻 11：话说那仇家自从那失火之后，处处俱是灰尘，进的看看，一片荒凉。……(唱：)烟枪气乱飞腾，门里门外少人行，尘土烂灰扫不净。

**【阉门】**掩门，关门。日·兵：城不阉门乡安稳。

**【严紧】**不放松。增 14：那二姐见众人跟着乱看，急自害羞，又见万岁左右不离，说道："姐夫，你怎么一条汉子还害怕么？有狼哩有虎哩？你死活的跟着我，怕人家拉了我去了么？你待在前头就在前头，你待在后头就在后头，不前不后的，你到有些严紧。亏了我没嫁了你；若是嫁了你，到分不了外哩，你会数着我的脚步走。"

**【严实实】**"严实"的重叠形式，表严密程度更重。翻 11：看了看好东西，满满的一大池，上边都是石头砌。大伙抬出五六个，可又盖的严实实，还愁没法把他治。增 11：好丫头笑嬉嬉，劝姐姐休撒急，我有一条绝妙的计。咱緉同到玉火巷，你可藏的严实实，俺俩上楼把你替。

**【言对】**商议，商兑。翻 1：仇尚廉又羞又怒，起了一个狠心，暗地里找个主子，言定价银十两，安心不对他说，着人家强拉了去。……言对就了，那老头子还要打听徐氏的德性。

**【言语】**❶话语。姑 1：安大成原是来逐珊瑚，见了那血水，把逐他的言语一句也说不出来了。寒 3：那媒婆听了三官的言语，饭也没吃，起来去了。❷说话，做声(均用在否定词之后)。姑 1：珊瑚慌忙出来，一眼看见他丈夫，低下头，一声不言语，那泪赶点子滴。禳 27：爹娘每日念佛，越发念大差了。受了大害，怕爹

娘伤心，没敢言语。今日好了，不免去劝劝爹娘，不必昼夜念诵，枉受辛苦了。磨22：想是冯玉来家，也没有不合你说的，你可万万休漏出一字来！就是太太那边人，你也休合他言语。

**【沿地】**同“沿地里”。磨1：与其临死臂稀烂，不如囫囵死道傍；今日还能沿地走，运气极低算命长。俺也不指望逢大赦，指望出门逢善良；一路无灾又无难，安安稳稳到汴梁。

**【沿地里】**到处，四处。姑2：辞别了何大娘，泪湿衫袖，必然是前世里打下佛头，今世里才教你无般不受。本庄里住不住，又沿地里将人投。禳3：教书教了三十年，卷着席头沿地里搬，几乎住遍了峡江县。

**【沿门】**逐门，挨着到各家。慈6：张讷出门时是二月间天，这一年到了瑞州，是十月里，共算起来是三年零九个月，盘费久已净了，一年来只是沿门上乞食了。增25：转街巷曲弯弯，皇帝后秀才前，领着万岁沿门串。

**【沿门子】**同“沿门”。增9：院中许多娇娥女，见了骂声小乖乖，点点人儿真作怪。沿门子磨牙斗嘴，谁知他别有安排。

**【研磨】**推磨磨粮食。闹：家里忙看孩子带着烧火，牲口忙无了面我把磨研，扫天井抱柴伙捎带拾粪，来了客摸桌子我把菜端。

**【盐正道】**指盐巡道，以分巡道兼任盐法道的长官。明代于按察司之下设立按察分司，其长官负责监督、巡察其所属州、府、县的政治和司法等方面的情况，谓之“分巡道”。磨1：实指望秋禾接接口，谁想天爷不在行！遮天影日蚂蚱过，朝朝每日唬飞蝗。把谷吃了个罄溜净，庄稼何曾上上场！……大家告灾到了县，知县不肯报灾伤；众人又望上司告，差下盐正道老黄。

**【颜神盅礶】**指颜神(今山东博山)出产的陶瓷用具。日·器：颜神盅礶贫家用，夹口炯底不成腔。

**【檐边毡帽】**同“檐毡帽”。增2：这万岁是个马上皇帝，最好私行游玩，有江彬做就的行衣：青布衫，黄罩甲，绑腿，鞠鞋，檐边毡帽，皮鞓带，椰瓢，闹龙褡包。

**【檐毡帽】**军士所戴的有帽檐的毡帽。增5：放下担往里瞧，见个人甚蹊跷，头上戴着个檐毡帽。撒脚不敢回头看，口中只说不好了，要军钱的汉子又到了！增25：胡百万笑吟吟，俺有眼也有心，你说俺就恁么夯？头上戴着檐毡帽，腰束皮鞓带一条根，自然长官何消问？

**【奄扑扑】**眼巴巴，眼睁睁，指眼看着不如意的事发生而无可奈何。寒8：风折桅浪滔天，奄扑扑就翻船，号咷痛哭人声乱。

【掩】❶关闭,合上。禳1:半掩绣房门,半掩绣房门,别君愁绪乱纷纷。禳15:怎么等了二日,老李婆子并不曾来?哦!是了,我在这里,看见我就溜了。我掩杀这门儿,打这门缝里瞧着他罢。富14:才进了内书房,摘纱帽脱衣裳,自己静掩纱罗帐。❷掩藏,盖住。寒1:报仇难得痛快,尤奇在二八红颜。快刀终日绣裙掩,杀人时秋波不转。富3:舜华听说这话,便拿起衫袖拭了拭那泪眼,掩着那樱桃小口,笑了一笑。

【掩怀】扯动胸前的衣襟使其遮住胸部或使其更齐整。姑1:珊瑚随即进房来,脱了衣裳换了鞋,落了鬅头洗了粉,去了裙子掩掩怀,掩掩怀,插金钗,未照菱花鬏髻儿歪。

【掩着耳朵偷铃铛】掩耳盗铃。慈3:赵大姑说:"你掩着耳朵偷铃裆,你那心剜出来,那狗也不吃。你当是没人知道来么?"

【眼巴巴】形容瞪着眼看。慈4:远望昏花,远望昏花,那手拿斧子眼巴巴,极像是张诚,人儿又不大。

【眼岔】眼朝两边看。日·走:耳尖眼岔快溜缰。

【眼弹】眼球。快2:叫曹操留下脑袋,做夜壶不费安排,抠眼弹刮了毛腮,镶上铜几年不能坏。禳16:我初到葛家,约有半年,那忘八意思里就待施展。我这里采住毛,我就剜他那眼弹。

【眼底无人】目中无人,看不起人。增18:俺又没曾来赶你的酒吃,你原是请俺来的,你不该眼底无人!

【眼丁】眼中钉。禳10:泼妇离门凶气除,耳根清静眼丁无。

【眼花】视力模糊昏花。寒8:老夫人泪盈盈,又是喜又是惊,我半年哭的得了眼花病。磨12:我真是醉了!真眼花了!你看这楼房俱在,俺已是身在房中,何曾不见庄村?奇怪呀奇怪!

【眼见是实,耳听是虚】习语。指亲眼看到的比听说的要真实可靠。增9:鸨儿道:"我先合你去看看。"六哥道:"正是。眼见是实,耳听是虚,我就说的那龙吱吱的叫,你也不信。"

【眼角弦】"弦"为"眵"之讹。磨25:五更鼓儿天,五更鼓儿天,满脸皆薰烛蜡烟。常拭那眼角弦,只觉灯光暗。(富12描写同一场景时唱词作"拭拭这眼角眵")

【眼枯】指泪水哭干。姑1:可怜煞,陈珊瑚,拜了婆婆拜丈夫,满怀冤枉凭谁诉?痛煞了泪下眼枯,昏惨惨地黑天乌,替他叫屈的无其数。富5:方娘子,甚凄

惶，你从那返故乡？我在家中将你盼，将你盼，为你眼枯又断肠，又断肠！

**【眼里插柴】**相当于说眼里冒火，形容焦急万分的样子。俊：因赌博人品尽丧，只输的眼里插柴。增21：那万岁赢了数帖，急得那王龙眼里插柴。

**【眼目大】**眼光高，看不起别人。翻7：乡绅人家眼目大，婆婆丢在九云霄，才着人笑的牙儿吊。增18：小二姐听的说，拉住了万岁爷，暗把手儿捏一捏。那王龙行子眼目大，行动不动就称他爷，逢人惯把架子扯。像是你这个模样，到那里看他嗤撇。

**【眼皮宽】**同"眼皮子薄"。翻11：如今人眼皮宽，时势炎凉好可怜！充军时谁肯来相看？今日忽然中了举，人是富贵又少年，必然就做翰林院。你看那床帐桌椅，各屋里摆列光鲜。

**【眼皮子薄】**形容目光短浅。增16：那丫头一个家碰头磕脑的抢拾，崩了一个，滚在二姐面前，二姐虾腰拾起。万岁说："你好眼皮子薄！赏了丫头的东西，要他何用？"

**【眼色】**❶向人示意的目光。增15：那二姐低头，半晌无言，遂丢了个眼色，那丫头把好夜壶藏了。增19：姐夫，他待行令，你会不会？你会就合他行；你若不会，丢一个眼色，我给你点着。❷眼力，辨别是非好坏或情势的能力。禳33：我这眼色，跟不上兰芳一半子。增14：万岁微微听的，便道："二姐，宣武院里这姐儿们到都有些眼色。"二姐道："什么眼色？"万岁道："他们说我是个皇帝。"增18：大姐斟上一盅酒，分明待给王龙，他就故事万岁，说道："二姐夫，酒到了。"万岁大喜，说道："好姐儿！有眼色。"

**【眼生】**❶对所看到的人或物感到陌生。翻10：姜娘子出来，让到屋里，拜了拜，坐下，彼此问了安。大姐说："你大妗子看见这个人像是眼生么？"❷指因为陌生而有恐惧之心。翻10：他有点歪揣性，怕你尊大望着你眼生，撒了撒犯了他疑心病。

**【眼下】**❶目前，当前。磨32：咱在此据三山，又不图占中原，又不图坐金銮殿。眼下兴隆也甚好，将来的结果难上难，兄台必定有高见。依我说投诚极好，俺从此解甲耕田。❷指马上(就)，立刻(就)。快3："兵马也该有来的了？"孔明说："眼下便见。云长放了他，或者翼德不放他。"磨8：雇了驴上王庄，被贼人剪被囊，盘费钱今日毕了账！腰里有钱二百，亏了眼下上高庄，如今但把朋友望。

**【眼障法】**障眼法，遮蔽或转移别人视线使看不清真相的手法。富6：官人才待说几时相见，不知道从此时飞到半天，想又是眼障法把俺来诓骗。磨12：转眼

变沧桑，这光景好异常。眼障法真把眼睛晃，一霎时大荒，一霎时村庄，醉迷糊也不知怎么样。梦一场，似醒未醒，还是在黄粱？

**【眼罨】**同“眼罩”。日·器：驴带眼罨套上套。

**【眼眨毛】**睫毛。日·身：眼眨毛长毿毵丑。

**【眼罩】**❶戴在牲畜或人的眼上起遮蔽或保护作用的用具。富9：那赶脚的果然就合他上了永平府。到了王店桥，隔着家有一程路，心里胆虚，带上眼罩儿遮了面。禳10：我说你满家心儿就不平，挑唆儿家夫妇去相争。老头儿在这里说，俺在那听，又待将奴宰烹，又待将奴怎生，揭开眼罩咱就踢蹬。(家畜拉磨、碾时戴上眼罩以防止偷吃粮食。“揭开眼罩咱就踢蹬”指撕破脸面之后就索性闹起来)❷眼纱，妇女戴在眼上起遮蔽作用的纱罩。富6：正自愁叹，忽见从那里来了一个妇人，骑着一个骡子，一个老婆子跟着。来到近前，忽然揭起眼罩说：“这不是二姑家里大哥么？你为什么带着刑具？”磨18：正然愁叹间，忽见一个妇人骑着一个骡子，跟着个老婆子来到跟前，揭起眼罩来说：“这是二姑家大哥呀！你为甚么来？”

**【眼睁睁】**❶瞪眼看着。姑3：眼睁睁一大窝，猜堆堆有五千多，双边双沿细丝锞，虽不知轻重如何，雪花银倒有些插和，每人只分了百十个。磨6：我如今要起身，眼睁睁两下分，千言万语难倾尽！❷眼看着不如意的事情发生而无可奈何。磨31：好谋好奸，央人代替。俺只说擒住魔王，一霎时两个毛义。这事出奇，眼睁睁被他逃避，如鱼脱网，马不停蹄。磨31：下山一战，官兵四散。可惜这个毛贼，眼睁睁叫他逃窜！

**【眼子】**❶眼睛。富11：公子叫了遲退来，唱的给他娘听。那遲退唱了个少哭老笑的《山坡羊》，是个年小的秃妮子，嫁了个一只眼子老汉子。❷指心眼。禳24：譬如两厨子打发主人，省事的着人做，费事的着咱做；不就是挣赏的人去干，倒包的咱去干。这不是镑地的镑出来了个础骨碌么？……——锄着咱这死眼子了。❸窟窿。富11：下轿来一看，可是那砘骨碌吊在井里——真是一个眼子到底！

**【罨】**❶揞，用药面或其他粉状物敷在伤口上。翻3：那床上一个碗盆子，拾起来分头就打，打了一个跟头，鲜血直流。姜娘子抓了一把灰来，给他罨上。❷指戴(帽子)。翻4：仇福罨上帽子遮了头，上了赌博场，到了魏名家。❸埯，挖小坑点种瓜、豆等。农·农·剜谷：留苗视地之肥硗，要疏朗，不可太密，不可点罨。❹埯，农作物种植时挖的小坑。农·蚕·接叶法：枝接、脱帽皆易活；即以

好条埋罨中，如接葡萄法，亦活。❺封盖。日·菜：豆豉久罨始能成。（此处指制作豆豉的容器需要长时间盖着口进行发酵）

**【魇殃】**❶即魇阳、魇样，用迷信手法致人灾祸。禳7：像是那樊江城做的魇殃，魂儿勾去，那大夫也是无方。❷魇术。墙2：拄拐杖往家行，不知方法灵不灵？单指望妙法真灵应。若是魇殃不大巧，这里趾来那里蹬，裂罂里耽误杀残生命。

**【魇障】**用魇术致人灾祸。富3：背起行李甚凄也么慌，肚里饥饿又难当。走慌忙，急急去找店和坊，还有钱二百，当下且无妨，打算着去把衣服当。又思典当不久长，将来饿死在他乡。我的天哟，魇障人，真把人魇障！

**【厌气】**❶令人生厌。禳4：酒色养的那脾胃娇，那厌气时文也不待瞧。闹：远躲开仇雠书架，厌气死酸辛砚瓦，论棋酒聪明俺自佳。❷窝囊气，被人欺负而无法发泄的气恼。慈4：上一段说张讷被后娘降的走了他姑家里，李氏自家去找，受了一场厌气，回来恼的饭也没吃，直到了五更，才对着张炳之痛骂。

**【砚瓦】**瓦砚，指砚台。闹：远躲开仇雠书架，厌气死酸辛砚瓦，论棋酒聪明俺自佳。

**【砚砖】**砚台。蓬4：娘子接来看了一看，揭开本儿掀了两掀。呀，铺下张纸，拿过砚砖，伸出玉简，就把墨研，挽了挽长袖，咬了咬笔尖，低头就写，像那雨点儿一般。一盏茶未冷，字写了几千，转眼之时完了一篇。

**【堰】**小的拦水坝。富2：骂一声狗生员，欠钱粮不待完，一人就要坝住堰！农·农·坝堰：山地得力在堰，缺处宜早修，水口宜急塞，或加填叠。一则不致冲决，二则雨水落淤，名为"天下粪"。

**【碫】**沿，器物的边沿。寒8：主人椅子旁里坐，一个使镢一个使锨，半尺深露出大瓮碫。

**【雁儿落】**曲牌名。磨31：[雁儿落]一刀刀俱砍着硬头颅，一枪枪俱攮着揎泛肉。腥登登只杀的血成渠，乱穰穰只杀的尸满路，那将军心也服，那官兵骨也酥。贼徒这回却难放，分胜负儿也么乎，山上窝巢一旦无！增16：众丫头奉主公，箫管笛共银筝。《一枝花》带着《新水令》，《玉美人》相称《红衲袄》，《江儿水》上《混江龙》，《步步娇》唱出情儿动，《雁儿落》腔正字巧，《沽美酒》引吊了魂灵。

**【雁儿落带得胜令】**曲牌名。闹：[雁儿落带得胜令]你看我六封色高不高？你看我弋阳腔妙不妙？你看我背嫖经熟不熟？你看我行酒令俏不俏？就为合那孔老先生孟老先生平日意气不甚投合，才沾着子曰诗云，便有头疼脑闷，因此

上合他疏淡,不甚理他,今日他不来帮衬我,也索性不怪他。我曾听得说,某名公进场,周仓保佑,及第登科。我场前也曾三牲大祭,挂袍焚香,此时还无灵感,更待何时?待我祝赞一祝赞。

**【雁过愁】**当指天冷时穿的一种单衣。俊:一根菜儿没嗄咬,一个碗儿没处讨;衣服首饰都会飞,地土宅子都会跑;腚上裤,身上袄,转眼花花不见了,腊月里穿着"雁过愁",这还说是我不好。

**【雁翎刀】**古代的一种刀。日·兵:雁翎刀有千斤重。

**【酽酒】**味道浓重的酒。日·庄:涮涮壶瓶筛酽酒。

**【鷃子】**(方言音"鹌")鹌鹑,一种小鸟。增15:小二姐气狠狠,叫姐夫你好村,你在那鷃子窝里困?头圆耳大方方脸,看你皮毛也像个人,怎么这样不帮村!

## yang

**【央】**央求,请求。姑3:二成见了官,打了十五,押着要他媳妇。臧姑越发慌了,自家没脸面,央他大伯。寒4:姚子明是个正气人,若央他,他也肯做。就是这等,咱明日就早去央他。磨9:方二爷怎么就没央央?老马虽然可恨,央央他也没有不依的。

**【央告】**央求。琴:做了一遭不歇手,就如那喂不饱的馋老狗。央告他歇歇再不依,恨不得把我咬一口。富2:众人一来求他的刀笔,二来借他的名望,着实央告。张鸿渐是个义气人,如何禁的央及?也就有意合他同去。

**【央给】**同"央及"。琴:本等心里待不依,他央给极了我的心又软。富4:他这意思里,还待等着我去央给他么?这可就输了眼色了!

**【央及】**央求。姑3:二成慌了,又写章死契送于债主,任凭他典卖,央及着,才退回那银子来了。磨5:相公们,俺只当央及您,这不是好去处,咱走动些。

**【殃煞】**迷信说法,人死后若干日魂随恶煞返宅,称为"殃煞"。日·堪:倒头出膀写殃煞。

**【鞅掌】**指公事繁忙。钟:皂袍象笏乌巾软,朝罢森罗殿,鞅掌归来,燥肠生烟,旧鬼晒巴干,点茶小试三千片。

**【扬声】**提高说话的音量。富9:方娘子怕人听见叫门,故意的扬了扬声,又嘱咐金三道:"这是你大叔,出去休说。"增14:万岁扬声,二姐羞的极了,低低的叫声:"姐夫,咱进院罢。到里头叫丫头们给你锥锥,几丢刮打的叫人笑话。"

**【扬誉】**称颂,赞美。穷:爷爷,爷爷!你是个甚么意思?我亟待扬誉扬誉

你，怎么再不肯和我见面？

**【扬州纂】**当时流行的一种发型。禳28：将头发细分开，头上乌云垂下来，细细梳不留一点灰尘在。挽上一个扬州纂，插上一枝镀金钗，髻高到有半尺外。又拿过胭脂宫粉，才给他匀搽香腮。

**【羊袄】**羊皮袄。日·皮：羊袄寻常行处有。

**【羊肚】**食用的羊胃。增7：小六哥整攒盒，松子榛仁把皮剥，柑橘酥梨摆几个；羊肚松伞沙鱼翅，猴头熊掌共燕窝，件件齐整看的过。日·菜：灵芝羊肚干犹妙。

**【羊羔】**酒名。用羊羔肉加五谷酿制的酒。相传东汉光武帝刘秀曾被王莽追杀昏厥于田野，幸蒙老农以羊羔酒救活。刘秀登基后赐封羊羔酒为"御酒"。唐太宗李世民在征战中亦得羊羔酒之助，遂加封为"世袭御酒"，专供皇宫享用。北宋末年，羊羔酒传入民间。日·饮：真一羊羔又揭坛。

**【羊群里跑出驴号】**习语。比喻在水平较低的环境中显得出类拔萃。墙4：您二叔志气高，铺排着进个学，秀才娘子也英耀。不识字的上了监，州同的奶奶尽你摇，雇上人打伞还抬轿。咱县里又没乡宦，羊群里跑出驴号。

**【羊脂玉】**白玉的一种，色如羊脂。增16：龙袍里取汗巾，拿出来爱煞人，乾坤少有汗巾。俊：当中二龙把珠戏，九曜星宫两下分，二十八宿谨相逊。趁上带香茶龙盒，羊脂玉碾就的穿心。

**【阳世间】**阳世，阳间，人世间。寒3：商三官叫娘亲：阳世间做个人，小妮子原就没长进。一般也是十月养，丝毫难报父母恩，心里虽有上不的阵。

**【阳世三间】**泛指人间。"三间"即佛教说的三界：欲界、色界、无色界。慈5：叫了一声观音自在，造化高，就逢着你来，哎，一霎时刀疮疼上全无害。阳世三间谁慈悲俺来？到阴司倒受那杨柳枝儿一洒。寒5：难道说阴曹地府，就还似阳世三间？穷：邻舍百家看一看，也是俺阳世三间为场人，熬磨儿马騷了蛋。

**【阳台】**指男女欢会之所。丑：但只是急切少个阳台所，路旁里找了一个秫秸攒。……梆铃正响狂初发，云雨方浓事未完，架上金鸡忽已叫，床头好梦已惊残。增2：三更里盹睡迷，梦阳台到山西，果然院中好景致。三千姐妹都齐整，一似仙姬下瑶池，温柔典雅多和气。

**【阳宅】**指活人住的住宅。日·堪：又怨阳宅与阴骘。

**【佯常】**大模大样、自由自在地离开。墙2：破衣衫破布裙，无秋夏无冬春，两个畜生全不问。今日该来这忍饿，送了我来不开门，大儿叫我爬墙稃。撮上我

佯常去了,幸遇着救命恩人。翻10:我在家,昼夜愁,待来看你说根由。你就摔手佯常去,一句情肠话不留。

**【徉常】**同"佯常"。俊:亓人听说不耐烦,仔说我没有那也鬟。起来徉常一溜烟,胡朋成了个李大板。

**【徉徜】**同"佯常"。墙4:你如今徉徜死去,这口屋就是你坟茔。慈1:那孩子点了点头,扑簌簌吊下泪来,离了老子,徉徜去了。蓬4:遂即将书送到书铺里。书铺嫌价钱多,相公说:"卖不了还给我。"徉徜回家来了。

**【洋青】**一种从国外进口的青色颜料。日·丹:共说洋青胜靛花。

**【洋洋不睬】**洋洋自得,毫不理睬。增18:万岁爷要下楼,佛动心不敢留,只得随在身子后。手里捏着两把汗,口虽不言心里愁,这回丑儿可丢个够!那万岁洋洋不睬,一步步花落水流。

**【紻子】**不详。似指绢制品。日·养:紻子摔头亦卖钱。

**【坱壤】**("坱",蒲氏注音"卬")当指肮脏。日·争:押在囹圄更坱壤。

**【仰】**❶头向上。慈4:张讷只一跳,我看是有天没?仰起头来大叫了一声皇天,呵叱的只一斧!增26:胡百万把酒尝,吃一口喷鼻香,引的喉咙里馋虫上。仰仰头儿只一灌,十二重楼一阵凉,霎时大祸从天降!磨34:叫任义莫发威,你不过是个贼,如何见我不下跪?见了都府还无礼,仰着个贼脸说是非,想是野性还未退!❷脸朝上躺。墙4:忽然间就昏迷,头也折腰也直,一跌仰在平川地。慈4:张讷一来又弱,二来又饥,撅着嘴,在炕上仰着。翻8:却说那管家张旺上书房里去,见那行子仰在床上。❸指将尸体脸朝上放。磨31:低下头来细细的想,回京方为上。一样吊了头,还得领去葬,强似把老尸首在山坡被仰。❹下行公文用语,含客气意。翻5:仇禄叩头在案也么前,官说何必又重参!去后边,找出状来把墨研,写了两行字,递于仇二官,上头是仰扶风县。寒2:那状告上,又是院里批司,司里批府。府又行文,批仰邻县的知县来相尸。

**【仰不踏】**("踏",方言音"扎")仰八叉,仰面朝天。磨5:俺不是自己托大,那官兵值些甚么!长枪一刺仰不踏,齐逃生还要梦里怕。增28:跌了个仰不踏,起不来就地爬,王龙此时才不乍。

**【仰攀】**高攀。禳5:但只是他人家大,我仰攀不起,我只找穷汉人家肩膀齐的。

**【仰雨】**天旱导致谷穗结子不实的毛病。谷穗结子不实则不下垂,似乎在仰望天空期盼下雨。农·农·二遍谷:谷宜深锄,惟三遍勿深。盖至三遍,则谷已

秀，其根四布，若深而伤之，旱则不能坠圈，谓之仰雨。

**【养汉】**妇女与人通奸或卖淫。寒2：大发誓怒冲冠，若还使昧心钱，着他娘合他妮子去养汉！寒7：罚了他妇女养汉，报他的淫恶。丑：有一个长伺候净坛的童子，他说道一个养汉的老婆，消用甚么巧计？

**【养汉精】**詈词。指经常性通奸或卖淫的妇女。穷：孩子绝不探业，老婆更不通情。攮他娘的养汉精，狗腿常来逼命。增17：万岁爷气冲冲，骂奴才养汉精，放你娘的狗臭铳！

**【养汉老婆】**通奸或卖淫的妇女。禳1：养汉老婆攀四邻，谁家那正经人物子怕老婆来？禳24：看起这个来，也就自家昧不的良心，养汉老婆不生儿——奸捣的没了种了！

**【养汉老婆攀四邻】**俗语。责怪别人攀比的话。字面意思是风流放荡的女人会爬墙到周围邻居家通奸。“攀”语义双关，即攀爬、攀比。表达的意思是正经人不应该随意攀比。禳1：怕婆子休得取笑，十个人九个操淖。谁家盆碗不厮敲？反了常倒是个不祥兆。蛾眉一竖，胆战魂消，阁老尚书也要上他的道。内云：养汉老婆攀四邻，谁家那正经人物子怕老婆来？

**【养汉头】**同“养汉老婆”。慈2：刚才东头老孙婆子来说，您小达达往您养汉头姐姐家里去了。慈2：我定是待要小讷子呢，怎么就光向那养汉头呢？

**【养活】**❶供养。墙1：俺还有八十亩好地，也还能养活你几年。墙4：今日该我养活父亲。前日说身上不快活，我雇了个人来，好架他去。慈3：你看看，可没给你养活瘦了呀。❷生育。禳1：小的小，大的大，都从他肚里养活下。

**【养济院】**旧时救济鳏寡孤独的穷人的场所。日·僧：不为皇家养济院，钟磬经箱尽可焚。

**【痒痒】**❶发痒。俊：不成人赌博第一，望赢钱真是胡诌；大瞪着两眼跳深沟，好似疔疮痒痒难受。禳7：好难害的相思病，也不痒痒也不是痛，这口里说不出那心里的症。❷比喻主动惹事。禳17：听说昨天他痒痒了，吃了横亏，我待去瞧他瞧。嗯！那江城利害，看招了祸来了。

**【痒痒刷刷】**形容发痒的感觉。琴：来到他家，来到他家，那人见了险些喜欢煞。走到人背后，把我捻一下。痒痒刷刷，痒痒刷刷，心里滋味不知待怎么。

**【痒也挠不的】**形容一切都很舒泰。姑1：天下有一等不良的人家，有那贤惠媳妇，事奉的痒也挠不的，只是嫌不好。

**【样式】**样子，架势。增17：佛动心泪如麻，你有心爱奴家，奴家也愿把你嫁。

原是实心爱嫁你,嫁你原不用琵琶,既是从良要他嚉?你分明不娶我的样式,到如今还说什么!

**【样物】**像样的物件。禳24:头上戴着朗素儿,身上穿着粗布儿,腚上穿着破裤儿,骑着毛驴没点马褥儿,老辈的亲戚,穷的不成个样物儿,或是主人家治下的花户儿,或是书房里教书师傅儿,又打公婆不喜的媳妇儿,这算甚么客数儿!

**【样仔】**好看。增22:真正聪明不过帝王,拿起钱来极样仔。

**【样子】**❶做衣服鞋帽时作比照的纸样或实物,比喻可以参照、模仿的榜样、典型。墙4:张大说:"小瓦瓿子,给我擦擦腿上这血。"瓦瓿子说:"俺不,怪脏的。"张大说:"小杂羔子气煞我!我到家可打你!"瓦瓿子说:"俺爷爷长疮霎,叫你给他看看,你就嫌脏,正眼不理么,怎么这个就待打人?"张大哐哼着说:"我做下样子了。我对你说,休学我了,我这就不是样子么?"墙4:小瓦瓿不过才十来多岁,已下手把样子描了两对,想是那小心眼诸般学会。慈1:我今说一件兄弟贤孝的故事,给那世间的兄弟做个样子。增7:江彬砍头的,哄了我来!你说三千名妓亚赛嫦娥,这就是样子了么?❷模样,架势。禳18:你往那里死去来!带了这么个样子来!增12:玉座出了房门,卖弄他那轻狂,就忘了装着那名妓的体统,曲雅的行持;改不了那梅香的样子,把两根腿轮打开,欢欢的好似那马耍蹄,驴打槽,兵天嗑地的走上楼来……❸量词。样,种。慈3:李氏等了霎,那心里两三样子急,便说:"姐姐,你着人去找他找的罢。"

## yao

**【幺】**一。用于称骰子的一点。翻2:仇相公磨拳擦掌,一声里叫六喝幺。增6:那张舍拿起骰子来要一个六,却掷了一个幺。那万岁看馋了,不觉的说出来了个"六"。

**【吆喝】**❶大声喊叫。姑2:去了不久,从门外头吆喝了来:"这不是你每日夸奖的那媳妇?这不是每日孝敬你的那媳妇?你可认他认。"增9:那六哥没搬了佛动心来,不好上楼,遂高声叫道:"楼上的客招顾着,佛动心上楼去了。"那万岁在楼望的眼穿,听的楼下吆喝,把那檐毡帽一推,抬头观看。❷呵斥。姑1:珊瑚自从过门,无所不做;且是性情又好,呼气来,呵气去的,就吆喝他两句,他也不使个性子。禳7:这孩儿着实病,你看他眉眼儿不睁。就床头叫了声小长命:昨日煞吆喝你两句,也不过嫌你那气性,笑你那呆情。增17:你休愁烟花拙懒,情管俺转不下吆喝。❸大声吩咐,喝令。姑3:大娘子进了门合家欢乐,任拘嗄做

停当不用吆喝，于夫人在房中稳稳高坐。磨13：方娘子赶出来，吆喝说："放他去罢！"

【吆吆喝喝】形容不停喊叫的样子。闹：俺则见歪歪鳖鳖，三三五五的鬼烂奚，吆吆喝喝搜仔细。

【喓】感叹词。哟，表示轻微的惊异。俊：喓，你还可笑听我道：借身白槐把丧吊，你就送在那千字号……

【腰筋】腰部的筋。墙2：你又不常出门，脱不过抗墙头根，绵衣裳穿着可也笨。……这不是咱已来到，怎么没冻断腰筋？禳21：耍猴人领老婆、老猴上："实不能招轻作重，老婆孩饿断腰筋。教给那猴子学作人，耍一耍为众爷们解闷。"

【腰㞘】门闩。日·木：操上门攥上腰㞘。

【窑匠】烧制陶瓷器的工匠。闹：想当初念书时错了主意，到不如耍手艺还挣吃穿。你看那皮匠家补鞋补袜，只是那锢炉子锯盆锯碗，还有那木匠家打箱打柜，铁匠家打锄头还打刀镰，锡匠家打灯台又打锡盘，窑匠家烧黄盆又烧黑碗。

【摇吆怒喝】高声怒斥。磨1：大家告灾到了县，知县不肯报灾伤；众人又望上司告，差下盐正道老黄。知县怕他实落报，送上厚礼哀哀央。他轿里低头麻瞪着眼，合县报了几个庄。百姓跟着号啕痛，（盐正道老黄）摇吆怒喝脸郎当；一溜飞颠扬长去，骂声空在耳边厢。

【摇起棹子】指连续说出一连串的话语。慈3：赵大姑说："这有个说法。他汉子以先合了一个混帐老婆，原说是做妾，待了一年，又娶了一个大婆子，生了一个儿，也有小讷子那大小，他娘就死了，那个混帐科子就占了大。那科子是以前来的，这孩子不是后窝里么？那科子把那孩子朝打夕骂，昨日跳了井里，几乎死了。有人说，就该骂那科子；有人说，不止骂，就该打那科子；有人说，不光打，就该杀那科子；依我说，不光杀，还该油锅里煎那科子，刀山上扎那科子，吊在树上剐那科子，一刀一块刮那科子！"赵大姑骂到兴头子上，便就摇起棹子来了。

【咬乖】雌性蝈蝈。日·昆：蚂蜡咬乖用油烹。

【咬牙根】咬牙，形容暗自极度仇恨。翻12：土条蛇进来门，低下头咬牙根，口里不言心里恨。

【镽】（蒲氏注音为"拗"，今方言音"耀"）牲口不听使唤，乱蹦跳。日·走：铁逽鞴头治镽强。

【鹞鹰】一种猛禽，也叫"雀鹰""雀鹞"。较鹰小。饲养的雌鸟可以帮人打

猎。日·禽:兔鹘鹞鹰嘴爪强。

**【药】**❶药物,药材。慈5:那庄里有个医官叫开门,取了刀疮药来,给他搽上,又灌了几口,临明才略懂人事。富3:吃下药去,刨燥了一宿。亏了心里明白,对店家说:“我不吃药了。还有一件首饰,你给我卖了来,好打发他那药钱。”❷因为服药而中毒。磨7:送了医生去,店主又来看,但见张鸿渐滚来滚去,大叫了两声,便说:“我药着了!快熬些绿豆汤来解解!”

**【药厨】**药橱,盛药材的橱子。厨,通“橱”。蓬4:书不会贩,我只会读。待做行商,谁走江湖?待开当铺,谁等他回赎?待开缎店,谁下杭苏?待开药铺,又少药厨……

**【药鼎】**药锅,煎药的小锅。禳11:相思病难招,相思病难招,药鼎添薪细细烧。

**【要饭】**讨饭。磨1:“您都哑了么?全不做声一声?”众人说:“怪罴人的。”朱二说:“这个待要饭吃,还怕害罴么?咱从此散了,各人顾各人罢。”

**【耀眼睁光】**光亮耀眼。蓬1:老君献了个黄金炉,大如柳斗,耀眼睁光,安在娘娘面前。

**【耀眼争光】**同“耀眼睁光”。禳1:戚老爷听罢大喜,即时披挂整齐,明盔亮甲,拿着一口刀耀眼争光。禳33:才到楼陈设才罢,只见是耀眼争光,也不知摆的嘎。

## ye

**【耶耶】**叹词。表示疑惑。姑1:何大娘恼了,说:“耶耶!好奇呀,驼垜子的老驴上山——你捱霎着,又济着喘嘎粗气哩。那珊瑚罢,他是乜东人么?我有饭给他吃,我只顾留着他,你待嚇着我罢?谁是恁那媳妇子,济你怎么揉搓哩?”慈3:赵大姑听说,那气就粗了,说:“耶耶!谁赖您那孩子来么?面盆里加引子——你这不发起来了么?我不过因着他姓张,我还疼他点呢。”

**【嘢哈】**叹词。喂,表示大声招呼。禳32:我乃张邋遢是也。从京都一路行来,只见瑞云缭绕,原来却是高翰林家。待俺进去会会。嘢哈!门上给我传传,我待见你老爷。

**【掖搭】**掖,塞。“搭”为语缀。富9:娘子也慌,娘子也慌,银子给他填在囊。所用的嘎东西,都给他掖搭上。捆起行装,捆起行装,叫人送你过后墙。到大路雇上脚,你往前自家撞。

【掖打】同“掖搭”。“打”为语缀。禳3:箱子里满满当当,破家伙流流的一筐,匙箸碗碟掖打上。包起你为人的那蓝绢袄,我还有撒脚的鞋一双,尿鳖儿还没处放。磨19:急慌忙,急慌忙,银子给你添在囊。该用的嗄东西,都给你掖打上。想起行装,想起行装,叫人送你过后墙。到大路雇上脚,你可自家往前撞。

【椰瓢】椰子壳做成的瓢。增2:这万岁是个马上皇帝,最好私行游玩,有江彬做就的行衣:青布衫,黄罩甲,绑腿,鞥鞋,檐边毡帽,皮鞓带,椰瓢,闹龙褡包。宫官将衣服拿来,万岁爷可扎挂起来了。增4:仙女说:“有水,只是无什么奉客。下马来,就这筲里吃些罢。”万岁说:“泼妇!这不是戏起我来了么?”那万岁跳下马来,把椰瓢摘下递与仙女。盛一瓢来,那万岁一气饮干。

【噎鬲】噎膈,中医指食不下咽的病。日·疾:倒食噎鬲命由天。

【穊秕谷】籽粒不实的谷子。日·庄:幸少乌穲穊秕谷。

【爷】❶父亲。寒1:二位相公跑来,那天也就黑了。见他爷那衣服碎破,在那里哐哼,流水问道:“爷呀,伤的怎么样了?”慈6:一下里叫爷,两下里叫娘(指分别称呼生母与后母),不合他一个锅轮勺,像这等还有甚么话讲?磨2:俺爷去比较的了,俺娘着我出来打听打听,看打的动弹不的了,好找个人去抬他。❷伯父,前面加表示排行的“大”或“二”等。墙4:你没见,如今那管秀才的学官,多半不识字。他大爷若做了秀才,俺还管着您了。姑3:待了几日,一个儿五六岁了,正旺相相的,忽然得了病,二三日就死了。二成害怕说:“那地咱还送给他大爷家罢。”❸对男性尊长或神灵的敬称。禳13:呀!那是高宅家人,来做甚么?家人入,子正问:“高爷好么?”寒7:二郎爷(指二郎神)点完了名,独留下商礼,问他始末缘由。磨1:哎呀!苍天呀!听的说朝廷爷极仁慈,若是有官好的替咱诉诉这些苦楚,休说赦钱粮,还赈济也是有的。

【爷儿俩】父子的合称。富12:等报子到门前,不久的俺爷儿俩也到了。富13:爷儿俩心满意足,好不得意的紧!

【爷故娘亲】指亲戚。磨28:他无钱把狗脸丢下,那管他爷故娘亲!他怕俺横眉竖眼,自然要典地卖人。

【爷俩】爷儿俩,父子的合称。慈5:待了几日全好了,跪着他娘磕了几个头,就要起身去找他兄弟。爷俩不免落泪。富12:爷俩说话说了半宿。太公说:“我儿,这天已交四鼓了,你去闭闭眼,明日好做文章。”

【爷俩个】同“爷俩”。磨26:太太说:“赏他红一匹、银一两、酒一瓶。”又说道:“娟娟,我着他爷俩个可作琐煞了!光赏报子使的我精穷。”

【爷两】同“爷俩”。“两”当为“俩”字之误。禳11:二人礼毕,徐氏说:您爷两坐着,我去筛茶去。

【爷两个】父和子。寒4:上了肩喝一声,爷两个面通红,灵床一点何曾动?

【爷们】❶被尊称为“爷”的复数。禳21:耍猴人领老婆、老猴上:“实不能招轻作重,老婆孩饿断腰筋。教给那猴子学作人,耍一耍为众爷们解闷。”磨12:清唱的吃了酒,说:“我还有个《金纽丝》,再唱给爷们听听罢。”❷爷儿们。快2:若是这里埋伏下兵和马,咱爷们逃向何方?增8:小六哥斟上酒,跪下去磕个头,也是前生缘法凑。万岁一见心欢喜,叫了一声我儿流,爷们说不的寻常厚。增8:六哥说:“无功受禄,寝食不安。搬了二姐来,任凭干爷给我什么不迟。”皇爷说:“正是。若搬不了来,跌咱爷们的架子了。”

【爷娘】父母合称。姑3:人家女儿不教道他孝顺,他若终于胡行,惹的天恼了罚他,岂不是吃了爷娘的亏么?若是他懂过来,又要怨爷娘,这臧姑不是样子么?日·身:爷娘生来叫作人。

【爷亲娘故】同“爷故娘亲”,指亲戚。磨18:我是不要张相公的钱。可怜他是个名士,受这样苦楚,所以不问他要钱。您二位,咱又不是爷亲娘故,我怎么不要钱呢?

【爷爷】❶祖父。墙4:张大说:“小瓦瓿子,给我擦擦腿上这血。”瓦瓿子说:“俺不,怪脏的。”张大说:“小杂羔子气煞我!我到家可打你!”瓦瓿子说:“俺爷爷长疮霎,叫你给他看看,你就嫌脏,正眼不理么,怎么这个就待打人?”禳23:老爷爷做刑厅,咱爷爷御史南京,隔一代就是一番盛。到我又隔了一辈子,高蕃生的也聪明,只怕咱没有封君命。❷对男性尊长的尊称。翻11:我去了道不妨,你在家好进场,进大场才有个举人望。……得着人叫声爷爷,好打衬这裘马厅堂。寒5:如今玉皇爷爷差了二郎爷爷查访那忠臣孝子、烈女节妇,因此咱妹妹连名也不曾点着,只是二叔吉凶难保。禳23:报子上云:“……来此已是高宅门首。高爷中了十三名举人,门上的传与老爷知道。”门上人急忙跑进磕头说:“爷爷,奶奶,千万之喜!少爷中了十三名,报子在门首哩。”

【也】❶单用,表示同样的行为或性质,同样。(1)前面不加关联词语,表示普通的相同或相似。墙1:你不如情吃罢,俺吃甚么,你也吃甚么。翻2:魏二见他住下了,抗着钱走了。魏名也拱了拱手去了。富10:小举人说:“俺爹爹知道我的名字么?”太太说:“我就忘了对他说呢。”小举人说:“俺爹爹就没说,改了名没改?”太太说:“我也没问他。”(2)前面加或可加“(不要说……)连……”,主语

是某种程度更甚的人或事物，表示即使这样的事物或人也同样。墙1：咱县里休说没有猴头、燕窝呀，爹，连那鱼鳖虾蟹，也是没有的呀，爹。增6：好没要紧！问了他问，就惹的他骂了这么些。我待加罪与他，他乃是乡民无知。自古道："背地里皇帝也得骂。"这也是我自惹其祸，好没要紧！增9：眼见是实，耳听是虚，我就说的那龙吱吱的叫，你也不信。❷单用，表示并列的另一种情况，同时，还。寒2：骂一声万刀杀，您叔合俺是亲家，行辈也还比你大。俊：这个曲儿，是用时兴的耍孩儿调儿编成，能开君子的笑口，也能发俗人的志气。富3：张官人病了勾五十天，鼻子也歪了。磨4：咱且去伺候销到，也听听气色如何。❸连用，表示类似的几种情况。慈5：张炳之听的哐哼，慌忙取了点饭汤来，灌了他一口，也咽下去了一半，从那刀缝子里也出来了一半。寒8：这银子也不知是赵家的，也不知是别人的，只是埋的时节，已注定是商家的了。俊：现今有件故事，却不在唐朝，也不在宋代，也不在南蛮，也不在北塞，就出在这山东济南府历城县。❹表示在假定的情况下，仍然，仍旧。(1)前面是让步的假设，即使(就是)……也。墙3：你叫他他也不去，你何必苦死歪缠？姑1：珊瑚自从过门，无所不做；且是性情又好，呼气来，呵气去的，就吆喝他两句，他也不使个性子。蓬3：我就待两日不吃，也不饥饿，以后只消两碗大米饭便了。寒6：不必愁，像相公这条汉子，地狱里也弄不杀你。(2)前面是虚拟的否定性假设，后面是否定的结果，强调前后的因果关系。墙2：不着那两位令郎，也到不了这步田地。墙4：若不将银钱打动他，好言怎能劝回头？张老也活不到八十六。寒5：若不是万不得已，也不去请你。❺前面是后面动词的受事，后面是否定词加动词或带否定性的动词性词语，表示不能照常(行动)。墙4：连日饭也不待吃，四肢无力，想是也不久了。磨12：鸿渐长吁了一声，说："怎么这心里忽然感伤起来？酒也吃不下去了。"增19：那王龙气的气充两肋，无法可施，酒也不待吃，话也不待说。❻用在表示任指的词语后面，表示(连……)都。姑1：于氏自那日已后，越发厌恶珊瑚，来到近前，一句好气也没有。寒3：娘呀！这妮子一毫也无用，我待死了去罢！磨6：不消讲迟，呀耶，看去的晚了，又说俺受了贿哩。殊不知俺是一口水也不曾吃的。❼用在"谓词$_1$＋也＋谓词$_1$＋补语"格式中。(1)表示单是某一个动作行为就会导致严重后果，"单是……也就"。磨28：这蚊子臭虫利害的紧，咬也咬死了！穷：成年论月，犁眼钻圈，真正是气也气不死！("气也气不死"指恨不能因为生气而死免得再受罪)禳26：看我这宗模样哩，屈也屈杀我了！(2)表示"即使……也"。墙3：老头子喘吁吁，拉的我没是处，起来站也站不住。寒5：老王来

时，叫也叫不动，只得把房门闭了，老王去了，推开门看，已没了气。寒8：忽然间得横财，这才是命里该，好像在此久相待。去时拉他拉不住，来时蹬也蹬不开，里边像有神鬼在。(3)表示即便是如何也不至于某种情况，“再……也”。姑3：臧姑说：“哥哥好也好不到这分天地，这意思要着咱犯了，好捱夹棍。”(4)表示“也是”，后面是行为的目的。富7：打也打你不害羞，东头骂到街西头。科子科子休弄鬼，还要把你乜狗筋抽！磨15：打也打你太欺心，欺负俺家没有人。若不看着那邻里面，还该镞了你乜双腚门！❽表示顺应前面的情况，因而，随之。姑3：臧姑接了文书，见珊瑚全不分辨，也就不留细说，去了。蓬5：娘子笑了笑，说：“随你，你既然要求取功名，我也不挡你。”富4：小姐到了十月间，见没有动静，也就参透了他哥哥的意思了。❾表示从道理或从事实来讲(可以理解为与道理或其他的事实相同)，用在否定句中多表示应该做而未做。姑1：大成说：“你还不远走高飞，还哭甚么?”珊瑚也不做声。慈3：他才上了学就去了，也着旁人笑话。慈3：那腿上去了一块皮，走着还瘸呀瘸呀的，呀的进了房门，也没管孩子哭，一头攮在床上，回脸朝了里。翻3：到底病人也没力气，虽然狠打，也没打犯，疼了一宿，就好了。禳5：咱小长命十二三了，也该给他定个丈人家。❿表示差可，勉强可以，也算是。墙1：这东西太不堪，又少油又少盐，不过是顿家常饭。虽无甚么给爹吃，尽尽这穷情也心安。蓬4：娘子相了相，说：“极好，也到有个仙意。……”翻11：听说家里大修理，我猜修理的也平常，人说好我还合他謈。⓫表示转折语气，但是，却，倒也。墙3：我费钱二大千，敬做来给爹穿，表里都是䌷合绢。……虽不是蟒龙缎子，也比那粗布光鲜。翻10：猜他是偷逃，也不好问他。禳4：仲鸿说：“进学这样难，就不必指望他。孩子又小，不进也罢了。”高季说：“也未必。就若是进，必在三四名；没有就没有了。”⓬用在否定词前，表示澄清，并(非)。慈2：我也不是向他，只是他那性子不大好，你的性子又不好，到那里弄把起来了。慈3：你来叫他也不是相亲，想必要给他个断根，你那黑心还不可问！富5：张官人挣了一回，济着受了一肚子气。见舜华也不是十分恼怒，才自己笑了笑，解衣上床，陪不是去了。⓭表示委婉语气。墙2：张大出来说：“王大叔，你无事不来。”银匠说：“敬访令尊。”张大说：“今日上舍弟家去了。有甚么话说?”银匠说：“也没有甚么大事，就是令尊那二年，三十两、二十两，一年十数回，去敝铺倾销。因着相好，二三年并不曾给我火钱，打算起来，有好几吊钱。往常时还每日见他，这二年全不见，找他把账算算。”磨18：俺姓宫字子迁，也有个小名望，家住在大名府张家庄。增26：胡百万大惊失色，说：“先生，你也会相

面么?”天师说:“也略通。”⑭表示毕竟,终归。翻9:夫妻也是二三年,掉头一去不相关。我的天,见面难,合他难见面。富11:小举人哭的实实哀恸,众人们都劝道:“这信也未必真。天下那姓张的也太多,那里必定就是太爷呢?”⑮句中语气词。用在肯定和否定两种情况中间。禳28:这不是衣服,你拿了去穿上,去那穿衣镜前照照你自家,看看俊也不俊?磨6:可恨那张逵逃走了!我今差人拿他家眷,看他羞也不羞!怎么还不见来?⑯句末语气词。呀。墙1:老汉今年八十二岁,老婆子又故去了,一切饥寒谁问?好痛人也!快1:军师差矣!你既望他这一条路上来,又熰着火,他看见烟起,怎肯从这条路来也?俊:最可笑煞人也:赌博输的屁嗤狼烟,着急寻法去抓钱,顾不的廉耻脸面。⑰句末语气词,用在判断句末。禳1:说起来你不信,如今就现有一个哩。你看那不是怕老婆的他达来也?禳20:王子雅合二三朋上云:“天已午时了,高四于待好来也。”磨33:问:“天有几更了?”答应说:“三更了。”起来说:“咱散也。”⑱“一个”的合音。慈4:到了晚上,张诚来家问他娘:“俺哥哥呢?”他娘说:“甚么也好哥哩!谁知道他哪里死的了!”翻9:既是回心,既是回心,就该寻思做也人。俊:每日来到那么晚,说你做个什么茧?家里等你去卖地,既至回家没也板。⑲“乜”字之讹。那。翻11:叫哥哥你休胡吧,怎么咱爹来了家?说的也是那里话!哥哥乜话我不信,只怕是那眼睛花,银子没曾从天下。

**【也罢】**❶用在句末,表示容忍。姑2:论起来你今日不去也罢,随你的心从你的意就且住下。翻1:俺爹你放心。就难些也罢,们哩还待另嫁哩么?翻9:平日咱娘待我极好,姐姐的情意又高,那里我该忘了么?是我不待见他,姐姐就怪些也罢。❷单用,表示在踌躇之后拿定主意。快3:却说关爷恹头搭脑的一路行来,说:“俺一时失了主意,把个曹操放去了,如今怎么见军师?俺待拔刀自刎,又可惜一身本领,没做出一点事业来。也罢!来此已是中军帐,只得进去,凭军师怎么处分罢。”禳29:你还小我四岁,那有不要丈夫的。也罢,我把个丈夫让给你罢。增19:长官,咱行个令,谁可做官呢?也罢,咱点骰为证,掷着谁,谁就是令官。

**【也么】**唱词中的衬词。无义。见于“银纽丝”曲牌首句。姑1:于夫人此时运正也么高,尽着你歪揣济着你叨。慈2:骂了声张讷忘八也么羔,怎么去找那老獾叨?

**【也么咳】**唱词中的叹词。无义。见于“倒扳浆”和“鸳鸯锦”曲牌。快2:[倒扳浆]周郎定计捉曹操,装载硫磺火焰硝。那怕曹营兵百万,定不留他一根毛!

火尽烧，三军不用动枪刀，动枪刀。那里逃？尸满长江水不潮。也么咳，咳，莲花花里一朵梅花落。禳29:[鸳鸯锦]流留烟花四五年，今日这边，明日那边。强把笑脸儿，下四低三，光棍行，皂隶班，但肯给钱，不管奴家爱不爱，陪他去眠。纵然打盹，只得去动弹。清夜间，五更天，想到那将来，不觉痛酸。哎哟！想到那结果，不觉的泪涟。也么咳，咳咳也么哟！

**【野艾】**艾蒿。日·花:还有野艾与乌兰。

**【野雀】**喜鹊。姑2:吵骂开，吵骂开，一窝野雀扑下来。("一窝野雀扑下来"比喻吵嚷不停)

**【野鹊】**同"野雀"。翻3:寻思起剁了他乜贼头！把贼头挂出去，叫那老鵰野鹊吃他那肉！

**【野性】**不驯服的性情。磨6:踢跳跑嚛野性多，无辔少鞍奈尔何？磨34:叫任义莫发威，你不过是个贼，如何见我不下跪？见了都府还无礼，仰着个贼脸说是非，想是野性还未退！

**【业火】**指怒火。慈3:每日乍的头儿筐哇大，到了这里，几乎气杀！哎，那心里一把业火难按下。

**【业镜】**佛教中称诸天与地狱中照射众生善恶业的镜子。寒7:骂恶虎太淫邪，占妇女一大些，强把良女霸作妾。花前月下没人见，端过业镜恶难遮，谁叫你生前造下孽？

**【业龙】**孽龙，恶龙。寒8:三姑娘封夫人，兼管着水路神，天曹地府皆归顺。世间若有不平事，表章不必到天门，许他立刻全拿问。今日把业龙斩死，从此后不阻挡行人。

**【业债】**孽债，业障。寒8:大爷也就收了契。员外说:"该人钱也是业债。"大爷说:"无妨，二郎爷爷既把他的物业给二弟，想是将来还起了。"

**【业障】**佛教中称妨碍修行正果的罪业。禳3:嗡煞人前生业障，撅着嘴坐在路旁，不言不语泪汪汪。

**【叶(葉)】**❶叶子。禳11:七月秋间，七月秋间，桐叶无声下井栏。闹:道有烟两样，就是不大好:一宗苦菜花，一宗芝麻叶。❷水果或食物切成的薄片。禳24:即如就是一碗豆腐，若是切成叶着油煎了，蘸上个蒜碟儿，或是切成细馅包包儿，敢子他就吃了。

**【叶子】**同"页❷"。磨23:俺光棍打了十年，一般的抢满摸叶子的，捞了个八万。

【殜殗】（“殜”，《字汇》音“叶”）蔫，植物因失去水分而萎缩。日·花：好草挪来怕殜殗。

【页】❶量词。片。寒5：说了一声，一众鬼把二相公拉下去，用两页板夹起来，绑在桩上。❷叶子戏，一种博戏。明清时指马吊牌。富11：俺光棍打了十年，一般的抢牌摸页，可捞了个八万。

【曳白】卷纸空白，考试交白卷。闱：曳白难科罪，归家不缉逃。这个我倒不怕他，只愁是二场以前挂了榜惹人笑，他笑俺比别家先揭了晓。

【夜捕】当指捕役。“夜”疑为讹字。禳19：张大哥无日生，纵着老婆养满村，石庵吃醋心不忿。他令兄出去随人情，半夜去听他嫂嫂的门，二捣鬼还撑什么棍？弄张致递上呈子，差夜捕给他拿人。

【夜定】夜深人静。翻2：他二人欢欢喜喜，直闹到夜定更深。磨19：到黄昏，到黄昏，更深夜定少行人。那时候可回本庄，慢慢的把家门进。

【夜饭】晚饭。琴：盼的黑了天，盼的黑了天，吃不迭夜饭就来把俺缠。

【夜壶】尿壶。墙3：我等着爹爹眠，盖盖被把灯端，溺鳖儿拿来我可散。张老说：不必呀。把灯安在床头上，夜壶放在这床前，坐坐睡了极方便。增15：那二姐低头，半晌无言，遂丢了个眼色，那丫头把好夜壶藏了。

【夜来】❶昨天。慈2：张炳之出门去了，略不停时，有庄东头老孙婆子，竟来送信，说：“夜来俺那儿在路上，见他往赵家庄去了。”禳12：向来见孩子忧闷无聊，处处去放荡，也还不忍的说他。夜来又在王子雅家寄宿不归。那王子雅是个风流名士，不拘小节，宿在他家，只怕也没有好处。禳18：春香，你去那边问问你大叔，夜来那去了？❷入夜。富11：八月里，月正圆，过了十五少半边。奴家好比天边月，夜来孤影到窗前。磨22：八月里，月正圆，过了十五少半边。奴家就似半边月，夜来孤影照床前。

【夜落金钱】“落地金钱”的别名。参见“落地金钱”。家政外编·诸花谱：夜落金钱，宜盆栽，竹架。

【夜猫】猫头鹰。翻3：也不知他做的甚么事，看见我只是一溜。谁想他缉头夜猫，已是成了下流，把正经事一笔全勾。

【夜鵴】同“夜猫”。日·禽：夜鵴叫笑恶非常。

【夜台】指阴间。慈5：兄弟贤名到夜台，阎王听说笑颜开，将来还有无穷福，忽到阴司好怪哉。慈6：只说你遭虎是命里该，我也为你到夜台，兄弟呀，到阴间才知你还在。

【揠】同“掖”，塞，藏。寒2：二相公在大堂东头，听着断的不公，几乎气死！想了想，没法可治，便去找了块半头砖揠在腰里。

【擪】同“掖”。磨18：张春上，看见鸿渐流泪说：“解出来了么？”遂拿出一个包来，说：“这是弟妇凑了二两盘费，着我送来。”鸿渐接过来，擪在腰里，两眼落泪。日·饮：剸下肉块擪腰间。

【腋折】腹股沟。日·身：腋折脖脐邻小腹。

【扅】不详。当指房屋变形之类。日·泥：不是扅了便瓻之。

【䭞气】(“䭞”，蒲氏注音“掖”)麦子在不通风且潮湿的环境中放久后生出的一种不好闻的气味。日·饮：麦不䭞气推面好。

【牒】(原讹作“牒”)西瓜等瓜类切成的一片。同“页❶”。日·菜：蒲瓜去瓤切细牒。

## yi

【一班】❶数量词。寒3：不一时，恶虎到了。就了座，李蝎子说：“今日请大爷来散散闷，有一班清唱在此。”磨14：按院提那马知县、一班衙役，上来跪下。❷一般，一样。禳8：手拿着汗巾每日想，那画上人儿一班捞着同床，俺可把俊脸细细端相，也揸揸那腰儿多细，脚儿多长；今夜晚一笔勾却那相思账。磨31：毛老爷恐防有失，俺一班六个都有胡须，叫俺都穿着他的衣服。

【一般】❶同样，一样。翻1：一般都是你的儿女，拿着俺大不相干！翻2：甚喜你就合我一般忠厚，天地间惟有这好人难求。禳1：一般俺也腆着脸，一般俺也瞪着眼。脚儿跟他三四双，浑身不曾少一点。❷用于比况，一样，似的。蓬2：众仙在座饮酒，那水晶殿内外通明，看着那海水澄清，好像没有墙壁一般。磨10：那县官就合那牧羊的一般，岂有全然不杀百姓的？增16：二姐，一处不到一处迷。你到咱家里看看，杂粮囤一般。❸数量词。一种，一桩。姑1：惟编姑妇一般曲，借尔弦歌劝内宾。增19：有王龙叫长官，开怀饮玩一玩，从来哑酒吃不惯。输家吃酒赢家唱，拆白道字耍一般，打乖夺翠各人占。❹数量词。一班，一帮。增25：万岁肚中饥了，却又困乏，见那一般名妓都不上眼，兴致也就没上来了。❺居然，没想到。翻8：慧娘别了爹娘，到了家里。大姐迎出来，异常的欢喜说：“我每日想你，一般的你也来了家了么？”琴：埋怨老天不凑趣，一日长起十来日，捱过今朝又明朝，怎么叫人不生气？忽的他家来催妆，不觉心里怪爽利。好说日头扎了根，一般也有这一日。禳17：这倒未必，我是怕俊，一般也有丑的

还怕的，这不奇么？

【一般样】一般，一样，相同。墙2：使力气攮上墙，松了手往下张，真如死狗一般样。磨12：不由人暗惊惶，忽看见舜华庄，门前大树还无恙。那屋在那乡？那人在何方？蜃楼海市一般样。

【一半点】一点儿，很少的一点儿。姑2：这福只在人享。那媳妇子怎能件件都合着心呢？只是有一半点不是，我也不计较。禳20：嫌粉儿白的挣新，嫌胭脂红的太深，一半点倒合江城近。增24：万岁听罢微微笑，便叫二姐你听咱，这弹合你相上下。一半点像内府传授，但只是节奏还差。

【一半子】一半。禳33：我这眼色，跟不上兰芳一半子。

【一瓣莲】即"海芋花"，又叫"观音芋"，茎粗壮，叶大如芋，酷似大象的耳朵，属观叶植物。日·花：玫瑰蔷薇一瓣莲。家政外编·诸花谱：一瓣莲，喜阴宜粪。

【一棒】一帮，一群。富1：这人原是一个才子，他下半世的荣华尽可观。每日奔波条处里撞，一举成名四海传。歌儿舞女美似玉，金银财宝积如山；一棒儿孙皆富贵，美妾成群妻又贤……

【一瘪气】一憋气，一口气。姑2：安大成舍了那驴，一瘪气跑回来，也没敢做声。

【一步挪不的四指】形容走得太慢的样子。富3：官人从来不曾走路，又背着行李，又是饿了，一步挪不的四指。走了勾十拉里路，那太阳就落下去了。

【一刹时】形容很短的时间。闹：不觉的一炮扑咚，二炮崩烘，一刹时三炮似雷轰，这比那午时三刻还堪痛。

【一搀新】全部都是新的。增26：快给他送三十两银子去，着他拣着那上好的绸缎，多叫几个裁缝，流水快做出来，扎挂的一搀新，可来见我。增26：且说那王龙辱了胡百万一场，方才心下少可。又听的待了一日一宿，就上下一搀新了，依旧南楼作乐，暗暗的鼓那肚子，要害南楼一党。

【一处不到一处迷】俗语。指每一处都应该去看看。增16：二姐道："你家里有多少，你说这大话？"皇爷说："二姐，一处不到一处迷。你到咱家里看看，杂粮囤一般。"二姐道："我不听你乜风话。"

【一戳一点】一星半点，很小或很少的东西。日·器：一戳一点找满庄。

【一褡儿】一边，旁处。禳24：丑扮厨子上云："一身好似油褡，逐日家冒火冲烟。六月暑伏热难堪，汗珠淌到脚面。俺只是混条马条，一褡儿且去清闲。好

歹抓打上两三盘,那管他揎与不揎。”

**【一大棒】**一大帮,一大群。翻12:我去时是草房,回家时是高堂,媳妇都是嫦娥样。去时觅汉没一个,来家管家摆成行,丫头小厮一大棒。寒2:只推骂的不是我,忽然打点退了堂,原被告散了一大棒。

**【一大伙】**一大群。翻6:范公子怒声高,那里贼来往里瞧?扯长声就把家人叫。叫出人来一大伙,吆喝打腿又撕毛。

**【一大伙子】**同“一大伙”。富4:却说那些衙役正在那门前吵闹,只见来了一大伙子人,走的汹汹的。内中有一个认的是方宅的家人,觉着不好,扯腿就跑。

**【一大声】**高高的一声。寒5:哎哟了一大声,陡然间害头疼,像石头照着脑门揔。扑通一声跌在地,纱帽滚了四尺零,手爬脚蹬如挣命。

**【一大些】**❶许多。墙4:银匠说:“这禽兽,你待打我不成!”磞了一头去。两个就待动手,旁里一大些人拉着。慈4:李氏见张诚去了,才下来那炕,合张炳之吃饭。张炳之也没吃不下饭去,临了剩一大些。❷有许多。慈5:妈妈又合他到了城里,见衙门前抗枷带锁的一大些,妈妈替他逢人便问,并没有知道张诚的。富10:我家是非一大些,一个孩子没有爹。得个着急人看望,多多拜上你爹爹。

**【一点半点儿】**同“一半点儿”,很少的一点儿。磨18:明知我来家必定死,竟送我来家把命交。还望你想想那一年、二年、三年、四年的恩情,可怎么就无有一点半点儿好?

**【一跌六个字】**玩跌六气游戏时,掷出的铜钱全都是有字的一面。比喻运气差到极点。参见“跌六气”。富2:方娘子哭啼啼,叫丈夫你听知:这回一跌六个字,明知是火坑你就往里跳,那有为人这样痴?磨6:方娘子哭啼啼,叫官人你听知:这回一跌六个字。明知火坑往里跳,世间那有这样痴?

**【一丁丁】**一点点,很少。增12:武宗爷笑颜生,你强他一丁丁,炕合席差一迷迷缝。

**【一堆】**❶数量词。用于成堆的物或人。姑3:把银子都抬出来,约有万数两,分了两堆,先着二成拣了一堆,包了去给臧姑看。慈4:那天井里,有多年的一堆灰土,着他去打扫。❷聚合在一起,一起。墙3:张大大怒:“你当面来形容我,咱只裂了!”两个打成一堆。张老拉不开,说:“反了反了!”磨28:拿绳子来,把他手脚背绑在一堆,从梁上抽将起去,着他肚皮朝地。❸副词。一起,在一起。慈4:张诚……到家合他娘说:“明日着俺哥哥合我一堆念书不好么?”磨1:昨日比较,打了我二十五板,及乎死了!俺一堆捱打的,一霎死了两个,发浑的

还有。

**【一堆子】**同“一堆❷”。增23:二姐夫,你性子这么乔。年小的人们,每日价可答头在一堆子,什么正经?

**【一顿把】**一顿。“把”为语缀。禳13:昨日又攫了一顿把,亏了还抓在那背脚处;若是差一点儿,胡桃栗子摆在鼻窝里——可不就脸上开起山果铺子来了么?

**【一发】**❶越发,更加。磨5:大王说:“快快剥皮报来!”李一文叫唤哀告,说道:“留着小的给大王效劳罢。小的曾跟着太行山头目夜间行过事。”大王说:“这等说,一发是该死的了!我手下没有这样毛贼。”磨10:自从治了病,极其相好。送俺的金银绸缎都不曾收,得他一发敬重,搬俺的行李来,就寓在相府。磨14:年时那天大旱,递了旱灾,有了赦粮风信。马老爷恐怕赦了粮,一发狠打,七月里要十分数全完。❷叠用,表示“越……越”。增11:话说二姐哭上南楼,望着扬州叫了声爹娘:“你闪的我好苦也!”一发寻思一发恨,可就伤感起来了。

**【一凡】**凡是,任何。慈6:全无信音,全无信音,炳之少年离家门,一凡故乡人,无复能相认。

**【一个巴掌拍不响】**俗语。比喻一方挑衅时另一方不反击,矛盾不会激化。姑3:这一回添一个铺囊的更甚,闭了门气不喘总像是无人,静静的听着那豪杰骂阵。一个巴掌拍不响,姑娘自家退了神。任你怎么刚强,总然是治不的一个忍。

**【一个锅里轮杓】**指在一起吃饭。“轮”即“抡”。翻10:慧娘说道也不错,俺是兄弟您是哥,若不然怎么叫做一堆过?这才是一个锅里轮杓,怎么分的这个那个?

**【一个锅轮勺】**同“一个锅里轮杓”。慈6:他端的是他的碗盏,咱穿的是咱的衣裳。一下里叫爷,两下里叫娘,不合他一个锅轮勺,像这等还有甚么话讲?

**【一个家】**一个个。磨14:老马叫咱去保他,每人给银二两;那衙役、保正落去五钱。点着名子叫飞跑,一个家狼眉竖眼,谁敢不来?增14:这姐儿们听说,一个家开门的,上楼的,扒墙头的,纷纷嚷嚷,无其代数。

**【一骨碌】**一滚或一转,形容动作迅速或身体失控。禳18:江城一骨碌爬起来,穿上衣裳,扎了扎腰说:“真果么?”磨23:有一伙瞎厮,在路上走路胡迷了,一骨碌张在崖里。

**【一股】**❶数量词。用于气体。翻11:加上镢一拗,拗了一道缝,缝里骨突突

冒出一股气来。增4:玉帝正坐,见一股红气升天,便叫千里眼、顺风耳:"你去打探一遭,看是何人受难,即速报来。"❷全部。翻1:俺家还有顷多地,安心一股要全吞,这样黑心不可问!

**【一会】**很短的时间。姑1:珊瑚不敢去了,只顾站着。于氏拭了脸,劈珊瑚瓜的声一耳根子,说:"我看不上你乜脏样!"珊瑚又不敢问是为甚么?(于氏)待了一会说:"你说罢,就要赌气了么?"增17:二姐说了一会,各各睡去。

**【一伙】**一群,一帮,若干人组合成的集体。寒2:那一伙差人到了赵家,拿出腚来,着他家人验过。磨5:列位既有本领告官告吏,就有本事充军,每日家酸酸邦邦的!看前边这座大山里有一伙强盗,要杀人吃了哩,你可合他捽之乎,弄焉哉!磨5:赶了十余里,全无踪迹。只见一伙蛮子,带将来请大王审问。

**【一伙子】**同"一伙"。富4:一伙子人瘤呀跛呀的到了县里,见了老马,如此这般,苦口诉了一遍。

**【一经】**已经。"一"或为笔误。禳9:自从娶了江城,一经半年。那三个月恩爱异常;这三个月里好虽好,只为着点小事儿,把娇容一变,就着人魄散魂消。

**【一口不来】**同"一口气不来"。禳13:纵然儿女无行径,但有老气还不妨,一口不来怎么样?这到是区区小事,几乎有生死存亡。

**【一口气不来】**突然断气死亡。翻5:家里没有人半个,他娘一口气不来,撇下一个好家当。富3:终日昏昏眼不也么开,魂灵已上望乡台。苦哀哉,早晚的刨窝往外抬。上看眼睛塌,下看鼻子歪,似这等还望人还在?怕他一口气不来,死在床头没棺材。

**【一里】**❶数量词。用于里程。富3:第三日恹恹路途也么中,一里难如山万重。❷以里。一,同"以"。磨18:生平不曾走远路,只是借重二公差。多赖多赖多多赖,若到了法场一里,破上死也无大灾。

**【一力】**全力,竭力。磨32:若遇后有何反覆,他能就一力承担。磨33:鸿老说:"那有此理!到京时全在老夫,自当一力保奏。还望三位万里封侯,才于薄面有光。"

**【一溜[1]】**(溜 liū)悄悄地一走。翻8:那逃人,那逃人,一溜溜进书房门。倒在床上挺着尸,单等人来把他问。禳15:李婆子上,看了看没人,又是一溜。江城开门便叫:"李婆子倒回来!你来做嗄来呢?"

**【一溜[2]】**(溜 liù)❶一行,一排。增14:万岁道:"这一溜三间寝房,那一间是你的?"二姐道:"当中这一间就是贱人的。"❷一串,指连续不断的一段。禳5:他

给小儿长算卦，那瞎厮一溜胡吧，说小些到还不差，媳妇不宜量比他大。磨26：又从新拨马亲身去看，叫马夫头里走一溜小颠。

**【一溜飞烟】**同“一溜烟”。寒2：大相公一声嚷闹，官坐轿一溜飞烟。

**【一溜风】**同“一溜烟”。墙4：一行叫你等等我，你只扯腿一溜风，你那心不知待怎么用。我不如舍死赶上，并不敢撒尿出恭。快4：那些行子没处伏，撒马开交一溜风。

**【一溜烟】**❶形容跑得很快。慈2：却说那张讷听了他老子的言语，就一溜烟跑到赵家庄，一直照着那瓦门楼钻将进去。寒1：驴夫见势头不好，一溜烟把腿拿开。❷指跑开，逃跑。慈5：张讷说：“……我好了，要着饭吃去寻他。”他娘说：“你么？你好找个枝头子一溜烟罢，你找甚么！”磨19：杀了人一溜烟，四五年不回还，直到而今歇着案。

**【一溜子】**形容接连不断地。姑1：于夫人此时运正也么高，尽着你歪揣济着你叨；若遇着妇不贤良儿又浑，要再不孝顺，一溜子把气呴，有理还着你没处告。

**【一迷迷】**很狭窄的（间隙）。增12：武宗爷笑颜生，你强他一丁丁，炕合席差一迷迷缝。

**【一命无常】**指死亡。增26：这个卦实是强，现如今侍君王，眼前就要遭磨障。文武不曾带一个，惟你朝夕常在旁，若有差池上谁的帐？那时节合家大小，少不的一命无常！

**【一捻】**相当于“一把”，用手可以攥过来的粗细。翻2：看他年有二八，人物道也窈窕：眼含秋水，口绽樱桃；三寸金莲，一捻柳腰；声儿细，话儿娇。把一个不见人物的相公，引的魂灵儿不知那里去了！禳11：最苦是孤单，最苦是孤单，庭院寂寂人倚栏。瘦的一捻腰，怎禁的虫声乱！

**【一瓶醋】**指落魄穷酸的文人。蓬5：指望传胪，指望传胪，命乖才好不如无；盼的放了榜，还是一瓶醋。

**【一起】**❶一同。富7：犯人解子一起颠，一个回信没人传，官家知道有两月，乡里知道够一年。磨33：“听的说大王爷又待去了，俺可怎么过？”都一起哭起来了。❷一向，一直。增13：我一起没出门子，来到这里人生面不熟的，不认的一个人。增16：那丫头一个家碰头磕脑的抢拾，崩了一个，滚在二姐面前，二姐虾腰拾起。万岁说：“你好眼皮子薄！赏了丫头的东西，要他何用？”二姐道：“一起没见这般东西，我待看看。”❸数量词。一批，一群。磨4：叫那卢龙知县那一起犯人进来。

**【一气】**❶一口气，不换气。磨7：店主人急忙扇火，熬了来，又吹冷了，递于鸿渐。鸿渐接过来一气饮干。增4：那万岁跳下马来，把椰瓢摘下递与仙女。盛一瓢来，那万岁一气饮干。❷形容不间断地。快2：却说曹操一气跑了半夜，人困马乏。❸指相同的气息。增25：一吹笛一吹笙，合起来好中听，哀哀吹了两三弄。知音天子上边坐，好好连夸四五声，想那教笛时特把心来用。细听他一字一句，合百万一气相同。

**【一趄】**（"趄"，蒲氏注音"妾"）不详。疑指一面（物体的几个面之一）。日·泥：四周群墙一趄片。

**【一瘸一点】**同"一瘸一搓"。磨11：一瘸一点的到了县里，对着老马，如此这般告诉了一遍。

**【一瘸一搓】**形容走路时双腿不平衡，像腿瘸或崴了脚的样子。磨15：老婆漏着腚，光着脚，一瘸一搓的去了。

**【一霎】**❶一会儿，很短的时间。慈6：一日往南昌公干，起的身早，见张诚欹在路旁，看了看，是个书生模样，试了试还有气，就下轿来。守了一霎，还魂过来，说起家乡是陕西保城县，离家已隔八百余里，就按在轿里去了。翻3：赌了会子，一囤谷都净了。姜娘子说他，他又不听；又不敢对他娘说。寻思他一霎也费不净。及至开囤一看，大惊失色，也就不敢瞒他娘了。寒3：两人欢欢喜喜，走的好不有兴。二十多里路，一霎到了。❷指很短的时间段。墙4：这一霎恶心疼痛，只觉着口破唇干。禳19：仲美说："我醉了，这一霎儿渴，叫人去宅里要碗凉豆汤来吃。"……石庵说："怎么这一霎里肚子不大快活呢？我告一告便。"磨7：你看这一霎，觉着站也站不住，还得去屋里欹倒。❸前后连用，表示忽而，一会儿。慈3：李氏从来嘴儿也么高，到了这里不济了。好心焦，浑身热汗似瓢浇。一霎又起来，一霎又坐着，没哽说来没哽道。又鼓肚子又害嚣，油煎火燎好难熬。增8：六哥提着酒上的楼来，满斟一杯，递与万岁，就深深的唱了一个大喏，谢了又谢。一霎叫大叔，一霎叫爷爷，喜的前跑踢后跑踢的。

**【一霎时】**同"一霎"。❶一会儿，很短的时间。慈6：张讷讨了半日，肚里不甚饥饿，便在那大路之旁，告诉他在外的缘故。一霎时站了许多人儿，听他说张诚怎么仁义，怎么被虎咬去，怎么到了阴间里，知道他没死……那人就有吊下泪来的。寒5：商正送出了北门，二相公一阵神风，一霎时走了二十里多路，就见员外合三官在前边。富13：方太太使人探望着："太老爷隔着二十里了。"一霎时又来报："大太爷隔着十里了。"一霎又来报："来到门前了。"❷前后连用，表示忽

而，一会儿。富10：一霎时乱叫奶奶，一霎时乱叫太太，亲友塞门来相拜。

**【一声里】**同“一声子”。姑2：一清晨二成没在家，洗脸水没人端，一声里骂二成。翻2：一连掷了几轮子，相公赢了好几遭，魏名连夸掷的妙。仇相公磨拳擦掌，一声里叫六喝幺。

**【一声子】**指连续的同样的声音，一个劲地出声。富9：好张春，好张春，领着族人一大群。却推个似不知，闹嚷嚷一声子问：甚么人，甚么人，半夜三更来叫门？

**【一声子里】**同“一声子”。富9：一伙人到了内门口，叫了几声。金三媳妇一声子里问：“是甚么人？待做嗄？”富9：娘子说：“也罢，就且饶了他乜腿，擁下他个脚指头来罢。”说了一声，呵叱把个大拇脚指头擁下来了。李大一声子里啕叫，才吩咐牵出去了。

**【一声子哩】**同“一声子里”。翻6：正议论着，只听的那喇叭一声子哩响，范公子又嗜进来了，在那书房里挂帐子。

**【一死无大灾】**俗语。相当于说顶多就是个死，表示死了也无所谓。增17：你若是合不着我的意思，今晚上高低还费些事儿；如今还待说什么哩，我这身子已是属了你了。你若肯要我，就穷我也受的，身价你不要愁；若是不肯娶我呢，是我活该命尽，一死无大灾。就是妈娘杀了我，我可也断不肯迎新送旧了。

**【一头灰】**❶满头的灰。蓬3：把火吹，把火吹，一霎报了一头灰，软窈窕的玉人儿，怎么能受这样罪？❷比喻受到挫折而落得颜面无光。磨4：平稳凶险，只在这回，今日若还赶逐出，大家便是一头灰。

**【一窝嘍】**一窝。“嘍”无实义。俊：骂一声贼强人杀，白黑的不来家，你在外边做什么？只管掷你那额髅骨，不管家里吃什么，这样汉子要你嘛？一窝嘍红虫相似，难道说你就眼瞎？

**【一窝蜂】**形容许多人乱烘烘地行动。快4：谁知胜仗极好打，上前好似一窝蜂。共总一个曹操没拿住，到如今懊悔杀的松！

**【一五一十】**形容叙述得原原本本、很详细。姑2：珊瑚搽着泪，和他两姨嫂子拜了两拜，才一五一十的细说。翻4：徐氏在那里猜疑，他那个叔伯侄来，一五一十的说了一遍，把徐氏气的白瞪了眼。

**【一下】**❶一处。慈6：一下里叫爷，两下里叫娘，不合他一个锅轮勺，像这等还有甚么话讲？❷动作的一次。快2：却说三人战了多时，张郃被子龙腿上着了一下，两个才逃了。琴：来到他家，来到他家，那人见了险些喜欢煞。走到人背

后,把我捻一下。禳9:公子拿过来轻轻的打了一下,江城恼了,劈脸一掌。❸指时间短暂或动作迅速。俊:铁拐李把眼挤,若是休了便宜你,狠狠一下挡了你的生,到还割了这块癖!禳16:像那高大官忒也嫩,不禁揎,若还手里没分寸,忽然一下染黄泉,这才犯了凌迟罪儿,秋后处决定不免。❹以下。"一"为"以"之误。禳16:拧着耳朵只拉在牙床一下,就着他打个铺近着奴家。

**【一笑散】**一种中药散剂。日·疾:腰闪只吹一笑散。

**【一心无二】**一门心思,一心一意。增2:总有龙床睡不稳,恨不能插翅出北京,一心无二去的盛。想山西连梦颠倒,眼前里就是大同。

**【一星】**比喻很少的一点儿。俊:张三姐气儿粗,骂强人贼囚徒,一星活路全不做。用急才卖堂前地,回家一个渣也无,你说你是个什么物?富6:他如今闭了门,养老清高,一星闲事不管,到养成了一个大体面的。

**【一行】**(行 xíng)❶一次出行。寒2:大相公心里焦,你合我都解了,家中老母无人孝。兄弟说家中有妹子,扯断愁肠这一条,恨一砖没把脑儿照。此一行却也妥当,到那里分些忧劳。富9:上北京,上北京,就把银子纳监生。你若能中京举,也可以扬名姓。此一行,此一行,三年望你就成名。❷行走的一伙、一帮。富6:一行人进了门到了客位,看了看四下里楼阁成堆。磨32:把实情告大王,他来只有几伴当,一行并无兵合将。❸一边,一面,表示与其他动作同时进行。(1)单用。姑3:臧姑说:"若是咱娘有些差迟,就是天不许我改过。"一行说着就下泪。翻7:大姐说:"说起来呀,他读书知礼,那里有不来的?"一行说着,有人来说:"俺二叔合婶子来了。"大姐才出来迎着进来了。寒3:二相公使手掏,大相公把头招,一行又使筷子拗。(2)连用。墙1:盛上呵了一口,裂着嘴说:"冰的牙根这样疼痛,怎处怎处?哎呀!可怜,可怜!待要不吃,这样饥如何捱的?"一行吃,一行擦泪。慈4:他哥劝不动他,恐怕误了打柴,一行斫着,一行念诵他。富2:方二相公一行领着妹子往下走,一行骂。❹表示刚刚,差不多与另一动作同时。寒5:一群鬼赶上二相公说:"你且休走,阎王爷着俺来拿你。"二相公说:"一行逐我出境,如何又拿?"磨18:解子怒冲冲起来,自去要的,店主方才另赶饼。解子说:"一行有饭,怎么又赶饼?真是混帐行子!"增21:老王,你看这长官分明是拾查子说话,一行不知道,一霎就知道了。

**【一要】**一旦要,一旦。磨26:罢呀,这一要运气低,也说不的了。

**【一一】**❶逐一,一个一个地。富14:斟上酒,舜华一一亲递。闹:还有一说,这《学》、《庸》、《语》、《孟》,想是四个人的口气,也不要粗心浮气过去了,便须一

一精详，还他个哑口无言，这样卷子，稳稳合式，谁敢再道个不字？❷详尽。翻5：即时回了下处，一一对他师傅说了一遍。富3：张官人一直到门也么庭，敲着门儿问一声。不答应，只在门前侧耳听。等了许多时，出来个小学生，对他一一通姓名。❸完全。翻8：其实那徐氏心里自在，那病一一的好，不过是推托的意思。

**【一拥】**一起推挤着。磨10：众人一拥进来，跪了一监说："娘子不出去，小的们担不的。"

**【一盏茶时】**慢慢地喝一杯茶的时间。寒8：那四邻八舍，都见天上一朵彩云照耀，商三官合太爷站在上边，有一盏茶时才不见了。

**【一崭新】**同"一搀新"，全部都是新的。（蒲松龄纪念馆藏《聊斋新编墙头记》"崭"作"搀"）慈3：李氏看了看张讷，扎括的上下一崭新，脸儿白胖就像是个学生了。翻6：范相公笑吟吟，把他换的一崭新，又把他来从头问。

**【一枝花】**❶比喻美女。增1：圣天子下龙床，一枝花侍君王，玉芙蓉打板高声唱。增13：上小楼拜军家，恰合是一枝花，红娘子一笑千金价。❷曲牌名。增16：众丫头奉主公，箫管笛共银筝。《一枝花》带着《新水令》，《玉美人》相称《红衲袄》，《江儿水》上《混江龙》，《步步娇》唱出情儿动。《雁儿落》腔正字巧，《沽美酒》引吊了魂灵。

**【一直】**❶径直，直接。慈2：却说那张讷听了他老子的言语，就一溜烟跑到赵家庄，一直照着那瓦门楼钻将进去。翻9：看他这个行径，还肯另嫁么？我有法，也不必央人去原融，我合他大舅一直去登门。禳1：杀了人放了火，十万银子包里裹，一直送到抚院堂，情管即时开了锁。❷不停歇，情况不改变。富2：送了回来，一直哭到房中，竟夜不曾合眼。富11：娟娟茶饭奉高堂，锣鼓终日闹嚷嚷，日头西，一直闹到东方亮。

**【一咒十年旺】**俗语。指受人作踐反而会兴旺。翻12：魇殃做人精胡讲，老天爷长在上，越弄越发穷，一咒十年旺，怎么能依的人这心眼里想？

**【一抓】**数量词。一握，如手能抓住的那样粗细或大小。俊：老婆不要仔顾诈，好像捕下一窝雀，摔着贼毛够一抓，嗓咂叫人听不下。禳24：成抾的菜蒸一抓儿，豆腐带水一洼儿……磨12：身子只一抓，倒下小如拳，在牙床仅把脚儿拈。

**【医道】**医术。富4：苦用心机，苦用心机，全凭医道作阶梯。若是该报仇，一帖药就得了济。

**【医官】**医生。慈5：张炳之听的哐哼，慌忙取了点饭汤来，灌了他一口，也咽

下去了一半,从那刀缝子里也出来了一半。那庄里有个医官叫开门,取了刀疮药来,给他搽上,又灌了几口,临明才略懂人事。富3:捱了两三天,那病就越发重了。店里便来商议请医官,张官人点了点头。不一时,那医官来了。

【依】❶依允,同意,允让。翻11:王相公不肯。王四謜謥着,到了八百银子,王相公才依了。当时立了文约。禳2:两人正争,周夫人到,笑道:"我说一猜一个着。长命,你不吃了饭上学里去,是甚么样?"长命说:"江城输了瓜子,不依我打呢。"❷依顺,依从。墙2:还是你忒也囊包,怎么依他这样揉搓?增2:万岁爷叫御妻,凤离朝百鸟依,虎离深山走平地,龙离大海还有水,君出深宫谁敢欺?❸倚靠。禳20:趁着酒还未醒,俺且睡睡。只怕依着这门,还有些暖气。富5:坐着也是单,卧着也是单,对孤灯多亏了影作伴。斜依枕头闷恹恹,手托香腮擎架难。❹依靠,依仗。墙2:落了草叫谨谨,摸摸有峻甚喜欢,细想来也是精扯淡。不过指望下半世,依着儿家过几年,似张哥可要儿何干?寒4:俺爹活时合你好,你依势力诈钱财,就没有半点情儿在!磨13:他二舅自从报了仇,纵不去奉承那严世蕃,正做着刑厅,着他一笔勾消了,如今闭着门星事不管,他是依不得的。❺依照(某人的意见或说法),按照。慈5:依着他老子,既没了小的,吊了一个儿,也割舍不的教他去,却是怕老婆,又没奈何。禳24:依你说,一碗一钱,十碗才是一两,怎么能攒成块呢?

【依般】同"一般❺",居然,没想到。富4:小姐低头,小姐低头,喜的极了泪交流。我当是住到老,依般也有够。

【依傍】依靠,依赖。翻1:看见女儿泪两行,不料他姐夫早命亡,我儿可将谁依傍?

【依牢本等】安分守己,固守本分。墙1:我劝你依牢本等,还便宜你一个疙疸。

【依老本等】同"依牢本等"。翻3:况且你心不大好,安心一味胡拼打,看情苗叫人心害怕。你若是依老本等,不孝些也还不差。

【依起你来】指按照对方的所作所为来说(一般作插入语)。富6:依起你来,就应该瞟瞟脸竟过去,但只是我可不肯。磨18:依起你来,就该票票脸过去,但只是我可不肯。

【噫】叹词。表示惊异。禳14:李婆咬指头,扎着长声说:"噫!夏里的皮袄不收拾。"公子说:"怎么说?"李婆说:"——只怕吊了毛!俺大嫂到利害,不是顽,不是顽!"磨12:丫头点着灯,舜华从后进来,笑了笑说:"噫!你还不起来,是

挣甚么?”

【仪文】指写有丧礼相关礼仪的文字。日·纸:明旌楼上有仪文。

【宜量】适宜,适合,适于。禳26:那举人只宜量唬小厮,只宜量唬觅汉。禳5:他给小儿长算卦,那瞎厮一溜胡吧,说小些到还不差,媳妇不宜量比他大。禳16:寻思这行子忒也诈,不宜量慢慢合他缠。

【姨夫】姨母之夫。禳16:他二姨夫都这么作法,还是你那管法不济。你说你是怎么降?禳32:方才出门,我说他三姨怎么就这么贤德了,不但不打他三姨夫了,又给他收妾买妓。

【姨姨】姨。琴:月影儿高,月影儿高,姑姑姨姨都来瞧。一齐拥着奴,上了他的轿。

【胰子】胰子,猪羊等的胰脏。常用来做成洗脸洗衣的皂。日·走:稼猪胰子洗皴疮。

【移尸】将尸体转到别处。寒3:老王吩咐:“各人领尸,本县给你申报司院。”起来走了。又吩咐带着李蝎子合王成。李蝎子禀:“在家看着移了尸,再去听审。”寒4:老王说:“我定要另验。”大相公说:“生员的妹子已是殓了棺了。”老王说:“打开盖子,抬了来。”即时差了两个皂隶来,押着他去移尸。

【疑猜】猜疑,猜忌。姑1:进门先看婆婆面,恶气冲冲怒满腮;怒满腮,自疑猜,不知又是为何来。增25:万岁爷暗疑猜,这个人好怪哉,怎么听说就将我拜?日·衔:最为长策莫疑猜。

【疑忌】怀疑,因为怀疑而有顾虑。姑3:安大成凑足了银子,支给债家。债家看那银子,合前番丝毫无二,心里疑忌,连夹了三锭,全无差迟,就把文书退了。富5:舜华笑了笑,说:“你心里不疑忌么?”

【疑影】同“犯疑影”,疑惑。翻4:徐氏听了,徐氏听了,心里疑影好蹊跷:咱又不欠粮,用不着去比较。

【已往】同“以往❶”,以往,以前。墙2:俺达是个老精灵,腰里银子上秤称,已往从前真失敬。慈1:这也是已往的古人,不必细说。本朝就有一个人,可以比那王祥,他兄弟就可以比那王览。

【已咱】已经(含出乎意料之意)。慈4:到了第二清晨,张诚早起来上书房开开那角门子,见哥哥已咱把各闹打扫了一大堆,还在那里扫。慈4:到了次日,张讷想他不去;谁想到了山里,他已咱到了。

【以往】❶以前,过往。姑3:谢娘子泪涟涟,一炷明香祷告天:不孝惹的那神

灵怨,我今才醒了糊突梦,痛改从前以往愆。寒3:王知县动疑心,叫商礼合商臣,着他两个亲来认。公差即时跑了去,从前以往诉原因,老爷要把相公问。❷以后。禳8:江城上,徐氏说:“我儿,从今以往恁家里去了,等我嘱咐你几句。”

**【以先】**早先,以前。慈3:他汉子以先合了一个混帐老婆,原说是做妾,待了一年,又娶了一个大婆子,生了一个儿,也有小讷子那大小,他娘就死了,那个混帐科子就占了大。慈3:你说这李氏是省事的么?以先虽是骂的恶,还是借着别人,赵大姑因着一句话,就讦挑出来了,他怎能忍的?

**【矣了】**了。磨10:到明日,须是辞了公子回家而去,必然在按院头里方好。他只怕也就行矣了,俺只得速去为妙。磨13:不多一时,舜华说:“住了!”忽然落下来,便说:“官人,咱可从此别矣了!”

**【蚁蛘】**蚂蚁。磨10:我想那严公子待杀个州县官,只像碾杀个蚁蛘,有何难哉!日·昆:蝎子蚁蛘螫人疼。

**【倚着】**❶(身体)凭靠。蓬2:独有彩鸾,倚着那白玉栏杆,手托香腮,全无情绪。富9:他那里手托香腮盼,拳着他那金莲,斜倚着牙床绣枕边。❷仗恃,依靠(某种势力)。翻12:寻思着仇家肥,人马到满载归,一点事儿全不费。却还没有真实信,倚着五百好强贼,开门只用人一对。要把他踏为平地,实不料弃甲丢盔。富7:骂只骂你太不贤,倚着你哥哥做高官。

**【弋阳腔】**起源于江西弋阳一带的一种地方戏曲。闹:你看我六封色高不高?你看我弋阳腔妙不妙?你看我背嫖经熟不熟?你看我行酒令俏不俏?

**【裛】**(原作“裛”)指毛皮受潮后发出霉味。与“䭺”意义相通,参见“䭺气”。日·皮:好天晾晾休裛了。

**【意投】**意气相投。增7:也是他君臣意投,六哥急忙走下楼来,叫一声:“掌柜的,楼上客吃了足色好酒,又待吃足顶好菜哩。咱给他吃不给他吃?”

**【意下】**意见。禳6:公子见他眉眼留情,便撇下汗巾而去。公子说:“我把汗巾奉赠,看他意下如何。”增2:万岁说:“御妻,朕有一句话待说,不知你意下如何?”

**【意兴】**兴趣,志趣。禳4:我侄儿会做文章,但他意兴太颠狂。

## yin

**【因由】**原委,缘由。慈6:到了瑞州,到了瑞州,便与太太说因由。

**【因着】**因为。姑2:这是俺那媳妇子着人送来的呀,一则是问好,二则是因

着这里没人做饭，怕饿着我。慈3：赵大姑因着一句话，就讦挑出来了，他怎能忍的？寒3：活把人异样杀，杀了人吊自家，不知他是因着嗄。磨10：按院……合他手下人嚓语嚓语，才进来行了礼说："方老爷，先生殿过试了，因甚么还不归家？"仲起说："因着严舍亲挽留，所以迟迟。日下也就行了。"

**【阴功】**指在人间所做而在阴间可以记功的好事。磨2：一个牛大(人名)，跪着那差人哀告说："大叔，我这肚里没食，十板就打死了！你放了我，积个阴德罢。"差人说："我从来不积阴功。"增27：二梅香泪盈盈，那世里少阴功，今生折磨咱的性。不是打来就是骂，奴才只当叫奶名，满心冤屈合谁控？

**【阴阳报】**指在人世间所做的善恶在阴间得到相应的报应。寒8：(回目)阴阳报祸福分明。寒8：听人讲说阴阳报，遍体寒毛竖起来。

**【阴宅】**指墓地。日·纸：一片阴宅四五亩。

**【阴骘】**阴德。闱：始知积德天相报。这举人断无走滚，也不怕剪绺的了。万一有走滚，叫我无处自反，除非是俺祖宗阴骘来到。

**【音耗】**音信，消息。磨5：小鹿儿忽然惊跳，一箭射去中当腰。上南死命去奔逃，追将来一点没音耗。

**【姻眷】**姻缘，婚配。蓬3：听我言，听我言：小生有言已在前，必得一个俊佳人，方才合他成姻眷，方才合他成姻眷。磨8：官人风雅又少年，既到寒家定有缘，何必别处求姻眷？不嫌奴家貌丑陋，就在此杯酒成欢。

**【殷殷恳恳】**殷切诚恳。富2：大家须向院里告，呈词可要做周全，都说必得张鸿渐。共登门殷殷恳恳，乞求他名列前边。

**【银袱】**包裹银子的包袱。磨7：店主说："相公三五两银子的驴还不叫我赔，吃几顿饭，那有要钱的理？况且每日都是外边吃饭，扰我甚么来吃？"张鸿渐又不肯依，把银袱展开。日·衍：银袱才空俏不上。

**【银光】**银光纸，光色如银光的纸。日·杂：银光云母笺尤贵。

**【银锞】**一种小型银锭。姑3：到了坑边，见那土里白花花的都是小银锞。下腰拿了一块来，看了看，都说异常，一齐去验了。日·堪：点穴乞法要银锞。

**【银纽丝】**曲牌名。姑1：[银纽丝]没人处寻思双泪也么涟，不晴不雨的奈何天。好可怜，翻贴门神左右难：丑了怕你恼，俊了你又嫌，就是这模样难更变。满肚冤屈对谁言？心里的苦水变成酸，我的天，叹见人，好叫人叹见！富5：官人就问："这是个甚么曲儿？"唱的说："这名为《银纽丝》。"增1：世事儿若循环，如今人不似前，新曲一年一遭换。《银纽丝儿》才丢下，后来兴起《打枣杆》，《锁南枝》

半插《罗江怨》。又兴起《正德嫖院》,《耍孩儿》异样的新鲜。

**【银钱票】**钱票,一种用以代替并可兑换钱币的纸币。闹:上世里我无曾入过学馆,看文书银钱票甚是作难。目下里我的儿倒有两个,想读书请先生又怕化钱。

**【银钱世界】**指金钱主宰一切的世界。磨5:可怜俺众秀才,都被这无妄灾,眼看就到口儿外。虽然是军门伤天理,却也是俺自己该,岂不知如今是银钱世界?只加三千两吊,把黑白翻将过来!磨14:狗脂!如今不过是银钱世界,甚么是公道良心!且歹他五两银子,盘费不了,给老婆子买点人事。

**【银丝菜】**一种蔬菜,嫩叶及白色叶柄可食用。日·菜:地环脆比银丝菜。

**【银鋄】**(《铁匠章》"鋄"原讹作"鋖",蒲氏注音"简")铁器或铜器上镶嵌的银饰。日·铁:镀金又用银鋖鋖。日·走:踶胸搭颏加银鋄。

**【银牙】**洁白的牙齿。翻5:恨的他银牙咬碎,气的那粉面通红。丑:八戒正看阴司景,一伙人来到面前,蝻鬼押着一个鬼,佳人容貌似天仙:满口银牙白似玉,盈头丝发黑如烟;一双杏眼秋波动,两道蛾眉新月弯。

**【银硃】**即硫化汞,由汞和硫混合加热升华而得,用作颜料和药品。日·丹:银硃标脚皆堪用。

**【哕】**(方言音"衬"上声)❶寒碜,寒酸、丑陋或肮脏得令人难受。墙3:老婆说:哕杀我,吊脸打胯的,就给老的们穿穿。增23:万岁说:"可哕煞我了!我也不消把我那家当合你比,我说说我那小厮们的家当你听听罢。"❷(女性)性格狠戾,不通情达理。翻5:众人说:"仇大姐这个老婆好哕!不给他成不的。"姑2:终朝每日数他哕,又遇着哕的比他狠;这一个哕的哕的紧,那一个哕的可才窘;上一个不哕你到允,只怕因着你哕他不肯。

**【哕丁头】**指性格狠戾、不通情达理的妇女。姑2:哕丁头,哕丁头,婆婆像是有冤仇,一声声骂出来,全不把眉儿皱。

**【哕妇】**性格狠戾、不通情达理的妇女。姑2:先有一个哕妇歌,歌曰:……

**【引子】**❶说唱时的第一个曲子。磨24:二人唱,便向席前排场歌舞。先四句开场引子,说道是——久旱逢甘雨,他乡遇故知;洞房花烛夜,金榜题名时。❷酵母。慈3:赵大姑听说,那气就粗了,说:"耶耶!谁赖您那孩子来么?面盆里加引子——你这不发起来了么?我不过因着他姓张,我还疼他点呢。"❸指挑唆。增10:不好了!俺妈娘往常时拿着我合掌上明珠哇是的,何等爱我;今日不知吃了谁家的酒了,又不知吃了谁家的引子,连我也找算起来了。

**【扨】**绗，用针线把表和里子及其夹层物缝在一起。日·裁：被褥未成扨一捣。

**【瘾疹】**荨麻疹。日·疾：瘘病瘾疹犹可治。

**【印】**❶官印。寒7：揹着印把凭你弄，不爱黎民只爱钱，臭名传满了新泰县。禳32：又梦春香生贵子，大慰高堂父母心，将来斗大黄金印。❷在物体上按压。禳11：半掩绣房门，半掩绣房门，别君愁绪乱纷纷。红袖掩朱唇，漫漫将牙儿印。增23：若还送了我心意，一遭就许你十两银，搬过头来把嘴儿印。增14：这万岁穿的鞈鞋是江彬做的，虽无穿着走路，但年岁久了就烂了，那鞋掌子印着那涩道上边，嗤的一声抓下来了半边，走一步刮打一声。❸印痕。禳6：想这汗巾，想这汗巾，纤手挐着擦朱唇。一片麝兰香，还有个胭脂印。

**【印板】**用以印刷的底板。慈0：若是看了说好，大家助毛攒毡，拿着当是感应篇，刻来广把人劝；一来积了阴德，二来也能转钱，刻了印板天下传，这宗生意诚善。

**【窨】**（蒲氏注音"印"）地窖。日·菜：窨里肥芹取作羹。

## ying

**【应当该】**应当，应该。姑2：怨只怨自己不才，就打杀应当该！就是难得娘不怪。

**【莺粟】**罂粟花。日·花：莺粟何如铁线莲。家政外编·诸花谱：莺粟，善变，单瓣、重台，红、白不一。

**【婴孩】**幼儿。禳32：家中生个小婴孩，又劳亲友大破财。众位贵人添了寿，必然去病去消灾；去消灾，纵不才，且叫老夫笑口开。富8：又当里又要当外，没工夫常到书斋。十四犹然是婴孩，怎容一霎没人戒？瞧娘有事，跑到当街，那有心儿寻思娘亲怪？

**【嘤嘤】**形容轻细的声音。增17：皇爷冷笑了一声，说道："别的生意还好做，这般买卖难做。"二姐不识进退，又嘤嘤的笑道："好多道哩，做一遭就惯了么！"万岁听说，龙颜大怒。

**【缨帽儿】**清朝官吏所戴的帽子，帽顶有红缨子。慈6：张老儿每日家不生不灭，忽然间人合马来了一大些，那里的贵公子将谁拜谢？又见两匹马尖指就来这，老拘远里下马，缨帽儿皮靴，少年英耀步乱踅，来到跟前叫了一声爹爹。

**【缨头帽】**平民所戴的顶有红缨的帽子。磨23：瞎着眼那贵人还给点体面，

必然是因着俺瞎的可怜,不叫俺在门傍两腿直站。吩咐给个坐,定定才吹弹。那清唱立两边,缨头帽细罗衫。

**【鹰捕】**指捕快。闹:难道法司的鹰捕胆大如天,敢来拿我学生不成?

**【鹰头鳖耳】**形容相貌凶恶、丑陋。增5:曹老爷还体情,那别爷更不通,县官拿着当奴才用。耳软光听下人的话,真是一个糊涂虫。管家还比主人胜,一个鹰头鳖耳,酷像是做了朝廷。

**【鹰爪】**一种羊皮,毛较短,丛集如鹰爪,故称“鹰爪毛”。日·皮:鹰爪跑羔可御寒。

**【迎】**❶迎接。慈3:亏了张炳之见他没来,着一个小厮牵着驴去迎他,扶上他那驴去,才来了。翻8:徐氏也吩咐去,无计奈何,才骑上马去了。到了门首,他丈人就迎出来,着实谢罪。禳3:脚夫打发去了。娘儿两个如何还不到?不免迎他迎去。❷对着,逆着。蓬3:随即蓦动金莲,迎着来人。仔细一认,呀!这不是他么?蓬3:迎上前和那人顶头子撞见,就是那华山上题诗的那少年。❸奉迎,迎合。磨14:奴才可恨,把本院胡混!并不是买卖庄农,分明是一伙光棍!想您串通衙门,在乡中横行无禁,迎官吏欺诈良民。

**【迎春】**❶迎接春天。禳11:拿拳头把门敲,举手又把吊儿摇,高高声就把书童叫。左写“遣意惟书卷”,右写“迎春但柳条”,对联细看笔迹妙。日·禽:鸿雁迎春来江浙。❷迎春花。日·花:迎春探春催四季。家政外编·诸花谱:迎春,栽、插皆易活。

**【迎风】**❶迎着风,对着风。增3:单表的是万岁出了北京,一路上景致无穷:草芊芊,柳绵绵,荼蘼架,牡丹颜;莺燕啼林外,蜂蝶舞花间,争翠的芍药舞,迎风的海棠翻;荒村无火桃喷火,野店无烟柳带烟,雁飞不到处,人被利名牵。增16:那万岁揲着那汗巾迎风一抖搜,只闻的香风一阵,那上头半点酒珠也无,异样的新鲜。❷接风。增13:哄他到院里,摆上酒来,姐姐你就先訮酒,只说是洗尘三杯,迎风三杯;俺这十个丫头,每人也訮他三杯,他是铁人,也就管醉了他。

**【迎门】**在门口迎着。琴:丢丢羞羞往外走,婆婆迎门拉住手。想是心里看中了,怎么仔管咧着口?

**【迎亲】**迎娶,结婚时男方到女方处迎接新娘。禳8:我高蕃为樊江城想了一场大病,因着定了亲事,才觉精神健旺。看下迎亲日期是腊月三十日。这几个月以来,度日如年,俺一般的也捱到了。禳8:谯楼初鼓,良时已到,长命儿可去迎亲了。

【盈头】满头。丑:八戒正看阴司景,一伙人来到面前,蜽鬼押着一个鬼,佳人容貌似天仙:满口银牙白似玉,盈头丝发黑如烟;一双杏眼秋波动,两道蛾眉新月弯。

【营生】❶活计,(干的)活儿。慈1:每日清晨起来天儿也么乌,蜽眼还是眵儿糊;孩子雏,一身营生做不熟,新学着纪带子,才学着穿衣服,两顿打的会穿裤。❷生意。禳4:怨不的宗师大称也么称,他下的本钱也不轻。好营生,至少也弄个本利平。增9:我上宣武院去,伙里的买卖,耽误了工夫叫伙计们说咱嗄。把那旧营生做起来罢。❸泛指做的事。增22:大姐道:"还有一件极不出奇的营生,你道弄的好。你合长官耍耍何如?"王龙说:"我这两日输挣了,也想不起是什么来了。你说是嗄?"大姐说:"是跌六气。"

【营头】营寨的首领。磨31:毛尚书哭着说:"听的传言,还望不的伤了营头,何以见君?"磨33:原非心爱据山头,官刑逼迫不自由。今日投诚接圣旨,发马兴兵不用愁。发马兴兵不用愁,做营头,单刀匹马望封侯。

【缨】微细。慈5:浑身上下摸拨遍,颈血长流不住停,气儿还比游丝缨。

【影】❶影子,物体因为遮挡光线而投下的暗像或阴影。慈3:张讷听说,一溜烟跑了。李氏说:"休去了,咱家去吃的罢,多拘远哩。"一行叫着,那孩子又咱没了影了。这李氏气愤不过。蓬2:身子软窈窕,一捏杨柳腰,走将来看着他影也俏。❷水中或镜子等光滑平面中映照的形影。蓬5:你好愚呀!那都是水上的泡,镜中的影,恋他怎的?蓬5:有两个小盅儿,都把人影照。❸图绘的人物像。富14:欲画他仙容妙影,挂在这金屋珠龛。磨17:恩合义重如山,临作别心痛酸,不知何日重相见?刻一个牌位传一个影,又用檀香雕个龛,跪下磕头千千万。增15:走到近前,把那红罗帐一掀,看见上边悬着御影,深深唱了一大喏,说:"阿弥陀佛!这明是座庙呢,你怎么说是张床?"❹代指人。禳27:我想翁婆年纪高上,生了一个儿子,娶了一个媳妇,到躲的远远的,整好几日不见个影儿,这怎称的是个人哪!禳30:樊亲家你好乖,仍崩一去不回来,再找那得个影儿在!❺影子闪现。姑3:安大成泪恓恓的合他娘说,臧姑来窗外头听。听见那银子的话,等不的说完就跑,叫着二成,一个拿着杴,一个抗着镢,流水先去刨去。于夫人看他影了一影,猜他去刨,瞧了瞧果然。❻遮掩(光线或视线)。磨1:实指望秋禾接接口,谁想天爷不在行!遮天影日蚂蜡过,朝朝每日唬飞蝗。把谷吃了个罄溜净,庄稼何曾上上场!增21:那万岁气在心头,满面通红。二姐将身子影着万岁,说道:"姐夫穿上衣服,咱回南楼去罢。"❼声音过大或过于杂乱而

使人不舒服。琴:这件喜事委实陡,故意还把丫头瞅,失惊打怪影煞人,甚么腔调还不走!琴:上头扑面影煞人,你看乖了我的纂。

**【影响】**指只有模糊传言的。富2:方娘子骂县官:为什么寄在监?做贼也要个真赃犯!影响事儿没照对,就弄权势不顾天,你也未必是个人来变!磨6:我把你奸佞官,拿人容易放人难!做贼也要真赃犯。影响事情无照对,就把妻子送在监,你也不是人来变!

**【影像】**人物画像。增10:这佛动心又自己画了一个皇帝影像,悬在帐中,朝夕祷告。增15:皇爷说:"他那影像怎么来在这里?"二姐说:"有晚做梦,神灵来警我,说道:'佛动心,你不要接客了,等着接皇爷罢。'天明请先生算卦圆梦,他说的与梦相同。我请丹青手来传下御影,供养了三年了。"

**【影影绰绰】**模模糊糊,似隐似现。闹:你看那灯影下影影绰绰,手舞足蹈,是甚么东西?那元魁眼前活跳。南:那黯黯惨惨,影影绰绰,灯光深处坐着个巍巍峨峨的阎魔大帝,俺蹲在挨挨挤挤稠稠密密里。

**【影支支】**形容惊惧不定的感觉。增18:王龙一行走着道:"长官,你是北京,你可在那一块里住?你贵姓?什么名字?不是斗胆问你,你早晚惹下事时,叫家父好给你说个情。"万岁也不入耳,说:"王官,你合游营似的,影支支的,你在桌头上坐下罢。"

**【瘿瘤】**生在皮肤、肌肉、筋骨等处的肿块。"瘿"多见于颈部,"瘤"则遍体可生。日·疾:发背瘿瘤及白秃。

**【应捕】**缉捕盗贼的役吏。磨14:一个捕头急如火,一个捕头快如风,人人都把银钱送。若有人得罪应捕,合得罪知县相同。磨14:大老爷叫刑房合应捕来,都听着生员告诉。

**【应捕头】**应捕中的头目。磨14:四班里衙役,马老爷都照着《西游记》里起了名子:那皂头王玉芝是精细鬼,快头李合宇是伶俐虫;应捕头有四个:一个是王钻天,一个是急如火,一个是何大虫,一个是快如风——民间叫他"四大金刚"。磨14:差了两个应捕头,领着二十个小应捕,到了生员家去要盘费,每人要三十两银子。

**【应不过】**不合乎。禳11:养着这不肖女儿,好叫人心酸疼!太不通,太不通,做着媳妇骂公公。应不过自家的心,怎么合人家碰?

**【应承】**❶应允,答应(做)。姑2:且说于氏受了气,哭到家,着安大成写呈子告他。大成见他娘气的着极,不敢劝他,满口应承。寒4:歪子听了欢喜,即时抬

了棺材来，便说："借重雇个人，把这头来缝上。"蝎子满口应承，当时使了五两银子，雇了屠子来缝头。❷承担（责任）。寒1：要给我着实捶他，让他告我敢应承。禳10：老头子你在房里咕咕哝哝，怎么着江城？一家大小拧成绳，惟独这外户子没人疼。老婆儿你在这里骂，俺在这听。奴家就敢应承，奴家就敢招承，把头揪吊，赶去脱生！

**【应心】**合乎心意。姑2：九日里回来，实指望他达妈念诵，必然差些了。谁想越发利害了，一点儿不应心，就掘口边说："俺娘说来，您婆婆宜量甚么好，不照着他，他就乍了毛。"

**【硬撑】**勉强支持。富4：且说老马听的方二爷会了二甲进士，也就不大敢硬撑了，吩咐请出方娘子来，慢慢使轿送他回家。

## yo

**【嚛】**❶同"哟"。墙4：放声大哭：我那银爹嚛，你疼煞我了耶！蓬5：春月里好可怜，才郎不中入了山，那纱帽不值榆钱重，我还没有正眼看。我的哥哥嚛，咳咳！我的皇天哥哥嚛！❷"躒"（lì）字形讹。跳跃。磨6：踢跳跑嚛野性多，无辔少鞍奈尔何？

**【哟】**语气词。❶用在句末，表感叹。翻8：还望三年撑门户，就遭大祸把军充！我的哥哥哟！咳！我的皇天哥哥哟！富3：我的天哟，何处投，不知投何处。❷用在句末，表停顿。丑：若是马面牛头，他打个迟局来哟，只消那九齿钉钯，筑他个烂酱稀泥！丑：他若是净了坛，吃上了三杯哩来哟，那酒迷真性，就发起嘲呆，又是那做和尚饿鬼的情怀。

## yong

**【拥】**推挤。琴：月影儿高，月影儿高，姑姑姨姨都来瞧。一齐拥着奴，上了他的轿。禳22：果然招着梯子去竖上，高季爬过墙，放开门，一群人拥入。

**【拥撮】**❶簇拥。琴：不觉就是时辰到，大家拥撮上喜轿。❷安排（离开）。禳31：江城云："你上那屋里听的罢，我待睡哩。"公子云："好奇呀！一年不见，往别处拥撮，不成情理。"富3：店主给他雇上一乘驴，拥撮着走了。❸撺掇，怂恿。俊：那一日在南桥，遇胡朋搂着腰，拉去要和他赢东道。亓人说是断不可，窃盗就是强盗苗，你拥撮死人来上吊。磨14：你是个知县官，翻过地揭过天，被你屠没卢龙县！任拘谁人作下恶，到头都是你承担，心腹人拥撮你头儿断。

【墉路】同“甬路”。增14:那万岁见人笑他,一发装起嘲来了,站在墉路上,可就讲起他那鞋来了。

【甬路】院落中用砖石砌成的路。日·泥:灺道瓴石为甬路。

【衝路】(“衝”原讹作“衝”,蒲松龄纪念馆藏《全集寒森曲》作“衝”)同“甬路”。寒6:三两步下了衝路,低着头着实徘徊。

【用急】急用,急需。俊:张三姐气儿粗,骂强人贼囚徒,一星活路全不做。用急才卖堂前地,回家一个渣也无,你说你是个什么物?

【用意】❶用心安排处理。姑2:媳婆美团圆,夫妻重欢乐,多亏了亲娘姨用意巧。慈4:兄弟皆贤人,处治忒也虐,谁知道鬼合神用意巧。❷意图,意向,想法。富2:不惟用意伤天理,尤恐将来祸患生。富4:用意忒差,用意忒差,还要等我去央他。❸用心,小心。日·杂:竹扇牙牌用意收。

## you

【优钵罗】花名,也叫“青莲花”。日·花:优钵罗开石竹边。家政外编·诸花谱:优钵罗,二月下子,宜粪。

【忧煎】忧虑,令人忧虑。日·养:三眠才倒更忧煎。

【忧心大癖】使人忧虑的心病。翻1:看见女儿泪两行,不料他姐夫早命亡,我儿可将谁依傍?外甥方才五六岁,你又年小怎承当?如今是该怎么样?添上块忧心大癖,倒教我昼夜愁肠!

【悠忽】轻忽,不抓紧。禳22:贵叔任忒也悠忽了,宗师已是回了道了。咱县里抽了六个,就是四于没到。

【由】❶缘由。姑2:这一日,见了他姨,先说他娘病,待请他去看看,次告诉那病由。农·蚕·分抬:抬须众手急抬,勿使堆挤;又须轻操,勿使高抛:此皆致病之由。❷顺从,放任。禳7:你好了,任拘是嗄由你的性。禳23:你看江城还是不改的话,罢罢,且自由他。❸归某人或某事掌握,取决于。翻1:万事不由人计较,一生都是命安排,害别人反取自己害。琴:富贵功名,由命不由俺;雪月风花,无拘又无管。❹应验。蓬5:说的不差,说的不差,那时坚持不听他;谁想到今日,由了他那话。增17:我痴心每日等皇帝,等了个人儿异样杀。将来由了那先生的卦,奴便就打水挨磨,似三娘受苦不差。❺介词。从。慈6:出汉中到凤翔,由西安到平凉,延安临洮济着闯。寒2:两个人商议已定,由大名直上京都。

【由庚】花名。日·花:由庚香发强于桂。

【油巴】变干的油垢。禳24:终日家顶着一个黑灰鬏儿,瞪着两个泪眼儿,守着一块肉板儿,拿着两个油盏儿,浑身上下没有干净的一点儿。你不信身上这油巴,剔下来还够一担。

【油饼】加油和葱花等擀成的厚饼。慈4:张诚听说,没做声去了。不一时,跑回来说:"哥哥,给你这个。"那天已黑了,他哥摸了摸,是滚热的一个油饼。

【油褡】用于擦油锅、鏊的布。禳24:丑扮厨子上云:"一身好似油褡,逐日家冒火冲烟……"

【油铛】油锅。寒5:阎王爷怒睁睛,骂商礼小畜牲,料想你是不要命!若还直要去告状,我将油锅把你烹,看你嘴头硬不硬!快给我拿将下去,剥衣服去上油铛。

【油花】汤或带汤的食物表面上浮着的油滴。禳24:成拉的菜蒸一抓儿,豆腐带水一洼儿,连皮的萝蔔一掐儿,挺硬的鸡蛋𤆵叁儿,煎或用个葱花儿,并不见个油花儿。

【油煎火燎】形容十分难受。慈3:又鼓肚子又害嚣,油煎火燎好难熬。磨23:闻的信,甚担忧,哭号啕,不自由,油煎火燎真难受!

【油牌】不详。磨23:大人家有虚名其实不差:糟头子没点肉,异样的咯牙。那金枣酸煞人,不知像嗄。门上吊油牌,把活压煞;若是担出去卖油,好壮汉,大庄也走不的𫘤。

【油漆匠】涂刷油漆等涂料的工匠。日·木:灰材又代油漆匠。

【油气】同"游气"。磨19:我也要把手脚儿绑紧,丢在他那驴槽。止不理,凭他怎么告饶;剩了一口油气,才放他开交。

【油馓】馓子。日·饮:油馓霜熟兼五色。

【油水】植物中的脂肪质,比喻好处。姑1:于氏又气又羞,待往外走。何大娘说:"你去罢。秕芝麻上不的锅炒——歇了还无了油水。"增6:万岁道:"你待打谁?只怕石头钻的鼓子——不中打,籴的二升秕芝麻——打了没油水。"

【油头粉面】形容女人打扮得妖艳俏丽。增14:众佳人貌如仙,帘儿下露脚尖,时时勾引男儿汉。麝兰薰的人心醉,油头粉面站门前,见人一笑秋波转。便就是神仙到此,也忘了洞府名山。增28:剥去了大姐衣,碎锣响破鼓槌,人人要看狼心肺。百样装的假面目,千人靠的臭囊皮,登时剮了个粉粉碎。一霎时油头粉面,只剩了白骨一堆。

【油星】热油锅里溅起的小油珠。寒5:那油锅大又高,两个鬼把火烧,二相

公就往锅里跳。一霎忽然沉下去,一霎忽然往上漂,滚处都是油星爆。

**【油盏】**盛油的小碗。禳 24:终日家顶着一个黑灰鬏儿,瞪着两个泪眼儿,守着一块肉板儿,拿着两个油盏儿,浑身上下没有干净的一点儿。

**【铀子】**当指用于银器的釉子。墙 2:又把那粉土打礶,加上吹筩吹罢,往里常撒销铅,铀子也抹二三钱,因着这手儿抹惯。

**【蚰蜒】**节足动物,像蜈蚣而略小,体色黄褐,有细长的脚十五对,生活在阴湿的地方,捕食小虫。日·昆:蜈蚣蚰蜒皆一类。翻 6:唬杀我! 好皇天! 他家楼舍几千间,倾了家可能治他那一件? 再休言? 再休言,耳朵没教蚰蜒钻。

**【游行】**出游,游逛。增 2:万岁爷叫御妻:凤离朝百鸟依,虎离深山走平地,龙离大海还有水,君出深宫谁敢欺? 游行游玩何妨事,我凭着齐天洪福,到处里有甚差迟!

**【游湖】**一种博戏。俊:宗亓人一博徒,掷三骰又游湖,眼看成了个蹋撒物。起初输的钱合钞,后来无钱当衣服,得空输了他老婆的裤。日·赌:攱跕堆并游湖者,打伙成群闹彻宵。

**【游魂】**游荡的鬼魂。比喻游子的心神。磨 22:十月里,更伤怀,人人祭扫苦哀哀。游魂远隔天涯外,望想南柯梦里来!

**【游击】**"游击将军"的简称。禳 1:当初明朝有一位戚继光戚老爷,是个挂印的总兵。……你看这是个甚么汉子! 岂不知他到了家里,那汉子就合你我是一样,那奶奶说跪着,他还不敢站着哩,真正是降的至极至极的。手下那些参将,副将,游击,千把总,都替他不平。

**【游击将军】**武官名。磨 33:念尔等俱有归顺之诚,赦尔前愆,命任义为忠义大将军,赵胜为游击将军,李杰亦为游击将军,洗心努力,尽忠保国。

**【游气】**微弱的呼吸。禳 10:今日你合我都已白了头,六十多只生这一块肉,钻在冰房没处投,只剩丝丝游气留。

**【游山看水】**同"游山玩水"。翻 9:二相公清闲自在,骑着马走遍山冈。每日骑着牲口,游山看水。

**【游山玩水】**游览山水。磨 21:小保儿真是呆,怎比那好秀才,游山玩水心中快?

**【游食】**游方,四处谋食。日·僧:游食募缘又一种。

**【游要】**游玩戏要。禳 6:俺也没心游耍,不免回家去罢。

**【游丝】**飘动着的蛛丝。慈 5:浑身上下摸拨遍,颈血长流不住停,气儿还比

游丝緌。守到他三更以后。才听那床上哐哼。

**【游嬉】**游玩嬉戏。富8:你父亲十载别离,生死存亡未可知。你只当街闲游嬉,逍遥自在,全不悲戚。骂声狗子你枉长十三四!

**【游营】**在营地巡逻。增18:王龙一行走着道:"长官,你是北京,你可在那一块里住?你贵姓?什么名字?不是斗胆问你,你早晚惹下事时,叫家父好给你说个情。"万岁也不入耳,说:"王官,你合游营似的,影支支的,你在桌头上坐下罢。"

**【游游】**表示(气息)轻微、微弱。墙1:本待把两个畜生送了不孝,这游游一口气儿,怎能到城,倒不如还要我那地罢。禳1:走进了宅门,又喊了一声杀呀,那声就矮上来了;进了家门子,再喊了一声杀,那杀呀之声又矮了些;进了房门,只落了游游一口气儿,那喉咙眼里插语着说"杀呀"。磨2:半年来常忍饥,又无食又无衣,吊了一口游游气。

**【游游气】**同"游气"。磨2:半年来常忍饥,又无食又无衣,吊了一口游游气。休说打到二十板,七八下子死无疑!磨28:四更里泪恓恓,去了肉没了皮,吊了一口游游气。

**【蝣子】**米象虫。日·庄:只怕塌了生蝣子。

**【有处】**(处 chǔ)有交往。增22:他那口里常说合江彬有处,若是真果,可不坏了?

**【有处站没处立】**形容坐立不安的样子。慈4:在人前,有处站来没处立,一个饭碗,也不敢去拾,清瞪㖞眼看人的高低。

**【有红似白】**形容白里透红。丑:两道蛾眉弯又细,我的娇娇呀潘金莲;有红似白芙蓉面,我的妹妹呀潘金莲;两行牙齿白如玉,我的肉肉潘金莲……

**【有了后娘就有后达】**俗语。指因为后娘对前妻所生的孩子不好,所以父亲也就不会对孩子好了,好像后爹一样。慈2:两句俗话说的好,有了后娘就有后达。您达怎么就看的下,把一个没娘孩子,就弄的饥饥哇哇?

**【有理】**❶有道理,合乎道理。慈4:他哥们见他说的有理,他老子看看他成了块了,也禁的揉搓了。增3:你讲的有理,我不怪你。❷占理,从道理来讲居于有利的一方。姑1:若遇着妇不贤良儿又浑,要再不孝顺,一溜子把气呴,有理还着你没处告。禳1:虽然打我我不怨,原是俺自家没有理。❸讲道理,有礼貌。翻12:那魏名听的人说,待乡亲极有理,所以来亲近他,不想转了一脸灰,好不烦恼!

**【有灵有应】**有灵应,有灵验。磨28:忙取卦角,望空祷祝:"周公、周母,孔父、孔子,诸葛孔明,王禅老祖,鬼谷先生,袁天罡地煞,有灵有应。今有张龙、李虎来问心事,吉则报吉,凶则报凶。"

**【有日没工】**有充足时间,不求进度。翻11:仇福说:"这不过有顶有面的,我去买两把大凿来,有日没工的凿他娘的。"

**【有死无活】**指肯定要死。增3:江老爷差官往来常走,得罪着他着,叫俺有死无活! 增13:叫您姊妹们来接客来,叫您来骂客来么? 您妈娘若知道了,你有死无活!

**【有天没日头】**形容信口夸大其词。增8:你不知,佛动心不接凡人。当初有个遢遢给他算卦,丫头先合他说:"俺二姐姐极爱奉承,到那里哄他二两银子,咱㑚好分。"那遢遢果然有天没日头的,说他有一宫皇后的命。那瞎刀子扎的哄了银子去了,那皇帝那狗头也不来了,哄着二姐今日等皇帝,明日等皇帝,到如今还守寡哩。

**【有兴】**有兴致,兴趣高。寒3:两人欢欢喜喜,走的好不有兴。二十多里路,一霎到了。琴:半夜三更做一梦。梦见人家来下定。两担喜酒两牵羊,吹笛打鼓好有兴。

**【有眼无珠】**比喻没有辨别是非、好坏的能力。增3:万岁自思:"他们有眼无珠,怎知我是皇帝,我有心待给他个利害,恐上不的山西了。"增28:王龙见了万岁,只是磕头:"臣有眼无珠,万死万死!"

**【有一口气】**一息尚存,指还活着。禳13:自己生儿女,方识父母恩;但有一口气,无日不忧心!

**【又不说长,又不道短】**指不表态。增17:佛动心也不言语,暗暗的思量:"今晚原是哄他,这个计策已是行不的了。"这二姐坐在灯下,踌躇不定。万岁看了看,那两个丫头只管丢他那眼色,敦敦的看他姐姐。万岁起的身来说道:"恁又不说长,又不道短,是待弄什么鬼儿算计我么? 丫头们快去罢,我待关门哩。"

**【又发】**越发。翻6:合庄打罕人称诵,都说道怎么范公子,认定仇家二相公? 姻缘也是前生定。自从他姐姐来家,忽然又发变兴隆。

**【又没病又没灾】**指没有意外发生。寒8:又没病又没灾,忽然间眼不开,说三官已在旁门外。自己梳头洗了脸,穿上衣服卧在材,合煞眼即时人不在。

**【又咱】**同"已咱",已经(含出乎意料之意)。慈1:妈妈叫他坐下,扳起他那脚来看了看,见那鞋没有底,有半截棘针扎在那脚心里。叹了一声:"咳,我的

儿！这是几时签上的来？又咱会脓了？”慈3：张讷听说，一溜烟跑了。李氏说：“休去了，咱家去吃的罢，多拘远哩。”一行叫着，那孩子又咱没了影了。这李氏气愤不过。磨25：交四更多大霎，又咱五更尽？

**【又喒】**同“又咱”。翻4：大叫一声，大叫一声：气杀我了贼畜生！乌温了不大霎，又喒罄了净！翻6：正议论着，只听的那喇叭一声子哩响，范公子又喒进来了，在那书房里挂帐子。

**【又自】**同“又咱”。疑“自”为“咱”字之讹。墙1：一个裤赃呵呵，纵然成了虱子窝，补丁补了勾一千个。褂子过了两冬夏，不过穿了三年多，又自叫人看不过。磨28：你说咱这当衙役的，每日伤天害理，是安心积的老婆盖志门来么？实对你说罢：俺家里又自生讫了一个，肚子里还怀着一个。

## yu

**【迂】**迂腐，不通事理。蓬4：娘子笑了笑说：“胡诌哩！你知道如今兴那一部书？咱抄书卖也好”。相公说：“你好迂！休说那大部不能抄，就是孙愐的两本诗韵，如今甚兴，一部卖到四五百钱，大小四五万字，谁能抄他？”

**【迂囊】**没本事，无能。翻3：一个不成人的汉子，配着个迂囊老婆，未必不就死，也就不能长活。不如我寻了死，省的捱那冤屈饿！

**【余剩】**剩余，剩下的东西。蓬7：把文箫唬一惊，那些东西那里成？散了席一点无余剩。一座殿高有万丈，想那水晶是冻冻，一霎时化的好干净！磨29：那卫所十数营，几回战几回争，官兵何曾一阵胜？今日发了兵将去，大王韬略最精明，还愁片甲无余剩。

**【鱼洞手巾】**一种手巾，不详。日·杂：鱼洞手巾轻可爱。

**【鱼角】**当为“画（畵）角”之讹。盖“畵”字草书作“𠂢”而抄写者误认为“鱼”。画角为帝王出巡时用来报警戒严的重要乐器。增28：文武听说，各分班列队，排开御驾。炮响三声，鱼角齐鸣，大同合属官员亲送大驾回京。

**【渔鼓】**道士唱道情用的敲击乐器。富14：果老、国舅，湘子随后，一时来三位神仙，一个宽袍大袖，高高拱手。花篮儿不离左右，笛声隐隐，渔鼓悠悠：并祝尚书张吏部，同上寒山十二楼。磨36：果老国舅，湘子随后，一齐自海外三山，敌赴约同来上寿。跣履磕头，花篮儿不离左右；笛声隐隐，渔鼓悠悠：共祝尚书张吏部，同上蓬莱十二楼。

**【渔妈妈】**不详。疑为与魅惑男性有关的人物。禳13：那江城又会扭作了两

眼儿,渔妈妈的皮狐子变了个江米人——就是个引汉子的老妖精,弄的俺小哥哥一相思几乎害杀!

**【隅头】**墙角。增6:皇爷说:"多蒙厚意。那里是去径?"王舍道:"顺大街往北走,转过隅头向东一座木牌坊,路北里新盖的大门楼,那门上有匾,匾上有字,字字写的明白,那就是宣武院。"增7:皇爷说:"我不怪你。我要进宣武院,坐落那里?"老儿道:"出门向西走,转过隅头向北,那西巷里坐北朝南,景致无穷,王孙子弟有钱者,往那里取乐。"

**【榆钱】**榆荚,状如成串的小铜钱。富7:春来到魂也不在,一树树榆钱绽树外,桃李花好像是笑我住在他乡外。磨12:二月二,是花朝,冻初消,榆钱绽树梢,春风鸟梦遥。

**【虞美人】**花名。初夏开花,花瓣略呈圆形,色艳,有紫红、洋红、粉红等。日·花:虞美人到启朱帘。家政外编·诸花谱:虞美人,花类莺粟,然叶有类萬苣、类茼蒿之别。

**【愚下】**谦称,指自己。增7:皇爷说:"小伙贵姓?"六哥说:"不敢,愚下姓尹。"万岁说:"城里人家孩子,读了二年书,就会说愚下……"

**【雨单】**同"雨罩"。疑"单"为"罩"字之讹。磨25:太公说:"各人的各人拿着好。你再回去看看。"合庵说:"不必,没掉了什么。"太公说:"你那雨单呢?"合庵说:"哎哟!我搁在号房上,忘了。"

**【雨罩】**下雨时披在身上的布。富12:公子说:"不用看,没吊了嗄。"太公说:"你那雨罩呢?"公子说:"呀!搁在号房上,忘了拿来。"

**【玉板】**对击节用的拍板的美称。富14:长须惹香烟,漫舞蕉扇,轻敲玉板,歌绕华筵。共饮杭州千寿酒,愿君福寿比南山。磨36:一道香烟,飘长鬓漫舞蕉扇,轻敲玉板,歌绕华筵。共饮余杭千寿酒,愿君大寿比南山!

**【玉簇】**即玉簇花,又叫"吉庆果",一种茄科多年生草本植物。花白色,浆果深橙红色,球形,为主要的观赏部分。日·花:十姊妹来如玉簇。家政外编·诸花谱:玉簇,十月藏向阳室内,泥干,润以残茶,二月取出。

**【玉蝶】**即玉蝶梅,一种珍贵的梅花品种。日·花:玉蝶飞入京蓼里。

**【玉蛾郎】**曲牌名。禳23:[玉娥郎]人家夫妻共床眠,两相怜,知心话儿枕边言。俺家六七年,日日受孤单,想是没结下欢喜缘。相好只待两三天,就要终日闹闹喧喧,两下都难堪,纵然是在一堆也甜。自从离了俺,花边又柳边,想那里放风筝好自然。富5:[玉娥郎]正月里,梅花娇,春风飘,又是春光上柳梢。家家

闹元宵，走冰又过桥。他乡人也跟着走一遭。二月初二是花朝，冻初消，榆钱绽树梢，春风鸟梦摇。不觉三月清明又来到，杏卸放红桃，坟头把纸烧。可怜俺他乡人，万里遥！

**【玉漏】**对计时用的漏壶的美称。富5：二更里昏沉灯儿也么惨，谯鼓声催玉漏残。磨12：二更里银灯昏惨也么惨，谯鼓连声玉漏残。

**【玉美人】**曲牌名。疑即“虞美人”。增16：众丫头奉主公，箫管笛共银筝。《一枝花》带着《新水令》，《玉美人》相称《红衲袄》，《江儿水》上《混江龙》，《步步娇》唱出情儿动。《雁儿落》腔正字巧，《沽美酒》引吊了魂灵。

**【玉人儿】**容貌美丽的青年女性或男性。蓬3：把火吹，把火吹，一霎报了一头灰，软窈窕的玉人儿，怎么能受这样罪？（此指女性）蓬4：仔细端详，仔细端详，耳大头圆好声嗓，雪白的个玉人儿，就有个福态像。好个儿郎，好个儿郎，模子又好杆又强，脱个坯来就不合人一样。（此指男性）禳8：喜两口身端一样，玉人儿造成双。佳人窈窕细腰长，合我儿正配的上。（此指男女双方）

**【玉堂】**玉堂署，汉代时学士待诏之处，后代指翰林院或翰林院学士。翻10：二相公泪双双，我若能上玉堂，爹爹就有回家望。磨18：咱爷爷最善良，你家叔叔好文章。好文章虽好无得中，指望你把姓名扬玉堂，也是阴功积一场。

**【玉堂仙】**翰林学士的雅号。磨8：进门来见容颜，只当是玉堂仙，没福分难得见一面。

**【玉线】**颜色如玉的丝线。日·杂：荷叶裁云玉线抽。

**【玉簪】**即玉簪花，一种百合科多年生草本植物，秋季开花，色白如玉，未开时如簪头，有芳香。日·花：罗剪春秋上玉簪。家政外编·诸花谱：玉簪，春初雨后，分其勾萌。忌铁器，喜阴，见日则萎。

**【芋头】**天南星科植物的地下球茎，形状、肉质因品种而异，通常食用的为小芋头。禳14：好呀，培了的芋头不踏——差一脚就摸了。我正是来找你，有个主儿想你哩。日·果：芋头好尚在淄西。

**【寓氏公主】**蚕神名。农·蚕·祷神：卧种之日，割鸡设酒，以祷先蚕寓氏公主之神。日·养：寓氏公主嫌动土。

**【鬻】**（路本原讹作“鬻”，蒲氏注“音药，读掠音”）焯，把蔬菜在热水中稍稍一烫就取出来。日·菜：杨叶掐来鬻亦青。（按：影印本和盛本此字作“炓”，注音“料”。“炓”“鬻”两字其实同音而只是用字不同。请参见“炓”条）

**【峪】**山谷。快1：北夷陵为葫芦峪，你二人可去埋伏。那峪里有窄窄一条出

路，树木甚多。那老贼天明必到，杀他一阵，放火烧之！快2：那蜀兵放火，满峪皆着，烧的曹兵弃甲丢盔，死的死，杀的杀。

**【浴盆】**洗澡用的大盆。增21：王龙……便说道："酒后发热了。丫头拿个浴盆来，我合二姐夫待洗澡哩。"增21：万岁听说，出了浴盆，遂同二姐起行，王龙合大姐送下北楼来。

**【遇时】**遇到好的时运。琴：男儿不遇时，就像闺女没出嫁。时运不来，谁人不笑他？时运来了，谁人不羡他？

## yuan

**【鸳鸯板】**成对的木板。日·争：尸棚又打鸳鸯板。

**【鸳鸯锦】**曲牌名。禳14：[鸳鸯锦]一更新月才照上窗棂，又下窗棂，孤单的人那愁苗渐生。进门来冷冷清清，没人做声，坐下起来只是闷。端过银灯，点起银灯，手儿懒抬，眼儿懒睁。孤雁声促织鸣只在身边叫，好不难听。也么咳，也么咳，咳也么哟，只在耳边叫，好不难听！禳29：[鸳鸯锦]流留烟花四五年，今日这边，明日那边。强把笑脸儿，下四低三，光棍行，皂隶班，但肯给钱，不管奴家爱不爱，陪他去眠。纵然打盹，只得去动弹。清夜间，五更天，想到那将来，不觉痛酸。哎哟！想到那结果，不觉的泪涟。也么咳，咳咳也么哟！

**【鸳鸯扣】**指纽扣。琴：又喜又羞，又喜又羞，冤家合俺睡在一头。轻轻的舒下手，解我的鸳鸯扣。

**【鸳鸯枕】**夫妻共用的绣有鸳鸯的枕头。增5：乍离龙床鸳鸯枕，土坑上无席铺杆草，半头砖又垫上檐毡帽。增17：众丫头急忙忙，铺下了象牙床，红袖乱拂销金帐。安下一个鸳鸯枕，熏笼里面又添香，般般事儿皆停当。万岁说二姐睡罢，到明朝再耍无妨。

**【冤抑】**冤屈郁闷。钟：俺那时心中冤抑，遂乃撞死金阶，满腔愤气，真乃好恨人也。

**【元封】**原封，原来封好未动的。姑3：银是元封，银是元封，人家并不犯相争，他虽然回了来，原没说自家种。

**【元关】**当指关元穴，在脐下三寸。富14：饮美酒香甜，饮美酒香甜，一杯入肚，直透元关。磨36：蒙仙酒均沾，蒙仙酒均沾，直透元关，余香入脑浑身串。

**【元魁】**殿试第一名，即状元。闹：你看那灯影下影影绰绰，手舞足蹈，是甚么东西？那元魁眼前活跳。

【元穹】玄穹，天空。寒7：奏上元穹高上帝，封号重重福禄加，父兄何必心牵挂？

【元戎】指部队的主将。磨33：走马南来进帝都，南朝兵将眼中无；武官好似群羊队，都督元戎尽匹夫。

【园林好】曲牌名。富14：[园林好]俺今日已证金丹，断不能久恋尘寰。但愿你跨黄鹤腰缠十万，不必问再相会是何年。闹：[园林好]《感应篇》念上几遭，准提咒再休惮劳，许下文昌大醮。人都说宋朝老宋渡了几个蝼蚁，中了一个状元，我此后鱼鳖虾蟹，大放十斤，我这样功德，就给我个阁老尚书，还欠着我的本钱，应找零给纔是哩！放鱼虾胜宋郊，放鱼虾胜宋郊。

【园圃】菜园。日·树：鲜菜椿芽生园圃。

【原稿】原来的、未经誊抄的稿子。禳33：前边那一个是我给他的，怕他待了我的笔迹，叫他写下来，还将原稿变回来。

【原融】通融。翻9：看他这个行径，还肯另嫁么？我有法，也不必央人去原融，我合他大舅一直去登门。

【原自】原本，本来。慈1：人心原自不相同，你生的你疼，我生的我疼。慈6：你是姓张，你是姓张，家门原自在东昌。禳28：春香原自不丑，扎挂起来，想是也还看的过。

【圆成】劝说，撮合。磨33：张老爷，你也该为这一方的百姓，怎么圆成着他去呢？增20：大姐，咱把他那银子帮他个罄净，着他有家难奔，有国难投。你可圆成着，你就说："俺王姐夫虽是乡宦家公子，他可极良善。长官你又没了银子了，怎么回家？你给他做个管家不好么？"哄的他上了套着，那时在我。

【圆房】❶妆奁。翻11：乍住着蟒蟮房，进大屋也恍荡，可惜没嗄安插上。反转星星人四个，按上一张镢头床，破矮桌安上也不展样。惟有那范家小姐，才可以送的圆房。翻11：去了，到了家，送了慧娘的圆房来。❷新婚夫妻开始同房。禳31：我和你已将近七十之数，到如今那孙子一个还无。也丫头居然是代把夫人做，他给了俺儿圆下房，如今又产麟儿落了肚。日·器：镴釟索钠送圆房。

【圆衿】圆形衣领。日·裁：罗襕圆衿随人做。

【圆铃】圆铃枣，一种较大的枣。日·果：梢枣圆铃满枝结。

【圆梦】解说梦的吉凶。增15：有晚做梦，神灵来警我，说道："佛动心，你不要接客了，等着接皇爷罢。"天明请先生算卦圆梦，他说的与梦相同。增18：王龙说："不是，我今日做了一个梦，极不好。睡到三更时分，只听的耳边风响，天地

齐转,我睡的那寝室倒了一间。"大姐说:"是也不算不好,这梦中何足为凭?"大姐正然圆梦,丫头来报:"那长官来了。"

**【圆睁】**眼睛尽力睁大。富4:那衙役说了这一遍,小姐听了,气的柳眉直立,杏眼圆睁。增17:捶的桌面乒乓响,身子跳起眼圆睁,倒把二姐唬了个挣。日·赌:两眼圆睁心越焦。

**【源譝】**同"圆成"。翻11:王相公不肯。王四源譝着,到了八百银子,王相公才依了。日·堪:枝梧颠倒费源譝。

**【远退】**退得远远的。磨36:虔诚坐待,焚香斋戒。净洒扫紧闭厅门,都着那俗人远退,我自有安排,一个客不用还在。

**【远限】**预先设定的期限中最远的日期。翻12:他原说是中了举,才望父子得团圆,猜他说的是远限。那个话依然在耳,谁想他今日果然。

**【院票】**巡按御史衙门(按院)下发的文书。磨6:咳!军门把公呈审坏,又听说追究那做呈子的。有一个亲戚在刑房当差,对我说道:"今日院票来到县里了。"想是就要拿人。

**【愿承】**同"圆成"。富9:众人又说:"保正,你既说他是拿人,俺当不的他。如今又翻不出人来,是该怎么着呢?"那保正闭口无言。众人愿承着,立了一张火状。

**【怨不的】**❶不能怨,不能怪罪。姑3:家中两口甚宽容,只是自家去踢弄,娘子呀,自作自受怨不的命。禳12:畜生!你自作自受,可也怨不的爷娘!❷怪不得,表示明白了原因。禳4:怨不的宗师大称也么称,他下的本钱也不轻。

**【褑】**不详。或为织机上的一个部件,或为一种线。日·养:刷过香油杼上褑。

## yue

**【约地】**指乡约,乡中小吏,由县官任命,负责传达政令、调解纠纷。翻8:那行子不依,约地、保正都知道了,只得把二相公合四邻一齐送到官。

**【哕】**呕吐。磨18:俺昨晚只吃的稀糊烂醉,睡醒了冻的来像两个乌龟,睁开眼却在这山坡里睡。待说是个梦,怎么还哕了一大堆?日·饮:还有吃多哕一滩。

**【噦】**同"哕"。富6:两个解子放倒头就似泥块一样,臭杀人那一个噦了一床。富6:待说是个梦,又噦了一大堆……

【月儿高】琵琶曲名。增16:怀抱琵琶别改调,《满江红》捎带着《月儿高》,倾心吐胆弹一套。武宗爷微微冷笑,这琵琶传授不很高。

【月斧】一种兵器,状如斧,刀口如弯月。日·兵:钩链月斧皆堪用。

【月患年灾】指经常不断的灾祸。富10:一是为月患年灾,二是为苦教婴孩,三来鸿渐在天涯外。

【月令】指命运、天数。磨24:起月令刻关煞,也信口瞎胡巴,俺从来不信那先生的卦。

【月明】月亮。禳22:没有月明天已暗,道途深夜黑茫茫,教人难把心儿放。富3:三更出门月明也么乌,萧条行李一鞭孤。

【月牙】新月,农历月初如钩的月亮。日·饮:馄饨捏似月牙弯。

【月牙铲】一种兵器,状如铲,刃部如弯月。日·兵:月牙铲无半点乌。

【岳王殿】岳王庙里的大殿。富12:吩咐张千,吩咐张千,去把太爷行李搬。孩儿那下处,就住在岳王殿。

【越才】越发。俊:只说赌乖不赌赖,越才把那良心坏。

【越法】越发(俚曲中一般写作"越发")。禳20:前日江城用巴豆得罪了亲友,那周、张二人还不屈他,但连累了王子雅,着实惭愧,又不曾敢出门谢罪。那县前有个茶馆,红梅甚盛,反蒙他请我去赏,心中越法讨愧的紧!

【籆子】络线的工具。日·养:旋风撑开籆子络。

## yun

【晕风】头晕目眩的病症。增18:这事出奇!就是老王晕风发了罢,怎样朝着他仔管磕头?这长官定然不是个寻常人!增18:二姐说:"你见了二姐夫,怎么就磕头呢?"王龙说:"多嘴多舌的小杀才!我怎么给他磕头?我这二日有晕风,今早晨又吃了两盅酒,长官来他是个客,我不接他么?那瓜子皮擦了我一个跟头,怎么是磕头?……"

【晕头晕脑】头脑昏乱。增18:老鸨子说:"王姐夫,我说你家去罢,你再不听,你这晕风不发的利害了么?"王龙道:"正是。前日发的还好,今日发的我晕头晕脑的,眼都花了。我看长官合那皇帝呀是的。"

【云布】绣有云纹的布匹。增24:二姐又说:"地下也有,天上也有,人也有。里头不见外头的见。"万岁说:"这是云。"胡百万说:"人那里的云?"万岁说:"云布、云锦、云履,穿着里头便不见,穿着外头便见了。"

【云彩眼】比喻虚无缥缈的地方。增6:你在云雾里往来,你说的都是云彩眼里的话。

【云里雾里】比喻让人难以捉摸。富6:方娘子见他冷打漫吹的,说的都是云里雾里的话,就拭了拭那泪,把脸放将下来,恼了。磨13:我合你四五年不见面,我为你受了多少的苦楚!见了面一眼泪也不落,冷打慢吹,说的话云里雾里,想是你良心全丧了!

【云母笺】光色如云母的小幅纸张。日·杂:银光云母笺尤贵。

【云片】成片的云彩。蓬4:或是花前向暖,或是月下乘凉,细雨长下,云片飞扬,烹茶来好用,水酌来喷鼻香,你呷呷,我尝尝。闲暇无事,做诗几张。

【匀停】均匀。农·农·剜谷:剜苗必须疏朗匀停,不可堆挤成丛,亦不可稀阔断隔。日·栽:紊紊匀停又不齐。

【芸香】一种芸香科多年生草本植物。花黄色。日·花:斋内芸香书带全。家政外编·诸花谱:芸香……置书箧,可免蠹食。

【运子】运气。磨23:你看这不是一运子低?这几日全无个主顾,腰间全没有一文钱。方才从那酒店门前过,那酒味喷香,只干咽了两口唾沫而已。

【韵】❶韵味,情韵。慈0:惟有这本孝贤,唱着解闷闲玩,情真词切韵缠绵,恶煞的人也伤情动念。寒3:王成又替他告免,说:"他跟我不久。才学了些小曲,还没韵。"恶虎说:"没韵也好。"❷指美。禳20:好一个标致人,一件件典雅无伦,难得处就是一个韵。也不在画黛乌云,也不在杏眼朱唇,教人说不出是那里俊。增13:万岁爷动龙心,观不尽俏佳人,身材窈窕天生韵。❸指意味,话语中透露出的信息。姑3:怒气冲冲,怒气冲冲,一阵骂的天也红,不知嗄缘由,大家挣一挣。从容细听,从容细听,听的那韵甚分明,才知道那宗银,不是好来送。

【熨斗】烫平衣物的金属器具。日·裁:掠身须把熨斗烧。

【蕴蕴吐吐】吞吞吐吐。磨29:许仁庵蕴蕴吐吐的,就说也说不到是处。依着我,还得咱二人敌去一回。磨29:许仁庵蕴蕴吐吐,说者也道之乎,含着骨头漏着肉。说话说的不痛快,那鸿老怎肯上一疏?

# Z

## za

【匝】量词。周，遭。磨31：平原无疑，安营下寨。……把旌旗摇摆，教贼人魂飞天外。绕山三匝，无缝可开，任你走上云霄外，也要腾云拿回来！

【杂八戏】各种各样的技艺。增24：又看着自家命里该当没有官星，因此上丢了那书本子，光弄那杂八戏，吹弹歌舞，件件都会。

【杂差】徭役之外的零杂差事。磨14：贼奴才忒也差，挑杂差倾人家，怎么把老婆霸？

【杂费】正项开支以外的零碎费用。磨7：店主出去，换了八两银子来，交于鸿渐，把药钱并一切杂费，称去了一两二钱。

【杂羔子】詈词。小杂种，用于斥骂儿童。墙4：小杂羔子气煞我！我到家可打你！

【杂粮】米、麦之外的粮食。翻8：写票子行到庄上，叫那里供给杂粮。寒8：(太老爷)便叫人送了一身袍，一顶帽，杂粮两石。

【杂毛】詈词。杂种，坏种。快1：我想那曹操，必定逃奔来走夷陵道老杂毛由此经过，休想把你饶！富4：远合近全不知，生与死不能料。知县杂毛，知县杂毛，把咱娘俩送在牢。

【杂毛根】同“杂毛”。富7：打也打你无良心，劈着腿生出你乜杂毛根。磨15：打也打你没良心，劈着腿生出杂毛根。

【杂硃】博戏名。当是一种用骰子进行的博戏。日·赌：赶羊杂硃又新教。

【杂货】各种日常零星用品。日·杂：(章目)杂货章。

【杂货行】卖杂货的商行。日·杂：杂货行中百物收。

【杂铜】指质量低劣的铜币。磨14：按院看了看，那银子有二两，其余尽是杂铜。

【杂项】各种类别、项目。富3：不一时，换了八两银子来。药钱合那杂项钱，称去了一两八钱。那病全无见好。

【杂种】詈词。犹言“私孩子”。禳9:小杂种太欺心,开开口就销撇人,有两钱就撑他娘那棍!

【杂作】除了诗文以外的各种技艺。磨14:狗秀才,何曾有个之字在?生员的诗文好,就是不通杂作。

【砸】敲击。墙2:了吊儿乱瓜打,拾石头把门砸,全不听的人说话。禳16:或者是脸上抓,身上掐,腿上扭,腚上砸,棒槌槌,巴棍打。磨19:“把奴才的腿砸下来!”两个乱找铁锤,李大磕头说:“饶了我罢!”

【砸头敲腚】形容吝啬、极力撙省的样子。禳24:人头客到,材料多加。若主家砸头敲腚,另把一包拿。

【揸】同“砸”,敲击。慈1:劈头一钴钉,几乎把那孩子头来揸腔子里去了,嘛的声就叫唤了。禳29:若还做衙官,伺候正堂,揸孤拐,骂淫娼,好似阎王。日·庄:炕土揸(蒲氏注音“杂”)筛粪可挽。日·庄:道上碟砬都揸(盛本蒲氏注音“杂”)碎。

【揸腿】(“揸”,蒲氏注音“批”)“揸”为何注音“批”,或者说音“批”为何写作“揸”,不详。应指两人打架时对腿部的攻击。日·争:揸腿揪毛还搒命。

【擵】同“砸”。墙1:那如做个老绝户,卖地也还吃几年,落了草怎不把头擵烂?富9:娘子说:“也罢,就且饶了他乜腿,擵下他个脚指头来罢。”说了一声,可叱把个大拇脚指头擵下来了。

【嚽】今写作“咋”。❶疑问代词。做什么。翻9:他合我已是没了情,我还回去嚽?琴:惹的大姐心里骂:急仔这回不耐烦,现世的东西你来嚽?❷疑问代词。怎么。翻8:慧娘说:“我嚽情着住屋来?姐姐只管大事,家里的事,不用姐姐管。”寒2:心里立个老主意,任他嚽说再不听,逞威风俱是贪心病。❸语气助词。用在句末,相当于“着”。翻9:仇牧之泪如麻,叫我儿你听嚽,我可说说前后话。翻11:大相公你听嚽:若实落招架他,咱就合他去说话。

【嚽不着】奈何不了,奈何不到。姑3:人若是恼你嚽不着,天若恼了时嚽奈何?俊:我说道你不敢,给你把钢刀也嚽不着俺。

【嚽样】怎么样。禳24:咱可不要傻着头就做,先伸头儿去瞧瞧那客,看嚽样的个客。富5:你那里孤孤单单,独抱绣枕眠,不知如何的盼,嚽样的难?

【嚽着】怎么着。磨14:在背后指指画画,回过脸谁敢嚽着?姑1:我有饭给他吃,我只顾留着他,你待嚽着我罢?慈3:我若说是受了气,他敢说是嚽着来。

## zai

【灾殃】灾难，祸殃。磨 33：多亏了三大王，给俺百姓除灾殃。慈 2：终朝每日受灾殃，打一场来骂一场，我儿呀，你今到了天堂上。

【栽子】供移植的植物幼苗，秧苗。农·种桑法：掘去添以粪土，浇过即旺，次后压成栽子，又别栽之。

【再】❶表示继续或将要重复，又一次。墙 1：李老说："我儿有这一个心就好。但只是我饱了，行了罢。"李氏说："爹，再坐坐，就不吃酒，再吃杯茶。"慈 3：张讷，你且去吃饭的，我这里再合您娘讲讲款。禳 24：解衣打二百，家人说："二百了。"江城说："再打！"又说："四百了"。江城说："拿棍来再打四百。着实打！"又打二百棍，家人说："吴恒没了气了。"江城说："再打一百拉出去！"❷表示程度，更加。翻 3：等了等，自家来了。他娘说："你过来。"往前凑了凑。他娘说："再靠前。"他又往前凑了凑。蓬 4：相公一行赞美，娘子一霎抄了一罗。晌午多，已是完了一部。娘子说："不必订辑，搭起来送在书铺，寄卖青钱六百文。"相公说："可以值两千。"娘子说："看再贵了不发市，一千就卖了罢。"❸表示一个动作发生在另一个动作结束之后。翻 6：就着十二月里你去他家成亲，且骗他个好媳妇再讲。磨 25：把墨研稠，行行写去不抬头，第五篇已是一挥就。脱稿再搜求，六篇才完把笔投，直直腰再将七篇做。❹表示在原有基础上增加，此外。墙 2：这天是腊月天，刮北风阵阵寒，胡子成了冻冻片；浑身骨头全冻透，脖子连头坠下圈，捱半里就顶二里半。若还是再有半里，老性命必染黄泉！姑 2：您婆婆论也难说话！你在这里待会子，我再瞧个空子和他说。翻 8：告丈人，告丈人：待我恩情似海深！若是从头说起来，再一辈子也报不尽。❺表示假设一种不利的情况，万一。慈 1：张讷说："……待叫我做哽的？"他老说："我看你待会子再死了，你上那里逃生的罢。"翻 11：虽然我去合他说，到底还得你自家，咱可休说空子话。若说了你再不要，张着口我说甚么？富 9：你今出门，你今出门，送你不敢叫别人。不知道人心腹，恐怕再走了信。❻相当于"再也"，用在否定词前，表示"永远不"或"一直没有"的意思。墙 2：今日就把门紧闭，尽他嗬叫再不开，合家推是出了外。慈 3：李氏一路寻思，又是气，又是恼，低着头，少魂无识的，蹴着了一块石头，跌了个倒栽葱，再爬不起来了。禳 6：公子进去门，夫人便问："你往那里去来？前年在咱家里做饭的老张婆子他说，人家有个闺女极整齐，待找你来合你商议，再找不着你。"

【再来】❶再次来，下一次来。墙3:(夫妻伺候父亲睡下，然后说:)咱两个把门掩上，到天明再来问安。翻12:一群贼乱烘烘，没人敢再来攻，怕他另把机关弄。磨14:若是他准了，老马就不能留任了，再来的知县也拿着当人。❷然后来。禳28:春香，你去叫老王给你浑身洗净，再来见我。增23:相烦你耐心坐坐，我到楼上看看再来。禳31:今晚就叫官人上我那房内去，到明夜再来。❸指以后。墙3:你做出来先送到，俺家那个叠在床，将来那里去发放？你再来做鞋做袜，也还该犯个商量。慈1:炳之叫声我贤婆:小小孩儿知甚么？只该打他三五下，叫他再来好记着。

【再四】反复，多次。磨31:呀，早知道这等样难做，呵，如今懊悔不当初！大兵折了无其数，俺再四踌躇，有何颜面上京都？

【再着】再加，再有。磨6:好了，好了，到了城了。再着几里就渴死了！

【在不的】由不得，不取决于。翻1:这人生祸福，俱是老天作主，在不的人作弄。翻11:二相公考了个二等，就没来家，等着进了大场才来家。慧娘说:“有点指望么？”二相公说:“在不的人，那指望哩。”

【在行】❶内行，懂行。增24:吹弹歌舞，件件都会。朋友们因他在行，常请他去吃酒帮嫖，承欢取乐。闹:我学生百伶百俐，多艺多才，那一事不晓，那一件不能，使乖夺翠，事事在行，人人叹服的。❷指做事与其本分相符，用在否定形式中表示不好，不行。磨1:实指望秋禾接接口，谁想天爷不在行！遮天影日蚂蜡过，朝朝每日唬飞蝗。把谷吃了个罄溜净，庄稼何曾上上场！

【在厚间】相厚，交好。寒4:咱合他在厚间，想是他不作难，他也是个英雄汉。

【在怀】在心上，在脑海里。磨23:近来心里懒学唱，旧唱忘的不在怀，不如婆子在煞有人问。

【在家贫不算贫，路上贫贫杀人】俗语。表示出门在外如果缺钱比在家里更难解决。富2:在家贫不算贫，路上贫贫杀人，他乡难求饭一顿。

【在念】放在心上，记在心上。富8:三劝你风云在念，要平步直上青天。磨16:二劝你风云在念，要平步直上青天。

【在意】留意，小心。墙1:老婆该留心在意，他老达甚么相干！翻8:你可要小心在意，到回来多赏你金银。

## zan

【簪花】插花于冠。琴:新郎到了，新郎到了，簪花披红扎裹着。

【簪镮】发簪和耳环。禳28:把这衣裳放在床上,这簪镮放在桌子上。春香原自不丑,扎挂起来,想是也还看的过。

【咱】❶总称己方和听话人一方,咱们(俚曲中很少用“咱们”)。墙4:张大说:“……你守灵,我就去。”张二说:“你居长,该守灵,我去罢。”张大说:“你这么乖,不如咱同去。”姑2:我今夜寻思了一个法儿,你在家守着咱娘,我往沈家庄搬咱姨来看看。磨29:许仁庵蕴蕴吐吐的,就说也说不到是处。依着我,还得咱二人敌去一回。❷指自己,我。翻4:仇福真个做了一张文书,递于魏名。魏名说:“咱兄弟们岂同别人,没有钱我借上,那里用着指地作保呢!”(唱:)大相公你好憨,你待赌咱有钱,那里用着地一段?琴:可意俏冤家,可意俏冤家,半步不离的守着咱。琴:对月搬回家,对月搬回家,尖嘴嫂子喊哩咱。他说您姑娘,又早奶膀儿乍。❸疑问代词。同“咋”,怎样。禳1:内云:“咳!令尊是这么死的来么?”丑云:“你道是咱着来呀?”(俚曲中“咱”字多数与a类韵母押韵,少数与an类韵母押韵,可见当时有zá和zán两读)

【咱家】❶咱们家(含听话人)。墙1:咱那东西虽不济,他也知道咱家穷,全要你把心来用。禳33:咱家杂粮不过五百余石,自官人来家,就费了够二百七八十石;若不俭省,只怕那俸粮也不能救急。❷指自己家(店家为与顾客套近乎,故意称自己家为“咱家”)。增3:那万岁自从四更天起身,无曾吃饭。肚中饥饿。欲待下马吃饭,那路南里有一个人就叫:“老客,要吃饭来咱家。”增7:牵着马寻店家,吃酒饭解解乏,走堂的高叫来咱家罢。暖阁楼房高大厦,圈椅方桌仔细茶,酒果饭食都减价。北京城官员过往,那一个不来咱家!❸我。禳2:咱家姓高名猷,字是仲鸿,本贯临江府峡江县。禳3:咱家姓樊名才,字子正,每年以教书为业。

【咱们】总称己方和听话人一方(一般用“咱”,“咱们”共出现5次)。快4:老爷们散了,赏咱们的酒肉,可以痛饮。那贼头挂在那边,咱也就着那里作一个会,有何不可?磨4:咱们自从递了呈子,军门差了两个承差去拿人,这也是好几日了,也待好来。咱不免去院前听候,以便销到。

【偺】同“咱”。墙1李氏说:你看偺爹吃了多大点子,若是您达,从来没见东西,不知待館多少哩。禳5:要合偺家结门亲,就给相公做媳妇。

【拶】❶用拶子夹。墙4:那皂隶喊了一声,先打了汉子,后拶了老婆,官才去了。富4:定把方氏拿,定把方氏拿,拶他顿拶子也没权!❷同“攒”,积攒。增5:是我喂的一个母鸡,下了蛋来抱一窝小鸡,出息着拶个私囊,寻个媳妇。

【拶子】一种夹手指的刑具。姑3:臧姑拗强不肯使钱,到了官,捱了一拶子。磨14:你依了我,我教两句话给你,明日省的挨拶子。

【儹】同“攒”,积攒。日·庄:丰收儹下一窖谷。

【攒[2]】❶(zǎn)积攒。翻3:两个折辨了一回,仇福撅着那嘴去了,发恨说:“既不分家,我还给别人攒家当!”磨19:这是我愁您家里过不的,又愁小保子念不起书,攒了二百银子,捎来您好费用。❷(zuān)同“钻”,从狭小的空间中挤出或挤入。翻10:那屋壁破墙垣,四下透黑浪烟,一行倒蹬一行叹。每日就是姊妹𡢃,常常攒那枯坟坛。磨25:公子攒出号来说:“这第七个题目,我不记得了呢。”磨26:李才识字,你就攒进去,看见名字,你就唱出来。❸“撵”字形讹。驱逐,赶走。禳5:仲鸿说:你不知这李知府是李二蹭,少年不干好事,曾在赵亲家家里当管家,因他不服实,攒了他;又偷了人家牛,着人家告着他。禳8:众笑喝说:这个物件醉了,攒他去罢!

【攒粪】指捡粪,捡拾人或动物的粪便以做肥料。翻9:既是回心,既是回心,就该寻思做也人。今日歇歇脚,明日去攒粪。

【攒穷】指小的败家行为。翻3:不是攒穷是玩耍,就是吃酒带着梢,知心话不向别人告。俊:𡚸𡢃攒穷还不可,骰子牌再也是不消。

【攒眼】(攒 zuān)同“钻研”,用心琢磨。磨25:替你略攒眼,细改改这头半篇;后半截可到尽好看。

【趱】同“攒”,积攒。富9:一行拭着泪,便向搭子里取出那银子来,说:“这不是我愁你家里过不的,又愁着读不起书,我连年趱了这几两银子,捎来给你费用。”

【趱行】赶路,快行。磨33:俺奉旨招安,来到永平。听的说有外国犯边将来,不得不日夜趱行。

【暂叹】赞叹。“暂”为“赞”字之误。磨8:自家暂叹道:“好齐整的紧!世间哪有这样的美人!”一行瞧着,一行夸奖。

【錾】(方言音“蚕”)同“劖”。❶凿刻。日·银:巧为官员錾银爵。❷錾子,小凿。日·石:全凭锤錾过时光。

## zang

【赃】❶同“脏(髒)”,肮脏,不干净。墙1:无鞋袜少衣裳,一堆吃饭嫌我赃,请陪客断断不敢望。增24:胡百万坐在旁,丫头们笑他赃,给人磕头是那里的

账？增23：王龙说："我就不说罢，你自己已是供出你的赃根基来了。卖豆腐的后代，就勾了人的了，还说人沾了他哩。"❷无赖，不讲道理。姑3：臧姑赃极遇赃官，更比臧姑赃一番。臧姑虽赃赃不过，那赃官只要㧟赃钱。❸贪贿，不廉洁。姑3：那妮子他达无赖之极，上门子骂了，又告状。县官又赃，要拿鹅头，出了个票子，单叫臧姑。磨6：我上边跪朝廷，下边跪父母，犯了罪跪问官。我今日犯的甚么罪？我跪你是敬你的贪那，可是敬你的赃呢？❹赃物，通过不正当手段获取的财物。寒7：王知县变成猪，赶下去了。二郎爷说："那城隍的赃少，打你在饿鬼籍中去罢。"寒8：奉旨抄了军门以后，又待了三四年，那山东臬司升了山西布政，着一个科道参了三十款，奉旨拿问。追了赃，问了辽东充军。

**【赃帮】**肮脏，令人厌恶。禳26：那举人只宜量唬小厮，只宜量唬觅汉。赃帮的难堪，牙哆的难堪，上头扑腚，不似从前。

**【赃呵呵】**脏乎乎。墙1：前年做的布衫子，如今锅巴有千层，赃呵呵宜量甚么敬？墙1：一个裤赃呵呵，纵然成了虱子窝，补丁补了勾一千个。

**【赃囊】**同"赃帮"。禳5：人物不好不成对，没有根茎也赃囊，两班儿都要配的上。

**【赃腔】**令人厌恶的腔调。磨14：李大说："有了歌谣儿，说是：'官到了任，锦屏一架；官满了，脱鞋一双。问通套何人为首？自有那谄佞的赃腔。'"

**【赃贪】**贪赃。磨20：知县赃贪，知县赃贪，比粮打死一生员。禳24：厨子最赃贪，肉块儿掖腰间，腚腄腚眼都油遍。

**【赃诬】**栽赃诬陷。翻1：他就造了一篇瞎话，赃诬那徐氏。

**【赃证】**贪赃的证据。富2：众秀才递了呈，告衙役二十名，院里批准要赃证。磨4：无的不敢说上有，有的不敢说上无，赃证分明有过付。

**【脏货】**詈词。肮脏的东西，指人。磨34：叫杨蕃您脏货，百万兵待怎么？我竟不当人一个！

**【脏像儿】**令人厌恶的样子。墙2：张老……滑了一跌，爬不起来，哐哼说："死了，死了！"张大拉起来说："没似你弄的这脏像儿！"

**【脏样】**同"脏像"。姑1：于氏拭了脸，劈珊瑚瓜的声一耳根子，说："我看不上你乜脏样！"

**【葬送】**断送，毁灭。增8：若是你使了发了，葬送你小小残生！

**【蹭痒】**（"蹭"，蒲氏注音"仓"，方言音"仓"去声）蹭痒，擦蹭他物以解痒。日·走：没皮老犍常蹭痒。

zao

【遭】❶遇到，遭受。姑1：必然是前世阴德无量，今世里才遭着媳妇贤良。禳10：哪里伤了天理，遭着这样事情！可怜可怜！❷量词。回，次。琴：那人妆娇，那人妆娇，往我门前走几遭。快4：十数个人来往北逃，只剩游游一口气，好像死了好几遭。❸量词。圈。蓬7：众神仙闹吵吵，把娘娘围一遭，都说难得娘娘到。快4：天爷好蹊跷，潼关割鬚又弃袍，总不着他死，放他只顾跳！撞着马超，树林转了好几遭。❹量词。次，遍。日・裁：又见驴蹄变一遭。日・赌：随时改变几千遭。

【遭际】际遇，不好的经历。禳23：你看一家遭际，怎么望平地飞腾！

【遭瘟】❶遭受瘟疫，比喻倒大霉。寒4：李蝎子活遭瘟，满屋里血淋津，腥臊烂臭人难近。日・走：准备遭瘟啖药汤。❷詈词。犹言该死的。蓬1：有仙童怒恨恨，骂一声贼遭瘟，那里数着你来亲近？

【遭子】量词。遭，圈。寒2：两个正商议告状，商三官跑过来，说："哥们好胡突！告了遭子不过是如此，也就知这世道了。"翻11：二相公照着在他丈人家住的那暖云窝，说了款致，盖的一样，一遭子垣墙都合那城墙一样。

【糟】❶酒糟。禳14：李婆说："不好不好。酒坛里淌出糟来——"公子说："又是怎么说？"李婆说："鼓了袋子就坏了！"❷指鼻子上长玫瑰痤疮(即所谓"酒糟鼻")。增12：车轴脖子油光脸，门楼头来鼻子糟，心里倒比那齐整的俏。❸糟糕。增19：大姐……心中不服，便说："糟！糟！是别人行令，着俺输了。我也行个令……"❹"槽"字形讹。墙2：(王银匠上)生着一炉火炭，手拿一把铁钳；热糟长放在炉边；又把那粉土打礶，加上吹筩吹罢，往里常撒销铅，铀子也抹二三钱，因着这手儿抹惯。

【糟头子】即槽头肉，猪头与躯干连接部位的颈脖肉，上面淋巴较多，通常不食用。"糟"为"槽"字形讹。磨23：大人家有虚名其实不差：糟头子没点肉，异样的咯牙。

【糟味】指糟制食品。日・饮：糟味也有几十种。

【糟囤】水平变差。今方言说"槽囤"不说"糟囤"，"糟"字盖"槽"字之讹。增19：老鸨子说："小大妮子，你待死么？怎越大越糟囤了？"

【凿】❶凿子。翻11：这不过有顶有面的，我去买两把大凿来，有日没工的凿他娘的。寒7：斧打凿凿又入木，遂叫那百姓遭殃！❷用凿子钻凿。翻11：一块

约有十来两，半日凿了一大堆。禳8：撒帐南，抱颈双双入画帘，凿井穿渠皆大吉，明年此日产双男。❸（蒲氏注音“作”）量词。同“作❺”，制作出来的一整块豆腐。日·庄：一凿豆腐还未吃。

**【凿捻】**不详。与纸有关。日·纸：老连凿捻更纷纭。

**【早晨】**天将亮到七八点钟的一段时间。墙1：且是那狗这二日不吃食，留着拌点糠餵他餵。今早晨剩的那糊突，给他不的么？慈4：张诚每早晨起来，定是到他哥哥那里，说两句话。

**【早明】**不详。当指一种颜料或颜料的原料。日·丹：早明烟黑随心对。

**【早早】**❶很早，比通常更早。墙1：生了两个儿子，一个叫大怪，一个叫二怪。因他翅膀硬了，终日淘气，早早分他出去。姑1：一日，安大成有病，不曾起来，珊瑚还照寻常的规矩，早早起来，梳的光头面净，去伺候婆婆。❷趁早，赶紧。快2：曹操！认的俺常山赵子龙么？奉将令等你多时！早早留下人头，放你过去！禳22：凑上三十两银子，差人早早送去。

**【枣红】**枣核，比喻微小的好处。磨28：谁想运气衰败，差我合张龙去解张鸿渐，一个枣红也没见，倒被他弄了个障眼法儿颠了枪。

**【枣骝】**红棕色的马。日·走：枣骝更比海骝强。

**【枣面】**指掺入蒸熟的枣和成的黍米面。禳1：枣面蒸成窝窝头，嫩鸡鲜鱼剁成炸，丈人给了个银子锞，丈母偷着又给了𫓧。

**【澡洗】**洗澡。日·器：澡洗无如木楗强。

**【皂花】**一种鸟，雀类。或为蜡嘴雀之一种。聊斋志异·鸟语：中州境有道士，募食乡村。食已，闻鹂鸣，因告主人使慎火。问故，答曰：“鸟云：‘大火难救，可怕！’”众笑之，竟不备。明日，果火，延烧数家，始惊其神。好事者追及之，称为仙。道士曰：“我不过知鸟语耳，何仙乎！”适有皂花雀鸣树上，众问何语。曰：“雀言：‘初六养之，初六养之；十四、十六殇之。’想其家双生矣。今日为初十，不出五六日，当俱死也。”询之，果生二子，无何，并死，其日悉符。日·禽：蜡嘴更比皂花妙。

**【皂隶】**衙门里的差役。墙4：那皂隶喊了一声，先打了汉子，后拶了老婆，官才去了。磨2：拉下来，喊了一声就打。打到十五板上，就不做声了。皂隶禀道：“死了。”

**【皂罗袍】**曲牌名，又名“皂罗衫”。快2：[皂罗袍]叫曹操留下脑袋，做夜壶不费安排，抠眼弹刮了毛腮，镶上铜几年不能坏。早早下马，休要挣揣；枪刀没

眼,怕坏了天灵盖。禳8:[皂罗袍]喜孜孜夫妻来到,将进门锣鼓齐敲,行人摆了够二里遥。齐臻臻乘着两乘轿,穿街过巷,下下高高,渐入佳境,只待自家笑。

**【皂罗衫】**曲牌名,又名“皂罗袍”。禳3:[皂罗衫]盼家门叫人焦灶,女孩儿生把气喃,十来多岁还撒娇。路途半里何时到?转弯抹角,又过小桥,铺面两行,一派人烟闹。磨5:[皂罗衫]做官的不成货,得了钱把生死移挪,世道如今怎奈何!那赃官都该把头来砍,小民遭难,愁死愁活。那高官仁皇,气的这肚儿破!

**【皂袍】**黑色长衣。钟:皂袍象笏乌巾软,朝罢森罗殿,鞅掌归来,燥肠生烟,旧鬼晒巴干,点茶小试三千片。

**【皂头】**衙门中皂隶的班头。磨14:小的哥哥去上司告状,在路上撞着那皂头,被他拴回来,着马老爷四十板打死了!磨14:四班里衙役,马老爷都照着《西游记》里起了名子:那皂头王玉芝是精细鬼,快头李合宇是伶俐虫……

**【皂靴】**黑色高帮、白色厚底的鞋子,旧时官绅所穿。翻6:出茅庐,出茅庐,蓝衫精致皂靴乌。

**【灶】**❶生火做饭的设备。慈1:打光棍实势难,炉少火灶少烟,衣脏袜破鞋儿绽。❷躁,急躁,着急。参见“发灶”“焦灶”“瞎灶”。寒6:商相公莫心焦,俺看着路途遥,不由心中先发灶。禳3:徐氏说:“你灶死我也!怎么一去不还了?”❸使急躁。禳2:长命大笑说:“妙哇,妙哇!你可翻错了,这可说不的了,来来!”吐指头就拉胳膊。江城说:“打不的,是你从头里灶的我。”

**【灶突】**烟囱。增19:两头一样是个砖,一去不来灶突里烟。烟烟,休烟,我打夥搬砖,垒灶窝,添柴烟。

**【灶王爷爷】**灶神。禳1:俺只得虔诚祷告:玉皇爷爷,灶王爷爷,月光爷爷,太阳爷爷,头上顶的房爷爷,屋里铺的床爷爷,三根腿的炉神香爷爷,毛厕的毛神脏爷爷,凡是天地间的神灵,无论甚么爷爷,你若保佑俺打骂不捱,我就发下洪誓大愿。

**【灶窝】**灶。增19:两头一样是个砖,一去不来灶突里烟。烟烟,休烟,我打夥搬砖,垒灶窝,添柴烟。

**【造次】**指对人辩白。增3:进店来吃饭,嫌寒道冷,我造次他几句,他给我五个金钱。

**【造定】**命中注定。翻8:生长咱家十七年,十七年,时时娇养在身边,我儿呀,造定今日该拆散。

【造就】同"造定"。翻10:叫声娘放心宽?休怨人莫怨天,命里造就灾星现。寒7:两个鬼到衙门,套上了锁一根,造就此时命该尽。

【造手】建造、制作的本领。日·泥:博士造手有高低。

【造字】指在碑石上雕刻字。日·石:碑刻蛇龙仍造字。

【燥皮】贬损别人而自己得意。增12:叫姐夫休胡嘲,我看你无个操,故意才把皮来燥。

【噪】❶聒噪。禳11:大热如笼,大热如笼,无限鸣蝉噪暮空。磨21:昨夜又见灯花爆,今早喜雀噪庭槐,都可以望吉祥赖。❷同"躁",焦躁。禳2:妮子休夸翻手高,看我翻个细狗腰。江城呀,找不着头还着你心里噪。禳2:放着还不流水挑,认公认母只顾瞧。哥哥呀,闷煞人叫我心里噪。

【噪子】"嗓子"之形讹。寒7:却说那新泰县老王,从得病回县,昼夜只害头疼。忽一日说:"二郎爷爷叫我审理去哩。"刨燥了噪子,就呜呼尚飨了。磨2:你这个人好牟,跪噪子当了甚么!死活的由命,哀告甚么!"

【暽】同"嚜",怎样。富6:骂狠贼我合你何愁何怨?任拘暽我能受就是无钱,完了事我定然杀你个稀糊烂!

【暽子】一阵子,不太长的一段时间。姑1:那一日,大成生了暽子气,直挣了一身汗,他病到好了。富13:着两个丫头,一闹一个三更尽,才歇下还骨轮暽子,才打了一个盹。

## ze

【则个】语气助词。用在表示下一步将要采取的行动的词语之后。禳7:夫人下轿,到了庙里说:"待拈香则个。"磨22:出离京城,走了一程人马皆饥,且下马打尖则个。钟:来此已是大老爷家,远远望见门首有个汉子,不免上前烦他通报则个。

【则声】作声,说话。增19:大姐又像王龙,面红过耳,不则一声。

【择】❶挑选。禳5:资质聪明人物好,做亲要择个好姻缘,后日也省的孩儿怨。钟:不料朝廷不选文章,铨司只择像貌,若宋朝之美,必然用他定猪;如子羽之贤,谁肯叫你附凤?❷从物体上选择应该去掉的部分把它弄下来。慈3:若不是众人拉着,打他一顿好杴柄,把他那贼毛择了,从今日去去他那老婆顶!翻8:却说范公子使了许多钱,央了体面,才把慧娘择下了。(指把慧娘从涉案人员中挑出来以免受处罚)

## zei

【贼不咬恩人】俗语。表示即使是坏人也不会恩将仇报。增3:那王小急忙跑到后房,叫声:"老婆子,大祸临门,可了不的了!"婆子道:"怎么来?"王小说:"每日拿响马拿不着,响马来了咱家里了!"……婆子道:"贼不咬恩人。你将这钱还给他拿去罢。"

【贼根】詈词。犹言"贼种""坏蛋"。寒7:骂判官真贼根,受人钱丧良心,你把簿子全然溷!

【贼奸】詈词。奸贼,坏蛋。翻4:骂奴才老贼奸,又害民又欺官,被你把持着扶风县。富9:好贼奸,好贼奸,分明做贼爱银钱。

【贼奸达】詈词。奸贼之父,指老奸贼。禳24:好他贼奸达,自头顶到脚下,没有一点不奸诈。

【贼科】同"贼科子生的"。磨10:大骂贼科,大骂贼科,送我监中二(似当作"三")年多。

【贼科子生的】詈词。贼和娼妓所生的孩子,犹言"野种""坏种"。磨15:老婆子骂道:"贼科子生的,可杀了人了!"

【贼情】有关盗窃的案情。磨14:这个事情还不了,又找法儿治生员,贼情要作奸情断。磨14:官府说你实言,我看着明是奸,如何当的贼情断?

【贼囚】詈词。犹言"坏蛋"。禳21:骂一声樊子正那贼囚,偷着躲了,一点信儿不留不留,可怎么撇下这祸害着别人受!

【贼囚根子】詈词。犹言"贼种"。禳14:李婆……一言未尽,朴的声倒了,哎着说:"跌杀我!贼囚根子!墩破这不便处了!"

【贼杀的】詈词。犹言"该死的""坏蛋"。姑2:臧姑听的跑了来,也不怕大伯,骂二成:"贼杀的!你不来呀!"翻3:徐氏唬了一惊说:"七八十石谷那里去了?必然是那贼杀的输了!"

【贼天杀的】詈词。犹言"该死的""坏蛋"。增9:妈儿听说,走出门来接着六哥,拜了又拜:"您六叔贼天杀的!谁恼着你来,许久不来玩玩?"

## zen

【怎的】❶怎么。墙2:银匠……说:"张大哥,你不如还上大令郎家去罢。"张老说:"他怎的肯收留?"❷做什么,用于句末,表示询问或反问。(1)表询问。

禳22：高立……便回来进去说："家里着王宁来了。"高季说："你来怎的？"王宁说："爷爷怕不妥当，着小的送了几两银子来了。"增13：二姐看罢，暗暗的笑了笑道："长官，贱人不敢动问贵姓大名？"万岁……便道："你问我怎的？你又不嫁我。"(2)用于反问，表示否定的意思。姑1：安大成每日见他娘全没个欢喜脸儿，便寻思：娶老婆元是成人家，着他娘母子不自在，要老婆怎的？翻5："大兄弟，你是怕他么？"仇祜说："我怕他怎的！我怕姐姐告不过他。"

**【怎敢】**❶怎么敢。(1)用在反问句中，表示不敢。翻6：二相公听说，撒面通红说："小人家怎敢妄想！"磨5：已是受了大王活命之恩，怎敢受赐！禳15：点起来一照，唬了一跌，把灯吊在地下，江城说："这来见了你那可意人儿，怎么不看了？"公子跪下："我再不敢了！"江城说："你就没'怎敢'罢呢？"("没'怎敢'罢"指公子经常说"怎敢"但过后又经常犯错。"罢"义为完)(2)用在感谢对方时，表示对方所做超出自己希望的范围。蓬1：难得娘娘到此，怎敢劳娘娘费事！磨27：管家在轿前禀道："众乡亲迎太老爷。"鸿渐慌忙下轿，说："怎敢劳动众位远迎！"❷同"自赶"，及至。增15：俺那里茶壶放在桌子上，使布蒙着还怕溷了；你这里放着床底下，那客来到家，怎敢刷净了茶壶，那客待中去了。

**【怎么】**疑问代词。有时候用为任指或虚指。❶怎样，如何，询问方式、情状、程度等。墙1：李老笑说："茶里可休加蜜呀。"张大说："那苦苦的怎么吃？"墙1：他急自极好害饥困，何况等了半日多，此时不知怎么饿。慈5：任他娘怎么骂，张讷发昏，可也不觉。❷为何，何故，询问原因。墙2：呀！那墙头上不是个人么？怎么在此叫唤？待俺看来。墙3：赵氏笑出来说："怎么来到如今？鸡也烂了，饼也冷了，酒顿了两三回了，炉子旺旺的……"姑3：大成说："珊瑚，你出去问问，怎么假银子？❸用作谓语，表示做什么。墙2：却说张大到了清晨，说："……俺达达！"张老说："你待怎么？"张大说："咱去罢。"张老说："那里去？"张大说："上二弟家去。"墙4：张大说："材合坟都有了。"银匠说："既这等，找我怎么？"翻8：老兄台请回宅去，议一议是该怎么。❹用在主谓结构之间或主谓结构之前，表示对行为的诧异。翻3：我怎么生下这样禽兽！这一样东西断断难留！姜大姐你不必将他救。翻5：大姐进了门，问了安。徐氏哭着说："我的儿，我可累煞你了！怎么就有这样的本实！"增22：那件蟒衣，是那戏子们穿的着装皇帝的，百姓们穿了犯法。我怕他茄着我，我才着你藏了，怎么你也信了么？

**【怎么着】**疑问代词。❶询问动作或已发生的情况，做什么，什么情况。墙1：李氏跑出来说："怎么着？待要地？黑夜里睡不着，那里寻思不到呢！"

慈3:赵大姑瞪起眼来说:“我不省!你待怎么着!”富2:你就中了,怎么着本县不成!富6:官人便问:“那官司是怎么着来?”❷询问方式,怎样,如何。琴:魂灵不知那去了,怎么着梳头并裹脚?强打精神对妆台,左拢右拢梳不好。磨1:有一个说:“俭年里我曾讨过饭。”众人说:“你是怎么着讨法?”磨19:鸿渐落泪说:“儿已成了人家了,不知你怎么着费心来!……”❸询问原因,怎么,为什么。蓬7:远听的蓬莱殿上笙琴细乐,彩鸾大惊,说:“呀!我在人间六七年,怎么着这里筵席未散?”

**【怎生】**怎样。翻4:大叫一声,大叫一声:气杀我了贼畜生!乌温了不大霎,又嗜罄了净!要我怎生,要我怎生?不如死了眼不睁!禳10:长命儿你在里边听,我在外边听,你待自家怎生?要把奴怎生?

**【怎着】**同“怎么着”。蓬4:我见你书舍齐整,衣服摇摆,当是还成的是个家当,不想这等,可怎着过?禳13:徐氏上云:“好了么?好了么?怎着来?”

## zeng

**【增寒】**身体发冷的感觉。日·疾:脚气增寒如感冒。

**【罾】**用木棍或竹竿做支架的方形渔网,中系长绳,沉入水中捕鱼。日·鳞:箱笼罾罩任君挑。

**【锃磨】**摩擦器物表面使其光亮。日·铁:锃磨光润照颜容。

**【综】**(蒲氏注音“缯”)织机上使经线上下交错以便梭子通过的机件。日·养:梭综擀成十丈莲。

## zha

**【扎采匠】**扎制纸人、纸马等冥器的工匠。日·纸:停灵阁雇扎采匠。

**【扎点】**装束,整理行装。增2:万岁爷巧扎点,穿上件青布衫,龙袍紧盖防人见。增2:万岁爷扎点停当,叫宫官:“你看我像一个什么人?”

**【扎挂】**❶打扮,整理衣着装饰。琴:听说婆婆来相我,重新梳头另裹脚,搽胭脂,抹粉带上花,扎挂好像花一朵。禳24:给俺老婆做的通红的袄,娇绿的棉裤,扎挂的合那花鹁鸽一样,人人看着齐整。增20:万岁把二姐调下楼去,方才起来,扎挂停当,梳洗完备。❷修理,修缮(房屋)。翻7:我没来赏匠人,扎挂的一崭新,怎么就不说个信?翻8:想当初咱俩说笑,扎挂屋望你勤劳,你还说是我胡叨,此时才知我虑的到。

【扎裹】同“扎挂❶”。俊:你看我到如今,袄没袖,鞋没底,饱饭可曾吃一顿?拾了根绳子扎着腿,上下一堆破铺衬,你扎裹的老婆好不俊!禳1:白绫裙绿䌷袖,传的影上的画,出的门支的架,扎裹起来爱煞人,好像一尊活苦萨。

【扎亏】吃亏。姑1:昂藏气儿吃了个饱,连骂又带诮,数瓜又数枣,扎的那横亏,一霎说不了。增19:万岁说这长脐粉头,王冲霄扎他大亏。

【扎括】同“扎裹”(“括”,方言中读为“裹”)。慈3:李氏看了看张讷,扎括的上下一崭新,脸儿白胖就像是个学生了。慈6:张老爷正自的问不着,互然得了老子真信,又添了两个好兄弟,扎括起来,却是一表人才,又孝母,又敬哥。

【扎着倒勾】哭号时哽咽。禳18:家人架着满城大哭,扎着倒勾自家说:“我着小三妮子打杀我了!”

【扎着长声】拉着长声,故意拖长语音。禳13:哎呀!又是长,又是短,想是娇嫩嫩的那手,打着脸上也不大疼么!禳14:李婆咬指头,扎着长声说:“噫!夏里的皮袄不收拾——”公子说:“怎么说?”李婆说:“只怕吊了毛!”

【扎住根】扎下根,比喻事情确定、稳固了。禳30:我的女虽然不贤,这奶奶可也就扎住根了。

【扎住咀】封住嘴。“扎”疑为“闸”字之误。参见“闸了口”。俊:咱可休要扎住咀,松缓上半年直了腿。

【揸】❶拃(搩),张开大拇指与中指来量长度。禳8:俺可把俊脸细细端相,也揸揸那腰儿多细,脚儿多长。❷拃,手尽量张开时拇指到中指尖的距离。慈2:隔着您够一揸,一二年不到您家。禳1:脸儿好像芙芙子苗,金莲不够半揸大。❸同“差”,差错。磨11:定把方氏拿,定把方氏拿,拶他顿拶子也没有揸。

【揸煞】张狂,不收敛。禳9:贼强人太揸煞,俺今日到您家,难说济你揉搓罢?

【渣】❶碎屑。增15:凑到近前看了看,施转着待往桌上扒,二姐忙问你待嗺?一声休不曾说出,乒的声成了些木渣。❷比喻零星的残余。慈2:是奴才也该怜他,是牛马也该喂他,怎么那良心就没有点渣?俊:张三姐气儿粗,骂强人贼囚徒,一星活路全不做。用急才卖堂前地,回家一个渣也无,你说你是个什么物?

【楂[2]】❶(方言音“炸”)同“茬”,植物茎秆被割后留在地里的根和地上的短茎。农·农·镑麦查:留麦楂,骑陇耩豆,可笼豆苗;且镑之,则人得拾去,留使自烂,亦可粪田。❷同“揸”“挓”。墙1:他达合俺达一堆站,俺达矮了勾一楂,叫

他达教人不支架。

**【喳喳】**象声词。形容喜鹊叫声。日・禽:喜鹊喳喳报宾客。

**【查[3]】**(zhā)"这样"的合音。增15:没有盖子闭着口,暴上灰尘怎么顿茶?早知道查脏嫖你嚛?(邹本作"渣")

**【查[4]】**(方言音"炸")同"茬"。❶庄稼割去秸秆后留在地里的根部。农・农・刈麦:无论镰钐,俱以查矮为佳,无遗穗为上。❷比喻物体的残余部分。俊:背地里偷明地拿,那里有点良心查?

**【齄鼻】**酒糟鼻。日・疾:齄鼻黚䶫损容颜。

**【艖匽碗】**("艖",蒲氏注音"赊")边沿朝外翻的碗。日・器:五簋全兴艖匽碗。

**【挓】**长度单位。拃,手尽量张开时从拇指尖到中指尖的距离。日・器:扠糕木杓两挓长。

**【觑】**同"挓"。甗"字之讹。寒6:吊在地叫呱呱,成了个小娃娃,手脚没有半觑大。

**【劄】**刺入,插入。日・庄:犁辕木上犁牙劄。

**【煠】**把物放入油锅中受热,油炸。寒5:那油锅大又高,两个鬼把火烧,二相公就往锅里跳。……二相公疼痛难忍,只煠的肺热肝焦!寒7:吆喝了一声,拿下去,挑油锅里煠了几个滚,挑出来又去使锯解。日・饮:鳙子煠焦真脆美。

**【煠祭】**用油炸制用作祭品的食物。日・饮:煠祭蜜贵糖酥省。

**【煠挣】**同"扎挣",挣扎。慈3:那李氏一阵红,一阵白,可是卖馓子的折了本——也就煠挣不的了。

**【煠烰】**同"煠挣"。禳13:俺家小哥哥可是那卖馓子的折了本——也就煠烰不的了。

**【扎挣】**挣扎,勉力支撑或摆脱。姑1:安大成平日极孝,正卧着,听见他娘吵骂,扎挣起来,流水来问……增10:一手捋住青丝发,鞭子一举不留情,嫩嫩的皮儿难扎挣。

**【熆】**同"煠"。磨23:若有眼,对着娘娘还敢坐着?只这一霎里,送在油锅里熆讫好几滚子了!

**【闸板】**装于闸口可以通过抽动来控制水流的木板。日・木:又向水田换闸板。

**【闸了口】**同"扎住咀",堵住嘴。磨4:明知世上无公道,本领又不如宋公明,

一条棍子闸了口，满心冤屈对谁明？

**【閘阐】**同“扎挣”，勉强支持。琴：十分受熬煎，仔是强閘阐。琴：姑娘这两日净想家，没精打采强閘阐。

**【眨眼乌龙】**即“乌龙眨眼”（或“乌龙斩眼”），骨牌的一种牌名。由三扇牌组合而成，其中两扇各有黑点十二，一扇有黑点八。禳26：你看打个锦屏风，打个楚汉大争锋。眨眼乌龙，眨眼乌龙，纷纷落花满地红。昼夜停，又是劈破老莲蓬。

**【褔子】**（方言音“插”）衣服交叉处起连接作用的三角形布料。日·裁：打了褔子缝拨布。

**【磅炭】**（“磅”，蒲氏注音“砟”）无烟或烟气很少的煤。日·庄：磅炭又无铜碛臭。

**【乍】**❶突然，初次，刚开始。墙3：张老穿上（棉裤），笑说：“乍穿绵裤，休火晕了。”禳28：乍受着媳妇孝顺，这两天心痒难挠。琴：乍下轿来好难走，将那送客搀住手。❷（毛发、乳房等）竖立，膨大。禳17：进了娘娘庙，娘娘貌如花，教人拜倒寒毛乍。琴：对月搬回家，对月搬回家，尖嘴嫂子嘁哩咱。他说您姑娘，又早奶膀儿乍。❸张狂，不收敛。慈3：炕头上济着乍，对着汉子把嘴夸，哎，到近前低着头儿，捱人家骂，指东说西又没处回答。增25：你说作揖就担不的，你跪上试试看怎么？秀才说话就恁么乍！

**【乍了肺】**肺部难受，如同要爆炸一样。墙4：张大喘成一块。这十来里路跑乍了肺。

**【乍毛】**毛发竖立，形容张狂放肆的样子。姑2：俺娘说来，您婆婆宜量甚么好，不照着他，他就乍了毛。磨15：骂了半日无人理，你就撑撑的乍了毛！乍了毛，我就掬，定要打的你起了毛！

**【乍胖胖】**很胖大。增12：自家装着黄花女，胸前两块乍胖胖，行动又带些奴才样。

**【乍眼】**耀眼，显眼。日·裁：满袜三镶真乍眼。

**【诈】**❶诈骗。寒4：俺爹活时合你好，你依势力诈钱财，就没有半点情儿在！磨26：这必是棍子来诈钱！京里人今早才到，如何今晚就又来了殿试报？叫人来，去细问真实。❷用假话套出对方的实情。翻2：仇大郎未露真，诈了诈满面生春，彻脖带脸红一阵。增17：妙呀！你那起初霎你说，金豆子就合杂粮囤那是的，被我一句话诈出家当来了。❸奸诈。墙4：想一想咬碎牙，你望俺倾了家，老

贼可恨忒也诈！唠着年年费家当，发丧又要弄光滑，百石粮食费不下。禳16：子寻思这行子忒也诈，不宜量慢慢合他缠。❹同"乍❸"，张狂，不收敛。姑1：娘这不是该这么，我就回房换了他，亲娘呀，谁敢在你身上诈？俊：老婆不要仔顾诈，好像捕下一窝雀，摔着贼毛够一抓，嗓哐叫人听不下。

**【诈煞】**同"揸煞"，张狂。翻7：二相公气嚇嚇，骂范栝太诈煞，不知让你是为嗄！

**【诈言】**传言，讹传的消息。磨25：乍见疑猜，乍见疑猜，太爷忽从那里来？太太听诈言，每日里心惊怪。

**【栅厦】**用栅栏作墙的棚屋。农·补·生蚁：候东方既白，将蚕连于院中一箔上单铺，有露，则于凉房内或栅厦中。

**【炸】**(按韵律来看应该读作上声)切碎待炒的肉或菜。禳1：俺那小舅来这里耍，骑着骡子牵着马，驴驼担担一大些，本等是真说不的假，南瓜皮子一大筐，炊帚苕帚三五把。枣面蒸成窝窝头，嫩鸡鲜鱼剁成炸；丈人给了个银子锞，丈母偷着又给了𫘝。

**【炸毛】**同"乍毛"，张狂。富7：骂了半日无人理，你就逞的炸了毛！炸了毛，我就掏，定要打的你起了毛！

**【窄】**(原讹作"窄"，蒲氏注音"乍")由窄变宽。日·裁：衸裙里衶皆兴窄。

**【痄腮】**腮腺炎。日·疾：痄腮瘸线真为祟。

**【炨】**玻璃、生铁等质料的器具遇到强热而裂开破碎。日·器：石马大锅不怕炨。

**【茬】**(原文讹作"茬")有秸秆的植物除去秸秆后留在地里的根部(《现代汉语词典》写作"茬"，音 chá)。参见"秫茬"。农·农·蜀秫**茬**：亦当于未芽时早耕，叫人拾去根茬；塌二三日，再耕一遍方佳。不拾茬则耩时碍耧，不再耕则支翘害麦，麦不好而生病。

## zhai

**【摘头】**摘去头上首饰。琴：轻轻给我摘了头，伸手就来扯把俺。琴：不脱衣裳不摘头，叫声丫头拿茶吃。

**【摘头卦】**比喻甩手不管的办法。翻7：你原是大人家，急仔没人敢哈喇，去了就是眼目大。这里原是该你作主，安心使那摘头卦。

**【摘下帽子看见纂】**比喻去掉表面的伪装露出原形。慈6：仅仔剩了人一个，

割舍的出来受颠连，那后娘的心肠，这也就摘下帽子看见纂。俊：三姐说：咱今已是变了脸，摘了帽子看见纂①。

【宅子】住宅。姑2：大成又让他地土、宅子，都着他拣了去，臧姑才依了。翻11：二相公照着在他丈人家住的那暖云窝，说了款致，盖的一样，一遭子垣墙都合那城墙一样。没消两月，把宅子修理完了。

【宅子地】房产和土地。墙1：一个母一个公，不怕雨不避风，为儿为女死活的挣。给他治下宅子地，还愁后日过的穷，挣钱来自己何曾用？翻1：仇尚廉用心机，一心要卖他侄的妻，还要图谋他宅子地。

【窄狭】狭窄。翻12：到了半更天，果然贼兵到了，见那街道窄狭，分两头进。

【债家】债权人。姑3：安大成凑足了银子，支给债家。姑3：典当珠花，典当珠花，凑足了数儿找债家，一戥盘称上银，那账儿够消罢。

【墚道】当指修路。日·庄：墚道坨堐防作蹋。

## zhan

【占[1]】(zhān)❶占卜。禳11：手拿绣鞋儿，频频占鬼卦。农·农·占种：师旷云："欲知五谷，先占五木。"❷略微。磨21：您二舅看他文，也流动也清新，就是大势还占嫩。

【占化】通过施法使人变化。禳27：(回目)占化。

【沾[1]】(zhān)❶接触。翻9：大姐身量大些，一把拉着，脚不沾地，到了他那屋里说："大兄弟，快来跪着。"富3：两个月水米未曾也么沾，忽然吃着异样的甜。❷因为有关系而得到(好处)，沾带。磨1：休指望赦粮赈济，就赦了那恩惠难沾。磨1：那一年大赦了钱粮，没封的就便宜了那滑户，封了的就便宜了那县官，那好百姓沾甚么恩来！❸带有。日·菜：龙须海带沾咸味。❹(方言音"展")同"渥❶"，弄脏。姑1：何大娘看了看，眼里流的都是血水，把褂子都沾了。增14：好皇帝！这皇帝来嫖这一遭，可沾了这宣武院了，后来人里头就玩不的了。

【毡匠】制作毛毡的工匠。日·毡匠章(章目)。

【毡条】用来铺垫的长方形毡。禳9：只得去盖毡条，骨碌到五更尽。磨25：对完了，公子替收拾笔砚，太公里边收拾毡条、布帘。

【毡袜】毡做的长袜。寒3：身穿着青道袍，两腿用毡袜包，鞋里都是棉花套。

① "纂"字原写作"鬏"。

【毡衣】毡做的外衣。富12:日头不高,日头不高,果饼丁锤都挎着,披毡衣又戴上安军帽。日·毡:毡衣宣帽待科仙。

【粘²】(zhān)粘附。农·农·莜麦:种陈出则见日而死,慎勿误用。其入怀而粘襟不落者新也。农·附·又法禳蚕室蚕宫:朱书“岳微”二字粘之。

【粘果】同“攞果”,糖葫芦之类食品。日·器:坐褥围裙粘果罩。

【黏²】同“粘”。禳20:五更鸡叫闹喧喧,一刻难捱最可怜。看看东方已放亮,太阳好似鳔胶黏,人那哎哟,鳔胶黏。

【詀】同“沾❶”,接触,触碰。增13:若不是前生福分,那能够詀他一詀?

【霑】同“沾❹”,弄脏。慈4:兄弟去,再休来霑了衣裳塌拉了鞋,你虽殷勤我不爱。

【斩钢截铁】形容志向坚定,果决。翻9:真正不差,真正不差,斩钢截铁谁似他?簪子扎喉咙,就死也不怕!蓬5:相公到底是神仙根的,斩钢截铁,并不留恋,便叫书童:“你家去罢,我待出家了。”

【盏】❶小杯子。磨36:仙姑把盏说:“共斟一杯,与天官上寿。”增6:二人拍手哈哈笑,咱今吃个大开怀,巡盅换盏流星快。❷量词。杯。寒3:一屋人闹嚷嚷,你一盏我一觞,矮矮的就把小曲唱。寒8:那四邻八舍,都见天上一朵彩云照耀,商三官合太爷站在上边,有一盏茶时才不见了。

【展】❶打开。寒8:展开包甚喜欢,又包煞颠了颠,约摸也有二两半。富8:一本书展在当面,读书的不见回还。❷伸展。富9:三更里鼓乱催,想你泪双垂,你那里独展红绫被。增16:万岁将汗巾一展,照的楼上赤旭旭的,祥光出现。

【展拜】行跪拜之礼。翻7:进来门就铺毡,花枝展拜在堂前,满屋都是丫头站。起来又合大姐拜,才向床前问母安,衣裳耀的眼花乱。

【展凑】凑集(钱物)。禳22:低下头低下头,动笔就把家书修。早些儿告家知,他家里好展凑。

【展样】像样子,体面好看。翻11:乍住着蛴螬房,进大屋也恍荡,可惜没嗄安插上。反转星星人四个,按上一张镢头床,破矮桌安上也不展样。翻11:咱的人家原不大,从新盖了几间房,安上吻兽才展样。

【涨】❶弄脏。增15:俺那里茶壶放在桌子上,使布蒙着还怕涨了。增16:二姐放着琵琶不弹给我听,弄那块臭裹脚头子怎的?不怕涨了手?❷揾,擦拂。增16:佛动心取汗巾,拿出来涨灰尘,从来没见这汗巾俊。

【涨布】揾布,抹布。增13:我家里梅香做涨布的还嫌这行子哩。增16:二姐

只羞的面红过耳，叫丫头拿漏布来。

**【䛐】**往滚开的水里添加少量凉水止沸。日·饮：䛐上凉水锅不沸。

**【劗】**割。日·饮：劗下肉块摩腰间。

**【睕】**眨（眼）。禳24：这可才费的心思，眼也不敢去睕。

**【占²】**（zhàn）❶占据。墙2：今日初一了。一年不知几个小尽，都着家兄占了。墙4：占的是我的房子，你敢说与你无干！磨31：也是俺自已粗心，受此大祸，他却也不曾占了便宜去。❷霸占。寒7：骂恶虎太淫邪，占妇女一大些，强把良女霸作妾。寒8：到了家还是贪，占人宅霸人田，凶恶惹的人人怨。❸行酒令时根据规则选定一种东西或词语，选定后别人不得重复。增19：输家吃酒赢家唱，拆白道字耍一般，打乖夺翠各人占。增19：大姐……便说："……我也行个令：各人要有翅无毛，后待四句诗，上下不叶音的输。"万岁说："请。"大姐先说："我占一个蚊子。"二姐说："我占一个蜂子。"王龙待说"我占一个苍蝇"，还没说出来交别了口，说："我占一个蜣螂。"万岁说："我占一个苍蝇。"王龙说："我待占个苍蝇来，未曾开口就错了，倒被长官占了去了。我这蜣螂也不弱的。"增19：万岁道："王官休恼，我行一个令给你散散心罢。"王龙道："什么令?"万岁说："名为急口令，天下一百单八府，各府一个字……"王龙说："长官请占。"万岁说："我占龙庆府。"王龙乖觉，便拣一个好名色的说："我占一座归德府。"大姐说："我占一座庐州府。"二姐说："我占一座凤阳府。"

**【站】**❶站立。墙1：他的达强及俺达，他那达俊及俺达，他达就比俺达大。他达合俺达一堆站，俺达矮了勾一楂，叫他达教人不支架。磨19：李大先进去，李家、张家，闹嚷嚷站了一天井。增8：你来的晚了，接了客了。说起那客来，有他坐的去处，还没有你站的去处。❷"蘸"字之讹。先少吃点儿东西暂时解除过分的饥饿感。墙3：看咱爹爹肚里饥，快打鸡子用油煎，吃点儿且把心窝站。（此处邹本不误）

**【战】**❶战斗。快2：却说三人战了多时，张郃被子龙腿上着了一下，两个才逃了。快2：待要不战，下马投降，孔明若喜，未必不把你放。❷战抖，颤抖。墙1：十一月数九天，冷肜块放面前，一行哈着浑身战。富8：娇儿一个最孤单，未从打他手先战。

**【战拸梭】**颤抖，哆嗦。禳13：小哥哥，小哥哥，进的门来战拸梭。

**【战拸挨】**同"战拸梭"。姑2：于氏气的战拸挨，咱今娶了个老婆婆，我儿呀，这日子往后怎么过！慈3：李氏听说，气的战拸挨的，那脸都焦黄了。

【战抖抖】颤抖,哆嗦。寒3:不一时,李蝎子出来。一看,唬的战抖抖的,便叫王成来问。

【战哈哈】同“战战呵呵”。禳17:满城听到这里,气的战哈哈的说:“好贼欺心的忘八!……气杀我!……”

【战兢兢】颤抖,打哆嗦。磨14:众秀才战兢兢的说:“大宗师老爷,生员并不曾使他一个钱。”增18:那王龙打了一个支使子,根根毛竖着,说道:“大姐,不好了!这长官有森人毛,未曾请他来,我这心里战兢兢的。”

【战战】颤抖,打哆嗦。墙3:咱爹刚吃一盅酒,烤着火才不战战,怎么又叫他把身欠?禳27:江城云:“你上床来。”公子战战着坐在床头上。江城云:“我总不是个人了!怎么叫官人这么害怕!”

【战战咯咯】同“战战呵呵”。闹:吁吁喘喘塞登门内,战战咯咯开怀脱履。

【战战呵呵】身体颤抖并喘着粗气。禳16:跪在床下,战战呵呵,似上杀场,就着刀剐。

【蘸水】牲口缰绳靠嚼子的一段铁链。牲口饮水时会没入水中,故名。日·走:扯将辔头连蘸水。

【摲】(《字汇》音“战”)缠。日·杂:绒花翘凤银丝摲。

【摲果】(“摲”,蒲氏注音“战”)糖葫芦之类食品。日·饮:北地而今兴摲果。

## zhang

【张】❶姓氏。墙2:张大哥,你不如还上大令郎家去罢。慈1:这人老子姓张,号是张炳之,原是东昌人。❷张开。琴:那人张兜等俺喷,一口喷了一大半。富4:眼儿日日张,眼儿日日张,全无一字到公堂。增18:王龙误误挣挣的,扒了个甚时才扒起来,张着那口没嗄说。❸张挂。蓬4:日头方落,明灯高张,红炉煮酒,果碟成行……磨27:高张银烛酒芳浓,家人难得一樽同,夫人呀,要饮杯酒谁能共?❹量词。翻11:还有几张旧箱子,明日抬来看用着,一行铺排一行乐。快4:一蓬火箭一张弓,暗暗埋伏在峪中。富3:床上放下一张小金漆桌,舜华还不肯上床,就坐在椅子上对面相陪。磨28:也无南北垅,也无东西行。什么法儿不忍饿?哈哈!就是全凭嘴一张。❺摔倒,跌落。墙2:使力气撮上墙,松了手往下张,真如死狗一般样。翻7:慧娘说:“俺的屋呢?”大姐说:“您那有?有也待张的口屋哩。”磨23:有一伙瞎厮,在路上走路胡迷了,一骨碌张在崖里。❻将罗网固定在罗圈上。日·器:筝箩新簚细罗张。

【张飞掬鹁鸽】似为歇后语的前段，喻意疑为“下黑手”，指背后做坏事。增23：原来是这王龙合赛观音定下的一局。……遂合大姐计议定，诓在他没人处，就干起那“张飞掬鹁鸽”的那事情来了。（剧中纨绔子弟王龙与妓女“大姐”合谋，将妓女“佛动心”之情夫正德皇帝诓去下棋，中间让“大姐”拖住正德，自己偷跑到“佛动心”住处，欲行不轨。“张飞掬鹁鸽”即指此行为。）

【张罗】❶为旧罗更换新罗网或维修旧罗。翻5：那一日有一张罗的，就合仇大姐同庄，魏名就捎了一个信去。❷应酬。增17：今日既然接着你，我索性跟你去张罗，省的又接第二个。（“接”指妓女接客）

【张致】❶张罗，张扬地做事。墙1：腿又痛腰又疼，势不能到城中，瞎张致转惹的冤仇重。禳19：弄张致递上呈子，差夜捕给他拿人。❷样子。琴：本等知道他心极，故作张致全不理。富6：张官人又当是舜华作戏，便说道小娘子会弄张致，平白里哄杀人，光使你那诡计。

【章台】泛指妓院丛聚之地。增15：甘心宁做庄家女，贱人原不恋章台，谁肯救出我天罗外？

【长²】(zhǎng)❶生，生长。慈3：狗私科，心儿不知是嘛长着？不知在怀里，不知在肋胅？禳5：全凭口舌作本，不用买卖耕耘，舌上打下谷豆，牙中长出金银。❷成长。慈4：不觉的十年有零，张讷长的茂堂堂的一表人才，也就成了汉子。俊：你看东庄李打头，生个儿来长不大。❸排行最大。墙4：你居长，该守灵，我去罢。翻1：他又娶了一个继室，姓徐。生了两个儿子：长男仇福，次男仇禄，俱年小。❹生(病)，患。墙4：你好似长嗓黄，把个尸丢在床，不知你上那里撞。翻3：但望你头疼不好，省的去手长丁疮。❺增长，增加。俊：胡朋又把宗官念，俗说只怕事不办，从来本大利就长，破上大本干一干。磨36：每人奉送你一粒丸药，可以增寿数，可以长聪明。

【长病】生病。翻1：待了几年，大姐生了一子，才五六岁，女婿忽然长病死了。

【长成】长大成人。富3：两个妹妹未长成，叫奴独自把门户撑。增10：等了两年，见皇帝不来，自己又长成了，每日家思量这风尘下贱，将来如何结果，不由的心酸落泪。

【长大】成长为大人。富2：不敢望他还上进，只是成人长大，好看守祖宗茔坟。磨6：不敢望他还上进，但得他成人长大，好守那祖宗茔坟。

【长官】对官员的尊称。增13：长官，贱人不敢动问贵姓大名？增6：这长官

帽破衣残,到是极好的口才。

**【长进】**学问或品行方面有进步。慈4:念书已是有长进,又是一表好人才,人人都说天生的怪。禳30:听你长进了(指由虐妒变为贤孝),我异常的欢喜。

**【长懒癖】**比喻懒惰成性。日·养:若还贪睡长懒癖。

**【长业】**长进,在事业上有进步。禳32:小儿男来小儿男,肚内文章有万千。比他尊公还长业,一十六岁做高官。

**【掌鞭的】**赶牲口的人。富9:张鸿渐写了回徐员外书信,打发掌鞭的走了。磨19:回头合掌鞭的说:"我是大名人,却不往大名去。……"

**【掌灯】**点灯。禳27:江城云:"春香,天多咱了?"春香云:"五更了。"江城云:"掌灯来。"富3:又待了几日,到了掌灯时节,店主来试了试,汗浸浸的;又待了一霎看了看,大汗直流。

**【掌稿】**掌管文案。磨4:是日老兄给我一万两银子,托我上院里打点。……我安心打点七八千,落下两千扁在腰里。不想昨日托掌稿的李洪图送进去六千,里边便问:"若求两家无事,便就收下;若要倒了原告,还得添添。"

**【掌柜的】**对店主的称呼。增7:六哥……跑下楼去,叫掌柜的把原封好酒装上两壶。增7:也是他君臣意投,六哥急忙走下楼来,叫一声:"掌柜的,楼上客吃了足色好酒,又待吃足顶好菜哩。咱给他吃不给他吃?"李小泉说:"我不管你。……"

**【掌号】**❶吹号角。磨4:解子押衙役代锁上。众秀才拱一拱,说道:"齐了么?"答应:"齐了。"听的掌号,都说:"三咚了,大家伺候过堂。"❷协作进行重体力劳动时齐声喊号子。禳28:江城云:"老王,你合老孙打上轿抬了他去,给太爷和太太叩头的罢。"二人交起手来,春香坐着,二人口内掌着号。

**【掌家】**掌管家务。翻12:那仇大姐又善会掌家,待了三五年之间,也就过成极大的一家人家。磨23:家人(对王丙)说:"你这个瞎狗啃的!……请走请走,快去快去!天下少你这黑头哇唔哩!"李二说:"……老掌家的,不必发怒,他不去我去。"

**【掌教】**指掌管,主持。寒7:阴间自从你(指阎王)掌教,地狱竟有善人藏,恶人反在金桥上。把一个花花世界,真弄的日月无光!

**【丈母】**岳母。翻11:二相公出来,去给他娘磕了头;又到了范宅,拜别了丈人丈母,才起身去了。禳1:况且是丈人丈母用心用意,其情难报。

**【丈人】**岳父。墙1:今日可有个指望,听说他称肉杀鸡,等他丈人,就不教我

陪客，或者还舍点腥水儿喝喝呀！富9：且说李鸭子的丈人赵鬼子，是人家的马夫，奉着他主人的差，从河间府回来，合张官人宿在一座店里。

**【仗】**❶依仗。翻4：仗着您丈人，不过是秀才，凭他那里说，我凭着细丝银子买。磨32：当下仗大哥威灵，自是无妨。但朝廷家日日来征，也不是常法。❷战斗，争斗。快4：若不着赵老爷，这头仗难打。禳16：早晨打了仗一霎就消，咱还用他不用潮。

**【仗赖】**依仗。翻12：不想全把他仗赖，满门受他覆庇恩，从小丑处都成了俊。磨28：李大磕头，道："全仗赖老爷看顾！"

**【仗势】**指气势、气概。俊：滚崖跳井挤你弄，看着你没什么仗势，不如死了干净！

**【仗托】**同"托仗"，依托，依仗。磨7：病难熬，仗托主人情意高，清晨把饭做，夜晚把茶烧，一泡尿也是扶着溺。增22：这回仗托神灵面，保佑着王龙赢了，杀几个猪羊祭天。

**【仗依】**依仗。磨17：虽一皮隔一皮，做孙子不如儿，到底仗依爷爷的势。

**【账】**❶账簿。禳33：向来不曾查你账目，快拿账来我看。❷债务。墙2：因着相好，二三年并不曾给我火钱，打算起来，有好几吊钱。往常时还每日见他，这二年全不见，找他把账算算。磨14：马知县，你做的好官！且不合你论短长，你有十万枉法赃，况且是库里又欠三万账，加二加三收大粮，拿短少的票子几千张。怎么说？❸指心理上或行动上的亏欠，应做的事情。寒5：如今成了钱世界，上下都受枉法赃，杀了好人全没有账。快4：你杀他一家人，这是那里的账？禳8：夫妻和好，百岁春光，你我今生完了儿女账。

**【帐】**❶帷帐，床帐。翻11：你看那床帐桌椅，各屋里摆列光鲜。增10：这佛动心又自己画了一个皇帝影像，悬在帐中，朝夕祷告。❷营帐，军帐。翻10：那口外房舍无，有雄兵一万余，一个将军管辖住。帐里许多门下客，爹爹在那管文书，见了就把家谱叙。快4：俺把死人割耳级，跟来帐前献功劳。❸同"账"，债务。参见"清帐""认帐""上帐""完帐"。增12：你来要帐来呀，可是来探亲来呢，可是看朋友来呢？要账俺又不该你嗄，探亲呢，俺合您娼家有什么亲？❹同"账❸"，亏欠，应做的事情。富7：才打了稿就完了一篇的帐，第二题是"悠久无疆"，略费点心思就把笔来放。增18：一日的孤老甚么帐？汤他一汤你就疼，从头里只管逞灵圣。

**【帐子】**同"帐❶"。翻6：正议论着，只听的那喇叭一声子哩响，范公子又嚼

进来了,在那书房里挂帐子。大姐说:“二弟,你出去罢。帐子挂了,还说甚么哩!”禳32:仲美、石庵上云:“众客都来了,将帐子挂了,咱好行礼。”

## zhao

【招】❶扶。墙2:果然把那张老挟起,往上一搁。张老说:“不好,不好!放下我来罢。”张大又招下来,心焦说:“好恨人,你总是个死狗,你好歹的拘巴着些。”寒5:疾忙赶上,一手拉着员外,一手招住妹妹,大哭起来了。禳22:果然招着梯子去竖上,高季爬过墙,放开门,一群人拥入。❷招认,坦白承认。翻9:我见了那固山,打东人一百鞭,招出魏名拉的纤。禳15:这老奴才不知捣的甚么鬼儿!怎么是没来?实实的招来,免的捋毛!❸招架,抵挡。寒6:恶虎灌的稀烂醉,摸着嗓子只一刀,他还挣命把我招。只着我连三刀子,他便就两腿蹬摇。禳11:千伶俐百样娇,怎么性儿那样娇?这般凶恶谁能招?❹招惹,招引。禳17:嗯!那江城利害,看招了祸来了。禳23:怎不焦,又不是相交,光把瞎话叨,惹闲气都是他自己招。❺招致,邀请。磨36:久不见何仙姑面,前日蒙折柬相招。闹:在下没有一所闲房,庄内有一座观音堂,没招和尚,庙门封锁,可以借居,还得与众人讲议。若要是招了和尚,还得先生打扫庙宇,奉供香烟,点灯关门。❻招子,招贴。翻2:我看着上路糊迷了,又该去写纸撒招!

【招承】❶招认,承认。寒4:这人命无人招承,明日你两家都把尸移去关外,我要细细检验。增27:有江彬哭声不绝,叫千岁待我招承。❷应承,承诺。富3:那店主找不着驴,自家着急,满口里招承着赔驴,张官人如何肯依?

【招顾】照顾,接待。增9:那六哥没搬了佛动心来,不好上楼,遂高声叫道:“楼上的客招顾着,佛动心上楼去了。”

【招管】照管。慈2:你家里娶了极好的美人,又贤惠,招管的他极受用,他可待来这里做嗄呢?翻8:家里事没人招管,日日奔波路途间,朝夕往来极不便。磨18:鸿渐说:“无钱雇驴。”店主说:“我一面招管。”

【招呼】呼唤,召唤。农·农·晒粒:凡晒麦时,勿令人远去,宜于近处作活,防雨来招呼易集也。

【招集】召集。磨5:俺乃三山大王任义是也。只因路见不平,杀了恶人,遭大虫逃在山中,招集天下豪杰。磨29:我听说任大王山上一发兴旺,招集了两三万人马。

【招架】抵挡,对付。禳1:本等是家小人家,千头百穗难招架。富3:设或呈

治到官衙，不愁打板又倾家。我的天哟，招架难，那才难招架！磨31：那山后剔陡石崖，不用招架的。增23：万岁爷吃了十数碗，王龙不能招架……

**【招了道儿】**接受别人指出的方法、做法，落入圈套。禳15：不知费了多少唇舌，多少脚步，才说的招了道儿。

**【招牌】**指人的相貌。增8：六哥说："……你搬婊子，可是要省钱的要费钱的？"万岁道："省钱的不知要几千？费钱的不知要几万？"六哥道："省钱的店前有，极好的招牌，只是底板沉些。"万岁道："你实说罢，我是个夯人。"六哥道："模样极好，就是脚大些。"

**【招轻作重】**扶轻的东西、做重活，指劳动。禳21：耍猴人领老婆、老猴上：实不能招轻作重，老婆孩饿断腰筋。教给那猴子学作人，耍一耍为众爷们解闷。

**【鉊面】**不详。用来形容银器外形做得不好。日·银：鉊面肿脸犹可说。

**【朝[2]】**(zhāo)❶早晨。慈3：那科子把那孩子朝打夕骂，昨日跳了井里，几乎死了。增11：七岁落在姑娘手，卖在烟花去为娼，朝打暮骂无指望。❷天，日。翻8：来了家好几朝，俺大叔不敢学，先生说大爷才知道。琴：埋怨老天不凑趣，一日长起十来日，捱过今朝又明朝，怎么叫人不生气？

**【朝长】**平日，照常。富9：怪想家，怪想家，朝长每日在天涯。忽动了故乡心，死活的放不下。

**【朝朝】**❶天天，每天。墙4：朝朝饮酒谈心腹，细话从来不昧音，想到这才来把问。富11：朝朝挂虑在天涯，听说这话愁越加，那一时唬着娘倒值的大。❷每个白天。琴：一段春娇，一段春娇，风流夜夜与朝朝。富1：朝朝歌舞朝朝乐，夜夜元宵夜夜年。

**【朝朝每日】**同"朝朝日日"。磨1：遮天影日蚂蜡过，朝朝每日唬飞蝗。磨27：还记得朝朝每日，我陪你坐到三更。

**【朝朝日日】**天天，每天，日复一日。姑2：朝朝日日嫌珊瑚，这比珊瑚是何如？富13：多亏了他朝朝日日在房中混，一混一个夜儿深。

**【着[1]】**(zhāo)❶下棋时走的一步或一子。禳9：呀！咱可就把高低见，还让奴家一着先，不敢占腹只争边。……江城呀，这一着就把你行来断。禳9：又下几着，数了数：一五，一十，十五……江城你赖了块，还输二十着，你支过钱来罢。增23：棋盘儿在面前，万岁爷信手安，着着下的天花乱。❷比喻计策。姑2：于氏便说有一着，咱就大家不动锅，我儿呀，咱可看他饿不饿？磨20：先生听知，先生听知：此着高妙莫猜疑。

【着[2]】(zháo,方言音“灼”)❶燃烧。快2:那蜀兵放火,满峪皆着,烧的曹兵弃甲丢盔,死的死,杀的杀。❷表示达到目标,正确。禳2:两人正争,周夫人到,笑道:“我说一猜一个着。”增25:万岁说:“你可相差了,就没有装做军家的?”胡百万说:“拿银子来罢。”万岁说:“相不着怎么还敢要银子?”

【着处】指中了别人的计策。快1:俺祭起东南风助周郎,我想这时曹操老贼着了处也,他必然弃甲丢盔而走。

【着极】同“着急”。❶因为情势严重而心情急躁。姑3:待了半年,于夫人有了病,着实危笃……臧姑越发着极,每夜焚香祷告。翻4:那一年三月里,输的我着了极,寻了一条最妙的计,取钱就指妻作保,抗了钱来没人知,还了梢还转下了十亩地。❷最亲近的(亲朋)。富3:张官人说道你听也么知,再找媒人费事极。不必提,谁是咱着极的好亲戚?既无有哥哥,又无有弟弟,那别人与咱何干系?

【着急】❶因为情势严重而心情急躁。慈4:那虎一过,一口把张诚来咬去。张讷着急,舍命追赶。翻8:娘俩守着八十亩好地,也不甚着急。增4:三生有幸今朝过,看上眼了你拿什么歪?人到了着急不怕你怪。❷最亲近的(亲朋)。富10:我家是非一大些,一个孩子没有爹。得个着急人看望,多多拜上你爹爹,人那哎哟,你爹爹。

【着忙】着急。寒2:那恶虎素日合老王极好,待弄个体面,谁想他翻了脸,不由的不着忙。快4:两个着忙就撒了腿,俺又放火把他烧。富3:无奈何,打发轿子钱,只剩下不勾三百文,老大着忙。

【着迷】入迷。丑:又是呆情又是醉,搭上着迷越发憨。

【找零】比喻给予额外的小的好处或坏处。闹:我这样功德,就给我个阁老尚书,还欠着我的本钱,应找零给才是哩!增5:多管是打了儿子,拿我去还要找零。

【找算】找人算账,比喻追究对方过错。磨18:张相公,你不要泼!你除到分文不给,还要找算人么?增10:不好了!俺妈娘往常时拿着我合掌上明珠哇是的,何等爱我;今日不知吃了谁家的酒了,又不知吃了谁家的引子,连我也找算起来了。

【找账】算账,清算。琴:低低骂声臭东西,进屋合你把账找!

【找主】❶寻找主顾或主人。富6:家里有几两银子可还不够,找个主又粜了十石黄豆,算一算好着他把银子折凑。磨1:他那儿媳妇,现如今找主待给人家

支使。❷指为女人寻找丈夫。姑2:却说珊瑚他两个哥哥,听的他在沈家庄,自家来搬他,他不肯去;待给他找主,他又不肯,只在沈家庄跟着他沈大姨,倒合婆媳一样。姑2:在沈家,在沈家,哥哥亲身去看他,既不肯见爹娘,又不肯找主嫁。

**【赵瑟秦筝】**泛指弦乐器。琴:且向花前月下,闲调赵瑟秦筝。

**【笊篱】**从液体中捞取物品的条编炊具。日·器:捞饭笊篱如捧大。富14:洞宾背剑,钟离摇扇,何仙姑笊篱在手,张果老骑驴进院……

**【棹歌】**曲牌名。禳13:[棹歌]老头子年纪已高,儿女生把气呴。几乎送了老性命,翻转只为娇娇。气来心似火烧,顷刻命赴阴曹。幸得还魂归去,呴杀了人了娇娇。

**【照】**❶照射,照耀。翻2:方才放倒身子睡,却又翻转睡不着,睁眼已是日头照。寒1:大相公唬一惊,二弟端过灯,照了照已是送了命。增16:万岁将汗巾一展,照的楼上赤旭旭的,祥光出现。❷映照,反光物反映出影像。墙1:你大号红粘粥,你名突你姓胡,原来你是高粱做。热了烫人嘴巴子,薄了照出行乐图,老来相处你这桩物。蓬5:有两个小盅儿,都把人影照。❸对着镜子等反光物看自己的影像。蓬2:对镜时时照玉颜,纵然俊美有谁怜?禳28:呀,春香俊了也!这不是衣服,你拿了去穿上。去那穿衣镜前照照你自家,看看俊也不俊?❹介词。朝,向。姑1:只见他抽出那剪子来,嗤的声照脖子一攮,就倒在地下。慈2:却说那张讷听了他老子的言语,就一溜烟跑到赵家庄,一直照着那瓦门楼钻将进去。禳20:你看那美少年的管家照着咱来,甚么意思?❺依照,按照。姑3:二成果然到他哥哥那里,照老婆的言说了。翻5:你照着我这意思写状,明了天我就开交。蓬5:照我看着,你极像是吕祖。❻比照。翻11:二相公照着在他丈人家住的那暖云窝,说了款致,盖的一样,一遭子垣墙都合那城墙一样。磨25:题目细写休错了,下一笔要把题纸照。❼对抗中胜过,气势上压过。姑2:俺娘说来,您婆婆宜量甚么好,不照着他,他就乍了毛。禳9:有心待要照着他,又不知待闹几场,终朝须是常打仗。只得是存心忍耐,低着头上了书房。磨19:我家虽未了势,还照住李大了。

**【照壁】**影壁。日·木:照壁刨平双柱夹。

**【照对】**佐证。富2:影响事儿没照对,就弄权势不顾天,你也未必是个人来变!磨6:影响事情无照对,就把妻子送在监,你也不是人来变!

**【照眼】**耀眼,晃眼。日·杂:翡翠装花明照眼。

**【照着灯】**在灯光照耀下,映着灯光。禳20:你看这梅花照着灯儿,越发好看。

【罩】❶遮盖。蓬2:变一条腰带,缠你的腰间;变一幅罗裙,罩你的金莲;又情愿变上一双凌波,随着你那脚步儿转。蓬6:千枝万叶忙垂下,居然清阴罩户庭,真能助我游山兴。❷给人下圈套。慈3:李氏踌躇心里焦,姐姐休要瞎胡叨,姐姐呀,而今光光的把我罩。禳15:打了仗开了交,省在一处把气呴,怎么做局把我罩?❸魚罩,捕鱼用的竹器。圆筒形,上小下大,无顶无底。日·鳞:簎笼罾罩任君挑。

【罩甲】褂子、外套等外穿的上衣。增2:这万岁是个马上皇帝,最好私行游玩,有江彬做就的行衣:青布衫,黄罩甲,绑腿,鞹鞋,檐边毡帽,皮鞓带,椰瓢,闹龙褡包。

【罩甲子】同"罩甲"。增8:小六哥,跟我去点点卯,穿着那红罩甲子。

【召亡】召唤亡魂。日·僧:行香召亡犹有说。

## zhe

【遮襪】铁匠工作时用的围裙。日·铁:狗皮遮襪扎腰下。

【遮嚣】遮羞。翻7:依着我偷着做做,人不知还好遮嚣。增22:我着你赢怕了,我烧上香祷告祷告,赢你一遭,我也遮遮嚣。

【遮歒】同"遮嚣"。日·赌:妻儿破裤不遮歒。

【遮天影日】遮天蔽日。磨1:遮天影日蚂蜡过,朝朝每日唬飞蝗。把谷吃了个罄溜净,庄稼何曾上上场!

【折】❶弄断(条状或片状物),折取。禳11:鱼童,你去庭前折一枝花来的。❷戏的一出,一段。富13:能学飞燕舞轻尘,能歌十折《锦堂春》,愁时节,教他略解心头闷。磨27:他能学飞燕舞轻尘,又会唱十折《锦堂春》,咳,愁时节,叫他略解心头闷。❸减损。姑3:我劝歪人不要歪,阎王不怕你性子㑊。眼前虽着人难受,只怕折了你的儿孙,促了你的寿!姑3:从今改前路把媳妇做,也将罪孽折分毫。❹折受,因受到过分尊敬或优待而使人承当不起。增8:六哥道:"全不好使,亲戚难认。不弃嫌,合你拜个兄弟何如?"皇爷说:"折的你慌了!"六哥说:"你待嗄是个皇帝,叫人兄弟就折杀了?"增25:又点点头说道:"是你眼色不差,果是个妙人儿,雅致温柔,不同寻常。"百花羞说:"蒙爷的过奖,折煞贱人了!"❺多次折叠的物品中的一次折叠。增18:遂叫家丁王兴拿个帖子来。王兴拿过了一个十二折的全柬来,王龙颠了两颠,说:"他担不的使这个全柬。"嗤的声把那十一折扯下,将一个单帖铺在桌上写道:"通家侍教生王龙拜。"❻把饭菜或粥

汤倒入另一容器内。翻7:正说着,两个上了坟,把那祭馔来着人抬了来。大姐叫人端进来折了,赏了他钱,打发他去了。❼折抵。磨31:今日且图一个将功折罪。磨31:末将望想要将功折罪,出其不意,夜间杀上山去。❽折扣。闹:束修钱四千正七折八扣,要白银有八分就算一钱,要换银加二成银有市价,九二钞底二十你要包涵。

**【折凑】**变卖物品以凑足钱数。富6:家里有几两银子可还不够,找个主又粜了十石黄豆,算一算好着他把银子折凑。

**【折蹬】**❶变卖。姑3:又折蹬头面、衣服,共凑一百之数,送进去,两口子才来了家。磨1:家中器物折蹬尽,还要去按限比较,三十板打的发惛!❷同"折掇",折磨。慈1:譬如有一个前窝儿,若是打骂起来,人就说是折蹬。

**【折掇】**折磨。慈1:思量折掇别人子,就是折掇亲生男,从此少把心肠改,王祥以后得安然。慈3:俺这庄里有个私科子,光折掇他那后窝里那儿。禳13:我儿瘦的似麻秸,千般的折掇日日也么捱。

**【折柬】**书信。富14:拱手一笑,大家脱套。久不见何仙姑仙容,前日蒙折柬相召。磨36:拱手一笑,大家脱套。久不见何仙姑面,前日蒙折柬相招。

**【折架子】**消减嚣张气势。增16:这奴才不弹琵琶,光谝他的汗巾子,望我夸他。我打总的折折他的架子。

**【折罶】**同"遮罶",遮羞。"折"为"遮"字之误。增18:我堂堂一个公子,今日这屁股也不助兴,仔可站着,是他的小厮这里伺候他么?我走着合他说话,好折罶。

**【者也矣焉哉】**"之乎者也矣焉哉"之省。都是常用文言虚词,代指文言文。磨14:不通者也矣焉哉,都是五等六等斋,狗秀才,怎么叫你把方巾带?

**【这不是】**❶用在反问句中,但主要不是通过反问表示强调,而是表示提醒或惊讶。姑1:你不孝着咱娘生气,我也没有那些气合你呴,不如休你去罢。这不是休书?翻9:遂即拿去了两疋尺头,说:"这不是两件衣裳。"富6:这不是二姑家里大哥么?你为什么带着刑具?❷用在句首,不表反问,没有实际意义,只是顺着上文提起下文。墙1:天不教我死了,这肚子又不探业。这不是还不曾晌午,早晨吃了两碗糊突,两泡尿已是溺去了,好饿的紧!富9:这不是我愁你家里过不的,又愁着读不起书,我连年攒了这几两银子,捎来给你费用。翻5:这不是老天在上,有虚言灭了自家!

**【这么】**指示代词。❶指示词。这样。(1)用在形容词性词语前,表示程度

高。墙 4:你这么乖,不如咱同去。俊:娘子虽然家教严,他也没有这么长的眼。增 28:万岁,这院子烧的这么罄净,妈娘何处安身?(2)用在动词性词语前,表示当前的或刚提到的情状。禳 1:咳!令尊是这么死的来么?富 13:保儿两道眉,保儿两道眉,前生像有个造化根。到了做翰林,这么才成对。增 6:这花子这么不识抬举,咱混他一混。(3)用在数量词之前,表示当前的或刚提到的情状。如果后面的名词前有形容词性定语,"这么"实际上是修饰形容词的(如"这么个贤慧媳妇"等于说"这么贤慧的个媳妇");用在"些"前面,表示多。[①] 翻 3:我甚么不是,打我这么一下子?翻 3:咳!这么个贤慧媳妇,怎么摊了一个畜生!蓬 1:这么一个大海,忽然一日干了,就像是百十余顷地的一个盆底窝儿。禳 10:咳!天给他这么一个模样,怎么就给他这么一个性情?天给我这么一个人物,怎么就给我这么一个老婆?增 6:隔着这么些路,他那里有驴耳朵怎么样长。❷代词。这样,这样做,这样的事情。慈 4:你若是再要去,我可就不是这么,定是禀给您师傅,要着他多多的着实打。俊:这胡朋微微冷笑,依我说不是这么。禳 7:夫人说:"……我假托烧香,就一直到他家里,有何不可?"仲鸿说:"妙极妙极!就是这么吧。"

**【这们】**这么。琴:骂声猖狂小奴才,这们几年你还没看够!蓬 5:把门关煞,把门关煞,就叫爷爷也不差,就中状元来,也是这们大。

**【这是咱说】**习语。用作插入语,表示私下说或说真心话的意思。姑 1:这是咱说:天下有一等不良的人家,有那贤惠媳妇,事奉的痒也挠不的,只是嫌不好;又遇着搅家不良的歪货,处治的只干不尽的,才道我那是个贤惠媳妇。你看这不是个愚人么?

**【鹧鸪天】**曲牌名。富 1:[鹧鸪天]区区小愿欲求天:近绕居民百顷田,膝下儿孙多似玉,堂中妻妾美如仙;朝朝饮酒暮烹鲜,耳目聪明牙齿坚;皓齿清歌细腰舞,糊涂混过百余年。

**【着³】**(zhe)助词。❶表持续体。墙 1:那一时还支使着个小厮,白日给我做饭,黑夜给我看火,也还罢了。墙 1:俺且去一边等着。姑 1:大成巴数了一阵,墙上挂着一支鞭子,拿下来把珊瑚打了几下子,于氏那气才略消了。❷用在前一个动词之后,表示与后一个动作同时进行,前一个动作行为多表示方式。墙 2:起初时,耸着蛇头实落去做衣买帽,傻着脖子当真的称肉杀鸡,恐怕不如家

① 另有直接用在名词前的一例。《禳妒咒》第三十三回:"这么时节,那媳妇们一个也不见,去做甚么的?""这么时节"是"这么长时间"或"这个时候"的意思。疑有脱字或误字。

兄，我先讨愧。慈1：他娘只是打着他穿，打了几清晨，袄也找着袖了，裤也伸上腿了……翻9：每日骑着牲口，游山看水。磨1：做贼的抢着吃，夺着穿，怎么肯逃？❸用在动词之后，表示动作达及对象或达到目的，大体相当于“到”。墙2：恨煞人不生不死，摊着你真正遭殃！姑1：看了看，幸得刚搽着那气嗓头边儿。寒6：阎王爷想你还告，着俺等你。既等着了，说不的咱还去见见。富4：你虽然中了举，也管不着我马知县。富4：把药味推敲，把药味推敲，怕有一点对不着。❹用在动词之后、表位置的词之前，相当于“在”或鲁中方言中的“了”。慈4：张诚就爬着他哥哥那身上，叫唤着说：“娘打我罢。”翻4：阎罗见他不怕打，说：“给我拉了屋里去！”一群老婆把姜娘子扶着屋里。增15：二姐你好脏！俺那里茶壶放在桌子上，使布蒙着还怕溅了；你这里放着床底下，那客来到家，怎敢刷净了茶壶，那客待中去了。❺表示虚拟的时间或假设的条件，相当于“的时候”或“的话”。姑2：我儿，你待家去着，我也不肯留你。慈4：今日跟到山里，万一撞见犸虎着呢！翻2：大相公，你不弃嫌着，你闷了就来找我。翻9：姐姐，你说，我这二年若是嫁了着，你待上那里找我的？❻用于祈使句的句末，带有“提醒、叮嘱”的意思。寒3：休要动着，我去请官来相验。增12：玉座说：“你好出丑！……你看我去。”二姐说：“你可好生着。”玉座平日舌尖嘴巧，快语花言，便说：“不是我夸句海口，调嘴头也招住他了。”二姐说：“千万仔细着！……”❼用在某些介词或动词后，无具体意义。墙1：不因着情受他那地土，俺只说俺是他达。墙2：为着该钱就不见，家父不是这样人，既相好怎么不相信？姑2：难相交，难相交，就是心里的痒难挠，照着痒处钻，老婆子真真的妙。慈1：原来这张炳之，他姐姐家是赵家庄，隔着这庄有二里路。富6：看了看小保儿还在那床头睡，比着那夜并不差毫厘……❽用在表示有差异的形容词或动词后，后面是表示差异情况的数量词，有的是用语气词表示程度高。翻2：咱相好敢对天发咒，分不的你合我，只多着一个头。禳14：差着一步，几乎就颠了！富12：这天还有天，这天还有天，少着一篇就不难，在傍里且略站一站。增21：王龙说：“不合你赌了。我又输了勾三四帖了。”万岁说：“多着哩。”❾用在某些形容词后，表示后面的动作的方式。姑3：兄合弟齐下手，公同着出了窖。磨18：咱且宿下，到明日还得快着走。磨23：咱把这个《哭江秋》伙着唱给太太听听取笑罢。❿用在某些动词后，表示对事情的肯定。墙1：我思量着，每日情饭吃，也劳苦您，不如还给我那地罢。禳29：俺积攒了一百两银子，苦苦哀告，许着有了主还给他五十两，他才慨然许俺从良。

【着些】用于祈使句句末(还可以另加语气词),表示提醒、叮嘱的语气,相当于"着点儿"。禳15:李婆说:"我去罢,这个去处久留不的。"公子说:"你可打蹇着些。"慈3:你从先骂的不少了,我说你省着些罢。磨6:一行说话,方相公把那驴打的飞跑,说:"咱紧着些。"

【着哩】用在形容词后,表示对性质或状态的强调,相当于普通话的"着呢"(用在动词后的"着哩"是"动词+着+哩",不在此例)。姑2:倒未必,他贤惠着哩。磨27:街上有几百人去迎接的,热闹多着哩!增8:你放心,我这军好着[①]哩。

## zhen

【针线】泛指缝纫、刺绣用的工具。富8:方娘子手拿针线,寻思泪雨潸潸。磨16:娘子放下针线,问:"保儿,你念了几遍了?我绣线插了三条,天色已晚。这光阴好快,你自己点起灯来罢。"

【针线盒儿】专门盛放缝纫、刺绣工具的盒子。禳9:有绣鞋一双,不曾做完。春香,拿过针线盒儿来。

【针指】❶针线活儿。姑2:每日殷勤买盒看,问你的病好了没,费钱都凭着针指做。禳33:媳妇伶俐,针指细密,看了看长短遂心,试了试宽窄如意。❷做针线活儿。姑2:不说珊瑚住下,针指度日,且说于氏受了气,哭到家,着安大成写呈子告他。

【针针】❶用在"一"的后面。"一针针"表示"一针又一针"或"每一针"。禳9:便把绣鞋拿在手,一指挑来细端相,一针针细看花儿样。禳9:尖细鞋儿花一朵,青红绣线一针针,细密花鬚没看尽。❷"针"的重叠形式。针,同"敐",击打。"针针"指敲打敲打,用小的惩罚来警示。磨4:从来善钱也难舍,须索给他个下马威。看待要个甚么罪?略略的针针才好,想他也知道理亏。

【针黹】同"针指"。日·裁:世上裁缝针黹高。

【敐揯】("敐",蒲氏注音"臻")同"揯",用拶子夹住手指后用木板子敲击拶子。"敐"指击打。日·争:敐揯彻骨苦难当。

【真】❶真实。寒4:杀人是真,吊死是实,何必再验?寒7:那判官都是买透了的,故意把假簿子拿来。试试二郎爷受与不受。……二郎爷听说大怒。……

---

① 原写作"著"。

着人把判官锁了，押着取了真册子来。❷的确，确实，真正。墙1：寻常是少柴少米，真教人焦怨难当。慈5：你真有造化！阴间里传说：观音老母三千年一到阴司，打救苦难，里头必有冤死的人。空是这说，也没人见，怎么偏你来就可巧的撞着？合该你不死。❸清楚，真切。慈4：好好的兄弟似参辰，今日才认的模样真。❹"真么"的省略，这么。磨1：老天老天，怎么给真个年景，还给真么个官儿！

**【真材实料】**真实可靠的材料。闹：我家祖代传来，有个临场密诀，不肯轻授于人，若是但能熟记，再无难题窘手，乃是帝王也、圣贤也、心也、理也、知也、行也，虽有这六件宝贝，却如何衬贴他出来。难寻字眼还无调，可罢了真材实料。

**【真个】**同"真果"，真的，确实。姑1：珊瑚那眼里，清澌澌的掉下泪来。去给于氏磕了头，磕了起来说："娘真个待休了我么？"翻4：仇福真个做了一张文书，递于魏名。琴：眼望巴巴，眼望巴巴，巴的行礼到俺家。真个甚整齐，也值千金价。

**【真果】**果真，确实。翻9：大姐说："真果没在家么？"夫人说："实是没在家。"禳27：江城，江城，你好狠也！怎么凶恶至此！他说铰我的奶头，我当个震话，不想就真果铰下来了！磨28：你母亲听的丫头说，那张龙、李虎，被您大爷吊了一夜，是真果么？磨18：即时叫了个赶脚的来，说："脚钱我管。"鸿渐说："你当是我真果的无钱么？就叫你管？……"墙4："可不知上了监，人叫咱甚么？"赵氏说："如今都是叫爷，叫奶奶，就合那真果的一样。"

**【真坎实砸】**比喻真实、认真地做事。闹：胡说！胡说！我相公比不得那乘兴观场、苟图完场的，真坎实砸，催促不得的，万一规矩错误，被他贴出，岂不负了今日这番得意、这番苦心？三年一次，不是耍处。

**【真嚜】**同"真么"。禳7：哎哟！以后成了亲家了，还真嚜见外？

**【真么】**这么。墙4：哎！我也曾挣过银子，早知道真么中用，怎么不藏下几两？姑2：你仔说，您二姨这杀才是乜人么！真么一个媳妇，是模样不好呀，是脚手不好呢？是不孝顺？这杀才是待死呀？禳5：公子把两手比量着说："那脚够真么大！"

**【真么等】**这么样，这样。寒4：二相公听说，暴叫如雷，说："罢哟！那个也是咱爷挣的，就凑些给他。到明日我去见他，也是真么等！"

**【真一】**酒名。苏轼居岭南时自酿酒称"真一酒"。其《真一酒》诗中说："米、麦、水三一而已。此东坡先生真一酒也。"后指用苏轼的酿酒方法酿制的酒。

日・饮:真一羊羔又揭坛。

**【真宰】**迷信传说中的主宰。闹:近来见朋友们家家有《感应篇》,人人持准提咒,约会祀文昌帝君,攒钱结放生大社,我学生未免趋时,定要摹而仿之,步而趋之,敢祝告于天地神明,十方真宰,把那通天彻地的灵感,今日预支一预支,救我今日大难,我弟子出场去,再不肯说谎,伏祈神明照鉴,照鉴!

**【真赃实犯】**确实的贪赃犯法之人。磨14:贪酷知县,真赃实犯,你说他本分清廉,又说他为人良善。

**【真真】**的的确确,实实在在。姑2:他娘听说一把夺,你就宁么怕老婆!看透呀,真真是个脓包货!翻3:都知是真真的禽兽,你不必泪眼婆婆。磨13:缘分已尽。我想这痴心恋人,终久无益,我今夜可真真送官人家去罢。

**【真珠】**即真珠兰,也写作"珍珠兰",为金粟兰科常绿蔓性小灌木。其花如珠,其香似兰,故名。日・花:真珠白玉俱名兰。家政外编・诸花谱:真珠兰,四月内,节边断二寸插之;喜肥忌粪,以鱼腥水浇则茂。

**【锧】**砧子。日・银:掠钩倾片上锤锧。

**【锧子】**砧子。日・铁:生铁锧子如升大。

**【斟】**往杯或碗里倒(酒或茶)。墙1:张大……斟上酒,陪着说:"咱家的酒,爹尝尝。"翻12:正说着,两个媳妇来磕头。仇牧之看见,着实欢喜。以后又是家人媳妇子来磕头,丫环在旁点火斟茶。

**【枕簟】**枕席,夏天铺在枕头上的凉席。禳20:夜晚汗如浆,夜晚汗如浆,小阁清风枕簟凉。

**【枕顶】**旧式枕头的两端,方形,多有精美绣花。翻7:丫头端过礼来:婆婆是绣鞋、枕顶、尺头四端;大姐是绣鞋、枕顶、尺头二端。翻7:新媳妇敬婆婆,绣鞋枕顶都收着,尺头费的忒也过。

**【枕头】**❶枕(名词)。富3:官人看了看,床上有铺下的锦被锦褥,又软又香,遂即书架上拿了一本残书,上床去塌伏在枕头上观看。富6:张鸿渐这几年良心全坏,我为你人间罪尽数全捱,到如今那枕头上泪痕还在。❷躺卧时用东西垫起头部,枕着头。闹:小村庄无有许多铺盖,况我是贫寒家甚是作难,有一床破被子又窄又短,土炕上无有席半截破毡,也无有压脚被衣服几件,要枕头自己找一块破砖。[①]

---

① 方言中"枕头"有两音两义:"头"读轻声时为名词,"头"非轻声时为动宾结构。此例中两解均可(相应的"要"亦需作两解:普通动词"希望得到"和能愿动词"想要,打算")。

【疹】疹子，麻疹。禳2：十来胎不存留，看今生已罢休，不想还生下这块肉。已是生了瘢和疹，又不瞎眼不秃头，心满意足今生够。但得他长命百岁，不指望富贵千秋。（麻疹为儿童易患的急性呼吸道传染病，虽然痊愈之后终身免疫，但发作期易引起其他疾病，所以父母视孩子“生了瘢和疹”为度过了成长期的危险阶段。参见“瘢”）

【袗衫】单衫。“袗”或为“衫”字之讹，如是则为衍文。增14：万岁……把那破布袗衫扯了一个偏袖，一步三摇摇将起来。

【震话】吓唬人的话。禳27：江城，江城，你好狠也！怎么凶恶至此！他说铰我的奶头，我当个震话，不想就真果铰下来了！

【镇江三白】镇江出产的三白酒。“三白”指酿酒的原料白面曲、白秫、白水。增7：皇爷说：“你有什么好酒，说来我听。”六哥说：“时黄酒会春分，状元红蜜林檎，镇江三白颜色俊。寻常就是白干酒，每一瓶只要一钱银。……”

## zheng

【争】❶争抢，争夺。禳9：呀！咱可就把高低见，还让奴家一着先，不敢占腹只争边。增8：只有我打的人，人再治不的我。但只是赛观音既接了他，我也不合他争，你搬那佛动心来陪我罢。❷争斗。磨33：数百贼过长城，安心歇歇要登程。他看着已是得了命，不料俺人马一齐起，他马困人乏不能争。❸争辩，争吵。寒6：到明日当堂折辨，争是非全在哥哥。禳10：我说你满家心儿就不平，挑唆儿家夫妇去相争。❹争取。寒6：官府全然没公道，亏了妹妹把气争。寒8：虽动情也看各人的命：有命千金也易得，无命一文也难争。❺差，缺欠。磨6：不过到明年八月，老父师何争这一年？磨10：轿都抬来了，何争一马？

【争差】(差 cha)争执。磨34：快休这等。都是朝廷的栋梁，因什么自己争差？您两家都有些错处，各人认错便了。磨35：设或您再有争差，圣上就怪我不言之过了。

【争翠】竞相呈现出翠绿颜色，形容翠绿非常。增3：单表的是万岁出了北京，一路上景致无穷：草芊芊，柳绵绵，荼蘼架，牡丹颜；莺燕啼林外，蜂蝶舞花间，争翠的芍药舞，迎风的海棠翻；荒村无火桃喷火，野店无烟柳带烟，雁飞不到处，人被利名牵。

【争光】❶争取荣光。磨13：我总不是个人了！做着条汉子，除不能中举会士，给那妻子争光，一个老婆也不能做下主来，待要这命怎样！❷铮光，物体表

面非常光亮。禳 1:戚老爷听罢大喜,即时披挂整齐,明盔亮甲,拿着一口刀耀眼争光,就在厅前大喊了一声杀呀。禳 33:才到楼陈设才罢,只见是耀眼争光,也不知摆的嘎。

**【争竞】**争论,计较。禳 26:我也爱打哈哈,这骨牌争竞多,不敢再做从前错。磨 35:我别后思量,他既降顺,大家俱是一途,何必争竞,见驾时不提也罢。

**【争奈】**怎奈,无奈。寒 2:冯知府是个世家,极爱声名,争奈那司院俱吩咐他,也就不能持公了。磨 8:心里虽急,争奈这脚不随心,实不能行,俺且歇歇则个。

**【争嚷】**争吵。增 3:他二人争嚷惊动了街房,都来大叫:"王小,客的钱皮些收着罢,嚷的是什么? 看坏了铺子。"

**【争荣】**同"峥嵘",指兴盛,兴旺。俊:就是那相识会赌博,不弄鬼难说长赢,哄来富贵天不容,死也难得好病。……虽然当下还争荣,儿孙后来也弄净。

**【争闲气】**无意义地与人相争、生气。富 8:一劝你温柔雅致,见了人高拱深揖。轻薄话儿不许习,出门休要争闲气。磨 35:杨善把俺欺,也不曾转便宜,俺如今何必争闲气?

**【啈】**同"争❸",争吵。磨 23:王伙计听明白:休要啈[1]休要捶,到人家就有四样罪。

**【掙】**(蒲氏注音"争")撑,撑开。日·器:掙着口袋往里量。

**【怔】**发愣。穷:昨夜晚,做一梦,拾一锭,喜个怔,老婆孩子呱打腚,醒来还是净打净。

**【睁光】**铮亮,光亮耀眼。蓬 1:老君献了个黄金炉,大如柳斗,耀眼睁光,安在娘娘面前。

**【蒸合】**一种食品,当为蒸熟的菜盒之类。禳 24:……葱丝切成碎段儿,花椒研成细面儿,包子剁了细馅儿,蒸合压了饼沿儿,稀烂的猪头还带蒜瓣儿。(按:"压了饼沿儿"似指"蒸合"要用饼状皮来包)

**【整年轮月】**经年累月。翻 12:搬你一回一回恼,整年轮月两别离,不想得了你的济。

**【整年没月】**经年累月。"没"字疑有形讹。翻 12:性子泼恼父亲,叫他远远离家门,整年没月没人问。

---

① 邹本作"争"。

【整日】整天，全天。墙4：好像是饮酒过醉，整日家闷闷昏昏。翻1：整日的大哭大骂，倒在床上不能动弹。

【整日家】整天地。"家"为语缀。墙1：整日家两不见面，倒落的清净之极。禳9：看日色斜向东南，久等踌躇去问安，整日家不待见公婆面。

【整治】做，处理。慈4：到了第二清晨，张诚早起来上书房开开那角门子，见哥哥已咱把各闹打扫了一大堆，还在那里扫。张诚说："你看俺哥哥，你从多咱就起来了？"慌忙拿杴就除。张讷说："不用呀，放下我整治罢。"

【整置】做，制作。增15：万岁……抬头看见桌上一把筝，说："二姐，那是什么东西呢？"那二姐娇声怪气的说："是筝！"万岁说："是什么整置的？"

【饤饱】("饤"，蒲氏注音"亭")挺饱，很饱。日·饮：分明饤饱嘴犹贪。

【正犯】直接实施犯罪行为者。磨6：望老师将他宽恕，把正犯拿送官衙。(按：此处"正犯"指执笔写公呈控告知县的张逵，"他"指张逵之妻。张逵逃走后，知县将张逵之妻捉拿。此为张逵之妻兄向知县求情之语)

【正经】❶正当，正。俊：丢去骰子牌，上了正经道，宗大官到后来还有碗饭捣。富3：那辨南合北，东西只任驴，昏惨惨摸不着正经路。磨28：罢呀，咱且去做正经事的。❷正派。禳1：养汉老婆攀四邻，谁家那正经人物子怕老婆来？禳7：况且他为人甚好，心术又极正经。磨33：俺是正经人家，不会唱曲。❸正规的，正式的。快2：马上谁合你叙家常？费唇舌上不的正经账。增19：长官，我待行个正经令么，怕你说不上来；行个俗俗的令罢，要两头一样。❹正经事情，正事。(1)用在否定词"没"后，表示没有正经事。磨18：给张相公凑盘费罢了，俺两个没正经。(表示"俺两个"没有正当的原因需要对方破费)(2)用在否定词"无"后，表示做事荒唐。墙1：您达达无正经，捞着饼饭尽着撑，给他碗腥汤就尽了命。墙4：两贤侄您是听：我虽老的无正经，哄杀人从来不偿命。不曾哄着你敬俺老，又不曾哄着你跳枯井，这一哄略略通人性。(3)用在反问句中的疑问代词"甚么"后，有的表示一向做事荒唐，没有正经事；有的表示无需事事讲正经。禳3：(范子正)又歇了歇说："咱可走罢。"(女儿)江城摇头说："俺不！"子正起来说："这妮子甚么正经！我还先走罢。"磨24：那瞎厮甚么正经？我说不信他那卦。翻8：二兄弟，你不必这等。郎舅们甚么正经！增17：捶的桌面乒乓响，身子跳起眼圆睁，倒把二姐唬了个挣。忙跪倒说咱两戏耍，没人处甚么正经？增23：二姐夫，你性子这么乔。年小的人们，每日价可答头在一堆子，甚么正经？

【正轮】指按规则排定的轮次。墙3：今日轮是我正轮，你怎么不动身？俺哥

的话儿休听信。

【正人】正派、正直的人。寒4:可笑自家邪极了,还要去衬那正人,反说出来这样话来。寒8:他若是改行,二老爷是个正人,也未必不饶了他;谁想他依旧作恶,就被一个秀才告着打死人命。

【正骰】当为骰子的一种玩法,不详。日·赌:先是正骰与吵豹。

【正巡】依次斟饮为巡,正巡指酒宴当中按正式的程序依次喝酒,而非随意地轮流喝酒。代指公事公办的程序。磨28:(解子唱:)他虽然待酒待饭,那散酒当不的正巡。他无钱把狗脸丢下,那管他爷故娘亲!("他"指被押解者及其家人。"散酒当不的正巡"的意思是,对于贪婪的解子来说,被押解者的一般接待并不能令其满足,不能阻止解子以公事公办的名义来虐待被押解者)

【正眼】直视的目光,比喻重视或尊重的态度。墙4:俺爷爷长疮霎,叫你给他看看,你就嫌脏,正眼不理么,怎么这个就待打人?蓬5:春月里好可怜,才郎不中入了山,那纱帽不值榆钱重,我还没有正眼看。增7:合该他时来运至,这大同城里不知有多少酒肆饭店,万岁爷正眼不理,一骑马竟进了玉火巷来了。

【正正的】直直地,形容注意力集中。慈4:(张讷)早起来吃饭,上了山,在山里正斫着柴,忽然抬起头来,见那岭上来了个小不大的一个人,那行动就像张诚,便站起来拿着斧子正正的看。

【正纸大锞】指用质地好的纸做成的纸元宝。磨1:天爷睁眼不杀死,他日还能返故乡;贪官拿去年成好,正纸大锞又烧香。

【正自】❶正,正在。寒5:却说二相公,过一日正自打坐,忽有个人来说:"三姑娘差我来请二叔哩。"禳16:呀,来了,极好极好!我这两日正自纳闷。增20:二人正自商议,万岁合二姐到了。❷表示恰好处于某种状态。慈6:张老爷正自的问不着,互然得了老子真信,又添了两个好兄弟……

【正尊】指一地中最尊贵的官员。富4:将古比今,将古比今,夸奖那卢龙的县正尊。

【证见】证人或证物。磨4:一秀才被知县打死,大家动了公愤,递了公呈。军门到也明白,即时发票去齐证见。磨18:挺挺的绑一夜,店主人是证见。增20:不如问他要张文约,那怕他告御状上本章,咱放着证见。

【证折】证明,折辩。禳31:我冰清,他玉洁,若有甚么事儿,敢当面证折。

【证佐】证据。墙4:你做中人有证佐,差错无有半分毫,说是谁咱好问他要。翻8:却说亏了踢弄了一回,如今倒有了证佐。

**【挣】**❶奋力摆脱。翻2：（秋桂挽留仇福，仇福要走）他二人闹喧喧，拉胳膊死活缠，霎时挣了一身汗。琴：腿压着腿来手搂着脖，就是有力气也难挣。磨28：胡生拉住说："今日还没发市，赊不的！"张龙往外挣，胡生往里拉。❷双方朝相反方向用力拉扯中间的人或物。墙3：两个齐往两下里挣，好像挣着个老叫驴，叫我可往那里去？慈4：张诚又除上了一提篮，他哥夺过来，他还不依。两个正在那里挣，他娘知道了，出来吆喝说："跟你嗄事？不快上学里去！"❸赚取。墙4：哎！我也曾挣过银子，早知道真么中用，怎么不藏下几两？慈3：左右是您的孩子，与我甚么相干！他就挣下那封赠幞头，还有他姑的哩么？寒8：他后娘才三十多，合他媳妇子娘儿两个，夜间都挣起钱来了。❹同"怔"，发愣，发呆。姑3：娘们正盘算着，二成包着些砖头来倾在地下。大成问他："这是甚么？"二成说着只是哭，大家都挣了。寒1：却说赵恶虎也不料商员外就死了，忽然听的说死了，也挣了一挣。增22：我这两日输挣了，也想不起是什么来了。你说是嗄？❺睁。俊：宗亓人句句听，猛抬头把眼挣，忽然大醒南柯梦。磨23：俺已是瞎的惯，世间的丑相有千般，出上一个看不见。……若教俺两眼挣的圆，一个人也不认识，倒反是极难。

**【挣揣】**挣扎。快2：早早下马，休要挣揣；枪刀没眼，怕坏了天灵盖。

**【挣了腚】**形容非常恐惧，吓坏了。禳1：到家见了那个人，吆喝一声挣了腚。浑身打战似筛糠，不知这是那里的病？富6：扑冷的声开了门往外就跳，照着那鸭子头就是一刀。那鸭子可也是出于不料，你看马尾套蜻蜓——就把腚挣了。吊了一支鞋，光着脚舍了命的往外跑。

**【挣命】**垂死挣扎。寒3：商三官实有灵，赵歪子害头疼，倒在地下去挣命。寒5：扑通一声跌在地，纱帽滚了四尺零，手爬脚蹬如挣命。禳22：好营生，好营生，夜来将黑起身行。整跑了一宿多，好像是挣了命。

**【挣脑】**发呆。挣，同"怔"。寒3：王知县从头看罢，挣了脑胆战心寒。富6：那解子醒来觉着冰凉，睁开眼看了看并无庄村，只在那山坡里睡觉，那张鸿渐也不见了，两个才挣了脑。增21：好衣裳件件精，赛观音唬一惊，王龙也把脑儿挣。心里猜他是响马，猜来猜去不分明。

**【挣气】**争气，争取气势上的优胜。富7：今日虽然骂几句，我那娇儿也活不成。活不成，把气挣，也叫你难听难听又难听！

**【挣新】**崭新。禳20：嫌粉儿白的挣新，嫌胭脂红的太深，一半点倒合江城近。

【挣养】挣钱养家。墙1:养儿养女各经营,乱叫爷娘似有情,老后衰残难挣养,无人复念老苍生。

【挣挣】怔怔,有些发呆地。富13:那公子飞跑回来,才站下挣挣的瞧了好几眼。

【阐闼】同"挣揣",挣扎。琴:不觉明了天,不觉明了天,待要起去仔是怪懒耽。勉强下牙床,阐闼了好几番。琴:勉强阐闼下牙床,浑身无力骨头软。

【鞜】(蒲氏注音"挣")把皮、纸等拉紧使其展开紧绷。日·皮:鞜起生皮铲净干。

【幢绢】不详。"幢"字《字汇》释为"开张画缯"。日·丹:早明烟黑随心对,幢绢胶矾任意加。

## zhi

【支】❶撑,架。墙1:从两个娶了妻,一个东一个西,老头子日日生闲气。我说罢么分开他,各支锅子把饭吃,每人给他几亩地。增15:不是这么压,支起马来秫秸葶拉曲。❷可以承担起,可以达到要求。慈2:哎,实说了罢,姐姐呀,我这汉子支不过。蓬4:娘子下笔好似雨打败叶,风卷残云,一霎时写了一篇。递于相公说:"你看看支的不?"❸支付。姑3:安大成凑足了银子,支给债家。禳20:春香,你支了茶钱,咱行了罢。❹量词。姑1:大成巴数了一阵,墙上挂着一支鞭子,拿下来把珊瑚打了几下子,于氏那气才略消了。翻4:知县抽了两支签,一支拿赵阎罗,一支拿仇福。寒6:后边一支小辇,辇里一个人一霎到了,便叫带串道的人去问话。蓬7:若娘娘心嫌闷坐,撑支船去海上飘摇。

【支鏊虫】一种麦熟时出现的鸟。"鏊"即"鏊"。麦收后有了粮食,可以支起鏊子烙饼,所以叫"支鏊虫"。日·禽:支鏊虫飞麦叶黄。

【支架】同"支架子"。墙1:他达合俺达一堆站,俺达矮了勾一楂,叫他达教人不支架。快3:飞鱼袋内取弯弓,搭上雕翎不放空,今日全凭你支架,一撒直中老贼雄。

【支架子】摆架子,显出高贵不凡的样子。增8:戴着那半边帽,穿着那红布衫,扎着那白玉带子,就支极好的架子。增13:你笑杀我了,说那大话！你若有,不该穿件好的来支架子么？增18:王姐夫给你磕了这么些头,你只管支架子。

【支稜】显能耐。增25:(二姐佛动心听说一妓女要从良,表示要资助一些私房银子)万岁爷笑一声,佛动心你瞎支稜,开口就谝你那银钱重。我向亲戚借一

借，定然拔他出火坑，临时还有小陪送。

**【支翘】**支起，翘起。农·农·蜀秫莛[①]：不拾莛则构时碍耧，不再耕则支翘害麦，麦不好而生病。日·栽：梢槎撲好不支翘。

**【支使】**指使，命令人做事。墙1：那一时还支使着个小厮，白日给我做饭，黑夜给我看火，也还罢了。增8：不必多嘴，你快去搬了他来。我不肯空支使你，我给你十来个钱，你做身衣服穿。

**【支使子】**寒战。增18：这万岁下的楼来，早慌了那些大小鬼使，恐怕王龙礼貌不周，一阵神风，先到了北楼把王龙围住。那王龙打了一个支使子，根根毛竖着……

**【支吾】**说话含混躲闪。寒2：活活的把人打死，你还待支吾什么！

**【汁子】**汁液。寒7：把银钱化成汁子，使铁杓舀着往口里直灌，那恶虎叫哭连天。俊：咳，俺一日吃了一碗菜汁子，拾了一把烂棘子，着咱家里小妮子，借把盐来炒虱子，章丘的话头好日子。

**【吱嘤】**象声词。吱哟，一般用来形容孩子哭叫的声音。磨1：孩子饿的吱嘤吱嘤，老婆待中巴焦，还为钱粮大板敲——宁死他乡不受大板敲！

**【吱吱】**象声词。形容比较尖锐的声音。穷：孩子热了穿上袄，腚冷了戴上帽，饥困了喝凉水，饆的吱吱的叫。磨1：一窝孩子吱吱叫，老婆子挖菜插粗糠。增9：眼见是实，耳听是虚，我就说的那龙吱吱的叫，你也不信。

**【吱吱嘤嘤】**象声词。形容比较细小的连续的声音。富10：我却不知是甚么名儿哩，这就合那一更里寒蛩吱吱嘤嘤，啾啾唧唧，是一样的腔调。富10：翻来覆去辗转牙床，蚊子儿又来耳边厢，吱吱儿嘤嘤，吱吱儿嘤嘤，叫奴怎当！

**【吱吱哑哑】**同“吱吱呀呀”。增16：皇爷见丫头们唱的中听，声音嘹亮，故意的颠憨，听了一听，放下酒盅道：“那吱吱哑哑的是做什么？”二姐说：“是丫头唱词。”

**【吱吱呀呀】**象声词。形容比较响亮的有一定节奏的声音。丑：……见了些膻膻腥腥食店铺，见了些吱吱呀呀小唱班……快2：低头不语往前行，万橹齐摇不住声；吱吱呀呀一片响，小船风快如流星。禳15：强人呀，你那床上吱吱呀呀，好不喜欢！

**【枝头子】**借口。“枝”疑为“指”字之讹。慈5：你么？你好找个枝头子一溜

① “莛”字原讹作“莛”。下同。

烟罢,你找甚么!

**【枝梧】**同“支吾”,说话含混躲闪。日·堪:枝梧颠倒费謰謱。

**【栀子】**一种茜草科常绿灌木,花白色,有芳香。日·花:栀子香好配合欢。家政外编·诸花谱:栀子,带花移,易活。

**【知不到】**同“知不道”。慈1:那小燕子隔了一日,就一个一个的吊在地下死了。都知不到是甚么缘故,吧开那小燕子嘴,看了看,个个都衔着蒺藜,才知道是后娘使的狡猾。

**【知不道】**不知道。翻10:知不道他那心腹,见了他也就心惊,也就心惊,久下来,才倾心吐胆把你敬。

**【知到】**同“知道”。墙4:您蛹是一个人,又每日去化银,必然你就知到信。禳16:这个“不”字容易知到,是那个不字就难解了。磨19:咳!我合你不知到何日,才出了离别运!

**【知道】**知晓,有所了解、认识。墙4:王银匠老獾叨,合咱爹久相交,头发根儿尽知道。姑2:但得娘知道我没有二意,不怪我呵,就死了也甘心!慈1:瞧了个空子,把张讷叫了那无人处,说:“你知道您姑家么?”张讷说:“我知道他那庄,他是路东里头一个瓦门楼。”禳14:李婆笑说:“哈哈!他叫我做甚么?”书童说:“不知道,但说叫你去呢。”

**【知感】**知恩感德。寒6:白手来来白手去,你也是个胡突虫。流水走俺去把你送,苦鄃子难望知感,不如你早到家中。

**【知疼知热】**形容关怀、体贴。翻2:想冤家,想冤家,知疼知热谁似他?人说婊子没良心,他还有点良心芽。琴:也是前世有缘法,今生今世撞着他。知疼知热好爱人,软款温存会玩耍。

**【知在】**知道。磨33:昨日兴兵今日还,人头牢系在马鞍;去见钦差张吏部,知在俺口不虚言。知在俺口不虚言,到那边,人困马乏不归山。

**【织机】**用织布机织布。禳29:……不嫌奴家天生岔,做个伴儿,做个伴儿,又不推磨,又不织机,下下棋,叠叠衣。

**【织锦】**有彩色花纹的丝织品。日·养:倭缎织锦二尺宽。

**【脂油】**用动物(一般是猪)脂肪炼的油。穷:狮子碗,象牙筷,脂油饼,蘸辣蒜,大米干饭鸡黄面。禳31:七和解,脂油熬菜油吃斋。哎哟!荤了奴了么呀,我的乖乖!

**【稙谷】**(“稙”,蒲氏注音“质”)早种的谷子。日·庄:稙谷秀齐已坠圈。

【执敬】表示敬意。寒2:叫老爷在上听:那一日路上行,撞着并不曾执敬。赵举人这就发了怒,掀下驴来只顾捋,背到家送了残生命。

【执事】指仪仗。富13:接了大半天,探马来往窜,这头行已合那执事连。磨27:接了有半天,听的大筛传,这头行已合那执事连。

【直】❶成直线的,不弯。墙4:忽然间就昏迷,头也折腰也直,一跌仰在平川地。翻12:咱这庄一条直街,他来的人多,街上挤满了,一炮可以放倒百人,又打上墙头上枪箭齐下,他还如何攻的哩!❷挺直。墙3:今早晨来一遭,几乎冻的直了腰,绵衣和暖真么妙。磨18:按下笔砚,下手就写。直了直腰说:"俺也完了一篇。"❸径直,直接。寒7:把银钱化成汁子,使铁杓舀着往口里直灌,那恶虎叫哭连天。富2:你看他那生平志气,要一步直上天庭。磨8:又雇了个驴,直上王庄。❹一个劲儿地,不断地,一直。墙2:合那老道士闲谈烤火,直到如今,那扁食渐渐没了。姑1:才给他拔出那剪子来,那血往外直冒。翻2:他二人欢欢喜喜,直闹到夜定更深。❺同"值"。磨2:秀才打的见阎罗,况且小民直甚么?必然定有非常的祸!(邹本作"值")

【直瞪着眼】眼睛睁大,目光发直。寒8:……忽然跌倒一个人,直瞪着眼说:"这是商老爷的银子,你偷往那里去?"

【直戆】(戆 gàng)直率,不委婉。寒1:二相公说:"我出名告他。"大相公说:"你性子不好,说话忒也直戆,还是我去罢。"

【直橛】直立的木橛子,比喻形体笔直。慈1:又罚王祥整夜跪,直橛跪在画帘前。

【直了腿】指死亡。俊:咱可休要扎住咀,松缓上半年直了腿。

【直钱】值钱。日·木:刨刀镘锯都直钱。

【直然】刚直不曲。寒5:阎王又问:"你还是告么?"二相公大声说:"怎么不告!"阎王说:"拉下去!"即时到了,见一口大锅支在那里,两个鬼烧火。二相公直然不惧,遂即脱了衣裳,说:"不用鬼卒动手!"往里就跳。

【直山直卯】直来直去。翻3:仇福来家,就直山直卯的,合他娘说要分。他娘听的说,几乎气死!

【直挺挺】僵直。磨19:头一程,头一程,手脚绑的直挺挺。磨28:合你什么仇合怨?把人绑的直挺挺,几乎丧了残生命!

【直壮】直率,刚强。寒6:相公,你从前极直壮,今日怎么这样愁?磨30:若圣上允招安,他先去说三贤,他单骑来相见。不必多带人合马,此行只消一员

官,他性情直壮无更变。

**【值当】**值得。寒5:你虽可恨,可也值当不的怪。蓬5:你一心待去,不中正好,甚么值不的功名,就值当恼的出了家?富7:打也打你太不贤,打你用不着做高官。那里值当的方仲起?我就合你缠一缠!

**【值当不的】**不值得。寒5:你虽可恨,可也值当不的怪。

**【值钱】**❶价值高。蓬4:我说是你写的才值钱,我写的值甚么?况且是我也写不出来。❷指受人尊重。闹:丑白:"万般惟有读书好。"外白:"咳!教书先生不值钱。"

**【只顾】**❶只管,不顾及其他。墙4:只顾去经营丧事,到殡后咱再商量。翻2:从夜来只顾盘问我,或者没赌没嫖。增23:天生就是剥皮货,死在眼前尚不知,只顾弄你那花花势!❷一直,不停地。翻2:仇牧之,永无踪,猜他就把家来倾,怎么过的只顾盛?禳7:怎么老婆子只顾不来?是好是歹,好闷人也!磨9:娘呀,这是那里?咱只顾在这里头?❸尽管。寒5:明人必不做暗事,大板只顾凭你敲,大状不能不凭我告。磨22:太太说:"您只顾吃,管我怎么。"公子说:"娘不吃,别人还吃得下去,便不是人了!"❹分别用在两个不同的动词之前,表示"只要……就(一直)……"。蓬5:相公吃了一盅,异常香美。那酒只顾吃,只顾有。富14:都看着那器物甚小,未必能有一盅儿,谁想只顾倒,只顾有。❺就是,表示坚持自己的主张不变。姑1:那珊瑚罢,他是乜东人么?我有饭给他吃,我只顾留着他,你待雕着我罢?

**【只管】**❶只负责,只顾,不顾及其他。翻8:姐姐只管大事,家里的事,不用姐姐管。富2:你只管脱身远走,也不必挂念家门。❷一直,不停地。蓬5:娘子一日正抄着书,韵哥跑来,要娘抱着,丫环哄也不去,只管是哭。禳3:难把你拉拖,难把你拉拖,只管倒磨,你是待怎么?富9:官人进身,官人进身,背着行李往后奔。那觅汉不自然,还跟着只管问。❸尽管,不必考虑别的,放心。翻6:怕怎的!你只管伺候送启罢。……就着十二月里你去他家成亲,且骗他个好媳妇再讲。寒4:他抬只管叫他抬,不必愁。❹只是,仅限于某种情况。增17:万岁看了看,那两个丫头只管丢他那眼色,敦敦的看他姐姐。增18:王姐夫给你磕了这么些头,你只管支架子。增18:一日的孤老甚么帐?汤他一汤你就疼,从头里只管逞灵圣。❺就,表示顺应并满足前面的情况。磨18:鸿渐说:"这酒更好。"店主说:"你爱吃,我只管筛来。还吃饭么?"

**【只干不尽】**指无法应对。姑1:天下有一等不良的人家,有那贤惠媳妇,事

奉的痒也挠不的，只是嫌不好；又遇着搅家不良的歪货，处治的只干不尽的，才道我那是个贤惠媳妇。

**【纸锞】**用锡箔糊制成银锭状的冥钱。寒8：到了明日，遂买了一把纸锞烧了，给娘娘叩头谢恩。寒8：歪子冬年寒节也来磕头；就极无有钱，也买把纸锞来祠堂里烧烧，因此冤仇尽解。

**【纸捻儿】**用纸捻成的纸绳。禳9：我且捻个纸捻儿通通他的鼻孔。

**【纸扎】**用纸和竹篾等扎成的冥器。日·纸扎章（章目）。日·纸扎章：纸扎只待一声哭。

**【指】**❶手指。禳20：兰芳拿起公子手来，着指写了个字……富6：说起来真正是一言难尽，娘子屈着指说了五六分。❷量词。一根手指的长度或厚度。慈1：从头上拔下个针来，给他拨出来，那棘针就有半指多长。寒8：商大爷见是一瓮钱，遂叫搬出来。谁想那钱只有二三指厚，以下俱是元宝。琴：哥哥今年二十一，娶了个嫂子才十七，年纪还比俺小一岁，身量比俺矮二指。❸用手指对着。蓬7：吕祖指了一指，说："那船上合何仙姑同席的便是贱荆，你道假的么？"磨7：鸿渐指了指那书箱，店主便开箱取出，又即将扇火。❹指明，指示。姑1：又不傻，又不潮，好媳妇你休去了，指出件不是还可笑。磨27：若不着夫人指了纳监的这一条门路，今日怎能归家！蓬4：我的心事娘娘知道，陡然叫我下九霄，呀，又明明指我一条谋生道。❺指靠，依靠。墙1：两个人合我说："你不如情吃罢，俺吃甚么，你也吃甚么。"我说："你那饭指不的。"禳1：学着赌博指着赢，输了待捞没有本，心里痒痒没处抓，跑前跑后撅着嘴。增9：你不知俺指着嗄来？不过指着这两个孩子过日子。❻举债时指明抵押物。姑3：没奈何，指地作保，取银五十两。翻4：那一年三月里，输的我着了极，寻了一条最妙的计，取钱就指妻作保，抗了钱来没人知，还了梢还转下了十亩地。寒4：李蝎子有钱财，六百银费安排，指着田土揭下债。

**【指不的】**❶依靠不得，不能依靠、信赖。墙1：两个人合我说："你不如情吃罢，俺吃甚么，你也吃甚么。"我说："你那饭指不的。"❷说不定，有可能。磨5：怕朝廷不肯体谅，不信俺但杀贪赃。指不的出马一条枪，百万兵才敢往前闯。

**【指点】**指出来使人知道，指教。翻2：新媳妇好处多，又洗碗又刷锅，赶着驴儿去推磨。病人歇在床头上，不用指点并吆喝，打发婆婆十分乐。磨18：请进里边坐。有两三个小儿都在学中，今日合几个朋友会课，求指点一二。

**【指东说西】**东拉西扯，故意说些与正题无关的话。慈3：炕头上济着乍，对

着汉子把嘴夸,哎,到近前低着头儿,捱人家骂,指东说西又没处回答。

**【指画】**指点,用手指指示。禳21:适才见他在外边看耍猴子,多少人指画,是甚么道理!羞死人也!磨6:方娘子指画着骂,老马气极了,吩咐收监。

**【指日】**掐手可算的天数,不几天,形容很短的时间。寒8:搜算着楼宅地土,这家业指日全消。磨20:近日听的说,明年还有开科。速速上监,指日就恭喜了。

**【指头】**❶指手指或脚趾。墙4:十个指头露着骨,好似心里扎一锥,浑身疼痛连肝肺。富7:到如今被窝里指头似的个人儿,也舒不开那金莲。❷指望。增20:二姐说:“昨日是他请咱,咱去就罢了;方才扰了他,怎好自己又去?”万岁说:“有个指头。”二姐说:“什么指头?”万岁说:“我正愁着那马没人餧养,不如卖给他罢。”

**【指头画】**用手指代替笔所作的画。日·丹:近年又有指头画。

**【指望】**❶一心期望,希望。慈1:这张炳之娶了这个老婆,实指望给他看着孩子,谁想那李氏的性子极残。翻12:却说那魏名见他这样光景,少不了也来磕头,实指望以乡亲之礼待他,谁想仇牧之没理他。❷实现期望的可能。墙1:今日可有个指望,听说他称肉杀鸡,等他丈人,就不教我陪客,或者还舍点腥水儿喝喝呀!禳2:四十五上才生了他姐姐,已是没了指望,还亏临了才得了他,不然怎了!❸指靠,将希望寄托于。墙2:我这个行子真正呆,多亏了娘子你还乖,指望不的我张二怪。

**【指爪】**指手指。禳27:爷娘生下禽兽来,指爪轻轻到项腮,自己想来真该死,不知当时怎么捱!

**【指指画画】**❶指指点点,在背后或旁边指点着边看边议论。禳8:嚷嚷闹闹,喊喊插插,走走站站,指指画画,虽是城里,也是乡瓜,小小民户,知道甚么?禳21:想一想通身汗,年小小媳妇竖立上人前,不知勾多少眼睛把他看!指指画画都是些少年,喊喊嚓嚓又带些闲言。磨14:在背后指指画画,回过脸谁敢囉着?❷不停地比划。磨14:那哑巴指指画画,哭哭啼啼,从袖里抽出一个帖来。

**【至到而今】**至今。墙3:他说火银六七吊,至到而今把他该,没钱使上门来索债。禳8:那一日把他撞,心儿乱魂儿飞扬,模样儿至到而今不曾忘。

**【至到如今】**同“至到而今”。磨19:张鸿渐解起身,半路逃无处寻,至到如今心里恨。

**【志(誌)】**测量。穷:你也试试俺的心肠,志志俺的性情,看俺望着你珍重不

珍重，希罕不希罕？

【志诚】诚实，诚恳。磨8：奴家上无依，下无靠，里外的支使着一个人，肚子酸苦，没处向人诉诉。今日见了官人志诚雅致，不觉的发泄出来。磨8：这也足见官人那志诚。但只是官人料想还有几年的住头，就是家里有夫人，也到不妨。增13：小二姐面飞红，没奈何斟上杯，无精打彩把酒送。万岁接酒龙心恼，这个奴才不志诚，陪我陪的没有兴。

【志大胸高】趾高气扬。增18：他贵压当朝，财帛甚重，志大胸高，吃酒中间磕你顿拳头！

【志门】贞节牌坊。磨28：你说咱这当衙役的，每日伤天害理，是安心积的老婆盖志门来么？

【质对】对质。磨6：他上山西去了半年有余，等他来时，才可以质对的。

【质证】对质，证明。慈3：你这些屁，是听的谁放的？必然是小讷子那小忘八羔羹作的！叫他来，合我质证质证。磨14：大老爷叫刑房合应捕来，都听着生员告诉。有一字谎言，叫他当面质证。

【治】❶置，购置，置备。墙1：一个母一个公，不怕雨不避风，为儿为女死活的挣。给他治下宅子地，还愁后日过的穷，挣钱来自己何曾用？增8：我给你寻个媳妇，治几件霞帔金钗。琴：查的日子极近便，陪送治的全不少。❷处治，惩治。翻5：我待治人来，倒着人治了这么一下子。寒6：令妹是一位尊神，阎王不敢治他，只是令尊难免。磨10：方氏……说道："老王，你且不必收拾。看老马还不知怎么治咱哩。"❸处理，处置。翻6：床上迟疑，床上迟疑，他又不曾教咱知，忽然抬了来，这却怎么治？翻10：看那火无法可治，只光念观音菩萨。磨28：得罪阎王还好治，得罪小鬼怎么招？一句话得了个杀身报！❹治疗。禳1：老婆说有森人毛，这话是真不是空。到多喒拔了他那毛，治了我的病，仔怕我就胆子硬。禳7：你对您爷爷说，休请大夫，我这病不是吃药能治的。❺制伏，逼迫。姑3：任你怎么刚强，总然是治不的一个忍。琴：打头面，做裙袄，治的娘亲到处找。增8：只有我打的人，人再治不的我。但只是赛观音既接了他，我也不合他争，你搬那佛动心来陪我罢。

【治备】置办。农·农·收农器：东作之先，器宜早备。……又或邻人借去，久假不归，七零八落，不可复寻；及农事再兴，重新治备。如此过度，安得不穷？

【治道】治理国家的方针、政策、措施。闹：这个题目，又不是治道，又不是理学，什么东西？题无门类全无靠！

【治弟】旅外官吏对原籍长官的比较亲近的自称。磨10:仲起说:"老公祖到任,治弟便亲受大福了。"磨10:转了转便来,按院一把拉住。……便问:"适才严老爷说贵县县官该杀,是因甚么?"仲起说:"治弟不知。"按院说:"朝夕同居,又是贵县官长,那有不知的?不妨明告。"仲起说:"实是不知。老公祖请回,等治弟问问,着人去回话。"

【治生】❶旅外官吏对原籍长官的自称。富4:按院不敢细问,饭罢,却向无人处请教。方二爷推说不知,按院再三恳求。方二爷说:"老公祖,等治生问过了公子,着人送字去回话。"❷读书人对本县长官的自称。禳26:见同年称年兄,拜知县称治生,庄村谁不把我敬?

【治下】管辖之下。禳24:……老辈的亲戚,穷的不成个样物儿,或是主人家治下的花户儿,或是书房里教书师傅儿,又打公婆不喜的媳妇儿,这算甚么客数儿!

【治下生】不详[①]。寒1:赵恶虎怒冲冲,怎么他没做声?想是心里还使性。我今把他降法下,方作却是治下生,赶上裂他个精光腚。

【痣】皮肤上生的青色、红色或黑褐色的斑痕或小疙瘩。日·疾:痣黡瘢风不壮观。

【雉鸡】鸟名。日·禽:锦鸡雉鸡毛羽好。

【置】值,价值相当。俊:摊着你这个赌博鬼,拿着俺不置个烂甜瓜。

【置办】购置。琴:听说好日子,查在四月半。置办妆奁,置办妆奁,做了衣裳打头面。

【置钱】同"值钱"(方言中"值钱"的"值"读去声)。俊:你就好似一把伞,撑的剩了一根杆,赌博的咒誓不置钱。

【置之不论】置之不管。慈1:譬如有一个前窝儿,若是打骂起来,人就说是折蹬;若是任欲他做贼当忘八,置之不管,人又说是他亲娘着,他那有不关情的:谓之左右两难。磨33:他屡屡杀败官兵,若是不受招安,岂有置之不论的?

## zhong

【中[1]】(zhōng)❶中间,内部,里。墙4:每日在闪电影里存身,半虚空中度

---

① 邹宗良释为"置办下家产"。根据是"治生"指经营产业,谋划生计,所以"治下生"就是"经营"下"产业","谋划"下"生计"。不过俚曲中并无"治生"指经营产业、谋划生计的用例,且"家产"与"生"语义联系较远,而此义与"方作""却是"都语意不协。(参见"方作"条)

日，好可笑人也！姑2：见你寻常百事佳，心里想念口中夸。寒4：梦中的话也全没信不的，怎么忍的把妹妹着人抬了去？❷等级或位置的中间。蓬1：却说那上八仙、中八仙、下八仙，合那五岳的散仙，都知道王母下降……磨29：大家要抖精神出马大战：一个往西闯，一个往东钻，我冲他的中营，杀他个细布卷！❸适合于，可以（作状语）。俊：只说赌乖不赌赖，越才把那良心坏，谁的棉袄不中穿？捞着达达也啃一块！增10：吃穿二字你不管，逐日把我巴结煞，世间要你中做嗄？增18：若中支使，留着他当个门下，做一个家丁，扎挂他给他丝绸穿着，强似他们当军，可不是常常富贵么？❹达到可以的程度，好（作谓语或补语）。快4："快拿来加上些花椒、茴香，去去那贼的恶气。"加上又烧，说："好了，不大臭了，可也中了。这是个异味，大家都尝尝，休要偏了。……"富4：方二爷一行煎药，一行暗暗祷告。煎中了，送进去吃了。琴：丢丢羞羞往外走，婆婆迎门拉住手。想是心里看中了，怎么仔管咧着口？

**【中八仙】**民间传说中的八个仙人，与"上八仙""下八仙"相对。即一般所的"八洞神仙"：张果老、铁拐李、汉钟离、吕洞宾、韩湘子、何仙姑、蓝采和、曹国舅。蓬1：却说那上八仙、中八仙、下八仙，合那五岳的散仙，都知道王母下降，齐到蓬莱，各显神通，就在山顶上造了七十里地一座大殿……

**【中保】**中间人，保人。磨19：立合状，立合状，因着黑夜去爬墙。惧罪不敢去见官，出了个字据把俺放。两无妨，两无妨，磕头又把众人央。烦保正作中保，再有失上俺的帐。

**【中吃】**可以吃，能吃。磨18：鸿渐斟上酒，说："二位请酒。"解子说："相公的不中吃，敢说是俺吃了你的酒哩！"增16：你那豆中吃，我这豆不中吃，只中看。

**【中会】**会试得中。磨26：婆媳正在家盼望，有人来报，说："少爷中会了！有报马在门前里讨赏哩。"

**【中看】**❶适合于看。磨11：一个说："他把咱乜官府都骂了，不是中看的。"增16：你那豆中吃，我这豆不中吃，只中看。❷好看。琴：想是那种果子极中吃，又是极中看。磨11：那方娘子我极待看他，他笑的也好看，他恼了也中看。磨24：舞的中看，唱的好听，到可以解闷消愁。

**【中了饭】**做好了饭。慈1：叫他在床前站着，待盼子中了饭，都吃停当了，才着他刮那冷䊆块吃。

**【中人】**为双方买卖、调解纠纷等做见证的人。墙4：你做中人有证佐，差错无有半分毫，说是谁咱好问他要。姑3：二成把三十亩好地卖给本庄任华，因这

地土是大成让的,定要大成做中人。寒8:众人又不肯拿去,替他找了中人,拿文书来,两相交纳。

**【中使】**好用。蓬4:呀,笔要中使,墨要稠研,字要端正,纸要完全,写的精致,方才值钱。

**【中堂】**❶正中的厅堂。琴:婆婆来相,婆婆来相,慌忙换上新衣裳。……站立中堂,站立中堂,低着头儿偷眼望。琴:走进中堂,走进中堂,拜过婆婆进绣房。❷内阁大学士的别称。富4:惟有严中堂,惟有严中堂,现今权势掌朝纲。磨10:家君为宰相,权势压朝纲。文武将赴任,须谒小中堂。

**【中听】**好听。墙4:叫老爷是尊称,添上个大字更中听,何年曾奉朝廷命。禳31:他会唱狗呀狗,你看家,虽不中听,也足发笑。

**【中庭】**庭院,庭院之中。禳20:三更鼓声半夜天,忽然酒醒一身寒。四肢冰冷人将死,死在中庭谁见怜?

**【中用】**❶有用,有效果。墙4:哎!我也曾挣过银子,早知道真么中用,怎么不藏下几两?禳3:樊子正实是穷,今日西来明日东,为人空好中何用?蓬7:练磨的功夫嫌太少,还得带到兜率宫,修养到底才中用。❷指有能力,可以指使。磨11:您到是中用的。到那里定把方氏拿来!

**【中元】**中元节,农历七月十五日。道观于此日做斋醮,僧寺做盂兰盆会,民间也有祭祀亡故亲人的活动。富5:七月里,到秋间,听寒蝉,梧桐叶落下井栏。十五是中元,家家祭祖先。磨12:七月里,到秋间,听寒蝉,桐叶飘飘下井栏。十五是中元,家家祭祖先。

**【终朝】**整天,每天。姑1:大成说他一二十,一点人性全不知,亲娘呀,终朝惹娘长生气。禳14:他那娘子好发威,终朝好似躲强贼。

**【终朝每日】**每天,天天。慈2:终朝每日受灾殃,打一场来骂一场,我儿呀,你今到了天堂上。俊:呀,傶强人,嘲畜生!割了肉来胡触送,终朝每日瞎作蹬,弄的天那大窟窿。

**【终果】**结果,最终。富2:转回头泪如麻,又愁我又愁他,叫人怎不把心挂!终果定不就凶合吉,破上我就去替他,低着头就把主意拿。

**【终久】**终究。慈2:偏要拗强,偏要拗强,谁家的孩子你承当?终久少不了我去走一趟。磨13:我想这痴心恋人,终久无益,我今夜可真真送官人家去罢。

**【终来】**到头来,最终。禳13:我又不曾伤天理,怎么把你禽兽生?终来为你送了命!富9:我有一着,我有一着,想想终来该如何?

【终须】最终，终归。慈4：哥合嫂，人人合我像同胞，纵然再住几年，也不至惹人笑。几时是了？到底终须要开交。喻煞人前生业障，撅着嘴坐在路旁，不言不语泪汪汪。说走就把声来放，甚么冤屈，皇天爷娘？坐到黄昏，终须怎么样？

【终于】一直到底。姑3：人家女儿不教道他孝顺，他若终于胡行，惹的天恼了罚他，岂不是吃了爷娘的亏么？姑3：臧姑活到八十才死了，还受了儿的孝顺。若是他终于不回头，着他公公说该促寿，该没儿，该早死了，还有甚么儿哩？

【盅】❶没有把的小杯，用于喝酒或喝茶。寒3：李蝎子又添上盅，又着孙晏唱了一出。寒6：二相公把茶泼下，光拿着一个空盅。那个鬼哈了那碗水，便问："相公干了么？"❷量词。墙1：赶了个西关集，称的肉买的鸡，泼下茶倒上了一盅蜜。翻2：你闷了就来找我，咱两个说说心腹吃盅酒。

【盅儿】盅。蓬5：袖里拿出四指高的一把小壶，两个盅儿，斟上一盅，递于相公。富14：都看着那器物甚小，未必能有一盅儿，谁想只顾倒，只顾有。

【盅子】盅。墙3：俺爹放下盅子，咱去罢。增10：把盅子接下，压的你姐姐手疼。

【肿黄】蚕呈现出肿胀、色黄的症状。当指由病毒引起的血液型脓病。春蚕较多发生。病蚕表现为不眠，体躯浮肿，环节隆起，行动狂躁，最后体壁破裂流脓而死。日·养：肿黄回土撒高檐。

【种火】保留火种。增10：买命算卦接皇帝，竹杆种火落场空，也是奴家前生命。

【种金】耧腿末端的金属尖角。农·农·芝麻：其种小，耩易深；覆土厚，则难出。或去种金耩而拖之，宜截雨脚种之。日·庄：耧斗石沉种金尖。

【种耜】播种用的耧。日·庄：耢过才着种耜耩。

【众口难调】比喻人多意见不易取得一致。姑1：人家众口难调，这做婆婆的极难。增13：不是你自家的买卖，伙计们多，众口难调。

【中[2]】(zhòng)❶恰好合上，正对上(目标)。翻10：及至相处半年久，说句话儿中心怀，没一点不叫人心里爱。快3：一箭射中，都喝采说："好箭，好箭！"❷被击中或被对方计谋所害。快2：张郃中了枪了。快2：用火攻，用火攻，偶然中了他计牢笼。❸指考取，被录取。翻7：咱求功名，中与不中，还要完场。翻10：我若侥幸中了，就是咱爹回家之日。禳5：咱家陈昌侯，也是丙子科中个乡榜，合高仲鸿的侄儿同年，因此相处的极好。❹产生，形成。翻7：那范栝全不

通,听着常夸二相公,打这里就把彎来中。诸样方法来琐碎,全不依他把书攻。翻12:二十年中下仇,不料他做贼头,自己作的自己受。

## zhou

【州同】即州同知,为知州的副职。墙4:不识字的上了监,州同的奶奶尽你摇,雇上人打伞还抬轿。墙4:待几年州同越大,把阁老挨做了孤穷。

【诌】❶没有根据或没有道理地乱说。禳14:从来口念说风流,那过板活儿不会诌。磨23:王丙说:“我也诌一个太太听……”❷荒唐。墙1:老天爷忒也诌,我不曾把佛眼抠,怎么叫我诸般受?翻9:叫声姐姐泪珠也么流。他又不害一点羞,忒也诌,没有星星情意留,哄我去耍汉子,待当忘八头。禳27:两下奶头,两下奶头,倒换过来好不诌。

【嘲】象声词。肚子里因饥饿而发出的响声。磨1:从来不曾讨饭吃,待要不吃肚里嘲,叫奶奶自觉面皮厚。

【嘲搜】同“嘲”。磨28:自家姓胡,卖卜为生。今日还不曾发市,这肚里自嘲搜起来了。(此处“嘲”亦谐音“诌”。算命先生姓胡,肚子里“嘲”,实际上是讽刺其“胡诌”)

【周遭】周围。翻12:行墙周遭,扎起架子,一面十个窝铺。

【粥】用粮食或粮食加其他东西煮成的半流质食物。翻4:他娘盛了一碗粥来递给他,他吃了,料想不妨。磨7:病后只宜吃薄粥,快做快做!

【妯娌】❶兄弟之妻的合称。姑3:……珊瑚笑了笑说:“我合你做妯娌十年多,近来极像合你初会呀是的。我知怎么说,见了你亲极,全不像寻常日。”臧姑就吊下泪来。翻10:慧娘恓惶已罢,才说:“姐姐好么?”大姐说:“好。您妯娌去了,倒教我没了魂,终日在家带着两行泪。再不料有今日又得聚会。”(“您妯娌”相当于说“你们妯娌俩”,指慧娘及其丈夫的嫂子姜娘子)❷兄弟之妻间的互称(用于背称)。翻1:且是上无公婆,下无妯娌,家里有五十亩地。俊:这四句诗,原有个讲说,是说的那做妇人的,但犯了这个泼字,外边厮吵邻骂街,家中撕翁骂婆,欺妯娌,降丈夫,这是人人可恨的。

【轴】量词。用于装裱带轴的画。禳33:这一轴八仙庆寿,眉目这样精巧。磨27:骨格里带下有福的像,步步行来便不同,一轴画图随风动。

【轴头】画轴的两端。日·丹:大幅轴头上画叉。

【轴子】指琴的弦轴,起固定琴弦和通过转动来调节琴弦松紧度的转轴。

磨23：我王丙实可怜，轴子在断了弦，这弦不是一回断。

**【咒誓】**赌咒发誓的话。俊：起的咒誓天那大，娘子不要生气罢。俊：你就好似一把伞，撑的剩了一根杆，赌博的咒誓不置钱。禳20：兰芳说："多谢王二爷，若不的呢？"子雅说："好奇呀！赌了咒誓不成么？"

**【绉纱】**一种皱缩不平的纱。禳15：那一日你穿的松黄绉纱，桃红鞋儿围着一朵金花。呀！你这腰儿还是彴一揸掐，这脚儿比前越发小些小些。日·养：绉纱屯绢随心织。

**【膆】**（蒲氏注音"肘"）肘。日·饮：肿膆烂烧加醋酱。

**【葤】**用草绳捆扎的碗、碟等，十个一捆，称一葤。日·杂：哥定官窑不上葤。（"不上葤"指不与其他瓷器捆放在一起）

**【甃井】**用砖石砌井壁。日·石：碟石甃井盖楼房。

**【鞦棍】**在马股后连在两根拉车或农具的绳中间的小木棍。作用是保持两绳的距离，以免摩擦马匹，同时亦防止鞍向前滑动。日·走：鞍胸鞦棍拴前后。

**【僽】**（方言字，《现代汉语词典》作"㤘"）（性格）执拗，（做事）死板。姑3：我劝歪人不要歪，阎王不怕你性子僽。

## zhu

**【朱帘】**花名。当即"珠帘"，参见"珠帘"。日·花：虞美人到启朱帘。

**【朱络】**不详。当为参加科举考试的必备用具之类。闱：漫把头颅摸，甚腾那也呵，经半日脱稿才哦，那捷笔邻兄已收拾朱络，瞒肩头说我过我过。

**【朱紫】**朱衣紫绶，即红色官服、紫色绶带，是古代高级官员的服饰。代指高官。闱：号房初勤学，文章速立身；满朝朱紫贵，苦杀出场人。

**【硃图墨影】**指绘制的图像。钟：前此吞却虚、耗二鬼，遂使硃图墨影，流布人间，这也不在话下。

**【珠钿】**嵌珠的花朵状的首饰。俊：且休讲我轻轻就去，我还要那珠钿银花。

**【珠箍】**嵌珠的束头发的圈状物。禳32：我无以为敬，他姑母给他做了珠箍一顶，䌷衣一件奉送。禳32：身穿五彩带珠箍，百福齐来百病除。

**【珠花】**用珠穿缀的花状头饰。姑3：典当珠花，典当珠花，凑足了数儿找债家，一戥盘称上银，那账儿够消罢。

**【珠华】**香名，不详。日·杂：珠华金绵来香铺。

**【珠龛】**镶嵌珠子的龛室。形容装饰华贵的龛室。富14：欲画他仙容妙影，

挂在这金屋珠龛。磨36:要画他仙容妙影,供养在金屋珠龛。

**【珠帘】**❶珠子连缀而成的帘子。禳18:进房门四下里撒,揭开珠帘看见他。他若见俺这个样,未必不重新再损揸。磨36:可甚么忽然一阵,香喷喷直透珠帘?❷花名,疑即珠帘藤,又叫“锦屏藤”。家政外编·诸花谱:珠帘,宜粪。春日分种。

**【猪栏】**猪圈。农·农·牛粪:猪栏积粪在秋夏,牛栏积粪在春冬;至夏则上山牧放,不在栏中矣。日·庄:打扫苫浄箢猪栏。

**【猪羊祭】**有猪肉和羊肉的祭品。墙4:坟合棺材都有了,扎些棚彩与旛旗,台前一个猪羊祭。

**【竹板】**较宽的竹片,用作刑具。磨28:若遇着官府利害,便借势杀人。怕什么竹板夹棍,破上砍头充军!

**【竹夫人】**古代消暑用具。青竹编,呈长笼状,暑时置床席间,抚之有凉意。富5:官人看了看,不是孩子,却是一个竹夫人,又挣起来了。磨12:呀!奇哉!原来是一件衣裳,盖着个竹夫人。

**【竹簏】**竹篾。日·木:桥床俱用竹簏缠。

**【逐日】**每天,天天。翻2:叫一声大相公,每日待将你请,逐日穷忙没点空。翻12:仇牧之来了家,范公子、姜相公,都来认了亲家,彼此极甚亲热。逐日断不了有来看望的、贺喜的,纷纷攘攘,来往不绝。增5:俺逐日打一担柴来,籴一升米俺母子共用。夜来打的那担柴误了赶集,还没有后晌饭哩。

**【逐日家】**每天地,天天地。“家”为语缀。禳20:可怜俺生在人群,逐日家弃旧迎新,今辈子已是无好运。禳24:一身好似油褡,逐日家冒火冲烟。

**【烛头】**烛花,烛芯烧焦后形成的结状物。富12:号板必要牢,号板必要牢,常把卷子盖的交,剪烛头也防灯花爆。磨25:号板要坚牢,常将卷子盖的娇;剪烛头也怕灯花爆。

**【斸】**(蒲氏注音“琢”)用镢刨地或砍斫。农·农·斸地边(原注:斸音琢,斫也):地边不斸,则草易荫入,难于行犁,而地力日减。农·附·种桑法·布地桑法:根渐旺,留条渐多,五年后相交,则斸断,掘去添以粪土,浇过即旺,次后压成栽子,又别栽之。日·庄:大镢炯来斸地边。日·禽:山禽斸地叫开荒。

**【钃】**同“斸”。农·农·蜀秫莛[1]:蜀秫割倒,当先钃去根株,勿使芽生满地,

① 原文讹作“莚”。

不惟费人工，且竭地力。

**【主】**❶君主。增3：休推睡里合梦里，不是怪来不是妖，北京圣驾前来到。醒来快忙救主，免的你项上一刀！增28：万岁即出楼门。文武见主，拜倒在地。❷主人，财物或权力的所有者。禳29：未共郎君一夜眠，先从女主接清谈。增4：……左右都是坍塌了的无主孤坟，马寻野草，那椰瓢摔在路旁。❸主张。翻6：诸事你都主的极是，这个我不从你。磨30：你主着要征，必是胸中有了成算，你不去成不的。磨32：毛尚书要征山，张鸿渐主招安，今番就差张鸿渐。❹雇主，家主。蓬7：主合主共一筵，仆合仆两相欢，一时都遂心中愿。磨1：他那儿媳妇，现如今找主待给人家支使。❺房主。墙1：一个儿家十五天，十一月初一在那边，十六才把主来换。禳3：惟有这里住的久，主客相交算有缘。❻东道主。禳18：蒙贵脚到寒门，我是主来你是宾，姐夫姐夫休见怪，那个东西不是人。禳32：呀呀哈！难道里边是客，外边是主么？❼结婚的对象。姑1：老王说："俺大嫂，你也不必恼甚么，一家好人家哩！有你这样人物，还愁没主么？"珊瑚说："我也不愁没主，我就不家去了。"翻9：不必提他，不必提他，各人找主另成家。（按：此处"各人"指被休的姜娘子和其前夫）禳6：俊孩子！有的是好主好闺女，何必他呢？❽指娘家。翻10：老天爷把祸生，一口屋住不成，一火烧的干净净。您都有主俱散去，剩下男女共四丁，一家大小无别姓。（按："您"指儿媳姜娘子和慧娘）❾主顾。富6：家里有几两银子可还不够，找个主又粜了十石黄豆，算一算好着他把银子折凑。闹：在下训蒙先生……专以教书为业。……不免用仿圈敲动手板，吆喝几声"教书"，可有主呢，也未可知。❿人，涉及的对象。姑2：大家捱了一年，那于氏是给人气受的主，到了受人气，就担不的了，以此得了病，一口水也下不去。增25：万岁说："你为什么半夜里逃走了呢？你作揖还拣主么？"胡百万说："不是拣主，他们都担不的，看折煞他了。"

**【主儿】**❶主人，主事的人。禳21：夫人也哭了说："若有了主儿，还可以休给他；他老子知道他劝不过来，不知藏在那里去了，撇下这大害给咱。"❷主顾。禳14：李婆说："我正是来找你，有个主儿想你哩。"丽华说："谁？"李婆说："高少爷。"丽华说："嘁嘁，我会他来，极好的个人儿。……"（按：丽华为娼妓）

**【主顾】**顾客，付钱购买货物或服务的人。磨23：这几日全无个主顾，腰间全没有一文钱。闹：今去鲁明去齐无有主顾，生今世反古道我独不然。

**【主家】**❶雇主。禳24：若主家砸头敲腚，另把一包拿。❷店主。磨18：店主点了灯来，说："众客都行了，您也走罢。"鸿渐说："绑的我这腿不能走路了。

主家,您可是见证了。到了司院,我若是死了便罢;若还不死,这仇必报!"

【主平和】指主持公道。磨35:俺只是恁么,凭您去怎么,奏明了没有我的错。待如何?朝廷爷不给您主平和。

【主人】❶雇主。慈4:好似觅汉上工,才做了文书,还未知主人打骂轻重是何如。寒2:管家禀说:"主人偶然有病,等老爷相了尸,自然来听审。"❷接待客人的东道主。蓬1:每次取扰众位,今日我做主人。富4:按院告辞,按院告辞,作别主人三个揖。富5:两个人,进馆来,肴果香甜酒热筛。你一杯来我一盏,我一盏,主人还说不开怀,不开怀。❸店主。富3:主人贪,不似前边店人贤。独自一个人,占着店一间,三日头就要往外断,死气白赖不肯搬。❹房东。禳3:赁了高仲鸿家一口屋,不觉住了四年。主人到极盛德。❺财物或权力的所有者。寒8:伤天理黑汗流,攒来埋在地里头,埋时已是辞别就。……有一日主人到了,无余剩下一并全收。磨10:来到家中,来到家中,墙歪屋倒满蒿蓬。惟有个瘦犬存,见主人把尾摇动。❻奴婢的家主。禳20:春香来到近前说:俺主人请高大叔去说话。公子认了认,急忙爬起来,把手里酒盅吊在地下,往外就跑。

【主人公】同"主人翁",主人。磨7:张鸿渐上白:"……这几日行动的了,我去街上自己买饭吃,到晚间还吃他一顿米粥。不免叫他来把账算算,以便起身。主人公在家么?"店主上:"相公,有何吩咐?"

【主人官】请客时做东的人,对做客的客官而言。寒3:一吃吃到三更半,灌了好酒一大缸,主人官还把客官让。

【主人家】❶雇主。翻12:那高强是个赌博鬼,听的说大喜,便问:"是甚么计?"魏名说:"桃花山上的贼,就来找你主人家。你只管把门开了,在我身上掯一千银子。"禳24:遇着那利害主人家,一碗菜儿做不好,就打屁股;我遇着那富贵人,一碗菜做好了,就赏钱几百,粮食几斗。❷主人的家。禳24:那一日俺家里杀了一只鸡待亲家,才煮出来,我没犯寻思,就把那胸脯揎下来,包了包掖在腰里。俺婆子看见,便问待怎么。我才顿混了顿混说:"你看我呀,好当还是主人家的来呢。"磨19:你的主人家又远,隔着七八十里路,你从那里来呢?❸接待客人的东道主。寒3:众家人都散了,主人家也去了,吊了恶虎合吴孝,扑喇就把门关了。❹财物的所有者。蓬1:……一个仙童跑来把(鹿)角抓住,拉下来踢了顿脚,骂道:"你这畜生!主人家还未到,你抢甚么哩!"

【主人翁】主人。禳11:又传到子雅手,公子说:"一般也输了主人翁了。"子雅说:"十二月将完,自然该到主人手中。"磨7:养病又是半月,每日叫主人翁杀

鸡割肉，一日两三顿，甚是不安。……

【主上】皇帝。增2：那国母携手揽腕，送出万岁前到分宫楼。主上说："御妻不可远送了。"

【主使】主谋指使。寒3：既是个女人，必是你们主使。不然，怎么做出这样事来？

【主义】同"主意"。慈1：道上行人笑老张，把乜孩子来交给了个鬼王，瘦的着人看不上。他心里一般的愁肠，又不能做个主义，而不冷腾的，是个甚么像！

【主意】❶主见，主张。墙1：他说的一阵天花落，老头子全没主意，几亩地一并分消。翻6：因着这个梦，他又是俊俏书生，心里有了主意，所以殷勤待他。❷想法，办法。姑2：臧姑见个狗来，就骂："老科子！安心待叫人服侍你么？你错了主意了！"禳4：宗师的主意甚精也么明，只要实压着戳上星。富6：两个解子都醉翻了，他可还极有主意，临睡时把锁来一头子锁着官人，一头子锁着自己的胳膊。两个人把张官人夹起来了。❸确定想法，打定主意。姑1：叫声老王，叫声老王，我主意不还乡。既然出了门，我情着往前撞。翻4：一家人扶到屋里，才问："你不相干呀？"那姜娘子说："我就是主意要死。……"禳22：夫人说："你主意竟要着他抹了秀才么？"江城笑说："怎么就抹了？"

【主张】❶主宰，做主。翻11：去科举完了场，就听着命主张，功名原不由人望。禳12：原是那小儿不爱，我不能替他主张。❷主意，主见。富9：放他愿枪，放他愿枪，都怨李大无主张。傻着脖子跟了来，几乎把这残生丧！

【主子】❶主人。增20：京花子什么正经？卖几两银子花费了，回了北京，见了他的主子，问道："你那马呢？"他昧了良心说："到了山西，遇着王龙倚强欺弱，白问我要了去了。"他那主子若是个性好的人，写一个火票来问你要了去；若是傲上的人，驾前一本，就说尚书的公子短了差官的马去了，可不连老爷的官伤着了么？❷主顾，交易的对象。翻1：仇尚廉又羞又怒，起了一个狠心，暗地里找个主子，言定价银十两，安心不对他说，着人家强拉了去。禳4：高大爷家相公进了，这就是个肥主子，摊着他也是咱的造化。❸人，行为涉及的对象。富6：但只是这个主子利害，不可轻易近身；把县官骂了个闭气，把衙役打了个断筋，又搭上方仲起忒也尊重，弄发了岂能饶人？重则吊了脑袋，轻则打个发昏，老子生儿一个，死了无人上坟。磨28：那主子不是个善查，只怕这腿就折了！

【拄】用手杖、木棍等顶着地面以支撑身体。翻2：幸喜疾病渐渐好，拄着棍脚也能踋。富3：官人从此好了。待了几天，拄着棒就起来了。

【拄棒】手杖，拐杖。慈1:你看那有刺的就叫做“后娘拄棒”，有钩的就叫做“后娘匙子”，不壮的就叫做“后娘麻线”，尖底的就叫做“后娘碓子”:一旦做了后娘，天下之恶皆归焉了。

【拄杖】❶同“拄棒”。墙4:张老出来，衣帽齐整，手持拄杖说……磨18:老人家放下拄杖，坐下听我说家乡:俺姓宫字子迁，也有个小名望，家住在大名府张家庄。❷拄着手杖。磨20:徐员外拄杖上:“呀！远望好像是宫先生。”磨2:老儿拄杖上，作叹介。

【助毛攒毡】比喻集合众力、积少成多。慈0:若是看了说好，大家助毛攒毡，拿着当是《感应篇》，刻来广把人劝。

【住】❶停。翻9:却说二相公一月[1]走百十里路，一日，到了卢龙地方，住下打尖。禳11:作传花介，鼓声住，花在公子手。富6:只听的耳边风响，不多时，舜华说声“住”，就忽的声落将下来。❷住宿。翻1:住一宿回去了，十年来家走一遭，临行又把泪儿吊。禳12:在寒舍住了一宿，合小女极其和好。❸居住，生活。姑2:我不家去。俺婆婆有个姐姐，极好的个老人家，他在沈家庄住，他家里止有一个寡媳妇子，我住他家里去罢。慈1:张炳之的老子曾在陕西做生意，住了二十多年，生了一女，就在那里合人家做了亲……❹作补语。(1)表示停止。慈2:张炳之往外走，张讷跟着，两个小眼里清澌澌的流泪，一个小嘴裂呀裂呀的。他姑说:“你回去罢。”才站住了。慈4:想想你那养育恩，泪珠儿流不住。慈6:后边有一个美少年，来到近前，把马勒住，细细的端相。(2)表示稳固，不动。墙3:老头子喘吁吁，拉的我没是处，起来站也站不住。翻11:一天，那楼上的匠人说:“来了报马了。”二相公坐不住，来到前边。寒5:二相公……疾忙赶上，一手拉着员外，一手招住妹妹，大哭起来了。琴:觉得手儿酸，仔是拿不住。禳2:他来到家，光合咱那赁房的樊家那小妮子江城去打瓦，必定是玩住了。(3)表示阻隔。墙4:全凭着老婆出马，拦住路合我为仇。姑2:珊瑚两手叉住门。大成窘了，从他媳妇那夹肢窝里钻出去颠了。磨31:两山人马截住厮杀，赵勇当先杀出。两军混战一阵，且战且走。(4)表示连结。禳27:他说铰我的奶头，我当个震话，不想就真果铰下来了！当时着带子勒住，待了两宿，竟不疼了。待我解开看看。呀！春香这个奶头竟长住了，奇哉，奇哉！富4:讲说病源，讲说病源，酒肉肠脾结住的痰。(5)表示控制住目标。墙3:一把抓住，剥将下来。

---

① “月”当为“日”字之讹。

翻10:那口外房舍无,有雄兵一万余,一个将军管辖住。禳1:不知是谁撒了汤,恼的娘子滴下水,进来房门采住毛,移了一百小鞋底。(6)表示胜过。富10:我儿还该愤发,这举座压不住仇家,仅能不着上门骂。磨26:家门里孤,家门里孤,小小功名总似无。还得个小翰林,才压的仇家住。增12:玉座平日舌尖嘴巧,快语花言,便说:"不是我夸句海口,调嘴头也招住他了。"

【住房】指租住的房子。禳3:半世曾无安乐窝,书斋迁处住房挪。

【住房子】租住房子。姑1:珊瑚待走,安大成叫住房子的老王婆子,拿着那休书去送他。

【住声】❶声音停止。快2:低头不语往前行,万橹齐摇不住声;吱吱呀呀一片响,小船风快如流星。富10:忽听鸿渐诉衷情,员外夸好不住声。❷住嘴,停止说话或哭泣。蓬5:孩儿太娇,孩儿太娇,走来走去哭嚎啕;娘子没奈何,放下笔来抱。娘子接过去,方才住了声。

【住头】指居住的时间。"头"为语缀。富3:但我想官人也还有几年住头哩,就是家中有了娘子,料想也无妨。磨8:但只是官人料想还有几年的住头,就是家里有夫人,也到不妨。

【住下】❶停留,停下住宿或吃饭、居住生活。翻6:大姐住下,内外俱是他管。翻7:爹爹吩咐休住下,看这里费事。富9:只走的隔着自己的庄还有十数里路,便寻思个叔伯哥哥是张子明,在这邻庄居住,暂且往他家里住下,夜间深了着再走不迟。❷停下,暂停。翻6:因此魏名推住下出恭,哄他进去。禳22:远远的看见城上谯楼了,看这马儿不快走,又住下撒溺。

【住雨】雨停。慈4:一日到了山上,只打了半担,那雨就大下不止;及至住了雨,天已晚了,就将这半担担了来家。慈4:及至住了雨,日头已西下。

【住住】等一会儿。琴:百样央给他不依,仔说住住就滑溜。磨25:呀!山西的还未点着,天已黑了,住住再去。

【住壮】牢稳有力。寒5:二鬼把两半身对起来,又站不住,只待跌倒。那个鬼解下了一条带子,给他扎在腰里,说:"你是个好人,我送你这根带子罢。"扎上带子,果然就住壮了。禳3:脚儿踩在肩膀上,叫声妮子,要立住壮。一个筋斗,只怕跌的残生丧!

【注头】赌博时所押的钱财。日·赌:下在注头指日销。

【筝】(蒲氏注音"竹")堵塞。日·饮:剩下瓶口要筝严。日·疾:奔犹直上筝心间。

【箸】筷子。禳3:箱子里满满当当,破家伙流流的一筐,匙箸碗碟掖打上。增20:这万岁拿起一双箸来,向桌子上一指。墙1:不知爹在江湖上,吃了多少好东西,穷人家做的也不精致,勉强把箸儿动一动,也省的半日忍饥。

【著】❶“箸”字之讹,筷子。日·杂:匙瓶金著排香几。❷同“着[4]”,使,让。禳12:分给他几石粮食,一个使女,著他两口度日。

## zhua

【抓】❶手指聚拢使物固定在手中。姑3:一把抓过那文书来,出来递与臧姑……慈1:但只是做着后娘,只出上一片好,就见了玉皇爷爷,也敢抓出心来给他看看;但仔是那做后娘的可又不能哩。翻3:姜娘子抓了一把灰来,给他罨上。❷获取,抓取。俊:赌博输的屁嗤狼烟,着急寻法去抓钱,顾不的廉耻脸面。富3:欢喜的店主笑哈也么哈,服事殷勤十倍多。无处抓,供养只得用葱花,杀鸡又赶饼,烧水又烹茶。增14:这万岁穿的鞝鞋是江彬做的,虽无穿着走路,但年岁久了就烂了,那鞋掌子印着那涩道上边,嗤的一声抓下来了半边,走一步刮打一声。❸量词。用手能够抓住的量。磨12:身子只一抓,倒下小如拳,在牙床仅把脚儿拈。增12:鼻子孔好似灶突样,两根黄毛一大抓,樱桃小口瓢来大。❹搔,用指甲或边缘不平的东西在物体上划过。禳1:心里痒痒没处抓,跑前跑后撅着嘴。禳16:或者是脸上抓,身上掐,腿上扭,腚上砸,棒槌槌,巴棍打。❺弹筝的动作。增24:胡百万接银筝,一回重一回轻,两手不住忙忙弄。……胡百万抓罢,万岁大喜,说:“这筝就是御院里也没有。”

【抓打】❶随意地抓挠或抓取。翻2:秋桂原不如春娇,二十多甚风骚,精的糊的无不道。急仔嫌他年纪大,抓打起来不害羼。禳24:丑扮厨子上云:……俺只是混条马条,一褡儿且去清闲。好歹抓打上两三盘,那管他揎与不揎。❷木槌,主要用来搥打地面或砌墙时搥打不平的墼、坯。日·泥:碜场只用抓打搥。

【抓耳挠腮】形容十分着急或十分喜悦而手足无措的样子。翻3:仇福气也不喘。徐氏见姜娘子极的抓耳挠腮的,就知道不该他事。丑:童子说罢,那八戒抓耳挠腮,异样的欢喜,俨然金莲到手,已成了夫妻。增22:这王龙自幼在学不好读书,惯好投壶。拿起那箭来颠了一颠,使了个“苏秦背剑”故事,扢噔一声投在壶里,王龙喜的抓耳挠腮。

【抓闷】抓挠。禳20:好一个标致人……一见面着人消魂,心上痒何处抓闷,没操就入了迷魂阵。

【抓苗粪】植物长成苗时施肥于地表。农·农·上粪:抓苗粪,尤胜于先撒后耕。农·农·晚谷:麦地皆来年不见粪,锄二遍时,须抓苗粪方好。

【抓挠】随意地抓。日·赌:积十斗挑乱抓挠。

【挝】(zhuā)敲打。禳13:(回目)挝公。富12:三更鼓里挝,三更鼓里挝,头眼昏沉渐渐乏。

【檛】一种古代兵器,铁杖。日·兵:鞭锏檛锤更不拘。

【犾】(蒲氏注音"挝"。字形疑为"㺭"字之讹)抓住,钩住。日·兵:挠钩偏能犾裤袄。

【髽髻】("髽",蒲氏注音"挝")梳在头顶两旁或脑后的发髻。日·身:髽髻上头观德性。

## zhuai

【拽】拉。富9:鸭子他妈,鸭子他妈,听的说你藏在家。拽着把切菜刀,上门子着实骂。

## zhuan

【专一】专门,专长于。磨15:我生平有点本领,专一会吵巷骂街。若有偷我的物件,骂的他送将出来。磨22:你这不孝儿郎,专一欺哄娘亲,怎么中了举来!

【砖场】砖铺的地面。增15:进房来四下观,琴棋书画列两边,罗帏一带香薰遍。牙床锦被鸳鸯枕,红罗软帐挂床边,砖场不响花毡垫。

【砖头】碎砖。姑3:娘们正盘算着,二成包着些砖头来倾在地下。翻12:排弓箭列鸟枪,砖头石头堆在旁,伺候要合贼打仗。

【砖头块】同"砖头"。姑3:刨了来,刨了来,夫妻要把宝殿开,只当是元宝哥,谁想是砖头块。

【转[1]】(zhuǎn)❶调转,改变方向。禳7:轿马直到大门前,转过一湾,不久看见玄帝庙门前。禳28:转过脸低了头,话儿不管人害羞,当面托白真难受。❷转变,改变。俊:忽然一朝运气转,银上包,钱上串,柴火买他百十捆,粮米买他百十石。富8:绣工已毕,书声转高,叫声娇儿,不觉的微微笑。磨25:凶信传来,唬破娘的胆;终日号啕哭,劝也劝不转。❸移动,移转。蓬5:月明转梅梢,月明转梅梢,又随竹影上窗摇。琴:一夜没曾闭闭眼,不觉东方日头转。❹回转,返回。姑3:谁指望顽石一块,转回头变成黄金。蓬7:韵哥玩耍回家转,不见亲

娘泪满腮,一哭哭的人无奈。钟:醉来倒执朝天板,扶入黄昏院,纵蒙降节临,诏下灵霄殿,但道俺入醉乡尚未转。❺指转世。磨36:七子上玉堂,八孙朝金殿,又是那郭汾阳再一转。富14:荣华一路功名全,没有灾合难。八子上玉堂,八婿朝金殿,又是那郭汾阳再一转。❻副词。转而,反倒。墙1:腿又痛腰又疼,势不能到城中,瞎张致转惹的冤仇重。

【转加】进一步加重。蓬2:他若是相思病转加,分明是奴害了他。增27:张太监咬碎牙,气忿忿怒转加,谋害主公犯罪大。

【转时】时光稍稍移动,形容时间很短。禳19:立时去转时来,兴兵全不费疑猜,贤人做事真爽快。

【转弯抹角】指沿着曲折的道路走。禳3:转弯抹角,又过小桥,铺面两行,一派人烟闹。

【转眼】❶眼珠转动。增13:爷看二姐不转眼,二姐害羞把头低,人儿越看越标致。❷形容很短的时间。寒8:冤仇不止如天大,好人转眼即忘怀,恶人也喜他胸襟泰。俊:腚上裤,身上袄,转眼花花不见了。

【啭】鸟发出好听的鸣叫声。寒3:板腔不错声音妙,真像黄莺啭柳梢,人人夸奖真个妙。富5:紫燕上雕梁,黄莺啭绿杨。

【赚】❶获得回报,博得。慈3:好没要紧,除没找了孩子来,赚了一场好骂,还几乎捱一顿好打。禳4:买报使了四两银,指望还赚七八吊,还赚七八吊。磨19:奴才们也没赚了便宜去。❷诓骗。翻4:禀了官府,禀了官府,老郑从来恶棍徒,既是赚良民,他又着实怒。钟:前日猎得一鬼,名曰傻虫,身体伟大,臂腿丰肥,绝好一个食料,赚他往送贺仪,就便充作一品,有何不可?

【转[2]】(zhuàn)❶旋转。磨24:忙随俏步到红毡,顶头红罩貌如仙,喜重重,此时觉着天地转。增22:万岁取过箭来,捻的滴滴溜转,往上一撩,落下来又插在那壶里。❷绕着某物移动。快4:撞着马超,树林转了好几遭;魏延一箭来,只射的门牙吊!增28:忽的声面前阴风一阵,左转三遭,右转三遭,谢恩已罢,归天不提。❸游转,游逛。慈1:且休讲这光棍子百般的琐碎,万般的凄凉,只有一个孩子叫呱呱的,没了他娘,就只是找他达呀,他叫你东游西转不的。磨10:转了转便来,按院一把拉住。❹赚,博得。墙2:我明说我实言,要那地分那田,原是有些便宜转。慈0:一来积了阴德,二来也能转钱,刻了印板天下传,这宗生意诚善。慈4:你不快疾忙走开,怕晚了去上书房,定然惹的师傅怪,转下打没人替你捱。翻4:取钱就指妻作保,抗了钱来没人知,还了梢还转下了十亩地。❺指落

得名声。慈2:您爹枉转了是条汉子。

【转角】屋角柱头上的斗栱。日·木:哄山转角仍雕料。

【转了筋】小腿肌肉痉挛。比喻因为害怕而身体不由自主地僵硬。禳20:只怕说个主人请,听这一声转了筋,人那哎哟,转了筋!

【转了腿肚子】同“转了筋”,小腿肌肉痉挛。墙3:每日愁到晚来,似母猪把糠筛,虽战战并不敢高声哐。半夜转了腿肚子,脚头冰凉舒不开,土炕上铺着席一块。

【转了一脸灰】得了个灰头土脸的结果,形容遭受冷遇落得没趣。翻12:那魏名听的人说,待乡亲极有理,所以来亲近他,不想转了一脸灰,好不烦恼!

【转辘轳】比喻反复地思索。富4:仲起一言无,仲起一言无,暗向心头转辘轳。

【转磨磨】一种娱乐活动,两人比赛原地旋转,以持续时间长者为胜。富13:你说这一喜,若是不会善的,可不就是八十的老翁转磨磨——就晕杀了?

【转头】利润,盈余。墙2:我明说我实言,要那地分那田,原是有些便宜转。照应脸面尽着用,一年得多花好几千,有转头也是看的见。

## zhuang

【妆】❶梳妆打扮。姑1:早儿新妆下镜台,停停久候寝门开。翻7:小姐红妆出来,合二相公坐下。禳11:独自对孤灯,辜负了晚妆俊!❷指妆奁。琴:算计到成亲,还有两月半。盼过几番,盼过几番,盼到那日喜上眉尖。他家来催妆,倒惹的心撩乱。琴:忽的他家来催妆,不觉心里怪爽利。❸假装,装扮作。琴:本等心里喜,妆做羞模样。磨2:戴着顶头巾妆体面,打一个给阁县看看,莫叫他眼里没官!增21:那王三爷每日家妆人,请了那长官来唱给他听来,倒给他磕了顿头,还赢了他一大堆银子去了。增14:这奴才们笑我,我头信妆一妆村给他们看看。

【妆奁】陪嫁的箱柜等。琴:听说好日子,查在四月半。置办妆奁,置办妆奁,做了衣裳打头面。禳7:一毫财礼我不图,诸般但凭你吩咐。我的日子你知道,大小妆奁一点无,大小妆奁一点无。日·木:且凭巧匠打妆奁。

【庄村】村庄。富7:坐了坐,那天才明了,看了看有个庄村,便走进,这家还无开门。磨12:呀!这真果是我那庄村,待我进庄。

【庄家】农家。翻6:他令嫒虽是贤,只知薰香吊花帘,庄家人家家务多,他可

知道怎么干！增15:甘心宁做庄家女，贱人原不恋章台，谁肯救出我天罗外?

**【庄家老】**农村的老汉。姑1:何大娘连骂带说，数喇了一阵，把于氏气的脸儿焦黄，便说:“你真个不着珊瑚去么?”何大娘说:“我已待着他去;你降着我撵他，我就只是不着他去！庄家老得罪着老龙王——只怕怪下来，不上俺那地里下雨的。”磨23:我已聆李二哥清音，你唱完了，方待问候，就被你揎了这么一头。亏了你乜头不是铁的;若是铁的，可是庄家老儿看戏，不认的关爷——那红的就出来了。

**【庄稼】**❶农作物。磨1:遮天影日蚂蜡过，朝朝每日唬飞蝗。把谷吃了个罄溜净，庄稼何曾上上场！磨19:我坐长监无人问，他送牢食他还用心，咳，又看着打了庄稼上了囤。农·农·积粪:庄稼好歹，全在此处用功。❷指农活儿。磨6:一个觅汉在家里，着他春大爷看着他做庄稼。把屋门锁了便是。

**【庄农】**❶农民。翻1:话说陕西凤翔府扶风县，有一个人姓仇名仲号是牧之，原是庄农人家。俊:买卖发财从来有，庄农也有大收年，赌博起家何曾见?❷指农业事务。磨19:我坐监时，亏他管理庄农;人家来骂，又亏他行粗。日·庄:(章目)庄农章。

**【庄升】**不详，疑指粮庄所用的升。日·器:斛斗庄升分大小。

**【庄疃埠套】**均为地名用字，泛指各村。日·树:庄疃埠套柳遮河。

**【庄田】**农田。寒8:自从恶虎死了，他霸占的庄田有五六十处，家家告状，歪子不敢朝头，都着人家认了去了。富9:娘子推却，娘子推却，家里庄田虽不多，俭省着吃合穿，可到也够俺过。

**【庄子】**❶村子。磨1:虽然说不成灾，却又自家看不上，坐在那轿里麻瞪着两眼，见一个庄里没有术秸，便说这庄子成的是灾。磨18:跟着走不多时，转过山头一看，说:“齐整庄子，一片楼阁。”进了庄，见舜华进门去了，他跟着进去，到了客房里。❷庄园。增23:把你银钱尽数拿来，河内常船，南京铺子，地土宅子，老婆孩子，尽情算了，敌不上我一个庄子上的杂粮。增23:万岁爷鼻子里嗤，叫王龙你听知:我的庄子十三处，管庄的小厮都威武，个个门口竖大旗，炮响三声谁不惧?

**【桩】**❶木桩，木橛。寒5:说了一声，一众鬼把二相公拉下去，用两页板夹起来，绑在桩上。❷量词。件。墙1:热了烫人嘴巴子，薄了照出行乐图，老来相处你这桩物。翻9:二相公自忖量，我虽是窜远方，两桩喜事从天降。琴:那桩滋味精不精，不说实话是个狗！❸骨牌术语。坐庄。禳26:揭起牌来个桩，马儿不在

柱子上。禳26:这妮子运气好,该我桩哩。

【装班】装腔作势。磨34:原就知道你不成货,见了我老爷还装班,狠一狠砍你个稀糊烂!

【装嘲】装傻。增14:那万岁见人笑他,一发装起嘲来了,站在墉路上,可就讲起他那鞋来了。增15:万岁装嘲胡混,小二姐心不耐烦。

【装大】装出地位高的样子。寒2:骂一声王八杂,你过来咱跪下,杀了人怎么还装大?

【装呆】装傻。增17:佛动心将爷夸,你装呆又做什么?看你不在人以下。

【装点】打扮,化妆。禳20:江城上云:"……春香过来,天已将黑,我合你女扮男装,咱也去看看梅花。"果然两个装点了出了门。

【装官】装出做官的样子,打官腔。磨36:舜华说:"……我还嫌你装官呢。"太公说:"我不曾装官。"舜华说:"你称我'夫人',我心不以为乐。"太公笑说:"今日还叫'娘子',我觉着亲而不尊。"

【装憨】装傻。富9:娘子装憨,娘子装憨:"外头何人闹喧喧?"增21:万岁说:"我装憨给他看看。"

【装腔】做作,故意虚张声势。姑2:我的娘,我的娘,说您婆婆好装腔。你若是好奉承他,越发弄他那像。增4:红了脸气昂昂,叫村女休装腔,谁着你来这井边撞?

【装傻】装作呆傻的样子。增14:万岁爷会装傻,那前头是什么?这家人家多么大?

【装羞】装作羞涩的样子。琴:媒人回来,媒人回来,故意装羞倒躲开。

【壮】❶强壮有力。慈1:你看那有刺的就叫做"后娘拄棒",有钩的就叫做"后娘匙子",不壮的就叫做"后娘麻线",尖底的就叫做"后娘礶子"。富1:就是那鹤壮如驴,他能驮我到仙府,也怕那里的神仙太多,这后来的无处安放。富13:但得中个进士郎,你爹爹往家来,可方才胆儿壮。❷肥效大。翻11:地通红扫不光,不如去了铺了强,担去上地也极壮。❸指心里无所畏惧,气壮。磨26:太太惨伤,太太惨伤,但得两人中一双,您爹爹往家来,可方才来的壮。

【壮汉】粗壮有力的男子。富9:那张全是条壮汉,见他婶子吩咐,一把扯住李大,进了房门。磨23:若是担出去卖油,好壮汉,大庄也走不的辆。

【壮实】健康,健壮。富11:员外姓徐号北岗,舍妹夫就是他令郎,年兄呀,他到壮实全无恙。磨2:您那儿壮实还不妨,我那儿每日忍饥,今早做了三碗饭,他

留下两碗给我吃,他只吃了一碗去了。一打就死!磨7:罢罢!我合小二抬你到那书房里,你静养几天。等相公壮实了,再作商议罢。

**【状元红】**一种酒的名字。增7:时黄酒会春分,状元红蜜林檎,镇江三白颜色俊。

**【撞满怀】**身体正好撞到一起。蓬2:谁家的少年好不也么乖,几乎和奴撞满怀。

## zhui

**【追欢】**寻欢,追逐异性。增12:那知道追欢卖笑,也跟着糊突闻骚。增28:那王龙正在北楼合赛观音追欢取乐,忽听的一片喧嚷,忙叫丫头去看。

**【锥】**❶锥子。墙4:十个指头露着骨,好似心里扎一锥,浑身疼痛连肝肺。慈2:张炳之婆子的性儿尖似锥,我虽不敢朝你的头,你还猜不方我的谜。❷用锥子扎。特指用锥子补鞋。增14:万岁扬声,二姐羞的极了,低低的叫声:"姐夫,咱进院罢。到里头叫丫头们给你锥锥,几丢刮打的叫人笑话。"万岁说:"我夜来使了几个皮钱,称了一两好麻待锥锥鞋来,为着搬你就耽误了,还在那酒楼上哩。……"

**【錣】**同"锥",动词,用锥子扎。日·皮:錣鞋也要细刓钻。

**【坠镫】**向下拉正马镫,伺候尊长上马。翻12:一群管家来马前磕了头起来,来牵马的,坠镫的,把爷辆扶下来。增20:我叫他给我牵马坠镫,奉客唱词;又写了一笔好字,早晚给我上帐,写写名帖不好么?

**【坠圈】**❶谷穗长得较大时朝一边弯曲垂下。农·农·三遍谷:盖至三遍,则谷已秀,其根四布,若深而伤之,早则不能坠圈,谓之仰雨。日·庄:稙谷秀齐已坠圈。❷比喻头部歪斜。墙2:这天是腊月天,刮北风阵阵寒,胡子成了冻冻片;浑身骨头全冻透,脖子连头坠下圈。❸圈状物掉落。磨11:帽子上破了边,网子上坠了圈,腚合腿都是稀糊烂。

## zhun

**【准】**❶批准,准许。翻5:知府待不准他的状,见大姐说的有理……禳9:呀呀呀,并没答应。哦是了,这意思是不准小生进门了。❷折抵。磨23:罢呀,咱俩准了罢,自可取个吉利。增21:你再赢了我,我总里称给你;我若赢了你,咱就准了。❸准确。寒2:若是照准了他,这一砖揭了锅,怎么刚擦耳边过?❹灵验。

富6：一行行一字字从头说来，合那一夜说话半点不分，才知道仙家神灵见的准。磨24：我这卦十拿九准，强似那六甲灵文。增5：周元道："只怕你那帖子不准呀。"皇爷说："你拿笔砚来使使。"❺准头，把握。增24：我果然封了王侯，你的终身都在于我；只怕你那学业无准，可也罢了。❻肯定，准定。琴：你若尝一尝，准就忘了饭。琴：明年这时节，准把孩儿抱。

**【准提咒】**佛教中能够去恶障、成功德的咒语。闹：近来见朋友们家家有《感应篇》，人人持准提咒，约会祀文昌帝君，攒钱结放生大社……闹：《感应篇》念上几遭，准提咒再休惮劳，许下文昌大醮。

**【准账】**抵账。翻4：立文契仇大郎，为没钱去纳粮，情愿就着妻作当。取到白银二十两，三日以里定还上，不还上，将他准了账。

**【准折】**折抵，双方得失相抵。墙2：他虽是转了便宜，咱合他准折过来。翻5：他每日把人唠，我也骗他这一遭，略略的准折也公道。寒5：已是一命抵一命，彼此准折也罢了，怎么还敢把官告？

**【稕】**本义指稕子（参见"稕子"），比喻粗条状的隆起。寒1：身上衣服稀糊烂，头上网帽俱无存，浑身打的俱成稕。磨2：上限拿了去比较，二十五板打了个昏，板疮还有一大稕！

**【稕子】**用高粱秸等捆束而成的较粗的长束，常用来铺在房檩上面，用泥泥平之后上面覆盖上瓦或草。日·泥：或扎稕子更拖泥。

**【綧】**（路本、盛本讹作"綧"，影印本不误。蒲氏注音"稕"）同"稕"。日·裁：补靪劥来休成綧。（因与缝纫有关，所以蒲氏选用了从"糸"的字）

## zhuo

**【桌】**❶桌子。富9：官人说完，娘子尚未及言，只见一个小媳妇进来行礼问安；又拿上一张小桌，酒饭齐到。磨16：书本儿掀在桌上，念书的那里去了？❷量词。除用于桌子盛放的东西外，还可用于箱柜。增6：二子弟下楼来，前来到十字街，排下一桌酒合菜。翻7：我抬上两桌箱子，可给我锁着房门。禳3：一桌破柜扫扫土，棉花车子落落弦。

**【桌头】**桌边。增18：王官，你合游营似的，影支支的，你在桌头上坐下罢。

**【捉翻】**绊倒抓住。寒5：一群牛头马面、青脸红发的恶鬼，把二相公捉翻在地，打了二十，赶逐出境。

**【棹子】**桌子。磨16：小相公拂了棹子，高声朗诵。闹：老军持棍绳上，安号

房棹子。

【**糕谷**】(“糕”,蒲氏注音“燎”。“燎”应为“穇”字之讹①)一种在麦收后播种、生长期较短的谷子。应即“穇子”“穇谷”。请参见“穇子”“穄谷”。日·庄:麦蒈又耩糕谷种。

【**灼**】同“着²”,燃烧。富7:问着人离城不远,那满心里火灼,又怕见动弹,动弹。增28:宣武院起了火,前后房一齐灼,狂风飕飕旋天刮。

【**斫**】砍。疑即“砍”字俗写。慈4:早起来吃饭,上了山,在山里正斫着柴……慈4:他哥慌了,一行推着他,腰里拿出斧子来,乒乒乓乓的斫起来了。他哥劝不动他,恐怕误了打柴,一行斫着,一行念诵他。

【**啄打打打**】当为“啄打啄打”之讹。“啄打啄打”形容女性小脚走路脚跟重重着地、行走不便的样子。禳14:书童说:你甚么两只小脚儿哩,啄打打打的闷杀人!

【**着⁴**】(zhuó,方言音“找”)❶让,使。墙1:诮甚么!俺达好不好,谁着他合你令堂并骨哩么?墙2:你既饱了,且找个避风去处,且慢慢归家。情管我着他两个争着事奉你。姑2:且说于氏受了气,哭到家,着安大成写呈子告他。❷表被动,被,让。禳15:着我说的滚热,他就心痒难抓。禳19:听说表弟着他大姨子打的甚苦,不免到那里看看。禳27:我想那和尚是个菩萨化身,着他那一口水喷来,如梦初醒。❸用。禳20:兰芳拿起公子手来,着指写了个字,公子起背云:“他在我手上写了个‘宿’字。好多情人也!好爱人也!”禳24:即如就是一碗豆腐,若是切成叶着油煎了,蘸上个蒜碟儿,或是切成细馅包包儿,敢子他就吃了。禳24:那鸡蛋是铁丸,那豆腐是没盐,菜儿竟不着香油拌,一天大事霎时就完。日·庄:耢过才着种耜耩。❹“看”的讹字。磨1:那地方、邻右都替他不平,大家给他报了官。官府着了状,摔下呈子来,大怒说:“他自己不告,与你们何干!”

【**着落**】❶可以落脚的地方。富3:且说官人出门,原没定向,待到何处是个着落呢?磨19:我如今不成个货,每日逃藏并无有着落,咳,多亏了家中有你还不错。❷可以依靠的人。磨6:虽然去了,家里你该收拾收拾,托着谁给你料理家事,老马必然要来拿你。办下了极好,设或办不下,也有个着落。

【**着实**】❶确实,实在。禳7:这孩儿着实病,你看他眉眼儿不睁。禳22:这学道着实贪,打捞生童托学官,高低讲价惟书办。富12:怪不的咱太太,模样还

① 详见《蒲松龄〈日用俗字〉注》,第46页。

着实俊。❷真诚地，认真地。姑3：二成拿了银子去，着实称道他哥哥。琴：不好回言，不好回言，着实把他瞅一眼。翻7：大姐已是修理了屋，看了看大喜，着实拜谢大姐。❸程度高地，力量大地，狠狠地。姑3：臧姑听的珊瑚来了，那口里着实嗤撇他，到了第二日才来了。姑3：待了半年，于夫人有了病，着实危笃。富9：鸭子他妈，鸭子他妈，听的说你藏在家。拽着把切菜刀，上门子着实骂。磨2：骂一声狗生员，欠钱粮不待完，一人就要坝住堰。给我拉去着实打，打杀秀才我敢担！

## zi

**【龇】**（方言音"此"阴平）露出牙齿。寒7：只见一个鬼手拿着尖刀，从头剥起，剥一剥把牙一龇；剥停当，拿了牛皮来给他换上，拍打了拍打，变成了一个黄犍。

**【欪】**（蒲氏注音"疵"）喷射。日・兵：伏狼机能远欪也。

**【襘】**（方言音"祭"）衣服上特意做出的皱褶。日・裁：移襹前后皆留襘。

**【觜火猴】**古代汉族神话中的二十八宿之一。属火，为猴，为西方第六宿。增1：这万岁是按上方觜火猴临凡，光好贪耍。听我道来：武宗爷正德年，觜火猴来临凡，性情只像个猴儿变。

**【子弟】**❶泛指子侄辈。磨3：范子廉一好人，教子弟养双亲，生平不把衙门进。磨36：我也是谨守父训，不敢教子弟浮华。❷泛指年轻男性。增6：二子弟下楼来，前来到十字街，排下一桌酒合菜。增6：依着我说，咱上那十字街前，打扫干净，摆下桌酒，或扶骨牌，或打双陆，引的好耍的子弟上了咱的当，哄他几两银子，咱好花费花费。好不好？❸指风流子弟，嫖客。增14：有许多子弟听的佛动心接了客了，人人来看，个个景仰，观不尽小二姐万种娇娆，百般风流。增16：琴棋六艺谁不晓？花里胡哨也记的，才来进院当子弟。增28：子弟帮客齐上税，天下忘八纳进奉，十三省婊子把钱挣。❹戏曲艺人。禳31：女子弟，女帮闲，还讲包年月，奇事堪传。增18：不知是那里子弟，一句句唱出了京腔。

**【子弟风流】**指风流子弟们玩的一些博戏。增22：二人上楼，拉开桌椅，摆下酒席。吃过三巡，王龙说："咱不是这么闷吃，还该找个法儿玩玩。"万岁说："子弟风流都使尽了，可玩什么？"大姐道："您俩投投壶罢。"

**【子母们】**母子们。增5：万岁爷要登程，子母们来送行，周元把马牢牵定。（此处指皇后及其随从）

**【仔】**❶同"只",表范围,仅只。翻2:姜娘子说:"仔怕嫖赌也是有的。"琴:仔盼到黑天,仔盼到黑天,就上床儿沿。磨18:这仔怕是个梦。你伸过胳膊来,我咬咬看疼不疼。❷表假设的条件,只要。寒3:恶虎恋着吴孝,总不说走,说:"你仔唱,我就吃。"琴:俏声低言,俏声低言,轻轻的跪在踏板儿前。我仔笑一声,他就扒上床儿沿。禳17:这合县里怕老婆的,仔说一个人帮我一个钱,只怕比那那十分钱粮还多,我不就富了么?❸表转折,只是,却。琴:故意心焦,故意心焦,人生面不熟,是待怎么着?嫂子来劝我,我仔偷眼笑。增21:要这贱婆儿来管闲事!任我输几帖,我仔不合你赌着呢!❹表语气,就。姑2:你仔说,您二姨这杀才是乜人么!真么一个媳妇,是模样不好呀,是脚手不好呢?是不孝顺?这杀才是待死呀?❺同"子",语缀。墙3:张老说:依我说:今日该小二仔养活我,不如跟了他去,还照常半月一轮罢。

**【仔顾】**只顾,只管。姑1:着他开交,着他开交,仔顾在这窝藏着,恐怕久下来,弄的娘知道。俊:老婆不要仔顾诈,好像捕下一窝雀,摔着贼毛够一抓,嗓咂叫人听不下。

**【仔管】**只管。慈4:张诚你仔管你吃了,上那学罢。磨13:你仔管领着小保仔过,我的事你休挂牵。

**【仔细】**认真,用心。增11:妆成了丫环也爱,上合下仔细的端相。增12:二姐说:"千万仔细着!这一遭替不下来,剃头匠吆喝——可就没了换头了。"

**【仔细茶】**精心浸泡的茶水。增7:暖阁楼房高大厦,圈椅方桌仔细茶,酒果饭食都减价。

**【姊夫】**姐夫。禳32:生了一男,怎么敢劳姊夫劳费!

**【姊妹】**❶姐妹合称。琴:奴怨爹妈,奴怨爹妈,同行姊妹都嫁了人家;如今孩儿我,又早老们大。禳17:我想江城他合满城姊妹二人最相好,我往别家去他就嗔,每遭往葛家去,他还没嗔。❷兄弟姐妹的合称。翻10:每日就是姊妹俩,常常攒那枯坟坛。(按:指大相公和其姐)翻11:大郎说:"咱抬出几个来,可再埋杀,何如!"大姐说:"也使的。咱抬出些来,从新培了,用着再拿。"姊妹三人使尽力量,掀了那石头看了看,是一个大池,上头使尖子石铺了。(按:"姊妹三人"指大姐和两个弟弟)❸姐姐或妹妹。磨6:方娘子说:"我是秀才的女儿,秀才的姊妹,秀才的妻室,平生不会跪人。……"钟:他僚友辈俗情尽免,只姊妹佳意难捐。

**【茈姜】**嫩姜。日·菜:白芥茈姜辣味清。

**【蚄蚄】**黏虫。农·农·蚄蚄:蚄蚄之害,惟除子之法最捷最易,用力少而见功多。日·昆:蝻蝻蚄蚄使脚踉[①]。

**【籽粒】**农作物的果实粒。农·农·种谷:种太早少籽粒;然夏初多虫难立苗,不若早种之稳。

**【梓童】**皇帝对皇后、妃子的称呼。增22:佛动心喜盈盈,比昨日大不同,千式百样把朝廷奉。二姐忘了该呼万岁,万岁也迭不的叫梓童。

**【紫菜】**一种生长于浅海岩石上的藻类植物,紫色,种类很多。常用来做汤。日·菜:海藻紫菜亦同称。

**【紫钗】**花名。不详。日·花:紫钗花下见金雀。家政外编·诸花谱:紫钗,宜阴、宜粪,春间分种。

**【紫灯】**即灯盏花,也叫"灯盏细辛",因花似灯盏、叶似细辛而得名。属菊科草本植物,花色微紫。日·花:紫灯更照波斯菊。家政外编·诸花谱:紫灯,喜日,七、八月移,春亦可。不宜粪。

**【紫槐】**开紫花的槐树。日·花:丁香更比紫槐好。

**【紫荆】**落叶乔木或灌木。叶圆心形,春开红紫色花。日·花:紫荆开时红满树。家政外编·诸花谱:紫荆:一名满条红。冬取其荚,种肥地,芽即生。又春取根旁小条栽之,亦易生;性喜肥恶水。

**【紫檀】**一种常绿乔木,木材坚实,紫红色,可做贵重家具、乐器。日·树:花梨紫檀香可爱。

**【紫藤】**一种落叶攀缘缠绕性大藤本植物。干皮不裂,深灰色;春季开花,花为紫色或深紫色,蝶形花冠,十分美丽。日·花:重阳柳发紫藤缠。家政外编·诸花谱:紫藤,春分根上小枝。

**【紫薇】**一种落叶灌木或小乔木。紫薇树姿优美,树干光滑洁净,花色艳丽;开花时正当夏秋少花季节,花期长,有"百日红"之称。日·花:乌头幸近紫薇边。家政外编·诸花谱:紫薇,一名百日红。以二瓦或竹二片当叉处套其枝,实以土,候生根,分植。又春月移根旁小本栽之,亦易活。

**【紫罗衫】**一种用紫色罗缎缝制的官服。禳29:叫一声官人你听也么言,千里离别自古难,莫心酸,爹娘望你做高官。……此去望换紫罗衫,来时人呼高状元。

---

① "踉"字之讹,影印本不误。

【紫袍】❶紫色的官服。禳30:喜官人又中了,脱蓝衫换紫袍,满门贵显真荣耀!富13:张鸿渐紫袍金带,骑大马直过天街,人人都说探花来,模样不像三十外。❷代指官员。富1:遇着年节并上寿,紫袍玉带挤成攒。

【紫燕】一种燕子,颌下紫色。富5:紫燕上雕梁,黄莺啭绿杨。磨12:紫燕上雕梁,黄鸳啭绿杨。

【紫竹】一种竹子,茎长成后呈紫黑色。蓬3:笑呵呵,笑呵呵,你似南海白鹦哥,正吃着那紫竹花,乍喂着黄豆不快活,乍喂着黄豆不快活。

【自】❶自己。慈2:他口中不言,心内自想。寒6:大不然咱去禀禀,我自去何劳你公差。富3:咱俩无媒自撮合,怕的是旁人耳目多。❷从,自从。姑1:于氏自那日已后,越发厌恶珊瑚,来到近前,一句好气也没有。蓬2:却说那文箫就是华山那书生,自那日见了彩鸾,到家中无日不想。❸自然。姑3:如今的天忒矮,恶人自有恶人磨。翻12:可见这人生在世,行好事的自有老天加护,怎能怕人嫉妒呢?❹自在,高兴。姑2:婆婆难辞,婆婆难辞,大家趋小伏地的,只说是尽了心,他倒还不大自。❺同"仔",只要(表假设)。禳2:我才翻了个单绵条,你自一翻就乱了交。

【自待】只想要。姑2:大姨说我害羞,怕你将来到不的头。你看珊瑚那样的孝,你可还嫌定要休。于氏听说泪交流,自待自家磞顿头。

【自对】自己校对检查(文章)。磨25:太公誊完了,自对了一遍,叫声"保儿"。合庵跑来,交换看了卷子。太公说:"这头一个题,就错了一个字。"

【自反】自行返回。闹:始知积德天相报。这举人断无走滚,也不怕剪绺的了。万一有走滚,叫我无处自反,除非是俺祖宗阴骘来到。

【自赶】及至,等到。富6:一行人进了门到了客位……方坐下端上佳肴美味,喷香的糯米酒,大大的建磁杯。那衙役长的人那大小,那里捞着这个东西?端起来骨都都好似灌凉水。自赶吃了,酒足饭饱,那衙役就像那十月里的柿子——不搅也就烘上来了。

【自高】自傲。富12:不是儿自高,不是儿自高,事情若是在今朝,那行子必不敢登门闹。

【自估着】自己觉得(带贬义)。翻3:骂畜生太欺心,自估着成了人,要舍病娘全不问。增4:自估着容颜俊俏,还不如俺那扫地梅香。

【自顾】同"仔顾",只顾,只管。磨20:鸿渐说:"我的银子还不甚足,只有一百八十九两。"员外说:"全在小弟身上。你自顾情着做监生罢,不必问银子多少。"

【自管】同“仔管”，只管。姑 2：姐姐自管往前做，后来的话儿不要愁。磨 21：你自管直上天梯，若会了亲到山西，到了那时再商议。

【自家】自己。(1)作主语、宾语或定语，代指前面的名词或代词。姑 2：就拿过珊瑚那手来，使力气照着自家那脸乱㧐。慈 5：却说张讷死了，那魂灵不曾忘了他兄弟，一心要找着合他相会。自家飘飘飖飖，走了一回，见大路上往来的，也就跟了去了。翻 5：大姐姐你听着：……这不是老天在上，有虚言灭了自家！(2)用在动词之前，表示独自或主动地。墙 1：若还自家做饭吃，必不肯吃这冷冻冻，热炕头也做了个自在梦。姑 2：到了九日上，他哥哥自家来搬他。寒 6：咱回去禀禀，我自家去不的么？我知道道路哩，何必劳二位呢？(3)戏剧中人物第一次出场时自我介绍时自指，后面一般有“便是”结尾。墙 1：自家张老便是。合老婆子吴氏，一个走南傍北，一个少吃俭用，受了无穷辛苦，挣了个小小家当。禳 5：自家不是别人，东庄里王古董便是。

【自家作来自家受】自作自受。磨 14：官职定就，代天巡狩，拿问那赃官贪吏，要说逃怎么能勾？时到了难留，奉圣旨先斩后奏，三声炮响，献上人头。自家作来自家受，我是天差不自由。

【自来】❶从来，向来。磨 19：我自来糊糊突突，没想到这里。磨 35：鸿老也拉住，留他说：“吃一杯去。”杨蕃说：“自来不吃酒。就此告别。”❷自己前来。增 28：话说那王尚书身代绳锁，自来投见，眼泪汪汪，伏在地下请罪。

【自生自活】没有外力的干预而独立生活。翻 10：自从失火之后，家中真合那枯坟坛一样，四个人在那里头，自生自活，并没人开开笑口。

【自是】❶只是，仅是。姑 3：自是我不成人，怨爷娘甚不该，一言把我终身坏。❷自然是。禳 27：叫人心酸，叫人心酸，要留他成双自是难。我的肉和皮，怎么去陪村汉！磨 32：当下仗大哥威灵，自是无妨。但朝廷家日日来征，也不是常法。蓬 6：我看他有仙根，一朵朵娇艳超群，仙花自是有风韵。❸就是，表肯定。慈 5：泪如梭，兄弟死了我不活，能换了我兄弟来，我情愿把骨头磋。要告阎罗，我自是不能活，我也是不过。增 16：二姐见了，胸膛上长起草来——就慌了心，说道：“姐夫，你给我看看罢。”万岁说：“我自是不给你看。”

【自在】❶自由，无拘束。墙 1：家有薄田一百五十亩，每人给他五十亩，留下五十亩养老，倒合老婆子清净自在。墙 1：我痴心不可言，听的他话儿甜，安心要吃自在饭。墙 2：他痴心要情自在，他乖觉俺也不憨。❷舒服，惬意。墙 3：夜已深了，睡了罢。(上了床把腰一伸)好自在呀。姑 1：待了半年，那于氏全感化不

过来，比桑树，骂槐树，只是给珊瑚那不自在。琴：比着那几天，更觉着有味趣。气喘吁吁，气喘吁吁，心里自在全说不出。❸反语，指痛苦。富4：拿绳子高吊起，打他个极自在！磨11：再给我打起来，捎给那老杀才，高吊起打他个极自在。

**【字】**❶汉字。禳20：兰芳拿起公子手来，着指写了个字，公子起背云："他在我手上写了个'宿'字。"富12：呀！你这头一个题里，不错了一个字么？❷指词。慈6：那张诚来到马前，一字字诉说根原，马上不住连声叹。慈6：这张讷是个孝子，并不肯说后娘一字。丑：只听他起解出来，大喝一声留人，那大鬼小鬼，谁敢牙崩个不字？❸写在书信中的字，代指书信。禳22：高季说："待我写字差人。"(唱：)低下头低下头，动笔就把家书修。磨23：公子见太太欢喜，才说："老师那里写了字来叫我，我去看叫我待说什么？"太太说："既有书来，就该起身。只是不可久住下。"❹人的表字。寒1：却有两个秀才儿：大的商臣，字廷献；小的商礼，字廷仪。禳2：咱家姓高名猷，字是仲鸿，本贯临江府峡江县。富10：小举人泪恓恓，这个事儿甚跷蹊，父子不知道名合字。❺硬币有文字的一面。穷：元宝哥，黄边沿，象象帕，颠颠块，看看底，认认面，是几两，是几件，或是字，或是幕……富2：方娘子哭啼啼，叫丈夫你听知：这回一跌六个字，明知是火坑你就往里跳，那有为人这样痴？

**【牸牛】**母牛。日·走：牸牛大圈多将犊。

**【紊】**理丝。日·裁：紊紊匀停又不齐。

**【芟皮勒】**有皱褶的鞋勒。日·皮：靴匠又为芟皮勒。

## zong

**【宗】**量词。(1)事情或事物的一件、一项、一些。姑3：从容细听，从容细听，听的那韵甚分明，才知道那宗银，不是好来送。寒7：霸物业骗银钱，有一宗几十千，算来真有几十万。一宗一宗垛在地，金银铜钱积如山。禳5：那一日听的姐夫合爷说了这宗亲事，正月十五他出来走百病，我瞧了他瞧。(2)样，种。禳26：看我这宗模样哩，屈也屈杀我了！闹：外白："……可有烟乎？"丑白："道有烟两样，就是不大好：一宗苦菜花，一宗芝麻叶。"

**【宗弟】**指同姓的弟弟。富14：凡在坐的都打了稽首。张果老说："我还该逐位奉谢。"都问："怎么说？"果老说："这寿主是个宗弟。"("寿主"是张鸿渐，所以张果老称其为"宗弟")

**【宗家】**同族，本家。磨36：果老说："我还该向诸位奉谢。"吕祖说："怎么

说?”果老说:“这是个宗家。”(设宴人是张鸿渐,所以张果老说是“宗家”,要向异姓的来宾“奉谢”)

**【宗师】**对“提督学道”“学政”的尊称。禳4:点名时宗师见他小,还问他年纪,只怕也有些指望。但只是学道是要钱的。禳22:“那远远的是王次山来了。王大哥,宗师下了学了么?”王次山说:“学道下的学极早,我来时出了道了。”

**【总】**❶总是,一直。寒3:天已晚了,点起灯来。恶虎恋着吴孝,总不说走,说:“你仔唱,我就吃。”禳12:自从儿媳休去,亲事总不妥当。姑3:我的天,牵挂心,总把心牵挂。❷完全,全。翻2:总像屋里没有人,并不听的说合笑。禳17:两道眉三指宽,一双眼似灯盏,一口牙总似蒜八瓣。禳27:我总不是个人了!怎么叫官人这么害怕!❸终归,毕竟。翻6:辗转踌躇,辗转踌躇,寻思半日总没局。蓬2:天上虽好,总没有夫妇之乐。但得像这个丈夫,跟他几年,不枉生在人间。禳20:每日家想在胸怀,总未能叩谢庭阶,到而今朋友心肠在。❹纵使,即使。姑2:臧姑在房里坐着,等人伏侍他。于氏心里总不耐烦,也还说是初来,做了饭,二成端给他吃了。丑:但结得我那金莲见一面,总就是再贬红尘心也甘。增2:二更里睡不浓,龙楼上鼓咚咚,翻来覆去心不定。总有龙床睡不稳,恨不能插翅出北京,一心无二去的盛。

**【总副参游】**“总兵”“副将”“参将”“游击”的略称。明清时代,总、副、参、游皆为统兵的武官。磨5:如今有精兵一万,不怕那总副参游。

**【总里】**❶拢总,一并。增21:王龙道:“……你再赢了我,我总里称给你;我若赢了你,咱就准了。”❷索性,干脆。俊:这头捞,那头捞,捞来捞去不成吊;纵然留着也不够本,总里上下鳔一鳔。增15:他既嫌我,我总里装一个嘲呆,辱没他辱没。

**【总然】**总归,终究。丑:猪八戒害相思,只害的恹恹憔瘦。颠倒思量,总然是无法可设。姑3:一个巴掌拍不响,姑娘自家退了神。任你怎么刚强,总然是治不的一个忍。

**【总戎】**统帅。磨33:大将军作总戎,杀贼人能尽忠,胜如美酒来奉迎。

**【总是】**❶终归是,终究。翻1:他若是知道仇尚廉的计策,他岂肯破他的亲?总是神灵指引。蓬2:彩鸾看罢,总是前世姻缘,便把凡心打动。❷一向是,一直是。翻9:总是望人不如他,那狗心方才喜欢!增20:这花柳巷里总是填不满的坑,我待着他今日净,就今日净;待着他明日净,就明日净,有什么难处?❸纵然是。墙2:好恨人,你总是个死狗,你好歹的拘巴着些。俊:若再上赌博场里撞天

命,那屋里总是有神灵,也不加护那吊腚的苍生。

**【纵】**❶放纵,放任。禳19:张大哥无日生,纵着老婆养满村,石庵吃醋心不忿。磨33:都督杨爷不救难,倒纵着兵丁害人家。❷即使。姑3:休说咱还年小,纵没有儿,我也留着个闺女。磨19:不必慌,不必慌,半夜三更爬过墙,必定是来做贼,纵杀了也无妨帐。❸疑为"总(總)"字之讹。总是。磨13:他二舅自从报了仇,纵不去奉承那严世蕃,正做着刑厅,着他一笔勾消了。

**【纵不然】**即使不这样。增23:多拜上老长官:俺不过玩了玩,你就拿着当象马蛋。搂了搂腰儿做了个嘴,不曾汤着那故事尖,纵不然也少不了边沿。

**【纵党】**放任朋党为非。磨4:您这些人结党害民,把持官衙。为首的该杀,纵党的该绞;别的充军。暂且收监,待本院起本。

**【纵然】**即使。姑2:已是仇家,已是仇家,如今说是待要他,纵然有这样心,也不敢说出那句话。慈6:我看这两个兄弟都是贤人,那后娘纵然不好,张讷也不肯说。

**【猔猪】**阉割过的公猪。日·走:猔猪脏子洗皴疮。

## ZOU

**【走百病】**北方民俗。妇女在元宵或正月十六日夜结伴出游,以祛除百病。禳5:夫人又问,公子才说:"那一日听的姐夫合爷说了这宗亲事,正月十五他出来走百病,我瞧了他瞧。"

**【走草】**指狗发情。禳15:卖婆子真似贼,瓜搭着嘴儿搬是非,原该问个凌迟罪。好人说的上了他道,节妇也说的解了裙,不走草叫他鳖了对。

**【走动】**走开,走。磨2:家中不知怎么盼望,俺走动些。磨29:众人大喊一声,吩咐催马走动些。

**【走滚】**变动,变故。闹:这举人断无走滚,也不怕剪绺的了。万一有走滚,叫我无处自反。

**【走了信】**走漏风声、消息。富2:见呈辞做的神,便追究这个人,拿来把他罪儿问。众人招出张鸿渐,差个快手邓天军,亏了朋友走了信。张鸿渐听的这话,头顶上走了三魂!富9:你今出门,你今出门,送你不敢叫别人。不知道人心腹,恐怕再走了信。

**【走了样】**变样,失去原有的样子。慈3:浑身上下净腚光,肚子高大脸焦黄,苦儿呀,人人都说走了样。增12:一脚深来一脚浅,心里盘算腿儿慌,上去楼台

走了样。一脚儿跌在地板上，好一似倒了堵高墙。

**【走骡】**供骑坐的骡子。磨18：鸿渐跟着出了大门，见一个走骡在傍边，舜华牵过来，老婆子扶他上去。

**【走南傍北】**走南闯北，到处闯荡。墙1：合老婆子吴氏，一个走南傍北，一个少吃俭用，受了无穷辛苦，挣了个小小家当。

**【走兽】**泛指兽类。增19：万岁说："我要一个天上飞禽是什么，地下走兽是什么，路旁古人是谁，那古人拿的是什么。"增19：二姐遂说道："天上飞禽是凤凰，地下走兽是绵羊。"

**【走兽壶】**刻有走兽纹饰的箭壶。快3：走兽壶中把箭抽，撚弓搭箭把弦驱，撒手好似流星快，直中曹操老贼头。

**【走堂的】**跑堂的，饭店里的服务员。增7：且说这玉火巷店家李小泉，有个走堂的六哥儿，他是东斗星临凡。增7：牵着马寻店家，吃酒饭解解乏，走堂的高叫来咱家罢。

**【走逃】**逃走。富9：说到走逃，说到走逃，遇着员外把书教。

**【走头无路】**走投无路。增27：他二人走头无路，惊动监察神灵。

**【走透】**走漏，透露。翻12：都要静守，不许做声，又不许一人出入；如有走透消息者，必要重责不恕。

**【走脱】**脱身，逃走。磨29：一齐杀将去，休要放松宽！若走脱一个，剜了两只眼！增3：众人围绕，万岁在危急之处，不能走脱，城隍、土地着忙。

**【走走站站】**走走停停，走一会儿停一会儿。禳8：嚷嚷闹闹，喊喊插插，走走站站，指指画画，虽是城里，也是乡瓜，小小民户，知道甚么？富7：小保儿离了你的怀了，走走站站还得过自由。

## ZU

**【足】**❶脚。禳32：净扮张三疯破衣赤足上云：俺本天上大罗仙，游戏人间一百年。磨31：赵勇奔上，跌足搥胸说……❷值得，够得上。姑3：丝毫休对二成言，我儿呀，那媳妇呆儿何足念。翻5：你是个学生不足言，不足言，但只我离家这几年，不过找你看一看。❸满足。翻5：接状从前仔细观，不觉喜气动容颜，我的天，心愿足，才足了心头愿。快4：不是老爷足了意，一马直追到汴梁！❹充分，够量。墙4：大老爷是青天，阖家不足两顷田，可恨银匠把俺骗。姑3：称着欢喜，称着欢喜，五十两纹银足足的，他娘说自家穷，这银子休妄费。❺添加。

富5:那个人见夸奖他,随即又足了一个……

**【足顶】**最好的。增8:掌柜的,楼上客吃了足色好酒,又待吃足顶好菜哩。咱给他吃不给他吃?

**【足见】**可以充分看出。蓬6:足见你慈心志愿大,柳桃俱是贵门人,这个功德真难尽。翻1:把弟妇尊又称,不肯忘了旧恩情,足见他那圣贤性。

**【足色】**成色十足。增7:六哥急忙走下楼来,叫一声:"掌柜的,楼上客吃了足色好酒,又待吃足顶好菜哩。咱给他吃不给他吃?"

**【足心】**满足心愿。富13:太太听了,满斗焚香天地上烧,一行说足了心,不觉的连声笑。磨26:太太一听着,说:"可足了心了!"喜的那手战战,身子也没处安放。

**【足兴】**尽兴。增15:皇爷说:"这是夜壶么?我知道了:您娘们酒量大,白日里客来客去的吃不足兴,到晚上无有宿客了,吃了好睡觉,故叫做夜壶。"

**【足意】**满足了心意。快4:贪慌摆划这颡髅骨,别的跑了他贼娘!不是老爷足了意,一马直追到汴梁!

**【祖宗头】**最大的祖宗。增7:万岁说:"我才是天下吃酒的祖宗头。"增7:六哥道:"我卖酒这几年来,再没见过会吃酒的,你真是天下会吃酒的祖宗头。"

## zuan

**【钻东蓦西】**形容到处钻营。蓦,同"迈"。磨4:我想人生在世,冷桌热凳,钻东蓦西,巴不能做个大大官儿

**【钻了顶】**最严重,顶多。磨13:既杀了人,破上充军绞了脖子,钻了顶是砍头,娘子呀,还有甚么大凶险!富6:若不然,既杀人破上充军绞脖子,钻了顶是个砍头,娘子呀,还有甚么大凶险?

**【钻心疼】**如心被扎刺般的疼痛。磨28:一更里好难熬,断了腿折了腰!钻心疼只怕这脚儿掉!

**【钻研】**❶深入研究。禳4:最可伤,瞎子也钻研着看文章。富8:二劝你尊娘规范,将书本细细钻研。❷用心思虑,费尽心思。富4:用志苦钻研,用志苦钻研,先要结交严世蕃。慈0:词句曾经推敲,编书亦费钻研。❸相互摩擦。丑:袍衿略动香肌露,石枕斜欹宝髻偏,土块高低常转侧,衣裳牵扯错钻研。

**【钻眼】**门路,窍门。翻1:却说那魏名每日待找钻眼治仇家,还没有法,他若是知道仇尚廉的计策,他岂肯破他的亲?磨10:妙极,妙极!这里有点钻眼了。

【劗² 磨】(“劗”,蒲氏注音“蚕”)凿深石磨的纹路,使其增大摩擦力。日·石:叫唤劗磨蹽村庄。

【纂】❶妇女脑后挽起的发髻或男子挽在头上的发髻。慈6:仅仔剩了人一个,割舍的出来受顾连,那后娘的心肠,这也就摘下帽子看见纂。禳28:挽上一个扬州纂,插上一枝镀金钗,髻高到有半尺外。❷编造。墙4:一千才依填打上,白眉扯眼不害罴,生纂出名色问你要。❸同“鐏”,枪杆尾部的铁套。参见“铁鐏”。磨29:一口宝刀耀眼明,一杆铁枪十斤纂。

【鬟】同“纂❶”。俊:吊了帽子看见鬟,绫缡搭撒什么款?(此处为妻子斥责丈夫的话,指丈夫之纂)俊:亓人听说不耐烦,仔说我没有那也鬟。禳24:终日家顶着一个黑灰鬟儿,瞪着两个泪眼儿……增12:汗巾破了没颜色,紫花布鞋扣上花,鬟儿不够枣核大。

【揝】攥,掌握。寒7:既做了知县官,原就该辨民冤,贪赃不是个人来变!揝着印把凭你弄,不爱黎民只爱钱,臭名传满了新泰县。日·铁:手揝锤钳无夏冬。

【攥】(蒲氏注音“左”,今方言读“左”阳平)用手抓住东西用力向外拽使其脱离母体。日·饮:不大不小攥成剂。

【攥拳】攥起拳头。禳16:恼了脸也顾不的甚么是哽,若是迭不的攥拳,劈脸就是耳巴。

【攒³ 】(zuàn)攥,用力地握。俊:宗亓人大发威,瞪着眼攒着捶:你到肯合人家汉子睡,我偏不肯休了你!

## zui

【峻】(蒲氏注音“即”,方言音“济”阴平)男阴(多用于儿童)。墙2:落了草叫讙讙,摸摸有峻甚喜欢,细想来也是精扯淡。日·身:女奶儿峻犹可说。

【嘴巴子】嘴巴。墙1:热了烫人嘴巴子,薄了照出行乐图,老来相处你这桩物。

【嘴臭】形容说话难听。蓬4:娘子说我再嘱咐你一句话:拿到街上可休说是奴家,那秀才们嘴臭,看他再瓜答,说你写的到还不差。

【嘴儿】❶嘴巴。穷:狗腿常来给俺没体面,嘴儿翻边又卷沿,眼儿恶钉珠儿转,把他娘的好难看!禳15:卖婆子真似贼,瓜搭着嘴儿搬是非,原该问个凌迟罪。❷指说话的口气。慈3:李氏从来嘴儿也么高,到了这里不济了。

【嘴咕答】嘴咕嘟着，撅着嘴，表示不高兴或生气的表情。磨15：你漫有儿望生长，弄的我无儿嘴咕答！嘴咕答，休要夸，把头伸上咱一处砸！

【嘴孤答】同“嘴咕答”。富7：你妈有儿子往上进，弄的俺没儿嘴孤答！嘴孤答，咱休夸，把头伸上一处攤！

【嘴掴】打嘴巴的巴掌。磨4：上堂哪论理合表，开开门只用嘴掴挎。磨4：军门恼了……说：“你是范家的甚么人？打死不打死，与你们何干？给我打嘴！”喊了一声，每人打了一百嘴掴。

【嘴口】嘴。富6：那娘子手按着窗棂，端相个尽心：身上道袍，头上方巾，面庞嘴口，眼角耳轮，添上几根胡须，带着一点风尘。

【嘴脸歪腮】贬称嘴脸，模样。增25：他来时曾会他一面，看不上那嘴脸歪腮。

【嘴麻子】说话的本领，口才。姑3：平日臧姑嘴麻子多，红票出来无奈何。

【嘴头】说话的口气或能力。寒5：若还直要去告状，我将油锅把你烹，看你嘴头硬不硬！增12：况且生来嘴头巧，话是出马一条枪，姐姐休愁把心放。

【嘴硬】说话硬气，说话有气势。翻9：姜娘子气儿平，叫姐姐你是听，泪道儿教我洗不净。一来母亲待我好，姐姐人极把我疼，你既来嘴也不敢硬。磨2：出门去上了绳，低着头进了城，没有钱嘴也不敢硬。

【醉饱】喝醉吃饱。墙1：李氏出来说：“……勉强把箸儿动一动，也省的半日忍饥。”李老说：“已是醉饱了。”寒1：差人吃的醉饱，拿起银子笑说……

【醉汉】醉酒的男子。磨32：俺前日偶然懈怠，被杀的尸满庭阶，一个醉汉绑起来，亏了天幸还无碍。

【醉昏昏】醉醺醺。磨13：跳过墙俺不免一直竞进，他里边既说话待俺听真，醉昏昏听不出姓谁名甚。墙3：偶然吃酒醉昏昏，并不知你去叫门，开了门全然没音信。

【醉迷糊】醉得迷迷糊糊。磨12：眼障法真把眼睛晃，一霎时大荒，一霎时村庄，醉迷糊也不知怎么样。

【醉气】醉酒后散发的酒气。磨31：赵胜绑在马上，杀散官兵夺将过来，割了绳索，还有醉气。磨32：那时节酩酊大醉，绑起来也不知是谁。……解了绳儿，醉气方才退。

## zun

【尊大】自尊自大。翻10：他有点歪揣性，怕你尊大望着你眼生，撒了撒犯了

他疑心病。富4:骂一声老贼头,你忒也自尊大!

**【尊范】**您的模样。用为谑称。蓬5:(道士)说:“我看尊范功名无分,道是神仙可求。”

**【尊庚】**贵庚,您多大年纪。询问别人年龄时的敬称。富13:“二哥尊庚呢?”方二爷说:“比舍妹大三岁。”

**【尊公】**您父亲。敬称。磨25:合庵极聪明,听的他尊公讲了一遍,说:“儿已晓的了。”墙1:快去把衣裳找找,梳梳头好见尊公。

**【尊官】**敬称。您这位长官。磨34:都是张老爷宠的他,我有什么错呢?若不着尊官爱护,他怎敢这等猖狂!

**【尊号】**您的名号。询问别人名字时的敬辞。禳32:门上云:“请问尊号?”三疯云:“我乃张邋遢是也。”

**【尊讳】**您的名字。询问别人名字时的敬辞。增7:万岁说:“城里人家孩子,读了二年书,就会说愚下。你的尊讳?”六哥说:“我没有名字。……”

**【尊驾】**对对方的敬称。驾,指车乘。因不便直称其人,以其车乘代之。增12:无事不出宣武院,你来小店做什么?谁敢劳动你尊驾?

**【尊教】**敬称。您的指教。禳11:不成酒不成肴,托两人文字交,借着饮酒领尊教。磨18:北岗说:“……先生先用过饭,请到书房,就着题目做一篇程文,领领尊教。”

**【尊君】**指国君。磨34:若非承受尊君命,斩却贼颅恨始休!

**【尊客】**对听众的敬称。增1:话说只为这件奇事,编了一部《耍孩儿》,虽则流传已久,各人唱的不同。待在下唱来,尊客休嫌污耳。慈6:一霎时站了许多人儿,听他说张诚怎么仁义,怎么被虎咬去……尊客呀,死活只怕也未可定。

**【尊名】**对名字的敬称。磨3:这张呈词极要紧,须要做的手笔高,想来无如兄台妙。更求写尊名在上,大丈夫定不辞劳。慈5:而今不用再疑难,请回还,令弟的尊名不上单。

**【尊命】**敬称。您的要求。富7:鸿渐说我荒疏久了,怕写出来见不的亲朋,亲朋。若不嫌,学生敢不领尊命!磨4:卢龙知县被那秀才们告他贪酷。我岂不知他贪酷?但他送了一万两银子,要俺把这些人砍头充军,不得不敬从尊命。

**【尊翁】**敬称。您的父亲。墙2:张二遇着银匠说:“一向少会。哪里去?”银匠说:“敬访尊翁。”寒3:你若是亲自动手,咱就像舍妹尊翁!

**【樽】**盛酒的器皿。蓬2:麻姑说我听人言,娘娘已到蓬莱山,娘娘呀,一樽薄

酒来相献。富13:孩儿与我斟一盅,家人难得一樽同,我如今要吃干咱那床头瓮!

**【挼布】**(“挼”,在俚曲中都读同“梭”。参见“多挼”“拶挼”“摸挼”)同“梭布”,粗布。日·裁:打了裲子缝挼布。

**【挼争】**(方言音“梭”)任性而为,喜欢争吵。姑3:二娘子太挼争,全凭吵骂过平生。

## ZUO

**【捽】**疑为“摔”字之讹,即“甩”。另参“攥”。富6:那天有三更天了,娘子还拉着哭。官人捽开手,提着刀竟自进了城,投见那新知县老程去了。

**【左道】**指惩罚,教训。寒1:那远近人家,都是要一奉十,谁敢梗令?独商员外,要了几回公然不理,心中怀恨,就安排着给他点左道,给众人看看。

**【左辅】**“左辅右弼”的分用。指官员身边的重要辅助人员。磨14:那是马老爷的户房孟连城,马老爷说那是他的左辅,刑房许进忠是他的右弼,民间叫他“二大天王”。

**【左近】**邻近,附近。磨30:若告在大王案下,立刻儿斩杀不留存!因此左近的官员都不敢大贪,怕他兴兵问罪。

**【左右】**❶左边和右边。丑:他的裤来我的袄,左右遮来盖不严。增4:苏醒半晌爬将起来,把眼摸了摸,也不见那女子了,也没有庄村了,左右都是坍塌了的无主孤坟,马寻野草,那椰瓢摔在路旁。❷反复地从左到右(做动作)。增18:起来欠去心不定,一把椅子左右拉。琴:左右端详,左右端详,手儿里摸索口儿里忙。❸附近,身边。蓬3:每日家不离娘娘左右,忽叫俺向凡间露面出头,这意思好叫人参想不透。增14:那二姐见众人跟着乱看,急自害羞,又见万岁左右不离,说道:“姐夫,你怎么一条汉子还害怕么?……”❹手下的人,侍从。增5:曹重说:“你以后不用打柴了。”吩咐左右:“给他把衣裳换了罢。”增27:便叫左右拿绳锁来,将王尚书绑了。❺正反,各方面。姑1:好可怜,翻贴门神左右难:丑了怕你恼,俊了你又嫌,就是这模样难更变。磨5:大家寻思无头路,归与不归左右难,不如别处且逃窜。❻副词。反正,横竖,不管怎样。慈3:李氏说:“他到底是你不着他去,我才自家来叫他。”赵大姑冷笑道:“左右是您的孩子,与我甚么相干!他就挣下那封赠幞头,还有他姑的哩么?”

**【抾】**❶攥,揪。禳28:俺这心里不好说,怎么把人抾根子抽,一霎汗湿衣襟

透。❷量词。撮，用于成丛的毛发、叶苗等。禳24：成扢的菜蒸一抓儿，豆腐带水一洼儿……❸噘，向内缩。增12：那金墩上去楼台，把嘴儿扢了又扢，施展着上前说话。

【瓿脚】一种足病，不详。日·走：怕长瘰蹄瓿脚病。

【作】❶当，作为，为。墙4：你守灵，咱指地作保，取王十万家钱，过了丧事要来还他。寒7：骂恶虎太淫邪，占妇女一大些，强把良女霸作妾。蓬6：那道童是小妖，转身变作一树桃，妙处又把石头靠。❷进行（某种活动）。墙4：今日来茔前送送，作一个生死别离。丑：槽合一身全身动，衫隔惟余半体沾，颠势动摇身两就，颤声齐作口双甜。禳12：昨日女婿寄宿我家，天明要合他作个商议，不料天未明早早去了，也罢也罢。❸为某种目的而有所行动。墙1：一日能动转，百里作生涯；寻常几个月，不到女儿家。姑2：臧姑终日照红妆，不作生活不出房，常见家家要娶妇，只当是娶来要做娘。❹通过行动形成某种结果。翻6：忽然夜间作了一梦，一个人来说："明日一个大富大贵的女婿来了。"快4：老爷们散了，赏咱们的酒肉，可以痛饮。那贼头挂在那边，咱也就着那里作一个会，有何不可？蓬2：月里嫦娥下九天，人间应作画图传。❺做豆腐时做成的一整块豆腐称为"一作"。《日用俗字》写作"凿"。参见"凿"。禳15：昨日从书房出来，顶头撞着江城，出豆腐的点不成脑——几乎就坏了作。❻做坏事，惹祸（此义北京话读阴平）。禳21：咱那儿被儿妇囚禁，虽是酷虐，也是自己作的。磨6：老马得胜越发作，比从前加倍更酷贪，秀才越发没体面。❼戏剧用语，与"介"结合，表示作出某种戏剧动作。禳3：作进门介，徐氏说："你灶死我也！怎么一去不还了？"子正说："一言难尽。"禳9：瞧见笑云："果然，果然！我且捻个纸捻儿通通他的鼻孔。"作捻介，作打喷介。禳16：人说江城降汉子，江城也自家说，作嗤声介："我能降汉子。"嗤！唦杀我罢了！

【作摆】折腾，摆布。墙4：老头子在这边，你怕他把我偏，死活争着去管饭。一霎作摆的没了气，你就安心不近前，这个心不是人来变。

【作不下主来】不能作主。慈2：（张炳之）好不成材，给一个孩子作不下主来。富3：奴家昏迷眼难开，自家的身子作不下主来。

【作成】满足要求，使实现愿望。禳7：仲鸿说：哈哈！他既这等，就是丑也作成他，何况是好！增12：多亏那个精扯淡，害杀人的小哥哥，想来待他不曾错。这一番作成看顾，准备着给他念佛！

【作道】同"左道"，惩罚，教训。磨6：这方二相公也不是个善查，只怕进了

门,他就给个作道。磨19:若有人爬后墙,敲铜盆为信号。盆一敲,盆一敲,大家过院动枪刀。一个个绑起来,给他点小作道!

【作的鬼儿】做的不堪的事情。禳15:看他作的那鬼儿,怎么不该打他,怎么不该掘他,怎么不该抠他!

【作的精儿】同“作的鬼儿”。禳15:你看他作的那精儿,弄的那鬼儿,做的那事儿,人人眼里看不下。

【作登】胡乱做事,折腾。磨18:解子说:“张相公,你一回一回作登,弄把的都是俺!”

【作蹬】同“作登”。俊:呀,偢强人,嘲畜生!割了肉来胡触送,终朝每日瞎作蹬,弄的天哪大窟窿。

【作伐】做媒。禳5:陈昌侯为你作伐,王翰林官宦人家,论起来尽可成婚嫁。

【作法】❶指胡作非为的情形。禳16:满城说:“他二姨夫都这么作法,还是你那管法不济。”❷施展法术。磨12:幸遇着神仙,说合我有缘,殷勤留我成姻眷。我哀告,求他作法,送我自云间。

【作非】做坏事。禳13:叫一声苍天好伤也么悲,夫妻相对泪双垂。把心捶,我生作了甚么非?不曾杀了人,不曾害了谁,怎教老来苦受罪?

【作付】吩咐,嘱咐。磨18:把两根腿绑成一堆,又说道:“咱老爷胡突极了,作付休给他代杻。不绑起来如何行的?”

【作梗】指做不好的事,捣乱。俊:张三姐怒冲冲,骂强人少逞凶,活到百岁成何用?你无三头合六臂,看你能作什么梗!

【作估】胡乱地弄。“估”为语缀。禳16:你看贼强人,才没人管着,任拘甚么茧儿都作估出来了。

【作怪】捣鬼,做坏事。磨29:金傻子你不要只顾作怪,这一回要叫你甲卸盔歪!增9:院中许多娇娥女,见了骂声小乖乖,点点人儿真作怪。

【作害】为害,祸害。禳27:南海有毒龙,作害无穷。

【作践】❶糟蹋,摧残。磨18:我如今虽受人作践,清夜自思,于心无愧,未必不有老天睁眼的时节。❷惹事,惹祸。禳3:连年来作践非常,孩儿入阁又穿房,跳圈儿乖破了红纱帐。

【作精】❶折腾,胡乱做事。禳1:性子发了要杀人,进来屋里没了气。尽他作精尽他治,放不出个狗臭屁。禳18:你又不知作下甚么精儿了,难道说好好的就打你?❷指因为胡乱做事而受到惩罚。增12:自从你才出了门,狠心妈娘就

打杀，一霎几乎作精下！

【作买做卖】做买卖，做生意。慈5：一行说着，到了一座城池，作买做卖的，就与那阳间无二。

【作媒】给人介绍婚姻。禳5：前日王翰林有个女儿，托我作媒，想是一说没有不成的。

【作难】为难。❶使别人难以应对，刁难。寒4：咱合他在厚间，想是他不作难，他也是个英雄汉。富1：以此望空只祷告，想必天爷也不作难。❷感到难以应对。闹：上世里我无曾入过学馆，看文书银钱票甚是作难。

【作弄】❶捉弄。禳28：公子笑云："怪丫头光作弄人，我不去！"富6：却说舜华把鸿渐半推半就，半嗔半笑，作弄了一夜，以后也就没说甚么。❷作践，折腾。姑1：作弄的媳妇寻了死，你腆着狗脸不害羞，贱东西也担不的媳妇孝。富2：这一年，卢龙县的知县是老马，异常的贪酷，作弄的财尽民穷，一个个叫苦连天。❸做，弄。翻1：这人生祸福，俱是老天作主，在不的人作弄。

【作生活】干活，干家务。姑2：臧姑终日照红妆，不作生活不出房，常见家家要娶妇，只当是娶来要做娘。

【作死】做事不知轻重，自寻死路。增17：这一番君妃欢乐，勾引出作死的冲霄。增20：院内跑了两三趟，喜煞王龙作死贼，称上三百冰花细。增21：万岁自思："作死的王龙，真果拿着我当个憨瓜。"

【作速】迅速。戏三出·钟：左右的，既蒙姑娘费心，一并全收，连挑担的俱送至厨下，叫庖人作速烹治，为老爷下酒。

【作祟】作践，折腾。寒1：赵恶虎好吃人，作祟煞邻近村，不管理上顺不顺。磨11：哈哈！他能怎么着咱？回去必然又差人作祟您大姑家。

【作梭】作弄，捉弄。姑3：那鬼神把人作梭，闪开包唬了一个笃坐。

【作索】同"作梭"。增15：好奴才！果然嫌我嘲。我找法作索他作索。

【作琐】同"作索"。翻7：且说范栝一字不通，见他师傅不称赞他，那范栝心里生气。他师傅不在家，就百样的方法作琐二相公，不依他念书。磨26：娟娟，我着他爷俩个可作琐煞了！光赏报子使的我精穷。

【作蹋】作践，糟蹋。磨7：店主上："相公，有何吩咐？"鸿渐说："作蹋你三四十日，你把饭价算讫。"农·农·莜麦：田多者，每年与菜子夹种，严查地边，以防作蹋。

【作文】写文章。富11：你到场中好作文，不是望你耀乡邻，我儿呀，实指望

你把家声振。磨36:请严师教儿孙,学读书学作文,不依娇惯违庭训。

【作戏】开玩笑,做出戏耍的言行。富6:张官人又当是舜华作戏,便说道小娘子会弄张致,平白里哄杀人,光使你那诡计。增15:(回目)弄痴呆武宗作戏,嫌辱没二姐含羞。

【作叶】谐音“作业”或“作孽”。做坏事,惹祸。禳14:老虎窝里种南瓜——守着个吃人的东西,还作大叶。(“作大叶”指做大的坏事)

【坐】❶臀部放在椅子或其他物体上以支持身体。姑2:臧姑在房里坐着,等人伏侍他。寒2:赵恶虎虽不跪着,却也不敢坐着了。❷座位,坐具。禳33:满屋笑哈哈,一个儿这一窝,两席已是满了坐。磨18:写了不多时,众人下了坐,互相问候:“你完了么?”增10:二姐穿上衣服,妈儿又道:“拿坐来!站的这孩子慌了。”❸乘坐。寒7:做大官有威灵,受钱财害众生,全然不管黎民命!坐着八抬打黄伞,通然不想保朝廷,着他长寿中何用?磨7:昏沉好似发晕也么风,一身好似坐船中。❹在某个场所履职或受处罚。磨17:堂堂坐官衙,那刀斧任意加,恨不把你头割下!磨34:奉命出朝纲,二十万雄兵振四方,我老爷稳坐中军帐。磨9:立意不回家,要坐的牢底烂!❺连坐,追究。禳12:告亲家你知音,我的女不成人,罪儿万剐不能尽!小儿有罪坐家长,惟有跪在地埃尘,任凭亲家骂一顿。磨33:我原是奉命来,但听张老爷消息,不曾叫我与北兵交战。设或损兵折将,罪坐何人?

【坐板】秋千上供人坐或站的板子。增14:不是个衣架,就是个秋千架,又无绳子合坐板。

【坐北朝南】房子背面向北,门、窗向南:增7:出门向西走,转过隅头向北,那西巷里坐北朝南,景致无穷,王孙子弟有钱者,往那里取乐。

【坐待】静坐着等待。富14:虔诚坐待,焚香斋戒。净洒扫紧闭厅门,都着那俗人靠外。磨36:虔诚坐待,焚香斋戒。净洒扫紧闭厅门,都着那俗人远退,我自有安排,一个客不用还在。

【坐当】该当,注定。磨7:命里该,合当如此赌不的乖。大病不曾死,坐当又破财,被贼偷何曾将你赖?

【坐纛旗】军中主帅之旗。磨31:那尚书虽大,兵卒何如?将来胜负还无定,先要砍倒他坐纛旗!

【坐定】坐稳,坐好。蓬1:众仙坐定,又海星老人来给娘娘磕头。增25:四人方才坐定,有一个丫头拿上一个帖子来。

【坐儿】座位。寒2:少时上堂行了礼,赐个坐儿坐在旁,腆着脸还装举人样。

【坐号】座位号。富12:坐号相同,坐号相同,新交好运喜重重,咱爷俩今科必定一齐中。磨25:坐号喜相同,新交好运喜重重,咱父子必然是一齐中。

【坐监】坐牢房。磨27:娘俩去坐监,好不可羞!多亏你昂昂志气,报复了冤仇。富2:这可才无法可治,你可就准备着坐监。

【坐轿打伞】形容享受荣华。禳32:江城真有个奶奶分,到如今坐轿打伞,他姊妹亲上加亲。

【坐京】在京城里(做官)。增3:你若谨慎,待我回来之时,好好带你进朝,封你个坐京的都巡检。

【坐炉帐】指结婚仪式完成后新娘进入洞房坐在婚床上。禳8:叫介:"人来!扶恁大嫂子去坐炉帐,便美酒佳肴教他夫妇同饮。"

【坐落】建筑物的位置(位于某处)。增7:皇爷说:"我不怪你。我要进宣武院,坐落哪里?"

【坐马】❶供骑坐的马匹。增27:张永、江彬转过头看见龙驹。江彬说:"有了我的命了,那不是万岁的坐马?"❷套在外面的无袖戎衣。因便于骑射,故名。代指无袖的衣服。穷:东头邋遢虽是穷,还有一身新坐马;没似俺家他穷达,穷的忒也没有把。

【坐褥】铺在炕上、座位上的絮棉的坐垫。富14:今遇着寿诞良辰,我约下群仙赐顾。将客舍全铺,十二席围裙坐褥。磨36:(太公)回来合舜华说道:"夫人,你看如何铺设?咱家里有的是红毡坐褥,可看着儿孙铺置。"

【坐向】朝向,建筑物面对的方向。日·堪:但于坐向无妨碍。

【坐守】安坐守护。磨33:杨老爷坐守营盘,那知府求他发兵……

【坐受】安坐接受。磨36:竭诚来叩,多蒙打救。自然该拜谢仙人,请端正敛容坐受,待妹妹磕头。富14:叫儿孙磕头,好端端敛容坐受。

【坐堂】官吏出庭审理案件处理事务。翻5:大姐骑上驴,合他儿去了。到了城里,天还早,官还未坐堂,就在县前等着。寒2:赵恶虎把身藏,听知县坐了堂,才敢出门伸头望。

【坐县】在县衙里执法审案。磨1:可恨那铺囊被杀,一似坐县的李逵!

【坐长监】长时间坐牢房。磨6:叫妹妹放心宽,你破上坐长监,休想我去求情面。磨19:我坐长监无人问,他送牢食他还用心,咳,又看着打了庄稼上了囤。

【坐住】肯定无疑。禳1:昨日煞进门就是顿巴掌子,劈头就是顿踏棍子,打

的露着血真脉子,几乎见了腥荤子。若不着俺家他三婶子,坐住领了双份子。

【座师】指乡试的主考官。翻 11:慧娘说:“你到那里赴了宴,谢了座师,拜了同年,静一两个月,打那里上京罢。”

【做发】指做得越来越嚣张。富 9:做贼做发,做贼做发,还进房来把人拿。磨 19:做贼做发,做贼做发,还进房中把人拿!

【做刚的做柔的】态度或手段有的强硬,有的温柔。富 9:大家做刚的做柔的,把李家的人放了,一个个瘸呀点呀的才去了。寒 5:众鬼们做刚的,做柔的,也没拴着,推着的,拉着的,抬着的,架着的,一霎就来到阎王面前。

【做茧】❶指做事情。俊:每日来到那么晚,说你做个什么茧? 家里等你去卖地,既至回家没也板。富 6:若是娘子依了我,万事皆休都不言;若不然咱就叫起那邻右,叫起那地方,都来看一看,你两个在房中做的甚么茧? ❷比喻有个好的结果。禳 1:说怕老婆有饭吃,这话也是瞎打闪。俺也怕了十来年,至到而今他不怕俺。咱且从容且怕着,只怕将来还做个茧。俊:小三小三你睁开眼,忒也说的不成款。虽然长了二三十,从今还要做个茧。

【做汉子的人】男人,男子汉。富 2:张鸿渐是个做汉子的人,少年气盛,勉强还要出来承当。

【做活】干活。蓬 3:无奈何,无奈何,既在人间要做活;原是我待找着忙,岂不知那天上乐?

【做活路】干活,进行生活所需的劳动。慈 4:又问那活路做了没? 他哥说不做活,方才出门去。

【做局】设下圈套。翻 5:众奴才做就局,哄着人把地输,哪知你也守不住。寒 4:赵歪子大发歪,旺跳人请将来,做就局将俺爹爹害。禳 15:打了仗开了交,省在一处把气呴,怎么做局把我罩?

【做客】指过分客气。翻 7:慧娘说:“爹爹吩咐休住下,看这里费事。”大姐说:“来到你家里,还待做客么?”

【做买作卖】同“作买做卖”,做买卖,做生意。丑:忽然云中往下看一眼,看见鬼门关。鬼门关人烟闹,做买作卖似人间。

【做媒】同“作媒”,给人介绍婚姻。禳 5:城南李知府看见那高家小相公聪明俊秀,要给他做个丈人,托我做媒,许下给我裂半尺布的裹脚。

【做媒人】同“做媒”。禳 5:做媒人,做媒人,吃了东西还赏银。

【做拿法】做成要挟的圈套。磨 14:马知县大不然……要辱没生员门第,做

拿法好弄银钱。

**【做亲】**结亲。翻6:二相公说:"范相公极待合咱做亲,临走又叮咛了一回。"禳5:资质聪明人物好,做亲要择个好姻缘,后日也省的孩儿怨。

**【做情】**当作人情相送。磨9:方仲起上白:"马知县不送妹子出来,这意思还望我央他,还要做情。我央他怎么!"富4:老马也慌,老马也慌,低头反覆自思量……我发恨不做情,料想也无妨帐!

**【做声】**说话,说出自己的想法。慈1:邻舍家有个周妈妈,见他踧蹐踧蹐的,便问:"这孩子你哪里疼呀?"也不做声。快3:着玄德双膝跪下,大叫一声:"哥哥!"低下头不做声了。

**【做势】**❶摆出姿势、架势。快4:都说:"妙,妙!若不着赵老爷,这头仗难打。"又有一个说:"你是麋老爷的人,说说那葫芦峪的杀法俺听听。"那人也起来舞刀做势,说起来了。❷拿架子,摆架子。磨23:家人说:"你这个瞎狗啃的!养汉老婆不脱裤——人不找你,你又找人;人来找你,你又做势!请走请走,快去快去!

**【做手】**做手势比画。快4:咱大家斟上酒,着一个起去做手着,各人说说那杀曹操的光景,快活快活。快4:这人果然拿过枪来,做手着说起来。众人都吃着酒,侧耳笑着听。

**【做头】**梳挽发髻。日·皮:股子做头趖皮缘。

**【做下】**❶做出来。墙4:瓦瓻子说:"俺爷爷长疮霎,叫你给他看看,你就嫌脏……"张大咂哼者说:"我做下样子了。"❷指记住,记下。富2:方二相公哼了一声,说:"妹妹,走走走,我已做下小名了。"(参见"小名")

**【做下媳妇来】**指做事好而被人承认为好媳妇。禳8:听我说做下媳妇来,省的娘挂牵。("听我说"指听我的话)

**【做又作难】**很为难的样子。富3:官人听说这话,就做又作难的。嗄呢?一见面,蒙他的厚情,言外又是待留他成亲。若说不从他,必然撵着走;若是哄他,就不是人了。

**【做斋】**请僧道诵经以超度亡灵。寒3:做斋到三更天,等三官去同眠,一等一个四更半。

**【做庄稼】**干农活。磨6:方娘子说:"……一个觅汉在家里,着他春大爷看着他做庄稼。把屋门锁了便是。"

**【做嘴】**亲吻。丑:恨不的搬过头来做个嘴,恨不的一手拓扶在香肩,恨不的

就把细腰双手抱。增23:搂了搂腰儿做了个嘴,不曾汤着那故事尖,纵不然也少不了边沿。

## 附:音形不明者

**【棝】**(蒲氏注音"炭")各字书均无此字,"木"旁形近者亦未见有音"炭"者,字形当有讹误。当指一种树皮使用价值较高的树,或可入药,或可制作物品。日·树:插栽桦棝揭皮使。

**【磼】**(蒲氏注音"朴")不详。例句中词义疑即"铺砌"的"铺",但字形应有讹误:"磼"字《字汇》五合切,音不合;"磼磼,山高貌",义亦不合。日·石:磼石甃井盖楼房。

**【緆线】**不详。"緆"字未见字书收录,疑有讹误。日·裁:緆线缝来脚似虮。

# 歇后语

**【艾焙子炙那连连骨——疼着他那脚后跟了么】**比喻不关心与自己无关的人。“艾焙子”指灸疗用的艾条。“连连骨”指小腿骨。“疼”语义双关:疼痛,疼爱。慈2:原来那李氏没放在心上,艾焙子炙那连连骨——疼着他那脚后跟了么?(此处描写李氏丈夫前妻之子找不到了之后,李氏漠不关心)

**【八十的老头转磨磨——几乎晕煞了】**又作“八十的老翁转磨磨,就晕杀了”。形容非常激动。“晕杀”形容头晕得非常厉害。“转磨磨”指原地旋转。慈6:(忽然看到失散多年的妻、子到来)张炳之这一时里,八十的老头转磨磨——几乎晕煞了! 富13:正说着,又有个人来报:“少爷拉了翰林了!”你说这一喜,若是不会善的,可不就是八十的老翁转磨磨——就晕杀了?

**【把梨子连皮吃——不啃他的】**“不啃”谐音“不肯”。指不愿意按对方意愿来做。刘阶平《清初鼓词俚曲选》中“把梨子”作“地栗子”,即荸荠。荸荠生吃时需先啃去皮,“连皮吃”指不啃皮。禳24:吴恒说:“……咱可就把梨子连皮吃——”秦厨说:“怎么说呢?”吴恒说:“不啃他的。”

**【板凳子做了脚打罗儿——到这里才成了体面】**指有了体面。板凳子平时只是供人用臀部坐着的工具,不算体面。“脚打罗”是磨坊中用脚发力罗面的工具。用脚打罗罗面粉时人坐着“踢面(麪)”,谐音“体面”。磨23:坐着丈人家的席上,那板凳子做了脚打罗儿——到了这里才成了体面。富11:坐着丈人的席上,那旧板凳做了脚打罗——到这里才成了踢面。

**【背着醋瓶耍把戏——跳荡的也就轻快上来】**指把家业挥霍得很少了。“跳荡”即晃荡。“轻快”指轻。“轻快上来”指变轻。耍把戏需要腾挪跳跃,醋瓶里的醋经晃动会泼洒出来,所以会变轻。俊:只有件毛病,是好赌博,年来背着醋瓶耍把戏——跳荡的也就轻快上来了。

**【秕芝麻上不的锅炒——歇了还无了油水】**“炒”谐音“吵”。“歇”通“熁”,义为烤。芝麻榨油前需先上热锅炒出香味,但秕的芝麻粒因含油分少,炒时会干瘪、炒糊(因火力过大而发黑发苦),所以“上不的锅炒”,但即使用烤的方法也榨

不出油来。字面意义是秕芝麻不管怎样做都榨不出油来，实际上是讥讽对方不管用什么方法都不会有好结果。姑1:（与何大娘吵闹一番之后被羞辱了一顿，）于氏又气又羞，待往外走。何大娘说:"你去罢。秕芝麻上不的锅炒——歇了还无了油水。"

**【草蛤蜊缝至行头里——憨蛋】**指傻瓜。"憨"谐音"蚶"（草蛤蜊属蚶类）。"行头"指蹴鞠用的球，谐意为"蛋"。墙2:一个达是公夥的情受的东西，我何苦都费了？……草蛤蜊缝至行头里——这不成了个憨蛋么？

**【禅和子念经没撞钟——吊着不打就是击磬】**指不被吊起来打就算是幸事了。字面意思是和尚念经时不打吊挂着的钟而去"击磬"，谐音"吉庆"。磨28:（差人张龙、李虎在押解张鸿渐时曾施虐，后听说张鸿渐中了进士，想去张家探望，又怕遭打，于是请胡生算卦，胡生说:）阿弥陀佛！还要见贵人，禅和子念经没撞钟——只怕吊着不打就是击磬。

**【出豆腐的点不成脑——坏了作】**"点"指点卤，将卤水滴在豆浆中使其凝结。"脑"即豆腐脑，豆花。"作"为做豆腐时在容器中凝结成的大块。"坏了作"字面意义指豆腐没做好。比喻坏了事，办坏了。禳15:昨日从书房出来，顶头撞着江城，出豆腐的点不成脑——几乎就坏了作。

**【吹鼓手吊下驴来——回头朝下哈哈】**指头落地，即死亡。"哈哈"为象声词，形容喇叭声，此处指吹喇叭。磨4:众花面扮衙役代锁上云:"哎呀！不争一时快乐，几乎吃了大亏！若不着能舍大钱的老爷，咱今日一群吹鼓手吊下驴来——只怕都回头朝下哈哈哩。"

**【撮傀儡子解包被——弄出故事来了】**"弄出故事"指发生了许多事情。"包被"指包袱。演木偶戏的许多道具放在包袱里，解开包袱，表示马上就要开始表演有故事情节的木偶戏。慈1:因此张炳之又寻了一个老婆，姓李，撮傀儡子解包袱——这一回才弄出故事来了。

**【打靛的把子吊了柄——是没把的个石头】**"没把的石头"比喻强硬而缺乏分寸的人。打靛的把子下端有石杵，"吊"（掉）了柄之后就只剩下石头了。参见"打靛"。富7:有张鸿渐的个堂叔伯哥是张春，打靛的把子吊了柄——是没把的个石头。

**【大风刮了下颏——嘴也难赶】**指穷得没有吃的。字面意思是大风把下巴刮掉之后，嘴也不管用了。"赶嘴"指吃饭。"嘴也难赶"指难以吃饭。富11:人都说他大风刮了下颏——连嘴也是难赶。磨23:人都说他大风刮了下颏——嘴

也难赶。

**【籴的二升秕芝麻——打了没油水】**比喻打人以后没有什么好处。秕的芝麻含油量很少，况且只有"二升"，所以说"打了没油水"。"打"语义双关：打油（榨油）、打人。增6：你待打谁？只怕石头钻的鼓子——不中打；籴的二升秕芝麻——打了没油水。

**【腚沟里夹上称杆——一溜崩星】**"一溜崩星"指迅疾地溜走。此处用"星"谐指秤星（秤星在秤杆上排为一溜）。所谓"崩"，应指放屁，今方言中可称放屁出气为"崩"。将秤杆夹在腚沟里，放屁时自然"崩""一溜（秤）星"。该歇后语带有低俗色彩，是模仿反派人物王龙的口吻。增20：军家钱财看的见，赌场里合他显显能，务要赢的他掉了腚。腚沟里夹上称杆——管叫他一溜崩星！

**【砘骨碌吊在井里——一个眼子到底】**指一只眼睛失明，仅剩一只正常的眼睛。"砘骨碌"指压实播种后松土的小石磙子，扁圆状，中央有方孔，状如铜钱而厚。中间的方孔嵌入木头，两端伸出为圆柱形，用头部分叉的长木杆夹住后推动石磙滚动。"眼子"指砘骨碌中间的孔。因为只有一个孔，所以砘骨碌掉到井里后是"一个眼子到底"。富11：下轿来一看，可是那砘骨碌吊在井里——真是一个眼子到底！磨23：下轿一看，那砘骨碌掉在井里——可是一个眼到底。（此处描写的是一个独眼龙的"老汉子"迎娶秃头的新娘时的情景，新娘下轿后看到了一只眼的丈夫）

**【拸塑匠两口子扎春牛——忙着那忙】**"忙着那忙"是方言说法，指非常忙。"忙着"谐音"忙扎"。第二个"忙"谐音"芒"，指"芒神"，又叫"句芒神"，是管理农业之神。康熙《济南府志·岁时》："凡立春前一日，官府率士民，具春牛、芒神，迎春于东郊。"所谓"两口子扎春牛——忙着（扎）那芒"，当指两人既扎春牛，又忙着扎芒神。禳5：仲鸿说："你吃些饭去。"王婆说："罢呀，拸塑匠两口子扎春牛——忙着那忙哩。"

**【二月二的煎饼——就摊了】**"摊（煎饼）"谐音"瘫（倒）"。"二月二"无实义；或指二月二应该摊煎饼。增8：若见了他时，就像那二月二的煎饼——"皇爷道："怎么讲？"六哥道："就摊了呢！"

**【翻贴门神——左右难】**指左右为难。门神每扇门各一幅，以画中门神对脸相视为正确的贴法，两者位置贴错了，就是"反贴门神"。按民间的迷信说法，若把左右门神的位置贴错了，一年中诸事不顺，总感左右为难。姑1：好可怜，翻贴门神左右难：丑了怕你恼，俊了你又嫌，就是这模样难更变。

**【贩捎瓜的爬到屋檐上——上门来寻人便宜】**比喻到别人家去寻衅、欺负人。字面意思是小贩爬到屋檐上(上门)去找人家更便宜的捎瓜。其实捎瓜已经是夏季最便宜的瓜,所以描写的形象非常具有讽刺性。“寻人便宜”指赚别人便宜。慈3:您看这是怎么说!贩捎瓜的爬到屋檐上——上门来寻人便宜。乜科子!

**【贩鲜的担着柳杬子——鱼活,我就好说】**指既然具备了某个条件,我就可以表达自己的意见了(如果没有这个条件的话,我就不说了)。字面意义是贩卖鲜鱼的小贩看到柳杬子中的鱼还是活的,就可以夸口称赞自己的鱼了。参见“柳杬子”。禳16:哈哈!贩鲜的担着柳杬子——鱼活,我就好说。

**【关着屋门烧湿柴火——有意存烟】**指话里有话。“存烟”谐音“存焉”。富4:方二爷说的话,俱是关着屋门烧湿柴火——有意存烟,时时谈论那卢龙县知县的“好处”。

**【猴子爬竹竿——一节一节的来】**指要求逐步升级,得寸进尺。增8:你就是猴子爬竹竿——一节一节的来了。进店来住了好房子,吃了好酒,又吃好菜;好酒好菜都吃了,又格外生事,又要个作乐佳人陪伴,只怕你没有钱。

**【胡桃栗子摆在鼻窝里——脸上开起山果铺子来了】**相当于说脸上开了花,指脸上挨打而有多处淤青或伤口。禳13:昨日又攫了一顿把,亏了还抓在那背脚处;若是差一点儿,胡桃栗子摆在鼻窝里——可不就脸上开起山果铺子来了么?

**【豁口子加墙板——打杀了】**字面意思是修补墙的豁口时需两侧加墙板,然后填泥土打牢。“打杀”指用夯打的方式来补上,语义双关,指击打致死。增5:周元说:“你疯么!曹老爷知道,拿了你去,豁口子加墙板——”皇爷说:“怎么讲?”周元说:“可就打杀了!”

**【叫花子躲乱——穷的讨饭还带着不安稳】**比喻既穷又不平安。“乱”指兵乱或匪乱。姑3:自从遭了官司,弄的少挡没系,又搭上人来索债,叫花子躲乱——穷的讨饭还带着不安稳。

**【叫花子叨瞎话——且捞他一个黄边】**指自己即使是穷人也有侥幸发财的可能。参见“叨瞎话”。磨23:俺虽然穷极,叫花子叨瞎话——且捞他一个黄边。

**【叫化子嗬瞎话——不拘那里就捞一个黄边】**同“叫花子叨瞎话——且捞他一个黄边”。富11:俺虽然穷极了,叫化子嗬瞎话——不拘那里就捞一个黄边。

**【解官元宝打开鞘——漏出整腚来了】**指露出全部屁股。“解官”这里指押

解税款的差官。“鞘”指饷鞘，古时贮银以便转运的空心木筒。“漏”谐音“露”。“腚”谐音“锭”，金锭或银锭。解官所押解的没有碎银，所以说是“整腚”。增16：丫头道：“你看他，两腿不敢离开。”众人道：“怎么说？”丫头道：“离开腿，他怕解官元宝打开鞘——漏出整腚来了。”（此处描写明武宗在大同逛妓院时，因怕穿在里面的龙袍露出来而故意夹着腿走路，“丫头”嘲笑他是因为裤子破烂而怕露出屁股）

**【近视老婆拾蒜瓣——自家捣了眼了】**指自作自受。“拾蒜瓣”的意思应该是捣蒜，今方言称“掐”（本字应为“搉”）。“拾”字应为“掐”字之讹。近视者因为习惯性地离着物体近，所以有可能在捣蒜的蒜槌抬起时捣到自己的眼睛。禳13：早知这样不成才，怎么肯使钱合钞？休说使了二百钱，就是干给也不要！哈哈！俺家小哥哥，真正是近视老婆拾蒜瓣——自家捣了眼了。

**【净了包袱的线匠没零卖——发了纩子了】**指将怨恨集中发作。“纩子”为圈状盘好的成缕的线，“发了纩子”指将线以纩子为单位发卖。“发”语义双关：发卖，发作。慈1：张炳之也没敢大嗔，那李氏就是净了包袱的线匠没零卖——发了纩子了。（后文写李氏大骂张炳之）

**【酒店里开了市——就挑出望布来了】**比喻把名号亮出来、出名。“望布”是指酒旗，上面有酒店的名号等。禳16：那江城枉担着降汉子的虚名，还嫌他不会降哩。……捞着那不中用处，也是一棒槌；捞着那中用处，也是一棒槌。捞着那不见人的去处，也嘶一口；捞着那见人的去处，也嘶一口。酒店里开了市——就挑出望布来了。这就是降么？（此段为妒妇江城的姐姐说的话，讽刺江城“降汉子”名声在外其实是不聪明的，这不是真的“降”；而自己背地里欺负丈夫而明处装出贤惠的样子，让丈夫有苦难言，这才是真正会“降”）

**【酒坛里淌出糟来——鼓了袋子就坏了】**比喻事情暴露。“鼓了袋子”指袋子里装的发酵的粮食因有压力或袋子不结实而撑破袋子淌出来，比喻事情暴露。禳14：公子笑着说：“你给我找个人儿。”……李婆咬指头，扎着长声说：“噫！夏里的皮袄不收拾——”公子说：“怎么说？”李婆说：“只怕吊了毛！俺大嫂到利害，不是顽，不是顽！”公子说：“你悄悄的。”李婆说：“不好不好。酒坛里淌出糟来——”公子说：“又是怎么说？”李婆说：“鼓了袋子就坏了！”

**【鋦子匠不钻眼——生钉】**比喻直接狠狠地打人。“鋦”今写作“锔”。锔锅盆时需要先钻眼，后加锔钉。如果不钻眼，就只能将锔钉直接敲打进入锅盆。“生”意为硬硬地、直接地。增6：没有我的口号，他若是动动我这银子，鋦子匠不

钻眼——生钉这狗头!

**【裤裆里钻出个丑鬼来——你唬着我这腚垂子哩】**指对方的恐吓根本不起作用。“腚垂子”指臀部的肌肉。姑1:于氏一行走着发恨:“我定是着他试试,你慌嗄哩!”何大娘说:“哎哟! 裤裆里钻出个丑鬼来——你唬着我这腚垂子哩。”

**【老虎窝里种南瓜——守着个吃人的东西还作大叶】**指有厉害的人在旁边还依旧做坏事。“叶”谐音“业”(罪孽)。“作大业”指做大的坏事、惹出大的祸端。禳14:李婆说:“……俺大嫂到利害,不是顽,不是顽!”公子说:“你悄悄的。”李婆说:“不好不好。……只怕一朝发觉了,打你那俊脸,捋了我的毛! 老虎窝里种南瓜——守着个吃人的东西还作大叶。”(这里指公子身边有虐妒的妻子还要去招妓)

**【老母猪衔着象牙筷子——他就是装煞也是杀才】**指无论怎样伪装也改变不了本质。“煞”谐音“嗄(啥)”,什么。“杀才”指该杀的人或物。姑2:象呀,老母猪衔着象牙筷子——他就装煞也是杀才,怕他怎的?

**【六月六的豆腐——陪不的了】**指不能作陪。夏天的豆腐易坏,所以不能堆着放。“陪”谐音“培”。增8:皇爷笑道:“……但只是赛观音既接了他,我也不合他争,你搬那佛动心来陪我罢。”六哥说:“六月六的豆腐——陪不的了。”

**【笼里犯出羔团子——好势的也拸打,就少耗了也罢了】**字面意思是蒸笼里泛出的糕团子碎块,即使是好好的也不过是一小点儿,损失了也就算了。指物体微小,损失了也无所谓。“犯”同“泛”。参见“羔团子”“好势”“也”“拸打”“少耗”。慈2:好好的跑了,就到底不长进。笼里犯出羔团子——好势的也拸打,就少耗了也罢了。

**【萝蔔窖子被了盗——掘开了】**指开始骂起来了。“掘”指骂,语义双关(参见“掘”)。禳13:谁想渐渐的旧病发了,这两日萝蔔窖子被了盗——掘开了。

**【马尾套蜻蜓——把腚挣了】**用马尾套住蜻蜓后,蜻蜓费力挣脱,会把其尾巴勒掉。“挣了腚”指非常恐惧,吓坏了。富6:扑冷的声开了门往外就跳,照着那鸭子头就是一刀。那鸭子可也是出于不料,你看马尾套蜻蜓——就把腚挣了。吊了一支鞋,光着脚舍了命的往外跑。

**【犸虎咬着老羊——就吃下他下半截,他也是不做声的】**比喻极度地隐忍,默不作声。参见“犸虎”。慈3:李氏说:“你这些屁,是听的谁放的? 必然是小讷子那小忘八羔羔作的! 叫他来,合我质证质证。”赵大姑说:“卖布的净了店——你没嗄裂拉一裂拉。该小讷子那腿事么? 南庄北院的说的少哩么? 就是犸虎

咬着老羊——就吃下他下半截，他也是不做声的。”

**【买了肝肺来不上碗——用心】**指用心，集中心力。肝、肺和心都属于下货，做菜待客时不用肝、肺而只使用心，语义双关。禳24：吴恒说：“客房里有了客，给了东西着咱去做，咱可不要傻着头就做，先伸头儿去瞧瞧那客，看嘛样的个客。若是打伞坐轿，或是穿着绫罗缎疋，这必是主人敬的了，咱可就买了肝肺来不上碗——”秦厨说：“怎么呢？”吴恒说：“用心。……”

**【卖布的净了店——没嗄裂拉一裂拉】**指对方的话是无中生有的乱说、胡说。“嗄”即“啥”，代指东西、事情。“裂拉”指撕裂（卖布时量好尺寸后一般是用剪子剪个小口然后用手撕裂开来），谐音“咧拉”，乱说。字面意思是卖布的把布都卖完了（“净了店）之后，就没有可以撕裂的东西了。译成普通话就是：“你实在是没有什么可以说一说的了吗？（你说的都是不应该说的或无中生有的事情）”慈3：李氏说：“你这些屁，是听的谁放的？必然是小讷子那小忘八羔篡作的！叫他来，合我质证质证。”赵大姑说：“卖布的净了店——你没嗄裂拉一裂拉。该小讷子那腿事么？南庄北院的说的少哩么？就是犸虎咬着老羊——就吃下他下半截，他也是不做声的。”

**【卖豆腐的后代——勾了人的了还说人沾了他】**指人占了便宜反而说吃亏。“沾”同“涯”，弄脏。字面意思是卖豆腐的明明短斤少两却还嫌买者弄脏了自己的豆腐，表示吃了亏。增23：我就不说罢，你自己已是供出你的赃根基来了。卖豆腐的后代——就勾了人的了，还说人沾了他哩。

**【卖豆腐的破了布袋子——过不的了】**指发生无法对付的坏事。“布袋子”指卖豆腐时盛豆腐过秤的袋子。“过”语义双关，字面义为“过秤”，谐义“过活”①。禳15：昨日从书房出来，顶头撞着江城……还亏他不曾细问，若是细问起来，可是卖豆腐的破了布袋子——怎么说？你就过不的了！

**【卖馓子的折了本，也就煠炴不的了】**指无法挣扎，处于彻底被动的境地。卖馓子是通过“煠（炸）”馓子来“挣”钱的，折了本就不再“煠（炸）”“挣”了。“煠炴”又作“炸挣”，谐音“扎挣”。禳13：俺家小哥哥可是那卖馓子的折了本——也就煠炴不的了。慈3：那李氏一阵红，一阵白，可是卖馓子的折了本——也就炸挣不的了。

**【卖糖的不见了糖箱子——光拉那弯弯担】**“弯弯担”指扁担。卖糖的本来

---

① 或说“布袋子”为做豆腐时过滤用的。“过”指过滤。亦通。

是用扁担挑着糖箱子的,糖箱子不见了,就只拖拉着扁担了。"拉弯弯担"语义双关指出歪主意。慈2:我说那老科子,会弄他那真像,蝻眼挤打挤打的,不知弄了多少鬼哩。卖糖的不见了糖箱子——光拉那弯弯担。

**【面盆里加引子——发起来了】**指发脾气,发火,发作。"引子"是指面引子,酵母。"发"语义双关,指发酵、发火。慈3:耶耶!谁赖您那孩子来么?面盆里加引子——你这不发起来了么?

**【木匠掉着墨斗——只瞅了一眼】**形容只有一只眼(另一只眼失明)。木匠掉线(用墨斗在木料上打上直线)时用一只眼盯着看直不直(如同步枪瞄准时的动作)。"一眼"语义双关:(看了)一下("眼"为借用的量词)、一只眼。磨23:伤惨,任拘你怎么端像,那木匠掉着墨斗——也只瞅了俺一眼。(此处描写的是一个独眼龙的"老汉子"迎娶秃头的新娘时的情景,新娘下轿后看到了一只眼的丈夫)

**【木匠提溜着墨斗——只是看一眼】**同"木匠掉着墨斗——只瞅了一眼"。富11:伤惨,任拘你怎么端相,那木匠提溜着墨斗——也只是看一眼。

**【木楸舒在酱盆里——大匙起来了】**"大匙"谐音"大持",指地位变高、态度高傲。"舒"意为伸。酱盆里的酱通常是用匙类工具来舀取,木锨比匙子要大得多,用木锨来舀取酱,则木锨就成了"大匙"。俊:他的娘子叫张三姐,为人极有本领,管的他那汉子回了头,从新成了人,这几年来,成了那木楸舒在那酱盆里——就大匙起来了。

**【拿着筷子敲菜碗——饭饱了弄筷】**"弄筷"谐音"弄款"(方言中儿化后同音),指生事。参见"弄款"。墙1:嗤,我当是待说甚么呢!拿着筷子敲菜碗——我知道你是饭饱了弄筷。

**【镑地的镑出来了个砵骨碌,锄着咱这死眼子了】**自嘲自己是死心眼的人。"镑"即"耪(锄地)","砵骨碌"即砘骨碌(参见"砘骨碌""砘骨碌吊在井里——一个眼子到底")。其中间的方孔是凿出来的,所以说是"死眼子"。禳24:(厨子吴恒说:)"这不是镑地的镑出来了个砵骨碌么?"秦厨说:"怎么说呢!"吴恒说:"锄着咱这死眼子了。"

**【培了的芋头不踏——差一脚】**指只差一步,差一点儿。种芋头时需要在栽下种芋头后培上土,然后用脚踏实。"差一脚"字面含义是栽种芋头时缺了最后一个环节,没有用脚去踏。禳14:丽华上,李婆来到近前说:"哎哟!原来是丽华姐姐。你待那里去?"丽华说:"前天王少爷约我今晚去陪客。"李婆说:"好呀,培

了的芋头不踏——差一脚就摸了(指庆幸自己只差一点儿就赶不上见到丽华了)。我正是来找你,有个主儿想你哩。"

**【披着蓑衣吃麻粈——不看吃的看穿的】**指根据一个人的糙劣衣食就可以判断他的身份低下。"粈"为"粈"字之讹。参见"麻粈"。"麻粈"通常用来喂牲口或肥田,所以只有缺粮的穷人才会用来充饥。增6:王舍道:"张大哥,这花子不知好歹,叫咱合他赌。咱回去合他赌赌,赢他几两银子添梢。"张舍道:"好眼色!披着蓑衣吃麻粈——不看吃的看穿的。浑身衣服不值一个低操,赢他命么?"

**【皮猴子吊在火里——一根毛也不见】**形容秃子的头。富11:俺摸了摸,可是皮猴子吊在火里——一根毛也不见。磨23:俺瞧了瞧,可是那皮猴子吊在火里——一根毛也不见。(此处描写的是一个独眼龙的"老汉子"迎娶秃头的新娘时的情景,丈夫在新娘下轿后看到了秃头的妻子)

**【屁股里长出波瘰子来——瞎了腚门子】**指对方胡言乱语。"波瘰子"是眼球角膜发生溃疡,好转后在角膜上遗留下的白色瘢痕,严重的会瞎(失明)。"腚门子"也叫"腚眼",指肛门。屁股里长"波瘰子"说明"腚眼"瞎了。此处是以"腚门子"指嘴。"瞎嘴"是指乱说。慈3:好科子!屁股里长出波瘰子来——瞎了你那腚门子!你着您妈妈替你做不的老婆么?

**【屁股长在脖子上——腆着腚去见人】**指没有脸面见人。"腆着脸"是指觍颜,厚着脸皮,不知羞耻。把"脸"说成"腚"(屁股)则是詈语。姑2:万一找他来再不好,可是屁股长在脖子上——我腆着腚去见人么?

**【骑大马的大姐笑掉了裤子——喜起来顾不的难看】**指只要高兴就不管形象难看与否了。又作"(骑大马)小大姐笑吊了裤子——喜起来顾不的难看"。磨23:骑大马的大姐笑掉了裤子——喜起来顾不的难看。富11:骑大马走长街,小大姐笑吊了裤子——喜起来顾不的难看。

**【肉头老撞着显道神——你也说不的我长,我也道不的你短】**寿星虽然比显道神矮小但却长寿,显道神高大却只是为死人开路,因而各有长短,不要相互贬低对方。参见"肉头老""显道神"。富11:你就忒的伤惨,肉头老撞着显道神——你也说不的我长,我也道不的你短。磨23:你就忒也伤惨,肉头老撞着显道神了——你也说不的我长,我也道不的你短。

**【三十里、五十里不知道路径——走上叉道去了】**指想错了。"叉"谐音"差",错。增12:金墩扭了扭道:"不给俺报,罢!小撕厮你三十里、五十里不知道路径——走上叉道去了。身量大叫你背着我哩!"

**【十八的大姐铰了头——不待嫁】**指不愿意。"不待"指不愿意(做)。"嫁"谐音"价",助词。禳24:本等也该费点事,就是十八的大姐铰了头——是不待嫁呢。

**【十八的大姐做媳妇——等不到黑天】**指迫不及待。增11:二姐听说,满心欢喜,遂笑道:"你真果肯替我?"丫头道:"十八的大姐做媳妇——还等不到黑天哩。"

**【十月里柿子——不灢就烘上来了】**指身体变软。"灢(漤)",把柿子放在热水或石灰水里泡几天以除去涩味。"烘"是指柿子成熟后自然变软,引申指变软(参见"烘")。农历十月,柿子已十分成熟,不用漤就比较软,可以直接吃。所以说"不灢也就烘上来了"。"灢"又写作"揽"。禳13:俺家小哥哥,真正是近视老婆拾蒜瓣——自家捣了眼了。其初在巷里撞见江城,十月里柿子不灢——就烘上来了。(此处指"俺家小哥哥"见了儿时玩伴、现在出落得非常俊俏的女孩儿江城一下子就着了迷、身体发软)富6:自赶吃了,酒足饭饱,那衙役就像那十月里的柿子——不揽也就烘上来了。(此处指衙役酒足饭饱之后放松愉悦,也指他们对被押解犯人的态度由原来粗暴转为和软)

**【石头钻的鼓子——不中打】**指打不得。"钻(鑽)"疑同"劗",凿刻。"中"义为可以。增6:你待打谁?只怕石头钻的鼓子——不中打,籴的二升秕芝麻——打了没油水。

**【属煎饼的——夸摊了】**指受到夸奖而激动得难以自抑。煎饼烙制时需要先用煎饼耙子将面浆摊开并刮平。"夸"谐音"刮"(方言中"刮"音"夸")。"摊"谐音"瘫"。参见"二月二的煎饼——就摊了"。增12:哎哟!我属煎饼的,你夸摊了我了!

**【要把戏的开了箱——弄出故事来】**指将要生出事端。"故事"语义双关:字面义指花招、机关,实指事端。禳13:不要慌,要把戏的开了箱——只怕还弄出故事来哩。

**【苏州娘子不缠脚——光兴了一个头儿】**指只是开了个好头儿(后来就不行了)。"头儿"语义双关:头(发饰)、起头(开始)。字面意思指苏州的女子不缠脚而流行装饰头发。墙1:起初甚好,两个儿早晚问候,两个媳妇热汤热水常来服事,好不的那好。谁想是苏州娘子不缠脚——光兴了一个头儿。

**【剃头匠吆喝——没了换头了】**指没有可以替换的了。"换头"谐音双关:字面义指"唤头",剃头匠招徕顾客时用的金属响器(剃头匠因为没有了唤头,所以

只能用吆喝来招徕顾客)；谐音“换头”，指可以替换的对象。增12：千万仔细着！这一遭替不下来，剃头匠吆喝——可就没了换头了。

**【替板的长了一腚疮——没人打就痒痒】**指不受到别人的严厉管束自己就难受、生事。“替板的”指代人承受板杖而换取报酬的人。禳13：谁想小哥哥自在不惯，替板的长了一腚疮——没人打就痒痒，好没声的溜到他丈人家里，着那樊老儿定了个美人计，着那江城扎挂的合那妖精一般出来见他，那有不动心的？

**【天家驳麸子——又净了】**指很快就没有了。“天家”指天上的仙界。“驳”同“簸”。神仙要簸去粮食里的麸子，当然非常迅速。“净”语义双关：字面义指干净、没有杂质，实际指没有剩余。翻4：魏名给了他十两银子，就上秦惃惃子家里去赌，只有一更天，十两银已净了。魏二赢了，又写了一张给他，又是十两。天家驳麸子——不消半夜又净了。

**【铁鬼脸满地撇——丢出丑来打杀人】**指大大地丢丑。“撇”指撂，丢。铁鬼脸形状丑，扔出来则为丢丑。铁的鬼脸面具很重，所以说“打杀人”。喻意丢脸丢得厉害。姑1：铁鬼脸满地撇——看丢出那丑来了打杀人。我等着就是了！

**【偷生子儿——领不的教】**指不能见面。“偷生子儿”指私生子。子女一般由父亲教诲，私生子自然无法领受父亲的教诲。此处“领教”代指见面。禳14：从那一日听了一回曲儿，到如今还想你。只是这偷生子儿可领不的你的教了。

**【驼垛子的老驴上山——喘粗气】**嘲讽别人气急败坏，出言不逊。字面意思是，驮重的老驴登山时因体力不济而行动迟缓且气喘吁吁。“喘粗气”喻指出言不逊。姑1：于氏说：“你心昏么！人家休了的人，你每日窝藏着。还打乜是不知哩！”何大娘恼了，说：“耶耶好奇呀，驼垛子的老驴上山——你捱霎着，又济着喘嗄粗气哩。那珊瑚罢，他是乜东人么？我有饭给他吃，我只顾留着他，你待雠着我罢？……”

**【文昌爷爷不坐轿——骑了牛来了】**指奇怪，奇特。“牛”字蒲松龄纪念馆藏《富贵神仙》抄本作“特”。“特”指公牛。“骑特”谐音“奇特”。“文昌爷爷”即文昌帝君，传说主文运。用“特”指牛可能是形容文昌帝君喜欢转文。富10：却说张鸿渐的儿名是张得聚，他娘着他去科举，原不是指望他中，谁想高高中了十四名举人。你说文昌爷爷不坐轿——这就是骑了牛来了。

**【𦋐着耳朵放爆仗——使钱卖出作】**(“𦋐”原写作“䍜”)比喻花了钱却要担惊受怕。“𦋐”今写作“捂”，捂盖。“出”“作”都是记音字，在方言中都是“缩”的意思，这里指畏缩，害怕。“卖”应是“买”的误写。禳15：前日大相公去玉笋山上烧

香,见那陶家媳妇小娇娇,爱他一双小脚儿,只是央我合他说。不知费了多少唇舌,多少脚步,才说的招了道儿。……大相公还嘱咐密着些,可是羃着耳朵放爆仗——使了钱卖了些出作。

**【细豆腐揣的好肉——再酸些也不嫌】**指即使再酸文也不会嫌弃。“揣”同“搋”,此处指揉入。“酸”语义双关:味酸,酸文(即例句中的“摔之乎弄焉哉”)“嫌”谐音“咸”。字面意义是豆腐掺入了肉,即使酸了也不会变咸。磨5:摔之乎弄焉哉,又告吏又告官,我道你是甚么通天汉!问了一个充军罪,走着好似上刀山。到前头休着大王见,细豆腐揣的好肉——再酸些他也不嫌。

**【瞎牛蠓飞在眉毛上——怕他咬着我这眼么】**表示不害怕对方的伤害。“瞎牛蠓”即牛虻,牛虻只是飞在眉毛上,所以不会咬到人的眼。慈2:张炳之说:“我也不是向他,只是他那性子不大好,你的性子又不好,到那里弄把起来了。”李氏说:“狗屁哩!弄就弄,瞎牛蠓飞在眉毛上——怕他咬着我这眼么?……”

**【夏里的皮袄不收拾——只怕吊了毛】**表示要挨打。夏天的皮袄因为容易受潮,所以需要拿出来晾晒(收拾)。“吊了毛”语义双关:字面义指皮袄的毛脱落,实指被打得皮肉损坏。禳14:李婆咬指头,扎着长声说:“噫!夏里的皮袄不收拾——”公子说:“怎么说?”李婆说:“只怕吊了毛!俺大嫂到利害,不是顽,不是顽!”

**【线匠不见了线包子——背不的】**指有可能。“线匠”是纺线卖的工匠。“背不的”语义双关:字面义为无法背,实指“备不的”,即“备不住”。禳13:线匠不见了线包子——我看着也背不的。

**【小孩子卖长生果——吃不了还叫他兜着走】**比喻即使承担不了也要承担一切后果。禳16:自家非别人,就是江城的姐姐樊满城是也。看着模样不大精致,俺这心里还俏别起人。自从嫁了葛天民那王八头,枉勾家里梦见俩汉子,他也不敢惊着俺。他若牙缝儿崩不字,小孩子卖长生果——吃不了还叫他兜着走哩!

**【小腊梅的裹脚——有块块就是了】**指不认真地去做饭菜,糊弄着做出来大体成形就算完工。“小腊梅”指婢女。“有块块”指因为贫穷,裹脚布用布块连缀而成(一般的裹脚布是一条长布)。禳24:吴恒说:“客房里有了客,给了东西着咱去做,咱可不要傻着头就做,先伸头儿去瞧瞧那客,看嘛样的个客。……若是那客戴顶破帽子,穿着身破袍子,咱可就小腊梅的裹脚——”秦厨说:“怎么说?”吴恒说:“有块块就是了。”

**【小粜粮的生意快——只见不住下】**指不停止。“不住”指不停。“不住下”语义双关：粮食卖得快所以容器里的粮食表层不住（不停）地下降，谐义不停下，不停止。慈3：赵大姑三句甜，两句酸，可是小粜粮的生意快——只见不住下。

**【鞋里加楔子——好揎】**相当于说一顿好打，被打或被碰得很厉害。“揎”指打，谐音“楦”（制鞋用的模型）。鞋里加上楔子，类似于鞋楦，所谓“好楦”是反语。磨23：两个碰在一处，几乎砸倒。王丙抹头说：“鞋里加楔子——好揎！”那个抹头说：“王大哥，你碰死我了！好疼好疼！”

**【新女婿抹着腰——每哩你疼我不疼哩】**指双方都疼。字面意思指新婚夫妇初夜后新妇初经人事而喊疼，新郎则因腰疼而抚摸着腰。“每哩”义为莫非，难道。磨23：两个碰在一处，几乎砸倒。王丙抹头说：“鞋里加楔子——好揎！”那个抹头说：“王大哥，你碰死我了！好疼好疼！”……李先生笑说：“哈哈！造化低，我这白胡子砸着狗骨髅——莫怪，莫怪。新女婿抹着腰——每哩你疼我不疼哩？”

**【胸膛上长起草来——慌了心】**指心慌，心里着急。“慌”谐音“荒”。地长草为荒，胸膛上长草，则是荒心。增16：那万岁揲着那汗巾迎风一抖搜，只闻的香风一阵，那上头半点酒珠也无，异样的新鲜。二姐见了，胸膛上长起草来——就慌了心，说道：“姐夫，你给我看看罢。”

**【腌坏了的螃蟹——久不吃了，脐子都沙了】**指浑身酥麻失去理智。“脐子”指螃蟹脐。“沙”指酥散，语义双关指身体酥麻。禳13：谁想小哥哥自在不惯，替板的长了一腚疮——没人打就痒痒，好没声的溜到他丈人家里；着那樊老儿定了个美人计，着那江城扎挂的合那妖精一般出来见他，那有不动心的？又搭上江城眼里又吊下瓜子来，娇滴滴的声儿问官人“好么”，只这一声儿，小哥哥那魂灵儿就像腌坏了的那螃蟹——久不吃了，脐子都沙了。

**【扬州的琼花——找遍天下无二朵】**指天下无双。据宋周密《齐东野语·琼花》：“扬州后土祠琼花，天下无二本，绝类聚八仙，色微黄而有香。”姑1：不说他为人好，方且是活路多：爬灰扫地，洗碗刷锅，大裁小铰，扫碾打罗；喂鸡喂狗，喂鸭喂鹅，冬里餵猪五口，夏里养蚕十箔，黑夜纺棉织布，白日刺绣绫罗；五更梳头净面，早早伺候婆婆。亲戚朋友听着，邻舍百家看着，都说道这么个媳妇，就是那扬州的琼花，真正是找遍天下无二朵！

**【养汉老婆不生儿——奸捣的没了种了】**指特别奸邪。字面意思是卖淫的妇女因为滥交而不能怀孕生子。“奸”指奸夫。“捣”指性交。“没了种”语义双

关：字面指没有后代，实指极为过分，没了边。禳24：看起这个来，也就自家昧不的良心，养汉老婆不生儿——奸捣的没了种了！

**【养汉老婆不脱裤——人不找你，你又找人；人来找你，你又做势】**指在别人有求时明明自己内心乐意但却故意摆架子。磨23：家人说："这两日听的说这个大号来。来的极好，宅里太太不大欢喜，代找个会玩的解解烦恼，您两个运气极高。"王丙摇头说："过日罢。俺今日有个生日，待去给人家做做。"家人说："你这个瞎狗啃的！养汉老婆不脱裤——人不找你，你又找人；人来找你，你又做势！请走请走，快去快去！天下少你这黑头哇唔哩！"

**【一个眼的汉子娶了个秃妮子——彼此也笑话不的】**指彼此各有缺点，无法看不起对方。磨23：也罢也罢，我是乡瓜子，你瞎着两眼见的天，巴的也看的见。这就如那一个眼的汉子娶了个秃妮子一样——彼此也笑话不的。

**【渔妈妈的皮狐子变了个江米人——就是个引汉子的老妖精】**比喻特别能吸引男性的女子。"皮狐子"指狐狸。"江米人"指用糯米捏成的面人，多为美女。"渔妈妈"所指不详。禳13：其初在巷里撞见江城，十月里柿子不澀——就烘上来了。那江城又会扭作了两眼儿，渔妈妈的皮狐子变了个江米人——就是个引汉子的老妖精，弄的俺小哥哥一相思几乎害杀！

**【张天师闭了眼——出甚么神哩】**讥讽对方目中无神地呆坐或呆立。传说中张天师闭眼后神魂就会离开躯体。参见"出阳神"。翻2：秋桂见他只顾寻思，便说："张天师闭了眼——你出甚么神哩？"

**【章丘的话头——好日子】**原注："'日'读'二'音。"章丘方言中"日"读作"二"，被当作章丘方言的典型例子而广为人知。"话头"指说法。因为外地人模仿"日读二音"的方言时带有取笑的意味，所以这里的"好日子"带嘲讽意，实际上是反语，坏日子。俊：咳，俺一日吃了一碗菜汁子，拾了一把烂棘子，着咱家里小妮子，借把盐来炒虱子，章丘的话头——好日子。

**【直口布袋——不用謽】**指无需强辩。"謽"谐音"糨"(指用粉浆或米汤浸纱、布或衣服，使干燥后坚挺。也写作"浆")。装粮食的长口袋无需浆，所以说"不用浆(謽)"。寒2：他杀了人他该死，我杀了他我抵偿，直口布袋——不用謽。那一日打他时明明白白的，我不是不敢承当。

**【纸糊的桌子请客——抹抹就抹一块去了不成】**指骂并不会造成实质伤害。"抹"字面义指用抹布擦拭，谐音"骂"。"抹一块去"指身体少一块。磨5：一个秀才说道："你骂甚么哩。"解子说："怎么来？纸糊的桌子请客——只怕抹抹就抹

一块去了不成么?”

**【猪八戒家生的那孩子——弄出丑样子来了】**指出丑。增12:金墩撅着嘴说道:“那汉子光贬扯人,又是瓢,又是桃哩,夜叉哩,冬瓜哩!”玉座说:“你好出丑!你就是猪八戒家生的那孩子——弄出那些丑样子来了。你看我去。”

**【竹杆种火——落场空】**指白费力气,目的落空。“种火”指保留火种。竹竿空心干硬,并不适宜作为火种,所以会“落空”。增10:烧上香拜主公,口儿里自咕哝,烧香念佛的成何用?买命算卦接皇帝,竹杆种火——落场空,也是奴家前生命。

**【竹篮打水——落长空】**同“竹杆种火——落场空”。“长”字当为“场”字之误。墙4:二兄弟大不通,病人昏愦眼朦胧,刚还魂怎么敢惊动?一口气不来瓜打了,竹篮打水落长空,可才大家没蛇弄。

**【庄家不识木梨——好一个香瓜】**字面意思是庄稼人把不常见的木梨误认为香瓜,实际上是嘲笑人孤陋寡闻,没见过世面。“香瓜”谐音“乡瓜”,指乡巴佬。增21:那王龙鼓掌大笑道:“庄家不识木梨——好一个香瓜!”万岁自思:“作死的王龙,真果拿着我当个憨瓜。”

**【庄家老得罪着老龙王——怪下来不上俺那地里下雨的】**农家的地都是相连的,所以不会单独一块地不下雨。喻指不怕得罪。姑1:何大娘连骂带说,数喇了一阵,把于氏气的脸儿焦黄,便说:“你真个不着珊瑚去么?”何大娘说:“我已待着他去;你降着我撵他,我就只是不着他去!庄家老得罪着老龙王——只怕怪下来,不上俺那地里下雨的。”

**【庄家老儿看戏不认的关爷——那红的就出来了】**“红的”字面指红脸的关公,语义双关指红色的血。“红的出来”指血流出来了。磨23:我已聆李二哥清音,你唱完了,方待问候,就被你揎了这么一头。亏了你乜头不是铁的;若是铁的,可是庄家老儿看戏,不认的关爷——那红的就出来了。

# 主要参考文献

## 一、著作

蒲松龄著,路大荒编:《蒲松龄集》,中华书局 1962 年版;上海古籍出版社 1986 年版(新版)。

关德栋选注:《聊斋俚曲选》,齐鲁书社 1980 年版。

蒲松龄著,盛伟编:《蒲松龄全集》,学林出版社 1998 年版。

蒲松龄著,蒲先明整理,邹宗良校注:《聊斋俚曲集》,国际文化出版公司 1999 年版。

蒲松龄:《聊斋俚曲集》,齐鲁书社 2018 年版。

任笃行辑校:《全校汇注集评〈聊斋志异〉》,齐鲁书社 2005 年版。

张树铮注:《蒲松龄〈日用俗字〉注》,山东大学出版社 2015 年版。

曹延杰编著:《德州方言志》,语文出版社 1991 年版。

曹正义:《聊斋俚曲词语证释》,山东大学蒲松龄研究室编《蒲松龄研究集刊》第一辑,齐鲁书社 1980 年版。

陈章太、李行健主编:《普通话基础方言基本词汇集》,语文出版社 1996 年版。

董绍克、张家芝主编:《山东方言词典》,语文出版社 1997 年版。

董遵章:《元明清白话著作中山东方言例释》,山东教育出版社 1985 年版。

冯春田:《聊斋俚曲语法研究》,河南人民出版社 2003 年版。

关德栋:《聊斋俚曲偶记》,关德栋《曲艺论集》,上海古籍出版社 1958 年版。

桂馥撰,赵智海点校:《札朴》,中华书局 1992 年版。

汉语大词典编辑委员会等编纂:《汉语大词典》,汉语大词典出版社 1986~1993 年版。

汉语大字典编辑委员会编纂:《汉语大字典》,湖北辞书出版社、四川辞书出版社 1988 年版。

汉语大字典编辑委员会编纂:《汉语大字典》(第二版),四川长江出版集团 2010 年版。

蒋星煜:《中国戏曲史探微》,齐鲁书社 1985 年版。

李国庆编:《杂字类函》,学苑出版社 2009 年版。

李荣主编:《现代汉语方言大词典》,江苏教育出版社 2002 年版。

李新魁:《中原音韵音系研究》,中州书画社 1983 年版。

李新魁编著:《实用诗词曲格律辞典》,花城出版社 1991 年版。

刘振统:《增补万韵新书》,光绪三年(1877 年)子云堂版。

吕叔湘:《汉语语法论文集》(增订本),商务印书馆 1984 年版。

马振方等:《聊斋遗文七种》,北京大学出版社 1998 年版。

梅膺祚等:《字汇》,上海辞书出版社(据清康熙二十七年灵隐寺刻本影印)1991 年版。

孟庆泰、罗福腾:《淄川方言志》,语文出版社 1994 年版。

宁继福:《中原音韵表稿》,吉林文史出版社 1985 年版。

戚晓杰:《明清山东方言背景白话文献特殊句式研究》,中国社会科学出版社 2007 年版。

钱曾怡编著:《博山方言研究》,社会科学文献出版社 1993 年版。

钱曾怡主编:《山东方言研究》,齐鲁书社 2001 年版。

钱曾怡主编:《汉语官话方言研究》,齐鲁书社 2010 年版。

宋开玉:《明清山东方言词缀研究》,齐鲁书社 2008 年版。

[日]太田辰夫:《中国语历史文法》,蒋绍愚、徐昌华译,北京大学出版社 2003 年版。

王淑霞、张艳华:《定陶方言志》,时代文艺出版社 2005 年版。

徐复岭、王永超编著:《〈金瓶梅词话〉〈醒世姻缘传〉〈聊斋俚曲集〉语言词典》,上海辞书出版社 2018 年版。

许宝华、[日]宫田一郎主编:《汉语方言大词典》,中华书局 1999 年版。

杨耐思:《中原音韵音系》,中国社会科学出版社 1981 年版。

杨秋泽:《利津方言志》,语文出版社 1990 年版。

殷焕先主编:《山东省志·方言志》,山东人民出版社 1985 年版。

殷晓杰:《明清山东方言词汇研究——以〈金瓶梅词话〉、〈醒世姻缘传〉、〈聊斋俚曲〉为中心》,中国社会科学出版社 2011 年版。

张鸿魁:《金瓶梅语音研究》,齐鲁书社 1996 年版。

张鸿魁:《明清山东韵书研究》,齐鲁书社 2005 年版。

张树铮:《寿光方言志》,语文出版社 1995 年版。

张树铮:《方言历史探索》,内蒙古人民出版社 1999 年版。

张树铮:《清代山东方言语音研究》,山东大学出版社 2005 年。

张树铮:《蒲松龄〈聊斋俚曲集〉和〈日用俗字〉的语音校勘》,《陈新雄教授八秩诞辰纪念论文集》,万卷楼图书股份有限公司 2015 年版。

张泰:《〈聊斋俚曲集〉方言俗语汇释》,九州出版社 2015 年版。

张祥晋:《七音谱》,松石堂版,1936 年。

张象津:《等韵简明指掌图》,载张象津《白云山房集》,择经堂版,1836 年。

张玉来、刘太杰:《蒲松龄白话作品词语释义》,香港文化教育出版社 2002 年版。

张自烈、廖文英:《正字通》,中国工人出版社(据清康熙九年序弘文书院刊本影印)1996 年版。

中国社会科学院语言研究所词典编辑室编:《现代汉语词典》(第 7 版),商务印书馆 2016 年版。

周贻白著,沈燮元编:《周贻白小说戏曲论集》,齐鲁书社 1986 年版。

## 二、学术论文

程志兵:《〈聊斋俚曲集〉与〈醒世姻缘传〉人称代词的差异——兼谈两书的作者问题》,《山东理工大学学报(社会科学版)》2009 年第 3 期。

崔山佳:《〈聊斋俚曲集〉重叠形式四题》,《蒲松龄研究》2015 年第 2 期。

崔山佳:《〈聊斋俚曲集〉并列连词"合"、"和"连接非名词性词语考察》,《蒲

松龄研究》2017 年第 1 期。

董绍克:《谈〈聊斋俚曲集〉的语言学价值》,《蒲松龄研究》1997 年第 4 期。

董绍克:《聊斋俚曲补正〈辞源〉八则》,《蒲松龄研究》2004 年第 3 期。

董绍克:《谈〈聊斋俚曲集〉"日"母的音值及演变》,《中国语文》2005 年第 4 期。

董绍克:《〈聊斋俚曲集〉误字举例》,《语言科学》2006 年第 4 期。

董绍克:《聊斋俚曲俗字释例》,《蒲松龄研究》2007 年第 1 期。

董绍克:《谈聊斋俚曲的俗字》,《蒲松龄研究》2007 年第 4 期。

董绍克:《聊斋俚曲勘误举例》,《蒲松龄研究》2008 年第 4 期。

董绍克:《谈聊斋俚曲"知""庄""章"的音值及演变》,《蒲松龄研究》2010 年第 3 期。

董淑慧:《〈聊斋俚曲集〉词语再考释》,《蒲松龄研究》2015 年第 2 期。

董淑慧:《〈蒲松龄日用俗字注〉词语校释商榷》,《蒲松龄研究》2017 年第 2 期。

都兴宙:《〈聊斋俚曲集〉词语杂释》,《宁波大学学报(人文科学版)》2011 年第 4 期。

冯春田:《聊斋俚曲的一些方言词音问题》,《中国语文》2001 年第 3 期。

冯春田:《聊斋俚曲中的"煞(杀)"字结构及相关问题》,《语言科学》2003 年第 3 期。

冯春田:《聊斋俚曲里的假设助词"着"及相关问题》,《中国语文》2004 年第 3 期。

何茂活:《〈日用俗字〉庄农章解疏——兼以〈农桑经〉及现代淄川方言为证》,《蒲松龄研究》2013 第 3 期、第 4 期。

黄霖:《〈闺艳秦声〉与"易性文学"——兼辨〈琴瑟乐〉非蒲松龄所作》,《文学遗产》2004 年第 1 期。

贾英敏:《浅谈聊斋俚曲中的合音字》,《蒲松龄研究》2002 年第 3 期、第 4 期。

姜复宁、朱彦羽:《从数理语言学角度论证〈醒世姻缘传〉并非蒲松龄作品》,《武汉工程职业技术学院学报》2015 年第 4 期。

蒋绍愚:《近十年间近代汉语研究的回顾与前瞻》,《古汉语研究》1998 年第 4 期。

雷汉卿:《〈日用俗字〉方言词考释》,《汉语史研究集刊》第7辑,2004年。

雷汉卿:《〈聊斋俚曲〉方言词零札》,《蒲松龄研究》2005年第1期。

雷汉卿:《〈聊斋俚曲集〉方俗词札记》,《古籍研究》2008年第1期。

李彬:《〈日用俗字〉语词札记》,《红河学院学报》2012年第5期。

李登桥:《〈聊斋俚曲集〉方言词汇的特点》,《铜仁学院学报》2010年第2期。

李登桥:《对〈聊斋俚曲集〉整理校注的补充和考证》,《宜宾学院学报》2010年第10期。

李登桥:《聊斋俚曲中的骨牌博戏探析》,《蒲松龄研究》2012年第1期。

李汉举:《关于聊斋俚曲的方言属性问题——与张鸿魁先生商榷》,《蒲松龄研究》2012年第4期。

李思敬:《现代北京话的轻音和儿化音溯源——传统音韵学和现代汉语语音研究结合举隅》,《语文研究》2000年第3期。

李素英:《聊斋俚曲中的特殊疑问句式》,《临沂大学学报》2012年第2期。

李新魁:《论近代汉语照系声母的音值》,《学术研究》1979年第6期。

李焱:《蒲松龄〈日用俗字〉考讹》,《蒲松龄研究》1999年第3期。

李焱:《从曲韵曲律看〈聊斋俚曲集〉的校勘》,《古籍整理研究学刊》2000年第3期。

李焱:《蒲松龄〈聊斋俚曲集〉中的儿化现象》,《中国语文》2002年第3期。

李焱、池静莲:《从差比句的比较看〈醒世姻缘传〉的作者》,《龙岩师专学报》2003年第4期。

刘钧杰:《从言语特征看蒲松龄跟〈醒世姻缘传〉的关系》,《语文研究》1988年第4期。

刘瑞明:《所谓〈聊斋小曲〉中的非蒲松龄作品》,《蒲松龄研究》2002年第3期。

刘玥:《从处置式比较看〈醒世姻缘传〉非蒲松龄所作》,《蒲松龄研究》2010年第1期。

罗福腾:《聊斋俚曲》不同韵辙之字押韵一例》,《语文研究》1992年第4期。

罗福腾:《〈聊斋俚曲〉与淄博方言的比较句》,《蒲松龄研究》1993年第3期。

罗福腾:《山东方言"V他V"结构的历史与现状》,《语言研究》1998年第1期。

蒲先和:《蒲邹本〈蒲松龄集·聊斋俚曲〉注释辨误》,《蒲松龄研究》2011第

1 期。

蒲先和:《〈日用俗字庄农章解疏〉补正》,《蒲松龄研究》2017 年第 1 期。

蒲先和:《〈增补幸云曲校释〉辨误》,《蒲松龄研究》2017 年第 4 期。

戚晓杰:《从〈聊斋俚曲集〉看汉语动词拷贝句式的产生年代》,《蒲松龄研究》2006 年第 1 期。

钱曾怡等:《山东方言的分区》,《方言》1985 年第 4 期。

任福禄:《咸阳方言俗语稽古举隅》,《咸阳师范专科学校学报》1998 年第 4、5 期。

宋开玉、李素英:《〈聊斋俚曲〉正反疑问句研究》,《山东社会科学》2005 年第 9 期。

王洪秀:《〈醒世姻缘传〉与〈聊斋俚曲集〉限定性范围副词比较研究》,《黔南民族师范学院学报》2018 年第 5 期。

王珏:《蒲松龄〈日用俗字〉方言词例释》,《蒲松龄研究》2012 年第 2 期。

王希文:《元明清白话著作中的枣庄方言词汇》,《方言》1991 年第 4 期

王聿发:《聊斋俚曲佛道熟语例释》,《蒲松龄研究》2009 第 4 期。

吴佩林:《〈红楼梦〉中的明清山东方言举证——基于蒲松龄聊斋俚曲作品的对比》,《蒲松龄研究》2013 年第 4 期。

吴庆峰、张金霞:《〈聊斋俚曲集〉歇后语汇释》,《蒲松龄研究》2002 年第 4 期、2003 年第 1 期。

许培新:《〈聊斋俚曲集〉反复问句探源》,《山东省农业管理干部学院学报》2003 年第 4 期。

许培新:《〈聊斋俚曲〉中的正反疑问句考察》,《求索》2013 年第 1 期。

许培新:《〈聊斋俚曲〉“V+(一)个+VP”结构研究》,《东岳论丛》2013 年第 4 期。

许培新:《蒲松龄〈聊斋俚曲集〉五种句式研究》,山东大学 2013 年博士学位论文。

殷焕先、何平:《什么是典范的现代白话文》,《语言教学与研究》1988 年第 3 期。

张鸿魁:《〈万韵书〉述略》,《中国语文》2001 年第 6 期。

张鸿魁:《聊斋俚曲格律和校勘注释》,《蒲松龄研究》2003 年第 2 期。

张鸿魁:《聊斋俚曲格律和校勘注释(又续)》,《蒲松龄研究》2004 年第 3 期。

张鸿魁:《聊斋俚曲的方言属性》,《语言科学》2005 年第 4 期。

张鸿魁:《聊斋俚曲的方音特点》,《蒲松龄研究》2005 年第 4 期。

张鸿魁:《聊斋俚曲方言词语音证》,《蒲松龄研究》2007 年第 4 期

张惠英:《〈金瓶梅〉用的是山东话吗?》,《中国语文》1985 年第 4 期。

张惠英:《〈聊斋俚曲集〉中粗俗语举例》,《语言研究》1992 年第 2 期。

张惠英:《〈金瓶梅〉非山东方言补证》,《中国语文》2016 年第 6 期。

张金霞:《〈聊斋俚曲集〉方言词语补释》,《蒲松龄研究》2000 年第 3 期。

张俊阁:《〈聊斋俚曲集〉疑问代词"嗄(煞)"》,《聊城大学学报》2007 年第 1 期。

张丽霞:《从〈聊斋俚曲集〉看〈汉语大字典〉的例证》,《蒲松龄研究》2006 年第 2 期。

张树铮:《从寿光方言看〈中原音韵〉的知庄章》,载中国音韵学研究会编《中原音韵新探》,北京大学出版社 1991 年版。

张树铮:《蒲松龄〈聊斋俚曲集〉用韵研究》,《古汉语研究》2001 年第 3 期。

张树铮:《蒲松龄〈聊斋俚曲集〉所反映的轻声及其他声调现象》,《中国语文》2003 年第 3 期。

张树铮:《蒲松龄〈日用俗字〉语音研究》,日本《中国语学研究·开篇》第 22 卷,2003 年。

张树铮:《今本蒲松龄〈日用俗字〉形讹字考正》,《蒲松龄研究》2009 年第 3 期。

张树铮:《蒲松龄〈日用俗字〉中的俗字》,《蒲松龄研究》2012 年第 3 期。

张树铮:《〈日用俗字〉形讹字补考——兼论路本、盛本、影印本之关系》,《蒲松龄研究》2014 年第 1 期。

张树铮:《近代汉语白话语料中语言成分的异质性——以蒲松龄白话作品为例》,日本《现代中国语研究》2015 年第 17 期。

张树铮:《〈汉语大词典〉对蒲松龄作品的引用及其疏误》,《蒲松龄研究》2016 年第 3 期。

张树铮、孙韵珩:《〈聊斋俚曲集〉和〈醒世姻缘传〉语法特点的差异》,《古汉语研究》2005 年第 4 期。

张泰、王文晖、隋长虹:《〈聊斋俚曲集〉方言俗语选释》,《蒲松龄研究》2004 年第 1 期。

张泰:《路大荒本〈聊斋俚曲集〉失校散记》,《蒲松龄研究》2007 年第 4 期。

张泰:《聊斋俚曲詈词研究》,《蒲松龄研究》2009 年第 1 期。

张文冠:《〈日用俗字〉词语考释九则》,《汉字汉语研究》2018 年第 2 期。

张文冠:《〈日用俗字〉器物名词考释六则》,《蒲松龄研究》2018 年第 1 期。

张文冠:《〈日用俗字〉疑难农业词语考释六则》,《中国农史》2018 年第 1 期。

甄珍:《〈聊斋俚曲〉与淄博方言中的"着"、"过"考察》,《蒲松龄研究》2011 年第 5 期。

# 后记

感谢国家出版基金的资助，使我有机会把近二十年来对蒲松龄白话作品语言的研究作一个阶段性的总结。

我对蒲松龄白话作品语言的研究是从语音开始的。2001 年发表了《蒲松龄〈聊斋俚曲集〉用韵研究》(《古汉语研究》2001 年第 3 期)，2003 年发表了《蒲松龄〈聊斋俚曲集〉所反映的轻声及其他声调现象》(《中国语文》2003 年第 3 期)和《蒲松龄〈日用俗字〉语音研究》(日本《中国语学研究开篇》第 22 卷)。2003 年发表的《清代山东方言中古入声的演变》(《语言研究》2003 年第 1 期)也利用了《聊斋俚曲集》和《日用俗字》的材料。其间也涉及语法，2005 年发表了《〈聊斋俚曲集〉与〈醒世姻缘传〉语法特点的差异》(《古汉语研究》2005 年第 4 期。署名：张树铮、孙韵珩)。2005 年出版的《清代山东方言语音研究》(山东大学出版社)一书，对《聊斋俚曲集》和《日用俗字》的语音特点又作了较为全面的梳理。

对聊斋俚曲和《日用俗字》的方言词汇，我其实是更感兴趣的，因为我的家乡寿光距离淄川不过百十公里，中间只隔着一个益都县(今山东省青州市)，许多方言词汇是相同的，因此阅读蒲松龄的白话作品感觉格外亲切；并且，从词汇研究的角度来说，方言相近也是一个很大的天然优势。不过由于词汇方面需要解决的问题太多，所以我一直有畏难之心而未着手进行。促成我下决心开始对蒲松龄白话作品的词汇进行研究的转机出现在 2007 年，当时我在日本松山大学任教，获得了松山大学年度特别研究助成项目“蒲松龄《聊斋俚曲集》词语研

究”的经费支持，由此开始注意搜集有关资料，并利用假期回国的机会去蒲松龄的故乡淄川的蒲家庄去进行实地调查。次年，我又利用在松山大学课余时间比较充裕的机会开始为《日用俗字》进行注释。因为注释要兼顾词义及字形，加之材料中的字形错讹又比较多，所以工作量之大和注释难度之高使得我几乎要放弃这个目标。好在后来还是坚持了下来。2009 年回国之后，通过继续努力，我完成了书的初稿，并获得了教育部社科后期资助项目(项目号:09JHQ034)的支持。2012 年，我申报的“蒲松龄作品方言词汇研究”项目获得国家社科基金立项(项目号:12BYY073)。项目获得批准，有了经费的支持，是动力，也是压力，因为这样一来，就真的成了“骑虎难下”了:所有的困难都必须克服，所有的难点都必须找到哪怕是初步的结论，这就只能硬着头皮往前走了。像为《日用俗字》作注，讹误字形首先就是拦路虎，然后是方言的障碍和旧时农村百科知识与现代社会的遥远距离，都是撰写中绕不过去的坎。编写《蒲松龄白话词典》，有些词出现次数少，对其意义的释读工作量还算少;但有些词语出现次数太多，有些常用词(特别是一些虚词)甚至出现数千次，就必须逐个对例句进行分析，然后才能概括其全部的意义和用法。“为求一字稳，捻断数根须”，尽管拔掉头皮也未必能真“稳”，但其中的艰辛与困惑我却是切切实实地体会到了。

2013 年，《蒲松龄〈日用俗字〉注》项目通过鉴定，经过进一步修订后于 2015 年在山东大学出版社出版。国家社科项目的结项成果《蒲松龄白话词典》几经延宕，也终于在 2018 年下半年完成。2017 年下半年，感谢山东大学出版社的重视，他们以《蒲松龄白话作品语言研究》为题申报国家出版基金，幸得专家们的赏识，选题于年底获得批准。于是，就有了本书的最后编集。

本书的上、下两编中，下编《蒲松龄白话词典》即国家社科项目“蒲松龄作品方言词汇研究”的结题成果。该词典包括对《聊斋俚曲集》《日用俗字》及蒲松龄其他作品中全部带有方言性的词语和一部分带有时代性的词语的释读，是把我对蒲松龄白话作品的词汇研究成果以词典的形式来呈现的一份报告。上编《蒲松龄白话作品语言本体研究》则在这些年研究的基础上进行了新内容的补充和对原有成果的修订。其中，第一章除了第一节对蒲松龄白话作品的介绍和第三节对蒲松龄作品语言研究的回顾是新写的之外，第二节对蒲松龄白话作品语言性质的探讨是最近几年的研究成果。第二章的主体内容是对原有的研究结论进行了大幅度的修订和补充，其中包括对最近十几年来他人的部分研究成果进行了一些析辨。可以说这部分内容是我对蒲松龄作品语音现象的最新认识。

第三章以对《聊斋俚曲集》邹宗良注的商补和对路大荒《土语注解》的分析为纲，讨论了聊斋俚曲中约400条词语的释义问题。对这些词语的讨论可以作为下编《蒲松龄白话词典》的补充，说明对这些词语的不同看法以及我自己的分析和结论。至于《日用俗字》中词语的释义问题更为复杂，不过拙著《蒲松龄〈日用俗字〉注》已有详细讨论，所以这里就没有再涉及。该章对《汉语大词典》引用蒲松龄作品的情况及其中疏误的分析，是近年来的研究成果。第四章对语法方面的分析内容相对较少，主要是分析了一些很有特点的代词和助词，对句式特点的分析则通过与《醒世姻缘传》比较的方式来进行。本章的内容也在原来基础上做了较大幅度的修订和补充。第五章主要是对《日用俗字》错讹字的分析，这些都是为《日用俗字》作注时的所得。对《聊斋俚曲集》和《日用俗字》从语音角度进行校勘的方法，同样是在研究两书词汇时所得的体会。

在书稿即将交付出版社的时候，心里不免有几分轻松。首先，本书毕竟是多年来自己对蒲松龄语言研究的一些心得，希望并相信她能够为蒲松龄语言研究以及山东方言和北方方言历史的研究增几块砖添几片瓦。其次，近几年特别是最近一年为本书忙碌的高节奏可以暂时调低一些了。再次，我也不担心本书的内容会有许多可击之“懈”，恰恰相反，如果本书的观点和结论能够引起进一步的讨论，则不仅对我来说是无任欢迎的事情，而且是会对蒲松龄语言研究起到促进作用的好事。拙著《蒲松龄〈日用俗字〉注》出版以后，见到了几篇很有见地的商榷论文，其中有些观点是我很赞同和欣赏的，有些观点我也并不完全赞同，但我都感到很欣慰，因为做“引玉”的砖，同样是很有价值的。最后，尽管我会继续关注和进行蒲松龄语言的研究，但下一步我会调整一下研究的主要方向，放到其他多年来很有兴趣而未能进行的研究上去。

本书的完成，自然离不开各位师友和同道的帮助，特别是蒲松龄语言研究界的同好们，他们的成果给我的启发是本书的重要基础。我也忘不了几次去蒲家庄调查时蒲家庄村民以及位于蒲家庄的《蒲松龄研究》杂志副主编王清平女士对我的直接帮助。作为主要调查合作人的蒲家庄村民有吕承法、蒲先伦两位先生。尤其是吕承法先生，当我第四次去蒲家庄调查的时候，打电话时他的手机还有信号，只是无人接听，但到了他位于蒲松龄故居街对面的家里后我才得知他刚刚去世，当时的那种震撼至今仍感系于心。

此外，在申请国家社科基金项目“蒲松龄作品方言词汇研究”的时候，课题组成员还有山东大学岳立静教授、许培新副教授、陈蒙博士，山东理工大学赵红

梅副教授和烟台大学章黎平副教授。他们或参与了项目设计，或参与了资料搜集与问题讨论。在松山大学任职期间开展蒲松龄词汇研究的时候，同事增野仁教授和孟子敏教授都给予了支持；我们三人在合作对山东兰陵方言进行调查研究的几年时间里，也有不少次讨论到兰陵方言与淄川方言词汇的比较。我的几个研究生则先后协助我进行过淄川蒲家庄、临朐、青州和寿光方言的调查，他们是：张伟静、亓文婧、于苗苗、冯宇静（以上淄川），高一晗、张梦瑶、江语林、亓文婧、林珈亦（以上寿光），张梦瑶、沈雪瑜、林珈亦、姜复宁、欧阳雅心、刘玥（以上青州），林珈亦、姜复宁、亓文婧、陈晓姣、欧阳雅心、刘玥（以上临朐）。

我这里还要特别感谢两位女士。一位是许培新女士，她曾从我攻读博士学位，所做的博士论文就是有关《聊斋俚曲集》句式的。在编写《蒲松龄白话词典》的时候，她曾经为我编写了部分词条的初稿，所以，尽管限于本书体例的原因未署她的名字，但本书也有她的心血。另一位是本书的编辑马银川女士，她是我《蒲松龄〈日用俗字〉注》一书的责编，此次国家出版基金项目的申报，她出力尤多，当我为此书忙乱焦急的时候，我甚至都对她有点儿埋怨，感觉她把我“坑”了——当然，这是玩笑话。具体到本书来说，对这样一部字数多、怪字多、音标也不少、核对原文工作量大的书稿，她的辛苦自然也是可想而知的——这也算我“坑”她一把吧。

来日本探亲已经十几天了，天天窝在家里的忙碌以及这一年的忙碌终于告一段落。就此止笔，迎接新的一年的到来。

张树铮

记于日本高崎